LEXIKOTHEK · DAS BERTELSMANN LEXIKON · BAND 2

Lexikothek

HERAUSGEGEBEN VOM
BERTELSMANN LEXIKON-VERLAG

DAS BERTELSMANN LEXIKON

IN ZEHN BÄNDEN

BAND 2 Bez–Dit

BERTELSMANN
LEXIKON-VERLAG

ALS ZEICHNER HABEN MITGEARBEITET:
HELMOLD DEHNE · VERENA GEIMER · RENATE JÜRISCH
DUŠAN KESIĆ · AUGUST LÜDECKE
WALDEMAR MALLEK · KARL PESCHKE · JÜRGEN RITTER
SCHUTZUMSCHLAG: B. UND H. P. WILLBERG

REDAKTIONELLE LEITUNG: WERNER LUDEWIG
LAYOUT: GEORG STILLER

Das Wort LEXIKOTHEK
ist für Nachschlagewerke
des Bertelsmann Lexikon-Verlages
als Warenzeichen eingetragen

*Warenzeichen, Gebrauchsmuster und Patente sind in diesem Werk,
wie in allgemeinen Nachschlagewerken üblich, nicht als solche gekennzeichnet.
Es wird empfohlen, vor Benutzung von bestimmten Zeichen für Waren
oder von besonders gestalteten Arbeitsgerätschaften bzw. Gebrauchsgegenständen
sowie von Erfindungen beim Deutschen Patentamt in München anzufragen,
ob ein Schutz besteht*

JEDE AUFLAGE NEU BEARBEITET
© VERLAGSGRUPPE BERTELSMANN GMBH / BERTELSMANN LEXIKON-VERLAG,
GÜTERSLOH 1972, 1979 H
ALLE RECHTE VORBEHALTEN · LANDKARTEN VOM
KARTOGRAPHISCHEN INSTITUT BERTELSMANN, GÜTERSLOH
GESAMTHERSTELLUNG
MOHNDRUCK GRAPHISCHE BETRIEBE GMBH, GÜTERSLOH
PRINTED IN GERMANY
ISBN 3 · 570-06552-9

B

bez, auf Kurszetteln Abk. für →bezahlt.
bez., Abk. für bezüglich.
Bez., 1. Abk. für Bezeichnung.
2. Abk. für Bezirk.
Beza [′be:za], eigentl. de Bèze, Theodor, kalvinist. Theologe, *24. 6. 1519 Vézelay, Burgund, †13. 10. 1605 Genf; Gelehrter an der Akademie in Genf u. nach Calvin Führer der reformierten Kirche.
bezahlt, Abk. bez, bz oder b, besagt hinter einer Kursnotierung, daß zu diesem Kurs Umsätze erfolgten; bezahlt u. Geld (bez G, bG): Umsätze bei überwiegender Nachfrage; bezahlt u. Brief (bez B, bB): Umsätze bei überwiegendem Angebot.
Bezau, Hauptort des Bregenzer Waldes in Österreich, 651 m ü. M., 1500 Ew.; Markt- u. Luftkurort, Wintersportplatz.
bez B., auf Kurszetteln Abk. für →bezahlt u. Brief.
bez G, auf Kurszetteln Abk. für →bezahlt u. Geld.
Beziehungslehre, soziolog. Lehre von den sozialen oder zwischenmenschl. Beziehungen; zu finden u. a. bei G. Simmel, als eine Sonderform der formalen Soziologie systemat. begründet von L. von Wiese. Die B. untersucht den Zustand u. den Grad des Abstands (der Distanz), um die Prozesse der Distanzierung oder der Verbindung (z. B. das Miteinander oder das Gegeneinander) zu systematisieren u. mit Hilfe der Theorie von den sozialen Prozessen ein System der sozialen Gebilde zu schaffen. Von jüngeren Soziologen kritisiert, hat die B. in den Nachkriegsjahren in der Form der →Soziometrie (J. L. Moreno) wieder an Boden gewonnen. □ 1.6.0.
Béziers [be′zje], südfranzös. Kreisstadt im Dép. Hérault, an der Orb u. am Canal du Midi, 82 300 Ew.; ehem. Kathedrale (13./14. Jh.), Kanalbrücke (1857) über den Strom; Wein- u. Branntweinhandel; Brennereien, Textil-, Eisen-, Maschinen- u. chem. Industrie.
Bézigue [be′zig; die], Bésigue, Besik, französ. Kartenspiel unter 2 Spielern mit 2 Kartenspielen von je 32 Blatt.
Bezirk, 1. Baden-Württemberg: früher staatl. Verwaltungsbereich (Behörde: B.samt bzw. Oberamt).
2. Bayern: früher der unterste staatl. Verwaltungsbereich (Behörde: B.samt), im Dritten Reich nach preuß. Vorbild in Landkreis umbenannt, in Art. 9 der bayer. Verfassung von 1946 wieder als B. bezeichnet, was sich jedoch in der Praxis nicht durchgesetzt hat; in der Landkreisordnung von 1952 wird daher der Bereich der unteren staatl. Verwaltungsbehörde wiederum Landkreis genannt. B. dagegen heißt in Bayern heute die Selbstverwaltungskörperschaft, die mehrere kreisfreie Gemeinden bzw. Landkreise umfaßt u. deren Gebiet sich mit dem →Regierungsbezirk (als staatl. Verwaltungssprengel) deckt. Organe des B.s sind nach der B.sordnung von 1953 der B.stag, der B.saußschuß u. die weiteren Ausschüsse, der B.stagspräsident u. die vom Regierungspräsidenten geleitete (staatl.) Regierung.
3. Berlin: Stadtbezirk, einer der 20 Verwaltungsbereiche von Berlin. Organe der 12 Westberliner B.e sind nach dem B.sverwaltungsgesetz von 1958/1966 die B.sverordnetenversammlung, die Deputationen u. das B.samt, das aus dem B.sbürgermeister u. den B.sstadträten besteht. – Ähnlich in Hamburg (7 B.e). Nach dem B.sverwaltungsgesetz von 1969 besteht jeweils eine B.sversammlung mit ihren Ausschüssen u. ein B.samt mit dem B.samtsleiter. – Auch in anderen größeren u. mittleren Gemeinden gibt es Gemeinde-B.e, die nach örtl. Regelung ein gewisses Eigenleben innerhalb der Gemeinde führen.
4. Rheinland-Pfalz: mittlerer staatl. Verwaltungsbezirk (→Regierungsbezirk), der nach der B.sordnung von 1949/1964 einen B.sverband als Selbstverwaltungskörperschaft bildet; bisher nur auf den Regierungsbezirk Rheinhessen-Pfalz anwendbar. Organe sind der B.stag u. der B.sausschuß.
5. DDR: seit dem 23. 7. 1952 mittlerer staatl. Verwaltungsbezirk anstelle der früheren Länder (Anzahl 14); Organe der Staatsgewalt im B. sind vor allem der B.stag u. der Rat des B.s (gemäß der „Ordnung über die Aufgaben u. die Arbeitsweise des Bezirkstages u. seiner Organe" vom 28. 6. 1961; vgl. auch die Verfassung der DDR vom 6. 4. 1968, Art. 81–85).
6. Österreich: Der B. ist – nach Bund u. Ländern – die dritte staatl. Verwaltungseinheit; er wird von ernannten Berufsbeamten u. dem Bezirkshauptmann verwaltet (Stadt-B., Städte mit eigenem Statut, Statuarstädte, von einem gewählten Bürgermeister gemeinsam mit dem →Magistrat). Die B.sbehörde heißt →Bezirkshauptmannschaft. Es werden unterschieden: 1. Politische B.e (15 landesunmittelbare Stadt- u. 82 Landbezirke). 2. Gerichts-B.e (225), 3. Gemeinde-B.e: Wien u. einige andere größere Städte sind in Gemeinde-B. unterteilt.
7. Schweiz: Größere Kantone sind in B.e unterteilt. →auch Kreis.
Bezirksagent, Bezirksvertreter, ein →Handelsvertreter, der für einen bestimmten Bezirk zuständig ist. In der Regel steht dem Handelsvertreter eine Provision nur für solche Geschäfte zu, bei deren Abschluß er selbst mitgewirkt hat. Der B. erwirbt dagegen auch dann einen Provisionsanspruch, wenn der Unternehmer ohne seine Mitwirkung mit Personen dieses Bezirks abschließt (§ 87 Abs. 2 HGB). →Vertretung.
Bezirksamt, Behörde des Bezirks, heute vor allem in Berlin u. Hamburg; →Bezirk.
Bezirksausschuß, früher in Preußen die Kollegialbehörde beim Regierungspräsidenten, die teils als Verwaltungsbehörde, teils als Verwaltungsgericht tätig wurde.
Bezirksgericht, 1. DDR: das Berufungsgericht über den →Kreisgerichten; seit 1952 statt Land- u. Oberlandesgericht.
2. Österreich u. Schweiz: dem Amtsgericht der BRD ungefähr entsprechendes Gericht.
Bezirkshauptmann, in Österreich der nicht gewählte, sondern ernannte Vorstand einer →Bezirkshauptmannschaft.
Bezirkshauptmannschaft, in Österreich unterste Verwaltungsbehörde, 1. Instanz in einem Politischen Bezirk, wird von ernannten Berufsbeamten (Juristen, Amtsarzt, Amtstierarzt u. a.) geführt, an deren Spitze der ernannte Bezirkshauptmann steht. Sie hat sowohl die Geschäfte der mittelbaren Bundesverwaltung als auch die der Landesverwaltung zu führen. Die B. ist auch Polizeibehörde, ihr Exekutivorgan die →Gendarmerie. In Städten mit eigenem Statut heißt die B. Magistratisches Bezirksamt. Eine Gemeinde im Rang eines Magistrats ist gleichsam ein B.
Bezirkskarte, Monatskarte der Bundesbahn, mit der der Besitzer in einem bestimmten Bezirk von rund 1000 km Streckenlänge innerhalb eines Monats so oft fahren kann, wie er will. Bezirkswochenkarten gelten 7 Tage.
Bezirksrat, Rat des Bezirks, Organ des →Bezirks der DDR.
Bezirksschule, Zentralschule, Dörfergemeinschaftsschule, vollausgebaute ländl. Volksschule, die anstelle einer Vielzahl wenig gegliederter Dorfschulen die Volksschüler mehrerer Gemeinden betreut. Die Grundschulklassen bleiben meist weiterhin in dorfeigenen Schulen.
Bezirksverband, Gemeindeverband für den Bereich eines Regierungsbezirks (z. B. bis 1953 in Hessen) oder eines Bezirks im Sinn von →Bezirk (4) mit Bezirkstag u. Bezirksausschuß als regelmäßigen Organen. →auch Bezirk (2).
Bezoar [der; pers., arab., frz.], Bezoarwurzel, Schlangenwurz, Wurzeln von Dorstenia contrajerva, eines in Südamerika heim. Maulbeergewächses. Die Wurzeln sind giftig u. wirken stark stimulierend. Sie dienen in Südamerika als Heilmittel bei Wundvergiftungen u. bei Schlangenbiß.
Bezoarsteine, Gemsballen, Magensteine, rundl. Gebilde aus dem Magen verschiedener Säugetiere (z. B. der Bezoarziege); früher als Heilmittel angesehen, da sie das Darmadstringens →Ellagsäure enthalten.
Bezoarziege, Capra aegragus, eine Wildziege (→Ziege) von fast 100 cm Schulterhöhe; lebt in Bergen Kretas u. Westasiens, gilt als Stammform der Hausziegen; mit säbelförmigen Hörnern.
Bezogener, Trassat, derjenige, der laut Wechseltext einen gezogenen Wechsel bezahlen soll. →auch Akzept.
Bezruč [′bezrutʃ], Petr, eigentl. Vladimir Vašek, tschech. Lyriker des Proletariats, *15. 9. 1867 Troppau, †17. 2. 1958 Kostelec na Hané; „Schlesische Lieder" 1909, dt. 1937.
Bezug, 1. die Gesamtheit der Saiten eines Musikinstruments. Er kann ein- oder mehrchörig sein. Die Mandoline z. B. ist zweichörig bezogen, um das Tremolospiel zu erleichtern. Beim Flügel u. Piano findet sich in einzelnen Lagen ein einchöriger (Baß) bis dreichöriger (selten vierchöriger) B. (Diskant).
2. die Bespannung der Streichbögen. Sie besteht für moderne Streichinstrumente aus 110–120 feinen weißen Roßhaaren, nur für Kontrabaß-Bögen werden die rauheren schwarzen verwendet. →auch Bogen.
Bezugsberechtigter, Begünstigter, die Person, die in der Lebensversicherung die Versicherungssumme bei Eintritt des Versicherungsfalls erhalten soll. Beim Normalfall, der widerruflichen Bezugsberechtigung, bleibt der Versicherungsnehmer Träger aller Rechte u. Pflichten aus dem Vertrag u. kann jederzeit die Bezugsberechtigung widerrufen u. ändern. Der B. hat vor Eintritt des Versicherungsfalls noch kein Recht erworben. Bei unwiderruflicher Bezugsberechtigung erwirbt der B. ein sofort entstehendes Recht auf die Versicherungssumme, das ihm gegen seinen Willen nicht entzogen werden kann; der Versicherungsnehmer bleibt jedoch Vertragspartner mit allen Pflichten. Jede Bezugsberechtigung schließt den Zugriff der Erben auf die Versicherungssumme aus.
Bezugsellipsoid = Referenzellipsoid.
Bezugsgenossenschaft, Genossenschaft, die den gemeinsamen Einkauf von Waren für ihre Mitglieder durchführt. Den Bedarf decken z. B. für die Konsumgenossenschaften, für das Handwerk die Rohstoffgenossenschaften u. für die Kleinhändler die Einkaufsgenossenschaften.
Bezugsrecht, im Aktienrecht der Anspruch des Aktionärs auf einen bestimmten Anteil der bei einer Kapitalerhöhung herausgegebenen neuen Aktien (Bezugsaktien; § 186 AktG). Das B. kann durch Beschluß der Hauptversammlung über die Kapitalerhöhung mit einer Mehrheit von drei Vierteln des bei der Beschlußfassung vertretenen Grundkapitals ausgeschlossen werden. Der Wert des B.s ergibt sich aus dem Bezugskurs für die jungen Aktien, dem Börsenkurs der alten Aktien u. dem Bezugsverhältnis von alten zu jungen Aktien. Kurz vor Ausgabe der jungen Aktien wird das B. in der an der Börse zugelassenen Aktien an der Börse notiert.
Bezugsschein, Bescheinigung zum Erwerb zwangsbewirtschafteter Waren.
Bezugssystem, Physik: das Koordinatensy-

stem, in dem die zur eindeutigen Angabe der Lage eines Raumpunkts gegebenen Zahlenwerte jeweils gemessen sind, d. h., auf das sie sich beziehen. Das B. kann willkürl. gewählt werden; der betrachtete physikal. Vorgang hängt von dieser Wahl nicht ab; zu seiner quantitativen Erfassung muß man sich aber für irgendein B. entscheiden. Es gibt kein ausgezeichnetes (absolutes) B. →auch Inertialsystem.

Bf., Abk. für *Bahnhof*.

BFBS [bi ef bi es], Abk. für *British Forces Broadcasting Service*, bis 1964 *British Forces Network*, Abk. *BFN*, seit 1945 in Dtschld. tätige Rundfunkeinrichtung mit Sitz in Köln, die über UKW-Sender in der ehem. brit. Zone u. in Berlin ein Programm für brit. Soldaten in Dtschld. ausstrahlt.

BFH, Abk. für →Bundesfinanzhof.

b flat [bi: ˈflæt], *Musik*: engl. Bez. für den Ton b (der Ton h heißt engl. der alten Ton-Bez. folgend, b).

bfr, Abk. für belg. →Franc.

BGB, 1. Abk. für →Bürgerliches Gesetzbuch. 2. Abk. für Bauern-, Gewerbe- und Bürgerpartei (Schweiz), →Schweizerische Volkspartei.

BGBl., Abk. für →Bundesgesetzblatt.

BGH, Abk. für →Bundesgerichtshof.

BGL, Abk. für →Betriebsgewerkschaftsleitung.

Bhagalpur, ind. Distrikt-Hptst. im NO von Bihar, am Ganges, 175000 Ew.; Universität (1960); Verkehrs- u. Handelszentrum, Seiden- u. Wollweberei.

Bhagawadgita [die; sanskr., „Gesang des Erhabenen"], ind. Lehrgedicht im 6. Buch des *Mahabharata*, das im Kern aus dem 2. Jh. v. Chr. stammt; die B. empfiehlt als Heilsweg die persönl. Gottesliebe (*Bhakti*) u. gehört zu den meistgelesenen Schriften der Hindu aller religiösen Richtungen; seit 1785 in Europa bekannt; Übers. von P. Deussen 1911 u. L. von Schroeder 1912.

Bhakti [die; sanskr., „liebende Hingabe"], gläubige Liebeshingabe an eine der hinduist. Gnadengottheiten (Schiwa, Wischnu, Kali), zugleich einer der drei Erlösungswege neben dem Weg des Werkes u. dem Erkenntnis.

Bhamo, Stadt in Oberbirma, Endpunkt der Irrawaddyschiffahrt u. Ausgangspunkt einer uralten Karawanenstraße nach Yünnan (China), 15000 Ew.; Zuckerrohranbau u. -verarbeitung.

Bharata, Altmeister der ind. Dramaturgie; gibt in seinem „Lehrbuch der Schauspielkunst" theoret. u. prakt. Grundlagen des Dramas, des Tanzes u. der Musik aus der Zeit vom 2. bis 5. Jh. n. Chr.

Bharatija Jana Sangh →Jana Sangh.

Bharatija Lok Dal [„Partei ind. Völker"], 1974 aus 7 Gruppen gebildete ind. Rechtspartei.

Bharatpur, ind. Distrikt-Hptst. im nordöstl. Rajasthan, westl. von Agra, 50000 Ew.; Hptst. des ehem. Fürstenstaats B.

Bharawi, ind. Kunstdichter aus dem 6. Jh. n. Chr.; sein Epos „Kiratardschunija" behandelt den in einer Episode des 3. Buchs des *Mahabharata* geschilderten Kampf Ardschunas mit Schiwa; Übers. von C. Capeller 1912.

Bharhut, Dorf in Madhya Pradesh (Indien), bekannt durch einen alten *Stupa* (1. Jh. v. Chr., heute nicht mehr erhalten). Fragmente befinden sich im Museum von Calcutta, sie zeigen den typ. Stil der vorklass. Zeit.

Bhartrihari, ind. Spruchdichter aus dem 7. Jh. n. Chr.; die Identität mit einem gleichnamigen Grammatiker u. Sprachphilosophen ist fraglich; seine 3 Zenturien (d.h. 100 Strophen) über Liebe, Lebensklugheit u. Weltentsagung wurden in Auswahl von F. *Rückert* übersetzt.

Bhasa, ind. Dramatiker vor *Kalidasa*; die 1910 aufgefundenen 13 Dramen werden heute nicht mehr mit voller Sicherheit B. zugeschrieben; dt. Übers. von H. Weller: „Balatscharita" 1922, „Awimaraka" 1924, „Swapnawasadatta" 1926.

Bhaskara, *B. Atscharja*, ind. Mathematiker u. Astronom, *um 1114, †1185 (?); verfaßte ein Lehrgedicht, in dem das astronom. u. mathemat. Wissen seiner Zeit zusammengefaßt u. erweitert wurde; untersuchte lineare Gleichungen mit zwei Unbekannten; berechnete Werte der Sinusfunktion.

Bhatgaon, *Bhatgang*, Stadt in Nepal, nahe Katmandu, mit alten Tempelbauten, 110000 Ew.

Bhavanagar, Hafenstadt u. Distrikt-Hptst. in Gujarat (Indien), am Golf von Khambhat; 215000 Ew.; alte Hptst. des ehem. Rajputen-Fürstenstaats B.; Zentrum eines Baumwollanbaugebiets, Textilindustrie.

Bhawabhuti, ind. Dramatiker, um 700 n. Chr.; von seinen 3 Dramen behandeln 2 Themen aus dem *Ramajana*; das 3., „Malati u. Madhawa" (übers. von L. Fritze 1884), ist sein Hauptwerk.

BHE, Abk. für →Bund der Heimatvertriebenen und Entrechteten.

Bhearbha, *An B.*, südostir. Fluß, →Barrow.

Bhf., Abk. für Bahnhof.

Bhil, *Bil*, ein Stamm der vorarischen Bevölkerung Indiens, 2 Mill., mit einer Mundart des Gujarâti; bes. in der Gujaratebene, bis zum 5. Jh. auch herrschende Klasse in Rajputana; die Frauen mit Nasen- u. Ohrringen; Totemgruppen.

Bhilai, ind. Industriestadt in Madhya Pradesh, westl. von Raypur, 90000 Ew.; Großstahlwerk (sowjet. Entwicklungshilfe).

Bhili, im nördl. Maharashtra u. westl. Madhya Pradesh der Ind. Union gesprochene neuind. Sprache.

Bhima, linker u. längster Nebenfluß der *Krishna* im Dekan (Indien), 800km; entspringt in den Westghats nahe Bombay, mündet nahe Rayachuru.

Bhopal, *Bhopaul*, zentralind. Fürstentum (gegr. Anfang des 18. Jh.), 18000qkm, seit 1956 zu Madhya Pradesh. – Die gleichnamige Hptst. ist heute Hptst. von *Madhya Pradesh*; 310000 Ew., alte Stadtbefestigung, Nabobschloß; Baumwoll-, Elektroindustrie.

Bhotiya, tibet. Bevölkerung in Nepal, mit tibet. Tracht u. Hindimundart; Kastengliederung, Ziegen- u. Schafzucht.

Bhubaneshwar, *Bhubaneswar*, seit 1948 neue Hptst. des ind. Bundesstaats Orissa, im Delta der Mahanadi, 40000 Ew.; errichtet an der Stelle einer alten Siedlung, die durch hinduist. Tempel u. Schreine (6.–12. Jh.) bekannt ist (u. a. Tribhuvanesvaro-Tempel).

Bhum, *Bhumi* [hind., urdu], Bestandteil von geograph. Namen: Land.

Bhumibol Aduljadej →Phumiphol Aduljadedsch.

Bhutan, amtl. *Drugyul*, ein autonomes, seit 1947 unter ind. Schutz stehendes Himalayafürstentum, seit 1960 Königreich, grenzt im W an Sikkim, im N an Tibet; es wird von N nach S von Nebenflüssen des Brahmaputra durchströmt (Hauptfluß *Manas*), ist 47000 qkm groß u. hat 860000 Ew.; Residenz ist jetzt *Thimbu*, früher *Phunakha* u. *Bumthang*; wichtigstes Zentrum *Paro Dsong*. Die buddhist. Bewohner, meist tibet. Einwanderer (*Bhotiyas*), bauen in den klimat. günstigen Tälern des schwer zugängl., bis 1960 als das verschlossenste Land der Erde geltenden Gebiets zwischen den bis 7500m hohen Nordketten u. den reichbewaldeten südl. Randbergen Körnerfrüchte, Obstbäume, Bananen u.a. an u. treiben Viehzucht. Ihr geringer Außenhandel mit Indien, Tibet u.a. umfaßt meist Wollprodukte. Kulturelle u. industrielle Entwicklung, Nutzung der Wasserkräfte u. Verkehrserschließung sind erst im Anfangsstadium. – ⬜ 6.6.4.

Geschichte: Die ursprüngl. ind. Fürsten wurden

im 9. Jh. von Tibetern vertrieben. Herrschende Religion ist der lamaist. Buddhismus. Seit 1907 wird B. von einem (Erb-)Maharadscha regiert, seit 1972 von Jigme Singhye Wang-Schuk. 1949 übertrug B. Indien die Führung seiner auswärtigen Angelegenheiten. Seit 1971 ist es UN-Mitglied.

Bhutto, Zulfikar Ali Khan, pakistan. Politiker, *1928 Lakarna, †4. 4. 1979 Rawalpindi (hingerichtet); Anwalt, 1958–1966 verschiedene Min.-Posten; Führer der Pakistan People's Party (PPP); nach der Niederlage gegen Indien u. der Abspaltung Bangla Deshs 1971 Staats-Präs.; um Ausgleich mit Indien, Tibet u.a. bemüht; nach Verfassungsänderung 1973–1977 Premier-Min.; vom Militär gestürzt; wegen angebl. Anstiftung zum Mord zum Tode verurteilt.

bi... [lat.], Vorsilbe mit der Bedeutung „zwei, zweifach".

Bi, chem. Zeichen für *Wismut* (lat. *Bismutum*).

Biafra, die am 30. 5. 1967 in der Ostregion Nigerias ausgerufene unabhängige Republik (bis 1970)

Bhutan: Kloster Paro Dsong

Das Gebiet umfaßte 76 355 qkm mit 12,4 Mill. Ew. Vorausgegangen war der Sezession am 15. 1. 1966 ein Staatsstreich jüngerer Offiziere gegen die Bundesregierung u. die Regional-Regierungen Nigerias. Die Putschisten wollten der Korruption u. den inneren Unruhen ein Ende machen, die durch ein Geflecht von Stammes- u. Klassenkonflikten erzeugt wurden. Sie setzten sich jedoch nicht durch. In den folgenden Monaten der Herrschaft des Generals J. *Ironsi*, der ein Ibo aus der Ostregion war, staute sich vor allem in Nordnigeria Haß gegen die Ibo an; er entlud sich nach Ironsis Ermordung (29. 7. 1966) in ibofeindl. Pogromen, denen etwa 30 000 Menschen zum Opfer fielen; 1 Mill. Ibo flohen in die Ostregion, ihr Herkunftsland. Daraufhin isolierte der Militärgouverneur der Ostregion, Oberstleutnant Ch. *Ojukwu*, die Ostregion vom übrigen Nigeria u. versuchte, dem Land eine neue Verfassung (als lockerer Staatenbund) zu geben. Als die neue Bundesregierung unter Oberstleutnant Y. *Gowon* dies ablehnte, vielmehr alle Regionen (auch die Ostregion) in kleinere Einheiten aufteilte, erklärte Ojukwu die Sezession u. die Unabhängigkeit B.s. Die wirtschaftl. Lebensfähigkeit des neuen Staates schien durch reiche Erdölvorkommen gesichert.
Nigeria griff B. jedoch militär. an u. blockierte es von der See aus. Der biafran. Widerstand war zunächst erfolgreich, in einer Gegenoffensive gelangten biafran. Truppen im August 1967 bis Benin. Nicht nur die Ibo als Hauptträger des neuen Staates, sondern auch die Minderheitengruppen verhielten sich gegenüber der Regierung B.s loyal. Die Nigerianer eroberten jedoch B.s Hauptstadt Enugu u. 1968 die Hafenstadt Port Harcourt. Nur vier afrikan. Staaten (Tansania, Sambia, Elfenbeinküste, Gabun) u. Haiti erkannten B. diplomat. an. Während Großbritannien u. die Sowjetunion massive Militärhilfe an Nigeria leisteten, unterstützten B. nur Frankreich u. private Gruppen aus vielen westl. Ländern. Eine Luftbrücke zur Versorgung B.s wurde nur unter großen techn. Schwierigkeiten von der portugies. Insel São Tomé aus aufrechterhalten. Katastrophaler Mangel an Nahrungsmitteln, Waffen u. Versorgungsgütern führte Anfang 1970 zum militär. Zusammenbruch B.s. Ojukwu floh ins Ausland, u. B. mußte 1970 kapitulieren. – ⌷→Nigeria (Geschichte). – ⌷ 5.3.4.

Biała, Karpatenzufluß des Dunajec, mündet westl. von Tarnów, 115 km.

Biała Podlaska, poln. Stadt, nördl. von Lublin, Hptst. (seit 1975) der Wojewodschaft B. P., 30 000 Ew.; Lebensmittel-, Holz- u. Tuchindustrie.

Białas, Günter, Komponist, *19. 7. 1907 Bielschowitz, Oberschlesien; Prof. an der Musikhochschule München, expressiver Klassizist. Werke: Opern („Hero und Leander" 1966; „Aucassin und Nicolette" 1969; „Der gestiefelte Kater" 1975), Kantaten („Gesang von den Tieren" 1950; „Indianische Kantate" 1951; „Oraculum" 1953), „Invokationen" für Orchester 1957, Solokonzerte, Liedzyklen u. Kammermusik.

Białik, Chajim Nachman, hebräischer Dichter, *9. 1. 1873 Rady, Wolynien, †4. 7. 1934 Wien; lebte in Tel Aviv; förderte mit Lyrik, Epik, Übersetzungen u. Studien das Hebräische als Literatursprache; „Hebräische Gedichte" dt. 1911; „Jidd. Gedichte" dt. 1920; Essays dt. 1925.

Białostocki, Jan, poln. Kunsthistoriker, *14. 8. 1921 Saratow; seit 1956 Direktor der Gemäldegalerie in Warschau, Prof. in Warschau (seit 1962), Gastprofessuren in Leiden u. den USA; veröffentlichte Quellenschriften zur europ. Kunst u. Kunsttheorie. „Europäische Malerei in polnischen Sammlungen" 1957; „Probleme der Geschichte der Kunsttheorie und Ikonographie" 1959 und 1961; „Stil und Ikonographie" 1966.

Białowieżer Heide, poln. *Puszcza Białowieska*, großes Urwaldgebiet (1250 qkm, davon in Polen 580 qkm) an der poln.-sowjet. Grenze, südöstl. von Białystok; Nationalpark, Naturschutzgebiet für Wisente u. Elche.

Białystok, nordpoln. Stadt, Hptst. der stark landwirtschaftl. Wojewodschaft B., 178 000 Ew.; Maschinenbau, Metall-, Leder-, Elektro-, Textil-, chem. u. holzverarbeitende Industrie; Medizin. Akademie.

Bianco, Bianca [ital.], Bestandteil von geograph. Namen: weiß.

Bianco Chiaro [-ki'aro], frz. *Blanc clair*, Sammelbegriff für weiße bis leicht bläul. Marmorarten Italiens; bekannteste Gewinnung in Carrara, Massa, Lucca. →auch Marmor.

Biarritz, bask. *Miarritze*, südwestfranzös. Stadt u.

Białowieżer Heide: Wisente im Freigehege

mondänes Seebad am Golf von Biscaya, 27 000 Ew.; ganzjähriger Kurort, Heilbad (Salzquellen von *Briscous*).

Bias ['baiəs; engl. „Schiefe"], *Statistik:* die Verzerrung statist. Ergebnisse, die z.B. bei einem Stichprobenverfahren dadurch entsteht, daß der Stichprobenumfang nicht ausreicht, das Auswahlverfahren nicht streng eingehalten wird oder die Zahl der Ausfälle bei den Befragten zu hoch ist.

Bias von Priene, einer der „Sieben Weisen Griechenlands", um 570 v. Chr.; prägte den Ausspruch „All meine Habe trage ich bei mir" (lat. „Omnia mea mecum porto"), als er aus seiner Heimatstadt fliehen mußte.

Biathlon [das; grch. „Doppelwettkampf"], im Skisport eine Verbindung von 20 km Skilanglauf u. 4 Schießübungen: nach jeweils 4,5 km müssen Serien zu je 5 Schuß auf eine 150 m entfernte Scheibe, abwechselnd je zweimal mit liegendem u. stehendem Anschlag, aus einem nichtautomatischen Gewehr abgegeben werden. Fehlschüsse ergeben bis zu 2 Min. Strafzeit; Einzel- u. Mannschaftswettbewerb (4 Läufer); seit 1960 olymp. Disziplin.

Biba, oberägypt. Stadt am Nil, oberhalb von Beni Suef, 30 000 Ew.; Baumwollverarbeitung.

Bibai, japan. Präfektur-Hptst. im Innern Hokkaidos, nördl. von Yubari, 70 000 Ew.; Papier-, Keramikindustrie.

Bibalo, Antonio, italien. Komponist, *18. 1. 1922 Triest; studierte in London Zwölftontechnik, lebt seit 1952 in Norwegen. Eine Oper „Das Lächeln am Fuße der Leiter" (nach der Erzählung von H. *Miller*) wurde 1965 in Hamburg uraufgeführt. B. schrieb außerdem Instrumentalkonzerte u. „Kinderstücke für Klavier".

Biban el moluk [arab. „Tore der Könige"], heutiger Name für das →Tal der Könige in Westtheben, Oberägypten, in dem sich 1500–1000 v. Chr. die Pharaonen des Neuen Reichs bestatten ließen.

Bibel [grch. *biblia*, „Bücher"], *Buch der Bücher, Heilige Schrift*, die als Offenbarung Gottes u. daher von allen christl. Kirchen u. Gruppen als normativ anerkannten Schriften des hebräisch geschriebenen *Alten Testaments* (A.T.) u. des griech. geschriebenen *Neuen Testaments* (N.T.). Die Schriften des A.T. werden in den meisten neueren Übersetzungen, allerdings nicht ganz einheitlich, in drei Gruppen eingeteilt, wobei nicht unerhebliche Unterschiede in der Einteilung, Zählung u. Benennung sowohl gegenüber dem im Judentum geltenden hebräischen Text des A.T. als auch gegenüber den alten griech. (*Septuaginta* u.a.) u. latein. (*Vulgata* u.a.) Übersetzungen des A.T. festzustellen sind. Die *Lutherbibel* teilt folgendermaßen ein: I. die Geschichtsbücher, die bis zur Landnahme der 12 Stämme in Palästina führen: 1. Buch Mose (*Genesis*), 2. Buch Mose (*Exodus*), 3. Buch Mose (*Leviticus*), 4. Buch Mose (*Numeri*), 5. Buch Mose (*Deuteronomium*). Das Judentum faßt die 5 Bücher Mose unter dem Begriff *Thora* („Gesetz") zusammen, die einzelnen Bücher werden nach dem ersten Wort des hebr. Textes benannt, z. B. *bĕrēshith* („Am Anfang"; 1. Buch Mose); II. die Bücher der Geschichte im Land: Josua, Richter (*Judicum*), Ruth, 2 Bücher Samuel, 2 Bücher der Könige, 2 Bücher der Chronik, Esra, Nehemia u. Esther; III. Lehrbücher, auch poetische Bücher genannt: Hiob (*Iob*), Psalmen, Sprüche Salomos (*Proverbia*), Prediger Salomo (*Kohelet, Ecclesiastes*) u. Hoheslied Salomos (*Canticum canticorum*); IV. prophetische Bücher: Jesaja (*Isaia*), Jeremia, Klagelieder Jeremias (*Threni*), Hesekiel (*Ezechiel*), Daniel, Hosea, Joel, Amos, Obadja, Jona, Micha, Nahum, Habakuk, Zephanja, Haggai, Sacharja u. Maleachi. Hosea bis Maleachi werden oft unter der Bezeichnung „12 kleine Propheten" zusammengefaßt.

Das N.T. umfaßt: I. die Evangelien (*Matthäus, Markus, Lukas, Johannes*); II. die Apostelgeschichte des Lukas, die oft zusammen mit den Evangelien die Gruppe „Geschichtsbücher" bildet; III. die Lehrbücher: Brief an die Römer, 2 Briefe an die Korinther, Briefe an die Galater, Epheser, Philipper, Kolosser, 2 Briefe an die Thessalonicher, 2 Briefe an Timotheus, Briefe an Titus u. Philemon. Diese Briefe werden oft zu einer eigenen Gruppe „Die Briefe des Apostels Paulus" zusammengefaßt. Ihr folgt dann die Gruppe „Die katholischen Briefe", deren Reihenfolge schwankt: Brief an die Hebräer, Brief des Jakobus, 2 Briefe des Petrus, 3 Briefe des Johannes, Brief des Judas; IV. die Offenbarung des Johannes (*Apokalypse*).

Das A.T. u. das N.T. haben eine lange Entste-

Bibeldruckpapier

Jesajarolle aus Qumran; 2. Jh. v. Chr. Jerusalem, Israel-Museum

hungsgeschichte, in der die anerkannten Schriften von anderen Schriften ähnlichen Inhalts gesondert wurden *(Kanonisierung);* sie kann als um 400 n. Chr. abgeschlossen gelten. Das A. T. u. das N. T. sind zudem durch eine lange u. z. T. recht komplizierte Textgeschichte gegangen (→Bibelhandschriften), die sich ihrerseits in der Geschichte ihrer Übersetzung widerspiegelt u. deren völlige Aufhellung noch aussteht. Hier liegt eine der Aufgaben der modernen B.wissenschaft: die Gewinnung eines Textes, der dem im Lauf der Zeit, vor allem durch Abschreiber, verdunkelten ursprüngl. Text möglichst nahekommt. Die modernen B.übersetzungen suchen den Ergebnissen dieser Arbeit gewissenhaft Rechnung zu tragen, so auch die revidierte Lutherbibel von 1964. Ein verläßlicher Text ist u. a. deshalb von Bedeutung, weil von allen christl. Kirchen die B. als authent. Grundlage für Lehre u. Leben angesehen wird. Für die kath. Kirche, für die die Lehrentscheidungen des Papstes ebenfalls grundlegend sind, ist durch das 2. Vatikan. Konzil die Bibel als Fundament der Kirche erneut in das Bewußtsein gerückt worden. – ▭ 1.9.2.

Bibeldruckpapier, Dünndruckpapier in Gewichten von ca. 20–40 g/qm, holzfrei, teilweise rein aus Hadern hergestellt, deckend gearbeitet, fest.

Bibelgesellschaften, gemeinnützige Vereinigungen zur Verbreitung der Bibel in Europa u. Amerika u. für die Versorgung der sog. Jungen Kirchen mit Bibeln in Eingeborenensprachen: seit 1710 von Cansteinsche Bibelanstalt in Halle; seit 1804 British and Foreign Bible Society in London; seit 1812 Privilegierte Württembergische Bibelanstalt in Stuttgart; seit 1909 Päpstl. Bibelinstitut in Rom. In Dtschld. gibt es heute 43 ev. Gesellschaften u. das kath. Bibelwerk (Stuttgart, seit 1934). Seit 1950 sind sämtl. B. in dem Weltbund der B. *(United Bible Society)* zusammengeschlossen (Sitz: Stuttgart) mit dem Ziel weltweiter u. Ökumenischer Koordination der Kräfte.

Bibelhandschriften. Die wichtigsten B. stammen hauptsächl. aus dem 2. Jh. v. Chr. bis zum 10. Jh. Die bekanntesten, (ursprüngl.) vollständigen sind: der *Codex Sinaiticus* (von K. von *Tischendorf* im Katharinen-Kloster auf dem Sinai gefunden, jetzt im Brit. Museum; aus dem 4. Jh.; enthält das A. T. fast ganz u. das N.T. vollständig mit einigen urchristl. Schriften), der *Codex Vaticanus* (aus dem 4. Jh.) u. der *Codex Alexandrinus* (aus dem 5. Jh.). Speziell für das A. T. sind die 1947 begonnenen Entdeckungen zahlreicher Handschriften in *Qumran* (am Nordwestufer des Toten Meeres) von großer Bedeutung. Seit 1952 kommen wichtige Handschriftenfragmente aus dem 1./2. Jh. n. Chr., die im Wadi Murabba'at (ungefähr 18 km von Qumran) gefunden wurden, hinzu.

Bibelkommission, in Rom von Papst Leo XIII. 1902 ins Leben gerufen zur Förderung des Bibelstudiums u. zur Entscheidung von strittigen bibl. Fragen; mit dem *Bibelinstitut* verbunden.

Bibelkreis, Abk. *B.K.,* Schülervereinigungen an höheren Schulen, entstanden seit 1883 zum Lesen u. Besprechen der Bibel; nach 1945 Zusammenschluß der B.e in der *Evangelischen Jugend Deutschlands – Schülerbibelkreise.*

Bibelkritik, die Anwendung moderner wissenschaftl. philolog. u. histor. Methoden auf die Bibel. Insofern die Bibel von Menschen geschrieben, überliefert u. übersetzt ist, hat die B. ihre Notwendigkeit u. Berechtigung; sie kann dagegen nicht helfen, die Bibel als „Wort Gottes" zu verstehen. →auch Hermeneutik, Textkritik.

Biber, *Castoridae,* Familie der *Nagetiere,* von plumpem Körperbau, mit plattem Schuppenschwanz u. Schwimmfüßen. Die B. legen aus abgenagten Ästen kunstvolle Dammbauten an. Der europäische B., *Castor fiber,* ist mit 95 cm Körperlänge das größte Nagetier Eurasiens (in Dtschld. nur noch bei Wittenberg an der Elbe). Zwei weitere Arten (oder Rassen) leben in Nordamerika. – ▭ S. 10.

Biber, Heinrich Ignaz Franz von, österr. Komponist, *12. 8. 1644 Wartenberg, Böhmen, †3. 5. 1704 Salzburg; einer der größten Geigenvirtuosen des 17. Jh. (u. a. Ausbildung der Doppelgrifftechnik); komponierte Opern, Kirchenmusik u. Sonaten (erste Programmusik für Streicher).

Biberach, *B. an der Riß,* baden-württ. Kreisstadt in Oberschwaben, 28 600 Ew.; mittelalterl. Altstadt; Bauingenieurschule; Maschinenbau, feinmechan., Posamenten- u. pharmazeut. Industrie; Kneippkuranstalt *Jordanbad.* – Ldkrs. B.: 1410 qkm, 150 000 Ew.

Bibergarn, nach dem Streichgarnverfahren hergestelltes Baumwollgarn mit weicher Drehung für geraute Artikel.

Bibergeil, *Castoreum,* stark nach Phenol riechendes Sekret zweier in den Vorhautsack des →Bibers mündenden Drüsen; früher als krampfstillendes Mittel benutzt, heute in Verdünnung zu Seifen u. Parfüms verwendet. Die Jagd nach dem B. war die Hauptursache dafür, daß die Biber in Amerika u. Europa fast ausgerottet wurden.

Biberindianer, der Athapaskenstamm der →Beaver.

Biberist, schweizer. Gemeinde im Kanton Solothurn, südöstl. von Solothurn, an der Emme, 7500 Ew.; größte Papierfabrik der Schweiz.

Biberklee = Bitterklee.

Biberkopf, Gipfel in den Allgäuer Hochalpen, südl. von Oberstdorf, 2600 m.

Biberlaus = Pelzflohkäfer.

Bibernelle, *Pimpinella,* ein *Doldengewächs.* Die Wurzeln von *Pimpinella saxifraga* u. *Pimpinella major* werden als *Radix Pimpinellae* bei Verdauungsstörungen, gegen Husten u. als Wundmittel verwendet. *Pimpinella anisum* liefert das bekannte Gewürz →Anis.

Biberratte →Sumpfbiber.

Biberschwanz, flacher Dachziegel oder Dach-

Anfang des Römerbriefs aus dem Codex Vaticanus; 4. Jh. Biblioteca Vaticana (oben). – Eine Seite des Johannesevangeliums aus dem Codex Sinaiticus; 4. Jh. London, Britisches Museum (unten)

BIBEL-HANDSCHRIFTEN

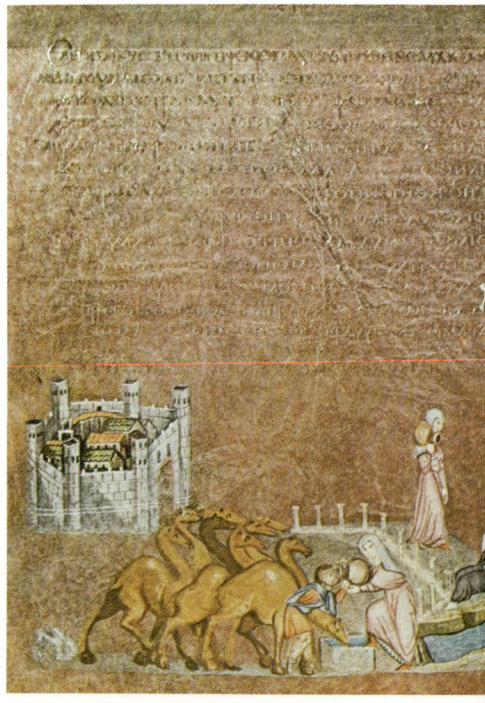

Wiener Genesis, Elieser und Rebekka; 6. Jh. Wien, Österreichische Nationalbibliothek

stein, mit vorspringender Nase zum Aufhängen an der Dachlatte.

Bibiena, *Galli da B.*, italien. Künstlerfamilie des 17. u. 18. Jh., tätig auf dem Gebiet der hoch- u. spätbarocken Theaterarchitektur u. -dekoration:
1. Antonio, Sohn von 3), *16. 1. 1700 Parma, †1774 Mailand (?); ausgebildet in Bologna, u. a. als Schüler seines Vaters; als Theatermaler u. -ingenieur tätig in Wien, Ungarn u. mehreren italien. Städten, gelegentl. auch als Dekorationsmaler für Kirchen beschäftigt.
2. Carlo, Sohn von 5), *1728 Wien, †nach 1778; als Theaterdekorateur tätig u. a. in Bayreuth, München, Braunschweig, London u. Berlin.
3. Ferdinando, *18. 8. 1657 Bologna, †3. 1. 1743 Bologna; tätig in Parma, Piacenza u. Wien als Dekorationsmaler, Architekt u. Gartenkünstler; veröffentlichte 1711 sein kunsttheoret. Hptw.: „L'architettura Civile".
4. Francesco, *12. 12. 1659 Bologna, †20. 1. 1739 Bologna; tätig u. a. in Rom, Mantua, Genua u. Wien als Theaterdekorateur u. Architekt; entwarf Pläne für Opernbauten in Wien, Nancy u. Verona.
5. Giuseppe, Sohn von 3), *5. 1. 1696 Parma, †1756 Berlin; seit 1712 in Wien, seit 1722 u. a. in München, Prag, Linz, Dresden u. Berlin tätig; schuf zahlreiche prunkvolle Theaterdekorationen, bes. für Opern, trat gelegentl. auch mit Architekturentwürfen hervor. – ▭2.4.4.

Biblia pauperum [lat.] →Armenbibel.

Bibliographie [grch., „Bücherverzeichnis"], ein Verzeichnis oder Katalog von Buchtiteln u. a. Veröffentlichungen, zusammengestellt u. geordnet nach bestimmten Gesichtspunkten (daneben entwickelte sich im französ. u. angelsächs. Sprachraum die Bedeutung „Buchforschung"). Ein Beispiel aus der Antike sind die „Literaturtafeln", die *Kallimachos* aufgrund der Bestände der Bibliothek in Alexandria zusammenstellte. Seit der Erfindung des Buchdrucks erhält die B. gesteigerte Bedeutung für wissenschaftl. Tätigkeit wie für den Buchhandel. Nach dem Inhalt unterscheidet man: Allgemein-B.n (darunter internationale u. nationale), Fach-B.n, Personal-B.n u. B.n der B.n. Die früheste gedruckte internationale Allgemein-B. umfassender Art ist die „Bibliotheca universalis" von Konrad Gesner, 1545 (Neudruck 1966).

Allgemeine nationale B.n: *Deutschland*: W. Heinsius, Allg. Bücherlexikon aller von 1700–1892 erschienenen Bücher (1812–1894); Chr. G. Kayser, Vollständiges Bücherlexikon, enthaltend alle von 1750–1910 in Dtschld. gedruckten Bücher (1834–1911); Fortsetzung zu beiden für 1911ff.: Dt. Bücherverzeichnis (1916ff.); Dt. National-B., hrsg. von der Dt. Bücherei, Leipzig, seit 1913; Dt. B., hrsg. von der Dt. Bibliothek, Frankfurt a. M., seit 1947. – *Österreich*: Österr. B., seit 1946. – *Schweiz*: Bibliograph. Bulletin der Schweiz für 1901–42; Das Schweizer Buch, 1943 ff.; Schweizer Bücherverzeichnis für 1948 ff. (1951ff); Schweizer. National-B. für 1951 ff. (1956 ff.). – *Frankreich*: J. M. Quérard, La France littéraire, für 1700–1827, Forts. bis 1849 (1827–57); O. Lorenz, Catalogue général de la librairie française, für 1840–1925 (1867–1945); Livres de l'année (1922 ff.); Catalogue Valdras 1929–35 (1930–36); La librairie française (1933 ff.). – *England:* W. Th. Lowndes, The Bibliographer's Manual of English literature (1857–64); R. A. Peddie u. Q. Waddington, The English Catalogue of books 1801–36 (1914), für 1835 ff. (1864 ff.); The publisher's Circular and bookseller's record (1837 ff.); The British National Bibliography (1950 ff.). – *USA*: Ch. Evans, American Bibliography, für 1639–1820 (1903 ff.); O. A. Roorbach, Bibliotheca Americana, für 1820–61 (1852–61); J. Kelly, American Catalogue of books, für 1861–70 (1866–71); The American

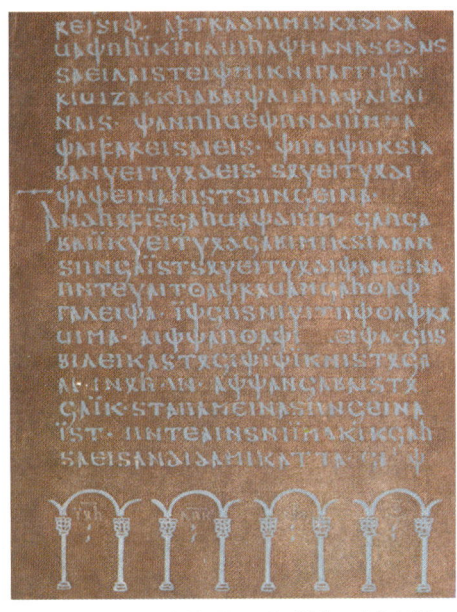

Codex argenteus; 6. Jh. Uppsala, Universitätsbibl.

Book of Kells; Ende 8. Jh./Anfang 9. Jh. Dublin, Trinity College

Evangeliar Ottos III., Fußwaschung Petri; Reichenauer Schule, 10. Jh. München, Bayer. Staatsbibliothek

Admonter Riesenbibel, Anfang des Buches Hiob; um 1140. Wien, Österreichische Nationalbibliothek

Bibelfragment aus Pontigny, Initiale mit dem Sechstagewerk; Anfang 13. Jh. Paris, Bibliothèque Nationale

bibliographieren

Catalog, für 1876–1910 (1880–1911); The Cumulative Book Index (1898 ff.); The United States Catalog, bis 1935; Publishers' Weekly 1872 ff.; American book publishing record 1960 ff. Zeitschriften-B.: Internationale B. der Zeitschriftenliteratur, begr. von F. Dietrich (1896 ff.). Zum Teil werden Neudrucke älterer Bibliographien von Reprint-Verlagen herausgebracht. B.n der B.n: H. Bohatta u. F. Hodes (1950); T. Besterman (4. ed., 1–5. 1965/66); L.-N. Malclès (1–3. 1950–58); W. Totok, R. Weitzel, K.-H. Weimann, 3. Aufl. 1966. – ▢3.7.0.

bibliographieren, den Titel einer Schrift bibliographisch verzeichnen oder genau feststellen.

Bibliographisches Institut AG, bis 1945 Verlag u. graph. Großbetrieb in Leipzig, gegr. 1826 von Joseph *Meyer* in Gotha, 1828 nach Hildburghausen, 1874 nach Leipzig verlegt; Klassikerausgaben, Nachschlagewerke (Meyers Lexikon), Rechtschreibebücher (Duden), Kartenwerke, Reisebücher, geschichtl., kunsthistor., naturwissenschaftl. u. a. Werke. 1954 verlegte die AG ihren Sitz nach Mannheim u. setzte die Produktion mit Lexika, Duden u. a. fort. Der seit 1946 volkseigene Verlag *VEB Bibliographisches Institut* in Leipzig gibt Lexika u. a. Nachschlagewerke heraus.

Bibliolithen [Mz.; grch.], Handschriften der Antike, die bei Vulkanausbrüchen halb verkohlt sind u. das Aussehen von Steinen erhalten haben.

Bibliomanie [grch., „Bücherwahn, -sucht"], krankhafter Drang, Bücher u. Handschriften zu sammeln, u. U. auch durch Betrug u. Diebstahl.

Bibliomantie [grch.], das Weissagen aus (zufällig aufgeschlagenen) Stellen eines Buchs, bes. aus Bibelstellen.

Bibliophile, Bücherliebhaber, der bes. wertvolle, seltene Bücher sammelt.

Bibliotheca Hertziana →Hertziana.

Bibliothek →S. 13.

Bibliothekar, Berufsbez. für die Angehörigen der verschiedenen Bibliotheksdienste. An den öffentl. Bibliotheken der BRD sind tätig 1. Beamte: *Bibliotheksräte* (Hochschulstudium), *Bibliotheksinspektoren* (Abitur), *Bibliothekssekretäre* (Volksschule); 2. Angestellte: *Diplombibliothekare*. Die Ausbildungsvorschriften des Bundes u. der einzelnen Bundesländer weichen voneinander ab. Außerdem unterscheidet sich die Ausbildung der Anwärter für die wissenschaftl. Bibliotheken von der für die allgemeinbildenden öffentl. Büchereien. – Berufsorganisationen: Verein Dt. Bibliothekare e. V.; Verein der Diplom-Bibliothekare an wissenschaftl. Bibliotheken e. V.; Verein der Bibliothekare an Öffentl. Büchereien e. V.

Bibliothèque Nationale [-'tek nasjɔ'naːl], Paris, hervorgegangen aus der *Bibliothèque Royale* (1518); ältestes Pflichtexemplar von 1536. Bestand: über 6 Mill. Bde., 155 000 Handschriften. – Gedruckter Katalog (Catalogue général … 1897 ff.).

biblisches Drama, das vom *geistl. Drama* unterschiedene Schauspiel, das besondere bibl. Stoffe darstellt; seit dem 16. Jh. neben den anonymen geistl. Spielen von namentl. bekannten Dichtern in geschlossener dramat. Form verfaßt. Am Anfang stehen B. *Waldis* („Der verlorene Sohn" 1527), P. *Rebhun* („Susanne" 1536) u. H. *Sachs* („Judith" 1551). Die Gattung wurde durch alle Jahrhunderte bis in die Gegenwart weitergeführt (J. *Giraudoux*: „Judith" 1931; Ch. *Fry*: „The firstborn" 1946).

biblische Theologie, systemat. oder histor. Darstellung der Glaubensaussagen der Bibel.

Biblizismus, ein ungeschichtl. Bibelverständnis, dem die ganze Bibel gleichmäßig als wahres u. verbindliches Wort Gottes gilt. Dadurch wird die Bibel als Anweisung für Glauben u. Leben der Christen direkt in die Gegenwart hineingestellt, ohne Abstand zu bedenken. In den Darstellungen der Theologiegeschichte werden verschiedene Richtungen u. Schulen als B. bezeichnet, meist im abwertenden Sinn.

Bibracte, Hauptort der *Häduer* auf dem Mont Beuvray, westl. von Autun. Hier schlug Cäsar 58 v. Chr. die Helvetier.

Bicarbonate, Bez. für →Hydrogencarbonate.

Bichat [bi'ʃa], Marie-François-Xavier, französ. Arzt u. Anatom, *11. 11. 1771 Thoirette, Dép. Jura, †21. 7. 1802 Paris; Vorläufer der modernen Histopathologie; beschrieb 1801 den nach ihm benannten *B.schen Wangenfettpfropf* beim gesunden Säugling.

Bichsel, Peter, schweizer. Schriftsteller, *24. 3. 1935 Luzern; Volksschullehrer, 1965 Preis der „Gruppe 47"; machte sich einen Namen mit Geschichten, hinter deren äußerer Schlichtheit sich Abgründiges verbirgt: „Eigentlich möchte Frau Blum den Milchmann kennenlernen" 1964; „Die Jahreszeiten" 1967; „Kindergeschichten" 1969.

Bickbeere = Heidelbeere.

Bicornes, *Ericales*, Ordnung der sympetalen, zweikeimblättrigen Pflanzen (*Sympetalae*), Sträucher u. Stauden, vorwiegend *Mykorrhiza-Pflanzen*. Hierher gehören die Familien: *Wintergrüngewächse*, Pyrolaceae; *Heidekrautgewächse*, Ericaceae; *Krähenbeerengewächse*, Empetraceae; *Clethraceae*; Epacridaceae.

Bida, moscheenreiche Handels- u. Gewerbestadt in Nigeria, 35 000 Ew.; Glashandwerk, Schmuckwarenherstellung.

Bidault [bi'do], Georges, französ. Politiker, *5. 10. 1899 Moulins; Geschichtsprofessor, kath.-sozialer Publizist u. Parteiführer, im 2. Weltkrieg einer der Führer der Résistance, Mitgründer des (kath.) *Mouvement républicain populaire* (Abk. MRP), 1946 Präs. der Provisor. Regierung, 1944–1946 u. 1953/54 Außen-Min., 1946 u. 1949/50 Min.-Präs.; Gegner der Algerien-Politik de Gaulles, OAS-Führer; ging 1963 nach Brasilien ins Exil, 1968 zurückgekehrt u. amnestiert.

Bidermann, Jakob, Dramatiker, *1578 Ehingen bei Ulm, †20. 8. 1639 Rom; Jesuit, Bahnbrecher des latein. *Jesuitendramas*, das mit allen theatral. Mitteln den Glaubensgehalt sinnfällig macht. „Cenodoxus" 1602 u. 1609, dt. 1635; „Belisarius" 1607. – ▢3.2.0.

Bie, Oskar, Musikschriftsteller, *9. 2. 1864 Breslau, †21. 4. 1938 Berlin; schrieb „Das Klavier und seine Meister" 1898; „Die Oper" 1913.

Bieber, Margarete, Archäologin, *31. 7. 1879 Schönau, Westpreußen; 1931–1933 Prof. in Gießen, dann Lektorin an US-amerikan. Universitäten. „The Sculpture of the Hellenistic Age" 1961; „The History of Greek and Roman Theatre" ²1961; „The Statue of Cybele in the J. Paul Getty Museum" 1968.

Biebrich, seit 1926 Ortsteil von Wiesbaden, am Rhein; 1744–1840 nassauische Residenz; Barockschloß mit großem Park; Rheinhafen.

Biebrza ['bjɛbʒa; die], rechter Nebenfluß des Narew, 164 km; mündet östl. von Łomża, im System des *Augustówkanals*.

Biedenkopf, nordhess. Stadt an der oberen Lahn (Ldkrs. Marburg-B.), 15 000 Ew.; Landgrafenschloß (14. Jh.); Luftkurort; Maschinen-, Eisen-, Kunststoff-, Textilindustrie.

Biedenkopf, Kurt Hans, Rechtswissenschaftler u. Politiker (CDU), *28. 1. 1930 Ludwigshafen; 1964–1970 Prof. in Bochum, 1971–1973 Mitgl. der Geschäftsleitung im Henkel-Konzern. 1973 bis 1977 Generalsekretär der CDU, seit 1976 MdB, seit 1977 Vors. des CDU-Landesverbands Westfalen-Lippe.

Biedermeier, Stilbez. für Formen der dt. Wohnkultur, Malerei u. Dichtkunst zwischen 1815 u. 1848, ursprüngl. entstanden aus der Verbindung zweier 1848 von V. von *Scheffel* in den „Münchner Fliegenden Blättern" geschaffenen Philisterkarikaturen, deren Namen L. *Eichrodt* 1850 kombinierte. Unter „literarischem B." versteht man die Dichtung, die nicht der antibürgerl. Richtung des „Jungen Deutschland" (F. *Freiligrath*, G. *Herwegh*) angehörte u. deren durch Vergangenheitssehnsucht gekennzeichnete Werke den Bezug auf polit. Tagesfragen bewußt ausschieden: F. *Grillparzer*, A. *Stifter*, E. *Mörike* u. a.

Am deutlichsten wird der Stil des B.s in der Wohnkultur: Klar u. zweckmäßig gebaute, leichte, zierliche u. handwerkl. vorzüglich gearbeitete Möbel, helle, geblümte Stoffe u. weich geschwungene Linien bestimmen den Eindruck des Raums. An den Möbeln wirkt nicht eine Flächendekoration, sondern die Maserung des polierten Holzes als Schmuckelement. Der behagl. Wohnraum des B.s ist typisch für die friedl., kleinbürgerl. Atmosphäre der vorrevolutionären Zeit. Auch in der Malerei wird diese Stimmung faßbar; dargestellt werden das bürgerl. Kleinstadt- u. Wohnmilieu, idyll. Landschaften u. unpathetische, einfache Menschen. Hauptmeister: C. *Spitzweg*, F. G. *Waldmüller*, J. P. *Hasenclever*, J. *Oldach*. – ▢2.5.1.

Biederstein Verlag, München, 1946 gegr. zur Übernahme u. Erweiterung der schöngeistigen Abteilung der *C. H. Beck'schen Verlagsbuchhandlung*.

Biber beim Fällen eines Baumes

Biber: Dammbauten des nordamerikanischen Bibers Castor fiber canadensis

Biegefestigkeit, der Widerstand (Grenzwert) gegen Kräfte, die rechtwinklig zur Längsachse eines Körpers (Balken, Platte) wirken u. diesen auf Durchbiegung bis zum Bruch beanspruchen. Beim Durchbiegen herrscht an der einen Seite Zug, an der anderen Druck. Je nachdem gegen welche Art der Beanspruchung der Stoff weniger widerstandsfähig ist (z.B. Holz auf Druck, Beton auf Zug), wirkt sich die Zerstörung aus.

Biegeholz, *Formvollholz,* Laubholz (z.B. Ahorn, Birnbaum, Kirschbaum, Rotbuche), das durch Dämpfen u. anschließendes Stauchen in Biegemaschinen dauernd biegsam u. verformbar gemacht worden ist. Vor der endgültigen Verwendung wird das Holz gebogen u. in der erzwungenen Form durch Nägel, Zwingen u. ä. festgehalten u. langsam abgetrocknet, so daß die Form erstarrt. Verwendung für geschweifte Formen im Möbelbau (auch Tonmöbel), im Fahrzeug- u. Segelflugzeugbau, für Sportgeräte u. a. Die gleiche Verformungstechnik läßt sich auch auf →Schichtholz u. →Sperrholz anwenden.

Biegelinie →Festigkeitslehre.

Biegemaschinen, zum Biegen von Holz, Drähten, Stäben, Rohren, Blechen u.a. gebaute Maschinen, die ihren Zweck erreichen entweder 1. durch einfaches Abbiegen (Abbiege-, Abkant- u. Rohrbiegemaschinen) oder 2. durch Walzen u. Abbiegen (Biegewalzwerke, Blechrundmaschinen, Profilwalzmaschinen) oder 3. durch Pressen (Biegepressen, Abkantpressen).

biegen, Werkstoffe aller Art um *Biegeachsen* mit Hilfe einfacher Werkzeuge umformen. Holz, auch Rohr, Bambus u.ä. werden unter Einwirkung von feuchter Hitze gebogen u. müssen lange im gewünschten Zustand festgehalten werden; Glas-, Preß- u. ähnl. Stoffe (z.B. thermoplastische Kunststoffe) werden heiß gebogen. Bei Metallen wendet man verschiedene, von der Form des Werkstücks abhängige Methoden an: Dünne Bleche u. Stäbe werden kalt gebogen (oder gewalzt oder geschlagen); dickere Werkstücke biegt man in rotglühendem Zustand; dabei werden dickwandige Rohre mit Sand ausgefüllt, um Faltenbildung zu vermeiden, dünnwandige Rohre (Ofenrohre) absatzweise so behandelt, daß die unvermeidlichen Falten stehenbleiben.

Biegesteifigkeit, *Festigkeitslehre:* ein Maß für die Berechnung der Durchbiegung, die ein →Balken oder eine Platte bei Belastung erfährt.

Biegung, *Physik:* die Formänderung eines am einen Ende eingeklemmten horizontalen Stabes, dessen freies Ende belastet wird, oder eines an beiden Enden unterstützten Balkens, auf dessen Mitte die Last wirkt. Bei der letzteren B. wird die konvex gebogene Unterseite gedehnt (also auf Zug), die Oberseite verkürzt (also auf Druck) elast. beansprucht; in der Mitte liegt eine nicht beanspruchte *„neutrale" Faser.* →auch biegen, Biegefestigkeit, Biegesteifigkeit.

Biel, frz. *Bienne,* schweizer. Industriestadt im Kanton Bern, am Südhang des Jura u. am Nordostende des *Bieler Sees;* 61 000, Agglomeration 90 000 Ew.; mittelalterl. Stadtkern mit Stadtkirche (1451–1458), Rathaus (1530–1534) u. Zunfthäusern; an der dt.-französ. Sprachgrenze; Uhrenindustrie, Werkzeugmaschinen- u. Drahtfabriken, Kraftwagenmontage. – Gegr. vor 1233.

Bjela, tschech. *Bílina,* linker Nebenfluß der Elbe zwischen Erz- u. Mittelgebirge, mündet bei Aussig.

Bjela, Wilhelm, österr. Hauptmann, * 19. 3. 1782 Roßla, Harz, † 18. 2. 1856 Venedig; entdeckte 1826 den *B.schen Kometen,* einen period. Kometen mit einer Umlaufzeit von 6,6 Jahren um die Sonne. Nachträglich wurde festgestellt, daß der B.sche Komet auch 1772 u. 1805 beobachtet werden konnte; weitere Beobachtungen 1832 u. 1845. Ende 1845 zerfiel der B.sche Komet in zwei Teile, die sich zunehmend voneinander entfernten. 1852 betrug der Abstand der beiden Teile über 2,6 Millionen km. Darauf blieb der Komet verschollen. Offenbar hat er sich in eine Meteoritenwolke aufgelöst. 1872, 1885, 1892 u. 1899 durchquerte unsere Erde diese Wolke, u. es ereigneten sich außergewöhnl. Sternschnuppenfälle *(Bieliden).*

Bjelawa [bje-], poln. Name der Stadt →Langenbielau.

Bielefeld, Stadtkreis (259 qkm) in Nordrhein-Westfalen, 321 000 Ew., am Teutoburger Wald, zu Füßen der *Sparrenburg* (im 19. Jh. renoviert); Dt. Spielkartenmuseum; Universität (1968), Pädagog. Hochschule, Ingenieurschule; Leder-, chem. u. bes. Textilindustrie (B.er Leinen), Fahrräder, Nähmaschinen, Werkzeuge, Backpulver (Dr.-Oetker-Werke); im S die große Heil- u. Pflegeanstalt *Bethel* der Inneren Mission, gegr. von F. von *Bodelschwingh.*

Bieler, Manfred, Schriftsteller, * 3. 7. 1934 Zerbst; kam nach Aufenthalten in Ostberlin u. Prag 1968 in die BRD; seine Hörspiele, Erzählungen („Der junge Roth" 1968) u. Romane („Maria Morzeck oder das Kaninchen bin ich" 1969) unterwerfen Menschen u. polit. Zustände einer parodist.-satir. gehandhabten Kritik.

Bieler See, 15 km langer schweizer. See von 40 qkm Fläche, 429 m ü. M., 74 m tief, am Fuß des Jura, mit der *Petersinsel;* Zufluß durch den *Zihlkanal* (aus dem Neuenburger See) u. teilweise Ableitung der Aare durch den *Aare-Hagneck-Kanal;* Abfluß durch den *Nidau-Büren-Kanal,* bei Nidau zur Aare. Die Ostseite des Sees ist reich an Weinbergen.

Bjelitz-Bjala, poln. *Bielsko-Biała,* südwestpoln. Stadt am Rand der Beskiden, an der Biała, Hptst. (seit 1975) der Wojewodschaft Bielsko-Biała, 117 000 Ew.; Maschinen- u. Automobilbau, Textilindustrie; entstand 1950 durch Zusammenschluß von *Bielitz* u. *Biala.*

Bielka-Karltreu, Erich, österr. Politiker u. Diplomat, * 12. 5. 1908 Wien; seit 1935 im Auswärtigen Dienst; seit 1974 Außen-Min.

Bjella, italien. Stadt in Piemont, am Cervo, 55 000 Ew.; vielseitige Textilindustrie (Hüte, Strümpfe, Strickereiwaren), Maschinenbau.

Bielstein, 1. höchster Berg im Kaufunger Wald (Hessen), 642 m.
2. Berg im Teutoburger Wald, südwestl. von Detmold, 392 m; Rundfunksender (Antenne 102 m).

Bienek, Horst, Schriftsteller, * 7. 5. 1930 Gleiwitz, Schlesien; 1951–1955 polit. Häftling im Straflager Workuta, kam danach in die BRD; im Mittelpunkt seiner Lyrik u. Prosa steht das auch ins Allgemeine erweiterte Thema der Gefangenschaft des Menschen: „Traumbuch eines Gefangenen" 1957; „Die Zelle" 1968; auch „Werkstattgespräche mit Schriftstellern" 1962.

Bienen, 1. *Apoidea,* Überfamilie der *Stechimmen,* bei der die Weibchen die Brut mit Honig u. Pollen versorgen, der mit bes. Sammelapparaten eingetragen wird. Es werden unterschieden die biolog. Gruppen der *solitären* Sammel-B. mit den *Ur-B., Beinsammlern* u. *Bauchsammlern,* die *parasitären* oder *Schmarotzer-B.* u. die *sozialen* B. Die einzelnen Gruppen der Schmarotzer-B. sind aus den Gruppen ihrer Wirts-B. hervorgegangen. – Die →Honigbiene gehört zu den sozialen B. Die etwa 2000 bekannten Arten verteilen sich auf 6 Familien, die *Colletidae* (Ur-B.), *Andrenidae* (Sand-B.), *Halictidae* (Schmal-B.), *Melittidae* (Sägehorn-B.), *Megachilidae* (Bauchsammler-B.) u. *Apidae* (höhere B.).
2. *Stachellose* →Stachellose Bienen.

Bienenameisen, *Spinnenameisen, Ameisenwespen, Mutillidae,* Familie der *Stechimmen* von ameisenartigem Aussehen, mit dichter Behaarung, oft prächtig gefärbt (trop. Arten). Die Weibchen fast aller Arten sind flügellos u. dringen in Bienen- u. Hummelbauten ein, um dort ihre Eier abzulegen. Die ausschlüpfenden Larven ernähren sich von den Wirtslarven.

Bienenfabel, Titel einer Verssatire (1714) von B. de *Mandeville* mit der These, daß Egoismus u. Laster das wirtschaftl., polit. u. gesellschaftl. Leben vorantreiben, nicht die sog. Tugenden oder Altruismus.

Bienenfresser, *Meropidae,* Familie der *Rackenvögel;* prächtige Insektenfresser, die in rd. 25 Arten die warmen Gegenden der Alten Welt besiedeln. In Südeuropa ist der *europ. Bienenfresser, Merops apiaster,* heimisch; er legt seine Eier in selbstgegrabene Röhrenbauten.

Bienenhonig, Produkt der →Honigbienen; enthält hauptsächl. ein Gemisch von *Glucose, Fructose* mit wenig *Dextrinen* u. *Saccharose.* Dem B. wird eine blutdrucksenkende Wirkung zugeschrieben, wahrscheinl. durch Spuren von →Acetylcholin bewirkt.

Bienenkäfer, *Bienenwolf, Trichodes apiarius,* ein *Buntkäfer* mit keulenförmigen Fühlern u. rauh behaarten, auffällig buntgefärbten Flügeldecken. Die Larven der B. schmarotzen oft in den Nestern von solitären oder ungepflegten Stöcken von sozialen Bienen. Die erwachsenen Käfer jagen auf Doldenblüten kleine Insekten.

Bienenkorbhütten, kuppelartige Rundhütten, bei denen in die Erde gesteckte Zweige oben zusammengebunden u. abgedichtet werden; bes. bei nomad. oder halbnomad. Völkern; ähnl. der →Wigwam u. →Pontok.

Bienenkrankheiten →Faulbrut, →Hartbrut, →Bienenruhr, →Milbensucht, →Schwarzsucht, →Nosemaseuche.

Bienenläuse, *Braulidae,* Familie der *cyclorraphen Fliegen* (→Fliegen), flügel- u. schwingkölbchenlose Tiere von lausartigem Aussehen. Die Füße haben große, gezähnte Klauen, mit denen sie sich im Haarkleid der Bienen, ihrer Wirte, festhalten. Die B. leben vom Futtersaft, die Larven von pollenhaltigem Wachs, vor allem vom Deckelwachs der Honigzellen. →auch Bienenschädlinge.

Bienenmilbe, *Acarapis woodi,* bis 0,2 mm große, zu den *Trombidiformes* zählende *Milbe,* die in den Tracheen der Bienen lebt. Dies kann die Flugfähigkeit der Bienen beeinträchtigen. Der Befall ist in Dtschld. eine anzeigepflichtige Bienenkrankheit.

Bienenmotte, eine Schmetterlingsart, →Wachsmotte.

Bienenkorbhütten in Syrien

Bienenpest

Bienenpest →Faulbrut.
Bienenruhr, eine Krankheit der Honigbiene, die von verschiedenen Erregern, vor allem von *Nosema apis*, einem Sporentierchen der Ordnung *Microsporidia* (→Cnidosporidien), hervorgerufen wird. Nosema apis lebt in den Mitteldarmzellen der Biene.
Bienenschädlinge, Tiere, die der Honigbiene, ihrer Brut oder ihren Produkten nachstellen: Die Raupen der *Wachsmotte, Galleria*, leben von Wachs; die *Bienenlaus, Braula coeca* (eine flügellose Fliege), stiehlt Honig; der *Bienenkäfer, Trichodes apiarius*, frißt Larven u. Puppen; der *Bienenwolf* (die Grabwespe *Philanthus*) sowie Hornissen u. Vögel (Meisen) stellen den Bienen selbst nach.
Bienenstich, Gebäck aus Hefeteig mit Belag aus Butter, Zucker, Mandeln oder Nüssen u. Bienenhonig.
Bienenwachs, ein tier. Wachs, in dem gesättigte höhere Fettsäuren mit gesättigten höheren Alkoholen verestert sind. Hauptbestandteil ist der Palmitinsäuremyricylester mit rund 75%, ferner Cerotinsäure mit 15% sowie höhere Alkohole u. Kohlenwasserstoffe. B. ist ein Ausscheidungsprodukt des Stoffwechsels der *Honigbienen*, wird durch Schmelzen der Waben, Reinigung durch Kohlepulver u. anschließende Bleichung gewonnen u. für teure, wohlriechende Kerzen verwendet.
Bienenwolf, 1. →Bienenkäfer.
2. *Philanthus triangulum*, eine *Grabwespe*, die Honig- u. Erdbienen raubt u. als Futter für ihre Jungen einträgt; heute recht selten.
Bienenzünsler →Wachsmotte.
bienn [lat.], zweijährig; *bienne Pflanzen* →zweijährige Pflanzen.
Biennale [biɛˈnaːlə; die; ital.], eine alle 2 Jahre stattfindende Veranstaltung, die das Ziel verfolgt, eine möglichst breite Übersicht über das jeweils aktuelle Kulturschaffen zu geben. Schauplätze der

Eingangshalle mit Auskunft und Katalog der Bücherei in Växjö, Schweden (Architekt Erik Uluots)

Lesesaal der Grace-A.-Dow-Gedächtnisbibliothek in Midland, Michigan; Architekten Alden B. Dow Associates, Inc. (links). – Stadt- und Universitätsbibliothek Frankfurt a. M.; vor den Leseräumen sind vertikale Lamellen als Sonnenschutz angebracht (rechts)

Mittelalterliche Bibliothek St. Walburga. Zutphen, Holland; 1561–1564

Universitätsbibliothek Leiden; Kupferstich von Jan Cornelis Woudanus; 1610

Lesesaal der Bibliothek Ste.-Geneviève in Paris; 1843–1851

Bibliothek [grch.], Bücherei, nach bestimmten Ordnungsprinzipien angelegte Büchersammlung u. der Raum bzw. das Gebäude dafür; im übertragenen Sinn auch ein Sammelwerk (z.B. „B. der Alten Welt"). – Man unterscheidet öffentl. u. private B.en. Zu den öffentl. B.en zählen: 1. Staats-, Landes- u. Stadt-B.en, Universitäts-B.en, Instituts-B.en u.a. Spezial-B.en. Ihre Aufgabe liegt in der Erleichterung u. Förderung der Forschung u. des wissenschaftl. Studiums. 2. Parlaments- u. Behörden-B.en: B.en des Bundestags u. der Landtage, der Behörden von Bund, Ländern u. Gemeinden u. der Gerichte. Sie sind Arbeitsinstrumente der betr. Einrichtungen u. →Präsenzbüchereien. 3. öffentl. Büchereien, früher „Volksbüchereien" genannt: Informations- u. Bildungs-B.en der kommunalen Selbstverwaltung, die allen Schichten der Bevölkerung zur Verfügung stehen; hierzu gehören auch →Blindenbüchereien, →Nationalbibliothek, →Schulbücherei. – Private B.en sind 1. Werkbüchereien, Industrie- u. Betriebs-B.en, 2. Kirchen- u. Kloster-B.en, 3. Vereins-B.en, 4. Leihbüchereien. Die B.en verleihen befristet zur Mitnahme, verfügen aber meistens auch über eine Präsenzbücherei. Unmittelbaren Zugang zu den Beständen bietet die →Freihandbücherei. In den großen B.en unterrichtet man sich an den *Katalogen* über die vorhandenen Bücher, die nach Bestellung aus den Magazinen geholt werden.
Die Aufgabe der B.en besteht im Sammeln, Aufbewahren u. Vermitteln von Literatur. Ihre Geschichte ist daher ein Teil Kulturgeschichte. Die frühesten B.en finden sich bei den alten Völkern im Vorderen Orient; sie bestanden aus Tontafeln, die beschrieben u. gebrannt wurden, u. gehen bis ins 3. Jahrtausend v. Chr. zurück.
In Ägypten u. im griech.-röm. Altertum gab es umfangreiche, aus Papyrusrollen bestehende B.en; die berühmteste war die *Alexandrinische Bibliothek*. Das MA. pflegte die kirchliche Gebrauchsbibliothek, vor allem die →Klosterbibliotheken mit ihren Pergament- u. Papierhandschriften. Einen tiefen Einschnitt in der B.sgeschichte verursachte die Erfindung des Buchdrucks durch *Gutenberg* um 1450. Renaissance, Humanismus u. Reformation förderten private u. öffentl. B.en an Fürstenhöfen u. in Städten, aus denen später die Staats-, Landes- u. Stadt-B.en hervorgingen. Eine wertvolle Bereicherung brachten die →Universitätsbibliotheken, vor allem unter dem Einfluß der Aufklärung. Im 19./20. Jh. wuchs die Bedeutung der B.en. Neue Gattungen entwickelten sich mit den allgemeinbildenden Volksbüchereien, den Instituts-, Spezial- u. National-B.en. – Zu den wichtigsten Bibliotheken zählen heute:
Ambrosiana, Mailand, gegr. 1609;
Bayerische Staatsbibliothek, München, gegr. 1558;
Bibliothek der Harvard-Universität, Cambridge, Mass., gegr. 1638;
Bibliothèque Nationale, Paris, gegr. 1518;
Bodleiana, Oxford, gegr. 1602;
Britisches Museum, London, gegr. 1753;
Deutsche Bibliothek, Frankfurt a.M., gegr. 1947;
Deutsche Bücherei, Leipzig, gegr. 1912;
Deutsche Staatsbibliothek, Berlin, gegr. 1659;
Königliche Bibliothek, Kopenhagen, gegr. 1665;
Lenin-Bibliothek, Moskau, gegr. 1862;
Library of Congress, Washington, gegr. 1800;
Nationalbibliothek, Florenz, gegr. 1714;
Ossolineum, Breslau, gegr. 1817;
Österreich. Nationalbibliothek, Wien, gegr. 1526;
Staatsbibliothek, Leningrad, gegr. 1814;
Staatsbibliothek Preußischer Kulturbesitz, Berlin, gegr. 1946;
Vatikanische Bibliothek, Rom, gegr. 1450.
bekanntesten B.n: Venedig (Film, moderne Kunst), Antwerpen-Middelheim (moderne Plastik), São Paulo (moderne Kunst). →auch Filmfestspiele.

Bier, alkohol., extraktreiches, kohlensäurehaltiges Getränk aus Malz u. Hopfen mit einem Alkoholgehalt von 3–7%. Herstellung: Man läßt Getreide, meist Sommergerste, in Wasser quellen u. anschließend keimen. Durch Entwässern des so erhaltenen Grünmalzes in geheizten Räumen *(Mälzen)* wird das Keimen unterbrochen u. *Darrmalz* erhalten, das nach Zerkleinerung mit warmem Wasser verrührt wird *(Maischen)*. Hierdurch wird durch das im Malz enthaltene Ferment *Diastase* die Stärke im Malzkorn hydrolysiert, d.h. zu dem Disaccharid →Maltose aufgespalten, das dann später durch das in der Hefe enthaltene Ferment →Maltase zu vergärbarem Traubenzucker abgebaut wird. Man vergärt jedoch nicht die gesamte Stärke, sondern leitet den Maischprozeß so, daß die noch unvergorenen Dextrine zurückbleiben, die dem Bier den Nährwert geben. Nach Abtrennung der ungelösten Stoffe durch Filtration wird die klare Lösung *(Würze)* gekocht u. gehopft. Der Zusatz von Hopfen erhöht die Haltbarkeit des B.s u. gibt ihm den etwas bitteren Geschmack. Nach der Filtration wird die Maische mit ober- oder untergäriger Hefe vergoren u. das B. in Lagerbehälter abgefüllt.
Untergärige B.e sind: *Münchener B.*, dunkel, schwach gehopft, Alkoholgehalt unter 4%; *Dortmunder B.*, hell, Alkoholgehalt etwa 4,2%, nicht so stark wie das ebenfalls hochgegorene *Pilsener B.* gehopft. *Obergärige B.e* sind fast alle engl. B.e, wie *Ale, Porter, Stout* mit hohem Alkoholgehalt, ferner *Berliner Weiß-B.*, das aus Weizen- u. Gerstenmalz hergestellt wird, u. die *Alt-B.e*.
Der *B.ausstoß* in der BRD betrug im „Sudjahr" 1960: 47,3 Mill., 1970: 81,6 Mill. u. 1977: 90,0 Mill. hl. Der *B.verbrauch* betrug in der BRD 1960:

BIBLIOTHEK

Katalog, Zeitschriftenraum und Magazin der J. F. Lincoln Library. Painesville, Ohio

Lesegerät für Mikrofilme. Stadt- und Universitätsbibliothek Frankfurt a.M.

Wendelrutsche zur Buchbeförderung in der Bibliothek der Technischen Hochschule Delft

Auskunft, Katalog und Musikbücherei in der Stadtbibliothek Eskilstuna, Schweden

Bibliofoon. Buchwahl-Übermittlung durch Leuchtsignale auf Lochstreifen; Techn. Hochschule Delft

Buchbeschaffung mittels Paternoster und Rohrpost. Stadt- und Universitätsbibliothek Frankfurt a.M.

Bier

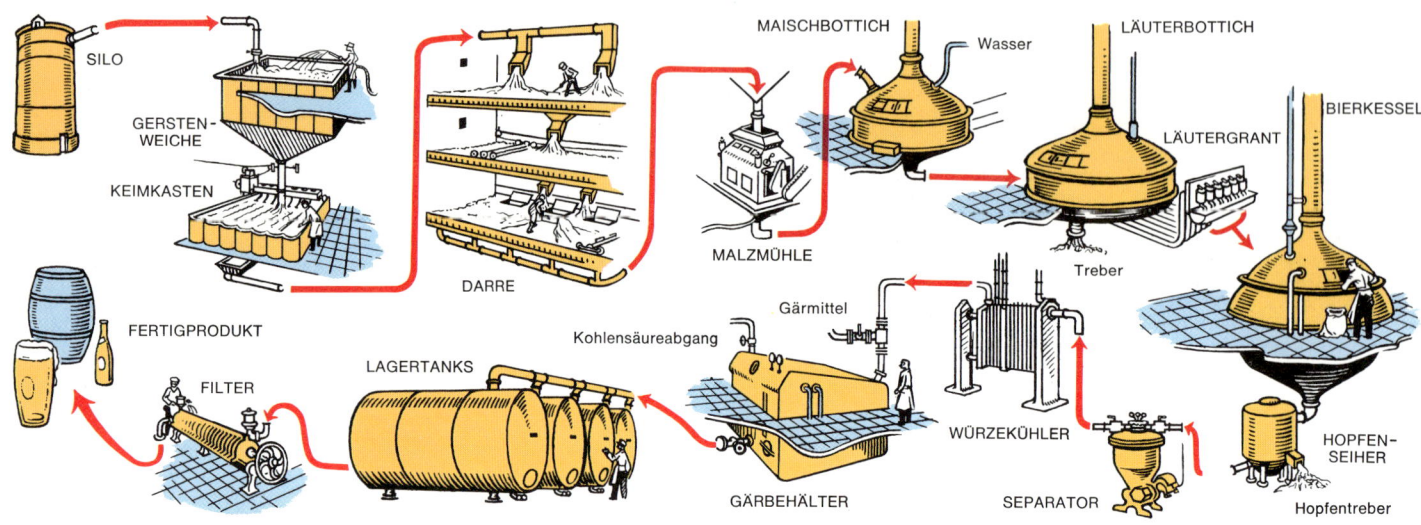

Bierbereitung

120, 1970: 184, 1976: 191 Liter je potentiellem Verbraucher (Ew. über 15 Jahre).

Bier, August Karl Gustav, Chirurg, *24. 11. 1861 Helsen, Waldeck, †12. 3. 1949 Sauen, Mark; begründete 1899 die Lumbalanästhesie u. entwikkelte die Stauungsbehandlung (Hyperämiebehandlung, *B.sche Stauung*) bei Entzündungen. B. setzte sich auch für die Homöopathie ein. Er war der erste Rektor der Dt. Hochschule für Leibesübungen. Er schrieb u.a. „Die Seele" 1939, [11]1951.

Bierbaum, Otto Julius, Schriftsteller, *28. 6. 1865 Grünberg, Schlesien, †1. 2. 1910 Kötzschenbroda bei Dresden; vielseitig tätige Gestalt des literar. Lebens in Berlin u. München um 1900; Mitgründer u. Hrsg. der Kulturzeitschriften „Pan" (seit 1894) u. „Die Insel" (seit 1899); bes. erfolgreich mit seiner Chansonlyrik („Irrgarten der Liebe" 1901); Romane: „Stilpe" 1897; „Prinz Kuckuck" 3 Bde. 1906/07; „Eine empfindsame Reise im Automobil" 1903. – ▱3.1.1.

Bierce [biəs], Ambrose Gwinnett, US-amerikan. Journalist u. Schriftsteller, *24. 6. 1842 Meigs County, Ohio, †1914 (verschollen) Mexiko; kritisierte die amerikan. Gesellschaft der Jahrhundertwende; bitter-sarkast., desillusionierende Kurzgeschichten aus der Welt des amerikan. Westens.

Bierdruckapparat, *Bierpression,* Einrichtung, die während des Ausschanks aus einem Faß den zur Förderung der Flüssigkeit nötigen Druck möglichst gleichmäßig hält. Die einfache *Bierpumpe* arbeitet mit einer Luftpumpe zur direkten Entnahme aus einem Faß durch den Spund; meist wird der Druck (rd. 1,5 atü) durch Kohlensäure bewirkt.

Bierherz, von dem Pathologen Otto *Bollinger* (*1843, †1909) geprägte Bez. für eine starke Herzvergrößerung, die er auf übermäßige Flüssigkeitszufuhr (bes. Bier) zurückführte.

Bierkäse, *Weißlacker Käse,* fetter oder halbfetter Käse nach Limburger Art aus dem Allgäu, ohne Rinde, von scharfem Geschmack.

Biermann, Wolf, polit. Schriftsteller, Kabarettist u. Protestsänger, *15. 11. 1936 Hamburg; seit 1953 in Ostberlin; nach dem Vorbild von B. *Brecht,* H. *Heine* u. F. *Villon* schreibt u. komponiert er bänkelliedartige Balladen, Lieder u. Gedichte: „Die Drahtharfe" 1965; „Mit Marx- und Engelszungen" (mit eig. Noten) 1968; Schauspiel: „Der Dra-Dra" 1970. Im Nov. 1976 wurde B. aus der DDR ausgebürgert; er lebt jetzt in Hamburg.

Biermer, Anton, Internist, *18. 10. 1827 Bamberg, †24. 6. 1892 Schöneberg; beschrieb als erster (1868) die *perniziöse Anämie,* nach ihm auch *B.sche Krankheit* benannt.

Bierstadt, Albert, US-amerikan. Maler dt. Herkunft, *7. 1. 1830 Solingen, †19. 2. 1892 New York; ausgebildet an der Düsseldorfer Akademie, wichtigster Vertreter der Düsseldorfer Landschaftsmalerei in den USA; szenische Riesengemälde nach Motiven aus dem W Amerikas, vor allem der Rocky Mountains.

Biersteuer, Verbrauchsteuer auf Bier u. bierähnl. Getränke; kann erhoben werden als *Rohmaterialsteuer* (Malzsteuer) nach der Menge von Hopfen u. Malz, als *Apparatesteuer* (Maischbottich-, Braukessel-, Einmaischungssteuer) nach dem Rauminhalt der Braugefäße, als *Halbfabrikatsteuer* nach der Bierwürze, als *Fertigfabrikatsteuer* nach dem Stammwürzgehalt des fertigen Getränks. In dieser Form wird die B. nach dem Gesetz vom 14. 3. 1952 in der BRD erhoben; die Steuersätze liegen zwischen 12,– u. 15,– DM je hl Vollbier; Steuerzahler ist der Hersteller.

Biertripper, ein Schleimhautkatarrh der Harn-

August Karl Gustav Bier

röhre mit Ausfluß nach Genuß großer Mengen kalten Biers, bes. im Anschluß an einen Geschlechtsverkehr; der B. ist kein echter *Tripper.*

Bierut [ˈbjɛ-], Bolesław, poln. Politiker, *18. 4. 1892 Rury Jezuickie bei Lublin, †12. 3. 1956 Moskau; seit 1918 Mitgl. der poln. KP, seit 1921 Kominternagent, 1927–1931 in der Emigration in Dtschld., Österreich u. der Tschechoslowakei für die Komintern tätig, 1932–1939 in Haft in Rawicz. Nach der Besetzung Polens zunächst in sowjet. Emigration, wurde B. 1943 nach Polen eingeschleust u. organisierte in Warschau u. Lublin die kommunist. Polnische Arbeiterpartei (PPR). 1944–1952 Staatsoberhaupt (Vors. des Landesnationalrats bzw. Staats-Präs.); 1952–1954 Min.-Präs.; als Exponent des Stalinismus 1948–1956 an der Spitze der Poln. Vereinigten Arbeiterpartei (Vors., seit 1954 Erster Sekretär des ZK).

Biesbosch [-bɔs; ndrl., „Binsenbusch"], *Bergsche Veld,* das am 28. 11. 1421 durch eine Sturmflut gebildete Deltagebiet an der Maasmündung, südöstl. von Dordrecht; seit dem 18. Jh. teilweise wiedergewonnen; fast 200 qkm; weitere Trockenlegung geplant.

Biese, wulstartige Verdickung des Nähguts zur Oberseite hin; entsteht durch Hochdrücken des Stoffs über einen Führungsdorn u. Vernähen mit zwei Oberfäden u. einem gemeinsamen Unterfaden.

Biese, Alfred, Literarhistoriker, *25. 2. 1856 Putbus, †11. 3. 1930 Bonn; Verfasser einer vielgelesenen volkstüml. dt. Literaturgeschichte (3 Bde. 1907–1910, [25]1931).

Bier: Sudhaus einer Brauerei

Biesfliegen, *Oestridae,* Familie großer *Fliegen* mit verkümmerten Mundwerkzeugen, deren Larven in Säugetieren schmarotzen; hierher gehören die *Dasselfliegen,* die *Nasenbremsen* u. die *Magenbremsen.*
Biesheuvel ['bi:shœvəl], Barend Willem, niederländ. Politiker (Antirevolutionäre Partei, prot.-konservativ), *5. 4. 1920; 1963–1967 Landwirtschafts-Min. u. Stellvertr. Min.-Präs., 1971–1973 Min.-Präs.
Biestmilch →Kolostralmilch.
Bietigheim-Bissingen, Industriestadt in Baden-Württemberg (Ldkrs. Ludwigsburg), an der Enz, nördl. von Stuttgart, 34000 Ew.; Linoleumwerke, Metall-, keramische Industrie.
Bifang, mittelalterl. Bez. für das von einem Markgenossen gerodete Land, das nicht dem *Flurzwang* unterlag.
bifilar [lat.], zweifädig. – *Bifilare Aufhängung,* Aufhängung an zwei parallellaufenden Fäden, z. B. beim Pendel.
Bifilare Wicklung, in der Elektrotechnik eine induktionsfreie Wicklung für Widerstände: Ein in der Mitte zusammengelegter Wicklungsdraht wird von dieser Stelle aus doppeldrahtig aufgewickelt, so daß die durchfließenden elektr. Ströme zueinander entgegengesetzt verlaufen.
Bifokalgläser [lat.], Brillengläser (Linsen) mit zwei Brennpunkten. →Brille.
Bifurkation [lat., „Zweigabelung"], bei flachen Wasserscheiden auftretende Erscheinung, daß ein Fluß verschiedenen Stromgebieten zufließt, z.B. der Casiquiare zwischen Orinoco u. Rio Negro.
Big [engl.], Teil von geograph. Namen: groß.
Biga, türk. Fluß, = Granikos.
Bigamie [lat. + grch.], *Doppelehe,* das Eingehen einer weiteren Ehe durch eine bereits verheiratete Person. Die B. ist im Recht der BRD, der Schweiz u. Österreichs verboten, nichtig (§§5, 20 EheG; Art. 120 Ziff. 1 ZGB; § 24 österr. EheG) u. strafbar (§ 171 StGB; Art. 215 schweizer. StGB; §§ 206ff. StG).
Bigatus [lat., „der mit dem Zweigespann"], Bez. für den *Denar* der röm. Republik mit Zweigespann *(Biga)* aus dem 2. Jh. v. Chr.
Big Band [- bænd; engl.], große Besetzung einer Jazz-Band, bei der die Melodie-Instrumente mehrfach besetzt sind. Die führende Stimme einer Instrumentengruppe spielt der *Leader.* Die erste maßgebende B. B. gründete Fletcher *Henderson* in den 1920er Jahren.
Big Ben [engl., „großer Benjamin"], die Glocke der Turmuhr im Londoner Parlamentsgebäude; $13^1/_2$t schwer.
Big Five [-faif; engl., „die großen Fünf"], bis 1968 Bez. für die fünf großen engl. Depositenbanken in London. Seit dem Zusammenschluß der National Provincial Bank mit der Westminster Bank 1968 →Big Four.
Big Four [-fɔ:; engl., „die großen Vier"], Bez. für die vier großen engl. Depositenbanken in London: *Barclays Bank Ltd., Lloyds Bank Ltd., Midland Bank Ltd.* u. *National Westminster Bank Ltd.*
Bigge, linker Nebenfluß der Lenne im Sauerland, 46 km; mit der *B.talsperre* südwestl. von Attendorn, 1957–1965 errichtet, 7 qkm, 150 Mill. m³ Inhalt, Höhe der Staumauer 57 m.
Bigge-Olsberg, seit 1975 *Olsberg,* Stadt in Nordrhein-Westfalen (Hochsauerlandkreis), im Quellgebiet der Ruhr, 14000 Ew.; Kneippkurort, Wintersportplatz; Olsberger Hütte (Öfen); in der Nähe das Naturdenkmal *Bruchhauser Steine* (bis 87 m hohe Felsen).
Big Lift, amerikan. Bez. für groß angelegte Lufttransportoperation zur schnellen Rückverlegung abgezogener US-Verbände nach Europa, deren schweres Gerät dort ständig verbleibt u. bereitgehalten wird. Der strateg. Wert unter dem Aspekt der *Abschreckung* ist umstritten.
Bignoniengewächse, *Bignoniaceae,* Familie der *Personatae.* Hierher gehören viele Schling- u. Holzpflanzen, z.B. *Trompetenbaum, Jasmintrompete* u. *Iacaranda.*
Bigonia = Begonie.
big stick [engl., „dicker Stock"], Schlagwort, das Th. *Roosevelts* imperialist. Politik gegenüber Mittelamerika kennzeichnet.
Bigusch, *Bigos,* schles. bzw. poln. Gericht aus kleingeschnittenem fettem Schweinefleisch u. Sauerkraut.
Bihar, *Behar,* Staat der Ind. Union in der unteren Gangesebene u. im Bergland von Chota Nagpur, 173876 qkm, 56,4 Mill. Ew. (324 Ew./qkm), Hptst. *Patna.* B. birgt den größten Teil der ind. Bodenschätze (Eisenerz, Kohle, Glimmer, Kupfererze, Chrom, Mangan, Bauxit); bedeutende Landwirtschaft in der Gangesebene (Reis, Jute, Tabak, Zuckerrohr); vielseitige Industrie (Tata-Eisen- u. Stahlwerk in Jamshedpur, Metallverarbeitung, Textilindustrie, Zuckerraffinerien, Nahrungsmittelindustrie). – B. war Zentrum bedeutender Königreiche u. Ausgangspunkt des Buddhismus.
Bihari, Volk u. Sprachgruppe, ca. 50 Mill., im NO Indiens (bes. im Staat *Bihar*). Islamische B., die 1947 nach Ostpakistan abwanderten (ca. 2 Mill.), standen 1971 bei den Auseinandersetzungen um Bangla Desh auf seiten der Pakistanis, nach der Staatsgründung Verfolgungen ausgesetzt.
Bihé, portug. *Bié,* fruchtbares Hochland im mittleren Angola (Portugies.-Westafrika), Teil der Lundaschwelle, 1700–2000 m.
Bihlmeyer, Karl, kath. Kirchenhistoriker, *7. 7. 1874 Aulendorf, † 27. 3. 1942 Tübingen; seit 1907 Prof. in Tübingen; Editionen (Apostol. Väter, H. Seuse), Neubearbeitung von Franz Xaver *Funks* (*1840, † 1907) Kirchengeschichte (heute „Bihlmeyer-Tüchle" 3 Bde. [18]1966–1969).
Bihor, rumän. Kreis (7535 qkm; 597000 Ew.); Hptst. *Großwardein.*
Bihorgebirge, *Bihargebirge,* rumän. *Munţii Bihoriei,* der westl. Gebirgswall um das Siebenbürg. Becken (im *Bihor* 1849 m); Schafzucht, Holzwirtschaft; Bauxitlagerstätten.
Bihzad →Behzad.
Bijagósinseln, *Bissagosinseln, Ilhas dos Bijagós,* sumpfige, bewaldete Inselgruppe vor der Mündung des Rio de Gêba (Guinea-Bissau); dicht besiedelt, wenig erschlossen.
Bijapura ['bidʒa-], ind. Distrikt-Hptst. im nordwestl. Karnataka, südl. von Solapur, 80000 Ew.; reich an prächtigen islam. Bauwerken: Mausoleen, Moscheen, Paläste, Stadtmauer mit 5 Toren u. 96 Türmen.
Bijlikol ['bi:likɔl], *Bijlju Kul,* See in Südkasachstan, am Fuß des Karatau, westl. der Stadt Dschambul; von der period. fließenden *Asse* gespeist u. entwässert; Landgewinnung durch Verlegung des B. (Anlage eines Staudamms); für Bewässerungskulturen genutzt.
Bijouterie [biʒu-; frz.], ursprüngl. das Juwelengeschäft oder eine kunsthandwerkl.-modische Arbeit aus Edelsteinen; heute Schmuck aus weniger wertvollem Material.
Bijsk, Industrie- u. Handelsstadt in Südsibirien, RSFSR, an der Bija (Flußhafen), 184000 Ew.; Maschinenbau, Textil-, Nahrungsmittel- u. Baustoffindustrie.
Bikaner, Oasenstadt in der Wüste Thar im ind. Staat Rajasthan, 185000 Ew.; ehem. Hptst. des Rajputen-Fürstenstaats B.; Handelszentrum für Schafwolle, Kamelhaar u. Häute; Teppich-, Wollwarenherstellung.
Bikarbonate = Bicarbonate.
Bikini [nach dem Atoll B.], zweiteiliger Damenbadeanzug von meist sparsamem Zuschnitt.
Bikini, Atoll von 10 Inseln im NW der Marshallinseln (Ralikgruppe); 1946 Atombombenversuche der USA.
bikonkav [lat.], beiderseits nach innen hohl (bei Linsen).
bikonvex [lat.], beiderseits nach außen gewölbt (bei Linsen).
Bilabial [der; lat.] →Labial.
Bilac, Olavo *Braz Martins dos Guimarães,* brasilian. Lyriker, *16. 12. 1865 Rio de Janeiro, † 28. 12. 1918 Rio de Janeiro; Hauptvertreter der parnass. Dichtung in Brasilien, seine Lieblingsform war das Sonett; später Nationalist; auch in Portugal beliebt. „Poesias" 1888.
Bilalama, babylon. Stadtfürst von *Eschnunna,* um 1850 v. Chr.; während seiner Herrschaft entstand die wohl älteste Gesetzessammlung Babyloniens.
Bilanz [ital. *bilancia,* „Waage"], Gegenüberstellung der durch eine →Inventur festgestellten Gegenstände des *Anlage-* u. *Umlaufvermögens* u. der *Verbindlichkeiten.* Die Differenz zwischen Vermögen u. Verbindlichkeiten ist das *Eigenkapital;* wenn die Verbindlichkeiten überwiegen, liegt *Unter-B.* vor. Die Vermögensgegenstände (die *Aktiva*) stehen auf der linken, Verbindlichkeiten u. Eigenkapital (zusammen die *Passiva*) auf der rechten Seite, so daß sich beide Seiten stets ausgleichen. Das HGB (§§ 39–41) schreibt B.aufstellung bei Aufnahme eines Geschäftsbetriebs vor, die sog. *Eröffnungs-B.,* die auch nach einer Neuordnung des Geldwesens erforderl. ist (*Goldmark-B., DM-B.*), sowie die *Jahresschluß-B.* zum Zweck der Ermittlung des ausschüttbaren Gewinns. Zum Ende jedes Geschäftsjahrs wird die Buchhaltung rechnerisch durch eine *Summen-B.* (Gegenüberstellung der Summen auf beiden Seiten aller Konten) geprüft u. dann nach dem vorläufigen Abschluß der Konten eine *Roh-* oder *Salden-B.* aufgestellt. Daraus ergibt sich nach Vornahme der Abschlußbuchungen (z.B. Abschreibungen) die *Schluß-B.,* in der gesondert neben dem Anfangskapital der *Gewinn* (Eigenkapitalzuwachs) auf der rechten bzw. der *Verlust* (Eigenkapitalminderung) auf der linken Seite ausgewiesen wird. – ⊞4.8.8.
Bilanzanalyse, *Bilanzkritik,* Untersuchung der einzelnen Posten der Bilanz u. ihrer Veränderung gegenüber den Vorjahren *(Bilanzvergleich)* sowie der Relation von Bilanzpositionen oder Positionsgruppen zu anderen Bilanzpositionen (z.B. Anlagevermögen zu langfristigem Kapital), zur Bilanzsumme (z.B. Anteil des Eigen- u. Fremdkapitals am Gesamtkapital), zum Umsatz (z.B. Umsatz zu durchschnittl. Warenbestand = Umschlagshäufigkeit) oder zu anderen Wert- oder Mengengrößen (z.B. Anlagevermögen je Beschäftigten). Diese Untersuchungen sollen Aufschluß über den Grad u. die Entwicklung der *Rentabilität* u. der *Liquidität* geben.
Die B. wird vor allem von Kreditgebern vor Gewährung oder Verlängerung des Kredits u. von Gesellschaftern, bes. von Aktionären, vor Erwerb der Beteiligung an einem Unternehmen vorgenommen. Die Wirtschaftspresse enthält bei der Veröffentlichung des Jahresabschlusses großer Aktiengesellschaften eine B. – ⊞4.8.8.
Bilanzbuchhalter, nimmt die kontenmäßige Gegenüberstellung *(Bilanz)* der aktiven und passiven Vermögensteile eines Unternehmens einschl. des Bilanzgewinns bzw. Bilanzverlusts vor; qualifizierte kaufmänn. Tätigkeit des betriebl. Rechnungswesens; Ausbildung im allg. als Bürokaufmann, Industriekaufmann oder eine sonstige kaufmänn. Ausbildung u. mehrjährige prakt. Erfahrung; in zunehmendem Maß werden Kenntnisse der elektron. Datenverarbeitung u. des Steuerrechts gefordert.
Bilanzkritik →Bilanzanalyse.
Bilanzkurs, 1. der Wert, mit dem Wertpapiere als Vermögensbestandteile in eine Bilanz eingesetzt werden.
2. das Verhältnis des bilanziellen Eigenkapitals (z.B. für eine AG: Grundkapital + gesetzliche u. freie Rücklagen + Gewinnvortrag abzügl. Verlustvortrag) zum nominellen Grund- oder Stammkapital eines Unternehmens.
Bilanzprüfung →Abschlußprüfung; →auch Bestätigungsvermerk.
Bilanzvergleich →Bilanzanalyse.
bilateral [lat.], zwei-, beiderseitig; zwischen zwei Ländern. Gegensatz: *multilateral.*
bilateraler Außenhandel, zweiseitige Regelung der Außenhandelsbeziehungen, nach dem 1. Weltkrieg Entwicklungsrichtung in der Außenhandelspolitik *(Bilateralismus).* Handelsverträge werden dabei nur zwischen zwei Staaten geschlossen; zur Erreichung einer ausgeglichenen Handelsbilanz soll die Einfuhr wertmäßig der Ausfuhr gegenüber dem Partnerland entsprechen.
Bilateralismus [lat.] →bilateraler Außenhandel.
Bilaterien [lat.], alle Gewebetiere, die bilateralsymmetrisch sind, d. h. sich nur durch eine Ebene, die *Median-* oder *Sagittalebene,* in zwei spiegelbildl. gleiche Hälften zerlegen lassen. Die B. umfassen mit den beiden Gruppen der *Deuterostomia* u. *Protostomia* (→Deuterostomia) die Mehrzahl aller Tiere. Alle B. haben ein 3. Keimblatt (*Mesoderm;* →Embryonalentwicklung). Man unterscheidet an ihnen ein Vorderende (Kopfende), das die Mundöffnung trägt u. bei der Fortbewegung vorausgeht, u. ein Hinterende.
Bilbao, nordspan. Industriestadt u. Handelshafen am kanalisierten Nervión, 12 km oberhalb seiner Mündung in den Golf von Biscaya, 430000 Ew.; got. Kathedrale (14. Jh.); Bank- u. Finanzzentrum; Universität im Aufbau; Wärmekraftwerk; Eisen- u. Stahlerzeugung (Eisenerzlager in der Umgebung), Schiff-, Maschinen- u. Motorenbau, Metall-, Glas-, chem. u. a. Industrie. Der Binnenhafen ist für Seeschiffe bis 10000 t erreichbar u. zählt mit dem Außenhafen *El Palo* zu den verkehrsreichsten Spaniens; Import von Kohle u. Erdöl, Export von Eisenerzen. B. ist die Hptst. der bask. Prov. *Vizcaya.*
Bilbeis, *Bilbais* [bil'bais], Stadt in Unterägypten, nordöstl. von Cairo, 60000 Ew.; Flachsverarbeitung.
Bilche, *Schlafmäuse, Schläfer, Gliridae,* sehr alte

Bild

Mumienporträt der Irene; 2. Viertel des 1. Jh. n. Chr. Stuttgart, Württembergisches Landesmuseum

Giovanni Bellini, Der Doge Leonardo Loredan; um 1501 bis 1505. London, National Gallery

Hans Holbein d. J., Bildnis seiner Frau und seiner Kinder; 1528/29. Basel, Kunstmuseum

Bildnis des Paquius Proculus und seiner Frau; Pompeji, um 60 n. Chr. Neapel, Museo Nazionale

Eibenholzköpfchen der Königin Teje, ägyptisch; um 1370 v. Chr. Berlin (West), Ägyptisches Museum

Porträtkopf einer Frau, römisch; letztes Viertel des 4. Jh. n. Chr. Kopenhagen, Ny Carlsberg Glyptothek

Porträtkopf eines kleinen Prinzen, römisch; um 140–150 n. Chr. Paris, Louvre

Petrus Christus, Bildnis einer jungen Frau; nach 1446. Berlin, Staatliche Museen Preußischer Kulturbesitz, Gemäldegalerie

Gustav Seitz, Bert Brecht

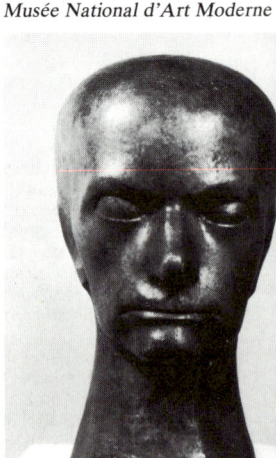

Raymond Duchamp-Villon, Baudelaire; 1911. Paris, Musée National d'Art Moderne

Vincent van Gogh, Selbstbildnis; 1890. Oslo, Nasjonalgalleriet

BILDNIS

Rembrandt, Familienbildnis; um 1668. Braunschweig, Herzog-Anton-Ulrich-Museum

Alexander Calder, Porträt Fernand Léger; Drahtplastik 1930

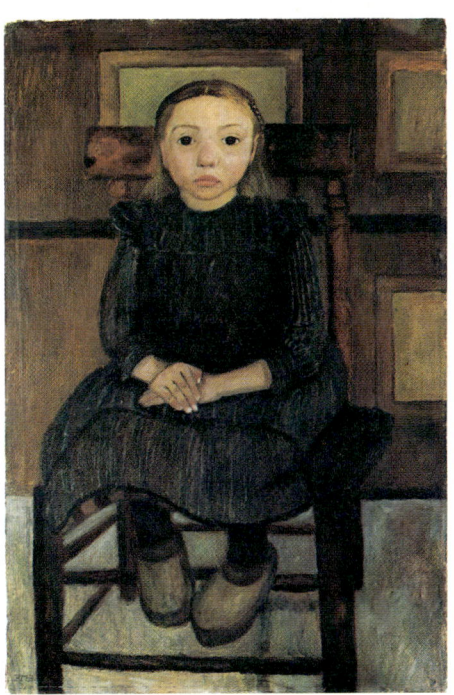

Paula Modersohn-Becker, Worpsweder Bauernkind; um 1905. Bremen, Kunsthalle

Oskar Kokoschka, Herwarth Walden; 1910. Stuttgart Staatsgalerie

Familie der *Nagetiere*, von mausartiger Gestalt, meist nachtaktiv. Die B. fressen neben Körnerfrüchten u. Nüssen auch Insekten. Sie sind meist klein, mit kurzen Beinen; der lange Schwanz ist buschig behaart; sie bauen Kugelnester an Sträuchern. Die Arten der gemäßigten Breiten halten alle einen tiefen u. sehr langen Winterschlaf. Zu den B.n gehören *Baumschläfer Gartenschläfer, Haselmaus* u. *Siebenschläfer.*
Bild, 1. *Kunst:* das einzelne Werk der →Malerei; →auch Bildnis.
2. *Optik:* die wirkliche oder scheinbare Vereinigung der von einem leuchtenden Gegenstandspunkt ausgehenden Strahlen durch eine Linse, einen gekrümmten Spiegel oder eine Lochblende. Vereinigen sich die Strahlen in einem B.punkt, so heißt das B. *reell* (z.B. beim Photoapparat); scheint ihr Schnittpunkt hinter der Linse zu liegen, so heißt das B. *virtuell,* weil es dann nur vom Auge gesehen, aber nicht von der photograph. Platte festgestellt werden kann (z.B. bei der Lupe).

3. *Sprache:* der realen Welt oder der Phantasie entstammende anschauliche Ausdrucksweise für einen abstrakten Gedanken oder für einen Gefühlsinhalt. *Bildhaftigkeit* ist ein Hauptmerkmal der Dichtung. Der Herkunftsbereich der benutzten Bilder (die spezif. *Bildsprache*) ist für die einzelnen Epochen, Stile u. Autoren z.T. kennzeichnend. Bilder im kleinen sind *Metapher* u. *Symbol,* ein großangelegtes B. ist z.B. das *Gleichnis.* →auch rhetorische Figuren.
Bildagentur, eine Verkaufsorganisation, die für Photographen u. Bildreporter aktuelle u. zeitlose Photos an Zeitschriften, Verlage u.ä. vertreibt.
Bildaufzeichnung, *i.w.S.* jedes, *i.e.S.* das elektronisch-elektromagnetische Verfahren *(Bildbandgerät)* zur Aufzeichnung von Fernsehsendungen.
Bildbandgerät, Magnetbandgerät zur Aufzeichnung von Fernsehsendungen u. den zugehörigen Tönen; →Ampexverfahren.
Bildberichterstatter →Berichterstatter.

bildende Kunst, im 19. Jh. aufgekommene Sammelbez. für Baukunst, Bildhauerkunst, Malerei, Graphik u. Kunstgewerbe; heute nur noch für die vier letztgenannten Gattungen verwendet; kurz auch →Kunst genannt.
Bilderbogen, Einblattdruck, bei dem (im Unterschied zum *Flugblatt*) ein Bild im Mittelpunkt steht. Der Begleittext ist von unterschiedl. Umfang (Unterschrift, Erläuterungen, häufig gereimt). Die Holzschnitt-Technik erlaubte schon im 16. Jh. die massenhafte Verbreitung („Massenkunst"); als Vorlagen dienten gelegentl. bekannte Kunstwerke (z.B. Dürer-Holzschnitte in russ. B.). Später wurden auch andere Techniken angewandt: Kupferstich, Lithographie u. Holzstich. Während in früheren Jahrhunderten Religiöses, Lieder, Sensationsmeldungen, Polemik u. Spott zu den Hauptmotiven gehörten, wurde der B. im 19. Jh. zu einem modischen Bildungsartikel, bes. auch für Kinder. Das bunte Öldruck-Wandbild hat den B. dann allmähl. ersetzt. →auch Volkskunst.

Bilderbuch

Bilderbuch: Titelseite des „Struwwelpeter"

Bilderbuch, illustriertes Kinderbuch mit erläuterndem oder ergänzendem (oft gereimtem) Text; seit dem 18. Jh. gepflegt u. durch die Mitwirkung bedeutender Zeichner (L. *Richter,* O. *Speckter*) u. Dichter (M. *Claudius,* W. *Hey,* J. P. *Hebel,* F. *Rückkert,* A. *Kopisch*) zur selbständigen Buchgattung erhoben. Das klass. dt. B. schufen der Arzt H. *Hoffmann-Donner* mit seinem „Struwwelpeter" (1845) u. W. *Busch* mit „Max und Moritz" (1858). In das B. der Gegenwart ist mit der Technik Einzug gehalten. – ⌑3.6.6.

Bilderdijk [-deik], Willem, niederländ. Dichter u. Gelehrter, *7. 9. 1756 Amsterdam, †18. 12. 1831 Haarlem; schrieb, von der französ. Klassik beeinflußt, vaterländ. Gedichte, Epen u. Trauerspiele.

Bilderdruckpapier, maschinengestrichenes Papier; →Kunstdruckpapier.

Bilderrätsel, *Rebus,* Zusammenstellung von Bildern u. Zeichen, aus deren Wortlaut z. B. ein Sprichwort erraten werden soll.

Bilderreime →Figurengedichte.

Bilderschrift, *Piktographie,* die Anfangsstufe aller Schrift, bei der eine Mitteilung durch Aufzeichnung von Abbildungen natürl. Gegenstände erfolgt. Wird mit dem Bild nur dessen unmittelbarer Sinn verbunden, spricht man von *Ideenschrift* oder *Begriffsschrift:* die Bildberichte der Prärieindianer (auf Zelten u. Mänteln), vorgeschichtl. Felszeichnungen, z.T. auch die B. der Azteken; selbst die ägypt. Hieroglyphen weisen noch Sinnzeichen auf. Einen Schritt weiter führt die *Wortbildschrift,* bei der das Bild ein ganz bestimmtes Wort einer Sprache bedeutet u. zusammen mit Nebenzeichen auch zur Niederschrift lautgleicher Wörter benutzt wird,

Bilderschrift: Zeichen für Kopf, Hand, Fuß, Dresch- und Zahlzeichen auf einem Kalksteintäfelchen aus Kisch, Iran; um 3500 v. Chr. Oxford, Ashmolean Museum

so im 4. Jahrtausend v. Chr. in Ägypten u. Mesopotamien, in jüngerer Zeit bei den Chinesen, Azteken u. Maya. Von hier aus entwickelt sich die *Silben-* u. *Buchstabenschrift* (z. B. altägypt. ro, „der Mund"; das Bild eines Mundes steht dann für „r").

Bilderstreit, *Ikonoklasmus,* in der byzantin. Geschichte der Streit um die Rechtmäßigkeit der Verehrung christl. Bilder. Der B. begann 726 mit dem von Kaiser *Leo III.* verkündeten Bilderverbot, dessen theolog. Begründung die Bilderverbote des Alten u. des Neuen Testaments (2. Mose 20,4; Apg. 17,29) lieferten. Hinter der Frage der Zulässigkeit der Bilderverehrung verbargen sich polit., ethnische u. soziale Gegensätze. Zu den polit. Ursachen des B.s gehörte die im O eingetretene Entartung der Bilderverehrung, die der (bilderfeindl.) arabischen Propaganda Vorschub leistete. Den Bilderverehrern *(Ikonodulen)* wurde von der Gegenpartei *(Ikonoklasten)* Abgötterei u. Häresie vorgeworfen. Der B. wurde 843 auf der Synode von Konstantinopel nach Unterbrechungen durch Kaiserin Theodora, Witwe des Kaisers Theophilos, des letzten Ikonoklasten, endgültig zugunsten der Bilderverehrer entschieden. Zur Erinnerung daran wird das „Fest der Orthodoxie" von der orthodoxen Kirche jährl. gefeiert.

Bilderstürmer, Gegner kirchl. Kunstwerke, bes. jene Anhänger der Reformation, die bei unkontrollierten Volksaufläufen im 16. Jh. gewaltsam Bilder aus Kirchen entfernten. I.w.S. gelten als B. Personen, die aus polit. oder weltanschaul. Intoleranz die Beseitigung von Kunstwerken bestimmter Stil- u. Geschmacksrichtungen fordern u. sie mit gewaltsamen Maßnahmen durchsetzen. – ⌑2.0.1.

Bilderverehrung, grch. *Ikonolatrie,* die religiöse Verehrung von bildl. Darstellungen heiliger Personen, die in der griech.-orthodoxen Kirche geübt wird. Gegen die B. haben sich mehrere Konzilien gewandt (→Bilderstreit). Eine B., die den dargestellten Personen, nicht den Bildern gilt, ist nach der Lehre der kath. Kirche nützlich.

Bilderwand, *Ikonostasis, Ikonostas,* in der griech.-orthodoxen Kirche die von Türöffnungen durchbrochene, mit Ikonen geschmückte Wand, die in der Kirche das Allerheiligste *(Apsis, Chor)* vom Gemeinderaum trennt.

Bildfahrplan, *Eisenbahn:* maßstabgerechte Darstellung der Zugbewegungen in einem rechtwinkligen Koordinatensystem, wobei auf der x-Achse der Weg, auf der y-Achse die Zeit angetragen wird.

Bildfehler = Abbildungsfehler.

Bildflug, Abfliegen eines Geländes für Luftaufnahmen in Bildstreifen u. -reihen.

Bildfunk, die drahtlose →Bildtelegraphie.

Bildgeberraum, *Fernsehtechnik:* Aufnahmestudio mit Kameras, Film- u. Diageber, Magnetbandanlage u. Meßgeräten für elektron. erzeugte Testbilder.

Bildgießerei, die Herstellung von Bildwerken (Reliefs, Skulpturen) im Abgußverfahren.

Bildhauer, 1. *Astronomie: Sculptor,* Sternbild am südl. Himmel.

2. *Kunst:* der ornamental oder figürl. mit festen Materialien (Holz, Stein, Gips u.a.) arbeitende Künstler.

Bildhauerkunst →Plastik.

Bildkamera, die Kamera für Filmaufnahmen. Die B. für 35 mm Normalfilm besteht aus: 1. *Objektiv,* meist ein Zoom-(Vario-)Objektiv oder ein Dreifach-Objektivrevolver; 2. *Kompendium,* zugleich Universal-Filterhalter, oder feste Sonnenblende; 3. *Kameragehäuse* mit →Umlaufverschluß oder verstellbarer →Sektorenblende, →Greifer (auch Doppel- u. Sperrgreifer), Reflexsucher mit Scharfeinstellung, bei Tonfilm auch „Blimp"; 4. elektr. *Antriebsmotor:* Selbstregelmotor mit Fliehkraftregler oder Handregelmotor für 0–50 Bilder pro Sek.; 5. *Pilottongeber* zur Synchronisation mit dem Bandspieler über Kabel oder drahtlos durch Quarz-Motor; 6. *Filmkassette* für 60 m ($\triangleq$ 2 min 11 sek), 120 oder 130 m Farbfilm, bei Schwarzweißfilm etwa $1/5$ mehr fassend; dazu 7. Schulter- oder Kreisel-(Hydro-)*Stativ* oder Stativwagen („Dolly").

Bildkarte, bildhafte Darstellung eines Teils der Erdoberfläche nach künstler. u. nicht nach wissenschaftl. kartograph. Gesichtspunkten, z. B. durch die figürl. Abbildung von Orten u. Bergen.

Bildkassette, genormte Kassette mit Magnetband für die Heimaufzeichnung von Fernsehbildern. Spieldauer ca. 1 Std., Bandgeschwindigkeit 14,3 cm/sek. →auch Kassettenfernsehen.

Bildmessung, *Photogrammetrie,* wissenschaftl. Meßverfahren, einen Teil der Erdoberfläche nach Lage u. Höhe aus stereoskop. Bildern wiederzugeben. Die *Erd-B.* (terrestrische Photogrammetrie) bedient sich dabei fester Aufnahmeorte vom Erdboden aus. Die *Luft-B.* (Aerophotogrammetrie) gewinnt Luftbilder verschiedener Aufnahmerichtung, die auf die Grundriß-(Senkrecht-)darstellung einer Karte umgebildet werden müssen (Entzerrung). Die hauptsächlichsten Instrumente sind 1. zur Aufnahme des Meßbilds: Meßkammer (Phototheodolit bei der Erd-B., Reihenmeßkammer bei der Luft-B.); 2. zur Bildbetrachtung, -interpretation u. -messung: Stereoskop, Stereotop, Stereokomparator; 3. zur Entzerrung: Aerotopograph u. a.; 4. zur Auswertung: Bildkartiergeräte wie Aerokartograph, Aeroprojektor Multiplex, Autograph, Autokartograph, Kleinautograph, Stereoplanigraph. Ein bes. Zweig der B., die *Raum-B.* (Stereophotogrammetrie), ist im Gegensatz zur älteren Meßtisch-B. das herrschende Verfahren zur photogrammetr. Punkt- u. Linienbestimmung mit Hilfe der Auswertegeräte u. auf der Grundlage von stereoskop. Meßbildern, um Punkte in entzerrten Luftbildern mit geodätisch vermessenen Bodenpunkten identifizieren zu können u. erst dadurch die B. für die Bildkartierung u. Geländeaufnahme in Karten nutzbar zu machen. – ⌑6.0.8.

Bildnerei →Plastik.

Bildnis, *Porträt,* das künstler. Bild eines Menschen als Wiedergabe seiner Persönlichkeit, wobei die äußere Porträtähnlichkeit hinter der künstler. B.absicht zurücktreten kann. B.arten lassen sich unterscheiden nach der Technik (Malerei, Plastik, Graphik), nach dem Umfang der Darstellung (Ganz-, Dreiviertel- u. Halbfiguren-B., Brust- u. Kopfbild), nach dem Rang der Dargestellten (Herrscher-, Standes- u. Gesellschafts-B.) u. nach der Figurenzahl (Einzel-, Doppel- u. Gruppen-B.). Der Dargestellte kann in Vorderansicht *(en face),* Seitenansicht *(Profil)* u. im Halbprofil erscheinen.

Die Anfänge der B.kunst liegen in Ägypten. Nach ersten Höhepunkten zur Zeit des Mittleren Reichs (1. Hälfte des 2. Jahrtausends v.Chr.) hat bes. die 18. Dynastie in Werken der Malerei u. Plastik bedeutende B.schöpfungen, hauptsächl. Herrscherporträts, hervorgebracht (Büsten aus Tell el Amarna, 1375–1350 v.Chr.). In der sog. Saitenzeit, seit dem 7. Jh. v.Chr., lag der Schwerpunkt der ägypt. B.kunst auf dem Gebiet der B.büste. Die zahlreich erhaltenen Mumienporträts, wahrscheinl. zu Lebzeiten der Dargestellten auf Leinwand oder Holz gemalt oder plast. aus Gips geformt, entstammen den ersten nachchristl. Jahrhunderten. – Während in Griechenland das B. weniger individuell abbildenden als repräsentativen Charakter hatte u. ein Idealbild sein wollte, strebte die röm. Kunst nach genauer Porträtähnlichkeit, ohne aber den Anspruch auf Repräsentation aufzugeben. Vorherrschend waren in dieser Zeit B.büste u. B.statue sowie B.darstellungen röm. Kaiser auf Münzen, Gemmen u. Kameen. – Die frühchristl. Zeit ist an wirkl. B.sen arm; Ausnahmen sind byzantin. B.statuen, Münz- u. Reiter-B.se sowie Stifter-B.se als Wandgemälde u. Mosaiken in Kirchen (z. B. Kaiser Justinian u. Kaiserin Theodora mit Gefolge, Ravenna, S. Vitale). Die B.kunst des MA. verfolgte erst seit ottonischer Zeit Porträtabsichten, hauptsächl. in den Herrscher-B.sen der Miniaturmalerei u. der Siegel u. Münzen. Monumentalaufgaben erwuchsen der mittelalterl. B.kunst seit dem 11. Jh. in der Grab- u. Denkmalplastik aus Bronze, Stein oder Stuck, während zugleich der Porträtcharakter der Darstellungen zunahm. Grabdenkmal u. gemaltes Stifterbild entwickelten sich parallel zu dem im 14. Jh. auftretenden isolierten B. (z.B. das Porträt des französ. Königs Johann II., Paris, Louvre), das zunehmende Individualbeobachtung verrät. Zu den lebensvollen B.darstellungen der Renaissance kam als dritte B.technik nun auch die graph. (B.zeichnung, B.stich) hinzu. Gleichzeitig verlagerte sich der Schwerpunkt der europ. Porträtkunst zunehmend auf die Malerei. Abgüsse nach dem lebenden Modell u. Totenmasken dienten dem B.künstler als Hilfsmittel. Brust- u. Halbfiguren-B.se bekamen nun Vorrang vor den übrigen Porträtgattungen.

Aus mittelalterl. Darstellungen von Stifterfamilien entwickelte sich im 16. Jh. das Gruppen-B. zusammen mit der B.miniatur, die im 18. Jh. ihre Blütezeit erlebte (Sonderform: *Silhouette*). Eine Verbindung von B. u. Genrebild vollzog sich im 17. Jh.

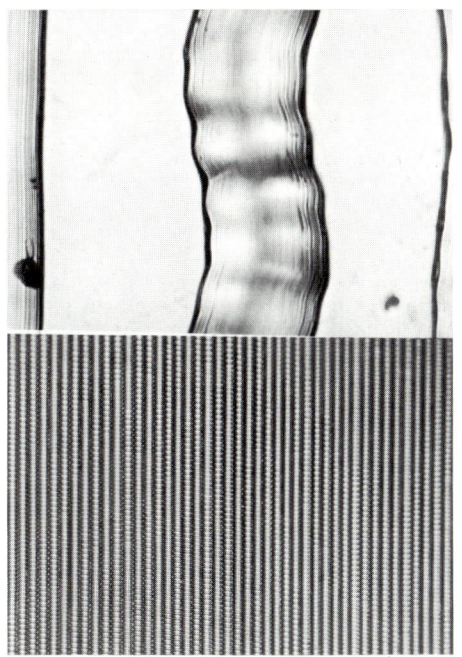
Bildplatte: Größenvergleich von Schallplattenrille (oben) und Bildplattenrille (unten)

Bildtelegraphie: Ein Bildsender tastet die Bilder zeilenweise ab und gibt elektrische Impulse an ein entsprechendes Empfangsgerät weiter

in der niederländ. Malerei, die in der damaligen europ. B.kunst führend war (*Rembrandt, F. Hals, Rubens* u. *van Dyck*) u. bes. die dt. u. engl. Porträtmalerei stark beeinflußte. In der Plastik erfuhr während der Renaissance u. des Barocks das schon für das christl. Altertum bezeugte Reiter-B. eine dem Repräsentationsbedürfnis der Dargestellten entspr. Steigerung zu Monumentalformen u. heroischer Idealisierung.

Die B.se F. *Goyas* dienten nicht mehr in erster Linie der Verherrlichung des Dargestellten, sondern meinten illusionslose Gesellschaftskritik. Im 19. Jh. wurde der arbeitende Mensch zunehmend aus dem Zusammenhang des Genrebilds herausgelöst und als Individuum darstellungswürdig. Die B.kunst des Expressionismus (E. *Heckel,* E. L. *Kirchner,* O. *Kokoschka,* M. *Pechstein* u.a.) legte das Hauptgewicht auf die psycholog. Deutung der porträtierten Personen. In der Gegenwartskunst hat das B. an Bedeutung verloren, sich aber als Serigraphie (A. *Warhol*) behauptet. – B S. 16. – 2.0.1.

Bild oder Wappen, in Frankreich als *Croix ou pile,* im alten Rom als *Capita aut navem* bekanntes Glücksspiel, bei dem vorausgesagt werden muß, welche Seite einer Münze, nachdem diese hochgeworfen wurde, oben liegt.

Bildplatte, neues audiovisuelles Medium zur Aufnahme u. Wiedergabe von Fernsehbildern u. Begleitton. Die Schallplatte hat nur 10–13 Tonrillen pro Radius-Millimeter. Bei mechan. Aufzeichnung hat die B. eine Speicherdichte von 130–150 Bild-Tonrillen pro Radius-Millimeter. Die Bild- u. Tonsignale werden in eine dünne u. flexible PVC-Folie gepreßt. An anderen Aufzeichnungssystemen (magnet., opt.) wird gearbeitet. →auch Kassettenfernsehen.

Bildpostkarten, durch Vermittlung der Dt. →Postreklame ausgegebene Postkarten, die im linken oberen Teil der Aufschriftseite ein Stadt- oder Landschaftsbild mit einem Werbetext von Stadt-, Bäder- oder Kulturverwaltungen tragen.

Bildreporter, *Bildjournalist, Pressephotograph,* Photograph, der freiberufl. im Vertragsverhältnis oder als Angestellter von Verlagen u. Bildagenturen für Tagespresse u. illustrierte Zeitschriften photographiert.

Bildröhre = Braunsche Röhre; →auch Fernsehen.

Bildsamkeit, Entwicklungsfähigkeit der menschl. Anlagen durch Erziehung u. Unterricht.

Bildschnitzerei, die Schnitzerei von Bildwerken (Einzelstücken, Altären u. a.) aus Holz, Elfenbein, Knochen u. a.; ein Teilgebiet der →Plastik.

Bildschreiber →Hellschreiber.

Bildserie, Folge von Photos zu einem Thema, die in zeitl. größeren Abständen aufgenommen werden *(Reportage);* im Unterschied zu *Serienbildern,* die ein Ereignis (z. B. ein Rennen) mit kurz hintereinander aufgenommenen Photos in seinem Ablauf wiedergeben (z. B. Robot-Aufnahmen).

Bildsteine →Bautasteine.

Bildstock, *Marterl,* an (Kreuz-)Wegen, auf Bergen oder an Häusern errichtetes Kreuz, oft auch eine auf einer Säule in einer Nische angebrachte Darstellung von Heiligen; Ausdruck der Volksfrömmigkeit, zur Mahnung oder als Dank.

Bildstreifen, eine Folge von Bildern, die den Ablauf eines Geschehens erzählen; →auch Comic strips.

Bildt, Paul, Schauspieler u. Regisseur, *19. 5. 1885 Berlin, †13. 3. 1957 Berlin; wirkte am Staatl. Schauspielhaus u. Dt. Theater Berlin, seit 1952 am Schillertheater u. in Gastspielen; wandlungsfähiger Charakterdarsteller, auch im Film.

Bildtelegraphie, Verfahren zur Übertragung von Bildern über Leitungen u. Funkwege: Die Vorlage wird auf eine Trommel aufgespannt u. photoelektr. Punkt für Punkt abgetastet. Im Empfänger wird eine Lichtquelle so gesteuert, daß das Photopapier entspr. belichtet wird. Die B. wird insbes. von Nachrichtenagenturen verwendet; über das öffentl. Bildtelegraphennetz der Post können aber auch Privatpersonen *Bildtelegramme* absenden u. empfangen. Bildauflösung: im allg. $5^{1}/_{3}$ Linien je Millimeter.

Bildtelephon, *Video-Telephon,* Fernsprecher mit Bildschirm u. elektron. Kamera. Da der Informationsgehalt eines Bildes etwa hundertmal so groß ist wie der eines Gesprächs, braucht man besondere, aufwendige Übertragungseinrichtungen. Schon 1936 gab es zwischen Berlin u. Leipzig einen öffentl. „Fernseh-Sprechdienst"; die Linie wurde später bis München verlängert, 1940 jedoch wegen ungenügender Rentabilität eingestellt. Heute bieten mehrere Firmen B.e für Nebenstellenanlagen an; es gibt in einigen Ländern Versuchsstrecken für Fernübertragung.

Bildteppich, *Gobelin, Bildwirkerei,* ein der Wandbekleidung u. ähnl. Zwecken dienender

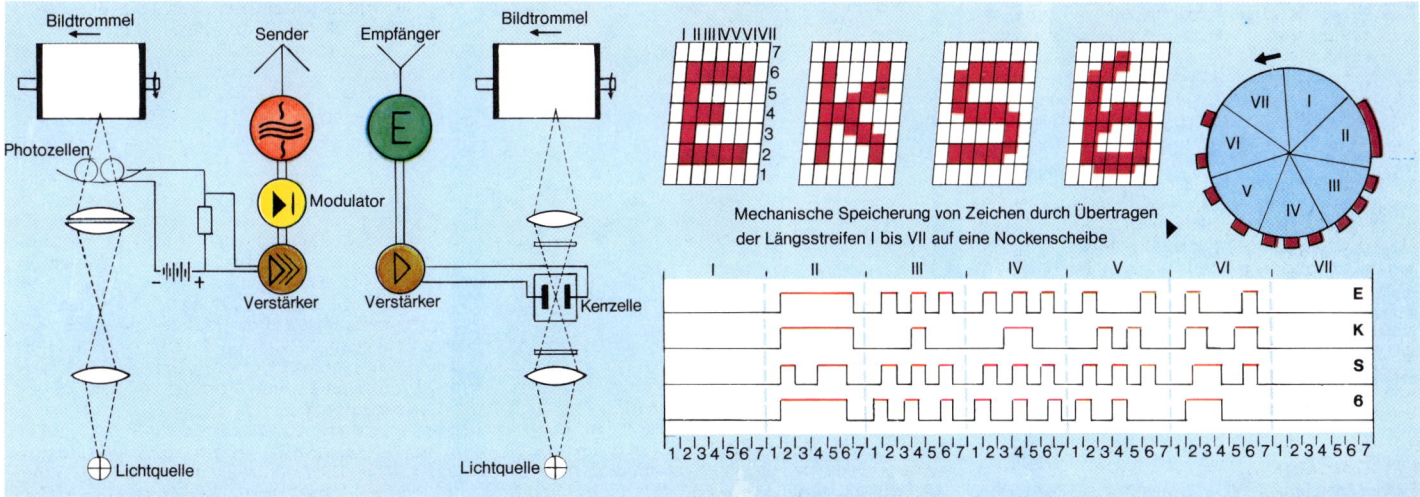
Bildtelegraphie (Übertragungsschema)

Bildumkehrung

Teppich mit bildl. Darstellungen; ein Erzeugnis der →Textilkunst. Der echte B. wird mit der Hand am Wirkstuhl (*Hautelisse-* u. *Basselisse-Stuhl*) hergestellt, wobei man die oft von Ornament- oder Schriftleisten umgebene Darstellung nach einer originalgroßen Vorlage (Karton, Schablone) einsticht. Unechte Gobelins sind auf Jacquardwebstühlen maschinell hergestellt.
Die Technik der Bildwirkerei war bereits im ägypt. Altertum bekannt. In der frühchristl.-byzantin. Kunst diente der B. zur Ausstattung von Kirchen- u. Wohnräumen. Im MA. wurden Wandbehänge mit kostbaren Bildwirkereien von Privatpersonen für Kirchen u. Klöster gestiftet. Zu den frühesten erhaltenen mittelalterl. Werken der B.-Kunst gehören der →Bayeuxteppich, drei Wirkteppiche aus dem Dom zu Halberstadt (12. Jh.) u. Teppiche der Kathedrale von Angers (14. Jh.). Wichtige Pflegestätten der Bildwirkerei befanden sich seit dem 14. u. 15. Jh. in Konstanz, Basel, Straßburg, Freiburg i. Br., Mainz, Nürnberg u. Köln; sie erhielten seit der Mitte des 16. Jh. neue Anregungen durch die holländ. u. fläm. Wirkkunst, die durch die Verwendung von Gold-, Silber- u. Seidenfäden eine bes. Wirkung erzielte. Hauptwerke des 16. Jh. sind die vatikan. Teppiche *Raffaels*, des 17. Jh. die B.e nach Vorlagen von Ch. *Lebrun* u. *Rubens*, des 18. Jh. die in der Gobelinmanufaktur Beauvais gewirkten B.e nach Entwürfen von F. *Boucher* u. a. Die formale Gestaltung von figürl., landschaftl. u. ornamentalen Motiven in der Bildwirkerei folgte der allg. Stilentwicklung. Im 20. Jh. ist der Franzose J. *Lurçat* mit künstler. bedeutenden B.en hervorgetreten. – 🗅 2.1.3.
Bildumkehrung →Solarisation, →Umkehrfilm.
Bildung, ursprüngl. die äußere Gestaltung, seit der Zeit des Dt. Idealismus mit der Bedeutung: innere Formung, Entfaltung der geistigen Kräfte des Menschen durch Aneignung kultureller Werte der Umwelt u. der Vergangenheit u. ihre Verarbeitung zu einer persönlichen Ganzheit. Der Begriff B. wird in dreifachem Sinn verwendet: Er umfaßt den Vorgang der Entfaltung, das Bewirken dieser Entfaltung durch Erziehung u. Unterricht u. ihr Ergebnis (den jeweiligen Grad der Geprägtheit der Persönlichkeit).
B.sziel ist in erster Linie die Entwicklung u. Förderung geistig-seelischer Anlagen u. Fähigkeiten: logisches Denken, Ausdrucksfähigkeit, Tiefe der Empfindung u. Willensstärke sollen im selbsttätigen Umgang mit dem Objekt (den B.sgütern) entwickelt werden (*formale* B.). Die B. soll – unabhängig von Zwecken – einer allseitigen Entfaltung der allen Menschen gemeinsamen Grundkräfte dienen u. zu einer „allgemeinen Emporbildung der inneren Kräfte der Menschennatur" führen, wie es *Pestalozzi* auch für die „Niedersten" der Menschen forderte. – Im Gegensatz zu Pestalozzi, für den der B.sstoff nur untergeordnete Bedeutung hatte, konnte der Neuhumanismus sich B. nicht losgelöst von den Werten der griech.-röm. Kultur vorstellen, die ihm als überzeitlich gültiger Höhepunkt des Menschentums galt. Für Wilhelm von *Humboldt*, den Begründer der klassischen B.theorie des Neuhumanismus, standen neben der Welt des Griechentums jedoch auch die Sprache u. Dichtung seiner Zeit als B.sgüter im Vordergrund. Dieser vorwiegend literar.-ästhet. u. philosoph.-spekulative B.begriff wurde zum Leitbild des 19. Jh., erfuhr aber unter dem Einfluß der Ausweitung der immer mehr realist. ausgebildeten Wissenschaften entscheidende Veränderungen. Überschätzung des Sachwissens, Vermehrung des Lehrstoffs u. Intellektualisierung des Unterrichts machten B. immer mehr zur enzyklopäd. Wissens-B.; ihr Besitz wurde oft zum Merkmal einer gesellschaftl. Schicht. – 🗅 1.7.1.
Bildungschancen, die Möglichkeit, die persönl. Anlagen u. Fähigkeiten ausbilden zu lassen. Ungleichheit der B. besteht, wenn Kinder bestimmter Gesellschaftsschichten (z. B. Arbeiter) durch soziale Barrieren u. durch schichtspezif. Sprachentwicklung in der Entfaltung ihrer Bildungsmöglichkeiten behindert sind. Chancengleichheit ist eine bildungspolit. Forderung, die durch eine Reform des Schul- u. Erziehungswesens noch verwirklicht werden muß, um die gesellschaftl. Begabungsreserven voll auszuschöpfen. Diesem Ziel sollen bes. die *Vorschule* durch kompensatorische (ausgleichende) Erziehung u. auch die *Gesamtschule* durch größere Durchlässigkeit der Schulzweige gegeneinander dienen.
Bildungsfernsehen, bes. Programme der Fernsehanstalten (in den USA eigene nichtkommer-

Kampf der Tugenden und Laster; Nürnberg um 1400. Regensburg, Rathaus

Abrahamsteppich, Der heilige Michael mit dem Drachen; Niedersachsen; nicht vor dem dritten Viertel des 12. Jh. Halberstadt, Dom

Sogenannter Spielteppich (Ausschnitt); Elsaß; viertes Viertel des 14. Jh. Nürnberg, Germanisches Nationalmuseum

Dame mit dem Einhorn, „A mon seul désir"; Loiregegend, um 1500. Paris, Musée de Cluny

Bildungsfernsehen

BILDTEPPICHE Gobelins

Pieter Pannemaker, Kreuzigung; sog. Thronteppich Karls V. Brüssel, 16. Jh. Madrid, Patrimonio Nacional, Palacio de Oriente

Émile Bernard, Wandteppich; um 1888. Darmstadt, Hess. Landesmuseum (links). – Jean Lurçat, Freiheit; 1943. Paris, Musée National d'Art Moderne (rechts)

Bildungsgewebe

zielle Fernsehnetze), die allgemeines Wissen u. den Lehrstoff von Schul- u. Universitätsfächern in didaktisch aufbereiteter Form ausstrahlen u. dem Fernsehteilnehmer das Mitlernen, ggf. bis zum Erwerb eines anerkannten Zeugnisses, gestatten.

Bildungsgewebe, *Meristem*, pflanzl. Gewebe, das im Gegensatz zum *Dauergewebe* noch teilungsfähig ist, z. B. die Zellverbände an den Sproß- u. Wurzelspitzen (die wegen ihrer Kegelform auch *Vegetationskegel* heißen), wobei die Zellgruppe, von der das Teilungswachstum ausgeht, →Vegetationspunkt genannt wird. B. in den Leitbündeln: →Kambium.

Bildungsnotstand, ein von H. *Weinstock* 1958 geprägter Begriff, der zunächst die Belastungen bezeichnen sollte, die einer ruhigen Bildungsarbeit am Gymnasium entgegenstehen. In den folgenden Jahren wurde aber, bes. durch G. *Picht* (Artikelserie „Die deutsche Bildungskatastrophe"), auf die grundsätzl. Planungsmängel im Bildungswesen der BRD hingewiesen: zunehmender Mangel an Lehrern für alle Schulzweige, geringere Bildungschancen für die Kinder von Arbeitern u. der Landbevölkerung, Schulraummangel, unterschiedl. Bildungsmöglichkeiten in den einzelnen Bundesländern. Diese Hinweise haben zur Entwicklung der *Bildungsplanung* beigetragen, die sich jetzt u. a. auf neue Wirtschaftlichkeitsrechnungen für die Beurteilung der individuellen u. gesellschaftl. Rentabilität von Bildungsinvestitionen stützen kann.

Bildungsrat, 1966 gegr. Gremium zur Planung u. Koordination auf dem Gebiet des Schul- u. Bildungswesens der BRD, besteht aus der *Bildungskommission* (18 Mitgl.) u. der *Verwaltungskommission* (Kultus-Min. der Länder u. Vertreter von Bund u. Kommunen); wurde 1975 aufgelöst; der *Wissenschaftsrat* übernahm seine Aufgaben.

Bildungsroman, eine Sonderform des *Entwicklungsromans*, in dem der Einfluß der Bildungsgüter auf den Menschen dargestellt wird; z. B. *Goethes* „Wilhelm Meister" 1795 ff., H. *Hesses* „Das Glasperlenspiel" 1943.

Bildungsstatistik, Statistik über Bildungsmöglichkeiten, Bildungsbestrebungen u. Bildungserfolge; Voraussetzung für pädagog. u. pädagog.-organisator. Planung.

Bildungsurlaub →Urlaub.

Bildungswärme, die Wärmemenge, die bei chem. Umsetzung frei oder verbraucht wird; meist auf ein Mol bezogen.

Bildungswesen, alle Einrichtungen u. Institutionen, die Bildung vermitteln u. die Ausbildung von Lernenden (Schüler, Studenten u. a.) übernehmen. Die ersten staatl. Schulgesetze entstanden im 18. Jh. (Allgemeine Schulordnung für Preußen von 1763, österr. Schulordnung von 1774). Die öffentl. Bildungsarbeit ist seither in Dtschld. weitgehend Sache der einzelnen Länder. Hauptträger der staatl. Bildungsarbeit in der BRD sind: Grund- u. Realschulen, Gymnasien (Oberschulen), Hochschulen, Berufs- u. Berufsfachschulen. Daneben bestehen Sonderschulen. Bes. Institute u. Abendschulen ermöglichen die Weiterbildung Erwachsener u. können bis zur Hochschulreife führen (sog. zweiter Bildungsweg). Einen Teil der Erwachsenenbildung übernehmen die Volkshochschulen, die Gewerkschaften, Parteien, Kirchen, Betriebe, Berufsorganisationen u. a. in Vorträgen u. Fortbildungskursen.

Bildwand, *Lichtbildwand*, zusammenrollbarer, aus Plastik oder Stoff mit glattweißer (barytierter), metallbeschichteter oder geperlter Oberfläche bestehender Projektionsschirm zum Auffangen des Dia- oder Schmalfilmbilds. Mit zunehmender Bildhelligkeit infolge stärkerer Reflexion nimmt der Betrachtungswinkel von den Seiten aus ab, z. B. bei Barytweiß auf Stoff: 100% / 2×70° (Reflexion [bezogen auf Barytweiß] / Streuwinkel beiderseits der Projektionsachse); bei Plastik, weiß: 160% / 2×50°; bei Plastik, metallgerieffelt: 190% / 2×30°; bei Kristallperltuch: 240% / 2×20°.

Bildwandler, elektronenoptisches Gerät, das die von Gegenständen ausgesandten lichtschwachen oder nicht sichtbaren (z. B. infraroten oder ultravioletten) Strahlen in sichtbare umwandelt. Die Lichtstrahlen treffen dabei auf eine Photokathode; die hierdurch ausgelösten Elektronen werden auf einem fluoreszierenden Schirm sichtbar gemacht. Verwendung in Nachtsichtgeräten.

Bildweberei, Herstellung von Stoffen mit ornamentalen oder figürl. Darstellungen, entweder als *Damast* (Jacquardmaschine) oder mehrfarbig durch Eintragen des Schusses mit Stechspulen von Hand (*Bildwirkerei*). →auch Bildteppich.

Max Bill: Rhythmus im Raum 1947/48; Ausführung in Granit 1963. Hamburg, Außenalster

Bildwerfer = Projektor.

Bildwirkerei →Bildteppich, →Bildweberei.

Bildzauber, Verwendung von Bildern in zauber. Handlungen, wobei diese Bilder als Wirklichkeit genommen werden; so soll z. B. die Zerstörung eines Bildes den Tod der auf diesem Bild dargestellten Personen bewirken. →auch Analogiezauber.

„Bild-Zeitung", 1952 von Axel *Springer* in Hamburg gegr. Straßenverkaufszeitung, Massenblatt, im ganzen Bundesgebiet verbreitet; höchste Zeitungsauflage auf dem europ. Festland (3,8 Mill.); regional bezogene Ausgaben in Hamburg, Berlin, München.

Bileam, *Balaam*, Sohn des Beor, heidn. Seher, den der Moabiterkönig *Balak* zur Verfluchung Israels kommen ließ; doch B. konnte den Fluch nicht aussprechen, sondern segnete Israel (4. Mose 22–24).

Bilecik ['biledʒik], Hptst. der nordwesttürk. Provinz B., 12 000 Ew.; Seiden- u. Weinbau, Meerschaumgewinnung.

Bilge [die; engl.], Kielraum an der Außenhaut, wo sich Schwitz- u. Schmutzwasser sammelt, mit Bodenplatten abgedeckt.

Bilharz, Theodor, Internist u. Tropenarzt, * 23. 3. 1825 Sigmaringen, † 9. 5. 1862 Cairo; entdeckte 1851/52 die *Bilharzia* (→Schistosoma).

Bilharzia [nach Th. *Bilharz*], alte Bez. für die Gattung →Schistosoma der *Saugwürmer*; Erreger der *Bilharziosen* (*Schistosomiasen*).

Bilimbibaum [malai.] = Gurkenbaum.

Bilin, tschech. *Bílina*, nordwestböhm. Kurstadt (Sauerbrunnen), 12 000 Ew.; Braunkohle-, keram. Industrie.

bilinear [lat.], Bez. für einen algebraischen Ausdruck mit zwei Veränderlichen (x,y), die nur in der ersten Potenz, d. h. *linear*, vorkommen; z. B. $3x + 7y$.

Bilingue [die; lat.], Inschrift oder Handschrift mit zweisprachigem Text (gleichen Inhalts); wichtig bei Entzifferungen.

Bilinguität [lat.], Zweisprachigkeit, →Mehrsprachigkeit.

Bill, engl. Koseform von *William*.

Bill [engl.], Gesetzentwurf, Gesetzesvorlage, jurist. Schriftstück. →auch Bill of Rights.

Bill, Max, schweizer. Architekt, Bildhauer u. Maler, * 22. 12. 1908 Winterthur; 1927–1929 als Architekt am Bauhaus, wirkte seit 1929 in Zürich, seit 1951 auch in Dtschld.; 1951–1956 Rektor der Hochschule für Gestaltung in Ulm; malte ungegenständl. Bilder mit leuchtenden Farbflächen u. geometr. Gliederung; industrielle Formentwürfe.

Billard ['biljard; das; frz.], Kugelspiel auf einer rechteckigen, ebenen, mit grünem Tuch überzogenen Schiefer- oder Marmorplatte (*Brett*), die ringsum mit einem elastischen Gummirand (*Bande*, öster. *Mantinell*) versehen u. auf einem Holzunterbau angebracht ist. Die Maße der Spielfläche sind international gleich: 284,5 cm lang, 142,25 cm breit (bei kleineren Brettern: Breite gleich der halben Länge). Gespielt wird mit drei gleich großen Kugeln (2 weiße, davon eine markiert, eine rote; 60,5–61,5 mm Durchmesser) aus Elfenbein oder Kunststoff, die mit etwa 1,45 m langen B.stöcken (*Queues*) gestoßen werden. Dabei muß immer mit der eigenen weißen Kugel die rote und die andere weiße Kugel getroffen werden (*Karambolage*). Jede Karambolage zählt einen Punkt. Zu sportl. Wettbewerben wird heute nur dieses *Karambolage-B.* benutzt. Das frühere *deutsche B.*, bei dem die Kugeln in Löcher auf dem Brett („Taschen", deshalb auch *Taschen-B.*) gestoßen werden müssen, ist nur noch als Unterhaltungsspiel gebräuchlich. Beim französ. B. unterscheidet man zwei Spielarten: 1. Karambolagepartien, 2. Cadrepartien. Erstere werden wieder unterteilt in *Freie Partie* (beliebig viele Karambolagen hintereinander, außer in den vier Ecken [Dreiecke mit Katheten von 71 u. 35,5 cm Länge], dort nur ein Stoß), *Einband* (der Spielball muß mindestens eine Bande berühren, bevor er den B.ball erreicht) u. *Dreiband* (der Spielball muß drei Banden vor der Karambolage berühren). Bei den Cadre-Partien sind die Hauptarten: *Cadre 47, 38 u. 35* (4 Linien, 9 Felder) u. *Cadre 71, 57 u. 52* (3 Linien, 6 Felder). Die Bezeichnungen ergeben sich durch die Abstände, mit denen Parallellinien zu den Seiten des Tisches gezogen werden, bei 47/1 z. B. im Abstand von 47 cm. Bei den Spielen 47/1, 38/1 u. 35/1 bzw. 71/1, 57/1 u. 52/1 muß bei jeder Karambolage mindestens einer der angespielten Bälle aus dem so abgesteckten Feld hinausgespielt werden, bei den Spielen 47/2, 38/2 u. 35/2 bzw. 71/2, 57/2 u. 52/2 muß dies spätestens bei jeder zweiten Karambolage geschehen. Jeder Spieler spielt so lange, wie es ihm gelingt, Karambolagen zu erzielen. Die zu erreichende Punktzahl ist festgelegt. Durch verschiedene Arten des Queue-Ansatzes, z. B. Hochstoß, Tiefstoß, Kopfstoß (Masse-, Piquéstoß) u. a., werden den Bällen „Effets" u. „Gegeneffets" gegeben u. dadurch die Laufrichtung bestimmt. Organisation: Dt. B.-Bund, gegr. 1911, Sitz: Köln, mit 440 Vereinen u. rd. 10 000 Mitgliedern; seit 1926 Mitglied der *Confédération Européenne de B.* In Österreich: Österr. Amateur B.-Verband, Wien, 1300 Mitglieder; in der Schweiz: *Schweizer Verband der B.-Amateure*, Basel, 600 Mitglieder.

Billbergia, in Brasilien heim. Gattung der *Ananasgewächse*. Viele Arten werden wegen ihrer schönen, meist mehrfarbigen Blütenstände als Zimmerpflanzen kultiviert, z. B. *B. nutans* („Spanischer Hafer").

Bille, rechter Nebenfluß der unteren Elbe, 63 km; umfließt die Marschhalbinsel Billwerder (Stadtteil von Hamburg, ebenso Billstedt, Billbrook) u. mündet in Hamburg.

Billerbeck, Stadt in Nordrhein-Westfalen (Ldkrs. Coesfeld), westl. von Münster, in den Baumbergen, 9000 Ew., Wallfahrtsort; Textilindustrie.

Billet doux [bi'jɛ 'du:; frz.], Liebesbriefchen.

Billeteur [frz.], 1. [bijɛ'tø:r] österr.: Platzanweiser.

2. [biljɛ'tø:r] schweizer.: Kartenausgeber.

Bindegewebe

Billiarde [die; frz.], Zahl: 1 B. = 10^{15} = 1000 Billionen.
billiges Geld, Ausdruck des Geld- u. Kapitalmarkts für Geld, das zu niedrigen Zinssätzen zu haben ist; dadurch wird die wirtschaftl. Initiative angeregt. Die Gefahr einer *Politik des billigen Geldes* (Niedrighaltung der Zinsfüße u. des Diskontsatzes durch staatl. Maßnahmen) besteht darin, daß sie inflationist. Preissteigerungen bewirkt, falls sie nicht rechtzeitig bekämpft werden.
Billigkeit, *Rechtsphilosophie:* eine Erscheinungsform der Rechtsidee neben Rechtssicherheit, Gerechtigkeit u. Zweckmäßigkeit; die Rechtsfindung aus den Gegebenheiten des Einzelfalls; dient der Korrektur des Gesetzes, soweit dieses aufgrund seiner Allgemeinheit dem Einzelfall nicht gerecht wird; prakt. bedeutsam im engl. Recht *(Equity).*
billigst, im Börsengeschäft die Vollmacht für den Beauftragten, ohne *Limit* möglichst vorteilhaft zu kaufen. Bei Verkäufen entspr.: *bestens.*
Billinger, Richard, österr. Schriftsteller, *20. 7. 1893 St. Marienkirchen, Oberösterreich, †7. 6. 1965 Linz; ließ in barocker, farbkräftiger Sprache heidnisch-dämonischen Mythos u. christl.-bäuerliches Brauchtum stimmungsmächtig aufleben. Lyrik: „Sichel am Himmel" 1931; Dramen: „Rauhnacht" 1931, „Der Gigant" 1937 (verfilmt „Die Goldene Stadt"). Jugenderinnerungen: „Die Asche des Fegefeuers" 1931. – ▯3.1.1.
Billings, Stadt in Montana (USA), am Yellowstone River, 55 000 Ew.; landwirtschaftl. Handel, Erdölraffinerien.
Billion [die; frz.], Zahl: 1 B. = 10^{12} = 1000 Milliarden; in den USA u. in Frankreich jedoch: 1 B. = 10^9 = 1 Milliarde.
Billiton (Indonesien) = Belitung.
Bill of Rights ['bil əv 'raits; engl. „Gesetz der Rechte"], engl. Staatsgrundgesetz, das nach der Revolution von 1688 von Wilhelm III. u. Maria II. angenommen u. 1689 vom Parlament erlassen wurde. Es richtete sich gegen die Versuche der Stuarts, Absolutismus u. Katholizismus zu stärken, u. enthält einen Katalog der „alten Rechte u. Freiheiten" der Engländer, wie z. B. die Unverletzlichkeit von Parlamentsgesetzen, das ausschl. Steuerbewilligungsrecht des Unterhauses, das Petitionsrecht u. die Immunität u. Indemnität der Abgeordneten. Dazu kamen: die Aufhebung des königl. Rechts zur Dispens oder Suspendierung von Gesetzen, der Ausschluß kath. Prätendenten von der Thronfolge u. das Verbot eines stehenden Heeres in Friedenszeiten. Damit bestimmte das Parlament über die Grundlagen der Verfassung, u. stellte das Gesetz über Krone u. Dynastie. Die darin liegende Degradierung der Krone zu einem Staatsamt wurde aber vermieden, indem man die Verfassung weiterhin auch unter der Fiktion einer Balance zwischen Krone, Ober- u. Unterhaus interpretierte.
Billroth, Christian Albert Theodor, Chirurg, *26. 4. 1829 Bergen auf Rügen, †6. 2. 1894 Abbazia (Opatija); die nach ihm benannte *B.sche Operation* ist die Magenresektion, die in zwei verschiedenen Formen („B. I" u. „B. II") vorgenommen

wird. – *B.batist,* gelber, wasserdichter Verbandstoff. – B. stand in Briefwechsel mit Johannes *Brahms.*
Billunger, *Billinger,* sächs., mit den Ottonen verschwägertes Adelsgeschlecht, Herzöge in Sachsen 961–1106; Besitzungen am Niederrhein, in Ostsachsen u. an der mittleren Weser; Hauptsitz war Lüneburg mit der Burg auf dem Kalkberg.
Billunger Mark, *Mark der Billunger,* 936 von Otto I. für das Gebiet zwischen Unterelbe, Elde u. Peene errichtete, Hermann Billung übertragene Markgrafschaft zur Abwehr u. Unterwerfung der dort ansässigen Slawen *(Obodriten,* nördl. *Lutizen).*
Billy, engl. Koseform von *William.*
Biloxi, Hafenstadt am Golf von Mexiko, in Mississippi (USA), 55 000 Ew., Fischfang, Konserven- u. chem. Industrie.
Bilsenkraut, *Hyoscyamus,* Gattung der *Nachtschattengewächse,* Kräuter mit gelappten Blättern, röhrig-glockigem Kelch u. trichterförmiger Blumenkrone. Das Schwarze B., *Hyoscyamus niger,* findet sich auf Schutt u. unbebautem Gelände; die Blätter werden wegen ihres Gehalts an Alkaloiden *(Hyoscyamin* u. *Scopolamin)* arzneil. verwendet. Die Giftwirkung der Pflanze ist ähnl. wie die der Tollkirsche.
Biluxlampe [lat.], elektr. Glühlampe im Autoscheinwerfer, mit zwei getrennt schaltbaren Glühfäden. Der Glühfaden für *Fernlicht* liegt im Brennpunkt; der für *Abblendlicht* ist darüber in einer Kappe so angebracht, daß das Licht nur auf den oberen Teil des Scheinwerfers trifft.
Bilz, Friedrich Eduard, Naturheilkundiger, *12. 6. 1842 Arnsdorf, Sachsen, †30. 1. 1922 Radebeul; gründete 1892 die Naturheilanstalt Oberlößnitz bei Dresden; schrieb u. a. „Das Neue Naturheilverfahren" 1888, Neuausgabe „Natürliche Heilmethoden" 1956.
Bimetall [lat.], aus zwei Metallen mit verschiedenen Ausdehnungskoeffizienten zusammengeschweißter Metallstreifen, der sich bei Erwärmung nach der Seite des Metalls mit dem kleineren Ausdehnungskoeffizienten hin krümmt; verwendet z. B. für die Unruh bei Uhren u. als elektr. Schutzschaltung.
Bimetallismus [lat.], Währungssystem, bei dem die Geldeinheit an zwei Währungsmetalle (meist Gold u. Silber) gebunden ist. Bei der *Doppelwährung* ist die Wertrelation der beiden Edelmetalle gesetzl. festgelegt; bei der *Parallelwährung* schwankt das Wertverhältnis entsprechend dem jeweiligen Verhältnis der Metallpreise.
Bims, poröser, leichter Sand *(B.sand)* u. Kies *(B.kies)* vulkan. Ursprungs. →auch Bimsstein.
Bimsbeton, ein Leichtbeton, der dadurch erzielt wird, daß als Zuschlag Bimsstein verwendet wird.
Bimsstein, ein blasiges, hellgraues, glasartiges vulkan. Gestein, das aus einer Alkali-Tonerde-Silikat-Schmelze entsteht, die hohe Anteile an Gasen (Wasserdampf, Chlor, Schwefelwasserstoff u. a.) enthält; von Vulkanen durch Freiwerden der Gase explosionsartig herausgeschleudert; Härte etwa 5, Dichte 2,4. Aufgrund der blasigen Struktur hat B. ein spezif. Gewicht bis zu nur 0,3 (leichter

als Wasser). Bekannte B.vorkommen sind auf der Insel Lipari u. im Neuwieder Becken bei Andernach. – Durch rasches Erhitzen von →Perlit, →Pechstein u. →Obsidian (vulkan. Gläser) werden diese zu bimssteinartigen Produkten mit hoher Porosität aufgebläht, die sich als Wärmedämmstoffe eignen. B. wird zu Schwemmsteinen, Hohlblocksteinen, Bauplatten u. ä. verarbeitet; pulverisiert dient es als Seifenzusatz *(B.seife).*
binär [lat.], aus zwei Informationseinheiten bestehend, z. B. die Dualzahlen.
Binäre Nomenklatur, von C. von *Linné* eingeführte Methode der Benennung von Organismen: Der erste Name gibt dabei die Gattung, der zweite die Art an; z. B. *Solanum nigrum,* Schwarzer Nachtschatten (Gattung: *Solanum,* Art: *Solanum nigrum).*
Binärsystem, binäres Zahlensystem, jedes Zahlensystem, das sich aus nur zwei Zeichen aufbaut. →Dualsystem, →elektronische Datenverarbeitungsanlage.
Binchois [bɛ̃'ʃwa], Gilles, niederländ. Komponist, *um 1400 Mons, Hennegau, †1460 Mons (?); einer der führenden niederländ.-burgund. Meister um G. *Dufay;* schrieb außer latein. Kirchenmusik zahlreiche französ. Chansons.
Bindegarn, aus Hanf oder Sisal hergestelltes Garn, das in selbstbindenden landwirtschaftl. Maschinen verwendet wird.
Bindegewebe, das die tier. Organe umhüllende, verbindende u. stützende Gewebe, das außerdem

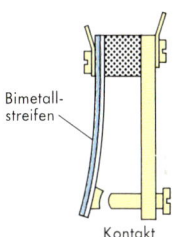

Bimetallstreifen eines selbsttätigen Feuermelders

dem Stoffwechsel, der Speicherung von Wasser u. Fett, der Abwehr von Krankheitskeimen u. der Wundheilung dient. Seine Stammzellen treten in den Hintergrund gegenüber der von ihnen ausgeschiedenen Interzellularsubstanz. Diese besteht aus einer gallertigen Grundmasse, in die 3 Arten von Fasern eingelagert sein können: *Retikulinfasern,* die feine Gitternetze bilden, *Kollagenfasern,* die wenig dehnbar, aber sehr zugfest sind u. beim Kochen Leim geben, u. *elastische Fasern,* die stark dehnbar sind u. verzweigte Systeme bilden. Weiter sind im B. zahlreiche freie, amöboid bewegl. Zellen enthalten. Aus der Mannigfaltigkeit der ausgebildeten B. sind hervorzuheben: das netzförmige *retikuläre B.* (in vielen drüsigen Organen, auch im Fettgewebe), das *straffe B.,* dessen Fasern entweder geflechtartig verbunden (Lederhaut der Wirbeltiere, Organkapseln) oder parallel angeordnet sind (Sehnen, elast. Bänder), u. das *lockere*

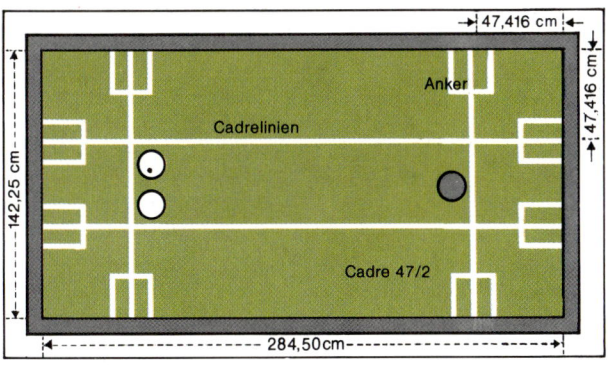
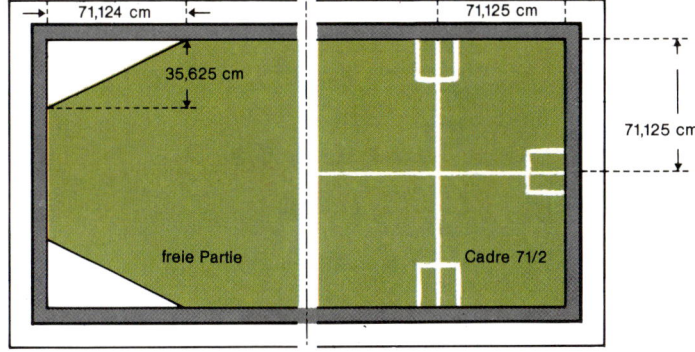

Billard: Spielflächeneinteilungen (oben); Effetstoß, Zugball, Hochstoß (unten von links nach rechts)

Bindehaut

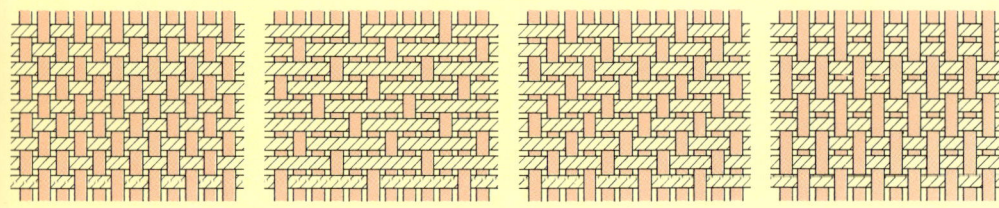

Bindungen (Weberei; von links nach rechts): Leinwand-(Tuch-, Taft-)Bindung, Atlas-Bindung, Köper (dreibindiger Schußköper), Rips (zweischüssiger Querrips)

B., in dem die Fasern regellos verteilt sind u. das vor allem Lücken zwischen Organen ausfüllt.

Bindehaut, *Conjunctiva,* im Wirbeltierauge die Schleimhaut, die den von den Augenlidern u. der Augenvorderseite gebildeten *B.sack* auskleidet. Der B.sack ist von Tränenflüssigkeit erfüllt. Die B. kann als Falte ein drittes Augenlid, die →Nickhaut, bilden.

Bindehautentzündung, *Bindehautkatarrh, Conjunctivitis, Konjunktivitis,* Reiz- u. Entzündungszustand der Bindehaut. Infektionen, Verletzungen, Strahlenschädigungen, Staub u. a. können zu Rötungen, Sandgefühl, Lichtscheu u. Tränenreiz bis zu starken Schwellungen u. Eiterbildung führen. Bes. schwere Formen der B. treten bei Diphtherie u. Gonokokkeninfektion des Auges auf.

Bindemittel, 1. *Bauwesen:* Baustoff, der, mit Wasser oder anderen Lösungsmitteln angemacht, eine teigige Masse ergibt, die später erstarrt u. Sand, Kies u. ä. miteinander verkittet. Die wichtigsten B. sind: Zement, Kalk, Bitumen u. Teer.
2. *Gesteinskunde:* das die Sedimentteilchen verkittende Medium, z. B. Kieselsäure im Quarzit.
3. *Lebensmittelkunde:* Eiweiß, Stärke oder Dextrin enthaltende u. a. quellfähige Stoffe zur Erhöhung der Bindefähigkeit von Wurstwaren. Ihre Verwendung ist durch die Bindemittelverordnung vom 14. 1. 1937 festgelegt.

Bindenwaran, *Varanus salvator,* bis 2 m langer *Waran* Südostasiens; lebt am Wasser, guter Schwimmer (mit Ruderschwanz); schwarz mit Querbinden aus gelben Flecken; Lebensdauer bis zu 9 Jahren.

Binder, 1. *Bauwesen:* 1. tragender Teil der Dachkonstruktion (*Dach-B.*); 2. Element des Mauerverbands: Stein oder Ziegel, der mit seiner Schmalseite parallel zur Mauerfront liegt; Gegensatz: *Läufer;* 3. Bindemittel in Farben, z. B. Leim oder Fettstoffe; 4. im Straßenbau die Schicht zwischen Trag- u. Verschleißschicht.
2. *Beruf:* →Böttcher.
3. *Landwirtschaft: Selbstbinder, Bindemäher,* Maschine zum Mähen des Getreides mit gleichzeitigem Einbinden der Garben; Ausführungen als *Gespann-B.* u. *Zapfwellen-B.;* heute weitgehend durch den Mähdrescher überholt.

Binder, Julius, Rechtsphilosoph, *12. 5. 1870 Würzburg, †28. 8. 1939 Starnberg; wandte sich gegen die neukantian. Wertphilosophie u. ihr zur Entgegensetzung von Idee u. Wirklichkeit führendes Rechtsdenken u. versuchte, eine an *Hegel* angelehnte inhaltl. Bestimmung der Rechtsidee aus der Gemeinschaftsordnung zu geben. Hptw.: „Rechtsbegriff u. Rechtsidee" 1915; „Philosophie des Rechts" 1925.

Binderei, 1. *Bindekunst,* das Zusammenstellen von Blumen, Blüten oder Früchten zu Kränzen, Sträußen u. ä.
2. →Buchbinderei.

Bindermesser, hackmesserähnl. Böttcherwerkzeug mit breitem, als Hammer dienendem Rücken.

Binderverband →Mauerverbände.

Bindesbøll ['binesbøl], Michael Gottlieb Birkner, dän. Architekt, *5. 9. 1800 Ledøje (Seeland), †14. 7. 1856 Kopenhagen; nach mehreren Auslandsreisen seit 1838 in Dänemark u. Dtschld. tätig. Angeregt durch den dän.-dt. Klassizismus sowie durch antike Bauten u. deren Polychromie (Pompeji), schuf B. als Hptw. das Thorvaldsen-Museum in Kopenhagen (1838–1847). Historisierende Tendenzen kennzeichnen auch den Stil seiner übrigen Bauten.

Bindestrich, *Divis,* Satzzeichen zur Kennzeichnung zusammengesetzter Wörter u. Namen; meist anstelle der Zusammenschreibung gebraucht, wenn ein oder mehrere Glieder des zusammengesetzten Komplexes Namen sind (z. B. „Schiller-Museum", „Richard-Wagner-Festspiele"), aber nicht, wenn der Komplex ein geläufiger Begriff geworden ist (z. B. „Dieselmotor"). Der B. steht auch zur Silbentrennung am Ende einer Zeile.

Bindeton, feuerfester, fetter Ton zur Herstellung von feuerfestem Material, Schamotte, Tiegeln u. ä.

Bindewort →Konjunktion.

Binding, 1. Karl, Strafrechtslehrer, *4. 6. 1841 Frankfurt a. M., †7. 4. 1920 Freiburg i. Br.; lehrte 1873–1913 in Leipzig; Hauptvertreter der klass. Strafrechtsschule (Strafe sei vorwiegend Vergeltung), Gegner der durch Franz von *Liszt* vertretenen Richtung; Hptw.: „Die Normen und ihre Übertretung" 4 Bde. 1872–1920.
2. Rudolf Georg, Sohn von 1), Lyriker u. Erzähler, *13. 8. 1867 Basel, †4. 8. 1938 Starnberg; Kavallerieoffizier u. Rennreiter. Beeinflußt von G. d'Annunzio, G. Keller, C. F. Meyer u. von der antiken Plastik, schuf er vom Ideal männl. Ritterlichkeit geprägte u. um schöne Form bemühte Werke: „Legenden der Zeit" 1909; „Die Geige" (darin „Der Opfergang") 1911; „Gedichte" 1913; „Reitvorschrift für eine Geliebte" 1924; „Rufe und Reden" 1928; „Erlebtes Leben" (Selbstbiographie) 1928; „Moselfahrt aus Liebeskummer" 1932; „Der Wingult" 1936. — ▯3.1.1.

Binding-Brauerei AG, Frankfurt a. M., gegr. 1870, 1938/39 als *Schöfferhof-Binding-Brauerei AG,* seit 1951 heutiger Firmenname; Erzeugung von ober- u. untergärigem Bier; Grundkapital: 35,06 Mill. DM; Bierabsatz 1977: 2,45 Mill. hl; Tochtergesellschaften: *Mainzer Aktien-Bierbrauerei,* Mainz; *Brauereigesellschaft vorm. Meyer & Söhne,* Riegel; *Michelsbräu AG,* Babenhausen, u. a.

Bindung, 1. *Chemie:* die Kraft, die den Zusammenhalt zweier oder mehrerer Atome bewirkt. Chem. Elemente haben das Bestreben, je nach Stellung im *Periodensystem* durch Abgabe, Aufnahme oder Paarbildung von →Valenzelektronen eine Edelgaskonfiguration zu erreichen, u. verbinden sich daher mehr oder weniger heftig mit anderen Elementen oder miteinander (*Elektronentheorie der chem. B.*). Man kann folgende Hauptbindungsarten unterscheiden:

1. *Ionenbindung* (heteropolare B., polare B., Elektrovalenz): Nach der Theorie von W. *Kossel* erreichen die Reaktionspartner durch Abgabe bzw. Aufnahme von Elektronen Edelgasschalen. Die dabei auftretenden positiven bzw. negativen Ladungen bedingen nach dem Coulombschen Gesetz (→Coulomb) den Zusammenhalt der entstandenen Ionen. Diese Art B. tritt bes. deutl. bei Verbindungen zwischen den Elementen der I. Hauptgruppe des Periodensystems (Alkalimetalle) u. denen der VII. Gruppe (Halogene) auf: feste, aus Ionen aufgebaute salzartige Kristalle, oft in Wasser lösl. unter Bildung von Ionen, die im geschmolzenen oder gelösten Zustand den elektr. Strom leiten. Beispiel: Bildung von Natriumchlorid (Kochsalz) aus Natrium u. Chlor. Das Natriumatom gibt ein Elektron ab u. lädt sich dadurch positiv auf (Na^+). Dieses Elektron wird vom Chloratom aufgenommen, das damit zum negativ geladenen Chlorion (Cl^-) wird. Das Natriumion hat dadurch die Elektronenschale des Edelgases Neon, das Chlorion die des Argons angenommen.

2. *Atombindung* (homöopolare B., unpolare B., Elektronenpaarbindung, Kovalenz): Nach der Theorie von G. *Lewis* bilden zwei oder mehrere Atome gemeinsame Elektronenpaare u. treten dadurch zu einem Molekül zusammen. Die einzelnen Atome erreichen durch Beteiligung ihrer Valenzelektronen am Molekül Elektronenschalen der Edelgase. Die Atombindung führt einerseits zu leicht flüchtigen, oft gasförmigen oder flüssigen Verbindungen (z. B. alle Gase außer den Edelgasen u. Metalldämpfen, viele Verbindungen des Kohlenstoffs mit anderen Elementen), anderseits zu Makromolekülen u. zu den „diamantartigen Verbindungen", wie Diamant selbst, Siliciumcarbid, Borcarbid u. a. Den Mechanismus der Atombindung erklärt die →Orbitaltheorie.

Zwischen der reinen Ionenbindung u. der reinen Atombindung sind alle Übergänge möglich u. bekannt. In vielen organ. Verbindungen liegen beide Bindungsarten nebeneinander vor.

3. *Koordinationsbindung:* das Zusammentreten von Molekülen zu →Komplexverbindungen.

4. *Metallische Bindung:* die in Metallen u. Metallegierungen vorkommende B. zwischen positiv geladenen Metallionen u. einem „Gas" aus fast frei bewegl. Elektronen.

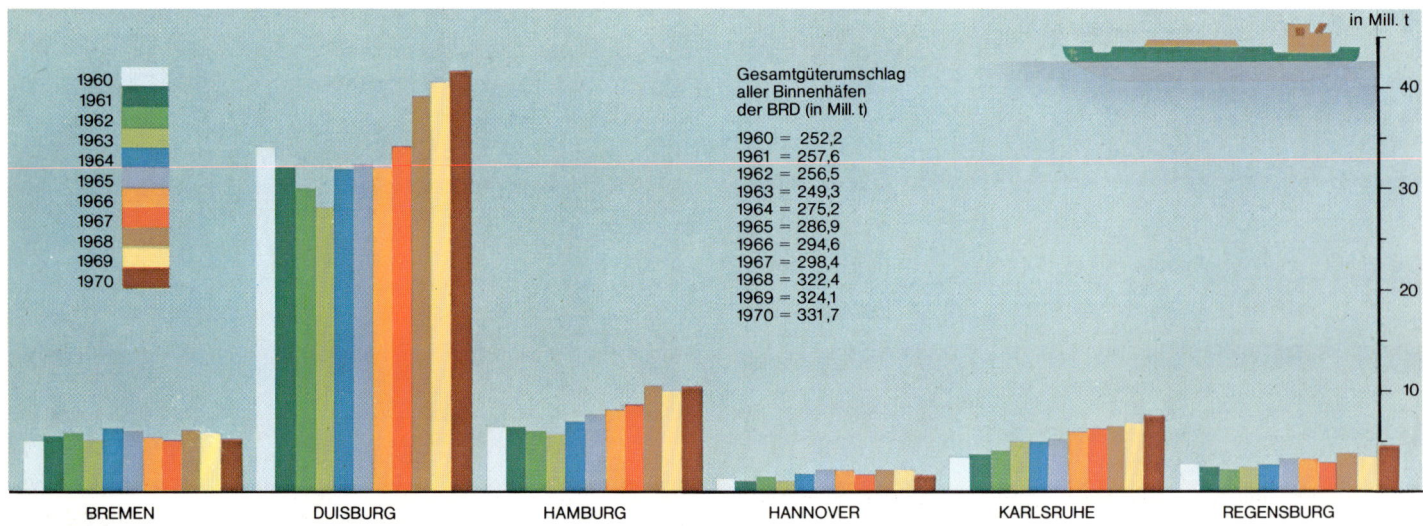

Binnenschiffahrt: Güterumschlag in Binnenhäfen der BRD

5. *Van-der-Waalssche Bindung:* schwache elektrostatische B. zwischen Atomen oder Molekülen; bewirkt u.a. den Zusammenhalt zwischen den Atomen eines verflüssigten Edelgases. →auch Nebenvalenzen.
2. *Skisport:* →Ski.
3. *Weberei:* die Art u. Weise, in der in einem Gewebe die beiden senkrecht zueinanderstehenden Fadensysteme, *Kette* u. *Schuß*, miteinander verbunden sind. Die Kette (*Zettel*) besteht aus einer großen Zahl von Fäden von der Länge des zu webenden Stücks zuzügl. der Einarbeitung, die, nebeneinander liegend, die Breite des Gewebes ergeben. Ein Teil von ihnen wird gehoben, der andere gesenkt, wodurch das *Fach* entsteht. In dieses wird der Schußfaden eingetragen. Nach jedem Schuß folgt der *Fachwechsel:* Die gehobenen Kettfäden werden gesenkt u. umgekehrt, gegebenenfalls in verschiedener Reihenfolge. Für die Lage der Kreuzungspunkte von Kette u. Schuß (*B.spunkte*) gibt es ungezählte Möglichkeiten, wozu noch die Auswahl der Fäden für Kette u. Schuß nach verwendetem Faserstoff u. Spinnart, Farben u. nachträgl. Behandlung (*Ausrüstung*) kommen. Wichtige B.sarten: 1. *Tuch-B.* (bei Wolle; *Leinen-B.* bei Leinen; *Kattun-B.* bei Baumwolle; *Taft-B.* bei Seide); 2. *Köper-B.* (*Serge-*, *Croisé-B*); 3. *Atlas-B.* (*Satin-B.*); abgeleitete B., z.B. Rips, Panama. – Die zeichnerische Darstellung (*Patrone*) einer B. wird auf einem Papier ausgeführt, das entspechend den gewünschten Fadendichten eingeteilt ist.
4. *Wirkerei:* die Art u. Weise der Vermaschung (*Legung*). Bei *Kulierwaren* unterscheidet man je nach B. Futterstoffe (Pelzimitationen, Plüsche u.a.), Stoffe mit Farbmuster (Streifen, hinterlegte Ware, Plattierungen u.a.) u. Stoffe mit plast. Mustern (Laufmaschen, durchbrochene Muster, Rechts-Rechts-Ware, Links-Links-Ware u.a.). Bei *Kettenwaren* gibt es nach Art der Legung B.en wie Trikot-, Tuch-, Atlas-, Köper-, Fransen- u. Samtlegung.
Bindungsenergie, *Atomphysik:* diejenige Energiemenge, die aufgebracht werden muß, um einen gebundenen Zustand von atomaren Teilchen aufzuheben (d.h. um die Teilchen voneinander zu trennen). So sind z.B. 13,6 eV (Elektronenvolt) notwendig, um ein Wasserstoffatom in Elektron u. Proton, 27,9 MeV, um den Heliumatomkern in zwei Protonen u. zwei Neutronen zu zerlegen. Umgekehrt wird z.B. die B. in Form von elektromagnet. Strahlung oder kinetischer Energie frei, wenn einzelne Teilchen zum gebundenen Zustand zusammentreten. Die B. bei Atomkernen, nicht in einem Energiemaß, sondern in atomaren Masseneinheiten angegeben, heißt *Massendefekt.*
Bin-el-Ouidan [binɛlwi'dan], größter Stausee Marokkos, im Mittleren Atlas, am *Oued-el-Abid*, 20 km lang, 130 m Stauhöhe; zur Bewässerung u. Stromerzeugung (390 Mrd. kWh jährl.).
Binet [bi'nɛ], Alfred, französ. Psychologe, * 11. 7. 1857 Nizza, † 8. 10. 1911 Paris; arbeitete zuerst ein Testverfahren für Intelligenzprüfungen von Kindern u. Jugendlichen aus (*B.-Simon-System*).
Binge, runder Erdeinsturz bei Bergwerksstollen, = Pinge.
Bingel, Horst, Schriftsteller, * 6. 10. 1933 Korbach, Hessen; studierte Malerei u. Bildhauerei, seit 1957 Hrsg. der „Streit-Zeit-Schrift"; zumeist knappe Gedichte u. Geschichten („Die Koffer des Felix Lumpach" 1962; „Herr Sylvester wohnt unter dem Dach" 1967), von Witz, Ironie u. Skurrilität geprägt. B. gab auch Anthologien heraus.
Bingelkraut, *Mercurialis,* Gattung der Wolfsmilchgewächse. Das *Wald-B., Mercurialis perennis,* ist eine im April u. Mai blühende Pflanze unserer Laubwälder, das *einjährige B., Mercurialis annua,* ein weitverbreitetes Gartenunkraut.
Bingen, rheinland-pfälz. Stadt an der Mündung der Nahe in den Rhein u. am Eintritt des Rhein in das Rhein. Schiefergebirge, am Fuß des Rochusbergs (mit Rochuskapelle), Ldkrs. Mainz-Bingen; 26 000 Ew.; Reste röm. Bauten, Burg *Klopp*; Fremdenverkehr; Weinbau, -handel u. -verarbeitung, Kunststoff-, Bekleidungsindustrie; Rheinhafen; auf einer Rheininsel der *Mäuseturm* (um 1000 erbauter Zollturm), im Rhein das „Binger Loch" mit gefährl. Stromschnellen.
Bingham ['biŋəm], George Caleb, US-amerikan. Maler, * 20. 3. 1811 Augusta County, Va., † 7. 7. 1879 Kansas City, Miss.; realist.-romant. Genreszenen aus dem Grenzleben am Missouri in heller, atmosphär. Malweise.
Bingham Canyon ['biŋəm 'kænjən], Bergbaustadt in Utah (USA), im SW von Salt Lake City, 15 000 Ew.; Kupfererz-Tagebau, Gold-, Blei- u. Silberminen. – 1848 von Mormonen gegr.
Binghamton ['biŋəmtən], Stadt im Staat New York (USA); 70 000 Ew., Metropolitan Area 284 000 Ew.; Schuh-, Bekleidungs- u.a. Industrie.
Bin Gorion, Micha Josef, eigentl. M. J. Berdyczewski, hebräischer Schriftsteller, * 7. 8. 1865 Medschibosch, Ukraine, † 18. 11. 1921 Berlin; erforschte u. sammelte jüd. Mythen u. Sagen; „Der Born Judas" 6 Bde. 1916–1923, Neuausg. 1959.
Binh →Nguyen Thi Binh.
Binh Dinh, *An Nhon,* Stadt an der Küste von Annam, Südvietnam, 200 000 Ew.; Seidenindustrie.
Binkelweizen, *Bingel-, Bengel-, Bickel-, Zwerg-, Igelweizen,* in Süd-Dtschld. u. in der Schweiz angebaute Unterart des Saatweizens (→Weizen) mit kurzen, dicken Ähren, begrannt u. unbegrannt.
Binnendelta, *Trockendelta,* deltaartige Aufschüttung versickernder oder verdunstender Flüsse in Trockengebieten.
Binneneber →Kryptorchismus.
Binnenfischerei, Fang u. Aufzucht von Fischen aus Binnengewässern. Die Weltproduktion ist in den 60er Jahren von 4,5 Mill. t auf 7 Mill. t gestiegen (das entspricht reichl. 10% der Fänge der gesamten Fischerei [1968: 64 Mill. t]). Die B. umfaßt die *Fluß-* u. *Seenfischerei* sowie die *Fischzucht* u. *Teichwirtschaft.* In Dtschld. sind die Hauptwirtschaftsfische der Fluß- u. Seenfischerei: Aal, Hecht, Zander, Barsch u. Maränen (Felchen, Renken). Fanggerät: Reusen, Hamen, Zugnetze, Stellnetze u.a. Als *Berufsfischerei* wird die B. vor allem an großen Strömen u. Seen betrieben; andere Gewässer sind meist Pachtgewässer von Sportfischervereinen oder Einzelpersonen. Die *Teichwirtschaft* zieht hauptsächl. Karpfen u. Regenbogenforellen, *Nebenfische* sind Schlei, Bachforelle u.a.; daneben werden *Jungfische* zum Besatz von Naturgewässern gezüchtet (z.B. Äsche, Forelle, Hecht, Karpfen, Schlei, Zander). →auch Karpfenteichwirtschaft, Forellenteichwirtschaft, Aquakultur.
Binnenhandel, der Teil des Handels, der sich innerhalb der Zollgrenzen eines Landes vollzieht, im Unterschied zum *Außenhandel.*
Binnenmeer, von Land umgebener Meeresteil, durch enge Zugänge mit dem offenen Meer verbunden; z.B. die Ostsee.
Binnenreim, der Reim zweier Wörter innerhalb derselben Verszeile.
Binnenschiffahrt, die Beförderung von Personen u. Gütern auf Binnengewässern (Binnensee-,

Binnenschiffahrt: Motorgüterboot auf dem Mittellandkanal

Binnenschiffahrt: Duisburg-Ruhrorter Hafen

Fluß- u. Kanalschiffahrt) durch Schiffe bestimmter Art (Gegensatz: *Seeschiffahrt*). Als Beförderungsmittel dienen *Schleppzüge* (Schlepper u. Lastkähne) u. *Selbstfahrer*. Die Abmessung u. Tragfähigkeit der Schiffe hängt vom Zustand der befahrenen Gewässer u. deren Bauwerken (bes. Schleusen) ab (z.B. Dortmund-Ems-Kanal: 1000t; Mittellandkanal: 1000t; Rhein-Herne-Kanal 1350t; mittlerer Rhein: bis 4000t). Der wirtschaftl. Vorteil der B. gegenüber der Eisenbahn liegt in den geringeren Kosten für Massenguttransporte bes. auf natürl. Gewässern. Der Wettbewerbsdruck der Eisenbahn auf die B. hat sich jedoch seit dem 2. Weltkrieg in Dtschld. stark verschärft u. bes. die westdt. Kanalschiffahrt in eine bedrängte Lage gebracht. – Das *B.sgewerbe* unterteilt sich in *B.sreedereien* u. *Einzelschiffer (Partikuliere)*. Unter dem beförderten Frachtgut nehmen Massengüter (Kohle, Erze, Erden, Steine, Getreide) den überwiegenden Anteil ein. Die Frachtenbildung wird seit den 1930er Jahren durch *Frachtenausschüsse* für die einzelnen Stromgebiete vorgenommen, die paritätisch durch Vertreter der B. u. der Verlader besetzt sind.
Die einsatzfähige B.sflotte der BRD bestand am 1. 1. 1977 aus 3193 Gütermotorschiffen (2438008 t Tragfähigkeit), 607 Tankmotorschiffen (707677 t), 332 Güterschleppkähnen (272401 t), 56 Tankschleppkähnen (28151 t), 425 Schubleichtern (689112 t), 409 Schleppern (103035 kW Maschinenleistung), 97 Schubbooten (83474 kW), 2184 Schuten u. Leichtern (431162 t) u. 623 Fahrgastschiffen (166788 t). Auf den *Binnenwasserstraßen* der BRD wurden 1976 insgesamt 230,0 Mill. t Güter befördert. Von den *Binnenhäfen* erzielte 1976 Duisburg mit 42,3 Mill. t den größten Umschlag; es folgten Köln (12,8 Mill. t), Mannheim (9,3 Mill. t), Hamburg (8,1 Mill. t), Ludwigshafen (8,0 Mill. t), Dortmund (6,6 Mill. t), Frankfurt a.M. (6,5 Mill. t), Karlsruhe (6,4 Mill. t), Rheinhausen (5,6 Mill. t), Bremen (5,2 Mill. t).

Binnenschiffer, anerkannter Ausbildungsberuf mit 3jähriger Ausbildungszeit, für alle Binnenwasserstraßen; eigene Berufsschulen.

Binnentief, *Binnenfleet*, Sammelgraben für die hinter einem Deich fließenden Binnengewässer.

Binnenwanderung, die Bevölkerungsverschiebung innerhalb der Staatsgrenzen; kann vorübergehend *(Zeitwanderung: Wanderarbeiter)* oder auch für die Dauer *(Dauerwanderung)* sein; eine bes. Art der B. sind die *Pendelwanderungen*. In den letzten 100 Jahren ist vor allem ein B.sstrom vom Land in die Stadt zu verzeichnen („Landflucht"). In der BRD waren außerdem nach dem 2. Weltkrieg die *Flüchtlinge* u. *Vertriebenen* im Rahmen der Familienzusammenführung oder aufgrund des Flüchtlingsumsiedlungs-Gesetzes u. zu ihrem alten Wohnsitz zurückkehrende *Evakuierte* Träger der B.

Binnenzölle, Zölle, die früher innerhalb eines einheitl. Staats- u. Wirtschaftsgebiets, z.B. an Toren, Brücken, auch an Grenzen von Gebietsteilen (Gemeinden, Kreisen u.ä.) erhoben wurden.

Binningen, 2 km nördl. von Basel gelegener Vorort im schweizer. Kanton Basel-Land, 16000 Ew.; Schloß (13. Jh.); industriereich.

Binokel [lat., frz.], **1.** [das] *Optik: Binokular*, Vorrichtung an einem opt. Gerät, die ein Sehen mit beiden Augen erlaubt, z.B. beim Mikroskop; auch Bez. für einen Feldstecher. – Gegensatz: *Monokel*. **2.** [der] *Spiele: Binagel, Pinnagel*, engl. *Pinocle*, bes. in Süd-Dtschld., der Schweiz, England u. den USA gespieltes Kartenspiel.

Binom [das; lat. + grch.], *Mathematik:* ein zweigliedriger Ausdruck, z.B. a+b oder a−b.

Binomialradius, Konvergenzradius der Binomialreihe; →Reihen.

Binomialreihe →Reihen.

binomischer Lehrsatz, die Darstellung der Potenz eines *Binoms* durch die Summe von Potenzen u. Produkten:

$$(a+b)^n = \binom{n}{0} a^n + \binom{n}{1} a^{n-1} \cdot b + \binom{n}{2} a^{n-2} \cdot b^2 + \ldots + \binom{n}{n-1} a \cdot b^{n-1} + \binom{n}{n} b^n.$$

Die darin auftretenden Koeffizienten

$$\binom{n}{p} = \frac{n(n-1) \cdot \ldots \cdot (n-p+1)}{1 \cdot 2 \cdot \ldots \cdot p}$$

heißen *Binomialkoeffizienten*: $\binom{n}{0}$ wird gesprochen: „n über 0"; $1 \cdot 2 \cdot \ldots \cdot p$ schreibt man auch: $p!$ (Gesprochen: „p-Fakultät"). →Fakultät, →Pascalsches Dreieck.

Binormale, Senkrechte auf der →Schmiegebene einer Raumkurve.

Binse, *Juncus*, Gattung der *B.ngewächse*, Pflanzen mit meist röhrigen oder flachen, kahlen Blättern. Manche Arten enthalten ein luftreiches Mark aus sternförmigen Zellen. Das Auftreten von B.n gilt allg. als Anzeichen für stehendes Wasser. Die Blätter der größeren B.narten finden bei der Korb- u. Mattenflechterei Verwendung.

Binsengewächse, *Juncaceae*, Familie der zu den *Monokotylen* gehörenden Ordnung der *Juncales*.

Binsenknorpellattich →Knorpellattich.

Binsenwahrheit, *Binsenweisheit*, etwas allg. Bekanntes, Gemeinplatz.

Binswanger, Ludwig, schweizer. Psychiater, * 18. 4. 1881 Kreuzlingen, † 5. 2. 1966 Kreuzlingen; Begründer der →Daseinsanalyse, arbeitete ferner insbes. auf dem Gebiet der Psychotherapie; schrieb u.a. „Grundformen u. Erkenntnis menschlichen Daseins" 1943, [3]1962; „Über die daseinsanalytische Forschungsrichtung in der Psychiatrie" 1946; „Wahn. Beiträge zu einer phänomenolog. u. daseinsanalyt. Erforschung" 1965.

Bintan, *Bintang*, Hauptinsel des indones. Riau-Archipels im SO von Singapur, 1075 qkm, Hauptort *Tandjungpinang*; Zinn- u. Bauxitbergbau, Gambirausfuhr; Flugplatz.

Binturong [das; malai.], *Bärenmarder, Marderbär, Arctictis binturong*, früher zu den Vorbären gestellte, oft ganz schwarz gefärbte, zu den *Palmenrollern* gehörige *Schleichkatze*; von 80 cm Körperlänge mit fast körperlangem Greifschwanz; nächtl. aktiver Allesfresser; Vorkommen: Hinterindien, Große Sundainseln.

Binz, Seebad auf Rügen (Ostküste), mit breitem, steinfreiem Strand; nahebei das Jagdschloß *Granitz*; 6400 Ew.

bio... [grch.], Wortbestandteil mit der Bedeutung „Leben".

Bioastronautik [grch.], zusammenfassende Bez. für die biolog. Probleme (u. die zu ihrer Erforschung durchgeführten Versuche) an Bord von Raumstationen, Raumfahrzeugen u. auch auf anderen Planeten *(Exobiologie)*.

Bío-Bío, *Río Bío-Bío*, längster Fluß Chiles, 380 km; in der Prov. Bío-Bío (11135 qkm, 207000 Ew.; Hptst. *Los Ángeles*); mündet bei Concepción in den Golf von Arauco des Pazif. Ozeans.

Biochemie [grch.], **1.** *Physiolog. Chemie, chem. Physiologie*, die Wissenschaft von den molekularen Grundlagen der Lebenserscheinungen; erforscht die chemische Natur der Zellbestandteile, deren Synthese- u. Abbauprozesse u. die Regulation dieser aufbauenden u. abbauenden Stoffwechselvorgänge; →Molekularbiologie. – *Institut für B.*: →Max-Planck-Gesellschaft. – ▯9.8.4.
2. von dem Arzt Wilhelm Heinrich *Schüßler* (*1821, † 1898) als „abgekürzte Homöopathie" begründetes Heilverfahren, das annimmt, daß alle Krankheiten auf einem Mineralsalzmangel beruhen. Diese Stoffe (11 oder 12 Haupt- u. 5 Ergänzungsstoffe) werden demzufolge in homöopath. Dosen verabreicht.

Biocoenose = Biozönose.

biogenetische Grundregel, *Rekapitulationstheorie*, von E. Haeckel (1866) formulierte, aber schon mehreren Vorgängern bekannte Regel über entwicklungsgeschichtl. Gesetzmäßigkeiten. Die b.G. besagt, daß „die Einzelentwicklung *(Ontogenie)* eine Wiederholung der Stammesentwicklung *(Phylogenie)* ist". Danach wiederholt sich z.B. bei den Amphibienlarven, die wie Fische im Wasser leben u. durch Kiemen atmen, die Entwicklungsgeschichte der Amphibien u. beim menschl. Embryo, der vor der Geburt ein dichtes Haarkleid, einen Schwanz u. Greiffüße hat, die des Menschen, der mit dem Affen gemeinsame Vorfahren hat. Auch psych. Eigenschaften sind nach der b.nG. zu erklären. Die Gültigkeit der b.nG. ist begrenzt. Die stammesgeschichtl. Veränderungen der Organismen werden in ihrer Ontogenese weder vollständig noch immer in ihrer ursprüngl. Reihenfolge wiederholt.

Biogenie, *Biogenesis, Biogenese* [grch.] = Entwicklungsgeschichte.

Biogeographie, zusammenfassende Bez. für die Zweige der Geographie, die sich mit dem Leben auf der Erde, mit seiner Verteilung u. mit der Wechselwirkung zwischen Lebewesen u. Landschaft befassen: *physische Anthropogeographie, Vegetations-(Pflanzen-)Geographie* u. *Tiergeographie*. – ▯6.0.4.

biogeographische Regionen, Bez. für umrissene Gebiete der Erde, die aufgrund gemeinsamer geolog. Geschichte bzw. klimat. Verhältnisse eine ähnliche Flora bzw. Fauna mit bestimmten, charakteristischen Arten bzw. Gattungen aufweisen. – ▯→S. 27.

Biographie [grch., „Lebensbeschreibung"], die Aufzeichnung des äußeren Lebenswegs u. der inneren Entwicklung einer Person (die *Vita*), unter Einbeziehung ihrer Werke u. Leistungen u. ihrer Beziehungen zu Zeitgenossen sowie ihrer Stellung innerhalb des Geschichtsverlaufs (Wirkungsgeschichte). I.e.S. ist die B. ein Teil der wissenschaftl. Geschichtsschreibung, i.w.S. kann sie auch künstler. Ziele in den Vordergrund stellen (biograph. Roman). Auch die *Legende* hat z.T. biograph. Charakter. Die Beschreibung des eigenen Lebens heißt →Autobiographie; →auch Memoiren.
Die B. einer einzigen Person kann mehrere Bände füllen; Kurzbiographien sind meist in Sammelwerken zusammengefaßt. Biograph. Sammelwerke in alphabet. Anordnung sind: „Allg. Deutsche B." 56 Bde. 1875–1912; „Neue deutsche B." 1953 ff.; A. Bettelheim, „Neue Österr. B." 8 Bde. 1923–1935; „Österr. biograph. Lexikon 1815–1950" 1957 ff.; „Histor.-biograph. Lexikon der Schweiz" 7 Bde. 1921–1934; Stephen, „Dictionary of National Biography" 70 Bde., London 1885–1950; „Dictionary of American Biography" 22 Bde. 1946–1967; J. Michaud, „Nouvelle B. universelle ancienne et moderne" 45 Bde. 1843–1965; J. Ch. F. Hoefer, „Nouvelle B. générale" 46 Bde. 1856–1866 (beide zugleich französ. u. internationale B.). Weitere internationale B.n: „Chambers's Biographical Dictionary" 1947; „Webster's Biographical Dictionary" 1966. B.n von Zeitgenossen: „Who's who?" in verschiedenen Ländern, in Dtschld.: „Wer ist wer?" [16]1970. Weitere biograph. Sammelwerke sind verzeichnet in: Totok u. Weitzel, „Handbuch der bibliograph. Nachschlagewerke" [3]1966.

Biokatalysator →Enzyme.

Bioklimatologie, *Bioklimatik*, die Lehre von den Zusammenhängen zwischen Witterungs- u. Lebensvorgängen, z.B. vom Einfluß von Strahlungen, Luftströmungen (Föhn) oder Luftfeuchtigkeit auf die Lebewesen.

Biolithe [grch.], *biogene Sedimente*, vorwiegend aus Hartteilen von Lebewesen aufgebaute Absatzgesteine: Korallen- u. Muschelkalk, Diatomeenerde, Radiolarienschlick.

Biolleysches Verfahren [bioˈlɛː-], *Kontroll-, Zuwachsmethode*, nach dem schweizer. Forstinspektor Henri *Biolley* (* 1858, † 1939) benanntes, vor allem im Plenterwald anzuwendendes Verfahren, um die zulässige Höhe des Hiebsatzes zu bestimmen.

Biologe, *i.w.S.* Erforscher der belebten Natur; *i.e.S.* Beruf, der sich mit der →Biologie beschäftigt. Werdegang: Studium der Biologie (Fachrichtung Zoologie, Botanik, Mikrobiologie u.a.), dazu als Wahlfächer Chemie, Physik, Mathematik; nach 5 Semestern Vorexamen (Vordiplom), das Voraussetzung für das Diplom (nach mindestens 8 Semestern) oder das Doktorexamen ist; Aufgabenbereiche: Universitätslehrtätigkeit, reine oder angewandte Forschung. Für die Tätigkeit an höheren Schulen ist das Staatsexamen in Biologie u. 1 bis 2 weiteren Fächern erforderlich.

Biologenverband →Verband Deutscher Biologen.

Biologie [grch.] **1.** *allg.:* die Lehre vom Leben; befaßt sich mit den *Organismen* u. den sich an ihnen abspielenden Vorgängen. Die B. umfaßt *Botanik* (Pflanzenkunde), *Zoologie* (Tierkunde) u. *Anthropologie* (Menschenkunde). Die *allg. B.* erforscht die allen Lebewesen gemeinsamen Eigenschaften: stoffl. Zusammensetzung, Individualität, Gestalt, Stoffwechsel, Reizbarkeit, Bewegung, Fortpflanzung u. Entwicklung, Vererbung, Evolution. Aufgabe der B. ist es, über reines Beschreiben hinaus durch vergleichende Betrachtung u. Experimente zu Zusammenhängen, Regeln u. Gesetzen zu kommen. – ▯9.0.0. – *Institut für B.*: →Max-Planck-Gesellschaft.
Geschichte: Die B. hat ihre Ursprünge in der Auseinandersetzung des Menschen mit der Natur, in der Entwicklung der *Heilkunde* sowie in der Konfrontierung des Menschen mit dem Mysterium des Todes. Sie war zunächst magischer Natur, solange Naturgewalten, Krankheit u. Tod einer Deutung u. Erklärbarkeit ermangelten; u. so entstand der Glaube an übernatürliche Kräfte, denen nur mit entspr. Mitteln begegnet werden konnte. Solche Mittel waren z.B. Tieranbetung, Tieropfer, Schicksalsdeutung aus Eingeweiden, Skelettierung u. Mumifizierung von Leichen. Aber gerade durch solche rituellen Handlungsweisen wurden gewisse

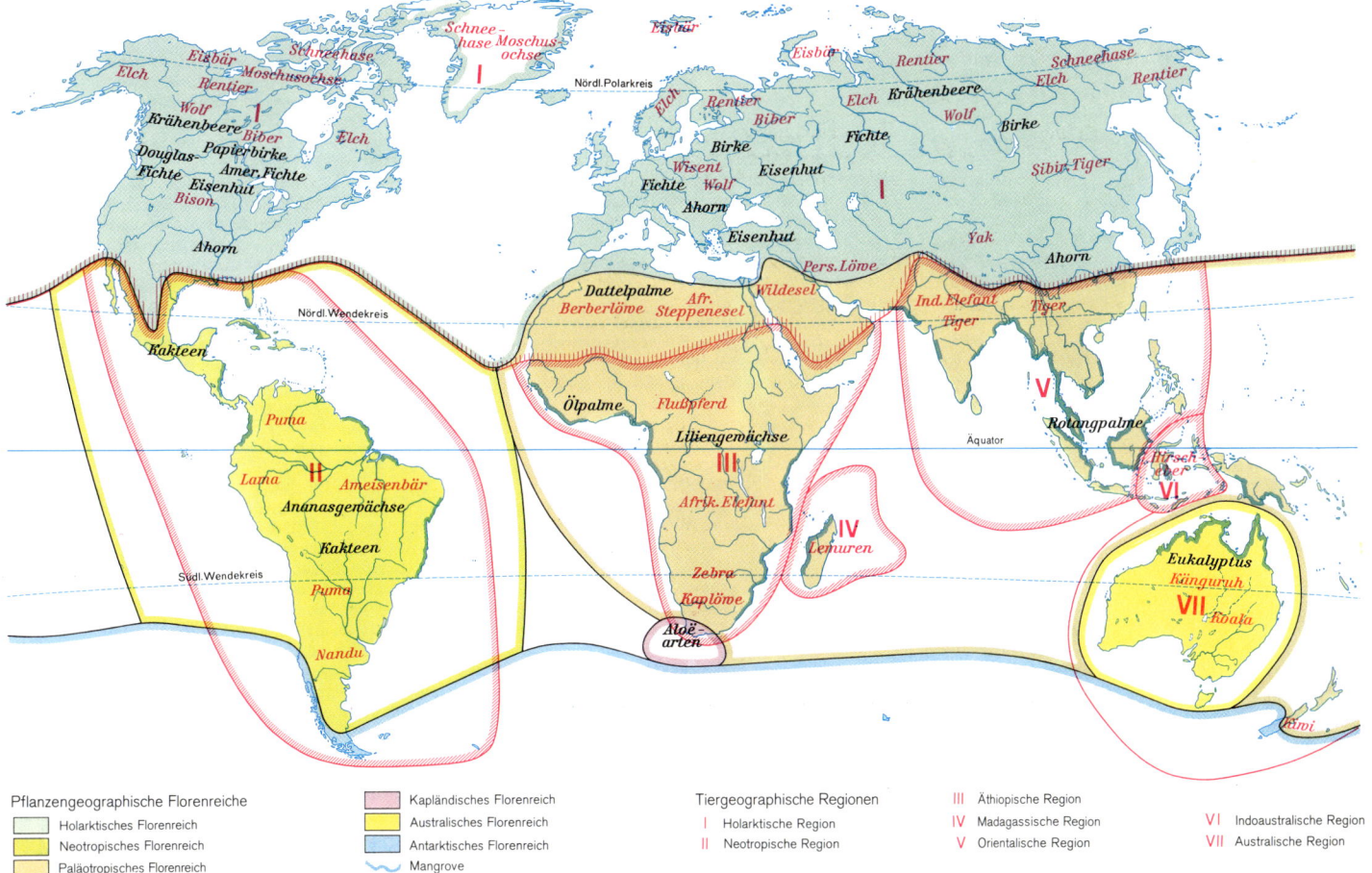

biogeographische Regionen

anatomische Kenntnisse gewonnen, die allerdings auf einen kleineren Personenkreis beschränkt blieben. Denn der Umgang mit dem geheimnisumwitterten Übernatürlichen blieb Zauberern u. Priestern vorbehalten, die ihr Wissen als „Berufsgeheimnis" nur ausgewählten Personen überlieferten.

Daneben war eine große Zahl meist höherer Tiere auch in ihren Lebensgewohnheiten allg. bekannt. Babylonische Fürsten hielten sogar seltene Tiere in Gärten. Es war somit zwar ein beträchtliches Wissen auf dem Gebiet der B. zusammengetragen, doch stand dieses Wissen zusammenhanglos nebeneinander. Erst die Griechen verflochten dieses Einzelwissen zu einem Gesamtbild der Natur. Dadurch wurden die mystischen Elemente durch natürliche Kräfte u. dem Erkennen unterworfene Gesetzmäßigkeiten verdrängt, u. die B. gewann ebenso wie die anderen Disziplinen den Charakter einer Wissenschaft. Doch indem aufgrund einzelner Beobachtungen weitreichende Theorien entwickelt wurden, war die Wissenschaft damals noch weitgehend hypothetischer Natur. Den Höhepunkt der antiken biol. Forschung erreichte *Aristoteles*, der seine aus umfangreichen Beobachtungen u. Untersuchungen gewonnenen biolog. Kenntnisse seiner Lehre vom Weltenbau eingliederte, derzufolge alle Dinge durch Einwirkung der Form (bei Organismen: der Seele) auf Materie gewordene Wirklichkeiten seien.

Plinius hatte in seiner „Historia naturalis" (37 Bde.) das Wissen seiner Zeit über die Natur zusammengetragen. Doch schon jetzt begann sich der Niedergang der antiken Wissenschaft abzuzeichnen. Dieser Niedergang ist in der Hinwendung zu einer dem Jenseits zugewandten Lebensauffassung, in dem Glauben an eine göttliche Allmacht begründet, wodurch der Mensch der damaligen Zeit jegliches Interesse an der Erforschung der Natur verlor. Als letzter großer Biologe ist der römische Arzt *Galenus* zu nennen, der umfangreiche anatomische Kenntnisse erwarb u. Organfunktionen z.T. richtig deutete.

Im frühen *Mittelalter* beherrschten kirchl. Lehren das geistige Leben u. ließen eigenständigen naturwissenschaftl. Bestrebungen keinen Raum. Im 12. Jh. kam das Abendland auf dem Umweg über die arabische Welt mit den Ideen des klassischen Altertums in Berührung. Die naturwissenschaftl. Lehren des Aristoteles wurden von der Kirche als richtig u. verbindlich anerkannt. Auftauchende biolog. Fragen wurden durch Nachlesen in den wiedergefundenen Schriften des Aristoteles „gelöst". Mit der Renaissance setzte ein Umdenken ein, das der Abhängigkeit der Naturerklärung von kirchl. Dogmen ein Ende setzte u. der Naturbeobachtung zu größter Bedeutung verhalf. In der Folgezeit entwickelte sich eine reiche Literatur beschreibender Art. Francis *Bacon* forderte das *Experiment*, also die unter bestimmtem Aspekt an die Natur gerichtete Frage. Damit wies er den Weg zur wissenschaftl. Methode der Erforschung der Naturgesetze. Diese theoretische Forderung setzte *Galilei* in die Tat um u. wurde damit der Begründer der modernen Naturforschung. – ▫9.0.1.

Zur Geschichte einzelner Gebiete: →Abstammungslehre, →Anatomie, →Entwicklung, →Physiologie, →Systematik, →Urzeugung, →Vererbung, →Zelle, →Molekularbiologie, →Verhaltensforschung.

2. *Zoologie:* Bez. für alle Eigenschaften eines Tieres, die es zur Aufrechterhaltung seines individuellen Lebens u. zur Erhaltung seiner Art braucht, wie Lebensweise, Nahrungserwerb u. Fortpflanzung.

Biologische Bundesanstalt für Land- und Forstwirtschaft, Abk. *BBA*, 1905 als *Biologische Zentralanstalt* aus der Biolog. Abteilung am Kaiserl. Gesundheitsamt hervorgegangen, seit 1950 *BBA*; Dienststelle des Bundesministeriums für Ernährung, Land- u. Forstwirtschaft, Zentrale in Berlin-Dahlem u. in Braunschweig, mit vielen Instituten in der ganzen BRD. Aufgaben: Erforschung von Schädlingen u. Möglichkeiten ihrer Bekämpfung, daneben beratende Funktion, Prüfung von Schädlingsbekämpfungsmitteln u. -geräten, Warndienst vor Großschädlingen usw.; Veröffentlichungen: „Bibliographie der Pflanzenschutzliteratur", „Mitteilungen aus der BBA".

biologische Kampfmittel, Krankheitserreger (Bakterien, Viren) oder Schädlinge für Pflanzen oder Tiere zur Erzeugung von Seuchen oder Hungersnot beim Feind. Die Verwendung b.r K. ist völkerrechtl. verboten, bisher auch noch in keinem Fall nachgewiesen worden. Durch b. K. „verseuchte" Einrichtungen (z.B. Brunnen) müssen durch die →ABC-Abwehrtruppe „entseucht" werden.

biologische Reinigung, Reinigung des *Abwassers* von organischen Substanzen durch lebende Organismen (Bakterien, Plankton, Kleinlebewesen.); geschieht in Flußläufen (→Vorflutern) automatisch (Selbstreinigung), wenn nicht zuviel oder zu konzentriertes Abwasser zugeleitet wird. Sonst verwendet man →Tropfkörper oder das →Belebtschlammverfahren.

biologischer Rasen, lebender Überzug auf Tropfkörpern bei der Abwasserreinigung; bildet sich z.B., wenn →Abwasser durch einen Sprenger unter reichl. Luftzutritt auf einen mit groben Brocken (z.B. Steine) gefüllten →Tropfkörper gebracht wird. Der biolog. Rasen besteht aus Mikroalgen, Flechten, Protozoen, Bakterien u.a., überzieht die Füllsubstanz u. führt zum aeroben, biolog. Abbau der Abwasserbeimengungen *(biolog. Reinigung)*.

biologische Schädlingsbekämpfung, Maßnahmen zur Bekämpfung von tier. und pflanzl. Schädlingen mit Hilfe ihrer natürlichen Feinde: krankheitserregende Mikroorganismen (z.B. Viren, Bakterien), Parasiten (z.B. Schlupfwespen) u. Räuber (z.B. Ameisen, Vögel). Zur b.n S. gehört auch der Einsatz von Pflanzenfressern gegen Unkräuter (z.B. Kleinschmetterlinge gegen Opuntia-Kakteen in Australien).

Die Maßnahmen der b.n S. wirken in der Regel vorbeugend: Sie schützen Nützlinge u. fördern ihre Lebensbedingungen (z.B. →Ameisenhege, das Anbringen von Nistgeräten für Vögel), führen zusätzliche Feinde ein (z.B. Parasit-Insekten) oder bezwecken die Massenzucht u. Ausbringung von Feindorganismen (z.B. Bakterien, Eiparasiten der Gattung Trichogramma). – Die b.S. ist schwieriger u. kostspieliger als die schnell wirkende u. billige chemische Schädlingsbekämpfung, ist aber ungefährlich für die Umwelt. Die Verbindung der b.nS. mit chemischen Maßnahmen, die aber gezielt sind u. darum Nützlinge schonen, bezeichnet man als *integrierte Bekämpfung.* – I.w.S. kann man zur b.n S. auch die Verwendung von →Lockstoffen, Maßnahmen zur →Selbstausrottung u. die Züchtung resistenter Pflanzen zählen.

biologische Stationen, meist staatl. unterhaltene, der Erforschung von Pflanzen u. Tieren dienende Stationen an bes. aufschlußreichen u. günstig gelegenen Orten. Bes. zahlreich sind die *Meeresstationen* (→Meeresforschung) u. die Süßwasserstationen (limnolog. Stationen), letztere z.B. in Friedrichshagen am Müggelsee, Langenargen am Bodensee, Neusiedel am See, Krefeld-Hülserberg u. Schlitz (Hessen). Andere b.S. dienen der Urwald-, Wüsten- u. Höhlenforschung.

biologische Verwitterung, durch Pflanzen u. Tiere, bes. kleinste Organismen, verursachte →Verwitterung.

Biologismus [grch.], meist abwertend gebrauchte Bez. für die Verwendung biolog. Begriffe u. Vorstellungen in anderen Wissenschaftsgebieten, z.B. in Erkenntnistheorie, Rechts- u. Staatswissenschaft, Soziologie, Kulturwissenschaft (Kulturen als Pflanzen bei O. *Spengler*) u.a.; oder auch für den Anspruch, eine Metaphysik von der Biologie aus zu begründen (→Lebensphilosophie). Dabei ist allerdings zu berücksichtigen, daß es einen weiteren Begriff des Lebens gibt als den in der Biologie behandelten.

Biolumineszenz [grch. + lat.], die Fähigkeit mancher Bakterien, Pilze u. Tiere, Licht zu erzeugen. Unter den Tieren sind leuchtende Vertreter aus allen großen Tierstämmen bekannt, bes. sind es die meeresbewohnenden Vertreter (→Meeresleuchten). B. ist dagegen bei Süßwassertieren mit Ausnahme der neuseeländ. Schnecke *Latia neretoides* unbekannt. Unter den Geißeltierchen: *Noctiluca miliaris*, ferner zahlreiche Medusen u. Rippenquallen *(Ctenophoren)*, Borstenwürmer wie *Chaetopterus* u. landbewohnende Oligochaeten, Krebse (*Cypridina* u. *Euphausia*), einige Tausendfüßler u. Käfer *(Lampyris)*, viele Kopffüßer u. einige marine Schnecken, unter den Stachelhäutern nur die Schlangensterne, manche Manteltiere *(Feuerwalzen)* u. bei den übrigen Chordaten nur die Fische.
Viele Tiere haben *Leuchtzellen* in der Haut *(Chaetopterus)*, andere haben komplizierte *Leuchtorgane (Euphasia)*; die Feuerwalzen senden Licht mit *symbiontischen Bakterien* aus. Das Licht verschiedener Färbung dient dem Anlocken von Beute, dem Abschrecken eines Verfolgers u. dem Finden der Geschlechter. B. entsteht durch Reaktion von hauptsächl. zwei organ. Stoffen, die bei den einzelnen Organismen verschiedener chem. Natur sind: *Luziferin* (lichtaussendende Substanz) u. *Luziferase* (mitwirkendes Ferment).

Biomechanik, Wissenschaftsbereich, dessen Aufgabe u. Ziel das Erfassen von Gesetzmäßigkeiten sportlicher Bewegungsabläufe ist. Teilgebiete sind u.a. die Elektromyographie, die Kronozyklographie, die Impulsphotographie zur Erfassung kinematischer Bewegungsmerkmale sowie die Kraft- u. Beschleunigungsmessung. Durch Analyse soll im Einzelfall geklärt werden, welche leistungsbestimmenden Faktoren trainiert werden müssen; damit werden Voraussetzungen zu einer wissenschaftlichen Trainingsberatung gegeben. Durch die Entwicklung miniaturisierter telemetrischer Meßgeräte können Bewegungsmerkmale auch unter Wettkampfbedingungen erfaßt werden. Erste Lehrstühle für B. in Köln u. Leipzig.

Biometrie, *Biometrik, Biostatistik*, die Lehre von den Meß- u. Zahlenverhältnissen der Lebewesen u. ihrer Einzelteile sowie der Lebensvorgänge. So können z.B. Teile von Tieren oder Pflanzen ausgemessen u. die Variabilität dieser Teile festgestellt werden. Die Variabilität eines morphologischen Merkmals ist für die systematische Einordnung eines Tiers bzw. einer Pflanze in eine Verwandtschaftsgruppe wichtig. Größere Bedeutung hat jedoch die statist. Auswertung von Meßergebnissen, bes. aus dem Bereich der Physiologie; mit Hilfe der B. können z.B. einzelne Meßergebnisse auf ihre Sicherheit überprüft werden. Die menschl. B. heißt →Anthropometrie.

Biomorphose, die normalerweise im Lauf des Lebens (mit zunehmendem Lebensalter) auftretenden gestaltl. u. Leistungsänderungen des (menschl.) Organismus; krankhafte Veränderungen werden als *Pathomorphose* bezeichnet. Der Begriff B. wurde von Max *Bürger* geprägt.

Bionik, 1. [Kurzwort aus *Biologie* u. *Technik*], Grenzgebiet zwischen Biologie u. Technik, das biolog. Erkenntnisse auf techn. Probleme anwendet.
2. [Kurzwort aus *Biologie* u. *Kybernetik*], die Anwendung der Regelung (→Regelkreis) u. →Informationstheorie auf Erscheinungen im Organismus.

biophag [grch.], lebende Substanz fressend.

Biophylaxe = Lebensschutz.

Biophysik [grch.], die physikal. Betrachtungsweise der Eigenschaften u. Funktionen lebender Systeme; behandelt u.a. opt. u. akust. Vorgänge in der Biologie, die B. des Blutstroms u. der Muskeln, physikal. Eigenschaften der Zelle, Strahlenbiologie u. Thermodynamik der Lebensvorgänge. – 🕮7.4.0.

Bioprotektion = Lebensschutz.

Biorhythmik, *Periodizität*, period. Schwankungen von Lebensvorgängen. Die Grundlage der B. bilden angeborene period. Stoffwechselvorgänge *(„Innere Uhr", endogener Rhythmus)*; als *Zeitgeber* dienen verschiedene äußere *(exogene)* Faktoren, wie Licht, Temperatur u. Luftfeuchtigkeit, wobei immer ein Faktor überwiegt. Als Vermittler der B. auf die Zellen des Organismus vermutet man hormonale (→Hormon) oder/und nervöse (→Nervensystem) Mechanismen, die den Eigenrhythmus des Zellstoffwechsels beeinflussen. Am verbreitetsten sind 1. Tages-B. *(Tagesperiodizität)*, z.B. Schlaf- u. Spaltöffnungsbewegungen bei Pflanzen, Aktivitäts- u. Schlafverhalten bei Tieren; 2. Jahres-B. *(Jahresperiodizität)*, z.B. Laubabwurf von Pflanzen, Winterschlaf u. period. Wanderungen bei Tieren. Daneben gibt es noch u.a. die Gezeiten-B. vieler Küstenbewohner (z.B. Wanderungen von Käferschnecken) oder die Mond-B. *(Lunarperiodizität)*, die oft mit der Gezeiten-B. einhergeht (z.B. Lege- u. Schlüpfverhalten mariner Zuckmücken). Auch Fieberkurve u. Empfindlichkeit gegen Medikamente beim Menschen unterliegen der B.

Biorisation, Verfahren zum *Pasteurisieren* der Milch, bei dem die Milch unter hohem Druck bei Temperaturen bis 75° C zur Abtötung der Bakterien zerstäubt wird.

Biosatellit, Satellit, der bioastronaut. Aufgaben zu erfüllen hat. →Bioastronautik.

Biosen, Kohlenhydrate mit zwei Sauerstoffatomen, z.B. Glykolaldehyd CH_2OH–CHO.

Biosoziologie [grch.], die Lehre von den Tier- u. Pflanzengesellschaften *(Tiersoziologie, Pflanzensoziologie)*. – 🕮9.0.8.

Biosphäre [grch.], der von Lebewesen bewohnte Raum. Hierzu gehören: die obere Bodenschicht *(Pedosphäre)*, die Binnengewässer u. die belebten Teile der Ozeane *(Hydrosphäre)* u. der *Atmosphäre*. Die B. liegt innerhalb der *Geosphäre*.

Biostratigraphie, geolog. Arbeitsrichtung, die die Erde mit Hilfe des Lebens der Vorzeit nach *Leitfossilien* in Schichten, Zonen, Abteilungen u.a. gliedert.

Biot [bi'o:], Jean Baptiste, französ. Physiker, *21. 4. 1774 Paris, †3. 2. 1862 Paris; begründete die opt. Saccharimetrie; stellte mit S. *Savart* das *B.-Savartsche Gesetz* zur Bestimmung des durch einen elektr. Strom hervorgerufenen Magnetfelds auf.

Biotechnologie [grch.], die Verwendung von Kleinlebewesen (z.B. Gärungsbakterien) zur gewerbl. Nutzung.

Biotit [der; nach J. B. *Biot*], dunkelbraunes bis schwarzes, perlmutterglänzendes Mineral, ein *Glimmer*; monoklin; Härte $2^1/_2$–3; bildet elast., vollkommen spaltbare Blättchen; Bestandteil vieler Magmagesteine, z.B. Granit, Gneis.

Biotop [der; grch.], Lebensraum (z.B. ein Tümpel) einer →Biozönose, durch relativ einheitl. Lebensbedingungen gekennzeichnet. →auch Ökologie.

Biotopologie, die Lehre von den Lebensräumen *(Biotopen)*. →Ökologie.

Biozönologie, *Biocoenologie*, die Lehre von den Lebensgemeinschaften *(Biozönosen)*. →Ökologie.

Biozönose, *Biocoenose, Lebensgemeinschaft*, das Gefüge der verschiedenen Arten von Lebewesen, die eine Lebensstätte *(Biotop)* bevölkern. Dieses Gefüge befindet sich in einem bewegl. (dynam.) Gleichgewicht *(biozönotisches Gleichgewicht)*, das sich unter bestimmten Lebensbedingungen einstellt u. auf Ernährungsbeziehungen zwischen den Gliedern der B. beruht. Innerhalb dieser Beziehungen unterscheiden sich drei Typen von Organismen: 1. *Produzenten*, die organ. Material aufbauen (grüne Pflanzen); 2. *Konsumenten*, die organ. Material verbrauchen (Tiere); 3. *Destruenten*, die organ. Material abbauen (Bakterien u.a.). Eine B. ist *geschlossen (autark)*, wenn alle drei Typen vorhanden sind; sie ist *offen (abhängig)*, wenn ein Typ fehlt (z.B. fehlen die Produzenten am Boden eines tiefen Sees). Das Gefüge einer B. bleibt auch bei einem Wechsel einzelner Glieder erhalten; ihre Zusammensetzung ist von zahlreichen Umweltfaktoren abhängig, von denen der *Minimumfaktor* den größten Einfluß hat. Wechsel in der Zusammensetzung einer B. bezeichnet man als *Aspektfolge* (z.B. jahreszeitl. Rhythmus); ziehen sich solche Wechsel über längere Zeit hin u. führen sie zu Veränderungen innerhalb der B., spricht man von *Sukzessionen* (z.B. Verlanden eines Sees). →auch Ökologie. – 🅱→Lebensgemeinschaft Tümpel.

Bipeden [lat.], Zweifüßer, zweifüßige Lebewesen.

bipolare Verbreitung, insbes. bei frei schwimmenden oder fliegenden Meerestieren: die Verbreitung sowohl im arkt. als auch antarkt. Gebiet ohne Verbindung im äquatorialen Seebereich.

Biquadrat [lat.], die 4. Potenz einer Zahl; z.B. $(5^2)^2 = 5^4$.

Bir, *Bîr* [arab.], Bestandteil von geograph. Namen: Brunnen.

Bircher-Benner, Maximilian Oskar, schweizer. Arzt u. Ernährungsforscher, *22. 8. 1867 Aarau, †24. 1. 1939 Zürich; erkannte die Bedeutung von Rohkosternährung *(Bircher-Müsli, BB-Diät)*; schrieb u.a. „Die Grundlagen unserer Ernährung" 1921.

Bircher-Müsli [nach M. O. *Bircher-Benner*], nahrhaftes Gericht, bes. für Kinder u. als Diät u. Schonkost: 1 Eßlöffel Haferflocken, 1 geriebener Apfel, 1 Teelöffel geriebener Nüsse oder Mandeln, 1 Eßlöffel Milch, etwas Wasser u. Zitronensaft, Zucker oder Honig zum Süßen.

Birch-Pfeiffer, Charlotte, Schauspielerin u. Schriftstellerin, *23. 6. 1800 Stuttgart, †25. 8. 1868 Berlin; 1837–1843 Theaterleiterin in Zürich, dann Schauspielerin in Berlin; verfaßte Erzählungen u. bühnenwirksame Rührstücke („Der Glöckner von Notre-Dame" 1847; „Die Grille" 1856); Gesammelte Novellen u. Erzählungen 3 Bde. 1862–1865; Gesammelte dramat. Werke 23 Bde. 1863–1880.

Birck, *Birk*, Sixt, Humanist, *24. 2. 1501 Augsburg, †19. 6. 1554 Augsburg; wirkte auch in Basel; verfaßte latein. u. dt. Schuldramen, in denen er an alttestamentl. oder Legendenstoffen rechtl., polit. u. soziale Zeitfragen abhandelte. „Susanna" dt. 1532, lat. 1537; „Judith" dt. 1532, lat. 1539; auch ev. Kirchenlieder.

Bird ['bə:rd], William →Byrd, William.

Birdschand [-'dʒænd], Stadt im Ostiran. Randgebirge, östl. der Lut, 60000 Ew.; an der Karawanenstraße Mäschhäd-Sahedan.

Birett [das; frz.], flache, vierkantige Mütze mit hochstehenden Eckkanten; Kopfbedeckung der röm.-kath. Geistlichen.

Birgel, Willy, Schauspieler, *19. 9. 1891 Köln, †29. 12. 1973 Dübendorf; 1924–1934 am Mannheimer Nationaltheater, seitdem auf Gastspielen u. im Film; Helden- u. Charakterrollen.

Birger Jarl, schwed. Reichsstatthalter, †21. 10. 1266; gründete Stockholm, förderte die dt. Einwanderung, unternahm 1249 einen Eroberungszug in Form eines Kreuzzugs nach Finnland; Stammvater der *Folkunger*.

Birgit →Brigitte.

Birgitta von Schweden, *Brigitta von Schweden*, Heilige, *um 1303 Finstad, Schweden, †23. 7. 1373 Rom; gründete um 1350 in Vadstena den *Birgittenorden*; Heiligsprechung 1391; Fest: 23. 7.

Birgittenorden, lat. *Ordo Sanctissimi Salvatoris*, Abk.: *OSSalv, Erlöserorden*, kath. Orden, gegr. um 1350 in Vadstena von *Birgitta von Schweden*; heute nur noch 10 Frauenklöster.

Birka, *Birkat, Birket* [arab.], Bestandteil von geograph. Namen: See.

Birke, *Betula*, artenreiche Gattung der *Birkengewächse*, in der gemäßigten u. arkt. Zone heim.; baumförmige Arten oder Sträucher mit weißer, abblätternder Rinde. Von den Bäumen ist in Dtschld. die *Warzen-B. (Weiß-B., Betula pendula)* verbreitet. Nur an sumpfigen Waldstellen u. feuchten Moorbrüchen kommt die *Weichhaarige Besen-* oder *Moor-B. (Flamm-B., Betula pubescens)* vor. Vereinzelt findet man bei uns auch die in den nördl. Gebieten weitverbreitete *Zwerg-B., Betula nana*. Das Holz der B. wird zur Herstellung kleiner Geräte verwendet, während die beblätterten Zweige (Maien, Maibüsche) als Symbol des Frühlings zur Ausschmückung der Häuser u. Straßen dienen. Durch Anbohren der Stämme wird im Frühjahr der *B.nsaft* gewonnen.

Birkeland, Kristian Olaf Bernhard, norweg. Physiker, *13. 12. 1867 Christiania (Oslo), †18. 6. 1917 Tokio; arbeitete über Erdmagnetismus u. Polarlicht; erfand mit S. *Eyde* (*1866, †1940) das *B.-Verfahren* zur Herstellung von Salpetersäure aus Luftstickstoff mittels eines elektr. Lichtbogens.

Birkenau, poln. *Brzezinka,* Dorf bei →Auschwitz, nahebei bestand seit 1942 das Vernichtungslager Auschwitz II.
Birkenfeld, 1. Ldkrs. in Rheinland-Pfalz, südöstl. des Hoch- u. Idarwalds (Hunsrück), 799 qkm, 92000 Ew.; 1817–1937 oldenburg. Exklave; waldreich, meist viehwirtschaftl. genutzt; Hauptort B. südöstl. des Erbeskopfes, 6500 Ew., ehem. Residenz der Pfalzgrafen von *Zweibrücken-B.*; Stein- u. Holzindustrie.
2. Gemeinde in Baden-Württemberg (Enzkreis), 9200 Ew.; Schmuck- u. Uhrenindustrie.
Birkengewächse, *Betulaceae,* auch *Haselnußgewächse, Corylaceae,* genannt. Familie der *Fagales;* Holzpflanzen; zu ihnen gehören viele bekannte Bäume wie *Birke, Erle, Haselnuß, Hainbuche, Hopfenbuche* u.a.
Birkenhead ['bə:kənhed], westengl. Hafenstadt am Mersey, 142000 Ew.; Unterwassertunnel nach Liverpool; Schiffbau, Maschinen- u.a. Industrie, Kohlenhandel.
Birkenmäuse, *Sicista,* Gattung der *Hüpfmäuse* aus Nord- u. Osteuropa u. Asien. In Österreich (Burgenland) kommen die *Steppen-Birkenmaus* (Streifenmaus), *Sicista subtilis,* u. die *Wald-Birkenmaus, Sicista betulina,* nebeneinander vor; ca. 7 cm lang.

Birkenpilz, *Birken-Röhrling, Graukappe, Boletus scaber,* gut eßbarer *Röhrenpilz.* →auch Kapuzinerpilz.
Birkenreizker = Giftreizker.
Birkenspanner, *Biston betularia,* einer der größten dt. *Spanner,* bis 5,5 cm Spannweite, kreideweiß mit schwarzer Strichelzeichnung; heute vorwiegend in der schwarzen Mutante *var. carbonaria* auftretend. Die Raupe frißt an Birke, Pappel u. Laubhölzern.
Birkenspinner, *Endromididae,* Familie meist in Birkenwäldern fliegender, spinnerartiger *Schmetterlinge.* Die dickleibige Raupe hat auf dem Rücken des 11. Segments eine warzenähnl. Vorwölbung.
Birkenstecher = Trichterwickler.
Birkenwerder b. Berlin, Gemeinde im Krs. Oranienburg, Bez. Potsdam, am nördl. Stadtrand von Berlin, 7000 Ew.
Birkenzeisig, *Carduelis flammea,* nordischer *Finkenvogel* mit roter Stirn, erscheint in ungünstigen Wintern in Massen in Dtschld.
Birket Qarun, salziger See in der Senke von Faiyum (Ägypten), 45 m ü. M.
Birket-Smith [-smiθ], Kaj, dän. Völkerkundler, *20. 1. 1893 Kopenhagen; Hptw.: „Die Eskimos" 1948; „Geschichte der Kultur" 1948; „Wir Menschen einst u. jetzt" 1944; „The Chugach Eskimo" 1953.
Birkfuchs, Fuchs mit sehr hellem Balg.
Birkhäher [entstellt aus *Berghäher*] →Tannenhäher.
Birkhäuser Verlag AG, Basel, gegr. 1879, Zweigfirma in Stuttgart seit 1950; naturwissenschaftl., mathemat. u. kunstgeschichtl. Werke u. Zeitschriften, Klassikerausgaben.
Birkhuhn, *Lyrurus tetrix,* eurasiat. *Rauhfußhuhn;* der Hahn *(Spielhahn)* mit gabeligem Schwanz u. leierartigen Außenfedern, Gefieder stahlblau u. weiß; das Weibchen unscheinbar; Balz mit Kollern u. Schleifen. Die Nahrung wird in Sümpfen, Mooren sowie oberhalb der Waldgrenze gesucht u. besteht aus Insekten u. Früchten. Bastard mit dem Auerhuhn: *Rackelhuhn.*
Birkkarspitze, mit 2756 m höchster Gipfel des *Karwendelgebirges,* in den Nordtiroler Kalkalpen, zwischen Karwendeltal u. Hinterautal.
Bîrlad, 1. linker Nebenfluß des Sereth in Nordostrumänien, 234 km; entspringt südl. von Jassy, mündet östl. von Focsani; ungleichmäßige Wasserführung.
2. rumän. Stadt in der Moldau, am B., 54000 Ew.; Lebensmittel-, Textil- u. Metallindustrie; landwirtschaftl. Markt (Sonnenblumen, Weizen).

BIRMA
Pindaungsu Myanma-Nainggan-Daw

BUR

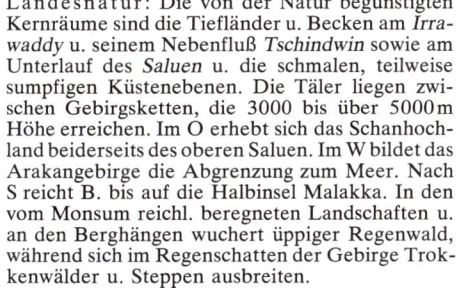

Fläche: 678 033 qkm
Einwohner: 30,6 Mill.
Bevölkerungsdichte: 45 Ew./qkm
Hauptstadt: Rangun
Staatsform: Republik
Mitglied in: UN, Colombo-Plan, GATT
Währung: 1 Kyat = 100 Pyas

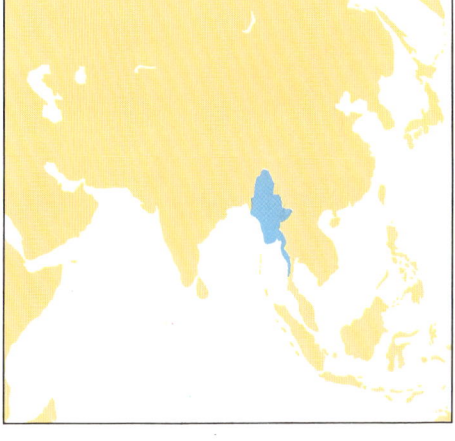

Landesnatur: Die von der Natur begünstigten Kernräume sind die Tiefländer u. Becken am *Irrawaddy* u. seinem Nebenfluß *Tschindwin* sowie am Unterlauf des *Saluen* u. die schmalen, teilweise sumpfigen Küstenebenen. Die Täler liegen zwischen Gebirgsketten, die 3000 bis über 5000 m Höhe erreichen. Im O erhebt sich das Schanhochland beiderseits des oberen Saluen. Im W bildet das Arakangebirge die Abgrenzung zum Meer. Nach S reicht B. bis auf die Halbinsel Malakka. In den vom Monsum reichl. beregneten Landschaften u. an den Berghängen wuchert üppiger Regenwald, während sich im Regenschatten der Gebirge Trockenwälder u. Steppen ausbreiten.

Bevölkerung: Zwei Drittel der überwiegend buddhist. Einwohner sind *Birmanen,* der Rest kleinere Völker *(Karen, Schan, Tschin, Katschin, Kaya* u. a.), die in z. T. sehr alten, heute halbautonomen Teilstaaten leben. Hinzu kommen Inder u. Chinesen in den Städten.

Wirtschaft u. Verkehr: In den gut bewässerten Becken u. Tälern wird vor allem Reis angebaut, ferner Zuckerrohr u. auf etwas trockeneren Böden Erdnüsse, Sesam, Baumwolle u. Mais. Reis ist auch das wichtigste Exportgut, daneben Holz, Erdöl u. Erze. B. ist neben Thailand u. den USA der größte Reisexporteur der Welt. Die Viehzucht (Rinder, Wasserbüffel u. Schweine) hat geringere Bedeutung. Die Wälder liefern Kautschuk u. Teakholz. An Bodenschätzen gibt es Erdöl, Blei, Zink, Kupfer, Zinn, Wolfram, Antimon u. Steinkohle. B.s berühmteste Bodenschätze sind seine Rubine, Saphire u. Jade. Die voll verstaatlichte Industrie ist noch wenig entwickelt. Sie verarbeitet vor allem Holz u. Reis sowie andere Agrarprodukte. Die Errichtung einer Konsumgüterindustrie kommt nur schleppend voran. Ein weitmaschiges Netz von Eisenbahnen u. Straßen verbindet die Wirtschaftszentren. Hauptsee- u. -flughafen ist *Rangun.* – ▣ →Hinterindien. – ▢ 6.6.3.

Geschichte: B. wurde von N u. S längs der Flüsse besiedelt. Im 5. Jh. gründete der Volksstamm der *Pyu (Piao)* im nördl. Irrawaddy-Delta ein stark unter ind. Kultureinfluß stehendes Königreich. Später beherrschten die *Mon* das ganze südl. B., bis im 11. Jh. von Norden her die Birmanen unter König *Anuruddha (Anawrahtas)* eindrangen. Unter seiner Dynastie entstand die Hauptstadt Pagan, die zum Mittelpunkt des auf große Höhe stehenden Kunst- u. Kulturlebens wurde. 1287 eroberten die Mongolen Pagan, u. das erste birman. Reich zerfiel. Im N drangen im 13. Jh. die *Thai* in B. ein. Die Folgezeit war durch Kämpfe zwischen Birmanen, Mon u. Thai gekennzeichnet.
1531 gelang es König *Jabinshweti,* B. zu einen. Um 1580 erreichte B. einen Höhepunkt seiner Macht. Im 17. Jh. errichteten die Niederländer, Engländer, Franzosen u. Portugiesen Handelsniederlassungen in den Küstenstädten. 1753–1760 gründete *Alaungpaja* das neue birman. Reich. Unter seinen Nachfolgern Vorstöße bis nach Indien u. Eroberung Siams. Unter *Bodowpaja* (1781–1819)

Birma: am Irrawaddy

größte Machtentfaltung B.s. Die Bedrohung Bengalens durch B. veranlaßte Großbritannien zum Eingreifen. Es kam zu drei anglo-birman. Kriegen (1824–1826, 1852/53 u. 1885/86), nach denen England ganz B. besetzte u. es zur Provinz machte, die von Britisch-Indien aus regiert wurde. Nachdem es in B. zahlreiche Aufstände gegeben hatte, trennten die Briten 1937 das Land von Indien u. gestanden den Birmanen Selbstverwaltung zu. 1942–1945 war B. von den Japanern besetzt. 1947 wurde B. von Großbritannien Unabhängigkeit gewährt, die 1948 proklamiert wurde. Die Union von B. umfaßt außer der früheren brit. Kolonie die Gebiete der nicht birman. Stämme *Schan, Karen* u. *Katschin*. Der buddhistische sozialistische Ministerpräsident *U Nu* versuchte, die Unruhen im Innern (Unabhängigkeitsbewegungen der Schan, Karen u. Katschin sowie kommunistische Aufstände) ohne die Verhängung von Ausnahmegesetzen zu überwinden u. in der Außenpolitik Neutralität zu wahren. B. wurde 1948 Mitglied der UN, schloß sich 1952 dem Colombo-Plan u. 1955 den Bandung-Staaten an, trat aber nicht dem Commonwealth bei.

1962 stürzte die Armee, die ein Auseinanderbrechen der birman. Union befürchtete, die Regierung U Nu. General *Ne Win* bildete eine revolutionäre Militärregierung („Revolutionärer Rat"), die 1964 alle Parteien außer der des „Birmanischen Wegs zum Sozialismus" verbot, das Parlament wurde abgeschafft. 1974 wurde B. sozialist. Rep., Ne Win Staats-Präs. – [K] →Südostasien (Geschichte). – [B] →Südostasien (Geschichte). – [L] 5.7.4.

Birmạnen, *Burmanen, Birmesen, Burmesen,* das tibeto-birman. Hauptvolk (ca. 20 Mill.) Birmas, ferner in Pakistan (130000), Thailand (12000) u. Indien (5000) verbreitet; ein unter ind. Einfluß entstandenes Kulturvolk mit Buddhismus. Ausgehend von einem Reich um *Tagaung* (am Irrawaddy), eroberten sie in jahrhundertelangen Kämpfen das Gebiet der *Mon.* Die im 1. Jh. n. Chr. abgespaltenen *Arakaner* wurden im 18. Jh. unterworfen.

birmanische Sprache, *burman. Sprache,* in Birma gesprochene tibet.-birman. Sprache.

Birmastraße, wichtiger, für den modernen Verkehr einziger Verbindungsweg zwischen Birma u. China, von Rangun bis Lashio Eisenbahn, dann Autostraße (1939 eröffnet) über Yünnan nach Tschungking. Die B. spielte im 2. Weltkrieg als Versorgungsstraße für China eine wichtige Rolle; der Grenzübergang ist jetzt gesperrt.

Birmingham ['bə:miŋəm], **1.** zweitgrößte Stadt Großbritanniens, 1,1 Mill. Ew.; durch Eisen- u. Kohlenlager im „Black Country" der Schwerpunkt der engl. Metallindustrie, bes. Kraftfahrzeugbau; Universität (gegr. 1900), Techn. Hochschule, anglikan. Erzbischof u. röm.-kath. Bischof.
2. größte Stadt von Alabama, USA, im SW der Appalachen; 330000 Ew., Metropolitan Area 735000 Ew.; Universität (gegr. 1841); Zentrum eines Eisen- u. Stahlindustriegebiets; ferner Holzverarbeitung, Koks- u. Sprengstoffgewinnung, chem., Textil-, Konserven- u.a. Industrie.

Birnau, *B.-Maurach* (Gemeinde Oberuhldingen), zwischen Überlingen u. Meersburg am Bodensee gelegener Wallfahrtsort; Zisterzienserpriorat mit 1747–1750 erbauter prächtiger Barockkirche. – [B] →Barock und Rokoko.

Birnbaum, *Birne, Pirus,* zu den *Rosengewächsen* zählende Kernobstart. Stammform ist *Pirus communis,* die *Gemeine Birne* oder *Holzbirne,* die von Mitteleuropa bis Sibirien in den Wäldern verbreitet ist. Durch Kreuzungen zwischen der Holzbirne u. asiatischen Pirus-Arten sind die zahlreichen (etwa 700) Kulturformen entstanden. Die Früchte des B.s gehören zu den beliebtesten Obstarten. Ihr hoher Gehalt an Zucker bedingt auch den recht hohen Nährwert. Wichtige Birnensorten sind: *Bergamotte, Clapps Liebling, Williams Christbirne, Gute Luise, Gellerts Butterbirne, Pastorenbirne, Gräfin von Paris* u.a. – Das Holz des B.s ist als Schnittholz beliebt u. wird für Tischler- u. Drechslerarbeiten verwandt.

Birnblattgallmilbe, *Eriophyes piri,* erzeugt durch Ausscheiden von Speichelsekret an der Blattoberseite des Birnbaums *Gallen,* d.h. Auftreibungen der Blattoberseite, in die die Eier abgelegt werden; →auch Gallen.

Birnenblattfloh, *Birnensauger, Schmierlaus, Psylla pyri,* bis 4mm lange *Schnabelkerfe* aus der Gruppe der →Blattflöhe; ab Ende März in Mittel- u. Südeuropa an den jungen Trieben, Blättern u. Blüten der Obstbäume saugend, die sie z.T. zum Absterben bringen.

Birnengallmücke, *Contarinia pirivora,* bis 3 mm lange, dunkelbraune *Gallmücke,* deren weiße, fußu. kopflose Larve in jungen Birnen frißt, die dadurch anschwellen u. vorzeitig abfallen.

Birnengespinstwespe, *Neurotoma saltuum,* bis 12mm lange, schwarz-gelb gezeichnete *Gespinstblattwespe,* deren Larven in auffälligen Gemeinschaftsgespinsten, die sie bis zu sechsmal wechseln, an Birnenblättern fressen u. überwintern; Verpuppung erst im nächsten oder übernächsten Frühjahr im Boden.

Birnensauger →Birnenblattfloh.

Birnmoos, *Bryum,* ausdauernde, rasenbildende, erd- u. felsbewohnende *Laubmoose*; über 600 Arten.

Birnstab, Architekturglied als *Rippe, Dienst* oder *Pfosten* mit birnenförmigem Querschnitt.

Birntang →Macrocystis.

Birobidschạn, früher *Tichonskaja Stanzija,* Hptst. der Juden-AO im O der RSFSR, an der Bira (Amurniederung), 56000 Ew.; Technikum; Holz-, Textil-, Leder-, Baustoffindustrie; Verkehrsknotenpunkt.

Birọlli, Renato, italien. Maler, *10. 12. 1906 Verona, †3. 5. 1959 Mailand; zunächst von H. *Matisse* u. P. *Picasso* beeinflußt, gründete 1938 in Mailand die Künstlergruppe „Corrente" u. schuf seither fast ausschl. abstrakte Kompositionen mit dunklen Formen vor hellem Grund.

Bịron, ursprüngl. *Bühren,* westfäl., später kurländ. Adelsgeschlecht, 1638 auch in Polen geadelt; als Nachfolger der Ketteler seit 1737 Herzöge von Kurland, seit 1734 im Besitz der Standesherrschaft Wartenberg in Schlesien, seit 1786 des Herzogtums Sagan in Schlesien. – Ernst Johann, Reichsgraf von B., *23. 11. 1690 Kalnezeem, Kurland, †29. 12. 1772 Mitau; Favorit der Herzogin-Witwe *Anna Iwanowna* von Kurland, die 1730 Kaiserin von Rußland wurde. 1739 wurde er mit dem Herzogtum belehnt; 1740 von B. Graf *Münnich* wegen Mißwirtschaft gestürzt u. verbannt, von Katharina II. wieder eingesetzt; dankte 1769 ab.

Birresborn, rheinland-pfälz. Ort in der Vulkaneifel, im Tal der Kyll (Ldkrs. Daun), 1500 Ew.; in der Nähe der *B.er Sauerbrunnen* u. die Kohlensäuremofette *Bubbeldries.*

Birs, linker Nebenfluß des Rhein in der Schweiz, 73km; aus dem Jura, mündet bei Birsfelden in den Rhein; durchfließt Moutier, Delémont, Laufen.

Birsfelden, Dorf im schweizer. Kanton Basel-Land, östl. Vorort von Basel, 14500 Ew.; Industrie; Kraftwerk; Hafenanlagen u. Schiffsschleuse am Rhein.

Birụni, *Beruni,* Abûr-Raihan Mohammed ibn Achmed al-B., arab. Universalgelehrter, *4. 9. 973 Choresm, †nach 1050 Ghasna; umfassendster Gelehrter des mittelalterl. Islams; schrieb u.a. über Astronomie, Mathematik, Mineralogie u. Geographie sowie Werke über die „Chronologie der alten Völker" u. die „Beschreibung Indiens" (wertvolle kulturgeschichtl. Quellen).

bis [lat., „zweimal"], in der Musik zuweilen anstelle des Wiederholungszeichens.

Bịsam [der; semit., grch.], **1.** Ausscheidung des *Moschusochsen*; →Moschus.
2. Fell der *B.ratte,* hellbraun bis schwarz; wird zu Pelzwerk verarbeitet.

Bisamdistel, *Silberscharte, Jurinea,* Gattung der *Korbblütler.* In Dtschld. kommt nur die *Sand-B., Jurinea cyahoides,* selten auf den Sandböden der Kiefernwälder vor.

Bisamochse →Moschusochse.

Bisamratte, *Ondatra zibethica,* eine ca. 30cm lange, an das Wasserleben angepaßte *Wühlmaus* Nordamerikas mit flachem Ruderschwanz; als Pelztier gehalten u. auch in Dtschld. vielfach verwildert; sehr schädlich: zerstört Uferbefestigungen; oft Mitursache für Flutkatastrophen (Holland 1953).

Bisamspitzmäuse, Gruppe der *Maulwürfe*; →Desman.

Bisạya, jungmalaiischer Stamm im S der Philippinen (12,6 Mill.) u. in Malaysia (5000); mit eigener Schrift, kulturell von Indien, später stark christl.-span. beeinflußt; die B. übten einst Tatauierung u. Goldverzierung der Zähne.

Biscạya, *Golf von B.,* weite Meeresbucht des Atlant. Ozeans zwischen der steilen, hafenreichen Nordküste Spaniens u. der flachen Küste Südwestfrankreichs; wegen heftiger Stürme (bes. im Winter) gefürchtet.

Biscayaschwelle, untermeer. Rücken im Atlant. Ozean, zwischen Nordwestspanien u. dem Mittelatlant. Rücken; trennt das Westeurop. vom Iber. Becken.

Biscèglie [bi'ʃɛljə], italien. Hafenstadt in Apulien, nordwestl. von Bari, 44000 Ew.; mittelalterl. Stadtkern; Seebad.

Bischarịn, osthamit. Hirtenstamm (15000) der *Bedja,* in der Libyschen Wüste in Ägypten, mit hamit. Sprache.

Bischheim, unterelsäss. Stadt im französ. Dép. Bas-Rhin, nördl. von Straßburg, 15000 Ew.; Herstellung von Zucker- u. Glaswaren, holzverarbeitende Industrie.

Bischof [grch. *episkopos,* „Aufseher"], heute ein leitender Geistlicher. Im *Urchristentum* war der B. einer unter mehreren Leitern der Gemeinde. Es gab zunächst mehrere Bischöfe an einem Ort, vom 2. Jh. an den „monarchischen Episkopat": Der B. wurde der den anderen kirchl. Ämtern übergeordnete Vorsteher einer örtl. Gemeinde, schließlich eines bestimmten Gebiets *(Bistum, Diözese).* Das Amt wurde zunächst nirgendwo auf eine *apostolische Sukzession* gegründet.
Nach heutiger *kath. Lehre* umfaßt das B.samt aufgrund der Weihe das *Priesteramt,* aufgrund der Sendung das *Lehramt* u. *Hirtenamt.* Im Priesteramt haben die Bischöfe den höchsten Rang, sie spenden an Mitbischöfe u. alle Diener der Kirche die Weihe, an die Gläubigen die Firmung. Kraft göttl. Vollmacht (u. nicht aufgrund ihrer Ernennung durch den Papst) üben sie das Hirtenamt aus; in Einheit mit dem Papst ist das Ökumen. Konzil der Bischöfe in Glaubensdingen unfehlbar. Der kath. B. ist maßgebender Glaubenslehrer in seiner Diözese, ihr Leiter in geistl. u. vermögensrechtl. Belangen u. hat gesetzgebende, richterliche u. Strafgewalt. Er wird vom Papst ernannt, nachdem Kapitel u. Landesherr ihren durch Gewohnheits- oder Konkordatsrecht bestimmten Anteil (Wahl, Vorschlag) geleistet haben. Seit 1967 wird empfohlen, mit 75 Jahren auf das Amt zu verzichten. – Durch das 2. Vatikan. Konzil wurde die Stellung der Bischöfe verstärkt (ausdrückl. „Legaten Christi", nicht „Beauftragte des Papstes" genannt). Bischöfl. Insignien: Brustkreuz, Mitra (B.smütze, Inful), Krummstab (B.sstab), goldener B.sring.
Eine große Zahl der reformatorischen Kirchen, auch die *ev. Kirche,* kennen das B.samt als Amt der Ordnung u. Leitung, ohne ihm jedoch eine bes. geistl. Qualität zuzusprechen. Seit 1918 sind nach u. nach die meisten ev. Landeskirchen in Dtschld. zum B.stitel zurückgekehrt. Keinen B. haben die reform. Kirchen sowie die Landeskirchen Westfalen, Rheinland, Hessen-Nassau, Pfalz, Anhalt, Bremen. Dem ev. B. obliegen mit den insoweit ebenfalls bischöfl. Funktionen ausübenden Dekanen, Superintendenten u.ä. die Pflichten der Ordination, Visitation, Inspektion, der Einweihung von kirchl. Gebäuden, der Erlaß von Ansprachen u. Kundgebungen, die Seelsorge an Geistlichen u. (verschieden abgegrenzt) die Vertretung der Kirche gegenüber Staat u. Ökumene, vielfach auch der Vorsitz in den kirchenleitenden Organen außer der Synode. Der B. wird meist von der Landessynode gewählt, in der Regel auf Lebenszeit. In der Anglikan. u. in der schwed. Kirche stehen die Bischöfe in apostol. Sukzession. Die Anglikaner legen ihr nur z.T., die Lutheraner keine Bedeutung bei.

Bischof, Werner, schweizer. Photograph, *26. 4. 1916 Zürich, †16. 5. 1954 Peru (verunglückt); seit 1942 ständiger Mitarbeiter großer Zeitschriften („Du", „Life" u.a.), ab 1949 Mitglied der Gruppe MAGNUM. Künstlerisches Empfinden u. Engagement für die Belange der Benachteiligten unter den Menschen kennzeichnen seine Bilder.

Bischoff, Friedrich, schles. Lyriker u. Erzähler, *26. 1. 1896 Neumarkt, Schlesien, †21. 5. 1976 Großweier bei Achern; 1946–1965 Intendant des Südwestfunks. Gedichte: „Gottwanderer" 1921; „Schles. Psalter" 1936; „Das Füllhorn" 1939; „Sei uns Erde wohlgesinnt" 1955. Romane: „Die goldenen Schlösser" 1935; „Der Wassermann" 1937. Erzählungen: „Der Rosenzauber" 1964.

Bịschofsburg, poln. *Biskupiec,* Stadt im Ermland (seit 1945 poln. Wojewodschaft Olsztyn), 7000 Ew.; Lebensmittelindustrie.

Bischofsgrụn, bayer. Luftkurort u. Wintersportplatz im oberfränk. Ldkrs. Bayreuth, 680m ü.M., 2200 Ew.; Gablonzer Industriebetriebe, elektrotechn. u. Textilindustrie.

Bischofsheim, 1. hess. Gemeinde am Main, östl. von Mainz, Ldkrs. Groß-Gerau, 12 000 Ew.; Verschiebebahnhof, Betonwarenfabrik.
2. ehem. hess. Gemeinde östl. von Frankfurt a. M., 11 700 Ew.; Transformatoren-, Lack-, Textilindustrie; 1974 in die Stadt *Maintal* eingegliedert.
3. *B. a. d. Rhön,* bayer. Luftkurort (Stadt) u. Wintersportplatz am Ostfuß der Rhön, im unterfränk. Ldkrs. Bad Neustadt, 2500 Ew.
Bischofshofen, österr. Markt in Salzburg, an der Salzach, in der Landschaft Pongau, 9200 Ew.; Sommerfrische u. Wintersportplatz (Sprungschanze); Eisenbahnknotenpunkt; Kupferbergbau. – ▣→Österreich (Natur und Bevölkerung).
Bischofskonferenz, 1. *ev. Kirche:* 1. seit 1948 die unregelmäßig stattfindende Zusammenkunft der Bischöfe der VELKD; der Ort wechselt; – 2. seit 1969 die Zusammenkunft der 8 ev. Bischöfe innerhalb des Kirchenbunds in der DDR.
2. *kath. Kirche:* Zusammenkunft der Bischöfe eines Landes oder einer Kirchenprovinz. Ihre Beschlüsse über Fragen der Kirchenleitung u. der Seelsorge sind in Dtschld. bindend. →auch Bischofssynode. – ▣1.8.6.
Bischofsmütze, Teil der bischöfl. Insignien, →Mitra.
Bischofsmütze, 1. *Astrophytum myriostigma,* ein Kaktusgewächs ohne Dornen, mit starken Rippen am Stamm.
2. *Helvella infola,* ein bedingt eßbarer *Scheibenpilz;* gehört zu den *Lorcheln.*
3. *Mitra episcopalis,* eine *Vorderkiemer-Schnecke* mit großem, braungeflecktem Gehäuse.
Bischofspfennig →Trochiten.
Bischofsstab, Teil der bischöfl. Insignien; →Krummstab.
Bischofsstuhl, lat. *Cathedra,* der Sitz des Bischofs in seiner Kirche. In frühchristl. Zeit befand er sich, von den Priesterbänken eingefaßt, in der Mitte der Apsis hinter dem Altar (Ausnahme: das syrische *Bema,* das mit Bänken, Kanzel u. Cathedra im Hauptschiff vor dem Altar stand). Seit dem Spät-MA. erscheint der B. vor dem Altar auf der Evangelienseite. Unter den Cathedren des frühen MA. ist der frühbyzantin. B. *Maximians* (Ravenna) das Hauptstück.
Bischofssynode, beratendes Organ des Papstes (Bischofsrat), von *Paul VI.* am 15. 9. 1965 errichtet. Sie untersteht direkt dem Papst u. trat erstmalig vom 29. 9. bis 29. 10. 1967 zusammen. Man hat sie als „beständiges Konzil im kleinen" bezeichnet.
Bischofswerda, Kreisstadt im Bez. Dresden, 11 300 Ew.; Textil-, Glas-, Leder- u. Keramikindustrie; Bahnknotenpunkt; nahebei Granitbrüche. – Krs. B.: 317 qkm, 73 100 Ew.
Bischofswiesen, oberbayer. Gemeinde im Ldkrs. Berchtesgadener Land, 7700 Ew., z. T. mit Berchtesgaden zusammengewachsen.
Bischweiler, frz. *Bischwiller,* unterelsäss. Stadt im französ. Dép. Bas-Rhin, rechts der Moder, 9000 Ew.; Textil- u. Metallindustrie, Pappe- u. Schuherzeugung.
Biscoeinseln ['bisko-], Inselkette vor der Westküste von Grahamland, Antarktis, nicht wenig bekannt, eisbedeckt u. niedrig (bis 180 m); 1832 durch J. *Biscoe* († 1848) entdeckt.
bis dat, qui cito dat [lat.], „doppelt gibt, wer schnell gibt."
Bise, kühler, trockener Wind aus NO–NW in den Alpen.
biseautieren [bizo'ti:-; frz.], Spielkarten am Rand beschneiden; einfachste Art der Kennzeichnung der Karten beim Falschspiel.
Bisexualität [lat., „Zweigeschlechtigkeit"], **1.** *Biologie:* Getrenntgeschlechtigkeit, das Auftreten der beiden verschiedenen Geschlechtsformen an zwei verschiedenen Individuen (→Sexualität); bei Pflanzen: *Zweihäusigkeit* (→Blüte).
2. *Sexualwissenschaft:* Doppelgeschlechtigkeit, *Intersexualität,* das Auftreten körperl. u. psychischer Merkmale beider Geschlechter an einem u. demselben Individuum (gleichzeitig oder entwicklungsgeschichtl. aufeinanderfolgend); →Zwitterbildung.
Bishopscher Ring ['biʃɔp-], breiter, rotbrauner Ring in 10° (innen) bis 22° (außen) Abstand um die Sonne bei atmosphär. Trübung; beschrieben zuerst von S. *Bishop* nach dem Ausbruch des Krakatau 1883.
Biskaya, der Golf von →Biscaya im nördl. Atlant. Ozean.
Biskayawal →Nordkaper.
Biskra, Palmenoase u. Winterkurort im S des Sahara-Atlas (Algerien), 85 000 Ew.; Flugplatz.

Biskuit [-kvit; der oder das; frz., „zweimal Gebackenes"], Kuchen, Tortenböden, Rollen u. Kleingebäck aus *B.teig,* einem leichten, schaumigen Rührteig aus Eigelb, Zucker, Eischnee u. feinem Mehl, am besten aus Kartoffelmehl oder einem anderen Stärkemehl.
Biskuitporzellan, unglasiertes Porzellan mit matter, marmorähnl. Oberfläche, niedrigem Quarz- u. hohem Feldspat- u. Kaolingehalt; seit 1750 vor allem zu Bildnisbüsten, Plaketten u.ä. verarbeitet.
Bismaja →Adab.
Bismarck, Hptst. von North Dakota (USA), am Missouri, 35 000 Ew.; Getreidehandel, Braunkohlenabbau, Hafen.
Bismarck, 1. *Herbert Fürst von,* Sohn von 2) u. 3), Staatssekretär des Auswärtigen 1886–1890, *28. 12. 1849 Berlin, †18. 9. 1904 Friedrichsruh; vom Vater zum Schüler u. Fortsetzer seiner Außenpolitik bestimmt, schied nach dessen Entlassung mit seinem Einverständnis aus dem Amt.
2. *Johanna von,* geb. von *Puttkamer,* seit dem 28. 7. 1847 Gemahlin von 3), *11. 4.1824 Viartlum, Krs. Rummelsburg, Hinterpommern, †27. 11. 1894 Varzin.
3. *Otto von,* 1865 Graf, 1871 Fürst von *B.-Schönhausen,* 1890 Herzog von Lauenburg; Gründer u. erster Kanzler des Dt. Reiches von 1871; *1. 4. 1815 Schönhausen/Elbe, Krs. Jerichow, †30. 7. 1898 Friedrichsruh, Krs. Lauenburg/Elbe; 1846 Deichhauptmann in Schönhausen u. Abg. des

Otto von Bismarck, Gemälde von F. von Lenbach. Berlin (West), Nationalgalerie

sächs. Provinziallandtags, 1847 konservatives Mitgl. des preuß. Vereinigten Landtags, 1849/50 der 2. Kammer des preuß. Landtags u. des Erfurter Parlaments; 1851–1859 preuß. Gesandter am Bundestag in Frankfurt a. M., 1859 in Petersburg, 1862 in Paris; 1862–1890 preuß. Min.-Präs., 1867–1871 zugleich Bundeskanzler des Norddt. Bundes, 1871–1890 Reichskanzler.
Von König Wilhelm I. im →Verfassungskonflikt zum Min.-Präs. berufen, versprach u. vermochte B. die Autorität der Monarchie gegen das Parlament in Preußen durchzusetzen.
In der dt. Politik, bes. aufgrund seiner Frankfurter Erfahrungen, überzeugt von der Unmöglichkeit eines dauernden Nebeneinanders der beiden Mächte Österreich u. Preußen im →Deutschen Bund, zielte B. auf das Ausscheiden Österreichs u. auf die Vorherrschaft Preußens in Dtschld. So vereitelte er schon 1863 die großdt.-föderalist. Reformpläne Österreichs, indem er Wilhelm I. bewog, dem von Kaiser Franz Joseph I. einberufenen *Frankfurter Fürstentag* fernzubleiben. 1864 gelang es ihm sogar, unter Umgehung des Dt. Bundes, Österreich zur Beteiligung am *Dt.-Dän. Krieg* zu veranlassen, der letztl. auf die Annexion Schleswigs u. Holsteins durch Preußen gerichtet war. Als es über die Verwaltung der eroberten Herzogtümer trotz der *Gasteiner Konvention* (1865; Lauenburg an Preußen) zu ernsten Meinungsverschiedenheiten zwischen den Siegern kam, begann B., der sich Rußland schon 1863 (*Alvenslebensche Konvention*) verbunden hatte, Preußen weiter abzusichern (8. 4. 1866: Vertrag mit Italien; Hinhalten Frankreichs) u. eine gewaltsame Lösung der dt. Frage in Aussicht zu nehmen. Im Bundestag ließ er

einen national-parlamentar., gegen Österreich gerichteten Reformplan einbringen. Österreich gelang es jedoch, in der holstein. Angelegenheit den Bundestag hinter sich zu bringen u. eine Teilmobilisierung gegen Preußen zu erwirken. Daraufhin erklärte Preußen den Bundesvertrag für gebrochen.
Damit u. durch den preuß. Sieg im →Deutschen Krieg von 1866 war der Dt. Bund aufgelöst u. Österreich aus den dt. Verhältnissen ausgeschaltet. Deren Gestaltung nahm sich B. sogleich an: Er setzte gegen die schwerste Widerstände Wilhelms I. die Annexion nicht nur Schleswigs u. Holsteins, sondern auch Hannovers, Kurhessens, Nassaus u. Frankfurts durch, gründete den →Norddeutschen Bund, schloß mit den südt. Staaten Schutz- u. Trutzbündnisse u. bezog sie in den →Deutschen Zollverein mit ein. Darin lag, bei aller Stärkung Preußens, eine Mäßigung B.s, der Österreich, schon in Hinblick auf eine zukünftige diplomatische Zusammenarbeit, territorial schonte u. Rücksicht auf Befürchtungen u. Kompensationsforderungen Napoléons III. nahm. Dennoch steigerte sich der dt.-französ. Gegensätze, so daß die span. Thronkandidatur eines Hohenzollernprinzen, von B. insgeheim gefördert u. diplomatisch hochgespielt (→Emser Depesche), zum →Deutsch-Französischen Krieg von 1870/71 führte. In gleichzeitigen zähen Verhandlungen mit den südt. Staaten erreichte B. vorbereitend ihren Beitritt zum Norddt. Bund. Seine Bemühungen gipfelten nach dem Sieg der nun erstmals vereinten dt. Truppen in der Kaiserproklamation Wilhelms I. am 18. 1. 1871 in Versailles u. der Gründung des *Deutschen Reiches*.
Von jetzt an war es B.s Bestreben, das neue Kräfteverhältnis in Europa durch Isolierung Frankreichs im Zusammengehen mit Rußland u. Österreich-Ungarn diplomatisch zu sichern. Seine auf Rußlands Wunsch zurückgehende Vermittlung zwischen diesem, Österreich-Ungarn u. England nach dem Russ.-Türk. Krieg (*Berliner Kongreß* 1878) führte infolge scharfer russ. Gegnerschaft gegen dessen Ergebnisse 1879 zum dt.-österr. *Zweibund,* der Rußland wieder zur Annäherung veranlaßte (*Dreikaiserabkommen* 1881) u. 1882 durch den Beitritt Italiens zum *Dreibund* wurde, dem sich 1884 auch Rumänien verband. Als sich über der *Battenbergaffäre* das Verhältnis wieder zuspitzte, schloß B. 1887 den *Rückversicherungsvertrag* mit Rußland u. förderte zugleich das *Mittelmeerabkommen* zwischen Österreich-Ungarn, Italien u. England. In den gleichen Jahren (1884/1885) gelang ihm sogar ein kurzfristiger Ausgleich mit Frankreich, der beiden Mächten gegen das Widerstreben Englands eine aktive Kolonialpolitik ermöglichte.
Sosehr B. sich in der Außenpolitik zu einem Staatsmann von Weltbedeutung entwickelte, unabhängig von den wechselnden Strömungen der Zeit, sowenig konnte er sich in der Innenpolitik von seiner konservativen Herkunft lösen. B. hat zwar den *Verfassungskonflikt* siegreich durchgestanden, aber dem Gedanken des Rechtsstaats durch sein Kampfweise Schaden zugefügt. Zudem spaltete die Indemnitätsvorlage die liberale Fortschrittspartei, u. wenn B. zunächst auch die Nationalliberalen für sich gewann, so verlor er deren Unterstützung wieder (1877), als er sich weigerte, Elemente parlamentar. Ministerverantwortlichkeit in die Reichsverfassung aufzunehmen. Der →Kulturkampf (1872–1878) führte im Endergebnis ebenfalls zu einer Schwächung sowohl des Staates wie des Liberalismus. B.s Kampf gegen die Sozialdemokratie (→Sozialistengesetz 1878) hat diese eher gefestigt. Die große Leistung der Sozialgesetzgebung (Kaiserl. Botschaft 1881) konnte Arbeitertum u. Staat nicht versöhnen, zumal B. ihren durch Wilhelm II. geforderten Ausbau zu einer Arbeitsschutzgesetzgebung ablehnte. – Bei aller an B. geübten Kritik ist zu bedenken, daß der Außenpolitik sein Hauptinteresse galt u. daß hier nicht das Wünschbare, sondern das Mögliche B.s Ziel war (*Realpolitik*). Eine Außenpolitik gleichen Formats ist seinen Nachfolgern nicht mehr gelungen.
Die unwürdige Form seiner Entlassung (20. 3. 1890) durch Wilhelm II. hat B. in offenen Gegensatz zur Regierung des jungen Kaisers gebracht, vor allem gegen den „Neuen Kurs" in der Außenpolitik (Nichterneuerung des Rückversicherungsvertrags). Die Ablehnung von seiten des offiziellen Dtschld. wurde jedoch mehr als ausgeglichen durch das fast ins Mythische wachsende Ansehen des Reichsgründers („Eiserner Kanzler") im Volk.

Gesammelte Werke 1924–1935. →auch Deutschland (Geschichte). – ▭5.4.3.

Bismarckarchipel, engl. *Bismarck Archipelago*, die seit 1975 zu dem unabhängigen Staat Papua-Neuguinea gehörende Inselgruppe, von 1884 bis 1919 dt. Kolonie, 47370 qkm, 230000 Ew. Die Hauptinseln *Neupommern* (New Britain, 36647 qkm, 160200 Ew.), *Neumecklenburg* (New Ireland, 8651 qkm, 50000 Ew.) u. *Neuhannover* (1191 qkm, 21000 Ew.) sind gebirgig u. erreichen in einzelnen, teilweise noch tätigen Vulkangipfeln Höhen über 2000 m. Einen eigenen Verwaltungsdistrikt bildet der westlichste Teil mit der Inselgruppe der →Admiralitätsinseln (Hauptinsel *Manus*). Regenwald überzieht die Hänge. Nur die flachen, von Korallenriffen gesäumten Küsten sind von Papua besiedelt; etwa 5000 Europäer; die Hauptorte sind *Rabaul* (11000 Ew.) auf Neupommern u. *Kavieng* auf Neumecklenburg. Export von Kokospalmenprodukten (Kopra), Kakao, ferner Perlmutt u. Trepang.

Bismarckbraun, *Vesuvin*, brauner Azofarbstoff, der durch Diazotierung von m-Phenylendiamin entsteht; bes. zur Färbung von Leder geeignet.

Bismarckgebirge, Waldgebirge im östl. Neuguinea (austral. UNO-Treuhandgebiet), im *Mt. Wilhelm* 4694 m.

Bismarckhering, in einer Marinade aus Essig, Zwiebeln, Lorbeerblättern, Pfeffer u. Senfkörnern eingelegter, entgräteter, zarter, weißfleischiger Hering.

Bismarckhütte, *Haiduck*, poln. *Hajduki Wielkie*, südl. Stadtteil von →Königshütte; Steinkohlenbergbau, Eisenhüttenwerk.

Bismarcksee, der vom Bismarckarchipel u. den Admiralitätsinseln umschlossene Teil des Pazif. Ozeans.

Bismillāh [arab., „im Namen Allahs"], formelhafter Ausruf am Beginn vieler Unternehmen, Schriftstücke u. Bücher der Moslems.

Bismutum, lat. Bez. für Wismut.

Bison, *Bison bison*, ursprüngl. über die Steppen u. Wälder der gesamten Nordhalbkugel verbreitetes *Rind* von bis 1,80 m Schulterhöhe, mit hohem Widerrist u. hakenförmigen Hörnern; fast ausgerottet, aber vielfach aus Zuchtanlagen wieder eingebürgert. Die nordamerikanischen Standortrassen sind heute zum eigentlichen Bison („Büffel", *Bison bison bison*) verschmolzen, die eurasischen Unterarten zum (Zucht-)*Wisent*, *Bison bison bonasus*.

Bissau, *São José des B.*, Hptst. des ehem. Portugies.-Guinea, jetzt Guinea-Bissau, auf einer Insel an der Gêbamündung, 75000 Ew.; Hafen (Edelhölzer, Erdnüsse).

Bissier [bisi'e:], Julius, Maler u. Graphiker, *3. 12. 1893 Freiburg i. Br., † 18. 6. 1965 Ascona; ungegenständl. Werke, hauptsächl. Tuschpinselarbeiten, seit 1947 auch farbige Monotypien.

Bissière [-'sjɛ:r], Roger, französ. Maler, *22. 9. 1888 Villeréal, Lot-et-Garonne, †17. 12. 1964 Boissirette, Lot; begann in der Nachfolge des Kubismus u. entwickelte unter dem Einfluß P. *Klees* einen träumerisch-poetischen Stil mit Vögeln, Sternen, Kreuzen u. a.; kam schließl. zu zartfarbigen, abstrakten Gebilden; seit 1945 auch Textilarbeiten.

Bissing, Friedrich Wilhelm Frhr. von, Ägyptologe u. Orientalist, *22. 4. 1873 Potsdam, †12. 1. 1956 Niederaudorf am Inn; „Denkmäler ägypt. Skulptur" 1914.

Bissingen an der Enz, ehem. Gemeinde in Baden-Württemberg, 1975 Zusammenschluß mit Bietigheim zu *Bietigheim-Bissingen*.

Bißwunden, Verletzungen durch Bisse von Tieren oder (selten) Menschen; meistens Rißwunden, die mit Quetschungen des Gewebes verbunden sind. Bes. behandlungsbedürftig sind Wunden durch den Biß aasfressender Tiere (z. B. Ratten) wegen der mit ihnen verbundenen Infektionsgefahr; aber auch durch andere Bisse können Wundstarrkrampf, Tollwut u. Gasbrandinfektionen übertragen werden. Gegen Tollwut u. gegen Schlangenbisse gibt es Seren (möglichst frühzeitig anwenden).

Bister [der oder das; frz.], brauner Mineralfarbstoff.

Bistriţa ['bistritsa], rechter Nebenfluß des Sereth in den Ostkarpaten, 266 km; mit goldhaltigen Sanden; bei *Bicaz* Stausee zur Kraftgewinnung u. Bewässerung (30 qkm); mündet südl. von Bacău.

Bistritz, rumän. *Bistriţa*, Hptst. des rumän. Kreises Bistriţa-Năsăud (5305 qkm, 290000 Ew.), in Nordsiebenbürgen, an der Bistriţa, 33000 Ew.; trägt noch zu einem gewissen Grad dt. Charakter; Lebensmittel- u. Holzindustrie; im MA. Levantehandel; got. Kirche (16. Jh.).

Bistum [das; grch.], *Diözese*, seit spätröm. Zeit in fast allen Kirchen, die Bischöfe haben, der Amtsbereich eines Bischofs (auch *Bischofssprengel*); in den dt. ev. Landeskirchen früher der Bezirk eines Superintendenten (Dekans).

Bisulfate, veraltete Bez. für →Hydrogensulfate.

Bisulfite, veraltete Bez. für →Hydrogensulfite.

Bisutun, *Behistun, Behistan*, iran. Ortschaft an der Straße von Kermanschah nach Hamadan, 30 km östl. von Kermanschah; bekannt durch das berühmte Relief, das *Dareios I.* in die Felsen eines Berges hauen ließ. Es zeigt den altpers. Großkönig, der den Fuß auf den besiegten Magier Gaumata setzt u. zu Ahuramazda betet; hinter ihm neun pers. Edle, vor ihm die Reihe der Stammesfürsten, die ihn unterstützten, ferner ein skythischer Krieger. Unter dem Relief befindet sich eine Keilinschrift in altpers., babylon. u. elamischer Sprache. Sie berichtet von Dareios' Taten u. enthält u. a. ein Verzeichnis der Völkerschaften, die dem Reich der Achämeniden untertan waren. Die Felsinschriften dienten H. C. Rawlinson als Schlüssel für die Entzifferung der babylonischen Keilschrift. – In dieselbe Felswand sind zwei weitere Reliefs eingehauen, die aus parthischer Zeit stammen.

Bit [das; Kurzwort aus engl. *binary digit*, „Binärzahl, Dualziffer, Zweierschritt"], *bit*, Maßeinheit für den Informationsgehalt eines Einzelzeichens in einer geschriebenen oder signalisierten Nachricht: Werden die Buchstaben des Nachrichtenalphabets durch *Binärzeichen* (z. B. 0 u. 1 oder „aus" u. „ein") dargestellt, so ist der durch ein solches Binärzeichen gegebene Informationsgehalt gleich 1 bit. Umgekehrt entspricht 1 bit also $2^1 = 2$ Zeichen, 2 bit $= 2^2 = 4$ Zeichen, 3 bit $= 2^3 = 8$ Zeichen usw. Im Verlauf eines Lebens kann ein Mensch rd. 1–100 Mill. bit speichern. →Informationstheorie.

BIT, Abk. für frz. *Bureau International du Travail*, →Internationales Arbeitsamt.

Bitar, Salah ad-Din el-B., syr. Politiker, *1912 Damaskus; gründete 1945 mit M. *Aflak* die *Baath-Partei*, übernahm seit 1956 verschiedene Ministerien; 1963, 1964 u. 1966 Min.-Präs.; trat für den Zusammenschluß Syriens mit Ägypten ein (VAR).

Bitburg, rheinland-pfälzische Stadt auf der Hochfläche der westlichen Eifel, zwischen Nims- u. Kylltal, 10500 Ew.; Bierbrauereien, Holz-, chem., Strumpfindustrie; US-amerikan. Militärflugplatz. Verwaltungssitz des Ldkrs. *B.-Prüm*.

„Biterolf und Dietleib", Spielmannsgedicht in Reimpaaren (um 1260) eines unbekannten Autors, verbindet Sagen um *Dietrich von Bern* mit denen von *Siegfried*.

Bithynien, antike Landschaft in Kleinasien, östl. des Bosporus; Hptst. *Nikomedia* (heute *Izmit*).

Bit-Jakini [das alte „Meerland"], Aramäerstaat des 9. u. 8. Jh. v. Chr. im tiefsten Süden Babyloniens. Sein mächtigster Fürst war *Merodachbaladan*.

Bitlis, *Bedlis*, Hptst. der türk. Provinz B. im SW des Vansees, im Antitaurus, 1600 m ü.M. 21000 Ew.; Handelsplatz, Silber- u. Goldarbeiten.

Bitola, serbokr. *Bitolj*, türk. *Monastir*, jugoslaw. Stadt, bedeutendes Zentrum des Handels u. Handwerks in Südmakedonien, 55000 Ew.; Demetriuskirche, Moscheen; Zuckerfabrik.

Bitonalität [die; neulat.], gleichzeitige Verwendung zweier Tonarten in einer Komposition; eine von vielen Möglichkeiten zur Erweiterung der herkömmlichen *Tonalität*.

Bitonto, italien. Stadt in Apulien, westl. von Bari, 42000 Ew.; Ölraffinerien; Oliven- u. Weinbau; Ölmühlen.

Bittel, Kurt, Archäologe u. Prähistoriker, *5. 7. 1907 Heidenheim; Präsident des Dt. Archäolog. Instituts seit 1960; Direktor des Dt. Archäolog. Instituts in Istanbul 1938–1960, Leiter der Ausgrabungen in Boghazköy-Hattusa. „Kleinasiat. Studien" 1942; „Boghazköy, Ergebnisse III" 1957.

Bitterdistel = Benediktenkraut.

Bitterfäule, durch einen Pilz (*Gloeosporium fructigenum*) bewirkte Fäule der Äpfel, die dem Fruchtfleisch einen widerl. bitteren Geschmack verleiht.

Bitterfeld, Kreisstadt im Bez. Halle, nördl. von Leipzig, 29700 Ew.; Braunkohlengruben, Elektro-chem. Kombinat B. – Krs. B.: 454 qkm, 140400 Ew.

Bitterholzbaum = Quassie.

Bitterholzgewächse, *Simarubaceae*, Familie der

Julius Bissier: Tusche 13. 12. 1955. Hamburg, Kunsthalle

Terebinthales; hierher gehören einige zentralamerikan. Bäume.

Bitterklee, *Zottelblume, Dreiblatt, Fieberklee, Biberklee, Wasserklee, Menyanthes trifoliata*, auf sumpfigen u. torfigen Wiesen vorkommendes *Enziangewächs* mit kriechendem Wurzelstock. Die Blätter werden als Fiebermittel verwandt.

Bitterkraut, *Picris*, Gattung der *Korbblütler*. Nach Dtschld. eingeschleppt wurde der selten auftretende, im Mittelmeer heim. *Wurmlattich, Picris echioides*. An Wegrändern, auf Flußschotter, an Bahndämmen u. auf Wiesen allgemein verbreitet ist das formenreiche *Gemeine B., Picris hieracioides*.

Bitterlikör, Likör aus bitteren Kräutern, Früchten, Wurzeln oder Schalen, die mit Weingeist ausgelaugt, abgepreßt, filtriert u. mit Zuckerfarbe gefärbt werden.

Bitterling, 1. *Bitterfisch, Schneiderkarpfen, Rhodeus amarus*, ein kleiner *Karpfenfisch* (5–9 cm), dessen Weibchen mit langer, nur zur Laichzeit gebildeter Legeröhre die Eier in die Atemröhre der Flußmuscheln ablegt. Der Samen des Männchens gelangt mit dem Atemwasser in die Muschel u. befruchtet dort die Eier. Die Eier entwickeln sich zwischen den Kiemen des Wirtes. Das Fleisch des B.s ist bitter.

2. *Blackstonia*, Gattung der *Enziangewächse*, in Dtschld. durch die Art *Blackstonia perfoliata* vertreten.

Bittermandelbaum →Mandelbaum.

Bittermandelöl, durch Wasserdampfdestillation aus Aprikosen- oder Bittermandelkernen gewonnenes Öl; Hauptbestandteil: →Benzaldehyd (künstl. B.).

Bittermandelwasser, lat. *Aqua amygdalarum amarum*, in Wasser u. Weingeist gelöstes Mandelsäurenitril (früher aus Bittermandeln destilliert); für hustenstillende Arzneien verwendet.

Bittermittel, lat. *Amara*, Drogen oder aus diesen gewonnene Zubereitungen, die pflanzl. Bitterstoffe enthalten; zur Anregung der Magenschleimhaut (Magensaftabsonderung) u. des Nervensystems.

Bitterpilz, *Bitterschwamm, Bitterer Röhrling, Gallenröhrling, Tylopilus felleus*, ein *Röhrenpilz* mit gelben Poren u. weißem, bitterem Fleisch, Vorkommen vor allem in Laubwäldern unter Buchen; ungenießbar, schwach giftig.

Bitterquellen, *Bitterwasser*, Mineralquellen, die als wirksamen Bestandteil Magnesiumsulfat (Bittersalz) enthalten, z. B. in Bad Mergentheim u. Bad Kissingen; bei Gallen- u. Leberleiden u. Stoffwechselkrankheiten.

Bittersalz, *Englisch Salz, Epsomit*, wirksamer Bestandteil in Bitterquellen, chem. Magnesiumsulfat mit Kristallwasser, $MgSO_4 \cdot 7H_2O$; starkes Abführmittel. B. entsteht aus Kieserit als weiße Kruste durch Wasseraufnahme.

Bitterspat, weißl.-bräunl. Mineral: →Magnesit.

Bittersüß, *Kletternder Nachtschatten, Solanum dulcamara*, ein *Nachtschattengewächs* mit violetten Blüten u. roten, giftigen Beeren. *B.stengel* (*Stipites Dulcamarae*) werden volkstüml. als harntreibendes Mittel, als Blutreinigungsmittel u. gegen Rheuma, Gicht u. Hautleiden angewandt.

Bittgänge, in der kath. Kirche sakrale Umzüge auf den Feldern, um für das Wachstum der Saat im Frühjahr Segen zu erbitten, bes. an den 3 *Bittagen* vor Christi Himmelfahrt; in kath. Gegenden vielfach noch die Rogateprozessionen (am Sonntag *Rogate*).

Bittner, 1. Albert, Dirigent, *27. 9. 1900 Nürnberg; zunächst Konzertbegleiter, dann Theaterkapellmeister, Generalmusikdirektor in Braunschweig u. musikal. Leiter der Staatsoper Hamburg; starke Neigung zum zeitgenössischen Opernschaffen.

2. Julius, österr. Komponist, *9. 4. 1874 Wien, †9. 1. 1939 Wien; schrieb volkstüml. Opern auf eigene Texte (u. a. „Der Musikant" 1910; „Das höllisch Gold" 1916), 1 Messe, 2 Sinfonien u. Kammermusik.

Bitụmen [das; Mz. *Bitumina*; lat.], *Erdharz, Pech*, **1.** *i. w. S.* natürl. vorkommende oder aus Naturstoffen unzersetzt dargestellte, feste oder flüssige Kohlenwasserstoffgemische. Die B.-Arten werden eingeteilt nach ihrer Löslichkeit in Schwefelkohlenstoff u. nach ihrer Fähigkeit zur Verseifung. B. ist Bestandteil der *Asphalte* u. *Asphaltgesteine*. →Asphalt.

2. *i. e. S.* die Rückstände der Erdöldestillation u. die in Schwefelkohlenstoff lösl. Anteile der Naturasphalte u. Asphaltgesteine; meist schwarze Massen, die beim Erhitzen plast. werden oder schmelzen u. dabei ein kolloidales System von kleinsten Kohleteilchen in dem öligen Kohlenwasserstoffgemisch bilden; Verwendung im Straßenbau, für schwarze Lacke, als Bautenschutz-Isoliermittel sowie für die Herstellung von Dach- u. Isolierpappen. – Eigw.: *bituminös*, Bitumen oder Teer enthaltend.

Bitumenpapier, *Teerpapier,* Papier, das durch Imprägnieren mit Bitumen oder Teerwasser und -dampf dicht geworden ist.

bituminọ̈se Anstrichmittel, Anstrichmittel auf der Grundlage von Bitumen oder Teer mit oder ohne Zusatz von Füllstoffen. Es gibt Heiß- u. Kaltanstriche. Sie dienen zum Schutz von Bauteilen gegen Wasser, Schadstoffe, Fäulnis u. a.

bituminọ̈se Straßendecken →Schwarzdecken.

Bitụriger, großer kelt. Stamm in Gallien, geteilt in die *cubischen B.* mit dem Hauptort Avaricum (heute Bourges) u. die *viviscischen B.* mit dem Hauptort Burdigala (heute Bordeaux); 51 v. Chr. von Cäsar unterworfen.

Bitzius, Albert →Gotthelf, Jeremias.

Biurẹt [das; lat.], H_2N–CO–NH–CO–NH_2, organ.-chem. Verbindung, die beim Erhitzen von Harnstoff unter Abspaltung von Ammoniak entsteht. In alkal. Lösung ergibt B. mit verdünnter Kupfersulfatlösung eine violette Färbung, was als analyt. Nachweis auf Harnstoff, Proteide u. Polypeptide (→Peptide) benutzt wird *(B. reaktion)*.

bịvalent [lat.], zweiwertig; →Wertigkeit.

Bivạlvia [lat.] →Muscheln.

Bịwak [das; germ., frz.], Lager unter freiem Himmel oder in Zelten.

Biwasee, *Omisee*, größter Binnensee Japans, auf Honschu, östl. von Kyoto, 675 qkm, 64 km lang, 95 m tief; fischreich (60 Arten); Kraftwerke.

Bixịn [das; lat.], rot-gelber Naturfarbstoff zur Färbung von Lebensmitteln (Butter, Margarine).

BIZ, Abk. für →Bank für Internationalen Zahlungsausgleich.

Bịzeps, *Biceps, Musculus biceps brachii*, der aus zwei großen Bündeln (Köpfen) bestehende Beugemuskel des Unterarms; setzt am Schulterblatt an u. bewirkt die charakterist. Rundung an der Vorderseite des Oberarms.

Bizerte [bi'zɛrt], *Biserta*, arab. *Binzert*, Stadt in Tunesien, 95 000 Ew.; Zement-, Porzellan-, Textil-, Seifenindustrie, Ölraffinerie, Fremdenverkehr mit modernen Hotels, Flughafen; am ehem. französ. Marinearsenal im S von B. das Industriezentrum →Menzel Boûrguîba.

1961 kam es wegen des französ. Flottenstützpunkts B. zu heftigen Auseinandersetzungen zwischen Frankreich u. dem unabhängig gewordenen Tunesien. Nach Vermittlung der UN mußte Frankreich 1963 den Stützpunkt räumen.

Bizet [bi'ze], Georges, französ. Komponist, *25. 10. 1838 Paris, †3. 6. 1875 Bougival bei Paris; Schüler u. Schwiegersohn von J. F. Halévy; von F. Nietzsche als Antipode R. Wagners gefeiert. Mit seiner Oper „Carmen" 1875 errang er Welterfolg. Weitere Opern: „Die Perlenfischer" 1863; „Das Mädchen von Perth" 1867; „Djamileh" 1872 (einaktig); Sinfonie C-Dur 1855, Orchestersuiten („L'Arlésienne"), Klavierwerke, etwa 40 Lieder.

Bizone, 1947 der Zusammenschluß der brit. u. der amerikan. Besatzungszone Deutschlands.

Bjạrnhof, Karl, dän. Erzähler, *28. 1. 1898 Vejle, Jütland; Organist u. Journalist; schrieb, früh erblindet, autobiograph. gefärbte Romane u. Novellen: „Frühe Dämmerung" 1956, dt. 1958; „Das gute Licht" 1957, dt. 1958; „Der kurze Tag ist lang genug" 1958, dt. 1961; „Jorim ist mein Name" 1960, dt. 1960.

Bjel..., *Bel...* [slaw.], Bestandteil von geograph. Namen: weiß.

Bjẹlaja [russ., „die Weiße"], Name von Flüssen in der Sowjetunion; der bedeutendste ist der linke Nebenfluß der Kama aus dem südl. Ural, 1420 km lang, größtenteils schiffbar.

Bjẹlgorod, Hptst. der Oblast B. (27 100 qkm, 1 261 000 Ew., davon 20% in Städten) im W der RSFSR, am oberen Donez, 151 000 Ew.; wirtschaftl. Mittelpunkt im Schwarzerdegebiet (Zuckerrübenanbau), Kreidegewinnung, Leicht- u. Nahrungsmittelindustrie; Wärmekraftwerk.

Bjẹlgorod-Dnjestrọwskij, 1484–1918 *Akkerman*, Hafenstadt in der Ukrain. SSR, Bessarabien, am Dnjestr-Liman, 30 000 Ew.; Mühlen, Weinhandel, Fisch-, Salz- u. Wollmarkt. – Im Altertum griech. Kolonie Tyras, im MA. venezian., genues., 1484 türk., 1812 russ., 1918–1944 rumänisch.

Bjelogọrsk, früher *Alexandrowsk*, bis 1957 *Kujbyschewka-Wostotschnaja*, Stadt im Fernen Osten der RSFSR, in der Seja-Bureja-Ebene, 52 000 Ew.; Getreide- u. Obstanbauzentrum, Nahrungsmittelindustrie, Maschinenbau; Knoten an der Transsibir. Bahn.

Bjẹloje Ọsero [russ., „weißer See"], flacher, fischreicher See in Nordrußland, 1125 qkm, im Wolga-Ostsee-Wasserweg, zwischen Onegasee u. Rybinsker Stausee.

Bjelorẹzk, Industriestadt in der Baschkir. ASSR, im Südl. Ural, an der Bjelaja, 65 000 Ew.; Eisenhüttenwerk, Draht- u. chem. Fabriken; in der Nähe Eisen- u. Manganerzvorkommen.

bjẹlorussische Sprache →weißrussische Sprache.

Bjẹlorussische SSR, Teilrepublik der Sowjetunion, →Weißrussische SSR.

Bjẹlowo, Stadt in der RSFSR, in Westsibirien, im Kusnezkbecken, 108 000 Ew.; Technikum; Zinkverhüttung, Kohlenbergbau, Radiofabrik, Maschinenbau; Wärmekraftwerk; Bahnknotenpunkt.

Bjẹrke, Jarl André, norweg. Lyriker u. Erzähler, 21. 1. 1918 Kristiania; schreibt formvollendete Versbücher, meisterl. Übersetzungen aus dt., französ. u. engl. Literatur sowie unter dem Pseudonym *Bernhard Borge* psycholog. Kriminalromane.

Bjẹrknes, Vilhelm, norweg. Meteorologe u. Physiker, *14. 3. 1862 Oslo, †10. 4. 1951 Oslo; 1913–1917 Direktor des Geophysikal. Instituts in Leipzig; Begründer der Polarfronttheorie der Meteorologie, theoret. Arbeiten; Hptw.: „Dynamical Meteorology and Hydrography" 1910.

Björk, Gustav Oskar, schwed. Maler, *15. 1. 1860 Stockholm, †5. 12. 1929 Stockholm; Porträts, Genreszenen u. vom Impressionismus angeregte Landschaften.

Björkövertrag, von Kaiser Wilhelm II. u. Zar Nikolaus II. am 24. 7. 1905 bei der Insel *Björkö* (Primorsk) unterzeichneter Entwurf eines Defensivbündnisses zwischen Rußland u. Dtschld. (vorgesehen war noch Frankreich). Der Vertrag wurde von den verantwortl. Politikern verworfen.

Björling, Gunnar, finn. Lyriker schwed. Sprache; *31. 5. 1887 Helsinki, †11. 7. 1960 Helsinki; kam vom Dadaismus zum Naturbild; schwer zugängliche Gedankenlyrik; Aphorismen.

Bjørneboe ['bjø:rnəbu:], Jens Ingvald, norweg. Lyriker u. Erzähler, *9. 10. 1920 Kristiansand; Anthroposoph; schrieb unter dem Einfluß R. Steiners u. R. M. Rilkes farbenglühende Verse (Gedichtsammlungen 1951 u. 1953) u. gegen den Rationalismus gerichtete Romane: „Ehe der Hahn kräht" 1952, dt. 1956; „Jonas u. das Fräulein" 1955, dt. 1958.

Bjørnson ['bjø:rnsɔn], Bjørnstjerne, norweg. Dichter, *8. 12. 1832 Kvikne in Østerdalen, †26. 4. 1910 Paris; fanat. Kämpfer für völk. Belange, aber auch für Weltfrieden u. soziale Gerechtigkeit. Begann mit Bauerngeschichten („Arne" 1858, dt. 1860; „Ein fröhlicher Bursch" 1860, dt. 1884), wandte sich dann aber mehr dem Theater zu, von dem aus er aktuelle Fragen zu lösen suchte („Sigurd Slembe" 1862, dt. 1903; „Ein Fallissement" 1874, dt. 1876; „Der König" 1877, dt. 1896; „Über die Kraft" 1883 ff., dt. 1886; „Geographie u. Liebe" 1885, dt. 1901; „Wenn der neue Wein blüht" 1909, dt. 1909). Dazwischen polit. Tendenzromane. B. ist auch Dichter der norweg. Nationalhymne. Nobelpreis 1903. – 🕮 3.1.2.

Björnsson, Sveinn, isländ. Politiker, *27. 2. 1881 Kopenhagen, †25. 1. 1952 Reykjavik; 1926–1941 Island-Min. in Dänemark, 1944–1952 Staats-Präs.

Bk, chem. Zeichen für *Berkelium*.

Bl., Abk. für *Blatt* (Papier).

Blaas, Karl Ritter von, österr. Maler, *28. 4. 1815 Nauders, Tirol, †19. 3. 1894 Wien; Nazarener, Schüler von J. F. *Overbeck*; Kirchenfresken (Wien), Porträts, Historien- u. Genrebilder.

Blacher, Boris, dt. Komponist balt. Herkunft, *6. 1. 1903 Newchwang (China), †30. 1. 1975 Berlin; 1953-1969 Direktor der Hochschule für Musik in Westberlin. B. versuchte seine überwiegend diaton. Thematik mit den Gesetzen der Zwölftontheorie in Einklang zu bringen. In seinen „variablen Metren" entwickelte er mit den Mitteln der Verkürzung u. Umkehr charakterist. rhythm. Modelle. Werke: Opern („Fürstin Tarakanowa" 1941; „Die Flut" 1947; „Romeo und Julia" 1950; „Preußisches Märchen" 1950; „Abstrakte Oper Nr. 1" 1953; „Rosamunde Floris" 1960; „Zwischenfall bei einer Notlandung" 1965; „200 000 Taler" 1969; „Yvonne, Prinzessin von Burgund" 1973), Ballette („Fest im Süden" 1936; „Harlekinade" 1939; „Chiarina" 1950; „Hamlet" 1950; „Lysistrata" 1950; „Der Mohr von Venedig" 1955; „Tristan" 1965), Werke für Orchester („Orchestervariationen über ein Thema von Paganini" 1947), Instrumentalkonzerte, Kammermusik.

Blacherniọtissa, ein frühbyzantin. Madonnentypus in Orantenstellung, der auf ein Bild der Marienkirche zu *Blacherne* bei Byzanz zurückgeführt wird.

Blachfrost, *Barfrost*, Gefrieren der obersten Bodenschicht bei fehlender Schneedecke. Die Schicht hebt sich ab u. zerreißt die Wurzeln, bes. beim Wintergetreide; dadurch entstehen Ernteverluste.

Black [blæk; engl.], Bestandteil von geograph. Namen: schwarz.

Black [blæk], Joseph, brit. Arzt u. Chemiker, *16. 4. 1728 Bordeaux, †6. 12. 1799 Edinburgh; entdeckte, daß beim Erhitzen von Kalkstein u. Magnesiumcarbonat Kohlendioxid („fixe Luft") entweicht; beobachtete als erster Gewichtsverluste bei chem. Reaktionen.

Black Belt ['blæk 'bɛlt; engl., „schwarzer Gürtel"], Schwarzerdezone in der westl. Gulf Coastal Plain, USA; heute Viehzucht.

blackbox ['blækbɔks; engl., „schwarzer Kasten"], in der Nachrichtentechnik Bez. für ein System, das in seinem inneren Aufbau nicht bekannt ist; von Interesse sind nur die Werte an den Ein- u. Ausgängen.

Blackburn ['blækbə:n], **1.** mittelengl. Stadt in Lancashire, 100 000 Ew.; Textil-, Maschinen-, Elektroindustrie, Fahrzeugbau.

2. *Mount B.* [maunt 'blækbə:n], tätiger Vulkan in den Wrangell Mountains, Alaska (USA), 5036 m.

Black Dome [blæk 'doum], Appalachengipfel, der Mount →Mitchell.

Blackett ['blækət], Patrick Maynard Stuart, engl. Physiker, *18. 11. 1897 London, †13. 7. 1974 London; entdeckte die Bildung eines Elektron-Positron-Paares durch ein Gammaquant, arbeitete über kosm. Strahlung; 1948 Nobelpreis für Physik.

Blackfeet ['blækfi:t; engl., „Schwarzfüße"], **1.** die Algonkin-Indianerstämme der eigentl. B. (Siksika), der Kainah (Blood) u. der Piegan, Prärie-Indianer, rd. 10 000, einst am oberen Missouri u. Saskatchewan, jetzt über 8000 im Glacier-Nationalpark u. in Kanada.

2. Unterstamm der zur Sioux-(Dakota-)Gruppe gehörenden Tetonindianer.

Black Hills [blæk 'hilz; engl., „schwarze Berge"], waldreiches Bergland in der nordamerikan. Prärie, an der Grenze zwischen Wyoming u. South Dakota, im Harney Peak bis 2207 m hoch, mehrere Basaltstöcke (u. a. Devils Tower) in tertiären Sedimenten (Schichtstufen); Abbau von Bodenschätzen: Gold, Blei- u. Eisenerze, Kohle.

black hole [blæk 'ho:l; engl. „schwarzes Loch"], Bez. für einen (hypothet.) Stern, der aus einer Ausgangsmasse von über 2,5 Sonnenmassen kollabierte u. jetzt eine mittlere Dichte von 10^{17} g/cm^3 aufweist. Der Stern heißt „schwarzes Loch", weil er infolge seiner Gravitation keine Strahlung abgeben kann.

Black Ltd. [blæk], *Adam & Charles Black Ltd.*, London, engl. Verlag, gegr. 1807; Lexika, Nachschlagewerke, verlegte 1827–1902 die *„Encyclopædia Britannica"*, seit 1849 jährl. das biograph. Zeitgenossenlexikon *„Who's Who?"*.

Blackmail ['blækmɛil; das; engl.], im anglo-amerikan. Strafrecht bes. Art der →Erpressung durch Drohung mit Strafanzeige, öffentl. Bloßstellung, Presse- u. sonstigen Veröffentlichungen.

Black Muslims [blæk 'mʌzlimz; engl., „Schwarze Moslems"], 1932 gegr. radikale Organisation der farbigen Bürgerrechtsbewegung in den USA unter Führern wie Elijah *Muhammad* (*1897) u. *Malcolm X* (*1925, †1965); lehnt jede Zusammenarbeit mit den Weißen ab u. beruft sich auf die Grundsätze der *Black Power.* Obwohl die B.M. ursprüngl. jede Gewaltanwendung ablehnten, führte ihre Agitation in den farbigen Gettos der amerikan. Großstädte seit 1965 zu blutigen Aufständen.

Black Panther [blæk 'pænθə; engl., „Schwarzer Panther"], eine kleine, militante Partisanenorganisation der schwarzen Bürgerrechtsbewegung in den USA; bildete sich Ende der 1960er Jahre unter dem Einfluß von Stokely *Carmichael* (*1941), zerfiel rasch in einander bekämpfende Richtungen. Ein Teil des Führungskomitees lebte in Algerien.

Blackpool ['blækpu:l], engl. Seebad an der Irischen See, 147000 Ew.; Stanley Park; Biskuit- u. Süßwarenfabrikation.

Black Power [blæk 'pauə; engl., „Schwarze Macht"], Schlagwort der schwarzen Bürgerrechtsbewegung in den USA. Die Urheberschaft ist umstritten; sie wird u.a. M. L. *King, Malcolm X* (*1925, †1965) u. Stokely *Carmichael* (*1941) zugeschrieben. Die B.P. erstrebt einen Separatstaat für Farbige in den USA.

Black River [blæk 'rivə; engl., „schwarzer Fluß"], *Blackwater,* Name von Flüssen in Großbritannien u. den USA; *Big B. R.* in Mississippi (USA), 320 km.

Blackstone ['blækstən], Sir William, engl. Jurist, *10. 7. 1723 London, †14. 2. 1780 London; lehrte in Oxford, war Richter am Königl. Gerichtshof. In seinen „Commentaries on the Laws of England" (4 Bde. 1765–1768) gab B. die erste systemat. Zusammenfassung des engl. Rechts; das Werk ist noch heute von grundlegender Bedeutung.

Blackwood ['blækwud; das; engl.], dunkelbraunes, wertvolles Nutzholz (Möbelholz) der austral. Akazienart *Acacia melanoxylon.*

Blaffert, in Nord-Dtschld. Hohlpfennig = 2 Pfennig des 15. u. 16. Jh.; in Süd-Dtschld. im 14. Jh. minderwertiger Halbgroschen, von 1425–1564 Silbermünze = 6 Pfennig.

Blạga, Lucian, rumän. Philosoph u. Dichter, *9. 5. 1895 Lancrăm, Siebenbürgen, †6. 5. 1961 Klausenburg; ekstat.-myst. Lyrik nach einem philosoph. System, das die Welt des rumän. Bauern ins Metaphys. erhebt; expressionist. symbolhaltige Dramen.

Blagodạt, Berg im Mittleren Ural, nördl. von Nischnij Tagil, 352 m; Abbau von hochwertigem Magneteisenstein.

Blagoewgrad [-'gɔjɛf-], bis 1949 *Gorna-Dzumaja,* Hptst. des südwestbulgar. Bez. B. (6481 qkm, 310000 Ew.); 33000 Ew.; Tabak- u. Holzindustrie; Mineralbad.

Blagoweschtschensk [-ga'wje-], Hptst. der Amur-Oblast in Ostsibirien, RSFSR, an der Sejamündung in den Amur, 128000 Ew.; Landwirtschafts-, Pädagog. u. Medizin. Hochschule, Bodenkundeinstitut; Theater; Wirtschaftszentrum im fernöstl. Weizenanbaugebiet, Mühlen, Maschinen- u. Schiffbau, Holz-, Lederindustrie. Anschluß zur Transsibir. Bahn, Hafen, Flugplatz.

Blạhoslav, Jan, tschech. humanist. Schriftsteller, *20. 2. 1523 Prerau, †24. 11. 1571 Mähr. Krumau; 1557 Bischof der Böhm. Brüderunität; Übersetzer des Neuen Testaments, Zusammensteller des Gesangbuchs für die Brüderunität.

Blähungen, *Blähsucht, Flatulenz, Meteorismus,* Aufblähung von Magen u. Darm durch über das normale Maß gebildete Darmgase, die die Fortbewegung des Magendarminhaltes hemmen, zu kolikartigen u. ziehenden Leibschmerzen führen, ein Gefühl der Fülle erzeugen u.a. Organe bedrängen. So können Atmungs- u. Kreislaufbehinderungen durch Druck auf Lunge u. Herz erzeugt werden. Darmgase entstehen normal im Dickdarm, vermehrt durch Genuß blähender Speisen, wie Kohl, Hülsenfrüchte, frische Backwaren, sowie durch Störungen der Magen-, Darm-, Bauchspeicheldrüsen- oder Leberfunktion. Behandlung durch Beseitigung der Ursachen, Regelung von Kost u. Stuhlgang.

Blaich, Hans Erich →Owlglaß.

Blair [blɛə], **1.** Eric Arthur →Orwell, George.
2. Robert, schott.-engl. Dichter, *17. 4. 1699 Edinburgh, †4. 2. 1746 Athelstaneford; seine lehrhafte Blankversdichtung „The Grave" 1743 prägte den Typus der melanchol. Friedhofspoesie.

Blaise [blɛ:z], französ. für →Blasius.

Blake [bleik], **1.** Eugene Carson, US-amerikan. ev. Theologe, *7. 11. 1906 St. Louis, Mo.; 1951 Generalsekretär der Vereinigten Presbyterian. Kirche, 1966–1972 Generalsekretär des Ökumen. Rates der Kirchen in Genf.
2. Robert, engl. Admiral, *1599 Bridgewater, Somersetshire, †7. 8. 1657 bei Plymouth; Anhänger *Cromwells,* drang 1650 zum ersten Mal mit einer engl. Flotte ins Mittelmeer ein, kämpfte siegreich gegen die Holländer u. vernichtete 1657 die span. Flotte.
3. William, engl. Maler, Graphiker u. Dichter, *28. 11. 1757 London, †12. 8. 1827 London; einer der Hauptmeister der engl. Romantik, dessen visionäre, vom myst. Erleben geprägte Kunst dichterische Inhalte in eigenwillige, von der Realität entfernte sinnbildl. Darstellungen umsetzte u. den *Präraffaelismus* vorbereiten half. Nach einer Ausbildung als Kupferstecher wurde B. 1778 Schüler der Königl. Kunstakademie in London, schloß sich aber bald einem revolutionären, den Akademiebetrieb ablehnenden Künstlerkreis an. Als Dichter verlieh B. mit visionärer Kraft einer eigenen Mystik Ausdruck. Sein literar. u. bildkünstler. Schaffen gingen eine enge Verbindung ein; schon die erste liedhafte Lyrik, die durch Musikalität der Sprache u. Innigkeit der Empfindungen gekennzeichnet ist („Lieder der Unschuld" 1789, dt. 1947; „Lieder der Erfahrung" 1794, dt. 1947), illustrierte B. selbst. Spätere Hptw.: „The Book of Urizen" 1794; „The Book of Ahania" 1795; „The Book of Los" 1795; „The Four Zoas" 1795–1804; „Milton" 1804–1808; „Jerusalem" 1804–1820; ferner Illustrationen zum Buch Hiob, zu J. Miltons „Verlorenem Paradies" u. Dante Alighieris „Göttl. Komödie"; Gemälde „Nelsons Geist lenkt den Leviathan"; „Der Geist Pitts lenkt den Behemoth" 1805/06 u.a. – 🕮 2.5.6. u. 3.1.3.

Blakelock ['bleiklɔk], Ralph Albert, US-amerikan. Maler, *15. 10. 1847 New York, †9. 8. 1919 Elizabethtown, N.Y.; Landschaftsbilder, bes. mit Asphaltschwarz gemalte Mondlichtszenen, die dem Stil der *Schule von Barbizon* angenähert sind. B. vertritt mit A. P. *Ryder* eine spätromant. Richtung innerhalb der nordamerikan. Malerei.

Blaker, Wandleuchter aus einem oder mehreren Kerzenhaltern, die an einer spiegelnden Rückplatte befestigt sind.

Blakey ['bleiki], Art (nennt sich *Abdullah Ibn Buhaina*), afroamerikan. Jazzmusiker (Schlagzeug), *11. 10. 1919 Pittsburgh, Pennsylvania; gründete 1955 das Quintett „Jazz Messengers", das er 1962–1965 zum Sextett erweiterte. B. zählt zu den führenden Musikern des modernen *Bop,* auch *Hard Bop* genannt. Tourneen durch USA u. Europa seit 1955.

Blạlock ['blælɔk], Alfred, US-amerikan. Chirurg, *15. 4. 1899 Culloden, Ga.; Hauptarbeitsgebiet Herzchirurgie, bes. Chirurgie der angeborenen Herzfehler, z.B. *B.-Taussigsche Operation* (nach B. u. der amerikan. Kinderärztin Helen Brooke *Taussig,* *1898).

Blạmüser [ndrl., „blaue Maus"], ursprüngl. der 1527 in Nimwegen geprägte Halbstüber, in West-Dtschld. seit 1600 $^1/_8$ Taler.

Blanc [blã; frz., „weiß"], 1352 eingeführte französ. Silbermünze (ursprüngl. 3 g); bis zum Ende des 15. Jh. wiederholt geprägt, in Nachbarländern häufig nachgeahmt.

Blanc, *Blanche* [blã; blãʃ; frz.], Bestandteil von geograph. Namen: weiß.

Blanc [blã], *Cap B.,* **1.** *Kap Blanco,* Südspitze einer Halbinsel an der afrikan. Westküste, an der Grenze zwischen Río de Oro (Span.-Sahara) u. Mauretanien. 1441 von Portugiesen entdeckt.
2. arab. *Râss el Abiad,* Vorgebirge bei Bizerte, nördlichster Punkt Afrikas.

Blanc [blã], Louis, französ. Sozialist, *29. 10. 1811 Madrid, †6. 12. 1882 Cannes; schrieb 1840 „Organisation du travail" u. verlangte darin gleichen Lohn für alle Arbeiter; 1848 Mitglied der provisor. Regierung, forderte die Einrichtung von Arbeiter-Produktivgenossenschaften u. Nationalwerkstätten; als Gegner der Reaktion u. des 2. Kaiserreichs 1848–1871 im Exil in England.

Blạnca →Blanka.

Blạnca Peak [-pi:k], Gipfel der Sangre de Cristo Range in den Rocky Mountains, Colorado (USA), 4386 m, Doppelgipfel, erloschener Vulkan; heiliger Berg der Indianer.

Blanc de Chine [blã də 'ʃi:n; das; frz.], Porzellan mit leicht gelbl. Oberflächenfärbung, niedrigem Kaolingehalt u. dicker Glasur; im 17. u. 18. Jh. in Tehua, chines. Prov. Fukien, hergestellt. Die figürl. Arbeiten wurden von europ. Manufakturen nachgeahmt.

Blanche [blãʃ], frz. für →Blanka.

Blanchet [blã'ʃɛ], Emile-Robert, schweizer. Komponist u. Pianist, *17. 7. 1877 Lausanne, †27. 3. 1943 Pully; schrieb Klavierstücke u. verfaßte 1935 das Buch „Technique moderne du piano".

blanchieren [blãʃ'i:-; frz., „aufhellen"], **1.** *Kochkunst:* Obst, Gemüse, Fisch u. Fleisch vor dem Konservieren kochen, um die Ware für die Verpackung in Dosen oder Gläsern geeignet zu machen (Schrumpfung des Materials, Vorsterilisation). Die fertig zubereitete Ware wird 3–5 min mit siedendem Wasser oder heißem Wasserdampf, eventuell unter Zusatz von Salz, Citronensäure u. Bleichmitteln, behandelt.
2. *Lederfabrikation:* lohgar gegerbte Kalb- oder Rindoberleder maschinell glätten. →Fahlleder.

Blanchiert-Melange [blã'ʃi:rt mə'lãʒ; die; frz.], Garn aus gebeizter u. ungebeizter Wolle, die sich beim späteren Färben verschieden anfärbt.

Blanchọt [blã'ʃo], Maurice, französ. Schriftsteller, *19. 7. 1907 Quain, Saône-et-Loire; ein Wegbereiter des „Antiromans" („Thomas l'Obscur" 1941, ²1950; „Aminadab" 1942); interessiert sich bes. für S. Kierkegaard u. F. Kafka. Dichtung bedeutet ihm Hingabe an den Tod u. das Nichts. Essays: „Lautréamont et Sade" 1949, dt. „Sade" 1963; „L'Espace littéraire" 1955.

Blạnco, *Blanca* [span.], Bestandteil von geograph. Namen: weiß.

Blạnco Fombọna, Rufino, venezolan. Schriftsteller, *17. 6. 1874 Caracas, †16. 10. 1944 Buenos Aires; Erzähler, Lyriker, Kritiker, Historiker; 1910–1935 Spanienaufenthalt; mehrfach diplomat. Tätigkeit; modernist. Lyrik; erst modernist., dann naturalist. Erzählungen u. Romane: „Cuentos americanos" 1904; „El hombre de hierro" 1907; Lyrik: „Mazorca de oro" 1943.

Blạncos [span., „Weiße"], in Südamerika Name einiger Parteien, insbes. der konservativeren der beiden traditionellen Parteien Uruguays. →auch Uruguay (Geschichte).

Blandịna, Heilige, Märtyrin, †177 Lyon; Fest: 2. 6.

Blank, Theodor, CDU-Politiker, *19. 9. 1905 Elz an der Lahn, †14. 5. 1972 Bonn; 1945 Vorsitzender des Bergarbeiter-Verbandes, 1949–1972 MdB, 1950 Beauftragter des Bundeskanzlers für die mit der Vermehrung der alliierten Truppen zusammenhängenden Fragen, 1955–1956 Bundesverteidigungsminister, 1957–1965 Bundesarbeitsminister.

Blạnka, *Blanca* [„glänzend, weiß"], weibl. Vorname; ital. *Bianca,* französ. Blanche.

Blankenburg, 1. *B./Harz,* Stadt u. Luftkurort im Nordharz, Krs. Wernigerode, Bez. Magdeburg, 19700 Ew.; Schloß; Moor- u. Schlammbäder.
2. *Bad B.,* Stadt u. Luftkurort im Krs. Rudolstadt, Bez. Gera, im Schwarzatal, 10700 Ew.; Rundfunk- u. Fernmeldetechnik, Gummiwerk.
3. ehemaliger niedersächsischer Landkreis im Harz, 1972 aufgelöst.

Blankenẹse, Villenvorort von Hamburg am hohen Nordufer der Unterelbe, 15000 Ew.

Blankenfelde, Ort im Krs. Zossen, Bez. Potsdam, am südl. Stadtrand von Berlin, 6800 Ew.

Blankenhorn, Herbert, Diplomat, *15. 12. 1904 Mülhausen; 1949 Ministerialdirektor im Bundeskanzleramt, 1950 Leiter der Dienststelle für auswärtige Angelegenheiten, dann im Auswärtigen Amt, 1953–1959 Vertreter der BRD bei der NATO, 1959–1963 Botschafter in Paris, 1963–1965 in Rom, 1965–1969 in London, 1970–1976 Vertreter der BRD im Exekutivrat der UNESCO.

Blankẹtt [das; german., frz.], eine unterschriebene Urkunde, in deren Text wesentl. Angaben zwecks späterer Eintragung offengelassen sind; →blanko.

Blankettfälschung, Art der →Urkundenfälschung, begangen durch abredewidriges Ausfüllen eines unvollständigen, jedoch bereits unterzeichneten Schriftstücks.

Blankettgesetz, eine Rechtsvorschrift, die eine Rechtsfolge festlegt, jedoch die Bestimmungen der Voraussetzungen hierfür anderen Rechtsquellen überläßt.

blanke Waffe, Hieb- oder Stichwaffe, z.B. Dolch, Säbel, Bajonett; *blankziehen,* die Waffe aus der Scheide ziehen.

blankglühen, Metalle im Vakuum oder in Schutzgasen glühen u. langsam abkühlen; dadurch wird das Oxydieren u. Zundern verhindert, so daß die Metalloberfläche blank bleibt.

Blankịt, Handelsname für technisch reines bzw.

stabilisiertes Natriumdithionit, $Na_2S_2O_4$ (→Dithionit), dient als Reduktionsbleichmittel, auch kombiniert mit optischen Bleichmitteln, zum Bleichen von Wolle, Seide, Reyon, Chemiefaserstoffen u. erzielt intensive Weißeffekte. →auch Küpenfarbstoffe.

Blankleder, *Vachetten,* lohgares, naturfarbenes oder narbenseitig gefärbtes Leder aus Rindhäuten der leichteren Gewichtsklassen zur Herstellung von Sätteln, Zaumzeug, Riemen u. ä. →auch Möbelleder.

blạnko [span., ital., „weiß"], unbegrenzt, unausgefüllt; im Recht unbegrenzte Befugnis *(B.vollmacht)*; insbes. eine vom Empfänger noch auszufüllende oder zu vervollständigende Urkunde, die der Aussteller bereits rechtswirksam unterzeichnet hat, z. B. *B.wechsel, B.akzept*; →auch Blankett.

Blạnkoindossament [lat., ital.], ein →Indossament, bei dem der Name des *Indossatars* ausgelassen ist; zulässig, verwandelt das *Orderpapier* prakt. in ein *Inhaberpapier* (z. B. Art. 14 Abs. 2 Nr. 3 WG).

Blankophọr [der; ital. + grch.], Substanz, die bei ultravioletter Bestrahlung blauviolett fluoresziert; Waschmittelzusatz. Spuren von B.en, die in der Wäsche hängenbleiben, kompensieren die Gelbstichigkeit von weißen Geweben. →auch optische Aufheller.

Blạnkoscheck, unvollständige, als →Scheck bezeichnete u. unterschriebene Urkunde, die der Empfänger meist gemäß bes. Abrede ergänzen soll. Abredewidrige Ausfüllung muß der Aussteller im Verhältnis zum gutgläubigen Einlöser gegen sich gelten lassen (Art. 13 ScheckG). →auch blanko.

Blạnkowechsel, eine bei der Begebung unvollständige, jedoch als →Wechsel bezeichnete u. unterschriebene Urkunde, die der Wechselnehmer gemäß bes. Abrede ausfüllen kann. Auf abredewidrige Ausfüllung können sich die Wechselverpflichteten gegenüber einem gutgläubigen Wechselerwerber nicht berufen (Art. 10 WG). →auch blanko.

Blankvers, fünffüßiger *Jambus* ohne Zäsur u. Reim, in England als Schauspielversmaß ausgebildet, in Dtschld. 1682 eingeführt (Milton-Übersetzung des *Beatus Rhenanus*), durch J. J. *Bodmer* u. J. E. *Schlegel* erprobt, seit G. E. *Lessing* klass. dt. Schauspielversmaß.

blankziehen →blanke Waffe.

Blanqui [blɑ̃'ki], **1.** Adolphe Jérome, französ. Nationalökonom, *21. 11. 1798 Nizza, †28. 1. 1854 Paris; ursprüngl. Liberaler, später Anhänger von C. H. de *Saint-Simon.* Hptw.: „Précis élémentaire d'économie politique" 1826, ³1857; „Geschichte der polit. Ökonomie in Europa" 2 Bde. 1837, dt. 1840, Neudr. 1971.

2. Louis Auguste, Bruder von 1), französ. Sozialist, *7. 2. 1805 Puget-Théniers, †1. 1. 1881 Paris; beeinflußt von C. H. de *Saint-Simon* u. G. *Babeuf.* B. nahm an der Julirevolution 1830 u. an der Revolution von 1848 teil, in der er zum linken (sozialist.) Flügel gehörte. Er verbrachte wegen seiner revolutionären Tätigkeit insgesamt 30 Jahre im Gefängnis. Die Anhänger B.s bildeten nach 1860 eine eigenständige polit. Bewegung *(Blanquismus)*, die in der Pariser *Kommune* 1871 eine wichtige Rolle spielte. 1901 schlossen sich die Blanquisten der von Jules *Guesde* gegründeten sozialist. Partei an. – Es wird vielfach angenommen, daß die Auffassungen B.s von der revolutionären Avantgarde *Lenins* Theorie von der revolutionären Partei mitbeeinflußt haben. – ◫ 5.8.3.

Blanton ['blæntən], Jimmy, US-amerikan. Jazzmusiker (Baß), *1921 St. Louis, Kalifornien, †30. 7. 1942 Kalifornien; was L. Armstrong für die Trompete bedeutete, war B. für den Baß als Jazz-Instrument; er wandelte bei Duke *Ellington* den „slap bass" innerhalb der Rhythmusgruppe zu einem Soloinstrument, das die Gitarre aus dieser Gruppe verdrängte.

Blantyre ['blæntaiə], größte Stadt des ostafrikan. Malawi, 180 000 Ew.; Nationalbibliothek; Tabakaufbereitungs- u. Holzindustrie, Handelszentrum für Exportgüter (Tabak u. Tee), Straßenknotenpunkt, Flughafen.

Blanvalet Verlag, *Lothar Blanvalet Verlag,* Berlin-Wannsee, gegr. 1935; Belletristik, Kinder- u. Jugendbücher.

Blarer, *Blaurer,* Ambrosius, Reformator, *4. 4. 1492 Konstanz, †6. 12. 1564 Winterthur; zunächst von M. *Bucer* beeinflußt, trat dann in Gegensatz zu den Lutheranern, führte die Reformation in Württemberg durch, 1548 verdrängt.

Bläschenkrankheit, sog. *Osnabrücker* oder *Margarinekrankheit,* 1958 in der BRD u. 1960 in den Niederlanden epidemieartig aufgetretene, teils scharlach-, teils ringelrötelähnl. Erkrankung mit Fieber u. a. Anzeichen, die bes. Hausfrauen befiel; Ursache waren möglicherweise Überempfindlichkeitsreaktionen auf einen der Margarine zugesetzten Emulgator bzw. sein (beim Braten entstehendes?) Umsetzungsprodukt Maleinsäureanhydrid.

Blạsco Ibáñez [-i'vanjɛθ], Vicente, span. Schriftsteller, *29. 1. 1867 Valencia, †28. 1. 1928 Menton (Frankreich); schrieb an E. *Zola* geschulte Bestsellerromane; am besten die Romane aus seiner Frühzeit u. die valenzian. Heimatgeschichten: „Arroz y tartana" 1894; „La barraca" 1898; „Cañas y barro" 1902; „Der Eindringling" 1904, dt. 1910; „Die apokalypt. Reiter" 1916, dt. 1922. – Dt. Ausgabe der Gesammelten Romane 1928 bis 1932.

Blase, *Cystis,* mit Flüssigkeit gefüllter Hohlraum, der von Deckzellenschichten *(Epithelzellen)* der Haut umgeben ist. Als Hohlorgane z. B. →Harnblase, Gallenblase (→Galle); als krankhafte Veränderung der Haut →Blasenausschlag.

Blasebalg, Gerät zum Erzeugen eines Gebläsewindes für Schmiede, Schlosserei, Orgel usw.; die einfachste Form eines *Gebläses.*

Blasenaugen, die einfachen *Kameraaugen* (Lochkameraaugen) z. B. der *Borstenwürmer.* →Lichtsinnesorgane.

Blasenausschlag, 1. *i. w. S.* ein über den Körper verstreuter Ausschlag von größeren oder kleineren Blasen, die anfangs mit Flüssigkeit gefüllt sind, später eintrocknen oder vereitern u. abheilen oder geschwürig werden. Verschiedene Krankheiten gehen mit B. einher.

2. *i. e. S. Pemphigus,* →Schälblattern. Der *B. der Neugeborenen (Schälblasenausschlag, Pemphigoid)* ist von harmlosem Verlauf, aber bei gegebener Empfänglichkeit übertragbar.

Blasenentzündung, *Harnblasenkatarrh, Zystitis,* überwiegend durch Krankheitserreger, bes. Kolibakterien, Strepto- u. Staphylokokken, verursacht. Auslösend wirken Kälteschäden an Beinen u. Unterleib, begünstigend Alkoholgenuß, stark gewürzte Speisen. Frauen infizieren wegen der kurzen Harnröhre ihre Blase bes. leicht. Anzeichen: Brennen u. Schmerzen beim Wasserlassen, häufiger Harndrang, Blut u. Eiter im Harn, bei schweren Formen auch Fieber. Behandlung: Bettruhe, Wärme, reizlose Kost; bei chron. u. schweren Formen ist ärztl. Behandlung nötig.

Blasenesche, *Rispenblütige Koelreuterie, Koelreuteria paniculata,* Art der *Seifenbaumgewächse,* ein in Nordchina heim., 3–6 m hoher Baum, der bei uns als Parkbaum sehr beliebt ist; fällt auf durch seine langen, Farnwedeln ähnl. Fiederblätter u. durch die bis 30 cm langen, dunkelgelben Blütenrispen.

Blasenfarn, *Cystopteris,* zierl. *Farne* der gemäßigten Zonen mit feingefiedertem Laub; am weitesten verbreitet ist der *Zerbrechliche B., Cystopteris fragilis,* in Hohlwegen, an Baumwurzeln u. in Felsritzen.

Blasenfistel, 1. krankhafte Verbindung zwischen Harnblase u. Haut bzw. Nachbarorganen (bes. zur Scheide, zum Darm); Ursachen sind unter anderem Verletzungen, entzündliche Prozesse, Geschwulstdurchbrüche. Anzeichen: dauernder Harnabgang aus der betr. Stelle. Behandlung: Operation. – 2. künstliche Eröffnung der Blase nach außen, heute seltene Notoperation bei drohender Harnvergiftung (Abflußhindernis z. B. durch Prostatahypertrophie).

Blasenfüße →Fransenflügler.

Blasenkäfer, *Ölkäfer, Meloidae,* Familie der *Käfer,* die eine auf der menschl. Haut stark blasenziehende Substanz aus der Kniegelenkhaut austreten lassen können. Der wirksame Bestandteil ist das *Cantharidin.* Zu den B.n gehören der *Maiwurm* u. die *Spanische Fliege.*

Blasenkammer, kernphysikal. Gerät zum Sichtbarmachen der Bahnen elektr. geladener Teilchen, zuerst konstruiert von D. *Glaser* 1952. Prinzip der B.: In einer überhitzten Flüssigkeit (→Siedeverzug) werden von dem geladenen Teilchen durch Stoß Ionen erzeugt, die zur Bildung von Dampfblasen führen. Die Dampfblasenspur wird photographiert. Als Flüssigkeit werden häufig Propan oder flüssiger Wasserstoff verwendet. Gegenüber der mit Gas gefüllten →Nebelkammer bietet die höhere Dichte der Flüssigkeit in der B. experimentelle Vorteile (Registrierung von Teilchen, die in der Nebelkammer zu schwache Spuren hinterlassen; kürzere Reichweite der einfallenden Teilchen; häufigere Beobachtung von Streuprozessen u. Kernreaktionen). Für die Physik der Elementarteilchen ist bes. die *Wasserstoff-B.* wichtig, da sie die Beobachtung der Wechselwirkung eines Elementarteilchens mit einem einzelnen Proton (dem Kern des Wasserstoffatoms) gestattet.

Blasenkrampf, *Blasenkolik, Tenesmus vesicae,* krampfhafte, sehr schmerzende Zusammenziehungen der Harnblasenmuskulatur, die zum *Harnzwang* führen u. bei schweren Blasenentzündungen (Tuberkulose) u. bes. bei Blasensteinen vorkommen.

Blasenkrebs, von der Harnblasenschleimhaut ausgehende bösartige Geschwulst, die meist zottig ins Blaseninnere sich vorwölbt (Zottenkrebs). Das erste Anzeichen ist häufig nur geringe Blutbeimischung im Harn, später kann es zu gehäuftem Harndrang kommen. Jedes Bluthamen, das zwar auch andere Ursachen haben kann, muß sicherheitshalber Anlaß zu gründlicher Untersuchung sein. Behandlung: Bei Früherkennung elektrische Zerstörung der Geschwulst, später Operation.

Blasenmole, *Traubenmole, Hydatidenmole,* Erkrankung des Mutterkuchens aus unbekannter Ursache, dessen Zotten zu flüssigkeitsgefüllten Bläschen entarten. Die Frucht stirbt ab, u. es kommt zur Unterbrechung der Schwangerschaft. Aus zurückgebliebenen Resten der B. können sich bösartige Geschwülste *(Chorionepitheliom)* entwickeln, daher ist eine ärztliche Überwachung in der Folgezeit notwendig.

Blasenpippau →Pippau.

Blasenspiegel, grch. *Zystoskop, Cystoskop,* ärztl. Gerät mit Beleuchtungsquelle, opt. System u. Spülvorrichtung zur Blasenspiegelung *(Zystoskopie)*; gestattet Einsicht in die Harnblase u. mit Zusatzgeräten die Untersuchung der Harnleiter sowie die Durchführung von Eingriffen innerhalb der Blase. →auch Nitze.

Blasenspiere →Spierstrauch.

Blasensprung, selbständiges Zerreißen der Eihäute (Fruchtblase) u. Abfluß des Fruchtwassers bei Beginn der Geburt; kann, wenn er nicht rechtzeitig erfolgt, durch *Blasenstich* (Blasensprengung) vom Geburtshelfer herbeigeführt werden.

Blasensteine, feste, aus Harnsalzen entstandene Körper; meist herabgewanderte Nierensteine, aber auch Bildungen in der Blase selbst; kenntl. an Blasenreizung, Blasenentzündung, Blutharnen u. Schmerzen, Störungen beim Wasserlassen. Durch bes. Instrumente *(Lithotriptor)* können sie zertrümmert werden. Kleine B. können mit dem Urin von selbst abgehen.

Blasenstrauch, *Colutea,* Gattung der *Schmetterlingsblütler,* im Mittelmeergebiet u. in Vorderasien bis zum Himalaya verbreitet. Der *Gelbe B., Colutea arborescens,* ein 2–5 m hoher Strauch mit gelben Blüten, wird in Anlagen häufig angepflanzt.

Blasentang, *Fucus vesiculosus,* bis 1 m groß werdende *Braunalge* mit olivbraunem bis gelbbraunem Thallus, der rechts u. links von der Mittelrippe mit Luft gefüllte Blasen besitzt, die den B. im Wasser aufrechterhalten; Verbreitung im nördl. Atlantischen u. Pazifischen Ozean sowie in der Nord- u. Ostsee.

Blasenwurm, *Echinococcus granulosus,* ein *Bandwurm,* der im Dünndarm von Hunden, Wölfen, Schakalen, seltener auch Füchsen u. Katzen vorkommt. Die Eier werden von den hauptsächl. pflanzenfressenden *Zwischenwirten* wie Rindern, Schafen, aber auch dem Menschen durch Schmierinfektion aufgenommen. Dabei entwickelt sich eine blasenförmige *Finne,* die bis zu Kindskopfgröße heranwachsen u. so den Tod der Zwischenwirte bzw. des Menschen verursachen kann. Die Finne schnürt nach innen weitere Blasen ab, die sich von der Mutterblase lösen u. herumschwimmen. Es bilden sich aus diesen Tochterblasen Bandwurm-Vorderenden *(Skolex),* von denen bis zu 40 000 in einer Blase entstehen können. Die Bandwurmköpfe wachsen nach hinten aus u. werden zu vollständigen Bandwürmern. Die Infektion der Endwirte erfolgt durch Fressen infizierter Fleisches.

blasenziehende Mittel, *Vesikantien,* starke Hautreizmittel, die bei kurzer Einwirkung eine Hautentzündung mit Blasenbildung hervorrufen. B. M. werden als Einreibung oder als Pflaster angewendet *(Umstimmungstherapie).*

Bläser, im Kohlen- u. Steinsalzbergbau plötzl. Austritt von Gas unter Überdruck aus Spaltensystemen. Im Steinkohlenbergbau häufig reines *Methan,* daher bes. gefährl. *(schlagende Wetter).*

Bläsertriebwerk →Zweikreistriebwerk.

Blasinstrumente, Musikinstrumente, bei denen vom Spieler durch mittelbare (Sackpfeife) oder unmittelbare Einwirkung seines Atemstroms die vom Instrumentenkörper umgrenzte Luft in period. Schwingung versetzt u. damit zum Klingen gebracht wird. Je nach der Art des Blasvorgangs unterscheidet man:

1. *Labialinstrumente,* bei denen sich der Atemstrom an einer scharfen Kante bricht u., in period. schwingende Luftwirbel geteilt, den Bewegungsimpuls in das Innere des Instruments weitergibt, z.B. Längsflöte, Schnabelflöte, Querflöte.

2. *Rohrblattinstrumente,* u. zwar mit einfachem Rohrblatt, z.B. Klarinette, Saxophon, u. mit doppeltem (zweiteilig zusammengesetztem) Rohrblatt, z.B. Oboe, Fagott. Durch Anblasen in Schwingung versetzt, verwandeln die Rohrblätter die im Inneren des Instruments eingeschlossene Luft in einen period. gegliederten Luftstrom.

3. *Trompeteninstrumente,* bei denen die gespannten Lippen des Bläsers als membranöse Zungen wirken, die den Atemstrom period. unterbrechen, z.B. Zink, Horn, Trompete, Posaune, Tuba. Das Kesselmundstück hat dabei nur lippenstützende Funktion.

Von der Art der Tonerzeugung wird vor allem die Klangfarbe der B. bestimmt. Die Bohrung des Instruments (zylindr., konisch, gefäßförmig, offen oder gedackt) ist ein weiteres Merkmal, ihre Länge u. Weite sind für die Stimmlage u. den Umfang maßgeblich. Techn. Konstruktionen (Grifflöcher, Klappen, Züge, Ventile) dienen dazu, die Möglichkeiten der Tonhöhenveränderung u. die musikal. Verwendbarkeit zu erleichtern u. zu steigern. Das Herstellungsmaterial ist von geringerer Bedeutung u. die Einteilung in *Holzblasinstrumente* u. *Blechblasinstrumente* sachl. unzutreffend; sie ist jedoch allg. u. bes. in der Musikpraxis gebräuchl.

Blasius [lat., Bedeutung ungeklärt], männl. Vorname; französ. *Blaise,* span. *Blas.*

Blasius, Heiliger, Bischof von Sebaste (Armenien) zu Beginn des 4. Jh.; Märtyrer, einer der 14 Nothelfer. Patron gegen Halsleiden. Der B.-Segen zum Schutz gegen Halskrankheiten fand sich nur in dt.-sprachigen kath. Gegenden. Fest: 3. 2.

Blasonierung [frz.], Beschreibung eines Wappens nach heraldr. Regeln. Wappen werden stets in der Blickrichtung des Schildträgers, nicht des Beschauers beschrieben. Daher ist die vom Beschauer aus linke Seite herald. rechts u. umgekehrt. Man beschreibt zunächst den Schild nach Bild u. Farbe. Bei einem *geteilten* Schild beginnt man mit dem oberen, bei einem *gespaltenen* Schild mit dem (herald.) rechten Feld, bei einem *gevierten* Schild mit dem ersten Feld rechts oben. Nach dem Schild werden *Helm, Helmdecken* u. etwaige *Prachtstücke* beschrieben.

Blasphemie [die; grch.], Gotteslästerung, d.h. eine durch Taten oder Worte offenbarte Ehrfurchtslosigkeit der Gottheit. Die Strafe seitens der ursprüngl. sich von der Rache der gelästerten Gottheit bedroht fühlenden Gemeinschaft, der der Lästerer ausgehörte, war, wie z.B. im A.T. (3. Mose 24,10ff.), Steinigung. So auch bei den Griechen. – Zur heutigen strafrechtl. Regelung →Gotteslästerung.

Blasrohr, 1. *Technik:* konisch zulaufendes Rohr (Düse) in kurzen Schornsteinen von Dampflokomotiven zur Verbesserung der Zugwirkung.

2. *Völkerkunde:* bis 2 m langes Rohr aus Holz, Bambus u.ä., aus dem Geschosse, z.B. Pfeile (meist vergiftet) u. Tonkugeln, geblasen werden; Jagd- u. Kriegswaffe bei Naturvölkern Süd-, Mittel- u. Nordamerikas, Indonesiens, der Malakkahalbinsel (Semang), Nordthailands, Südindiens, Neupommerns, Palaus; auch Kinderspielzeug.

Blaß, Ernst, Lyriker u. Kritiker, *17. 10. 1890 Berlin; †23. 1. 1939 Berlin; Hrsg. der Zeitschrift „Die Argonauten"; befreundet mit J. van Hoddis u. K. Hiller. Lyrik: „Die Straßen komme ich entlang geweht" 1912; „Der offene Strom" 1921.

Bläßhuhn, Bleßhuhn, Belchen, *Fulica atra,* große, schwarze Art der *Rallen,* mit weißer Stirnplatte. Das B. bewohnt die meisten größeren europ. Gewässer, wo es mit Hilfe der gelappten Zehen tauchend seine Nahrung erlangt.

Blastem [das; grch.], embryonales Bildungsgewebe; z.B. bei Regenerationsvorgängen das *Regenerations-B.,* eine Zellwucherung an der Wundstelle als erste Anlage des Regenerats.

Blastoderm [das; grch.], das ein- oder vielschichtige Epithel, das die Wand des Hohlkeims (*Blastula*) bildet. →Embryonalentwicklung.

blastogen [grch.], vom Keim her entstanden; (nach A. *Weismann*) aus den Keimzellen, dem Keim oder Anlagen des Keims hervorgegangen. Gegensatz: *somatogen,* aus den Körperzellen gebildet.

Blastom [das; grch.], Geschwulst, Neubildung.

Blastomykose [die; grch.], durch Sproßpilze, *Blastomyzeten,* verursachte Erkrankung der Haut, Schleimhaut, Lungen u.a. Organe.

Blastula [die; grch. + lat.], Hohlkeim, Bläschenkeim, →Embryonalentwicklung.

Blasversatz →Versatz.

Blatt, 1. *Botanik:* neben Stengel u. Wurzel das Hauptorgan der höheren Pflanzen (Kormophyten), das der Assimilation, dem Gaswechsel u. der Transpiration dient. Die ersten Blätter der jungen Pflanze sind die *Keimblätter,* die bereits im Keimling vorhanden sind; auf diese folgen entweder farblose oder grüne Schuppen (*Niederblätter*) oder sofort die Laubblätter; zur Blütenregion hin können bes. *Deckblätter* für Blüten oder Blütenstände (*Hochblätter*) folgen. Das typ. Laubblatt gliedert sich in die dünne, flächige, grüne B.spreite (*Lamina*), den B.stiel u. den B.grund, der als stengelumgreifende B.scheide ausgebildet sein kann oder Nebenblätter trägt.

Äußerer Bau: nach der B.aufteilung unterscheidet man ungeteilte, geteilte (fieder- u. fingerspaltige) u. aus Teilblättern zusammengesetzte Blätter; letztere können paarig, unpaarig, doppelt gefiedert oder handförmig sein. Nach der Randbeschaffenheit unterscheidet man ganzrandige, gekerbte, gezähnte, gesägte, doppelt gesägte u. gelappte Blätter; nach dem Umriß unterscheidet man nadel-, lanzett-, ellipsen-, nieren-, herz-, pfeil-, schildförmige u.a. Blätter. Die B.stellung ist wechselständig, wenn an jedem Knoten nur ein B. steht, gegenständig bzw. kreuzweise gegenständig, wenn an einem Knoten sich 2 Blätter gegenüberstehen, quirlständig, wenn mehr als 2 Blätter in einem Knoten entspringen. Läßt sich durch das B. nur eine Symmetrie-Ebene legen, nennt man es *dorsiventral.* Weiterhin unterscheidet man *bifaziale* Blätter mit verschieden gebauter Ober- u. Unterseite, *unifaziale* Blätter, Rund- oder Flachblätter, deren Spreite nur aus der Unterseite gebildet wurde, u. *äquifaziale* Nadelblätter mit gleicher Ober- u. Unterseite.

Innerer Bau: ein auf beiden Seiten von der Oberhaut (*Epidermis*) begrenztes Grundgewebe (*Parenchym*), das sog. *Mesophyll* des B.s; dies ist auf der B.oberseite zu einem chlorophyllenreichen Assimilationsparenchym (*Palisadenparenchym*), auf der B.unterseite zu einem unregelmäßigen Schwammparenchym ausgebildet, dessen Interzellularen mit den zahlreichen →Spaltöffnungen der unteren Epidermis in Verbindung stehen.

Bei Funktionswandel ist das B. meist morpholog. umgestaltet: *B.ranken, B.dornen, Kannen-* u. *Urnenblätter* u.a. Bei den meisten Holzgewächsen haben die Blätter eine begrenzte Lebensdauer. Sie fallen am Ende der Vegetationsperiode ab (*B.fall*) u. hinterlassen B.narben. – ▣Blütenpflanzen. – ☐9.1.1.

2. *Buchwesen:* 2 Seiten eines Buches oder einer Handschrift. Soweit nicht paginiert, wird die Vorderseite mit r(ecto) oder „a", die Rückseite mit v(erso) oder „b" bezeichnet.

3. *Jagd:* Schulter, Umgebung des Schulter-B.s über dem Vorderlauf des Wildes, wird beim *B.schuß* getroffen. →auch Weidblatt.

4. *Metallverarbeitung:* sehr dünn ausgeschlagene Metallschicht. →auch Blattmetalle.

5. *Weberei:* →Webeblatt.

6. *Werkzeug:* der breite Teil eines Ruders, beim Weidmesser die Klinge, bei Säge bzw. Axt die gezähnte bzw. bogenförmige Schneide zum Zertrennen von Werkstoffen.

Blattbrand, durch den Pilz *Corynespora melonis* hervorgerufene Krankheit der Gewächshausgurken. Befallene Blattstellen sterben nach Braunfärbung ab. Früchte schrumpfen von der Spitze her u. faulen.

Blatten, Jagdart zur Brunftzeit (*Blattzeit*): Mit einem Buchenblatt oder einer Pfeife („Blatter") wird der Ruf einer Ricke (→Fiepen) nachgeahmt, um den Rehbock anzulocken.

Blättermagen, *Psalter,* Teil des Magens bei *Wiederkäuern;* dritter Vormagen, der mit hohen, blattähnl. Längsfalten ausgerüstet ist; in ihn gelangt die zum zweiten Mal gekaute Nahrung u. wird dort durch Wasserentzug eingedickt.

Blattern = Pocken.

Blätterpilze, *Blätterschwammpilze, Agaricaceae,* Pilze, bei denen das sporenbildende Gewebe aus radialen Blättern (Lamellen) aufgebaut ist; zu den B.n gehören die wichtigsten Speisepilze, allerdings auch einige gefährl. Giftpilze (z.B. Knollen-B.).

Blätterteig, feiner, ohne Treibmittel hergestellter Teig aus gleichen Teilen Mehl u. Butter, in dünne Schichten ausgerollt u. mit Butter bestrichen; durch Verdampfen des Wassers bei starker Backofenhitze entstehen die blättrigen Schichten.

Blattfallkrankheit, bei Beerenobst durch Pilzbefall hervorgerufener vorzeitiger Laubfall. Am bekanntesten ist der *Falsche Mehltau* der Weinrebe. Bekämpfung schwierig, evtl. mit Kupferpräparaten.

Blattfeder →Feder.

Blattfleckenkrankheit, begrenzte, meist bräunl. Verfärbung der Laubblätter von Kulturpflanzen, meist durch Pilzbefall, seltener durch Bakterien oder Tiere oder durch mechanische Einwirkung (Hagelschlag) hervorgerufen. Bekämpfung: Saatgut- u. Fruchtwechsel.

Blattflöhe, *Blattsauger, Psyllina,* Gruppe der →Pflanzensauger. Zikadenähnl., jedoch mit langen Fühlern versehene, bis 5 mm lange Schnabelkerfe mit kräftigen Springbeinen u. 4 zarten Flügeln mit ursprüngl. Geäder. Mehr als 1000 Arten; Pflanzensaft saugende Schädlinge, z.B. *Apfelblattfloh, Birnenblattfloh.*

Blattfußkrebse, *Phyllopoda,* Klasse der *Krebse;* mit napfförmiger oder 2klappiger Schale (*Carapax*), die aus einer Hautfalte hervorgeht. Die Augen sind in den Kopf eingesenkt u. bei den Wasserflöhen miteinander verschmolzen; 4–6 oder bis zu 40 Beinpaare; 615 Arten, meist im Süßwasser. Zu den B. gehören die Ordnungen der *Notostraca* (15 primitive Arten, z.B. *Lepidurus apus,* 9 cm), der *Onychura* mit den Unterordnungen der *Conchostraca* (180 primitive Formen von muschelähnl. Aussehen) u. der *Wasserflöhe.*

Blattgold →Blattmetalle.

Blattgrün, *Chlorophyll,* vorwiegend in den Blättern vorhandener grüner Farbstoff aus magnesiumhaltigem Porphyrin, lokalisiert in den *Chloroplasten* innerhalb dicht gestapelter, hochorgani-

Blattläuse: Kolonie von Röhrenläusen, Aphididae (links). – Kolonie der Blutlaus, Eriosoma lanigerum, auf einem Apfelbaum; aus Nordamerika eingeschleppt (rechts)

sierter Membranen *(Thylakoide)*; kommt in den beiden Komponenten Chlorophyll *a* u. *b* vor, doch scheint das Chlorophyll *a* das bedeutendere für die Assimilation zu sein. Chlorophyll *b* fehlt manchen Algengruppen ganz. Beide B.e besitzen ein etwas verschiedenes Absorptionsspektrum für Licht mit Gipfeln im blauen u. roten Spektralbereich, d. h., die Energie von rotem u. blauem Licht wird bevorzugt aufgenommen. Die Bildung von B. erfolgt im Licht. Im Dunkeln gehaltene Pflanzen besitzen keine grünen Sproßteile. Überwiegen andere Farbstoffe in der Pflanze *(Anthocyane, Carotinoide)*, so färben sich die Blätter blau, violett, rot oder gelb. Die *Herbstfärbung* der Blätter wird durch den Zerfall des B.s vor den anderen Farbstoffen verursacht. Bei den Blau-, den Braun- u. den Rotalgen wird die Farbe durch verschiedene weitere Chloroplastenfarbstoffe bestimmt. – ▯9.1.3.

Blatthornkäfer, *Lamellicornia,* Überfamilie der *Käfer;* Fühler stets mit blattartig verbreiterten Endgliedern; Käfer u. Larven (Engerlinge) fressen nur pflanzl. Stoffe. Zu den B.n gehören die Familien der *Hirschkäfer* u. der *Skarabäen.*

Blatthühnchen, *Jacanidae,* Familie der *Regenpfeiferartigen,* die mit 7 Arten die Tropen der Erde bewohnt. Die außerordentl. langen Zehen u. Zehennägel ermöglichen es den kleinen, hochbeinigen Vögeln, auf den Blättern von Wasserpflanzen zu laufen u. sogar zu nisten. Hierher gehören: *Jassana, Jacana spinosa,* in Amerika, rotbraun, schwarzköpfig; *Wasserfasan, Hydrophasianus chirurgus,* in Südostasien, bunt, langschwänzig.

Blattkäfer, *Chrysomelidae,* Familie kleiner, meist auffällig bunter, metallisch glänzender Käfer, häufig von stark gewölbter, eiförmiger Körpergestalt. Einige Gattungen erinnern im Aussehen stark an kleine *Bockkäfer,* mit denen die B. eng verwandt sind. Larven u. Käfer sind Blattfresser u. häufig dadurch schädlich. Zu den B.n gehören die *Schilfkäfer, Hähnchen, Pappel-B., Erlen-B., Kartoffelkäfer, Erdflöhe, Schildkäfer.*

Blattkaktus, *Flügelkaktus, Phyllocactus,* Gattung der *Kakteengewächse,* mit blattartig gegliedertem Sproß; epiphytische Sträucher des trop. Zentral- u. Südamerika. Die meisten Arten haben rote, langröhrige, wohlriechende Blüten; beliebte Zierpflanzen.

Blattkapitell →Kapitell.

Blattkiemer, *Eulamellibranchia,* Süßwassermuscheln mit blattartig verwachsenen Fadenkiemen. Zu den B.n gehören z. B.: Malermuscheln, *Unionidae;* Kugelmuscheln, *Cycladidae;* Wandermuscheln, *Dreyssensiidae.*

Blattkohl →Kohl.

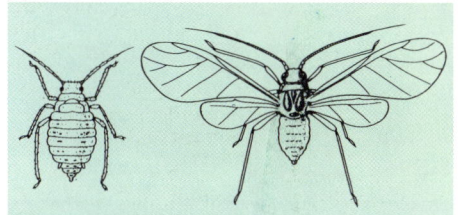

Blattläuse: mehlige Kohlblattlaus, Brevicoryne brassicae; ungeflügeltes und geflügeltes Weibchen

Blattläuse, *Aphidina,* Gruppe der →Pflanzensauger, bis 3 mm lange, grün, gelb oder schwarz gezeichnete *Schnabelkerfe* ohne Sprungvermögen; Männchen fast stets mit 2 Flügelpaaren, Weibchen häufig flügellos; Körper oft mit Wachsausscheidungen bedeckt. Die Fortpflanzung ist kompliziert: im allg. Generationswechsel zwischen mehreren Generationen von Sommerweibchen, die sich durch Jungfernzeugung vermehren, u. Geschlechtstieren im Herbst, die den Winter überdauernde Eier ablegen. Mit dem Generationswechsel ist ein Gestalt- u. häufig ein Wirtswechsel verbunden. B. saugen in Kolonien an Pflanzen; Schädlinge (Saftschmarotzer u. Überträger von Viruskrankheiten). Zu den B.n gehören *Wollläuse, Zwergläuse, Tannenläuse, Baumläuse, Schwarze Bohnenlaus;* rd. 3000 Arten, davon 830 in Mitteleuropa.

Blattlausfliegen →Florfliegen.

Blattlauslöwe, Larve der →Florfliegen, saugt mit langen Saugzangen Blattläuse aus; spinnt zur Verpuppung einen Kokon aus Sekreten der Malpighischen Gefäße, die aus dem Enddarm abgeschieden werden. – ▯ →Florfliege.

Blattwanzen: Rotbeinige Baumwanze, Pentatoma rufipes (links), Gelege mit schlüpfender Wanze (rechts)

Blattmetalle, Metallfolien, auf $1/2000$ bis $1/9000$ mm ausgeschlagenes Gold *(Blattgold),* Silber *(Blattsilber),* Kupfer, Zinn *(Stanniol)* u. a. zum Schmücken bei der Buchherstellung *(Goldschnitt),* von Grabinschriften, Firmenschildern, für Verpackungszwecke u. a. – Bei der *Paramentvergoldung* wird Blattgold mit Gelatine oder Fischleim auf die geglättete Unterlage geklebt. *Unechtes Blattgold* ist aus *Tombak* hergestellt.

Blattnasen, *Phyllostomatoidae,* Überfamilie der *Fledermäuse* mit blatt-lanzettlichen Nasenaufsätzen. Hierzu gehört der von Mexiko bis ins Amazonasgebiet verbreitete *Große Vampir, Vampyrus spectrum,* der eine Spannweite von 70 cm erreicht. Diese Art lebt von Insekten u. Früchten (nicht blutsaugend). Der *echte Vampir, Desmodus rotundus* (Mexiko bis Paraguay), der das Blut großer Wirbeltiere saugt, ist nur 7 cm groß, der *kleine Vampir, Diphylla ecaudata,* aus Brasilien mißt nur 5 cm. Der Biß der beiden messerscharfen oberen Vorderzähne ist schmerzlos. Sie verursachen großen Schaden an Haustieren u. sind auch für den Menschen gefährlich durch Übertragen der Tollwut.

Blättner, Fritz, Pädagoge, *7. 7. 1891 Pirmasens; Prof. in Kiel, bearbeitete bes. die Probleme der Berufserziehung, der Erwachsenenbildung u. der Gymnasialpädagogik. Werke: „Menschenbildung u. Beruf" 1947; „Geschichte der Pädagogik" 1951, [13]1968; „Die Dichtung in Unterricht u. Wissenschaft" 1956; „Pädagogik der Berufsschule" 1958, [2]1965; „Das Gymnasium" 1960.

Blattodea →Schaben.

Blattpflanzen, Zierpflanzen, die wegen ihrer durch Größe, Gestalt oder Färbung dekorativen Blätter kultiviert werden, z. B. Gummibaum, Zimmerlinde, Sansevieria, Clivia, Tradescantia, Dieffenbachia.

Blattpolster, 1. *Botanik:* →Gelenk.
2. *Paläontologie:* sechseckige Muster auf den Stämmen der Siegelbäume bzw. rhomb. auf denen der Schuppenbäume, die von den abgefallenen Blättern hinterlassen wurden.

Blattroller →Blattwickler (2).

Blattrollkrankheit, Viruskrankheit bei Kartoffeln: Kranke Kartoffelstauden zeigen eigentüml. gerollte Blätter u. einen starren, besenartigen Wuchs; Blattgrün meist aufgehellt, Blattunterseite häufig rot bis schwarzblau verfärbt; Überträger ist die Pfirsichblattlaus.

Blattschmetterlinge, *Kallima,* Gattung großer, indoaustral. *Tagfalter* aus der Familie der *Fleckenfalter,* die in der Ruhe mit zusammengeschlagenen Flügeln an Ästen sitzen u. in Form, Farbe u. Zeichnung verwelkende Blätter imitieren (→Mimese).

Blattschneiderameisen, fast ausschl. in Amerika lebende *Ameisen* der Gattung *Acromyrmex* u. *Atta,* die Pilzzuchten anlegen. Als Mistbeetmasse werden von ihnen Pflanzenteile abgeschnitten, von langen Wanderzügen eingetragen u. kompostiert. Bei einem großen Nest können alle Bäume im Umkreis von ca. 800 m von den B. entblättert werden. Plantagenschädling.

Blattschneiderbienen, *Bauchsammlerbienen,* Gattung *Megachile,* bauen ihre Nester aus Lehm, Sand u. zerschnittenen Blättern, die sie kunstvoll zusammenrollen u. als Behälter für den Honigpollenteig u. je ein Ei benutzen.

Blattsilber →Blattmetalle.

Blattsteckling, ein einzelnes abgeschnittenes Blatt, das die Fähigkeit zur Bewurzelung u. zur Sproßbildung hat, z. B. bei Bigonia-Arten.

Blattverschiebung, *Geologie:* →Horizontalverschiebung.

Blattvögel, Gattung *Chloropsis,* starähnl., kurzläufige Singvögel. Die Grundfarbe ist Grün; die *Goldstirn-B., Chloropsis aurifrons,* haben gelbe, schwarze u. blaue Zeichen. Die gewandten Vögel suchen sich in den Baumkronen Insekten u. Früchte.

Blattwanzen, ungenaue Bez. für auf Pflanzen lebende *Wanzen,* vor allem für →Baumwanzen.

Blattwespen, *Tenthredinidae,* Familie der *Pflanzenwespen,* in großer Artenzahl vor allem in der gemäßigten Zone vertreten. Die Larven (→Afterraupen) leben teils frei, teils in Gallen oder Gespinsten auf ihren Nährpflanzen. Die erwachsenen Tiere sind Pflanzen- u. Blütensaftfresser, einige Arten jedoch auch Räuber. Zu den B. gehören viele Pflanzenschädlinge, z. B. die *Rosen-B., Pflaumensägewespe, Kirsch-B., Stachelbeer-B., Rübsen-B.*

Blattwickler, 1. Schmetterlinge: →Wickler.
2. *Blattroller, Zigarrenwickler,* Rüsselkäfer aus der Gruppe der *Afterrüßler,* die aus Blättern bestimmter Pflanzen tüten- oder zigarrenartige Trichter wickeln, in denen sie ihre Eier ablegen. Zu den B.n gehören z. B. die *Eichen-B.,* der *Trichterwickler* u. der *Rebenstecher.*

Blau, eine Farbempfindung, die durch die Wellenlängen des Lichtspektrums von etwa 440 bis 490 nm (→Nanometer) hervorgerufen wird; in der Farbensymbolik Sinnbild der Treue.

Blau, Nebenfluß der oberen Donau, 20 km, kommt aus dem *B.topf* bei Blaubeuren, einer 40–42 m breiten Karstquelle, mündet in Ulm.

Blaualgen, *Blaugrüne Algen, Spaltalgen, Cyano-*

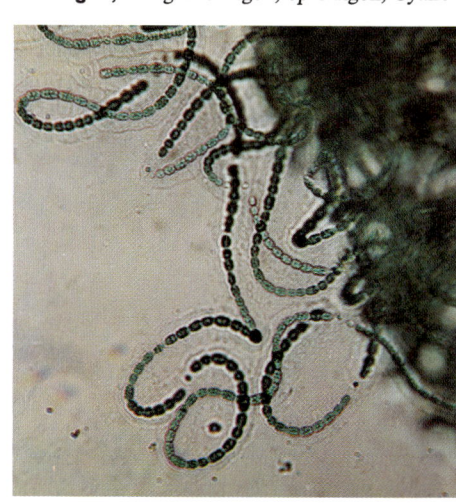

Blaualgen-Kolonien der Gattung Nostoc

phyceae, Schizophyceae, Myxophyceae, einzellige, oft fadenförmige, Kolonien bildende Algen von primitiver Organisation, denen ein echter Zellkern fehlt. Es ist nur ein Kernäquivalent vorhanden, das farblose *Centroplasma*, das vom gefärbten Chromatoplasma ohne scharfe Abgrenzung umgeben ist. B. enthalten neben Chlorophyll a u. *b*, Xanthophyll u. Carotin noch einen blauen *(Phycocyan)* u. einen roten *(Phycoerythrin)* Farbstoff. Sie vermehren sich vegetativ durch Teilung. Die B. sind in etwa 1400 Arten über die ganze Erde verbreitet. Manche B. leben an der Oberfläche von Teichen u. bilden dort eine „Wasserblüte". Im Verband mit einigen Pilzen (Asomyceten) bilden die B. *Flechten*.

Blaubänderung, bei Gletschern die Wechsellagerung von klaren, luftarmen, bläulichen u. von blasigen, luftreichen, weißen Eisschichten, deren Färbung hauptsächl. durch Pressung entsteht.

Blaubart, schwarz- oder blondbärtiger Märchenritter, der seine Frauen, die die verbotene Kammer betraten, tötet; als Typ des Frauenmörders verwandt mit Ritter *Halewejn*, der die entführten Jungfrauen zu sieben an einen Baum hängt. Er wird vom Bruder der letzten Entführten, der die ihr zugestandenen drei Schreie hört, umgebracht. Das B.-Märchen ist wahrscheinlich in der französ.-dt. Grenzzone entstanden, wo sich die Halewejngestalt mit der des französ. Kindermörders Gil de Rais berührt. Erste französ. Fassung von Ch. *Perrault* 1697, dramatisiert von L. *Tieck* (1797), als Oper von A. *Grétry*, J. *Offenbach*, E. N. von *Reznicek*, B. *Bartók*.

Blaubeere →Heidelbeere.

Blaubeuren, baden-württ. Stadt an der Schwäb. Alb westl. von Ulm, 8300 Ew.; im alten Benediktinerkloster (1095 gegr.) jetzt ev.-theol. Seminar; Textil- u. Zementindustrie; in der Nähe der Blautopf (→Blau).

Blaubrüchigkeit, Sprödigkeit des Stahls infolge Stickstoffausscheidung, ergibt sich bei einer Temperatur von etwa 300°C, bei der er blau angelaufen ist. →auch Anlaßfarben.

Blaubull →Nilgauantilope.

Blaudium [das], reines Eisencarbonat, $FeCO_3$, Bestandteil der gegen Bleichsucht u. Blutarmut verordneten *Blaudschen Pillen*.

Blaudruck, *Schürzendruck*, das Bedrucken von Schürzen- u. Kittelstoff mit weißen Mustern auf dunkelblauem Grund.

Blaue Blume, Symbol für die Dichtung in der Romantik, darüber hinaus Inbegriff aller romant. Sehnsucht; aus *Novalis'* Roman „Heinrich von Ofterdingen" 1802.

Blaue Division, span. *División Azul*, Verband span. Freiwilliger, die mit Dtschld. 1941–1943 bes. am Wolchow u. am Ilmensee gegen die UdSSR kämpften. Ihre Befehlshaber waren A. *Muñoz Grandes* u. E. *Esteban-Infantes*. Nach Auflösung der B.n D. blieben Reste in der dt. Wehrmacht.

Blaue Grotte, ital. *Grotta Azzura*, 54m lange, teilweise untergetauchte Höhle an der Nordküste von Capri mit interessanten Lichteffekten; 1822 entdeckt, durch A. *Kopisch* 1826 bekanntgemacht; viel besucht.

Blaueisenerz, indigo-türkisfarbenes Eisenerz, →Vivianit.

Blauelster, *Cyanopica cyanus*, u.a. auf der Iberischen Halbinsel heim. *Elster*. – Ⓑ →Diskontinuierliche Verbreitung.

blaue Milch →Milch (Farbveränderungen).

blauen, *bläuen*, die gelbl. Tönung von Wäsche durch Zusatz von blauem Farbstoff *(Waschblau, Ultramarinblau)* zum Spülwasser überdecken.

Blauen, zwei Berge im südl. Schwarzwald: 1. bei Badenweiler, 1165m; 2. *Zeller B. (Hoch-B.)*, bei Zell im Wiesental, 1079m.

blauer Montag, ursprüngl. arbeitsfreier Montag. Die Herleitung des Ausdrucks ist nicht einheitl.: von „Fastnachtsmontag" oder aus dem Färbereigewerbe.

Blauer Nil, *Abbai*, arab. *Nil el Azraq*, rechter Quellfluß des Nil, entspringt in der Prov. Godscham im nordwestl. Äthiopien, durchfließt den Tanasee, bildet die 50m hohen Wasserfälle Tis Isat (Abbai Falls), nimmt im Sudan die Nebenflüsse Dinder u. Nahr er Rahad auf u. bringt bei Khartum bei der Vereinigung mit dem *Weißen Nil* zum eigentl. *Nil* mit durchschnittl. 51,5 km^3 pro Jahr die größere Wassermenge mit. Der hohe Gehalt an dunklem Schlamm (daher der Name) aus dem äthiopischen Hochland bewirkt jedes Jahr in Ägypten die Ablagerung von fruchtbarem Feinmaterial. – Bereits Ptolemäus kannte die Herkunft des Blauen Nil aus dem Tanasee. Die genaue Lage der Quellen wurde 1613 von Pero Pais u. 1770 von J. Bruce festgestellt.

Blauer Peter, Flagge P (Peter) des internationalen Flaggenalphabets; gehißt, wenn das Schiff innerhalb von 24 Stunden in See geht.

Blauer Reiter, eine 1911 in München von W. *Kandinsky* u. F. *Marc* begründete Vereinigung expressionist., später auch abstrakter Maler, der sich in den folgenden Jahren P. *Klee*, A. *Kubin*, A. *Jawlensky*, A. *Macke*, G. *Münter* u.a. anschlossen; auch die Brüder *Burljuk*, R. *Delaunay*, H. *Campendonck* u. A. *Schönberg* beteiligten sich an Ausstellungen des „Blauen Reiters". 1914 löste sich die Gemeinschaft nach Ausbruch des 1. Weltkrieges auf. Die Bez. B.R. leitete sich von einem gleichnamigen Bild Kandinskys her. Die Künstlervereinigung hatte im Gegensatz zur „Brücke" ein einheitl. künstler. Programm, das 1912 mit dem Titel „Der Blaue Reiter" veröffentlicht wurde. Grundbestreben war, die bisherigen Grenzen des künstler. Ausdrucksvermögens zu erweitern u. das „Geistige in der Kunst" (Titel des programmat. Buches von Kandinsky 1912) zu verwirklichen. Mit der Forderung nach einer vom Gegenstand unabhängigen Eigengesetzlichkeit des Bildes, die auf der autonomen Wirkung von Formen u. Farben beruht, bereitete er die Grundlagen für die abstrakte Kunst. →auch Expressionismus. – Ⓛ 2.5.1.

Blauer Wittling, *Micromesistius poutassou*, zu den *Schellfischen* gehöriger Fisch; Länge 30–40cm; heringsähnl. gefärbt, Rachen u. Innenseite der Kiemendeckel schwarz; lebt im Mittelmeer u. Atlantik; ernährt sich vorwiegend von Krebsen; Laichgebiet nordwärts bis 62° nördl. Breite; geringe wirtschaftl. Bedeutung.

Blaues Band, Auszeichnung für das schnellste Schiff des Nordatlantik. Als Meßstrecke gilt die Entfernung von Bishop's Rock Leuchtturm (Scilly-Inseln) bis Ambrose-Feuerschiff vor New York. B.-B.-Rekorde waren u.a.:
1889 „City of Paris" (brit.) 20 Knoten,
1898 „Kaiser Wilhelm der Große" (dt.) 22,3 Knoten,
1908 „Mauretania" (brit.) 25 Knoten; 1909: 26 Knoten,
1929 „Bremen" (dt.) 28 Knoten,
1935/38 „Normandie" (französ.) u. „Queen Mary" (brit.) 30 Knoten,
1952 „United States" (USA) 34,5 Knoten; 1959: 35,6 Knoten.

blaues Blut, angebl. Kennzeichen für alten Adel (wegen der blauschimmernden Adern bei weißer Haut).

Blaues Kreuz, protestant. Mäßigkeitsverein zur Rettung Trunksüchtiger; 1877 von dem Genfer Pfarrer L. L. *Rochat* (*1849, †1917) gegr.

Blaufelchen, *große Schwebrenke, Coregonus lavaretus wartmanni*, zu den →Maränen gehörig; 30–40cm lang, maximal 4kg schwer, Plankton- u. Kleintierfresser; Hauptwirtschaftsfisch des Bodensees, Fang mit Schwebnetzen (Schwimmnetzen). Durch Eutrophierung des Bodensees infolge Abwasserbelastung ist der B. gefährdet; denn Sauerstoffmangel in tieferen Wasserschichten führt zum Absterben von Eiern. Der Fang im Bodensee ist von 460t im Jahr 1957 auf 59t im Jahr 1967 zurückgegangen, 1970 wieder auf 337t gestiegen.

Blaufisch, *Pomatomus saltatrix*, bis 1m langer, ca. 15kg schwerer gefräßiger Raubfisch der *Makrelenartigen* mit bläul. Rücken. Vorkommen: Mittelmeer, Schwarzes Meer, Küsten der USA. Sehr schmackhaftes Fleisch, wertvoller Nutzfisch.

Blaufuchs, eine Farbvarietät des →Polarfuchses.

Blaugas [nach dem Chemiker Hermann *Blau*], aus aliphat. Kohlenwasserstoffen bestehendes, verflüssigtes Gasgemisch, verwendet zum Schweißen u. für Beleuchtungszwecke, z.B. für Seezeichen. 10kg B. liefern etwa 7500 Liter gasförmigen Brennstoff. B. enthält hauptsächl. Olefine (50%), Methan u.a. Paraffine (37%), Wasserstoff (6%) u. Luft. Heizwert 15000 kcal/m^3.

Blaugel [-ge:l] →Silicagel.

Blauglockenbaum, *Kaiser-Paulownie, Paulownia imperialis*, ein *Rachenblütler*. Der B. ist in Japan u. China heim., wird aber heute in den Mittelmeerländern häufig angetroffen. Das Wappen des Kaisers von Japan trägt drei Blätter u. drei Knospen des B.s. →auch Paulownie.

Blauhäher, *Aphelocoma*, Gattung der *Rabenvögel*, die in mehreren Arten die nordamerikan. Wälder bewohnt.

Blauhai, *Prionace glaucus*, bis 4m lang, lebendgebärend, Jungtiere auch in der Nord- u. Ostsee.

Blauhaie, *Carcharhinidae*, pelagische *Echte Haie* mit der typ. spindelförmigen Haigestalt u. sternförmig verkalkten Wirbeln; meist eierlegend. Die B. sind für den Menschen sämtl. gefährlich; bes. ist beim Baden an der dalmatin. Küste achtzugeben. Beste Waffe ist der von H. *Hass* entwickelte *Haistock*, der bis 1,20 m lang ist u. eine Eisenspitze trägt. B. leben hauptsächl. von Schwarmfischen u. Meeraalen. Bekannte Arten sind *Blauhai, Tigerhai* u. die Gattung *Carcharhinus*.

Blauholz, *Campecheholz*, Holz von *Haematoxylon campechianum*, liefert den Farbstoff Haematoxylin.

Blaukehlchen, *Luscinia svecica*, einheim. Vogel der *Drosselähnlichen*, Insektenfresser. Das Männchen zeigt im Brutkleid einen blauen Kehlfleck. Es werden 2 Rassen mit rotem bzw. weißem Stern im Kehlfleck unterschieden.

Blaukreuz, Sammelbez. für chem. Kampfmittel mit augen- u. schleimhautreizender Wirkung, z.B. Brombenzylcyanid, Chloracetophenon.

Blauleng →Leng.

Blaulicht, ein blaues *Blinklicht*. Bei Verwendung von B. in Verbindung mit dem Einsatzhorn (→Martinshorn) müssen die übrigen Verkehrsteilnehmer sofort freie Bahn schaffen. B. allein darf nach der StVO nur von bestimmten Fahrzeugen (Polizei, Bundesgrenzschutz, Feuerwehr, Krankenwagen) u. nur zur Warnung an Unfall- oder sonstigen Einsatzstellen u. bei der Begleitung von Fahrzeugen u. geschlossenen Verbänden verwendet werden.

Bläulinge, *Lycaenidae*, Familie kleiner bis mittelgroßer Tagfalter mit blauen, braunen oder roten *(Dukatenfalter)* Flügeloberseiten; Raupen asselähnl., werden z.T. von Ameisen gepflegt.

Blaumanis, Rudolfs, lett. Novellist u. Dramatiker, *1. 1. 1863 Ergli (Lettland), †4. 9. 1908 Takaharju (Finnland); realist. Darstellung trag. menschl. Probleme u. gesellschaftl. Konflikte.

Blaumeise, *Parus caeruleus*, kleine einheim. *Meise*, oberseits kobaltblau; ähnl. die *Kohlmeise*.

Blaumerle, Vogel, →Steinrötel.

Blauöl, reines techn. *Anilin*.

Blaupause →Lichtpause.

Blauracke, *Coracias garrulus*, prächtig grünblau u. braun gefärbter *Rackenvogel* der Mittelmeerländer, vereinzelt in Deutschland u. Osteuropa.

Blausäure, *Cyanwasserstoffsäure*, schwache, bittermandelartig riechende, sehr giftige Säure, HCN; dargestellt durch Überleiten eines Stickstoff-Wasser-Gemischs oder von Ammoniak über glühende Kohlen oder durch Auftropfen starker Schwefelsäure auf Kaliumcyanid. B. kommt in Form von *Amygdalin* in den Kernen von Aprikosen, bitteren Mandeln u.a. vor. Ihre Salze sind die ebenfalls sehr giftigen *Cyanide*, z.B. Kaliumcyanid *(Cyankali)*. Die Giftigkeit der B. u. ihrer Salze beruht auf einer Inaktivierung der eisenhaltigen, sauerstoffübertragenden Oxydationsfermente infolge Komplexbildung.

Blausäurevergiftung, *Cyanvergiftung*, rasch u. meist tödl. verlaufende Vergiftung durch Einatmen oder Einnehmen von Blausäure oder von Blausäure abspaltenden Verbindungen (z.B. Cyankali). Das Gift verbindet sich mit dem Hämoglobin, blockiert die Sauerstoffversorgung u. die innere Atmung. Es kommt zu Atemstörungen, Schwindel, Erbrechen, Angstzuständen. Die akute Vergiftung führt schon bei sehr geringen Mengen zum Tod (0,06g). In leichteren Fällen sofort Sauerstoff geben u. den Arzt rufen.

Blauschaf, *Nahur, Pseudois nayaur*, seltene Ziegenart von den Randgebirgen Tibets, Kaschmirs u. Westchinas. Blaufärbung zeigt nur das 1. Winterkleid der Lämmer.

Blauschlick, organismenreiches Meeressediment, mit unvollständiger Zersetzung, die u.a. zu Bitumen- u. Schwefelkiesbildung führt; in 1500 bis 2500m Tiefe.

Blauschönung, Klärung des Weins durch chem. reines Ferrocyankalium (gelbes *Blutlaugensalz*).

Blausieb, *Zeuzera pyrina*, Schmetterling aus der Familie der *Holzbohrer* mit weißen, stahlblau gefleckten Flügeln, Spannweite 6 cm. Die Raupe bohrt Gänge in Obst- u. Laubbäumen.

Blauspat, *Lazulith*, Mineral, verschieden blau; (Fe, Mg) $Al_2([OH]PO_4)_2$; Härte 5–6; Dichte 3,1.

Blauspecht →Kleiber.

Blaustern, Pflanze, →Scilla.

Blaustrumpf, aus England stammender Spottname *(bluestocking)* für emanzipierte Frauen oder Mädchen mit einseitig schöngeistigen oder wissenschaftl. Neigungen.

Der blaue Reiter von W. Kandinsky; 1903. Zürich, Sammlung Emil Georg Bührle

Blausucht, *Zyanose, Cyanosis,* blaurote Verfärbung der Haut, bes. der Lippen u. Fingernägel bei ungenügender Sauerstoffsättigung des Blutes. B. ist ein Zeichen für Kreislaufinsuffizienz, Lungenkrankheiten oder Gasvergiftungen. Als Folge eines angeborenen Herzfehlers ist bei der *Blauen Krankheit (Morbus coeruleus)* der ganze Körper blau verfärbt.

Blauwal, *Balaenoptera musculus,* ein in allen Weltmeeren vorkommender *Finnwal;* mit maximal 31 m Körperlänge das größte Tier der Erde; ernährt sich hauptsächl. von kleinen Krebsen (bis 1200 l); früher der Hauptlieferant von Walöl, heute durch zu starken Fang bedroht u. daher geschützt. Fangmengen 1957/58: 1995 Stück, 1964/65: 613, 1966/67: 70, 1967/68: 0.

Blauzungenskinke, *Tiliqua,* große, plumpe austral. *Skinke* mit wohlentwickelten Gliedmaßen u. auffällig blau gefärbten Zungen; lebendgebärende Bodentiere.

Blavatsky, Helena Petrowna, russ. Theosophin, * 30. 8. 1831 Jekaterinoslaw, † 8. 5. 1891 London; Mitbegründerin der →Theosophischen Gesellschaft.

Blavet [blaˈvɛ], Küstenfluß in Nordwestfrankreich, mündet mit einem Ästuar bei Port-Louis, an der Südküste der Bretagne, 140 km. Der Stausee im Mittellauf bei Mûr-de-Bretagne bildet eine Teilstrecke des *Canal de Nantes à Brest;* die Kanalisierung des Unterlaufs (60 km; 1825 beendet) führte zum Bau von 28 Schleusen.

Blazer [ˈblɛizər], engl. Klubjacke mit Abzeichen u. Metallknöpfen, Teil der Schüleruniform an engl. Schulen; auch auf dem Kontinent als sportl. Bestandteil der Damen-, Herren- u. Kinderkleidung beliebt.

Blech, zu dünnen Tafeln, Platten, Bändern oder Streifen ausgewalztes Metall; *Fein-B.* bis 3 mm Dicke, *Mittel-B.* von 3 bis 5 mm, *Grob-B.* über 5 mm. Sonderarten: *Well-B., Riffel-B., Gitter-B., Loch-B.* Nach dem Metall unterscheidet man: Stahl-, Kupfer-, Zink-, Silber-, Gold-B. u. a. *Plattierte B.*e haben oberflächl. aufgewalzte dünne Schichten edleren Metalls, *Schwarz-B.* hat Oxydschicht, *Weiß-B.* ist verzinnt, *Zink-B.* hat einen Überzug aus Zink.

Blech, Leo, Dirigent u. Komponist, * 21. 4. 1871 Aachen, † 25. 8. 1958 Berlin; wirkte 1906–1937 u. 1949–1953 in Berlin; 6 Opern, 3 Sinfonische Dichtungen, Lieder, Chorwerke u. a.

Blecha, Karl, österr. Politiker (SPÖ), * 16. 3. 1933 Wien; Mitbegründer des Verbands sozialistischer Mittelschüler (VSM), baute das Institut für Empir. Sozialforschung (IFES) auf, 1970 im Nationalrat, 1976 2. Zentralsekr. der SPÖ.

Blechblasinstrumente, Sammelname für die Trompeteninstrumente, vor allem in der Orchesterpraxis, um sie als Gruppe den Holzblasinstrumenten gegenüberzustellen.

Blechdruck, das Bedrucken von Blechen in einem Flachdruckverfahren. Die Bleche werden im allg. mit weißer Farbe vorgrundiert. Da sich das Blech der Druckform schlecht anschmiegt, wird ein Zylinder, der mit einem Gummituch bespannt ist, zwischengeschaltet. Die Farbe wird von der Druckform auf das elast. Gummituch u. von diesem auf das Blech übertragen. Der B. ist der Vorläufer des heutigen Offsetverfahrens. Hauptanwendungsgebiet ist die Verpackungsindustrie.

Blechen, Karl, Maler u. Graphiker, * 29. 7. 1798 Cottbus, † 23. 7. 1840 Berlin; mit führenden Malern der Romantik bekannt u. von ihnen beeinflußt; schuf seit 1828/29 (Italienreise) Landschaften mit eigenwilliger Thematik u. Darstellungsform, die wegweisend für die Entstehung des Realismus u. des Impressionismus in der dt. Malerei wurden. Die Regeln der *Freilichtmalerei* übertrug B. nach 1830 auf Berliner Themen; sein Gemälde „Walzwerk bei Eberswalde", Berlin, um 1834, ist die erste Darstellung eines Industriegebäudes in der neueren europ. Malerei.

Blechlehre, eine aus Blech gefertigte Maßlehre für Abstandsmessungen bei der Serienfertigung von Werkstücken, wird hauptsächl. bei Schweißarbeiten verwendet. Die B. ist nicht allzu genau u. dient vornehml. als Hilfsmeßwerkzeug für begrenzte Verwendungsdauer.

Blechner, südwestdt. Bez. für →Klempner.

Blechrundmaschine, Biegemaschine zur Herstellung von zylindr. oder kegeligen Körpern aus großen Blechtafeln. Meist *3-Walzen-B.:* Das Blech liegt auf zwei Walzen auf, die dritte drückt zwischen diesen beiden Unterwalzen auf das Blech. Durch Verstellen der Oberwalze (oder der Unterwalzen) wird der Radius des Körpers verändert.

Blechträger →Vollwandträger.

Bleckede, niedersächs. Stadt an der Elbe (Ldkrs. Lüneburg), 7750 Ew.; Sommerfrische; Maschinen-, elektrotechn. u. Textilindustrie.

Blegen, Carl William, US-amerikan. Archäologe u. Prähistoriker, * 27. 1. 1887 Minneapolis, † 24. 8. 1971 Athen; seit 1927 Prof. in Cincinnati, 1957 emeritiert; Leiter der amerikan. Ausgrabungen in Troja u. Pylos. „Troy" I–III 1950–1953; „The Palace of Nestor at Pylos" 1966.

Blegno [ˈblɛnjo], Seitental des Tessin, →Blenio.

Blei, 1. *Chemie:* [das], Zeichen Pb, chem. Element, weiches, graues, an Schnittflächen glänzendes 2- u. 4wertiges Metall, spez. Gew. 11,34, Atomgewicht 207,19, Ordnungszahl 82, Schmelzpunkt 327°C. B. ist gegenüber Schwefelsäure u. Salzsäure beständig, in Salpetersäure löslich. Es kommt hauptsächl. als *B. glanz* in den USA, in der Sowjetunion, Australien, Kanada, Mexiko, Peru, Jugoslawien, China, Bulgarien, Marokko, Schweden, in Mitteleuropa bes. in Oberschlesien, im sächs. Erzgebirge, in der Rheinprovinz, im Siegerland u. im Harz vor. Gewonnen wird es durch Reduktion des durch Rösten von B. glanz erhaltenen *B. oxids* mit Koks bzw. dem daraus entstehenden Kohlenmonoxid im Schachtofen oder mit geröstetem B. glanz. Das so entstandene Werk-B. wird von Verunreinigungen wie Kupfer, Arsen, Antimon, Zinn u. Schwefel durch Schmelzen unter Luftzutritt oder durch Elektrolyse gereinigt. Silber wird nach dem Parkes- oder Pattinson-Verfahren entfernt.

Verwendung zur Herstellung von Rohren (für Wasserleitungen), Blechen (für Dächer) u. Kabeln, zur Auskleidung der *B. kammern* der Schwefelsäurefabriken, für Akkumulatorenplatten, zur Herstellung von Schrotkugeln. Wichtige *B. legierungen* sind das →Letternmetall u. die →Lagermetalle.

B. verbindungen: *B. chlorid,* $PbCl_2$, wird aus B. salzen mit Salzsäure dargestellt, es ist in Wasser wenig lösl.; *B. nitrat,* $Pb(NO_3)_2$, gibt beim Erhitzen Stickstoffdioxid u. Sauerstoff ab; *B. sulfat,* $PbSO_4$, ist in Wasser unlösl., wird durch Zugabe von Schwefelsäure zu B. salzlösungen als weißer Niederschlag erhalten; *B. acetat,* $Pb(CH_3CO_2)_2$, wegen des süßen Geschmacks auch „*B. zucker*" genannt, entsteht durch Auflösen von B. oxid in Essigsäure; *B. oxid (B. glätte, B. gelb, Massicot),* PbO, wird durch Oxydation von geschmolzenem B. mit Luft oder durch Erhitzen von B. nitrat oder B. carbonat gewonnen. Es ist bei Temperaturen unterhalb 488°C rot, oberhalb dieser Temperatur gelb; *B. hydroxid,* $Pb(OH)_2$, entsteht als weißer Niederschlag bei Zugabe von Alkali zu B.-II-Salzlösungen u. geht im Überschuß des Fällungsmittels wieder in Lösung; *B. sulfid (B. glanz),* PbS, entsteht beim Einleiten von Schwefelwasserstoff in B.-II-Salzlösungen als schwarzbraunes Pulver mit starker oxydierender Wirkung; *Mennige* oder *B. rot,* Pb_3O_4, ist das B.-II-Salz der *Orthobleisäure,* H_4PbO_4, Verwendung als Schutzanstrich für Eisenteile; *basisches B. carbonat (Bleiweiß),* $Pb_3(CO_3)_2 \cdot (OH)_2$, u. *B. chromat (Chromgelb),* $PbCrO_4$, sind gut deckende Malerfarben, die jedoch im Lauf der Zeit infolge des Gehalts der Luft an Schwefelwasserstoff nachdunkeln u. wegen ihrer Giftigkeit nicht ungefährlich sind; *B. carbonat,* $PbCO_3$, kommt als *Weißbleierz* in der Natur vor; *B. acid* ist das B. salz der Stickstoffwasserstoffsäure, es wird als Initialsprengstoff verwendet; *B. tetraäthyl,* $Pb(C_2H_5)_4$, findet Verwendung als →Antiklopfmittel. Alle Bleiverbindungen sind giftig.

2. *Zoologie:* [der], *Bleie, Brassen, Brachsen, Breitling, Abramis brama,* bis 70 cm langer, 4–6 kg schwerer *Karpfenfisch,* bewohnt die großen Seen u. langsam fließenden Ströme Mitteleuropas. Sehr scheu, lebt gesellig am Flußgrund; Insektenlarven u. kleine Muscheln als Nahrung; laicht im Mai u. Juni; 200 000–300 000 Eier. Männchen zur Laichzeit mit starkem Ausschlag an Kopf, Körper u. Flossen. Wirtschaftsfisch von mittlerer Bedeutung. Geschmack des grätigen Fleisches je nach Gewässer verschieden.

Blei, Franz, Schriftsteller, * 18. 1. 1871 Wien, † 10. 7. 1942 Westbury, N. Y. (als Emigrant); Kritiker, Bibliophile, Hrsg., Übersetzer, Satiriker, Memoirenschreiber: „Von amoureusen Frauen" 1906; „Das große Bestiarium der modernen Literatur" 1920; „Erzählung eines Lebens" 1930. – ▢ 3.1.1.

Bleiasche, die beim Schmelzen von kompaktem

Blei an der Luft sich auf der Oberfläche bildende graue Oxidschicht.
Bleiberg ob Villach, Markt in Kärnten, westl. von Villach, 3900 Ew.; größtes Bleibergwerk Österreichs.
Bleiblockprüfung, Verfahren zur Prüfung von Sprengstoffen. Die Ausbauchung, die eine Bohrung in einem Bleiblock erfährt, gibt ein Maß für die Sprengwirkung.
Bleibtreu, 1. Hedwig, österr. Schauspielerin, *23. 12. 1868 Linz, †25. 1. 1958 Pötzleinsdorf bei Wien; seit 1893 am Wiener Burgtheater; spielte meist klass. Rollen, war auch im Film erfolgreich. **2.** Karl, Schriftsteller, *13. 1. 1859 Berlin, †30. 1. 1928 Locarno; Sohn eines Schlachtenmalers; durch seine Kampfschrift „Revolution der Literatur" 1886 Wegbereiter des Naturalismus. Seine Dramen u. Romane („Größenwahn" 3 Bde. 1888) sind vergessen.
bleichen, Materialien (z. B. Textilien, Papierbrei) durch Einwirkung oxydierender (Chlor, Chlorkalk, Hypochlorite, Wasserstoffperoxid, Natriumperoxid, Perborate) oder reduzierender Chemikalien (Schwefeldioxid), auch kombiniert, entfärben. Bei der *Rasenbleiche* (bes. für Leinen) löst der Sauerstoff, der im Gefolge der Assimilation bei Sonnenlicht im Gras entsteht, die chem. Wirkungen aus.
Bleicherde, nährstoffarmer Grauboden, →Podsol.
Bleicherode, Stadt im Krs. Nordhausen, Bez. Erfurt, am Eichsfeld, 8800 Ew.; Kalibergbau, Textil- u. Holzindustrie.
Bleichert, *Bleichart*, ein heller Rotwein, bes. ein Ahrwein.
Bleichholländer →Holländer.
Bleichröder, 1803 gegr. Privatbankhaus in Berlin, das bes. in der Bismarckzeit eine (auch polit.) Rolle spielte; 1931 mit dem Bankhaus *Gebr. Arnhold* vereinigt.
Bleichsoda, Gemisch aus Soda u. Wasserglas, das das Waschwasser enthärtet u. darin enthaltene Metallspuren (Eisen- u. Mangansalze) bindet, wodurch ein Vergilben der Wäschestücke vermieden wird.
Bleichsucht, *Chlorose, Grünsucht*, eine Form der Blutarmut, die durch einen blaßgrünlichen Schimmer der Haut auffällt u. bei jungen Mädchen in den Pubertätsjahren oder kurz darauf vorkommt; in den letzten Jahrzehnten selten geworden. Behandlung mit Eisenpräparaten.
Bleier, Fisch, →Plötze.
Bleiessig, *Bleiwasser*, wäßrige Lösung von basischen *Bleiacetaten* u. *Bleioxid*; wird bei leichteren Entzündungen der Augen u. der Haut angewendet.
Bleiglanz, graugländzendes Bleierz, PbS, mit 86,6% Bleigehalt.
Bleiglas, aus Kieselsäure (Quarzsand), Pottasche u. Bleioxid erschmolzenes Glas mit hohem spez. Gew. (3,5–4,8). Aus den stark lichtbrechenden Bleigläsern *(Bleikristall)* werden Schmuckgeräte *(Straß, Edelsteinimitationen)* u. Geschirre *(Kristallglas)* geschliffen. Die B.arten →Flintglas u. →Kronglas werden aufgrund ihrer Lichtbrechungseigenschaften zu achromat. Doppellinsen kombiniert.
Bleiglätte, Bleioxid, seltenes Mineral, PbO, feinschuppige, rotgelbe Aggregate; auch techn. gewonnen.
Bleikabel, Kabel, das zum Schutz gegen das Eindringen von Bodenfeuchtigkeit mit einem Bleimantel umgeben ist, wird in der Starkstrom- u. Fernmeldetechnik verwendet. An die Stelle von Blei tritt neuerdings vielfach Aluminium.
Bleikammern, 1. *Chemie:* die mit Bleiplatten ausgekleideten Reaktionsräume der nach dem *Bleikammerverfahren* arbeitenden Schwefelsäurefabriken. →auch Schwefelsäure.
2. *Geschichte:* berüchtigtes venezian. Staatsgefängnis unter einem Bleidach; mit dem Dogenpalast durch die *Seufzerbrücke* verbunden; bekannt ist Casanovas Flucht aus den B.; 1797 zerstört.
Bleikrankheit →Bleivergiftung.
Bleikristall →Bleiglas.
Bleilasur, *Linarit*, monoklines Mineral, lasurblau, chem. Formel: $PbCu\,[(OH)_2(SO_4)]$, Härte 2,5; Dichte 5,4.
Bleilochtalsperre, Saaletalsperre im unteren Vogtland, Thüringen, südwestl. von Schleiz bei Saalburg, 1926–1932 erbaut, 9,2 qkm, 215 Mill. m^3, 59 m Stauhöhe.
Bleipapier, mit Bleiacetat- oder Bleinitratlösung getränkte Filtrierpapierstreifen, die von Schwefelwasserstoff durch Bildung von Bleisulfid dunkel gefärbt werden.
Bleiregion, *Brachsenregion*, untere Fischregion der Flüsse; langsame, gleichmäßige Strömung u. Tiefe; Boden mit Schlammablagerungen; typische Fischarten: *Stillwasserfische* wie Blei, Plötze, Karpfen, Güster, Hecht u. Zander.
Bleistege, gegossene Hohlkörper aus Blei, die beim Schriftsatz zur Auffüllung größerer nichtdruckender Flächen dienen.
Bleivergiftung, *Bleikrankheit, Saturnismus, akute B.* durch einmalige, *chronische B.* durch anhaltende Aufnahme von bleihaltigen Verbindungen. In beiden Fällen beginnt die Krankheit mit Verdauungsstörungen *(Bleikoliken)*. Nach wiederholter Aufnahme von Blei treten ferner Blutarmut mit charakterist. fahler Haut *(Bleikolorit)* u. Verfärbung der Zahnfleischränder *(Bleisaum)* auf, ferner kann es zu Nervenlähmungen u. Gelenkveränderungen kommen. B. ist eine Berufskrankheit; Vorbeugung durch gewerbehygien. Maßnahmen in den Betrieben, Überwachung der gefährdeten Arbeiter.
Bleiweiß, weißer Farbstoff aus basischem Bleicarbonat, auch für Kitte u. Dichtungen verwendet.
Blekinge, fruchtbare Küstenebene u. Provinz (Län) in Südschweden, 3039 qkm, 155000 Ew.; Hptst. *Karlskrona*; intensive Landwirtschaft („Garten Schwedens"); mehrere Seebäder.
Blendboden, *Blindboden*, Unterlage aus rauhen, gesäumten Brettern für Fußböden.
Blende, 1. *Bauwesen:* Vertiefung in einer Mauerfläche zur Gliederung u. Belebung (Blendbogen, Blendarkaden u. ä.); →auch Verblendmauerwerk.
2. *Photographie:* 1. ein Loch, das den Strahlengang eines Objektivs einengt u. damit die Randstrahlen, die die →Abbildungsfehler verursachen, abschneidet, aber auch die durchgehende Lichtmenge verringert („abblenden"). Daher: je kleiner die B., desto größer die Schärfe u. desto länger die Belichtungszeit; →Blendenwert, →Schärfentiefe. Formen: Aufsteck-B., Loch-B. bei einfachen Kameras in Revolverform; Schieber-B., quadratisch; Iris-B. aus Metallamellen (dem menschl. Auge nachgebildet). Sonderform: Siebblende des *Imagon-Weichzeichner-Objektivs*. Auch automatisch steuerbar. – 2. die Sonnen- oder Gegenlicht-B. schirmt ein photograph. Objektiv gegen Lichtstrahlen ab, die etwa 45° von vorn oben oder seitl. einfallen. Fester Metalltubus, zusammenfaltbare Gummi- oder Plastik-B.; Sonderform: Kompendium mit Lederbalgen, bes. bei Filmaufnahmegeräten. Die B. darf nicht in den Strahlengang hineinragen, da sonst →Vignettierung eintritt, bes. bei Weitwinkelobjektiven.
blenden, 1. die Augen ausstechen oder ausbrennen; mittelalterl. Strafe für Ehebrecher u. a.
2. die Sehkraft durch starke Lichteinwirkung vorübergehend schwächen.
Blenden, sulfidische Mineralien (Erze), stark glänzend, oft durchscheinend; Härte meist unter 3, selten bis 4.
Blendenwert, *Blendenzahl, Öffnungsverhältnis, relative Öffnung*, das Verhältnis zwischen dem wirksamen Blendendurchmesser u. der Brennweite. Je größer der B., desto kleiner der Blendendurchmesser. Gemäß dem Pariser System (1900) werden die B.e in Zahlen angegeben, die durch Multiplikation der vorhergehenden mit $\sqrt{2}$ ($\approx$ 1,4) entstehen: 0,7 – 1 – 1,4 – 2 – 2,8 – 4 – 5,6 – 8 – 11 usw. Jede Blendenstufe läßt daher immer nur halb soviel Licht durch wie die vorhergehende u. erfordert infolgedessen die doppelte Belichtungszeit. Die Angabe f = 1:8, auch f:8 geschrieben, besagt z. B., daß die Blendenöffnung 1:8 u. daher die Belichtungszeit 8×8 = 64mal soviel beträgt wie bei f:1.
Blendling, ein durch Kreuzung nahe verwandter Rassen entstandener Bastard.
Blendrahmen, Holz- oder Stahlrahmen im Mauerwerk, an denen die Fenster- oder Türflügel beweglich angeschlossen werden.
Blendschutzglas, für Schutzbrillen, gefärbtes Glas zum Schutz gegen Sonnenstrahlen; bei Schweißarbeit u. medizin. Bestrahlung auch Augenschutz gegen ultraviolettes Licht.
Blenheim ['blɛnim], Hauptort des neuseeländ. Distrikts Marlborough (31000 Ew.); im NO der Südinsel, 13200 Ew.
Blenheim-Spaniel [-niel], sehr kleine, kurzgebaute Hunderasse mit langen, fast den Boden berührenden Ohren u. Mopskopf.
Blenio, *Val Blenio, Blegno*, nördl. Seitental des Tessin (italien. Schweiz), durchflossen vom Brenno; über den *Lukmanierpaß* (1916 m) u. durch die Lukmanierstraße mit dem Val Medel u. dem Vorderrheintal verbunden; nordwärts Übergang über den *Greinapaß* (2357 m) zum Somvixer Tal; Viehwirtschaft; im unteren Tal Acker- u. Obstbau; Stauseen Lago di Luzzone, Lago di Campra u. Malvaglia, Kraftwerke.
Blennorrhoe, *Blennorrhagie* [grch.], eitrige Bindehautentzündung, bes. bei Gonorrhoe *(Gonoblennorrhoe)*. – *Gonoblennorrhoe* der Neugeborenen, Augentripper durch Ansteckung während des Geburtsaktes durch die Mutter; heute durch *Credésche Prophylaxe* selten geworden.
Blepharitis [die; grch.], Lid(rand)entzündung.
Blériot [-ri'o], Louis, französ. Pilot u. Flugzeugkonstrukteur, *1. 7. 1872 Cambrai, †1. 8. 1936 Paris; überflog am 25. 7. 1909 als erster den Ärmelkanal.
Bles, Herri (Hendrik) met de, niederländ. Maler, *um 1510 Bouvignes oder Dinant, †nach 1555 vermutl. Antwerpen; Nachfolger seines Onkels (?) J. *Patinier*; war lange in Italien tätig, wo er nach seinem Künstlerzeichen (Käuzchen) *Civetta* genannt wurde. B. malte in leuchtenden Farben Landschaften mit großen Baumgruppen u. phantast. Felsen u. Städten, meist belebt durch religiöse, mytholog. oder allegor. Szenen.
Bleßbock →Leierantilopen.
Blesse, partieller →Albinismus am Kopf zwischen den Nasenflügeln der Großtiere.
Bleßhuhn →Bläßhuhn.
Blessing, Karl, Bankfachmann, *5. 2. 1900 Enzweihingen, Württemberg, †25. 4. 1971 Rasteau, Provence (Frankreich); seit 1920 bei der Dt. Reichsbank; 1937–1939 Mitglied des Direktoriums der Dt. Reichsbank; 1952–1957 im Vorstand der Margarine Union AG; 1958–1969 Präs. der Dt. Bundesbank.
Bleuel, hölzerner Schlegel zur Wäschereinigung u. Flachsbearbeitung.
Bleuler, Eugen, schweizer. Psychiater, *30. 4. 1857 Zollikon bei Zürich, †15. 7. 1939 Zollikon; erforschte den Formenkreis der Schizophrenie u. prägte 1901 den Namen Schizophrenie. „Lehrbuch der Psychiatrie" [11]1969 (hrsg. von M. Bleuler).
Bleyle, Wilhelm, Unternehmer, *7. 4. 1850 Feldkirch, Vorarlberg, †16. 2. 1915 Stuttgart; gründete 1889 die *Wilhelm B. KG*, Stuttgart, ein Unternehmen der Strickwarenindustrie.
Blicher, Steen Steensen, dän. Dichter, *11. 10. 1782 Vium bei Viborg, †26. 3. 1848 Spentrup; zwischen Pfarrerberuf u. Künstlertum tragisch schwankend; gewann mit realist. Novellen u. stimmungsstarker Lyrik als „Heidesänger Jütlands" Weltruf; das Werk des bedeutenden Heimatdichters beinhaltet viel Sagengut. – 📖 3.1.2.
Blickfeld, der bei ruhig gehaltenem Kopf u. weitestmöglichen Augenbewegungen nach den Seiten, oben u. unten noch scharf sichtbare Raum; beträgt seitlich 40–50°, oben 20–30° u. unten etwa 60°.
Blickfelddarstellungsgerät, engl. *Head-up Display*, Bordgerät eines Flugzeugs, bei dem Fluginformationen (Instrumentenanzeigen u. Steueranweisungen) als virtuelle Bilder auf eine Glasplatte so in das Blickfeld des Piloten projiziert werden, daß sie bei gleichzeitig ununterbrochener Beobachtung der Außenwelt wahrgenommen werden können; erleichtert die Aufgabe des Piloten bes. im Tiefflug u. beim Landeanflug.
Blida, alger. Stadt in der fruchtbaren Mitidja-Ebene, im SW von Algier, 160000 Ew.; Olivenanbau.
Blies, rechter Nebenfluß der Saar, 74 km, entspringt im Hunsrück, mündet bei Saargemünd.
Blieskastel, saarländ. Stadt (Saar-Pfalz-Kreis) östl. von Saarbrücken, an der *Blies*, 23000 Ew.; Glas-, elektrotechn., Nahrungsmittelindustrie.
Bligh [blai], William, engl. Seefahrer, *1753 Tyntan, Cornwall, †7. 12. 1817 London; Begleiter von J. *Cook* auf dessen 2. Expedition 1772–1774, wurde 1787 auf einer Südseefahrt von Meuterern seines Schiffes „Bounty" ausgesetzt u. erreichte nach abenteuerl. Bootsfahrt quer durch die Südsee Timor.
Blimp [der; engl.], Schallschutzgehäuse für Filmkameras bei Tonaufnahmen, damit Laufgeräusche vom Ton nicht mit aufgenommen werden. Bedienungsgriffe von außen einstellbar. Material: Metall, Glaswolle o. ä.
Blindboden = Blendboden.
Blinddarm, lat. *Coecum*, grch. *Typhlon*, blind endender Darmteil an der Mündung des Mitteldarms (Dünndarm) in den Enddarm (Dickdarm), bei Reptilien u. den meisten Säugern in Einzahl, bei den Vögeln doppelt vorhanden. Bei pflanzenfres-

senden Vögeln u. Säugern (z. B. Nagetieren) ist der B. sehr stark entwickelt, zuweilen mehr als körperlang, u. dient dem Zelluloseabbau. Beim Menschen (u. bei den Menschenaffen) ist der B. nur im Anfangsteil voll ausgebildet; er setzt sich am unteren Ende in den *Wurmfortsatz (Appendix vermicularis)* fort, der oft fälschl. als B. bezeichnet wird.

Blinddarmentzündung, 1. *Typhlitis*, eigentl. nur die Entzündung des Blinddarms als Folge von Kotstauung oder allgemeinen Darmerkrankungen, z. B. Typhusgeschwüren.
2. fälschlich für die →Wurmfortsatzentzündung.

Blinddruck, *Blindprägung*, →Farblosprägung.

Blindekuh, ein Such- u. Ratspiel mit verbundenen Augen.

Blindenabzeichen, gelbe Binde mit 3 schwarzen Punkten; neuerdings weißer Stock.

Blindenbücherei, Bibliothek zum Verleih von Büchern in Blindenschrift, eingerichtet u. a. in Leipzig 1894, Hamburg 1905, Marburg (Blindenhochschulbücherei) 1917.

Blindenerziehung, zumeist in *Blindenanstalten* durchgeführter, vornehml. auf der Ausbildung des Tast- u. Gehörsinns beruhender Unterricht; bestimmte Unterrichtsfächer, wie Musik, Literatur, Fremdsprachen, Leibeserziehung, gewinnen wegen ihrer Ausgleichsfunktion erhöhte Bedeutung. Auch für Blinde besteht Schulpflicht (Gesetz vom 7. 8. 1911 u. 6. 7. 1938). Blindenlehrer werden in Sonderkursen ausgebildet. Durch Blindenschrift, Tonband, Rundfunk u. viele andere vereinfachte Lernmittel kann der Blinde heute über die sog. „Blindenberufe" hinaus ausgebildet werden u. zu vollgültiger menschl. u. berufl. Selbständigkeit gelangen. In der BRD bestehen 19 *Blindenbildungsanstalten*, die auf handwerkl. Berufe vorbereiten. Realschulen in Aufbauform erweitern die allgemeine Bildungsgrundlage. Die *Blindenstudienanstalt* in Marburg an der Lahn führt Blinde u. Sehbehinderte zur Hochschulreife. *Blindenbüchereien* u. *-hörbüchereien* gibt es in mehr als zehn Städten.

Blindenfürsorge, die Gesamtheit der Hilfsmaßnahmen für Blinde, bes. Unterricht, Berufsausbildung u. -einstellung. Träger der B. ist vor allem der Staat, daneben aber auch karitative Verbände. Bes. für Späterblindete ist die Berufsausbildung u. Umschulung bedeutungsvoll; sie erstrebt Wiedereingliederung der Blinden in das Erwerbsleben. →auch Blindenerziehung.

Blindenhunde, zur Führung von Blinden abgerichtete Hunde; seit 1916 in Dtschld. entwickelt.

Blindenleitgerät, ein Hilfsmittel zur Orientierung für Blinde, das nach dem Radarprinzip arbeitet; es warnt durch einen Knackton, wenn ein Hindernis in den Bereich des ausgesendeten Strahls kommt.

Blindenlesegerät, ein Abtaststift mit Photozellen, der das Buchstabenbild in Schall umwandelt.

Blindenschrift, eine von dem französ. Offizier Charles *Barbier* (*1767, †1841) erfundene, aus erhabenen Punkten gebildete Schrift, die durch Abtasten vom Blinden gelesen werden kann (Punktschrift). Sie war ursprüngl. auf einer 12punktigen Grundform aufgebaut u. wurde von dem französ. Blindenlehrer L. *Braille* (*1809, †1852) auf 6 Punkte reduziert, deren Stellung zueinander sich 63mal verändern läßt. Die Brailleschrift ist heute international eingeführt. Sie wird auch als Kurz- u. Notenschrift angewendet. Abgetastet wird mit beiden Zeigefingern. Geschrieben wird auf bes. gebauten Tafeln durch Sticheln in steifes Papier oder mit Blindenschreibmaschinen, bei Stenographiermaschinen auf lange Papierstreifen.

Blindensendung, Postsendung mit Schriftstükken in Blindenschrift oder für Blinde bestimmten Tonaufzeichnungen; gebührenfrei.

Blindenverbände, in der BRD der *Bund der Kriegsblinden Deutschlands e. V.*, Bonn, für die Kriegsblinden u. der *Dt. Blindenverband e. V.*, Bonn-Bad Godesberg, für die Zivilblinden.

Blinder Fleck, runder, lichtunempfindlicher Bezirk der Netzhaut *(Retina)*. Das Fehlen jeder Sinneszelle wird durch den Eintritt des Augennerven, *Nervus opticus*, in den Augapfel hervorgerufen (→sehen). Die Bildlücke wird im Gehirn auch beim Sehen mit einem Auge ergänzt.

Blinder Höhlensalmler →Blindfische.

Blindfische, *Blinde Höhlensalmler, Ambylopsidae*, blinde Höhlenfische Nordamerikas, bis 13 cm lang; die Jungtiere haben noch Augen, die später zugunsten eines gut entwickelten Tast- u. Geschmackssinns reduziert werden.

Blindflansch, Deckel, der ein Rohr abschließt.

Blindflug, das Fliegen ohne Sicht der Erde oder des Horizonts nach →Bordinstrumenten, die Kurs u. Fluglage anzeigen. Verfahren u. Geräte für Blindstart u. -landung werden zunehmend angewendet. →auch Instrumentenflug, Navigation.

Blindgänger, Artilleriegeschosse (Granaten) oder Fliegerbomben, die infolge von Fehlern am Zünder oder an der Sprengladung am Ziel nicht detonierten. B. bleiben gefährlich u. dürfen nur von Fachpersonal beseitigt werden.

Blindhärtungsversuch, Prüfmethode zur Ermittlung der Festigkeit im nicht aufgekohlten Kern von einsatzgehärteten Werkstücken.

Blindheit, *Erblindung*, grch. *Amaurose*, völliges Fehlen oder starke Herabsetzung des Sehvermögens. Blind im gesetzl. Sinn ist derjenige, der (nicht nur vorübergehend) nichts oder nur so wenig sieht, daß er sich in einer fremden Umgebung nicht allein orientieren kann (Bundessozialhilfegesetz, Bundesversorgungsgesetz für Kriegsopfer, Schwerbeschädigteneinstellungsgesetz); § 24 BSHG stellt Erwerbstätige mit stark verminderter Sehschärfe u. (oder) erhebl. eingeschränktem Gesichtsfeld erwerbstätigen Blinden gleich. B. kann angeboren, aber auch durch Verletzungen, Vergiftungen, Augen- u. Allgemeinerkrankungen erworben sein.

Blindmaterial, im Schriftsatz nicht mitdruckende Metallteile, die zwischen die druckenden Elemente eingeschoben werden. →auch Ausschluß, Bleistege, Stege, Spatium, Regletten.

Blindmausartige, *Wurfmäuse, Spalacidae*, fast ganz unterird. lebende Familie der *Nagetiere*, Körper walzenförmig, Geruch- u. Gehörsinn fein entwickelt, reine Pflanzenfresser; in trockenen Ebenen Europas, Asiens u. Nordafrikas. Während bei den *Blindmäusen, Spalacinae*, die verkümmerten Augen von Fell überzogen sind, haben die *Wurzelratten, Rhizomyinae*, offene, aber sehr kleine Augen. Die *Große Wurzelratte, Rhizomys sumatrensis*, in Sumatra u. Hinterindien wird fast 50 cm groß.

Blindort, *Bergbau:* nur nach einer Seite hin offene *Strecke*. Blindörter werden oft nur zur Gewinnung anderweitig nicht zu beschaffender *Versatzberge* hergestellt. →auch Bergmühle.

Blindprägung = Farblosprägung.

Blindrebe, Sproßsteckling der Weinrebe.

Blindschacht, *Stapel, Bergbau:* ein Schacht, der mehrere Sohlen verbindet, aber nicht an die Tagesoberfläche austritt; er heißt *Aufbruch*, wenn der Bau von unten nach oben, *Gesenk*, wenn er von oben nach unten vorgetrieben wird.

Blindschlangen, *Typhlopidae*, Familie kleiner *Schlangen* mit sehr enger Mundspalte, die nicht erweitert werden kann, kurzem Schwanz u. rückgebildeten oder fehlenden Augen. Bodenwühler, hauptsächl. Ameisen- u. Termitenfresser. B. leben in den wärmeren Zonen aller Erdteile.

Blindschleiche, *Anguis fragilis*, einzige beinlose *Echse* Mitteleuropas, bis 50 cm lang, graubraun bis bronzefarben, im Alter mit blauen Punkten, frißt vor allem Regenwürmer u. Schnecken; bis 25 Junge, die sofort bei der Geburt die Eihüllen verlassen; harmlos, naturgeschützt. Oft mit Schlangen verwechselt. Lebensdauer über 50 Jahre.

Blindskink, *Typhlosaurus lineatus*, im Sand wühlender *Skink* Süd- u. Südwestafrikas; Gliedmaßen fehlen, Augen u. Ohren von der Haut überdeckt.

Blindspannung →Wechselstrom.

Blindspiel, Schachspiel, bei dem ein Spieler weder das Brett noch die Steine sieht; der Blindspieler ruft seine Züge in der Schachsymbolsprache dem Gegner zu.

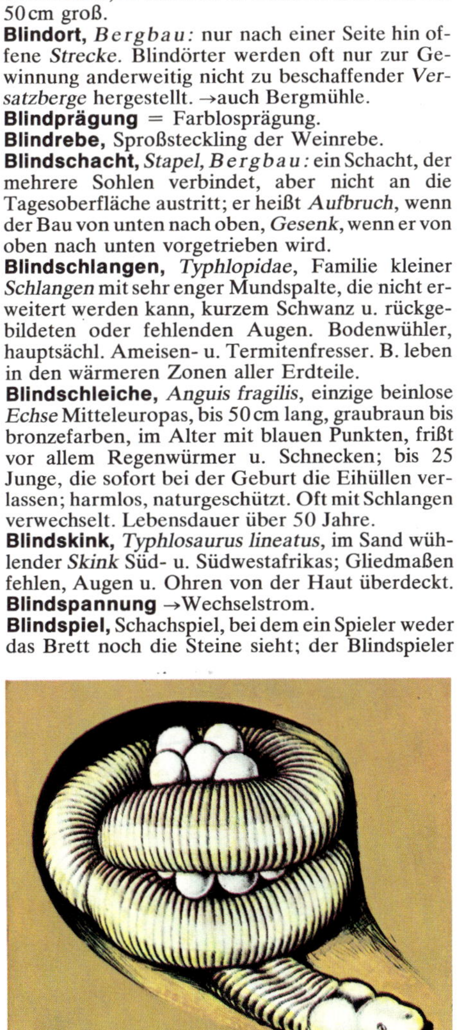

Blindwühle, Ichthyophus glutinosus: Weibchen mit Eigelege in Erdhöhle

Blindstich, Stich beim Zusammennähen von zwei Nähgutlagen; hierbei wird die eine Lage nur von der Nadel angestochen, damit der Stich auf der entgegengesetzten Nähgutseite unsichtbar bleibt.

Blindstrom, in Wechsel- u. Drehstromnetzen der Teil des Gesamtstroms, der zum Aufbau der Magnetfelder in Transformatoren, Motoren u. Drosselspulen von Leuchtstofflampen *(induktiver B.)* oder zum Aufbau von elektr. Feldern in Kondensatoren *(kapazitiver B.)* aufgewendet werden muß. Induktiver u. kapazitiver B. kompensieren sich gegenseitig. Der B. belastet zwar die Leitungen, führt aber dem Verbraucher keine Arbeitsleistung *(Wirkleistung)* zu. Großverbrauchern wird der B. vielfach durch B.zähler bes. berechnet. Die Kraftwerke müssen ihn miterzeugen u. mitliefern. Sie sind daran interessiert, daß die Großverbraucher durch entsprechende Maßnahmen (Einbau von Kondensatoren) den Anteil möglichst klein halten *(B.kompensation)*. Das Produkt aus B. u. Spannung heißt *Blindleistung. Wirkleistung* u. *Blindleistung* ergeben zusammen die *Scheinleistung*. Stellt man die Wirkleistung als die eine Kathete eines rechtwinkligen Dreiecks u. die Blindleistung als die andere Kathete dar, so bildet die Hypotenuse die Scheinleistung. Das Seitenverhältnis Wirkleistung/Scheinleistung ist der cos φ, der im Idealfall gleich 1 ist, d. h., B. u. Blindleistung sind Null. Je mehr der cos φ unter diesem Wert liegt, desto größer ist der Anteil von B. am gesamten Strom.

Blindwanzen, *Weichwanzen, Miridae, Capsidae*, artenreichste Familie der *Landwanzen*. Meist kleine, oft lebhaft gefärbte, sehr hinfällige Tiere, überwintern als Ei. Der Name bezieht sich auf das Fehlen von Nebenaugen. Meist Pflanzensauger, nur wenige Räuber (z. B. *Ameisenwanze*).

Blindwiderstand →Wechselstrom.

Blindwühlen, *Gymnophiona, Apoda*, wurmförmige, bis 1 m lange unterird. lebende *Amphibien* ohne Gliedmaßen u. Schwanz; Augen u. linker Lungenflügel verkümmert. Einige Arten auch Wasserbewohner; nur trop. Arten. Nahrung: Würmer, Schlangen, Fische.

blinken, Nachrichten übermitteln durch Lichtzeichen mit Hilfe von Ab- u. Aufblenden des Blinklichtgerätes (*Klappenlampe* bis zu Scheinwerfergröße). Das *Blinkfeuer (Blinklicht)* dient zum Kennzeichnen von Gefahrenpunkten im Straßen-, Luft- u. Schiffsverkehr (Leuchtturm u. -bake). Es ist bis 25 km, nachts noch bis 75 km sichtbar.

Blinker, 1. *Fischfang:* künstl. Köder zum Fang von Raubfischen (Hecht, Forelle, Barsch); meist aus Metall, täuscht durch Drehbewegung einen kranken Fisch vor. →Angelgeräte.
2. *Kraftverkehr:* →Fahrtrichtungsanzeiger.

Blinkkomparator, ein bes. in der Astronomie benutztes Instrument, das zum Vergleich zweier zu verschiedenen Zeitpunkten gewonnener photograph. Platten desselben Himmelsfeldes dient. Die beiden Platten werden abwechselnd rasch hintereinander mit einem Okular betrachtet, wobei sich Objekte, die eine Orts- oder Helligkeitsveränderung aufweisen, durch Hin- u. Herspringen bzw. Blinken verraten. Das Instrument dient zur Entdeckung von Veränderlichen, Planetoiden u. a. – Auch in der Kriminalistik zum Nachweis von Fälschungen benutzt.

Blinklicht, warnt im Straßenverkehr vor Gefahren. Gelbes B. wird verwendet an Arbeits- u. Unfallstellen u. von Fahrzeugen, die ungewöhnl. langsam fahren oder ungewöhnl. breit u. lang sind. Rotes B. dient der Sicherung von Bahnübergängen. Blaues B. →Blaulicht; Warn-B. →Warnblinkanlage, →Blinklichtanlage.

Blinklichtanlage, *Eisenbahn:* Anlage, die der Sicherung unbeschrankter Bahnübergänge durch Aufblinken von rotem Licht dient, solange sich ein Zug dem Übergang nähert. Die Blinkzeichen werden u. a. durch Schienenkontakte ausgelöst. Der Lokführer erkennt an einem am Streckensignal aufleuchtenden weißen Blinklicht, daß das rote Blinklicht an der Straße aufleuchtet. Bei stark befahrenen Strecken gibt es auch B.n mit Fernüberwachungseinrichtung. →Warnlicht.

Bliss, Sir Arthur, engl. Komponist, *2. 8. 1891 London, †28. 3. 1975 London; wurde zunächst von M. *Ravel* u. I. *Strawinsky* beeinflußt u. knüpfte später an die Tradition E. *Elgars* an. Oper „The Olympians" 1949 (Text von J. B. Priestley), Oratorium „The River" 1967, Orchesterwerke („A Colour Symphony" 1922, umgearbeitet 1932) u. Kammermusik.

Blitar, indones. Stadt in Ostjava, 70 000 Ew.; Bahnstation.

Blitz, elektrische Entladung zwischen Wolke u. Erde oder zwischen Wolken. In einer *B.bahn (B.kanal),* mit Durchmesser unter 0,5 m, folgen 6–7 u. mehr Teilentladungen aufeinander. Die Spannung des elektr. Felds zwischen den Wolken erreicht 1000 Volt/cm. Die Gesamtdauer der Entladung beträgt den Bruchteil einer Sekunde bis über eine Sekunde, die Spitzenwerte der Stromstärke 100 000 Ampere; die Elektrizitätsmenge beträgt rd. 30 Coulomb, die B.geschwindigkeit rd. 1000 km/sek. Infolge der hohen Temperatur wird die Luft in der Strombahn stark erwärmt; die plötzliche Ausdehnung (Druckwelle) wird als →Donner wahrgenommen.
Die häufigste B.form ist der *Linien-B.,* bei geringer Aufladung entsteht der *Perlschnur-B.; Kugel-B.e* bewegen sich langsam nahe am Boden, Durchmesser etwa 20 cm, lösen sich meist mit Detonationen auf; Erklärung noch unsicher. Die ungeheuren Energien des B.es versucht man seit langem techn. nutzbar zu machen.
B.schaden entsteht durch den hochgespannten Strom, durch plötzl. Druckbildung (wie Explosion) u. Hitze (Schmelz- u. Zündwirkung), auch Schockwirkung auf Menschen. Einschlag bes. in einzelne hohe Gegenstände (Türme, Masten, Bäume, auch stehende Menschen auf ebener Fläche), daher ist Regenschutz unter Bäumen gefährlich. Schutz gegen B.einschlag durch *B.ableiter.*

Blitzableiter, gut geerdeter Leiter, meist auf Dächern u. Freileitungen (Bahn), um Blitze unschädl. abzuleiten, nicht aber, um Blitzschläge zu verhindern. Die Wirkung eines B.s liegt darin, daß der Blitz immer den kürzesten u. am besten leitenden Weg zur Erde sucht. →auch Blitzschutzanlage.

Blitzgespräch, im handvermittelten Fernsprechdienst Gespräch mit Vorrang vor allen anderen Privatgesprächen; 10fache Gebühr eines gewöhnlichen Gesprächs. Im Selbstwählferndienst, bei dem alle Verbindungen sofort hergestellt werden, gibt es keine B.e.

Blitzkrieg, Bez. für die dt. Feldzüge gegen Polen, Frankreich, Jugoslawien u. Griechenland im 2. Weltkrieg, da sie schneller als bis dahin für möglich gehalten zur Niederwerfung des Gegners führten. Wesentliches Merkmal des B.s ist der kombinierte Einsatz von Luft- u. Panzerstreitkräften.

Blitzlicht, *Photographie:* Vorrichtung für kurzfristige (blitzartige) Lichtgabe. Früher durch B.pulver, heute durch Blitzlampen hervorgerufen u. synchron mit dem Verschluß gekoppelt. →Elektronenblitzgerät, →Vacublitz, →auch X, F, M und V.

Blitzschach, ein Schachspiel, bei dem jeder Zug in 5 bis 10 Sekunden ausgeführt werden muß.

Blitzschlag, der Einschlag des Blitzes in den menschl. Körper, bewirkt Lähmung des Zentralnervensystems u. als Folge davon Aussetzen der Atemtätigkeit. Da das Herz weiterschlägt, muß sofort künstl. Atmung durchgeführt werden. Am Körper des Getroffenen finden sich meist die sog. *Blitzfiguren* (verästelte, rötliche Streifen auf der Haut). Ein B. verursacht häufig bleibende Lähmungen u. ist vielfach tödlich.

Blitzschutzanlage, Anlage, die die zerstörende Wirkung des Blitzes von Gebäuden, Schiffen, elektr. Maschinen usw. ablenkt. In verschiedenen Formen ausgeführt, z. B. als *Blitzableiter:* 1. hochragende, lange, zugespitzte Metallstange (1752 von B. Franklin eingeführt); 2. viele kurze Stangen (System Melsen); 3. auch 2. als Metallgitterkäfig *(Faraday-Käfig),* bes. zum Schutz empfindl. elektr. Apparate; u. 4. als Verbindung aller Metallteile (System Findeisen). Wichtigste Bedingung des Blitzschutzes ist eine gute Erdung. Elektr. Leitungen werden durch Funkenstrecken, Hörnerblitzableiter, Erdungsseile u. Sicherungen geschützt.

Blitzseil, Erdleitung, die, auf Freileitungsmasten angebracht, zur schnellen u. möglichst gefahrlosen Ableitung von Blitzen dient.

Blitztelegramm, mit Vorrang vor dringenden u. sonstigen Privattelegrammen befördertes u. am Bestimmungsort dem Empfänger mit Fernsprechanschluß zugesprochenes, sonst mit größtmöglicher Beschleunigung zugestelltes Telegramm; 10fache Gebühr eines gewöhnl. Telegramms.

Blixen-Finecke, ['bleɡsən-], Karen Christence Baronin, Pseudonyme *Isak Dinesen, Tania Blixen, Osceola, Pierre Andrézel,* dän. Dichterin, *17. 4. 1885 Rungsted, †7. 9. 1962 Rungsted; war lange Plantagenbesitzerin u. Großwildjägerin in Kenia; schrieb z.T. in engl. Sprache Erzählungen, die Phantastik u. Wirklichkeit zu hoher Kunst vereinen: „Die Sintflut von Norderney" 1934, dt. 1937; „Afrika, dunkel lockende Welt" 1937, dt. 1938; „Wintermärchen" 1942, dt. 1942; „Schicksalsanekdoten" 1958, dt. 1960; „Widerhall" 1957, dt. 1959; „Schatten wandern übers Gras" 1960, dt. 1962 (Erinnerungen). – ⌑3.1.2.

Blizzard ['blizəd; der; engl.], eisiger Schneesturm in Nordamerika aus NW bis N, oft weit nach S vorstoßend, mit verheerender Wirkung.

Bloch, 1. Carl Heinrich, dän. Maler, *23. 5. 1834 Kopenhagen, †22. 2. 1890 Kopenhagen; Hauptvertreter der dän. Historienmalerei; Gemälde nach Themen der dän. u. italien. Folklore, seit 1864 fast ausschließl. nach histor. u. bibl. Stoffen.
2. Ernst, schweizer.-amerikan. Komponist, *24. 7. 1880 Genf, †15. 7. 1959 Portland, Oregon; ging 1916 in die USA, bemühte sich um die Schaffung einer nationaljüd. Musik. Opern („Macbeth" 1910), Sinfonien, Konzerte u. Kammermusik. Am bekanntesten wurde seine hebräische Rhapsodie „Schelomo" 1916.
3. Ernst, Philosoph, *8. 7. 1885 Ludwigshafen, †4. 8. 1977 Tübingen, 1948–1957 Prof. in Leipzig:

Ernst Bloch

gibt in seinem Hauptwerk „Das Prinzip Hoffnung" (1954–1960) eine im Anschluß an *Marx* u. in Auseinandersetzung vor allem mit *Hegel* entwickelte Philosophie des Noch-Nicht. Wegen seiner kritischen Haltung zur SED-Politik wurde er 1957 zwangsemeritiert; seine Schüler waren Verfolgungen ausgesetzt. Von einem Aufenthalt in der Bundesrepublik kehrte B. 1961 nicht in die DDR zurück u. lehrte seitdem in Tübingen. Friedenspreis des Deutschen Buchhandels 1967. „Geist der Utopie" 1918; „Thomas Münzer als Theologe der Revolution" 1921; „Subjekt – Objekt. Erläuterungen zu Hegel" 1951; „Naturrecht u. menschl. Würde" 1961; „Atheismus im Christentum" 1969; Gesamtausgabe 1962 ff.
4. Felix, Physiker, *23. 10. 1905 Zürich; lehrt an der Stanford-Universität, arbeitet über Bremsung geladener Elementarteilchen u. Ferromagnetismus. Nobelpreis 1952 für die Präzisionsmessung magnet. Kernmomente.
5. Jean-Richard, französ. Journalist, Erzähler u. Dramatiker, *25. 5. 1884 Paris, †15. 3. 1947 Paris; Freund von R. *Rolland,* Antifaschist; schrieb in Moskau das Zeitstück „Toulon" 1944, dt. 1947; Romane „Levy" 1912, dt. 1927).
6. Konrad E., US-amerikan. Biochemiker, *21. 1. 1912 Neiße, Schlesien; Arbeiten über Cholesterinstoffwechsel; Nobelpreis für Medizin 1964 zusammen mit F. F. K. *Lynen.*
7. Marc, französ. Historiker, *6. 7. 1886 Lyon, †16. 6. 1944 (von Deutschen bei Lyon erschossen); 1919–1936 Prof. in Straßburg u. an der Sorbonne, 1940 in Clermont-Ferrand u. Montpellier, 1942 von der Vichy-Regierung entlassen. Als Mitglied der Résistance 1944 verhaftet. B. gründete 1929 mit L. *Febvre* die „Annales d'histoire économique et sociale". Unter Ablehnung der bisherigen rein polit. orientierten Geschichte forderte er eine neue Geschichtswissenschaft, die von den dauernden Strukturen, vor allem den sozialökonom. u. geograph., ausgeht. Da die den Menschen bedingenden gesellschaftl. Faktoren in den klass. histor. Zeugnissen nicht widergespiegelt würden, müßten neue quantitative Methoden entwickelt werden. Diese Forschungsrichtung wird durch die Mitarbeiter der Zeitschrift „Annales" repräsentiert. Hptw.: „Les Rois thaumaturges" 1924; „Les Caractères originaux de l'histoire rurale française" ²1952; „La Société féodale" 1939/40; „L'Étrange Défaite" 1946; „Mélanges historiques" 2 Bde. 1963; „L'Apologie pour le métier d'historien" 1952.

Block, 1. *Geologie:* starrer Krustenteil, der allseitig durch Verwerfungen begrenzt ist.
2. *Hüttentechnik:* roh gegossenes oder vorgearbeitetes Stahlhalbzeug (mit quadrat. Querschnitt) zum Weiterverarbeiten. →Walzwerk.
3. *Politik:* Zusammenschluß von mehreren Staaten (Ostblock, Westblock), Parteien (Bürgerblock) oder Gruppen (z. B. Afroasiat. B. in den Vereinten Nationen).
4. *Schiffahrt:* metallene oder hölzerne Hülle für Rollen zur Winkelführung von laufendem Tauwerk.

Block, *Blok,* Alexander Alexandrowitsch, russ. Lyriker, Bühnendichter, Literaturkritiker, *28. 11. 1880 St. Petersburg, †7. 8. 1921 Petrograd (St. Petersburg); Hauptvertreter des russ. *Symbolismus,* beeinflußte stark die russ. Dichtung; Hptw.: „Die Verse von der schönen Dame" 1904, dt. 1947; episches Revolutionsgedicht „Die Zwölf" 1918, dt. 1921; „Rose u. Kreuz" (lyr. Drama) 1912, dt. 1922. – ⌑3.2.7.

Blockade, 1. *allg. Völkerrecht:* allg. wirtschaftl. Absperrung eines Landes durch internationale Handels- u. Wirtschaftsmaßnahmen *(Wirtschafts-B.;* →Sanktionen).
2. *Buchdruck:* im Schriftsatz durch *Blockieren* gekennzeichnete Stelle.
3. *Seevölkerrecht:* das Unterbinden der Zufuhr für ein bestimmtes Gebiet durch Absperren seiner Häfen u. Küsten durch Kriegsschiffe; zulässig im Krieg *(Kriegs-B.,* geregelt in den Seerechtsdeklarationen von Paris 1856 u. London 1909) sowie als Repressalie *(Friedens-B.).* Die Kriegs-B. ist völkerrechtl. nur zulässig, wenn sie formell erklärt, dem Blockierten, allen Neutralen u. den im B.bereich erscheinenden Schiffen bekanntgegeben, gegenüber Neutralen unparteiisch gehandhabt sowie durch eine ausreichende Zahl von Schiffen durchgeführt *(Effektivitätsgrundsatz)* wird. Das eine solche B. brechende neutrale Schiff darf der Blockierende beschlagnahmen. In beiden Weltkriegen spielte die B. keine erhebl. Rolle; ihr Zweck wurde durch die *Seesperre,* d. h. durch die Erklärung großer Meeresteile zum Kriegsgebiet mit nachfolgender Verminung und Prisennahme, erreicht. Die Friedens-B. dient der Durchsetzung wirtschaftl. Ansprüche oder als polit. Zwangsmittel. Die Regeln der Kriegs-B. werden in der Praxis auf sie angewandt, doch sind beschlagnahmte Schiffe nach ihrem Ende zurückzugeben. – ⌑4.1.1.

Blockanlage, *Eisenbahn:* Anlage, die der Sicherung der Züge auf der Strecke *(Streckenblock)* u. in Bahnhöfen *(Bahnhofsblock)* dient. →Blocksystem.

Blockbandsäge, schwere Bandsäge mit breitem Sägeblatt u. hoher Vorschubgeschwindigkeit; geeignet für einen optimalen Einschnitt von wertvollen, starken Rundhölzern, insbes. aus den Tropen.

Blockbild, *Blockdiagramm,* perspektiv.-graph. Darstellung eines Ausschnitts der Erdoberfläche.

Blockbruchbau, *Bergbau:* Abbauverfahren in wenig standfesten Lagerstätten sehr großer Mächtigkeit, z. B. im Eisenerzbergbau des Salzgittergebiets. Beim B. werden Blöcke bis 60 m Kantenlänge aus dem Lagerstättenverband herausgeschält. Das beim Zusammenbrechen der Blöcke anfallende Material wird von unten her weggeladen. Dabei sinkt der Block u. mit ihm das *Hangende* nach.

Blockbuch, mit Holzschnitten illustriertes Buch, bei dem Text u. Bild aus einem Block geschnitten sind, von dem eine ganze Buchseite abgezogen wird. Das B., eine Form des japan. Buches, kam um 1430 in Dtschld. u. den Niederlanden auf u. ist der Vorläufer des mit losen Schrifttypen gedruckten Buches.

blocken, 1. *Eisenbahn:* →Blocksystem.
2. *Sport:* 1. beim *Boxen* einen geraden Stoß mit geöffneter Hand ablenken. 2. beim *Volleyball* zur Abwehr von Schmetterschlägen angewendet: es bis 3 Spieler springen am Netz hoch u. halten die ausgestreckten Arme so, daß der von der Gegenmannschaft geschlagene Ball möglichst sofort wieder zurückprallt.

Blockflöte, ein Labialinstrument aus der Gattung der Schnabelflöten, mit konischer, vom Mundstück ab sich verengender Bohrung. B.n werden heute in Sopran-, Alt-, Tenor- u. Baßlage gebaut, letztere

haben ein metallenes S-Rohr zum Anblasen. Als Material dient Holz, früher mitunter Elfenbein, heute daneben auch Kunststoff bei Kinderinstrumenten. Angeblasen wird die B. durch einen am Block (Kern) des oberen Endes ausgesparten Spalt, durch den ein Luftband gegen eine Schneide (Labium) gerichtet wird, wie bei Orgellabialpfeifen. Dadurch hat der Spieler keinen Einfluß auf die Tonbildung u. nur wenig auf die Tonstärke. B.n haben 8 Grifflöcher, Klappen werden nur bei großen Instrumenten angebracht.
Der Klang ist obertonarm, also weich u. farblos. Daher wurden die B.n im 18. Jh. von der ausdrucksreicheren Querflöte aus ihrer bis dahin in der Musik herrschenden Rolle verdrängt. Mit der Wiederbelebung alter Musik u. als Volks- u. Jugendinstrument gewinnen die B.n in jüngerer Zeit wieder an Bedeutung.

Blockflur, Flurform mit regelmäßig oder unregelmäßig geformten Blöcken (Seitenlängenverhältnis bis etwa 1 : 5). Bilden diese eine geschlossene Besitzeinheit, so spricht man von *Einödflur.* In der *Blockgemengflur* sind die Blöcke eines Betriebs mit denen anderer Betriebe vermengt.

blockfreie Staaten, die neutralen u. keinem multilateralen Militärbündnis angeschlossenen Staaten; dazu gehören die meisten afrikan., asiat. u. einige lateinamerikan. Staaten u. Jugoslawien. Ihre bedeutendsten Vertreter waren bzw. sind *Nehru, Nasser* u. *Tito.* Konferenzen: 1961 in Belgrad (erste Konferenz), 1964 in Cairo, 1970 in Lusaka, 1973 in Algier.

Blockgeschwindigkeit →Blockzeit.

Blockhaus, heute nur noch in holzreichen Gegenden verwendete Bauart für einfache Jagdhütten, Ställe usw., bei der rohe oder behauene Baumstämme aufeinandergelegt u. an den Ecken verkämmt, überplattet oder verzinkt werden; Tür- u. Fensteröffnungen werden ausgeschnitten.

Blockheftung, *Buchbinderei:* eine Art des Broschierens, wobei die Druckbogen (der Buchblock) durch rd. 5 mm vom seitlichen linken Rand entfernte, durchgehende Drahtklammern miteinander verbunden werden.

blockieren, *Buchdruck:* im Schriftsatz fragliche oder zu ergänzende Textstellen durch auf dem Kopf stehende Buchstaben („Fliegenköpfe") kennzeichnen, wodurch im Korrekturabzug schwarze, auffällige Flecke erscheinen.

blockierendes Hoch, ein die normale Westwinddrift unterbrechendes stationäres, vielfach nach W sich ausbreitendes antizyklonales Aktionszentrum. Bevorzugte Lage: Nordeuropa, nordöstl. Atlant. Ozean u. nordöstl. Pazif. Ozean.

Blockierregler, Einrichtungen, die das Blockieren (Stillsetzen des Rades bei zu starkem Bremsen = Rutschen) verhindern. Bei Eisenbahnwagen in großem Umfang eingeführt. Bei Kraftfahrzeugen Entwicklungen mit mechanischen u. elektronischen Regelorganen.

Blockkraftwerk, aus einzelnen „Blöcken" aufgebautes Dampfkraftwerk. Ein Block besteht aus Dampfkessel, Turbine, Turbogenerator u. Transformator.

Blockmeer (→Felsenmeer), Anhäufung wollsackähnl. Gesteinsblöcke, die durch Blockverwitterung (→Wollsackverwitterung) entstanden sind. Bei längl. Ansammlung: *Blockstrom.*

Blockmilch, bis zum festen Zustand in Vakuumapparaten eingedickte u. gezuckerte Milch; B. muß mindestens 12% Fett u. 28% fettfreie Milchtrokkenmasse enthalten. Das entsprechende Erzeugnis aus Sahne ist *Blocksahne;* Verwendung in der Süßwarenindustrie.

Blocksberg, in der Sage Name mehrerer dt. Berge, bes. des Brocken, als Tanzplatz der Hexen in der Walpurgisnacht.

Blockschrift, eine Lateinschrift aus gleichmäßig starken Strichen: **BLOCKSCHRIFT.**

Blockstelle, *Eisenbahn:* eine →Zugfolgestelle der freien Strecke, die keine Abzweigstelle ist. →Blocksystem.

Blockstufe, unterste Stufe (Antritt) einer Treppenanlage als massive, mit dem Podest verankerte Vollstufe.

Blocksystem, im Eisenbahnsignaldienst die Einrichtungen zur Sicherung der ungefährdeten Zugfolge. Das Schienennetz ist in *Blockstrecken* unterteilt, die durch *Blocksignale* gekennzeichnet u. abgegrenzt sind. Der in eine Blockstrecke eingefahrene Zug sperrt diese für den nachfolgenden Zug u. auf eingleisigen Strecken gleichzeitig für die Gegenrichtung. Rote Felder zeigen am Block (→Blockanlage) die Streckensperrung an. Hat der Zug die Blockstrecke durchfahren, blockt der Fahrdienstleiter der neuen Zugfolgestelle an die zurückgelegene zurück u. gibt damit die Blockstrecke wieder frei. Gleichzeitig blockt er den Zug der nächsten Zugfolgestelle vor.

Blockverband →Mauerverbände.

Blockzeit, im Luftverkehr die Zeitspanne zwischen dem Beginn des Abrollens eines Flugzeugs vom Startflughafen bis zu seinem Stillstand auf dem Zielflughafen. Die Division der Entfernung beider Punkte durch die B. ergibt die *Blockgeschwindigkeit,* die bes. bei geringen Entfernungen niedriger als die Reisegeschwindigkeit ist.

Blödauge, *Typhlops vermicularis,* bis 33 cm lange *Blindschlange* Südosteuropas mit Schwanzdorn, harmlos.

Bloem, 1. [blum], Jakobus Cornelis, niederländ. Lyriker, *10. 5. 1887 Oudshoorn, †10. 8. 1966 Kalenberg-Oldemarkt; symbolist. u. metaphys. Dichtung; gepflegte Sprache u. Verskunst.
2. Walter, Schriftsteller, *20. 6. 1868 Wuppertal, †19. 8. 1951 Lübeck; war Offizier, Rechtsanwalt u. Dramaturg. Studentenroman „Der krasse Fuchs" 1906; Romantrilogie über die Jahre 1870/71: „Das eiserne Jahr", „Volk wider Volk", „Die Schmiede der Zukunft" 1911–1913; Kriegstagebücher; auch Dramen.

Bloemart, *Bloemaert* ['blu:ma:rt], Abraham, holländ. Maler, *25. 12. 1564 Gorinchem, †27. 1. 1651 Utrecht; Mitbegründer der Utrechter Lukasgilde, entwickelte den von B. Spranger beeinflußten manierist. Stil seines Frühwerks allmähl. zu größerer Ruhe u. Einfachheit. Bibl. u. mytholog. Darstellungen, Genrebilder u. Landschaften.

Bloemfontein ['blu:mfɔntein], Hptst. der Prov. *Oranjefreistaat* (Rep. Südafrika), westl. der südl. Drakensberge, 1392 m ü.M., 160 000 Ew.; Universität (1950), Oberster Gerichtshof der Rep. Südafrika; Eisenbahn-, Straßen- u. Luftverkehrsknotenpunkt, vielseitige Industrie.

Bloesch, Hans, schweizer. Schriftsteller, *26. 12. 1878 Bern, †24. 8. 1945 Bern; Bibliotheksdirektor u. Literarhistoriker, seit 1911 Hrsg. (mit Rudolf Hunziker, *1870, †1946) der histor.-krit. Gotthelf-Ausgabe in 24 Bänden; auch kulturgeschichtl. Studien u. Reiseschilderungen; Freund von P. Klee.

Blohm & Voss AG, Hamburg, 1877 gegr. Schiffswerft; nach dem 2. Weltkrieg vollständig demontiert; seit 1951 als *Steinwerder Industrie-AG* wieder aufgebaut; 1955 in *B. & V. AG* umbenannt; 1966 Zusammenschluß mit der Werft *H. C. Stülcken Sohn,* Hamburg; neben Schiffsneubau u. -reparatur auch Maschinenbau; Grundkapital: 61,4 Mill. DM (Großaktionär: *Thyssen AG*); 6600 Beschäftigte.

Blois [blwa], mittelfranzös. Stadt an der Loire, ehem. Grafschafts-Hptst., Sitz des Dép. Loir-et-Cher, 44 800 Ew.; altes Königsschloß, Kathedrale (17. Jh.); Agrarhandel (Getreide, Gemüse u. Wein); Metall-, Elektro-, Lebensmittel- u. Lederindustrie, Druckereien; Fremdenverkehr.

Blok, Alexander →Block, Alexander.

Blomberg, Stadt in Nordrhein-Westfalen, im südl. Lipper Bergland östl. von Detmold, 14 500 Ew.; mittelalterl. Stadtbild; Kurort; Möbelindustrie.

Blomberg, Werner von, Generalfeldmarschall, *2. 9. 1878 Stargard, Pommern, †14. 3. 1946 Nürnberg; 1927–1929 Chef des Truppenamtes, 1933–1938 Reichswehr-Min. bzw. (seit 1935) Reichskriegs-Min.; eine nicht standesgemäße Heirat gab Hitler den Anlaß, B. seiner Stellung zu entheben.

Blomdahl ['blu:m-], Karl-Birger, schwed. Komponist, *19. 10. 1916 Växjö, †14. 6. 1968 Stockholm; 2 Opern (die Weltraumoper „Aniara" 1959; „Herr von Hancken" 1965), 3 Sinfonien u. eine Kantate „Im Saal der Spiegel" 1953.

Blommér [blu'mær], Nils Johan Olsson, schwed. Maler, *12. 6. 1816 Skåne, †1. 2. 1853 Rom; 1847–1850 in Paris u. Italien tätig; Spätromantiker; versuchte heimatl. Landschaftsmotive mit Sagenstoffen der nord. Mythologie zu verbinden.

Blonde [blɔ̃d; die; frz.], aus roher, ungebleichter Seide hergestellte Klöppelspitze, deren Muster durch verschieden starke Fäden betont sind; hergestellt bes. in Frankreich.

Blondeel, Lancelot, fläm. Maler, Graphiker u. Architekt, *1496 Poperinghe, †4. 3. 1561 Brügge; reich ornamentierte Gemälde, Kirchenfahnen u. Holzschnitte sowie dekorative Entwürfe für Teppiche, Glasfenster u. Architekturteile im Stil der französ.-niederländ. Frührenaissance.

Blondel [blɔ̃'dɛl], Maurice, französ. kath. Religionsphilosoph, *2. 11. 1861 Dijon, †5. 6. 1949 Aix-en-Provence; anfänglich modernistischer Richtung, später Vertreter christl. Existenzphilosophie. Sein Grundproblem war die Handlung („L'Action" 1893) als Glaubenstat, durch die der Mensch transzendiert u. sich dem Unerkennbaren, Übernatürlichen öffnet. B.s Werk gehört heute zu den Grundlagen der kath. wissenschaftl. Apologetik.

Blondel de Nesle [blɔ̃'dɛl də 'nɛ:l], französ. Troubadour um 1150, von dem rd. 30 Lieder in pikardischer Mundart überliefert sind.

Blonskij, Pawel Petrowitsch, sowjetischer Pädagoge, *14. 5. 1884, †15. 2. 1941; als Theoretiker in der UdSSR führend bis 1936, trat für polytechn. Bildung u. Erziehung zur Arbeit im Kollektiv durch die Arbeits- oder Produktionsschule ein; schrieb „Die Arbeitsschule" 1921.

Blood [blʌd], ein Stamm der *Blackfeet*-Indianer (Algonkin).

Bloom [blu:m], Hyman, eigentl. Hyman *Metamed,* US-amerikan. Maler, *11. 4. 1913 Brunowischki (Lettland); wandte sich nach realist. Anfängen einem expressionistisch anmutenden, von Ch. *Soutine* u. G. *Rouault* beeinflußten Stil zu (Schreckensdarstellungen, z.B. Studien bei Operationen u. an Leichen) u. gelangte allmählich zu weitgehender Abstraktion.

Bloomfield ['blu:mfi:ld], Stadt in New Jersey (USA), 54 000 Ew.; opt., Elektro-, Autozubehör-, pharmazeut. Industrie.

Bloomfield ['blu:mfi:ld], Leonard, US-amerikan. Sprachwissenschaftler, *1. 4. 1887 Chicago, †18. 4. 1949 New Haven, Conn.; versuchte eine behaviorist. orientierte, sog. mechanist. Sprachbetrachtung, die er der alten „mentalist.", z.T. philosoph. orientierten allgemeinen Sprachwissenschaft in Europa gegenüberstellte; von großem Einfluß in der Sprachwissenschaft der USA. Hptw. „Language" 1933.

Bloomington ['blu:miŋtən], Stadt in Indiana (USA), 40 000 Ew.; Staatsuniversität.

Blöße, 1. *Forstwirtschaft:* unbestockte Holzbodenfläche.
2. *Gerberei:* enthaarte, ungegerbte Tierhaut, →Gerberei.
3. *Sport:* beim Fechten der Mangel an Deckung.

Blöße, *Große Blöße,* höchste Erhebung im *Solling,* 528 m.

Blößling, Berg im südl. Schwarzwald bei Todtnau, 1309 m.

Blouson [blu'zɔ̃; das; frz.], hüftlange, weite Bluse oder Jacke, die in knappem Gürtelbund zusammengefaßt ist.

Bloy [blwa], Léon, französ. Schriftsteller, *11. 7. 1846 Périgueux, †3. 11. 1917 Bourg-la-Reine bei Paris; von großer Sprachkraft u. religiöser Leidenschaft, Vorläufer der kath. Erneuerung in Frankreich. Roman: „La Femme pauvre" 1897, dt. „Die Armut u. die Gier" 1950; Tagebücher: „Der undankbare Bettler" 1898, dt. 1949; „Le pèlerin de l'absolu" 1914.

Blücher, 1. Franz, Politiker, *24. 3. 1896 Essen, †26. 3. 1959 Bad Godesberg; 1945 Mitbegründer u. 1949–1954 1. Vorsitzender der FDP, seit 1956 Mitgl. der FVP; 1949–1957 Vizekanzler u. Bundes-Min. für wirtschaftl. Zusammenarbeit.
2. Gebhard Leberecht von, Fürst von Wahlstatt (ab 1814), „Marschall Vorwärts", Heerführer, *16. 12. 1742 Rostock, †12. 9. 1819 Krieblowitz; 1813 bei den Befreiungskriegen Oberbefehlshaber der Schlesischen Armee; besiegte mit Gneisenau die Franzosen an der *Katzbach,* trug entscheidend zum Sieg in der *Völkerschlacht bei Leipzig* bei, überschritt in der Neujahrsnacht 1813/14 den Rhein bei *Kaub* und siegte zusammen mit Wellington bei *Waterloo* 1815.
3. *Bljucher,* eigentl. *Gurow,* Wassilij Konstantinowitsch, Marschall der Sowjetunion, *19. 11. 1889, †9. 11. 1938; nahm am 1. Weltkrieg als Unteroffizier teil; nach Eintritt in die Rote Armee kommandierte B. die 19. Division gegen Koltschak u. kämpfte 1920/21 im SW u. S der Sowjetunion. 1924–1927 unter dem Namen *Galen* militär. Berater der Kuomintang. 1927–1937 Oberbefehlshaber der „Besonderen Fernostarmee". Bei den stalinist. „Säuberungen" erschossen; 1956 rehabilitiert.

Blüchern, *Dreizehnern,* Kartenglücksspiel.

Bludenz, österr. Bez.-Hptst. in Vorarlberg, im Illtal, Verkehrsknotenpunkt; 12 500 Ew.; Textil- u. feinmechan. Industrie, Schokoladenfabrik.

Blue Chips ['blu: 'tʃips; engl.], Börsenausdruck für Spitzenwerte (Favoriten) der Effektenbörse,

deren künftige Entwicklung sehr günstig beurteilt wird.
Blue Ground ['blu: 'graund; engl.], serpentinhaltige Brekzie in Vulkanschloten Südafrikas; Diamantenmuttergestein.
Blue jeans ['blu: 'dʒi:nz; engl., „blauer Drillich"], ursprüngl. Farmerhose aus grober Baumwolle oder Leinen. Die Hose ist eng geschnitten u. hat farblich abstechende Steppnähte sowie Nieten an leicht einreißbaren Stellen; heute vielfach modisch abgewandelt.
Blue Mountains [blu: 'mauntinz], *Blaue Berge*, **1.** südöstl., höchste Kette der Appalachen (USA), im Mount Mitchell 2038 m.
2. 600–1066 m hohes, 246 qkm großes Plateau in der südlichen austral. Great Dividing Range westl. von Sydney, mit canyonartigen Tälern u. großartigen Bergkulissen; früher Siedlungsbarriere, erstmals 1813 von William Lawsen, William Charles Wentworth u. Gregory Blaxland überquert; heute überwinden der Western Highway u. eine Bahn von Sydney her das Bergland. An ihnen liegt, 128 km lang, die *City of B. M.* (mit Verwaltung in Katoomba); Touristenzentrum im zugehörigen Nationalpark. Zu den Sehenswürdigkeiten gehören zahlreiche Wasserfälle (Wentworth Falls, Katoomba Falls, Leura Cascades, Bridal Veil u.a.), Aussichtspunkte (Echo Point, Mount Solitary, Cyclorama Point), Felspartien (Ruined Castle, Orphan Rock, die →Three Sisters), die Jenolan Caves u. der Warragamba-Staudamm.
3. Gebirge auf Jamaika (Große Antillen), 2292 m.
Blues [blu:z; der; engl. *blue*, „traurig"], das weltl. Gegenstück der amerikan. Negermusik zum *Spiritual*; behandelt Heimweh („Memphis Blues", „Basin Street Blues" u.a.), Geldnöte, Naturkatastrophen, Liebeskummer, Rassendiskriminierung. Der B. ist also individuell, ursprüngl. nur gesungen, später mit instrumentaler Begleitung. Die B.-Form weist 12 Takte auf (Schema a-a-b von je 4 Takten in Kadenzform: Tonika, Subdominante, Tonika, Dominante, Tonika). Der B. zieht sich durch die ganze Jazzentwicklung u. ist in allen Stilarten u. für jede Besetzung zu finden. Man unterscheidet ländl. B. (meist männl. Gesang, u.a. Big Bill *Broonzy*, *1893, †1958, aber auch Bessie *Tucker*, *1905) u. städt. B. (Gruppe der berühmten B.sängerinnen Bessie *Smith*, Ida *Cox*, *1889, †1967, Bertha „Chippie" *Hill*, *1905, †1950, u. Sänger wie Jimmy *Rushing*, *1903, †1972, Jimmy *Witherspoon*, *8. 8. 1923, Big *Miller*, *18. 12. 1923, Memphis *Slim*, *3. 9. 1915, u.a.).
Der klass. B. umfaßt die Zeit 1923–1928 mit großen Sängerinnen u. Instrumentalisten, wie L. *Armstrong*, C. *Hawkins*, Jimmy *Harrison* (*1900, †1931) u.a. Ursprüngl. überwiegend Domäne der Farbigen, dann von den Weißen übernommen, ist er heute Allgemeingut der Jazzmusiker in der ganzen Welt u. hat den Weg des Jazz von der Folklore zur modernen Kunstmusik mitgemacht. Der B. ist keineswegs auf langsames Tempo u. Schwermut beschränkt, sondern die Form für Jazz jeglicher Stimmung. Sonderform ist der →Boogie-Woogie. Als B.komponist wurde W. C. *Handy* (*1873, †1958) am bekanntesten („St. Louis B.", „Careless Love" u.a.). Die Bezeichnung B. muß nicht im Titel vorkommen; umgekehrt bedeutet B. im Titel nicht unbedingt, daß es sich nach Form u. typischer Harmonie um einen B. handelt.
Rhythm and Blues (Hauptvertreter u.a. Ray *Charles*, *23. 9. 1932, B. B. *King*, *16. 9. 1925) ist die Tanzmusik der Neger in den USA: weist formal 12taktige B.form auf, mit starkem Beat (→auch Drive), musikalisch anspruchsloser als der Jazz, aber nicht so banal wie der Rock'n'Roll der Weißen, der sich ebenfalls der B.form u. der B.harmonien bedient.
Blüẹtte [die; frz.], kleines, witzig-geistreiches Bühnenstück.
Blüher, Hans, Pädagoge u. Schriftsteller, *17. 2. 1888 Freiburg, Schlesien, †4. 2. 1955 Berlin; wußte der Jugendbewegung eine vielbestrittene sexualpsycholog. Begründung zu geben; schrieb „Wandervogel. Geschichte einer Jugendbewegung" ³1912, „Werke u. Tage" 1953 (autobiograph.).
Blum, 1. Léon, französ. Politiker, *9. 4. 1872 Paris, †30. 3. 1950 Jouy-en-Josas, Dép. Seine-et-Oise; zusammen mit J. Jaurès 1902 Gründer der französ. sozialist. Partei, seit 1919 deren Führer. 1936/37 u. 1938 Min.-Präs. der Volksfrontregierung, 1940 von der Vichy-Regierung verhaftet, 1943–1945 in Dtschld. interniert, 1946 nochmals Min.-Präs.; Vertreter eines humanist. Sozialismus.
2. Robert, Politiker, *10. 11. 1807 Köln, †9. 11. 1848 Brigittenau bei Wien; Theatersekretär in Leipzig, Journalist u. Literat, 1848 Führer der sächs. Demokraten, rief die „Vaterlandsvereine" ins Leben, wurde Vizekanzler im *Vorparlament* u. Führer der gemäßigten Linken in der *Frankfurter Nationalversammlung*; von dieser nach Wien abgeordnet. B. kämpfte am 26. Okt. während der Wiener Revolution auf den Barrikaden, wurde gefangengenommen u. trotz seiner Mitgliedschaft im Parlament standrechtl. erschossen.
Blumauer, Aloys, österr. Schriftsteller, *21. 12. 1755 Steyr, †16. 3. 1798 Wien; Jesuit, später Freimaurer, Vertreter der Josephin. Aufklärung; Hrsg. des Wiener Musenalmanachs 1781–1794. Gedichte, Ritterdramen („Erwine von Steinheim" 1780) u. Aeneis-Travestie.
Blumberg, Gemeinde in Baden-Württemberg (Schwarzwald-Baar-Kreis), Grenzort an der dt.-schweizer. Grenze bei Schaffhausen, 7300 Ew.
Blume, 1. *Botanik:* von Tieren bestäubte Blütenpflanze oder Blütenstand (ökolog. Begriff.)
2. *Kochkunst:* Hüftstück der Rindskeule.
3. *Wein:* fachl. Bez. für den Geruch des Weins, auch *Bukett* genannt.
4. *Zoologie:* 1. weiße Spitze der →Lunte oder →Standarte (Schwanz) beim Fuchs, wie auch ganzer Schwanz bei Hasen u. Kaninchen.
2. partieller →Albinismus auf der Stirn des Pferdes (Stern), →Abzeichen.
3. schwanzwärts gebogener Teil des großen Rükkenmuskels beim Schlachttier.
Blume, 1. Friedrich, Musikwissenschaftler, *5. 1. 1893 Schlüchtern, Hessen, †22. 11. 1975 Schlüchtern; studierte bei A. Sandberger, H. Riemann, H. Kretzschmar u. H. Abert; 1933–1958 Prof. an der Universität Kiel; „Die ev. Kirchenmusik" 1931 (in Bückens Handbuch der Musikwissenschaft); Hrsg. „Die Musik in Geschichte und Gegenwart" 14 Bde. 1949–1968; Hrsg. der Gesamtausgabe der Werke von Michael Praetorius 20 Bde. 1928–1940.
2. Peter, US-amerikan. Maler russ. Abstammung, *27. 10. 1906 Smorgonie bei Wilna; allegorisch-symbol. Darstellungen von minuziöser Sorgfalt. Seine „Automatic Drawings" dienen ebenso wie die zahlreichen Skizzen als Studien für größere Arbeiten. Einen Skandalerfolg errang „Die ewige Stadt" mit dem Kopf Mussolinis zwischen Ruinen u. Antikentrümmern.
3. Walter, Flugzeugkonstrukteur, *10. 1. 1896 Hirschberg im Riesengebirge, †27. 5. 1964 Duisburg; Chefkonstrukteur der Albatros-Flugzeugwerke 1926–1931, Techn. Direktor der Arado-Flugzeugwerke 1932–1945; gründete 1953 die Leichtbau u. Flugtechnik GmbH in Duisburg.
Blumẹa, Gattung der *Korbblütler* in den trop. Zonen der alten Welt. B. *balsamifera* liefert Ngai-Kampfer oder B.kampfer.
Blümelhuber, Michael, österr. Kunsthandwerker, *23. 9. 1865 Unterhimmel bei Steyr, Oberösterreich, †20. 1. 1936 Steyr; erneuerte den Stahlschnitt; gründete 1910 die Landeskunstschule für Stahlschnitt in Steyr. Epiker u. Lyriker.
Blumen, im *Meistergesang* schmückende Umschreibungen.
Blụmenau, dt. Siedlung im südbrasilian. Staat Santa Catarina, am Itajaí Açu, mit starkem Anteil deutschsprachiger Bevölkerung, 50000 Ew. (als Munizip 80000 Ew.); Nahrungsmittel-, Textil- u.a. Industrie, Stahlwerk; landwirtschaftl. Handelszentrum. – 1850 von Hermann B. (*1819, †1899) gegr.
Blumenbach, Johann Friedrich, Anatom, Physiologe u. Anthropologe, *11. 5. 1752 Gotha, †22. 1. 1840 Göttingen; verdient um die vergleichende Anatomie u. moderne Anthropologie; schrieb u.a. „Handbuch der vergleichenden Anatomie u. Physiologie" 1824. – Nach ihm ist benannt der *Clivus Blumenbachi*, im Schädelinnern die knöcherne Unterlage für Brücke u. verlängertes Mark.
Blumenbinder, veraltete Berufsbez., →Florist.
Blumenfliegen, *Anthomyidae*, Familie der *Cycloraphen Fliegen*, auch als Unterfamilie der *Muscidae* angesehen (→Fliegen). Die Larven vieler Arten werden an verschiedenen Gemüsearten schädlich, z.B. die der *Kohlfliege, Rübenfliege, Zwiebelfliege.*
Blumenkästen, dienen auf Balkongeländern u. Fenstersimsen der Aufnahme von Blumenerde u. der Anpflanzung von Blumen; aus Holz, Ton, Zement oder Kunststoff hergestellt, haben sie meist die Abmessung von 60 cm Länge, 15 cm Breite, 20 cm Höhe.
Blumenkohl →Kohl.
Blumenkorso, Schaufahrt mit blumengeschmückten Wagen.
Blumennessel = Buntnessel.
Blumenrohr, *Canna*, Gattung der *Blumenrohrgewächse, Cannaceae*; Stauden mit stärkereichen Wurzelstöcken, zieml. hohen Stengeln, großen fiedernervigen Blättern u. großen Blüten. Das *Eßbare B., Canna edulis*, wird in Westindien, Peru, Ecuador u. Queensland zur Stärkegewinnung angebaut. Das ehemals in Westindien heimische *Indische B., Canna indica*, ist heute über die ganze Erde verbreitet u. wird wegen der schönen roten Blüten u. der oftmals purpurfarbenen Blätter als Zierpflanze kultiviert.
Blumensprache, im Orient *Selam*, Gedankenaustausch durch Blumen entsprechend ihren Namen oder ihrer symbolischen Bedeutung (Rose = Liebe). →auch Ikebana.
Blumenthal, nördl. Stadtteil von Bremen, an der Unterweser unterhalb von Vegesack; bis 1939 zur Provinz Hannover gehörig; Wollkämmerei.
Blumenthal, 1. Hermann, Bildhauer, *31. 12. 1905 Essen, †17. 8. 1942 (gefallen in Rußland); Schüler von E. *Scharff*; stilisiert-archaische männl. Aktfiguren mit tektonischer Verschränkung der Glieder u. ernster Ausdruckskraft.
2. Oskar, Kritiker, Theaterleiter u. Possenschreiber, *13. 3. 1852 Berlin, †24. 4. 1917 Berlin; gründete das Berliner Lessing-Theater; sein größter Erfolg war der mit G. *Kadelburg* verfaßte Schwank „Im weißen Rößl" 1898.
Blumentiere, *Anthozoa, Blumenpolypen*, Klasse der *Nesseltiere*, festsitzende, oft koloniebildende Meerestiere, die nur in Gestalt der Polypen auftreten. Zu ihnen gehören die *Seerosen, Actinaria*, die *Steinkorallen, Madreporaria*, die *Zylinderrosen, Ceriantharia*, die *Seefedern, Pennatularia*, die *Lederkorallen, Alcyonaria*, u.a. Die B. werden in zwei Unterklassen, die →Hexacorallia u. die →Octocorallia, unterteilt; von den B.n gibt es etwa 6000 Arten. →auch Korallen.
Blumenuhr, Zusammenstellung verschiedener Blütenpflanzenarten mit zeitlich unterschiedlicher Öffnungs- u. Schließbewegung der Blütenblätter im Tagesablauf. Diese Pflanzen sind in einem Beet mit zifferblattartig angeordneten Sektoren derart verteilt, daß die ungefähre Uhrzeit abgelesen werden kann. Die erste B. legte C. von *Linné* an.
Blumenwanzen, *Anthocoridae*, Familie der *Landwanzen*; kleine Tiere von eiförmiger Gestalt u. brauner oder schwarzer Farbe, meist auf Bäumen u. Sträuchern, leben vor allem von Blattläusen.
Blümlisalp, vergletscherte Berggruppe im Berner Oberland (Schweiz), mit Blümlisalphorn 3664 m, Weiße Frau 3654 m, Morgenhorn 3613 m, Öschinenhorn (Kanderhorn) 3486 m (mit Öschinensee), Doldenhorn 3643 m, Fründenhorn 3369 m, Wilde Frau 3260 m.
Blunck, Hans Friedrich, Erzähler, Versepiker, Lyriker (bes. Balladen) u. Dramatiker, *3. 9. 1888 Altona, †25. 4. 1961 Hamburg; vertrat die niederdt. Volkstumsbewegung, war 1933–1935 Präs. der Reichsschrifttumskammer; schrieb geschichtl. Romane aus der Vorzeit („Die Urväter-Saga" Trilogie 1925–1928 u. 1934), aus der german., volksdt. u. hanseat. Geschichte, ein Epos „Die Sage vom Reich" 1941, ferner niederdt. Märchen, z.T. in Mundart („Märchen von der Niederelbe" 1923), u. erzählte viele dt. Sagen neu. Autobiographie „Unwegsame Zeiten" 1952; „Licht auf den Zügeln" 1953.
Bluntschli, 1. Alfred Friedrich, schweizer. Architekt, *29. 1. 1842 Zürich, †27. 7. 1930 Zürich; Schüler von G. *Semper*; baute Villen u. öffentl. Gebäude in Dtschld. u. der Schweiz, z.T. mit historisierenden Formen.
2. Johann Kaspar, schweizer. Staatsrechtler, *7. 3. 1808 Zürich, †21. 10. 1881 Karlsruhe; Begründer einer empirisch-organ. Staatsauffassung, auch von maßgebendem Einfluß auf die Entwicklung des schweizer. Zivilrechts. Hptw.: „Lehre vom modernen Staat" 3 Bde. (Allg. Staatslehre, Allg. Staatsrecht, Politik als Wissenschaft) ⁶1886 (1. Aufl.: „Allg. Staatsrecht" 1852); „Dt. Staatslehre u. die heutige Staatenwelt" ²1880; „Das moderne Völkerrecht der zivilisierten Staaten" 1868, ³1878.
Blut [grch. *haima*, lat. *sanguis*], die in einem geschlossenen Röhrensystem (B.gefäßsystem) zirkulierende, von einem Motor (Herz) bewegte Körperflüssigkeit der Wirbeltiere, Ringelwürmer u. Kopffüßer. Funktionen: Transport von Sauerstoff, Kohlendioxid, Nähr-, Exkret- u. Wirkstof-

fen; Wärmetransport (bes. bei Warmblütern); Abwehr (Phagozytose, Antikörperbildung); Wundverschluß; Erhaltung des hydrostat. Binnendrucks. Die B.menge beträgt bei den Amniontieren 7–10% des Körpergewichts (Mensch 5–6 l). B. ist eine wäßrige Lösung, in der Zellen suspendiert sind. Die *B.flüssigkeit* (*B. plasma*) enthält 90–95% Wasser, kolloidal gelöste Eiweiße u. Salze, die in einem ähnlichen Verhältnis zueinander stehen wie beim Meerwasser. Beim Gerinnen des B.es an der Luft scheidet sich der *B.faserstoff (Fibrin)* ab. Die restl. schwach gelbl. Flüssigkeit wird als *B.serum* bezeichnet. Wichtige B.bestandteile sind die sauerstoffübertragenden (respiratorischen) Stoffe, meist Farbstoffe, die an *Blutkörperchen* gebunden sein können (z. B. das Hämoglobin in den Erythrozyten der Wirbeltiere) oder im Blutplasma gelöst sind (z. B. das Hämocyanin mancher Krebse, Spinnentiere u. Weichtiere). An den im Blut befindl. Zellen unterscheidet man *Leukozyten* u. *Chromozyten*. Die amöboid bewegl. Leukozyten dienen der Vernichtung von Fremdkörpern u. Bakterien durch *Phagozytose* u. der Antikörperbildung. Bei Wirbeltieren sind für Blutgerinnung u. Wundverschluß die kernlosen *Blutplättchen (Thrombozyten)* spezialisiert.

Die Chromozyten der Wirbeltiere, die roten Blutkörperchen *(Erythrozyten)*, sind kernlose, scheibenförmige Zellen, die sich oft in Geldrollenform aneinanderlegen. Sie enthalten ein von einer Membran umhülltes Eiweißgerüst, in dessen Maschen auch das *Hämoglobin* sitzt. Dieses bindet den Sauerstoff der Luft u. erhält dadurch eine hellrote Farbe. Die Erythrozyten transportieren den Sauerstoff zum Gewebe, wo er abgegeben wird u. Kohlendioxid aufgenommen wird; hierdurch erhält das Hämoglobin eine dunkelblaurote Färbung. Das Kohlendioxid wird zu den Lungen bzw. Kiemen transportiert u. dort gegen Sauerstoff ausgetauscht. Beim Eindringen artfremden Eiweißes *(Antigene)* in das B. werden in Plasmazellen des Knochenmarks u. im lymphat. Gewebe hochspezifische Abwehrstoffe *(Antitoxine, Antikörper)* gebildet u. in das B. abgegeben. Die im B.serum enthaltenen Agglutinine können fremde Erythrozyten verklumpen u. dienen zur Unterscheidung von Blutgruppen.

Blutadern, *Venen,* zum Herzen hinführende Gefäße (→Blutgefäßsystem); stehen unter geringerem Druck als die *Schlagadern (Arterien)* u. pulsieren auch nicht; Blutungen aus den B. fließen daher gleichmäßig u. langsam. Ihre Wände sind dünner u. weicher als die der Arterien, weil die glatte Muskulatur überwiegt fehlt; dafür hat ihre Innenhaut in Abständen als Klappen ausgebildete Falten (Venenklappen), die den Rückfluß des Blutes verhindern. Die B. führen im allg. verbrauchtes, mit Kohlensäure beladenes, nur die Lungen-B. (Lungenvenen) arterielles, sauerstoffreiches Blut. – Stauungen im B.gebiet führen oft zu Gerinnselbildung *(Thrombose),* bes. bei Entzündungen der B. (Venenentzündung, *Phlebitis).* Erweiterungen der B. verursachen Schlängelungen, →Krampfadern u. →Hämorrhoiden.

Blutalgen, einzellige *Geißelalgen,* die den roten Farbstoff Hämatochrom, ein →Carotin, enthalten u. zur Rotfärbung von Wasseransammlungen, Seen, aber auch Schnee führen können ("Alpenrot", "Burgunderblut", "Bluttau", "roter Schnee"). Es kommen in Frage: *Haematococcus pluvialis* für Regenpfützen, kleinste Tümpel, auch Weihwasserbecken, *(Blutregen); Euglena sanguinea* für Pfützen, kleine Tümpel, aber auch die "Blutseen" der Alpen; *Chlamydomonas nivalis* für "Blutschnee"; *Gyrodinium*-Arten für "Blutschnee", aber auch tageszeitl. gebunden auftretende rötliche Seenfärbungen (z. B. Lago di Tovel in den Tridentiner Dolomiten durch *Grodinium sanguineum; Propocentrum micans* für rote Wasserblüte im Meeren u. Brackwasser; *Dunaliella salina* für Blutfärbung von Salinenwasser. Andere Arten bilden Hämatochromatin nur bei Stickstoff- oder Phosphatmangel. Bei Zufuhr dieser Nährstoffe aus dem Boden, durch Tierkot u. a. schlägt die Farbe schnell in Chlorophyll-Grün um. Hämatochromatin schützt vor den ultravioletten Sonnenstrahlen u. ermöglicht so erst das Fortkommen der B. auf Schnee. →auch Blutregen.

Blutalkoholtest, Untersuchung des Blutes auf seinen Alkoholgehalt, bes. bei Verdacht der →Trunkenheit im Straßenverkehr. Die *Blutprobe* kann nach § 81a StPO bei Verdacht strafbarer Handlungen auch gegen den Willen des Beteiligten entnommen werden. →Alkoholnachweis.

Blutandrang →Hyperämie.

Blutanteil, veraltete Bez. aus der Tierzucht, wobei "Blut" im Sinne von Abstammung gebraucht wird. Z. B. spricht man bei einer Kreuzung zwischen einem reinrassigen Tier u. einer Landrasse von "Halbblut", d. h., der B. der Edelrasse an diesem Kreuzungsprodukt beträgt 50%. Der Ausdruck B. stammt aus einer Zeit, als die B.e die Grundlage züchterischen Denkens bildeten.

Blutarmut 1. *Humanmedizin:* →Anämie (1).
2. *Veterinärmedizin:* ansteckende B. der *Pferde,* anzeigepflichtige Infektionskrankheit, →Anämie (2).

Blutauffrischung, eine Art der →Reinzucht, bei der Tiere der gleichen Rasse, aber verschiedener Herkunft gepaart werden. Ziel ist nicht die Erhöhung einer bestimmten Leistung, sondern die Steigerung der allg. Vitalität (Gesundheit, Widerstandskraft usw.). B. dient zur Vermeidung zu starker Inzucht.

Blutauge, *Comarum,* Sumpfpflanze aus der Familie der *Rosengewächse* mit kriechendem Stengel. Blüten mit rotbraunem Kelch u. dunkelpurpurroter Blumenkrone.

Blutbank, medizin. Einrichtung, in der von Blutspendern entnommenes Blut gesammelt, konserviert u. aufbewahrt wird. →auch Bluttransfusion.

Blutbann, im MA. Befugnis zu jener Gerichtsbarkeit, die Todes- oder Verstümmelungsstrafe verhängte.

Blutbienen, *Sphecodes,* spärl. behaarte *Stechimmen* aus der Gruppe der *Urbienen* mit glänzend braunrotem, manchmal vorn u. hinten schwarzgefärbtem Hinterleib.

Blutbild, *Blutstatus, Hämogramm,* Gesamtheit der Werte, die sich aus der Messung des Blutfarbstoffgehalts, der Zählung der roten u. weißen Blutkörperchen u. der Verteilung der letzteren auf die einzelnen Zellklassen ergeben. Daraus werden für die Krankheitserkennung u. bei wiederholter Aufstellung für den Verlauf einer Krankheit wichtige Erkenntnisse gewonnen.

Blutbirke →Anthocyane.

Blutblase, mit Blut gefüllte Blase, Folge von stumpfen Verletzungen u. bei Infektionen.

Blutbrechen, *Hämatemesis,* Erbrechen von im Magen angesammeltem Blut; meist durch Magensalzsäure dunkelrot bis braunschwarz verfärbt u. geronnen; kann aus Blutungen im Magen (Krebs, Geschwüre u. a.) u. in der Speiseröhre (Krampfadern) stammen oder auch verschlucktes Rachen-, Nasen- oder Lungenblut sein. Ruhig legen, Eisblase oder kühle Umschläge auf den Leib, Arzt rufen.

Blutbuche →Anthocyane.

Blutdruck, der in dem arteriellen Teil des Blutgefäßsystems herrschende Druck. Er wird durch die Herztätigkeit erzeugt u. ist abhängig von der aus dem Herzen ausgetriebenen Blutmenge, von der Elastizität der Gefäße u. dem Strömungswiderstand der *Arteriolen* u. *Kapillaren.* In diesen Gefäßen sinkt der B. auf $1/100$ des Aortendrucks ab. Der B. wird meist an der Arterie des Oberarms *(Arteria brachialis)* gemessen mit dem *B.apparat* (Sphygmomanometer nach dem italien. Arzt S. *Riva-Rocci),* bestehend aus einer undehnbaren Manschette mit Gummischlauch u. daran angeschlossenem Manometer, oder mit modernen Apparaturen *(elektron. B.messung).* Der B. wird berechnet in mm Quecksilbersäule. Unterschieden werden: *systolischer Druck* 100–140 mm u. *diastolischer Druck* 60–90 mm zwischen 2 Kontraktionen des Herzens.
Der B. ist keine feste Größe, sondern nach Alter, Geschlecht, Stoffwechsel u. Kreislaufbeschaffenheit verschieden. Im mittleren Alter beträgt er im Durchschnitt 130/85 mm; systolisch gilt er als erhöht, wenn die Summe 100 + Alter überschritten ist. Krankhafter B.anstieg (Hypertonie): →Blutdruckkrankheit, B.abfall (Hypotonie) kann durch zahlreiche Faktoren hervorgerufen werden.

Blutdruckkrankheit, *Hochdruckkrankheit, Hochdruck, Hypertension, Hypertonie,* Erkrankung und Krankheitserscheinung aus verschiedenen Ursachen, die zu erhöhtem Blutdruck führen. Im Gegensatz zu der durch Verkrampfung des Haargefäßnetzes bei Nierenkrankheiten auftretenden, mit Blässe des Gesichts einhergehenden blassen (renalen) B. steht die rote B., bei der die Nieren nicht geschädigt sind u. die Haut bes. gut durchblutet ist. Hier liegen innersekretorische, nervöse u. seelische Störungen zugrunde, die zu Kreislaufveränderungen führen. Auch die →Arterienverkalkung ist bei der B. bedeutsam.

Blutdrüsen, Drüsen, die ihre Wirkstoffe direkt in die Blutbahn abgeben. →Sekret.

Blüte, 1. *Botanik:* Sproß mit begrenztem Wachstum, dessen Blätter der geschlechtl. Fortpflanzung dienen u. entsprechend umgestaltet sind: die →Staubblätter mit den Pollensäcken bilden das männl. Geschlechtsorgan *(Androezeum),* die →Fruchtblätter mit den Samenanlagen das weibl. *(Gynaezeum).*
Die B.n der nacktsamigen Pflanzen sind eingeschlechtig u. tragen die Staub- oder Fruchtblätter in großer Zahl an einer langen Achse (Zapfenblüten); eine B.nhülle fehlt meist. Die B.n der bedecktsamigen Pflanzen sind zwittrig, d. h. tragen sowohl Staub- als Fruchtblätter, oder auch eingeschlechtig; letztere können auf einem Individuum stehen (einhäusige Pflanzen) oder auf verschiedene Individuen verteilt sein (zweihäusige Pflanzen); eine *B.nhülle (Perianth),* die dem Schutz der inneren B.nteile u. der Anlokkung der bestäubenden Tiere dient.
Die B.nhüllblätter können alle gleich gestaltet sein *(Perigonblätter, Tepalen)* oder in die äußeren, grünen Kelchblätter *(Sepalen,* Gesamtheit *Kelch* oder *Kalyx*) u. die meist andersfarbigen Kronblätter *(Petalen,* Gesamtheit *Krone* oder *Korolle*) gesondert sein. Sind die B.nhüllblätter verwachsen, spricht man von *sympetaler* B., sind sie voneinan-

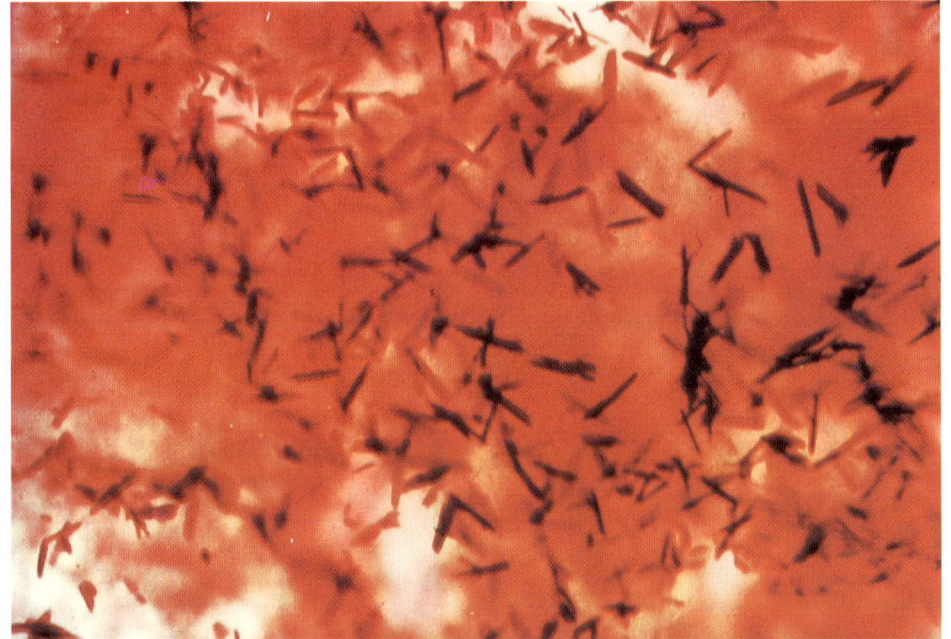

Blut: Häminkristalle

Blütenpflanzen

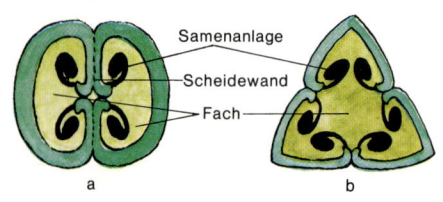
Fruchtknoten

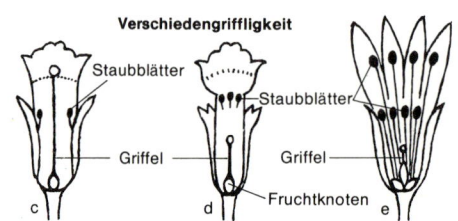
Verschiedengriffligkeit

oberständig   mittelständig
Stellung des Fruchtknotens

a) zweiblättriger Fruchtknoten mit zwei Fächern (Querschnitt). – b) dreiblättriger Fruchtknoten mit einem Fach (Querschnitt). – c) Primel. – d) Primel. – e) Weidenröschen mit zwei Staubblattkreisen. – f) u. g) stark reduzierte Blüten einer Weide: f) besteht nur aus zwei Staubblättern, g) nur aus Stempel und Fruchtknoten

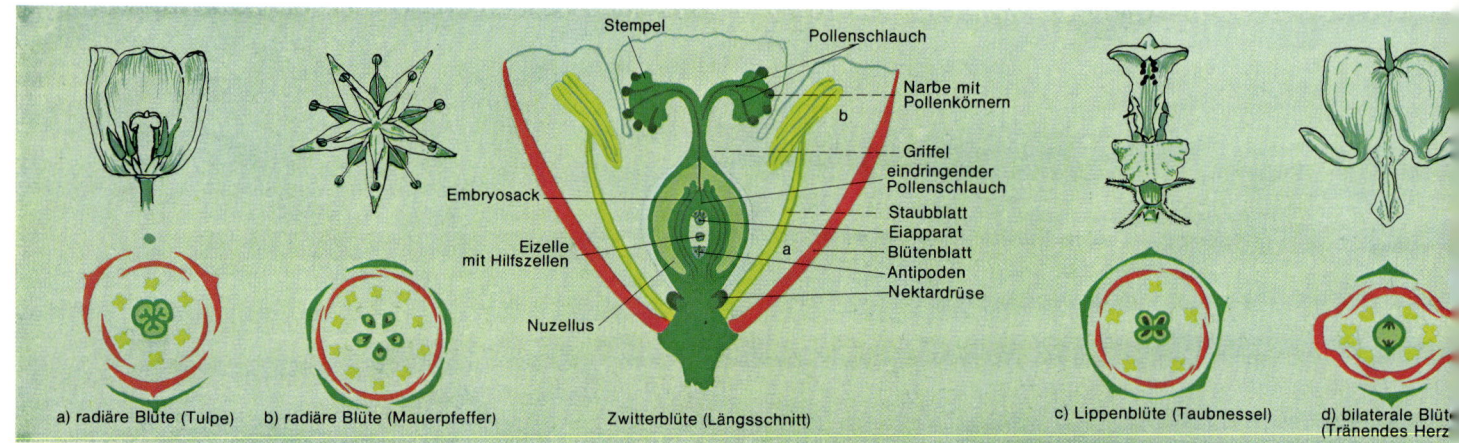

a)–f) Blütenformen und ihre Diagramme (Querschnitte): grün = Kelchblätter, rot = Blütenblätter, gelb = Staubblätter, Mitte = Fruchtknoten

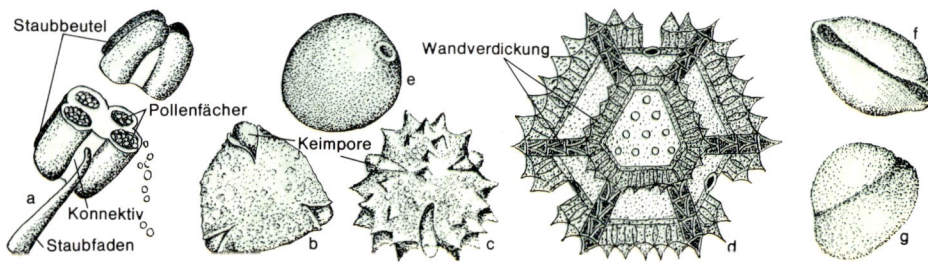

a) Staubgefäß. – b)–g) Pollen. – b)–d) von Dikotyledonen: b) Eiche, c) Rainfarn, d) Bocksbart. – e)–g) von Monokotyledonen: e) Schwingelgras. – f) u. g) Dattelpalme

Köpfchen des Rotklees, Trifolium pratense

Einfache Blüte des Mohns, Papaver hybr.

Scheinähre des Lavendel, Lavandula spica

Zusammengesetzte Dolde des Bärenklau, Heracleum sphondylium

Blütenstände
Scheinähre   zusammenges. Ähre   Doldenrispe

Einfache Blüte

röhrig Flieder | keulig Beinwell | glockig Glockenblume | trichterförmig Wicke | tellerförmig Phlox | getrenntb. Nelke

Blütenpflanzen

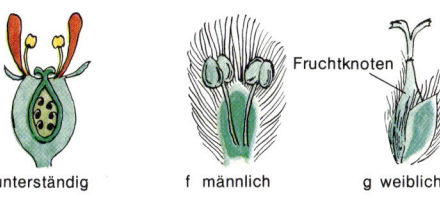
unterständig   f männlich   g weiblich
Fruchtknoten
Kätzchenblüten

Trauben der Traubenkirsche, Prunus padus

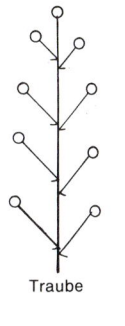
Traube

Ähre

Ähre des Blutweiderich, Lythrum salicaria

e) Schmetterlingsblüte (Erbse)   f) unsymmetr. Blüte (Blumenrohr)

BLÜTENPFLANZEN I

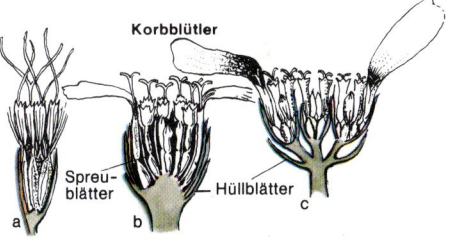
Korbblütler
Spreublätter — Hüllblätter
a   b   c
Formen von Köpfchen der Tubuliflorae: a) nur Röhrenblüten (Wasserdost). – b) randständige Zungenblüten (Schafgarbe). – c) Köpfchen zweiter Ordnung (Syncephalanthus)

zusammengesetzte Dolde   Trugdolde

Trugdolden des Schneeballs, Viburnum opulus

Korbblütler: Blütenstand aus Röhrenblüten der Eselsdistel, Onopordon acanthium

Korbblütler: Blütenstand aus Zungen- und Röhrenblüten (Tubuliflorae) der Sonnenblume, Helianthus annuus

 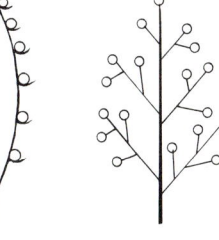 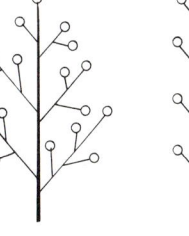 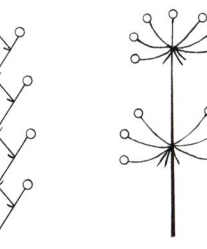 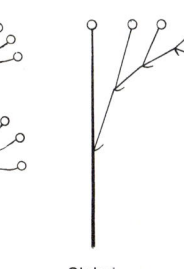 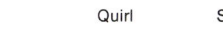 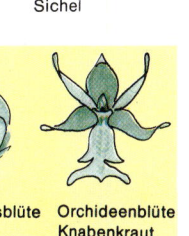 
Doldentraube   Kolben   Rispe   Wickel   Quirl   Sichel

Blütenformen

    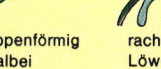  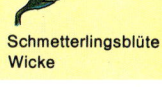
radförmig Ehrenpreis | krugförmig Heidelbeere | lippenförmig Salbei | rachenförmig Löwenmaul | zungenförmig Korbblütler | Schmetterlingsblüte Wicke | Orchideenblüte Knabenkraut

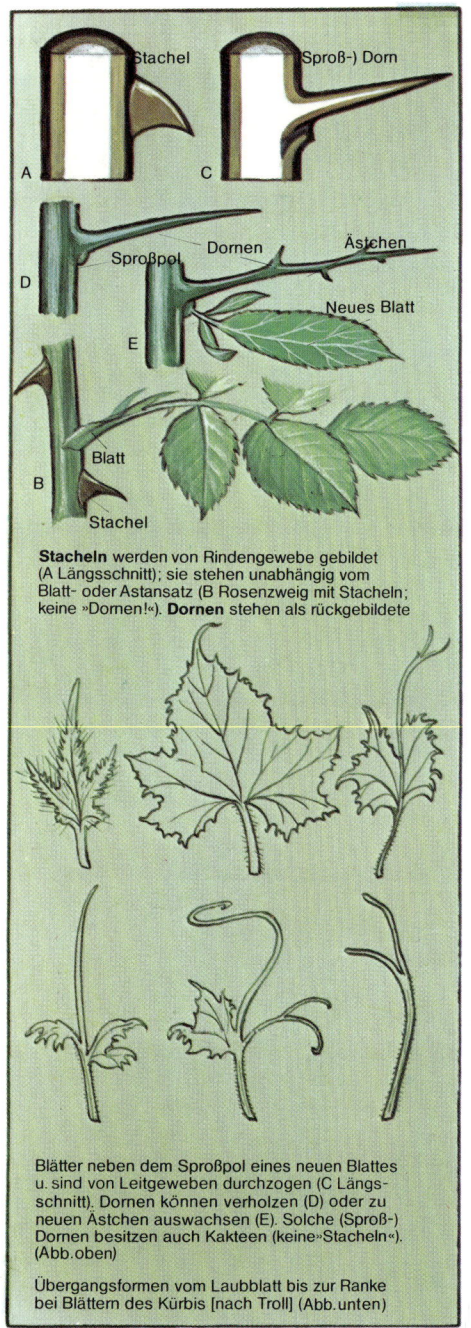

Stacheln werden von Rindengewebe gebildet (A Längsschnitt); sie stehen unabhängig vom Blatt- oder Astansatz (B Rosenzweig mit Stacheln; keine »Dornen!«). **Dornen** stehen als rückgebildete

Blätter neben dem Sproßpol eines neuen Blattes u. sind von Leitgeweben durchzogen (C Längsschnitt). Dornen können verholzen (D) oder zu neuen Ästchen auswachsen (E). Solche (Sproß-) Dornen besitzen auch Kakteen (keine »Stacheln«). (Abb. oben)

Übergangsformen vom Laubblatt bis zur Ranke bei Blättern des Kürbis [nach Troll] (Abb. unten)

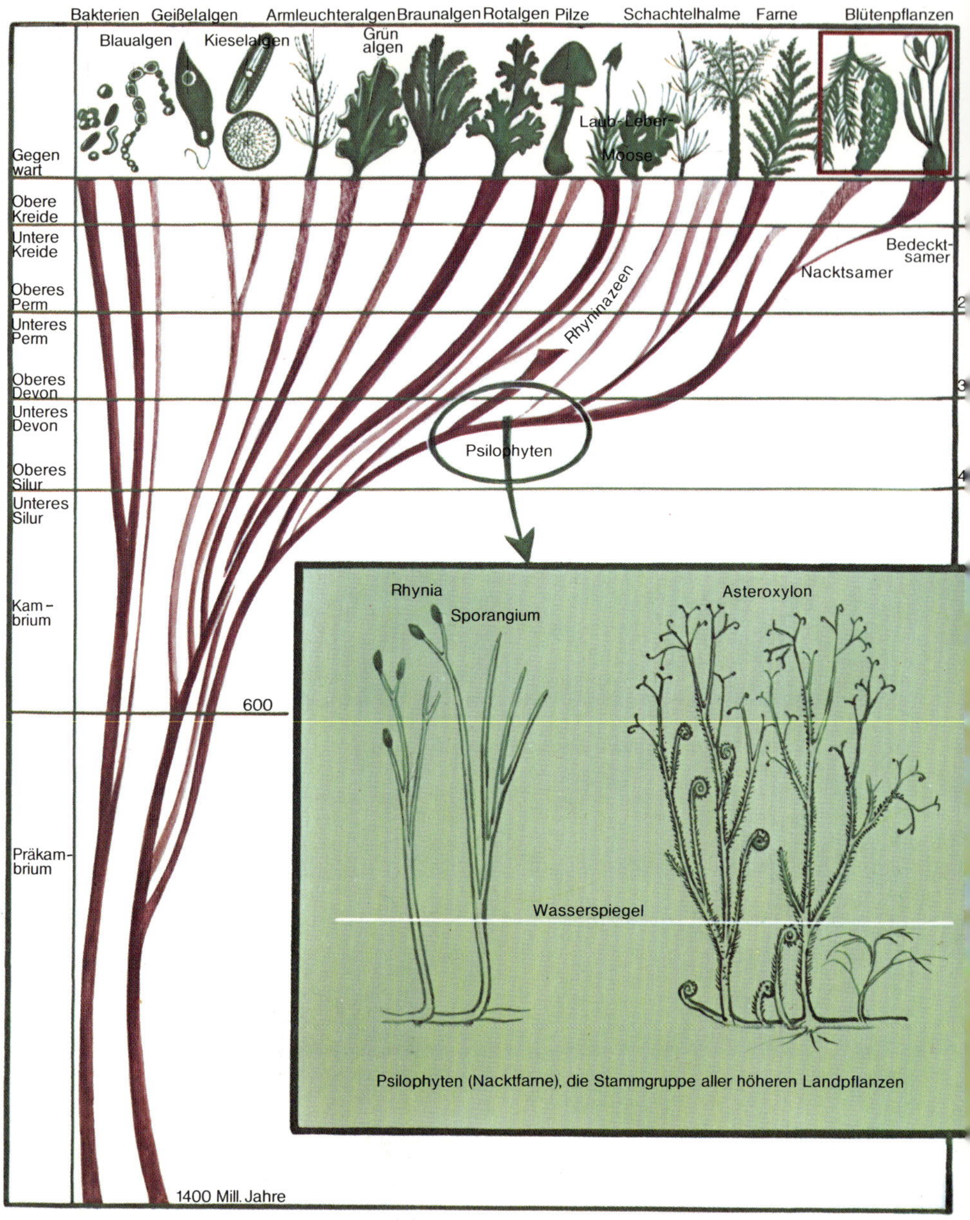

BLÜTENPFLANZEN II

Blattformen

biologische Zeichen

- ⊙ einjährige Pflanze
- ⊙⊙ zweijährige Pflanze
- ♃ ausdauernde Pflanze, Staude
- ♄ Halbstrauch
- ♄ Strauch
- ♄ Baum
- ♂ männl.
- ♀ weibl.
- ⚥ Zwitter
- × Kreuzung, Bastard
- ∞ Freilandpflanze
- ∞ Freilandpflanze mit Winterschutz
- Kletternde Pflanze
- Ampelpflanze
- † Gift- bzw. Arzneipflanze

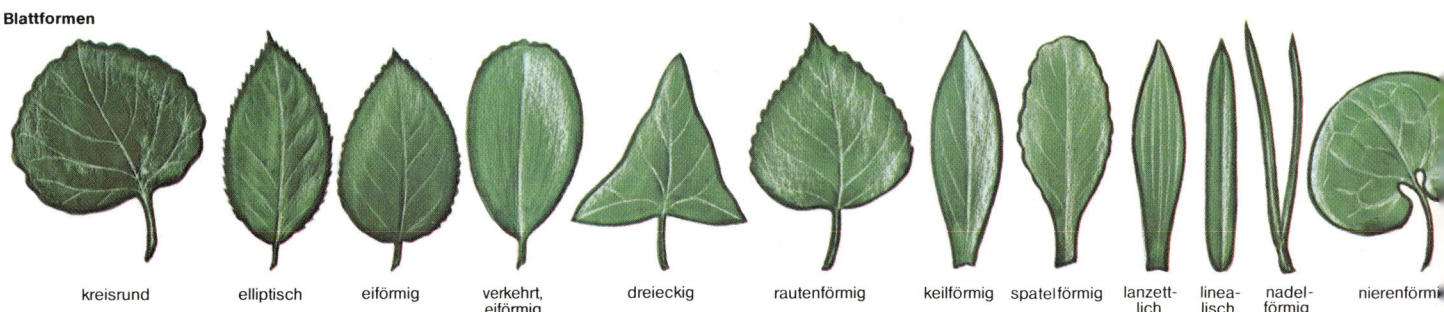

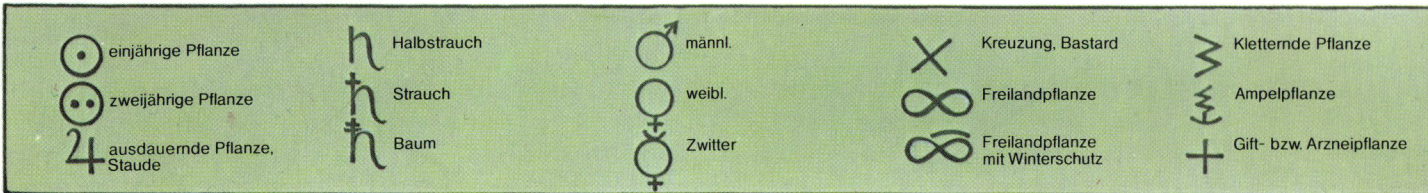

Blütenpflanzen

Blattstellung

wechselständig · gegenständig · quirlständig

ablaufend · stengelumfassend · durchwachsen · verwachsen

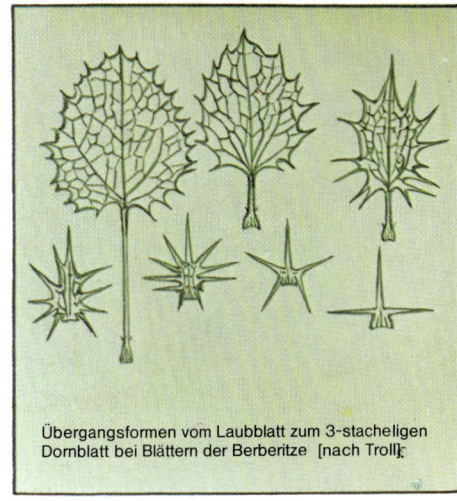

Übergangsformen vom Laubblatt zum 3-stacheligen Dornblatt bei Blättern der Berberitze [nach Troll]

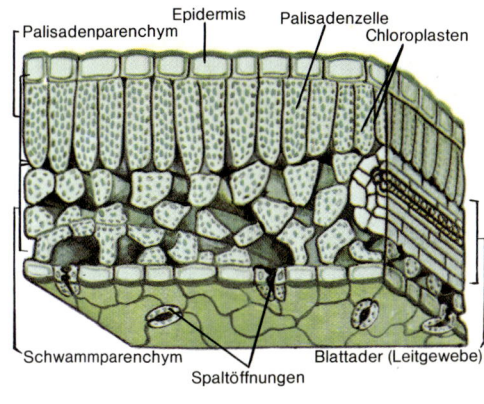

Innerer Bau eines Laubblattes (Blockbild, von unten gesehen, schematisch)

Labels: Palisadenparenchym, Epidermis, Palisadenzelle, Chloroplasten, Schwammparenchym, Spaltöffnungen, Blattader (Leitgewebe)

Blattränder

ganzrandig · gesägt · doppelt gesägt

schrotsägeförmig · gezahnt · gekerbt · buchtig

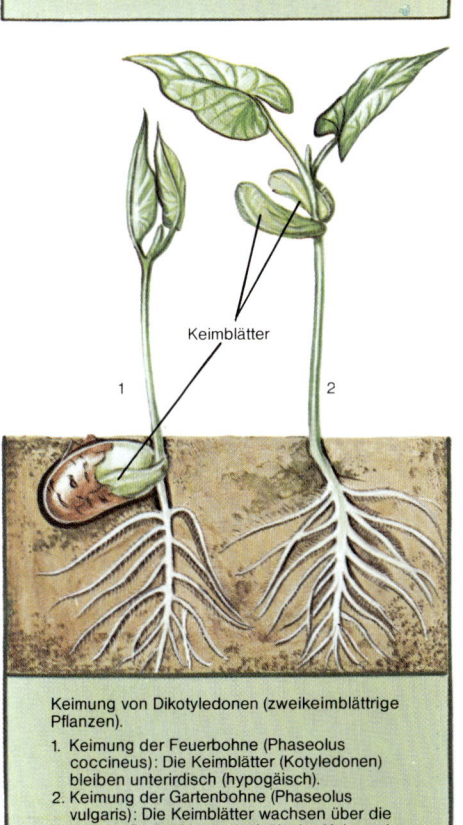

Keimblätter

Keimung von Dikotyledonen (zweikeimblättrige Pflanzen).
1. Keimung der Feuerbohne (Phaseolus coccineus): Die Keimblätter (Kotyledonen) bleiben unterirdisch (hypogäisch).
2. Keimung der Gartenbohne (Phaseolus vulgaris): Die Keimblätter wachsen über die Erdoberfläche hinaus (epigäische Keimung).

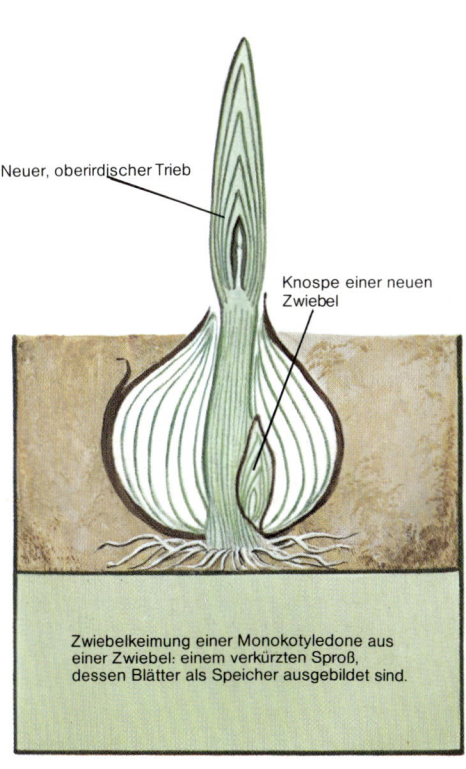

Neuer, oberirdischer Trieb · Knospe einer neuen Zwiebel

Zwiebelkeimung einer Monokotyledone aus einer Zwiebel: einem verkürzten Sproß, dessen Blätter als Speicher ausgebildet sind.

Teilung der Blätter

erzförmig · pfeilförmig · zungenförmig · spießförmig · fiederspaltig · handförmig · gelappt · unpaarig gefiedert · paarig gefiedert · gefingert

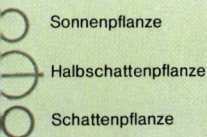 Sonnenpflanze 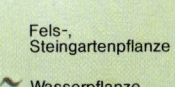 Fels-, Steingartenpflanze 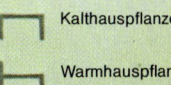 Kalthauspflanze  im Frühjahr blühend   im Herbst blühend

Halbschattenpflanze · Wasserpflanze · Warmhauspflanze ·  im Sommer blühend · 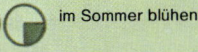 im Winter blühend

Schattenpflanze · Moor- und Sumpfpflanzen · Topfpflanze

Blütenpflanzen

BLÜTENPFLANZEN III

Stammsukkulenz bei dem Wolfsmilchgewächs Euphorbia resinifera

Stammsukkulenz bei Liliengewächsen: Aloe pillansii, aus den Trockengebieten Afrikas

Stammsukkulenz bei Kakteen: der Säulenkaktus Azureocereus nobilis

Stammsukkulenz bei Aizoazeen: lebende Steine, Dinteranthus wilmotianus

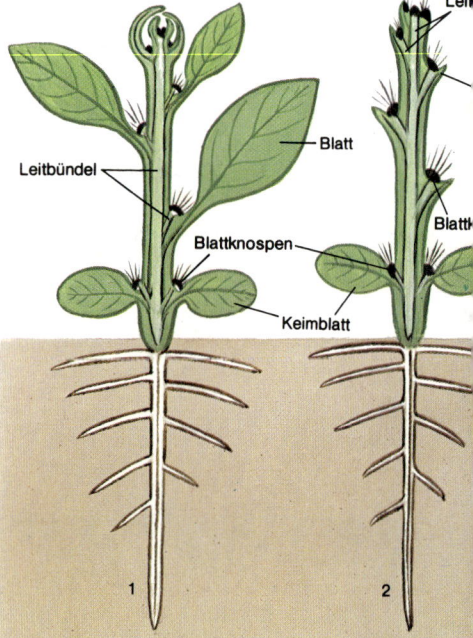

Entwicklung der Stammsukkulenz unter dem Einfluß warmer, trockener Klimate mit kurzen, ergiebigen Regenzeiten (Speicherpflanzen): Bis auf die Keimblätter werden die Laubblätter fortschreitend zu unscheinbaren Anhängseln und die Blattknospen zu Dornenbüscheln (Areolen) reduziert, während das Rindengewebe zu einem Wasserspeicher erweitert wird. 1 Peireskia, 2 Opuntia, 3 Cereus (nach Troll, vereinfacht)

Stammsukkulenz bei Seidenpflanzengewächsen: die Aasblume Huernia zebrina

Stützwurzeln des Schraubenbaumes, Pandanus utilis, einer tropischen Nutzpflanze

Der „Kaktus"-Typ (Stammsukkulenz) in verschiedenen Pflanzenfamilien (nach Strasburger u. a., vereinfacht): 1) Kaktusgewächs (Cereus). – 2) Wolfsmilchgewächs (Euphorbia). – 3) Seidenpflanzengewächs (Heurnia). – 4) Korbblütler (Senecio). – 5) Weinrebengewächs (Cissus)

Blütenpflanzen

Sinnpflanze (Mimosa pudica)

Stechpalme (Ilex aquifolium)

Strandmannstreu (Eryngium maritimum)

Euphorbia spec.

Leitbündel

1) „Fleischfressende Pflanze" Venusfliegenfalle, Dionaea muscipula, mit Insektenklappfallen. – 2) Die Sinnpflanze, Mimosa pudica, klappt auf Berührungsreiz alle ihre Blattfiedern nach oben, danach die ganzen Fiederblätter nach unten. – 3) Trockenwarmes Klima führte zur Ausbildung von Stacheln, Dornen und Stechblättern, die auch vor Tierfraß schützen

Epiphyten der warmen Zonen im Gewächshaus

Fleischfressende Pflanze: die Kannenpflanze, Nepenthes spec.

Fleischfressende Pflanze: Sonnentau, Drosera rotundifolia

Hochblätter von Pointsettie, Euphorbia pulcherrima (sog. Weihnachtsstern links). – Bougainvillea spectabilis aus der Südsee (rechts)

Fleischfressende Pflanze: die Venusfliegenfalle, Dionaea muscipula

der getrennt, von *choripetaler* B. Nach den Symmetrieverhältnissen unterscheidet man *strahlige (radiärsymmetrische, aktinomorphe)* B.n durch die mehr als 2 Symmetrieachsen legbar sind, *bilateral-symmetrische* B.n mit einer, *dorsiventrale (zygomorphe)* B.n mit zwei, *asymmetrische* B.n ohne Symmetrieachse.
Die B.nverhältnisse können in einem schemat. Grundriß *(Blütendiagramm)* oder in einer B.nformel dargestellt werden; bei letzterer werden die einzelnen Organe der B. mit Buchstaben bezeichnet. Beispiel: K5 C5 A5 + 5G (^{5}). Es bedeuten K = Kelch, C = Krone, A = Androezeum, G = Gynaezeum, die beigefügte Zahl die Anzahl der Glieder, Einklammerung Verwachsung der Glieder, ein Strich unter oder über der Zahl der Fruchtblätter eine ober- oder unterständige Stellung des Fruchtknotens. – 🄱→Blütenpflanzen.
2. *Umgangssprache:* gefälschte Banknote.
Blutegel, *Medizinischer B., Hirudo medicinalis,* 10–15 cm langer, auffallend gefärbter (dunkelgrün mit braunen oder roten Längsbändern u. schwarzen Flecken) *Egel* des Süßwassers, in Dtschld. selten geworden, wird hier meist mit dem häufigen →Pferdeegel verwechselt. Der Medizin. B. ist ein Blutsauger, der mit drei sägeartigen Kieferplatten an seiner Mundöffnung Wunden schneidet u. das durch den Stoff *Hirudin* am Gerinnen gehinderte Blut in seitliche Aussackungen seines Darmes aufnimmt. Ein B. saugt 10–15 cm^3 Blut, die Wunde blutet mehrere Stunden nach (weitere 20–50 cm^3 Blut). B. wurde vor allem im 19. Jh. zum Blutschröpfen medizin. verwendet.
Blutei, nicht vollwertiges, auszusortierendes Ei; kenntlich an Blutflecken auf der Oberfläche des Dotters, hervorgerufen durch Blutung im Eierstock, oder an Blutflecken im Weißei, hervorgerufen durch Blutung im Eileiter.
Blutemail [-e'mail] →Emailkunst.
Blütenbildung, Ausbildung der Fortpflanzungsorgane bei *Blütenpflanzen.* Voraussetzung ist die Blühreife. Erst dann können die Blüten embryonal angelegt werden. Die Entfaltung der Blütenblätter ist von lebhaften Wachstumserscheinungen begleitet. Es wird angenommen, daß Teile der Erbsubstanz („Blühgene"), die bisher nicht in Funktion waren, durch bestimmte Faktoren aktiv werden u. die Ausbildung der Blütenanlage hervorrufen. Bei der Gartenerbse u. der Tomate ist der Zeitpunkt der Blütenbildung erbmäßig festgelegt u. kann durch Außeneinflüsse nur variiert werden. Andere Pflanzen, z.B. die Senfpflanze *(Sinapis alba),* blühen bei Einfluß des in den heranwachsenden Blättern entstehenden Blühhormons (→Hormon) *Florigen,* wahrscheinlich über Aktivierung der „Blühgene". Bei vielen Pflanzen hat die Länge der täglichen Licht- u. Dunkelperiode *(Photoperiodismus)* entscheidenden Einfluß auf die Bildung des Blühhormons. *Kurztagpflanzen* wie Reis, Hirse, Bohnen u. Kartoffeln kommen nur nach einer gewissen Anzahl von Kurztagen zur B. Andernfalls bleiben sie rein vegetativ. Umgekehrt benötigen *Langtagpflanzen* (Roggen, Gerste, Hafer, Weizen, Spinat) eine bestimmte Anzahl von Langtagen, z.B. mit 18, 16 oder 14 Stunden Licht je Tag. Die Aufnahmeorgane für das Licht sind die Blätter. Die Aufnahme erfolgt über das Phytochromsystem. Die weiteren Reaktionen sind noch unbekannt. Auch Temperatur kann als Außenfaktor wirksam sein. Durch Kälteeinwirkung auf den jungen Embryo erfolgt beim Wintergetreide eine Entwicklungsbeschleunigung. – 🄻9.1.3.
Blütenbiologie, Lehre von den Beziehungen zwischen Blütenpflanzen u. blütenbesuchenden Tieren (Insekten, Vögel, Fledermäuse, in Australien auch Kletterbeutler). Die Blüten bieten den Tieren Nahrung (Pollen, Nektar) u. werden dabei bestäubt; sie bilden verschiedene Vorrichtungen zum Anlocken der Tiere (Farbe, Düfte u.a.) u. zur Sicherung der Bestäubung aus (Anordnung von Nektardrüsen, Staubblättern u. Narben u.a.). Bestimmte Blüten sind an bestimmte Blütenbesucher angepaßt, indem nur bestimmte Gruppen von Tieren zugelassen oder angelockt werden (Vogel-, Insektenblüten; Hymenopteren-, Schmetterlingsblüten; Tag-, Nachtfalterblüten u.a.). In bes. Fällen werden Tiere bis zur Bestäubung von der Blüte festgehalten, z.B. Kesselfallenblumen (Aronstab), Klemmfallenblumen (Fettkraut, *Pinguicula*).
Blutendes Brot, *Blutende Hostie,* durch Kolonien von *Chromobacterium prodigiosum* bewirkte Rotfärbung von Brot. Im MA. hat man die roten Kolonien für Blut gehalten, was zu mancherlei Spekulationen Anlaß gab. →auch Blutalgen.
Blütenfarbstoffe, natürl. Farbstoffe in Blüten, aber auch in Blättern, Früchten u. Wurzeln; hauptsächl. Verbindungen der Klasse der →Anthocyane.
Blütenpflanzen, *Spermatophyta, Anthophyta,* hochentwickelte, an das Landleben vollständig angepaßte Sproßpflanzen, die sich durch den Besitz von Blüten u. die Bildung von Samen auszeichnen. Nach der Stellung der Samenanlagen unterscheidet man 2 Unterabteilungen: 1. *Gymnospermae* (→Nacktsamer), deren Samenanlagen offen auf den Fruchtblättern liegen. 2. *Angiospermae* (bedecktsamige Pflanzen), deren Samenanlagen in einem aus den verwachsenen Fruchtblättern gebildeten Fruchtknoten eingeschlossen sind. Nach der Befruchtung entwickelt sich der Fruchtknoten zu einer die Samen enthaltenden Frucht. Die meist zwittrigen →Blüten besitzen in der Regel eine auffällige Blütenhülle. Die Angiospermae gliedert man weiter in die →Monokotyledonen u. →Dikotyledonen. Die höhere Systematik der Blütenpflanzen ist noch umstritten u. kann, je nach Autor, verschieden sein. Die B. werden auch *Samenpflanzen, Spermatophyta,* genannt. Im Gegensatz zu den *Sporenpflanzen, Kryptogamae,* bezeichnet man sie auch als *Phanerogamae.* – 🄱S. 46ff.
Blütenstand, *Infloreszenz,* gesetzmäßige Anordnung von mehreren Blüten zu einer Blütengemeinschaft. Man unterscheidet 1. *razemöse* oder *monopodiale* Blütenstände, die eine durchgehende, allen Seitentrieben übergeordnete Hauptachse besitzen: Traube, Ähre, Kolben, Köpfchen, Körbchen, Dolde (ohne oder mit einfachen Seitenachsen), Rispe, Doppeldolde (mit verzweigten Seitenachsen); 2. *zymöse* oder *sympodiale* Blütenstände, bei der die Hauptachse vorzeitig die Entwicklung einstellt u. die Seitenzweige die Führung übernehmen; entsteht durch Weiterentwicklung nur einer Seitenachse eine scheinbare Hauptachse, spricht man von einem *Monochasium* (Wickel, Schraubel, Fächel); setzen zwei oder mehr Seitenachsen die Entwicklung fort, spricht man von einem *Dichasium* oder *Pleiochasium* (Trugdolde).
Blütenstecher, *Anthonominae,* Unterfamilie der *Rüsselkäfer,* deren Weibchen junge Blüten anstechen, um ihre Eier abzulegen, z.B. *Apfel-B., Baumwollkapselkäfer, Himbeerstecher.*
Blütenwickler, Schmetterlinge, →Wickler.
Bluterguß, *Hämatom,* Blutaustritt aus abnorm durchlässigen oder verletzten Gefäßen in Körpergewebe u. -höhlen; entsteht durch Verletzungen, Bersten von Gefäßen oder Durchlässigkeit aufgrund innerer Gefäßerkrankungen. Kühle Umschläge u. Ruhigstellung der kranken Partien, ärztl. Hilfe.
Bluterkrankheit, *Hämophilie,* erbl. Neigung zu schweren unstillbaren Blutungen ohne oder bereits bei geringen Verletzungen. Ursache: Störung der Blutgerinnung infolge Fehlens der sog. antihämophilen Globuline. Die B. wird durch die nicht erkrankenden Frauen (Konduktorinnen) der Bluterfamilien auf die Söhne vererbt. Sie ist schwer beeinflußbar; möglichst Schutz der Kranken vor Verletzungen.
Blutersatz, Lösungen, die nach schweren Blutungen zum Auffüllen der restl. Blutmenge dienen; verwandt werden blutisotonische Salzlösungen u. Salzlösungen mit Zusätzen an hochmolekularen organ. Verbindungen. I.w.S. auch Blutübertragung von einem Blutspender, →Bluttransfusion.
Blutfahne, *Blutbanner,* **1.** die rote Fahne, die im MA. bei der Verleihung der mit dem Lehen verbundenen Gerichtsbarkeit (Blutbann) durch den Kaiser verwendet wurde.
2. die beim Hitler-Putsch (Marsch zur Feldherrnhalle) in München 1923 getragene Hakenkreuzfahne; in der NSDAP später Gegenstand kultischer Verehrung.
Blutfarbstoff →Hämoglobin.
Blutfleckenkrankheit, *Purpura,* Sammelbegriff mehrerer durch Blutflecken u. -bläschen der Haut u. Schleimhäute charakterisierter Krankheiten: **1.** *Purpura rheumatica Schoenlein,* eine allergische Kapillartoxikose, die mit schweren Darm- u. Nierenblutungen, Gehirnentzündung u.a. verlaufen kann.
2. *Purpura haemorrhagica, Morbus maculosus Werlhof* (Paul *Werlhof,* Arzt, *1699, †1767), die auf einem Mangel an Blutplättchen *(Thrombopenie)* beruht.
3. *Glanzmannsche Krankheit* (Eduard *Glanzmann,* Kinderarzt, *1887, †1959), *Thrombasthenie,* Blutungsneigung aufgrund erblicher funktioneller Minderwertigkeit der in normaler Anzahl vorhandenen Blutplättchen.
4. *symptomatische Purpura,* die als Begleiterscheinung verschiedener Krankheiten u. Vergiftungen auftritt.
Blutfülle, *Plethora,* **1.** starke Vermehrung der roten Blutkörperchen u. des Blutfarbstoffs; kommt vor bei Herzleiden, besonders bei der Blausucht, bei Milzleiden u.a., aber auch als selbständige Krankheit; Behandlung entspr. dem Grundleiden.
2. Blutandrang, →Hyperämie.
Blutgefäßsystem, Hohlraumsystem im Körper höherentwickelter Tiere, in dem eine Flüssigkeit *(Blut)* strömt, die dem *Stoff-* u. *Gastransport* dient (→Blutkreislauf). Ohne B. kommen Tiere aus, bei denen Darm, Ausscheidungsorgane u.a. im ganzen Körper verzweigt sind (z.B. Plattwürmer) oder bei denen Leibeshöhlenflüssigkeit (z.B. Hohlwürmer) oder Coelomflüssigkeit (z.B. Egel) ungebahnt Nahrungs- u. Ausscheidungsstoffe transportiert. Mit zunehmender Konzentration der inneren Organe u. mit wachsender Größe der Tiere steigen die Leistungsansprüche an das B.
Prinzip des B.s: als Gefäße dienen in *geschlossenen B.en* ausschl. mit Endothel ausgekleidete Röhren *(Adern),* in *offenen B.en* fließt das Blut streckenweise durch Körperhohlräume; an den Stellen des Stoff- u. Gasaustauschs bilden die Gefäße entweder größere Flächen *(Blutsinus)* oder spalten sich in Netze feiner Haargefäße *(Kapillarnetze)* auf; der Antrieb erfolgt durch muskulöse Gefäßabschnitte oder Zentralorgane *(Hohlmuskeln,* →Herz).
Unter den *Wirbellosen* kommen *geschlossene B.e* bei Schnurwürmern, *Nemertinen,* u. Ringelwürmern, *Anneliden,* vor. Weichtiere (Mollusken), Krebse u. Tracheata haben ein offenes B. Die Weichtiere verfügen schon über Herzen, die ein bis vier Vorhöfe haben u. in einen →Herzbeutel eingehüllt sind. Die *offenen B.e* der Krebse u. Tracheata bestehen aus einem kontraktilen Rückengefäß, nach vorn anschließender Arterie u. aus Scheidewänden im Körper, die den Blutstrom lenken. Die Stachelhäuter, *Echinodermen,* besitzen mehrere komplizierte Transportsysteme, ein Coelomsystem, ein Wassergefäßsystem u. ein B. Bes. hoch entwickelt sind die *geschlossenen B.e* der *Wirbeltiere.* Die *Acranier* (das Lanzettfischchen), die auch *Leptocardier,* d.h. *Röhrenherzen,* heißen, haben noch Antriebsorgane *(Kiemenherzen, Bulbillen)* auf allen →Kiemenbögen. Bereits die Fische haben ein zentrales Antriebsorgan *(Herz),* aber noch einen einfachen Kreislauf: das Blut fließt vom Herzen zu den Kiemen, von dort zu den Körperorganen u. zurück zum Herzen.
Die Landwirbeltiere (bis hin zum Menschen) besitzen einen doppelten Kreislauf; das Herz ist mehr oder weniger vollständig in zwei Hälften geteilt: von der linken Herzhälfte geht der *große* (Körper-) *Kreislauf* aus, das Blut fließt durch einen oder mehrere Aortenbögen (→Aorta) u. durch immer feiner werdende →Schlagadern (Arterien) zu den Körperorganen, dort findet in →Haargefäßen (Kapillaren) der Stoff- u. Gasaustausch statt; das Blut sammelt sich wieder in →Blutadern *(Venen)* u. fließt zum Herzen zurück; sodann fließt es von der rechten Herzhälfte aus im *kleinen* (Lungen-) *Kreislauf* durch die Lungenarterien zu den Lungen u. durch die Lungenvenen zur linken Herzhälfte zurück.
Im Verlauf der Höherentwicklung der Wirbeltiere wird der doppelte Kreislauf vor allem durch Umbildungen im Bereich des Herzens vervollkommnet. Bei Amphibien sind die Herzhälften nur in den Vorkammern getrennt; die Reptilien besitzen schon eine, wenn auch unvollkommene Scheidewand der Herzkammern; die Vögel u. Säugetiere schließlich verfügen über vollkommen getrennte Herzhälften u. damit über eine vollständige Trennung von sauerstoffreichem u. sauerstoffarmem Blut im Herzen u. im B. Ein besonderes System bildet die →Pfortader, die die →Leber an das B. anschließt.
Die Wirbeltiere besitzen als gesondertes Gefäßsystem außerdem das *Lymphgefäßsystem,* das durch den *Milchbrustgang* u. die obere Hohlvene an das B. angeschlossen ist.
Blutgerinnung, *Koagulation,* komplizierter fermentativer Vorgang bei Säugetieren, der in drei Phasen abläuft. In der 1. zerfallen die *Blutplättchen,* wobei das Ferment *Thrombokinase* frei wird. Dieses wandelt in Gegenwart von Calcium-Ionen das im Blut vorhandene *Prothrombin* in das Ferment *Thrombin* um; dieses bildet aus dem im Blut

Blutkreislauf

Schema 1

Blutgruppe	Blutkörperchen-art (Faktor)	Agglutinine im Serum
A	A	Anti-B (β)
B	B	Anti-A (α)
AB	A, B	–
0	0	Anti-A und Anti-B

Schema 2
Vereinfachtes Schema der Blutgruppen für Bluttransfusion

| Blutgruppe | Spender | | | |
	$0/\alpha\beta$	A/β	B/α	$AB/--$
$0/\alpha\beta$	–	+	+	+
A/β	–	–	+	+
B/α	–	+	–	+
$AB/--$	–	–	–	–

+ = Agglutination (unverträglich)
– = keine Agglutination (verträglich)

gelösten *Fibrinogen* den Faserstoff *Fibrin* (2. Phase). Mit den Blutzellen bildet sich daraus in der 3. Phase der Blutkuchen *(Thrombus)*, der sich langsam zusammenzieht u. das Blutserum auspreßt. Durch Ausfällen des Blutcalciums mit Citronensäure oder Oxalsäure wird die Gerinnung verhindert; durch Schlagen kann der Faserstoff entfernt u. das Blut flüssig erhalten werden. Ferner verhindern *Heparin* u. *Hirudin* – Substanzen des Medizin. Blutegels – die B. Bei Blutern ist die B. in der 1. Phase gestört.
Blutstillung erfolgt wohl bei allen blutführenden Tieren. Sie beruht auf der *Agglutination* der eiweißhaltigen Blutzellen an den Wundrändern. Bei einigen Spinnen, Krebsen u. Insekten ist wie bei den Säugetieren eine zusätzliche *enzymatische* B. nachweisbar.
Blutgruppen, erbliche Merkmale (Gene) der Erythrozyten (roten Blutkörperchen) u. entsprechender Antikörper im Blutserum. Die Erythrozyten werden als *Agglutinable* (Agglutinogene), die Antikörper als *Agglutinine* bezeichnet. Bei B.unverträglichkeit agglutinieren (verkleben) die Erythrozyten eines Menschen, wenn man sie mit Serum eines anderen vermischt. Beim Haupt-B.-System, dem AB0-System, teilt man zunächst in 4 B. ein, je nachdem, ob 1 oder 2, als A u. B bezeichnete Faktoren oder keiner von ihnen vorhanden ist: A, B, AB u. 0. Die entsprechenden Agglutinine sind im Serum vorhandene Eiweißkörper u. werden als α u. β bezeichnet (α = Anti-A, β = Anti-B). α agglutiniert A, β dementsprechend B. Blut der Gruppe A enthält demnach nur β (weil α die eignen Erythrozyten agglutinieren würde), B nur α, AB weder α noch β. 0 sowohl α wie auch β. Danach ergäbe sich das (vereinfachte) Schema der B.: Blutgruppe A = A/β, Blutgruppe B = B/α, Blutgruppe AB = AB/– u. Blutgruppe 0 = –/$\alpha\beta$. Die Häufigkeit der B. beträgt in Dtschld. etwa: 44% A, 13% B, 3% AB u. 40% 0. Die Bedeutung dieser Haupt-B. liegt u. a. vor allem darin, bei Bluttransfusionen Zwischenfälle durch Unverträglichkeitserscheinungen infolge Übertragung gruppenfremden Blutes zu vermeiden (Schema 2). – Die Blutgruppe A wird noch weiter unterteilt in die Untergruppen A_1 u. A_2 (A_3, A_4 u. A_5 sind extrem selten) mit entsprechenden Agglutininen (Anti-A_1 = α_1, Anti-A_2 = α_2 usw.). Hinsichtlich des Erbgangs (nach den Mendelschen Gesetzen) ist dabei bedeutungsvoll, daß A_1 über A_2 u. 0, A_2 über 0 dominant ist; die Blutgruppe A_1 (im Phänotyp) kann also im Genotyp $A_1 A_1$, $A_1 A_2$ u. $A_1 0$ sein, A_2 dagegen nur $A_2 A_2$ oder $A_2 0$. A_1 hat an Serum-Agglutininen β u. sehr selten α_2, A_2 β u. manchmal α_1. Dementsprechend wird auch die Blutgruppe AB noch einmal unterteilt in $A_1 B$ (kein β, sehr selten α_2) u. $A_2 B$ (kein β, oft aber α_1). Die Bedeutung dieser A-Untergruppen liegt darin, daß bei Transfusionen ein A-Empfänger mit unbekannter A-Untergruppe (A_1 oder A_2) nicht wechselweise 0- (sog. Universalspender) u. A-Blut ebenfalls unbekannter Untergruppe erhalten soll, weil es dann unter bestimmten Umständen zu Zwischenfällen kommen kann. Etwa 70% von A sind A_1, etwa 30% A_2, etwa 60% von AB sind $A_1 B$ u. etwa 40% $A_2 B$. – Die Eigenschaften A u. B sind nicht einheitlich, sondern Komplexe aus mehreren Teileigenschaften (Teilantigenen). So hat man die Eigenschaft B beim Menschen durch serologische Untersuchungen unterteilen können in die Teilfraktionen B_1, B_2 u. B_3. Dabei ist es interessant, daß zwar manche menschlichen B.eigenschaften auch bei manchen Tieren vorkommen, daß aber B_1 außer beim Menschen nur noch beim Orang-Utan mit der Blutgruppe B vorkommt, während bei anderen Tieren nur mit B sich nur B_2 bzw. B_3 finden; B_1 ist also offenbar, abgesehen vom Orang-Utan, menschenspezifisch. – Die spezifischen Substanzen sind chemisch Mukopolysaccharide (Kohlenhydrat-Eiweiß-Verbindungen) u. finden sich an der Oberfläche der Erythrozyten. Etwa 80% der Menschen haben die Fähigkeit, sie auch auszuscheiden, bes. im Speichel, ferner in Magensaft, Samenflüssigkeit, Muttermilch, Harn u. Tränenflüssigkeit; diese Fähigkeit wird unabhängig von den AB0-B. vererbt. Ist sie vorhanden, so spricht man vom S-Faktor (Sekretor), fehlt sie, was bei etwa 20% aller Menschen der Fall ist, vom s-Faktor (Nichtsekretor). Außer diesem u. dem bekannten Rhesus-System (Rh/rh-System) gibt es noch eine Vielzahl anderer B.- u. Blutfaktorensysteme mit unterschiedlicher praktischer oder theoretischer Bedeutung: dem Rhesus-System nahestehende Blutfaktoren-Systeme sind z. B. das MN-, P/q-, Q/q-, S/s-System, das Kell-Cellano-, Kidd-, Duffy-System, dem AB0-System serologisch nahestehende das Lewis- u. Jay-System; das Lutheran-, Miltenberger-, Wright-System u. a. sind weitere Systeme. – ▣ 9.9.1.
Bluthänfling, *Hänfling, Carduelis cannabina,* europ. *Finkenvogel* mit im männl. Geschlecht roter Brust u. roter Stirn; wird wegen seines Gesangs gerne im Käfig gehalten.
Blutharnen, *Hämaturie,* Ausscheiden von Blut im Harn; kenntlich an fleischwasserfarbener Verfärbung des Harns; Nachweis durch chem. oder mikroskop. Untersuchungen. Hauptursache des B.s: Erkrankungen der Niere u. der Harnwege (Entzündungen, Tuberkulose, Tumoren, Steine, Verletzungen u. a.); →auch Hämoglobinurie.
Bluthasel →Haselnuß.
Blüthner, Julius, Klavierbauer, *11. 3. 1824 Falkenhain bei Merseburg, †13. 4. 1910 Leipzig; gründete 1853 in Leipzig eine der bedeutendsten europ. Klavierfabriken.
Bluthochzeit, *Pariser B.* = Bartholomäusnacht.
Bluthund, engl. Jagdhundrasse; schwerer Kopf, schwarz, lohbraun oder fahlrot; gutmütig.
Bluthusten, *Blutspucken, Hämoptoe,* Beimengung von hellrotem, schaumigem Blut im Auswurf; öfter Zeichen einer Lungentuberkulose, kommt aber auch bei Tumoren, Entzündungen, Verletzungen der Lunge u. a. Erkrankungen vor. Ruhiglagerung, Eisbeutel auf die Brust, Arzt rufen.
Blutiger Sonntag, Beginn der bürgerl.-sozialist. Revolution in Rußland am 22. 1. 1905, als Gardetruppen in St. Petersburg einen friedlichen Bitt-Demonstrationszug unter Anführung des Priesters G. Gapon zusammenschossen. Die Revolution brach nach Bekanntwerden einer Niederlage gegen Japan u. wegen der herrschenden sozialen u. wirtschaftl. Mißstände aus. – ▣ →auch Sowjetunion (Geschichte).
Blutjaspis, Mineral, amorpher Quarz, →Heliotrop.
Blutkonserve, ungerinnbar gemachtes, auf Blutgruppen geprüftes, serologisch und bakteriologisch einwandfreies Blut, das durch Blutspenden gewonnen, in Blutbanken aufbewahrt und bei Bedarf für Bluttransfusionen ausgegeben wird. →auch Bluttransfusion.
Blutkörperchen →Blutzellen.
Blutkörperchensenkungsreaktion →Blutsenkung.
Blutkreislauf, *Blutzirkulation,* der Blutumlauf im →Blutgefäßsystem, der dem Transport von Nahrungs- u. Abfallstoffen sowie von Atemgasen dient (außer bei den Tracheata, bei denen das System der →Tracheen diese Funktion übernimmt). Der Antrieb des B.s erfolgt in bestimmten *kontraktilen Gefäßabschnitten* (z. B. Ringelwürmer u. Acra-

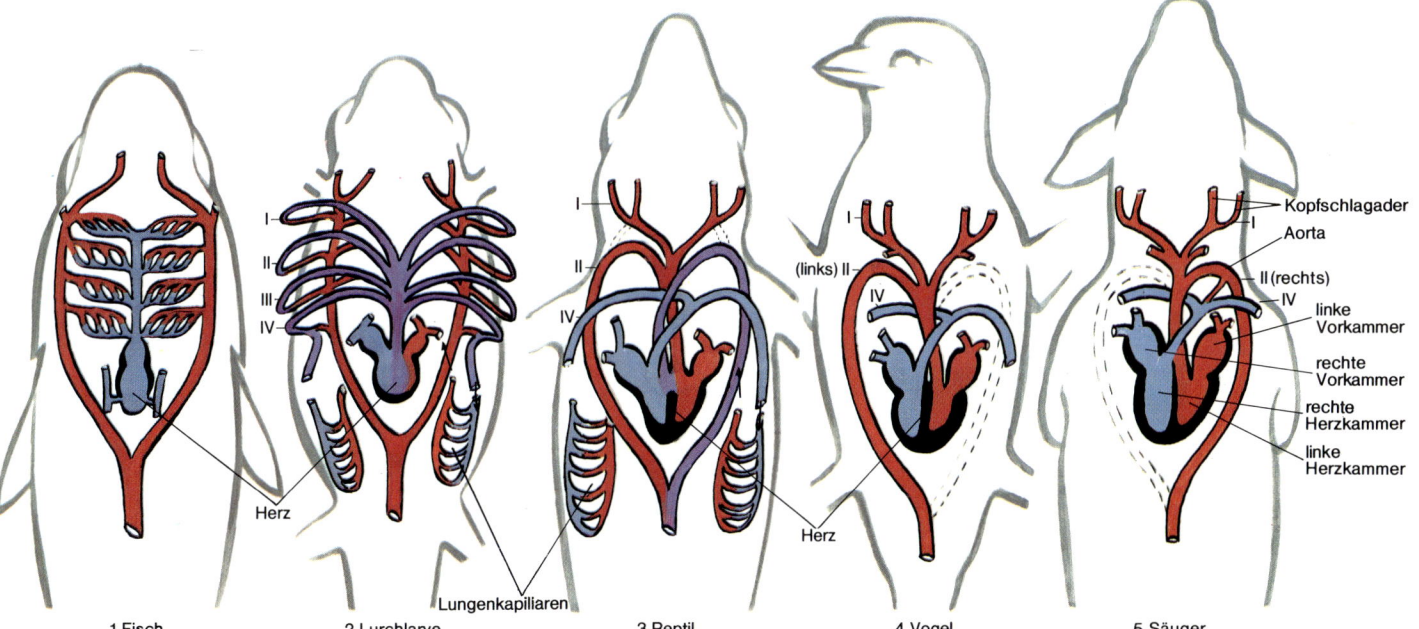

Blutkreislauf verschiedener Wirbeltiere und seine Entwicklung. I, II, III, IV ursprüngliche Zahl und Reihenfolge der Kiemenbögen. Arterielles Blut = rot, venöses Blut = blau, gemischtes Blut (1–3) = violett

1 Fisch 2 Lurchlarve 3 Reptil 4 Vogel 5 Säuger

Blutkuchen

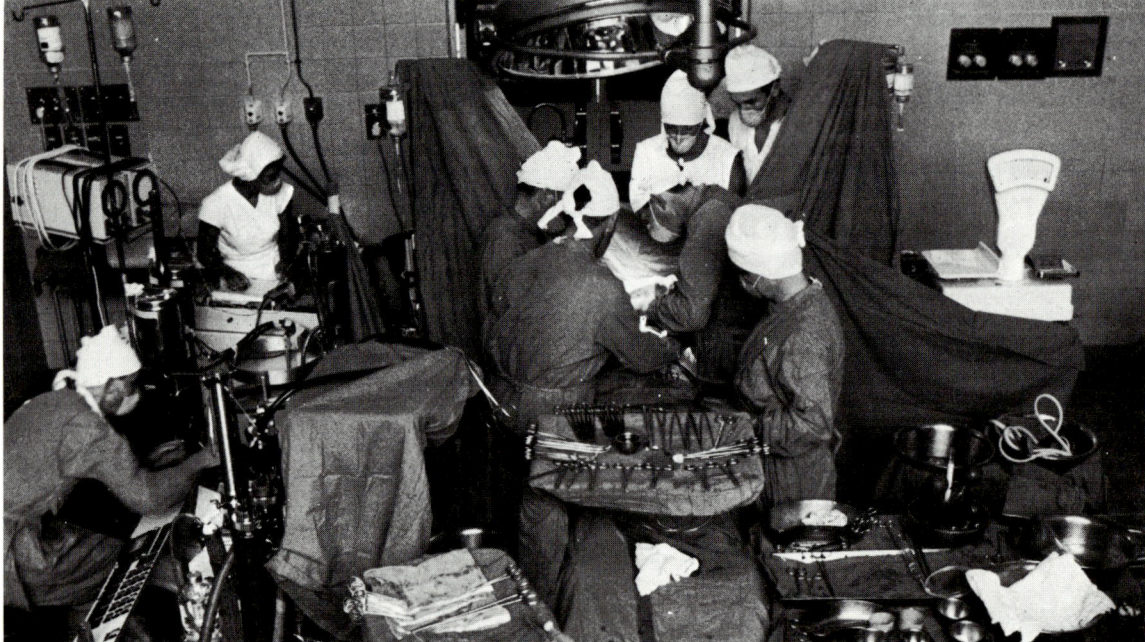

Christiaan Barnard mit Mitarbeiterstab bei einer Herztransplantation

Karl Landsteiner

Alexander Wiener

nier) oder in zentralen Antriebsorganen (→Herz). Der B. verläuft stets nur in einer Richtung, auch bei offenen Gefäßsystemen, bei denen das Blut im Körper mit Hilfe von Gewebslücken *(Lacunen)* oder Scheidewänden *(Diaphragmen)* geleitet wird. Bei Ringelwürmern, Krebsen u. Insekten fließt das Blut im Rückengefäß von hinten nach vorn, bei Schnurwürmern *(Nemertinen)* u. bei Wirbeltieren von vorn nach hinten. Lediglich bei Manteltieren *(Tunikaten)* wechselt die Antriebsrichtung regelmäßig.

In den komplizierten Gefäßsystemen der höheren Wirbeltiere kommt es zu einem *doppelten* B.: dem *kleinen* oder *Lungen-Kreislauf* u. dem *großen* oder *Körper-Kreislauf;* außerdem zu einem *Leberkreislauf* (→Pfortader) u. einem *Lymphkreislauf* (→Lymphgefäßsystem).

Beim Menschen beträgt die Umlaufzeit des Blutes im B. im Durchschnitt 55 Sekunden. Nur etwa 80% des Gesamtblutes befinden sich im Umlauf, der Rest liegt in Reserve (Blutdepots; in erster Linie die →Milz) für Sonderbeanspruchungen bei Blutverlusten, starker Muskelarbeit u. a. Mit einem Herzschlag werden in der Ruhe 50, bei Anstrengung bis 150 cm³ Blut aus der linken Kammer ausgeworfen (Schlagvolumen).

Blutkuchen, dunkelrote Gallerte, die bei der *Blutgerinnung* entsteht, bestehend aus →Fibrin u. den festen Bestandteilen des Blutes. Die abfließende Flüssigkeit ist das →Blutserum.

Blutlaugensalze, Kaliumsalze der Hexacyano-Komplexe des Eisens. 1. *gelbes Blutlaugensalz* (Kaliumhexacyanoferrat(II), Kaliumferrocyanid), $K_4[Fe(CN)_6] \cdot 3H_2O$, gelbe wasserlösliche Kristalle, wird aus Gasreinigungsmasse gewonnen, wurde früher durch Erhitzen von Blut, Hornspänen, tierischen Abfällen, Eisenspänen u. Pottasche hergestellt; verwendet u. a. zur Herstellung von *Berliner Blau.* Durch Oxydation des gelben Blutlaugensalzes erhält man 2. *rotes Blutlaugensalz* (Kaliumhexacyanoferrat(III), Kaliumferricyanid), $K_3[Fe(CN)_6]$, dunkelrote wasserlösl. Kristalle; wird u. a. in der Photographie als Abschwächer verwendet.

Blutlaus, *Eriosoma lanigerum,* 2 mm große schädl. *Blattlaus* mit rotbrauner Körperflüssigkeit, saugt an Apfelbäumen u. bildet wollartige Überzüge durch die Ausscheidungen der Wachsdrüsen. An den Saugstellen entstehen „krebs"ähnliche Knötchen. Heimat Nordamerika, 1802 nach Dtschld. eingeschleppt, jetzt überall verbreitet.

Blutleere, örtliche Anämie, kann durch nervöse Einflüsse, Gifte, Kälte entstehen. Künstlich wird sie durch Abschnüren der Blutzufuhr erzeugt, um bei Operationen übermäßige Blutungen zu vermeiden.

Blutleiter, Hirnsinus, *Sinus durae matris,* mit Endothel ausgekleidete u. mit venösem Blut gefüllte Räume zwischen den Blättern der harten Hirnhaut *(Dura mater)* des Menschen.

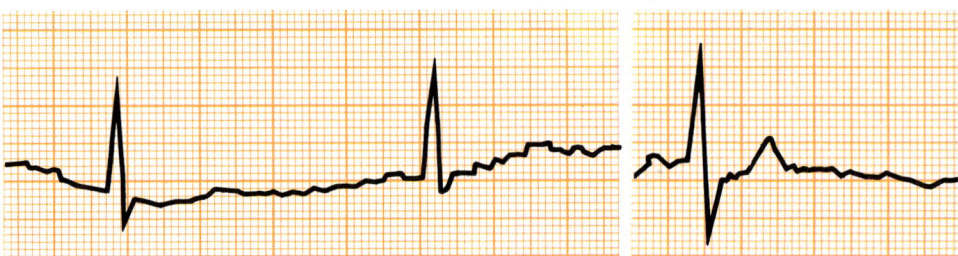

Normales Elektrokardiogramm (EKG-Kurve): Die P-Zacke entsteht bei der Zusammenziehung (Systole) der Vorhöfe, die Zacken QRST bei der der Kammer. Zwischen P und Q geht die elektrische Erregung von den Vorhöfen auf die Kammer über. P–T entspricht also einem Herzschlag

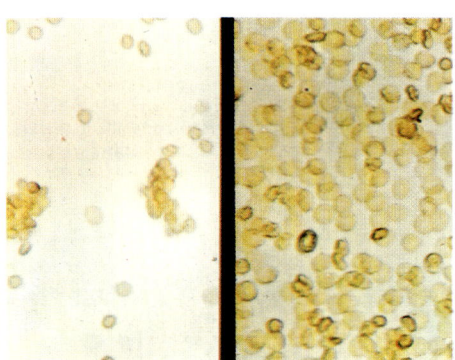

Agglutination und ihr Ausbleiben

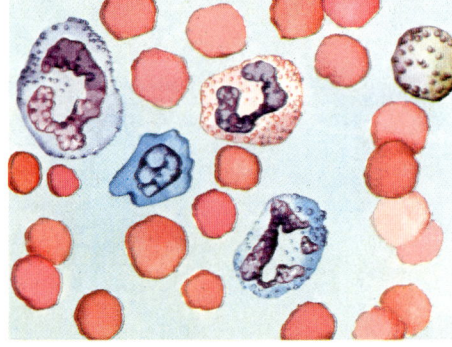

Normales Blutbild mit Erythrozyten (roten Blutkörperchen) und Leukozyten (weißen Blutkörperchen)

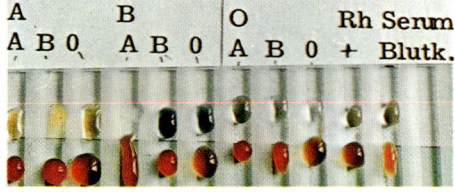

Versuchsansatz zur Bestimmung der Blutgruppen und des Rhesus-Systems nach K. Landsteiner und A. Wiener

Phasen der Arteriosklerosentstehung (rechts): a) Bis zur Elastica interna wird die Gefäßwand durch Eigengefäße (Vasa vasorum) ernährt, die Intima aber von innen, vom Blutstrom selbst. – b) Der Krankheitsprozeß beginnt meist mit einer Aufquellung der Intima: Die weißlichen Plaques (Auflagerungen) dieses Intima-Ödems können das kranke Gefäß erheblich einengen oder ganz verschließen. – c) Lipoidablagerung, Faservermehrung und Verkalkung führen zur Gefäßverhärtung (Atherosklerose)

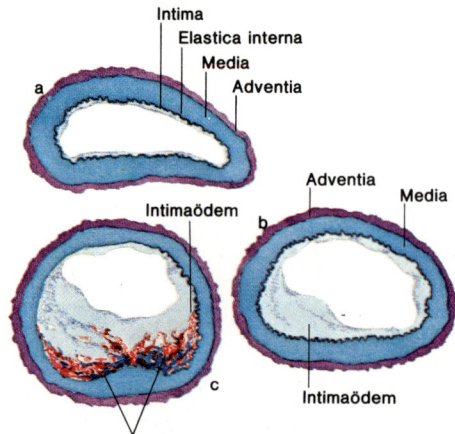

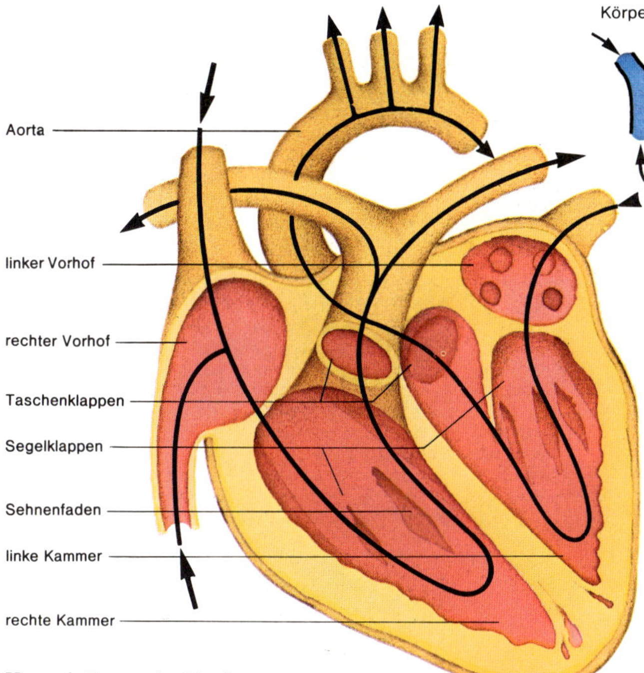

Herz mit Koronarkreislauf

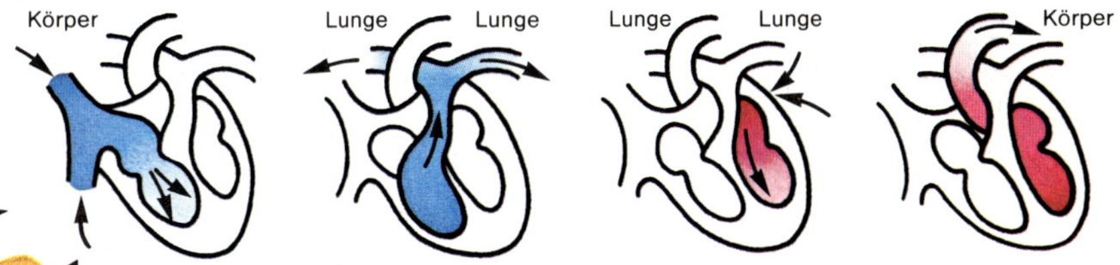

Die vier Phasen des Herzschlags

Blutgruppenbestimmung in einer Blutbank

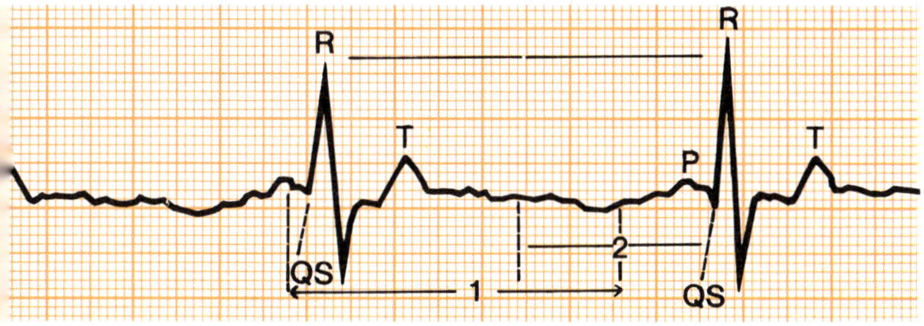

BLUTKREISLAUF UND HERZ

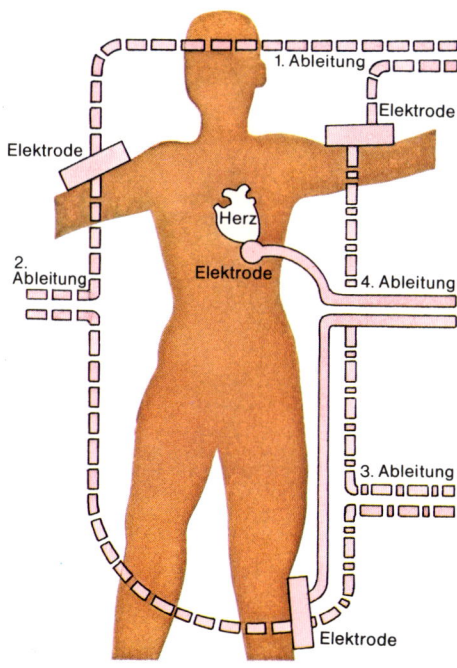

Schema der Ableitungen beim EKG (Anlegen der Elektroden zur Aufzeichnung der Aktionsströme des Herzmuskels); 1.–3. = Standard-, Extremitätenableitungen: 1. Abl. = linker Arm, rechter Arm; 2. Abl. = rechter Arm, linkes Bein; 3. Abl. = linker Arm, rechtes Bein; 4. Abl. = sog. Präkordialableitung (Brustwand Herzgegend, linkes Bein)

Blutmelken, Auftreten von Blut in der Milch mitunter in den ersten Tagen nach dem Kalben, bei bes. milchreichen Kühen, nach traumat. Einwirkungen, Euterentzündungen, Milzbrand u. a.

Blutorange [-ɔrãʒə] →Apfelsine.

Blutplasma, die Blutflüssigkeit, in der die →Blutzellen (Blutkörperchen) suspendiert sind; leicht gewinnbar durch Abzentrifugieren der Blutkörperchen. B. ist eine eiweißreiche Flüssigkeit (6–8%). Man unterscheidet *Albumine* u. *Globuline*, daneben enthält das B. viele anorgan. u. organ. Bestandteile. Da das Blut das wichtigste Transportmittel für den Organismus ist, findet man die meisten Substanzen oder deren Zwischenprodukte im B., so die Nährstoffe, Stoffwechselprodukte u. Hormone. Dabei funktionieren die Eiweiße als Beförderungsmittel, sie verbinden sich mit den zu transportierenden Stoffen, z. B. die Albumine mit Fettsäuren u. Farbstoffen, die Globuline mit Vitaminen u. Eisen, ferner mit den wasserunlösl. *Sterinen* u. *Lipiden.*
Die Plasmaeiweiße verursachen den für das Funktionieren des Kreislaufs wichtigen *kolloidosmotischen Druck.* Sie bewirken die →Blutgerinnung, enthalten die Blutgruppensubstanzen u. die Immunstoffe. Das B. ist bei Wirbeltieren farblos, bei niederen Tieren (Schnecken, Krebse u. a.) z. T. gefärbt.

Blutplättchen, *Thrombozyten,* an der →Blutgerinnung beteiligte Blutzellen der Wirbeltiere.

Blutrache, die Sitte, daß ein Mord oder Totschlag nur durch die Tötung des Täters oder eines seiner Sippenangehörigen gesühnt werden kann. Sie beruht auf einer starken Bindung der Sippenmitglieder aneinander mit gegenseitiger Verantwortung u. Verpflichtung; bei vielen Völkern war sie Pflicht für alle Verwandten. Die B. bildete den Ausgangspunkt für das Strafrecht. Sie wirkt hemmend auf die Gewalttätigkeit, führt andererseits oft zu langwierigem Blutvergießen zwischen Sippen; mitunter kann sie durch Zahlungen (Wergeld) abgelöst werden. Albaner (in Jugoslawien), Korsen, Araber üben sie teilweise noch heute. – Im A. T. ist das Lamech-Lied (1. Mose 4,23 f.) ein markantes Beispiel der B. im alten Israel.

Blutregen, *Bluttau, Blutschnee,* durch rötl. Staub, Algen, Wasserflöhe u. a. verursachte Rotfärbung von Wassertümpeln, Regen u. Schnee. →auch Blutalgen.

Blutreinigung, *B.skur,* Maßnahmen zur Entfernung von Stoffwechselschlacken wie Fasten, Schwitzen, Trinken von Frischsäften oder Teemischungen, die auf Stuhl, Harn, Schweiß- u. Körperdrüsen anregend wirken; bes. als Frühjahrskur.

Blutreizker, *Lactarius sanguifluus,* als Speisepilz hochgeschätzter *Blätterpilz* mit ziegelrotem Hut u. Stiel u. rotem Milchsaft.

Blutsauger, 1. alle blutsaugenden Tiere *(Ektoparasiten),* z. B. *Blutegel, Zecken,* viele *Insekten* (bestimmte *Wanzen, Flöhe, Läuse, Mücken, Stechfliegen, Bremsen* u. a.), auch amerikan. *Fledermäuse* (echte *Vampire,* Gattung *Desmodus*). B. besitzen bes. Einrichtungen zum Erzeugen von Wunden, zur Aufnahme, Gerinnungshinderung u. Verdauung des Blutes. *Stationäre B.* stehen eng u. dauernd mit dem Wirt in Verbindung (z. B. Zecken, Tierläuse), *temporäre B.* suchen den Wirt nur zur Nahrungsaufnahme auf (z. B. Mücken, Bettwanzen).
2. *Calotes versicolor,* eine der häufigsten *Agamen,* von Afghanistan bis Südchina vorkommend. Zeigt bei starker Besonnung u. Wohlbefinden lebhaftes Farbenspiel, wobei der Kopf häufig hochrot wird. Hiervon leitet sich der Name ab. Diese B. saugen jedoch kein Blut.

Blutsbrüderschaft, eine Verbindung auf Leben u. Tod, die zwei nicht miteinander verwandte Menschen meist durch gegenseitiges Trinken vom Blut des andern eingehen; bedeutsam bei primitiven Völkern, jedoch auch bei Kulturvölkern noch anzutreffen.

Blutschande, *Inzest,* Beischlaf zwischen Verwandten auf- u. absteigender Linie sowie zwischen Geschwistern; strafbar nach § 173 StGB mit Freiheitsstrafe bis zu zwei Jahren (wenn Beischlaf mit Verwandten absteigender Linie, bis zu drei Jahren) oder Geldstrafe. Geschwister u. Verwandte absteigender Linie unter 18 Jahren bleiben straflos. – In Österreich wird B. zwischen Verwandten mit Freiheitsstrafe bis zu 1 Jahr (bei

Verführung eines Kindes zur B. bis zu 3 Jahren) u. zwischen Geschwistern mit Freiheitsentzug bis zu 6 Monaten bestraft (§ 211 StGB). – In der Schweiz wird die B. zwischen Blutsverwandten in gerader Linie u. zwischen Geschwistern oder Halbgeschwistern mit Zuchthaus oder mit Gefängnis nicht unter 1 Monat bestraft (Art. 213 StGB).

Blutsenkung, *Blutkörperchensenkungsreaktion,* medizin. Untersuchungsverfahren, bei dem die Geschwindigkeit des Absinkens der Blutkörperchen festgestellt wird. Durch Natriumcitrat ungerinnbar gemachtes Blut wird in ein dünnes, graduiertes Röhrchen aufgesogen. Nach 1 Stunde u. nach 2 Stunden wird abgelesen, wie weit sich die Blutkörperchen vom Plasma getrennt haben. Die Normalwerte liegen beim Mann etwas niedriger als bei der Frau. Bei Gelenkrheumatismus, bösartigen Geschwülsten u. Entzündungen ist die B. oft verändert. Bei diesen Krankheiten u. bei Schwangerschaft treten Veränderungen der Plasmaeiweiße des Blutes auf, was zu Änderungen der B. führt.

Blutserum, die sich bei normalem Blut bei der →Blutgerinnung von selbst aus dem geronnenen →Blutkuchen abscheidende klare Flüssigkeit, die nunmehr ungerinnbar ist, aber wichtige Immunstoffe u. Mineralien noch enthält.

Blutspender →Bluttransfusion.

Blutstauung, *Blutstockung, Hyperämie, Stase,* Verlangsamung u. Verminderung des Blutflusses in Organen oder Kreislaufgebieten.

Blutstein, *roter Glaskopf,* Mineral, Varietät des Roteisensteins (Fe_2O_3), mit bes. dichter Struktur u. von roter Farbe; Poliermittel; →Hämatit.

blutstillende Mittel, *Hämatostyptika,* Arzneimittel, die durch Zusammenziehung der Gefäße oder durch Förderung der Gerinnungsvorgänge Blutungen zum Stehen bringen; z.B. Suprarenin, Eisenchlorid, Gerbstoffe u. →Adstringentien, Gelatine, Pektine, Lungengewebe.

Blutstillung, *Hämostase,* 1. *spontane B.* durch Gerinnung u. Bildung eines →Thrombus; 2. *vorläufige B.* durch Abbinden, manuelle Kompression, Ausstopfen der Wunde, Hochlagerung des blutenden Körperabschnitts; 3. *endgültige B.* durch chirurg. Maßnahmen oder blutstillende Mittel. Zur Physiologie der B. →Blutgerinnung.

Blutströpfchen, Schmetterlinge der *Widderchen,* deren Vorderflügel 6 karminrote Flecken tragen; über 10 Arten in Mitteleuropa.

Bluttransfusion, *Blutübertragung,* direkte oder indirekte Übertragung von Blut eines gesunden Menschen *(Blutspender)* auf einen Kranken (Empfänger). Voraussetzung ist Übereinstimmung oder Verträglichkeit der →Blutgruppen. Der Spender muß vor allem frei von Krankheiten sein, die durch das Blut übertragbar sind. Die B. dient dem Ersatz verlorengegangenen Blutes bei Blutverlusten, Blutkrankheiten, Vergiftungen usw. Bei der direkten B. wird das Blut vom Arm des Spenders unmittelbar übertragen, bei der indirekten B. wird das Blut vom Spender abgenommen, ungerinnbar gemacht *(Blutkonserve)* u. später dem Kranken übertragen. Trockenblutkonserven aus eingedampftem Frischblut können auf *Blutbanken* unbegrenzt lange für den Bedarf vorrätig gehalten werden.

Blutung, *Hämorrhagie,* Austritt von Blut aus den Gefäßen. Eine plötzl. starke B. aus den großen Körperöffnungen nennt man *Blutsturz.* B.en können flächenförmig aus den Haargefäßen, langsam sickernd aus den Venen oder stark fließend u. rhythmisch spritzend aus den Arterien erfolgen. Durch Gerinnung u. Blutpfropfbildung oder bei starkem Absinken des Blutdrucks kann die B. von selbst zum *Stillstand* kommen. Arterielle B. erfordert Abbinden des Gefäßes. Eine B. in den Körper führt zu *Blutergüssen.* Eine B. entsteht als *primäre B.* durch Verletzung, als *sekundäre* oder *Nach-B.* nach vorübergehendem Stillstand.

Blutungsanämie, Blutarmut, die nach großen Blutverlusten auftritt. Bei Blutungen nach außen tritt der Tod nach 50% Blutverlust, bei inneren Blutungen nach 80% Blutverlust ein.

Blutvergiftung, *Sepsis, Septikämie,* Überschwemmung des Blutes mit virulenten Mikroorganismen oder deren Giften. Erreger sind *Strepto-, Staphylo-, Pneumo-* u. *Gonokokken* u.a.; Symptome: Fieber, Schweißausbruch, Schüttelfrost u. Milzschwellung. Behandlung durch Antibiotika.

Blutweiderich →Weiderich.

Blutwurz, *Ruhrwurz, Tormentill, Potentilla erecta,* ein *Rosengewächs.* Die Rhizome werden bei Darmerkrankungen angewendet, wirken blutstillend u. bringen bei Gichtleiden Linderung.

Blutzellen, freie Zellen in der Körperflüssigkeit (Blut) bei verschiedenen Tiergruppen. Weit verbreitet sind amöboid bewegl. *Wanderzellen,* die dem Stofftransport, der Vernichtung von Fremdkörpern dienen *(weiße Blutkörperchen [Leukozyten]* der Wirbeltiere), sowie *gefärbte Zellen (Chromozyten),* die *roten Blutkörperchen (Erythrozyten)* bei Wirbeltieren u. Schnurwürmern (Nemertinen).

Blutzucker, der im Blut gelöste Traubenzucker *(Glucose),* die Hauptenergiequelle für alle Körperleistungen. Seine Depotform ist das *Glykogen* in Leber u. Muskel. Unabhängig davon, ob viel Traubenzucker verbraucht oder durch die Nahrung von außen zugeführt wird, enthält das Blut 70 bis 120 mg Traubenzucker in 100 cm^3. Diese Konstanz des „B.spiegels" wird hormonal gesteuert, bes. durch das →Insulin. Zuviel Insulin senkt den B.spiegel: Hypoglykämie (Ohnmachten, Krämpfe durch B.mangel im Gehirn). Der B.gehalt steigt, wenn die Insulinproduktion, z.B. bei Zuckerkranken, herabgesetzt ist: Hyperglykämie (Symptom: Zucker im Harn).

Blyton ['blaitən], Enid, engl. Schriftstellerin, *11. 8. 1896 Beckenham (Kent), †19. 11. 1968 London; schrieb mehrere hundert abenteuerl. Kinderbücher, oft in Serien.

b. m., Abk. für →brevi manu.

b-Moll, mit 5 ♭ vorgezeichnete Tonart, deren Leiter (harmonisch) b, c, des, es, f, ges, a, b ist. Paralleltonart: Des-Dur.

B.M.V., Abk. für lat. *Beata Maria Virgo,* „Selige Jungfrau Maria".

BMW, Abk. für →Bayerische Motoren Werke AG.

Bo, Stadt im Inneren des westafrikan. Sierra Leone, 30000 Ew., landwirtschaftl. Handelszentrum in einem Kakao- u. Kaffeeanbaugebiet, Erzeugung von Erdnuß- u. Palmöl.

Bö, *Böe,* kurze Schwankung von Geschwindigkeit u. Richtung des Windes, bes. in Kaltluftmassen; Sommer-B. durch Vertikalbewegung erhitzter Luft vom Boden. →auch Gewitter, Böenfront, Front (2).

Bọa [lat., „Wasserschlange"], langer, schalartiger Umwurf aus Pelz, Hahnen- oder Straußenfedern.

Bọa [portug.] →Bom.

BOAC, Abk. für →British Overseas Airways Corporation.

board foot [bɔ:d fut], Zeichen *fbm,* US-amerikan. Raummaß, 1 fbm = 2,3597514 dm^3.

Boarding school ['bɔ:diŋ 'sku:l], höhere private Internatsschule in Großbritannien.

Bọas, Franz, Anthropologe, *9. 7. 1858 Minden, †21. 12. 1942 New York; wurde 1899 Prof. in New York; Forschungsreisen in den N Amerikas, Untersuchungen über die Veränderung der Kopfform bei Einwanderern in Amerika; Hptw.: „Kultur u. Rasse" 1920, „General Anthropology" 1938, „Race, Language and Culture" 1940.

Bọaschlangen, *Boinae,* Unterfamilie der *Riesenschlangen,* vorwiegend in der Neuen Welt; lebendgebärend, fressen meist Nagetiere. 15 Arten, darunter *Anakonda, Abgottschlange, Wüstenschlange.*

Bọo Vịsta, 1. eine der ehem. portugies. Kapverd. Inseln, 620 qkm.

2. Vorort von Lissabon, 7,047 km lange Rundstrecke auf öffentl. Straßen für den Kraftfahrsport.

3. Hptst. des nordbrasilian. Roraima-Territoriums, am Rio Branco, 10000 (Munizip 34000) Ew.; Viehzuchtzentrum, Kautschukgewinnung; Flugplatz.

Bob [der; engl.], **1.** *Geld:* volkstüml. engl. Bez. für das 1-Shilling-Stück.

2. *Sport:* Kurzform für *Bobsleigh,* lenkbarer Sportschlitten für 2–6 Fahrer, mit Seil- oder Rad-(Volant-)Steuerung u. Bremsvorrichtung, erfunden 1889, in Dtschld. seit 1906; bei Welt- u. Europameisterschaften u. bei Olymp. Spielen nur Zweier- u. Vierer-B.s (Zweier-B.: 165 kg schwer, 2,70 m lang, Spurweite 67 cm; Vierer-B.: 230 kg, 3,80 m, 67 cm). Erste B.bahnen 1902 in St. Moritz, 1907 in Davos; in Dtschld.: Garmisch, Oberhof, Ohlstadt, Winterberg u.a. B.bahnen sollen mindestens 1500 m lang sein u. ein Gefälle von 8 bis 15% aufweisen. Organisation: *Dt. B.- u. Schlittensportverband,* gegr. 1911, wiedergegr. 1949, Sitz: Berchtesgaden, 37 Vereine mit 4200 Mitgliedern. In *Österreich:* *Österr. B.sportverband,* Innsbruck, 300 Mitglieder. In der *Schweiz:* *Schweizer. Bobsleigh- u. Schlittensport-Verband,* St. Moritz, 1400 Mitglieder.

Bob, engl. Koseform von →Robert.

Bọbak [der; poln.] →Murmeltier.

Bọbbio, italien. Stadt in der Region Emilia-Romagna, an der Trèbbia, 6000 Ew.; Benediktinerabtei (612–1803); Dom (11. Jh.); Fremdenverkehr.

Bọbby, engl. Koseform von →Robert; auch Slangausdruck für den engl. Polizisten.

Bobcat ['bɔbkæt] →Rotluchs.

Bobek, Hans, österr. Geograph, *17. 5. 1903 Klagenfurt; lehrte in Berlin u. Freiburg, 1951–1971 Ordinarius für Geographie in Wien. Von seinen zahlreichen, vielseitigen Arbeiten haben vor allem die Veröffentlichungen zur Stadt- u. Sozialgeographie große Beachtung gefunden. B. ist einer der Begründer der modernen Sozialgeographie.

Bober, poln. *Bóbr, Bobra,* linker Nebenfluß der Oder in Schlesien, 268 km, Einzugsgebiet 5900 qkm; mündet unterhalb Crossen; *B.talsperren:* bei Mauer (poln. Pilchowice) im Isergebirgsvorland, 1902–1912 erbaut, 2,4 qkm, 50 Mill. m^3 Inhalt, 62 m Stauhöhe, u. bei Deichow (poln. Dychów); Wasserkraftwerke.

Boberg ['bu:bærj], Gustav Ferdinand, schwed. Architekt, Graphiker u. Kunstgewerbler, *11. 4. 1860 Falun, †1946 Stockholm; öffentl. Bauten, u.a. Schwed. Pavillon der Pariser Weltausstellung 1900; verband Elemente des amerikan. Landhausstils mit Jugendstilformen u. der nordischen Holzbauweise.

Bobịne [die; frz.], **1.** *Bergbau:* Seiltrommel für bandförmige Förderseile. →Fördermaschine.

2. *Spinnereiwesen:* Scheibenspule zum Aufwickeln des gesponnenen Fadens.

3. *Tabakwaren:* fabrikfertiges Zigarettenpapier in Form einer aufgespulten Papierrolle, wird von *Bobiniermaschinen* auf die erforderliche Breite (24–31 mm) u. Länge (1560–4000 m) zugeschnitten.

Bobinẹt [das; frz.], *englischer Tüll,* dünnes, durchsichtiges Gewebe mit schrägverlaufenden Schüssen; sehr weitmaschig, früher der Tüllgrund handgeklöppelt, heute auf dem *B.stuhl* hergestellt; steif appretiert zum Füttern.

Bobingen, bayer. Stadt im schwäb. Ldkrs. Augsburg, auf dem Lechfeld südlich von Augsburg, 12600 Ew.

Böblingen, baden-württ. Kreisstadt am Schönbuch, südwestl. von Stuttgart, 40000 Ew.; Büromaschinen- (IBM), Textil-, Schuh-, Möbel-, Spielwaren- u. Metallindustrie, Reparaturwerk der US-Armee. – Ldkrs. B.: 630 qkm, 290000 Ew.

Böblinger, Matthäus, *1440/1450 Altbach bei Esslingen, †1505 Esslingen; nach U. *Ensinger* 1480–1494 Leiter der Ulmer Münsterbauhütte; entwarf einen neuen Riß für den Westturm des Ulmer Münsters, den er im Unterbau fertigstellte, der jedoch erst im 19. Jh. (1845–1890) vollendet wurde.

Bọbo-Dioulạsso [-diu-], Wirtschaftszentrum u. Verkehrsknotenpunkt im SW der westafrikan. Rep. Obervolta, 110000 Ew.; zahlreiche Moscheen; Baumwollverarbeitung, Holz-, Metall-, Nahrungsmittelindustrie; Flugplatz.

Bobrọwski, Johannes, Schriftsteller, *9. 4. 1917 Tilsit, †2. 9. 1965 Berlin; war Verlagslektor in Ostberlin; sein Werk, erschienen auch in der BRD, umkreist erinnernd u. melanchol. in spröder, suggestiver Sprache seine östl. Heimat. Lyrik: „Sarmat. Zeit" 1961; „Schattenland Ströme" 1962; „Im Windgesträuch" (posthum) 1970; Romane: „Levins Mühle" 1964; „Litau. Claviere" 1966; Erzählungen: „Boehlendorff und andere" 1965; „Mäusefest" 1965; „Der Mahner" (posthum) 1967. – ⊡3.1.1.

Bobrụjsk, Stadt in der Weißruss. SSR, an der Beresina, 138000 Ew.; Handelszentrum für Holz u. Getreide; Holzverarbeitung, chem., Textil- u. Nahrungsmittelbetriebe, Schiffbau, Torfkraftwerk; Flußhafen, Verkehrsknotenpunkt.

Bobrzyński [bɔb'ʒinski], Michał, poln. Politiker (konservativ) u. Historiker, *30. 9. 1849 Krakau, †3. 7. 1935 Posen; seit 1879 Professor für Rechtsgeschichte, Verfasser einer einflußreichen Geschichte Polens (1879); Statthalter für Galizien 1908–1913, österr. Min. für Galizien 1917/18. Vertreter einer austropoln. Politik.

Bọbsleigh [-slɛi; der; engl.] →Bob.

Bọbtail [-tɛil; engl.], Hunderasse, alter engl. Schäferhund, sehr gut als Jagdhund brauchbar.

Bọca [portug. span.], Bestandteil von geograph. Namen: Mündung.

Bocage [-'ka:ʒə; die; frz.], west- u. nordfranzös. →Heckenlandschaft. Meist beweidete Parzellen, von Wällen u. Hecken umgeben; z.T. im 10./11. Jh. entstanden.

Arnold Böcklin: Spiel der Wellen; 1883. München, Neue Pinakothek

Bocage [bu'kaʒi], Manuel Maria de Barbosa du, portug. Dichter, *15. 9. 1765 Setúbal, †21. 12. 1805 Lissabon; Seeoffizier, wegen antimonarch. u. ketzer. Umtriebe vor die Inquisition gebracht, die ihn „bekehrte"; verdiente dann seinen Lebensunterhalt als Übersetzer latein. u. französ. Autoren; arkad. Schäferpoesie wandelt sich bei ihm zu echtem Gefühl. „Rimas" 1791–1804. – Obras poéticas 1910.

Bocca [die, Mz. *Bocche*; ital., „Mund"], Bestandteil von geograph. Namen: Flußmündung, Meerenge, Bucht.

Boccaccio [-'katʃo], Giovanni, italien. Dichter, *1313 Paris(?), †21. 12. 1375 Certaldo bei Florenz; Freund F. *Petrarcas*, Verehrer *Dante Alighieris*, dessen Werk er 1373 als Prof. in Florenz deutete; einer der bedeutendsten Erzähler der Weltliteratur, Meister der Novelle; sein Hptw. ist das nach dem Pestjahr 1348 entstandene „*Decamerone*" (Erstdruck 1470, dt. ca. 1471), 100 durch Rahmenerzählung verbundene Novellen, in denen zahlreiche Stoffe weitverstreuter Herkunft prägnante Form fanden u. überliefert wurden. B. blieb für Jahrhunderte das Leitbild italien. Prosa; seine lat. Werke wurden eine Fundgrube der Renaissance- u. Barockdichter für mytholog. u.a. Daten: „De genealogiis deorum gentilium" 1472. – ⌑ 3.2.2.

Boccalini, Traiano, italien. Schriftsteller, *1556 Loreto, †16. 11. 1613 Venedig; Jurist, im Dienst der Kurie; Gegner der span. Herrschaft in Italien; kritisierte zeitgenöss. Literatur u. Politik, in seinen Kommentaren zu Tacitus diskutierte er den Begriff der Staatsräson.

Bocca Tigris →Perlfluß.

Boccherini [bɔkε'ri:ni], Luigi, italien. Komponist u. Cellist, *19. 2. 1743 Lucca, †28. 5. 1805 Madrid; schrieb 20 Sinfonien, Oratorien, über 300 kammermusikal. Werke u. mehrere Instrumentalkonzerte. Am bekanntesten wurde sein „Menuett".

Boccia ['bɔtʃa; das; ital.], ursprüngl. vor allem in Italien u. Südfrankreich, heute allg. verbreitetes Spiel, bei dem Holz- oder Kunststoffkugeln (8–10cm Durchmesser) möglichst nahe an eine kleinere Zielkugel *(pallino, boccino)* zu werfen sind. B. bahnen haben wettkampfmäßig eine Länge von 24–28m u. eine Breite von 4–6m und sind nach bestimmten Einteilungen. Im Einzelspiel hat jeder Spieler 4 Kugeln, beim Mannschaftsspiel 2. Organisation: *Dt. B.-Verband*, gegr. 1972, Sitz: Augsburg, 42 Vereine mit rd. 1300 Mitgliedern.

Boccioni [bo'tʃo:ni], Umberto, italien. Maler, Bildhauer u. Kunstschriftsteller, *19. 10. 1882 Règgio di Calàbria, †17. 8. 1916 Sorte (Verona); Hauptmeister des italien. *Futurismus*; zunächst von dem durch G. Balla vermittelten französ. Neoimpressionismus beeinflußt, seit 1907 in Mailand tätig, wo er mit F. T. Marinetti zusammentraf u. 1910 das *Futurist. Manifest* mit unterzeichnete. Seinem 1912 veröffentl. „Techn. Manifest der futurist. Bildhauer" folgte 1914 die theoret. Schrift „Futurist. Plastik u. Malerei". B.s Kompositionen suchen akust. u. dynam. Eindrucksempfindungen in Farb- u. Formenrhythmen wiederzugeben („Lärm der Straße dringt ins Haus" 1911; „Elastizität" 1911, u.a.).

Boche [bɔʃ; frz.], bes. seit dem 1. Weltkrieg französ. Schimpfname für den Deutschen.

Bocheński [-'xɛn-], Joseph Maria, Dominikaner, Philosoph, *30. 8. 1902 Czuszów (Polen); Prof. für Gegenwartsphilosophie u. Leiter des Osteuropa-Instituts in Freiburg (Schweiz), das sich mit der philosoph. u. histor. Erforschung des Bolschewismus befaßt. Hptw.: „Europ. Philosophie der Gegenwart" 1947, ²1951; „Der sowjetruss. dialekt. Materialismus" 1950, ³1960; „Die zeitgenössischen Denkmethoden" 1954, ²1959; „Formale Logik" 1956, ³1970; „Die dogmat. Grundlagen der sowjet. Philosophie" 1959; „Die Logik der Religion" 1968.

Bocholt, nordrhein-westfäl. Stadt nahe der niederländ. Grenze, 66000 Ew.; Zentrum der westfäl. Textilindustrie (Baumwollwebereien seit dem 16. Jh.), Textilmeisterschule; Maschinen-, Elektroindustrie.

Bochum ['bo:-], nordrhein-westfäl. Industriestadt u. Stadtkreis (145 qkm) im Ruhrgebiet, zwischen Dortmund u. Essen, 420000 Ew.; ehem. Steinkohlenbergbau (letzte Zeche 1973 stillgelegt), Zentrum der Eisen-, Stahl- u. Maschinenindustrie, Kraftfahrzeugbau (Opel), chem. Werke, Bierbrauereien; seit 1968 Container-Terminal; Ingenieurschule für Bergwesen; Ruhr-Universität (1965); Sternwarte mit Institut für Satelliten- u. Weltraumforschung; Bergbaumuseum mit unterird. Anschauungswerk. – ⌑ →Ruhrgebiet.

Bock, 1. *Bauwesen:* Hilfsgerät zum Abstützen. **2.** *Rechtsgeschichte:* mittelalterl. Folterart; bestand im kreuzweisen Zusammenschrauben von Daumen u. großen Zehen. **3.** *Sport:* in der Höhe verstellbares turnerisches Sprunggerät, von F. L. Jahns Schüler E. *Eiselen* (*1793, †1846) nach 1830 entwickelt. **4.** *Zoologie:* männl. Tier von Ziege, Schaf, Gemse, Reh, Steinbock, Kaninchen.

Bock, 1. Alfred, realist. oberhess. Heimaterzähler, *14. 10. 1859 Gießen, †6. 3. 1932 Gießen; verfaßte Romane, Novellen, Komödien u. Schwänke. „Tagebücher" (Hrsg. W. Bock) 1959. **2.** Fedor von, Offizier, *3. 12. 1880 Küstrin, †3. 5. 1945 Lensahn, Holstein; seit 1912 Generalstabsoffizier, im 2. Weltkrieg Oberbefehlshaber von Armeen u. Heeresgruppen in Polen, Frankreich u. Rußland, 1941 Generalfeldmarschall, Rücktritt 1942. **3.** Fritz, österr. Politiker (ÖVP), *26. 2. 1911 Wien; 1947–1952 Generalsekretär des Österr. Arbeiter- u. Angestelltenbundes (ÖAAB), 1952–1956 Staatssekretär im Handels- u. Finanzministerium, 1956–1968 Handels-Minister, 1966 bis 1968 auch Vizekanzler. **4.** Werner, Sohn von 1), Literarhistoriker, Lyriker, Erzähler, *14. 10. 1893 Gießen, †3. 2. 1962 Zürich; seit 1939 in Südamerika, wo er als literar. Vermittler wirkte. Prosa: „Blüte am Abgrund" 1951 u. 1961; Lyrik: „Tröstung" 1951.

Bockbier, ein süßes Starkbier mit mindestens 16% Stammwürzegehalt; *Doppelbock* hat mindestens 18% Stammwürze. Der Name leitet sich von der niedersächsischen Stadt *Einbeck* her.

Bockbüchsflinte →Jagdgewehr.

Böckchen, *Neotraginae*, Unterfamilie der *Rinder*; mit Weichendrüsen, die Männchen mit kurzen Hörnern; zu ihnen gehören die kleinsten Wiederkäuer; in Waldgebieten des trop. Afrika. Das *Kleinstböckchen*, *Neotragus pygmaeus*, erreicht nur 25 cm Schulterhöhe; von Liberia bis zur Goldküste verbreitet. → auch Moschusböckchen.

Böcke, *Caprini*, mittelgroße *Horntiere* der Gebirge Nordafrikas u. Eurasiens. Hierher gehören *Schaf, Mähnenschaf, Blauschaf, Tahr u. Ziege*.

Bockelmann, 1. Paul, Strafrechtslehrer, *7. 12. 1908 Hannover; seit 1963 Universität München; zahlreiche grundlegende Veröffentlichungen aus dem Straf- u. Straßenverkehrsrecht. **2.** Rudolf, Sänger (Bariton), *2. 4. 1892 Bodenteich bei Celle, †9. 10. 1958 Dresden; 1932–1945 an der Berliner Staatsoper, seitdem unterrichtete er in Hamburg u. später in Leipzig; sang auch in Bayreuth u. den USA.

Bockelson, Jan →Johann von Leiden.

Bockenem, niedersächs. Stadt im nordwestl. Harzvorland (Ldkrs. Hildesheim), 12100 Ew.; Gummi-, Turmuhrenherstellung.

Böckh, 1. August, Altphilologe, *24. 11. 1785 Karlsruhe; †3. 8. 1867 Berlin; führte die kulturgeschichtl. Betrachtungsweise in die philolog. Forschung ein; Hptw.: „Der Staatshaushalt der Athener" 1817; „Corpus inscriptionum Graecarum" 1825–1843. **2.** Richard, Sohn von 1), Statistiker, *28. 3. 1824 Berlin, †5. 12. 1907 Grunewald; 1875–1902 Leiter des Statist. Büros der Stadt Berlin, seit 1895 Prof., gab 1875 die nach der „B.schen Methode" aufgestellte „Sterblichkeitstafel für den preuß. Staat" heraus, schrieb über Bevölkerungs- u. Nationalitätenstatistik.

Bockhorn, niedersächs. Gemeinde südl. von Wilhelmshaven (Ldkrs. Ammerland), 7400 Ew.; Mittelpunkt der Oldenburger Klinkerindustrie.

Bockkäfer, *Cerambycidae*, Familie der *Käfer* mit sehr langen Fühlern („Hörnern"), die die fünffache Körperlänge erreichen können. Die Larven leben meist in Holz u. unter Baumrinde, nur von wenigen Arten in Kräutern u. Wurzeln. Zu den B.n gehören eine Reihe von Holzschädlingen, z.B. der *Hausbock*, ferner eine Anzahl der größten u. auffälligsten Käfer Mitteleuropas, z.B. *Sägebock, Mulmbock, Wespenbock, Heldbock, Moschusbock, Zimmerbock, Pappelbock, Alpenbock*.

Böckler, Hans, Gewerkschaftsführer, *28. 2. 1875 Trautskirchen, Mittelfranken, †16. 2. 1951 Köln; ursprüngl. Gold- u. Silberschläger, seit 1904 in der dt. Gewerkschaftsbewegung tätig; 1928 Mitglied des Reichstags (SPD); 1949 Vorsitzender des Dt. Gewerkschaftsbundes u. Vizepräsident des *Internationalen Bundes Freier Gewerkschaften*; kämpfte vor allem um die Ausgestaltung des Mitbestimmungsrechts der Arbeiter.

Bocklet, *Bad B.*, bayer. Badeort in Unterfranken (Ldkrs. Bad Kissingen), an der Fränk. Saale, 1025 Ew.; Stahl- u. Schwefelquellen.

Böcklin, Arnold, schweizer. Maler u. Bildhauer, *16. 10. 1827 Basel, †16. 1. 1901 San Domenico bei Fiesole (Italien); neben A. Feuerbach, H. von Marées u. A. von Hildebrand Hauptvertreter des Idealismus in der dt. Malerei des 19. Jh.; 1845–1847 Schüler der Düsseldorfer Akademie, 1850–1857 in Rom, danach abwechselnd in Italien, Dtschld. u. der Schweiz. Nach dunkelfarbigen Landschaften fand B. zu einem monumental-pathet. Stil mit hellerer Farbgebung u. mytholog. Themen; Musterbeispiele seiner landschaftl. Stimmungskunst sind die fünf Fassungen der „Toteninsel" (1880–1883). Neuerdings bahnt sich eine Aufwertung der Kunst B.s an, da bes. der Figurenstil aus der Spätzeit („Kentaurenkampf", „Spiel der Wellen" u.a.) als Vorwegnahme surrealist. Bestrebungen erscheint u. schon in diesem Sinne gewirkt hat, so z.B. auf G. de *Chirico* u. M. *Ernst.*

Bocksbart, 1. *Tragopogon*, Gattung der *Korbblütler.* Der *Wiesen-B., Tragopogon pratensis*, hat grasartige Blätter u. Blüten mit langen Hüllblättern. Die Blüten öffnen sich nur bei schönem Wetter. Die *Haferwurz, Tragopogon porrifolius*, stammt aus dem Mittelmeergebiet u. wurde früher als Gemüsepflanze angebaut.
2. = Ziegenbart.

Bocksbeutel, eine abgeplattete, bauchige Flasche, die nur für Frankenweine verwendet wird. Der Name leitet sich von der Ähnlichkeit der Flaschenform mit dem Hodensack eines Bockes her.

Bocksdorn, *Lycium halimifolium*, ein *Nachtschattengewächs*; in Mitteleuropa als Heckenstrauch angepflanzt.

Bockshornklee, *Trigonella*, Gattung der *Schmetterlingsblütler*, im mittelmeerisch-vorderasiat. Raum verbreitet. Der *Echte B., Trigonella foenumgraecum,* wird auch in Mitteleuropa angebaut, da seine bitteren, Schleim enthaltenden Samen als *Semen foenugraeci* arzneilich verwendet werden u. in der Textilindustrie zum Steifen von Farbbrühen dienen. Der *Blaue B., Schabzigerklee, Trigonella coerulea*, wird in den Alpen kultiviert; sein getrocknetes u. gemahlenes Kraut wird bei der Herstellung des grünen Kräuterkäses als Würzkraut verwendet.

Bocksmelde, *Stinkender Gänsefuß, Chenopodium vulvaria*, ein *Gänsefußgewächs*, riecht infolge des Gehaltes an Propylamin nach fauler Heringslake; früher arzneilich verwendet.

Bockum-Hövel, ehem. nordrhein-westfäl. Industriestadt, seit 1975 Stadtteil von Hamm.

Bodaibo, Stadt in Ostsibirien, RSFSR, am unteren Witim, 18000 Ew.; Goldgewinnung; Bergbautechnikum; Holzverarbeitung; Flußhafen; seit 1925 Stadt.

Bodden [der; niederdt.], seichte Bucht, bes. an der Ostseeküste (Mecklenburg, Pommern), überflutete Grundmoränenlandschaft.

Bode, Nebenfluß der Saale, aus dem Harz (maler. *B.tal*), 169 km, 3300 qkm Einzugsgebiet, mündet bei Nienburg.

Bode, 1. Arnold Wilhelm von, Kunsthistoriker, *10. 12. 1845 Calvörde, Braunschweig, †1. 3. 1929 Berlin; als bedeutender Museumsfachmann u. Kunstsammler um Aufbau u. Förderung der Berliner Museen verdient, seit 1905 als deren Generaldirektor tätig. B. gründete den „Dt. Verein für Kunstwissenschaft" (1908) u. verfaßte grundlegende Werke über italien. Renaissanceplastik u. niederländ. Maler des 17. Jh.
2. Johann Elert, Astronom, *19. 1. 1747 Hamburg, †23. 11. 1826 Berlin; begründete 1774 das bis zum Jahrgang 1959 alljährlich erschienene „Berliner Astronom. Jahrbuch"; seit 1786 Direktor der Berliner Sternwarte. – *Titius-B.sche Reihe*, Gesetzmäßigkeit der Abstände der Planeten von der Sonne, 1766 entdeckt von J. D. *Titius*, 1772 veröffentlicht.
3. Rudolf, Begründer der →Ausdrucksgymnastik, *3. 2. 1881 Kiel, †8. 1. 1971 München; erstrebte die Befreiung des Körpers von naturwidriger Verkrampfung u. suchte den natürl., lebendigen Rhythmus der Bewegung. Seine Gymnastik erreicht eine umfassende, einheitl., organ. Entwicklung der gesamten Körperbewegung u. dient als Vorschule für künstler. Körperkultur. „Lehrbuch der rhythm. Gymnastik" 1953.

Bodega [span.], Weinstube, ursprüngl. das Lagergewölbe im Toreingang.

Bodel, Jean, französ. Troubadour, †1210 Arras; Verfasser des Mirakelspiels „Le jeu de Saint Nicolas".

Bodelschwingh, 1. Friedrich von, ev. Theologe, führend in der Inneren Mission, *6. 3. 1831 Tecklenburg, Westfalen, †2. 4. 1910 Bethel bei Bielefeld; übernahm 1872 die 1867 gegr. u. später nach ihm benannten Anstalten in *Bethel* (ursprüngl. nur für Epileptiker), die er um eine Diakonissen- u. eine Diakonenanstalt, eine Theolog. Schule, die Betheler Mission in Ostafrika u.a. erweiterte; bemühte sich um Resozialisierung der sog. „Brüder von der Landstraße", die steter Arbeit entfremdet waren; setzte ein staatl. Arbeitsstättengesetz im preuß. Landtag durch (1903) u. gründete Arbeiterkolonien u.a. bei Berlin.
2. Friedrich von, Sohn von 1), ev. Theologe, *14. 8. 1877 Bethel bei Bielefeld, †4. 1. 1946 Bethel; 1933 zum Reichsbischof designiert; Nachfolger seines Vaters in der Leitung der Betheler Anstalten; verhinderte die Durchführung der Euthanasie in Bethel.

Bode-Museum, bis 1960 *Kaiser-Friedrich-Museum*, Berliner Museum für altchristl., byzantin., islam., mittelalterl. u. neuzeitl. Kunst; 1897–1904 von E. *Ihne* auf der Museumsinsel erbaut.

Boden, 1. *allg.*: der Erdgrund (Erd-, Meeres-B.).
2. *Geowissenschaften:* das belebte „Endprodukt" der Oberflächenverwitterung der Erdrinde, kann sich noch (z.B. bei Klimawechsel) umbilden oder bei Abtragung (→Bodenerosion) zerstört werden; mehr oder weniger fruchtbar u. bis 2 m tief.
B.bildende Faktoren sind Klima, Wasser (Bildung von zonalen B.typen), Gesteinsart (mehr azonale B.arten), Fauna u. Flora sowie Bearbeitungsmaßnahmen des Menschen. Für die Landwirtschaft ist der B. neben dem Klima in erster Linie maßgebend für Erzeugungsrichtung u. Erzeugungsleistung. Durch entsprechende Behandlung u. Bearbeitung (Pflege, Kultur u. →Melioration) des B.s wird ein günstiges Verhältnis von *B.teilchen, B.-wasser, B.luft*, →Humus u. Nährstoffen herbeigeführt. Bakterien u. Kleinlebewesen verleihen dem B. das für die Umsetzung im B. erforderliche Leben.
Die Beschaffenheit der Böden ist sehr verschieden nach Größe der B.partikel (Stein- u. Skelett-B. über 2 mm Durchmesser, Sand-B. 2–0,2 mm, Lehm-B. 0,2–0,02 mm, Ton-B., z.B. →Löß, unter 0,02 mm), nach Humus-, Kalkgehalt, B.reaktion (→pH) u. Muttergestein, z.B. Kalk (mit Ton gemischt: Mergel), →Sand, →Lehm. Optimale Fruchtbarkeit wird bei Böden mittlerer Partikelgröße (genügend locker) erreicht; →Bodenfruchtbarkeit (Bodengüte).
Je nach dem Grad der biolog. B.bildungsprozesse können unterschieden werden: 1. *belebter B.*, durch Verwitterung u. Einwirkung von Organismen der Tier- u. Pflanzenwelt entstandene, durchwurzelte u. durchlüftete oberste Erdschicht, im allg. bis zur unteren Grenze des Wurzelraums reichend; 2. *Mutter-B.*, oberste Schicht des belebten B.s; 3. *Kompost*, bes. stark belebter B., der bei sachgemäßer Aufbereitung von pflanzlichen Resten (Rasen, Laub, Unkraut) entsteht; →Bodenkunde, →Bodenprofil.
Diese „lebende" Schicht heißt *Bodenkrume* (→Ackerkrume) u. ist etwa 20–25 cm stark. Darunter befindet sich der Untergrund, der nur bei Verdichtungserscheinungen für tiefer wurzelnde Pflanzen gelockert wird. Unerwünscht ist die Einzelkornstruktur, d. i. das Nebeneinanderliegen der B.teilchen ohne Verbindung zueinander. Durch Zusatz von →Humus u. Kalk (Düngung, →Dünger) wird die erwünschte Krümelstruktur erreicht, die Wasser u. Nährstoffe festhalten u. der Pflanze laufend zur Verfügung stellen kann. Die Krümelbildung setzt einen gewissen Feinerdegehalt voraus, da die in der Feinerde mehr oder weniger enthaltenen tonigen Teile unter Mithilfe von Kleintieren, bes. Regenwürmern, sog. Ton-Humus-Komplexe bilden, die die Pflanzennährstoffe festhalten und ihre Auswaschung verhindern.
Diese Lebendverbauung der Krümel führt zur Bildung der →Bodengare u. ist eine weitere Voraussetzung für die Fruchtbarkeit des B.s. Sie gibt dem B. eine gewisse wasserhaltende Kraft (Sorption, Hydratation), u. beim Aufquellen der Feinerdteilchen wird das Wasser durch Haarröhrchenbildung nach oben gefördert. Nicht mit Wasser gefüllte Hohlräume enthalten die für das Bakterienleben erforderl. B.luft. →auch Bodengeographie. – ⊞S. 60.
3. *Wirtschaft:* die dem Menschen gegenüberstehende Natur als Standort der Produktion (räuml. Basis zur Errichtung von Produktionsstätten), als Gegenstand der Bebauung (Land- u. Forstwirtschaft) u. der Stoffgewinnung durch Abbau (Bergbau) sowie als Träger von Naturkräften (Wasserkraft, Heilquellen usw.); gilt in der modernen Theorie durch die Parallelität der Preisbildungsvorgänge neben den langfristig nutzbaren Kapitalgütern gleichfalls als sachliches Produktionsmittel; ist jedoch im Gegensatz zu diesen nicht reproduzierbar u. nur begrenzt vermehrbar.

Boden, nordschwed. Handelsstadt am Lule Älv, 27100 Ew.

Bodenanzeiger, *Indikatorpflanzen*, auf eine bestimmte Bodenart hinweisende Pflanzen. Küchenschelle u. Hasenohr z.B. sind Kalkanzeiger, Gänsefußarten weisen auf stickstoffhaltigen Boden u. Sauerklee auf säurehaltigen Boden hin.

Bodenbach, tschech. *Podmokly*, seit 1942 Teil von →Tetschen, 20000 Ew. (früher Deutsche); Verkehrsknotenpunkt.

Bodenbakterien, im Boden saprophytisch oder parasitisch lebende Bakterien; zusammen mit den Bodenpilzen verantwortl. für die Zersetzung organ. Substanz (Fäulnis u. Verwesung) u. damit für die Mineralisation u. die Humusbildung. Bes. wichtig sind die nitrifizierenden Bakterien, die Ammoniak zu Nitrit bzw. Nitrat oxydieren (z.B. Nitromonasarten, *Bacterium nitrobacter*), u. die Stickstoff-autotrophen Bakterien, die den elementaren Luftstickstoff binden. →auch Knöllchenbakterien, Nitrifikation.

Bodenbearbeitung, geschieht mittels verschiedener Arten von B.sgeräten u. -maschinen mit dem Ziel, den Boden für das Gedeihen bestimmter Pflanzen vorzubereiten, in garen Zustand zu bringen (→Bodengare). Weiterhin gehört zur B. die Pflege der aufgegangenen Saaten durch Offenhalten des Bodens sowie Bekämpfung des den Pflanzenwuchs nachteilig beeinflussenden Unkrauts u. evtl. der Bodenschädlinge. Zur B. gehören *Wenden* der Krume *(Pflügen), Zerkleinern* der zu groben Teile (*Eggen* u. *Walzen*), *Festigen* zu losen Bodens *(Walzen), Lockern* zu festen Bodens *(Grubbern* u. *Eggen), Krustebrechen (Walzen* oder *Eggen), Mischen* (z.B. mit Kunstdünger) u. *Unterbringen* der Saat *(Eggen).*

Bodenbeläge, Fußbodenbeläge aus Hart- oder Weichbelägen. *Weich-(Kunststoff-)Beläge* sind entweder *Einschichtenbeläge* mit durchgehender Schicht aus einem gleichmäßigen Gemisch von PVC (→Polyvinylchlorid) u. anorgan. Füllstoffen oder *Mehrschichtenbeläge* mit einer Laufschicht aus reinem PVC u. einer aufgeschweißten Trägerschicht aus anorgan. Füllstoffen. Ein- u. Mehrschichtenbeläge auf Trägerbasis haben eine PVC-Laufschicht auf einer weichen Trägerschicht aus Gewebe, Kork, Filz oder Schaumgummi.

Bodenbezeichnungen, die in der →Verdingungsordnung für Bauleistungen festgelegten 8 Bodenklassen: schwerer Fels (z.B. Granit), leichter Fels (Sandstein), schwerer Boden (fester Ton), bindiger mittelschwerer Boden (Lehm, Löß), mittelschwerer Boden (Schotter), leichter Boden (Sand), wasserhaltender Boden (Schlamm) u. Mutterboden (Humus).

Bodenbonitierung →Bodenschätzung.

Bodendegradierung →Degradierung.

Bodendenkmäler, *Bodenaltertümer*, materielle Zeugnisse menschl. Arbeit aus vorgeschichtl. u. geschichtl. Zeit, die unter die Erdoberfläche gekommen oder ein Bestandteil von ihr sind. Sie bilden für den größten Abschnitt der Menschheitsgeschichte die einzige Quelle kulturhistor. Erkenntnisse. Man unterscheidet sichtbare B. (z.B. Siedlungs- u. Grabhügel, Ruinen, alte Ackerfluren, Straßen) u. unsichtbare (z.B. Fundamente, Flachgräber, Hortfunde, Kulturschichten), je nachdem, ob diese das Relief der Erdoberfläche beeinflussen oder nicht, ferner bewegl. u. unbewegl. B. aus Stein, Erde, menschl. Werkstoffe aller Art, menschl., tierische u. pflanzl. Überreste, wobei die Bedingungen der Erhaltung sehr verschieden sein können u. z.B. beim menschl. Körper vom Leichenschatten im norddt. Sand bis zur tätowierten Haut im Eis des Altaigebirges reichen. Die unbewegl. B. werden durch Ausgrabungen freigelegt u. wissenschaftl. untersucht, die bewegl. gelangen meist in die Museen. – ◻5.0.8.

Bodendruck, der Druck, den eine Flüssigkeit auf den Boden eines Gefäßes ausübt; hängt nur von der Höhe der Flüssigkeitssäule, nicht von der Form des Gefäßes ab *(hydrostatisches Paradoxon).*

Bodenecho →Festzeichen.

Bodeneffektgeräte, Fahrzeuge, die sich infolge der Erhöhung des Auftriebs von Tragflächen in Bodennähe (Bodeneffekt) fortbewegen (z.B. *Luftkissenfahrzeug*).

Bodeneis, das Eis im →Frostboden u. →Dauerfrostboden.

Bodenerosion, engl. *soil erosion, Bodenverheerung*, Zerstörung der Bodendecke durch Abtragung (Deflation, Erosion, Schichtfluten), Wegführung fruchtbarer Bestandteile, auch Überschüttung mit unfruchtbarem Material, häufig durch den Menschen hervorgerufen. Oft kommt es nach Rodung, durch Überweidung, beim Getreideanbau zur B. Es entstehen die →Badlands, z.B. in den USA, aber auch in Südafrika, Mittel-, Südost- u. Südasien. Maßnahmen gegen B. sind: →Konturpflügen, Schonung der Vegetationsdecke, Aufforstung, Anlage von Windschutzhecken (→Heckenlandschaften).

Bodenerschöpfung, tritt ein durch Raubbau am Boden, d. h. Störung des Gleichgewichts im Boden, bes. im Bestand an Nährstoffen. Hierzu gehört auch die Erschöpfung des Bodens an Humus, wodurch der Boden leichter der →Erosion durch Wind u. Wasser unterliegt. Verhindert wird B. durch Wiederzufuhr der verbrauchten Nährstoffe u. Erhaltung eines guten Humuszustands.

Bodenertrag, der Anfall von Gütern aus der Nutzung des Produktionsfaktors Boden oder auch der Erlös aus deren Verkauf. →Ertragsgesetz.

Bodenfliesen, Fliesen mit feinkörnigen, gesinterten Scherben (Steinzeugplatten), in verschiedenen Oberflächen u. Formaten hergestellt.

Bodenfließen, *Solifluktion*, hangabwärtiges Fließen oder Kriechen der obersten, lockeren, wasserdurchtränkten Bodenschichten, bes. bei Tauwetter über →Frostböden; →auch Strukturböden.

Bodenfräse = Ackerfräse.

Bodenfreiheit, bei einem Fahrzeug der Abstand zwischen der Standebene u. den am tiefsten herabreichenden Teilen bei zulässiger Belastung u. normalem Reifenluftdruck. Die B. kann nach den Rädern zu abnehmen. Der Freiraum wird in der Regel durch einen Kreisbogen bestimmt, der die Radaufstandpunkte u. den am weitesten herabreichenden Punkt des Fahrzeugs berührt. Ähnlich wird die *Bauchfreiheit* in Längsrichtung des Fahrzeuges bestimmt.

Bodenfrost, 1. Frost unmittelbar an der Bodenoberfläche, meist mit Reifbildung verbunden, tritt häufiger auf als in der übl. Beobachtungshöhe von 2 m. In Europa dauert die bodenfrostfreie Periode in mittlerer Höhenlage von 300 m mindestens von Anfang Juni bis Anfang September.
2. gelegentl. Gefrieren des Bodenwassers der obersten Bodenschicht in den gemäßigten Breiten, in Mitteleuropa bis zur „Frostgrenze" in etwa 1 m Tiefe, kann zu Erdaufwölbungen u. „Frostbeulen" führen. →auch Frostaufbruch.

Bodenfruchtbarkeit, die natürl. oder durch Maßnahmen der →Bodenkultivierung herbeigeführte Fähigkeit des Erdbodens, pflanzl. Wachstum zu ermöglichen, bes. in bezug auf Kulturpflanzen. Die B. äußert sich im *Bodenertrag* (meist gemessen in t/ha oder dz/ha, kg/ha). Ein Absinken der B. wird durch ungeeignete Nutzung hervorgerufen, wie einseitige Nutzung oder Nutzung, die zur Bodenversalzung (→Salinität), Versauerung u. Rohhumusbildung (im Wald) führt; auch kann eine Mißwirtschaft die *Bodenerosion* verursachen. Eine *Degradierung* durch Auslaugung ist jedoch ein natürl., klimat. bedingter Vorgang.

Bodengare, *Ackergare*, durch Maßnahmen der Bodenbearbeitung, Düngung u. Pflege herbeigeführter für das Pflanzenwachstum günstiger Zustand des Bodens. Äußeres Kennzeichen vorhandener B.: der Boden federt beim Betreten. Voraussetzung ist ein günstiges Verhältnis von Wasser, Luft, Wärme, Bakterien u. a. Kleinlebewesen im Boden. B. erhaltend wirkt die Bodenbedeckung, zerstörend das Einwirken von Sonne u. Wind auf den unbedeckten Boden.

Bodengeographie, Teilwissenschaft der (Phys.) Geographie, untersucht die Genese u. gesetzmäßige Verteilung (Zonierung) der Böden der Erde, deren Bedeutung für die Land- u. Forstwirtschaft u. die Einflüsse des Menschen auf die Umbildung von Böden (Bodenerosion, Meliorierung, Bodenpflege). Die B. ist eng mit der *Bodenkunde* verknüpft.
In der Verteilung ergibt sich eine klimat. bedingte Zonierung als Grobgliederung. Gesteinsart, vorhandenes Wasser u. Relief führen zu einer azonalen Abweichung (Bodenarten, z. B.: Moorböden, Gleiböden, Rendzina auf Kalkuntergrund). *Arkt. Böden* (→Strukturböden) sind durch Strukturen (Steinpolygone, -girlanden, Würgestrukturen), gekennzeichnete →Dauerfrostböden, die wie alle Böden auch fossil vorkommen können. Im feuchtkühlen Klima schließt sich eine Zone podsolierter (ausgebleichter) *Wald- u. Moorböden* (→Podsol) an, denen die grauen Waldsteppenböden *(Grauerden)* folgen. Die *Braunerden* der feucht-gemäßigten Klimate finden sich in Mitteleuropa u. in Teilen Asiens u. Amerikas. Die fruchtbaren *Schwarzerden* (Tschernoseme) sind bes. in den Steppen Eurasiens (Schwarzerdegürtel der Sowjetunion) verbreitet; in Amerika entsprechen ihnen die *Prärieböden* eines feuchteren Klimas. Im Mittelmeerraum sind die *Roterden* (Terra rossa) verbreitet. Das semiaride Klima ist durch *kastanienfarbige Böden* der Savannen mit geringerer Humusbildung gekennzeichnet. In Halbwüsten u. Wüsten herrschen braune u. graue *Wüstenböden* vor. Bei Bodenversalzung (→Salinität) entstehen Soloneze u. Solontschake *(Salzböden)*. Mächtige Schichten von *Laterit* (durch Eisengehalt stark rot gefärbt) verdecken in den Kerntropen in Brasilien, Mittelamerika, Zentralafrika, Indien, Südostasien u. Australien den Gesteinsuntergrund.

Bodengewinnung, 1. *allg.:* Entstehung von Boden durch →Landgewinnung.
2. *Erdbau:* das Lösen u. Laden von Boden; für Erdbauten wird gewachsener, d. h. natürlich gelagerter, ungestörter Boden von Hand (mit Hacke, Schaufel oder Spaten) oder mechanisch (mit Trokken- oder Naßbagger) gewonnen u. verladen. Leichter Fels kann von kräftigen Baggern ohne vorheriges Sprengen gelöst werden. →auch Bagger, Erdtransport.

Bodenheizung, *Bodenbeheizung, Feldbeheizung*, bes. in Frühbeeten angewandte künstl. Erwärmung des Bodens durch Heizrohre zur Angleichung der Bodenwärme an die Luftwärme.

bodenholde Pflanzen →bodenvage Pflanzen.

Bodenimpfung, künstliche Anreicherung eines erstmalig mit Hülsenfrüchtlern zu bebauenden Bodens mit stickstoffbindenden Knöllchenbakterien. Verfahren: 1. Übertragung von Impferde. a) Erde von einem Acker, auf dem im Vorjahr die betreffende Art gut gedieh. b) Erde vermischt mit Knöllchenbakterien, die in Reinkultur gezüchtet wurden. 2. Beimengung von in Reinkultur gezüchteten Knöllchenbakterien zum Saatgut (Samenimpfung). Handelspräparate: Azotogen, Nitragin u. a.

Bodeninjektionen, zur Verfestigung des Baugrundes dienende Einspritzung von Zementmilch oder chem. Mitteln in den Boden unter hohem Druck.

Bodenkarten, flächenhafte, meist farbige Darstellungen der geograph. Verbreitung der Bodentypen, hauptsächl. von den Geolog. Landesämtern herausgegeben.

Bodenklassen, Einstufung der land- u. forstwirtschaftl. genutzten Böden nach ihrer Eignung für den Anbau landwirtschaftlicher Kulturpflanzen, und zwar in Klassen 1 (beste Qualität) bis 8 (kaum noch nutzbar). Die Klassifizierung erfolgte in der 2. Hälfte des 19. Jh., heute verbessert durch die *Bodenschätzung.*

Bodenkredit →Grundkredit.

Bodenkreditinstitute betreiben gewerbsmäßig die langfristige Beleihung von Grundstücken u. Gebäuden: Hypothekenbanken, Pfandbriefanstalten, Landschaften (genossenschaftl. Agrarkreditinstitute) u. Landeskreditkassen.

Bodenkultivierung, Maßnahmen zur Schaffung, Erhaltung u. Steigerung der Bodenfruchtbarkeit (Bodenpflege, -bearbeitung). Hierzu zählen Umgraben, Pflügen, Hacken, Be- u. Entwässerung, sinnvolle Nutzung (Anbau geeigneter Früchte, evtl. durch Fruchtwechselwirtschaft; in Forsten: Wahl geeigneter Holzarten), Melioration, Düngung u. Unkrautvernichtung. Auch die Brache hat das Ziel, einer Bodenmüdigkeit entgegenzuwirken.

Bodenkunde, *Pedologie*, untersucht die chem.-physikal. Vorgänge im Boden u. beschreibt die Bodentypen; bes. werden Zusammenhänge zwischen Klima, Pflanzen- u. Kleintierleben (Bodenbiologie) u. Bodenbildung behandelt. Die B. vermittelt Erkenntnisse zur Steigerung der *Bodenfruchtbarkeit.* – 🅱 S. 60.

Bodenläuse →Zoraptera.

Bodenluft, die Luft in Hohlräumen des Bodens. B. ist reicher an Kohlendioxid u. ärmer an Sauerstoff als die Luft der Atmosphäre. Sie dient den Mikroorganismen u. den Wurzeln als Atmungs- u. Assimilationsluft.

Bodenmais, niederbayer. Markt (Ldkrs. Regen), Luftkurort u. Wintersportplatz, am Arber (Böhmerwald), 690 m ü. M., 3500 Ew.; Schwefelkiesbergbau, Hüttenwerk, Holzindustrie; am Silberberg bei B. größtes Thorium-Vorkommen Europas.

Bodenmüdigkeit, ein infolge einseitiger Nutzung des Bodens eingetretener Zustand, der sich in stark rückgängigen Erträgen bemerkbar macht. Um B. zu vermeiden, ist eine bestimmte Fruchtfolge zu beachten. Ursachen der B. sind Mangel an (einseitig verbrauchten) Nährstoffen u. Bodenbakterien, evtl. Verlust der Gare sowie zu starkes Auftreten spezifischer Schädlinge (z. B. Nematoden).

bodennahe Luftschicht, die Luftschicht unmittelbar über der Erdoberfläche bis in 2 m Höhe. Sie weist ein eigenes, vom Klima der darüber lagernden Luft unterschiedenes Klima auf (Klima der b.n.L., *bodennahes Klima*), das vom Untergrund, der Einstrahlung u. den Eigenschaften der b.n.L. abhängt; bei Windstille stark ausgeprägt, für das Leben u. die Landschaft von bes. Bedeutung.

Bodennebel, in windschwachen, klaren Nächten durch Ausstrahlung u. Abkühlung unter 0 °C am Boden entstehender Nebel.

Bodennutzungssystem, Methode der landwirtschaftl. Nutzung des Bodens. Kennzeichen ist das Verhältnis landwirtschaftl. Kulturarten (Acker, Weide, Wasser, Wald) zueinander sowie die den jeweiligen Standortbedingungen angepaßte Fruchtfolge.

Bodenphysik, die Grundlage der modernen *Erdbaumechanik.* Die bautechn. wichtigen Eigenschaften der Böden hängen vor allem von der Zahl u. Größe der Poren, von der Form u. Oberflächenbeschaffenheit der Bodenkörner, der Korngrößenverteilung, vom Wassergehalt u. der Struktur des Bodens ab. (Der wesentl. Unterschied zwischen Lehm, Ton, Sand, Schotter usw. liegt in der Größe der Körner, nicht in der chem. Zusammensetzung.) Aus den bodenphysikal. Eigenschaften lassen sich *Durchlässigkeit, Scherfestigkeit, Plastizität* des Bodens bestimmen u. zur Lösung erdbaumechanischer Aufgaben verwerten.

Bodenproben, dem Baugrund vor Baubeginn entnommene Proben, wichtig für die Gründung von Bauwerken. Die Entnahme gestörter B. ist einfacher u. billiger, aber nur von begrenztem Wert. Ungestörte B. geben guten Aufschluß über die bodenphysikalischen Kennwerte u. bautechnischen Eigenschaften. →auch Baugrunduntersuchung, Bodenphysik.

Bodenprofil, Querschnitt durch die oberste Verwitterungsschicht der Erdoberfläche. Einteilung in A-, B- u. C-Horizonte (mit Untergliederung); das B. kann im Aufschluß oder mit dem Erdbohrer studiert werden. – 🅱 →Boden.

Bodenreaktion, der chem. Zustand des Bodens im Hinblick auf das Überwiegen von Säuren oder Basen. Die B. kann sauer, neutral oder basisch (alkalisch) sein. Festgestellt wird sie in einfacher Weise mittels Salzsäureprobe auf Vorhandensein von Kalk oder durch feinere Messungen mit dazu bes. konstruierten Apparaten. Die jeweils vorliegende B. wird ausgedrückt in pH-Werten.

Bodenreform, zwangsweiser Eingriff in die Eigentumssituation von Grund u. Boden aus sozialen, wirtschaftl. u. polit. Gründen; die Änderung des geltenden Bodenrechts (Eigentums-, Besitzrecht). In der *B.bewegung* können zwei große Gruppen unterschieden werden: 1. die aus sozialist. u. kommunist. Ideen hervorgegangene Bestrebung, den gesamten Grund u. Boden in *Gemeineigentum* zu überführen, worin die Voraussetzung für eine gerechte (sozialist.) Gesellschaftsordnung gesehen wird; 2. die *B.er* (bes. J. St. *Mill*, Henry *George*, Franz *Oppenheimer* u. Adolf *Damaschke*) wenden sich nicht gegen das Privateigentum, sondern fordern nur vom Staat scharfe Maßnahmen gegen die aus einer Monopolsituation entsprungene (ungerechtfertigte) Bereicherung der Bodenbesitzer durch die Grundrente. Die B.er waren hauptsächl. Vertreter der städtischen B., die sich gegen die *Bodenspekulation* wendet.
Von größerer Bedeutung ist heute die *ländliche B. (Agrarreform)*, die gegen den Großgrundbesitz gerichtet ist. Schon im vorigen Jahrhundert wurden ländliche B.en in Staaten Mittel- u. Osteuropas durchgeführt. Der Art. 155 („B.-Artikel") der Weimarer Verfassung, das Reichssiedlungsgesetz u. das Heimstättengesetz förderten aus bevölkerungspolit. (Landflucht) u. ökonom. (Erhöhung der Krisenfestigkeit) Gründen die Bildung von Nebenerwerbsstellen für Landarbeiter u. Kleinsiedlerstellen. Nach 1945 wurden in allen Ländern der BRD *B.gesetze* erlassen, die den Großgrundbesitz (über 100 bzw. 150 ha) zur Landabgabe zwangen (Entschädigung in jedem Fall vorgesehen). In der DDR (ebenso in der Tschechoslowakei, in Polen, Albanien, Bulgarien, Jugoslawien, Rumänien u. Ungarn) wurde nach 1945 der Großgrundbesitz (ab 100 ha, insgesamt über 3 Mill. ha) ohne Entschädigung enteignet u. auf etwa 400 000 Neubauernstellen von 4–8 ha Größe aufgeteilt *(Agrarrevolution).* – 🅻 4.5.1.

Bodenrenke →Maräne.

Bodenrente →Grundrente.

Bodensäure, im Boden befindliche, durch Umsetzungen frei gewordene Säuren mineralischer u. organ. Art sowie von Pflanzenwurzeln ausgeschiedene Säuren.

Bodenschätzung, *Bodenbonitierung*, Klassifizierung der land- u. forstwirtschaftl. genutzten Bö-

Boden — Böden der Erde

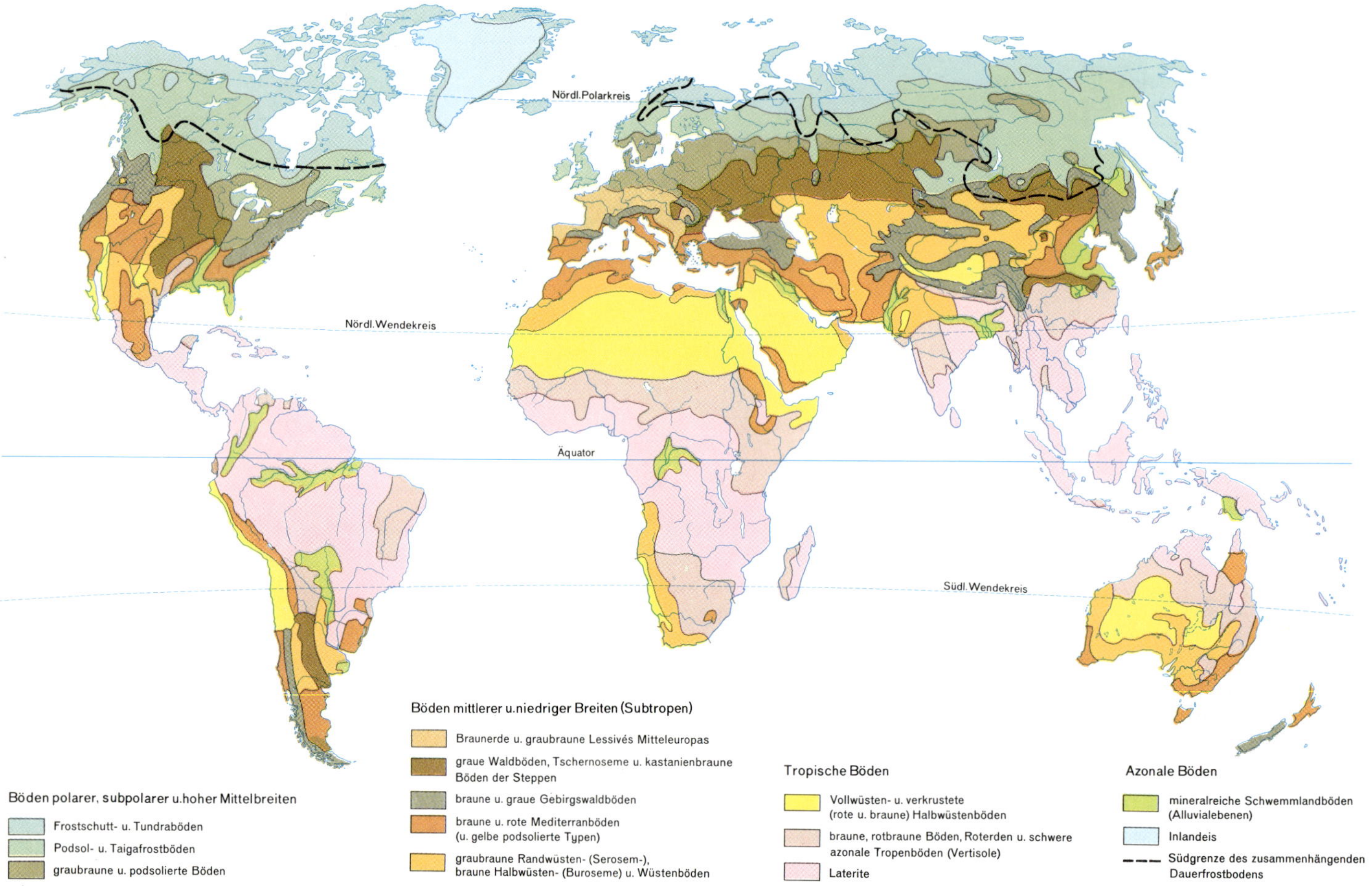

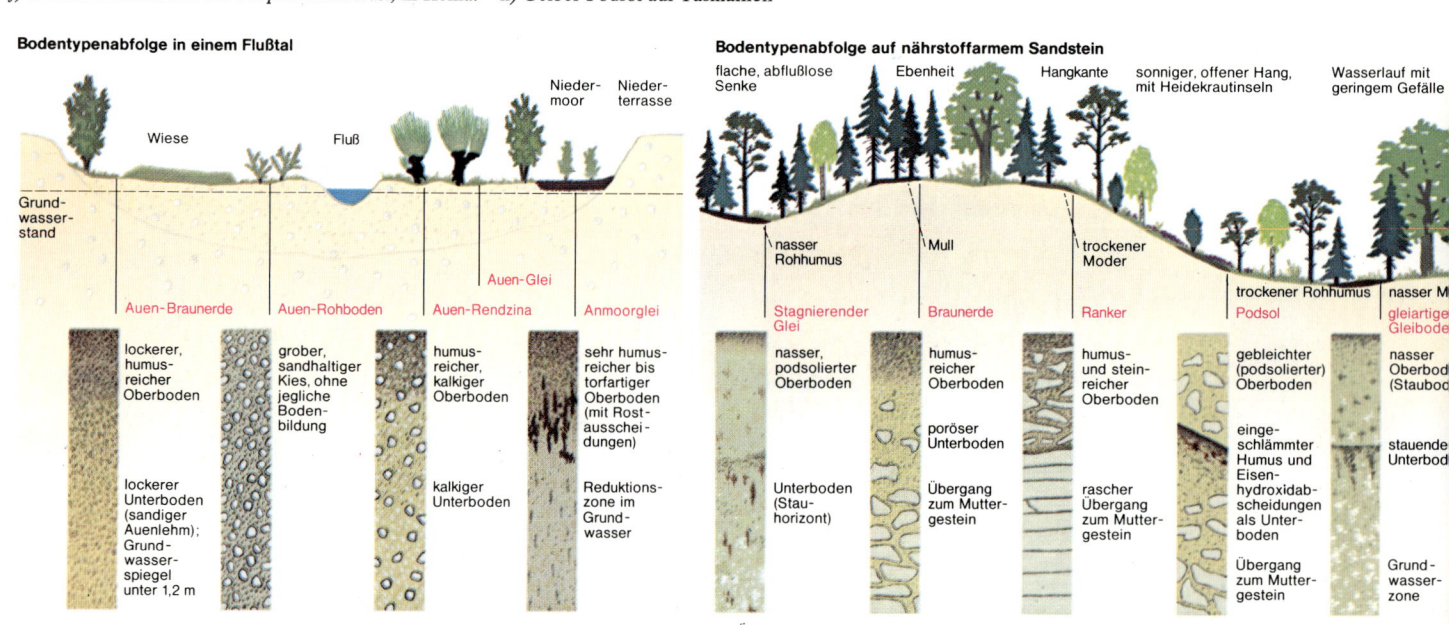

Böden polarer, subpolarer u. hoher Mittelbreiten
- Frostschutt- u. Tundraböden
- Podsol- u. Taigafrostböden
- graubraune u. podsolierte Böden

Böden mittlerer u. niedriger Breiten (Subtropen)
- Braunerde u. graubraune Lessivés Mitteleuropas
- graue Waldböden, Tschernoseme u. kastanienbraune Böden der Steppen
- braune u. graue Gebirgswaldböden
- braune u. rote Mediterranböden (u. gelbe podsolierte Typen)
- graubraune Randwüsten- (Serosem-), braune Halbwüsten- (Buroseme) u. Wüstenböden

Tropische Böden
- Vollwüsten- u. verkrustete (rote u. braune) Halbwüstenböden
- braune, rotbraune Böden, Roterden u. schwere azonale Tropenböden (Vertisole)
- Laterite

Azonale Böden
- mineralreiche Schwemmlandböden (Alluvialebenen)
- Inlandeis
- Südgrenze des zusammenhängenden Dauerfrostbodens

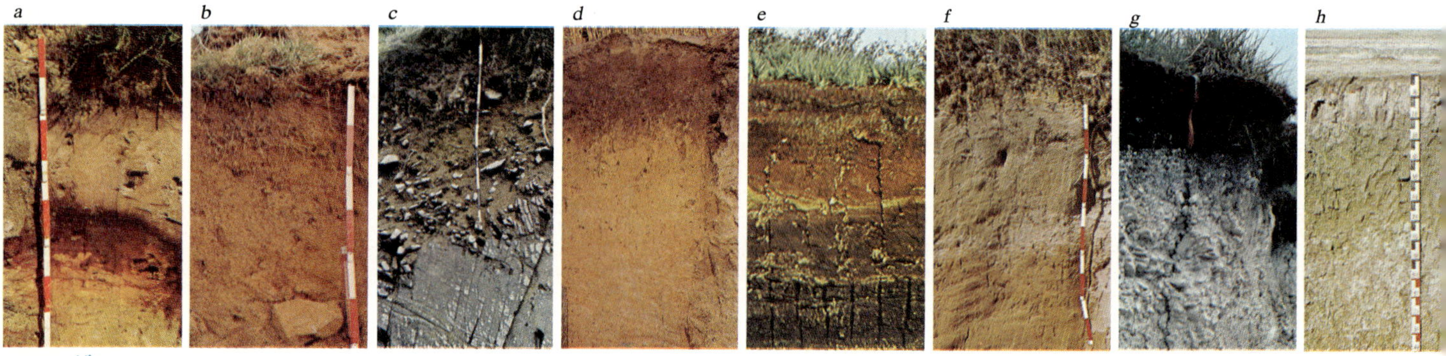

a) Podsol (Bleicherde) aus dem Emsland. – b) Braunerde (Waldboden) auf Diabas, im Harz. – c) Brauner Gebirgswaldboden (Ranker) aus Tonschiefer, im Harz. – d) Schwarzerde aus Löß, in der Hildesheimer Börde. – e) Hochmoorboden im Königsmoor, Oldenburg. – f) Parabraunerde aus Löß, bei Hildesheim. – g) Rendzina (Humuskarbonatboden) aus Kalkstein, am Neusiedler See. – h) Salzboden in der Theißebene, Ungarn. – i) Gleiboden (Gley) aus dem Vechtetal bei Nordhorn. – j) Lateritischer Boden der Tropen aus Basalt, in Kenia. – k) Gelber Podsol auf Tasmanien

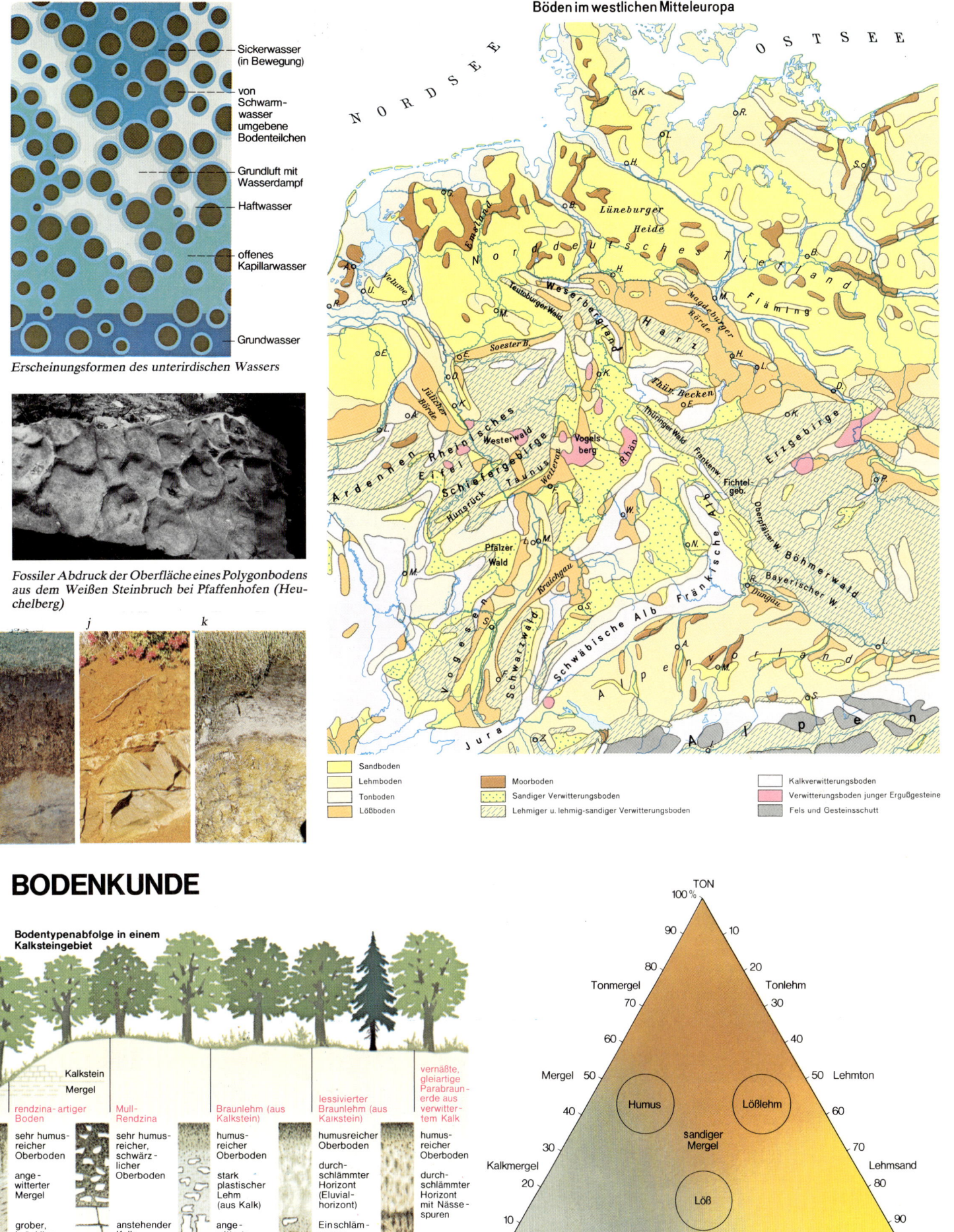

Bodensee

den nach Bodenzusammensetzung u. Alterserscheinungen unter Berücksichtigung der auf den Boden einwirkenden Grundwasser- u. Klimaverhältnisse; erfolgt nach sog. *Musterstücken* u. stuft die Böden nach *Bodenzahlen* (1–100) ein. Unter 18 ist der Boden landwirtschaftl. nicht mehr nutzbar. Die B. wurde vor u. nach dem 2. Weltkrieg durchgeführt u. dient als Grundlage bei der Besteuerung, Beleihung u. ggf. bei der Festsetzung der Ablieferungsquoten an Feldfrüchten.

Bodensee, *Schwäbisches Meer*, größter dt. See u. zweitgrößter Alpensee, 539 qkm, bis 252 m tief; ein Zungenbecken des eiszeitl. Rheingletschers, im NW in 2 Einzelbecken geteilt: den Überlinger See (mit Insel Mainau) u. den durch einen 4 km langen Rheinarm mit dem eigentl. B. verbundenen Untersee (mit Insel Reichenau) mit Gnadensee u. Zellersee. Infolge milden Klimas (Beckenlage einer großen Wasserfläche) u. guter Verkehrslage (Voralpenstraße u. Abzweigung nach N) an den meist flachen Ufern einige der ältesten vorgeschichtl. Siedlungsstellen Dtschlds. (Ufer- u. Moorsiedlungen bei Bodman, Überlingen, Unteruhldingen); idyllische Ufer mit Weinbergen u. Obstgärten; starker Fremdenverkehr; durch die Lage zwischen Baden-Württemberg, Bayern, Österreich u. der Schweiz reger Schiffsverkehr; große Bedeutung für die Wasserversorgung St. Gallens u. des Stuttgarter Ballungsraums. Zunehmende Gefährdung durch Abwässer.

Bodensondierung, geophysikal. Methoden der Untergrundforschung von Bohrungen, Seismik, elektr. Wellen, Widerstands- u. Schweremessung.

Bodenstedt, Friedrich von, Lyriker u. Übersetzer, *22. 4. 1819 Peine, †18. 4. 1892 Wiesbaden; Lehrer in Moskau u. Tiflis, Prof. für slaw. u. altengl. Philologie in München, Mitglied des Dichterkreises „Krokodil". Virtuoser Vermittler engl., russ. u. oriental. Dichtungen; bes. erfolgreich mit seinen in orientalisch. Stil verfaßten „Liedern des Mirza Schaffy" 1851.

bodenstete Pflanzen →bodenvage Pflanzen.

Bodentemperatur, 1. die im Boden gemessene Temperatur. Eine bestimmte B. ist für das Keimen u. die Weiterentwicklung der Pflanzen erforderlich. Sie nähert sich schon in wenigen Metern Tiefe – wo kaum noch tägliche u. nur noch geringe jährl. Schwankungen auftreten – dem Jahresmittel der Lufttemperatur u. nimmt infolge der Eigenwärme des Erdkörpers mit durchschnittl. 33 m Tiefe um 1 °C zu; →geothermische Tiefenstufe, →auch Dauerfrostboden.
2. die Temperatur der *bodennahen Luftschicht*. Die B. ist an der Erdoberfläche fast dieselbe wie die Lufttemperatur; sie weicht von ihr je nach Wärmeleitfähigkeit des Bodens u. Einstrahlung nach oben oder unten ab. →auch Bodenfrost.

Bodenturnen, *Bodengymnastik, Bodenübungen*, alle Körperübungen am Boden, die im Sitzen, Knien, Liegen u. Stehen ausgeführt werden, z. B. Rollen, Kippen, Kopf- u. Handstände, Stützübungen, Überschläge, Radschlagen u. a.; eine Disziplin beim →Kunstturnen. – ▢ 1.1.9.

bodenvage Pflanzen stellen an die Bodenverhältnisse keine bes. Ansprüche. Dagegen sind *bodenstete Pflanzen* an ganz bestimmte Bodenverhältnisse angepaßt u. gedeihen unter anderen Umständen nicht. *Bodenholde Pflanzen* zeigen auch eine Vorliebe für bestimmte Böden, fehlen aber auf anderen nicht.

Bodenverbesserung →Melioration.

Bodenverdichtung, das Zusammendrücken u. Packen von frisch geschütteten Böden zur Vermeidung nachträglicher Setzungen; geschieht durch Stampfen oder durch selbstfahrende oder als Anhänger arbeitende Walzen (Rüttel-, Schaffuß-, Gummirad-Walzen). Locker gelagerte Sande verdichten sich beim Rammen von Pfählen. →auch Auflockerung.

Bodenverfestigung, *Bodenvermörtelung*, Arbeitsvorgang im Erd- u. Straßenbau, bei der Bindemittel (Zement, Kalk, Chemikalien) auf gewachsenem Boden oder auf dem Planum verteilt, unter Wasserbeigabe mit dem Boden vermengt u. durch Walzen zu einer festen Schicht verdichtet werden. Darauf wird dann die Fahrbahndecke aufgebracht. Im Wirtschaftswegebau wird gelegentlich bereits die verfestigte Schicht als endgültige Fahrbahndecke verwendet.

Bodenversalzung, die →Salinität der Bodenkrume.

Bodenwasser, alles Wasser, das im Boden enthalten ist (Sickerwasser, Grundwasser, Kluftwasser, Haftwasser).

Bodenwellen, die elektromagnet. Wellen eines Senders, die geradlinig zum Empfänger gelangen. Die B. haben je nach Wellenlänge unterschiedliche Reichweiten. Im Kurzwellenbereich breiten sich vom Sender B. u. →Raumwellen aus. Zwischen dem Ende der B.ausbreitung u. dem ersten Wiedereintreffen der Raumwellen liegt die „tote Zone", in der kein Empfang möglich ist.

Bodenwerder, niedersächs. Stadt an der Weser (Ldkrs. Holzminden), 5900 Ew.; Geburtsort des „Lügenbarons" K. F. H. von *Münchhausen*; Jodbad; Schiffbau, Textil-, Baustoff- u. Holzindustrie.

Bodenwind, durch Reibung beeinflußter Wind in Bodennähe. Der B. ist bes. für das Starten u. Landen von Flugzeugen wichtig; er wird durch Luftsack u. Rauchfeuer angezeigt.

Bodenzerstückelung, *Bodenzersplitterung*, meist herbeigeführt durch die in Teilen Deutschlands wie auch der übrigen Welt herrschende Vererbungsgewohnheit der *Realteilung*: Die gesamte Bodenfläche wird an alle Erbberechtigten zu gleichen Teilen aufgeteilt. Die B. führt allmählich zu lebensunfähigen Kleinbetrieben; die Produktionskosten steigen, weil die vielen kleinen Parzellen zeitraubende Wege nötig machen u. eine Maschinenanwendung kaum gestatten. Die Wiederherstellung eines wirtschaftlich tragbaren Zustandes erfolgt mit staatlicher Hilfe. →auch Flurbereinigung.

Bodhisattwa, im Buddhismus ein Mensch, der Anwärter der Buddhaschaft ist, auf die vollkommene Erleuchtung (*bodhi*) indessen noch verzichtet, da er sich zuvor der noch Unerlösten annehmen will. Im Mahayana-Buddhismus kennt man nicht nur B.s der Vergangenheit, wie z. B. *Awalokiteschwara*, sondern das B.ideal ist für alle Menschen auch in der Gegenwart gültig. Sie sollen nicht nur sich selbst retten im „kleinen Fahrzeug" (*hinayana*), sondern möglichst viele Mitmenschen im „großen Fahrzeug" (*mahayana*).

Bodhnath, der zweitwichtigste *Stupa* bei Katmandu (Nepal); größer als *Svayambhunath*, aber im Prinzip gleiche Bauweise.

Bodin [-'dɛ̃], lat. *Bodinus*, Jean, französ. Staatsrechtler, *1530 Angers, †1596 Laon; Schöpfer des Begriffs u. Begründer der Lehre von der Souveränität u. erster Theoretiker der absoluten Monarchie: Hptw.: „Six livres de la république" 1576, lat. „De republica libri sex" 1586.

Bodini, Floriano, italien. Bildhauer, *8. 1. 1933 Gemonio, Prov. Varese (Lombardei); wurde durch sein „Bildnis eines Papstes" bekannt, dessen Porträtähnlichkeit mit Papst Paul VI. den Vatikan schockierte. Vertreter eines figuralen Neomanierismus, dessen beherrschendes Thema die Verformung des menschl. Körpers durch Verstümmelung u. Verwesung ist.

Bodleiana, Name der 1602 von Sir Thomas Bodley (*1545, †1613) gegr. Universitätsbibliothek von Oxford. Bestand: über 2.8 Mill. Bände, 50 000 Handschriften.

Bodman, baden-württ. Ort am Südwestufer des Überlinger Sees (Bodensee), 1100 Ew.; vorgeschichtliche Siedlungsstellen (Ufersiedlung) u. Reste mittelalterl. Bauten (karoling. Königspfalz Bodoma); Wein- u. Obstbau.

Bodmer, 1. Johann Jakob, schweizer. Gelehrter u. Schriftsteller, *19. 7. 1698 Greifensee, †2. 1. 1783 auf seinem Gut Schönenberg bei Zürich; versuchte mit J. J. *Breitinger* in der Zeitschrift „Discourse der Mahlern" 1721–1723 den künstler. Geschmack seiner Landsleute zur Natürlichkeit zurückzuführen, vertrat gegen die verstandesmäßige Auffassung der Dichtung (J. Ch. *Gottsched*) die schöpfer. Phantasie als die wirkende Kraft („Crit. Abhandlung von dem Wunderbaren in der Poesie" 1740), entdeckte die dt. Dichtung des MA. neu. – ▢ 3.1.1.
2. Paul, schweizer. Maler u. Graphiker, *18. 8. 1886 Zürich; Wandmalereien mit histor. Themen in Anlehnung an die Tradition der idealist. Malerei des 19. Jh. Hptw.: Fresken im Fraumünster-Durchgang, Zürich, 1921–1928.
3. Walter, schweizer. Maler, *12. 8. 1903 Basel; begann mit naturalistisch-gegenständl. Bildern u. entwickelte sich seit 1932 zu einem der konsequentesten Vertreter der abstrakten Malerei. Seit 1936 Drahtbilder oder Drahtreliefs.

Bodmerei, *Bömerei, Verbodmung*, im Seehandelsrecht der BRD bis 1972 Notdarlehen an den Kapitän, meist im fremden Hafen, zur Finanzierung der Weiterreise gegen hohe Prämie u. Verpfändung von Schiff, Fracht u. (oder) Ladung. Der Darlehnsgeber (*Bodmerist*) erhielt einen *B.brief*, dessen Inhaber nach Beendigung der Reise Darlehnssumme und Prämie verlangen konnte. Ihm hafteten dafür jedoch grundsätzlich nur die verpfändeten Güter u. Rechte, nicht der Schiffseigner,

Bodensee: Rheinmündung

Anicius Torquatus Severinus Boethius im Kerker, von der Philosophie getröstet; Anfang 13. Jh., Aldesbacher Musica

Reeder oder Charterer persönlich (§§ 679ff. HGB; aufgehoben).
Bodmershof, Imma von, geb. von *Ehrenfels,* österr. Schriftstellerin, *10. 8. 1895 Graz; histor. Bauernromane: „Der zweite Sommer" 1937; „Die Rosse des Urban Roithner" 1950; „Sieben Handvoll Salz" 1958; „Die Bartabnahme" 1966; auch Gedichte u. Novellen.
Bodmin, ehem. Hptst. von Cornwall (England), 8000 Ew.
Bodo, *Bada, Bara,* tibeto-birman. Völkergruppe (600 000) im nordöstl. Vorderindien, mit den Metsch, Katschari, Tschutiya, Garo, Dimasa, Tippera u. a.
Bodo, männl. Vorname, Kurzform von Zusammensetzungen mit *Bode-, -bod* („Gebieter, Bote"); →auch Boto.
Bodø, Hafen u. Hptst. der norweg. Prov. (Fylke) Nordland, am Saltfjord, 30 000 Ew.; Fischverarbeitung; hier endet die Nordbahn.
Bodoni, Giambattista, italien. Buchdrucker, *16. 2. 1740 Saluzzo (Piemont), † 29. 11. 1813 Parma; Leiter der herzogl. Druckerei in Parma; bedeutend durch strenge, klassizist. Buchgestaltung, die er mit den von ihm geschaffenen Schrifttypen erzielte; Ausgaben griech. u. röm. Klassiker.
Bodt, Jean de, französ. Architekt, *1670 Paris; †3. 1. 1745 Dresden; als Kadett im Dienst Wilhelms III. von Oranien, kam mit diesem an den engl. Hof u. war seit 1698 in Dtschld. tätig. Friedrich I. berief ihn nach Berlin, wo er die Bauaufsicht über Schloß- u. Militärgebäude übernahm (Vollendung des Berliner Zeughauses u. des Stadtschlosses Potsdam). 1728 kam B. als Generalintendant der Zivil- u. Militärgebäude an den kurfürstl. Hof in Dresden. Er hinterließ ein umfangreiches architekturtheoret. Schrifttum.
Body-Building ['bɔdi'bildiŋ; das; engl., „Körperbildung"], ein in Amerika auf der Grundlage schwerathlet. Übungsformen entwickeltes Trainingssystem zur Entwicklung der Muskulatur. Es besteht aus Übungen mit Scheiben- und Kurzhanteln (→Hantel), verstellbaren Gewichten, Widerstandsapparaten u. a. Aus 40 Übungen werden für jeden Übenden nach seinem Übungszustand etwa 10 zusammengestellt, die er längere Zeit mit der vorgesehenen Wiederholungszahl, meistens 10mal, in Serien *(sets)* mit Pausen von 2 Minuten durchführen muß. Die Muskelentwicklung wird mit Karten vermerkt. Zur Ermittlung der „erfolgreichsten" Aktiven beim B. werden „Schönheitskonkurrenzen" veranstaltet.
Böe, Geschwindigkeits- u. Richtungsschwankungen des Windes, →Bö.
Boeck-Dariersche Krankheit ['bo:kda'rje:-], nach dem norweg. Hautarzt Caesar *Boeck* (*1845, † 1917) u. dem französ. Hautarzt Jean *Darier* (*1856, † 1938) benannte gutartige Knötchenkrankheit der Haut; vielleicht Beziehungen zur Hauttuberkulose.

Boeckl, Herbert, österr. Maler, *3. 6. 1894 Klagenfurt, †19. 1. 1966 Wien; Autodidakt, beeinflußt von E. Schiele, O. Kokoschka u. L. Corinth. Fresken (Maria Saal 1925, Stift Seckau 1952–1964), Gobelins, Landschaften, Porträts, Aktstudien.
Boeckler, Albert, Kunsthistoriker, *23. 1. 1892 Konstanz, †5. 7. 1957 Freiburg i.Br.; arbeitete hauptsächl. über Buchmalerei u. italien. Bronzetüren des frühen MA.
Boehme, Kurt, Opernsänger (Baß), *5. 5. 1908 Dresden; 1930–1950 in Dresden, dann in München u. Wien.
Boehmeria →Ramie.
Boehn, Max von, Kultur- u. Kunstschriftsteller, *5. 2. 1860 Potsdam, †17. 5. 1932 Berlin; Werke: „Die Mode" 8 Bde. 1907–1925; „Biedermeier" 1911; „Miniaturen u. Silhouetten" 1916; „Rokoko" 1919; „Das Bühnenkostüm" 1921; „Empire" 1925; „Spanien" 1925; „Italien" 1926; „Puppen u. Puppenspiele" 1929.
Boehringer, Erich, Archäologe, *10. 8. 1897 Hamburg; Prof. in Greifswald (1938), Präsident des Dt. Archäolog. Instituts 1954–1960, Leiter der Ausgrabungen von Pergamon. „Die Münzen von Syrakus" 1927; „Der Caesar von Acireale" 1933.
Boeing Company ['bo:iŋ 'kampəni], US-amerikan. Flugzeugwerk in Seattle, Wash.; entstand aus der 1916 von W. E. *Boeing* (*1881, †1956) gegr. *Boeing Airplane Comp.;* Haupterzeugnisse: Verkehrsflugzeuge u. Bomber, nach dem 2. Weltkrieg Strahlbomber u. Strahlverkehrsflugzeuge, ferner Flugkörper u. Raketen sowie Hubschrauber der angeschlossenen Vertol Division.
Boelcke, Oswald, Jagdflieger des 1. Weltkriegs, *19. 5. 1891 Giebichenstein bei Halle, †28. 10. 1916 über der Somme-Front bei einem Zusammenstoß in der Luft; 40 Abschüsse.
Boelitz, Otto, Kulturpolitiker, *18. 4. 1876 Wesel, †28. 12. 1951 Düsseldorf; 1915–1921 Gymnasialdirektor in Soest, 1921–1925 preuß. Kultus-Min., Mitgl. der DVP. B. führte nach dem 1. Weltkrieg die preuß. Schulreform durch; Werke: „Der Aufbau des preuß. Bildungswesens nach der Staatsumwälzung" 1925; „Erziehung u. Schule im christl.-demokrat. Staat" 1946.
Boemboes ['bumbu:s], Sammelbegriff für alle Gewürze bzw. Gewürzmischungen der malaiischindones. Küche; z.B. Bebotok, Godok, Lawar, Petjil, Sesate, Sajoer Lodeh oder Toesoek. Verwendung in erster Linie bei der indones. Reistafel.
Boenfront, Kaltluftfront im →Bö.
Boerhaave ['bu:rha:fə], Herman, niederländ. Arzt u. Naturforscher, *31. 12. 1668 Voorhout bei Leiden, †23. 9. 1738 Leiden; Begründer der modernen klin. Krankenbeobachtung u. des akadem. Medizinunterrichts, führte Thermometer u. Lupe zur genauen Untersuchung ein.
Boethius, Anicius Torquatus Severinus, röm. Philosoph u. Staatsmann, aus altadligem Haus, *um 480, †524; 510 Konsul, 522 Kanzler am Hof *Theoderichs d. Gr.,* wurde der Teilnahme an einer Verschwörung gegen Theoderich bezichtigt (523) u. hingerichtet. B. wollte *Platon* u. *Aristoteles* durch Übersetzungen u. Kommentare dem Abendland bekanntmachen. Trotz nur teilweiser Ausführung wurde er der wichtigste Vermittler antiker Tradition an das MA. Sein wichtigstes Werk ist das im Gefängnis geschriebene „De consolatione philosophiae" („Vom Trost der Philosophie"). B. war Christ.
Boēthos, griech. Bildhauer, tätig in der 1. Hälfte des 2. Jh. v. Chr.; Vertreter des sog. antiken Rokokos. Hptw.: Bronzefigur eines Knaben mit Gans (in röm. Marmorkopien erhalten); Flügelknabe von Mahdia, Tunis, Museum.
Bœuf [bœf; frz.], Ochse(n-), Rindfleisch.
Boeynants ['bu:i-], Paul vanden, belg. Politiker (christl.-sozial), *22. 5. 1919 Vorst; 1966–1968 u. 1978/79 Min.-Präs.
Boffrand [bɔ'frã], Germain, französ. Architekt, *7. 5. 1667 Nantes, †18. 3. 1754 Paris; ausgebildet in Paris bei F. Girardon u. J. H. Mansart, seit 1685 unter dessen Leitung an dem Bau der Versailler Orangerie tätig. B. errichtete zahlreiche Schlösser u. schuf 1706 die Rokoko-Ausstattung einiger Räume des Hôtel de Soubise in Paris.
Bofors [bu-], Ortsteil von Karlskoga (Schweden); große Eisen-, Stahl- u. Sprengstoffwerke, ehem. Eigentum A. *Nobels.*
Bogart ['bouga:t], Humphrey, US-amerikan. Schauspieler, *25. 12. 1899 New York, †14. 1. 1957 Hollywood; kam 1922 zum Broadway, 1930 zum Film.

Bogas [russ.-tat.], Bestandteil von geograph. Namen: Meeresstraße (türk. Boğaz).
Boğazköy [bɔ:ˈazkœi], *Boğazkale,* Dorf in der Türkei, 150 km östl. von Ankara, nahebei die Ruinen von →Hattusa, der Hptst. der Hethiter im 2. Jahrtausend v. Chr.
Bogdan, Joan, rumän. Slawist, *25. 7. 1864 Kronstadt, Siebenbürgen, †1. 6. 1919 Bukarest; begründete die slaw. Philologie in Rumänien.
Bogdo Uul, *Boghdo-ola* [mongol., „Heiliger Berg"], stark vergletschertes Hochgebirge im östl. Tien Schan (China), östl. von Urumtschi, bis 5445 m.
Bogen, 1. *Baukunst:* Formen, die aus Kreis, Ellipse und Parabel gebildet sind. In der Architektur unterscheidet man einfache u. zusammengesetzte *Kreis-B.* Zu ersteren gehört der *Halbkreis-* oder *Rund-B.,* bei dem der Kreismittelpunkt auf der Horizontallinie liegt, die die Kämpfer-(Anfänger-)Punkte verbindet. Beim *Segment-, Strich-* oder *Flach-B.* liegt der Kreismittelpunkt unterhalb, beim *Hufeisen-* oder *Dreiviertelkreis-B.* oberhalb der Kämpferlinie. Der zweiten Gattung gehört der *Spitz-B.* an, gebildet aus zwei sich schneidenden Kreis-B. mit gleichem Radius (Sonderformen: *gleichseitiger Spitz-B., stumpfer Spitz-B., Lanzett-B.*). Der *Kleeblatt-* oder *Dreipaß-B.* entsteht aus zwei um einen gemeinsamen oder zwei verschiedene Mittelpunkte geschlagenen Kreis-B., die durch einen dritten, von der Vertikalachse des ganzen B.s ausgeführten verbunden sind (Sonderformen: *Schulter-B., Vielpaß-* oder *Fächer-B.*). Der zwiebelförmige Kiel- oder *Eselsrücken-B.* mit dem *Tudor-B.* als Variante wird gebildet aus zwei um einen gemeinsamen oder zwei verschiedene Mittelpunkte geschlagenen konkaven Kreis-B., die von den Kämpferpunkten aufsteigen, u. durch zwei sich auf der Symmetrieachse des ganzen Bogens schneidende Kreis-B. im gestreckten Winkel (180°).
Der architekton. B. ist ein schon im Altertum verwendetes Tragwerk, das eine Öffnung überspannt, beiderseits auf Widerlagern ruht, mit dem Kämpfer beginnt u. im Scheitel vom Schlußstein geschlossen wird. In der Kirchenarchitektur des MA. diente er hauptsächl. zur Verbindung der Mittelschiffstützen bei Gewölben sowie Fenster- u. Portalöffnungen. Typisch für Bauwerke der Romanik ist der Rund-B., während der schon im frühislam. Architektur vorkommende Spitz-B. das Hauptkennzeichen gotischer Bauten ist. Der Kiel-B. fand weite Verbreitung in der dekorativen Kunst des MA. – ⌧ S. 64. – ⌧ 2.0.2.
2. *Mathematik:* Teil einer gekrümmten Linie.
3. *Musikinstrumente:* 1. das Gerät, mit dem die Saiten der Streichinstrumente zum Klingen gebracht werden. Der B. vom modernen europ. Typus wird aus Pernambukholz gefertigt u. trägt einen Bezug von Roßhaaren. Seine heutige Gestalt erhielt er um 1780 in Paris von F. *Tourte.* Die gegen den Bezug gekrümmte Stange trägt oben eine abgewinkelte Spitze u. am Griffende den mittels Schraube verstellbaren →Frosch. Zwischen Spitze u. Frosch ist der Bezug eingespannt, die Schraube reguliert die Spannung. Die namengebende bekannte ursprüngl. Form des durch eine Sehne zum Bogen gekrümmten Stabs wurde zuerst wohl in Indien zum Streichen von Saiten verwendet, über Persien kam sie durch die Araber nach Spanien u. verbreitete sich im MA. in Europa. Den B. in ursprüngl. Gestalt hat noch die serb. →Gusla bewahrt. – 2. B. als Stimm- oder Aufsteck-B. ist bei Blechblasinstrumenten in Gebrauch.
4. *Sport:* →Bogenschießen.
5. *Statik:* gewölbte Tragwerke, die vorwiegend Druckkräfte aufnehmen u. sich daher bes. auch zur Ausführung in Mauerwerk eignen. Im Gegensatz zu den Balken üben die B. auch bei ausschl. lotrechter Belastung horizontale Auflagerkräfte (den *Horizontalschub*) aus. Wird der Horizontalschub durch ein Zugband aufgenommen, entsteht der B.balkenträger, der sich äußerlich wie ein Balken verhält. Steingewölbe wurden bereits von den alten Sumerern verwendet. Die Römer entwickelten die Wölbtechnik zu hoher Vollkommenheit. →auch Bogenbrücken.
6. *Waffen:* neben der Schleuder die älteste Kriegs- u. Jagdwaffe, in Europa als Kriegs-B. mit Kugelgeschossen bis ins 16. Jh. in Gebrauch, bei Naturvölkern heute noch, vor allem als Jagdwaffe, häufig mit vergiftetem Pfeil; Größe schwankend zwischen 0,8 u. 3 m, Flugweite des Pfeils 300 m u. mehr. Als B.formen unterscheidet man den einfachen B., den verstärkten B. mit aufgebundenen

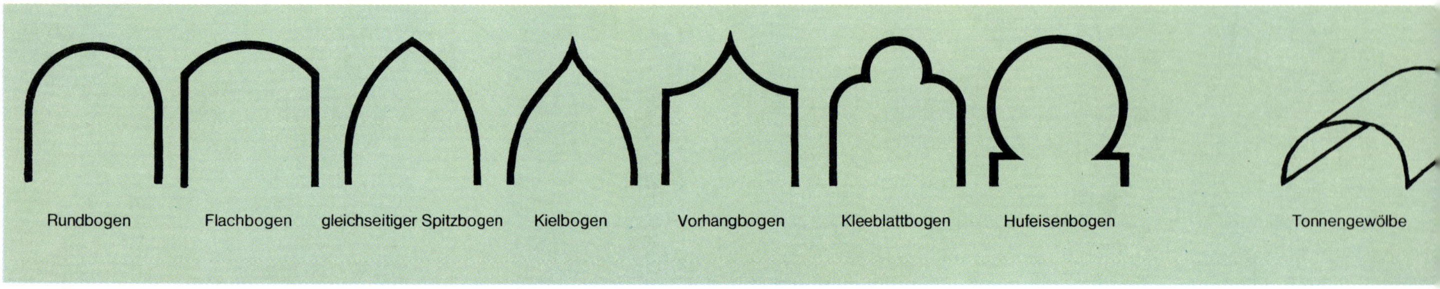

Bogen

Rundbogen — Flachbogen — gleichseitiger Spitzbogen — Kielbogen — Vorhangbogen — Kleeblattbogen — Hufeisenbogen — Tonnengewölbe

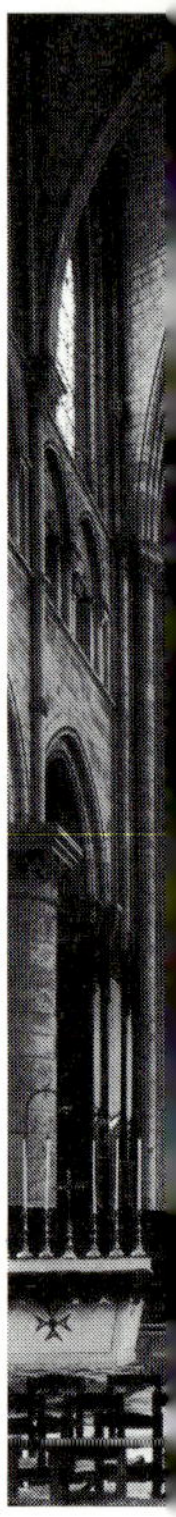

Kreuzgratgewölbe, durch Gurtbögen getrennt, Maria Laach; um 1100 (links). – Kreuzrippengewölbe, Sens, Kathedrale St.-Étienne; begonnen 1. Hälfte 12. Jh. (Mitte). – Gewölbe mit Scheitelrippen, Lincoln, Kathedrale; 12.–14. Jh. (rechts)

Tonnengewölbe, ehemalige Benediktinerkirche St.-Savin-sur-Gartempe; 11. Jh.

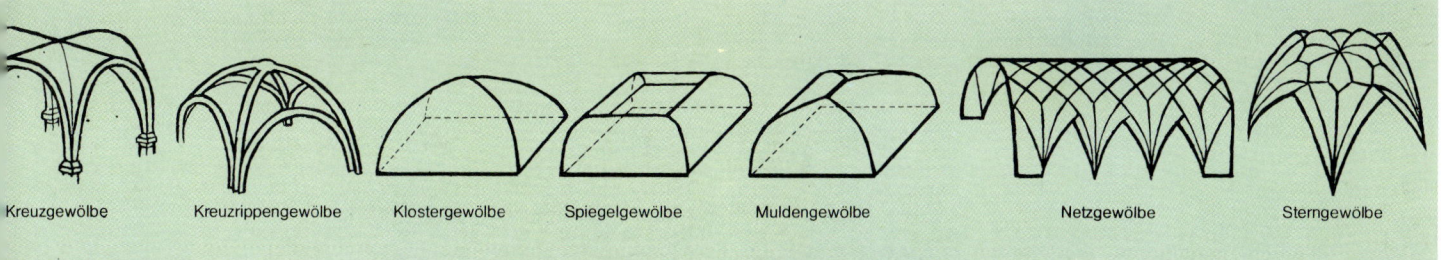

Kreuzgewölbe | Kreuzrippengewölbe | Klostergewölbe | Spiegelgewölbe | Muldengewölbe | Netzgewölbe | Sterngewölbe

Gewölbe mit Abhänglingen. Kapelle Heinrichs VII.; 1503–1519. Westminster Abbey, London

BOGEN UND GEWÖLBE

Blick in die Gewölbekonstruktion. Kapelle Heinrichs VII. Westminster Abbey, London

Sehnen oder Hölzern (Bambuti, Nordostasien, Alaska) u. den zusammengesetzten oder Reflexbogen aus einzelnen Teilen, die mit Leder, Rinde u. ä. umkleidet sind (Westeuropa bis Nord- u. Ostasien, nördl. Nordamerika, z.T. auch Indonesien u. Afrika). Unterschiedlich ist die Art der Bespannung (Schlinge, Öse, Wulst). Eine Sonderform ist der →Kugelbogen, eine Weiterentwicklung die →Armbrust.

Bogen [norw.], Bestandteil von geograph. Namen: Bucht.

Bogen, 1. niederbayer. Stadt an der Donau südöstl. von Regensburg (Ldkrs. Straubing-B.), 5200 Ew., Kunststoff- u. Dachziegelindustrie.

2. *Hoher B.*, Berg im Böhmerwald (Hinterer Bayerischer Wald), nördlich des Weißen Regen, 1072 m.

Bogenbinder, tragender Bauteil (aus Holz, Stahl oder Stahlbeton) einer bogenförmigen Dachkonstruktion; →Binder.

Bogenbrücken, Brücken, bei denen die Hauptträger einen *Bogen* bilden, der vorwiegend oder ausschl. auf Druck beansprucht ist. B. werden aus Mauerwerk, Beton, Stahlbeton oder Stahl ausgeführt. *B. mit aufgeständerter Fahrbahn* sind eine verbreitete Bauart zur Überquerung enger, tief eingeschnittener Täler, wo hinreichend Bauhöhe zur Verfügung steht. Im Flachland werden Spannweiten bis über 500 m mit B., bei denen die Fahrbahn mit lotrechten Hängestangen an den Bogenträgern hängt, überquert. Bei ungünstigen Gründungsverhältnissen wird der Horizontalschub durch ein Zugband (Fahrbahn) aufgenommen (Bogen mit aufgehobenem Horizontalschub). Monumentalbrücken werden oft in Städten als B. mit obenliegender Fahrbahn ausgeführt. – ▣ →Brücke.

Bogenfeld, *Baukunst:* nach oben durch einen Bogen abgegrenztes, oft mit Reliefs, Malereien usw. geschmücktes Wandfeld, vorwiegend über Maueröffnungen. Sonderformen sind →Lünette u. →Tympanon.

Bogenfries, *Baukunst:* Folge von kleinen profilierten Blendbögen, meist unter der Traufenkante roman. Kirchen.

Bogengang, *Baukunst:* einseitig oder auf beiden Seiten von Arkaden abgeschlossener, meist überwölbter Gang, der der Verbindung von zwei Gebäuden dient oder an Kirchen, Rathäusern, auch an Straßen als Laufgang entlanggeführt wird.

Bogengänge, *Anatomie:* Teil des inneren Ohrs der Wirbeltiere; →Gleichgewichtssinnesorgane, →Ohr.

Bogenhanf →Sansevieria.

Bogenlampe, elektr. Lichtquelle, arbeitet nach dem Prinzip der selbständigen *Gasentladung*. Die starke Elektronenemission der sehr heißen Kathode (4000–4800 °C) hält den Ionenentladungsstrom aufrecht. Die Elektroden bestehen aus reiner Kohle oder →Effektkohle. Bei Reinkohlen-B.n wird die hohe Lichtstärke vor allem (zu 85 %) von der weißglühenden (4000 °C) Anode erzeugt, während auf Kathode u. Lichtbogen nur 10 % bzw. 5 % entfallen. Bei Effektkohlen-B.n leuchtet auch der Lichtbogen stark. Wegen des schnellen Abbrandes der Elektroden muß durch eine geeignete Nachschubmechanik (Uhrwerk, Elektromagnet)

Bogenmaß

der Abstand der Spitzen konstant gehalten werden. B.n können mit Gleich- u. Wechselstrom betrieben werden. Wegen der großen Helligkeit bes. bei Filmvorführgeräten verwendet, heute jedoch z. T. durch Xenon-Lampen ersetzt.

Bogenmaß, beim Winkel die Maßzahl der Länge seines zugehörigen Bogens im *Einheitskreis*. Der rechte Winkel (90°) mißt im B.: $\frac{\pi}{2}$.

Bogenschießen, sportl. Schießwettbewerb mit Pfeilen u. Bogen (etwa 1,70 m lang, aus Stahlrohr u. Kunststoff). Die Pfeile (bis 28 g schwer, bis 71 cm lang) werden auf dem Pfeilbrett in der Mitte der Sehne aufgesetzt. Ziele sind die von außen nach innen weiß, schwarz, blau, rot u. goldfarbig bemalten Ringscheiben aus Stroh oder Schilf, die in Entfernungen von 30–90 m aufgestellt sind. Federrunde mit je 36 Pfeilen über 90, 70, 50 u. 30 m für Männer u. 70, 60, 50 u. 30 m für Frauen. – 1900, 1904, 1920 u. seit 1972 olymp. Disziplin.

Bogensignatur, für das Zusammentragen in der Buchbinderei wichtige durchlaufende Numerierung der Druckbogen auf der jeweils ersten u. dritten Seite, rechts oder links unten.

Bogenspektrum, das Spektrum des Lichts eines elektr. *Lichtbogens;* auch das Spektrum der von neutralen Atomen emittierten Strahlung, da im Lichtbogen vor allem die Spektrallinien der elektr. neutralen Atome auftreten. →auch Spektrum.

Bogenstranghanf, Faser aus den derben, flachen, oft meterlangen Blättern der *Sansevieria* (Gattung der Liliaceen), für Seilerwaren verwendet.

Bogheadkohle [-hed-; engl.], asphaltartige, weiche, zähe, leicht entzündl. Kohle.

Bogoljubow, Ewfim, russ. Schachspieler, *14. 4. 1889 Kiew, †18. 6. 1952 Triberg, Schwarzwald, wo er seit 1926 lebte; forderte 1929 den Weltmeister A. *Aljechin* heraus u. verlor den Kampf u. die Revanche 1934; zwischen den Weltkriegen einer der stärksten Spieler der Welt; 1931, 1933 u. 1949 dt. Meister.

Bogoljubskij, Andrej, Großfürst von Wladimir 1157–1174, *um 1111, †29. 6. 1174 Bogoljubowo; verlagerte das polit. Schwergewicht von Kiew nach dem nordöstl. Rußland; von Bojaren ermordet.

Bogomilen [slaw., „Gottesfreunde"], Angehörige einer mittelalterl. Sekte in Osteuropa u. Kleinasien, die aus der dem Teufel, dem „Gott" des A. T., untertänigen Welt durch ein apostolisches Leben erlöst werden wollten. Sie lebten weiter in den französ. *Katharern.* Im Balkanraum im 14./15. Jh. bis zur türk. Eroberung Einwirkung auf das polit. Leben, vor allem in Bosnien.

Bogomoletz, 1. Alexander Alexandrowitsch, russ. Physiologe, *12. 5. 1881 Kiew, †19. 7. 1946 Kiew; Leiter des Biolog. Instituts in Kiew; bekannt durch die Entwicklung des „Verjüngungsserums" ACS (Antiretikular-Cytotoxisches Serum), das durch Stärkung der spezifischen Reaktionsfähigkeit des Bindegewebes die Widerstandskraft des menschl. Organismus gegen Krankheiten erhöhen u. auch lebensverlängernd wirken soll.
2. Victor, Vetter von 1), russ. Arzt, *8. 5. 1895; lebt in Paris; arbeitet bes. über die Altersmedizin.

Bogor, früher *Buitenzorg,* indones. Stadt in Westjava, am Fuß von Vulkanen, Sommersitz für *Djakarta,* 172 000 Ew.; Universität, Landwirtschaftl. Hochschule; Botan. Garten; Bahn von Djakarta.

Bogotá, früher *Santa Fé de B.,* Hptst. von Kolumbien, des Distrito Especial u. des Dep. Cundinamarca, in verkehrsmäßig schwer zugängl. Lage auf einer Hochfläche der östl. Kordilleren, 2640 m ü. M., 3 Mill. Ew.; Kulturzentrum (Goethe-Institut, Bibliotheken, Akademien, Museen, Archive), mehrere private, staatl. u. konfessionelle Universitäten; wichtigster Industriestandort Kolumbiens (Textil-, Metall-, chem.-pharmazeut., Lebensmittel-, Tabak-, Holz-, Elektro- u. a. Industrie); Verkehrsknotenpunkt, Flughafen (El Dorado). – 1538 von den Spaniern gegr.; 1598–1813 Hptst. des span. Generalkapitanats bzw. Vizekönigreichs Neugranada; Kulturzentrum der span. Kolonialzeit. Kirchen: La Concepción (16. Jh.), San Francisco (16.–17. Jh.) u. a.; Parlamentsgebäude, Quinta de Simón Bolívar. 1948 Gründung der OAS in B.

Bogurodzica [-'djitsa; die; poln., „Gottesmutter"], älteste poln. Hymne (13. Jh.), soll nach dem poln. Sieg über den Deutschen Orden bei Tannenberg 1410 gesungen worden sein. Die früheste Handschrift stammt aus dem 15. Jh.

Bohatta, Hanns, *2. 12. 1864 Wien, †30. 10. 1947 Wien; österr. Bibliothekar, an der Universitätsbibliothek Wien tätig; bibliograph. Werke: „Dt. Anonymenlexikon" 1902–1928 (mit M. Holzmann), 1961 (mit M. Holzmann); „Dt. Pseudonymenlexikon" 1906, „Internationale Bibliographie der Bibliographien" 1950 (mit F. Hodes).

Bohème [bo'ɛ:m; frz., „Böhmen", „Zigeunertum"], die lockere, häufig bürgerlichen Lebensformen widersprechende Welt halb genialer, halb verbummelter Künstler u. Literaten; auch auf den unbürgerlichen Menschen schlechthin angewandt. Die Bez. stammt aus H. *Murgers* Roman: „Scènes de la vie de Bohème" 1851.
„La Bohème", Opern nach diesem Roman von G. *Puccini* (1896) u. R. *Leoncavallo* (1897).

Bohemia [lat.], Böhmen.

Bohemien [boem'jɛ̃; frz., „Böhme", „Zigeuner"], Angehöriger der →Bohème.

Böhlau, Helene, Schriftstellerin, *22. 11. 1859 Weimar, †26. 3. 1940 Widdersberg bei München; Verlegerstochter; „Ratsmädelgeschichten" 1888; „Der Rangierbahnhof" 1895; „Isebies" 1911; „Föhn" 1931.

Böhlau Verlag, *Hermann Böhlaus Nachf. Ges. m. b. H.,* 1624 in Weimar gegr. Verlag, bes. bekannt durch die 143bändige Sophien-Ausgabe von Goethes Werken (1887–1920); seit 1947 in Graz u. Wien, pflegt u. a. Rechts-, Kultur-, Kunst-, Literatur- u. polit. Geschichte, Philosophie, Volkskunde; enge Verbindung zum *Böhlau Verlag* in Köln. Der in Weimar fortbestehende Verlag *Hermann Böhlaus Nachfolger* pflegt Literaturwissenschaft, Geschichte u. Rechtsgeschichte u. gibt u. a. die Schiller-Nationalausgabe heraus.

Bohle, 4–12 cm dick u. 8–30 cm breit geschnittenes Bauholz, bis rd. 7 m lang.

Bohlen, Charles, US-amerikan. Diplomat, *30. 8. 1904 Clayton, N. Y., †1. 1. 1974 Washington; 1953–1957 Botschafter in Moskau; 1962–1968 in Paris.

Böhlen, Industrieort im Krs. Borna, Bez. Leipzig, südl. von Leipzig, 7900 Ew.; Treibstoffgroßkombinat, Braunkohlenbergbau, Brikettfabrikation.

Böhler, internationaler Edelstahlkonzern (Holdinggesellschaft: *Vereinigte Böhlerstahlwerke AG,* Zürich), gegr. 1870 von den Brüdern Emil B. (*1843, †1882) u. Albert B. (*1845, †1899; Erfinder des „B.stahls"). Seit 1899 *Gebr. B. & Co.* in Wien; 1946 verstaatlicht; 1975 mit den Firmen Schoeller-Bleckmann u. Steirische Gußstahlwerke zur *Vereinigte Edelstahlwerke AG* verschmolzen; dt. Tochtergesellschaft *Gebr. B. & Co. AG,* seit 1978 *Böhler AG,* Düsseldorf.

Böhler, Lorenz, österr. Chirurg, *15. 1. 1885 Wolfurt, †20. 1. 1973 Wien; nach ihm ist eine Zehen- u. Fingerschiene u. ein Gehbügel für den Gipsverband benannt; seine Klinik in Wien war Vorbild vieler moderner Kliniken. „Technik der Knochenbruchbehandlung" 1929, [12/13]1963.

Böhlitz-Ehrenberg, Stadt im westl. Krs. u. Bez. Leipzig, 10 600 Ew., Motoren-, Elektroapparate- u. Klavierbau; Schloß.

Bohlwerk →Bollwerk.

Böhm, 1. Dominikus, Architekt, *23. 10. 1880 Jettingen, Schwaben, †6. 8. 1955 Köln; Erneuerer der kath. Sakralarchitektur; verwendete vorzugsweise moderne Baumaterialien, blieb aber in der Neigung zu denkmalhafter Wirkung durch Monumentalformen der Kirchenbaukunst früherer Jahrhunderte verpflichtet. Hptw.: St. Engelbert in Köln-Riehl, 1930; St. Maria Königin in Köln-Marienburg, 1954.
2. Franz, Jurist, *16. 2. 1895 Konstanz, †26. 9. 1977 Rockenberg; 1952 Leiter der dt. Delegation für die Wiedergutmachungsverhandlungen mit Israel; 1953–1965 MdB (CDU).
3. Georg, Organist u. Komponist, *2. 9. 1661 Hohenkirchen, Thüringen, †18. 5. 1733 Lüneburg; beeinflußte J. S. Bach mit seinem Orgelspiel (ob er Bachs Lehrer war, ist ungewiß) u. vor allem mit seinen Choralbearbeitungen mit reichverziertem Cantus firmus.
4. Beheme, Hans, auch unter dem Namen *Pfeifer (Pauker) von Niklashausen* bekannt, religiöser Schwärmer mit sozialrevolutionärer Tendenz; wurde am 19. 7. 1476 in Würzburg verbrannt.
5. Johann, österr. Politiker (SPÖ), *26. 1. 1886 Stögersbach, Niederösterreich, †13. 5. 1959 Wien; 1930–1934 Abg. zum Nationalrat, 1934 u. 1944 in polit. Haft, 1945 Staatssekretär für soziale Verwaltung, 2. Präsident des Nationalrates, 1948 Präsident des Österr. Gewerkschaftsbundes.
6. Karl, österr. Dirigent, *28. 8. 1894 Graz; 1934–1943 Generalmusikdirektor in Dresden, 1942–1945, 1954–1955 Leiter der Wiener Staatsoper; bes. Mozart-, Wagner- u. Strauss-Dirigent. Autobiographie „Ich erinnere mich ganz genau" 1968.
7. Theobald, Flötist, *9. 4. 1794 München, †25. 11. 1881 München; entwickelte die *B.flöte* (→Querflöte), die heute in den Orchestern weitgehend verwendet wird. Sie weist zylindrische Bohrungen auf, die Tonlöcher sind streng nach akustischen Gesetzen angeordnet u. weit gebohrt. Ein Klappensystem macht sie bequem spielbar. Nach B.s System wurden später auch *B.klarinetten* u. *B.oboen* gebaut. B. gründete die Fa. *B. & Greve* in München u. komponierte auch für Flöte.

Böhm-Bawerk, Eugen von, österr. Nationalökonom, *12. 12. 1851 Brünn, †27. 8. 1914 Kramsach, Tirol; mehrfach österr. Finanzminister; lehrte in Innsbruck u. Wien; Mitbegründer der →österreichischen Schule; seine Agiotheorie erklärt den Zins als Differenz zwischen dem heutigen u. dem späteren Wert der Güter. Hptw.: „Kapital und Kapitalzins" 2 Bde. 1884–1889, [4]1961; „Macht oder ökonomisches Gesetz?" 1914.

Bogenschießen: Bogenschützen beim Training

Böhme, rechter Zufluß der unteren Aller, entspringt in der Lüneburger Heide nördl. von Soltau.
Böhme, Jakob, schlesischer Mystiker u. Philosoph, * 1575 Alt Seidenberg bei Görlitz, † 17. 11. 1624 Görlitz; Bauernsohn, Schuhmacher in Görlitz. Die Grundauffassung seiner Schriften ist ein Pantheismus, der sich mit einem religiös-ethischen Dualismus kreuzt. Er entwarf auf der Grundlage der Erkenntnistheorie u. Ethik V. *Weigels* eine verwickelte Kosmologie im Sinne des reformierten Christentums, das er mit myst. Anschauungen vor allem des *Paracelsus* verband. B. übte eine tiefe Wirkung auf seine Zeit aus, fand viele Anhänger in Dtschld., Holland, Frankreich u. England, beeinflußte Schelling, Hegel, F. X. von Baader. „Sämtliche Schriften" 11 Bde. 1730, Nachdr., hrsg. von W.-E. Peuckert, 1955–1961.

Böhmen, tschech. *Čechy,* Beckenlandschaft in der Tschechoslowakei, 52 764 qkm; bildet zusammen mit *Mähren* die Tschech. Sozialist. Rep., von Erzgebirge, Sudeten, Böhmerwald u. der flachen Schwelle der Böhm.-Mähr. Höhe umgrenzt, von Elbe u. Moldau nach N in einem Durchbruchstal entwässert. Im S waldreiches Stufenland mit tief eingeschnittenen Flußtälern u. den seenreichen Becken von Budweis u. Wittingau, nördl. des Elbebeckens (Polabí) eine fruchtbare, lößbedeckte Kreidetafel. Südl. des Erzgebirges (Uran- u. Silbererze) liegen der Egergraben mit Thermalquellen u. Braunkohlenlagern u. das vulkan. Böhm. Mittelgebirge, von der Elbe durchbrochen. – Infolge der nordwestl. Gebirgsumrahmung ist das Klima kontinental u. niederschlagsarm, in tieferen Lagen jedoch mild (Weinbau im Elbebecken).
Die 6,1 Mill. Ew. zählende tschech. Bevölkerung ist meist kath.; die Randgebiete waren bis 1945 von Deutschen („Sudetendeutschen") besiedelt (3 Mill.). – Forstwirtschaft u. Roggenanbau im S u. in den höheren Lagen; Gersten-, Weizen-, Zuckerrüben-, Hopfen-, Gemüse- u. Obstbau sowie Viehzucht in Mittel- u. Nord-B.; Industrie um Pilsen, Prag u. Kladno u. im Egergraben; Steinkohlenlager bei Kladno u. Pilsen; natürlicher Verkehrs- u. Handelsmittelpunkt ist die Hptst. *Prag.* Geschichte: Die wahrscheinl. um 400 v. Chr. eingewanderten kelt. Bojer gaben dem Land den Namen; sie wurden um Christi Geburt von den german. Markomannen vertrieben, deren Führer Marbod 9 v. Chr. ein erstes german. Großreich errichtete. Den nach Bayern abgewanderten Markomannen folgten im 6.–7. Jh. unter awar. Oberhoheit stehende Slawen. Im 9. Jh. war B. vom Frankenreich abhängig bzw. in das →Großmährische Reich der Mojmiriden einbezogen.
Das nach dessen Zerfall zersplitterte B. einigte der *Přemyslide* Herzog Wenzel I. (921–929). Břetislaw I. Achilles (1034–1055) legte das Erstgeburtsrecht fest. Wratislaw II. (1061–1092) u. Wladyslaw II. (1140–1173) erhielten für ihre Unterstützung der dt. Kaiser den Königstitel. B. wurde unter Ottokar I. (1198–1230) erbl. Königtum. 1306 starben die Přemysliden aus.
Unter den *Luxemburgern* (1310–1437), bes. unter Karl IV., erlebte B. sein „goldenes Zeitalter", das mit den Hussitenkriegen endete. Die Hausmachtpolitik Karls I. (Kaiser Karl IV.) brachte zur böhm. Krone u. a. Schlesien u. die Lausitz. 1526–1918 stand B. unter der Herrschaft der *Habsburger.* Als diese gegen das fast rein protestant. B. mit Rekatholisierungsmaßnahmen vorgingen, erhoben sich

Eugen von Böhm-Bawerk

1618 die böhm. Stände u. wählten Friedrich von der Pfalz zum König. Nach dessen Vertreibung wütete die Gegenreformation u. vertrieb glaubenstreue Protestanten. Güterkonfiskationen u. Einschränkungen der ständischen Freiheiten sicherten die habsburg. Herrschaft, die durch die theresian. u. josephin. Reformen der Zentralverwaltung gefestigt wurde.
Die im 18. Jh. beginnende Neubelebung des Nationalgefühls spaltete B. in zwei feindl. Lager, ständische u. soziale Gegensätze verschärften die Spannungen. Die *Alttschechen* erstrebten Autonomie im Verband der Habsburger Monarchie, die →Jungtschechen traten für deren Beseitigung ein. Nach dem 1. Weltkrieg wurde die von J. *Masaryk* u. E. *Benesch* vorbereitete Unabhängigkeit der →Tschechoslowakei proklamiert (28. 10. 1918). B. wurde integriert, der dt. Bevölkerungsteil zur Eingliederung gezwungen. 1939–1945 gehörte das „Protektorat B. u. Mähren" zum Dt. Reich. 1945/46 wurden die Sudetendeutschen aus B. vertrieben. – ▭ 5.4.7 u. 5.5.7.

Böhmer, 1. Johann Friedrich, Historiker, * 22. 4. 1795 Frankfurt a. M., † 22. 10. 1863 Frankfurt a. M.; Bibliothekar in Frankfurt a. M. u. zusammen mit G. H. Pertz Direktor der „Monumenta Germaniae Historica", gab eine Sammlung von Regesten der dt. Herrscherurkunden bis ins 14. Jh. („Regesta Imperii") heraus. Vertreter der romant. Geschichtsauffassung.
2. Johann Samuel Friedrich, Strafrechtslehrer, * 19. 10. 1704 Halle (Saale), † 20. 5. 1770 Frankfurt (Oder); entwickelte vor allem die allgem. Verbrechenslehre auf der Grundlage des Gemeinen Rechts.
3. Justus Henning, prot. Kirchenrechtslehrer, * 29. 1. 1674 Hannover, † 29. 8. 1749 Halle (Saale); lehrte seit 1701 in Halle; Hptw.: „Ius ecclesiasticum protestantium" 6 Bde. 1714–1737.

Böhmerwald, tschech. *Šumava,* die südwestl. Umwallung des Böhm. Beckens, i. e. S. nur deren mittlerer Abschnitt zwischen der Cham-Further Senke u. dem Kerschbaumer Sattel; nach NO undeutlich abgegrenzt, im SO durch das obere Regental vom Bayer. Wald getrennt; der dt. Anteil am B. wird auch als *Hinterer Bayer. Wald* bezeichnet; ein 1300–1400 m hohes 250 km langes, gegliedertes Rumpfgebirge mit rauhem Klima, im Großen Arber 1457 m hoch, von ausgedehnten Fichtenwäldern (in Schutzgebieten z. T. Urwälder) u. großen Mooren („Filzen") bedeckt, in den Hochlagen Knieholzbestände u. Matten; kleine Kare als Spuren der Eiszeit. Die Förderung von Blei u. Eisen ist fast erloschen; heute nur noch Abbau von Graphit u. Quarz (Glasindustrie); daneben Holz- u. Textilindustrie; Fremdenverkehr; verkehrsmäßig wenig erschlossen. Der B. bildet die Grenze zwischen der BRD u. der Tschechoslowakei.

Böhmische Brüder, *Mährische Brüder,* eine 1467 in Böhmen gegründete Gemeinschaft, die sich *Unitas fratrum* [„Brüdervereinigung"] nannte u. aus einer Verbindung hussitischer Kreise mit Resten der Waldenser bestand. Charakteristisch: Streben nach echter Brüderlichkeit, schlichtes zurückgezogenes Leben, Ablehnung von Kriegsdienst, Eid u. Bekleidung staatlicher Ämter. Die B.n B. wurden während der Gegenreformation nach Preußen u. Polen vertrieben; sie gingen in der →Brüdergemeine auf.

böhmische Dörfer, umgangssprachl. Bez. für unbekannte, unverständliche Dinge, weil tschech. Ortsnamen deutschen Ohren fremd klingen.

Böhmische Masse, *Moldanubikum,* ein Massiv aus kristallinen Gesteinen, noch unbestimmten Alters; umfaßt den Böhmerwald, die Böhmisch-Mähr. Höhe u. das Böhm. Becken u. war im Laufe der Erdgeschichte meist Festland.

Böhmischer Kamm, 1. Adlergebirge.
2. südl. Zug des Riesengebirges beiderseits des Elbdurchbruchs mit *Brunnberg* (1555 m) u. *Kesselkoppe* (1435 m).

böhmisches Kristallglas, sehr klare u. bes. harte Kaliglasart; schmilzt erst bei sehr hohen Temperaturen.

Böhmisches Mittelgebirge, tschech. *České Středohoří,* vulkan. Gebirge im N Böhmens, an der Elbe, zwischen Leitmeritz u. Aussig, im *Milleschauer* (Donnersberg) 837 m. – ▣ →Tschechoslowakei.

Böhmisch-Leipa, tschech. *Česká Lípa,* Stadt in Nordböhmen, am Polzen, 15 000 Ew.; Maschinenbau; Jagdschloß.

Böhmisch-Pfälzischer Krieg, die erste Phase des *Dreißigjährigen Kriegs.*

Böhmisch-Trübau, tschech. *Česká Třebová,* Stadt in Ostböhmen, 14 000 Ew.; Textilindustrie, Eisenbahnwerkstätten.

Bohne, *Phaseolus,* Gattung der *Schmetterlingsblütler.* Wichtigste Art ist die *Gemeine Garten-* oder *Schmink-B., Phaseolus vulgaris,* aus Amerika stammend, mit weißen oder rötl. Blüten; wurde in Peru bereits vor der Entdeckung Amerikas kultiviert. Sie wird wegen ihrer Früchte in mannigfacher Weise angebaut. Windende Formen werden an Stangen gezogen *(Stangen-B.),* während eine buschige Varietät als *Strauch-, Busch-, Zwerg-* oder *Krup-B.* kultiviert wird. Die Früchte u. die weißen bis schwarzen, meist nierenförmigen Samen sind je nach der vorliegenden Rasse sehr unterschiedlich ausgebildet. Man unterscheidet: *Zucker-, Wachs-, Speck-, Eier-, Perl-B.n* usw. Die Früchte werden unreif als *Schneide-B.n (Brech-B.n)* oder Salat gegessen. Die reifen Samen-B.n sind wegen ihres Eiweißreichtums geschätzt, doch ist die Verdaulichkeit nicht bei allen Sorten gut.

Bogotá: Blick über die Stadt

Bohnen

Leichter verdaulich ist aber die in Südbrasilien angebaute *Schwarze B.* – Andere Arten sind: die *Mond-B.*, *Phaseolus lunatus*, mit halbmondartig gekrümmten Früchten, ebenfalls aus Südamerika. Angebaut wird bes. die als *Lima-B.* bekannte Varietät, ferner die *Mungo-* oder *Linsen-B., Phaseolus radiatus,* eine kleine südasiat. Art mit sehr schmalen, behaarten Hülsen, die bes. in Indien u. Ostafrika gezogen wird. – Als Zierpflanze der gemäßigten Zone ist *Phaseolus coccineus* (*Feuer-, Türkische B.*), in Südeuropa noch *Phaseolus caracalla* (*Caracalla-B.*) bekannt. *Dicke B., Sau-, Pferdebohne* →Wicke.

Bohnen, Michael, Opernsänger (Baß), *2. 5. 1887 Köln, †26. 4. 1965 Berlin; 1935–1945 am Dt. Opernhaus in Berlin, 1945–1947 Intendant der Städt. Oper Berlin, viele Gastspielreisen (u. a. New York). Autobiographie „Zwischen Kulissen und Kontinenten" 1954.

Bohnenblust, Gottfried, schweizer. Literarhistoriker u. Lyriker, *14. 9. 1883 Bern, †6. 3. 1960 Genf; gründete 1923 die „Genfer Gesellschaft für Kunst u. Literatur".

Bohnenkraut, *Satureja hortensis,* lila oder weiß blühendes Küchengewürz aus der Familie der *Lippenblütler.*

Bohnenlaus, *Schwarze B., Doralis fabae,* an Rüben, Ackerbohnen, Mohn u. a. lebende schwarze *Blattlaus,* sehr gefährlich als Übertrager von Viruskrankheiten.

Bohnensamenkäfer →Samenkäfer.

Bohnermassen, *Bohnerwachs,* Fußbodenpflegemittel, bestehen im wesentlichen aus der Lösung eines Gemischs von Wachsen u. Paraffin in Terpentinöl oder Schwerbenzin oder aus einer durch Zusatz von Wasser, Seife, Pottasche, Soda u. Emulgatoren hergestellten Emulsion verschiedener Wachse.

bohnern, Fußböden, z. B. Parkett, Linoleum, Steinholz, mit Hilfe von *Bohnerwachs* nach vorherigem Reinigen des Bodens polieren. Zum B. wird ein *Bohnerbesen* oder ein *elektrischer Bohner* (Scheiben- u. Walzenbohner) benutzt.

Bohnerz, im Schweizer Jura u. auf der Schwäb. Alb ein eisenreiches Tongestein (Bol) mit zahlreichen Sphärosideritknollen.

Bohol, Philippineninsel nördl. von Mindanao, bis 700m hoch, stark bewaldet, 4117qkm, 810000 Ew., Hptst. *Tagbilaran;* Reisanbau, Mangan-, Goldlagerstätten, Eisen- u. Stahlwerk; Flugplatz.

Bohr, 1. Aage, dän. Physiker, Sohn von 2), *19. 6. 1922 Kopenhagen; Arbeiten über die Struktur des Atomkerns. Physiknobelpreis 1975.
2. Niels Henrik David, dän. Physiker, *7. 10. 1885 Kopenhagen, †18. 11. 1962 Kopenhagen; 1911 Mitarbeiter von E. Rutherford, seit 1916 Prof. in Kopenhagen, 1943–1945 in den USA. B. entwickelte 1912 das erste Atommodell, das das Linienspektrum des Wasserstoffatoms erklärte (→Atom). In diesem *B.schen Atommodell* vereinigte er die Plancksche Quantentheorie mit Rutherfords Atommodell. B. hat entscheidend an der Entwicklung der Quantentheorie mitgewirkt, u. a. durch die Aufstellung des →Korrespondenzprinzips. Ferner Arbeiten über Kernreaktionen u. die Spaltung von Atomkernen. Nobelpreis 1922.

Bohrasseln, *Limnoria,* mehr als 20 meeresbewohnende Asselarten, die mit den scharfen Mundwerkzeugen Gänge in das Holz bohren u. das aufgenommene Holz im Darm aufschließen können. Durch den großen Nahrungsbedarf gefürchtete Schädlinge an Hafenbauten.

Bohrautomat, Bohrmaschine, mit der das zu fertigende Werkstück selbsttätig gebohrt wird. Die einzelnen Vorgänge an der Maschine werden durch Steuer- u. Regeleinrichtung eingeleitet u. während des Arbeitsablaufs überwacht.

Bohrbär, beim Tiefbohren die →Schwerstange.

Bohrbrunnen, Brunnen, der durch Niederbringung eines Bohrrohrs durch den Grundwasserleiter (die wasserführende Schicht) hindurch bis auf die undurchlässige Schicht abgeteuft wird. Das *Bohrrohr (Mantelrohr, Futterrohr, Schutzrohr)* wird nach Erreichen des Grundwasserträgers wieder gezogen. Im Grundwasserleiter bleibt ein gelochtes oder geschlitztes *Brunnenfilterrohr.* Die früher verbreiteten *Gewebefilterrohre* sind heute durch die *Kiesfilterbrunnen,* die allerdings einen erhebl. größeren Durchmesser des Bohrrohrs erfordern, verdrängt. Auf das Filterrohr wird ein bis zur Erdoberfläche reichendes vollwandiges Rohr aufgesetzt, durch das das Wasser nach oben gefördert wird. Der Raum zwischen dem Förderrohr u. der Wand des ursprüngl. Bohrlochs wird verfüllt.

Bohren, meist maschinelle Herstellung runder Löcher in Werkstoffen (Holz, Stahl u. a.) u. Erdschichten. – 1. Mechanisches B.: Nach der Arbeitsweise des unmittelbar oder durch eine Bohrstange, ein →Gestänge oder Seil mit der Bohrmaschine bzw. der Antriebsvorrichtung verbundenen Bohrers unterscheidet man: a) *Dreh-B.:* Der Bohrer wird drehend in das Material hineingedrückt u. spant oder schleift es ab. Beispiel: alle Werkstoffbohrungen. Beim *Gesteins-B.* kennt man: *Sprengloch-B.; Kern-B.* zum Aufsuchen u. Untersuchen von Lagerstätten; *Rotary-* u. *Turbinen-B.* zur Herstellung von Tiefbohrungen für Untersuchungszwecke u. die Erdölproduktion. – b) *Schlag-B.:* Der Bohrer zertrümmert das Material durch Schläge zu Bohrmehl u. wird nach jedem Schlag etwas gedreht; Beispiel: *Sprengloch-B.* mit dem Bohrhammer. – c) *Drehschlag-B.:* Kombination von a) u. b); Beispiel: *Sprengloch-B.* – Bei fast allen mechan. Bohrverfahren wird mit Spülung gearbeitet. – 2. Thermisches B.: Das B. erfolgt mit einer aus einem Rohr oder aus einer Düse austretenden Flamme (*Brenn-B., Flammstrahl-B.*). – 3. Elektroerosives B.: Durch elektr. Entladungsvorgänge wird Material im Bohrloch aufgeschmolzen, teilweise verdampft u. abgetragen. Erlaubt die Herstellung feinster u. auch unrunder Löcher. →auch Bohrer, Elektroerosion, Elektronenstrahlverfahren, elektrooptische Bearbeitung.

Bohrer, Werkzeug zur Herstellung runder Löcher; besteht aus dem *Schaft,* dem *Einspannende* u. der *Schneide,* die gehärtet u. geschliffen ist. Bei der

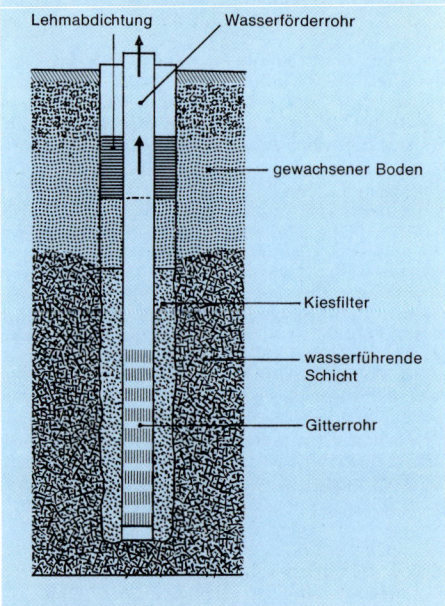

Bohrbrunnen: Kiesfilterbrunnen im Festgestein

Drehung des B.s dringen die Schneiden (Schneidlippen) in den Werkstoff ein u. entfernen ihn in Form von Spänen oder Mehl. Der Verwendung nach unterschieden: *Holz-, Metall-, Erd-* u. *Gesteins-B.;* der Arbeitsweise nach: für *Holz:* einfache *Nagel-B., Schnecken-B., Zentrums-B.* u. *Krausköpfe* zum Versenken von Bohrungen; für *Metall: Spitz-B.* u. *Spiral-B.* (letztere haben spiralig gewundene Nuten, durch die die entstehenden Späne aus dem Loch herausgeführt werden) sowie einlippige *Tiefloch-B. (Kanonen-B.)* mit Bohrung u. Nut für Zu- u. Ableitung eines Spülwasserstrahls; für *Erde: Spitz-, Teller-* u. *Löffel-B.;* für *Gestein: Kern-B., B.,* deren ringförmige Schneide gehärtet oder mit Diamanten oder Hartmetall bestückt ist (sog. *Kronen-B.,* weil die harten Schneidlippen einer Krone ähnlich sind). – Erd- u. Gesteins-B. sind auf die *Bohrstange* oder das *Gestänge* aufgesteckt, aufgeschraubt oder aufgetaucht, also mittelbar mit der Bohrmaschine verbunden. – ☐ 10.6.5.

Bohrfliegen, *Trypetidae,* bis 4 mm lange Fliegen mit dunkel gezeichneten Flügeln, deren Hinterleib in eine Legeröhre ausläuft, mit der die Eier in Pflanzenteile abgelegt werden, z. B. Kirsch-, Spargel-, Mittelmeerfrucht- u. Selleriefliege.

Bohrhammer, druckluftbetriebene Bohrmaschine bis 30 kg Gewicht zum Bohren von Spenglöchern.

Bohrinsel, stählerne Plattform mit Einrichtungen zum Bohren u. Fördern von Erdöl u. Erdgas.

Bohrkern, 1. *Bauwesen:* aus Betonbauten herausgebohrtes zylindrisches Probestück für nachträgliche Güteprüfungen.
2. *Geologie:* Erd- oder Gesteinszylinder für geolog. Untersuchungen, mit einem *Kernbohrgerät* gewonnen; gibt Aufschluß über die Gesteinsfolge des Untergrunds.

Bohrklein, beim Gesteinsbohren durch die schleifende oder zertrümmernde Wirkung des *Bohrers* anfallende feinkörnige Gesteinspartikel. Das B. gibt Aufschluß über das durchbohrte Gestein.

Bohrlochpumpe, eine Kreiselpumpe (→Pumpen) in Sonderbauart zum Einbau in das Bohrloch eines Tiefbrunnens.

Bohrmaschine, Vorrichtung zur Bewegung eines Bohrers. Für kleine Durchmesser u. geringe Leistung werden B.n von Hand, absatzweise durch *Bohrknarren* oder *Drill-B.n,* durchlaufend durch *Bohrleiern* oder *Handkurbel-B.n,* für größere Leistungen mechanisch oder durch Preßluft oder elektrisch angetrieben. Die *Bohrspindel* nimmt den Bohrer auf u. erteilt ihm die Drehbewegung u. den Vorschub. Je nach Verwendungszweck gibt es: 1. Tisch-, Ständer- u. Säulen-B.n; 2. Senkrecht- u. Waagerecht-B.n; 3. Schwenk-(Radial-) u. Ausleger-B.n; 4. Mehrspindel-B.n; 5. Gesteins-B.n, die meist in beliebigen Richtungen bohren können (bei einigen Arten hat man Zahnstangenvorschub statt Spindelvorschub); 6. →Bohrwerk. – Zum Arbeiten in Gestein werden außer den stetig umlaufenden B.n auch *Preßluftbohrhämmer* benutzt, →Bohrhammer.

Bohrmuscheln, *Adesmacea,* in Holz u. Steinen bohrende Muscheln, haben an den Vorderrändern ihrer Schalen bes. ausgebildete Raspelzähne, die sie, sich um die eigene Achse drehend, wie einen Bohrer einsetzen; so die Gattung *Pholas* u. der *Schiffsbohrwurm.*

Bohrpfahl, Gründungspfahl aus Beton, bei dessen Herstellung zuerst ein Vortreibrohr abgeteuft u. dann mit Beton verfüllt wird. Es gibt Systeme, bei denen der Pfahl bewehrt ist oder unbewehrt bleibt, bei denen das Vortreibrohr im Boden bleibt oder wiedergewonnen wird. Die B.spitze kann knollenartig erweitert werden. B.gründungen lassen sich auch bei beengten Raumverhältnissen u. erschütterungsfrei – z. B. von einem Keller aus – herstellen.

Bohrschmant, beim Gesteinsbohren entstehendes, nasses, schlammartiges →Bohrklein.

Bohrschwämme, *Cliona, Tetraxonida,* auffallend, meist gelbgefärbte Schwämme, die sich in Kalkstein, Korallen, Muschel- u. Schneckenschalen einbohren. Der Schwamm lebt in gebohrten Kammern, die untereinander in Verbindung stehen u. sich in zarten Poren zum Wasser hin öffnen. Das Bohrmaterial dient den weichen Körpern also als Schutz.

Bohrspinner = Glasflügler.

Bohrstange, beim Bohren tieferer Löcher Stahlstange zur Übertragung der Energie von der *Bohrmaschine* bzw. dem Antrieb auf den *Bohrer;* meist hohl (Transportweg für die *Spülung*); häufig mehrere B.n zu →Gestänge zusammengesteckt oder -geschraubt (Tiefbohrungen).

Bohrstütze, *Bohrknecht, Bergbau:* mittels Druckluft ausschiebbare Säule zum Stützen des *Bohrhammers* u. zur Erzeugung des *Vorschubs* beim Bohren von Sprenglöchern.

Bohrturm, Einrichtung zum Bohren sehr tiefer senkrechter Gesteinsbohrlöcher. Über dem Bohrloch stehendes, bis 60 m hohes Gerüst (meist aus Stahl), in dem außer dem Antrieb u. anderen Bohreinrichtungen der Flaschenzug untergebracht ist, mit dem das *Gestänge* in das Bohrloch eingelassen oder aus ihm herausgezogen werden. →auch Erdöl.

Bohrwagen, *Bergbau:* Gerät zur Erleichterung u. Beschleunigung der Bohrarbeiten bei Sprenglöchern; gummibereiftes oder auf Raupen laufendes Fahrgestell mit einem oder mehreren Lafettenauslegern zur Führung von Bohrmaschinen u. zur Erzeugung des Bohrmaschinenvorschubs.

Bohrwerk, Werkzeugmaschine zum Bohren u. Ausbohren von Maschinenteilen bes. im Großmaschinenbau. Die Achsen der Bohrspindeln liegen im Gegensatz zu den *Bohrmaschinen* waagerecht u. können in der Höhe, mitunter auch seitl. verstellt werden. Das Werkstück wird auf der festen oder seitl. verschiebbaren Tischplatte aufgespannt.

Bohus ['bu:-], insel- u. fjordreiche Küstenlandschaft in Südwestschweden, nördl. von Göteborg;

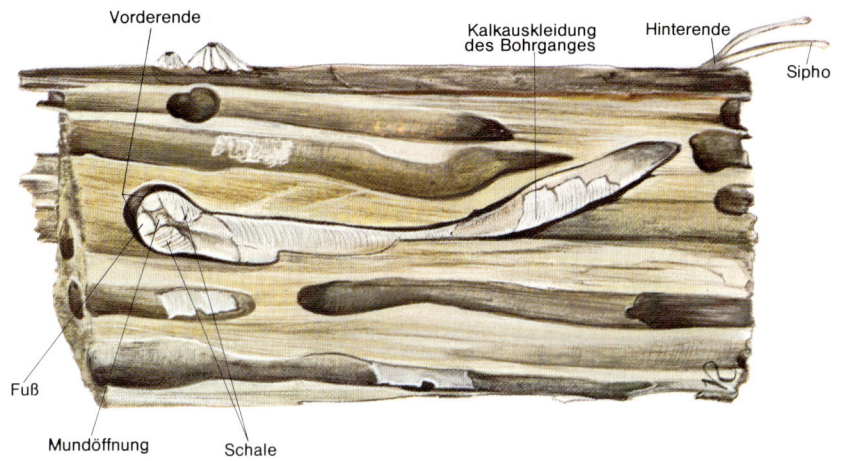

Bohrmuschel: Schiffsbohrwurm, Teredo navalis

größter Ort *Uddevalla*. B.län ist ein Teil der Prov. *Göteborg och B.län*.

Boi, *Boy*, haariges tuchartiges Gewebe aus Baumwolle u. Wolle.

Boiardo, Matteo Maria, Graf von Scandiano, italien. Dichter, *um 1440 Scandiano bei Règgio nell'Emìlia, †19. 12. 1494 Règgio nell'Emìlia; kam 1461 nach Ferrara in den Dienst der Herzöge von Este; Hptw. ist das romant.-höfische Ritterepos in Stanzen „Orlando innamorato" 1495, dt. „Der verliebte Roland" 1819/20, nicht abgeschlossen (69 Gesänge in 3 Büchern); berühmteste Fortsetzung ist L. *Ariostos* „Orlando furioso" („Der rasende Roland"). – ☐3.2.2.

Boje, Heinrich Christian, Liederdichter u. Publizist, *19. 7. 1744 Meldorf, Holstein, †3. 3. 1806 Meldorf; als Student einer der Führer des „Göttinger Hains", 1770 Mitbegründer des „Göttinger Musenalmanachs", Hrsg. der Zeitschrift „Deutsches Museum" (bzw. „Neues dt. Museum") 1776–1791.

Boieldieu [bɔjɛl'djøː], François Adrien, französ. Komponist, *16. 12. 1775 Rouen, †8. 10. 1834 Jarcy bei Paris; seine Opern zeichnen sich durch melod. Reichtum aus u. gehören im Stil der französ. romant. Opéra comique an: „Der Kalif von Bagdad" 1800; „Die weiße Dame" 1825 u. a., schrieb daneben kammermusikal. Werke.

Boileau-Despréaux [bwa'lo: depre'o:], Nicolas, französ. Dichter, *1. 11. 1636 Paris, †13. 3. 1711 Paris; wichtig als Wegbereiter der französ. Klassik durch seine literar. Kritik in Satiren u. Episteln; seine „Art poétique" 1674, dt. 1745 u. 1899 unter dem Titel „Die Dichtkunst", faßte die Kunstgesetze der Klassik bündig zusammen u. wirkte dadurch bes. auf das 18. Jh.; verkehrte mit J. Racine, Molière, J. de La Fontaine; Mitglied der Académie Française.

Boiler [engl.], Warmwasserbereiter ohne besondere Wärmedämmung.

Bois [bwa; frz.], Bestandteil von geograph. Namen: Holz, Gehölz, Wald.

Bois-Colombes [ˈbwa kɔ'lɔ̃b], nordwestl. Vorstadt von Paris, 29 100 Ew.; Flugzeugbau u. a. Industriezweige.

Bois de Boulogne [ˈbwa də buˈlɔnjə], ein über 850 ha großer Erholungspark engl. Stils westl. der City von Paris, mit künstl. Seen u. Wasserfällen, Vergnügungsstätten u. den Pferderennbahnen von Longchamp u. Auteuil.

Bois de Vincennes [ˈbwa də vɛ̃ˈsɛn], ein über 920 ha großer Park südöstl. der City von Paris, mit künstl. Seen, Zoologischem Garten, Pferderennbahn, dem Château oder Fort de Vincennes (14. Jh.) u. einem Manöverfeld.

Boise [ˈbɔisi], Hptst. u. größte Stadt von Idaho (USA), 75 000 Ew. (Metropolitan Area 94 000 Ew.); Lebensmittel-, Konserven- u. a. Industrie, Agrarhandel; gegr. 1862 (Goldfunde).

Boisserée [bwasəˈreː], Melchior, *23. 5. 1786 Köln, †14. 5. 1851 Bonn; Kunstgelehrter, der sich zusammen mit seinem Bruder *Sulpiz B.* (*2. 8. 1783 Köln, †2. 5. 1854 Bonn) der Erforschung der mittelalterl. Kunst in Dtschld. widmete. Sammler altdt. u. altniederländ. Gemälde, die Ludwig I. von Bayern 1827 aufkaufte. Die Brüder B. warben als Freunde Goethes um dessen Verständnis für die altdt. Malerei u. förderten maßgebl. den Weiterbau des Kölner Doms.

Boito, Arrigo, Pseudonym Tobia *Gorrio*, italien. Opernkomponist, Librettist u. Dichter, *24. 2. 1842 Padua, †10. 6. 1918 Mailand; schrieb Opern im Stil R. Wagners („Mefistofele" 1868), übersetzte Wagners Schriften u. verfaßte die Textbücher zu A. Ponchiellis „La Gioconda", G. Verdis „Othello" u. „Falstaff".

Boizenburg/Elbe, Stadt im Krs. Hagenow, Bez. Schwerin, 11 700 Ew.; Schiffahrt, Schiffbau, verschiedene Industrie.

Bojar, Titel des hohen Adels in Rußland u. Rumänien. In Rußland im 11. Jh. hervorgegangen aus der Gefolgschaftsaristokratie der Fürsten, die den *B.enrat* bildete. Seit dem 15. Jh. wurde B. ein vom Großfürsten bzw. Zaren verliehener Titel der Mitglieder des B.enrates; von Peter d. Gr. abgeschafft. In Rumänien vom 13./14. Jh. bis 1945 herrschende Schicht der Großgrundbesitzer. Auch die Magnaten in Litauen bis zum 16. Jh.

Boje, *Tonne*, verankerter Schwimmkörper zum Kennzeichnen des Fahrwassers oder von Gefahrenstellen, zum Festmachen von Schiffen u. a. *Leucht-B.n* senden Licht-Blinksignale, *Heul- u. Glocken-B.n* geben Tonsignale. *Ozeanographische Meß-B.n* messen Daten wie Temperatur u. Strömungsgeschwindigkeit von Wasser u. Luft oder Seegangsbewegungen, speichern sie u. geben sie über Funk an Landstationen oder Forschungsschiffe weiter.

Boje, Walter, Photograph, *16. 11. 1905 Berlin; bis 1944 Generalsekretär der Dt. Akademie für Luftfahrtforschung, Berlin, nach 1945 Bildjournalist u. Lehrer der Hamburger Photoschule. Mitarbeit beim Aufbau der späteren Bundesfachschule für Photographie in Hamburg. Seit 1969 Direktor der *Famous Photographers School*, München. B. sucht die Farbe aus ihrer untergeordneten Rolle zu befreien u. als selbständiges Gestaltungsmittel, nicht als bunten Abklatsch der Natur zur Geltung zu bringen. Durch diesen Impuls richtungweisend für zahlreiche junge Photographen.

Bojer, lat. *Boii*, einer der bedeutendsten kelt. Stämme, ursprüngl. in Südwest-Dtschld. ansässig; wanderten im 4. Jh. v. Chr. in das nach ihnen benannte Böhmen (Boiohaemum) u. in die Po-ebene (Hptst. *Bononia*, heute Bologna), wo sie 191 v. Chr. von den Römern unterworfen wurden. Um 60 v. Chr. verließ ein Teil der B. unter dem Druck benachbarter german. Stämme Böhmen u. siedelten sich in Noricum, Pannonien u. Gallien an, wo sie bald romanisiert wurden. Der in Böhmen verbliebene Rest wurde um Christi Geburt von den Markomannen vertrieben.

Bojer, Johan, norweg. Schriftsteller, *6. 3. 1872 Orkdal, †3. 7. 1959 Oslo; schilderte in weitverbreiteten Romanen sozialkrit. das Leben des Volkes, wobei er zu idealist., freireligiöser Erörterung von Zeitfragen neigte: „Ein Mann des Volkes" 1896, dt. 1915; „Unser Reich" 1908, dt. 1910; „Der Gefangene, der sang" 1913, dt. 1916; „Der große Hunger" 1916, dt. 1926; „Die Lofotfischer" 1921, dt. 1923; „Die Auswanderer" 1924, dt. 1927; „Volk am Meer" 1929, dt. 1930; „Des Königs Kerle" 1938, dt. 1939; „Die Schuld des Kirsten Fjelken" 1948, dt. 1950; auch Dramen: „Theodora" 1902, dt. 1903 u. a.

Boka Kotorska, ital. *Bocche di Cattaro*, tief ins Land greifende Meeresbucht in Montenegro (Jugoslawien), guter Naturhafen, aber durch das Gebirge vom Hinterland abgeschnitten, bes. steile Hänge im N; jugoslaw. Kriegshafen; sehr niederschlagsreich u. warm; Südfrüchte.

Bokassa, Jean Bedel, afrikan. Politiker u. Offizier, *22. 2. 1921 Bobangui; stürzte 1966 den Präsidenten D. *Dacko*, war danach Staats- u. Regie-

Boje: Markierung von Seewasserstraßen für die Küstennavigation

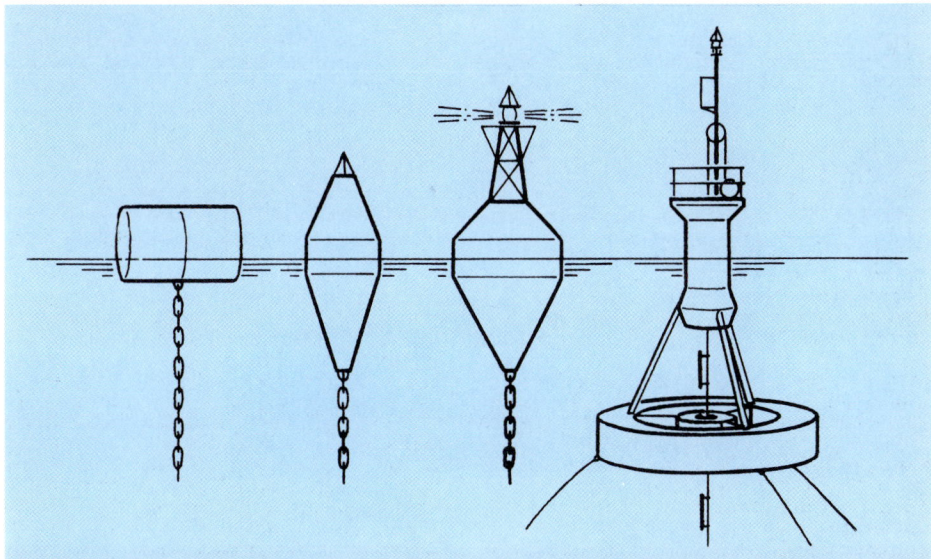

Boje: einfache Tonne, Spitztonne, Leuchttonne (Leuchtboje), ozeanographische Meßboje (von links nach rechts)

Boksburg

rungschef; seit Dez. 1976 Kaiser (Bokassa I.) des Zentralafrikan. Kaiserreichs.

Boksburg, südafrikan. Stadt in Transvaal, am Witwatersrand bei Johannesburg, 1630 m ü.M., 75 000 Ew.; Gold- u. Kohlenbergbau.

Bol, 1. Ferdinand, niederländ. Maler u. Radierer, *Juni 1616 Dordrecht, †Juli 1680 Amsterdam; bibl. u. mytholog. Bilder in der Nachfolge Rembrandts, bes. Einzel- u. Gruppenporträts (Regentenstücke).
2. Hans, niederländ. Maler u. Miniaturist, *16. 12. 1534 Mecheln, †20. 11. 1593 Amsterdam; detailreiche Bilder mit bibl., mytholog. u. volkstüml. Szenen, in der Art der Landschaftswiedergabe von P. Bruegel d. Ä. abhängig.

Bola [die; span., „Kugel"], meist mehrteilige zusammengeknüpfte Schleuderriemen, deren Enden mit Steinen oder gefüllten Ledersäckchen beschwert sind, Jagdwaffe der Pampas-Indianer u. Patagonier; ferner im Alt-Peru, bei den Tschuktschen, den westl. Eskimos, auf Nauru.

Bolan, strategisch wichtiger Engpaß zwischen der Indusebene, Bälutschistan u. Südafghanistan, 96 km lange Schlucht südwestl. von Quetta; seit 1895 Eisenbahnstrecken nach Chaman an der afghan. Grenze u. nach Sahedan in Iranisch-Bälutschistan.

Boldini, Giovanni, italien. Maler, *31. 12. 1842 Ferrara, †12. 1. 1931 Paris; im Kreis der französ. Impressionisten tätig; Genre- u. Landschaftsdarstellungen u. großzügig gemalte Bildnisse, die B.s Schulung an der engl. Porträtkunst verraten.

Boldrewood ['bo:ldwud], Rolf, Schriftstellername von T.A. →Browne.

Bolero [der; span.], **1.** *Mode:* kurzes, vorn offenes Jäckchen, ursprüngl. Bestandteil der span. Volkstracht.
2. *Tanz:* spanischer Tanz im mäßig bewegten 3/4-(2/4-)Takt, zu dem sich die Tänzer (Paare) mit Kastagnetten, Gesang u. Gitarre (dann *Seguidilla B.*) begleiten.

Bolesław [bɔ'lɛsuaf], poln. Fürsten: **1.** *B. I. Chrobry* [„der Tapfere"], Herzog 992–1025, König seit 1025, *967, †1025; erwirkte bei Kaiser Otto III. im Zusammenhang mit dessen Idee eines universalen Kaisertums die Gründung des Erzbistums Gnesen, was zur Emanzipation Polens vom Dt. Reich beitrug. Nach Ottos III. Tod führte er 1002–1018 erfolgreiche Kämpfe gegen Kaiser Heinrich II., in denen er die Lausitz u. Mähren gewann; 1018 eroberte er von Kiew die tscherwenischen Burgen (Westukraine).
2. *B. II. Szczodry* oder *Śmiały* [„der Kühne"], Herzog 1058–1076, König 1076–1079, *1039, †1081; betrieb eine erfolgreiche Machtpolitik gegenüber dem Kiewer Reich u. Ungarn. Den Investiturstreit nutzte er, um die dt. Oberhoheit abzuschütteln u. sich 1076 zum König krönen zu lassen. Eine Verschwörung nach der Verurteilung des Krakauer Bischofs Stanisław zum Tod zwang ihn, 1079 nach Ungarn zu fliehen.
3. *B. III. Krzywousty* [„Schiefmund"], Herzog 1102–1138, *1085, †1138; schlug 1109 Kaiser Heinrich V. bei Breslau zurück, aber huldigte Kaiser Lothar 1135; unterwarf bis 1123 den slaw. Pommernstamm. Der zunehmenden Zersplitterung Polens suchte er durch das *Seniorat* zu begegnen.

Bolesławiec [-wjɛts], poln. Name der Stadt →Bunzlau.

Boletus [grch.], Gattung der →Röhrenpilze.

Boleyn ['bulin], Anna →Anna (5).

Boliden [grch.], Meteore in Form von Feuerkugeln.

Boliden, nordschwed. Ort; 3200 Ew.; Hauptsitz der B.gruben AG; Kupfer-, Silber- u. Golderzförderung.

Bolintineanu, Dimitrie, rumän. Dichter u. Politiker, *1819 Bolintin-Vale, †20. 8. 1872 Bukarest; romant. patriot. Lyrik u. Balladen, den Realismus begründende Romane mit sozialkrit. Themen; auch Dramen.

Bolívar, Währungseinheit in Venezuela, 1 B. = 100 *Céntimos*.

Bolívar, 1. größter venezolan. Staat, am unteren Orinoco, im Bergland von Guayana, grenzt an Brasilien, größtenteils bewaldet, 238 000 qkm, 326 400 Ew., Hptst. *Ciudad B.*; Bergbau auf Eisenerz, Gold, Diamanten, Mangan, Bauxit.
2. kolumbian. Departamento an der karib. Küste, 26 392 qkm, 820 800 Ew., Hptst. *Cartagena*; am Río Magdalena; Anbau von Baumwolle, Reis, Tabak; Flußverkehr.
3. Prov. in Westecuador, 3216 qkm, 165 000 Ew., Hptst. *Guaranda*; Landwirtschaft, Kaffee-, Kakaoanbau.
4. *Pico B.*, höchster venezolan. Berg in der Cordillera de Mérida, 5002 m; 4500 qkm vergletschert; Bergbahn von Mérida zum Espejogletscher.

Bolívar, Simón, südamerikan. Unabhängigkeitskämpfer u. Nationalheld, *24. 7. 1783 Caracas, †17. 12. 1830 bei Santa Marta, Kolumbien; Befreier (Libertador) Venezuelas, Kolumbiens, Panamas, Ecuadors, Perus u. Boliviens von der span. Herrschaft; 1819 Präs., 1828 Diktator von Kolumbien; 1823 Diktator von Peru. Auf der von ihm 1826 einberufenen ersten Panamerikanischen Konferenz in Panama trug B. seinen Plan einer Konföderation aller amerikan. Staaten vor, den er aber nicht verwirklichen konnte.

Boliviano, Währungseinheit in Bolivien, 1 B. = 100 *Centavos*, seit 1. 1. 1963 durch den *Peso* ersetzt, 1000 B. = 1 Peso.

Bolivien →S. 71.

Bolkenhain, poln. *Bolków,* Stadt in Schlesien (1945–1975 poln. Wojewodschaft Wrocław, seit 1975 Wojewodschaft Jelenia Góra), 4800 Ew.; got. Burg (13. Jh., umgebaut im 16. Jh.).

Heinrich Böll

Bölkow GmbH, 1956 von Ludwig *Bölkow* (*30. 6. 1912 Schwerin) als *Bölkow-Entwicklungen KG* gegr., 1965 in eine GmbH umgewandeltes Unternehmen der Luft- u. Raumfahrtindustrie, das 1969 in der →Messerschmitt-Bölkow-Blohm GmbH aufging; Sitz: Ottobrunn bei München.

Boll, 1. *Bad B.,* baden-württ. Schwefelbad, südl. von Göppingen, 3300 Ew.; Hauptsitz der Herrnhuter Brüdergemeine; Evangelische Akademie.
2. schweizer. Ort im Kanton Freiburg, →Bulle.

Boll, Franz, Physiologe, *26. 2. 1849 Neubrandenburg, †19. 12. 1879 Rom; Prof. in Rom; Entdecker des Sehpurpurs (1876).

Böll, Heinrich, Schriftsteller, *21. 12. 1917 Köln; lebt dort, 1939–1945 Infanterist. Sein in Ost u. West sehr erfolgreiches Schaffen schildert scharf zusehend, mitunter satir. den Leerlauf enthüllend, die Alltagswirklichkeit des Kriegs, der dunklen Nachkriegsjahre, des Wirtschaftswunders u. der Staats- u. Kircheninstitutionen, wobei ihn sein kath. Glaube nicht an radikaler Kritik hindert. Erzählungen: „Der Zug war pünktlich" 1949; „Wanderer, kommst du nach Spa..." 1950; „Wo warst du, Adam?" 1951; „Das Brot der frühen Jahre" 1955; „Entfernung von der Truppe" 1964; „Ende einer Dienstfahrt" 1966. Romane: „Und sagte kein einziges Wort" 1953; „Haus ohne Hüter" 1954; „Billard um halb zehn" 1959; „Ansichten eines Clowns" 1963; „Gruppenbild mit Dame" 1971. Satiren: „Doktor Murkes gesammeltes Schweigen" 1958. Drama: „Ein Schluck Erde" 1961. Viele Hör- u. Fernsehspiele. „Irisches Tagebuch" 1957. „Frankfurter Vorlesungen (zur Ästhetik des Humanen)" 1966; „Aufsätze, Kritiken, Reden" 1967. 1972 erhielt B. den Nobelpreis für Literatur. – ▭ 3.1.1.

Bolland, 1. Gerardus Johannes Petrus Josephus, niederländ. Philosoph, *9. 6. 1854 Groningen, †11. 2. 1922 Leiden; setzte sich anfänglich für E. von Hartmanns Lehre vom Unbewußten ein, wandte sich dann Hegel zu u. wirkte für dessen Philosophie. Hptw.: „Zuivere Rede" („Reine Vernunft") 1904, erweitert 1909 u. 1912.
2. Jean, lat. Johannes *Bollandus,* belg. Jesuit, *13. 8. 1596 Julémont, Prov. Lüttich, †12. 9. 1665 Antwerpen; seit 1630 Hrsg. der „Acta Sanctorum" (Leben der Heiligen).

Bolle →Zwiebel.

Böller, im 16. Jh. Mörser für Steinkugeln u. Brandkörper; heute Kleingeschütz für Freudenschüsse.

Bolletbaum [span. *balata;* engl.], *Bulletbaum, Mimusops balata,* aus Guayana stammendes *Seifenbaumgewächs,* liefert die dem Guttapercha ähnliche *Balata.*

Bolligen, schweizer. Ort nordöstl. von Bern, 584 m ü.M., 28 000 Ew., Fernsehsender.

Bölling, Klaus, Journalist, *29. 8. 1928 Potsdam; 1973/74 Intendant von Radio Bremen, seit 1974 Staatssekretär u. Leiter des Bundespresse- u. Informationsamtes.

Bollnäs, schwed. Stadt in der Prov. (Län) Gävleborg, 17 000 Ew.; Maschinen- u. Holzindustrie.

Bolívar: Eisenerztagebau am Cerro Bolívar; 80 km südlich von Ciudad Bolívar

Bollnow, Otto Friedrich, Philosoph, *14. 3. 1903 Stettin; seit 1953 Prof. in Tübingen, Vertreter der Lebensphilosophie. Arbeitsgebiete: philosoph. Anthropologie, Ethik. Hptw.: „Dilthey" 1936, ³1967; „Das Wesen der Stimmungen" 1941, ⁴1968; „Einfache Sittlichkeit" 1947, ⁴1968; „Rilke" 1951, ²1956; „Unruhe u. Geborgenheit" 1953, ³1968; „Neue Geborgenheit" 1955, ³1972; „Existenzphilosophie u. Pädagogik" 1959, ³1966; „Mensch u. Raum" 1963; „Französ. Existenzialismus" 1965; „Erziehung in anthropolog. Sicht" 1969; „Das Verhältnis zur Zeit" 1972.

Bollow, Heinrich, Jockey, *5. 12. 1920 Hamburg-Nienstedt; 13mal Champion der Flachrennreiter, ritt 1033 Siege; nach 1963 Trainer.

Boll weevil [bɔl ˈwiːvil; engl.], der →Baumwollkapselkäfer; gefährliches Schadinsekt Nordamerikas, Gegenstand von Volksdichtung u. -musik.

Bollwerk, 1. *Bauwesen:* Stützwand aus Bohlen u. Pfählen (Bohlwerk) für Baugruben, Erdeinschnitte u. Uferbefestigungen aus Holz, Stahl, Stahlbeton (→auch Spundwand).
2. *Festungsbau:* = Bastion.

Bologna [-ˈlɔnja], norditalien. Stadt, Hptst. der Region *Emilia-Romagna* u. der Provinz B. (3702 qkm, 910 000 Ew.), 490 000 Ew.; wichtiges Kulturzentrum mit der ältesten Universität Europas (gegr. 1119), Kunstakademie, vielen mittelalterl. u. neueren Kirchen, Museen u. Palästen u. den schiefen Geschlechtertürmen als Wahrzeichen der Stadt; Fahrzeugbau, Metall-, Schuh-, Lebensmittel-, pharmazeut., Tabak-, Textil-, Elektro- u. keram. Industrie.
Im Altertum als röm. Kolonie *Bononia,* 1167–1278 im lombard. Städtebund, mit Unterbrechung bis 1860 zum Kirchenstaat gehörend.

Bologna [-ˈlɔnja], Giovanni da, eigentl. Jean de *Boulogne,* italien. Bildhauer fläm. Herkunft, *1529 Douai, † 13. 8. 1608 Florenz; 1554 in Rom, seit 1557 in Florenz tätig, wo er viele bedeutende Bildhauer des Frühbarocks ausbildete (H. Gerhard, A. de Vries). B. schuf in einem manierist. bewegten, aber noch klassisch maßvollen Stil Marmor- u. Bronzeplastiken, auch zahlreiche Kleinbronzen. Hptw.: Neptunsbrunnen 1563–1567, Bologna, Piazza Nettuno; Fliegender Merkur, um 1564, Florenz, Bargello; Raub der Sabinerin 1583, Florenz, Loggia dei Lanzi; Reiterdenkmal Cosimos I. 1587–1594, Florenz, Piazza della Signoria.

Bologneser [-lɔˈnjeː-], Zwerghund mit langem Seidenhaar.

Bologneser Fläschlein, Bologneser Glas, dickwandige kleine Glasgefäße, die bei der Herstellung plötzl. abgekühlt werden u. daher starke innere Spannungen aufweisen. Sie zerfallen bei Druck oder beim Ritzen (mit einer Feile) zu Pulver.

Bologneser Spat, eine schon seit 1600 bekannte Leuchtfarbe, die durch Erhitzen von Schwerspat mit Kohle hergestellt wird.

Bolometer [das; grch.], Instrument zum Messen der Energie von Infrarot- oder Lichtstrahlen; besteht aus einem temperaturabhängigen Widerstand (geschwärztes Platinblech) als Zweig einer abgeglichenen →Wheatstoneschen Brücke. Beim Auftreffen von Strahlung ändert sich die Temperatur u. damit der Widerstand. Der Ausschlag des Nullinstruments ist proportional der Erwärmung des Widerstands u. der Energie der Strahlung. Wegen seiner hohen Empfindlichkeit bes. zur Messung der Strahlen von Fixsternen u. Planeten verwendet.

Bolovenplateau, Hochland in Südlaos (Hinterindien) bei Pakse östl. des Mekong; Kaffeeanbau, Gemüse; bis 1344 m.

Bölsche, Wilhelm, naturwissenschaftl. Schriftsteller, *2. 1. 1861 Köln, † 31. 8. 1939 Oberschreiberhau; Vorkämpfer für Ch. *Darwin* u. E. *Haeckel.* „Die Mittagsgöttin" Roman 1891; „Das Liebesleben in der Natur" 1898–1902.

Bolschewik [Mz. *B.i*; russ., „Mehrheitler"], *Bolschewist,* Anhänger des *Bolschewismus.*

Bolschewismus, die von W. I. *Lenin* entwickelte, auf Rußland angewandte u. von J. W. *Stalin* deformierte Form des *Marxismus.* (Forts. S. 72)

BOLIVIEN
República de Bolivia

- Fläche: 1 098 581 qkm
- Einwohner: 5,8 Mill.
- Bevölkerungsdichte: 5,2 Ew./qkm
- Hauptstadt: La Paz; Sucre
- Staatsform: Präsidiale Republik
- Mitglied in: UN, OAS
- Währung: 1 Bolivianischer Peso = 100 Centavos

Hptst. des südamerikan. Binnenstaats ist formell Sucre, tatsächl. jedoch La Paz.

Landesnatur: Obwohl die *Anden* nur reichlich ein Drittel der Fläche einnehmen, ist B. ein Hochgebirgsstaat, denn die überwiegende Mehrheit der Bevölkerung wohnt in Höhen über 3000 m. Die bolivian. Anden gliedern sich in zwei teilweise vergletscherte Hauptketten, die zwischen sich das 3000 bis 4000 m hohe Hochland *(Altiplano)* mit dem 8300 qkm großen *Titicacasee* u. dem *Poopósee* einschließen. Die westl. Kordillere gipfelt im *Cerro de Tocorpuri* (6755 m) u. im *Sajama* (6520 m), die östl. im *Illimani* (6882 m) u. im *Illampu* (6550 m). Das Hochland wird von der Gebirgssteppe der Puna eingenommen. – Nach O fallen die Anden zum Trockenwald- u. Steppentiefland des *Gran Chaco,* nach NO mit waldbedeckten Hängen, den Yungas, zum Amazonasbecken ab.

Das Klima ist im Hochland trocken u. kühl, im östl. Tiefland heiß u. z. T. sehr feucht. Indianer, die vor allem den Völkern der *Aymará* u. der *Ketschua* angehören, bilden mit 52% die Mehrheit der vorwiegend kath., spanischsprechenden Bevölkerung, 27% sind Mestizen, 21% Kreolen u. Weiße, 0,2% Neger.

Wirtschaft u. Verkehr: Rund zwei Drittel der Bewohner leben von der Landwirtschaft, die jedoch nur knapp 15% des Bruttoinlandprodukts erbringt u. 12% der Staatsfläche nutzt. Im Hochland werden Lamas, Rinder u. Schafe gezüchtet sowie auf bewässertem Boden etwas Ackerbau getrieben. Das wichtigste Anbaugebiet sind die Hochtäler. Dort werden Mais, Kartoffeln, Gerste, Weizen, Hülsenfrüchte, Gemüse, Obst u. Wein meist für den Eigenbedarf geerntet, in den Yungas Agrumen, Bananen, Kaffee, während Plantagen im Tiefland Kautschuk u. Kakao, Zuckerrohr, Früchte, Reis u. die Wälder Edelhölzer liefern, die meist für den Export bestimmt sind. – Den Hauptteil des Exports (90%) bestreitet der Bergbau. Der wichtigste Bodenschatz ist das Zinn (13% der Weltförderung), daneben gibt es Blei, Eisen, Zink, Kupfer, Antimon, Wolfram, Wismut, Gold, Silber, neuerdings Erdöl- u. Erdgasförderung u. -raffinierung; Export über Produktenleitungen nach Argentinien u. Chile; petrolchem. Industrie im Ausbau. Die Industrie (Textil-, Nahrungs- u. Genußmittelindustrie) hat – abgesehen von der Erzaufbereitung – nur geringen Umfang. Haupthandelspartner sind die USA, Großbritannien; die BRD (als Abnehmer); weiter die südamerikan. Länder u. Japan. Straßen- (28 400 km) u. Eisenbahnnetz (3760 km) verbinden die wichtigsten Städte u. stellen den Anschluß zu den Pazifikhäfen Mollendo in Peru sowie Arica u. Antofagasta in Chile her. Freihandelszone in Rosario (Argentinien). Der O ist kaum erschlossen. Hier haben die Schiffahrt auf den Strömen des Amazonasbeckens u. das Flugnetz gewisse Bedeutung. Schwierigkeiten beim Abtransport der Rohstoffe zu den Häfen.

Geschichte: 1538 von Spanien erobert, gehörte B. bis 1776 zum Vizekönigreich Peru, seitdem zum Vizekönigreich *Río de la Plata.* 1809 erste Freiheitskämpfe, seit 1825 unabhängig. Erster Präs. (bis 1828) war A. J. de *Sucre* (*1795, †1830). Durch einen siegreichen Krieg B.s gegen Peru (1835) kam es zur Bildung einer bolivian.-peruan. Union, die durch das Eingreifen Chiles (1839) wieder zerbrach. Weitere außenpolit. Konflikte, innere Unruhen schwächten B. immer mehr. Im *Salpeterkrieg* (1879–1883) verlor B. seinen einzigen Zugang zum Meer an Chile. 1903 war B. gezwungen, im N das an Gummi reiche Acre-Gebiet an Brasilien abzutreten. Weitere territoriale Verluste erlitt es im *Chacokrieg* (1932–1935) gegen Paraguay.

Obwohl reich an Bodenschätzen und fruchtbarem Boden, ist B. das ärmste und politisch labilste Land Südamerikas. In der Kette von mehr als 150 Putschen seit der Unabhängigkeit bringt lediglich die Regierungszeit von *Paz Estenssoro* (1952–1964), der sich auf das von ihm gegr. „Movimiento Nacionalista Revolucionario" (MNR) stützte, eine gewisse Kontinuität. Estenssoro war durch Revolution an die Macht gekommen, die eine tiefgreifende Umstrukturierung zur Folge hatte: Verstaatlichung der Minen, Bodenreform, Entwaffnung der Streitkräfte u. Bewaffnung der Arbeitermilizen, Einführung des allgemeinen Wahlrechts, Entmachtung der alten Oberschicht. 1964 stürzten Offiziere der neuen Militärelite Estenssoro; General R. *Barrientos* Ortuño wurde Staats-Präs. (1966 gewählt). Er brach die Macht der Gewerkschaften u. Arbeitermilizen u. zerschlug die Guerillabewegung unter E. *Guevara* (1967 erschossen), der B. als günstige Ausgangsbasis für Revolutionen im Sinne des Castroismus für ganz Lateinamerika ansah. Ebenfalls durch Umsturz kam A. *Ovando* Candía (*1918), Oberbefehlshaber der Armee u. kurzzeitig bereits Co-Präsident, an die Macht. Er wollte an den 1952 eingeleiteten Reformkurs anknüpfen u. versuchte zwischen den polit. Kräften zu lavieren. 1970 wurde er von linksnationalen Militärs unter General J. J. *Torres* Gonzales gestürzt, die ein Reformprogramm nach peruan. Vorbild in Angriff nahmen. 1971 kam durch Militärputsch eine rechtsgerichtete Regierung unter Oberst Hugo *Banzer* Suarez an die Macht, die u. a. von der extremrechten „Sozialist. Falange" u. dem MNR gestützt wurde. 1978 ließ Banzer freie Wahlen zu. Wegen Wahlfälschung zugunsten des Regierungskandidaten General J. *Pereda* wurden sie gerichtlich annulliert. Daraufhin ergriff Pereda durch Putsch die Macht, wurde aber wenig später von General D. *Padilla* gestürzt. – ⌑ 5.7.9.

Bolschoj

Bolschewismus: Der Kreuzer Aurora löste in der Oktoberrevolution mit einem Schuß den Sturm auf den Regierungssitz aus

Theorie u. Staatslehre: Der B. beruht auf der Lehre von K. *Marx* (Marxismus) als einer Richtung des *Sozialismus* unter Zugrundelegung der *Hegelschen Dialektik*. Aus der Bestimmung der gesellschaftl. Wirklichkeit u. ihrer Veränderung als Inhalt des dialekt. Geschichtsablaufs wurde die Lehre vom Klassenkampf u. der Diktatur des Proletariats gefolgert. In Übertragung dieser Theorien auf die russischen Verhältnisse wurde der zarist. Staat als Instrument der Herrschaft der Großgrundbesitzer bekämpft u. als zum Untergang verurteilt angesehen; an seine Stelle sollte zunächst, nach der „Expropriation der Exproprateure", die Diktatur der Arbeiter u. der armen Bauern treten. Die in den westl. Staaten angewandten Methoden einer allmählichen Staatsreform werden als heuchlerische Mittel zur Verewigung der Tyrannei der herrschenden Klassen abgelehnt. An ihre Stelle tritt der gewaltsame Umsturz u. die proletar. Diktatur, die mit allen Mitteln, bes. einer offen verkündeten Klassenjustiz, die Ausschaltung der feindlich gesinnten Teile der alten Oberklassen betreibt. Erst wenn auf diesem Wege die alte feudale u. bürgerl. Gesellschaft beseitigt ist, könne auf bereinigten Fundamenten die neue klassenlose Gesellschaft der Arbeiter u. Bauern entstehen.

Entwicklung des B.: Der B. trat als selbständige polit. Bewegung in Erscheinung seit der Spaltung der russ. Sozialdemokratie auf dem Londoner Parteikongreß 1903 in *Bolschewiki* (= Mehrheitler) u. *Menschewiki* (= Minderheitler). Schon damals verlangten die von *Lenin* geführten Bolschewiki den schnellen gewaltsamen Umsturz, während die Menschewiki die Verhältnisse sich entwickeln lassen wollten. Nach dem Scheitern der Revolution von 1905 erhielten die Bolschewiki ihre große Chance durch den 1. Weltkrieg. Lenin proklamierte „die Umwandlung des imperialist. Kriegs in den Bürgerkrieg" u. arbeitete von seinem Schweizer Exil aus auf die Niederlage u. den Sturz des Zarentums hin. Nachdem dies geschehen u. Lenin nach Rußland zurückgekehrt war, erlag die schwache Regierung *Kerenskij* der *Oktoberrevolution* 1917. Die Bolschewiki ergriffen die Macht als eine Minderheitsdiktatur, die sich mit allen Mitteln behauptete.

Die alte Gesellschaft wurde enteignet u. vernichtet, doch wurde die vollständige Sozialisierung zunächst nur beim Großgrundbesitz u. der Großindustrie durchgeführt. Den kleinen u. mittleren Bauern blieb ihr Eigentum noch; erst 1928, als der B. seine Macht gefestigt hatte, ging Stalin unter dem Schlagwort des Kampfes gegen die Großbauern (*Kulaken*) zur Voll-Sozialisierung (*Kolchoswirtschaft*) über. Auch sonst wurden in den ersten Jahren der Revolution noch Konzessionen an die Privatwirtschaft gemacht (1921/22 Periode der Neuen Ökonom. Politik, NEP), die erst abgeschafft wurde, nachdem der B. fest Fuß gefaßt hatte.

Das eigentl., gemeinde-föderalist. gedachte System der *Räte* (Sowjets) wurde im Interesse der bolschewist. Parteidiktatur streng zentralisiert; ebenso blieb der Aufbau der UdSSR als einer Vereinigung innerlich freier Gliedstaaten eine bloße Form. Der Staat wird trotz formeller Trennung von Partei u. Staat geleitet u. durchdrungen von der im Politbüro der bolschewist. Partei (die sich heute Kommunist. Partei der Sowjetunion nennt) gipfelnden Hierarchie der Parteifunktionäre. →auch Kommunismus. – ▯5.8.3.

Bolschoj [russ.], Bestandteil von geograph. Namen: groß.

Bolschoj-Ballett, das Ballettensemble des Bolschoj-Theaters in Moskau, neben dem Kirow-Ballett führend in der UdSSR; seit 1965 auch Gastspiele in Westeuropa.

Bolsenasee, ital. *Lago di Bolsena, Vulsino,* italien. Kratersee mit steilen, bewaldeten Ufern im nördl. Latium, 115 qkm.

Bolsón [der oder das; span.], flaches, abflußloses Aufschüttungsbecken, bes. in den mexikan. Trockengebieten.

Bolsón de Mapimí, abflußloses, teilweise wüstenhaftes Becken im N des Hochlands von Mexiko, um 1100 m hoch; im Südteil bewässerter Baumwollanbau.

Bolt ['bəult], Robert Oxton, engl. Dramatiker, *15. 8. 1924 Sale, Cheshire; in seinen histor. u. zeitkrit. Dramen geht es oft um das Problem des Schöpferischen: „Flowering Cherry" 1958; „A Man for all Seasons" 1960, dt. „Thomas Morus" 1962; auch Filmdrehbücher: „Dr. Schiwago" 1965.

Bolton ['bəultən], engl. Stadt nordwestl. von Manchester (mit ihm durch den 18 km langen B.kanal verbunden), 153 000 Ew.; Kohlengruben, Eisen- u. Textilindustrie.

Boltraffio, Giovanni Antonio, italien. Maler, *1467 Mailand, †15. 6. 1516 Mailand; Schüler Leonardos da Vinci. Religiöse Darstellungen, bes. Madonnen als Halbfiguren, Bildnisse.

Boltzmann, Ludwig Eduard, österr. Physiker, *20. 2. 1844 Wien, †5. 9. 1906 Duino, Görz; arbeitete über die kinet. Gastheorie, indem er Gesetze der Statistik auf Gasmoleküle anwendete; entdeckte die Beziehung zwischen →Entropie u. Wahrscheinlichkeit.

Boltzmann-Statistik, *klassische Statistik,* von L. *Boltzmann* in Verbindung mit der kinet. Gastheorie entwickelte Statistik. Sie wird in der Physik benutzt bei der statist. Behandlung sehr vieler Teilchen, die sich nach den Gesetzen der klass. Mechanik bewegen. Die B. dient z.B. zur Ableitung der thermodynam. Eigenschaften eines Gases aus dem mechan. Verhalten der Moleküle. →auch statistische Physik.

Bolu, Hptst. der türk. Provinz B. im Westpontus, 28 000 Ew.; Braunkohlengewinnung.

Bolus [der; grch. + lat.], *Bol,* wasserhaltiges Aluminiumsilicat, $Al_2O_3 \cdot 2SiO_2 \cdot 2H_2O$; Verwitterungsprodukt von Basaltgesteinen; je nach dem Eisengehalt (bis zu 13% Fe_2O_3) gelbbraun bis rot.

Bolschewismus: Erste Sitzung der Soldaten-Sektion des Sowjets der Arbeiter- und Soldatendeputierten, Petrograd 1917

Bolschewismus: US-amerikanische Interventionstruppen in Wladiwostok 1920

Bombay: Wohnhochhäuser auf dem Malabarhügel

Bombay: Innenstadt

Wird durch Schlämmen u. Glühen getönt, als Malerfarbe *(Terra di Siena)*, Glaspoliermittel u. Druckfarbe verwendet. *B. alba* (weißer B.) wird bei Darmerkrankungen angewendet.

Bolyai [′bojɔi], János (Johann), ungar. Mathematiker, *15. 12. 1802 Klausenburg, †27. 1. 1860 Maros-Vásárhely; Begründer einer nichteuklid. Geometrie.

Bolz, 1. Eugen, Politiker (Zentrum), *15. 12. 1881 Rottenburg, †23. 1. 1945 Berlin; Jurist, 1919 württemberg. Justiz-Min., 1923 Innen-Min., 1928–1933 Staatspräsident. Wegen Verbindung zur Widerstandsbewegung im Dez. 1944 vom Volksgerichtshof zum Tode verurteilt u. einige Wochen später hingerichtet.
2. Lothar, Politiker (NDPD), *3. 9. 1903 Gleiwitz, Oberschlesien; Rechtsanwalt, 1933 emigriert, 1939–1945 in der Sowjetunion, 1948 Mitbegründer u. bis 1972 Vorsitzender der National-Demokrat. Partei der DDR, 1949–1953 Aufbau-Min., 1950–1967 stellvertr. Min.-Präs., 1953–1965 Außen-Min. der DDR.

Bolzano, italien. Stadt, = Bozen.

Bolzano, Bernhard, kath. Theologe, Philosoph u. Mathematiker, *5. 10. 1781 Prag, †18. 12. 1848 Prag; 1805 Priesterweihe u. Lehrstuhl für philosoph. Religionslehre in Prag, 1819 entlassen. Bedeutender Logiker, in Leibniz-Nachfolge u. Gegnerschaft zu Kant; trennte das Gebiet des Logischen streng vom Psychologischen, indem er in seiner „Wissenschaftslehre" (4 Bde. 1837, Nachdruck 1929–1931) die Logik auf den Denkinhalt, die an sich bestehenden Wahrheiten, Vorstellungen u. Sätze beschränkte u. vom subjektiven Denkakt absetzte. Damit Anreger F. Brentanos u. E. Husserls, nahm B. in der Mathematik Gedanken der Mengenlehre vorweg u. konstruierte als erster eine stetige, nirgends differenzierbare Funktion. Weitere Werke: „Athanasia" 1827, ²1838; „Paradoxien des Unendlichen", aus dem Nachlaß hrsg. 1851, neu 1921. – Gesamtausg. Stuttgart 1968 ff.

Bolzano-Mendola, 14,5 km lange asphaltierte Bergrennstrecke von der Mendelstraße bei Bozen mit einer Höhendifferenz von 952 m u. 15 Kehren.

Bolzen, 1. *Maschinenbau:* runder Metallstift zum lösbaren Verbinden von Maschinenteilen.
2. *Waffen:* das Geschoß der Armbrust.

Bolzenschießer, Gerät zum Einschießen von Stahlbolzen in Mauerwerk, Gestein o. ä.

Bom, *Boa* [portug.], Bestandteil geograph. Namen: gut, schön.

Boma, runde, durch Dornenverhau oder Palisaden geschützte Dorfform in Äquatorial- u. Ostafrika.

Boma, Hafen- u. Handelsstadt in Zaire (früher Kongo-Kinshasa), am Kongo nahe der Mündung, 65 000 Ew.; 1884–1927 Hptst. von Belgisch-Kongo.

Bombacazeen, *Bombacaceae*, Familie der *Columniferae;* tropische Bäume mit Blüten, in denen wie bei den verwandten *Malvengewächsen* die Staubgefäße zu einer kleinen Säule verwachsen sind. Zu den B. gehören *Affenbrotbaum, Baumwollbaum, Durianbaum, Flaschenbaum, Seidewollbaum* u. a.

Bombage [-′ba:ʒə; die; frz.], Auftreiben des Deckels bei Lebensmittelkonserven infolge Zersetzung des Inhalts. 1. *biolog.* B.: Gasbildung durch Bakterienwachstum; 2. *chem.* B.: Gaserzeugung durch chem. Vorgänge, meist Bildung von Wasserstoff infolge von Säureeinwirkung auf das Büchsenmetall oder Entstehung von Kohlendioxid infolge von Gärungen; 3. *physikal.* B.: Druckerzeugung durch Zellendehnung oder Hitze- u. Kälteeinwirkung; 4. *Schein-*B.: Gaserzeugung ohne Zersetzung des Inhalts, oft wegen zu weiter Deckel.

Bombarde [frz., „Donnerbüchse"], Geschütz des 14. u. 15. Jh. mit kurzem, zum Aufsetzen des Geschosses trichterartig erweitertem Rohr.

Bombardier [frz.], ursprüngl. Bedienungsmann der *Bombarde,* Geschützmeister, später allg. Artillerist.

Bombardierkäfer, *Brachinus,* 4–10 mm großer Laufkäfer, metallisch blau oder grün mit roter Zeichnung, sondert zur Abwehr mit puffendem Geräusch ein Sekret seiner Afterdrüsen ab. Auf trockneren Böden, selten an Ufern.

Bombardon [-′dɔ̃; das; frz.], nach 1820 zuerst eine Baß-Ophikleide, nach 1835 eine weit mensurierte, drei- oder vierventilige Baß- oder Kontrabaßtuba (→Tuba) der Militärkapellen.

Bombast, Baumwollzeug zum Wattieren von Kleidern.

Bombaxwolle [lat.], Fruchthaare einiger Bombacazeenarten. Eine wichtige B. ist *Kapok;* als Polstermaterial verwendet; verspinnbar nur mit Baumwolle.

Bombay [-bei], ind. *Mumbai,* Hptst. des Staates *Maharashtra* u. zweitgrößte Stadt Indiens, 5,5 Mill. Ew. (darunter 100 000 Parsen, die wirtschaftl. eine führende Rolle spielen); in N der ind. Westküste gelegen, wichtigster ind. Hafen (ca. 50% des gesamten ind. Außenhandels); zwei Universitäten (1857; 1949), Europäerwohnviertel in Bandra auf der benachbarten Insel Salsette. 1534 portugies., 1661 brit., 1668 an die brit. Ostind. Kompanie abgetreten, bis zur Unabhängigkeit Indiens eines der wichtigsten Zentren brit. Herrschaft in Britisch-Indien.

Bombe [frz.], ursprüngl. mit Sprengstoff geladener, mit einem Zünder versehener kugelförmiger Hohlkörper, der mit der Hand (Hand-B.) oder aus Mörsern geschossen wurde; Mitte des 19. Jh. gelang es, sie auch aus Flachbahngeschützen zu schießen; heute Abwurfmunition aus Flugzeugen *(Fliegerbombe);* auch zu Attentatszwecken hergestellte Sprengkörper, die entweder zur sofortigen Wirkung geschleudert oder, mit Zeitzünder versehen, versteckt angebracht bzw. niedergelegt werden *(Höllenmaschine).*

Bomber, schweres Militärflugzeug zum Angriff auf gegnerische Ziele aus der Luft durch Abwurf von frei fallenden oder gelenkten Explosivkörpern (Bomben). Hauptforderungen: Reichweite, Tragfähigkeit, Geschwindigkeit.

Bomberg, Daniel, fläm. Buchdrucker, *1470/ 1480 Antwerpen, †1549 Venedig; druckte in seiner hebräischen Druckerei in Venedig die erste rabbin. Bibel u. Talmudausgaben.

bombieren [frz.], Blechplatten wölben oder runden.

Bombykol, der von A. *Butenandt* isolierte u. in seiner Struktur aufgeklärte Sexuallockstoff des Seidenspinners. B. wird in besonderen Duftdrüsen des Weibchens produziert. Das Männchen besitzt auf der Antenne zahlreiche Geruchssinnesorgane (Riechhaare), die auf einzelne B.-Moleküle reagieren. Dadurch ist ein Zusammenfinden der Geschlechter selbst über Entfernungen von mehreren hundert Metern gewährleistet. Chem. Formel:

$$H_3C-CH_2-CH_2-\overset{H}{\underset{}{C}}=\overset{H}{\underset{H}{C}}-\overset{H}{\underset{}{C}}=\overset{H}{\underset{}{C}}-(CH_2)_8-CH_2OH$$

Bomhart →Pommer.

Bompiani, *Valentino B. & Cie.,* italien. Verlag in Mailand, gegr. 1929; Lexika u. a. Nachschlagewerke, Belletristik, Bildbände, Jugendbücher.

Bomu, rechter Nebenfluß des Ubangi, bildet mit diesem die Nordgrenze von Zaire (früher Kongo-Kinshasa).

bona fide [lat., „in gutem Glauben"], in der Rechtssprache Bez. für ein Handeln in gutem Glauben; Gegensatz: *mala fide,* ein bösgläubiges Handeln.

Bonaire [bɔ:′nɛ:r], westlichste Insel der Niederländ. Antillen, 288 qkm, 7500 Ew.; Zentrum: *Kralendijk;* etwas Anbau (Aloe für Export), Viehzucht; Fremdenverkehr.

Bonald [-′nal], Louis Gabriel Ambroise, Vicomte de, französ. Staatsphilosoph, *2. 10. 1754 Le Mouna (Guyenne), †23. 11. 1840 Paris; Gegner der Französ. Revolution. Sein Leitgedanke war eine Monarchie auf theokrat. Grundlage, wobei die Legitimierung für den Staat aus der Heiligen Schrift abgeleitet u. als patriarchal. Schöpfung Gottes bezeichnet wurde. Ähnliche Gedanken äußerte vor ihm der Engländer Sir Robert *Filmer* (*1588, †1653), nach ihm der Deutsche F. J. *Stahl.* Hptw.: „Théorie du pouvoir politique et religieux dans la société civilisée" 1796, ⁴1860; „Œuvres complètes" 3 Bde. 1859.

Bonampak, im Urwald des Staates Chiapas (Mexiko) 1946 entdeckte Ruinenstadt der *Maya* mit einzigartigen, besterhaltenen, in der von der UNESCO veröffentlichten Wandmalereien. Sie zeigen Tänze, Prozessionen, Kampf- u. Opferszenen, Triumph- u. Gefangenenzüge. Nach radioaktiver Altersbestimmung (C-14-Methode) datiert man sie zwischen 662 u. 830.

Bonaparte, *Buonaparte,* kors. Familie, durch Napoléon B. bedeutungsvoll für die französ. u. europ. Geschichte. **1.** Carlo, *29. 3. 1746 Ajaccio, †24. 2. 1785 Montpellier; Jurist, Vater Napoléons, bekam seinen kors. Adelstitel von Frankreich bestätigt; verheiratet mit 5).
2. Elisa (Maria-Anna), Schwester von 9), Fürstin von Piombino ab 1805, Großherzogin von Tos-

Bonapartearchipel

Joseph Bonaparte

Ludwig Bonaparte

Napoléon I.

Josephine Beauharnais

Jérôme Bonaparte

Napoléon III.

Marie-Louise mit dem König von Rom

BONAPARTE

Carlo Bonaparte (*1746, †1785) ∞ **Letizia Bonaparte** (*1750, †1836)

- **Napoléon I.** (*1769, †1821)
  Kaiser der Franzosen 1804–1815
  ∞ 1. Josephine Tascher de la Pagerie, Witwe Alexandre de Beauharnais'
  2. Marie-Louise v. Österreich Tochter Kaiser Franz I.

- **Elisa** (*1777, †1820)
  Großherzogin von Toskana
  ∞ Felice Bacciochi Fürst von Lucca und Piombino

- **Pauline** (*1780, †1825)
  Herzogin von Guastalla
  ∞ 1. General Leclerc
  2. Camillo Borghese

- **Jérôme** (*1784, †1860)
  König von Westfalen 1807–1813
  ∞ 1. Elisa Patterson
  2. Katharina von Württemberg

- **Joseph** (*1768, †1844)
  König von Neapel 1806–1808
  König von Spanien 1808–1813
  ∞ Julie Clary

- **Lucien** (*1775, †1840)
  Fürst von Canino
  ∞ 1. Christine Eleonore Boyer
  2. Marie-Alexandrine de Bleschamp verw. Jouberthon

- **Ludwig** (*1778, †1846)
  König von Holland 1806–1810
  ∞ Hortense de Beauharnais, Tochter der Josephine Tascher

- **Karoline** (*1782, †1839)
  ∞ Joachim Murat König von Neapel

- (2) **Napoléon II.** (*1811, †1832)
  König von Rom
  Herzog von Reichstadt

- Charles Louis **Napoléon III.** (*1808, †1873)
  Kaiser der Franzosen 1852–1870
  ∞ Eugénie Marie de Montijo de Guzmán

Joseph; Gemälde v. Basset. – Ludwig; Gemälde v. Ch. F. Jalabert. – Jérôme; Gemälde v. A. J. Gros. – Napoléon III.; Gemälde v. H. Flandrin. – Napoléon I.; Gemälde v. R. Lefèvre. – Josephine Beauharnais; Gemälde v. F. Gerard. – Marie-Louise; Gemälde v. F. Gerard. – Lucien; Gemälde v. R. Lefèvre. – Pauline Borghese; Gemälde v. R. Lefèvre. – Karoline; Gemälde v. F. Gerard. – Hortense Beauharnais; Gemälde v. F. Gerard

Lucien Bonaparte

Pauline Borghese

Karoline Bonaparte

Hortense Beauharnais

kana 1809–1814; *3. 1. 1777 Ajaccio, †6. 8. 1820 bei Triest; verheiratet mit Felice Bacciocchi, Fürst von Lucca u. Piombino (*1762, †1841).
3. Jérôme, Bruder von 9), Fürst von Montfort ab 1816, König „Lustik" von Westfalen 1807–1813 (Hofhaltung in Kassel), *15. 11. 1784 Ajaccio, †24. 6. 1860 Schloß Villegenis bei Massy.
4. Joseph, Bruder von 9), König von Spanien 1808–1813, *7. 1. 1768 Corte, Korsika, †28. 7. 1844 Florenz; lebte 1815–1841 in den USA (New Jersey).
5. Letizia (Lätitia), Frau von 1), Mutter von 9), *24. 8. 1750 Ajaccio, †2. 2. 1836 Rom.
6. Lucien, Bruder von 9), Fürst von Canino 1814, *21. 5. 1775 Ajaccio, †30. 6. 1840 Viterbo; verhalf Napoléon zur Macht beim Staatsstreich am 18. Brumaire; später seinem Bruder entfremdet.
7. Ludwig (Louis), Bruder von 9), König von Holland 1806–1810, *2. 9. 1778 Ajaccio, †25. 7. 1846 Livorno; 1802 gegen seine Neigung verheiratet mit Hortense Beauharnais, Vater Napoléons III.
8. Maria Annunziata (Karoline), Schwester von 9), Königin von Neapel, *25. 3. 1782 Ajaccio, †18. 5. 1839 Florenz; heiratete 1800 Joachim *Murat*.
9. →Napoléon I.
10. Pauline (Marie Paulette), Schwester von 9), *20. 10. 1780 Ajaccio, †9. 6. 1825 Florenz; 1803 verheiratet mit dem Fürsten Camillo Filippo Ludovico Borghese, Herzog von Guastalla; begleitete Napoléon nach Elba.
Bonapartearchipel, Gruppe kleiner Inseln vor der Küste des nördl. Westaustralien, teilweise aus Korallenbauten.
Bonapartisten, im 19. Jh. polit. Richtung in Frankreich, die für die Herrschaftsansprüche der Familie *Bonaparte* eintrat. Seit dem Tod des einzigen Sohns Napoléons III. (1879) bedeutungslos.
Bonar Law [′bɔnər ′lɔ:] →Law, Andrew Bonar.
Bonatz, Paul, Architekt, *6. 12. 1877 Solgne, Lothringen, †20. 12. 1956 Stuttgart; seit 1908 Prof. an der Techn. Hochschule Stuttgart; neben der Lehrtätigkeit auch Arbeit als prakt. Architekt: Stadthalle in Hannover, 1911–1914; Empfangshalle des Hauptbahnhofs Stuttgart, 1913–1927; Bürohochhaus in Düsseldorf, 1923–1925; Kunstmuseum Basel, 1936. B. entwarf außerdem zahlreiche Wohn- u. Verwaltungsbauten sowie Brücken für die Autobahn. Seit 1943 auch in der Türkei tätig, bes. in Ankara (Oper). Lebenserinnerungen: „Leben u. Bauen" 1950.
Bonautomat, Automat für den Verkauf von Wertgutscheinen, Warenbons, Eintrittskarten, Anrechtscheinen, Fahrkarten, Kantinenbons, Essenmarken u. a.; die ausgegebenen Bons werden mit Datumstempel versehen.
Bonaventura (lat., „der Glück, Gutes Verheißende"), männl. Vorname.
Bonaventura, 1. eigentl. Johannes *Fidanza*, Theologe der Hochscholastik, *1221 Bagnorèggio bei Viterbo, †15. 7. 1274 Lyon; Franziskaner, seit 1257 Ordensgeneral (Vollender der Verfassung u. Organisation des Ordens), 1273 Kardinal, Schüler von Alexander von Hales; Höhepunkt der älteren →Franziskanerschule, ebenso bedeutend als Scholastiker wie als Mystiker, gefeierter Kanzelredner; verteidigte Platons christl. umgedeutete Ideenlehre gegen Aristoteles, dessen Philosophie er im übrigen mit der augustin. Lehre (Illuminationstheorie, Lichtmetaphysik, Lehre von den Keimkräften) zu verknüpfen suchte; theolog. Hptw.: „Sentenzenkommentar", myst. Hptw.: „Itinerarium mentis in Deum" (Aufstieg der Seele von der Betrachtung der sinnl. Welt als Spiegel der göttl. Vollkommenheit bis zur ekstat. Vereinigung mit Gott). – Heiligsprechung 1482 (Fest: 15. 7.), Erhebung zum Kirchenlehrer 1587. – ⌑1.8.6.
2. Pseudonym des Verfassers der romant. Lebensgeschichte „Die Nachtwachen des B." 1804 (vermutl. F. G. *Wetzel*, vielleicht aber auch F. W. von *Schelling*, E. T. A. *Hoffmann* oder C. *Brentano*), in der die Erlebnisse eines Findlings, der schließl. Nachtwächter wird, phantast., ferner pessimist. u. zynisch-nihilistisch erzählt werden.
Bonbonmacher, *Bonbonkocher,* Ausbildungsberuf der Industrie mit 3jähriger Ausbildungszeit; stellt Zuckermassen her u. verarbeitet diese zu Hart- u. Weichbonbons aller Art.
Bond [der; engl.], in den angelsächs. Ländern verzinsbare, langfristige *Schuldverschreibung* auf den Inhaber. Verschiedene Arten: *Mortgage B.*s sind durch Hypotheken, *Collateral B.*s durch hinterlegte Wertpapiere gesichert. *Convertible B.*s: Schuldverschreibungen, bei denen dem Inhaber das Recht der Umwandlung in Aktien (shares) zusteht (Wandelschuldverschreibungen). *Baby-B.*s haben einen sehr kleinen Nennwert.
Bond, William Cranch, US-amerikan. Astronom, *9. 9. 1789 Falmouth, †29. 1. 1859 Cambridge, Mass.; er u. sein Sohn George Phillips (*20. 5. 1825, †17. 2. 1865) waren die ersten Direktoren der 1844 gegr. Sternwarte Cambridge, Mass.; entdeckten 1848 gemeinsam den Saturnmond Hyperion.
bondern, Stahl mit einer dünnen Rostschutzschicht aus Eisenphosphat überziehen, die in einer Lösung von Zink- oder Manganphosphat entsteht.
Bondeson [′bundəsɔn], August, schwed. Schriftsteller, *2. 2. 1854 Vessige, Halland, †23. 9. 1906 Göteborg; schrieb Bauernnovellen u. einen Zeit u. Milieu darstellenden satir. Roman.
Bondone, Giotto di →Giotto.
Bondur [das], Aluminiumlegierung mit 3,5–5,5%

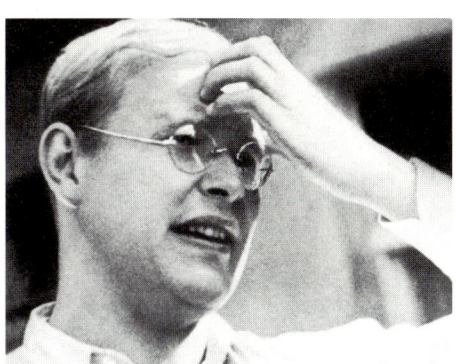

Dietrich Bonhoeffer

Kupfer u. geringen Mengen Silicium, Mangan, Magnesium.
Bondy, Curt, Psychologe, *3. 4. 1894 Hamburg, †17. 1. 1972 Hamburg; 1930–1933 Honorarprofessor in Göttingen, 1940–1950 Lehrtätigkeit in Richmond, Va., 1950–1959 Prof. für Psychologie u. Sozialpädagogik u. Direktor des Psycholog. Instituts der Universität Hamburg; befaßte sich u. a. mit Jugend- u. Jugendstrafproblemen.
Bône [bo:n], früherer Name der alger. Stadt →Annaba.
Bonebed [′bo:nbed; das; engl.], geolog. Schichten im *Keuper,* die fast nur aus Zähnen u. Schuppen von Fischen, Knochenresten von Sauriern u. ä. bestehen.
Bonellia viridis, ein *Igelwurm,* bekannt durch phänotypische Geschlechtsbestimmung. Ihre Larven entwickeln sich normalerweise zu einem 15 cm langen Weibchen. Treffen sie aber auf ein Weibchen, so setzen sie sich auf dem Rüssel fest u. werden zu den höchstens 3 mm langen Männchen. Nach 4–5 Tagen wandern sie in den Vorderdarm der Weibchen, der bis zu 85 Zwergmännchen beherbergen kann. Gelegentl. wandern die Männchen innerhalb des Weibchens zu den Geschlechtsausführungsgängen, wo sie die Eier besamen.
Boner, Ulrich, als Dominikaner in Bern 1324–1349 nachgewiesen, verfaßte 100 Fabeln („Der Edelstein", Mitte 14. Jh.), die als eins der ersten Bücher in dt. Sprache 1461 bei A. Pfister (Bamberg) gedruckt wurden.
Bonfigli [-′filji], Benedetto, italien. Maler, *um 1420 Perùgia, †8. 7. 1496 Perùgia; zeitweilig tätig in Rom; schuf religiöse Tafelbilder u. Fresken in Anlehnung an die sienes. Maltradition der Frührenaissance.
Bongo, *Tragelaphus eurycerus,* mit weißen Flecken u. Streifen auf braunem Grund die farbenprächtigste echte *Antilope* aus West- u. Zentralafrika; lebt an Urwaldgewässern.
Bongo, Albert-Bernard, afrikan. Politiker, *30. 12. 1935 Lewai bei Franceville, Gabun; seit 1967 Staats-Präs. von Gabun.
Bongossi, *Azobe,* trop. Laubholz (afrikan. Guineaküste); tief rotbraun; sehr schwer (Rohdichte über $1{,}0\,g/cm^3$), stark schwindend, hart, witterungsfest; Konstruktionsholz für Land- u. Wasserbau, Fahrzeugbau, Eisenbahnschwellen.
Bong & Co., *Verlagshaus B. & Co.,* München u. Hamburg, gegr. 1855 in Berlin, bis 1914 Filialen in Paris u. Rußland; Klassikerausgaben, Belletristik, Bildbände.
Bönhase, vor der Gewerbereform norddt. Bez. für Handwerker ohne Meisterrecht, der verborgen selbständig arbeitete, um Klagen der Zünfte zu entgehen.
Bonheur [bɔ′nœ:r], Marie-Rosalie, gen. Rosa, französ. Malerin, *16. 3. 1822 Bordeaux, †25. 5. 1899 Schloß By, Dép. Seine-et-Marne; Bildnisse, Tier- u. Landschaftsbilder, u. a. stimmungsvolle Darstellungen von Herden, Pferdemärkten u. Heuernten.
Bonhoeffer, 1. Dietrich, Sohn von 2), ev. Theologe, *4. 2. 1906 Breslau, †9. 4. 1945 im KZ Flossenbürg, zusammen mit W. *Canaris* umgebracht; nach Vikariat in Barcelona 1930 Habilitation in Berlin, 1931 Studentenpfarrer an der Techn. Hochschule Berlin; 1935 Leiter des ev. Predigerseminars der Bekennenden Kirche in Finkenwalde, Pommern; 1936 Verlust der Lehrbefugnis. B. versuchte im Mai 1942, über den Bischof von Chichester im Ausland Rückhalt für den Widerstand gegen Hitler zu finden; am 5. 4. 1943 verhaftet. In der Mitte seines Denkens u. Handelns steht das Kirchenproblem, die Diesseitigkeit des Christentums u. die „nichtreligiöse Interpretation biblischer Begriffe" in der „mündig" gewordenen Welt. Hptw.: „Nachfolge" 1937; „Ethik", aus dem Nachlaß hrsg. von E. Bethge 1952; „Widerstand u. Ergebung", hrsg. von E. Bethge, Neuausg. 1970; „Gesammelte Schriften", hrsg. von E. Bethge, 4 Bde. 1958–1961. – ⌑1.8.7.
2. Karl, Psychiater u. Neurologe, *31. 3. 1868 Neresheim in Württemberg, †4. 12. 1948 Berlin; arbeitete bes. über Geistesstörungen bei chron. Alkoholismus, Aphasie u. a. Nach ihm benannt das *B.sche Zeichen* (Abnahme des Muskeltonus bei Chorea).
3. Karl Friedrich, Sohn von 2), Physikochemiker, *13. 1. 1899 Breslau, †15. 5. 1957 Göttingen; forschte über Wasserstoff, Deuterium, Ozon, Ortho- u. Parawasserstoff.
Bonifacio, befestigte Hafenstadt im S der französ. Insel Korsika, 2500 Ew.; Fischerei. – *Straße von B.*, 12 km breite Meerenge zwischen Korsika u. Sardinien, bis 70 m tief.
Bonifatius [lat. *bonum,* „gut, das Gute", u. *fatēri,* „bekennen", oder *fatum,* „Schicksal"], männl. Vorname, häufig umgedeutet zu *Bonifacius,* „Wohltäter".
Bonifatius, eigentl. *Wynfrith, Winfrid,* angel-

Bonifatius spendet die Taufe (links). – Sein Märtyrertod (rechts). Miniatur aus dem Fuldaer Sacramentarium; 875

Bonifatius

sächs. Benediktinermönch u. Missionar, *um 675 in Wessex, †5. 6. 754 bei Dokkum (Friesland); kam als Missionar auf das Festland, wo sein erster Bekehrungsversuch bei den Friesen 716 scheiterte. Papst Gregor II. beauftragte ihn 719 mit der Mission auf dem Gebiet des späteren Dtschld.; seit 721 missionierte B. in Hessen und Thüringen, wurde 722 Bischof und 732 Erzbischof. Er organisierte seit 738 als päpstl. Legat die bayer. u. mittelt. Kirche (Errichtung der Bistümer Salzburg, Regensburg, Freising, Passau, Eichstätt, Würzburg, Büraburg, Erfurt sowie der Klöster Fulda, Amöneburg, Ohrdruf, Fritzlar, Tauberbischofsheim, Kitzingen, Ochsenfurt); sein Versuch, die fränk. Kirche zu reformieren, hatte wegen des Widerstrebens des fränk. Adels nur teilweise Erfolg. 746 übernahm B. das Bistum Mainz, nachdem seine Erhebung auf den bischöfl. Stuhl von Köln gescheitert war. 754 zog er nochmals als Missionar nach Friesland, wo er mit zahlreichen Gefährten den Martertod erlitt; seine letzte Ruhestätte fand er in Fulda. – Die von ihm geknüpfte enge Verbindung der fränk. Kirche an das Papsttum hatte bleibenden Bestand. Fest: 5. 6.

Bonifatius, Päpste: **1.** *B. I.,* 418–422, Römer, Heiliger, †4. 9. 422 Rom; erfolgreich um Beilegung innerkirchl. Streitigkeiten u. Wahrung seiner Rechte gegenüber dem Patriarchen von Konstantinopel bemüht. Fest: 25. 10.
2. *B. II.,* 530–532, †532 Rom; stammte aus gotischer, aber romanisierter Familie; bestätigte die 529 erfolgte Verurteilung des Semipelagianismus.
3. *B. III.,* 607, Römer, †12. 11. 607 Rom; verbot Wahlabsprachen zu Lebzeiten eines Papstes.
4. *B. IV.,* 608–615, Benediktiner, Heiliger, †8. 5. 615 Rom; weihte das Pantheon in Rom zur Kirche u. war versöhnl. gegenüber den Monophysiten. Fest: 25. 5.
5. *B. V.,* 619–625, aus Neapel, †25. 10. 625 Rom; sehr um die erstarkende Kirche Englands bemüht.
6. *B. VI.,* 896, Römer, †896 Rom; von Aufständischen nach dem Tod des Formosus zum Papst erhoben; starb bereits zwei Wochen nach seinem Pontifikatsantritt.
7. *B. (VII.),* 974 u. 984–985, Römer, †985 (wohl ermordet); skrupelloser, von röm. Adeligen aus polit. Gründen erhobener Gegenpapst, der 974 Papst Benedikt VI. u. 984 Papst Johannes XIV. töten ließ. Dazwischen war er vor Kaiser Otto II. nach Byzanz geflohen.
8. *B. VIII.,* 1294–1303, eigentl. *Benedetto Gaetani,* *um 1235 Anagni, †11. 10. 1303 Rom; 1281 Kardinal, Berater Papst Cölestins V. B., eine willensstarke Herrscherpersönlichkeit, war vor allem Jurist u. Diplomat. Er versuchte vergebl., den päpstl. Weltherrschaftsanspruch über die erstarkenden Nationalstaaten zu behaupten (1302 Bulle „Unam sanctam"). Seine Niederlage gegen Philipp IV. von Frankreich leitete den Niedergang der päpstl. Macht ein. B. führte das Heilige Jahr ein u. erließ wichtige kirchenrechtl. Bestimmungen.
9. *B. IX.,* 1389–1404, eigentl. *Pietro Tomacelli,* *um 1350 Neapel, †1. 10. 1404 Rom; Nachfolger Urbans VI. in Rom, während in Avignon Klemens VII. gewählt wurde. Er stellte die päpstliche Herrschaft im Kirchenstaat wieder her. Von der Rechtmäßigkeit seiner Würde überzeugt, bemühte er sich zuwenig um die Beilegung des Schismas. – ▭1.9.6.

Bonifatiuspfennig→Trochiten.
Bonifatiusverein, 1849 in Regensburg gestifteter kath. Verein zur Förderung des kath. religiösen Lebens in der Diaspora Deutschlands (Diasporaseelsorge), Sitz: Paderborn.
Bonifikation [lat.], Vergütung, bes. Rückvergütung von Einfuhrzöllen u. Steuerrückerstattung bei Ausfuhrgeschäften.
Boningraben, mittlerer Teil des Ostpazif. Grabensystems östl. der Boniniseln; bis 10340 m tief (Ramapotiefe).
Bonington [-tən], Richard Parkes, engl. Maler u. Lithograph, *25. 10. 1801 Arnold, †23. 9. 1828 London; ausgebildet in Paris, Wegbereiter der Schule von Fontainebleau; Landschaftsaquarelle u. Genrebilder von leuchtender Farbigkeit.
Boninseln, *Buninto, Muninto* [jap., „menschenleer"], Archipel von 97 verstreuten Inseln im Pazif. Ozean zwischen Japan u. den Marianen, 104 qkm, wenig besiedelt; seit Mitte des 19. Jh. japan., 1945 von den USA besetzt, 1968 an Japan zurückgegeben.
Bonität [lat.], **1.** *allg.:* Güte von Waren, Sicherheit einer Forderung, Kreditwürdigkeit.
2. *Forstwirtschaft:* = Ertragsklasse.

Bonn: Kaiserplatz mit Hauptgebäude der Universität

Bonitierung [lat.], Feststellung der Qualität landwirtschaftl. genutzter Böden. →auch Bodenschätzung.
Bonito, Fisch, →Pelamide.
Bonn, Hptst. der Bundesrepublik Deutschland, Stadtkreis (141 qkm) in Nordrhein-Westfalen, am Rhein, am Südende der Kölner Tieflandsbucht; durch Eingemeindungen (von Bad Godesberg u.a.) 283000 Ew.; Geburtsstadt Beethovens; Bundeshaus, Palais Schaumburg (Bundeskanzleramt), Villa Hammerschmidt (Bundespräsidialamt), Ministerien u. Botschaften; Universität (neugegr. 1818) z.T. im ehem. kurfürstlichen Schloß (1697–1725); spätroman. Münster (11.–13. Jh.), spätgot. Remigiuskirche, barockes Rathaus (1736), Alter Zoll (ehem. Stadtbefestigung) am Rhein; Geburtshaus Beethovens; Beethovenhalle (Konzert- u. Kongreßhalle am Rhein); Rhein. Landesmuseum (vorgeschichtl. Schädel des Neandertalmenschen), Zoolog. Forschungsinst. u. Museum Alexander Koenig, gegr. 1929; keram. u. Schreibartikelindustrie, Leichtmetall- u. Büromöbelwerke, Zement-, Glas-, Porzellan-, Kunststoffindustrie.
Zur Römerzeit *Castra Bonnensia,* 1273–1794 Sitz der Erzbischöfe u. Kurfürsten von Köln, seit dem 16. Jh. deren Residenz. Versuche, B. dem Luthertum zu öffnen, scheiterten; 1798–1814 französisch besetzt, seit 1814 preußisch.
Bonnard [-'na:r], **1.** Abel, französ. Schriftsteller, *19. 12. 1883 Poitiers, †31. 5. 1968 Madrid; Erziehungsminister in der Vichy-Regierung, emigrierte nach Kriegsende nach Spanien, 1958 Rückkehr nach Frankreich, wo ihm der Prozeß gemacht wurde. Reisebeschreibungen: „En Chine" 1928 u. a.; Essays: „L'Enfance" 1927; „Pensées de l'action" 1941.
2. Pierre, französ. Maler u. Graphiker, *13. 10. 1867 Fontenay-aux-Roses, †23. 1. 1947 Le Cannet; studierte mit E. Vuillard seit 1888 an der Académie Julian, Paris, wandte sich aber bald vom Akademismus seiner Lehrer ab; Mitgründer der Künstlergruppe *Nabis* (1889). Die Überwindung des Impressionismus gelang B. unter Beibehaltung der differenzierten Farbigkeit in großflächig aufgebauten Landschaften u. stillebenhaften Kompositionen. Als Graphiker wurde B. vom Werk Toulouse-Lautrecs angeregt (Buchillustrationen u. graph. Folgen, bes. Lithographien). – ▭2.5.5.
Bonnat [-'na], Léon, französ. Maler, *20. 6. 1833 Bayonne, †8. 9. 1922 Monchy-Saint-Eloi; ausgebildet in Madrid u. Paris; nachhaltig von J. *Ribera* u. *Caravaggio* beeinflußt. Gemälde mit christl. u. oriental. Themen, seit 1870 bes. Porträts berühmter französ. Persönlichkeiten. B. war Lehrer von O. *Friesz* u. R. *Dufy.*
Bonnefoy [bɔn'fwa], Yves, französ. Lyriker, *24. 6. 1923 Tours; wurde bekannt durch seine formstrenge, an P. Valéry gemahnende Dichtung „Du mouvement et de l'immobilité de Douve" 1953; auch Essays.
Bønnelycke ['bœnəlœgə], Emil, dän. Lyriker, Erzähler, *21. 3. 1893 Århus, †27. 11. 1953 Halmstadt (Schweden); ein Vagant, der die Großstadt u. die moderne Technik besingt („Lokomotivführergeschichten" 1927, dt. 1929); seine letzten Romane zeigen eine religiös-moral. Tendenz.
Bonner Durchmusterung, Katalog u. Atlas der genäherten Örter u. Helligkeiten von 324198 Sternen des nördl. Himmels; enthält alle Sterne bis zur 9. u. viele der 10. Größenklasse. Lebenswerk des Bonner Astronomen F. W. Argelander, 1862 beendet; später von E. Schönfeld bis 23 Grad südl. Deklination (133659 Sterne) fortgesetzt. Für den südl. Himmel ergänzt durch die *Córdoba-Durchmusterung* (Argentinien) u. die *Cape Photograph. Durchmusterung* (Kapstadt).
Bonnet [-'nɛ], **1.** Charles, schweizer. Naturforscher u. Philosoph, *13. 3. 1720 Genf, †20. 6. 1793 Genthod bei Genf; arbeitete über Regenerationsfähigkeit, beschrieb die Jungfernzeugung der Blattläuse, suchte die christl. Offenbarungslehre mit den Ideen der Aufklärung zu vereinen.
2. Georges, französ. Politiker, *23. 7. 1889 Basillac, Dordogne, †18. 6. 1973 Paris; Radikalsozialist, von 1926–1936 verschiedene Ministerämter, 1937 Botschafter in Washington, 1938/39 Außen-Min., Vertreter der Beschwichtigungspolitik, 1941 Mitgl. des Nationalrats der Vichy-Regierung, nach Kriegsende im Schweizer Exil, 1951 Rückkehr in die französ. Politik, 1956 Abg.
Bonnettestraße [-'nɛt-], mit 2802 m eine der höchsten Alpenstraßen, kürzeste Verbindung zwischen Nizza u. Briançon; 1961 eröffnet.
Bonniers Förlag ['bɔniərs fœr'la:g], *Albert Bonniers Förlag AB.,* schwed. Verlag in Stockholm, gegr. 1837 von Albert *Bonnier* (*1820, †1900); Belletristik, Fach-, Sach-, Schul-, Jugend- u. Nachschlagebücher, Volksausgaben, Taschenbücher, Zeitschriften (u. a. die führende, 1932 gegr. Literaturzeitschrift „Bonniers Litterära Magasin").
Bönnigheim, Stadt in Baden-Württemberg (Ldkrs. Ludwigsburg), 6000 Ew.; Weinbau, Textilindustrie.
Bonomi, Ivanoe, italien. Politiker, *18. 10. 1873 Mantua, †20. 4. 1951 Rom; revisionist. Sozialist, 1921/22 u. 1944/45 Min.-Präs.

Bononcini [-'tʃi:ni], **1.** Giovanni Battista, Sohn von 2), italien. Komponist, *18. 7. 1670 Mòdena, †9. 7. 1747 Wien; 1720–1732 in London, Rivale von G. F. Händel; schrieb über 30 Opern, 6 Oratorien, Instrumentalwerke, Serenaden.
2. Giovanni Maria, italien. Komponist, getauft 23. 9. 1642 Montecorone bei Mòdena, †19. 10. 1678 Mòdena; Domkapellmeister in Mòdena; schrieb Solokantaten, Kammersonaten u.a., ferner eine Kompositionslehre.
Bon-Religion, tibet. Urreligion vorwiegend dämonist. Charakters, aus der dem Lamaismus Tibets zahlreiche Elemente vor allem der Geisterbeschwörung u. des Zaubers übernommen hat.
Bonsels, Waldemar, Erzähler, *21. 2. 1880 Ahrensburg bei Hamburg, †31. 7. 1952 Ambach am Starnberger See; durchwanderte die Welt u. schrieb: „Indienfahrt" 1916; „Notizen eines Vagabunden" 3 Bde. 1925; „Der Reiter in der Wüste" 1935. Von seinen märchenhaften Naturdichtungen („Himmelsvolk" 1915; „Mario. Ein Leben im Walde" 1939) wurde „Die Biene Maja u. ihre Abenteuer" 1912 zu einem internationalen Millionenerfolg.
Bonstetten, Karl Viktor von, schweizer. kulturpolit. Schriftsteller, *3. 9. 1745 Bern, †3. 2. 1832 Genf; „Über Nationalbildung" 1802; „L'homme du midi et l'homme du nord" 1824; „Briefe, Jugenderinnerungen" 1945.
Bontecue ['bɒntəkju], Lee, US-amerikan. Graphikerin u. Materialkünstlerin, *1931 Providence, R. I.; begann mit Arbeiten aus Gips u. Bronze u. fertigt seit 1959 Reliefs aus geschweißtem Stahl u. Leinwand (Segeltuch, zerschnittene Blue jeans u.ä.), denen das zentrale Thema der suggestiven Öffnung (Höhleneingang, Maul, Auge) – manchmal durch eine Doppelreihe scharfer Metallzähne verwehrt – gemein ist.
Bontempelli, Massimo, italien. Schriftsteller, *12. 5. 1878 Como, †21. 7. 1960 Rom; gründete 1926 mit C. Malaparte die Zeitschrift „Novecento"; begann als Klassizist, wurde Futurist; Vorliebe für Paradoxes u. Groteskes, die ihn zu einem magischen Realismus (Mischung der Wirklichkeitsebenen) führte; ist auch Komponist. Lyrik: „Egloghe" 1904; Novelle: „La vita intensa" 1919; Romane: „Die Familie des Fabbro" 1932, dt. 1941; „Fahrt der Europa" 1941, dt. 1956; „L'amante fedele" 1953.
Bontjes van Beek, Jan, dt. Keramiker niederländ.-dän. Herkunft, *18. 1. 1899 Vejle, Jütland, †5. 9. 1969 Berlin; seit 1932 in Berlin, 1960–1966 als Leiter der Keramik-Abt. der Hochschule für Bildende Künste in Hamburg tätig. 1965 mit dem Großen Kunstpreis der Stadt Berlin ausgezeichnet.
Bonus [lat.], **1.** außerordentl. Zuwendung eines Unternehmens an seine Belegschaft.
2. nachträgl. Vergütung an Groß- u. Daueraufnehmer in Form von *Rabatten*.
3. neben der Dividende in bes. günstigen Jahren gewährte Sondervergütung an Aktionäre.
4. Export-B., staatl. Beihilfe bei förderungswürdigen Außenhandelsgeschäften.
5. Form der Gewinnbeteiligung in der Lebensversicherung.
Bonvalot [bɔ̃va'lo], Pierre Gabriel, französ. Innerasienforscher, *14. 7. 1853 Epagne, †9. 12. 1933 Paris; nach mehreren Reisen (Samarkand, Tien Schan, Persien, Pamir, Turkistan) begleitete er 1889/90 den Prinzen von Orléans von Kuldscha zum Lob Nuur u. nach Tibet (erste Durchquerung von W nach O).
Bonvicino [-'tʃi-], Alessandro → Moretto.
Bonvin [bɔ̃'vɛ̃], Roger, schweizer. Politiker (kath.-konservativ), *12. 9. 1907 Icogne-Lens, Wallis; 1962–1973 im Bundesrat, Vorsteher des Finanz- u. Zoll-, seit 1968 des Verkehrs- u. Energiewirtschaftsdepartements, 1967 u. 1973 Bundespräsident.
Bonvivant [bɔ̃vi'vɑ̃; der; frz.], eleganter Lebemann; auch Rollenfach für Schauspieler.
Bonze [jap., portug., frz.], ursprüngl. europ. Bez. für den buddhist. Mönch; später Spottname für Partei-, Gewerkschafts- u.a. Funktionäre.
Boogie-Woogie ['bugi 'wugi; der], lautmalerische Beschreibung des „rollenden Rhythmus" der linken Hand (meist punktierte Achtel) einer Gruppe von Jazzpianisten des amerikan. Mittelwestens, die diesen Stil als Autodidakten kreierten, wobei die hämmernde Rechte das Orchester zu ersetzen hatte. Basiert auf dem *Blues*, später auch instrumentiert u. schließl. als Tanz verkommerzialisiert. Entstehung vermutl. durch Übertragung des Shuffle-Rhythmus der Gitarre auf das Klavier. Hauptvertreter „Pine Top" Clarence *Smith* (*1904, †1929), von dem das Wort B. stammt, Meade „Lux" *Lewis* (*1905, †1964), Jimmy *Yancey* (*1894, †1951), Albert *Ammons* (*1907, †1949), Pete *Johnson* (*1904, †1967).
Böök, Martin Fredrik, schwed. Literarhistoriker u. Essayist, *12. 5. 1883 Kristianstad, †3. 12. 1961 Kopenhagen; schrieb, konservativ, über schwed. Dichtung, Biographien von E. J. Stagnelius, E. Tegnér u.a., auch Erzählungen.
Bookmaker ['bukmɛikə], engl. Bez. für *Buchmacher*.

Boole ['bu:l], George, engl. Mathematiker, *2. 11. 1815 Lincoln, †8. 12. 1864 Cork; Begründer des algebraischen Kalküls in der Logik (*B.sche Algebra*).
Boolesche Algebra ['bu:l-], von G. *Boole* zum Zweck logischer Untersuchungen entwickelte formale Algebra. → Aussagenlogik, → Menge, → Schaltalgebra.
Boom [bu:m; engl.], der Zustand der Hochkonjunktur bzw. Überbeschäftigung der Volkswirtschaft; bes. in starker, oft ungesunder, u.U. künstl., durch politische Einflüsse herbeigeführter wirtschaftlicher Aufschwung. → auch Konjunkturzyklus.
Boomslang [die; afrikaans], *Dispholidus typus*, grüne afrikan. *Natter*, deren Biß u.U. auch für den Menschen gefährl. ist. Lebensdauer über 6 Jahre.
Boone [bu:n], Daniel, US-amerikan. Pionier, *2. 11. 1734 bei Reading, Berks County, Pa., †26. 11. 1820 bei St. Charles, Mo.; seine Taten in den Indianerkämpfen bei der Besiedelung u. Eroberung Kentuckys im 18. Jh. leben heute noch in der amerikan. Volksdichtung u. Literatur in sagenhafter Übertreibung („Lederstrumpf"). – 📖 6.1.0.
Boonekamp [der; niederländ.], würziger Magenbitter, 40 Vol.% Alkohol.
Boor, 1. Hans Otto de, Rechtslehrer, *9. 9. 1886 Schleswig, †10. 2. 1956 Göttingen; lehrte u.a. in Frankfurt a. M., Leipzig u. Göttingen; erlangte auf dem Gebiet des Urheberrechts internationale Anerkennung; arbeitete an der Reform des Urheberrechts in der BRD mit. Hptw.: „Urheber- u. Verlagsrecht" 1917; „Vom Wesen des Urheberrechts" 1933; „Zur Reform des Zivilprozesses" 1938.
2. Helmut de, Germanist, *24. 3. 1891 Bonn, †4. 8. 1976 Berlin; Erforscher der nord. u. dt. Sagenüberlieferung u. der alt- u. mittelhochdt. Literatur. Hptw.: „Geschichte der dt. Literatur" (mit R. Newald u.a.) 7 Bde. 1949ff.; Mithrsg. der „Beiträge zur Geschichte der dt. Sprache u. Literatur" seit 1954; Hrsg. des „Corpus der altdt. Originalurkunden bis 1300" seit 1950.
Booster ['bu:stə; engl.], *Booster-Antrieb*, ein Verstärker- oder Zusatzantrieb, der für eine begrenzte Zeit eine große Zusatzleistung zur Verfügung stellt. Beispiel: Verwendung einer Gasturbinenanlage in einer Diesellokomotive als B. für das Anfahren u. für die Fahrt auf Steigungen. In der Luft- u. Raumfahrt Hilfstriebwerk (Startrakete, Zusatztriebwerk); auch die Erststufe von mehrstufigen Trägerraketen.
Boot, in der Marine Kriegsschiff von einer Größe, daß die → STAN dafür einen Kommandanten in der Dienstgradgruppe Kapitänleutnant oder niedriger vorsieht; im Unterschied zum *Schiff*.
Bootaxt-Kultur, der schwed., finn. u. balt. Zweig der jungsteinzeitl.-kupferzeitl. → Streitaxt-Kulturen, benannt nach dem bootartigen Aussehen ihrer Streitäxte.
Boötes [der; grch.], Ochsentreiber, Bärenhüter, Sternbild am nördl. Himmel; hellster Stern: *Arkturus*.
Bootgrab, *Schiffsgrab*, die Beisetzung des Toten in einem Boot oder Schiff, das von einem Grabhügel überwölbt ist; tritt in Nordeuropa vom Ende der Jungsteinzeit bis in die Wikingerzeit auf (→ Sutton Hoo, → Oseberg). Vielleicht als Ersatz für ein Schiff kommt in Nordeuropa u. im Baltikum seit der Bronzezeit auch die Sitte vor, das Grab mit einer schiffsförmigen Steinsetzung zu umgeben.
Booth [bu:θ], **1.** Edwin, US-amerikan. Schauspieler, *13. 11. 1833 Bel Air, Md., †7. 6. 1893 New York; bekannter Shakespearedarsteller. Sein Bruder, der Schauspieler John Wilkes B. (*1839, †1865), ermordete Präsident A. *Lincoln* u. wurde auf der Flucht erschossen.
2. William, Gründer (1878) u. erster General der → Heilsarmee, *10. 4. 1829 Nottingham (England), †20. 8. 1912 London; sein 1890 erschienenes Buch „Im dunkelsten England" erregte großes Aufsehen. Sein ältester Sohn William Bramwell B. (*1856, †1929) wurde sein Nachfolger; seine Tochter Evangeline Cory B. (*1865, †1950) war 1934–1939 Generalin der Heilsarmee. – 📖 1.8.9.
Boothiahalbinsel ['bu:θiə-], früher *Boothia Felix*, nordamerikan. Halbinsel mit dem Nordkap des Festlands (Kap Murchison), rd. 31800 qkm, im S Eskimosiedlung.
Böotien, neugrch. *Boiōtía*, fruchtbares Becken in Mittelgriechenland, enthält zahlreiche Karstseen, von denen die Kopaïssee trockengelegt worden ist; Anbau von Weizen, Mais u. Baumwolle; Nickelerze; Hauptort *Lewádhia*.

Pierre Bonnard: Selbstbildnis; 1938. New York, Wildenstein Gallery

Böotier

Im Altertum *(Boiotia)* nächst Attika bedeutendste Landschaft Mittelgriechenlands. Hptst. *Theben*; in Athen galten die Böotier als plump u. ungebildet. B. war Heimat von Hesiod, Pindar, Plutarch u. a. In der bildenden Kunst geringe Bedeutung. – ☐ 5.2.3.

Böotier, denkfauler, schwerfälliger Mensch.

Böotischer Bund, Verband der böot. Städte im antiken Griechenland seit dem 5. Jh. v. Chr. unter Führung Thebens, verwaltet von 11 (bis 386 v. Chr., gegen 370 v. Chr. nur noch 7) aus den Mitgliedsbezirken nominierten *Boiotarchen* unter Kontrolle von 660 Räten. Berühmtester der Boiotarchen wurde *Epaminondas*.

Bootle [′bu:tl], nordwestengl. Hafen- u. Industriestadt bei Liverpool, 80 000 Ew.

Bootlegger [′bu:tlɛgər; engl. „Stiefelschäftler"], in den USA Bez. für Alkoholschmuggler, bes. zur Zeit der Prohibition.

Bootsbestattung, die Bestattung von Verstorbenen in Booten, die man flußabwärts treiben läßt (Ozeanien), ein Sinnbild für die Reise ins Jenseits. Gelegentl. steht das Boot aber anstelle eines Sarges (→Bootgrab).

Bootsdeck, meist zweithöchstes →Deck auf Handelsschiffen.

Bootsmann, Unteroffizier in der Marine im Dienstgrad eines Feldwebels, auch Berufsbez. in der Handelsschiffahrt. →auch Matrose.

Bop, Kurzform für →Bebop.

Bopfingen, Stadt in Baden-Württemberg (Ostalbkreis), nordöstl. vom Härtsfeld, 7300 Ew.; Leder-, chem. u. Textilindustrie.

Bophuthatswana, ehem. Bantu-Homeland der Tswana in der Rep. Südafrika, seit Dez. 1977 unabhängige Republik, 40 430 qkm, 1,8 Mill. Ew.; Hptst. *Mmabatho*. Viehzucht; Bergbau (Platin, Asbest, Eisenerz).

Bopp, Franz, Sprachforscher, *14. 9. 1791 Mainz, †23. 10. 1867 Berlin; Prof. in Berlin, begründete die vergleichende Grammatik der indogerman. Sprachen, deren Verwandtschaft er entdeckte. Sein Erstlingswerk „Über das Conjugationssystem der Sanskritsprache in Vergleichung mit jenem der griech., lat., pers. u. german. Sprache" erschien 1816, sein Hptw., die mehrbändige „Vergleichende Grammatik", worin der Vergleich auf alle Flexionsformen u. auf das Armenische, Litauische u. Slawische ausgedehnt wurde, zuerst 1833–1852. Auch die Zugehörigkeit des Keltischen u. Albanischen zur indogerman. Sprachfamilie wurde bereits von B. 1839 bzw. 1854 nachgewiesen.

Boppard, rheinland-pfälz. Stadt am linken Ufer u. im engen Durchbruchstal des Rhein (Rhein-Hunsrück-Kreis), 8600 Ew.; ehem. Reichsstadt mit vielen mittelalterl. Resten, u. a. der „Tempelhof" (Anlage der Tempelherren); Fremdenverkehr; Wein- u. Obstbau; pharmazeut. u. chem. Industrie.

Bor [das; pers., arab., lat.], chem. Zeichen B, schwärzl.-graues, sehr hartes, 3wertiges Halbmetall, Atomgew. 10,811, Ordnungszahl 5, spez. Gew. 2,34, Schmelzpunkt 2300 °C; kommt nicht frei, sondern nur in Verbindungen vor. B. ist chem. nicht sehr reaktionsfähig, es setzt sich mit Sauerstoff, Chlor, Brom, Schwefel u. Stickstoff erst bei hohen Temperaturen um. Freies B. kann kristallin durch Reduktion von B.chlorid mit Wasserstoff im Hochspannungslichtbogen, amorph durch Reduktion von B.trioxid mit metallischem Natrium oder Magnesium gewonnen werden. B.verbindungen: *B.säure*, H_3BO_3, kommt frei in den heißen Quellen Mittelitaliens vor, sie wird als mildes Antiseptikum *(B.wasser, B.salbe)* u. zum Konservieren von Lebensmitteln verwendet; *B.trioxid*, B_2O_3, ist das Anhydrid der B.säure, *Borax (Tinkal)*, $Na_2B_4O_7 \cdot 10H_2O$, wird aus *Kernit* (Kalifornien) u. durch Aufschluß aus Calciumboraten gewonnen; verwendet zur Herstellung temperaturbeständiger Glassorten (Jenaer Geräteglas), zum Glasieren u. Emaillieren von Steingut u. Fayencewaren, in der Gerberei u. in der Kerzenfabrikation, in der analyt. Chemie zum Nachweis von Metalloxiden, die sich mit charakterist. Farbe in geschmolzenem Borax lösen, zur Herstellung von Perboraten, die in vielen Wasch- u. Bleichmitteln enthalten sind u. die auch kosmet. Zwecken dienen; *B.carbid*, B_4C, ist durch Erhitzen von B. mit Kohle auf etwa 2500 °C in hartem, sehr hart, daher Schleifmittel für Diamanten u. Hartmetalle; *Borane*, Wasserstoffverbindungen des B.s, übelriechend, giftig, *Tetraboran* B_4H_{10}, *Dekaboran* $B_{10}H_{14}$, Verwendung als Raketentreibstoff.

Bor, jugoslaw. Stadt südöstl. von Belgrad, 20 000 Ew.; Kupferhütte, chem. Industrie.

Borassopalme, Borassus aethiopum

Bora [die; ital.], stürmischer, trockener, kalter Fallwind, durch Herabstürzen kalter Luftmassen von einer Hochfläche, bes. an der dalmatin. Küste.

Bora-Bora, bergige Insel (bis 725 m hoch) in der französ. Gruppe der Gesellschaftsinseln, in Französ.-Polynesien, von einem Korallenriff gesäumt; 38 qkm, 2000 Ew.; Flughafen (Motu Mute).

Boraginaceae = Rauhblattgewächse.

Borås [′buro:s], südschwed. Textilindustriestadt, im waldigen Bergland, östl. von Göteborg, 72 100 Ew.; 1622 gegr.

Borassopalmen, *Borassus*, Gattung riesiger *Palmen* mit V-förmigen Blattfächern. B. werden in den warmen Zonen der Alten Welt als Lieferanten von Palmfasern, Werkholz, Sago u. Palmwein vielfältig genutzt. Hierher gehören *Deleb-* u. *Palmyrapalme*.

Borax [der], Natriumborat, →Bor.

Borazit [der], *Boracit*, farbloses, bläul., auch grünl. u. gelbl., glasglänzendes Mineral; rhombisch; Härte 7; $Mg_6(Cl_2B_{14}O_{26})$.

„Borba" [serbokroat., „Kampf"], 1922 gegr. jugoslaw. Tageszeitung in Belgrad (serb. Ausgabe), daneben erscheint eine kroat. Ausgabe in Agram; Zentralorgan der kommunist. Partei.

Borberg [′bo:rbɛr], Svend, dän. Dramatiker u. Kritiker; *8. 4. 1888 Kopenhagen, †7. 10. 1947 Kopenhagen; verfaßte philosoph.-psycholog. Dramen, von S. Freud u. L. Pirandello beinflußt; wirkte auf den dt. Expressionismus.

Borchardt, 1. Georg →Hermann, Georg.
2. Ludwig, Ägyptologe, *5. 10. 1863 Berlin, †12. 8. 1938 Paris; Ausgrabungen in Abusir u. Amarna; begründete das Dt. Archäolog. Institut in Cairo, dessen erster Direktor 1906–1929; Mitorganisator des „Catalogue Général du Musée du Caire".
3. Rudolf, Lyriker, Erzähler, Essayist u. Übersetzer, *9. 6. 1877 Königsberg, †10. 1. 1945 Trins, Tirol; ein konservativer Humanist, der dichter. Schaffen u. gelehrter Forschung verband; Freund von R. A. Schröder u. H. von Hofmannsthal (Briefwechsel 1954). Hptw.: „Der Durant" (Versepos) 1920; „Die halbgerettete Seele" (Gedichte) 1920; „Handlungen und Abhandlungen" 1928; „Das hoffnungslose Geschlecht" (Erzählungen) 1929; „Pamela" (Komödie) 1934; „Pisa" (Essay) 1938; „Der leidenschaftl. Gärtner. Ein Gartenbuch" 1951. Bedeutender Redner u. Übersetzer (Pindar, Tacitus, Dante Alighieri, W. S. Landor, A. Ch. Swinburne u. a.). *Rudolf-B.-Gesellschaft* in Bremen. – ☐ 3.1.1.

Borchert, Wolfgang, Schriftsteller, *20. 5. 1921 Hamburg, †20. 11. 1947 Basel; Sprecher einer entwurzelten Kriegsjugend, schilderte in seinem Heimkehrerstück „Draußen vor der Tür" 1947 u. in seinen Kurzgeschichten („Die Hundeblume" 1947) „das schlechthin Herzzerreißende der Nachkriegswirklichkeit". Aus dem Nachlaß „Die traurigen Geranien" 1962. – ☐ 3.1.1.

Borchgrevink, Carsten Eggeberg, norweg. Südpolarforscher, *1. 12. 1864 Kristiania (Oslo), †23. 4. 1934 Oslo; betrat 1895 als erster das antarktische Festland u. überwinterte 1899 am Kap Adare. Vom Rossmeer aus erreichte er die bis dahin höchste südl. Breite von 78° 50'.

Borck, Edmund von, Komponist u. Dirigent, *22. 2. 1906 Breslau, †16. 2. 1944 Nettuno (Süditalien); Opernkapellmeister in Frankfurt (Oder), war in seinen ersten Werken von P. Hindemith beeinflußt. Hauptwerk die Oper „Napoleon" 1942 nach C. D. Grabbe.

Bord, 1. *Möbel:* Brett (z. B. Bücher-B.).
2. *Schiff:* Oberkante der Schiffsaußenhaut; sinnbildl. für Schiff oder Flugzeug an sich („an, von Bord gehen").

Borda, Jean-Charles, französ. Seemann u. Mathematiker, *4. 5. 1733 Dax, †20. 2. 1799 Paris; erfand den *B.schen Kreis* (ein Winkelmeßinstrument).

Börde, fruchtbare, lößbedeckte Tieflandsbucht; in Norddtschld.: Magdeburger, Soester B., Münstersche Bucht.

Bordeaux [-′do:], Haupthandels- u. Hafenstadt Südwestfrankreichs, links an der unteren Garonne (96 km vor der Mündung in den Atlant. Ozean), Hptst. des Dép. Gironde, Industriezentrum inmitten des reichen Weinbaugebiets *Bordelais*. 555 000 Ew.; Universität (gegr. 1441), Erzbischofssitz; moderne Hafenanlagen (Vorhäfen sind Bassens, Pauillac u. Le Verdon-sur-Mer an der Ästuarmündung Gironde); Wärmekraftwerk auf der Basis von Erdgas aus Lac; Schiff-, Flugzeug- u. Maschinenbau, Metall-, Textil-, Holz-, Leder-, Nahrungs- u. Genußmittelindustrie, chem. u. pharmazeut. Produkte; Fischerei; Einfuhr von Kohlen, Phosphaten, Erdöl (Raffinerien am Bec d'Ambès u. bei Pauillac); Ausfuhr bes. von Wein u. Holz; Fluß- u. Flughafen, Verkehrsknotenpunkt; Großsender. Nach wechselvoller Geschichte seit 1453 französisch, 1870/71, 1914 u. 1940 vorübergehender Sitz der französ. Regierung. Ruine eines röm. Amphitheaters (3. Jh.), Kathedrale (11.–14. Jh.) u. a. mittelalterl. Kirchen.

Bordeauxbrühe, *Bordelaiser Brühe, Kupferkalkbrühe*, bewährtes Spritzmittel zur Bekämpfung zahlreicher Pflanzenkrankheiten (Falscher Mehltau, Fusicladium, Phytophthora). Zur Herstellung einer 1%igen B. werden 500 g Löschkalk u. 1 kg Kupfersulfat jeweils in 50 l Wasser gelöst. Erst kurz vor der Verwendung wird die Kupfersulfatlösung langsam in die Kalkmilch eingegossen.

Bordeauxweine, Rot- u. Weißweine der Umgebung von Bordeaux, dazu gehören die *Médocs, Graves, Palus* u. *Sauternes*.

Bordell [german., mlat.], *Freudenhaus, öffentliches Haus*, ein Unternehmen, dessen Räume der *B.halter* Dirnen, die von ihm wirtschaftl. abhängig sind, zur Ausübung der →Prostitution überläßt, um daraus Gewinn zu erzielen. Das Halten eines B.s ist in Österreich (§ 214 StGB) u. in der Schweiz (Art. 199 StGB) stets strafbar, in der BRD nur in schweren Fällen (§ 180a StGB), vielfach jedoch in der Form von Dirnenwohnheimen polizei. geduldet. B.e sollen die freie, unkontrollierte Prostitution eindämmen u. damit der Verhütung von Geschlechtskrankheiten u. dem Schutz von Kindern u. Jugendlichen dienen. Die Kasernierung der Prostituierten erleichtert ihre Überwachung durch die Sitten- u. Gesundheitspolizei.

Borden [′bɔ:dən], Sir Robert Laird, kanad. Politiker (zunächst Liberaler, dann Konservativer), *26. 6. 1854 Grand Pré, Neuschottland, †10. 6. 1937 Ottawa; 1911–1920 Premier-Min., setzte sich auf der Pariser Friedenskonferenz 1919 für Kanadas staatl. Eigenständigkeit ein.

Bordeninsel, kanad.-arkt. Insel im NW der Parryinseln, unbewohnt.

Bordereau [-′ro:; der oder das; frz.], Verzeichnis, Sortenzettel, Liste eingereichter Wechsel oder Wertpapiere.

Bordesholm, schleswig-holstein. Gemeinde südwestl. von Kiel (Ldkrs. Rendsburg-Eckernförde), 6000 Ew.; got. Klosterkirche (1332); Möbel-, Süßwaren-, chem. Industrie.

Bordet [-′dɛ], Jules Jean-Baptiste Vincent, belg. Hygieniker, Bakteriologe u. Serologe, *13. 6. 1870 Soignies, †6. 4. 1961 Brüssel; entdeckte 1906 gemeinsam mit dem belg. Bakteriologen Octave *Gengou* (*1875, †1957) den Keuchhustenerreger (Hämophilus pertussis, *Bacille B.-Gengou*) u. entwickelte die KBR (Komplement-Bindungs-Reaktion), wofür er 1919 den Nobelpreis erhielt.

Bordewijk [-wɛik], Ferdinand, niederländ. Erzähler, *10. 10. 1884 Amsterdam, †28. 4. 1965 Den Haag; Satiriker, moderne Gesellschaftsromane („Büro Rechtsanwalt Stroomkoning" 1938, dt. 1939). Zuletzt Okkultist.

Bordfunk, Funkverkehr zwischen Schiffen u. Flugzeugen untereinander u. von diesen zu festen Landfunkstellen.

Bordighera [-'gɛː-], italien. Seebad u. Winterkurort in Ligurien, westl. von San Remo, 12 000 Ew.
Bordinstrumente, Geräte zur Überwachung eines Flugzeugs im Luftraum sowie der Funktion verschiedener Anlagen. Bewegung u. Lage werden angezeigt durch Geschwindigkeitsmesser, Höhenmesser, →Variometer, →künstlichen Horizont, →Wendezeiger, Kompaß u. elektron. Navigationsgeräte. Die Funktion der Triebwerke wird überwacht durch Drehzahlmesser, Temperatur- u. Druckanzeigegeräte. Stellungsanzeiger informieren über die Lage von Fahrwerk, Landeklappen u. a. Hilfsanlagen. – ▢ 10.9.3.
Bordj, *Borg* [arab.], Bestandteil von geograph. Namen: Fort, Burg.
Bordone, Paris, italien. Maler, *1500 Treviso, *19. 1. 1571 Venedig; seit 1559 Hofmaler *Franz' I.* von Frankreich; Vertreter des venezian. Manierismus. Bildnisse, religiöse u. mytholog. Darstellungen, bes. Altarwerke, in der Nachfolge Tizians.
Bordoni-Hasse, Faustina, italien. Opernsängerin, *1700 Venedig, † 4. 11. 1781 Venedig; seit 1730 Gattin J. A. *Hasses,* sang nach Erfolgen in Italien u. England 1730–1751 in Dresden.
Bordstein, im Straßenbau Fahrbahnbegrenzung aus Naturstein oder Beton als Schwelle zwischen Fahrbahn u. Geh- u. Radwegen. Der Hoch-B. für Stadtstraßen, Sicherheitskanten usw. soll radabweisend wirken; Tief-B. vor allem für Landstraßen.
Bordun [der; frz.], *Bourdon,* 1. eine unveränderl. mitklingende Saite (Drehleier) oder Pfeife (Dudelsack) im Grundton der Tonart, ein zweiter B. auch in der Quinte; 2. tiefere Saiten bei Zupf- u. älteren Streichinstrumenten, deren Tonhöhe durch Greifen nicht zu ändern ist; 3. ein gedacktes Orgelregister von dunklem mildem Klang.
Bordwaffe, jede im Land-, Luft- oder Seefahrzeug (oder in Festungsanlagen) lafettierte Waffe, die nicht ohne weiteres ausgebaut u. auf gewöhnl. Lafette verwendet werden kann.
Boreal [das; grch.], *Borealzeit,* eine relativ warme u. trockene Periode der Nacheiszeit (*Holozän*), in der in Norddtschld. die Laubbäume einwanderten.
boreales Klima, nur auf der Nordhalbkugel ausgeprägtes kontinentales, kaltgemäßigtes Klima, mit langen, strengen Wintern u. reichl. Schnee u. mit kurzen, aber ausgeprägten Sommern. In diesem Klima gibt es sommergrüne Laubwälder u. Nadelwälder.
Boreas, in der griech. Sage der Gott des Nordwindes.
Borée [-'reː], Karl Friedrich, Erzähler u. Essayist, *29.1. 1886 Görlitz, † 28. 7. 1964 Darmstadt; seit 1952 Sekretär der Dt. Akademie für Sprache u. Dichtung in Darmstadt. Hptw.: „Dor u. der September" 1930. Auch biolog. Betrachtungen „Die halbvollendete Schöpfung" 1948.
Boreisch, eine hypothet. Ursprache, auf die nach Ansicht sowjetischer Sprachwissenschaftler die meisten der heute in Europa u. Asien gesprochenen Sprachen zurückgehen.
boreoalpine Verbreitung, das Vorkommen von Tiergruppen auf der Nordhalbkugel einerseits in nördl. Breiten, bes. Skandinavien, andererseits in den alpinen Hochgebirgen. I. w. S. auch für Tiere gebraucht, die darüber hinaus vereinzelt in den Mittelgebirgen u. in anderen klimat. geeigneten Fundgebieten vorkommen. →auch Disjunktion.
boreomontan →Disjunktion.
Borg [dän., isl., norw., schwed.], Bestandteil von geograph. Namen: Burg, Stadt.
Borg, Kim, finn. Opernsänger (Baß), *7. 8. 1919 Helsinki; auch Oratorien- u. Liedersänger.
Borgen, Johan, norweg. Schriftsteller u. Literaturkritiker, *28. 4. 1902 Kristiania; ein Sprachkünstler ersten Ranges, der, noch geprägt vom Skeptizismus der ersten Nachkriegsgeneration, in Drama, Roman, Essay, vor allem aber in der Novelle Bleibendes geschaffen hat u. als führender Vertreter dieser Literaturgattung im ganzen Norden gilt. Darstellung der Einsamkeit des Menschen u. der Möglichkeit, sie zu überwinden.
Borgerhout [bɔrxər'haut], östl. Industrievorstadt von Antwerpen, 49 500 Ew.; Textilindustrie, Diamantenschleiferei.
Borges ['bɔrxes], Jorge Luis, argentin. Schriftsteller, *24. 8. 1899 Buenos Aires; einer der führenden Vertreter der iberoamerikan. Literatur; in den 1920er Jahren Haupt des *Ultraismus;* Lyrik: „Luna de enfrente" 1926; Erzählungen: „Historia universal de la infamia" 1935, dt. „Der schwarze Spiegel" 1961; „El Aleph" 1949; dt. Auswahlen „Labyrinthe" 1959, „Borges und ich" (Prosa u. Lyrik) 1963; auch meisterhafte Essays. – ▢ 3.2.5.

Borgese [-'dʒeː-], Giuseppe Antonio, italien. Schriftsteller u. Literaturwissenschaftler, *12. 11. 1882 Polizzi Generosa bei Palermo, † 4. 12. 1952 Fiesole; 1931 bis Kriegsende in Chicago (als Gegner des Faschismus emigriert); schrieb auch in engl. Sprache; Abhandlungen über italien. u. dt. Schrifttum, zeitkrit. Romane (z. T. gegen G. d'Annunzio), Novellen, Schauspiele, Gedichte: „Italia e Germania" 1915; „Rubè" 1921, dt. 1928; „I vivi e i morti" 1923; „Goliath, the march of fascism" 1937, dt. 1938; „The city of man" (mit Th. Mann) 1940; „Poetica dell'unità" 1952; „Da Dante a Th. Mann" 1958. – *Opere,* 1950ff.
Borghese [-'geːzə], röm. Adelsfamilie, aus der u. a. Papst *Paul V.* (1605–1621) stammte. Weltberühmt durch die Sammlung antiker Kunstwerke u. neuzeitl. Gemälde, die sich, meist von dem Neffen Pauls V. zusammengebracht, bis 1891 in dem großen Stadtpalast der fürstl. Familie an der Via di Ripetta in Rom (begonnen 1590) befanden. Seitdem sind die Gemälde u. Statuen Staatsbesitz u. in das Casino der *Villa B.* übergeführt, in einem großen Parkgelände, das an die Anlagen des Monte Pincio anschließt u. 1903 von der Stadt Rom übernommen wurde. Im Casino u. a. die berühmte ruhende Plastik der Pauline B. (→Bonaparte) von Canova, die die Schwester Napoléons war u. 1803 den Fürsten Camillo Filippo Ludovico B. (*1775, † 1832) heiratete. Die Familie verlor um 1890 ihr Vermögen. – ▣ →Bonaparte.
Borghesischer Fechter, von →Agasias signierte, nach den ehem. Besitzern benannte Statue eines Kämpfers (um 90 v. Chr.), Anfang des 17. Jh. bei Antium gefunden, seit 1806 in Paris (Louvre).
Borgholm, Bade- u. Hauptort auf der schwed. Insel Öland, 6900 Ew.; Gartenstadt; Schloßruine, nahebei der kgl. Sommersitz Solliden.
Borghorst, ehem. nordrhein-westfäl. Industriestadt, nordwestl. von Münster, seit 1975 Ortsteil von Steinfurt.
Borgia ['bɔrdʒa], *Borja,* span. Adelsgeschlecht aus Jativa bei Valencia, das zu Beginn des 15. Jh. in Italien Macht erlangte: **1.** Alonso, wurde 1455 Papst unter dem Namen →Kalixt III. **2.** Cesare, Sohn von 4), Erzbischof von Valencia 1493, Kardinal 1493–1498, Herzog der Romagna 1501, *13. 9. 1475, † 12. 3. 1507 Viana, Spanien (gefallen im Dienst des Königs von Navarra); skrupelloser Renaissancefürst, der mit Hilfe seines Vaters im Kirchenstaat u. in den angrenzenden Gebieten ein mittelitalien. Herzogtum eroberte, das nach dem Tod Alexanders VI. zerfiel. Bei der Verfolgung seiner Pläne räumte er mit Dolch u. Gift seine Gegner, auch den einen Schwager, aus dem Weg; Vorbild für Machiavellis „Principe". **3.** Lucrezia, Tochter von 4), *18. 4. 1480, † 24. 6. 1519 Ferrara; förderte Kunst u. Wissenschaft; war mehrmals verheiratet, zuletzt in 3. Ehe mit Alfonso I. d'Este von Ferrara. Als Opfer der skrupellosen Familienpolitik wurde sie von ihren Zeitgenossen (wohl zu Unrecht) einer unsittl. Lebensführung beschuldigt. **4.** Rodrigo, Neffe von 1), wurde 1492 Papst unter dem Namen →Alexander VI.; er hatte die Kinder: Cesare, Giovanni (Juan), Goffredo, Luigi u. Lucrezia. Aus Giovannis Familie ging →Franz von Borgia hervor.
Borgis, ein *Schriftgrad* von 9 Punkt.
Borgo [ital., „Flecken"], häufiger Ortsname in Italien, bedeutet auch „Vorstadt".
Borgognone [-go'njoːnə], Ambrogio di Stefano, italien. Maler, *um 1445 Mailand, † 1523 Mailand; beeinflußt von V. Foppa, zeitweilig wahrscheinl. auch von Leonardo da Vinci; Fresken u. Altarwerke von verinnerlichter Frömmigkeit. Hptw.: Apsisfresko in Mailand, S. Simpliciano, um 1520.
Borgoña, Juan de, span. Maler, urkundl. nachweisbar 1495–1533; ausgebildet in Italien, wahrscheinl. in der Werkstatt des *Ghirlandaio,* führte den Stil des italien. Quattrocento nach Spanien ein. B.s Hptw., Fresken u. Altarbilder, entstanden für die Kathedrale von Toledo.
Borgund, Ort in Mittelnorwegen, im Lærdal westl. des Sognefjords, 450 Ew.; Stabkirche (12. Jh.).
Borinage [bɔri'naːʒ], Westteil des Steinkohlen- u. Industriebeckens des Hennegaus in Belgien, zwischen der französ. Grenze u. Mons. Die B. hat kein eigentl. Zentrum, sie besteht aus einer Reihe von Bergbau- u. Industriegemeinden (z. T. Städte mit oft über 10 000 Ew.; Jemappes mit Walzwerken u. Glasfabrik). Im Nordteil der B. keramische u. auf Kohle basierende chem. Industrie; Strukturwandel durch subventionierte Schließung von Zechen

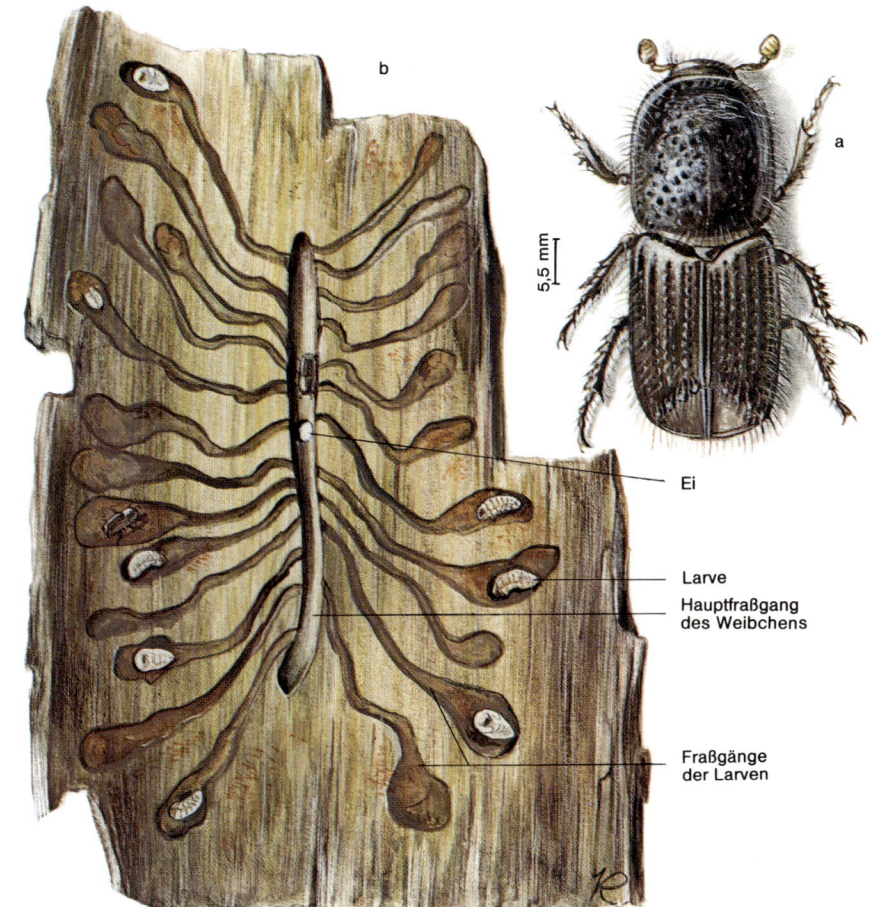

Borkenkäfer: großer achtzähniger Fichtenborkenkäfer oder Buchdrucker, *Ips typographus;* a) Habitus, b) Fraßbild (Rindenminen)

Boris u. weiteren Ausbau der Industrie (Brauereien, Herstellung von Fliesen, Gummi, Kartonagen, Aluminium, Fensterrahmen); Kanalverbindungen mit Frankreich, neuer Kanal von Nimy zur Schelde.

Boris [russ. u. bulgar., „Kämpfer"], männl. Vorname; poln. *Borys*.

Boris, Fürsten. Bulgarien: **1.** *B. I.*, erster christl. Fürst der Bulgaren 852–889 (getauft 864 oder 865, Taufname Michael), †2. 5. 907; zog sich am Ende seines Lebens ins Kloster zurück; heiliggesprochen. **2.** *B. III.*, König 1918–1943, Sohn Ferdinands I., *30. 1. 1894 Sofia, †28. 8. 1943 Sofia (ermordet?); erfolgreich beim Aufbau Bulgariens nach dem 1. Weltkrieg gegen außenpolit. Widerstand (Balkan-Entente) u. innenpolit. gegenüber A. *Stambolijski*; regierte seit 1934 autoritär; schloß sich im 2. Weltkrieg den Achsenmächten an. – Rußland: **3.** *B. Godunow*, Zar von Rußland 1598–1605, *um 1551 Kostroma, †23. 4. 1605 Moskau; Bojar, leitete 1584–1598 die Regierung für seinen Schwager, den Zaren *Fjodor I*. In B. G.s Regierungszeit festigten sich die Leibeigenschaft der russ. Bauern u. die Unabhängigkeit der Kirche. Soziale Spannungen führten zu Aufständen mit falschen Thronprätendenten *(Pseudodemetrius)*, die die Zeit der Wirren (1601–1613) einleiteten. – Oper von Musorgskij; Drama von Puschkin.

Borislaw, Stadt im W der Ukrain. SSR, am Nordrand der Waldkarpaten, 35 000 Ew.; Erdölförderung u. -raffinerie; Holzindustrie, Verarbeitung landwirtschaftl. Produkte.

Borisoglebsk, Stadt in der RSFSR, 63 000 Ew.; wirtschaftlicher Mittelpunkt im Schwarzerdegebiet, Öl- u. Mehlmühlen, Waggonbau, Metallindustrie.

Borja ['bɔrxa], span. Form für →Borgia.

Börjeson, Johan Laurentius Helenus, schwed. Bildhauer, *30. 12. 1835 Tölö, †29. 1. 1910 Stockholm; 1867–1879 in Paris u. Rom, Porträt-, Akt- u. Genreplastiken. B.s Monumentalbildwerke sind von unterschiedl. Qualität; Hptw.: Reiterstandbild Karls X., Malmö 1896.

Bork, *Borg, Barke,* kastriertes männl. Schwein.

Borke, 1. *Botanik:* abgestorbene Teile der sekundären Abschlußgewebe der Sprosse (→Periderm). **2.** *Pathologie:* →Schorf.

Borken, 1. nordrhein-westfäl. Kreisstadt nahe der niederländ. Grenze, 31 000 Ew.; Textilindustrie. – Ldkrs. B.: 1420 qkm, 290 000 Ew. **2.** *B. (Hessen),* Stadt südl. von Fritzlar (Schwalm-Eder-Kreis), 14 500 Ew.; Braunkohlenbergbau, Großkraftwerk, Metall-, Schuhindustrie.

Borkenflechte, *Räude, Impetigo contagiosa,* ansteckender Hautausschlag mit Eiterblasen u. Borkenbildung; durch Eitererreger (Strepto- u. Staphylokokken), seltener durch Hautpilze hervorgerufen. Zu letzteren gehört die *Bartflechte*.

Borkenkäfer, *Scolytidae, Ipidae,* bis zu 5 mm lange walzige Käfer, deren Weibchen unter der Rinde von Bäumen *(Rindenbrüter)* oder tiefer im Holz *(Holzbrüter)* einen „Muttergang" nagen, an dessen Seiten die Eier abgelegt werden. Die sich entwickelnden Larven fressen typ. Gangsysteme in das Holz *(Buchdrucker).* B. befallen mit wenigen Ausnahmen nur beschädigte oder kränkelnde Bäume, werden mit einigen Arten jedoch sehr schädlich. Man unterscheidet die Unterfamilien *Splintkäfer* u. *Bastkäfer.* – ▢ auch S. 79.

Borkh, Inge, eigentl. Ingeborg *Welitsch*, Sängerin, *26. 5. 1917 Mannheim; Ausbildung als Sängerin u. als Schauspielerin. Konzertreisen in Italien, Frankreich, Amerika, Schweiz; sang auch in Bayreuth.

Bór-Komorowski [bur-]→Komorowski, Tadeusz.

Borkou [-'ku:], Sahara-Randlandschaft im N der afrikan. Rep. Tschad, ein durchschnittl. 600 m hohes Sandsteinplateau, Dornsavanne, reich an Quellen u. Wasserstellen; Hauptort: *Faya* (Largeau), von O durch Wanderdünen bedroht.

Borkum, westlichste der Ostfries. Inseln, vor der Mündung der Ems (Ldkrs. Leer), 31 qkm, 8500 Ew.; Seebad u. Luftkurort mit Ganzjahresbetrieb.

Borlänge, mittelschwed. Stadt südwestl. von Falun, 45 200 Ew.; Holz-, Papierindustrie; Elektrostahl- u. Walzwerke.

Borman ['bɔːmən], Frank, US-amerikan. Astronaut, *14. 3. 1928 Gary, Ind.; führte mit „Gemini 7" am 15. 12. 1968 das erste amerikan. Rendezvousmanöver u. als Kommandant von „Apollo 8" die erste Mondumkreisung durch (21. 12. bis 27. 12. 1969).

Bormann, Martin, nationalsozialist. Politiker, *17. 6. 1900 Halberstadt, †2. 5. 1945 Berlin; 1922/23 Abschnittsleiter im Freikorps Roßbach; im März 1924 vom Staatsgerichtshof wegen Verwicklung in einen Fememord zu einem Jahr Gefängnis verurteilt. 1933 Stabsleiter bei R. Heß, 1941 dessen Nachfolger als Leiter der Parteikanzlei u. 1943 Sekretär Hitlers. Einer der einflußreichsten Mitarbeiter Hitlers. Vom Internationalen Gerichtshof in Nürnberg 1946 in Abwesenheit zum Tode verurteilt.

Bormio, italien. Stadt u. Wintersportort in der nördl. Lombardei, an der oberen Adda, 3300 Ew.; schon im Altertum bekannte Mineralquellen; Fremdenverkehr.

Born, 1. Max, Physiker, *11. 12. 1882 Breslau, †5. 1. 1970 Göttingen; 1933 nach England ausgewandert; seit 1954 wieder in Dtschld., arbeitete u. a. über Relativitätstheorie, Quanten- u. Kristalltheorie; Nobelpreis 1954 zusammen mit W. *Bothe*. **2.** Stephan, eigentl. Simon *Buttermilch,* sozialist. Politiker, *28. 12. 1824 Lissa, Polen, †4. 5. 1898 Basel; gründete 1848 in Berlin die erste polit. Arbeiterbewegung Dtschlds. („Arbeiterverbrüderung"); zunächst von Marx beeinflußt, ging dann eigene Wege, gründete Arbeiterbildungsvereine. B. mußte 1849 in die Schweiz fliehen, studierte, wurde Hrsg. der „Basler Nachrichten" u. Prof. für Literaturgeschichte.

Borna, Kreisstadt im sächs. Braunkohlenrevier u. Lößgebiet im südl. Bez. Leipzig, 21 900 Ew.; Brikett-, Maschinen- u. Musikinstrumentenfabriken, Schuh- u. Lederindustrie, Großkraftwerk. – Krs. B.: 368 qkm, 96 600 Ew.

Bornasche Krankheit, nach dem erstmaligen umfangreichen Auftreten in *Borna* in Sachsen benannte, durch ein →neurotropes Virus hervorgerufene Entzündung des Gehirns u. Rückenmarks *(Encephalomyelitis)* der Pferde u. Schafe. Häufig tödl., nicht auf den Menschen übertragbar.

Börne, Ludwig, eigentl. Löb *Baruch,* Publizist, *6. 5. 1786 Frankfurt a. M., †12. 2. 1837 Paris; er wurde 1818 Protestant u. gründete die Zeitschrift „Die Wage", bei der Demagogenverfolgung 1820 in Haft, lebte seit 1830 in Paris; als Zeitkritiker („Briefe aus Paris" 2 Bde. 1832–1834) ein leidenschaftl. Führer der Jungdeutschen, Agitator für geistige u. soziale Freiheit; kämpfte gegen *Goethe,* auch gegen H. *Heine* u. für *Jean Paul* („Denkrede auf J. P." 1826). – ▢ 3.1.1.

Borneo, *Kalimantan,* die größte der südostasiat. Inseln, drittgrößte Insel der Welt, 737 000 qkm. B. ist wenig gegliedert, mit fast radial angeordneten Flüssen u. Gebirgszügen, hat dazwischen breite Senkungsfelder mit fruchtbaren, dichtbesiedelten Schwemmlandebenen; Mangrovedickichte an den Küsten, feuchtheiße Urwälder im Innern, aus denen nur der 4101 m hohe granitische *Kinabalu* herausragt. B. ist ein wirtschaftl. wenig erschlossenes, zukunftsreiches Land: zahlreiche Bodenschätze (Gold, Diamanten, Silber, Platin, Kupfer, Eisen, Quecksilber, Zinn, Blei, Zink, Mangan); bisher nur Erdöl (im N u. O) u. Steinkohle (im SO) abgebaut; Anbau von Reis, Zuckerrohr, Baumwolle, Kautschuk, Tabak, Kokos- u. Sagopalmen. 7,0 Mill. Ew., meist Dajaker (im Innern noch Kopfjäger), Malaien u. Chinesen. Verkehrsmäßig ist der größere Südteil B.s noch unerschlossen; Eisenbahnen u. Straßenverbindungen fehlen. Der früher brit. N hat dagegen rd. 400 km Schienenstrecke u. 3000 km Straßennetz. Für den Luftverkehr stehen an fast allen Küstenhäfen Flugplätze zur Verfügung.

Vom Nordsektor (früher *Britisch-Borneo*) fielen die seit dem 19. Jh. brit. Kronkolonien *Sarawak* u. *Sabah* 1963 an Malaysia, während das kleinere *Brunei* brit. Protektorat blieb. Der umfangreiche S B.s (539 460 qkm mit 5,0 Mill. Ew.) gehört zur Rep. Indonesien (Prov. Kalimantan).

Borneol, *Borneocampher,* in mehreren Isomeren vorkommender Terpenalkohol, der dem Campher ähnelt, aber statt der Ketogruppe eine alkohol. Gruppe trägt. B. kommt in den Hölzern speziell auf Sumatra u. Borneo wachsender Bäume vor sowie im Lavendelöl u. Baldrian. B. dient in Asien zum Einbalsamieren u. Räuchern, sonst bei der Synthese von Campher u. Estern verwendet.

Börner, Holger, Politiker (SPD), *7. 2. 1931 Kassel; Betonfacharbeiter; 1967–1972 parlamentar. Staatssekretär im Bundesverkehrsministerium, 1972–1976 Bundesgeschäftsführer der SPD, seit 1976 Min.-Präs. von Hessen.

Bornheim, nordrhein-westfäl. Gemeinde im Rhein-Sieg-Kreis, am Ostabhang der Ville nordwestl. von Bonn; 31 000 Ew.; Leder- u. Bekleidungsindustrie; Obst- u. Gemüsebau (Spargel) mit Versteigerungen; Roisdorfer Brunnen (Mineralwasser); Kloster St. Albert in B.-Walberberg mit *Albertus-Magnus-Akademie* (sozialwissenschaftl. Studienzentrum des Dominikanerordens, gegr. 1926).

Bornholm, dän. Ostsee-Insel u. Amtskommune südöstl. von Schonen, 588 qkm, 47 200 Ew.; eine

Borneo: Pfahldorf in Sabah, im Norden der Insel

Buchdrucker beim Verlassen des Fraßgangs

Bornholm: der Hauptort Rönne

nach SW geneigte Granitplatte mit Steilküste im NW u. NO, im S von Jura- u. Kreideschichten mit Ton- u. Kohlenlagern überdeckt; Ackerbau, Viehzucht, Fischerei; Porzellanindustrie, Granitsteinbrüche u. Kaolingruben, reger Fremdenverkehr; Hptst. u. größter Ort ist *Rönne.*

Bornhöved, schleswig-holstein. Gemeinde (Ldkrs. Segeberg), östl. von Neumünster, 2200 Ew.
22. 7. 1227 Sieg eines vereinigten norddt. Heers (Lübecker, Hamburger, Dithmarscher, Graf Heinrich I. von Schwerin, Graf Adolf IV. von Holstein, Erzbischof Gerhard II. von Hamburg-Bremen u. Herzog Albrecht von Sachsen) über König *Waldemar II.* von Dänemark, durch den dieser die ihm 1214 von Kaiser Friedrich II. verliehenen Länder nördl. von Elbe u. Elde (außer Rügen) wieder verlor u. die dän. Oberherrschaft im Ostseeraum zusammenbrach. Damit war der Erfolg der dt. *Ostsiedlung* sowie der dt. Ostseehandel (Aufstieg *Lübecks* u. der *Hanse,* Verbindung zum Ordensland *Preußen*) gesichert.

Bornit [der; nach I. von *Born,* *1742, †1791] →Buntkupfererz.

Bornkamm, 1. Günther, ev. Theologe, *8. 10. 1905 Görlitz; 1949–1970 Prof. für N. T. in Heidelberg; krit. Bibelauslegung (R. Bultmann). Hptw.: „Das Ende des Gesetzes" 1952; „Jesus von Nazareth" 1956; „Studien zu Antike u. Urchristentum" 1959.
2. Heinrich, Bruder von 1), ev. Theologe, *26. 6. 1901 Wuitz, Krs. Zeitz, †21. 1. 1977 Heidelberg; 1948–1969 Prof. für Kirchengeschichte in Heidelberg, 1935–1963 Präsident des *Ev. Bundes,* Vors. des Vereins für Reformationsgeschichte. Hptw.: „Luther u. Böhme" 1925; „Das Jahrhundert der Reformation" 1961.

Bornu, Landschaft in der Trockensavanne südwestl. des Tschadsees in Nigeria; ein heißes, in der Regenzeit malariaverseuchtes Flachland; Anbau von Erdnüssen, Hirse, Reis, Mais, Baumwolle; Viehzucht. – Bis ins 19. Jh. selbständiges Königreich *Kanem-B.,* um 1200 islamisiert.

Bornylchlorid, hydroaromat. Verbindung, die aus dem Pinen des Terpentinöls gewonnen wird. Zwischenprodukt bei der Campherherstellung.

Borobudur, buddhist. Kultstätte in Java, zur Zeit der Shailendradynastie in Sumatra (7.–8. Jh. n. Chr.) gebaut, erstreckt sich über eine Fläche von ca. 1,5 qkm, erhebt sich über mandalaförmigem Grundriß als abgestumpfte Pyramide mit 9 Terrassen u. gipfelt in einer *Stupa* inmitten von 72 kleineren Stupas, mit denen die drei oberen Terrassen besetzt sind. Die unteren Terrassen sind als Prozessionsgalerien gedacht u. mit Reliefreihen bedeckt. – B →javanische Kunst. – L 2.2.3.

Borodin, 1. Alexander Porfirjewitsch, russ. Komponist, *12. 11. 1833 St. Petersburg, †27. 2. 1887 St. Petersburg; Hauptvertreter der jungruss. Schule, brachte das nationale Element zum Ausdruck. Oper „Fürst Igor" (1890 vollendet durch N. Rimskij-Korsakow u. A. Glasunow; darin die berühmten „Polowetzer Tänze"), Lieder u. a. – L 2.9.3.
2. Michail Markowitsch, eigentl. *Grusenberg,* bolschewist. Politiker, *9. 7. 1884 Janowitschi, Gouvernement Witebsk, †29. 5. 1951 (ermordet); nach dem 1. Weltkrieg militär. u. polit. Berater der Kuomintang im chines. Bürgerkrieg; wurde während Stalins Regierungszeit liquidiert u. posthum rehabilitiert.

Borodino, russ. Dorf westl. von Moskau, an der Bahn nach Smolensk. Der Sieg Napoléons über Kutusow bei B. am 7. 9. 1812 besiegelte das Schicksal Moskaus.

Bororo, kleiner Indianerstamm im südöstl. Mato Grosso (Brasilien); Pflanzer, Sammler u. Jäger mit Claneinteilung.

Borough [ˈbʌrə; engl.], *Brough,* Bestandteil von geograph. Namen: Stadt, Flecken.

Borrassá, Luis, span. Maler, *Gerona, urkundl. nachweisbar 1380–1424; Begründer der katalan. Malerschule, dessen Stil sienesische Einflüsse, vermittelt durch die in Avignon tätigen italien. Maler, zeigt.

Borretsch [der; arab., roman.], *Borago,* Gattung der *Rauhblattgewächse.* Der *Gemeine B.* (*Gurkenkraut, Borago officinalis*) wurde früher als Mittel gegen Entzündungen verwendet; heute werden die gurkenartig schmeckenden Blätter als Salatgewürz benutzt.

Börries [-riəs], niederdt. Kurzform von →Liborius.

Borris, Siegfried, Komponist, *4. 11. 1906 Berlin; Schüler von P. *Hindemith;* 5 Sinfonien, Kantaten, Orgelmusik, Jugendopern u. Spielmusiken. Schriften: „Praktische Harmonielehre" 1947; „Einführung in die moderne Musik" 1950; „Oper im 20. Jh." 1963; „Die großen Orchester – eine Kulturgeschichte" 1969.

Borromäerinnen, *Barmherzige Schwestern vom hl. Karl Borromäus,* kath. weibl. Krankenpflegeorden, 1652 in Nancy gegr., seitdem über ganz Europa verbreitet.

Borromäische Inseln, ital. *Ìsole Borromee,* 4 italien. Inseln im Westzipfel des Lago Maggiore; Ìsola Bella, Ìsola Madre, Ìsola dei Pescatori, Isolino di San Giovanni; benannt nach der Mailänder Familie *Borromeo,* die hier herrliche Parkanlagen schuf.

Borromäus, 1. Federigo, Neffe von 2), kath. Theologe, *18. 8. 1564, †22. 9. 1631; seit 1595 Erzbischof von Mailand, gründete 1609 die Biblioteca Ambrosiana.
2. Karl, Erzbischof von Mailand u. Kardinal, Heiliger, *2. 10. 1538 Arona, †3. 11. 1584 Mailand; bemühte sich um die Durchführung der Reformbestimmungen des Trienter Konzils, bes. in der

Borstenwürmer: der Röhrenwurm Spirographis spallanzani (links) und die freilebende Nereis diversicolor (rechts)

Borromäus-Enzyklika

Ausbildung des Klerus; führte ein Leben strenger Askese. Fest: 4. 11.

Borromäus-Enzyklika, 1910 von Papst Pius X. veröffentlicht, enthielt kritische Urteile über die dt. Reformatoren. Proteste der ev. Kirchenbünde u. diplomat. Schritte der preuß. Regierung bewirkten den Verzicht auf die amtl. Veröffentlichung in Dtschld.

Borromäusverein, katholische Buchgemeinschaft, Bonn, gegründet 1844, betreibt die Gründung von Heim- u. Pfarrbüchereien; angeschlossen eine Bibliothekarschule u. eine Blindenbibliothek.

Borromini, Francesco, italien. Baumeister u. Bildhauer, *25. 9. 1599 Bissone, †2. 8. 1667 Rom (Selbstmord); einflußreicher Vertreter des röm. Spätbarocks in der Nachfolge Bramantes u. Michelangelos; baute in malerisch-bühnenhafter Manier bei Anwendung von Scheinperspektiven u. reicher Fassaden- u. Bildplastik u. a. die röm. Kirchen San Carlo alle quattro fontane (1638–1641) u. Sant'Ivo (1642–1660). Als Bildhauer arbeitete B. unter G. L. *Bernini* an der Ausgestaltung von St. Peter in Rom. – ▣ →Barock. – ▣ 2.4.4.

Borrow [′boro:], George Henry, engl. Schriftsteller, *5. 7. 1803 East Dereham, Norfolk, †26. 7. 1881 Oulton Broad, Norfolk; unstetes Wanderleben; beschrieb aus eigener Kenntnis das Leben der Zigeuner in Romanen wie „Lavengro" 1851; auch ein Wörterbuch der Zigeunersprache 1874.

Borsalbe, milde keimtötende Salbe aus Vaseline mit 10% Borsäure, zur Behandlung oberflächl. Hautwunden.

Borschtsch [der; russ.], polnisches u. russisches Nationalgericht: Suppe aus Fleischbrühe, Zwiebeln, Knoblauch, Kohl, roten Rüben, Bohnen, Gewürzen u. a.

Borsdorfer, Renettenapfel (Apfelsorte), bis Februar haltbar.

Börse [nach dem Patriziergeschlecht *van der Beurse* in Brügge, 14. Jh., vor dessen Haus sich die italien. Händler zu treffen pflegten], an bestimmten Orten u. regelmäßig zu bestimmten Zeiten (meist in den Mittagsstunden: *B.nzeit*) stattfindender Markt für vertretbare (fungible) Güter; das sind solche, die nach Art, Güte, Beschaffenheit u. Menge genau bestimmt sind: Massengüter (Metalle, Getreide, Baumwolle, Gummi usw.) u. →Effekten; danach werden *Waren-* oder *Produkten-B.n* u. *Effekten-* oder *Fonds-B.n* unterschieden. Dem ehrenamtl. *B.nvorstand* obliegt die durch *B.nrecht* u. *B.nordnung* bestimmte Leitung; der *B.nverkehr* spielt sich im Rahmen althergebrachter Bräuche (*B.n-Usancen*) ab. Die Aufgabe der B.n ist die Preis- oder Kursbildung, die von den *B.nmaklern (Kursmaklern)* gerecht vorgenommen werden kann, weil das gesamte Angebot u. die gesamte Nachfrage bei ihnen zusammenläuft („Markt der Märkte"). Die Kauf- oder Verkaufsaufträge werden *limitiert* (bestimmte Preisgrenze) oder *unlimitiert* (bei Käufen „billigst", bei Verkäufen „bestens") gegeben. Der amtliche Kursmakler ermittelt daraus einen *Kurs*, bei dem die höchstmögliche Zahl der Aufträge ausgeführt werden kann.

In der BRD herrschen *Kassageschäfte* (Zahlung u. Lieferung binnen kürzester Frist) vor. *Termingeschäfte* (zu einem späteren Zeitpunkt, meist Monatsende, zu erfüllende Geschäfte) wurden in Dtschld. 1931 verboten; seit 1970 sind sie in der BRD in Form des *Optionshandels* wieder erlaubt. – ▣ 4.9.5.

„Börsenblatt für den Deutschen Buchhandel", Zeitschrift des Börsenvereins der Deutschen Buchhändler, Leipzig 1834 ff. Seit 1946 neben der Leipziger eine Frankfurter Ausgabe.

Die Kopenhagener Börse (erbaut 1619–1646)

Börsenplatz, Ort, an dem sich eine Börse befindet. In der BRD sind Effektenbörsen in Bremen, Düsseldorf, Frankfurt a. M., Hamburg, Hannover, München, Stuttgart u. Westberlin.

Börsenumsatzsteuer, Teil der *Kapitalverkehrsteuer,* Ergänzungssteuer zur Umsatzsteuer, erhoben bei Anschaffungsgeschäften von Wertpapieren, auch wenn sie nicht börsenmäßig getätigt sind. Die Steuersätze betragen 1‰ bis 2,5‰ vom vereinbarten Preis. Von der Besteuerung sind u. a. die Geschäfte ausgenommen, die die Zuteilung von Wertpapieren an den ersten Erwerber zum Gegenstand haben.

Börsenverein der Deutschen Buchhändler, 30. 4. 1825 in Leipzig gegr. Spitzenverband des dt. Buchhandels, Gründer u. Träger der →Deutschen Bücherei, bis 1945 Vertreter des gesamten dt. Buchhandels, seither des Buchhandels der DDR, gibt seit 1834 das „Börsenblatt für den Deutschen Buchhandel" heraus; an seiner Stelle in der BRD seit 1948 der *Börsenverein Dt. Verleger- u. Buchhändlerverbände e.V.,* seit 1955 →Börsenverein des Deutschen Buchhandels e.V., Frankfurt a. M. →auch Buchhandel.

Börsenverein des Deutschen Buchhandels e.V., Spitzenorganisation des dt. Buchhandels,

BÖRSE

Die Wertpapierbörse in Frankfurt a.M.

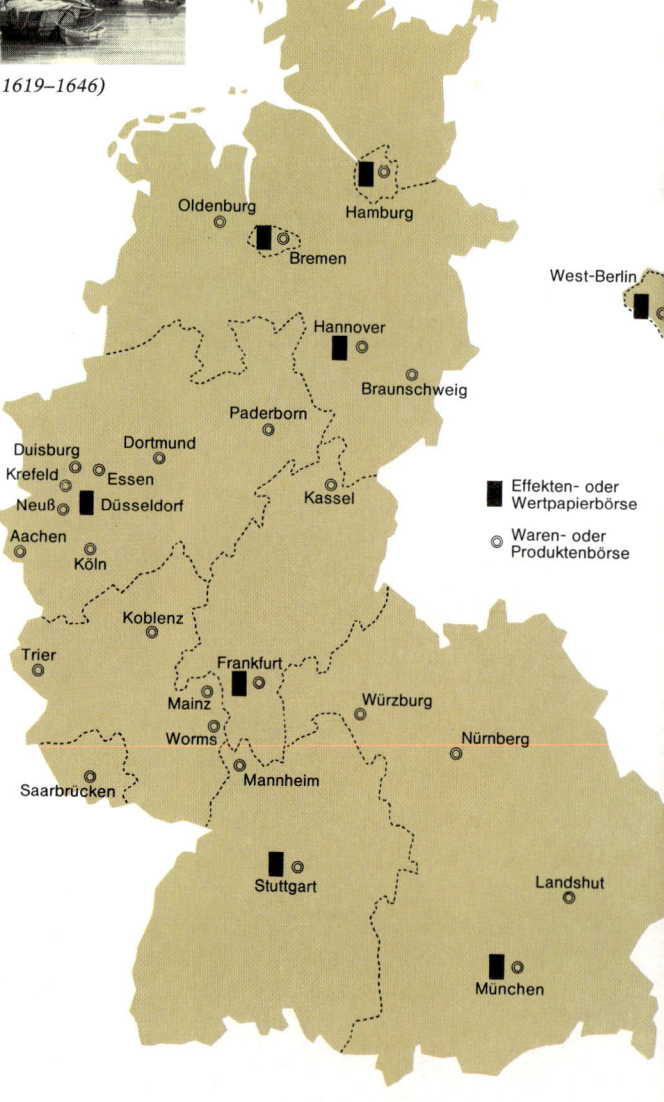

Die Börsen in der Bundesrepublik Deutschland

Sitz: Frankfurt a. M., löste 1955 den *Börsenverein Dt. Verleger- u. Buchhändler-Verbände e. V.* ab, der seit 1948 in der BRD Nachfolge u. Tradition des 1825 in Leipzig gegr. *Börsenvereins der Dt. Buchhändler* wahrte. Mitglied der „Internationalen Verleger-Union" u. der „Internationalen Arbeitsgemeinschaft von Sortimenter-Vereinigungen". Gibt das „Börsenblatt für den Dt. Buchhandel, Frankfurter Ausgabe" heraus. →auch Buchhandel.

Borsig, Johann Friedrich August, *23. 6. 1804 Breslau, †6. 7. 1854 Berlin; gründete 1837 eine Maschinenfabrik in Berlin, baute 1841 die erste dt. Lokomotive.

Borsja, Stadt im südlichen Sibirien, RSFSR, 26 000 Ew.; Nahrungsmittelbetriebe, Metallverarbeitung; in der Nähe Braunkohlen- und Flußspatvorkommen.

Borst, Max(imilian), Pathologe u. Pathohistologe, *19. 11. 1869 Würzburg, †19. 10. 1946 München; arbeitete bes. über Geschwulstforschung; Hptw.: „Allg. Pathologie der malignen Geschwülste" 1924; „Pathologische Histologie" 1921, ⁴1950.

Borsten, 1. *Botanik:* einzellige →Haare mit stark verdickten, starren Wänden u. stechender Spitze.

2. *Zoologie:* 1. mit dicken Schäften versehene Haare bestimmter Säugetiere, 2. steif-elast., haarartige Gebilde in der Haut der →Borstenwürmer u. der Kutikula von Insekten.

Borstenegel, *Acanthobdellidae*, einzige Art *Acanthobdella peledina*, an Fischen lebende Süßwasseregel, die Merkmale der *Oligochäten* mit denen der *Egel* vereinigen; B. besitzen Borsten u. einen Saugnapf am Körperende.

Borstenferkel →Rohrratte.

Borstengras, 1. *Nardus,* Gattung der *Süßgräser.* Das *Steife B., Nardus stricta,* mit borstenähnlichen Blättern in Europa und Asien an feuchten Stellen.

2. *Aristida,* Gattung der *Süßgräser;* Steppengräser.

Borstenhirse, *Fennich, Setaria,* Gattung der *Süßgräser* mit grannenartigen Hüllborsten, die die in Rispen stehenden Ährchen überragen. Die *Italienische B., Kolbenhirse, Setaria italica,* wird in Japan, China, Vorderindien u. a. angebaut. Das nicht backfähige Mehl wird als Grütze gegessen. Als Unkräuter in Dtschld. die *Grüne B., Setaria viridis,* u. die *Graugrüne B., Setaria glauca.*

Borstenigel, *Tenrecidae,* Familie der *Insektenfresser,* altertüml. Säugetiere, die durch Rüssel u. Stachelfell igelähnl. wirken, doch ist der Körper

Die Hamburger Börse um 1600 (Kupferstich von J. Dircksen)

Portal der New Yorker Börse in der Wall Street

langgestreckt; Verbreitungsgebiet: Madagaskar u. umliegende Inseln. Am bekanntesten der *Tanrek, Tenrec ecaudatus,* der 40 cm Körperlänge erreicht.

Borstenmiere →Miere.

Borstenschwänze, *Archaeognatha,* Ordnung der *Insekten,* früher mit den *Fischchen* zu einer Ordnung unter der Bez. *Zottenschwänze* zusammengefaßt. Untersuchungen über den Bau der Kiefergelenke u. a. ergaben die Selbständigkeit der Gruppe. Bis 2 cm lange, gestreckte, ursprüngl. flügellose Tiere mit 3 langen Schwanzanhängen, an Felsen u. Bäumen lebend. Der Körper ist mit Schillerschuppen bedeckt (Verbergtracht). Flechtenfresser, vor allem im Gebirge bis 3000 m. In Europa vertreten durch die →Felsenspringer. An den Küsten der →Küstenspringer.

Borstenwürmer, Sammelbez. für borstentragende *Ringelwürmer.* Mit Ausnahme der *Egel* tragen alle Ringelwürmer segmentale Chitin-Borsten. Unter den B.n unterscheidet man *Polychäten, Vielborster,* die B. des Meers, u. die *Oligochäten, Wenigborster,* zu denen die *Regenwürmer* gehören. – ▣ S. 81.

Borte, band- oder streifenartiger Kleiderbesatz aus Seide, Wolle, Metall u. ä., einfarbig oder bunt mit einseitigen Mustern gewebt oder gestickt; auch als Zierband bei Tapeten u. Polstermöbeln (Nahtbesatz) verwendet.

Borten, Per, norweg. Politiker (Zentrum), *3. 4. 1913 Flaa bei Trondheim; 1965–1971 Min.-Präs.

Bortkjewicz [-vitʃ], Sergej Eduardowitsch, russ. Komponist, *28. 2. 1877 Charkow, †25. 10. 1952 Wien; lebte 1904–1914 in Berlin; komponierte vor allem spätromant. Klaviermusik.

Bortnjanskij, Dimitrij Stepanowitsch, russ. Komponist, *1751 Gluchow, Gouvernement Tschernigow, †10. 10. 1825 St. Petersburg; Schüler von B. *Galuppi* (*1706, †1785) in Venedig, lebte in St. Petersburg. Opern, Sinfonien u. Kammermusik; bekannt ist nur sein Lied „Ich bete an die Macht der Liebe".

Borudscherd, westiran. Stadt in Lorestan, 65 000 Ew.; Baumwollindustrie, Häutehandel.

Borussia [lat.], Preußen.

Borwasser, 3%ige wäßrige Lösung von Borsäure, hat milde antisept. Wirkung u. dient zu Spülungen, bes. am Auge.

Borwin, männl. Vorname, vermutl. slaw. Ursprungs.

Borys, poln. Form von *Boris.*

Bos [afrikaans, ndrl.], Bestandteil von geograph. Namen: Busch, Wald.

bösartig, in der Geschwulstlehre = maligne.

Bosboom, Johannes, niederländ. Maler, *18. 2. 1817 Den Haag, †14. 9. 1891 Den Haag; Studienreisen nach Dtschld. u. Frankreich; malte in einem von *Rembrandt* hergeleiteten Helldunkel Interieurs (Kirchenräume, Bauernscheunen) mit lebendiger Figurenstaffage.

Boscán Almogáver, Juan, span. Dichter, *um 1490 Barcelona, †1542 Barcelona; Katalane; führte die Kunstformen der italien. Lyrik in Spanien ein, übersetzte B. Castiglione u. F. Petrarca.

Bosch [bɔs; ndrl.], Bestandteil von geograph. Namen: Busch, Wald.

Bosch, 1. Carl, (Neffe von 3), Chemiker, *27. 8. 1874 Köln, †26. 4. 1940 Heidelberg; ab 1925 Direktor der I.G. Farbenindustrie AG, ab 1937 Präsident der Kaiser-Wilhelm-Gesellschaft; führte die von F. *Haber* entwickelte Synthese von Ammoniak aus den Elementen in großtechn. Maßstab durch u. machte sich um die Entwicklung der Kohlehydrierung verdient. Nobelpreis 1931 zusammen mit F. *Bergius.*

2. Hieronymus, eigentl. *van Aeken,* niederländ. Maler, *um 1450 Herzogenbusch, †August 1516 Herzogenbusch; war ein angesehener Künstler, der in provinzieller Abgeschiedenheit ein höchst eigenwilliges Werk schuf. Indem er auf räuml. Ausarbeitung weitgehend verzichtete, konnte er in summar. Behandlung seine ungeheuren Panoramen mit zahllosen Figuren in dünnem, glasigem Farbauftrag bevölkern. In den großen Triptychen werden mit unerschöpfl. Phantasie Versuchungen des Fleisches u. Höllenstrafen demonstriert. Dämon. Wesen, in denen sich menschl., tier., pflanzl. u. mineral. Formen durchdringen, versammeln sich in oft schwer deutbaren Allegorien zur Peinigung der Menschheit. Daß B. in seinen Altarwerken auch eine Schwarze Messe (Antonius-Altar in Lissabon, Museu Nacional de Arte Antiga) u. ein Liebesfest (Mittelteil des „Gartens der Lüste", Madrid, Prado) darstellte, gab zu mannigfachen Spekulationen in der Forschung Anlaß. Mit seinen Alptraumdarstellungen wirkte B. auf P. Bruegel, mit seinen Panoramen auf die Landschaften J. Patinirs. – ▣ S. 84. – ▢ 2.4.5.

3. Robert, Elektrotechniker, *23. 9. 1861 Albeck bei Ulm, †9. 3. 1942 Stuttgart; Pionier im Bau elektr. Ausrüstungen von Kraftfahrzeugen; gründete 1886 in Stuttgart eine elektrotechn.-feinmechan. Werkstatt, aus der die *Robert Bosch GmbH* hervorging; brachte 1902 die Hochspannungs-Magnetzündung für Kraftfahrzeuge heraus (*B.-Zünder*).

Bosch GmbH, *Robert Bosch GmbH,* Stuttgart, Unternehmen der elektrotechn. Industrie, gegr. 1886 von Robert *Bosch,* seit 1937 heutige Firma; erzeugt elektr. Ausrüstungen für Fahrzeuge, hydraul. Anlagen, Benzineinspritzpumpen, Bremsanlagen, Elektrowerkzeuge, Kühlschränke, sonstige Haushaltsgeräte u. a.; Stammkapital: 680 Mill. DM (zu 89,1% im Besitz der *Robert Bosch Stiftung GmbH,* Stuttgart); 110 000 Beschäftigte; in- u. ausländische Tochtergesellschaften, u. a. *Blaupunkt-Werke GmbH,* Hildesheim.

Böschungsausrundung, Ausrundung der Kante, die sich bei Straßen-, Kanal- u. ä. Bauten an der Verschneidung zwischen Damm- oder Einschnittsböschung u. ursprüngl. Gelände ergibt. B.en werden bes. bei Autobahnen angewendet, damit sich die umfangreichen Einschnitte u. Anschüttungen möglichst unaufdringl. in das Landschaftsbild einfügen.

Böschungswinkel, 1. *Erdbau:* Neigungswinkel zwischen Fallinie u. horizontaler Ebene. *Natürl. B.:* steilster B., den ein Boden oder Schüttgut einnehmen kann, ohne zu rutschen.

Bosco

2. *Geomorphologie:* Neigungswinkel, Abweichung eines Geländes von der Horizontalen. In der Geomorphologie ist der B. eines Hanges abhängig von der Art des Materials u. dem Charakter der formenden Kräfte (bei Hängen, die aus Lockermaterial aufgebaut sind, z.B. von Korngröße u. Durchfeuchtung). Der B. beeinflußt den Ablauf zahlreicher geomorpholog. Vorgänge.

Bosco, 1. Don Giovanni, Heiliger, *16. 8. 1815 Becchi, Piemont, †31. 1. 1888 Turin; wirkte als Erzieher der verwahrlosten Jugend durch die sog. Präventiverziehung u. gründete 1859 in Turin die Kongregation der →Salesianer. Heiligsprechung 1934 (Fest: 31. 1.).

2. Henri, französ. Schriftsteller, *16. 11. 1888 Avignon; legt in die Beschreibung der Provence eine fast oriental.-bibl. Poesie. Romane: „Der Esel mit der Samthose" 1937, dt. 1954; „Der Hof Théotime" 1942, dt. 1953; „Antonin" 1952, dt. „Der verzauberte Garten" 1957. Lyrik: „Bucoliques de Provence" 1944; „Le roseau et la source" 1949.

Boscoreale, italien. Stadt in Kampanien am Vesuv, 18 000 Ew.; Ausgrabungen verschütteter Villen aus röm. Zeiten mit wertvollen Kunstschätzen.

Bose, 1. Nanda Lal, indischer Maler, *3. 12. 1883 Kharagpur, Bihar; Repräsentant der von R. Tagore ausgehenden *Bengalischen Schule,* die sich die Wiederbelebung der altind. Kunst zum Ziel setzte; kopierte Fresken in Ajanta, von denen er sich zu eigenen Bildern von dynam. Linienführung anregen ließ.

2. Subhas Chandra, ind. Politiker, *23. 1. 1897 Cuttack, †18. 8. 1945 (Flugzeugabsturz) Taihoku (Taiwan); 1938/39 Vors. der Kongreßpartei, suchte im 2. Weltkrieg dt. u. japan. Unterstützung für die ind. Unabhängigkeitsbewegung.

Bose-Einstein-Statistik [nach Satyendra N. *Bose,* *1894, †1974, u. A. *Einstein*], die Regeln zur statistischen Behandlung eines physikalischen Systems aus (sehr vielen) atomaren Teilchen, deren Bewegung nach den Gesetzen der Quantentheorie abläuft u. bei denen jeder quantentheoretisch erlaubte Zustand durch beliebig viele Teilchen besetzt werden kann (die also nicht dem →Pauli-Prinzip unterworfen sind, d.h. die Teilchen mit ganzzahligem →Spin).
Die B. ist z.B. auf die Lichtquanten anzuwenden u. erlaubt die Ableitung des Planckschen Strahlungsgesetzes. Bei sehr tiefen Temperaturen ist in einer Gesamtheit von Teilchen, die der B. genügen, zu erwarten, daß alle Teilchen in den tiefstmöglichen Energiezustand gehen (sog. *Bose-Einstein-Kondensation*). Die makroskop. Eigenschaften eines derartigen Systems scheinen recht merkwürdig zu sein. Experimentell sind sie (wahrscheinl.) in der →Supraflüssigkeit des Heliums gefunden worden. →auch statistische Physik.

Bösendorfer, Ignaz, Klavierbauer, *27. 7. 1794 Wien, †14. 4. 1859 Wien; übernahm unter eigenem Namen 1828 die Fabrik seines Lehrers Josef *Brodmann* u. verschaffte ihr einen großen Ruf. B. war mit Franz Liszt befreundet, dessen Qualitätsansprüche die von ihm gebauten Instrumente erfüllten.

böse Sieben, im alten Karnöffelspiel die Spielkarte Sieben mit dem Bild eines bösen Weibes, stach alle übrigen Blätter.

Bosio, François Joseph, französ. Bildhauer, *19. 3. 1769 Monaco, †29. 7. 1845 Paris; Bildnisbüsten von Persönlichkeiten des französ. Hofes, Basreliefs an der Vendôme-Säule; Hptw.: Reiterstandbild Ludwigs XIV., Paris 1822.

Boskett [das; frz.], Buschwäldchen, Parkwald, Lustwäldchen, in den Gartenanlagen der Renaissance entwickelt, im Barock u. den folgenden Stilen der Gartenkunst als raumkompositorisches Element angewendet.

Boskoop, Ort in Transvaal, Südafrika; hier wurden 1913 fossile menschl. Schädel- u. Knochentrümmer eines wohl mittelsteinzeitl. Neanthropinen (Vorläufer der Khoisaniden) gefunden.

Bosna, 1. rechter Nebenfluß der Save, größter Fluß u. wichtiger Verkehrsweg Bosniens, 271 km, entspringt südl. von Didža, mündet bei Bosanska Šamac.
2. serbokroat. Name für Bosnien.

Bosniaken, im 18. Jh. Bez. für poln. u. preuß. Reiter slaw. Herkunft.

Bosnien und Herzegowina, serbokr. *Bosna i Hercegovina,* Teilrepublik im südwestl. Jugoslawien, 51 129 qkm, 4,0 Mill. Ew. *Hptst. Sarajevo;* im SW ein bis 2298 m hohes, verkarstetes, waldarmes Gebirge mit dünner Besiedlung (Viehzucht), nach N anschließend das erzreiche, dichtbewaldete Bosnische Erzgebirge (Eisen, Kupfer, Antimon, Chrom, Silber, Blei), dem ein bewaldetes Karstgebiet mit fruchtbaren Becken folgt; nördl. davon ein welliges Bergland u. schließl. die Savenniederung, beide fruchtbar u. dicht besiedelt; feucht-gemäßigtes Klima mit Laub- u. Mischwäldern; Anbau von Weizen, Gerste, Mais, Zuckerrüben, Hafer, Obst, Tabak; Bergbau; bäuerl. Kleinindustrie; im Erzgebirge Hüttenindustrie, an den Flüssen Stausee zur Energiegewinnung. – ⌑ 6.5.0.
Im 7. Jh. von Slawen besiedelt, im 13. Jh. Banat Bosnien, dem sich im 14. Jh. das Fürstentum Herzegowina (bis 1448) anschloß. 1463 bzw. 1482 türk. 1878 unter österr. Verwaltung, 1908 von Österreich annektiert *(Bosnische Krise).* Seit 1918 jugoslaw. – ⌑ 5.5.7.

Bosnier, die z.T. islam. Bewohner Bosniens (980 000); 25 000 B. leben in der Türkei.

Bosnische Krise, der infolge der Großmachtinteressen auf dem Balkan entstandene Konflikt von internationaler Bedeutung, der 1908 durch die Annexion Bosniens seitens Österreich-Ungarns ausgelöst wurde.

Bosnisches Erzgebirge →Erzgebirge (2).

Boso, Halbinsel der japan. Hauptinsel Honshu, schließt die Tokiobucht nach O ab; von Fischern bewohnt.

Bosonen, *Bose-Teilchen,* Sammelbez. für Elementarteilchen mit ganzzahligem Spin, genügen der →Bose-Einstein-Statistik.

Bosporus, türk. *Karadeniz boğazi, Straße von Istanbul,* strateg. wichtige Meeresstraße zwischen Europa u. Asien, verbindet Schwarzes u. Marmarameer, 30 km lang, 600–3000 m breit, 30–120 m tief; mit steilen, im N kahlen, im S grünen Hängen; bis auf den für die Schiffahrt gefahrvollen Nordteil beiderseits fest geschlossene Siedlungsreihe, Burgen, alte Befestigungen, Paläste u. Gärten; am S-Ausgang liegt *Istanbul* mit dem *Goldenen Horn* (guter Naturhafen); seit 1923 unbefestigt, durch internationale Verträge ist die freie Handelsschiffahrt gesichert; seit 1973 moderne Autobahnbrücke über den B.

Bosquet [bɔsˈkɛ], Alain, eigentl. Anatole Bisk, französ. Schriftsteller u. Journalist russ. Herkunft; *28. 3. 1919 Odessa; kleidet in seiner Lyrik seinen existentialist. Nihilismus in groteske Komik: „Langue morte" 1951; „Premier Testament" 1957; „Deuxième Testament" 1959; auch Romane.

Bosruck, *Großer B.,* Bergmassiv in den Ennstaler Alpen, auf der oberösterr.-steirischen Grenze östl. des Pyhrnpasses, 2009 m; wird von der Pyhrnbahn in dem 4770 m langen *B.-Tunnel* durchfahren.

Boss, 1. Lewis, US-amerikan. Astronom, *26. 10. 1846 Providence, Rhode Island, †5. 10. 1912 Albany; stellte 1910 einen Fundamentalkatalog von Fixsternen auf.

2. Medard, Schweizer Psychiater u. Psychothera-

Hieronymus Bosch: Der Heuwagen; 1500–1502. Madrid, Prado

peut, *4. 10. 1903 St. Gallen; 1933–1938 Chefarzt des Nervensanatoriums „Schloß Knonau" bei Zürich, seit 1954 Prof. für Psychotherapie, Zürich; übertrug die →Daseinsanalyse auf die Psychotherapie. Hptw.: „Einführung in die psychosomat. Medizin" 1954; „Psychoanalyse u. Daseinsanalytik" 1957; „Grundriß der Medizin" 1971.

Boßdorf, Hermann, plattdt. Dramatiker u. Balladendichter, *29. 10. 1877 Wiesenburg bei Belzig, †24. 9. 1921 Hamburg; F. *Stavenhagen* war ihm Vorbild. Dramen: „De Fährkrog" 1919; „Bahnmeester Dod" 1919.

Bosse [bɔs], Abraham, französ. Kupferstecher, *1602 Tours, †14. 2. 1676 Paris; Sittenschilderer der Zeit Ludwigs XIII., beeinflußt durch J. *Callot* u. C. *Mellan.*

bosselieren, *bossieren* [germ., frz.], 1. *Bauwesen:* roh gebrochene Mauersteine grob behauen (Bossenwerk). →auch Bossen.
2. *Plastik:* in Ton, Wachs usw. modellieren.

Bosselnächte →Klöpfelnächte.

Bossen, roh bearbeitete, absichtl. unregelmäßig gelassene Vorderseite von Naturstein-Werkstücken. – *B.mauerwerk,* aus bossierten Natursteinquadern hergestelltes Mauerwerk mit profilierten Fugen.

Boßhart, Jakob, schweizer. Erzähler, *7. 8. 1862 Stürzikon bei Zürich, †18. 2. 1924 Clavadel bei Davos; gestaltete meist aus der Spannung zwischen Bauerntum u. Zivilisation. „Durch Schmerzen empor" 1903; „Ein Rufer in der Wüste" 1923. – ▫3.1.1.

Bossuet [bɔsy'ε], Jacques Bénigne, französ. Theologe u. Kirchenpolitiker, *27. 9. 1627 Dijon, †12. 4. 1704 Paris; 1669–1671 Bischof von Condom, dann Erzieher des Dauphin, seit 1682 Bischof von Meaux; bewunderte Ludwig XIV., war Schöpfer der sog. „gallikanischen Freiheiten", Gegner des päpstl. Primats u. Anhänger des Konziliarismus, suchte die Protestanten auf der Grundlage des gallikan. Kirchenbegriffs zu gewinnen. Ein glänzender, aus der Hl. Schrift u. den Kirchenvätern schöpfender Redner, der durch Teilnahme an Intrigenspiel des königl. Hofs seine Stellung zu wahren wußte.

Boston ['bɔstən; engl.], 1. *Gesellschaftstanz:* [der], langsamer amerikan. Schrittwalzer, bekannt seit 1874, international bekannt nach dem 1. Weltkrieg.
2. *Spiele:* [das], Kartenspiel unter 4 Spielern mit 104 Whistkarten.

Boston ['bɔstən], 1. Hptst. von *Massachusetts* im NO der USA, an der Mündung des Charles River in die *B.-Bai* (Massachusettsbai), 670 000 Ew. (Metropolitan Area 3,9 Mill.); einer der besten nordamerikan. Naturhäfen, neben New York der wichtigste Einfuhrhafen der USA, bedeutender Ausfuhr- u. Fischereihafen, wichtiger Wollmarkt, Handelsplatz für Leder u. Fische, mit vielseitiger Industrie: Schiffbau (in Quincy), Eisenwaren, Maschinen, Textilien, Lederwaren, Möbel, Nahrungsmittel; großer Verlagsort. – 1630 gegr., Ausgangspunkt der amerikan. Unabhängigkeitsbewegung; hohe kulturell-geistige Tradition, einstiges Zentrum des neuengl. Puritanismus; 3 Universitäten (gegr. 1839 ff.), Kunstakademie, wissenschaftl. Gesellschaften, große Museen u. Bibliotheken.
2. ostengl. Hafenstadt u. Hptst. der Teilgrafschaft *Holland* (Lincolnshire), am Unterlauf des zum Wash entwässernden Witham, 26 000 Ew.; Metall- u. Textilindustrie, Werften.

Boston Mountains ['bɔstən 'mauntinz], Teil des *Ozark Plateau* (USA), 823 m.

Boston-Terrier, Kreuzung des →Bullterriers mit der →Englischen Bulldogge. Haar kurz, glatt, glänzend; gestromt mit weißen Abzeichen.

Boström ['bu:-], Christoffer Jakob, schwed. Philosoph, *1. 1. 1797 Piteå, †22. 3. 1866 Uppsala; lehrte in Anlehnung an Platon u. Hegel einen Persönlichkeitsidealismus, der die platon. Ideenwelt in das Selbstbewußtsein des persönl. Gottes verlegt u. die Persönlichkeit auf die Ideen überträgt („Grundlinien eines philosophischen Systems", dt. 1923); schrieb außerdem über Rechtsphilosophie u. Staatslehre.

Bosveld, *Buschveld,* Hochland am südafrikan. Fluß Limpopo im Grenzgebiet von Transvaal nach Botswana; Dornsavanne.

Boswell ['bɔzwəl], James, schott.-engl. Schriftsteller, *29. 10. 1740 Edinburgh, †19. 5. 1795 London; Freund von Dr. S. *Johnson,* dessen Biographie er schrieb: „The Life of Samuel Johnson" 1791, dt. „Denkwürdigkeiten aus Johnson's Leben" 1797; kulturhistor. wichtige Tagebücher. – ▫3.1.3.

Boston

Boswellia carteri, ein *Burseragewächs* aus Somaliland u. Hadramaut in Arabien, liefert das Weihrauch- oder Olibanumharz.

Bosworth ['bɔzwə:rθ], Ort in der mittelengl. Grafschaft Leicester. Der Sieg *Henry Tudors* über *Richard III.* in der Schlacht auf dem Feld von B. am 22. 8. 1485 beendete die *Rosenkriege* u. führte die Tudor-Dynastie auf den engl. Thron.

Botanik [grch.], *Pflanzenkunde,* die Wissenschaft von den Pflanzen, Teilgebiet der →Biologie. Die *Pflanzenmorphologie* (Lehre vom Bau) einschl. der *Anatomie* (Organlehre), *Histologie* (Gewebelehre) u. *Zytologie* (Zellenlehre) bedient sich aussschl. beschreibender u. vergleichender Methoden. Die *Pflanzenphysiologie* (Lehre von den Funktionen), die *Ontogenie* (Entwicklungsgeschichte) u. die *Genetik* (Vererbungslehre) arbeiten vor allem experimentell u. kausalanalytisch. Die *Pflanzensystematik* bemüht sich, das Pflanzenreich aufgrund natürl. Verwandtschaftszusammenhänge zu ordnen. Die *Pflanzenökologie* untersucht die Umweltbeziehungen der Pflanzen sowie ihre Anpassung an bestimmte Lebensräume. Die *Pflanzengeographie* (Geobotanik) untersucht die Gesetzmäßigkeiten der Pflanzenverbreitung auf der Erdoberfläche; sie umfaßt die *Floristik,* die die Artenverteilung untersucht, u. die *Pflanzensoziologie,* die die Pflanzengesellschaften erforscht. Die angewandte Pflanzenkunde befaßt sich mit der *Pflanzenzüchtung,* der *Phytopathologie* (Lehre von den Pflanzenkrankheiten) u. der *Pharmakognosie* (Lehre von den Heilpflanzen). Die *Paläobotanik* erforscht die Pflanzenwelt früherer Erdperioden. – ▫9.1.0.

Botanische Gesellschaft →Deutsche Botanische Gesellschaft.

botanischer Garten, Anlage zur Kultivierung lebender Pflanzen im Freiland u. in Gewächshäusern; dient zur allgemeinen Betrachtung, zum Studium der Pflanzenkunde u. zur Forschung. In botan. Gärten sind die Pflanzen nach ökologischen (Pflanzengesellschaften), geographischen (Vegetationsgebiete), systematischen (verwandtschaftl. Zusammenhänge) oder wirtschaftl. (Heil-, Futter-, Gemüse-, Gift- u. a. Nutzpflanzen) Gesichtspunkten geordnet. Die größten botan. Gärten Deutschlands sind in Berlin, Hamburg, München.

Botel [Kurzwort aus *Boot* u. *Hotel*], Hotelbetrieb für Wasserwanderer u. Bootsreisende; in jüngster Zeit an Flüssen u. Wasserstraßen entstehende Form von Beherbergungsbetrieben mit allen Einrichtungen zur Unterbringung u. Wartung kleinerer Wasserfahrzeuge; auch Bez. für schwimmende Hotels.

Botenwesen, bereits im Altertum u. im MA. bestehende Nachrichtenvermittlung durch gehende, reitende oder (seltener) fahrende Boten zwischen Herrschern, Städten (bes. der Hanse), Zünften u. a. Aus dem B. entwickelte sich im Laufe der Jahrhunderte das heutige Postwesen.

Botero, 1. Fernando, kolumbian. Maler, *1932 Medellín; lebt in New York, malt in altmeisterl. Manier ballonartig aufgeblasene Dinge u. monströs aufgeschwemmte Figuren mit winzigen, kindlich wirkenden Händen, Köpfen u. Mündern.
2. Giovanni, italien. Staatsmann u. Nationalökonom, *um 1533 Bene Vagienna, †27. 6. 1617 Turin; Gegner *Machiavellis,* Vorläufer von Th. R. *Malthus* (Bevölkerungslehre). Hptw.: „Delle cause della grandezza e magnificenza delle città" 1588, dt. Auswahl 1912.

Botew, *Botev,* früher *Jumrukčal,* höchste Erhebung des zentralen Hohen Balkan, nördl. von Plowdiw, 2376 m.

Both, Jan, holländ. Maler, *um 1618 Utrecht, †9. 8. 1652 Utrecht; Schüler von A. *Bloemaert;* malte u. zeichnete in der Art des C. *Lorrain* lichtdurchflutete italien. Landschaften mit untergeordneter Figurenstaffage.

Botha, 1. Louis, südafrikan. General u. Politiker, *27. 9. 1862 Greytown, Natal, †27. 8. 1919 Rusthof, Transvaal; einer der Burenführer, die nach ihrer Niederlage 1902 mit England die Südafrikan. Union aufbauten; 1910–1919 Min.-Präs. der Südafrikan. Union, leitete 1915 den Feldzug gegen Dt.-Südwestafrika.
2. Pieter Willem, südafrikan. Politiker (Nationalpartei), *12. 1. 1916 Bez. Paul Roux, Oranjefreistaat; Jurist; 1966–1978 Verteidigungs-Min., seit 1978 Min.-Präs.

Bothe, Walther, Physiker, *8. 1. 1891 Oranienburg, †8. 2. 1957 Heidelberg; lehrte in Gießen u. Heidelberg, Direktor des Instituts für Physik im Max-Planck-Institut für medizin. Forschung; arbeitete hauptsächl. über kosm. Strahlung, Elektronenstreuung u. Kernspektroskopie. Nobelpreis 1954.

Botho →Boto.

Bothwell ['bɔθwəl], James Hepburn, Duke of Orkney and Shetland, *um 1536, †um 1578 Seeland; leidenschaftl. anti-engl. eingestellt, förderte B. die schott. Belange gegenüber England, wurde zum engsten Vertrauten der *Maria Stuart* u. schmiedete das Mordkomplott gegen ihren 2. Gatten, Henry *Darnley*. Nach der Ermordung Darnleys 1567 wurde er trotz heftigen Widerstands des schott. Adels Marias 3. Gatte. Nach der Niederlage des königl. Heeres bei Edinburgh gegen die Truppen des schott. Adels wurde B. zur Flucht nach Dänemark gezwungen; die Ehe mit Maria wurde 1570 vom Papst annulliert.

Bọto, *Botho* [Kurzform von Zusammensetzungen mit *Bode-*, *Bot-*, „Gebieter, Bote"], männl. Vorname.

Botokụden, *Aimoré*, Indianerstamm der Gês-Gruppe Ostbrasiliens, Pflanzer (Jams, Bataten), Sammler u. Jäger mit Lippen- u. Ohrenpflöcken u. sehr großen Bogen.

Botoṣani [bɔtɔ'ʃanj], Hptst. des rumän. Kreises B. (4965 qkm, 490000 Ew.), in der Nordmoldau, 48000 Ew.; Staatsphilharmonie, Museum; Weizenanbauzentrum, Getreidehandel, Maschinenbau, Lebensmittel- u. Textilindustrie. – Ersterwähnung 1439.

Botrange [bɔt'rã:ʒ], höchste Erhebung des Hohen Venn (Ardennen) u. Belgiens, nordöstl. von Malmédy, 694 m.

Botryomykọse [die; grch.], *Traubenpilzkrankheit*, Erreger ist ein Kokkus (→Bakterien); ruft chron. Wucherungen, Geschwülste, gestielte Knoten, Eiterfisteln hervor; hauptsächl. bei Pferden, keine Übertragbarkeit auf den Menschen.

Botschaft, 1. *allg.:* bes. feierliche polit. Verlautbarung.

2. *Diplomatie:* ständige diplomat. Vertretung ersten Rangs bei fremden Staaten, neuerdings mitunter auch bei internationalen Organisationen (während es umgekehrt keine diplomat. Vertretung der internationalen Organisationen bei den Staaten gibt). In der Diplomatie des Hl. Stuhls: *Nuntiatur*.

3. *Schweiz:* Bericht des Bundesrats an die parlamentarischen Körperschaften (verbunden mit einem Antrag); die B. wird aus eigener Initiative der Regierung oder auf eine →Motion oder ein →Postulat hin verlautbart.

Botschafter, der ranghöchste diplomat. Vertreter eines Staates. Ursprüngl. war der B. der persönl. Vertreter eines Monarchen bei einem anderen u. genoß daher eine heute auch ohne diesen Hintergrund noch erhaltene Vorzugsstellung. Im 19. Jh. bürgerte sich ein, daß Großmächte B. entsandten, während kleinere Staaten sich mit →Gesandten begnügten. Später gingen einige Staaten aus polit. Gründen (z. B. die USA gegenüber Mittel- u. Südamerika) dazu über, zur Vermeidung von Diskriminierungen grundsätzl. B. zu entsenden. Eine Kodifikationskonferenz des Völkerbunds empfahl, von den Unterscheidungen zwischen B.n u. Gesandten abzusehen; sie werden heute aber noch aufrechterhalten (Art. 14 des Wiener Übereinkommens über diplomat. Beziehungen vom 18. 4. 1961). Den B.n gleichgestellt sind die *Nuntien* des Hl. Stuhls.

Botswạna, *Botsuana*, früher *Betschuanaland*, amtl. *Republic of Botswana*, Binnenstaat in Südafrika, hat eine Fläche von 600372 qkm u. 720000 Ew. (1 Ew./qkm). Hptst. ist *Gaborone* im SO des Landes. – 🄺→Südafrika.

Landesnatur: B. nimmt den größten Teil des weiten, abflußlosen zentralen, im Mittel 900–1100 m hohen Beckens der *Kalahari* ein, das von mächtigen, von den Rändern eingespülten, sandigen Ablagerungen erfüllt ist. Der *Okawango* bildet im NW ein großes Binnendelta mit ausgedehnten Sümpfen, große Salzpfannen (Makarikaripfanne) liegen im NO. Die Niederschläge fallen im Sommer, weniger als 250 mm/Jahr im S u. SW, der äußerste N erhält 700 mm, der SO noch meist mehr als 500 mm. Ein entscheidendes Merkmal ist der Mangel an Oberflächenwasser, der durch hohe Verdunstung u. schnelles Einsickern in das Lokkermaterial bedingt ist. Die Vegetation besteht im SW aus sehr lockeren Grasfluren, die nach NO über Dorn- u. Trockensavanne in laubabwerfende Trockenwälder übergehen.

Die Bevölkerung besteht neben etwa 20000 Buschmännern, 4000 Europäern, 3500 Mischlingen u. 400 Asiaten aus dem Bantuvolk der *Tswana* (Tschwana, Betchuana), zu dem acht Hauptstämme gehören. Sie wohnen in den landesüblichen Riesendörfern, von denen die größten mehr als 30000 Ew. haben. Die Wege zu den Feldern u. Weideplätzen sind dadurch sehr weit.

Wirtschaft: Die spärliche Vegetation erlaubt im größten Teil des Landes nur eine extensive Viehzucht, die vorwiegend der Selbstversorgung dient. Das gleiche gilt für den im feuchteren SO betriebenen Anbau von Mohrenhirse u. Mais. Die geringen Exporte des Landes werden allerdings zu 85% von der Viehhaltung bestritten (vor allem Fleisch u. Häute, aber auch Molkereiprodukte) u. vorwiegend in den Europäerfarmen längs der Südostgrenze erzeugt. Daneben können Manganerz, Diamanten u. Gold ausgeführt werden. Etwa 40000 Einwohner gehen jährlich als Wanderarbeiter in die Rep. Südafrika. Der Fremdenverkehr, für den bes. der Tierreichtum des N interessant ist, steht noch in den Anfängen.

Verkehr: Die von einer Autostraße begleitete Eisenbahnlinie Kapstadt-Gaborone–Bulawayo–Salisbury, die den O quert, ist der wichtigste Verkehrsweg. Die Landstraßen sind zur Regenzeit schwer oder nicht passierbar. Dagegen sind alle wichtigen Zentren des Landes durch Luftverkehr zu erreichen. – 🄻6.7.7.

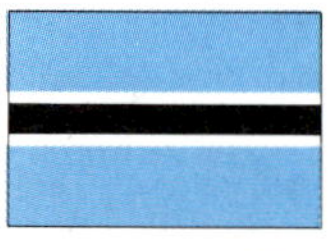

Geschichte: Das Land wurde 1885 brit. Kolonie (unter dem Namen *Betschuanaland*). Seit 1910 ist es verwaltungstechn. u. wirtschaftl. eng mit der Südafrikan. Union verbunden, wurde ihr jedoch polit. nie eingegliedert. 1961 begann Großbritannien die Entlassung B.s in die Unabhängigkeit vorzubereiten. Seit den Wahlen vom März 1965 liegt die Regierung in den Händen des Bamangwato-Fürsten Seretse Khama, dessen Demokrat. Partei eine große Mehrheit im Parlament hat. Am 30. 9. 1966 wurde B. unabhängige Republik. Es versucht, etwas mehr reale Unabhängigkeit von Südafrika zu gewinnen, u. a. durch Bau einer festen Straße nach Sambia. Jedoch wird von Südafrika bestritten, daß B. am Dreiländereck Südwestafrika (Namibia)/Rhodesien/Sambia eine gemeinsame Grenze mit Sambia besitzt.

Böttcher, *Küfer, Holzküfer, Binder, Schäffler, Fäßler, Faßbinder*, handwerkl. Ausbildungsberuf mit 3jähriger Ausbildungszeit; Herstellung von runden bzw. ovalen Holzgefäßen (Bottichen, Kübeln, Fässern usw.).

Bọttego, Vittorio, italien. Afrikaforscher, *1861 Parma, †17. 3. 1897 in Äthiopien; erforschte zwischen 1891 u. 1897 das unbekannte Land der Danakil, entdeckte den Abayasee u. bereiste das Quellgebiet des Sobat.

Bottesịni, Giovanni, italien. Kontrabaßvirtuose u. Dirigent, *22. 12. 1821 Crema, †7. 7. 1889 Parma; komponierte u. a. Opern.

Böttger, 1. *Böttiger*, Johann Friedrich, Alchemist, *4. 2. 1682 Schleiz, †13. 3. 1719 Dresden; ihm gelang 1707 in Dresden die Herstellung des nach ihm benannten *B.-Steinzeugs* u. 1708 mit E. W. von *Tschirnhausen* des europ. Hartporzellans. Bis zu seinem Tod war B. Leiter der Porzellanmanufaktur Meißen. Bei dem dort in der B.-Periode, seit etwa 1715, hergestellten sog. *B.-Porzellan* handelt es sich meist um Kopien chines. Porzellane mit barocken Schmuckformen. – 🄻2.1.2.

2. Rudolf Christian, Chemiker, *28. 4. 1806 Aschersleben, †29. 4. 1881 Frankfurt a. M.; erfand die Sicherheitszündhölzer 1848 u. unabhängig von C. F. *Schönbein* die Schießbaumwolle.

Botticelli [-'tʃɛli], Sandro, eigentl. Alessandro di Mariano *Filipepi*, italien. Maler, *1444/45 Florenz, begraben 17. 5. 1510 Florenz; einer der Hauptmeister der florentin. Renaissancemalerei, Schüler des Fra F. *Lippi*, beeinflußt von A. *Verrocchio* u. A. *Pollaiuolo*, tätig in Florenz u. Rom. Neben wenigen Bildnissen religiöse, allegor. u. mytholog. Darstellungen in zartem Linearstil, gefühlvoller Bewegung u. lichter Farbigkeit, darunter Fresken im Vatikan. Palast (1481/82) u. Miniaturen für Dantes „Divina Commedia" (unvollendet). In der zweiten Hälfte seiner Schaffenszeit widmete sich B. fast ausschl. religiösen Themen; bes. zahlreich sind Madonnendarstellungen. Für den Stil des Spätwerks ist eine unruhig gespannte Linienführung typ., hervorgerufen wahrscheinl. durch B.s Anteilnahme am Wirken u. Ende G. *Savonarolas*. Hptw.: „Der Frühling" 1477/78, Florenz, Uffizien; „Maria mit Kind" um 1485, Mailand, Mus. Poldi Pezzoli; „Die Geburt der Venus" um 1486, „Die Verkündigung" nach 1490, beide Florenz, Uffizien. – 🄻2.4.4.

Bötticher, Hans →Ringelnatz, Joachim.

Botticini [-'tʃi:ni], Francesco, italien. Maler, *um 1446 Florenz, †22. 7. 1497 Florenz; Madonnenbilder unterschiedl. Qualität, beeinflußt von S. *Botticelli* u. a. florentin. Malern.

Bottnischer Meerbusen, durch Åland abgetrennter Nordteil der Ostsee zwischen Finnland u. Schweden, 675 km lang, bis 240 km breit; an der Einfahrt im Ålandstief 285 m u. ostnordöstl. von Hernösand (Schweden) 294 m tief, sonst flaches Schelfmeer; inselreiche Küste; geringer Salzgehalt (6‰).

Bottomley ['bɔtəmli], Gordon, brit. Schriftsteller, *20. 2. 1874 Keighley, †25. 8. 1948 Carnforth; neuromant. Dramatiker u. Lyriker, gab dem Versdrama neue Impulse; kelt. Themen. Auswahl „Poems and Plays" 1955.

Bottrop, nordrhein-westfäl. Stadtkreis (101 qkm) im Ruhrgebiet, an der Emscher, nördl. von Oberhausen, 116000 Ew.; Steinkohlenbergbau, Elektrogeräte-, Textil-, Stahl- u. chem. Industrie, Binnenhafen.

Botulismus [lat.], Wurst-, Fleischvergiftung, eine bes. nach dem Genuß von Fleisch-, Wurst-, Fisch- oder Gemüsekonserven auftretende anzeigepflichtige bakterielle Lebensmittelvergiftung. Die zunächst einwandfreien Nahrungsmittel werden nach ihrer Konservierung bei der Lagerung von dem anaeroben *Bacillus botulinus (Clostridium botulinum)* durch seine Toxine vergiftet. Die toxinhaltigen Nahrungsmittel brauchen nicht unbedingt Veränderungen zu zeigen, meist fallen sie jedoch durch einen säuerl. Geruch auf. Da der Bazillus in Inseln wächst u. nur an diesen Stellen das Gift produziert, braucht nicht die ganze Konserve gleichmäßig giftig zu sein. Der B. führt zu Lähmungen; ärztl. Behandlung u. a. mit *Botulinus-Serum* zur passiven Immunisierung.

Botwịnnik, Michail Moisejewitsch, sowjet. Schachspieler, *17. 8. 1911 St. Petersburg; Elektroingenieur; Schachweltmeister 1948–1957, 1958–1960 u. 1961–1963.

Bouaké [bua'ke:], Stadt im Inneren der westafrikan. Rep. Elfenbeinküste, Verkehrs- u. Landwirtschaftszentrum, 140000 Ew.; Baumwollverarbeitung, Holz-, Nahrungsmittel-, Zigarettenindustrie, Kunsthandwerk; internationale Messe, Flughafen.

Bouar ['buar], Stadt im Zentralafrikan. Kaiserreich, Handelszentrum, 950 m ü. M., 28000 Ew.

Bouchardon [buʃar'dɔ̃], Edme, französ. Bildhauer, *29. 5. 1698 Chaumont en Bassigny, †27. 7. 1762 Paris; 1723–1732 in Rom tätig. B. vertrat eine für die Bildhauerkunst seiner Zeit ungewöhnl. strenge, am Vorbild der Antike geschulte Stilrichtung, die den Klassizismus vorbereiten half. Hptw.: Brunnen in der Rue de Grenelle, Paris 1739–1745; Reiterstatue Ludwigs XV., 1748–1763, 1792 eingeschmolzen.

Bouche [buʃ; frz.], Bestandteil von geograph. Namen: Mündung.

Boucher [bu'ʃe:], François, französ. Maler u. Graphiker, *29. 9. 1703 Paris, †30. 5. 1770 Paris; einer der Hauptmeister der französ. Rokokomalerei, typ. Repräsentant der Salonkultur des 18. Jh.; als Kupferstecher ausgebildet, 1727/28 in Italien u. dort durch die Kunst J. B. *Tiepolos* beeinflußt, seit 1734 an der Teppichmanufaktur Beauvais tätig, 1765 zum Direktor der Pariser Akademie u. zum „Peintre du Roi" ernannt. B. bevorzugte mytholog. u. allegor. Themen u. schuf Schäfer- u. Interieurszenen mit sinnl. Darstellung des Figürlichen, raffiniert bewegter Komposition u. porzellanhaft glatter Farbgebung, daneben Buchillustrationen, u. a. zu Molière, u. dekorative Arbeiten. B. war Lehrer J. H. *Fragonards* u. Günstling der Marquise von Pompadour, die ihm verschiedentl. Modell saß. – 🄱 →Akt.

Bouches-du-Rhône [buʃ dy 'ro:n], französ. Département an der Mündung der Rhône in das Mittelländ. Meer, 5112 qkm, 1,47 Mill. Ew.; Hptst. *Marseille*; der SW der Provence.

Boucicault ['busiko:], Dion, irisch-amerikan. Bühnenautor u. Schauspieler, *26. 12. 1822 Dublin, †18. 9. 1890 New York; dramatisierte W. Irvings „Rip Van Winkle" 1865; verfaßte 132 Stücke.

Bouclé [bu'kle:; der; frz.], Mantel- u. Kostümstoffe mit krauser Oberfläche aus *Effektzwirnen*.

Bouclégarn [buˈkle:-]; *Frotteegarn*, Effektzwirn mit Schleifen u. Schlingen, die durch ungleichmäßiges Einlaufen eines Garnes in die Zwirnmaschine entstehen.
Boucléteppich [bukˈle:-], Rutenteppich mit unaufgeschnittenem Flor, meist aus Haargarn (Haargarnbrüssel), auch Sisal.
Boudier-Bakker [buˈdi:r-], Ina, niederländ. Schriftstellerin, *15. 4. 1875 Amsterdam, †26. 12. 1966 Utrecht; bürgerl.-konservative Kinder- u. Familiengeschichten: „Der Spiegel" 1917, dt. 1941; „Der Ruf aus der Tiefe" 1930, dt. 1939.
Boudin [buˈdɛ̃], Eugène, französ. Maler, *12. 7. 1824 Honfleur, †8. 8. 1898 Deauville; unternahm größere Wanderreisen in die Normandie u. Bretagne, wo er zahlreiche Wolken- u. Wogenstudien sowie Ansichten französ. Küstenstädte in einer den *Impressionismus* vorbereitenden Technik schuf. Hptw. befinden sich in den Museen von Le Havre u. Honfleur.
Boudoir [buˈdwar; das; frz. *bouder*, „schmollen"], kleines behagliches Damenzimmer mit Tapeten, Spiegeln, Sofas; seit dem 18. Jh. in französ. Schlössern eingerichtet, in Dtschld. wenig verbreitet.
Boué [buˈe], Ami, Geologe, *16. 3. 1794 Hamburg, †21. 11. 1881 Vislau bei Wien; Mitgründer der Société Géologique de France 1830; bekannt durch geolog. Forschungen in Dtschld. u. der Türkei; Hptw.: „La Turquie d'Europe" 4 Bde. 1840.
Bougainville [ˈbu:gənvil], nach dem französ. Seefahrer L. A. de B.], größte Insel der Salomonen in Melanesien, 8754 qkm; 72 000 melanes. Ew.; gehört politisch zu Papua-Neuguinea; waldreich, im tätigen Vulkan Balbi (Toiupu) 3123 m; Zentrum ist der Hafen Kieta, Verwaltungssitz Sohana (Flughafen). →Neuguinea.
Bougainville [bugɛ̃ˈvi:l], Louis Antoine de, französ. Seefahrer, *11. 11. 1729 Paris, †31. 8. 1811 Paris; leitete 1766–1769 die erste französ. Weltumsegelung; Wiederentdecker der Salomonen.
Bougainvillea [bugɛ̃-; nach L. A. de *Bougainville*], *B. spectabilis*, in der Südsee heimischer Kletterstrauch der *Nyctaginaceae* mit rosavioletten Hochblättern; Blüten selbst unscheinbar. In vielen Farbvarianten als Zierpflanze gehalten, bes. im Mittelmeergebiet.
Bougie [buˈʒi:; die; frz., „Kerze"], stabförmiges festes oder biegsames Instrument zur Dehnung oder Erweiterung von Verengungen in Hohlgängen. Meist werden immer größer werdende Sätze nacheinander eingeführt. Anwendung z. B. in der Medizin bei krankhaften Verengungen der Speiseröhre.
Bougie [buˈʒi:], früherer Name der alger. Stadt →Bejaïa.
Bougram [ˈbugrɑ̃; der; frz.], *Bougran*, Zwischen-

Pierre Boulez

futter; stark appretiertes, lose eingestelltes Baumwollgewebe.
Bouguer [buˈge:], Pierre, französ. Physiker u. Mathematiker, *16. 2. 1698 Croisic, †15. 8. 1758 Paris; Mitglied der Gradmessungsexpedition, Mitbegründer der Photometrie.
Bouhaïra, *Bouhaïrat, Bouheiret, Buheirat* [arab.], Bestandteil von geograph. Namen: See.
Bouillabaisse [bujaˈbɛ:s; frz.], Marseiller Fischsuppe aus Fischen, Krusten- u. a. Meerestieren.
Bouillon [buˈljɔ̃; frz.], Fleisch- oder Kraftbrühe, bereitet durch mehrstündiges Kochen aus Fleisch oder Knochen, die mit kaltem Wasser u. Suppengrün angesetzt werden; auch aus Fleischextrakt u. B.würfeln.
Bouillon [buˈjɔ̃], Stadt im SW der belg. Prov. Luxemburg, 3200 Ew.; Heimatmuseum; Metallindustrie; Stammburg der Herzöge von B., von Vauban ausgebaut. Das Herzogtum B. wurde 1096 an das Bistum Lüttich verpfändet; 1795 französ., 1814 niederländ. seit 1837 belg.

François Boucher: Geburt der Venus; 1740. Stockholm, Nationalmuseum

André Charles Boulle: Ebenholzschrank mit Intarsien und Beschlägen; um 1700. Paris, Louvre

Bouillondraht, feinster, zu Spiralen gedrehter Gold- u. Silberdraht für Stickerei u. Quasten.
Boulanger [bulɑ̃ˈʒe:], **1.** Georges, französ. General, *29. 4. 1837 Rennes, †30. 9. 1891 Brüssel (Selbstmord); seit 1880 General; 1886/87 Kriegs-Min.; erstrebte den Revanchekrieg gegen Dtschld. (B.-Krise); seine Anhänger, die *Boulangisten*, feierten in ihm den leidenschaftl. Gegner der Republik; Abgeordneter seit 1888; wegen Umsturzversuchs angeklagt, floh B. nach Brüssel. **2.** Nadja, französ. Musikpädagogin, Dirigentin u. Komponistin, *16. 9. 1887 Paris; Lehrerin von A. Copland, R. Harris, W. Piston, C. Beck, J. Françaix u. a.; schrieb eine Oper „La Ville morte" 1911 (nach G. d'Annunzio), Kammermusik u. Lieder.
Boulder City [ˈbouldəˈsiti], Stadt im nordwestl. Vorortbereich von Denver, Colorado (USA), 60 000 Ew., Staatsuniversität (gegr. 1861); landwirtschaftl. Handelszentrum, Elektroindustrie u. Satellitenbau; Weltraumforschungsinstitut.
Boule [bu:l; die; frz.], vor allem in Frankreich verbreitetes Wettspiel mit Wurfkugeln aus Eisen.
Boulevard [bulˈva:r; der; germ. („Bollwerk"), frz.], breite, schöne Straße, ursprüngl. anstelle früherer Festungswerke; berühmt die B.s von Paris.
Boulevardpresse [bulˈva:r-; frz.] →Straßenverkaufspresse.
Boulez [buˈle:s], Pierre, französ. Komponist u. Dirigent, *25. 3. 1925 Montbrison, Loire; studierte bei O. Messiaen u. R. Leibowitz, gründete 1953 mit J.-L. Barrault u. M. Renaud die Konzertreihe „Domaine Musical" u. leitete 1960–1963 eine Meisterklasse für Komposition an der Musikakademie in Basel. Dozent bei den Ferienkursen für Neue Musik des Internationalen Musikinstituts in Darmstadt. 1971 Nachfolger L. Bernsteins als Chefdirigent der New Yorker Philharmoniker u. bis 1974 Leiter des Londoner BBC Symphony Orchestra. B. versucht als Komponist eine Synthese aus A. Webern u. spätem C. Debussy („Le marteau sans maître") u. baut, von Messiaen ausgehend, das Prinzip der seriellen Durchorganisierung des gesamten Klangmaterials aus („Structures pour deux pianos"). Die komponierte Mehrdeutigkeit in „Pli selon pli" macht den Interpreten zum Mitschöpfer. Werke: „Le visage nuptial" nach 5 Gedichten von R. Char 1946; „Le soleil des eaux", Kantate nach Char 1948, Neufassung 1968; „Polyphonie X" für 18 Soloinstrumente 1951; „Le marteau sans maître" nach Texten von Char 1953–1955; „Poésie pour pouvoir" nach der Dichtung von H. Michaux 1958; „Pli selon pli", Portrait de Mallarmé 1962; „Figures-Doubles-Prismes" für Orchester 1963; „Eclat" für 15 Instrumente 1964; „Domaines" für Klarinette u. 21 Instrumente 1968; „Cummings ist der Dichter" 1970. „Werkstatt-Texte" 1974.
Boulle [bu:l], André Charles, französ. Möbelkünstler, *11. 11. 1642 Paris, †28. 2. 1732 Paris;

schuf barocke Prunkmöbel mit künstler. bedeutenden Einlegearbeiten in der nach ihm benannten *B.technik*, einem verfeinerten Verfahren der *Intarsia* mit Schildpatt- oder Perlmuttereinlagen in Verbindung mit Zinn oder anderem Material. B.s beste Arbeiten, die zum Schutz der empfindl. Furnierung meist mit feuervergoldeten Bronzebeschlägen versehen sind, entstanden 1690–1710.

Boullée [bu'le:], Etienne-Louis, französ. Architekt, *12. 2. 1728 Paris, †6. 2. 1799 Paris; entwarf ähnlich wie C.-N. Ledoux in der Nachfolge G. B. Piranesis gigant., auf einfachen geometr. Verhältnissen beruhende Bauten, z. B. ein kugelförmiges Kenotaph für Newton.

Boulogne [bu'lɔnjə], häufiger französ. Ortsname.

Boulogne-Billancourt [bu'lɔnjə bijä'ku:r], Villen- u. Industrievorstadt am Südwestrand von Paris, an der Seine, 109 400 Ew.; Automobil- (Renaultwerke), Flugzeug- u. Maschinenbau, Herstellung von pharmazeut. Produkten u. Nahrungsmitteln; nördl. davon der *Bois de Boulogne*.

Boulogne-sur-Mer [bu'lɔnjə syr 'mɛ:r], nordfranzös. Kreisstadt im Dép. Pas-de-Calais, Zentrum der Landschaft *Boulonnais*, moderner Hafen an der Kanalküste, 50 100 Ew.; Seebad; Schiffsverkehr nach England u. Amerika; größter französ. Fischereihafen; Schiffbau, Metall-, Baustoff-, Textil- u. Fischindustrie; Einfuhr: Erze, Holz, Wein; Ausfuhr: Zement, Getreide, Zucker; rechteckige Umwallung der Oberstadt (13. Jh.).

Boult [bɔult], Sir Adrian Cedric, engl. Dirigent, *8. 4. 1889 Chester; leitete 1930–1950 das BBC-Orchester, 1950–1957 Chefdirigent des London Philharmonic Orchestra.

Boumedienne [bumə'djɛn], Houari, alger. Offizier u. Politiker, *1925 Guelma, Dép. Bône, †27. 12. 1978 Algier; kämpfte seit 1955 in der Guerillabewegung gegen Frankreich in Algerien, 1960 Chef des Generalstabs der Exilregierung; verhalf 1962 Ben Bella zur Macht u. wurde Verteidigungs-Min.; stürzte 1965 Ben Bella u. wurde Staatschef (Vors. des Revolutionsrats).

Bountyinseln ['baunti-], 17 neuseeländ. Inseln, östl. der Südinsel, 1,3 qkm, unbewohnt, 1788 von W. *Bligh* entdeckt.

Bouquinịst [buki-; frz.], Altbuchhändler; vor allem die B.en, die ihre Stände u. Kästen an den Ufermauern der Seine in Paris haben.

Bour [bur], Ernest, französ. Dirigent, *20. 4. 1913 Thionville; seit 1935 in Straßburg als Dirigent u. Musikpädagoge tätig, 1964 Chefdirigent des Südwestfunk-Orchesters; setzte sich für moderne Musik ein.

Bourbakị [bur-], **1.** Charles Denis, französ. General, *2. 4. 1816 Pau, †22. 9. 1897 Bayonne; nahm am Krimkrieg u. am italien. Krieg teil; 1870 während des Dt.-Französ. Krieges in Metz eingeschlossen, 1871 mit der Ostarmee an der Lisaine (15./17. 1.) geschlagen u. in die Schweiz übergetreten.

2. Nicolas, Pseudonym für eine Gruppe französ. u. US-amerikan. Mathematiker, die das Gesamtgebiet der Mathematik seit 1938 unter dem modernen Gesichtspunkt der Strukturen neu ordnet u. in Einzelschriften behandelt.

Bourbonạl [bur-; frz.], künstl. hergestellter Aromastoff mit Vanillegeschmack, chem. Äthylvanillin; B. hat die vierfache Wirkung von echtem Vanillin.

Bourbọnen [bur-], französ. Königsgeschlecht, Zweig der Kapetinger, seit 1327 Herzöge von *Bourbon*, herrschte 1589–1792 u. 1814–1830 in Frankreich. B.-Linien regierten auch in Spanien 1700–1931, in Neapel-Sizilien 1734–1860, in Parma-Piacenza 1748–1802 u. 1847–1860.

Bourbon-Lancy [bur'bɔ̃ lã'si], mittelfranzös. Stadt im Dép. Saône-et-Loire, 6500 Ew.; Heilbad (radioaktive chlornatronhaltige Thermalquellen, 47–52 °C); Landmaschinenbau, Automobilindustrie, Uranbergbau bei *Grury* (1500 Ew.).

Bourbon-l'Archambault [bur'bɔ̃ larʃã'bo:], Städtchen im französ. Dép. Allier, früher Hauptort des *Bourbonnais*, 2700 Ew.; Heilbad (radioaktive chlornatriumhaltige Thermalquellen, 52 °C); Stammsitz der Herzöge von Bourbon.

Bourbonnais [burbɔ'nɛ], histor. Provinz (ehemal. Herzogtum) Mittelfrankreichs, hauptsächl. das heutige Dép. Allier u. ein südöstl. Teil des Dép. Cher, Hptst. *Moulins*; ein teilweise sehr fruchtbares Hügel- u. Tafelland am Nordrand des Zentralplateaus mit zahlreichen Heilquellen; Stammland des Hauses *Bourbon*.

Bourboule [bur'bu:l] →La Bourboule.

Bourdaloue [burda'lu:], Louis, französ. Kanzelredner, *20. 8. 1632 Bourges, †13. 5. 1704 Paris; seit 1648 Jesuit, 1679–1697 Hofprediger Ludwigs XIV.; wandte sich in scharfer Form nicht nur gegen den Jansenismus, Gallikanismus u. Quietismus, sondern auch gegen die Unmoral am französ. Königshof.

Bourdelle [bur'dɛl], Emile Antoine, französ. Bildhauer, Maler u. Graphiker, *30. 10. 1861 Montauban, †1. 10. 1929 Le Vésinet; ausgebildet in Toulouse, Mitarbeiter von A. *Rodin*; hinterließ ein umfangreiches, vielgestaltiges bildhauer. Werk, dessen Ausdruck sich von zarter Eleganz über barockes Pathos zu monumentaler Stilisierung wandelte: Bildnisbüsten (u. a. von Beethoven, J. D. Ingres, A. France, A. Rodin), Denkmäler, Reliefs u. Gemälde.

Bourdet [bur'dɛ], Edouard, französ. Dramatiker, *26. 10. 1887 Saint-Germain-en-Laye, †17. 1. 1945 Paris; schrieb vielgespielte Sittenstücke: „Le Rubicon" 1910; „La Prisionnière" 1926; „Vient de paraître" 1927; „Le Sexe faible" 1929; „Père" 1944.

Bourdon [bur'dɔ̃], Sébastien, französ. Maler, *2. 2. 1616 Montpellier, †8. 5. 1671 Paris; während eines Romaufenthalts beeinflußt von N. *Poussin* u. C. *Lorrain*; 1652–1654 Hofmaler der Königin Christine von Schweden in Stockholm. Porträts u. Historienbilder; die Mehrzahl seiner Werke befindet sich im Louvre in Paris.

Bourg [bu:r; frz.], Bestandteil von geograph. Namen: Marktflecken.

Bourg-en-Bresse [burgã'brɛs], ostfranzös. Stadt am Westrand des Französ. Jura, alte Hptst. der Landschaft Bresse, Sitz des Dép. Ain, 40 400 Ew.; spätgot. Kirche Église de Brou (16. Jh.); Agrarmarkt (bes. Geflügel); Textil-, Leder-, Auto- u. keram. Industrie; Fremdenverkehr.

Bourgeois [bur'ʒwa; frz.], der „Bürger", war Träger der Französischen Revolution von 1789 u. kam als wohlhabender Besitzbürger im Laufe des 19. Jh. zur polit. Herrschaft in den europ. Staaten; deshalb im sozialist.-kommunist. Sprachgebrauch abwertend der kapitalist. Gegner des Proletariats; heute vielfach Bez. für selbstzufriedenen Protz.

Bourgeoisie [burʒwa'zi] →Bürgertum.

Bourges [burʒ], mittelfranzös. Stadt, alte Hptst. des Berry, Sitz des Dép. Cher, am Zusammenfluß von Auron u. Yèvre u. am Canal du Berry, 74 000 Ew.; Erzbischofssitz; Militärakademie; Rüstungsindustrie, Maschinen- u. Flugzeugbau, Textil- u. Lebensmittelerzeugung, Getreidehandel; got. Kathedrale (13./14. Jh.), reich an z. T. vormittelalterl. Bauwerken.

Bourges [burʒ], Elémir, südfranzös. antinaturalist. Erzähler, *26. 3. 1852 Manosque, †13. 11. 1925 Paris; führte ein zurückgezogenes Leben, befreundet mit St. Mallarmé; verfaßte philosoph. Romane um das Schicksal außergewöhnl. Menschen. Beeinflußt von Shakespeare u. R. Wagner. „Le Crépuscule des dieux" 1884; „Les Oiseaux s'envolent et les feuilles tombent" 1893. Myth. Epos mit dem Thema der Prometheussage: „La Nef" 1904–1922.

Bourget, 1. *Lac du B.* [lak dy bur'ʒɛ], südostfranzös. See in Savoyen, in einer breiten Senke der französ. Voralpen, 45 qkm, bis 145 m tief; sein Abfluß ist der 4 km lange Canal de Savières, der in die Rhône mündet; am Ostufer liegt Aix-les-Bains.

2. →Le Bourget.

Bourget [bur'ʒɛ], Paul, französ. Schriftsteller, *2. 9. 1852 Amiens, †25. 12. 1935 Paris; bedeutsam für die Entwicklung der modernen französ. Literatur; wandelte sich vom Positivisten zum Anhänger kath. Tradition, schrieb etwa 50 psycholog. u. zeitkrit. Romane, meist aus der mondänen Gesellschaft („Eine Liebestragödie" 1886, dt. 1899; „Cosmopolis" 1893; „Ehescheidung" 1904, dt. 1905; „Des Todes Sinn" 1915, dt. 1916), auch Essays („Psychologische Abhandlungen über zeitgenössische Schriftsteller" 2 Bde. 1883–1886, dt. 1903), Lyrik und Reisestudien („Sensations d'Italie" 1891).

Bourg-la-Reine [bur la'rɛn], Stadt südl. von Paris, 19 000 Ew.; Blumenzucht, Herstellung von Pharmazeutika.

Bourg-Saint-Maurice [burg sɛ̃ mɔ'ris], südostfranzös. Städtchen in Savoyen im oberen Isèretal, 4400 Ew.; Alpenjägergarnison u. Fremdenverkehrszentrum; Bahnendpunkt, Straßen über den Col du Bonhomme (2332 m) u. den Kleinen Sankt Bernhard (2188 m).

Bourgụiba, *Burgiba*, Habib, tunes. Staatsmann, *3. 8. 1903 Monastir; Begründer der für die Unabhängigkeit Tunesiens kämpfenden *Neo-Destur-Partei*; von Januar 1952 bis Mai 1955 interniert; versuchte im französ.-alger. Konflikt zu vermitteln; 1956 Min.-, seit 1957 Staats-Präs. (seit 1975 auf Lebenszeit).

Bournemouth ['bɔ:nməθ], südengl. Seebad am Kanal, 150 000 Ew.

Bournonịt [bur-; der; nach dem französ. Kristallographen J. L. *Bournon*, *1751, †1825], Rädelerz, graues, schwarzes, matt glänzendes Mineral (Blei-Kupfer-Arsensulfid); rhombisch; Härte 3.

Bourree [bu're:; die; frz.], aus der Auvergne stammender heiterer Tanz (seit dem 17. Jh.) im $^{2}/_{2}$- oder $^{4}/_{4}$-Takt, der auch in der *Suite* des Barocks Verwendung findet. Verwandt ist die *Gavotte*.

Bourrette [bu'rɛtə; die; frz.], verspinnbare Seidenabfälle aus der Schappespinnerei; auch Kleider- u. Dekorationsstoffe.

Bourtanger Moor ['bur-], Hochmoor westl. der Ems, an der dt.-niederländ. Grenze, 3000 qkm; Moor- u. Fehnkolonien; Kultivierung im Rahmen des Emslandplans; Erdöllager.

Bous [bus], ehem. saarländ. Gemeinde, an der Saar, seit 1973 Ortsteil der Gemeinde Schwalbach.

Bou-Saàda, nordalger. Oasenstadt an der Hodna-Ebene, 24 000 Ew.; Handel mit Alfagras, Wolle, Datteln; bedeutender Fremdenverkehr.

Bouscat [bus'ka] →Le Bouscat.

Bousset [bu'sɛ], Wilhelm, ev. Theologe, *3. 9. 1865 Lübeck, †8. 3. 1920 Gießen; lehrte in Göttingen u. Gießen, vertrat die religionsgeschichtl. Schule bei der Erforschung der Umwelt des N. T. u. der alten Kirche. Hptw. „Die Religion des Judentums im späthellenistischen Zeitalter" 1902; „Hauptprobleme der Gnosis" 1907; „Kyrios Christos" 1913.

Boussingault [busɛ̃'go], Jean Baptiste, französischer Chemiker, *2. 2. 1802 Paris, †12. 5. 1887 Paris; Prof. in Lyon u. Paris; Pionier auf dem Gebiet der Agrikulturchemie, entdeckte den Zusammenhang zwischen Licht u. Assimilation; wichtige Untersuchungen über den Stickstoffhaushalt der Pflanzen.

Boussingaultia [busɛ̃'go:tia], Gattung der *Basellgewächse*, aus Südamerika stammend. Windende fleischige Kräuter. *B. baselloides* liefert kartoffelähnl. Knollen u. wird daher kultiviert.

Boutens ['bɔu-], Pieter Cornelis, niederländ. Dichter, *20. 2. 1870 Middelburg, †14. 3. 1943 Den Haag; schrieb Verse von klass. Formgefühl; Konflikt: Idee u. Wirklichkeit; antikes u. christl. Gedankengut. Übersetzer von Platon, Homer, Äschylus, Sophokles, Goethe, Novalis u. a.

Boutroux [bu'tru], Émile, französ. Metaphysiker, *28. 7. 1845 Montrouge, Seine, †22. 11. 1921 Paris; Vorbereiter der Lebensphilosophie (Bergson), der gegenüber dem mathemat. Determinismus der naturalist. Philosophie die Zufälligkeit („Die Kontingenz der Naturgesetze" 1874, dt. 1911), Unableitbarkeit u. Individualität des Lebens betont, das für ihn unter einem geistigen, metaphysischen Prinzip der Freiheit steht.

Bouts [bɔuts], Dirk (Dieric) d. Ä., niederländ. Maler, *um 1415 Haarlem, †kurz nach dem 17. 4. 1475 Löwen; dort seit 1457 tätig. Einer der Hauptmeister der altniederländ. Kunst in der Nachfolge der Brüder van Eyck u. R. van der Weydens. Typisch für seine Werke sind würdevolle Frömmigkeit, zeichner. Präzision, leuchtende Farbgebung u. feine Lichtstimmungen, vor allem in den Landschaftshintergründen. Hptw.: Abendmahlsaltar 1464–1468, Löwen, St. Peter; Madonna, London, National Gallery; Altartafeln in Brüssel, Musée Royal. – Schüler von B. waren u. a. seine Söhne Aelbrecht (*um 1455/1460, †1549; ident. mit dem „Meister der Brüsseler Himmelfahrt Mariae") u. Dieric d. J. (*um 1448, †1491), dem ein Flügelaltar („Perle von Brabant") in München, Alte Pinakothek, zugeschrieben wird. – ◫ 2.4.5.

Bouvạrdia [bu-], Gattung der *Rötegewächse* mit zentralamerikan. Verbreitung. B. wird als Zierpflanze im Topf gehalten.

Bouvetinsel [bu'vɛ-], vulkan. Insel am Südende des Südatlant. Rückens, 2500 km südwestl. vom Kap der Guten Hoffnung; 58 qkm; meist vereist, unbewohnt, 935 m hoch; Depot für norweg. Walfänger auf der Larsinsel; 1739 von Jean Baptiste Lozier *Bouvet* entdeckt, seit 1930 norwegisch.

Bouvier & Co. [bu'vje:-], *H. Bouvier & Co. Verlag*, Bonn, gegr. 1829; Hauptgebiete: Philosophie, Psychologie, Literaturwissenschaft.

Bouvines [bu'vi:n], französ. Ort bei Lille, Dép. Nord. Am 27. 7. 1214 besiegten die Verbündeten, König Philipp II. August von Frankreich u. der

Staufer Friedrich II., den mit dem engl. König verbündeten Welfen Kaiser Otto IV. In der Schlacht wurde die Thronfolge Kaiser Friedrichs II. entschieden. Philipp konnte die Macht der französ. Krone sichern.

Boveri, 1. Margret, Tochter von 2), Publizistin, *14. 8. 1900 Würzburg, †6. 7. 1975 Berlin; schrieb für „Berliner Tageblatt", „Frankfurter Zeitung", „Frankfurter Allg. Zeitung", die Zeitschrift „Merkur". Bücher: „Vom Minarett zum Bohrturm" 1938; „Der Verrat im 20. Jh." 4 Bde. 1956–1960; „Wir lügen alle" 1965; „Tage des Überlebens. Berlin 1945" 1968.
2. Theodor, Zoologe, *12. 10. 1862 Bamberg, †15. 10. 1915 Würzburg; grundlegende Arbeiten zur Zellenlehre u. Befruchtung. „Das Problem der Befruchtung" 1902.

Bovet [-'vɛ], Daniel, italien. Pharmakologe schweizer. Herkunft, *23. 3. 1907 Neuenburg (Schweiz); arbeitete bes. über Mutterkorn, Antihistaminika u. das Pfeilgift Curare; 1957 Nobelpreis für Medizin.

Bovist [ˈboːvist, boˈvist], *Bovista*, Gattung der *Bauchpilze*; *Schwärzender B.* (Bovista nigrescens), Fruchtkörper ei- bis walnußgroß. Die weiße Außenschicht der Hüllhaut fällt beim Reifen in Fetzen ab, die innere Haut wird papierdünn, glänzend braun bis schwarzbraun. Sie öffnet sich am Scheitel mit einem unregelmäßig gezackten Mündungsloch. Vorkommen auf Wiesen u. in Heiden. Jung sind die Fruchtkörper eßbar.

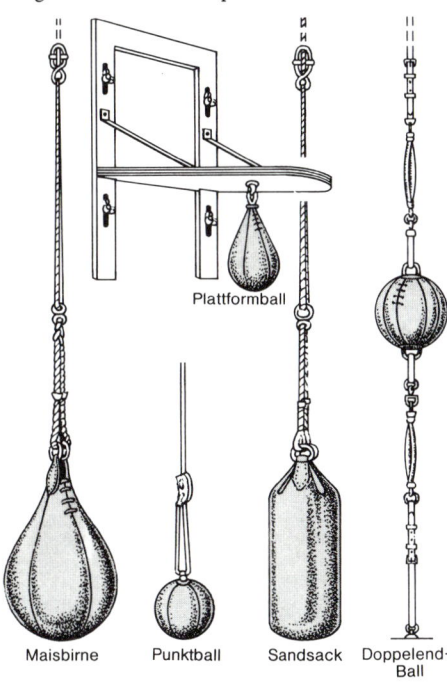

Boxen: Geräte für das Boxtraining

Bowdenzug [ˈbau-; nach dem engl. Erfinder], in Rohren, Spiralen oder Schläuchen geführte Drahtkabel (auch Draht) zum Übertragen von Zug- u. Druckkräften; bes. an Kraftfahrzeugen. Beim *Flexballzug* wird die im B. herrschende Reibung durch Einlage von Kugeln vermindert.

Bowditch [ˈbaudɪtʃ], Henry Pickering, US-amerikan. Physiologe, *4. 4. 1840 Boston, †13. 3. 1911 Boston; Prof. an der Harvard-Universität; arbeitete bes. über Muskel- u. Nervenphysiologie, Entdecker des „Alles-oder-Nichts-Gesetzes" bei nervösen Prozessen.

Bowen [ˈbouɪn], Elizabeth, engl.-irische Schriftstellerin, *7. 6. 1899 Dublin, †22. 2. 1973 Kent; ihre psycholog. Romane fanden auch in Dtschld. Aufnahme: „Eine Welt der Liebe" 1955, dt. 1958; „Die kleinen Mädchen" 1964, dt. 1965.

Bowiemesser [ˈbouːi-; engl.; angebl. nach dem amerikan. Oberst J. *Bowie*, *1796, †1836], langes Jagdmesser.

Bowle [ˈboːlə; die; engl.], alkohol. Getränk aus Wein, Früchten, Zucker, mit Zusatz von Sekt oder Sprudel bzw. Mineralwasser. Die Früchte, die mit etwas Zucker u. wenig Wein angesetzt werden, läßt man zugedeckt 1–2 Stunden ziehen. Die übrige Flüssigkeit wird erst unmittelbar vor dem Servieren dazugegeben.

Bowling [ˈbouliŋ; engl.], aus Amerika stammende Art des Kegelns; auf der *B.-Bahn,* einer der vier Bahnarten im →Kegelspiel, betrieben. 10 Kegel stehen in gleichseitigem Dreieck, Entfernung von Mitte zu Mitte 30,48 cm. Kegel (Gewicht 1350 bis 1530 g) mit Bohrungen am Fuß für Metallstifte, die zum Aufstellen aus dem Boden ragen u. danach wieder versenkt werden. Kugeln aus Hartgummi oder Kunststoff, bis 7257 g schwer, Durchmesser 21,8 cm, mit Fingerlöchern für die Hand in unterschiedlichen Abständen. Anlauf 5 m, Laufstrecke der Kugel 18,30 m. – B.-Weltmeisterschaft seit 1951, bis 1967 nur in den USA ausgetragen. Kegelsportabzeichen für B. in 3 Klassen für alle Altersstufen über 18 Jahre. – ▣ →Kegelspiel.

Bowls [boːlz], engl. Spiel mit einseitig beschwerten, daher in Kurven laufenden Kugeln, gespielt auf gepflegten Rasenflächen *(bowling-greens).*

Bowman [ˈboumən], Sir William, engl. Arzt u. Anatom, *20. 7. 1816 Nantwich, †29. 3. 1892 London; verdient um die Augenheilkunde, Untersuchungen über die exkretor. Funktion der Niere.

Bowmansche Kapsel [nach Sir W. *Bowman*], die von einer Vorwölbung des Nierenkanals eingehüllten Gefäßknäuel (→Glomerulus) in den Nierenorganen höherer Wirbeltiere. →Ausscheidungsorgane.

Box [die; engl.], **1.** *allg.*: Schachtel, Behältnis.
2. *Bauwesen:* Abteil im Pferdestall oder in der Garage.
3. *Maße u. Gewichte:* amerikan. Gewichtseinheit für Früchte: 1 B. = 25 lbs. = 11,34 kg.
4. *Photographie:* einfachste photograph. Kamera in Kastenform mit lichtschwachem Objektiv (Meniskus) u. kleinen Blenden, daher große Schärfentiefe.

Boxcalf [-kaːf; das; engl.], *Boxkalb*, chromgegerbtes, schwarzes oder farbiges Schuhoberleder aus Kalbfellen; früher in Lattenverschlag (engl. *box*) versandt.

Boxen, engl. *Boxing*, sportl. Faustkampf zwischen zwei Gegnern nach festen Regeln. Der Faustkampf ist schon in den frühesten geschichtl. Zeiten u. bei den meisten Naturvölkern nachzuweisen. Er wurde sportl. um 1700 in England zu neuem Leben erweckt. Im Anfang wurden die Kämpfe mit bloßen Fäusten bis zum endgültigen Niederschlag ausgetragen. Erst gegen Ende des 19. Jh. wurden die Regeln geändert u. verbessert, u. a. durch Einführung gepolsterter Boxhandschuhe, Festlegung der Rundenzahl, Einteilung in →Gewichtsklassen.
Der Boxkampf wird in einem Boxring (Kampfring von 4,9–6,1 m im Quadrat) ausgetragen, der von 3 Seilen in 40, 80 und 130 cm Höhe umspannt ist. Dauer des Kampfes in Runden (je 3 min; 1 min Pause): für Amateure 3 Runden, für Berufsboxer nach Vereinbarung 6–15 Runden. Der Ringrichter überwacht im Ring die regelrechte Austragung des Kampfes; bei Umklammerung *(Clinch)* trennt er die Boxer. Punktrichter werten in jeder Runde (bis zu 5 Punkten) nach Trefferzahl, Verteidigung, Taktik u. a. Die Entscheidung eines Kampfes fällt (wenn nicht unentschieden gekämpft oder „ohne Entscheidung" abgebrochen wird) durch Aufgabe (der Sekundant wirft das Handtuch in den Ring),

Boxen: Der rechte Boxer weicht einem Haken seines Gegners durch Zurück- und Seitwärtspendeln aus

durch Punktwertung oder durch →Knockout (k. o.); „technischer k. o." bedeutet Kampfabbruch durch den Ringrichter wegen zu großer Überlegenheit des einen oder gesundheitl. Gefährdung (bestimmt der Arzt) des anderen Gegners. Die wichtigsten Boxschläge sind: die *Gerade* (Stoß), der *Haken* (mit gebeugtem Arm), bei dem Hoch- u. Tiefhaken u. Aufwärtshaken *(Uppercut)* unterschieden werden, u. a. der *Schwinger* (mit fast gestrecktem Arm). Verboten sind Tiefschläge (unter der Gürtellinie), Nierenschläge u. Genickschläge. Organisation: *Dt. Amateur-Box-Verband,* gegr. 1919, wiedergegr. 1949 in Essen, Sitz: Essen, 14 Landesverbände mit 38 000 Mitgliedern, seit 1950 Mitglied der *Association Internationale de Boxe Amateur.* Ztschr.: „Boxsport". – In Österreich: *Österr. Amateurboxverband,* Wien, 3000 Mitglieder; in der Schweiz: *Schweizer. Box-Verband,* Biel, 14 000 Mitglieder. – ▣ 1.1.9.

Boxenstart, im Pferderennsport seit 1967 eingeführt: Die Pferde stehen in geschlossenen Startboxen, die Klappen öffnen sich beim Startkommando nach vorn.

Boxer, 1. *Sport:* Faustkämpfer, →Boxen.
2. *Zoologie:* kräftige muskulöse Hunderasse in verschiedenen gelblichbraunen Farbnuancen, auch gestromt. Ein bes. Merkmal ist die Rückbildung der Kiefer, Rute wird meistens kupiert, Ohren fast immer.

Boxeraufstand, christen- u. fremdenfeindl. Aufstand in Nordostchina, der von einer chines. Geheimsekte (um 1770 gegr.) 1899 entfacht wurde; 1901 von einem Expeditionskorps der europ. Großmächte niedergeworfen.

Boxermotor, *Gegenläufermotor,* ein Verbrennungsmotor, bei dem zwei oder mehrere Zylinder einander gegenüberliegend angeordnet sind.

Boyacá, mittel- u. ostkolumbian. Departamento,

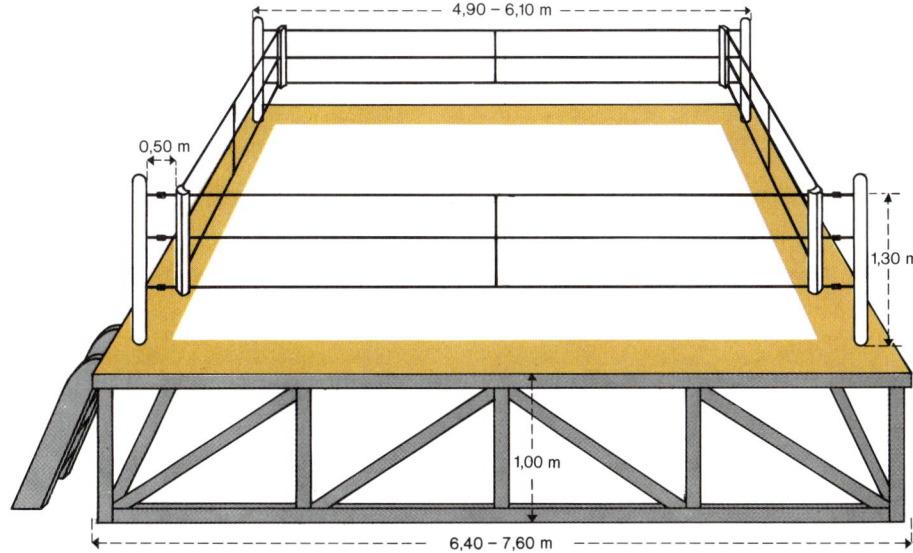

Boxen: Boxring

67750qkm, 1,17 Mill. Ew., Hptst. *Tunja*; Agrarnutzung, Viehzucht; Eisenerz-, Smaragd- u. Erdölförderung.
Boyd Orr ['bɔid 'ɔr], Sir John, seit 1949 Lord *Brechin*, brit. Politiker u. Ernährungsphysiologe, *23. 9. 1880 Kilmanus, Schottland, †25. 6. 1971 Newton bei Brechin, Angus; Landwirtschafts- u. Ernährungsberater der Regierung, 1942–1945 Prof. in Aberdeen, 1945/46 Generaldirektor der FAO; forderte eine Weltregierung; 1949 Friedensnobelpreis. „Animal Nutrition" 1928; „Food, Health and Income" 1936; „Food and the People" 1943; „The White Man's Dilemma" 1953.
Boye, Karin Maria, schwed. Dichterin, *26. 10. 1900 Göteborg, †24. 4. 1941 Alingsås (Selbstmord); von leidenschaftl. Unruhe getrieben; ihre symbolist. Lyrik zeigt religiöse Anliegen u. die Auseinandersetzung mit der Moderne. Romane: „Astarte" 1931, dt. 1949; „Krisis" (autobiograph.) 1934, dt. 1949, „Kallocain" 1940, dt. 1947.
Boyen, Hermann von, preuß. Generalfeldmarschall, *23. 7. 1771 Kreuzburg, Ostpreußen, †15. 2. 1848 Berlin; Schüler Kants; 1814–1819 u. 1840–1847 Kriegs-Min., sicherte die 1813 in Preußen eingeführte allg. Wehrpflicht u. institutionalisierte die Landwehr im Geist der Reform.
Boyer [bwa'je:], Charles, französ. Schauspieler, *28. 8. 1899 Figeac, †26. 8. 1978 Phoenix; seit 1920 beim Film, seit 1932 in Hollywood in Charakter- u. Liebhaberrollen.
Bô Yin Ra, eigentl. Joseph Anton *Schneiderfranken*, Schriftsteller u. Maler, *25. 11. 1876 Aschaffenburg, †14. 2. 1943 Lugano; fühlte sich als „Vermittler geistiger Einblicke in die ewige Heimat des Menschen". „Das Buch vom lebendigen Gott" 1919; „Das Reich der Kunst" 1921.
Boykott [engl.], wirtschaftl., soziales u. politisches Zwangsmittel, genannt nach dem engl. Güterverwalter Charles *Boycott* (*1832, †1897), der wegen seiner ungerechten Strenge gegenüber seinen irischen Pächtern in Verruf gekommen war u. fortan keine Pächter mehr finden, keine Waren kaufen noch verkaufen konnte; seitdem: Verrufserklärung, Ächtung. Der *wirtschaftliche B.* dient bes. der Ausschaltung unliebsamer Konkurrenz; der *soziale B.* ist ein Kampfmittel zwischen Arbeitnehmern u. Arbeitgebern; der *politische B.* ist ein staatl. Zwangsmittel anderen Staaten gegenüber.
Boykotthetze, früherer strafrechtl. Begriff in der DDR; nach Art. 6 der ersten DDR-Verfassung (die bis 1968 galt) waren B. gegen demokrat. Einrichtungen u. Organisationen, Mordhetze gegen demokrat. Politiker, Bekundung von Glaubens-, Rassen-, Völkerhaß, militarist. Propaganda sowie Kriegshetze u. alle sonstigen Handlungen, die sich gegen die Gleichberechtigung richten, Verbrechen im Sinne des Strafgesetzbuchs; als B. konnte z.B. auch das Mitbringen einer westl. Zeitung in die DDR verurteilt werden. Das neue StGB der DDR enthält Strafvorschriften gegen *staatsfeindl. Hetze, Spionage* u. *Terror*; die beiden letztgenannten Delikte können in bes. schweren Fällen mit dem Tode bestraft werden.
Boyle [bɔil], Robert, engl. Naturwissenschaftler, *25. 1. 1627 Lismore (Irland), †30. 12. 1691 London; Mitbegründer der Royal Society in London, verbesserte die Luftpumpe, fand bereits vor E. *Mariotte* das *B.-Mariottesche Gesetz*, nach dem das Volumen eines idealen Gases dem Druck umgekehrt proportional ist; wenn der Druck auf das Doppelte steigt, sinkt das Volumen auf die Hälfte. – 🕮 7.4.1.
Boylesve [bwa'lɛ:v], René, eigentl. R. *Tardivaux*, französ. Erzähler, *14. 4. 1867 La Haye-Descartes, †15. 1. 1926 Paris; skept. u. melanchol.-galanter Schilderer des Provinzlebens, gilt als „Maler der Touraine" u. als Vorläufer von M. Proust; Romane: „La Becquée" 1901; „Le bel Avenir" 1905; „Elise" 1910.
Boyne [bɔin], ostirischer Fluß, 105 km; in der Schlacht am B. siegte 1690 *Wilhelm von Oranien* über *Jakob II.*
Boy Scouts ['bɔi 'skauts; engl., „junge Späher"], die engl. *Pfadfinder.*
Boz [bɔz], Schriftstellername von Ch. →Dickens.
Bözberg, *Bötzberg*, schweizer. Berggruppe u. Paß (569 m) im nordöstl. *Jura*, Kanton Aargau; 2,4 km langer Tunnel bei Schinznach-Dorf an der Eisenbahnstrecke Brugg–Frick.
Bozca Ada ['bɔzdʒa a'da], *Tenedos*, strategisch wichtige türk. Insel im nördl. Ägäischen Meer, im SW der Dardanellen, 42 qkm, 3000 Ew.
Boz Dağlar [bɔz'da:lar], Höhenzug in der westl. Türkei östl. von Smyrna, bis 2157 m hoch.
Bozen, ital. *Bolzano*, italien. Stadt in Trentino-Südtirol, Hptst. der Provinz B. (7400 qkm, 410000 Ew.), 103000 Ew.; Mittelpunkt des Deutschtums in Südtirol, heute stark italien.; got. Dom (13. Jh.); Magnesiumverhüttung, Maschinenbau, Schuh-, Konserven- u. chem. Industie; Fremdenverkehr; Verkehrsknotenpunkt; Messe. – Röm. Siedlung, 1207 Grafschaftssitz, um 1275 an Tirol, 1531 österr., 1919 zu Italien.
Bozzano, Ernesto, italien. Schriftsteller, *9. 1. 1862 Genua, †24. 6. 1943 Savona; bekannt durch Schriften u. Studien zur Parapsychologie: „Le facoltà supernormali" 1940; „Übersinnl. Erscheinungen bei Naturvölkern" 1941, dt. 1948.
Bozzetto [das; ital.], kleines, aus Wachs, Ton, Gips u.ä. gefertigtes Modell als Vorstudie für die Großplastik. B.s sind in großer Zahl aus Renaissance u. Barock erhalten.
Bozzini, Philipp, Arzt, *25. 5. 1773 Mainz, †4./5. 4. 1809 Frankfurt a. M.; konstruierte 1807 einen Apparat zur Beleuchtung u. Betrachtung von Körperhöhlen (mit Kerzenlicht) u. wurde damit zu einem frühen Vorläufer der Endoskopie (→Endoskop); „Der Lichtleiter oder Beschreibung einer einfachen Vorrichtung und ihrer Anwendung zur Erleuchtung innerer Höhlen und Zwischenräume des lebendigen animalischen Körpers" 1807.
BP, Abk. für →Bayernpartei.
BP Benzin und Petroleum AG, Hamburg, seit 1974 *Deutsche BP AG*, 1904 gegr. Mineralölgesellschaft; Herstellung u. Vertrieb von Vergaser-, Diesel- u. Flugkraftstoffen, techn. Benzin, Petroleum, Mineralölen u.a.; Grundkapital: 950 Mill. DM (im Besitz der *British Petroleum Company Ltd.*); 6000 Beschäftigte; Beteiligungen: *Erdölchemie GmbH*, Köln, u.a.
Br, chem. Zeichen für *Brom.*
Braak, Menno ter, niederl. Romanautor u. Essayist, *26. 1. 1902 Eibergen, †14. 5. 1940 Den Haag (Selbstmord); zeitkrit. Essays u. moralphilosoph. Romane.
Braaten ['bro:tən], Oskar, norweg. Erzähler, *25. 11. 1881 Kristiania (Oslo), †17. 7. 1939 Oslo (Autounfall); Dichter des Oslo-Proletariats, der die Not der kleinen Leute mit Liebe verklärt; Romane mit genauer Charakterzeichnung, auch Schauspiele.
Brabançonne [brabã'sɔn; frz., „die Brabantische"], in der Septemberrevolution 1830 entstandene, von François van *Campenhout* (*1779, †1848) komponierte belg. Nationalhymne.
Brabant, ehem. Herzogtum im belg.-niederländ. Raum; der Name lebt fort in: 1. *B. (Südbrabant)*, zentrale, dichtestbesiedelte (650 Ew./qkm) Prov. Belgiens, mit der Landes- u. Prov.-Hptst. *Brüssel*; 3371 qkm, 2,2 Mill. Ew. (im N Flamen, im S Wallonen); im fruchtbaren Weizen-, Zuckerrüben- u. Hopfengebiet Mittelbelgiens, hat im S Anteil am Ardennenvorland, im N am Kempenland (sandiger Boden mit Roggen- u. Kartoffelanbau); Pferde- u. Schweinezucht; Textil- (Spitzen) u.a. hochentwikkelte, vielseitige Industrie. 2. *B. (Nordbrabant)*, die niederländ. Prov. →Nordbrabant.
Geschichte: Der ehemals fränk. Gau *Bracbantum* gehörte seit 870 zum Herzogtum Niederlothringen; seit 1191 nannten sich die Grafen von Löwen (Herzogtitel seit 1106) Herzöge von B.; 1349 Privilegien durch Kaiser Karl IV.; 1356 ständ. Verfassung. 1390 u. endgültig 1430 kam B. an die Herzöge von Burgund, 1477 an Habsburg, 1555 span. Die nördl. Gebiete B.s wurden Anfang 17. Jh. von den Generalstaaten erobert u. seit 1648 als *Generalitätslande* verwaltet. Südbrabant blieb im Besitz der Habsburger (span., ab 1714 österr.). 1789 „Brabanter Revolution" gegen Kaiser Joseph II. 1830 entstand das Königreich Belgien, dessen Kerngebiet B. wurde. – *Herzog von B.* ist der Titel des belg. Thronfolgers.
Brabham ['bræbəm], Jack, austral. Autorennfahrer, *2. 4. 1926 Sydney; Automobil-Weltmeister 1959, 1960, 1966; auch erfolgreicher Rennwagenkonstrukteur. – 🅱→Automobilsport.
Brač [bratʃ], ital. *Brazza*, jugoslawische Insel in der Adria, südlich von Split, 396 qkm, 21000 Ew.; hügelig, im *Monte Sveti Vid* 778 m hoch; Viehzucht (Schafe, Ziegen), Fischerei, Wein-, Oliven-, Feigen-, Obst- und Tabakbau; mildes Klima, trocken.
Braccianosee [bratʃ'ano-], ital. *Lago di Bracciano, Sabatino*, italien. Kratersee im nördl. Latium, 58 qkm; Erholungsgebiet, fischreich.
Bracciolini [bratʃo-], **1.** Franceso, italien. Dichter *26. 11. 1566 Pistòia, †31. 8. 1645 Pistòia; Sekretär mehrerer Kardinäle; schrieb von T. *Tasso* inspirierte Epen u. einige Theaterstücke; seine „Istruzione alla vita civile" 1637 stellt den Utilitarismus als oberstes Prinzip auf.
2. Poggio →Poggio Bracciolini.
Bracco, Roberto, italien. Dramatiker, *21. 9. 1862 Neapel, †21. 4. 1943 Sorrent; als liberaler Politiker unter dem Faschismus Bücherverbot; Psychoanalyse u. Realistik bestimmen gleichermaßen seine oft neapolitan. geschriebenen, gesellschaftskrit. Dramen: „Una donna" 1892; „Don Pietro Caruso" 1895; „Maternità 1903; „Il piccolo Santo" 1910; „I pazzi" 1922; auch Novellen u. Gedichte in neapolitan. Mundart.
Brache, nicht bestellte Ackerfläche; Anbaupause. Die B. dient zur Erholung des Bodens u. Wiederanreicherung mit natürl. Nährstoffen, evtl. auch zur besseren Unkrautbekämpfung; in Gebieten mit kurzer Vegetationszeit ist sie notwendig, um rechtzeitig im Herbst bestellen zu können. Reine B. *(Schwarz-B.)* bedeutet Liegenlassen des Ackerstücks während eines ganzen Jahres, wobei es mehrfach zum Zweck der Bodenaufschließung u. Unkrautbekämpfung bearbeitet wird; hat den Verlust einer Jahresernte zur Folge. *Teil-* oder *Halb-B.* läßt man meist nach einem Kleeschnitt oder nach Beweidung für den Rest des Jahres eintreten. Die *Johanni-* oder *Dreesch-B.* setzt erst nach Johanni (24. Juni) ein *(bebaute* oder *besömmerte B.)*. In der Dreifelderwirtschaft nahm die B. ein Drittel der Ackerfläche ein. Heute ist die B. wegen des damit verbundenen Ernteausfalls nur noch selten vertretbar.
Die *Sozial-B.*, eine Brachlegung aus spekulativen Gründen, tritt im Umland von Ballungsgebieten der Bevölkerung auf, wo Nichtlandwirte Grundstücke aufkaufen, um bei späterer Verwendung als Bauland einen Wertzuwachs zu erzielen. Das Land bleibt meist ungenutzt u. in ungepflegtem Zustand liegen; selten wird es zweckentsprechend bebaut.
Bracher, Karl Dietrich, Historiker u. Politologe, *13. 3. 1922 Stuttgart; Prof. für Politologie in Berlin, seit 1959 in Bonn. Hptw.: „Die Auflösung der Weimarer Republik" [4]1964; „Die nationalsozialistische Machtergreifung" 1960; „Deutschland zwischen Demokratie u. Diktatur" 1964; „Die deutsche Diktatur. Entstehung, Struktur, Folgen des Nationalsozialismus" 1969; „Das deutsche Dilemma" 1971.
Brachiopoden, *Brachiopoda* = Armfüßer.
Brachpieper, *Anthus campestris*, zu den *Stelzen* gehörender, lerchenähnl. Vogel; auf Ödland der Nordhalbkugel.
Brachschwalbe, *Glareola pratincola*, seeschwalbenähnl., bräunl. *Regenpfeiferartiger* der subtrop. Zonen der Alten Welt. In Dtschld. selten.
Brachsenkräuter ['braksən-], *Isoetales*, zu den *Bärlappgewächsen* gehörige, teils untergetaucht, teils auf feuchtem Boden lebende, ausdauernde Kräuter mit knollig gestauchter Achse. Die binsenartigen, eine Ligula tragenden Blätter bilden eine Rosette. Überreste aus der Kreidezeit, wo sie formenreicher u. größer waren; nur 2 einheim. Arten.
Brachsenregion ['braksən-] →Bleiregion.
Brachvogel, *Numenius arquata*, einheim., hochbeiniger *Schnepfenvogel* mit langem, stark abwärts gekrümmtem Schnabel; Bodenbrüter auf Moor u. Brachland. Nah verwandt, kleiner, kürzerer Schnabel: *Regen-B. (Numenius phaeopus)*.
Brachvogel, Albert Emil, Bildhauer u. Schriftsteller, *29. 4. 1824 Breslau, †27. 11. 1878 Berlin; schrieb den erfolgreichen Roman „Friedemann Bach" 1858 u. den damaligen Bühnenreißer „Narziß" 1857.
brachy... [grch.], Wortbestandteil mit der Bedeutung „kurz", „klein".
Brachyura →Krabben.
Bracke, leichte, hochläufige, selten gewordene Jagdhunderasse, rot, rotgelb, schwarz oder grau mit weißer Blesse u. Halsring, weißer Brust, Rutenspitze u. weißen Läufen. →auch Laufhunde.
Brackenheim, Stadt in Baden-Württemberg, südwestl. von Heilbronn, an der Zaber, 5400 Ew.; Geburtsort von Theodor Heuss; Weinbau, Maschinen- u. Konfektionsindustrie.
Brackhoff →Brokhoff.
Brackwasser, mit Meerwasser vermischtes Süßwasser, bes. in Flußmündungen u. Haffen.
Brackwede, Industrie- u. Wohnvorstadt von Bielefeld, Nordrhein-Westfalen, am Teutoburger Wald; bis 1972 selbständige Stadt.
Brackwespen, *Braconidae*, Familie der *Legimmen*; den eigentl. *Schlupfwespen* in Aussehen, Verhalten u. Lebensweise sehr ähnl., durch be-

stimmte anatom. u. Flügeläderungsmerkmale von diesen unterschieden. In ähnl. großer Artenzahl (ca. 5000) über die ganze Welt verbreitet. Die Larven leben als Parasiten in anderen Insektenlarven. Verschiedene Arten werden zur biol. Bekämpfung schädl. Insekten benutzt.

Bracton ['bræktən], *Bratton*, Henry of, engl. Jurist, *1216 Fleming, Devonshire, †1268 Exeter; Verfasser des bedeutenden Rechtsbuches „De legibus et consuetudinibus Angliae libri quinque" (vor 1259, neu hrsg. 2 Bde. 1915, 1922). Als gelehrte method. Verarbeitung einheim. Rechts drängte es eine Rezeption des röm. Rechts zurück.

Bradbury ['brædbəri], Ray Douglas, US-amerikan. Schriftsteller, *22. 8. 1920 Waukegan, Ill.; schreibt utop. Romane u. Erzählungen (Science Fiction), die die Seelenlosigkeit u. Brutalität einer übertechnisierten Welt brandmarken. Hptw. ist der Roman „Fahrenheit 451" 1953, dt. 1955; Erzählungen „Der illustrierte Mann" 1951, dt. 1962.

Bradford ['brædfəd], engl. Stadt in West Riding, westl. von Leeds, 293 200 Ew.; anglikan. Bischofssitz, Kathedrale (15. Jh.); Techn. Hochschule; Hauptsitz der engl. Wollindustrie, auch Baumwoll- u. Seidenindustrie.

Bradford ['brædfəd], William, nordamerikan. Siedler, *1590 Austerfield, Yorkshire (England), †9. 5. 1657 Plymouth Colony, jetzt Mass.; erster Gouverneur der puritan. Pilgerväter nach der Landung in Amerika (1621–1656) u. erster Geschichtsschreiber der frühen Besiedlung Neu-Englands.

Bradley ['brædli], 1. Francis Herbert, engl. Philosoph, *30. 1. 1846 Glasbury, †18. 9. 1924 Oxford; Hauptvertreter des sich auf *Hegel* beziehenden engl. Neuidealismus. Seine Philosophie des Absoluten („Erscheinung u. Wirklichkeit" 1893, dt. 1928) ist streng monistisch.
2. James, engl. Astronom, *1692 Shireborn, Gloucester, †13. 7. 1762 Chalford; seit 1721 in Oxford, später Direktor der Sternwarte Greenwich; entdeckte 1728 die Aberration des Lichts der Fixsterne. Seit 1750 bestimmte er Fixsternörter am Greenwicher Meridiankreis mit bis dahin unerreichter Genauigkeit.
3. Omar Nelson, US-amerikan. General, *12. 2. 1893 Clark, Mont.; kommandierte 1943 die amerikan. Streitkräfte in Tunis u. Sizilien, 1944 die 1. US-Armee, dann die 12. Heeresgruppe bei der Invasion in Frankreich bis zum Zusammenbruch Deutschlands; 1948–1953 Vors. der Vereinigten Stabschefs.

Bradsot [die; skand.], Labmagenrauschbrand; eine Infektionskrankheit, die bes. Lämmer im Alter von 4 Monaten befällt; verläuft mit Entzündung der Labmagenschleimhaut u. gasiger Auftreibung.

Bradstreet ['brædstri:t], Anne, geb. Dudley, erste nordamerikan. Dichterin, *1612(?) Northampton (England), †16. 9. 1672 North Andover, Mass.; schrieb Gedichte voll puritan. Frömmigkeit; Autobiographie „Religious Experiences".

Bradunas, Kazys, litau. Dichter, *2. 11. 1917 Kiršai, schreibt, vor allem nach seiner Emigration, aus der Erinnerung zahlreiche Versbände, in denen er, immer zwischen Heidentum u. Christentum, die bäuerl. Scholle metaphys. verherrlicht.

Bradwardine ['brædwədi:n], Thomas, engl. Theologe u. Mathematiker der Spätscholastik, *um 1290 Chichester, †26. 8. 1349 London; 1349 Erzbischof von Canterbury; ging aus von Augustin, Anselm von Canterbury u. Duns Scotus; Determinist (auch die freien Willensakte des Menschen unterliegen der Allwirksamkeit Gottes), beeinflußte Wiclif. Arbeiten über Dynamik.

brady... [grch.], Wortbestandteil mit der Bedeutung „langsam".

Bradykardie [grch.], Verlangsamung der Schlagfrequenz des Herzens; Gegensatz: *Tachykardie*.

bradytrophes Bindegewebe, gefäßarmes Bindegewebe, z. B. Sehnen u. Bänder.

Braga, Stadt im nördl. Portugal, Hauptort der früheren Prov. *Minho*, 45 000 Ew.; Kathedrale (12. Jh.); Schuh-, Hut- u. Metallindustrie; Eisenbahnendpunkt; Hptst. des Distrikts B. (2730 qkm, 675 000 Ew.). Südöstl. über der Stadt die Wallfahrtskirche Bom Jesus do Monte. – B. war im 5. Jh. die Hptst. der Sweben, vom 8. Jh. bis 1040 islam., nach Kastilien erobert, zu Beginn des 12. Jh. Sitz der portugies. Könige.

Braga, Joaquim Teófilo Fernandes, portugies. Schriftsteller, Gelehrter u. Politiker, *24. 2. 1843 Ponta Delgada, Azoren, †28. 1. 1924 Lissabon; 1910 u. 1915 Präs. der Republik; Begründer der portugies. Volkskunde u. Literaturwissenschaft. Positivist (Auseinandersetzung mit A. T. de *Quental*).

Bragança [-'gãsa], *Braganza*, nordportugies. Stadt u. ehem. Festung unweit der portugies.-span. Grenze, 9000 Ew.; Kathedrale, Reste des Stammschlosses der Herzöge von B.; Textilindustrie; Hptst. des Distrikts B. (6545 qkm, 170 000 Ew.).

Bragança [-'gãsa], Geschlecht, aus dem die Könige von Portugal von 1640–1853 u. die Kaiser Peter I. u. II. von Brasilien (1822–1889) stammten; in Portugal war Johann IV. (1640–1656) der 1. König aus dem Hause B. u. Maria II. da Gloria die letzte Herrscherin. Bis zum Ende der portugies. Monarchie (1910) herrschte das Haus B.-Coburg, begründet durch Ferdinand von Sachsen-Coburg-Gotha, Gemahl Marias II. Daneben gibt es noch heute eine prinzl. Linie, deren 1. Vertreter der 1834 ausgewiesene Regent u. König Dom Miguel war.

Bragg [bræg], Sir William Henry, engl. Physiker, *2. 7. 1862 Westward, Cumberland, †12. 3. 1942 London; bestimmte mit seinem Sohn William Lawrence B. (*31. 3. 1890 Adelaide, †1. 7. 1971 London) den Gitterabstand der Atome im Kristall durch Messung der Reflexion von Röntgenstrahlen; dafür erhielten beide 1915 den Nobelpreis für Physik. →auch Drehkristallmethode.

Johannes Brahms

Bragi, *B. Boddason*, um 800, gilt als ältester nord. Skalde in Norwegen, genoß göttl. Verehrung u. wurde später als Gott der Dichtkunst unter die Asen versetzt. Bisweilen als Sohn Odins u. der Freya wie als Gemahl der Iduna erwähnt.

Brahe, poln. *Brda*, linker Nebenfluß der Weichsel in Nordpolen, 217 km, mündet bei Bromberg.

Brahe, Tyge, genannt *Tycho*, dän. Astronom, *14. 12. 1546 Knudstrup, Schonen, †24. 10. 1601 Prag; baute um 1567 mit Unterstützung Friedrichs II. von Dänemark auf der Insel Hveen im Sund die Sternwarten Uranieborg u. Stjerneborg, wo er 20 Jahre lang Fixsterne u. Planeten beobachtete; 1597 in Wandsbek; 1599 von Kaiser Rudolf II. als Hofastronom nach Prag berufen. Seine Planetenbeobachtungen führten seinen Gehilfen J. *Kepler* zur Entdeckung der Gesetze der Planetenbewegung. B. war Gegner des heliozentr. Systems u. erfand ein eigenes Weltsystem; →Tychonisches Weltsystem. – ⌑7.9.0.

Brahm, Otto, eigentl. *Abraham*, Theaterkritiker u. Bühnenleiter, *5. 2. 1856 Hamburg, †28. 12. 1912 Berlin; als Mitgründer der „Freien Bühne" (Berlin 1889) ein Vorkämpfer für G. *Hauptmann* u. H. *Ibsen*; leitete das Dt. Theater, dann das Lessing-Theater in Berlin; bedeutendster Regisseur des dt. naturalistischen Theaters.

Brahmahuhn, *Brahmaputrahuhn*, Hühnerrasse mit hellem oder dunklem Farbenschlag: schwarz mit silberweißen oder weiß mit schwarzen Behängen; kein Wirtschaftshuhn.

Brahman [sanskr., „Verehrung", „Gebet"], *Brahma*, ursprüngl. das Zauberwort in den Weden, daraus entwickelt Grundbegriff ind. religiöser Weltdeutung; in sächl. Form (das B.) das göttl. Eine u. Ewige, das als Urgrund der Welt betrachtet wird; in männl. Form (der B.) einer der drei Hauptgötter des späteren Hinduismus (neben Wischnu u. Schiwa), der Weltschöpfer. →auch Brahmanismus.

Brahmanas, Sammlung der altind. heiliger Texte, in denen priesterl. Spekulationen über Sinn u. Zweck der wedischen Opferbräuche enthalten sind.

Brahmani, Fluß im nordöstl. Dekanhochland (Indien), 450 km, mündet im gemeinsamen Delta mit der *Mahanadi* nördl. von Cuttack in den Golf von Bengalen.

Brahmanismus, die Epoche der ind. Religionsentwicklung zwischen der wedischen Religion u. dem Hinduismus, gekennzeichnet durch die zentrale Stellung der Brahmanen im Kultus u. als Besitzer sakralen Wissens; sie wurden geradezu als „menschliche Götter" bezeichnet. Aus den Spekulationen über die im Opferwort lebendige numinose Macht *(brahman)* entwickelte sich die in den Upanischaden gelehrte Vorstellung von einem absoluten Brahman, vor dem die wedischen Einzelgötter verblassen u. zur bloßen Bezeichnung des Einen werden, mit dem das Selbst *(atman)* in der Erkenntnis die aus dem unheilvollen Geburtenkreislauf *(samsara)* erlösende Einheit gewinnen muß. – ⌑1.8.1.

Brahmaputra [„Sohn des Brahma"], Fluß im nordöstl. Indien, entspringt in 3 Quellflüssen in der Nähe der Kailasch-Kette (nahe den Quellen von Sutlej u. Indus) u. fließt als *Tsangpo* im Längstal zwischen Transhimalaya u. Himalaya, durchbricht diesen (als *Dihang*) in tiefer Schlucht, vereinigt sich mit dem *Ganges* u. bildet mit diesem das Riesendelta Bengalen; 2900 km, 1100 km schiffbar, Einzugsgebiet von 936 000 qkm.

Brahma-Samadsch, ind. Reformbewegung, die den Versuch machte, die sozialen u. ethischen Grundforderungen des Christentums u. den Monotheismus von Christentum u. Islam mit dem Hinduismus unter Beseitigung der diesem eigenen Schattenseiten zu vereinigen. Gegründet wurde der B. 1829 von Ram Mohan *Roy* (*1772, †1833). Der B. hat das moderne ind. Geistesleben tief beeinflußt.

Brahminschrift, eine der ältesten indischen Schriften, möglicherweise im 7.–6. Jh. v. Chr. aus einer nordsemitischen Schrift entstanden; älteste Überlieferung aus dem 4. Jh. v. Chr. Aus der B. entwickelten sich viele indische Schriften, z. B. die →Nagarischrift.

Brahms, Johannes, Komponist, *7. 5. 1833 Hamburg, †3. 4. 1897 Wien; war mit R. Schumann u. dessen Frau C. Wieck befreundet. 1858 Hofmusikdirektor in Detmold, 1863 übernahm er die Singakademie in Wien u. leitete 1872–1875 die Gesellschaftskonzerte der Musikfreunde. Sonst lebte er ohne Amt als freier Künstler u. erfuhr zeit seines Lebens zahlreiche Ehrungen. B. ist Spätromantiker wie Wagner, doch lag ihm das Theatralische fern. Ein lyr. Grundton wird durch kontrapunkt. Künste u. mannigfaltigen Rhythmus zu strenger Form gebändigt. Ernste u. leidenschaftl. Melodik, aber auch volkstüml. Elemente kennzeichnen seinen Stil. B. war ein vorzügl. Pianist u. widmete seinem Instrument zahlreiche Kompositionen: 3 Klaviersonaten op. 1, 2 u. 5, die Schumann-, Händel- u. Paganini-Variationen, ferner die aus seiner letzten Lebenszeit stammenden Phantasien, Intermezzi u. die Ungarischen Tänze. Seine Klavierquintette u. -quartette, die Cello- u. Violinsonaten gehören zum Wertvollsten auf dem Gebiet der Kammermusik. B. schuf eine Reihe großer Vokalwerke: „Deutsches Requiem" 1868; „Rhapsodie" für Alt 1869; „Schicksalslied" 1871; „Triumphlied" 1872 u. „Nänie" 1881; schrieb über 200 Lieder, Duette, Volksliedbearbeitungen u. a. Im Violinkonzert maß er sich mit dem Vorbild Beethovens u. knüpfte in seinen 4 Sinfonien (1. c-Moll 1854–1876, 2. D-Dur 1877, 3. F-Dur 1883, 4. e-Moll 1884/85) an die klass. Wiener Tradition an. Seiner Vorliebe für Variationen huldigte er in den „Variationen über ein Thema von Joseph Haydn" für Orchester. Weitere Werke: die „Akademische Festouvertüre", die „Tragische Ouvertüre" u. 2 Serenaden für kleines Orchester.

Brahui [die], westl. Drawida-Stamm, in Bälutschistan (Pakistan, 250 000), Afghanistan (12 000) u. Südiran (10 000).
2. [das], die von pers. u. indoarischen Elementen beeinflußte drawid. Sprache der B.

Braid [breid], James, brit. Chirurg, *1795 Fire (Schottland), †25. 3. 1860 Manchester; stellte systemat. Untersuchungen über den „Mesmerismus" (Heilmagnetismus) an, erforschte die Hypnose u. prägte 1843 den Begriff *Hypnose*.

Brăila [brə'ila], rumän. Hafenstadt am linken Ufer der unteren Donau südl. von Galatz, Hptst. des Kreises B. (4770 qkm, 375 000 Ew.), 177 000 Ew.; Staatstheater, Kunst- u. Geschichtsmuseum; für

Seeschiffe zugänglicher Hafen, bes. Holz- u. Getreideumschlag; Schiffswerft, Zement- u. Maschinenfabrik, Holzverarbeitung, Cellulose-, Papier-, Textil- u. Lebensmittelindustrie. – 1350 erwähnt, wurde B. Sitz eines türk. Rajahs (stark oriental. Gepräge), erhielt 1544 einen Hafen, fünf konzentr. Festungswälle, bis 1829 türkisch.

Braille [braj], Louis, französ. Blindenlehrer (selbst blind), *4. 1. 1809 Coupvrai, Dép. Seine-et-Marne, †6. 1. 1852 Paris; schuf 1829 die international gültige Form der →Blindenschrift *(B.-Schrift).* Seine Gebeine wurden 1952 im Pariser Panthéon beigesetzt.

Brain [brɛin], Dennis, engl. Hornist, *17. 5. 1921 London, †1. 9. 1957 Hatfield (Autounfall); zunächst im Royal Philharmonic Orchestra, dann im Philharmonia Orchestra. Viele Kompositionen sind für ihn geschrieben worden, u.a. von P. *Hindemith* u. B. *Britten.* Einer der bedeutendsten Hornisten seiner Zeit.

Braine [brɛin], John, engl. Schriftsteller, *13. 4. 1922 Bradford; gesellschaftskrit. Romane: „Room at the Top" 1957, dt. „Und nähme doch Schaden an seiner Seele" 1959, „The Vodi" 1959, dt. „Denn die einen sind im Dunkeln" 1960.

Brainstorming ['brɛinstɔ:miŋ; engl.], „Ideenwirbel", Verfahren zur Lösung von Problemen durch Befragung einer Gruppe von Personen, die möglichst spontan Einfälle zur Problemlösung äußert. Bei genügend vielen Vorschlägen dürften eine oder mehrere gute Lösungen gefunden werden.

Brain Trust ['brɛin trʌst; engl., „Trust der Gehirne"], **1.** größtenteils der Intelligenzschicht entstammende Berater des US-Präsidenten Franklin D. *Roosevelt,* die seit 1933 das →New Deal planten u. vorwärtstrieben. Es bildeten sich zwei Gruppen, deren eine unter der Führung von Raymond *Moley* (*1886) u. Adolf A. *Berle* (*1895) vorzugsweise die Kräfte der Geschäftswelt mobilisieren wollte, während die andere, mit Rexford *Tugwell* (*1891) als wichtigstem Vertreter, sich viel von staatl. Planwirtschaft versprach. – Jetzt allg., auch in Europa, Bez. für polit. Berater- u. Fachgremium. **2.** die Leiter im engl. Frage-und-Antwort-Spiel; →auch Quiz.

Braise ['brɛ:zə; frz.], säuerliche Würzbrühe zum Dämpfen von Fleisch; *braisieren,* in der Brühe dämpfen.

Brake, 1. *B. (Unterweser),* niedersächs. Stadt in Oldenburg, an der Unterweser, 17 900 Ew.; Verwaltungssitz des Ldkrs. *Wesermarsch;* Seehafen (Getreideumschlag), Reedereien, Schiffbau, Hochseefischerei, Fett-, Elektroindustrie. **2.** ehemalige Gemeinde in Nordrhein-Westfalen, seit 1973 nordöstlicher Stadtteil von Bielefeld.

Brakel, Stadt in Nordrhein-Westfalen im Ldkrs. Höxter, an der Nethe, 15 500 Ew.; alte Hansestadt; Kurort.

Bräker, Ulrich, schweizer. Schriftsteller, *22. 12. 1735 Näbis im Toggenburg, †11. 9. 1798 Wattwil; Sohn eines Kleinbauern, nach seiner Flucht aus preuß. Heeresdienst Weber in seiner Heimat; weitverbreitete Selbstbiographie „Lebensgeschichte u. natürl. Ebentheuer des Armen Mannes im Tockenburg" 1789.

Brakpan, südafrikan. Stadt am Witwatersrand, Transvaal, 85 000 Ew.; reiche Goldfelder, Eisenwerke.

Brakteat [der; lat.; „dünnes Blech"], Hohlpfennig, einseitig geprägte Münze, bekannt bes. aus Dtschld., Skandinavien, Polen, Böhmen, Schweiz, Ungarn. Der B. kam als Silberpfennig um 1130 im Harz-Elbe-Gebiet auf u. war in weiten Teilen Deutschlands verbreitet, zuletzt im 17. Jh.

Braktee [die; lat.], Deckblatt bei Blüten u. Blütenständen.

Bram, *Bramstenge,* Segelschiffsmastteil (→Mast); daran geführt: *B.rahe(n)* mit *B.segel(n);* evtl. Ober- u. Unter-*B.*rahen nebst -segeln.

Bramante, Donato, italien. Architekt u. Maler, *1444 wahrscheinl. Fermignano, †11. 3. 1514 Rom; tätig in Mailand (Sta. Maria presso S. Satiro mit den ersten nachröm. Kassetten-Kuppel, Sta. Maria delle Grazie u. Paläste), Pavia u. Rom seit 1499: Rundtempel im Klosterhof von S. Pietro in Montorio; Klosterhof von S. Maria della Pace; Pläne für den Neubau des Vatikans u. St. Peter). B.s Bedeutung als führender Baumeister der italien. Hochrenaissance liegt vor allem in der konsequenten Weiterentwicklung antiker Baugedanken mit dem Ziel der Raumvereinheitlichung in klass. Maßverhältnissen. Als Maler steht er in der Nachfolge von V. *Foppa* u. A. *Man-*

Constantin Brâncusi: Das Neugeborene (1. Fassung); 1915. New York, Museum of Modern Art (Stiftung Lillit P. Bliss)

tegna. B. schrieb auch Sonette u. architekturtheoret. Werke. – ▣ →Renaissance. – ⌸ 2.4.4.

Bramantino, eigentl. Bartolommeo *Suardi,* italien. Maler u. Architekt, *um 1465 Mailand, †1530 Mailand; tätig in Mailand u. Rom; zunächst Gehilfe *Bramantes* (daher der Beiname), seit 1525 Hofmaler der Sforza; einflußreicher, aber in seiner Stilentwicklung unbeständiger Künstler. Fresken, Tafelbilder, Teppichentwürfe, Handzeichnungen.

Brambach, *Bad B.,* Radiumbad im Krs. Oelsnitz, Bez. Karl-Marx-Stadt, im südwestsächs. Elstergebirge, 2100 Ew.; radioaktive Mineralquellen (Wettinquelle); nach dem Krieg Uranerzbergbau.

Bramme, Stahlhalbzeug mit rechteckigem Querschnitt, zum Auswalzen von Blechen oder Breitflachstahl. →Walzwerk.

Bramsche, niedersächs. Stadt (Ldkrs. Osnabrück), an der Hase, nördl. von Osnabrück, 24 000 Ew.; Textil- u. Lebensmittelindustrie, Sägewerk.

Bramstedt, *Bad B.,* Stadt, Moor- u. Solbad in Schleswig-Holstein (Krs. Segeberg), 8100 Ew.; Bekleidungs- u. Nahrungsmittelindustrie.

Bramwald, Buntsandsteinzug des Weserberglands zwischen Leine u. Weser, nördl. von Münden, im *Todtenberg* 408 m.

Branchialbögen [grch.] = Kiemenbögen.

Branchiata [grch.] = Krebse.

Branchien, 1. = Kiemenspalten; **2.** = Kiemen.

Branchiura = Fischläuse.

Branco, *Branca* [portug.], Bestandteil von geograph. Namen: weiß.

Branco, *Rio B.,* linker Nebenfluß des Rio Negro, im Amazonasgebiet, entspringt im südl. Bergland von Guayana (Quellflüsse: Uraricuera u. Rio Tacatu), 1300 km.

Branco →Castelo Branco.

Brâncusi [brənˈkuʃi], Constantin, französ. Bildhauer rumän. Herkunft, *21. 2. 1876 Pestişani Gorj, Walachei, †16. 3. 1957 Paris; seit 1904 in Paris, wurde B. zunächst von Rodin beeinflußt, kam aber bald zu einer Reduzierung der Naturformen, die bis zur Abstraktion geht. Er beläßt den meist stark polierten Materialien (Holz, Stein, Alabaster, Bronze) ihre Eigenwirkung. Zahlreiche zeitgenöss. Bildhauer, u.a. H. Moore u. H. Arp, sind von ihm beeinflußt.

Brand, 1. *Botanik:* **1.** krankhafte Veränderung an pflanzl. Organen, die Ähnlichkeit mit einer äußeren Verbrennung hat. *Rindenbrand* als Folge einer starken Besonnung bei plötzl. Freistellung von Bäumen, bes. bei Kahlschlägen. *Wurzelbrand* der Rüben als Keimlingsfäule. Von wirtschaftl. Bedeutung sind vor allem die →Brandkrankheiten. **2.** →Brandpilze.

2. *Pathologie:* Faulbrand, Nekrose, Gangrän, Gewebstod, Absterben von Organen u. Geweben; nach mangelhafter Gewebsernährung, Verätzung, Quetschung, Verbrennung, Erfrierung, Vergiftung, Verschluß der versorgenden Blutgefäße bei Arteriosklerose u. Zuckerharnruhr. Unterschieden werden: *trockener B.* (Mumifikation) mit schwarzer Verfärbung des Gewebes u. *feuchter B.* (Gangrän) mit Zersetzung durch Fäulniserreger u. aashaftem Geruch. Bei *Gas-B.* (Gasgangrän) sind dazu durch gasbildende Fäulniserreger noch Gasblasen im Gewebe vorhanden. Absetzung der abgestorbenen Gewebe nötig, um Blutvergiftung zu vermeiden.

Brand, ehem. Gemeinde in Nordrhein-Westfalen, 1972 in die Städte Aachen u. Stolberg (Rheinland) eingemeindet.

Brand, Henning, *um 1650; Kaufmann u. Alchemist, entdeckte 1670 das Element →Phosphor im Harn, aus dem er Gold zu machen hoffte.

Brandan, *Brandanus,* Heiliger, irischer Mönch, *484 Kerry, †16. 5. 577 (587, 578) Annaghdown; soll auf einer 5jährigen Irrfahrt auf dem Atlant. Ozean die amerikan. Ostküste erreicht haben. Wohl Symbolgestalt für die altirische Seefahrer.

Brandão [-ˈdãu], Raúl Germano, portugies. Schriftsteller, *12. 3. 1867 Foz do Douro, †5. 12. 1930 Lissabon; Offizier; Erzähler u. Dramatiker, auch literarhistor. Arbeiten; sucht mit den Stilmitteln eines naturalist. Symbolismus das Wesen der Wirklichkeit zu erfassen; berühmt durch seine Schilderungen von Landschaften u. Fischerleben; soziale Einstellung, pantheist. Naturverehrung.

Brandberg, aus Granit aufgebautes Gebirgsmassiv in Südwestafrika, im *Königstein* 2606 m; seltene Pflanzen, Felsmalereien von Buschmännern u. Bergdama.

Brandbinde, mit Wismutverbindungen präparierte Mullbinde zur ersten Hilfe u. Behandlung von kleinen, ungefährl. Brandwunden.

Brandblase, durch Verbrennung 2. Grades entstandene Blase der Haut.

Brandbrasse, Fisch, →Oblada.

Brandbrief, früher: behördl. Erlaubnis für einen durch Brand Geschädigten, betteln gehen zu dürfen; heute: dringender Brief.

Brandeis an der Elbe-Altbunzlau, tschech. *Brandýs nad Labem-Stará Boleslav,* böhm. Stadt nordöstl. von Prag, 15 000 Ew.; Landmaschinenbau; 1955 durch Zusammenschluß von *Brandeis* u. *Altbunzlau* entstanden.

Brandeln, altes dt. Kartenspiel mit 28 Blatt zwischen 4 Spielern.

Brandenburg, 1. früher auch „Kurmark" u. „Mark" genannt, Ursprungsland u. größte Provinz des früheren Staates Preußen, Teil des Norddt. Flachlands mit den Landschaften Prignitz, Uckermark, Neumark, Havelland, Mittelmark, Spreewald u. Niederlausitz; landschaftl. ein breites Becken mit 3 Urstromtälern u. dazwischengeschalteten sandigen Platten in, südl. N auf die Balt. Seenplatte, im S auf den südl. Landrücken (Fläming, Niederlausitz) übergreifend; im Mittelteil ein natürl. Durchgangsland für Wasser- u. Landstraßen sowie Eisenbahnen, die in Berlin zusammenlaufen; meist Sandboden (40% der Fläche) mit Kartoffel-, Roggen-, Haferbau u. weiten Kiefernforsten (33%); auf den fruchtbaren Böden der Uckermark u. des Oderbruchs auch Weizen, Zuckerrüben u. sogar Tabak; in den Niederungen vielfach auch Wiesen, Gemüsebau (bes. um Berlin u. im Spreewald); verbreitet ist auch Obstbau; Viehzucht durch den großen Verbrauch Berlins gefördert, bes. Milchkühe u. Schweine. Die Bevölkerung ist sehr gemischt (aus allen dt. Stämmen), im Spreewald sorbisch. In der Niederlausitz Braunkohlengruben (Senftenberg) u. Textilfabriken (Guben, Forst, Cottbus), vielseitige Industrie in den größeren Städten. 1939 (ohne Berlin): 39 035 qkm, 3,0 Mill. Ew.; 1945–1952 Land B. mit Hptst. *Potsdam,* ohne Ost-B. 26 976 qkm, 2,5 Mill. Ew. (meist ev.); seit 1952 aufgeteilt in die Bez. Cottbus, Frankfurt u. Potsdam.

Geschichte: Die slaw. Gauburg *Brennaburg* (der *Heveller*) wurde 928/29 von König Heinrich I. erobert; unter Otto d. Gr. unterstand dem Gebiet dem Markgrafen *Gero.* 948 wurde ein *Bistum B.* gegründet; durch den Slawenaufstand von 983 gingen die bisherigen Eroberungen wieder verloren, die Bischöfe kehrten erst im 12. Jh. wieder nach B. zurück. Mitte des 12. Jh. erwarb der Askanier *Albrecht der Bär* das Havelland u. nannte sich *Markgraf von B.* Nach dem Aussterben der Askanier kam die Mark an die *Wittelsbacher* (1320–1373), dann an die *Luxemburger* (1373–1415). Seit der Herausbildung des Kurfürstenkollegs Mitte des 13. Jh. zählte der Markgraf von B. zu den Kurfürsten, 1356 wurde dieses Recht in der Goldenen Bulle endgültig bestätigt. 1415 belehnte Kaiser Sigismund den Nürnberger Burggrafen *Friedrich VI.* von Zollern (→Hohenzollern) mit der Mark B. 1618 wurde sie mit *Ostpreußen* vereinigt. →Preußen (Geschichte). – ⌸ 5.4.0.

2. *Brandenburg/Havel,* Stadtkreis im Bez. Potsdam, westl. von Berlin, 167 qkm, 94 300 Ew.; Stahl- u. Walzwerk, Maschinenindustrie, Schiffswerft, Fahrzeugbau; zahlreiche mittelalterl. Bauten (St.-Jakobs-Kapelle, 1320; Katharinenkirche, Dom von 1165, Altstädter Rathaus, Rundturm); Neubauviertel Marienberg. – Krs. *Brandenburg:* 883 qkm, 40 500 Ew.

Brandenburg, 1. Erich, Historiker, *31. 7. 1868 Stralsund, †22. 1. 1946 Leipzig; 1899–1937 Prof. in Leipzig. Vertreter eines nüchternen Positivismus, der die ideengeschichtl. Richtung F. Meineckes ablehnte. In seinen Darstellungen zur dt. Geschichte setzte er die kleindt. Tradition fort. Werke: „Die Reichsgründung" 1916, ²1922; „Von Bismarck zum Weltkriege" ³1939. Hrsg. der „Historischen Vierteljahrsschrift".
2. Ernst, Verkehrsfachmann, *4. 6. 1883 Sophienfeld bei Bromberg, †1. 7. 1952 Bonn; Flieger im 1. Weltkrieg, 1924–1942 Abteilungsleiter im Reichsverkehrsministerium, machte sich um den Aufbau der dt. Luftfahrt verdient.
3. Hans, Schriftsteller, *18. 10. 1885 Wuppertal-Barmen, †8. 5. 1968 Bingen; lebte meist in München. Wuppertaler Generationen-Roman: „Vater Öllendahl" 1938. Auch Novellen („Alles um Liebe" 1965), Natur- u. Landschaftsbücher, Dichterbiographien, Bücher über Tanz u. Theater, Erinnerungen: „München leuchtete" 1953.
Brandenburgisch →deutsche Mundarten.
Brandenburgische Konzerte, 6 Concerti grossi in verschiedenen Besetzungen von J. S. *Bach*, für den jüngsten Sohn des Großen Kurfürsten, Christian Ludwig von Brandenburg, um 1721 komponiert.
Brandenstein, Béla Frhr. von, ungar. Philosoph, *17. 3. 1901 Budapest; 1929–1948 Prof. in Budapest, 1948–1966 in Saarbrücken. Werke: „Der Mensch und seine Stellung im All" 1947; „Der Aufbau des Seins" 1950; „Vom Sinn der Philosophie und ihrer Geschichte" 1957; „Wahrheit und Wirklichkeit" 1965; „Grundlegung der Philosophie" 6 Bde. 1965–1970.
Brandente, *Brandgans, Tadorna tadorna,* gänseähnl., weiß-schwarz-rote Schwimmente an europ. Küsten.
Brand-Erbisdorf, Kreis- u. Industriestadt im Bez. Karl-Marx-Stadt, im Osterzgebirge, 7500 Ew. (1964). – Krs. Brand-Erbisdorf: 354 qkm, 39 500 Ew.
Brandes, Georg, eigentl. Morris Cohen, dän. Kritiker, Literarhistoriker u. Biograph, *4. 2. 1842 Kopenhagen, †19. 2. 1927 Kopenhagen; lebte lange in Dtschld.; vertrat eine aufklärerische positivist. Weltanschauung u. wurde Wegbereiter der realist. skandinav. Literatur von H. Ibsen bis K. Hamsun, aber auch für F. Nietzsche; Hptw.: „Hauptströmungen der Literatur des 19. Jh." 1872–1890, dt. 1872ff.; Werke über Goethe, Shakespeare, Voltaire u. a.; geschliffene Essays.
Brandfuchs →Kohlfuchs.
Brandgiebel, als →Brandmauer ausgebildeter Giebel.
Brandgrab, vor- u. frühgeschichtl. Bestattungssitte. Die Überreste des auf dem Scheiterhaufen verbrannten Toten wurden im *Urnengrab* in einem Aschegefäß beigesetzt. Im *Brandschüttungsgrab* liegen Leichenbrand, weitere Scheiterhaufenrückstände, auch Beigaben auch außerhalb der Urne oder ohne eine solche in der Erde. Beim *Brandgrubengrab* wurden Behälter aus vergängl. Material verwendet (Stoff, Leder oder Holz). Das B. war in der jüngeren Bronze- u. älteren Eisenzeit die vorherrschende Bestattungsart in Europa u. hielt sich, obgleich die Leichenbestattung später wieder üblich wurde, stellenweise bis zur Christianisierung. →auch Feuerbestattung.
Brandi, Karl, Historiker, *20. 5. 1868 Meppen, †9. 3. 1946 Göttingen; Prof. in Marburg u. Göttingen; gründete das „Archiv für Urkundenforschung"; widmete sich bes. der italien. Renaissance u. der dt. Reformations- u. Gegenreformationszeit; verband strenge Urkundenforschung mit großer Darstellungskraft. Werke: „Die Renaissance in Florenz u. Rom" ⁶1927; „Kaiser Karl V." 1937–1941; „Dt. Geschichte im Zeitalter der Reformation u. Gegenreformation" 1927–1930, Neuaufl. 1969.
Brandklassen, zur Kennzeichnung des Brandverhaltens getroffene Einteilung der brennbaren Stoffe in 5 Gruppen; A: feste, B: flüssige, C: gasförmige Stoffe, D: brennbare Leichtmetalle, E: elektr. Anlagen.
Brandkrankheiten, Pilzkrankheiten der Gräser (→Brandpilze), insbes. der Getreidearten. Die Bekämpfung erfolgt je nach dem Infektionsweg durch chem. Beize (Pilzmyzel oder Pilzsporen am Samenkorn), durch Heißwasserbeize (Blüteninfektion, Pilzmyzel im Samenkorn) oder durch Behandlung des Bodens mit Fungiziden (Pilzsporen im Boden). Daneben spielt die Züchtung resistenter Rassen eine große Rolle.

Brandkultur, *Brennkultur,* Bodennutzung durch eine bes. Art der Verbindung von Wald- u. Feldbau, wobei nach Abholzen des (15–20jährigen) Waldbestands die verbliebenen Reste (Reisig) u. der Bodenüberzug abgebrannt u. abschließend diese Flächen ein- u. mehrjährig als Ackerland (bes. mit Getreide) genutzt werden. Bis vor kurzem noch in armen Waldgebirgen (Odenwald, Siegener Land) üblich, doch stark im Abklingen begriffen; im trop. Regenwald weit verbreitet. Früher auch Art der Kultivierung in Hochmooren, wobei nach Trocknen u. Verbrennen des Weißtorfs mehrjähriger Anbau (meist Buchweizen) mögl. war; heute verboten.
Brandl, Alois, Anglist, *21. 6. 1855 Innsbruck, †5. 2. 1940 Berlin; Shakespeare-Forscher.
Brandmal, *Schandmal,* wurde im MA. Verbrechern in die Haut gebrannt, um sie zu *brandmarken*.
Brandmalerei, Maltechnik, bei der die Darstellung mit glühenden Stahl- oder Platinstiften in helles Holz (Ahorn) gebrannt wird.
brandmarken, durch Aufdrücken eines *Brandmals* auf die Haut kennzeichnen; im MA. übliche Strafe für Verbrecher.
Brandmauer, *Brandwand, Feuermauer,* Wand aus feuerbeständigen Baustoffen zwischen aneinanderstoßenden Gebäuden, um Übergreifen eines Brandes zu verhüten; wird 40 cm über Dach geführt (*Brandgiebel*).
Brandmaus, *Apodemus agrarius,* braunrote Maus mit schwarzem Aalstrich, von 10 cm Körperlänge mit 8 cm langem Schwanz, bevorzugt Gehölze; Eurasien, fehlt in Dtschld. südl. des Main. →auch Waldmaus.
Brando ['bræn-], Marlon, US-amerikan. Theater- u. Filmschauspieler, *3. 4. 1924 Omaha, Nebr.; kam 1950 zum Film.
Brandon ['brændən], kanad. Stadt im SW Manitobas, 30 000 Ew.; Universität; Lebensmittel-, Konsumgüterindustrie, Raffinerie.
Brandpilze, *Brand, Ustilaginales,* parasit. Pilze, die an den befallenen Teilen der Wirtspflanze braune Sporen in solcher Menge bilden, daß diese Teile wie verbrannt aussehen. B. sind die Erreger vieler wichtiger Getreidekrankheiten. Nach der Art der Infektion unterscheidet man: B. mit *Keimlingsinfektion* u. B. mit *Blüteninfektion*. Letztere dringen schon in die Blüte u. infizieren dort bereits die jungen Körner; sie sind bes. schlecht zu bekämpfen, da hier die übl. Saatgutbeizung mit chem. Mitteln versagt; man wendet bei ihnen die sog. Heißwasserbeize an. Die wichtigsten Brandkrankheiten sind: Weizenstinkbrand (Keimlingsinfektion), Gersten- u. Weizenflugbrand (Blüteninfektion) u. Maisbrand (Keimlingsinfektion). →Brandkrankheiten.
Brandrodung, *Schwendwirtschaft,* eine ältere Form der Landwirtschaft, bei der ein Stück Urwald abgeholzt u. abgebrannt wird, bevor es bepflanzt wird. Der Boden ist bald erschöpft, was meist zur Neurodung u. zur Verlegung der Siedlung führt. Ernährungsgrundlage für rd. 200 Mill. Menschen.
Brandsalbe, eine Emulsion, die aus gleichen Teilen Leinöl u. Kalkwasser jeweils neu gemischt wird (*Brandliniment*); als B. dienen auch Bor-, Lebertransalbe u. a.; Anwendung bei kleinen, harmlosen Brandwunden.
Brandsatz, Füllung aus phosphorhaltigen Substanzen bei Brandbomben u. Leuchtspurmunition oder Teil der Geschoßfüllung bei kombinierter Sprengbrandmunition. →chemische Kampfmittel.
Brandschiefer, stark kohlenhaltiger Tonschiefer.
Brandschutz →vorbeugender Brandschutz, →Feuerbeschau.
Brandseeschwalbe, *Sterna sandvicensis,* möwenartiger gewandter Küstenvogel Europas, Afrikas u. Amerikas.
Brandsohle, innere Sohle des Schuhs, an die der Schuhschaft befestigt wird. Die B. soll aus bes. saugfähigem, schweißunempfindl. Leder pflanzl. Gerbung *(Brandsohlenleder)* hergestellt werden.
Brandstaetter ['brantstɛtər], Roman, poln. Schriftsteller jüd. Herkunft, *3. 1. 1906 Tarnów; Lyrik, Essays, bes. Dramen („Das Schweigen" 1951, dt. 1961).
Brandstiftung, vorsätzl. oder fahrlässiges Inbrandsetzen bestimmter Gegenstände, insbes. von Bauwerken; als *schwere B.* strafbar die B. von Räumlichkeiten, die zum Gottesdienst, zur Wohnung oder zum menschl. Aufenthalt dienen (§ 306 StGB), wenn dadurch ein Mensch getötet wird oder unter Begünstigung der B. bestimmte Verbrechen begangen werden sollen oder vom Täter das Löschen verhindert oder erschwert wird (§ 307 StGB), *einfache B.* in allen anderen Fällen (§ 308 StGB). Als *Brandgefährdung* wird die vorsätzl. oder fahrlässige Herbeiführung einer Brandgefahr für feuergefährdete Betriebe oder Anlagen sowie für Wälder, bestellte Felder usw. (z. B. durch Rauchen, Verwendung offenen Feuers) bestraft (§ 310a StGB). – In Österreich §§ 169, 170 StGB (Ausbruch des Feuers ist Tatbestandsmerkmal). – In der Schweiz ist wegen B. mit Zuchthaus zu bestrafen, wer vorsätzlich zum Schaden eines anderen oder unter Herbeiführung einer Gemeingefahr ein Feuer verursacht (bei geringem Schaden auch Gefängnis möglich).
Brandstoffe, chemische Kampfmittel, die durch ihre Brandwirkung Menschen verletzen oder töten u. Sachwerte beschädigen oder vernichten; Einsatz auch gegen Kraftfahrzeuge u. Panzer.
Brändström, Elsa, *26. 3. 1888 St. Petersburg als Tochter des schwed. Gesandten, †4. 3. 1948 Cambridge (USA); als „Engel von Sibirien" tatkräftige Helferin der deutschen Kriegsgefangenen des 1. u. 2. Weltkriegs.
Brandt, 1. Alfred, Ingenieur, *3. 9. 1846 Hamburg, †29. 11. 1899 Brig, Wallis; bekannt durch Entwurf zum Simplontunnel u. Erfindung einer Gesteinsbohrmaschine.
2. Bill, engl. Photograph, *1905 London; begann Ende der 1920er Jahre in Paris zu photographieren. Schüler von Man Ray, beeinflußt von E. Atget. Starker Kontrast u. Beschränkung auf das Wesentliche verbinden sich in seinen Bildern zu graphisch wirkender Abstraktion. Veröffentlichungen: „Camera in London" 1948; „Perspective of Nudes" 1961.
3. Hermann, Gewerkschaftsführer, *2. 8. 1922 Bremen; seit 1960 im Vorstand, seit 1967 Erster Vors. der Dt. Angestellten-Gewerkschaft.
4. Jürgen, Offizier, *19. 10. 1922 Kiel; seit 1978 General u. Generalinspekteur der Bundeswehr.
5. Thure, schwed. Major, *6. 2. 1819 Södertälje, †8. 8. 1895 Södertälje; Begründer der *Thure-B.-Massage* (1864) zur Behandlung der Becken- u. Unterleibsorgane der Frau.
6. Willem, eigentl. *Willem Simon Brand Klooster,* niederländ. Lyriker u. Erzähler, *6. 9. 1905 Groningen; Gedichte über Indonesien.
7. Willy, ursprüngl. *Herbert Karl Frahm,* SPD-Politiker, *18. 12. 1913 Lübeck; begann polit. in der Sozialist. Arbeiterjugend u. Sozialist. Arbeiterpartei (Mitglied seit 1931); emigrierte 1933 nach Skandinavien (Norwegen u. Schweden), wo er nach Ausbürgerung die norweg. Staatsbürgerschaft erwarb, den Namen Willy B. annahm u. als Journalist sowie in der norweg. Widerstandsbewegung tätig war.
Nach Kriegsende kehrte B. als Berichterstatter skandinav. Zeitungen u. als Presseattaché der norweg. Militärmission in Dtschld. zurück u. ließ sich 1947 in Schleswig-Holstein wieder einbürgern. B. wurde 1948 zum Vertreter des SPD-Vorstands in Berlin gewählt, war 1949–1957 MdB, 1950–1957 Mitglied, seit 1955 Präs. des (West-) Berliner Abgeordnetenhauses, 1957–1966 Regierender Bürgermeister von Berlin, seit 1958 auch Vorsitzender der Berliner SPD (bis 1962) u.

Brandkrankheiten			
Krankheit	Erreger	Infektionsweg	Bekämpfung
Weizenstinkbrand	*Tilletia tritici*	Samen	chem. Beize
Weizenflugbrand	*Ustilago tritici*	Blüteninfektion	Heißwasserbeize
Gerstenhartbrand	*Ustilago hordei*	Samen	chem. Beize
Gerstenflugbrand	*Ustilago nuda*	Blüteninfektion	Heißwasserbeize
Gedeckter Haferbrand	*Ustilago laevis*	Samen	chem. Beize
Haferflugbrand	*Ustilago avenae*	Samen	Heißwasserbeize
Roggenstengelbrand	*Urocystis occulta*	Samen	chem. Beize
Maisbrand	*Ustilago zeae*	Samen, Boden	chem. Beize, Fungizide

Brandung

Branntwein-Destillation

Georges Braque: Der Billardtisch; 1945. Paris, Musée National d'Art Moderne

Mitglied des Parteivorstandes u. ist seit 1964 Parteivorsitzender. Bei den Bundestagswahlen 1961 u. 1965 ohne ausreichenden Erfolg Kanzlerkandidat, ging B. 1966 nach Auflösung der CDU/CSU/FDP-Regierung unter L. Erhard mit seiner Partei ein Bündnis mit den Unionsparteien ein („Große Koalition") u. wurde Stellvertreter des Bundeskanzlers K. G. Kiesinger u. Bundesmin. des Auswärtigen. 1969 errang B. durch Stimmengewinne seiner Partei u. eine Koalition mit der FDP als erster Sozialdemokrat die Kanzlerschaft der Bundesrepublik Deutschland (Wahl 21. 10.). B., der sich als Bürgermeister auf internationaler Ebene wirkungsvoll für die Freiheit u. Lebensfähigkeit Westberlins eingesetzt hatte, förderte als Außen-Min. neben der Westintegration bes. die Verbesserung des Verhältnisses zu den östl. Nachbarn (1967 diplomat. Beziehungen mit Rumänien, 1968 Wiederaufnahme der Beziehungen zu Jugoslawien, entgegen der Hallstein-Doktrin). Als Bundeskanzler intensivierte B. mit Unterstützung von Außen-Min. Scheel (FDP) diese Ostpolitik (1970 Verträge mit der Sowjetunion u. Polen, 1973 mit der ČSSR). Damit ermöglichte er den Abschluß des Viermächteabkommens über Berlin (1971). Im Verhältnis zur DDR suchte B. ein „geregeltes Nebeneinander" herbeizuführen (1970 Treffen mit Min.-Präs. Stoph, 1972 Grundvertrag). Im Innern leitete die Regierung B. zahlreiche Reformen ein. Im April 1972 überstand B., dessen parlamentarische Mehrheit war, knapp ein konstruktives Mißtrauensvotum. Aus vorgezogenen Neuwahlen ging die Koalition gestärkt hervor; B. bildete abermals eine SPD/FDP-Regierung. Für das Eindringen des DDR-Spions G. *Guillaume* in den Kreis seiner engsten Mitarbeiter übernahm B. die polit. Verantwortung u. trat am 6. 5. 1974 als Bundeskanzler zurück. 1976 wurde er Präs. der Sozialistischen Internationale, 1977 Vors. einer „Unabhängigen Kommission für internationale Entwicklungsfragen".
1971 erhielt B. den Friedensnobelpreis. Er schrieb u. a.: (mit R. Löwenthal) „E. Reuter" 1957; (mit L. Lania) „Mein Weg nach Berlin" 1960; (hrsg. v. G. Struve) „Draußen – Schriften während der Emigration" 1966; „Begegnungen u. Einsichten" 1976. – ⌑ 5.4.6.

Brandung, das Brechen der in flachem Wasser zur Küste voreilenden Wellenkämme *(Strand-B.)* u. ähnl. unregelmäßige Wellenbewegungen an Klippen *(Klippen-B.).* Die abtragende Wirkung der B. (Abrasion) schafft Brandungsplatte u. Kliff.
Brandungsschwimmen →Wellenreiten.
Brandverhalten →Brandklassen, →Feuerbeständigkeit.
Brandwunden →Verbrennung.
Brandys, Kazimierz, poln. Erzähler, *27. 10. 1916 Lodsch; Roman: „Die Mutter der Könige" 1957, dt. 1959. Erzählung: „Die Verteidigung Granadas" 1956, dt. 1959; Erinnerungen: „Der Marktplatz" dt. 1971.
Brandzeichen, bes. bei Pferden, werden seit uralter Zeit benutzt als Eigentumsbrand oder Zuchtbrand (z. B. Gestüt Trakehnen: Elchschaufel).

Willy Brandt

Braniewo [-'njɛ-], poln. Name der Stadt →Braunsberg.
Brannenburg, oberbayer. Luftkurort im Inntal (Ldkrs. Rosenheim), 4250 Ew.; Zahnradbahn auf den Wendelstein.
Branner, Hans Christian, dän. Schriftsteller, *23. 6. 1903 Kopenhagen, †24. 4. 1966 Kopenhagen; psycholog. Romane u. Erzählungen: „Ein Dutzend Menschen" 1936, dt. 1938; „Traum um eine Frau" 1941, dt. 1948; „Die Geschichte von Borge" 1942, dt. 1948; „Zwei Minuten Schweigen" 1944, dt. 1952; „Der Reiter" 1949, dt. 1951; auch Dramen u. Hörspiele.
Branntkalk, Baukalk, der durch Brennen unterhalb der Sinterung aus kohlensaurem Kalkstein gewonnen wird.
Branntwein, durch Vergärung der in den verschiedenen Getreidearten u. Früchten vorkommenden Zucker u. durch nachfolgende Destillation *(Brennen)* an Alkohol angereichertes Getränk. B.e *(Spirituosen)* haben einen Alkoholgehalt von mindestens 32 Vol. %; bekannte B.sorten, die je nach dem vergorenen Ausgangsmaterial einen charakteristischen Geschmack haben, sind: Cognac, Obst-B.e (Obstwasser), Wacholder-B.e, Korn-B.e, Rum, Arrak, Whisky u. a. – ⌑ 1.2.3. Die Herstellung u. der Verkauf von B. unterliegen in Dtschld. (seit 1919) dem *B.monopolgesetz,* nach dem der in den Brennereien hergestellte B. vom Staat übernommen u. der Verwertung zugeführt wird. Der *Trink-B.* unterliegt in der BRD im Rahmen der Verbrauchsteuer auf Massengenußmittel einer hohen (zuletzt am 1. 1. 1972 erhöhten) Besteuerung. – ⌑ 4.7.0.
Branston-Sauce [brænstən-], bekannte engl. Saucen-Zubereitung, bestehend aus Dattelmark, Pfeffer, Salz, Zucker, Curry, Mango-Chutney u. Malzessig; Verwendung zu Wild, Roastbeef u. a. kaltem Braten.
Brant, Sebastian, Satiriker, *1457 Straßburg, †10. 5. 1521 Straßburg; Jurist u. Stadtschreiber, hatte mit seiner treffend witzigen u. mit Holzschnitten (die Mehrzahl wahrschein. vom jungen A. Dürer) ausgestatteten Zeitsatire *„Das Narrenschiff"* 1494 einen der größten Bucherfolge vor M. Luther.
Brantford ['bræntfəd], kanad. Stadt westl. des Ontariosees, 65 000 Ew., Maschinen- u. a. Industrie.
Branting, Karl Hjalmar, schwed. Politiker, *23. 11. 1860 Stockholm, †24. 2. 1925 Stockholm; sozialdemokrat. Parteiführer, 1920–1925 mehrmals Min.-Präs., Vertreter Schwedens im Völkerbundsrat; 1921 Friedensnobelpreis.
Brantôme [brã'to:m], Pierre de Bourdeille, Seigneur de, französ. Schriftsteller, *um 1540 Bourdeilles, †15. 7. 1614 Brantôme; Höfling Karls IX. u. Heinrichs III., als Diplomat u. Soldat u. a. in Italien, Spanien, Portugal u. England; bekannt durch seine mehrteiligen Memoiren, eine Anekdotensammlung von galanten Abenteuern u. hervorragenden Kriegstaten; erst 1665 veröffentlicht (daraus dt. „Das Leben der galanten Frauen" 1905), prägten sie das Bild, das man sich später vom 16. Jh. machte.
Braque [brak], Georges, französ. Maler u. Graphiker, *13. 5. 1882 Argenteuil-sur-Seine, †31. 8. 1963 Paris; ausgebildet in Le Havre u. Paris, fand 1905 Anschluß an die Gruppe der „Fauves", wurde 1907 mit P. Picasso bekannt u. begründete mit diesem unter dem Einfluß der Spätwerke P.

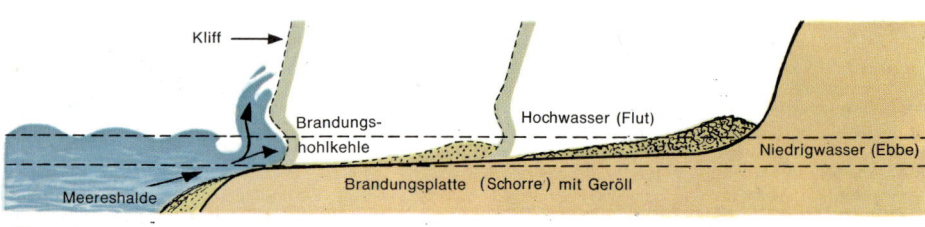
Klippenbrandung

Brasília: Gebäude des Nationalkongresses (Congresso Nacional), Nordseite

Cézannes den *Kubismus*, dessen analyt. u. synthet. Phase B. 1908–1918 in Landschaftsbildern („Bäume bei L'Estaque" 1908) u. zahlreichen Stilleben entscheidend mitgestaltete. Nach Collageversuchen (seit 1912) u. Rückkehr zu kräftigerer Farbgebung entstanden hauptsächl. Stilleben, seltener Figurenbilder u. Landschaften, gekennzeichnet gegenüber den früheren Werken durch größere Raumdimension, Formvereinfachung, weitgehende Annäherung an das natürl. Erscheinungsbild u. delikate Farbzusammenstellungen (Grau, Ocker, Schwarz). 1918 begann die Serie der „Guéridons" (Stilleben auf rundem Tisch), 1922 die Folge von „Cheminées" (Kamine), 1936 ein größerer Zyklus figürl. Kompositionen, 1939 die „Atelier"-Serie, fortgesetzt 1947. Daneben entstanden zahlreiche Radierungen u. Farblithographien, z. T. als Illustrationen zu Büchern von Hesiod, R. Char, St.-J. Perse u. a., ferner Plastiken, Bühnenentwürfe u. Glasfenster. Die abgeklärte Reife u. Klassizität in B.s Stil hat rasch zur allg. Anerkennung des Malers als einem der bedeutendsten Künstler des 20. Jh. geführt. – ⌷2.5.5.

Bräsig, *Onkel* oder *Inspektor B.*, ergötzl. Gestalt aus Fritz *Reuters* Werken „Briefe des Herrn Inspektors B." 1855 u. „Ut mine Stromtid" 1862–1864.

Brasịlholz, *Pernambukholz*, *Lignum Fernambuci*, Holz der brasilian. Caesalpiniazee *Caesalpinia echinata*.

Brasịlia, ein schon zu Beginn des Präkambriums bestehender Urkontinent, umfaßt den Kern Südamerikas zwischen dem Amazonasbecken u. dem Becken des La Plata.

Brasịlia, seit 21. 4. 1960 anstelle von Rio de Janeiro die Bundes-Hptst. Brasiliens, in einem aus dem Staat Goiás ausgegliederten Bundesdistrikt (5814 qkm, 800 000 Ew.), seit 1891 verfassungsmäßig verankert, hochmodern geplant (von Lúcio Costa) u. seit 1957 gebaut (Leitung Oscar Niemeyer), 440 000 Ew. (einschl. der Arbeiterstadt *Cidade Livre*). B. soll der Erschließung Innerbrasiliens anregen. Der Bau von Trabantenstädten mit Industrie in 25 km Entfernung wird durchgeführt. Der Stausee *Lago do Paranoá* dient der Wasser- u. Energieversorgung. Seine Achse ist von NW nach SW parabelförmig gekrümmt, die Spitzen (Botan. u. Zoolog. Gärten) sind durch Halbinseln geteilt. Die Stadt weist eine starke funktionale Gliederung auf, die in ihrer Anlage zum Ausdruck kommt. Eine Magistrale, an deren Ende sich der Bahnhof (Bahnanschluß 1967) u. das Industriegelände erstrecken, läuft auf die konkave Parabelseite zu, wo sich am dreieckig gestalteten „Platz der drei Gewalten" die zentralen Einrichtungen Universität (gegr. 1961), Theater, Kathedrale, Banken u. die Blöcke (Superquadras) der Ministerien finden. In Fortsetzung, auf breiter Halbinsel im See, liegt, von Anlagen umgeben, der Präsidentenpalast. Die Wohnsiedlungen sind in ebenfalls parabelförmigen Querstraßen angeordnet, die Bungalows der Diplomaten liegen auf der nördl. Halbinsel; Flughafen im SW.

brasilianische Literatur →iberoamerikanische Literatur.

brasilianische Musik →iberoamerikanische Musik.

Brasilianisches Becken, Tiefseebecken vor der brasilian. Küste zwischen Äquator u. 30°S, im Nordteil bis 6537 m tief; auf 20°S erstreckt sich die Trindade-Schwelle zwischen dem Festland u. der Insel Trindade, aufgebaut aus einer Reihe von Bänken (*Victoriabank* –33 m, *Jaseurbank* –11 m, *Davisbank* –35 m) u. Kuppen (*Columbiakuppe* –924 m). Nördl. davon ragt die *Grollkuppe* als eine von mehreren Einzelerhebungen bis –1115 m auf.

Brasilịde, südamerikanische Rasse der →Indianiden.

BRASILIEN BR
República Federativa do Brasil

Fläche: 8 511 965 qkm

Einwohner: 113 Mill.

Bevölkerungsdichte: 13 Ew./qkm

Hauptstadt: Brasilia

Staatsform: Präsidiale Republik

Mitglied: in UN, OAS, GATT

Währung: 1 Cruzeiro = 100 Centavos

Der an der südamerikan. Atlantikküste gelegene Staat ist der größte Südamerikas u. fünftgrößte der Erde, seiner Fläche nach gemessen. B. gliedert sich in die 23 Staaten Acre, Alagôas, Amazonas, Bahia, Ceará, Espirito Santo Goiás, Guanabara, Maranhão, Mato Grosso, Mato Grosso do Sul, Minas Gerais, Pará, Paraíba, Paraná, Pernambuco, Piauí, Rio de Janeiro, Rio Grande do Norte, Rio Grande do Sul, Santa Catarina, São Paulo, Sergipe, den Bundesdistrikt mit Brasília u. die Territorien Amapá, Fernando de Noronha, Rondônia, Roraima.

Landesnatur: B. besteht hauptsächl. aus zwei Großlandschaften, dem Amazonasbecken u. dem Brasilian. Bergland. Das feuchtheiße, größtenteils von dichtem Regenwald bestandene, weithin völlig ebene *Amazonasbecken* (→Amazonas) ist das größte trop. Waldgebiet der Erde. Es wird vom Amazonas u. zahlreichen Zuflüssen entwässert, die ohne merkliches Gefälle dahinfließen. Die Ströme werden teilweise von breiten Überschwemmungszonen gesäumt. Auch die Küste u. die im breiten Amazonasdelta liegende Insel Marajó sind teilweise sumpfig. Im äußersten N hat Brasilien Anteil am *Bergland von Guayana* mit seinen Tafelbergen (Pico da Neblina 3014 m). Nach S hebt sich das Land mit einer schwachen Stufe, an der alle Flüsse Stromschnellen u. Fälle bilden, zum *Brasilian. Berg- u. Tafelland*. Es ist ein größtenteils sanftgewelltes altes Rumpfgebirge, das – im Lee der Küstenerhebungen gelegen u. damit niederschlagsarm – von den Savannen der *Campos cerrados* u. den Trockenwäldern der *Caatinga* bestanden ist u. mittlere Höhen von 500 bis 1000 m aufweist. In den Küstengebirgen des O, die mit steilen, dichtbewaldeten Hängen zur Ostküste abfallen, erreicht das Bergland seine größten Höhen (Pico da Bandeira 2890 m). Die Küste säumt ein schmaler Tieflandstreifen. Brasilien ist ein überwiegend trop. Land, das nur mit seinem Südzipfel in die warmgemäßigte subtrop. Klimazone hineinreicht; das Klima des Hochlandes ist mäßig feucht, u. die Temperaturen sind gemildert.

54% der meist kath., portugiesischsprechenden Bevölkerung sind Weiße, über 34% Mischlinge (Mulatten, Caboclos) u. 11% Neger. Außerdem gibt es etwa 330 000 Asiaten, meist Japaner, sowie 50 000–100 000 Indianer (Aruak, Ge, Karaiben, Tupí, Guaraní, Pano, Nambikuara). In den südl. Staaten Paraná u. Santa Catarina leben zahlreiche Deutsche, insges. in B. über 1 Mill. Die Bevölkerung ist sehr ungleichmäßig verteilt: Während das Amazonasbecken, abgesehen von kleinen Indianerstämmen u. einzelnen Siedlungen an den Flüssen, gering besiedelt ist, konzentrieren sich über 61% der Bevölkerung in den Küstenstaaten des S u. SO, rd. 63% wohnen in Städten.

Wirtschaft u. Verkehr: Entscheidende Wirtschaftsgrundlage ist die trop.-subtrop. Landwirtschaft, die neben Mais, Maniok u. Bohnen für den

Brasilien

Brasilien: Kaffeeplantage in São Paulo

einheimischen Bedarf vor allem Kaffee (im südl. Hochland), Kakao (Ostküste), Baumwolle (Hochland im S u. NO), Sisal, Zuckerrohr u. Tabak, ferner Reis, Wein, Mate-Tee, Bananen u. Südfrüchte für die Ausfuhr liefert. Aus den Wäldern werden Hölzer, Kautschuk, Nüsse, Harze, pflanzl. Wachse u. Öle exportiert. Wichtigste Exportgüter sind: Kaffee, Zucker, Baumwolle, Sojabohnen u. Kakao. B. steht in der Erzeugung von Kaffee u. Sisal an 1., von Zucker u. Kakao an 2., von Tabak an 4., von Baumwolle an 7. Stelle auf der Erde. Die bedeutende Viehzucht (94 Mill. Rinder, 36 Mill. Schweine, 9,5 Mill. Pferde, 27 Mill. Schafe, 16 Mill. Ziegen), die bes. auf den Grasflächen der Campos betrieben wird, liefert ebenfalls Überschüsse. Der Bergbau verfügt über beachtl. Vorkommen von Quarz, Chrom, Zirkonium, Beryllium, Graphit, Titanium, Magnesit, Thorium, Mangan, Wolfram, Kohlen, Eisen, Bauxit, Uran, Diamanten, Salz. Erdöl u. Kohlen werden in steigendem Maße gefördert u. exportiert, aber auch im Lande selbst verarbeitet. Die vielseitige Industrie veredelt nicht mehr nur die Agrarprodukte, sondern macht in vielen Zweigen rasche Fortschritte. Wichtig sind die Metall- u. Maschinen-, chem., Textil-, Leder-, Papier-, Lebensmittel- u. Tabakindustrie. Der Export von Fertigwaren der Schwer- u. Verbrauchsgüterindustrie nimmt zu. Der Aufbau der Industrie kann sich auf eine steigende Nutzung der Wasserkräfte stützen.

Das Eisenbahn- u. Straßennetz ist nur in den Küstenstaaten des N u. O sowie im S dicht u. gut. Im Innern gibt es einige Autopisten, neben der Wasserstraße des Amazonas erschließt die „Transamazonica" als period. benutzbare Straße das Amazonasbecken. Sehr wichtig ist im Inneren das gut ausgebaute Flugnetz. – ◫ 6.8.7.

Geschichte: B. wurde 1499 von dem Spanier V. *Yáñez Pinzón* entdeckt u. 1500 von dem Portugiesen P. A. *Cabral* für Portugal in Besitz genommen. Mehrere Versuche europ. Staaten, sich in B. festzusetzen, konnten von den Portugiesen vereitelt werden. Nur den Holländern gelang es, 1630 in Pernambuco eine eigene Kolonie zu errichten (bis 1654). 1763 wurde Bahia, das seit 1541 Hptst. B.s war, von Rio de Janeiro abgelöst, das seit 1808 (bis 1820) auch Regierungssitz des von Napoléon I. vertriebenen portugies. Königs Johann VI. war. 1822 erklärte sich B. unter dem portugies. Kronprinzen Dom Pedro für unabhängig von Portugal u. proklamierte ihn als *Pedro I.* (Peter) zum Kaiser. 1831 dankte er zugunsten seines fünfjährigen Sohnes *Pedro II.* ab (bis 1840 Regentschaft). Pedro II. begünstigte eine starke europ. Einwanderung, um die Entwicklung der brasilian. Wirtschaft zu fördern. 1851/52 nahm B. am Krieg gegen Rosas teil, u. 1864–1870 war es die militär. u. polit. Führungsmacht der Tripelallianz im Krieg gegen Paraguay. Die Abschaffung der Sklaverei (1888) führte 1889 zum Sturz des Kaisertums.

Marschall da *Fonseca* wurde der erste Staatspräsident. Die Verfassung der Republik der „Vereinigten Staaten von B." lehnte sich eng an das nordamerikan. Vorbild an. Unter den republikan. Regierungen machte die wirtschaftl. Entwicklung rasche Fortschritte. Grenzstreitigkeiten mit den Nachbarstaaten wurden durch Schiedssprüche friedl. beigelegt. Die Konkurrenz der neuen Gummiplantagen in Asien führte 1914 in B. zu einer ernsten Wirtschaftskrise, die erst nach dem 1. Weltkrieg, an dem sich B. seit 1917 gegen Dtschld. beteiligte, behoben werden konnte.

Revolutionen in São Paulo u. Rio Grande do Sul hemmten die Nachkriegsentwicklung. 1930 wurde G. *Vargas* durch Staatsstreich Präsident; ab 1937 regierte er diktatorisch. 1942 trat B. auf alliierter Seite in den 2. Weltkrieg ein. 1945 wurde Vargas vom Militär gestürzt, B. erhielt wieder eine demokrat. Verfassung. 1950 erlangte Vargas erneut durch Wahl die Präsidentschaft, 1954 wurde er abermals zum Rücktritt gezwungen. Unter Präs. J. *Kubitschek* (1956–1961) wurde die neue Hptst. Brasília gebaut. Präs. J. *Goulart* (seit 1961) nahm weitgehende Sozialreformen in Angriff u. zog sich dadurch die Gegnerschaft konservativer Kreise zu. Er wurde 1964 vom Militär gestürzt. Seither stand B. praktisch unter Militärdiktatur; das Präsidentenamt war stets mit Generalen besetzt (1964–1967 H. *Castelo Branco*, 1967–1969 A. *Costa e Silva*, 1969–1974 E. G. *Medici*, 1974–1979 E. *Geisel*, seit 1979 J. B. *Figueiredo*).

Das Militärregime bekämpfte seine Gegner mit harten, von der Weltöffentlichkeit zunehmend kritisierten Mitteln (willkürliche Verhaftungen, Folterungen in Gefängnissen). Widerstandsaktionen wurden von einem Teil des kath. Klerus (Erzbischof H. *Câmara*) u. von Intellektuellen getragen. 1967 wurde ein Zweiparteiensystem eingeführt (Regierungspartei ARENA, Oppositionspartei MDB). Die Wirksamkeit der Parteien u. der Parlamente blieb jedoch stark eingeschränkt. Erste Ansätze zu einer Liberalisierung wurden unter Präs. Geisel gemacht. Der „Institutionelle Akt Nr. 5", auf dem seit 1968 die nahezu diktator. Sondervollmachten der Präs. beruhten, wurde 1979 außer Kraft gesetzt.

Aufgrund wachsender wirtschaftl. Prosperität konnten eine Reihe von Reformen eingeleitet werden (Bodenreform, „Feldzug gegen Analphabetentum", „Plan für soziale Integration", Reform im Schul- u. Hochschulwesen). B. scheint neu u. mehr mit Unterstützung der USA zur Führungsmacht in Lateinamerika zu werden. – ◫ 5.7.9.

Militär: B. hat allg. Wehrpflicht vom 21. bis zum 45. Lebensjahr. Die aktive Dienstzeit dauert 1 Jahr. Ihr schließen sich für 8 Jahre jährliche Reserveübungen von 2–4 Wochen an. Bei der Schulung der höheren Offiziere assistiert seit 1948 eine US-Militärmission. Die brasilianische Luftwaffe ist mit ca. 650 Flugzeugen die größte Südamerikas. Die Gesamtstärke der brasilianischen Streitkräfte beträgt ca. 200 000 Mann. Die Entscheidung in Fragen der nationalen Sicherheit liegt beim Staatspräsidenten.

Bildungswesen: Träger sind Staat, Gemeinden, Kirchen u. private Körperschaften. Privatunterricht durch Hauslehrer gestattet. Zwischen dem 7. und 12. Lebensjahr müssen alle Kinder der 4–6jährigen Schulpflicht genügt haben. An öffentl. Schulen wird kein Schulgeld erhoben. Das Grundschulwesen ist noch im Aufbau begriffen. Auf dem Land vorwiegend wenig gegliederte Grundschulen. *Schulsystem:* 4–5jährige Grundschule *(escola primária)*, auf der alle weiteren Schulen aufbauen. Sowohl die weiterführenden allgemeinbildenden als auch die berufsbildenden u. Fachschulen gliedern sich in eine 1. u. 2. Stufe. Die erste Stufe der allgemeinbildenden Schulen sind 4jährige Gymnasien *(ginásio)*, auf die als 2. Stufe 3jährige Collegien *(colégio)* folgen. Ziel der 7jährigen allgemeinbildenden Schulen ist die Vermittlung der Hochschulreife. Die erste Stufe der berufsbildenden u. Fachschulen dauert meist 4 Jahre, die zweite Stufe meist 3 Jahre. Nach Absolvierung der 1. Stufe ist ein Übergang von der berufsbildenden Schule möglich. Die volle 7jährige Ausbildung an berufsbildenden u. Fachschulen berechtigt zum Studium an Universitäten (47, darunter viele private) u. Fachhochschulen. Seit 1961 ist die Universitätsstadt *Santa Maria* (Rio Grande do Sul) im Bau; sie hat eigene Experimentalschulen, Fabriken u. eine Bank für die Studenten. Moderne Universitätszentren liegen in Rio de Janeiro u. Brasília. Berühmt ist das Butantã-Institut in São Paulo.

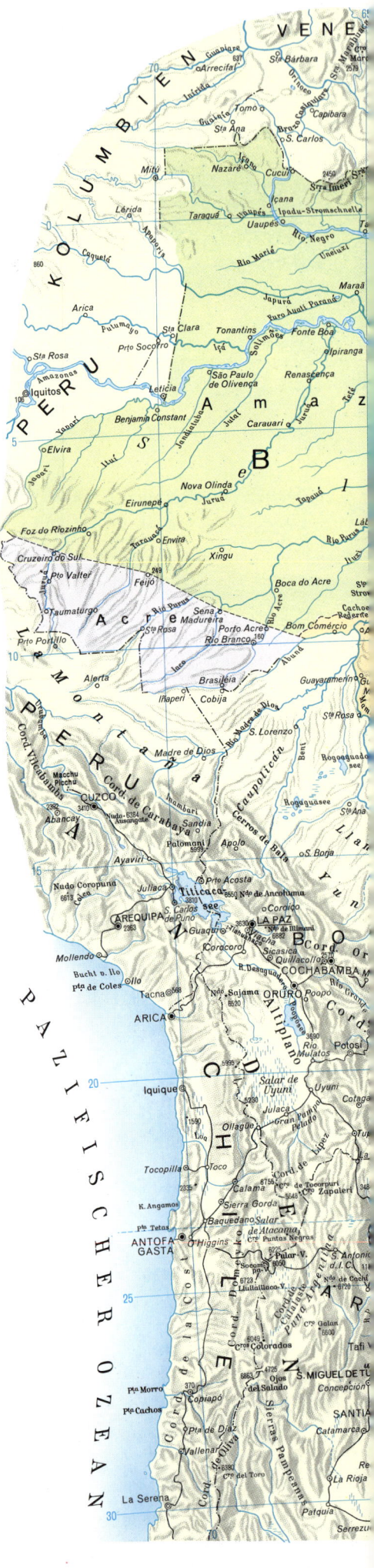

Brasilin, aus Brasilholz gewonnener roter Beizenfarbstoff für Wolle u. Baumwolle.
Brasillach [brazi'jak], Robert, französ. Schriftsteller, *31. 3. 1909 Perpignan, †6. 2. 1945 Paris (als Kollaborateur hingerichtet); schrieb vor allem literaturkrit. Essays („Corneille" 1938) u. zartfühlende, stimmungsvolle Romane („Le marchand d'oiseaux" 1936, dt. „Uns aber liebt Paris" 1953; „Comme le temps passe" 1937, dt. „Ein Leben lang" 1938); bes. geschätzt seine in der Haft verfaßten Gedichte „Poèmes de Fresnes" (posthum) 1949.
Brasilstrom, unbeständige u. schwache warme Meeresströmung vor der Küste Brasiliens bis zur La-Plata-Mündung; Fortsetzung eines südwärts gerichteten Zweigs des atlant. Südäquatorialstroms.
Braşov [bra'ʃɔv], zentralrumän. Stadt, = Kronstadt.
Brassai, eigentl. Gyula *Halász*, französ. Photograph ungar. Herkunft, *1899 Brasso, Ungarn; wollte zunächst Maler werden u. studierte an den Akademien Budapest u. Berlin, begann 1923 als Journalist in Paris zu photographieren. Daneben große Begabung als Zeichner, Plastiker u. Schriftsteller, Freundschaft mit Picasso, J. Prevert, H. Miller, J. Cocteau. B. gehört mit E. *Atget* zu den wenigen Photographen, denen es gelungen ist, die Stadt Paris mit der Kamera zu erfassen. Einzigartige Nachtaufnahmen, die großenteils im „Milieu" entstanden sind, u. Porträts seiner Künstlerfreunde. Zahlreiche Veröffentlichungen, u. a. „Paris de Nuit" 1923; „L'Histoire de Marie" 1949; „Graffitti" 1958, dt. 1960.
Brasse [frz.], *seemänn.:* laufendes Tau, mit dem die Rah mit oder ohne Segel um den Mast oder die Stenge geschwenkt *(gebraßt)* werden kann. Die B. läuft durch den →Block an der →Nock der Rah.
Brassempouy [brasã'pui], Dorf im französ. Dép. Landes; in dessen Nähe Höhlen mit altsteinzeitl. Kleinkunst, darunter Frauenfigürchen aus Elfenbein.
brassen, *seemänn.:* Schiffsrahen je nach Windrichtung mit Hilfe von Tauen in horizontaler Richtung drehen.
Brassen, *Meerbrassen, Sparidae,* Familie *barschartiger*, meist sehr auffällig gefärbter Meeresfische. Meist hochrückige, seitlich zusammengedrückte Tiere mit sehr kräftigem Gebiß; schnelle Schwimmer u. ausdauernde Jäger; verteidigen während der Laichzeit nach einem bestimmten Zeremoniell ein Revier. Manche B. sind zuerst Männchen, später Weibchen *(protandrisch)* oder umgekehrt *(protogyn)*. Wirtschaftl. bedeutend.
Brassens [bra'sã], Georges, französ. Chansonsänger, *22. 10. 1921 Sète, Hérault; seine oft romant., z.T. sozial- u. moralkrit. Lieder dichtet, komponiert u. singt er selbst.
Brasseur [-'sø:r], Pierre, französ. Schauspieler u. Autor, *22. 12. 1905 Paris, †15. 8. 1972 Bruneck (Südtirol); Charakterdarsteller von Bühne u. Film.
Brassica = Kohl.
Brătescu-Voineşti [brə'tɛsku vɔi'nɛʃti], Ion Alexandru, rumän. Erzähler, *1. 1. 1868 Tîrgovişte, †14. 12. 1946 Bukarest; besinnl., humanitäre Erzählungen von seel. Konflikten beim Einbruch der Zivilisation in eine patriot. Agrargesellschaft. Übersetzung: „Die Wachtel" 1928.
Brătianu, liberale rumän. Politiker: **1.** Ion d. Ä., *2. 6. 1821 Piteşti, †16. 5. 1891 Florica; 1848–1857 nach Frankreich emigriert. 1866 Mitgründer der liberalen Partei u. maßgebl. an der Einsetzung König Karls I. (Carols I.) beteiligt, 1876–1888 fast ununterbrochen Min.-Präs., erreichte 1878 die Unabhängigkeit Rumäniens von der Türkei; zahlreiche Reformen im Inneren.
2. Ion d. J., Sohn von 1), *20. 8. 1864 Florica, †24. 11. 1927 Bukarest; seit 1909 Führer der liberalen Partei, war 1908–1911, 1914–1918, 1918/19, 1922–1926 u. 1927 Min.-Präs., setzte 1914 die Neutralität Rumäniens durch; 1916 Kriegseintritt auf seiten der Alliierten; schuf Großrumänien.
Bratislava, Hptst. der Slowakei im W der ČSSR, = Preßburg.
Brätling = Milchbrätling.
Bratprobe, Geruchsprobe zur Überprüfung verdächtigen Fetts oder Fleischs durch mehrere Personen. Um eine Konzentration des Geruchs auf kleinem Raum zu erhalten, wird das verdächtige Gut in einem Erlenmeyerkolben langsam erhitzt u. ausgeschmolzen bzw. bei der *Kochprobe* mit Wasser gekocht.
Bratsche [die; ursprüngl. ital. *viola da braccio*, „Armgeige"] →Viola.
Bratsk, Industriestadt in Mittelsibirien, RSFSR, unterhalb des *B.er Stausees* (Angara), 129000 Ew.; Maschinenbauschule; Wassergroßkraftwerk, Aluminiumindustrie, Holzverarbeitung, Heizanlagen; in der Nähe Eisenerzlager; Holzhafen. Anschluß zur Transsibir. Bahn.
Bratsker Stausee, 557 km langer Stausee im Engtal der Angara mit Großkraftwerk oberhalb der sowjet. Stadt *Bratsk*; 5500 qkm, Stauvermögen 180 Mrd. m³, Stauhöhe 106 m, Staulänge 5,1 km, Dammhöhe 125 m. Seit 1961 in Betrieb; 1967 mit 18 Turbinen installierte Leistung 4,5 Mill. kW u. jährl. Stromerzeugung 22,6 Mrd. kWh. Der B. S. ist Grundlage der Stromversorgung Sibiriens, zugleich fischereiwirtschaftl. u. für die Wasserversorgung wichtig. – Ⓑ →Sowjetunion.
Brattain ['brætɛin], Walter Houser, US-amerikan. Physiker, *10. 2. 1902 Amoy (China); erhielt für Arbeiten über Transistoren 1956 den Nobelpreis.
Bratteli, Trygve Martin, norweg. Journalist u. Politiker (sozialist. Arbeiterpartei), *11. 1. 1910 Nøtterøy; seit 1951 Min. verschiedener Ressorts, 1965 Partei-Vors., 1971/72 u. erneut 1973–1976 Min.-Präs.
Braubach, rheinland-pfälz. Stadt (Rhein-Lahn-Kreis), rechtsrhein. am Fuß der *Marksburg* (Marxburg; einzige unzerstörte Burg am Rhein; B.er Schloß), 3800 Ew.; Stahlquellen; Blei- u. Silberhütte, Obst- u. Weinbau („Erdbeerkönigin").
Braubach, Max, Historiker, *10. 4. 1899 Metz; seit 1928 Prof. in Bonn; widmete sich bes. der Geschichte des 17. u. 18 Jh. sowie der rhein. Geschichte. Hptw.: „Versailles u. Wien von Ludwig XIV. bis Kaunitz" 1952; „Prinz Eugen von Savoyen" 5 Bde. 1963–1965; „Kurköln, Gestalten u. Ereignisse aus zwei Jahrhunderten rhein. Geschichte" 1949.
Brauch, bezeichnet wie →Sitte ein Gewohnheitshandeln, auch *traditionales Handeln* genannt (Max *Weber*). Gegenüber der *Sitte* zeichnet sich der B. durch die Betonung der äußerl. Formen (meist kult. Ursprungs) des Handelns aus. →Volksbrauch.
Brauchitsch, Walter von, Offizier, *4. 10. 1881 Berlin, †18. 10. 1948 Munsterlager; Febr. 1938 Oberbefehlshaber des Heeres, leitete im 2. Weltkrieg die Feldzüge gegen Polen, Frankreich, Jugoslawien u. Griechenland, geriet während des Rußlandfeldzugs immer mehr in Gegensatz zu den militar. Plänen Hitlers u. bat, seit 1940 Generalfeldmarschall, um seine Entlassung; am 19. 12. 1941 verabschiedet.
Brauchle, Alfred, Mediziner, *22. 3. 1898 Schopfheim, Baden, †21. 11. 1964 Schöneberg bei Schönau; zuletzt Chefarzt des Parksanatoriums in Schönau, Schwarzwald. Hptw.: „Handbuch der Naturheilkunde" 1933; „Naturheilkunde des prakt. Arztes" 1943; „Das große Buch der Naturheilkunde" 1957, [9]1964.
Brauchwasser, nicht zum Trinken geeignetes, sondern für industrielle Zwecke, zum Sprengen der Straßen u. Gärten, Feuerlöschen u. ä. bestimmtes Wasser (Gegensatz: *Trinkwasser*). Die Gewinnung u. Zuleitung des B.s muß von der Trinkwasserversorgung streng getrennt erfolgen.
Braudel [bro'dɛl], Fernand, französ. Historiker, *24. 8. 1902 Luméville (Meuse); Prof. am Collège de France, gehört zur Historikergruppe der von M. *Bloch* gegründeten „Annales". In „La Méditerranée et le monde méditerranéen à l'époque de Philippe II" 1949 schrieb er das bisher bedeutendste Werk dieser Schule. Im 1. Teil untersuchte er die geograph. Grundlagen, im 2. die sozialen u. wirtschaftl. Strukturen, im 3. stellte er die Ereignisse dar, wobei er der „histoire structurelle" gegenüber der „histoire événementielle" Vorrang gab. Gleichzeitig verwendet er den Gedanken verschiedener nebeneinander herlaufender Zeiten mit unterschiedlichen Zeitmaßen anschließend an die Auffassung von den Vorgängen von „langer Dauer", in denen sich die unbewußte Geschichte darstellt. „La longue durée" in „Annales" Bd. XIII, 1958.
Brauer, **1.** Erich, österr. Maler, *4. 1. 1929 Wien; Vertreter des „Phantast. Realismus", studierte bei A. P. Gütersloh, schlug sich als Gitarrespieler, Liedsänger u. Tänzer durch, lebt abwechselnd in Paris u. Israel; malt in glühenden Farben Phantasielandschaften mit Fabeltieren, fleischfressenden Pflanzen u. seltsamen Fluggebilden. Die Perspektive des traumhaften Überflugs gemahnt an Breughel. – Ⓑ →Wiener Schule.
2. Max, Politiker (SPD), *3. 9. 1887 Altona, †2. 2. 1973 Hamburg; Glasbläser, 1919–1924 in Altona Zweiter, dann Erster Bürgermeister bis 1933; emigrierte, beriet im Auftrag des Völkerbunds Tschiang Kaischek in kommunalen u. genossenschaftl. Fragen, später in den USA Lehrer an Colleges; 1946–1953 u. 1957–1961 Erster Bürgermeister von Hamburg, 1961–1965 MdB.
3. Theodor, kath. Sozialwissenschaftler, *16. 1. 1880 Kleve, †19. 3. 1943 St. Paul, Minn. (USA); Leiter des Bildungswesens der christl. Gewerkschaften; 1923–1928 Prof. in Karlsruhe, seit 1928 in Köln; lehrte seit 1937 in St. Paul, Minn. Hptw.: „Gewerkschaft u. Volkswirtschaft" 1912; „Christentum u. Sozialismus" 1920; „Die Kultursendung der Gewerkschaften" 1929.
Brauer und Mälzer, Ausbildungsberuf des Handwerks u. der Industrie für die Malz- u. Bierbereitung, 3 Jahre Ausbildungszeit.
Braugerste, für Brauzwecke bes. geeignete Gerstensorte mit geringem Eiweißgehalt u. heller Farbe.
Braumüller, *Wilhelm B. Universitäts-Verlagsbuchhandlung GmbH*, Wien, gegr. 1783; wissenschaftl. Literatur.
Braun, **1.** Alfred, Regisseur, *3. 5. 1888 Berlin, †3. 1. 1978 Berlin; Tätigkeit als Schauspieler u. Regisseur, 1923 einer der ersten dt. Rundfunkreporter; Funkdramaturg u. -regisseur in Berlin. 1933–1939 zeitweilig emigriert, nach 1945 Filmregisseur u. 1954–1957 erster Intendant des Senders Freies Berlin.
2. Felix, österr. Schriftsteller, *4. 11. 1885 Wien, †29. 11. 1973 Klosterneuburg; 1928–1951 Lektor in Italien u. England; seitdem wieder in Wien. Lyrik: „Viola d'Amore" 1953; „Das Nelkenbeet" 1966. Drama: „Tantalos" 1917; „Kaiser Karl V." 1936. Roman: „Agnes Altkirchner" 1927, unter dem Titel „Herbst des Reiches" 1957; „Der Stachel in der Seele" 1948. Essays: „Das musische Land" 1952; „Die Eisblume" 1955. Autobiographie: „Das Licht der Welt" 1949.
3. Gustav, Geograph, *30. 5. 1881 Dorpat, †11. 11. 1940 Oslo; arbeitete bes. über Nordeuropa, Dtschld. u. Probleme der Allg. Phys. Geographie; Hptw.: „Grundzüge der Physiogeographie" (mit W. M. *Davis*) 1911; „Deutschland" 1916; „Die nordischen Staaten" 1924.
4. Harald, Regisseur, Dramaturg u. Filmproduzent, *26. 4. 1901 Berlin, †24. 9. 1960 Xanten; 1933 beim Rundfunk, 1935 Regieassistent von Carl Froelich; Drehbuchautor von „Das Herz der Königin" 1939; Regisseur u. Autor von „Zwischen Himmel u. Erde" 1941, „Zwischen gestern und morgen" 1947, „Nachtwache" 1949, „Der letzte Sommer" 1954 u. a.
5. Heinrich, Chirurg, *1. 1. 1862 Rawitsch, Posen, †26. 4. 1934 Überlingen; vervollkommnete die Lokalanästhesie durch Einführung des Adrenalins (Selbstversuch 1900); nach ihm benannt die *B.sche Schiene* zur Ruhigstellung des Beins.
6. Joseph, Archäologe u. Kunsthistoriker, *31. 1. 1857 Wipperfürth, †11. 7. 1947 Pullach bei München; Jesuit, Prof. für christl. Kunst an jesuit. Lehranstalten. Hptw.: „Handbuch der Paramentik" 1912; „Der christl. Altar in seiner geschichtl. Entwicklung" 1924; „Tracht u. Attribute der Heiligen in der dt. Kunst" 1943.
7. Karl Ferdinand, Physiker, *6. 6. 1850 Fulda, †20. 4. 1918 New York; erfand 1897 die *Braunsche Röhre* u. den Knallfunkensender. 1909 Nobelpreis zusammen mit G. *Marconi*.
8. Lily, Schriftstellerin u. Frauenrechtlerin, *2. 7. 1865 Halberstadt, †8. 8. 1916 Berlin; Urenkelin des Königs Jérôme, in 2. Ehe verheiratet mit dem sozialdemokrat. Publizisten Heinrich Braun (*1854, †1927); schrieb „Im Schatten der Titanen" 1908; „Memoiren einer Sozialistin" 2 Bde. 1909–1911. – Ihr Sohn Otto B. (*26. 6. 1897 Berlin, gefallen 29. 4. 1918 in Frankreich) wurde bekannt durch die „Nachgelassenen Schriften eines Frühvollendeten" 1919.
9. Mattias, Dramatiker, *4. 1. 1933 Köln; „Ein Haus unter der Sonne" 1954; „Die Frau des Generals" 1954; freie Übertragungen der „Troerinnen" u. „Medea" (1959) des Euripides, der „Perser" (1960) des Äschylus, Dramatisierung des „Reineke Fuchs" 1965.
10. Otto, sozialdemokratischer Politiker, *28. 1. 1872 Königsberg, †15. 12. 1955 Ascona; seit 1902 Parlamentarier, 1920–1932 fast ununterbrochen preuß. Min.-Präs., verdient um den Aufbau einer demokrat. Staatsform in Preußen.
11. Wernher von, Raketenforscher, *23. 3. 1912 Wirsitz, Posen, †16. 6. 1977 Alexandria, Va.; Sohn des früheren Reichsernährungs-Min. (1932) Magnus Frhr. von B.; leitete während des 2. Welt-

kriegs die Raketenversuchsanstalt *Peenemünde* u. konstruierte die V 1 u. V 2. Seit 1945 in den USA, verantwortlich für Bau u. Start des ersten amerikan. Erdsatelliten *(Explorer I)* sowie für die Entwicklung der Saturn-Raketen; Direktor des *NASA Marshall Space Flight Center*, Huntsville, Ala., seit 1969 neben NASA-Stab Washington. Seit 1972 in der Privatindustrie.

Braunalgen, *Phaeophyceae,* braun gefärbte *Algen,* die wegen ihrer oft sehr großen, derben Form auch als *Tang* bezeichnet werden. Außer dem Chlorophyll besitzen sie noch einen braunen Farbstoff *(Fucoxanthin),* der alle übrigen Farbstoffe überdeckt. Die B. sind mit einigen Ausnahmen Meeresalgen; Hauptentwicklung in den kälteren u. gemäßigten Meeren. Hierher gehören die *Ectocarpales,* die *Cutleriales,* die *Dictyotales,* die *Laminariales,* die *Fucales* u.a. Verwendung: Verschiedene *Laminariaceen* u. *Fucaceen* liefern aus ihrer Asche *Jod* u. *Alginsäure* (wichtig für die Textil- und die Lebensmittel-Industrie). Auch *Soda* wird aus ihnen hergestellt. Viele *Laminariaceen* sind reich an *Mannit* u. werden von Japanern u. Chinesen als Nahrung genossen.

Braunau, 1. tschech. *Brounov,* ostböhm. Stadt im „B.er Ländchen", 8000 Ew.; Benediktinerstift mit wertvoller Bibliothek; Textilindustrie. **2.** *B. am Inn,* Grenzstadt in Oberösterreich, 17000 Ew.; alte Festungsstadt mit gut erhaltenem mittelalterl. Stadtbild; Denkmal für den hier 1809 von den Franzosen erschossenen Nürnberger Buchhändler Ph. *Palm;* Geburtsort *Hitlers.* Aluminiumwerk im Stadtteil Ranshofen; Innkraftwerk.

Braunbär, *Ursus arctos,* ein *Landraubtier* aus der Familie der *Bären* in Nordamerika u. Eurasien. Das zottige Fell kann braun, kann aber von isabellfarben (graugelb) bis tiefschwarz mit hellem Halsband schwanken; mehr nachtaktives Tier; hält Winterschlaf, nach dem 1–3 Junge geboren werden. Die B.en bilden einen *Rassenkreis,* dessen Angehörige je nach Standort in Größe, Färbung u. Lebensweise stark differieren. Es gibt Gebiete, in denen sie ganz Vegetarier sind u. Obstplantagen plündern; andere Populationen reißen auch große Wild- u. Haustiere; an Strömen mit Lachswanderungen (Kanada, Alaska) treiben sie auch Fischfang. Bekannte Rassen des B.en sind: Der *B. i. e. S.* aus Eurasien, vor allem der UdSSR, dessen Unterrasse, der *Alpenbär,* nur bis 1,80 m lang wird bei 90 cm Schulterhöhe; er kommt noch in den italien. Alpen (Brenta) u. Jugoslawien vor. Aus Nordamerika ist der *Grizzly-Bär* in vielen Farbschattierungen bekannt, während der *Alaska-* oder *Kodiak-Bär* mit 3 m Länge u. 1,20 m Schulterhöhe der größte B. ist.

Braunbek, Werner, Physiker, *8. 1. 1901 Bautzen, †10. 2. 1977 Tübingen; lehrte seit 1936 in Tübingen; Arbeiten über Atomphysik; verdient um die Popularisierung der Physik; schrieb u.a.: „Physik für alle" 1950; „Forscher erschüttern die Welt" 1958; „Ausbruch ins Grenzenlose" 1961; „Vom Lichtstrahl zum Neutrino" 1968.

Braune, Wilhelm, Germanist, *20. 2. 1850 Großthiemig, Sachsen, †10. 11. 1926 Heidelberg; schrieb u. a. „Got. Grammatik" 1880; „Althochdt. Grammatik" 1886.

Bräune, Bez. für Diphtherie.

Brauneisenstein, wichtiges Eisenerz, →Limonit.

Braunelle, 1. *Botanik:* 1. Brunelle, Braunheil, *Prunella vulgaris,* ein *Lippenblütler* mit in Scheinähren stehenden blauen Blüten. – 2. →Kohlröschen, schwarzes.

2. *Zoologie:* →Heckenbraunelle (Vogel).

braune Milch →Milch (Farbveränderungen).

Brauner, Victor, rumän. Maler, *1903 Piatra Neamţ, †1966 Paris; Surrealist, der in seinen von Südseeidolen, Maya-Miniaturen u. rumän. Volkskunst inspirierten Arbeiten einem mytholog. u. okkultist. beeinflußten Sexualismus huldigt. Das Motiv des starren Auges, die Betonung der Silhouette u. die Häufigkeit violetter Farbtöne sind für ihn typisch.

Brauner Bär, 1. →Braunbär.

2. Schmetterling, →Bär.

Braunerden, gelbl. bis bräunl. gefärbte Lehm- u. Tonböden mit mäßigem Humusgehalt; entstehen in der mitteleurop. Zone im gemäßigten Klima mit vorherrschender CO_2-Verwitterung.

Brauner Jura, mittlere Abteilung des Jura, →Dogger.

Braunerze, verwitterte, ursprüngl. kohlensaure Eisenerze, stark eisenhydroxid-, etwas kieselsäure- u. tonerdehaltig.

Braunfäule, 1. *allg.:* durch Mikroorganismen hervorgerufene Fäulniserscheinung an pflanzl. Organen.

2. *i. e. S.:* Destruktionsfäule, Zerstörung des Holzes durch Pilze, die insbes. die Zellulose abbauen; dabei würfelartiger Zerfall des braun gewordenen Holzes.

Braunfels, Walter, Komponist, *19. 12. 1882 Frankfurt a. M., †19. 3. 1954 Köln; 1925–1933 u. 1945–1950 Direktor der Musikhochschule Köln. Opern („Prinzessin Brambilla" 1908; „Ulenspiegel" 1919; „Die Vögel" nach Aristophanes 1920; „Don Gil von den grünen Hosen" 1924; „Verkündigung" 1948; „Der Traum ein Leben" 1950), Orchester- u. Klavierwerke, Große Messe, Konzerte.

Braunfisch →Schweinswal.

Braun GmbH, *G. Braun GmbH* (vormals G. Braunsche Hofbuchdruckerei und Verlag), Karlsruhe, gegr. 1835; technisch-wissenschaftl. Bücher, Schulbücher, oberrhein. Literatur, Adreßbuchverlag.

Braunit [der], eisenschwarzes, fettig metallglänzendes Mineral, Hartmanganerz, in metamorphen Gesteinen; tetragonal; Härte 6–6½; chem. Formel $3Mn_2O_3 \cdot MnSiO_2$.

Braunkehlchen, *Saxicola rubetra,* kleiner, einheim. *Singvogel* mit gelbl. Kehle u. Brust.

Braunkohle, braune bis schwarze, holzige bis erdige (Weich-B.) oder dichte, feste Kohle (Hart-B.), die in *Flözen* von mehreren 10 m Mächtigkeit auftritt. Im *Tertiär* entstanden, ist die B. die jüngste aller Kohlen, daher geringster Heizwert von 1500–7000 kcal/kg; in der Regel haben die Weich-B.n die geringeren, die Hart-B.n die größeren Heizwerte. Meist nicht tief liegend u. deshalb im Tagebau gewinnbar. Nach Aufbereitung werden die Stücke als *Nußkohle* verwendet, die *Gruskohle* wird zu *Briketts* verarbeitet. Die B. ist auch chem. Rohstoff. Durch Vergasen u. Verschwelen werden wertvolle Bestandteile herausgeholt u. zu *Ölen* u. *Benzin* verarbeitet. Der verbleibende *Schwelkoks* gilt als wertvoller Brennstoff. Hauptvorkommen: BRD (Kölner Bucht, Helmstedt, niederhessische Senke, Oberpfalz); DDR (Halle-Leipzig, Niederlausitz); Polen; Bulgarien; Ungarn; Jugoslawien; Tschechoslowakei (Nordwestböhmen); UdSSR (Moskauer Becken, Ural u. viele andere); Australien. →auch Kohle.

Förderung von Braunkohle (in 1000 t)

Land	1960	1970	1976
Australien	15 206	24 174	30 936
BRD	96 138	107 766	134 535
Bulgarien	16 577	28 836	25 176
DDR	225 465	260 582	246 897
Griechenland	2 551	7 680	22 236
Jugoslawien	21 430	27 779	36 259
Österreich	5 973	3 484	3 222
Polen	9 327	32 772	39 300
Rumänien	7 700	14 136	19 400
Sowjetunion	138 200	144 754	219 000
Tschechoslowakei	58 403	78 006	86 838
Ungarn	23 677	23 679	22 323

Braunkohlenwälder, Wälder des Tertiärs, aus denen die *Braunkohlen* entstanden sind. Hauptverbreitung im Eozän (tropisch, Laubhölzer überwiegen) u. Miozän (subtropisch, Nadelhölzer stark vertreten).

Braunlage, niedersächs. Stadt, heilklimat. Kurort u. Wintersportplatz im Oberharz (2 Sprungschanzen, Skiabfahrtstrecke), an der Warmen Bode u. am Wurmberg, 560–620 m ü. M., 7100 Ew.; Bioklimat. Forschungsstelle.

Brauns, Heinrich, kath. Theologe u. Sozialpolitiker, *3. 1. 1868 Köln, †18. 10. 1939 Lindenberg; 1920–1933 Mitglied des Reichstags (Zentrum), 1920–1928 Reichsarbeits-Min., langjähriger Generaldirektor des kath. Volksvereins.

Braunsberg, poln. *Braniewo,* Stadt im Ermland (1945–1975 poln. Wojewodschaft Olsztyn, seit 1975 Wojewodschaft Elbląg), 12000 Ew.; im 2. Weltkrieg stark zerstört, z.T. wiederaufgebaut.

Braunsche Enteroanastomose [nach dem Chirurgen Heinrich Braun, *18. 2. 1847 Beerfelden in Hessen, †10. 5. 1911 Göttingen], chirurg. Verbindung (Anastomose) zwischen den beiden Schenkeln einer Darmschlinge in bestimmten Fällen von →Gastroenterostomie.

Braunsche Röhre, eine vom Physiker K. F. *Braun* erfundene Elektronenstrahlröhre, in der ein feiner Elektronenstrahl beim Auftreffen auf einen Fluoreszenzschirm einen Leuchtfleck hervorruft. Der Strahl kann durch senkrecht zur Strahlrichtung erzeugte elektr. oder magnet. Felder in seiner Richtung abgelenkt werden; verwendet im Oszillographen zum Beobachten von Schwingungsvorgängen u. im Fernsehempfänger als Bildröhre.

Braunschliff →Holzschliff.

Braunschweig, 1. ehem. Land des Dt. Reiches, seit 1946 Verwaltungsbezirk (seit 1978 Reg.-Bez.) in Niedersachsen, 8093 qkm, 1,65 Mill. Ew., Hptst. B.; fruchtbare Ackerbaugebiet im nördl. Harzvorland; reiche Braunkohlen- u. die größten dt. Eisenerzlager (bei Salzgitter) ermöglichen u.a. die bedeutende Industrialisierung; wichtige Städte: B., Salzgitter, Wolfsburg, Helmstedt, Goslar.

Braunschweig: Altstadtmarkt mit Martinikirche und Altstadtrathaus (rechts)

Braunschweiger Löwe

Geschichte: B. war im Besitz der Welfen, bei denen es auch nach dem Sturz Heinrichs des Löwen blieb. 1235 entstand das Herzogtum B. u. Lüneburg, das sich bald in mehrere Linien spaltete: Wolfenbüttel, Göttingen, Grubenhagen, Calenberg, Bevern u. Lüneburg. Das spätere Herzogtum B. ist im 14./15. Jh. aus dem Teilfürstentum B.-Wolfenbüttel (eigene Linie bis 1634) mit Bevern hervorgegangen. Aus den übrigen Teilfürstentümern wurde (1635 u. 1705) das Kurfürstentum u. spätere Königreich →Hannover.
1807–1813 Teil des napoleon. Königreichs Westfalen, dann wieder selbständig, trat B. 1844 dem Dt. Zollverein bei u. schloß sich Preußen an. 1866 Beitritt zum Norddt. Bund u. 1871 zum Dt. Reich. Nach dem Tod Herzog Wilhelms (1830–1884) hätte B. an die preußenfeindl. hannoversche Linie fallen müssen; aber nach dem Regentschaftsgesetz von 1879 war 1885–1906 Prinz Albrecht von Preußen, 1907–1913 Johann Albrecht von Mecklenburg Regent. 1913–1918 war dann doch der Hannoveraner Ernst August Herzog. Seit 1946 gehört B. größtenteils zum Land Niedersachsen; kleinere Teile kamen zum jetzigen Bezirk Magdeburg (DDR). – ⌑ 5.4.0.
2. niedersächs. Stadtkrs. (192 qkm), Hptst. des Reg.-Bez. B., an der Oker in einer fruchtbaren Ebene im nördlichen Harzvorland, 267 000 Ew.; trotz starker Zerstörungen im 2. Weltkrieg noch viele wertvolle alte Bauten: roman.-got. Dom (1173–1195 von Heinrich dem Löwen, weitere Teile im 14./15. Jh.), Burg Dankwarderode mit Löwendenkmal (1175), got. Rathaus, Gewandhaus (Renaissance), alte Kirchen; Techn. Universität (gegr. 1745), Pädagog. Hochschule, Drogistenakademie, Biolog. u. Physikal.-Techn. Bundesanstalt; mehrere Museen; Bahnknotenpunkt, Hafen am Mittellandkanal; vielseitige Industrie: Fahrzeug-, Stahl- u. Maschinenbau, Klavierbau, Feinmechanik u. Optik, Elektrotechnik, Konserven, Zucker, Fleischwaren; bedeutende Verlage.
Geschichte: Burg Dankwarderode u. Kaufmannssiedlung Altewiek im 9. Jh. gegr.; 1227 Stadtrecht, 1260 Hansestadt, bis 1671 Gemeinbesitz der Welfen. Seit 1671 Alleinbesitz der Linie B.-Wolfenbüttel, seit 1753 deren Residenz.

Braunschweiger Löwe, Bronzefigur eines Löwen auf hohem Steinsockel vor der Burg Dankwarderode in Braunschweig, unter *Heinrich dem Löwen* 1166 als dessen Wappentier errichtet. Die monumentale Darstellung geht auf in kleinerem Maßstab gehaltene Vorbilder zurück.

Braunschweigische Staatsbank, Braunschweig, ältestes dt. öffentl.-rechtl. Kreditinstitut, hervorgegangen aus dem 1765 gegr. *Fürstlichen Leyhaus*.

Braunstein, *Pyrolusit*, dunkelstahlgraues, seidenglänzendes Mineral; rhombisch; Härte 2–2½; radialstrahlige, kristalline Massen, auch körnig bis erdig; oft mit Eisenmineralien; techn. zur Sauerstoff-, Chlor- u. Chlorkalkgewinnung, Porzellanmalerei, Eisenlegierungen u. a.; Formel: MnO_2.

Braun & Schneider Verlag, München, gegr. 1843 von dem Holzschnitzer Kaspar *Braun* (*1807, †1877) u. Friedrich *Schneider*, die seit 1844 die „Fliegenden Blätter", seit 1849 die „Münchner Bilderbogen" u. seit 1865 Wilhelm *Busch* pflegten. Neben Busch wird heute noch heitere Literatur gepflegt.

Braunvieh, graubraunes Höhenvieh, →Grauvieh.

Braunwurz, *Scrophularia*, artenreiche Gattung der Rachenblütler. *B. kraut, Herba Scrophulariae*, wurde früher volkstüml. gegen Hautleiden u. Wunden verwendet.

Brauselimonade, kohlensäurehaltige, wäßrige Lösungen von Limonadensirupen, die durch Zusatz von Zuckersirup zu Mischungen von Fruchtextrakten, organ. Säuren u. Farbstoffen oder synthet. Fruchtessenzen gewonnen werden.

Brausepulver, Gemisch von organ. Säuren (Weinsäure, Citronensäure) mit Natriumhydrogencarbonat, Zucker, Essenzen u. Farbstoffen. Beim Auflösen in Wasser setzt die Säure Kohlendioxid frei.

Braut, *Volkskunde*: →Verlöbnis, →Hochzeit.

Brautente, *Aix sponsa*, kleine nordamerikan. Ente mit im männl. Geschlecht prächtigem Gefieder. Die B. wird deshalb häufig als Ziergeflügel gehalten.

Brautfuder →Kammerwagen.

Brautführer, junge Männer, die bei der Hochzeit die Braut begleiten u. bedienen; in vielen Gegenden hat der erste B. eine Ansprache zu halten.

Braunschweiger Löwe: Bronzefigur vor der Burg Dankwarderode in Braunschweig; 1166

Brautgeschenke, Geschenke aus Anlaß oder zum Zeichen des Verlöbnisses; bei dessen Auflösung wie *ungerechtfertigte Bereicherung* zurückzugeben (klagbar); bei Auflösung durch Tod im Zweifel keine Rückgabepflicht (§ 1301 BGB). →auch Defloration.

Braut im Haar →Schwarzkümmel.

Brautjungfern, junge Mädchen, die bei der Hochzeit die Braut begleiten u. ihr den Schmuck anlegen.

Brautkauf, *Kaufheirat*, die Zahlung eines Brautpreises durch den Bräutigam vor der Heirat, eigentl. keine Bezahlung, sondern ein Ausdruck der gesellschaftl. Achtung, oft nur ein Austausch von Geschenken (so auf den Andamanen), zuweilen Pfand für künftigen Kindersegen („Lobola" der Zulu) oder auch Ablösung einer Dienstleistung, um die Braut heimzuführen (Batak, Malaien).

Brautkranz, schon im alten Rom u. bis in die Neuzeit hinein üblicher Kranz, den unverheiratete Mädchen im offenen Haar trugen u. zum letzten Mal im Hochzeitstag tragen durften. Er wurde meist während des Brauttanzes durch die Haube ersetzt. Im Niederdeutschen trat an die Stelle des B.es die *Brautkrone* aus Perlen u. Flitter. Heute meist aus Myrten, bei Witwen aus Rosmarin.

Brautlacht, Erich, niederrhein. Erzähler, *5. 8. 1902 Rheinberg, †28. 12. 1957 Kleve; war Richter in Kleve. „Die Pöppelswycker" 1928; „Meister Schure" 1939; „Der Spiegel der Gerechtigkeit" 1942; „Das Beichtgeheimnis" 1956.

Brautraub, *Frauenraub*, die gewaltsame, meist aber fingierte Entführung der Braut, verbunden mit Scheinkämpfen, meist symbol. Art (Kamtschadalen, Dajak), aufgrund kult. Überlieferung oder – seltener – als Gewaltlösung bei zu hohem Brautpreis, z. B. bei den Giljaken.

Brautschau, *Besehen*, Besichtigung des Gehöftes des Brautvaters durch den Freier oder seinen Werber, weil in der bäuerl. Welt wirtschaftl. Gesichtspunkte beim Freien eine große Rolle spielten.

Braut von Messina, „Die Braut von Messina oder die feindlichen Brüder". Ein Trauerspiel mit Chören" 1803 von *Schiller*; die stärkste Annäherung des Dichters an das Vorbild der antiken Tragiker, bes. an den „Ödipus" des Sophokles.

Brauweiler, ehem. nordrhein-westfäl. Gemeinde westl. von Köln, seit 1975 Ortsteil von Pulheim; 1024–1802 Benediktinerabtei.

Brava, eine der portugies. Kapverdischen Inseln, 64 qkm.

Bråvallaschlacht, in der nord. Sage des 8. Jh. geschilderte Schlacht auf der Bråvallaheide mit histor. Kern, hat vermutl. an der Bucht Bråviken an der schwed. Ostküste stattgefunden.

brave Westwinde, engl. *Roaring Forties* [„Heulende Vierziger"], auf der Südhalbkugel, ungefähr ab 40° südl. Breite, beständig wehende Westwinde.

Bray [breɪ], irisch *Bré*, irische Stadt u. Seebad in der Grafschaft Wicklow, südöstl. von Dublin, an der Irischen See, 13 000 Ew.

Bray, *Pays de B*. [pɛˈi də ˈbrɛː], nordfranzös. Landschaft zwischen Normandie u. Picardie, Grünlandwirtschaft mit intensiver Viehzucht, Butter- u. Käseerzeugung; Hauptorte sind *Neufchâtel-en-B.* u. *Gournay-en-B*.

Brayer [brɛˈjeː], Yves, französ. Maler u. Graphiker, *18. 11. 1907 Versailles; gehört zur Gruppe der „Peintres de la réalité poétique", war mit J. Giono befreundet u. unterhält in Paris eine eigene Malschule. In der Hauptsache Städtebilder aus der Provence, Italien u. Spanien in satten Farben, aber auch Porträts.

Brazdžionis [brazˈdʒɔːnis], Bernardas, litau. Lyriker, *2. 2. 1907 Stebeikeliai; besingt in alttestamentl. anmutender feierl. Sprache das Leid des Flüchtlings u. die Liebe zu Gott; auch Kinder- u. patriot. Dichtungen; formstreng, vom Symbolismus beeinflußt.

Brazos [ˈbræzəs], Fluß in Texas, USA, 1350 km, mündet bei Freeport in den Golf von Mexiko; Bewässerungsanbau am Oberlauf.

Brazza [braˈza], Pierre Graf Savorgnan de, französ. Afrikaforscher, *26. 1. 1852 Rom, †14. 9. 1905 Dakar (Senegal); erforschte das nordwestl. Kongobecken u. schuf die (ehem.) Kolonie Französ.-Äquatorialafrika, gründete Franceville u. Brazzaville.

Brazzaville [brazaˈviːl], Hptst. der Volksrepublik Kongo, am Kongo (Pool Malebo) gegenüber Kishasa, 300 000 Ew.; Fluß- u. Flughafen, einziges Industriezentrum des Landes, Universität im Aufbau.

BRD, Abk. für *Bundesrepublik Deutschland*, →Deutschland.

Brda, poln. Name des Flusses →Brahe in Nordpolen.

Brdywald [ˈbrdi-], bewaldeter Gebirgszug im mittleren Böhmen, zwischen Moldau u. Beraun, im *Tockberg* 862 m hoch, Silber- u. Eisenerzvorkommen.

Bre [norw.], Bestandteil von geograph. Namen: Gletscher.

Brè, *Monte B*., Berg im südlichen Tessin, östlich von Lugano, 930 m hoher reizvoller Aussichtspunkt oberhalb des Luganer Sees, mit Bergbahn zum Gipfel.

Bréa, Louis, französ. Maler, *um 1443 (?) Nizza, †1523 Nizza; von der lombard. Malerei beeinflußt. Sein Hptw., der Paradies-Altar (1513), steht der niederländ. Kunst nahe u. verkörpert den Übergangsstil zwischen Gotik u. Renaissance.

Break [breɪk; der oder das; engl.], offener, pferdegezogener Jagdwagen mit hohem Kutschersitz u. Längsbänken.

Break-Even-Point [breɪk ˈiːvən ˈpɔɪnt; engl.], diejenige Produktmenge eines Betriebs von gegebener Kapazität, bei der die Erlöse gerade die Kosten decken *(Gewinnschwelle)*. Infolge des Fixkostenblocks werden bei größeren Produktmengen Gewinne erzielt, bei kleineren Produktmengen je Zeiteinheit erleidet der Betrieb Verluste. Der B. wird vor allem dann ermittelt, wenn eine neue Produktion geplant wird, die künftige Absatzmenge aber nicht sicher vorherbestimmt werden kann.

Breasted [ˈbrestɪd], James Henry, US-amerikan. Orientalist, *27. 8. 1865 Rockford, Ill., †2. 12. 1935 New York; seit 1903 Prof. in Chicago, leitete die Ausgrabungen in Luxor u. Megiddo. „Ancient Records of Egypt" 5 Bde. 1905–1907; „Geschichte Ägyptens" 1909, dt. 1910; „The Dawn of Conscience" 1933, dt. „Die Geburt des Gewissens" 1950.

Brebach-Fechingen, ehem. saarländ. Gemeinde, seit 1973 Ortsteil von Saarbrücken.

Brechbohne →Bohne.

Brechdurchfall, *Gastroenteritis*, schwere, mit Erbrechen, Durchfall u. Wasserverarmung des Gewebes einhergehende Erkrankung; als „unechte Cholera" mit oder ohne Ansteckung mit Bakterien der Paratyphus-Enteritisgruppe auftretend, bei Säuglingen bes. im Sommer durch bakterielle Infektion zusammen mit unzweckmäßiger Ernährung u. Hitzeeinwirkung.

Brecheisen = Brechstange.

brechen, die den Flachsfasern anhaftenden Holzteile zerbrechen; wurde früher mit der Handbreche vorgenommen, heute meistens maschinell.

Brecher, 1. *Meer*: sich überschlagende Welle. 2. *Technik*: Zerkleinerungsmaschine für Gesteine u. Mineralien; →auch Backenbrecher, Kreiselbrecher.

Brechkoks, gebrochener u. in der Regel in folgenden Durchmessern abgesiebter Koks: B. I 60–80, B. II 40–60, B. III 20–40, B. IV 10–20 mm. Koks unter 10 mm heißt *Koksgrus.*
Brechmaschine, in der *Schappespinnerei* Maschine zum Weichmachen des Materials mit Hilfe von geriffelten Walzen.
Brechmittel, *Emetika,* Mittel, die durch Reizen der Magenschleimhaut oder des Brechzentrums Erbrechen hervorrufen. Zentral wirkt *Apomorphin,* das unter die Haut gespritzt wird, über den Magen *Senfmehl, Ipecacuanhawurzel, Haselwurz* u. a. Zur Magenentleerung, bes. bei Vergiftungen, wird meist die Aushebung mit anschließenden Spülungen angewandt.
Brechnuß, *Krähenaugen, Nuces vomicae,* Samen des ostind. *Brechnußbaums, Strychnos nux vomica,* aus der Familie der *Loganiaceae.* Die radial gestreiften Samen, *Semen Strychni,* enthalten die Alkaloide Bruzin u. Strychnin, die schon in kleinen Dosen tödl. wirken (*Höllenöl*). Medizinisch wird die Droge bei Schwächezuständen verordnet.
Brechstange, *Brecheisen,* Stahlstange mit abgeschrägtem Ende; Hebel zum Abbrechen von Mauerwerk u. a.
Brecht, 1. Arnold, Jurist, *26. 1. 1884 Lübeck, †11. 9. 1977 Eutin; Ministerialbeamter des Dt. Reichs u. Preußens 1918–1933; republikan.-demokrat. gesinnt; seit 1933 in den USA; B. wirkte nach 1945 an den Vorbereitungen zum GG mit. **2.** Arnolt →Müller, Artur. **3.** Bert(olt), Dramatiker, Lyriker, Erzähler, *10. 2. 1898 Augsburg, †14. 8. 1956 Berlin; Fabrikantensohn, nach kurzem Medizinstudium Dramaturg in München u. Berlin, beschäftigte sich intensiv mit dem Kommunismus, emigrierte 1933, ging 1941 nach den USA, leitete seit 1948 in Ostberlin mit seiner Frau, der Schauspielerin Helene *Weigel,* ein eigenes Theater, das *Berliner Ensembles.* B., der die Weltliteraturen genial, oft auch parodist. zu nutzen verstand u. bes. für Ballade u. Bänkelgesang begabt war, wurde in seinen „Lehrstücken" u. „Versuchen" zum marxist. Gesellschaftskritiker, der ein nichtaristotel. „episches Theater" anstrebte, „um die Verhältnisse zu ändern" („Kleines Organon für das Theater" 1948). Theaterstücke (über 30): „Baal" 1920; „Trommeln in der Nacht" 1922; „Im Dickicht der Städte" 1927; „Mann ist Mann" 1927; „Die Dreigroschenoper" 1928; „Aufstieg u. Fall der Stadt Mahagonny" (Oper) 1929; „Die heilige Johanna der Schlachthöfe" 1932; „Furcht u. Elend des Dritten Reiches" 1938ff.; „Mutter Courage u. ihre Kinder" (nach H. J. Ch. Grimmelshausen) 1941; „Leben des Galilei" 1943; „Der gute Mensch von Sezuan" 1943; „Schweyk im zweiten Weltkrieg" 1947; „Herr Puntila u. sein Knecht Matti" 1948; „Der kaukas. Kreidekreis" 1948; „Die Tage der Commune" (posthum) 1957; Gedichte u. Songs (ca. 1300): „Hauspostille" 1927; „Svendborger Gedichte" 1939; „Gedichte im Exil" 1943; „Buckower Elegien" 1953. Prosa (über 150 Arbeiten): „Dreigroschenroman" 1934; „Geschichten von Herrn Keuner" 1930ff.; „Kalendergeschichten" 1949; „Flüchtlingsgespräche" (posthum) 1961; „Me-ti, Buch der Wendungen" (hrsg. von U. Johnson) 1965. – ▢ 3.1.1. **4.** Walther, Literarhistoriker, *31. 8. 1876 Berlin, †1. 7. 1950 München; Schriften zur neueren dt. Literatur, insbes. zur Hofmannsthal-Forschung.
Brechung, 1. *Grammatik:* durch bestimmte nachfolgende Konsonanten bedingte Vokalveränderung (*Färbung* oder *Diphthongierung*); z. B. ahd.: berg – gebirgi. **2.** *Optik:* Refraktion, die Richtungsänderung eines Lichtstrahls (allg. einer ebenen Welle) beim Übergang von einem Stoff in einen anderen; wird durch das *Snelliussche B.sgesetz* beschrieben:

$$\sin\alpha_1/\sin\alpha_2 = c_1/c_2$$

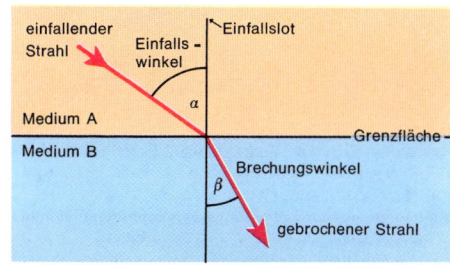

Brechung eines Lichtstrahls

α_1, α_2 sind die Winkel zwischen einfallendem bzw. ausfallendem Strahl u. der Flächensenkrechten (*Einfallslot*), c_1, c_2 die Lichtgeschwindigkeiten im ersten bzw. zweiten Medium. α_1 heißt *Einfallswinkel,* α_2 *Ausfallswinkel (Brechungswinkel),* das Verhältnis c_1/c_2 *Brechzahl (relativer B.sindex).* Als *B.sindex* eines Stoffes bezeichnet man insbes. das Verhältnis der Lichtgeschwindigkeit im Vakuum zu der im Stoff. Die Ebene der beiden Medien, die durch den einfallenden Strahl u. das Einfallslot läuft, wird *Einfallsebene* genannt. Aus dem B.sgesetz folgt, daß Licht beim Übergang in ein opt. „dichteres" Medium, in dem die Lichtgeschwindigkeit kleiner ist, zum Einfallslot hin gebrochen wird, sonst vom Einfallslot weg. Bei kontinuierl. Dichteveränderung entsteht auch eine kontinuierl. Richtungsänderung, Grund für die ungewöhnl. Größe von Sonne oder Mond beim Auf- bzw. Untergang. Verschiedenfarbige Strahlen werden verschieden stark gebrochen; dies führt zur Zerlegung (*Dispersion, Farbzerstreuung*) von vielfarbigem Licht (z. B. Prisma, Regenbogen). Bei der →Doppelbrechung wird der Lichtstrahl in anisotropen Medien (z. B. Kristallen) in zwei Teilstrahlen zerlegt, die verschieden stark gebrochen werden.
Brechungsfehler, *Refraktionsanomalien,* Abweichungen von der normalen Lichtbrechung im Auge mit entspr. Sehfehlern: →Astigmatismus, →Kurzsichtigkeit, →Übersichtigkeit.
Brechungsindex, das Verhältnis n der Lichtgeschwindigkeit im Vakuum c_0 zur Lichtgeschwindigkeit in einem Medium c; es gilt: $n = \dfrac{c_0}{c}$; auch

Bert Brecht

Alfred Edmund Brehm

das Verhältnis der Sinus des einfallenden u. des gebrochenen Lichtstrahles: $n = \dfrac{\sin\alpha}{\sin\beta} = \dfrac{c_0}{c}$.

Der B. ist bei anisotropen Kristallen auch nach verschiedenen Richtungen im Kristall unterschiedlich. →Brechung.
Brechweinstein, $K[C_4H_2O_6Sb(OH_2)]$, *Kaliumantimonyltartrat,* farblose Kristalle; wurde früher als Brechmittel bei inneren Vergiftungen benutzt; zum Beizen von Geweben.
Brechwurz, *Brechwurzel, Radix ipecacuanhae,* Wurzeln des in Brasilien heim. Rötegewächses *Uragoga ipecacuanha;* Anwendung als Auswurf förderndes Hustenmittel u. gegen Amöbenruhr.
Breckerfeld, ehem. Stadt in Nordrhein-Westfalen im Ennepe-Ruhr-Kreis, seit 1975 Ortsteil von Hagen; Wintersportplatz.
Brecknock, Distrikt-Hptst. in Wales, →Brecon.
Brecon [ˈbrekən], Distrikt-Hptst. in der Grafschaft *Powys* (1899 qkm, 55 000 Ew.), in Südwales am Usk, 6000 Ew.; Kathedrale (11. Jh.), mittelalterl. Altstadt; Ledergerberei.
Breda, niederländ. Handels- u. Industriestadt in Nordbrabant, 120 000 Ew.; Metallwaren-, Waffen- u. Munitionsfabriken (Militärakademie), Lebensmittelindustrie, Kunstseidenherstellung, Fremdenverkehrszentrum.
Mit dem *Kompromiß von B.* 1566 schloß sich der niederländ. Adel zum Aufstand gegen die span. Gewaltherrschaft zusammen. Velázquez' Gemälde „Die Übergabe von B." entstand nach dem Sieg der Spanier 1625 über die Niederländer.
Bredel, Willi, Schriftsteller, *2. 5. 1901 Hamburg, †27. 10. 1964 Ostberlin; zuerst Metalldreher, seit 1928 kommunist. Redakteur, 1933/34 im KZ-Lager (darüber Roman „Die Prüfung" 1934), floh nach Prag u. Moskau, kämpfte gegen Franco („Begegnung am Ebro" 1939) u. gegen Hitler; seit 1945 in Ostberlin, dort Hrsg. literar. Zeitschriften u. zuletzt Präs. der Akademie der Künste. Romane: „Verwandte u. Bekannte" („Die Väter" 1943, „Die Söhne" 1949, „Die Enkel" 1953); „Ein neues Kapitel" 1959, 1961. Reportagen: „Fünfzig Tage" 1950; „Ernst Thälmann" 1944, 1948 (als Drehbücher 1951ff.).
Bredero, Gerbrand Adriaenszoon, niederländ. Lyriker u. Dramatiker, *16. 3. 1585 Amsterdam, †23. 8. 1618 Amsterdam; derbe, kulturhistor. bedeutsame Volkskomödien u. Possen.
Bredig, Georg, Chemiker, *1. 10. 1868 Glogau, †24. 4. 1944 New York; Studien über Dissoziation schwacher Basen u. amphoterer Elektrolyte u. die Katalysatorwirkung von Platin.
Bredow, Hans, Funkingenieur, *26. 11. 1879 Schlawe, Pommern, †9. 1. 1959 Wiesbaden; arbeitete zunächst als Funkingenieur an der Verwirklichung eines dt. Weltfunknetzes, trat 1919 in das Reichspostministerium ein, wurde dort Staatssekretär (1921–1926) u. Rundfunkkommissar des Reichspostministers (1926–1933), schuf die Voraussetzungen für die Nutzung des Rundfunks im Postdienst u. seine Verwendung als publizist. Mittel. An der Gründung des dt. Rundfunks war B. maßgebl. beteiligt.
Bredstedt, Stadt in Schleswig-Holstein (Ldkrs. Nordfriesland), nördl. von Husum, 4300 Ew.; Vieh- u. Kornmärkte; Fischräuchereien, Tabak-, Kraftfutterindustrie.

Breeches [ˈbritʃiz; Mz.; engl.], Sporthose, die Knöchel, Wade u. Unterknie eng umschließt u. oberhalb des Knies sehr weit wird.
Brefeld, Oscar, Botaniker, *19. 8. 1839 Telgte, †12. 1. 1925 Berlin; Begründer der Kultur von Pilzen auf Gelatine. „Untersuchungen aus dem Gesamtgebiet der Mykologie" 1872–1895.
Breg, Hauptquellfluß der →Donau.
Bregendahl, Marie, dän. Schriftstellerin, *6. 11. 1867 Fly, Jütland, †22. 7. 1940 Kopenhagen, 1893–1900 mit J. Aakjaer verheiratet; schrieb psycholog. feinsinnige, stimmungsreiche Romane u. Erzählungen aus ihrer jütländ. Heimat: „Eine Todesnacht" 1912, dt. 1917; Romanzyklen: „Die Södalsleute" 1914–1923, dt. z. T. 1927/28, u. „Holger Hauge u. sein Weib" 1934/35, dt. daraus „Holger u. Kristine" 1938; „Die Mühle" 1936, dt. 1943.
Bregenz, im Altertum *Brigantium,* Hptst. des österr. Bundeslands *Vorarlberg,* am Ostufer des Bodensees, an der Mündung der *B.er Ache,* überragt vom *Pfänder* (1064m), 24 000 Ew.; am See die junge Unterstadt, auf einer Terrasse die mittelalterl. Oberstadt mit Martinsturm u. Stadtpfarrkirche; mehrere Klöster (Zisterzienserabtei *Mehrerau*); kultureller u. Verwaltungsmittelpunkt Vorarlbergs, Festspiele; verschiedene Industrie, bes. Textilien; lebhafter Fremdenverkehr.
Bregenzer Wald, Bergland im österr. Bundesland Vorarlberg, nördl. des Großen Walsertals, durchschnitten von SO nach NW von dem Tal der *Bregenzer Ache;* Hauptort Bezau; höchste Gipfel: Hoher Freschen (2006m), Hoher Ifen (2232m), Hochkünzelspitze (2475m). – ▢ →Österreich.
Brehm, 1. Alfred Edmund, Zoologe u. For-

schungsreisender, *2. 2. 1829 Renthendorf, Thüringen, †11. 11. 1884 Renthendorf; nach vielen Reisen 1863 Zoodirektor in Hamburg; 1867 gründete er das Berliner Aquarium, das er bis 1875 leitete. Die Ergebnisse seiner Forschungen machte er in volkstüml. Darstellung allen Bevölkerungsschichten zugänglich. „Brehms Tierleben" 6 Bde. 1864–1869, 4. Aufl. 13 Bde. 1911–1918.
2. Bruno, österr. Erzähler, *23. 7. 1892 Laibach, Krain, †5. 6. 1974 Altaussee; Offizier, später Kunsthistoriker; außer Zeitgeschichtlichem (Trilogie vom Untergang der Donau-Monarchie 1931 bis 1933, einbändig als „Die Throne stürzen" 1951; Trilogie „Das zwölfjährige Reich" 1960/61, darin „Wehe den Besiegten allen" 1961) auch heitere u. kindheitsfrohe Erzählwerke („Die sanfte Gewalt" 1940; „Heimat in Böhmen" 1951).

Brehme, Hans, Komponist, *10. 3. 1904 Potsdam, †10. 11. 1957 Stuttgart; Prof. an der Stuttgarter Musikhochschule; Opern („Der Uhrmacher von Straßburg" 1941; „Liebe ist teuer" 1950), Orchester- u. Kammermusikwerke.

Brehmer, Hermann, Arzt, *14. 8. 1826 Kurtsch, Schlesien, †22. 12. 1889 Görbersdorf, Waldenburg; gründete dort 1854 das erste dt. Sanatorium für Lungentuberkulose u. schuf die Grundlagen der hygien.-physikal.-diätetischen Therapie der Lungen-Tbc; schrieb u. a. „Die Gesetze u. die Heilbarkeit der chron. Tuberkulose" 1856.

Breisach, Alt-B., baden-württ. Stadt u. ehem. Festung, in einer fruchtbaren Ebene auf einem Felsen rechts am Rhein, südl. des Kaiserstuhls, 5400 Ew.; roman.-got. Stephansmünster mit berühmtem B.er Altar u. Fresken von M. Schongauer. – Als ein schon zur german. Zeit befestigter Rheinübergang von sehr wechselvoller Geschichte, viel umkämpft („Schlüssel Deutschlands"); 1805 Schleifung der Festung.

Breisgau, Brisgau, Breisachgau, fruchtbare südbad. Landschaft zwischen Rhein u. Schwarzwald; Hauptort Freiburg i. Br.

Breisig, Bad B., rheinland-pfälz. Gemeinde am Rhein (Ldkrs. Ahrweiler), 5900 Ew.; Kurort mit 4 alkal. Thermen.

Breitbach, Joseph, Schriftsteller, *20. 9. 1903 Koblenz; seit 1929 meist in Paris, um eine dt.-französ. Verständigung bemüht, schreibt auch in französ. Sprache. Erzähltes: „Rot gegen Rot" 1929; „Die Wandlung der Susanne Dasseldorf" 1932; „Bericht über Bruno" 1962. Komödien: „Fräulein Schmidt" 1932; „La Jubilaire" 1960, dt. 1962; „Genosse Veygond" 1970.

Breitband-Antibiotika →Breitspektrum-Antibiotika.

Breitbandgerät, elektron. Gerät (Verstärker, Antennen u. a.), das ein großes Frequenzband (bis zu mehreren MHz, →Bandbreite) ohne große Verluste verarbeitet.

Breitbandkabel, Nachrichtentechnik: Kabeltyp, mit dem Frequenzbänder bis zu mehreren Millionen Hertz Breite übertragen werden können. Derartige Frequenzbänder kommen in der Fernsehtechnik sowie bei der gleichzeitigen Übertragung zahlreicher Telephongespräche vor. Typisch ist vor allem der koaxiale Aufbau. →Fernmeldekabel, →Koaxialkabel.

Breitbandstraße, Walzwerkanlage zur Herstellung von Grob- u. Feinblechen (bis zu 2000 mm Breite u. Dicken herab bis zu 1,5 mm). →Walzwerk.

Breite, Geographie u. Astronomie: neben der Länge die zweite Bestimmungsgröße für die Lage eines Ortes auf dem Koordinatennetz der Erd- bzw. Himmelskugel. Die geographische B. nennt den Winkelbogen (B.ngrad), den seine Lotlinie mit der Ebene des Äquators bildet. Sie wird vom Äquator von 0° bis 90° gerechnet (nördl. B. auf der Nordhalbkugel, südl. B. auf der Südhalbkugel) u. ist gleich der Polhöhe (Höhe des Himmelsnordpols über dem Horizont). – An der Himmelskugel wird die ekliptische B. als Winkelbogen eines Sterns von der Ekliptik gezählt.

breiten, beim Schmieden nicht in Längs-, sondern in Querrichtung recken.

Breitenauriegel, Erhebung im Bayer. Wald, nördl. von Deggendorf, 1114 m.

Breiteneffekt, die Abhängigkeit der auf der Erde beobachteten Intensität der →Höhenstrahlung von der geograph. Breite. Die Intensität nimmt vom Äquator zu den Polen hin um etwa 10% (auf der Erdoberfläche) zu: Die aus dem Weltraum einfallenden elektr. geladenen Teilchen der Höhenstrahlung werden durch das Magnetfeld der Erde abgelenkt; nur die energiereichsten Teilchen er-

Bremen: Weserufer mit Martinikirche und Domtürmen

reichen auch am Äquator die Erdoberfläche, weniger energiereiche Teilchen werden zu den Polen hingelenkt.

Breitenfeld, ehem. Dorf nördl. von Leipzig, bei dem im 30jährigen Krieg am 17. 9. 1631 Schweden u. Sachsen unter Gustav II. Adolf über die Kaiserlichen unter Tilly siegten; ferner besiegten hier am 2. 11. 1642 die Schweden unter L. Torstensson die Kaiserlichen unter Erzherzog Leopold Wilhelm u. O. Piccolomini.

Breitengrad →Gradnetz, →Breite.

Breitenhain, poln. Maniów, Ort bei Schweidnitz, im Waldenburger Bergland, Schlesien; Talsperre an der Weistritz, 1911–1915 erbaut, 0,5 qkm, 8 Mill. m³ Inhalt, 38 m Stauhöhe.

Breitenkreis, 1. Astronomie: die Verbindungslinie aller Punkte gleichen Abstands vom Äquator, auch Parallelkreis genannt.
2. Geographie: →Gradnetz.

Breitensport →Massensport.

Breitflanschträger, genormte Stahlträger mit Flanschen von gleicher Breite wie die Steghöhe (bis 300 mm), bei größeren Höhen gleichbleibend 300 mm.

Breithaupt, Johann August Friedrich, Mineraloge, *18. 5. 1791 Probstzella, †22. 9. 1873 Freiberg, Sachsen; Prof. an der Bergakademie Freiberg; „Vollständiges Handbuch der Mineralogie" 1836–1847.

Breithauptit [der; nach J. A. F. Breithaupt], lichtkupferrotes, violett anlaufendes, metallglänzendes Mineral; hexagonal; Härte 5–5$^{1}/_{2}$.

Breithorn, 1. Gipfel in den Walliser Alpen, zwischen Monte Rosa u. Matterhorn auf der schweizer.-italien. Grenze, 4165 m.
2. Gipfel in den Berner Alpen, südwestl. der Jungfrau, 3782 m.

Breitinger, Johann Jakob, schweizer. Gelehrter u. Schriftsteller, *1. 3. 1701 Zürich, †13. 12. 1776 Zürich; Mitarbeiter von J. J. Bodmer; in der „Crit. Dichtkunst" 1740 stellte er ihrer beider Kunstlehre dar, die gegenüber dem französ. bestimmten Regelzwang von J. Ch. Gottsched der Phantasie u. dem „Wunderbaren" Vorrang gab.

Breitkopf, Johann Gottlob Immanuel, Drucker u. Verleger, *23. 11. 1719 Leipzig, †29. 1. 1794 Leipzig; Sohn von Bernhard Christoph B. (*1695, †1777), des Mitbegründers des Verlags Breitkopf & Härtel in Leipzig; B. war stark an der Entwicklung klassischer Fraktur-Schriften beteiligt – nach ihm wurde die Breitkopf-Fraktur benannt – und erfand 1754 die beweglichen, in kleinste Teile zerlegbaren Notentypen für den Satz von Musikstücken. Das Verfahren wird heute nicht mehr angewandt.

Breitkopf & Härtel, Musikverlag, gegr. 1719 in Leipzig; errang seine Bedeutung durch Johann Gottlob Immanuel Breitkopf; seit 1946 in Wiesbaden, pflegt musikwissenschaftl. Literatur u. Gesamtausgaben. Das Leipziger Haus wurde 1952 verstaatlicht (VEB B. & H.).

Breitling, die seeartig erweiterte untere Warnow bei Warnemünde.

Breitmaulnashorn, Weißes Nashorn, Ceratotherium simum, zweihörniges Nashorn; mit bis zu 5 m Länge u. 2 m Schulterhöhe nach den Elefanten der mächtigste Landsäuger; lebt nur noch im Zululand (Südafrika) u. am oberen Nil; ernährt sich ausschl. von Bodenpflanzen (im Gegensatz zum Spitzmaulnashorn).

Breitnasen, Platyrrhina, Ceboidea, die Überfamilie der neuwelt. Affen; schlanke Baumtiere, mit einer breiten Nasenscheidewand, die Nasenlöcher sind seitwärts gerichtet; viele Arten haben einen Greifschwanz; Verbreitung: Südamerika, Südmexiko. Zu den B. gehören: Krallenaffen (Löweäffchen, Pinseläffchen, Tamarins) u. Rollschwanzaffen (Nachtaffen, Springaffen, Brüllaffen, Kapuzineraffen).

Breitner, George Hendrik, niederländ. Maler, *12. 9. 1857 Rotterdam, †5. 6. 1923 Amsterdam; dort seit 1886 tätig; malte in seiner Frühzeit bes. Pferde u. Reiter, später hauptsächl. Stadtansichten, seltener Akte u. Bildnisse.

Breitsaat, das Aussäen von Sämereien mittels Hand oder Breitsämaschinen, im Gegensatz zum Aussäen in Reihen mit Maschinen (→Drillen).

Breitsame, Orlaya, Gattung der Doldengewächse. In Dtschld. ist auf Kalk u. Lehmboden zerstreut nur Orlaya grandiflora zu finden.

Breitscheid, Gemeinde in Nordrhein-Westfalen (Ldkrs. Düsseldorf-Mettmann), im Angerland, südl. von Mülheim/Ruhr; 3500 Ew.; „Minidom" (Miniaturstadt).

Breitscheid, Rudolf, sozialdemokrat. Politiker, *2. 11. 1874 Köln, †24. 8. 1944 KZ Buchenwald; 1918/19 als unabhängiger Sozialist (USPD) preuß. Innenminister, seit 1920 Außenpolitiker der SPD-Reichstagsfraktion; 1933 emigriert, 1941 in Frankreich von der Gestapo verhaftet.

Breitschwanzlori, Domicella, kleiner Papagei mit Pinselzunge u. breitem Schwanz; über 20 Arten auf dem Malaiischen Archipel.

Breitseite, die Seite eines Schiffs, auch die dort aufgestellten Geschütze, insbes. deren gleichzeitiges Feuern auf ein gemeinsames Ziel.

Breitspektrum-Antibiotika, Breitband-Antibiotika, gegen zahlreiche verschiedene Krankheitserreger wirksame →Antibiotika, z. B. Aureomycin.

Breitspurbahn, Eisenbahn mit einer über 1435 mm liegenden →Spurweite.

Breitwand-Projektion, Panoramaverfahren, Filmprojektion auf sehr breite, z. T. nach vorn durchgebogene Bildwände, um die Illusion einer Raumwirkung zu erzielen; unterstützt durch stereophone Tonwiedergabe. →Film.

Breitwegerich →Wegerich.

Breiumschlag, Kataplasma, meist warm angewendeter Umschlag von Kartoffelbrei, Pflanzensamen (z. B. Leinsamen), Moor, Schlamm u. a.

Breizyste, geschwulstartige Stauungszyste mit breiigem Inhalt; →auch Balggeschwulst.

Breker, Arno, Bildhauer u. Architekt, * 19. 7. 1900 Elberfeld; lebte zwischen den Weltkriegen in Paris, beeinflußt von A. Rodin u. A. Maillol, schuf Aktfiguren von klass. Auffassung, in der Zeit des Nationalsozialismus zahlreiche heroisierende Monumentalplastiken. – Das Hauptgewicht seines Werkes in der Vor- und Nachkriegszeit entfällt auf Porträtbüsten (u. a. von L.-F. Celine, J. Cocteau, A. Cortot, G. Hauptmann, M. Liebermann, S. Lifar, A. Maillol, E. Pound). B. beherrscht in gleichem Maß auch die verschiedensten graph. Techniken.

Brękzie, [germ., ital., „Trümmer"], Gestein aus verkitteten, eckigen Gesteinstrümmern; z.B. die B. von Innsbruck-Hötting.

Bremen, 1. mit 404 qkm das kleinste Land der BRD, am Unterlauf u. Mündungstrichter der Weser, 705 000 Ew.; umfaßt die Stadtgemeinden B. (324 qkm) u. Bremerhaven; Senatspräsident u. 9köpfiger Senat sind zugleich Bürgermeister u. Magistrat der Stadt B.; die Legislative liegt in der Hand der Bürgerschaft (100 Mitgl., davon 20 aus Bremerhaven).
2. Stadt an der Unterweser, zweitgrößter dt. Handelshafen u. Umschlagplatz (1976: 19,5 Mill. t) zwischen Eisenbahn u. Großschiffahrtsverkehr (133 km vor der Wesermündung), durch Ausbaggerung des Weserunterlaufs für Seeschiffe bis 9,6 m Tiefgang zugängl.; 565 000 Ew.; alte Hansestadt mit reichen Bauten, bes. der Gotik u. Renaissance (Dom, Rathaus mit dem berühmten Ratskeller, davor die Rolandstatue); Universität (1971), Überseemuseum, Kunsthalle; wichtiger Einfuhrhafen für Getreide, Baumwolle u. Tabak; die Häfen B. u. Bremerhaven werden von 7 Vollcontainerlinien angelaufen, für deren Umschlag in B. 3, in Bremerhaven 4 Containerbrücken zur Verfügung stehen; früher Auswandererhafen; vielseitige Industrie, bes. Schiffswerften, Schwerindustrie, Getreidemühlen, Maschinen-, Kaffee-, Tabak- u. Textilindustrie. – 🗺 6.2.3.
Geschichte: Das *Bistum* B. wurde 787 gegr. (845 *Erzbistum Hamburg-B.*) u. war im frühen MA. Ausgangspunkt der Mission für Nordeuropa. Die Stadt wurde im 13. Jh. unabhängig vom Erzbischof u. gehörte seit 1358 zur *Hanse*. 1646 wurde B. im Kampf zwischen *freie Reichsstadt*, 1815 als *Freie Stadt* Mitglied des Dt. Bundes, 1871 Bundesstaat des Dt. Reichs, seit 1947 *Land Bremen*.

Bremer, Fredrika, schwed. Erzählerin, * 17. 8. 1801 Tuorla (Finnland), † 31. 12. 1865 Årsta bei Stockholm; realist. Zeitromane mit liberaler Tendenz: „Die Nachbarn" 1837, dt. 1937; „Hertha" 1856, dt. 1856; Bahnbrecherin der schwed. Frauenbewegung.

„Bremer Beiträge", eigentl. „Neue Beiträge zum Vergnügen des Verstandes und Witzes", Bremen, 1744–1757, literar. Zeitschrift, an der Ch. F. *Gellert,* G. W. *Rabener,* J. F. W. *Zachariae,* N. D. *Giseke* u. a. mitarbeiteten u. worin 1748 die ersten drei Gesänge von F. G. *Klopstocks* „Messias" erschienen.

Bremerhaven, Stadt (80 qkm) u. Exklave des Landes Bremen, am Mündungstrichter der Weser, 140 000 Ew.; Hafenstadt für den Passagierverkehr nach Übersee, zweitgrößter dt. Fischereihafen; Erzhafen (seit 1964); Umschlag 1976: 9,3 Mill. t; Fischräuchereien u. -konservenfabriken, Schiffswerften. Verwaltungssitz des niedersächs. Ldkrs. *Wesermünde.* – 1827 von der Stadt Bremen gegr., 1939 mit Wesermünde vereinigt, das 1924 aus den Orten Lehe u. Geestemünde gebildet worden war.

Bremersdorp, früherer Name von →Manzini.

Bremer Stadtmusikanten, dt. Schwankfassung eines seit 12. Jh. feststellbaren Märchens von den „Tieren auf der Wanderschaft", erzählt von H. *Sachs,* G. *Rollenhagen* u. den Brüdern *Grimm;* Bronzebildwerk von G. *Marcks* (1956) am Bremer Rathaus.

Bremervörde, niedersächs. Stadt an der Oste, auf Geestrücken in den Moorgebieten zwischen Unterelbe u. Unterweser, 17 600 Ew.; Mühlen-, Holz-, Textilindustrie, Vieh- u. Torfhandel.

Bremgarten, schweizer. Kleinstadt im Kanton Aargau, an der Reuss, westl. von Zürich, 5000 Ew.; mittelalterl. Stadtbild mit gut erhaltenen Stadttürmen, Kirche (13. Jh.), Kapuzinerkloster.

Bremond [brə'mõ], Henri, französ. Literarhistoriker, * 31. 7. 1865 Aix-en-Provence, † 17. 8. 1933 Arthez d'Asson, Basses-Pyrénées; kath. Priester; verfaßte u. a. die glänzend geschriebene (aber unvollendete) „Histoire littéraire du sentiment religieux en France" 11 Bde. 1916–1936.

Bremsbelag, Reibstoff, der in Bremsen als Verschleißmaterial zur Erzeugung der Reibungskraft benutzt wird. Die Spannkraft preßt die mit B. versehene *Backe* an den Gegenwerkstoff bzw. den belegten *Bremsklotz* an die Scheibe. Man verlangt von B. einen von Gleitgeschwindigkeit, Anpreßdruck u. Temperatur (Reibungswärme) möglichst unabhängigen Reibbeiwert.

Bremsberg, ein *Schrägaufzug,* bei dem der talwärts fahrende, beladene Wagen mit einem über eine Scheibe geführten Seil durch sein Gewicht den leeren Wagen hinaufzieht; insbes. in Gruben- u. Werkbahnanlagen. Der Energieüberschuß wird durch Bremsen in Wärme umgewandelt.

Bremsdruckregler, Vorrichtung bei Kraftfahrzeugen meist mit dem Ziel, ein Überbremsen geringer belasteter Räderpaare zu verhindern. Lastabhängige B. sind meist von der Radaufhängung mechanisch gesteuerte Regelventile in der Bremshydraulik. Verwendung vorwiegend bei Nutzfahrzeugen, Anhängern u. Personenwagen mit starken Schwankungen der Hinterachslast (Vorderradantrieb).

Bremse, Einrichtung, um eine Bewegung zu verlangsamen oder zu hemmen; beim Fahrzeug eine notwendige Anordnung, um es zu verzögern u. zum Halten an einer bestimmten Stelle zu bringen, um bei der Talfahrt die Geschwindigkeit zu begrenzen u. um eine unbeabsichtigte Bewegung des haltenden Fahrzeugs zu verhindern. – Die verbreitetste u. wichtigste Bauform ist die *Reibungs-B.,* die (bei Schienen- u. nicht luftbereiften Straßenfahrzeugen) als *Klotz-B.* unmittelbar am Radumfang angreifen kann. Bei allen luftbereiften Fahrzeugen (ausgenommen die Vorder-B. von Fahrrädern) u. bei Gleisketten werden nicht auf den Radumfang wirkende, aber mit dem Rad unlösbar verbundene B. verwendet. Man unterscheidet: *Trommel-B.n,* die nur mehr als *Innenbacken-B.n* gebaut werden, u. *Scheiben-B.n.* (*Band-B.n* kommen in Kraftfahrzeugen nicht mehr vor.) Die Innenbacken-B.n weisen in der Regel „Selbstverstärkung" auf; d. h., die erzeugte Bremskraft ist größer als die Kraft, die zum Anpressen der Backen an die Trommel nötig ist, u. sie ist vom Reibbeiwert zwischen dem auf den Backen befestigten Bremsbelag u. der Trommel abhängig. Bei Scheiben-B.n unterscheidet man die (häufigere) *Teilscheiben-B.* u. die *Vollscheiben-B.*
Die Kraft zum Anpressen der Bremsbacken oder -klötze an die Trommel oder Scheibe kann vom Fahrer selbst aufgebracht werden (*Muskelkraft-B.n*) oder von einer mechan. Kraftquelle herrühren (Druckluft, Saugluft [Unterdruck], Ölpumpe). Auch Unterstützung der Muskelkraft ist zusätzl. Fremdkraft ist möglich (→Servo . . .).
Bei Muskelkraft-B.n wird die am Pedal oder Handbremshebel ausgeübte Kraft entweder mechan. über Gestänge oder hydraulisch (*Öldruck-B.* oder *Hydraul. B.*) unter Zwischenschaltung einer gewissen (äußeren) Übersetzung auf die Spannvorrichtung (Anpreßvorrichtung) der B.n übertragen.
Häufigste Bauart der *Fremdkraft-B.* ist die *Luft-,* u. zwar die *Druckluft-B.,* die in ähnl. Weise für schwere Straßenfahrzeuge wie auch für Schienenfahrzeuge gebraucht wird. Man unterscheidet *direkte* u. *indirekte* (*selbsttätige*) Anordnung. Bei der üblicherweise für Triebfahrzeuge verwendeten *direkten B.* wird beim Bremsen die vom Luftpresser erzeugte Druckluft vom Fahrer mit Hilfe eines (einfachen) Führerbremsventils unmittelbar in die Bremszylinder eingelassen, wodurch ein Kolben verschoben wird, dessen Kraft die Bremsbacken anpreßt. Bei der *indirekten B.* (für Anhänger, Eisenbahnwagen u. ä.) wird die vom Triebfahrzeug zu den Anhängern durchgehende Leitung dauernd unter Druck gehalten. Beim Bremsen wird mit Hilfe des Führerbremsventils Luft aus der Leitung entlassen. Dadurch wird in jedem Fahrzeug ein Ventil umgestellt, das Druckluft aus einem beim Füllen u. Lösen mit Druckluft geladenen Hilfsbehälter in den Bremszylinder strömen läßt. Bei Leckwerden oder Reißen der Leitung tritt die B. selbsttätig in Funktion.
Die Führerbremsventile sind bei Straßen- u. Schienenfahrzeugen (von Ausnahmen abgesehen) verschieden: Beim Straßenfahrzeug betätigt der Fahrer das Pedal wie bei einer Muskelkraft-B.; beim Schienenfahrzeug wird in der Regel ein der Bremswirkung entsprechender Druck von Hand eingestellt u. der Ein- oder Auslaß sodann wieder abgesperrt.
Über die Ausrüstung der Straßenfahrzeuge mit B.n u. über deren Wirkung bestehen in der BRD, ebenso wie in den meisten anderen Ländern, bes. Vorschriften (→StVZO).

Bremsen, *Tabanidae,* Familie der orthoraphen →Fliegen; kräftig, mit dickem, meist graubraunem Hinterleib; die Flügel oft mit dunklen Binden. Die Männchen sind Pollenfresser, die Weibchen saugen das Blut von Warmblütern. Die Larven leben räuberisch in Boden u. Wasser. Mehr als 300 Arten, in Dtschld.: *Rinder-B.* (*Vieh-B.*), *Regen-B.* („blinde Fliegen"), *Goldaugen-B.*

Bremsförderer, *Bergbau:* geneigte Förderrinne. Die Geschwindigkeit des nach abwärts gleitenden Gutes wird durch Ketten, die sich langsam in der Rutschrichtung bewegen u. an denen Scheiben oder Leisten befestigt sind, gebremst.

Bremsgefälle, diejenige Neigung einer Straße oder Eisenbahn, bei der ein Fahrzeug, das weder angetrieben noch gebremst wird, allein infolge der Schwerkraft mit gleichmäßiger Geschwindigkeit abrollt.

Bremsgitter, drittes Gitter einer →Pentode; liegt zwischen Schirmgitter u. Anode; bremst durch negatives Potential die Elektronen, so daß sie nicht wegen ihrer hohen Geschwindigkeit auf die Anode prallen (unerwünschte Verminderung des Anodenstroms).

Bremsleistung, durch Abbremsen mit dem Bremsdynamometer (→Pronyscher Zaum) ermittelte Nutzleistung einer Kraftmaschine.

Bremsspur, Spur, die ein Fahrzeug beim Bremsen auf der Fahrbahn hinterläßt; wichtig für die Aufklärung von Verkehrsunfallursachen. Es ist zu unterscheiden zwischen *echter B.,* die Abdrücke der Reifenlauffläche noch deutl. erkennen läßt, u. *Blockierspur,* die durch das Rutschen des Rades erzeugt wird, wobei keine Abdrücke der Reifenlauffläche zurückbleiben. Die Blockierspur beweist, daß das Rad überbremst wurde, was stets einen längeren →Bremsweg verursacht.

Bremsstrahlung, die beim Auftreffen elektr. geladener Elementarteilchen (Elektronen) auf Materie entstehende elektromagnet. Strahlung. Beim plötzl. Abbremsen wird die kinet. Energie der Teilchen z. T. in elektromagnet. Strahlungsenergie umgesetzt. – Das Spektrum der B. (*Bremsspektrum*) ist ein kontinuierl. Spektrum, das auf der kurzwelligen Seite abbricht; die dieser Grenzwellenlänge entsprechende Strahlenenergie ist mit der Bewegungsenergie des Teilchens identisch. – Die in einer Röntgenröhre erzeugten →Röntgenstrahlen sind eine B.

Bremssubstanz, *Moderator, Kernphysik:* ein Material, in dem schnelle Neutronen durch ein- oder mehrfache Stöße abgebremst werden; gewöhnlich Substanzen mit geringem Atomgewicht,

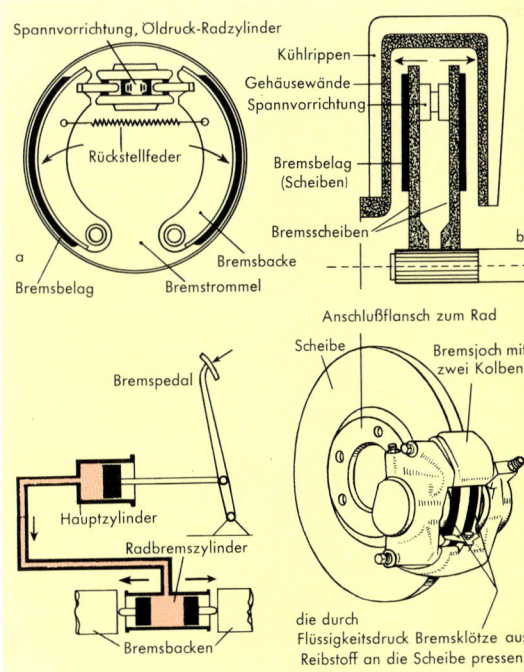

Bremsen: a) Innenbacken-Trommelbremse, b) Schnitt durch eine Vollscheibenbremse; Schema einer Öldruckbremse (unten links), Scheibenbremse (unten rechts)

Bremsventil

Mittl. Brems- verzögerung (m/sek^2)	Fahrgeschwindigkeit in km/h										Brems- vermögen
	10	20	30	40	50	60	70	80	90	100	
	Bremsweg in m										
1	3,9	15	35	62	97	139	189	247	313	386	schlecht
1,5	2,6	10	23	41	64	93	126	165	208	258	
2	1,9	7,7	17	31	48	70	95	124	156	193	
2,5	1,6	6,2	14	25	39	56	76	99	125	155	
3	1,3	5,2	12	21	32	46	63	82	104	129	
3,5	1,1	4,4	9,9	18	28	40	54	71	89	110	mäßig
4	1	3,9	8,7	15	24	35	47	62	78	97	
4,5	0,9	3,4	7,7	14	21	31	42	55	69	86	zufrieden- stellend
5	0,8	3,1	6,9	12	19	28	38	49	63	77	
5,5	0,7	2,8	6,3	11	18	25	34	45	57	70	gut
6	0,65	2,6	5,8	10	16	23	32	41	52	64	
6,5	0,6	2,4	5,3	9,5	15	21	29	38	48	60	sehr gut
7	0,55	2,2	5	8,8	14	20	27	35	45	55	

Bremsweg von Kraftwagen

z. B. Wasserstoff, Beryllium, Kohlenstoff. →auch Kernreaktor.

Bremsventil, *i. w. S.* die Ventilanordnung in Muskelkraft-, Öldruck- u. Fremdkraftbremsen (→Bremse); *i. e. S. Führer-B.*, eine Ventilanordnung, mit der der Führer eines Fahrzeugs oder Zuges eine Fremdkraftbremse betätigt; bei der Kraftfahrzeug-Luftdruckbremse mit dem Bremspedal verbunden, als Trittplattenventil unmittelbar mit diesem zusammengebaut. – *Anhänger-B.*, vom Führer mitbetätigtes B. für die Anhängerbremsung; zu unterscheiden vom Anhängersteuerventil, das, im Anhänger eingebaut u. abhängig vom Leitungsdruck, die Anhängerbremszylinder beschickt.

Bremsverband →Brücke.

Bremsverschleiß-Anzeige, meist elektr. arbeitende Warnanlage für die Anzeige des Abnutzungszustands der Reibbeläge an Bremsvorrichtungen für Fahrzeuge.

Bremsverzögerung →Verzögerung.

Bremsweg, die Fahrstrecke, die das Fahrzeug vom Bremsbeginn bis zum Stillstand zurücklegt. Der B. ist von der größten erreichbaren Verzögerung u. vom Quadrat der Fahrgeschwindigkeit abhängig. Die Bestimmung des B.s anhand der →Bremsspur ist oft für die Schuldfrage bei Unfällen von Bedeutung.

Brenets, *Lac des B.* [-dɛːbrəˈnɛ], durch Bergsturz im Cañontal des Doubs (Schweiz) aufgestauter See, 3 km lang, 200 m breit, 0,7 qkm; in 750 m Höhe ü. M. westl. von *Les Brenets*; Ausfluß am Saut du Doubs mit 28 m hohem Wasserfall.

Brenndolde, *Cnidium,* Gattung der Doldengewächse. In Dtschld. sind heim. die *Sumpf-B., Cnidium dubium,* auf Moor- u. Waldwiesen u. in Gräben, u. die *Wiesensilgen-B., Cnidium silaifolium,* an trockenen, felsigen Hängen.

Brenneisen, *Tiermedizin:* Vorrichtung zum Verschorfen oder perforierenden Brennen z. B. bei chron. Sehnenscheidenentzündungen beim Pferd; →Thermokauter.

Brennelementherstellung, *Reaktortechnik:* Herstellung der Einhüllung des Kernbrennstoffs u. die Assemblierung zu fertigen Brennelementen. Damit die radioaktiven Rückstände des Brennstoffs von Kernkraftwerken nicht unkontrolliert in die Umgebung gehen, wird der Brennstoff mit einer Schutzschicht (z. B. Metallrohre bzw. keramische Beschichtung; →Coated particles) umgeben, die gleichzeitig einen günstigen Wärmetransport an das Kühlmittel ermöglicht.

brennen, 1. →Branntwein u. Spiritus herstellen. 2. Kohlendioxid aus Carbonaten durch Erhitzung abspalten; z. B. bei der Herstellung von gebranntem Kalk (CaO) aus Calciumcarbonat ($CaCO_3$).

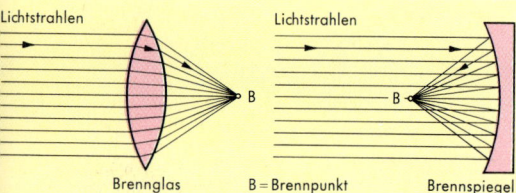

Brennpunkt: Brennglas und Brennspiegel

Brennende Liebe = Feuernelke.

Brenner, „*Der Brenner*", österr. Kultur-Zeitschrift, 1910–1914, 1915–1934 u. 1946–1954, in Innsbruck von L. von *Ficker* gegr.; förderte Th. *Däubler,* G. *Trakl,* J. *Leitgeb,* Th. *Haecker* u. a.

Brenner, ital. *Brennero,* 1375 m hoher Paß an der österr.-italien. Grenze, zwischen Stubaier u. Zillertaler Alpen; niedrigster u. bequemster, von N u. S in einmaligem Anstieg erreichbarer Übergang über die Alpen; schon von den Römern benutzt, seit 1772 mit einer Straße u. seit 1867 mit der B.-Bahn; seit 1959 B.-Autobahn zwischen Innsbruck u. Bozen im Bau, 1964 der erste Teilabschnitt in Österreich eröffnet (mit der *Europabrücke*), Fertigstellung des letzten Teilstücks 1974; beste Verbindung zwischen Dtschld. u. Italien.

Brenner, 1. Elias, finn.-schwed. Maler, Graphiker u. Archäologe, *18. 4. 1647 Storkyro (Finnland), †16. 1. 1717 Stockholm; seit 1684 schwed. Hofmaler; hauptsächl. Porträtminiaturen.
2. Hans Georg, Pseudonym Reinhold Th. *Grabe*, Schriftsteller, *13. 2. 1903 Barranowen, Ostpreußen, †10. 8. 1961 Hamburg; Verlagslektor; übersetzte A. Camus, J.-P. Sartre u. a., kam vom lyrischen zum exakt psycholog. Roman. „Nachtwachen" 1940; „Das ehrsame Sodom" 1950; „Treppen" (posthum) 1962.
3. Otto, Gewerkschaftsführer, *8. 11. 1907 Hannover, †15. 4. 1972 Frankfurt a. M.; Elektromonteur; 1947 Bezirksleiter der IG Metall in Hannover; 1951–1953 SPD-Landtagsabgeordneter in Niedersachsen; 1952–1956 gleichberechtigter, 1956–1972 alleiniger Vors. der IG Metall; 1961–1972 Präs. des International. Metallarbeiterbunds.
4. Paul Adolf, schweizer. Lyriker, *29. 1. 1910 Zürich; „Zwischen Traum und Zeit" 1938; „Die ewige Stimme" 1943; „Haus der Nacht" 1955; „Dein Abendbuch" 1959.
5. Sophia Elisabeth, schwed. Dichterin, *29. 4. 1659 Stockholm, †14. 9. 1730 Stockholm; schrieb Poesie u. Prosa in schwed., dt., französ. u. latein. Sprache.

Brennessel, *Urtica,* Gattung der Brennesselgewächse, Unkraut mit Brennhaaren, gegenständigen Blättern u. ein- oder zweihäusigen Pflanzen. Die *Kleine B., Urtica urens,* ist einjährig, wird bis 60 cm hoch u. ist auf Schutt u. bebautem Land häufig; ihre Blätter sind stark brennend. Die *Große B., Urtica dioica,* wird bis zu 120 cm hoch, ist ausdauernd an Wegen u. in feuchten Gebüschen.

Brennesselgewächse, *Urticaceae,* Pflanzenfamilie der *Urticales,* meist Kräuter mit unscheinbaren Blüten (*Windbestäuber*) in Trugdolden oder Scheinähren. Hierher gehören Brennesseln, Glaskraut, Hanfnessel u. *Ramie (Ind. Nessel).*

Brennfläche, die Fläche, in der sich die an einem Hohlspiegel reflektierten oder durch eine Linse gebrochenen achsenparallelen Lichtstrahlen schneiden. →Kaustik.

Brennfleckenkrankheit, durch Pilzbefall hervorgerufene Krankheit verschiedener Kulturpflanzen, äußert sich in Fleckenbildung an Stengel, Blättern u. Früchten; B. der Erbse durch die Pilze *Ascochyta pinodelle, Ascochyta pisi, Mycosphaerella pinodes;* B. der Bohne durch den Pilz *Colletotrichum lindemuthianum;* B. der Kürbisgewächse durch den Pilz *Colletotrichum langenarium.* Bekämpfung: Beizen, Vernichtung befal-

lener Pflanzen, Fruchtwechsel, Züchtung resistenter Rassen.

Brennglas →Linse.

Brennhaare, einzellige, borstenartige Haare an Pflanzen, deren Köpfchen bei Berührung leicht abbrechen. Die an die Spitze einer Injektionsnadel erinnernde schräge Öffnung sticht sich in die Haut der berührenden Hand ein, wobei der giftige Inhalt der Zelle in die Wunde eindringt (z. B. Nesselarten).

Brennholz →Holz, →Holzeinschlag.

Brennhülse, *Mucuna,* Gattung der Schmetterlingsblütler mit in den Tropen heim., windenden Sträuchern. Die Hülsen der meisten Arten sind mit gelbroten Brennhaaren versehen, die auf der Haut einen Juckreiz hervorrufen („Juckbohnen"). Züchtungen ohne Brennhaare sind als *Samtbohne* bzw. *Floridabohne* bekannt.

Brennkammer, Bauteil einer Gasturbinenanlage (→Gasturbine), in dem durch Verbrennung eines Kraftstoffs Wärme an ein vorverdichtetes Gas übertragen wird (entweder durch innere Verbrennung im Gasstrom selbst oder durch äußere Verbrennung mit Wärmeübertragung durch eine Wandung hindurch).

Brennkraftmaschine, Kurzform für →Verbrennungskraftmaschine.

Brennkultur = Brandkultur.

Brennlinie, die Schnittlinie der →Brennfläche mit einer die opt. Achse eines Hohlspiegels enthaltenden Ebene. →Kaustik.

Brennofen, techn. Ofen zum Brennen von Tonwaren, Ziegeln, Porzellan, Kalk oder Zement.

Brennpalme, *Kittulpalme, Caryota urens,* bis 10 m hohe Palmenart trop. Gärten. Das Holz dient zur Herstellung von Bauten u. Geräten. Das Mark liefert zur Blütezeit ein Stärkemehl. Aus dem Saft wird ein beliebtes Getränk hergestellt. Die Fasern der Blattscheiden kommen als *Kittulfasern* in den Handel.

Brennprobe, 1. zur vorläufigen Ermittlung der Faserstoffart werden die Verbrennungsweise, der Geruch u. der Rückstand einer mittels Flamme entzündeten Textilprobe beurteilt. *Pflanzl. Fasern* u. ihre Regenerate verbrennen schnell; Geruch nach verbranntem Papier, Asche hellgrau, kohlefrei. *Acetatfasern* schmelzen u. verbrennen etwas langsamer; Geruch sauer, Rückstand kohliges Kügelchen, das zu weißer Asche schmilzt. *Wolle u. Eiweißfasern* brennen langsam; Geruch nach verbranntem Horn, Rückstand blasige Schmelze, meist Kügelchen, die sich zerdrücken lassen. *Mineral. Fasern* glühen. *Glasfasern* schmelzen (Bunsenflamme), *vollsynthet. Fasern* schmelzen, Geruch je nach Polymer unterschiedlich. 2. zur Ermittlung der Wirksamkeit von Schwerentflammbar-Ausrüstungen an Textilmaterialien läßt man die Probe in eine Flamme hineinragen. Weiterbrennen u. -glimmen nach Entfernen der Flamme sowie die Schädigung des Gewebes geben Hinweise auf die Brennbarkeit.

Brennpunkt, 1. *Chemie:* die niedrigste Temperatur, bei der nach vorübergehender Annäherung einer Zündflamme die von einer Substanz entwickelten Dämpfe u. die Substanz von selbst weiterbrennen.
2. *Mathematik:* Konstruktionspunkt bei Kegelschnitten. Die von den B.en zu den Kurven gezogenen Strecken heißen *Brennstrecken.*
3. *Optik:* Fokus, der Punkt (B), in dem achsenparallele Lichtstrahlen (L) nach Durchgang durch Linsen (*Brennglas*) oder nach Reflexion an Hohlspiegeln (*Brennspiegel*) sich treffen. Der Abstand des Brennpunkts vom Linsenmittelpunkt heißt *Brennweite.*

Brennschluß, das Abschalten der (Raketen-) Triebwerke bei einer Trägerrakete oder einem Raumfahrzeug; meist durch ein Programmwerk oder einen Bordrechner.

Brennspiritus, durch Zusatz behördl. vorgeschriebener Stoffe (Methylalkohol, Pyridinbasen) ungenießbar gemachter, steuerbegünstigter →Spiritus.

Brennstoffe, leicht entzündbare organ. Stoffe, die beim Verbrennen Wärme abgeben; Einteilung einerseits in feste, flüssige u. gasförmige, andererseits in natürl. u. im Zuge der Veredelung entstehende künstl. B. Die in der folgenden Tabelle angegebene chem. Analyse gilt für wasser- u. ascheffreie Substanz. Alle Werte sind Mittelwerte. Zu den festen natürl. B.n: →auch Kohle, Steinkohle, Braunkohle. ☐ 10.2.3.

Brennstoffelement, *Brennstoffzelle,* eine Sonderform der galvan. Elemente: Das B. kann mit

konventionellen festen, flüssigen oder gasförmigen Brennstoffen so gespeist werden, daß die bei der Oxydation des Brennstoffs frei werdende Energie vorwiegend als Elektrizität anstatt Wärme anfällt. Es handelt sich um einen →Energie-Direktumwandler mit sehr hohem Wirkungsgrad (η). Normalerweise liegt er zwischen 70 u. 90%; bei $\eta = 100\%$ ist die Wärmeentwicklung null. Dieser Idealfall der Erzeugung elektr. Energie heißt *kalte Verbrennung*. Erstmals vorgeführt wurde ein derartiges B. 1955 durch E. *Justi* u. *Winsel*.
Bei diesem Verfahren ist der Brennstoff Wasserstoffgas H_2, das in einen porösen Nickelzylinder (*Gasdiffusionselektrode*) eintritt, dort adsorbiert u. gemäß $H_2 \rightarrow 2\,H$ dissoziiert wird.
Bei der *Desorption* gibt jedes H-Atom eine negative Elementarladung (e^-) an die hierdurch negativ aufgeladene Ni-Elektrode ab u. entweicht als Proton H^+. Der Sauerstoff O_2 tritt in die zweite Elektrode ein, wird zu O_2^{--}-Ionen aktiviert, wodurch die O_2-Elektrode sich positiv auflädt. Beide Elektroden stehen in einem Elektrolyten, z.B. wäßrige Ätzkalilösung (KOH), durch den sich die Kationen H^+ u. Anionen O_2^{--} zu neutralem Wasser vereinen. Der Wirkungsgrad liegt theoret. bei $\eta = 92\%$. Dementsprechend gering ist die Verlustwärme; bei der gewöhnl. Entzündung von Knallgas entsteht eine Spitzentemperatur von 3000°C.
Das B. kann als Energie-Direktumwandler diese hohen Wirkungsgrade erreichen, weil es (im Gegensatz zum Wärmekraftwerk) den Umweg über die Wärmeerzeugung vermeidet. Außer dem hohen Wirkungsgrad sind das Fehlen von mechanisch bewegten Teilen, Lärm, Abgas u. Radioaktivität von Einfluß auf die weitere techn. Es gibt verschiedene Arten von B.en. Alle Typen haben jedoch Anoden zur katalyt. Aktivierung des Brennstoffs, Kathoden für die Aktivierung z.B. des Sauerstoffs oder der Luft; zwischen den Elektroden befindet sich ein elektrolytischer Leiter. Anwendungsgebiete: Raumfahrt, Elektromobile. – ⌑ 7.5.4.

Brennstoffstab, *Uranstab*, *Brennstoffelement*, stabförmiger Körper aus spaltbarem Material, z.B. Uranoxid; wird in einen →Kernreaktor eingesetzt.

Brennstoffzyklus, Brennstoffkreislauf bei Kernkraftwerken. Im Gegensatz zu fossil gefeuerten Kraftwerken, in denen der Brennstoff (z.B. Kohle) nur einmal verwendet, nämlich verbrannt wird, kann er bei Kernkraftwerken zumindest teilweise mehrfach zurückgeführt werden. Der Grund liegt darin, daß 1. der Brennstoff bei einmaligem Durchgang nur z.T. ausgebrannt wird u. daß 2. sich bei jedem Durchgang im Brennstoff selbst neuer Spaltstoff bildet (bei Brütern sogar mehr als verbraucht wird). Vor jedem neuen Durchgang muß der Brennstoff in →Wiederaufarbeitungsanlagen gereinigt u. in →Refabrikationsanlagen zu Brennelementen weiterverarbeitet werden. Urangewinnung, Urananreicherung, Fabrikation, Einsatz im Kernreaktor, Wiederaufarbeitung, Refabrikation u. Endlagerung der radioaktiven Spaltprodukte sind die wichtigsten Komponenten im B.

Brennus, Fürst der *Senonen*, Führer der Gallier (Kelten), die nach dem von den Römern verlorenen Schlacht an der Allia am 18. 7. 387 v. Chr. Rom zerstörten; soll das Lösegeld der Stadt (1000 Pfund Gold) mit falschen Gewichten abgewogen u., als die Römer protestierten, mit dem Ausruf „vae victis!" („Wehe den Besiegten!") sein Schwert in die Waagschale geworfen haben.

Brennweine, die für die Weinbrandherstellung geeigneten Weine.

Brenta [die], altes italien. Raummaß (Weinmaß), verschieden festgelegt (z. B. 40 oder 50 Liter).

Brenta, 1. Gruppe der südl. Kalkalpen, in Südtirol; in der Cima Tosa 3173 m, in der Cima B. 3150 m.
2. oberitalien. Fluß, 160 km; kommt aus dem Lago di Caldonazzo (südöstl. von Trient), durchfließt das Val Sugana u. mündet bei Chiòggia in das Adriat. Meer.

Brentano, 1. Bernhard von, Bruder von 4) u. 6), Erzähler u. Essayist, *15. 10. 1901 Offenbach, †29. 12. 1964 Wiesbaden; Sohn des hess. Justizministers Otto von B., 1933–1949 in der Schweiz. Gesellschaftsromane: „Theodor Chindler" 1936; „Franziska Scheler" 1945. Essays: „Der Beginn

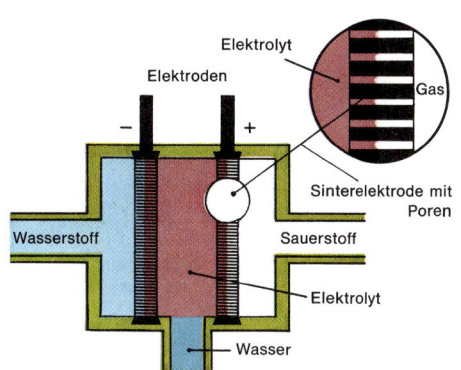

Brennstoffelement (Schema)

der Barbarei in Dtschld." 1932; „Tagebuch mit Büchern" 1943; „Schöne Literatur u. öffentl. Meinung" 1962. Autobiograph. Bericht: „Du Land der Liebe" 1952.
2. Bettina →Arnim, Bettina von.
3. Clemens, Sohn von 8), Bruder von 2), Dichter, *8. 9. 1778 Ehrenbreitstein, †28. 7. 1842 Aschaffenburg; anfangs Kaufmann, dann Studium in Halle u. Jena, 1803 Heirat mit Sophie *Mereau* (Briefwechsel 2 Bde. 1908), seit 1804 in Heidelberg, Freundschaft mit A. von *Arnim*, J. von *Görres* u. den Brüdern J. u. W. *Grimm*; unstete Wanderjahre, 1817 Rückkehr zum kath. Glauben. B. war vor allem Lyriker von einzigartiger musikal. Sprachkraft u. unerschöpfl. Erfindungsgabe; Erzähler des „verwilderten Romans" „Godwi" 1801, von romant. Geschichten („Geschichte vom braven Kasperl u. dem schönen Annerl" 1817) u. vieler Märchen („Gockel, Hinkel, Gackeleia" 1838); religiöse Romanzen vom Rosenkranz" 1852; Dramen: „Ponce de Leon" (Lustspiel) 1804; „Die Gründung Prags" 1815; Erneuerer von Dichtungen des 16. u. 17. Jh.; Hrsg. (mit A. von Arnim) von „Des Knaben Wunderhorn" 1806–1808 u.a., zugleich Mitarbeiter der „Zeitung für Einsiedler", die 1808 als „Trösteinsamkeit" auch in Buchform erschien.
4. Clemens von, Bruder von 1) u. 6), Diplomat, *20. 7. 1886 Friedberg, Hessen, †20. 6. 1965 Meran; 1921–1929 im diplomat. Dienst; stand dem Zentrum nahe, das er zeitweise im Reichstag vertrat; 1946–1950 Leiter der bad. Staatskanzlei, 1950 Generalkonsul in Italien, 1951–1957 dort Botschafter.
5. Franz, Neffe von 3), Bruder von 7), Philosoph, *16. 1. 1838 Marienberg bei Boppard, †17. 3. 1917 Zürich; Begründer der Österreichischen Schule i.e.S.; lehrte zuerst in Würzburg, später in Wien; anfängl. Theologe, trat aber aus der kath. Kirche aus (1873). B. verband die Philosophie mit der Psychologie, die er als philosoph. Grundwissenschaft verstand. In seinem Hauptwerk „Psychologie vom empirischen Standpunkt" (1874) liegen Elemente, die sein bedeutendster Schüler, E. *Husserl*, für die von diesem entwickelte Phänomenologie aufgriff. B. hat sich auch als Aristotelesforscher hervorgetan. (Seine Dissertation „Von der mannigfachen Bedeutung des Seienden nach Aristoteles" 1862 hat auf den jungen *Heidegger* entscheidenden Einfluß ausgeübt.) Seine von A. Kastil u. O. Kraus herausgegebenen „Gesammelten philosoph. Schriften" (12 Bde. 1922–1934) sowie der T. G. Masaryk u. der *B. gesellschaft* geförderte Nachlaß (1952 ff.) umfassen alle Gebiete der Philosophie. – ⌑ 1.4.8.
6. Heinrich von, Bruder von 1) u. 4), Politiker (CDU), *20. 6. 1904 Offenbach a. M., †14. 11. 1964 Darmstadt; Rechtsanwalt, seit 1949 Mitglied des Bundestags, 1949–1955 u. 1961–1964 Vorsitzender der CDU-Bundestagsfraktion, 1955–1961 Bundes-Außen-Min.
7. Lujo, Neffe von 3), Bruder von 5), Nationalökonom, *18. 12. 1844 Aschaffenburg, †9. 9. 1931 München; Kathedersozialist, Mitgründer des *Vereins für Socialpolitik*, trat für das Gewerkschaftswesen nach engl. Vorbild ein. Hptw.: „Die Arbeitergilden der Gegenwart" 2 Bde. 1871/72; „Der wirtschaftende Mensch in der Geschichte" 1923, Nachdr. 1967; „Eine Geschichte der wirtschaftl. Entwicklung Englands" 3 Bde. 1927–1929.
8. Maximiliane, Tochter der Sophie von *Laroche*, Mutter von 3). *31. 5. 1756 Mainz, †19. 11. 1793 Frankfurt a. M.; *Goethes* „Maxe" in Ehrenbreitstein (1772), heiratete 1774 den in Frankfurt ansässigen italien. Kaufherrn Pietro Antonio Brentano, der für einen Abbruch der Beziehungen zu Goethe sorgte.

Brentford and Chiswick ['brentfəd ənd 'tʃizik], ehem. Stadt, seit 1963 Teil von Greater London (früher Middlesex).

Brenz, linker Nebenfluß der oberen Donau in Schwaben, entspringt am Albuch, 65 km.

Brenz, Johannes, luth. Theologe, *24. 6. 1499 Weil, Württemberg, †11. 9. 1570 Stuttgart; Organisator der Württemberg. Landeskirche, Vertreter der luth. Abendmahlsauffassung; Hauptwirksamkeit in Schwäb. Hall.

Brenzcatechin, o-Dihydroxybenzol, ein zweiwertiges Phenol; Vorkommen im Buchenholzteer, techn. hergestellt durch Kalischmelze von Phenol-o-sulfonsäure; als photograph. Entwickler u. zur Haar- u. Pelzfärbung verwendet.

Brenze, restlos verbrennbare mineral. Brennstoffe, z.B. Kohle, Erdöl, Asphalt, Schwefel.

Brenzreaktion, chem. Reaktion beim trockenen Erhitzen eines organ. Stoffs. B.en bestehen meistens in der Abspaltung von Wasser oder Kohlendioxid.

Brenztraubensäure, CH_3–CO–COOH, eine essigsäure-ähnl. riechende Ketocarbonsäure, die bei der Destillation von Traubensäure entsteht, aber auch synthet. hergestellt werden kann; Zwischenprodukt bei der alkohol. Gärung u. beim biolog. Essigsäure-Abbau. Der Gehalt des menschl. Körpers an B. erhöht sich beim anaeroben Stoffwechsel, wie wir ihn z.B. bei sportl. Höchstleistungen finden.

Brera [ital., „Brachland"], *Pinacoteca di Brera*, Gemäldegalerie in Mailand mit einer Sammlung oberitalien. Malerei, bes. der Renaissance; seit 1651 nach Plänen von F. M. *Ricchino* als Jesuiten-

Feste und flüssige Brennstoffe	Chemische Analyse				Heizwert kJ/kg
	C (%)	H (%)	O (%)	N+S (%)	
Holz (lufttrocken)	50,0	6,0	44,4	–	15 100
Torf (lufttrocken)	59,0	6,0	33,0	2,0	14 700
Weichbraunkohle	67,5	5,5	25,0	2,0	8 400
Hartbraunkohle	74,0	5,5	18,5	2,0	33 600
Steinkohle	88,5	4,2	5,1	2,2	30 400
Braunkohlen-Schwelkoks	88,4	2,9	5,9	2,8	23 900
Zechenkoks	97,0	0,5	0,5	2,0	29 400
Erdöl	84,0	13,0	3,0	–	42 000
Spiritus	52,0	13,0	35,0	–	27 000
Benzol	92,2	7,8	–	–	40 300
Petroleum	85,5	14,5	–	–	40 900
Dieselöl	87,0	13,0	–	–	41 800
Benzin	85,0	15,0	–	–	42 600
Gasöl	86,0	14,0	–	–	43 000
Heizöl	86,0	14,0	–	–	43 000

Gasförmige Brennstoffe	Chemische Analyse						Heizwert kJ/m³
	CO (%)	H_2 (%)	CH_4 (%)	C_nH_n (%)	CO_2 (%)	N_2 (%)	
Erdgas	1,0	5,0	75,0	0,5	0,5	18,0	29 400
Generatorgas	30,0	15,0	–	–	5,0	50,0	5 000
Braunk.-Schwelgas	3,6	32,4	54,0	4,0	3,0	3,0	12 200
Stadtgas	20,0	54,0	16,1	2,2	4,5	3,2	16 800
Koksofengas	7,5	60,0	20,0	2,0	4,5	4,0	17 600

Leonid Iljitsch Breschnew

konvikt erbaut, 1776 Sitz der Mailänder Kunstakademie.

Bresche [germ., frz.], Sturmlücke in einer Festungsmauer.

Breschnew [-ʒnjɛf], Leonid Iljitsch, sowjet. Politiker, *19.12.1906 Kamenskoje (Dnjeproderschinsk), Ukraine; Studium an einem Landwirtschaftstechnikum u. einem Hütteninstitut, Ingenieur in einem Hüttenwerk bei gleichzeitiger aktiver Parteiarbeit; im 2. Weltkrieg polit. Chef der 4. Ukraine-Front. Nach führenden Funktionen, bes. in der ukrain. Parteiapparat, stieß er als Sekretär des ZK u. Kandidat des Präsidiums des ZK der KPdSU 1952/53 in die oberste Führungsspitze vor. Nach vorübergehender Rückkehr in die Provinz (Kasachstan) wurde er im Zusammenwirken mit N. *Chruschtschow* Sekretär des ZK (1956) u. Mitgl. des Präsidiums bzw. des Politbüros des ZK der KPdSU (1957). 1960–1964 u. seit 1977 Vors. des Präsidiums des Obersten Sowjets (Staatspräs.), nach Chruschtschows Sturz (1964) Erster Sekretär u. damit Parteichef der KPdSU, seit April 1966 mit der Amtsbezeichnung Generalsekretär; 1976 „Marschall der Sowjetunion".

Breschnew-Doktrin [nach L. *Breschnew*], Doktrin der „beschränkten Souveränität" der sozialist. Staaten; in der westl. Welt verwendete Bez. für den anläßlich der Besetzung der Tschechoslowakei im August 1968 erhobenen Interventionsanspruch der Staaten des „sozialist. Lagers" (→Ostblock) gegenüber solchen sozialist. Staaten, deren Entwicklung „den Sozialismus gefährdet", d. h. die vom innerstaatl. Modell der Sowjetunion in wichtigen Punkten abweichen oder deren Interessen insbes. dem Zusammenhalt des sowjet. Herrschaftsbereichs zuwiderlaufen. Bei einem Besuch Breschnews in Jugoslawien 1971 wurde der in der B. enthaltene Anspruch etwas eingeschränkt. – ▭ 5.9.1.

Brèscia [ˈbrɛʃa], italien. Stadt in der Lombardei, Hptst. der Provinz B. (4757 qkm, 950 000 Ew.), 210 000 Ew.; Kastell, Ruinen des kapitolin. Tempels; Verkehrsknotenpunkt; Fahrzeugbau; Metall-, Möbel-, Textil- (Strümpfe, Strickereiwaren), keram. u. pharmazeut. Industrie.
Das antike *Brixia*, im MA. Mitgl. des Lombard. Städtebunds. 1426–1797 zur Republik Venedig, 1815 an Österreich, 1859 zum Königreich Piemont.

Bresgen, Cesar, österr. Komponist, *16. 10. 1913 Florenz; Schüler von J. *Haas*; Lehrer am Salzburger Mozarteum; schrieb Märchen- u. Jugendopern („Der Igel als Bräutigam" 1950; „Der Mann im Mond" 1958), Solokonzerte, Liederzyklen.

Breslau, poln. *Wrocław*, Hptst. der poln. Wojewodschaft Wrocław (6289 qkm, 1 015 000 Ew.) u. Stadt (224 qkm, 569 000 Ew.) in der fruchtbaren mittelschles. Ebene beiderseits der Oder, an der Mündung der Ohle; wissenschaftl. u. kulturelles Zentrum; zahlreiche Forschungsinstitute, 5 Theater, Museen; 8 Hochschulen, u. a.: Universität (gegr. 1811, 1945 poln.), Techn., Medizin., Landwirtschaftl. u. Musikhochschule; Erzbischofssitz; Maschinen-, Metallindustrie, Elektronik (einschl. Computerbau), Transportmittel; nach 1945 stark ausgebaut; mittelalterl. u. barocke Bauten, 1945 größtenteils zerstört u. zu einem erhebl. Teil wiederaufgebaut; erhalten blieben: Elisabethkirche, Rathaus, Teil des Rings u. des Doms (1951 histor. getreu neu errichtet), der Kreuz- u. der Sandkirche.
Geschichte: Burganlage des böhm. Herzogs *Wratislaw I.* († 921), seit 1163 Sitz von Piastenherzögen; erhielt 1261 dt. Stadtrecht, 1335 zu Böhmen (1526 habsburg.), Hansestadt; kam im *B.er Frieden* (1742) an Preußen; 1813 Ausgangspunkt der Erhebungen der Befreiungskriege; im 2. Weltkrieg zur Festung erklärt, fiel nach schweren Kämpfen, zu 70% zerstört, als letzte dt. Festung am 7. 5. 1945. B. hatte 1939: 630 000 Ew., 1946: 171 000 Ew.

Bresse, La B. [la ˈbrɛs], ostfranzös. Landschaft (ehem. Grafschaft) zwischen der Saône u. dem Jura, ein wald- u. seenreiches Hügelland; Anbau von Getreide (bes. Mais), Kartoffeln u. Futterpflanzen, Geflügelzucht (Hühner); alte Hptst. *Bourg-en-B.* – 1601 endgültig an Frankreich.

Breßlau, Harry, Historiker, *22. 3. 1848 Dannenberg, Hannover, †27. 10. 1926 Heidelberg; Prof. in Berlin u. Straßburg; bedeutend auf dem Gebiet der Urkundenlehre; Hrsg. des „Archivs für Urkundenforschung". Werke: „Handbuch der Urkundenlehre für Dtschld. u. Italien" 1889, ²1912 ff.; „Geschichte der Monumenta Germaniae Historica" 1921.

Bresson [-ˈsɔ̃], Robert, französ. Filmregisseur, *25. 9. 1907 Brémont-Lamothe, Auvergne; „Das hohe Lied der Liebe" 1943; „Les Dames du Bois de Boulogne" 1945; „Tagebuch eines Landpfarrers" 1950; „Ein zum Tode Verurteilter ist entflohen" 1956; „Der Prozeß der Jeanne d'Arc" 1962; „Zum Beispiel Balthasar" 1965; „Mouchette" 1966 u. a.

Brest, 1. nordwestfranzös. Kreisstadt im Dép. Finistère, Handels- u. größter französ. Kriegshafen, an einer geschützten Bucht der breton. Atlantikküste, 159 900 Ew.; moderne Hebebrücke (bis 88 m Höhe); Wärmekraftwerk; Arsenal mit Werften; Schiff- u. Maschinenbau, Elektro-, chem., Textil- u. Lebensmittelindustrie, Fischerei (bes. Langusten). Ausfuhr von Obst, Gemüse. – Im 2. Weltkrieg dt. U-Boot-Basis u. umkämpfte Festung, danach wiederaufgebaut.
2. bis 1940 *Brest-Litowsk*, Hptst. der Oblast B. (32 300 qkm, 1,3 Mill. Ew., davon 25% in Städten), in der Weißruss. SSR, am (Westl.) Bug, dem Grenzfluß zu Polen, 122 000 Ew.; Sägewerke, Textil- u. Nahrungsmittelindustrie; Verkehrsknotenpunkt; Hafen, Flugplatz.
Geschichte: Im 16. Jh. poln., 1795 russ., 1921 erneut poln., 1939 wieder russ. – Am 22. 12. 1917 begannen in B. Friedensverhandlungen *(Friede zu Brest-Litowsk)* zwischen Staatssekretär R. von Kühlmann, General M. Hoffmann (Dtschld.), Graf O. Czernin (Österreich), A. Joffe u. später Trotzkij (Sowjetrußland). Nach dem Separatfrieden mit der Ukraine reiste Trotzkij ab. Durch einen Vormarsch auf Petrograd erzwang Dtschld. am 3. 3. 1918 einen Diktatfrieden, in dem Rußland mit dem Verzicht auf Polen, Finnland, die Ukraine u. das Baltikum 26% seines europ. Territoriums, 27% des anbaufähigen Landes, 26% des Eisenbahnnetzes, 33% der Textilindustrie, 73% der Eisenindustrie u. 75% der Kohlenbergwerke verlor. Im Zusatzvertrag vom 26. 8. 1918 wurde eine Kriegsentschädigung von 6 Milliarden Goldmark erzwungen. Der Friede von B. wurde nach dem Zusammenbruch Deutschlands für ungültig erklärt. – ▭ 5.3.5.

Bretagne [-ˈtanjə], nach NW vorspringende, größte Halbinsel Frankreichs, mit stark gegliederter, inselreicher Steilküste, starker Brandung u. mächtigen Gezeiten; umfaßt die 5 Départements *Ille-et-Vilaine, Côtes-du-Nord, Finistère, Morbihan* u. *Loire-Atlantique*, zusammen 27 184 qkm, 2,5 Mill. Ew.; größte Stadt *Rennes*; feuchtes atlant. Klima. Zwei nach W sich nähernde Landrücken laufen im Innern den Küsten parallel; die dünnbesiedelten Hochflächen sind heute fast waldlos u. tragen ausgedehnte Wiesen u. Weiden für die Viehzucht (Rinder, Schweine); in den geschützten Becken u. dem bes. fruchtbaren u. dichter besiedelten Küstenstreifen intensiver Frühgemüsebau u. Anbau von Obst, Weizen u. Roggen; Heckenlandschaft; die Küstenfischerei (Sardinen, Thunfisch) ist bes. in den Häfen der Südküste beheimatet, die gleichfalls Sitz einer leistungsstarken Fischindustrie sind, die Hochseefischerei (Kabeljau) wird von den Häfen der Nordküste aus betrieben; Kriegshäfen sind *Brest* u. *Lorient*.
Die B. gehörte als *Armorica* zur röm. Provinz Lugdunensis; sie erhielt im 5./6. Jh. von den einwandernden keltischen Briten den Namen *B.*; seit dem 10. Jh. Herzogtum, 1166 durch Heirat an England, 1213 an die kapeting. Grafen von Dreux; 1491 heiratete Karl VIII. von Frankreich Anna von der Bretagne, 1514 Franz I. von Frankreich Annas Tochter Claudia. 1532 fiel das Herzogtum B. an die französ. Krone.

Břetislaw I. Achílles [ˈbrʒɛ-], Herzog von Böhmen 1037–1055; aus dem Geschlecht der *Přemysliden*, schloß Mähren seinem Herrschaftsbereich an.

Breton [brəˈtɔ̃], André, französ. Schriftsteller, Mitbegründer u. Theoretiker des französ. Surrealismus, *18. 2. 1896 Tinchebray, †28. 9. 1966 Paris; schrieb Manifeste, poet. Prosa, Traumerzählungen, Gedichte u. Kritiken; „Manifeste du surréalisme" 1924; „Second manifeste du surréalisme" 1930; „Nadja" (Prosa) 1928, dt. 1960; „L'amour fou" (Gedichte) 1937. – ▭ 3.2.1.

Breslau: Rathaus

Bretọn de los Herrẹros, Manuel, span. Dramatiker, *18. 12. 1796 Quel, Logroño, †8. 11. 1873 Madrid; Theaterkritiker, Mitglied der Span. Akademie, Direktor der Staatsbibliothek Madrid; schrieb über 200 anmutige Gesellschafts- u. Volksstücke; Übersetzer u. Bearbeiter klass. Dramen (*Schillers* „Maria Stuart").

Bretọnen, kelt. Stamm auf der französ. Halbinsel *Bretagne* (Nachkommen der kelt. *Briten*), 1,1 Mill. Fischer u. Bauern; die B. stellen fast die Hälfte der französ. Seeleute. Im westl. Teil des Landes hat sich die kelt. Sprache *(Bretonisch)* noch erhalten, ist aber im Zurückweichen. Die B. haben einen reichen Schatz an Volksliedern u. Legenden breton. Heiliger (Prozessionen). Die alte Frauentracht ist z.T. noch vorhanden (u.a. Tragen von Häubchen) u. wird zu bes. Anlässen angelegt.

bretọnische Faltungsphasen [nach den *Bretonen*], Gebirgsfaltungen, deren Bewegungen im Oberdevon einsetzten u. im Unterkarbon (Visé) endeten. Man untergliedert in eine marsische, selkische u. nassauische Phase.

bretọnische Literatur, die in breton. Sprache aus dem S der französ. Bretagne überlieferte Literatur. Bereits aus dem 8. Jh. sind Glossen zu latein. Handschriften erhalten; bis zum 18. Jh. herrschten religiöse Themen u. französ. Vorbilder; im 18./19. Jh. blühten Mysterien u. Mirakelspiele; auch eine Kunstdichtung entstand, die aber keine große Bedeutung erlangte. Wichtige Beiträge zur Weltliteratur sind dagegen breton. Sagen u. Märchen, die im 19./20. Jh. gesammelt wurden. Der bedeutendste breton. Dichter ist Jean-Pierre *Calloc'h* (*1888, †1917). – ◫3.1.5.

bretọnische Sprache, von rd. 1 Mill. *Bretonen* in der Bretagne gesprochene kelt. Sprache; die Bretonen siedelten sich, aus Britannien kommend, im 5./6. Jh. im NW Frankreichs an. – ◫3.8.4.

Bretonneau [brətɔ'no:], Pierre, französ. Arzt, *3. 4. 1778 Saint-Georges-sur-Cher, †18. 2. 1862 Passy bei Paris; beschrieb 1826 in klassischer Weise die *Diphtherie* u. gab der Krankheit diesen Namen.

Bretten, baden-württ. Stadt im Kraichgau, 17500 Ew.; feinmechanische Betriebe; Geburtsort *Melanchthons*, Museum mit Bibliothek der Reformationszeit.

Bretterbinder, *Nagelbinder*, vollwandiger Holzträger für Hallendächer oder Brücken, dessen *Steg* aus schrägen, meist in gekreuzten Lagen angeordneten Brettern zusammengesetzt ist u. dessen *Gurte* aus aufgenagelten Kanthölzern bestehen.

Bretton Woods ['bretn 'wudz], Ort im USA-Staat New Hampshire; 1944 fand dort eine internationale Finanz- u. Währungskonferenz statt, die die Errichtung der →Weltbank u. des →Internationalen Währungsfonds beschloß.

Brettspiele, zum Teil sehr alte Verstandesspiele, meist unter 2 Spielern, bei denen es sich darum handelt, auf vorwiegend quadratischen, schwarzweißen Feldern oder auf den Linien oder Schnittpunkten einer meist quadratischen Fläche („Spielbrett", „Brett") Spielsteine (Figuren, Brettsteine) so gegen feindliche Steine zu rücken, daß man sie einkreisen (Schach, Mühle, Wolf u. Schafe, Go, Festungsspiel) oder sie erobern kann (Dame, Mühle, Schach), oder daß man bestimmte Stellungen beziehen (Mühle, Halma, Salta, Festungsspiel) oder eine bestimmte Figur herstellen kann (Gobang). – ▣S. 108. – ◫1.1.6.

Breu, Jörg *d. Ä.*, Maler u. Holzschnittzeichner, *um 1475 Augsburg oder Landshut, †1537 Augsburg; seit 1502 dort ansässig u. von H. *Holbein d. Ä.* u. H. *Burgkmair* beeinflußt; in seiner Frühzeit ein Vorläufer des Donaustils (Zwettl, Bernhardsaltar in der Stiftskirche), schloß sich später italien. Vorbildern an u. entwickelte einen manierist. bewegten Figurenstil (Augsburg, Orgelflügel der Fuggerkapelle in der St.-Anna-Kirche, um 1520).

Breuer, **1.** Josef, österr. Physiologe u. Internist, *15. 1. 1842 Wien, †20. 6. 1925 Wien; anfängl. Mitarbeiter *Freuds* bei der Entwicklung der Psychokatharsis u. der Begründung der Psychoanalyse; schrieb u.a. „Studien über Hysterie" 1895.
2. Leo, Maler, *21. 9. 1893 Bonn; emigrierte 1934 nach Den Haag, Brüssel u. Paris; Vertreter der *École de Paris*, von der Farbigkeit A. *Herbins* beeinflußt. Das Gegenständliche tritt seit 1949 zurück, ab 1954 entstehen Serien, in denen geometr. Reihungen mit farbl. Steigerung gekoppelt werden. In den 1960er Jahren schuf B. Vibrationsbilder u. kinet. Reliefs.
3. Marcel Lajos, US-amerikan. Architekt ungar. Herkunft, *22. 5. 1902 Pécs (Ungarn); 1920 Schüler am Weimarer Bauhaus, 1925–1928 Leiter der Abt. Möbelentwurf des Bauhauses. Über Arbeiten auf dem Gebiet der Form- u. Innenraumgestaltung (Entwicklung des hinterbeinlosen S-förmigen Stahlrohrstuhls, 1928) kam B. zur Architektur. Er wanderte nach Emigrationsjahren in Zürich u. London 1937 nach den USA aus, wo er als Lehrer an der Harvard-Universität u. als Architekt zusammen mit W. *Gropius* den Bauhausstil verbreiten half. B. entwarf zahlreiche Einfamilienhäuser, College-, Fabrik- u. Verwaltungsbauten u. errichtete mit P. L. *Nervi* u. B. *Zehrfuß* das UNESCO-Gebäude in Paris (1952–1957).
4. Siegfried, Schauspieler, *24. 6. 1906 Wien, †1. 2. 1954 Weende bei Göttingen; am Theater in Wien, Prag, Berlin, seit 1939 im Film Charakterdarsteller.

Breughel →Bruegel.

Breuhaus de Groot, Fritz August, Architekt u. Kunstgewerbler, *9. 2. 1883 Solingen; Schüler von Peter *Behrens*; neben privaten u. öffentl. Bauten Industrieanlagen u. Ausstattung von Überseedampfern; Verfasser von „Landhäuser u. Innenräume" 1910, „Neue Bauten u. Räume" 1941.

Breul, Karl, Germanist, *10. 8. 1860 Hannover, †8. 4. 1932 Genua; seit 1910 in Cambridge, wirkte durch literargeschichtl. Werke für eine engl.-dt. Kulturverständigung.

Brẹve [das; lat. *brevis*, „kurz"], päpstl. Urkunde mit kurzem Text, vor allem zum Zweck von Ernennungen, Gnadenerweisen u. Auszeichnungen.

Brevet [-'vɛ; das; frz.], ursprüngl. Gnadenbrief des französ. Königs, dann Urkunde für Patente, Diplome u.ä.

Brevịarium Grimạni, Hauptwerk der fläm. Buchmalerei, heute in der Bibliothek von S. Marco, Venedig; entstanden um 1510; reich geschmückt mit Miniaturen, die infolge mehrerer ausführender Künstler u. der Vermischung originärer Erfindungen mit Kopien nach alten Vorlagen wenig einheitl. erscheinen.

Brevịer [das; lat.], **1.** *Theologie:* zusammenfassende Bez. für die von der kath. Kirche vorgeschriebenen Stundengebete, die die Kleriker u. Angehörige bestimmter Männer- u. Frauenorden tägl. zu verrichten haben. Das B. besteht u.a. aus Bibeltexten, Kirchenväterzitaten u. Hymnen; Neuordnung 1971. Die B.e waren im MA. u. in der Renaissance oft mit Buchmalereien geschmückt.
2. *übertragen:* Sammlung von Gedichten u. Worten eines Dichters.

brẹvi mạnu [lat.], Abk. *b. m.*, *br. m.*, kurzerhand.

Brẹvis [lat.] →Mensuralnotenschrift.

Brewster ['bru:stər], Sir David, schott. Physiker, *11. 12. 1781 Jedburgh, †10. 2. 1861 Allery bei Melrose; entdeckte, daß reflektiertes Licht teilweise polarisiert ist.

Breysig, Kurt, Historiker, *5. 7. 1866 Posen, †16. 6. 1940 Potsdam; 1896–1934 Prof. in Berlin; begründete eine Theorie der Kulturentwicklung, nach der diese, mit einer Spirale vergleichbar, zu immer höheren Stufen aufsteigt u. ihre bewegende Kraft durch die schöpferische Persönlichkeit erhält. Hptw.: „Kulturgeschichte der Neuzeit" 1900/01; „Der Stufenbau u. die Gesetze der Weltgeschichte" 1905, ²1927; „Vom Sein u. Erkennen geschichtl. Dinge" 1935–1943; „Die Geschichte der Menschheit" 1936–1939.

Brĕzan ['brjɛzan], Jurij, sorb. Schriftsteller, *9. 6. 1916 Räckelwitz; Hauptvertreter der modernen sorb. Literatur; schreibt auch dt. (u.a. Romantrilogie „Der Gymnasiast", „Semester der verlorenen Zeit", „Mannesjahre" 1958–1964).

Brezel, *Kringel, Krengel*, Gebäck etwa in Form einer 8; ursprüngl. Opfergebäck, bei den Römern zur Wintersonnenwende gebacken, im MA. Fastengebäck der Mönche; bis heute Symbol für das Bäckerhandwerk.

Březina ['brʒɛzina], Otokar, eigentl. Václav *Jebavý*, tschech. Dichter u. Essayist, *13. 9. 1868 Počátky, †25. 3. 1929 Jarmeritz; zunächst Symbolist, dann hymnischer Lyriker u. kath. Mystiker; verkündete den menschheitl. Aufstieg u. die Wunder des Alls: „Winde vom Mittag nach Mitternacht" 1897, dt. 1920; „Hände" 1901, dt. 1908; „Musik der Quellen" (Essays) 1919, dt. 1923.

Brianchon [briã'ʃɔ̃], Charles Julien, französ. Mathematiker, *19. 12. 1783 Sèvres bei Paris, †29. 4. 1864 Versailles; arbeitete über geometr. Fragen. – Der *Satz von B. (B.scher Satz)* aus der projektiven Geometrie ist dual zum *Pascalschen Satz.* Er lautet: In jedem einem Kegelschnitt umbeschriebenen Sechsseit gehen die Verbindungsgeraden der Gegenecken durch einen Punkt, den *Brianchonschen Punkt.* →auch Dualität.

Briançon [briã'sɔ̃], südostfranzös. Kreisstadt im Dép. Hautes-Alpes, alte Festung über dem Zusammenfluß von Durance u. Guisane, 10500 Ew.; Wintersportplatz; Steinkohlengruben; Verkehrsknotenpunkt (Bahn u. Straßen).

Briand [bri'ã], Aristide, französ. Staatsmann, *28. 3. 1862 Nantes, †7. 3. 1932 Paris; mehrmals Minister u. Min.-Präs., 1925–1932 Außen-Min.; arbeitete mit G. *Stresemann* zusammen an einer dt.-französ. Verständigung unter gesamteurop. Gesichtspunkten, aber auch unter Wahrung des französ. Sicherheitsanspruchs (Locarnovertrag); 1926 Friedensnobelpreis (mit Stresemann), Initiator des →Briand-Kellogg-Pakts. – ▣ →Frankreich (Geschichte). – ◫5.5.0.

Briand-Kellogg-Pakt, *Kellogg-Pakt*, am 27. 8. 1928 geschlossener Vertrag zur Ächtung des Krieges, dem insges. 63 Staaten beitraten. Die Unterzeichner verzichten auf den Krieg als Mittel zur Austragung ihrer Streitigkeiten u. unterwerfen sich einem Schiedsgericht. Doch werden Verteidigungskriege u. Völkerbundssanktionen mit kriegerischen Mitteln als legitim anerkannt. Der Vertrag ist nach den Urhebern, A. *Briand* u. F. B. *Kellogg*, benannt. Er blieb unwirksam.

Brịanza, fruchtbares norditalien. Hügelland südl. des Comer Sees, der „Garten der Lombardei"; Obst- u. Weinbau, Seidenraupenzucht.

Bridge [bridʒ; das; engl.], aus dem *Whist* entstandenes Kartenspiel mit 52 Karten zwischen 4 Spielern, von denen je 2 eine Partei bilden. Die Partei, die zuerst 2 Spiele machen kann, gewinnt die Gesamtpartie *(Robber).* – ◫1.1.6.

Bridge [bridʒ; engl.], Bestandteil von geograph. Namen: Brücke.

Bridgeport ['bridʒpɔ:t], Hafenstadt an der Atlantikküste in Connecticut (USA), nordöstl. von New York; 152000 Ew. (Metropolitan Area 338000 Ew.); Universität (gegr. 1927); Metall- (bes. Näh-, Büromaschinen, Kriegsmaterial), Elektrogeräte-, Textil-, Arzneimittelindustrie.

Bridges ['bridʒiz], Robert Seymour, engl. Lyriker, Versepiker u. Dramatiker, *23. 10. 1844 Walmer, Kent, †21. 4. 1930 bei Oxford; pflegte als kultivierter Humanist klass. Stoffe, Formen u. Versmaße; Epos: „The Testament of Beauty" 1929.

Bridget ['bridʒit], engl. für →Brigitte.

Bridgetown ['bridʒtaun], Haupt- u. Hafenstadt des westind. Staats Barbados; 12400 Ew. (m. V. rd. 102000 Ew.).

Bridgman ['bridʒmən], Percy William, US-amerikan. Physiker, *21. 4. 1882 Cambridge, Mass., †20. 8. 1961 Randolph, N.H., arbeitete auf dem Gebiet hoher Drücke; philosoph. Schriften. 1946 Nobelpreis für Physik.

Bridie ['braidi], James, eigentl. Osborne Henry *Mavor*, schott.-engl. Dramatiker, *3. 1. 1888 Glasgow, †29. 1. 1951 Edinburgh; seine meist realist.-satir. Stücke enthalten Zeitkritik in geistvollen Dialogen: „Daphne Laureola" 1949, dt. 1950.

Brie, französ. Landschaft im O von Paris, zwischen Marne u. Seine, ein ausgedehntes u. von Flüssen gegliedertes Flachland mit z.T. fruchtbaren Lehmböden, bes. im SW; Weizen- u. Zuckerrübenanbau; Viehwirtschaft, Milch- u. Käseerzeugung (*B.käse*; frz. *Fromage de B.*); wichtigster Ort der fruchtbareren *B. Française* ist B.-Comte-Robert; Zentren der *Haute B.* im N u. O sind Meaux u. Château-Thierry.

Brie, Friedrich, Anglist, *21. 11. 1880 Breslau, †12. 9. 1948 Freiburg i. Br.; erforschte Renaissance u. Humanismus in England.

Brief [lat. *brevis*, „kurz"], **1.** *Börsenwesen:* →Briefkurs.
2. *Literatur:* seit Erfindung der Schrift aus allen Kulturkreisen bekannt u. als dichter. Kunstform schon im Altertum gepflegt (B.wechsel *Ciceros, Senecas, Plinius' d. J.*) oder für Abhandlungen (z.B. die „Epistulae" des *Horaz*) verwandt. Im MA. wurden in Europa B.e in latein. Sprache bes. von Geistlichen für seelsorgerische Zwecke geschrieben. Der volkssprachl. B., in dem es die Mystiker zu hoher Kunst brachten (in ihrer Nachfolge M. *Luther*), setzte sich im ausgehenden MA. durch. Mit den Humanisten gewann der latein. B. abermals an Bedeutung. Der B. des Barocks in latein.-französ.-dt. Mischsprache ist durch gespreizten, schwülstigen Stil charakterisiert. Um 1750 begann das Jahrhundert des empfindsamen B.es, das einen wahren B.kult brachte. Zur Meisterschaft an Eleganz gelangten bes. die Franzosen (D. *Diderot*, Mme. de *Staël*). Seit Erfindung der

Briefadel

Schreibmaschine ging die Kunst des B.schreibens immer mehr verloren. Im 20. Jh. waren z. B. die B.e R. M. *Rilkes* hohe dichter. Leistungen. – ⌑ 3.0.2.
3. *Postwesen*: schriftl. oder gedruckte Nachricht in geschlossenem B.umschlag; die Sendung muß den postalischen Anforderungen entsprechen. *Eingeschriebene B.e* werden nur gegen Unterschrift ausgeliefert; bei Verlust besteht Anspruch auf Schadenersatz. B.e dürfen nur von der Post gegen Gebühr befördert werden.

Briefadel →Adel.

Briefdienst, der Zweig der Post, der alle Briefsendungen befördert (von der Ein- bis zur Auslieferung).

Briefgeheimnis, Verbot des unbefugten Öffnens von Briefen, gerichtet 1. im *Verfassungsrecht* an den Staat (Grundrechtsgarantie, Beschränkung nur aufgrund eines Gesetzes; Art. 10 GG; in Österreich Art. 10 Staatsgrundgesetz von 1867 u. Gesetz zum Schutz des B.ses vom 6. 4. 1870; Schweiz: Art. 36 Abs. 4 der Bundesverfassung); 2. im *Strafrecht* an jedermann als Verbot des vorsätzl. unbefugten Öffnens eines verschlossenen Briefs oder einer anderen verschlossenen Urkunde nach § 299 StGB (Verfolgung nur auf Antrag) u. an Postbeamte als Verbot des unbefugten Öffnens oder Unterdrückens der von der Post anvertrauten Briefen u. Paketen u. des Zulassens oder der Unterstützung einer solchen Handlung, nach § 354 StGB strafbar. – Ähnl. in Österreich (§ 310e StG) u. in der Schweiz (Art. 179 StGB). →auch Fernmeldegeheimnis, Postgeheimnis.

Briefhypothek, zur Sicherung einer Forderung bestellte →Hypothek, über die ein „Brief" erteilt wird (§§ 1116 BGB), der zu ihrer Geltendmachung u. Verwertung notwendig ist u. ihren Umlauf vermittelt u. erleichtert. Zur Übertragung der B. genügt eine schriftl. Abtretungserklärung u. die Übergabe des Briefs. Der Erstgläubiger erwirbt die B. nicht schon mit Einigung u. Eintragung in das Grundbuch, sondern erst mit der Briefübergabe durch den Eigentümer. Gegensatz: *Buchhypothek*.

Briefkasten, kastenartiger Behälter (auch aus Kunststoff) für die Einlieferung gewöhnl. Briefsendungen an u. in Postgebäuden sowie an Gebäuden in Stadt u. Land, ebenso an Bahnpostwagen. In großen Städten gibt es besondere Briefkästen für Luftpostsendungen (hellblau) u. für Postscheckbriefe (grün), in einigen Städten Briefkästen mit getrennten Einwurfschlitzen für Orts- u. Fernsendungen.

Briefkurs, Abk. B, Kurs, zu dem an der Börse Angebot besteht (Brief = Angebot); Gegensatz: *Geldkurs*.

Briefmaler, Angehörige einer mittelalterl. Malerzunft, die kleine Schmuckblätter u. Spielkarten malten bzw. nach Erfindung des Holzschnitts kolorierten.

Briefmarke, Postwertzeichen zur Erhebung postal. Beförderungsgebühren, die durch Poststellen oder postamtl. Verkaufsstellen vertrieben werden. B.n dienen zur Freimachung von Postsendungen u. werden durch Stempel entwertet. Die ersten B.n – abgesehen von Gebührenzetteln früherer Jahrhunderte (Pariser Stadtpost 1653, Londoner Stadtpost 1683) – führte die brit. Post auf Vorschlag von Sir Rowland *Hill* am 6. 5. 1840 ein. Als erster dt. Staat folgte 1849 Bayern. Neben den regulären Freimarken gaben die einzelnen Postverwaltungen schon früh Marken zu bes. Anlässen (Gedenk- u. Sondermarken) u. für bes. Zwecke (z. B. Dienstmarken, Portomarken, Flugpostmarken, Wohlfahrtsmarken) heraus. Kurz nach Erscheinen der ersten B.n wurden sie ein Gegenstand des Sammelns (*Philatelie*). Viele Postverwaltungen berücksichtigen diese Tatsache bei der Festlegung der Anzahl der Gedenk- u. Sondermarken; die große Verbreitung der Philatelie garantiert einen gewissen Absatz ohne postal. Gegenleistung. Im Zuge der Rationalisierung wird die Marke in der Wirtschaft dagegen immer stärker durch *Freistempel* ersetzt. – Fälschungen von Postwertzeichen werden strafrechtl. verfolgt. Vor Fälschungen geschützt werden die B.n u. a. durch Wasserzeichen, die bereits bei der Papierherstellung in die noch nicht völlig getrocknete Papiermasse eingedrückt werden. →auch Postwertzeichen.

Briefroman, eine Form des *Romans*, die ganz oder vorwiegend aus Briefen des Helden an Personen seines Lebenskreises, z. T. auch aus ihren Antworten besteht; zuerst als literar. Gattung von S. *Richardson* u. J.-J. *Rousseau* verwandt. *Goethes* „Leiden des jungen Werthers" 1774 u. F. *Hölderlins* „Hyperion" 1797–1799 errangen Weltruf. Im 20. Jh. wurden u. a. bekannt: Elisabeth von *Heykings* „Briefe, die ihn nicht erreichten" 1903 u. W. *Jens* „Herr Meister" 1963. – ⌑ 3.0.2.

Briefs, Goetz, Nationalökonom u. Soziologe, *1. 1. 1889 Eschweiler, †16. 5. 1974 Rom; lehrte in Freiburg i. Br., Würzburg u. Berlin; emigrierte 1934 in die USA, lehrte dort 1937/38 an der Georgetown-Universität in Washington u. 1938 bis 1948 an der Columbia-Universität in New York; prägte den Begriff *Betriebssoziologie* u. arbeitete bes. auf diesem Gebiet. Hptw.: „Grundlagen der Wirtschaftspolitik" 1923; „Soziologie der industriellen Arbeitswelt" 1934; „Zwischen Kapitalismus und Syndikalismus" 1952, u. a.

Briefsteller, ursprüngl. eine Person, die für andere Briefe schrieb; dann ein Buch mit Mustern u. Anweisungen zum Briefschreiben. Der älteste dt. B. (1484) stammt von dem Buchdrucker Anton *Sorg* (von 1475 bis 1498 in Augsburg tätig).

Briefstempelmaschinen, Maschinen für die automat. Entwertung der auf Briefsendungen verklebten Wertzeichen, auch für die Barfreimachung benutzbar.

Brieftauben, Rassen der *Haustaube* (→Tauben) mit bes. gutem Heimfindevermögen, die bereits in der Antike im Orient zur Nachrichtenübermittlung gezüchtet wurden. B. bewältigen Reisen bis 1000 km mit Geschwindigkeiten um 60 km/h. Von Belgien ausgehend, haben sich auch in Dtschld. viele Vereine zur Pflege der B. entwickelt, die ihre Tiere in bes. Transportwagen zu Wettbewerben bringen.

Brieftelegramm, Telegramm zu ermäßigter Gebühr, das wie ein gewöhnl. Telegramm zum Bestimmungspostamt befördert, aber dann wie ein Brief dem Empfänger ausgehändigt wird. Vermerk: – LT –.

Briefverteilmaschine, Anlage, die automatisch am Bestimmungsort bzw. die ankommenden Sendungen für den Ortsbereich auf die Zustellbezirke (Straßen) verteilt. Die Anlagen können mit Formattrenn- u. Aufstellmaschinen koordiniert werden.

Briefwaage →Waage.

Briefwahl, eine – u. a. auch in der BRD (nach §§ 15 u. 36 *Bundeswahlgesetz* vom 7. 5. 1956 in der Fassung vom 1. 9. 1975) mögliche – besondere Art der Stimmabgabe bei Wahlen: Wahlberechtigte, die sich am Wahltag nicht in ihrem Heimatort aufhalten, erhalten auf Antrag bei der →Wahlbehörde im Wahlkreis die *B.unterlagen* (Wahl-

Altes Schachbrett mit wertvollen Intarsien; um 1560. München, Bayerisches Nationalmuseum

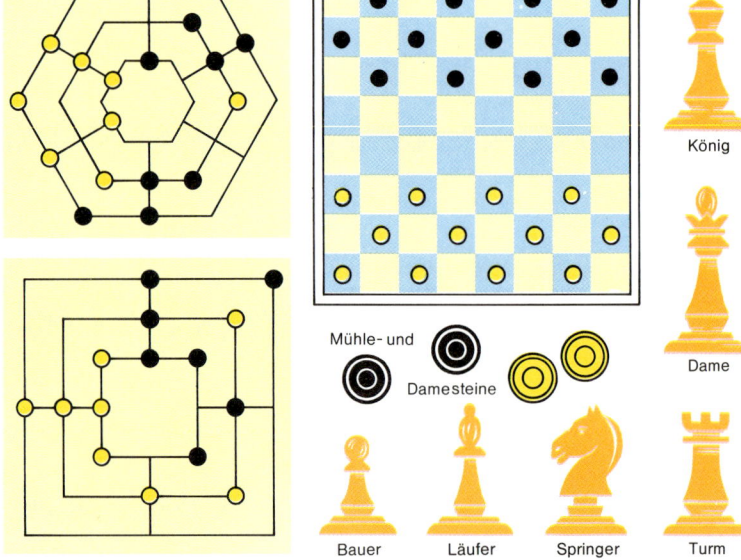

Mühle: Spielbrett für 2 Spieler mit je 13 Steinen (oben links), mit je 9 Steinen (unten links). – Dame: 2 Spieler mit je 12 Steinen. – Schachfiguren

schein, Stimmzettel, Wahlumschlag u. Wahlbrief), wodurch sie unabhängig von Wahltag, Wahlzeit u. Wahlort (auch von außerhalb des Staatsgebiets aus) an der Wahl teilnehmen können. Die B.unterlagen müssen bis spätestens 18 Uhr am Wahltag beim Kreiswahlleiter eingegangen sein.

Brieg, poln. *Brzeg*, Stadt in Schlesien (1945–1950 poln. Wojewodschaft Wrocław, seit 1950 Opole), an der Oder, 31 000 Ew.; Piastenschloß; Maschinen- u. Lederindustrie.

Briekäse, frz. *Fromage de Brie*, weicher Labkäse mit Schimmelbelag, nur schwach gereift; benannt nach der Landschaft *Brie*, östl. von Paris.

Brienz [ˈbriːents], schweizer. Ort im Kanton Bern, Sommerfrische im Berner Oberland, am Nordostende des *B.er Sees*, 3000 Ew.; Holzschnitzerei, Geigenbauschule.

Brienzer Rothorn, Berg im schweizer. Kanton Bern, nördl. des *Brienzer Sees*, 2350 m; mit Brienz durch eine Zahnradbahn verbunden.

Brienzer See, 14 km langer, bis 3 km breiter, 30 qkm großer Alpensee im Berner Oberland, 564 m ü. M., 261 m tief, zwischen bewaldeten schroffen Gebirgsketten (Brienzer Grat, Faulhorn).

Bries, *Thymusdrüse* →Thymus.

Brieux [briˈø], Eugène, franzöś. Dramatiker, *19. 1. 1858 Paris, †7. 12. 1932 Nizza; sozial aufklärerische Thesenstücke über Gerichtswesen, polit. Korruption, Ehescheidung u. a.

Briey [briˈe], Kreisstadt im französ. Dép. Meurthe-et-Moselle, Lothringen, nordwestl. von Metz, 5000 Ew.; Mittelpunkt im Minetteerzgebiet.

Brig, frz. *Brigue*, ital. *Briga*, schweizer. Ort im Kanton Wallis, an der oberen Rhône u. am Nordende des Simplontunnels, 681 m ü. M.; 5200 Ew.;

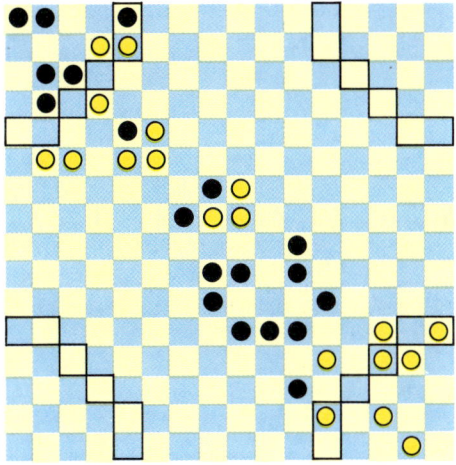

Halma: Wanderspiel für 2 (je 19 Steine) oder 4 Spieler (je 13 Steine)

Puffspiel: Würfelbrettspiel für 2 Spieler mit je 15 Steinen (links). – Go: Einkreisungsspiel für 2 Spieler mit je 181 Steinen (rechts)

BRETTSPIELE

Festungsspiel: Belagerungsspiel für 2 Spieler (Angreifer 24, Verteidiger 2 Steine)

Schachspiele im Freien mit lebenden Figuren oder Großfiguren erfreuen sich großer Beliebtheit

Maschinenbau, Textil- u. a. Industrie, Eisenbahn- u. Straßenknotenpunkt; Wahrzeichen des Ortes: Stockalperschloß (1658–1678); Jesuitenkirche (1687).

Brigach, nördl. Quellfluß der →Donau.

Brigade [die; frz.], **1.** *Militär:* früher größter nur aus einer Waffengattung bestehender Truppenverband, aus 2–3 Regimentern zusammengesetzt; heute kleinster zu selbständiger Kampfführung geeigneter, aus allen Waffengattungen zusammengesetzter Verband des Heeres; je nach ihrem Typ besteht die B. aus 2 Panzergrenadierbataillonen u. 1 Panzerbataillon (*Panzergrenadier-B.*) oder aus 1 Panzergrenadierbataillon u. 2 Panzerbataillonen (*Panzer-B.*), dazu je 1 Artillerie- u. Versorgungsbataillon u. je 1 Panzeraufklärungskompanie, Panzerjägerkompanie (nicht die Panzer-B.), Pionierkompanie u. Heeresflugabwehrbatterie. Daneben gibt es B.n ohne gepanzerte Truppen, dafür mit 3 Jägerbataillonen u. 1 Panzerjäger-Bataillon (*Jäger-B.*) u. *Luftlande-B.n* (Korpstruppen). – Bei der Luftwaffe sind in einer B. gleichartige Ausbildungstruppenteile u. Schulen zusammengefaßt.
2. *Sozialismus:* in den kommunist. Ländern ein aus mehreren Arbeitern bestehendes *Kollektiv,* das nach produktionstechn. Gesichtspunkten zusammengestellt wurde; Leiter der B. ist der *Brigadier,* der zu möglichst hohen Arbeitsleistungen anhalten soll u. je nach der Höhe der Leistung der B. einen prozentualen Aufschlag auf seinen Lohn bekommt.

Brigadegeneral, unterster Rang in der Dienstgradgruppe der *Generale.*

Brigadere, Anna, lett. Dichterin, *1. 10. 1869 Tervete, †25. 6. 1933 Riga; führte mit dem Märchenspiel „Der Däumling" 1904, dt. 1922, u. ihren erzählenden Werken die lett. Dichtung aus der nationalen Isolierung heraus.

Brigantine [ital.], **1.** *Kriegswesen:* Korazin, zum Schutz gegen den Dolch der *Briganten* (Räuber, Aufständische, auch Söldner, insbes. in Italien) mit Eisenplättchen besetztes Leder- oder Leinenband; von Reitern u. Fußvolk im 15.–16. Jh. getragen.
2. *Seefahrt:* Schonerbrigg, zweimastiges Segelschiff; →Brigg.

Brigg [die; ital., engl.], Segelschiff mit 2 vollgetakelten Masten. Bei der Schoner-B. (*Brigantine*) ist der achtere Mast nur gaffelgetakelt.

Briggs, Henry, engl. Mathematiker, *1556 Warleywood, Yorkshire, †26. 1. 1630 Oxford; benutzte als erster Logarithmen mit der Basis 10 (*B.sche Logarithmen*).

Brighella [-'gɛla; der; ital. *briga,* „Zank, Streit"], Figur der *Commedia dell'arte:* listiger Bedienter mit intrigantem Charakter.

Bright [brait], **1.** John, engl. Politiker, *16. 11. 1811 Rochdale, †27. 3. 1889 Rochdale; mit R. *Cobden* Führer der Anti-Kornzoll-Liga u. der Manchesterschule; seit 1843 im Unterhaus, 1868–1870 Handels-Minister im Kabinett W. E. *Gladstone;* 1886 schloß er sich wegen der Homerule-Frage gegen W. Gladstone den Unionisten an.
2. Richard, brit. Arzt, *28. 9. 1789 Bristol, †16. 12. 1858 London; beschrieb 1827 die *B.sche Krankheit (Morbus B.):* Hierunter wurden früher verschiedene Krankheitsbilder, die mit Eiweißausscheidung, Bluthochdruck u. Wassersucht einhergingen, zusammengefaßt; heute versteht man darunter doppelseitige, hämatogene, nichteitrige Nierenentzündungen mit Funktionsstörungen der Nieren.

Brightman ['braitmən], Edgar Sheffield, US-amerikan. Philosoph, *20. 9. 1884 Holbrock, Mass., †25. 2. 1953 Newton Center, Mass.; Prof. in Boston; Hptw.: „The Problem of God" 1930; „Nature and Value" 1945; „Person and Reality" 1958.

Brighton ['braitn], südengl. Stadt u. Seebad am Kanal, 163 000 Ew.; University of Sussex (gegr. 1961); Museen, Park, Flugplatz. – Gegr. um 1324. – ▣ S. 110.

Brigitta, Brigida, Heilige, *453 Fochard in Leinster, †1. 2. 523 Kildare; gründete mehrere Klöster, darunter Kildare; Patronin Irlands. Fest: 1. 2.

Brigitta von Schweden = Birgitta von Schweden.

Brigitte, Birgit [vermutl. zu altir. *brig,* „Kraft"], weibl. Vorname; engl. Bridget.

Brihatkatha [die; altind., „die große Erzählung"], in einem mittelind. Dialekt geschriebene Prosadichtung des *Gunadhja,* aus dem 2. oder 1. Jh. n. Chr.; im Original nicht mehr erhalten, aber u. a. in der Bearbeitung des *Somadewa* bekannt. Die Stoffe der B. sind in der ganzen Weltliteratur verarbeitet worden.

Brikett [das; frz.], in einer *B.presse* unter hohem Druck aus feinkörniger Braun- oder Steinkohle, meist unter Zusatz von Bindemitteln, hergestelltes Stück; häufigste B.formen: *Salon-B.* aus Braunkohlengrus (183×60×40mm, 500 Gramm) u. *Eier-B.* aus Steinkohlengrus (55×43×20mm, 50 Gramm). Auch Erze, Futtermittel u. a. werden brikettiert.

Bril, *Brill,* Paul, fläm. Maler, *1554 Antwerpen, †7. 10. 1626 Rom; dort seit 1574 tätig. Nach miniaturhaften Landschaftsbildern u. kleinteiligen Fresken gelangte B. um 1600 unter dem Einfluß G. *Muzianos,* A. *Carraccis* u. A. *Elsheimers* zu einer Gestaltungsweise (Fresken von Sta. Cecilia in Travestere), die ihn als Vorläufer der heroischen Landschaftsmalerei des 17. Jh. erscheinen läßt.

Brillant [bril'jant, der], die geschliffene Form des Diamanten (B. *i. e. S.*); Grundform ist der *Dickstein,* der aus dem *Spitzstein* (Oktaeder) durch Abschleifen oder Absägen der oberen u. unteren Spitze entsteht. →Edelsteine.

Brillantgarn, Wollzwirn in lebhaften Farben, mit dünnem, unechtem Gold- oder Silberdraht oder -lahn umsponnen; für Stickereien.

Brillantine [briljan-; ital., frz.], zum Fixieren u. Einfetten dienendes Haarkosmetikum mit Oberflächenwirkung. Hauptbestandteile sind in Alkohol gelöste, nicht trocknende, möglichst beständige Öle, frei von Wasser, Schleimstoffen u. Eiweiß; z. B. Paraffin-, Rizinusöl oder Vaseline (ungeeignet ist Glycerin) mit 0,3–1% Parfümzusatz. Im Handel unterscheidet man flüssige, salbenförmige, Kristall-B.n sowie nicht fettende B.fixative, heute vielfach auch in Spray-Form.

Brillantinegarn, Garn aus Wolle mit Reyon.

Brillat-Savarin [bri'ja sava'rɛ̃], Jean Anthelme, französ. Schriftsteller, Jurist u. Gastronom, *1. 4. 1755 Belley, †2. 2. 1826 Paris; berühmt durch seine „Physiologie des Geschmacks" 1825, dt. 1865.

Brille

Brighton: Strand und Hotels

Brille [von *Beryll*, der im MA. zu Linsen geschliffen wurde], **1.** *Optik:* Augengläser zur Korrektur von Augenfehlern oder zum Schutz gegen Licht, Staub, Splitter u. ä. Gewöhnl. *B.ngläser* sind flache, hohl (konkav) oder erhaben (konvex) geschliffene Zerstreuungs- oder Sammellinsen zur Korrektur von Kurz- oder Weitsichtigkeit. Die Brennweite des ganzen Augensystems wird dabei so vergrößert bzw. verkleinert, daß beim ruhenden (nicht akkomodierten) Auge von weit entfernten Gegenständen kommende (parallele) Strahlen ein scharfes Bild auf der Netzhaut erzeugen. Die Stärke *(Brechkraft)* der Linsen wird durch den reziproken Wert der Brennweite in Meter gemessen, der als *Dioptrie* (Zeichen *dpt,* früher *dptr.*) bezeichnet wird. Eine Linse von 1/2 bzw.1/3, 1/4...m Brennweite hat 2 bzw. 3, 4, ... dpt.
Mit + werden die Sammellinsen, mit – die Zerstreuungslinsen bezeichnet; z.B. ist eine Linse mit +2 dpt eine Sammellinse von 50 cm Brennweite (für Weitsichtige), eine mit –2 dpt eine Zerstreuungslinse von 50 cm Brennweite (für Kurzsichtige). Bei *Bifokalgläsern* ist der obere Teil für Fernsicht, der untere für Nahsicht geschliffen. *Zylinderlinsen* sind zylindr. geschliffene Gläser, die eine Unsymmetrie des Auges u. damit den →*Astigmatismus* ausgleichen. Außer im *B.ngestell* werden die Augengläser als *Klemmer (Zwicker, Pincenez)* oder als *Stielglas (Lorgnette)* oder *Einglas (Monokel)* getragen; *Haftgläser* (dünne Glasschalen) werden unsichtbar unter den Augenlidern direkt auf der Hornhaut angebracht.
2. *Sport:* im Eiskunstlauf eine Figur des Kürlaufens: eine Kombination von Wende u. Gegenwende, die auf einem Bein gelaufen wird.
Brillenbär, Andenbär, *Tremarctos ornatus,* der einzige Vertreter der *Bären* in Südamerika, wird 0,8 m groß, namengebend ist eine weiße Kopfzeichnung des sonst schwarzen Felles; lebt im Andengebiet von Venezuela bis Chile.
Brillengreifer, Schlingenfänger bei Nähmaschinen. Die Spulenkapsel wird im Greifer durch eine abklappbare Haltevorrichtung, die sog. *Brille,* gehalten. Der Oberfaden kann so nicht einklemmen.
Brillenkaiman, *Caiman crocodilus,* häufigster *Alligator* des Amazonasgebiets, bis 2,5 m lang; benannt nach einer brillenartigen Querleiste zwischen den teilweise verknöcherten oberen Augenlidern; Lebensdauer über 20 Jahre.
Brillenschlange = Kobra.
Brillenschötchen, *Biscutella,* Gattung der *Kreuzblütler,* mit gelben Blüten u. brillenförmigen Schötchen.
Brillenvögel, *Zosteropidae,* Familie der *Singvögel* mit 80 Arten in den Tropen der Alten Welt. Die meisengroßen grünl. Insekten- u. Fruchtfresser haben ihren Namen nach den weiß umrandeten Augen.
Brilon, nordrhein-westfäl. Stadt im nordöstl. Sauerland (Hochsauerlandkreis), 455 m ü.M., 24 800 Ew.; in gesunder Lage (Lungenheilstätten) auf der Hochfläche der *B.er Berge;* Wintersportplatz;

Petrikirche (13.–14. Jh.); Glockengießerei, Holzindustrie; am *Borberg* Kultstätte mit Resten alter Ringwälle.
Brinckman, John, Mundartdichter, *3. 7. 1814 Rostock, †20. 9. 1870 Güstrow; Lehrer; neben Fritz *Reuter* der große Vertreter plattdt. Erzählkunst: „Kasper-Ohm un ick" 1855, erweitert 1868; „Uns Herrgott up Reisen" 1870; auch Lyrik: „Vagel Grip" 1859. – ▢ 3.1.1.
Brinckmann, Albert Erich, Kunsthistoriker, *4. 9. 1881 Norderney, †10. 8. 1958 Köln; Hrsg. des „Handbuchs der Kunstwissenschaft" (zusammen mit F. *Burger*) 36 Bde. 1916–1939; schrieb grundlegende Arbeiten über Barockarchitektur u. -plastik.
Brindisi, das antike *Brundisium,* italien. Hafenstadt in Apulien, Hptst. der Provinz B. (1838 qkm, 380 000 Ew.), 85 000 Ew.; Ölraffinerie, chem. Industrie, Umschlagplatz nach dem Orient, Weinhandel; Fremdenverkehr.
Bedeutende Hafenstadt im Altertum, schon bei Herodot erwähnt; seit 266 v. Chr. römisch; Kriegshafen Roms bis in augusteische Zeit, dann Hafen für den Personenverkehr nach Griechenland; Todesort Vergils.
Brindisi, Remo, italien. Maler, *25. 4. 1918 Rom; vom Kubismus ausgehende, figürl. Kompositionen.
Brinellhärte, Abk. *HB,* Härte eines Werkstoffes. Bei der Härteprüfung *(Kugeldruckprobe)* nach dem schwed. Ingenieur J. A. *Brinell* (*21. 6. 1849 Bringetofta, †17. 11. 1925 Stockholm) wird eine Kugel in den Werkstoff gedrückt u. als Härtemaß das Verhältnis der Last zur Eindrucksoberfläche bestimmt.
Bringschuld, eine Leistung, die am Wohnsitz des Gläubigers zu erfüllen ist; Gegensatz: *Holschuld,* die am Wohnsitz des Schuldners zu erfüllen ist.
Brinkman, Johannes Andreas, niederländ. Architekt, *22. 3. 1902 Rotterdam, †6. 5. 1949 Rotterdam; Vertreter der funktionellen Bauweise; errichtete 1928–1930 zusammen mit L. C. van der *Vlugt* die Tabakfabrik Van Nelle in Rotterdam.
Brinkmann, 1. Hennig, Sprach- u. Literaturwissenschaftler, *29. 8. 1901 Königsberg; Prof. in Jena, Frankfurt a. M., Münster; arbeitet bes. über die dt. u. latein. Literatur des MA.
2. Roland, Geologe, *23. 1. 1898 Hagenow; lehrte in Rostock u. Bonn; Hptw.: „Abriß der Geologie", begr. von Emanuel *Kayser,* 2 Bde. 9–101966/67; „Lehrbuch der Allgemeinen Geologie", hrsg. von R. B., 3 Bde. 1964–1968.
3. Rolf Dieter, Schriftsteller, *16. 4. 1940 Vechta, †23. 4. 1975 London (verunglückt); ist mit Lyrik („Die Piloten" 1968; „Gras" 1970) u. Prosa („Raupenbahn" 1966; „Keiner weiß mehr" 1968) hervorgetreten, die dem von D. *Wellershoff* propagierten *Neuen Realismus* verpflichtet sind.
Brinkmann AG, *Martin Brinkmann AG,* Bremen, gegr. 1962 als AG, hervorgegangen aus der *Martin Brinkmann GmbH,* Rauchtabak- u. Zigarettenfabriken; Grundkapital: 200 Mill. DM; 5300 Beschäftigte; Beteiligungen: *Cigarettenfabrik Muratti GmbH,* Berlin; *C. F. Vogelsang GmbH,* Bremen, u.a.
brio [ital.], lebhaft; *con brio,* musikal. Vortragsbez.: feurig, temperamentvoll.
Brion, 1. ['briɔn], Friederike, Tochter des Dorfpfarrers Johann Jakob B. in Sesenheim, Elsaß, *19. 4. 1752 Niederrödern, Elsaß, †3. 4. 1813 Meißenheim bei Lahr; *Goethe* liebte sie in seiner Straßburger Zeit; davon zeugen die „Sesenheimer Lieder" u. „Dichtung und Wahrheit". Auch der Dichter J. M. R. *Lenz* faßte später eine (unerwiderte) Neigung für sie.
2. [bri'ɔ̃], Marcel, französ. Schriftsteller, Kunst- u. Literaturkritiker, *21. 11. 1895 Marseille; schrieb zahlreiche biograph. Romane.
Brioni, *Brijuni,* ital. *Ìsole Brioni,* klimat. begünstigte jugoslaw. Inselgruppe (13 Inseln) an der Südwestküste Istriens; Oliven- u. Lorbeerbäume, Palmen; Sommersitz des jugoslaw. Staatspräsidenten.
Brisanz [die; frz.], die Spreng(Explosiv-)kraft eines Stoffs oder Geschosses.
Brisbane ['brisbein], Hptst. des austral. Staates Queensland, an dem für Seeschiffe befahrbaren Unterlauf des *B.River,* im Hügelland, 960 000 Ew.; Universität (gegr. 1909); Hafen, Ausfuhr von Wolle, Weizen u. trop. Früchten; Werften, Raffinerien, Schwer- u. Leichtmetallindustrie, Konsumgüterindustrie – 1824 als Strafkolonie *Edenglassie* gegr., 1834 nach dem Gouverneur von

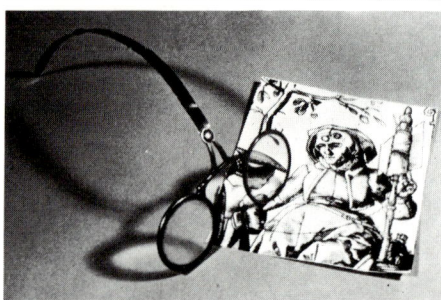

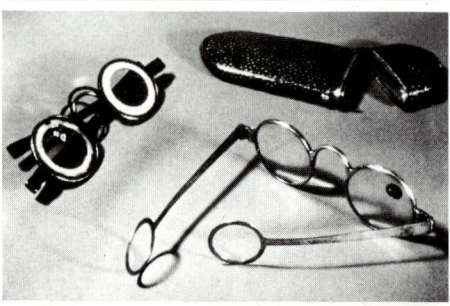

Brille: Nietbrille aus dem Kloster Wienhausen bei Celle, Buchsbaumholzfassung (um 1300). – Bügelbrille, in die Haare zu stecken (um 1500). – Schläfenbrille (18. Jh.). – Moderne Brille (von oben nach unten)

Britisches Reich

Neusüdwales, Sir Thomas Makdougall B., in B. umbenannt; seit 1842 freie Besiedlung; 1859 Hptst. von Queensland.

Brise, gleichmäßiger Wind, Geschwindigkeit: 2–10 m/sek.

Briseur [-'zøːr; der; frz.], mit Sägezahndraht versehene umlaufende Walze bei →Karden u. →Krempeln zum groben Zerfasern des Fasermaterials (Vorreißer).

Brisolette [frz.] →Bulette.

Brissago, schweizer. Kurort am Westufer des Lago Maggiore, im Kanton Tessin, südwestl. von Locarno, 210 m ü. M., 2000 Ew.; Fabrik der B.-Zigarren; Grenzort nach Italien.

Brisson [bri'sõ], Louis-Alexandre, französ. kath. Theologe, *23. 6. 1817 Plancy, † 2. 2. 1908 Plancy; gründete 1871 in Troyes die Kongregation der *Oblaten des hl. Franz von Sales.*

Bristol ['bristl], **1.** engl. Hafenstadt u. Hptst. der engl. Grafschaft *Avon,* an unteren Lower Avon (zum *B.kanal*), 420000 Ew.; anglikan. Bischofssitz, Kathedrale (12. Jh.); Universität (gegr. 1909), Techn. Hochschule; Einfuhrhafen für Mittel- u. Südamerika; vielseitige Industrie (u.a. Maschinenbau, Luft- u. Raumfahrtindustrie); seit 1886 durch einen Eisenbahntunnel unter dem B.kanal mit dem kohlenreichen Südwales verbunden. **2.** Stadt in Connecticut (USA), 55000 Ew.; Uhren-, Textilindustrie, Werkzeugmaschinen, Uhrenmuseum.

Bristolbai ['bristl'bɛi], Meeresbucht im S Alaskas; im N von Kap Newenham, im S von der Alaskahalbinsel begrenzt.

Bristolkanal ['bristl-], 130 km lange Meeresbucht im SW Englands, zwischen Devonshire u. Wales, geht in den Mündungstrichter des Severn über; mit den bedeutendsten Kohlenhäfen Englands; starker Tidenhub (bis 14 m).

Bristolkarton ['bristl-], geklebter Karton aus zwei holzfreien Decken u. einer oder mehreren holzhaltigen Einlagen, 250–1000 g/qm schwer.

Bristol Siddeley Engines Ltd. ['bristl 'sidli 'endʒinz], brit. Firma für Luftfahrttriebwerke, 1959 entstanden durch Zusammenschluß der *Bristol Engine Comp.* u. der *Armstrong-Siddeley Ltd.*; baut Strahltriebwerke, Raketentriebwerke sowie Gasturbinen für Schiffe u. industrielle Zwecke; 1966 von der Firma →Rolls-Royce Ltd. übernommen.

Britannia, lat. Form für →Britannien.

Britanniametall, Weißmetall-Legierung mit 91–94% Zinn, 8–6% Antimon u. bis 1% Kupfer; zu Blechen verwalzt u. zu Tafelgeschirr, Toilette- u. Kunstgegenständen weiterverarbeitet.

Britannien, lat. *Britannia,* seit dem Altertum gebräuchl., vermutl. kelt. Name für England, Wales u. Schottland (→Großbritannien). – Die *Bretagne* in Westfrankreich erhielt ihren Namen von den kelt.-brit. Einwanderern (*Bretonen*) im 5./6. Jh. n. Chr.

britannische Sprache, in ganz *Britannien* vor der Invasion der Römer gesprochene kelt. Sprache; erlag 43–410 n. Chr. zunehmend dem latein. Einfluß; anschließend von den Germanen nach Westen verdrängt. Ein Teil der Britannier wanderte in die Bretagne aus. Aus der b.n S. entstanden die *walisische, kornische* u. *bretonische Sprache.*

Briten, 1. *Britannier,* die keltischen Einwohner des alten Britannien. **2.** die Bürger Großbritanniens u. Nordirlands.

Britisch-Borneo, der ehem. brit. Besitz im N der Insel Borneo (seit dem 19. Jh.), bestand aus den Kronkolonien *Sarawak* im NW u. *Sabah* im NO *(Malaysia)* u. aus dem Protektorat *Brunei* zwischen beiden; erstere wurden 1963 an Malaysia abgetreten, Brunei verblieb unter brit. Protektorat.

Britische Besitzungen, von Großbritannien abhängige Gebiete:
1. die der Krone unmittelbar angeschlossenen Gebiete:
   Kanalinseln
   Isle of Man
2. die abhängigen Gebiete mit unterschiedlichem Grad von Selbstverwaltung:
   Bermudainseln
   Brit. Jungferninseln
   Brit. Antarktis-Territorium
   Brit. Territorium im Indischen Ozean
   Britisch-Honduras (jetzt: Belize)
   Brunei (Sultanat); Unabhängigkeit 1983
   Caymaninseln
   Falklandinseln
   Gibraltar
   Hongkong
   Montserrat
   Pitcairn
   Sankt Helena
   Turks- und Caicosinseln
3. assoziierte Staaten: Westindische Assoziierte Staaten („Inseln über" u. „unter dem Wind"):
   Anguilla
   Antigua
   Saint Kitts, Nevis u. Sombrero
   Saint Vincent; Unabhängigkeit vorgesehen
4. französisch-britisches Kondominium:
   Neue Hebriden

Britische Inseln, Inselgruppe in Nordwesteuropa, 314900 qkm, 58,8 Mill. Ew.; umfaßt vom *Vereinigten Königreich von Großbritannien und Nordirland* die Inseln Großbritannien (England, Wales, Schottland; 229884 qkm), mit Hebriden, Orkney-, Shetland- u. a. Inseln, ferner den nordir. Teil von Irland. Den größten Teil von Irland (84426 qkm) nimmt die *Rep. Irland* (70280 qkm) ein. Zu den B.n I. zählt auch die zur brit. Krone gehörende *Isle of Man* (588 qkm); ausgenommen sind dagegen die brit. Kanalinseln (195 qkm).

Britische Jungferninseln (Westindien) →Jungferninseln.

Britisches Museum, engl. *British Museum,* 1753 gegr. Museum in London mit Werken des altoriental., griech.-röm. u. mittelalterl. Kunst; Münz- u. Medaillensammlung. Zum berühmtesten Ausstellungsgut gehören der Stein von Rosette, assyr. Palastreliefs, Parthenonskulpturen u. die sog. Elgin Marbles. Die Bibliothek des Museums ist heute die engl. →Nationalbibliothek; Bestand: 6,5 Mill. Bände, 55000 Handschriften, 10000 Inkunabeln, 100000 Karten. Gedruckter Katalog: erstmals 1881 ff., ²1931 ff. – ▯ 2.0.6.

Britisches Reich, das ehem. brit. Weltreich *(British Empire),* das zur Zeit seiner größten Ausdehnung (1921) etwa 38 Mill. qkm mit 450 Mill. Bewohnern umfaßte. Infolge der Selbständigkeitsbestrebungen der Siedlungskolonien wurde eine lockere Organisation für das Weltreich geschaffen, die neben den traditionellen Bindungen vorwiegend von der engl. Krone zusammengehalten wurde u. sich in den Kolonialkonferenzen seit 1884 u. vor allem in den Reichskonferenzen seit 1907 ausbildete. Im 1. Weltkrieg unterstützten die 5 Dominions Australien, Kanada, Neufundland (seit 1948 kanad. Provinz), Neuseeland u. Südafrika das Mutterland durch Entsendung von Truppenkontingenten u. hatten Mitspracherecht in einem Reichskriegskabinett *(Imperial War Cabinet).* Im Zusammenspiel von zentralisierenden u. auflockernden Tendenzen wurde im „readjustment" von 1917 bereits das Empire in ein *Imperial Commonwealth* (etwa „Reichsgemeinschaft") verwandelt, in dessen Rahmen die Dominions (seit 1907) als „autonomous nations" erschienen. Auf der Reichskonferenz von 1926 fand A. J. *Balfour* die klassische Formel, die die Selbständigkeit der Dominions mit der Bindung an die Krone vereinbar machte u. das Imperial Commonwealth in das *British Commonwealth of Nations* („Brit. Völkergemeinschaft") verwandelte. Nachdem die Dominions u. Indien nach dem 2. Weltkrieg völlig souverän geworden waren, ließ man die Bez. „British" fort u. nennt die Staatengemeinschaft seit 1948 *Commonwealth of Nations.*

Geschichte: Nach dem Verlust des kontinentaleurop. Besitzes im 100jährigen Krieg gegen Frankreich (1339–1453) u. nach der Beendigung des Bürgerkriegs zwischen der Roten u. der Weißen Rose (1455–1485) gab die Entdeckung Amerikas 1492 den Anstoß zur Hinwendung Englands zum See- u. Kolonialhandel, die in der 2. Hälfte des 16. Jh. endgültig vollzogen wurde. Dabei geriet England in Konflikt mit den Interessen der Weltkolonialmacht Spanien, die als Vormacht der Gegenreformation das prot. England zum Kampf zwang. Es entwickelte sich ein unerklärter Dauerkrieg auf den offenen Meeren, der Handels-, Religions- u. Piratenkrieg zugleich war, schließl. auf Europa übergriff u. in der Vernichtung der span. Armada (1588) gipfelte. Die einzelnen Abenteurer, Kaufleute u. Entdecker der elisabethan. Zeit, die dem span. Alleinanspruch die Stirn boten, wurden als nationale Helden gefeiert: Seit 1562 organisierte John *Hawkins* (*1532, †1595) den Sklavenhandel zwischen Afrika u. Westindien; 1577–1580 umsegelte Sir Francis *Drake* die Welt; 1583–1585 siedelten Sir Walter *Raleigh* u. Sir Humphrey *Gilbert* (*1537, †1583) in Neufundland u. Virginia. Die ersten Handelsgesellschaften der *Merchant Adventurers* („wagende Kaufleute") wurden 1552 privilegiert *(Chartered Companies):* die Russ. Handelskompanie (seit 1555) als Nachfolgerin der Hanse (1598 Schließung des Londoner Stalhofs), die Levante-Kompanie (seit 1583) gegen die Venezianer, die Ostindische Kompanie (seit 1600) gegen die Holländer, die London- u. die Plymouth-Gesellschaft zur Besiedlung des 1606 für engl. erklärten nordamerikan. Gebiets zwischen dem 34. u. 45. Breitengrad. Die ersten Siedlungsbemühungen scheiterten allerdings. Die Erfolge begannen in Nordamerika erst mit der Einwanderung der Puritaner (1620 Pilgerväter der „Mayflower"). 1610 wurden die Bermudas, 1623 Saint Kitts, 1652 Barbados, 1655 Jamaika besetzt. Die 1618 errichtete Afrikan. Gesellschaft (1672 neu gegr.) erhöhte die Zahl der Handelsstationen für Sklaven an der westafrikan. Küste.

Brisbane

In *Indien* wurden seit 1611 Faktoreien angelegt. Im 17. Jh. wurde Holland, das zum Träger des europ. Kolonialhandels aufgerückt war, der Hauptgegner Englands. Jedoch die von O. *Cromwell* 1651 erlassene „Navigationsakte" (Wareneinfuhr nur auf engl. Schiffen oder denen des Ursprungslands) u. die folgenden Seekriege mit England trafen den holländ. Zwischenhandel vernichtend. 1664 wurde durch Erwerbung Neu-Amsterdams (New York) die Verbindung zwischen Virginia u. den Neuengland-Staaten hergestellt. 1704 kamen Gibraltar, der Schlüssel zur Mittelmeerherrschaft, 1714 Neufundland u. Neuschottland zum Brit. Reich. Während des europ. 7jährigen Kriegs gewann das Brit. Reich Indien u. fast das ganze kolonisierte *Nordamerika* hinzu. Doch das in den nordamerikan. Kolonien erstarkte Selbstbewußtsein richtete sich gegen die Bevormundung durch das Mutterland: Die von den 13 Kolonien 1776 erklärte Unabhängigkeit anerkannte London 1783, womit das Ende des 1. Empire gekommen war.
Die Kolonisierung *Australiens* begann Ende des 18. Jh. mit der Anlegung von Strafgefangenenlagern. In Indien wurde die engl. Herrschaft (W. Hastings, Wellington) ausgedehnt.
Das Ende der Napoleon. Kriege sah England als überragende Kolonialmacht. 1795 wurde das Kap der Guten Hoffnung besetzt; Malta wurde 1800 bzw. 1814, Ceylon u. die Kolonien an der Malakkastraße wurden Ende des 18. bzw. zu Beginn des 19. Jh. engl. Die engl. Herrschaft in Indien wurde 1815–1858 endgültig befestigt u. 1876 das Kaiserreich Indien unter Königin Viktoria als Kaiserin ausgerufen. China u. Japan wurden für den engl. Handel erschlossen, der Seeweg dahin durch Besetzung Adens 1839, Perims 1857, Ägyptens 1882 gesichert. Klug geworden durch den Verlust der nordamerikan. Kolonien, kam London jetzt den Wünschen der Kolonisten entgegen, u. 1867 wurde das Dominion *Kanada* eingerichtet.
Während die Liberalen in den Kolonien oft eine Belastung sahen, erweckten die Konservativen unter B. *Disraeli* eine neue Begeisterung für das Empire (Imperialismus), die unter Joseph *Chamberlain* u. mit der konstruktiven Energie von Cecil *Rhodes*, H. *Kitchener*, E. Baring *Cromer* (*1841, †1917), G. *Curzon* u. A. *Milner* ihren Höhepunkt erreichte. Durch die Initiative von Cecil Rhodes wurden, zuletzt durch den Burenkrieg 1899–1902, die Voraussetzungen für ein neues Dominion, die *Südafrikanische Union* (1910), geschaffen. 1900 wurde das Commonwealth of Australia gebildet; auf der Reichskonferenz 1907 wurde Neuseeland Dominion, u. es wurde der Status der Dominions als der autonomer Nationen anerkannt. Der 1. Weltkrieg brachte zwar durch die dt. Kolonien u. das türk. Erbe in Vorderasien neuen Zuwachs in Form von Völkerbundsmandaten, aber die Selbständigkeitsbestrebungen innerhalb des Britischen Reichs jetzt auch das Freiheitsstreben der Farbigen, erhielten einen starken Anstoß. Das „British Commonwealth of Nations" von 1926 wurde zunehmend als Gesamtreichsverband betrachtet, der auch Indien u. das „Colonial (Dependent) Empire" umfaßte.
Die Auflösungstendenzen wurden durch den 2. Weltkrieg entscheidend gefördert. Das „Commonwealth of Nations" von 1948 war schließl. keine völkerrechtl. Einheit mehr.
Die volle Selbständigkeit der Dominions gipfelt in ihrem Recht, den Commonwealth-Verband zu verlassen, wovon der Irische Freistaat u. Birma 1947, die Südafrikan. Republik 1961, Pakistan 1972 Gebrauch machten. Indien, Pakistan, Ghana, Nigeria, Tanganjika, Uganda, Sansibar, Zypern, Kenia u. a. wandelten sich in Republiken, so daß das Commonwealth of Nations heute nur noch eine lockere Zweckorganisation ist. Das eigentl. *British Empire* besteht heute nur noch aus verstreuten kleineren →Britischen Besitzungen. →auch Großbritannien und Nordirland (Geschichte). – [K] →Großbritannien und Nordirland (Geschichte). – [B] →Großbritannien und Nordirland (Geschichte), →Europa (Geschichte), →Indien (Geschichte), →Kolonialismus, →Spanien (Geschichte). – [L] 5.5.1.

Britisches Territorium im Indischen Ozean, 1965 gebildet aus den Chagos-, Aldabra-, Des Roches- u. Farquharinseln; seit 1976, bis auf Chagosinseln, wieder Teil der Rep. Seychellen; Militärbasen u. Radarzentralen.

Britisch-Guayana, ehem. brit. Kolonie im nördl. Südamerika, seit 1966 der unabhängige Staat →Guayana.

Britisch-Honduras, amtl. engl. *British Honduras*, jetzt *Belize*, brit. Kronkolonie, seit 1964 mit voller innerer Autonomie, im SO der Halbinsel Yucatán (von Guatemala beansprucht); 22965 qkm, 140000 Ew.; die alte Hptst. *Belize* u. die neue Hptst. *Belmopan* sind die einzigen größeren Städte. Das tropisch-feuchtwarme Land ist bis auf die im Innern gelegenen Maya Mountains (1122 m) flachwellig bis eben u. wird von trop. Regenwald, einzelnen Kiefernsavannen u. Sumpfwäldern bedeckt. – Die Bevölkerung setzt sich zusammen aus 52% Negern u. Mulatten, 22% Mestizen, 13% Indianern, 6% →Karifs (Kariben) u. 2% Weißen (Zuwanderung von Briten, Nordamerikanern u. dt. Mennoniten aus Mexiko) sowie 5% Chinesen u. a. Asiaten. – Während die einheim. Bevölkerung auf kleinen Flächen Mais, Bohnen, Reis, Maniok u. Mehlbananen für den Eigenbedarf anbaut, werden auf den meist in ausländ. Besitz befindlichen Großpflanzungen Zukkerrohr, Zitrusfrüchte, Bananen, Kakao u. Kokosnüsse für den Export gewonnen. Eine moderne Forstwirtschaft liefert Edelhölzer (Mahagoni) u. Chiclegummi. Die Industrie verarbeitet hauptsächl. Agrar- u. Forstprodukte. Das Verkehrsnetz ist erst gering entwickelt; Haupthafen ist Belize.

Britisch-Indien, 1876–1947 brit. Kaiserreich in Südasien, umfaßte *Bälutschistan* (1947 zu Pakistan), *Ceylon* (seit 1948 unabh.), *Birma* (1937 selbständige Kronkolonie, 1948 selbständige Republik) u. Vorderindien, das 1947 in die Dominien *Indien* u. *Pakistan* aufgeteilt wurde, die 1950 bzw. 1956 einen republikan. Status annahmen. – [B] →Großbritannien und Nordirland (Geschichte), →Indien (Geschichte), →Kolonialismus.

Britisch-Kamerun, *Cameroons*, ein Teil der ehem. dt. Kolonie *Kamerun*, wurde nach dem 1. Weltkrieg brit. Völkerbundsmandat u. später als UN-Treuhandgebiet mit Nigeria zusammen verwaltet. – Sudanneger bildeten die Mehrheit der Bevölkerung. 1961 entschied sich der Südteil mit Buea für den Anschluß an Kamerun, der Nordteil für den an Nigeria.

Britisch-Kolumbien →British Columbia.

Britisch-Ostafrika, die ehem. brit. Besitzungen *Kenia, Uganda, Tanganjika* u. *Sansibar*.

Britisch-Somaliland, ehem. brit., seit 1960 ein Teil von →Somalia.

Britisch-Südafrika, zusammenfassende Bezeichnung für die ehemaligen britischen Protektorate *Betschuanaland* u. *Basutoland* sowie für *Swaziland* u. *Rhodesien*.

Britisch-Togo, bis 1914 ein Teil der dt. Kolonie Togo, nach dem 1. Weltkrieg brit. Völkerbundsmandat, nach dem 2. Weltkrieg Treuhandgebiet der UN. Seit 1957 ist das ehem. B. ein Teil des unabhängigen *Ghana* u. bildet die Region Transvolta-Togoland dieser Republik.

Britisch-Westafrika, die ehem. brit. Besitzungen *Nigeria, Sierra Leone, Gambia* u. *Ghana*.

British Aircraft Corporation ['britiʃ ɛəkra:ft kɔ:pə'rɛiʃən], Abk. *BAC*, Firmengruppe der brit. Luftfahrtindustrie; 1960 hervorgegangen aus dem Zusammenschluß der Firmen Vickers-Armstrongs (Aircraft), English Electric Aviation, Bristol Aircraft u. Hunting Aircraft. Die BAC entstand im Rahmen der von der Regierung geförderten Konzentration der engl. Luftfahrtindustrie; sie baut Verkehrs-, Kampf- u. Übungsflugzeuge u. ist auf dem Gebiet des Lenkwaffenbaus tätig.

British Airways ['britiʃ 'ɛəwɛiz], brit. Luftverkehrsgesellschaft, 1973 hervorgegangen aus dem Zusammenschluß der *British European Airways* (Abk. *BEA*) mit der *British Overseas Airways Corporation* (Abk. *BOAC*); zu 100% in staatl. Besitz; verfügt über die größte international tätige Luftflotte.

British-American Tobacco Company Ltd. ['britiʃ ə'merikən to:'bæko: 'kʌmpəni-], Abk. *B.A.T.*, London, 1902 gegründeter Tabakkonzern, betreibt neben Tabak- u. Zigarettenfabriken auch die Produktion anderer Genuß- u. Nahrungsmittel; zahlreiche Tochtergesellschaften in aller Welt; dt. Tochtergesellschaft *B.A.T. Cigaretten-Fabriken GmbH*, Hamburg (gegr. 1926); 148000 Beschäftigte im Konzern.

British Antarctic Territory ['britiʃ ænt'a:ktik 'teritəri], brit. Sektor in der Antarktis, 1962 gebildet, 388500 qkm; umfaßt Grahamland, Südshetland u. Südorkney.

British Broadcasting Corporation ['britiʃ 'brɔ:dka:stiŋ kɔrpə'rɛiʃən], Abk. *BBC*, größte brit. Rundfunkgesellschaft, mit selbständiger Verwaltung u. Programmgestaltung; 1927 als öffentl.-rechtl. gemeinnützige Institution mit königl. Charter gegr., löste die private *British Broadcasting Company* (1922) ab. Die BBC sendet 4 Hörfunkprogramme im Lang-, Mittel-, Kurzwellen- u. UKW-Bereich u. eine Reihe engl. Regionalprogramme. Sie ist die einzige brit. Hörfunkanstalt, während sie mit ihren 2 Fernsehprogrammen mit der von privaten Programmgesellschaften beschickten ITA *(Independent Television Authority)* konkurriert. Die BBC sendet in vielen Sprachen Auslandsprogramme für Europa u. Übersee; sie darf keinen Werbefunk betreiben.

British Columbia ['britiʃ kɔ'lʌmbjiə], *Britisch-Kolumbien*, Provinz im SW von Kanada, 948600 qkm, 2 Mill. Ew.; Hptst. *Victoria* auf der Vancouverinsel; die dichtbewaldeten Coast Mountains (Küstengebirge, z. T. fjordartig aufgelöst) u. die Rocky Mountains schließen die parksteppenhafte Hochfläche des Fraser Plateaus ein; Abbau reicher Bodenschätze (Blei, Zink, Kupfer, Nickel, Silber, Gold, Kohlen u. Erdöl), Forstwirtschaft, Fischerei u. intensive Landwirtschaft, z. T. mit Bewässerung in Tälern (Obst-, Gemüseanbau, Milchwirtschaft); Verarbeitung von land-, forstwirtschaftl. u. Fischprodukten, Metallindustrie.

British Commonwealth of Nations ['britiʃ 'kɔmənwelθ ɔv 'nɛiʃəns] →Britisches Reich.

British Council ['britiʃ 'kaunsl], 1940 öffentl. anerkanntes engl. Institut, das die Aufgabe hat, das Wissen über Großbritannien zu vertiefen, die Kenntnis der engl. Sprache in der Welt zu verbreiten u. die kulturellen Beziehungen zwischen Großbritannien u. a. Ländern zu stärken. Bes. Bedeutung kommt dem B.C. in Hinsicht auf die Entwicklungsländer zu.

British Empire ['britiʃ 'ɛmpaiə] →Britisches Reich.

British European Airways ['britiʃ ju:rə'pi:ən 'ɛəwɛiz], Abk. *BEA*, →British Airways.

British Leyland Ltd. ['britiʃ 'lɛilənd-], London, brit. Unternehmen der Kraftfahrzeugindustrie, 1968 entstanden durch Fusion der *Leyland Motor Corporation* mit der *British Motor Holdings*, 1975 verstaatlicht; erzeugt Personenkraftwagen (Austin, Morris, Rover, Jaguar u. a.), Lastkraftwagen, Omnibusse, Spezialfahrzeuge, Traktoren, Generatoren, Kompressoren u. a.; zahlreiche Tochtergesellschaften; 183000 Beschäftigte.

British Overseas Airways Corporation ['britiʃ 'o:vəsi:z 'ɛəwɛiz kɔ:pə'rɛiʃən], Akb. *BOAC*, brit. Luftverkehrsgesellschaft; setzte als erste Gesellschaft Strahlverkehrsflugzeuge ein (*Comet* 2. 5. 1952). →British Airways.

British Petroleum Company Ltd. ['britiʃ pi'trɔuljəm 'kʌmpəni], Abk. *BP*, London, seit 1954 Name der →Anglo-Iranian Oil Company; besitzt als Holdinggesellschaft zahlreiche Tochtergesellschaften, u. a. die *Deutsche BP AG*, Hamburg; 78000 Beschäftigte.

British Steel Corporation ['britiʃ sti:l kɔ:pə'rɛiʃən], Abk. *BSC*, staatl. brit. Stahl-Konzern, gegr. 1967 durch Verstaatlichung 13 privater Stahlfirmen; 189000 Beschäftigte.

British Thermal Unit ['britiʃ 'θə:məl 'ju:nit], Zeichen BTU, brit. Maßeinheit der Wärmemenge: 1 BTU ist diejenige Wärmemenge, die nötig ist, um ein Pound Wasser bei 1 atm Druck um 1 Grad Fahrenheit (F) zu erwärmen. Infolge der verschiedenen spezif. Wärmekapazitäten des Wassers bei verschiedenen Temperaturen ergeben sich verschiedene Größen; z. B. ist bei 39,2 °F: $1\,\mathrm{BTU}_{39,2°} = 0{,}25314$ kcal.

Britten ['britən], Edward Benjamin, engl. Komponist, Dirigent u. Klavierbegleiter (vor allem P. *Pears*), *22. 11. 1913 Lowestoft, Suffolk, †4. 12. 1976 Aldeburgh, Suffolk; lebte 1939–1942 in den USA u. war 1948 an der Gründung des Aldeburgh-Festivals beteiligt. B. verarbeitet virtuos die verschiedensten Einflüsse zu einer gefälligen Tonsprache. Opern („Peter Grimes" 1945; „The Rape of Lucretia" 1946; „Albert Herring" 1947; „Billy Budd" 1951; „Gloriana" 1953; „The Turn of the Screw" 1954; „A Midsummernight's Dream" 1960; „Der Tod in Venedig" 1973), Kinderopern, Ballette („Der Prinz der Pagoden" 1957), zahlreiche Orchester-, Chor- u. Instrumentalwerke, darunter „Variations on a Theme of Frank Bridge" 1937, „Serenade für Tenor, Horn und Streichorchester" 1943 u. „War Requiem" 1962; 3 Parabeln zur Aufführung in der Kirche: „Curlew River" (Der Fluß der Möwen) 1964, „The Burning Fiery Furnace" (Die Jünglinge im Feuerofen) 1966, „The Prodigal Son" (Der verlorene Sohn) 1968.

Britting, Georg, Lyriker u. Erzähler, *17. 2. 1891

Regensburg, †27. 4. 1964 München; von sinnenhafter Frische u. herber Lebensweisheit. Lyrik: „Der irdische Tag" 1935; „Lob des Weines" 1944; „Unter hohen Bäumen" 1951. Erzählungen: „Das treue Eheweib" 1933; „Afrikanische Elegie" 1953. Roman: „Lebenslauf eines dicken Mannes, der Hamlet hieß" 1932. – ▭ 3.1.1.

Britz, Ortsteil des Westberliner Bezirks Neukölln; alte Dorfkirche (13. Jh., Barockaltar), große Neubausiedlung.

Brive-la-Gaillarde ['bri:v la ga'jard], südfranzös. Kreisstadt im Dép. Corrèze, an der Corrèze, 49300 Ew.; Agrarmarkt (Frühgemüse, Obst); Metall-, Textil-, Elektro- u. Lebensmittelindustrie; Sägewerke, Wein- u. Obstbau.

Brixen, 1. ital. *Bressanone*, italien. Stadt in Südtirol am Eisack, 14000 Ew.; roman.-barocker Dom (13. Jh.), bischöfl. Palast, Kloster Neustift; Fremdenverkehr; Sägewerke, Wein- u. Obstbau.
2. *B. im Thale*, österr. Gemeinde im Brixental, in den Kitzbüheler Alpen, 794 m ü. M., 1870 Ew.; Sommerfrische, Eisenquelle (Maria-Louisen-Bad).

Brixental, von der B.er Ache durchflossenes Tal in den Kitzbüheler Alpen (Tirol); entspringt am Gampenkogel (1956 m), mündet bei Wörgl in den Inn; Hauptorte: Brixen im Thale, Westendorf, Hopfgarten.

Brixlegg, Nordtiroler Markt am Inn, 535 m ü. M., 2450 Ew.; Passionsspiele; Kupferhütte, Walzwerk; Thermalbad in *Mehrn*. In dem von S einmündenden Alpbachtal liegt das Dorf *Alpbach*, 1400 Ew., bekannt durch seine Sommeruniversität „Das Europäische Forum".

Brjansk, Hptst. der Oblast B. (34900 qkm, 1582000 Ew., davon 38% in Städten) im W der RSFSR, an der Desna, 318000 Ew.; Lokomotiv- u. Waggonbau, Zementwerke, Nahrungs- u. Genußmittel-, Holz-, Glas- u. chem. Industrie; Wärmekraftwerk; Flußhafen, Bahn- u. Straßenknotenpunkt, Flugplatz. – 1941 Kesselschlacht.

Brjusow, Walerij Jakowlewitsch, russ. Lyriker u. Erzähler, *13. 12. 1873 Moskau, †9. 10. 1924 Moskau; Vertreter des russ. *Symbolismus*; Hptw.: „Urbi et orbi" (Gedichte) 1903; „Der feurige Engel" (Roman) 1908, dt. 1909; übersetzte u. a. Vergil, Dante, Goethe, P. Verlaine, E. Verhaeren u. E. A. Poe.

br. m., Abk. für →brevi manu.

Brno, Stadt in Südmähren (ČSSR), = Brünn.

Bro [dän., norweg., schwed.], Bestandteil von geograph. Namen: Brücke.

Broach [broutʃ], *Bharuch*, Distrikt-Hptst. in Gujarat (Indien), 75000 Ew.; nahe der Mündung der Narbada in das Arab. Meer, verkehrsgünstige Lage an der Narbada.

Broad Church ['bro:d 'tʃə:tʃ] →Anglikanische Kirche.

Benjamin Britten

Broad Peak ['bro:d 'pi:k], Gipfel im Karakorum, 8047 m; 1957 erstmals von H. *Buhl*, der danach umkam, u. a. bestiegen.

Broadside ['bro:dsaid; die; engl., „Breitseite"], eine Kurventechnik im Kraftfahrsport, bei der der Rennwagenfahrer durch Gasgeben die Antriebsräder so weit durchrutschen läßt, daß sich der Wagen etwas nach außen stellt u. quer zur Fahrtrichtung durch die Kurve kommt. Die Lenkräder bleiben in der alten Richtung stehen. Schnelles Reagieren u. eine gute Berechnung der Fliehkraft sind Voraussetzung. Die Geschwindigkeit bleibt erhalten.

Broadstairs ['bro:dstɛrz], *B. and St. Peter's*, südostengl. Seebad, mit Kanal, 21000 Ew.

Broadway ['bro:dwei; der; engl., „breite Straße"], Hauptgeschäftsstraße New Yorks u. a. Städte in den USA. Am B. New Yorks liegen zahlreiche private Theater u. bilden das wichtigste Theaterzentrum der USA.

Broca, Paul, französ. Chirurg u. Anthropologe, *28. 6. 1824 St.-Foy-la-Grande, Gironde, †9. 7. 1880 Paris; arbeitete auf dem Gebiet der Hirnforschung, lokalisierte das nach ihm benannte *motorische (B.sche) Sprachzentrum*. Nach der *B.schen Formel* soll ein Erwachsener so viel kg wiegen, wie er Zentimeter über 1 m groß ist.

Broccoli, *Spargelkohl*, vorwiegend in Italien u. Südschweden angebautes Gemüse, geschmackl. eine Zwischenform von Blumenkohl u. Spargel. Die von grünen Deckblättern umgebenen Rosen sind reich an Vitamin C; bes. als Tiefkühlgemüse im Handel; Zubereitung wie Blumenkohl.

Broch, Hermann, österr. Schriftsteller, *1. 11. 1886 Wien, †30. 5. 1951 New Haven (USA); Textilindustrieller, studierte dann Philosophie u. Mathematik; als Jude 1938 durch die Gestapo verhaftet, entkam nach den USA, wo er an der Yale University über Massenpsychologie arbeitete. Als moderner, von J. Joyce beeinflußter Epiker rang er um eine erkenntnismäßige Erfassung u. eine mystisch-lyrische Durchdringung des Lebens innerhalb unserer „zerfallenden" Kulturwelt. Romane: Trilogie „Die Schlafwandler" 1931/32; „Die unbekannte Größe" 1933; „Der Tod des Vergil" 1945; „Die Schuldlosen" 1950; „Der Versucher" 1953 (auch „Bergroman" genannt). Drama: „Die Entsühnung" 1933 (aufgeführt unter dem Titel „Denn sie wissen nicht, was sie tun" 1934). Essays: „Hofmannsthal u. seine Zeit"; „Das Böse im Wertsystem der Kunst" u. a. – ▭ 3.1.1.

Brock, Bazon, Kunstästhetiker u. Kulturkritiker, *2. 6. 1936 Stolp, Pommern; 1960/61 Chefdramatrug in Luzern, Prof. für nichtnormative Ästhetik an der Hamburger Kunsthochschule; bezeichnet sich als „Schaudenker" u. versucht, von der Dialektik Hegels, W. Benjamins u. Th. Adornos ausgehend, den bisherigen Kunstbegriff seines utop. Ersatzcharakters zu entkleiden u. in die soziale Praxis zu überführen. Diesem Zweck dienen seine zahlreichen, Anregungen von K. *Schwitters* aufgreifenden, happeningartigen Veranstaltungen u. die Bühnenveranstaltung „Unterstzuoberst" (Experimenta III 1969). Verfasser des Buchs „Bazon Brock" 1968.

Brockdorff-Rantzau, Ulrich Graf von, Diplomat, *29. 5. 1869 Schleswig, †8. 9. 1928 Berlin; Dez. 1918 bis Juni 1919 Reichsaußenminister u. zunächst Führer der dt. Friedensdelegation in Versailles, trat nach der von ihm widerratenen Annahme des Versailler Vertrags zurück; seit 1922 Botschafter in Moskau, vermittelte eine Annäherung an die UdSSR; lehnte Stresemanns Locarnopolitik als zu einseitig ab. – ▭ 5.4.4.

Brockelmann, Carl, Semitist u. Turkologe, *17. 9. 1868 Rostock, †6. 5. 1956 Halle (Saale) Hptw.: „Geschichte der arab. Literatur" 2 Bde. 1895–1902; „Grundriß der vergleichenden Grammatik der semit. Sprachen" 2 Bde. 1908–1913.

Brocken, höchster Berg im *Harz* (1142 m) nahe am Nordrand, zweithöchster Berg der DDR; Granitkuppe, die mit arktisch-alpiner Vegetation über die Baumgrenze aufragt; hohe Niederschläge; Wetterwarte, Aussichtsturm, Gasthaus; B.bahn ab Drei-Annen-Hohne. – ▣ →Harz.

Brockengespenst, Schattenbild des Beobachters auf nahen Nebelschwaden, meist riesengroß, manchmal von Farbringen umgeben; am Brocken u. anderswo beobachtet.

Brockenmoos = Isländisches Moos.

Brockes, Barthold Hinrich, Lyriker, *22. 9. 1680 Hamburg, †16. 1. 1747 Hamburg; löste sich unter engl. Einfluß von der Barocklyrik u. strebte in sei-

ner religiös-philosoph. Naturdichtung „Irdisches Vergnügen in Gott" 9 Bde. 1721–1748 nach schlichter, genauer Aussage.

Brockhaus, F. A. Brockhaus, Verlag, 1805 in Amsterdam gegr. von Friedrich Arnold B. (*1772, †1823), seit 1817 Stammhaus in Leipzig (1953 verstaatlicht: *VEB F. A. Brockhaus Verlag*), seit 1945 in Wiesbaden; bekannt durch Lexika (seit 1808) u. a. Nachschlagewerke sowie Reisebücher (S. Hedin, W. Filchner, F. Nansen) u. Memoiren (Casanova). – ▭ 6.8.

Brockmann, Johann Franz Hieronymus, Schauspieler, *30. 9. 1745 Graz, †12. 4. 1812 Wien; kam 1771 nach Hamburg, hier erster dt. Hamlet-Darsteller; 1778 am Wiener Burgtheater, das er 1789–1791 leitete.

Brockton ['broktən], Industriestadt in Massachusetts (USA), südl. von Boston; 90000 Ew. (Metropolitan Area 150000 Ew.).

Brod, Max, österr. Schriftsteller u. Kulturphilosoph, *27. 5. 1884 Prag, †20. 12. 1968 Tel Aviv; Freund von F. *Werfel* u. F. *Kafka*, dessen literar. Nachlaßverwalter er wurde; früh Zionist, lebte seit 1939 in Tel Aviv. Weltanschauliches: „Heidentum, Christentum, Judentum" 2 Bde. 1921; „Diesseits u. Jenseits" 2 Bde. 1946/47. Romane: Trilogie „Kampf um die Wahrheit", „Tycho Brahes Weg zu Gott" 1916, „Reubeni, Fürst der Juden" 1925, „Galilei in Gefangenschaft" 1948); „Stefan Rott" 1931; „Der Meister" 1952; „Mira" 1958; „Die Rosenkoralle" 1961. Biographien: H. Heine (1934); F. Kafka (1937 u. 1954) u. J. Reuchlin (1965). Autobiographisches: „Streitbares Leben" 1960; „Der Prager Kreis" 1966. Auch Gedichte u. Dramen.

Broda, Christian, österr. Politiker (SPÖ), *12. 3. 1916 Wien; Anwalt, 1960–1966 u. seit 1970 Justiz-Min.

Brodie ['broudi], Sir Benjamin Collins, brit. Chirurg, *8. 6. 1783 Winterslow, Grafschaft Wilts, †21. 10. 1862 Broome Park, Grafschaft Surrey; nach ihm benannt sind der B.-Abszeß, eine bes. Form chron. Knochenmarkentzündung, u. die B.sche Krankheit, eine chron. Schleimbeutelentzündung mit degenerativen Prozessen.

Brodnica [-'nitsa], poln. Name der Stadt →Strasburg (2) nordöstl. von Thorn.

Bródy ['bro:di], Sándor, ungar. Schriftsteller, *23. 7. 1863 Eger, †12. 8. 1924 Budapest; in seinen Bühnenwerken, Romanen u. Novellen wird das aufkommende ungar. Bürgertum dargestellt.

Brodziński [bro'dzjinski], Kazimierz, poln. Literaturtheoretiker u. Dichter, *8. 3. 1791 Królówka, Galizien, †10. 10. 1835 Dresden; Wegbereiter der Romantik, Goethe-Übersetzer, Lyriker; Bauernepos, „Wiesław" 1820, dt. 1867.

Broeck [bru:k], Johannes Hendrik van den, niederländ. Architekt, *4. 10. 1898 Rotterdam; seit 1937 Partner von J. A. Brinkman, seit 1948 von J. B. Bakema. In Dtschld. ist der bekannteste Bau des Büros van den B. u. Bakema das Rathaus in Marl (1958, 1962–1965).

Broederlam ['bru:d-], Melchior, fläm. Maler aus Ypern, nachweisbar 1381–1409; Hofmaler der Grafen von Flandern u. der Herzöge von Burgund; Figurengruppen in detailreichen architekton. u. landschaftl. Räumen mit feiner Farb- u. Lichtbehandlung; erhalten sind 2 Flügel von einem Altar für die Kartause von Champmol, Dijon, 1392–1399.

Bröger, Karl, Arbeiterdichter, *10. 3. 1886 Nürnberg, †4. 5. 1944 Nürnberg; wurde 1914 berühmt durch sein „Bekenntnis eines Arbeiters" (später in seinen Kriegsgedichten „Kamerad, als wir marschiert" 1916); autobiograph. Roman „Der Held im Schatten" 1919; auch histor. Romane: „Guldenschuh" 1934; „Nürnberg" 1935, u. a.

Broglie [brɔ'lji:], Louis-Victor, Duc de, französ. Physiker, *15. 8. 1892 Dieppe; lehrte in Paris; begründete die *Wellentheorie der Materie*, indem er für Materieteilchen Welleneigenschaften (wie beim Licht) annahm. Die Wellenlänge λ der de-Broglie-Wellen u. der Impuls p der Teilchen sind einander umgekehrt proportional: λ = h/p (h = Plancksches Wirkungsquantum). Dadurch angeregt, stellte E. *Schrödinger* die nach ihm benannte Wellengleichung für Materieteilchen auf. 1929 erhielt B. den Nobelpreis für Physik.

Brohl-Lützing, rheinland-pfälz. Gemeinde am linken Ufer des Rhein, am Ausgang des malerischen *Brohltals* (Traßvorkommen), Ldkrs. Ahrweiler, 3000 Ew.; Mineralquellen („Brohler", „Tönnissteiner Sprudel"); Wellpappe-, Holz-,

Broichweiden

Metallindustrie; Hafen für Traß- u. Tuffsteinverladung.
Broichweiden, ['bro:x-], ehem. Gemeinde in Nordrhein-Westfalen, 1972 in die Städte Aachen, Alsdorf, Eschweiler u. Würselen eingemeindet.
Brokat [der; ital.], schwerer, fester, gemusterter Seiden- oder Reyonstoff, dem Gold- oder Silberfäden eingewoben sind (*Gold-* oder *Silber-B.*); Verwendung als Möbel- oder Tapetenstoff, für Prunkgewänder u. Schuhe.
Broken Hill ['broukən-], **1.** Bergbaustadt an der Westgrenze von Neusüdwales (Australien), am Main Barrier Range, 31700 Ew.; Abbau reicher Silber-, Blei- u. Zinklagerstätten; Uranerze. – 1875 erste Erzfunde, 1885 Gründung der Bergbaugesellschaft *B. H. Propriety*, 1927 Bahnverbindung Sydney–Port Augusta–Port Pirie. **2.** früherer Name von →Kabwe.
Broker [engl.], **1.** *Stock-B.*, Börsenmakler im angloamerikan. Börsenwesen; schließt für Banken u. Publikum mit dem *Dealer* oder *Jobber* an der Börse Geschäfte über Wertpapiere ab. **2.** *Bill-B.*, handelt mit Wechseln.
Brokhoff, *Prokof, Brackhoff,* Prager Bildhauerfamilie: **1.** Johann, Vater u. Lehrer von 2), *Juni 1652 St. Georgenberg (Oberungarn), †28. 12. 1718 Prag.
2. Ferdinand Maximilian, *Sept. 1688 Rothenhaus bei Komotau, Nordwestböhmen, †März 1731 Prag; zahlreiche Bildwerke für barocke Kirchen, Stadt- u. Schloßanlagen, darunter Figuren für die Karlsbrücke in Prag.
Brokkoli [ital.] = Broccoli.
Brom [das; grch., „Gestank"], chem. Zeichen Br, chem. Element, ein Halogen; rotbraune, schleimhautreizende Dämpfe entwickelnde Flüssigkeit, neben Quecksilber das einzige bei Zimmertemperatur flüssige Element; Atomgewicht 79,904, Ordnungszahl 35, spez. Gew. 3,119, Siedepunkt 58,8 °C. B. kommt in der Natur nicht frei, sondern nur in Verbindungen vor, die denen des Chlors analog sind. Es wurde 1826 von A. J. *Balard* als Bestandteil des Meerwassers entdeckt. Die chem. Eigenschaften des B.s ähneln denen des Chlors, doch reagiert es nicht so energisch wie dieses. Techn. wird es durch Umsatz von Bromiden (z. B. *Bromcarnallit* $KBr \cdot MgBr_2 \cdot 6H_2O$) mit Chlor in sog. *Abtreibtürmen* gewonnen. Es wird zur Synthese zahlreicher organ. Verbindungen, bes. von Farbstoffen u. Beruhigungsmitteln, verwendet. Verbindungen: *B.wasserstoff*, HBr, entsteht durch Umsatz von Alkalibromiden mit konzentrierter Phosphorsäure oder von Phosphorbromid mit Wasser; es ist in Wasser unter Bildung von *B.wasserstoffsäure* gut löslich. *Kaliumbromid,* KBr, wird als Beruhigungsmittel u. zur Herstellung von →Bromsilber verwandt. Eine Sauerstoffsäure des B.s ist die *Bromsäure*, $HBrO_3$; ihr Kaliumsalz, $KBrO_3$ (*Kaliumbromat*), wird in der analyt. Chemie verwendet. *B.wasser* ist die wäßrige Lösung von B.
Bromate, Salze der Bromsäure $HBrO_3$.
Bromäthyl, *Äthylbromid,* Bromwasserstoffsäureester des Äthylakohols; Verwendung zur Inhalationsnarkose.
Brombeere, artenreiche Gruppe der Gattung *Rubus*. Die *Gemeine B., Rubus fruticosus*, ein *Rosengewächs* mit glänzendschwarzen Früchten, ist wild in Wäldern u. Gebüschen verbreitet. Daneben werden bes. Sorten in Gärten kultiviert. Die Früchte erscheinen am zweijährigen Holz, das nach der Reife der Früchte abstirbt. Gute Brombeersorten sind: *Theodor Reimers, Wilsons Frühe, Stachellose Riesen-B.* Die Beeren werden als Tafelobst gegessen oder zur Herstellung von Marmelade, Säften oder Obstwein verwandt. Die Blätter dienen bisweilen als Ersatz für schwarzen Tee.
Brombeerspinner, *Macrotylatia rubi,* gelbbrauner Spinner aus der Familie der *Glucken,* dessen große, rotbraun u. schwarz behaarte Raupe bes. im Herbst auf gemähten Wiesen bei der Suche nach einem Winterquartier auffällt.
Bromberg, poln. *Bydgoszcz,* poln. Stadt an der Brahe, durch den *B.er Kanal* (25 km lang) mit Netze u. Oder verbunden, Hptst. der Wojewodschaft Bydgoszcz (10355 qkm, 982 000 Ew.), 314 000 Ew.; Ingenieurhochschule; Verkehrsknotenpunkt; elektrotechn., chem., Lebensmittel- u. Transportmittelindustrie. 1772–1919 preußisch.
Bromeliaceae = Ananasgewächse.
Bromeliales, Ordnung der *Monokotyledonen.* Einzige Familie sind die →Ananasgewächse (*Bromeliaceae*).
Bromelie [nach dem Botaniker Claus *Bromel*],

Broken Hill: die weitläufig angelegte Bergbaustadt

Bromelia, Gattung der *Ananasgewächse,* mit rispigen Blütenständen u. stark dornig gezähnten Blättern. Einige Arten liefern gute Fasern.
Bromfield [-fi:ld], Louis, US-amerikan. Schriftsteller, *27. 12. 1896 Mansfield, Ohio, †18. 3. 1956 Columbus, Ohio; lebte nach ausgedehnten Reisen als Farmer im amerikan. Mittelwesten; vielgelesene Romane, u. a. „Der Fall Annie Spragg" 1928, dt. 1951, u. der in Indien spielende „The Rains Came" 1937, dt. „Der große Regen" 1939; „It takes all kinds" 1939 (darin „Bitterer Lotos" dt. 1940).
Bromide, Salze der Bromwasserstoffsäure HBr; →Brom.
Bromley ['brʌmli], südöstl. Teil von Greater London, entstand 1963 aus B., Beckenham, Orpington, Penge, Teilen von Chislehurst u. Sidcup (früher Kent); 302000 Ew.; Wohnviertel.
Bromöldruck, um 1907 erfundenes Verfahren zur Herstellung photographischer Positive: Das Bromsilberpapierbild wird in einer Lösung gebleicht, die nicht das Bildsilber, sondern die Gelatine härtet; läßt man die Schicht sich mit Wasser vollsaugen, so nehmen die nicht gehärteten Stellen viel Wasser auf (helle Bildtöne), die gehärteten entsprechend weniger (dunkle Bildtöne). Nach oberflächl. Entfernung des Wassers wird das Bild mit beliebiger Fettfarbe behandelt. Es entsteht ein Positiv mit satten Bildtönen.
Bromölumdruck, letztes Edeldruckverfahren der histor. Photographie, ab 1915 gebraucht: Ein fertiger *Bromöldruck* wird als Matrize in einer Kupferdruckpresse verwendet u. auf beliebiges schichtfreies Papier abgedruckt. Zur Abstimmung der Tonwerte kann man mehrere Drucke übereinander durchführen.
Bromsilber, *Silberbromid,* AgBr, entsteht als grünlichgelber Niederschlag beim Umsatz von Silbernitrat mit Kaliumbromid. Es zerfällt bei Belichtung in elementares Silber u. Brom; Verwendung zur Herstellung von lichtempfindl. Schichten in der Photographie.
Bromsilberdruck, Verfahren zur Herstellung photograph. Kontakte oder Vergrößerungen auf Bromsilberpapier; auch im großen als maschineller „Postkartendruck" unter Verwendung von lichtempfindl. Bahnen bis 1000 m Länge angewandt. Belichten, Entwickeln, Fixieren, Wässern u. Trocknen erfolgt in hintereinandergeschalteten Apparaten. – B. ist kein eigentl. Druckverfahren,

sondern ein maschinelles photograph. Vervielfältigungsverfahren.
Bromsilberpapier, das heute wichtigste u. verbreitetste Photopapier bei Positivverfahren. Die Farbsensibilisierung des Bromsilbers entdeckte 1873 Hermann Wilhelm *Vogel* (*1834, †1898) in Berlin. Das B. wird meist bei künstl. Licht belichtet u. ergibt beim Entwickeln ein Silberbild durch Spalten des Bromsilbers.
Bromvergiftung, Vergiftung durch langen Gebrauch bromhaltiger Arzneimittel; zeigt sich in Schlafsucht, Gedächtnisschwäche, Verdauungsstörungen u. Abmagerung. Bei Vergiftung durch Bromdämpfe kommt es zu Bluthusten, Atemnot u. Hautverätzungen.
Bron [afrikaans], Bestandteil von geograph. Namen: Brunnen.
Bronche [die; grch.] = Bronchie.
Bronchialasthma, *Asthma bronchiale* [grch.] →Asthma.
Bronchialdrüsen, die am Lungenhilus gelegenen Lymphknoten, die bei entzündl. Erkrankungen, z. B. bei Tuberkulose, stark anschwellen können.
Bronchialkarzinom [grch.], sog. Lungenkrebs, →Lunge (Lungenkrankheiten).
Bronchialkatarrh [grch.], *Bronchitis,* durch Erkältung, Infektion, chem. Reize, aber auch durch Lungenstauung bei Herzkrankheiten entstehender entzündl. Reizzustand der *Bronchien,* der sich durch Husten, zähen Auswurf u. Schmerzen hinter dem Brustbein äußert. Die Entzündung kann auf die benachbarten Lungenbläschen übergreifen u. eine herdförmige Form der Lungenentzündung, die *Bronchopneumonie,* hervorrufen.
Bronchien, [die; grch.], die beiden Äste der Luftröhre (*Trachea*), die in die →Lunge führen; bei den Säugetieren spalten sie sich dort in kleinere *Bronchiolen* auf u. enden schließl. in den Lungenbläschen (*Alveolen*). Die B. sind mit Flimmerepithel tragender Schleimhaut ausgekleidet, in den äußeren Ästen kommen noch Knorpelringe u. glatte, ringförmige Muskelfasern vor, die nach den Bronchiolen hin abnehmen.
Bronchitis [grch.] →Bronchialkatarrh.
Bronchopneumonie, Lungenentzündung, die mit einer u. im Anschluß an eine Bronchitis (→Bronchialkatarrh) auftritt. Beim Hund ist eine reine Bronchitis oder Pneumonie schwer zu diagnostizieren, so daß man deshalb meist von einer B. spricht.

Bronchoskop [das; grch.], ein mit Optik u. Beleuchtungseinrichtung versehenes starres Rohr *(Endoskop)* zur Einführung in die Luftröhre *(Bronchoskopie)*; ermöglicht Einsicht in die Bronchien u., mit Hilfseinrichtungen, die Entfernung von Fremdkörpern u. Probeexzisionen.

Brøndal ['brœndəl], Viggo, dän. Romanist u. Linguist, *13. 10. 1887 Kopenhagen, †14. 12. 1942 Kopenhagen; vertrat, auf dem Hintergrund bes. mittelalterl. Philosophie, eine an der Mathematik orientierte, strukturalist. Tendenz in der modernen Sprachwissenschaft. Hptw.: „Partes Orationis" 1928; „Theorie des Prépositions" (posthum) 1950.

Broniewski, Władysław, poln. Lyriker, *17. 12. 1897 Płock, †10. 2. 1962 Warschau; intime Liebeslyrik, revolutionäre, sozialkrit. Dichtungen.

Bronn, Heinrich Georg, Zoologe u. Paläontologe, *3. 3. 1800 Ziegelhausen bei Heidelberg, †5. 7. 1862 Heidelberg; übersetzte *Darwins* Werke u. begründete das große, bis heute noch nicht abgeschlossene Werk „Klassen u. Ordnungen des Tierreichs".

Bronnbach, ehem. Zisterzienserkloster in der baden-württ. Gemeinde Reicholzheim (Tauberkreis), gegr. 1151; gehört seit 1803 den Fürsten Löwenstein-Wertheim.

Bronnen, Arnolt, eigentl. A. *Bronner*, österr. Schriftsteller, *19. 8. 1895 Wien, †12. 10. 1959 Berlin; fast immer heftig umstritten, zuerst expressionist. Dramen („Vatermord" 1920; „Die Exzesse" 1923; „Ostpolzug" 1926), dann nationalist. Literatur („O. S." 1929; „Roßbach" 1930), ging schließl. als Kommunist nach Ostberlin: „Arnolt Bronnen gibt zu Protokoll" 1954; „Tage mit Bertolt Brecht" (posthum) 1960.

Brønsted, Johann Nicolaus, dän. Chemiker, *22. 2. 1879 Varde, Jütland, †17. 12. 1947 Kopenhagen; Arbeiten über Reaktionskinetik u. Indikatoren; gab eine neue Definition der Begriffe Säure u. Base.

Brontë ['brɔnti], engl. Schriftstellerinnen, Schwestern: **1.** Anne, *17. 1. 1820 Thornton, †28. 5. 1849 Scarborough; Roman „Agnes Grey" 1847, dt. 1851.

2. Charlotte, *21. 4. 1816 Thornton, †31. 3. 1855 Haworth, Yorkshire; gestaltete in ihren Romanen („Jane Eyre" 1847, dt. 1850; „Villette" 1853, dt. 1853) den Kampf der gefühlsstarken Frau gegen die Konvention.

3. Emily Jane, *30. 7. 1818 Thornton, †19. 12. 1848 Haworth; schrieb Lyrik von herber Innerlichkeit. Ihr Roman „Wuthering Heights" 1847, dt. „Sturmhöhe" 1851, steht durch seine Kraft zum Leidenschaftlichen, Dämonischen u. Tragischen isoliert in der bürgerl. Literatur der Zeit. – 📖 3.1.3.

Bronx, nördl. Stadtteil (Borough) von *New York*, 1,4 Mill. Ew.; hauptsächl. Wohngebiet, 11,5% Neger.

Bronze ['brɔ̃sə; die; pers., frz.], Sammelbez. für alle Legierungen des Kupfers mit anderen Metallen. Weil Zinn die Härte u. Festigkeit wie kein anderes Metall steigert, herrschen die *Zinn-B.n* vor. Sie enthalten als *Walz-B.* bis zu 10%, als *Guß-B.* bis zu 20% Zinn. Wird der flüssigen Schmelze zur Desoxydation Phosphor zugesetzt, erhält man *Phosphor-B.* Die Zinn-B.n werden durch Walzen u. Schmieden zu Blechen, Stangen u. Rohren verarbeitet oder zu Bildwerken u. Formteilen vergossen. *Zinn-B.* 6 (d. h. 5–7% Zinn) ist seewasserbeständig.

Wird den Zinn-B.n Zink zulegiert, so entsteht als Gußlegierung der *Rotguß*; er wird für Lager u. Armaturen verwendet (→Maschinenbronzen). Legierungen des Kupfers mit anderen Metallen ergeben die *Sonder-B.n.* Meist verwendet man hiervon *Aluminium-* u. *Mangan-B.*, die wegen der Korrosions- u. Wärmebeständigkeit zum Bau von Beizanlagen, Säureleitungen, Ventilen, Pumpen, seewasserbeständigen u. wärmewiderstandsfähigen Maschinenteilen dienen. Eine hochwertige *Silber-B.* mit 2–6% Silber u. bis 1,5% Cadmium wird zu Elektroden für elektr. Widerstands- u. Punkt-Schweißmaschinen u. für Teile von Rundfunkröhren verwendet. →auch Neusilber, Messing. – 📖 10.7.4.

Bronzedruck, Druckverfahren, bei dem die Druckstöcke mit in Firnis angerührtem Metallpulver, meist Gold oder Silber, eingefärbt werden (meist im Tief- u. Buchdruck verarbeitet) oder Bronzepulver nach dem Druck auf die noch feuchten Firnisfarben gestäubt wird (meist im Offsetdruck angewandt).

Bronzefrosch →Ruderfrösche.

Bronzekrankheit →Addisonsche Krankheit.

Bronzekunst, Gattungsbez. für Bildwerke u. kunsthandwerkl. Gegenstände aus Bronze; im Abgußverfahren hergestellt, zuweilen auch getrieben. Werke der B. sind seit dem 2. Jahrtausend v. Chr. (China, Mittelmeerländer, Südamerika) in fast allen Menschheitskulturen entstanden, in der griech.-röm. Antike bes. als Standbilder, im frühen europ. MA. als reliefverzierte Türflügel zu Kirchenportalen (Aachen, Hildesheim, Augsburg, Nowgorod, Gnesen, Verona, Pisa), als Glocken, Trenngitter, Kruzifixe, Taufbecken u. liturg. Geräte. Nachdem die Gotik dem Holz als bildner. Material den Vorzug vor der Bronze gegeben hatte, kam es seit der Renaissance zu einer fruchtbaren Neubelebung der B., bes. auf den Gebieten der figürl. Klein- u. Grabplastik, des Medaillengusses u. der Monumentalbildnerei (Reiterdenkmäler von *Donatello*, G. da *Bologna*, A. *Schlüter* u. a.). Das nur teilweise vollendete, 1509 begonnene Grabmal Maximilians I. in Innsbruck ist das größte Projekt der B. Etwa gleichzeitig (1508–1519) entstand das Sebaldusgrab von P. *Vischer* in Nürnberg. Augsburg war mit H. *Gerhard* (Augustusbrunnen), A. de *Vries* (Herkulesbrunnen) u. H. *Reichle* (Michaelsgruppe am Zeughaus) ein Zentrum der B. im Übergang von der Renaissance zum Barock. Im Klassizismus traten bes. L. *Schwanthaler*, F. *Zauner*, G. *Schadow* u. Ch. D. *Rauch*, später A. *Rodin* u. A. *Maillol* als Bronzeplastiker hervor. Moderne, für zahlreiche Künstler der Gegenwart tätige Werkstätten setzen die Tradition der mittelalterl. Gießhütten fort. – 📖 2.0.3.

Bronzeputer, großer, schwerer Truthahnschlag; Hähne 15–20 kg, Puten 10–12 kg.

Bronzeröhrling, *Bronzeschwamm, gelber Steinpilz, Kupferschwamm, Boletus aereus*, in Mittelmeerländern u. in Süddtschld. vorkommender Speisepilz.

Bronzezeit, vorgeschichtl. Epoche, durch die Verarbeitung von Bronze für Geräte, Waffen u. Schmuck gekennzeichnet. Sie folgt zeitlich auf die Jungsteinzeit; die Übergänge sind fließend, oft geht der B. eine Kupfer u. Gold verarbeitende Epoche voran *(Chalkolithikum, Kupferzeit)*. Die ältesten Bronzegegenstände finden sich am Ende des 4. Jahrtausends v. Chr. in ägypt. Gräbern der 1. Dynastie, in Mesopotamien im Bereich der Dynastien von Ur, Lagasch, Umma u. Uruk zu Beginn des 3. Jahrtausends v. Chr. In Indien begann die B. nach den Funden von Harappa u. Mohendschodaro im Industal in der Mitte des 3. Jahrtausends v. Chr., in China im Gebiet des Huang Ho in der 1. Hälfte des 2. Jahrtausends v. Chr. In Europa umfaßt die B. hauptsächl. das 2. Jahrtausend v. Chr.: im ägäischen Raum die kretisch-mykenische Kultur, in Italien die Terramare-Kultur, auf Sardinien die Zeit der Nuraghen, in Spanien die El-Argar-Kultur, in Südost- u. Osteuropa die Andronowo- u. die Holzkammergrabkultur.

Von Südeuropa kam am Anfang des 2. vorchristl. Jahrtausends die Kenntnis der Bronze u. ihrer Verarbeitungstechnik nach Mittel- u. Nordeuropa. Dahinter standen kretisch-myken. Wirtschaftsinteressen: Die kretisch-myken. Kultur mit ihren reichen Fürstenhöfen, ihrer differenzierten Verwaltung, ihrem straffen Heerwesen, ihrem weitreichenden Handel u. den vielen Spezialhandwerkern war infolge ihres hohen Metallbedarfs auf rege Kontakte mit rohstoffreichen Ländern angewiesen. Sie war zugleich das kulturelle Bindeglied zwischen den Hochkulturen des Vorderen Orients u. dem übrigen Europa, das ein dichtes Netz von Handelswegen überzog. Handelsobjekte waren Rohmetalle (Gold, Silber, Kupfer, Zinn), Rohbronze, Bronzegegenstände, Bernstein, Salz u. Naturalien. Ähnlich wie im ägäischen Raum in den Händen der Könige konzentrierten sich in Mitteleuropa Macht u. Kaufkraft auf eine soziale Oberschicht kriegerischer Anführer u. Herren, die einen maßgebenden Einfluß auf das Metallhandwerk ausübte oder dieses ganz beherrschte u. an weitreichenden Kulturkontakten interessiert war.

So bildeten sich in der frühen B. (etwa 1880–1550 v. Chr.) in Mittel- u. Nordeuropa in den Gebieten der Erzvorkommen u. entlang der Handelswege verschiedene, miteinander in Verbindung stehende Kulturzentren heraus. Die führende *Aunjetitzer Kultur* Mitteldeutschlands u. Nordböhmens zeichnete sich durch eine hochentwickelte Bronzeverarbeitungstechnik aus. Fürstengräber unter Hügeln mit aus Eichenstämmen erbauten Totenhäusern, ein reiches Trachtzubehör an Nadeln, Armreifen, Gürtelschließen u. auf die Kleidung aufgenähten Bronzespiralen, Mittelmeermuscheln, Gold, Bernstein, ägypt. Fayenceperlen, Waffen wie Dolch, Dolchstab, Streitaxt, Zeremonialgerät u. die Mitgabe von Frauen u. Sklaven ins Grab zeugen vom Reichtum dieser Kultur. – Ein anderes Kulturzentrum mit nicht minder ausgestatteten Fürstengräbern war die im Schnittpunkt mehrerer Handelswege liegende *Wessex-Kultur* Südenglands, die ihre Bedeutung in erster Linie dem Zinnreichtum der Bretagne u. Südwestenglands verdankte. Zu ihren imponierendsten Denkmälern zählen große, sakralen Zwecken dienende Erd-, Holzpfosten- u. Steinkreise wie *Stonehenge.* Einen bescheidenen Eindruck macht dagegen der nordalpine Kreis mit lokalen Kulturgruppen beiderseits der Donau bis westlich des Rhein u. südlich des Oberrhein, der Bronzen zunächst nur importierte. Enge Kontakte bestanden zur Rhône-Kultur Südostfrankreichs u. zur österr.-ungar. Kulturgruppe.

Etwas später breitete sich die Kenntnis der Bronzeverarbeitung auch nach Norden aus, es entstand die *Nordische Kultur* der B. Nordwest- u. Norddeutschlands u. Südskandinaviens, die sich jedoch erst in der mittleren B. (etwa 1550–1200 v. Chr.) voll entfaltete u. bis zum Ende der jüngeren B. (etwa 1200–700 v. Chr.) dauerte. Sie ist durch eine hochentwickelte Bronzetechnik, eigene Stiltendenzen, Tracht u. Waffenausstattung gekennzeichnet. Typisch sind u. a. zweiteilige Plattenfibeln, Gürtelscheiben u. -dosen sowie große Blasinstrumente *(Luren)*. – Diesem Kulturkreis stand der mitteleurop. Kreis der *Hügelgräber-Kultur* gegenüber, der sich von Ostfrankreich bis nach Ungarn erstreckte. Die Variationsbreite keramischer Formen u. Verzierungen erlaubt Differenzierungen der Kultur in verschiedene Stilprovinzen; ein solches Gebiet lag westlich des Rhein, ein anderes, sehr reiches, auf beiden Seiten der oberen Donau in Bayern, Österreich, im südl. Böhmen u. Südthüringen. Ein dritter Kulturkreis war die *Lausitzer Kultur* in Ost-Dtschld. u. Westpolen. Gemeinsam ist der gesamten mittelbronzezeitl. Kultur ein gleiches Totenritual, dem eine gleichartige Grundstruktur der religiösen Vorstellungen u. der Gesellschaftsform entsprochen haben dürfte. Männer u. Frauen wurden in ihrer Tracht, mit Waffen u. Schmuck, unter Grabhügeln beigesetzt, oft zusätzlich durch einen Baumsarg oder durch Steineinbauten geschützt. Da sich in den anmoorigen Böden Schleswig-Holsteins u. Dänemarks organische Substanzen bes. gut erhalten, hat man hier manche der Toten noch mit allen Details der Kleidung u. Haartracht gefunden.

Gegen Ende dieser Epoche zeigten sich im 13. Jh. v. Chr. Umformungen im gesamten Kulturgefüge Zentral-, Süd- u. Westeuropas u. Teilen von Osteuropa. Sie kündigten sich bereits um 1500 v. Chr. in Böhmen, Mähren, Niederösterreich u. der südl. Slowakei im Anlegen von Ringwällen zu Verteidigungszwecken an. Speerspitzen u. Schwerter wurden zu wichtigen Elementen der Bewaffnung; dazu kam der zweirädrige, von Pferden gezogene Streitwagen. In Ungarn, Rumänien, der östl. Tschechoslowakei u. Nordjugoslawien gab es kriegerische Wirren. Am Ende der durch diese noch nicht geklärten Vorgänge ausgelösten Entwicklung stand der Untergang des Hethiterreichs u. der kretisch-myken. Kultur; Ägypten erlebte den Einfall der „Seevölker". In Europa kam es zur Ausbildung der *Urnenfelderkulturen* (→Urnenfelderzeit), die sich in dem Brauch, Urnenfriedhöfe anzulegen, in einer gewissen Einheitlichkeit der Grabform, im Beisetzungsritus, in der Beigabenausstattung u. in formalen Übereinstimmungen der materiellen Hinterlassenschaften äußerte. Die Bronzegußtechnik erlebte eine neue Blüte, es entstanden neue Waffen, Geräte u. Schmuck. Die Urnenfelderkultur behauptete sich in Europa für längere Zeit u. ging im 8. Jh. v. Chr. allmählich in die frühe Eisenzeit (→Hallstattzeit) über.

Durch die Metallgewinnung u. -verarbeitung entstanden spezielle Berufe (Bergbau, Bronzehandwerk), die z. T. auf bestimmte Gebiete konzentriert u. von der sozialen Oberschicht getragen u. bestimmt waren. Für eine arbeitsteilige Organisation der Rohstoffgewinnung u. des Bronzegewerbes spricht die Lage von Bergbaubetrieben abseits der normalen Siedlungen, was sich am besten beim Kupferabbau des Ostalpenraums beobachten läßt, der sich entfernt von den Zentren der südd. Bronzezeitkultur abspielte. Abbaugänge, Sortier- u. Schmelzplätze lagen nach Höhen gestaffelt längs

bronzieren

der Hänge. Auf künstl. Terrassen zerschlug u. zermahlte man das erzhaltige Gestein u. schied es vom tauben Material. Danach wurde ihm mit Hilfe von glimmender Holzkohle Schwefel entzogen u. es anschließend in Öfen über Holzkohle geschmolzen. Für diese Arbeiten benötigte man nach Schätzungen etwa 150 Mann. Holzgeräte, Keramik u. Textilien wurden dagegen weitgehend für den Eigenbedarf angefertigt. Neben den metallenen waren Steingeräte wie Pfeil- u. Speerspitzen noch lange in Gebrauch. Der Ackerbau wurde durch die zunehmende Benutzung des Pflugs u. von Rind u. Pferd als Zugtier intensiviert; auf schlechteren Böden wurde die Viehzucht gefördert u. die Alpwirtschaft ausgebaut. Außer befestigten Höhensiedlungen kennt man aus der frühen B. keine größeren Siedlungsgemeinschaften, aus der mittleren u. jüngeren B. dagegen die vielen, bes. im Alpenvorland u. an den schweizer. Seen aufgedeckten Seeufersiedlungen.

Gegenstände des Totenrituals u. Kults wurden künstler. reich gestaltet: Kleine menschl. Tonfigürchen dienten vermutl. als Erinnerungsbilder Verstorbener. Auf vierrädrigen, bronzenen, ornamentierten oder plastisch geschmückten Wagen wurden vornehme Tote im südosteurop. Raum zur Verbrennungsstätte gefahren. Vogel u. Sonnenscheibe waren im ganzen bronzezeitl. Europa als Sinnbilder bestimmter religiöser Vorstellungen bekannt; auf Helmen, Schilden, Panzern u. Beinschienen angebracht, sollten sie wohl den Schutzcharakter dieser Waffenstücke unterstreichen. Vogelfiguren u. Sonnenräder wurden vielfach auch als Schmuck bzw. Amulett getragen. Die goldbelegte Sonnenscheibe als Denkmal bronzezeitl. Sonnensymbolik hat ihr bekanntestes Beispiel in dem von einem Pferd gezogenen Sonnenwagen von Trundholm (Seeland). Daneben erscheint als drittes Kultsymbol der Kegel; diese aus dünnem Goldblech getriebenen, reich verzierten hohen Gebilde gehören zu den erstaunlichsten Leistungen der mitteleurop. B.kunst. Felszeichnungen in Schweden zeigen Darstellungen wohl von Göttern mit Schiffssymbolen u. Szenen aus dem tägl. Leben. – ▭ 5.1.2.

bronzieren [brɔ̃'siː-], Bronzefarben auf nicht bronzene Gegenstände auftragen, mit Lack, Ölfarbe oder Klebstoff (bei Glas u. Porzellan mit Wasserglas) als Bindemittel.

Bronzino, Agnolo, eigentl. Agniolo di *Cosimo di Mariano*, italien. Maler, *17. 11. 1503 Monticelli bei Florenz, †23. 11. 1572 Florenz; Schüler u. Gehilfe J. *Pontormos*, tätig u. a. für den Hof der Medici, bes. als Bildnismaler; religiöse u. mytholog. Gemälde von großem Figuren- u. Bewegungsreichtum, kühler, manierist. Farbgebung u. harter Umrißführung. Kennzeichnend für die Porträts sind Distanz u. Undurchdringlichkeit des Gesichtsausdrucks. – ▭ 2.4.4.

Bronzit [brɔ̃'sit; der], Mineral der Pyroxengruppe (→Augit); rhombisch; Härte 5–6.

Brook [bruk], Peter, engl. Regisseur, *21. 3. 1925 London; seit 1943 als Regisseur tätig, seit 1962 Mitdirektor der „Royal Shakespeare Company"; unkonventionelle Inszenierungen.

Brooke [bruk], Rupert Chawner, engl. Lyriker, *3. 8. 1887 Rugby, †23. 4. 1915 auf Skyros bei Euböa (gefallen); berühmt durch Kriegsgedichte (Sonett „The Soldier").

Brookit [bru-; der; nach dem engl. Mineralogen H. J. *Brooke*, *1771, †1857], gelbl., rot- bis schwarzbraunes, sprödes Mineral von metallartigem Diamantglanz; rhombisch; Härte 5½–6; Formel: TiO_2.

Brookline ['bruːklain], südl. Vorort von Boston, Massachusetts (USA), 55000 Ew.; Geburtsort J. F. *Kennedys*.

Brooklyn ['bruklin], südl. Stadtteil (Borough, seit 1898) von *New York*, auf dem Westende von Long Island; 2,6 Mill. Ew., davon 14,1% Neger; mit Hafenanlagen, Docks, Werften u. bedeutender Industrie; im S Coney Island mit Bad u. Vergnügungsstätten. – 1636 als holländisches Dorf *Breukelen* gegründet.

Brooks [bruks], 1. Gwendolyn, afroamerikan. Lyrikerin, *7. 6. 1917 Topeka, Kansas; „A Street in Bronzeville" 1945; „Annie Allen" 1949; „Maud Martha" 1953; „Bronzeville Boys and Girls" 1956.
2. Van Wyck, US-amerikanischer Literaturhistoriker, *16. 2. 1886 Plainfield, N. J., †2. 5. 1963 Bridgewater, Conn.; erfaßte die amerikanische Literatur des 19. Jh. unter kulturhistorischem Aspekt.

Hügelgrab bei Hutzel, Niedersachsen

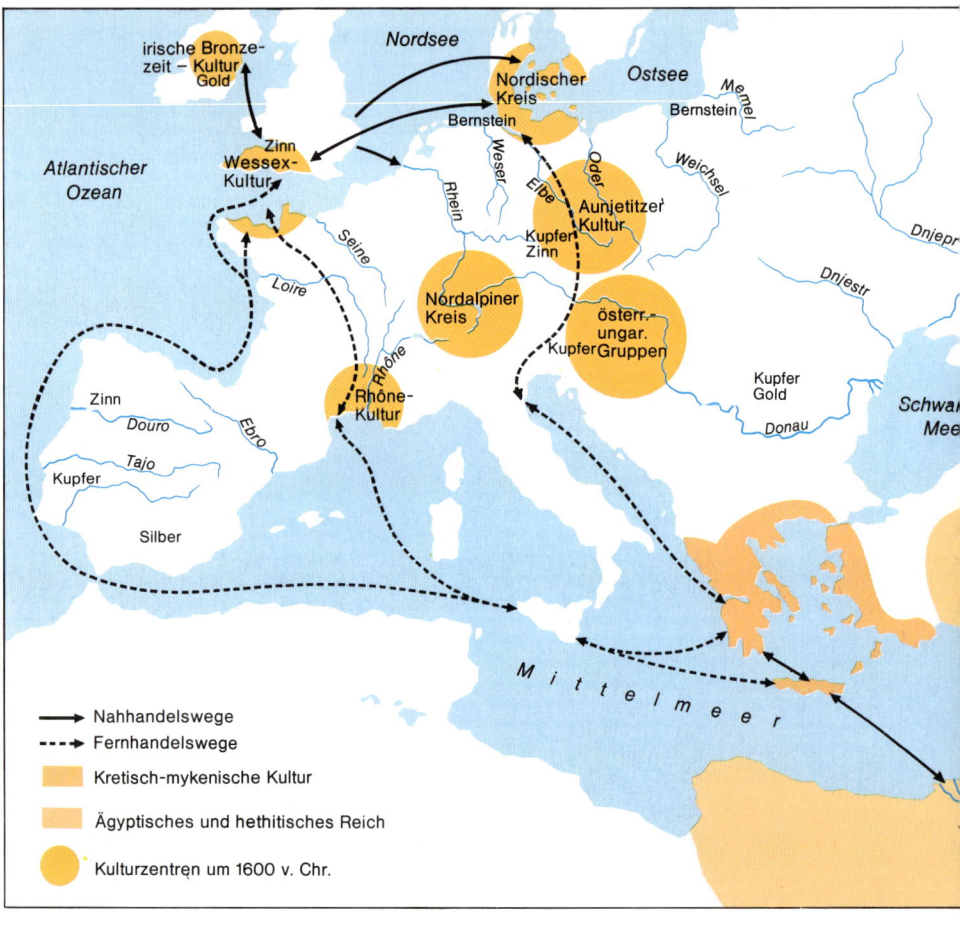

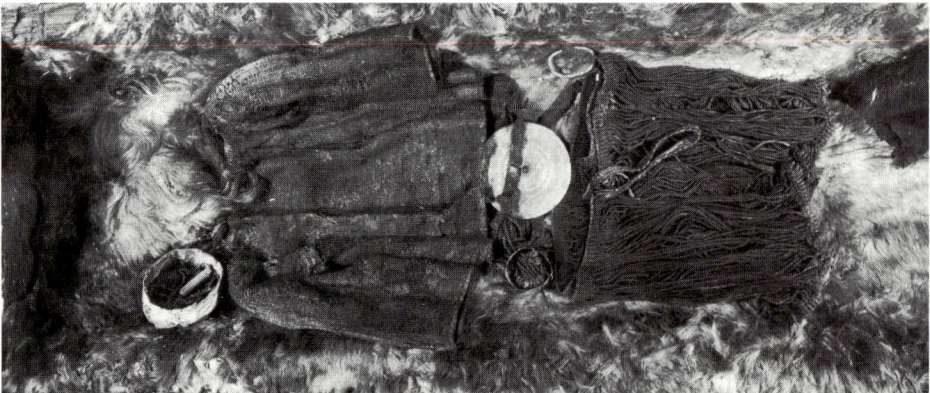

Baumsargbestattung einer Frau

Große Schachtpinge vom bronzezeitlichen Kupferbergbau am Mitterberg bei St. Johann, Österreich

Kupferschmelzplatz am Mitterberg bei St. Johann, Österreich

Sonnenstein von Harpstedt, Krs. Grafschaft Hoya

BRONZEZEIT

a) Halskragen; London, Victoria and Albert Museum. – b) Radnadeln; Neuwied, Kreismuseum. – c) Henkelkrug; Neuwied, Kreismuseum. – d) Rekonstruktion des Dolches von Westerwanna; Hannover, Niedersächsisches Landesmuseum. – e) Hängegefäß und Glocke; Hannover, Niedersächsisches Landesmuseum. – f) Keramik aus Kronstorf, Oberösterreich; Linz, Oberösterreichisches Landesmuseum

Goldkegel von Schifferstadt, Rheinland-Pfalz; Speyer, Museum

Hortfund von Mittermühle, Ldkrs. Laufen; München, Prähistorische Staatssammlung

Beigaben aus einem Männergrab der Wessex-Kultur

Baumsargbestattung eines Mannes

Brookskette

Brookskette: Ausschnitt aus dem Gebirge (Luftbild)

Brookskette [bruks-], Kordillerenhauptkette im N Alaskas (USA); 1000 km lang, im *Mount Doonerak* 3050 m hoch.
Broom [bru:m] →Brougham.
Brosche [frz.], verzierte Vorstecknadel aus Metall.
broschieren, 1. *Buchbinderei:* Hefte oder Bücher ohne Einbanddecke heften oder kleben. Man unterscheidet folgende Möglichkeiten: 1. *Klebebindung* des Buchblocks u. Einleimen im Umschlag; 2. *Holländern*, die gehefteten Bogen werden durch Verleimen am Rücken u. durch den Umschlag zusammengehalten; 3. *eigentliches Broschieren*, die gehefteten Bogen werden durch den Heftfaden oder bei Drahtheftung durch Mitheften von Heftgaze am Rücken miteinander verbunden, aber im Umschlag nur durch Leimen des Rückens befestigt; 4. *Blockheftung*, der gesamte Buchblock wird auf der Oberseite her durch den Umschlag geheftet. →auch Broschüre.
2. *Weberei:* einen Stickschuß mustermäßig eintragen; der Stickschuß geht also nicht über die gesamte Webbreite; z.B. bei Geweben *(broschierte Gewebe, Broché)*, Bändern, Teppichen.
broschierte Gewebe, *Broché*, Krawatten-, Kleider- u. Dekorationsstoffe, bei denen durch eingewebte Muster die Wirkung von Stickerei nachgeahmt wird.
Broschur [die; frz.], das Binden von wenigen Druckbogen in einen Papierumschlag; auch das so entstandene Heft oder Buch (Broschüre); →broschieren (1).
Broschüre, *Broschur* [die; frz.], Flugschrift, Essay, kleines Buch mit Papp- oder Papierumschlag. Die Druckbogen sind nur zusammengeheftet *(broschiert).*
Brosio, Manlio, italien. Politiker, *10. 7. 1897 Turin; 1945/46 italien. Kriegs-Min., dann Botschafter (in Moskau, London, Washington, Paris); 1964–1971 Generalsekretär der NATO.
Brosme = Lumb.
Brosse [brɔs], Salomon de, französ. Architekt, *vor 1562 (oder um 1571) Verneuil-sur-Oise, begraben 9. 12. 1626 Paris; Schöpfer des sog. *Hugenottenstils* in der französ. Baukunst (Verbindung italien. Großartigkeit mit hugenottisch-strenger Nüchternheit); Hptw.: Luxembourg-Garten und -Palast, Paris, 1613–1621; Fassade der spätgot. Kirche St.-Gervais, Paris; Hugenottentempel in Charenton, 1621–1623.
Brot, aus aufgelockertem Teig durch Erhitzung *(Backen)* bereitetes Nahrungsmittel. Zur Teigherstellung werden 100 Teile Mehl (hauptsächl. Roggen- u. Weizenmehl oder Gemische davon, seltener andere stärkehaltige Pulver von Pflanzensamen) mit rd. 70 Teilen Wasser (auch Milch), einem Teigauflockerungsmittel u. etwas Kochsalz gemischt u. zu einem zähweichen Teig geknetet. Als Teigauflockerungsmittel verwendet man Hefe oder Sauerteig, die den Abbau eines Teils der Mehlstärke zu Glucose, mit nachfolgender, unter Bildung von Äthylalkohol u. Kohlendioxid verlaufender Gärung bewirken, oder Backpulver, die in der Backhitze unter Gasentwicklung (Kohlendioxid) zerfallen. Durch die entweichenden Gase bzw. den Alkoholdampf wird der Teig aufgelockert, u. man erhält so ein poröses B.
Gebacken wird das B. in mit Holz, Briketts, Dampf, Öl, Leuchtgas oder elektr. geheizten Öfen bei Temperaturen zwischen 250 u. 290°C, wobei die Hefepilze abgetötet werden, die Stärkekörner platzen u. verkleistern, ein Teil der Stärke (bes. in der Kruste) zu Dextrinen abgebaut wird, die Eiweißbestände gerinnen u. der Wassergehalt auf etwa 40% sinkt. Von 1 Teil Mehl erhält man etwa 1,5–1,6 Teile B.
Weiß-B. wird aus feinem Weizenmehl, *Grau-B.* aus Roggenmehl, *Vollkorn-B.* aus ungeschälten Körnern hergestellt. Das an Karamel- u. Dextrinstoffen reiche *Schwarz-B. (Pumpernickel)* bereitet man aus mit Sauerteig gelockertem Roggenschrotteig durch etwa 12stündiges Backen bei 150–180°C unter Einwirkung von Wasserdampf. Bei allen B.sorten wird durch das Backen infolge chem. u. physikal. Veränderungen die Verdaulichkeit des Mehls erhöht. Je nach der Sorte schwankt die Zusammensetzung des B.s zwischen folgenden Werten: Eiweiß 6,5–8,0%, Fett 0,3–1%, Kohlenhydrate (Stärke, Dextrine Zucker) 47–58%, Wasser 34–43%, Mineralstoffe etwa 2%; Nährstoffgehalt: 230–270 Kalorien pro 100 g. Von großer Bedeutung ist der Gehalt des B.s, vor allem des aus wenig ausgemahlenem Mehl hergestellten, an Vitaminen, bes. an Vitamin B, daneben auch Vitamin A u. E. →auch Gebildbrot. – ▭ 1.2.1.
Brotfruchtbaum, indisch-malaiischer B., *Artocarpus incisa*, wichtiger Nutzbaum aus der Familie der *Maulbeergewächse*. Das Holz wird beim Haus- u. Bootsbau u. für die Herstellung von Geräten verwendet. Die Früchte dienen der Ernährung der Eingeborenen; das zu Scheiben geschnittene Innere der unreifen Früchte wird auf heißen Steinen gebacken u. ist dann eine Art Dauerproviant. Die kastanienartigen Samen dienen in geröstetem Zustand ebenfalls als Nahrungsmittel. Aus dem Fruchtfleisch wird Handelsstärke gewonnen.
Brot für die Welt, Motto für eine Hilfskampagne aller ev. Kirchen in Dtschld. gegen Armut u. Verelendung in der ganzen Welt; seit 1959 alljährlich als Sammlung vom *Diakonischen Werk der EKD* veranstaltet. – ▭ 1.8.7.
Brotherhood Movement [ˈbrʌðəhud ˈmuːvmənt; engl., „Bruderschaftsbewegung"], christl.-soziale Bewegung in England, seit 1875 bzw. 1908; 1919 wurde ein Weltbund des B. M. gegründet.

Brot für die Welt

Brotkäfer, *Stegobium paniceum*, bis 4 mm langer, rotgelber *Klopfkäfer*, als Larve schädl. an altem Brot, Kuchen, Schiffszwieback u. ä., auch Lochfraß an Büchern; Bekämpfung: Vergasung mit Phosphorwasserstoff.
Brotnußbaum, *Brosimum alicastrum*, in Zentralamerika u. auf den Antillen heim. Gattung der *Maulbeergewächse*. Die haselnußgroßen Samen werden roh u. gekocht gegessen.
Brotröster, *Toaster*, elektr. beheiztes Gerät zum Rösten (Toasten) von Brotscheiben mit Hilfe von Glimmerheizelementen.
Brotterode, Luftkurort u. Wintersportplatz im Krs. Schmalkalden, Bez. Suhl, am Südfuß des Inselsbergs, 580 m ü.M., 4100 Ew.
Brotuliden, Fische, →Schlangenfische.
Brough [brə; engl.] →Borough.
Brougham [bru:m; engl.], *Broom*, von dem engl. Staatsmann Lord Henry B. (*1779, †1868) eingeführter eleganter, geschlossener zweisitziger Einspänner.
Brouwer [ˈbrauər], **1.** Adriaen, fläm. Maler, *1605/06 Oudenaarde (?), †Ende Jan. 1638 Antwerpen; in Amsterdam tätig, 1626–1631 in Haarlem, dort von F. *Hals* entscheidend beeinflußt. B.s Gemälde u. Zeichnungen geben derb-realist. Schilderungen des niederländ. Bauernlebens, bes. dramat. zugespitzte Rauf-, Spiel-, Kneipen- u. Dorfarztszenen mit wenigen großen Figuren. Ausgehend von der drast. grellfarbigen fläm. Malweise, gelangte B. allmähl. zu größerer Ausgeglichenheit der Komposition u. Einheit des Kolorits. Seit 1632 malte er auch Landschaften. – ▭ 2.4.5.
2. Luitzen Egbertus Jan, niederländ. Mathematiker, *27. 2. 1881 Overschie, †2. 12. 1966 Amster-

Brotformen: a) Cebaca, Portugal; b) Ulmer Zuckerbrot; c) Brot, 9. Jh.; d) Stutzweck, Hessen; e) Braunschweiger Knustbrot

dam; Begründer des mathemat. Intuitionismus, wonach der Satz vom „ausgeschlossenen Dritten" für unendl. Gesamtheiten nicht aufrechtzuerhalten ist; führte die Mathematik auf das intuitive Erlebnis der natürl. Zahlenfolge zurück.

Brown [braun], **1.** Charles Brockden, US-amerikan. Schriftsteller, *17. 1. 1771 Philadelphia, †22. 2. 1810 Philadelphia; gestaltet in Romanen, die dem europ. Schauerroman nahestehen, seel. Regungen u. Leidenschaften bis ins Abgründige: „Wieland" 1798; „Edgar Huntley" 1799, dt. 1857.
2. Ford Madox, engl. Maler, *16. 4. 1821 Calais, †11. 10. 1893 London; ausgebildet in Belgien, Paris u. Rom, seit 1846 in London tätig. Durch seinen Schüler D. G. *Rossetti* erhielt B. enge Verbindung zum Kreis der Präraffaeliten. Das Werk seiner Hauptschaffenszeit trägt stark präraffaelit. Züge, später schuf B. mit romant.-märchenhaften Stilmitteln Bibelillustrationen u. Historienbilder. Hptw.: Wandbilder in Manchester, Town Hall, 1878–1893. – 2.5.6.
3. George, seit 1971 Baron *George-Brown*, brit. Politiker (Labour Party), *2. 9. 1914 Southwark; 1966–1968 Außen-Min.
4. John, US-amerikan. Freischärler (Abolitionist), *9. 5. 1800 Torrington, Conn., †2. 12. 1859 bei Charlestown, Va. (gehängt); befehligte im Freikorps in Kansas 1856 („Bleeding Kansas") u. versuchte durch Handstreich auf Harper's Ferry, Virginia, 1859 einen Sklavenaufstand zu entfesseln. B. wurde jedoch von R. E. *Lee* gefangen u. nach einem Gerichtsverfahren hingerichtet. Von der Antisklavereibewegung als Märtyrer verehrt, lebte sein Andenken im Volkslied fort („Battle song of the Republic").
5. Robert, engl. Botaniker, *21. 12. 1773 Montrose, Schottland, †10. 6. 1858 London; 1835 Leiter der Abteilung Botanik im Brit. Museum London; entdeckte den Kern als regelmäßigen Zellbestandteil. Nach ihm benannt die *B.sche Molekularbewegung.*

Brown, Boveri & Cie. [braun-], *AG Brown, Boveri & Cie.*, Abk. *BBC*, Baden, Aargau, schweizer. Unternehmen der Elektroindustrie, 1891 als KG gegr., 1900 in eine AG umgewandelt; Grundkapital: 385,5 Mill. sfrs. – Die dt. Tochtergesellschaft *Brown, Boveri & Cie. AG*, Mannheim, stellt Gas- u. Dampfturbinen, Generatoren, Transformatoren, Motoren, Elektroöfen, Kühlschränke u. -anlagen, Installationsmaterial, Kompressoren, Abgasturbolader u. a. her; Grundkapital: 144 Mill. DM; 36 000 Beschäftigte. Tochtergesellschaften: *H. Römmler GmbH*, Mannheim/Groß-Umstadt; *Isolation GmbH*, Mannheim; *Busch-Jaeger Elektro GmbH*, Mannheim/Lüdenscheid, u. a.

Browne [braun], **1.** Charles Farrar, US-amerikan. humorist. Schriftsteller, *26. 4. 1834 Waterford, Me., †6. 3. 1867 Southampton (England); glossierte als „Artemus Ward" das Leben des Mittelwestens.
2. Sir Thomas, engl. Philosoph u. prakt. Arzt, *19. 10. 1605 London, †19. 10. 1682 Norwich; schrieb das fromme (aber unkirchl.) Werk „Religio medici" 1642.
3. Thomas Alexander, Pseudonym Rolf *Boldrewood*, austral. Erzähler, *6. 8. 1826 London, †11. 3. 1915 Melbourne; Romane aus dem Leben der Goldgräber.

Browning [ˈbrau-, der; nach dem US-amerikan. Erfinder John M. *B.*, *1855, †1925], automat. Feuerwaffe, Selbstladepistole; anstelle des Revolvers um 1900 zuerst im belg. Heer eingeführt, aus Lüttich-Herstal stammend; später auch Mehrladejagdflinte.

Browning [ˈbrauniŋ], Robert, engl. Dichter, *7. 5. 1812 Camberwell bei London, †12. 12. 1889 Venedig; verheiratet mit Elizabeth *Barrett-Browning* (seit 1846). Seine gedankenreichen, von Daseinsfreude u. einer weltgläubigen Religiosität erfüllten Dichtungen („Men and Women" 1855; „Der Ring und das Buch" 1868/69, dt. 1927) sind durch eigenwillige Sprache, Gedankensprünge u. Verwendung dramat. Dialoge gekennzeichnet. In dramat. Monologen u. Lesedramen („Pippa geht vorüber" 1841, dt. 1903) zeigt B. sich als Meister psycholog. Durchdringung. – 3.1.3.

Brownsche Molekularbewegung [ˈbraun-], die von dem engl. Botaniker R. *Brown* 1827 entdeckte Zitterbewegung, die mikroskop. kleine Teilchen (z. B. Staub) in Gasen oder Flüssigkeiten ausführen; beruht auf den unregelmäßigen Stößen der Moleküle des umgebenden Mediums. – 7.5.2.

Brown-Séquard [braun seˈkaːr], Charles

Adriaen Brouwer: Das Gehör. München, Alte Pinakothek

Edouard, französ. Physiologe, *8. 4. 1817 Port-Louis, Mauritius, †2. 4. 1894 Paris; begründete durch bahnbrechende Versuche über die Funktionen der Nebennieren („Recherches expérimentales sur la physiologie des capsules surrénales" 1856) die Lehre von der inneren Sekretion.

Broye [brwa], Fluß in der Schweiz, 86 km; entspringt in den westl. Freiburger Alpen, fließt in nördl. Richtung durch das Schweizer Mittelland vorbei an Moudon u. Payerne, durch den Murtensee u. mündet in den Neuenburger See.

BRT, Abk. für Bruttoregistertonne.

Bruay-en-Artois [bryɛ anarˈtwa], nordfranzös. Stadt im Dép. Pas-de-Calais, nordwestl. von Arras, 28 600 Ew.; Steinkohlengruben u. Kokereien.

Brubeck, Dave, US-amerikan. Jazzpianist u. Combochef, *6. 12. 1920 Concord, Calif.; vertritt die Cool-Richtung, studierte bei Darius *Milhaud* u. Arnold *Schönberg*, gründete 1951 ein Quartett (das bis 1967 bestand), 1968 ein weiteres; stilist. häufig intellektuell auf Kosten von Swing, Intensität u. Drive; populär durch häufige Konzerte in Colleges u. Universitäten, bei Musikern durch interessante Konzeptionen, vor allem im Rhythmus (Kompositionen u. Improvisationen im $^3/_4$-, $^5/_4$-, $^7/_8$-Takt u. a. Taktarten, die bis dahin im Jazz ungewöhnl. waren).

Bruce [bruːs], **1.** schott. Adelsgeschlecht, gewann 1306 mit Robert B. (*1274, †1329) den schott. Thron, verlor ihn aber schon 1371 wieder mit David II. B. (*1324, †1371) an das Haus Stuart.
2. David, US-amerikan. Diplomat, *12. 2. 1898 Baltimore, Maryland, †5. 12. 1977 Washington, D.C.; 1949–1952 Botschafter in Paris, 1952/53 stellvertr. Außen-Min., 1957–1959 Botschafter in Bonn, 1961–1969 in London; leitete 1970/71 die US-Delegation bei den Vietnam-Friedensgesprächen; 1973/74 diplomat. Vertreter in Peking.
3. Sir David, brit. Militärarzt, *29. 5. 1855 Melbourne, †27. 11. 1931 London; wies 1887 den Erreger des →Maltafiebers, *Brucella melitensis*, nach.
4. James, schott. Afrikareisender, *14. 12. 1730 Kinnaird, Schottland, †27. 4. 1794 London; gilt als erster moderner Äthiopienforscher; entdeckte die Quellen des Blauen Nil.

Brucellen, *Bruzellen* [nach dem brit. Militärarzt Sir David *Bruce*], unbewegl., gramnegative Stäbchenbakterien von geringer Länge, Erreger der *Brucellosen*: *Brucella abortus Bang* (Erreger der *Bangschen Krankheit*), *Brucella melitensis* (Erreger des *Maltafiebers*), *Brucella suis* (Erreger des seuchenhaften Verferkelns der Schweine).

Brucellosen, durch *Brucellen* (Bakterien) hervorgerufene Krankheiten bei Mensch u. Tier: 1. seuchenhaftes Verkalben der Rinder (→Abortus Bang); 2. →Maltafieber bei Mensch, Schaf u. Ziege; 3. seuchenhaftes Verferkeln der Schweine (→Schweine-Brucellose). Die Erreger aller drei Erkrankungen sind nahe verwandt u. können verschiedene Tierarten befallen, alle sind menschenpathogen. Brucellose bei Wiederkäuern ist anzeigepflichtig.

Bruch, **1.** *Geologie*: vertikale Verschiebung; →Verwerfung.
2. *Jagd*: gebrochener Zweig, der für den Jäger eine bestimmte Bedeutung hat; ursprüngl. Merk- u. Hinweiszeichen, heute im jagdl. Brauchtum festgehalten. Ein grüner B. von bestimmten Laub- u. Nadelhölzern wird dem Erleger eines zur Hohen Jagd zählenden Wildes überreicht.

3. *Landschaftskunde:* [der oder das], mit Erlen- u. Weidensträuchern u. -bäumen *(Bruchwald)* bestandenes Sumpfgelände; nach Trockenlegung nutzbar.

4. *Mathematik:* das Verhältnis a/b, worin a der *Zähler* u. b der *Nenner* heißt. Beim *echten B. (gemeinen B.)* ist der Zähler kleiner als der Nenner (z.B. $^2/_9$), beim *unechten B.* größer ($^9/_2 = 4^1/_2$; $4^1/_2$ heißt *gemischte Zahl*). Ist der Zähler 1 ($^1/_3$, $^1/_9$), so heißt der B. *Stammbruch.* Vielfache von Stammbrüchen heißen *abgeleitete Brüche*. Beim *uneigentlichen B.* ist der Zähler das Ein- oder Vielfache des Nenners ($^6/_6 = 1$, $^6/_2 = 3$). Brüche mit gleichen Nennern heißen *gleichnamig*; *ungleichnamige Brüche* haben verschiedene Nenner. Der *Dezimal-B.* hat 10 oder eine Potenz von 10 zum Nenner, z.B. $^5/_{10}$, $^2/_{100}$, geschrieben 0,5, 0,02. Für die Rechnung mit Brüchen *(B.rechnung)* gelten folgende Regeln: a) ein unechter B. wird in eine ganze Zahl u. einen echten B. verwandelt, z.B. $^{19}/_4 = 4^3/_4$; b) ein B. wird gekürzt, indem man Zähler u. Nenner durch die gleiche Zahl dividiert, z.B. $^{24}/_{30} = {}^4/_5$ (kürzen mit 6); c) ein B. wird erweitert, indem man Zähler u. Nenner mit der gleichen Zahl multipliziert, z.B. $^5/_9 = {}^{10}/_{18}$ (erweitern mit 2); d) beim Addieren u. Subtrahieren müssen ungleichnamige Brüche erst auf den *Hauptnenner* gebracht (gleichnamig gemacht) werden, d.h., es muß das kleinste gemeinsame Vielfache gesucht werden, z.B. $^2/_3+{}^3/_4+{}^5/_6 = {}^8/_{12}+{}^9/_{12}+{}^{10}/_{12} = {}^{27}/_{12} = {}^9/_4 = 2^1/_4$; e) bei der Multiplikation werden die Zähler u. Nenner für sich multipliziert, z.B.

$$\frac{5}{6}\cdot 7 = \frac{5\cdot 7}{6} = \frac{35}{6} = 5\frac{5}{6};\ \frac{5}{6}\cdot\frac{7}{11} = \frac{5\cdot 7}{6\cdot 11} = \frac{35}{66};$$

f) bei der Division wird der erste Bruch mit dem *reziproken Wert (Kehrwert)* des zweiten multipliziert, z.B.

$$\frac{5}{6} : \frac{7}{11} = \frac{5\cdot 11}{6\cdot 7} = \frac{55}{42} = 1\frac{13}{42}.$$

→auch Doppelbruch. – 🄻 7.0.3.

5. *Medizin:* 1. →Knochenbruch; 2. *Gewebs-* u. *Eingeweide-B. (Hernie)*, das Durchtreten von Geweben oder Eingeweiden durch vorgebildete Lükken in den bedeckenden u. benachbarten Geweben. Beim Gewebs-B. (Muskelhernie) treten durch Verletzung u. Riß der Bindegewebshüllen Teile des Muskels heraus u. werden eingeklemmt. Beim Eingeweide-B. wird zwischen innerem u. äußerem B. unterschieden: Beim *inneren B.* treten Teile des Magen-Darm-Kanals, der Blase oder Geschlechtsorgane durch vorgebildete innere Lücken am Netz, am Zwerchfell u. an den Gekrösefalten, durch Verwachsungsstränge gebildete Lücken u.a. u. können sich einklemmen. Beim *äußeren B.* treten Eingeweide durch Lücken der Bauchmuskulatur, die von Natur gegeben sind u. sich bei vorhandener Gewebsschwäche oder Entwicklungsstörungen ausbilden *(B.pforten)*. Man unterscheidet hier *Leisten-*, *Schenkel-* u. *Nabel-B.* Auch durch Narben in den Bauchdecken können sich B.pforten bilden (Narben-B.). Durch körperl. Anstrengungen (Heben von Lasten, Schreien, Pressen) können die Eingeweide in die B.säcke treten, die sich unter der Außenhaut über B.pforten bilden. Solange der B. aus dem Sack zurückgedrückt werden kann (reponibel ist), besteht keine direkte Gefahr. Bei Einklemmungen treten heftige Schmerzen, Erbrechen, danach Bauchfellentzündung u. Brandigwerden der abgeschnürten Teile ein. Diese B.einklemmungen *(Inkarzerationen)* müssen sofort ärztl. behandelt werden (Operation). Durch Bandagen *(B.bänder)* werden die B.pforten behelfsmäßig verschlossen, endgültig durch Operation.

6. *Werkstoffkunde:* Zerstörung eines Werkstoffs infolge Überschreitens seiner Festigkeit durch Zug- oder Schubbeanspruchung. Danach wird *Spröd-* oder *Trennungs-B.* (bei Zug) u. *Gleit-B.* (bei Schub) unterschieden. Bei Druck tritt die Zerstörung durch Knicken oder Schub ein. →auch Dauerbruch.

Bruch, 1. Max, Dirigent u. Komponist, *6. 1. 1838 Köln, †2. 10. 1920 Berlin; Spätromantiker; Opern (u.a. „Loreley" 1863), Orchester-, Chor- u. Instrumentalwerke; bes. erfolgreich: Violinkonzert in g-Moll.

2. Walter, Ingenieur, *2. 3. 1908 Neustadt, Weinstraße; entwickelte das Farbfernsehsystem →Pal.

Bruchbau, *Bergbau:* alle Abbauverfahren, bei denen man nach Herausnehmen des Lagerstätteninhalts die über der Lagerstätte liegenden Schichten zusammenbrechen läßt. →auch Bruchfeld.

Bruchberg, Gipfel im *Harz*, südöstl. von Altenau, 925 m.

Brüche, Ernst, Physiker, *28. 3. 1900 Hamburg; 1928–1945 im Forschungsinstitut der AEG, baute nach 1945 ein eigenes Forschungsinstitut in Mosbach, Baden, auf; entwickelte 1931 das erste elektrostat. Elektronenmikroskop; Herausgeber der Zeitschrift „Physikalische Blätter".

Bruchfeld, Abschnitt der Tagesoberfläche, der infolge des Einsturzes (durch bergbaul. Einwirkungen entstandener) unterird. Hohlräume eingebrochen ist oder einzubrechen droht; oft über Lagerstätten, die im *Bruchbau* abgebaut werden. →auch Bergschaden.

Bruchfrucht, eine →Frucht, die bei der Reife in einsamige Bruchstücke zerfällt, die Teilen von Fruchtblättern entsprechen; z.B. die Gliederschote des Radieschens, die Klausenfrüchte der Lippenblütler u. Rauhblattgewächse.

Bruchkraut, *Herniaria*, Gattung der *Nelkengewächse*; im Mittelmeergebiet heim., einige Arten auch bei uns auf sandigen Plätzen u. Triften. Verbreitet ist das *Kahle B., Herniaria glabra*; das Kraut *(Herba Herniariae)* dient als harntreibendes Mittel (früher auch Anwendung bei Unterleibsbrüchen).

Brucholle̱rie →La Brucholle̱rie, Monique de.

Bruchrechnen, das Rechnen mit Brüchen; →Bruch (4).

Bruchsal, baden-württ. Stadt am Rand des Kraichgaus zur Rheinebene, 37000 Ew.; Schloß (18. Jh.) mit Treppenhaus von B. Neumann; Elektro-, Maschinen-, Metallwaren-, Holz- u. Papierindustrie, Hopfen-, Tabak- u. Weinbau.

Bruchstein, gebrochener Naturstein, der unbearbeitet zu unregelmäßigem B.mauerwerk verarbeitet wird. B.platten, gespalten oder gesägt, werden für Einfassungen u. Verkleidungen verwendet.

Bruchstufe, *Geologie:* durch Bruchtektonik entstandene Landstufe. Längs einer Bruchlinie fand eine vertikale Verschiebung von Schollen statt (z.B. Erzgebirge, Schwarzwald, Vogesen).

Bruchwald, auf wasserreichem, saurem Humusboden stockender Wald aus Erlen u. Weiden.

Bruchwasserläufer, *Tringa glareola*, kleiner Sumpf- u. Ufervogel der *Schnepfenähnlichen* in Nordeurasien.

Bruchweide →Weide.

Bruci̱n [das; nach dem schott. Gelehrten J. *Bruce*], *Dimethoxystrychnin*, in den Samen der ostind. Brechnuß, *Strychnos nux vomica*, vorkommendes, strychninähnl. Alkaloid; verwendet in der chem. Analyse zum Nachweis von salpetriger Säure u. Zinn sowie in der Pharmazie. B. ist ein starkes krampfauslösendes Gift.

Bruci̱t [der; nach dem US-amerikan. Mineralogen A. *Bruce*, *1777, †1818], *Talkhydrat*, Magnesiumhydroxid, $Mg(OH)_2$, grünes, perlmutterartig glänzendes Mineral; Härte 2,5; im Dolomit.

Bruck, 1. *B. an der Großglocknerstraße*, österr. Gemeinde am Südufer der Salzach, im Pinzgau, am Eingang des Fuscher Tals u. als Ausgangspunkt für die Großglocknerstraße vielbesuchte Sommerfrische; 755 m ü.M., 3550 Ew.

2. *B. an der Leitha*, Bez.-Hptst. in Niederösterreich, an der Grenze zum Burgenland, 6800 Ew.; Schloß Prugg; Zuckerfabrik.

3. *B. an der Mur*, österr. Bez.-Hptst. in der Steiermark, an der Mündung der Mürz in die Mur, 16500 Ew.; Ruinen der alten Festung *Landskron*; Verkehrsknotenpunkt; reges gewerbl. Leben, Stahl-, Eisen- u. Kupferwerke, Holz- u. Papierindustrie.

Brücke, 1. *Anatomie:* lat. *Pons*, Verbindungsfasern der Kleinhirnhälften; →Gehirn.

2. *Elektrotechnik:* →Wheatstonesche Brücke.

3. *Ingenieurbau:* ein Bauwerk, das den Zweck hat, einen Verkehrsweg, ein Gerinne, eine Leitung u.ä. über ein Hindernis (Gewässer, Verkehrsweg, Schlucht, Siedlung) hinwegzuführen. Dient die B. nur dem Fußgängerverkehr, spricht man von *Steg. Aquädukte* heißen die B.n für Wasserleitungen. Kleine B.n zur Unterführung eines Weges oder Bachs unter einer Straße, Eisenbahn u.ä. heißen *Durchlaß*. →auch Behelfsbrücken, Hochstraßen.

An einer B. sind folgende Teile zu unterscheiden: *Unterbau (Widerlager* u. *Zwischenpfeiler* samt Gründung), *Lager* bzw. *Gelenke* u. *Überbau (Tragwerk* mit *Fahrbahn)*, die *Hauptöffnung(en)* u. die *Seitenöffnungen* mit den anschließenden *Rampen* oder *Rampenbrücken*. Die wichtigsten Maße einer B. sind: die *Stützweite* oder *Spannweite* (von Lager zu Lager), die *lichte Weite*, die *lichte Höhe* (bei Fluß-B.n mit dem Wasserstand wechselnd), die *Bauhöhe* oder →Konstruktionshöhe (von Konstruktionsunterkante bis Fahrbahnoberkante), die *lichte Breite* u. schließl. die *Gesamtlänge*, die sich über sämtliche B.nöffnungen erstreckt.

B.n lassen sich nach den verschiedensten Gesichtspunkten einteilen: nach dem Baustoff in Holz-, Stein-, Stahl-, Beton-, Stahlbeton- u. Spannbeton-B.n; nach dem Zweck in Straßen-, Eisenbahn-, Kanal-, Rohrleitungs-B.n u.a.; nach dem statischen System des Tragwerks in →Balkenbrücken, →Bogenbrücken u. →Rahmenbrücken (eingespannt, Eingelenk-, Zweigelenk-, Dreigelenkbogen bzw. -rahmen), Hänge-B.n u. B.n mit Schrägseilen; in B.n mit Vollwand- u. mit Fachwerkträgern; in gerade u. schiefe (linksschiefe u. rechtsschiefe) B.n; in feste u. bewegliche (Klapp-, Dreh-, Hub- u. Roll-B.n), deren Überbau entfernt oder hochgehoben werden kann, um durchfahrenden Schiffen Platz zu machen; in B.n mit der Fahrbahn oben (oberhalb des Tragwerks), in der Mitte oder unten. Die B.n aus Stein, Beton oder Stahlbeton nennt man Massiv-B.n.

Entwurfsgrundlagen: B.n haben vor allem vier Forderungen zu erfüllen: Sicherheit, Zweckmäßigkeit, Schönheit u. Wirtschaftlichkeit. Davon hat die Sicherheit unbedingten Vorrang. Bei Einhalten der derzeit geltenden Vorschriften u. Normen u. anerkannten Regeln der Technik kann volle Sicherheit heute als unbedingt gewährleistet gelten. Die ästhetische Erscheinungsform einer B. steht weder zu ihrer Zweckmäßigkeit noch zur Wirtschaftlichkeit im Widerspruch. Die günstigsten Lösungen einer B.n-Bauaufgabe lassen genug Spielraum für eine auch ästhet. befriedigende Formgebung. Türme, Ornamente, Zierat u. anderes nicht funktionsbedingtes Beiwerk widersprechen dem heutigen Geschmack. Statt dessen sind gut abgestimmte Maßverhältnisse, geschickte Verteilung von Licht u. Schatten, ruhige Umrißlinien u. Einfügung in die Umgebung die Stilmittel des modernen B.nbaus. Sinn u. Zweck des Bauwerks, nämlich den Verkehr über ein Hindernis hinwegzuführen, wird am überzeugendsten durch Betonen der Fahrbahn ausgedrückt. Diese Forderung ist immer dann erfüllt, wenn die Fahrbahn den Abschluß der gesamten Konstruktion nach oben bildet: so bei gewölbten B.n, Sprengwerk-B.n, Vollwandbalken u. Bogen mit aufgeständerter Fahrbahn. Bei den Hänge-B.n besteht über den Zweck eines jeden Bauteils kein Zweifel; es bereitet hier auch keine Schwierigkeiten, darüber hinaus noch die Fahrbahn bes. zu betonen. Die Rialto-B., Tower-B. u. Firth-of-Forth-B. sind Beispiele, daß sich vorbildliche Lösungen auch dort finden lassen, wo das Auge dem Verlauf der Fahrbahn nicht ohne weiteres folgen kann. – Ein gewisser Widerstreit besteht zwischen Zweckmäßigkeit u. Billigkeit. Die billigste Lösung besteht darin, den Verkehrsweg an einer günstigen Stelle an das Hindernis (z.B. an den Fluß) heranzuführen u. dieses dann senkrecht zu überqueren. Diese Lösung wurde früher regelmäßig gewählt u. gilt auch heute noch für wenig befahrene Waldstraßen u. Wirtschaftswege. Moderne Autobahnen setzen sich jedoch über alle Hindernisse hinweg, ohne sich in ihrer zügigen Linienführung beeinträchtigen zu lassen.

Die *Normen* u. gesetzl. Vorschriften beziehen sich vor allem auf die Belastungsannahmen, Abmessungen, Berechnungsverfahren, zulässigen Beanspruchungen der Baustoffe u. Querschnittsbemessung, aber auch auf die Baudurchführung u. die Überprüfung u. Instandhaltung des fertigen Bauwerks. Die *Belastung* setzt sich aus den ständigen Lasten (Eigengewicht) u. den nicht ständigen (Verkehrslast, Wind, Schnee, Brems- u. Beschleunigungskräfte, Anprall von Fahrzeugen, Erdbebenstöße) zusammen. Auch Temperaturänderungen, Quellen u. Schwinden, Nachgiebigkeit eines Auflagers u.a. können zu Beanspruchungen führen, die bei der Berechnung zusätzlich zu berücksichtigen sind. Für jedes einzelne Bauglied ist zu untersuchen, bei welcher Kombination u. Stellung der Lasten die ungünstigste Beanspruchung stattfindet (→Einflußlinien).

Die einfachste Form eines Brückentragwerks ist eine *Platte* (statisch ein Balken auf zwei Stützen). Immer größere Spannweiten werden heute mit einfachen Platten überbrückt. Wird die Weite u. dadurch das Eigengewicht zu groß, erhält die Platte Hohlräume *(Hohlplatte)* oder wird schließl. in ein System von Längs-, Quer- u. Hauptträgern aufgelöst. Heute geht man immer mehr zu den *Hohlkastenträgern* über u. behandelt beim Entwurf den ganzen B.nquerschnitt als einheitl. wirkendes, elastisch verformbares räumliches Gebilde, das auf

Brücke: doppelte Zugbrücke

Biegung u. Torsion beansprucht ist. Fachwerkträger, offene Vollwandträger u. viele Bogen- oder Rahmenträger sind als ebene Gebilde aufzufassen, die aber nur die lotrechten Kräfte aufnehmen. Die horizontalen Kräfte (Wind, Bremsen u. a.) werden teils von der Fahrbahnplatte, teils von horizontal angeordneten *Wind-* u. *Bremsverbänden,* die in der Höhe des Ober- oder Untergurts oder in beiden Ebenen angeordnet sind, aufgenommen. Bei oben offenen B.n sind die Obergurte (Druckgurte) durch biegesteife Eckverbindungen der Fachwerkständer mit den Querträgern dagegen zu sichern, daß sie sich bei Belastung der B. auf die Fahrbahn legen.

Die Montage einer Brücke erfolgt gewöhnlich auf einem *Lehrgerüst* oder im *freien Vorbau.* Bei schiffbaren Gewässern können die Überbauten an Land zusammengestellt u. dann mit Lastkähnen eingeschwommen u. auf die Auflager abgesenkt werden. Durchlaufbalken können in der Verlängerung der B.nachse zusammengebaut u. dann über Widerlager u. Zwischenpfeiler in ihre endgültige Stellung vorgeschoben werden. Überbauten aus Stahl können durch Einschieben des neuen Tragwerks von der Seite her ausgetauscht werden, wobei der Verkehr nur wenige Stunden unterbrochen wird. Zum Schutz gegen Rost erhalten Stahl-B.n einen *Anstrich,* bestehend aus einem oder zwei Grund- u. einem oder zwei Deckanstrichen. Der *Entwurf* zu einer B. wird gewöhnl. vom Bauherrn (Stadtbauamt, Straßenbau- oder Eisenbahnverwaltung u. a.) aufgestellt. Doch pflegt man die Auftragsbewerber zur Abgabe eigener Gegenvorschläge einzuladen. Bei größeren B.n-Bauvorhaben werden meist Wettbewerbe ausgeschrieben.

Geschichte: Die B.n, wie wir sie heute als Bauwerk kennen, gehen auf zwei Urformen zurück: auf den umgestürzten Baum, der die beiden Ufer eines Bachs verbindet, u. auf die Schlinggewächse, die sich von Baum zu Baum ranken. Die Pfahlbauten der Stein- u. Bronzezeit waren bereits durch kunstgerecht gezimmerte Stege u. Plattformen zugänglich. Um leistungsfähigere B.n zu erhalten, wurden zuerst mehrere Bäume nebeneinandergelegt u. dann mit quergelegten Prügeln zu gemeinsamer Wirkung verbunden (das dt. Wort B. ist etymolog. verwandt mit *Prügel*). Wo es die Verhältnisse erforderten (weite B.nöffnungen), war es naheliegend, die Balken in der Mitte zu unterstützen. Ein Fortschritt war die Erkenntnis, daß diese Unterstützung nicht unbedingt aus lotrecht eingerammten Stämmen bestehen muß, sondern daß auch schräg sich an beiden Ufern aufstützende Balken denselben Zweck erfüllen: das *Sprengwerk* war erfunden. Ein weiterer Fortschritt war das *Hängewerk*; es ermöglicht die Anordnung der Fahrbahn unterhalb des Tragwerks. Straßen u. Wege können in Höhe der Ufer weitergeführt werden u. müssen nicht wie beim Sprengwerk an beiden Enden der B. durch Rampen oder Stufen hochgeführt werden. Das Hängewerk setzt jedoch bereits die Kenntnis zugfester Holzverbindungen voraus. Das doppelte u. mehrfache Spreng- u. Hängewerk waren die weiteren Schritte auf dem Gebiet des Holzbrückenbaus; bereits im Altertum wurden so beträchtliche Spannweiten überbrückt: z. B. die Rhein-B. Cäsars, die Trajan-B. über die Donau (mit 21 Öffnungen von je 50 m Stützweite). Auch Schiff-B.n für krieger. Zwecke wurden bereits von den Ingenieuren des Altertums errichtet, z. B. die Brücken über Dardanellen u. Bosporus von *Harpalos* u. *Mandrokles* während der Perserkriege. Neben den Holz-B.n entwickelte sich auch der Bau steinerner B.n bereits bei den Ägyptern u. Sumerern. Er ging aus der Verwendung steinerner Platten hervor u. führte über das →falsche Gewölbe zum echten. Bereits vor fünf- bis sechstausend Jahren entstanden in Ägypten u. Mesopotamien, später auch in Persien u. Griechenland Gewölbereihen von ansehnlicher Gesamtlänge. Unter den Römern erreichte dann der B.nbau eine Höhe, die mehr als tausend Jahre lang nicht mehr übertroffen wurde. Rom (ebenso wie zahlreiche andere Städte) verdankt seine Entfaltung seiner für einen B.nbau günstigen Lage an einem Fluß. In Italien u. den Provinzen entstanden B.nbauten, die z. T. noch heute in Gebrauch sind (z. B. auch die Engelsbrücke in Rom). In vielen außereurop. Ländern erreichte die B.nbautechnik eine Höhe, die die des Abendlands noch übertraf.

Immer u. überall standen die Brücken unter dem besonderen Schutz der Gottheit u. wurden mit dem Übernatürlichen in Zusammenhang gebracht. Die Pontifices – die höchste Priesterklasse Roms – hatten u. a. auch für die Instandhaltung der B.n zu sorgen. (*Pontifex maximus* [etwa „B.nbauoberingenieur"] ist noch heute der offizielle Titel des Papstes.)

Im MA. wurden die Kenntnisse des B.nbaus durch religiöse Orden gepflegt. Religiöse Bruderschaften (z. B. *B.nbrüder*) sorgten für Errichtung u. Unterhalt der B.n u. wandten die an den Domen gewonnene Erfahrung in der Wölbtechnik auf den Bau steinerner B.n an. Im 12. Jh. entstanden u. a.: Donau-B. bei Regensburg (1135–1146), Marien-B. bei Würzburg (1133), Rhône-B. bei Avignon (1177–1185), London Bridge (1176–1209). Mit dem Emporkommen der Städte u. dem Aufschwung von Handel u. Verkehr entstanden immer mehr, darunter auch sehr bemerkenswerte B.n: Ponte Vecchio in Florenz (1345), Karls-B. Prag (1348–1507), Adda-B. bei Trezzo mit 76 m Stützweite (1377), Rialto-B. Venedig (1587–1591). *Leonardo da Vinci* entwarf tragbare Kriegs-B.n, bewegliche B.n u. eine B., die mit einem Bogen von 300 m Stützweite das Goldene Horn überspannen sollte. *Palladio* erfand den Fachwerkträger. Die ersten Fachwerk-B.n, hölzerne Bogen-B.n über den Rhein bei Schaffhausen mit einer Spannweite von 110 m, bauten die Brüder *Grubenmann* allerdings erst 1754.

Der moderne B.nbau als Wissenschaft nahm seinen Anfang mit der Errichtung des *Corps des Ingénieurs des Ponts et Chaussées* 1716 u. der *École des Ponts et Chaussées* 1747, beide in Paris (→Perronet). Materialkunde, Festigkeitslehre u. Statik bilden seither das unerläßliche Rüstzeug des B.nbauers. Neue Verfahren der Stahl- u. Eisenerzeugung (Verwendung der Steinkohle, Puddelprozeß u. a.) ermöglichten zuerst den Gebrauch von Guß- u. später auch von Schmiedeeisen im großen Umfang. Die erste ganz aus Eisen bestehende B. entstand 1779, die erste Ketten-B. 1819–1826, beide in Wales. Der Deutschamerikaner J. A. *Röbling* erbaute – später unterstützt durch seinen Sohn u. Nachfolger – eine große Anzahl von Hänge-B.n. Die geringen Geschwindigkeiten des damaligen Verkehrs gestatteten es, für den Bau einer B. die am besten geeignete Stelle auszuwählen u. die Straße, oft in zahlreichen engen Windungen, an die B. heranzuführen. Die erheblich größeren Geschwindigkeiten der allmähl. aufkommenden Eisenbahnen machten es notwendig, die B. möglichst glatt in die Bahntrasse einzufügen. Größere Gesamtlängen u. Stützweiten, schiefe Kreuzungen, ungünstige Gründungsverhältnisse mußten in Kauf genommen werden. Rechnerische u. zeichnerische Verfahren für die Bemessung der Tragwerke wurden entwickelt (u. a. Ch. O. Mohr, B. P. E. Clapeyron, L. Cremona, K. Culmann, G. D. A. Ritter). H. *Gerber* baute die erste Ausleger-B. (→Gerberträger). Mißgriffe waren nicht zu vermeiden. Schwere Katastrophen (bei der B. über den Tay, die zu Weihnachten 1879 einstürzte, hatte man z. B. den Kräften, die der Wind ausübt, nicht gebührend Rechnung getragen) lehrten, daß nur die vollkommene theoret. Erfassung aller auftretenden Kräfte volle Sicherheit gewährleistet. Verbindliche gesetzl. Vorschriften traten nach u. nach an die Stelle der früher üblichen, willkürlich u. oft leichtsinnig getroffenen Annahmen. Im letzten Viertel des vergangenen Jahrhunderts hatte die Wissenschaft vom B.nbau endlich ein solches Maß an Vollkommenheit erreicht, daß Einstürze kaum noch vorkamen. Gegen die Jahrhundertwende gewann durch Anwendung des Betons wieder der Massivbau an Verbreitung. Nach dem 2. Weltkrieg kam der Spannbeton dazu u. in den letzten Jahrzehnten auch noch der konstruktive Leichtbeton, der Leichtmetallbau, die Verbundbauweisen aus Stahl

Brücke: die über 5000 m lange Seelandbrücke über die Osterschelde

Brücke

Donaubrücke in Regensburg. Gemauerte Gewölbereihe von 305 m Gesamtlänge; errichtet 1135–1146

Türkische Brücke in Mostar (Herzegowina) auf römischen Fundamenten. Steingewölbe von rd. 30 m Spannweite; fertiggestellt 1566

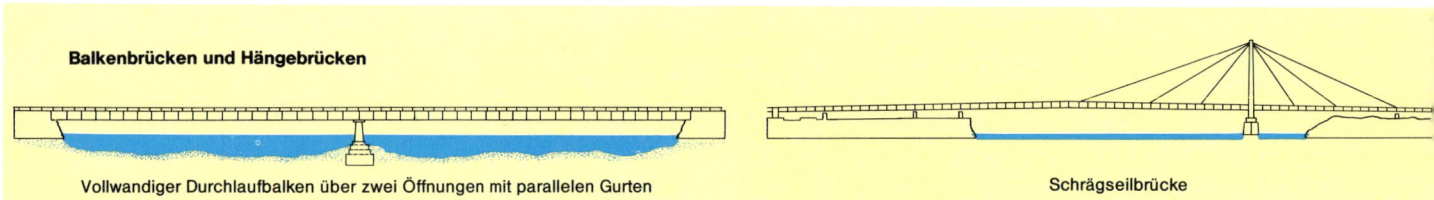

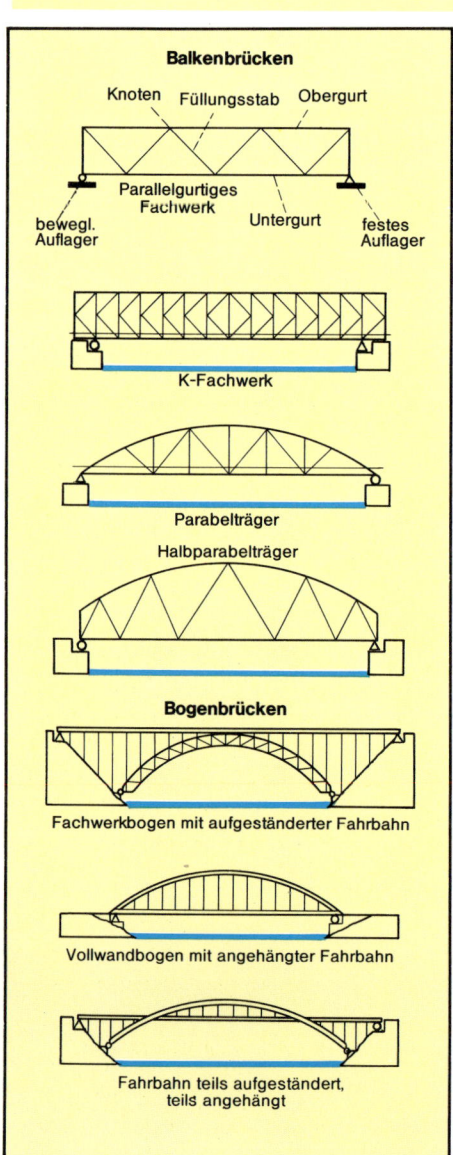

Eisenbahnbrücke über den Firth of Forth (Schottland). Gerberträger mit zwei Öffnungen von je 521 m Spannweite; fertiggestellt 1890

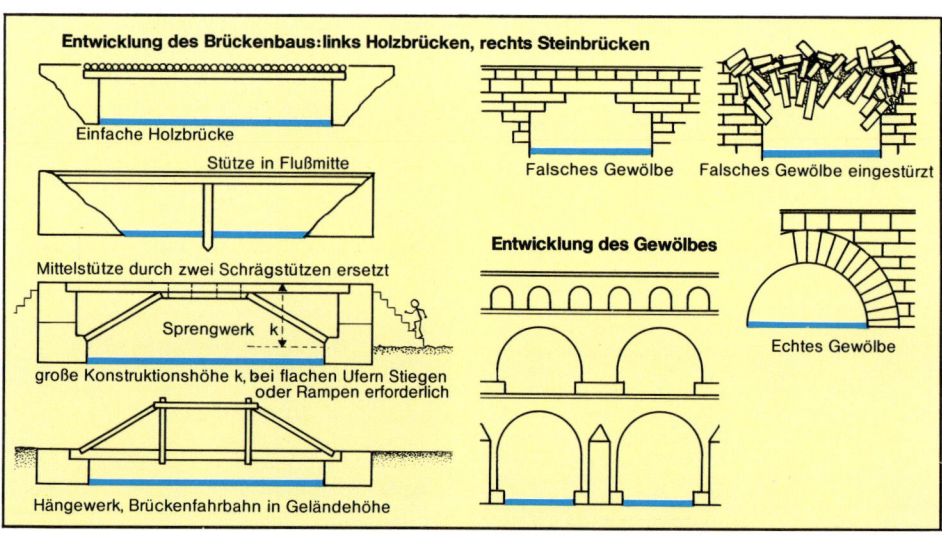

Fehmarnsund-Brücke für Straße und Eisenbahn. Stählerne Stabbogen mit angehängter Fahrbahn; fertiggestellt 1963

Golden Gate Bridge, San Francisco (USA). Hängebrücke mit einer Spannweite von 1280 m; fertiggestellt 1937

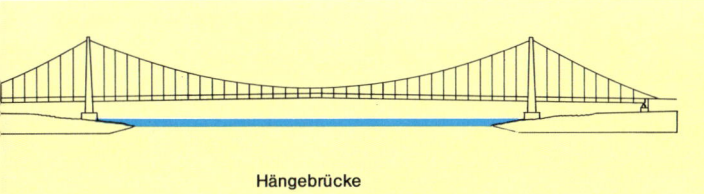
Hängebrücke

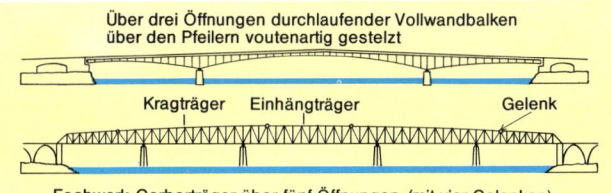
Über drei Öffnungen durchlaufender Vollwandbalken über den Pfeilern voutenartig gestelzt — Kragträger, Einhängträger, Gelenk — Fachwerk-Gerberträger über fünf Öffnungen (mit vier Gelenken)

BRÜCKEN

Europabrücke der Brennerautobahn, 1963. Blechbalkenträger auf Betonpfeilern; Länge 785 m

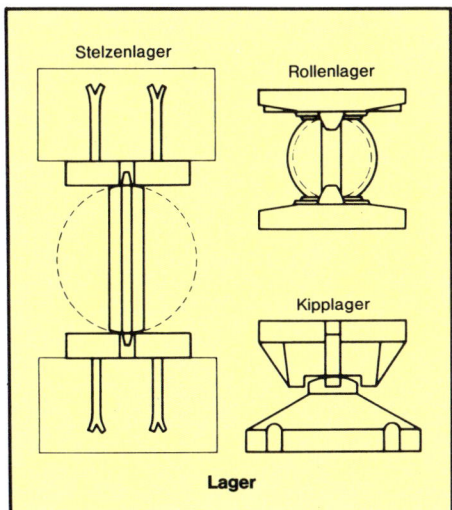
Stelzenlager, Rollenlager, Kipplager — Lager

u. Beton u. der Fertigteilbau. Häufig angewendet wird eine Kombination aus Fertigteilbau u. Betonbau: Die Tragkonstruktion wird aus Fertigteilen hergestellt, die Fahrbahnplatte aus Ortbeton. Die Betrachtung der B. als zweier ebener Systeme von Längs- u. Querträgern weicht immer mehr der Betrachtung der B. als eines Ganzen mit voller Berücksichtigung der auftretenden Torsionskräfte. Die großen Geschwindigkeiten infolge der Motorisierung im Straßenverkehr führten dazu, daß die aus früheren Zeiten stammenden kurzen, den Fluß senkrecht überquerenden B.n im Zuge von Straßenregulierungen immer mehr durch längere schiefe B.n ersetzt werden. Schließl. stellen Autobahnen, Autostraßen, Hochstraßen, Überquerungen von Sümpfen u. von Rutschgelände, von Meeresarmen u. Gebirgen, die Verbindung von Inseln u. Kontinenten den B.nbauer immer wieder vor neue u. vor immer größere Aufgaben, so daß ein Ende der Entwicklung nicht abzusehen ist. Über die elektron. Berechnung von B.ntragwerken →Statik.

4. *Schiffbau:* von Bord- zu Bordwand reichender →Aufbau von beschränkter Länge mittschiffs auf dem Hauptdeck.

5. *Sport:* im *Gerätturnen* eine Gesamtrückbeuge des Körpers, bei der die Hände, beim *Ringen* der Kopf (hohe, flache u. halbe B.) den Boden erreichen.

6. *Zahntechnik:* →Zahnersatz.

„**Brücke**", 1905 in Dresden von K. *Schmidt-Rottluff,* E. L. *Kirchner* u. E. *Heckel* gegründete Vereinigung expressionist. Künstler, der sich später C. *Amiet,* A. *Gallen-Kallela,* E. *Nolde,* M. *Pechstein,* O. *Mueller* u.a. anschlossen. Die Gruppe hatte kein fest umrissenes künstler. Programm u. löste sich 1913 nach Meinungsverschiedenheiten über eine von Kirchner verfaßte „Chronik" auf. Die B.-Künstler holten sich Anregungen bei der Schnitzkunst der Naturvölker sowie bei P. *Gau*guin, V. van *Gogh* u. E. *Munch* u. erstrebten eine archaisierende Formgebung durch Flächenhaftigkeit u. hekt. Farbgebung. Sie bemühten sich bes. um die Graphik als eigenständiges Kunstmittel. Aussagemittel u. führten eine neue Blüte des Holzschnitts herbei. →auch Expressionismus. – ▯ 2.5.1.

Brücke, Ernst Wilhelm Ritter von, Physiologe, * 6. 6. 1819 Berlin, † 7. 1. 1892 Wien; 1848 Prof. in Königsberg, 1849 in Wien; bedeutende Arbeiten in der Reizphysiologie (Selbststeuerung des Herzens), Stoffwechselphysiologie (Blutgerinnung, Pepsinwirkung, Gallenfarbstoffe) u. Sinnesphysiologie (Reizbewegungen). Daneben war B. Mitbegründer der neuzeitl. Phonetik.

Brückenau, Bad B., bayer. Stadt in Unterfranken (Ldkrs. Bad Kissingen), an der Sinn, am Südwestfuß der Rhön, 6200 Ew.; Mineralquellen, Schwefel- u. Moorbad; Textil-, Metall- u. Kabelindustrie. Seit 1310 Stadt.

Brückenbildung, 1. *Kraftwagen:* das Entstehen einer Verbindung (Brücke) aus Rückständen von Antiklopfmitteln an den Polen der Zündkerze; dadurch entsteht eine Zündstörung an Motoren (etwa schlechtes Anspringen oder auch Ausfallen des Motors).

2. *Schüttgut:* Dombildung, Störung beim Ausfluß von Schüttgut am Boden eines Silos, dadurch hervorgerufen, daß sich die einzelnen Körner von selbst zu einem Gewölbe von unerwünschter Stabilität ordnen. Durch besondere Formgebung des Bodens, durch Rütteln, Luftdruck u.ä. Maßnahmen wird die B. verhindert. Im modernen Stollen- u. Tunnelbau wird die B. in natürlichen Gestein benützt, um die früher üblichen, kostspieligen u. lästigen Zimmerungen zu ersparen.

Brückenbrüder, frz. *Frères pontifes,* lat. *Fratres pontis,* im 12. Jh. in Südfrankreich entstandene Ordensgemeinschaften, die sich das Anlegen u. Erhalten von Brücken zur Aufgabe gemacht hatten; im 15. Jh. aufgehoben.

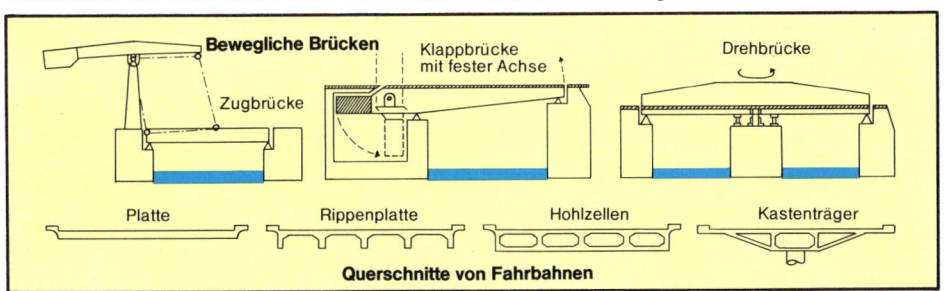
Bewegliche Brücken — Zugbrücke, Klappbrücke mit fester Achse, Drehbrücke — Platte, Rippenplatte, Hohlzellen, Kastenträger — **Querschnitte von Fahrbahnen**

Brückenechse, *Sphenodon punctatus,* einziger heute noch lebender Vertreter der *Brückenechsen;* bis 75 cm lang, lebt in selbstgegrabenen Höhlen mit Sturmvögeln zusammen; früher auf Neuseeland, durch Menschen u. verwilderte Haustiere dort ausgerottet; nur noch auf Inseln in der Plenty-Bay u. Cook-Straße; Lebensdauer bis zu 20 Jahren; Paarungsverhalten bisher unbekannt.

Brückenechsen, *Rhynchocephalia,* Ordnung der *Reptilien,* die sich vor allem in der Trias entwikkelte; ausgezeichnet durch 2 vollständige Schläfenbrücken (daher der Name) u. durch ein funktionsfähiges drittes Scheitelauge; nur noch durch eine Art vertreten: die *Brückenechse.*

Brückenkontinente, hypothet. ehemalige Landverbindungen, die man annimmt, um eine Erklärung für die gleiche Entwicklung fossiler u. rezenter Tier- u. Pflanzenarten, geolog. Ablagerungen u. Völker auf heute weit voneinander entfernten Kontinenten zu finden. Ein Brückenkontinent soll z. B. während des Tertiärs zwischen Europa u. Nordamerika über Island u. Grönland als *Nordatlantis* bestanden haben.

Brückenkopf, ursprüngl. Befestigung im Vorgelände einer Brücke auf der Feindseite; jetzt allg. der auf dem anderen, feindbesetzten Gebiet, Flußufer oder Meeresstrand erkämpfte Geländestreifen, von dem aus das Übersetzen u. Vordringen weiterer eigener Truppen gesichert werden kann.

Brückenschaltung, elektr. Schaltanordnung, vorwiegend zum Messen von Widerständen; →Wheatstonesche Brücke.

Brückenstau, *Pfeilerstau,* Hebung des Wasserspiegels vor Brückenpfeilern u. ä. Da der Wasserspiegel gleich hinter der Pfeilerspitze stark absinkt, erscheint der B. dem Beobachter übertrieben groß.

Brückenwaage, Hebelwaage mit breiter Plattform *(Brücke)* zur Aufnahme schwerer Lasten; meist als Gleis- oder Straßenfahrzeugwaage ausgebildet; Hebelverhältnis 1 : 10 *(Dezimalwaage)* oder 1 : 100 *(Zentesimalwaage).*

Brückenwürmer = Sternwürmer.

Bruckmann, *F. Bruckmann KG,* Verlag u. graphische Kunstanstalten, gegr. 1848 in Frankfurt a. M., seit 1863 in München; kunstgeschichtl. Werke u. Zeitschriften, Literatur zu Geschichte, Haus u. Heim, Alpinistik.

Bruckmühl, Gemeinde im oberbayer. Ldkrs. Rosenheim, an der Mangfall, südöstl. von München, 8400 Ew.

Bruckner, 1. Anton, österr. Komponist, *4. 9. 1824 Ansfelden, †11. 10. 1896 Wien; 1856 Domorganist in Linz, seit 1867 Hoforganist in Wien u. Prof. am Wiener Konservatorium. B. war einer der bedeutendsten u. gewaltigsten Sinfoniker, konnte sich aber nur schwer durchsetzen (Ablehnung durch den einflußreichen Kritiker E. *Hanslick*). Seine Tonsprache zeigt tiefe Religiosität, ja naive Frömmigkeit, aber auch starke Vitalität z. B. in seinen Scherzi. Charakterist. sind der großflächige Aufbau der Sätze, Benutzung der Generalpause als Gliederungsmittel, lange Orgelpunkte, häufig choralähnl. Themen in den Ecksätzen, Bevorzugung ländl. Themen in den Scherzi. Hptw.: 9 Sinfonien (1. in c-Moll 1868, 2. c-Moll 1873, 3. d-Moll 1877, 4. Es-Dur, die „Romantische", 1881, 5. B-Dur 1894, 6. A-Dur 1899, 7. E-Dur 1884, 8. c-Moll 1892, 9. d-Moll, mit 3 Sätzen unvollendet), 3 große Messen, ein „Tedeum", zahlreiche Chorwerke u. Orgelkompositionen, ein Streichquintett. – ☐ 2.9.3.

2. Ferdinand, eigentl. Theodor *Tagger,* österr. Dramatiker, *26. 8. 1891 Wien, †5. 12. 1958 Berlin; Theaterleiter in Berlin vor u. nach dem Krieg, 1936–1951 in den USA, wo er Staatsbürger wurde. Erst unter seinem Pseudonym F. B. wurde er zum Repräsentanten einer „neuen Sachlichkeit", die sozialkrit. u. psychoanalyt. vorgeht („Krankheit der Jugend" 1928; „Die Verbrecher" 1928; „Fährten" 1949); späterhin auch viele histor. Dramen („Elisabeth von England" 1930; „Heroische Komödie" 1945) u. Neigung zu klassisch geschlossener Formgebung („Pyrrhus u. Andromache" 1952; „Der Tod einer Puppe" 1956). Erzählung: „Mussia" 1935. Auch Übersetzungen (A. Miller; Lessings „Nathan" ins Engl.).

Brückner, 1. Christine, Schriftstellerin, *10. 12. 1921 Schmillinghausen, Waldeck; erhielt 1954 den 1. Preis im Bertelsmann-Romanpreisausschreiben für ihren ersten Roman „Ehe die Spuren verwehen". Weitere Romane: „Ein Frühling im Tessin" 1960; „Die Zeit danach" 1961; „Letztes Jahr auf Ischia" 1964; „Kokon" 1966; „Das glückliche Buch der A. P." 1970.

2. Eduard, Geograph u. Meteorologe, *26. 7. 1862 Jena, †20. 5. 1927 Wien; bes. klimakundl. *(B.sche Periode),* morpholog. u. gletscherkundl. Arbeiten; Hptw.: „Klimaschwankungen seit 1700" 1890; „Die Alpen im Eiszeitalter" (mit A. *Penck*) 1901–1909.

Brücknersche Periode, von dem Geographen u. Meteorologen E. *Brückner* herausgefundene 35jährige Klimaperiode. Die Theorie gilt als überholt. →auch Klimaschwankungen.

Brüden, der in techn. Anlagen beim Eindampfen oder Trocknen von Stoffen entstehende Wasserdampf.

Brüdergemeine, *Brüderunität, Herrnhuter,* ev. Gemeinde, die aus Resten der →Böhmischen Brüder u. dt. Pietisten um 1722 unter Leitung des Grafen N. von *Zinzendorf* auf dessen Gut Berthelsdorf (Oberlausitz) entstand, wo der Stammort *Herrnhut* gegründet wurde; gekennzeichnet durch heitere Frömmigkeit, arbeitsames Leben, Missions-, Erziehungs- u. Pflegetätigkeit. Ihre „Losungen" (ausgeloste Bibelstellen aus dem A. T. u. ausgewählte Lehrtexte aus dem N. T.) sind weit verbreitet. In Dtschld. wirkt die Europäisch-Festländische

Brückenechse, Sphenodon punctatus

Brüderunität, Direktionen in Bad Boll u. Herrnhut; „Provinzen" in England u. Amerika; insgesamt rd. 320 000 Mitglieder.

Brüdermärchen, ein altägypt. Märchen im *Papyrus d'Orbiney* (im Britischen Museum, aus der XIX. Dynastie, rd. 1200 v. Chr.) mit vielen aus der Märchenliteratur allg. bekannten Motiven. Der Kern ist in ganz Europa u. im Orient bekannt u. findet sich bei den Brüdern J. u. W. *Grimm,* „Kinder- u. Hausmärchen", Nr. 60.

Bruderrat, *Reichsbruderrat,* 1934 aus dem Pfarrernotbund erwachsener Zusammenschluß von führenden Theologen der ev. Kirchen.

Bruderschaften, im kath. Raum kirchl. errichtete Vereine zur Förderung der Frömmigkeit u. der Caritas; im *Protestantismus* ordensartige Zusammenschlüsse von Laien u. Theologen zur kirchl. Erneuerung. Die bekannteste Bruderschaft ist die „Communauté" von Taizé in Burgund (Frankreich) u. für Frauen in Grandchamp (französ. Schweiz); ferner in Iona (Schottland) u. die „Communità" von Agape in Piemont (Italien). – ☐ 1.8.7.

Brüderunität →Brüdergemeine.

Brüder vom gemeinsamen Leben, lat. *Fratres vitae communis, Fraterherren,* um 1400 in den Niederlanden entstandene weltzugewandte Bruderschaft. →Devotio moderna.

Bruegel, *Brueghel, Breughel* ['brœyxəl], niederländ. Malerfamilie. **1.** Jan d. Ä., genannt *Samt-* oder *Blumen-B.,* Sohn von 3), *1568 Brüssel, †12. 1. 1625 Antwerpen; von G. van *Coninxloo* u. P. *Bril* beeinflußt; miniaturhaft feine Blumenstilleben u. Landschaften, auch Blumenkränze u. Landschaftsgründe für Figurenbilder von P. P. *Rubens* u. a.

2. Jan d. J., Sohn von 1), *1601 Antwerpen, †9. 1. 1678 Antwerpen; malte in der Art seines Vaters Blumen- u. Landschaftsbilder.

3. Pieter d. Ä., genannt *Bauern-B.,* *um 1525/30 wahrscheinl. Bruegel bei Breda, †9. 9. 1569 Brüssel; Schüler des P. *Coecke van Aelst* in Antwerpen; unternahm 1552/53 Reisen nach Frankreich u. Italien; bis 1563 in Antwerpen, dann in Brüssel tätig; der bedeutendste niederländ. Maler der 2. Hälfte des 16. Jh., begann als Zeichner für den Kupferstich in starker Abhängigkeit von H. *Bosch* u. erschloß der Malerei als neues Darstellungsgebiet die Welt der Bauern. Seine Genre- u. Landschaftsbilder (oft Jahreszeitenallegorien) mit volkstüml., religiöser u. mytholog. Staffage zeichnen sich durch scharfe Erfassung des Gegenständlichen u. bald heitere, bald tiefsinnige Deutung der Wirklichkeit aus. Die Einzelheiten sind klar konturiert u. in kräftigen Lokalfarben gegeben. Erhalten sind etwa 40 Gemälde (davon fast die Hälfte in Wien, Kunsthistor. Museum), über 100 Handzeichnungen u. ca. 300 Kupferstiche nach seinen Entwürfen. Hptw.: „Die niederländ. Sprichwörter" 1559, Berlin, Staatl. Museen; „Die Kinderspiele" 1559/60, Wien; „Der Turmbau zu Babel" 1563, Wien; „Die Monatsbilder" 1565, Wien; „Bekehrung Pauli" 1567; Wien; „Das Schlaraffenland" 1567, München, Alte Pinakothek; „Blindensturz" 1568, Neapel, Museo Nazionale. – ☐ 2.4.5.

4. Pieter d. J., genannt *Höllen-B.,* Sohn von 3), *um 1564 Brüssel, †um 1638 Brüssel; außer zahlreichen Wiederholungen der Werke seines Vaters malte er in dessen Art u. a. Winterbilder, Bauernfeste, phantast. Spukszenen u. nächtl. Brände.

Pieter Bruegel d. Ä.: Der Triumph des Todes. Madrid, Prado

Brües [bryːs], Otto, niederrhein. Erzähler, Dramatiker u. Journalist, *1. 5. 1897 Krefeld, †18. 4. 1967 Krefeld; leitete lange Zeit das Feuilleton der „Kölnischen Zeitung". Romane: „Die Fahrt zu den Vätern" 1934; „Der Silberkelch" 1948; „Simon im Glück" 1949. Novelle: „Die Höhle Tubuk" 1952. Dramen: „Der alte Wrangel" 1935; „Der Fisch an der Angel" 1947. Lyrik: „Die Brunnenstube" 1948. Reisebücher, Theaterkritik („Gut gebrüllt, Löwe" 1967), Lebenserinnerungen: „– und immer sang die Lerche" 1967.

Brugg, schweizer. Bez.-Hptst. an der Aare, Kanton Aargau, 8900 Ew.; alte Brückensiedlung u. Bahnknotenpunkt mit lebhafter Industrie, spätgot. Pfarrkirche u. Rathaus (um 1480); in der Nähe Schloß Habsburg, in *Windisch* (Vindonissa) Ruine des röm. Amphitheaters, Schwefelbad Schinznach u. das ehem. Kloster Königsfelden (gegr. 1309) mit bemerkenswerten Glasfenstern.

Brügge, fläm. *Brugge*, französ. *Bruges*, Hptst. der belg. Prov. Westflandern, 118 000 Ew.; 12 km von der Küste, an der Grenze zwischen Marsch u. Geest. Die wichtigsten Wirtschaftszweige sind: Textilindustrie, Stahl- u. Maschinenbau, elektrotechn., Möbel- u. Nahrungsmittelindustrie, daneben Schiffbau, Waggonbau, Blumenzucht, Tourismus; der Bau des B.-Seekanals nach Zeebrügge (12 km lang, 8 m tief) u. von Kanalverbindungen nach Ostende u. Gent sollte die wirtschaftl. Entwicklung beleben. Zahlreiche alte Bauwerke: frühgot. Liebfrauenkirche (12./13. Jh.), Salvatorkirche (14./16. Jh.), got. Hallen mit bekanntem Glockenspiel u. dem 85 m hohen Belfried, dem Wahrzeichen der Stadt, got. Rathaus; Justizpalast, Gruuthuus (Museum), Bürgerhäuser, Stadttore; Europakolleg.
Ersterwähnung im 7. Jh., Ende des 11. Jh. Residenz der Grafen von Flandern, 1384 an Burgund, 1482 habsburg.; bedeutend als Hansestadt im 13.–15. Jh., damals größter Welthandelshafen Nordeuropas, versandete am Ende des MA.; galt durch seinen auf dem Wollhandel fundierten Reichtum als eine der schönsten Städte der Welt („Venedig des Nordens").

Brüggeler Rotte, kleine Sekte, deren Gründer Christian (*1710) u. Hieronymus *Kohler* (*1714, †1753) aus *Brüggelen* (Kanton Bern) 1745 die nahe Wiederkunft Christi verkündigten, sich mit Elisabeth *Kissling* als Darstellung der Trinität ausgaben, ihre angebl. Kenntnisse vom Schicksal der Toten gewinnbringend verwerteten u. einem sexuellen Libertinismus huldigten. Die Sekte wurde unterdrückt, H. Kohler hingerichtet.

Brüggemann, Hans, Bildhauer, *um 1480 Walsrode, †um 1540 Husum; Hptw. ist der figurenreiche, die Passion Christi darstellende Bordesholmer Altar (Schleswig, Dom, 1515–1521).

Bruggencate, Paul ten, Astronom, *24. 2. 1901 Arosa, Schweiz, †14. 9. 1961 Göttingen; seit 1941 Direktor der Sternwarte Göttingen; Arbeiten über Sonnenphysik, Astrophotometrie u. Polarisation des Sternlichts.

Brugger, 1. Ernst, schweizer. Politiker (Freisinn), *10. 3. 1914 Bellinzona; 1970–1978 im Bundesrat, Vorsteher des Wirtschaftsdep.; 1974 Bundes-Präs. 2. Walter, kath. Theologe, *17. 12. 1904 Radolfzell; Jesuit; Hptw.: „Philosoph. Wörterbuch" 1947; „Theologia naturalis" 1958.

Brugger Zahlen, *Schweiz*: mit Hilfe von Kontrollbetrieben vom Bauernsekretariat in Brugg erstellte Rentabilitäts- u. Einkommensberechnungen für die Landwirtschaft.

Brugghen, Hendrik ter →Terbrugghen.

Brugmann, Karl, Indogermanist, *16. 3. 1849 Wiesbaden, †29. 6. 1919 Leipzig; führender Vertreter der „junggrammat." Richtung der Sprachforschung; Mitgründer der Zeitschrift „Indogerman. Forschungen" 1892ff.; sein Hptw. ist der umfangreiche „Grundriß der vergleichenden Grammatik der indogermanischen Sprachen" 1886–1893.

Bruguiera, Gattung der *Manglebaumgewächse*, die mit Rhizophora-Arten die Hauptmasse der Mangrovewälder bildet. B. hat an den Wurzeln der Atmung dienende Kniebildungen.

Brühl, 1. Stadt in Nordrhein-Westfalen, südl. von Köln, 42 000 Ew.; Schloß *Augustusburg* (Barock; ehem. Sommerresidenz des Kurfürsten Clemens August mit berühmtem Treppenhaus von B. *Neumann*); Braunkohlenbergbau, metallverarbeitende u. chem. Industrie. ☐ B →Gartenkunst. 2. Gemeinde in Baden-Württemberg, südl. von Mannheim, 11 000 Ew.; Tabak- u. Spargelanbau.

Brühl, Heinrich Reichsgraf von, sächs. Minister, *13. 8. 1700 Gangloffsömmern, Thüringen, †28. 10. 1763 Dresden; einflußreich am Hof Augusts des Starken u. Augusts III.; verschwenderisch (B. sche Terrasse in Dresden); 1746 Premier-Min., Gegner Friedrichs d. Gr.

Bruhns, Leo Paul, Kunsthistoriker, *26. 11. 1884 Nissi, Estland, †27. 12. 1957 Rom; seit 1934 Direktor der Bibliotheca Hertziana in Rom; schrieb u. a. „Die Meisterwerke" 8 Bde. 1927–1934; „Hohenstaufenschlösser" 1937; „Die Kunst der Stadt Rom" 1951.

Brühwasserlunge, die beim Brühen der Schweine nach der Schlachtung durch Eindringen von Wasser verunreinigte Lunge; ungenießbar.

Brühwurst, hergestellt aus noch warmem, rohem, zerkleinertem Fleisch u. nach Heißräucherung bei 80°C gebrüht. Zu den Brühwürsten gehören die verschiedenen Würstchen (Wiener, Frankfurter u. a.), Mortadella, Bierwurst u. a.

Brukterer, german. Volksstamm, um Christi Geburt zwischen mittlerer Ems u. oberer Lippe ansässig, kämpfte mit den Batavern gegen Rom; erschien um 100 n. Chr. am Rhein u. ging später in den Franken auf.

Brulé, Dakotaindianerstamm, Glied der →Sieben Ratsfeuer.

Brüllaffen, *Alouatta*, Gattung der *Breitnasen*, mit verstärkten Stimmorganen u. Greifwickelschwanz; in Südamerika. Die B. leben in Rudeln, das von einem Männchen angeführt wird. Das melodische Brüllen, das nach Art eines Chorgesangs angestimmt wird, dient der Revierabgrenzung.

Bruller [bryˈlɛːr], Jean →Vercors.

Brüllow [-ˈlɔf], Karl Pawlowitsch, russ. Maler, *12. 12. 1799 St. Petersburg, †23. 6. 1852 Marciano bei Rom; Schüler von A. *Iwanow*; malte 1833 in Rom sein berühmt gewordenes Bild „Der letzte Tag von Pompeji"; nach der Rückkehr nach Rußland als Hofmaler tätig. Porträts, Historienszenen, Genrebilder u. Wandmalereien.

Brumaire [bryˈmɛːr; frz., „Nebelmonat"], der 2. Monat im französ. Revolutionskalender, 22.–24. 10. bis 20.–22. 11. Am 18. B. des Jahres VIII (9. 11. 1799) wurde Napoléon I. nach seiner überraschenden Rückkehr aus Ägypten durch Staatsstreich Erster Konsul u. schaffte damit das seit 1795 bestehende Regierung des Direktoriums ab.

Brumataleim, klebriges Gemisch aus Leinöl, Terpentin, Teer u. Schweinefett, das auf Papierringe gestrichen wird, die zum Schutz gegen flugunfähige Ostbaumschädlinge um die Baumstämme gelegt werden.

Brumath, Stadt im französ. Dép. *Bas-Rhin*, Unterelsaß, 7500 Ew.; Sägereien, Weinbau; nahebei Großsender Straßburg.

Brumel [bryˈmɛl], Antoine, fläm. Komponist, *um 1460, †nach 1520 Ferrara; wirkte in Chartres, Laon, Paris u. vielleicht in Ferrara; durch Messen u. Motetten bekannt.

Brummell [brʌml], George Bryan, engl. Dandy, *7. 6. 1778 London, †30. 7. 1840 Caen; als „Beau B." bekannt, befreundet mit dem Prinzen of Wales, dem späteren Georg IV.

Brummer, die Blauen →Schmeißfliegen.

Brun, *B. von Köln* →Bruno (1).

Brun, Fritz, schweizer. Dirigent u. Komponist, *18. 8. 1878 Luzern, †29. 11. 1959 Großhöchstetten; seit 1903 in Bern tätig: Lieder, Chorwerke, Sinfonien, Kammermusik u. a.

Brundage [ˈbrʌndʒ], Avery, US-amerikan. Sportführer, *28. 9. 1887 Detroit, †8. 5. 1975 Garmisch-Partenkirchen; 1952–1972 Präs., 1972 bis 1975 Ehren-Präs. des Internationalen Olympischen Komitees; 1912 u. 1920 als leichtathlet. Mehrkämpfer Olympiateilnehmer.

Brundisium, antiker Name der italien. Stadt →Brindisi.

Bruneau [bryˈno], Alfred, französ. Komponist, *3. 3. 1857 Paris, †15. 6. 1934 Paris; Schüler J. *Massenets* am Pariser Conservatoire; Opern (z. T. nach Libretti u. Motiven von E. *Zola*), sinfon. Werke, ein Requiem u. a.

Bruneck, ital. *Brunico*, italien. Stadt im Trentino-Tiroler Etschland, im Pustertal, 9000 Ew.; Sommerfrische, Wintersport.

Brunei [-eːj], Sultanat in Nordborneo, seit 1847 brit. Protektorat, 5765 qkm, 136 000 Ew. Die größten Orte sind die Haupt- u. Hafenstadt Bandar Seri Begawan (früher B.; 30 000 Ew.), die Erdölstadt Seria, Kuala Belait u. Limbang. Wichtig sind die Förderung u. der Export von Erdöl sowie die Gewinnung von Kautschuk, Holz, Sago, Kopra u. Reis. Eine Küstenstraße verbindet die Hptst. mit dem malays. Hafen Miri; B. hat 3 Flugplätze.

Brunel, Isambard Kingdom, engl. Ingenieur, *9. 4. 1806 Portsmouth, †15. 9. 1859 London; baute die damals größten engl. Schiffe: Great Western (1837), Great Britain (1843) u. Great Eastern (1858); auch am Bau von Eisenbahnen beteiligt (Great Western Railroad).

Brunelleschi [-ˈleski], *Brunellesco*, Filippo, italien. Architekt u. Bildhauer, *1377 Florenz, †15. 4. 1446 Florenz; einflußreichster Baukünstler der italien. Renaissance, bahnbrechend bes. auf dem Gebiet des Kirchenbaus (kreuzförmige Zentralanlagen); zunächst als Goldschmied u. Bildhauer tätig (einige Arbeiten im Wettbewerb mit *Donatello*), erbaute in Florenz seit 1420 die Domkuppel, seit 1421 das Findelhaus (Spedale degli Innocenti), die Kirchen S. Lorenzo u. S. Spirito u. die Pazzi-Kapelle in Sta. Croce. Daneben wirkte er als Festungsbaumeister u. mathemat.-techn. Gutachter u. a. in Pisa, Mantua u. Rimini. B. gilt als Entdecker der Perspektivkonstruktion. – ☐ 2.4.4.

Brunfelsie, Fränziscee, *Brunfelsia calycina*, ein *Nachtschattengewächs*, in Brasilien heim., mit großen blauen bis violetten Blüten.

Brunft, *Brunst* [zu brennen], ein bei Säugetieren zu bestimmten Zeiten zu beobachtender Zustand der geschlechtl. Erregung, der zu einer Begattungsbereitschaft führt. Während der B.zeit kommt es zu Änderungen des Verhaltens, z. B. Unruhe, Freßunlust, bei Männchen Revierbildung, Kampfneigung. Die Anlockung der Geschlechtspartner – häufig zugleich damit eine Revierabgrenzung – kann durch Lautäußerung (z. B. *B.röhren* bei Hirschen) oder durch Verbreitung eines *B.geruchs* aus bestimmten *B.organen* (z. B. das Sekret der *B.feigen* bei Gemsen) erfolgen. Die B. wird durch →Sexualhormone gesteuert. Die Begattung wird durch →Balz eingeleitet. ☐ 9.3.2.

Brunftfeigen, *Brunftkappen*, jagdl. Bez. für die nach Moschus riechenden Drüsen hinter den Krucken (Hörnern) beim Gamswild.

Brunftjagd, *Balzjagd*, Jagdart, die bestimmte Verhaltensweisen des Wildes zur Brunft bzw. der Balz ausnützt, z. B. das *Blatten*.

Brunftkugeln, jagdl. Bez. für die Hoden des Haarwilds.

Brunftrute, bei den Hirschverwandten: das männl. Glied.

Brunhild, *Brünhilde* [ahd. *brunja*, „Brünne, Panzer", *hilt(j)a*, „Kampf"], weibl. Vorname.

Brunhild, *Brünhilde* in der altgerman. Dichtung eine Walküre, die, von Sigurd aus dem Zauberschlaf erweckt, sich an diesem später für seinen „Verrat" blutig rächt. Im *Nibelungenlied* ist B. eine nord. Königin, die durch *Siegfrieds* Hilfe mit Gunther vermählt wird u. *Hagen* zum Mord an Siegfried anstiftet. Das Vorbild war vermutl. die merowing. Königin Brunhilde (6./7. Jh.).

Brunhilde, *Brunichilde*, merowing. Königin westgot. Herkunft, †613; Gemahlin Sigiberts I.

Brügge: an der Groene Rei mit Belfried (im Hintergrund links)

Brünn: Barockbrunnen

(561–575) u. Mutter Childeberts II., seit 595 Regentin für ihre unmündigen Enkel. Bestrebt, die Rechte des Königtums gegenüber dem Adel zu wahren, unterlag sie bei dem Versuch, von einem mit Burgund vereinigten Austrien aus die Führung des Reiches zu übernehmen, dem hohen Adel u. Chlothar II., der sie hinrichten ließ.

Bruni, Leonardo, genannt *Aretino,* italien. Humanist, * um 1370 Arezzo, † 9. 3. 1444 Florenz; umfangreiche klass. Studien; übersetzte griech. Klassiker ins Latein. (Platon, Aristoteles, Demosthenes, Plutarch), verfaßte eine Geschichte von Florenz (1610) u. (in italien. Sprache) Biographien von Dante Alighieri u. F. Petrarca; forderte die Verbindung humanist. Ideale mit den Tugenden des Bürgers. – Humanist.-philosoph. Schriften, hrsg. 1928.

brünieren [frz.], Metallteile auf chem. Wege zum Schutz der Oberfläche mit einer dünnen bräunl. (auch bläul.-schwarzen) Oxidschicht überziehen *(bräunen).*

Brünigpaß, *Brünig,* 1007 m hoher schweizer. Paß zwischen Luzern u. Interlaken, mit Straße u. *Brünigbahn* (Zahnradbahn) zwischen Sarnen u. Meiringen.

Brüning, Heinrich, Politiker, * 26. 11. 1885 Münster (Westf.), † 30. 3. 1970 Norwich, Vermont (USA); aus der christl. Gewerkschaftsbewegung hervorgegangen, 1924 Mitglied des Reichstags (Zentrum), 1929 Fraktionsvors., 1930–1932 Reichskanzler; versuchte der Staats- u. Wirtschaftskrise durch eine Reihe von Notverordnungen Herr zu werden, betrieb ab 1931 die Beseitigung der Reparationen u. errang auf außenpolit. Gebiet bedeutsame persönl. Erfolge, wurde aber Ende Mai 1932 von Hindenburg entlassen; ging 1934 ins Ausland, seit 1935 Prof. in den USA (Harvard-Universität), 1951–1955 in Köln. „Memoiren. 1885–1934" 1970. – □ 5.3.5. u. 5.4.4.

Bruniquel [bryni'kɛl], französ. Dorf im Dép. Tarn-et-Garonne; in der Umgebung *Abris* mit altsteinzeitl. Funden, darunter Tierzeichnungen auf Steinplatten u. geschnitzte Kleinplastiken.

Brunn, Heinrich von, Archäologe, * 23. 1. 1822 Wörlitz, Anhalt, † 23. 7. 1894 Schliersee; Leiter der Münchner Antikensammlung; Mitbegründer der modernen Archäologie, bes. auf dem Gebiet der analysierenden Stilkritik.

Brünn, tschech. *Brno,* Hptst. des südmähr. Kraj Johomoravský (15 019 qkm, 1 944 300 Ew.) u. wichtigster Ort von Mähren, 355 000 Ew.; Bischofssitz; Universität (seit 1919), Techn. (seit 1892) u. a. Hochschulen, Oberster Gerichtshof der Tschechoslowakei, 2 Theater; Maschinen- u. Fahrzeugbau, Textil- (bes. Tuche) u. Nahrungsmittelindustrie; Industriemesse; Rennstrecke für Motorräder. – Burgsiedlung auf dem Spielberg, 1243 Stadt, Aufschwung unter den Luxemburgern als Hauptstadt Mährens mit vorwiegend dt. Bevölkerung; Altstadt um den Krautmarkt; Kaufmannssiedlung am Unteren Markt (spätgot. Jakobskirche); Tuchmacherei u. Steinkohlenbergbau im 18. Jh.; zahlreiche got., barocke u. Renaissancegebäude u. -kirchen, got. Dom (15. Jh.), Jakobskirche (14./15.), altes Rathaus, Mähr. Landesmuseum, alte Festung (später berüchtigtes Gefängnis).

Brunnberg, tschech. *Studiční hora,* Berg im Riesengebirge, 1555 m.

Brünne [kelt.], mittelalterl. Panzerhemd.

Brunnen, Anlage zur Gewinnung von Grundwasser für Trink- oder Nutzzwecke: →Schachtbrunnen, →Bohrbrunnen, Abessinier- oder →Rammbrunnen, →artesische Brunnen. Das Wasser wird durch besondere Pumpen gefördert: Bohrlochwellenpumpen, Tiefbrunnenkolbenpumpen, Unterwassermotorpumpen u. a., bei Einzelwasserversorgungen auch Pumpen mit Tiefsaugevorrichtung. Wird der B. bis auf den Grundwasserträger (die undurchlässige Schicht unterhalb des Grundwasserleiters) abgeteuft, spricht man von einem *vollkommenen B.* Taucht der B. in den Grundwasserleiter nur ein, handelt es sich um einen *unvollkommenen B.* Zur Gewinnung größerer Wassermengen werden *B.reihen* (B.galerien) oder *Horizontalfilter-B.* angelegt.

Brunnen, schweizer. Luftkurort im Kanton Schwyz, am Ostufer des Vierwaldstätter Sees, am Nordende der Axenstraße, 435 m ü. M., 5500 Ew.; alter Hafen u. Handelsplatz.

Brunnenfaden, *Crenothrix polyspora,* →Eisenbakterien.

Brunnengalerie, *Brunnenreihe,* mehrere Filterrohrbrunnen, die an eine Pumpe angeschlossen sind; dient der Wasserversorgung oder der Grundwasserabsenkung in offener Baugrube auf Großbaustellen.

Brunnengründung, Gründungsart für Bauwerke an Baustellen, wo der tragfähige Boden durch nicht tragfähige Erdschichten in einer Mächtigkeit von nicht über 60 m überlagert ist. Der Brunnen (aus Stahlbeton) kann jede beliebige Grundrißform – am besten Kreisform – aufweisen. Das Absenken geschieht durch Ausräumen des Erdstoffs innerhalb des Brunnenrings mit Greifbagger oder Spüldüse u. Schlammpumpe. Nach Erreichen der tragfähigen Schicht wird in Höhe der Schneide eine Sohlplatte eingezogen, oder der ganze Brunnen wird mit Beton ausgefüllt.

Brunnenkrebse, *Niphargus,* in vielen Arten u. Unterarten im Grundwasser, in Höhlengewässern u. Quellen lebende Gattung der *Flohkrebse.* Alle Arten sind blind u. farblos. Viele Arten graben U-förmige Röhren in den Untergrund, in denen sie leben.

Brunnenkresse, *Rorippa,* Gattung der *Kreuzblütler.* Die echte B., *Rorippa nasturtium-aquaticum,* mit im Winter grünen Blättern, ist an langsam fließenden Gewässern u. Quellen verbreitet. Die *Sumpfkresse, Rorippa islandica,* trifft man an feuchten Stellen u. Sümpfen an; sie ist beliebt als Salatwürze.

Brunnenlebermoos, *Marchantia,* an feuchten Orten verbreitetes →Lebermoos mit flachem, sich gabelig verzweigendem Thallus.

Brunnenmoose, *Fontinalis,* im Wasser flutende *Moose* mit meist langen u. verzweigten Stengeln. Bekannt ist das *Fieberheilende B., Fontinalis antipyretica,* das in fließenden u. stehenden Gewässern u. sogar in Brunnen u. Wassertrögen häufig vorkommt.

Brunnenpest, *Brunnenfaden* →Eisenbakterien.

Brunnenstube, Raum bzw. Schacht, in dem Quellwasser für die Wasserversorgung gesammelt wird.

Brunnenvergiftung, 1. als *gemeingefährl. Verbrechen:* →Vergiftung.
2. *übertragen:* Verleumdung, böswillige Verbreitung falscher Gerüchte.

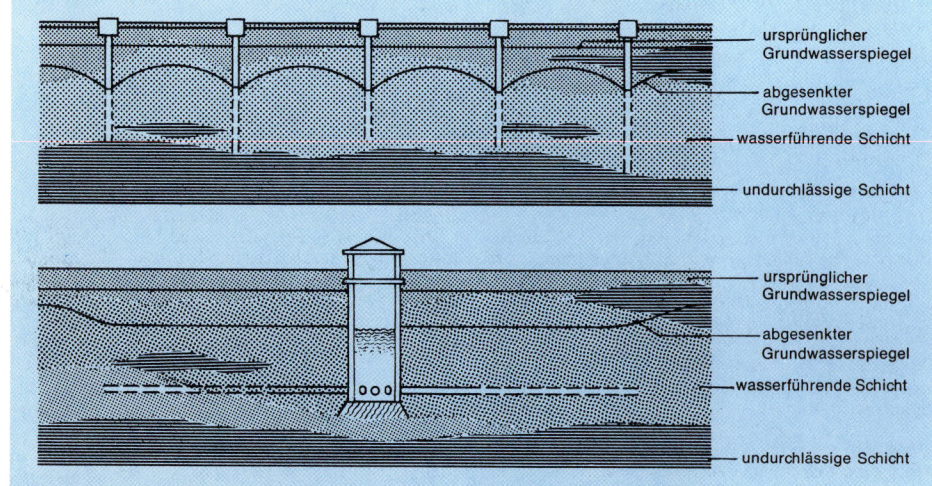

Brunnen: Reihe vertikaler Bohrbrunnen (oben), Horizontalfilterbrunnen (unten)

Brunnenwurm, *Tubifex tubifex,* 3–8 cm langer, rotgefärbter *Ringelwurm (Annelida)* aus der Gruppe der wasserbewohnenden *Oligochäten*; lebt in großer Zahl gemeinschaftl. im Schlamm. Die Hinterenden der Würmer schlängeln im freien Wasser, ihre sichtbare Länge ist ein Maß für den Verschmutzungsgrad des Wassers. Futtertier für Aquarienfische.

Brunner, 1. Emil, ref. schweizer. Theologe, *23. 12. 1889 Winterthur, †6. 4. 1966 Zürich; lehrte seit 1924 in Zürich, behandelte bes. die Lehre vom Menschen u. ethische Fragen; begründete das personalist. Denken in der Theologie. Hptw. „Das Gebot u. die Ordnung" 1932; „Der Mensch im Widerspruch" 1938; „Wahrheit als Begegnung" 1941; „Offenbarung u. Vernunft" 1941; „Dogmatik" 3 Bde. 1946–1960.
2. Heinrich, Rechtshistoriker, *21. 6. 1840 Wels, Österreich, †11. 8. 1915 Kissingen; lehrte u. a. (seit 1873) in Berlin; Hptw.: „Deutsche Rechtsgeschichte" 2 Bde. 1887–1892; „Grundzüge der dt. Rechtsgeschichte" 1901, ^{8}1930.
3. Karl, Anglist, *8. 6. 1887 Prag, †26. 4. 1965 Innsbruck; „Die engl. Sprache" 2 Bde. 1950/51.
4. Peter, ev. Theologe, *25. 4. 1900 Arheilgen; 1947–1968 Prof. für systemat. Theologie in Heidelberg; bemüht um die luth. Lehre u. Gottesdienstgestaltung. Hptw.: „Vom Glauben bei Calvin" 1925; „Pro Ecclesia. Gesammelte Aufsätze zur dogmat. Theologie" 2 Bde. 1962 u. 1966.
5. Sebastian, Pseudonym Max Veitel *Stern,* österr. Geistlicher u. Publizist, *10. 12. 1814 Wien, †26. 11. 1893 Wien; Gründer der „Wiener Kirchenzeitung" 1848; sprachkräftiger, antiliberaler, volkstüml. kath. Satiriker; Erzähltes: „Genies Glück u. Malheur" 2 Bde. 1843; „Die Prinzenschule in Möpselglück" 2 Bde. 1848.

Brunnersche Drüsen [nach dem schweizer. Anatomen u. Arzt Johann Conrad *Brunner,* *1653 Diessenhofen bei Schaffhausen, †1727 Mannheim], Drüsen des Zwölffingerdarms, *Glandulae duodenales.*

Brunngraber, Rudolf, österr. Schriftsteller, *20. 9. 1901 Wien, †5. 4. 1960 Wien; schrieb bes. sozial- u. kulturkrit. Tatsachenromane: „Radium" 1936; „Opiumkrieg" 1939; „Zucker aus Cuba" 1941; „Der tönende Erdkreis. Roman der Funktechnik" 1951; „Heroin" 1951; „Die Schlange im Paradies" 1958.

Bruno [ahd. *brûn* „braun, Bär"], männl. Vorname.
Bruno, 1. *Brun,* Heiliger, Erzbischof, *925, †11. 10. 965 Reims; jüngster Sohn Heinrichs I., 951 Erzkanzler seines Bruders Otto I., 953 Erzbischof von Köln u. Herzog von Lothringen; wirkte in der königl. Familie ausgleichend, unterstützte die Reichskirchenpolitik Ottos, der ihn oft für polit. Aufgaben einsetzte; förderte die Bildung des Klerus u. die Reform der Klöster; beigesetzt in der von ihm gegr. Abtei St. Pantaleon in Köln. Fest: 11. 10.
2. Heiliger, *um 1030 Köln, †6. 10. 1101 La Torre, Kalabrien; gründete 1084 den Orden der →Kartäuser. Fest: 6. 10.

Bruno, Giordano, italien. Philosoph, *1548 Nola, †17. 2. 1600 Rom (als Ketzer verbrannt); bis 1576 Dominikaner, führte nach seiner Flucht aus dem Orden ein ruheloses Wanderleben durch Frankreich, England u. Dtschld., bis er in Venedig 1592 von der Inquisition verhaftet wurde. B. wird zu der großen Denker der Renaissance. Er erweiterte die Hypothese des *Kopernikus* zur Weltanschauung („Vom unendlichen All und den Welten" 1584) u. vertrat einen metaphys. Pantheismus, der für das moderne Lebensbild (Herder, Goethe, Schelling) wegweisend wurde. Er vollzog die Trennung von Philosophie u. Theologie u. brach völlig mit der röm. Kirche. Seine zahlreichen Schriften, meist Dialoge, sind als Zeitgemälde ebenso wertvoll wie durch ihren Gedankengehalt. Werke, latein., 8 Bde. 1879–1891, Nachdr. 1961/62, dt. 6 Bde. 1904–1909. □ 1.4.8.

Brunoise [bry'nwa:z; die; frz.], in kleine Würfel geschnittenes Gemüse, findet Verwendung als Suppeneinlage oder zum Garnieren von Soßen.

Brunonen, sächs. Grafengeschlecht im 10. u. 11. Jh., reich begütert vor allem in der Gegend um Braunschweig; Graf *Bruno* (†1016) war der 2. Gatte der späteren Kaiserin *Gisela.*

Brunot [bry'no:], Ferdinand, französischer Sprachwissenschaftler, *6. 11. 1860 Saint-Dié, Vosges, †30. 1. 1938 Paris; schrieb eine umfassende Geschichte der französischen Sprache: „Histoire de la langue française, des origines à 1900" 14 Bde. 1905–1934.

Bruns, 1. Heinrich Ernst, Mathematiker u. Astronom, *4. 9. 1848 Berlin, †23. 9. 1919 Leipzig; leitete seit 1882 die Sternwarte in Leipzig.
2. Paul Viktor von, Chirurg, *9. 8. 1812 Helmstedt, †19. 3. 1883 Tübingen; nach ihm benannt ist die *B.sche Watte,* eine bes. saugfähige Verbandwatte (1868 angegeben).
3. Viktor, Völkerrechtler, *30. 12. 1884 Tübingen, †18. 9. 1943 Königsberg; Prof. in Genf u. Berlin, Gründer u. Leiter des *Instituts für ausländ. öffentl. Recht u. Völkerrecht* der Kaiser-Wilhelm-Gesellschaft in Berlin; Herausgeber der „Zeitschrift für ausländ. öffentl. Recht u. Völkerrecht" sowie der „Fontes Iuris Gentium"; dt. Staatsvertreter vor internationalen Gerichten u. Verfasser zahlreicher Monographien zum Völkerrecht.

Brunsbüttel, schleswig-holstein. Stadt (Ldkrs. Dithmarschen), ehem. Dorf *B.* u. Stadt *B.koog,* an der Einmündung des *Nord-Ostsee-Kanals* (große Schleusen) in die untere Elbe, 12 300 Ew.; See- u. Ölhafen, Tanklager, Schiffswerft, Lotsenstation, Maschinen-, Schiffsfunkanlagen, Phosphat- u. Düngerindustrie.

Brunssum, niederländ. Gemeinde in der Prov. Limburg, 26 000 Ew.; Sitz des NATO-Hauptquartiers Europa-Mitte.

Brunst →Brunft.

Brunswickhalbinsel, südlichster Vorsprung des südamerikan. Festlands in Chile.

Brunswigia, südafrikan. *Amaryllisgewächse,* mit trichterförmigen, rosa oder roten Blüten u. großen Zwiebeln.

Brüssel, fläm. *Brussel,* französ. *Bruxelles,* Hptst. u. Residenz des Königreichs Belgien, Hptst. der Provinz Brabant, am Nordrand Mittelbelgiens; 158 600, mit Vor- u. Nachbarorten (u. a. Anderlecht, Auderghem, Etterbeek, Forest, Ixelles, Jette, Molenbeek-St.-Jean, St.-Gilles, Schaerbeek, Uccle, Woluwe-St.-Lambert, Woluwe-St.-Pierre, St.-Josse-ten-Noode) 1,07 Mill. Ew. An der Zenne (Senne) liegt die industrielle u. gewerbl. fläm. Unterstadt (got. Rathaus, zahlreiche Barock- u. Renaissancegebäude); als Mittelpunkt von Handel u. Finanzwesen des Landes liegt auf den Tertiärhügeln die wallon. Oberstadt, mit königl. Palais, Justizpalast, Parlament u. Ministerien auch das polit. u. verwaltungsmäßige Zentrum; freie u. internationale Universität (gegr. 1834), zahlreiche Museen, Bibliotheken u. a. Bildungseinrichtungen; Hauptknotenpunkt des belg.

Brüssel: Grand Place

Eisenbahnnetzes; B.er Seekanal nach Antwerpen, Kohlenkanäle nach Charleroi; Flughafen *Melsbroek.* B. ist das Zentrum des Brabanter Industrierreviers: Kokereien, chem. Werke, Eisengießereien, Stahlbau, Maschinen- u. Fahrzeugmontage, Elektroindustrie, Papierfabriken, Leder-, Gummi- u. Schuh-, Textil- *(B.er Spitzen),* Bekleidungs-, Nahrungs- u. Genußmittelindustrie u. a.; U-Bahn. Geschichte: Ersterwähnung 966 als *Bruocsella;* seit dem 12. Jh. Sitz der Herzöge von Brabant, lebte damals insbes. von der Tuchindustrie; unter den Habsburgern Hptst. der Niederlande, seit 1830 Hptst. Belgiens (zweisprachig); Sitz des Generalsekretariats der Benelux-Union, der Kommission der Europ. Gemeinschaften sowie des NATO-Rats; 1958 Weltausstellung.

Brüsseler Becken, *Geologie:* Tertiärbecken um Brüssel, von tonigen u. sandigen Ablagerungen erfüllt, im S durch die Artoisschwelle vom Pariser Becken getrennt, im O von den Ardennen begrenzt. Im N wird das Tertiär von geolog. jüngeren Sedimenten überlagert.

Brüsseler Pakt, *Brüsseler Fünf-Mächte-Vertrag, Westpakt,* am 17. 3. 1948 zwischen Großbritannien, Frankreich, Belgien, den Niederlanden u. Luxemburg für 50 Jahre geschlossener Vertrag, der sich u. a. gegen eine erneute Bedrohung durch Deutschland richtete u. von vornherein die Bündnispflicht Großbritanniens sichern sollte; mit dem Beitritt der BRD u. Italiens am 23. 10. 1954 in die *Westeurop. Union* (WEU) umgewandelt.

Brüsseler Spitzen, geklöppelte oder genähte Spitzen, die in einzelnen Stücken hergestellt u. dann zusammengefügt werden; benannt nach dem Herstellungsort.

Brussilow [bru'siləf], Alexej Alexejewitsch, russ. General, *19. 8. 1853 Tiflis, †17. 3. 1926 Moskau; führte im 1. Weltkrieg 1916 die erfolgreiche „B.-Offensive" gegen die Österreicher in Galizien durch; 1917 russ. Oberbefehlshaber.

Brust, 1. *i. w. S.* die vordere Hälfte des Rumpfes der Wirbeltiere, bes. bei den Säugetieren, wo der B.raum vom Bauchraum durch das Zwerchfell getrennt ist. Die B. wird gebildet durch den knöchernen *B.korb* (grch. *Thorax),* der beim Menschen aus den 12 B.wirbeln, 12 Rippenpaaren u. dem B.bein besteht. Zwischen den Rippen spannt sich die *Zwischenrippenmuskulatur* (lat. *Interkostalmuskulatur),* die die Rippen hebt u. senkt. Innen ist der

Brustbeere

B.korb vom *B.fell* (grch. *Pleura*) ausgekleidet. Er enthält die Lungen mit der Luftröhre, das Herz mit den großen Körperadern, Speiseröhre, Lymphknoten u. a.
2. *i. e. S.* beim Menschen: die weibl. Brust (lat. *Mamma*), das beidseitig auf dem B.korb aufsitzende, aus Drüsen- (Milchdrüsen) u. Fettgewebe bestehende Organ, das der Nahrungsbereitung für den Säugling dient. Die Milchgänge der B.drüsen münden in die von einem pigmentierten runden Hof umgebenen *B.warzen* (lat. *Mamillae*). Während der Schwangerschaft vergrößern sich die Brüste, u. gegen Ende beginnt die Milchabsonderung unter dem Einfluß inkretor. Drüsen. Die weibl. B. ist ein sekundäres Geschlechtsmerkmal; beim Mann sind die B.drüsen nicht entwickelt, die B.warzen jedoch vorhanden. Überzählige B.warzen kommen als entwicklungsgeschichtl. Überbleibsel nicht selten vor.
Mißbildungen der B.warze (z. B. Hohlwarze) können Stillschwierigkeiten bereiten. Bei nicht abgehärteten B.warzen kommt es beim Stillen zu Rissen u. Schrunden, was durch tägl. Waschen u. Bürsten während der Schwangerschaft verhindert werden kann. Bei Unsauberkeit während des Stillens können Erreger in die Milchgänge dringen u. eine *B.drüsenentzündung* (→Mastitis) hervorrufen.
3. *Stollen- u. Tunnelbau*: das vorläufige Ende eines Stollens oder Tunnels; die Wand, in der die Bohrlöcher für den weiteren Vortrieb angesetzt werden.

Brustbeere, *Chinesische Dattel, Jujube,* die Frucht der *Gemeinen Jujube, Zizyphus vulgaris,* eines *Kreuzdorngewächses,* die als Tee gegen Brustkatarrhe gebraucht wird.

Brustbein, lat. *Sternum,* bei den höheren Wirbeltieren (Reptilien, Vögel, Säuger) der die vordere Mitte des Brustkorbs bildende Knochen, an dem das *Schlüsselbein* (wenn vorhanden) u. die *Rippen* mit Knorpelverbindungen ansetzen; entwicklungsgeschichtl. Abkömmling der Rippen. Das B. ist bes. bei Vögeln mächtig ausgebildet, wo am *B.kamm* die Brust-(Flug-)Muskulatur ansetzt. Den Schlangen fehlt ein B.

Brustdrüsenentzündung →Mastitis.

Brustdrüsenkrebs, *Brustkrebs, Mammakarzinom,* Krebs der weiblichen Brustdrüse(n); beginnt meist mit einem kleinen schmerzlosen, größer werdenden Knoten in der Brust (Frühzeichen, Anlaß zu frauenärztl. Untersuchung!), u. U. auch mit einer Einziehung der Brustwarze. Eine ärztl. Behandlung der frühzeitig erkannten B.es (Operation, Bestrahlung u. U. Hormontherapie) ist aussichtsreich.

Brüsterort, russ. *Mys Taran,* Nordwestkap des Samlands (ehem. Prov. Ostpreußen); Steilküste; Seebad; Leuchtturm.

Brustfell, grch. *Pleura,* die den Brustraum der Säugetiere innen auskleidende Membran; besteht wie das Bauchfell *(Peritoneum)* u. der Herzbeutel *(Perikard)* aus *Coelomepithel* (→sekundäre Leibeshöhle). Der Teil des B.s, der den Brustkorb auskleidet, heißt *Rippenfell (Pleura costalis);* der Teil, der die Lungen überzieht, heißt *Lungenfell (Pleura pulmonalis).*

Brustkrebs →Brustdrüsenkrebs.

Brustkreuz, *Pektorale,* seit dem MA. Teil der bischöfl. Insignien: ein mit Edelsteinen geschmücktes, meist goldenes Kreuz mit Reliquien, das der Papst u. die Kardinäle, Bischöfe u. Äbte tragen; neuerdings auch ev. Bischöfe, aber ohne Reliquien.

Brustpulver, aus Süßholzwurzel, Sennesblättern u. a. bereitetes Pulver zur Schleimlösung u. Auswurfförderung bei Erkrankungen der Atemwege; auch mildes Abführmittel.

Bruststativ, *Schulterstativ,* auf der Brust zu tragendes Gestell oder ein Halsriemen mit kurzem Stativ u. Kugelgelenk für Photo- u. Filmapparate; sehr bewegl. u. wendiger Ersatz für das Dreibeinstativ, von Reportern bevorzugt.

Bruststimme, das tiefere der beiden Register der menschl. Stimme; →auch Kopfstimme.

Bruststück, *Brust,* der →Thorax der Insekten.

Brusttee, Drogenmischung zur Teebereitung gegen Erkrankungen der Atemwege; besteht aus Eibisch-, Süßholz- u. Veilchenwurzel, Huflattichblättern, Wollblumen u. Anis.

Brüstung, *Bauwesen:* 1. bei Fenstern der Teil der Außenwand zwischen Fensterunterkante u. Fußbodenoberkante. — 2. geländerartige Abschlußwand von Brücken, Terrassen, Balkonen, Emporen u. ä.

Brustwassersucht, grch. *Hydrothorax,* An-

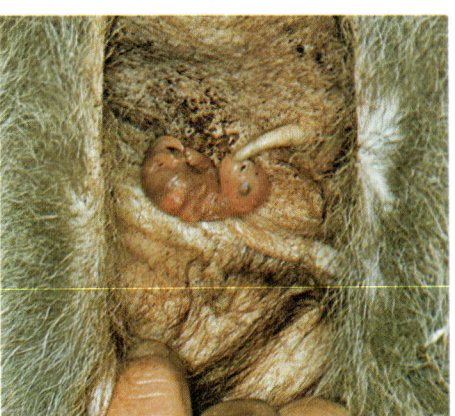

Brutpflege: Gartenrotschwanz beim Füttern der Jungen (oben links). – Mantelpavian-Weibchen schützt sein Junges vor „Neugierigen" (oben rechts). – Gefleckte Hyäne füttert ihr Junges mit vorverdauter Nahrung (unten links). – Soeben geborenes Känguruh im Beutel der Mutter; an der Zitze festgewachsen (unten rechts)

sammlung wäßriger Flüssigkeit im Brustraum zwischen Lungenfell u. Rippenfell; entsteht bei schweren Herzleiden, durch Kreislaufstörungen, Rippenfellentzündung u. a.

Brustwehr, im Festungsbau u. in der Feldbefestigung der vor dem Schützengraben durch Erdaufwurf oder Sandsäcke nach der Feindseite hin gewonnene Schutz für die Brust der Schützen.

Brustwurz = Engelwurz.

Brut →brüten; →auch Brutfürsorge, Brutpflege.

Brutalismus, Begriff der modernen Architektur, der um 1950 von dem schwed. Architekten Hans *Asplund* geprägt wurde, nach England gelangte u. in das Fachvokabular der Architekturabteilung des British Council u. der Architectural Association Eingang fand. B. bezeichnet die Architektur, die durch reine geometrische Körper, durch Stahl u. Glas u. vor allem durch unkaschiertes Betonmaterial mit seinen Unebenheiten u. den Abdrücken der Schalung *(Beton brut)* bestimmt ist. Besonders die Architektur L. *Mies van der Rohes* (Illinois Institute of technology in Chicago) u. *Le Corbusiers* (Unité d'Habitation in Marseille) war für den B. richtungsweisend. Als erster brutalist. Bau gilt die Schule in Hunstanton (Alison u. Peter Smithson, 1949–1954). Die Blütezeit des B. lag zwischen 1953 u. 1967. →auch Art brut.

Brutanstalt, Betrieb, der gegen Entgelt oder auf eigene Rechnung durch Brutmaschinen Geflügeleier ausbrütet u. in diesem Fall →Eintagsküken verkauft.

Brutblatt, *Bryophyllum,* Gattung der *Dickblattgewächse.* Das *Kelchartige B., Bryophyllum calycinum,* in Gewächshäusern häufig kultiviert, bildet in den Einkerbungen der Blätter Brutknospen, die sich oft von selbst u. bes. leicht nach der Abtrennung der Blätter zu neuen Pflanzen entwickeln.

Brutei, angebrütetes Ei mit ausgebildeten Blutgefäßen; zum Genuß untauglich.

brüten, den abgelegten Eiern von Reptilien u. Vögeln die zur Entwicklung nötige geregelte Wärme zuführen. Das Brüten wird meist von den Eltern ausgeübt (Vögel, Pythonschlange), u. zwar vom Weibchen, seltener vom Männchen oder von beiden abwechselnd. Krokodile u. Schlangen lassen die Eier von der Sonnenwärme, Großfußhühner von der Gärungswärme eigens aufgetürmter Laubhaufen ausbrüten. – Zum Brüten wird meist ein einfaches bis mehr oder weniger kunstvolles →Nest gebaut. Die Brutdauer ist unterschiedl. u. unabhängig von der Größe; bei *Vögeln:* Haushuhn 21, Perlhuhn 25, Ente 30–35, Gans 30–35, Truthahn 28, Taube 17–19, Fasan 23, Kanarienvogel 12–14, Papagei 19–25, Schwan 35–42 Tage; bei *Reptilien:* Eidechsen 60–90, Krokodile 70–90, Pythons 60–90, Schildkröten 65–100 Tage. →auch Brutschrank.

Brutfleck, nackte, bes. warme Hautstelle an der Bauchseite des brütenden Vogels. Die Zahl der B.en ist manchmal mit der arttyp. Eizahl übereinstimmend; meist ist der B. jedoch nur einfach vorhanden.

Brutfürsorge, die in fast allen Tierklassen vorkommende indirekte Sorge der Alttiere für ihre Nachkommenschaft. Im Gegensatz zur *Brutpflege* wird B. im voraus geleistet. Sie besteht z. B. im Ablegen der Eier an geschützte Stellen oder dorthin, wo die schlüpfenden Larven gleich das richtige Futter finden (Schmetterlinge, Schlupfwespen).

Brutkasten →Inkubator.

Brutknospen, Knospen, die sich im Gegensatz zu normalen Knospen von der Mutterpflanze ablösen u. zu neuen Pflanzen heranwachsen können. Verdicken sich die B. durch eine Einlagerung von Re-

Brutblatt, Bryophyllum spec.

servestoffen in den Achsenkörper oder in die erste Wurzel u. nehmen sie dadurch eine knollenförmige Gestalt an, so werden sie als *Bulbillen* bezeichnet (Hahnenfußarten, Knöterich, manche Gräser). Werden die Reservestoffe dagegen von den Blättern der Knospe eingespeichert, spricht man von *Brutzwiebeln* (Laucharten, Zahnwurz). Zu den B. zählen auch die *Überwinterungsknospen (Hibernakeln)* vieler Wasserpflanzen.

Brutmaschinen, Apparate zur künstl. Bebrütung (Brutöfen, Brutschränke).

Brutparasitismus, bei Insekten u. Vögeln vorkommendes Verhalten, daß das Muttertier nicht selbst für die Brut sorgt, sondern Brutfürsorge u. Brutpflege einer anderen Tierart überläßt; z.B. bei Vögeln das Ausbrütenlassen eigener Eier durch fremde Eltern (*Kuckuck* u.a.); bei Insekten die Kuckucksbienen der Gattung *Sphecodes*, die ihre Eier in die Nester von solitären (einzellebenden) Bienen der Gattung *Halictus* ablegen u. ihre Brut von diesen aufziehen lassen.

Brutpflege, die Sorge der Alttiere um ihre Nachkommenschaft. Zahlreiche B.-Handlungen dienen dem Schutz vor Freßfeinden: Einige Buntbarsche brüten die Eier im Maul aus u. nehmen auch die Jungen bei Gefahr wieder in das Maul; Geburtshelferkröten tragen den Laich mit sich herum, bis sich die Larven in den Eiern entwickelt haben; Stichlingsmännchen beschützen die Eier, fächeln ihnen frisches Wasser zu u. kümmern sich um die Jungfische. Solche *Vaterfamilien* gibt es ebenfalls bei Seenadel, Seepferdchen, Odinshühnchen u. Wachtelhuhn. Nur die Mutter kümmert sich um die Jungen (*Mutterfamilie*) bei Kampfläufern, Kolibris u. zahlreichen Säugetieren (Bären, Hamster). Häufiger ist B. durch Arbeitsteilung unter den Geschlechtspartnern (Buntbarsche, Affen, Singvögel): Während der eine Partner den Nachwuchs führt, übernimmt der andere die Verteidigung oder trägt Futter herbei. Bei Herdentieren (→Herde) beschützt oft ein Männchen mehrere Weibchen u. deren Junge (Seelöwe). Bei hochentwickelten Insekten ist im Rahmen der Arbeitsteilung die B. bestimmten Gruppen oder Altersstadien überlassen (Jungbienen z.B. putzen die Kammern u. füttern die Larven). Bei zu großer Bevölkerungsdichte kann eine Vernachlässigung der B. auftreten (Ratten, Feldmäuse). – ☐ 9.3.2.

Brutraum, Raum für die Brut von Geflügel; soll gut belüftet u. hell sein, halbgekachelte oder mit Ölfarbanstrich versehene Wände, einen undurchlässigen Fußboden u. einen Abfluß haben; Raumtemperatur etwa 25 °C.

Brutreaktor, *Brüter*, engl. *Breeder*, ein →Kernreaktor, der nicht nur Energie liefert, sondern während des Betriebs auch neues spaltbares Material (neuen Brennstoff aus einem *Brutstoff*) erzeugt, u.U. mehr, als er verbraucht. Brutstoffe sind: Uran 238, Thorium 232.

Brutschrank, Apparat zum Ausbrüten von Vogeleiern, mit einem Thermostaten (selbsttätiger Temperaturregler), der auf 38 bis 39 Grad Celsius eingestellt ist. Der B. wird mehrmals tägl. mit frischer Luft versorgt u. enthält einen offenen Wasserbehälter zur Erhaltung der notwendigen Luftfeuchtigkeit.

Bruttasche, Aufbewahrungsorgan für die Jungen am Körper einiger Tiere (z.B. bei Beuteltieren, bei männl. Seepferdchen u. bei Wasserflöhen).

Bruttier [-tiɛ], ital. Stamm lukan. Herkunft, im 4. Jh. v. Chr. Bewohner des heutigen Kalabrien, 272 v. Chr. von den Römern unterworfen.

brutto [ital., „roh"], einschl. Verpackung, Abzügen, Unkosten; Gegensatz: *netto*. – *Bruttoeinkommen* (-gehalt, -lohn), das Gesamteinkommen (-gehalt, -lohn) vor Abzug von Steuern u. Sozialabgaben. – *Bruttoertrag* (-gewinn), der Gesamtertrag (-gewinn) ohne Abzüge u. Verluste. – *Bruttogewicht*, das Gewicht einer Ware einschließl. Verpackung (*Tara*).

Bruttoproduktionswert, der Wert aller mit Marktpreisen bewerteten Verkäufe von Gütern u. Diensten (erfaßt auf den *Produktionskonten* der Unternehmen u. privaten Haushalte) einschl. der zu Herstellkosten bewerteten Bestandsänderungen an eigenen Erzeugnissen u. der selbsterstellten Anlagen sowie des Eigenverbrauchs der öffentl. Haushalte (bewertet zu *Faktorkosten*). Nach Abzug der *Vorleistungen*, d.h. des Wertes der von anderen Wirtschaftseinheiten zu Produktions- bzw. Leistungszwecken erworbenen Güter u. Dienste, erhält man den *Nettoproduktionswert* (oder die *Bruttowertschöpfung*).

Bruttoregistertonne, Abk. *BRT*, →Schiffsvermessung; 1 Registertonne = 2,8316 m³.

Bruttosozialprodukt, die Summe der von den ständigen Bewohnern des Wirtschaftsbereichs (Inländern) im In- u. Ausland erzielten *Nettoproduktionswerte*, bewertet zu Marktpreisen (Entstehungsseite). In der Verwendungsrechnung ermittelt man das B. durch Addition des privaten u. staatl. Verbrauchs, der Bruttoinvestitionen u. des sog. *Außenbeitrags* (Export minus Import). →auch Sozialprodukt.

Brutus, 1. Lucius Iunius B., der Sage nach der erste Konsul der röm. Republik; vertrieb den letzten röm. König, *Tarquinius Superbus*.
2. Marcus Iunius B., einer der Mörder *Cäsars*. * 85 v. Chr., † 42 v. Chr. bei Philippi; obwohl von Cäsar hochgeachtet, wurde B. das Haupt der republikan. Verschwörung gegen ihn; gab sich, von *Antonius* bei Philippi besiegt, selbst den Tod. – ☐ 5.2.7.

Brutzwiebel, eine →Brutknospe mit verdickten Blättern.

Brüx, tschech. *Most*, nordwestböhm. Stadt an der Biela, am Fuß des Erzgebirges, 60 000 Ew.; Braunkohlenbergbau, Hydrierwerk, Lebensmittel- u. Hüttenindustrie; got. Kirche.

Bruyèreholz [bry'jɛːr; kelt. frz.] →Baumheide.

Bruyn [brœin], Bartholomäus (Barthel) d. Ä., Maler, *1493 Wesel, †1555 Köln; beeinflußt von J. van Cleve, dessen Schüler er vermutl. um 1515 in Köln war; neben umfangreichen Altarwerken, u.a. für die Münsterkirche in Essen (1522–1525) u. St. Viktor in Xanten (1529–1534), zahlreiche Bildnisse, die meist Kölner Patrizier in repräsentativer Haltung darstellen.

Brya ebenus, westind. Gattung der *Schmetterlingsblütler*; liefert das für Einlege- u. Drechslerarbeiten sowie zu Spazierstöcken verarbeitete amerikan. Ebenholz.

Bryan ['braiən], William Jennings, US-amerikan. Politiker, *19. 3. 1860 Salem, Illinois, †26. 7. 1925 Dayton, Tennessee; wiederholt erfolgloser Präsidentschaftskandidat, 1913 Außen-Min.; überwarf sich 1915 mit Präsident Wilson wegen einer 2. Note, die der Präsident aus Anlaß des „Lusitania"-Zwischenfalls an Dtschld. richtete.

Bryant ['braiənt], William Cullen, US-amerikan. Dichter u. Kritiker, *3. 11. 1794 Cummington, Mass., †12. 6. 1878 New York; seine Naturlyrik („A Forest Hymn" 1860) leitete die amerikan. Romantik ein, während seine moral.-meditativen Gedichte („Thanatopsis" 1811) mehr der Tradition des 18. Jh. angehören.

Bryaxis, griech. Bildhauer, tätig in der 2. Hälfte des 4. Jh. v. Chr. Hptw.: monumentale Serapis-Statue in Alexandria (Kopien erhalten); arbeitete mit *Skopas, Leochares* u. *Timotheos* an den Reliefs zum Mausoleum von Halikarnassos.

Bryggmann, Erik, finn. Architekt, *2. 7. 1891 Turku, †21. 12. 1955 Turku; öffentl. Bauten, u.a. Finn. Pavillon der Weltausstellung von 1930 in Antwerpen, Hotels, Wohnhäuser. Anfängl. Anhänger des Funktionalismus, neigte B. später zum Romantizismus u. tendierte mit seinen letzten Bauten zur „Organischen Architektur". Hptw.: Akademie-Bibliothek (1935) u. Friedhofskapelle (1938–1941) in Turku, Wohnsiedlung in Holzkonstruktion, Pansio bei Turku 1946.

Brygos, griech. Töpfer, tätig in Athen um 500–475 v. Chr.; der führende Vasenmaler seiner Werkstatt war der *B.-Maler*, ein anonymer Meister des frühen rotfigurigen Stils.

Bryologie [grch.], Mooskunde; →Moose.

Bryophyta [grch.] = Moose.

Bryozoen [Mz.; Ez. das *Bryozoon*; grch.], *Bryozoa* = Moostierchen.

Bryum [das; grch.] →Birnmoos.

Brzeg [bʒɛg], poln. Name der Stadt →Brieg.

Brzezinski [bʒɛ'zinski], Zbigniew, US-Politologe, *28. 3. 1928 Warschau; 1961–1976 Direktor des Instituts für Kommunismusfragen, Columbia-Universität, New York; seit 1977 Sicherheitsberater des US-Präsidenten J. Carter.

Brutfürsorge: Blatttrichter als Brutnest des Trichterwicklers, Deporaus betula

BSC, Abk. für →British Steel Corporation.

B. Sc., Abk. für *Bachelor of Science*; →Bachelor.

BSHG, Abk. für →Bundessozialhilfegesetz.

BSI, Abk. für *British Standard Institution*, Britischer Normenausschuß; *BS*, Bez. für engl. Normblätter.

btto., Abk. für *brutto*.

Buback, Siegfried, Jurist, *3. 1. 1920 Wilfsdruff, †7. 4. 1977 Karlsruhe (ermordet); 1974–1977 Generalbundesanwalt, u.a. in Prozessen gegen Terroristen u. polit. Straftäter tätig.

Bubastis, altägypt. Stadt beim heutigen Saqasiq, im Nildelta; Kultort der Katzengöttin *Bastet*; einst Stätte rauschender Feste.

Bubenik, Gernot, Maler u. Graphiker, *30. 4. 1942 Troppau; war erst Gärtner, ehe er in Berlin an der Hochschule für bildende Künste studierte; geht in seinen ornamentalen Querschnitten u. Schautafeln von der Symmetrie makro- u. mikrokosm. Strukturen aus u. entdeckt Analogien zwischen der Welt der Technik u. der Natur (vgl. Titel wie „Schmetterlingsmaschine", „Transistor-

Bruttosozialprodukt der BRD

Bubenreuth

keim"). B. malt mit äußerster handwerkl. Sorgfalt auf Holzgrund, Leinwand u. mit der Spritzpistole auf Aluminium.

Bubenreuth, mittelfränk. Gemeinde im Ldkrs. Erlangen-Höchstadt, 3450 Ew.; Geigenbau.

Buber, Martin, jüd. Religionsphilosoph u. Schriftsteller, * 8. 2. 1878 Wien, † 13. 6. 1965 Jerusalem; 1923–1933 Lehrauftrag für jüd. Religionsphilosophie u. -geschichte in Frankfurt a. M., 1938–1951 Prof. für Soziologie in Jerusalem; Forschungen zum jüd. Chassidismus Osteuropas; trat für eine arab.-jüd. Verständigung ein; übersetzte mit F. *Rosenzweig* das A. T. aus dem Hebräischen ins Deutsche. Hptw.: „Königtum Gottes" 1932; „Gog u. Magog" 1943; „Die chassid. Botschaft" 1952; „An der Wende" 1952; 1953 Friedenspreis des Dt. Buchhandels.

Bubi, Bantunegerstamm auf Fernando Póo (20 000); mit Bodenbau. Sie bedienen sich einer Pfeifsprache.

Bubikopf, weibl. Haartracht, die um 1920 aufkam; ahmt die Herren- bzw. Kinderfrisur nach. Sonderformen sind *Pagenkopf, Herrenschnitt* u. *Windstoßfrisur.*

Bubiköpfchen = Heimglück.

Bubnoff, Serge von, dt. Geologe russ. Herkunft, * 15. 7. 1888 St. Petersburg, † 16. 11. 1957 Berlin; lehrte in Greifswald u. Berlin; Arbeiten über die Geologie Osteuropas; Hptw.: „Grundprobleme der Geologie" 1931, ³1959; „Geologie von Europa" 1936; „Einführung in die Erdgeschichte" 1949.

Bubo [der, Mz. *Bubonen*; grch.], entzündl. Leistenlymphknotenschwellung bei Geschlechtskrankheiten, bei der Beulenpest *(B.nenpest)* u. a.

Bucaramanga, Hptst. des zentralkolumbian. Dep. Santander, 365 000 Ew.; 2 Universitäten (für Frauen, gegr. 1964; Techn. Univ., gegr. 1948), Tabak- u. Kaffeezentrum; in der Nähe die Ölfelder u. Raffinerien von *Barranca-Bermeja;* Nahrungsmittel-, Tabak- u. a. Industrie; Flugplatz.

Bucaro [der; span., „duftende Tonerde"], schwach gebrannte, meist rote Tonware, die vor dem Brand poliert wird; hergestellt in Spanien, Portugal u. Mexiko.

Buccaneer Archipelago [bʌkəˈniə aːkiˈpeləgou], Gruppe kleiner Inseln vor der nordwestaustral. Küste; bewohnt sind *Cockatoo Island* u. *Koolan Island;* hochmechanisierter Tagebau auf reiche Eisenerzvorkommen.

Bucchero-Vasen [buˈkɛro-], Gattung der etrusk. Keramik aus dem 7. u. 6. Jh. v. Chr., deren Ton im reduzierenden Feuer schwarz gebrannt ist; mit glänzender, oft reliefverzierter Oberfläche.

Bucer, *Butzer,* Martin, ev. Theologe, * 11. 11. 1491 Schlettstadt, Elsaß, † 28. 2. 1551 Cambridge; Dominikaner, für Luther gewonnen; der Reformator Straßburgs u. Hessens; unermüdl. bemüht um eine Verbindung der streitenden ev. Parteien; 1549 auf Veranlassung Kaiser Karls V. ausgewiesen, ging nach England; Prof. in Cambridge.

Buch [ahd. *buoh,* „Buche, Buchenbrett"; die ersten „Bücher" im german. Bereich bestanden aus zusammengebundenen Buchentäfelchen], **1.** zu einem Ganzen verbundene, beschriebene oder bedruckte Blätter oder Bogen (→Buchbinderei). Die ältesten Vorläufer des B.s waren die assyr. u. babylon. *Tontafeln.* Ägypter, Griechen u. Römer schrieben auf zusammengeklebte, dann aufgerollte *Papyrusblätter* (Vervielfältigung fabrikmäßig durch Sklaven). Erst allmählich ging man zum *Pergament* über, das sich im 4. Jh. n. Chr. endgültig durchsetzte. Es läßt sich falten u. in Lagen zusammenlegen, die kunstvoll gebunden werden können. Der hohe Pergamentpreis u. die Mühewaltung des Schreibens, das bes. in Klöstern geübt wurde, oft unter Verwendung von gefärbtem Pergament u. einer mit Initialen verzierten Gold- oder Silberschrift, machten das B. im MA. teuer u. daher selten. Erst die Erfindung des *Papiers* (aus Lumpen) u. des *Buchdrucks* führten zu einer Verbilligung u. damit zu einer größeren Verbreitung des B.s, eine Entwicklung, die durch die Erfindung der Schnellpresse u. durch den Sturz der Papierpreise im 19. Jh. beschleunigt wurde. →auch Buchformate. – ☐ 3.6.6.

2. Papierzählmaß: 1 B. = 100 Bogen (seit 1877).

Buch, Leopold von, Frhr. von Gelmersdorf, Geologe u. Naturforscher, * 25. 4. 1774 Schloß Stolpe, Uckermark, † 4. 3. 1853 Berlin; Mitgründer der Dt. Geolog. Gesellschaft (die von ihr verliehene Leopold-von-B.-Plakette ist eine bedeutende wissenschaftl. geolog. Auszeichnung); richtungsweisend für eine ganze geolog. Forschungsepoche.

Initiale aus dem irischen „Book of Kells"; um 800. Dublin, Trinity College

Prachteinband des 18. Jh. aus Frankreich. Paris, Bibliothèque Nationale

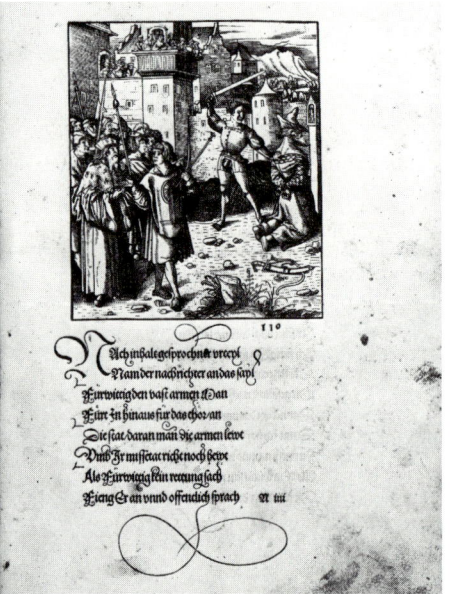

Seite aus dem 1517 in Nürnberg gedruckten „Theuerdank"

BUCH I

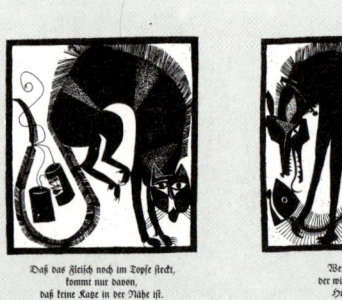

Doppelseite aus Christoph Brudi, „Die Sprichwortspelunke", 1967

Assyrische Keilschrift-Tontafel mit Griffel. Berlin, Staatsbibliothek Preuß. Kulturbesitz

Griechische Papyrusrolle aus Ägypten; 2. Jh. n. Chr. Berlin (Ost), Papyrus-Sammlung

Buch

Moderner französischer Prachteinband eines Werkes von Buffon

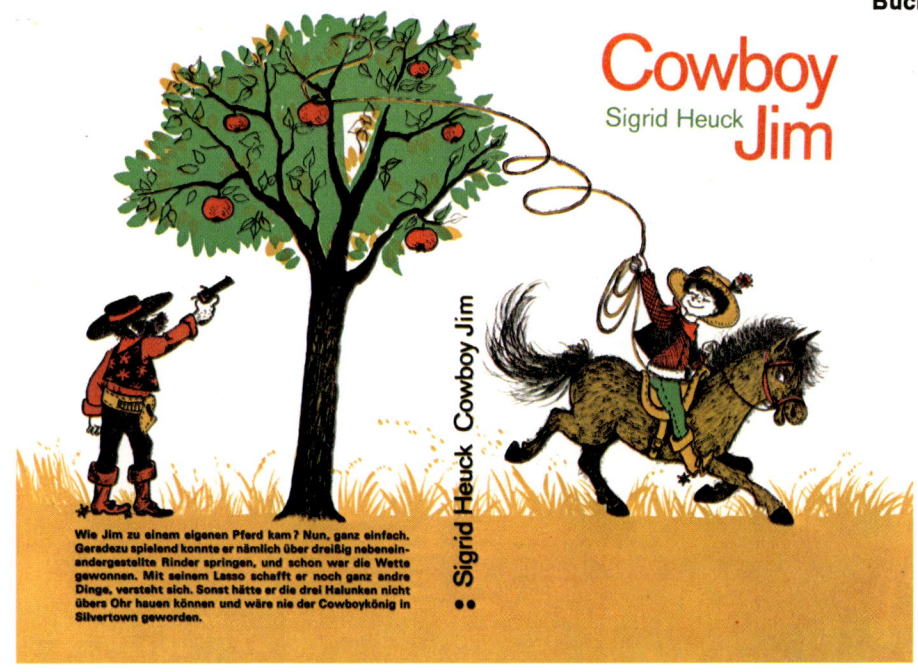

Modern gestalteter Buchumschlag eines Kinderbuchs von Sigrid Heuck, „Cowboy Jim", 1968; illustriert von Lilo Fromm

Felix Hoffmann, Titelseite mit Farbholzschnitt zu „Das Hohe Lied", 1964

Innentitel eines Buches von Karl Anders; Entwurf von Jürgen Seuss

C. Piatti, Einband des Taschenbuchs J. Condé, „Pension Nachtgelächter"

Griechisches Wachstafelbuch. München, Deutsches Museum

Chinesisches Faltbuch (Leporello), Holztafeldruck; um 1860. Berlin, Staatsbibliothek Preuß. Kulturbesitz

Buch

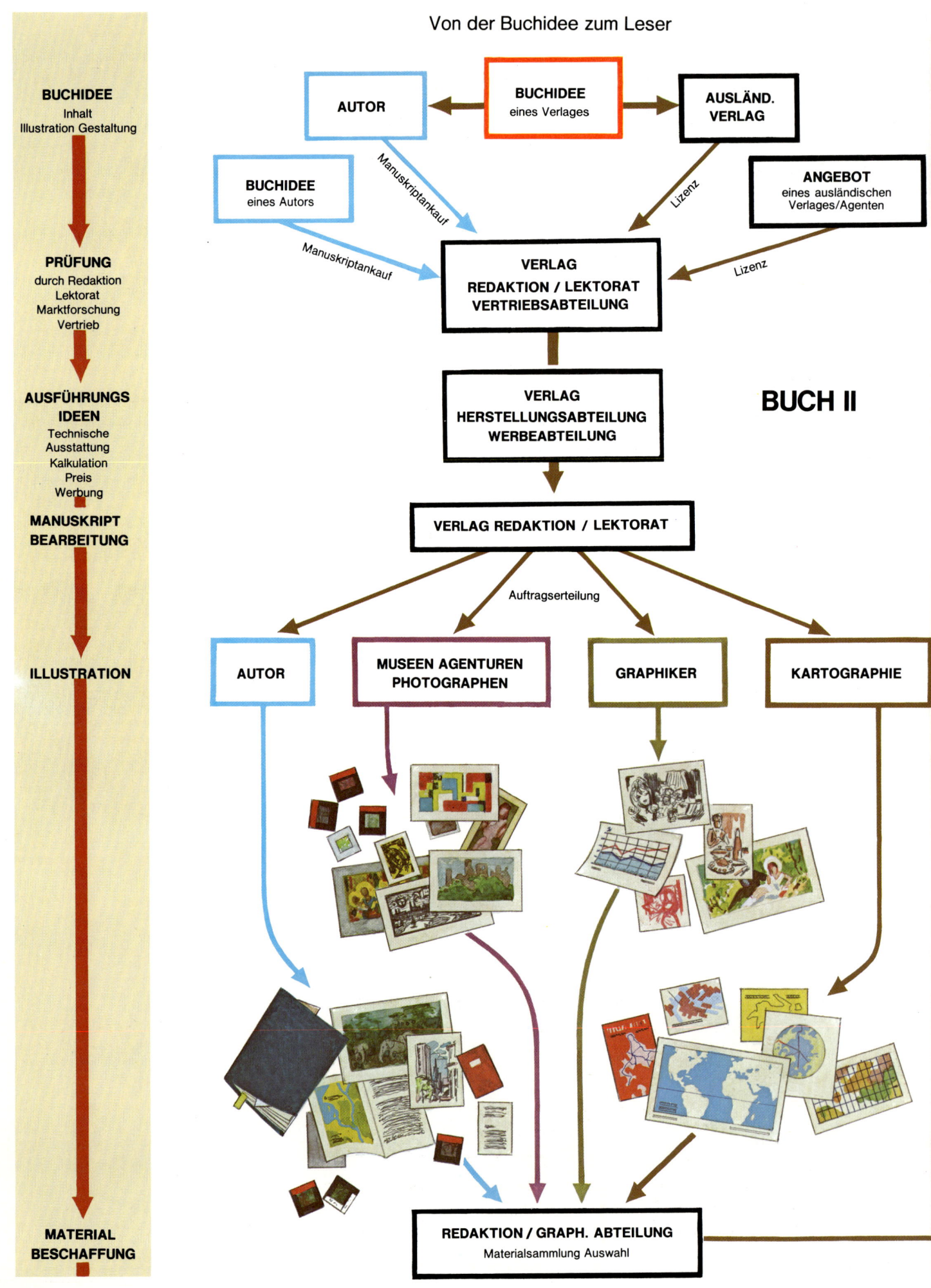

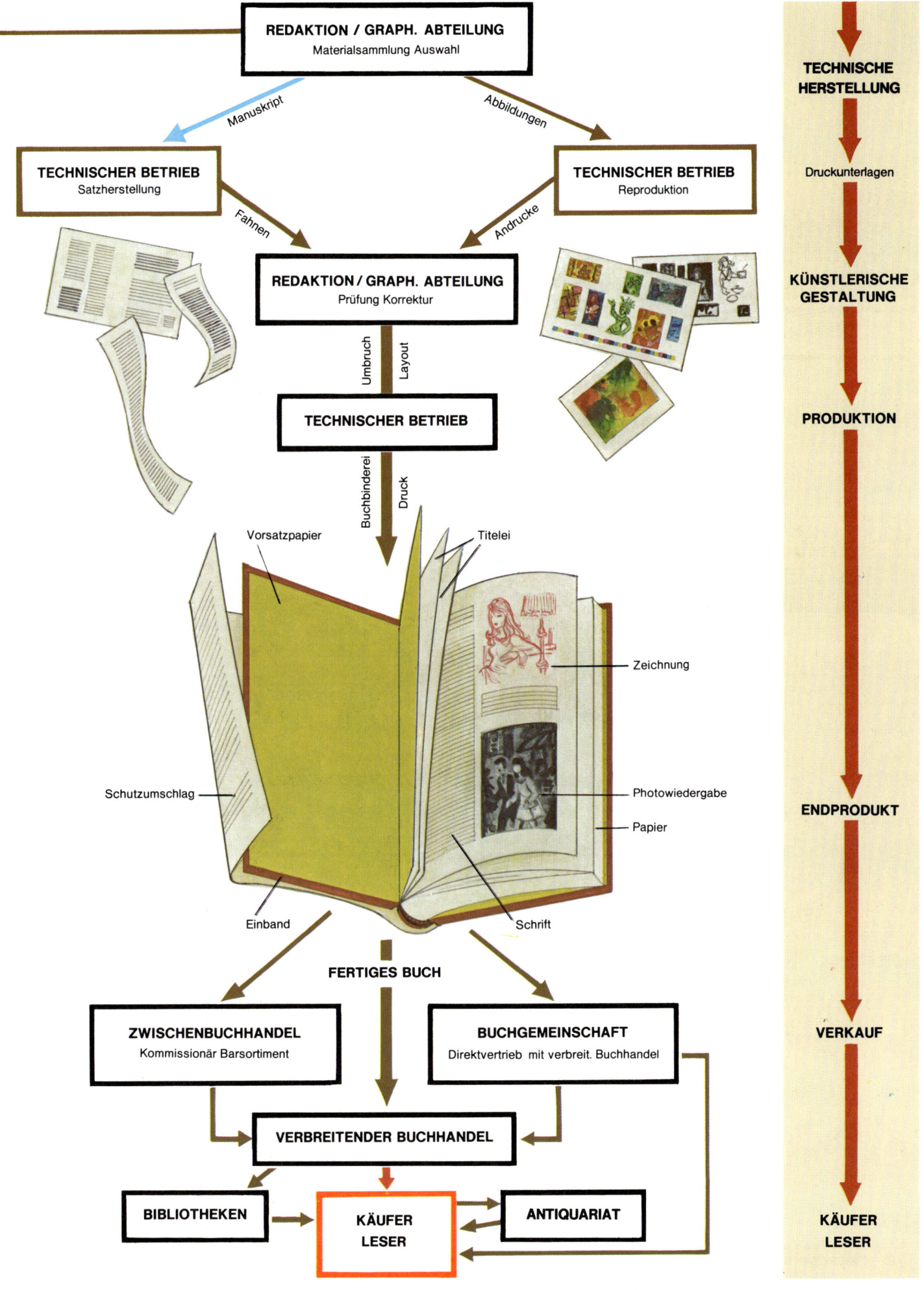

Buch

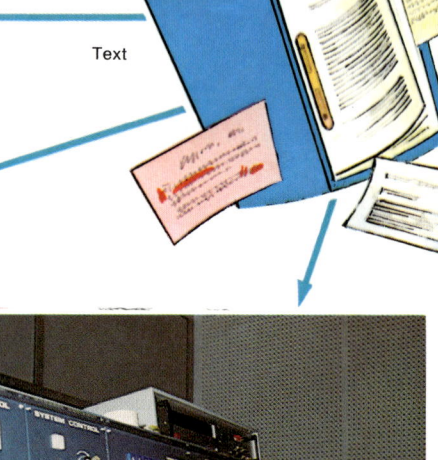

Vom Manuskript — Text

HANDSATZ

MASCHINENSATZ (LINOTYPE, MONOTYPE)

FOTOSATZ

BUCH III

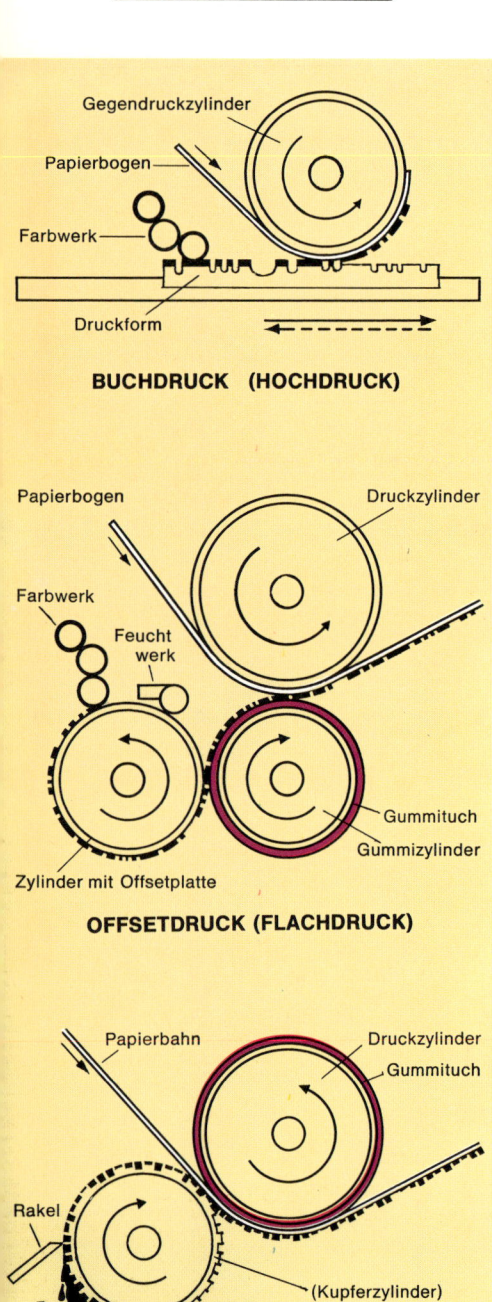

BUCHDRUCK (HOCHDRUCK) — Gegendruckzylinder, Papierbogen, Farbwerk, Druckform

OFFSETDRUCK (FLACHDRUCK) — Papierbogen, Druckzylinder, Farbwerk, Feuchtwerk, Gummituch, Gummizylinder, Zylinder mit Offsetplatte

TIEFDRUCK — Papierbahn, Druckzylinder, Gummituch, (Kupferzylinder), Farbwanne, Rakel

DRUCKEREI

134

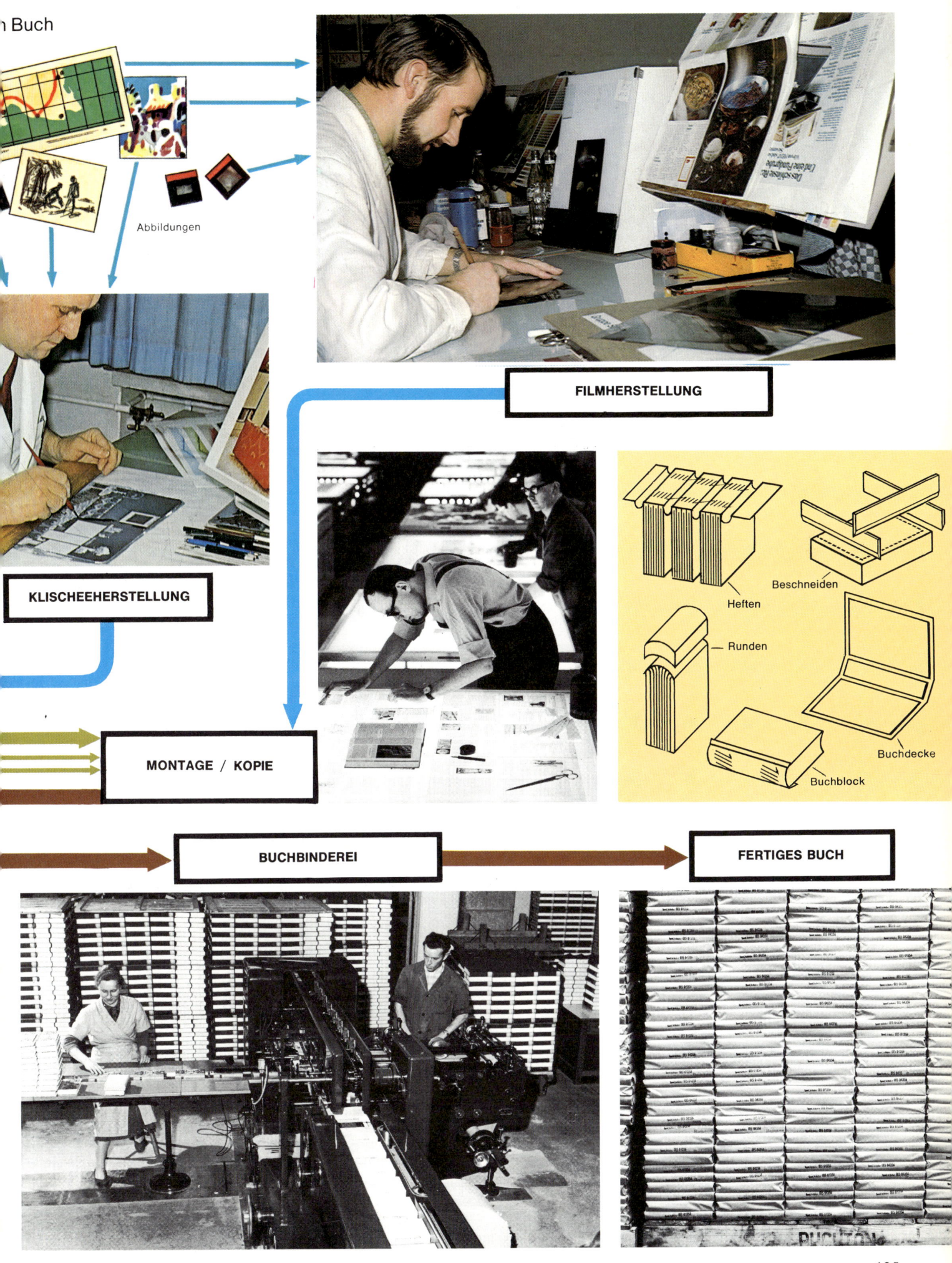

Buchan

Buchdruck: Mönch in einem Kloster in Bhutan

Buchan [′bʌkən], John, Lord Tweedsmuir, brit. Staatsmann u. Schriftsteller, *26. 8. 1875 Perth, †11. 2. 1940 Montreal; seit 1935 Generalgouverneur von Kanada; schrieb historische Biographien („Oliver Cromwell" 1934) und Abenteuerromane.

Buchanan [bju′kænən], *Grand Bassa*, Hafenstadt in der westafrikan. Rep. Liberia; Umschlag von Eisenerz; 14 000 Ew.

Buchanan [bju′kænən], **1.** George, schott. Humanist, *Febr. 1506 Killearn, Stirlingshire, †29. 9. 1582 Edinburgh; Prinzenerzieher, akadem. Lehrtätigkeit in verschiedenen Ländern; schrieb in latein. Sprache Gedichte, Trauerspiele u. eine Geschichte Schottlands.
2. James, US-amerikan. Politiker (Demokrat), *23. 4. 1791 Stony Batter bei Mercersbury, Pa., †1. 6. 1868 Wheatland bei Lancaster, Pa.; 15. Präsident der USA (1857–1861); begann seine polit. Laufbahn als Mitgl. des Repräsentantenhauses u. Gesandter am Zarenhof, 1834–1845 Senator; regelte als *Secretary of State* (Außen-Min.) unter J. *Polk* 1846 den Oregonkonflikt mit Großbritannien u. trachtete vergebens, Kuba zu annektieren; mitverantwortl. für den Eroberungskrieg gegen Mexiko 1846–1848, blieb auch später Expansionist. Im Präsidentenamt hatte B. eine wenig glückliche Hand. Seine Politik gegenüber „Bleeding Kansas" (Auseinandersetzungen zwischen Befürwortern und Gegnern der Antisklavereibewegung) zählt zu den Fehlgriffen in der Vorgeschichte des Sezessionskriegs.
3. Robert Williams, engl. Schriftsteller, *18. 8. 1841 Caverswall, Staffordshire, †10. 6. 1901 Streatham; weniger bekannt durch seine Werke (Lyrik, Dramen, Romane) als durch seinen Angriff auf die *Präraffaeliten* in einem Zeitschriftenartikel (1871), der eine literar. Fehde bewirkte.

Buchara, *Bochara, Bokhara*, Hptst. der Oblast B. (143 200 qkm, 934 000 Ew., davon rd. 24% in Städten) in der Usbek. SSR, Oase im Serawschantal in der Wüste Kysylkum, 112 000 Ew.; oriental. Stadtbild; Hoch- u. Fachschulen; ehemals hochentwickeltes Kunstgewerbe (Teppichknüpferei, Goldstickerei, Seidenweberei, Kupferziselierungen), Zentrum eines Baumwollanbaugebiets mit Karakulzucht u. -fellverarbeitung, Textil- u. Lederindustrie; Erdöl- u. Erdgaslager; Wärmekraftwerk; Anschluß zur Transkasp. Bahn.
Ehem. Hptst. des usbekischen Emirats B., das im 16. Jh. gegr. wurde. 1868 geriet das Khanat B. unter russ. Einfluß u. wurde 1924 größtenteils der Sowjetrepublik Usbekistan eingegliedert.

Bucharin, Nikolaj Iwanowitsch, sowjet. Politiker (führender Bolschewist), *9. 10. 1888 Moskau, †15. 3. 1938 Moskau (hingerichtet); enger Mitarbeiter *Lenins*, Wirtschaftstheoretiker („Imperialismus u. Weltwirtschaft" 1918) u. Publizist; 1919 Mitgl. des Politbüros, bis 1929 Redakteur der „Prawda", 1926 Präsident des Exekutivkomitees der Komintern. Nach Lenins Tod unterstützte B. zunächst *Stalin* gegen Trotzkij, G. Sinowjew u. L. Kamenew, wurde jedoch 1929 als Exponent der „Rechtsopposition" ausgeschaltet u. später erschossen.

Buchau, *Bad B.*, baden-württ. Stadt im S des Federsees (Ldkrs. Biberach), 3900 Ew.; Chorfrauenstift aus dem 8. Jh., Schloß, Barockkirche; Federseemuseum; seit 1963 Heilbad (Moorbäder).

Buchberger, Michael, kath. Theologe, *6. 8. 1874 Jetzendorf, †10. 6. 1961 Straubing; seit 1927 Bischof von Regensburg, 1950 Erzbischof; Hrsg. des „Lexikons für Theologie u. Kirche" 10 Bde. 1930–1938 (Neubearbeitung 1957–1968).

Buchbinder, Ausbildungsberuf des Handwerks u. der Industrie, 3 Jahre Ausbildungszeit; Betätigungsfeld: B.handwerk, Großbuchbinderei, Geschäftsbücherfabrik u. mit anderen Betrieben kombinierte bzw. diesen angeschlossene B.werkstätten.

Buchbinderei, das Gewerbe, der Arbeitsraum u. die Tätigkeit des Zusammenfügens bedruckter Bogen zum fertigen Buch. Die Druckbogen, die je nach Größe des Spiegels (d. i. die bedruckte Fläche) 4 bis 32 Seiten enthalten (→Buchformate), werden zunächst gefalzt, dann werden alle zum Buch gehörenden Bogen in richtiger Reihenfolge zusammengetragen. Nach dem *Kollationieren*, d. h. dem Nachprüfen des nun erhaltenen losen Buchblocks auf Vollständigkeit, u. nach dem Einpressen zu einem festen Buchblock folgt das *Heften*. Hierbei werden im Rücken des Buchblocks 3 bis 4 Heftschnitte eingesägt u. die einzelnen Bogen mit Hanffäden oder Draht um die erste u. letzte Seite geheftet. Der *Vorsatz* ist ein Doppelblatt, dessen eine Hälfte über eine Innenseite der Einbanddecke geklebt wird, während die andere das erste bzw. letzte Blatt des Buches ist. Durch Mitheften eines Leinenstreifens, der später an der Einbanddecke befestigt wird, u. durch Verleimen der Fadenenden (Fitzbunde) u. der Abschlußlitzen (Kapitalbänder) am oberen u. unteren Rand erhält der Buchblock seine Festigkeit. Hierauf wird er auf sein endgültiges Format zurechtgeschnitten. Durch Runden des Rückens u. Pressen erhält der Buchblock dann seine endgültige Form. Oft wird der Schnitt (die Blattkanten) eingefärbt (*Farbschnitt*) oder mit Blattgold beklebt (*Goldschnitt*). Zum Schluß wird der fertige Buchblock in den *Einband* gehängt. In handwerkl. Arbeit werden heute nur noch kleine Auflagen, Einzelbände für Bibliotheken u. für Liebhaber gebunden. Bei größeren Auflagen werden die einzelnen Arbeitsgänge durch Maschinen für das Falzen, Heften, Schneiden, Runden usw. ausgeführt, die im großen u. ganzen die Handarbeit nachmachen.
In neuerer Zeit werden zerlesene u. am Rücken beschädigte Bücher in der Weise wiederhergestellt, daß der Buchblock in einer Presse gefaßt u. der Rücken geradegeschnitten wird; die einzelnen Blätter werden aufgefächert u. ein zäher Kunstharzleim durch Streichen, Walzen oder Spritzen in einer Breite von etwa 2 bis 3 mm je Blatt aufgetragen, der nach dem Erhärten die Blätter festhält (*Klebebindung, Lumbeckverfahren*). Das Lumbeckverfahren wird in zunehmendem Maß für Adreßbücher, Kursbücher, billige Buchreihen u. für das Binden von Zeitschriften verwendet. →auch Einband. — □ 10.3.4.

Buchbinderleinen, in der Buchbinderei ein Bezugstoff für Einbanddecken. →Leinenband, →Halbleinenband.

„Buch der Lieder" →Schi-king.

„Buch der Wandlungen" →I-ching.

Buchdruck, **1.** das Drucken von Büchern, im Gegensatz zur Handschrift. Fertigung von der Erfindung des B.s durch J. *Gutenberg;* genauer: das Drucken von *Büchern*, im Gegensatz zum Akzidenz-, Zeitungs- u. Zeitschriftendruck. Der heutige Fachausdruck hierfür ist →Werkdruck. Geschichtliches: →drucken.
2. das hauptsächl. angewandte Druckverfahren: der direkte →Hochdruck.

Buchdrucker, **1.** *Berufskunde*: Ausbildungsberuf der Industrie u. des Handwerks, 3 Jahre Ausbildungszeit; Fortbildungsmöglichkeiten durch Besuch der *Meisterschule für Deutschlands B.*, München, der *Höheren Fachschule für das Graphische Gewerbe*, Stuttgart, oder von Fachhochschulen (Werkkunstschulen).
2. *Zoologie: Ips typographus*, gefährlichster der mitteleurop. *Borkenkäfer;* als Brutbaum dienen vorzugsweise Fichten; bewirkt große Schäden infolge von Massenvermehrung.

Buche, *Rotbuche, Fagus silvatica*, europ. Waldbaum aus der Familie der *Buchengewächse*, mit vorwiegend atlant. Verbreitung; geschlossene Bestände finden sich hauptsächl. in Westeuropa, in Südeuropa nur in höheren Lagen. Die B. bildet

Buchara: Kalianmoschee

hohe schlanke Stämme mit silbergrauer, glatter Rinde u. rötl. Holz. Die Blätter sind ganzrandig, in der Jugend zottig bewimpert. Die dreikantigen Nüsse (*Bucheckern*) sind reich an Öl u. sitzen zu zweit in einem Fruchtbecher. In Parkanlagen werden Spielarten angepflanzt: *Blutbuche, Fagus silvatica var. purpurea*, mit vor allem im Frühjahr dunkelroten Blättern (→Anthozyane). Die →Hainbuche ist kein Buchengewächs.

Bucheignerzeichen →Exlibris.

Büchen, Gemeinde in Schleswig-Holstein (Ldkrs. Herzogtum Lauenburg), östl. von Hamburg, 4400 Ew.; Bahnknotenpunkt; Werkzeug-, chem. Industrie.

Buchenau, Heinrich, Numismatiker, *21. 4. 1862 Bremen, †15. 5. 1931 München; schrieb über mittelalterl. Münzkunde: „Der Brakteatenfund von Seega" 1905; „Der Brakteatenfund von Gotha" 1928; zahlreiche Aufsätze in den „Blättern für Münzfreunde".

Buchengewächse, *Becherfrüchtler, Fagaceae, Cupuliferae*, Familie der *Fagales;* Holzgewächse, deren Früchte von einem mit Schuppen u. Stacheln versehenen Fruchtbecher (*Cupula*) umgeben sind. Zu ihnen gehören: *Buche, Eiche, Edelkastanie* u. a.; ca. 900 Arten.

Buchen (Odenwald), Stadt in Baden-Württemberg (Neckar-Odenwald-Kreis), im östl. Odenwald, 12 700 Ew.; Holz- u. Metallindustrie.

Buchenspinner, zwei Nachtschmetterlinge: **1.** *Rotschwanz, Dasychira pudibunda*, ein Trägspinner, grau mit hellen Flügelbinden; die Raupe ist gelbschwarz gepunktet, haarig, mit rotem Haarpinsel als „Schwanz"; an Buchen u. Brombeeren; selten schädlich.
2. *Gabel-B., Stauropus fagi*, die Raupe hat spinnenartige Vorderbeine; an Buchen schädlich.

Buchenspringrüßler, *Orchestes fagi*, schwarzer, etwa 2 mm langer Rüsselkäfer, bewegt sich, wie viele kleine Käfer, durch Springen fort; auf Buchenlaub.

Buchenstein, ital. *Livinallongo*, schluchtenförmiges Tal des oberen Cordévole (rechter Nebenfluß der Piave) in den Dolomiten; Hauptort *Pieve di Livinallongo*.

Buchenwald, ehem. Konzentrationslager am Nordhang des Ettersbergs, nördl. von Weimar, ca. 2 qkm; Juli 1937 von der SS gegr.; 1939: 5400, März 1945 (mit Nebenlagern): 80 500 Häftlinge; insges. ca. 56 000 Opfer, darunter R. *Breitscheid* u. E. *Thälmann*. 1945–1950 wurde B. von den Sowjets weiterbenutzt zur opferreichen Internierung „aktiver Faschisten" u. „Kriegsverbrecher". Seit 1958 *Nationale Mahn- u. Gedenkstätte B.* der DDR.

Bucher, Ewald, Politiker (FDP, 1972 ausgetreten), *19. 7. 1914 Rottenburg am Neckar; Rechtsanwalt, 1953–1969 MdB, 1962–1965 Bundesjustiz-Min., 1965/66 Bundeswohnungsbau-Min.

Bücher, Karl, Nationalökonom, *16. 2. 1847 Kirberg, †13. 11. 1930 Leipzig; Vertreter der jüngeren *Historischen Schule*, Begründer der Zeitungswissenschaft. Hptw.: „Die Entstehung der Volkswirtschaft" 2 Bde. 1893; „Gesammelte Aufsätze zur Zeitungskunde" 1926.

Bücherei →Bibliothek.
Büchergilde Gutenberg, Frankfurt a. M., Buchgemeinschaft, gegr. 1924 in Leipzig vom Bildungsverband der Dt. Buchdrucker, Neugründung 1947.
Bücherläuse, Sammelbez. für ungeflügelte Arten der *Staubläuse,* die in Wohnungen in feuchten Spalträumen mit Schimmelentwicklung leben, z. B. hinter Tapeten noch nicht ausgetrockneter Neubauten. Die Weibchen der Art *Trogium pulsatorium* können durch Aufschlagen mit dem Hinterleib feine tickende Töne hervorbringen (→Totenuhr).
Bücherrevisor, veraltete Bez. für *Wirtschaftsprüfer.*
Büchersitzung, *Tabularersitzung,* Eigentumserwerb an einem Grundstück durch einen Nichtberechtigten, der 30 Jahre lang fälschl. als Eigentümer im Grundbuch eingetragen war u. während dieser Zeit das Grundstück in →Eigenbesitz gehabt hat. Auch z. B. ein *Nießbrauchs-* oder *Wohnungsrecht* oder eine *Grunddienstbarkeit* können entsprechend „ersessen" werden (§ 900 BGB).
Bücherskorpione →*Afterskorpione.*
Bücherwurm, an Büchern fressende →*Brotkäfer* u. →*Diebskäfer;* übertragen: eifriger Bücherleser.
Buchfink, *Fringilla coelebs,* ein *Singvogel* lockerer Gehölze Europas u. Westasiens; Zugvogel, einige Männchen überwintern aber im Brutgebiet.
Buchformate, Einteilung der Bücher nach der Zahl der Blätter bzw. Seiten, die ein Druckbogen enthält:

Bezeichnung	Blätter	Seiten
Folio (2°)	2	4
Quarto (4°)	4	8
Oktav (8°)	8	16
Duodez (12°)	12	24
Sedez (16°)	16	32

Buchführung, *Buchhaltung,* 1. als kaufmännische *B.* die systemat. regelmäßige Aufschreibung aller Geschäftsvorfälle mit Wertangabe, beginnend mit der Eröffnungsbilanz. Bei der *einfachen B.* werden alle Zugänge u. Abgänge unabhängig voneinander auf einigen wenige Konten verbucht. Dagegen bedient sich die *doppelte B.* des Prinzips der *Doppik,* wonach jeder Geschäftsvorfall eine doppelte Wirkung hat, d. h. jede Minderung auf einem Konto eine Mehrung auf einem anderen Konto bedeutet (bei Warenverkauf z. B. Warenminderung = Geldmehrung). Bei jeweils gleichzeitiger Buchung auf beiden betroffenen Konten bleibt die Gleichheit der Summen beider Seiten der *Bilanz* ständig erhalten, so daß eine rechner. Kontrolle möglich ist.
Unter einfacheren Verhältnissen haben sich verschiedene *B.*ssysteme entwickelt, bekannt als *italienische, deutsche, französ.* u. *amerikanische B.,* die sich nach Vielfalt u. Aufteilung der →*Handelsbücher* unterscheiden. Davon ist heute noch in Kleinbetrieben das amerikan. Form verbreitet, bei dem neben der Textspalte eine Reihe von Spalten für die am häufigsten gebrauchten Hauptbuchkonten u. eine Sammelspalte für selten benötigte Konten liegen (*Tabellenjournal*). Eine moderne Geschäfts-*B.* weist in der Regel ein gemischtes System mit starker Unterteilung entsprechend dem in Betracht kommenden *Kontenrahmen* auf. Dabei werden die chronolog. u. die systemat. Buchung, bei den älteren Systemen in getrennten Büchern, im Durchschreibeverfahren vereinigt (*Durchschreibe-B.*), wozu man sich in Großbetrieben besonderer Buchungsmaschinen mit Rechenwerken bedient (*Maschinen-B.*). →auch Konto.
2. die *kameralistische B.* ist das besondere, in Verwaltungsbetrieben gebräuchl. System der Einnahmen-Ausgaben-Rechnung bei einem Etat. Nicht das Vermögen selbst, nur die Veränderung der Vermögensbestandteile wird nachgewiesen. Neben die *Istspalte* mit den Einnahmen u. Ausgaben tritt eine *Sollspalte* mit den Einnahme- oder Ausgabeverfügungen laut Haushaltsplan, so daß sich die jeweiligen Rückstände bzw. Reste ergeben. – ⌑ 4.8.8.
Buchgeld →*Giralgeld.*
Buchgemeinschaften, Unternehmen, die ausgewählte Literatur verschiedener Gebiete (eigene Werke oder Lizenzausgaben) herstellen u. an einen bestimmten Personenkreis, der sich durch Mitgliedschaft zu einer regelmäßigen Buchabnahme verpflichtet hat (Abonnementsverpflichtung), direkt oder durch den Buchhandel verbreiten. Dabei besteht freie Wahl innerhalb der angebotenen Buchausgaben, deren Titel in der Regel vierteljährl., verschiedentl. in eigenen Zeitschriften, den Mitgliedern bekanntgegeben werden. Als Vorläufer der *B.* können in gewissem Sinn gegr. konfessionellen „Büchervereine" gelten, die um die „Verbreitung genehmigter guter Erbauungsliteratur" bemüht waren. Zu den siebzehn größeren *B.* in der BRD u. im dt.-sprachigen Ausland zählen als größte der *Bertelsmann Lesering,* in Österreich die *Buchgemeinschaft Donauland* u. in der Schweiz die Buchgemeinschaft *Ex Libris.* Im Ausland sind die *B.* (Book Clubs) vor allem in den USA verbreitet; von bes. Bedeutung ist der *Book-of-the-Month-Club.*
Buchgewinn, i. w. S. der Gewinn, der sich beim Jahresabschluß aus der *Bilanz* u. *Gewinn-u.-Verlustrechnung* ergibt. Er kann von dem *effektiven Gewinn* abweichen, z. B. dadurch, daß durch überhöhte Abschreibungen *stille Rücklagen* gebildet worden sind oder infolge gesetzl. Vorschriften *Scheingewinne* bei steigenden Preisen nicht ausgeschaltet wurden. Entsprechendes gilt für den *Buchverlust. B.* i. e. S. kann bei Kapitalgesellschaften durch Sanierungen mit Kapitalherabsetzung entstehen; er ist der gesetzl. Rücklage zuzuführen.
Buchhalter, kaufmänn. Verwaltungsberuf des Rechnungswesens; meist im Rahmen einer kaufmänn. Grundausbildung (Industrie-, Bankkaufmann u. a.) erlernte funktionelle Spezialisierung im kaufmänn. Betrieb. Weiterbildung zum *Bilanz-B.* durch Kurse bei Industrie- u. Handelskammern ist möglich. →auch Buchführung.
Buchhaltung →Buchführung.
Buchhandel, Wirtschaftszweig, der sich mit der Herstellung u. dem Vertrieb von Büchern, Zeitschriften, Noten, Bilderdrucken u. a. befaßt; gliedert sich in *Verlagsbuchhandel* (herstellender *B.*) u. vertreibenden *B.* (*B.* i. e. S.), zu dem der *Sortiments-B.,* der *Reise-B.,* der *Versand-B.,* der *werbende Buch-,* u. *Zeitschriftenhandel* (Außendienstmitarbeiter bieten dem Kunden Bücher oder Zeitschriften-Abonnements an) u. der Kunst- u. Musikalienhandel gehören, ferner der An- u. Verkauf gebrauchter Bücher im *Antiquariat,* das moderne Antiquariat, das zu herabgesetzten Preisen Auflagereste vertreibt, sowie der Zwischen-*B.,* der sich als Barsortiment u. Kommissions-*B.* in den Zentren des dt. *B.*s (Leipzig, Berlin, Frankfurt a. M., Hamburg, Stuttgart, München) niedergelassen hat u. dem Sortiment den Vorteil des Bezugs von Büchern mehrerer Verleger aus einer Hand einräumt (Sammelbezug). Während das Barsortiment große eigene Lager unterhält, liefert der Kommissionär im Auftrag u. für Rechnung mehrerer Verlage aus, deren Lager er treuhänderisch verwaltet. – Die Spitzenorganisation des dt. *B.*s war bis 1948 der „*Börsenverein des Dt. Buchhändler*", 1825 in Leipzig gegr.; nach der Teilung Deutschlands setzt der „*Börsenverein des Dt. B.*s" (bis 1955 „Börsenverein dt. Verleger- u. Buchhändlerverbände e. V."), Frankfurt a. M., diese Tradition für Westdtschld. fort u. gibt das „Börsenblatt für den Dt. B., Frankfurter Ausgabe" für die BRD u. Westberlin heraus. Die „*Dt. Bücherei*" in Leipzig u. „*Dt. Bibliothek*" in Frankfurt a. M. sammeln alle Neuerscheinungen auf dem dt. Buchmarkt u. verzeichnen sie in der *Dt. Nationalbibliographie* bzw. der *Dt. Bibliographie.* – ⌑ 3.6.7.
Buchhändlerschule, Fachschule für Buchhändler, 1853 in Leipzig gegr.; in der BRD ist die *Dt. B.* seit 1952 in Köln, seit 1962 in Frankfurt-Seckbach.
Buchheister, Carl, Maler u. Graphiker, *17. 10. 1890 Hannover, †2. 2. 1964 Hannover; Wegbereiter der abstrakten Malerei in Dtschld. unter dem Einfluß von El *Lissitzky,* P. *Mondrian* u. der niederländ. Stijl-Bewegung.
Buchholz, Erich, Maler, *31. 1. 1891 Bromberg, †29. 12. 1972 Berlin; ging vom Expressionismus aus u. wandte sich 1919–1925 dem Konstruktivismus zu, in dem er mit geometr. Holztafeln in Rot, Schwarz u. Gold zu eigenständigen Leistungen gelangte. B. wandte sich um 1925 von der Malerei ab, entwarf Skulpturen aus Plexiglas u. betätigte sich auch als Bühnenbildner u. Architekt.
Buchholz in der Nordheide, niedersächs. Stadt in der nördl. Lüneburger Heide (Ldkrs. Harburg), 23 500 Ew.; Luftkurort; chem. Industrie, Eisenwerk; seit 1958 Stadt.
Buchhypothek, zur Sicherung einer Forderung bestellte *Hypothek,* zu deren Bestellung u. Übertragung neben der Einigung die Eintragung im Grundbuch genügt. Gegensatz: *Briefhypothek.*
Buchkunst, alle mit der Herstellung des Buchs u. dessen künstler. Ausstattung verbundenen Techniken u. Verfahren, bes. Einbandgestaltung, Illustration u. Schriftsatz. – ⌑ 2.0.5.
Buchloe ['buxloə], bayer. Stadt in Schwaben (Ldkrs. Marktoberdorf), zwischen Lech u. Wertach, 618 m ü. M., 8000 Ew.; Milchprodukte.
Buchmacher, gewerbsmäßiger Wettunternehmer, besonders bei Pferderennen; setzt Wettkurse fest u. nimmt Einsätze an; bedarf behördlicher Zulassung.
Buchmalerei →Miniaturmalerei.
Buchman ['bʌkmən], Frank Nathan Daniel, US-amerikan. luth. Geistlicher, *4. 6. 1878 Pennsburg, Pa. (USA), †7. 8. 1961 Freudenstadt, Schwarzwald; rief nach dem 1. Weltkrieg die Oxfordbewegung ins Leben. Aus ihr ging 1938 die Bewegung *Moralische Aufrüstung* hervor (europ. Zentrum: Caux, Verwaltung in Luzern).
Büchmann, Georg, Sprachforscher, *4. 1. 1822 Berlin, †24. 2. 1884 Berlin; Hrsg. des dt. Zitatenschatzes „Geflügelte Worte" 1864, ³²1971.
Buchmarktforschung, Zweig der →*Marktforschung,* dessen Aufgabe es ist, wirtschaftl. u. soziolog. Probleme des Buchmarkts wissenschaftl. zu untersuchen. Bahnbrechend in der erst jungen Wissenschaft ist für die BRD das *Institut für Buchmarkt-Forschung,* Hamburg.
Buchmesse, Großhandelsmarkt für Bücher. An den Handelszentren entwickelten sich nach der

Frankfurter Buchmesse

Erfindung des Buchdrucks Buchhandelsmessen. Jahrhundertelang standen Frankfurt a. M. u. Leipzig im Wettbewerb, bis gegen Ende des 18. Jh. die Frankfurter Büchermesse immer mehr an Bedeutung verlor; sie wurde 1949 neben der Leipziger Buchhandelsmesse wieder ins Leben gerufen u. entwickelte sich seither zur größten internationalen B. der Welt.

Buchmuseum, Museum zur Geschichte des Buchs, z. B. *Deutsches Buch- u. Schriftmuseum der Deutschen Bücherei* Leipzig u. *Gutenbergmuseum* in Mainz.

Buchner, 1. August, Ästhetiker u. religiöser Lyriker, *2. 11. 1591 Dresden, †12. 2. 1661 Wittenberg; dort seit 1616 Prof. für Dichtkunst; erweiterte die Grundsätze seines Freundes M. *Opitz* u. führte in seiner „Anleitung zur dt. Poeterey" 1663 die daktyl. u. jambisch-daktyl. gemischten Verse ein.

2. Eduard, Chemiker, *20. 5. 1860 München, †13. 8. 1917 Focsani, Rumänien; Prof. in Kiel, Tübingen, Breslau, Würzburg; wies nach, daß die Vergärung von Zuckern durch das in Hefezellen gebildete Ferment *Zymase* bewirkt wird; 1907 Nobelpreis für Chemie.

3. Paul, Physiologe, *12. 4. 1886 Nürnberg; Prof. in Greifswald, Breslau u. Leipzig; lebt auf Ischia bei Neapel; bahnbrechende Forschungen auf dem Gebiet der intrazellulären Symbiose zwischen Tier u. Pflanze *(Endosymbiose).*

Büchner, 1. Georg, Dichter, *17. 10. 1813 Goddelau bei Darmstadt, †19. 2. 1837 Zürich (an Typhus); Medizinstudium, 1834 in Gießen Hrsg. der ersten sozialist. Kampfschrift „Hessischer Landbote" u. Gründer einer geheimen „Gesellschaft für Menschenrechte", nach seiner Flucht 1836 Dozent für Anatomie in Zürich. Sein schmales Werk zeigt einen kühnen psycholog. u. histor. Realismus, bedrängt von Fragen nach dem Sinn menschl. Existenz. Dramen: „Dantons Tod" 1835; „Leonce u. Lena" (Lustspiel) 1842; „Woyzeck" (unvollendet) 1879. Novellenfragment: „Lenz" (posthum) 1839. – ▢3.1.1.

2. Ludwig, Bruder von 1), Arzt u. Schriftsteller, *28. 3. 1824 Darmstadt, †30. 4. 1899 Darmstadt; vertrat als Anhänger *Darwins* den naturwissenschaftl. Materialismus. „Kraft u. Stoff" 1855; „Natur u. Geist" 1857; „Die Darwinsche Theorie von der Entstehung u. Umwandlung der Lebewelt" 1868, u. a.

Buchners Verlag, *C. C. Buchners Verlag,* Bamberg, gegr. 1832 in Bayreuth, seit 1850 in Bamberg; Schulbücher.

Buchprüfung →Betriebsprüfung.

Buchs, Bezirkshauptort im schweizer. Kanton St. Gallen, im Rheintal, Grenzort nach Liechtenstein, Eisenbahnübergang über den Rhein; 9000 Ew.; nördl. von B. die Kleinstadt *Werdenberg* mit Schloß (13. Jh.).

Buchsbaum, *Gemeiner B., Buxus sempervirens,* immergrüner Strauch oder kleiner Baum der *Buchsbaumgewächse,* im Mittelmeergebiet u. im atlant. Europa heim., mit ledrigen, ganzrandigen Blättern. Wegen seiner Widerstandsfähigkeit gegen Staub, Beschattung u. Beschneiden zur Einfassung von Beeten geeignet. Das *B.holz* eignet sich gut für Schnitz- u. Drechselarbeiten, bes. für kleine Dosen (nach dem B. *Büchsen* genannt).

Buchsbaumgewächse, *Buxaceae,* Familie der *Tricoccae.* Bekanntester Vertreter ist der *Buchsbaum.*

Buchschrift, kalligraphische Schreibschrift vor Erfindung des Buchdrucks, raumsparender als die *Urkundenschrift.*

Buchschuld, 1. offenstehender Rechnungsbetrag im Kontokorrentverkehr (beim Gläubiger: *Buchforderung*).

2. in ein bes. Verzeichnis *(Staatsschuldbuch)* eingetragene Staatsschuld, über die keine Schuldurkunde (Schuldverschreibung) ausgestellt ist.

Buchse, *Büchse,* Hohlzylinder aus Lagermetall oder Stahl als Lager von Achsen u. Wellen; läßt sich leicht auswechseln.

Büchse, *Waffenkunde:* zunächst jede Art der Handfeuerwaffen u. Geschütze, seit Ende des 15. Jh. Bez. für gezogene Gewehre, jetzt nur noch für Jagdgewehre für den Kugelschuß (im Gegensatz zur *Flinte* für den Schrotschuß).

Büchsenkraut, *Lindernia,* Gattung der *Rachenblütler.* An feuchten Orten in Dtschld. ist die Art *Lindernia pyxidaria* mit gestielten, langen, weißen Einzelblüten heimisch.

Büchsenlicht, *Jagd:* gerade noch für den sicheren Schuß ausreichende Helligkeit.

Büchsflinte, ein →Jagdgewehr mit je einem nebeneinanderliegenden Kugel- u. Schrotlauf.

Buchstabe, kleinste Einheit der *Buchstabenschrift,* ein mehr oder weniger genaues Zeichen für einen Sprachlaut; im german. Bereich ursprüngl. ein Buchenholzstab mit eingeritzten Zeichen (daher der Name).

Buchstabennotenschrift, die Verwendung von Zeichen der gewöhnl. Schrift für die Aufzeichnung der Musik. Bereits im griech. Altertum bediente man sich der großen Buchstaben zur genauen Bez. der Tonhöhe, u. zwar in einer Instrumental- u. Vokalnotation. Dabei wurden, je nach Bedeutung des Tons in einem der Tongeschlechter, die Buchstaben in Normalstellung oder gedreht, seitenverkehrt oder durchstrichen geschrieben. Ein solches Buchstabensystem war nur bei (i. w. S.) einstimmigem Musizieren brauchbar u. gestattet daher – wie jede Notenschrift – wichtige Rückschlüsse auf die Musik selbst. Die Tondauer wurde, sofern überhaupt aufgezeichnet, mit bes. rhythm. Symbolen in Nähe des Buchstabens vermerkt.

Mit Aufkommen des frühchristl. Gesangs geriet das antike Buchstabensystem, über das die spätgriech. Musiktheoretiker ausführl. berichten, in Vergessenheit, u. man bediente sich bald der →Neumen, die aus einem ganz anderen Zeichenmaterial hervorgegangen sind u. die Tonhöhe nicht exakt wiedergeben (Erinnerungsschrift). Doch haben sich auch im MA. Versuche einer B. mehrfach bewährt, sei es als selbständige Notenschrift oder als Hilfszeichen für bestehende Neumen bzw. andere Zeichen. So ist die sog. Dasia-Notation schon im 9. Jh. in einem Lehrbuch („Musica enchiriadis") ausgiebig erörtert worden: der Buchstabe F erschien in Grund- oder vielfacher Umstellung als Tonhöhenzeichen über den Textsilben.

Im 10. Jh. versuchte man mit den großen Buchstaben A–G die 7 Stufen einer diaton. Skala aufzuzeichnen (sie entsprachen den Tönen heutiger Nennung c, d, e, f, g, a, h), doch wohl nur für Saiteninstrumente u. Orgel; die Töne der höheren Oktaven schrieb man mit kleinen Buchstaben des latein. Alphabets bzw. verdoppelte diese Buchstaben oder schrieb auch fortlaufend von a bis p (bis etwa zum 12. Jh.). Die Einführung der Notenlinien durch *Guido von Arezzo* hatte der inzwischen ausgebildeten Neumenschrift eine genauere Fixierung der Tonhöhen möglich gemacht u. die Buchstabenschrift abermals verdrängt, wenigstens in der Vokalmusik. Allerdings suchte man sich auch mit kleinen latein. Buchstaben bestimmte Tonschritte klarzumachen, z. B. s = Semitonus (Halbtonschritt), t = Tonus (Ganztonschritt), d = Ditonus (Terzschritt) u. ä. – Zu Anfang des 14. Jh. ist die früheste *Tabulatur* für Orgel in einer Handschrift überliefert: Während die Oberstimmen normal in der herrschenden →Mensuralnotenschrift festgehalten sind, wurde die Unterstimme mit got. Buchstaben a–g notiert. Von dieser (älteren) Orgeltabulatur haben sich im 15. Jh. reichere Handschriften erhalten, namentl. von dem Rektor zu Stendal, Adam *Ileborgh* (um 1448), u. dem blinden Organisten Konrad *Paumann* (um 1455 u. später). Der letztere Künstler ist auch in dem „Buxheimer Orgelbuch", einer umfängl. Tabulatur um 1470–1485 süddt. Herkunft, vertreten. Mit Aufkommen des Notendrucks kurz nach 1500 gibt es mehr Belege für diese B. In einem kunstvollen System von mehreren Buchstabenreihen vereinigt, begegnet sie uns im 16. u. 17. Jh. sogar als wichtiges Aufzeichnungsmittel für vielstimmige Vokalmusik. Erst zur Zeit J. S. *Bachs* geriet sie außer Gebrauch, wurde aber manchmal noch von Bach selbst benützt, wenn bei der Niederschrift am Seitenrand der Platz für die normale Notierung fehlte. Neben dieser Tabulatur für Orgel (bzw. alle übrigen Tasteninstrumente) ist seit etwa 1500 in vielen Handschriften u. Drucken eine „Lautentabulatur" überliefert: eine Griffschrift, die sich in ganz Europa verbreitete u. die sich (je nach dem nationalen System) der Ziffern oder Buchstaben auf 3–7 Linien bediente. Auch sie verlor sich um 1700, nachdem sie viele Generationen, mindestens die spätere Renaissance u. das ganze Barockzeitalter, beim Spiel auf der Laute (u. den verwandten Zupfinstrumenten) bestimmt hatte. Auch sog. Kurzschriften waren seit etwa 1630 beliebt, mit denen durch einen einzigen Buchstaben ganze Akkorde gefordert waren (z. B. Gitarrenkurzschriften). Rhythmus, Verzierungen u. a. erhielten bei diesen Systemen immer Sonderzeichen neben dem Buchstaben.

Gegenüber solcher weitverbreiteten Praxis verblassen alle neueren Versuche einer B. seit dem 18. Jh. In keinem Fall hat sich einer der vielen seither unternommenen Reformvorschläge gegenüber unserem heutigen Notensystem (5 Linien, Notenköpfe, Hälse, Fähnchen, Balken u. a.) durchgesetzt. Gegenwärtig gebraucht man nur zur Erläuterung bestimmter, normal aufgezeichneter Akkorde zusätzl. Buchstaben, so z. B.: T = Tonika, S = Subdominante, D = Dominante, DD = Wechseldominante. In unserer Zeit wird das Spiel älterer Lautenmusik nach ihrer originalen Buchstabennotation wieder gepflegt. Als Griffschrift ist diese Tabulatur zwar unanschaul., gibt dem Spieler aber bessere Information über die techn. Ausführung, ein Moment, das bei der heutigen Notenschrift, die von allen Buchstaben frei ist, weniger beachtet wird. – ▢2.6.4.

Buchstabenrechnung, Teil der →Arithmetik: das Rechnen mit allgemeinen Größen anstelle von Zahlen, z. B. $(a+b)^2 = a^2 + 2ab + b^2$. – Die B. erlaubt allgemeingültige Formulierungen von Rechenvorschriften. Gegebene Größen werden mit den ersten Buchstaben *a, b, c*... des latein. Alphabets gekennzeichnet; *x, y, z* verwendet man dagegen für die gesuchten unbekannten Größen. Bekannte Zahlenwerte werden oft mit griech. Buchstaben bezeichnet (z. B. $\pi = 3{,}14\ldots$). Die B. wurde von F. *Vieta* im 16. Jh. eingeführt u. ermöglichte die Entwicklung einer mathemat. Formelsprache.

Buchstabenschrift, aus einzelnen Buchstaben gebildete Schrift, im Gegensatz zur *Wortbild-* oder *Silbenschrift.* →Schrift.

Buchstabiermethode, eine veraltete Leselehrmethode, die nicht vom Lautwert *(Lautiermethode),* sondern vom Buchstabennamen (be, ce, de...) ausgeht.

Bucht, 1. *Geomorphologie:* ins Gebirge eingreifender Vorsprung des Flachlands (meist Tieflands, z. B. in der Kölner B., Münsterschen B.); auch Ausbuchtung in Stufenrändern, z. B. in der Süddt. Schichtstufenlandschaft (Stuttgarter B., Backnanger B.).

2. *Ozeanographie:* Meeresbucht, ins Land eingreifender Teil von Meeren, z. B. die Deutsche Bucht, Lübecker Bucht.

3. *Schiffahrt:* 1. seemänn. Bez. für eine Biegung, Schleife oder Windung in einem Tau oder einer Leine; gewollt beim →Aufschießen u. ä. – 2. *Balkenbucht,* Wölbung der Decksbalken u. Decks in Querschiffsrichtung; begünstigt das Ablaufen von überkommendem Wasser.

Buchtarmą-Stausee, gestauter Abschnitt des Irtysch in der Kasach. SSR, am Südwestrand des Altai, südl. der Mündung der *Buchtarma;* 5500 qkm (einschließl. Sajsansee), 500 km lang, bis 35 km breit, rd. 50 Mrd. m^3. Der B. dient der Energiegewinnung (Leistung 675 000 kW), der Schiffahrt auf dem Irtysch u. der Fischereiwirtschaft.

Büchtger, Fritz, Komponist, *14. 2. 1903 München, †26. 12. 1978 Starnberg; Leiter der dt. Sektion der „Jeunesses Musicales"; geistl. Oratorien („Die Auferstehung nach Matthäus" 1955), Chorwerke, Kammermusik u. Lieder.

Buchungsmaschine, Büromaschine zum Buchen u. Drucken von Zahlenwerten in Buchungsblätter, Karteikarten, Listen, Karten, Streifen, Arbeitszettel u. ä. Die B.n sind für die verschiedensten Arbeitsgänge eingerichtet, die sie teilweise selbsttätig ausführen können, so z. B. das Addieren von vorher gedrückten Zahlen als Zwischenwert nach einer bestimmten Anzahl oder das selbsttätige Errechnen u. Buchen des Endwerts. Für diesen Zweck ist die B. mit einem Speicherrechenwerk ausgestattet. Die B. ist bereits als Steuerungsorgan in Betriebsabläufe eingeschaltet.

Buchwald, Reinhard, Literarhistoriker, *2. 2. 1884 Großenhain; Schriften bes. zur dt. Klassik.

Buchwaldhöhe, höchste Höhe in Ostbrandenburg, südwestl. von Meseritz, 227 m.

Buchweizen, *Fagopyrum,* Gattung der *Knöterichgewächse;* enthält nur zwei Arten, den *Gemeinen B., Fagopyrum esculentum,* u. den *Tatarischen B., Fagopyrum tataricum.* Die Blüten u. die dreikantigen Nüsse ähneln den Bucheckern. Anbau in den Heidegebieten Nordwest-Deutschlands; daher auch der Name *Heidekorn.* Das Mehl des B.s ist nicht backfähig u. wird meist nur als Grütze gegessen. Der B. wurde erst von den Mongolen nach Europa gebracht; er liefert gute Honigtracht.

Buchweizenausschlag, *Fagopyrismus,* tiefgehende Hautentzündung, die durch Buchweizenverfütterung u. gleichzeitige Sonnenbestrahlung an den weißgefleckten Stellen bes. der Schafe u.

Schweine verursacht wird. Ähnlich wirkt Johanniskraut. Abhilfe durch Futterumstellung.

Buchwert, der Wert, mit dem Vermögensbestandteile oder Verbindlichkeiten in der *Bilanz* aufgeführt sind. Ergeben sich bei Verkauf, Rückzahlung u. ä. Unterschiede gegenüber dem B., so entsteht ein *Buchgewinn* bzw. *-verlust*. →auch Bewertung.

Buck [bʌk], volkstüml. amerikan. Bez. für den Dollar.

Buck [bʌk], Pearl Sydenstricker, US-amerikan. Romanschriftstellerin, *26. 6. 1892 Hillsboro, West Virginia, †6. 3. 1973 Danby, Vt.; wuchs als Missionarstochter in China auf; beschrieb das Leben der chines. Bauern. 1938 Nobelpreis. Hptw.: „Die gute Erde" 1931, dt. 1933; „Die Mutter" 1934, dt. 1934; „Das geteilte Haus" 1935, dt. 1935; „Pavillon of Women" 1946, dt. „Die Frauen des Hauses Wu" 1948; „Letzte große Liebe" 1972, dt. 1972.

Bückeberge, 20 km langer Bergzug des Wesergebirges, östl. von Bückeburg; der Sandstein der B. wurde zu vielen Bauwerken verwendet (Bremer Rathaus u. a.).

Bückeburg, niedersächs. Stadt nördl. des Wesergebirges, ehem. Hptst. von Schaumburg-Lippe (Ldkrs. Schaumburg), 21 000 Ew.; Residenzschloß; Kunststoff-, Maschinen-, Lampenschirm-, pharmazeut. Industrie.

Buckel, übermäßige Auswölbung der Wirbelsäule im Brustbereich nach hinten, Folge von Verletzungen, Entzündungen u. a. Wirbelerkrankungen. Der Form des B.s nach unterscheidet man den *Rund-B., Kyphose,* vom *Spitz-B., Gibbus.* Beim *Rippen-B., Kyphoskoliose,* ist die Wirbelsäule zugleich seitlich verkrümmt.

Buckelfliegen, *Rennfliegen, Phoridae,* kleine cyklorraphe *Fliegen* mit hochgewölbtem Bruststück u. gesenktem Kopf, die sehr rasch laufen. Einige Arten sind flügellos (z. B. die *Flohfliege*). Die Larven entwickeln sich in faulen Stoffen (*Faulbrutfliegen*), z. T. auch in Ameisen-, Termiten- u. Bienenstaaten, z. B. die zwittrigen *Termitoxeniinae,* die zunächst eine männl., dann eine weibl. Phase durchlaufen u. als Räuber in Termitenstaaten leben.

Buckelquader, ein Haustein, dessen Vorderseite außer einem Randschlag, der den Stein umzieht u. ein besseres Einpassen in den Mauerverband ermöglicht, unbearbeitet ist u. dadurch ein buckelartiges Aussehen erhält. B. wurden bes. bei antiken u. mittelalterl. Wehranlagen u. bei Profanbauten des MA. u. der Renaissance verwendet. →auch Rustika.

Buckelwal, *Keporkak, Megaptera nodosa,* weltweit verbreiteter *Furchenwal;* bei 15 m Körperlänge ist die Brustflosse fast 5 m lang. Der B. hat an Kopf u. Kiefern Knollen u. „Buckel" unbekannter Funktion.

Buckelzirpen, *Membracidae,* Familie der *Zikaden;* durch buckelartige, nach hinten gerichtete Verlängerungen des Halsschilds ausgezeichnet, die bei trop. Arten phantast. Formen annehmen können; in Mitteleuropa nur wenige Arten; z. B. die *Dornzikade,* neuerdings auch die *Büffelzirpe.*

Bücken, Ernst, Musikwissenschaftler, *2. 5. 1884 Aachen, †28. 7. 1949 Overath bei Köln; studierte bei A. *Sandberger* u. Th. *Kroyer;* Hrsg. von „Handbuch der Musikwissenschaft" 1927–1934 u. „Die großen Meister der Musik" 1932–1939.

Bücker, Carl Clemens, Flugzeugkonstrukteur, *11. 2. 1895 Ehrenbreitstein; gründete nach dem 1. Weltkrieg in Stockholm das Flugzeugwerk „Svenska Aero AB", kehrte 1933 nach Dtschld. zurück u. baute in den Bücker-Flugzeugwerken in Rangsdorf bei Berlin weltbekannte Schul- u. Sportflugzeuge.

Buckingham [ˈbʌkiŋəm], engl. Grafen- u. Herzogtitel. Der Grafentitel, gebunden an die Grafschaft *Buckinghamshire,* wurde erstmals um 1097 an Walter *Giffard* verliehen u. befand sich 1444–1521 (als Herzogtitel) bei der Familie *Stafford*. 1617 wurde George *Villiers* (*1592, †1628) von Jakob I. zum Grafen, 1618 zum Marquess u. 1623 zum 1. Herzog von B. ernannt. Der Grafentitel endete 1687, der des Herzogs 1774. Der Titel eines Marquess u. Herzogs von B. wurde 1822 der Familie *Grenville* verliehen, endete jedoch 1889 mit Richard Grenville.

Buckinghamkanal [ˈbʌkiŋəm-], flacher (90 bis 100 cm) Schiffahrtsweg an der ind. Coromandelküste, in den küstennahen Lagunen bis 300 km nördl. u. 100 km südl. von Madras; nur von regionaler Verkehrsbedeutung, 1806–1882 angelegt.

Buckingham Palace [ˈbʌkiŋəm ˈpælis], Residenz der engl. Könige in London seit 1837; 1705 für den Herzog von *Buckingham* erbaut, 1762 von König Georg III. erworben.

Buckinghamshire [ˈbʌkiŋəmʃir], südengl. Grafschaft nördl. der Themse, 1883 qkm, 512 000 Ew., Hptst. *Aylesbury;* im N die Stadt *Buckingham* (5000 Ew.).

Bucklige Welt, bewaldete Mittelgebirgshöhen im südöstl. Niederösterreich, 600–900 m hoch, Ausläufer der Ostalpen; Hauptort *Aspang.*

Bückling [ndrl.], *Bücking, Böckling, Pökling, Pückling,* grüner, nicht ausgeweideter Hering, der in Salzwasser gelegt, getrocknet u. 3 Std. über Buchen- u. Erlenholzspänen geräuchert wird.

Buckower See, poln. *Jezioro Bukowo,* durch eine Nehrung von der Ostsee getrennter flacher Küstensee in Pommern, nordöstl. von Köslin, 17 qkm, bis 2 m tief.

Buckram [der; pers., engl.], Bucheinbandstoff aus gepreßtem grobem Leinen- oder Baumwollgewebe mit dichter u. glatter Oberfläche.

Buckskin [der; engl., „Bockfell"], Gewebe in Köperbindung, von meliertem Aussehen; meist für Herrenkleidung verwendet.

Buckwitz, Harry, Theaterleiter u. Regisseur, *31. 3. 1904 München; 1945–1951 Direktor der Kammerspiele München, 1951–1968 Generalintendant der Städt. Bühnen Frankfurt a. M., seit 1970 Direktor des Zürcher Schauspielhauses.

Bucolica, Gedichtzyklus von *Vergil;* auch Sammelbez. für bukol. Dichtung.

București [-ˈrɛʃtj], Hptst. Rumäniens, = Bukarest.

Budai-Deleanu, Ioan, rumän. Schriftsteller, *um 1760 Cigmău, †24. 8. 1820 Lemberg; schrieb das erste rumän. kom. Heldenepos: „Tiganiadec" (posthum) 1877, 1925.

Budak, Mile, kroat. Lyriker u. Erzähler, *30. 8. 1889 Sveti Rock, †7. 7. 1945 Belgrad (hingerichtet); Anhänger der faschist. Ustascha-Bewegung; empfindsame Lyrik, Romane („Herdfeuer" 1938, dt. 1943).

Budapest [ungar. -pɛʃt], komitatsfreie Hptst. von Ungarn u. Hptst. des Komitats Pest (6395 qkm, 880 000 Ew.), in maler. Lage an der Donau, die hier das Ungar. Mittelgebirge verläßt u. in das Tiefland eintritt, Schnittpunkt alter Handelswege u. dadurch wichtigstes ungar. Handels- u. Verkehrszentrum u. Ungarns kultureller Mittelpunkt, 525 qkm, 2 Mill. Ew.; mehrere Universitäten (älteste seit 1635), Techn., Tierärztl., Musik- u. Kunsthochschule, Ungar. Akademie der Wissenschaften, Nationalgalerie, Nationalmuseum, Museum der Bildenden Künste; Maschinenbau, Textil-, Elektro-, Werft-, Lebensmittel- u. chem. Industrie, bes. in den Vororten *Csepel* u. *Ujpest;* Hafen; durch zahlreiche radioaktive Mineralquellen auf der Margareteninsel größte Bäderstadt der Welt. Auf dem rechten Ufer liegt der bergige, kleinere Stadtteil *Buda* (dt. *Ofen*) mit Burg, Zitadelle, Königsbad, Amphitheater, Fischerbastei u. staatl. Gebäuden; durch 6 Brücken mit dem rasch wachsenden, modernen *Pest* auf dem flachen linken Ufer verbunden; zahlreiche Prachtbauten seit dem Barock, wie Parlament, St.-Stephans-Kirche, bes. am linken Donauufer. – 🄱 →Donau.

Geschichte: Das heutige B. entstand 1873 aus der Zusammenlegung von Ofen (Buda) u. Pest. – Die strateg. günstige Lage nutzten schon die Römer, die hier eine Militärsiedlung *Aquincum* anlegten. Im MA. entstand auf der Pester Seite eine Kaufmannssiedlung, die 1241 von den Mongolen zerstört u. mit Hilfe dt. Siedler als Stadt u. Festung wieder aufgebaut wurde. Ofen wuchs nach Magdeburger Stadtrecht seit der Mitte des 14. Jh. zur Hptst. Ungarns; Pest, nach süddt. Stadtrecht, blieb Handelsstadt. 1541–1686 standen beide Städte unter türk. Herrschaft, die ungar. Hptst. wurde nach Preßburg verlegt. Danach war Ofen bis zur Vereinigung mit Pest Sitz der österr. Verwaltung. Der vorwiegend dt. Charakter verlor sich im 19. Jh. 1956 war B. Zentrum der ungar. Erhebung.

Budavas, Stasius, litau. Schriftsteller, *3. 5. 1908 Papile; schrieb neben Lyrik, Novellen u. Dramen vor allem Romane, die sich zunächst nur um soziale u. gesellige Probleme der Heimat bewegten, dann aber zur Darstellung allgemeinmenschl. Konflikte in der Nachkriegszeit übergingen.

Buddleja, zu den *Loganiazeen* gehörende Ziersträucher aus Ostasien, mit ziemlich großen Blättern u. kleinen, zu langen Rispen oder Scheinähren vereinigten Blüten.

„Buddenbrooks". Verfall einer Familie", der erste u. zugleich erfolgreichste Roman (1901) von Th. *Mann*. Am Schicksal von vier Generationen wird ein biolog. u. gesellschaftl. Niedergang mit seinen seel. u. ästhet. Begleiterscheinungen psycholog. gestaltet; dabei dienen Ironie u. Leitmotive als verfeinerte Kunstmittel.

Buddha [sanskr., „der Erleuchtete"], Ehrentitel des Stifters des *Buddhismus,* *560 v. Chr. Kapilawatthu (im heutigen Nepal), † um 480 v. Chr. Kusinara; eigentl. *Siddharta* mit dem Beinamen *Gotama (Gautama),* aus dem Adelsgeschlecht der Sakya (Schakja), deshalb auch *Schakjamuni* [„der Weise aus dem Schakja-Geschlecht"]. In den Lehrtexten heißt er auch „der Erhabene". Bis zu seinem 30. Lebensjahr lebte B. im Palast seines Vaters. Er war verheiratet u. hatte einen Sohn *Rahula,* der später dem Orden seines Vaters beitrat.

Buddha: Bronzestatue; Kamakura, 13. Jh.

Buddhismus

Buddha: die Versuchung durch Mara, Verkörperung des weltlichen Prinzips und der Sinnlichkeit, unter dem Bodhi-Baum; Relief 2. Jh.

Um das Heil zu gewinnen, verließ der Prinz Siddharta die Heimat, um als Asket auf dem Weg äußerer Kasteiung die Erlösung zu suchen. Später wandte er sich jedoch von der gewaltsamen Askese ab u. der Meditation zu, um sich von innen her von der Welt zu lösen. Am Ende dieses Wegs ereignete sich in der „Hl. Nacht" des Buddhismus die Erleuchtung *(bodhi)*, durch der der Asket Gotama ein „Buddha" wurde. In dieser erlösenden, jede weitere Wiedergeburt ausschließenden Erleuchtung wurden dem B. die vier hl. Wahrheiten offenbar: vom Leiden, von der Ursache des Leidens, von der Aufhebung u. vom Weg, der zur Leidensaufhebung führt. Sie bilden seither die Grundlage der buddhist. Lehre, die B. von nun an öffentl. predigte, zuerst im Gazellenpark bei Benares, wo die ersten Jünger gewonnen wurden. Hier entstand der *Hinayana-Buddhismus* als reine Mönchs- u. Nonnenreligion. Einen Anspruch auf göttl. Verehrung hat der histor. B. nicht erhoben. Er bezeichnete sich nur als „Wegweiser" zum Heil. Erst im später entstandenen *Mahayana-Buddhismus* wurde aus B. eine Gottheit, die kult. verehrt wird. – ⓑ →javanische Kunst. – ⌷ 1.8.4.

Buddhismus, von *Buddha* gestiftete Weltreligion, die zunächst als Mönchs- u. Nonnenreligion begründet wurde, der jedoch auch Laienanhänger *(upasaka)* in loserer Verbindung mit dem Orden u. unter Beibehaltung ihres weltl. Berufs angehören konnten. Der histor. Buddha stiftete den *Hinayana* [„kleines Fahrzeug"] benannten Ur-B., dessen Grundlage die vier hl. Wahrheiten vom Leiden (→Buddha) bilden. Unter „Leiden", von dem der B. erlösen will, versteht man nicht das äußere Ungemach des Lebens, sondern die Gesamtheit des als religiöses Unheil angesehenen individuellen Daseins der Kreaturen, die dem ewigen Kreislauf der Wiedergeburten unterworfen sind. Heilsziel ist das Eingehen des einzelnen in das absolute u. bewußtlose Ruhesein, das →Nirwana, aus dem es keine Rückkehr in ein individuelles Dasein gibt. Die 4. hl. Wahrheit nennt den „Weg, der zur Aufhebung des Leidens führt"; es ist der edle achtteilige Pfad: rechte Anschauung, rechte Gesinnung, rechtes Reden, rechtes Handeln, rechte Lebensführung, rechter Kampf, rechtes Gedenken, rechtes Sichversenken. Diese 8 Teile reduzieren sich, da verschiedene Worte dasselbe bedeuten, auf drei: ethisch-asket. Zucht, Versenkung, Erkenntnis. Die 5 Hauptgebote der ethisch-asket. Zucht sind: nicht lügen, nicht töten, nicht stehlen, kein unkeusches Leben führen, keine berauschenden Getränke trinken.

Der Mönchs-B. hat in Indien etwa ein Jahrtausend geherrscht. Dann trat an seine Stelle der *Hinduismus*. Nur geringe Reste des Hinayana sind in Ceylon u. Hinterindien erhalten geblieben. – Um den Beginn der christl. Zeitrechnung entstand im Norden Indiens ein neuer Zweig des B., das *Mahayana* [„großes Fahrzeug"], in dem man nicht nur für das eigene Heil zu sorgen hat, sondern auch für das möglichst vieler Mitmenschen, die im „großen Fahrzeug" gerettet werden sollen. Die theoret. Grundlagen des Mahayana sind weithin denen des Hinayana gleich. Buddha selbst aber wurde hier zur Gottheit neben zahlreichen →Bodhisattwas, die kult. verehrt wurden. Dieser Mahayana-B. breitete sich als eigentl. Weltreligion in Ostasien aus. – ⌷ 1.8.4.

Büdel, Julius, Geograph, *8. 8. 1903 Molsheim, Elsaß; untersucht in seinen Arbeiten vor allem die Wirkungen des Klimas auf die Formentwicklung der Erdoberfläche *(klimatische Morphologie)*, reiste bes. in Afrika u. Spitzbergen.

Büdelsdorf, Gemeinde in Schleswig-Holstein (Ldkrs. Rendsburg-Eckernförde), 10 700 Ew.; Hafen an der Obereider; Tanklager, Maschinen- u. Betonindustrie.

Budeng, *Presbytis cristatus,* ein *Schlankaffe* mit auffälliger Haarmütze; auf Sumatra u. Java.

Budenheim, rheinland-pfälz. Gemeinde am Rhein, westl. von Mainz (Ldkrs. Mainz-Bingen), 7700 Ew.; Obst- u. Gemüsebau, chem. Industrie.

Büderich, ehem. Gemeinde in Nordrhein-Westfalen, Ldkrs. Grevenbroich, am nordwestl. Stadtrand von Düsseldorf; seit 1970 Ortsteil der neugebildeten Stadt Meerbusch.

Buderus AG, Wetzlar, Unternehmen der Metallindustrie, gegr. 1731, AG seit 1884, seit 1977 heutige Firma. Die Produktion umfaßt Eisen- u. Stahlgußerzeugnisse für die Kraftfahrzeugindustrie, den Maschinenbau, Zentralheizungen, Industrieanlagen, Zement- u. Betonwaren; Grundkapital: 85,6 Mill. DM; 11 400 Beschäftigte; zahlreiche Tochtergesellschaften.

Budget [ˈbʌdʒət, engl.; byˈdʒɛ:, frz.; das], der →Haushaltsplan oder Voranschlag öffentl. Körperschaften, d. h. die vorgreifende Veranschlagung von erwarteten Einnahmen u. beabsichtigten Ausgaben.

Budgetierung [bydʒɛˈti:-] →Finanzplanung.

Büdingen, hess. Stadt südl. vom Vogelsberg (Wetteraukreis), 13 800 Ew.; altertüml. Stadt, Schloß (im 12. Jh. als Wasserburg gegr.), mit got. Kapelle von 1497); Luftkurort; Holz-, Akkumulatoren-, Metallwaren-, Basalt-, Sandsteinindustrie.

Budjonnyj, Semjon Michailowitsch, Marschall der Sowjetunion, *25. 4. 1883 Kosjurin im Dongebiet, †27. 10. 1973 Moskau; Organisator einer Roten Reiterarmee im russ. Bürgerkrieg u. gegen Polen 1920; seit 1938 Präsidiumsmitglied des Obersten Sowjets, Juni–Okt. 1941 Oberbefehlshaber im Südwesten, 1954 Deputierter des Obersten Sowjets; 1958 „Held der Sowjetunion".

Budweis, tschech. *České Budějovice,* Hptst. des südböhm. Kraj *Jihočeský* (11 349 qkm, 655 400 Ew.), 73 000 Ew.; in dem in Fischteichen reichen B.er Becken, Handels- u. Verkehrsmittelpunkt mit Papier-, Metallwaren- u. Holzindustrie, Mühlen, Bierbrauereien; Dominikanerkirche, Marktplatz mit Laubengängen. – Dt. Stadtgründung (1265), im 19. Jh. bereits stark tschechisch.

Buea, Hptst. von Westkamerun, in rd. 1000 m Höhe am Hang des Kamerunbergs, 15 000 Ew.; landwirtschaftl. Handelszentrum. – Bis 1915 Verwaltungssitz des ehem. dt. Schutzgebiets Kamerun, 1919–1961 Sitz der brit. Mandatsverwaltung.

Buenaventura, Haupthafen von Kolumbien, an der pazif. Küste (B.-Bucht), 110 700 Ew.; der Um-

Buenos Aires: Stadtgebiet und Umgebung

schlag übertrifft den von Barranquilla (über 50% der Kaffeeausfuhr); Fischkonservierung, Erdölpipeline nach Cartago, Herstellung von Baumwolle u. Zucker; Flugplatz.

Buenos Aires [span., „gute Winde"], **1.** Hptst. der Rep. Argentinien, am Río de la Plata, größte Stadt Südamerikas, von hervorragender Bedeutung für Kultur, Wirtschaft u. Verkehr, 3,5 Mill. Ew. im Bundesdistrikt (200 qkm); die Vorstädte Almirante Brown, Avellaneda, General San Martín, Lanús, Las Conchas, Lomas de Zamora, Morón, Matanza, Quilmes, San Fernando, San Isidro, San Justo, Vicente López u.a. gehören zur Region Groß-B. A. mit rd. 8 Mill. Ew. (über ⅓ der argentin. Bevölkerung); sich rechtwinklig kreuzende Prachtstraßen (u. diagonale Durchbrüche) mit prunkvollen Bauten (Kathedrale, Regierungspalast, Kongreßpalast); nationale u. kath. Universität; Zentrum des Eisenbahnnetzes u. vielseitiger Industrie; Flughafen *Ezeiza*. – 1536 durch P. de *Mendoza* als „Puerta de Nuestra Señora Santa María del Buen Aire" erstmals gegr., nach dem Fehlschlagen (1541) einer ständigen Siedlung 1580 zum zweiten Mal durch J. de *Garay* an der heutigen Stelle gegr. Die Stadt war von Anfang an nach der Schutzpatronin der span. Seefahrer, der hl. Maria der guten Winde, benannt worden. 1776 Residenz der Vizekönige der Länder am La Plata, 1816 Hptst. der „Vereinigten Provinzen am Río de la Plata", 1880 Bundesdistrikt. – ▢ 6.8.8.
2. größte u. nach Tucumán dichtestbesiedelte Prov. Argentiniens, 307 804 qkm, 8 Mill. Ew.; die Landeshauptstadt *B. A.* liegt außerhalb dieser Prov. im Bundesdistrikt, doch umfaßt die Provinz B. A. die mit der Landeshauptstadt die Region Groß-B. A. bildenden Vorstädte mit ihrer vielseitigen Industrie; außerhalb der Region liegen weitvertreute Siedlungen in der landwirtschaftl. intensiv genutzten Pampa (Rinderzucht, Getreideanbau); gute Verkehrswege. Hptn. 1880–82: *Buenos Aires*, seit 1882: *La Plata* (340 000 Ew.).
3. *Lago B. A.*, See im argentin.-chilen. Grenzgebiet, 2240 qkm, 217 m ü. M. In ihn kalben mehrere Gletscher aus (Eisberge). Abfluß zum Pazif. Ozean.

Buer [buːr], nördl. Stadtteil (seit 1928) von Gelsenkirchen.

Buerger-Winiwartersche Krankheit, *Angiitis, Endarteriitis (Thrombangiitis) obliterans*, nach dem amerikan. Internisten Leo *Buerger* (*1879, †1943) u. dem österr. Chirurgen Alexander von *Winiwarter* (*1848, †1917) benannte fortschreitende, entartende Erkrankung der Gefäßinnenhaut, die zu Störungen der Blutversorgung u. Absterben von Geweben u. Organen führt.

Bufalo, Gaspare del, Heiliger, *6. 1. 1786 Rom, †28. 12. 1837 Rom; stiftete 1815 in Umbrien die Kongregation der *Missionare vom Kostbaren Blut*; Heiligsprechung 1954 (Fest: 29. 12.).

Büfett [byˈfɛ, byˈfeː] →Anrichte.

Buff, Charlotte, *11. 1. 1753 Wetzlar, †16. 1. 1828 Hannover; *Goethes* Freundin in Wetzlar, der er in seinem Roman „Leiden des jungen Werthers" (1774) ein Denkmal setzte. Sie heiratete 1773 den Legationssekretär J. Ch. *Kestner* (*1741, †1800). Ch. B. war auch Urbild der „Lotte in Weimar" von Th. *Mann* (1939).

Buffa [die; ital.], Posse, Schwank. →auch Buffo.

Buffalo [ˈbʌfəlou], Stadt im USA-Staat New York, nahe am Ausfluß des Niagara aus dem Eriesee, 533 000 Ew. (Metropolitan Area 1,3 Mill. Ew.); Staatsuniversität, Kunstakademie, wissenschaftl. Gesellschaften, Museen; Verkehrszentrum u. großer Hafen (Eriekanal) mit bedeutendem Umschlag von Getreide, Eisen- u. Kupfererz, Kohle, Kalkstein, Vieh; Eisen-, Maschinen-, Flugzeug-, Leder- u. landwirtschaftl. Industrie. – Um 1800 als *Neu-Amsterdam* gegr.

Buffalo Bill [ˈbʌfəlou bil], der US-amerikan. Oberst William (Bill) Frederick *Cody*, *26. 2. 1846 Scott County, Iowa, †10. 1. 1917 Denver, Col.; der letzte berühmte Jäger des „Wilden Westens", belieferte im Sezessionskrieg die pazif. Eisenbahn mit Büffelfleisch (daher der Name *B. B.*); berühmt durch Kämpfe gegen die Indianer; gründete den ersten Wildwest-Zirkus, mit dem er auch Europa bereiste.

Büffel, *Bubalus*, Gattung der *Rinder i. e. S.*, mit weit ausladenden Hörnern u. bis 1,80 m hohem, tonnenförmigem Rumpf. Hierzu gehören *Anoa, Wasser-B.* u. *Kaffern-B.*

Büffelbeere, *Shepherdia*, Gattung der *Ölweidengewächse*, nordamerikan. Uferpflanze, bei uns als Zierstrauch.

Buenos Aires: Hafen und Stadt

Büffelgras, *Buffalogras, Buchloë dactyloides*, nordamerikan. Weidegras.

Büffelzirpe, *Ceresa bubalus*, grasgrüne, bis 1 cm lange nordamerikan. *Buckelzirpe*, seit 1966 auch in Südwestdeutschland (Kaiserstuhl) einwandernd.

Buffet [byˈfɛ], Bernard, französ. Maler u. Graphiker, *10. 7. 1928 Paris, streng komponierte Stadtansichten, Interieurs, Stilleben, Figurenbilder u. Buchillustrationen mit schwarzen, gradlinigen Konturen u. graph. Gesamtwirkung. Hptw.: Gemäldefolgen „Passion" 1954; „Die Schrecken des Krieges" u. „Zirkus" 1955.

Buffo [ital., „komisch"], komische Partien vor allem der Männerstimmen *(Aria buffa, Basso buffo)*. Die *Opera buffa* stand im Gegensatz zur *Opera seria* (ernste Oper).

Buffon [byˈfɔ̃], Georges Louis Leclerc Graf von, französ. Naturforscher, *7. 9. 1707 Montbard, Burgund, †16. 4. 1788 Paris; als Anhänger der Lehre von der Urzeugung nahm er eine Entwicklung der Organismen als Folge erdgeschichtl. Vorgänge an; er ist damit ein Vorläufer von *Lamarck*. Er stellte als erster naturwissenschaftl. Erkenntnisse in volkstüml. Sprache dar: „Die Epochen der Natur", Teil seiner 44bändigen „Naturgeschichte" 1749–1804, „Erdgeschichte" 1749.

Bug [von *biegen*], **1.** *Schiffbau:* Vorderteil des Schiffs; umfaßt im allg. etwas mehr als der *Vordersteven* (→Steven), der meist gekrümmte vordere Abschlußbalken des Schiffskörpers.

Bug: Wulstartige Vorderstevenform verringert den Schiffswiderstand

2. *Zoologie:* die zwischen den Schultern liegende Körperpartie vierbeiniger Tiere.

Bug, 1. *Nördlicher B.*, rechter Nebenfluß der Weichsel, 776 km; entspringt westl. von Lemberg, bildet im Mittellauf die poln.-sowjet. Grenze, mündet nordwestl. von Warschau. Vom Zusammenfluß mit der Narew an heißt der B. *Bugonarew*; auf 587 km schiffbar.
2. *Südlicher B.*, westukrain. Fluß, 835 km; mündet in den Dnjepr-Liman, ab Wosnesensk schiffbar; rd. 3 Monate vereist.

Buga, kolumbian. Stadt im Caucatal, nördl. von Cali, 85 600 Ew.; Agrarhandelszentrum; Bahn nach Cali; gegr. 1650.

Bugajew, Boris Nikolajewitsch, →Belyj, Andrej.

Buganda, Teilstaat der ostafrikan. Republik *Uganda*; bis 1966 ein autonomes Königreich, dessen Geschichte bis in das 16. Jh. zurückverfolgt werden kann. B. war lange ein Kleinstaat, dehnte sich aber im 19. Jh. auf Kosten seines Nachbarreichs Bunyoro stark aus. Unter der Herrschaft des Königs (einheim. Titel: „Kabaka") *Mutesa I.* (1856–1884) kamen 1862 die ersten Europäer nach B. Seit 1877 bis zur Errichtung des brit. Protektorats 1890 standen anglikan. u. französ. kath. Missionare in B. in Wettbewerb um ihren Einfluß. 1886 ließ der Kabaka *Mwanga* (1884–1888 u. 1890–1897) zahlreiche einheim. Christen hinrichten.

Bügeleisen, Gerät zum Glätten u. Formen von Stoffen durch Hitze u. leichten Druck, z. T. außerdem durch Dampf. Moderne B. haben ein Gewicht von etwa 1 kg; die Bügelsohle aus Leichtmetall, die häufig mit einer Kunststoffschicht versehen ist, wird durch einen flach auf eine Glimmerplatte gewickelten Widerstandsdraht erwärmt. Die Temperatur wird durch einen einstellbaren Thermostat. Regler konstant gehalten. *Dampf-B.* sind an der Unterseite mit Dampfdüsen versehen; diese B. müssen mit entkalktem Wasser gefüllt werden. – ▢ 10.4.4.

Bügelhörner, wenig gebräuchl. Sammelname für Blechblasinstrumente mit konischer, sich schnell erweiternder Röhre bei geringer Ausweitung des Schallstücks. Zur Familie der B., die sich im 19. Jh. gebildet hat, gehören u. a. Es-Pikkolo, Flügelhorn, Althorn, Tenorhorn, Baryton, Baßtuba u. Kontrabaßtuba. Neben trompetenartig gewundener Röhre sind vor allem für Althorn, Tenorhorn u. die Tuben auch ovale u. runde Formen (→auch Helikon) gebräuchl.

Bügelmaschine, *Bügelpresse*, Gerät zum Glätten von Stoffen; besteht aus einer motorbetriebenen u. mit weichem Stoff (Molton) bespannten Walze u. der elektr. beheizten Bügelwange, die beim Be-

bügeln

trieb durch einen fuß- oder handbetätigten Hebel gegen die Walze gedrückt wird; neuerdings meist mit Regler zur Anpassung der Temperatur an das Bügelgut. Außer *Universal-B.n* gibt es für die verschiedensten Zwecke *Spezial-B.n* wie Kanten-B., Schulterpresse, Ärmelpresse, Kragenpresse u. a.

bügeln, Kleidungsstücke unter Druck u. Hitze, eventuell auch mit Hilfe von Dampf, glätten u. formen; entweder mit einem *Handbügeleisen* oder mit einer *Bügelmaschine*.

Bugenhagen, Johannes, genannt *Doctor Pomeranus*, luth. Theologe, *24. 6. 1485 Wollin, Pommern, †20. 4. 1558 Wittenberg; Freund u. Berater *Luthers*; Mitarbeiter bei der Bibelübersetzung, Organisator des Kirchen- u. Schulwesens in Norddtschld., Wegbereiter der Reformation in Dänemark. Seine Kirchenordnungen waren, bes. für die luth. Liturgie, bis in die Gegenwart wirksame Modelle.

Bugge, Elseus Sophus, norweg. Philologe, *5. 1. 1833 Laurvig, †8. 7. 1907 Kristiania (Oslo); veröffentlichte die erste wissenschaftl. Ausgabe der *Edda* (1867) u. altnorweg. Inschriften (1891ff.).

Buggy [ˈbʌgi; der; engl.], leichter, zwei- oder vierrädriger, ungedeckter Einspänner mit hohen Rädern.

Bugi, *Buginesen*, ein jungmalaiisches Kulturvolk (2,7 Mill.) kühner Seefahrer u. Eroberer aus Südcelebes, mit den Reichen *Wadjo, Luwu, Bomi*. Die B. entwickelten unter indisch-islam. Einfluß eine reiche Literatur (mit ind. Schrift), kamen als Sklavenjäger bis Neuguinea, gründeten Niederlassungen u. stellten Herrscherdynastien (Selangor u. a.) in Südostasien von Malaya bis Ostindonesien.

Bugra, Abk. für die erste *Internationale Ausstellung für Buchgewerbe u. Graphik* 1914 in Leipzig u. weitere ähnl. Veranstaltungen.

Bugspriet, beim Segelschiff eine →*Spiere*, die etwas schräg über den Bug hinausragt.

Bugstrahlruder, Manövrierhilfe für Schiffe: In einem Querkanal durch das Vorschiff arbeitet ein Propeller u. übt so einen seitl. Schub auf das Schiff aus.

Bugulma, Stadt im SO der Tatar. ASSR, 75000 Ew.; landwirtschaftl. Mittelpunkt mit Mühlen u. Fleischverarbeitung; Gebiet „Zweites Baku", bei Schugurowo, Erdölförderung; Flugplatz.

Bugwulst, knollenartige Verdickung unter Wasser am Bug von Schiffen; verringert den ›Schiffswiderstand durch Verkleinern der Bugwelle u. Verbessern der Umströmung.

Buheirat [arab.], →Bouhaïra.

Buhl, Hermann, Bergsteiger, *21. 9. 1924 Innsbruck, †27. 6. 1957 (an der Chogolisa im Karakorum abgestürzt); 1953 Erstbesteigung des Nanga Parbat („Willy-Merkl-Gedächtnis-Expedition" von K. *Herrligkoffer*; die 6. dt. Mannschaft, die den westl. Eckpfeiler des Himalaya anging), 1957 des Broad Peak (gemeinsam mit M. *Schmuck, F. Wintersteller* u. K. *Diemberger*); schrieb „Achttausend – drüber u. drunter" 1954.

Bühl, baden-württ. Stadt am Westrand des nördl. Schwarzwalds (Ldkrs. Rastatt), am Ausgang des *B.er Tals* (Luftkurort u. Wintersportplatz *B.ertal*), 21 500 Ew.; in der Nähe die *Bühler Höhe* (754 m); Obstbau (*Bühler Zwetschgen*), Elektroindustrie, Maschinenbau.

Bühler, 1. Charlotte, geb. Malachowski, Psychologin, *20. 12. 1893 Berlin, †3. 2. 1974 Stuttgart; zahlreiche Arbeiten über Entwicklungs- u. klinische Psychologie: „Das Seelenleben der Jugendlichen" 1921, [6]1967; „Kindheit u. Jugend" 1928, [4]1967; „Der menschl. Lebenslauf als psycholog. Problem" 1933, Neuausg. 1971; „Psychologie im Leben unserer Zeit" 1962, Sonderausg. 1968; „Wenn das Leben gelingen soll" 1969; (mit F. *Massarik*) „Lebenslauf u. Lebensziel" 1969.
2. Karl, verheiratet mit 1), Psychologe, *27. 5. 1879 Meckesheim, Baden, †24. 10. 1963 Los Angeles, Calif. (USA); 1922–1938 Prof. in Wien, später in den USA; arbeitete über Kinder- u. Wahrnehmungspsychologie („Gestaltwahrnehmungen" 1913); schrieb neben psycholog. Werken („Die geistige Entwicklung des Kindes" 1918; [mit L. *Schenk-Danzinger*] „Abriß der geistigen Entwicklung des Kleinkindes" [9]1967; „Die Krise der Psychologie" 1927, [3]1965; „Ausdruckstheorie" 1933, [2]1968) auch eine psycholog. orientierte „Sprachtheorie" (1934, [2]1965), in der er eine Darstellungs-, Ausdrucks- u. Appellfunktion der Sprache unterscheidet.

Bühne, der nach dem Zuschauerraum geöffnete, für die Aufführung bestimmte Raum des Theaters. – Im antiken Griechenland war die „B." zunächst der runde Tanzplatz des Chors, später fand das Spiel vor u. auf den Gebäuden der *Skene* statt. In Rom bestand die B. aus einer dreiseitig von prunkvollen Schauwänden umgrenzten rechteckigen Plattform. Im MA. benutzte man für geistl. Spiele den Chorraum der Kirche, später den Marktplatz. Hier war die sog. *Simultan-B.* errichtet, aus Gerüsten nebeneinandergereihte Bauten, bei denen die Zuschauer von einer Szene zur anderen wanderten. Seit dem 13. Jh. gab es daneben die *Wagen-B.*, bei der die Szenen auf mehreren aneinandergereihten Wagen aufgebaut waren. Die *Badezellen-B.* der Humanisten bestand aus einem flachen Podium mit einer Andeutung von Hausfassaden an der Rückwand. In England verwandte man im 16./17. Jh. die *Shakespeare-B.*, ein dreistöckiges, fast dekorationsloses Spielgerüst mit einem rechteckigen, in den Zuschauerraum vorragenden Podium, schmaler Hinter-B. u. Ober- oder Balkon-B. Im 16. Jh. entwickelte sich die *Winkelrahmen-B.* mit einer Vorder-B. als Spielplatz u. einer Hinter-B. mit perspektivisch bemalten Holzrahmen. Ihre weitere Ausbildung in der Renaissance führte, im Barock vervollkommnet, zur bis zum Beginn des 20. Jh. gebräuchlichen *Guckkasten-B.*, die mit komplizierten Maschinerien (Schnürboden für aufziehbare Kulissen, Versenkungsvorrichtungen) ausgestattet u. durch einen Vorhang vom Zuschauerraum getrennt war.

Die moderne B. liegt als Hauptraum des bes. hohen *B.nhauses* etwa in Augenhöhe der ersten Zuschauerreihe, wird durch eine Seiten-B., Hinter-B. u. vor der B.nöffnung liegende Vor-B. erweitert u. durch den senkrecht oder seitl. bewegbaren Vorhang geschlossen. Der äußere B.nrahmen kann bei vielen B.n vergrößert oder verkleinert werden. Der innere, vom Zuschauerraum her nicht sichtbare B.nrahmen (*B.nportal*) trägt die Scheinwerfer, Projektionsapparate, Lautsprecher u.ä. Im B.nraum befinden sich die B.nmaschinerie u. B.nbeleuchtung (Versenkungsanlagen, hydraul. u. elektr. Antriebe, Anschlüsse für Scheinwerfer, Mikrophone, Lautsprecher, Schnürboden u.ä.). Die Beleuchtungszentrale liegt zusammen mit der elektron.-akustischen Zentrale als geschlossene Regiezentrale meist an der Rückwand des Zuschauerraums.

Bei der *Doppelstock-B.* mit mehreren Böden übereinander können gleichzeitig mehrere Dekorationen auf- oder abgebaut werden. Die *Dreh-B.*, ein kreisförmiger Ausschnitt des B.nbodens, ermöglicht den gleichzeitigen Aufbau verschiedener Szenenbilder. Zu diesem Zweck finden auch *Wagen-* u. *Schiebe-B.n*, größere Flächen des B.nbodens, die auf Rollen u. Rädern nach vorn u. hinten oder nach den Seiten gefahren werden können, Verwendung; zur Unterbringung sind große Seiten- u. Hinter-B.n nötig. Bei der *Podium-B.* ist die Spielfläche in eine Reihe heb- u. senkbarer Flächen aufgeteilt. Eine Kombination der Podium- u. der Wagen-B. ist die *Versenk-Verschiebe-B.* Die Vor-B. mit ihrer Möglichkeit, das Spiel vor den B.nrahmen zu verlegen, bildet eine Vorstufe zur *Raum-B.*, die Zuschauerraum u. B. zu einem organ. Ganzen vereinigen soll, wie z.B. bei der *Arena-B.*, wo das Spielpodium rings vom Zuschauerraum umschlossen ist. – ⌑3.5.1.

Buhnen, dammartige Küsten- oder Uferverbauten aus Steinen, Pfählen oder Faschinen (senkrecht oder schräg zum Ufer), als Schutz vor Abspülung oder zur Anlandung; →auch Flußbau.

Bühnenarbeiter, Theaterarbeiter, die unter der Anleitung des *Bühnenmeisters* die Dekoration auf- u. abbauen; meistens Handwerker (Tischler, Schlosser, Tapezierer), die auch an der Anfertigung der Dekorationen mitarbeiten.

Bühnenaussprache, die schon von *Goethe* angestrebte u. von Sprachforschern u. Bühnenleitern Ende des 19. Jh. unter Berücksichtigung der Schriftsprache etwa auf der Grundlage der Mundart des mittleren niederdt. Gebiets geschaffene Aussprache der dt. Hochsprache; von Th. *Siebs* als „Dt. Hochsprache" 1898 ([19]1969) festgelegt.

Bühnenbild, die künstlerische Gestaltung der

Regiezentrale der Freien Volksbühne Berlin

Arenabühne des Nationaltheaters Mannheim

Drehbühne der Städtischen Bühnen Frankfurt a. M. mit Dekorationen für Zuckmayers Schauspiel „Der Hauptmann von Köpenick"

Beleuchtungsstellwerk eines Schauspielhauses

Bühnenbild

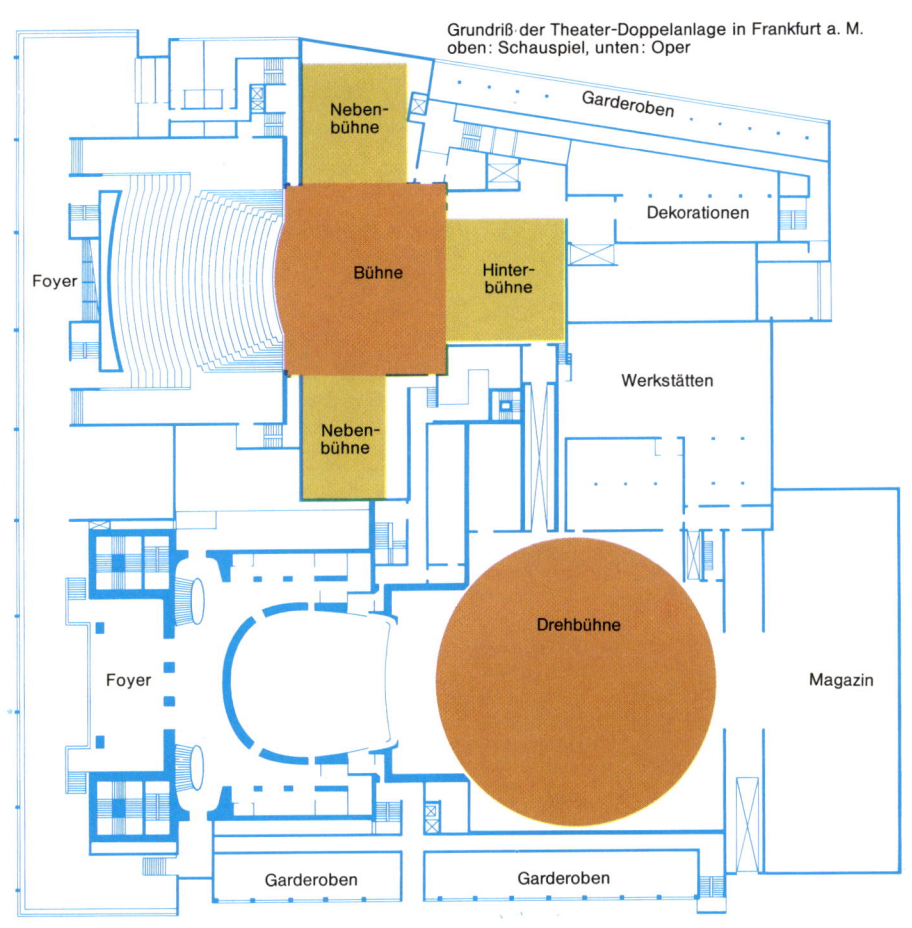

Grundriß der Theater-Doppelanlage in Frankfurt a. M. oben: Schauspiel, unten: Oper

Bühne, um den Zuschauer über den Ort der Handlung zu informieren u. den Eindruck des Spiels zu vertiefen; seit der Renaissance eine eigene Kunstgattung. Schon die Antike kannte eine architekton. Ausgestaltung der Szene; auch die mittelalterl. Simultanbühne reihte Bauten aneinander. Die Entwicklung des perspektiv. B.s begann im 16. Jh. in Italien mit der *Winkelrahmenbühne*, wobei zwei mit bemalter Leinwand bespannte Holzrahmen, die im stumpfen Winkel zueinanderstanden, in der Mitte den Blick auf einen perspektivisch bemalten Prospekt freigaben. Ende des 16. Jh. wurde durch die Verwendung von Drehprismen erstmalig eine Verwandlung des B.s während der Aufführung möglich. Vielfach ändern konnte man das B. jedoch erst seit der Einführung der *Kulisse* 1620 durch Giovanni B. *Aleotti*. Illusionistische Erweiterung durch Tiefenstaffelung (Giacomo *Torelli*), Übereckstellung perspektivischer B.er (Ferdinando *Galli-Bibiena*, *1657, †1743) sowie eine umfangreiche Bühnenmaschinerie (Flugmaschine, Wasserfälle, Gewitter- u. Wolkeneffekte) brachten im 17. u. 18. Jh. steigenden Ausstattungsprunk, so daß die Dekoration manchmal zum Selbstzweck wurde. Der Klassizismus sah wieder von solchen Effekten ab u. beanspruchte vornehmlich den perspektivisch behandelten Hintergrundprospekt für die illusionist. Tiefenwirkung. Georg *Fuentes* (*1756, †1821) u. Karl F. *Schinkel* bevorzugten reine Architektur. Mit den Meiningern kamen Ende des 19. Jh. histor. echte, realist., detailbestimmte B.er auf, die im Naturalismus zu einer fast photograph. exakten Wiedergabe der Wirklichkeit wurden. Neue Möglichkeiten zeigten Anfang des 20. Jh. Adolphe *Appia* u. Gordon E. *Craig*, die die Bühne mit plast. Gebilden als Formelementen u. mit Licht gestalteten. Im Expressionismus ging man diesen Weg zur Abstraktion weiter; man arbeitete nun auch mit *Projektionen*. Das moderne B. hat keinen einheitl. Stil, doch sucht es unter weitgehendem Verzicht auf illusionist. Raumwirkung strenge, akzentuierende Einfachheit: be-

BÜHNE

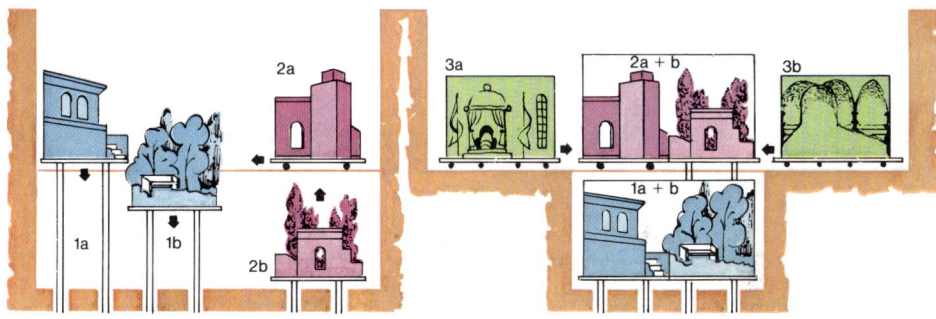

Bühnenbildwechsel bei einer Versenk-Verschiebe-Bühne: Während links die Zuschauer gerade das Bühnenbild 1a) + 1b) vor sich sehen, steht das nächste Bühnenbild in seinen Teilen 2a), auf Rollen, und 2b), versenkt, bereit; rechts ist jetzt das Bühnenbild 2a) + b) sichtbar, das erste 1a) + b) versenkt und ein drittes 3a) + b) schon daneben aufgebaut

Der im Bau befindliche Bühnenraum der Deutschen Oper Berlin mit Blick auf die Seitenbühne

Bühnenportal mit Durchblick in den Zuschauerraum des Kleinen Hauses der Württembergischen Staatstheater Stuttgart

Bühnenbildner

Bühnenbild von Caspar Neher zu Alban Bergs Oper „Wozzeck". Wien, Österreichische Nationalbibliothek

wußte Einbeziehung der Architektur des Bühnenraums, Fehlen der illustrierenden Dekoration, Arbeiten mit Licht, aber auch barocke Szenerie mit großer Spielfläche, dekorativer Einfassung u. Prospektabschluß (Caspar *Neher,* Teo *Otto,* Luciano *Damiani*). – ⌑ 3.5.1.
Bühnenbildner, Ausstattungsleiter u. Bühnenvorstand am Theater, der in Zusammenarbeit mit Regisseur u. Technischem Leiter *(Bühnenmeister)* das Bühnenbild entwirft (Bildentwurf u. Bühnenmodell), das dann in den Ausstattungswerkstätten des Theaters ausgeführt wird. Er leitet mit dem Regisseur die Dekorations- u. Beleuchtungsproben. Für B. bestehen an den Kunstakademien Bühnenbildklassen.
Bühnenhaus →Theater, →Bühne.
Bühnenmeister, *Theatermeister,* techn. Bühnenvorstand, der für die Abwicklung des techn. Teils der Proben u. Vorstellungen u. für die sichere Aufstellung der Dekorationen verantwortlich ist.
Bühnenvertrieb, ein Verlag, der die Vertragsverhandlungen zwischen Theaterleitung u. Autor bei Annahme eines Bühnenwerks führt. Dem B. werden vom Theater bei tantiemepflichtigen Stücken 10% der Abendeinnahme überwiesen. Hiervon entfallen an den Autor 7,5% u. an den B. 2,5%. Bei ausländ. Werken gelten besondere Abmachungen.
Bühnenvorstand, die in leitender Stellung befindl. Mitarbeiter des Bühnenleiters (Intendanten), z. B. Regisseur, Kapellmeister, Dramaturgen, Verwaltungsvorstand, Bühnenbildner u. techn. Leiter.
Bühren →Biron.
Bührer, Jakob, schweizer. sozialist. Schriftsteller, *8. 11. 1882 Zürich; schrieb die Romantrilogie „Im roten Feld" 1938–1951. Komödie „Die Pfahlbauer" 1932.
Buhturi [ˈbux-], *al-B.,* arab. Dichter, *um 821 Manbidsch, †897 Manbidsch; Hofdichter der Kalifen, wie sein Vorgänger *Abu Tammam* Verfasser einer Anthologie.
Buhurt [altfrz. *bouhourt*], ein Ritterkampfspiel des MA., bei dem 2 Reitergruppen mit stumpfen Waffen (Schwerter oder Stäbe) gegeneinander fochten u. eine Gruppe die andere zurückzudrängen suchte. →auch Tjost, Turnier.
Buisson [byiˈsɔ̃], Ferdinand, französ. Pädagoge, *20. 12. 1841 Paris, †16. 2. 1932 Paris; 1896 bis 1906 Prof. an der Sorbonne; Hrsg. eines Wörterbuchs der Pädagogik; Vorkämpfer des Völkerbundgedankens; Friedensnobelpreis 1927.
Buitenzorg [ˈbœytənzɔrx], früherer Name von →Bogor.
Bujiden, *Buyiden,* pers. Dynastie schiitischen Bekenntnisses, 932–1055. Ihr Begründer *Muizz ad-Daula* (932–967) bemächtigte sich von Isfahan aus der südpers. Provinzen u. besetzte 945 Bagdad. Den Höhepunkt ihrer Macht erreichten die B. unter *Adud ad-Daula* (976–983).
Bujumbura, früher *Usumbura,* Hptst. von Burundi (Ostafrika), Hafen am Nordende des Tanganjikasees, 90 000 Ew.; Kultur- u. Wirtschaftszentrum des Landes, Universität (1960), internationaler Flughafen.
Buka, Insel in der austral. verwalteten Gruppe der nordwestl. Salomonen (Neuguinea), rd. 500 qkm, 10 000 Eingeborene, größter Ort *Carola Harbour*.
Bukanier [karib., frz.], *Flibustier,* ursprüngl. französ. Siedler auf der Insel St. Christopher u. später Haiti, die mit getrocknetem Fleisch handelten. Sie lagen im 17. Jh. im Kampf mit den Spaniern. Es bildeten sich Seeräuberbanden, die einerseits unter französ. Schutz Santo Domingo besiedelten, andererseits in Süd- u. Mittelamerika plünderten. 1697 wurden die B. nach der Plünderung von Cartagena durch eine engl.-holländ. Flotte nahezu aufgerieben.
Bukarest, rumän. *București,* Hptst. der Sozialist. Rep. Rumänien u. des Kreises Ilfov (8225 qkm, 810 000 Ew.), in der Walachei, 605 qkm, 1,7 Mill. Ew.; Erzbischofssitz (Primas der rumänisch-orthodoxen Kirche); Universität, Hochschulen für Musik, Handel, Kunst u. Technik; Staatsbibliothek, Akademie der Wissenschaften, Nationaltheater, Staatsoper, Kunstmuseen, Dorfmuseum; wichtiges Handels- u. Industriezentrum Südosteuropas; Maschinenbau, Elektro-, Textil-, Lebensmittel-, Zement-, Leder- u. chem. Industrie; winkelige Stadtanlage, von einigen Prachtstraßen gegliedert; Colțeakirche, Curtea Veche, Stavropoleoskirche, Patriarchiekirche, Athenäum, Triumphbogen, Schloß u. Kloster Cotroceni.
Geschichte: Ursprüngl. Name *Cetatea Dâmboritei,* seit dem 14. Jh. unter dem Namen B. erwähnt u. zeitweise, seit 1659 dauernd Hptst. der Walachei; häufig von Ungarn u. Türken umkämpft. Im 19. Jh. begann ein starker wirtschaftl. Aufschwung. Nach dem Zusammenschluß von Moldau u. Walachei zum Fürstentum Rumänien wurde B. 1861 dessen Hptst. Im 2. Weltkrieg wurde B. z. T. zerstört. – Der *Friede von B. 1812* beendete den russ.-türk. Krieg von 1806, Rußland gewann Bessarabien. – Der *Friede von B. 1913* wurde nach dem 2. Balkankrieg geschlossen: Bulgarien mußte Makedonien u. die Dobrudscha abtreten; Griechenland erhielt Kreta; Albanien wurde selbständiges Fürstentum. – Im *Frieden von B. 1918* (zwischen den Mittelmächten u. Rumänien) gewann Bulgarien die Dobrudscha zurück.
Bukavu, früher *Costermansville,* Hptst. der Prov. *Kivu* in Zaire (dem früheren Kongo-Kinshasa), am Ruzizi zwischen Tanganjika- u. Kivusee, an der Grenze nach Rwanda u. Burundi, 1460 m ü.M., 185 000 Ew.; Nahrungsmittel-, pharmazeut. Industrie, Straßenknotenpunkt, Binnenhafen.
Buke, japan. Kriegerkaste, →Samurai.
Bukephalos, *Bukephalas* [grch., „Stierkopf"], Lieblingspferd *Alexanders d. Gr.,* durch Gründung der Stadt *B.* in Indien geehrt.
Bukett [das; frz.], **1.** Blumenstrauß.
2. der sich aus der *Blume* entwickelnde Duft von Weinen; auch der von Parfümgemischen u. ä.
Bukinist = Bouquinist.
Bukit, *Buku* [mal.], Bestandteil von geograph. Namen: Berg.
Bukit, *Bukitan,* altmalaiischer Völkerstamm auf Borneo.
Bukittinggi, Stadt in Zentralsumatra (Indonesien), nördl. von Padang, im Gebirge, 90 000 Ew.; Kautschukgewinnung, Bahnknotenpunkt.
Bükkgebirge, tafelförmiges Gebirge in Nordungarn, westl. von Miskolc; im *Istállóskő* 959 m; verkarstet; Höhlen mit urzeitl. Funden *(Bükker Kultur);* bewaldet, an Hängen Weinbau; Braunkohlenlager; Fremdenverkehr.
bukolische Dichtung, *Bukolik* [grch. *bukolos,* „Rinderhirte"], bes. bei Griechen u. Römern gepflegte Dichtungsart (bei den Griechen ursprüngl. in dorischer Mundart): Hirten- u. Schäferlieder u. -gespräche, oft in erzählender Umrahmung. Ihre Dichter heißen *Bukoliker;* Hauptvertreter bei den Griechen *Theokrit,* bei den Römern *Vergil* („Bucolica"). Die beliebtesten Namen für Hirten u. Hirtinnen waren Daphnis u. Phyllis. →auch Hirtendichtung, Idylle. – ⌑ 3.0.2.
Bukowina [„Buchenland"], Ostkarpatenlandschaft, rd. 10 440 qkm, etwa 800 000 Ew.; Buchen- u. Fichtenwälder mit Holzwirtschaft in den Waldkarpaten, fruchtbare Lößböden im Karpatenvorland; landwirtschaftl. u. Holzindustrie; Gips-, Erdöl- u. Braunkohlenlager. Die Nord-B. (rd.

Bukarest: das Athenäum

6000 qkm) kam 1940 zur Sowjetukraine (Zentrum *Tschernowitz*), gleichzeitig wurden die rd. 80000 B.-Deutschen ausgesiedelt. – Die B. gehörte 1775 bis 1918 zu Österreich, dann zu Rumänien.

Bukranion [das; grch.], Stierschädel, in Verbindung mit Girlanden ein beliebtes Schmuckmotiv der Antike, oft an Grabdenkmälern der röm. Zeit.

Bülach, Bez.-Hptst. im N des schweizer. Kantons Zürich, im Glatt-Tal, 11500 Ew.; alter Stadtkern mit prächtigem Rathaus (1673); Eisen-, Maschinen-, Glas-, Textilindustrie; Eisenbahnknotenpunkt; Regionalzentrum des Züricher Unterlands. – Bei B. keltisch-alemann. Fluchtburg u. german. Gräberfelder, Stadtgründung der Habsburger 1384.

Bulander, Walter, Maler, Lyriker u. Dramatiker, * 14. 9. 1937 Althausen, Württemberg; seit 1962 physikal.-techn. Assistent am Astronom. Institut der Universität Tübingen; erregte Aufsehen mit religiös orientierter kosmischer Malerei („Sternhaufenexplosion", „Auferstehung" u. a.).

Bulatović [-vitç], Miodrag, serb. Schriftsteller, * 20. 2. 1930 Bijelo Polje, Montenegro; Romane aus der Kriegs- u. Nachkriegszeit in kräftiger Sprache: „Der rote Hahn fliegt himmelwärts" 1959, dt. 1960; „Der Held auf dem Rücken des Esels" 1964, dt. 1965; auf S. *Beckett* bezogen, das Schauspiel „Godot ist gekommen" 1965/66, dt. 1966.

Bulawayo, Stadt im SW von Rhodesien, am Fuß der Matopoberge, 1362 m ü. M.; in der Nähe des alten B., der Residenz des Ndebelekönigs *Lobengula*. B. hat 340000 Ew., darunter 70000 Europäer. – ist ein Wirtschafts- u. Verkehrszentrum; Gold- u. Kohlenbergbau.

Bulbärparalyse [lat. + grch.], Erkrankung des verlängerten Rückenmarks mit Lähmung der dort entspringenden Gehirnnerven; akut durch Blutungen, Erweichungen, Entzündungen u. Embolien, chron. durch entartende Prozesse; führt zu Atrophie u. Lähmung der Zungen-, Gaumen-, Lippen- u. Kehlkopfmuskulatur.

Bulbul, *Bülbül*, in der pers. u. türk. Lyrik die Nachtigall, die in Liebe zur Rose entbrannt ist u. klagend singt.

Bülbüls [pers.], *Haarvögel, Pycnonotidae*, Familie der *Singvögel*, in rd. 110 Arten über Afrika u. Südasien verbreitete sperlings- bis stargroße Fruchtfresser; Kulturfolger ähnl. der Amsel, Käfigvogel.

Bulbus [der; lat., „Zwiebel"], in der *Anatomie*: knollige Anschwellung, rundliches Gebilde, z. B. der *B. oculi*, Augapfel; in der *Botanik*: Zwiebel, z. B. der *B. scillae*, Meerzwiebel.

Bulette [frz. *boulette*, „Kügelchen"], gebratener Fleischkloß aus gehacktem Rind- u. Schweinefleisch zu gleichen Teilen, eingeweichter Semmel, Zwiebeln, Ei, Salz u. Pfeffer, auch unter der Bez. *Dt. Beefsteak*, *Frikadelle* u. *Brisolette* bekannt.

Buleuterion [das; grch.], das antike „Rathaus", d. h. das Versammlungshaus der *Bule* (entspr. etwa einem Parlament) in konstitutionell regierten griech. Städten. Die *Buleuten* (Abgeordnete) wurden meist durch Los bestimmt. Bes. gut erhalten das B. von Priene.

Bulfinch ['bulfintʃ], Charles, US-amerikan. Architekt, * 8. 8. 1763 Boston, Mass., † 4. 4. 1844 Boston; Gebäude in klassizist.-palladian. Stil, u. a. das State House von Massachusetts in Boston (1802) u. das Old Meeting House in Lancaster, Mass. (1816). 1817–1830 hatte er die Leitung beim Bau des Kapitols in Washington nach dem Entwurf von B. H. *Latrobe*.

Bulgakow, 1. Michail Afanasjewitsch, sowjetruss. Schriftsteller, * 14. 5. 1891 Kiew, † 10. 3. 1940 Moskau; schilderte in Dramen u. Romanen mit satir. Mitteln die nachrevolutionäre Epoche; Hptw.: „Die weiße Garde" 1924, dt. 1928, als Theaterstück „Die Tage der Geschwister Turbin" 1926, dt. 1928; „Der Meister und Margarita" (posthum) 1966/67, dt. 1968.
2. Sergej Nikolajewitsch, russ.-orth. Theologe u. Philosoph, * 16. 7. 1871 Liwna, Orel, † 12. 7. 1944 Paris; nach Abwendung vom Marxismus Prof. der Nationalökonomie in Kiew, seit 1918 orth. Priester, später Prof. am St.-Sergius-Institut Paris. In zahlreichen Werken entwickelte er seine dogmat. Vorstellungen, in denen die Lehre von der heiligen Weisheit (*Sophia*) einen bes. Platz einnimmt.

Bulganin, Nikolaj Alexandrowitsch, sowjet. Politiker u. Marschall der Sowjetunion, * 11. 6. 1895 Nischnij Nowgorod (Gorkij), † 24. 2. 1975 Moskau; 1938–1941 stellvertr. Vors. des Rats der Volkskommissare u. Leiter der Staatsbank, 1947 bis 1949 Verteidigungs-Min., 1948–1958 Mitgl. des Politbüros des ZK der KPdSU bzw. des Parteipräsidiums, 1955–1958 Min.-Präs.; 1958 aus allen Partei- u. Regierungsämtern entlassen.

Bulgaren, 1. die sog. *Proto-* oder *Ur-Bulgaren*, ein Turkvolk, das wohl aus den Resten der nach O abziehenden Hunnen u. aus den Ogurstämmen im nördl. Schwarzmeerbereich hervorgegangen ist. 480 n. Chr. kämpften die B. als Verbündete der Byzantiner gegen die Ostgoten, in der Folgezeit wurden sie durch wiederholte Einfälle u. Kriegszüge (z. T. unter awarischer Führung) zu einer wachsenden Bedrohung der byzant. Nordgrenze. Als Verbündeter des Kaisers Herakleios gründete Anfang des 7. Jh. *Kovrat* (*Kuvrat*) ein *Großbulgarisches Reich* nördl. vom Schwarzen Meer, das allerdings schon in der Mitte des 7. Jh. unter dem Stoß der nach W drängenden Chasaren auseinanderbrach. Ein Teil der abwandernden B. wandte sich nordwärts u. gründete im Wolga-Kama-Gebiet das *Wolgabulgarische Reich*, eine andere Gruppe erschien 680 unter Kovrats Sohn *Asparuch* (*Isperich*) an der unteren Donau u. erzwang den Übertritt auf byzant. Reichsterritorium. Kaiser Konstantin IV. mußte dieses *Donaubulgarische Reich* (zwischen dem Balkangebirge und dem Dnjestr) anerkennen u. jährl. Tributzahlungen leisten. Ein Großteil der ostbalkan. slaw. Stämme ist in diesen sich ausweitenden Herrschaftsverband der turkstämmigen Bulgaren einbezogen worden. Aus der Verschmelzung der protobulgar. Oberschicht, die bald assimiliert wurde, u. der Masse der slaw. Bevölkerung, die im 6. Jh. das ursprüngl. von Thrakern bewohnte Gebiet besiedelt hatte, ist das slaw. Volk der heutigen B. (2) entstanden.
2. die heutigen B., ein Mischvolk der Balkanhalbinsel mit südslaw. Sprache; 8,1 Mill., davon 7,6 Mill. in Bulgarien, 340000 in der UdSSR, der Rest in anderen Balkanländern, Rumänien u. der Türkei. Die B. entstanden aus romanisierten Thrakern, zugewanderten Slawen u. dem Turkvolk der B. (1). Von letzteren behielten sie das halbnomad. Hirtenwesen; daneben sind sie Ackerbauern. Sie gehören zur morgenländ. Kirche, die *Pomaken* sind Mohammedaner. Die Tracht ist reich an Farbe u. Schmuck. Als Siedlungs- u. Hausform ist Einzelhofsiedlung mit einstöckigen Fachwerkhäusern, im Gebirge mehrstöckig, vorherrschend.

Bulgarien

BULGARIEN — BG
Narodna Republika Bălgarija

- Fläche: 110 912 qkm
- Einwohner: 8,7 Mill.
- Bevölkerungsdichte: 78 Ew./qkm
- Hauptstadt: Sofia
- Staatsform: Kommunistische Volksrepublik
- Mitglied in: UN, Warschauer Pakt, Comecon
- Währung: 1 Lew = 100 Stótinki

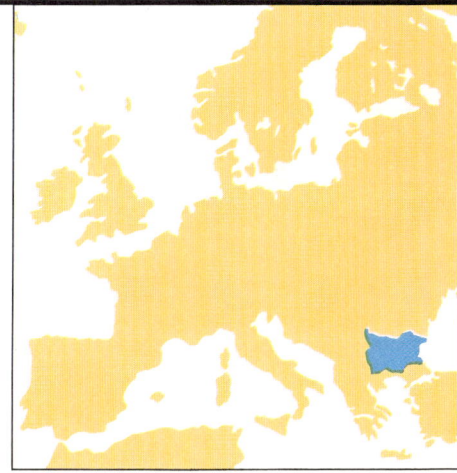

Landesnatur: Es herrschen große landschaftliche u. klimatische Gegensätze: eine lößbedeckte, von Flüssen zerschnittene Kreidetafel südlich der Donau mit Gras- u. Getreidefluren (pontische Flora); jenseits der Klimascheide des steil nach S abfallenden plateauförmigen Balkan (bis 2376 m hoch) das warme u. fruchtbare Ostrumelische Becken; westlich davon das hoch gelegene Becken von Sofia, die Südgrenze umfaßt den größten Teil der hochgebirgsartigen, dichtbewaldeten Rhodopen, die B. vom Ägäischen Meer trennen; Steilküste zum Schwarzen Meer; nördlich des Balkans warme Sommer u. kalte Winter, die im S ihre Wirkung verlieren, da das Gebirge die kalten Nordostwinde abhält. Die Gebirge sind dicht bewaldet (33 % Waldanteil).

Wirtschaft u. Verkehr: Die Landwirtschaft (42 % der Landesfläche Ackerbau, 10 % Wiesen u. Weiden) beschäftigt noch 40 % der Erwerbstätigen, wird in ihrem Beitrag zum Bruttosozialprodukt aber inzwischen von der Industrie übertroffen. Sie liefert Tabak (Gebirgstäler), Obst, Wein (an Donau, Maritza, Struma u. Mesta), Gemüse u. Rosenöl für den Export. Ferner werden angebaut: Getreide (Weizen, Mais), Zuckerrüben, Sonnenblumen (Donautafelland), Maritzatal, Ostrumelisches Becken), Baumwolle, Tomaten, Paprika, Reis (Maritzatal); Rosenfelder (bei Kasanläk), Seidenraupenzucht. Viehhaltung wird besonders in den Gebirgen betrieben.
Wertvolle Braunkohlenlager finden sich am Oberlauf der Struma u. bei Dimitrowgrad, Eisenerze bei Sofia u. an der Tundscha; Bauxit- u. Steinsalzlager; zahlreiche, z. T. radioaktive Thermen. Schwer-, Textil-, Lebensmittel-, Tabak- u. chemische Industrie im Aufbau, seit dem zweiten Weltkrieg steigende Nutzung der Wasserkräfte, besonders bei Sofia u. in den Rhodopen.
Ausgeführt werden Nahrungsmittel, Tabak, Industriegüter; eingeführt werden Metalle, Fahrzeuge, Maschinen, Chemikalien, feinmechanisch-optische u. Elektrogeräte. Haupthandelspartner sind die UdSSR, DDR, Tschechoslowakei u. BRD.

Das Verkehrsnetz ist mit 5900 km Eisenbahnen u. 30000 km Straßen noch weitmaschig. Die Donau ist mit dem Hafen Ruse ein wichtiger Verkehrsträger; Schwarzmeerhäfen: Warna u. Burgas; Seebäder, Fremdenverkehr. – 🗺 →Balkanhalbinsel.

Geschichte: Nach der röm. Eroberung (abgeschlossen Mitte des 1. Jh. n. Chr.) begann die Romanisierung der Bewohner, der *Thraker*. Seit dem 6. Jh. drangen *Slawen* ein, 680 das Turkvolk der →*Bulgaren* (Protobulgaren) unter *Asparuch* (*Isperich*), die das erste (Donau-)bulgar. Reich von Pliska, später Preslaw (681–1018), gründeten, das fast die ganze Balkanhalbinsel umfaßte. *Boris I.* trat 864/65 zum byzantin. Christentum über. *Simeon I.* (893–927), der bedeutendste Herrscher B.s im MA, besiegte die Serben u. Byzantiner, errichtete das bulgar. Patriarchat, förderte die altbulgar. Literatur. 972 kam der O, 1018 auch der W unter byzantin. Herrschaft. Die Brüder Peter u. Asen errichteten das *Zweite Bulgar. Reich* von Tirnowo (1186–1393), das 1393 bzw. 1396 unter

bulgarische Kunst

Bulgarien: Dorf in den Rhodopen

Bulgarien: Intensivkulturen und Industrielandschaft im Donautal bei Ruse

türk. Herrschaft kam. In der Folgezeit brachen wiederholt Aufstände gegen die Türken aus. Seit der 2. Hälfte des 18. Jh. wurde die geistig-nationale Wiedergeburt vorbereitet, die zur Loslösung von der griech. Kirche (1870 Gründung eines selbständigen bulgar. Exarchats in Konstantinopel, seit 1878 in Sofia) u. zur Befreiung von der Türkenherrschaft führte.

Der Berliner Kongreß errichtete ein Fürstentum B., das aber dem Sultan tributpflichtig blieb. Fürst *Alexander I.* (von Battenberg, 1879–1886) versuchte innere Reformen u. besiegte die Serben, wurde aber durch eine von den Russen veranlaßte Verschwörung gestürzt. 1887 wurde *Ferdinand I.* von Sachsen-Coburg-Gotha-Koháry Fürst von B.; er erklärte 1908 die völlige Loslösung von der Türkei u. nahm den Zarentitel an.

Die Erfolge der bulgar. Truppen im *1. Balkankrieg* (Eroberung von Adrianopel) wiederholten sich im *2. Balkankrieg* nicht: Während die bulgarische Streitmacht an der griechischen u. serbischen Front gebunden war, drangen Rumänen bis Sofia vor u. eroberten Türken Adrianopel zurück. Die Süddobrudscha u. Makedonien gingen verloren. Unter Abkehr von Rußland näherte B. sich Dtschld. u. nahm an dessen Seite am 1. Weltkrieg teil. Der unglückl. Ausgang des Kriegs veranlaßte den bulgar. Zaren, zugunsten seines Sohnes *Boris III.* zurückzutreten. Dessen Person sicherte eine gewisse Stabilität der Politik des von Verschwörungen, Attentaten u. Ministerwechseln beunruhigten Landes. Er erreichte 1933 auch eine Annäherung an Jugoslawien u. damit an die Balkanentente. Er trat in gute Beziehungen zu Dtschld., die er auch im 2. Weltkrieg beibehielt. Ihm folgte 1943–1946 sein Sohn *Simeon II.* Die Sowjetunion erklärte am 5. 9. 1944 B. den Krieg u. besetzte das Land. B. wurde unter der Leitung G. *Dimitroffs* ein russ. Satellitenstaat u. Volksrepublik. 1971 wurde der KP-Chef T. *Schiwkow* zum Vors. des neugeschaffenen Staatsrats (Staatsoberhaupt) gewählt. Min.-Präs. wurde S. *Todorow.* – K →Südosteuropa. – L 5.5.7.

Politik: Nach der Abschaffung der Monarchie durch die Volksabstimmung vom 8. 9. 1946 vollzog die unter Führung der kommunist. Partei Dimitroffs stehende Volksfrontregierung (Vaterländ. Front) die Umwandlung B.s in eine nach kommunist. Modell organisierte *Volksrepublik.* Nach der *Verfassung vom 18. 5. 1971* ist die nach allg., gleichem u. direktem Wahlrecht bestellte *Volksversammlung (Sobranie,* 400 Mitgl., Wahlperiode 4 Jahre) das oberste Staatsorgan; sie wählt die Regierung, die ihr gegenüber verantwortl. sein soll. Staatsoberhaupt ist (kollektiv) der Staatsrat, der von der Volksversammlung gewählt wird.

In der Praxis ist jedoch die *KPB* als Staatspartei das Zentrum der politischen Macht. Aufgrund ihres Monopols bei der Kandidatenaufstellung bestimmt sie in konkurrenzlosen Wahlen die Zusammensetzung des Parlaments. Außenpolitisch lehnt B. sich eng an die UdSSR an: 1949 Beitritt zum Comecon, 1955 zum Warschauer Pakt.

Militär: In B. besteht allg. Wehrpflicht vom 18. bis zum 50. Lebensjahr mit einer aktiven Dienstzeit von 2 Jahren bei Heer u. Luftwaffe u. 3 Jahren bei der Marine. Unter Mißachtung der im Friedensvertrag von 1947 festgelegten Höchst-Mannschaftsstärke von 65 000 stehen insges. rd. 150 000 Mann unter Waffen. Der Oberbefehl liegt beim Verteidigungs-Min., im Kriegsfall beim Vereinten Oberkommando des Warschauer Pakts, dem auch schon zu Friedenszeiten Teile der von sowjet. Beratern durchsetzten bulgar. Streitkräfte unterstehen.

Bildungswesen: Das Bildungswesen ist nach einheitl. Prinzip vom Staat organisiert (Einheitsschule), wird von diesem gesteuert (keine Privatschulen) u. beruht auf der Verbindung von Unterricht u. Produktion (polytechn. Bildung). Der Unterricht an allen Schulen (einschl. Universität) ist kostenlos. *Schulsystem:* 1. achtjährige obligatorische Grundschule, auf der nahezu alle anderen Schulen aufbauen. Die Grundschule teilt sich in eine Elementarstufe (1.–4. Klasse) u. eine Mittelstufe (5.–8. Klasse). Organisatorisch können sowohl Elementarstufe als auch Mittelstufe selbständige Schulen bilden, die dann Elementarschulen bzw. Progymnasien genannt werden. 2. weiterführende Schulen: a) vierjährige polytechn. Mittelschule, die etwa unserer höheren Schule ent-

bulgarische Literatur

Bulgarien: Krum, Khan der Bulgaren (802–814), feiert seinen Sieg über den byzantinischen Kaiser Nikephoros I. Miniatur; um 1345. Rom, Biblioteca Apostolica Vaticana (links). – Bekehrung von Bulgaren zum Christentum. Miniatur; Biblioteca Apostolica Vaticana (rechts)

spricht. Am Ende der Mittelschule wird eine Prüfung abgelegt, die zum Studium an der Universität u. an Fachhochschulen berechtigt. Schulen, die die achtjährige Grund- u. die vierjährige Mittelschule umfassen, sind vollständige Mittelschulen; b) berufstechn. Schulen, mittlere Fachschulen, Technika; c) allgemeinbildende Schulen mit Spezialaufgaben: aa) meist fünfjährige Fremdsprachengymnasien für Französisch, Deutsch, Englisch u. Russisch, bb) neunjährige Gesang- u. Ballettschule im Anschluß an die dritte Grundschulklasse, cc) fünfjährige Musik- u. Kunstschulen im Anschluß an die Grundschule. – Universitäten bestehen in Sofia, Plowdiw u. Warna; daneben zahlreiche Fachhochschulen.

bulgarische Kunst, Architektur, Plastik, Malerei u. Kunsthandwerk der Bulgaren, einschl. der griech. Kolonialkunst seit dem 8. Jh. v. Chr.; davor u. daneben gab es auf bulgar. Boden bereits eine u. a. im *Schatz von Panagjurischte* (4. Jh. v. Chr.) überlieferte thrakische Kunst. Deren Eigenständigkeit wird durch neuere Forschungen belegt, obgleich Fremdeinflüsse das gesamte thrakische Kunstschaffen stark bestimmten. Die durch das polit. Schicksal des Landes bedingte Assimilierung fremder Stilformen in der b. n. K. dauerte bis zum Beginn eines staatl. Eigenlebens fort.
In der altbulgar. Architektur u. Plastik treffen sich byzantin. u. persische Einflüsse mit Gestaltungsprinzipien der hellenist. Kunst. Der sog. *Reiter von Madara*, ein Felsrelief des Königs *Krum* aus der Zeit um 800, geht auf sassanidische Einflüsse zurück, während die Kirchenbauten des 9. Jh. byzantin. Vorbildern folgten (Palastkirche Simeons d. Gr.) u. als Rundbauten oder dreischiffige gewölbte Basiliken nur in Einzelheiten von den in Byzanz verbreiteten Typen abweichen. Die Sophienkirche in Ohrid (nach 1030) wurde entwicklungsgeschichtl. bedeutend für die später häufig auftretende Hallenform der altbulgar. Sakralarchitektur. Im 12. u. 13. Jh. überwogen die Kreuzkuppel- u. die einschiffige, tonnengewölbte Saalkirche; seltener waren zweigeschossig ausgeführte Bauten wie die Doppelkapelle in Bojana u. die Festungskirche in Stanimaka.
Hauptdenkmäler der altbulgar. Malerei sind der byzantin. Stiltraditionen folgende Schmuck des Evangelienbuchs des Zaren Iwan Alexander (London, Brit. Museum) u. die Fresken in Bačkowo, Ohrid, Bojana u. Zemen. Die um 1500 entstandenen Wandmalereien in Poganowo stehen dem Stil der Athos-Klöster nahe, während zahlreiche andere Werke persisch-türk. beeinflußt sind. Bedeutende Leistungen aus der Zeit der Türkenherrschaft finden sich auf dem Gebiet der Ikonenmalerei.
Die b. K. des 19. u. 20. Jh. steht im Zeichen der Auseinandersetzung mit Stilströmungen der ost- u. westeurop. Kunst, bes. in Architektur u. Malerei. Am ehesten entwickelte sich im *Volkskunstschaffen* eine nationale Eigenart, wogegen die bulgar. Erzeugnisse des sozialist. Realismus sich kaum von gleichartigen Werken in der Kunst anderer volksdemokrat. Staaten unterscheiden. – 🅱 S. 148. – 🕮 2.3.9.

bulgarische Literatur. Im Anschluß an die von den sog. Slawenaposteln *Kyrillos* u. *Methodios* aus dem Griechischen ins Altbulgarische übersetzten Texte für den gottesdienstl. Gebrauch entwickelte sich dank der Initiative des Zaren *Simeon* im „Goldenen Zeitalter" der bulgar. Literatur ein Schrifttum mit religiöser u. weltl. Thematik, das zur Keimzelle des literar. Schaffens aller orthodoxen Slawen wurde. Apokryphen mit bogumilischem Einschlag, Heiligenleben u. histor. Werke entstanden. Während der Türkenzeit kam das eigene literar. Schaffen zum Erliegen. Die Schriftsprache geriet unter russisch-kirchenslawischen Einfluß.
1762 rief die „Slawenobulgarische Geschichte" des Athos-Mönchs *Paisij* zur nationalen Selbstbesinnung auf. Das erste gedruckte, in Anlehnung an die Umgangssprache verfaßte bulgar. Buch erschien 1804; es folgten eine Grammatik 1835 u. das Evangelium 1840. Die in den Dienst des nationalen Freiheitskampfs gestellte Literatur stützte sich teils auf die Volksdichtung, teils auf russ. Vorlagen. Petko Ratschew *Slawejkow* (*1827, †1895) veröffentlichte die erste bulgar. Kunstballade, Lj. *Karawelow* wurde zum Begründer des bulgar. krit. Realismus, u. Christo *Botew* (*1849, †1876) entwickelte sich zum revolutionären Lyriker. 1876 begann I. *Wasow*, der vielseitige, fruchtbare u. wirkungsvollste Klassiker der Bulgaren, seine literar. Tätigkeit. Nach der Befreiung Bulgariens von der Türkenherrschaft kam es zu einer Verfeinerung von Sprache u. Stil durch den Symbolismus, der in literar. Zirkeln u. Zeitschriften („Misal", „Hyperion", „Slatorog") diskutiert wurde. A. *Konstantinow* förderte die Kenntnis der französ. Literatur.
Als „moderne", betont ästhet., z. T. der dt. Literatur verpflichtete Schriftsteller traten hervor: Pentscho *Slawejkow*; der stark individualist. empfin-

bulgar. Kunst: Erzengel Gabriel (Ausschnitt), Wandmalerei; 15. Jh. Turnowo, Peter-und-Paul-Kirche

bulgarische Kunst: Kloster Zemen; Anfang 12. Jh. Johannes-Bogoslaw-Kirche

Goldkanne; 8./9. Jh. Wien, Kunsthistor. Museum

Nikolauskirche in Bojana; Ostteil mit Apsis 11./12. Jh., Mittelteil 1259

dende Lyriker, Dramaturg u. Übersetzer K. *Christow;* der schwermütig pathet. P. *Jaworow;* der zu H. Ibsen führende Dramatiker u. zum Elegischen neigende Erzähler P. J. *Todorow;* der formstrenge Lyriker N. *Liliew;* der im Mittelalter beheimatete Erzähler u. Kunsthistoriker N. *Rajnow;* der geistvolle Schilderer der städt. Intelligenz Dimitur *Schischmanow* (*1889, †1945).
Die realist., vorwiegend überlieferungsgebundene Literatur gab ihrerseits mit starkem Heimatgefühl, aber auch mit Sozialkritik eindringl. Bilder aus dem Alltag des bulgar. Landlebens. Neben A. *Straschimirow* (Bauernromane), *Elin-Pelin* u. D. *Nemirow* ragt J. *Jowkow* hervor. Auch Frauen machten sich einen Namen, so die Lyrikerin Elisaweta *Bagrjana,* oder die Erzählerin Fani *Mutafowa-Popowa* (*1902) mit histor. Romanen. Unter den zeitgenöss. Schriftstellern, meist mit Neigung zum „sozialist. Realismus", fallen auf: die Lyriker A. *Raszwetnikow,* Christo *Smirnenski* (*1898, †1923), Nikola *Furnadschiew* (*1903) u. Christo *Radewski* (*1903) sowie die Erzähler Dimitŭr *Talew* (*1899), D. *Dimow* u. Stojan C. *Daskalow* (*1909, †1966). – 3.3.2.

bulgarische Musik. Bulgarien, lange unter türkischer Herrschaft, hat zwar ein reiches Volksmusikrepertoire (wissenschaftl. bearbeitet von R. *Katzarova* u.a.), entwickelte aber eine nationale Kunstmusik erst seit dem Ende des 19. u. im 20. Jh.: Emanuil *Manolow* (*1860, †1902), Angel *Bukoreschtliev* (*1870, †1949), Panajot *Pipkov* (*1871, †1942), Dobri *Christov* (*1875, †1941), Pantscho *Wladigeroff* (*13. 3. 1899), Ljubomir *Pipkow* (*1904, †1974), Konstantin *Iliev* (*9. 3. 1924).
Die liturg. Musik Bulgariens geht auf die durch *Kyrillos* u. *Methodios* ins Slawische übersetzten u. durch ihre Schüler nach Bulgarien gebrachten byzantinischen Kirchengesänge zurück. Die ältesten Kopien der bulgar. Manuskripte mit liturg. Musik stammen aus dem 11. Jh. Der Komponist u. Theoretiker Johannes *Kukuzeles* (14. Jh.), der in der Geschichte der byzantin. Musik eine große Rolle spielte, stammte aus Bulgarien. – 2.9.5.

bulgarische Sprache, in Bulgarien u. Nachbargebieten gesprochene südslaw. Sprache; geschrieben in kyrill. Schrift; Neubulgarisch ist erst seit dem 19. Jh. Literatursprache. – 3.8.4.

Bulk-Carrier [ˈbʌlkˈkæriə] = Massengutfrachter.
Bull, John →John Bull.
Bull, 1. John, engl. Komponist, *1562 oder 1563 Somersetshire (?), †12. oder 13. 3. 1628 Antwerpen; geschätzter Orgel- u. Cembalovirtuose; ab

BULGARISCHE KUNST

Löwin mit Jungem; Reliefplatte, etwa 10. Jh. Stara Sagora

Der Sewastokrator Kaloian mit seiner Gemahlin Desislawa; Wandmalerei, 1259. Bojana, Nikolauskirche

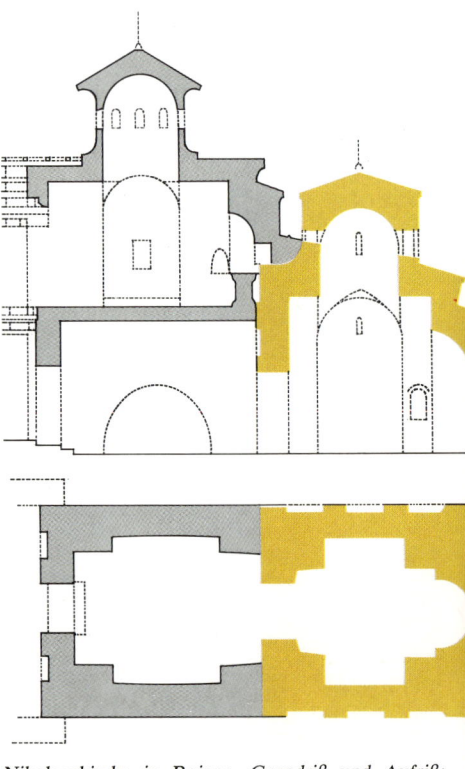

Nikolauskirche in Bojana. Grundriß und Aufriß; 11.–13. Jh.

Heiliger Georg. Ikone; um 1300. Plowdiw

1613 in Brüssel u. Antwerpen. Seine virtuosen Klavier-(Virginal-)Kompositionen haben über J. P. *Sweelinck* u.a. auf S. *Scheidt* eingewirkt.

2. Odd, norweg. Generalleutnant, *28. 6. 1907 Oslo; während des 2. Weltkriegs mit norweg. Fliegereinheiten in England, danach in NATO-Stäben u. als UN-Beobachter im Libanon; seit 1960 Oberbefehlshaber der königl. norweg. Luftwaffe; 1963–1970 an der Spitze der UN-Truppe im Nahen Osten.

3. Olaf, norweg. Lyriker, *10. 11. 1883 Kristiania (Oslo), †23. 6. 1933 Oslo; rang, meist von Melancholie u. Todesahnungen erfüllt, vor allem um den Ausgleich der Geschlechter; Einheit von Natur u. Seele; Lieblingsthema: der nord. Frühling.

4. Ole Bornemann, norweg. Geiger u. Komponist, *5. 2. 1810 Bergen, †17. 8. 1880 Lysøen bei Bergen; weitgereister Virtuose von hoher techn. Vollendung.

Bullauge [engl., „Ochsenauge"], dickes, rundes Schiffsfenster.

Bulldog [der; engl.], Motorschlepper mit Einzylindermotor; dient als Ackerfahrzeug u. Antriebsmaschine für Landmaschinen.

Bulldogge, der engl. Nationalhund, von stämmiger Gestalt, aus dem →Bullenbeißer gezüchtet; oft mit dem leichteren *Boxer* verwechselt.

Bulldozer [-do:zər; der; engl.], *Geländehobel, Planierraupe*, ein Gleiskettenfahrzeug, das mit einer horizontalen Stahlschneide Trümmerhaufen u.ä. zuerst löst u. dann mit dem Planierschild (Fortsetzung der Schneide) beiseite schiebt u. so das Gelände einebnet. Der *Erdhobel, Straßenhobel* oder *Grader* hat statt der Gleisketten Räder mit Gummireifen.

Bulle, 1. [die; lat. *bulla*, „Kapsel"], *Diplomatik:* ursprüngl. ein Siegel aus Metall (Gold, Silber bei Herrscherurkunden, Blei regelmäßig bei Papsturkunden), dann die Urkunde selbst: die feierlichste Form päpstl. Erlasse u. Rechtssetzungen in latein. Sprache, die oft nach ihren Anfangsworten zitiert werden (z. B. „Unam Sanctam" 1302). – *Goldene B.* (1356), das Reichsgrundgesetz Kaiser Karls IV.

2. *Tierzucht:* [der], *Stier,* geschlechtsreifes, unkastriertes männl. Rind.

Bulle [byl], dt. *Boll,* Hauptort des Bezirks *La Gruyère (Greyerz)* im schweizer. Kanton Freiburg, 771 m ü. M., 7700 Ew.; Schloß (13. Jh.); landwirtschaftl. Handel (Rinder, Käse, Holz).

Bullenbeißer, ausgestorbene Stammform der doggenartigen Hunde; glatthaarig, von stämmiger Gestalt; dienten zur Bärenjagd.

Bulletin [byl'tɛ̃; das; frz.], Tagesbericht, amtl. Verlautbarung; auch Zeitschriftentitel.

Bullinger, Heinrich, schweizer. Reformator, *18. 7. 1504 Bremgarten, †17. 9. 1575 Zürich; 1531 Nachfolger H. *Zwinglis* in Zürich, Urheber der kirchl. Verfassung der Schweiz. Zwar gelang ihm keine Annäherung an *Luther*, aber er einigte sich 1549 im „Consensus Tigurinus" mit J. *Calvin* in der Abendmahlsfrage u. führte Zürich näher an die kalvinist. Kirche heran.

Bullock [′bulək], Alan L., brit. Historiker, *13. 12. 1914 Bradford; lehrte in Oxford, Mithrsg. von „The Oxford History of Modern Europe"; bekanntgeworden in Deutschld. durch eine Hitler-Biographie („Hitler", dt. 1953, ²1962); ferner: „The Life and Times of Ernest Bevin" 2 Bde. 1960 u. 1967.

Bullrichsalz [nach dem Berliner Apotheker A. W. *Bullrich,* *1802, †1859], $NaHCO_3$, Natriumhydrogencarbonat, doppeltkohlensaures Natron; gegen überschüssige Magensäure u. dadurch entstehende Magenbeschwerden.

Bullterrier, kräftige englische Hunderasse: mittelgroß, kurzhaarig, reinweiß oder gefleckt; Kreuzung zwischen *Bulldogge* u. *Terrier;* ursprüngl. für Hundekämpfe.

Bully [das; engl.], beim *Hockey* die Art u. Weise, den Ball ins Spiel zu bringen (bei Spielbeginn,

Kloster im Rila-Gebirge; 13. Jh.

Halbzeit, nach einem Tor u. auf bes. Anordnung des Schiedsrichters): Je ein Spieler jeder Mannschaft stehen sich mit dem Gesicht zur Seitenlinie u. mit der rechten Seite zum eigenen Tor gegenüber; beide berühren dreimal den Boden rechts vom Ball u. den Schläger des Gegners über dem Ball u. versuchen diesen dann, jeder möglichst als erster, zu spielen. – Beim *Eishockey* wird das Spiel ebenfalls durch B. begonnen bzw. nach Unterbrechung fortgesetzt. Hierbei stehen sich zwei Spieler in einem Anspielkreis gegenüber; ein Schiedsrichter wirft den Puck zwischen die auf das Eis aufgelegten Schläger, u. jeder Spieler versucht, den Puck danach als erster zu spielen.

Bulnes, Manuel, chilen. Politiker u. General, *25. 12. 1799 Concepción, †18. 10. 1866 Santiago; 1841–1851 Staats-Präs.; beendete im Krieg gegen Bolivien-Peru durch seinen Sieg in der Entscheidungsschlacht bei Yungai 1839 die peruan.-bolivian. Union.

Bülow [-lo], mecklenburg.-preuß. Adelsgeschlecht, 1154 urkundl. erstmals erwähnt. – **1.** (Adam) Heinrich (Dietrich) Frhr. von, Bruder von 5), preuß. Militärschriftsteller, *1757 Falkenberg, Altmark, †1807 Riga; seine mathemat. orientierten militär. Schriften („Geist des neuern Kriegssystems" 1799; „Lehrsätze des neuern Krieges" 1805 u.a.) erregten Aufsehen u. hatten großen Einfluß auf die Entwicklung der Kriegswissenschaft *(Levée en masse, totaler Krieg).*

2. Bernhard Ernst von, Diplomat, *2. 8. 1815 Cismar bei Oldenburg (Holstein), †20. 10. 1879 Frankfurt a. M.; Gesandter für Holstein u. Lauenburg im dt. Bundestag 1852–1862, Staatssekretär im Auswärtigen Amt unter Bismarck 1873.

3. Bernhard Graf, seit 1905 Fürst von, Reichskanzler 1900–1909, *3. 5. 1849 Klein-Flottbeck, Holstein, †28. 10. 1929 Rom; Gesandter, dann Botschafter, 1897–1900 Staatssekretär des Auswärtigen. Trotz großer diplomat. Gewandtheit konnte B. als Kanzler nicht die Stellung Deutschlands äußerl. sichern u. innerl. festigen. Er deckte die Flottenpolitik von Tirpitz ebenso wie die Balkanpolitik Österreich-Ungarns. Durch die →„Daily Telegraph"-Affäre in seiner Stellung erschüttert, trat B. zurück beim Zerfall des von ihm gebildeten Blocks der bürgerl. Parteien (gegenüber der Sozialdemokratie) in der Frage der Reichsfinanzreform. – 📖5.4.3.

4. Eduard von, Schriftsteller u. Übersetzer, Vater von 6), *17. 11. 1803 Schloß Berg bei Eilenburg, †16. 12. 1853 auf seinem Schloß Oetlishausen im Thurgau; Freund von L. *Tieck*; Übersetzer u. Bearbeiter französ., italien., span. u. altengl. Literatur. „Das Novellenbuch" 4 Bde. 1834–1836.

5. Friedrich Wilhelm Frhr. von, Graf von *Dennewitz* (1814), Bruder von 1), preuß. General, *16. 2. 1755 Falkenberg, Altmark, †25. 2. 1816 Königsberg; siegte 1813 bei Großbeeren u. Dennewitz über die Franzosen.

6. Hans Guido Freiherr von, Pianist, Dirigent u. Komponist, *8. 1. 1830 Dresden, †12. 2. 1894 Cairo; heiratete 1857 Cosima *Liszt*, die spätere Frau Richard *Wagners*. Nach erfolgreicher pianist. Laufbahn setzte er sich als Dirigent für das Werk Wagners u. F. Liszts, später J. Brahms' ein. Kulturgeschichtl. wertvoll sind sein Briefwechsel mit Liszt u. Wagner u. seine krit. Schriften.

7. Karl von, preuß. Generalfeldmarschall (1915), *24. 3. 1846 Berlin, †31. 8. 1921 Berlin; im 1. Weltkrieg Führer der 2. Armee in der Marne-Schlacht (Sept. 1914), 1915 verabschiedet.

Bulthaupt, Heinrich, Schriftsteller u. Dramaturg, *26. 10. 1849 Bremen, †20. 8. 1905 Bremen; Stadtbibliothekar. Bekannter als seine vielen epigonalen Stücke wurde seine „Dramaturgie des Schauspiels" 4 Bde. 1893–1901; „Dramaturgie der Oper" 1887.

Bultmann, Rudolf, ev. Theologe, *20. 8. 1884 Wiefelstede, Oldenburg, †30. 7. 1976 Marburg; lehrte 1921–1951 in Marburg, Führer der existentialist. Theologie. Beeinflußt von der Existenzphilosophie Martin *Heideggers*, bemühte er sich um eine dem Verstehen des modernen Menschen zugängl. Interpretation des Neuen Testaments (→Entmythologisierung). Hptw.: „Glaube u. Verstehen" 4 Bde. 1933ff.; „Geschichte der synoptischen Tradition" 1921; „Das Evangelium des Johannes" 1941; „Theologie des N. T." 1953. – 📖1.8.7.

Bulwer, Sir Edward George, 1866 Lord *Lytton of Knebworth*, engl. Schriftsteller u. Politiker, *25. 5. 1803 London, †18. 1. 1873 Torquay; Gesellschafts- u. Kriminalromane im Übergang von der Romantik zum Realismus. Sein Roman, „The Last Days of Pompeii" 1834, dt. „Die letzten Tage von Pompeji" 1834, hatte Welterfolg. – 📖3.1.3.

Bumbry ['bʌmbri], Grace, afroamerikan. Sängerin (Mezzosopran), *4. 1. 1937 St. Louis; Schülerin von Lotte *Lehmann*, ab 1961 als „schwarze Venus" in Bayreuth; auch bedeutende Liedersängerin.

Bumerang [der; austral.], *Kehrwiederkeule*, eine knieförmige hölzerne Wurfkeule mit schwacher Schraubenwindung; kehrt beim Verfehlen des Ziels zum Werfer zurück; bes. aus Australien bekannt; heute auch Sportgerät.

Bumipol Adulyadey →Phumiphol Aduljadedsch.

Bumke, Oswald, Neurologe u. Psychiater, *25. 9. 1877 Stolp, Pommern, †5. 1. 1950 München; „Lehrbuch der Geisteskrankheiten" 1929 u.a.

Bumm, Ernst, Frauenarzt, *15. 4. 1858 Würzburg, †2. 1. 1925 München; Lehrer der Geburtshilfe; „Grundriß zum Studium der Geburtshilfe" 1902, [14/15]1922.

Bumpgarn, geleimtes Baumwoll-Streichgarn.

Bumthang, Stadt, früher zeitweilig Regierungssitz, in Bhutan (Himalaya), 2000 Ew.

Buna [aus *Butadien* + *Natrium*], synthet., durch Polymerisation von Butadien hergestellter Kautschuk. Die Polymerisation wurde anfangs als Blockpolymerisation (→Kunststoffe) mit Natrium als Katalysator (daher der Name) durchgeführt; die so hergestellten B.sorten („Zahlenbuna", z.B. *Buna 85*) sind heute veraltet. Die jetzt durchgeführte Emulsionspolymerisation führt zu Produkten mit besseren mechan. Eigenschaften. Dabei entsteht zunächst ein *Latex* (→Kautschuk), der ähnl. wie beim Naturkautschuk durch Koagulation mit Essigsäure, Auswalzen zu „Fellen" u. schließl. durch heiß oder kalt durchgeführte Vulkanisation mit Schwefel weiterverarbeitet wird. Bei der Vulkanisation werden stets auch aktive Füllstoffe (Ruß) zugesetzt, die die mechan. Eigenschaften sehr verbessern: Abreibfestigkeit, Alterungsbeständigkeit, Temperaturbeständigkeit u. Widerstandsfähigkeit gegen Sauerstoff u. viele Chemikalien sind dann besser als beim vulkanisierten Naturkautschuk. Die heute verwendeten B.sorten enthalten kein reines Polybutadien, sondern sind Mischpolymerisate mit Styrol *(Buna S)* oder Acrylnitril *(Buna N, Perbunan)*. Perbunan ist bes. beständig gegen Benzin u. Mineralöl. B. wird seit 1935 großtechn. hergestellt. →auch Kunstkautschuk. – 📖8.6.0.

Rudolf Bultmann

Bunafaden, Gummiersatzfaden; durch Spritzen von Buna oder durch Schneiden von Bunatüchern gewonnen.

Bunamanschetten, aus *Buna* gefertigte Schutz- oder Dichtungsmanschetten.

Bunbury ['bʌnbəri; nach einem Leutnant *B.*], westaustral. Stadt im Swan Land, südl. von Perth, 16000 Ew.; Holzausfuhrhafen, Abbau ilmenithaltiger Sande, Wollspinnerei, Superphosphatwerk.

Bunche [bʌntʃ], Ralph J., nordamerikan. Diplomat, Farbiger, *7. 8. 1904 Detroit, †9. 12. 1971 New York; nach dem 2. Weltkrieg Leiter der Treuhandabteilung der UN, UN-Vermittler im Palästina-Konflikt 1948/49 u. in der Kongo-Krise 1960–1963; 1967 UN-Untergeneralsekretär. 1950 Friedensnobelpreis.

Bund, 1. *Buchbinderei: Bünde*, bei der Handbuchbinderei quer über den Buchrücken geführte Schnüre, die von den Heftfäden der einzelnen Bogen umschlungen werden. Die Bünde liegen entweder in entspr. Einschnitten des Buchrückens oder als Wülste auf der Buchrückenoberfläche.

2. *Musikinstrumente:* ursprüngl. eine um das Griffbrett von Saiteninstrumenten gebundene Darmsaite, die dann durch festeingelassene schmale Querriegel aus Metall ersetzt wurde. Die Bünde sollen ein sicheres Abteilen der Saite beim Griff erleichtern; sie finden sich heute in Europa nur noch bei Gamben u. Zupfinstrumenten.

3. *Soziologie:* als soziolog. Begriff zunächst (*Schurtz* 1902) in seiner ethnolog. Bedeutung als →Männerbund, im Unterschied zu den „natürlichen Verbänden" (Familie, Sippe). Diese Bedeutung liegt auch H. *Blühers* Charakteristik der Wandervogelbewegung zugrunde. Von H. *Schmalenbach* (1922) ist der B. zur „soziologischen Kategorie" erhöht u. den Begriffen *Gemeinschaft* u. *Gesellschaft* beigeordnet worden. Ist die Grundlage der Gemeinschaft das „Unbewußte" u. die der Gesellschaft die bewußte Beziehung, so sind für den B. die *bewußten Gefühlserlebnisse* konstitutiv. Ein besonderer Gehalt erwächst dem Begriff *B.* bei Stefan *George*: Hier ist er das Bild adligen Menschentums, das sich im Staat nur unter Ausschluß des Massenhaften verwirklichen läßt. Die polit. Bedeutung des B.-Gedankens trat Ende der 1920er Jahre immer mehr hervor (B.-Symbolik des Faschismus u. Nationalsozialismus); als „aktivistische Zelle" ist er verwandt mit den Begriffen *Elite* u. *Orden* (E. Jünger). – 📖1.6.0.

4. *Staatsrecht:* →Bundesstaat.

5. *Technik:* 1. bei Achsen u. Wellen zur Begrenzung oder Verstärkung angebrachte ringförmige Auflage; 2. Verbindungsstelle zweier Balken.

6. *Theologie:* im A.T. das Gnaden- u. Treueverhältnis Gottes zu seinem Volk u. zur Welt. In Bundesschlüssen, die aber immer von Gott ausgehen, verläuft die Geschichte des Heils. Gott behandelt den Menschen zwar nicht als gleichberechtigten, aber doch voll verantwortl. Partner.

Bund, *„Der B."*, 1850 gegr. liberale schweizer. Tageszeitung in Bern; Auflage: 46000.

Bundaberg ['bʌndəbə:g], Stadt in Queensland, Australien, nördl. von Brisbane, 25400 Ew.; Zukkerrohranbau, -verarbeitung u. -verschiffung, Holzverarbeitung u.a.; gegr. 1875.

Bund der Auslanddeutschen e. V., Berlin, gegr. 1919, 1939 aufgelöst, 1952 wiedergegr.; Ziele: Pflege der Verbundenheit der im Ausland lebenden Deutschen mit der Heimat sowie der geistigen u. wirtschaftl. Zusammenarbeit der Völker.

Bund der evangelischen Kirchen in der DDR, Kirchenbund der 3 luth. u. 5 unierten Kirchen in der DDR (seit 1969). Oberste Organe sind die aus Theologen u. Laien zusammengesetzte Synode u. die Kirchenkonferenz aus 25 Mitgliedern. Diese wählt sich einen Vorstand aus 5 Gliedern. Den Vorstand leitet ein von ihm für 3 Jahre gewählter Vorsitzender. 1969 wurde dazu Bischofsverwalter A. *Schönherr* gewählt. Kirchen sind in der DDR nicht Körperschaften des öffentlichen Rechts. Sie erheben von ihren Mitgliedern freiwillige Beiträge.

Bund der Heimatvertriebenen und Entrechteten, *BHE, Gesamtdeutscher Block, Gesamtdeutsche Partei*, Anfang 1950 hauptsächl. auf Initiative von Waldemar *Kraft* gegründete polit. Partei. Der BHE errang bei der Landtagswahl in Schleswig-Holstein 1950 einen sensationellen Erfolg u. rückte als zweitstärkste Partei in die Regierungsverantwortung. Seitdem war er in vielen Landtagen vertreten u. auch an zahlreichen Landesregierungen beteiligt. Im 2. Bundestag stellte der BHE eine 27köpfige Fraktion u. im 2. Kabinett Adenauer die Minister *Kraft* u. *Oberländer*. Diese verließen 1955 mit sechs anderen Abgeordneten den BHE u. schlossen sich der CDU/CSU-Fraktion an. 1952 hatte sich der BHE in *Gesamtdeutscher Block/BHE* umbenannt. Der Versuch, durch Zusammenschluß mit der *Deutschen Partei* zur *Gesamtdeutschen Partei* bei der Bundestagswahl 1961 eine nationale Kraft zu bilden, mißlang. Hauptziel des BHE war die Wiedervereinigung Dtschlds., möglichst unter Einschluß des Sudetenlands u. des Memellands, u. die Rückführung der aus den früheren dt. Ostgebieten Vertriebenen in ihre Heimat. Er verlor inzwischen fast völlig seine politische Bedeutung.

Bund der Steuerzahler, Organisation zur Wahrung der Interessen der Steuerzahler in der BRD, gegr. 1949; Dachverband: *Präsidium B. d. S. e. V.*, Sitz: Wiesbaden.

Bund der Vertriebenen, Abk. *BdV, Vereinigte Landsmannschaften u. Landesverbände e. V.*,

Buna: Bunaballenpresse

Bonn, Spitzenverband der Heimatvertriebenen, hervorgegangen aus dem Zusammenschluß (beschlossen am 27. 10. 1957, vollzogen am 14. 12. 1958) der beiden Vertriebenenverbände „Bund der vertriebenen Deutschen" (BvD, Linus *Kather*) u. „Verband der Landsmannschaften" (VdL, Georg Freiherr von *Manteuffel-Szoege*). Vorsitzender: Herbert *Czaja*.
Bund Deutscher Mädchen →Hitlerjugend.
Bund Deutscher Philatelisten, Dachverband, dem die meisten philatelistischen Vereine der BRD angehören; veranstaltet jährlich den Bundestag u. den Philatelistentag; Mitglied der *Fédération Internationale de Philatelie*.
Bünde, *Buchbinderei:* →Bund (1).
Bünde, Stadt in Nordrhein-Westfalen, nordwestl. von Herford, 41 000 Ew.; Möbel- u. Zigarrenindustrie; Dt. Tabak- u. Zigarrenmuseum.
Bündel, *Geometrie:* eine unendl. Schar von Geraden oder Ebenen im Raum durch einen Punkt (Geraden-B., Ebenen-B.). →auch Büschel.
Bündelleiter, elektr. Leiter für sehr hohe Spannungen (über 110 kV). B. bestehen aus zwei, drei oder vier Leiterseilen, die durch Abstandhalter in einer bestimmten Stellung zueinander gehalten werden, sie ermöglichen geringere Koronaverluste u. eine größere übertragbare Leistung. →Korona.
Bündelpfeiler, ein Pfeiler, dessen runder oder eckiger Kern von *Diensten* umstellt u. häufig, vor allem in der hochgot. Baukunst, völlig verdeckt ist.
Bündelpresse, 1. *Buchbinderei:* 1. Buchpresse, unter die der fertiggebundenen Bücher in Stapeln zu einer festen, geschlossenen Form gepreßt werden. – 2. Presse zum Zusammenpressen der gefalzten Druckbögen in Stapeln, um ein festes, geschlossenes Zusammenliegen der einzelnen Seiten zu erzielen.
2. *Spinnerei:* Maschine zum Pressen u. Umschnüren der in *Docken* zusammengefaßten Garnstränge bestimmten Gewichts für den Versand.
Bündelprüfung, Zugfestigkeitsprüfung an Fasern, wobei diese zwecks Herabsetzung der Streuung (Statistik) bündelweise zerrissen werden.
Bundesakte →Deutscher Bund.
Bundesämter, obere Verwaltungsbehörden in der BRD, z. B. *Bundesamt für Verfassungsschutz.* Sie sind stets einem Ministerium unterstellt u. haben im Gegensatz zu den *Bundesanstalten* nicht die Rechtsstellung einer öffentl.-rechtl. Körperschaft. Kraft der Organisationsgewalt der Exekutive bedarf es für die Errichtung derartiger detachierter Verwaltungsstellen keiner besonderen gesetzl. Ermächtigung. Ähnl. in Österreich. →auch Bundesoberbehörden.
Bundesamt für Wehrtechnik und Beschaffung, Abk. *BWB,* dem Bundesministerium der Verteidigung unmittelbar nachgeordnete Bundesoberbehörde für die Durchführung techn. Entwicklungsvorhaben, der Fertigungsvorbereitung u. die zentrale Beschaffung des gesamten für die Bundeswehr benötigten Materials obliegt; Leitung: Präsident des BWB; ihm sind auch der Güteprüfdienst, die Erprobungsstellen u. die Marinearsenale unterstellt; Sitz: Koblenz.
Bundes-Angestelltentarifvertrag →BAT.
Bundesanstalten, zentrale Bundesbehörden, die teils Verwaltungsaufgaben erfüllen, teils der Forschung dienen. Meist handelt es sich hierbei um frühere *Reichsanstalten.* Soweit die Rechtsform der öffentl.-rechtl. Körperschaft vorgesehen ist, bedarf die Errichtung einer gesetzl. Ermächtigung. Verwaltungsmäßig sind die B. jeweils einem Ministerium unterstellt. Ähnl. in Österreich. →Bundesbehörden.
Bundesanstalt für Arbeit, 1952–1969 *Bundesanstalt für Arbeitsvermittlung u. Arbeitslosenversicherung,* in der BRD aufgrund des *Arbeitsförderungsgesetzes* vom 25. 6. 1969 Träger der Berufsberatung, der Arbeitsvermittlung, der Förderung der beruflichen Bildung, der Arbeits- u. Berufsförderung Behinderter, der Gewährung von Leistungen zur Erhaltung u. Schaffung von Arbeitsplätzen u. der Gewährung von Arbeitslosengeld u. Arbeitslosenhilfe. Die B. f. A. gliedert sich in die *Hauptstelle* in Nürnberg, die *Landesarbeitsämter* u. die *Arbeitsämter*; Aufsicht führt der Bundesminister für Arbeit u. Sozialordnung.
Bundesanwalt, 1. *BRD:* Beamter der Staatswaltschaft am →Bundesgerichtshof u. beim →Oberbundesanwalt am Bundesverwaltungsgericht.
2. *Schweiz:* Staatsanwalt in Bundesstrafsachen, Chef der polit. Polizei.
Bundesanzeiger, Abk. *BAnz.,* das seit 1949 anstelle des früheren *Reichsanzeigers* herausgegebene Veröffentlichungsorgan für amtl. Nachrichten. Während Gesetze im *Bundesgesetzblatt* (BGBl.) zu veröffentlichen sind, können Verordnungen auch im BAnz. erscheinen. Außerdem enthält der BAnz. Bekanntmachungen über die Ausführung von Handelsverträgen, den Verkehr mit der DDR u. die Errichtung bundeseigener Gesellschaften sowie die Bekanntmachung öffentl. Zustellungen im Rechtsverkehr mit dem Ausland. Mitunter werden auch Ausführungen über die Auslegung von Gesetzen u. a. wissenschaftl. Darlegungen von Ministerialreferenten veröffentlicht. Herausgeber ist das Bundesministerium der Justiz.
Bundesarbeitsgericht, Abk. *BAG,* höchstes Gericht der Arbeitsgerichtsbarkeit in der BRD; Sitz: Kassel. →Arbeitsgericht.

Bundesarchiv, 1952 als Nachfolge-Institut des *Reichsarchivs* gegründete, dem Bundesminister des Innern unterstellte Bundesbehörde für die archivalischen Aufgaben der BRD mit Sitz in Koblenz u. Außenstellen in Berlin, Frankfurt a. M. u. Kornelimünster. Das B. verwaltet Archivgut der Bundesregierung, der westzonalen Verwaltungen, der Reichsregierung u. der abgetrennten Gebiete. Die Außenstelle Frankfurt a. M. enthält Archivgut des Deutschen Bundes u. des alten Reichs, die Außenstelle Kornelimünster Personal- u. Versorgungsunterlagen der Wehrmacht. Das Militärarchiv des B.s verwaltet Archivalien der preuß. Armee, der Reichswehr u. der Wehrmacht. Außenpolit. Archivmaterial befindet sich ferner im Auswärtigen Amt. – Österreich: →Österreichisches Staatsarchiv. Schweiz: Schweizer. B. in Bern. – ◻ 5.0.4.
Bundes-Assistenten-Konferenz, Abk. *BAK,* die Vertretung der wissenschaftlichen Assistenten an den Hochschulen der BRD, Sitz: Bonn. Die BAK ist vor allem durch Reformvorschläge zur Hochschulstruktur u. zum Hochschulstudium hervorgetreten.
Bundesaufsicht, das den obersten Bundesbehörden gegenüber den Länderverwaltungen zustehende Recht, die Ausführung der Bundesgesetze durch die Länder zu überwachen u. bei Mängeln auf Abhilfe zu dringen (Art. 84 GG). Die B. bezieht sich nur auf die Verwaltung, nicht auf die Gesetzgebung oder Rechtsprechung der Länder. Mittel der Aufsicht sind: *Mängelrüge* u. *Entsendung von Beauftragten* zu den obersten Landesbehörden sowie mit deren Zustimmung auch zu den nachgeordneten Behörden. Bei Nichtbeseitigung der Mängel beschließt der Bundesrat auf Antrag der Bundesregierung oder des Landes, ob eine Rechtsverletzung vorliegt (mit der weiteren Möglichkeit der Anrufung des Bundesverfassungsgerichts). Liegt eine Rechtsverletzung vor u. weigert sich das Land, sie abzustellen, so kann daraus ein Fall des →Bundeszwangs werden.
In der Schweiz wird die B. meist vom Bundesrat ausgeübt (Art. 102, Ziffer 13 der Bundesverfassung), u. a. durch Inspektionen u. in ernsten Fällen durch Entsendung eines eidgenössischen Kommissärs. – In Österreich gibt es eine B. nur über Gemeinden, insbes. in Polizeiangelegenheiten u. als Rechtsaufsicht, nach Art. 15 Abs. 2 u. Art. 119a BVerfG.
Bundesauftragsverwaltung, im *Bundesstaat* die Verwaltung von Bundesangelegenheiten durch die Bundesgliedstaaten (Länder). →auch Auftragsangelegenheiten.
Bundesautobahn →Autobahn.
Bundesbahn →Deutsche Bundesbahn; →auch Eisenbahn.
Bundesbank →Deutsche Bundesbank.
Bundesbaugesetz vom 23. 6. 1960 in der Fassung vom 18. 8. 1976, erstmalig in der Geschichte des dt. *Baurechts* eine bundeseinheitl. Regelung derjenigen Teile des Baurechts, für die der Bund zur Gesetzgebung zuständig ist. Das B. enthält Bestimmungen über die Aufstellung u. Durchführung der →Bauleitplanung, die →Baulandumlegung u. →Baulanderschließung sowie über den Boden- u. Grundstücksverkehr; ferner trifft es Vorschriften über die im Zusammenhang mit der Bauleitplanung, Umlegung u. Erschließung notwendig werdenden *Enteignungen* von Grundstücken u. Grundstücksteilen. Ziel des B.es ist es, die städtebaul. Entwicklung zu ordnen u. zu fördern (→auch Städtebauförderungsgesetz). Durch Planung, Umlegung u. Erschließung sowie durch Kontrolle u. Förderung des Verkehrs mit Bauland sollen den Bauwilligen baureife Grundstücke bereitgestellt u. der Bedarf der Gemeinden an Verkehrs- u. Grünflächen u. anderen Grundstücken für öffentl. Zwecke gedeckt werden.
Zur Ordnung des Bodenverkehrs sind im B. vorgesehen: 1. *Genehmigungszwang* für die Übereignung von Grundstücken, die bebaut werden sollen (soll Bauwillige vor dem Ankauf von nicht bebaubarem Land schützen); 2. gesetzl. *Vorkaufsrechte* der Gemeinden an solchen Grundstücken, die in Verkehrs- oder Grünflächen umgewandelt werden sollen oder die für andere öffentl. Einrichtungen bestimmt sind; 3. die Ermittlung des Werts von Bauland durch unabhängige *Gutachterausschüsse* auf Antrag u. zur Unterrichtung der Eigentümer, Kaufwilligen oder sonstigen Interessenten; 4. erhöhte *Grundsteuerbelastung* von baureifen, aber noch unbebauten Grundstücken. Diese *Baulandsteuer,* die den Eigentümer zur Bebauung anregen

sollte, wurde jedoch mit Wirkung vom 1. 1. 1963 abgeschafft.
Für das Recht der Bauausführung u. →Bauaufsicht *(Baupolizei)* fehlt dem Bund die Gesetzgebungszuständigkeit. Dieses Gebiet konnte daher im B. nicht bundeseinheitl. geregelt werden; insoweit haben die Länder in ihren →Landesbauordnungen Regelungen getroffen. – 🄻4.2.0.

Bundesbeamte, alle →Beamten des Bundes oder bundesunmittelbarer Körperschaften, Anstalten u. Stiftungen des öffentl. Rechts. 1. *unmittelbare B.:* Beamte, die den Bund zum Dienstherrn haben (z. B. Beamte der oberen Bundesbehörden, der Finanzverwaltung des Bundes, der Bundespost u. Bundesbahn); 2. *mittelbare B.*: Beamte, die eine bundesunmittelbare Körperschaft, Anstalt oder Stiftung des öffentl. Rechts zum Dienstherrn haben (z.B. Bundesversicherungsanstalt für Angestellte, Bundesbank, Bundesanstalt für Arbeit). – Die *Oberfinanzpräsidenten* sind zugleich B. u. →Landesbeamte, da sie sowohl den Bund wie ein Land zum Dienstherrn haben. Keine B.n sind: der Bundespräsident, die Bundesminister, Soldaten u. Bundesrichter. Die Rechtsverhältnisse der B.n sind im *B.ngesetz* vom 14. 7. 1953 in der Fassung vom 3. 1. 1977, im *Bundesbesoldungsgesetz* vom 27. 7. 1957 in der Fassung vom 23. 5. 1975 (→Besoldung), in der *Bundesdisziplinarordnung* vom 28. 11. 1952 in der Fassung vom 20. 7. 1967 u.a. Bestimmungen geregelt. – In der Schweiz ist das Dienstverhältnis der B.n hauptsächl. durch das Bundesgesetz vom 30. 6. 1927 geregelt, in Österreich durch Art. 21 BVerfG u. die →Dienstpragmatik von 1914.

Bundesbeauftragter für den Datenschutz, kontrolliert die Einhaltung der Vorschriften des Bundesdatenschutzgesetzes sowie anderer Vorschriften über den Datenschutz bei Bundesbehörden u. sonstiger öffentl. Stellen des Bundes. Ihm stehen dafür weitgehende Auskunfts-, Einsichts- u. Zugangsrechte zu. Der Bundesbeauftragte ist beim Bundesministerium des Innern eingerichtet. Seine Amtszeit beträgt 5 Jahre, er ist weisungsunabhängig u. kann von jedem, der sich durch Behörden des Bundes in seinen Rechten verletzt fühlt, angerufen werden. Erster B.f.d.D. nach Inkrafttreten des Bundesdatenschutzgesetzes am 1. 1. 1978 ist H. P. Bull. Daneben gibt es den Datenschutzbeauftragten des Landes, z. B. in Hessen, ferner müssen nach dem Bundesdatenschutzgesetz zum Schutz vor Mißbrauch personenbezogener Daten bei der Datenverarbeitung nicht-öffentl. Stellen Datenschutzbeauftragte bestellt werden, die der Geschäftsleitung unmittelbar unterstellt sind.

Bundesbehörden, bundeseigene Verwaltungsstellen im Bundesstaat. In der BRD unterscheidet man 1) *oberste Bundesbehörden:* hierzu zählen die →Bundesministerien, das diesen gleichgestellte →Bundespräsidialamt, das →Bundeskanzleramt und der →Bundesrechnungshof.
2) *Bundesoberbehörden,* den Bundesministerien nachgeordnete und ihren Weisungen unterstellte Zentralbehörden ohne eigenen Verwaltungsunterbau. Sie können durch Bundesgesetz, das nicht der Zustimmung des Bundesrates bedarf, zur Wahrnehmung von Aufgaben, für die dem Bund die Gesetzgebung zusteht (Art. 87 Abs. 3 GG), als selbständige Zentralbehörden errichtet werden. Zu ihnen gehören u.a.: Bundesamt für Finanzen, Bundesamt für Verfassungsschutz, Bundesamt für die gewerbliche Wirtschaft, Bundesgesundheitsamt, →Bundeskartellamt, Bundesoberseeamt, →Bundesversicherungsamt, Bundesverwaltungsamt, →Kraftfahrt-Bundesamt, Luftfahrt-Bundesamt, →Statistisches Bundesamt, Umweltbundesamt.
3) Andere, den Bundesoberbehörden gleichgestellte *Zentrale Bundesbehörden,* welche wie jene den jeweiligen Bundesministerien unterstellt sowie für ein bestimmtes Fachgebiet bundesweit zuständig sind. Zu ihnen gehören u.a. die →Bundesanstalten (→Bundesanstalt für Arbeit), →Bundesarchiv, Bundesbaudirektion, →Bundeskriminalamt, Bundesschuldenverwaltung, Deutsches Patentamt.
4) *Bundeseigene Mittel- und Unterbehörden,* hierunter fällt der in Art 87 GG eng umschriebene Bereich:
→Auswärtiger Dienst, Behörden der Finanzverwaltung, →Deutsche Bundesbahn, →Deutsche Bundespost, Verwaltungsbehörden der →Bundeswasserstraßen, der Schiffahrt und des Luftverkehrs, der →Bundeswehr und des →Bundesgrenzschutzes, im übrigen liegt die Ausführung der Bundesgesetze bei Mittel- und Unterbehörden der Länder.
Ähnlich in Österreich (im Verhältnis Bund–Bundesländer) und in der Schweiz (Bund–Kantone).

Bundesbeschluß, in der Schweiz im Unterschied zum *Bundesgesetz* die Regelung einer Einzelangelegenheit oder ein von vornherein befristetes Gesetz. Der *allgemeinverbindliche B.* ist ein befristetes Gesetz von allgemeiner Bedeutung; er kann auch als *dringlicher B.* erlassen werden. Der *nicht allgemeinverbindliche B.* enthält Bestimmungen, die nur gewisse Verwaltungsstellen betreffen. Jeder B. bedarf der Zustimmung des Nationalrats u. des Ständerats (Art. 89 der Bundesverfassung).

Bundesblatt, in der Schweiz das amtl. Veröffentlichungsorgan für Gesetze u. Verordnungen, ähnlich dem *Bundesgesetzblatt* der BRD.

Bundesbuch, die älteste Sammlung altisraelit. Gesetze (2. Mose 20,22–23,33), entstanden wahrscheinl. um 1000 v. Chr.

Bundesdienstflagge, die schwarz-rot-goldene Bundesflagge der BRD mit dem schwarz-roten Bundesadler im goldenen Wappenschild. Die B. wird von allen Bundesbehörden u. der Bundeswehr geführt. Ausnahme: die Dt. Bundespost; sie führt die Bundesflagge mit verbreitertem Mittelstreifen, in dem ein goldenes Posthorn mit Quasten gezeigt wird.

Bundesdistrikt, der einer Sonderverwaltung unterstellte Bezirk einiger Bundesstaaten, umfaßt meist das Gebiet der Hauptstadt; z.B. in Argentinien, Australien, Brasilien, Mexiko, USA (District of Columbia), Venezuela; in iberoamerikan. Ländern *Distrito Federal* genannt.

Bundesdisziplinargericht, aufgrund der *Bundesdisziplinarordnung* in der Fassung vom 20. 7. 1967 in Frankfurt a. M. errichtetes Gericht für Disziplinarverfahren gegen Bundesbeamte; Aufbau: zwölf Kammern mit örtlichem Zuständigkeitsbereich. Die Sitzungen der Kammern finden in der Regel innerhalb ihrer Bezirke statt. Das B. besteht aus einem Präsidenten, Direktoren u. weiteren Richtern. Übergeordnetes Gericht ist das →Bundesverwaltungsgericht (Disziplinar-Senate) in Berlin.

Bundesdisziplinarhof, 1953–1967 oberes Bundesgericht in Berlin, das als Berufungs- u. Beschwerdeinstanz für →Dienststrafverfahren gegen *Bundesbeamte* zuständig war. Die Zuständigkeit des B.s ist auf das →Bundesverwaltungsgericht übergegangen.

Bundesdisziplinarordnung vom 28. 11. 1952 in der Fassung vom 20. 7. 1967, Abk. *BDO*, enthält das *Disziplinarrecht* für die Beamten u. Ruhestandsbeamten, die dem Bundesbeamtengesetz unterliegen.

Bundesdruckerei, bundeseigene Druckerei, Nachfolge-Institut der *Reichsdruckerei*; Sitz: Berlin; Aufgaben: Ausführung von Druckarbeiten für den Bund u. die Länder, z.B. Druck von Gesetzes- u. Verordnungsblättern, Banknoten u. Postwertzeichen; außerdem können Druckaufträge von kommunalen Behörden u. von Körperschaften übernommen werden.

Bundeserziehungsanstalten, staatl. österr. Erziehungsheime mit allgemeinbildenden höheren Schulen für bes. begabte Kinder, wobei der soziale u. der Erziehungsnotstand berücksichtigt werden; für Knaben in Graz-Liebenau u. Saalfelden, für Mädchen in Wien u. Schloß Traunsee in Gmunden.

Bundesexekution, die in einem Staatenbund (z.B. Deutscher Bund) oder Bundesstaat (Dt. Reich 1871: *Reichsexekution*) auf vertragl. oder verfassungsrechtl. Ermächtigung beruhende Anwendung militär. Gewalt durch die Bundesgewalt gegenüber Gliedstaaten, die sich bundeswidrig verhalten. Für den Deutschen Bund war eine solche Ermächtigung in der Wiener Schlußakte u. in der *Exekutionsordnung* von 1820 enthalten. Der wichtigste Fall war die B. gegen Holstein 1864. Im Kaiserreich ordnete der Bundesrat die Reichsexekution an (Art. 19 der Verfassung von 1871), während die Weimarer Verfassung in Art. 48 nur noch den *Notstandsfall* kannte (mit allerdings zahlreichen Einsätzen der Reichswehr vor allem zu Beginn der Weimarer Zeit). Für die BRD: →Bundeszwang. – In der Schweiz kann sich der Bundesrat von der Bundesversammlung zu einer B. ermächtigen lassen, wenn ein Kanton seine Pflicht zur Bundestreue verletzt, einer rechtmäßigen Verfügung des Bundesrats nicht nachkommt oder ein verfassungsmäßiges Freiheitsrecht mißachtet. Die letzten B.en erfolgten bei den Generalstreikunruhen in Zürich 1918 u. bei den Genfer Unruhen 1932. →auch Bundesintervention.

Bundesfernstraßen, *Bundesstraßen des Fernverkehrs*, die Straßen, die ein zuammenhängendes Netz für den weiträumigen Verkehr bilden u. sich nach dem *B.gesetz* vom 6. 8. 1953 in der Fassung vom 1. 10. 1974 in *Bundesautobahnen* u. *Bundesstraßen* mit Ortsdurchfahrten gliedern.

Bundesfestungen, die Festungen Landau, Luxemburg, Mainz, Rastatt u. Ulm, die seit 1815/16 vom *Deutschen Bund* unterhalten u. mit Bundestruppen belegt wurden; bis auf Landau u. Luxemburg 1871 vom Dt. Reich übernommen.

Bundesfinanzhof, Abk. *BFH*, oberes Bundesgericht der BRD für die Finanzgerichtsbarkeit, Sitz: München; Nachfolger des *Reichsfinanzhofs (RFH)* u. des *Obersten Finanzgerichtshofs (OFH)*. Organisation u. Zuständigkeit sind geregelt in der *Finanzgerichtsordnung* vom 6. 10. 1965, die das Gesetz über den BFH von 1950 abgelöst hat.

Bundesforschungsanstalten, zentrale Bundesbehörden, die der Forschung dienen, meist mit nachgeordneten Instituten; z.B. die *Bundesforschungsanstalt für Fischerei* in Hamburg-Altona (Erforschung der Biologie der Nutzfische, der Fische als Lebensmittel, der Fangtechnik), *Bundesforschungsanstalt für Forst- u. Holzwirtschaft* in Reinbek bei Hamburg (Waldkunde der Tropen u. Subtropen, Holzimport u. Verwendungsmöglichkeiten der Nutzhölzer, techn. Holzschutz gegen pflanzl. u. tier. Schädlinge), *Bundesforschungsanstalt für Kleintierzucht* in Celle (Kleintierzüchtung, -haltung, -fütterung, -krankheiten), *Bundesforschungsanstalt für Getreideverarbeitung* in Detmold (Möglichkeiten der Qualitätssteigerung von Getreide- u. Brotsorten), *Bundesforschungsanstalt für Hauswirtschaft* in Stuttgart, *Bundesforschungsanstalt für Lebensmittelfrischhaltung* in Karlsruhe (Qualitätssteigerung u. Verbesserung der Lagerungsfähigkeit von Lebensmitteln), *Bundesforschungsanstalt für Viruskrankheiten der Tiere* in Tübingen (Erforschung u. Bekämpfung aller Viruskrankheiten der Tiere, bes. der Maul- u. Klauenseuche). Zahlreiche weitere Forschungsanstalten führen die Bezeichnung *Bundesanstalten.* Außerdem unterhalten einige Ministerien Sonderinstitute für wissenschaftl. Forschungen, mitunter nur in der Form, daß sie die Personal- u. Sachkosten tragen. →auch Bundesoberbehörden.

Bundesgartenschau →Gartenschau.

Bundesgebäudeverwaltung, Wien, zwei Abteilungen des österr. Bundesministeriums für Handel, Gewerbe u. Industrie: Der *B. I* unterstehen die Amts-, Schul- u. Theatergebäude, Burghauptmannschaft Wien, Schloßhauptmannschaft Schönbrunn, Schloßverwaltung Innsbruck u. Ambras sowie die Bundesmobilienverwaltung. Die *B. II* verwaltet die militär. Gebäude, techn. Bundesanstalten u.ä.

Bundesgenossenkrieg, die Erhebung der minderberechtigten italischen Verbündeten Roms 91–89 v. Chr.; sie forderten Verleihung des röm. Bürgerrechts, das ihnen von den Volkstribunen G. S. *Gracchus* (122 v. Chr.) u. M. L. *Drusus* (91 v. Chr.) versprochen, vom Senat aber verweigert worden war. Die Aufständischen erhoben die Stadt Corfinium (östl. des Fuciner Sees) zur Hptst. *Italia*, setzten einen eigenen Senat u. eigene Beamte ein u. prägten eigene Münzen. Der B. war für Rom der gefährlichste Krieg seit dem Einfall Hannibals in Italien; es erlitt 90 Niederlagen u. mußte 14 Legionen aufbieten. Der Bundesgenossenkrieg wurde schließl. von *Sulla* beendet, u. alle Italiker südl. des Po erhielten das röm. Bürgerrecht. →auch Samniten. – 🄻5.2.7.

Bundesgerichte, allg. in Bundesstaaten die vom Gesamtstaat errichteten Gerichte im Gegensatz zu denen der Gliedstaaten. Dabei kann die Zuständigkeit in der Art aufgeteilt werden, daß die oberen Gerichte grundsätzl. solche des Gesamtstaats sind oder aber daß die B. ihrer Rechtsprechung materielles Bundesrecht u. die Einzelstaatsgerichte Länderrecht zugrunde legen; schließl. ist auch eine Kombination beider Formen möglich.
In der BRD sind die obersten Gerichte B., während die Amts-, Land- u. Oberlandesgerichte, die Verwaltungs- u. Oberverwaltungsgerichte bzw. Verwaltungsgerichtshöfe, die Sozial- u. Landessozial-, die Arbeits- u. Landesarbeitsgerichte u.ä. Einrichtungen der Länder sind. B. sind: der →Bundesgerichtshof, das →Bundesarbeitsgericht, das →Bundessozialgericht, der →Bundesfinanz-

hof, das →Bundesverwaltungsgericht. Eine bes. Stellung nimmt das →Bundesverfassungsgericht ein. Kein Gericht ist der →Bundesrechnungshof, wenn auch seine Angehörigen richterl. Unabhängigkeit genießen.
In Österreich geht alle Gerichtsbarkeit vom Bund aus. In Zivil- u. Strafsachen ist die höchste Instanz der *Oberste Gerichtshof*. Weitere Oberste Gerichte: Verfassungsgerichtshof, Verwaltungsgerichtshof, Patentgerichtshof.
Schweiz: Das *Schweizer. Bundesgericht* ist das höchste Gericht des schweizer. Bundes; Sitz: Lausanne. Die gesamte übrige Gerichtsbarkeit ist kantonal (Ausnahme: oberstes Eidgenöss. Versicherungsgericht, Luzern).

Bundesgerichtshof, Abk. *BGH*, oberstes Bundesgericht für die Zivil- u. Strafgerichtsbarkeit sowie für Angelegenheiten des gewerbl. Rechtsschutzes der BRD, Sitz: Karlsruhe, Nachfolger des *Reichsgerichts* in Leipzig. Erster Präsident des B.s: Hermann *Weinkauff*, 1960–1968 Bruno *Heusinger*, 1968–1977 Robert *Fischer*, seit 1977 Gerd *Pfeiffer*. Der B. entscheidet (in Senaten) als Rechtsmittelgericht über Revisionen in Zivilsachen u. bestimmten Strafsachen, im Zivilprozeß auch über bestimmte Beschwerden. Die Staatsanwaltschaft am B. bilden der *Generalbundesanwalt* u. die *Bundesanwälte*. – Bundesgerichtshof hieß in Österreich 1934–1941 das Oberste Gericht (Verfassungs- u. Verwaltungsgerichtshof).

Bundesgesetzblatt, Abk. *BGBl*., Gesetz- u. Verordnungsblatt für die BRD; vor 1945 *Reichsgesetzblatt (RGBl.)*, nach 1945 zunächst *Gesetzblatt der Verwaltung des Vereinigten Wirtschaftsgebiets*. Das BGBl. erscheint seit dem 23. 5. 1949, seit dem 1. 1. 1951 in zwei, seit dem 15. 7. 1958 in drei Teilen. *Teil I* enthält Gesetze u. Verordnungen, *Teil II* völkerrechtl. Verträge, Abkommen zwischen Bund u. Ländern, techn. Regelungen über Verkehrswesen, Bundeswasserstraßen, Ortsklassenverzeichnis u.ä., z.B. aber auch das →Seemannsgesetz. In *Teil III* kommen (vgl. Gesetz über die Sammlung des Bundesrechts vom 10. 7. 1958), in neun Sachgebiete geordnet, alle vor dem GG erlassenen, aber in der BRD weiter geltenden Gesetze u. Verordnungen in der heute gültigen Form zum Abdruck. – In Österreich *B. für die Republik Österreich*, offizielles Verlautbarungsorgan für Bundesgesetze, Verordnungen u. Kundmachungen der Ministerien, herausgegeben vom Bundeskanzleramt. Hieß bis 1918 *Reichsgesetzblatt*, 1918–1920 u. 1945 *Staatsgesetzblatt*.

Bundesgesetze, die in einem →Bundesstaat vom Gesamtstaat erlassenen Gesetze.
In der BRD sind die Länder zur Gesetzgebung zuständig, der Bund nur dann, wenn ihm das Grundgesetz Gesetzgebungsbefugnisse verleiht (Art. 70 GG). Prakt. liegt das Schwergewicht der Rechtsetzung jedoch beim Bund. In Art. 73 GG sind die Gegenstände der *ausschließlichen Zuständigkeit des Bundes* katalogmäßig aufgeführt (Staatsangehörigkeit, Freizügigkeit, Ein- u. Auswanderung, Auslieferung, Währungs- u. Münzwesen, Zollwesen, Zahlungsverkehr mit dem Ausland, Eisenbahn, Post, Luftverkehr, gewerbl. Rechtsschutz, kriminalpolizeil. Tätigkeit u. Statistik für Bundeszwecke). Daneben (Art. 74 GG) gibt es den Bereich der *konkurrierenden Gesetzgebung* (bürgerl. u. Strafrecht, Personenstandswesen, Vereins- u. Niederlassungsrecht, Fürsorgerecht, Arbeitsrecht, Kernenergierecht, wissenschaftl. Forschung, Landwirtschaft u. Fischerei, Seuchenverhütung, Lebensmittelrecht u. Straßen- u. Schiffahrtsangelegenheiten). Schließl. kann der Bund *Rahmenvorschriften* erlassen für das Meldewesen, den Naturschutz, Presse u. Film sowie insbes. für das Beamtenrecht (Art. 75 GG).
Gesetzesvorlagen können beim *Bundestag* durch die Bundesregierung oder den Bundesrat oder aus der Mitte des Bundestags (Art. 76 GG) eingebracht werden. Sie werden vom Bundestag in drei *Lesungen* beschlossen. Die Zustimmung des *Bundesrats* ist in bes. aufgeführten Fällen (z.B. Verfassungsänderungen) erforderlich, in anderen Fällen kann er dem Gesetz widersprechen u. den *Vermittlungsausschuß* einberufen. Der Bundestag kann diesen Einspruch des Bundesrats zurückweisen (teilweise nur mit $^2/_3$-Mehrheit), d.h. überstimmen. *Verfassungsänderungen* bedürfen der $^2/_3$-Mehrheit der Mitglieder des Bundestags u. zwei Drittel der Stimmen des Bundesrats (Art. 79 GG). Der Änderung sind in jedem Fall entzogen: die Gliederung des Bundes in Länder, die Mitwirkung der Länder bei der Gesetzgebung sowie die in Art. 1 (Menschenwürde) u. Art. 20 GG niedergelegten Grundsätze: Rechtsstaatlichkeit, Sozialstaatlichkeit, demokrat. u. republikan. Staatsform u. föderative Struktur.
Die B. bedürfen der *Ausfertigung* durch den Bundespräsidenten mit *Gegenzeichnung* des Bundeskanzlers bzw. Fachministers u. der *Verkündung* im Bundesgesetzblatt. Sie treten an dem im Gesetz genannten Zeitpunkt, u. wenn kein Zeitpunkt angegeben ist, spätestens am 14. Tag nach Ausgabe der entspr. Nr. des BGBl. in Kraft (Art. 82 GG). – ⌑ 4.1.2.

Bundesgrenzschutz, Abk. *BGS*, Polizei des Bundes der BRD mit eigenem Verwaltungsunterbau im Bereich des Bundesministers des Innern, errichtet nach dem Gesetz vom 16. 3. 1951. Der B. sichert das Bundesgebiet gegen unbefugte Grenzübertritte; er hat im Grenzgebiet bis zu einer Tiefe von 30 km (mit dem Recht der Weiterverfolgung) auch alle sonstigen Gefährdungen der Grenzsicherheit zu bekämpfen. Er kann auch in Fällen des inneren Notstands eingesetzt werden (Art. 35, 91 GG), wobei aber der Grundsatz der Verhältnismäßigkeit zu wahren ist. Seit 1972 sind auch Anforderungen des BGS zur Aufrechterhaltung oder Wiederherstellung der öffentl. Sicherheit oder Ordnung in Fällen von bes. Bedeutung u. bei Nichtgenügen der polizeil. Möglichkeiten der Länder sowie bei Naturkatastrophen u. bes. schweren Unglücksfällen zulässig. – Der BGS hat eine Stärke von über 21 000 Mann; er ist gegliedert in die *Grenzschutzkommandos* Nord, Mitte, Süd u. Küste.
Eine Sondereinheit ist die *Grenzschutzgruppe 9* (GSG 9) mit ca. 170 Mann in St. Augustin bei Bonn (Kommandeur: U. *Wegener*). Diese Spezialtruppe wurde nach dem Olympia-Massaker (München 1972) gebildet; Männer der GSG 9 befreiten die Passagiere des zwecks Geiselnahme entführten Lufthansa-Flugzeugs „Landshut" am 18. 10. 1977 in Mogadischo (Somalia).

Bundeshaus, das Gebäude des *Deutschen Bundestags* in Bonn; in Bern das eidgenöss. Parlamentsgebäude.

Bundesheer, 1. die Streitkräfte des *Deutschen Bundes* sowie die des *Norddeutschen Bundes*.
2. die Streitkräfte der Rep. Österreich. Das derzeitige B. geht zurück auf die Wiedererlangung der Wehrhoheit durch den österr. Staatsvertrag von 1955 u. auf dessen Verpflichtung, die vereinbarte „immerwährende Neutralität... mit allen zu Gebote stehenden Mitteln aufrechtzuerhalten u. zu verteidigen".
Das B. ist ein stehendes Heer mit allg. Wehrpflicht bei 6monatiger (bis 1971: 9monatiger) aktiver Dienstzeit *(Präsenzdienstzeit)*. Der *Oberbefehl* liegt beim Bundespräsidenten, die *Befehls- u. Verfügungsgewalt* beim Bundesmin. für Landesverteidigung. Ihm unterstehen 3 Gruppenkommandos sowie das Kommando der Luftstreitkräfte u. der Heeresfeldzeugtruppen. Den Gruppenkommandos sind 9 Militärkommandos (für jedes Bundesland 1) u. insgesamt 5 Jäger- u. 3 Panzergrenadierbrigaden sowie 1 Flieger- u. 1 Luftabwehrbrigade unterstellt. Die Führung von ABC-Waffen, einer Reihe schwerer Waffen, von Kriegsmaterial dt. Ursprungs ist lt. Staatsvertrag verboten. Die Gesamtstärke des B.es beträgt 52 000 Mann (12 000 Berufssoldaten, 40 000 Rekruten). – ⌑ 1.3.7.
3. die Streitkräfte der Schweizer. Eidgenossenschaft. Die seit dem 2. Weltkrieg grundlegend modernisierte Armee hat die Aufgabe, die Unabhängigkeit u. Neutralität sowie die innere Ordnung der Schweiz zu schützen. Es besteht allg. Wehrpflicht. Die Armee besteht aus den Truppen der Kantone u. aus allen wehrpflichtigen Schweizern. Die organisator. Form ist die *Milizheer*.
Für die überkantonalen Aufgaben (Ausbildung, Bewaffnung, Organisation u.a.) ist der Bund zuständig. Die oberste Leitung des Wehrwesens liegt in Friedenszeiten beim Bundesrat, in Kriegszeiten bei einem von der Vereinigten Bundesversammlung gewählten →General. Organe der Landesverteidigung sind gemäß Gesetz vom 27. 6. 1969: der *Stab für Gesamtverteidigung*, bestehend aus Vertretern aller Departemente, der Bundeskanzlei u. anderer an der Gesamtverteidigung beteiligten Stellen (insbes. des Bundesamts für Zivilschutz, des Stabes der Gruppe für Generalstabsdienste im Militärdepartement, der Abteilung für Territorialdienste u. Luftschutztruppen); die *Zentralstelle für Gesamtverteidigung*, als Exekutivorgan des Stabes für Gesamtverteidigung eine ständige Einrichtung mit Direktor (zugleich Vors. des Stabes), Stellvertreter u. ständigen Mitarbeitern; die *Landesverteidigungskommission*, eine bereits vorher vorhandene Institution, die ihre bisherige Aufgabe

Bundesgrenzschutz: Besatzungsmitglieder bei Indienststellung eines Boots der 1. Grenzschutzflottille (links). – Hubschrauber und motorisierte Streife an der Grenze zwischen BRD und DDR (rechts)

(Beratung des Bundesrats in Verteidigungsfragen) beibehält, während ihre Koordinierungsaufgaben auf Stab u. Zentralstelle übergegangen sind.
Das Heer ist nach Altersklassen gegliedert, u. zwar in *Auszug* (Kampftruppen; 20–32 Jahre), *Landwehr* (Grenz- u. Festungstruppen, techn. Formationen; 33–42 Jahre) u. *Landsturm* (Territorial- u. Hilfsformationen; 43–50 Jahre).
Das Heer ist in 4 Armeekorps (3 Feldarmeekorps, 1 Gebirgsarmeekorps mit insges. 3 Mechanisierten Divisionen, 3 Felddivisionen, 3 Grenzdivisionen, ferner Grenz- u. Festungsbrigaden sowie Armeetruppen) unterteilt. Die Flieger- u. Fliegerabwehrtruppen sind dem Heer angegliedert. Daneben besteht der *Territorialdienst* (entspr. den kantonalen Grenzen) mit 6 großen territorialdienstl. Kommandobereichen, die den Armeekorps unterstehen u. weiter in Territorialzonen unterteilt sind.
Der Soldat behält nach Ableistung seiner Militärpflicht (*Rekrutenschule*) seine gesamte persönliche Ausrüstung bei sich, einschl. der Waffen u. Munition. Seine Waffen werden in jährl. Abstand kontrolliert. Alle „Wehrmänner" müssen außerdem jährl. an einer außerdienstl. Schießübung teilnehmen. – Dauer der Dienstzeit: Rekrutenschule (Grundausbildung): 4 Monate; Auszug: 8 Wiederholungskurse zu je 3 Wochen jährl.; Landwehr: 3 Ergänzungskurse zu je 2 Wochen jährl.; Landsturm: 2 Ergänzungskurse je 1 Woche jährl.
Die Unteroffiziere werden aus den besten Soldaten ausgewählt, die Offiziere aus den besten Unteroffizieren. Sie werden in Spezialschulen ausgebildet u. müssen sich als Truppenausbilder bewähren. Abgesehen von den jährl. Übungen gehen sie einem bürgerl. Beruf nach. Insgesamt gibt es im schweizer. Heer 3500 Berufsmilitärs, davon ist etwa die Hälfte als Lehrer an Rekruten- u. Offiziersschulen bzw. im Generalstab tätig. Erst vom Divisionskommandanten aufwärts sind die Offiziere Berufssoldaten.
Jeder Wehrmann u. Offizier ist einem bestimmten Truppenteil fest zugeteilt, dem er bei jeder Übung u. auch im Kriegsfall angehört. Die Anzahl der Rekruten beträgt 30000, die der in 48 Stunden mobilisierbaren Miliz 600000 Mann. – 📖 1.3.7.

Bundesinstitut für Sportwissenschaften, gegründet 1970 in Köln; hat die Aufgabe, die Sportdokumentation u. -information sowie verschiedene Aufgaben aus dem Bereich der angewandten Wissenschaften auf dem Gebiet des Sports zusammenzufassen. Die 3 Abteilungen heißen dementsprechend „Dokumentation u. Information", „Sportstättenbau" u. „Wissenschaft auf dem Gebiete des Sports". Organisation: Direktorium, geschäftsführender Direktor u. Fachbeiräte. Das B.f.S. ist zunächst noch eine unselbständige Anstalt; die Organisationsform einer öffentl.-rechtl. Anstalt ist vorgesehen.

Bundesintervention, Schweiz: Eingriff des Bundes in die Angelegenheiten eines Kantons. Der Bund hat nach Art. 16 der Bundesverfassung das Recht zur B., wenn die innere Ordnung eines Kantons gestört ist oder wenn ein Kanton bei Bedrohung eines anderen den Bund um die B. bittet; außerdem wenn eine Kantonsregierung durch Aufstand oder Umsturz ihre Handlungsfähigkeit verloren hat. →auch Bundesexekution.

Bundesjugendkuratorium, nach dem *Gesetz für Jugendwohlfahrt* (JWG) in der Fassung vom 25. 4. 1977 errichteter ministerieller Ausschuß, der die dt. Bundesregierung in grundsätzl. Fragen der Jugendhilfe berät.

Bundesjugendplan →Jugendplan.

Bundesjugendspiele, nach 1945 als Fortsetzung der früheren *Reichsjugendwettkämpfe* zunächst vom Bundesministerium des Innern, dann vom Gesundheits- u. Sozialministerium ausgeschriebener leichtathletischer Mehrkampf (Drei- bzw. Vierkampf u. wahlweise Schwimmen, auch *Sommer-B.* genannt) u. ein Gerätevierkampf (auch *Winter-B.* genannt). Die B. sind mit insgesamt über 5 Mill. Teilnehmern (zwischen 10 u. 19 Jahren) pro Jahr eine der größten jugendsportl. Veranstaltungen der Welt. Die Sommer-B. sollen bis zum 30. 9., die Winter-B. bis 31. 3. abgeschlossen sein; B. werden heute fast ausschl. von den Schulen durchgeführt. Die Sieger erhalten Urkunden, die vom Kultusminister des Landes u. vom Präsidenten des DSB unterzeichnet sind. Der Bundespräsident verleiht an etwa 10% der erfolgreichsten Teilnehmer eine Ehrenurkunde: bei den Sommer-B.n sind die Voraussetzung dazu 230 Punkte im Dreikampf (Lauf, Sprung u. Wurf), 300 Punkte im Vierkampf (mit Langlauf oder Schwimmen) oder 360 Punkte im Fünfkampf (mit beiden Übungen). Beim Gerätevierkampf der Winter-B. sind (nach anderer Berechnungsbasis) 72 Punkte erforderlich.

Bundeskanzlei, 1. in der BRD ein Teil des →Bundeskanzleramts.
2. in der Schweiz die Geschäftsstelle des *Bundesrats* u. der *Bundesversammlung* im Bundeshaus in Bern; Leitung: der von der Bundesversammlung auf 4 Jahre gewählte *Bundeskanzler* (Kanzler der Eidgenossenschaft).

Bundeskanzler, 1. *BRD:* der Chef der Bundesregierung, der die Richtlinien der Politik bestimmt u. dafür die Verantwortung trägt. Er wird auf Vorschlag des Bundespräsidenten vom Bundestag gewählt u. daraufhin vom Bundespräsidenten ernannt. Der Bundestag ist an den Vorschlag des Bundespräsidenten jedoch nicht gebunden. Der B. kann (zur Vermeidung von Regierungskrisen) nur dadurch gestürzt werden, daß der Bundestag gleichzeitig mit dem Ausspruch des Mißtrauensvotums einen Nachfolger wählt (sog. *konstruktives Mißtrauensvotum*). Der B. kann auch von sich aus zurücktreten. Sein Amt endet regelmäßig mit dem Zusammentritt eines neuen Bundestags (Art. 62ff. GG). →auch Bundesregierung (2).
2. *Österreich:* 1920–1938 u. seit 1945 der Vorsitzende der Bundesregierung; er wird vom Bundespräsidenten ernannt, der dabei rechtl. keinem Vorschlag folgen muß. – Alle Akte des Bundespräsidenten bedürfen zur Gültigkeit in der Regel der Gegenzeichnung durch den B., soweit diese nicht durch den zuständigen Bundesminister zu erfolgen hat. Der B. hieß 1918–1920 u. 1945 *Staatskanzler.* →auch Bundesregierung (3).
3. *Schweiz:* Vorsteher der →Bundeskanzlei (2).

Bundeskanzleramt, eine der obersten →Bundesbehörden, Dienstbehörde des *Bundeskanzlers* der BRD mit einem *Minister im B.*; umfaßt die *Bundeskanzlei* („Geschäftsstelle", entspr. der früheren *Reichskanzlei*) u. das *Presse-* u. *Informationsamt der Bundesregierung.* – In Österreich die oberste Stelle der Bundesverwaltung, vom Bundeskanzler u. Vizekanzler geleitet. Hieß 1918 bis 1920 u. 1945 *Staatskanzlei.*

Bundeskartellamt, seit dem 1. 1. 1958 im Rahmen des Gesetzes gegen Wettbewerbsbeschränkungen tätige selbständige Bundesoberbehörde im Geschäftsbereich des Bundesministers für Wirtschaft; Sitz: Berlin. →Kartell.

Bundeskriminalamt, Abk. *BKA,* Bundesbehörde zur Bekämpfung überregionaler Verbrechen; Sitz: Wiesbaden. Das B. sammelt Nachrichten u. Unterlagen für die kriminalpolizeil. Fahndung u. den Erkennungsdienst. Es verkehrt regelmäßig nur mit den *Landeskriminalämtern* u. international mit *Interpol.* Das BKA ist jedoch seit 1973 als Bundespolizei zuständig für Straftaten im Zusammenhang mit international organisiertem Waffen-, Sprengstoff- u. Rauschgifthandel sowie international begangenen Münzdelikten, ferner für Straftaten gegen das Leben oder die Freiheit des Bundespräsidenten, des Bundeskanzlers, von Bundesministern, Bundestagsmitgliedern oder hohen Staatsgästen. – In Österreich seit 1971 das *Büro für Erkennungsdienst, Kriminaltechnik u. Fahndung* in Wien.

Bundeslade, altisraelit. Heiligtum in Kastenform. Der Inhalt der B. ist unbekannt, laut späterer Tradition enthielt sie die steinernen Gebotetafeln (5. Mose 10). Sie wurde dem Volk auf der Wüstenwanderung vorangeführt u. zog gelegentl. mit in den Krieg (4. Mose 10,33ff.; 1. Sam. 4). Als Symbol der Gegenwart Gottes bildete sie den kult. Mittelpunkt des Stämmeverbands. Nach wiederholtem Wechsel des Standorts (Sichem, Silo u.a.) wurde sie von David nach Jerusalem gebracht (2. Sam. 6); seit der Zerstörung Jerusalems (587 v. Chr.) ist sie verschwunden.

Bundesland, der einzelne Gliedstaat eines →Bundesstaats. An der Spitze einer →Landesregierung steht in der BRD in der Regel der *Ministerpräsident,* in Österreich der *Landeshauptmann.*
Die Bundesländer der BRD sind: Baden-Württemberg, Bayern, Bremen, Hamburg, Hessen, Niedersachsen, Nordrhein-Westfalen, Rheinland-Pfalz, Saarland, Schleswig-Holstein u. (mit Vorbehalt) Westberlin. Eine Neugliederung des dt. Bundesgebiets ist geplant.
Die österr. Bundesländer sind: Burgenland, Kärnten, Niederösterreich, Oberösterreich, Salzburg, Steiermark, Tirol, Vorarlberg; auch die Stadt Wien hat die Rechtsstellung eines B.s.

Bundesliga, die höchsten Mannschaftssport-Klassen in der BRD, in den Sportarten: Badminton, Baseball, Basketball, Billard, Boxen, Eishockey, Fußball, Gewichtheben, Hallenhandball, Hockey, Judo, Kegeln, Prellball, Radball, Rasenkraftsport, Ringen, Rollhockey, Schwimmen, Tanzsport, Tischtennis, Turnen, Volley- u. Wasserball. Das *Bundesliga-Statut* für die Fußball-B. ist das vom Beirat des Dt. Fußballbunds 1962 beschlossene Richtlinienwerk mit Wirkung ab 1. 1. 1963; es enthält folgende Bestimmungen:
1. für Vereine: Der Verein muß gemeinnützig sein u. ehrenamtl. geleitet werden. Er muß Amateur- u. Jugendmannschaften unterhalten. Er muß eine einwandfreie Platzanlage an seinem Sitz zu seiner Verfügung haben. Das Stadion soll eine Flutlichtanlage haben u. mindestens 35000 Zuschauern Platz bieten. Der Verein muß für die B. sportl. qualifiziert sein. Die Spieler der B. müssen von einem vom DFB lizenzierten Fußballehrer betreut werden. Der Verein hat mit dem DFB einen Lizenzvertrag abzuschließen.
2. für Spieler: Der Spieler kann erst nach Ablauf des Spieljahres unter Vertrag genommen werden, in dem er das 18. Lebensjahr vollendet hat. Die Lizenz wird auf die Dauer des mit dem Verein abgeschlossenen Vertrags erteilt. Sie ist an den Verein gebunden, dem der Spieler bei Antragstellung angehört. Die Spielerlizenz erlischt ohne vorherige Ankündigung beim Abstieg des betreffenden Vereins oder bei Verlust der dem Verein erteilten Lizenz (§14b, f). Die Gesamtbruttobezüge eines Spielers der B. setzen sich zusammen aus dem Grundgehalt u. den Leistungsprämien.
3. für Meisterschaft, Aufstieg u. Abstieg: Meister der B. u. damit dt. Fußballmeister ist der Verein, der nach Abschluß der Spielrunde (Vor- u. Rückrunde) nach Punkten an der Spitze der Tabelle liegt. Haben mehrere Vereine die gleiche Punktzahl erreicht, so wird die Reihenfolge der punktgleichen Vereine nach dem Torverhältnis durch das Subtraktionsverfahren (geschossene Tore minus erhaltene) ermittelt. Während bis einschl. der Spielzeit 1973/74 die beiden Vereine mit der geringsten Punktzahl abstiegen u. die Meister und Zweiten der Regionalligen in der sog. *Aufstiegsrunde* die beiden Aufsteiger zur B. ausspielten, steigen seit 1974/75 mit Einführung der zweigeteilten →Zweiten Bundesliga drei Mannschaften auf bzw. aus der 1. B. ab.
Das B.-Statut behandelt ferner Strafbestimmungen, Sonderregelungen für wehrpflichtige Lizenzspieler u. die Disziplinarordnung.

Bundesliste, in einigen →Wahlsystemen ein von der Gebietsgröße her bestimmter Typ der *Liste,* die im Gegensatz zur *Landesliste* u. *Wahlkreisliste* das gesamte Wahlgebiet umschließt. Ihre bes. Merkmale u. Auswirkungen bestimmen sich vom jeweiligen Wahlsystem her. In der Regel dient die B. in Systemen der *Verhältniswahl* zur Herstellung eines genaueren Proporzes von Stimmen u. Mandaten oder zur Reststimmenverwertung. Des weiteren gewinnt zumeist die zentrale Parteiorganisation mittels der B. bei Parlamentswahlen einen stärkeren Einfluß auf die Auswahl der Kandidaten. Im Wahlsystem der BRD dient die B. zur Berechnung der Mandatszahlen der Parteien auf Bundesebene. →auch Listenwahl.

Bundesminister →Bundesregierung.

Bundesnachrichtendienst, dem Bundeskanzleramt nachgeordnete zivile Behörde; anders als das →Bundesamt für Verfassungsschutz u. der →Militärische Abschirmdienst erstrecken sich die Aufgaben des B.es auf das Ausland u. sind überwiegend sachthemenbezogen; 1956 aus der *Organisation Gehlen* hervorgegangen, Präs. von 1968 bis 1978 Generalleutnant G. *Wessel* (*24. 12. 1913); seit 1979 Ministerialdirektor K. *Kinkel.*

Bundesoberbehörden →Bundesbehörden.

Bundespatentgericht, München, 1961 errichtetes Bundesgericht, das für die Entscheidung über Beschwerden gegen Beschlüsse der Prüfungsstellen u. Abteilungen des *Deutschen Patentamts* sowie über Klagen auf Erklärung der Nichtigkeit oder auf Zurücknahme von Patenten oder auf Erteilung von Zwangslizenzen zuständig ist. Beim Bundesgerichtshof kann Rechtsbeschwerde gegen Beschlüsse der *Beschwerdesenate* u. Berufung gegen Urteile der *Nichtigkeitssenate* des B.s eingelegt werden. – Österreich: →Patentgerichtshof.

Bundespflicht →Bundeszwang.

Bundespolizei, eigene Polizei des Gesamtstaats (Bundes) von Bundesstaaten. In der BRD gibt es keine allgem. B., aber für gewisse Zwecke (Grenzschutz, Paßkontrolle, Bahnschutz, Luftpolizei, Schiffahrtspolizei sowie für kriminalpolizeil. Zusammenarbeit) *besondere B.stellen* (Bundesgrenzschutz; Paßkontroll-Direktionen mit Paßkontrollämtern; Bundesbahnpolizei; Bundesanstalt für Flugsicherung; Wasser- u. Schiffahrtsdirektionen; Bundeskriminalamt). – In Österreich gibt es eine B.

Bundespost →Deutsche Bundespost.

Bundespostmuseum, Museum in Frankfurt a. M., mit postgeschichtl. Sammlungen.

Bundespräsident, 1. *allg.* das Staatsoberhaupt von Bundesstaaten, z.B. in der BRD, in Österreich und in der Schweiz. Der schweizerische B. ist gleichzeitig Chef des Staatskabinetts, des →Bundesrats (4).

2. in der BRD wird der B. von der *Bundesversammlung* auf 5 Jahre gewählt; ihm obliegen die völkerrechtl. Vertretung des Bundes, die Ernennung u. Entlassung der Bundesbeamten u. -richter einschl. der Offiziere u. Beamten der Bundeswehr, die Repräsentation der BRD nach außen u. innen u. der Personalvorschlag für einen neuen Bundeskanzler. Bei vorsätzl. Rechtsverletzung kann er vom Bundestag oder Bundesrat vor dem Bundesverfassungsgericht angeklagt werden (Art. 54–61 GG). Seine Dienststelle ist das *Bundespräsidialamt.* Bisherige B.en: 1. Theodor *Heuss* (1949 bis 1959), 2. Heinrich *Lübke* (1959–1969), 3. Gustav *Heinemann* (1969–1974), 4. Walter *Scheel* (1974 bis 1979), 5. Karl *Carstens* (seit 1979).

3. in Österreich 1920–1938 u. 1945 von der Bundesversammlung, seit 1951 vom Bundesvolk auf 6 Jahre gewähltes Staatsoberhaupt. Für die Wahlberechtigten besteht Wahlpflicht (B.wahlgesetz 1962). Einmalige Wiederwahl ist zulässig. Gewählt ist, wer mehr als die Hälfte der gültigen Stimmen hat. Der B. vertritt die Republik nach außen, empfängt u. beglaubigt die Gesandten, schließt Staatsverträge ab; weitere Aufgaben: Ernennung u. Entlassung der Bundesregierung, Ernennung der Beamten, einschl. der Offiziere, Verleihung von Amtstiteln, Schaffung u. Verleihung von Berufstiteln, Ausübung des Begnadigungsrechts sowie die Erklärung unehelicher Kinder zu ehelichen auf Ansuchen der Eltern. Alle Akte des B.en erfolgen, soweit nicht anderes bestimmt ist, auf Vorschlag der Bundesregierung oder des von ihr ermächtigten Bundesministers u. bedürfen in der Regel der Gegenzeichnung des Bundeskanzlers oder der zuständigen Bundesminister. Der B. ist der →Bundesversammlung verantwortlich. Bisherige B.en: 1945–1950 K. *Renner*, 1951–1957 Th. *Körner*, 1957–1965 A. *Schärf*, 1965–1974 F. *Jonas*, seit 1974 R. *Kirchschläger.*

Bundespräsidialamt, eine der obersten →Bundesbehörden, Dienststelle, die dem *Bundespräsidenten* der BRD zur Durchführung seiner Aufgaben zur Verfügung steht.

Bundespresse- und Informationsamt, *Presse- u. Informationsamt der Bundesregierung,* Teil des *Bundeskanzleramts* der BRD mit eigenen Nachrichtenstellen (auch Bildstelle, Filmarchiv). Zu seinen Aufgaben gehören außer der laufenden Unterrichtung der Bundesregierung u. des Bundespräsidenten über die polit. Weltlage auch die laufende Erforschung der öffentl. Meinung im Inland, die Aufklärung der dt. Bevölkerung über Staat u. Regierung, das dt. Nachrichtenwesen im Ausland sowie die Information des Auslands u. die Unterrichtung der dt. Bevölkerung über die Ereignisse in der Politik des Auslands vom dt. Standpunkt; Hauptveröffentlichung: *Bulletin des Bundespresse- u. Informationsamtes.*

Bundesrat, 1. *allg.:* eine Art der Zweiten Kammer von Bundesstaaten, das Organ zur Vertretung der Gliedstaats-(Länder-)Interessen, in der Regel in erhebl. Ausmaß an der Bundesgesetzgebung beteiligt u. an die Weisungen der Länder gebunden (*B.sprinzip*; Gegensatz: →Senat).

2. in der BRD ist der B. das föderative Bundesorgan. Der B. besteht aus den weisungsgebundenen Vertretern der Landesregierungen (Art. 51 GG), ist also keine parlamentarische Kammer. Vertreter der Landesregierungen können nur Minister sein, in den Ausschüssen auch Ministerialbeamte. Die Stimmenzahl der Länder ist nach der Bevölkerungszahl abgestuft: Je 5 Stimmen haben Bayern, Baden-Württemberg, Nordrhein-Westfalen u. Niedersachsen; je 4 Stimmen Hessen, Rheinland-Pfalz u. Schleswig-Holstein; je 3 Stimmen Bremen, Hamburg u. das Saarland. Zu diesen 41 Stimmen kommen noch 4 Stimmen für (West-)Berlin (ohne Stimmrecht in Sachfragen). Die Stimmen eines Landes können nur gemeinsam abgegeben werden, doch kann jedes Land so viel Mitglieder entsenden, wie es Stimmen hat. Die Beschlüsse werden mit einfacher Mehrheit gefaßt, ledigl. in den bes. bestimmten Fällen (z.B. Verfassungsänderung, Präsidentenanklage) ist eine Zweidrittelmehrheit erforderlich. Mitglieder der Bundesregierung können (u. müssen auf Verlangen des B.s) an den Verhandlungen des B.s u. seiner Ausschüsse teilnehmen, wo ihnen jederzeit das Wort zu erteilen ist.

Durch den B. wirken die Länder an der *Gesetzgebung* (→Bundesgesetze) u. Verwaltung des Bundes mit (Art. 50 GG). Bei den ausdrückl. im Grundgesetz bezeichneten Gesetzen (z.B. über Verfassungsänderung) ist die Zustimmung des B.s erforderl. (sog. *Zustimmungsgesetze*). Gesetzesvorlagen der Bundesregierung werden über den B. dem Bundestag zugeleitet, außerdem kann der B. entspr. Vorschläge über die Bundesregierung an den Bundestag richten. Auch Rechtsverordnungen u. Verwaltungsverordnungen der Bundesregierung bedürfen in den im Grundgesetz aufgeführten Fällen der Zustimmung des B.s. Der B. ist ferner beteiligt beim Bundeszwang, beim Gesetzgebungsnotstand u. bei der Unterstellung von Polizeikräften (Bundesinnenminister). Er kann beschließen, den Bundespräsidenten vor dem Bundesverfassungsgericht anzuklagen (Art. 61 GG), u. kann ein Gutachten des Bundesverfassungsgerichts beantragen, dessen Richter er zur Hälfte wählt. Der *Präsident des B.s* wird auf jeweils ein Jahr vom B. gewählt; gewählt wird jeweils der Regierungschef eines Bundeslands in der Reihenfolge der Einwohnerzahlen der Länder. Er vertritt den Bundespräsidenten im Verhinderungsfall. Praktisch bedeutet die Tätigkeit des B.s eine zusätzl. *Gewaltentrennung.*

3. Österreich: die Zweite Kammer der Republik Österreich, Vertretung der Bundesländer, ein B. im Sinn von 1).

4. Schweiz: die oberste vollziehende u. leitende Behörde u. Spitze der Bundesverwaltung, mit 7 von der Bundesversammlung auf 4 Jahre gewählten Mitgliedern (eidgenöss. Regierung), von denen eines (nach dem Grundsatz der Anciennität: gewählt wird das jeweils dienstälteste Mitglied, wobei langjährigen Mitgliedern nur die Zeit seit Ende der evtl. vorhergehenden Amtsperiode als Bundespräsident berücksichtigt wird) im jährl. Wechsel gleichzeitig *Bundespräsident* ist; kein B. im Sinn von 1).

5. im *Deutschen Reich* von 1871–1918 war der B. verfassungsrechtl. das oberste Organ, bestehend aus Vertretern der Mitglieder des Reichs (Bundesfürsten, Hansestädte) mit nach ihrer Gebietsgröße verschiedener Stimmenzahl (Preußen 17 Stimmen, Hamburg nur 1). Den Vorsitz führte der *Reichskanzler.* Alle Gesetze bedurften der Zustimmung des B.s, der insofern als echte Zweite Kammer fungierte, obwohl seine Mitglieder weisungsgebundene Vertreter der Bundesfürsten waren. Außerdem bedurften die Auflösung des Reichstags, eine Kriegserklärung u.a. der Zustimmung des B.s. Schließlich hatte er verfassungsrechtl. Streitigkeiten zwischen den Bundesstaaten u. in einem Bundesstaat zu schlichten, da damals kein dem heutigen *Bundesverfassungsgericht* vergleichbarer Gerichtshof bestand.

Bundesrechnungshof, oberste Rechnungsprüfbehörde der BRD, Sitz: Frankfurt a. M.; prüft die Haushaltsführung des Bundes u. seiner Einrichtungen; errichtet durch Gesetz vom 27. 11. 1950.

Bundesrecht, in Bundesstaaten die von den Gesetzgebungsorganen des Bundes (Gesamtstaat) erlassenen Rechtsvorschriften. In der *BRD* gilt das ehem. Reichs- u. Zonenrecht im wesentl. (oft allerdings abgeändert) als B. fort. Die Zuständigkeit des Bundes ergibt sich aus dem Recht der ausschl. Gesetzgebungskompetenz sowie der konkurrierenden u. der Rahmengesetzgebung (Art. 70ff. GG). Art. 30 u. 70 GG sehen vor, daß die Länder zuständig sind, falls die Zuständigkeit nicht ausdrückl. dem Bund übertragen wurde (daher Ergänzungen des GG im Hinblick auf die Wehr- u. Atomgesetzgebung). Auf den dem Bund vorbehaltenen Gebieten gilt der Grundsatz, daß B. Landesrecht bricht (Art. 31 GG). – Ⓛ4.1.2.

Bundesregierung, 1. *allg.:* das Staatskabinett des Gesamtstaats (Bundes) von Bundesstaaten, z.B. der BRD u. Österreichs, bestehend aus dem Kabinettschef (Ministerpräsident, Bundeskanzler) u. den Bundesministern.

2. die *Regierung der BRD,* bestehend aus dem *Bundeskanzler* u. den *Bundesministern.* Letztere werden auf Vorschlag des Bundeskanzlers vom Bundespräsidenten ernannt u. entlassen; ihr Amt endet stets mit dem Zusammentritt eines neuen Bundestags u. mit jeder (anderen) Beendigung der Amtszeit des Bundeskanzlers (Art. 62–69 GG). Jeder Fachminister leitet ein *Bundesministerium* mit Staatssekretär(en), Referent(en) u. verschiedenen Abteilungen (ggf. mit Unterabteilungen). Den Bundesministerien unterstehen eine große Zahl von →Bundesoberbehörden u. die Bundesverwaltungen mit eigenem Verwaltungsunterbau (z.B. Bundesbahn, Bundespost, Bundesfinanzverwaltung). Die B. besteht z.Z. aus folgenden Bundesministern: 1. Bundesminister des Auswärtigen (Chef des *Auswärtigen Amts*), z.Z. zugleich Stellvertreter des Bundeskanzlers (sog. *Vizekanzler*), 2. Bundesminister des Innern, 3. Bundesminister der Justiz, 4. Bundesminister für Wirtschaft, 5. Bundesminister der Finanzen, 6. Bundesminister für Ernährung, Landwirtschaft u. Forsten, 7. Bundesminister für Arbeit u. Sozialordnung, 8. Bundesminister der Verteidigung, 9. Bundesminister für Jugend, Familie u. Gesundheit, 10. Bundesminister für Verkehr u. für das Post- u. Fernmeldewesen, 11. Bundesminister für Raumordnung, Bauwesen u. Städtebau, 12. Bundesminister für innerdeutsche Beziehungen, 13. Bundesminister für Bildung u. Wissenschaft, 14. Bundesminister für wirtschaftliche Zusammenarbeit, 15. Bundesminister für Forschung u. Technologie. – Ⓛ4.1.2.

3. in Österreich neben dem Bundespräsidenten das höchste Verwaltungsorgan des Bundes; setzt sich aus Bundeskanzler, Vizekanzler u. den Bundesministern zusammen. Die Mitglieder der B. sind dem Nationalrat verantwortlich. Z.Z. bestehen 13 Bundesministerien: 1. für Inneres, 2. für Justiz, 3. für Unterricht, 4. für soziale Verwaltung, 5. für Finanzen, 6. für Land- u. Forstwirtschaft, 7. für Handel, Gewerbe u. Industrie, 8. für Verkehr u. verstaatlichte Unternehmungen, 9. für Landesverteidigung, 10. für Auswärtige Angelegenheiten, 11. für Bauten u. Technik, 12. für Wissenschaft u. Forschung, 13. für Gesundheit u. Umweltschutz. 1918–1920 hieß die B. *Staatsregierung,* 1945 *Provisorische Staatsregierung.*

4. die Regierung der Schweiz (Bundesrat), bestehend aus den Vorstehern der sieben eidgenössischen Departemente: 1. Politisches Departement (auswärtige Angelegenheiten), 2. Departement des Innern, 3. Justiz- u. Polizeidepartement, 4. Finanz- u. Zolldepartement, 5. Volkswirtschaftsdepartement, 6. Verkehrs- u. Energiewirtschaftsdepartement, 7. Militärdepartement. Im jährl. Wechsel führt einer der sieben Bundesräte den Vorsitz (*Bundespräsident*).

Bundesrepublik Deutschland, Abk. *BRD,* →Deutschland.

Bundesreservebanken, *Federal Reserve Banks,* seit 1914 die dem *Federal Reserve Board (Board of Governors;* Koordinierungs- u. Überwachungsstelle) in Washington unterstehenden 12 Notenbanken in den USA. Sie regulieren den Zahlungsmittelumlauf u. setzen die Mindestreserven für die öffentl. u. privaten Kreditinstitute fest, die gleichzeitig Mitglieder u. Kapitalgeber der B. sind. Die B. sind Privatbanken, deren Kapital durch die Mitgliedsbanken, deren Kreis gesetzl. festgelegt ist, aufgebracht wird. Sie verkehren nur mit Banken u. sind die bankmäßige Spitzenorganisation des dezentralisierten Banksystems der USA. Neben ihren eigenen Banknoten geben sie besondere, nicht sie, sondern den Staat verpflichtende Noten, die *Bundesreservenoten (Federal Reserve Notes),* aus.

Bundesrichter, Richter an den obersten *Bundesgerichten*; sie werden vom Bundesminister der Justiz gemeinsam mit dem Richterwahlausschuß berufen u. vom Bundespräsidenten ernannt; sie müssen das 35. Lebensjahr vollendet haben. – In der Schweiz heißen B. die Richter des Bundesgerichts, die von der Bundesversammlung auf 6 Jahre gewählt werden (Art. 107 der Bundesverfassung u. Art. 5 des Bundesgesetzes vom 16. 12. 1943). →auch Richter, Landesrichter, Richterwahl, Richteranklage.

Bundesschatzbrief, seit 1969 in der BRD ausgegebene →Schatzanweisung, kleinste Stückelung 100 DM, mit einer Laufzeit von 6 Jahren u. stufenweise steigendem Zinssatz.

Bundessozialgericht, eines der obersten *Bundesgerichte,* durch Gesetz von 1953 errichtet; Sitz:

Bundessozialhilfegesetz

Kassel, letzte Instanz der →Sozialgerichtsbarkeit; entscheidet öffentl.-rechtliche Streitigkeiten vor allem der Sozial-, Arbeitslosenversicherung, Kriegsopferversorgung sowie im Kassenarzt- u. Kindergeldrecht.

Bundessozialhilfegesetz vom 30. 6. 1961 in der Neufassung vom 13. 2. 1976, Abk. *BSHG*, regelt in der BRD das gesamte →Fürsorgerecht; hat die bis dahin geltende Verordnung über die Fürsorgepflicht vom 12. 2. 1942 u. die veralteten Reichsgrundsätze über Voraussetzung, Art u. Maß der öffentl. Fürsorge vom 1. 8. 1931 abgelöst. Das BSHG räumt in seinen §§ 10 u. 93 als wichtigste Neuerung den kirchl. u. den freien Wohlfahrtsverbänden den Vorrang vor den öffentl. Fürsorgeträgern, den Städten u. Landkreisen ein.

Bundessportschulen, *Bundessportheime,* in Österreich vom Bundesministerium für Unterricht und Kunst unterhaltene Ausbildungsstätten für den Spitzen- u. Breitensport (1976: 4 Bundessportschulen, 5 Bundessportheime und ein *Bundessportzentrum*).

Bundesstaat, eine Staatsform: die gebietl. Staatsgliederung (in historischer u. rechtl. Betrachtung vielfach auch als Staatenverbindung aufgefaßt), in der mehrere nicht voll souveräne Gliedstaaten (*Länder, Kantone,* oft wieder als „B.en" bezeichnet) zu einem souveränen Gesamtstaat *(Bund)* vereinigt sind, mit dem sie sich in die Ausübung der Staatsgewalt teilen u. an dessen Staatstätigkeit sie durch besondere Organe (→Bundesrat) teilnehmen. Der B. ist zu unterscheiden vom →Einheitsstaat u. vom →Staatenbund. B.en sind vor allem: die BRD, Österreich, die Schweiz, die Sowjetunion, die USA, Argentinien, Australien, Brasilien, Indien, Jugoslawien, Kanada, Mexiko, Nigeria, die Philippinen, Südafrika u. Venezuela. Die Form des B.s ist in der Gegenwart auch deshalb von bes. Bedeutung, weil sie gleichzeitig ermöglicht, die Nachteile (Kriege u. Krisen) nationalstaatl. Formen zu vermeiden oder doch zu mildern u. deren Vorteile (kulturelle Vielgestaltigkeit) zu erhalten. Die staatsrechtl. Gestaltung des Verhältnisses zwischen Bund (Gesamtstaat) u. Ländern (Einzelstaaten) ist verschieden. Es gibt keine einheitl. Struktur des B.s – ▫ 4.1.2.

Bundesstadt, in der Schweiz Bez. für die Bundeshauptstadt *Bern,* die aber zugleich Teil des Kantons Bern u. dessen Hauptstadt ist.

Bundesstelle für Außenhandelsinformation, 1951 errichtete Bundesbehörde zur Vermittlung von Informationen über das Ausland für die dt. Außenwirtschaft; untersteht dem Bundeswirtschaftsministerium; Sitz: Köln.

Bundessteuern, Steuern, deren Ertrag nach Art. 106 Abs. 1 GG dem Bund zusteht: die Zölle, die Verbrauchsteuern mit Ausnahme der Biersteuer u. der örtlichen Verbrauchsteuern der Gemeinden, die Straßengüterverkehrsteuer, die Kapitalverkehrsteuern, die Versicherungsteuer, die Wechselsteuer, die einmaligen Vermögensabgaben, die zur Durchführung des Lastenausgleichs erhobenen Ausgleichsabgaben, die Ergänzungsabgabe zur Einkommensteuer u. zur Körperschaftsteuer sowie Abgaben im Rahmen der Europ. Gemeinschaften. Das Aufkommen der Einkommensteuer, der Körperschaftsteuer u. der Umsatzsteuer steht dem Bund nur zum Teil zu. →auch Gemeindesteuern, Gemeinschaftsteuern, Landessteuern.

Bundesstraßen →Bundesfernstraßen.

Bundestag, 1. das oberste Organ des *Dt. Bundes* von 1815 bis 1866, Gesandtenkongreß in Frankfurt a. M.
2. *Deutscher B.,* in der BRD als Gesetzgebungsorgan des Bundes u. als Repräsentanz des Volkswillens das wichtigste Verfassungsorgan. Dies gilt um so mehr, als das Bundesvolk, im Gegensatz zur Weimarer Republik, außer bei territorialen Neugliederungen weder durch Volksabstimmungen auftreten noch wie damals (Volksbegehren) Gesetzesvorschläge machen kann (repräsentative, nicht plebiszitäre Demokratie der BRD).
Der B. besteht z. Z. (1978) aus 518 *Abgeordneten,* davon 22 Westberliner Abgeordnete ohne Stimmrecht, die vom Berliner Abgeordnetenhaus, also mittelbar, gewählt werden. Die anderen Abgeordneten sind in allgemeiner, unmittelbarer, freier, gleicher u. geheimer Wahl von allen Wahlberechtigten u. 18jährigen (Art. 38 GG). *Wahlberechtigt* sind alle über 18jährigen Deutschen (Art. 116 GG), die in der BRD ihren Wohnsitz haben oder sich seit mindestens drei Monaten dort aufhalten. Das Wahlrecht ist ausgeschlossen bzw. ruht bei entmündigten, unter Vormundschaft gestellten,

Bundestag: der Plenarsaal während einer Sitzung

wegen Geisteskrankheit in Anstalten untergebrachten oder eine Freiheitsstrafe verbüßenden Personen (§§ 13, 14 des Bundeswahlgesetzes vom 7. 5. 1956 in der Fassung vom 1. 9. 1975). An der Wahl nehmen auch – im Gegensatz zu früher – die Soldaten teil. *Gewählt werden* kann seit 1970, wer das aktive Wahlrecht besitzt u. volljährig ist. Ausgeschlossen ist, wem durch Richterspruch die Wählbarkeit oder die Fähigkeit zur Bekleidung öffentl. Ämter abgesprochen ist. Für Angehörige des öffentl. Dienstes gelten Sonderbestimmungen (Gesetz zur Neuregelung der Rechtsverhältnisse der Mitgl. des Dt. Bundestages vom 18. 2. 1977, Artikel I des Gesetzes über die Rechtsverhältnisse der Mitgl. des Dt. Bundestages, Abgeordnetengesetz: bei bestimmten Gruppen formales Ausscheiden aus dem aktiven Dienst mit Verpflichtung des Dienstherrn zu Wiederübernahme bei Beendigung des Mandats).

Das gegenwärtige *Wahlsystem* ist eine mit der Personenwahl verbundene Verhältniswahl, d. h. eine Kombination des Mehrheits- u. Verhältniswahlsystems. Jeder Wähler hat zwei Stimmen: eine für den Abgeordneten seines *Wahlkreises* (gewählt ist, wer die meisten Stimmen auf sich vereinigt), die andere für die sog. *Landesliste*. Die Landeslisten der gleichen Partei können zu einer *Bundesliste* vereinigt werden, so daß ein „Bundesproporz" entsteht. Nach einem komplizierten Ausrechnungsverfahren können sog. *Überhangmandate* entstehen, was bewirkt, daß die Zahl der Abgeordneten nicht konstant ist. Im übrigen werden bei der Verteilung der Sitze nur solche Parteien berücksichtigt, die im Wahlgebiet insgesamt entweder 5% der abgegebenen gültigen Zweitstimmen erhalten oder in mindestens drei Wahlkreisen einen Sitz errungen haben. Durch diese Sperrklausel sollen Splitterparteien vom Parlament ferngehalten werden. In der Tat zeigten die B.swahlen (1949, 1953, 1957, 1961, 1965, 1969, 1972, 1976) eine stetige Verringerung der im B. vertretenen Parteien (jetzt nur noch CDU/CSU, SPD u. FDP).

Die Rechtsstellung der Abgeordneten ergibt sich aus den Grundsätzen der *Immunität* (Freistellung insbes. von Strafverfahren, es sei denn, der B. hebt die Immunität auf) u. der *Indemnität* (keine Verfolgung wegen Äußerungen im B.). Die Abgeordneten sind Vertreter des ganzen Volkes, an Aufträge u. Weisungen nicht gebunden u. nur ihrem Gewissen unterworfen (Art. 38 GG). Es gibt also nur das freie, nicht das gebundene Mandat. Auch eine in einem solchen Mandat mitunter gegebene Möglichkeit der „Abwahl" (engl. *recall*) kennt das dt. Recht nicht. Der Abgeordnete erhält Diäten, Freifahrtscheine bei der Bundesbahn u. a.

Die *Wahlperiode* beträgt 4 Jahre. Eine vorzeitige Auflösung des B.s durch den Bundespräsidenten ist zulässig, wenn die Wahl eines *Bundeskanzlers* trotz mehrfacher Versuche scheitert (Art. 63 GG) oder wenn der Antrag des Bundeskanzlers, ihm das Vertrauen auszusprechen, erfolglos bleibt u. der Bundeskanzler die Auflösung vorschlägt (Art. 68 GG). Darüber hinaus kann der B. im Gegensatz zur Lösung in der Republik von Weimar nicht aufgelöst werden. Das Grundgesetz enthält auch keine Bestimmung über ein Selbstauflösungsrecht.

Dem B. obliegen die Gesetzgebung, die Kontrolle der Regierung sowie eine Reihe von polit. Entscheidungen, Wahlakte u. a. Diese Nichtbeschränkung auf den Erlaß von Gesetzen ist bei den modernen Parlamenten allg. üblich u. bleibt beim B. noch weit hinter ausländ. Regelungen (z. B. für Großbritannien) zurück.

Gesetzgebung: →Bundesgesetze.

Der B. verabschiedet in Gesetzesform auch den *Haushalt;* ferner ist in dieser Weise über Sicherheitsleistungen u. Kreditgewährungen zu beschließen (sog. formelle Gesetze, da sie inhaltl. eigentl. Verwaltungsvorschriften sind). Der B. wählt den *Bundeskanzler* auf Vorschlag des Bundespräsidenten. Gewählt ist, wer die Stimmen der Mehrheit der Mitglieder auf sich vereinigt. Wird der Vorgeschlagene nicht gewählt, so kann der B. binnen 14 Tagen mit mehr als der Hälfte der Mitglieder einen anderen zum Kanzler wählen. Notfalls findet ein neuer Wahlgang statt, bei dem gewählt ist, wer die meisten Stimmen erhält. Erreicht der Gewählte nicht die Zustimmung der Mehrheit der Mitglieder des B.s, so kann der Bundespräsident ihn ernennen oder den B. auflösen (Art. 63 GG).

Der Bundeskanzler kann vom B. in der Weise gestürzt werden, daß dieser ihm das Mißtrauen ausspricht, gleichzeitig mit der Mehrheit seiner Mitglieder einen Nachfolger wählt u. den Bundespräsidenten um die Entlassung des Bundeskanzlers ersucht. Der Bundespräsident muß die Entlassung u. die Ernennung des Gewählten aussprechen (Art. 67 GG). Dieses sog. „konstruktive Mißtrauensvotum" („konstruktiv", weil nicht nur eine Mehrheit für den Sturz des Kanzlers, sondern auch für die Ernennung eines neuen Kanzlers vorhanden sein muß) ist eine Neuerung gegenüber der Lösung nach der Weimarer Verfassung u. soll der Stabilität der Regierung dienen. Ein Mißtrauensvotum gegen einzelne Minister ist nicht möglich.

Der B. hat ferner die Entscheidung über sog. *politische Verträge* u. solche, die sich auf Gegenstände der Bundesgesetzgebung (Gegensatz: Bundesverwaltung) beziehen. Damit übt er ein wichtiges Entscheidungsrecht auf dem Gebiet der auswärtigen Gewalt aus. Strittig ist hierbei, ob die Zustimmung zu einem solchen Vertrag nur bedeutet, daß er keine Bedenken gegen den Inhalt des Vertrags hat, oder ob die Zustimmung eine Anweisung an die Regierung zum Abschluß ist (Art. 59 Abs. 2 GG).

Der B. trifft auch die Feststellung über den Eintritt des Verteidigungsfalls (Art. 115a GG); der Bundespräsident hat diesen Beschluß zu verkünden. Erfordert die Lage unabweisbar sofortiges Handeln u. stehen dem rechtzeitigen Zusammentritt des B.s unüberwindliche Hindernisse entgegen

Bundesverfassungsgericht: neuer Gebäudekomplex des höchsten Gerichts der BRD

oder ist er nicht beschlußfähig, so trifft die Feststellung des Verteidigungsfalls ein *Gemeinsamer Ausschuß* (→Notparlament) aus B. u. Bundesrat. Der B. wählt den *Wehrbeauftragten* (Art. 45b GG) u. die Hälfte der Mitglieder des Bundesverfassungsgerichts; er kann z.B. im Verfahren der „abstrakten Normenkontrolle" (Nachprüfung von Gesetzen auf ihre Verfassungsmäßigkeit) dieses Gericht anrufen. Ebenso kann der B. (wie auch der Bundesrat) die *Präsidentenanklage* vor dem Bundesverfassungsgericht erheben (Art. 61 GG: mit Zweidrittelmehrheit des B.s oder des Bundesrats).
Der B. wählt seinen Präsidenten, die Stellvertreter u. Schriftführer. Einzelheiten sind in der *Geschäftsordnung* (GO) geregelt. Die *Verhandlungen* finden im Plenum oder in Ausschüssen statt. Der B. bestellt auf Antrag eines Viertels seiner Mitglieder auch *Untersuchungsausschüsse*, die in öffentl. Verhandlung Beweise erheben (Art. 44 GG). Für die Zeit zwischen zwei Wahlperioden wird zur Wahrung der Rechte des B.s gegenüber der Regierung ein *ständiger Ausschuß* bestellt (Art. 45 GG). Der B. u. seine Ausschüsse können die Anwesenheit jedes Mitglieds der Bundesregierung verlangen (Art. 43 GG); umgekehrt haben diese sowie die Mitglieder des Bundesrats Zutritt zu allen Sitzungen (auch der Ausschüsse) u. müssen auf Verlangen dort gehört werden.
Abstimmungen erfordern die Mehrheit der abgegebenen Stimmen, soweit nicht – wie bei Verfassungsänderungen – Zweidrittelmehrheit vorgeschrieben ist. Stimmengleichheit bedeutet Ablehnung (§ 54 GO). Die Beschlußfähigkeit ist nach § 49 GO gegeben, wenn mehr als die Hälfte der Mitglieder des B.s im Sitzungssaal anwesend sind. Abgestimmt wird durch Handzeichen, Aufstehen bzw. Sitzenbleiben oder automatisch (durch Knopfdruck). Auf Verlangen von 50 Mitgliedern ist die namentl. Abstimmung durchzuführen. Die Berichte über die Verhandlungen werden in Protokollen niedergelegt, die gedruckt werden u. der Öffentlichkeit zugängl. sind.
Der *B.spräsident* übt im Gebäude das *Hausrecht* u. die *Sitzungsgewalt* aus. Er kann Redner „zur Sache" oder bei Nichtbeachtung des parlamentar. Verfahrens (insbes. bei beleidigenden Äußerungen) „zur Ordnung" rufen u. nach dreimaliger Ermahnung dem Redner das Wort entziehen. In groben Fällen ist der Abgeordnete von der Sitzung oder bis zur Dauer von 30 Tagen von weiteren Sitzungen auszuschließen. Durch Beschluß mit Zweidrittelmehrheit kann die Öffentlichkeit ausgeschlossen werden. Beschlagnahmen u. Durchsuchungen in den Räumen des B.s dürfen nur mit Zustimmung des Präsidenten vorgenommen werden. Für Verwaltungszwecke einschl. Bibliothek besteht die von einem Verwaltungsdirektor geleitete *B.sverwaltung*. – ⌑ 4.1.2.

Bundesverband der Deutschen Industrie e. V., Abk. *BDI*, die 1950 aus dem 1949 gegr. Ausschuß für Wirtschaftsfragen der Arbeitsgemeinschaften u. Wirtschaftsverbände der Industrie hervorgegangene fachl. Zentralorganisation der Industrie der BRD; Sitz Köln; Aufgabe: Vertretung der handels-, steuer- u. verkehrspolit. Interessen der unternehmerischen Wirtschaft sowie Beratung u. Information der Industrie im Hinblick auf Marktfragen, Rationalisierungsmaßnahmen u.a. Der BDI ist Nachfolgeorganisation des 1919 gegr. *Reichsverbands der Deutschen Industrie* bzw. der 1934–1945 bestehenden *Reichsgruppe Industrie*.

Bundesverband der Deutschen Luft- u. Raumfahrtindustrie →BDLI.

Bundesverband Deutscher Zeitungsverleger, Abk. *BDZV*, 1954 aus dem Gesamtverband Dt. Zeitungsverleger u. dem Verein Dt. Zeitungsverleger hervorgegangener Zusammenschluß der dt. Zeitungsverleger-Landesverbände; Sitz: Bonn-Bad Godesberg. Der 1. „Verein dt. Zeitungsverleger" wurde 1894 gegr.; Zeitschrift: „Zeitungs-Verlag u. Zeitschriften-Verlag" (ZV + ZV).

Bundesverdienstkreuz →Verdienstorden.

Bundesvereinigung der Deutschen Arbeitgeberverbände, Abk. *BDA*, der Spitzenverband der →Arbeitgeberverbände in der BRD; Sitz: Köln.

Bundesvereinigung der Kommunalen Spitzenverbände →Deutscher Städtetag, →kommunale Spitzenverbände.

Bundesverfassung, die Verfassung eines *Bundesstaats*; in der BRD das →Grundgesetz. Die B. regelt die Verteilung der Staatsaufgaben zwischen Bund u. Gliedstaaten (Ländern, Kantonen u.ä.) u. die Organisation u. Aufgaben des Bundes.

Bundesverfassungsgericht, Abk. *BVerfG*, höchstes Gericht der BRD, Sitz: Karlsruhe, tätig seit Sept. 1951; bestehend aus 2 Senaten mit je 8 Richtern, die je zur Hälfte vom Bundestag u. vom Bundesrat gewählt werden. Das B. entscheidet u.a. über verfassungsrechtl. Streitigkeiten, über Rechte u. Pflichten von obersten Bundesorganen u.a. Stellen mit verfassungsrechtl. Zuständigkeiten sowie von Bund u. Ländern u. über die Vereinbarkeit von Bundesrecht mit dem Grundgesetz u. dem sonstigen Landesrecht mit dem Grundgesetz u. dem sonstigen Bundesrecht sowie in anderen öffentl.-rechtl. Streitigkeiten zwischen Bund u. Ländern, zwischen Ländern oder innerhalb eines Landes; ferner über Anklagen gegen den Bundespräsidenten sowie gegen Bundes- u. Landesrichter, über Verfassungsbeschwerden, über die Verfassungswidrigkeit von Parteien u. über die Verwirkung von Grundrechten. – ⌑ 4.1.7.

Bundes-Verfassungsgesetz, Abk. *BVerfG*, Gesetz vom 1. 10. 1920 in der Fassung von 1929, enthält die Verfassung der Republik Österreich sowie aus der *Dezemberverfassung* von 1867 die Bestimmungen über die allg. Grundrechte der Staatsbürger u. die Neutralitätserklärung von 1955. →auch Österreich.

Bundesvermögen, das der BRD gehörende Verwaltungsvermögen (z.B. Gebäude) u. *Finanzvermögen* (Betriebe, Kapitalbeteiligungen) sowie die sog. *Sachen in Gemeingebrauch* (Straßen, Autobahnen u. Wasserstraßen). Zum B. gehören außerdem die *Sondervermögen* (ERP-Sondervermögen, Lastenausgleichfonds, Bundesbahn u. -post).

Bundesverordnung, Schweiz: Ausführungsbestimmungen zu Bundesgesetzen u. Bundesbeschlüssen. Die B.en werden vom Bundesrat erlassen (Art. 102 Ziff. 2 u. 5 der Bundesverfassung).

Bundesversammlung, 1. *BRD:* besonderes Oberstes Bundesorgan, das nur zur Wahl des *Bundespräsidenten* zusammentritt; bestehend aus den Mitgliedern des Bundestags u. aus einer gleichen Zahl von Mitgliedern, die von den Volksvertretungen der Länder nach den Grundsätzen der Verhältniswahl gewählt werden (Art. 54 GG).
2. *Dt. Bund:* das auch „Bundestag" genannte einzige Organ, Gesandtenkongreß der 38 Bundesstaaten unter Vorsitz des österr. Präsidialgesandten.
3. *Österreich:* die gemeinsame Sitzung von Nationalrat u. Bundesrat; zuständig für die Angelobung des Bundespräsidenten, zur Beschlußfassung über die vorzeitige Absetzung des Bundespräsidenten sowie für die Entscheidung über Abgabe einer Kriegserklärung. 1920–1933 u. 1945 wählte die B. auch den Bundespräsidenten.
4. *Schweiz:* das aus dem →Nationalrat (Volksvertretung) u. dem →Ständerat (Vertretung der Kantone) zusammengesetzte eidgenössische Parlament (Art. 71ff. der Bundesverfassung).

Bundesversicherungsamt, Bundesoberbehörde mit Aufsichts- u. Verwaltungsaufgaben in der Sozialversicherung; führt die Aufsicht über die bundesunmittelbaren Sozialversicherungsträger (B.sgesetz von 1956); Sitz: Berlin. Das B. hat im Gegensatz zum früheren *Reichsversicherungsamt* keine Rechtsprechungsaufgaben.

Bundesversicherungsanstalt für Angestellte, seit 1. 8. 1953 Träger der gesetzl. Rentenversicherung der Angestellten; Sitz: Berlin; Körperschaft des öffentl. Rechts. Die Aufsicht über die B. f. A. führt das *Bundesversicherungsamt*. Vorläufer war die *Reichsversicherungsanstalt für Angestellte*. →auch Angestelltenversicherung.

Bundesversorgungsgesetz vom 20. 12. 1950 in der Fassung vom 22. 6. 1976, Abk. *BVG*, regelt die →Kriegsbeschädigtenfürsorge u. die →Kriegshinterbliebenenfürsorge; ferner gewährt es auch denjenigen Personen einen Versorgungsanspruch, die im Zusammenhang mit ihrem Wehrdienst in der Bundeswehr oder ihrem zivilen Ersatzdienst einen Gesundheitsschaden erlitten haben.

Bundesverwaltungsgericht, Abk. *BVerwG*, oberstes Bundesgericht der BRD für die (allg.) →Verwaltungsgerichtsbarkeit, Sitz: Berlin; geregelt in der *Verwaltungsgerichtsordnung* vom 21. 1. 1960. Die Richter werden vom Bundesinnenminister gemeinsam mit einem Richterwahlausschuß berufen u. vom Bundespräsidenten hauptamtl. auf Lebenszeit ernannt. Das B. ist grundsätzl. ein Rechtsmittelgericht u. entscheidet nur ausnahmsweise in erster u. letzter Instanz, u. zwar insbes. über öffentl.-rechtl. Streitigkeiten nichtverfassungsrechtl. Art zwischen Bund u. Ländern sowie zwischen verschiedenen Ländern, über Klagen gegen die vom Bundesminister des Innern ausgesprochenen Vereinsverbote u. Verfügungen u. über Klagen gegen den Bund im Bereich der diplomat. u. konsular. Auslandsvertretungen sowie des Bundesnachrichtendienstes. Zur Wahrung des öffentl. Interesses (nicht als Vertreter der beteiligten Behörden) ist beim B. ein *Oberbundesanwalt* bestellt. – Österreich: →Verwaltungsgerichtshof.

Bundeswasserstraßen, Binnenwasserstraßen, die dem allg. Verkehr dienen, aufgeführt in der Anlage zum Bundeswasserstraßengesetz vom 2. 4. 1968, u. Seewasserstraßen, d.h. Flächen zwischen der Küstenlinie bei mittlerem Hochwasser oder der seewärtigen Begrenzung der Binnenwasserstraßen u. der seewärtigen Begrenzung des Küstenmeers. Die B. stehen im Eigentum u. in der Verwaltung des Bundes; sie werden verwaltet von *Wasser- u. Schiffahrtsdirektionen*, ferner von *Wasser- u. Schiffahrtsämtern*.

Bundeswehr, die Streitkräfte der BRD.
Zeittafel: 26. 10. 1950 Bekanntgabe des Plans einer *Europäischen Verteidigungsgemeinschaft* unter Einbeziehung der BRD; 26. 10. 1950 Ernennung des Bundestagsabgeordneten Theodor *Blank* durch Bundeskanzler Adenauer zum „Be-

Bundeswehr

Vereidigung an der Truppenfahne

Lenkwaffenzerstörer „Lütjens"

BUNDESWEHR

Bundesverteidigungsminister Th. Blank mit den ersten Generalleutnanten Heusinger und Speidel (1955)

Bundesministerium der Verteidigung   I.–III. Korps (hier: III. Korps)   1. Panzergrenadierdivision

Boden-Luft-Raketen „Hawk" zur Abwehr tieffliegender Flugzeuge

Verbindungshubschrauber SE–3130 „Alouette II" und Schützenpanzer „Hotchkiss SP IA"

Übergabe der 11. Panzergrenadierdivision an die NATO

Artillerierakete „Sergeant"

Kampfpanzer „Leopard" im Manöver

Bundeswehr

Der Jagdbomber und Allwetterjäger „Phantom" F–4 E(F)

Jagdbomber und Allwetterjäger vom Typ „Starfighter" F–104 G im Verband

Verteidigungsminister H. Schmidt (Mitte) mit den Inspekteuren de Maizière, Steinhoff, Schnez, Jeschonnek und Daerr (1971)

1. Luftlandedivision · 1. Gebirgsdivision · Flugabwehrschule (nur Soldaten des Heeres)

Zapfenstreich

Radarleitstand

auftragten des Bundeskanzlers für die mit der Vermehrung der alliierten Truppen zusammenhängenden Fragen". Diese „Dienststelle Blank" erarbeitete die Planung der Verteidigung der BRD unter Einsatz der in der BRD stationierten alliierten Truppen einerseits u. eines eigenen dt. Verteidigungsbeitrags andererseits. 19. 3. 1953 Billigung des EVG-Vertrags durch den Dt. Bundestag; 30. 8. 1954 Ablehnung des EVG-Vertrags durch die Französische Nationalversammlung. Danach veränderte sich die Planung über den Einbau dt. Streitkräfte in das westl. Verteidigungssystem. 27. 9.–3. 10. 1954: Die Londoner Neunmächtekonferenz der USA, Großbritanniens, Frankreichs, Kanadas, Italiens, der Benelux-Staaten u. der BRD beschloß den Beitritt der BRD zur *NATO* u. zum Brüsseler Pakt, der zur Westeuropäischen Union (WEU) geändert wurde. 23. 10. 1954 Pariser Verträge über die Errichtung der WEU u. den Beitritt der BRD zur NATO; 5. 5. 1955 Inkrafttreten der Pariser Verträge; 7. 5. 1955 Konstituierung der WEU; 9. 5. 1955 Aufnahme der BRD in die NATO; 6. 6. 1955 Umwandlung der „Dienststelle Blank" in das *Bundesministerium für Verteidigung*; 26. 7. 1955 Inkrafttreten der ersten Wehrgesetze in der BRD, des Freiwilligengesetzes u. des Personalgutachterausschußgesetzes; 12. 11. 1955 (am 200. Geburtstag G. von Scharnhorsts) Ernennung der ersten 101 freiwilligen Soldaten der BRD; 6. 3. 1956 Einführung der Bezeichnung B. für die Streitkräfte der BRD. Gemäß dem 2. Gesetz über den *Bundesgrenzschutz* vom 30. 5. 1956 wurden große Teile dieser Truppe in die B. übernommen, aus denen am 1. 7. 1956 die ersten drei Grenadier-Divisionen (1., 2. u. 4.) gebildet wurden. Gliederung: Die B. gliedert sich in einen militär. u. einen zivilen Teil (*B.-Verwaltung*). Zum militär. Teil gehören die drei *Teilstreitkräfte* Heer, Luftwaffe u. Marine. Das *Heer* besteht aus dem *Feldheer* (3 Korps mit Korpstruppen u. je 1 Panzerregiment, 12 Divisionen mit Divisionstruppen u. insges. 33 Brigaden, Brigadeeinheiten u. Bataillonen u. dem *Territorialheer* (3 Territorialkommandos [1 zugleich Wehrbereichskommando] mit Verfügungstruppen u. Versorgungskommandos, 6 Wehrbereichskommandos mit je einem Heimatschutzkommando, 30 Verteidigungsbezirks- u. 75 -kreiskommandos mit Jägerbataillonen u. Sicherungskompanien, ferner Heeresamt, Inspektionen, Stammdienststelle, Materialamt, Führungsfernmeldebrigade u. Schulen).

Die *Luftwaffe* hat 3 Kommandobereiche: 1. das *Luftflottenkommando* (4 Luftwaffendivisionen mit 2 Aufklärungs-, 2 Jagd-, 5 Jagdbomber-, 4 leichten Kampf- u. 2 Fernkampfgeschwadern, ferner Fla-Raketen-, Fernmelde- u. a. Regimentern; hinzukommt ein Ausbildungskommando in den USA); 2. das *Luftwaffenamt* (Inspizientengruppe, General der Flugsicherheit u. Generalarzt, das Luftwaffenausbildungs-, das Lufttransport- u. das Luftwaffenführungsdienstekommando, ferner das *Amt für Wehrgeophysik* mit einer Reihe von Verbänden u. Dienststellen, z. B. Offizier- u. Unteroffizierschulen, Techn. Akademie, Luftwaffen-Ausbildungsregimentern, Lufttransportgeschwadern, Fernmelderegimentern u. a.); 3. das *Luftwaffenunterstützungskommando* (Luftwaffen-Unterstützungsgruppen Nord u. Süd, Materialamt Luftwaffe u. eine Reihe von Verbänden u. Dienststellen, z. B. Luftwaffen-Versorgungsregimentern, Technische Schule, Nachschub-Schule, Fernmelde-Regimentern, Geophysikal. Dienststellen u. a.).

Die *Marine* besteht aus dem *Flottenkommando* (Marinedivisionen Nordsee u. Ostsee, jeweils mit Unterstützungsverbänden, eine Marinefliegerdivision, eine Zerstörer-, eine Schnellboot-, eine Flottille der Minenstreitkräfte, eine U-Boot-, eine Versorgungs- u. eine Reserveflottille, eine Amphib. Transportgruppe), dem *Befehlshaber der Seestreitkräfte Nordsee* mit den zugeteilten Verbänden sowie dem *Marineamt* (Inspektionen, Schulen, Schulschiffen u. a. Ausbildungs- u. Versuchseinrichtungen, Stammdienststelle, Materialamt u. a.).

Schließlich gehören zum militär. Teil der B. das *Sanitäts- u. Gesundheitswesen*, das nicht in einer eigenen Organisation zusammengefaßt, sondern in die Teilstreitkräfte eingeordnet ist, sowie die *Zentralen Militär. Dienststellen*.

Die →*Befehls- und Kommandogewalt* über die B. hat der Bundesminister der Verteidigung bzw. der Bundeskanzler. Unter dem Min. steht der *Generalinspekteur*. Es folgen die *Inspekteure der*

Teilstreitkräfte u. des Sanitäts- u. Gesundheitswesens.
Für die B. besteht *allg. Wehrpflicht* vom 18. Lebensjahr an, mit einer *Wehrüberwachung* bei Mannschaften bis zum 35., bei Unteroffizieren bis zum 45. u. bei Offizieren bis zum 60. Lebensjahr. Der *Grundwehrdienst*, zu dem Wehrpflichtige bis zum 28. (bis 1971/72: 25.) Lebensjahr herangezogen werden, dauert 15 (vorher 18) Monate. Daran schließen sich eine dreimonatige *Verfügungsbereitschaft* u. *Wehrübungen* an, deren Gesamtdauer bei Mannschaften höchstens 9, bei Unteroffizieren höchstens 15 u. bei Offizieren höchstens 18 Monate beträgt. Die Wehrpflicht kann auch durch waffenlosen Dienst in der B. sowie durch →Zivildienst erfüllt werden.
Die Gesamtmannschaftsstärke der B. beträgt 475000 Mann (Heer 334000, Luftwaffe 104000, Marine 37000). Die einsatzfähigen Verbände der B. sind der NATO zur Verfügung gestellt („assigniert"). – ◫ 1.3.0.–1.3.7.
Bundeswehrfachschulen, Bildungseinrichtungen der Bundeswehr, durch die Soldaten auf Zeit mit 8 u. mehr Dienstjahren eine allgemeine u. fachtheoretische Weiterbildung erhalten.
Bundeswehrhochschulen, seit 1973 in Hamburg u. München bestehende Ausbildungseinrichtungen für zukünftige *Offiziere des Truppendienstes*; in Struktur, Organisation u. Abschluß (Diplom) den anderen wissenschaftl. Hochschulen der BRD gleichgestellt.
Bundeswehrverwaltung, zivile bundeseigene Verwaltungsorganisation innerhalb der Bundeswehr; zuständig für alle nicht mit der Führung der Truppe in Verbindung stehenden Aufgabengebiete: Haushaltswesen, Unterkunfts- u. Liegenschaftswesen, Rechtswesen, Verteidigungswirtschaft, Beschaffungswesen, Wehrtechnik, Besoldungs- und Versorgungswesen, Militärgerichtsbarkeit, Militärseelsorge, Fachschulwesen, Berufsförderungsdienst, Sprachausbildung u. Dolmetscherdienst, Wehrersatzwesen. Dem Bundesministerium der Verteidigung unmittelbar nachgeordnete Dienststellen der B. sind die Wehrbereichverwaltungen, das *Bundeswehrersatzamt*, das *Bundesamt für Wehrtechnik u. Beschaffung*, die Verwaltungsdezernenten der Korps als Spitzen der Truppenverwaltung u. a.
Bundeszentrale für politische Bildung, 1952 unter dem Namen *Bundeszentrale für Heimatdienst* gegründetes, 1963 umbenanntes Nachfolge-Institut der früheren *Reichszentrale für Heimatdienst*; mit der Aufgabe, die staatsbürgerl. Erziehung der dt. Jugend u. den demokrat. Gedanken zu fördern; Zeitschrift „Das Parlament".
Bundeszentralregister, seit dem 1. 1. 1972 aufgrund des Bundesgesetzes über das Zentralregister u. das Erziehungsregister vom 18. 3. 1971 eingerichtetes amtl. Register in Westberlin. Im B. werden alle in der BRD verhängten rechtskräftigen Haupt- u. Nebenstrafen, Sicherungsmaßregeln u. Schuldfeststellungen in Straf- u. Jugendgerichtsverfahren (→Strafregister) sowie alle Entmündigungen u. die nach Landesrecht nicht nur einstweilig angeordneten Unterbringungen wegen Geisteskrankheit, Geistesschwäche, Rauschgift- oder Alkoholsucht eingetragen, außerdem u.a. durch Verwaltungsbehörden ausgesprochene bzw. angeordnete Ausweisungen u. Abschiebungen von Ausländern, Untersagungen von Berufs- oder Gewerbeausübung, Verbote der Beschäftigung von Kindern u. Jugendlichen u. Paßversagungen. Gerichtl. u. behördl. Erziehungsmaßnahmen bei Jugendlichen werden im →Erziehungsregister vermerkt. Beim B. ist seit 1976 auch ein *Gewerbezentralregister* errichtet.
Bundeszwang, in Bundesstaaten, z.B. in der BRD, Maßnahmen, die die Bundesregierung (in der BRD mit Zustimmung des Bundesrats) treffen kann, um ein Land, das die ihm obliegenden *Bundespflichten* versäumt, zu deren Erfüllung anzuhalten; zur Durchführung des B.s in der BRD ist die Bundesregierung gegenüber allen Ländern u. deren Behörden weisungsbefugt (Art. 37 GG). – Schweiz: →Bundesintervention, →Bundesexekution.
Bundgarn, Großreuse im Ostseeküstengebiet mit z.T. mehrere hundert Meter langen Leitwänden aus Netz, zum Fang von Aalen u.a. Fischarten.
Bundhose, Hose aus geschwärztem Bockleder (neuerdings auch aus Stoff), unter dem Knie mit Bund u. Schnalle geschlossen.
bündig, Bez. für zwei Flächen, die in ein- u. derselben Ebene liegen.
bündische Jugend →Jugendbewegung.
Bund-Länder-Kommission für Bildungsplanung, 1970 konstituiertes gemeinsames Planungsgremium des Bundes u. der Länder der BRD für das Hochschul- u. Schulwesen. Aufgabe der Kommission ist es, gestützt auf Arbeiten des *Bildungsrats* u. *Wissenschaftsrats*, das Bildungsbudget u. den Gesamtrahmen des Bildungssytems der BRD zu planen.
Bündnis, *Allianz*, vertragl. vereinbartes Verhalten mehrerer Staaten im Konfliktfall (*B.fall*, lat. *casus foederis*); Beispiele: *Dreibund* (Dtschld.-Österreich-Italien) 1882, *Entente cordiale* der späteren Alliierten des 1. Weltkriegs 1908, Achse Berlin–Rom–Tokio im 2. Weltkrieg. In der Nachkriegszeit ist „B." auch zunehmend die Bez. für die vereinbarte u. organisierte dauernde militär. Zusammenarbeit; im kommunist. Sprachgebrauch auch Bez. für die organisierte polit. Zusammenarbeit verschiedener Klassen.
Von den B.sen zu unterscheiden sind die *Verträge über kollektive Sicherheit*, aufgrund deren die Staaten sich gegenseitig verpflichten, dem jeweils Angegriffenen zu Hilfe zu kommen; derartige Sicherheitssysteme können regionaler oder universaler Art sein (panamerikan. Sicherheitssystem einerseits, Völkerbund, Vereinte Nationen mit Sanktionsmöglichkeiten gegen den Friedensbrecher andererseits). Die stärkste Form des B.ses ist die *Militärallianz*.
Kein System der kollektiven Sicherheit, sondern Defensiv-B.se sind heute die westl. Verteidigungssysteme: *Nordatlantikpakt* (NATO) vom 4. 4. 1949, *SEATO* (South East Asia Treaty Organization), *ANZUS-Pakt* (Australien, Neuseeland, USA) sowie ergänzende Verträge. – Auf der Seite des Ostblocks ist das ursprüngl. bilaterale B.system der Sowjetunion mit den europ. Volksdemokratien in das sog. *Warschauer-Pakt-System* (Vertrag vom 14. 5. 1955) umgewandelt worden. Zwischen beiden B.blöcken besteht in Europa u. außerhalb der Bereich der „bündnisfreien" (engl. *noncommitted*) Staaten: Schweden, Finnland, Österreich, Schweiz, Jugoslawien, Indien u. ein Teil der afrikan. Staaten.
Bundschuh, der mit Riemen über dem Knöchel festgebundene Schuh des mittelalterl. Bauern; seit dem 13. Jh. volkstüml. Symbol u. Name verschiedener Bauernbünde; →Bauernkrieg.
Bundsteg, nicht bedruckter Raum zwischen 2 nebeneinander stehenden Buchseiten auf einem Druckbogen, durch dessen Mitte nach dem Falzen geheftet wird.
Bund Wiking, als antirepublikanischer *Wehrverband* Nachfolgeorganisation der Brigade →Ehrhardt; versuchte 1923 die Arbeiten zur Heeresverstärkung für seine radikalen nationalist. Ziele auszunutzen; durch H. von *Seeckt* aufgelöst.
Bungalow [-lo:; der; ind.], eingeschossiges Haus leichter Bauart.
Bunge, 1. *Botanik: Samolus*, Gattung der *Primelgewächse*. In Dtschld. an den Küsten verbreitet, im Binnenland an salzreichen Stellen seltener ist *Samolus valerandi*.
2. *Fischerei:* eine Fischreuse; →Netz.
Bungeroase ['bʌŋər-; nach dem US-amerikan. Flugzeugkommandanten D. H. *Bunger*], 775 qkm große, durch Sonneneinstrahlung (bis 30 °C) eisfreie Seenplatte auf 101° östl. Länge an der antarkt. Küste; 1947 entdeckt. Die Gneise u. Granite sind eisgeformt u. ehem. Gletscherboden. Die Seen, oft von beträchtl. Länge, tauen im Sommer auf (Wassertemperatur im Dez. 11 °C.). Die Frostbodenschicht beträgt 140 m.
Bungert, Wilhelm, Tennisspieler, *1. 4. 1939 Mannheim; spielte bis 1971 43mal für die BRD um den Davis-Cup; Finalist in Wimbledon 1967.
Bungokanal, Meeresstraße zwischen Schikoku u. Kyuschu (Japan), südl. Zugang zur Inlandsee.
Bungsberg, höchste Erhebung in Schleswig-Holstein (Ostholstein. Hügelland), 164 m; Funk- u. Fernsehturm.
Bunguraninseln, *Natuna-*, niederländ. *Natoena-Inseln*, indones. Inselgruppe vor der Nordwestküste Borneos, bestehend aus Nord- u. Süd-B., zusammen 2113 qkm, 35000 Ew.; Hauptinsel *Bunguran*; von malaiischen Fischern bewohnt.
Bunin, Iwan Alexejewitsch, russ. Schriftsteller, *22. 10. 1870 Woronesch, †8. 11. 1953 Paris; emigrierte 1919; setzte in Erzählungen u. Romanen die Stilhaltung des krit. Realismus fort: „Das Dorf" 1910, dt. 1936; „Suchodol" 1912, dt. 1966; „Der Herr aus San Francisco" 1916, dt. 1922. Nobelpreis 1933. – ◫ 3.2.7.
Bunker, 1. Schutzraum, Unterstand. – *Luftschutz-B.*, volltreffersicherer Luftschutzbau; die Schutzwirkung wird u.a. durch die Wanddicke erreicht.
2. Vorratsraum der Industrie u. bei Schiffen (z.B. *Kohlen-B.*).
Bünning, Erwin, Botaniker, *23. 1. 1906 Hamburg; Prof. in Königsberg, Straßburg, Köln, Tübingen; bearbeitet bes. Probleme der Entwicklungs- u. Bewegungsphysiologie, neuerdings auch Untersuchungen über den „Zeitsinn" bei Pflanzen u. Tieren; „Entwicklungs- u. Bewegungsphysiologie der Pflanze" 1939, ³1953; „Die physiologische Uhr" 1958, ²1963.
Bunraku, japan. Puppentheater, →Dschoruri.
Bunsen, 1. Christian Karl Josias Frhr. von, Diplomat u. Gelehrter, *25. 8. 1791 Korbach, †28. 11. 1860 Bonn; preuß. Gesandter 1824–1838 beim Vatikan, 1839–1841 in Bern, 1842–1854 in London; zahlreiche kirchen- u. kulturhistor. Schriften.
2. Robert Wilhelm, Chemiker, *31. 3. 1811 Göttingen, †16. 8. 1899 Heidelberg; bereicherte die Chemie mit vielen Entdeckungen; u.a. stellte er metallisches Magnesium durch Elektrolyse von Magnesiumchlorid dar, entwickelte mit G. R. *Kirchhoff* die Spektralanalyse u. entdeckte auf spektralanalyt. Wege das Rubidium u. das Cäsium, stellte organ. Arsenverbindungen dar, machte sich um die Gasanalyse, die volumetr. Analyse u. die Elektrochemie *(B.element)* verdient u. konstruierte einen nach ihm benannten Brenner *(B.brenner)* mit regelbarer Gas- u. Luftzufuhr. – ◫ 8.0.1. – *Dt. B.-Gesellschaft* (Stuttgart), aus der 1894 gegr. *Dt. Elektrotechn. Gesellschaft* zur Förderung der physikal.-chem. Forschung hervorgegangen.
Bunsenbrenner, von R. *Bunsen* erfundener Gasbrenner, bei dem das Gas aus einer Düse in ein weiteres Rohr strömt u. dabei durch in dem Rohr in gleicher Höhe befindl. Löcher Luft ansaugt. Das mit der Luft vermischte Gas brennt oberhalb der oberen Öffnung des Rohres; die Flamme ist fast farblos u. rußt nicht. Häufig sind die Öffnungen für den Luftzutritt verstellbar. Wenn im Verhältnis zur ausströmenden Gasmenge zuviel Luft angesaugt wird, schlägt die Flamme zurück u. brennt dann innerhalb des Rohres direkt oberhalb der Düse: dabei kann der Brenner sehr heiß u. schließl. zerstört werden. Nach dem Prinzip des B.s arbeiten auch die Brenner der Gasherde. In der ursprüngl. von Bunsen angegebenen Form werden B. heute noch in chem. Laboratorien benutzt.
Buntätzdruck →Zeugdruck.
Buntbarsche, *Cichlidae*, Familie der *Barschartigen*, südamerikan. u. mittelafrikan. Süßwasserfische, die in Afrika Volksnahrungsmittel sind; über 700 Arten; wegen ihres ausgeprägten Farbwechsels u. hochentwickelten Brut- u. Revier-Verhaltens gern in Aquarien gehalten (kein Pflanzenbesatz, da starke Wühler); angriffslustig. Hierher gehören die *Maulbrüter*, die Gattung *Cichlasoma*, die *Diskus-Fische*, die *Segelflosser* u.a. Friedlich sind die *Zwerg-B.*, *Apistogramma*.
Buntblättrigkeit, Erscheinung an Blättern mancher Rassen höherer Pflanzen, die dadurch zustande kommt, daß stellenweise die Chlorophyllbildung im Blatt gestört ist u. diese Stellen daher weiß oder in Übergangsfarben von Weiß bis Gelb erscheinen. Zusätzlich können noch rote Farbtöne auftreten. →Blattgrün.
Buntbleierz, *Pyromorphit*, grünes, braunes, weißes, blaues, auch wachs- bis honiggelbes, fettglänzendes Mineral, wichtiges Bleierz; hexagonal; Härte $3^1/_2$–4; $Pb_5[Cl(PO_4)_3]$.
Buntbock →Leierantilopen.
Buntfleckigkeit →Eisenfleckigkeit.
Buntkäfer, *Cleridae*, Familie kleiner, behaarter, auffällig bunt gefärbter Käfer, die räuberisch von anderen Insekten leben; z.B. der *Ameisenartige B.*, *Thanasimus formicarius*, von *Borkenkäfern* u. deren Larven. Auch der →Bienenkäfer ist ein B.
Buntklinker, ein *Klinker*, der infolge seiner Zusammensetzung bunt gefärbt ist.
Buntkupfererz, *Buntkupferkies*, *Bornit*, braun- bis kupferrotes oder bronzegelbes, metallglänzendes Mineral, wichtiges Kupfererz; regulär; Härte 3; Cu_5FeS_4 oder Cu_3FeS_3.
Buntmetalle, alle Schwermetalle außer Eisen u. Edelmetallen.
Buntnessel, *Blumennessel* →Coleus.
Buntpapier, farbiges Papier, das in einem bes. Arbeitsgang bunt eingefärbt wird; Gegensatz: farbige Papiere, die in der Masse im *Holländer* gefärbt werden.
Buntsandstein, ältester Abschnitt der Triasfor-

mation (→Geologie): buntfarbige, meist rote Sandsteine, Schiefertone, Gips u. Steinsalz, in festländ. trockenem Wüstenklima entstanden; Vorkommen: Weserbergland, Harz, Thüringen, Hessen, Schwarz- u. Odenwald. B. wird als Packlage im Straßenbau oder als Werkstein u. für Platten im Hochbau verwendet.

Buntspecht, drosselgroßer Specht; →Spechte.

Buntweberei, Webetechnik, bei der gefärbte Garne, auch in Zusammenhang mit weißen Garnen, sowie mehrfarbige Zwirne verarbeitet werden (Karos, Streifen u. a.).

Buntwurz, *Caladium, Aronstabgewächse* des trop. Amerika. Wegen ihrer schönen Blattzeichnungen werden einige Arten in Dtschld. in Gewächshäusern kultiviert.

Buntzwirn, Zwirn aus verschieden gefärbten Fäden.

Buñuel [bunju-], Luis, spanischer Filmregisseur u. -produzent, *22. 2. 1900 Calanda; sein Film „Un chien andalou" („Ein andalusischer Hund" 1928) prägte den surrealist. Filmstil; „Das goldene Zeitalter" 1930; „Die Vergessenen" u. „Viridiana" 1961; „Der Würgeengel" 1962; „Tagebuch einer Kammerzofe" 1964; „Simon del desierto" 1965; „Belle de jour" 1967; „Die Milchstraße" 1970; „Tristana" 1970, u. a.

Bunyan [ˈbʌnjən], John, engl. Schriftsteller u. Baptistenprediger, *28. 11. 1628 Elstow bei Bedford, †31. 8. 1688 London; als Gegner der Staatskirche mehrmals im Gefängnis. Dort schrieb er „The Pilgrim's Progress from this World to that which is to come" 1678–1684, dt. „Die Pilgerreise aus dieser Welt in die zukünftige" 1853, eine lehrhafte Allegorie auf die Pilgerfahrt der Seele zum himml. Jerusalem, eine noch heute, dank des gegenständlichen, an der Bibel geschulten Stils, vielgelesene Darstellung puritanischer Lebensauffassung.

Bunzlau, poln. *Bolesławiec*, Stadt in Schlesien (1945–1975 poln. Wojewodschaft Wrocław, seit 1975 Wojewodschaft Jelenia Góra), 29000 Ew.; Tonwaren-(*B.er Steinzeug*) u. Glasindustrie; in der Nähe wurde u. Kupfererzbergbau.

Bunzlauer Steinzeug, seit dem 16. Jh. in *Bunzlau* hergestelltes u. seit dem 18. u. 19. Jh. weit verbreitetes *Steinzeug*, bes. Kaffeekannen mit brauner Lehmglasur u. hellen, z. T. goldbemalten Auflagen.

Buochs [ˈbuːɔks], schweizer. Luftkurort im Kanton Nidwalden, am Südufer u. der *B.er Bucht* des Vierwaldstätter Sees, 440 m ü. M.; 3000 Ew.

Buol-Schauenstein, Karl Ferdinand Graf, österr. Politiker, *17. 5. 1797 Wien, †28. 10. 1865 Wien; Gesandter in Petersburg u. London, 1852–1859 Außen-Min. Seine Politik im Krimkrieg führte zum Bruch Österreichs mit Rußland.

Buonaparte →Bonaparte.

Buonarroti, Michelangelo, →Michelangelo.

Buontalenti, Bernardo, italien. Architekt, Maler u. Bildhauer, *1536 Florenz, †6. 6. 1608 Florenz; Schüler *Michelangelos*, leitete in der toskan. Baukunst den Übergang von der Spätrenaissance zum Barock ein; zahlreiche Bauten, teils in der Nachfolge G. *Vasaris*, in Florenz, Siena u. Pisa. B. gilt als Erfinder des sog. →Medici-Porzellans u. arbeitete zeitweilig auch als Theaterdekorateur, Festungsingenieur u. Gartenkünstler.

Buraida, *Bereideh*, Oasenstadt im mittleren Saudi-Arabien, nordwestl. von Riad, am Südwestrand der Wüste An Nafud, 50000 Ew.; an der Karawanenstraße nach Bagdad u. Amman.

Buran [der; türk., russ.], heftiges Schneetreiben in Sibirien, aus N bis NO, ähnl. den amerikan. *Blizzards*.

Burbage [ˈbəːbidʒ], Richard, engl. Schauspieler, *1567 Shoreditch bei London, †13. 3. 1619 London; gründete 1599 das *Globe Theatre*; bedeutendster Verwandlungsschauspieler der Shakespearezeit.

Burbank [ˈbəːbæŋk], Stadt in California, bei Los Angeles, 90000 Ew.; Flugzeug-, Maschinenbau, Metallindustrie.

Burbank [ˈbəːbæŋk], Luther, US-amerikan. Vererbungsforscher, *7. 3. 1849 Lancaster, Mass., †11. 10. 1926 Santa Rosa, Calif.; züchtete die kernlose Pflaume u. die dornenlose Opuntie.

Burchard →Burkhard.

Burckhardt, 1. Carl Jacob, schweizer. Historiker, Diplomat u. Essayist, *10. 9. 1891 Basel, †3. 3. 1974 Genf; 1927 Prof. in Zürich, 1932 in Genf, 1937–1939 Hoher Kommissar des Völkerbunds in Danzig, 1944–1948 Präsident des Internationalen Roten Kreuzes, 1945–1949 Gesandter in Paris. B. erhielt 1954 den Friedenspreis des Dt. Buchhandels. Werke: „Richelieu" 3 Bde. 1935–1965/66; „Gestalten u. Mächte" 1941; „Erinnerungen an Hofmannsthal" 1948; „Meine Danziger Mission 1937–1939" 1960. – Gesammelte Werke 1971.
2. Jacob Christoph, schweizer. Kunst- u. Kulturhistoriker, *25. 5. 1818 Basel, †8. 8. 1897 Basel; studierte bis 1839 Theologie, später in Berlin u. Bonn Geschichte u. Kunstgeschichte, B. glaubte sich unter dem Einfluß der dt. Spätromantik lange Zeit zum Dichter berufen. Seine frühesten Forschungen galten der mittelalterl. dt. Kunst. Nach dreijähriger Professur an der Eidgenöss. Techn. Hochschule Zürich lehrte er 1858–1893 Geschichte u. Kunstgeschichte in Basel. Erste Hptw.: „Die Zeit Konstantins d. Gr." 1852; „Der Cicerone. Eine Anleitung zum Genuß der Kunstwerke Italiens" 1855; „Die Kultur der Renaissance in Italien" 1860. In der Kunstbetrachtung stellt B. den Wert des Augenerlebnisses über den der literar. Überlieferung. Universales Denken im Sinn Winckelmanns, Goethes u. der Brüder von Humboldt, histor. Einfühlungsvermögen sowie schriftsteller. Fähigkeiten machten B. zu einem der einflußreichsten Geisteswissenschaftler des 19. Jh. Sein Ideal war die staatenlose Welt, in der allein ihm Kultur möglich schien. In seiner „Geschichte der Renaissance" (1867) erstrebte B. eine Ordnung der Kunstgeschichte nach Aufgaben. Aus dem Nachlaß: „Erinnerungen an Rubens" 1898; „Griechische Kulturgeschichte" 4 Bde. 1898 bis 1902; „Weltgeschichtliche Betrachtungen" 1905. – ▯ 2.0.7 u. 5.0.3.
3. Johann Ludwig, schweizer. Orient- u. Afrikaforscher, *24. 11. 1784 Lausanne, †17. 10. 1817 Cairo; bereiste als „Scheik Ibrahim" im Auftrag der Brit.-Afrikan. Gesellschaft von 1809 bis 1816 den Vorderen Orient, Ägypten u. Nubien.
4. Walther, schweizer. Staats- u. Völkerrechtler, *19. 5. 1871 Riehen bei Basel, †16. 10. 1939 Bern; lehrte in Lausanne u. Bern; Hptw.: „Kommentar der Schweizer. Bundesverfassung 1874" ³1931; „Die Organisation der Rechtsgemeinschaft" 1927; „Methode und System des Rechts" 1936.

Burdach, 1. Karl Friedrich, Physiologe u. Anatom, *12. 6. 1776 Leipzig, †16. 7. 1847 Königsberg; prägte 1800 den Begriff *Morphologie*. Nach ihm ist der seitl. Teil des Rückenmarkhinterstrangs benannt (*B.scher Strang*).
2. Konrad, Philologe, *29. 5. 1859 Königsberg, †18. 9. 1936 Berlin; erforschte die Ursprünge der dt. Schriftsprache; grundlegende Untersuchungen über Walther von der Vogelweide; Sammlg. von Aufsätzen: „Vom MA. zur Reformation" 1893 ff.

Burda Druck und Verlag GmbH, Offenburg (Baden), gegr. 1955, gibt Zeitschriften u. Bildbände heraus.

Burdekin River [ˈbəːdəkinˈrivə], Fluß in Queensland, Australien; durchbricht die Leichhardt Range, mündet südöstl. von Townsville; Stauanlagen an den Fällen zur Wasserregulierung u. Bewässerung geplant (8,1 Mrd. m³); im Oberlauf Viehzucht; um Clare Anbau von Zuckerrohr, Mais u. Reis.

Burdur, Stadt am See *B. Gölü* im SW der Türkei, 30000 Ew., Hptst. der Prov. B.; an der Straße u. Pipeline nach dem Hafen Antalya.

Burdwan, *Barddhman*, ind. Stadt in Westbengalen, am unteren Damodar, 120000 Ew.; Hinduheiligtum *Shiworaja*; Universität (1960).

Bureau Veritas, zweitältestes Unternehmen der *Schiffsklassifikation* (gegr. Paris 1828) mit Welt-Schiffsregisterbuch.

Buren, ndrl. *Boers, Boeren* [„Bauern"], die Nachfahren der seit 1652 von der Niederländ.-Ostind. Kompanie im Kapland angesiedelten Holländer u. Rheinländer. Seit 1806 unter engl. Herrschaft, fühlten sich viele von ihnen beengt u. bedrängt. Deshalb zogen 1835 etwa 10000 B. nach N („Großer Treck") u. gründeten die B.republiken *Natal, Oranje-Freistaat* u. *Transvaal*. Von diesen wurde Natal schon 1842–1845 engl.; die beiden andern Freistaaten wurden im *Burenkrieg* (1899–1902) von den Engländern unterworfen. Die B. erhielten jedoch bald Gleichberechtigung u. Beteiligung am öffentl. Leben u. am 31. 5. 1910 durch die Bildung der *Südafrikanischen Union* ihren eigenen Staat im Rahmen des Brit. Empire. 1961 schied er aus dem Commonwealth aus u. erklärte sich zur Republik →Südafrika. Die B. waren bis etwa 1945 in der Hauptsache Farmer u. Viehzüchter, haben ihre eigene Sprache (Kapholländisch, *Afrikaans*) u. sind überwiegend kalvinistisch.

Büren, Stadt in Nordrhein-Westfalen (Ldkrs. Paderborn), südwestl. von Paderborn, 17500 Ew.; roman. Pfarrkirche, alte Stadtbefestigung; Gehörlosenschule.

Buresch, Karl, österr. Politiker (christl.-sozial), *12. 10. 1878 Groß-Enzersdorf, †16. 9. 1936 Wien; 1922–1931 u. 1932/33 Landeshauptmann von Niederösterreich, 1931/32 Bundeskanzler, 1933–1935 Finanz-Min., 1935/36 Min. ohne Portefeuille.

Bürette [frz.], mit einem Abflußhahn u. einer Skala versehenes Glasrohr zum genauen Messen von Flüssigkeits- u. Gasvolumina; Verwendung in der analyt. Chemie.

Burg, 1. *Baugeschichte:* mittelalterl. Wehranlage, die ihren Benutzern zugleich als Wohnung

Burg: Conway Castle in Wales; um 1284

Burg

diente; entwickelt aus röm. Wehrbefestigungen, bes. aus dem *Kastell* u. dem von Wall u. Graben umgebenen Grenzturm *(burgus).* Während die B. in Südeuropa meist in regelmäßiger Planung ausgeführt wurde, wurde sie im N meist den jeweiligen Geländeverhältnissen angepaßt u. dadurch uneinheitl. in der baul. Gliederung. Bei der *Ring-B.* unterscheidet man folgende Formen: 1. die Ringmauer-B. mit Mauerringen (Zingel), seit dem 9. Jh. n. Chr.; 2. die Randhaus- oder Gaden-B., zusammengesetzt aus gleichmäßig an den Mauerring herangerückten B.häusern, die oft ein turmähnl. Aussehen erhalten; 3. die Turm-B. mit Zentralturm *(Bergfried)* inmitten der Gesamtanlage u. starker Randbefestigung, häufig auf künstl. Inseln oder Bergkuppen errichtet; 4. die Haus oder Palas-B., bei der der Zentralturm durch ein hausähnl. Wohngebäude ersetzt ist. Häufiger als die Ring-B. kommt der Typus der *Abschnitt-B.* vor, gekennzeichnet durch ungleichmäßige, die natürlichen Gegebenheiten (Steilhänge, Sumpf, Wasserläufe) nutzende Befestigungen, ausgestattet mit Frontturm, Schildmauer oder – seltener – mit Hausdekkung. Die geradlinig gebildete röm. Kastellform, bes. in Westdeutschld. heimisch, nahm gelegentl. Elemente der Ring- u. der Abschnitt-B. auf; ihre wichtigsten Formen sind das Randhaus-, das Vierturm- u. das Einhauskastell. Einen Sondertypus von monumentalen Maßen bildet die →Ordensburg.

Neben Befestigungsmauern, Bergfried (Wart- u. Wachturm, frz. *Donjon*) u. Palas (Herrenhaus) waren Kemenate (Wohnhaus) u. Wirtschaftsgebäude die Hauptteile der mittelalterl. B., meist um den B.hof gelagert, zu dem man über eine Zugbrücke durch einen Vorhof (Zwinger, Parcham) gelangte.

Anlaß für die reiche architekton. Entwicklung, die die B. seit röm. Zeit in Nord- u. Mitteleuropa erlebte, waren u. a. die Kriege Karls d. Gr., die Kreuzzüge u. das Erstarken der mittelalterl. Adelsmacht. Seit dem 15. Jh. vollzog sich der Wandel der Wehr- u. Wohn-B. zur militär. *Festung* einerseits, z. zum wenig oder völlig unbefestigten *Schloß* andererseits, eine Entwicklung, die erst zu Beginn des 17. Jh. abgeschlossen war. – □2.0.2 u. 1.3.5.

2. *Jagd:* der Bau des Bibers.

Burg, 1. *B. an der Wupper*, ehem. Stadt südwestl. von Remscheid, Stammburg der Grafen von Berg; seit 1975 Ortsteil von Solingen.
2. amtl. *Burg b. Magdeburg*, Kreisstadt im Bez. Magdeburg, am Elbe-Havel-Kanal, 30 000 Ew.; Leder-, Eisen- u. Möbelindustrie. – Krs. Burg: 734 qkm, 70 700 Ew.

Burgas, Hafen am Schwarzen Meer, moderne Hptst. des bulgar. Bez. B. (7553 qkm, 400 000 Ew.), 150 000 Ew.; Nationalmuseum; Erdölraffinerie, Gummi-, Elektro-, Holz-, Lebensmittel- u. chem. Industrie; Schiffbau, Waggonfabrik, nahebei Braunkohlenabbau; Ausfuhr landwirtschaftl. Erzeugnisse.

Burgau, bayer. Stadt im schwäb. Ldkrs. Günzburg, an der Mindel, östl. von Ulm, 6000 Ew.; Textil- u. Lederindustrie.

Burg auf Fehmarn, Stadt in Schleswig-Holstein (Ldkrs. Ostholstein), Hauptort der Insel *Fehmarn*, 6200 Ew.; Seebad, Hafen, Hochseefischerei, Fischräuchereien, Malzfabrik.

Burgball, ein Treffballspiel, bei dem größere Bälle auf Kästen, Böcke oder Mauern („Burgen") gelegt u. mit kleineren Bällen heruntergeschossen werden. Die Burg kann durch einen oder mehrere Wächter verteidigt werden.

Burgbann, der →Bann des Burgherrn, aufgrund dessen er u. a. die umwohnende Bevölkerung zu Arbeiten beim Bau u. bei der Unterhaltung der Burg *(Burgwerk)* heranziehen durfte.

Burgdorf, 1. niedersächs. Stadt nordöstl. von Hannover (Ldkrs. Hannover), 26 200 Ew.; Obst- u. Gemüsebau, Konserven-, Waagen-, Pumpen-, Matrazenindustrie, Apparatebau.
2. frz. *Berthoud*, schweizer. Bez.-Hptst. im Kanton Bern, an der Emme, 16 500 Ew.; Schloß der Zähringer (12. Jh.), Stadtkirche (1471–1491); rege Industrie (Textil, Maschinen, Käse).

Bürgel, Bruno Hans, Schriftsteller, *14. 11. 1875 Berlin, †8. 7. 1948 Berlin; populärwissenschaftl. astronom. Schriften: „Aus fernen Welten" 1910; Selbstbiographie: „Vom Arbeiter zum Astronomen" 1919.

Burgenland, seit 1921 österr. Bundesland in Ostösterreich, zwischen Alpenostrand u. Ungar. Tiefebene, 3965 qkm, 273 000 Ew.; gebildet aus den Österreich im Vertrag von Saint-Germain 1919 zugesprochenen deutschsprachigen Gebieten der Komitate Ödenburg, Eisenburg u. Wieselburg (daher „Burgenland"); 1938 zwischen Niederösterreich (Niederdonau) u. Steiermark geteilt, 1945 wieder zusammengeschlossen. Hptst. ist *Eisenstadt;* Ödenburg, der natürl. Mittelpunkt, verblieb nach Abstimmung bei Ungarn. Die Bevölkerung ist überwiegend deutschsprachig („Heanzen"), knapp 10% Kroaten, 1,5% Madjaren, Reste von Zigeunergruppen; überwiegend kleine Siedlungen. Der Nordteil ist Flachland, die Mitte u. der S sind hügelig u. etwas bewaldet; im übrigen ausgesprochenes Agrarland (Weizen, Zuckerrüben, Gemüse, Obst u. Wein) mit Viehzucht u. zunehmender industrieller Verarbeitung agrar. Produkte. Am Alpenrand zahlreiche Wehrbauten, darunter Burg *Forchtenstein*. – □6.4.2.

Bürgenstock, Kalkrücken am Südufer des Vierwaldstätter Sees; höchster Gipfel: *Hammetschwand*, 1128 m; Drahtseilbahn (B.bahn) zum Kurort B. (878m); 440m über dem See gelegen.

Burger, *Schweiz:* die in einer Gemeinde Heimatberechtigten (im Unterschied zu den bloß dort Ansässigen). Die B. bilden die *B.gemeinde* u. haben oft Vorrechte. Bis zum Ende des 18. Jh. war B. in der Schweiz die Bez. für die Stadtbewohner, die keine Patrizier waren; auf dem Land gab es keine B.

Burger, 1. Fritz, Kunsthistoriker, *16. 9. 1877 München, †22. 5. 1916 Verdun; widmete sich bes. der Förderung der Kunst um 1900; begründete das „Handbuch der Kunstwissenschaft".
2. Heinz Otto, Literarhistoriker, *25. 8. 1903 Stuttgart; Arbeiten zur Literatur des späten MA. u. der Neuzeit; Hrsg. der „Annalen der dt. Literatur" 1952, [2]1962, Mithrsg. der „Germanisch-Romanischen Monatsschrift" seit 1951.

Bürger →Bürgertum; →auch bürgerliche Gesellschaft.

Bürger, 1. Gottfried August, Dichter, *31. 12. 1747 Molmerswende, Harz, †8. 6. 1794 Göttingen; dort seit 1789 Prof. für Ästhetik; erstrebte die Verbindung von Volks- u. Kunstdichtung nach dem Vorbild Th. *Percys* u. trug besonders zur Entwicklung der deutschen Ballade bei („Gedichte" 1778, darin die 1774 erschienene „Lenore", auch „Der wilde Jäger" u. „Das Lied vom braven Mann"); Nacherzählung der „Wunderbaren Reisen... des Freiherrn von Münchhausen" 1786. – □3.1.1.
2. Max, Kliniker, *16. 11. 1885 Hamburg, †5. 2. 1966 Leipzig; Hauptarbeitsgebiet: Altersforschung *(Gerontologie* u. *Geriatrie);* prägte den Begriff *Biomorphose;* Paracelsus-Medaille 1956.

Bürgerhaus, das städt. Familienwohnhaus, das sich seit dem 12. Jh. entwickelte, im Erdgeschoß vielfach mit Werkstatt- u. Wirtschaftsräumen versehen. In Dtschld. lassen sich zwei Haupttypen, das ober- das niederdt. B., unterscheiden, die in Bauweise u. Größe der wirtschaftl.-sozialen Entwicklung in der jeweiligen Landschaft entsprechen. Das *oberdt. B.* ist vorwiegend in ländl. Gegenden verbreitete oberdtsch. B. ist gekennzeichnet durch die Gliederung in mehrere gleichwertige, über- oder nebeneinanderliegende Räume. Während das Erdgeschoß meist gewerbl. Einrichtungen, Lagerräumen u. ä. vorbehalten war, befand sich die Wohnung in den darüberliegenden Stockwerken; die Gewölbedekken, seit dem 14. Jh. auch die der Keller, ruhten auf Zwischenwänden oder Stützen. Die Entwicklung führte von der ein- zur mehrgeschossigen Bauweise, vom Holz- zum Steinbau, von der geschlossenen zur erweiterten Bauform (Hofanbauten, Erker, Galerien) u. nach dem additiven Prinzip von der Einzellage zu der infolge wachsender Bevölkerungsdichte notwendig gewordenen Verbindung der Häuser zu längeren Fronten.

Das *niederdt. B.* entwickelte sich aus der schon im 6. Jh. v. Chr. auftretenden Form des Hallenhauses u. fand seine typische Ausbildung im →Bauernhaus. Charakterist. ist die daraus abgeleitete weiträumige Diele mit Feuerstelle u. Hängekammer sowie die Eingangslage an der Schmalseite. Mit der Einführung von Wohnräumen zu beiden Seiten der Haustür wurde im 16. Jh. die Dielengröße reduziert u. das gesamte Haus zugleich aufgestockt, wobei man neben Wohnräumen auch Speicherräume (Luchten) gewann. Immer blieb aber, entsprechend der subtrahierenden Bauweise, die Diele Mittelpunkt des Hauses; Anbauten wurden vorwiegend an der Hofseite angebaut.

Die Verbreitungsgebiete des ober- u. des niederdt. B.es werden durch eine vom mittleren Rheinland über die südl. Harzgebiete u. Brandenburg nach Posen verlaufende Linie getrennt. Eine Mischform ist ein in den nördl. Rheinlanden, in den Niederlanden u. in Danzig vorkommender B.typ mit einer Vorhausdiele als Wohnung, Küche u. Gewerberaum sowie einem Zwischengeschoß.

Die künstler. Ausprägung der Formen des B.es, bes. der Fassade, erreichte im 15. u. 16. Jh. ihren Höhepunkt. Während die Renaissance in Süd-Dtschld. dank des Gliederungssystems des oberdt. B.es leicht Ansatzpunkte fand, blieb ihren Schmuckformen das niederdt. B. weitgehend verschlossen.

Was die Lage des B.es zur Straße angeht, so vollzog sich vom 16.–18. Jh. der Übergang von der Giebel- zur Traufenfront. Gleichzeitig verlor das B. mehr u. mehr seine handwerkl. Kunstform. Von den Sonderformen des mittelalterl. B.es, dem *Groß-B.* (Patrizierhaus), dem *Klein-B.,* dem *Acker-B.* dem *Miethaus,* wurde die letzte zum vorherrschenden, der allg. städtebaul. u. sozialen Entwicklung angepaßten Gebäudetyp.

Als Bürgerhäuser i. w. S. können auch die als *Bürgerbauten* bezeichneten öffentl. u. gemeinschaftl. Stadtgebäude des MA. gelten, bes. das Handels-, Zunft-, Zeug-, Zoll-, Gerichts- u. Rathaus. – □2.0.2.

Bürgerinitiativen, spontane Zusammenschlüsse von Personen außerhalb der herkömml. Vereine, Parteien u. Interessenverbände, die – meist auf lokaler Ebene – Mißstände beseitigen bzw. Verbesserungen erreichen wollen. Die B. wenden sich oft an die öffentl. Verwaltung u. die Gemeindeparlamente.

Bürgerkönig, Beiname des französ. Königs →Louis-Philippe von Orléans, der durch die bürgerl. Revolution von 1830, die die Bourbonen stürzte, zur Regierung kam.

Bürgerkrieg, die bewaffnete Austragung polit., religiöser oder sozialer Differenzen innerhalb derselben Staatsgemeinschaft (→auch Religionskriege). Der B. ist meist bes. heimtückisch u. grausam, weil er in der Regel mit starken persönl. Ressentiments durchsetzt ist; auch fehlt ihm häufig jede Rücksicht auf völkerrechtl. Abmachungen oder Gebräuche, die sonst die Greuel des Krieges mildern (Schutz der Verwundeten u. Gefangenen, des Privateigentums u.ä.). Der B. nimmt dort bes. hartnäckige Formen an, wo allgemeinere Tendenzen (religiöse oder übernationale Parteiungen) offene oder versteckte Einmischung fremder Mächte hervorrufen (z. B. im span. B.). Nicht selten bedienen sich die Mächte auch solcher Parolen, um einen Gegner innerl. zu schwächen u. zu zersetzen.

Ihren bes. modernen Charakter erhalten diese Formen des B.s durch die marxist. Lehre vom Klassenkampf u. die zuerst von Lenin praktizierte Umwandlung des „imperialist. Krieges" in den B. Der Vorbereitung des B.s dient neben der polit. Propaganda neuerdings eine planmäßig betriebene B.sschulung bestimmter Parteien.

An der Grenze zwischen B. u. auswärtigem Krieg stehen die Kämpfe innerhalb bestehender polit. Gemeinschaften um deren Auflösung, Fortbestand oder Umformung wie etwa der *Dt. Krieg* von 1866, der amerikan. *Sezessionskrieg,* auch der Biafra-

Burgenland: Stadtschlaining

Burggraf

Krieg, und die Auseinandersetzungen in und um Ostbengalen (1971).

bürgerliche Ehrenrechte, *Aberkennung der b.n E.* →Ehrenstrafe, →Amtsunfähigkeit.

bürgerliche Gesellschaft, eine Gesellschaft, die in ihrer Gesamtheit auf die (ehem.) Schicht des *Bürgertums* ausgerichtet ist. – Solche durch die Leitbilder der „bürgerl. Tugenden" bestimmten Gesellschaften entwickelten sich bereits in der Antike jeweils für kurze Zeit in den griech. Stadtstaaten u. in der röm. Republik, wenn auch die Öffentlichkeit des Lebens hier niemals so verlorengegangen ist wie in der b.n G. der Neuzeit. Aus der klösterl.-geistl., später höfisch-ritterl. Kultur des MA. konnte sich erst zu Beginn der Neuzeit eine relativ eigenständige b. G. entwickeln, vor allem in den Hanse- u. Freien Reichsstädten. Doch durch den *Absolutismus* kehrten die meisten europ. Länder für Jahrhunderte wieder zu höfischen Formen zurück. Erst die bürgerl. Revolutionen des 18./19. Jh. u. die Industrialisierung haben den Stand bzw. die Klasse des Bürgertums zur gesellschaftl. bestimmenden Schicht werden lassen, so daß hier die b. G. im engeren Sinne entstanden ist (→Bürgertum). Die b. G. des 20. Jh. ist dadurch charakterisiert, daß es ein eigentl. Bürgertum in ihr gar nicht mehr gibt; vielmehr hat hier eine *industrielle Gesellschaft* die Lebensformen des ehem. Bürgertums bewahrt.

Die Kritik an der b.n G. richtet sich seit jeher gegen die enge Verbindung zwischen Persönlichkeitswert u. Privatvermögen. Nach bürgerl. Vorstellung ist die freie Entfaltung der Persönlichkeit nur durch gesicherte Vermögensverhältnisse gewährleistet (aus Mißtrauen gegen den Mitbürger wie gegen die Staatsgewalt). Das daraus folgende Streben nach möglichst großem Privatbesitz führt aber oft gerade zum Gegenteil, nämlich zur Abhängigkeit von Wirtschaftsmechanismen u. Leistungs- u. Fortschrittszwängen, ferner zu einem engstirnigen Status- u. Prestigedenken u. zu einem rücksichtslosen Wettbewerb. Daraus ergibt sich wiederum, daß der Abstand zwischen den Erfolgreichen u. den weniger Erfolgreichen ständig größer wird, so daß neben der „Freiheit" auch das Ideal der „Gleichheit" in der b.n G. fragwürdig wird. Dazu ergibt sich aus der Betonung u. Abschirmung des Privatlebens oftmals eine zunehmende menschl. Isolierung u. eine verantwortungslose Interesselosigkeit gegenüber dem Mitbürger. Der Vorzug der b.n G., nämlich die Kultur der Subjektivität, wird schließl. überall da unglaubwürdig, wo die Träger dieser Kultur (die *Bildungsbürger*) eine andere Schicht sind als die Träger der b.n G. (die *Besitzbürger*), so daß die b. G. in sich selbst entfremdet ist.

Bürgerliches Gesetzbuch, Abk. *BGB*, vom 18. 8. 1896 mit Einführungsgesetz vom gleichen Tag, mehrfach geändert u. ergänzt, in Kraft seit dem 1. 1. 1900; enthält in fünf Büchern (Allgemeiner Teil, →Schuldrecht, →Sachenrecht, →Familienrecht u. →Erbrecht) die Masse des dt. *Bürgerlichen Rechts*; brachte Dtschld. nach Jahrhunderten der Rechtszersplitterung ein einheitl. Privatrecht, aus dem jedoch inzwischen ganze Gebiete, wie insbes. das →Arbeitsrecht, herausgewachsen sind. – □ 4.3.1.

Bürgerliches Recht, *Zivilrecht*, das allgemeine (jeden Bürger betreffende) Privatrecht, Regelung der allg. Verhältnisse des Familien- u. Wirtschaftslebens. Das Bürgerl. Recht der BRD ist enthalten im →Bürgerlichen Gesetzbuch *(BGB)* sowie in dessen zahlreichen Nebengesetzen, wie z. B. im Gesetz betr. die Abzahlungsgeschäfte *(AbzG)* vom 16. 5. 1894, im Ehegesetz *(EheG)* vom 20. 2. 1946, in der VO über das Erbbaurecht vom 15. 1. 1919, im Gesetz über Rechte an eingetragenen Schiffen u. Schiffsbauwerken *(SchiffsrechteG)* vom 15. 11. 1940, im Gesetz über die Verschollenheit, die Todeserklärung u. die Feststellung der Todeszeit *(VerschG)* in der Fassung vom 15. 1. 1951, in der VO betr. Hauptmängel u. Gewährfristen beim Viehhandel vom 27. 3. 1899 u. im Gesetz über das Wohnungseigentum u. das Dauerwohnrecht *(WohnungseigentumsG)* vom 15. 3. 1951. – In der DDR wird das Bürgerl. Recht im →Zivilgesetzbuch (ZGB) zusammengefaßt u. ist z. T. auch im →Familiengesetzbuch von 1965/66 enthalten.

In Österreich ist das Bürgerl. Recht im →Allgemeinen Bürgerlichen Gesetzbuch *(ABGB)* niedergelegt; in der Schweiz hauptsächl. im →Zivilgesetzbuch (Ehe- u. Familienrecht, Erbrecht, Sachen- u. Grundstücksrecht) u. im →Obligationen-Recht (in dem Schuldrecht, Handelsrecht, Wertpapierrecht u. Recht der Handelsgesellschaften sowie Urheberrecht u. Recht des Verlagsvertrags enthalten sind). – □ 4.3.1.

bürgerliches Trauerspiel, ein Trauerspiel, dessen Personen in bürgerl. Umwelt u. Geisteshaltung leben, im Gegensatz zur vorher üblichen heroischen oder aristokrat. Tragödie. Das bürgerl. Trauerspiel entstand mit dem Aufstieg des Bürgertums im 18. Jh. (G. *Lillo*: „The London merchant or the history of George Barnwell" 1731). G. E. *Lessing* folgte dem engl. Beispiel („Miss Sara Sampson" 1755). Wichtiges Thema war die Auseinandersetzung mit dem absolutist. Regime (G. E. *Lessing*: „Emilia Galotti" 1772; F. v. *Schiller*: „Kabale u. Liebe" 1784). Seit F. *Hebbel* („Maria Magdalena" 1844) u. G. *Büchner* („Woyzeck" 1879) trat die Problematik des Bürgertums selbst in den Vordergrund; im Naturalismus (H. *Ibsen*, G. *Hauptmann*) kam es zur krit. Auseinandersetzung mit der sozialen Lage bürgerl. Kreise.

Bürgermeister, 1. nach den meisten dt. Gemeindeordnungen der hauptamtl. Leiter der Verwaltung einer Gemeinde; in kreisfreien Städten (Stadtkreisen) der *Erste Beigeordnete*.

2. in Niedersachsen u. Nordrhein-Westfalen der (ehrenamtl.) Vorsitzende des Gemeinderats; dem B. im Sinn von (1) entspricht hier der *Gemeindedirektor* (→Stadtdirektor).

3. in Hamburg u. Westberlin *(Regierender B.)* der Chef der Regierung (des Senats).

Bürgerort, *Schweiz:* die Gemeinde, in der man das Heimatrecht besitzt u. aus der man daher in keinem Fall ausgewiesen werden kann.

Bürgerpartei, Abk. *BPa*, gegründet 1979 von H. *Fredersdorf*, neue Partei der bürgerl. Mitte, betont Bürgerbeteiligung, Steuergerechtigkeit, Abbau von Bürokratismus.

Bürger-Prinz, Hans, Psychiater u. Sexualforscher, *16. 11. 1897 Weinheim, †30. 1. 1976 Hamburg; 1937–1968 Prof. für Psychopathologie u. Direktor der Psychiatr. u. der Neurolog. Universitätsklinik in Hamburg; als Gerichtsgutachter auf dem Gebiet der Sexualpathologie bekannt geworden; Hptw.: „Beginnende Paralyse" 1931; (mit A. Segelke) „J. Langbehn" 1940; (Mithrsg.) Schriftenreihe „Beiträge zur Sexualforschung" 1952 ff.; (Mithrsg.) „Befinden u. Symptom" 1964; „Ein Psychiater berichtet" 1970.

Bürgerrecht, in der BRD: →Staatsangehörigkeitsrecht. – Die Schweiz unterscheidet zwischen dem *Gemeindebürgerrecht*, das z. B. in Zürich bei gesicherter Existenzgrundlage, gutem Leumund u. gegen Zahlung einer Gebühr jedem Schweizer Bürger nach 2 Jahren verliehen wird, u. dem *Staatsbürgerrecht* (→Staatsangehörigkeit), ferner zwischen Kantons-B. u. eidgenöss. B.

Bürgerrechtsbewegung, 1. polit. Gruppen in den USA, die für volle Gleichberechtigung der Neger durch konsequente Verwirklichung der amerikan. Bill of Rights (1789), der Civil Rights Act (1865) sowie entsprechender Gesetze u. höchstrichterlicher Entscheidungen eintreten. Die 1910 gegr. National Association for the Advancement of Colored People (NAACP) suchte dieses Ziel vor allem durch Propaganda u. Musterprozesse zu erreichen. In den 1960er Jahren erreichte die B. einen Höhepunkt mit gewaltlosen Massendemonstrationen (Marsch auf Washington 1963). Die 1965 erlassenen Bürgerrechtsgesetze waren z. T. auf ihren Einfluß zurückzuführen. Ein führender Vorkämpfer der B. war Pfarrer M. L. *King*.

2. Gruppen u. Einzelpersonen in den kommunist. Ländern Osteuropas, die von den Behörden die Respektierung der in den Verfassungen ihrer Staaten garantierten Menschen- u. Bürgerrechte fordern (z. B. Meinungsfreiheit, Freizügigkeit, Briefgeheimnis). Ansätze zu dieser B. entstanden in den 1960er Jahren. Seit der KSZE-Schlußakte von Helsinki 1975 (→Sicherheitskonferenz) ist die B. stärker hervorgetreten. Ihre Verfechter sind Verfolgungen durch die Staatsorgane ausgesetzt. →Charta 77.

Bürgerschaft, die Volksvertretung (Landtag) in Bremen u. Hamburg.

Bürgerschulen, veraltete Bez. für meist 5klassige Lehranstalten, deren bes. Aufgabe neben dem allg. Unterricht die Vorbereitung der Schüler auf kaufmänn.-gewerbl. Berufe war; schon im 18. Jh. entstanden, in Preußen 1910 durch Mittelschulen ersetzt. Im 19. Jh. entstanden 6- u. 7klassige höhere B., oft auch Realschulen genannt, die der Oberrealschule bis einschließl. Untersekunda entsprachen. – In Österreich waren die B. 1869–1927 die 3klassige Oberstufe der Pflichtschulen, seit 1927 durch die 4klassige *Hauptschule* abgelöst.

Bürgertum, der ehem. *3. Stand*, im Unterschied einerseits zu Adel u. Geistlichkeit, andererseits zur unfreien Landbevölkerung u. zum lohnabhängigen städt. Proletariat (4. Stand). *Bürger* hießen ursprüngl. die Bewohner einer vor den Mauern gelegenen Kaufmannssiedlung [mlat. *burgus, burgum*, „Vorburg"; Weiterbildung aus dt. *Burg*]; sie standen außerhalb des Lehnssystems u. waren oft sogar mit königl. Sonderrechten gegenüber den Stadtherren ausgestattet. Seit dem 12. Jh. zählte zum B. in diesem Sinn allg. die Schicht der freien Gewerbetreibenden in der Stadtgemeinde *(Stadtbürger)*. Sie waren genossenschaftl. in Gilden u. Zünften organisiert; ihre Merkmale waren: persönl. Freiheit (keine Hörigkeit oder Erbuntertänigkeit; „Stadtluft macht frei"), wirtschaftl. Initiative (die bürgerl. „Tüchtigkeit") u. kommunale Selbstverwaltung.

Innerhalb der mittelalterl. Ständegesellschaft konzentrierte sich die Zielsetzung des B.s auf die Schaffung eines möglichst gesicherten, möglichst großen, vererbbaren *Privateigentums* (als Grundlage für die freie Entfaltung einer Privatsphäre) – zu verstehen als Selbstbehauptung u. Absicherung gegenüber den privilegierten Ständen. Nach Aufhebung der Zunftschranken (→Gewerbefreiheit) wurde das B. so zum Träger des industriellen Fortschritts (→Kapitalismus). Dadurch entstand jedoch innerhalb des B.s selbst der Gegensatz zwischen einem erfolgreichen *Großbürgertum* (Großkaufleute, Bankiers, Fabrikanten; *Patrizier*, die schließl. wiederum eine Fürsten-ähnl. Stellung innehatten) u. einem davon abhängigen *Kleinbürgertum*.

Mit der Zerschlagung der Ständegesellschaft in den *bürgerl. Revolutionen* (seit der Französ. Revolution 1789) hatte das B. zum ersten Mal die Möglichkeit, seine Ziele („Freiheit, Gleichheit, Brüderlichkeit") über den kommunalen Bereich hinaus als Staatsform durchzusetzen. Es entstand die *bürgerl. Gesellschaft* des 18./19. Jh., die als Schutzmaßnahme gegen autokrat. Willkür eine gesetzl. Begrenzung u. ständige verfassungsmäßige Kontrolle der Staatsmacht entwickelte: den *parlamentar. Rechtsstaat*. Die *Bürgerrechte* (d. h. die ehem. Standes[vor]rechte des B.s gegenüber den unterprivilegierten Schichten) wurden zum Staatsgesetz; es entstand die *Demokratie* im Sinn des *Liberalismus*. Die Unantastbarkeit der Privatsphäre wurde zum Inhalt der Staatsidee. Denn für den Bürger liegt der wahre Entfaltungsraum der Persönlichkeit im privaten Bereich (einschl. der Privatwirtschaft). Aus dieser Grundeinstellung zum Verhältnis Einzelner/Gesellschaft heraus hat sich einerseits eine unvergleichl. Kultur der Individualität u. Subjektivität, der Privatsphäre u. des Familienlebens entwickelt (die ihren Höhepunkt in der Romantik u. im Biedermeier erreichte); andererseits aber ergab sich daraus ein Desinteresse des B.s am Staat, das zurückführte zum *Untertanen* (insbes. seit den „Gründerjahren").

Die bürgerl. Gesellschaft stand zunächst unter dem Leitbild des *Citoyen*, der Staatsträger sein wollte u. die erkämpften Bürgerrechte als Aufgabe wahrnehmen u., gemäß der Forderung nach „Brüderlichkeit", über den Kreis der Besitzenden hinaus ausdehnen wollte (in Form des *Sozialstaats*). Die Entwicklung der bürgerl. Gesellschaft wurde dann jedoch vom *Bourgeois* bestimmt, der die Freiheit des liberalen Staates in erster Linie zur Vermehrung seines Privatbesitzes benutzte. Nicht zuletzt aus handelspolit. Gründen entwickelten sich große *Nationalstaaten, Kolonialismus* u. *Imperialismus*. Aus dem ehemaligen fortschrittlichen Stand des B.s wurde im 19. Jh. eine konservative Klasse: die *Bourgeoisie*.

Im 20. Jh. hat die wirtschaftl. Entwicklung dazu geführt, daß große Teile des ehem. selbständigen B.s zu Lohn- u. Gehaltsempfängern geworden sind; dazu kommt die Veränderung der Vermögensverhältnisse durch Wirtschaftskrisen, Weltkriege, Inflationen u. „Wirtschaftswunder", ferner die Entwicklung der Familie auf die Kleinfamilie hin, verbunden mit dem Eintritt der ehem. bürgerl. Frau ins Erwerbsleben. Dadurch sind die Grundlagen des B.s verlorengegangen, so daß man von einem in sich geschlossenen B. heute nicht mehr sprechen kann. Seine soziale Stelle nimmt statt dessen der →Mittelstand ein. →auch bürgerliche Gesellschaft. – □ 1.6.0.

Burgfriede, im MA. die Abmachung, im Bezirk ummauerter Plätze (Burg, Stadt) Frieden zu halten; heute (im übertragenen Sinn) eine Vereinbarung zwischen parlamentar. Parteien oder anderen

Burggraf

polit. Gruppen, einander bei bes. Anlässen (Krieg, Notzeiten) nicht zu bekämpfen.

Burggraf, im MA. Beamter des Stadtherrn, in erster Linie militär. Befehlshaber der Burg, zudem auch Führer des militär. Aufgebots einer Stadt; in manchen Städten wie Köln oder Nürnberg zugleich Stadtgraf u. Richter. Der B. konnte aber auch mit anderen Aufgaben betraut sein, z.B. in Nürnberg mit der Verwaltung des Reichsguts.

Burghard →Burkhard.

Burghausen, oberbayer. Stadt im Ldkrs. Altötting, an der unteren Salzach, 17 000 Ew.; größte dt. Burg (1000 m lang); Kraftwerk (Alzwerk), elektro-chem. Industrie, Ölraffinerie. 1255–1505 Sitz der Herzöge von Niederbayern.

Burghley →Burleigh.

Bürgi, Joost, schweizer. Mathematiker, *28. 2. 1552 Lichtensteig, †31. 1. 1632 Kassel; berechnete als einer der ersten eine Logarithmentafel.

Burgiba →Bourguiba, Habib.

Burgkmair, Hans d. Ä., Maler u. Graphiker, *1473 Augsburg, †vor Okt. 1531 Augsburg; vorübergehend in der Werkstatt M. *Schongauers* tätig; während der Wanderjahre mit großer Wahrscheinlichkeit auch in Venedig, wo er entscheidende Anregungen durch Werke C. *Crivellis* u. V. *Carpaccios* erhielt. B. vereinigte Farbigkeit, Dekorations- u. Architekturelemente der italien. Malerei mit nord. Ausdruckswillen. Zeitweise war er ausschl. für den Holzschnitt tätig, bes. für die von Maximilian I. veranlaßten Werke „Genealogie", „Theuerdank" u. „Weißkunig". Hptw.: Johannes-Altar 1518 u. Kreuzaltar 1518, München, Alte Pinakothek. – ⌑ 2.4.3.

Burgkunstadt, bayer. Stadt im oberfränk. Ldkrs. Lichtenfels, am Main, nordwestl. von Bayreuth, 5300 Ew.; Schuhindustrie.

Burglengenfeld, bayer. Stadt an der unteren Naab (Ldkrs. Schwandorf in Bayern), 10 300 Ew.; landwirtschaftl. Handel, Braunkohlenlager, Zement-, Beton- u. Stahlindustrie. Seit 1542 Stadt.

Burgos, nordspan. Stadt auf der Hochebene Altkastiliens, am oberen Arlanzón, 100 000 Ew.; got. Kathedrale (1221 begonnen); Museum; Textil-, Nahrungsmittel-, Papier- u.chem. Industrie. Hptst. der Provinz B. (14 269 qkm, 339 000 Ew.). Die Heimat des span. Nationalhelden *Cid*; Hptst. der ehem. Grafschaft Altkastilien sowie Krönungsstadt der Könige von Kastilien; im span. Bürgerkrieg bis zur Einnahme Madrids Sitz der Nationalen Regierung. – ⌑ →Spanien.

Bürgschaft, ein Vertragstyp des Schuldrechts: die schriftl. Verpflichtung des *Bürgen* gegenüber dem Gläubiger eines Dritten, für die Erfüllung der Schuld des Dritten einzustehen. Bei der *selbstschuldnerischen B.* (Solidar-B.) kann der Bürge den Gläubiger nicht – wie sonst möglich – zunächst an den Hauptschuldner verweisen (§§ 765ff. BGB). Die Schriftform soll den Bürgen warnen; formfrei ist die B. des Vollkaufmanns. – Ähnl. in Österreich (§§ 1346ff. ABGB) u. in der Schweiz (Art. 492ff. OR).

Burg Stargard, mecklenburg. Stadt, →Stargard.

Burgsteinfurt, seit 1975 *Steinfurt*, nordrheinwestfäl. Kreisstadt (Verwaltungssitz des Ldkrs. *Steinfurt*) nordwestl. von Münster, 31 000 Ew.; Zigarren-, Textil- u.a. Industrie.

Burgtheater, österr. Bundestheater in Wien, 1741 von Maria Theresia gegründet, 1776 von Joseph II. zum *Nationaltheater* erhoben; besonders im 19. Jh. durch gepflegten Sprechstil u. gediegene Ausstattung vorbildlich; bis 1888 im Ballhaus, dann im Neubau von G. Semper u. K. Hasenauer am Ring, 1944 ausgebrannt, 1955 wiedereröffnet. – ⌑ 3.5.0.

Burgund, frz. *La Bourgogne*, histor. Landschaft im östl. Frankreich, umfaßt die beiden Dép. Saône-et-Loire u. Côte-d'Or u. Teile der Dép. Yonne im NW u. *Ain* im SO, alte Hptst. *Dijon*; Kernland ist das fruchtbare Saônebecken, natürl. Durchgangsland mit wichtigen Verkehrswegen zum Oberrhein. Tiefland (28 km breite *Burgundische Pforte*), zum Seine- u. Loirebecken (Canal du Centre) u. zum Rhônegebiet. Das südl. Hoch-B. reicht vom Jura im O bis zum Morvan im W, das nördl. Nieder-B. bis auf die Schichtstufen des Pariser Beckens, deren ostwärts gerichtete Steilkanten (Rand des Plateau de Langres, *Côte d'Or*) mit den Osthängen des hier S anschließenden Monts du Charolais u. Monts du Mâconnais das beste Weinbaugebiet Frankreichs sind; Erz- u. Steinkohlenlager bes. im Becken Autun.

Geschichte: Das seit 461 bestehende Reich der (german.) *Burgunder* wurde 534 von den Franken

Burgund im 15. Jahrhundert

unterworfen. Das Königreich B. entstand aus der Erbmasse des Fränkischen Reichs. 879 wurde Graf Boso von Vienne zum König in *Nieder-B.* (mit Lyon, Vienne, Arles) gewählt; 888 wurde Graf Rudolf I. (†921) König in *Hoch-B.* Um 934 wurden beide Reiche zum *Königreich B.* oder *Arelat* vereinigt. In der Folgezeit ergaben sich enge Beziehungen zum dt. Königtum, dessen Lehnsoberhoheit anerkannt wurde. 1032 nahm Kaiser Konrad II. B. als Erbe in Besitz; doch die Stellung des Reichs in B. festigte sich erst unter den Staufern: 1156 heiratete Kaiser Friedrich I. (Barbarossa) Beatrix von B. (Freigrafschaft B.), 1178 wurde er in Arles zum König von B. gekrönt. Im späten MA. kamen die westl. Teile von B. unter französ. Herrschaft, formal bestand jedoch die Lehnshoheit des Reichs weiter.

Das *Herzogtum B.* wurde unabhängig von den burgund. Königreichen gegründet. 1032 fiel es an eine Nebenlinie der Kapetinger; nach deren Erlöschen wurde es 1363 von König Johann dem Guten dessen jüngstem Sohn Philipp (dem Kühnen) übertragen. Damit begann die große Zeit des Herzogtums B.; Philipp gewann durch Heirat Flandern, das Artois u. die Freigrafschaft B. dazu. Seine Nachfolger, Johann ohne Furcht u. Philipp der Gute, dehnten ihre Macht weiter aus, bes. in den Niederlanden. Karl der Kühne hatte eine glänzende u. machtvolle Stellung unter den europ. Herrschern inne; er unterlag jedoch 1476 den Eidgenossen u. fiel 1477 bei Nancy im Kampf gegen den Herzog von Lothringen. Um das Erbe entbrannte ein Kampf zwischen Habsburg u. der französ. Krone. Der spätere Kaiser Maximilian I., der die Erbtochter Maria von B. geheiratet hatte, konnte die Herrschaft in den größten Teilen behaupten. Die Bourgogne u. einige weitere Gebiete fielen an Frankreich. – ⌑ 5.5.0.

Burgunder, ostgerman., aus Skandinavien stammender Volksstamm, der nach langsamer Wanderungsbewegung von den Strommündungen zwischen Oder u. Nogat in der 2. Hälfte des 4. Jh. n. Chr. den Rhein erreichte u. um Worms ein Reich gründete. Der größte Teil des Volkes wurde 436 durch hunn. Söldner des röm. Statthalters Aëtius im Kampf um die röm. Provinz Belgica vernichtet (histor. Kern der *Nibelungensage*), der Rest wurde 443 zwischen Genfer See u. Rhône angesiedelt (Hauptstadt Lyon). 534 wurde dieses Gebiet von den Franken erobert u. aufgeteilt.

Burgunderblut, Rotfärbung von Wasseransammlungen durch →Blutalgen.

Burgunderweine, französ. Weine hauptsächl. aus den Bezirken Ober- u. Niederburgund (Côte d'Or u. Yonne) u. dem benachbarten *Beaujolais*. Oberburgund ist berühmt für die besten Rotweine, Niederburgund für die bekannten Weißweine (*Chablis*), die auch zur Sektherstellung verwendet werden. Die *Burgundertraube*, eine blaubeerige Rebsorte, wird außer in Burgund auf dem Balkan, in Italien, auf der Iberischen Halbinsel u. in Nordafrika angebaut.

Burgundische Pforte, französ. *Porte de Bourgogne*, auch *Trouée de Belfort*, eine bis 28 km breite u. hügelige Senke zwischen den Vogesen im N u. dem Jura im S; alte Völker- u. Heerstraße u. noch heute wichtiger Verkehrsweg.

burgundische Sprache, die ausgestorbene ostgerman. Sprache der *Burgunder*, von der nur Namen überliefert sind.

Burgwald, Teil des Hess. Berglands, nördl. von Marburg, 412 m.

Burgward, bes. im 10. u. 11. Jh. der zu einer Burganlage gehörige Bezirk mit militär. Organisation im östl. Grenz- u. Siedlungsgebiet des dt. Reichs; zugleich Gerichtssprengel u. Verwaltungseinheit.

Burhanpur, ind. Stadt im südwestl. Madhya Pradesh, am Durchbruch der Tapti durch das Satpuragebirge, 80000 Ew.

Buri [thaichin.], Bestandteil von geograph. Namen: Stadt.

Buri, Max Alfred, schweizer. Maler, *24. 7. 1868 Burgdorf, †21. 5. 1915 Interlaken; hauptsächlich Genreszenen aus dem Berner Oberland, die stilistische Anregungen F. *Hodlers* verarbeiten, jedoch erzählfreudiger u. realistischer aufgefaßt sind.

Burián, Stefan Graf von Rajecz, österr.-ungar. Politiker, *16. 1. 1851 Stampfen bei Preßburg, †20. 10. 1922 Wien; zuerst im diplomat. Dienst, 1903–1912 Finanz-Min., 1915/16 Außen-Min.; bemühte sich um eine Lösung der poln. Frage im österr. Sinn; 1916 wieder Finanz- u. 1918 Außen-Min.

Buridan [byri'dã], Johannes, französ. Philosoph u. Naturforscher, *um 1300 Béthune, Artois, †nach 1358; Rektor der Pariser Universität, selbständiger Anhänger *Ockhams*, bedeutend als Ethiker. – *„B.s Esel"*, B. zugeschriebenes, aber bei ihm nicht vorkommendes Gleichnis für die Unmöglichkeit einer Willensentscheidung bei gleich starken Motiven: Der Esel verhungert zwischen zwei völlig gleichen u. gleich weit entfernten Heubündeln.

Burjan, Hildegard, geb. Freund, österr. Politikerin, *30. 1. 1883 Görlitz, †11. 6. 1933 Wien; organisierte die Heimarbeiterinnen, schuf 1918 die Schwesternschaft *Caritas Socialis*; 1920/21 Abg. zum österr. Nationalrat.

Burjaten, *Burjat-Mongolen*, nordmongol. Volk (300000), vorwiegend in der Burjat. ASSR u. in den Nationalkreisen der Agin-B. u. Ust-Orda-B. u. der Mongolei (30000); Viehzüchternomaden u. Jäger, vereinzelt schon Ackerbau; wohnen in Jurten; vaterrechtl. Sippen u. Geschlechterverbände (Aimag); Schamanen u. orth. Christen, im SO Lamaisten; im 13. Jh. aus der Mongolei eingewandert.

Burjatische ASSR, autonome Sowjetrepublik innerhalb der RSFSR, südl. u. östl. des Baikalsees im südl. Sibirien, 351300 qkm, 812000 Ew.; davon rd. 43% in Städten; Hptst. *Ulan-Ude*; im Stanowojbergland u. Witimhochland Jagd u. Rentierzucht, im S Waldwirtschaft, Rinder- u. Schafzucht (Fleischüberschußgebiet) mit Getreideanbau in den Flußtälern, am Baikalsee Fischfang; Bodenschätze: Gold, Wolfram, Glimmer, Graphit u. Kohlen. 1922 als AO gebildet, 1923 zur Burjat-Mongol. ASSR erhoben, 1958 umbenannt.

burjatische Sprache, im NW der Mandschurei, in der Mongol. Volksrepublik u. in der Burjat. ASSR (um den Baikalsee) gesprochene mongolische Sprache.

Burke [bə:k], **1.** Edmund, engl. polit. Schriftsteller u. Parlamentarier, *12. 1. 1729 Dublin, †9. 7. 1797 Beaconsfield, Buckinghamshire; bis 1790 Whig in der Gruppe um Lord *Rockingham* (*1730, †1782); trat für die Freiheit der nordamerikan. Kolonien u. für die Rechte der „indischen Mitbürger" ein u. kämpfte gegen die vordringende königl. Prärogative für die Rechte u. die Reform des Parlaments. Pflicht des Abgeordneten war für ihn nicht die Vertretung spezieller Wählerinteressen, sondern die Verwirklichung des Allgemeinwohls. Er bejahte die Ausbildung von Parteigruppen. – B. wandte sich scharf gegen die Französ. Revolution, deren Greuel er voraussah. In seinen „Reflections on the Revolution in France" 1790 trat er für den organ. gewachsenen Staat im Gegensatz zum künstl. geschaffenen ein u. wurde der Begründer der konservativen Staatsauffassung in der Neuzeit. In ihm kündigte sich bereits der Wandel vom Gegensatz Whig–Tory zum liberal–konservativen Gegensatz der engl. Parteien an.

2. Kenneth Duva, US-amerikan. Kritiker, *5. 5. 1897 Pittsburgh, Pa.; erforscht mit Hilfe sprachphilosoph. Erkenntnisse die symbol. Formen der Literatur; auch Musikkritiker u. Übersetzer dt. Literatur (Th. *Mann*, H. von *Hofmannsthal*).

3. Robert O'Hara, irischer Australienforscher, *1821 St. Clerans Galway, †28. 6. 1861; bei der Rückkehr vom Golf von Carpentaria, den er nach der ersten Durchquerung Australiens von S nach N von Melbourne aus erreicht hatte, am Cooperfluß verhungert.

Burkhard, *Burchard, Burghard* [ahd. *bergan*, „bergen, schützen", *hard*, „stark"], männl. Vorname.

Burkhard, 1. Paul, schweizer. Komponist, *21. 12. 1911 Zürich, †6. 9. 1977 Zell im Tösstal; Operetten: „Feuerwerk" 1948; „Die Schneekönigin" 1964 (nach H. C. Andersen); Oper „Bunbury" 1965; Weihnachtsoper „Ein Stern geht auf aus Jaakob" 1970.

2. Willy, schweizer. Komponist, *17. 4. 1900 Leubringen bei Biel, †18. 6. 1955 Zürich; setzte sich mit der Zwölftontechnik, I. Strawinsky, B. Bartók u. P. Hindemith auseinander. Oper „Die schwarze Spinne" 1949; Oratorium „Das Gesicht Jesajas" 1938; Orchesterwerke u. Kammermusik.

Burlamaqui [-'ki], Jean-Jacques, schweizer. Rechtslehrer, *13. 7. 1694 Genf, †3. 4. 1784 Genf; lehrte in Genf; Vertreter des rationalen Naturrechts im Sinn von H. *Grotius* u. S. von *Pufendorf*; seine Werke haben großen Einfluß auf die amerikan. Unabhängigkeitsbewegung (Th. *Jefferson*) ausgeübt. Hptw.: „Principes du droit naturel" 1742; „Principes du droit politique" 1751.

Burleigh ['bə:li], *Burghley*, William *Cecil Lord B.*, engl. Staatsmann, *18. 9. 1520 Bourne, Lincolnshire, †4. 8. 1598 London; 1543 u. 1547 Parlamentsmitglied, seit der Thronbesteigung *Elisabeths I.* 1558 deren Sekretär u. polit. Berater; sicherte den Aufbau der anglikan. Kirche u. die Krone Elisabeths innenpolit., indem er den Sturz u. die Beseitigung der kath. Maria Stuart betrieb, außenpolit., indem er Englands Macht gegenüber Spanien u. Frankreich erweiterte.

Burleske [die; ital. *burla*, „Schwank"], derb-komisches Lust- oder Possenspiel mit karikaturist. Personendarstellung; bes. in der italien. Komödie (C. *Goldoni*, C. *Gozzi*) u. im dt. Fastnachtsspiel; in der Musik ein lustig-charakterisierendes Stück für Soloinstrument oder Orchester (R. *Schumann*, M. *Reger*, R. *Strauss*).

Burlington ['bə:liŋtən], **1.** Industriestadt in Ontario (Kanada), 67000 Ew.; Obst- u. Gemüseanbauzentrum, Konservenindustrie, Chemikalienherstellung.

2. Industriestadt in Iowa (USA), am Mississippi, 33000 Ew.; Baptistenuniversität; Agrarzentrum, Traktoren-, Turbinenbau u.a. Industrie; bekannt durch die Chicago-B.-Eisenbahnkompanie. – 1833 gegr., 1838–1841 Hptst. des Wisconsin-Territoriums.

3. Industriestadt in North Carolina (USA), 35000 Ew.; Eisenbahnwerkstätten (Gleisbau), Textilindustrie; gegr. 1845.

4. größte Stadt von Vermont (USA), am Champlainsee, 36000 Ew.; Staatsuniversität (gegr. 1791); Handelsplatz, Industrie, Fremdenverkehr; gegr. 1763.

Burljuk, David, russ. Maler, *9. 7. 1882, †10. 2. 1967 New York; studierte in München u. Paris, kehrte 1907 nach Rußland zurück, wo er zum Begründer des russ. *Futurismus* wurde u. mit W. *Majakowskij* Freundschaft schloß; zeigte in der ersten Ausstellung des „Blauen Reiters" Beispiele seines französ. u. italien. Stilelemente verschmelzenden *Kubofuturismus*. Sein späteres Werk ist durch die expressionist. Darstellung literarisch-polit. Themen gekennzeichnet.

Burma = Birma.

Burmeister, Hermann, Südamerikaforscher, *15. 1. 1807 Stralsund, †2. 5. 1892 Buenos Aires; führte von 1850 an mehrere Reisen nach Brasilien, den La-Plata-Staaten u. Nordargentinien durch, ließ sich 1861 in Buenos Aires nieder u. leitete dort das von ihm errichtete Naturhistorische Museum.

Burnaburiasch II., kassitischer König von Babylon 1367–1346 v. Chr.; unterhielt diplomat. Beziehungen zu Amenophis IV. Echnaton von Ägypten.

Burne-Jones ['bə:n'dʒounz], Sir Edward, engl. Maler, *28. 8. 1833 Birmingham, †17. 6. 1898 London; Vertreter der Präraffaeliten; seine mytholog. Figurenszenen sind gekennzeichnet durch altmeisterl. Technik u. romant. Stimmungsgehalt.

Burnet ['bə:nit], Sir Frank *MacFarlane B.*, australischer Biologe, *3. 9. 1899 Traralgon, Victoria; erforschte u.a. die immunologischen Abwehrprozesse bei Gewebs- bzw. Organtransplantationen u. erhielt hierfür, gemeinsam mit P. B. *Medawar*, den Nobelpreis für Medizin 1960; schrieb u.a. „The clonal selection theory of acquired immunity" 1959.

Burnett ['bə:nit], **1.** Frances Eliza Hodgson, US-amerikan. Schriftstellerin, *24. 11. 1849 Manchester, England, †29. 10. 1924 Plandome, Long Island; schrieb die erfolgreiche sentimentale Jugenderzählung „Little Lord Fauntleroy" 1886, dt. „Der kleine Lord" 1889.

2. William Riley, US-amerikan. Schriftsteller, *25. 11. 1899 Springfield, Ohio; Verfasser vielgelesener zeitkrit. Romane: „King Cole" 1936; „The Asphalt Jungle" 1949.

Burney ['bə:ni], Fanny, eigentl. Frances B., engl. Erzählerin, *13. 6. 1752 King's Lyn, †6. 1. 1840 London; schrieb humorvolle Gesellschaftsromane.

Burnham ['bə:nəm], **1.** James, US-amerikan. Soziologe, *22. 11. 1905 Chicago; Hptw.: „Das Regime der Manager" 1941, dt. 1949; „Strategie des kalten Krieges" 1950.

2. Sherburne Wesley, US-amerikan. Astronom, *12. 12. 1838 Thetford (USA), †11. 3. 1921 Chicago; gab 1906 einen zweibändigen Katalog von 13665 Doppelsternen heraus.

Burnie ['bə:ni:; nach *William B.*, Direktor der Van Diemens Land Co.], Stadt an der Nordküste Tasmaniens, 18000 Ew.; Verschiffungshafen für westtasman. Zinn- u. Bleikonzentrate, Ölhafen; Papierherstellung.

Burnley ['bə:nli], nordwestengl. Stadt in Lancashire, 76000 Ew.; Kohlen, Maschinen- u. Textilindustrie. – Gegr. Anfang des 12. Jh.

Burns [bə:nz], **1.** John, engl. Gewerkschaftler u. Politiker (Labour Party), *20. 10. 1858 London, †24. 1. 1943 London; organisierte den Londoner Docker-Streik 1889; maßgebl. beteiligt an der Gründung des „Labour Representation Committee" 1900, aus dem später die engl. Arbeiterpartei entstand; 1892–1906 Unterhaus-Abg. als unabhängiger Radikaler, 1905 Mitgl. im liberalen Kabinett *Campbell-Bannerman*, 1914 Handels-Min., trat aus Protest gegen Englands Beteiligung am 1. Weltkrieg von allen Ämtern zurück. Er war der erste Labour-Vertreter in einem brit. Kabinett.

2. Robert, schott. Lyriker, *25. 1. 1759 Alloway, Ayrshire, †21. 7. 1796 Dumfries; Bauer, später Steuerbeamter; dichtete volksliedhafte, leidenschaftl., tiefempfundene Natur- u. Liebeslieder, vielfach zu überlieferten Melodien. In seiner Heimat schon zu Lebzeiten als Nationaldichter gefeiert, gewann B. durch seine Lyrik auch in anderssprachigen Ländern Volkstümlichkeit („Mein Herz ist im Hochland"). Von großer Sprachkraft ist auch seine balladeske Verserzählung „Tam O'Shanter" 1790. – 🕮 3.1.3.

Burns and Oates Ltd. ['bə:nz ənd 'o:ts], engl. Verlag in London, gegr. 1835; kath. Literatur, bes. Theologie, Philosophie.

Burnu [russ.-türk.] →Burun.

Burnus [der; arab.], wollener, meist weißer Mantel mit Kapuze als Obergewand nordafrikan. Beduinen; aus einem Stück gearbeitet.

Bürogehilfin, *Kontoristin*, anerkannter Ausbildungsberuf (2 Jahre). Auf die Ausbildungszeit kann ein Handelsschulbesuch (anerkannte Berufsfachschule) von mindestens 2 Jahren mit 1 1/2 Jahren, von mindestens 1 Jahr mit 1/2 Jahr angerechnet werden. Arbeitsgebiet: büromäßige Hilfsarbeiten, vor allem Stenographie u. Schreibmaschine *(Stenotypistin)*.

Bürokratie [frz. + grch.], **1.** der gesamte staatl., aus Beamten bestehende Verwaltungsstab.

2. *Bürosystem, Präfektursystem, bürokratisches System*, eine Verwaltungsform u. Behördenverfassung, bei der, im Gegensatz zum *Kollegialsystem*, Entscheidung u. Verantwortung bei einer Einzelperson, dem leitenden Beamten, liegen, der selbständige Anordnungen im Rahmen seiner Befugnisse treffen kann. Dieses Verwaltungssystem mit den Erscheinungsformen, wie sie sich seit der Mitte des 19. Jh. in Staat, Land, Provinz, Kreis u. Gemeinde gebildet haben, hat sich in den letzten Jahrzehnten in zunehmendem Maß auch über andere Gebiete des öffentl. Lebens (Parteien, Gewerkschaften, Banken, Großbetriebe u.a.) verbreitet u. z. T. zu Entartungserscheinungen geführt.

3. *Bürokratismus*, die „Verbeamtung" u. Aufblähung des Verwaltungsapparats im gesamten öffentl. Leben (einschl. der Wirtschaft); eine kurzsichtige, engstirnige, lebensfremde, vom „grünen Tisch" urteilende Beamtenwirtschaft oder sogar -herrschaft, der das Verständnis für die Bedürfnisse des Lebens fehlt, die in ihrer extremen Erscheinungsform, selbst anonym, nur die anonyme Masse eines akten- u. zahlenmäßig festzulegenden Publikums kennt u. ihre Daseinsberechtigung in einem „korrekten", kleinl., dem Leben abgewandten Schematismus begreift; gekennzeichnet durch die Unfähigkeit, von orthodoxen, eingefahrenen Richtlinien abzugehen. – 🕮 1.6.0.

Büromaschinen

Büromaschinen, Maschinen u. Vorrichtungen zur Vereinfachung u. Beschleunigung der Büroarbeiten: Schreib-, Diktier-, Adressier-, Falz-, Frankier-, Chiffrier-, Rechen-, Buchungsmaschinen, Vervielfältiger u. a.

Burri, Alberto, italien. Maler u. Materialkünstler, *12. 3. 1915 Città di Castello; Chirurg, auf den nordafrikan. Schlachtfeldern tätig; begann schon seit 1948 in seine Malerei Stoffcollagen einzubeziehen, verwendete dann seit 1950 zusammengenähte Fetzen aus grobem Sackleinen mit Brandspuren („Sacci"); schuf ab 1956 Holzbilder („Legni"), ab 1958 Blechmontagen („Ferri") u. nach 1960 Gebilde aus Kunststoffolien („Plastici").

Burrinjuck-Stausee [ˈburənjak-], *Burrinjuck Reservoir,* gestauter Abschnitt des oberen Murrumbidgee bei Yass in Neusüdwales, Australien; rd. 950 Mill. m³; zur Wasserregulierung u. Bewässerung; Stromgewinnung vorgesehen.

Burroughs [ˈbʌrɔuz], **1.** Edgar Rice, US-amerikan. Schriftsteller, *1. 9. 1875 Chicago, †19. 3. 1950 Encino, Calif.; schrieb populäre Romane über den weißen Dschungelhelden *Tarzan.* **2.** John, US-amerikan. Schriftsteller, *3. 4. 1837 bei Roxbury, N. Y., †29. 3. 1921 West Park, N. Y.; Freund von W. *Whitman.* Seine Essays, voll feiner, vergeistigter Naturbeobachtung, stehen H. D. *Thoreau* nahe.

Burscheid, nordrhein-westfäl. Industriestadt (Rhein-Wupper-Kreis) im Bergischen Land, südl. von Solingen, 15 300 Ew.; Metallindustrie, Webereien, Färbereien, Feinlederfabriken.

Burschenschaft, 1815 unter dem Eindruck der Freiheitskriege u. der Ideen von J. G. *Fichte,* F. L. *Jahn,* E. M. *Arndt* u. a. in Jena gegr. Organisation von Studenten u. z. T. auch Professoren, die für die dt. Einheit gegen Kleinstaaterei u. für die polit. Rechte des Bürgertums gegen die absolutist. Herrschaft eintrat. Sie stand anfangs an der Universität Jena unter dem Schutz des Großherzogs *Karl August.* 1817 wurde von Studenten das *Wartburgfest* als Gedenktag der Reformation u. als Demonstration gegen die Reaktion in Dtschld. gefeiert. Nach der Ermordung des Lustspieldichters u. Journalisten *Kotzebue* durch den Burschenschaftler Ludwig *Sand* (1819) wurde die B. als revolutionär verfolgt u. durch die *Karlsbader Beschlüsse* 1819 vor allem auf Betreiben *Metternichs* verboten u. unterdrückt. →auch Studentenverbindungen.
Die zunächst geheim weiterbestehenden B.en traten 1832 beim *Hambacher Fest* wieder unter ihren Farben Schwarz-Rot-Gold hervor; das *Frankfurter Parlament* 1848 in der Paulskirche wurde wegen der Vielzahl der B.ler unter seinen Abgeordneten zuweilen das „B.sparlament" genannt. Nach dem Scheitern der Revolution 1848 zunächst wieder verfolgt, schlossen sich die B.en später im allg.

Büro um die Jahrhundertwende

Sekretariatsplatz

BÜROTECHNIK

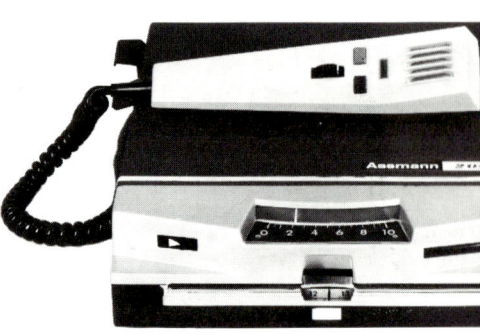

Diktiergerät

Kleine Photokopiermaschine

Bursa [die; lat., „Beutel"], *kath. Liturgie:* die Tasche in Quadratform, in der das *Corporale* aufbewahrt wird. Dient bei Versehgängen vielfach als Behälter für die geweihte Hostie. →auch Burse.

Bursa, *Burssa, Brussa,* das antike *Prusa,* alte türk. Stadt in Kleinasien, nahe dem Marmarameer (Hafen *Mudania*), Hptst. der Provinz B., am Uludağ (Mysischer Olymp, 2493 m), 350 000 Ew.; Seiden- u. Tabakindustrie, Wolfram- u. Chromvorkommen; viele Moscheen (Ula Cami, Yeşil Cami) u. a. Bauten aus der Blütezeit des Osmanischen Reichs; in der Nähe Schwefelthermen; Verkehrsknotenpunkt, Flugplatz. Im 14. Jh. Sitz der Osmanensultane.

Bursarienzeichen, die vom *Bursarius* (Rendanten) eines Domkapitels ausgegebenen Wertmarken, meist aus Kupfer; gebräuchl. im 16. u. 17. Jh. →auch Präsenzzeichen.

Bursche, 1. *allg.:* junger Mann, Halbwüchsiger. **2.** *Militär:* der bis 1945 jedem Offizier zur persönl. Aufwartung zugeteilte Soldat; in der Bundeswehr nicht wieder eingeführt. **3.** *Verbindungswesen:* seit dem 17. Jh. übliche Bez. für „Student", i. e. S. Bez. für Mitglieder von Studentenverbindungen.

der Politik *Bismarcks* an. Verschiedene Richtungen der B.en vereinigten sich 1874 u. nannten sich ab 1902 *Deutsche B.* Die B.en bekannten sich zum studentischen Komment u. zum Waffenstudententum *(Mensur);* 1883 bildeten sich die Reform-B.en ohne Bestimmungsmensur.

Burschensprache →Studentensprache.

Burse, *Bursa,* mittelalterl. Bez. für Geldbörse, Säckel; danach: Kasse zum gemeinsamen Unterhalt, Studentenheim, Stiftung für unbemittelte Studenten. →auch Bursa.

Burseragewächse, *Burseraceae,* Familie der Terebinthales, harzausscheidende Bäume, z. B. der Kanaribaum.

Bursfelder Kongregation, ehem. benediktin. Kongregation (gegr. im 15. Jh., aufgelöst 1803) unter der Leitung des Abts von *Bursfelde* (bei Göttingen). Seit 1589 führte ein luth. Theologe mit dem Titel Abt die Verwaltung der Liegenschaften des Klosters Bursfelde; der Abt war Mitgl. der theolog. Fakultät in Göttingen.

Burslem [ˈbəːsləm], seit 1910 Teil der engl. Stadt →Stoke-on-Trent; Kohlengruben, Steingut- u. Porzellanindustrie.

Burst [bəːst; der; engl.], bei Sonneneruptionen entstehende Intensitätserhöhung der Radiofrequenzstrahlung (mehrere Größenordnungen).

Bürstadt, hess. Stadt im Hess. Ried (Ldkrs. Bergstraße), 15 400 Ew.; Werkzeug-, Eisenindustrie.

Bürste, Reinigungsgerät, bei dem Bündel aus Tierborsten, Wurzelfasern, Kunststoff- oder Metalldrähten in Holz-, Kunststoff oder Drahthalter eingearbeitet sind. Bei B.n mit Holz- oder Kunststoffhaltern werden Borstenbündel entweder in eingebohrte Löcher reihenweise eingeleimt oder mit einem starken Faden eingezogen. Eine *Kardätsche* ist eine bes. große, ovale, mit Gurtschlaufe versehene B. zum Striegeln der Pferde. Zum Reinigen von Flaschen u. Rohren werden mit Draht verdrillte B.n benutzt, zum Reinigen von Metallgegenständen B.n mit Drahtborsten.
In der *Elektrotechnik* versteht man unter B. einen Schleifer aus graphitierter Kohle (auch mit Metallzusatz) oder Kupfergaze, der über Schleifringe oder Kollektoren die Verbindung zu rotierenden Teilen elektr. Maschinen herstellt. Die Bez. leitet sich von den früher verwendeten bürstenförmigen Drahtbüscheln ab.

Bürstenabzug, *Drucktechnik:* Probeabzug vom Schriftsatz zum Korrekturlesen; früher durch

Burundi

Modernes Konferenzzimmer mit Projektionsapparat und Diktiergerät

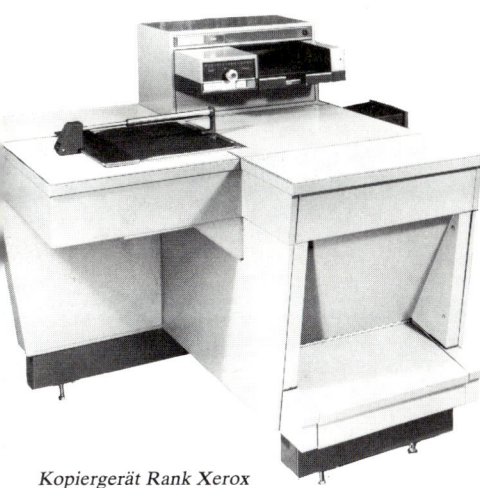

Kopiergerät Rank Xerox

IBM-Kopiergerät, einfach zu bedienen, arbeitet mit normalem, chemisch nicht eigens präpariertem Papier

In den Kontoren der Kaufleute wurden früher die anfallenden Arbeiten mit der Hand erledigt. Mit dem Anwachsen der Betriebe und damit auch der Büroarbeit erwies sich die Handarbeit als zu zeitraubend und daher zu teuer.

Die Büromaschinenindustrie entwickelte leistungsfähige Maschinen, die dem Menschen die Arbeit erleichtern. P. Mitterhofer erfand die Schreibmaschine 1866, die heute elektrisch betrieben wird. Schreibautomaten verbinden häufig wiederkehrende Texte zu Originalbriefen. Rechenmaschinen führen die Grundrechnungsarten schneller und zuverlässiger aus. Durch Verbindung von Schreib- und Rechenmaschinen entstanden Buchungsmaschinen. Darüber hinaus werden Lochkartenmaschinen, elektronische Datenverarbeitungsanlagen, Vervielfältigungsgeräte, Diktiergeräte u. a. verwendet. Endlich schließt die Bürotechnik auch die Gestaltung der Bürolandschaft, d. h. die zweckmäßige, Kraft und Zeit sparende Zuordnung von Arbeitsplätzen und Maschinen, ein.

Abklopfen mit einer Bürste, heute auf einer Handpresse hergestellt.

Bürsten- und Pinselmacher, handwerkl. Ausbildungsberuf mit 3jähriger Ausbildungszeit; stellt Bürsten, Besen u. Pinsel aus Borsten, Haaren, synthet. Material oder Draht her.

Burt [bə:t], Francis, engl. Komponist, *28. 4. 1926 London; studierte bei B. *Blacher*, lebt in Wien; Opern („Volpone" 1960; „Barnstable" 1969), Ballett „Der Golem" 1965; „Jamben" für Orchester 1955.

Burte, Hermann, eigentl. H. *Strübe*, Schriftsteller u. Maler, *15. 2. 1879 Maulburg, Baden, †21. 3. 1960 Lörrach; bekannt durch seinen von Nietzsche-Pathos erfüllten völk. Erneuerungsroman „Wiltfeber, der ewige Deutsche" 1912, seine Tragödie „Katte" 1914 u. durch aleman. Mundartgedichte („Madlee" 1923); auch hochdt. Gedichte („Das Heil im Geiste" 1953) u. Übersetzungen französ. Lyrik.

Burton [ˈbə:tn], **1.** Sir Richard Francis, engl. Forschungsreisender; *19. 3. 1821 Hertford, †20. 10. 1890 Triest; seit 1853 ausgedehnte Reisen durch Arabien (Mekka, Medina) u. Somaliland; entdeckte 1858 mit H. *Speke* den Tanganjikasee u. bestieg 1861 das Kamerungebirge; übersetzte die oriental. Märchensammlung „Tausendundeine Nacht". — **2.** Robert, engl. Humanist, *8. 2. 1577 Lindley, Leicester, †25. 1. 1640 Oxford; Geistlicher; legte seine umfassende Gelehrsamkeit u. humorvoll-überlegene Weltskepsis in „The Anatomy of Melancholy" 1621, dt. z. T. „Schwermut der Liebe" 1952 nieder.

Burton upon Trent [ˈbə:tən əˈpɒn trɛnt], mittelengl. Industriestadt am Trent, 51000 Ew.; Bierbrauereien. — Um 1000 gegr.

Buru, *Boeroe*, indones. Molukkeninsel westl. von Seram, im *Tomahu* 2175 m; 9710 qkm, 25000 Ew.; dichte Urwälder; Nutzholz (Teakholz), Kajeputöl.

Buryllus, *Buheiret el B.*, Strandsee in Nordägypten, östl. des Rosettaarms des Nildeltas, 60 km lang, 16 km breit; Fischfang.

Burun [türk.], russ.-türk. *Burnu*, Bestandteil von geograph. Namen: Kap, Landspitze.

Burundi, amtl. frz. *République du Burundi*, meerferner, kleiner Binnenstaat in Ostafrika (Republik seit dem 28. 11. 1966) an der Nordspitze des Tanganjikasees, zwischen Zaire u. Tansania, 27834 qkm, 3,9 Mill. Ew. (140 Ew./qkm), Hptst. *Bujumbura* (Usumbura). – 🖻→Ostafrika.

Landesnatur: B. ist ein klimatisch begünstigtes, mäßig warmes u. feuchtes, trop. Hochland, das zu den dichtest besiedelten Gebieten Afrikas gehört. Von der trockeneren u. wärmeren Zone des Zentralafrikan. Grabens am Tanganjikasee (773 m ü. M.) u. des Flusses Ruzizi im W steigt das Land weiter östl. zur besser beregneten u. stärker bewaldeten Wasserscheide von Kongo u. Nil (1500–2300 m ü. M.) an. Daran schließen die zentralen u. östl. Hochebenen mit Feuchtsavannenvegetation an, die die Weide- u. Hauptanbaugebiete von B. sind.

Bevölkerung: Etwa 86% der Bewohner gehören zum Bantuvolk der *Bahutu*, die Ackerbau treiben. Das hamit. Hirtenvolk der *Batutsi* (Watussi) mit 13% der Bevölkerung bildet eine kleine Oberschicht; es war seit Jahrhunderten das staatsbildende Volk u. stellte auch den König. Auch jetzt kommt noch der größte Teil der Gebildeten aus den Reihen der Batutsi u. dementsprechend auch viele Staats- u. Verwaltungsbeamte. Eine untergeordnete Rolle spielen mit 1% die *Batwa*, ein den Pygmäen verwandtes Volk, das seit alter Zeit als Jäger u. Wildbeuter lebt. Nur 2,2% der Gesamtbevölkerung leben in der einzigen größeren Stadt Bujumbura, der weitaus größte Teil in ländl., verstreut liegenden Familien- oder Sippensiedlungen.

Wirtschaft: Außer wenigen europ. Pflanzern im Kaffeebau wird das Ackerland in kleinen Familienbetrieben bewirtschaftet. Etwa 96% des Bodens dienen zur Versorgung der einheim. Bevölkerung mit Bohnen, Bananen (u. a. zur Bierherstellung), Hirse, Mais, Bataten, Maniok u. neuerdings etwas Reis. Die wichtigsten landwirtschaftl. Exportgüter sind Kaffee u. Baumwolle, daneben etwas Tabak, Rhizinus, Chinarinde, Ölpalmprodukte u. Tee. Die Viehwirtschaft (vor allem das sog. Watussirind, Ziegen u. Schafe) wird extensiv betrieben; die Weideflächen sind übersetzt, u. es reicht weder die Erzeugung von Fleisch noch die von Milch aus. An Bodenschätzen werden nur noch geringe Mengen von Gold u. Bastnaesit ausgeführt; die Förderung von Tantalerz u. Zinnerz ist eingestellt worden. Die Industrie hat nur beschränkte Entwicklungsmöglichkeiten. Der Verkehr ist auf Straßen u. Wasser angewiesen, Eisenbahnlinien gibt es nicht. Der Außenhandel wird über den Hafen von Bujumbura am Tanganjikasee abgewickelt, von wo die wichtigste Schiffahrtsstrecke nach Kigoma in Tansania führt; von dort werden die Güter per Eisenbahn nach Dar es Salaam gebracht. – 📖 6.7.6.

Geschichte: Nach 1600 entstand in B. der südlichste der *Hima*- oder *Tutsi-Staaten*, in denen jeweils eine Minderheit hochwüchsiger Rinderhirten mit monarch. Verfassung die bäuerl. Bevölkerung (*Hutu*) unterwarf, jedoch deren Bantu-Sprache übernahm. B. kam durch den dt.-brit. Vertrag von 1890 zu Dt.-Ostafrika, wurde jedoch erst 1899 tatsächl. besetzt. 1919 kam es zusammen mit *Rwanda* als Völkerbundsmandat unter belg. Herrschaft (seit 1946 UN-Treuhandgebiet). König

Burunduk

(*Mwami*) war seit 1915 der 1913 geborene *Mwambutsa IV.* 1960 leitete Belgien die Entkolonisierung ein, am 1. 7. 1962 wurde B. unabhängig. Langwierige innere Unruhen führten 1966 zur Abschaffung der Monarchie durch einen Staatsstreich des Premier-Min. u. ehem. Polizeioffiziers Michel *Micombero* (*1940). Er regierte B. bis zum Sturz durch eine Militärjunta 1976 als Präs. Die Wünsche der Hutu nach sozialer Gleichstellung sind noch nicht erfüllt.

Burunduk [das; russ.] →Backenhörnchen.
Bury [ˈbəri; engl.], Bestandteil von geograph. Namen: Stadt, Flecken.
Bury [ˈbɛri], nordwestengl. Industriestadt am Irwell, nordwestl. von Manchester, 67000 Ew.; Textilindustrie.
Bury Saint Edmunds [ˈbɛri sint ˈedməndz], Hptst. der ostengl. Teilgrafschaft West Suffolk (Grafschaft Suffolk), 25000 Ew.; anglikan. Bischofssitz, Kathedrale (15. Jh.), landwirtschaftl. Markt.
Bürzel, 1. *Jagd:* = Pürzel.
2. *Zoologie:* bei Vögeln die hinterste Rückenpartie; enthält auf der Oberseite die paarige *B.drüse*, die zum Einfetten des Gefieders ein öliges Sekret absondert (vor allem bei Wasservögeln).
Burzeldorn, *Tribulus*, Pflanzengattung der *Zygophyllazeen* des afrikan.-vorderasiat. Steppengebiets, mit kriechendem Wuchs u. dornigen Früchten.
Bürzeldrüse →Bürzel (2).
Busch, eine Wuchsform von Pflanzen; kurz für →Buschland.
Busch, 1. Adolf, Bruder von 3) u. 5), Geiger u. Komponist, *8. 8. 1891 Siegen, †9. 6. 1952 Guilford, Vermont (USA); 1912 Konzertmeister in Wien, 1918 Lehrer an der Musikhochschule Berlin, 1926 in Basel, seit 1940 in New York; Geiger von internationalem Ruf, gründete 1919 ein Streichquartett (*Busch-Quartett*), in dem u. a. Paul *Grümmer* u. sein Bruder Hermann B. (5) als Cellisten mitwirkten; komponierte im Reger-Stil.
2. Ernst, Offizier, *6. 7. 1885 Bochum, †17. 7. 1945 (in engl. Gefangenschaft) im 2. Weltkrieg Oberbefehlshaber der 16. Armee u. 1944, an der Ostfront, der Heeresgruppe Mitte; befehligte 1945 als Generalfeldmarschall Restverbände in Schleswig-Holstein.
3. Fritz, Bruder von 1) u. 5), Dirigent, *13. 3. 1890 Siegen, †14. 9. 1951 London; u. a. in Riga, Aachen, Stuttgart, Dresden (1922–1933 Generalmusikdirektor) u. Buenos Aires.
4. Hans, Physiker, *27. 2. 1884 Jüchen, Rheinland; Arbeitsgebiet: Elektronenoptik; entwickelte mit der Theorie der magnet. Linsen die Grundlagen der modernen Elektronenmikroskope.
5. Hermann, Bruder von 1) u. 3), Cellist, *24. 6. 1897 Siegen, †3. 6. 1975 Bryn Mawr, Pa.; Mitglied des Busch-Trios u. -Quartetts, unterrichtete an der Miamy University, USA.
6. Paul, Zirkusunternehmer, *1850, †28. 11. 1927 Berlin; Gründer u. seit 1895 Direktor des *Cirkus B.* am Bahnhof Börse in Berlin; führte die großen Wasserspiele ein.
7. Wilhelm, Maler, Graphiker u. Dichter, *15. 4. 1832 Wiedensahl, Hannover, †9. 1. 1908 Mechtshausen bei Seesen; lieferte nach Ausbildung in Düsseldorf, Antwerpen u. München seit 1858 für die Zeitschrift „Fliegende Blätter" zahlreiche volkstüml. humorist. Bildergeschichten mit selbstgedichteten Versen in schwungvoll-bewegtem Zeichenstil u. knapper, treffender Charakterisierung. Berühmt wurden u. a. die Folgen „Max u. Moritz" 1856; „Die fromme Helene" 1872; „Hans Huckebein" 1872; „Julchen" 1877; „Abenteuer eines Junggesellen" 1875. Die Themen sind meist der Welt des dt. Kleinbürgertums entnommen. Als Dichter schrieb B. u. a. die Erzählung „Eduards Traum" 1891 sowie knappe Spruchgedichte von abgeklärter Lebensweisheit; Gedichtsammlungen: „Kritik des Herzens" 1874 u. „Zu guter Letzt" 1904. Die Autobiographie „Von mir über mich" 1894 zeigt Anklänge an die pessimist. Lebensphilosophie A. *Schopenhauers*. Als Maler wurde B. zunächst nur wenig beachtet, obwohl seine Landschaften u. Figurenbilder in ihrer temperamentvollen, tonigen Malweise Anregungen der alten Holländer (F. *Hals*, A. *Brouwer*) realist. weiterentwickeln. Der größte Teil seines Künstler. Nachlasses wird seit 1937 im *Wilhelm-Busch-Museum* in Hannover aufbewahrt. – 🗆 2.5.2.
Buschan, Georg, Arzt u. Völkerkundler, *14. 4. 1863 Frankfurt (Oder), †6. 11. 1942 Stettin; Werke: „Die Sitten der Völker" 1914–1920; „Über Medizinzauber u. Heilkunst" 1941; Hrsg.: „Illustrierte Völkerkunde" ²1922–1926.
Buschbock →Schirrantilope.
Buschbohne →Bohne.
Buschehr, Buschir, Bushire, iran. Hafenstadt am Pers. Golf, westl. von Schiras, 40000 Ew.; Textilindustrie; Mitte des 18. bis zum Beginn des 20. Jh. wichtigster Hafen Persiens.
Büschel, *Geometrie:* eine unendl. Schar von Geraden in einer Ebene durch einen Punkt (*Geraden-B.*) oder eine unendl. Schar von Ebenen durch eine Gerade (*Ebenen-B.*). →auch Bündel.
Büschelkiemer, *Syngnathiformes*, Ordnung der Echten →Knochenfische mit schwammartigen Kiemenbüscheln; ausgeprägte Brutpflege (meist die Männchen). Zu den B.n gehören *Seenadeln, Röhrenmäuler* u. *Pfeifenfische*.
Büschellicht, stille elektr. Entladung bei gewittrigem Wetter, Schnee- u. Graupelböen, in Form von Lichtbüscheln an spitz über die Erdoberfläche ragenden Masten, Turmspitzen u. ä.; als *Sankt-Elms-Feuer* bekannt. *Büschelentladungen* treten in Gasen mit normalem Druck auf.
Büschelmiere →Miere.
Büschelmücken, *Corethra*, nicht blutsaugende *Stechmücken*, deren durchsichtige Larven Kleinkrebse jagen. Ihr Tracheensystem ist zu 4 gasgefüllten Blasen rückgebildet, mit denen sie ihren Auftrieb regeln u. so auch im Wasser schweben können.
Büschelschön →Phacelia.
Buschenschank, *Straußwirtschaft*, Ausschank von *Heurigem* u. Traubenmost in Wien, in Niederösterreich, im Burgenland u. in der Steiermark; durch B.zeichen (Buschen, Kranz, Strauß, Strohgebinde) kenntl. gemacht.
Buschhornblattwespen, *Diprionidae*, Familie der *Pflanzenwespen*; die Weibchen mit gesägten, die Männchen mit buschig gefiederten Fühlern; der Körper ist kurz u. gedrungen. Zu ihnen gehören die äußerst schädl. *Kiefern-B*.
Buschi, engl. *Bushi* [jap., „Krieger"], japan. Militäraristokratie; →Samurai.
Buschido, engl. *Bushido* [jap., „Ritterweg"], ritterl. Lebensanschauung in Japan, fordert Treue, Tapferkeit, Wehrtüchtigkeit, Gerechtigkeit, Hilfsbereitschaft, Güte gegen Schwache u. ä.
Büsching, Anton Friedrich, Philosoph u. Geograph, *27. 9. 1724 Stadthagen, †28. 5. 1793 Berlin; förderte den wissenschaftl. Charakter der Erdkunde durch Einführung statist. Methoden u. umfangreicher Literaturauswertung; Hptw.: „Erdbeschreibung" 11 Bde. 1754ff., ³⁻⁸1787 bis 1792.
Buschir, iran. Hafenstadt, = Buschehr.
Buschkaschi, 5000 Jahre altes in Afghanistan betriebenes Reiterspiel: Ein etwa 2 Zentner schweres Kalb muß im Wettkampf von zwei Reiterparteien aus dem Anreiten aufgenommen u. nach einem Umritt um vier Malstangen in eine flache Grube geworfen werden. Zu jeder Partei gehören oftmals bis zu 100 Reiter. Verletzungen u. sogar Todesfälle sind nicht ungewöhnlich.
Buschklepper, Strauchdieb, berittener Räuber.
Buschland, kurz *Busch*, Dorn- u. Trockenbuschvegetation in trop. Savannen u. subtrop. Steppen, meist aus laubabwerfenden Sträuchern, aber auch Hartlaubgehölzen, gelegentl. von Akazien, Baobabs, Mimosen u. a. Bäumen durchsetzt. Man unterscheidet *Buschsavanne* oder *-steppe* (Grasland mit Einzelbüschen), offeneres u. undurchdringliches Dickicht (*Busch-, Dornwald*; →Strauchformationen). Eingriffe in die Savannenvegetation (Überweidung) können zur *Verbuschung* führen, *Buschbrände* dagegen zur Ausrottung der Buschvegetation.
Buschmänner [nach ihren Behausungen: aus Zweigen geflochtene Windschirme], kleinwüchsi-

Buschland: Buschbrand bei Wonga Park, Victoria (Australien)

Buschland: Vegetation und Tiere

ges nomad. Wildbeutervolk Südafrikas (60 000, z. T. nicht mehr reinrassige B.), die Urbewohner dieses Gebiets, von Bantustämmen u. Europäern teils ausgerottet (so die Kap- u. Namib-B.), teils in die Kalahari abgedrängt u. dadurch kulturell verarmt. Am zahlreichsten sind noch die *Kung* im NO Südwestafrikas. Sie gehören zur Kulturgruppe der Steppenjäger, leben unter Felsdächern (dort Felsbilder: *Buschmannmalereien*) oder halbrunden Windschirmen in kleinen Familiengruppen. Gejagt wird mit Pfeil u. Bogen auf Treib- u. Hetzjagden (mit Rennsandalen). Der *Buschmannrevolver*, ein kleiner Bogen, ist ein Zaubergerät, →Khoisanide. – ☐ 6.1.6.
buschmännische Sprache, durch Schnalzlaute charakterisierte Khoinsprache in Südwestafrika.
Buschmannland, trockenes Grenzgebiet des Kaplands gegen Südwestafrika, südl. des Oranje.
Buschmeister, *Lachesis muta,* gefährlichste *Grubenotter,* bis 3,75 m lang; von Panama bis ins trop. Brasilien verbreitet.
Buschneger, *Maroons, Maronen,* Nachkommen entlaufener mittel- u. südamerikan. Neger, die sich zu neuen Stämmen vereinigt haben; bes. im Bergland von Guayana.
Buschobst, Kern- u. Steinobst, das nicht hochstämmig gezogen wird, sondern dessen Zweige sich vom Boden an frei entwickeln können. Baumpflege u. Ernte sind dadurch erleichtert.
Buschor, Ernst, Archäologe, *2. 6. 1886 Hürben bei Krumbach, †11. 12. 1961 München; Prof. in Erlangen (1919), Freiburg (1920) u. München (1929), Direktor des Dt. Archäolog. Instituts in Athen 1921–1930, Leiter der Ausgrabungen im Heraion von Samos; wichtige Beiträge zum Verständnis der archaischen Plastik. ,,Altsamische Standbilder'' 5 Bde. 1934–1951; ,,Plastik der Griechen'' 1936; ,,Phidias der Mensch'' 1948; ,,Medusa Rondanini'' 1958. Hptw.: ,,Griech. Vasenmalerei'' 1912; ,,Griech. Vasen'' 1940, ²1969.
Buschschliefer = Steppenschliefer.
Buschschule, bei Naturvölkern die Zusammenfassung der für die Aufnahme in den Kreis der Erwachsenen vorgesehenen Jugend an einem abseits der Siedlungen gelegenen Ort unter der Obhut erfahrener älterer Männer bzw. Frauen. Ziel ist das Vertrautmachen mit der Stammestradition, den Mythen, bestimmten Tänzen u. Liedern u. den Pflichten als Stammesmitglied. →auch Initiation.
Buschschwein →Flußschwein.
Buschwehr, Sinkwalzen aus Rundholzstangen, die am Grund des Wasserlaufs verankert werden; sie wirken als *Grundschwellen* oder als einfache *Wehre.*
Buschwindröschen →Anemone.
Büsel →Pilling.
Busemann, Adolf, Psychologe u. Pädagoge, *15. 5. 1887 Emden; Prof. in Marburg a. d. Lahn; Hptw.: ,,Einführung in die Pädagogische Jugendkunde'' 1931, unter dem Titel: ,,Kindheit u. Reifezeit'' ⁶1965; ,,Stil u. Charakter'' 1948; ,,Psychologie der Intelligenzdefekte'' 1949, ⁴1968; ,,Geborgenheit u. Entwurzelung des jungen Menschen'' 1951, ⁵1965; ,,Krisenjahre im Ablauf der menschlichen Jugend'' 1953, ³1965; ,,Weltanschauung in psycholog. Sicht'' 1967.
Busen, die entwickelte weibl. →Brust; in der *Anatomie: sinus mammarum,* die Einsenkung zwischen den weibl. Brustdrüsen; *übertragen:* Ausbuchtung, z. B. Meer-B.
Busento, linker Nebenfluß (25 km) des Crati im nördl. Kalabrien (Italien), in dem der Westgotenkönig Alarich begraben sein soll.
bushel ['buʃəl; engl.], in Großbritannien Maß für flüssige u. feste Stoffe, in den USA nur für Trockensubstanzen; vor allem Getreidemaß in England (36,36 l) u. den USA (35,24 l).
Busia, Kofi A., ghanaischer Politiker u. Wissenschaftler, *11. 7. 1913 Region Brong-Ahafo, †28. 8. 1978 Oxford (England); lehrte an der Pädagog. Akademie Achimota. 1942 trat er als einer der ersten Afrikaner in den höheren kolonialen Verwaltungsdienst der Goldküste ein, promovierte in Oxford u. lehrte bis 1959 an der Universität Accra. Gleichzeitig war er polit. aktiv u. führte seit 1954 die parlamentar. Opposition gegen *Nkrumah* (*National Liberation Movement,* seit 1957 *United Party*). Als ihm 1959 sein Parlamentsmandat entzogen wurde, ging er ins Exil u. übernahm eine Professur an der Universität Leiden (Niederlande). Nach Nkruhmahs Sturz 1966 kehrte B. nach Ghana zurück, übernahm den Vorsitz im staatl. Amt für polit. Bildung u. gründete 1969 die Fortschrittspartei (*Progress Party,* Abk. *PP*). Nach dem Wahlsieg der PP in den Parlamentswahlen 1969 wurde B. Prem.-Min. (bis 1972).
Büsingen, dt. Exklave auf dem nordrheinischen Gebiet des schweizer. Kantons Schaffhausen, rd. 950 Ew.; seit 1947 ins schweizer. Zollgebiet einbezogen.
Busiris, im Heraklesmythos ein ägypt. König, Sohn des Poseidon u. Erbauer Thebens, der Zeus jährl. einen Fremden opferte. Herakles erschlug ihn samt seinem Anhang. Die Figur ist wahrscheinl. ein Sinnbild des ägypt. Fremdenhasses; von *Euripides* in einem Satyrdrama dargestellt.
Busiris, Name mehrerer ägypt. Orte, die einen Osiristempel besaßen. Der wichtigste war das alte *Ddw,* Hauptort des 9. unterägypt. Gaus inmitten des Nildeltas, das als Geburtsort des Totengotts Osiris galt.
Busken Huet ['byskə hy:'ɛt], Conrad, niederländ. Prediger u. Publizist, *28. 12. 1826 Den Haag, †6. 5. 1886 Paris; schrieb unter dem Pseudonym *Trasybulus* naturalist. Romane u. Zeitkritik. ,,Rembrandts Heimat'' 1862–1864, dt. 1886/87; ,,Lidewyde'' 1868, dt. 1874.
Buskerud, südnorweg. Prov. (Fylke), 14 933 qkm, 201 400 Ew., Hptst. *Drammen;* 3,5 % nutzbare Fläche: bes. Obstbau; im N vegetationsarme Hochflächen, im O Wald; Industrie.
Buson, Yosa, japan. Haikai-Dichter u. Maler der neuchines. *Nanga-Schule,* *1716, †1783; tätig in Edo, später in Kyoto.
Busoni, Ferruccio, dt.-italien. Komponist u. Pianist, *1. 4. 1866 Empoli bei Florenz, †27. 7. 1924 Berlin; klavierspielendes Wunderkind; als der ,,vollkommenste'' Pianist seiner Zeit in Europa u. Amerika gefeiert. In seinen eigenen Werken erstrebte er einen neuen klass. Stil: Opern (,,Die Brautwahl'' 1912; ,,Turandot'' 1917; ,,Arlecchino'' 1917; ,,Doktor Faust'' 1925 [vollendet von Ph. Jarnach]), Klavierwerke, Kammermusik, Lieder u. a.; in seinen theoret. Werken (,,Entwurf einer neuen Ästhetik der Tonkunst'' 1907) entwickelte er revolutionierende Ideen (Forderung nach Erweiterung der Tonalität zur Atonalität) u. wurde von H. *Pfitzner* heftig befehdet. ,,Von der Einheit der Musik'' 1922, neue Aufl. ,,Wesen und Einheit der Musik'', Schriften u. Aufzeichnungen, 1956.
Bussarde [frz.], *Buteoninae,* eine Unterfamilie der Raubvögel, mit kräftiger Gestalt u. breiten Flügeln. Die B. kreisen über der Beute, bevor sie niederstoßen. Sie sind nützl. durch Vertilgen von Nagetieren; Vögel werden kaum geschlagen. Einheim. ist der in der Färbung stark variierende *Mäuse-B., Buteo buteo,* als Wintergast der weißbäuchige *Rauhfuß-B., B. lagopus,* u. der insektenfressende *Wespen-B., Pernis apivorus.*
Bußdisziplin, in der alten u. mittelalterl. Kirche das Verfahren der kirchl. Sittenzucht, in dem die Kirche den Sünder zu Buße u. Vergebung führte:

Büßerschnee in den Anden

Im christl. Altertum wurden die nach der Taufe in schwere Sünde Gefallenen von der Abendmahlsgemeinschaft ausgeschlossen, dem Bußerstand zugewiesen. u. erst nach mitunter jahrelanger Genugtuung mit der Kirche wieder versöhnt; diese Wiederversöhnung (*Rekonziliation,* d. h. Absolution) wurde zeitlebens nur einmal gewährt. Für leichtere Vergehen wurden in nichtsakramentaler Form rein persönl. →Bußübungen geleistet. Seit dem frühen MA. setzten sich wiederholter privater Empfang des Bußsakraments u. gemilderte Kirchenzucht durch. Die für bekannte Sünder beibehaltene öffentl. B. kam im Hoch-MA. außer Übung. Das reformatorische Verständnis der Buße als christl. Lebensrecht schlechthin führte zur Umgestaltung der B. →auch Beichte, Kirchenstrafen.
Busse, 1. Carl, Pseudonym Fritz *Döhring,* Lyriker, Erzähler u. Literarhistoriker, *12. 11. 1872 Lindenstadt bei Birnbaum, Prov. Posen, †3. 12. 1918 Berlin; erzählte aus der dt.-poln. Welt (,,Die Schüler von Polajewo'' 1901). Sein unsteter jüngerer Bruder Georg *Busse-Palma* (*1876, †1915) hatte mit ,,Liedern eines Zigeuners'' 1899 Erfolg. 2. Hermann *Eris,* alemann. Heimaterzähler u. bad. Volkstumsforscher, *9. 3. 1891 Freiburg i. Br., †15. 8. 1947 Freiburg i. Br.; Schwarzwald-Romantrilogie: ,,Bauernadel'' 1933; ,,Der Erdgeist'' 1939.
Buße, 1. *Religion:* Abkehr von sittlich-religiösen Verfehlungen, um eine Störung des Verhältnisses zur Gottheit oder zu übernatürlichen Mächten zu überwinden. In der Welt der Religionen äußert sich B. in mannigfachen Formen: Waschungen, Fasten, Opfer, deren Ziel die Wiedergutmachung von Schuld ist. Im Christentum ist B. die durch Christus gewirkte Gesamthaltung der Umkehr, in der der sündige Mensch vor Gott als schuldig bekennt, sich im Glauben ihm zukehrt u. von der Sünde abwendet. Diese Haltung muß nach *kath.* Lehre in den tätigen Willen zur Besserung u. in die Genugtuung münden, die sich in Bußwerken wie Gebet, Fasten, Almosen (oft vereinfacht mit B. gleichgesetzt) äußern kann. Die personale B. wird durch das *Bußsakrament,* das aus Gewissensforschung, Reue, Sündenbekenntnis (Beichte), Absolution u. Genugtuung besteht, sakramental vollendet. – Ansatzpunkt des *ev.* Verständnisses ist die Anschauung, daß die Wandlung des Menschen ausschl. Gottes Werk ist, das an keiner Stelle von menschlicher Leistung begleitet werden kann. B. ist darum nicht ein einzelner Akt, sondern die tägliche Hinwendung zu Gottes Vergebung in Reue u. Glaube; aus diesem folgen christl. Taten als Frucht der B. – ☐ 1.9.0.
2. *Strafrecht:* 1. keine *Strafe,* sondern eine auch immaterielle Schäden umfassende Geldentschädigung des Verletzten, die bis 1. 1. 1975 bes. bei Beleidigung u. Körperverletzung (§§ 188, 231 StGB) im Strafverfahren festgesetzt werden konnte. →auch *Geld-B.* 2. als *Geld-B.* Strafe im →Dienststrafrecht. 3. Maßnahme im Ordnungswidrigkeitenrecht. 4. *Schweiz:* →Geldstrafe.
Bussen, *Schwabenberg,* Kegelberg im südl. Württemberg, nahe der Donau; 767 m; Wallfahrtskirche.
Büßerschnee, span. *Penitentes,* in Trockenperioden durch kräftige Sonnenstrahlung u. bei großer Frostwechselhäufigkeit an der Oberfläche abgeschmolzene Firndecke trop. Hochgebirgsgegenden, mit teils menschenähnl. Eisklumpen (,,Büßern'').
Bußgeldbescheid, im Verfahren nach dem Gesetz über Ordnungswidrigkeiten von der Verwaltungsbehörde erlassener Bescheid über die Festsetzung einer →Geldbuße. Gegen den B. kann Einspruch eingelegt werden.
Bußgeldverfahren, im *Gesetz über Ordnungswidrigkeiten* vom 24. 5. 1968 in der Fassung vom 2. 1. 1975 geregeltes Verfahren zur Verfolgung u. Ahndung von Ordnungswidrigkeiten durch die Verwaltungsbehörden. Die Ordnungswidrigkeit wird durch *Bußgeldbescheid* geahndet (Buße in Höhe von 5 bis 1000 DM); bei Geringfügigkeit kann eine Verwarnung ausgesprochen u. ein Verwarnungsgeld in Höhe von 2 bis 20 DM erhoben werden, wenn der Betroffene einverstanden ist. Das B. hat besondere Bedeutung für Verkehrsordnungswidrigkeiten (§ 24 StVG), bei denen die Geldbuße nach einem *Bußgeldkatalog* festgesetzt wird (→Bußgeldbescheid, →Ordnungswidrigkeitenrecht). Das B. ist kein *Strafverfahren.*
Bussole [die; ital.], ein mit Kreisteilung versehener Magnetkompaß, auch elektr. Meßgerät, in dem der durch eine Spule hindurchgehende Strom eine

Bussole

Magnetnadel ablenkt. Die Ablenkung ist ein Maß für die Stromstärke. →auch Tangentenbussole.

Bussotti, Sylvano, italien. Komponist u. Maler, *1. 10. 1931 Florenz; von J. *Cage* beeinflußt, zählt mit G. *Ligeti* u. M. *Kagel* zu den Hauptvertretern eines neuen musikalischen Theaters; bringt in seinem neodadaist. Kammermysterium „La passion selon Sade. Mystère avec tableaux vivants" (1964) in der Nachfolge der Skrjabin-Schönberg-Tradition („Prometheus", „Die glückl. Hand") Lichtspieleffekte u. Geruchssensationen.

Bußtag, Buß- und Bettag, in den ev. Kirchen ursprüngl. bestimmte Tage, die zur Weckung der Selbstbesinnung der Gemeinde vor Gott jährl. wiederkehrend oder aus bes. Anlässen festgesetzt werden; Anfang des 20. Jh. festgelegt auf den Mittwoch vor dem letzten Sonntag des Kirchenjahres (staatl. anerkannter Feiertag), in der Schweiz am 3. Sonntag im September.

Bußübungen, in der kath. Kirche äußere Zeichen der inneren Bußgesinnung des Christen; grundsätzl. alles Tun des christl. Lebens, dann die teils von der kirchl. →Bußdisziplin auferlegten, teils in freiwilliger *Askese* übernommenen Übungen zur Sühne eigener u. fremder Sünden u. z. Zurüstung des Gläubigen für die Herrschaft Gottes. Solche B. sind: Beten, die Übernahme der Ev. Räte, Almosen, Fasten u. Abstinenz, Verzicht auf Genüsse; im MA. vielfach Geißelung.

Bussum [ˈbysəm], Stadt in Nordholland (Niederlande), Villenort zwischen Amsterdam u. Hilversum; 41 600 Ew.; Blumenzucht, Baumschulen.

Busta, Christine, eigentl. Ch. *Dimt,* österr. Lyrikerin, *23. 4. 1915 Wien; ist dort Bibliothekarin; Gefühlserleben, Religiosität u. Menschlichkeit prägen ihre Dichtung: „Der Regenbaum" 1951; „Lampe u. Delphin" 1955; „Die Scheune der Vögel" 1958; „Die Sternenmühle" 1959; „Unterwegs zu älteren Feuern" 1965.

Bustamante, Sir Alexander, Politiker in Jamaika, *24. 2. 1884 Lecea, Blenheim (Jamaika), †6. 8. 1977 Kingston; Gründer der führenden *Jamaica Labour Party* (JLP) 1943; 1953–1955 Chef-Min. u. 1962–1965 Premier-Min.

Büste [ital. *busto*, „Brustbild"], **1.** *Bildhauerei:* in der röm. Kaiserzeit, in Renaissance, Barock u. Klassizismus weit verbreitete rund- oder reliefplast. Teildarstellung eines Menschen (meist mit Bildnischarakter), die nach unten durch Schulter, Brust oder Körpermitte begrenzt ist. **2.** *Schneiderei:* Nachbildung des Oberkörpers zum Anprobieren von Kleidungsstücken.

Bustelli, Franz Anton, italien. Bildhauer u. Porzellanmodelleur, *12. 4. 1723 Locarno, †18. 4. 1763 München; seit 1754 an der Porzellanmanufaktur Nymphenburg (vormals Neudeck) tätig, schuf figürl. Kleinplastik in lebhaft bewegtem Rokokostil, bes. Komödienfiguren.

Busto Arsizio, italien. Stadt in der Lombardei, nordwestl. von Mailand, 80 000 Ew.; Papier-, Schuh- u. Textilfabriken, Metallindustrie; Dom (16. Jh.); im MA. Festung.

Bustrophedon [das; grch.], Schrift, die von Zeile zu Zeile abwechselnd von rechts nach links u. umgekehrt geschrieben wird.

Busuluk, Stadt in der RSFSR, an der Samara, südöstl. von Kujbyschew, 64 000 Ew.; landwirtschaftl. Mittelpunkt; Maschinenbau, Textil- u. Nahrungsmittelindustrie; in der Nähe Ölschieferabbau.

Büsum, Nordseebad in Schleswig-Holstein (Ldkrs. Dithmarschen), 5900 Ew.; Seehafen, Krabben- u. Hochseefischerei, fischverarbeitende, Maschinen-, Netz-, Futtermittelindustrie.

Butadien [das; grch. + lat.], ungesättigter, gasförmiger aliphat. Kohlenwasserstoff mit zwei konjugierten (nicht aneinander grenzenden) Doppelbindungen im Molekül, $CH_2=CH-CH=CH_2$; Herstellung u. a. aus Acetylen, einige Verfahren verwenden auch die Crackprodukte von Benzinen u. Petroleum. Die Polymerisation von B. liefert →Buna, das, chem. betrachtet, als *Polybutadien* angesehen werden muß.

Butan [das; grch.], gesättigter, gasförmiger aliphat. Kohlenwasserstoff, $CH_3-CH_2-CH_2-CH_3$, aus Erdöl u. Erdgas gewonnen u. verflüssigt in Stahlflaschen; Verwendung für Heizzwecke, als Motorentreibstoff sowie zur Herstellung von *Butadien*.

Butandiole, Gruppenbez. für zweiwertige Alkohole (Glykole) mit 4 Kohlenstoffatomen; wichtig zur Herstellung von Kunststoffen, Butadien, Weichmachern u. Polyamiden.

Butanol, neuere Bez. für →Butylalkohol.

Butantã, *Butantan,* Forschungsinstitut zur Gewinnung von Serum gegen Schlangen- u. a. tierische Gifte im Stadtteil Pinheiros von *São Paulo.*

Butare, *Astrida,* Stadt im S von Rwanda (Ostafrika), 1750 m ü. M., 25 000 Ew.; Straßenknotenpunkt, Handels- u. Verwaltungszentrum, kulturelles Zentrum des Landes, Universität (1963).

Bute [bju:t], westschott. Grafschaft, aus mehreren Inseln bestehend, 565 qkm, 13 000 Ew.; Hptst. *Rothesay* (6500 Ew.) auf der Haupt- u. größten Insel B. (290 qkm, 12 000 Ew.).

Buten, neuere Bez. für →Butylen.

Butenandt, Adolf Friedrich, Biochemiker, *24. 3. 1903 Wesermünde; zahlreiche Arbeiten auf dem Gebiet der Isolierung, Konstitutionsermittlung u. Synthese der Sexualhormone. 1939 Nobelpreis für Chemie mit L. *Ruzicka* (überreicht 1949).

Adolf Butenandt

Buthelezi, Gatsha, südafrikan. Politiker, *1929 Zululand, Rep. Südafrika; gründete mit anderen 1976 die „Black United Front", die eine polit. Einheit zwischen den schwarzen Südafrikanern der Städte u. denen der „Homelands" bilden soll.

Butin, *Crotonylen,* aliphat. Kohlenwasserstoff der Acetylenreihe, der 4 Kohlenstoffatome u. eine Dreifachbindung im Molekül hat; Formel: $CH_3-CH_2-C\equiv C-H$.

Butjadingen, fruchtbare oldenburg. Marschlandschaft zwischen Jadebusen u. Unterweser; Hauptorte: *Brake, Nordenham.*

Butler [ˈbʌtlər; engl., „Kellermeister"], Haushofmeister, Leiter des Dienstpersonals in vornehmen Häusern.

Butler [ˈbʌtlər], **1.** Joseph, engl. Moral- u. Religionsphilosoph, Bischof der anglikan. Kirche, *18. 5. 1692 Wantage, Berkshire, †16. 6. 1752 Bath; Fortführer u. Kritiker A. A. C. *Shaftesburys;* setzte für das „moralische Gefühl", „Gewissen" u. wurde dadurch zu einem Vorläufer Kants; bekämpfte den Naturpantheismus. Werke 2 Bde. 1896, ²1910. **2.** Josephine, brit. Sozialreformerin, *13. 4. 1828 Milfield Hill, Northumberland, †30. 12. 1906 Wooler, Northumberland; bekämpfte die staatl. Reglementierung der Prostitution, gründete 1875 die *Internationale abolitionistische Föderation* u. gab die Anregung zur Gründung des *Internationalen Verbandes der Freundinnen junger Mädchen.* **3.** Nicholas Murray, US-amerikan. Pädagoge, *2. 4. 1862 Elizabeth, New Jersey, †7. 12. 1947 New York; Prof. in New York; wirkte auch publizist. für Völkerverständigung u. Frieden; Friedensnobelpreis 1931. **4.** Reg (Reginald), engl. Bildhauer, Schmied u. Architekt, *28. 4. 1913 Buntingford; wandte sich mit 30 Jahren der Bildhauerei zu, begann mit Stahlbandplastiken u. erlangte mit seinen durch ein dreibeiniges eisernes Gerüst vom Boden abgehobenen Mädchenfiguren Volumen u. Oberflächenreiz. Er bevorzugt Gips als additives Werkmaterial. 1953 gewann B. den 1. Preis im Wettbewerb um ein „Denkmal für den unbekannten politischen Gefangenen". **5.** Richard Austen, *Baron B. of Saffron Walden,* brit. Politiker (konservativ), *9. 12. 1902 Attock Serai (Indien); 1938–1941 Unterstaatssekretär im Außenministerium, 1942–1945 Erziehungs-Min., 1951 Schatzkanzler, 1955–1959 Lordsiegelbewahrer u. 1957 Innen-Min., seit 1961 Berater H. *Macmillans,* Leiter des Minister-Ausschusses für den Beitritt Großbritanniens zur EWG; 1963/64 Außen-Min.; 1965 in den Adelsstand erhoben. **6.** Samuel, engl. Satiriker, *8. 2. 1612 Strensham, Worcestershire, †25. 9. 1680 London; schrieb die antipuritan. Satire „Hudibras" 1663–1678, dt. 1765. **7.** Samuel, engl. Schriftsteller, *4. 12. 1835 Langar, Nottinghamshire, †18. 6. 1902 London; Kritiker der bürgerl. Gesellschaft seiner Zeit in der Utopie „Erewhon, or over the Range" 1872, dt. „Ergindwon oder Jenseits der Berge" 1879, „Erewhon" 1961. Sein autobiograph. Roman „Der Weg allen Fleisches" (posthum) 1903, dt. 1929, wendet sich gegen die viktorian. Heuchelei.

Buto, heute *Tell el Farain,* altägypt. Stadt im nordwestl. Nildelta, in der die Schlangengöttin B. *(Edjo)* verehrt wurde; noch in griech. Zeit als Orakelstätte berühmt; vielleicht Hptst. eines vorgeschichtl. unterägyptischen Reiches, das von der oberägypt. 1. Dynastie erobert wurde; Ausgrabungen seit 1965.

Butor [byˈtɔːr], Michel, französ. Schriftsteller des „nouveau roman", *14. 9. 1926 Mons-en-Barœul; Romane „Passage de Milan" 1954, dt. „Paris – Passage de Milan" 1967; „L'Emploi du Temps" 1956, dt. „Der Zeitplan" 1960; „La Modification" 1957, dt. „Paris-Rom oder Die Modifikation" 1958; „Stufen" 1960, dt. 1964; Essays; Reiseberichte „Genius loci" 1962; „Mobile" 1962.

Bütow [-to], poln. *Bytow,* Stadt in Pommern (1945–1950 poln. Wojewodschaft Gdańsk, 1950 bis 1975 Koszalin, seit 1975 Wojewodschaft Słupsk), an der B., 11 000 Ew.; Ordensschloß (14./15. Jh.); Holz- u. Lebensmittelindustrie.

Bütschli, Otto, Zoologe u. Anatom, *3. 5. 1848 Frankfurt a. M., †3. 2. 1920 Heidelberg; bekannt durch die Schaum- u. Wabentheorie des Protoplasmas (Erklärung der lebenden Substanz auf physikal. Grundlagen) u. Arbeiten über Protozoen.

Butt, *Plattfisch,* niederdt. Bez. hauptsächl. für *Flunder,* auch *Heilbutt, Steinbutt, Scholle.*

Butte, Blinddarm u. Anfangsteil des Grimmdarms des Rindes oder Schafes; als Wursthülle verwendet.

Butte [bju:t], zweitgrößte Stadt in Montana (USA), 28 000 Ew.; Bergbauzentrum (Kupfer, Gold, Silber, Zink); Bergakademie, geolog. Museum; Bau von Bergbaumaschinen u. a. Industrie.

Bütte, Gefäß in der Papierfabrikation, aus dem der mit Wasser verdünnte Papierstoff mittels Handform geschöpft *(Büttenpapier)* oder der Papiermaschine zugeleitet wird.

Büttenpapier, mit Handform aus der *Bütte* geschöpftes u. anschließend an der Luft getrocknetes Papier, auch maschinell herstellbar; Merkmale: unregelmäßig nach außen abnehmende Ränder, mehrseitige Faserlage (Rippung; bei maschinell hergestelltem B. nicht erreichbar).

Büttenrede, scherzhafte Rede im rhein. Karneval, die ursprüngl. aus einer Tonne *(Bütt)* gehalten wurde.

Butter, Fetteile der Milch, die als *Rahm (Sahne)* durch Stehenlassen oder Zentrifugieren der Vollmilch von der zurückbleibenden *Magermilch* getrennt werden. Für die Gewinnung von 1 kg B. werden rd. 25 l Frischmilch benötigt. Die Herstellung von B. ist heute starken Umwandlungen ausgesetzt: Es vollzieht sich der Übergang vom Holzfertiger zum Stahlfertiger u. weiterhin von Chargenverfahren zu kontinuierlichem Verfahren. Der Butterungsvorgang besteht hauptsächl. darin, die im Rahm vorhandenen Fettkügelchen zu agglomerieren: B. ist eine aus B.körnern zusammengeknetete plastische Masse. Zu diesem Zweck wurden verschiedene Vorrichtungen wie *Stoßbutterfertiger, Schlagbutterfässer, Stahlbutterfertiger* u. a. entwickelt. Man kann anstatt durch Agglomerierung die Fettkügelchen auch mit Hilfe der Zentrifugalkraft, mit *Separatoren,* auch *Konzentratoren* genannt werden, im Rahm so weit anreichern, daß dieser mehr als 80 % Fett enthält. Bei diesem Fettkonzentrat-Kühlverfahren wird durch Kühlungs- u. Reifungsprozesse *Süßrahm-* oder *Sauerrahm-B.* hergestellt. Für die Beurteilung bei B.prüfungen spielt neben der Struktur das Aroma die Hauptrolle. Es kann durch verschiedene Faktoren beeinflußt werden, z. B. Salzzusatz, Auswahl u. Reifung des Säureweckers (Milchsäurebakterienkultur), Temperatur der Rahmerhitzungen, Zusatz von Aromen. Die in den Handel kommende B. darf nicht weniger als 80 % Fett enthalten, ungesalzene B. bis zu 16 % Wasser u. gesalzene bis zu 16 % Wasser + Kochsalz. Als Handelsklassen sind zugelassen: *Deutsche Marken-B., Deutsche Molkerei-B., Deutsche Land-B.*

Anstelle des früher verschlüsselt angegebenen Ausformtages muß jetzt das Datum selbst angegeben werden.

B. ist eines der wertvollsten Nahrungsmittel u. enthält durchschnittl. 84% Fett, 1% Eiweiß, 1% Kohlenhydrate, 0,1% Mineralstoffe, 14% Wasser, außerdem die Vitamine A, Carotin, B_1, B_2 u. D; Kaloriengehalt: 785 in 100 g. In chemischer Hinsicht ist das B.fett ein Gemisch von Palmitin, Stearin u. Olein verschiedener Zusammensetzung.

Butteraroma, den charakterist. Geschmack der Butter verursachende organische Verbindung: $CH_3-CO-CO-CH_3$, →Diacetyl; bisweilen auch der Margarine direkt zugesetzt.

Butterblume, volkstüml. Name für viele gelb blühende Pflanzen, bes. für viele *Hahnenfußgewächse,* auch für den *Löwenzahn, Taraxacum officinalis,* u. die *Ringelblume, Calendula.*

Butterbohnen, fetthaltige Samen von *Vateria indica,* einem *Flügelfruchtgewächs.* Das Fett heißt Vateriafett, Piney- oder Malabartalg.

Butterfisch, *Messerfisch, Centronotus gunellus,* zu den *Schleimfischen* gehörender, 20–25 cm langer Küstenfisch nördl. Meere; lebt von Wirbellosen, kleinen Fischen u. Fischlaich; ohne wirtschaftl. Bedeutung.

Butterfly ['bʌtəflai; engl., „Schmetterling"], *Sport:* 1. Stilart beim Schwimmen (→Schmetterlingsstil); wird wettkampfmäßig nicht mehr geschwommen. – 2. beim Eiskunstlauf ein Kürsprung, bei dem die Beine gespreizt sind u. der Oberkörper waagerecht liegt.

Buttergelb, *p-Dimethylaminoazobenzol,* gelber, kristalliner Azofarbstoff, der früher zur Butterfärbung verwendet wurde, seit 1938 aber verboten ist (Verdacht auf krebserregende Wirkung); Indikator für Analysen.

Butterkrebs, der *Flußkrebs* nach der Häutung.

Buttermilch, die bei der Verbutterung von Milch oder Sahne nach Abscheidung der Butter zurückbleibende Flüssigkeit mit im Mittel 0,51% Fett, 3,5% Eiweiß, 4,0% Kohlenhydraten u. 35,9 cal Nährwert je 100 g. Wertvolles diät. Nahrungsmittel.

Butternuß →Nußbaum.

Butterpilz, *Röhrling, Suillus luteus,* wohlschmeckender Speisepilz.

Buttersäure, *Propancarbonsäure,* als n-(Normal-)B. $CH_3-CH_2-CH_2-COOH$ u. als Iso-B. $(CH_3)_2-CH-COOH$ vorkommende Fettsäure, die in starker Verdünnung den Parfüm u. Geruch hat u. aus Acetylen darstellbar ist; in Form ihrer Ester für Aromen u. Lösungsmittel verwendet, als Glycerinester in der Butter.

Buttersäureäthylester, *Butterester,* früher auch *Butteräther,* höherer aliphat. Carbonsäureester, $CH_3-CH_2-CH_2-COOC_2H_5$; ananasartig riechend, Aromastoff für Parfüm u. Liköre.

Buttersäurebazillen, Bakterien, die Kohlenhydrate enzymatisch, d. h. durch Fermente, zu Buttersäure, Essigsäure, Kohlendioxid u. Wasserstoff aufspalten. Sie bilden Sporen. Im Pansen der Wiederkäuern, im Blinddarm der Vögel u. im Dickdarm des Menschen helfen sie bei der Verdauung der Cellulose.

Butterschmalz, reines Butterfett, bei dem durch Ausschmelzen Wasser, Eiweiß u. Milchzucker entfernt worden sind; ein körniges, lange haltbares Produkt, das sich bes. als Brat- u. Backfett eignet.

Butterworth ['bʌtəwəːθ], →Bagan Jaya.

Butterworth & Co. Ltd. ['bʌtəwəːθ-], engl. Verlag in London, gegr. 1509; wissenschaftl. Werke, bes. der Medizin u. Rechtswissenschaft.

Butting, Max, Komponist u. Musikwissenschaftler, *6. 10. 1888 Berlin, †13. 7. 1976 Ostberlin; Oper „Plautus im Nonnenkloster" 1959, 10 Sinfonien, Chorwerke, Kammermusik, Lieder; „Musikgeschichte, die ich miterlebte" 1955.

Butuan, philippin. Prov.-Hptst. im N von Mindanao, an der Agusanmündung, 136 000 Ew.; Holzindustrie; Gold- u. Zinkvorkommen; Hafen.

Butung, *Buton, Boeton,* indones. Archipel im SO von Celebes, 9500 qkm; 100 000 Ew., meist Makasaren u. Bugi; Asphaltvorkommen.

Butylalkohol, *Butanol,* in 4 Isomeren vorkommender aliphat. Alkohol mit 4 Kohlenstoffatomen; durch Vergärung von Maisstärke oder durch katalyt. Wasserstoffanlagerung an Crotonaldehyd mit Nickelkatalysator gewonnen; n-(normal-)Butanol $CH_3-CH_2-CH_2-CH_2OH$ u. sein Essigsäureester *(Butylacetat)* u. a. als Lösungsmittel für Harze u. als Zusatz zu Nitrolacken sowie in der Parfümerie Verwendung.

Butylen, *Buten,* ungesättigter Kohlenwasserstoff, *B.-1 (α-B.)* $CH_2 = CH-CH_2-CH_3$ u. das isomere

Byblos: Obeliskentempel

B.-2 (β-B.) $CH_3-CH = CH-CH_3$ unterscheiden sich durch die Lage ihrer Doppelbindungen. Beide Arten sind neben *Isobutylen* in den Crackgasen der Erdölverarbeitung enthalten u. werden u. a. zu Butadien, Hexamethylendiamin u. Adipinsäure, den Vorstufen der Nylonherstellung, verarbeitet.

Butylkautschuk, ein synthet. Kautschuk; hauptsächl. aus Isobutylen mit 2–5% Butadien u. Isopren hergestelltes Mischpolymerisat von hoher Temperaturbeständigkeit (bis 190°C).

Butyrometer [grch.], Gerät zur Bestimmung des Fettgehalts von Milch.

Butzbach, hess. Stadt (Wetteraukreis) am Nordosthang des Taunus, 20 800 Ew.; altertüml. Stadt, Schloß (17. Jh.); Landmaschinen-, Eisen-, Schuh-, Konservenindustrie.

Butzbach, Johannes, Humanist, *1478 Miltenberg, †29. 12. 1526 Maria Laach; wirkte dort seit 1500, zuletzt als Prior der Benediktiner-Abtei; 33 latein. Schriften, darunter 1505 das erste lit. kunstgeschichtl. Werk. Sein „Hodoëporicon" (als „Chronika eines fahrenden Schülers oder Wanderbüchlein" von D. J. Becker 1869 übersetzt) gehört zum Besten unserer selbstbiograph. u. sittengeschichtl. Literatur.

Butze, 1. *Bergbau:* bis dezimetergroße Erzeinsprengung in Gestein.
2. *Kulturgeschichte:* Wandbett des niedersächs. Bauernhauses in der Diele oder im Wohnraum.

Butzemann, *Butz,* ein Kobold.

Butzenscheibe, *Ochsenauge, Mondscheibe,* meist runde, in Blei gefaßte Scheibe aus grünl. Glas mit einer Verdickung *(Butze)* in der Mitte; seit dem 14. Jh. zur Fensterverglasung verwendet.

Butzenscheibenlyrik, spöttischer Ausdruck P. Heyses für die altertümelnde, pseudoromant.-sentimentale Modedichtung gegen Ende des 19. Jh.

Bützow [-tso], Kreisstadt im Bez. Schwerin, zwischen Warnow u. *B. er See,* 9600 Ew.; landwirtschaftl. Handel; von 1239 bis in die Reformationszeit Residenz der Schweriner Bischöfe, im 18. Jh. zeitweise Sitz der Rostocker Universität; Strafanstalt *Dreibergen.* – Krs. B.: 502 qkm, 32 600 Ew.

Buxaceae = Buchsbaumgewächse.

Buxtehude, niedersächs. Stadt (Ldkrs. Stade) an der Este (zur Elbe), am Südrand des Alten Landes, 29 000 Ew.; ehem. Hansestadt, Hafen; Nahrungsmittel-, Fahrzeug-, Maschinen-, Kalksandstein- u. chem. Industrie.

Buxtehude, Dietrich, Komponist, *1637 wahrscheinl. Oldesloe, †9. 6. 1707 Lübeck; seit 1668 Organist an St. Marien zu Lübeck, 1705 persönl. Einfluß auf J. S. Bach. In seinen formenreichen Vokalkompositionen finden sich weltl.-volkstüml. u. lyrisch-pietist. Wendungen. Die Orchestersätze der Kantaten u. die Orgelwerke zeigen die ausdrucksvolle Phantastik des norddt. Barocks. Mit B.s Lübecker Abendmusiken beginnt die Geschichte der geistl. Konzerte in Dtschld. – ⌶ 2.9.2.

Buxton ['bʌkstən], mittelengl. Stadt, südöstl. von Manchester, 20 000 Ew.; Mineralthermen, Tropfsteinhöhle.

Buxtorf, Johannes, ev. Theologe, *25. 12. 1564 Kamen, Westfalen, †13. 9. 1629 Basel; seit 1591 Prof. der hebräischen Sprache in Basel.

Buyiden →Bujiden.

Buys-Ballot ['bœjs 'balɔt], Christoph, niederländ. Meteorologe, *10. 10. 1817 Kloetinge, Seeland, †3. 2. 1890 Utrecht; bekannt durch das *Buys-Ballotsche Windgesetz (barisches Windgesetz):* 1. wenn man in Richtung des Windes blickt, liegt auf der Nordhalbkugel der tiefe Luftdruck links vorn, der hohe rechts hinten, auf der Südhalbkugel der tiefe Luftdruck rechts vorn, der hohe links hinten. 2. bei geringem Isobarenabstand ist die Windgeschwindigkeit groß.

Buysse ['bœysə], Cyriel, fläm. Erzähler, *21. 9. 1859 Nevele bei Gent, †26. 7. 1932 Deurle bei Gent; Realist, von E. *Zola* u. G. de *Maupassant* beeinflußt. Romane: „Ein Löwe von Flandern" 1900, dt. 1916; „Arme Leute" 1901, dt. 1918; „Rose van Dalen" 1905, dt. 1918.

Buytendijk ['bœjtəndɛjk], Frederik Jacobus Johannes, niederländ. Psychologe u. Verhaltensforscher, *29. 4. 1887 Breda; seit 1919 Prof. in Amsterdam, Groningen, Utrecht u. Nimwegen. Hptw.: „Wege zum Verständnis der Tiere" 1938; „Über den Schmerz" 1943, dt. 1948; „Allg. Theorie der menschl. Haltung u. Bewegung ..." 1948, dt. 1956, ²1972; „Psychologie des Romans" 1950, dt. 1966; „Die Frau" 1951, dt. 1953; „Mensch u. Tier" 1957; „Das Menschliche. Wege zu seinem Verständnis" 1958; „Prolegomena einer anthropolog. Physiologie" 1965, dt. 1967.

Buytewech [bœy-], Willem Pietersz., holländ. Maler u. Graphiker, *1591/92 Rotterdam, †23. 9. 1624 Rotterdam; Gesellschafts- u. Historienbilder in der Art des F. *Hals* sowie eigenwillige Zeichnungen von Landschaften, Figuren u. Gruppen.

Buzău [bu'zəu], 1. rechter Nebenfluß der Sereth, 316 km; entspringt in den südl. Ostkarpaten, durchfließt die östl. Walachei, mündet nordwestl. von Brăila.
2. Hptst. des rumän. Kreises B. (6072 qkm, 520 000 Ew.), in der Walachei, am B. (1), 81 000 Ew.; Geschichtsmuseum; Erdölfeld, Maschinenbau, landwirtschaftl. Handel u. Industrie. – Um 1430 genannt; Bischofskirche (um 1500).

Buzzati, Dino, italien. Schriftsteller, *16. 10. 1906 Belluno, †28. 1. 1972 Mailand; Chefredakteur des „Corriere della Sera"; Surrealist, mit pessimist. Lebensgefühl; Romane, Erzählungen, Märchen u. Theaterstücke; Darstellungen der Zerbrechlichkeit u. Fragwürdigkeit des Menschen in 7 symbol. Schauspielen. Romane: „Das Geheimnis des alten Waldes" 1935, dt. 1948; „Il deserto dei Tartari" 1940, dt. „Die Festung" 1954; „Panik in der Scala" 1949, dt. 1952; „Amore" 1963, dt. 1964; Drama: „Un caso clinico" 1953, dt. „Das Haus der sieben Stockwerke" 1954.

BVerfG, 1. *BRD:* Abk. für →Bundesverfassungsgericht.
2. *Österreich:* Abk. für →Bundes-Verfassungsgesetz.

BVerwG, Abk. für →Bundesverwaltungsgericht.

BVG, Abk. für →Bundesversorgungsgesetz.

b. w., Abk. für *bitte wenden.*

Byblos [grch.], hebr. *Gebal,* heute *Dschebeil,* Ort im Staat Libanon, an der Küste nördl. von Beirut gelegen; ehem. bedeutende phöniz. Hafen- u. Handelsstadt, seit dem 4. Jahrtausend v. Chr. besiedelt, Blütezeit zwischen 2000 u. 1500 v. Chr. (Ausfuhr von Libanonzedern); abhängig von Ägypten (die Könige von B. waren zeitweilig ägypt. Beamte); 332 v. Chr. von Alexander d. Gr. erobert u. hellenisiert. Ausgrabungen seit 1919 brachten u.a. 2 Tempel, 7 hintereinander ange-

Byblos-Schrift

ordnete Stadtmauern von der Frühbronze- bis zur Perserzeit u. Sarkophage der Könige von B. mit Inschriften in phöniz. Buchstabenschrift. Schon vor 1500 v. Chr. war eine bisher ungedeutete Schrift *(Byblos-Schrift)* in Gebrauch. – ▫ 5.1.7.

Byblos-Schrift, zu einer Art Silbenschrift vereinfachte Hieroglyphen auf Bronzetafeln aus *Byblos* aus der 1. Hälfte des 2. Jahrtausends v. Chr.; bisher ungedeutet.

Bydgoszcz ['bidgɔstʃ], nordwestpoln. Stadt u. Wojewodschaft, →Bromberg.

Bygdöy, Halbinsel westl. von Oslo, mit Sammlungen norweg. Altertümer, einem Freilichtmuseum, altnorweg. Bauernhäusern u. einer Stabkirche. Gezeigt werden außerdem die Wikingerschiffe von Gokstad, Oseberg u. Tune, das Polarschiff „Fram" von F. *Nansen* u. T. *Heyerdals* Floß „Kon Tiki".

Bykowskij, Walerij Fjodorowitsch, sowjetruss. Astronaut, *2. 8. 1934 Pawlowa-Posad bei Moskau; startete am 14. 6. 1963 mit dem Raumschiff „Wostok V" u. umkreiste in 119 Stunden 82mal die Erde. →auch Tereschkowa.

Bylinen [russ. *bylina,* „Begebenheit"], erzählende Heldenlieder der russ. Volksdichtung über Helden *(bogatyri)* des alten Rußlands (10.–16. Jh.), unter Einhaltung stilist. u. rhythm. Eigenarten von bes. Sängern u. Spielleuten vorgetragen. Viele B. spielen am Hof des Großfürsten Wladimir von Kiew, einer der Haupthelden ist *Ilja Muromez*.

Bylotinsel ['bailɔt-], 10800 qkm große Insel nördl. von Baffinland, mit fast 2000 m hohem, vergletschertem Bergland.

Bynkershoek ['bɛŋkərshuk], Cornelius van, niederländ. Rechtsgelehrter, *29. 5. 1673 Middelburg, †16. 4. 1743 Den Haag; Vertreter des positiven Völkerrechts: wandte sich gegen die reine Naturrechtsauffassung, gründete das Völkerrecht statt dessen auf die „positiven" Vereinbarungen zwischen den Staaten u. sah in den zwischenstaatl. Verträgen sowie im Gewohnheitsrecht die Rechts-

Grundriß der Hagia Sophia in Istanbul

Hagia Sophia in Istanbul; 532–537

Hosios Lukas, Mosaik in einem Pendentif der Hauptkuppel des Katholikon

Kloster Hosios Lukas, Böotien; um 1000

quellen des Völkerrechts. Mit B. nahm der Schulstreit zwischen den Vertretern des Naturrechts u. den Positivisten – zu denen als dritte Richtung noch diejenige des Eklektizismus (H. *Grotius*) kam – seinen Ausgang, der mit dem Sieg des Positivismus im 19. Jh. endete. Hptw.: „De dominio maris" 1703; „De foro legatorum" 1721; „Quaestiones iuris publici" 1737.

Bypass-Transplantation ['baipa:s-], Verfahren zur Beseitigung eines thrombot. Verschlusses durch Anlegen eines Bypass (Umgehungsprothese) mit einem Kunststoffrohr oder einer körpereigenen oder fremden Vene. →auch dottern

Byrd [bə:d; nach R. *Byrd*], US-amerikan. geophysikal. Forschungsstation in der Antarktis auf 80° S, 120° W; 1553 m ü. M. auf dem Inlandeis; seit 1957 ständig besetzt.

Byrd [bə:d], **1.** Richard Evelyn, US-amerikan. Flieger u. Polarforscher, *25. 10. 1888 Winchester, Va., †22. 3. 1957 Boston; leitete 1928–1930 eine Expedition zum Südpol, den er am 28. 11. 1929 überflog; führte noch weitere Expeditionen in die Antarktis durch (1933–1936, 1939–1941, 1946/47, 1955/1956).
2. *Bird,* William, engl. Komponist u. Organist, *1543 Lincolnshire (?), †4. 7. 1623 Stondon Massey, Essex; schrieb außer Kompositionen für ein Tasteninstrument u. Werken für Violen kunstvolle

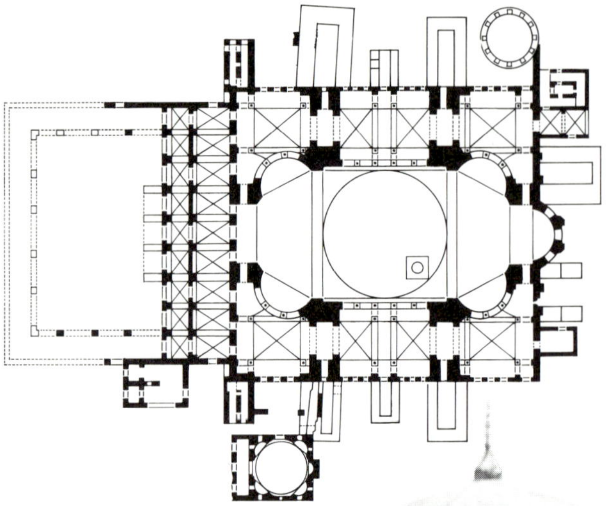

BYZANTINISCHE KUNST

Kaiser Alexander. Mosaik; um 912. Istanbul, Hagia Sophia

Erzengel Michael. Buchdeckel; 10./11. Jh. Venedig, San Marco

Ehemaliges Katholikon und Nebenkirchen des Pantokrator-Klosters Zeyrek Camii in Istanbul; 12. Jh.

Thronende Maria mit Kind (Mellon-Madonna). Ikone; um 1250. Washington D.C., National Gallery of Art (Mellon Collection)

Kirchenmusik u. Madrigale von großem harmon. Reichtum.

Byrdland →Mary-Byrd-Land.

Byrnes ['bə:nz], James Francis, US-amerikan. Politiker (Demokrat), *2. 5. 1879 Charleston, S.C., †9. 4. 1972 Columbia, S.C.; Jurist, 1931 bis 1941 Senator, 1941/42 Mitgl. des Obersten Gerichtshofs, 1945–1947 Außen-Min.

Byron ['baiərən], **1.** George Gordon Noel *Lord B.*, engl. Dichter, *22. 1. 1788 London, †19. 4. 1824 Missolunghi (vor seiner geplanten Teilnahme am griech. Freiheitskampf); führte ein bewegtes Wanderleben u. verließ 1816 nach einem Gesellschaftsskandal endgültig England. Seine zerrissene, leidenschaftl. Natur schwankte zwischen Pose u. Wahrhaftigkeit. Durch seine gefühlsgetragene Ichbezogenheit der Romantik zugehörig, strebt er als Dichter doch nach einem klassizist. Formideal. Das lockergefügte Epos „Childe Harold's Pilgrimage" 1812–1818, dt. „Ritter Harolds Pilgerfahrt" 1839, begründete seinen Ruhm. Es folgten kleinere Verserzählungen. In den dramat. Gedichten „Manfred" 1817, dt. 1835, u. „Cain" 1821, dt. 1831, erweiterte sich das Selbstbekenntnis zur Lebensschau. Das großangelegte epische Fragment „Don Juan" 1818–1824, dt. 1839, läßt aus dem Zusammenklang von Witz, Ironie u. Pathos eine kraftvolle Zeitsatire entstehen. Den Zeitgenossen (bes. Goethe) wurde B. zum Inbegriff des Romantikers. – ▣ S. 174. – ▣ 3.1.3.
2. John, Großvater von 1), engl. Südseeforscher, *8. 11. 1723 Newstead Abbey, †10. 4. 1786 London; auf seiner Weltumseglung 1764–1766 entdeckte er in der Südsee einige Tokelau- u. Gilbertinseln. Nach ihm ist die gefahrvolle Meeresstraße zwischen Neumecklenburg u. Lavongai benannt.

Byronismus [bai-; der; neulat.], Nachahmung, Nachfolge der weltschmerzl. Dichtung des engl. Dichters Lord *Byron*.

Byssolith [der; grch., „Flachsstein"], ein Mineral: langstengelige, verfilzte Hornblende.

Byssus [der; grch.], **1.** *Textilkunde*: *Muschelseide*, i.e.S. seidenglänzende Gespinstfaser von grüngelber bis rotbrauner Farbe, hergestellt aus dem bis zu 100 cm langen Faserbart der Steckmuschel (*Pinna squamosa*); i.w.S. alle durchsichtigen baumwollartigen Stoffe u. Schleiergewebe.
2. *Zoologie*: von *Muscheln* in einer Fußdrüse erzeugte, zähe, hornartige Fäden, mit deren Hilfe sich die frei auf dem Untergrund liegenden Tiere anheften können; z.B. bei der *Miesmuschel, Mytilus edulis*. – ▣ S. 174.

Byström, Johann Niklas, schwed. Bildhauer, *18. 12. 1783 Filipstad, †13. 3. 1848 Rom; nach der Ausbildung in Stockholm seit 1810 meist in Rom tätig, Nachahmer A. *Canovas*.

Bystrzyca Kłodzka

Bystrzyca Kłodzka [bist'ʃitsa 'kłɔtska], poln. Name der Stadt →Habelschwerdt.
Byte [bait; engl. Kunstwort, zu *bit*], Einheit bei Datenverarbeitungsanlagen, umfaßt neun *bits* (8 Datenbits u. ein Prüfbit). →Bit.
Bytom, poln. Name der Stadt →Beuthen.
byzantinisch, zu Byzanz gehörig; übertragen auch: unterwürfig; →Byzantinismus.
byzantinische Kunst, die Kunst des Byzantin. Reichs als Teilgebiet der christl. u. zusammenfassende Weiterbildung der →frühchristlichen Kunst. Nach ihren Anfängen im 5. Jh. erreichte die b. K. unter Kaiser *Justinian* ihren ersten Höhepunkt (justinian. Epoche, 6.–7. Jh.). Nachdem das 8. u. 9. Jh. weitgehend im Zeichen der durch den *Bilderstreit* ausgelösten Kulturkrise standen, kam es unter der Dynastie der *Makedonen* u. *Komnenen* (9.–12. Jh.) zu einer neuen Blüte der b.n K. („Makedonische Renaissance"). Einen letzten Aufschwung nahm die b. K. in der Zeit der *Paläologen* (1258–1453), doch lebten ihre Traditionen seit der Eroberung Konstantinopels (1453) im Bereich des griech.-orthodoxen Christentums z.T. bis heute fort.

In Byzanz, dem Zentrum des Ostrom. Reichs, kamen sehr unterschiedl. Kunsteinflüsse zusammen: vom W die Tendenz zum Kolossalbau u. die monumental-repräsentativen Darstellungsformen der röm. Reichskunst, vom O u. S die Neigung zum Massenbau (anstelle des griech. Gliederbaus), die flächenhaft-frontale Figurendarstellung u. das als Rapport gebildete Ornament. Alle diese Impulse wurden verarbeitet von der ununterbrochen wirksamen Kraft des griech. Volkstums. Die b. K. stand fast ausschl. im Dienst der Kirche; ihre profanen, bes. die zur Verherrlichung der Kaisermacht ausgeführten Werke, sind weitgehend von der Sakralkunst inspiriert.

B a u k u n s t : Die sich im 5. Jh. vorbereitende Verschmelzung von frühchristl. Basilika u. kuppelgewölbtem Zentralbau zum Typus der Kuppelbasilika wurde grundlegend für die Entwicklung der byzantin. Kirchenarchitektur. Erstes großes Beispiel einer Kuppelbasilika ist die 532–537 errichtete *Hagia Sophia*. Im 6. Jh. entstanden neben einfachen Basiliken u. Zentralbauten mit Umgang u. Emporen (Konstantinopel, Hagios Sergios u. Bakchos, 527–536; Ravenna, S. Vitale, vollendet um 545) aber auch kreuzförmige Kuppelkirchen, deren Schema ablesbar ist an den Grundrissen der Johanneskirche in Ephesos, von S. Marco in Venedig u. St.-Front in Périgueux. Die konstruktiven Teile des Innenraums wurden durch Mosaik- u. Inkrustationsschmuck verborgen, die Stofflichkeit der Wände durch entspr. Lichtführung oft weitgehend aufgehoben. Die Tendenz zur Auflösung der Einzelform zeigen auch die frühbyzantin. Kapitelle, deren durchbrochene Oberflächen zu flimmern scheinen. Der Vielgestaltigkeit der frühen byzant. Architektur stand in der mittleren Phase (9.–12. Jh.) das Streben nach Vereinheitlichung gegenüber. – Rundbauten wurden zu dieser Zeit nur in Armenien errichtet; der Typus der Kuppelbasilika wirkte noch in wenigen Bauten nach (Konstantinopel, Chorakirche; Nicäa, Koimesiskirche); seltener war die über kreuzförmigem Grundriß aufgeführte Kirche mit einer Kuppel (Skipru, Böotien, 847). Vorherrschender Bautyp bis in spätbyzant. Zeit blieb dagegen die *Kreuzkuppelkirche* (tonnengewölbte Kreuzanlage in einem Mauerquadrat, mit Kuppeln über den Schnittpunkt des Tonnenkreuzes u. über den vier Ecksäulen). Ihre Hauptkuppel erhob sich auf einem hohen, durchfensterten Zylinder (Tambour). Erstmals findet sich diese Form an der Palastkirche Basilios' I. Makedo, 867–886; bes. charakterist. Beispiele: Hosios Lukas, Kleine Klosterkirche; Saloniki, Theotokoskirche (11. Jh.), Panteleimonkirche (12. Jh.), Apostelkirche (14. Jh.). Bei den seit dem 11. Jh. gebauten Kirchen mit sog. *Achtstützensystem* (frühestes Beispiel: Hosios Lukas, Große Klosterkirche) ergab sich eine Vergrößerung des Kuppelraums. – Die Außenarchitektur der mittel- u. spätbyzantin. Kirchen ist durch den Wechsel von roten Ziegel-, weißen Mörtel- u. grauen Hausteinschichten vielfach von höchst dekorativer Wirkung. Die Wandgliederung bestand aus Nischen, Blendarkaden u. zwei- oder dreiteiligen Fenstern.

P l a s t i k : Aus frühbyzantin. Zeit sind nur wenige vollplast. Arbeiten erhalten, hauptsächl. Marmorbildnisse aus dem 6. Jh. Zwar wurde von der byzantin. Kirche kein unbedingtes Verbot rundplast. Darstellungen ausgesprochen, doch deutet das Fehlen solcher Werke darauf hin, daß ihre Herstellung seit dem 2. Konzil in Nicäa (787) verpönt war. Reliefdarstellungen herrschen vor; aus der Frühzeit sind bes. Kapitelle sowie Steinplatten von Altarschranken u. Kanzelverkleidungen erhalten. Im übrigen ist man zur Rekonstruktion der bildhauerischen Schaffens in der b.n K. auf Elfenbeinarbeiten angewiesen. Im 10. u. 11. Jh. erlebte das Großrelief in Stein u. Stuck einen neuen Aufschwung (Marien-Relief in Istanbul; Darstellung der Heraklestaten an der Fassade von S. Marco, Venedig).

M a l e r e i : Die byzantin. Malerei war vorwiegend Mosaik-, Ikonen- u. Miniaturmalerei, in späterer Zeit auch Wandmalerei. Die Buchmalerei stand in einer ununterbrochenen Tradition, deren Anfänge zeitl. mit denen der hellenist. Buchmalerei zusammenfielen. Das Bild sollte Heiliges im gleichen Maß vergegenwärtigen wie die Hl. Schrift. Daher mußte sein Inhalt authentisch, d.h. frei von willkürl. Veränderung sein. Bereits vorhandene alttestamentl. Bildzyklen wurden aufgenommen, die christologischen mußten erst geschaffen werden. Dieser Prozeß war im 5. u. 6. Jh. vollendet u. wurde nach dem Bilderstreit im 10. Jh. abgeschlossen. Von frühen Malereien finden sich nur geringe Spuren, spätere Miniaturen gestatten jedoch Rückschlüsse (Wiener Genesis, Rabula-Evangeliar; mittelbyzantin. Kopien nach frühen Vorlagen: Josua-Rotulus, Rom, Vatikan. Museen). Zahlreiche Mosaikschulen, teils konservativ, teils fortschrittl., bildeten die verschiedensten Stilformen aus, bes. mit hellenist. u. neuattischen Elementen. Im Gegensatz zu den farbl. verhaltenen Mosaiken der *ravennatischen Kunst* stehen die in Saloniki erhaltenen kontrastreichen u. buntfarbigen Mosaiken des 5.–7. Jh. (Hagios Georgios, Hosios David, Demetriusbasilika). Mittelbyzantin. Mosaikzyklen befinden sich u. a. in Hosios Lukas, Kiew u. Daphni (11. Jh.). In strenger Frontalität u. auf Goldgrund erscheinen figürl. Darstellungen des 11. Jh., wogegen das 12. Jh. Auflockerung durch zarte Modellierung brachte (Johannes-Mosaik der Hagia Sophia in Konstantinopel, um 1120). Die spätbyzantin. Phase zeigt die humanist. Züge eines Renaissancestils mit strenger Komposition, feiner Modellierung u. lebensnahen Porträtköpfen (Konstantinopel, Choralkirche, 14. Jh.; Saloniki, Apostelkirche u. Euthemioskapelle der Demetriuskirche; Klosterkirchen des Athos). Mittelbyzantin. Freskenzyklen finden sich in Nérez bei Skopje, in Mittel- u. Nord-Rußland u. in den kappadok. Höhlenkirchen. Ikonen der b.n K. sind überaus selten, dagegen sind zahlreiche Ikonen der orthodoxen Kirche erhalten; sie gehören meist der nach 1453 nachweisbaren italo-byzantin. Spätschule an.

Hauptaufgabe der byzantin. Malerei war die Darstellung Christi. Aus den Frühstadien des Christusbilds (bartloser apollinischer Typ des Guten Hirten, bärtiger Philosophentyp, mystische Kindesgestalt) entwickelte sich der Typus des *Acheiropoietos*, des „nicht von Menschenhänden geschaffenen" Christus mit gescheiteltem, langem Haar, zweigeteiltem Bart u. ernstem Blick. Auch die *Theotokos*, die Gottesmutter, wurde in verschiedenen typischen Gestalten dargestellt, meist als *Blacherniotissa*, *Hodegetria* u. *Platytera*.

K l e i n k u n s t : Seit Beginn des 5. Jh. entstanden aus Elfenbein gefertigte Diptychen, Pyxiden u. Reliefs für Buchdeckel. Sie zeugen von der hohen Blüte der byzantin. Schnitzkunst; Hptw. ist die Kathedra des Erzbischofs Maximian (546–553) in Ravenna. Von künstler. Rang sind auch Erzeugnisse der Seidenweberei u. Metallkunst, darunter die Emailarbeiten in Zellenschmelztechnik. Hptw.: Goldemails der Staurothek des Domschatzes in Limburg a. d. Lahn; Pala d'oro in Venedig, S. Marco. – ▣ S. 172. – ⃞ 2.3.0.

byzantinische Literatur, das literar. Schaffen des Byzantin. Reichs in griech. Sprache nach dem Ausgang des Hellenismus bis zum Anfang des 6. Jh. bis 1453 (Eroberung Konstantinopels durch die Türken). Die b.L. ist gekennzeichnet durch christl., sogar theokrat. Orientierung, umfangreiches theolog. Schrifttum, kirchl. melische Dichtung, asket., myst. Literatur u. durch den Wandel der antiken quantitierenden Poesie in akzentuierte Dichtung wegen der Änderung der griech. Aussprache (Verlust der langen Silben). Hervorragender Vertreter: *Romanos der Melode* (6. Jh.), Dichter von liturg. melischen Gesängen höchster lyr. Substanz. – ⃞ 3.1.8.

byzantinische Musik, vor allem die liturg. Musik der Ostkirche, unter Einschluß gewisser musikal. Formen am byzantin. Kaiserhof. – Die byzantin. Liturgie wurde im 4. Jh. durch *Basilios* u. *Johannes Chrysostomos* festgelegt. Beiträge u. Erweiterungen stammten von *Gregor von Nazianz*, *Romanos* (um 550) u.a., die als Schöpfer neuer Melodien u. Texte für Hymnen zu gelten haben. Bevorzugte Form des Romanos war das *Kontakion*, dem vom 7. Jh. an der *Kanon* an Beliebtheit folgte. Seit dem 12. Jh. wurde verlangt, daß jede neue Melodie auf eine alte Form zurückgehe, so daß sich die eigentl. Neuheit nunmehr eher in der melismatischen Verzierung als in einer inspirierten Neuschöpfung ausprägte. Als Repräsentant des melismat. Stils gilt bes. J. Kukuzeles (14. Jh.).

Die b. M. kennt verschiedene Arten der Notation, die auch auf andere Liturgien des Ostens angewandt wurden (z. B. auf die kopt. oder bulgar.): die *ekphonet*. (8. oder 9. bis 12./13. Jh.), die *paläobyzantin*. (10.–12. Jh.) mit mehreren Varianten, die *mittel*- (12.–15. Jh.) u. die *neubyzantin*. (15.–19. Jh.) u. endlich die moderne Notation. – Die b. M. ist monodisch u. läßt nur einen vokalen Orgelpunkt zu (*Ison*), unter Ausschluß der Instrumente. Diese Art der Mehrstimmigkeit kann z. B. heute noch in Georgien, Arabien, bei türk. Derwischen u. Beduinen beobachtet werden. – In der Theorie lehnte sich die b.M. an die griech. an, jedoch ist es zu gelegentl. vorderoriental. Überlagerungen (insbes. von Seiten der türk. Musik) gekommen. Verschiedene Formen der byzantin. Kirchenmusik finden sich auch in Liturgien, die einstmals unter byzantin. Einfluß gestanden haben, z. B. das Trisagion oder die Hymne der Cherubim in der Kirchenmusik der ägypt. Christen.

byzantinischer Ritus, die ursprüngl. im Byzantin. Reich geübten Formen der gottesdienstl. Liturgien. →auch Chrysostomosliturgie, orthodoxe Kirchen.

Lord Byron in albanischer Kleidung; Gemälde von T. Phillips. London, National Portrait Gallery

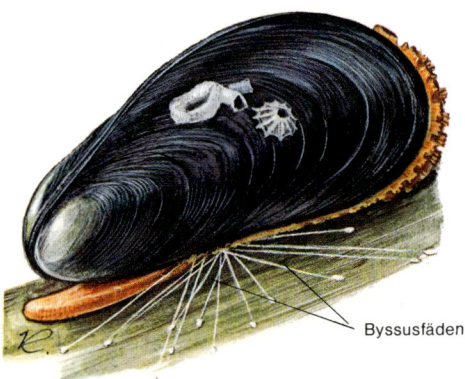

Byssusfäden einer Miesmuschel, Mytilus edulis

Byzantinisches Reich

Byzantinisches Reich, Oströmisches Reich, Rhomäisches Reich, Ostrom, Byzanz, die 395 n. Chr. nach der Teilung des Römischen Reichs entstandene griech.-oriental. Reichshälfte griech.-christl. Kultur, benannt nach der Hptst. *Byzanz (Konstantinopel)*. Nachdem schon im 3. u. 4. Jh. das röm. Kaisertum oft gespalten war, ohne daß jedoch die Reichseinheit aufgelöst worden war, machte *Konstantin d. Gr.* Konstantinopel 330 zur Hptst., in der seit 395 ständig ein Kaiser residierte. Nachdem um 400 die Westgoten das B. R. verlassen hatten u. die Hunnengefahr durch den freiwilligen Abzug Attilas gebannt war, gelang es Kaiser *Zenon* (474–491), die Ostgoten nach Italien zu lenken. Das B. R. war alleiniger Nachfolger des Röm. Reichs; den Anspruch auf die westl. Reichsteile hat es nie aufgegeben, es hat sich selbst als „Römerreich" verstanden. Aber nicht nur der Barbarenansturm hat das Röm. Reich gespalten: Die kirchl. Auseinandersetzungen im 5. Jh., die auch das polit. Geschehen beherrschten, führten zum Schisma zwischen Rom u. Konstantinopel. *Justinian I.* (527–565) gelang es mit Unterstützung der Kaiserin *Theodora*, die Reichseinheit zu erneuern, das Schisma aufzulösen u. durch seine Feldherren *Belisar* u. *Narses* in Afrika das Reich der Wandalen u. in Italien das Ostgotenreich zu erobern. Bautätigkeit u. Rechtspflege („Corpus iuris civilis") blühten. Doch gingen große Teile Italiens wenige Jahre nach Justinians Tod an die Langobarden wieder verloren. Das B.R. blieb aber die Weltmacht, die auch durch das mächtige Sassanidenreich in Persien nicht in Frage gestellt wurde. Die christl. Kaiser waren zugleich Lenker der Kirche, die ökumen. Konzile einberiefen u. deren Beschlüsse bestätigten oder verwarfen. Durch die konfessionellen Gegensätze, bes. zwischen dem orthodoxen Kaisertum u. den Monophysiten in Ägypten u. Syrien, sowie durch die kulturelle Entfremdung des latein. Westens vom griech. Osten bahnte sich aber eine Lockerung des Reichsgefüges an. Seit dem letzten Viertel des 6. Jh. siedelten sich Slawen u. Awaren auf der Balkanhalbinsel an, zu Beginn des 7. Jh. eroberten die Perser Ägypten u. Syrien, u. Perser u. Awaren bedrohten Konstantinopel; aber erst mit dem Siegeszug des Islams seit 636 (Sieg des Kalifen *Omar* am Yarmouk) zerbrach die Einheit des Mittelmeerraums endgültig.

Im Zweifrontenkrieg gegen Bulgaren u. Araber konnte sich das B. R. trotz der *Themenverfassung* (Militärverwaltung in den Provinzen), die *Herakleios I.* einführte, nicht behaupten. Armenien, Mesopotamien, Syrien u. Ägypten wurden (634–646) an die Araber abgetreten, u. *Konstantin IV.* (668–685) mußte das selbständige Bulgarenreich anerkennen. Die Donaugrenze blieb bedroht. Der *Bilderstreit* (726–843) führte zu einer inneren Krise, in deren Verlauf sich Rom, im Kampf gegen die Langobarden vom Kaiser im Stich gelassen, aus dem Reichsverband löste u. sich dem Fränkischen Reich zuwandte. Das Exarchat Ravenna ging im 8. Jh. an die Langobarden verloren, u. Sizilien fiel im 9. Jh. den Arabern zu.

Der Verlust der latein. Reichsteile hatte zur Folge, daß das B. R. sich im 7. Jh. aus einem griech.-latein. in einen griech. Staat wandelte. Im Unterschied zum Westen blieben das in der Antike entstandene Städtewesen, die Geldwirtschaft u. das Steuer- u. Beamtensystem weitgehend intakt. Nachdem Bulgarien 813 hatte Frieden schließen müssen, konnte Kaiser *Basileios I.* (867–886) mit der Missionierung der Slawen u. Bulgaren beginnen. *Kyrill* dehnte die Missionstätigkeit bis nach Rußland aus, u. allmähl. konnte ganz Osteuropa für das griech. Christentum gewonnen werden. Spannungen zwischen der orthodoxen Kirche in Konstantinopel u. der latein. in Rom führten zur wechselseitigen Exkommunikation u. Nichtanerkennung; die westl. Christenheit war nicht mehr bereit, den Vorrang von Byzanz anzuerkennen.

Die Regierung der *makedonischen* Dynastie (867–1056) brachte dem B. R. erneut einen Höhepunkt in der kulturellen u. polit. Geschichte. Dem Islam konnten große Gebiete in Kleinasien entrissen werden. *Basileios II.* dehnte seine Herrschaft auf Bulgarien aus (1018). Als Gegenleistung für seine Hilfe im Kampf gegen Bulgarien konnte der Warägerfürst *Wladimir* von Kiew, der zum Christentum übertrat, eine „purpurgeborene" byzantin. Prinzessin heiraten. Doch nach dem Tod Basileios II. (1025) begann erneut der Verfall des Reichs. 1054 kam es zum Bruch zwischen der griech. u. der latein. Kirche. Der Beamtenstaat verlor seine straffe Organisation, er wurde allmähl.

Byzantinisches Reich zur Zeit Justinians

Byzantinisches Reich: Justinian I. mit seinem Hofstaat. Mosaik; um 547. Ravenna, San Vitale

Byzantinisches Reich: Eroberung von Konstantinopel durch die Kreuzfahrer 1203. Miniatur aus den Chroniques abrégies von D. Aubert für Philipp den Guten; 1462. Paris, Bibliothèque de l'Arsenal

Byzantinismus

zu einem Feudalstaat. Für die Hilfe Venedigs gegen die Normannen vergrößerte Byzanz die Handelsprivilegien der Seemacht u. geriet mehr u. mehr in Abhängigkeit von den wirtschaftl. mächtigen italien. Städten.

Die Herrschaft der *Beamtenaristokratie* (1025–1081) u. des Militäradels der *Komnenen* (1081–1185) vermochten die Entwicklung nicht aufzuhalten. 1071 eroberten die Seldschuken in der Schlacht bei Mantzikert Kleinasien; im gleichen Jahr fiel der letzte byzantin. Platz in Unteritalien an die Normannen. Um 1180 konnten sich auch die Bulgaren, Serben u. Bosnier von der byzantin. Herrschaft befreien. Das B.R. mußte sich auf die griech. Gebiete beschränken.

Zusätzliche Schwierigkeiten bereiteten die Kreuzfahrer, deren Weg auf byzantin. Gebiet führte. Der 4. Kreuzzug brachte schließlich die Eroberung des von dynast. Auseinandersetzungen im Innern u. Abwehrkämpfen gegen Seldschuken, Normannen, Serben u. Bulgaren geschwächten B.R. durch das Kreuzfahrerheer unter Kaiser *Heinrich VI.* 1203 wurde Konstantinopel erobert u. 1204 das **Lateinische Kaiserreich** auf dem Boden des B.R. gegründet. Die Lateiner errichteten eine Reihe kleiner Fürstentümer, Venedig gewann Macht u. Einfluß auf byzantin. Boden, der byzantin. Reststaat wurde in mehrere kleinere Herrschaften zersplittert. Die Erneuerung ging vom *Kaiserreich Trapezunt* aus; die Lateiner konnten sich gegen den Widerstand der byzantin. Bevölkerung nicht halten. 1261 gelang es *Michael VIII. Palaiologos*, Konstantinopel zurückzugewinnen u. damit das Latein. Kaiserreich zu beseitigen.

Aber das B.R. konnte seine alte Weltstellung nicht zurückgewinnen. Große Teile blieben Kolonialboden der Venezianer, Genuesen u. Aragonesen; das inzwischen entstandene serb. Großreich auf dem Balkan u. die von Kleinasien andrängenden Osmanen bedrohten Byzanz. Wiederholte Hilfsbegehren an Westeuropa, Konstantinopel vor den islam. Türken zu retten, blieben ohne Resonanz, selbst als der byzantin. Kaiser sich der röm. Kirche unterwarf; der kulturelle u. konfessionelle Gegensatz zum Westen wurde seit Eroberung des B.R. durch die Kreuzritter als so groß empfunden, daß das Volk jede kirchl. Einigung mit Rom als Verrat an Reich u. Glauben ansah.

Eine Atempause von rd. 150 Jahren vor dem endgültigen Niedergang war dem B.R. noch dadurch gegeben, daß die gegen Konstantinopel vordringenden Türken an ihrer Ostflanke von den Mongolen angegriffen u. besiegt wurden. 1453 fiel der letzte byzantin. Kaiser, *Konstantin XI.*, im Kampf gegen die Janitscharenheere des Osmanen-Sultans *Mehmed II.*

Im Abwehrkampf gegen Hunnen, Germanen u. Slawen hat das B.R. das Erbe der Antike u. das Christentum griech. Prägung bewahrt u. an die Slawen in Osteuropa weitergegeben u. hat sie noch vor seinem Untergang für den abendländ. Kulturraum gewonnen. Nach dem Fall von Konstantinopel 1453 ging die Funktion, Europa gegen den Islam zu verteidigen, an die Balkanvölker u. das röm.-dt. Kaiserreich über. Auf byzantin. Boden selbst rettete die Kirche die hellenist.-christl. Substanz in der Zeit der Türkenherrschaft; byzantin. Flüchtlinge beeinflußten nachhaltig die italien. Renaissance, u. Moskau trat als „drittes Rom" das Erbe von Byzanz an. – 5.5.8.

Byzantinismus, würdelose Kriecherei gegenüber Höherstehenden, wie sie vom strengen Zeremoniell des byzantin. Hofs gefordert wurde; →auch Proskynese.

Byzantinjstik, die Wissenschaft von Kultur, Geschichte u. Literatur des Byzantin. Reichs u. seiner Völker (330–1453). Die B. erreichte in Frankreich im 17. Jh. einen ersten Höhepunkt; seit dem Ende des 19. Jh. setzte eine neue Intensivierung in vielen Ländern ein (in Dtschld. u.a. durch Franz *Dölger*).

Byzanz, grch. *Byzantion*, Konstantinopel, das heutige →Istanbul, Stadt am Bosporus, um 660 v. Chr. von Megara aus gegr.; der Name *B.* ist thrak. Ursprungs; große Bedeutung als Hafen u. Warenumschlagplatz; unter Dareios I. persisch, 478 v. Chr. von Pausanias erobert, Mitglied des Attischen Seebunds, 411 v. Chr. Abfall von Athen, 278 v. Chr. von den Kelten erobert, 196 n. Chr. durch Septimius Severus zerstört, unter Caracalla wieder aufgebaut. Von *Konstantin d. Gr.* zur Reichshauptstadt erhoben, vergrößerte sich *B.* um das Fünffache, es wurde offiziell am 11.5.330 als *Nova Roma* [„Neu-Rom"] oder *Konstantinopolis* [„Konstantinstadt"] eingeweiht; seit 395 Hptst. des Oström. (Byzantin.) Reichs. Von humanist. Gelehrten wurde der Name *B.* wieder eingeführt.

bz, auf Kurszetteln Abk. für →bezahlt.

Bz., Abk. für *Bezirk*.

„**B.Z. am Mittag**", 1904 aus der 1878 von Ullstein erworbenen „Berliner Zeitung" umgeformte erste dt. Straßenverkaufszeitung, 1943 eingestellt; erscheint seit 1953 wieder als „B.Z."; Auflage: 320000.

Bzura ['bsu:-], linker Nebenfluß der Weichsel, 166 km; entspringt nördl. von Lodsch, mündet westl. von Warschau. – An der unteren B. fanden 1914/15 dt.-russ., 1939 dt.-poln. Kämpfe statt.

bzw., Abk. für *beziehungsweise*.

c, C, 3. Buchstabe des dt. Alphabets; griech. *Gamma* (γ), auch altlatein. wie g gebraucht.
c, *Musik:* Grundton der Tonleitern in C-Dur u. c-Moll u. der entspr. Dreiklänge; erster der 7 Stammtöne; →Grundskala.
C, 1. röm. Zahlzeichen für hundert.
2. Abk. für *Zentrum* (Centrum), als Postbezirk in Großstädten.
3. Abk. für den röm. Namen *Gajus*.
4. chem. Zeichen für *Kohlenstoff* (lat. *Carbo*).
5. Zeichen für *Celsius*.
6. Zeichen für *Coulomb*.
7. Münzbuchstabe der Münzstätten Kleve, Frankfurt, Clausthal, Prag, St.-Lô u. Caen.
ca., Abk. für *zirka (circa)*.
Ca, chem. Zeichen für *Calcium*.
Caatinga [ka'a-; die; indian.], ein lichter Trockenwald aus Dornbüschen u. Sukkulenten in Mittelamerika, Inner- u. Nordostbrasilien; auf feuchteren Standorten Fiederblatt-Trockenwald. Viehweide, Brennholzgewinnung; *Wachs-* u. *Ölpalmen* (Sammelwirtschaft).
Cab [kæb; das; engl.; Kurzform von *cabriolet*], einspänniger, leichter zweirädriger Wagen.
Caballero [kava'ljɛːro; span.], Ritter; in der Anrede: Herr.
Caballero [kava'ljɛːro], 1. Fernán →Fernán Caballero.
2. Giménez →Giménez Caballero.
Cabanatuan, philippin. Prov.-Hptst. in Zentralluzón, nördl. von Manila, 100 000 Ew.; in einem Zuckerrohrgebiet; Bahnstation.
Cabeço [portug.], Bestandteil geograph. Namen: Gipfel, Hügel.
Cabell ['kæbəl], James Branch, US-amerikan. Schriftsteller, * 14. 4. 1879 Richmond, Va., † 5. 5. 1958 Richmond; seine Romane sind durch eigenwilligen Stil u. iron. Haltung gekennzeichnet: „Jürgen" 1919, dt. 1928; „Figures of Earth" 1921.
Cabet [ka'bɛː], Étienne, französ. Schriftsteller u. Politiker, * 1. 1. 1788 Dijon, † 9. 11. 1856 St. Louis (USA); nahm in seinem sozialist. utopisch-polit. Roman „Reise nach Ikarien" 1842, dt. 1894 Gedanken von K. Marx vorweg.
Cabeza [span.], Bestandteil geograph. Namen: Gipfel, Hügel.
Cabezón [-'θɔn], *Cabeçón*, Antonio de, blinder span. Organist u. Komponist, * um 1500 Castrojeriz bei Burgos, † 26. 3. 1566 Madrid; im Dienst der Könige Karl V. u. Philipp II.; einer der Hauptvertreter der span. Instrumentalmusik um 1550, zahlreiche Bearbeitungen von Vokalmusik u. „freie" Kompositionen für Orgel, Harfe u. Laute.
Cabhán, *An C.*, Hptst. der gleichnamigen mittelirischen Prov. →Cavan.
Cabimas, venezolan. Stadt im Staat Zulia, am Maracaibosee, 146 500 Ew.; Polytechnikum; Erdölförderung.
Cabinda, *Kabinda,* Exklave von *Angola,* nördl. der Kongomündung, rd. 7270 qkm, 60 000 Ew.; Hptst. C.; wichtigster Exportartikel: wertvolle trop. Hölzer; Kaffee- u. Kakaoanbau; Erdölförderung.
Cable ['kεibl], George Washington, US-amerikan. Schriftsteller, * 12. 10. 1844 New Orleans, † 31. 1. 1925 St. Petersburg, Florida; nach dem Bürgerkrieg führend in der Landschafts- u. Gesellschaftsschilderung des Südens der USA; Kurzgeschichten „Old Creole Days" 1879.

Cabo [span., portug.], Bestandteil geograph. Namen: Vorgebirge, Kap.
Cabochon [-bɔ'ʃɔ̃; der; frz.], ein nur oben *(einfacher C.)* oder auch unten *(doppelter C.)* rund geschliffener Edelstein.
Caboclo, Mischlinge zwischen Weißen u. Indianern in Brasilien; im span. geprägten Südamerika: *Mestize*; oft Plantagenarbeiter.
Cabora Bassa, Energieprojekt zur industriellen u. landwirtschaftl. Erschließung des Sambesitals in Moçambique: In der Schlucht von C. B. *(Cahorabassa, Quebrabasa),* 140 km nordwestl. von Tete, entstand nach fünfjähriger Bauzeit ein 160 m hoher und 330 m langer Staudamm, der den Sambesi auf einer Fläche von 2700 qkm aufstaut. Stauinhalt des Sees: 160 Mrd. cbm. Zwei Wasserkraftwerke sollen nach Fertigstellung (1979) eine Jahresleistung von 17 Mrd. kWh elektrischen Strom erzeugen. Mit der Aufstauung können die bisher alljährlichen Hochwasserkatastrophen verhindert und 1,5 Mill. ha Land bewässert werden; der Sambesi wird auf einer Länge von 500 km schiffbar. Von zahlreichen Wissenschaftlern werden katastrophale Naturschäden, vor allem im Mündungsgebiet des Sambesi, befürchtet.
Caboto, engl. *Cabot,* italien. Seefahrer in engl. Diensten: **1.** Giovanni (John Cabot), * um 1425 Genua, † 1498 oder 1499 vor der Ostküste Nordamerikas; entdeckte auf der Suche nach einem nordwestl. Seeweg mit Endziel China am 24. 6. 1497, noch vor *Kolumbus,* das nordamerikan. Festland (wahrscheinl. Labrador).
2. Sebastian, Sohn von 1), * 1472 oder 1483 Venedig, † um 1557 London; befuhr die nord- u. südamerikan. Küste, stieß auf dem Paraná u. Paraguay ins Innere Südamerikas vor u. entwarf 1544 eine berühmte Weltkarte; veranlaßte als Oberaufseher des engl. Seewesens (seit 1547) die Suche nach einem nordöstl. Seeweg.
Cabotstraße ['kæbət-], Hauptzugang zum →Sankt-Lorenz-Golf.
Cabral, 1. Amilcar, afrikan. Politiker von den Kapverdischen Inseln, * 1924, † 20. 1. 1973 Conakry (ermordet); studierte in Portugal Landwirtschaft u. arbeitete nach 1952 als Beamter in Portug.-Guinea, wo er 1956 an der Gründung der *Afrikanischen Unabhängigkeitspartei (PAIGC)* teilnahm. 1963 begann die PAIGC unter seiner Führung mit Aufständen gegen die portug. Herrschaft in Portug.-Guinea. C. gilt als ein bedeutender marxist. Theoretiker der afrikan. Revolution. – Hptw.: „Revolution in Guinea" London 1969.
2. Pedro Alvarez, portugies. Seefahrer, * um 1467/68, † um 1526; nahm bei der Umseglung Afrikas (auf der Reise nach Indien) einen westl. Kurs u. entdeckte dabei (April 1500) Brasilien.
Cabrini, Francesca Xaveria, Heilige, * 15. 7. 1850 Sant'Angelo Lodigiano, † 22. 12. 1917 Chicago;

Caatinga: Vegetationsbild aus Brasilien

gründete 1880 in Codogno die Gemeinschaft der *Missionsschwestern vom heiligsten Herzen*, ging dann in die USA u. wirkte für die italien. Auswanderer. Heiligsprechung 1946 (Fest: 22. 12.).
Čačak ['tʃa:tʃak], jugoslaw. Stadt in Serbien, an der Westl. Morava, 32000 Ew.; Magnesitlager, Holzverarbeitung; landwirtschaftl. Zentrum (Obst, Vieh, Käse).
Ca'canny [kə'kæni], engl.-amerikan. (Slang-) Ausdruck für passiven Widerstand im Arbeitsleben, bes. die Zurückhaltung der Arbeitnehmer im Arbeitstempo.
Caccini [-'tʃi:-], Giulio, italien. Komponist, *um 1550 Tivoli, †10. 12. 1618 Florenz; neben J. *Peri* der wichtigste Musiker der Florentiner Camerata. Mit der neuartigen rezitativischen Deklamation in den Opern „Der Raub des Kephalus" 1597 u. „Euridice" 1600 suchte er den Stil des antiken Dramas wiederzubeleben. Seine Arien u. Solomadrigale der „Nuove musiche" wiesen dem neuzeitl. virtuosen Sologesang den Weg.
Cáceres ['kaθ-], westspan. Stadt im nördl. Estremadura, in einer Berglandschaft südl. des Tajo, 50000 Ew.; von Mauern umgebene Altstadt mit röm. Bauresten, mittelalterlichen Adelspalästen u. Kirchen des 16. u. 17. Jh.; landwirtschaftlicher Markt; Wärmekraftwerk; Kork- u. Lederverarbeitung; Hptst. der Provinz C. (19945 qkm, 463000 Ew.).
Cachelot [kaʃ'lo:; der], frz. Bez. für den →Pottwal.
Cachí [kat'ʃi], *Nevado de C.*, nordwestargentin. Andengipfel, 6720 m.
Cacholong [kaʃo'lɔŋ], porzellanähnl. Abart des Opal, Vorkommen: Färöer, Island.
Cachou [ka'ʃu:; das; frz.], Lakritzfabrikat in Stäbchenform, mit Zusätzen von Anisöl oder Salmiak *(Salmiakpastillen)*; →auch Lakritze.
Cachucha [ka'tʃutʃa; die; span.], andalus. Volkstanz im ¾-Takt.
Cäcilia, *Cäcilie*, weibl. Form von *Cäcilius*; frz. *Cécile*, engl. *Cecily*.
Cäcilia, Heilige, nach der um 500 entstandenen Legende in Rom enthauptet; Patronin der Kirchenmusik. Fest: 22. 11.
Cäcilienverein, *Allg. Deutscher C.*, 1868 von Franz Xaver *Witt* gegr. zur Förderung der kath. Kirchenmusik; heute: *Allg. Cäcilien-Verband für die Länder der dt. Sprache.*
Cäcilius [röm. Geschlechtername, zu lat. *caecus*, „blind"], männl. Vorname; engl. *Cecil.*
Caciocavallo ['katʃoka'valo; der; ital.], *Reiterkäse*, halbfetter, schwach geräucherter Hartkäse, der bei der Herstellung nach leichter Säuerung in Molke getaucht u. durchgeknetet wird.
Cactaceae = Kaktusgewächse.
cad, *c/d*, Abk. für *cash against documents* [engl., „Kasse gegen Dokumente"], Zahlungsklausel beim Handelskauf: Der Käufer zahlt Zug um Zug gegen Aushändigung der über die (meist noch unterwegs befindl.) Ware ausgestellten Papiere (z.B. Duplikatfrachtbrief, Lieferschein, Konnossement) u. gegen Übereignung der Ware durch Einigung u. Abtretung des Herausgabeanspruchs nach § 931 BGB, sofern die Papierübertragung nicht bereits den Übergang von Eigentum u. mittelbarem Besitz an der Ware automat. zur Folge gehabt hat.
Cadalso y Vázquez [-'vaθkɛθ], José, span. Schriftsteller, *8. 10. 1741 Cádiz, †27. 2. 1782 (gefallen bei der Belagerung von Gibraltar); schrieb klassizist. bukol. Verse in der Art der Schäferdichtung von *Garcilaso de la Vega* u. Satiren nach dem Vorbild von *Montesquieus* „Pers. Briefen": „Cartas Marruecos" (posthum) 1793.
Cadaverin [das; lat.], *Pentamethylendiamin*, $H_2N–(CH_2)_5–NH_2$, bei der Fäulnis von Fleisch infolge Zersetzung der Eiweißstoffe entstehende Verbindung.
Caddie ['kædi; der; engl.], Schlägerträger beim Golfspiel.
Caddo ['kædou], Stämmegruppe von rd. 7000 nordamerikan. Indianern: *Caddo* i.e.S. (Maispflanzer, früher Louisiana u. am Mississippi, umgesiedelt), *Arikara* (am oberen Missouri), *Pawnee* u. *Wichita* (auch Büffeljäger, in der südl. Prärie).
Cadenabbia, italien. Kurort in der Lombardei, am Comer See, 300 Ew.; in der Nähe die Villa Carlotta mit wertvoller Kunstsammlung (Thorvaldsen-Museum).
Cadeöl [kɛid-], *Wacholderteeröl*, ätherisches Öl, gewonnen aus Destillationsprodukten der trockenen Destillation von Zweigen der in Frankreich u. Ungarn heim. *Juniperus oxycerus*; enthält als wirksamen Bestandteil den aromat. Kohlenwasserstoff *Cadinen* u. wird für medizin. Hautsalben verwendet.
Caderas, Gian Fadri, rätoroman. Dichter, *12. 7. 1830 Mòdena (Italien), †25. 11. 1891 Samedan, Graubünden; tiefempfundene Naturlyrik.
Cadibona, *Colle di C.*, Paß in Norditalien, 435 m, nordwestl. von Savona; gilt als Grenze zwischen Alpen u. Apennin.
Cádiz ['ka:diθ], südspan. Stadt in Andalusien, Handels- u. Kriegshafen auf einem Kalkfelsen im *Golf von C.*, durch eine schmale, 9 km lange Landzunge mit dem Festland verbunden, 130000 Ew.; medizin. Fakultät der Universität Sevilla; Alte Kathedrale (13. u. 16. Jh.) u. Neue Kathedrale (18. u. 19. Jh.); Schiff- u. Flugzeugbau, Nahrungs- u. Genußmittelindustrie; Transatlantikverkehr, Hafen mit starkem Seehandel, vorwiegend Einfuhr, bes. von Kohle, Maschinen u. Textilien; Ausfuhr von Seesalz, Kork, Südfrüchten, Wein u. Olivenöl; Fischerei; Hptst. der Provinz C. (7385 qkm, 910000 Ew.). – Bereits um 1100 v. Chr. von den Phöniziern gegr. (*Gadir*, grch. *Gadeira*, röm. *Gades*); erlangte größte Bedeutung als Ausgangspunkt der Westindienfahrten. – 🅱→Spanien.
Cadmium, *Kadmium*, chem. Zeichen Cd, silberweißes, weiches, zweiwertiges Metall; Atomgewicht 112,4, Ordnungszahl 48, spez. Gew. 8,64, Schmelzpunkt 303 °C, Siedepunkt 765 °C, Vorkommen zusammen mit Zinkmineralien als *C.blende (C.sulfid)* CdS u. *C.carbonat*, $CdCO_3$; Gewinnung als Nebenprodukt bei der Zinkgewinnung in Form von C.oxid, das durch Erhitzen mit Koks zum Metall reduziert wird, u. durch Elektrolyse von C.sulfatlösungen; Verwendung zur Herstellung rostschützender Überzüge auf Eisen, als Bestandteil niedrig schmelzender Legierungen *(Wood-, Lipowitz-Legierung)* sowie neuerdings als Bremssubstanz in →Uranbrennern u. als Halbleitermaterial. Die wichtigste Verbindung ist *C.sulfid*, das durch Einleiten von Schwefelwasserstoff in alkalische oder schwach saure C.salzlösungen entsteht u. als dauerhafte gelbe Malerfarbe Verwendung findet *(C.gelb)*.
Cadogan [kə'dʌgən], Sir Alexander, engl. Diplomat, *25. 11. 1884 London, †9. 7. 1968 London; 1933–1936 Botschafter in Peking, 1936–1946 Unterstaatssekretär des Auswärtigen, 1946–1950 Vertreter Großbritanniens bei den UN, dann Administrator der Suezkanalgesellschaft.
Cadolzburg, *Kadolzburg*, bayer. Marktflecken in Mittelfranken, Ldkrs. Fürth, 4800 Ew.; Schloß; Steinbrüche, Holzindustrie, Obstbau.
Cadore, waldreiches Tal der oberen Piave in der italien. Region Venetien, Hauptort *Pieve di C.*; Fremdenverkehr.
Cadorna, Luigi, italien. Heerführer, *4. 9. 1850 Pallanza, †23. 12. 1928 Bordighera; führte im 1. Weltkrieg das italien. Heer in den Isonzoschlachten; nach der Niederlage von Karfreit amtsenthoben, von Mussolini 1924 rehabilitiert u. zum Marschall von Italien ernannt.
Cadre [ka:dr; das; frz.], beim →Billard durch Längs- u. Querlinien gebildete quadrat. u. rechteckige Felder auf dem Billardtisch für *C.-Partien*.
Caduceus [-tse:us; der, Mz. *Caducei*; lat.], Heroldsstab, Attribut des *Hermes*.
Caecilia Metella, Tochter des *Caecilius Metellus Cretius* († 55 v. Chr.), berühmt durch ihr 45 v. Chr. errichtetes Grabmal an der Via Appia in der Nähe Roms: ein Rundbau von 20 m Durchmesser; diente im MA. als Kastell.
Caecilius Statius, röm. Komödiendichter, kelt. Freigelassener aus Oberitalien, *um 220 v. Chr., †168 v. Chr.; kam um 194 nach Rom. Nur Titel seiner Komödien sind erhalten.
Caedmon, *Cadmon, Cedmon, Kaedmon*, ältester christl. angelsächs. Lyriker, †um 680; sicher überliefert ist von ihm nur ein Hymnus auf den Schöpfer (9 Langzeilen).
Caelius, ital. *Monte Cèlio*, einer der 7 Hügel Roms im SO der Stadt; erst in der 1. Hälfte des 7. Jh. v. Chr. in das Stadtgebiet einbezogen, in spätrepublikan. Zeit dichtbesiedeltes Viertel mit Mietskasernen; nach einem Brand 27 v. Chr. bevorzugte Wohngegend der Nobilität; Reste der antiken Besiedlung.
Caen [kã], nordfranzös. Handels- u. Industriestadt in der Normandie, Hptst. des Dép. Calvados, an der Orne (nahe der Mündung), 114400 Ew.; Mittelpunkt einer reichen Ackerbaulandschaft u. eines bekannten Pferde- u. Viehzuchtgebiets *(Campagne de C.)*; Universität (gegr. 1432); Wärmekraftwerk; Eisen- u. Stahlerzeugung, Metall-, Elektro-, Baustoff-, Textil- u. Nahrungsmittelindustrie; den Binnenhafen verbindet ein 14 km langer Kanal mit dem Meer (Ouistreham); Ausfuhr von Eisenerz (normann. Erzbecken) u. Industrieerzeugnissen, Einfuhr bes. von Kohlen u.a. Brennstoffen, Holz, Phosphaten u. Agrumen; Verkehrsknotenpunkt. Viele Kirchen- u. Profanbauten (Romanik bis Renaissance) wurden 1944 zerstört oder stark beschädigt.
Caere ['tse:rə], das heutige *Cerveteri*, alte etrusk. Stadt, gehörte zum Zwölfstädtebund u. war mit seinem Hafen *Pyrgi* einer der wichtigsten Handelsplätze des Mittelmeers seit rd. 700 v. Chr. Die reichen Beifunde aus den oft mit Wandmalerei u. Relief ausgestatteten Kammergräbern der Nekropole von C. (→Villanova-Kultur, →Bucchero-Vasen) bezeugen die vielfältigen Beziehungen mit Griechenland u. dem Orient. Eingewanderte griech. Töpfer fertigten hier die sog. *Caeretan. Hydrien*; phöniz.-punische Kaufleute hatten in Pyrgi ein eigenes Heiligtum. →auch Regolini-Galassi-Grab.
Caeremoniale [das; lat.], Sammlung kirchl. Vorschriften über das liturg. Zeremoniell.
Caernarvon [ka:'na:vən], Hptst. der Grafschaft *Gwynedd*, im nordwestl. Wales, an der Menaistraße, 9100 Ew.; Burg, Stadtmauer von *Eduard I.*
Caesalpinia, artenreiche Gattung der *Zäsalpiniengewächse*, mit zahlreichen Nutzpflanzen; liefern vor allem wertvolle Farbhölzer (z.B. Brasilholz) u. Gerbstoffe.
Caesalpiniaceae = Zäsalpiniengewächse.
Caesar, Beiname des röm. Geschlechts der *Iulier*, von *Augustus* aufgrund der Adoption durch C. Julius Caesar (→Cäsar) anstelle des Familiennamens geführt; von *Claudius* als Bestandteil der Kaisertitulatur beibehalten, seit *Hadrian* daneben Titel des designierten Nachfolgers. Daraus sind die Titel *Kaiser* u. *Zar* abgeleitet.
Caesarea, 1. *C. Mauretaniae*, heute *Cherchel*, westlich von Algier; unter dem Namen *Jol* alter punischer Handelsplatz, Hptst. Numidiens; erhielt durch *Juba II.* den Namen *C.* u. wurde Hptst. Mauretaniens; in der röm. Kaiserzeit eine der größten Städte Nordafrikas; Stadtmauer von 7 km Umfang, Theater, Amphitheater, Zirkus, Thermen, Leuchtturm, reiche Villen mit Mosaiken.
2. *C. Palaestina, C. Stratonis, C. ad Mare*, antike Stadt südl. von Haifa, heute israel. Fremdenverkehrsort, hebr. *Qesari*; in hellenist. u. röm. Zeit Hptst. Palästinas, Sitz des röm. Statthalters, im 2. Jh. Bischofssitz, im 3. Jh. berühmt durch *Origenes* u. seine Schule; die reiche Bibliothek diente *Eusebios* u. *Prokopios von C.* zu ihren histor. Arbeiten; 640 von den Arabern erobert, im 13. Jh. in den Kreuzzügen völlig zerstört; Ausgrabungen seit 1956: Aquädukt, Amphitheater, einzige Pontius-Pilatus-Inschrift; Reste einer Kreuzfahrerburg.
3. *C. Philippi, C. Paneas*, heute *Baniyas*, antike Stadt am Hermon.
Caestus [der; lat. *caedere*, „schlagen"], um die Hand gewickelter Schlagriemen der antiken Berufsfaustkämpfer, der oft mit Metalleinlagen verstärkt war.
Caetano [kaɛ'ta:nɔ], Marcello, portugies. Politiker, *17. 8. 1906 Lissabon; 1968–1974 Nachfolger *Salazars* als Min.-Präs., seit 1970 auch Präsident der Einheitspartei *Acção Nacional Popular* (Nationale Volksaktion).
Cafuso [span.], Mischling zwischen Indianer u. Neger.
Cagaba, Stamm der *Chibchaindianer* in Nordkolumbien; Ackerbauern u. Viehzüchter mit Rundhäusern in Gruppensiedlungen.
Čagatai →Tschagatai.
Cagayan, philippin. Prov.-Hptst. auf Mindanao (Nordküste), 135000 Ew.; Holz- u. Nahrungsmittelindustrie; Hafen, Flugplatz.
Cage [kɛidʒ], John, US-amerikan. Komponist, *5. 9. 1912 Los Angeles; Schüler von A. *Schönberg* u. H. *Cowell*; propagiert eine ahistor. Kunst, in der auch der Unterschied zwischen Kunst u. Leben aufgehoben ist; erweiterte die Möglichkeiten des von Cowell erfundenen „präparierten" Klaviers (mit Dämpfung der Saiten durch Holz, Metall, Gummiteile u.ä.) u. führte – vom chines. Orakelbuch „I Ging" angeregt – den Zufall in die Komposition ein. Die graph. Notation überantwortet, anders als beim „gelenkten Zufall" der europäischen Avantgarde, das musikal. Ergebnis gänzlich dem Interpreten. Werke: „Music of Changes" 1951; „34′ 46.776″ for a pianist" 1954; „Winter Music" 1957; „Cartridge Music" 1960; „Atlas Eclipticalis" 1961/62; „Variations IV for any number of players, any sounds or combinations of sounds produced by any means, with or without

other activities" 1963; „Variations VI for a plurality of sounds systems" 1966.

Cagliari [ka'lja:ri], italien. Hafenstadt an der *Bucht von C.*, Hptst. von Sardinien u. der Provinz C. (9298 qkm, 810000 Ew.), 220000 Ew.; Universität (1626), Schiffbau, Ausfuhr von Seesalz (Salzgärten) u. Erzen; Tabak-, pharmazeut. u. Möbelindustrie, Ölraffinerie, Aluminiumhütte.

Cagliostro [ka'ljɔs-], Alexander (Alessandro) Graf von, eigentl. Giuseppe *Balsamo*, italien. Abenteurer, *8. 6. 1743 Palermo, †26. 8. 1795 San Leone bei Urbino (im Gefängnis); verschaffte sich durch angebl. alchemist. Geheimmittel, Elixiere u. Wunderkuren in ganz Europa ansehnl. Mittel u. Zutritt zu hochgestellten Personen (→Halsbandaffäre), gründete eine Freimaurerloge, wurde vom Papst wegen Ketzerei zum Tod verurteilt, aber zu lebenslängl. Haft begnadigt; Vorbild für Schillers „Geisterseher" (1789), Goethes „Großkophta" (1791) u. Johann Strauß' Operette „C." (1875).

Cagnes-sur-Mer ['kanjə syr 'mɛ:r], altertüml. südfranzös. Bade- u. Winterkurort an der Côte d'Azur, südwestl. von Nizza, 22100 Ew.; ehem. Grimaldischloß (13./14. Jh.); keram. Erzeugnisse, Blumenhandel.

Cagniard de la Tour [ka'nja:r də la 'tu:r], Charles, französ. Physiker, *31. 3. 1777 Paris, †5. 7. 1859 Paris; maß als erster die Frequenz eines Tones durch Bestimmung der Umdrehungszahlen einer Sirene; verflüssigte Kohlensäure.

Caguare →Ameisenfresser.

Caguas, Stadt in Puerto Rico, 32000 Ew. (m. V. 65100 Ew.).

Cahors [ka'ɔ:r], südfranzös. Handelsstadt am Lot, alte Hptst. des Quercy, Sitz des Dép. Lot, 20900 Ew.; Lampen- u. Schuhfabrik, Nahrungsmittelkonservierung, Tabakverarbeitung u. Weinhandel. – Im MA. war C. Hauptsitz der südfranzös. Geldverleiher *(Cahorsini, Cawertschen)*; 1321–1751 Universität; Kuppelkathedrale (11.–15. Jh.); befestigte Brücke Valentré mit 3 Türmen (14. Jh.).

Cahours [ka'u:r], Auguste André Thomas, französ. Chemiker, *2. 10. 1818 Paris, †17. 3. 1891 Paris; stellte u. a. Anisol, metallorgan. Verbindungen u. organ. Säurechloride dar.

Caibarién, Hafenstadt an der Nordküste Kubas, 26000 Ew.

Caicosinseln, Teil der brit. →Turks- und Caicosinseln in Westindien, im SO der Bahamainseln, nördl. von Haiti.

Caillaux [ka'jo:], Joseph, französ. Politiker, *30. 3. 1863 Le Mans, †22. 11. 1944 Mamers, Dép. Sarthe; 1899–1902, 1906–1909, 1911 u. 1913 Finanz-Min.; vertrat als Min.-Präs. 1911–1914 eine Politik der Verständigung mit Dtschld. (Marokko-Kongo-Vertrag 1911), wurde deshalb scharf angegriffen, 1918 als „Landesverräter" verhaftet u. verurteilt, 1920 freigesprochen u. 1924 rehabilitiert; 1925/26 u. 1935 wieder Finanzminister.

Caillié [ka'je:], René, französ. Afrikareisender, *19. 9. 1799 Mauzé, Poitou, †17. 5. 1838 La Baderre bei Paris; von Sierra Leone aus erreichte er 1828 nach A. G. *Laing* als zweiter Europäer Timbuktu u. brachte nach mühevoller Durchquerung der Sahara die ersten Nachrichten von dort nach Europa.

Caillois [kaj'wa], Roger, französ. Literaturkritiker; *3. 3. 1913 Reims, †21. 12. 1978 Paris; „Poétique de Saint-John Perse" ²1954.

Caine [kɛin], Sir Thomas Henry Hall, engl. Romanschriftsteller, *14. 5. 1853 Runcorn, Cheshire, †31. 8. 1931 Insel Man; schrieb Abenteuerromane mit sozialkrit. Tendenz: „The Eternal City" 1901.

Caingang, Indianerstamm der östl. *Ge*, an Zuflüssen des Paraná; Fischer, Sammler, Jäger; Anbau von Yams u. Bataten.

Caingua, Tupí-Guaraní-Indianerstamm am oberen Paraná, unabhängig bis zur Neuzeit; Fischer, Jäger, Pflanzer.

Cairns [kɛənz], Hafenstadt im nördl. Queensland, Australien, 26000 Ew.; Zuckerexport; Endpunkt der Ostküstenbahn, Stichbahn ins Innere; gegründet 1875 als Versorgungshafen für die Gold- u. Zinnminen des Hinterlands; Tourismus zum Großen Barriereriff; Basis des „Flying Doctor Service".

Cairn-Terrier [kɛən-], kleine, kurze, kräftige Hunderasse; kleine, spitze, aufrechte Ohren, zottiges, hartes Haar mit Unterwolle; rot, sandfarben, grau, gestromt, selten fast schwarz.

Cairo, *Kairo,* arab. *El-Qâhira*, Hptst. von Ägypten, rechts am Nil, größte afrikan. Stadt: 5,8 Mill. Ew.; interessantes Stadtbild mit modernsten europ. Vierteln (nördl. Vorstadt *Heliopolis*) neben mittelalterl. arab. Stadtteilen (um die Zitadelle im S) u. vielen kunstgeschichtl. wertvollen Bauten (Moscheen, Kalifengräber); Regierungsgebäude, Staatsuniversität (gegr. 1908), El-Azhar-Universität (geistiges Zentrum des Islams), amerikan. Universität; 2 Goethe-Institute; arab. Nationalmuseum, ägypt. Altertumsmuseum; Opernhaus; Planetarium; Zoolog. Garten; Straßenbahnverbindung zu den Pyramiden; Banken- u. Handelszentrum (Baumwolle, Getreide, Holz) mit noch junger Industrie; Luftverkehrsknotenpunkt; starker Fremdenverkehr. – 🄱 →Ägypten.

969 nördl. der 641 gegr. arab. Stadt *Fustat* gegr.; Kern des heutigen C. ist der im 12. Jh. gegr. Stadtteil *Misr el Qâhira*; 1261–1517 Sitz der Abbasidenkalifen, dann von den Osmanen erobert.

Cairo-Konferenz, 1. Zusammenkunft Roosevelts, Churchills u. Tschiang Kaischeks (22.–26. 11. 1943) u. 2. Zusammenkunft Roosevelts u. Churchills (2.–6. 12. 1943) in C.; beide Konferenzen dienten der Fixierung eines Kriegs- u. Nachkriegsprogramms in Fernost. – 🄻 5.9.2.

Caisléan an Bharraigh, westirische Grafschafts-Hptst., →Castlebar.

Caisson [kɛ'sɔ̃] = Senkkasten.

Caissonkrankheit [kɛ'sɔ̃-] = Taucherkrankheit.

Caithness ['kɛiθnɛs], Distrikt in Nordostschottland, 3152 qkm, 30000 Ew.; zu einem Drittel Moorland; Hptst. *Wick* (7400 Ew.).

Caitya, *Tschaitya*, in Indien verbreiteter Typus buddhist. Felshallen mit Kultraum in Form eines apsidial auslaufenden, tonnengewölbten „Schiffs" mit begleitenden, durch Säulenreihen abgegrenzten Nebenräumen. Im Zentrum der Apsis steht ein aus gewachsenem Stein geschlagener *Stupa*.

CAJ, Abk. für →Christliche Arbeiter-Jugend.

Cajal [-'xal], Santiago Ramón y, span. Anatom u. Neurohistologe, *1. 5. 1852 Petilla de Aragón, Prov. Saragossa, †17. 10. 1934 Madrid; erhielt für Untersuchungen über den Feinbau des Nervensystems den Nobelpreis für Medizin 1906 (gemeinsam mit Camillo *Golgi*).

Cajamarca [kaxa-], altperuan. Kultur im Hochland von Cajamarca von 800 bis 1400; selbständiges Fürstentum bis zur Eroberung durch die Inka. Charakterist. ist die porzellanartig weiße, kursiv bemalte Keramik.

Cajamarca, *Caxamarca* [kaxa-], Hptst. des peruan. Dep. C. (35418 qkm, 981300 Ew.), 2814 m ü. M., in der westl. Kordillere, 22700 Ew.; Techn. Universität, kath. Bischofssitz; Thermalquellen („Bäder der Inka"); Abbau von Edelmetallen, Blei, Zink, Kupfer; Textil-, Strohhut- u. Lederindustrie; alter Kult- u. Festungsplatz der Inkas; 1533 Gefangennahme u. Hinrichtung Atahualpas durch Pizarro.

Cajetan de Vio, Thomas, italien. Theologe u. Kirchenpolitiker, *20. 2. 1469 Gaeta, †9./10. 8. 1534 Rom; Dominikaner, 1508 Ordensgeneral, 1517 Kardinal; als päpstl. Legat führte er 1518 auf dem Augsburger Reichstag Verhandlungen mit *Luther*; Ratgeber von Papst Klemens VII.; Kommentator der Summa theologiae des Thomas von Aquin.

Cajetan von Thiene, Heiliger, *1480 Vicenza, †7. 8. 1547 Neapel; gründete 1524 in Rom zusammen mit Gianpietro *Caraf(f)a*, dem späteren Papst *Paul IV.*, den Orden der →Theatiner. Heiligsprechung 1671 (Fest: 8. 8.).

Cajus, Abk. *C.*, ältere Schreibweise des latein. Vornamens →Gaius.

Cajus, Papst 283–296, Heiliger, †22. 4. 296 Rom; regierte in einer Zeit des Friedens mit dem röm. Staat, vor der Verfolgung durch Diocletian.

Cakewalk ['kɛikwɔ:k; der; engl.], ursprüngl. Negertanz, dann, von den USA aus, in verschiedenen Formen als Gesellschaftstanz in Europa.

cal, Kurzzeichen für die Maßeinheit der Wärmemenge; nicht mehr zugelassen. →Kalorie.

Calabar ['kæləba:], *Old C., Duke Town*, Hafenstadt im südöstl. Nigeria, östl. des Nigerdeltas, 80000 Ew.; kath. Bischofssitz; Holzverarbeitung, Palmölgewinnung.

Caladium →Buntwurz.

Calais [ka'lɛ:], nordfranzös. Hafenstadt an der Kanalküste, nahe der engsten Stelle des Kanals *(Straße von C.)*, gegenüber von Dover, 74900 Ew.; neben Boulogne-sur-Mer der wichtigste Überfahrtsplatz nach England; Zentrum der französ. Tüll- u. Spitzenerzeugung, Metall-, Papier u. chem. Industrie; Handels- u. Fischereihafen; Einfuhr von Erzen, Holz, Wolle u. a., Ausfuhr von Textilien u. Metallwaren; Seebad.

1347 von England besetzt, fiel 1558 als letzter engl. Stützpunkt auf französ. Boden an Frankreich zurück; seit dem späten MA. Seefestung.

Calamiangruppe, *Calamianes*, philippin. Inselgruppe südwestlich von Luzón, zwischen Palawan und Mindoro; 1618 qkm, 30000 Ew.; größte Inseln: *Busuanga, Culion* und *Linapacan*; Anbau von Kokospalmen, Reis, Indigo, Kaffee, Zuckerrohr, Tabak; Gold-, Eisen- und Manganvorkommen.

Calamiten, *Calamitales* [grch. *kalamos*, „Schilf, Rohr"], Schachtelhalmbäume der →Steinkohlenwälder.

Calamoichthys [-mo:ix'tys], C. *calabrius*, bis 40 cm langer, zur Ordnung der *Flösselhechte* gehöriger Fisch; vom *Flösselhecht, Polypterus*, durch den längeren, schlangenartigen Körper u. das Fehlen von Bauchflossen unterschieden; lebt im Nigerdelta u. im Alten Calabarfluß, bevorzugt stehendes Wasser oder ruhige Strömung; ernährt sich von Krebstieren u. Insekten; ohne wirtschaftl. Bedeutung.

Calamus [der; grch. *kalamos*, „Schilf, Rohr"], **1.** *Botanik:* →Kalmus.

2. *Kulturgeschichte:* zugespitztes Schreibgerät des Altertums aus dem Zuckerrohr- oder Schilfhalm; später auch aus Metall.

Calathea, Gattung der *Pfeilwurzgewächse*, im wärmeren Amerika heim.; wegen ihrer gebänderten oder gefleckten Blätter werden einige Arten als Zierpflanzen in unseren Gewächshäusern kultiviert.

Calatrava, ehem. span. Festung in der Prov. Ciudad Real, nahe am Guadiana. Zur Verteidigung des Schlosses gegen die Mauren gründete ein Zisterzienserabt 1158 den *Orden von C.*, den ersten der großen span. Ritterorden.

Calau, *Kalau*, Kreisstadt im Bez. Cottbus, in der Niederlausitz, 6400 Ew.; Schuh- u. a. Industrie. – Krs. C.: 618 qkm, 60500 Ew. →auch: Kalauer.

Calbe, 1. *C./Saale*, Stadt im Krs. Schönebeck, Bez. Magdeburg, an der Saale, 16400 Ew.; Eisenwerk, Textil-, chem. u. a. Industrie.

2. *C./Milde* →Kalbe/Milde.

Calchaqui-Kultur [kal'tʃaki-], alte Indianerkultur der Vor-Inka-Zeit in Nordwestargentinien, mit Bewässerungsanlagen u. Terrassenfeldbau. Verwandt ist die *Diaguitakultur* in Chile.

Calciferol [das; lat.], →Vitamin D.

calcinieren, feste Stoffe erhitzen *(brennen)* zur Entfernung von Kristallwasser oder zur Abspaltung von Kohlendioxid.

Calcispongia, *Calcarea, Kalkschwämme*, Schwämme mit einem Skelett aus Kalknadeln.

Calcit, farbloses bis gelbl. Mineral, →Kalkspat.

Calcium [das; lat.], chem. Zeichen Ca, silberweißes, glänzendes, an der Luft jedoch schnell anlaufendes, weiches, 2wertiges Erdalkalimetall; Atomgewicht 40,08, Ordnungszahl 20, spez. Gew. 1,55, Schmelzpunkt 850°C; eines der 10 am häufigsten vorkommenden Elemente, zu 3,4% in der Erdrinde enthalten. Es findet sich als *Kalkstein, Kreide* u. *Marmor*, als *Dolomit* (C.-Magnesium-Doppelcarbonat, $CaCO_3 \cdot MgCO_3$), als *Gips* u. als *Anhydrit* ($CaSO_4$), in Form von *C.silikaten* u. *Doppelsilikaten*, als *Phosphorit, Apatit (C.phosphate)* u. als *Flußspat*.

Darstellung durch Elektrolyse von geschmolzenem C.chlorid.

Verbindungen: *C.oxid* u. *C.hydroxid:* →Kalk; *C.fluorid* (Flußspat, CaF_2), schwer löslich, Verwendung zur Herstellung von Flußsäure u. als Flußmittel bei metallurgischen Verfahren; *C.chlorid* ($CaCl_2 \cdot 6H_2O$), Nebenprodukt bei der Sodaherstellung; das wasserfreie Salz nimmt leicht wieder Wasser auf u. wird daher als Trockenmittel benutzt; *C.carbonat* (kohlensaurer Kalk, Marmor, $CaCO_3$), schwer löslich; unter Bildung von *C.hydrogencarbonat* ($Ca[HCO_3]_2$) in kohlesäurehaltigem Wasser löslich, daher Bestandteil fast aller Fluß- u. Quellwässer, aus denen es bei Erhitzen wieder als Carbonat ausfällt (vorübergehende Härte des Wassers); *C.sulfid* (CaS), Verwendung bei der Herstellung von Leuchtstoffen; *C.sulfat* (Gips, $CaSO_4 \cdot 2H_2O$); *C.carbid* (CaC_2), aus Kohle u. Kalk im Lichtbogen darstellbar, bildet mit Wasser Acetylen; *C.cyanamid:* →Kalkstickstoff; *C.phosphat* ($Ca_3[PO_4]_2$), Bestandteil der Knochen u. Zähne, Ausgangsmaterial für die Herstellung von Superphosphat.

Calculus, altröm. kleinstes Gewicht, auch als Steinchen zum Rechnen benutzt.

Calcutta, *Kalkutta, Kalikata*, Hptst. des ind. Staates *Westbengalen*, am Mündungsarm Hugli im westl. Bereich des riesigen Gangesdeltas gelegen, 120 km entfernt vom Golf von Bengalen, 3,1 Mill. Ew. (Agglomeration 6,0 Mill. Ew.); zwei Universitäten mit 150 Colleges (gegr. 1857, 1955), Börse; wichtigstes Industriezentrum Indiens (Baumwoll- u. Seidenverarbeitung, Eisen- u. Stahlindustrie, Edelmetallverarbeitung); zweitwichtigster ind. Hafen- u. Handelsplatz (bes. für Jute, Tee aus Assam u. Industrieerzeugnisse aus Chhota Nagpur u. dem Damodargebiet). – C. entwickelte sich aus einer 1690 gegr. Handelsniederlassung der British East India Company, bis 1912 Sitz des Generalgouverneurs bzw. Vizekönigs.

Caldara, Antonio, italien. Komponist, * um 1670 Venedig, † 28. 12. 1736 Wien; war seit 1716 neben J. J. *Fux* Vizekapellmeister am Wiener Hof, schrieb über 80 Opern (u. a. „Dafne" 1719), mehr als 30 Oratorien u. eine unübersehbare Fülle von Kirchenmusik. C. ist neben A. Lotti der bedeutendste Vertreter des venezian. Spätbarocks auf dem Gebiet der Vokalmusik; sein früh ausgebildeter Stil zeichnet sich durch besondere Geschmeidigkeit der Stimmführung aus.

Caldarium [das; Mz. *Caldarien*; lat.], der Heißbaderaum der röm. Thermen.

Caldas [span., portug., „warme Quellen"], Namensteil vieler Badeorte in Spanien, Portugal, Brasilien u. a.

Caldas, kolumbian. Departamento am Cauca, 7283 qkm, 793 600 Ew., Hptst. *Manizales*; Agrar- u. Erdölgebiet.

Caldas da Rainha [-'rainja], westportugies. Stadt nahe der Küste, 10 000 Ew.; wichtiges Heilbad (Schwefel-Kochsalz-Thermen, 43°C); Leinenindustrie, Steingutserzeugung.

Calder ['kɔːldər], Alexander, US-amerikan. Bildhauer, * 22. 8. 1898 Philadelphia, † 11. 11. 1976 New York; arbeitete zunächst als Karikaturist, 1926–1933 in England u. Paris tätig, schuf 1931 als Mitglied der französ. Künstlergruppe „Abstraction-Création" u. unter dem Einfluß von P. *Mondrian* seine ersten abstrakten Metallplastiken *(Stabiles)* sowie Konstruktionen aus Draht u. Metallscheiben, deren anfängl. mechan. Bewegungsantrieb er bald durch Dynamik mittels Luftströmung ersetzte *(Mobiles)*. Diese Erfindung der bewegl. Plastik war von internationaler Tragweite für die Entwicklung der modernen Kunst. Hptw.: Mobile für das UNESCO-Gebäude in Paris, 1958. – B→Bildnis. – 2.3.2.

Caldera [kal'deːra; die; span., „Kessel"], vulkan. Einsturzkrater, durch Explosion entstanden, oft erosiv erweitert oder von Seen erfüllt. Der Name stammt von den Kanarischen Inseln.

Caldera, Rodriguez Rafael, venezolan. Politiker, * 24. 1. 1916 San Felipe, Prov. Yaracuy; seit 1941 Abgeordneter, gründete 1946 die Christl. Soziale Partei, wurde nach mehreren erfolglosen Kandidaturen 1968–1974 Staatspräsident (Amtsantritt 1969).

Calderara, Antonio, italien. Maler, * 1903 Abbiategrasso, † 27. 6. 1978 Vaciago; gab 1924 sein Ingenieurstudium auf, um sich autodidaktisch der Malerei zu widmen; malte erst gegenständlich, seit 1959 abstrakt mit symmetrischer Flächengruppierung u. lichtem Farbauftrag. – 2.5.3.

Calder Hall ['kɔːldə 'hɔːl], erstes brit. Atomkraftwerk (1956), in Cumberland, an der Irischen See; Leistung: 200 MW.

Calderón, Serafin Estébanez →Estébanez Calderón.

Calderón de la Barca, Pedro, span. Dramatiker, * 17. 1. 1600 Madrid, † 25. 5. 1681 Madrid; Besuch eines Jesuitenkollegs, Studium in Alcalá de Henares u. Salamanca, Studium 1620 abgebrochen, 1625 vermutl. Soldat, 1635 Hofdramatiker, 1651 Priesterweihe, 1653 Kaplan in Toledo, 1663 Kaplan des Königs in Madrid. C. bildet den Höhepunkt des span. Theaters. Im Vergleich mit dem volkstümlicheren u. oft originelleren *Lope de Vega* zeigt er die strengere Kunst, dazu oft eine tiefere Philosophie. Alles wird durch den Verstand gerechtfertigt; später tritt das Realistische hinter der Fülle des Poetischen u. Symbolischen zurück. Von C. sind ca. 120 Dramen *(Comedias)*, 80 geistl. Festspiele *(Autos sacramentales)*, die er zur Vollendung führte, u. etliche Kurzszenenfolgen erhalten. Aufgliederung der Stücke: Geschichtsdramen („Der Richter von Zalamea" 1651, dt. 1822), Mantel- u. Degenstücke („Dame Kobold" 1636, dt. 1822), Eifersuchts- u. Ehrestücke („Der Arzt seiner Ehre" 1637, dt. 1823), philosoph. Dramen („Das Leben ein Traum" 1636, dt. 1812), religiöse Stücke („Der wundertätige Magus" 1663, dt. 1816; „Der standhafte Prinz" 1636, dt. 1809), mytholog.-phantast. Stücke („Die Tochter der Luft" 1650, dt. 1821), Autos sacramentales („Das große Welttheater" 1675, dt. 1846). Im 17. Jh. war C. unbestritten der König des span. Theaters; mit der Aufklärung verfiel er der Vergessenheit; erst die dt. Klassik u. Romantik hat ihn wiederentdeckt. – 3.2.3.

Caldwell ['kɔːldwəl], **1.** Erskine Preston, US-amerikan. Schriftsteller, * 17. 12. 1903 White Oak, Georgia; beschreibt realist. u. mit sozialer Tendenz das Leben der armen Weißen im S der USA; Hptw.: „Die Tabakstraße" 1932, dt. 1948; „Gottes kleiner Acker" 1933, dt. 1948; „Licht in der Dämmerung" 1952, dt. 1957; „Mississippi-Insel" 1971.
2. (Janet) Taylor, Pseudonym Max *Reiner*, US-amerikan. Schriftstellerin, * 7. 9. 1900 Prestwich bei Manchester (England); ihre vielgelesenen Romane („Dynasty of Death" 1938, dt. „Einst wird kommen der Tag" 1939; „Melissa" 1948, dt. 1950) stellen meist die wirtschaftl. Expansion der USA im späten 19. Jh. dar.

Caledon ['kælidən], rechter Nebenfluß des Oranje (Südafrika), entspringt in den südl. Drakensbergen, bildet die Nordwestgrenze des Lesotho, 480 km.

Caledonit [der], $Pb_5Cu_2(OH)_6CO_3(SO_4)_3$, rhomb. Mineral, nadelige grünl. Büschel; Härte 2,5–3, Dichte 6,4.

Calenberg, *Calenberger Land, Kalenberg;* Landschaft zwischen Osterwald-Deister im W u. der Leine im N u. O, ehem. braunschweig. Teil-Fürstentum, Grundstock des Kurfürstentums Hannover.

Calendula = Ringelblume.

Calgary ['kælgəri], kanad. Stadt im S von Alberta, am Ostfuß der Rocky Mountains, an der kanad. Pazifikbahn, 400 000 Ew.; Universität, Technolog. Institut; Erdölraffinerien, Schwerindustriezentrum, Lebensmittelindustrie.

Calhoun [kæ'luːn], John Caldwell, US-amerikan. Politiker, * 18. 3. 1782 Abbeville District, S. C., † 31. 3. 1850 Washington; gehörte mit H. *Clay* u. a. zu den „War Hawks" („Kriegsfalken") 1810/11; 1825–1832 Vize-Präs. der USA unter J. Q. *Adams* u. A. *Jackson;* entwickelte die *Nullifikationstheorie.*

Cali, Hptst. des kolumbian. Dep. Valle del Cauca, am oberen Cauca, 1,1 Mill. Ew.; 2 Universitäten (gegr. 1945 u. 1958); Kaffeeanbau- u. Bergbauzentrum; Textil-, Gummi-, Lederindustrie; Bahn nach Buenaventura; Flughafen. – 1538 von *Belalcázar* gegründet.

Caliaturholz →Sandelholz.

Caliban, Gestalt in Shakespeares „Sturm"; danach allg.: halbtierischer Mensch.

Caliche [ka'liːtʃə; span.], Rohmaterial, aus dem der →Chilesalpeter gewonnen wird.

Calicut [engl. 'kælikət], *Kalikat*, ind. *Kozhikoda, Koyilkota*, Hafenstadt an der Malabarküste in Südwestindien (Kerala), 230 000 Ew.; Textilindustrie; günstige Verkehrsverbindung zum Hinterland durch das *Palghat Gap* (breites Durchbruchstal durch die Westghats). – 1498 landete hier Vasco da Gama; 1513 portugies., 1613 engl. Stützpunkt.

Calif., Abk. für *California,* →Kalifornien.

California [kæli'fɔːniə], pazif. USA-Staat, →Kalifornien.

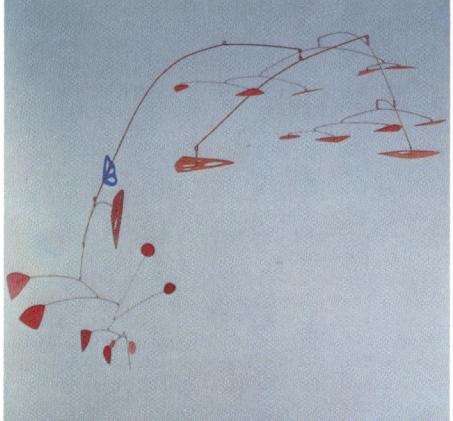

Alexander Calder: Palme (Mobile); 1958. Hamburg, Kunsthalle

Calcutta: Jain-Tempel in der Budree Das Temple Street

Californit [der], ein Mineral; jadegrüner *Vesuvian* aus Kalifornien.

Californium, künstl. durch Beschießen von Curium mit α-Strahlen (zuerst 1950 in Berkeley, Calif.) erzeugtes radioaktives, zu den Transuranen gehörendes Element; chem. Zeichen Cf, Atomgewicht des längstlebigen Isotops 251, Ordnungszahl 98.

Calig, Abk. für *Caritas Lichtbild-G.m.b.H.,* 1925 gegr. Gesellschaft, die Lichtbilder, Schmalfilme u. ä. herstellt u. für die Caritas u. die religiöse Betreuung einsetzt.

Caligula, Gaius Iulius Caesar, röm. Kaiser 37–41 n. Chr., * 31. 8. 12 Antium, † 24. 1. 41 Rom; Sohn des Germanicus u. der Agrippina d. Ä.; wuchs im Feldlager auf, wo er den Spitznamen C. [„Stiefelchen"] seiner kleinen Soldatenstiefel wegen erhielt. 31 holte ihn Kaiser Tiberius an seinen Hof, nach dessen Tod wurde er zum Caesar ausgerufen. Nach wenigen Monaten vernünftiger Regierung schlug C.s Verhalten jedoch infolge schwerer Krankheit in despotische Willkür um; er führte ein Schreckensregiment, verschwendete die Staatsfinanzen u. wurde von den Prätorianern ermordet.

Calima-Kultur, untergegangene Indianerkultur in Kolumbien aus der Zeit der span. Eroberung; Totenbestattung in 3–6 m tiefen Schachtgräbern mit reichen Gold- u. Keramikbeigaben.

Calina [die; span.], Lufttrübung in Spanien, verursacht durch Staub u. Flimmern heißer, aufsteigender Luft.

Calixt, *Kallissen,* Georg, ev. Theologe, * 14. 12. 1586 Medelby, Schleswig, † 19. 3. 1656 Helmstedt; Prof. in Helmstedt; hielt die Lehrmeinung der ersten fünf christl. Jahrhunderte für verbindl. u. versuchte, auf dieser Grundlage die Vereinigung der christl. Konfessionen herbeizuführen.

Calixtus, Päpste, →Kalixt.

Callaghan ['kæləhən], James, brit. Politiker (Labour), * 27. 3. 1912 Portsmouth; 1949/50 Vertreter Großbritanniens im Europarat, 1964–1967 Schatzkanzler, 1967–1970 Innen-Min., 1974–1976 Außen-Min., 1976–1979 Premier-Min., seit 1976 Parteiführer.

Callao [ka'jao], wichtigster Hafen von Peru, 14 km westl. von Lima, 335 000 Ew.; Meeresinstitut; Seebad; Industrie, Werften, Kriegshafen, größter Fischereihafen u. älteste Bahnlinie Südamerikas (nach Lima). – 1537 gegr.; mehrfach durch Erdbeben zerstört (1746, 1940 u. a.).

Calla palustris, *Kalla, Sumpf- oder Schlangenwurz, Schweinsohr,* bis 50 cm hoch werdende Sumpfpflanze aus der Familie der *Aronstabgewächse;* Vorkommen in den Waldsümpfen u. Torfbrüchen der gemäßigten Zonen. Die brennendscharfe, schwindlig machende Grundwurzel wurde früher als Gegengift gegen Schlangenbisse benutzt. Wegen der roten Beeren heißt die C.p. auch *Roter Wasserpfeffer.* →auch Zantedeschia.

Callas, Maria, eigentl. M. *Kalogeropoulos,* zeit-

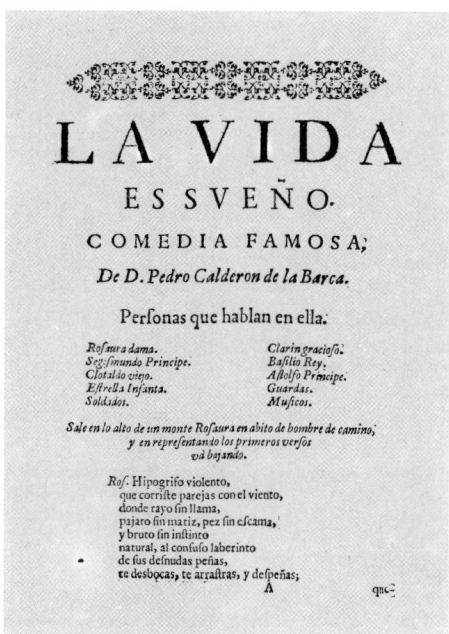

Calderón de la Barca: Titelblatt des Dramas „Das Leben ein Traum"

weilig verheiratet mit G. *Meneghini,* griech. Sängerin (dramat. Sopran), *3. 12. 1923 New York, †16. 9. 1977 Paris; lebte 1936–1945 in Athen, wo sie Gesang studierte; Welterfolge in Europa u. den USA seit 1947; sang 1951 zum ersten Mal an der Mailänder Scala; Opern- u. Konzertsängerin, Vertreterin des Primadonnentyps, mit charaktervoller, techn. vollendeter Stimme (bis es^3 gehend), auch darstellerisch sehr wirkungsvoll; verhalf alten Opern zu neuer Anerkennung.

Call-back [′kɔːl ′bæk; das; engl.], Begriff des Stichprobenverfahrens: Wiederholungsbesuch von Interviewern bei in die Stichprobe einbezogenen Personen, die beim ersten Besuch nicht angetroffen wurden; dient einer Verbesserung der Stichprobenerhebung. →auch Non-response.

Call-Girl [′kɔːl gəːrl; engl., „Anrufmädchen"], telefon. unter einer nur Eingeweihten bekannten Nummer bestellbare Prostituierte.

Callier-Effekt [ka′ljeː-; nach dem französ. Chemiker A. *Callier,* *1909], photograph. Effekt, bei dem die Struktur des photograph. Schwärzung beim Vergrößern mit gerichtetem Licht als Körnigkeit viel stärker in Erscheinung tritt als mit diffusem Licht. Diese unterschiedl. Schwärzung ist von der Korngröße des Negativsilbers abhängig u. dient zur Körnigkeitsmessung.

Callistemon, austral. Gattung der *Myrtengewächse;* Blüten mit Blumenblättern u. weit überragenden, roten Staubblättern. Arten dieser Gattung werden in unseren Kalthäusern gezogen.

Melvin Calvin

Calliyannis, Manolis, griech. Maler, *September 1923 Lesbos; ging nach 1940 zur Royal Air Force, studierte nach Kriegsende in Südafrika Architektur u. kam 1948 nach Paris; begann gegenständlich u. kehrte nach einer abstrakten Phase wieder zur Gegenständlichkeit zurück.

Call-money [′kɔːl ′mʌni; das; engl.], *tägliches Geld,* Darlehen, die beiderseits jederzeit kündbar u. daher billig sind.

Callot [ka′loː], Jacques, französ. Graphiker, *1592 Nancy, †24. 3. 1635 Nancy; 1609–1622 in Italien tätig, seit 1611 in Florenz; radierte Folgen mit Szenen aus dem italien. Volksleben von lebendiger Gebärdensprache u. klarer Raumordnung („Les Caprices" 1613; „Misères de la guerre" 1632 u. 1633). C.s präzise Strichführung u. Hell-Dunkel-Wirkung waren wegweisend für die Entwicklung der Radierung.

Callovien [-vjɛ̃; das; nach dem engl. Ort Kellaways (lat. *Callovium)* in Wiltshire], Stufe des Mittleren Jura (Braunjura, Dogger).

Callwey, Georg D. W. *Callwey Verlag,* München, gegr. 1884; bekannt durch die Zeitschrift „Kunstwart" (1887–1937), Künstlermappen, Bilddrucke, geschichtl. u. biograph. Werke, Baufachbücher u. Zeitschriften für Architektur, Gartengestaltung, Malerei u. Bildhauerei.

Calmette [-′mɛt], Albert Léon Charles, französ. Bakteriologe, *12. 6. 1863 Nizza, †29. 10. 1933 Paris; führte 1926 die *BCG-Impfung* (Tuberkuloseschutzimpfung) ein.

Calonder, Felix, schweizer. Politiker, *7. 10. 1863 Schuls, Graubünden, †14. 6. 1952 Zürich; Führer der Freisinnig-demokrat. Partei, 1913–1920 Bundesrat; 1921–1937 Vors. der gemischten Völkerbundskommission für Oberschlesien.

Caloocan, Stadt auf der philippin. Insel Luzón, 290000 Ew.; im Industriegebiet Manila-Quezon City.

Calophyllum, Gattung der *Johanniskrautgewächse,* deren Arten vorwiegend Südasien u. Australien, z. T. auch das trop. Amerika bewohnen. Am bekanntesten ist der Küstenbaum *C. inophyllum,* ein recht hoher Baum, dessen Holz als Indisches Mahagoni oder Rosenholz gehandelt wurde. Die fettreichen Samen sind als Penangoder Dombanüsse bekannt. Das aus der Rinde hervorbrechende Harz wird als Marienbalsam *(Balsamum Mariae)* oder Takanaharz benutzt.

Calor [lat., „Wärme"], *Medizin:* eines der vier klassischen Symptome der →Entzündung.

Calotropis, trop. Bäume u. Sträucher des *Schwalbenwurzelgewächse;* *C. procera* (Oscherstrauch, Oschur, Aschur) ist eine Wüstenpflanze von Westafrika bis Hinterindien; die großen kugeligen Früchte gelten als *Sodomsäpfel* der Bibel.

Caltagirone [-dʒi], italien. Stadt auf Sizilien, südwestl. von Catània, 43000 Ew.; Terrakottaindustrie.

Caltanissetta, italien. Stadt auf Sizilien, Hptst. der Provinz C. (2104 qkm, 310000 Ew.), 65000 Ew.; Schwefelbergbau, Lebensmittelindustrie.

Caltex, Abk. für *California Texas Oil Corp.,* 1936 von der *Standard Oil Company of California* u. *The Texas Company* (jetzt *Texaco Inc.)* gegr. Unternehmen der Mineralölwirtschaft mit eigenen Erdölfeldern, Großraffinerien, Tankschiffen, Tankstellen u. Verkaufsbüros. 1967 ist der Besitz der C. in Europa (u. a. auch in der BRD) wieder zwischen den beiden Muttergesellschaften aufgeteilt worden u. wird nunmehr getrennt weitergeführt.

Calumet [kaly′mɛ; das; frz.], Friedenspfeife, →Kalumet.

Calvados [auch ′kal-], Apfelbranntwein aus der Normandie.

Calvados, 1. nordfranzös. Département in der Normandie, 5536 qkm, 519700 Ew.; Hptst. *Caen.* 2. *Côte du C.,* die Kette der Kalkklippen u. felsigen Inseln u. die schroffe Steilküste der Normandie zwischen dem Bessin u. Dives-sur-Mer, 25 km lang.

Calvin, 1. *Caulvin, Cauvin,* Johannes, Reformator der französ. Schweiz, *10. 7. 1509 Noyon, Picardie, †27. 5. 1564 Genf; nach philosoph.-theolog., jurist. u. humanist. Studien in Paris, Orléans u. Bourges u. nach Bekanntschaft mit reformator. Gedanken hatte er 1533 oder 1534 ein Bekehrungserlebnis, hielt sich in Frankreich zu ev. Kreisen u. mußte 1534 nach Basel auswandern. Auf einer Reise gewann ihn 1536 in Genf G. *Farel* als Helfer bei der Durchführung der Reformation. 1538 zusammen mit Farel verbannt, wandte sich C. nach Straßburg. 1541 kehrte er nach Genf zurück, schuf eine neue kirchl. Ordnung u. Verfassung mit 4 Gemeindeämtern *(Reformierte Kirche),* wobei er besonders über die Kirchenzucht wachte. Mit dem Züricher Protestantismus gelangte C. 1549 zu einer Einigung. C.s Hauptwerk ist der „Unterricht in der christl. Religion", 1535 verfaßt u. bis 1560 mehrfach erweitert. Daneben sind vor allem seine Kommentare zu den biblischen Büchern wichtig. Entscheidender Ausgangspunkt seiner Theologie ist das Bekenntnis zur Allmacht Gottes, dem in unbedingtem Gehorsam die Ehre gegeben werden muß. Daraus ergibt sich C.s Lehre von der doppelten *Prädestination.* In der Abendmahlslehre, in der er die Gegenwart Christi im Geist vertrat, unterscheidet er sich von H. *Zwingli* u. von *Luther.* → B →Reformation. – L I.9.4.

2. [′kælvin], Melvin, US-amerikan. Biochemiker, *7. 4. 1911 St. Paul, Minnesota; erforscht die Photosynthese; Nobelpreis 1961.

Calvino, Italo, italien. Erzähler, *15. 10. 1923 Santiago las Vegas, Kuba; anfängl. Kommunist; schrieb hauptsächl. Romane mit phantast. Zügen: „Der geteilte Visconte" 1952, dt. 1957; „Der Baron auf den Bäumen 1957, dt. 1960.

Calw, baden-württ. Kreisstadt u. Luftkurort an der Nagold, westl. von Stuttgart, 22000 Ew.; Textil- u. Holzindustrie. – Ldkrs. C.: 798 qkm, 127000 Ew.

Calycanthaceae = Gewürzstrauchgewächse.

Calypso, Negertanz aus Trinidad, wo er zu Beginn des 20. Jh. von Rhythmusinstrumenten begleitet, gesungen u. getanzt wurde; seit 1957 in Europa Modetanz.

Calyptrocalyx spicatus, auf den Molukken u. in Neuguinea heim. Fiederpalme, deren schlanker, geringelter Stamm bis 10 m hoch wird (jedoch meist kleiner); der Blütenstand ist unverzweigt.

Calzabigi [kaltsa′bidʒi], *Calsabigi,* Ranieri da, italien. Textdichter, *23. 12. 1714 Livorno, †Juli 1795 Neapel; zunächst in Italien Kaufmann, gab in Paris die Werke des italien. Operndichters Pietro *Metastasio* heraus; ab 1761 als Rat bei der niederländ. Rechnungskammer in Wien tätig, wo er mit dem Komponisten Ch. W. *Gluck* zusammentraf, für den er die Texte zu den Reformopern „Orpheus u. Eurydike", „Alceste" u. „Paris u. Helena" verfaßte.

Camagüey [-gu′ɛi], 1. Prov.-Hptst. in Zentral-Kuba, 191400 Ew. (m. V. 260000 Ew.); 1514 als Hafen *Puerto Príncipe* gegründet, später verlegt; Zentrum eines Viehzucht- u. Zuckerrohranbaugebiets (Ebene von C.); Lebensmittelindustrie, Eisenbahnwerkstätten; Flughafen. 2. span. *Islas de C.,* Gruppe von Koralleninseln u. Riffen (Archipel) vor der Nordküste Ostkubas; 250 km lang; Inseln: *Cayo, Romano, Sabinal* u.a.

Camàldoli, italien. Sommerfrische in der Toskana, nördl. von Arezzo, 180 Ew.; Kloster (gegr. 1012), Einsiedelei, Zentrum des Kamaldulenserordens.

Câmara, 1. Helder Pessoa, brasilian. kath. Theologe, *7. 2. 1909 São José, Fortaleza; 1964 Erzbischof von Recife u. Olinda, weltbekannt durch sein Eintreten für soziale Gerechtigkeit u. für grundlegende polit. Reformen in Lateinamerika; Schriften: „Revolution für den Frieden" 1969, „Es ist Zeit" 1970.

2. Jaime de *Barros C.,* brasilian. kath. Theologe, *3. 7. 1894 São José, Santa Catarina, †18. 2. 1971 Aparecida, São Paulo; 1943 Erzbischof von Rio de Janeiro, 1946 Kardinal.

3. Dom João *Gonçalves Zarco da C.,* portugies. Dramatiker, Erzähler, Journalist u. Ingenieur, *27. 12. 1852 Lissabon, †2. 1. 1908 Lissabon; schrieb realist. Dramen; seine patriot. histor. Stücke werden noch im 20. Jh. aufgeführt.

Camargo, Marie-Anne *Cuppi de C.,* französ. Tänzerin, *15. 4. 1710 Brüssel, †20. 4. 1770 Paris; Solotänzerin an der Großen Oper Paris; führte den absatzlosen Tanzschuh u. das kurze Ballettröckchen des klass. Balletts *(Tutu)* ein.

Camargue [ka′marg], dünnbesiedelte französ. Landschaft im W der Provence, Deltainsel zwischen den beiden Hauptmündungsarmen der Rhône u. der Mittelmeerküste, 750 qkm. Die ehemals trockenen, von Lagunen durchsetzten Sand- u. Kiesflächen wurden durch den Bau von Deichen u. durch Bewässerung in fruchtbares Land umgewandelt: Weiden (Stier- u. Pferdezucht), Weinanbau, Obstkulturen, Reisfelder (Reisernte 1968: 100000 t); Naturpark, einziger europ. Flamingostandort.

Camaro, Alexander, Maler u. Graphiker, *27. 9. 1901 Breslau; 1920–1925 Schüler von O. *Mueller;* ungegenständl. Temperabilder von meist stumpfer

Camberg

Farbigkeit u. verfremdeten Anklängen an Gegenständliches.

Camberg, hess. Stadt (Ldkrs. Limburg-Weilburg) im nördl. Taunus, 11 000 Ew.; Kneipp-Kurort; Werkzeug-, Bekleidungsindustrie.

Cambert [kã'bɛːr], Robert, französ. Komponist, *um 1628 Paris, †1677 London; mit P. *Perrin* (*um 1620, †1675) Begründer der französ. nationalen Oper; konnte sich gegen J.-B. *Lully* in Frankreich nicht durchsetzen u. ging 1673 nach London; Hptw.: Oper „Pomone" 1671.

Cambon [kã'bõ], Pierre Paul, französ. Diplomat, *20. 1. 1843 Paris, †29. 5. 1924 Paris; übernahm Botschafterposten in verschiedenen Staaten, 1886 in Spanien, 1891 in der Türkei, 1898–1920 in England; Initiator der *Entente cordiale* (1904).

Cambrai [kã'brɛː], früher *Cambray*, fläm. *Kambrijk*, nordfranzös. Kreisstadt im Dép. Nord, rechts an der kanalisierten Schelde (Escaut), 39 900 Ew.; Erzbischofssitz; ein Zentrum der französ. Textilindustrie (bes. Leinen), Nahrungs- u. Genußmittelerzeugung; Verkehrsknotenpunkt.
1529 „Damenfriede" zwischen Spanien u. Frankreich; 20. 11.–6. 12. 1917 in der Schlacht von C. erstmals Großeinsatz von Panzerfahrzeugen („Tankwagen").

Cambrian Mountains ['kæmbriən 'mauntinz], *Kambrisches Gebirge*, Bergland in Wales; Grundgebirge, nach dem die geolog. Formation *Kambrium* benannt ist; im *Snowdon* im N 1085 m.

Cambridge ['keimbridʒ], **1.** Hptst. der ostengl. Grafschaft *C.shire* (3409 qkm, 565 000 Ew.), in fruchtbarer Umgebung, 106 000 Ew.; zweitgrößte (nach London) u. neben Oxford die älteste u. bedeutendste engl. Universität (um 1209 gegr.; mathematisch-naturwissenschaftl. ausgerichtet), jahrhundertelang von großem Einfluß auf die engl. Geisteshaltung; bes. Bedeutung hat das physikal. Cavendish-Laboratorium.
2. Städte in Maryland, Ohio u. Massachusetts (USA); die bedeutendste in Mass., grenzt an Boston, 105 000 Ew., Sitz der ältesten Universität der USA, der *Harvard University* (gegr. 1636), des *Massachusetts Institute of Technology* (gegr. 1861); Akademien, Bibliotheken, Institute; vielseitige Industrie, Verlagsort.

Cambridge University Press ['keimbridʒ juː'nɪvəːsɪti -], mit der Universität Cambridge (England) verbundener engl. Verlag in London, gegr. 1521 in Cambridge; geistes- u. naturwissenschaftl. Werke, Literatur zum Buchwesen, Belletristik.

Cambrik [der; nach der französ. Stadt Cambrai (engl. *Cambric*)], *Kambrik, Kammertuch*, hochwertiger feinfädiger Stoff aus Baumwolle, ähnlich dem *Batist*; gebleicht oder pastellfarbig für Wäsche u. Weißstickerei, auch als Verbandsstoff (*Cambrikbinden*) verwendet.

Camden ['kæmdən], Stadt in New Jersey (USA), am Delaware, gegenüber von Philadelphia, 117 000 Ew.; Handelsplatz; Schiffbau, Eisen-, Konserven-, chem. u.a. Industrie.

Camembert ['kamɑ̃bɛːr; frz.], mindestens dreiviertelfetter Weichkäse mit leichtem Schimmelbelag u. champignonartigem Geschmack; benannt nach dem französ. Dorf C. an der Orne; in Frankreich erstmals von Marie *Fontaine* hergestellt, in Dtschld. seit 1863 bekannt.

Camera lucida [lat., „helle Kammer"], 1806 von William Hyde *Wollaston* erfundene Vorrichtung, bei der ein in Augenhöhe angebrachtes Prisma die gleichzeitige Beobachtung von Gegenstand u. dessen Projektion in der Zeichenebene ermöglicht.

Camera obscura [lat., „dunkle Kammer"], im 17. u. 18. Jh. gebräuchl. Hilfsmittel für Porträts u. Landschaftsbilder: Durch eine konvexe Linse als Fensteröffnung eines dunklen Raumes wird das eingefangene Bild auf die in bestimmter Entfernung befindliche gegenüberliegende Wand (Mattscheibe) projiziert. Das Prinzip dieses Geräts kannte vielleicht schon Aristoteles, sicher die arabischen Optiker (*Haitham*) u. Autoren des Mittelalters. Girolamo *Cardano* (*1501, †1576) aus Mailand erwähnte als erster die Anbringung einer Konvexlinse im Fensterrahmen eines verdunkelten Raumes. Er riet später dazu, Konvexspiegel hinter der Linse anzubringen, damit das Bild vergrößert u. seitenrichtig an der Innenwand erscheine. Er gab auch den Impuls zur Benutzung durch Künstler. Alle Geräte vor 1620 waren große Kammern, die vom Benutzer betreten werden mußten. Tragbare Räume u. Tischgeräte gab es erst nach 1620.

Camerarius, Joachim, eigentl. Liebhard *Kammerer*, Humanist, *12. 4. 1500 Bamberg, †17. 4. 1574 Leipzig; Mitarbeiter an der Augsburg. Konfession, gab antike Schriftsteller heraus u. beschrieb u.a. das Leben seines Freundes *Melanchthon* (1566); auch philolog. u. histor. Schriften, Briefe.

Camerino, italien. Stadt in der Region Marken, südwestl. von Macerata, 11 000 Ew.; Universität (1727).

Camerlengo [der; ital.], Kämmerer der röm. Kirche; der Kardinal, der die Vermögensverwaltung des Hl. Stuhls zu überwachen u. nach dem Tod des Papstes bis zur Wahl eines neuen Papstes die Verwaltungsgeschäfte des Hl. Stuhls zu führen hat.

Cameron ['kæmərən], Verney Lovett, engl. Afrikaforscher, *1. 7. 1844 Radipole, †27. 3. 1894 Soulsbury; durchquerte 1873–1875 Äquatorialafrika von O nach W, bestimmte die Wasserscheiden Nil/Kongo u. Kongo/Sambesi u. führte nahezu 4000 Höhenmessungen durch; Hptw.: „Quer durch Afrika" 1876, dt. 1877.

Camholz, Cambal-, Cambanholz, Camwood, dem roten Sandelholz ähnliches westafrikan. Rotholz, in der Kunsttischlerei u. früher als Farbholz verwendet.

Camillo de Lellis, Heiliger, *25. 5. 1550 Bucchianico, Abruzzen, †14. 7. 1614 Rom; gründete 1582 den Orden der *Kamillianer*; ursprüngl. Angehöriger des Kapuzinerordens; Heiligsprechung 1746 (Fest: 14. 7.).

Çamlibel [tʃam-] →Faruk Nafiz Çamlibel.

Cammarano, Salvatore, italien. Textdichter, *19. 3. 1801 Neapel, †17. 7. 1852 Neapel; zunächst Maler, dann Kapellmeister; verfaßte zahlreiche Operntexte, u.a. für G. *Donizetti* („Lucia di Lammermoor") u. G. *Verdi* („Alzira", „Die Schlacht bei Legnano", „Luisa Miller", „Der Troubadour").

Cammelli, Antonio →Pistòia.

Cammin i. Pom., poln. *Kamień Pomorski*, Stadt in Pommern (seit 1945 poln. Wojewodschaft Szczecin), am *C.er Bodden* (poln. *Zalew Kamieński*, Weitung der Dievenow), gegenüber Wollin; 6000 Ew.; Bauten aus dem MA. (u.a. Dom, 12.–14. Jh.); Mineral- u. Moorbäder, Lebensmittelindustrie. 1176–1255 Sitz des Bischofs von Wollin.

Camocim [kamo'siŋ], brasilian. Küstenstadt in Ceará, 15 000 Ew.; landwirtschaftl. Handelszentrum.

Camões [-'mõiʃ], Luís Vaz de C., portugies. Dichter, *um die Jahreswende 1524/25 Lissabon oder Coimbra, †10. 6. 1580 Lissabon; aus verarmtem Adel, Kriegsdienst u. Verwaltungstätigkeit in Afrika, Indien u. Macau, rettete nach einem Schiffbruch das Manuskript seiner noch nicht vollendeten „Lusiaden", seit 1569 nur noch in Portugal. Als Lyriker bildet C. den Höhepunkt der portugies. Renaissance; er verbindet vollkommene Form mit echter Erlebnistiefe des Gefühls. Seinen volkstüml. u. weltliterar. Ruhm verdankt er dem Heldenlied „Die Lusiaden" 1572, dt. 1806, das in 10 Gesängen (klassische Stanzen) die Fahrten u.

Cambridge (England): Kapelle des King's College und Gibb-Gebäude

Taten seiner Landsleute unter Vasco da Gama verherrlicht u. zum portugies. Nationalepos wurde; es erwächst aus einer großartigen Schau der portugies. Geschichte u. ist umrahmt von einer Mythologie, in der antike u. christl. Elemente miteinander verschmelzen. – ⌑ 3.2.4.

Camorra, terrorist. Geheimbund im Königreich Neapel, der ursprüngl. polit. Ziele verfolgte, später zur Verbrecherclique entartete. Im 19. Jh. teilweise von der Regierung geduldet, unterstützte er die Einigung Italiens, namentl. die Züge Garibaldis; Gegner des Hauses Savoyen. Die letzten Anhänger wurden unter d. Faschismus ausgeschaltet.

Campagna [-'panja; ital.], Bestandteil geograph. Namen: Feld, Land.

Campagna ['-panja], Girolamo, italien. Bildhauer u. Architekt, *um 1550 Verona, †nach 1623 Venedig; Bronze- u. Marmorbildwerke in manieristisch-frühbarockem Stil für Kirchen u. Paläste in Mittel- u. Oberitalien.

Campagna di Roma, die hügelige, baumlose Landschaft um Rom; im Altertum fruchtbar, dann bis zur Neuzeit wegen der Malariagefahr fast unbewohnbar, jetzt durch Trockenlegung wieder weitgehend kultiviert; vorwieg. Viehzucht, mit Landreform in zunehmendem Maß Ackerbau.

Campagne [kã'panjə; frz.], Bestandteil geograph. Namen: Feld.

Campagnola [-pa'njoːla], **1.** Domenico, italien. Maler, Kupferstecher u. Holzschneider, *1500 Venedig, †nach 1562 Padua; seine Tätigkeit als Maler unter dem Einfluß *Tizians* tritt zurück gegenüber seiner Arbeit als Stecher u. Zeichner für den Holzschnitt.
2. Giulio, italien. Kupferstecher u. Maler, *1482 Padua, †nach 1515 Venedig (?); Meister aus dem Kreis um *Giorgione*, jedoch auch von A. *Dürer* beeinflußt.

Campan [das; nach der französ. Landschaft *Champagne*], Stufe der Oberen Kreide.

Campana, Dino, italien. Dichter, *20. 8. 1885 Marradi, Toskana, †1. 3. 1932 Castel Pulci bei Florenz; Dichtervagabund; schrieb „Orphische Gesänge" 1914, in denen der Einfluß F. *Nietzsches* u. A. *Rimbauds* spürbar wird.

Campaña, Pedro →Kempener, Peter de.

Campanareliefs, nach ihrem ersten Sammler, Marchese *Campana*, benannte röm. Tonreliefs, mit oft reichem ornamentalem u. figürl. Schmuck, als Verkleidungsplatten in der Architektur verwendet; Beispiele in Paris, Louvre.

Campanella, Thomas, italien. Renaissancephilosoph, *5. 9. 1568 Stilo, Kalabrien, †21. 5. 1639 Paris; 1599–1626 wegen Widerstands gegen die span. Herrschaft in Neapel u. wegen Häresie eingekerkert. In seiner Erkenntnis-(Zweifel- u. Gewißheits-)Lehre Vorläufer von *Descartes*, wendet dagegen in seiner an G. Bruno anschließenden Naturmetaphysik. Verfasser des „Sonnenstaates" (1602, dt. 1900), einer kommunistischen Utopie nach dem Vorbild Platons u. Th. Morus'. Werke 2 Bde. 1854, Neuausg. 1954ff.

Campanile [der; ital.], →Glockenturm.
Campanini, Barbara →Barberina.
Campanula →Glockenblumen.
Campanulaceae = Glockenblumengewächse.
Campari, durch Zusatz von Chinarinde bitter schmeckender Wermut von leuchtendroter Farbe aus Italien.
Campbell ['kæmbl], Thomas, schott. Dichter, *27. 7. 1777 Glasgow, †15. 6. 1844 Boulogne; Verfasser lehrhafter u. patriot. Gedichte.
Campbell-Bannerman ['kæmbl 'bænərmən], Sir Henry, engl. Politiker (Liberaler), *7. 9. 1836 Glasgow, †22. 4. 1908 London; 1886 u. 1892–1895 Kriegs-Min., seit 1899 Führer der liberalen Partei. Er gewährte als Premier-Min. (1905–1908) den Buren Selbstregierung u. gewann sie dadurch für England.
Campbellente ['kæmbl-], Kreuzungsschlag der Hausente mit guter Legeleistung; steht der *Orpingtonente* nahe.
Campbellinsel ['kæmbl-], neuseeländ. Insel südl. der Südinsel, bergig, 114 qkm, 11 Ew.; meteorolog. Station.
Camp David [kæmp 'dɛivid], Landsitz des US-amerikan. Präs. bei Thurmont (Maryland). In C.D. trafen sich u.a. 1959 D. *Eisenhower* u. N. *Chruschtschow* zu Entspannungsgespächen („Geist von C.D."), 1978 J. *Carter*, A. *Sadat* u. M. *Begin* zur Vorbereitung des ägypt.-israel. Friedensschlusses.
Campe, 1. August, Buchhändler, *28. 2. 1773 Deensen bei Holzminden, †22. 10. 1836 Hamburg; Schwiegersohn von Benjamin Gottlob *Hoffmann*, mit ihm Gründer des Hamburger Verlags *Hoffmann & Campe* (1810).
2. Joachim Heinrich, Onkel von 1), Pädagoge u. Schriftsteller, *29. 6. 1746 Deensen bei Holzminden, †22. 10. 1818 Braunschweig; gründete 1787 in Braunschweig die spätere *Viewegsche Buchhandlung*. Seine nach den Grundsätzen aufgeklärter Erziehungslehre erneuerte Bearbeitung von D. *Defoes* „Robinson Crusoe" (1779) wurde ein Welterfolg.
Campeche [kam'pɛtʃɛ], Hptst. des mexikan. Staats C. (56114 qkm, 240000 Ew.), Hafen am *Golf von C.*, (im südl. Golf von Mexiko), auf der Halbinsel Yucatán, 50000 Ew.; Ausfuhr von *C.holz*, Garnelen; Lebensmittelindustrie.
Campen, *Kampen*, Jacob van, niederländ. Architekt u. Maler, *2. 2. 1595 Haarlem, †13. 9. 1657 Randenbroek bei Amersfoort; wahrscheinl. 1615 in Oberitalien, wo er Werke A. *Palladios* u. V. *Scamozzis* studierte. Nach ihrem Vorbild entwickelte C. einen strengen, im Außenbau fast schmucklosen Klassizismus, der in der holländ. Baukunst das Frühbarock ablöste u. lange bestimmend blieb. Hptw.: Mauritshuis, Den Haag, begonnen 1633, heute Museum; Rathaus in Amsterdam, begonnen 1648, heute Königl. Palast.
Campendonck, Heinrich, Maler u. Graphiker, *3. 11. 1889 Krefeld, †9. 5. 1957 Amsterdam; Schüler von J. *Thorn-Prikker*, trat 1911 dem „Blauen Reiter" bei; poetische Bilder von starker Farbigkeit, die die Welt im Einssein von Mensch u. Tier schildern; arbeitete auch als Glasmaler.
Campenhausen, Hans Erich Freiherr von, ev. Theologe, *16. 12. 1903 Rosenbeck, Livland; 1945–1968 Kirchengeschichtler u. Neutestamentler in Heidelberg, erforschte bes. die Geschichte der alten Kirche. Hptw.: „Die griechischen Kirchenväter" 1955; „Die lateinischen Kirchenväter" 1960.
Campher ['kampfər], *Camphora, Kampfer* [der; arab.], eine hydroaromat. Verbindung: Sauerstoffderivat der Terpene, kristalline, grauweiße Masse von stechendem Geruch; Formel $C_{10}H_{16}O$. C. ist in Wasser kaum, in Alkohol (C.-Spiritus, C.geist) u. Äther leicht löslich. Stammpflanze des natürl. C.s ist der *Kampferbaum (Cinnamomum camphora)*. Er wird im Gegensatz zum *Sumatra-Kampferbaum (Dryobalanops aromatica)* auch als *Japan. Kampferbaum* bezeichnet. Er enthält in allen Teilen das äther. *C.öl*. Aus ihm u. vor allem durch Wasserdampfdestillation des Holzes wird der C. gewonnen, aber auch künstl. aus dem Pinen des Terpentinöls hergestellt. Die Synthese geht dabei von Pinen über Bornylchlorid zum *Camphen*, das in großen Mengen in der Celluloidindustrie als Weichmacher für die Nitrocellulose verwendet wird. C. wird außerdem in der Medizin (C.wein, C.umschläge, C.spritze), als Desinfektionsmittel sowie als Mottenbekämpfungsmittel u. zur Herstellung von Schießpulvern verwendet.
Camphuysen [-hœyzen], **1.** Govert, holländ. Maler, *um 1624 Gorkum, begraben 4. 7. 1672 Amsterdam; 1655–1665 schwed. Hofmaler; malte großräumige Landschaften mit Herdentieren, gelegentl. auch Porträts.
2. Rafael, Bruder von 1), holländ. Maler, *um 1597/98 Gorkum, begraben 23. 10. 1657 Amsterdam; Mond-, Fluß- u. Winterlandschaften, die seinen mutmaßl. Schüler A. van der *Neer* beeinflußten.
Campigli [kam'pilji], Massimo, italien. Maler, *4. 7. 1895 Florenz, †1. 6. 1971 Saint-Tropez; arbeitete einige Jahre als Zeitungskorrespondent in Paris, wandte sich 1919 unter dem Einfluß der kubist., später der archaischen etruskischen u. kretischen Kunst der Malerei zu, malte Fresken (z.B. im Völkerbundspalast in Genf) u. war auch als Illustrator tätig.
Campignien [kãpi'njɛ̃], spät-mittelsteinzeitl., in die Jungsteinzeit überleitende Kulturgruppe in Nordfrankreich; benannt nach dem Campigny-Hügel bei Blangy-sur-Bresle, Dép. Seine-Maritime.
Campin, Robert, niederländ. Maler, *um 1375, †26. 5. 1444 Tournai; Lehrer von R. van der *Weyden* u. J. *Daret*; wahrscheinl. identisch mit dem →Meister von Flémalle.
Campiña [-'pinja; span.], Bestandteil geograph. Namen: Flachland, Landschaft.
Campina Grande, brasilian. Stadt in Paraíba, 116000 Ew. (Munizip 152000 Ew.); landwirtschaftliches Handelszentrum, Nahrungsmittel-, Textil-, Lederindustrie.
Campinas, südbrasilian. Stadt in São Paulo; 190000 Ew. (Munizip 242300 Ew.); Universität; Weinbau, Kaffee-, Zuckerrohrbau u. -handel; Zuckerraffinerie, Baumwollverarbeitung.
Camping ['kæm-; das; engl.], das Leben im Freien u. Übernachten im Zelt während der Freizeit u. in den Ferien. C. hat sich nach 1945 aus dem *Zelten* der Wandervogel- u. Pfadfinderbewegung entwickelt. In allen Feriengebieten wurden inzwischen *C.-Plätze* gebaut, die mit sanitären Einrichtungen, Post, Telefon u. Einkaufsmöglichkeiten versehen sind. Organisation: *Deutscher C.-Club*, gegr. 1948, Sitz: München; 17 Landesgruppen mit rd. 82000 Mitgliedern, Ztschr.: „C."; Mitglied der *Fédération Internationale de Camping et de Caravanning* (Abk. FICC) u. der *Alliance Internationale de Tourisme* (Abk. AIT). In Österreich: *Österr. C.-Club*, Wien; *Allgemeiner C.-Verband*, Innsbruck. – B →Fremdenverkehr.
Campione d'Itàlia, italien. Exklave am Ostufer des Luganer Sees, 1500 Ew.; Kurort; Heimat berühmter Baumeister u. Bildhauer des MA.
Campo [der; span., portug.], Bestandteil geograph. Namen: Feld, Heideland, Acker. →auch Campos.
Campoamor y Campoosorio, Ramón de, span. Lyriker, *24. 9. 1817 Navia, Asturien, †12. 2. 1901 Madrid; Gouverneur u. Staatsrat unter Alfons XII., ursprüngl. von V. *Hugo* beeinflußt; seine späteren, vielgelesenen Gedichte boten in schlichter Umgangssprache alltägl. Lebensweisheiten in möglichst knapper Form: „Doloras" 1846, dt. Auswahl 1901.
Campobasso, italien. Stadt im S der Region Molise, Hptst. der Provinz C. (4438 qkm, 340000 Ew.), 40000 Ew.; Kastell Monforte (16. Jh.); Lebensmittelindustrie.
Campo Fòrmio, heute *Campoformido*, italienischer Ort in der Region Friaul-Julisch-Venetien, südwestlich von Udine. Der *Friede von C.F.* wurde 1797 zwischen Österreich (Graf L. Cobenzl) und Napoléon I. geschlossen: Österreich verlor Belgien, Mailand u. Mantua u. stimmte in einem geheimen Artikel der Abtretung des linken Rheinufers an Frankreich zu. Österreich erhielt Dalmatien.
Campo Grande, größte Stadt im brasilian. Mato Grosso, 70000 Ew.; Handels- u. Wirtschaftszentrum.
Campos [span., portug., „Felder"], weite, trockene Grasflächen (Savannen) in Brasilien; speziell im westl. Bahia, westl. des Rio São Francisco; *C. cerrados*, halboffene Gehölzgrasfluren mit krüppelhaften Bäumen; *C. limpos*, baum- u. buschlose Hartgrasflächen auf trockenen Böden; *C. sujos*, mit Buschgruppen, Palmen u. Krüppelbäumen.
Campos, brasilian. Stadt im Staat Rio de Janeiro, am Unterlauf des Paraíba; 100000 Ew. (Munizip 372300 Ew.); Aluminiumgewinnung, Textil-, Mühlen-, Zucker-, Konserven-, Spirituosenindustrie; Kaffee- u. Holzhandel.
Campo santo [ital., „heiliges Feld"], der häufig als architekton. Anlage gestaltete Friedhof in Italien.
Campus [lat., „Feld"; engl. 'kæmpəs], das Universitätsgelände mit den Einrichtungen für Unterricht, Forschung, Sport sowie mit Wohnungen für Studenten u. Dozenten, bes. in den USA.
Campus Martius [lat.] →Marsfeld.
Camus [ka'my:], Albert, französ. Schriftsteller, *7. 11. 1913 Mondovi (Algerien), †4. 1. 1960 Villeblevin, Yonne (Autounfall); aktiver Widerstandskämpfer. Seine existentialist. Philosophie drückt die Absurdität des Menschenschicksals in einer gottlosen Welt aus, enthält aber auch die Bereitschaft zur Revolte; schrieb Novellen („Der Fremde" 1942, dt. 1948), Essays („Der Mythos von Sisyphos" 1942, dt. 1950; „Der Mensch in der Revolte" 1951, dt. 1953), Romane („Die Pest" 1947, dt. 1948; „Der Fall" 1956, dt. 1957; „Der glückliche Tod" 1971, dt. 1972) u. Dramen („Caligula" 1942, dt. 1947; „Belagerungszustand" 1948, dt. 1955; „Die Besessenen" 1959, dt. 1959). Nobelpreis 1957. – L 3.2.1.
Canadian River [kə'nɛidiən 'rivə], rechter Nebenfluß des Arkansas River (Mississippisystem), USA, 1460 km.
Canaigre [ka'nɛ:grə; die; span., frz.], Gerbstoff aus der Wurzel der in Texas heim. Sauerampferart *Rumex hymenosepalus*.
Canáil Laighean, irischer Schiffahrtskanal, →Grand Canal.
Çanakkale [tʃa-], türk. Hafenstadt am Südwestende der Dardanellen, 25000 Ew.; Hptst. der Provinz Ç.; Keramikindustrie; Flugplatz.
Canakya →Tschanakya.
Canal [frz., portug., rumän., span.], Bestandteil geograph. Namen: Kanal.
Canal de Saint-Quentin [ka'nal də sɛ̃kã'tɛ̃], früher *Crozat-Kanal*, stark benutzter Schiffahrtskanal in Nordfrankreich, von der Oise bei Fargniers zur Schelde bei Cambrai; 92 km lang, 35 Schleusen, erbaut 1738 ff. Hauptsächl. Transportgüter sind Erdöl, metallurg. Erzeugnisse aus Lothringen u. Maschinen aus dem Pariser Raum. →auch Canal du Nord.
Canal du Centre [ka'nal dy 'sãtr], *Canal du Charolais*, Schiffahrtskanal in Westburgund, zwischen der Loire bei Digoin u. der Saône bei Chalon-sur-Saône; 114 km, 1784–1790 erbaut, 63 Schleusen; Transport von Kohlen, Holz u. Erzen.
Canal du Languedoc [ka'nal dy lãg'dɔk], *Languedoc-Kanal*, Hauptbewässerungskanal des südfranzös. Wirtschaftsgebiets Languedoc-Roussillon, führt Wasser der unteren Rhône bis an den Bereich von Narbonne heran, 300 km, mit 2 Pumpstationen. Das Gesamtkanalnetz ist 2000 km lang; gegenwärtig werden rd. 45000 ha Land bewässert. Eine Erweiterung auf 90000 ha unter Heranziehung von Herault und Orb ist im Gange. Das Objekt wurde 1957 begonnen und ist teilweise im Betrieb. Neben anderen Maßnahmen (Förderung des Fremdenverkehrs) dient es der wirtschaftl. Strukturverbesserung (Polykultur; Getreide-, Obstanbau, Gemüsezucht; Viehhaltung). →auch Languedoc.
Canal du Midi [ka'nal dy mi'di], alter Schiffahrtskanal in Südfrankreich, zwischen der Garonne bei Toulouse u. dem Étang de Thau bei Sète, verbindet den Atlant. Ozean mit dem Mittelländ. Meer; 240 km, 1666–1684 erbaut, 100 Schleusen; Wein- u. Holztransporte; Ersatz durch einen leistungsfähigeren „Canal de deux Mers" („Kanal der beiden Meere") geplant.
Canal du Nord [ka'nal dy 'nɔ:r], Schiffahrtsweg in Nordfrankreich, von der Oise bei Noyen über die Somme bei Peronne zur Sensée bei Arleux, für 700-t-Schiffe, entlastet den ungefähr parallel verlaufenden *Canal de Saint-Quentin* u. verkürzt den dort 139 km langen Weg mit 42 Schleusen auf 85 km mit 13 Schleusen; seit 1966 im Betrieb; die weitere Vertiefung für 900-t-Schiffe ist geplant.
Canale [ital.], Bestandteil geograph. Namen: Kanal.
Canaletto, 1. eigentl. Antonio *Canal*, italien. Maler, *18. 10. 1697 Venedig, †20. 4. 1768 Venedig; ausgebildet in Rom, zur Vedutenmalerei bes. angeregt von L. *Carlevaris* u. M. *Ricci*; malte atmosphär. erfüllte Stadtansichten von Venedig, Rom u. London, wo er sich 1746/47 aufhielt.
2. Bernardo, eigentl. B. *Bellotto*, Neffe u. Schüler von 1), italien. Maler, *30. 1. 1720 Venedig, †17. 10. 1780 Warschau; einer der Hauptmeister der Architekturmalerei im 18. Jh.; als Hofmaler 1746–1758 in Dresden, 1759/60 in Wien, 1761 in München, dann wieder in Dresden, seit 1768 in

Cañar

Warschau; Stadtansichten von topograph. Genauigkeit u. feinem Lichtempfinden; mehrere Hptw. in Dresden, Gemäldegalerie. – ☐ 2.4.4.

Cañar [kan'jar], zentralecuadorian. Andenprovinz (2677 qkm, 129 000 Ew.), Hptst. *Azóguez* (8 200 Ew., Strohhut- u. Zementfabrik; im landwirtschaftl. intensiv genutzten Becken von Azóguez; außerdem wichtig: das Tal des oberen Río Naranjal mit C. als größerem Ort.

Canaris, Wilhelm, Admiral, *1. 1. 1887 Aplerbeck bei Dortmund, †9. 4. 1945 Flossenbürg (hingerichtet); nach ungewöhnl. u. abenteuerl. Laufbahn als Seeoffizier u. mehrfacher Verwendung im dt. Geheimdienst 1935 Chef der Abwehrabteilung im Wehrmachtsamt des Reichskriegsministeriums, seit 1938 des Amtes Ausland/Abwehr im OKW; hatte im 2. Weltkrieg Verbindung zur (militär.) Widerstandsbewegung; im Februar 1944 entlassen u. nach dem Attentat auf Hitler verhaftet. – ☐ 5.4.5.

Canarium, in Südasien u. in den Regenwäldern Afrikas verbreitete Holzgewächse aus der Familie der *Burseragewächse*; liefern gutes Holz (Kolophonholz), Harze (Manilla-Elemie, Schwarzes Dammarharz) u. eßbare Früchte (Kanariennüsse).

Canasta [die; span.], dem *Rommé* ähnl. Kartenspiel, das aus Südamerika nach Westeuropa gekommen ist; von 2–6 Personen, meist paarweise gegeneinander, mit 104 Karten u. 4 Jokern gespielt.

Canavalia, Gattung der *Schmetterlingsblütler*. *C. ensiformis* ist eine in den Tropen häufige, kriechende Pflanze des Sandstrands; die eßbaren Samen werden als *Madagaskarbohnen* exportiert.

Canberra [ˈkænbərə], Hptst. des Austral. Bundes, im Bundesterritorium *(Australian Capital Territory)* im SO von Neusüdwales, 215 000 Ew.; 1911 gegr., planmäßige Stadtanlage am Lake Burley Griffin, von 2 Hügeln radial-konzentr. ausgehendes Straßennetz, Gartenstadt. C. ist Sitz von Parlament, Bundesbehörden, Nationaluniversität u. der austral. Forschungsgemeinschaft Commonwealth Scientific and Industrial Research Organization (C.S.I.R.O.); Museen, Botanische u. Zoologische Gärten.

Cancan [kā'kā; der; frz., „Klatscherei"], in Frankreich seit 1830 bekannter Gesellschaftstanz, Nachahmung des span. *Fandango*; wurde bald zum Schautanz in Pariser Ballokalen; charakteristisch: rasendes Tempo, schnelles Hochwerfen der Beine, Rüschrock u. lange schwarze Strümpfe; heute nur noch im Ballett, Varieté u. in Nachtlokalen.

Cancer [lat.] = Krebs.

Canción [-ˈθjɔn; das; span.], Gedichtform aus 2 Strophen; die zweite, doppelt so lange Strophe wandelt den Gedanken der ersten ab u. mündet in ihre Reime ein; seit der Romantik auch von dt. Dichtern benutzt.

Cancioneiro [kãsjoˈnɛiru; das; portug., „Liederbuch"], die dem span. *Cancionero* entspr. Bez. für Sammlungen der lyrisch-höfischen Dichtung des portugies. MA., der sog. „C.-Poesie"; überliefert im *C. da Vaticana*, *C. da Biblioteca Nacional* u. *C. da Ajuda*. Der *C. Geral* der Renaissancezeit enthält die sog. „Palastdichtung" (höfische Unterhaltungsdichtung).

Cancionero [kanθjɔ-; das; span., „Liederbuch"], Bez. für mehrere Sammlungen mittelalterl. span. Dichtung (neben volkstüml. Lyrik auch höf. Poesie, didakt. u. satir. Dichtung u. a.). Die bekanntesten C.s sind: *C. de Baena* (um 1145), *C. de Stúñiga* (Mitte des 15. Jh.), die acht C.s im Besitz der Pariser Nationalbibliothek u. der *C. General* (1511 in Valencia veröffentlicht).

cand., Abk. für lat. *candidatus*, Kandidat, Prüfling; als Titel im allg. von Studenten vor dem Examen geführt, z. B. *cand. phil.*, Kandidat der Philosoph. Fakultät.

Candela [lat., „Kerze"], Zeichen *cd*, international gültige Basiseinheit der Lichtstärke. Die Basiseinheit 1 Candela ist die Lichtstärke, mit der 1:600 000 Quadratmeter der Oberfläche eines Schwarzen Strahlers bei der Temperatur des beim Druck 101 325 Newton durch Quadratmeter erstarrenden Platins senkrecht zu seiner Oberfläche leuchtet.

Candela, Felix, span. Architekt, *27. 1. 1910 Madrid; nach der Teilnahme am Span. Bürgerkrieg Emigration nach Frankreich, 1939 nach Mexiko, wo er seither lebt u. arbeitet. Als Meister der Schalenbauweise ist C. international anerkannt. Seine Überdachungen in Form von hyperbolischen Paraboloiden erlauben bei großen Spannweiten eine Dachstärke von teilweise weniger als 20 mm. C.s erster von ihm selbst geplanter Bau war die Kirche Sta. Maria Miraculosa in México 1954–1958).

Candelillawachs[-ˈlilja-; span.], *Kanutillawachs*, schmutziggelber bis brauner, wachsähnlicher Kohlenwasserstoff, der aus den Blättern einer in Mexiko heimischen Wolfsmilchart gewonnen wird; besteht hauptsächl. aus dem Kohlenwasserstoff *Dotriakontan* u. Harz; für Schuhputzmittel, Kerzen u. Bohnerwachs.

Candid, *Candido*, eigentl. *de Wit(t)e*, Pieter, niederländ. Maler, *um 1548 Brügge, †1628 München; Schüler G. *Vasaris* in Florenz; seit 1568 Hofmaler in München; schuf in spätmanieristischem, niederländ. u. italien. Elemente verbindendem Stil histor. u. allegor. Wand- u. Deckengemälde für die Residenz in München u. das Schleißheimer Schloß sowie zahlreiche Altarbilder, Gobelinentwürfe u. Bildnisse.

„Candide ou l'Optimisme" [kāˈdid u: lɔptiˈmizm; „Candide oder der Optimismus"], philosoph. Erzählung (1759) von *Voltaire*.

Canaletto (Antonio Canal): Blick auf München

Candolle [kāˈdɔl], **1.** Alphonse Pyrame de, Sohn von 2), schweizer. Botaniker, *28. 10. 1806 Paris, †4. 4. 1893 Genf; seit 1842 Prof. in Genf; vervollständigte den „Prodromus" seines Vaters auf 17 Bde.
2. Augustin Pyrame de, schweizer. Botaniker, *4. 2. 1778 Genf, †9. 9. 1841 Genf; seit 1816 Prof. in Genf; Hptw.: „Théorie élémentaire de la botanique" 1813; „Prodromus systematis naturalis regni vegetabilis" 7 Bde. 1824–1839; begründete das sog. *C.sche System* für eine natürl. Einteilung der Pflanzen.

Čandragupta →Tschandragupta.

Caneel-Apfel →Annone.

Caneelrinde, *Cortex Canellae albae*, weißer →Zimt, zimtartig riechende Rinde von *Canella alba*.

Canetti, Elias, Schriftsteller span.-jüd. Herkunft, *25. 7. 1905 Ruse (Bulgarien); emigrierte 1938 von Wien nach London, stand H. *Broch* nahe; tragikomischer Roman: „Die Blendung" 1936;

Canberra: Capital Hill, Lake Burley Griffin und die nördliche Stadt

Augustin Pyrame de Candolle

Dramen: „Die Hochzeit" 1932; „Die Befristeten" 1956; Essays: „Masse und Macht" 1960; „Der andere Prozeß. Kafkas Briefe an Felice" 1969; „Aufzeichnungen 1942–1948" 1965; „Alle vergeudete Verehrung. Aufzeichnungen 1949–1960" 1970; Reisebuch: „Die Stimmen von Marrakesch" 1968; Autobiographie „Die gerettete Zunge" 1977.

Canfranc [kã'frã], nordspan. Grenzdorf u. Luftkurort in den westl. Pyrenäen, am Rio Aragón, 1100 Ew.; 4 km nördl. der internationale Grenzbahnhof C. (span. Paß- u. Zollkontrolle), am Eingang zu dem 7875 m langen Somporttunnel, der nach Frankreich führt.

Cangohöhle [ˈkæŋou-], engl. *Cango Caves*, Tropfsteinhöhle in Kapland (Rep. Südafrika), nördl. von Oudtshoorn, am Fuß der Groot-Swartberge; 1780 entdeckt.

Canicattì, italien. Stadt auf Sizilien, nordöstl. von Agrigento, 31000 Ew.; Schwefelgruben, Oliven- u. Weinbau.

Canicolafieber = Kanikolafieber.

Caninen, *Canini* [lat.] = Eckzähne.

Canis [lat.] = Hund.

Canisius, Petrus, eigentl. Pieter *Kanijs*, Jesuit, Heiliger, * 8. 5. 1521 Nimwegen, † 21. 12. 1597 Freiburg (Schweiz); trat 1543 in Mainz als erster Deutscher in die Gesellschaft Jesu ein; seit 1549 für die Erneuerung des katholischen kirchlichen Lebens tätig, Verfasser von 3 Katechismen; Heiligsprechung u. Erhebung zum Kirchenlehrer 1925 (Fest: 21. 12.).

Canitz, Friedrich Rudolf Frhr. von, Lyriker, * 27. 11. 1654 Berlin, † 11. 8. 1699 Berlin; Diplomat; schrieb von N. *Boileau-Despréaux* abhängige Satiren u. bekämpfte den Schwulst.

Cankar [ˈtsan-], Ivan, slowen. Schriftsteller, * 10. 5. 1876 Vrhnika, † 11. 12. 1918 Laibach; Schöpfer der modernen slowen. Kunstprosa; „Das Haus zur barmherzigen Mutter Gottes" (Erzählung) 1904, dt. 1930; „Spuk im Florianital" (Komödie) 1908, dt. 1953.

Çankırı [ˈtʃan-], Hptst. der nordtürk. Provinz Ç., nordöstl. von Ankara, am Köroğlu Dağları, 25000 Ew.; an der Bahn u. Straße Ankara–Zonguldak.

Cankow →Zankow.

Canna →Blumenrohr.

Cannabich, Christian, Komponist, getauft 28. 12. 1731 Mannheim, † 20. 1. 1798 Frankfurt a. M.; Schüler von J. *Stamitz* u. einer der bedeutendsten jüngeren Vertreter der *Mannheimer Schule*; schrieb etwa 100 Sinfonien, Orchestertrios, Konzerte, Kammermusik u. etwa 50 Ballette.

Cannabinaceae = Hanfgewächse.

Cannabinol [das; lat.], *Kannabinol*, Bestandteil des Haschischs; wird aus den Blütenständen einer in warmen Ländern verbreiteten Hanfpflanze (*Cannabis indica*) gewonnen.

Cannabis [lat.] = Hanf.

Cannae, antike Stadt in Apulien, am unteren Aufidus (Ofanto); bekannt durch die *Schlacht bei C.* am 2. 8. 216 v. Chr., die zu einer vernichtenden Niederlage der Römer (70000 Tote) gegen den Karthager Hannibal wurde. – 🗎 5.2.7.

Cannelkohle = Kännelkohle.

Cannelloni, italien. Teigware von länglicher Form mit Fleischfüllung.

Cannes [kan], südfranzös. Stadt an der Côte d'Azur, Seebad u. Winterkurort südwestl. von Nizza, 68000 Ew.; moderne Viertel mit Promenaden (Boulevard de la Croisette), Casinos, Hotels u. Villen umgeben die hochgelegene Altstadt u. den Hafen; internationale Filmfestspiele; Fremdenverkehrszentrum mit Karnevalsumzügen, Blumenkorsos, Segelregatten u. Pferderennen; Stahlwerke, Gießereien, Schiffswerften u. Flugzeugbau, Textil-, Seifen- u. Parfümindustrie; Kirche (16.–17. Jh.).

Canning [ˈkænɪŋ], George, engl. Politiker, * 11. 4. 1770 London, † 8. 8. 1827 Chiswick; 1807–1809 u. seit 1822 Außen-Min., 1827 Premier-Min.; löste England von der Heiligen Allianz u. unterstützte die Freiheitsbewegungen in Europa u. den Freiheitskampf der Südamerikaner.

Canningbecken [ˈkænɪŋ-], *Canningwüste, Desert Basin*, weitgehend ungenutztes Wüstenland im nördl. Westaustralien, Teil der *Großen Sandwüste*, 389000 qkm; von parallelen, nicht festliegenden Sanddünen eingenommen, mit zwischengelagerten Lehmpfannen u. sporad. Spinifexvegetation; Untergrund permisch-kretaz. Alters mit Grundwasser, bes. in den Tälern von Fitzroy River u. De Grey River; unbedeutende Erdöllager.

Cannes: westlicher Strand und Sturmmole

Cannizzaro, 1. Stanislao, italien. Chemiker, * 16. 7. 1826 Palermo, † 10. 5. 1910 Rom; erforschte die Reaktionen der Aldehyde, bestätigte die Theorie von *Avogadro*, untersuchte Molekulargewichte u. Molekülgröße u. entdeckte die *C.sche Reaktion*: die Disproportionierung von Aldehyden zu Alkoholen u. Carbonsäuren in alkalischem Medium.
2. Tommaso, italien. Dichter, * 17. 8. 1838 Messina, † 25. 8. 1912 Messina; schrieb in Französ., Italien. u. in sizilian. Mundart stark von V. *Hugo* beeinflußte Lyrik, vornehml. in freien Metren; übersetzte engl. u. französ. Lyrik; „Ore segrete" 1862; „Épines et roses" 1884.

Cannock [ˈkænək], engl. Stadt nordwestl. von Birmingham, 50000 Ew.; Kohlen- u. Eisenerzbergbau, Eisenindustrie.

Cannon [ˈkænən], Annie Jump, US-amerikan. Astronomin am Harvard-Observatorium, * 11. 12. 1863 Dover (USA), † 13. 4. 1941 Cambridge, Mass. (USA); ihre Klassifikation der Spektraltypen der Fixsterne (*Harvard Classification*), wurde seit 1922 international angenommen; entdeckte 300 Veränderliche Sterne u. 5 Neue Sterne.

Cannonsche Reaktion [ˈkænən-; nach dem US-amerikan. Physiologen Walter Bradford *Cannon*, * 19. 10. 1871 Prairie-du-Chien, Wisc., † 1. 10. 1945 Cambridge (bei Boston)], *Notfallsreaktion*, schnelle neuro-endokrine Reaktion des Organismus auf Reize u. Belastungen (Stress): Erhöhung des Sympathikotonus u. Vermehrung der Adrenalin-Ausschüttung führen zu Blutdruckerhöhung, Pulsbeschleunigung, Blutzuckervermehrung u. a. Zeichen einer allg. Aktivitätssteigerung.

Cannstatt, *Bad C.*, östl. Stadtteil von Stuttgart, 1905 eingemeindet; 18 Mineralquellen.

Cano, 1. Alonso, span. Architekt, Bildhauer u. Maler, getauft 19. 3. 1601 Granada, † 5. 10. 1667 Granada; 1638 Hofmaler in Madrid; C. verbrachte den Rest seines Lebens in Granada, wo sich seine wichtigsten Werke befinden. Als Maler von J. Ribera, A. A. Corrèggio, Tizian u. P. P. Rubens abhängig, führte er als Bildhauer die span. Tradition der farbig bemalten Holzskulpturen weiter; architekton. Hptw.: Fassade der Kathedrale von Granada.
2. Melchior, spanischer Theologe, Dominikaner, * 6. 1. 1509 Tarancón, † 30. 9. 1560 Toledo; sein Werk „De locis theologicis" hatte durch die Anwendung aristotelischer Methodik auf die Theologie einen weitreichenden Einfluß in der nachtridentinischen Zeit; C. war ein leidenschaftlicher Gegner der Jesuiten.

Canon, Hans, eigentl. Johann von *Strašiřipka*, österr. Maler, * 13. 3. 1829 Wien, † 12. 9. 1885 Wien; Schüler von F. G. *Waldmüller*; farbenfrohe Genre-, Decken-, Historienbilder u. realist. Porträts.

Cañon [ka'njon; der; span.], engl. *Canyon*, schluchtartig verengtes, tiefeingeschnittenes, steilwandiges Tal, meist von stark erodierenden Flüssen in hochgelegenen Trocken- u. Lößgebieten eingetieft; am berühmtesten ist der über 1500 m tiefe *Grand Canyon* des Colorado (USA), sehr eindrucksvoll auch der *Fischfluß-C.* in Südwestafrika; gute Ausbildung in waagerecht lagernden Sedimentgesteinen. – 🗎 S. 186.

Canonicus [der; lat.] = Kanoniker.

Canon missae [lat.] →Kanon.

Canosa di Pùglia [-ˈpulja], italien. Stadt im mittleren Apulien, 33000 Ew.; Kathedrale (11. Jh.), landwirtschaftl. Handel.

Canossa, Stammburg der Markgrafen von C., südwestl. von Règgio nell'Emìlia, erbaut im 10. Jh. Hier erreichte Heinrich IV. durch seinen Bußgang 1077 die Aufhebung des Banns durch Papst Gregor VII. (→Investiturstreit). Der *Gang nach C.* – für Heinrich polit. ein momentaner Erfolg – ist zum geflügelten Wort für Selbstdemütigung geworden (Bismarcks Satz im Kulturkampf am 14. 5. 1872: „Nach C. gehen wir nicht!"; →Hohenlohe, G. A.). – C. wurde 1255 u. 1537 zerstört; heute Nationaldenkmal.

Canossianer, lat. *Congregatio Filiorum a Caritate*, 1831 gegr. kath. Kongregation, die sich bes. der Jugenderziehung widmet; päpstl. Approbation 1960.

Canova, Antonio, italien. Bildhauer, * 1. 11. 1757 Possagno, † 13. 10. 1822 Venedig; führender Meister der klassizist. Plastik, hauptsächl. in Rom tätig; Marmorskulpturen von kühl durchdachtem Aufbau u. glatter Oberfläche: „Amor u. Psyche", „Dädalus u. Ikarus", „Theseus als Besieger des

Cánovas del Castillo

Minotaurus"; Bildnisbüsten, monumentale Grabdenkmäler. – ▯ 2.4.4.

Cánovas del Castillo [-ka'stiljo], Antonio, span. Politiker u. Journalist, * 8. 2. 1828 Málaga, † 8. 8. 1897 Santa Agueda (ermordet); 1864 Innen-Min., 1865 Min. der Kolonien; vor der Revolution von 1868 verbannt, verantwortl. für die Rückkehr der Bourbonen auf den span. Thron (1874); 1875–1897 mit Unterbrechungen Min.-Präs., beendete den Karlistenkrieg u. den Aufstand in Kuba, setzte die Verfassung von 1876 in Kraft; von einem italien. Anarchisten getötet.

Cansado, im Ausbau begriffener Erzhafen in Mauretanien (Westafrika), 10 km südl. von Nouadhibou, planmäßig angelegte Siedlung für 5000 Ew. – ▣ →Afrika (Geographie).

Cant [kænt; der; engl.; lat. *cantus*, „Gesang"], ursprüngl. Bez. für Bettler- u. Gaunersprache, dann für Heuchelei, Scheinheiligkeit u. deren klagend verstellte Sprechweise überhaupt.

cantabile [ital.], in der Instrumentalmusik: gesanglich, gleichsam singend.

Cantacuzino, im 17. Jh. eingewanderter rumän. Zweig der byzantin. Adelsfamilie *Kantakuzenos*, dem zahlreiche bedeutende Politiker u. Gelehrte entstammen.

Cantal [kã'tal], **1.** mächtige Vulkanruine im franzö. Zentralplateau, von tiefen, teilweise glazial geformten Tälern radial zerschnitten, im *Plomb du C.* 1858 m.
2. zentralfranzös. Département, 5741 qkm, 169 300 Ew.; Hptst. *Aurillac;* der SW der *Auvergne.*

Cantate [lat., „singet"], der 4. Sonntag nach Ostern, nach den latein. Anfangsworten des Introitus benannt (Ps. 98,1).

Cantemir, Dimitrie, Hospodar (Fürst) der Moldau 1693 u. 1710/11, * 26. 10. 1673 (oder 1674) Jassy † 1. 9. 1723 Charkow, Rußland; mit *Peter I.* polit. gegen die Osmanen verbündet, in Rußland im Exil; Orientalist u. Historiker von internationalem Rang; schrieb eine allegor. Satire auf die rumän. Gesellschaft „Hieroglyphengeschichte" 1705 u. histor. Studien über die Moldau (1716); 1714 Mitglied der Berliner Akademie der Wissenschaften.

Canterbury ['kæntəbəri], Stadt im SO Englands, 33 100 Ew.; landwirtschaftl. Markt u. Verarbei-

Canterbury: Stadt und Kathedrale

tung von Agrarprodukten; Stadtmauer auf röm. Fundamenten, Westtor, St.-Martins-Kirche (7. Jh.), Kathedrale (11.–15. Jh.) mit Bibliothek; ältestes engl. Bistum (seit dem 7. Jh.), Sitz des anglikan. Erzbischofs u. Primas der Anglikan. Kirche; Universität (1965 eröffnet); früh besiedelt (Belgen, Römer, Könige von Kent); 1942 nach starken Zerstörungen wiederaufgebaut.

Canterbury Plains ['kæntəbəri pleinz], fruchtbare Landschaft im mittleren O der Südinsel Neuseelands, etwa 9000 qkm; Weizenanbau, Schaf- u. Rinderzucht. – Prov. Canterbury: 43 432 qkm, 386 000 Ew.; Hptst. *Christchurch.*

„Canterbury Tales" ['kæntəbəri 'teilz], dichter. Hauptwerk von G. *Chaucer* (1387–1400, dt. 1827); eine Rahmenerzählung: Eine Reisegesellschaft von Pilgern verschiedener Stände erzählt sich Geschichten zur Unterhaltung. Das Werk blieb ein Fragment von 24 Erzählungen. Es entfaltet ein lebensvolles, vielschichtiges Bild von Kultur u. Gesellschaft des spätmittelalterl. England.

Canth, Minna, eigentl. Ulrika *Vilhelmiina,* geb. *Johnsson,* finn. Schriftstellerin, * 19. 3. 1844 Tampere, † 12. 5. 1897 Kuopio; radikal-soziale Erzählungen („Trödel-Lopo" 1889, dt. 1910) u. straff komponierte Bühnenstücke: „Blinde Klippen" 1893, dt. 1907.

Cantharidae = Weichkäfer.

Cantharidin → Kantharidin.

Cân Tho, Stadt in Südvietnam, im Mekongdelta, 90 000 Ew.; Reisverarbeitung, Ölmühlen, Flughafen.

Cantillon ['kæntilən], Richard, brit. Nationalökonom u. Bankier, * um 1680 in Irland, † 15. 5. 1734 London; lebte in Paris; Vorläufer der klassischen Nationalökonomie auf dem Gebiet der Verteilungs-, Geld- u. Wechselkurslehre. Hptw.: „Abhandlung über die Natur des Handels im allgemeinen" 1755, dt. 1931.

Canton, 1. ['kæntən], Stadt im NO von Ohio (USA), 114 000 Ew. (Metropolitan Area 350 000 Ew.); in fruchtbarer Ebene (Weizenanbau); Eisenu. Stahl-, Textil-, Kautschuk- u. a. Industrie, Maschinenbau; McKinley National Memorial.
2. *Kanton, Guangzhou, Kuangtschou,* Hptst. der südchines. Prov. Kuangtung, am Perlfluß, etwa 150 km vom offenen Meer, 2,5 Mill. Ew.; 2 Universitäten, zahlreiche Fachschulen; 200 m hoher Fernsehturm im Pagodenstil (1966 errichtet); wichtiges Handels- u. Industriezentrum; Stahlverarbeitung, Maschinen- u. Schiffbau, chem., Papier-, Nahrungsmittel-, Leder-, Textil-, Kunstfaser-, Metall-, opt. u. pharmazeut. Industrie, Kunsthandwerk (Verarbeitung von Silber, Elfenbein, Marmor, Porzellan, Holz, Bambus u. a.); internationale Handelsmesse; Flughafen. – Seit 111 v. Chr. zu China; 1557 für den europäischen Handel geöffnet, 1917–1926 Sitz der Kuomintang-Regierung, 1939–1945 japan. besetzt. – ▯ 6.6.0.
3. ['kæntən] eine der Phönixinseln, Korallenatoll (1936/37 brit.), Verwaltungssitz des *Phoenix and Line Island District,* bildet seit 1939 mit Enderbury das brit.-US-amerikan. Kondominium *C. and Enderbury,* 130 Ew.; Flugplatz, US-Luftstützpunkt.

Cantor, 1. Georg, Mathematiker, * 3. 3. 1845 St. Petersburg, † 6. 1. 1918 Halle (Saale); Begründer der *Mengenlehre.*
2. Moritz, Mathematiker u. Mathematikhistoriker, * 23. 8. 1829 Mannheim, † 10. 4. 1920 Heidelberg;

Cañon: die Schluchten des Fischflusses in Südwestafrika

Hptw.: „Vorlesungen über Geschichte der Mathematik" 4 Bde. 1880–1908.

Cantus [der; lat., „Gesang"], ital. *Canto*, die melodieführende Stimme, in mehrstimmigen Gesängen meist die Oberstimme (Discantus, Superius, Sopran). – *C. firmus* [„feststehender Gesang"], im polyphonen Satz die Stimme, zu der die anderen Stimmen im Kontrapunkt hinzugesetzt werden u. die meist eine schon vorher bestehende Liedmelodie vorträgt *(cantus prius factus)*. – *C. planus* [„ebener, einfacher Gesang"], in der Musik des frühen MA. die ohne Zeitwerte geschriebenen Choralmelodien im Gegensatz zum *C. mensurabilis*, dem bereits in bestimmten Zeitwerten notierten Gesang *(Mensuralmusik)*.

Canzone [die; ital.] →Kanzone.

Cão [kãu], *Cam* oder *Camus*, Diego, portugies. Seefahrer, †um 1486; entdeckte auf seiner ersten Reise 1482/83 die Kongomündung u. erreichte, vielleicht von Martin *Behaim* begleitet, 1485 als südlichsten Punkt Kap Cross nördl. der Swakopmündung.

Caodaismus, 1926 in Indochina gegr. Sekte, die sich auf einen Geist *Cao-Dai* [„großer Palast"] beruft. Der C. setzt sich aus Teilen anderer Religionen zusammen; außer Buddha, Konfuzius u. Lao-tse verehrt man auch Christus. Der C. hat rd. 2 Mill. Mitglieder, die sehr straff organisiert sind.

Cap, 1. [frz.], Bestandteil geograph. Namen: Kap. **2.** [rumän.], Bestandteil geograph. Namen: Kopf.

Capa, Robert, eigentl. Andrei *Friedmann*, französ. Photograph ungar. Herkunft, *22. 11. 1913 Budapest, †25. 5. 1954 Thai-Binh, Indochina; 1933 Emigration nach Paris, 1936 Photoreporter im span. Bürgerkrieg, 1938 bei der japan. Invasion in China; 1939 erster Besuch in den USA, danach als Korrespondent von *Life* auf dem europ. Kriegsschauplatz; gründete 1947 in Paris zusammen mit H. *Cartier-Bresson*, G. *Rodger* u. D. *Seymour* die Reportergemeinschaft „MAGNUM PHOTOS"; 1948 Zeuge des Unabhängigkeitskampfes Israels, 1954 als Reporter in Indochina, wo er von einer Landmine zerrissen wurde. C.s photograph. Werk ist eine Anklage gegen die Sinnlosigkeit des Krieges.

Capablanca, José Raoul, kuban. Schachspieler, *19. 11. 1888 Havanna, †8. 3. 1942 New York; besiegte 1921 den damaligen Schachweltmeister E. *Lasker* u. erhielt dadurch den Weltmeistertitel, den er 1927 in Buenos Aires an A. A. *Aljechin* verlor.

Cape [keip; engl.], Bestandteil geograph. Namen: Kap, Vorgebirge.

Cape [keip; das; engl.], über die Arme fallender Umhang aus meist wasserdichtem, imprägniertem Stoff mit oder ohne Kapuze, bes. als Wetterschutz gebräuchlich.

Cape Breton Island [keip 'brɛtən 'ailənd], kanad. Insel, dem festländ. Teil der Prov. Neuschottland nordöstl. vorgelagert; von diesem durch die Cansostraße, von Neufundland durch die Cabotstraße getrennt; 10322 qkm, 150000 Ew.; Steinkohlen- u. Gipsabbau; Fischerei; größter Ort *Sydney*.

Cape Coast [keip ko:st], Hafenstadt in der westafrikan. Rep. Ghana, am Golf von Guinea, 70000 Ew.; Universität zur Lehrerausbildung (1962 gegr.); Handelszentrum, Fischereihafen.

Cape-Johnson-Tiefe [keip 'dʒɔnsn-], mit 10497 m die zweitgrößte Tiefe im Philippinengraben; 1945 vom Forschungsschiff „*Cape Johnson*" (USA) gelotet; nördl. der *Galatheatiefe*.

Čapek ['tʃa-], **1.** Josef, Bruder von 2), tschech. Maler u. Schriftsteller, *23. 3. 1887 Hronov, †Ende April 1945 im KZ Bergen-Belsen. Sein Werk wies zunächst Einflüsse des Expressionismus, später des Kubismus auf; in einer weiteren Phase der Entwicklung bevorzugte er das Genrebild. Polit. Karikaturen u. Bilder, die Ausdruck seines Engagements gegen Besatzung u. Krieg sind, sowie Zeichnungen aus dem KZ Bergen-Belsen kennzeichnen seine letzte Schaffenszeit. Č. beeinflußte die moderne Buchkunst nachhaltig. – ▭ 2.3.1.

2. Karel, tschech. Schriftsteller, *9. 1. 1890 Malé Svatoňovice, †25. 12. 1938 Prag; Romane: „Krakatit. Eine Atomphantasie" 1924, dt. 1949; „Hordubal" 1933, dt. 1934; utop. Dramen mit vorwiegend aktueller Thematik: „R. U. R." 1920, dt. 1922; „Weiße Krankheit" 1937, dt. 1937.

Čapek-Chod ['tʃapek 'xot], Karel Matěj, tschech. Erzähler u. Journalist, *21. 2. 1860 Taus, †3. 11. 1927 Prag; „Kašpar Lén, der Rächer" (Roman) 1908, dt. 1957.

Capestrano →Johannes von Capestrano.

Canterbury Plains

Capet [-'pɛ], *Hugo Capet* →Hugo (2), →Kapetinger.

Cap-Haïtien [-ai'tjɛ̃], früher *Cap-Français*, Hafen u. Hptst. des Dép. Nord der westind. Rep. Haiti, 40000 Ew.; Kaffee-, Kakao- u. Sisalausfuhr.

Capillaren = Haargefäße.

Capim, Zufluß des Rio do Pará bei Belém, Brasilien.

Capitaine [-'tɛ:n], französ. Offiziersdienstgrad, dem dt. *Hauptmann* entsprechend.

Capitano [ital.], in der *Commedia dell'arte* ein Offizier in spanischem Kostüm, der durch sein bramarbasierendes Wesen den Soldatenstand lächerlich macht.

Capito, Wolfgang, Reformator Straßburgs, *1478 Hagenau, †4. 11. 1541 Straßburg; Freund des *Erasmus von Rotterdam*; Hebraist.

Capitol, ital. *Monte Capitolino*, einer der 7 Hügel Roms; hat 2 Kuppen u. zwischen diesen eine Einsattelung. Auf der nördl. stand seit der Frühzeit die stark befestigte Zitadelle, später der Tempel der *Iuno Moneta*, seit 269 v. Chr. die Münzstätte u. das *Auguraculum*; auf der südl. der Tempel des *Jupiter Capitolinus*, am Osthang das Staatsarchiv.

Capitulare de villis [lat.], Anordnung Karls d. Gr. (770–800), die die Verwaltung u. Bewirtschaftung der königl. Domänen regelte.

Capiz ['kapiθ], früherer Name der philippin. Stadt →Roxas.

Caplet [ka'plɛ], André, französ. Komponist u. Dirigent, *23. 11. 1878 Le Havre, †22. 4. 1925 Neuilly-sur-Seine; vom impressionist. Stil C. *Debussys* beeinflußt; Kirchenmusik (u. a. „Le miroir de Jésus" 1924), Orchesterwerke, Kammermusik u. a.

Capo [ital.], **1.** Kopf, Haupt. **2.** Bestandteil geograph. Namen: Kap.

Capogrossi, Giuseppe, italien. Maler, *7. 3. 1900 Rom, †9. 10. 1972 Rom; variiert in abstrakten Bildern pflanzl. Motive.

Capote [kə'poti], Truman, US-amerikan. Schriftsteller, *30. 9. 1924 New Orleans; gestaltet in Kurzgeschichten u. Romanen meisterhaft seel. Konflikte: „Andere Stimmen, andere Stuben" 1948, dt. 1950; „Die Grasharfe" 1951, dt. 1952; „Frühstück bei Tiffany" 1958, dt. 1959; „Kaltblütig" 1966, dt. 1966.

Cappa [die; lat.], liturg. Kleidungsstück, als är-

Canton: letzte Wohndschunken

Capparidaceae

melloser Umhang mit Kapuze bei feierl. Anlässen getragen. Die *C. magna* hat eine lange Schleppe u. wird von höheren Geistlichen getragen, heute meist nur noch bei außerordentl. Anlässen.
Capparidaceae = Kaperngewächse.
Cappelle, *Capelle,* Jan van de, niederländ. Maler, *1624/25 Amsterdam, begraben 22. 12. 1679 Amsterdam; Autodidakt, beeinflußt von S. de *Vlieger*; malte hauptsächl. Marinebilder in silbrig-atmosphär. Stimmung. Seine seltenen kleinformatigen Winterlandschaften sind von A. van der *Neer* beeinflußt.
Capra, Frank, US-amerikan. Filmregisseur u. Produzent, *19. 5. 1897 Palermo; seit 1903 in Kalifornien; Schauspieler, Photograph, Autor, Cutter, Regieassistent; trat als „gagman" hervor. „Es geschah in einer Nacht" 1934; „Mr. Deeds geht in die Stadt" 1936; „Arsen u. Spitzenhäubchen" 1944; „Die unteren Zehntausend" 1961, u.a.
Capralos, Christos, griech. Bildhauer, *1909 Panetolicon; studierte in Athen u. Paris, schuf Ende der 1950er Jahre in der Nachfolge von H. *Moore* u. M. *Marini* expressiv verformte Bronzestatuetten leidender Menschen u. gelangte mit dem hellen, porösen Stein der Insel Ägina, wo er ein Sommeratelier hat, zu abstrakten, an Kykladenarchitekturen erinnernde Formen.
Capreolus, Johannes, französ. Dominikanertheologe, *um 1380, †7. 4. 1444 Rodez, Südfrankreich; im 15. Jh. der führende Kommentator des Thomas von Aquin u. sein Verteidiger gegen Heinrich von Gent u. den Scotismus, „Fürst der Thomisten" genannt.
Caprera, italien. Felseninsel vor der Nordküste Sardiniens, 16 qkm; langjähriger Aufenthaltsort (1856–1882) u. Grabstätte *Garibaldis*.
Capri, ital. *Isola di C.*, italien. Insel im Golf von Neapel, 11 qkm, 11 500 Ew.; aus Kalkstein, mit vielen Höhlen (*Blaue Grotte* u.a.), klippenreicher Steilküste u. prächtigen Gärten; im *Monte Solaro* 589 m; mildes Klima; beliebtes Fremdenverkehrsziel, Ruinen der Villa Jovis u.a. Sehenswürdigkeiten; Fischerei, Südfrüchte u. Wein; Städte: *C.* (7700 Ew.) u. *Anacapri* (3800 Ew.). Häfen: *Marina Grande* u. *Marina Piccola* (*Marina di Mulo*).
Capriccio [ka'pritʃo; das; ital., „Laune"], frz. die *Caprice,* in der Musik ein launiges, übermütiges Tonstück, keine feste musikal. Gattung: im 16. Jh. Name für Madrigale, bis ins 17. Jh. für Fantasien, Kanzonen, Ricercare, im 18./19. Jh. oft mit dem Moment des Virtuosen verbunden. R. *Strauss* u. I. *Strawinsky* verwandten den Namen C. wieder im ursprüngl. Sinn.
Caprifoliaceae = Geißblattgewächse.
Caprimulgi →Nachtschwalben.
Caprinsäure, *Decylsäure,* C$_9$H$_{19}$COOH, eine feste, schweißähnlich riechende Carbonsäure; ähnlich wie die *Capronsäure* (C$_5$H$_{11}$COOH) u. die *Caprylsäure* (C$_7$H$_{15}$COOH) mit Glycerin verestert als Bestandteil der Butter u. anderer Fette u. Öle.
Caprivi, Leo Graf von, Reichskanzler 1890–1894, *24. 2. 1831 Charlottenburg, †6. 2. 1899 Skyren bei Krossen a. d. Oder; seit 1849 im Heer, 1870 Generalstabschef des X. Armeekorps, 1872 Abteilungsleiter im Kriegsministerium, 1883–1886 Chef der Admiralität; Nachfolger Bismarcks als Reichskanzler u. preuß. Ministerpräsident (bis 1892), doch mehr Militär als Staatsmann, gab dessen Bündnissystem auf (→Rückversicherungsvertrag). C. förderte die dt. Wirtschaft durch Handelsverträge; Dtschld. wandelte sich während seiner Kanzlerschaft vom Agrar- zum Industrieland. – ▭ 5.4.3.
Caprolactam [das], organ.-chem. Verbindung: das →Lactam der ε-Aminocapronsäure; Schmelzpunkt 69,5°C, weiße Kristalle; läßt sich aus Phenol oder Benzol herstellen u. polymerisiert leicht zu dem industriell wichtigen →Perlon.
Capronsäure, aliphatische Carbonsäure, CH$_3$–CH$_2$–CH$_2$–CH$_2$–CH$_2$–COOH, von üblem, ranzigem Geruch. Der flüssige Glycerinester der C. findet sich in der Butter u.a. Fetten u. Ölen.
Capsicum, *C. annuum* u. *C. longum,* zwei Nachtschattengewächse, liefern scharf schmeckende Kapselfrüchte: →Paprika; →Cayennepfeffer.
Captatio benevolentiae [lat.], Redeformel, um die Gunst des Lesers (Hörers) zu erlangen.
Capua, Stadt in der italien. Prov. Caserta, 13 500 Ew. – Alte oskische Siedlung, um die Mitte des 6. Jh. v. Chr. von den Etruskern in eine Stadt mit 2 Stadtteilen verwandelt, 438 v. Chr. samnitisch, 338 v. Chr. Bündnisvertrag mit Rom, 295 v. Chr. Führung der Via Appia bis C.; im 2. Punischen Krieg mit Hannibal verbündet; 83 v. Chr. röm. Kolonie, 58 v. Chr. röm. Bürgerrecht; in der späteren Kaiserzeit die achtgrößte Stadt der antiken Welt; 456 Zerstörung durch die Wandalen, Wiederaufbau, 840 erneut durch die Sarazenen zerstört, 856 durch Bischof Landulf in *Casilium* neu errichtet. – Reste eines Amphitheaters aus dem 2. Jh. v. Chr., von Thermen u. einem mit Fresken ausgemalten Mithräum des 2. Jh.
Capuana, Luigi, italien. Schriftsteller, *27. 5. 1839 Mineo bei Catània, †28. 11. 1915 Catània; Begründer des naturalist. Romans in Italien, mit G. *Verga* Hauptvertreter des *Verismus;* „Profili di donne" 1877; „Le appassionate" 1893; „Le paesane" 1894; „Der Marchese von Roccaverdina" 1901, dt. 1967; „Rassegnazione" 1907; auch Theaterstücke.
Capuchon [-py'ʃɔ̃; der; frz.], Mönchskapuze, auch mit Kapuze versehener Damenmantel.
Capus [ka'py:], Alfred, französ. Schriftsteller, *25. 11. 1858 Aix-en-Provence, †1. 11. 1922 Neuilly-sur-Seine; schrieb insbes. erfolgreiche Pariser Boulevard-Stücke, ferner Romane.
Caput mortuum [lat., „Totenkopf"], das beim Glühen von Eisen-III-sulfat entstehende braunrote Eisen-III-oxid; als *Polier-* oder *Englischrot* zum Polieren von Glas u. Metallen u. als *Venezianischrot* als Malerfarbe verwendet.
Capybara → Wasserschwein.
Caquetá [kakɛ'ta], **1.** kolumbian. Territorium (Intendencia) am *Rio C.,* 90 185 qkm, 146 900 Ew.; Hptst. *Florencia.*
2. *Rio C.,* kolumbian. Fluß, →Japurá.
Carabinieri, eine Truppe der italien. Heeres, versieht Polizeidienste nach Weisung des Innenministers; im Krieg als Grenzschutz u. Militärpolizei.
Carabobo, venezolan. Staat in der Cordillera de la Costa, 4650 qkm, 483 300 Ew.; Hptst. *Valencia;* Industrie.
Caracalla, Marcus Aurelius Antonius, röm. Kaiser 211–217, *186 Lyon, †217 bei Edessa; Sohn des Septimius Severus u. der Julia Domna, Mitregent seines Vaters seit 198, erhielt den Namen *C.* nach seinem keltischen Kapuzenmantel; erließ 212 die *Constitutio Antoniniana,* in dem Gesetz, das allen Freigeborenen röm. Bürgerrecht verlieh, wodurch die Provinzen dem röm. Italien polit. gleichgestellt wurden; Erbauer der berühmten *C.-Thermen* in Rom. Seine Prunksucht u. seine Geldspenden an die Soldaten führten zu Münzverschlechterung u. Steuererhöhung; ehrgeizig u. grausam, konnte er seine Herrschaft lange auf das von ihm bevorzugt seine Heer stützen u. wollte nach dem Vorbild Alexanders d. Gr. den Weltherrschaftsanspruch durch die Eroberung des Partherreichs verwirklichen, wurde aber 217 auf einem Kriegszug gegen die Parther auf Veranlassung eines Gardepräfekten ermordet. – ▭ 5.2.7.
Caracallabohne →Bohne.
Caracas, Hptst. von Venezuela, in einem Längstal des Küstengebirges, 9 km südl. des Hafens La Guaira (am Karib. Meer); 1 Mill. Ew., als Bundesdistrikt (1930 qkm) 2,06 Mill. Ew.; 3 Universitäten (älteste 1722 gegr.); Baumwoll-, chem., graph., Zement- u. Konsumgüterindustrie (Nahrungsmittel u.a.); Flughafen – 1731 Hptst. des Generalkapitanats C.; 1812 durch Erdbeben zerstört, 1831 Hptst. Venezuelas; eine der modernsten Großstädte der Welt; Geburtsort Simon *Bolívars.*
Caracciola [kara'tʃola], Rudolf, Autorennfahrer, *30. 1. 1901 Remagen, †28. 9. 1959 Kassel; erfolgreichster dt. Grand-Prix-Fahrer vor dem 2. Weltkrieg, stellte auf Mercedes Benz zwischen 1930 u. 1939 17 Weltrekorde auf. – ▣ →Automobilsport.
Caradoc [das; nach dem Ort *C.* in Wales], Stufe des Oberordoviziums.
Caragiale [-'dʒa:lə], **1.** Ion Luca, rumän. Erzähler u. Lustspieldichter, *29. 1. 1852 Haimanalele, †9. 6. 1912 Berlin; Mitglied der *Junimea*; schilderte mit Vorliebe den bürgerl. Spießer; Komödien: „Eine stürmische Nacht" 1878, dt. 1956; „Ein verlorener Liebesbrief" 1884, dt. 1942; Novellen:

Capri: Hafen von Marina Grande

„Eine Osterkerze" 1889, dt. 1892; „Sünder" 1892, dt. 1896. – ▭ 3.2.6.
2. Matei, Sohn von 1), rumän. Schriftsteller, *25. 3. 1885 Bukarest, †17. 1. 1936 Bukarest; Erzähler u. Lyriker einer traumhaft irrealen Welt; großer Stilkünstler.
Caraja, südamerikan. Indianerstamm am Araguaia in Zentralbrasilien; Maniok-, Mais-, Bohnenanbau; Fischerei, Jagd.
Carapax [der; grch., span. *carapacho*], **1.** bei vielen Krebsgruppen vom Hinterrand des Kopfes entspringende Hautfalte, die den Körper mehr oder weniger überdeckt u. häufig durch Kalkeinlagerungen stark gehärtet ist.
2. der Rückenschild, der knöcherne Hautpanzer der Rückenseite der Schildkröten.
Caras-Severin, rumän. Kreis, Hptst. →Reşiţa.
Carathéodory, Constantin, dt.-griech. Mathematiker, *13. 9. 1873 Berlin, †2. 2. 1950 München; wichtige Arbeiten über Variationsrechnung, funktionentheoret. Probleme u. Maßtheorie.
Caravaggio [-'vadʒo], Michelangelo *Merisi* da, italien. Maler, *28. 9. 1573 Caravàggio bei Bergamo, †18. 7. 1610 Porto d'Ercole; tätig in Rom u. Neapel; vor Velázquez u. Rembrandt der bedeutendste Meister der frühbarocken Helldunkelmalerei, die er oft zu harter Gegensätzlichkeit u. kräftiger Figurenmodellierung nutzte. Seine von genauer Naturbeobachtung zeugenden Lichteffekte machen C. zum stärksten Naturalisten in der italien. Malerei um 1600. Seine allegor., mytholog. u. religiösen Gemälde in genrehafter Auffassung hatten auf spätere Malergenerationen (P. P. Rubens, A. Elsheimer) großen Einfluß. – ▭ 2.2.4.
Caravaning ['kærəvæniŋ; engl.], der mit Wohnoder Caravankraftwagen ausgeübte Tourismus. →auch Camping.
Carbamid [das; lat.] = Harnstoff.
Carbamidharze →Aminoplaste.
Carbazol [das; lat.], heterocyclische, stickstoffhaltige Verbindung, die im Steinkohlenteer vorkommt; Ausgangsprodukt für Farbstoffe, z.B. für das Hydronblau sowie für den wärmefesten Kunststoff *Polyvinyl-Carbazol.*
Carbene [lat.], organ.-chem. Verbindungen, die statt eines Kohlenstoffatoms mit 8 Elektronen nur ein solches mit 6 Elektronen haben u. daher unbeständig sind; Beispiel: Dichlorcarben CCl$_2$.
Carbide [lat.], Verbindungen des Kohlenstoffs mit Metallen, Bor u. Silicium; C. entstehen teils durch Einleiten von Acetylen in die Lösungen der Metallsalze, teils erst durch Reaktion der Elemente oder ihrer Oxide bei hoher Temperatur. Zur ersten Gruppe gehören z. B. die C. des Kupfers u. des Sil-

Caprolactam

bers, die sehr explosiv sind, zur zweiten das *Borcarbid*, das *Siliciumcarbid* (→Carborundum) u. bes. das *Calciumcarbid*, das auch unter der Bez. *Carbid* im Handel ist u. umfangreiche techn. Verwendung für die Herstellung von Acetylen, Buna, Kalkstickstoff u. Ammoniak findet.

Carbin, von sowjet. Wissenschaftlern 1971 entdeckte 3. kristalline Modifikation (neben Diamant u. Graphit) des Kohlenstoffs. C. ist lichtdurchlässig, elektr. halbleitend, sehr wärmebeständig u. resistent gegen aggressive Chemikalien.

Carbinol [das; lat. + arab.], 1. ältere Bez. für *Methylalkohol*. 2. chemische Gruppenbez. für Hydroxyverbindungen, in denen der Kohlenstoff im einfachsten Fall nur eine Hydroxylgruppe trägt; C.gruppe: ≡C–OH.

carbo... [lat.], Wortbestandteil mit der Bedeutung „Kohle"; wird zu *carb...* vor Selbstlaut.

Carbo [lat., „Kohle"], 1. *C. adsorbens (medicinalis)*, stark adsorbierende, medizin. u. techn. verwendete Aktivkohle. 2. *C. animalis*, Tier-, Knochenkohle; *C. vegetabilis*, Pflanzenkohle.

Carbohydrase [die; lat. + grch.], ein Enzym des Kohlenhydratabbaus; C.n werden unterschieden in: *Glykosidasen*, die Di- u. Oligosaccharide abbauen (z.B. Lactase u. Maltase), u. *Polyasen*, die vornehmlich hochmolekulare Kohlenhydrate wie Stärke u. Glykogen (Amylasen) angreifen.

Carbol, *Carbolsäure* = Phenol.

Carbolineum [das; lat. + arab.], braunes, schweres, karbolsäurehaltiges Öl, aus Steinkohlenteer hergestellt; als Anstrichmittel zur Erhaltung des Holzes gegen Fäulnis u. Schwamm verwandt oder auch zur Bekämpfung von Baumschädlingen u. gegen Wildfraß gespritzt.

Carbolöl, *Mittelöl*, die zwischen 180 u. 200 °C überdestillierenden Produkte der Steinkohlenteer-Destillation.

Carbolsäure, *Carbol* = Phenol.

Carbonado [der; portug.], unreiner, techn. Schneid- u. Bohrdiamant.

Carbonari, ital. *carbonaio* [„Köhler"], die Mitglieder eines ital. polit. Geheimbunds (*Carboneria*), gebildet 1806 gegen die französ. Herrschaft in Neapel u. dann in ganz Italien verbreitet. Die C. erstrebten die Unabhängigkeit Italiens u. vertraten eine Mischung von nationalen u. westl. demokrat. Ideen, die sich von den vorrevolutionären Geheimbünden der Aufklärung herleiteten. – 🄱→Italien.

Carbonate, die Salze der *Kohlensäure*.

Carboneum [das; lat. *carbo*, „Kohle"] = Kohlenstoff.

Carbonia, italien. Stadt im SW von Sardinien, 1938 gegründet, 33000 Ew.; Steinkohlenbergbau.

Carbonsäuren, organ. Säuren, die, verglichen mit den anorgan. Säuren, recht schwache Säuren sind. Die C. enthalten eine oder mehrere an Alkyl- oder Arylreste gebundene Carboxyl-(COOH-)Gruppen, wonach man Mono-, Di-, Tri- usw. -C. unterscheidet; Beispiel: Essigsäure *(Methancarbonsäure)* CH_3–COOH oder Benzoesäure *(Benzolcarbonsäure)* C_6H_5–COOH.

Carbonyle [lat. + grch.], *Metallcarbonyle*, Gruppe von komplexen Verbindungen des Kohlenmonoxids CO mit den Metallen der VI. bis VIII. Nebengruppen des Periodensystems der Elemente; z.B. $Fe(CO)_5$, *Eisenpentacarbonyl*. C. entstehen durch Einwirkung von Kohlenmonoxid bei höheren Temperaturen auf die fein verteilten Metalle. Bei stärkerem Erhitzen zerfallen die C. wieder in Kohlenmonoxid u. Metall. C. z.B. *Carbonyleisen*. Die CO-Gruppen in den C.n sind gegen andere Atome austauschbar, so gibt es u.a. *Carbonylwasserstoffe*, z.B. $FeH_2(CO)_4$, Eisencarbonylwasserstoff, u. viel seltener *Nitrosylcarbonyle*, z.B. $Fe(NO)_2(O)_2$, Eisennitrosylcarbonyl.

Carbonyleisen, *Eisencarbonyl*, sehr reines Eisen, das durch therm. Zersetzung von *Eisenpentacarbonyl* $Fe(CO)_5$ gewonnen wird.

Carbonylgruppe, Keto-, Oxogruppe, die in den Aldehyden u. Ketonen vorkommende Atomgruppierung $\diagdown C = O$, z.B. im Aceton $\begin{matrix}CH_3\\CH_3\end{matrix}\diagdown C = O$.

Carbonylierung, Druckreaktion von Kohlenmonoxid mit anderen chem. Verbindungen.

Carborundum, Handelsname für ein Schleifmittel aus Siliciumcarbid oder Aluminiumoxid.

Carboxylase [die; lat. + grch.], alte Bez. für die *Pyruvat-Decarboxylase*, nur im Pflanzenreich vorkommendes *Enzym*; katalysiert bei der alkohol. Gärung die Umwandlung von Brenztraubensäure in Acetaldehyd unter Abspaltung von Kohlendioxid. Als prosthetische Gruppe enthält die C. das Thiaminpyrophosphat, ein Derivat des Vitamins B_1.

Carboxylgruppe, die in den Carbonsäuren vorkommende Atomgruppierung –COOH.

Carbro-Druck, unter der Bez. *Ozobromdruck* erstmals 1898 angewandtes Verfahren der histor. Photographie: Das fertige Bromsilberbild wird im Kontakt mit Chromatgelatinepigmentpapier ausgebleicht. Dabei wird die Pigmentschicht der Tonskala des Bromsilberpapiers entsprechend gehärtet. Das Pigmentpapier wird mit warmem Wasser entwickelt, wobei die ungehärtete Gelatine herausgelöst wird u. ein reines Pigmentfarbenbild entsteht. Diese Eigenschaft der Gelatine war 1852 von Fox *Talbot* entdeckt worden.

Carcassonne [-'sɔn], das antike *Carcaso*, südfranzös. Stadt im Languedoc, Hptst. des Dép. Aude, in der Senke zwischen Zentralplateau u. Pyrenäen („Aquitanische Pforte") beiderseits der Aude u. des Canal du Midi, 46300 Ew.; Gummiindustrie, Wein- u. Getreidehandel. Die Oberstadt *(Cité)* auf einem steilen Felshügel des rechten Flußufers zeigt das unverfälschte Bild einer mittelalterl. Festungsstadt, mit zwei Mauerringen, 52 Türmen u. 5 Bastionen; im Inneren das Bollwerk Château Comtal (12./13. Jh.) u. die ehem. Kathedrale (11.–14. Jh.); die Unterstadt auf dem linken Flußufer wurde 1247 schachbrettartig angelegt; Kathedrale (13. Jh.).

Carchi [-tʃi], nördl. ecuadorian. Anden-Departamento, 3701 qkm, 112000 Ew., Hptst. Tulcán; umfaßt das südl. Becken von Tulcán; von Mestizen bewohnt, im S Negerbevölkerung; Anbau von Zuckerrohr u. Subsistenzprodukten, im W Andenabhänge u. Küste mit Anbau von Zuckerrohr, Mais u. Kaffee.

Carcinoma = Karzinom.

Carco, Francis, eigentl. François *Carcopino-Tusoli*, französ. Lyriker u. Erzähler, *3. 7. 1886 Nouméa, Neukaledonien, †26. 5. 1958 Paris; beschrieb die Welt des Montmartre: „An Straßenecken" 1919, dt. 1925; „Der Gehetzte" 1922, dt. 1924.

Cardamomgebirge, Bergmassiv in Südindien, der mittlere Abschnitt des südl. des *Palghat Gap* gelegenen Teils der Westghats; Tee-, Kautschuk-, Gewürzplantagen. Das *Cardamom-Gewürz* ist nach dem C. benannt.

Cardano, Geronimo, latinisiert Hieronymus *Cardanus*, italien. Naturphilosoph u. Mathematiker, *24. 9. 1501 Pavia, †21. 9. 1576 Rom; untersuchte algebraische Probleme. →kardanische Aufhängung.

Cardarelli, Vincenzo, eigentl. Nazareno *C.*, italien. Dichter u. Essayist, *1. 5. 1887 Tarquinia, †15. 6. 1959 Rom; Gründer der Literaturzeitschrift „La Ronda" (1919); formstrenger Klassizist; Landschaftsdichtung, Darstellung der Einsamkeit u. Unruhe des modernen Menschen; „Viaggi nel tempo" 1920; „Terra genetrice" 1924; „Poesie" 1936, 1942.

Cárdenas ['karðenas], nordwestkuban. Hafenstadt, 60000 Ew.; Fischerei; Zucker-, Sisalausfuhr; Zuckerraffinerie; Rumdestillation, Tabakverarbeitung u.a. Industrie.

Cardiazol, als Analeptikum u. Kreislaufmittel viel verwendete Arznei.

Cardiff, Hafenstadt u. Hptst. von Wales u. der Grafschaft Glamorgan, am Bristolkanal, 286000 Ew.; Universität von Wales (gegr. 1893); Techn. Hochschule; Nationalmuseum; Schloß; anglikan. Erzbischofssitz, Kohlenexport-, Erzimporthafen, inmitten hochwertiger Anthrazitlager (beste Bunkerkohle); Schwerindustrie.

Cardigan ['ka:digən], Hafenstadt in der Grafschaft Dyfed, im westl. Wales, an der *C. Bay*, 4000 Ew.

„Cardillac" [-di'jak], Oper von Paul *Hindemith* (Dresden 1926), Text von F. *Lion* nach E. T. A. *Hoffmanns* Erzählung „Das Fräulein von Scudéri"; musikal. u. textl. Neufassung vom Komponisten, Zürich 1952.

Cardox-Verfahren →Airdoxverfahren.

Carducci [-'dutʃi], Giosuè, Pseudonym *Enotrio Romano*, italien. Dichter, *27. 7. 1835 Valdicastello, Toskana, †16. 2. 1907 Bologna; 1861–1903 Prof. für italien. Literatur in Bologna, vaterlandsbegeisterter Gegner Österreichs u. der Kirche; Republikaner, später für das Königshaus eintretend; Nobelpreis 1906; verherrlichte die heroische Vergangenheit der Italiener; Antiromantiker; schuf parnassisch-formstrenge Dichtung durch Er-

Caracas: Zentrum und Gebirgsumrahmung mit Vororten

neuerung der klass.-latein. Versmaße in seinen „Odi barbare" 1877, dt. Auswahl 1913, die ihn schlagartig berühmt machten; „Rime" 1857; „Juvenilia" 1857; „Inno a Satana" 1865 (aus Anlaß des 1. Vatikan. Konzils). – 📖 3.2.2.

Carduus = Distel.

Care [kɛə], bis 1958 Abk. für *Cooperative for American Remittances to Europe*, seit 1958 Abk. für *Cooperative for American Relief to Everywhere*, Zusammenschluß von 26 US-amerikan. Wohltätigkeits-Organisationen, die nach dem 2. Weltkrieg im Auftrag Privater Millionen von *C.-Paketen* mit Lebensmitteln, Kleidern u.ä. nach Europa sandten u. viel dazu beitrugen, die Not der Nachkriegsjahre zu mildern. Dtschld. erhielt von August 1946 bis zum 30.6.1960 (Ende der Tätigkeit für die BRD) fast 10 Mill. Pakete im Wert von rd. 400 Mill. DM, dazu Kleidung u. Textilien für rd. 14,5 Mill. DM u. landwirtschaftl. Geräte, Werkzeuge, wissenschaftl. Instrumente u. Bücher für rd. 3,5 Mill. DM. 1955 betreute die amerikan. C.-Mission 52 Länder, darunter Berlin u. die DDR, 1968 waren es 39 Länder.

Carême [ka'rɛ:m], Marie Antoine, französ. Kochkünstler u. Verfasser gastronom. Schriften, *8. 6. 1783 Paris, †11. 1. 1833 Paris; Werke: „Le pâtissier pittoresque" 1815, ^{4}1842; „Le maître d'hôtel français" 2 Bde. 1820; „Le pâtissier royal parisien" 1829; „L'art de la cuisine française au XIXe siècle" 5 Bde. 1833.

care of ['kɛə əv; engl.], Abk. *c/o*, in Briefanschriften u.ä.: abzugeben bei...

Carex →Segge.

Carey ['kɛəri], **1.** Henry, engl. Dichter u. Komponist, *1687 London, †4. 10. 1743 London; seine Lieder („God Save the King"), Opern u. Parodien erlangten große Volkstümlichkeit.

2. Henry Charles, US-amerikan. Nationalökonom, *15. 12. 1793 Philadelphia, †12. 10. 1879 Philadelphia; ursprüngl. Anhänger der klassischen Nationalökonomie, entwickelte eine Harmonielehre, wandte sich später jedoch gegen die klassische Freihandels- u. Grundrentenlehre. Hptw.: „Grundlagen der Socialwissenschaft" 3 Bde. 1858/59, dt. 1863/64.

Cargokult [engl. *cargo*, „Schiffsladung"], Sammelbegriff für kultisch-messianische Vorstellungen, die bei der einheim. Bevölkerung Melanesiens als Reaktion auf die Berührung mit der europ. Zivilisation entstanden. Die Anhänger des C.s erwarten die Ankunft eines Schiffes, das ihnen große Mengen von europ. Kulturgütern bringen soll. Meist ist der C. mit einer fremdenfeindl. Haltung verbunden.

Caribou Mountains ['kæribu: 'mauntinz], Mittelgebirge südl. des Großen Sklavensees, Alberta (Kanada), 1006 m.

Caries dentium [lat.] = Zahnkaries.

CARIFTA, Abk. für engl. *Caribbean Free Trade Area*, →Karibischer Gemeinsamer Markt.

Carillon [kari'jɔ̃; das; frz.], **1.** →Glockenspiel.

2. ein Musikstück, das für das Glockenspiel geschrieben ist.

Caripito, venezolan. Stadt nordwestl. des Orinocodeltas, 26700 Ew.; Erdölgewinnung u. -verarbeitung.

Carissimi, Giacomo, italien. Komponist, *18. 4. 1605 Marino, Rom, †12. 1. 1674 Rom; seit 1630 in Rom Kapellmeister an der Kirche San Apollinare. In seinen Kantaten wird eine Trennung von vorwiegend melodischen u. vorwiegend rezitativischen Teilen angestrebt. Die vor allem auf weltl. Gebiet entwickelte affektvoll-dramat. Tonsprache seiner Zeit verband er mit geistl. Stoffen. Er war der erste große Klassiker des Oratoriums.

Caritas [lat., „edle Liebe"], **1.** grch. *Agape*, zur Unterscheidung von *Eros*: Gottes- u. Nächstenliebe; →Liebe.

2. die prakt. geübte christl. Liebes-Hilfstätigkeit; in der kath. Kirche organisiert im *Dt. C.verband*, gegr. 1897, Sitz: Freiburg i. Br.; Zusammenschluß der internationalen C.verbände seit 1924 in der *C. internationalis*, Sitz: Rom.

Carl-Duisberg-Gesellschaft für Nachwuchsförderung e. V., gegr. 1949, Sitz: Köln, fördert den Aufenthalt junger dt. Praktikanten im Ausland u. betreut junge Ausländer, insbes. aus Entwicklungsländern, beim berufl. Praktikum in der BRD; benannt nach dem Chemiker C. *Duisberg*.

Carlevaris, Luca, italien. Maler, *20. 1. 1663 Udine, †11. 2. 1729 Venedig; Lehrer von A. *Canaletto*; Marienbilder u. venezian. Veduten.

Carl Gustaf, *Karl XVI. Gustav*, König von Schweden, →Karl (39).

Carlisle ['ka:lail], Hptst. der nordengl. Grafschaft Cumberland, 71100 Ew.; Kathedrale (13. Jh.); Textilindustrie, Kohlen- u. Eisenerzgruben, Agrarzentrum; seit 1157 Stadt.

Carlone, italien. Künstlerfamilie im 17. u. 18. Jh.: **1.** Carlo, Maler, *1686 Scaria, †17. 5. 1775 Scaria; Altarbilder u. allegor. Fresken, u.a. in Wien.

2. Carlo Antonio, Baumeister, *Mailand, †1708 Passau; tätig an Bauwerken des österr. Barocks, u.a. in Wien (Fassadengestaltung der ehem. Jesuitenkirche, Schottenkirche u. -kloster), Passau u. St. Florian.

3. Diego, Bruder von 1), Bildhauer u. Stukkateur, *1674 Scaria, †25. 6. 1750 Scaria; Stuckplastiken der Klosterkirchen Weingarten u. Einsiedeln.

4. Giovanni Andrea, Maler, *22. 5. 1639 Genua, †4. 4. 1697 Genua; tätig in Rom, Genua u. Perùgia; Wandmalereien u. Altarbilder, z.T. beeinflußt von P. *Veronese*.

Carlos, span. für →Karl.

Carlos, 1. Könige von Spanien, →Karl.

2. *Don Carlos*, span. Kronprinz (Infant, 1560 von den kastil. Ständen bestätigt), *8. 7. 1545 Valladolid, †24. 7. 1568 Madrid; Sohn *Philipps II.* aus 1. Ehe, durch Inzucht (die Großmutter beider Eltern war Johanna die Wahnsinnige) stark erbl. belastet, mit Anzeichen von Wahnsinn. Trotz großer Bemühungen um den Sohn erkannte sein Vater, daß seine Thronbesteigung den Bestand der Monarchie gefährden mußte. Deshalb u. wegen Fluchtvorbereitungen wurde C. 1568 gefangengesetzt. Die behauptete unglückl. Liebe zu seiner Stiefmutter Elisabeth von Valois ist Legende.

„Don Carlos, Infant von Spanien" (ursprüngl. „Dom Karlos"), Versdrama von F. *Schiller*, entstanden 1783–1787, Erstausgabe u. Uraufführung 1787; Schillers in histor. Gewand vorgetragene Forderung nach „Gedankenfreiheit". – Danach die Oper (1867) von G. *Verdi*.

3. *Don Carlos Maria Isidoro de Borbón*, span. Kronprinz (seit 1833 als Thronprätendent *Karl V.*), Bruder König Ferdinands VII. (*1784, †1833), *29. 3. 1788, †10. 3. 1855 Triest; nach Abschaffung des salischen Erbfolgerechts durch Ferdinand (1830) von der Thronfolge ausgeschlossen zugunsten Isabellas, Ferdinands Tochter. C. beanspruchte dennoch 1833 den Thron u. wurde unterstützt von Anhängern der absoluten Monarchie, von der Geistlichkeit u. von den bask., aragones. u. katalan. Regionalisten. Die *Karlisten* kämpften in den 1834 beginnenden *Karlistenkriegen* (bis 1876) vergebl. für C.

Carlow ['ka:ləu], irisch *Ceatharlach*, Hptst. der südostirischen Grafschaft C. (896 qkm, 33600 Ew.) in der Prov. Leinster, 8000 Ew.; Universitätscollege, Kathedrale; gegr. im 13. Jh.

Carlowitz, Hans Karl von, kursächs. Oberberghauptmann, *14. 10. 1645 Oberrabenstein, †3.3. 1714 Freiberg; schrieb das erste selbständige Werk über Forstwirtschaft: „Silvicultura oeconomica" 1713.

Carlsbad ['ka:lzbæd], Stadt in New Mexico (USA), am Rio Pecos, 26000 Ew.; Kalibergbau; westl. davon die *C. Caverns* (Nationalpark), die größten bekannten Tropfsteinhöhlen; Mineralquellen, Kurort; gegr. 1888.

Carlsbergrücken = Arabisch-Indischer Rücken, im Ind. Ozean (nach der Carlsbergbrauerei, Kopenhagen, benannt).

Carlyle [ka:'lail], Thomas, engl. Schriftsteller schott. Herkunft, *4. 12. 1795 Ecclefechan, Schottland, †5. 2. 1881 London; wirkte nachhaltig als Kulturkritiker im Sinn eines ethischen Idealismus gegen den Materialismus des 19. Jh. Mit der ererbten Haltung des schott. Puritanismus verband C. die Gedankenwelt des dt. Idealismus u. wirkte für die Anerkennung der dt. Literatur u. des dt. Geisteslebens (Schiller-Biographie 1823/24; Übersetzung von Goethes „Wilhelm Meister" 1824). „The French Revolution" 1837 (dt. zuletzt 1947) ist mehr ein dichterisches als ein histor. Werk. „On heroes, heroworship and the heroic in the history" 1841 (dt. zuletzt 1926) stellt das Wirken der großen Persönlichkeiten als bewegende Kraft der Weltgeschichte dar, durch die Gott unmittelbar in die Geschichte eingreift. Die beiden großen biograph. Werke C.s sind: „History of Frederick the Great" 6 Bde. 1857–1865 (dt. „Friedrich der Große" 1859–1869, zuletzt 1954, gekürzt) u. „Oliver Cromwell's Letters and Speeches" 1845. C. suchte die Lösung der sozialen Probleme seiner Zeit in der Rückkehr zum Geist des MA. u. in der sittl. Verpflichtung zur Arbeit zu finden.

Carmagnole [karma'njɔl; frz.], ein Tanzlied der Französ. Revolution, verbreitet zur Zeit der Schreckensherrschaft u. um die Guillotine getanzt; später von Napoléon I. verboten.

Carmarthen [kə'ma:ðən], Hptst. der Grafschaft *Dyfed*, in Südwales, am Towy, 13000 Ew.; Markt für Molkereiprodukte; Stadt seit 1227.

„Carmen", Oper von Georges *Bizet* (Paris 1875), Text von Henri *Meilhac* u. Ludovic *Halévy* nach der gleichnamigen Novelle von Prosper *Mérimée* (1847).

Carmen Sylva, Pseudonym der Königin *Elisabeth* von Rumänien, *29. 12. 1843 Neuwied, †2. 3. 1916 Bukarest; 1869 Gattin des späteren *Carol I.*; übersetzte rumän. Dichtungen (1881), schrieb selbst impressionist. Lyrik, neuromant. Märchen, Balladen, Erinnerungen u. auch Unterhaltungsromane.

Carmina burana [lat., „Lieder aus (Benedikt)beuern"], 1803 im Kloster Benediktbeuern gefundene Sammelhandschrift von 250 mittellatein. u. 55 dt. u. dt.-latein. Liedern u. Liedanfängen der mittelalterl. Vagantendichtung; aufgezeichnet Mitte des 13. Jh., heute aufbewahrt in der Staatsbibliothek München. Die anonymen Verfasser waren fahrende Schüler u. Geistliche engl., französ. u. dt. Herkunft. Religiöse u. polit. Lieder, z.T. als Moralsatire auf den Klerus, stehen neben weltl. Liebes-, Trink- u. Würfelspielliedern in derbsinnl. Ton; außerdem enthält die Handschrift ein Weihnachts- u. Osterspiel. – In Auswahl als Chorwerk vertont von C. *Orff* 1937. – 📖 3.2.0.

Carmina Cantabrigensia, Cambridger Sammelhandschrift mit latein. Vagantenliedern aus dem 11. Jh.; Ausgabe 1955.

Carmona, 1. altertüml. südspan. Stadt in Andalusien, nordöstl. von Sevilla, 29000 Ew.; maur. Burg, röm. Gräberfeld am Stadtrand; Mittelpunkt eines fruchtbaren Gebiets mit ausgedehnten Ölbaumkulturen.

2. Stadt in Angola, = Vila Marechal Carmona.

Carmona, António Oscar de Fragoso, portugies. General u. Staatsmann, *24. 11. 1869 Lissabon, †18. 4. 1951 Lissabon; 1923 Kriegs-Min.; nachdem er 1926 gemeinsam mit *Gomes da Costa* durch Staatsstreich die Macht an sich gerissen hatte, Außen-Min., dann Min.-Präs., 1928 Präsident (wiedergewählt 1935, 1942 u. 1949); mit *Salazar* der Reorganisator Portugals.

Carnaby-Look ['ka:nəbiluk; der; engl.], 1967/68 von der *Carnaby Street* in London ausgehende Moderichtung, die große Verbreitung fand: der C. will die Gleichberechtigung der Geschlechter durch ähnl. Zuschnitt u. Übereinstimmung der Farben u. Muster bei Damen- u. Herrenkleidung *(Unisex-Mode)* unterstreichen.

Carnac, westfranzös. Gemeinde in der Bretagne, nahe der Südküste, 3700 Ew.; Austernzucht; Seebad *C.-Plage*; in der Umgebung vorgeschichtl. Denkmäler: fast 3000 Menhire in großen Steinreihen (manche mehr als 1000 m lang), Dolmen u. Tumuli.

Carnallit [der; nach dem Bergingenieur R. von *Carnall*, *1804, †1874], ein vorwiegend Kaliumchlorid-Magnesiumchlorid-Doppelsalz enthaltendes u. in den Abraumsalzen vorkommendes Mineral, das nach Auslaugung der Magnesium-Komponenten als Düngemittel verwendet wird. Der *Brom-Carnallit* besteht aus den Bromiden der genannten Metalle u. wird zur Bromherstellung verwendet.

Carnap, Rudolf, Philosoph, *18. 5. 1891 Ronsdorf, Rheinland, †15. 9. 1970 Santa Monica, Calif. (USA); seit 1954 Prof. in Los Angeles, Hauptvertreter des *Neopositivismus* (→Wiener Kreis), Logistiker; Hptw.: „Der logische Aufbau der Welt" 1928, ^{2}1961; „Abriß der Logistik" 1929; „Log. Syntax der Sprache" 1934, ^{2}1969; „Testability and Meaning" 1936/37, Neudr. 1950; „Foundations of Logic and Mathematics" 1939; „Introduction to Semantics" 1942, ^{3}1948; „Meaning and Necessity" 1947, ^{2}1958; „Logical Foundations of Probability" 1950, ^{2}1962; „Einführung in die symbolische Logik" 1954, ^{2}1960; „Induktive Logik u. Wahrscheinlichkeit" 1959; „Einführung in die Philosophie der Naturwissenschaft" 1969.

Carnarvon [kə'na:vən], Zentrum des Bewässerungsgebiets an der Mündung des Gascoyne River, Westaustralien, 3000 Ew.; Anbau von Bananen u. Bohnen am Flußufer, Weidegebiete im Umland; nahebei US-Station für Apollo- u. Geminiprojekte; Erdölbohrungen im *C. Basin*; die Küstendünen enthalten Salz u. Pottasche.

Carnaubawachs, graugelbes Wachs der Karnaubapalme; besteht in der Hauptsache aus dem Myricylester der Cerotinsäure u. wird zu Bohner- u. Schuhcremes, Kerzen u. Möbelpolituren verarbeitet sowie für Kohlepapier verwendet. C. wird durch künstl. Wachse langsam vom Markt verdrängt.

Carné, Marcel, französ. Filmregisseur, *18. 8. 1909 Paris; Regieassistent bei R. *Clair* u. J. *Feyder*; Durchbruch mit „Drôle de drame" („Ein sonderbarer Fall") 1937; „Quai des brumes" („Hafen im Nebel") 1938; „Der Tag bricht an" 1939; „Kinder des Olymp" 1945 (in zwei Fassungen); „Die Pforten der Nacht" 1946; ferner „Thérèse Raquin" 1953; „Drei Zimmer in Manhattan" 1965.

Carnegie [-'negi], Andrew, US-amerikan. Großindustrieller, *25. 11. 1835 Dunfermline, Schottland, †11. 8. 1919 Lenox, Mass.; gründete die *C. Steel Co.*, die 1901 in der *United States Steel Corporation* aufging; erwarb ein riesiges Vermögen, das er zum großen Teil für Stiftungen für wissenschaftl. u. soziale Zwecke verwandte: *C.-Stiftung* für wissenschaftl., bes. pädagog. Forschungen, für Lebensrettung (*C. Hero Fund*), für den Frieden u. a.

Carn Eige [ka:n 'eig], schott. Berg (Northwest Highlands), 1182 m.

Carnet de Passages [-'nɛ də pa'sa:ʒ; das; frz.], ein Triptik-Sammelheft.

carnivor, karnivor [lat.], fleischfressend.

Carnivoren, *Carnivora* →Raubtiere.

Carnot [kar'no:], 1. Lazare Graf, französ. Politiker u. Soldat, *13. 5. 1753 Nolay, Côte d'Or, †3. 8. 1823 Magdeburg; Pionierhauptmann, schloß sich der Französ. Revolution an u. war nach 1791 Mitglied der Constituante u. des Konvents, 1795 des Direktoriums; organisierte seit 1793 die Revolutionsheere (Massenaushebungen, *levée en masse*); 1800/01 Kriegs-Min., Gegner Napoléons, aber Innen-Min. 1815 unter Napoléon, ging nach dessen endgültigem Sturz ins Exil.
2. Marie François Sadi, Enkel von 1), 4. Präsident der französ. Republik, 1887–1894, *11. 8. 1837 Limoges, †25. 6. 1894 Lyon (ermordet); leitete 1871 die Volksbewaffnung in der Normandie, seit 1871 Abg. der gemäßigten Linken, 1885/86 Finanz-Min.; unter seiner Präsidentschaft begann Frankreich sich Rußland zu nähern.
3. Maurus, schweizer. Schriftsteller, *26. 1. 1865 Samnaun, Engadin, †2. 1. 1931 Ilanz, Graubünden; Benediktinerpater u. Schulleiter in Graubünden, schrieb z. T. in rätoroman. Sprache.
4. Nicolas Léonard Sadi, Sohn von 1), französ. Physiker, *1. 6. 1796 Paris, †24. 8. 1832 Paris; bestimmte den theoret. größtmöglichen Wirkungsgrad von Wärmekraftmaschinen; wichtiger Beitrag zum 2. Hauptsatz der Wärme.

Carnotit [der; nach dem französ. Ingenieur u. Chemiker A. *Carnot*, *1839, †1920], gelbes Mineral: Kalium-Uran-Vanadat mit 20% Uranpecherz; Vorkommen: Erzgebirge, USA, (Colorado, Pennsylvania), Portugal, Indien, Kanada, Kongo.

Carnotscher Kreisprozeß, *Carnot-Prozeß* [karn'o-], der wichtigste ideale Kreisprozeß der Wärmelehre, von N. L. S. *Carnot* 1824 aufgestellt. Bei diesem Gedankenexperiment wird ein Gas in einem geschlossenen Gefäß reversibel einer Folge von vier Zustandsänderungen unterworfen, so daß der Endzustand gleich dem Anfangszustand ist (1. *isotherme Ausdehnung* des Gases bei einer Temperatur T_1, wobei eine Wärmemenge Q_1 zugeführt wird; 2. *adiabatische Ausdehnung* mit Erniedrigung der Temperatur von T_1 auf T_2; 3. *isotherme Kompression* bei der Temperatur T_2 unter Abgabe einer Wärmemenge Q_2; 4. *adiabatische Kompression* zurück in den Anfangszustand. Die bei dem Prozeß gewonnene Arbeit ist gleich der Differenz der Wärmemengen $Q_1 - Q_2$. Der *Wirkungsgrad* der Carnot-Maschine ist nach dem 2. Hauptsatz der Wärmelehre das Optimum, das reale Wärmekraftmaschinen erreichen können. Formelmäßig ergibt er sich zu $\eta = \frac{Q_1 - Q_2}{Q_1} = \frac{T_1 - T_2}{T_1}$ So folgt z. B. für eine Dampfmaschine, bei der $T_1 = 100\,°C = 373\,K$ u. $T_2 = 20\,°C = 293\,K$ ist, der Wirkungsgrad $\eta = 80/373 \approx 22\%$. – ⌑ 7.5.2.

Carnuntum, zwischen Petronell u. Deutsch Altenburg an der Donau gelegene, bedeutendste röm. Ruinenstadt Niederösterreichs; zunächst illyrisch, seit der 2. Hälfte des 1. Jh. v. Chr. bis zur röm. Eroberung keltisch; röm. Militärlager, Hauptfestung am pannonischen Donaulimes. Die daneben entstandene Zivilstadt hatte 40 000 Einwohner, wurde 106 Hptst. Oberpannoniens. 307 fand hier eine von Diocletian einberufene Kaiserkonferenz statt. Ende des 4. Jh. von den Quaden zerstört. 2 Amphitheater, Legatenpalast, sog. Heidentor (Triumphbogen); Ausgrabungen seit 1885 legten den größten Teil des Militärlagers frei.

Caro, 1. Annibale, italien. Schriftsteller, *19. 7. 1507 Civitanova, Ancona, †21. 11. 1566 Rom; Vorbild guter toskan. Sprache in seiner großen Briefsammlung u. der Aeneis-Übertragung „Eneide" (posthum) 1581. – Opere 1912 ff.
2. Heinrich, Chemiker, *13. 2. 1834 Posen, †11. 9. 1910 Dresden; stellte die ersten Anilinfarbstoffe fabrikmäßig her u. entwickelte eine Reihe von Farbstoffen wie Methylenblau u. Eosin. Die *C.sche Säure* ist die Sulfomonopersäure (Überschwefelsäure), H_2SO_5.
3. Nikodem, Chemiker, *23. 5. 1871 Lodsch, †27. 6. 1935 Zürich; führte zusammen mit Adolf *Frank* ein Verfahren zur Gewinnung von Kalkstickstoff ein (*Frank-C.-Verfahren*).

Carol, rumän. Könige, →Karl.

Carol, Martine, eigentl. Maryse *Mourer*, französ. Filmschauspielerin, *16. 5. 1922 Biarritz, †6. 2. 1967 Monte Carlo; kam 1943 zum Film.

Carolina, Abk. für →Constitutio Criminalis Carolina.

Carolina [kærə'lainə], zwei südatlant. Staaten der USA: →North Carolina u. →South Carolina.

Caroline ['kærəlain], Atoll von 20 brit. Inseln der südl. Zentralpolynes. Sporaden, 11 qkm, unbewohnt; Kokospalmen- u. Pandanusbestände; 1795 von Captain W. R. *Broughton* entdeckt; seit 1868 brit.

Caroline, brit. Königin, →Karoline.

Carolus Magnus [lat.], *Karl der Große* →Karl (9).

Caron [-'rɔ̃], Antoine, französ. Maler, *um 1520 Beauvais, †um 1595 Beauvais; 1540–1550 tätig in Fontainebleau, Hofmaler Katharinas von Medici u. Leiter einer Tapisseriewerkstatt in Paris; dekorative, durch G. *Romano* beeinflußte Kompositionen, Buchillustrationen (Ovid) u. religiöse Gemälde für Kirchen in Beauvais.

Caroní, rechter Nebenfluß des Orinoco in Südostvenezuela; entspringt nahe dem Roraima, mündet bei Santo Tomé de Guayana, 925 km; Kraftwerk (300 000 kW) zur Stahlwerkversorgung von Mantanzas.

Carosche Säure →Caro (2).

Carossa, Hans, Schriftsteller, *15. 12. 1878 Bad Tölz, †12. 9. 1956 Rittsteig bei Passau; Arzt; Lyriker einer Goethe-nahen Weltfrömmigkeit u. nachfühlender Erzähler des eigenen Lebenswegs: „Gedichte" 1910; „Eine Kindheit" 1922; „Rumän. Tagebuch" 1924; „Verwandlungen einer Jugend" 1928; „Der Arzt Gion" (Roman) 1931; „Führung u. Geleit" 1933; „Aufzeichnungen aus Italien" 1946; „Ungleiche Welten" 1951; „Der Tag des jungen Arztes" 1955. – ⌑ 3.1.1.

Carothers [kər'ʌðəz], Wallace Hume, US-amerikan. Chemiker, *27. 4. 1896 Burlington, Io., †29. 4. 1937 Wilmington, Del. C. entwickelte als Forschungsleiter bei E. I. du Pont de Nemours & Co. die synthet. Textilfaser *Nylon*.

Carotin [das; grch.], *Provitamin A.*, Vorstufe zum Vitamin A; im Pflanzen- u. Tierreich weit verbreitet, hauptsächl. in chlorophyllhaltigen Blättern sowie in gelben u. grünen Früchten u. Wurzeln (z. B. Karotten); auch synthet. herstellbar.

Carotinoide, gelbe bis rote Farbstoffe des Pflanzen- u. Tierreichs; chemisch: hoch ungesättigte Kohlenwasserstoffe, die sich vom Isopren herleiten. *Lykopin* ist der Farbstoff der Tomaten u. der Paprika. *Carotine* sind z. B. bes. in den Mohrrüben enthalten. Gewisse Carotine sind das Provitamin des Vitamins A; bei den Pflanzen sind Carotine an der Photosynthese beteiligt. Zu der Gruppe der *Xanthophylle* gehören das *Lutein*, der Maisfarbstoff *Zeaxanthin* u. das *Astaxanthin* der Krebspanzer. Das Astaxanthin gibt z. B. einem gekochten Hummer seine rote Farbe.

Carouge [ka'ru:ʒ], schweizer. Stadt im südöstl. Vorortbereich von Genf, 14 000 Ew.; Industrie.

Carpaccio [-'patʃo], Vittore, italien. Maler, *um 1465 (?) Venedig, †1525 Venedig; Schüler G. *Bellinis*, Schöpfer großer Bildfolgen mit erzählendem Charakter: Ursula-Zyklus für die Scuola di S. Orsola, Venedig, wahrscheinl. 1496 vollendet; Heiligenbilder für S. Giorgio degli Schiavoni, 1502–1507; etwa gleichzeitig 6 Szenen aus der Mariengeschichte u. seit 1511 Legendenbilder für die Scuola di S. Stefano (Mailand, Mus. Brera). C. trat auch als Zeichner hervor. – ▣Architekturmalerei. – ▣S. 192. – ⌑ 2.4.4.

Carpeaux [-'po:], Jean Baptiste, französ. Bildhauer, Maler u. Graphiker, *14. 5. 1827 Valenciennes, †11. 10. 1875 Schloß Bécon bei Asnières; Schüler von F. *Rude*, gefördert von Napoléon III. Die Werke seiner Reifezeit zeigen einen bewegungsreichen, durch scharfe Kompositionskontraste gekennzeichneten Stil mit neubarocken Elementen u. virtuoser Formbehandlung. Hptw.: Giebelplastiken am Florapavillon des Louvre, Fassadenskulpturen an der Oper u. Bronzegruppen der „Vier Weltteile" für den Brunnen des Observatoriums, Paris.

carpe diem [lat.], „nutze (eigentl.: pflücke) den Tag", Spruch aus *Horaz'* Oden (1, 1, 8).

Carpentariagolf, bis 480 km breite u. weit ins Land eingreifende, 60–70 m tiefe Meeresbucht an der austral. Nordküste zwischen Arnhemland im W u. Kap-York-Halbinsel im O.

Carpenter ['ka:pəntər], 1. John Alden, US-amerikan. Komponist, *28. 2. 1876 Park Ridge, Ill., †26. 4. 1951 Chicago; Schüler von E. *Elgar*; schrieb u. a. 3 Ballette „Skyscrapers" 1925), 2 Sinfonien, ein Violinkonzert, Kammermusik u. Liederzyklen.
2. Malcolm Scott, US-amerikan. Astronaut, *1. 5. 1925 Boulder, Colo.; umkreiste am 24. 5. 1962 in einer Mercurykapsel dreimal die Erde (Flugzeit 4 h 56 min).

Carpentier [karpɛn'tjɛr], Alejo, kuban. Schriftsteller, *26. 12. 1904 Havanna; sowie die afrokuban. Folklore verwertenden „Poèmes des Antilles" 1929 wurden von D. *Milhaud* vertont. Afrikan. Religionselemente enthalten seine an die soziale „Negro"-Literatur anknüpfenden Romane („Ecué-Yamba-O" 1933). Sein histor. Roman „El siglo de las luces" 1962, dt. „Explosion in der Kathedrale" 1964, gibt das Echo der Französ. Revolution auf den Antillen wieder.

Carpentras [-pã'tra], südfranzös. Kreisstadt im Dép. Vaucluse, frühere Hptst. der ehem. päpstl. Grafschaft *Venaissin*, inmitten einer fruchtbaren Bewässerungsoase mit Obst- u. Gemüsebau an Fuß des Mont Ventoux, 22 100 Ew.; röm. Bauten, ehem. Kathedrale (15./16. Jh.); landwirtschaftl. Markt, Nahrungsmittelindustrie.

Carpi, italien. Stadt in der Region Emilia-Romagna, nördl. von Modena, 52 000 Ew.; Dom (16. Jh.), Kirche La Sagra (10. Jh.); Lebensmittel- u. Textilindustrie (Strickereiwaren).

Carpini, Giovanni di Piano, auch Jean du *Plan-Carpin*, französ. Franziskanermönch, *um 1182 bei Perugia, †1. 4. 1252 Antivari; reiste 1245–1247 im Auftrag des Papstes an den Hof des tatarischen Großkhans nach Karakorum (Qara Qorum). Seine Berichte über Zentralasien waren die ersten seit dem Altertum.

Carpus [der; Mz. *Carpi*; lat.], die Handwurzel, →Hand (1).

Carpzow, Benedikt, Rechtsgelehrter, *27. 5. 1595 Wittenberg, †30. 8. 1666 Leipzig; seit 1620 Richter am Leipziger Schöppenstuhl, wirkte bei zahlreichen (Hexen-)Prozessen mit; seit 1645 Dekan des Spruchausschusses der Leipziger Juristenfakultät; Verfasser der „Practica nova Imperialis Saxonica rerum criminalium" (1653), mit der er eine Darstellung des gesamten dt. materiellen Strafrechts auf der Grundlage der →Constitutio Criminalis Carolina gab; Begründer der dt. Rechtswissenschaft. Durch „Jurisprudentia ecclesiastica seu consistorialis" (1649) Mitbegründer der Episkopalordnung in der dt. ev. Kirche.

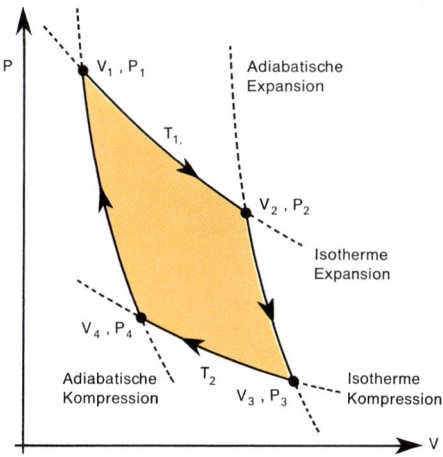

Carnotscher Kreisprozeß (Schema; V = Volumen, P = Druck, T = Temperatur)

Carrà, Carlo, italien. Maler u. Kunstschriftsteller, *11. 2. 1881 Quargnento, †13. 4. 1966 Rom; Mitbegründer des *Futurismus*, führender Vertreter der „Pittura metafisica", den archaisierenden Bestrebungen der Gruppe „Valori Plastici" nahestehend. Als Lehrer an der Akademie in Mailand u. als Kunstpublizist („Pittura Metafisica" 1919; „Giotto" 1924; zahlreiche kunstkrit. Zeitschriftenaufsätze) beeinflußte C. entscheidend das italien. Kunstleben zwischen den beiden Weltkriegen. Seit 1919 malte er Kompositionen mit Gliederpuppen u. stereometr. Formen im Stil der „Pittura metafisica", danach Landschaften, Stilleben u. Figurenbilder, deren Gegenstände meist eine magische Leere umgibt. – ▭ 2.5.3.

Carracci [-ˈratʃi], italien. Malerfamilie mit gemeinsamer Werkstatt: **1.** Agostino, *15. 8. 1557 Bologna, †23. 2. 1602 Parma; trat hauptsächl. als Kupferstecher mit Reproduktionen von venezian. Gemälden (P. Veronese, Tintoretto u. a.) hervor, als Maler von A. A. *Corrèggio* beeinflußt; tätig in Bologna, Rom u. Parma; Tafelbilder u. Fresken.
2. Annibale, Bruder u. Mitarbeiter von 1), getauft 3. 11. 1560 Bologna, †15. 7. 1609 Rom; zunächst an A. A. *Corrèggio* geschult, gelangte später zu einem strengen, von *Raffael* u. *Michelangelo* beeinflußten Stil, in dem der Bewegungsreichtum seiner Bilder erstarrte. C. war zeitweilig mit seinem Bruder in Rom tätig.
3. Lodovico, Vetter von 1) u. 2), getauft 21. 4. 1555 Bologna, †13. 11. 1619 Bologna; beteiligt an der Ausmalung der Palazzi Fava (Argonautenfries), Magnani, Zambeccari u. a., tätig in Florenz, Parma, Mantua, Venedig u. Rom. Die meisten Tafelbilder C.s befinden sich in Bologna. – ▭ 2.4.4.

Carrageen [ˈkærəgiːn; das; nach einem Ort in Irland], *Irländisches Moos, Irisches Moos, Perltang, Perlmoos,* Rohstoff aus der getrockneten *Rotalge Chondrus crispus;* medizin. Anwendung als reizmilderndes Mittel bei Husten; techn. Anwendung als Klärmittel u. zu Appreturen; Gewinnung bes. an der atlant. Küste Nordamerikas, Frankreichs u. der Brit. Inseln.

Carrara, italien. Stadt in der Toskana, in den Apuanalpen, 70 000 Ew.; roman.-got. Dom (13. Jh.), Burg der Malaspina (13. Jh.); Marmorbrüche *(carrarischer Marmor),* chem. Industrie.

Carrauntoohil [kærənˈtuːəl], *Carrantuohill,* höchster Berg Irlands, im SW der Insel, 1041 m.

Carrel, Alexis, französ.-amerikan. Chirurg u. Pathologe, *28. 6. 1873 Sainte-Foy, Lyon, †5. 11. 1944 Paris; Hauptarbeitsgebiete: Gewebezüchtung, Gefäßchirurgie u. Organtransplantationen; hierfür Nobelpreis für Medizin 1912. Nach ihm benannt ist u. a. die *C.sche Lösung* aus Chlorkalk, Borsäure u. Wasser zur Wunddesinfektion. C. schrieb u. a. „Der Mensch, das unbekannte Wesen" 1935, dt. 1936.

Carreño [kaˈrɛnjo], Teresa, venezolan. Pianistin, *22. 12. 1853 Caracas, Venezuela, †12. 6. 1917 New York; verheiratet mit dem Geiger E. *Sauret,* 1892–1895 mit E. d'*Albert;* eine der größten Pianistinnen ihrer Zeit, auch Sängerin, Opernleiterin, Komponistin u. Dirigentin.

Carreño de Miranda [kaˈrɛnjo-], Juan, span. Maler, *25. 3. 1614 Aviles, Asturien, †3. 10. 1685 Madrid; bildete sich an P. P. *Rubens,* A. van *Dyck* u. D. *Velázquez,* dem er 1669 als Hofmaler nachfolgte; histor. u. religiöse Kompositionen.

Carrera, José Miguel, lateinamerikan. Nationalheld u. chilen. Staatsmann, *15. 10. 1785 Santiago, †4. 9. 1821 Mendoza, Argentinien (hingerichtet); leitete den Unabhängigkeitskampf der südamerikan. Staaten gegen Spanien, erster Präsident Chiles (1812).

Carrera Andrade, Jorge, ecuadorian. Lyriker, *28. 9. 1903 Quito; Tropenschilderungen, sozial bestimmte, symbolhafte Lyrik, Essays; „La guirnalda del silencio" 1926; „Boletines de mar y tierra" 1930; „Cartas de un emigrado" 1933.

Carrera Panamericana, schweres Etappen-Autorennen in Mexiko, über 3117 km; benannt nach der *Carretera (Carrera) Panamericana.*

Carrere Moreno, Emilio, span. Schriftsteller, *18. 12. 1881 Madrid, †30. 4. 1947 Madrid; schrieb neben Kunst- u. Sachprosa bes. Gedichte im modernist. Stil R. *Darios* mit Themen aus dem Madrider Volksleben: „Del amor, del dolor y del misterio" 1915; „La canción de las horas" 1923; übersetzte P. *Verlaine.*

Carrero Blanco, Luis, span. Offizier u. Politiker, *1903 Prov. Santander; Admiral, 1965 Minister, enger Mitarbeiter Francos, 1967 span. Vizepräs., seit 1973 Min.-Präs.

Carretera Panamericana, *Panamerikastraße,* engl. *Pan(Inter-)american Highway,* seit 1924 geplante u. z. T. bereits bestehende Straßenverbindung von der Südgrenze der USA durch Mittel- u. Südamerika; steht im N mit der *Alaskastraße* in Verbindung u. gabelt sich in Südamerika in Straßen nach Buenos Aires u. Rio de Janeiro; von der rd. 5280 km langen Strecke zwischen den USA u. der Stadt Panamá u. dem rd. 13029 km langen südamerikan. Stück sind die Teilstrecken in Mexiko, Peru u. Argentinien fertig. Die Strecke von Feuerland bis Alaska ist 24 862 km lang.

Carrhae, antike Stadt, →Harran.

Carriacou [-ˈkuː], größte Insel der westind. Grenadinen, Teil von →Grenada; 34 qkm, 8200 Ew.

Carrier [ˈkæriər; engl.], Beschleuniger beim Färbevorgang von synthetischen Fasern bei Temperaturen um 100°C.

Carrièra, Rosalba Giovanna, italien. Malerin, *7. 10. 1675 Venedig, †15. 4. 1757 Venedig; als Bildnisminiaturistin hauptsächl. für die europ. Hofgesellschaft tätig, u. a. für Kurfürst August den Starken von Sachsen, für den französ. u. den österr. Hof; in den letzten Lebensjahren blind; rokokohafte Miniaturen in feiner Pastelltechnik, bes. Porträts; Hptw. in Venedig u. Dresden.

Carrière [-ˈriːɛːr], Eugène, französ. Maler u. Graphiker, *17. 1. 1849 Gournay, †27. 3. 1906 Mons; beeinflußt durch P. P. *Rubens* u. D. *Velázquez,* seit 1890 Führer der sezessionist. „Société Nationale". Die Genre- u. Porträtbilder der Spätzeit zeigen eine Vereinfachung des Ausdrucks, dunkel verschleierte Atmosphäre, starke Hell-Dunkel-Kontraste u. fortschreitende Abstrahierung der Linie.

Carrillo Solares [kaˈriːjo], Santiago, span. Politiker, *18. 1. 1915 Gijon; seit 1960 Generalsekretär der KP Spaniens (PCE), die seit 1977 wieder legal ist. C. ist der führende Vertreter des *Eurokommunismus.*

Carrionsche Krankheit [nach dem peruan. Medizinstudenten Daniel A. *Carrion,* *1850 Cerro de Pasco, †5. 10. 1885 Lima (an den Folgen einer Selbstimpfung mit Krankheitserregern)], *Peruwarze, Oroya-Fieber,* nicht ansteckende Infektionskrankheit in Peru, hervorgerufen durch die *Bartonella bacilliformis;* Hauptanzeichen sind Blutarmut, Auftreten abnormer Formen der roten Blutzellen, Fieber u. Hautknoten.

Carroll [ˈkærəl], **1.** Lewis, eigentl. Charles Lutwidge *Dodgson,* engl. Schriftsteller, *27. 1. 1832 Daresbury, Cheshire, †14. 1. 1898 Guildford; schrieb gedankenvolle, heitere Kunstmärchen („Alice's Adventures in Wonderland" 1865, dt. „Alice im Wunderland" 1869).

Vittore Carpaccio: Wunder der Reliquie des hl. Kreuzes; 1494/95. Venedig, Accademia

Bundespräsident Karl Carstens (rechts) mit seinem Amtsvorgänger Walter Scheel

2. Paul Vincent, irischer Dramatiker, *10. 7. 1900 Blackrock, Louth; leitet das mit J. *Bridie* gegründete „Glasgow Citizens' Theatre"; seine realist. gesellschaftskrit. Stücke sind von skurrilem Humor erfüllt: „Shadow and Substance" 1937, dt. „Quell unter Steinen" 1951; „Die ewige Torheit" 1945, dt. 1951; „Der Teufel kam aus Dublin" 1952, dt. 1962; „Die widerspenstige Heilige" 1955, dt. 1957.

Carson City ['ka:sn 'siti], Hptst. des USA-Staats Nevada, östl. der Sierra Nevada, 7400 Ew.; Staatsbibliothek.

Carstens, 1. Asmus Jakob, dt.-dän. Maler u. Zeichner, *10. 5. 1754 St. Jürgen bei Schleswig, †25. 5. 1798 Rom; dort seit 1792 tätig; einer der Hauptmeister der dt. klassizist. Malerei, geschult an der Antike u. Michelangelo; Zeichnungen u. Kartonentwürfe nach antiken u. allegor. Stoffen in monumentalem Figurenstil ohne Interesse an der Landschaft. – ▢ 2.4.3.
2. Karl, Politiker (CDU), *14. 12. 1914 Bremen; Jurist, Prof. für Staats- u. Völkerrecht in Köln (1960); 1949–1954 Bevollmächtigter Bremens beim Bund, 1954–1966 im Auswärtigen Dienst, seit 1960 als Staatssekr., 1967 Staatssekr. im Verteidigungs-Min., 1968/69 Chef des Bundeskanzleramts, 1969–1973 Leiter des Forschungsinstituts der Dt. Gesellschaft für Auswärtige Politik, Bonn, seit 1972 MdB, 1973–1976 Vors. der CDU/CSU-Bundestagsfraktion, 1976–1979 Bundestags-Präs., seit 1979 Bundespräsident.

Carstenszspitze →Djaja.

Carta del lavoro [ital., „Grundgesetz der Arbeit"], italien. Gesetzbuch vom 21. 4. 1927; regelte die faschist. Wirtschafts- u. Arbeitsordnung.

Cartagena [-'xe:na], **1.** das antike *Carthago nova*, Stadt u. Kriegshafen an der Südostküste Spaniens, im Inneren einer tief einspringenden u. durch Befestigungsanlagen geschützten Bucht, 130 000 Ew.; got. Kathedrale (13. Jh.); Schiffbau, Hütten-, Metall-, chem. u. a. Industrie; Ausfuhr bes. von Erzen aus der Umgebung *(La Unión)*, Esparto u. Südfrüchten; 6 km südöstl. die Ölraffinerie von *Escombreras.*
2. Hafenstadt u. Hptst. des Dep. Bolívar im nördl. Kolumbien, an der atlant. Küste, 370 000 Ew.; Universität (gegr. 1824); Konsumgüterindustrie, Erdölraffinerie, wichtigster Erdölhafen Kolumbiens; See- u. Binnenschiffahrt, Verkehrsknotenpunkt, Flughafen. – Wurde 1533 als Kriegshafen gegründet.

Cartago, 1. kolumbian. Stadt im Caucatal, südwestl. von Manizales, 75 200 Ew.; landwirtschaftl. Zentrum (Kaffee, Kakao, Zuckerrohr, Mais, Tabak).
2. Prov.-Hptst. u. Handelszentrum im zentralen Costa Rica, 20 200 Ew.; häufige Erdbeben, z. B. 1841 u. 1910.

Cartan [-'tã], Elie Joseph, französ. Mathematiker, *9. 4. 1869 Dolomien, † 6. 5. 1951 Paris; lehrte seit 1912 in Paris; bedeutende Arbeiten über Gruppentheorie, Differentialgeometrie, analyt. Mechanik u. ä.

Carter ['ka:tər], **1.** Benny (Bennett Lester), US-amerikan. Jazzmusiker (Altsaxophon, Trompete, Klarinette), *8. 8. 1907 New York; sehr vielseitig, leitete mehrere Orchester, schrieb Kompositionen für Film u. Fernsehen.
2. Sir Howard, engl. Archäologe, *9. 5. 1873 Swattham, Norfolk, †2. 3. 1939 London; entdeckte bei Ausgrabungen in Theben (Ägypten) mehrere Königsgräber, darunter das des Amenophis I., der Königin Hatschepsut u. des Thutmosis IV. sowie 1922 das Grab des Tutanchamun. „The Tomb of Tut-Ankh-Amen" 3 Bde. 1922–1933, dt. „Tutench-Amun. Ein ägypt. Königsgrab" 3 Bde. 1924–1934.
3. James Earl (Jimmy), US-Politiker (Demokrat. Partei), *1. 10. 1924 Plains, Georgia; Farmer. 1971–1975 Gouverneur von Georgia, 1976 zum 39. Präs. der USA gewählt.

Carteret, Philipp, engl. Südseefahrer, †21. 7. 1796 Southampton, entdeckte 1767–1769 u. a. Pitcairn u. die Admiralitätsgruppe, zeichnete die Karte der Westküste von Celebes.

Cartesius, latinisierte Form des Namens des französ. Philosophen René →Descartes.

Cartier [kar'tje:], Jacques, französ. Seefahrer, *1491 St.-Malo, † 1. 9. 1557 St.-Malo; entdeckte u. erforschte 1535–1542 das St.-Lorenz-Gebiet. Ein französ. Kolonisierungsversuch in der Nähe von Quebec mißglückte.

Cartier-Bresson [kar'tje brɛ'sõ], Henri, französ. Photograph, *22. 8. 1908 Chanteloup; filmte mit J. Renoir; 1940 dt. Gefangenschaft u. Flucht in die Résistance; 1947 Gründung der Reportergemeinschaft „MAGNUM PHOTOS" zusammen mit G. Rodger, W. R. Seymour u. R. Capa. Photoreporter u. Porträtphotograph aus Leidenschaft, arbeitet ohne „Regie" u. ohne Hilfsmittel wie z. B. künstl. Licht. Veröffentlichungen: „Meisteraufnahmen" 1964; „Made World" 1968.

Cartier Island [kar'tje 'ailənd], Teil des austral. Territoriums →Ashmore and Cartier Islands.

Cartwright ['ka:trait], **1.** Edmund, engl. Erfinder, *24. 4. 1743 Marnham, Nottinghamshire, †30. 10. 1823 Hastings; baute den mechan. Webstuhl (1784–1786), die Wollkämmaschine u. a.
2. Thomas, engl. Theologe, *1535 Hertfordshire, †27. 12. 1603 Warwick; Begründer des engl. Presbyterianismus.

Caruaru, nordostbrasilian. Stadt in Pernambuco, 65 000 Ew. (Munizip 110 000 Ew.); Agrarzentrum, Textilindustrie.

Carúpano, venezolanische Stadt auf der Pariahalbinsel, 45 100 Ew.; Ausfuhrhafen für Pflanzungsprodukte; landwirtschaftliche Verarbeitungsindustrie.

Carus, Carl Gustav, Naturphilosoph, Arzt, Psychologe u. Landschaftsmaler der Romantik, *3. 1. 1789 Leipzig, †28. 7. 1869 Dresden; begann mit Arbeiten über vergleichende Anatomie, entdeckte (1827) den Blutkreislauf der Insekten, in der Art seiner Naturauffassung *Goethe* verwandt, mit dem er im Briefwechsel stand, neigte jedoch – melanchol. Temperaments – mehr den „Nachtseiten der Natur" zu; dadurch Begründer der Psychologie des Unbewußten („Psyche" 1846) u. der Ausdruckskunde („Symbolik der menschl. Gestalt" 1853). Im 19. Jh. schnell vergessen, wurde C. von L. *Klages* u. seiner Schule (C. A. *Bernoulli*) wiederentdeckt. Als Maler dem Kreis C. D. *Friedrichs* zugehörig. – 🅱 →Romantik.

Caruso, Enrico, italien. Opernsänger (Tenor), *27. 2. 1873 Neapel, †2. 8. 1921 Neapel; einer der gefeiertsten u. vollendetsten Bühnensänger in Europa u. USA; Zeichentalent (Karikaturist).

Carver, George Washington, US-amerikan. Agrikulturchemiker u. Philanthrop, *1864 bei Diamond Grove, Mo. (als Sklave), †5. 1. 1943 Tuskegee, Ala.; stellte aus den Produkten des amerikan. Südens (Baumwolle, Erdnüsse, Bataten u. a.) viele Kunststoffe, Arzneien, Farbstoffe u. a. her.

Cary ['kɛəri], Joyce, engl.-irischer Erzähler, *7. 12. 1888 Londonderry, †29. 3. 1957 Oxford; seine Romane („The Horse's Mouth" 1944, dt. „Des Pudels Kern" 1949) sind durch Humor, Einfallsfülle, Anschaulichkeit der Darstellung u. psycholog. Einfühlungsgabe ausgezeichnet.

Caryophyllaceae = Nelkengewächse.

Casa, 1. Lisa →Della Casa, Lisa.
2. Giovanni della →Della Casa, Giovanni.

Casablanca, arab. *Ed Dâr el Beïdâ*, wichtigste Hafenstadt an der atlant. Küste Nordwestafrikas, Wirtschaftszentrums Marokkos, 2,0 Mill. Ew. (über 100 000 Europäer); enge Moslemstadt neben moderner Europäerstadt; moderne künstl. Hafenanlagen, Fischereihafen; Wärmekraftwerk; Bahn nach Tanger-Marrakesch, 2 Flughäfen. 14.–26. 1. 1943 *Casablanca-Konferenz*, auf der W. Churchill u. F. D. Roosevelt über gemeinsame Kriegsziele u. deren Durchführung berieten u. als ein Kriegsziel die bedingungslose Kapitulation der Achsenmächte vereinbarten.

Casablanca-Gruppe, nach dem teilweisen Abbau der Kolonialherrschaft in Afrika ein polit.-wirtschaftl. Bündnis zwischen Marokko, Ägypten (VAR), Mali, Guinea, Ghana, Libyen u. Algerien (Exilregierung), auf der *Konferenz von Casablanca* (3.–7. 1. 1961) geschlossen. Das Ziel war, einen Zusammenschluß afrikan. Staaten zu schaffen. Die C. wurde bei der Gründung der *Organisation für die Einheit Afrikas* (OAU) aufgelöst.

Casa d'Austria, *Casa de Austria*, span. für „Haus Österreich", lat. *Domus Austriae*, ca. 1400–1806 Bez. für die Hausmachtpolitik u. den Besitz der Habsburger.

Casadesus [kazad'sy], Robert Marcel, französ. Pianist u. Komponist, *7. 4. 1899 Paris, † 19. 9. 1972 Fontainebleau; bes. Mozart-Interpret.

Casale [ital.], Weiler, Vorwerk, Gutshof; Vorort größerer Städte; oft Teil von Städtenamen.

Casale Monferrato, italien. Stadt in Piemont, am Oberlauf des Po, 44 000 Ew.; roman. Kathedrale (11./12. Jh.); Zementwerke, Weinbau *(Frèisa)*.

Casals, Pablo, span. Cellist, Komponist u. Dirigent, *29. 12. 1876 Vendrell, Katalonien, †22. 10. 1973 San Juan, Puerto Rico; einer der bedeutendsten zeitgenöss. Cellisten, lebte seit 1936 in Südfrankreich (Prades) u. seit 1956 zeitweise in San Juan; spielte zusammen mit Alfred *Cortot* (Klavier) u. Jacques *Thibaud* (Violine) in einem Trio. In Prades u. in San Juan finden jährlich C.-Musikfeste statt. Erinnerungen: „Licht und Schatten auf einem langen Weg" 1971.

Casanova, Giovanni Giacomo, Chevalier de Seingalt (selbstverliehener Adel), italien. Abenteurer u. Schriftsteller, *2. 4. 1725 Venedig, † 4. 6. 1798 Dux, Böhmen; 1755 in Venedig wegen Atheismus eingekerkert, 1756 gelang ihm seine berühmte Flucht aus den dortigen Bleikammern (Staatsgefängnis). Der Abenteurer, Spieler u. Frauenheld schrieb im Alter als Bibliothekar des Grafen von Waldstein in Dux seine kulturgeschichtl. interessanten Memoiren (in französ. Sprache): erste Ausgabe in dt. Übersetzung 1822–1828, dann „Mémoires" 1826–1838, dt. 1907–1913; neue vollständige Ausgabe nach den Handschriften: „Histoire de ma vie" 1960–1962, dt. „Geschichte meines Lebens" 12 Bde. 1964–1967. – ▢ 3.2.2.

Cäsar, 1. lat. *Caesar*, Gaius Iulius, röm. Feldherr, Staatsmann u. Schriftsteller, *13. 7. 100 v. Chr., † 15. 3. (an den *Iden des März*) 44 v. Chr. Rom (ermordet); 68 v. Chr. Quaestor in Spanien, veranstaltete 65 v. Chr. als curul. Aedil in Rom prunkvolle Spiele, wurde 63 v. Chr. zum Pontifex Maximus gewählt u. ging 62–61 v. Chr. als Propraetor nach Spanien. Im Jahr 60 v. Chr. schloß C. das 1. Triumvirat, ein geheimes Abkommen mit *Pompeius* u. *Crassus* gegen die Partei der Optimaten; 59 v. Chr. wurde er Konsul, ging im Jahr darauf als Prokonsul für 5 Jahre nach Gallien u. setzte nach Ablauf dieser Frist die Verlängerung seiner

Pablo Casals

Amtszeit bis zum Jahr 51 v. Chr. durch. C. unterwarf das Gebiet des heutigen Frankreich, Belgien u. der Niederlande bis zum Rhein, drang 55 v. Chr. über den Rhein in german. Gebiet u. 55/54 v. Chr. zweimal nach Britannien bis zur Themse vor; 52 v. Chr. warf er einen blutigen Aufstand der Gallier unter Führung des *Vercingetorix* nieder. Durch diese Erfolge u. sein starkes, kampferprobtes Heer war C. zu einer Macht gelangt, die den röm. Senat mit berechtigter Sorge erfüllte.

Als er sich in Abwesenheit für das Jahr 48 v. Chr. zum zweiten Mal um das Konsulat bewarb u. bis dahin bei seinem Heer in Gallien bleiben wollte, beschloß der Senat, C. habe sein Heer zu entlassen u. auf die Provinzen zu verzichten; gleichzeitig wurden dem Pompeius u. den übrigen Amtsträgern diktator. Vollmachten übertragen. Da ergriff C. die Initiative, überschritt 49 v. Chr. mit seinem Heer den *Rubicon* (damals der Grenzfluß zwischen Italien u. Gallia cisalpina), eroberte in 2 Monaten Italien u. bald darauf Spanien. 48 v. Chr. setzte er nach Epirus über u. brachte Pompeius, der mit seinen Truppen nach Griechenland geflohen war, bei *Pharsalos* in Thessalien eine entscheidende Niederlage bei. Pompeius entwich nach Ägypten u. wurde dort ermordet. C. besetzte Alexandria u. entschied den ptolemäischen Thronstreit für *Kleopatra*, die er 47 v. Chr. als Königin Ägyptens einsetzen konnte. Die Macht im O des Reichs sicherte C. 47 v. Chr. durch den Sieg bei Zela über den Herrscher von Pontos. Nach seinem Sieg über die Reste der Pompeianer in Nordafrika bei Thapsus 46 v. Chr. u. in Südspanien bei Munda 45 v. Chr. wurden ihm die Diktatur auf Lebenszeit, konsularische u. tribuniz. Gewalt mit Unverletzlichkeit sowie bes. Vollmachten über Heer, Finanzen u. Beamtenernennung übertragen.

Damit war C. Herr des Röm. Reichs u. begann, seine Pläne zur Erneuerung Roms zu verwirklichen. Bereits 46 v. Chr. hatte er eine Kalenderreform durchgeführt *(Julian. Kalender)*; Maßnahmen zur Linderung der Schuldennot, zur Landversorgung der Veteranen, Vorbereitungen zur Kodifizierung des röm. Rechts, zur Regulierung des Tiber, zur Trockenlegung der Pontinischen Sümpfe u. zum Wiederaufbau von Karthago u. Korinth wurden getroffen; die Unterwerfung der Germanen u. der Balkanvölker sowie ein Feldzug gegen die Parther sollten folgen. Aber obgleich C. die ihm angetragene Königswürde ablehnte, wurde der Widerstand der Republikaner gegen seine Alleinherrschaft immer größer; es bildete sich eine Verschwörung unter Führung von Marcus *Brutus* u. G. C. L. *Cassius*, u. in der letzten Senatssitzung vor seinem Aufbruch zum Partherkrieg wurde C. erstochen, u. a. von Brutus.

C. hinterließ keine legitimen Kinder u. hatte in seinem Testament seinen Neffen *Octavian* (den späteren Kaiser *Augustus*) als Erben eingesetzt. C. galt als vorzügl. Redner u. war ein bewunderter Schriftsteller. Berühmt ist sein Bericht über den von ihm geführten Gallischen Krieg *(De bello Gallico)* sowie sein Kommentar zu den Bürgerkriegen *(De bello civili)*. Andere Werke gingen verloren oder sind nur in Bruchstücken erhalten. Seine Milde gegen polit. Gegner war bekannt *(clementia Caesaris)*. Obwohl viele seiner Pläne unverwirklicht blieben, gab er der histor. Entwicklung des Römischen Reichs eine völlig neue Wendung u. beschleunigte den Prozeß, der zum röm. Kaisertum führte. – ⊞ 5.2.7.

„Julius Caesar", Tragödie (1599) von W. *Shakespeare*; *„Julius Cäsar"*, Oper (1724) von G. F. *Händel*.

2. = Caesar.

Casarès [ka'sares], Maria, französ. Schauspielerin span. Herkunft, *21. 11. 1922 La Coruña; berühmt als Protagonistin existentialist. Stücke u. Filme.

Cäsạrius, Bischof von Arles, Heiliger, *470/471 bei Chalon-sur-Saône, †27. 8. 542 Arles; widmete sich bes. der Reform der kirchl. Disziplin. Durch seine zahlreichen Predigten übte er großen Einfluß auf die mittelalterl. Seelsorge aus. Fest: 27. 8.

Cäsạrius von Heisterbach, Geschichtsschreiber, *um 1180 Köln, †um 1240 Heisterbach bei Königswinter; Mönch u. Prior im Zisterzienserkloster Heisterbach; schrieb mit großem Erzähltalent in mittellatein. Prosa Legenden u. Wundergeschichten: „Dialogus miraculorum" 1219–1223; „Libri miraculorum" 1225/26; außerdem Lebensbeschreibungen (Viten) des Erzbischofs Engelbert von Köln (zwischen 1226 u. 1237) u. der hl. Elisabeth (1236/37).

Casarọli, Agostino, italien. kath. Theologe, *24. 11. 1914 Castel S. Giovanni; Sekretär des „Rats für die Öffentl. Angelegenheiten der Kirche"; Reisen in osteurop. Länder als „Außenminister" des Vatikan; 1979 Kardinal u. Staatssekretär.

Cäsaropapismus, Vereinigung der höchsten weltl. u. kirchl. Gewalt in den Händen eines einzigen weltl. Machtträgers *(Staatskirchentum)*. Der C. wurde teilweise in Byzanz, dann in Rußland seit Zar *Iwan III.* praktiziert; eingeschränkt bestand er auch in den dt. Staaten, als der Landesherr Oberhaupt der Landeskirche war.

Cascạra sagrạda [die; span., „geheiligte Rinde"], lat. *Cortex Cascarae sagradae*, die Rinde vom nordamerikan. *Sagrada-Faulbaum, Rhamnus purshiana*; als Abführmittel verwendet.

Cascarịllrinde, *Cascarilla*, die Rinde von *Croton eluteria*, einem *Wolfsmilchgewächs* von den Bahamainseln; früher Chinarindenersatz; heute kräftigendes Heilmittel u. Aromaticum.

Càscina ['kaʃi-], italien. Stadt in der Toskana, am unteren Arno, 32 000 Ew.; Möbelindustrie.

Caseịn = Kasein.

Cạsel, Odo, Liturgiewissenschaftler, *27. 9. 1886 Koblenz, †28. 3. 1948 Herstelle, Weser; Benediktiner, Hauptvertreter der Mysterientheologie.

Casẹlla, Alfredo, italien. Komponist u. Dirigent, *25. 7. 1883 Turin, †5. 3. 1947 Rom; suchte durch Vereinigung des italien. Stils des 17./18. Jh. mit der modernen Schule (C. Debussy, A. Schönberg, I. Strawinsky) einen neuen national-italien. Stil zu schaffen; 3 Opern („La donna serpente" 1928), 3 Ballette („La Giara" nach L. Pirandello 1924), 3 Sinfonien, Solokonzerte, Kammermusik.

Casement ['kɛis-], Sir Roger, irischer Freiheitskämpfer, *1. 9. 1864 Kingstown, Grafschaft Dublin, †3. 8. 1916 London (hingerichtet); arbeitete seit 1914 von Dtschld. aus an der Organisation der irischen Unabhängigkeitsbewegung gegen England; bei seiner Landung in Irland gefangengenommen.

Casẹrta, italien. Stadt in Kampanien, nördl. von Neapel, Hptst. der Provinz C. (2639 qkm, 700 000 Ew.), 60 000 Ew.; Glasindustrie; Lustschloß mit großem Park. – 1945 Unterzeichnung der dt. Kapitulation in Italien u. Jugoslawien.

Cash-and-Carry-Betrieb ['kæʃ ənd 'kæri-; engl., „zahlen u. mitnehmen"], Großhandelsbetrieb mit Selbstbedienung; die Einzelhändler holen die Ware selbst vom Cash-and-Carry-Großhändler ab u. zahlen bar; in den USA weit verbreitet, seit 1957 auch in der BRD eingeführt.

Cashewnüsse [kæ'ʃu:-; engl.], *Elefantenläuse, Tintennüsse*, Früchte des *Acajoubaums, Anacardium occidentale*, aus der Familie der *Anacardiaceae*; in Brasilien. Das aus ihnen gewonnene, hauptsächl. aus Anacardsäure bestehende, hautreizende *Cashewnußschalenöl* wird zu Formaldehyd-Kunstharz, zu Tinten, zu Gleit-, Schmier- u. Konservierungsmitteln verarbeitet u. dient zur Bekämpfung von Ameisen.

Cash flow ['kæʃ 'flou; engl., „Zufluß an Barmitteln"], Überschuß der Umsatzerlöse über die laufenden Betriebsausgaben. Näherungsweise wird der C. f. für die *Bilanzanalyse* ermittelt als Summe von Jahresüberschuß laut Gewinn- u. Verlustrechnung, Abschreibungen u. Erhöhung der langfristigen Rückstellungen. Der C. f. kann zur Finanzierung von Gewinnausschüttungen, Fremdkapitalrückzahlungen u. Anlageinvestitionen verwendet werden. Der C. f. gibt einen Hinweis auf die finanzielle Sicherheit des Unternehmens.

Casiquiare [-'kja:rə], Fluß in Südvenezuela, 400 km; bildet die von A. von *Humboldt* entdeckte größte Bifurkation der Erde, indem er vom oberen Orinoco abzweigt, ihm etwa $^1/_3$ seines Wassers entführt u. dem Rio Negro zuleitet.

Cạ̈sium [das; lat.], chem. Zeichen Cs, silberweißes, sehr weiches Alkalimetall, Atomgewicht 132,905, Ordnungszahl 55; 1860 von R. *Bunsen* mit Hilfe der Spektralanalyse entdeckt; kommt in Form von Verbindungen in vielen Mineralquellen u. in den Abraumsalzen vor, aber immer nur in geringer Konzentration. Die Reaktionsfähigkeit des C.s ist größer als die des Natriums u. des Kaliums. Seine Verbindungen gleichen in Zusammensetzung u. Eigenschaften denen des Kaliums. C. wird als Kathode in Photozellen verwendet.

Časlavska ['tʃas-], Vera, tschech. Turnerin, *3. 5. 1942 Prag; 1960–1968 dreimal Olympiateilnehmerin, 1964: 3 Gold- u. 1 Silbermedaille, 1968: 4 Gold- u. 2 Silbermedaillen; zog sich nach 1968 vom Wettkampfsport zurück; verheiratet mit dem tschech. Mittelstreckenläufer J. *Odlozil*; die nach C. benannte Felge ist eine Übung beim →Kunstturnen.

Casọna, Alejandro, eigentl. A. *Rodríguez Álvarez*, span. Dramatiker, *23. 3. 1903 Besullo, Asturien, †17. 9. 1965 Madrid; 1937–1962 im Exil (Südamerika); Erneuerer des volkstüml. poet. Theaters, bes. mit Komödien. „Frau im Morgengrauen" 1944, dt. 1949; „Das Boot ohne Fischer" 1945, dt. 1950; „Bäume sterben aufrecht" 1949, dt. 1950; „Ines de Castro" 1955, dt. 1956.

Casorạti, Felice, italien. Maler, *4. 12. 1886 Novara, †1. 3. 1963 Turin; ausgebildet in Padua, Neapel u. Verona, Lehrtätigkeit in Turin. Nach Frühwerken im Jugendstil gelangte C. unter dem Einfluß von P. *Cézanne* u. den Bestrebungen der „Valori Plastici" zu einem zunächst von hartem Linearismus, später von weicherer Formgebung bestimmten Stil; er malte überwiegend figürl. Bilder (Akte, Atelierszenen u. ä.).

Cạspar, einer der Hl. →Drei Könige.

Caspar, Horst, Schauspieler, *20. 1. 1913 Radegast, Anhalt, †27. 12. 1952 Berlin; spielte in München, Berlin, Wien, Hamburg u. Düsseldorf bes. klass. Heldenrollen.

Caspar-Filser, Maria, Malerin, *7. 8. 1878 Riedlingen, †12. 2. 1968 Degerndorf; seit 1907 verheiratet mit dem Maler Karl *Caspar* (*1879, †1956); lebte in Brannenburg am Inn; malte, beeinflußt von P. *Cézanne*, Landschaften, Stilleben u. Figurenszenen mit klarem Bildaufbau.

Casparyscher Streifen, isolierende, korkartige Schicht auf der Endodermis junger Pflanzenzellen.

Cassadọ́, Gaspar, span. Cellist u. Komponist, *30. 9. 1897 Barcelona, †24. 12. 1966 Madrid; Schüler von P. *Casals*; gründete ein Klavier-Trio, in dem Yehudi *Menuhin* mitwirkte.

Cassat ['kæsət], Mary, US-amerikan. Malerin u. Graphikerin, *22. 5. 1845 Pittsburgh, Pa., †14. 6. 1926 Mesuil-Théribus (Frankreich); früheste Vertreterin des französ. Impressionismus in der nordamerikan. Malerei, befreundet mit E. *Degas* u. E. *Manet*. Ein Großteil ihres maler. u. graph. Schaffens wird vom Mutter-Kind-Motiv beherrscht.

Cassạvestrauch = Maniok.

Cassegrain-Parabọlantenne [kas'grɛ̃-], Spezialantenne für Mikrowellen, besteht aus einem parabolischen Hauptreflektor, bei dem sich in einiger Entfernung vom Brennpunkt zur Bündelung der elektromagnet. Wellen ein Hilfsreflektor befindet. →Antenne.

Cassel, Gustav, schwed. Nationalökonom, *20. 10. 1866 Stockholm, †15. 1. 1945 Jönköping; anknüpfend an die klassische Nationalökonomie erklärte er die Preisbildung durch das Prinzip der Knappheit. Als Währungstheoretiker vertrat C. die Theorie der Kaufkraftparitäten (Wechselkurs bei Papierwährung) u. wies auf die Gefahren der Reparationen hin. Hptw.: „Grundriß einer elementaren Preislehre" 1899; „Theoretische Sozialökonomie" 1918, [5]1932; „Der Zusammenbruch der Goldwährung" 1936, dt. 1937.

Cassẹlla AG, Frankfurt a. M., gegr. 1870, 1926 Gründerfirma der *I. G. Farbenindustrie AG*, 1952 neu gegr., seit 1977 heutige Firma; erzeugt vor allem Teerfarbstoffe, ferner Färberei- u. Druckereihilfsprodukte, Veredelungs-, Schädlingsbekämpfungs- u. Arzneimittel, Kunstharze, Lackrohstoffe u. Polyacrylnitrilfasern; Grundkapital: 34,1 Mill. DM (Großaktionär: *Hoechst AG*, Frankfurt a. M.); 2500 Beschäftigte.

Cassell & Co. Ltd. ['kæsl-], engl. Verlag in London, gegr. 1848; Wörterbücher u. Nachschlagewerke, Belletristik, Biographien, musikwissenschaftl., medizin., pädagog. u. techn. Literatur.

Cạssia, Pflanzengattung, →Kassie.

Cassiạnus, *Johannes C.*, Kirchenschriftsteller, *um 360 in der Scythia minor (heute Dobrudscha, Rumänien), †um 430 Marseille; gründete um 414 bei Marseille nach östl. Vorbild das Kloster St. Victor u. wurde hierdurch u. durch seine Schriften für das westl. Mönchtum lange Zeit maßgebend.

Cassinạri, Bruno, italien. Maler, *29. 10. 1912 Piacenza; schloß sich 1938 der „Corrente"-Gruppe an u. gehörte 1946 zu den Gründungsmitgliedern der „Nuova Secessione artistica"; entwickelte einen weitgehend abstrahierenden Stil, in dem Einflüsse des Kubismus spürbar blieben; Bekanntschaft mit P. Picasso, M. Chagall u. P. Eluard.

Cassinet ['kæsinət; der; frz., engl.], Anzugstoff, dessen Kette aus starkgedrehtem Baumwollgarn u. dessen Schußfaden aus Streichgarn besteht.

Cassịnga, Ort im SW von Angola (Portugies.-Westafrika), mit bedeutenden Eisenerzlagerstätten; 1360 m ü. M.

Cassịni, Giovanni Domenico, französ. Astronom u. Mathematiker, *8. 6. 1625 Parinaldo bei Nizza, †14. 9. 1712 Paris; 1669 Direktor der neu erbauten Sternwarte zu Paris; entdeckte 4 Monde des Saturn, die Trennungslinie im Saturnring u. das Zodiakallicht u. bestimmte die Rotationszeit des Jupiters.

Cassịnische Kurven [nach G. D. *Cassini*], ebene Kurven 4. Grades, die dadurch bestimmt sind, daß das Produkt der Abstände eines Kurvenpunkts von zwei Festpunkten gleich einer konstanten Zahl ist. →auch Lemniskate.

Cassịno, das antike *Casinum*, im MA. *San Germano*, das Kloster →Montecassino.

Cassiodọr, *Flavius Magnus Cassiodorus*, weström. Gelehrter u. Staatsmann im Dienst der Ostgotenkönige, bes. Theoderichs d. Gr., *um 485, †nach 580; versuchte eine Aussöhnung zwischen Römern u. Ostgoten; vermittelte antike Traditionen an das MA.; Verfasser einer Geschichte der Ostgoten („Historia Getica"), die nur in den Auszügen des *Jordanes* erhalten ist.

Cassiopẹja = Kassiopeia.

Cassiopẹium [das; grch.], veraltete Bez. für *Lutetium*.

Cassịrer, 1. Ernst, Philosoph, *28. 7. 1874 Breslau, †13. 5. 1945 Princeton (USA); Schüler H. *Cohens*, Prof. in Berlin, Hamburg (1919–1933) u. Göteborg; bildete den logischen Idealismus der *Marburger Schule* weiter zur „Philosophie der symbolischen Formen" (1923–1929), d.h. der Ausdrucksformen des Geistes in Sprache, Mythus, Religion u. Wissenschaft; Philosophiehistoriker („Das Erkenntnisproblem" 1906–1920; „Philosophie der Aufklärung" 1932) u. feinsinniger Interpret des dt. Geisteslebens; für die Sprachtheorie von Bedeutung, da er die sprachl. Entwicklung vom sinnl. Ausdruck bis zum Ausdruck der logischen Beziehungsformen zu zeigen versuchte.

2. Paul, Verleger u. Kunsthändler, *21. 2. 1871 Görlitz, †7. 1. 1926 Berlin; gründete 1908 in Berlin einen Kunstsalon u. zusammen mit seinem Vetter Bruno C. den „Bruno-C.-Verlag", beides Sammelpunkte der avantgardist. Berliner Künstler. C. förderte neue künstler. Bestrebungen, u.a. den *Impressionismus*, die *Berliner Sezession* u. E. *Munch*. Der Bruno-C.-Verlag, seit 1938 in Oxford, pflegt Kunst, Belletristik u. Philosophie.

Cassiterịt [der], diamantglänzendes Mineral, →Zinnstein.

Cạssius, 1. Gaius C. Longinus, †42 v. Chr.; mit seinem Schwager *Brutus* Führer der Verschwörung gegen *Cäsar* (44 v. Chr.); rettete 53 v. Chr. nach der von *Crassus* verlorenen Schlacht bei Carrhae gegen die Parther den Rest des röm. Heers.

2. Gaius C. Longinus, röm. Rechtsgelehrter, †70 n. Chr.; einer der →Sabinianer, nach dem diese gelegentl. auch als *Cassianer* bezeichnet werden.

Cassọne [der, Mz. *Cassoni*; ital., „Truhe"], italien. Renaissancetruhe, auch als Sitzmöbel verwendet. Der C. war ein beliebtes Hochzeitsgeschenk u. künstler. reich verziert mit Schnitzwerk, Stuck, Vergoldung oder Malerei. Bedeutende Künstler, u.a. *Uccello* u. *Botticelli*, schmückten Cassoni mit Jagdszenen, Turnierdarstellungen u. mytholog. Motiven.

Cassou [-'su:], Jean, französ. Schriftsteller, Literatur- u. Kunstkritiker, Übersetzer, *9. 7. 1897 Deusto bei Bilbao, Spanien; revolutionärer Individualist u. Mittler, bes. zur span. Kultur; schrieb hauptsächl. Romane, Sonette u. Essays.

Cast [ka:st; das; amerik.], amerikan. Bez. für die Gesamtheit der Mitarbeiter an einem Film.

Castagno [-'tanjo], Andrea del, italien. Maler, *um 1423 Castagno, †19. 8. 1457 Florenz; einer der Hauptmeister der florentin. Malerei im 15. Jh., in der Nachfolge *Masaccios* u. Fra *Angelicos*. Sein Stil zeichnet sich durch starke Figurenplastizität u. illusionist. Raumwirkung aus. Hptw.: Fresken im Refektorium des Klosters S. Apollonia, im Spital von Sta. Maria Nuova u. im Dom von Florenz.

Castanospẹrmum austrạle, die Früchte der *Australischen Kastanie*, die, getrocknet, geröstet u. zu Mehl gestampft, den Australnegern als Nahrungsmittel dienen.

Casteau [ka'sto], Gemeinde in der belg. Prov. Hennegau, 2800 Ew.; seit 1967 NATO-(SHAPE-) Hauptquartier.

Castẹl, *Castello* [ital.], in geograph. Namen: Burg, Schloß.

Castelfrạnco Emịlia, das antike *Forum Gallorum*, italien. Stadt in der Region Emìlia-Romagna, südöstl. von Mòdena, 20000 Ew.; Papierfabrik, Seidenraupenzucht.

Castẹl Gandọlfo, italien. Stadt in Latium, am Albaner See, 4400 Ew.; Sommerresidenz des Papstes, päpstl. Sternwarte; seit 1596 in päpstl. Besitz, seit 1929 exterritorial.

Castellammạre di Stạbia, italien. Hafenstadt in Kampanien, am Golf von Neapel, auf den Trümmern des antiken *Stabiae*, 70000 Ew.; Seebad, Mineralquellen; Schiffbau, Glasfabrik; südöstl. von C. das Lustschloß *Quisisana*.

Castellạtuswolken [lat.], Wolken (meist Altokumulus) mit nach oben gerichteten, türmchenartig aufquellenden Auswüchsen; entstehen durch starke Aufwärtsbewegung der Luft.

Castẹlli, Ignaz Franz, österr. Bühnenschriftsteller, *6. 3. 1781 Wien, †5. 2. 1862 Wien; Vertreter des Wiener Biedermeier; schrieb rd. 200 Unterhaltungs- u. Volksstücke für das Wiener Kärntnertor-Theater; auch niederösterr. Dialektgedichte.

Castellọn [kaste'ljɔn], ostspan. Provinz am Mittelländ. Meer, 6679 qkm, 382000 Ew.; Agrumen- u. Weinbau, Oliven- u. Mandelbaumkulturen, Getreide- u. Kartoffelanbau; Schafzucht; Keramik-, Papier- u. Schuhindustrie; Hptst. *C. de la Plana* (70000 Ew.), mit lebhaftem Orangenhandel, Ölraffinerie u. Ausfuhr über den 4 km entfernten Hafen *El Grao*.

Castelnau [-'no:], Francis Graf von, französ. Südamerikaforscher, *1812 London, †4. 2. 1880 Melbourne; leitete 1834–1847 eine französ. Regierungsexpedition von Rio de Janeiro über den Mato Grosso u. die Anden nach Lima; kehrte auf dem Amazonas zur Ostküste zurück.

Castelnuọvo, 1. Elías, argentin. Schriftsteller, *2. 8. 1893 Montevideo; leitet eine Volksbühne in Buenos Aires; naturalist.-verist. Prosa u. Bühnenstücke, auch Essays; „Tinieblas" 1923, dt. „Aus der Tiefe" 1949; „Entre los muertos" 1926; „Calvario" 1949.

2. Enrico, italien. Schriftsteller, *16. 2. 1839 Florenz, †16. 2. 1915 Venedig; seine Romane u. Erzählungen schildern venezian. Milieu mit sozialkrit. Standpunkt; „Alla finestra" 1885, dt. „An venezian. Fenstern" 1901.

Castelnuọvo-Tedẹsco, Mario, italien. Komponist, *3. 4. 1895 Florenz, †15. 3. 1968 Los Angeles; Schüler von I. *Pizzetti*, siedelte 1939 in die USA über; Opern („La Mandragola" 1926; „Aucassin et Nicolette" 1952; „Der Kaufmann von Venedig" 1956), Bühnen- u. Filmmusiken, Instrumentalkonzerte, Klaviermusik, Lieder.

Castẹlo [ka'ʃtɛlu; portug.], Bestandteil geograph. Namen: Burg, Schloß.

Castẹlo Brạnco [ka'ʃtɛlu 'braŋku], Stadt im mittleren Portugal, Hauptort der früheren Prov. *Beira Baixa*, unweit der portugies.-span. Grenze, 15000 Ew.; z.T. erhaltene, turmreiche Stadtmauer, Ruine eines Kastells des Templerordens; Woll- u. Korkverarbeitung, Wein-, Öl- u. Korkhandel, Textilindustrie; Hptst. des Distrikts C.B. (6704 qkm, 250000 Ew.).

Castelo Branco [ka'ʃtɛlu 'braŋku], **1.** Camilo, (1885) Visconde de *Correia Botelho*, portugies. Schriftsteller, *16. 3. 1825 Lissabon, †1. 6. 1890 São Miguel de Seïde, Minho; Journalist, Satiriker u. Erzähler; realist., oft emphat. u. rhetor. getönte Romane: „Amor de perdição" 1862. – Obras 80 Bde. 1887ff.

2. Humberto de Alencar, brasilian. General u. Politiker, *20. 9. 1900 Fortalezza, †18. 7. 1967 (Flugzeugabsturz); maßgebl. an der Revolution 1964 gegen Staats-Präs. J. *Goulart* beteiligt, dessen Nachfolge er antrat; gab Brasilien eine neue Verfassung; übergab 1967 die Präsidentschaft an *Costa e Silva*.

Castelvetrạno, italien. Stadt auf Sizilien, südöstl. von Tràpani, 31000 Ew.; Oliven- u. Weinbau.

Cạsti, Giambattista, italien. Schriftsteller, *29. 8. 1724 Acquapendente, †5. 2. 1803 Paris; Poeta laureatus Franz' II. in Wien (1790); schrieb galante Erzählungen, eine Satire über Ancien Régime u. Republik in Form eines Epos, das in der vorsintflutl. Tierwelt spielt, u. die ersten guten „Opere buffe"; „Novelle galanti" 1793; „Gli animali parlanti" 1802; „Melodrammi giocosi" 1824.

Castiglione [-ti'ljo:nə], **1.** Baldassare Graf, italien. Renaissancedichter u. Staatsmann, *6. 12. 1478 Casatico bei Mantua, †7. 2. 1529 Toledo; päpstl. Gesandter bei Karl V. in Spanien; befreundet mit *Raffael*; berühmt durch seinen „Cortegiano" 1528, dt. „Der Hofmann" 1565, eine höfische Bildungslehre, die das Muster der Zeit wurde. – Opere 1960. – ⊡ 3.2.2.

2. Giovanni Benedetto, italien. Maler u. Graphiker, *1610 (?) Genua, †1665 Mantua; dort Hofmaler, beeinflußt von *Rembrandt* u. seinem Kreis; gestaltete bibl. Stoffe in genrehafter Form, zeigte eine starke Vorliebe für Tierdarstellungen u. phantast. Szenen.

3. Giuseppe, italien. Maler, *1688 Mailand, †1766 Peking; lebte als Jesuitenpater am Hof in Peking u. verband in seinen Bildern abendländ. u. chines. Technik. Seine Beherrschung der wissenschaftl. Perspektive u. seine naturgetreuen Vogel- u. Blumendarstellungen verhalfen ihm zu einem vorübergehend bedeutenden Einfluß auf die chines. Malerei.

Castiglioni [kastil'jo:ni], Niccolò, italien. Komponist u. Pianist, *17. 7. 1932 Mailand; schreibt arabeskenhafte Klangfigurationen von oft nur wenigen Minuten Dauer; bezeichnete seine „Disegni" als „Kontinuum des Schweigens, in das Noten eingezeichnet sind, um mit den Klängen die Stille zu artikulieren". Werke: „Concertino per la notte di Natale per archi e legni" 1952; „Ouvertüre in tre tempi" 1957; „Synchromie" 1963; „Concerto" für Orchester (1964); schrieb den Traktat „Il linguaggio musicale dal Rinascimento a oggi" 1959.

Castilho [ka'ʃtilju], **1.** António Feliciano (1870) Visconde de, portugies. Dichter, *28. 1. 1800 Lissabon, †18. 6. 1875 Lissabon; Lyriker, Übersetzer, klassizist. Bukoliker, der die frühe portugies. Romantik stark beeinflußte. – Obras completas 80 Bde. 1903–1910.

2. João de, portugies. Architekt des 16. Jh., *Santander; Begründer u. Hauptmeister des *Emanuelstils* in der portugies. Baukunst; seit 1522 in Belém, seit 1528 in Batalha tätig; errichtete zahlreiche Paläste in Lissabon sowie mehrere Bauten im Kloster zu Thomar.

Castilla [-'tija], Ramón, peruan. Marschall u. Politiker, *27. 8. 1797 Tarapacá, †29. 8. 1867 Tiviliche, Arica; 1845–1851 u. 1855–1862 Staats-Präs., förderte durch energische u. weitsichtige Maßnahmen den Wirtschaftsaufbau Perus.

Castillejo [-'ljɛxo], Christóbal de, span. Dichter, *um 1490 Ciudad Rodrigo, †12. 6. 1550 Wien; seit 1525 Sekretär Ferdinands I. in Wien; verteidigte die alten span. Metren gegen die neuen italianisierenden Formen; bei mittelalterl. Thematik dem Geist nach ein Renaissancedichter.

Castillo [-'tiljo], **1.** González del →González del Castillo.

2. Michel del →Del Castillo, Michel.

Castillọa elạstica, ein *Maulbeergewächs*, zentralamerikan. Kautschukbaum; →Kautschuk.

Castillo Solórzano [-'tiljo so'lɔrθano], Alonso de, span. Schriftsteller, *1584 Tordesillas, †um 1648 Saragossa; feinsinniger u. gewandter Erzähler im Geist des *Decamerone* u. der *Novela picaresca*; schrieb auch Comedias u. Entremeses.

Casting ['kæsting; engl.], Ziel- u. Weitwerfen mit Angelruten. Wettbewerbe: Präzisionswerfen, Fliege-Distanzwerfen mit Einhand- u. Zweihandrute, Präzisionswerfen mit Gewicht, Distanzwerfen mit Gewicht u.a.; Organisation: *International Casting Federation*, gegr. 1956 in Oakland, Sitz: New Orleans, Mitglieder: 25 nationale Verbände.

Castle ['ka:sl; das; engl.], Schloß, Burg, Herrensitz; *my home is my c.* [„mein Haus ist meine Burg"], engl. Sprichwort.

Castle, 1. ['ka:sl], Barbara Anne, brit. Politikerin (Labour Party), *6. 10. 1911 Chesterfield; 1965–1968 Transport-Min., 1968–1970 Arbeits-Min., 1974–1976 Sozial-Min.

2. Eduard, österr. Literarhistoriker, *7. 11. 1875 Wien, †8. 6. 1959 Wien; Arbeiten zur Literatur des 19. Jh., bes. über österr. Dichtung.

3. [ka:sl], William Bosworth, US-amerikan. Internist, *21. 10. 1897 Boston; nach ihm benannt ist das *C.-Ferment*, der *intrinsic factor* (→Vitamin B_{12}).

Castlebar ['ka:slba:], irisch *Caisléan an Bharraigh*, Hptst. der westirischen Grafschaft Mayo (Maigh Eo), 6000 Ew.

Castlereagh ['ka:slrɛi], Robert *Stewart*, Viscount C., Marquess of Londonderry (1821), brit. Staatsmann, *18. 6. 1769 Dublin, Irland, †12. 8. 1822 North Cray Farm, Kent (Selbstmord); Kriegs-Min. 1805/06 u. 1807–1809; seit 1812 Außen-Min.; festigte die Koalition gegen Napoléon I., setzte sich als engl. Vertreter auf dem Wiener Kongreß 1815 für ein Mächtegleichgewicht in Europa u. auf dem Kongreß von Aachen 1818 für eine Fortentwicklung der Allianz der europ. Großmächte ein. C. legte damit den Grundstein für das „Konzert der europ. Mächte" im 19. Jh.; er distanzierte sich jedoch von der „Heiligen Allianz" u. widersetzte sich ihrer Interventionspolitik.

Castor, einer der →Dioskuren. →auch Kastor.
Castoreum [-e:um; das; lat.] →Bibergeil.
Castra, Mz. von →Castrum.
Castres ['kastr], *C.-sur-l'Agout,* südfranzös. Kreisstadt im Dép. Tarn, am Agout, 42900 Ew.; Textilindustrie, Papier- u. Möbelfabriken; landwirtschaftl. Markt. – C. war ein Stützpunkt der Hugenotten.
Castries ['ka:stris], Hptst. u. Hafen der Antilleninsel *St. Lucia,* Westindien, 40000 Ew.; Lebensmittelindustrie u. -ausfuhr. – Ⓑ→Westindien.
Castries [kas'tri:], Charles Eugène Gabriel *De la Croix,* Marquis de C., Marschall von Frankreich, *1727 Paris, †1801 Wolfenbüttel; führte in der Schlacht bei Roßbach (1757) die französ. Kavallerie; bes. Verdienste als französ. Marineminister (1780–1787); 1791 emigriert, führende Stellung in der royalist. Bewegung.
Castro [portug., span.], Bestandteil geograph. Namen: Kastell.
Castro, 1. Cipriano, venezolan. Politiker, *12. 10. 1858 Capacho, †5. 12. 1924 San Juan de Puerto; 1899–1908 Staats-Präs. In seiner Regierungszeit kam es 1902/03 zum bewaffneten Konflikt zwischen Venezuela u. drei europ. Staaten (Dtschld., Großbritannien u. Italien), die auf der Bezahlung der venezolan. Auslandsschulden bestanden. Dieser Zwischenfall löste in Amerika lebhafte Proteste aus u. wurde Anlaß für die *Drago-Doktrin.*
2. Fidel →Castro Ruz.
3. Ines de →Ines de Castro.
4. ['kaʃtru], José Maria *Ferreira de C.,* portugies. Romanschriftsteller, *24. 5. 1898 Salgueiros, †2. 7. 1974 Madrid; 1910–1919 nach Brasilien emigriert; errang Welterfolg mit seinen sozialkrit. Romanen über das Leben des Auswandererproletariats am Amazonas: „Die Auswanderer" 1928, dt. 1953; „A Selva" 1930, dt. „Die Kautschukzapfer" 1933; „Wolle u. Schnee" 1947, dt. 1954.
5. Rosalía de, span. Lyrikerin u. Erzählerin, *21. 2. 1837 Santiago de Compostela, †15. 7. 1885 Padrón, Galicien; ihre in galic. Mundart verfaßten pessimist.-eleg. Gedichte schildern ihre Heimat; durch metr. Neuerungen Wegbereiterin R. *Darios;* „Cantares gallegos" 1869.
Castro Alves ['kastru-], António de, brasilian. Dichter, *14. 3. 1847 Muritiba, Bahia, †6. 7. 1871 Bahia; kraftvoller romant. Dichter unter dem Einfluß V. *Hugos;* leidenschaftl. Kämpfer für die Freiheit u. gegen die Sklaverei (die in Brasilien erst 1888 abgeschafft wurde); auch Dramatiker; „Espumas flutuantes" 1870; „Gonzaga ou a Revolução de Minas" (posthum) 1875. – Obras completas ³1944. – Ⓛ3.2.5.
Castro e Almeida ['kaʃtru ɛ al'mɛiða], Eugénio, portugies. Dichter, *4. 3. 1869 Coimbra, †17. 8. 1944 Coimbra; Lyriker u. Dramatiker, Übersetzer der französ. Symbolisten u. auch Goethescher Gedichte; Haupt der portugies. Symbolisten; „Cristalizações da Morte" 1884; „Salomé" 1896. – Obras poéticas 1927–1944.
Castrop-Rauxel, nordrhein-westfäl. Industriestadt im Ruhrgebiet (Ldkrs. Recklinghausen), am Rhein-Herne-Kanal, 84000 Ew.; Steinkohlenbergbau, Zement-, chem. u. Elektroindustrie.
Castro Ruz [-ruθ], Fidel, kuban. Revolutionär u. Politiker, *13. 8. 1927 Mayari, Provinz Oriente; Rechtsanwalt; seit 1953 aktiver Gegner der Diktatur F. *Batistas,* führte seit 1956 einen erbitterten Guerillakrieg, der am 1. 1. 1959 mit dem Sturz u. der Flucht Batistas endete. C. übernahm die Regierungsgewalt (Min.-Präs. seit 1959) u. gab seiner national-sozialen Revolution, die Kuba zur Demokratie zurückführen sollte, einen neuen, kommunist. Inhalt. Nachdem C. innenpolit. den Aufbau einer kommunist. Diktatur vorangetrieben u. sich außenpolit. eng an die Ostblockmächte angelehnt hatte, bekannte er sich im Dez. 1961 auch öffentl. zum Kommunismus. Er berief sowjet. Techniker u. Militärs nach Kuba. – Ⓛ5.7.9.
Castro y Bellvís, Guillén de, span. Dramatiker, *1569 Valencia, †28. 7. 1631 Madrid; Bewunderer u. Nachahmer *Lope de Vegas;* dramatisierte gern u. geschickt heroisch-volkstüml. Themen („Don Quijote de la Mancha"). Sein Drama „Las mocedades del Cid" 1618 diente P. *Corneille* als Vorlage für seinen „Cid".
Castrum [das, Mz. *Castra;* lat., „Befestigung"], Burg, Kastell; Bestandteil vieler Ortsnamen; ursprüngl. das röm. Legionslager, meist von quadrat. oder rechteckigem Grundriß u. mit festgelegter Einteilung, die sich in vielen Städten mit röm. Tradition im Stadtbild erhalten hat, u.a. in Trier.
Casuarii →Kasuare.
Casuarinaceae = Kasuarinengewächse.
Casus belli [der; lat., „Kriegsfall"], das Verhalten eines Staates, das nach der Ansicht eines anderen Staates Anlaß zum Krieg gibt.
Casus foederis [lat., „Bündnisfall"], das Verhalten eines gegnerischen Staates, das den Partner eines Bündnisses berechtigt, von den verbündeten Staaten militärische oder sonstige Hilfeleistung anzufordern, wobei meist der Angriff auf einen Staat als Angriff auf jeden Bündnispartner gilt (so in Art. 5ff. des NATO-Vertrags vom 4. 4. 1949).
CAT, Abk. für *Clear Air Turbulence,* Klarluftturbulenz, die bes. in Gebieten scharfer Temperaturschwankungen auftritt; führt u.U. zu Flugzeugabstürzen; in Zukunft von großer Bedeutung für den zivilen Überschall-Luftverkehr.
Catalani, Angelica, italien. Sängerin (Koloratursopran), *10. 5. 1780 Sinigaglia, †12. 6. 1849 Paris; sang bis 1827 in allen großen Städten Europas, meist in Paris, wo sie auch das Théâtre Italien leitete; eine der Meisterinnen des Bravourgesangs.
Catalepton [grch., lat., „Kleinigkeiten"], Sammlung von 14 unter *Vergils* Namen überlieferten Gedichten.
Çatal Hüyük [tʃa-], Stadt der Jungsteinzeit in Südanatolien, im Bez. Konya. Ausgrabungen seit 1961 legten fast stets durch Brand zerstörte, aneinandergereihte Häuser mit einheitl. Grundrißform u. Bauart frei, aus luftgetrockneten Ziegeln unter Verwendung von Holzstützen errichtet. Die Wohnräume waren an den Seiten mit Lehmbänken u. einem oder zwei Herden u. teilweise mit gemaltem oder plastischem Wandschmuck ausgestattet u. enthielten unter den Wandpodesten menschl. Bestattungen mit vielen Beigaben. Zahlreiche Funde: menschl. Statuetten, Tierfiguren, Stein- u. Knochengeräte, Perlen, Schmuck, Holzgefäße, Körbe, wenig Keramik. – Ⓛ5.1.1.
Catalpa →Trompetenbaum (1).
Catamarca, Hptst. der argentin. Provinz C. (99818 qkm, 206000 Ew.), südl. von Tucamán, in einer Gebirgsfußoase mit Bewässerung, 46000 Ew.; Obst- u. Weinbau, Baumwolle, Rinderzucht.
Catanduanes, philippin. Insel vor der Südostspitze Luzóns, 1511 qkm, 215000 Ew.; Hauptort *Virac,* See- u. Flughafen.
Catania, das antike *Katane,* lat. *Catina,* italien. Hafenstadt auf Sizilien; südöstl. des Ätna, dessen Ausbrüche sie mehrmals zerstörten; Hptst. der Provinz C. (3552 qkm, 960000 Ew.), 410000 Ew.; Universität (1434), Dom (12. Jh.); Kastell Ursino, von Kaiser Friedrich II. 1237 errichtet; Metallverarbeitung, chem., Tabak-, Konserven-, Leder-, Textil- u. keram. Industrie, Obst- u. Weinhandel, Fremdenverkehr, Badeort. – Im 8. Jh. v. Chr. als griech. Kolonie gegr. Unter aragones. Herrschaft im 13. Jh. Residenz.
Catanzaro, italien. Stadt im mittleren Kalabrien, Hptst. der Provinz C. (5247 qkm, 750000 Ew.) u. der Region Kalabrien; 85000 Ew.; Großkraftwerk, landwirtschaftl. Handel (Weizen).
Catch-as-catch-can ['kætʃ æz 'kætʃ 'kæn; das; engl., „greif, wie du greifen kannst"], vor allem in den USA, aber jetzt auch in Europa verbreitete, von Berufsringern *(Catchern)* ausgeübte Abart des Freistilringens, bei der jeder Griff (außer ganz wenigen lebensgefährlichen) am ganzen Körper erlaubt ist.
Catchup ['kætʃʌp] = Ketchup.
Cateau-Cambrésis [ka'to: kãbre'zi:], früherer Name der französ. Stadt *Le Cateau,* Dép. Nord. Im *Frieden von C.* am 3. 4. 1559 (zwischen Frankreich, Spanien, England u. Savoyen) überließ Frankreich Spanien die Vorherrschaft in Italien (die 140 Jahre bestand) u. erhielt dafür Calais; der Herzog von Savoyen bekam sein Land zurück.
Catechine [drawid., malai.], organ.-chem. Verbindungen: farblose Kristalle, Grundkörper natürlicher Gerbstoffe. Das eigentl. *Catechin,* das im *Catechu* vorkommt, ist chemisch ein Penta-Oxy-Flavon.
Catechu [das; drawid., malai.], *Katechu, Cachou,* Extrakt aus dem Holz der *Gerberakazie, Acacia catechu,* mit dem Hauptbestandteil *Catechin;* Verwendung in der Färberei u. Gerberei.
Catel, Franz Ludwig, Maler u. Graphiker, *22. 2. 1778 Berlin, †19. 12. 1856 Berlin; begann mit streng linearen Buchillustrationen (Goethe u.a.) u. gehörte in Rom seit 1811 zum Kreis der dt. Landschaftsmaler um J. A. *Koch* u. J. Ch. *Reinhart;* süditalien. Veduten in genrehafter Auffassung.
Catenane, *Catenaverbindungen* [lat. *catena,* „Kette"], Gruppe neuartiger organisch-chemi-

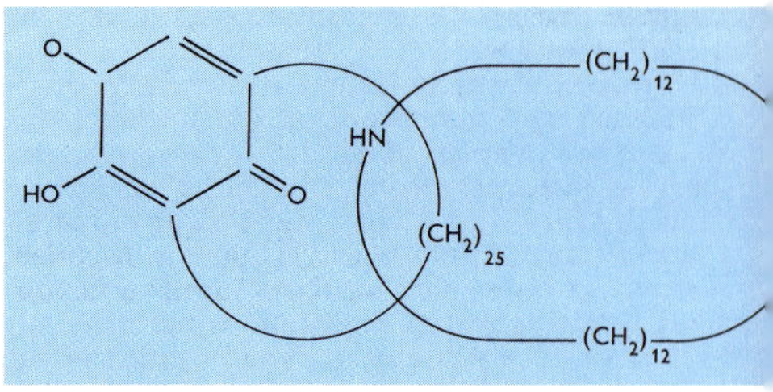

scher Verbindungen, die nach dem Prinzip von Gliederketten aufgebaut sind: Sie bestehen aus zwei Ringsystemen, die wie zwei Glieder einer Kette ineinandergreifen, chemisch aber nicht miteinander verbunden sind; sie haben so eine beträchtliche Bewegungsfreiheit. Derartige Verbindungen wurden bisher in der Natur nicht aufgefunden. Das Molekulargewicht entspricht der Gesamtheit beider Ringsysteme. Die Synthese geht von doppelhenkligen →Ansa-Verbindungen aus.
Catgut ['kætgʌt; das; engl.] = Katgut.
Cathaysia [von *Cathay,* alte Bez. für Nordchina], alter ostasiat. Kontinent aus der Karbon- u. Permzeit, dessen Existenz durch Reste der *C. flora* aus China (Mandschurei) belegt wird.
Cathedra [lat.] →Bischofsstuhl; →auch ex cathedra.
Cather ['kæθə], Willa Sibert, US-amerikan. Schriftstellerin, *7. 12. 1873 Winchester, Va., †24. 4. 1947 New York; ihre frühen Romane beschreiben das Leben der Pioniere im Mittelwesten in der 2. Hälfte des 19. Jh.: „Antonia" 1918, dt. 1928. Das vergeistigte Pioniertum der kath. Missionen des Westens wird dargestellt in „Der Tod kommt zum Erzbischof" 1927, dt. 1940.
Cathkin Peak ['kæθkin 'pi:k], höchster Gipfel der südl. Drakensberge u. ganz Südafrikas, an der Grenze von Natal u. Lesotho, 3660 m.
Cathrein, Viktor, schweizer. kath. Theologe u. Moralphilosoph, *8. 5. 1845 Brig, Wallis, †10. 9. 1931 Aachen; Prof. am Jesuitenkolleg in Valkenburg (Holland).
Catilina, Lucius Sergius, röm. Adliger, *um 108 v. Chr., †62 v. Chr.; ehrgeizig u. hemmungslos; nachdem er vergebl. versucht hatte, auf legalem Weg das Konsulat zu erringen, wurde er Anführer der nach ihm benannten Verschwörung gegen den röm. Senat. Seine Pläne wurden jedoch von *Cicero* 63 v. Chr. aufgedeckt, u. C. mußte aus Rom fliehen. Der Versuch C.s, an der Spitze eines Heeres zurückzukehren, mißlang; er wurde bei Pistoria geschlagen u. fiel. Seine Anhänger waren des Hochverrats angeklagt u. schon Ende 63 v. Chr. hingerichtet worden. – Ⓛ5.2.7.
Cat Island ['kæt 'ailənd], nordöstl. u. mit 63 m die höchste der Bahamainseln, 412 qkm, 3100 Ew.
Catlin ['kæt-], George, US-amerikan. Maler, *26. 6. 1796 Wilkesbarre, Pa., †23. 12. 1872 Jersey City, N. J.; seit 1832 um Wirklichkeitstreue bemühter Schilderer des indian. Lebens an der Westgrenze der USA (North Dakota). Seine Gemälde wurden in Europa auf Wanderausstellungen zusammen mit lebenden Indianern gezeigt.
Cato, 1. Marcus Porcius C. *Censorius,* genannt *C. maior* („d. Ä."), röm. Staatsmann, *234 v. Chr. Tusculum, †149 v. Chr.; zeichnete sich im 2. Punischen Krieg gegen *Hannibal* aus; bekleidete 184 v. Chr. das Amt des Zensors, das ihm wegen der Strenge, mit der er es handhabte, den Beinamen *Censorius* einbrachte; berühmt durch seinen Ausspruch, mit dem er auf der endgültigen Zerstörung Karthagos bestand („ceterum censeo Carthaginem esse delendam"). C. kämpfte für die altröm. Tugenden u. lehnte die Bekanntschaft Roms mit der hellenist. Kultur ab, obgleich er die griech. Sprache u. Literatur kannte. Schriftsteller u. Redner, Schöpfer des latein. Prosastils. Hptw.: die 7 Bücher „Origines", eine Geschichte des röm. Volks (verloren) u. ein Buch über die Landwirtschaft.
2. Marcus Porcius C. *Uticensis,* genannt *C. minor* („d. J."), Urenkel von 1), römischer Staatsmann, *95 v. Chr., †46 v. Chr. Utica; Kämpfer für die Erhaltung der römischen Republik; seine Politik war geprägt durch die stoische Lehre auf dem Boden der römischen Tradition; erbitterter Gegner *Cäsars;* beging nach der Schlacht bei Thapsus in Utica Selbstmord (daher der Beiname *Uticensis*), als er erkannte, daß seine Sache gegen Cäsar verloren war. – Ⓛ5.2.7.

Catroux [kat'ru], Georges, französ. General, *29. 1. 1877 Limoges, †21. 12. 1969 Paris; stellte sich 1940 als Generalgouverneur von Indochina auf seiten de Gaulles, wurde dessen Vertreter in Syrien, 1942 Oberbefehlshaber in Nordafrika, 1945–1948 Botschafter in Moskau; bis 1952 führend im Rassemblement du Peuple Français (RPF); am 1. 2. 1956 Min.-Präsident in Algerien, mußte aber schon nach wenigen Tagen zurücktreten; 1961/62 Mitglied des Militärtribunals.

Cats, Jacob, niederländ. Dichter u. Staatsmann, *10. 11. 1577 Brouwershaven, †12. 9. 1660 Sorghvliet bei Den Haag; schrieb Gedichte u. Geschichten mit didakt. Tendenz.

Catskill Mountains ['kætskil 'mauntinz], Mittelgebirge im USA-Staat New York, im *Slide Mountain* 1281 m; Ausflugsgebiet.

Càttaro, italien. Name der jugoslaw. Stadt →Kotor.

Cattell [kæ'tɛl], Raymond Bernard, engl.-USamerikan. Psychologe, *20. 3. 1905 West Bromwich, Großbritannien; seit 1945 Prof. in Urbana, Ill.; *Persönlichkeitsforscher*, der bes. die *Faktorenanalyse* zu Anwendung u. Geltung brachte. Hptw.: „Personality. A Systematic, Theoretical, and Factual Study" 1950; „Factor Analysis, for the Life Sciences" 1952; (Hrsg.) „Handbook of Modern Personality Study" 1969; „Psychodynamics and Personality" 1970.

Cattleya [nach dem Londoner Züchter W. *Cattley*, †1832], Gattung epiphytischer *Orchideen* des trop. Amerika; viel in Warmhäusern kultiviert.

Cattòlica, italien. Seebad am Adriat. Meer, südl. von Rìmini, 13 000 Ew.; Fischerei, Steinsalzlager.

Cattopadhjaja, Bankim Chandra, bengal. Schriftsteller, *26. 6. 1838 Kantalpara, †8. 4. 1894 Calcutta; der „Vater des bengal. Romans"; sein Roman „The Abbey of Bliss" 1882, der vom Aufstand 1772 handelt, enthält die heutige bengal. Nationalhymne „Bande mataram".

Catull, *Katull*, Gaius Valerius Catullus, röm. Dichter aus Verona, *um 84 v. Chr., †um 54 v. Chr.; Mitglied des Kreises der *Neoteriker*; in seinen Liebesliedern auf Lesbia gestaltete er als erster röm. Dichter eigenes Erleben, unter Benutzung griech. Versformen; auch Hochzeits- u. Trinklieder, satir. Gedichte, Epigramme u. a.

Cauca, 1. südwestkolumbian. Departamento, 30 495 qkm, 680 900 Ew., Hptst. *Popayán*; Plantagenbau, Viehzucht.
2. linker Nebenfluß des Magdalena in Kolumbien, rd. 1100 km, z. T. schiffbar.

Cauchy [ko'ʃi], Augustin Louis, französ. Mathematiker, *21. 8. 1789 Paris, †23. 5. 1857 Sceaux bei Paris; Arbeiten aus der Trigonometrie, Determinanten- u. Reihenlehre sowie der Funktionstheorie; um die strenge Begründung der höheren Mathematik bemüht.

Cauda [die; lat.], Endstück, Schwanz; *C. equina* [„Pferdeschwanz"], medizin. Bez. für das Rückenmarkende, das mit seinen Nervensträngen einem Pferdeschweif ähnelt.

caudal = kaudal.

Caudillo [-'diljo; span., „Anführer"], in Spanien seit dem MA. ein Heerführer, bis 1975 offizieller Titel des Staatschefs General *Franco*; in Lateinamerika meist ein als Diktator herrschender Militär.

Cauer, Minna, Frauenrechtlerin, *1. 11. 1841 Freyenstein, Ostpriegnitz, †3. 8. 1922 Berlin; setzte sich bes. für die polit. Mitbestimmung der Frau ein.

Caulaincourt [kolɛ̃'ku:r], Armand Graf von, Herzog von Vicenza (1808), französ. Staatsmann, *9. 12. 1773 Caulaincourt, Dép. Aisne, †19. 2. 1827 Paris; 1807–1811 Gesandter am russ. Hof, 1813/14 u. 1815 unter Napoléon I. Außen-Min., unterzeichnete den Vertrag von Fontainebleau (Abdankung Napoléons); „Unter vier Augen mit Napoleon" dt. 1937.

Caulerpa, eine *Grünalge* mit kriechender Hauptachse u. blattartig daraus hervorgehenden Thalluslappen.

Caullery [kol'ri], Maurice Jules Gaston, französ. Zoologe, *5. 9. 1868 Bergues, †15. 7. 1958 Paris; Prof. in Paris, arbeitete bes. über Meerestiere u. parasit. Protozoen, verfaßte zahlreiche Bücher.

Cause célèbre [ko:z se'lɛbr; die; frz., „berühmte Sache"], aufsehenerregender Rechtsstreit, vielbesprochene Angelegenheit.

Causses, auch *Grands C.* [grɑ̃ 'kɔs; Mz.], wasserlose, vegetationsarme u. dünnbesiedelte Jurakalkhochflächen im S des französ. Zentralplateaus, 800–1200 m hoch. Die fast tischebenen Hochflächen sind stark verkarstet u. durch schluchtartige Täler voneinander getrennt (Causse de Sauveterre, Causse Méjean, Causse Noir, Causse du Larzac u. a.). Wirtschaftl. Mittelpunkt ist *Roquefortsur-Soulzon*.

Causticairemethode [kausti'kɛ:r-], Verfahren zur Bestimmung des Reifegrads von Baumwolle durch Vergleich der unbehandelten mit in Natronlauge gequollenen Fasern im Micronaire-Gerät.

Cauterets [kot'rɛ], südwestfranzös. Heilbad u. Luftkurort in den Pyrenäen, 1200 Ew.; zahlreiche schwefelhaltige Thermalquellen, Wintersport.

Cautín, südchilen. Prov. 17 370 qkm, 500 000 Ew.; Hptst. *Temuco*, Anbau von Getreide, Obst, Gemüse; Wald.

Cauto, *Río C.*, mit 240 km der längste Fluß Kubas; entspringt im SO, in der Sierra Maestra, nördl. von Santiago de Cuba, fließt nach W in den Guacanayabogolf.

Cauveri, *Kaveri*, Fluß in Südindien, 760 km, entspringt in den Westghats u. mündet mit großem Delta („Garten Südindiens", rd. 10 000 qkm) ab *Tiruchchirapalli* an der südl. Coromandelküste in den Golf von Bengalen; bei *Shirangapattana* u. *Mettur* große Stauseen.

Cauwelaert ['kouwəla:rt], August van, fläm. Schriftsteller, *31. 12. 1885 Onze-Lieve-Vrouw-Lombeek, Brabant, †4. 7. 1945 Antwerpen; schrieb religiöse Lyrik u. volkstüml. Epik („Der Gang auf den Hügel" 1929, dt. 1937).

Caux [ko:], 1. schweizer. Kurort bei Montreux, 1054 m ü. M., 650 m über dem Genfer See, 350 Ew.; ehem. europ. Zentrum *(Mountain House)* der internationalen Bewegung für Moralische Aufrüstung (C.-Bewegung).
2. *Pays de Caux*, nordfranzös. Bördenlandschaft in der Normandie, nördl. der unteren Seine; ein 100–200 m hohes Kreideplateau mit jäh abbrechender Steilküste *(falaises)* zum Kanal; Landwirtschaft (Weizen u. Zuckerrüben) auf fruchtbaren Lehmböden. Eine vorgelagerte Küstenplattform begünstigte die Entwicklung zahlreicher Badeorte: Étretat, Fécamp, Dieppe, Le Tréport.

Cava de' Tirreni, italien. Stadt im mittleren Kampanien, 47 000 Ew.; Sommerfrische; Papierfabrik; Handel mit Obst u. Tabak.

Cavael [ka'va:l], Rolf, Maler u. Graphiker, *27. 2. 1898 Königsberg; malte, durch W. Kandinsky angeregt, seit 1931 ungegenständl. Bilder in tupfenartiger Farbfleckenmanier. – ⌂2.5.2.

Cavaillon [kava'jɔ̃], südfranzös. Stadt in der Provence, rechts an der Durance, 18 000 Ew.; ehem. Kathedrale (12./13. Jh.); Agrarhandel.

Cavalcanti, Guido, italien. Dichter, *um 1255 Florenz, †27. oder 28. 8. 1300 Florenz; mit *Dante Alighieri*, der ihm seine „Vita Nuova" zueignete, der bedeutendste florentin. Dichter seines Jahrhunderts; Begründer des „süßen neuen Stils" *(dolce stil nuovo)* mit höf.-idealist. Liebesauffassung, in der das „edle Herz" *(gentil cuore)* als Voraussetzung wahrer Liebe gepriesen wird; „Le Rime" 1902, neu in „Rimatori del dolce stil nuovo" 1939. – ⌂ 3.2.2.

Cavaliere [ital.], der Ritter (eines Ordens).

Cavalieri, 1. Emilio de, →Del Cavalieri, Emilio.
2. Francesco Bonaventura, italien. Mathematiker u. Astronom, *1598 Mailand, †3. 12. 1647 Bologna; Jesuit; entdeckte das *C.sche Prinzip*, nach dem Körper, die inhaltsgleiche Grundflächen u. in gleichen Höhen inhaltsgleiche Querschnitte haben, den gleichen Rauminhalt haben.

Cavalier-King-Charles-Spaniel ['kævəli:r kiŋ 'tʃa:rlz-], stabiler Kleinhund zwischen dem etwas kleineren Toy-Spaniels u. dem →Cocker-Spaniel; lange Behänge, langes seidiges Fell; verschiedene Farbschläge.

Cavallero, Ugo Graf (Conte), italien. Marschall, *20. 9. 1880 Casale Monferrato, †12. 9. 1943 Frascati bei Rom (erschossen aufgefunden); Dez. 1940–Jan. 1943 Chef des Generalstabs; galt als Vertrauensmann der Deutschen. Beim Sturz Mussolinis kompromittiert; vermutl. Selbstmord.

Cavalli, Francesco, eigentl. Pier Francesco Caletti-Bruni, italien. Komponist, *14. 2. 1602 Crema, †17. 1. 1676 Venedig; Sänger an der Markuskirche zu Venedig unter der Leitung von C. Monteverdi. Seine Opern bilden den Höhepunkt der venezian. Oper.

Cavallini, Pietro, italien. Maler, *um 1250 Rom, †um 1340/1350 Rom; ging aus von byzantin. Stilformen; in späteren Werken um räuml.-plastische Durchbildung bemüht; Fresken in Rom, S. Paolo fuori le mura (nur in Kopien erhalten), Sta. Cecilia u. Sta. Maria Trastevere, u. Neapel, Sta. Maria Donna Regina.

Cavallino, Bernardo, italien. Maler, *25. 8. 1616 Neapel, †1654 oder 1656 Neapel; Naturalist, beeinflußt von *Caravàggio*; bibl. u. mytholog. Szenen.

Cavallotti, Felice, italien. Schriftsteller, *6. 11. 1842 Mailand, †6. 3. 1898 Rom; revolutionärer Journalist u. Politiker, fiel im Duell; Vertreter einer epigonenhaften rhetor. sentimentalen Romantik in Drama u. Lyrik. – Opere complete 1895/96.

Cavan ['kævən], irisch *An Cabhán*, Hptst. der mittelirischen Grafschaft C. (1890 qkm, 54 000 Ew.) in der Provinz Ulster; 3500 Ew.

Cavendish ['kævəndiʃ], Henry, brit. Naturwissenschaftler, *10. 10. 1731 Nizza, †24. 2. 1810 London; entdeckte das Kohlendioxid u. den Wasserstoff, bestimmte die Zusammensetzung von Wasser u. Salpetersäure sowie die Gravitationskonstante u. damit die mittlere Dichte der Erde.

Caventou [-vã'tu], Josef, französ. Chemiker, *30. 6. 1795 Saint-Omer, †5. 5. 1877 Paris; entdeckte zusammen mit J. *Pelletier* (*1788, †1842) die Alkaloide Chinin, Strychnin u. Brucin.

Cavernicole [lat., „Höhlenbewohner"] →Höhlentiere.

Cavite, philippin. Prov.-Hptst. auf Luzón, südwestl. von Manila, 77 000 Ew.; Zigarrenindustrie; Hafen, Fischerei.

Cavour [ka'vur], Camillo Graf *Benso di C.*, italien. Staatsmann, *10. 8. 1810 Turin, †6. 6. 1861 Turin; Schöpfer der polit. Einheit Italiens („Bismarck Italiens") u. Mitbegründer der ihrer ganzen Zeit den Namen gebenden liberalen Zeitschrift „Il Risorgimento" (1847; etwa „Wiederauferstehung"); mehrfach Min. des Königreichs Sardinien, seit 1852 Min.-Präs., führte Wirtschafts- u. Rechtsreformen durch (Einfluß des engl. Konstitutionalismus) u. suchte vergebl. die kirchl. Privilegien einzuschränken. Als Verbündeter der westl. Mächte im Krimkrieg erwarb sich Italien unter Führung C.s internationale Anerkennung. Im Kampf um die Lombardei gegen Österreich konnte C. die Unterstützung Napoléons III. gewinnen u. zahlte dafür mit der Abtretung Nizzas u. Savoyens an Frankreich. Am 18. 3. 1861 wurde das Königreich Italien (dem nur Venetien u. der Kirchenstaat noch nicht angehörten) vom ersten gesamtitalien. Parlament ausgerufen. – ⌂5.5.2.

Caxias do Sul, brasilian. Stadt in Rio Grande do Sul, nördl. von Porto Alegre, 65 000 Ew. (Munizip 110 000 Ew.); Weinbau u. -kelterei; Metallindustrie.

Caxton ['kækstən], William, erster engl. Buchdrucker, *um 1421, †1491 London; erlernte den Buchdruck in Köln u. veröffentlichte 1475 in Brügge eine von ihm ins Englische übersetzte französ. Erzählung als das erste engl. gedruckte Buch; siedelte 1476 nach Westminster über, druckte dort viele, vor allem engl. Werke u. legte damit den Grundstein für eine einheitl. engl. Schriftsprache. – ⌂3.6.6.

Cayapo, Indianerstamm der Zentral-Ge am Araguaia-Tocantins; Anbau von Bataten u. Yams; Jagd u. Fischfang.

Cayenne [ka'jɛn], Hptst. u. wichtigster Hafen von Französ.-Guayana (Südamerika), in ungesunder Lage auf der Insel C. (420 qkm), 25 000 Ew.;

Camillo Cavour. Lithographie von Emile Desmaisons; 1856

Cayennepfeffer

Agrargebiet; Flughafen. – 1604 gegr., 1852–1946 französ. Strafkolonie.

Cayennepfeffer, Schoten-, Taschen-, Guinea-, Teufelspfeffer, *Capsicum frutescens,* scharfes Gewürz aus den gemahlenen Beerenfrüchten eines tropischen *Nachtschattengewächses;* dem *Paprika* verwandt, aber kleiner; im frischen Zustand je nach Zuchtsorte auch *Chillies, Chilipfeffer* oder *Peperoni* genannt; heimisch in Südamerika, Westafrika, Ost- u. Westindien, Louisiana u. Kalifornien; zwanzigmal so scharf wie Paprika durch den höheren Gehalt an *Capsaicin,* aber weniger aromatisch; Bestandteil scharfer Würzsaucen wie der *Chili-* u. der *Tabascosauce.*

Cayes, *Les C.* [lɛ kaj], Hptst. des Dép. Sud u. Hafen im SW Haitis, 15 000 Ew.; Export von Agrarprodukten u. Hölzern; 1786 gegr.

Cayey [ka'jei], Stadt im SW von Puerto Rico, 20 000 Ew.

Cayley ['kɛili], Arthur, engl. Mathematiker, * 16. 8. 1821 Richmond, † 26. 1. 1895 Cambridge; arbeitete über Angewandte Mathematik; Mitbegründer der *Invariantentheorie.*

Caylus [kɛ'lys], Anne Claude Philippe Comte de, französ. Kunsttheoretiker u. Archäologe, * 31. 10. 1692 Paris, † 4. 9. 1765 Paris; beeinflußte das Kunstleben seiner Zeit durch Schriften (Versuch einer histor.-method. Behandlung der Archäologie) u. Verbreitung bedeutender Kunstwerke in zahlreichen radierten Folgen nach Raffael, Michelangelo, Carracci u. a.

Caymangraben ['kɛimən-], Tiefseegraben südl. von Kuba u. den Cayman Islands bis in den Golf von Honduras; bis 7680 m tief.

Cayman Islands ['kɛimən 'ailəndz], Caymaninseln, Gruppe korallengesäumter, aus Kalken aufgebauter brit. Inseln (Kolonie) im Karib. Meer, südl. von Kuba, 259 qkm, 14 000 Ew. (meist Mulatten); Hptst. *Georgetown* (3000 Ew.); Ausfuhr von Haifisch- u. Schildkrötenprodukten.

Caymanrücken ['kɛimən-], Schwelle zwischen Südkuba u. Britisch-Honduras; mit den *Cayman Islands* u. der *Misteriosabank* (–16 m).

Cayrol [kɛ'rɔl], Jean, französ. Romanschriftsteller u. Lyriker, * 6. 6. 1911 Bordeaux; 1942 als Widerstandskämpfer im KZ Mauthausen, lebt in Paris. Von einem kath. geprägten Existenzialismus zeugt sein Romanzyklus „Je vivrai l'amour des autres" 1946/47; ferner „Die Fremdkörper" 1959, dt. 1959; „Die kalte Sonne" 1963, dt. 1965; Drehbuch zu A. Resnais' Film „Muriel" 1963.

Cayuga, ein südamerikan. Indianerstamm der →Irokesen.

Cazalis [-za'lis], Henri, Pseudonym Jean *Lahore* oder *Caselli,* französ. Dichter, * 9. 3. 1840 Cormeilles-en-Parisis, † 1. 7. 1909 Genf; gehörte als Lyriker zu den „Parnassiens"; „L'illusion" 1875.

Cazaux et de Sanguinet, *Étang de C. e. d. S.* [e'tã də ka'zo: e: də sãgi'nɛ], Strandsee in der südwestfranzös. Landschaft Landes; Erdölförderung bei *Cazaux,* am Nordufer.

Cazin [ka'zɛ̃], Jean Charles, französ. Maler, Graphiker u. Keramiker, * 25. 5. 1841 Samer, Pas-de-Calais, † 27. 3. 1901 Lavandon; ausgebildet in Paris, tätig seit 1868 in Tours, schuf 1871–1874 in England mit Kobaltmalereien geschmückte Steinzeugarbeiten, danach hauptsächl. als Landschafts- u. Figurenmaler in Paris, Holland u. Italien tätig.

cbm, Kurzzeichen für die Raumeinheit *Kubikmeter* (m³).

CBS, Abk. für →Columbia Broadcasting System.

CC, als Autokennzeichen: Abk. für frz. →Corps consulaire.

CCI, Abk. für frz. *Chambre de Commerce International,* →Internationale Handelskammer.

CCIR, Abk. für frz. *Comité Consultatif International des Radiocommunications,* Internationaler Beratender Ausschuß für den Funkdienst, ein ständiges Organ der →Internationalen Fernmeldeunion; Sitz: Genf.

CCITT, Abk. für frz. *Comité International Télégraphique et Téléphonique,* Internationaler Ausschuß für Telegraphen- u. Fernsprechdienst, ein ständiges Organ der →Internationalen Fernmeldeunion; Sitz: Genf.

ccm, Kurzzeichen für die Raumeinheit *Kubikzentimeter* (cm³).

CCM, Abk. für *Caribbean Common Market,* → Karibischer Gemeinsamer Markt.

cd, Kurzzeichen für *Candela.*

Cd, chem. Zeichen für *Cadmium.*

CD, auf Wagen u. Gepäck ausländ. Diplomaten: Abk. für frz. *Corps diplomatique,* →Diplomatisches Korps.

cdm, Kurzzeichen für die Raumeinheit *Kubikdezimeter* (dm³).

CDU, Abk. für →Christlich-Demokratische Union.

C-Dur, mit keinem Vorzeichen versehene Tonart, deren Leiter c, d, e, f, g, a, h, c ist; Paralleltonart: *a-Moll.*

Ce, chem. Zeichen für *Cer.*

Ceará [sja'ra], nordostbrasilianischer Staat, 148 016 qkm, 4 Mill. Ew.; reicht vom Küstentiefland bis zum trockenen inneren Hochland; wegen unregelmäßiger, geringer Niederschläge ein Dürregebiet *(Sertão)* mit Stauseen u. Bewässerung; Viehzucht, Baumwoll-, Mais-, Zuckerrohranbau; Meersalzgewinnung; Bergbau (Magnesit, Gips, Wolframerz); etwas Industrie. Hptst. *Fortaleza.*

Ceatharlach, südostirische Stadt u. Grafschaft, →Carlow.

Ceaușescu [tʃeau'ʃesku], Nicolae, rumän. Politiker, * 26. 1. 1918 Scornicești, Walachei; seit 1936 Mitgl. der KPR, mehrmals verhaftet; 1944/45 Sekretär des kommunist. Jugendverbands, 1954 ZK-Sekretär, 1955 Mitgl. des Politbüros des ZK; als Nachfolger G. *Gheorghiu-Dejs* Erster Sekretär (Generalsekretär) des ZK seit 1965, seit 1967 auch Staatsoberhaupt (Vors. des Staatsrats); bemüht um eine gewisse Eigenständigkeit Rumäniens im kommunist. Block.

Cebotari [tʃebo'tari], Maria, österr. Sängerin (Sopran), * 10. 2. 1910 Kischinjow, Bessarabien, † 9. 6. 1949 Wien; bes. Mozart- u. Strauss-Sängerin.

Cebú [tse:bu], 210 km lange, bis 800 m hohe philippin. Insel nördl. von Mindanao, 5088 qkm, 1,8 Mill. Ew.; im Innern bewaldet, fruchtbare Küstengebiete; Tabak-, Baumwoll-, Reisanbau, Honiggewinnung; Erdölfelder, Eisen-, Kupfer-, Kohlen- u. Goldvorkommen. Hptst. *C.,* 410 000 Ew.; Universität; Nahrungs-, Düngemittel- u. Zementindustrie; See- u. Flughafen.

Cecchetti [tʃɛ'keti], Enrico, italien. Ballettpädagoge u. Choreograph, * 1850, † 1928; Mitarbeiter S. *Diaghilews;* zu seinen Schülern zählen M. Fokin, A. Pawlowa, T. Karsawina, W. F. Nijinskij.

Cecchi ['tʃekki], **1.** *Emilio,* italien. Schriftsteller u. Journalist, * 14. 7. 1884 Florenz, † 5. 9. 1966 Rom; Mitgründer der Literaturzeitschrift „La Ronda"; Gedichte („Corse al trotto" 1936); Kritik, Essays, Reiseberichte in ausgefeilter Prosa: „Arkadien" 1936, dt. 1949; „Bitteres Amerika" 1939, dt. 1942; „Ritratti e profili" 1957; „Nuovo continente" 1959.
2. *Giovan Maria,* italien. Bühnendichter, * 15. 3. 1518 Florenz, † 28. 10. 1587 Gangalandi bei Florenz; Erneuerer des italien. Theaters seiner Zeit; geistl. Spiele u. Lustspiele, die der altüberlieferten Farce ihre literar. Form gaben; „Commedie" 1865; „I drammi spirituali" 1889–1901.

Cecco ['tʃeko], italien. Kurzform für *Francesco.*

Čech [tʃex], Svatopluk, tschech. Dichter, * 21. 2. 1846 Ostředek, † 23. 2. 1908 Prag; Kämpfer für nationale u. soziale Freiheit; „Im Schatten der Linde" (Verserzählung) 1879, dt. 1897; „Him-melsschlüssel" (Märchen) 1883, dt. 1892; „Lieder des Sklaven" 1895, dt. 1897.

Cecidien = Gallen.

Cecil ['sesl], William →Burleigh.

Cecilie, Prinzessin von Mecklenburg-Schwerin, Kronprinzessin des ehem. Dt. Reichs, * 20. 9. 1886 Schwerin, † 6. 5. 1954 Bad Kissingen; seit 1905 verheiratet mit Kronprinz Wilhelm von Preußen.

Cecropia →Trompetenbaum (2).

Cedar Rapids ['si:də 'ræpidz], Industriestadt im O von Iowa (USA), östl. von Des Moines; 108 000 Ew. (Metropolitan Area 137 000 Ew.); Kunstmuseum; Mühlen, Elektro-. Schwerindustrie u. a.

Cedi, Währungseinheit in Ghana, 1 C. = 100 *Pesewas.*

Cedille [se'dijə; die; frz.; span. *zedilla,* „kleines Z"], im Französ., Portugies. u. Katalan. das Häkchen unter dem c, das anzeigt, daß das ç (vor a, o, u) wie [s] zu sprechen ist. Im Türkischen wird ç wie [tʃ] gesprochen.

Čedok ['tʃedɔk], führendes tschechoslowak. Reisebüro; von den tschechoslowak. Staatsbahnen u. der Bank Bohemia als GmbH gegr.; unterhält eigene Hotels u. ä.

Cedrostiefe ['seðrɔs-], Meerestiefe bei der *Isla Cedros* im nördl. Kaliforn. Graben, 6225 m.

Cedrus →Zeder.

Cefalù [tʃe-], italien. Hafenstadt an der Nordküste Siziliens, 13 000 Ew.; Seebad; normann. Bauten, Kathedrale (12. Jh.) mit byzantin. Mosaiken. – B →normannische Kunst.

CEI, Abk. für *Commission Électrotechnique Internationale,* Internationale Kommission für Elektrotechnik, Genf.

Ceiriog ['ke:rjog], Schriftstellername von J. →Hughes.

Cela ['θela], Camilo José, span. Schriftsteller, * 11. 5. 1916 Iria-Flavia bei La Coruña; neben Gedichten, Erzählungen, Essays u. Reiseberichten naturalist. Romane: „Pascual Duartes Familie" 1942, dt. 1949; „Der Bienenkorb" 1951, dt. 1964.

Čelakovský ['tʃelakofski:], František Ladislav, tschech. Schriftsteller u. Philologe, * 7. 3. 1799 Strakonice, † 5. 8. 1852 Prag; Nachahmer tschech. u. russ. Volksdichtung; übersetzte J. G. Herder, Goethe, W. Scott, Augustinus u. a.

Celan, Paul, eigentl. P. *Antschel,* Lyriker, * 23. 11. 1920 Tschernowitz, Bukowina, † Ende April 1970 Paris (Selbstmord); lebte seit 1948 als Sprachlehrer in Paris; als Dichter „wirklichkeitswund" u. Wirklichkeit suchend. Von seinen „surrealen", im Rhythmus bannenden u. in den Metaphern kühnen Gedichten wurde die „Todesfuge" zu einem ergreifenden Ausdruck jüd. Schicksals. Lyrik: „Der Sand aus den Urnen" 1948; „Mohn und Gedächtnis" 1952; „Von Schwelle zu Schwelle" 1955; „Sprachgitter" 1959; „Die Niemandsrose" 1963; „Atemwende" 1967; „Fadensonnen" 1968; „Lichtzwang" 1970; „Schneepart" (posthum) 1971. Übersetzungen von A. Block, O. Mandelschtam, A. Rimbaud, P. Valéry u. a. – ▯ 3.1.1.

Ceará: Hochplateau mit Büschelgras- und Buschvegetation

Celastraceae = Spindelbaumgewächse.
Celastrales, Ordnung der dialypetalen, zweikeimblättrigen Pflanzen (*Dialypetalae*): Holzpflanzen, der Blütenboden bildet einen scheibenförmigen Wulst („Diskus"). Zu ihnen gehören die Familien: *Stechpalmengewächse, Aquifoliaceae; Spindelbaumgewächse, Celastraceae; Pimpernußgewächse, Staphyleaceae.*
Celaya [sɛ'laja], Stadt in Guanajuato, Zentralmexiko, 60 000 Ew.; landwirtschaftl. Markt; Baumwollindustrie.
Celebes [tse-], indones. *Sulawesi*, drittgrößte Insel Indonesiens, zwischen Borneo u. den Molukken, 189 035 qkm, 8,0 Mill. Ew.; Insel von eigentüml. Gestalt (quadratischer Kern mit 4 Halbinseln). Zwischen langen, bis 3455 m hohen Gebirgsketten (im N tätige Vulkane, Solfataren u. heiße Quellen) liegen tiefe Täler u. zahlreiche Seen. Das Klima ist im N feuchtheiß (Urwälder), im S mit längerer Trockenzeit (Grasfluren). Im Innern leben die Landwirtschaft treibenden Torajastämme, im S die seefahrenden islam. Buginesen u. Makasaren, im N christl. Minahasser. Plantagenkultur von Kopra, Kaffee, Baumwolle, Tabak u. Zuckerrohr; Vorkommen von Gold, Silber, Nikkel, Kupfer, Eisen, Blei, Kohle, Schwefel, Asphalt; bedeutendste Hafen- u. Handelsstädte: *Makasar, Manado* u. *Gorontalo;* Straßennetz im Ausbau; 4 Flugplätze des Linienverkehrs. – ▱ 6.6.2.
Celebessee, zentraler Teil des Australasiat. Mittelmeers, zwischen Borneo, Mindanao u. Celebes, 472 000 qkm; über die Makasarstraße mit der Floressee u. der Javasee verbunden.
Celebes-Segelfisch, *Telmatherina ladigesi,* ein *Ährenfisch* aus Australien; Aquarienfisch. Beim Männchen sind die vorderen Strahlen der 2. Rücken- u. der Afterflosse fadenförmig verlängert.
Celerina [tʃɛ-], rätorom. *Schlarigna,* Kurort u. Wintersportplatz im Oberengadin, im schweizer. Kanton Graubünden, 1733 m ü. M., 900 Ew.
Celesta [tʃɛ-; die], ital., „die Himmlische"], ein Stahlplattenklavier auf hölzernen Resonanzkästen; mit Hämmerchen angeschlagen, also ein Glockenspiel mit Tastatur. Äußerl. folgt e. einem Harmonium ähnlich. Der Umfang ist A–d⁵; die C. wird eine Oktave tiefer notiert, als sie klingt. Ihr Ton ist weich u. dumpf in der Tiefe, silbrig in der hohen Lage (z. B. in R. Strauss' „Rosenkavalier": C. bei Überreichen der silbernen Rose). Erfunden wurde die C. 1886 von Auguste *Mustel* (*1842, † 1919) in Paris.
Celestina [θɛlɛ-], „*La C.*", eigentl. „Tragicomedia de Calisto y Melibea", Liebestragödie der span. Renaissance, genannt nach der Hauptfigur, der Kupplerin C.; die früheste span. Tragödie (1499), von großem Einfluß auf die Weltliteratur; ursprüngl. 16, später 21 Akte. Der Verfasser ist umstritten, wahrscheinl. F. de *Rojas.*
Celibidache [tʃɛlibi'dakɛ], Sergiu, rumän. Dirigent, *28. 6. 1912 Roman; 1946–1951 Dirigent der Berliner Philharmoniker, 1963 des schwed. Rundfunk-Sinfonieorchesters.
Céline [se'lin], Louis-Ferdinand, eigentl. L. F. *Destouches,* französ. Schriftsteller u. Arzt, *27. 5. 1894 Courbevoie, † 2. 7. 1961 Meudon; 1932 machte ihn sein in einer betont ordinären u. provozierenden Sprache geschriebener Roman „Reise ans Ende der Nacht" 1932, dt. 1933, plötzl. berühmt; von Antisemitismus gekennzeichnet ist sein Roman „Bagatelles pour un massacre" 1937, dt. „Die Judenverschwörung in Frankreich" 1938; „Von einem Schloß zum andern" 1957, dt. 1960. „Norden" 1960, dt. 1969.
Celio [tʃelio], **1.** *Enrico,* schweizer. Politiker (Kath.-konservative Partei), *19. 6. 1889 Ambri, Tessin; 1940–1950 im Bundesrat (Verkehrs- u. Energiewirtschaftsdepartement), 1943 u. 1948 Bundes-Präs.; 1950–1956 Gesandter in Rom.
2. *Nello,* schweizer. Politiker (Freisinnig-demokrat. Partei), *12. 2. 1914 Quinto, Tessin; 1967 bis 1972 im Bundesrat, 1967/68 Vorsteher des Militär-, seit 1969 des Finanz- u. Zolldepartements; 1972 Bundes-Präs.; 1973 von allen Ämtern zurückgetreten.
Cella [die; lat., „Kammer"], das Innerste u. Allerheiligste des antiken Tempels mit dem Gottesbild.
Celle, niedersächs. Kreisstadt an der Aller, nordöstl. von Hannover, im S der Lüneburger Heide, 75 000 Ew.; Schloß der ehem. Herzöge von Braunschweig-Lüneburg bzw. C. (14. Jh. bis 1705), Renaissance-Rathaus, Fachwerkhäuser; Landgestüt; zahlreiche Industrien: Funk- u. Fernsehgeräte, Dauergebäck, Papier, Farben, Leder, Maschinen, Eisen, Kunststoffe u. a.; in der Umgebung Erdöl-, Kali- u. Steinsalzlager mit verarbeitender Industrie. – Ldkrs. C.: 1543 qkm, 164 000 Ew.
Cellérs, Jan François Elias, südafrikan.-bur. Lyriker u. Dramatiker, *12. 1. 1865 Wellington, † 1. 6. 1940 Stellenbosch; schrieb in Afrikaans; Epos „Die Vlakte" 1908.
Cellini [tʃɛ-], Benvenuto, italien. Goldschmied u. Bildhauer, *3. 11. 1500 Florenz, † 13. 2. 1571 Florenz; tätig in Rom u. Frankreich. Seine Autobiographie (dt. von Goethe) ist ein wichtiges Zeugnis der Renaissance-Kultur. Hptw.: für Franz I. von Frankreich geschaffenes „Salzfaß"; Bronzestandbild des Perseus mit dem Haupt der Medusa; Marmorkruzifix. – ▣ → Akt, Renaissance. – ▱ 2.4.4.
Cellit [das], ein Kunststoff aus sekundärem Celluloseacetat oder Celluloseacetobutyrat; verwendet als Lackrohstoff u. für Formteile, Folien u. Fasern.
Celliten = Alexianer.
Cello [ˈtʃɛ-; das; ital.], Kurzform von → Violoncello.
Cellobiose [die; lat. + grch.], Abbauprodukt der *Cellulose,* besteht aus zwei Molekülen d-Glucose.
Celloidinpapier, Tageslichtkopierpapier in der Photographie, beschichtet mit Kollodium als Träger von Halogensilber u. Silbersalz; wegen seiner exakten Darstellung bes. für Sachaufnahmen (z. B. Architektur, Industrie) verwendet.

Anders Celsius

Cellon, schwer brennbares Gemisch von verschiedenen Acetylcellulosen u. Campher, in Aceton lösl.; Verwendung anstelle von Celluloid oder Glas; feuersicher.
Cellonlack, Lösung von *Cellon* in Aceton, Alkohol oder anderen organ. Lösungsmitteln.
Cellophan → Zellglas.
Cellulasen, Cellulose abbauende *Enzyme,* bei Bakterien u. Pilzen weit verbreitet, im Samen höherer Pflanzen vorkommend, nur bei wenigen Tieren gefunden. Tiere sind daher bei der Verwendung der Cellulose als Nahrungsstoff auf die Mithilfe von Mikroorganismen angewiesen (z. B. Termiten).
Celluloid [das; lat.], *Zelluloid, Zellhorn,* aus Dinitrocellulose u. Campher hergestellter, elast., durchsichtiger u. verformbarer Kunststoff, feuergefährlich; Verwendung anstelle von Glas, Horn u. Elfenbein, auch für Filme; heute weitgehend durch andere Kunststoffe ersetzt.
Cellulose, *Zellulose,* ein aus Glucose (β-glykosidisch gebundene β-Glucose) aufgebautes Polysaccharid, die am häufigsten vorkommende organ. Verbindung; Hauptbestandteil der pflanzl. Zellwände (z. B. im Holz, in Baumwollfasern), in denen sie zusammen mit *Hemicellulosen* u. *Lignin* vorkommt. Einwirkung von Säuren auf C. ergibt Glucose (→ Holzverzuckerung). Techn. wichtige Ester der C. sind die Nitro-C., C.acetat u. -Xanthogenat (→ Kunstseide). Aus Holz gewonnene C. ist *Zellstoff.*
Cellulosefaserstoffe, Faserstoffe mit Cellulose als Hauptkomponente; die C. werden unterschieden in natürl. wie Samen-, Bast-, Blatt-, Fruchtfasern u. künstl. wie Viskose-, Kupfer- u. Celluloseesterfaserstoffe.
Celsius, Anders, schwed. Astronom, *27. 11. 1701 Uppsala, † 25. 4. 1744 Uppsala; bekannt durch seinen Vorschlag (1742) der 100°-Teilung des Thermometers (*Celsius-Skala*).
Celsus, Aulus Cornelius, röm. Schriftsteller aus der 1. Hälfte des 1. Jh. n. Chr.; schrieb eine Enzyklopädie, aus der 8 Bücher „De medicina" (Heilkunst) erhalten sind. C. beschrieb die vier Kardinalsymptome der Entzündung: *rubor et tumor, cum calore et dolore* [„Rötung u. Schwellung, mit Wärme u. Schmerz"].
Celtic fields [ˈsɛltik ˈfiːldz; engl., „kelt. Felder"], viereckige oder unregelmäßig vieleckige, unterschiedlich große, von Wällen oder Steinsetzungen umgebene Äcker aus der vorchristl. Eisenzeit u. röm. Kaiserzeit in England, Dänemark, Holland u. Nord-Dtschld.; in England zuerst mit Hilfe der archäolog. Luftbildforschung entdeckt.
Celtis, *Celtes,* Konrad, eigentl. K. *Bickel* oder *Pikkel,* Humanist, *1. 2. 1459 Wipfeld in Franken, † 4. 2. 1508 Wien; Wegbereiter des Humanismus an den Universitäten Wien, Krakau, Prag, Ingolstadt, Heidelberg; 1487 von Kaiser Friedrich III. zum „Poeta laureatus" gekrönt; Verfasser lateinischer Gedichte („Quatuor libri amorum" 1502), von Festspielen („Ludus Dianae" 1501), Epigrammen u. Lehrwerken (erste Poetik des Humanismus „ars versificandi carminum" 1486); Übersetzer (Seneca), Entdecker u. Herausgeber der Dramen der *Hrotsvith von Gandersheim;* Briefwechsel 1934.
Cembalo [ˈtʃɛm-; das; ital.], Abk. von *Clavicembalo* [Wortverbindung aus lat. *clavis,* „Schlüssel, Taste" u. der vornehml. in Osteuropa auf das Hackbrett angewandten Bez. *cymbal,* bes. für die Musik des 16.–18. Jh. als Solo- oder Generalbaßinstrument verwandte *Kielflügel;* ab 1750 durch das *Hammerklavier* abgelöst. Da zwischen dem geschlagenen Hackbrett u. dem gezupften Psalterium in der alten Terminologie keine strenge Scheidung gemacht wurde, konnte der Name *Clavicymbal* auf ein gezupftes Tasteninstrument übergehen, wofür er in der italianisierten Form, zu C. verkürzt, in Dtschld. gebräuchlicher geworden ist als die ursprüngl. dt. Form *Klavizimbel.* → auch Kielklavier. – ▣ → Musikinstrumente.
CEMT, Abk. für frz. *Conférence Européenne des Ministres des Transports,* die 1953 gegründete *Europäische Konferenz der Verkehrsminister,* Sitz: Paris.
Cendrars [sã'draːr], Blaise, eigentl. Frédéric *Sauser,* französ. Erzähler u. Lyriker, *1. 9. 1887 Paris, † 21. 1. 1961 Paris; unternahm weite Reisen (Rußland, Ostasien, Südamerika), die sich in seinen Werken spiegeln: „Gold" 1925, dt. 1925; „Moloch" 1926, dt. 1928; „L'Homme foudroyé" 1945 (Autobiographie); „Emmène-moi au bout du monde" 1956, dt. „Madame Thérèse" 1962. Seine Lyrik beeinflußte G. Apollinaire.
Ceneri [ˈtʃɛ-], Monte C., Bergzug u. Paß (553 m) im südl. schweizer. Kanton Tessin, zwischen Bellinzona u. Luganer See, scheidet das alpine *Sopraceneri* von der südl. gelegenen Landschaft *Sottoceneri;* untertunnelt von der Gotthardbahn; Standort des italienischsprachigen Schweizer Landessenders.
Cenis, *Mont C.* [mɔ̃ sə'niː], ital. *Monte Cenisio,* Gebirgsmassiv in den Westalpen, zwischen den Tälern des Arc u. der Dora Ripària, mit dem

Celle: Blick vom Turm der Stadtkirche

2083 m hohen gleichnamigen Paß (frz. *Col du Mont C.*; ital. *Colle del Moncenisio*); verbindet Frankreich (Lanslebourg-Montcenis) mit Italien (Susa). Im SO wird der Mont C. unter dem *Col du Fréjus* (2542 m) durch einen 13 km langen, 1857–1871 erbauten Tunnel unterquert, der Lyon mit Turin verbindet.

Cenoman [seno'mã; das; nach der franzöś. Stadt *Le Mans*], Stufe der Oberen Kreide.

Census [lat.] →Zensus.

Cent [sent; der; engl., von lat. *centum*, „hundert"], Münzeinheit in den USA (seit 1792: 100 C. = 1 *Dollar*) u. im Währungsgebiet des US-Dollars, in Kanada, Australien, Neuseeland, in vielen Ländern des Sterlingblocks, in den Niederlanden (seit 1816: 100 C. = 1 *Gulden*) u. im Währungsgebiet des holländ. Gulden, in Äthiopien, Taiwan, Liberia u. Tansania.

CENTAG, Abk. für engl. *Central Army Group*, NATO-Armeegruppe Mitte; gehört zu den NATO-Streitkräften Mitteleuropas (*AFCENT*). Der Stab C. ist integriert. Der C. sind im Verteidigungsfall auch einige Divisionen der Bundeswehr unterstellt.

Cental [sentl], engl. Gewichtseinheit: 1 C. = 100 lbs = 45,359 kg.

Centaur, 1. *Astronomie* u. *Mythologie:* = Kentaur.
2. *Raketentechnik:* die erste Raketenstufe mit den kryogenen Treibstoffen Flüssig-Sauerstoff/Flüssig-Wasserstoff; als Oberstufe der Atlas- u. Titan-Raketen verwendet.

Centaurea = Flockenblume.

Centavo [portug. sẽ'ta:vu; span. θεn'ta:vɔ], Münzeinheit in Portugal u. im Währungsgebiet des portugies. *Escudo* außer Macau, in den meisten süd- u. mittelamerikanischen Staaten sowie auf den Philippinen; 1/100 der jeweiligen Landeswährung.

Centenaar ['sɛntənaːr], (altes) niederländ. Gewicht: 1 C. = 100 pond = 49,409 kg.

Centenionalis [lat.], röm. Münzsorte kleineren Wertes, 4. Jh. n. Chr.; aus mit wenig Silber legiertem Kupfer.

Centesimo [tʃen-], Münzeinheit in Italien (seit 1826), im Vatikan-Staat u. in Somalia; *Centésimo* [θεn-], Münzeinheit in Panama u. Uruguay; 1/100 der jeweiligen Landeswährung.

Centime [sã'tim], Münzeinheit in Frankreich (1793 als Kupfermünze eingeführt) u. im Währungsgebiet des französ. Franc, in Belgien, Luxemburg, Algerien, Marokko u. Haiti; 1/100 der jeweiligen Währungseinheit.

Céntimo [θεn-], Münzeinheit in Spanien, Äquatorialguinea, Costa Rica, Paraguay, Venezuela; 1/100 der jeweiligen Währungseinheit.

„Cent Nouvelles Nouvelles" [sã nu'vɛ:l nu'vɛ:l; frz., „Hundert neue Novellen"], französ. Novellensammlung, von einem ungenannten Verfasser 1456–1476 niedergeschrieben; die Rahmenerzählung nach der Art G. *Boccaccios* spielt auf Schloß Genappe in Flandern zur Zeit Philipps des Guten; zu Unrecht Antoine de *La Sale* (*1388, †1464) zugeschrieben.

CENTO, Abk. für engl. *Central Treaty Organization*, „Zentrale Pakt-Organisation", neuer Name für den (1955 gegr.) →Bagdad-Pakt nach Austritt des Irak 1959. Diesem Verteidigungsbündnis gehörten der Iran, die NATO-Mitgl. Großbritannien u. die Türkei sowie das SEATO-Mitgl. Pakistan an. Die eigentl. Garantiemacht USA war nur Mitgl. der Arbeitsausschüsse. CENTO wurde in ihrer ursprüngl. Konstruktion als Bindeglied zwischen NATO u. SEATO u. als Riegel zwischen der Sowjetunion u. dem Mittleren Osten geschaffen u. durch Beistandsabkommen der asiat. Mitgl. mit den USA ergänzt. Im März 1979 brach die CENTO auseinander, als (im Anschluß an die iran. Umwälzung) kurz nacheinander der Iran, Pakistan u. die Türkei ihren Austritt erklärten.

Central [engl. 'sentrəl; frz. sã'tral; span. θεn'tral], Mittel…

Central ['sentrəl], mittelschott. Region, 2621 qkm, 265 000 Ew.; umfaßt die Distrikte *Clackmannan, Falkirk* u. *Stirling*.

Central Treaty Organization ['sentrəl 'tri:ti ɔgənaizεiʃən; engl.] →CENTO.

Centre [sãtrə], belg. Industrierevier (Prov. Hennegau), rd. 150 000 Ew. in 15 Orten; noch geringe Kohlenförderung; Eisenhütten u. Stahlwerke, Lokomotiven- u. Maschinenbau, keram. u. Glasindustrie, chem. Werke u. a.; stark ausgebautes Eisenbahn- u. Kanalnetz. Der *Canal du C.* verbindet den Kanal von Charleroi nach Brüssel mit dem von Nimy zur Schelde.

Centricae →Diatomeen.

Centrospermae, Ordnung der apetalen, zweikeimblättrigen Pflanzen (*Apetalae*); krautige Pflanzen mit radiären Blüten u. zentral stehender Samenanlage. Zu ihnen gehören die Familien: *Phytolakkazeen, Aizoazeen, Kaktusgewächse, Nyctaginazeen, Portulakgewächse, Nelkengewächse, Gänsefußgewächse, Fuchsschwanzgewächse, Basellgewächse* u. a.

Centula [sãty'la], ehem. Kloster in St.-Riquier bei Amiens, gegr. vom hl. *Richarius* († 645) u. neu erbaut von *Angilbert*, dem Schwiegersohn Karls d. Gr. Die Kirche dieses Neubaus (790–799), der nach völliger Zerstörung ein spätgot. Kirchbau wich, gehörte zu den Hauptwerken der →karolingischen Baukunst. Die noch nicht völlig gesicherte Rekonstruktion zeigt eine dreischiffige Basilika mit Westwerk, Ostquerhaus, rundem, überkuppeltem Vierungsturm sowie Rundtürmen zwischen Chorquadrat u. Querarmen.

Centuria, 1. altröm. Flächenmaß: 1 C. = 503 776 m² (50,4 ha).
2. →Zenturie.

Centweight ['sentwe:t; das; engl.], *Hundredweight*, Zeichen cwt, der engl. Zentner; 1 cwt = 112 pounds = 50,8 kg.

cephalo… →kephalo…

Cephalocarida, Klasse der *Krebse*, nur vier erst 1955 im Schlamm der nordamerikan. Ostküste u. Japans entdeckte, 3 mm lange Arten; durch eine große Zahl von Segmenten u. a. Merkmale als sehr urtüml. Formen ausgezeichnet.

Cephalodiscus, ein Eichelwurm der Ordnung *Pterobranchia*; →Eichelwürmer.

Cephalopoda = Kopffüßer.

Cephalothorax →Kopfbruststück.

Cephejden [nach *Kepheus*], Kepheiden, Klasse von Veränderlichen Sternen mit regelmäßigem Lichtwechsel (Perioden zwischen 1 u. 70 Tagen); pulsierende Sterne, die sich infolge atomarer Vorgänge im Innern in regelmäßigem Rhythmus aufblähen u. wieder zusammenziehen, wodurch eine Änderung der Leuchtkraft entsteht. →Perioden-Helligkeits-Beziehung.

CEPT, Abk. für frz. *Conférence Européenne des Administrations des Postes et des Télécommunications*, die 1959 gegr. Europ. Konferenz der Post- u. Fernmeldeverwaltungen.

Cer [das; lat.], *Cerium*, chem. Zeichen Ce, silberglänzendes 3- u. 4wertiges Metall aus der Gruppe der →Lanthanoide; Atomgewicht 140,12, Ordnungszahl 58. – *C.-Mischmetall*, eine aus C. (bis zu 50%), Lanthan (bis zu 27%), Neodym (bis zu 18%) u. a. seltenen Erdmetallen sowie Eisen bestehende Legierung; wertvoller Bestandteil von Stahl- u. Leichtmetallegierungen, auch für Feuersteine (*Auermetall*).

Ceram, C. W., eigentl. Kurt W. *Marek*, Schriftsteller, *20. 1. 1915 Berlin, †12. 4. 1972 Hamburg; zuerst Journalist, Filmkritiker u. Hörspielautor, nahm als Flakgefreiter an den Kämpfen in Norwegen teil (Bildreportage „Wir hielten Narvik" 1941); schrieb „Götter, Gräber u. Gelehrte. Roman der Archäologie" 1949; „Enge Schlucht u. schwarzer Berg. Entdeckung des Hethiterreiches" 1955; „Eine Archäologie des Kinos" 1965; „Der erste Amerikaner" 1972.

Ceratiten →Ammoniten.

Ceratium, zu den *Dinoflagellaten* gehörender *Einzeller* (→Protozoen), Planktonorganismus des Süß- u. Meerwassers mit zierl. Cellulosepanzer u. stachelartigen, hornigen Schwebefortsätzen.

Ceratophyllaceae = Hornblattgewächse.

Cerberus, der Höllenhund, →Zerberus.

Cercarie [grch.], geschwänzte Larve der digenetischen *Saugwürmer* (*Trematodes, Digenea*), die dem erwachsenen Wurm schon gleicht. Sie hat aber einen Ruderschwanz u. noch keine Geschlechtsorgane. Sie verläßt aktiv den Zwischenwirt, umgibt sich mit einer festen Hülle, wird vom Hauptwirt, meist einem Säuger, gefressen u. entwickelt sich in dessen Darm zum erwachsenen Saugwurm. – B →Saugwürmer.

Cerci [grch. *kerkos*, „Schwanz"], fadenförmige Schwanzanhänge der Insekten am letzten, 11. Hinterleibssegment, die aus den Gliedmaßenanlagen dieses Segments entstehen u. die Funktion von Tastorganen haben.

Cerealien, *Cerealia* [lat.], 1. *Antike:* altröm. Festspiele (12.–19. April) zu Ehren der *Ceres*, der Göttin der Feldfrüchte.
2. *Landwirtschaft:* →Zerealien.

cerebral = zerebral.

Cerebroside [lat.], in Nerven- u. Hirnzellen vorkommende, aus Galactose, einem höheren Aminoalkohol (Sphingosin) u. höheren Fettsäuren zusammengesetzte Verbindungen. Sie bilden Bestandteile der Zellmembran. Die C. gehören zu den →Lipoiden.

Cereen, Gattung *Cereus* der *Kaktusgewächse*, zu der u. a. viele Säulenkakteen wie der bis 20 m hohe *Riesenkaktus, Cereus giganteus*, u. die *Königin der*

CERN: Luftbild der Kernforschungs-Anlagen in Meyrin bei Genf

Nacht, Cereus grandiflorus u. *Cereus nycticalus*, gehören.

Ceres, 1. *Astronomie:* der größte der →Planetoiden; 1801 von G. *Piazzi* entdeckt; Durchmesser 700–800 km.

2. *Religionsgeschichte:* die der griech. Göttin *Demeter* entsprechende röm. Göttin der Feldfrüchte.

Ceresin [lat.], *Zeresin, Cera alba mineralis, Hartparaffin*, wachsartige, weiße Masse aus gereinigtem →Erdwachs; für hochwertige Kerzen, Bohnerwachse, Wachstücher u. Polituren.

Cereus →Cereen.

Cerha, Friedrich, österr. Komponist u. Geiger, *17. 2. 1926 Wien; Leiter des Ensembles „die reihe", entwickelte neue Methoden der graph. Notation. Werke: „Formation et Solution" für Violine u. Klavier 1958; „Enjambements" für 6 Spieler 1959; „Spiegel I–VII" für Orchester 1960–1968; Sinfonie für Bläser u. Pauken 1970.

Cerignola [tʃeri'njo:la], italien. Stadt in Apulien, südöstl. von Fòggia, 48000 Ew.; Kathedrale; Weinbau; 1503 Sieg der Spanier über die Franzosen.

Cerimetrie [lat. + grch.], oxydimetrisches Verfahren der *Maßanalyse*, verwendet Cer(IV)-sulfat $Ce(SO_4)_2$. Der Vorgang $Ce^{4+} + e \rightarrow Ce^{3+}$ ermöglicht die Bestimmung von Reduktionsmitteln, z. B. Eisen(II)-salzen.

Cermets ['sə:mɛts; engl., aus *ceramic* u. *metals*], Werkstoffe, die aus einem Metall u. einer keramischen Komponente bestehen; Herstellung durch Drucksinterung der pulverförmig vorliegenden Materialien.

CERN, Abk. für frz. *Conseil* (auch *Centre*) *Européen pour la Recherche Nucléaire*, das *Europäische Kernforschungszentrum* in Meyrin bei Genf; gemeinsam errichtet u. unterhalten von Belgien, der BRD, Dänemark, Frankreich, Griechenland, Großbritannien, Italien, den Niederlanden, Norwegen, Schweden u. der Schweiz aufgrund eines Abkommens vom 1. 7. 1953, dem 1959 auch Österreich beitrat. Beobachterstaaten sind: Jugoslawien, Polen, Spanien u. die Türkei. Das C. hat über 2800 Mitarbeiter (1972). Die Zahl der Gästeforscher liegt bei 600. Das Institut besitzt ein Synchrozyklotron mit einer Energie von 600 MeV (→Elektronenvolt) u. ein Protonensynchrotron, das bis zu 28 GeV beschleunigt. In Verbindung mit diesem System arbeiten seit 1971 zwei →Speicherringe. An beiden Beschleunigern werden Forschungen zur Physik der Atomkerne u. der Elementarteilchen in internationaler Zusammenarbeit durchgeführt. Nach derzeitigen Plänen soll im C. eine noch größere Anlage gebaut werden.

Cerna, Panait, eigentl. P. *Stanciof*, rumän. Lyriker, *25. 9. 1881 Cerna, †26. 3. 1913 Leipzig; Lyrik in der Nachfolge M. Eminescus (Weltschmerz) u. L. N. Tolstojs; übersetzte Goethe u. N. Lenau.

Cernan ['sə:nən], Eugene, US-amerikan. Astronaut, *14. 3. 1934 Chicago; flog am 5. 6. 1966 (als dritter Mensch) über 2 Stunden außerhalb der Raumkapsel „Gemini 9" und gehörte zur Mannschaft von Apollo 10.

Cerník ['tʃɛr-], Oldřich, tschechoslowak. kommunist. Politiker, *27. 10. 1921 bei Mährisch-Ostrau; 1956 bis 1960 Sekretär des ZK, 1960–1963 Min. für Brennstoffe, 1968–1970 Min.-Präs.; 1970 aus allen Ämtern entfernt, Parteiausschluß.

Cernòbbio [tʃɛr'nɔ-], italien. Kurort in der Lombardei, am Comer See, 7000 Ew.; Villa d'Este, Villa Pizzo.

Cernuda [θɛr'nuðа], Luis, span. Lyriker, *21. 9. 1904 Sevilla, †6. 11. 1963 in Mexiko; lebte dort nach dem span. Bürgerkrieg in der Emigration; neuromant. geprägte Gedichte (Sammlung „La realidad y el deseo" 1936, 1958 u. 1962); daneben Essays u. Übersetzungen (F. Hölderlin).

Ceroli [tʃɛ-], Mario, italien. Objektkünstler, *1938 Castelfrentano; sägt aus Kistenbrettern silhouettenhafte menschl. Figuren, die durch Scharniere aufklappbar u. so gleichzeitig im Profil u. en face zu sehen sind; daneben Schmetterlinge, Pferde, Blumen u. a. Neuerdings arbeitet C. mit Farbpulver, Lumpen, Papier, Draht u. ä. Materialien in der Art der „Ars Povera".

Cërrik [tsər'rik], Ort im mittleren Albanien, südl. von Tirana, 6300 Ew.; Ölraffinerie, Tabakhandel.

Cerro ['θɛ-; span.], Bestandteil geograph. Namen: Hügel, Gipfel, steile Anhöhe.

Cerro de Pasco ['θɛ-], Hptst. des peruan. Departamento Pasco, auf einer Hochebene der Anden, 4360 m ü. M., gilt als höchste Stadt der Erde, 21400 Ew. (vorwiegend Bergleute); Zentrum großer Silberminen, Abbau u. Verhüttung von Kupfer, Gold, Blei u. Zink; Bahn nach Lima.

Certosa [tʃɛr-; ital., „Kartause"], Kartäuserkloster; am bekanntesten die *C. di Pavia*, nördl. von Pavia, 1396 von Giovanni G. *Visconti* gegr. Ihre weiße Marmorfassade wurde 1540 vollendet.

Certosina-Möbel [tʃɛr-], italien. Renaissancemöbel (Truhen u. Kästen) mit Einlegearbeit aus farbigen Hölzern u. Elfenbein.

Cerussit, fett- bis diamantglänzendes Mineral, →Weißbleierz.

Cervantes Saavedra [θɛr-], Miguel de, span. Dichter, *Ende Sept. 1547, getauft 9. 10. 1547 Alcalá de Henares, †23. 4. 1616 Madrid; 1568 Unterricht bei dem Humanisten López de Hoyos in Madrid, 1569 nach Italien, dann Soldat, verwundet, 1575–1580 in Algier in Gefangenschaft, später Proviantkommissar u. Steuereinnehmer, 1597 u. 1602 in Schuldhaft, ab 1604 vom Grafen von Lemos unterstützt, ab 1608 in ärmlichsten Verhältnissen, starb an Wassersucht. Sein Hauptwerk ist der „Don Quijote" (1. Teil 1605, 2. Teil 1615; dt. 1621), eine Parodie auf die Ritterromane, die schließl. ein Zeitbild u. ein Bild des Menschen überhaupt wurde. Idealismus u. Realismus, unlösbar miteinander verknüpft u. immer wieder aufeinander einwirkend, stehen in Widerstreit, Gestalt geworden in dem edlen Ritter *Don Quijote* u. seinem bauernschlauen, urwüchsigen Knappen *Sancho Pansa*. Dahinter steht, als prophet. Einblick in die Zeit, die Überzeugung vom unaufhaltsamen Niedergang des zeitgenöss. Spanien. Die „Exemplar. Novellen" 1613, dt. 1779, haben die klass. italien. Novelle nach Spanien verpflanzt u. sind echt span. Sittenbilder mit meisterhaften Milieuschilderungen. Die Dramen („Numancia" 1585) wurden, einige zu Unrecht, von *Lope de Vegas* Ruhm überschattet u. waren bis auf wenige *Comedias* u. Zwischenspiele *(Entremeses)* bald vergessen. Zwei weitere Romane sind „Galatea" 1585, dt. 1787, ein Schäferroman im Stil der Zeit, u. das optimist.-idealist. Spätwerk „Die Leiden des Persiles u. der Sigismunda" 1617, dt. 1837. – ◻ 3.2.3.

Cervelatwurst →Zervelatwurst.

Červenkov →Tscherwenkow.

Cervinia [tʃɛr'vi:-], *Breuil*, italien. Wintersportort in der autonomen Region Val d'Aosta, am Fuß des Matterhorns, 2006 m ü. M., 100 Ew.

Cervino [tʃɛr-], *Monte C.*, italien. Name des →Matterhorns.

ces, in der Musik der Halbton unter c, dargestellt durch die Note c mit einem ♭.

Césaire [se'zɛ:r], Aimé, afrokaribischer Dichter, *25. 6. 1913 Basse-Pointe, Martinique; eröffnete 1939 die Dichtung der *Négritude* mit „Zurück ins Land der Geburt" 1939, dt. 1962. „Les armes miraculeuses" 1946; „Soleil coucoupé" 1948; „Und die Hunde schwiegen" (Drama) 1946, dt. 1956; „Ferrements" 1960; „Cadastre" 1961; „Die Tragödie von König Christoph" 1963, dt. 1964; „Im Kongo" (Drama) 1966, dt. 1966. Dt. Auswahl: „An Afrika" 1968.

César [se'za:r], eigentl. Cesar *Baldaccini*, franz. Bildhauer, *1921 Marseille; schweißte anfängl. Altmetall u. stählerne Fertigteile zu Materialcollagen zusammen („Hommage à Nicolas de Staël" 1958), zeigte dann zu Blöcken zusammengestampfte Autowracks als Skulpturobjekte u. arbeitet seit 1966 mit dem Schaumstoff Polyurethan, der sich durch Aufquellen um ein Vielfaches seines Volumens ausdehnt u. rasch erhärtet. In dieser Technik wurden bes. bekannt sein überdimensionaler Daumen u. Brustabformungen.

Cesar, auch *El C.*, nordkolumbian. Departamento, 23794 qkm, 339000 Ew.; Hptst. *Valledupar*; Plantagen- u. Weidewirtschaft, Erdölförderung, Pipeline nach Mamonal. – Bis 1967 Teil des Dep. Magdalena.

Cesbron [sɛs'brɔ̃], Gilbert Pierre François, französ. Romanschriftsteller, *13. 1. 1913 Paris, †12. 8. 1979 Paris; machte A. *Schweitzer* in Frankreich bekannt; schilderte die Tätigkeit der Arbeiterpriester („Die Heiligen gehen in die Hölle" 1952, dt. 1953) u. die Jugendkriminalität („Les innocents de Paris" 1944; „Chiens perdus sans collier" 1954, dt. „Wie verlorene Hunde" 1954). Seine Werke stehen an der Grenze zur Reportage u. zum rhetor. Tendenzroman („Ihr werdet den Himmel offen sehen" 1956, dt. 1958).

Ces-Dur, seltene, mit 7 ♭ vorgezeichnete Tonart, deren Leiter ces, des, es, fes, ges, as, b, ces ist. Gewöhnl. schreibt man H-Dur (mit 5 ♯ vorgezeichnet). Paralleltonart: as-Moll.

Cesena [tʃɛ-], italien. Stadt in der Region Emìlia-Romagna, am Sàvio, 90000 Ew.; Schloß, Biblioteca Malatestiana (gegr. 1452); Schwefelabbau, Konservenindustrie.

Československé Aerolinie [tʃɛskɔslɔvɛnske a:ero-], Abk. *ČSA*, tschechoslowak. staatl. Luftverkehrsgesellschaft; führte (nach der Aeroflot) als zweite Luftverkehrsgesellschaft den Linienverkehr mit Düsenpassagierflugzeugen (TU 104) ein.

Céspedes ['tʃɛs-], Alba de, italien. Schriftstellerin kuban. Abstammung, *11. 3. 1911 Rom; Romane zur Stellung der Frau in Familie u. Berufsleben: „Nessuno torna indietro" 1938, dt. „Der Ruf ans andere Ufer" 1938; „Dalla parte di lei" 1949, dt. „Alexandra" 1950; „Das verbotene Tagebuch" 1952, dt. 1955.

Cessna Aircraft Company ['sesnə 'ɛ:rkrʌ:ft 'kʌmpəni], US-amerikan. Flugzeugwerk mit Sitz in Wichita, Kans.; gegr. 1927 von Clyde *Cessna*; baut vorzugsweise Sport- u. Reiseflugzeuge, die in der westl. Welt weit verbreitet sind.

Cessnock ['sɛs-], Bergbaustadt in Neusüdwales, Australien, westl. von Newcastle, im Hunter-Kohlerevier; 16000 Ew.; Tiefbau bei zurückgehender Förderung; mit *Kurri Kurri* (Kleiderfabrik) u. *Weston* (12000 Ew.) zu *Greater C.* verbunden.

Cesti ['tʃɛs-], Marc' Antonio, eigentl. Pietro, italien. Komponist, getauft 5. 8. 1623 Arezzo, †14. 10. 1669 Florenz; 1666 Vizehofkapellmeister in Wien; neben F. *Cavalli* einer der Hauptvertreter der italien. Oper im 17. Jh., der er durch den größeren Anteil von Arien u. Chören stärkeres musikal. Gewicht gab: „La Dori" 1661; die Prunkoper „Il Pomo d'Oro" 1667 (zur Hochzeit Kaiser Leopolds I.), u. a.

Cestiuspyramide, Grabmal des röm. Prätors u. Volkstribunen *Gaius Cestius* († 12 v. Chr.) vor der Porta S. Paolo in Rom, in Pyramidenform (Höhe 37 m) errichtet.

c'est la guerre [sɛ: la 'gɛ:r; frz.], sprichwörtl. Redensart: „Das ist der Krieg", d. h. im Krieg kennt man keine Rücksicht.

Cestoden, *Cestodes* = Bandwürmer.

Cetaceum →Walrat.

ceteris paribus [lat.], unter (sonst) gleichen Umständen.

Cetinje, jugoslaw. Stadt südöstl. von Kotor, 1851–1918 Hptst. des Fürstentums bzw. Königreichs Montenegro; 9400 Ew.; Muttergottes-Kloster (15. Jh.); Elektroindustrie.

Četnici ['tʃɛtni:tsi] →Tschetniks.

Cetraria islandica = Isländisches Moos.

CETS, Abk. für frz. *Conférence Européenne pour Télécommunication par Satellites*, Europ. Konferenz für Nachrichtenübertragung durch Satelliten, gegr. 1963 in Paris. Die CETS koordiniert die Bemühungen der westeurop. Regierungen beim Bau von Nachrichtensatelliten.

Ceuta ['θeuta], arab. *Sebta*, span. verwaltete Hafenstadt im nördl. Marokko, gegenüber von Gibraltar, 120000 Ew.; Fischereihafen, Flottenstützpunkt, moderne Hafenanlagen, Werft, Fremdenverkehr.

Ceva ['tʃeva], Giovanni, italien. Mathematiker, *um 1648 Prov. Mailand, †1734 Mantua; der *Satz von C.*, der dual (→Dualität) zum Satz von →Menelaos ist, lautet: Schneiden sich drei Ecktransversalen (Linien durch die Eckpunkte zu den gegenüberliegenden Seiten) eines Dreiecks in einem Punkt, so sind die beiden Produkte aus je drei nicht zusammenstoßenden Seitenabschnitten gleich.

Cevennen [se-; frz. nach dem antiken *Mons Cebenna*], frz. *Cévennes*, der gebirgsartige, 1500 m hohe Abbruch des französ. Zentralplateaus zum Rhônebecken zwischen Ardèche im N u. Herault im S, bestehend aus Glimmerschiefer, Gneis u. Granit; Klimascheide zwischen dem atlant. W u. dem mediterranen O, mit dem gefürchteten Fallwind *Mistral*; auf den felsigen Höhen alpine Matten, in den mittleren Lagen nach intensiver Aufforstung wieder ausgedehnte Buchen- u. Nadelwälder. Edelkastanienhaine an den Talhängen (bis zu 800 m) umgeben die Siedlungen, die Talböden sind unbesiedelt. – Die C. waren für die ev. Volksteile nach der Aufhebung des Edikts von Nantes ein Rückzugsgebiet (1702–1710 *Cevennenkrieg)*.

Ceyhan ['dʒɛihan], südtürk. Stadt am *C. Nehri*, östl. von Adana, 52000 Ew.; landwirtschaftl. Handelszentrum.

Ceyhan Nehri ['dʒɛihan nɛh'ri], Fluß im SO der Türkei; Quelle im Taurus, mündet bei Adana in den Golf von Iskenderun, bildet mit dem *Seyhan Nehri* die Landschaft *Cukurova*.

CEYLON CL
Shrī Langkā

- Fläche: 65 610 qkm
- Einwohner: 14,3 Mill.
- Bevölkerungsdichte: 218 Ew./qkm
- Hauptstadt: Colombo
- Staatsform: Republik
- Mitglied in: UN, Commonwealth, Colombo-Plan, GATT
- Währung: 1 Ceylon-Rupie = 100 Cents

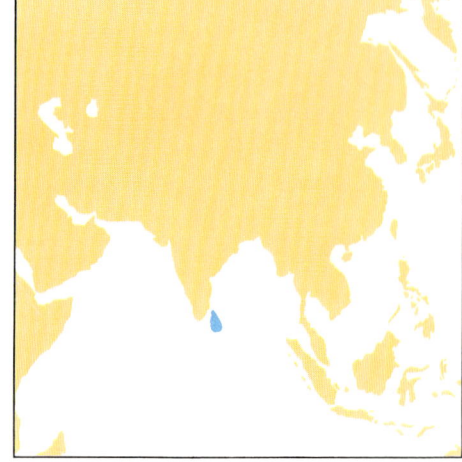

Landesnatur: C. besteht zum größten Teil aus Tiefland, nur den zentralen Teil der Insel bildet das „Zentrale Hochland", ein Berg- u. Hügelland von Mittelgebirgscharakter, das sich bis 2524 m erhebt (Pidurutalagala). C. ist eine Tropeninsel, in der sich der ganzjährig feuchte, stark beregnete Südwestteil (sog. Feuchtzone) von den übrigen, jahreszeitlich trockenen Teilen (sog. Trockenzone) deutlich abhebt.

Die **Bevölkerung** besteht zu 71% aus buddhist. Singhalesen u. zu 22% aus hinduist. Tamilen; daneben 7% islam. Mauren (Nachkommen von Arabern) u. Minderheiten von Burghern, Malaien u. Chinesen. 8% der Bevölkerung sind Christen, vorwiegend Katholiken. Die Bevölkerung ist einseitig auf den Südwestsektor von C. konzentriert.

Wirtschaft u. Verkehr: Dem bereits erwähnten klimatischen Gegensatz entspricht die unterschiedliche wirtschaftl. Nutzung: Die *Feuchtzone* ist der wirtschaftl. Kernraum C.s mit vor allem Tee-, Kautschuk- u. Kokosplantagen, daneben in den Tälern Reisanbau. In früheren Zeiten dominierte in der Feuchtzone der Gewürzanbau, durch den C. früher bekannt war. Die *Trockenzone* ist weitgehend landwirtschaftl. ungenutzt u. von Dschungel überzogen; sie war früher der wirtschaftl. Kernraum, wovon zahlreiche aufgegebene Bewässerungsteiche zeugen. Die Wirtschaft C.s ist einseitig auf die Landwirtschaft ausgerichtet; bisher gibt es wenig Industrie (Zucker-, Papier-, Textilindustrie). Bodenschätze sind in beschränktem Umfang vorhanden (Graphit, Kaolin, Glimmer, Edelsteine). Der Außenhandel C.s ist gekennzeichnet durch den Export von Tee (C. ist der größte Tee-Exporteur der Welt), Kautschuk u. Kokospalmenprodukten; eingeführt werden vor allem Nahrungsmittel, Textilien, Maschinen u. Düngemittel. – C. hat ein relativ gutes Straßennetz; das Eisenbahnnetz verbindet Colombo mit dem größten Teil der Insel. – ▯ 6.6.4.

Geschichte: C., sanskr. *Singhala Dvipa* [„Löweninsel"], war im Altertum als *Taprobane* bekannt; es wurde im 6. Jh. v. Chr. von Indien aus von Singhalesen erobert u. von Aschokas Sohn *Mahinda* um 247 v. Chr. zum Buddhismus bekehrt, dem es auch heute noch anhängt. In C. bildete sich der Theravada-Buddhismus aus, u. es bewahrte sich ein buddhist. Sendungsbewußtsein. C. hat in seiner Geschichte brahman. Invasionen aus Südindien abwehren müssen. Das Zentrum der singhales. Macht lag seit etwa 1500 in *Kandy*, während der Norden nach zahlreichen Einfällen tamilisch geworden war.

1517 erschienen die Portugiesen in C., erbauten das Fort Colombo, unterdrückten den Buddhismus u. bemächtigten sich 1593 der Stadt Jaffna. Im 17. Jh. betraten die Holländer C. u. verdrängten mit der Eroberung Colombos die Portugiesen. Von Madras aus gewannen um 1800 die Engländer die Insel, die Kronkolonie wurde.

Seit 1948 ist C. unabhängig u. selbständiges Mitglied des Commonwealth. 1955 Teilnahme an der Bandung-Konferenz u. Aufnahme in die UN. Innenpolit. ist das übervölkerte Agrarland durch den Sprachenstreit zwischen Singhalesen u. Tamilen belastet. Bürgerliche Regierungen (J. *Kotelawala*, D. *Senanayake*, R. *Premadasa*) wechselten seit 1948 mit Volksfrontregierungen (Solomon *Bandaranaike*, Sirimavo *Bandaranaike*). Seit 1978 heißt C. offiziell Demokratische Sozialistische Republik *Sri Lanka*; Staats-Präs. ist J. R. *Jayawardene*. – ▯ 5.7.5.

Ceylon: zentrales Hochland

Ceylongarn, Garn aus Kokos für Teppiche, Matten u. ä. Gewebe.

Ceylonmoos, *Gracilaria lichenoides*, in den indisch-ostasiat. Gewässern vorkommende *Rotalge*; dient zur Herstellung von *Agar-Agar*.

Cézanne [se'zan], Paul, französ. Maler u. Graphiker, * 19. 1. 1839 Aix-en-Provence, † 22. 10. 1906 Aix-en-Provence; ausgebildet seit 1861 mit zeitl. Unterbrechung in Paris, zunächst beeinflußt von Werken der französ. Romantik u. des beginnenden Realismus (E. *Delacroix*, G. *Courbet*), seit 1872 vom Impressionismus (C. *Pissarro*, E. *Manet*). Bildnisse u. figürl. Kompositionen, die anfangs den Hauptteil seines Schaffens ausmachten, traten in den siebziger Jahren zurück zugunsten von Landschaftsgemälden, in denen C. mit analyt. Methoden die sichtbare Realität auf ihre geometr. Grundformen zurückzuführen suchte. Die Folge dieses Bemühens war seit 1877 die Trennung von der impressionist. Seh- u. Malweise, allgemeine Formverfestigung unter flächig-diagonalem Farbauftrag, weitgehender Verzicht auf wissenschaftl. Perspektive (Reduzierung des Räumlichen) sowie monumentale Vereinfachung u. Ausgewogenheit der Komposition im Landschafts- u. Figurenbild. Der „klassischen", bis etwa 1890 dauernden Periode, motivisch gekennzeichnet durch vielfach variierte Darstellung von Badenden, Kartenspielern u. Stilleben, schließt sich C.s Spätstil an. Neigung zu barocken Lyrismen u. zu tragischen Bildstimmungen mit gleichzeitiger Vernachlässigung der tekton. Form bestimmen die Hptw. dieser Epoche („Die großen Badenden" 1898–1905); daneben zahlreiche Aquarelle, deren Technik C. auf die Ölmalerei übertrug. Der Einfluß C.s auf die Malerei des 20. Jh. ist beträchtlich. Nach den „Fauves", die ihn früh als Lehrmeister anerkannten, machten sich bes. die Künstler des *Kubismus* C.s Farb- u. Formbehandlung zu eigen u. benutzten sie als Basis für ihre eigenen Bestrebungen. – ▯ 2.5.5.

Cèze [sɛ:z], rechter Nebenfluß der Rhône in Südfrankreich, 100 km; kommt aus den Cevennen, mündet südl. des im Mündungsdreieck liegenden Atomzentrums *Marcoule* (seit 1954; 3 Leistungsreaktoren, Plutoniumfabrik).

cf., Abk. für →confer!

Cf, chem. Zeichen für *Californium*.

C-Falter, *Polygonia c-album*, sehr variabler *Fleckenfalter* mit weißer, c-artiger Zeichnung auf der Flügelunterseite. Die Raupe frißt an Brennesseln u. Laubbäumen.

CFK-Bauweise, Abk. für *Carbonfaser-Kunststoff-Bauweise*, Verwendung eines Verbundwerkstoffs aus in Kunstharz eingebetteten Kohlenstoffasern. Die Zugfestigkeit in Faserrichtung übertrifft die von Stahl, bei einem Gewicht, das in der Größenordnung von Magnesiumlegierungen liegt. Beginnende Anwendung im Flugzeug- u. Flugtriebwerkbau.

CFLN →Comité français de libération nationale.

cfr., Abk. für →confer!
C.G., Abk. für →Coast Guard.
CGB, Abk. →Christlicher Gewerkschaftsbund Deutschlands.
CGD, Abk. für *Gesamtverband der Christlichen Gewerkschaften Deutschlands,* Bonn.
CGS-System = absolutes Maßsystem.
CGT, Abk. für →Confédération Générale du Travail.
CH, Abk. für *Confoederatio Helvetica* [„Schweizer. Eidgenossenschaft"], internationales Autokennzeichen für Schweizer Kraftwagen.
Chaban-Delmas [ʃaˈbã delˈmas], Jacques, eigentl. Jacques *Delmas,* französ. Politiker (Gaullist), *7. 3. 1915 Paris; in der Résistance tätig, 1947–1969 Bürgermeister von Bordeaux, in der 4. Republik mehrmals Min., 1958–1969 u. 1978 Präs. der Nationalversammlung; 1969–1972 Premier-Min.
Chabarowsk, Hptst. des Kraj C. (824 600 qkm, 1 346 000 Ew., davon 75% in Städten; mit der AO der Juden) im Fernen Osten der RSFSR, an der Mündung des Ussuri in den Amur, 437 000 Ew.; Hoch- u. Fachschulen; Handelszentrum; Maschinen-, Flugzeug- u. Schiffbau, Mühlen-, Fleischkonserven- u. Holzindustrie, Erdölraffinerie; Wärmekraftwerk; Verkehrsknotenpunkt.
Chabasịt [der; grch.], farbloses, gelbl. oder rötl., glasglänzendes Mineral; trigonal; Härte 4½; in Hohlräumen von Basalt u. Phonolith; chem. Formel $CaAl_2Si_4O_{12} \cdot 6H_2O$.
Chablais, *Le C.* [lə ʃaˈblɛː], französ. Landschaft (ehem. Provinz) in Savoyen, südl. vom Genfer See, wichtigster Ort *Thonon-les-Bains;* südl. mildes Klima; Fremdenverkehr, bes. in den Orten entlang des Genfer Sees; Milch- u. Forstwirtschaft, Obstu. Weinbau. – 1860 kam das C. mit Savoyen endgültig an Frankreich.
Chabrier [ʃabriˈe], Alexis Emanuel, französ. Komponist, *18. 1. 1841 Ambert, Puy-de-Dôme, †13. 9. 1894 Paris; stark von R. *Wagner* beeinflußt; Opern („Gwendoline" 1886; „Der König wider Willen" 1889), die bekannte Orchesterrhapsodie „España", Klavierwerke u. a.
Chac, Regengottheit in der Religion der Maya.
Cha-cha-cha [ˈtʃatʃatʃa; der], kuban. Tanz heiteren Charakters; lateinamerikan. Gesellschaftstanz, seit 1958 auch in Europa.
Chaco [ˈtʃako; span.], Bestandteil geograph. Namen: Urwaldgebiet.
Chaco [ˈtʃako], **1.** nordargentin. Provinz an der Grenze zu Paraguay, 99 633 qkm, 640 000 Ew.; Hptst. *Resistencia.* **2.** südamerikan. Parklandschaft, = Gran Chaco.
Chacokrieg, Krieg zwischen Bolivien u. Paraguay 1932–1935. Bolivien, das im *Salpeterkrieg* seinen Zugang zum Meer verloren hatte, versuchte, sich im 20. Jh. durch das Gebiet des *Gran Chaco* nach SO auszudehnen, um über einen geeigneten Flußhafen am Río Paraguay eine Wasserverbindung zum Meer zu gewinnen. Der bolivian. Expansion stellte sich Paraguay entgegen, das den nördl. Gran Chaco für sich beanspruchte. 1928 kam es zwischen beiden Staaten zum ersten bewaffneten Konflikt u. 1932 zum C. Das bolivian. Heer, das dem trop. Klima im Gran Chaco nicht gewachsen war, wurde trotz seiner Überlegenheit 1935 zum Waffenstillstand gezwungen. Im Frieden von Buenos Aires (1938) wurde der größte Teil des strittigen Chacogebiets Paraguay zugesprochen.
Chaconne [ʃaˈkɔn; die; frz.], italien. *Ciacona,* der aus einem span. Reigentanz hervorgegangene Variationensatz der Barocksuite über einem Basso ostinato (ähnl. der *Passacaglia);* am berühmtesten die C. aus der Partita d-Moll für Solo-Violine von J. S. Bach.
Chạdhir →Chidhr.
Chadịdscha, die erste Frau *Mohammeds,* †um 619 Mekka; etwa 15 Jahre älter als Mohammed, die „Mutter der Gläubigen"; Mutter der →Fatima.
Chadli [ʃa-], Bendjedid, alger. Politiker, *14. 4. 1929 Bouteldja; Offizier; seit 1979 Staats-Präs. u. Generalsekretär der FLN.
Chadwick [ˈtʃædwik], **1.** George, US-amerikan. Komponist, *13. 11. 1854 Lowell, Mass., †4. 4. 1931 Boston; u. a. Lehrer von H. W. *Parker;* als Komponist dem 19. Jh. verbunden; 5 Opern, 3 Sinfonien, 5 Streichquartette, Lieder.
2. Sir James, engl. Physiker, *20. 10. 1891 Manchester, †24. 7. 1974 Cambridge; erhielt für seine Forschungen zur Radioaktivität u. die Entdeckung des *Neutrons* 1935 den Nobelpreis; Mitarbeiter an den Vorversuchen zur Atombombe.
3. John, engl. Philologe, *21. 5. 1920 London; arbeitete mit dem engl. Architekten M. G. F. *Ventris* an der Entzifferung u. Deutung der kret. Linearschrift B.
4. Lynn, engl. Bildhauer, *24. 11. 1914 London; Autodidakt, fand 1948 zur Bildhauerei; meist figürl. Darstellungen auf dünnen Beinen. Internationale Anerkennung errang sein Entwurf zu einem „Denkmal des unbekannten polit. Gefangenen" 1963.
Chaetognạthen, *Chaetognatha* = Pfeilwürmer.
Chaetophorạles →Grünalgen.
Chafạdschi [ka-], altvorderasiat. Ruinenstätte am Deyala-Fluß, etwa 20 km ostnordöstl. von Bagdad. Archäolog. Ausgrabungen (seit 1930 durch H. *Frankfort,* C. *Preußer,* E. A. *Speiser,* P. *Delougaz;* seit 1957 im Auftrag des Oriental Institute of the University of Chicago unter Th. *Jacobsen)* förderten Reste von Heiligtümern aus der Zeit von ca. 3000–2700 v. Chr. sowie einer Siedlung der Hammurapi-Ära (um 1700 v. Chr.) zutage.
Chagall [ʃaˈgal], Marc, französ. Maler russ. Herkunft, *7. 7. 1887 oder 1889 Liosno bei Witebsk; ausgebildet in Witebsk, St. Petersburg u. seit 1910 in Paris, befreundet mit den Künstlerkreis um G. *Apollinaire,* B. *Cendrars* u. A. *Salmon.* Seine visionären, von russ. Folklore u. der Glaubensmystik des ostjüd. Chassidismus inspirierten Darstellungen lehnten sich bis 1919 formal an den französ. Kubismus an. Ersten Ausstellungserfolgen, der Rückkehr nach Rußland (1914) u. kunstamtl. Tätigkeit während der russ. Revolution folgte 1923 C.s endgültige Übersiedlung nach Frankreich. Neben Buchillustrationen (Gogol, La Fontaine, Radierungszyklen zur Bibel) entstanden zahlreiche Gemälde von märchenhaft-surrealem Reiz, mit subtiler Farbbehandlung u. gegenüber der Frühwerk kaum erweiterter Thematik (russ. Dorfszenen, Liebespaare, Motive des A. T.). In Dtschld. war C. seit 1933 offiziell verfemt. Dramatisch anklagende Züge nahm seine Kunst unter dem Eindruck der nat.-soz. Judenverfolgung an („Weiße Kreuzigung" 1938; „Das Martyrium" 1940). 1941–1947 lebte C. in den USA, beschäftigt u. a. mit Kostüm-, u. Bühnenbildentwürfen sowie Lithographien zu „Tausendundeiner Nacht", denen sich außer ähnl. dekorativen Werken seit der Rückkehr nach Frankreich auch Plastiken, keram. Arbeiten, Gobelins (Gobelintriptychon für die Knesset, Jerusalem 1969) u. monumentale Glasfensterentwürfe (u. a. für die Kathedrale in Metz, 1958; für die Synagoge des Hadassah-Krankenhauses, Jerusalem 1962; für das UN-Gebäude, New York, 1965; für das Zürcher Fraumünster, 1970) anschlossen. C. gilt neben W. *Kandinsky,* A. *Jawlensky* u. Ch. *Soutine* als ein Hauptvertreter der osteurop. Emigrationskunst, wirkte aber auf die Entwicklung der modernen Malerei in nur geringem Maß stil- u. schulbildend. Selbstbiographie: „Ma Vie" 1931, dt. „Mein Leben" 1959. – 🅱 S. 204. ◆ 3.2.1.
Chagas-Krankheit [ˈtʃa-; nach dem brasilian. Hygieniker u. Bakteriologen Carlos *Chagas,* *1879, †1934], in Mittel- u. Südamerika vorkommende Infektionskrankheit, deren Erreger das von Wanzen übertragene *Trypanosoma cruzi* ist u. die akut oder chron. verlaufen kann.

Paul Cézanne: Selbstbildnis; 1875–1877. München, Neue Staatsgalerie

Chagosinseln [ˈtʃa-, *Tschagos-, Ölinseln,* Koralleninseln im westl. Ind. Ozean, 110 qkm, 920 Ew.; Kokos- u. Palmöl; Hauptinsel *Diego Garcia* (200 Ew.). Die C. gehören als Kolonie zum Brit. Territorium im Ind. Ozean.
Chagres [ˈtʃagres], *Rio C.,* Fluß in Panama u. in der Panamakanalzone; zum Madden- u. Gatunsee gestaut, der vom Panamakanal benutzt wird; mündet südwestl. des Kanals ins Karib. Meer.
Chagrinleder [ʃaˈgrɛ̃-; frz.], Leder, dem Narbenmuster anderer Lederarten maschinell aufgeprägt sind (z. B. Eidechsnarben auf Rindsleder).
Chagrinleinwand [ʃaˈgrɛ̃-; frz.], *Chagrin,* Gewebe in Taftbindung mit Prägeeffekten; ähnelt im Aussehen dem *Chagrinleder;* für Büchereinbände.
Chahâmbî, *Djebel C.,* tunes. Gipfel im Osten des Saharaatlas, 1544 m.
Chain [tʃein], engl. u. US-amerikan. Längenmaß: 1 C. = 20,1168 m.
Chain [tʃein], Ernest Boris, brit. Biochemiker, *19. 6. 1906 Berlin, †12. 8. 1979; seit 1950 in Rom; erhielt für die Entdeckung u. Herstellung des Penicillins gemeinsam mit A. *Fleming* u. H. W. *Florey* den Nobelpreis für Medizin 1945.
Chaireddịn Barbarọssa, Seeräuber im Dienst des Sultans von Tunis, †4. 7. 1546; kämpfte mit seinem Bruder *Arudsch (Horuk,* *1473, †1518) gegen die Spanier in Algerien. C. B. unterstellte Algerien 1519 der türk. Oberhoheit.
Chairleder [ˈʃɛːr-], durch Schleifen der Fleischseite zugerichtetes →Glacéleder; für Handschuhe u. Bekleidung.
Chairman [ˈtʃɛːrmən; der, Mz. Chairmen; engl.], Vorsitzender, Präsident (auch der Ausschüsse im engl. Oberhaus u. Unterhaus).
Chairọneia, lat. *Chaeronea,* antike Stadt, heute Dorf, im westl. Böotien, Heimat des *Plutarch;* berühmt ist C. durch den entscheidenden Sieg *Philipps II.* von Makedonien über die Athener u. Thebaner 338 v. Chr. Über dem Massengrab von 254 Gefallenen erhebt sich heute wieder der Löwendenkmal. 86 v. Chr. vernichtete *Sulla* hier das Heer des Mithradates VI. – 🅱 →Alexander d. Gr. – ◆ 5.2.3.
Chaise d'or [ʃɛːz ˈdɔr; die; frz., „goldener Thron"], 1303 erstmals geprägte französ. Goldmünze (7 g), deren Prägebild den König thronend zeigt; seit 1346 nur noch 4,7 g schwer.
Chaiselongue [ʃɛːzˈlɔ̃g; die; frz., „langer Stuhl"], Ruhesofa ohne Rückenlehne, mit schräger Lehne an einer Seite.
Chajjam, Omar →Omar Chajjam.
Chakạssen, Turkvölker (60 000) westl. des Jenisej, meist in der Chakass. AO.; z. T. ursprüngl. Kelten u. Samojeden; hierzu die *Katschiner, Beltyren, Sagajer* u. *Koibalen;* mit Ackerbau u. Viehzucht, z. T. halbnomadisch. – Ähnlich die turkisierten *Kamasiner* bei Kansk und die *Kysyler* bei Atschinsk.
Chakạssische AO, autonomes Gebiet im S des Kraj Krasnojarsk, RSFSR, am oberen Jenisej; 61 900 qkm, 446 000 Ew. (rd. 57% in Städten), Hptst. *Abakan;* dichte Wälder an den Hängen des Westsajan, im Zentralteil Steppe; Fleisch- u. Wollvieh, Getreideanbau, Holz- u. Nahrungsmittelindustrie, Pelztierjagd; Steinkohlen-, Eisenerz-, Baryt-, Molybdän-, Wolfram- u. Nephelinvorkommen. Die C. AO wurde 1930 gebildet.
Chake, Stadt auf der ostafrikan. Insel Pemba (Tansania), 8000 Ew.; Gewürznelkenkulturen.
Chạlap →Aleppo.
Chalat [ʃaˈla; der], Mantel der mittelasiat. Turkvölker, aus gestreiftem Baumwollstoff oder Seide.
Chalạza [die, Mz. *Chalazen;* grch.], **1.** *Botanik:* Knospungspunkt, Ausgangspunkt der *Integumente* in der →Samenanlage der Samenpflanzen.
2. *Zoologie:* die *Hagelschnüre* des Vogeleis; zwei Eiweißstränge, die von der Dotterhaut zu den Eipolen führen u. an denen der Dotter gleichsam aufgehängt ist, so daß sich die Keimscheibe am Dotter in jeder Eilage nach oben richtet.
Chalcedon, ein Mineral aus amorpher Kieselsäure, →Chalzedon.
Chalcẹdon [kalˈtseːdɔn], Ort des 4. Ökumen. Konzils (451), das unter Aufnahme des Lehrbriefs Papst *Leos I.* zum Abschluß der christologischen Dogmas (Zweinaturlehre) führte, zur Abweisung monophysitischer Lehren u. zur gleichberechtigten Anerkennung des Patriarchen von Konstantinopel neben dem Bischof von Rom. Das Bekenntnis von C. wurde auch von den ev. Kirchen uneingeschränkt übernommen.

Marc Chagall: Glasfenster im Fraumünster, Zürich; 1970

Chalcha, eine Ostmongolengruppe, →Khalkhamongolen.
Chaldäa [kal-], akkad. *Kaldu,* antiker Landschaftsname, ursprüngl. nur für das südl. Mesopotamien, mit Ausdehnung des Chaldäerreichs für ganz Babylonien üblich.
Chaldäer [grch.], **1.** akkad. *Kaldu,* aramäisches Volk, das von 1000 v. Chr. an in Babylonien eindrang. Vom 9. Jh. v. Chr. an bildeten sich vor allem im „Meerland" am Pers. Golf chaldäische Staaten, die z. T. unter den Einfluß des erstarkenden Assyrien gerieten. Als die Meder mit dem Angriff auf Assyrien ihren Aufstieg begannen, wurde der Chaldäer *Nabupolassar* (625–606 v. Chr.) König von Babylonien. Sein Sohn *Nebukadnezar II.* (605–562 v. Chr.) errichtete nach dem Untergang Assurs das letzte babylon. Großreich. In der Schlacht bei Karkemisch am oberen Euphrat 605 v. Chr. schlug er den Pharao Necho u. gewann dadurch Syrien u. Palästina. Versuche der Juden, die chaldäische Fremdherrschaft abzuschütteln, schlugen fehl; 587 v. Chr. wurde Jerusalem zerstört, u. große Teile des Volkes wurden nach Babylonien deportiert („Babylonische Gefangenschaft"). Der letzte babylon. König der C.dynastie, *Nabonid* (555–539 v. Chr.), unterlag dem Perser Kyros II., u. Babylonien kam so zum Achämenidenreich. – ▣ 5.1.9.
2. kleines indogerman., christl. Volk im Irak, in Nordwestiran u. in Transkaukasien.
chaldäische Kirche →Nestorianer, →unierte Kirchen.
Chaldron [ˈtʃɔːldrən; das], engl. Hohlmaß: 1 C. = 1,309 m³.
Chaleb →Aleppo.

Chaled, *Khaled, C. Ben Abd ul-Aziz,* König von Saudi-Arabien seit 1975, * 1913; Nachfolger seines Bruders Faisal.
Chalet [ʃaˈlɛ; das; frz.], eingeschossiges schweizer. Landhaus, meist Holz; auch moderner Hoteltyp.
Chalif →Kalif.
Chalkidhikí, neugrch. *Chalkidikē,* gebirgige Halbinsel in Griech.-Makedonien, löst sich im S in 3 schmale Arme auf: *Athos* (mit der gleichnamigen Mönchsrepublik), *Sithonía* u. *Kassándra;* Abbau von Chromerzen, Schwefelkies u. Bauxit; Wein- u. Olivenkulturen; Hauptort *Polygyros.*
Chalkís, Hptst. der griech. Insel *Euböa,* mit dem Festland durch eine Drehbrücke verbunden, an der schmalsten Stelle des Euripos, 25 000 Ew.; Paraskevíkirche (14. Jh.), Aquädukt; Lebensmittel- u. Zementindustrie. Im Altertum bedeutende Handelsstadt; Mutterstadt vieler griech. Kolonien.
Chalkogene [grch. „Erzbildner"], die Elemente der VI. Hauptgruppe des Periodensystems der Elemente: Sauerstoff, Schwefel, Selen u. Tellur.
Chalkographie [grch.] →Kupferstich.
Chalkolithikum, bes. in der Vorderasiat. Archäologie übliche Bez. für die späte Jungsteinzeit, in der schon Kupfer verwendet wurde.
Chalkopyrit, ein Mineral, →Kupferkies.
Chalkosiderit [der], dem *Türkis* ähnl., aber Eisen statt Aluminium enthaltendes Mineral.
Chalk River [ˈtʃɔːk ˈrivə], kanad. Ort in Quebec, an der Grenze nach Ontario; Atomforschungszentrum mit 5 Reaktoren.
Challengertiefe [ˈtʃælɪndʒə-], vom engl. Vermessungsschiff „Challenger" im Marianengraben im Westpazif. Ozean gelotete Tiefe von 10 899 m.
Chalmers [ˈtʃaːmərz], Thomas, schott. Theologe,

* 17. 3. 1780 Anstruther, Fife, † 31. 5. 1847 Edinburgh; Begründer der Freien Kirche Schottlands (1843).
Chalna, *Port Jinnah,* großer Überseehafen in Bangla Desh, im Gangesdelta, Hauptausfuhrhafen für Jute.
Châlons-sur-Marne [ʃaˈlɔ̃ syr ˈmarn], nordostfranzös. Stadt in der Champagne, Hptst. des Dép. Marne, an der Marne u. am Rhein-Marne-Kanal, 54 100 Ew.; got. Kathedrale (13. Jh.); Elektro- u. Nahrungs- u. Genußmittelindustrie. – Das antike *Catalaunum,* nach dem die Katalaunischen Felder benannt sind.
Chalon-sur-Saône [ʃaˈlɔ̃ syr ˈsoːn], ostfranzös. Kreisstadt im Dép. Saône-et-Loire, Industrie- u. Handelsstadt an der Saône u. am hier mündenden Canal du Centre, 52 700 Ew.; Kathedrale (12./13. Jh.); Wärmekraftwerk; Metallurgie, Textil-, Nahrungs- u. Genußmittel-, Glas- u. chem. Industrie, Getreide- u. Weinhandel; Binnenhafen (Schiffswerft), Verkehrsknotenpunkt.
Chalosse [ʃaˈlɔs], südwestfranzös. Landschaft in der *Gascogne,* zwischen *Adour* u. Gave de Pau; Hügelland mit Ackerbau (Getreide-, Mais- u. Weinbau) u. Viehzucht; Zentrum *Dax.*
Chalpa →Aleppo.
Chalukya-Kunst, *Tschalukya-Kunst,* unter der Chalukya-Dynastie (6.–7. Jh. n. Chr.) entstandener Kunststil in Südindien; anfangs unter Einfluß der *Gupta-Kunst,* entfaltete sich später selbständig; bedeutende Bauwerke: →Ellora, →Elephanta.
Chaly [ʃaˈli; der; frz.], Gewebe aus seidener Kette mit wollenem Schuß, ähnl. dem Wollmusselin.
Chalzedon [kal-; der; grch.], *Chalcedon,* meist durchscheinendes Mineral, aus amorpher Kieselsäure bestehend; einfarbige Arten: *Karneol* (gelb- bis blutrot), *Chrysopras* (grün), *Sarder* (braun); gebändert sind →Achat u. →Onyx.
Cham →Ham.
Cham →Tschampa.
Cham, 1. [kam], bayer. Kreisstadt in der Oberpfalz, am Regen, im nördl. Bayer. Wald, 12 800 Ew.; Holzindustrie u. -handel, Steinbrüche. – Ldkrs. C.: 1445 qkm, 115 000 Ew.
2. schweizer. Dorf im Kanton Zug, am Nordende des Zuger Sees, 8000 Ew.; Papierfabrikation.
Chamaecyparis, *Scheinzypresse,* in Japan u. Nordamerika heim. Gattung der *Zypressengewächse;* japan. Arten: *Sawarazypresse (C. pisifera)* u. *Hinoki-* oder *Feuerzypresse (C. obtusa),* die beide bei uns in zahlreichen Kulturformen gezogen werden; das Holz der Feuerzypresse ist bes. wertvoll; nordamerikan. Arten: *Zederzypresse (C. thyoides)* u. *Sitkazypresse (C. nutkaensis),* die das als *weißes* bzw. *gelbes* Zedernholz bekannte Nutzholz liefern; auch diese Arten sind in Dtschld. in Kultur.
Chamaedorea, *Bergpalme,* zentralamerikan. Palmengattung.
Chamaerops, Zwergpalme des Mittelmeergebiets.
Chamäleon [ka-], Sternbild am südl. Himmel.
Chamäleons [ka-; grch.], *Chamaeleontidae,* Familie der *Echsen,* die sehr stark an das Leben auf Bäumen angepaßt ist. Die Köpfe sind seitl. zusammengedrückt; die Augen von verwachsenen, beschuppten Lidern ganz umgeben u. unabhängig voneinander beweglich. Finger u. Zehen sind zu Greifzangen verwachsen; Greifwickelschwanz. Die Schleuderzunge mit kolbig verdicktem, klebrigem Ende wird durch schnelle Kontraktion der Eigenmuskulatur die Zunge vorgeschleudert; in der Ruhelage ist die Zunge in wulstigen Falten über dem Zungenbein zusammengeschoben. Die Hautfarbe ist der Umgebung angepaßt, ändert sich bei Erregung sehr rasch (Nervenreize wirken auf Farbzellen, die sich zusammenziehen oder ausdehnen). Die C. sind meist Tagtiere; Vorkommen: südl. Mittelmeerländer, Afrika, Indien. Zu den C. gehören das *Europäische Chamäleon,* das *Riesen-Chamäleon* u. das *Dreihorn-Chamäleon.*
Chamberlain [ˈtʃeɪmbəlɪn], **1.** Arthur Neville, Sohn von 4) u. Halbbruder von 2), brit. Politiker (konservativ), * 18. 3. 1869 Edgbaston, Birmingham, † 9. 11. 1940 Heckfield; Führer der Konservativen, 1937 Premier-Min.; suchte den steigenden Ansprüchen der dt. Macht durch eine Politik des *Appeasement* zu begegnen u. den Frieden Europas in der Tschechenkrise 1938 durch Verhandlungen von Berchtesgaden, Godesberg u. München *(Münchner Abkommen)* zu retten. Seine Hoffnung auf „Frieden in unseren Tagen" scheiterte am aggressiven Vorgehen *Hitlers* gegen die Tschechoslowakei im Frühjahr u. gegen Polen im

Herbst 1939. C. mußte im Mai 1940 zurücktreten. – 🕮 5.5.1.
2. Sir Austen, Sohn von 4), brit. Politiker (konservativ), *16. 10. 1863 Birmingham, †16. 3. 1937 London; bekleidete seit 1895 verschiedene hohe Staatsämter; Mitgl. des 2. Kriegskabinetts u. Kampfgefährte *Lloyd Georges*, 1921 Führer der konservativen Partei u. 1921/22 Führer des Unterhauses, 1924–1929 Außen-Min.; bewirkte den Beitritt Englands zum Locarno- u. Briand-Kellogg-Pakt. 1926 Friedensnobelpreis.
3. Houston Stewart, engl.-dt. Schriftsteller, *9. 9. 1855 Portsmouth, †9. 1. 1927 Bayreuth; Sohn eines engl. Admirals, Schwiegersohn R. *Wagners*; lebte in Dtschld. u. vertrat in kulturphilosoph. u. polit. Schriften („Die Grundlagen des 19. Jh." 1899) einen völkisch-nationalen Standpunkt u. die Theorie von der Überlegenheit der nord. Rasse, wodurch er zu einem Wegbereiter *Hitlers* wurde.
4. Joseph, Vater von 1) u. 2), brit. Politiker, *8. 7. 1836 London, †2. 7. 1914 London; erst Liberaler, dann wegen der Homerule-Frage Liberaler Unionist auf seiten der Konservativen; verfolgte bes. als Kolonial-Min. (1895–1903) eine großzügige imperialist. Politik. Zusammen mit Cecil *Rhodes* war C. verantwortl. für den Burenkrieg; er propagierte ein Zusammengehen von England, Dtschld. u. den USA zur Stärkung des Brit. Empire u. förderte deshalb den dt.-engl. Bündnisgedanken (1901). Demselben Ziel sollte auch sein Plan eines die Dominions u. das Mutterland umfassenden Schutzzolls (1903) dienen, der jedoch am Widerstand der Liberalen scheiterte u. zum Sturz der konservativ-unionist. Regierung *Balfour* 1905 beitrug.
5. Owen, US-amerikan. Physiker, *10. 7. 1920 San Francisco; arbeitet über die Physik der Elementarteilchen; wies 1955 zusammen mit E. *Segrè* u. a. Mitarbeitern die Existenz des Antiprotons nach. Nobelpreis 1959.

Chamberlin ['tʃɛimbəlin], Edward Hastings, US-amerikan. Nationalökonom, *18. 5. 1899 La Conner, Wash.; Hptw.: „The Theory of Monopolistic Competition" 1933.

Chambers ['tʃɛimbəz], **1.** Ephraim, engl. Enzyklopädist, *um 1680 Kendal, Westmorland, †15. 5. 1740 London; Hrsg. der ersten engl. Enzyklopädie der Künste u. Wissenschaften: „Universal Dictionary of Arts and Sciences" 2 Bde. 1728; eine Übersetzung dieses Werkes gab den Anstoß zur „Encyclopédie" von *Diderot*.
2. Sir William, engl. Architekt, *1726 Stockholm, †8. 3. 1796 London; unternahm Studienreisen nach Asien, Paris u. Italien, seit 1760 Hofarchitekt Georgs III. in London; Mitgründer der *Royal Academy*; Vertreter des palladianischen Klassizismus in England; trat auch als Gartengestalter u. als Verfasser theoret. Schriften über Architektur („Treatise on Civil Architecture" 1759) u. Gartenkunst hervor. Hptw.: Pagode in Kew-Garden (1757–1762), Gartenhaus in Marino, Dublin (1757–1769), Somerset House (1776–1786).

Chambers's Encyclopaedia ['tʃɛimbəsəz ɛnsaiklɔ'pidiə], von engl. Verlegern, den Brüdern Robert (*1802, †1871) u. William *Chambers* (*1800, †1883) hrsg. Enzyklopädie, 10 Bde., 1860–1868 in Edinburgh erschienen; letzte Ausgabe 15 Bde. London 1967; nicht zu verwechseln mit der von Ephraim *Chambers* hrsg. Enzyklopädie.

Chambertin [ʃãbɛr'tɛ̃; der], in Oberburgund gewachsener roter Burgunderwein, einer der edelsten Rotweine der Welt.

Chambéry [ʃãbe'ri], südostfranzös. Stadt, alte Hptst. Savoyens, Sitz des Dép. Savoie, an der Leysse (in den Lac du Bourget), 53 500 Ew.; Erzbischofssitz; Kathedrale (15. Jh.), Schloß der Herzöge (13. Jh.); Metall-, Glas-, Textil-, Leder- u. chem. Industrie; Genußmittelerzeugung.

Chambeshi, neue Bergbaustadt des *Copper Belt* in Sambia (Afrika), zwischen Kitwe u. Chingola, 10 000 Ew.

Chambẹsi, Oberlauf des Kongo-Quellflusses *Luapula*, mündet in den Bangweulusee im N von Sambia.

Chambon-Feugerolles [ʃã'bɔ̃ fø:ʒ'rɔl] →Le Chambon-Feugerolles.

Chambonnières [ʃãbɔ'njɛ:r], Jacques Champion de, französ. Cembalist u. Komponist, *um 1602 Paris (?), †1672 Paris; gilt als Begründer der französ. Klavierschule.

Chambord [ʃã'bɔr], das größte der französ. Renaissanceschlösser im Gebiet der Loire, in der Gemeinde C., Dép. Loir-et-Cher, am Casson; von Franz I. 1519–1537 erbaut.

Chambre de Commerce ['ʃãbrə də kɔ'mɛrs; frz.], die französ. Handelskammer.

Chambre garnie ['ʃãbrə gar'ni:; frz.], möbliertes Zimmer zum Vermieten (veraltet).

Chambre séparée ['ʃãbrə se:pa're:; frz.], Sonderraum.

chambrieren, Rotwein auf Zimmertemperatur bringen.

Chamfort [ʃã'fɔ:r], eigentl. Sébastien Nicolas *Roch*, französ. Schriftsteller u. Philosoph, *6. 4. 1741 bei Clermont-Ferrand, †13. 4. 1794 Paris (Selbstmord); berühmt durch seine kulturpessimist. Aphorismen („Maximes et pensées, caractères et anecdotes" 1796, dt. Auswahl 1938); einer der großen französ. *Moralisten*; Mitglied u. Sekretär der Académie Française.

Chaminade [ʃa:mi'na:d], Guillaume-Joseph, *8. 4. 1761 Périgueux, †22. 1. 1850 Bordeaux; gründete 1817 in Bordeaux die Kongregation der →Marianisten.

Chamịsso [ʃa-], Adelbert von, eigentl. Louis Charles Adelaide de *C.*, Dichter u. Naturforscher, *30. 1. 1781 Schloß Boncourt, Champagne, †21. 8. 1838 Berlin; zuerst preuß. Leutnant u. Student der Botanik, nahm 1815–1818 an der russ. wissenschaftl. Weltumseglung unter O. von *Kotzebue* teil („Bemerkungen u. Ansichten auf einer Entdekkungsreise" 1821); später Kustos des Botan. Gartens in Berlin, entdeckte den Generationswechsel der Manteltiere. Einige seiner oft balladesken Gedichte („Das Riesenspielzeug", „Die alte Waschfrau", „Das Schloß Boncourt") wurden volkstüml.; die Folge „Frauenliebe u. -leben" vertonte R. *Schumann*. In der Märchennovelle „Peter Schlemihls wundersame Geschichte" 1814 fand die Heimatlosigkeit des Emigranten ihren Ausdruck. – 🕮 3.1.1.

Chamois [ʃa'mwa; das; frz.], **1.** *Färberei:* gelbbrauner Farbton (durch essigsaures Eisen).
2. *Gerberei:* →Sämischleder.

Chamonix-Mont-Blanc [ʃamɔ'ni mɔ̃'blã], südostfranzös. Luftkurort in Savoyen, im Hochtal der Arve *(Val de Chamonix)*, am Fuß der Mont-Blanc-Kette, 8000 Ew.; Hauptort des Hochalpinismus in Frankreich u. internationaler Wintersportplatz; olymp. Eislaufstadion, zahlreiche Bergbahnen u. Skiaufzüge. Große Bedeutung für den Fremdenverkehr hat der 1965 fertiggestellte, von Frankreich nach Italien führende *Mont-Blanc-Straßentunnel*, der bei Les Pèlerins in 1274 m ü. M. beginnt u. nach 11,6 km Länge in 1381 m ü. M. bei Entrèves endet.

Chamọrro, die alteingeborene Bevölkerung der Marianen, mit ständischer Gliederung.

Chamosịt [ʃa-; der], grünlichgraues bis schwarzes, mattes Mineral; monoklin; Härte 3; mit Eisenerzen u. Kalkspat.

Champa →Tschampa.

Champagnat [ʃãpan'ja], Marcellin Joseph Bénoit, *20. 5. 1789 Marlhes (Frankreich), †6. 6. 1840 L'Hermitage; gründete 1817 in La Valle bei Lyon die Kongregation der →Maristenschulbrüder; Seligsprechung 1955 (Fest: 6. 6.).

Champagne [ʃã'panjə; lat. *Campania*, zu *campus*, „Feld"], nordostfranzös. Landschaft im Pariser Becken, zwischen der oberen Oise im N u. der Yonne im S bis zur oberen Maas im O; die ehem. Provinz umfaßt hauptsächl. die Dép. Ardennes, Marne, Haute-Marne, Aube u. große Teile der Dép. Yonne u. Seine-et-Marne; 2 Hauptlandschaften: 1. die westl. *C. sèche* [-sɛ:ʃ; „trockene C."], auch *C. pouilleuse* [-pui'jø:z; „lausige C."] genannt, mit wasserdurchlässigen, trockenen Kalkböden (Schafweiden, Textilindustrie); dünn besiedelt; berühmt durch den Weinbau an den warmen Hängen im W (Wein- u. Sektkellereien in Epernay u. Reims); 2. die bis 20 km breite östl. *C. humide* [-hy'mid; „feuchte C."] mit meist wasserundurchlässigen Ton-, Mergel- u. Sandschichten der Unteren Kreide; Wälder, Ackerbau, Viehzucht; dicht besiedelt.
Geschichte: Grafschaft, die 1284 durch Heirat an Philipp den Schönen von Frankreich fiel u. seit 1318 bzw. 1328 zur französ. Krone gehörte. – Im 1. Weltkrieg erfolglose Durchbruchsversuche der Franzosen 1915 u. 1916 u. der Deutschen 1918.

Champagnerweine [ʃãpanjɛr-], im Westteil der Champagne (Reims, Epernay) gewachsene Weine, von denen ein kleiner Teil zu Schaumwein verarbeitet wird (daher *Champagner* = Schaumwein).

Champaign ['tʃæmpɛin], Stadt im O von Illinois (USA), 50 000 Ew.; zusammen mit *Urbana*, dem Sitz der State University of Illinois (gegr. 1867), 60 000 Ew. (Metropolitan Area 132 000 Ew.).

Champaigne [ʃã'panjə], *Champagne*, Philippe de, fläm.-französ. Maler, *26. 5. 1602 Brüssel, †12. 8. 1674 Paris; dort seit 1621 tätig, seit 1628 französ. Hofmaler; zunächst beeinflußt durch N. *Poussin*, mit dem er im Palais du Luxembourg arbeitete, stellte sich später in der Akademie öffentl. gegen ihn. C. malte bes. religiöse Bilder für Kirchen u. Klöster; Hptw. aber sind psycholog. treffende, repräsentative Bildnisse.

Champfleury [ʃãfloe'ri], Jules, auch J. *Fleury*, eigentl. J. François Félix *Hosson*, französ. Erzähler, *10. 9. 1821 Laon, †5. 12. 1889 Sèvres; außer literar- u. kunsthistor. Werken realist. Novellen u. Romane aus der französ. Provinz u. aus dem eigenen Leben.

Champignon [ʃãpi'njɔ̃; der; frz.], *Psalliota*, beliebter Speisepilz. Die wichtigsten Arten sind *Psalliota campestris (Feld-C., Feld-Edelpilz, Brachpilz)* u. *Psalliota arvensis (Schaf-C., Wald-Edelpilz)*. Die Merkmale der Arten sind wenig konstant. Wichtig zu wissen ist, daß es auch schwach giftige C.arten gibt u. daß der Schaf-C. gelegentl. mit dem giftigen *weißen Knollenblätterschwamm* verwechselt wird, von dem C.s aber an den dunkleren Lamellen zu unterscheiden sind. Als *Zucht-C.* werden die C.pilze auch in größerem Maß kultiviert. C.pilze sind bekömmlich, da ihr Eiweiß leicht verdaulich ist.

Champion [ʃã'pjɔ̃, frz.; 'tʃæmpjən, engl.; der;], früher: Kämpfer im gerichtl. Zweikampf, Vorkämpfer; heute: besonders erfolgreicher Sportler, Meister einer Sportart.

Champion [ʃã'pjɔ̃], Pierre, französ. Literarhistoriker, *1880, †1942; erforschte das französ. 15. Jh.; „F. Villon" 1913.

Champlain, *Lake C.* ['lɛik 'tʃæmplɛin; nach S. de *Champlain*], ein 190 km langer, schmaler See in den USA-Staaten New York/Vermont, 1100 qkm (mit Inseln 1240 qkm), kanalisierter Abfluß zum St.-Lorenz-Strom, durch den 104 km langen *Champlainkanal* mit dem Hudson verbunden.

Champlain [ʃã'plɛ̃], Samuel de, französ. Seefahrer u. Kolonisator, *um 1565 Brouage bei Rochefort, †25. 12. 1635 Quebec; erforschte von 1603 an das Gebiet des St.-Lorenz-Stroms, gründete 1608 Quebec u. entdeckte 1609 den nach ihm benannten *Lake C.*; leitete mit Unterbrechungen die Verwaltung „Neu-Frankreichs".

Champollion [ʃãpɔ'ljɔ̃], Jean François, französ. Ägyptologe, *23. 12. 1790 Figeac, †4. 3. 1832 Paris; entzifferte die Hieroglyphen (1822) u. begründete die Ägyptologie.

Champs-Élysées [ʃãzeli'ze:], Parkanlage im Zentrum von Paris, erstreckt sich von der *Place de la Concorde* bis zum *Rond-Point des C.*; nahe der Seine liegen der Grand Palais u. der Petit Palais, gegenüber der Palais de l'Élysée (Sitz des Präsidenten der Republik); durchzogen von der breiten u. 1,9 km langen Geschäftsstraße *Avenue des C.* bis zur *Place Charles de Gaulle* (früher *Place de l'Étoile)* mit dem *Arc de Triomphe de l'Étoile*.

Chạmsin [der; arab.], Wüstenwind aus S, heiß, trocken, mit Staub u. Sand beladen, bes. in Ägypten u. Arabien.

Chamson [ʃã'sɔ̃], André, französ. Erzähler, Essayist u. Politiker, *6. 6. 1900 Nîmes; Widerstandskämpfer; seine Heimatromane spielen in den Cevennen; die junge Generation schildert er in „La neige et la fleur" 1951, dt. „Blüte unterm Schnee" 1953; Mitglied der Académie Française.

Cham'ụn, Kamel, libanes. Politiker, →Schamun.

Chan [xa:n; der; pers., „Haus"], *Han*, Karawanserei, Herberge; im Orient u. in Südosteuropa.

Chan →Khan.

Chanab, *Chenab, Tschinab*, Hauptzufluß des Indus im Pandschab, rd. 1200 km; entspringt in Himachal (ind. Himalaya), durchfließt Jammu u. das pakistan. Punjab, nimmt bei Jhang-Maghiana den Jhelum, oberhalb Multan die Ravi auf u. vereinigt sich unterhalb Multan mit dem Sutlej zum Panjnad.

Chanạt →Khanat.

Chancay ['tʃaŋkai], altperuan. Küstenkultur der Indianer (1300–1438), Vorstufe der Inkakultur; Keramik mit schwarzen u. roten Mustern auf weißem Grund.

Chancellor ['tʃa:nsələr; engl.], Kanzler; in England traditionelle Bez. für hohe Staatsämter: *C. of the Exchequer*, Schatzkanzler (Finanzminister); *Lord High C.*, Lordkanzler (Justizminister, zugleich Sprecher des *House of Lords*, des Oberhauses).

Chancellor ['tʃa:nsələr], Richard, engl. Seefahrer, †10. 11. 1556 Aberdeenshire, Schottland; auf

Chanchan

der Suche nach der Nordöstl. Durchfahrt erreichte er 1553 im Weißen Meer die Dwinamündung (Archangelsk), reiste nach Moskau u. schloß einen Handelsvertrag zwischen Rußland u. England. Auf einer zweiten Reise erlitt er Schiffbruch.

Chanchan [tʃan'tʃan], die größte, bisher noch kaum erforschte Ruinenstätte des vorkolumb. Amerika, unweit der heutigen Stadt *Trujillo* (Nordperu) an der Küste gelegen, die ehem. Hptst. des Reiches der →*Chimú.* Sie bestand aus zehn von hohen Lehmmauern umschlossenen, rund 300×500 m großen, rechteckigen Stadtvierteln (Gesamtfläche 18 qkm) mit Straßen, Plätzen, Palästen, Pyramiden u. aus getrockneten Lehmziegeln errichteten Häusern. Jedes Stadtviertel hatte eigene Wasserreservoire u. bewässerte Gärten.

Chanchito [tʃan'tʃito], *Chamäleonfisch* →Cichlasoma.

Chandigarh [engl. tʃən'di:gə], nach den Plänen *Le Corbusiers* entworfene Hptst. der ind. Staaten Panjab u. Haryana, zugleich eigenes ind. Unionsterritorium (seit 1966; 114 qkm, 260 000 Ew.), am Fuß des Himalaja gelegen, 235 000 Ew.; bis 1965 Hptst. von Panjab, ab 1966 außerdem Hptst. des aus dem Staat Panjab ausgegliederten Haryana; Universität (1947).

Chandler ['tʃændlər], Seth Carlo, US-amerikan. Privatastronom, *16. 9. 1846 Boston, †31. 12. 1913 Wellesley Hills, Mass.; entdeckte die *C.sche Periode.*

Chandlersche Periode, von S. C. *Chandler* entdeckte Periode der Polhöhenschwankung: Die Drehachse der Erde läuft in 435 Tagen einmal um ihre mittlere Lage herum; weicht bis zu 10 m ab.

Chandragupta →Tschandragupta.

Chandranagar, *Chandernagore,* Stadt in Westbengalen (Indien), nördl. von Calcutta, 65 000 Ew.; ehem. französ. Niederlassung; 1688 gegr.; seit 1951 indisch.

Chanel [ʃa'nɛl], Gabrielle, genannt „Coco", *19. 8. 1883, †10. 1. 1971 Paris; Pariser Modeschöpferin, die durch den Garçonne-Stil (1918) die Mode revolutionierte. Nach der Schließung des Salons im 2. Weltkrieg eröffnete sie ihr Haus 1954 erneut mit großem Erfolg. Berühmt u. vielfach nachgeahmt wurde das *Chanel-Kostüm.*

chang →li.

Chang, chines. Familienname, →auch Dschang u. Tschang.

Changar, zigeunerähnliche niedere nordindische Kaste.

Chang Dai-ch'ien, chines. Maler, *1899 Provinz Szetschuan; trat mit 20 Jahren in ein buddhist. Kloster ein, heiratete später; 1936 Prof. an der Zentral-Universität in Nanking, seit 1952 in Brasilien; malt Rollbilder in der Tradition der ostasiat. Landschaftsmalerei u. restaurierte über 200 buddhist. Fresken in den Tempelhöhlen von Tunhuang; mit P. *Picasso* befreundet.

Change [ʃãʒ, frz.; tʃɛindʒ, engl.], Veränderung, Abwechslung; Tausch, Wechsel(geld, -bank).

Changeant [ʃã'ʒã; der], Gewebe aus Wolle, Seide oder Chemiefäden, dessen Kette von anderer Farbe als der Einschlag ist; das Gewebe schillert je nach dem Lichteinfall in verschiedener Farbe.

changieren [ʃã'ʒi:-; frz.], **1.** *allg.:* wechseln, verändern. **2.** *Reitsport:* vom Rechtsgalopp zum Linksgalopp übergehen. →auch Galoppwechsel.

Changsha, chines. Stadt, = Tschangscha.

Chang Tso-lin →Tschang Tsolin.

Chaniá, ital. *Canea,* das antike *Kydonia,* griech. Hafenstadt an der Nordküste von Kreta, 39 000 Ew.; venezian. Zitadelle; chem. Industrie, Anbauzentrum für Quitten.

Chankasee [x'anka-], *Khankasee,* ostasiat. See im Flußgebiet des Ussuri, an der sowjet.-mandschur. Grenze, 4380 qkm, bis 10 m tief; schilfbedeckt, in Verlandung begriffen; Abfluß Sungatscha (zum Ussuri).

Channel ['tʃænl; engl.], Bestandteil geograph. Namen: Kanal.

Channel Country [engl. 'tʃænl 'kʌntri], in mehrjährigem Abstand überflutete Schwemmebene im SW Queenslands (Australien), 156 000 qkm; Spinifexgräser.

Channing ['tʃæniŋ], William Ellery, US-amerikan. Theologe, *7. 4. 1780 Newport, R. I., †2. 10. 1842 Bennington, Vt.; bibl. Supranaturalist, griff als führender Unitarier die kalvinist. Orthodoxie an; trat seit ca. 1830 bes. für soziale Reformen ein (Gefangenenfürsorge, Sklavenfreilassung).

Chanson [ʃã'sɔ̃; das, früher: die; frz.], „Lied", ursprüngl. die gesungene epische u. lyr. Dichtung,

Chandigarh: Gandhi-Gedächtnisbibliothek

vom altfranzös. Heldenlied (*C. de geste*) bis zum Volkslied (*C. populaire*); entfaltete sich, von den Troubadours ausgehend, in der Renaissance zu höchster Blüte; Hauptmeister: C. *Jannequin.* Weiterentwicklung zum *Madrigal.* Heute versteht man unter C. das Kabarettlied.

Chansons de geste [ʃã'sɔ̃ də'ʒɛst; Mz.; frz., „Tatenlieder"], die ältesten französ. Epen (seit dem 11. Jh.), behandelten Kaiser *Karl d. Gr.* u. seine Helden, Kämpfe der Franzosen gegen die Heiden u. die Einigungsversuche der Kaiser u. Könige; wichtigste C. d. g.: Rolandslied, Die Schlacht von Aliscamp, Haimonskinder; meist in Zehnsilberversen u. Strophen verschiedener Länge (sog. *Laissen*) mit gleichem (unvollkommenem) Reim (Assonanz), verfaßt von *Jongleurs* (Spielleuten.) – ▯ 3.2.1.

Chantal [ʃã'tal], Jeanne Françoise de, geb. *Frémyot,* Heilige, *28. 1. 1572 Dijon, †13. 12. 1641 Moulins; nach dem Tod ihres Gatten führte sie unter Leitung von →Franz von Sales ein intensives religiöses Leben u. gründete mit ihm 1610 den Orden der →Salesianerinnen. Fest: 12. 12.

Chanten, der sibir. Stamm der →Ostjaken.

Chanten-und-Mansen-Nationalkreis [*Chanten,* eigener Name der Ostjaken; *Mansen,* eigener Name der Wogulen], Verwaltungsbezirk in der westsibir. Oblast Tjumen, RSFSR, im Gebiet des mittleren Ob; 523 100 qkm, 272 000 Ew., Hptst. *Chanty-Mansijsk;* Rentierzucht, Pelztierjagd u. Fischfang, im S Waldwirtschaft mit Milchviehzucht u. Getreideanbau; Torf- u. umfangreiche Erdöl- u. Erdgaslager. – 1930 als *Ostjaken-u.-Wogulen-Nationalkreis* gebildet, später umbenannt.

Chantepie de la Saussaye [ʃãtə'pi də la so'sɛ], Pierre Daniel, niederländ. ev. Theologe, *9. 4. 1848 Leeuwarden, †20. 4. 1920 Bilthoven; berühmtes „Lehrbuch der Religionsgeschichte" 1887–1889.

Chantilly [ʃãti'ji], nordfranzös. Stadt in der Île-de-France, im NO von Paris, 11 000 Ew.; Pferderennen; Schloß mit Museum u. Park; Porzellanmanufaktur; früher Spitzenindustrie.

Chanty-Mansijsk, bis 1940 *Ostjako-Wogulsk,* Hptst. des Chanten-u.-Mansen-Nationalkreises in der RSFSR (Westsibirien), am Irtysch, nahe der Mündung in den Ob, 24 000 Ew.; Fachschulen; Holzindustrie, Verarbeitung landwirtschaftl. u. Fischereiprodukte; Flußhafen.

Chanukka [xa-; die; hebr., „Einweihung"], in der jüd. Religion das zur Erinnerung an die Wiederherstellung des jerusalemischen Tempels durch Judas Makkabäus (165 v. Chr.) im Dezember gefeierte Tempelweihfest, das 8 Tage gefeiert wird u. bei dem eine wachsende Zahl von Lichtern entzündet wird.

Chao Meng-fu, chines. Kalligraph u. Maler, *1254 Chao Wu-hsing, Tschekiang, †1322; Nachkomme des ersten Sung-Kaisers; berühmter Pferdemaler, seit 1286 Direktor der *Han-lin-Akademie* u. Hofmaler der Mongolenkaiser.

Chaos [das; grch.], der Anfangszustand der Welt, vor der Schöpfung oder vor der Ordnung u. Scheidung der Elemente; bei Hesiod noch als leerer Raum, später als ungeordneter Urstoff vorgestellt (Gegensatz: *Kosmos*); bei Babyloniern u. Ägyptern u. in Israel sah man den Urozean als die Form des C. an (vgl. 1. Mose 1,1); allg.: Wirrwarr, Unordnung.

Chapada [ʃa-; portug.], Bestandteil geograph. Namen: Hochebene.

Chapada Diamantina [tʃa-], Tafelland in Zentral-Bahia, Brasilien, im Pico das Almas 1850 m.

Chapalasee [tʃa'pala-], größter See des Hochlands von Mexiko, in Jalisco, 1685 qkm, 1520 m ü.M., 5–12 m tief.

Chaparral [tʃa-; der; span.], eine →Strauchformation der subtrop. Winterregengebiete Kaliforniens u. Mexikos auf den trockenen Leeseiten der Gebirge. Ähnl. wie die *Macchia* u. der *Scrub* ist der C. aus Hartlaubgehölzen u. Dornsträuchern zusammengesetzt, in Venezuela, vergleichbar dem *Campos cerrados,* aus hohen Sträuchern u. krüppelhaften Bäumen; Viehweide.

Chapeau [ʃa'po:; der; frz.], (meist scherzhafte) Bez. für Hut. – *Chapeau claque,* Klapphut, zusammenklappbarer Zylinderhut.

Chapelle [ʃa'pɛl; frz.], Bestandteil geograph. Namen: Kapelle.

Chaperon [ʃapə'rɔ̃; der; frz.], **1.** im MA. eine Kopf u. Hals eng umschließende Kappe, von Männern u. Frauen getragen. →auch Gugel. **2.** veraltete Bez. für eine ältere Dame als Schutzbegleiterin einer jüngeren.

Chapiru, *Chabiru,* semit. Wander- u. Kriegergruppen, nach anderer Auffassung eine bestimmte (besitzlose) Bevölkerungsschicht des 3. u. 2. Jahrtausends v. Chr., in ganz Vorderasien auftretend. Ihre Gleichsetzung mit den bibl. *Hebräern* ist umstritten.

Chaplin ['tʃæplin], Charlie, eigentl. Sir Charles Spencer, engl. Filmschauspieler, *16. 4. 1889 London, †25. 12. 1977 Corsier-sur-Vevey; Sohn eines Komikers, ging 1910 in die USA; gewann als Autor, Regisseur u. Darsteller, seit 1918 auch als Produzent (United Artists) große Bedeutung für den Film durch intuitiv gestaltete Bildwirkung. Seine hintergründige Komik ist von humanitärer Nachdenklichkeit. Große Erfolge mit „The Kid" 1920; „Goldrausch" 1925; „Lichter der Großstadt" 1931; „Moderne Zeiten" 1936; „Der große Diktator" 1940; „Rampenlicht" 1952; „Die Gräfin von Hongkong" 1966. C. lebte seit 1952 in Vevey (Schweiz); er schrieb „Die Geschichte meines Lebens" 1964.

Chapman ['tʃæpmən], 1. George, engl. Bühnendichter, *1559 Hitchin, Hertford, †12. 5. 1634 London; von seinen 18 Schauer- u. Sittenspielen sind 7 erhalten. Seine engl. Homer-Übersetzung (1611 u. 1616) in humanist. Geist ist eine der großen Leistungen der engl. Renaissanceliteratur.
2. Sydney, engl. Geophysiker, *29. 1. 1888 Eccles, Lancashire, †16. 6. 1970 Boulder City, Colo. (USA); 1953–1959 Präsident des Komitees für das Internationale Geophysikal. Jahr; Arbeiten über Erdmagnetismus; schrieb mit J. Bartels „Geomagnetism" 1940.

Chappe [ʃap; die; frz.] = Schappe.
Chappe [ʃap], Claude, Abbé, französ. Techniker, *1763 Brûlon, †23. 1. 1805 Paris; erfand einen opt. Telegraphen (1792).

Chaptal [ʃap-], Jean Antoine, Graf von Chanteloup, französ. Staatsmann u. Chemiker, *4. 6. 1756 Nogaret, Gévaudan, †30. 7. 1832 Paris; förderte die Fabrikation techn. Grundchemikalien, führte die Türkischrotfärbung (Verfahren bei der Färbung mit Beizenfarbstoffen) ein.

chaptalisieren [nach J. A. Chaptal], bei der Weinbereitung einem zuckerarmen Most Zucker zusetzen (Trockenzuckerung).

Chapu [ʃa'py], Henri, französ. Bildhauer u. Medailleur, *29. 9. 1833 Lemée, †21. 4. 1891 Paris; Studium der Medaillen- und Plakettenkunst in Paris, kam 1855 durch einen Rompreis für 2 Jahre nach Italien; Statuen u. Bildnisbüsten (Jeanne d'Arc als kniendes junges Bauernmädchen), seit 1875 allegor. Relieffiguren u. Medaillen in anmutiger, glatter Manier.

Chapultepec [tʃapulte'pɛk], Anhöhe mit Schloß im SW von Ciudad de México. Im Akt von C. wurde am 3. 3. 1945 festgelegt, daß ein Angriff gegen einen Mitgliedstaat der Panamerikanischen Union als eine Aggression gegen alle der Union angehörigen Mächte betrachtet werden soll.

Char [ʃaːr], René, französ. Dichter, *14. 6. 1907 L'Isle-sur-la-Sorgue, Vaucluse; zuerst Surrealist, dann mit ausgesprochen polit.-kämpfer. Charakter. Nach dem Krieg gewann er inneren Abstand von der Polemik u. wurde in seinen „Feuillets d'Hypnos" 1946 in dichterisch sehr fein durchgearbeiteter, z. T. schwer zugängl. Form zum Künder eines optimist. Humanismus.

Jean-Baptiste Siméon Chardin: Mädchen mit Federball; 1741. Paris, Sammlung Baron de Rothschild

Chara [russ.-burjat.], Bestandteil geograph. Namen: schwarz.

Characteristica universalis [grch., lat.], der Versuch eines exakten Symbolsystems von G. W. Leibniz zur Darstellung des Gesamts der Begriffe u. Aussagen wie der Denkzusammenhänge überhaupt.

Charakter [ka-; der; grch., „Gepräge, Merkmale"], die „seelisch-geistige Eigenart des Menschen" (H. Rohracher); im MA. Character sacramentalis, durch die Sakramente der Seele eingeprägtes Zeichen. Schon bei Theophrast ist C. Inbegriff der typ. Merkmale eines Menschen (z. B. der Aufschneider, der Feigling), ebenso bei J. de La Bruyère, dessen „Caractères" (1688) darüber hinaus den C. der Zeit, der Geschlechter, der Stadt, des Hofes u. ä. beschreiben. Von diesem deskriptiven C.begriff ist der normative zu unterscheiden: C. als durch Erziehung u. Selbsterziehung gebildete „Gestalt des Willens" (J. F. Herbart). Hierauf beziehen sich Ausdrücke wie C.stärke, C.schwäche, C.losigkeit.
Intelligibler C. (Kant) ist die Wesensbeschaffenheit des Menschen als eines Gliedes der übersinnl. Welt, im Gegensatz zum empirischen (erworbenen) C. Die Unterscheidung von angeborenem (erbbedingtem) u. erworbenem C. ist für die psycholog. C.forschung unentbehrl., wobei der angeborene C. nach der älteren Auffassung mit dem →Temperament zusammenfällt.
Die wissenschaftl. Problematik des C.begriffs liegt in der Durchkreuzung biolog., psycholog., soziolog. u. geisteswissenschaftl. Bestimmungen, die zu einer Fülle von einander entgegengesetzten C.begriffen geführt hat. Wurde der C. zunächst als relativ konstantes Geflecht von Eigenschaften aufgefaßt, so gilt er heute mehr als Gesamtheit wiederkehrender psychischer Verlaufsgestalten (→Dynamik), u. der Begriff wird meist abgelöst durch den weiteren der →Persönlichkeit, der zusätzlich die spezifischen Wirkungen der Umwelt auf das Individuum umfaßt. – ⌑1.5.3.

Charakteristik [grch.], 1. allg.: Kennzeichnung, treffende Schilderung einer Person oder Sache.
2. Technik: = Kennlinie.

Charakterkunde, Charakterologie, von J. Bahnsen in die Wissenschaft eingeführter Begriff: Teildisziplin der Psychologie, die sich mit den Eigenschaften des Charakters, ihren Zusammenhängen u. ihrer Entwicklung befaßt. Der Begriff hat vorwiegend nur noch historische Bedeutung u. wird der Persönlichkeitsforschung zugeordnet. →differentielle Psychologie.

Charaktermaske, Bühnenkostüm u. Maske zur Nachahmung bestimmter Personen oder Stände, zur Ausprägung typischer Gestalten.

Charakterrolle, Bühnengestalt mit bes. ausgeprägtem Charakter.

Charakterstück, Charakterdrama, ein Schauspiel, dessen Handlung sich bes. aus dem Charakter der Hauptfigur entwickelt, d. h. nicht vom Schicksal oder einer Idee bedingt wird; z. B. Shakespeares „Hamlet" (Charaktertragödie) oder Molières „Der eingebildete Kranke" (Charakterkomödie).
In der Musik versteht man unter C. eine Instrumentalkomposition mit einem für das Thema charakteristischen Ausdruck (z. B. „Wasserfall", „Gebet", „Träumerei"), die damit zur Programmmusik wird; von den engl. Virginalisten bis zur Musik der Gegenwart gepflegt.

Charaktertiere, für ein bestimmtes geograph. Gebiet oder einen Lebensraum bes. kennzeichnende Tierarten; →auch Biogeographie.

Charales = Armleuchteralgen.

Charbin, chines. Stadt, = Harbin.

Charcot [ʃar'ko], 1. Jean-Baptiste, Sohn von 2), französ. Polarforscher, *15. 7. 1867 Neuilly-sur-Seine, †16. 9. 1936 (Schiffbruch bei Island); 1903–1905 u. 1908–1910 Leiter der französ. Antarktisexpedition zum Grahamland u. zu der von ihm entdeckten C.insel in der Antarktis.
2. Jean Martin, französ. Neurologe, *29. 11. 1825 Paris, †16. 8. 1893 Morvan, Dép. Nièvre; beschrieb viele Nervenerkrankungen u. deren Merkmale. – C.-Leydensche Kristalle, nach C. u. E. V. von Leyden benannte spitze oktaedrische Kristalle im Auswurf bei Asthmatikern.

Charcotinsel [ʃar'ko-], 2000 qkm große Insel vor der Westküste des südl. Grahamlands. Der Südteil trägt eine 300 m hohe Eiskappe, im Nordteil steigen kleine Berge auf 600 m an. 1910 von J.-B. Charcot entdeckt, wurde die C. 1929 genauer erforscht.

Chardin [ʃar'dɛ̃], Jean-Baptiste Siméon, französ. Maler, *2. 11. 1699 Paris, †6. 12. 1779 Paris; malte unter dem Einfluß der Niederländer des 17. Jh. bes. Stilleben mit Früchten u. Gegenständen des häusl. Lebens, die sich durch weiche Farbgebung u. feine Licht- u. Schattenabstufungen auszeichnen; auch Figurenszenen u. Interieurs, die die genügsame Welt des Pariser Bürgertums spiegeln: „Die Rübenputzerin"; „Das Tischgebet" 1739. D. wurde von D. Diderot als „einer der ersten Koloristen der Malerei" bezeichnet. – ⌑2.4.6.

Chardonne [ʃar'dɔn], Jacques, eigentl. J. Boutelleau, französ. Romanschriftsteller u. Essayist, *2. 1. 1884 Barbezieux, †30. 5. 1968 La Frette; behandelt vorwiegend Eheprobleme. Prosa: „L'épithalame" 1921; „Les Varais" 1928; „Eva" 1930, dt. 1932; „Claire" 1931; „Matinales" 1956; „Propos comme ça" 1966.

Chardonnet [ʃardɔ'nɛ], Louis-Marie-Hilaire Bernigaud, Graf de, französ. Chemiker, *1. 5. 1839 Besançon, †12. 3. 1924 Paris; erfand eine aus Nitrocellulose hergestellte Kunstseide (C.seide); gründete 1884 in Besançon die erste Kunstseidenfabrik der Welt.

Charente [ʃa'rãt], 1. Fluß in Westfrankreich, 361 km; entspringt auf einer Vorterrasse des Limousin, im Dép. Haute-Vienne, mündet mit einem Ästuar westl. von Rochefort in den Atlant. Ozean; ab Tonnay-C. auf 33 km schiffbar.
2. westfranzös. Département, 5953 qkm, 331 000 Ew.; Hptst. Angoulême; umfaßt das Angoumois mit der „Champagne von Cognac".
3. C.-Maritime, früher C.-Inférieure, westfranzös. Département an der Atlantikküste, 6848 qkm, 483 600 Ew.; Hptst. La Rochelle; umfaßt das Aunis u. das Saintonge.

Charenton [ʃarã'tɔ̃], Enguerrand →Charonton.

Chares ['çaː], griech. Bildhauer aus Lindos, tätig um 290 v. Chr.; Schüler des Lysippos; schuf in 12 Jahren den zu den 7 Weltwundern zählenden Koloß von Rhodos.

Charge ['ʃarʒə; die; frz.], 1. allg.: Amt, Würde, Rang.
2. Hüttenwesen: die Beschickung eines metallurg. Ofens, z. B. des Hochofens; auch die zum Abguß fertige Stahlschmelze.
3. Militär: jeder militär. Dienstgrad; Bez. heute nicht mehr üblich.
4. Theater: eine kleine, doch für die Gesamthandlung wichtige Rolle (mit ein- oder mehrmaligem Kurzauftritt), die vom Autor scharf gekennzeichnet ist; z. B. in Lessings „Minna von Barnhelm": Riccaut de la Marlinière.
5. Verbindungswesen: bei Studentenverbindungen die Funktion als Vorstandsmitglied (Chargierter).

Chargé d'affaires [ʃar'ʒe: da'fɛːr; frz.], Geschäftsträger; entweder Angehöriger der untersten Rangklasse der ständigen diplomat. Vertreter (nach dem Wiener Übereinkommen über diplomatische Beziehungen vom 18. 4. 1961, Art. 14) oder nur zeitweiliger Vertreter bei Abwesenheit des Botschafters bzw. Gesandten.

Chargenmischer [zu Charge (2)], ein Mischer, bei dem jeweils eine Füllung aufgegeben, gemischt u. entleert wird; Gegensatz: Stetigmischer.

Chari, Schari, längster u. wasserreichster Zufluß des Tschadsees, 1300 km lang; liefert 98 % des Tschadwassers, bei Fort-Lamy im Jahresdurchschnitt 350 m³/sec; überschwemmt in der Regenzeit seine Uferlandschaften (Baguirmi); Hauptzufluß: Logone.

Charidschiten, extremist. religiös-polit. Richtung des Islams; ursprüngl. auf seiten des Kalifen Ali, sagten sich jedoch 657 von ihm u. auch von seinem Gegner Moawija los. Die C. versuchten in den folgenden Jahrhunderten zahlreiche Aufstände. Reste von ihnen leben heute in Algerien u. in Oman unter dem Namen Ibaditen.

Charis [çaris; die; grch.], Anmut, Gunst, Gnade; in der griech. Mythologie als Charit(inn)en personifiziert, Töchter des Zeus, Göttinnen der Freude u. Schönheit, Dienerinnen der Aphrodite; meist in der Dreizahl, erst bei Hesiod: Aglaia [„Festesglanz"], Euphrosyne [„Frohsinn"] u. Thalia [„blühendes Glück"]; bei den Römern Grazien genannt; in der bildenden Kunst als unbekleidete oder bekleidete Jungfrauen dargestellt.

Charis [çaː-], Petros, eigentl. Ioannis Marmariadis, neugriech. Erzähler u. Essayist, *26. 8. 1902 Athen; psychologisch nuancierte Erzählungen symbolistischer Art; viele Essays u. Reisebeschreibungen.

Charisma ['ça-, das, grch., „Gnadengabe"], 1.

Soziologie: charismatische Herrschaft, eine auf persönl. Ausstrahlung begründete bes. Form der *Autorität.*
2. *Theologie:* neutestamentl. Ausdruck für die Begabung mit Gottes Geist, die sich in verschiedenen Fähigkeiten (Verkündigung, Prophetie, Diakonie, Heilungen u. a.) ausdrückt.
Charité [ʃa-; die; frz., „Barmherzigkeit"], Name von Krankenhäusern, z. B. in Berlin u. Paris.
Chariten, *Charitinnen* [ça-] →Charis.
Charivari [ʃa-; das; frz.], in Frankreich Bez. für *Polterabend;* allg. buntes Durcheinander, mißtönendes Konzert, Katzenmusik; auch Titel einer 1832 in Paris gegr. satir. Zeitschrift.
Charkow ['xarj-], Hptst. der Oblast C. (31 400 qkm, 2 826 000 Ew.; davon 65% in Städten), im O der Ukrain. SSR, 1,3 Mill. Ew.; Kultur- u. Industriezentrum im Schwarzerdegebiet, wichtiger Handels- u. Verkehrsmittelpunkt; Universität (1803 gegr.) u. a. Hochschulen, Forschungsinstitute; Land- u. Transportmaschinenbau, Industrieausrüstungen, Nahrungs- u. Genußmittel-, Leder-, Textil-, Holzindustrie; 2 Wärmekraftwerke; Erdgasvorkommen; Verkehrsknotenpunkt, Untergrundbahn, Flugplatz. – 1654 gegr., bis 1934 Hptst. der Ukrain. SSR.
Charleroi [ʃarl'rwa], belg. Stadt in der Prov. Hennegau, an der Sambre, 23 300 Ew., Agglomeration 214 000 Ew.; Steinkohlenbergbau- u. Eisenindustrie, metallurg. u. Schwerindustrie; Verkehrsknotenpunkt. – Im 17. Jh. wichtige Festung.
Charles [tʃa:lz, engl.; ʃarl, frz.], engl. u. französ. Form von *Karl.*
Charles [tʃa:lz], **1.** Könige von Großbritannien: →Karl.
2. C. Philip Arthur George, 21. Prinz von Wales, *14. 11. 1948 London; als ältester Sohn Königin Elisabeths II. u. Philip Mountbattens brit. Thronfolger.
Charles [ʃarl], Jacques Alexandre, französ. Physiker, *12. 11. 1746 Beaugency bei Orléans, †7. 3. 1823 Paris; erfand den nach ihm benannten Luftballon *(Charlière)* mit Wasserstoff als Traggas u. entdeckte (vor *Gay-Lussac*) das Volumen-Temperaturgesetz der Gase.
Charleston ['tʃa:rlstən; der; engl.], ursprüngl. amerikan. Negertanz in der Stadt Charleston, S. C.; seit 1926 Gesellschaftstanz im $^4/_4$-Takt in Europa.
Charleston ['tʃa:lstən], **1.** Stadt in South Carolina (USA), wichtiger Atlantikhafen an der *C.bucht;* 85 000 Ew. (Metropolitan Area 255 000 Ew.); Militärakademie, Ausfuhr von Phosphaten, Tabak, Baumwolle; Düngemittelindustrie, Erdölraffinerie, Textil-, Kautschuk-, Maschinen-, Nahrungsmittelindustrie, Ölmühlen, Fischkonservierung u. a. – 1670 gegr., lange Zeit Metropole der Südstaaten, bis 1790 Hptst. von South Carolina, Ausgangspunkt des Sezessionskriegs (stark befestigt; Einnahme von Fort Sumter am 14. 4. 1861); histor. Anlagen (Sklavenmarkt, Hugenottenkirche).
2. Hptst. von West Virginia (USA); 85 000 Ew. (Metropolitan Area 253 000 Ew.); Kunstakademie; Handelszentrum, chem. u. Metallindustrie, Maschinenbau u. a.; gegr. 1794.
Charleville-Mézières [ʃarl'vi:l me'zjɛ:r], Hptst. des nordostfranzös. Dép. Ardennes, an der Maas, 58 900 Ew.; metallurg. u. Textilindustrie; Doppelstadt, 1966 durch Zusammenlegung von *Charleville* (gegr. 1608) u. *Mézières* entstanden; Zitadelle (17. Jh.).
Charlière [ʃar'ljɛ:r] →Charles, Jacques Alexandre.
Charlotte ['ʃa:lət], Industriestadt im S von North Carolina (USA), 265 000 Ew. (Metropolitan Area 380 000 Ew.); Universität (gegr. 1867), Baumwollanbauzentrum, Textilindustrie.
Charlotte [ʃar-], französ. Koseform für *Karla* (→Karl); Kurzform *Lola, Lotte;* italien. *Carlotta.*
Charlotte, Großherzogin von Luxemburg 1919–1964, *23. 1. 1896 Schloß Berg; seit ihrer Abdankung ist ihr Sohn *Jean* Staatsoberhaupt.
Charlotte Amalie ['ʃa:lət ə'ma:liə], Hptst. der US-amerikan. Jungferninseln, auf Saint Thomas, Kleine Antillen, 15 000 Ew.; Hafen, Werft, Maschinenindustrie.
Charlottenburg, Bezirk in Westberlin, 205 000 Ew.; Schloß (1698; mit Nationalgalerie u. a. Sammlungen), Dt. Oper Berlin, Techn. Universität, Ausstellungsgelände; 1705–1920 selbständige Stadt. – Ⓑ →Berlin.
Charlottetown [ʃa:'ləttaun], Hptst. der kanad. Prov. Prince Edward Island, an der Northumberlandstraße, 18 300 Ew.; Universität; Hafen.

Charm, Name eines 1976 experimentell nachgewiesenen neuen Elementarteilchens. →Quark (1).
Charmeuse [ʃar'mø:z; die; frz.], Gewebe aus Seide oder Chemiefäden mit glänzender Ober- u. stumpfer Unterseite, auch Trikotgewebe mit gleichen Eigenschaften.
Charnay [ʃar'nɛ:], Charles Désiré, französ. Forschungsreisender u. Archäologe, *2. 5. 1828 Fleury, †24. 10. 1915 Paris; erforschte 1880/82 die Mayaruinen in Guatemala, Yucatán u. Südmexiko.
Charolais, *Monts du C.* [mɔ̃ dy ʃarɔ'lɛ:], ostfranzös. Bergland in Burgund, nördl. Ausläufer des Zentralplateaus, bis 774 m hoch; die einzelnen Gneis- u. Granitplateaus sind meist von Weiden bedeckt, an den aus Jurakalk bestehenden Vorbergen (bes. den östl.) Weinbau.
Charon, in der griech. Mythologie der Fährmann der Unterwelt; brachte die Verstorbenen über den Totenfluß *Acheron* oder *Styx.*
„Charon", Zeitschrift (1904–1914, 1920–1922) des *Charon-Kreises* um den Schriftsteller O. zur *Linde;* Mithrsg. bis 1907: R. *Pannwitz,* seit 1909: Karl *Röttger.* Neben den dichter. Zielen standen pädagog. im Geist B. *Ottos.*
Charonton [ʃarɔ̃'tɔ̃], *Charenton,* Enguerrand, französ. Maler, *1410 Laon, †1461 Avignon; seit 1444 in Avignon nachweisbar, Hauptmeister der Schule der Provence. Von seinen Altartafeln ist die 1453/54 entstandene Darstellung der Marienkrönung u. Hl. Dreifaltigkeit für das Hospital von Villeneuve-lès-Avignon die berühmteste. C.s Stil folgt der fläm.-burgund. Tradition.
Charpentier [ʃarpã'tje:], **1.** Gustave, französ. Komponist u. Musikkritiker, *25. 6. 1860 Dieuze, Lothringen, †18. 2. 1956 Paris; Schüler von J. *Massenet,* 1887 Rompreis. Sein Hptw. ist die als „Musikroman" bez. Volksoper „Louise" 1900; daneben schrieb er Chor- u. Orchesterwerke.
2. Marc-Antoine, französ. Kirchenmusiker, *1634 oder 1636 Paris, †24. 2. 1704 Paris; Schüler von G. *Carissimi,* Kapellmeister an der Ste.-Chapelle in Paris; schrieb Messen, Psalmen, Motetten u. Kantaten; bedeutender Oratorienkomponist.
Charque ['tʃarkə; span.], getrocknetes, in Streifen geschnittenes Fleisch aus Südamerika; wird vorgefroren u. im Vakuum getrocknet. →auch Pemmikan.
Charrua [tʃa'rrua], 1830–1832 ausgerotteter Indianerstamm in Uruguay.
Charta ['kar-; die; ägypt. (?), grch., lat.], im Altertum u. MA.: Urkunde; in neuerer Zeit im Staats- u. Völkerrecht: Grundgesetz, z. B. *Magna C. libertatum* (engl. Grundgesetz von 1215), die französ. *Charte* von 1814 u. 1830, *Atlantik-C., C. der Vereinten Nationen.*
Charta 77, Manifest tschechoslowak. Bürgerrechtler zur Konstituierung einer Vereinigung mit dem Ziel, einzeln und gemeinsam für die Respektierung der Bürger- und Menschenrechte in der ČSSR u. in der Welt einzutreten, wie von der Abschlußakte der Konferenz von Helsinki u. zahlreichen weiteren internationalen Dokumenten zugestanden. Durch ihren symbol. Namen betont C. 77, daß sie an der Schwelle eines Jahres steht, das zum Jahr der Rechte polit. Gefangener erklärt wurde u. in dessen Verlauf die Verpflichtungen von Helsinki zu überprüfen sind.
Charta libertatum ['kar-; lat., „Urkunde der Freiheiten"], die Proklamation des engl. Königs *Heinrich I.* bei seiner Thronbesteigung 1100, die sich auf die Lehnsrechte der Kronvasallen nach der Ordnung Wilhelms des Eroberers verpflichtete, den Landfrieden nach den Gesetzen Eduards des Bekenners verkündete u. die Freiheit der Kirche bestätigte. Sie kann als das erste Verfassungsgesetz Englands angesehen werden, an die die *Magna Charta libertatum* von 1215 anknüpfte.
Charter ['tʃa:tə; der; engl.], Urkunde, Freibrief.
Chartervertrag, *Raumfrachtvertrag, Frachtcharter, Seerecht:* 1. als *Vollcharter (Ganzcharter)* die vertragl. Übernahme eines ganzen Schiffs mit Kapitän u. Mannschaft; 2. als *Teilcharter* die Übernahme eines verhältnismäßigen Teils eines Schiffs; 3. als *Raumcharter* die Übernahme eines bestimmten Raums in einem Schiff. – Entsprechend im *Luftverkehr.* Gegensatz: *Stückgutfrachtvertrag.*
Chartier [ʃar'tje:], Émile Auguste, →Alain.
Chartismus [kar-; lat., engl.], Grundsätze, Ziele u. Bewegung der *Chartisten.*
Chartisten [kar-], die Anhänger einer revolutionärdemokrat. u. sozialist. Arbeiterbewegung *(Chartismus)* in England zwischen 1838 u. 1850. Aus Enttäuschung über die *Reformbill* von 1832 u. das *Armengesetz* von 1834 verlangten die C. in der 1838 von W. *Lovett* (*1800, †1877) verfaßten „People's Charter" eine Parlamentsreform u. jährl. Unterhauswahlen mit gleichem u. geheimem Wahlrecht für alle volljährigen Männer. Dazu forderten sie Arbeiterschutzgesetze, gerechte Einkommensteuern u. a. soziale Maßnahmen. Ein von der „Londoner Working Men's Association" u. der „National Charter Association" versuchter Aufstand 1839 wurde niedergeschlagen, die Forderungen der C. wurden im Parlament mehrmals abgelehnt. Durch die Zurückhaltung der seit 1824 wieder zugelassenen Gewerkschaften u. unter dem Einfluß des wachsenden Wohlstands ging der Chartismus zurück, war jedoch von nachhaltiger Wirkung auf die polit. u. soziale Bewußtseinsbildung in der engl. Arbeiterschaft u. wirkte später auch auf Marx u. Engels.
Chartres [ʃartr], nordfranzös. Stadt an der oberen Eure, Hptst. des Dép. Eure-et-Loir u. Mittelpunkt der *Beauce,* 36 900 Ew.; landwirtschaftl. Großmarkt mit Getreide-, Vieh- u. Wollhandel; Metall-, Elektro-, Nahrungsmittel-, chem. u. pharmazeut. Industrie, Lederverarbeitung; got. Kathedrale (12./13. Jh.). – Früher Hptst. der Grafschaft (seit 1528 Herzogtum) *Chartrain,* die seit 1623 dem Haus Orléans als Apanage gehörte.
Chartreuse [ʃar'trø:z; der], *Kartäuser,* französ. gelber oder grüner süßer Kräuterlikör.
Chartreuse, *Grande C.* [grãd ʃar'trø:z], steiles Gebirgsmassiv der französ. Kalkalpen, zwischen der Schlucht von Chambéry im N u. der von Grenoble im S, im *Chamechaude* 2087 m, teilweise stark bewaldet; in einem abgelegenen Tal das Kloster *Grande C.,* 997 m ü. M., vom hl. *Bruno von Köln* 1084 gegr., erste Niederlassung u. nach Unterbrechungen seit 1942 wieder Hauptkloster der *Kartäuser;* der bekannte Kräuterlikör wird seit Ausweisung der Mönche (1903) in deren Likörfabrik in Tarragona hergestellt.
Charybdis, Meeresstrudel, →Skylla.
Chasaren, Turkvolk im südl. Rußland, vom Ural her eingewandert. Vom 7. bis zum 9. Jh. erstreckte sich ihr Reich vom Uralfluß bis zum Dnjepr u. vom Kaukasus bis zur mittleren Wolga. Hptst. *Balandschar* (an der Wolgamündung), Hauptfestung *Sarkel* (russ. *Belowescha*) an der Donmündung, gegr. 835. Viele Nachbarvölker waren den C. tributpflichtig, bis diese dem Kiewer Reich 965 in einer Schlacht unterlagen. Ein knappes Jahrhundert später hatten die C. sämtl. polit. Macht an die Choresmier verloren; zum letzten Mal erwähnt werden sie im 13. Jh. Das C.-Reich war durch seinen Transithandel u. seine religiöse Vielgestaltigkeit (Oberschicht mosaischen Glaubens) bedeutend.
Chase [tʃɛis], **1.** Mary Ellen, US-amerikan. Schriftstellerin, *24. 2. 1887 Blue Hill, Me.; schreibt meist Romane über ihre Heimat im NO der USA: „Am Rande der Dunkelheit" 1957, dt. 1964.
2. William Merritt, US-amerikan. Maler, *1. 11. 1849 Franklin, Ind., †25. 10. 1916 New York; Stilleben, Interieurs, Porträts u. Landschaften in lichter Tonmalerei unter dem Einfluß von J. *Whistler* u. der Münchner Malerschule des 19. Jh.
Chase Manhattan Bank [tʃɛis mæn'hætən bæŋk], New York, drittgrößte Depositenbank der USA u. der Welt, entstand 1955 aus dem Zusammenschluß der *Chase National Bank of the City of New York* (gegr. 1877) u. der *Bank of the Manhattan Company* (gegr. 1799) mit zahlreichen Zweigstellen in New York u. Tochtergesellschaften in der ganzen Welt.
Chasse [ʃas; die; frz., „Jagd"], Jagdmusikstück.
Chasseral [ʃasə-], Bergrücken des Schweizer Jura, westl. vom Bieler See, Bergbahn zum *Le C.* (1607 m).
Chassériau [ʃase'rjo:], Théodore, französ. Maler, *20. 9. 1819 Santo Domingo, †8. 10. 1856; schon als Kind Schüler von J. A. D. *Ingres* in Paris; unternahm Studienreisen nach Frankreich, Belgien, Holland u. Algier; malte weibl. Aktfiguren unter histor. oder mytholog. Vorwand („Susanna im Bade"; „Venus Anadyomene") u. an E. *Delacroix* orientierte Fresken in Pariser Kirchen u. im Treppenhaus des Rechnungshofs (1844–1848) in klarer Linienführung u. straffer, rhythm. Monumentalität.
Chasseurs [ʃa'sø:r; frz., „Jäger"], in der französ. Armee leichte Infanterie, als *C. à cheval* (Jäger zu Pferd) leichte Kavallerie, als *C. alpins* Gebirgsjäger.
Chassey-Kultur [ʃa'sɛ], mittelneolith. ackerbautreibende Kultur in Frankreich, benannt nach dem Fundort *Camp de Chassey,* Dép. Saône-et-Loire.

Charakteristisch sind rundbodige, glatte Gefäße feiner Machart, unverziert oder mit feinen, nach dem Brennen eingeritzten Mustern. Nahe verwandt sind die ostspan. *Almeriakultur,* die oberitalien. *Lagozza-Gruppe,* die *Egolzwiler Kultur* in der Schweiz u. die engl. *Windmill-Hill-Gruppe,* so daß sie alle zu einem großen zusammenhängenden Kulturkreis gerechnet werden.

Chassidismus [hebr. *chassidim,* „die Frommen"], jüdische religiöse Bewegung in den osteurop. Ländern, in der Mitte des 18. Jh. begründet durch *Israel ben Elieser* (genannt *Baal Schem,* „Herr des guten Namens", abgekürzt *Bescht,* *1699, †1760). Der C. betont die Allgegenwart der Offenbarung Gottes gegenüber dem Gesetzesglauben. Er ist eine mystische Gegenbewegung gegenüber der rationalist. Nüchternheit des Talmudismus. Er wurzelt in der Kabbala u. hat zum Ziel, im ekstatischen Gebet die mystische Einigung mit Gott zu erreichen. Dem Oberhaupt der Sekte, dem *Zaddik* [„Gerechter"], wird blind vertraut. Das Moment der Freude wird im C. stark betont. – ▯ 1.8.2.

Chassis [ʃaˈsi; das; frz.], das Fahrgestell eines Kraftfahrzeugs; allg. Rahmen, Unterbau, Gestell, auf dem z. B. die Einzelteile von Rundfunkgeräten u. a. angebracht werden.

Chasuble [ʃaˈsybl; die; frz., „Meßgewand"], heute über Kleidern u. Blusen getragene, ärmellose lange Weste oder Überwurf, meist gestrickt oder gehäkelt.

Chatanga [xa-], schiffbarer Fluß in Nordsibirien, entsteht durch die Vereinigung von *Kotuj* u. *Cheta,* fließt nach 250 km in breitem Trichter in den *C. busen* (Laptewsee); fischreich; nur 3 Monate eisfrei.

Château [ʃaˈtoː; das; frz., von lat. *castellum*], häufiger Bestandteil französ. Ortsnamen; Schloß, Burg.

Chateaubriand [ʃatobriˈɑ̃], Mittelstück der Rinderlende (Filet), auf dem Rost gebraten, innen rosa, angerichtet mit diversen Gemüsen.

Chateaubriand [ʃatobriˈɑ̃], François René Vicomte de, französ. Schriftsteller u. Politiker, führender französ. Frühromantiker, *4. 9. 1768 Saint-Malo, †4. 7. 1848 Paris; Offizier, dann ein Jahr in Nordamerika, später Gesandter, 1823/24 Außen-Min.; veröffentlichte die weltschmerzlichen Novellen „Atala" 1801, dt. 1805, u. „René" 1802, dt. 1803, sowie das Prosa-Epos „Die Natchez" 1826, dt. 1827 ff., in dem er, romant. den „Naturmenschen" verklärend, den Untergang eines Indianerstamms schildert. Die Novelle „Die Abenteuer des letzten Abenceragen" 1826, dt. 1843, ist eine Liebesgeschichte vom Ende der Maurenzeit. Zum Katholizismus zurückgekehrt, verfaßte er das Essay „Genius des Christentums" 1802, dt. 1803/04, unter dem Titel „Geist des Christentums" dt. 1844, eine Absage an die Aufklärung vom Geist Voltaires, u. den das Christentum verherrlichenden Roman „Die Märtyrer" 1809, dt. 1811. Lesenswert sind ferner seine Lebenserinnerungen. – ▯ 3.2.1.

Château-d'Oex [ʃatoˈdøː], dt. *Ösch,* schweizer. Luftkurort, Sommerfrische u. Wintersportplatz im Kanton Waadt, Hauptort des Pays d'Enhaut im oberen Saanetal, 1000 m ü. M., 3200 Ew.; Heimatmuseum.

Château-Lafịtte [ʃato laˈfit] u. *Château-Latour,* berühmte französ. Bordeauxweine *(Médoc).*

Châteauroux [ʃatoˈruː], mittelfranzös. Stadt im südwestl. Berry, Hptst. des französ. Dép. Indre, links der Indre, 60 000 Ew.; Kirchen, spätgot. Schloß (Château Raoul); Textil-, Metall- u. Nahrungsmittelindustrie.

Château-Thierry [ʃato tjeˈri], nordfranzös. Kreisstadt im Dép. Aisne, rechts an der Marne, 11 600 Ew.; Landmaschinen- u. Musikinstrumentenbau, Möbel- u. Lebensmittelindustrie. – Am 12. 2. 1814 besiegte hier Napoléon I. die Preußen u. Russen unter Blücher; im 1. Weltkrieg 1918 schwer umkämpft; US-Ehrenmal.

Châtelet [ʃatˈlɛ], ursprüngl. Burg in Paris, später Gerichtshof u. Gefängnis (1802 abgebrochen); danach benannt ein verkehrsreicher Platz u. das *Théâtre de C.* an seiner Westseite.

Châtellerault [ʃatɛlˈroː], westfranzös. Kreis- u. Industriestadt im Dép. Vienne, links an der unteren Vienne, 36 600 Ew.; Wasserschloß; Eisen-, Textil- u. a. Industrie.

Chatham [ˈtʃætəm], 1. südengl. Hafenstadt an der Themse, östl. von London, 55 000 Ew.; Marinearsenal (gegr. 1588), Docks, Kriegsschiffbau. – 2. kanad. Stadt in Ontario, 40 000 Ew.; landwirtschaftl. Handels- u. Industriezentrum; Erdgasförderung.

Chatham [ˈtʃætəm], Earl of →Pitt, William d. Ä.

Chatham House [ˈtʃætəm ˈhaus], Sitz des engl. „Instituts für internationale Angelegenheiten", eines bedeutenden Informationszentrums, in dem aus Büchern, Zeitungen u. Zeitschriften der ganzen Welt die für die engl. Politik wichtigen Nachrichten gesammelt werden.

Chathaminseln [ˈtʃætəm-], neuseeländ. Inselgruppe (Territorium) östl. der Südinsel, 963 qkm; 480 Ew., großenteils Maoris; Gouverneurssitz *Waitangi;* Getreide-, Kartoffel- u. Gemüseanbau, Schafzucht, Fischerei; Hauptinsel *Chatham* (oder *Warekauri,* 890 qkm), ferner Pittinsel (Rangihaute, 62 qkm), Rangatira u. a.; 1791 von Captain *Broughton* mit dem Schiff *Chatham* entdeckt.

Châtillon [ʃatiˈjɔ̃], *C.-sous-Bagneux,* südl. Vorstadt von Paris im Dép. Hauts-de-Seine, 24 700 Ew.; Forschungsreaktor der französ. Atomenergiebehörde, Flugzeugbau.

Chatschaturjan [xa-], *Khatschaturian,* Aram Iljitsch, armen.-sowjet. Komponist, *6. 6. 1903 Tiflis, †1. 5. 1978 Moskau; zeigt eine Vorliebe für Tanzformen u. armen. Folklore. Ballette („Gajaneh" mit dem Säbeltanz); Sinfonien, Klavier-, Violin- u. Cellokonzert, Kammermusik u. Lieder.

Chattahoochee River [tʃætəˈhuːtʃi-], Fluß im SO der USA, aus den Appalachen, Grenzfluß zwischen Georgia u. Alabama; heißt im Unterlauf *Apalachiola;* mündet in den westl. Golf von Mexiko; insgesamt 1040 km, 3 Stauseen.

Chattanooga [tʃætəˈnuːgə], Industriestadt im USA-Staat Tennessee, am Tennessee, im Appalachenlängstal, 125 000 Ew. (Metropolitan Area 238 000 Ew.); Universität (gegr. 1886); Textil-, Lebensmittel-, Maschinen- u. a. Industrie. – 23.–25. 11. 1863 Sieg der Nordstaatler (unter U. *Grant*) über die Südstaatler (unter B. *Bragg*) im Sezessionskrieg.

Chatten, *Katten,* german. Stamm zwischen Fulda, Eder u. Schwalm; in der Varusschlacht u. beim Bataveraufstand gegen Rom verbündet; zwei Feldzüge Domitians gegen sie führten zur Errichtung erster Limeslinien; letztmalig 213 erwähnt; um 720 werden im gleichen Raum die *Hessen* genannt, die wahrscheinl. die Nachkommen der C. sind.

Chatterton [ˈtʃætətn], Thomas, engl. Dichter, *20. 11. 1752 Bristol, †24. 8. 1770 London (Selbstmord); ahmte genial mittelalterl. Gedichte nach, die er z. T. mit Erfolg als echt ausgab.

Chattuṣa →Hattusa.

Chattuṣili →Hattusili.

Chaucer [ˈtʃɔːsə], Geoffrey, engl. Dichter, Diplomat u. Staatsbeamter, *um 1340 London, †25. 10. 1400 London; seine Dichtung, in der die engl. Literatur des MA. gipfelt, beginnt mit Nachahmungen französ. Allegorien (Übersetzung des Rosenromans um 1370). Später verwertet er in selbständiger Weise italien. Anregungen: von Dante in dem Traumgedicht „The Parlement of Foules" (Das Vogelparlament), entstanden um 1382 (Erstdruck 1485), von G. Boccaccio in dem trag. u. iron. Haltung verbindenden Epos „Troilus and Criseyde", entstanden um 1384 (Erstdruck um 1478), das ihn als kraftvollen Gestalter menschl. Charaktere u. Schicksale erweist. Den Höhepunkt seines Schaffens bedeuten die unvollendeten „Canterbury Tales", entstanden 1387–1400 (Erstdruck um 1478, dt. 1827), in denen sich sein weiter u. freier Geist u. seine Meisterschaft als Sprach- u. Verskünstler voll entfalten. – ▯ 3.1.3.

Chaudet [ʃoˈdɛ], Paul, schweizer. Politiker (Freisinnig-demokratische Partei), *17. 11. 1904 Rivaz, Waadt, †7. 8. 1977 Lausanne; 1955–1966 im Bundesrat, Vorsteher des Militärdepartements, 1959 u. 1962 Bundes-Präsident.

Chauken [ˈçau], german. Stamm an der Nordseeküste zwischen Ems u. Elbe. Die C. lebten auf künstl. Wohnhügeln *(Wurten),* plünderten 47 die gallische Küste u. gingen wahrscheinl. in den Sachsen auf.

Chaulmoograöl [tʃɔlˈmuː-; ind.], Samenöl des ind. Baumes *Taractogenes kurzii,* als Mittel gegen Aussatz verwendet; in Form der im C. wirksamen *Chaulmoograsäure* auch synthet. hergestellt.

Chaumont [ʃoˈmɔ̃], 1. Bergrücken im Schweizer Jura, nördl. vom Neuenburger See, 1180 m; Seilbahn von der Talstation La Coudre, östl. von Neuenburg. – 2. ostfranzös. Stadt an der Marne, alte Hptst. des *Bassigny,* jetzt Sitz des Dép. Haute-Marne, 27 600 Ew.; Weißgerberei, Herstellung von Handschuhen u. Lederwaren, Metallverarbeitung; Eisenbahnknotenpunkt. – Im *Vertrag von C.* 1814 schlossen sich England, Rußland, Preußen u. Österreich gegen das napoleon. Frankreich zusammen.

Chausson [ʃoˈsɔ̃], Ernest, französ. Komponist, *21. 1. 1855 Paris, †10. 6. 1899 Limay bei Mantes; ursprüngl. Jurist; Schüler J. *Massenets* u. C. *Francks,* durch den ihm R. *Wagner* erschlossen wurde, dessen Einfluß in dem Musikdrama „Le Roi Arthus" 1903 zu erkennen ist. C. zählt zu den unmittelbaren Vorläufern des Impressionismus. Seine Bedeutung beruht auf Kammermusik u. Liedern; am bekanntesten ist sein „Poème" für Violine u. Orchester 1896.

Chauvinismus [ʃovi-; frz.], die fanatische, meist krieger. Steigerung des *Nationalismus;* der Begriff ist abgeleitet von dem Namen des säbelrasselnden *Chauvin,* einer kom. Figur aus dem französ. Lustspiel „La cocarde tricolore" (1831) der Brüder *Cogniard.*

Chaux-de-Fonds →La Chaux-de-Fonds.

Chaval [ʃa-], Pseudonym für Yvan Francis *Le Louarn,* französ. Graphiker, *12. 2. 1915 Bordeaux, †22. 1. 1968 Paris; Buchillustrationen (G. Mikes, J. Swift, E. Kästner), Werbegraphik u. in Buchveröffentlichungen gesammelte Karikaturen.

Chavannes →Puvis de Chavannes.

Chavạnte [ʃa-], *Shavante,* krieger., fremdenfeindl. Indianerstamm des Zentral-Ge am Araguaia-Tocantins; Runddörfer mit halbkugeligen Hütten; Pflanzer, Sammler u. Jäger.

Chaves [ˈʃaviʃ], nordportugies. Stadt am Tâmega (nahe der portugies.-span. Grenze), 15 000 Ew.; Römerbrücke, alte Befestigungen; Heilbad.

Chávez [ˈtʃaves], Carlos, mexikan. Komponist, *13. 6. 1899 Calzada de Tacuba, †2. 8. 1978 Ciudad de México; Autodidakt, folkloristisch beeinflußt; Oper „Panfilo und Lauretta" 1957; Ballette („El Fuego Nuevo", aztek. Ballett 1921; „Los Cuatro Soles", Indio-Ballett 1926), 7 Sinfonien („Sinfonia India" 1936), Instrumentalkonzerte, „Toccata für 6 Schlagzeuger" 1942, zahlreiche Klavierwerke.

Chavin-Kultur [tʃaˈvin-], der erste große, die meisten Gebiete Perus umfassende „Horizontstil" des nördl. Andenraums (also auch Staatsgebilde, ist ungeklärt) aus der Zeit von 1200–400 v. Chr., nach der am Río Mozna, einem kleinen Nebenfluß des Marañón, gelegenen Ruinenstätte *Chavin de Huántar* benannt. Die monumentale Sakralarchitektur aus Stein (Tempel in Chavin de Huántar) u. Lehm (Nepeña-Tal), figürl. Steinreliefs u. -plastiken (Hauptmotiv: der Jaguar) in einem eigenartig verschlüsselten, symbolischen u. komplizierten Stil (sog. Raimondi-Stele, Reliefs vom Cerro Sechín) dienten dem Kult einer Jaguar- oder Puma-Gottheit. Stil u. Motiv der Darstellungen haben große Ähnlichkeit mit künstler. Zeugnissen der olmekischen Kultur in Mexiko; Keramik mit reliefartigem Dekor, Schmuck aus Türkisen, Bein u. getriebenem Goldblech; regionale Stilunterschiede. Der Ursprung der C. ist noch ungeklärt. – ▯ 5.7.7.

Chavin-Kultur: Tongefäß in Gestalt eines Götterkopfes mit dem Gebiß des Jaguars aus der Ica-Region in Südperu; vor 300 v. Chr. München, Staatl. Museum für Völkerkunde

Chazin

Chazin [ˈxazin], *Al-Chazin*, pers. Mathematiker u. Astronom, um 950 n. Chr.

Che [tʃe; span.-argentin.], vertraul. Anruf mit dem Sinn „He du, hör mal" in einigen lateinamerikan. Ländern, bes. in Argentinien. Auf Kuba dem aus Argentinien stammenden Politiker Ernesto →Guevara als Spitzname angehängt; im Ausland als zweiter Vorname aufgefaßt u. auch in dt. Namen als solcher verwendet.

Chechâouen, *Chechâouene* [xɛxauˈɛn], span. *Xauen*, Prov.-Hptst. im nördl. Marokko, am Rif, 50 000 Ew.; Teppichfabrik; heilige islam. Stadt.

Check [ʃɛk], schweizer. Schreibung für →Scheck.

Checklist [ˈtʃɛklist; engl.], Liste, nach der vor jedem Flugstart (-landung) Triebwerke, Steuerung u. Bordsysteme überprüft werden.

Chef [ʃɛf; frz., von lat. *caput*, „Haupt"], **1.** *allg.:* Leiter, Vorgesetzter.
2. *Militär:* der militär. Führer einer Einheit (z. B. *Kompanie-C.*). – *C. des Stabes*, Leiter des Stabes einer Kommandobehörde vom Divisionsstab oder entsprechenden Dienststellen aufwärts, zugleich erster Berater, u. U. auch ständiger Stellvertreter des Kommandeurs oder Dienststellenleiters.

Chef de cuisine [ˈʃɛf də kyiˈsiːn; frz.], Küchenchef.

Chef de rang [ˈʃɛf də ˈrã; frz.], Revierkellner.

Chef des Protokolls, Beamter des Außenministeriums, der für das Zeremoniell u. Etikettefragen sowie für die Angelegenheiten des →Diplomatischen Korps zuständig ist.

Chef d'œuvre [ʃɛf døːvrə; das; frz.], Meisterwerk.

Chefredakteur, verantwortl. Leiter einer Redaktion.

Cheireddin Barbarossa [xai-] = Chaireddin Barbarossa.

cheiro... [ˈçairo...; grch.], griech. Schreibweise für →chiro...

Cheiron →Chiron.

Chelatometrie [grch.], *Komplexometrie*, Verfahren der *Maßanalyse*, das mit →Komplexonen zur Bestimmung von Metallionen arbeitet.

Chélia, *Djebel C.*, höchster Gipfel des alger. Aurèsmassivs im Saharaatlas, 2328 m; im Winter verschneit.

Chelicerata, *Kieferklauenträger*; →Spinnentiere (i. w. S.).

Chéliff, *Ouèd C.*, längster Fluß Algeriens, 690 km; entspringt als *Ouèd Namûs* im Djebel Amour, durchfließt in steiler Schlucht den Tellatlas, mündet bei Mostaganem ins Mittelmeer; nicht schiffbar; 37 000 ha großer Stausee, Kraftwerk südl. von Qsar-el-Boukhari, 65 m hohe Talsperre; Agrargebiet.

Chelizeren [grch.], *Cheliceren*, *Kieferfühler*, das erste Paar Kopfgliedmaßen der Spinnentiere; meist scherenartig zum Greifen ausgebildet →auch Mundwerkzeuge.

Chelléen [ʃɛleˈɛ] →Abbevillien.

Chelm, poln. *Chełm*, Höhenrücken, östlich der Oder u. nördlich der Klodnitz; im Annaberg 385 m hoch.

Austritt von Perlonfäden aus einer Spinndüse

Probefärbungen von Garnen

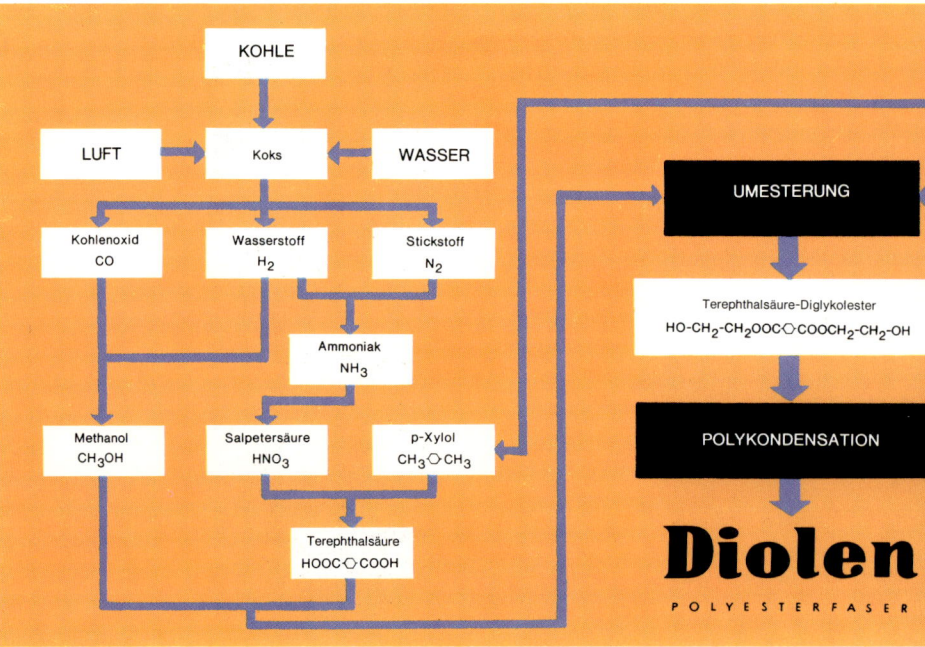

Chemie

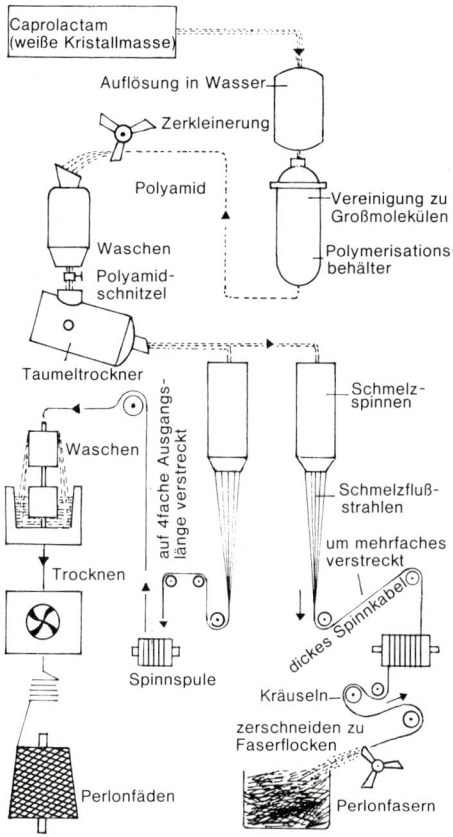

Herstellungsschema für Perlon

CHEMIEFASERN

a) Makrophoto eines Nylonfadens aus Endlosfaser. – b) Makrophoto eines Garns aus Diolenfasern, mechanisch gesponnen. – c) Makrophoto eines texturierten Fadens aus Diolen-Endlosfaser für Diolen-Loft-Bekleidung. Texturierung heißt das Verfahren zur Herstellung von gekräuselten, bauschigen Garnen aus Endlosfasern

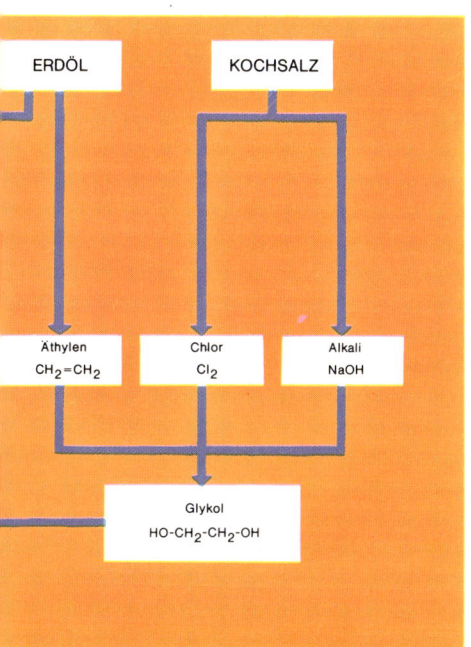

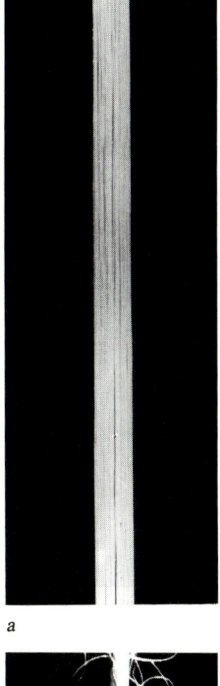

a

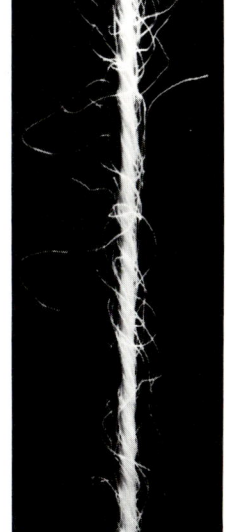

b

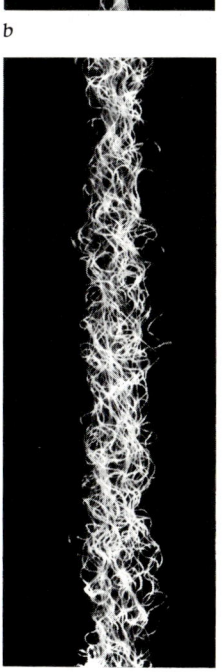

c

Nylonmolekül

Perlonmolekül

Chełm [xɛum], ostpoln. Stadt östl. von Lublin, Hptst. (seit 1975) der poln. Wojewodschaft C., 44 000 Ew.; Zement- u. Nahrungsmittelindustrie. – 1944 wurde hier das →Polnische Komitee der Nationalen Befreiung gegründet.
Chełmno ['xɛumnɔ], poln. Dorf nordwestl. von Lodsch, am Ner (zur Warthe); 1941–1944 nat.-soz. Vernichtungslager: 360 000 Todesopfer.
Chełmoński [xɛu'mɔnjski], Józef, poln. Maler, *7. 11. 1849 Boczki bei Łowicz, †6. 4. 1914 Kuklówka bei Grodzisk Mazowiecki; Studium in Warschau u. München, 1875 Übersiedlung nach Paris, wo seine lebensvollen, bisweilen naiven Schilderungen der poln. Landschaft, Kleinstadtszenen u. Bilder von jagenden Pferden begeisterte Aufnahme fanden. Die große Nachfrage bewirkte eine künstlerische Stagnation, seine originelle Malweise wurde zur Manier.
Chelmsford ['tʃɛlmsfəd], Hptst. der ostengl. Grafschaft Essex, 56 000 Ew.; anglikan. Bischofssitz, Kathedrale (15. Jh.).
Chelonia [çe-; grch.] →Schildkröten.
Chelsea ['tʃɛlsi:], seit 1964 Teil des Stadtbez. *Kensington and C.* (208 000 Ew.) von Greater London, westlich der City; zwischen Themse u. Hydepark; 50 000 Ew.
Chelsea-Porzellan ['tʃɛlsi-], Erzeugnisse der um 1745 gegr. u. 1784 mit der Manufaktur in Derby vereinten ältesten engl. Porzellanfabrik in *Chelsea.* Die Anfangsproduktion zeigt starke Einflüsse des Meißner Porzellans; nach 1769 fast ausschl. Herstellung von Geschirren, daneben *Chelsea-toys;* Hauptmarke: Anker in Rot oder Gold.
Cheltenham ['tʃɛltnəm], mittelengl. Stadt u. Badeort in Gloucestershire, am Fuß der Cotswold Hills, 76 000 Ew.; Mineralquellen.
Chem [xɛm; russ.-tuwinisch], Bestandteil geograph. Namen: Fluß.
Chemie [grch., lat.], die Lehre von den Stoffen u. Stoffumwandlungen. Sie befaßt sich mit dem Aufbau *(Synthese),* der Zerlegung *(Analyse)* u. den Veränderungen *(Reaktionen)* von Stoffen u. zählt zu den exakten Naturwissenschaften. In klass. Weise unterscheidet man die *anorganische* C., die alle Elemente außer Kohlenstoff umfaßt, die *organische* C., die auch *C. der Kohlenstoffverbindungen* heißt, u. die *physikalische* C., die sich mit den physikal. Gesetzen bei chem. Reaktionen beschäftigt. Darüber hinaus gibt es Spezialgebiete, bei denen alle drei Hauptformen vertreten sind: *analytische* C., *physiologische* C., *pharmazeutische* C., *gerichtliche* C., *Nahrungsmittel-C., Agrikultur-C., Elektro-C., Kunststoff-C., Kolloid-C.* u. a.
Die wissenschaftl. Basis aller chem. Reaktionen bildet der Elementbegriff, der im Lauf der Entwicklung eine zunehmende Vertiefung erfahren hat. Heute versteht man unter einem →chemischen Element einen Stoff, dessen Atome alle die gleiche Kernladungszahl haben. Diese ist identisch mit der Ordnungszahl im →Periodensystem der Elemente. Stoffe von einheitl. Zusammensetzung im chem. Sinn heißen chemische →Verbindungen.

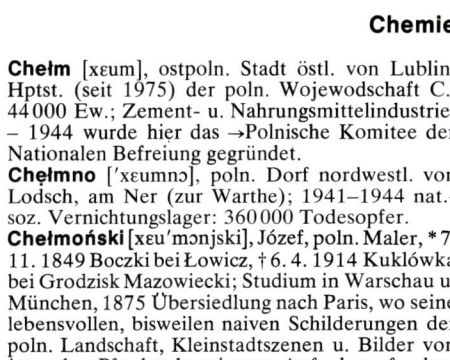

Kräuselvelours aus Diolen

Chemiefaserbeläge

Charakterist. für die C. ist die *Formelsprache*, die es aufgrund der Elementsymbole erlaubt, selbst schwierige Reaktionsabläufe ohne Worterklärungen in Form von →chemischen Gleichungen zu beschreiben, wobei die Ausgangs- u. Endprodukte nicht nur qualitativ, sondern auch quantitativ erfaßt sind (→Stöchiometrie). – Die verwirrende Fülle bekannter u. die rasch ansteigende Zahl neuer chem. Verbindungen aus allen Teilgebieten der C., der Biochemie u. der Pharmazie machen eine genaue Kennzeichnung der Stoffe notwendig. Das System der chem. Fachbezeichnungen (Nomenklatur) hat als Basis die wissenschaftl. Namen der Elemente, die zur Kennzeichnung von chem. Verbindungen in mannigfacher Weise miteinander verknüpft sind. Daneben werden auch eine Reihe von gewöhnl. Namen (Trivialnamen) für altbekannte Stoffe wie Schwefelsäure, Kochsalz, Essigsäure u. a. beibehalten. Wichtige Stoffklassen sind: Oxide, Basen, Säuren, Salze. Die organische C., die heute über 3 Mill. chem. Verbindungen umfaßt, kann diese Fülle nur mit Hilfe latein. u. griech. Buchstaben, Silben u. Ziffern treffend kennzeichnen, da rund 90% aller organ. Verbindungen nur aus den drei Elementen *Kohlenstoff, Wasserstoff* u. *Sauerstoff* bestehen. Charakteristisch sind hier neben kettenförmigen Verbindungen Ringsysteme verschiedener Art (Benzol, Naphthalin, Anthracen, Pyrrol, Furan).

Schon im Altertum, also lange bevor es eine Wissenschaft der C. gab, hatten die Menschen aller Kulturkreise Methoden u. Verfahren, die wir heute als chem. Reaktionen bezeichnen, empir. erarbeitet u. über Generationen hinweg weitergegeben. Das Zeitalter der →Alchemie, etwa vom 13. bis zum Anfang des 16. Jh., kennzeichnet das Streben nach dem *Stein der Weisen*. Als Begründer der wissenschaftlichen Chemie gilt *Paracelsus*. – ▫ 8.0.0.

Chemiefaserbeläge, Fußbodenbeläge aus Perlon oder Acrylfasern, die als Ausgleichsware oder Teppiche verwendet werden. →auch Fußboden.

Chemiefasern, Sammelbez. für Kunstfasern, umfaßt die vollsynthetischen Fasern (*Dralon, Nylon, Perlon, PeCe-Fasern* u. a.), die halbsynthetischen auf Cellulose-Basis u. die Zellwolle. In chem. Hinsicht stehen die C. den *Kunststoffen* nahe. Sie werden aus Cellulose (Kunstseide, Zellwolle), Kasein (Lanital) oder vollsynthet. aus niedermolekularen Ausgangsstoffen (Synthesefasern) hergestellt. Diese sind Polyamide (*Nylon, Perlon*), Polyacrylnitrile (*Orlon, Dralon, PAN*), aus Terephthalsäure u. Äthylenglykol gewonnene Polyester (*Diolen, Terylene, Trevira*) oder Polyvinylchlorid (*PeCe-Fasern*).

Die Faserform der C. wird beim Spinnen erhalten; dabei wird der verflüssigte Stoff durch in größerer Zahl zu einer „Brause" zusammengefaßte, feine Düsen hindurchgepreßt. Der feste Faden entsteht, indem die aus der Spinndüse austretende Flüssigkeit entweder in einem Fällbad, in das die Spinnbrause eintaucht, fest wird (*Naßspinnen* bei Kunstseide) oder durch Verdunsten des Lösungsmittels, in dem der Stoff gelöst war (*Trockenspinnen* bei Polyacrylnitrilfasern) oder durch Abkühlung des im geschmolzenen Zustand versponnenen Fadens (*Schmelzspinnverfahren*; z. B. Nylon, Perlon). Zur Erhöhung der Festigkeit wird der Faden dann noch „verstreckt" (→Makromoleküle). Die C. kommen als unzerschnittene oder zerschnittene (→Stapelfaser) Fäden in den Handel.

1970 wurden 80% aller C. für Bekleidung u. ä., 20% für technische Zwecke verwendet. Von allen in der Welt erzeugten Textilfasern entfielen 1969 17% auf Cellulosefasern, 21% auf Synthesefasern. →auch Kunstseide, Polyacrylnitrilfaserstoff, Polyamidfaserstoff, Polyesterfaserstoff, Polystyrolfaserstoff, Polyvinylalkoholfaserstoff, Polyvinylchloridfaserstoff, Polyvinylidenfaserstoff, Polyurethanfaserstoff, Zellwolle. – ▫ S. 210. – ▫ 8.6.0.

Chemie Linz AG →Österreichische Stickstoffwerke AG.

Chemieschule, Fachschule, in der chem.-techn. Assistentinnen u. Chemotechniker ausgebildet werden.

Chemie-Verwaltungs-AG, Frankfurt a. M., gegr. 1955 aufgrund der Anordnung der Alliierten Hohen Kommission bezügl. der Aufspaltung des Vermögens der I. G. Farbenindustrie AG. Ihre Tätigkeit besteht in der Verwaltung der Beteiligung an der *Chemische Werke Hüls AG*; Grundkapital: 175,0 Mill. DM (Großaktionär: *Veba AG*).

Chemiewerker, Sammelbez. für Arbeiter in der chem. Industrie. Gelernte Facharbeiter sind: der *Chemiefacharbeiter* (3 Jahre Ausbildungszeit), mit besonderer Verantwortung im reinen Produktionsvorgang (Beaufsichtigung der Apparaturen) u. der *Chemielaborant* (3½ Jahre Ausbildungszeit), der nach entspr. Angaben die im Laboratorium vorkommenden prakt. Arbeiten selbständig ausführen muß. Anerkannte Anlernberufe sind: der *Chemiebetriebsjungwerker* (2 Jahre Ausbildungszeit), der zum *Chemiebetriebsfachwerker* ausgebildet wird, u. der *Chemielaborjungwerker* (2 Jahre Ausbildungszeit), der Nachwuchs für den Beruf des *Chemielaborfachwerkers*.

Chemigraphie [grch.], Verfahren zur Herstellung von Druckstöcken für den Hoch- u. Flachdruck auf photochem. Wege. Die mit der Reproduktionsphotographie hergestellten Vorlagen werden auf die mit einer lichtempfindl. Schicht versehenen Metall- oder Kunststoffplatten kopiert u. die druckenden Elemente mit einem säurebeständigen Lack versehen. Die nichtdruckenden Teile der Druckform werden mit Säure geätzt. Moderne Klischeegraviermaschinen umgehen die Reproduktionsphotographie, Kopie u. Ätzung: Sie arbeiten auf photomechan. Wege, indem sie direkt vom Original die Tonwerte photoelektr. abtasten u. entsprechend ein Klischee in eine Kunststofffolie schneiden. →Graviermaschinen. – ▫ 10.3.3.

Chemikalien, auf chem. Wege u. für chem. Zwecke hergestellte Stoffe.

Chemiker, Wissenschaftler, der sich selbständig, im Angestellten- oder Beamtenverhältnis berufsmäßig mit Chemie befaßt (z. B. in Forschung, Lehre, Betriebsüberwachung). Ausgebildet werden C. an den Universitäten u. Techn. Hochschulen. Die Ausbildung dauert mindestens 9 Semester (im Durchschnitt 13) u. schließt mit dem Diplom-Examen (Dipl.-C., Dipl.-Ing.), häufig jedoch erst mit dem Doktor-Diplom (Dr. rer. nat., phil. oder ing.) ab, das nach Anfertigung einer selbständigen, mehrere Semester erfordernden experimentell-wissenschaftl. Arbeit (Dissertation) u. bestandenem mündlichen Examen erteilt wird. Wegen des großen Umfangs des Gesamtgebiets Chemie ist die Tätigkeit des C.s meist auf Teilgebiete spezialisiert (z. B. Agrikultur-, Nahrungsmittel-, Gerberei-, Photo-, Farben-C., Organiker, Anorganiker).

Chemilumineszenz [grch. + lat.], eine Lichterscheinung bei chem. Reaktionen, die nicht auf hoher Temperatur beruht, z. B. das Leuchten des weißen Phosphors bei langsamer Oxydation.

Chemin-Petit [ʃməˈpti], Hans, Komponist, *24. 7. 1902 Potsdam; Schüler von P. *Juon*, lehrt an der Berliner Musikhochschule; Dirigent des Philharmonischen Chors in Berlin; schrieb u. a. 2 Sinfonien, Motetten, Kantaten („Von der Eitelkeit der Welt" nach A. Gryphius; „Werkleute sind wir" nach R. M. Rilke) u. die Oper „König Nicolo" nach F. Wedekind, 1962.

chemische Elemente, chemische Grundstoffe, kurz *Elemente*, die mit Hilfe chem. Methoden nicht weiter in einfachere Stoffe zerlegbaren Grundbestandteile der Materie; ihre Zahl beträgt gegenwärtig (1973) 105. Sie kommen in folgender Häufigkeit in der Erdrinde (bis 16 km Tiefe) vor (in Gewichtsprozenten):

Sauerstoff	49,5	Titan	0,41
Silicium	25,8	Chlor	0,1
Aluminium	7,57	Phosphor	0,09
Eisen	4,7	Kohlenstoff	0,087
Calcium	3,38	Mangan	0,085
Natrium	2,43	Schwefel	0,048
Kalium	2,41	Stickstoff	0,03
Magnesium	1,95	Rubidium	0,029
Wasserstoff	0,88	Fluor	0,028

Der größte Teil der c.n E. ist bei normaler Temperatur fest, einige sind gasförmig, zwei flüssig (Quecksilber u. Brom). Eine Anordnung der c.n E. nach ihren chem. Eigenschaften ist das →Periodensystem der Elemente.

chemische Formeln, die symbol. Darstellung der chem. Verbindungen. 1. die *Bruttoformel* (*Summenformel*) enthält die Zeichen der Elemente, aus denen die betr. Verbindung besteht, u. hinter den Zeichen, tiefer gesetzt, die Anzahl der Atome des

---

Zeittafel zur Geschichte der Chemie

Gold, Silber, Kupfer, Blei, Eisen, Zinn, Quecksilber, pflanzliche und mineralische Farbstoffe	Vor Beginn der Zeitrechnung
Alkohol durch Destillation	11. Jh.
Mineralsäuren	13. Jh.
Schwarzpulver	14. Jh.
Begründung der wissenschaftl. C. (*Paracelsus*)	1530
Begründung der Bergbaukunde (G. *Agricola*)	1556
Erstes Lehrbuch (A. *Libavius*)	1579
Einführung der Waage bei der Beobachtung chem. Vorgänge (J. *Jungius*)	1642
Trockene Destillation von Holz, Steinkohle u. Fetten (J. R. *Glauber*)	1648
Entdeckung des Phosphors (H. *Brand*)	1674
Phlogistontheorie (G. E. *Stahl*)	um 1700
Schwefelsäure nach dem Bleikammerverfahren	1750
Entdeckung des Wasserstoffs (H. *Cavendish*)	1766
Entdeckung des Sauerstoffs (C. W. *Scheele*)	1771/72
Entdeckung des Chlors (C. W. *Scheele*)	1774
Darstellung des Sauerstoffs (J. *Priestley*)	1774
Theorie der Verbrennung (A. L. *Lavoisier*)	1777
Analyse der Luft (H. *Cavendish*)	1783
Techn. Herstellung von Soda (N. *Leblanc*)	1791
Begründung der Elektrochemie (J. W. *Ritter*)	1798
Atomtheorie (J. *Dalton*)	1808
Dualistische Theorie (J. J. *Berzelius*)	1818
Herstellung von Aluminium (Fr. *Wöhler*)	1828
Katalyse (J. J. *Berzelius*)	1835
Vulkanisation des Kautschuks (J. *Goodyear*)	1839
Photographie (J. *Daguerre*)	18..
Gesetz von der Erhaltung der Energie (R. J. *Mayer*)	18..
Teerfarben-Industrie	ab 18.
Organ. Strukturformeln (A. *Kekulé*)	18..
Spektralanalyse (R. W. *Bunsen*, G. S. *Kirchhoff*)	18..
Kolloide (Th. *Graham*)	18..
Ammoniak-Soda-Verfahren (E. *Solvay*)	18..
Massenwirkungsgesetz (C. M. *Guldberg*, P. *Waage*)	18..
Dynamit (A. *Nobel*)	18..
Periodensystem der Elemente (D. *Mendelejew*, L. *Meyer*)	1868–187.
Stereochemie (J. H. *van't Hoff*, J. A. *Le Bel*)	18..
Kunstseide (L. B. *Chardonnet*)	18..
Dissoziationstheorie (S. *Arrhenius*)	18..
Entdeckung der Edelgase (W. *Ramsay*)	1894–18..
Chromatographie (M. S. *Zwet*)	19..
Bakelit (L. H. *Baekeland*)	19..
Ammoniaksynthese (Fr. *Haber*)	19..
Kohlehydrierung (F. *Bergius*)	19..
Atommodell (N. *Bohr*)	19..
Mikroanalyse (Fr. *Pregl*)	19..
Atomzertrümmerung (E. *Rutherford*)	19..
Synthet. Waschmittel	ab 19..
Nylon (W. H. *Carothers*)	19..
Atomkernspaltung (O. *Hahn*, Fr. *Straßmann*)	19..
Künstl. Elemente: Transurane	ab 19..
Synthet. Diamanten	19..
Chlorophyllsynthese (R. B. *Woodward*)	19..
Energiegewinnung durch Atomkernspaltung	ab 19..
Isolierung eines Bakterien-Gens	19..

chemische Formeln: Toluol = Methylbenzol

Elements im Molekül (z.B. H_2O [= Wasser]: 2 Atome Wasserstoff, 1 Atom Sauerstoff); 2. die *Strukturformel (Konstitutionsformel)* gibt die Art der Verknüpfung der einzelnen Atome innerhalb des Moleküls an. Strukturformeln werden hauptsächl. in der organ. Chemie verwendet, dabei wird häufig eine abgekürzte Schreibweise angewandt, z.B. werden einzelne Teile des Moleküls als Summenformeln in die Strukturformel geschrieben; es werden nur die Bindungsstriche, aber nicht die Elementsymbole für die einzelnen Atome niedergeschrieben. Für den Fachmann sind diese vereinfachten Strukturformeln nicht nur schneller zu schreiben, sondern auch übersichtlicher u. einfacher zu lesen als eine ausführl. Strukturformel.

chemische Gleichung, *Reaktionsgleichung,* die in Form einer Gleichung geschriebene symbol. Darstellung einer chem. Reaktion. So besagt z.B. die c. G. $2 H_2 + O_2 \rightarrow 2 H_2O$, daß sich zwei Moleküle Wasserstoff u. ein Molekül Sauerstoff zu zwei Molekülen Wasser verbinden.

chemische Industrie, die Industrie, die sich mit der Umwandlung von natürl. u. mit der Herstellung von synthet. Rohstoffen befaßt. Zum Bereich der c.n I. gehören: anorgan. Chemikalien u. Grundstoffe (z.B. Salzsäure, Düngemittel), organ. Chemikalien, Pharmazeutika, Farben, Kunststoffe, Chemiefasern u. Waschmittel.

 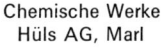  

BASF AG Ludwigshafen   Chemische Werke Hüls AG, Marl   Bayer AG, Leverkusen   Hoechst AG Frankfurt a. M.-Höchst

chemische Industrie: Firmenzeichen

chemische Kampfmittel, chem. Stoffe, die als *Kampfstoffe* in flüssigem oder gasförmigem Zustand die feindl. Soldaten schädigen oder töten sollen (nervenschädigende, hautschädigende, lungenschädigende Kampfstoffe, Augen-, Nasen- u. Rachenreizstoffe, z.B. Gelbkreuz, Grünkreuz), als *Brandstoffe* (→Brandsatz) Menschen u. Sachwerte vernichten sollen (durch Magnesium, Phosphor, Napalm u.a.) oder als *Nebelstoffe* die eigene Truppe tarnen oder den Feind blenden sollen. Durch c.K. „vergiftetes" Gelände muß von ABC-Abwehrtruppen „entgiftet" werden, bevor es von ungeschützten Personen betreten werden kann. Der Einsatz chem. Kampfstoffe ist völkerrechtl. verboten.

chemische Radikale →Radikal.

chemischer Sinn, die Fähigkeit fast aller Tiere, chemische Reize wahrzunehmen (→Sinn). Spezialisierte Sinneszellen sind bei Weichtieren, Tintenfischen u. Gliederfüßern nachgewiesen: bei Krebsen in den Antennen u. Mundgliedmaßen, bei Spinnen u. Insekten in den Beinen; Schnecken tragen sie in der Mantelhöhle, Kopffüßer in den Fangarmen; Wirbeltiere haben den chem. Sinn als Geruchs- u. Geschmackssinn ausgebildet. Die auslösenden chem. Reizstoffe sind in den einzelnen Tiergruppen unterschiedlich, ebenso die Reaktionen darauf. Regenwürmer z.B. unterscheiden „bitter" u. „sauer" mit Ablehnung, „süß" mit Hinwendung. – ▫ 9.3.1.

Chemische Elemente	Zeichen	Ordnungszahl	Atomgewicht	Entdecker und Entdeckungsjahr	Chemische Elemente	Zeichen	Ordnungszahl	Atomgewicht	Entdecker und Entdeckungsjahr
Actinium	Ac	89	[227]	Debierne, Giesel 1899	Mendelevium	Md	101	[258]	Seaborg, Ghiorso u.a. 1955
Aluminium	Al	13	26,9815	Oersted 1825	Molybdän	Mo	42	95,94	Hjelm 1790
Americium	Am	95	[243]	Seaborg, James, Morgan 1945	Natrium	Na	11	22,9898	Davy 1807
Antimon	Sb	51	121,75	seit dem Altertum bekannt	Neodym	Nd	60	144,24	Auer v. Welsbach 1885
Argon	Ar	18	39,948	Rayleigh, Ramsay 1895	Neon	Ne	10	20,179	Ramsay 1898
Arsen	As	33	74,9216	seit dem Altertum bekannt	Neptunium	Np	93	[237]	McMillan, Abelson 1940
Astat	At	85	[210]	Corson, Mackenzie, Segré 1940	Nickel	Ni	28	58,70	Cronstedt 1751
Barium	Ba	56	137,34	Davy 1808	Niob	Nb	41	92,906	Hatchett 1801
Berkelium	Bk	97	[247]	Seaborg, Thomson, Ghiorso 1949	Nobelium	No	102	[253]	Nobel-Inst. Stockholm 1957
Beryllium	Be	4	9,0122	Vauquelin 1798	Osmium	Os	76	190,2	Tennant 1804
Blei	Pb	82	207,19	seit dem Altertum bekannt	Palladium	Pd	46	106,4	Wollaston 1803
Bor	B	5	10,811	Gay-Lussac, Thénard 1808	Phosphor	P	15	30,9738	Brand 1669
Brom	Br	35	79,904	Balard 1825	Platin	Pt	78	195,09	in Europa seit 1750 bekannt
Cadmium	Cd	48	112,40	Stromeyer 1817	Plutonium	Pu	94	[244]	Seaborg, McMillan u.a. 1940
Calcium	Ca	20	40,08	Davy 1808	Polonium	Po	84	210	M. Curie 1898
Californium	Cf	98	[251]	Seaborg, Thomson u.a. 1950	Praseodym	Pr	59	140,92	Auer v. Welsbach 1885
Cäsium	Cs	55	132,905	Bunsen, Kirchhoff 1860	Promethium	Pm	61	[145]	Marinsky, Coryell 1945
Cer	Ce	58	140,12	Klaproth 1803	Protactinium	Pa	91	[231]	Hahn, Meitner 1917
Chlor	Cl	17	35,453	Scheele 1774	Quecksilber	Hg	80	200,59	seit dem Altertum bekannt
Chrom	Cr	24	51,996	Vauquelin 1797	Radium	Ra	88	226,05	M. Curie 1898
Curium	Cm	96	[245]	Seaborg, James, Ghiorso 1944	Radon	Rn	86	[222]	Dorn 1900
Dysprosium	Dy	66	162,50	L. de Boisbaudran 1886	Rhenium	Re	75	186,207	W. u. I. Noddack, Berg 1925
Einsteinium	Es	99	[254]	Thomson, Ghiorso u.a. 1954	Rhodium	Rh	45	102,905	Wollaston 1804
Eisen	Fe	26	55,847	seit dem Altertum bekannt	Rubidium	Rb	37	85,47	Bunsen 1860
Erbium	Er	68	167,26	Cleve 1879	Ruthenium	Ru	44	101,07	Claus 1844
Europium	Eu	63	151,96	Le de Boisbaudran 1892	Samarium	Sm	62	150,35	L. de Boisbaudran 1879
Fermium	Fm	100	[257]	Thomson, Ghiorso u.a. 1954	Sauerstoff	O	8	15,9994	Scheele 1771/72, Priestley 1774
Fluor	F	9	18,9984	Moissan 1886	Scandium	Sc	21	44,956	Nilson 1879
Francium	Fr	87	[223]	Perey 1939	Schwefel	S	16	32,064	seit dem Altertum bekannt
Gadolinium	Gd	64	157,25	Marignac 1880	Selen	Se	34	78,96	Berzelius 1817
Gallium	Ga	31	69,72	L. de Boisbaudran 1875	Silber	Ag	47	107,870	seit dem Altertum bekannt
Germanium	Ge	32	72,59	Winkler 1886	Silicium	Si	14	28,086	Berzelius 1823
Gold	Au	79	196,967	seit dem Altertum bekannt	Stickstoff	N	7	14,0067	Scheele, Rutherford 1770
Hafnium	Hf	72	178,49	Coster, de Hevesy 1923	Strontium	Sr	38	87,62	Crawford 1790, Davy 1808
Hahnium	Ha	105	260	US-amerikan. Gruppe 1970	Tantal	Ta	73	180,95	Rose 1846
Helium	He	2	4,0026	Ramsay 1895	Technetium	Tc	43	[97]	Segré, Perrier 1937
Holmium	Ho	67	164,930	Cleve 1879	Tellur	Te	52	127,60	Müller 1783
Indium	In	49	114,82	Reich, Richter 1863	Terbium	Tb	65	158,93	Mosander 1843
Iridium	Ir	77	192,2	Tennant 1804	Thallium	Tl	81	204,37	Crookes 1861
Jod	J	53	126,9045	Courtois 1811	Thorium	Th	90	232,05	Berzelius 1828
Kalium	K	19	39,102	Davy 1807	Thulium	Tm	69	168,94	Cleve 1879
Kobalt	Co	27	58,9332	Brandt 1735	Titan	Ti	22	47,90	Klaproth 1795
Kohlenstoff	C	6	12,01115	seit dem Altertum bekannt	Uran	U	92	238,03	Klaproth 1789
Krypton	Kr	36	83,80	Ramsay, Travers 1898	Vanadium	V	23	50,942	Sefström 1831
Kupfer	Cu	29	63,54	seit dem Altertum bekannt	Wasserstoff	H	1	1,00797	Boyle, Cavendish 1766
Kurtschatowium	Ku	104	257	sowjet. Gruppe 1964	Wismut	Bi	83	208,980	15. Jahrhundert
Lanthan	La	57	138,91	Mosander 1839	Wolfram	W	74	183,85	de Elhuyar 1783
Lawrencium	Lr	103	[256]	US-amerikan. Gruppe 1961	Xenon	Xe	54	131,30	Ramsay, Travers 1898
Lithium	Li	3	6,941	Arfvedson 1817	Ytterbium	Yb	70	173,04	Marignac 1878
Lutetium	Lu	71	174,97	Urbain, Auer v. Welsbach 1907	Yttrium	Y	39	88,905	Mosander 1843
Magnesium	Mg	12	24,305	Davy, Bussy 1831	Zink	Zn	30	65,37	in Europa seit 1600
Mangan	Mn	25	54,9380	Gahn 1774	Zinn	Sn	50	118,69	seit dem Altertum bekannt
					Zirkonium	Zr	40	91,22	Berzelius 1824

chemische Schädlingsbekämpfung, der Einsatz von chem. Mitteln *(Pestiziden)* zur Bekämpfung pflanzlicher u. tierischer →Schädlinge. Die c. S. ist durch die Vielzahl der zur Verfügung stehenden Mittel u. Geräte sehr schnell, leicht u. billig, kann damit allerdings auch eine Gefahr sein: unmittelbare Gefährdung der Umwelt durch langwirkende Mittel u. durch deren Speicherung (→DDT); Förderung von Schädlingen durch Pestizide (z. B. Spinnmilben durch DDT); Problem der →Resistenz gegen synthetische Mittel. Sicherungsmaßnahmen: Überwachung u. Prüfung von Mitteln u. Geräten (→Mittelprüfung); Bestimmung von Toleranzwerten, d. h. von maximal erlaubten Rückstandsmengen chemischer Mittel auf Obst u. Gemüse, u. von Wartezeiten, d. h. von Fristen, die zwischen letzter Begiftung u. Ernte bzw. Verkauf liegen müssen (Kontrolle durch die staatl. Lebensmittel-Überwachung). →Biologische Schädlingsbekämpfung, →auch Pestizide.

chemische Sedimente, meist durch Ausfällung aus Lösungen entstandene Ablagerungen auf der Erde, z. B. Salz u. Gips.

Chemische Werke Hüls AG, Marl, Abk. *CWH,* gegr. 1938 als GmbH, seit 1953 AG; Produktion von Rohstoffen u. Vorprodukten: Kunststoffe, Kunststoffhilfsprodukte, Lösungsmittel u. Kunstharze, chlorierte Kohlenwasserstoffe, Waschrohstoffe u. a.; Grundkapital: 360 Mill. DM (Großaktionäre: *Veba AG* u. *Chemie-Verwaltungs-AG*); 18000 Beschäftigte; Tochtergesellschaften: *Bunawerke Hüls GmbH,* Marl; *Faserwerke Hüls GmbH,* Marl, u. a.

chemische Zeichen, *Elementsymbole,* die für die chem. Elemente (Grundstoffe) verwendeten, aus den meistens latein. oder griech. Bez. gebildeten Abkürzungen, z. B. *H* (Hydrogenium) für Wasserstoff; 1814 von J. J. *Berzelius* eingeführt. →auch chemische Formeln.

chemisch rein, Reinheitsbezeichnung für Chemikalien, in denen sich Verunreinigungen mit chemischen Reaktionen nicht mehr nachweisen lassen.

chemisch reinigen, Textilien, die kein Waschen vertragen, reinigen *(Trockenreinigen).* Die chem. Reinigung besteht aus der Grundbehandlung (maschinelle Reinigung mit fett- u. schmutzlösenden organ. Lösungsmitteln) u. der Nachbehandlung (Formdämpfen, →detachieren). „Kleiderbad", „Einfachreinigung" u. ä. Bez. umfassen nur die Grundbehandlung.

Chemise [ʃə'mi:z; die; frz., „Hemd"], Hemdkleid der um 1780 aus England kommenden antikisierenden Damenmode. Die moderne C. ist das *Hemdblusenkleid.*

Chemisette [ʃəmi-, die; frz., „Hemdchen"], gestärkte Hemdbrust an Frack- u. Smokinghemden; auch weiße Einsätze an Damenkleidern. C. nannte man um 1900 auch den mit Stehkragen versehenen Einsatz aus weißem oder cremefarbenem Spitzenstoff oder Tüll, der in Damenkleidern getragen wurde.

Chemnitz, sächs. Stadt, seit 1953 →Karl-Marx-Stadt.

Chemnitz, Martin, ev. Theologe, *9. 11. 1522 Treuenbrietzen, †8. 4. 1586 Braunschweig; an der Abfassung der Konkordienformel beteiligt, setzte sich mit der kath. Theologie des Trienter Konzils auseinander.

Chemonastie [grch.], →Nastien von Pflanzen auf chemische Reize, z. B. Krümmungen der Randtentakeln u. der Blattspreite von Sonnentaublättern. →auch Reizbewegung. 🄻 9.1.4.

Chemosynthese, der Aufbau organischer Verbindungen (Zucker) aus anorganischen Stoffen (Wasser, Kohlendioxid) mit Hilfe von chemischer Energie, die durch Oxydation verschiedener anorganischer Substanzen gewonnen wird. (Gegensatz: Nutzung von Sonnenenergie mit Hilfe der *Photosynthese.*) Unter den nitrifizierenden Bakterien verwandelt z. B. *Nitrosomonas* Ammonium in Nitrit u. *Nitrobacter* das Nitrit weiter zu Nitrat; Eisenbakterien *(Chrenothrix, Leptothrix)* oxydieren zweiwertige Eisensalze zu dreiwertigen; farblose Schwefelbakterien verwandeln im Wasser vorhandenen Schwefelwasserstoff zu elementarem Schwefel u. weiter zu Sulfat; Methanbakterien verbrennen das Sumpfgas Methan zu Wasser u. Kohlendioxid; Knallgasbakterien setzen mit Hilfe des Enzyms Hydrogenase molekularen Wasserstoff mit Sauerstoff aus der Luft zu Wasser um. – 🄻 9.1.3.

Chemotechniker, Berufsbezeichnung für auf chemischem Gebiet tätige Personen mit technischer Ausbildung (staatl. Prüfung nach mindestens 4 Semestern Studium an einer staatl. anerkannten Fachschule).

Chemotherapie, Krankheitsbehandlung mit chem. Mitteln *(Chemotherapeutika),* die bes. auf die Krankheitserreger einwirken u. diese entweder abtöten *(bakterizide Wirkung)* oder schädigen *(bakteriostatische Wirkung).* Nach Paul *Ehrlich,* der 1910 mit der Entwicklung des Salvarsans die moderne C. begründete, sind als Chemotherapeutika Stoffe bes. geeignet, „die bei großer Wirkung auf die Parasiten möglichst geringe Schädigung auf den Körper ausüben".

Chemotropismus, der →Tropismus von Pflanzen, der durch chem. Reize verursacht wird. Man unterscheidet: 1. *positiver C.:* Die Bewegung richtet sich entgegen dem Konzentrationsgefälle. 2. *negativer C.:* Die Bewegung richtet sich auf das Konzentrationsgefälle hin (z. B. die Bewegung von Wurzeln von Giften weg und auf Nährstoffe zu). Spezialfälle von C. sind 3. *Aerotropismus* mit Beziehungen zum Sauerstoffgefälle (z. B. Bewegungen von Hyphen der Schimmelpilze) u. 4. *Hydrotropismus,* das Aufsuchen von Flüssigkeit (z. B. durch Wurzeln).

Chemotypie [grch.], die Herstellung einer Druckplatte aus Zink, bei der die druckenden Teile der Platte stehen bleiben, während die übrigen durch Ätzung vertieft werden.

Chenab ['tʃinab], asiat. Fluß, = Chanab.

Chen Cheng →Tschen Tscheng.

Chenchu, urtüml. Stamm Vorderindiens, bis vor kurzem noch Jäger u. Sammler, etwa 13000, zwischen Krishna u. Godavari; 1950/51 in die Ebene umgesiedelt.

Chenevière [ʃənə'vjɛ:r], Jacques, eigentl. Alexandre *Guérin,* schweizer. Schriftsteller, *17. 4. 1886 Paris, †17. 5. 1976 Bellevue am Genfer See, Lyriker („Les beaux jours" 1909; „La chambre et le jardin" 1913) u. trefflicher Charakterzeichner in seinen in Paris u. Genf spielenden Romanen („Die einsame Insel" 1918, dt. 1927; „Innocentes" 1924; „Les captives" 1943, dt. „Herbe Frucht" 1949).

Cheng Hsieh, chines. Maler u. Kalligraph, *1693, †1765; lebte in Yangtschou, Provinz Kiangsu; unter dem Pinselnamen *Cheng Pan-ch'iao* war er einer der berühmtesten Dichter seiner Zeit, als Maler hauptsächlich durch seine Darstellungen von Orchideen u. Bambus bekannt. – 🄱 →chinesische Kunst.

Ch'en I →Tschen Ji.

Chénier [ʃe'nje:], **1.** André, französ. Lyriker, *30. 10. 1762 Konstantinopel, †25. 7. 1794 Paris (hingerichtet); ursprüngl. für die Revolution begeistert, schrieb dann aber gegen die Jakobiner eingestellte Schriften; seine formstrengen Gedichte verbinden Nachahmung der griech. Lyrik mit frühromant. Weltschmerz.

2. Marie-Joseph, Bruder von 1), französ. Bühnenschriftsteller, *11. 2. 1764 Konstantinopel, †10. 1. 1811 Paris; Revolutionär, erfolgreich durch sein der Zeitstimmung entsprechendes Trauerspiel „Charles IX" 1789.

Chenille [ʃə'ni:j; die; frz.], *Raupenschnur, Raupengarn, Samtzwirn,* ein Garn von samtartigem Aussehen, flach oder rund. Das als Schuß verwendete Material wird auf dem Webstuhl, C.-Maschinen, als Vorware gewebt. Die Vorware wird dann in Kettrichtung auf der C.-Schneidemaschine in schmale Streifen geschnitten. C. kann auch auf Effektzwirnmaschinen hergestellt werden.

Chenillesamt, Samtimitation durch Verweben von *Chenille* als Schuß.

Chenillestoff, Stoff mit Chenille als Schuß, mit beidseitig samtartiger Fläche.

Chenilleteppich →Axminsterteppich.

Chenit →Le Chenit.

Chenopodiaceae = Gänsefußgewächse.

Chen Yi →Tschen Ji.

Cheopspyramide ['çe:-], Grabstätte des ägypt. Königs *Cheops* (4. Dynastie, um 2750 v. Chr.) bei Gizeh, ca. 30 km südl. von Cairo, die größte Pyramide Ägyptens. Die Höhe betrug ursprüngl. 146,6 m, die Seitenlänge 230,3 m; infolge des Verlustes der Spitze ist das mit einer Sargkammer ausgestattete Bauwerk jetzt nur 137 m hoch.

Chephrenpyramide ['çɛ-], Grabstätte des ägypt. Königs *Chephren* (4. Dynastie, um 2700 v. Chr.) bei Gizeh, ca. 30 km südl. von Cairo, die zweitgrößte Pyramide Ägyptens: Höhe 136,4 m, Seitenlänge 210,4 m. Dem Bauwerk vorgelagert war ein Totentempel, zu dem im Altertum von einem im Tal gelegenen Torbau ein mehr als 500 m langer Gang führte. Der Tempelgrundriß wurde nach dem 2. Weltkrieg rekonstruiert.

Chequers Court ['tʃɛkəz kɔ:t], engl. Landsitz nordwestl. von London, steht seit 1917 dem Premierminister zur Verfügung.

Cher [ʃɛ:r], **1.** linker Nebenfluß der Loire in Mittelfrankreich, 350 km; entspringt auf dem Zentralplateau im Dép. Creuse, mündet südwestl. von Tours; im Unterlauf eingeschränkt schiffbar u. durch den *Canal du Berry* mit dem Loire-Seitenkanal verbunden.

2. zentralfranzös. Département beiderseits des mittleren C., 7227 qkm, 304600 Ew.; Hptst. *Bourges.*

Cherapunji, Ort in Assam (Indien), am Südhang des Khasi-Jaintia-Gebirges, 1350 m ü. M.; gilt mit 10869 mm mittlerer jährl. Regenmenge als einer der niederschlagsreichsten Orte der Erde.

Chérau [ʃe'ro:], Gaston, französ. Erzähler, *6. 11. 1872 Niort, †20. 4. 1937 Boston; schilderte naturalist. eindringl. die kleinen Tragödien des Dorfs u. der Kleinstadt; „Valentine Pacquault" 1921.

Cherbourg [ʃɛr'bu:r], nordwestfranzös. Kreisstadt im Dép. Manche, Kriegs-, Handels- u. Verkehrshafen an der Nordküste der Halbinsel Cotentin, 40300 Ew.; Militärakademie für Nuklearforschung; Arsenal; Schiff- u. Kesselbau, Landmaschinenfabrik, Textil- u. a. Industrie; Anlegeplatz für den Transatlantikverkehr; Seebad. – In den Invasionskämpfen 1944 stark zerstört. C. war der erste Nachschubhafen der Alliierten auf dem europ. Festland.

Cherbuliez [ʃɛrby'lje:], Victor, schweizer. Schriftsteller, *19. 7. 1829 Genf, †2. 7. 1899 Combes-la-Ville; verfaßte außer polit., histor., kunst- u. literaturkrit. Abhandlungen („Hommes et choses d'Allemagne" 1877) Familien- u. Gesellschaftsromane.

cherchez la femme [ʃɛr'ʃe: la 'fam; frz.], „sucht die Frau", Redensart mit der Bedeutung, daß man hinter einer Angelegenheit weibl. Einfluß vermuten müsse.

Cherente [ʃɛ-], *Sherente,* Indianerstamm der Zentral-Ge am Araguaia-Tocantins; mit Junggesellenhäusern, Altersklassen, vaterrechtl. Clans; Pflanzer, Sammler, Jäger.

Chéret [ʃe'rɛ], Jules, französ. Maler u. Graphiker, *31. 5. 1836 Paris, †23. 9. 1932 Nizza; begann u. a. mit Wappenschilden u. Emblementwürfen u. hatte als Plakatkünstler ersten großen Erfolg. 1866 richtete sich C. eine eigene Plakatdruckerei ein, die er 1881 wieder aufgab, um sich dekorativen Arbeiten zu widmen (Raumausmalungen, Tapisserieentwürfe). Er gilt als einer der Begründer des Plakatstils, da er darauf verzichtete, die Wirkung eines Ölgemäldes nachzuahmen.

Chergui, *Chott ech C.,* der größte der sumpfigen Salzseen im alger. Hochland der Chotts, zwischen Sahara- u. Tellatlas; 2000 qkm, 150 km lang, 1000 m ü. M.

Cheri, *Chcheri* [hind.-turkmenisch], Bestandteil geograph. Namen: Stadt, Dorf.

Cherkassky [tʃɛr-], Shura, US-amerikan. Pianist russ. Herkunft, *7. 10. 1911 Odessa; trat mit 9 Jahren in den USA als Wunderkind auf, seitdem Gastspielreisen auf allen Kontinenten.

Cherokee [tʃɛrə'ki:], *Tscherokesen,* Stamm der Irokesenindianer, ursprüngl. Maispflanzer in den Appalachen; ein Teil wurde 1838/39 nach Oklahoma umgesiedelt, der Rest verblieb im Qualla-Reservat in North Carolina; insges. noch rd. 80000. Der C. *Sequoya* entwickelte 1821 ein Alphabet, das auch zum Zeitungsdruck verwendet werden konnte. – Die C. sind einer der →Fünf Zivilisierten Stämme.

Cherry Brandy ['tʃɛri 'brændi; der; engl., „Kirschschnaps"], Fruchtsaftlikör aus Kirschwasser, Kirschsirup u. Aromastoffen.

Cherson [xɛr-], Hptst. der Oblast C. (28300 qkm, 1031000 Ew.; davon rd. 45% in Städten) im S der Ukrain. SSR, nahe der Mündung des Dnjepr ins Schwarze Meer, 261000 Ew.; Schiff- u. Landmaschinenbau, Textil-, Nahrungs- u. Genußmittelindustrie; Erdölraffinerie; See- u. Flußhafen, Verkehrsknotenpunkt, Flugplatz.

Chersones, grch. *Chersonesos,* lat. *Chersonesus* [„Halbinsel"], Name mehrerer griech. Städte auf Halbinseln; bes. C. auf der Krim, westl. von Sewastopol, von megarischen Siedlern aus Heraclea Pontica gegr., Blütezeit im 3. u. 2. Jh. v. Chr. – C. war ursprüngl. Bez. für Halbinsel überhaupt, so die kimbrische C. (Jütland), die taurische C. (Krim), die thrakische C. (Gallipoli).

Cherub [Mz. *Cherubim;* hebr.], himml. Wesen; Hüter des Paradieses, der Bundeslade u. der Erscheinung Gottes.
Cherubini [keru'bini], Luigi, italien. Komponist, * 14. 9. 1760 Florenz, † 13. 3. 1842 Paris; Schüler von G. *Sarti* in Venedig; siedelte 1788 nach Paris über u. wurde dort einer der bedeutendsten Vertreter der französ. Oper; Opern („Medea" 1797; „Der Wasserträger" 1800; Ballettoper „Anakreon" 1803; „Ali Baba" 1833), Messen, Kammermusik, Lieder u. a.; verfaßte ein Lehrbuch des Kontrapunkts (1835/36 dt. von Fr. Stöpel als „Theorie des Kontrapunkts und der Fuge", neue Ausgabe von R. Heuberger 1911).
Cherubinischer Hymnus, gesungen beim „Großen Einzug" in der Feier der orth. Liturgie (→Chrysostomosliturgie). In ihm wird Christus als der von Engeln Getragene besungen.
Cherusker, german. Volk nördl. vom Harz zwischen Weser u. Elbe; den Römern seit 4 n. Chr. unterworfen. Die C. zerbrachen an der Spitze eines german. Völkerbunds unter Führung ihres Fürsten *Armin* durch die Schlacht im Teutoburger Wald 9 n. Chr. die römische Macht in Germanien und wehrten auch den Markomannen *Marbod* ab. Mit der Ermordung Armins 19 wurde die Einheit der C. durch innere Fehden zerstört; im 1. Jh. von den Chatten unterworfen, verloren sie jede Bedeutung.
Cherut [hebr., „Freiheit"], israel. Rechtspartei, gegr. 1948 von Revisionisten (weltzionist. militante Opposition) u. der ehem. antibritischen militär. Untergrundorganisation *Irgun Zwai Leumi,* unter M. *Begin;* 15–17 Knesset-Mandate; meist in der Opposition, 1967–1970 jedoch in großer Koalition; für die Annexion der histor. Heimatterritorien (Groß-Israel) u. für die Evakuierung bedrängter Juden nach Israel, gegen die Arbeiterbewegung, für freie Marktwirtschaft, Sammlung aller Unzufriedenen, gegen die Staatsbürokratie eingestellt. →auch Gachal.
Chesapeakebucht ['tʃesəpi:k-], tief eingreifende, weitverzweigte Meeresbucht (ertrunkene Flußtäler) an der Ostküste der USA (Maryland/Virginia), 320 km lang; seit 1952 von einer 7 km langen Brücke überspannt, seit 1963 am Eingang von einer 30 km langen Autostraße gequert (19 km langes Brückensystem), die durch zwei Tunnel für die Schiffahrt unterbrochen wird; Austernfang; bedeutende Häfen: *Baltimore, Washington* u. a.
Cheschwan, *Marcheschwan,* der 2. Monat des jüd. Kalenders (Oktober/November).
Cheshire ['tʃɛʃiːə], mittelengl. Grafschaft, →Chester (1).
Chester ['tʃɛstə], **1.** Hptst. der mittelengl. Grafschaft *Cheshire* (2322 qkm, 916000 Ew.); am Dee, 117000 Ew.; stark mittelalterl. Stadtbild (Fachwerk), anglikan. Bischofssitz, Kathedrale (12./13. Jh.); Zentrum eines Viehzuchtgebiets (*C.käse*). **2.** Hafenstadt an der Delawarebucht in Pennsylvania (USA), nahe Philadelphia, 63000 Ew.; Kunstmuseum; Militärakademie; Eisen-, Textil- u. a. Industrie, Schiffswerften. – Schwed. Gründung (1643); 1682 Landung von W. *Penn.*
Chesterfield ['tʃɛstəfi:ld], mittelengl. Stadt in Derbyshire, 95000 Ew.; Textil-, Eisen-, Maschinen-, Metallindustrie, Kohlengruben.
Chesterfield ['tʃɛstəfi:ld], Philip Dormer Stanhope Earl of, engl. Staatsmann u. Schriftsteller, * 22. 9. 1694 London, † 24. 3. 1773 London; 1745/46 Vizekönig von Irland, 1746–1748 Staatssekretär; verfaßte skept.-weltkluge Briefe an seinen Sohn (posthum 1774).
Chesterfield Islands ['tʃɛstəfi:ld 'ailəndz], 11 kleine melanes. Koralleninseln im W des französ. Neukaledonien; niedrig, bewaldet, 1 qkm; Guanolager.
Chesterkäse ['tʃɛstər-; nach der engl. Stadt *Chester*], 45–50%iger Hartkäse aus süßer Vollmilch mit mildem, nußähnl. Geschmack; mit pflanzl. Farbstoff (Orlean) gefärbt. – *Cheddarkäse* ist ein Käse ähnl. Herstellungsart.
Chesterton ['tʃɛstətn], Gilbert Keith, engl. Schriftsteller, * 29. 5. 1874 London, † 14. 6. 1936 London; Journalist, Dichterphilosoph u. Satiriker, Liebhaber des Paradoxen, kath. Gegenspieler des „Puritaners" G. B. *Shaw;* Erzählungen: „Der Mann, der Donnerstag war" 1908, 1910; „The Innocence of Father Brown" (Detektivgeschichten) 1911, dt. „Priester u. Detektiv" 1920; Essays: „Häretiker" 1905, dt. 1912; „Orthodoxie" 1908, dt. 1909; Biographien, Gedichte.
Chetti, ind. Stamm südl. von Maisur; Reisbauern.

Chettyar, südind. Kaste von Geldverleihern, um Madras, mit großen finanziellen Erfolgen in Birma.
Chetumal [tʃetu-], Hptst. des mexikan. Territoriums Quintana Roo, im NO der Halbinsel Yucatán, 15000 Ew.
Cheun, Münzeinheit in Nordkorea; 100 C. = 1 Won.
Chevalier [ʃəva'lje:], Maurice, französ. Chansonsänger u. Filmschauspieler, * 12. 9. 1888 Paris, † 1. 1. 1972 Paris; seit dem 12. Lebensjahr beim Kabarett, seit 1927 auch beim Film; schrieb Erinnerungen „Meine Straße u. meine Lieder" 1948, „Chanson meines Lebens" 1961.
Chevallaz [ʃəva'la], Georges-André, schweizer. Politiker (Freisinnige), * 7. 2. 1915 Lausanne, 1942–1958 Universitätslehrer, 1959 im Nationalrat, Fraktionschef, seit 1974 im Bundesrat.
Chevallier [ʃəva'lje:], Gabriel, französ. Schriftsteller, * 3. 5. 1895 Lyon, † 5. 4. 1969 Cannes; Verfasser witziger Unterhaltungsromane; durchschlagenden Erfolg hatte „Clochemerle" 1934, dt. 1951, eine humorvolle Satire des Kleinstadtlebens.
Chevaulegers [ʃvoːlə'ʒeː; Mz.; frz., „leichte Pferde"], leichte Kavallerie, ähnl. den Dragonern; in Dtschld. hatte Bayern bis 1918 8 C.-Regimenter.
Cheviot ['tʃɛvjət; der; nach den engl. *C. Hills*], Herren- u. Damenkleiderstoff aus langhaariger, weich versponnener Wolle in Köperbindung.
Cheviot Hills ['tʃɛvjət-], im *Cheviot* 816 m hoher, glazialgeformter Gebirgszug an der englisch-schottischen Grenze; mit verheideten Höhen (Zucht des langwolligen *Cheviotschafs*), in tieferen Lagen Wälder; seit 1956 Teil des Nationalparks *Northumberland.*
Chevreau [ʃə'vro:; frz., „Ziege"], auf Hochglanz zugerichtetes Schuhoberleder aus Ziegen- oder Zickelfellen.
Chevy Chase ['tʃɛvi 'tʃɛis; „die Jagd in den Cheviotbergen"], engl. Ballade aus der Mitte des 15. Jh., dt. von J. G. *Herder* in „Stimmen der Völker in Liedern" 1807; die hier zuerst angewandte Strophenform erscheint in den meisten engl. Volksballaden u. bes. in den Balladen der dt. Romantik: 4 Zeilen, 1. u. 3. viertaktig, 2. u. 4. dreitaktig; Reim abab, immer stumpf.
Chewsuren, Bergstamm (7000) im Südkaukasus, Georgier; mit reichbestickter u. besetzter Tracht.
Cheyenne [ʃai'ɛn], Algonkin-Indianerstamm in der Prärie (4000); einst Büffeljäger, heute in Reservaten in Oklahoma u. Montana.
Cheyenne [ʃai'ɛn], **1.** Hptst. von Wyoming (USA), 1850 m ü. M., 44000 Ew.; Viehzuchtzentrum („Cowboy Capital" mit jährl. Festspielen). **2.** rechter Nebenfluß des Missouri, in Wyoming u. South Dakota (USA); 470 km; Bewässerung im Oberlauf.
Chézy [ʃe'zi], Helmina, eigentl. Wilhelmine C., geb. von *Klencke,* Schriftstellerin, * 26. 1. 1783 Berlin, † 28. 1. 1856 Genf; Enkelin der *Karschin,* erzählt in ihren Memoiren von Jean Paul, A. von Chamisso u. a., schrieb den Text zu C. M. von Webers „Euryanthe". Volkstüml. blieb ihr Lied: „Ach, wie ist's möglich dann".
Chi, X, χ, 22. Buchstabe des griech. Alphabets.
CHI → CSI.
Chiabrera [kia-], Gabriello, italien. Dichter, * Juni 1552 Savona, † 14. 10. 1638 Savona; dichtete im Gegensatz zur schwülstigen Lyrik seiner Zeit nach antiken Vorbildern (Pindar, Anakreon, Theokrit, Horaz), übernahm für seine „Canzoni morali" Versmaße der französ. Plejadedichter; sein Melodrama „Rapimento di Cefalo" war ein Vorläufer der barocken Prunkoper.
Chiang Ch'ing →Tschiang Tsching.
Chiang Kai-shek →Tschiang Kaischek.
Chiang Mai = Tschiang Mai.
Chianti [ki-; der], italien. Wein aus der Toskana, der in unterschiedl. Mischungsverhältnissen aus drei Traubensorten hergestellt wird; eine weiße (*Malvasia*) u. zwei rote (*San Sioréte* u. *Canasolo*).
Chianti [ki-], *Monti del C.,* italien. Hügellandschaft in der Toskana, im *Monte San Michele* 893 m, zwischen Florenz u. Siena; Olivenkulturen, Weinbau (Rotwein).
Chiapas [tʃ'japas], der südlichste Staat von Mexiko, 73887 qkm, 1,6 Mill. Ew.; Hptst. *Tuxtla Gutiérrez;* Bergland (*Sierra Madre de C.*), Kaffeeanbau an seiner pazif. Abdachung.
Chiasma [çi-; das, Mz. *Chiasmen;* grch.], **1.** *Anatomie:* = Sehnervenkreuzung.
2. *Genetik:* Überkreuzungsstelle gepaarter (konjugierter) u. umeinander gewundener Chromosomen; führt zu →Crossing over.
Chiasmus [çi-; der; grch.], nach der Gestalt des grch. *X* (Chi) die kreuzweise Stellung von Satzgliedern nach dem Schema a+b:b+a, z. B. „Das Leben ist der Güter höchstes nicht, der Übel größtes aber ist die Schuld" (Schiller).
Chiasso [ki-], Stadt im schweizer. Kanton Tessin, 9000 Ew.; Grenzstation der Gotthardbahn vor dem Übergang nach Italien; Tabak- u. Seidenindustrie, reger Handelsverkehr.
Chiavacci [kia'vatʃi], Vinzenz, österr. Schriftstel-

Chiapas: Siedlung im Hochland von Chiapas

Chiàvari

ler, *15. 6. 1847 Wien, †2. 2. 1916 Wien; humorvoller Schilderer des Wiener Lebens; Skizzen („Wiener Typen" 1894) u. Volksstücke („Frau Sopherl vom Naschmarkt" 1890).

Chiàvari [ki'a:-], italien. Hafenstadt u. Seebad in Ligurien, an der Riviera di Levante, 28000 Ew.; Schiffbau, Textilhandwerk (Spitzen), Oliven- u. Agrumenbau.

Chiaveri [ki-], Gaetano, italien. Architekt, *1689 Rom, †5. 3. 1770 Foligno; zunächst im Dienst Peters d. Gr., dann für die Könige von Polen (Kurfürsten von Sachsen), August II. u. August III., tätig; Hptw. in Dtschld.: Hofkirche in Dresden 1738–1755.

Chibcha ['tʃibtʃa], indian. Sprachfamilie u. Völkergruppe im südl. Zentral- u. nordwestl. Südamerika. Die wichtigsten Vertreter der C. waren die auf dem Hochland von Bogotá (Kolumbien) ansässigen *Muisca*, für die man früher allein die Bez. C. verwandte. Andere Stämme sind u. a.: *Cueva, Quimbaya, Kagaba, Guatuso, Paez, Barbacoa, Arauaco*. Maisbau, Baumwollkleidung u. Goldarbeiten waren ihnen neben der verwandten Sprache gemeinsam; kulturell u. polit. waren sie getrennt. – ☐ 5.7.7.

Chibiny [xi-], bis 1191 m hohes Gebirge auf der Halbinsel Kola (im nordeurop. Anteil der Sowjetunion), östl. des Imandrasees; birgt reiche Apatit- u. Nephelinlager.

Chica ['tʃika; die; amerikan., span.], roter Pflanzenfarbstoff, von den Ureinwohnern Venezuelas zur Stoff- u. Körperbemalung verwendet.

Chicago [ʃi'ka:go], Stadt in Illinois (USA), am Südwestufer des Michigansees; drittgrößte Stadt der USA, 3,5 Mill. Ew. (Metropolitan Area 6,7 Mill. Ew.); mehrere Universitäten (University of Chicago, gegr. 1857; Loyola-Universität, gegr. 1909; De Paul-Universität, gegr. 1907; Roosevelt-Universität, gegr. 1945, u. Teiluniversitäten); Kunsthochschule, wissenschaftl. Institute (u. a. Kernforschungszentrum), Bibliotheken u. Museen.
C. ist das zweitgrößte Wirtschafts(Handels- u. Finanz-)zentrum der USA, der größte Eisenbahnknotenpunkt, Mittelpunkt des Luftverkehrs (O'Hare Field) u. seit Eröffnung des Sankt-Lorenz-Seewegs einer der größten Binnenhäfen der Erde. Die Schlachthöfe u. fleischverarbeitende Industrie (die bekanntesten Schlachthöfe: Union Stock Yards) haben seit ihrer stärkeren Dezentralisierung an Bedeutung abgenommen; Getreidesilos, Großmühlen u. a. Lebensmittelindustrie. Durch seine günstige Transportlage ist C. zusammen mit *Gary* einer der größten Produktionsstandorte für die Eisen- u. Stahlgewinnung; Landmaschinen- u. Waggonfabriken; Schwerindustrie im S (*Chalumet District*), Leichtindustrie bes. im W u. NW der Stadt (Radio- u. Fernsehindustrie, Metallverarbeitung); chem. Industrie. – Die Stadt wurde 1803 als *Fort Dearborn* gegr. u. weist eine schachbrettartige Anlage auf mit dem Hauptgeschäftszentrum *Loop*; kreuzungsfreie Stadtautobahnen, Untergrundbahn.

Chicapa, *Tshikapa*, linker Nebenfluß des Kasai (Zentralafrika); entspringt auf der Lundaschwelle in Angola, mündet bei der Ortschaft Tshikapa.

Chicha ['tʃitʃa; die; indian.], bierähnl. Rauschgetränk aus Mais im südamerikan. Andengebiet u. in Mittelamerika; im Amazonasgebiet auch aus Maniok oder Bataten hergestellt. C.-Amphoren sind typ. für die Inkazeit.

Chichén Itzá [tʃi'ʃen it'sa], Ruinenstadt der *Maya* auf der Halbinsel Yucatán, östl. von Mérida. Die in einem Umkreis von 3 km auf Terrassen u. Pyramiden errichteten Gebäude weisen in Architektur, Malerei u. der reichen Ornamentik auf toltekischen Einfluß hin. Das *Observatorium Caracol*, die *Casa de las Monjas*, das *Castillo* u. der *Tempel der Krieger* sind architektonisch bes. bedeutend. C. I. wurde zu Beginn des 6. Jh. gegründet, erlebte seine Blütezeit im 11.–13. Jh. u. war bei der Ankunft der Spanier schon verfallen. Einer der zwischen den Ruinen befindl. Naturbrunnen (*Cenotes*), die die Ansiedlung begünstigt hatten, der *Cenote de sacrificios*, enthielt Schmuck u. Skelette von Menschen, die die Maya zu Zeiten der Dürre ihrem Regengott geopfert hatten. – ☐ 5.7.7.

Chichester ['tʃitʃistə], Hptst. der südengl. Teilgrafschaft West Sussex (zu *Sussex* gehörend), östl. von Portsmouth, 21000 Ew.; anglikan. Bischofssitz, roman.-got. Kathedrale.

Chichester-Clark ['tʃitʃistə kla:k], James Dawson, nordirischer Politiker (Unionist), *12. 2. 1923; Offizier bis 1960, dann Abgeordneter im nordirischen Parlament; 1969–1971 Premier-Min.; trat wegen bürgerkriegsähnl. Unruhen zurück; 1971 Erhebung in den Adelsstand.

Chichimeken [tʃitʃi-], Nahua sprechende Jäger- u. Fischerstämme Nordmexikos, fielen im 13. Jh. in das Hochtal von Mexiko ein u. zerstörten das Reich der Tolteken, übernahmen jedoch teilweise deren Kultur.

Chickasaw ['tʃikəsɔ:], Stamm der Muskhogee-Indianer (9000), heute in Oklahoma; einer der →Fünf Zivilisierten Stämme.

Chiclana de la Frontera [tʃi-], südspan. Stadt südwestl. von Cádiz, 22000 Ew.; Schwefelthermalbäder, Seebad.

Chiclayo [tʃik-], Hptst. des nordperuan. Dep. Lambayeque, 200000 Ew.; Universität; Reis- u. Zuckerrohranbau, Glas-, Zement- u. Schuhfabrik; Handelshafen.

Chicle ['tʃiklə; der; indian., span.], eingekochter Milchsaft des in den gesamten Tropen heim. *Sapote-* oder *Sapotillbaums*, *Achras sapota*. C. bildet den Hauptbestandteil des amerikan. Kaugummis (*Chiclegum*). Hauptproduktionsgebiete des C. sind die mexikan. Staaten Quintana Roo, Campeche u. Teile von Tabasco, ferner Guatemala.

Chicopee ['tʃikɒpi:], Stadt im SW von Massachusetts (USA), am Connecticut River, 68000 Ew.; Textilindustrie.

Chicorée ['ʃikore:; die; frz.], *Brüsseler Salat*, bleicher Wintertrieb der *Zichorie, Cichorium intybus*; unter Lichtabschluß getrieben; Verwendung als Gemüse u. Salat. →auch Cichorium.

Chicoutimi ['tʃiko:timi], kanad. Stadt in Quebec, am unteren Saguenay, 40000 Ew.; Holzindustrie, Wasserkraftwerk.

Chidhr [arab., „der Grüne"], *Chider, Chadhir, Hadr*, dem *Ahasver* ähnl. mytholog. Gestalt des Islams: der ewig junge, ruhelose Wandernde.

Chief Justice [tʃi:f 'dʒʌstis; engl.], Gerichtspräsident, bes. der Präsident des Obersten Gerichts der USA.

Chiemsee ['ki:m-], *Bayerisches Meer*, der größte oberbayer. See, im Chiemgau (zwischen Inn u. Saalach), 80 qkm, 518 m ü. M.; Zuflüsse: Ach u. Prien, Abfluß: Alz (zum Inn); im O der tiefe Weitsee, im W der flache Inselsee mit den 3 Inseln: *Herreninsel* (Herrenwörth), ehem. Kloster, jetzt Schloß *Herrenchiemsee* (1878–1885 für König Ludwig II. von Bayern erbaut); *Fraueninsel* (Frauen-Ch.), Benediktinerinnenkloster, Fischerdorf, *Krautinsel*, unbewohnt, Gemüsegärten. Wichtigste Orte: Prien am West-, Chieming am Ostufer.

Ch'ien-lung →Kienlung.

Chiesa [ki'e:za], Francesco, schweizer. Dichter, *5. 7. 1871 Sagno, Tessin; †13. 6. 1973 Lugano; Lyrik u. Prosa; Sonettenzyklus „Calliope" 1907, dt. 1959, u. Tessiner Heimatromane u. -erzählungen: „Märzenwetter" 1925, dt. 1927; „Compagni di viaggio" 1931, dt. Auswahl 1941; „Schicksal auf schmalen Wegen" 1941, dt. 1949, „La zia Lucrezia" 1956.

Chieti [ki-], italien. Stadt in der Region Abruzzen, Hptst. der Provinz C. (2587 qkm, 37000 Ew.), 55000 Ew.; röm. Tempel (1. Jh.), Kathedrale; Celluloseindustrie.

Chiffon [ʃi'fɔ̃; der; frz., „Lumpen"], sehr dünnes, zartes, schleierartiges Gewebe, aus Baumwolle, Seide oder Chemiefäden. – Velours-C., ein feiner Rutensamt mit halb niedergelegtem Flor.

Chiffre [ʃifr; die; arab.-frz.], Zahl, Ziffer, Geheimzeichen; Zeichenkombination.

Chiffreur [ʃif'rø:r; frz.], Entzifferer von Geheimschriften oder -zeichen; auch Chiffriermaschine.

chiffrieren [ʃif-], mit einer *Chiffre* versehen; einen Bericht, eine vertraul. Mitteilung in einer für Unberufene nicht verständl. Geheimschrift (verschlüsselten Schrift) schreiben.

Chiffriermaschine, wie die Schreibmaschine arbeitende Maschine zum direkten Schreiben oder Entziffern eines chiffrierten Textes.

Chigi ['ki:dʒi], Adelsfamilie in Rom, ursprüngl. aus Siena, Fürsten von Campagnano u. Herzöge von Ariccia; seit 1834 *C.-Albani*. Seit 1712 bekleiden die C. das Amt des Konklavemarschalls. Der *Palazzo C.* der Familie in Rom enthielt die berühmte Bibliothek, die 1923 in den Besitz des Vatikans überging. – **1.** Agostino, päpstl. Hofbankier in Rom, *1465, †1520; ließ von Baldessare *Peruzzi* am Tiberufer die „Villa Farnesina" erbauen, die durch *Raffaels* Fresken mit der Darstellung „Amor u. Psyche" berühmt geworden ist. **2.** Fabio, Papst →Alexander VII.

Chignon [ʃi'njɔ̃; der; frz., „Nacken"], weibl. Haartracht, bei der das Haar zu einem beutelähnl. Wulst zusammengeschlungen u. auf dem rückwärtigen Scheitel durch einen Kamm befestigt wird. Der C., oft aus falschem Haar bestehend, war 1860–1880 in Mode.

Chihuahua [tʃi'uaua], Zwerghundrasse; große, schräg nach oben stehende Ohren, kurzhaarig, braun.

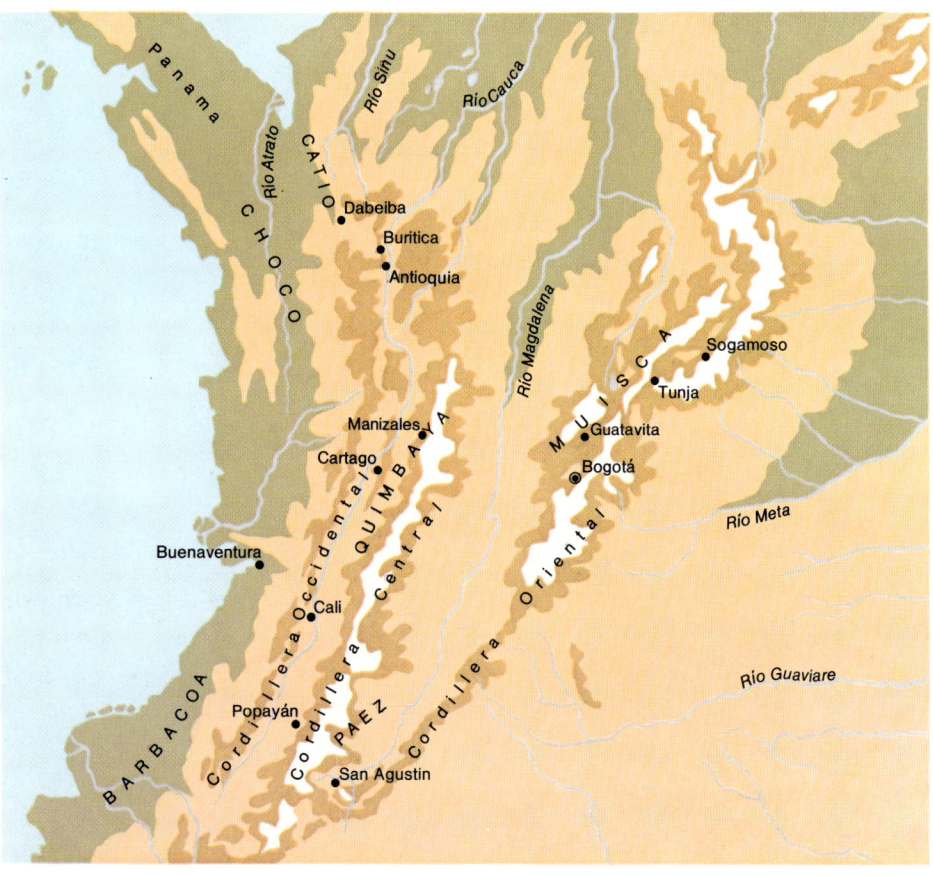

Chibcha: Verbreitungsgebiet der Chibcha-Völkergruppe im nördlichen Andenraum

Chihuahua [tʃi'uaua], größter Staat in Mexiko, 247 087 qkm, 1,8 Mill. Ew.; im N des Hochlands von Mexiko, umfaßt im W die bewaldete, erzreiche *Sierra Madre Occidental* (Gold, Silber, Zink, Blei), im O ein z. T. abflußloses Hochland mit Bewässerungsanbau (Baumwoll-, Mais-, Weizenanbau); Hptst. *C.* (247 100 Ew.; Erzverhüttung, Fleischkonserven, Baumwoll- u. a. Industrie); nördl. der Hptst. Siedlungsgebiet dt.-kanad. Mennoniten mit vorbildl. Wirtschaftsweise.

Chikamatsu Monzaëmon = Tschikamatsu Monsaëmon.

Chilam Balam ['tʃi-], lokale Chroniken der *Maya* aus Nord-Yucatán, in der frühen Kolonialzeit in latein. Schrift, jedoch in der Sprache der Eingeborenen aufgezeichnet. Die sog. „Bücher des *C. B.*" enthalten wichtige, freilich oft widerspruchsvolle Angaben über die frühe Geschichte der Maya, daneben Prophezeiungen u. ä. „Chilam" lautete der Name bestimmter Opferpriester der Maya, während „Balam" (wörtl. „Jaguar") auf den geheimnisvollen Inhalt der Chroniken anspielt.

Chilcatdecken [tʃilkæt-], lang befranste, gewebte Schulterumhänge der *Chilcat,* ursprüngl. aus Bergziegenwolle, mit Tierornamentik. Die Chilcat gehören zu den Tlingitindianern an der Nordwestküste Nordamerikas.

Child [tʃaild], Lydia Maria, geb. *Francis,* US-amerikan. Jugendschriftstellerin u. Reformerin, * 11. 2. 1802 Medford, Mass., † 20. 10. 1880 Wayland, Mass.; ihre Traktate u. Romane wirkten für die Sklavenbefreiung in den USA.

Childe [tʃaild; engl.], in England früher Beiname des ältesten Sohnes eines Adligen.

Childebert ['çil-], Frankenkönige *(Merowinger):*
1. *C. I.,* König 511–558; Sohn Chlodwigs I., nach dessen Tod König im nördl. Frankenreich; gewann Teile Burgunds u. besiegte 531 bei Narbonne die Westgoten unter Amalarich I.
2. *C. II.,* König seit 575, * 570, † Dez. 595; regierte in Austrien nach der Ermordung seines Vaters Sigibert I. unter der Vormundschaft seiner Mutter, der tatkräftigen Königin Brunhilde; erwarb 593 durch Erbvertrag Burgund.
3. *C. III.,* König 694/95–711; während seiner Regierung hatte der Hausmeier *Pippin* der Mittlere die tatsächl. Herrschaft inne.

Childerich, Frankenkönige aus dem Geschlecht der *Merowinger:* 1. *C. I.,* König eines Teilstammes der salischen Franken in Nordgallien ab etwa 457, † 482; Vater Chlodwigs I., dessen Reichsgründung er vorbereitete. – Das 1653 in Tournai aufgefundene *C.grab* mit reichen Beigaben ist einer der berühmtesten u. wichtigsten Funde aus dem Bereich der fränk.-merowing. Kultur.
2. *C. II.,* König von Austrien ab 662, vom gesamten Frankenreich 673–675; 675 auf Anstiften des neustrischen Adels ermordet.
3. *C. III.,* König 743–751; als letzter Merowingerkönig von den Söhnen Karl Martells auf den Thron gesetzt u. von Pippin d. J. abgesetzt u. ins Kloster verwiesen.

Childers ['tʃaildəz], Erskine, ir. Politiker (Fianna Fail), * 11. 12. 1905 London, † 17. 11. 1974 Dublin; seit 1954 verschiedene Ministerposten, 1973/74 Staats-Präs.

CHILE — RCH
República de Chile

Fläche: 756 945 qkm

Einwohner: 10,6 Mill.

Bevölkerungsdichte: 14 Ew./qkm

Hauptstadt: Santiago de Chile

Staatsform: Präsidiale Republik

Mitglied in: UN, OAS, GATT

Währung: 1 Chilenischer Escudo = 100 Centésimos

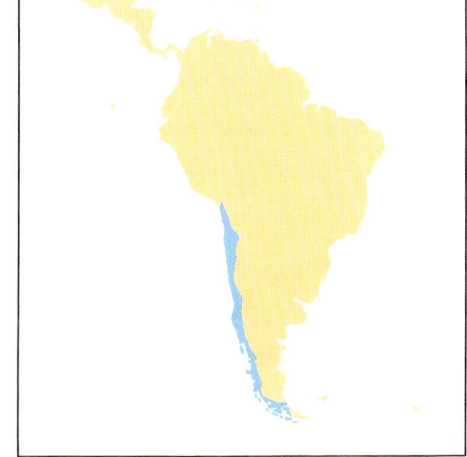

Landesnatur: Chile ['tʃi:le] grenzt auf seiner gesamten Länge (südl. Westküste Südamerikas) an den Pazif. Ozean. Das in Nordsüd-Richtung 4275 km lange, aber nur 120 bis 380 km breite Land nimmt hauptsächl. den Westabfall der Anden ein. Das Hochgebirge übersteigt bis zur Breite von Santiago mit den höchsten, teilweise vergletscherten Gipfeln 6500 m Höhe *(Cerro Tupungato* 6800 m, *Ojos del Salado* 6880 m, *Aconcagua* 6958 m). Nach S senkt sich die Höhe des Hauptkamms auf über 3000 bis 2000 m, aber die Vergletscherung nimmt infolge des feuchteren Klimas zu. Die Gletscher stoßen teilweise zum Meer vor. Breite in mittlere Küstenkette allein. Die Küste wird von einer im N 1500 bis über 2000 m hohen Küstenkordillere gesäumt, deren Höhe ebenfalls nach S abnimmt u. die sich bei 42° südl. in die Inselkette auflöst. Zwischen Haupt- u. Küstenkordillere erstreckt sich das *Chilen. Längstal,* das in Mittel-*C.* den wirtschaftl. Kernraum, in Süd-*C.* aber einen Meeresarm *(Moraledakanal)* bildet. Nord-*C.* ist im tropisch-subtrop. Wüstengebiet; Mittel-*C.* ist fruchtbar u. hat ein warmgemäßigtes Winterregenklima, das an Mittelmeerverhältnisse erinnert, während der S äußerst regenreich, kühl u. sehr dicht bewaldet ist. Im S löst sich *C.* in die Inselflur des subantarkt. Feuerlands auf.

Die stark zunehmende, überwiegend kath., spanisch sprechende Bevölkerung besteht zu rd. 40% aus Weißen („Weißes Land", davon 25% span. Abkunft), zu rd. 55% aus Mestizen u. zu 5% aus Indianern (Araukaner u. einige Feuerländer). Am dichtesten ist das Chilen. Längstal besiedelt.

Wirtschaft und Verkehr: Grundlage des Außenhandels ist der Bergbau im wüstenhaften Nordchile. Das Land liegt in der Weltförderung von Natursalpeter u. Jod an erster Stelle u. liefert ferner 13% des Kupfers der Erde. Außerdem werden Eisen (Prov. Coquimbo), Gold, Silber, Molybdän, Kohlen (bes. Prov. Concepión), Erdöl (in Feuerland), Erdgas, Borax u. Schwefel gefördert. Die Energie-Erzeugung beruht in Mittel- u. Südchile auf Wasserkraftbasis, in Nordchile auf dem Kohle- u. Erdölsektor (jährl. rd. 7 Mill. kWh). Die Landwirtschaft (41% der Gesamtfläche) erntet auf vorwiegend bewässertem Land Getreide u. Gemüse, Obst, Oliven u. Wein. Der S dient der Schafzucht u. der Holzwirtschaft. Wichtig ist auch die Fischerei. Das gut ausgebaute, nordsüdlich orientierte Landverkehrsnetz ist in Mittel-*C.* sehr dicht. *C.* hat 60 000 km Straßen (davon ein Zehntel asphaltiert), einschl. der Carretera Panamericana, u. 8400 km Eisenbahnen (Hauptstrecke Iquique–Puerto Montt mit Anschlüssen nach La Paz, Oruro, Salta u. Mendoza). Importiert werden Maschinen, Chemikalien u. Lebensmittel; exportiert Kupfer, Salpeter, Jod, Papier, Cellulose u. Fischmehl. *C.*s wichtigste Handelspartner sind die USA, Europa (darunter die BRD) u. die südamerikan. Länder. Sehr bedeutsam ist bei den großen Entfernungen der Inlandsluftverkehr, ferner, vor allem in Süd-*C.* u. Feuerland, die Küstenschiffahrt. Die wichtigsten Häfen sind Valparaíso, San Antonio, Antofagasta, Coquimbo u. Iquique. – ⌑ 6.8.9.

Geschichte: Der nördl. Teil *C.*s wurde 1540–1544 von Pedro de *Valdivia* für Spanien erobert; der S wurde erst im 19. Jh., nachdem die Indianer zurückgedrängt worden waren (seit 1860), von Weißen besiedelt. 1778 wurde *C.,* das bis dahin eine Provinz des Vizekönigreichs Peru war, selbständiges Generalkapitanat. 1817 beendete General J. de *San Martín* durch seinen Sieg bei Chacabuco die span. Herrschaft, u. 1818 wurde *C.* unter B. *O'Higgins* unabhängige Republik.
Nach einer Zeit innerer Wirren folgte von 1831–1871 eine Periode des wirtschaftl. u. polit. Aufbaus unter den jeweils rd. 10 Jahre regierenden Präsidenten J. *Prieto* (* 1786, † 1854), M. *Bulnes,* M. *Montt* (* 1809, † 1880) u. J. J. *Pérez* (* 1800, † 1889). Im *Salpeterkrieg* gegen Bolivien u. Peru (1879–1883) gewann *C.* durch die Angliederung der Atacamawüste das Weltmonopol in Salpeter, was ein rasches Aufblühen der chilen. Wirtschaft zur Folge hatte. Grenzstreitigkeiten mit Argentinien wurden 1902 durch Schiedsspruch des engl. Königs friedl. beigelegt.
Der wachsende Einfluß der chilen. Industriearbeiterschaft führte im 20. Jh. zu sozialen Unruhen, die das Land mehrfach in ernste Krisen stürzten. So kam es 1932 zu schweren Meutereien in Heer u. Flotte u. zur Ausrufung einer „Sozialistischen Republik *C.*". Präs. A. *Alessandri* gelang es, den gemäßigten Kreisen *C.*s die Herrschaft wieder zu sichern u. die Folgen der Weltwirtschaftskrise zu überwinden. *C.* setzte seine traditionell guten Beziehungen zu Dtschld. fort u. suchte auch Kontakte zum übrigen Europa. 1964 wurde E. *Frei* (Christdemokrat) mit großer Mehrheit zum Staats-Präs. gewählt; mit seinem Programm sozialer u. wirtschaftl. Reformen („Revolution in Freiheit") erreichte er ansehnl. Verbesserungen der Sozialstruktur (Bodenreform, Schulwesen). 1970 gewann der Sozialist S. *Allende* mit einer Volksfrontkoalition *(Unidad Popular)* die Präsidentschaftswahl. Er erstrebte eine sozialist. Umgestaltung auf parlamentar. Weg. Schlüsselindustrien wurden verstaatlicht, Großgrundbesitz enteignet u. die Einkommen der unteren Bevölkerungsschichten bedeutend erhöht. Nach Anfangserfolgen kam es zu wirtschaftl. Rückschlägen, wozu Kapitalflucht, Abwanderung von Führungskräften u. Boykottmaßnahmen von in- u. ausländ. Wirtschaftskreise beitrugen. Zugleich nahm die polit. Polarisierung zu. 1973 wurde Allende von der Armeeführung gestürzt u. kam unter ungeklärten Umständen ums Leben. Nachfolger Allendes wurde General A. *Pinochet.* Das Militärregime löste das Parlament auf, verbot jede polit. Tätigkeit u. verfolgte die Anhänger der Linksparteien. – ⌑ 5.7.9.

Militär: *C.* hat ein Milizheer mit allg. Wehrpflicht vom 20. bis zum 45. Lebensjahr bei einjähriger aktiver Dienstzeit u. einer Rekrutierung von etwa 20 000 Mann jährlich. Die aktive Streitmacht, eine der schlagkräftigsten Südamerikas, zählt insges. 47 500 Mann, die Reserve ca. 300 000. Oberbefehlshaber ist der Staatspräsident. Ein militär. Beistandspakt mit den USA von 1952 verpflichtet *C.* zur Unterstützung bei der Verteidigung der westl. Hemisphäre.

Bildungswesen: Allg. Schulpflicht besteht vom 7. bis 15. Lebensjahr, ausgenommen für Kinder ländl. Bezirke, in denen nur unvollständige Landschulen vorhanden sind; hier beträgt die Schulpflicht nur 4 Jahre. Neben dem öffentl. Schulwesen ist das Privatschulwesen stark entwickelt u. umfaßt einschl. der Universität nahezu alle Schultypen. –

Chilebecken

Schulsystem: Es lassen sich 2 Grundschultypen unterscheiden: a) allg. 6jährige Grundschulen, die an vollausgebauten Systemen durch 3 weitere, mehr berufsbezogene Klassen auf 9 Jahre erweitert werden; b) 6jährige Vorschulen zu Lyzeen u. Kollegien. Zentralschulen umfassen die 6jährige Grundschule u. die 1. Stufe (3 Jahre) der höheren Schule, die sich in einen allgemeinbildenden u. einen techn. Zweig gabelt. Die 6jährigen höheren Schulen folgen auf die 6. Grundschulklasse; sie teilen sich in einen klassischen u. einen modernen Typ. Abschluß beider Typen: Reifeprüfung (Hochschulreife). Neben den allgemeinbildenden Schulen gibt es ein differenziertes berufsbildendes u. Fachschulwesen. Absolventen der meist 7jährigen Fachschulen sind zum Studium an Fachhochschulen berechtigt. – Von den acht Universitäten sind 2 staatlich, 3 kirchlich. In Santiago wurden 1959 fünf lateinamerikanische Forschungszentren errichtet.

Chilebecken, Tiefseebecken im Pazif. Ozean, westl. von Mittelchile, begrenzt im N durch die *Naska-* u. *Sala-y-Gomez-Schwelle*, im S durch die *Chilen. Schwelle.* An seiner Ostseite liegt der *Atacamagraben*; außerhalb des Grabens bis −5738 m (östl. von Sala-y-Gomez). In seinem zentralen Teil finden sich mehrere Riffe: Emilyriff, Yosemiteriff u. Seftonriff.

chilenische Kunst →iberoamerikanische Kunst.
chilenische Literatur →iberoamerikanische Literatur.
chilenische Musik →iberoamerikanische Musik.
Chilenische Schweiz, Gebirgs- u. Seenlandschaft in Südchile, im Gebiet des Lago Nahuel Huapi (mit *Cerro Tronador*, 3554 m); Weizen- u. Haferanbau, Viehzucht, Holzwirtschaft; Fremdenverkehr; viele dt. Siedler.
Chilenisches Längstal, nordsüdl. verlaufende Senke im zentralen u. südl. Chile, zwischen Cordillera Costa u. Hauptkamm der Anden, südl. von Santiago de Chile, setzt sich im Moraledakanal zwischen Festland u. den Inseln von Chiloé u. Chonosarchipel untermeerisch fort; hügelig, von glazialen Ablagerungen erfüllt, mehrere glaziale Seen, Vulkane; wirtschaftl. Kernraum Chiles.
Chilesalpeter, das aus der in den Nordprovinzen von Chile u. in Peru vorkommenden, aus Salpeter, Kochsalz u. Gestein bestehenden →Caliche durch Umkristallisieren gewonnene *Natriumnitrat (Natronsalpeter)*; Verwendung: als Düngemittel, zur Herstellung von Explosivstoffen u. als Ausgangsprodukt zur Salpetersäure.
Chileschwelle, Rücken im Südpazif. Ozean, zieht von Chiloé (Chile) nordwestl. zur Osterinsel hin; trennt das *Chilebecken* vom Ostpazif. Südpolarbecken.
Chilia, nördlichster u. wasserreichster Mündungsarm der Donau, 116 km, fischreich; bildet die Grenze Sowjetunion/Rumänien.
Chiliasmus [grch. *chilioi*, „tausend"], die Erwartung eines Tausendjährigen Reichs messianischen Heils; geht zurück auf in Offb. 20 aufgenommene spätjüd. Vorstellungen u. spielte bzw. spielt außer im Frühchristentum auch im MA. u. bei manchen Sekten der Neuzeit (Adventisten, Mormonen, Zeugen Jehovas u. a.) eine bedeutende Rolle.
Chili con carne ['tʃi-], mexikan. Nationalgericht aus Rindfleisch, Tomaten u. Zwiebeln, scharf gewürzt. – Als Sonderwürze verwendet man das *Chili-con-carne-Gewürz*, eine Mischung aus Chilipfeffer, Knoblauch, Kümmel, Koriander u. Oregano (Dost).
Chililabombwe [tʃi-], früher Bancroft, Bergbaustadt am nordwestl. Ende des Copper Belt in Sambia (Afrika), 40 000 Ew.; Kupferabbau seit 1957.
Chilipulver ['tʃi-], Mischung aus gemahlenen *Chillies* (→Cayennepfeffer) u. *Dost (Oregano)* sowie mehr oder weniger großen Anteilen einer scharfen Paprikaart, Kreuzkümmel, Knoblauchpulver, Nelken, Piment u. Zwiebelpulver. – Die *Chilisauce* ist in zwei unterschiedlich scharfen Typen im Handel: 1. *chines.* Chilisauce aus Cayennepfeffer mit Geschmackszutaten, außerordentlich scharf; 2. die in England u. den USA hergestellte mildere Form der Chilisauce enthält neben Cayennepfeffer Tomatenmark sowie Zucker, Essig, Salz, Zwiebeln u. a.
Chilkasee ['tʃil-], Haffsee an der Ostküste Indiens, südl. des Mahanadideltas, je nach Regenfall 900 bis 1125 qkm, zeitweise Süß-, zeitweise Salzwasser führend, im Mittel nur 1 m tief.
Chillán [tʃi'ljan], Hptst. der mittelchilen. Prov. Ñuble, 90 000 Ew.; landwirtschaftlicher Handel u. Industrie; 1594 gegründet; Geburtsort von Bernardo *O'Higgins*; 1835 u. 1939 durch Erdbeben zerstört; südöstlich der Stadt heiße Schwefelquellen u. der Vulkan *Nevado de C.*, 3162 m, zuletzt tätig 1864.
Chilli ['tʃili; Mz. *Chillies*; engl.], in Mexiko gebräuchliche Bez. für →Cayennepfeffer.
Chillida [tʃil'jida], Eduardo, baskischer Bildhauer, *10. 1. 1924 San Sebastián; studierte erst Architektur in Mailand, hielt sich 1948–1951 in Paris auf, wo er das Schmiedehandwerk erlernte, lebt seit 1951 wieder in seiner Heimatstadt. C. begann mit kleinen, schmalgliedrigen Plastiken von ausgesprochen gerätehaftem Charakter u. schuf seit 1956 abstrakte Eisenplastiken von kolossalem Ausmaß u. Gewicht; neuerdings auch Arbeiten in Marmor u. Alabaster; daneben Zeichnungen u. Collagen. Zahlreiche internationale Kunstpreise.
Chillon [ʃi'jõ], Schloß (12.–14. Jh.) auf einer Felseninsel im Genfer See, südl. von Montreux; die am besten erhaltene Burg der Schweiz, mit reicher Innenausstattung; ursprüngl. Besitz der Bischöfe von Sion, später der Grafen von Savoyen, dann von Bern; diente mehrfach als Staatsgefängnis. – „Der Gefangene von C.", Ballade (1816) von Lord *Byron.* – Ⓑ →Schweiz (Geschichte).
Chiloé [tʃilo'e], südchilenische Insel (8395 qkm)

Eduardo Chillida: Autour du vide; 1968. Basel, Öffentliche Kunstsammlung

Chile
1 : 15 000 000

und Provinz (27014 qkm, 111000 Ew.; Hptst. *Ancud*, 7400 Ew.), 180 km lang, 60 km breit, 800 m hoch; hohe Niederschläge; Kartoffel-, Obst- u. Maisanbau, Fischfang und -verarbeitung, Holzwirtschaft.

Chilon ['çi-], *Cheilon aus Sparta*, einer der „7 Weisen Griechenlands", um 550 v. Chr.; soll die Sprüche „Über Tote soll man nur freundlich reden!" (lat. *De mortuis nil nisi bene*) u. „Erkenne Dich selbst!" (grch. *Gnothi seauton*) geprägt haben.

Chilopoda →Hundertfüßler.

Chilpancingo de los Bravos [tʃilpan'θiŋɔ-], Hptst. des südmexikan. Staates Guerrero, in der Sierra Madre del Sur, 25000 Ew.; landwirtschaftl. Zentrum, Holzindustrie.

Chilperich, Frankenkönige aus dem Geschlecht der *Merowinger*: **1.** *C. I.*, König von Neustrien 561–584, regierte von Soissons aus; löste durch die Ermordung seiner Frau, der Westgotin *Galswintha* (†567), einen grausamen Familienkrieg aus. C., gebildet, aber skrupellos, war ein energischer Vertreter des Königtums gegen Adel u. Kirche. **2.** *C. II.*, Sohn Childerichs II., König von Neustrien 715–721, †721; regierte ab 719 als Scheinkönig neben *Karl Martell*.

Chiltern Hills ['tʃiltən-], engl. Kreidekalkhöhenzug, nordwestl. von London, bis 261 m; Ausflugsziel der Londoner.

Chilwasee ['tʃil-], See im S der ostafrikan. Rep. Malawi, 600 m ü. M., rd. 1600 qkm; wechselnde Ausdehnung u. daher versumpfte Umgebung.

Chimäre [grch.], **1.** *Botanik*: Pflanze mit genotyp. verschiedenen Geweben, bedingt durch Plastidenspaltung, Mutationen, irreguläre Reifeteilung oder künstl. Gewebeverschiebung durch Pfropfung (Pfropfbastarde). **2.** *Fische*: →Seedrachen. **3.** *Mythologie*: grch. *Chimaira*, ein feuerschnaubendes Fabelwesen der griech. Mythos, vorn Löwe, in der Mitte Ziege, hinten Drache; verwüstete Lykien u. wurde daher von *Bellerophon* getötet. – Danach Bez. für phantastische Skulpturen des MA. u. allg. für „Hirngespinste" (*Schimären*).

Chimborazo, *Chimborasso* [tʃimbo'raso], **1.** mächtiges, ab 4700 m vergletschertes, zuletzt im Quartär tätiges, glockenförmiges u. trachyt. Vul-

Chimú: die Festung Paramonga an der Küste Perus

kanmassiv in der Westkordillere von Zentralecuador, 6267 m, westl. von Riobamba; 1802 von A. von Humboldt u. A. Bonpland bis 5400 m, 1880 von E. *Whymper* ganz bestiegen. **2.** zentralecuadorian. Provinz, 6161 qkm, 342300 Ew.; indian. Ackerbausiedlungen; Anbau von Kaffee u. Mais, Viehzucht, Webereien u. Töpferei; Hptst. *Riobamba*.

Chimbote [tʃim-], peruan. Hafenstadt an der pazif. *Bahía de C.* u. der Mündung des *Río Santa*, 160000 Ew.; in einem agrar. Umland; einziges Stahlwerk Perus, wichtiger Fischereihafen, Küstenschiffahrt, Flugplatz.

Chimsyan ['tʃimsjæn], *Tsimschian*, indian. Sprachgruppe an der Nordküste von British Columbia.

Chimú [tʃi'mu], indian. Staat des 14. u. 15. Jh. in den Küstentälern Nord- u. Mittelperus, 900 km lang, von Tumbez im N bis Paramonga im S, Hptst. *Chanchan*; historisch durch Berichte span. Chronisten des 16. Jh. belegt. Der C.-Staat baute auf der Basis der *Moche-Kultur* auf. Grundlage seiner Existenz war eine intensive Bewässerung; zentrale Regierung, soziale Stufung; mit Hilfe von Tonmodellen hergestellte grauschwarze Keramik, meist ohne Bemalung. Mitte des 15. Jh. wurde das C.-reich von den Inka erobert. Es war den Eroberern kulturell überlegen; Gold-, Kupfer-, Bronzebearbeitung u. Weberei waren so hoch entwickelt, daß Handwerker der C. in Cuzco angesiedelt wurden, um für die Inka tätig zu sein. – ☐ 5.7.7.

Ch'in →Ts'in.

CHINA   RC
Zhonghua Renmin Gonghe Guo

- Einwohner: 850 Mill.
- Bevölkerungsdichte: 89 Ew./qkm
- Fläche: 9561000 qkm
- Hauptstadt: Peking
- Staatsform: Kommunistische Volksrepublik
- Mitglied in: UN
- Währung: 1 Renminbi Yuan = 10 Tsjao = 100 Fen

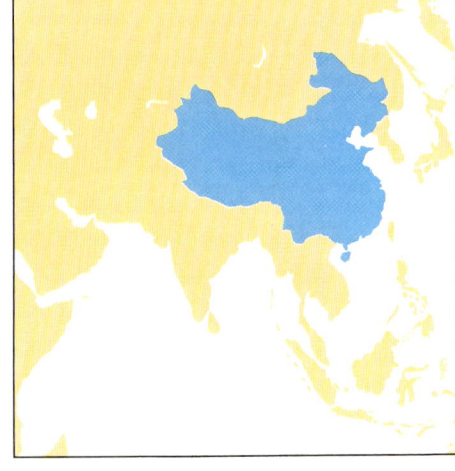

Landesnatur: Der subkontinentgroße Raum C. ist äußerst vielfältig u. kontrastreich in landschaftl. u. klimat. Hinsicht. Er bricht vom innerasiat. Hochland Tibet in mehreren steilen Bruchstufen zum Pazifik hin ab. Auch innerhalb der einzelnen Stufen haben Längs- u. Querbrüche den Gesteinsbau wiederum zerstückelt, so daß oft ältere Gebirgsteile aus einer niedriger gelegenen Stufe herausragen, wie z. B. die Bergländer der Halbinsel *Schantung*.

Die östl. Landschaften werden von Mittelgebirgen u. niedrigen Hochgebirgen eingenommen, zwischen die große Becken u. Tiefländer eingeschaltet sind, die von den Strömen *Huang Ho*, *Yangtze Kiang* u. *Si Kiang* entwässert werden. Der NO mit dem Becken des Huang Ho u. der Mandschurei hat teilweise sehr fruchtbare Lößböden u. ein sommerwarmes, winterkaltes u. nicht sehr feuchtes Klima. Sein W ist gebirgig u. steppenhaft u. zeigt mächtige, tief zerfurchte Lößablagerungen mit Höhlendörfern in den Lößwänden. Das *Große Becken* im O wurde vor allem vom Huang Ho aufgeschüttet, der mit seinen fruchtbaren Ablagerungen (Schwemmlöß) u. seinen oft furchtbaren Überschwemmungen Segen u. „Kummer Chinas" zugleich war.

Im SO südl. des *Tsin Ling* (4166 m) ist das Klima der fruchtbaren Schwemmlandebenen u. der niedrigen Hügel- u. Mittelgebirgsländer teilweise subtrop. warm u. feucht. In den mächtigen Kalkgesteinen des *Südchinesischen Berglands* sind oft bizarre Oberflächenformen (Kegelkarst) herausgebildet. Nach W geht die Landschaft in die Karstflächen von *Kueitschou* u. das *Rote Becken von Szetschuan* über. Westl. davon erheben sich die *Osttibetischen Randketten*, von den Flüssen Hinterindiens u. dem Yangtze Kiang tief zersägt. Sie sind dünn besiedelt, aber z. T. reich an Erzen u. durchaus entwicklungsfähig u. werden meist in Form Autonomer Bezirke nationaler Minderheiten verwaltet.

Der NW u. der N wird von oft sehr trockenen, äußerst kontinentalen, wüsten- u. steppenhaften Tafelhochländern u. Hochbecken eingenommen, die nur in Oasen am Fuß der Gebirge u. in Flußtälern größere wirtschaftl. Möglichkeiten bieten. In Sinkiang im äußersten W wird das *Tarimbecken* von ausgedehnten Kettengebirgen umschlossen, im N vom *Tien Schan* (Pik Pobedy 7439 m), im S vom *Kunlun-System* (Mus Tagh 7281 m). Südlich davon schließt sich das Tibetische Hochland an; es ist der durchschnittl. höchstgelegene u. am dünnsten besiedelte Teil Chinas.

Bevölkerung: 94% der sich in den Flußtälern, Becken u. Küstenebenen Ost-C.s konzentrierenden Bevölkerung (z. T. über 2000 Ew./qkm) sind Chinesen, die sich bis in die Gegenwart zum Buddhismus u. zur Lehre des Konfuzius bekannten u. nach Sprache, Kultur u. Rasse ziemlich uneinheitl. sind. Daneben gibt es Minderheiten von Tschuang, Uiguren, Hui (Dunganen), Lolo (Yi), Tibetern, Miao, Mandschu, Mongolen, Koreanern u. a. Völkern. Der überwiegende Teil der rd. 20 Mill. Auslandchinesen lebt in Thailand, Hongkong, Malaysia, Indonesien, Singapur u. Vietnam.

China

Wirtschaft: Die günstigsten Ackerbaugebiete sind die großen Stromebenen im O des Landes. Dabei lassen sich von N nach S verschiedene Anbauzonen unterscheiden: In der Nordostchines. Ebene werden vorwiegend Sojabohnen u. Sommerweizen, im Lößbergland Hirse u. Winterweizen, in der Großen Ebene Winterweizen, Baumwolle u. Erdnüsse, in Szetschuan u. im Gebiet des Yangtze Kiang Reis u. Tee u. in Südost-C. Reis, Tee u. Süßkartoffeln (zwei Ernten jährlich) angebaut. In den westl. anschließenden Gebieten dominiert die Viehwirtschaft. In Sinkiang wird mit Hilfe künstl. Bewässerung auch Baumwolle angebaut.

Die Landarbeiter sind in Genossenschaften verschiedener Ordnung zusammengefaßt. Diese wiederum sind zu Volkskommunen vereinigt, die auch administrative u. kulturelle Aufgaben zu erfüllen haben (z. B. die Unterhaltung von Schulen u. Krankenhäusern).

Große Fortschritte sind in jüngster Zeit bei der Bewässerung erzielt worden. Insgesamt ist die Landwirtschaft der am besten ausgebaute Wirtschaftszweig C.s. Die Forstwirtschaft liefert bes. Tungöl u. Teakholz. Die Fischerei ist im Binnenland gut entwickelt.

C. ist einer der kohlenreichsten Staaten der Erde; die Vorkommen liegen vor allem bei Mukden in der Mandschurei, bei Tientsin u. in den Prov. Schansi, Schensi u. Kansu. Die Reserven an Eisenerz sind ebenfalls bedeutend; sie kommen in fast allen Provinzen vor, die größten Lager in der südl. Mandschurei. C. besitzt auch bedeutende Zinn-, Mangan- u. Bauxitlagerstätten u. die größten Wolfram-, Antimon- u. Molybdänvorkommen der Erde. Außerdem gibt es nennenswerte Vorkommen an Blei, Kupfer, Zink, die Edelmetalle Gold, Platin, Titan u. die Mineralien Wismut, Graphit, Kaolin u.a. In jüngerer Zeit sind in Sinkiang, Tsinghai, der Mandschurei u. zahlreiche neue Erdöllager entdeckt worden. Der Abbau der Bodenschätze ist – je nach Verkehrslage u.a. – unterschiedlich entwickelt.

In der *Industrie* wurden nach dem Abzug der sowjet. Spezialisten Mitte der 1960er Jahre große Anstrengungen gemacht, um die Grundstoffindustrien weiter auszubauen u. den technisch-wissenschaftl. Nachwuchs für die Betreuung der Industrieanlagen heranzubilden. (Nach US-amerikan. Schätzungen betrugen 1964 die Gesamtausgaben des chines. Staates für die Naturwissenschaften annähernd 5% des Bruttosozialprodukts.) Nach verschiedenen Rückschlägen Anfang der 1960er Jahre nahm die Industrieproduktion in letzter Zeit wieder zu. Die wichtigsten Industriezweige sind die Eisen- u. Stahlerzeugung, der Maschinenbau (bes. Werkzeug- u. Landmaschinen), der Bau von Traktoren u. Lastkraftwagen, die Herstellung von Baumwollgeweben u. Kunstdünger sowie neuer-

Reisfelder

Kegelkarstformen in Südchina

Neue Brücke über den Yangtze Kiang in Nanking

dings die Erdölindustrie (neben der Rohölgewinnung die synthetische Herstellung von Erdöl aus Ölschiefer u. Kohle, vor allem in der Mandschurei); C.s größte Raffinerie befindet sich in Lantschou (Prov. Kansu).

Seit 1968/69 wird eine bewußte Dezentralisierung der Industrie angestrebt. Dadurch soll eine möglichst hohe wirtschaftliche Selbständigkeit der Provinzen u. eine Verringerung der Transportprobleme erreicht werden.

Inzwischen sind in vielen Städten u. ländlichen Siedlungen diese modernen „Kleinindustrien" entstanden, vor allem Eisen-, Stahl- u. Maschinenbaufabriken (besonders Landmaschinen), Zement- u. Chemiewerke (besonders für Kunstdünger u. Schädlingsbekämpfungsmittel) sowie kleinere Kohlenbergwerke u. Wasserkraftanlagen. C. weist einen ständig steigenden Außenhandel auf, der sich besonders auf die Staaten Ost- u. Südostasiens, aber auch nach Westeuropa richtet, während der Handel mit der Sowjetunion u. den anderen Ostblockländern stark zurückgegangen ist.

Verkehr: Das chines. Eisenbahnnetz ist noch sehr rückständig. Ausstattung u. Gesamtlänge entsprechen nicht dem Stand der allg. Wirtschaftsentwicklung. Das gilt ebenfalls für das Straßennetz, das kaum zur Hälfte aus befestigten Straßen besteht. Von Bedeutung sind einige moderne Eisenbahn- u. Straßenbrücken über den Yangtze Kiang. Das weitverzweigte Netz der Binnenwasserstraßen macht den großen Mangel an Straßen z. T. wieder wett. Die wichtigen Ströme sind durch zahlreiche Kanäle (z. B. Kaiserkanal) verbunden. Auf dem Yangtze Kiang können große Seeschiffe landeinwärts bis nach Wuhan fahren. Der wichtigste Überseehafen ist Schanghai. Die chines. Handelsflotte verfügt nur über ca. 200 Schiffe mit etwa 900 000 BRT. Internationale Flughäfen gibt es in Schanghai, Canton u. Peking. – 🗔 6.6.0.

Geschichte

Archäologische Funde beweisen, daß es bereits im 3. Jahrtausend v. Chr. am mittleren Huang Ho eine Kultur, die sog. Yang-schao-Kultur, gab. Gemäß einer überlieferten Herrscherliste soll in der Zeit von 2205–1766 v. Chr. die Hia-Dynastie geherrscht haben. Die erste sowohl histor.-literar. als auch archäolog. belegbare Dynastie ist die der Schang im 15.–11. Jh. v. Chr. (seit dem 11. König Yin-Dynastie genannt). Die Ausgrabungen verweisen auf eine Hochkultur mit ausgebildeter Bronzekunst u. einer über 2000 Wortzeichen umfassenden Schrift. Das Priestertum hatte großen Einfluß, der Herrscher eine religiöse Stellung.

Von ca. 1100–249 v. Chr. herrschte die Tschou-Dynastie. Der feudalist. Tschou-Staat war von den Gebieten der Lehnsfürsten umgeben, die ihren Machtbereich im Kampf gegen nicht-chines. Völkerstämme nach allen Seiten ausdehnten. In der

Schiffsverkehr auf dem Kaiserkanal in Wusi

CHINA Geographie

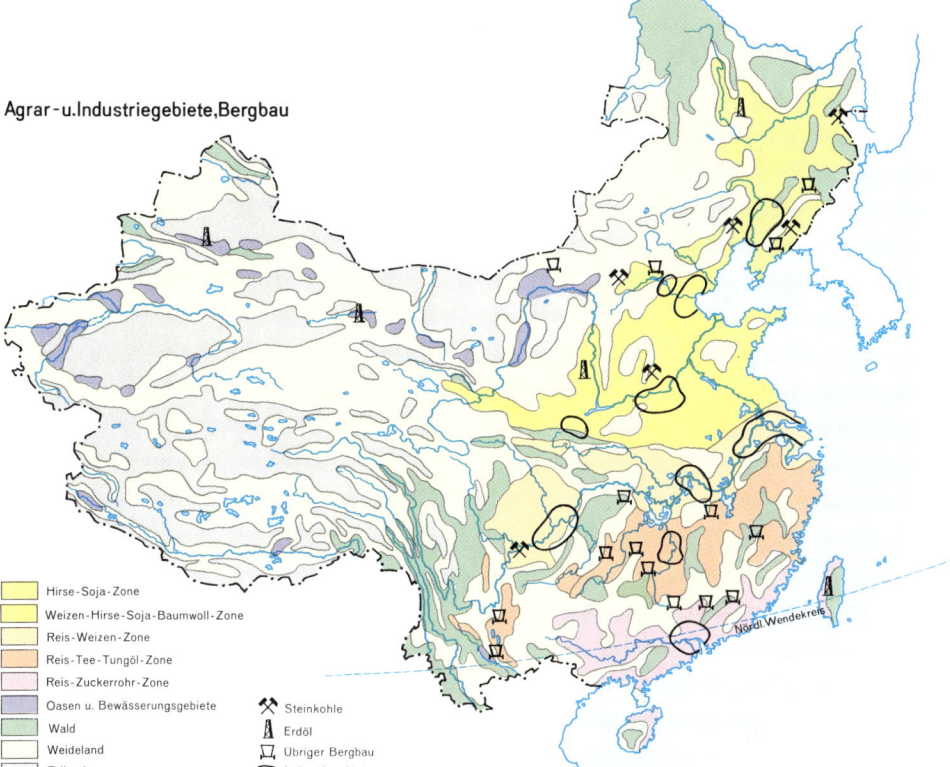

Traktorenfabrik in Loyang (Prov. Honan)

China

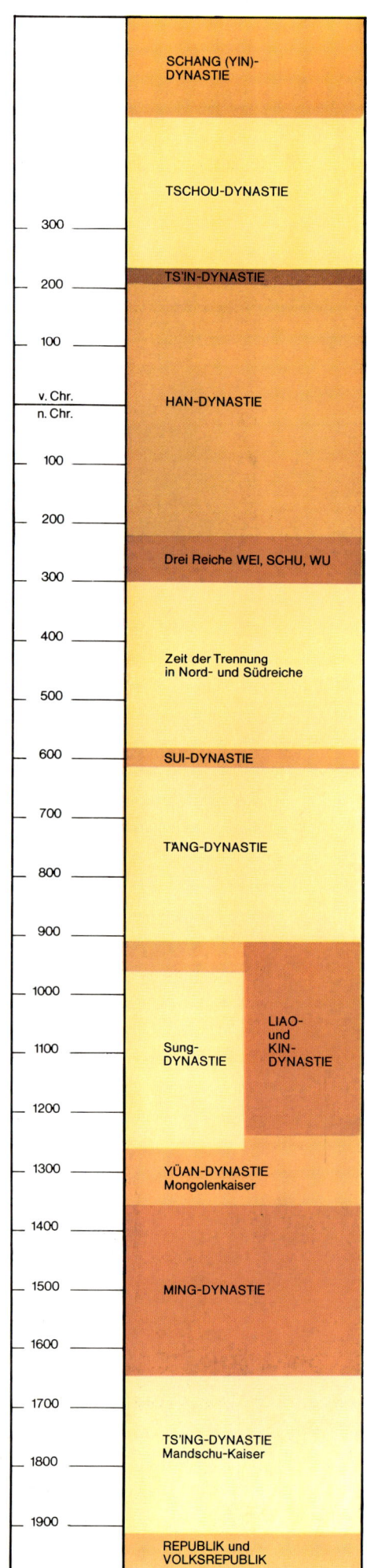

Wuti, Kaiser der späteren Tschou-Dynastie; 6. Jh. Gemälde, Yen Li-pen zugeschrieben, 7. Jh. (?). Boston, Mass., Museum of Fine Arts

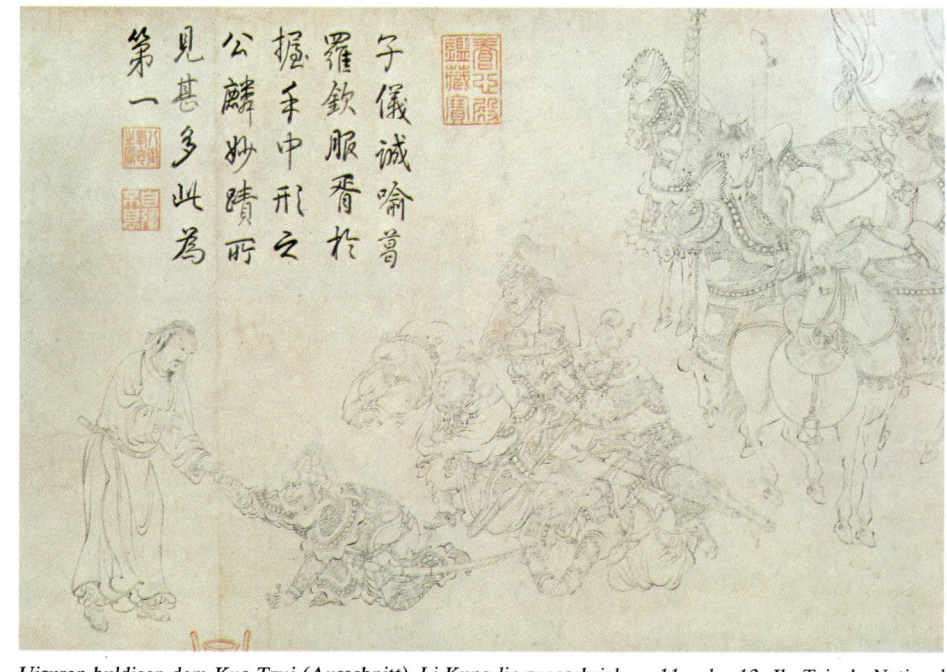

Uiguren huldigen dem Kuo Tzui (Ausschnitt). Li Kung-lin zugeschrieben; 11. oder 12. Jh. Taipeh, National Palace Museum

China unter der Ts'ing-(Mandschu-)Dynastie 17.–19. Jh.

CHINA Geschichte

Kublai Khan, ein Enkel Tschingis Khans, eroberte im 13. Jh. China; Chinesischer Holzschnitt

Der erste chinesisch-japanische Krieg 1894/95 wurde um den Einfluß in Korea ausgetragen. Japanische Darstellung

Tschuntsiu-Periode (722–481 v. Chr.; →Konfuzius) übernahmen Lehnsfürsten die Macht, während dem Tschou-König, „Sohn des Himmels" genannt, nur die Ausübung sakraler Funktionen blieb. In den geistigen Auseinandersetzungen dieser Zeit u. der folgenden Periode der *„Kämpfenden Reiche"* (480–249 v. Chr.) entstanden philosoph. Schulen, deren Ideen die chines. Kultur geprägt haben: der Taoismus (Lao-tse), der Konfuzianismus (Konfuzius u. Meng-tse), die Rechtsschule u. a.

Aus den Machtkämpfen der absolutist. Einzelstaaten ging der Staat Ts'in als Sieger hervor, dessen König sich seit 221 v. Chr. „Erster Kaiser" *(Schi huangti)* nannte. Unter ihm wurden rigorose Vereinheitlichungsmaßnahmen in Verwaltung u. Wirtschaft durchgeführt u. zur äußeren Sicherheit ein Grenzwall im N Chinas errichtet. Die tyrann. Herrschaft führte 210 v. Chr. zu Aufständen, in denen sich 206 v. Chr. die Han-Dynastie (bis 220 n. Chr.) durchsetzen konnte. In der Zeit der Han-Dynastie wurde China zu einem zentralist., theokrat. Beamtenstaat. Die histor.-literar. Studien erreichten ein hohes Niveau, die Kunst wurde verweltlicht u. verfeinert. 141–87 v. Chr. erweiterte Kaiser *Wuti* das Reich zum Weltreich, von Korea bis Turkistan u. von der Südmandschurei bis Annam. Auf den „Seidenstraßen" blühte der Handel mit Zentralasien. Nach dem Interregnum des Kaisers *Wang Mang* (9–23 n. Chr.) u. dem Aufstand der „*Roten Augenbrauen*" wurde 25 n. Chr. die (Spätere) Han-Dynastie wiederhergestellt, unter der der Buddhismus aus Indien in C. Eingang fand. Als 220 n. Chr. nach dem Aufstand der „*Gelben Turbane*" General *Tsao Tsao* den letzten Han-Kaiser zur Abdankung zwang, zerfiel C. in die „Drei Reiche" (*Wei, Schu* u. *Wu*). Nach einer kurzen Periode der Einigung kam es zu einer Spaltung in N u. S, während der im N fremde Völker herrschten. 590 gelang der in Nordchina zur Macht gekommenen Sui-Dynastie die Wiedervereinigung des chines. Reichs.

618–906 erlebte C. unter der T'ang-Dynastie eine Epoche der kulturellen Blüte, in der seine Institutionen, seine Kunstformen u. seine Literatur von seinen Nachbarn nachgeahmt oder übernommen wurden. Die T'ang-Kaiser schufen ein kosmopolit. Weltreich, in dem mit dem Außenhandel geistige u. kulturelle Einflüsse, bes. aus Indien u. Zentralasien, eindrangen u. der Buddhismus zur Vorherrschaft gelangte. Nach einem Jahrhundert des Friedens begann mit dem Aufstand des *An Luschan* 755 der Niedergang der Dynastie. Zunehmende Unruhen der Statthalter in den Provinzen führten zur Auflösung des Reichs in der Zeit der *Fünf Dynastien* (906–960).

Unter Kaiser *T'aitsu*, dem Begründer der Sung-Dynastie (960–1279), wurde China erneut geeint. Die Sung-Kaiser schufen die Grundlagen des für die folgenden Jahrhunderte charakteristischen chines. Beamtenstaats mit straff zentralisiertem Examenswesen, in dem die konfuzian. Lehre als allein verpflichtende Norm galt.

Beginnend mit der Einnahme Pekings (1215), wurde bis 1280 ganz C. von den Mongolen erobert. *Kublai Khan* begründete die Yüan-Dynastie (1279–1368), deren chinesenfeindl. Regierung u. Verwaltung den Nationalstolz der Chinesen weckte, die sich 1348 gegen die Fremdherrschaft erhoben, 1368 den mongol. Kaiser vertrieben u. die chines. Ming-Dynastie (bis 1644) in Nanking zur Herrschaft führten. Der 3. Ming-Kaiser, *Yunglo*, verlegte die Hptst. nach Peking u. begann mit der Erneuerung der Chinesischen Mauer zum Schutz der Nordgrenze gegen die Mongolen.

Im 16. Jh. nahm mit dem Eintreffen portugies. Kaufleute Europa Einfluß in C. Im 17. Jh. gewannen Jesuitenmissionare zeitweilig Bedeutung am chines. Kaiserhof u. vermittelten andererseits die chines. Kultur nach Europa. - Im nordwestl. C. hatten sich Anfang des 17. Jh. die *Mandschu* zu einem Königreich zusammengeschlossen. Sie beteiligten sich an den Aufständen gegen die Ming-Dynastie, besetzten Peking u. gründeten 1644 die Ts'ing-Dynastie (bis 1911). Der 2. Mandschu-Kaiser, *K'anghi* (1662–1722), unter dem C. eine kulturelle Blüte erlebte, schlug die Rebellion des *Wu Sankuei* nieder u. eroberte 1683 Taiwan. Die mandschurischen Eroberer lebten in „Acht Bannern" militär. organisiert u. in Garnisonen über C. verteilt, abgesondert von den Chinesen. Erziehung u. Bildung waren streng nach einem orthodoxen konfuzian. System ausgerichtet. Unter der Regierung des Mandschu-Kaisers *Kienlung*

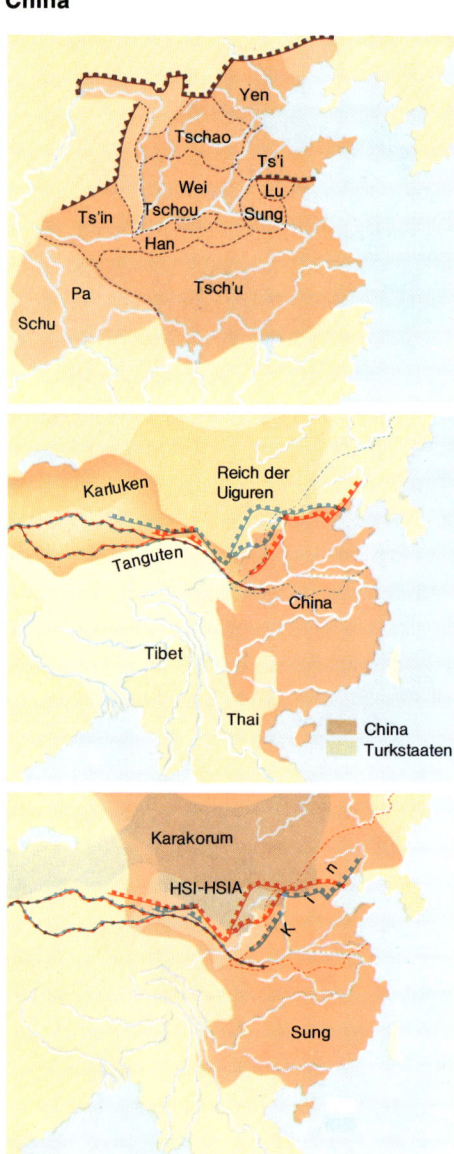

Zeit der kämpfenden Reiche (oben). – T'ang-Dynastie 618–906 (Mitte). – Yüan-Dynastie 1278–1368 (unten)

Ming-Dynastie 1368–1644

China

1 : 15 000 000 — 0 100 200 300 400 500 Kilometer

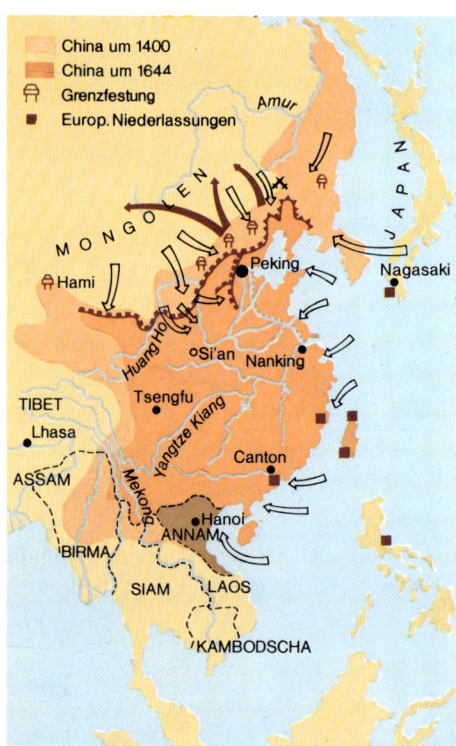

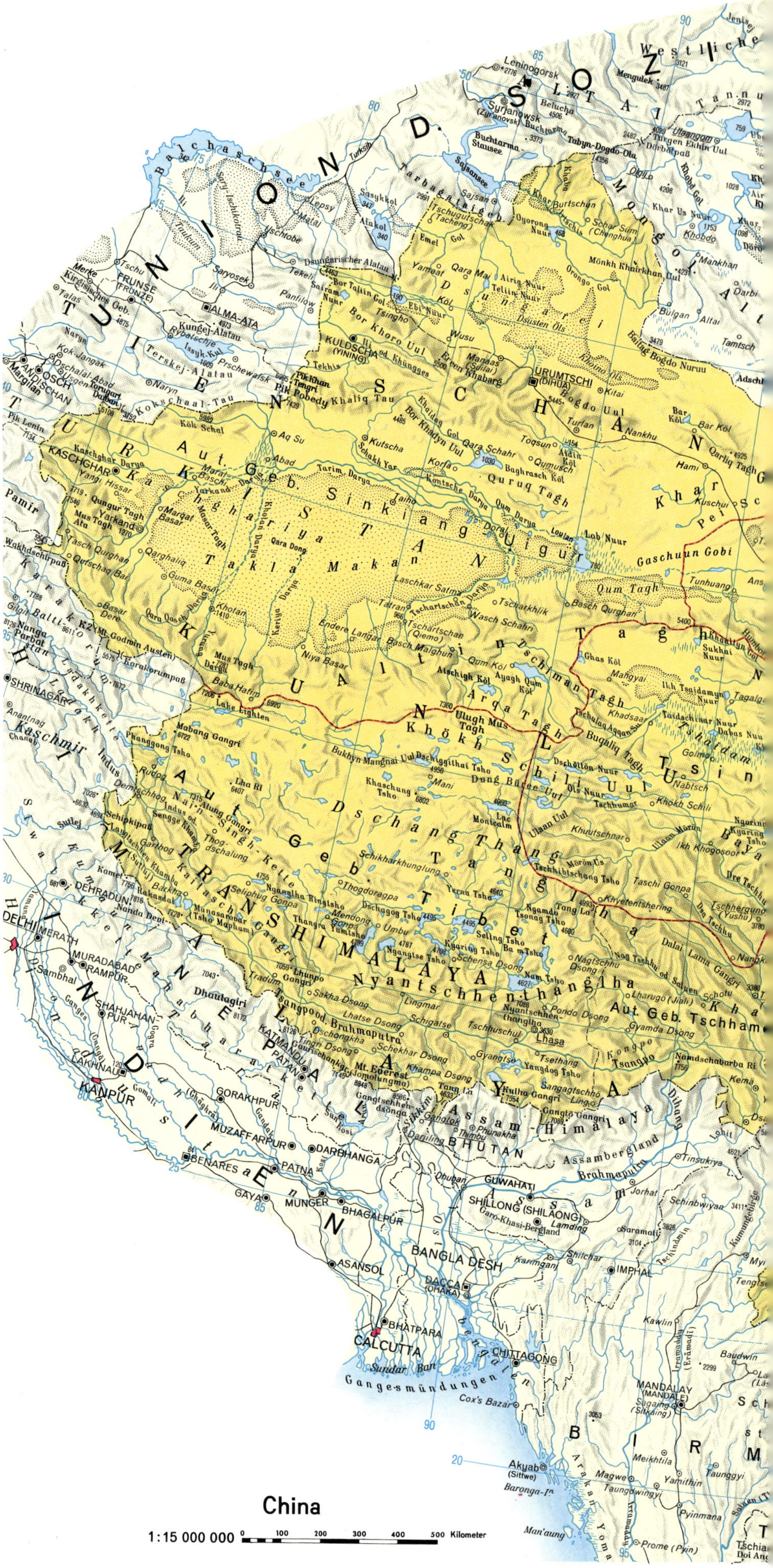

China

China

Russische Gesandtschaft im Hof des Kaiserpalastes in Peking 1693; Stich 17. Jh. (links). – Li Hungtschang, Staatsmann der Tsing-(Mandschu-)Zeit (rechts)

(1736–1796) erreichte C. seine größte Ausdehnung (die Mandschurei, die Mongolei, Ostturkistan u. Tibet waren an C. angegliedert), gleichzeitig begann aber der Machtverfall der Mandschu-Dynastie.

Im *Opiumkrieg* (1840–1842) wurde C. gezwungen, die Häfen Canton, Amoy, Ningpo (Yinsien), Futschou u. Schanghai dem europ. Handel zu öffnen. Unter dem Einfluß westl. Ideen entstanden seit der Mitte des 19. Jh. in C. revolutionäre u. reformer. Bewegungen. So verwüstete 1850–1864 die *Taiping-Revolution* große Teile C.s; die Rebellen unter *Hung Siutschüan* versuchten, soziale Reformen einzuführen (gemeinsames Eigentum, Gleichberechtigung der Frau u.a.). England u. Frankreich nutzten die Schwäche C.s im *Lorcha-Krieg* (1856–1860) zu erneuten Forderungen aus u. unterstützten die Mandschu-Regierung bei der Niederwerfung der Rebellionen. Um den Einfluß in Korea brach 1894 der *1. chines.-japan. Krieg* aus. C. unterlag u. mußte die „Unabhängigkeit" Koreas anerkennen u. Taiwan an Japan abtreten. 1898 mußte C. an Dtschld. Kiaotschou, an England Weihaiwei, an Frankreich Kuangtschouwan u. an Rußland Süd-Liaotung verpachten. 1898 leitete Kaiser *Kuangsü* unter der geistigen Führung *Kang Yuweis* überstürzt „moderne" Reformen ein. 1905 wurde das traditionelle literar. Prüfungssystem, das Fundament des konfuzian. Beamtenstaats, aufgehoben. 1899–1901 veranlaßte der christen- u. fremdenfeindl. *Boxeraufstand* das Eingreifen der europ. Großmächte. 1904/05 wurde auf chines. Hoheitsgebiet der *Russ.-Japan. Krieg* ausgetragen. – Die Schwäche der Mandschu-Regierung trat immer deutlicher hervor. Den entscheidenden Anstoß zu ihrem Sturz gaben die idealist. Revolutionsgruppen um *Sun Yatsen*, unter dem 1911 eine provisor. Regierung gebildet wurde. 1912 veranlaßte *Yüan Schikai* die Abdankung des letzten Kaisers u. wurde Präsident der Republik, nach dem *Kuomintang-Aufstand* 1913 verfassungsmäßig bestätigt. Nach dem 1. Weltkrieg gewann Japan mit den „21 Forderungen" starken Einfluß in Nordchina u. erhielt im Versailler Vertrag Kiaotschou zugesprochen. Die Studentendemonstration vom „4. Mai" (1919), die hiergegen in Peking protestierte, leitete die von der revolutionären Intelligenz geführte Bewegung der kulturellen Erneuerung C.s ein. Während in den folgenden Jahren in Nordchina Bürgerkrieg zwischen den Militärmachthabern herrschte, rüstete *Sun Yatsen* in Canton, seit 1924 mit sowjet. Hilfe, die 1912 gegr. *Kuomintang* (Nationale Partei) militär. aus, so daß ihre Streitkräfte unter der Führung *Tschiang Kaischeks* die Einheit C.s wiederherstellen u. 1928 in Peking einmarschieren konnten. Nanking wurde Sitz der Nationalregierung, ihr

Der Boxeraufstand vor der Stadtmauer Pekings im August 1900 (links). – Nach der ersten Sitzung der gesamtchinesischen Nationalversammlung 1931 verläßt Tschiang Kaischek das Gebäude (rechts)

Mao Tsetungs Soldaten vor dem Sturm auf Canton (links). – Kulturrevolution 1966 (rechts)

Präsident Tschiang Kaischek. Dieser löste den Bund mit den Kommunisten u. zwang sie 1934 zur Flucht aus ihrem in Kiangsi errichteten Sowjetstaat (→Langer Marsch) nach Schensi.
Im Herbst 1931 besetzten die Japaner die Mandschurei, errichteten den Staat *Mandschu(ti)kuo* u. drangen nach C. vor. Es kam 1937 zum *2. chines.-japan. Krieg*, in dem Peking u. Nanking besetzt wurden. In Nanking bildete *Wang Tschingwei* eine japanfreundl. Regierung, während Tschiang Kaischek von Tschungking aus das Landesinnere verteidigte. Die Kommunisten führten von Yenan (Schensi) einen hinhaltenden Guerillakrieg in Nord- u. Ostchina. Nach der Kapitulation Japans im 2. Weltkrieg besetzte die Sowjetunion zunächst die Mandschurei. Nach vergebl. Vermittlungsversuchen der USA brach 1946/47 erneut der von den beiden Parteien *Kuomintang* u. *Kungtschantang* (Kommunisten) getragene Bürgerkrieg aus. Im Frühjahr 1949 überschritten die kommunist. Truppen den Yangtze Kiang. Ende des Jahres war das ganze chines. Festland in ihrer Hand. Die Nationalregierung floh nach Taiwan (Formosa).
Am 1. 10. 1949 proklamierten die Kommunisten die *Volksrepublik C.* (VRCh), die u. a. von Indien u. Großbritannien anerkannt wurde. Die Macht im Staat übernahm die Kungtschantang; an die Spitze der Zentralen Volksregierung trat der Parteivorsitzende *Mao Tsetung*. 1950 schloß die Regierung einen Freundschaftspakt mit der Sowjetunion. 1951 wurde Tibet als „Autonomes Gebiet" eingegliedert.
Chines. „freiwillige" Verbände griffen 1950 in den Korea-Krieg ein. Aufgrund dessen wurde die VRCh von den UN zum Angreifer erklärt u. ein Totalembargo über Festland-China verhängt. Damit begann die weltpolitische Isolierung der VRCh.
1954 trat die von der kommunist. Parteiführung ausgearbeitete Verfassung in Kraft. Seit 1950 wurde in einer Bodenreform der Großgrundbesitz aufgeteilt, während Schwerindustrie, Außenhandel u. Verkehr verstaatlicht wurden. Nach sowjet. Muster wurden Wirtschaftspläne aufgestellt. 1957 führte die von Mao Tsetung eröffnete „Hundert-Blumen-Kampagne" zu heftiger Kritik an Regierung u. Partei; die daraufhin gegen die „Rechtsorientierten" einsetzende Bewegung unterdrückte die „Abweichler". Der 1958 verkündete „Große Sprung nach vorn" sollte durch eine gewaltige Produktionssteigerung die Basis für den baldigen Übergang zum Kommunismus schaffen, schlug aber fehl. Mao Tsetung, dessen Stellung dadurch geschwächt war, entfesselte 1966 die „Große Proletar. →Kulturrevolution". Diese hauptsächl. von Jugendlichen getragene Bewegung richtete sich bes. gegen den nach Meinung Maos bürokratisch erstarrten Partei- u. Staatsapparat. Nachdem Maos Widersacher entmachtet worden waren, trat ab 1969 eine gewisse Konsolidierung ein. Das gesamte gesellschaftl. Leben wurde nach der maoist. Ideologie ausgerichtet, das Bildungswesen vernachlässigt. In der Wirtschaft verzichtete man weitgehend auf materielle Leistungsanreize.
Um 1960 wurden ideolog. Differenzen zwischen C. u. der UdSSR sichtbar, die sich rasch verschärften. An der gemeinsamen Grenze kam es wiederholt zu militär. Zusammenstößen. Der chines.-sowjet. Konflikt spaltete die kommunist. Weltbewegung. Mit der Entwicklung eigener Atombomben (1964) u. Erdsatelliten (1970) konnte C. sein internationales Ansehen beträchtl. steigern. 1971 wurde die VRCh als einzige legitime Vertreterin C.s von den UN anerkannt. Während C. zu den Ländern der Dritten Welt seit langem enge Beziehungen unterhielt, bemühte es sich jetzt um verstärkte Kontakte zum Westen (1972 Besuch des US-Präs. R. *Nixon* in Peking).
In der Parteiführung hatte sich nach Abschluß der Kulturrevolution neben der radikalen („purita-

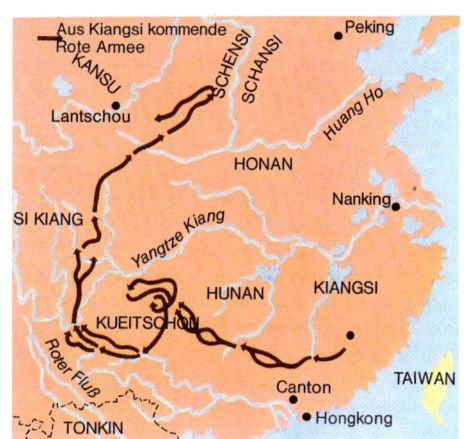

Der Lange Marsch 1934–1936

nischen") eine gemäßigte („pragmatische") Fraktion halten können. Nach Maos Tod (9. 9. 1976) setzte sich diese rasch durch. Die radikale Fraktion („Viererbande"), zu der Maos Witwe *Tschiang Tsching* gehörte, wurde entmachtet. Partei-Vors. wurde *Hua Kuofeng*, der seit April 1976 Min.-Präs. war. Die neue Führung leitete eine vorsichtige „Entmaoisierung" ein, ohne jedoch Mao direkt zu kritisieren. Sie legte das Schwergewicht auf techn. Modernisierung u. wirtschaftl. Leistungssteigerung. Im kulturellen Leben gewährte sie mehr Spielraum.
1978 schloß C. einen Friedens- u. Freundschaftsvertrag mit Japan. 1979 nahm es volle diplomat. Beziehungen mit den USA auf u. kündigte den Freundschaftsvertrag mit der UdSSR. Im gleichen Jahr unternahm es eine begrenzte militär. „Strafaktion" gegen Vietnam, das zuvor Kambodscha besetzt hatte. – ▱ 5.7.2.

Politik: Nach der Verfassung von 1978 ist die Volksrepublik C. ein „sozialistischer Staat der Diktatur des Proletariats". Das höchste Organ der Staatsgewalt ist der *Nationale Volkskongreß*, dessen rd. 3500 Abg. auf 5 Jahre indirekt gewählt werden. Der NVK hat die herkömmlichen Aufgaben eines Parlaments (Gesetzgebung, Wahl der Regierung, Verabschiedung des Staatshaushalts u. a.); da er aber nur einmal jährlich tagt, kann er praktisch nur Regierungsvorlagen bestätigen. Einen Teil seiner Befugnisse überträgt der NVK auf seinen *Ständigen Ausschuß*. Der Vorsitzende dieses Ausschusses nimmt die Funktionen eines Staatsoberhaupts wahr. – Als „führender Kern des ganzen chinesischen Volkes" wird von der Verfassung die Kommunist. Partei (→Kungtschantang) bezeichnet. Die Partei ist zentralist. organisiert. An der Spitze steht der *Ständige Ausschuß des Politbüros des ZK*, die eigentl. Machtzentrale der Volksrepublik.

Militär: Die Volksrepublik C. hat allg. Wehrpflicht vom 18. bis zum 40. Lebensjahr mit einer Auswahlrekrutierung von jährl. rd. 700 000 Mann. Die aktive Dienstzeit beträgt beim Heer 4, bei der Luftwaffe 5 u. bei der Marine 6 Jahre. Die Gesamtstärke der regulären Streitkräfte, die mit Polit-Offizieren durchsetzt sind u. auch zu öffentl. Arbeiten herangezogen werden, beträgt etwa 2,9 Mill. Mann. Hinzu kommen Sicherheitstruppen von rd. 300 000 Mann sowie eine Miliz aus rd. 12,5 Mill. Männern u. 7,5 Mill. Frauen, die jedoch nur zu einem Teil (rd. 5 Mill.) militärisch ausgebildet ist. Die Ausrüstung aller Waffengattungen ist größtenteils veraltet u. unzureichend. Zwar verfügt China über Atom- u. Wasserstoffbomben, es fehlt aber noch an Trägerwaffen. Die oberste Befehlsgewalt liegt beim Nationalen Verteidigungsrat.

Bildungswesen: Staatl. gesteuertes Einheitsschulwesen auf kommunist. Grundlage. Seit einigen Jahren besteht gesetzl. Schulpflicht vom 7. Lebensjahr an; durch die Einführung der Volkskommunen (seit 1958) kann auch die ländl. Bevölkerung besser erfaßt u. das Analphabetentum rascher beseitigt werden. Der Unterricht wird vom 3. Schuljahr an durch produktive Arbeit ergänzt. – *Schulsystem*: 6 jährige Grundschule, auf die alle weiterführenden Schulen aufbauen. Der Unterricht an weiterführenden allgemeinbildenden, berufsbildenden u. Fachschulen gliedert sich in 2 Stufen. Die Stufen 1 u. 2 der allgemeinbildenden Oberschule dauern jeweils 3 Jahre, die Stufen 1 u. 2 der berufsbildenden u. Fachschulen jeweils 2–4 Jahre. Ein Übergang von Stufe 1 der Oberschule zu Stufe 2 einer berufsbildenden oder Fachschule ist möglich. Die Absolvierung der Stufen 1 u. 2 der Oberschule berechtigt zum Studium an Universitäten (rd. 30) u. Hochschulen, während die 2. Stufe der berufsbildenden u. Fachschulen zur Fachhochschulreife führt.

Die Chinesische Mauer bei Peking. Sie diente der Abwehr von Mongolenstürmen

China-Alligator, *Alligator sinensis,* ein *Alligator* des Yangtze Kiang; erreicht eine Länge von 2 m.

Chinagras = Ramie.

Chinakrepp, ein dem →Crêpe de chine entspr. Reyongewebe.

Chinampas [tʃi-; Mz.; span.], im alten Mexiko Gemüsebeete, die von Wassergräben umschlossen waren u. so die Vorstellung von schwimmenden Gärten erweckten.

Chinandega [tʃi-], Dep.-Hptst. u. Handelszentrum eines Agrargebiets in Nicaragua, an der pazif. Küste, 36 900 Ew.

Chinapapier →Japanpapier.

Chinarinde, *Fieberrinde, Cortex Chinae,* Rinde des *Chinarindenbaums, Cinchona,* einer Gattung der *Rötegewächse.* Wegen der fieberheilenden Wirkung der Rinde dieser Bäume werden einige Arten *(Cinchona succiruba, Cinchona calisaya)* vor allem auf Java angebaut. Die Wirksamkeit der C. beruht auf den Alkaloiden *Chinin, Chinidin, Cinchonin* u. *Cinchonidin.* Die bei den Eingeborenen seit langem bekannte C. kam im 17. Jh. nach Europa.

Chinasäure, *Tetrahydroxy-cyclohexan-carbonsäure,* eine hydroaromat. Carbonsäure, die in der Rinde von Bäumen der Gattung *Cinchona* u. in Kaffeebohnen vorkommt.

Chinasee, *Chines. Meer* = Südchinesisches Meer.

Chinasilber, versilbertes →Neusilber.

Chinchareich ['tʃintʃa-], indian. Staat, der unmittelbar vor seiner Eroberung durch die Inka zu Beginn des 15. Jh. im mittleren Andenraum durch Zusammenschluß der Küstentäler von Chincha, Ica, Nazca u. Pisco entstand.

Chinchilla [tʃin'tʃila; indian., span.], *Textilkunde:* dem Chinchillapelz ähnl. weicher Wollstoff.

Chinchillakaninchen, anerkannte Wirtschaftsrasse der Kaninchen, aschgrau; *Großchinchilla* 3 1/2 bis 4 1/2 kg, *Kleinchinchilla* 2 1/2 bis 3 kg.

Chinchillas, 1. *i. w. S.* Hasenmäuse, *Chinchillidae,* Familie südamerikan. Nagetiere; rezente höchstens mittelgroß, im Oligozän (vor rd. 30 Mill. Jahren) bis nashorngroß; mit einem weichen, silbergrauen Pelz, von hasenähnl. Gestalt. Hierzu gehören die *Chinchillas* (i. e. S.), die *Viscacha* u. die eigentl. *Hasenmäuse.*
2. *i. e. S.* Gattung der Familie *Chinchillas* (i. w. S.), umfaßt die *Kleine [Langschwanz-] Chinchilla* oder *Wollmaus, Chinchilla laniger,* u. die *Große [Kurzschwanz-] Chinchilla, Chinchilla brevicauda,* aus den Hochlagen der Anden. Der kaninchenähnl. Körper ist 25–30 cm lang. C. werden in Farmen als Pelztiere gezüchtet u. auch in anderen Erdteilen, z. B. im Pamir, ausgesetzt.

Chindwin = Tschindwin.

Chiné [ʃi'ne:; der; frz.], taffetbindiger Stoff aus Seide, Reyon oder Baumwolle mit verschwommenen Mustern, die beim Weben der mustermäßig bedruckten Kette mit einfarbigem Schuß entstehen.

Chinesen, eigener Name *Han,* das große Kulturvolk Ostasiens, das Hauptvolk Chinas, über 800 Mill. Menschen (einschl. Taiwan-C. u. Auslands-C.). Etwa 15–17 Mill. sind Auslands-C., meist als Händler, Unternehmer oder Kulis, über den südostasiat. u. pazif. Raum bis nach Amerika verstreut, bes. in Thailand, Hongkong, Malaysia, Indonesien, Singapur, Vietnam, Birma, USA u. Peru. Die C. gehören zu den *Mongoliden,* weisen aber durch verschiedenartige Beimischungen beträchtliche Unterschiede auf. Sie sind entstanden aus mehreren Stämmen, die zu Beginn des 2. Jahrtausends v. Chr. in den Ebenen am unteren Huang Ho siedelten, u. haben mit einer erstaunl. Angleichungsfähigkeit die Nachbarvölker ebenso in sich aufgenommen wie fremde Eroberer. In den Südwestprovinzen ist der Aufsaugungsvorgang noch deutl. zu beobachten. – Die einzelnen Mundarten weichen z. T. erhebl. voneinander ab. Das einigende Band bildet die Schriftsprache.

Traditionelle Grundlagen: Die Ernährungsgrundlagen bilden neben dem Reis (bes. in der Südhälfte) Weizen, Mais, Hirse u. Sojabohnen, an Fleischlieferanten bes. das Schwein, in den westl. Gebirgsgegenden Schaf u. Ziege, daneben Fische. Die chines. Küche weiß eine Reihe eigenartiger Leckerbissen zu liefern (Haifischflossen, Schwalbennester u. a.). Als Eßgerät dient ein Paar Eßstäbchen. Tee ist das bevorzugte Getränk.

Hauptverkehrsmittel sind neben Booten zweirädrige Karren, Sänften u. in den Städten Fahrradrikschas, in Hongkong auch von Kulis gezogene Rikschas.

Die einstöckigen bäuerl. Wohnhäuser stehen in ummauerten Gehöften mit mehreren Höfen. Erdwohnungen finden sich im Lößgebiet, Pfahlbauten im Gebirge u. an der Küste, mehrstöckige Häuser im Yangtzetal. Auch Städte u. Dörfer (oft als Sippendörfer) sind vielfach noch von Mauern umgeben. Zur Inneneinrichtung des Hauses gehören Holzpritschen, verschiebbare Zwischenwände, Bänke, im N die heizbare Schlafbank *(Kang),* Tische u. der Ahnenaltar.

Die Kleidung ist bei Männern u. Frauen ähnl.: ein kurzes Oberkleid mit geschlossenem Kragen u. unten zusammengebundenen Hosen, im Winter wattierte Kleider. Der in der Neuzeit verschwundene Zopf wurde erst 1644 von der Mandschu eingeführt. Auch die Verkrüppelung der Füße bei Mädchen aus Schönheitsgründen („Lilienfüße") ist abgeschafft.

Die chinesische Gesellschaft war bis zur kommunist. Umwälzung auf streng vaterrechtl. Familien aufgebaut u. mit dem Ahnenkult verbunden. An die Stelle der bäuerl. Familienkleinbetriebe, oft auf Pachtland, sind inzwischen Volkskommunen getreten.

Der kulturelle Einfluß der C. auf ihre Nachbarn im N, W u. bes. in Hinterindien ist groß gewesen (Kleidung, Musik, Lackarbeiten, Schrift, Bewaffnung u. a.). – ▢ 6.1.5.

Chinesenbart, flach-schnurrbartförmige Zeichnung der Buchenrinde über eingewachsenen Ästen.

chinesische Kunst →S. 229ff.

chinesische Literatur. Das chines. Schrifttum, bis ins 19. Jh. das umfangreichste der Welt, wird traditionell in 4 Gruppen eingeteilt: 1. kanonische Schriften des Konfuzianismus u. ihre Interpretationen; 2. Geschichtswerke, Handbücher der Staatsverwaltung u. Topographien; 3. philosoph. u. naturwissenschaftl. Literatur u. Enzyklopädien; 4. gesammelte Werke einzelner Schriftsteller u. literar. Anthologien. – Die dreitausendjährige Geschichte der c. n L. wird in ihren Höhepunkten zunächst von der Lyrik bestimmt: Im 6. Jh. v. Chr. wurde das „Buch der Lieder" *(Shih-ching)* gesammelt. Es ist das am besten erhaltene Dokument der alten Literaturen u. enthält über 300 Lieder, die ursprüngl. gesungen wurden. Als zweite lyrische Anthologie reichen die „Elegien von Ch'u" *(Ch'u-ts'e)* vom 4. Jh. v. Chr. durch mehrere Jahrhunderte. Sie wurden u. a. von *Ch'ü Yüan* verfaßt, oft Vater der chines. Dichtkunst genannt. Sie führten zu kunstvoll rhythm. Prosadichtung, während aus der Tradition des Volkslieds die Lyrik einen neuen Aufschwung nahm; beides wurde im 6. Jh. n. Chr. gesammelt im *Wen-hsüan* von *Hsiao T'ung.* Er wählte die Gedichte nach dem Kriterium der Schönheit aus. Die ersten Poetiken wurden geschrieben. Unter der Tang-Dynastie vom 7.–10. Jh. erlebte die chines. Lyrik ihre klass. Blüte: *Li Po* zählt zu den genialsten Dichtern Chinas. *Wang Wei,* sein Zeitgenosse, war Landschaftsmaler u. Lyriker zugleich; er wollte Gedicht u. Landschaftsmalerei zu einem einheitl. Ganzen verbinden. *Tu Fu* war ein Freund Li Pos u. gilt als ebenso bedeutend wie dieser; ihm fehlt zwar dessen Spontaneität, er ist jedoch tiefer, leidenschaftlicher, strenger in der Form u. sozialkritischer. *Po Chü-i* schrieb einen klaren, schlichten u. allgemeinverständl. Stil; seine Werke enthalten meist Kritik an den herrschenden Gesellschaftszuständen, er schrieb aber auch Liebesgedichte. *Han Yü* schrieb Lyrik, die der Umgangssprache seiner Zeit nahestand, ist aber noch bekannter als einer der bedeutendsten Prosaschriftsteller. Er u. *Liu Tsung-yüan* (*773, †819) sind die wichtigsten Vertreter eines neuen Prosastils *(Ku-wen). Li Yü,* der letzte König der südl. T'ang, ist einer der wichtigsten Vertreter der Lieddichtung *(ts'u). Su Shih* war in allen Arten der Dichtung zu Hause; er schrieb viele ausgezeichnete Lieder, aber auch kunstvolle Prosa. Die Prosa des *Ou-yang Hsiu* enthält kunstvolle Landschaftsbeschreibungen, darüber hinaus auch berühmte Gedichte; er ist einer der Erneuerer des *Ku-wen.* Die drei letztgenannten Dichter gehören schon einer im 10. Jh. beginnenden neuen Epoche der Lieddichtung an. – Die Erzählkunst erlebte ebenfalls einen Höhepunkt in der T'ang-Zeit, nachdem Erzählungen u. Novellen in früheren Zeiten eine untergeordnete Rolle gespielt hatten. In der Sung-Zeit (10.–13. Jh.) erfuhr sie eine Bereicherung durch volkstüml. Elemente u. mündete in die großen klass. Romane des 14.–18. Jh. Die Romanliteratur war die hervorragendste Dichtform der Ming-Epoche. Schon in der Sung-Zeit hatte es erste Ansätze gegeben. Nicht zuletzt die Verbreitung der Druckkunst förderte diese Entwicklung. Anfänglich hatten Romane den größten Erfolg, wie etwa „Die Drei Reiche", die in klass. Schriftsprache u. Umgangssprache verbreitet sind. „Die Räuber vom Liang-schan-Moor" sind die Geschichte einer Räuberbande; „Die Reise nach dem Westen" beschreibt die Reise eines Pilgers nach Indien u. enthält eine Menge von taoist. u. buddhist. Gedankengut; „Chin-p'ingmei" ist in neuem Stil geschrieben u. weist realist. Sittenschilderungen der korrupten Beamtenschicht auf; „Der Traum der roten Kammer" wurde schon in der Mandschu-Zeit (17.–20. Jh.) geschrieben. Zugleich erlebte in der Ming-Zeit das Theater, einst den religiösen Zeremonien des Altertums entsprungen, in Singspiel u. lyrischer Tragödie eine Blütezeit, nachdem es bereits in der Mongolenzeit (Yüan-Dynastie, 1280–1368) einen ersten Höhepunkt hatte.

Seit 1917 wies die „Literar. Revolution" nicht zuletzt unter dem Einfluß des Westens u. des Kommunismus neue Wege zu formaler u. inhaltl. Wandlung u. Auseinandersetzung mit den akuten Problemen im neuen China. – ▢ 3.4.3.

Chinesische Mauer, *Große Mauer,* chines. *Wanli Tschêng-Tschêng* [„Mauer von 10 000 Li"], mongol. *Jagan Kerme* [„weiße Wand"], Länge: ca. 2450 km. Im 3. Jh. v. Chr. unter dem Ts'in-Kaiser *Schih Huangti* angelegt, indem man die alten Schutzwälle der Staaten Ts'in, Tschao u. Yen verband u. erweiterte, geht die C. M. in der heutigen Form auf das 15. Jh. n. Chr. zurück. Die Mauer, zur Abwehr von Nomadeneinfällen errichtet, beginnt westl. von Kiuküan (Kansu), überquert zweimal den Huang Ho, teilt sich in Hopeh zum Schutz Pekings in zwei Gürtel u. verläuft in nord-östl. Richtung bis Schanhaikuan. Während der westl. Teil meist aus gestampfter Erde (Löß) besteht, ist der nördl. aus Steinen errichtet; die Höhe beträgt in der Ebene 16 m, die untere Dicke 8 m, die obere 5 m. Zweistöckige Wachtürme u. stark befestigte Tore erhöhten den Verteidigungswert des Bauwerks.

Chinchillas: Kleine oder Langschwanz-Chinchilla, Chinchilla laniger

chinesische Musik. Die Musik spielte in China nicht nur im Leben des einzelnen u. der Gemeinschaft eine große Rolle, sondern auch in der Philosophie. Die Gesetze der Musik regeln u. symbolisieren nach chines. Vorstellung Makro- u. Mikrokosmos, sie beeinflussen Charakterbildung u. jedes Geschehen im polit., sozialen u. ethischen Bereich. Der Ursprung der Musik in China ist in Mythos u. Legende zu suchen. Ihre „Erfindung" sowie auch die von bestimmten, bes. volkstüml. Instrumenten wird Königen u. Königinnen der Urzeit zugeschrieben. Das Musiksystem beruht auf einer pentatonischen Skala, die im 2. Jh. v. Chr. zu zwölfstufigen chromat. Tonreihen erweitert wurde. Die *Piens* bildeten Zwischenwerte, wie sie sich aus der tägl. Musizierpraxis ergaben. Am chines. Kaiserhof wurden zu Repräsentationszwecken mehrere Orchester aus den verschiedenen Teilen des Reiches gehalten (u. a. auch turkistan., ind., korean., mongol.), die alle zusammen aus mehreren hundert Musikern bestanden.

Die c. M. ist eine monodische Kunst, in Form u. Rhythmus streng geregelt, bes. was die kultische Musik betrifft. Die Klangfarben von Singstimme u. Instrumentarium wirken auf das europ. Ohr zunächst befremdl., u. es bedarf intensiven Studiums, um die Schönheiten dieser fernöstl. Musik zu verstehen. Die chines. Theoretiker teilen die Instrumente nach dem Material ein, aus dem sie bestehen: Metall (Glocken, Gongs, Bronzetrommeln, Schlagplatten), Stein (Klingstein u. Klingsteinspiele, Jadeflöten), Erde (die aus Ton hergestellten Gefäßflöten), Leder (Trommeln), Seide (Zithern, Streichinstrumente), Kürbis (Mundorgel), Bambus (Flöten) u. Holz (Klappern). Das reichhaltige Instrumentarium umfaßt außerdem noch Becken, Gongs u. Gongspiele verschiedener Form (Lo u. Kesselgongs), Glockenspiele, Maultrommeln, den „Ruhenden Tiger" (ein Schrapidiophon), Schlagkästen (die auch in Alaska u. Westafrika vorkommen), zweifellige Faßtrommeln, verschiedene Arten der Laute (z. B. die *P'i-p'a*), Fidel, Mondgitarre, Trapezzither, Wölbbrettzither, Panflöte, Oboe, Trompete u. die heute verschwundene Harfe. Unter den Blasinstrumenten ist das *Scheng*, die Mundorgel, bes. wichtig. Bauprinzip ist die durchschlagende Zunge, wie bei dem europ. Harmonium. – Im heutigen China hat die Musik als Mittel der Massenlenkung große Bedeutung. Kommunist. Hymnen u. Lieder als Mittel polit. Agitation dringen bis in die entferntesten Dörfer vor; diese Propagandamusik begleitet das Leben des einzelnen u. der Gemeinschaft überall. Es sind aber auch Bestrebungen im Gang zur Wiederbelebung der klass. Kunstmusik. Ein Beispiel hierfür ist die chines. Oper, die starke pantomim. u. akrobat. Züge aufweist u. in der nur Männer mitwirken. – □ 2.9.5.

chinesische Philosophie, hervorgegangen aus religiösen Vorstellungen, die in der frühesten geschichtl. faßbaren Zeit (ab 2000 v. Chr.) einen Himmelsgott kennen, auf dessen Geheiß die Erde als Wohnstatt der Menschen von niederen Gottheiten eingerichtet worden sei. Der Gott wache über Gut u. Böse. Wie weit philosoph. Regungen über die Zeit von *Lao-tse* u. *Konfuzius* zurückgehen, ist nicht bekannt. Doch sind die wichtigsten Begriffe wie das *Tao* („Weg") u. die Vorstellung des Leeren (Nichtbestimmbaren) als des Eigentlichen schon vorgebildet. Während Lao-tse dem transzendent-metaphys. Seinsgrund nachsann, ging es Konfuzius um die Staatsphilosophie (Tao des Reiches) u. die Pflichtenlehre (grundlegender Ausgangspunkt: das Prinzip der Gegenseitigkeit).

(Forts. S. 234 linke Spalte)

chinesische Kunst, Architektur, Plastik, Malerei u. Kunsthandwerk Chinas. Die c. K. reicht in den ältesten Zeugnissen bis in die spätneolith. Yangschao-Kultur u. Lungschan-Kultur zurück. Aus der darauf folgenden Hsiao-t'un-Kultur entwickelte sich mit der Schang-Dynastie die erste Hochkultur, die jedoch unter den Hochkulturen der Alten Welt die jüngste ist, da sie erst im 2. Jahrtausend v. Chr. erschien.

Architektur

Die bestimmenden Grundzüge der altchines. Baukunst waren mehr als 2 Jahrtausende hindurch wirksam. Für den ein-, selten zweigeschossigen Ständerbau auf erhöhter Plattform wurde bei Wohnbauten u. Tempeln vorwiegend Holz, für den Massivbau mit Tonnenwölbung bei Grabmälern, Brücken u. Ehrenpforten Stein, für Turmgebäude hauptsächl. Stampflehm mit Ziegelverschalung verwendet. Die Form des gestuften u. geschwungenen Dachs entwickelte sich erst während der T'ang-Zeit: Im Gegensatz zu den auf Relief-, Bronze- u. Lackarbeiten der späten Tschou-Zeit u. an Tonmodellen der Han-Zeit erscheinenden geraden Pult- oder Walmdächern wurde seit der T'ang-Zeit das Dach weit vorgezogen u. von einem Kraggebälk gegen die Hauptsäulen des Bauwerks abgestützt. Vom westl. Dachstuhl unterscheidet sich der chines. darin, daß er in kleinerem Maßstab die Balken- u. Stützenkonstruktion der unteren Gebäudeteile wiederholt. In den Konsolkapitellen der sehr oft bemalten oder mit Reliefs geschmückten Säulen u. Pfeiler zeigen sich Formen, die auf Verbindungen zur westasiat. Baukunst deuten. So hat man für die frühe Form der *Pagode*, die in Ostasien rein sakralen Zwecken vorbehalten blieb, neben altchines. Bauformen auch solche iran. Herkunft nachweisen können. Die älteste erhaltene, 523 entstandene Ziegelpagode befindet sich auf dem Sung-shan (Honan), der älteste Holztempel (857) bei Tou-shen-ts'un am Wutai Schan (Schansi).

Früh schon läßt sich die für die chines. Architektur typische axiale, nach S offene Ausrichtung der symmetr. Grundrisse bei Städte-, Tempel- u. Palastanlagen beobachten. In der frühen Ming-Zeit, in die auch der Ausbau der 2450 km langen *Chinesischen Mauer* fällt, machten sich bes. im Pagodenbau indische Einflüsse geltend. Durch Schweifung u. Aufdrehen der reich verzierten Dachgesimse u. durch Varianten des Grundrisses kleiner Nebengebäude zum Sechseck, Achteck u. Kreis erhielten die z. T. großartigen Bauwerke (Kaiserschloß u. Festungsanlagen von Peking u. Si'an), denen jetzt Kolonnaden vorgelagert sind, einen „barocken" Charakter. Wenngleich der verzierte Dachziegel schon in der späten Tschou-Zeit eine lange Vorentwicklung hatte, so scheint doch die Technik, Wände mit glasierten Ziegeln zu verkleiden, erst mit den Liao (10. Jh.) nach Nordchina gelangt zu sein.

Europ. Einflüsse haben seit 1912, von S (Schanghai) nach N vordringend, das Bild der neueren chines. Architektur zunehmend bestimmt. Gebäude aus den zwanziger u. dreißiger Jahren zeigen in einer Art chines. Renaissance einen meist nicht sehr glücklichen Mischstil.

Plastik

In China, wo die Bildhauerkunst als Handwerk galt, kennt man kaum freie Plastik; Meisternamen sind nur selten überliefert. Die ältesten erhaltenen Plastiken aus Marmor u. Stein, gekennzeichnet durch einen stark abstrahierenden Stil, werden noch in die späte Schang-Zeit datiert. Aus den Dynastien der West- u. Ost-Tschou gibt es Einzelstücke von Grab- u. Bauplastik aus Bronze, deren späte Beispiele zuweilen mit Edelmetallen tauschiert u. mit eingelegten Halbedelsteinen verziert sind. Andere plast. Arbeiten jener Zeit sind aus Jade geschnitten oder aus Holz gefertigt u. mit Lack u. Farben bemalt. Für die Han-Zeit (206 v. Chr.–220 n. Chr.) gewähren zahlreich aufgefundene *Grabbeigaben* aus Ton Aufschlüsse über die Formen der damaligen chines. Alltagswelt. Aus der Zeit um etwa 200 n. Chr. treten in Szetschuan erstmals Steinfiguren von Drachen an Gräbern auf, ebenso die frühesten bekannten Stelen mit Drachenbekrönungen. Nach den Ergebnissen jüngster Grabungen führte der SO Chinas die Tradition des Han-Stils weiter (Kleinplastik der Tsin-Gräber) bis zur hochentwickelten Kunst der Liang in der 1. Hälfte des 6. Jh. n. Chr., aus der auch die Großplastik mit Tierfiguren an den Gräberstraßen bei Nanking u. Tanyang (Kiangsu) stammt.

Der indische *Buddhismus* brachte die ersten Götterbilder nach China; aus eigener Tradition entwickelte sich bald ein Kultbildstil, in dem sich die Phasen der indischen Kunst nur noch schwach spiegeln. Für die Folgezeit vermitteln neuere chines. Entdeckungen, z. B. die Wiederentdeckung der Höhlentempel am Maichishan u. Chingyang/Kansu u. anderer Tempel in Schantung, Honan, Szetschuan, Yünnan u. Tschekiang, eine genauere Kenntnis der chines. Sakralplastik vom 4. bis zur Mitte des 17. Jh., als dies nach der bisher bekannten Höhlentempelskulptur (Tunhuang, Yün-kang, Lungmen, Tienlung, Schan u. a.) möglich war. Die Formen der frühen buddhist. Plastik veränderte zuerst der lineargeometrische Stil der Wei (5.–6. Jh. n. Chr.): Falten, flatternde Gewandenden u. Bänder wurden zu gefälligen Ornamenten. Unter den Nord-Sui begannen sich die Reliefffiguren von ihrem Hintergrund zu lösen, erst seit dem 8. Jh. jedoch erscheinen Rundplastiken mit wohlgeformten Körpern in gelöster Haltung. Den Spätstil der T'ang-Dynastie meint man in Plastiken mit fleischigen Körperbildungen u. komplizierten Bewegungsformen zu sehen.

Zu einem Wiederaufleben der T'ang- u. Vor-T'ang-Formen kam es während der anschließenden fünf Jahrhunderte, daneben aber auch zu einer neuen Realistik, die sich zunehmend von indischen Vorbildern entfernte. Bei neu auftretenden Typen (z. B. Lohans) zeigen sich erstmalig Anzeichen genauerer anatom. Beobachtung. In der Plastik der Yüan- u. frühen Ming-Zeit (14. Jh.) traten mit dem tibetischen *Lamaismus* neu einströmende indische Elemente verstärkt in den Vordergrund. Vereinzelte bemerkenswerte Arbeiten der folgenden Jahrhunderte wie z. B. die Steinskulpturen an der Gräberstraße der Ming-Kaiser bei Peking können nicht über das Ende der chines. Großplastik hinwegtäuschen; lediglich die Kleinplastik aus Jade u. anderem Hartstein sowie Bauplastik an Friesen, Terrassen u. Brücken bewahrte sich ein eigenes, künstler. qualitätvolles Darstellungsgebiet. Gegenwartskünstler versuchen sich – zum erstenmal in der c. n K. – an einer freien, stark von westl. Vorbildern inspirierten Formgebung.

Malerei

Die Geschichte der chines. Malerei, neben Kalligraphie, Dichtkunst u. Musik eine der vier „freien" Künste, ist so alt wie die des Pinsels. Gräber in einem Vorort von Tschangscha (Prov. Hunan, Mittelchina) enthielten mit myth. Figuren bemalte Seidenreste, die man in das 4. Jh. v. Chr. datiert. Frühe Szenenbilder finden sich auf Muschel- u. Lackmalereien derselben Epoche. Wandmalereien in Gräbern der Hof- u. Beamtenkreise mit Darstellungen, die auch konfuzian. u. taoist. Gedankengut spiegeln, blieben aus der Han-Zeit, genauer seit dem 1. Jh. v. Chr., in Nordchina (Schaokou [Honan], Wangtu [Hopei]) erhalten. Den ersten nachchristl. Jahrhunderten entstammen die ältesten überlieferten Künstlernamen von Kalligraphen *(Wang Hsi-chih)* u. Malern *(Ku k'ai-chih)*, die ältesten Querrollen auf Seide *(Makimono)* – über deren Originalität noch Zweifel bestehen – sowie die frühesten bekannten Maltheorien *(Hsieh Ho)*. Neben Einzelstücken in japan. Sammlungen *(Shosoin)*, von denen nicht sicher ist, ob sie von Chinesen, Japanern oder Koreanern gemalt wurden, geben Malereien in den mit der Verbreitung der buddhist. Lehre in Nordwestchina errichteten Felsentempeln (Maichishan, P'ingling-ssu, Tunhuang) seit dem 5. Jh. Aufschluß über Stilentwicklung u. Themenkreis, der während der T'ang-Zeit aufgrund der Beschäftigung mit der Natur im *Taoismus* u. *Ch'an-Buddhismus* durch Landschaft, Vögel, Insekten u. Blumen erweitert wurde. Zahlreiche neuere Funde datierter oder annähernd datierbarer Wandmalereien in Gräbern der T'ang-Zeit (z. B. das Grab der 706 verstorbenen Prinzessin Yung-t'ai in der Nähe der damaligen Hptst. Sian, Schensi) geben ebenso wie erhaltene Kopien früher Rollen einen Abglanz der Blüte der Figurenmalerei *(Wu Tao-tzu, Yen Lipen)* u. der Landschaftsdarstellung, deren Erfindung *Wang Wei* (699–759) zugeschrieben wird. Zu weiteren Höhepunkten kam es in Zeiten polit. u. wirtschaftl. Abstiegs (während der Zeit der Fünf Dynastien im 10. Jh., während der Mongolenherrschaft im 13./14. Jh., während des Einbruchs der Mandschu im 17. Jh.), wenn sich die geistige Elite von den Regierungsgeschäften zurückzog u. sich nur noch den „freien" Künsten widmete. Zu den frühen gesicherten Originalen zählen die Landschaftsbilder der *Ma-Hsia-Schule* (Li T'ang, Ma Yüan, Hsia Kuei) u. die Figurenbilder der Ch'an-(jap. Zen-)Maler *(Mu Ch'i, Liang Kai)*. Die Tradition wurde während der *Yüan-Zeit* von den Hofmalern *(Chao Meng-fu, Ch'ien Hsüen)* weitergeführt u. von der der Schriftkunst verwandten Literatenmalerei noch vertieft *(Huang Kung-wang, Ni Tsan)*. Für die folgende Ming-Zeit sind als alten chines. Kunstsammlungen Werke von mehr als tausend namentl. bekannten Malern u. Kalligraphen erhalten, darunter auch von den in China am höchsten geschätzten Meistern der Sung-traditionalist. *Tschekiang-* u. *Sutschou*(oder *Wu*)*-Schule*

chinesische Kunst

(Shen Chou, Wen Cheng-ming, Ch'iu Ying). Im späten 16. Jh., in der Spätphase jener Zeit, trat mit den illustrierten, für Kunstsammler u. Literatenmaler entstandenen Mallehrbüchern (*Zehnbambushalle, Kaempferblätter, Senfkorngarten*) u. Romanen der mehrfarbige Holzplattendruck, insbes. in der Gegend um Sutschou, hervor. Damals kam die chines. Malerei auch erstmals in nachhaltige Berührung mit der europ. Kunst (erste Kupferstiche um 1712). Neben zahllosen anderen Malern, die vor allem das Kopieren alter Meisterwerke pflegten, traten individualist. „Mönchsmaler" auf (*Shih-t'ao, Pa-ta shan-jen, Kung Hsien*), die bis in die Malerei der Neuzeit nachwirken (*Jen Po-nien, Ch'i Pai-shih, Li K'o-jan*). Seit Beginn des 20. Jh. wurde, zuerst an der Akademie von Nanking, Malerei auch nach westl. Vorbild gelehrt. Die Gegenwartsmalerei strebt auf der Grundlage alter maltechn. Traditionen neue Stilvarianten an (*Liu Kuo-sung*). In der Volksrepublik China stehen – ähnl. wie im europ. sozialist. Realismus – Malerei u. Graphik vielfach im Dienst polit. Propaganda.

Kunsthandwerk

Die Dekorformen der prähistor. Keramik Chinas leben nicht in der Keramik der histor. Zeit weiter; sie zeigen verwandte Züge mit der bemalten Keramik des Industals u. Westasiens. Arbeiten der Schang-Zeit haben in Form u. Dekor Ähnlichkeit mit kunsthandwerkl. Erzeugnissen aus anderen Werkstoffen (Metall, Lacke u. a.), so z. B. die frühesten, in histor. Zeit hergestellten weißen, bei hoher Temperatur gebrannten Gefäße. Die älteste glasierte Keramik stammt aus West-Tschou-Gräbern (Tunki [Anhwei], 11.–8. Jh. v. Chr.). Gegen Ende der Ost-Tschou-Dynastie (3. Jh. v. Chr.) traten neben glasierten Stücken auch mit Textilmustern bemalte auf. Neben feldspathaltigen Glasuren u. der auf kaltem Wege bemalten Keramik waren seit der Han-Zeit Bleiglasuren gebräuchl., die anscheinend bis Indonesien kamen. Stark verbreitet waren Nachbildungen von Häusern u. häusl. Einrichtungsgegenständen, die als Grabbeigaben Verwendung fanden.

Für die Kenntnis der T'ang-Keramik waren lange Zeit die Ergebnisse der vor dem 1. Weltkrieg durchgeführten Grabungen in der Residenz von Samarra, Tigris, wichtig. Außer islam. Ware wurden auch drei damals gehandelte Arten von T'ang-Keramik gefunden: Tonware mit farbiger Bleiglasur, Steinzeug mit Feldspatglasur sowie weißes, durchscheinendes *Porzellan* in anderer Zusammensetzung als das seit der späten Yüan-Zeit (1. Hälfte des 14. Jh.) hergestellte Porzellan. Formen: Kugelgefäße auf 3 Füßen, schlanke Vasen mit gewelltem Rand, Amphoren, Schalen u. Kleinplastiken als Grabbeigaben, darunter Kamele, Pferde, Beamten-, Tänzerinnen- u. Musikantinnenfiguren. – Flächige Formen u. kaolinhaltige, einfarbige, im Scharffeuer gebrannte Glasuren charakterisieren die Typen der Sung-Keramik, deren Export im MA. zahlreiche Stücke in Ost-, Süd-, Südost- u. Westasien, Japan u. Europa bezeugen. Verteilte sich bis zu dieser Zeit die keram. Produk-

Vergleich zwischen einem chinesischen und einem abendländischen Dachstuhl. Der chinesische Dachstuhl, der nicht wie der westliche von einem starren Dreiecksbinder ausgeht, erlaubt es, das geschweifte Dach tief unter die Stützen herabzuführen (links). – Konsolenbündel oder tou-kung, das ein weites Überkragen der Dachsparren ermöglicht (rechts)

CHINESISCHE KUNST I

Sitzende Dame mit Spiegel; T'ang-Zeit. London, Victoria and Albert Museum

Hsien-t'ung-ssu, Terrasse der fünf Pagoden; um 1600. Wu-t'ai-schan, Provinz Schansi

Sakralgefäß vom Typ Kuang; 12./11. Jh. v. Chr. San Francisco, Asian Art Museum, Avery Brundage Collection (links). – *Räuchergefäß; 5.–3. Jh. v. Chr. Washington, Freer Gallery of Art (rechts)*

chinesische Kunst

tion über weite Teile Chinas, so erhielt in der Ming-Periode (1368–1644), in der der Export in den Mittleren u. Nahen Osten, später durch Vermittlung der Portugiesen u. Holländer nach Europa führte, Tschingtetschen (Kiangsi) als Manufakturstadt das Übergewicht. Das chines. Porzellan, das seit der Epoche *Hsüan-te* mit *Nien-hao* (Regierungsdevisen) gezeichnet ist, ist im Gegensatz zum europ. Porzellan weicher u. durchsichtiger u. erfordert keine so hohen Brenntemperaturen. Die Mehrzahl der chines. Porzellanarbeiten entstammt der Ts'ing-Zeit (1644–1911) u. übertrifft in techn. u. künstler. Hinsicht die keram. Leistungen aller anderen Zeiten u. Völker. Die Keramik der neueren Zeit suchte bes. in den Perioden *Tao-kuan* (1821–1850) u. *Kuang-hsü* (1875 bis 1908) den Anschluß an die reiche keram. Tradition Chinas.

Die ältesten chines. *Lackarbeiten* stammen etwa aus derselben Zeit wie die frühesten entdeckten Malereien. Neuere Grabungen förderten aus nord- u. mittelchines. Gräbern (Tschangscha, Sinyang, Ku-wei-tsun) vorzügl. erhaltene hölzerne Gebrauchs- u. Kultgegenstände mit Lackmalerei zutage, die man in die 2. Hälfte des 1. Jahrtausends v. Chr. datiert. In kräftigen Farben zeigen sie Jagd- u. Bankettszenen oder Dekormuster, die denen der frühen Bronzekunst ähneln. Die Namen von drei staatl. Lackmanufakturen (zwei in Szetschuan, eine in Nordhonan) kennt man aus der Han-Zeit. Die z. T. auch mit Metallfolie oder Jade eingelegten Lackarbeiten des 1. vor- u. des 1. nachchristl.

Altar mit Shakyamuni und Prabhutaratna; 518. Paris, Musée Guimet

Tz'u Tschou-Gefäß. New York, Sammlung Münsterberg

Typen von Opfergefäßen der späten Schang-Dynastie (13.–12. Jh. v. Chr.)

Tablett mit Blumen- und Insektendekor. Köln, Museum für ostasiatische Kunst

CHINESISCHE KUNST

Unbekannter Meister, Würdenträger (Ausschnitt einer farbigen Malerei auf hohlen Kacheln); 2. oder 3. Jh. Boston, Ross Collection, Museum of Fine Arts

Jahrhunderts tragen mitunter außer genauen Daten auch Meisternamen; auf den zahlreich in nordkorean. Gräbern gefundenen chines. Lacken werden nur westchines. Werkstätten genannt. Am besten läßt sich die neuere Entwicklung der chines. Lackmalerei an den Arbeiten im *Shosoin* ablesen, unter denen neue Techniken (Einlagen aus Perlmutt u. Elfenbein, Gold- u. Silberfolie, Bergkristall u. Bernstein) vertreten sind. Die schönsten Schnitzlacke stammen von den Meistern *Chang Ch'eng* u. *Yang Mao* in Kiasing (Tschekiang) aus der Yüan-Zeit, aus den Hofwerkstätten der *Yunglo-* (1403 bis 1424) u. der *Hsüante-Zeit* (1426 bis 1435) der Ming-Dynastie. Wenn China in geschnittenen u. gemalten Lacken Meisterhaftes leistete, so wurden die japan. *Goldlacke* Vorbild u. Studienziel der chines. Lackkünstler. Für die Zeit der Ts'ing-Dynastie sind bes. die nach dem ind. Hafen Cholamandala genannten, z.T. signierten *Koromandellacke* erwähnenswert, mehrteilige Setzschirme mit einer plastisch herausgearbeiteten, farbigen Verzierung über einer schwarz lackierten Kreideschicht, für die vermutl. Entwürfe bekannter Maler benutzt wurden. Chines. Dekor überwog – ähnlich wie beim Porzellan – bei dem im 17. u. 18. Jh. nach Europa gekommenen Lackgerät u. fand ein Echo in den Chinoiserien. Der Export chines. Lackmöbel sowie von Lacktafeln, die in europ. Möbel eingesetzt wurden, hatte seinen Höhepunkt in der *K'anghi-Zeit* (um 1700 n. Chr.).

Chines. Metallarbeiten zeigen seit frühester Zeit Merkmale hoher techn. u. künstler. Meisterschaft. Da Ostasien arm an Edelmetallen ist, sind bes. Kupfer-Zinn-Legierungen häufig. Handwerkl. Geschicklichkeit verraten die gegossenen Bronzen der Schang-Zeit, deren Wandung in genauester Ausführung Reliefs mit einem Formenreichtum (abstrahierte Tierbilder u. geometr. Ornamente) zieren, der mit der Vielzahl der Gefäßtypen wetteifert. Man unterscheidet fünf Hauptstilepochen in vorchristl. Zeit: die Schang-, die frühe, mittlere u. späte Tschou- u. die Han-Zeit. Das Entwicklungsbild der altchines. Metallkunst wurde durch neue, in größerem Umfang durchgeführte wissenschaftl. Grabungen verändert. So entdeckte man neben bislang unbekannten nordchines. Werkstätten in Honan u. Schantung erstmalig, daß nicht nur Nordchina, sondern auch Mittelchina (Hunan) eine schang-zeitl., hoch entwickelte Metallkunst kannte. Aus der Zeit der späten Tschou sind die ersten, kunstvoll mit Edelmetall tauschierten oder mit farbigem Glasfluß eingelegten Bronzen bekannt; aus der Han-Zeit stammen die ältesten Goldschmiedearbeiten mit Granulation. Getriebenes Silber mit Gravuren u. Vergoldung war das Material für Gebrauchs- u. Schmuckgegenstände der T'ang-Zeit, deren Dekor (wirklichkeitsnahe Menschen- u. Tiergestalten, botanisch genau beobachtete Pflanzendarstellungen) auf die Berührung Chinas mit dem Iran zurückgeht. Die Einführung der *Schmelztechnik* in der späten Yüan-Zeit, aus der die frühesten mit Meisternamen signierten Silberarbeiten erhalten blieben, geht vermutl. auf arab. Vermittlung aus West- oder Südasien zurück, die der *Emailmalerei* auf Kupfergrund (Canton-Email) auf indische u.

Liang K'ai, der Dichter Li T'ai-po; um 1140–1210. Tokio, Nationalmuseum

Unbekannter Meister, Lotos; 13. oder 14. Jh. Köln, Museum für ostasiatische Kunst

chinesische Kunst

Ch'iu Ying, Das Gastmahl des Li T'ai-po im „Pfirsich-Pflaumengarten" (Ausschnitt); um 1510–1550. Kyoto, Chionin

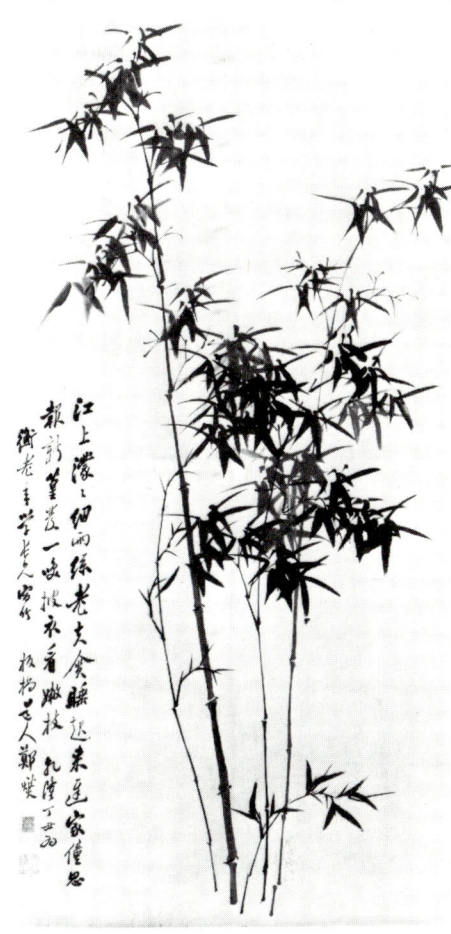

Cheng Hsieh, Bambus; Tusche auf Papier. Köln Museum für ostasiatische Kunst

Ma Yüan zugeschrieben, Gelehrter in Betrachtung des Mondes; 1. Hälfte des 13. Jh. Atami

Hsü Wei, Vier Freunde im kalten Hain; 1570. Lugano, Sammlung Dr. F. Vanotti

europ. Anregung (Limoges) in der Ts'ing-Zeit. Die zahlreich erhaltenen Bronzearbeiten der Nach-T'ang-Zeit fanden bisher wenig Beachtung, so daß sie, wie die Plastik aus Holz u. Stein u. Schnitzereien aus Jade, Horn, Holz u. Halbedelsteinen, nur schwer zu datieren sind.

Edelseide war in China, wie Untersuchungen an Schang-Bronzen u. Funde aus in Jade geschnittener Seidenraupen ergaben, schon in der 2. Hälfte des 2. Jahrtausends v. Chr. bekannt. Aus der Zeit der späten Tschou stammen die ältesten chines. Seiden in Köperbindung mit farbigem Schußmuster (Tschengtschou [Honan] u. (Pasyryk [Altai]), die älteste bemalte Seide (Tschangscha) u. die erste Seidenstickerei (Pasyryk [Altai]). Die noch in großer Zahl erhaltenen Han-Seiden fanden nach dem Ausbau der *Seidenstraße* weite Verbreitung. Man kennt Funde aus Han-Palästen (Fu-li-kung), nordchines. Gräbern (Mo-tsui-tzu [Wu-wei]), aus der Mongolei (Noin-ula), Baikalien (Ilmowaja Pad u. Oglakty), Turkistan (Loulan), Altai-Gräbern u. aus Vorderasien (Palmyra). Von den Seidenfunden aus der Zeit zwischen der Han- u. der T'ang-Dynastie warten noch viele auf wissenschaftl. Bearbeitung. T'ang-Seiden kennt man aus den Höhlentempeln von Tunhuang u. aus südsibir. Gräbern (Kopen). Fragmente in Seidenwirkerei (K'o-ssu), in einem batikähnl. Verfahren gefärbte u. im Holzdruck dekorierte Stoffe sowie Wollteppiche mit eingewalkten Mustern befinden sich im *Shosoin*. Aus der Liao-, Sung- u. Ming-Zeit (Grab des Ehepaars Tai-ch'in) erhielten sich datierte u. annähernd datierbare Seiden, darunter z.T. vollständige Kleidungsstücke u. Decken. Seit dem 17. Jh. gibt es auch in westl. Sammlungen (New York u. Toronto) zahlreiche Arten chines. Seiden- u. Gazegewänder mit prächtigen Stickereien.

Der Teppich diente in China nicht nur als Fußbodenbelag oder als Wand- u. Möbelbehang, sondern auch als Säulenverkleidung in der Architektur. Die Muster der frühen Filzteppiche wurden nicht, wie auf den frühen Nomadenteppichen (Altai, Nordmongolei), appliziert, sondern eingewalkt. Die ältesten erhaltenen chines. Knüpfteppiche gehören der späten Ming-Zeit an. – 🕮 2.3.9.

Chinesische Rose

(Forts. von S. 229 rechte Spalte)
Die wichtigsten Pflichten waren ihm Wahrhaftigkeit *(Hsin)*, Rechtlichkeit *(I)* u. Ehrerbietung *(Li)*. Nachdem *Meng-tse* den *Konfuzianismus* erneuert hatte, setzte sich unter den Kaisern der Han-Dynastie (206 v. Chr. – 220 n. Chr.) diese Form der Lehre durch. Seit dem ersten nachchristl. Jahrhundert drang der *Mahayana-Buddhismus* in China ein, bis unter den Meistern der Sung-Zeit *(Tschou Tun-i, *1017, †1073; Tschang Tsai, *1020, †1077; Tsch'eng Hao, *1032, †1085; Tsch'eng I, *1033, †1107; Tschu Hsi, *1130, †1200)* der Konfuzianismus neu belebt wurde. Tschu Hsi, der bedeutendste unter ihnen, erklärt die Welt aus einem materiellen, aus einem geistig-ethischen Prinzip, die sich auch im Menschen durchdrängen. Als die vier Grundtugenden galten ihm Menschenliebe, Rechtschaffenheit, Ehrerbietung u. Einsicht. – 🗔 1.4.6.

Chinesische Rose, 1. →Rose. **2.** →Hibiscus.

chinesische Schrift, eine Wortschrift, bei der jedes Schriftzeichen einem Wort bzw. Begriff entspricht. Es gibt etwa 50 000 Schriftzeichen, für den Alltagsgebrauch genügen aber 3000–4000. Die ältesten Dokumente der c.n S. (Inschriften) stammen vermutl. aus der Zeit um 2000 v. Chr. Die Normalschrift ist seit ihrer Vereinheitlichung im 4. Jh. n. Chr. bis in die heutige Zeit unverändert geblieben. Erst 1956 trat im Bereich der Volksrepublik China eine Schriftreform in Kraft, wonach 500 vereinfachte Schriftzeichen anstelle der bisherigen verwendet werden. Geschrieben wurde (seit 200 v. Chr. mit dem Pinsel) in senkrechten Zeilen von oben nach unten u. von rechts nach links; erst in den letzten Jahrzehnten hat sich unter europ. Einfluß daneben eine waagerechte Schreibung von links nach rechts eingebürgert. – 🗔 3.7.5.

chinesisches Papier →Japanpapier.

chinesische Sprache, Sprache u. Sprachfamilie mit insges. über 750 Mill. Sprechern, bestehend aus der traditionellen Schriftsprache *Wen-li* u. der auf der nördl. Mandarinensprache, dem Dialekt von Peking, beruhenden neuen Nationalsprache *Kuo-yü* (400 Mill.); weitere Dialekte: *Wu* (40 Mill., südl. von Schanghai), *Min* (südl. von Futschou), *Kantonesisch* oder *Yüeh* (30 Mill., südwestl. von Kanton) u. a. Die c. S. ist isoliered (keine Flexion) u. eine Tonsprache (benutzt Tonunterschiede zur Unterscheidung von Wortbedeutungen). Die ersten datierbaren schriftl. Überlieferungen stammen aus dem 12./11. Jh. v. Chr. 🗔 3.9.1.

chinesische Tinte, tiefschwarze, unauslöschbare Tinte; aus Lampenruß hergestellt.

chinesisch-japanische Kriege →China (Geschichte). →Japan (Geschichte).

Ch'ing, chines. Dynastie, →Ts'ing. →auch Mandschu.

Chingola [tʃiŋˈgoula], Bergbaustadt u. Verkehrsknotenpunkt im Copper Belt von Sambia, 200 000 Ew. (einschl. Chililabombwe).

Chingtechen = Tsingtetschen.

Chinhydron, organ.-chem. Verbindung; tiefgrünes Additionsprodukt von molaren Mengen Chinon u. Hydrochinon.

Chinin [das; indian., ital.], kristallines Hauptalkaloid der →Chinarinde; weißes Pulver von bitterem Geschmack (Protoplasmagift); wird gegen Malaria sowie als fiebersenkendes Mittel gegeben.

Chin-ku ch'i-kuan, *Kin-ku k'i-kuan*, „Merkwürdige Geschichten aus alter u. neuer Zeit", chines. volkstüml. Sammlung eines unbekannten Verfassers des 17. Jh., auch in Europa früh bekannt; dt. Übersetzung von F. Kuhn: „Kin Ku Ki Kwan. Wundersame Geschichten aus alter u. neuer Zeit" 1952.

Chin Nung, chines. Dichter, Maler u. Paläograph,

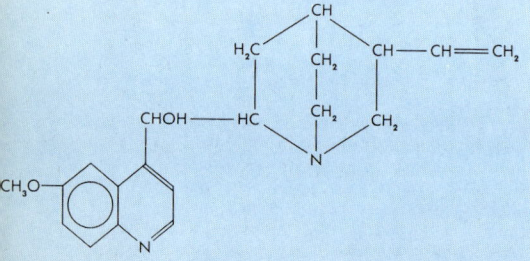

Chinin

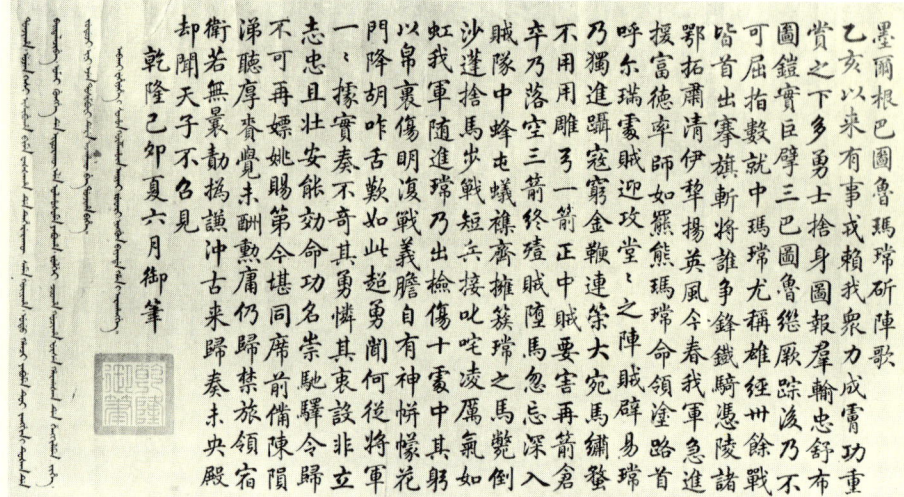

chinesische Schrift: Nachrichten des Kaisers Kienlung; Peking 1759. Berlin (West), Staatliche Museen

*1687 Hangtschou, Tschekiang, †1763 in einem buddhist. Kloster in Yangtschou, Kiangsu. Berühmter Maler von Blumen u. buddhist. Themen; einer der „Acht Sonderlinge von Yangtschou", der alle Ämter ablehnte u. nach dem Tod seiner Frau Mönch wurde.

Chino [ˈtʃino; span.], Mischling zwischen Indianer u. Neger.

Chinoiserie [ʃinwazəˈriː; die; frz.], chines. Zierformen u. Bildmotive, die von der europ. Kunst des 17. u. 18. Jh. mehr oder weniger abgewandelt übernommen wurden u. sich bes. im Rokoko großer Beliebtheit erfreuten. Verbreitet in der Innenraumdekoration u. Ornamentik, vor allem aber in der Fayence- u. Porzellankunst, u. a. in den Manufakturen Delft, Meißen, Augsburg u. Künersberg.

Chinolin [das; indian.], stickstoffhaltige organ. Base, stark lichtbrechende Flüssigkeit von unangenehmem Geruch, Formel C_9H_7N. C. kommt im Steinkohlenteer vor, auch synthet. darstellbar. Verwendung zur Herstellung von Farbstoffen (z. B. Chinolingelb). Vom C. leiten sich die Alkaloide der Chinarinde ab.

Chinone, organ.-chem. Verbindungen; chem. Diketone, die u. a. aus den zweiwertigen Phenolen (z. B. Hydrochinon) durch Oxydation entstehen. C. zeigen eine sog. „chinoide Gruppierung", bei der sich zwei Sauerstoffatome am Benzolkern gegenüberliegen, z. B. im p-Chinon. Diese Verbindungen haben kristalline Struktur, sind sehr lebhaft gefärbt u. haben stechenden Geruch. Herstellung des p-Chinons durch Oxydation von Anilin mit Chromsäure. Einige Derivate kommen in Pilzen, Walnußschalen sowie im Vitamin K vor. →auch Anthrachinon.

Chinook [tʃiˈnuk], **1.** *Meteorologie*: warme, trockene, föhnartige Fallwinde an der Ostseite der nordamerikan. Rocky Mountains; benannt nach 2). **2.** *Völkerkunde*: ausgestorbener Indianerstamm am Columbia im nordwestl. Nordamerika; auch eine Verkehrssprache, die aus Bestandteilen europ. u. indian. Sprachen entstand.

Chinosol, Chinolinabkömmling, ungiftiges Desinfektionsmittel u. Antiseptikum.

Chin-p'ing-mei, *Kin-p'ing-mei, Kin Ping Meh*, chines. Sittenroman eines unbekannten Verfassers des 16. Jh., gedruckt um 1610; wegen seiner erot. Stellen wiederholt verboten; wertvoll durch seine realist. Darstellungen der sozialen Verhältnisse dieser Zeit. Dt. Übers. von F. Kuhn 1930 (gekürzt); O. u. A. Kibat 1928–1932 u. 1965 ff.

Ch'in Shih Huang-ti →Ts'in Schihuangti.

Chintz [tʃints; der; hindustan., engl.], buntbedruckter Baumwollstoff, mit einer Wachsschicht überzogen; als Bezugsstoff für Möbel verwendet.

Chinuksenke, Meerestiefe von 6528 m im NW des Nordostpazif. Beckens, südl. der Aleuten.

CHIO →CSIO.

Chioggia [kiˈɔdʒa], italien. Stadt in Venetien, auf Pfahlrosten auf einer Insel am Südende der Lagune von Venedig erbaut, 48 000 Ew.; Zement- u. Textilindustrie, Fischerei, Schiffbau, Seebad.

Chionides, einer der griech. Dichter der sog. alten Komödie in Athen, 1. Hälfte des 5. Jh. v. Chr.

Chios, türk. *Sakiz*, griech. Insel der Südl. Sporaden, 842 qkm, 60 000 Ew. (Chioten); meist gebirgig (im *Pelinaíon* 1297 m) u. fast vegetationslos, fruchtbar im Bereich der Haupt- u. Hafenstadt Ch. (türk. *Kastro*, 25 000 Ew.; byzantin., Festung); Antimonerz, Woll- u. Seidenfabriken, Lederverarbeitung, Südfrüchte, Oliven, Anis u. Wein. – Im MA. byzantin., 1566 türk., seit 1912 griech.

Ch'i Pai-Shih, chines. Maler, *1863 Siangtan, Hunan, †1957 Peking; malte hauptsächl. Blumen, Insekten u. Krabben.

Chipata [tʃiˈpata], früher *Fort Jameson*, Stadt in Sambia an der Grenze von Malawi (Ostafrika), 1100 m ü. M., 14 000 Ew.; Tabakverarbeitung.

Chippendale [ˈtʃipəndeil], Thomas, engl. Kunsttischler, *1718 Yorkshire, †Nov. 1779 London; schuf um 1750 in London den ersten spezifisch engl. Möbelstil, der bald Nachahmung im nördl. Europa u. in den USA fand. Kennzeichen für den C.-Stil ist die Verbindung von Elementen des französ. Rokokos (Rocaillen, geschwungene Stuhlbeine, feuervergoldete Bronzebeschläge), des got. Maßwerks (Radfenster u. Spitzbogen in den Lehnen) u. des ostasiat. Kunsthandwerks (Lattenwerk, gerade Beine) mit klassizist. Formengut sowie das Streben nach Zweckmäßigkeit u. einfacher, schlanker Gesamtform. Als Material diente vornehml. Mahagoni, im Schmuck herrschen Einlagen andersfarbiger Hölzer, Lack, Vergoldung vor. 1754 veröffentlichte C. Entwürfe unter dem Titel „The Gentleman and Cabinet Maker's Director". – 🗔 2.4.7.

Chippewa [ˈtʃipiwɔː], der Algonkin-Indianerstamm der →Ojibwa.

Chippy [ˈtʃipi; der; engl.], Neuling im Rauschmittelgebrauch.

Chips [tʃips; Mz.; engl., „Splitter, Schnitzel"], in heißem Fett knusprig gebackene Kartoffelscheibchen, die z. T. mit Salz, Paprika oder Cayennepfeffer gewürzt in den Handel kommen; *chips and chops* ist ein Gericht aus Kartoffelscheiben u. Kotelett.

chir... = chiro...

Chirac [ʃiˈrak], Jacques, französ. Politiker (Gaullist), *29. 11. 1932 Paris; seit 1971 verschiedene Ministerposten, 1974–1976 Premier-Min., seit 1976 Vors. der Partei RPR, seit 1977 Bürgermeister von Paris.

Chiragra [grch.] →Gicht am Handgelenk.

Chirico [ˈkiː-], Giorgio de, italien. Maler u. Schriftsteller, *10. 7. 1888 Wólos (Griechenland), †19. 11. 1978 Rom; lebte 1911–1915 u. 1924–1931 in Paris, 1936–1938 in New York; seither wechselnd in Mailand, Florenz u. Rom. C. gründete mit C. Carrà 1917 die „Pittura metafisica" u. wandelte zunächst von A. Böcklin beeinflußter Stil wandelte sich zu einfacher Formpräzision in surrealen Raum- u. Figurenarrangements, in der die Leere wesentl. Kompositionselement ist. Die Figuren erscheinen bald als antikisch anmutende Plastiken, bald als maschinenartige Gestelle oder Gliederpuppen in kulissenhaften Räumen. 1919–1925 wandte sich C. klassisch-barocken Formen zu. In seinem Schaffen nehmen religiöse u. mytholog. Themen breiten Raum ein; die Malweise ist gegenüber dem Frühwerk zunehmend akademischer u. realistischer geworden. Autobiographie: „Memorie della mia vita" 1945. – 🗔 2.5.3.

Chiriguano [tʃi-], Tupí-Indianerstamm, am Ostfuß der Anden.
Chiriquí [tʃiri'ki], mit 3475 m höchster Berg Panamas, an der costarican. Grenze im W, ehem. Vulkan. Der *C.golf* liegt an der westl. panames. Pazifik-, die *C.lagune* an der karib. Küste.
chiro..., *grch.*, Wortbestandteil mit der Bedeutung „Hand"; wird zu *chir*... vor Selbstlauten; griech. Schreibung: *cheiro*...
Chirograph [*das*; grch.], Handschreiben der Spätantike; eigenhändige mittelalterl. Urkunde.
Chirologie [grch.], die Lehre von der Systematik, aus den Formen u. Linien der Hand etwas über den Charakter des Menschen auszusagen.
Chiromantie [*die*; grch.], Handlesekunst, die versucht, das Schicksal des Menschen aus den Handlinien zu deuten.
Chiron, 1. *Astronomie:* Name eines 1977 von C. T. Kowal entdeckten größeren Planetoiden. **2.** *Mythologie: Cheiron*, in der griech. Mythologie ein menschenfreundl., heilkundiger Kentaur: erzog viele Helden, u.a. *Achilles*.
Chironja [tʃi-], vermutl. in Puerto Rico aus Kreuzung der Pampelmuse mit der Orange entstandene Citrus-Frucht.
Chiropraktik [grch.], von dem US-amerikan. Heilpraktiker D. D. *Palmer* (1895) entwickelte Krankheits- u. Behandlungslehre. Danach gehen viele Krankheiten auf unvollständig verrenkte (subluxierte) Wirbelsäulengelenke zurück, die auf aus dem Rückenmark kommende Nerven drücken. Durch Zurechtrücken der verschobenen Wirbel können solche Krankheiten geheilt werden.
Chiropteren, *Chiroptera* →Fledermäuse.
Chirotherium [grch. *cheiros*, „Hand", + *therion*, „Tier"], nach handförmigen Abdrücken im Buntsandstein Thüringens benannte Saurierfährten eines primitiven →Archosauriers. Ähnliche Fährten treten auch in anderen Kontinenten auf.
Chirripó Grande [tʃirri'po], höchster Berg Costa Ricas, 3920 m, in der Cordillera de Talamanca.
Chirurg [grch.], der Facharzt für →Chirurgie.
Chirurgie [grch., „Handarbeit"], Behandlung von Krankheiten durch operative Eingriffe. In der Sprechstunde (ambulant) ausführbare Eingriffe gehören zur *kleinen Chirurgie*. – 🕮 9.9.0.
Chisimaio →Kismanio.
Chislehurst and Sidcup ['tʃizlhəːst ənd 'sidkʌp], ehem. Stadt in Kent, seit 1963 Teil der südöstl. Stadtbez. Bexley u. Bromley von Greater London.
Chitarrone [ki-; der; ital.], größte Form der Laute, doch ohne mit dem hinten abgeknickten Wirbelkasten. Dieser liegt vielmehr in der Ebene des Halses, der sich noch um weitere 60 bis 70 cm nach oben fortsetzt u. an seiner Spitze einen zweiten Wirbelkasten trägt für 5 bis 8 Begleitsaite, d. h. nur gemäß ihrer Einstimmung klingende u. nicht durch Griffe zu verkürzende Baßabzüge. Im 16. Jh. entstanden, war der C. namentl. in Italien das bevorzugte Generalbaßinstrument.
Chitin [çi-; *das*; semit., grch.], stickstoffhaltiger Zuckerabkömmling (N-Acetylglucosamin), kommt als Skelettsubstanz im Hautpanzer der Gliederfüßer, ferner bei Moostierchen, Armfüßern, Bartträgern, Weichtieren u. in den Zellmembranen der Pilze vor.
Chiton [çiˈtoːn; *der*; grch.], **1.** *Kleidung:* griech. Kleidungsstück in Form eines knie- oder fußlangen Hemdgewands aus einem Stück, mit Naht auf der rechten Seite u. auf den Schultern zusammengefibelt. Ursprüngl. nur von Männern getragen, gehörte der C. seit dem 7. Jh. v. Chr. auch zur griech. Frauentracht u. erfuhr seitdem mehrere modische Wandlungen. **2.** *Zoologie:* →Käferschnecken (*Placophora*).
Chittagong ['tʃita-], Hafenstadt in Ostbengalen (Bangla Desh), am Golf von Bengalen, 490000 Ew.; Industrie- u. Handelszentrum, Wasserkraftwerk am Karnaphuli, Ölraffinerie; chem., Metall- u. Papierindustrie, Stahlwerk, Schiffswerft; Flughafen. Hptst. des Verwaltungsbezirks C. (44113 qkm, 22 Mill. Ew.).
Chiusi [ki-], italien. Landstädtchen in der Toskana, 2600 Ew., Dom (6. u. 12. Jh. n. Chr.), archäolog. Museum; steht an der Stelle der vom 8. bis 4. Jh. v. Chr. bedeutenden etrusk. Stadt *Chamors* (lat. *Clusium*), die wie *Caere* zum Zwölfstädtebund gehörte; in den reich ausgestatteten Felskammergräbern der weitläufigen Nekropole von C. wurden u.a. viele Kanopen sowie reliefverzierte Cippen u. Aschenurnen gefunden, die von stark lokalem Charakter geprägt sind, daneben bedeutende griech. Importstücke. →auch Françoisvase.
Ch'iu Ying, chines. Maler, *T'ai-ts'ang, Provinz Kiangsu, † um 1552 Sutschou; orientierte sich an T'ang-Meistern u. nahm Einflüsse von *Li T'ang* auf. Er wurde trotz seiner einfachen Herkunft u. seines Berufsmalertums von den Sutschou-Literaten anerkannt. – 🖻→chinesische Kunst.
Chivilcoy [tʃivilˈkɔi], argentin. Stadt westl. von Buenos Aires, 50000 Ew.; Handel u. Verarbeitung von Agrarprodukten.
Chiwa [xiː-], Oasenstadt in der Usbek. SSR, im Bewässerungsgebiet des unteren Amudarja, 22000 Ew.; Technikum, Fachschulen; Seiden- u. Baumwollindustrie, Teppichweberei; früher bedeutendes Handelszentrum u. Sklavenmarkt; wechselte noch im MA. mehrfach seine Besitzer.
Chladni ['klad-], Ernst, Physiker, *30. 11. 1756 Wittenberg, †3. 4. 1827 Breslau; untersuchte als erster die Schwingungen von Stimmgabeln, Stäben u. Platten. *C.sche Klangfiguren* →Klangfiguren.
Chlamydobacteriales [çla-; grch.], *Fadenbakterien* →Bakterien.
Chlamydospermae [ˈçla-; grch.], Klasse der *Nacktsamer*, →Gnetopsida.
Chlebnikov, Welemir Wladimirowitsch, eigentl. Wiktor W. C., russ. Lyriker, *9. 11. 1885 Tundotowo, Astrachan, †28. 6. 1922 Korostez, Nowgorod; einer der Begründer des *Futurismus*; in seiner Lyrik experimentierte er mit einer Art „über-rationaler" Sprache, die von einer neuen Sinn- u. Bedeutungszusammenhänge stiftenden Mischung aus Lauten u. Wörtern ausgeht.
Chloanthit [klo-; *der*; grch.], *Weißnickelkies*, zinnweißes, oft apfelgrün beschlagenes, metallglänzendes Mineral, wichtiges Nickelerz; regulär; Härte 5; NiAs$_{3-2}$.
Chloasma [klo-; *das*, Mz. *Chloasmen*; grch.], braungelbe Hautflecke, z. B. während der Schwangerschaft (*C. uterinum*) oder bei schweren Allgemeinerkrankungen (*C. cachecticorum*) auftretend.
Chlodio [ˈkloː-], *Chlojo*, König eines Teils der salischen Franken, wahrscheinl. aus dem Geschlecht der Merowinger, ca. 425–ca. 455; dehnte das sal. Gebiet bis zur Somme aus.
Chlodwig, *Chlodowech*, Frankenkönige aus dem Geschlecht der *Merowinger:* **1.** *C. I.,* Teilkönig der salischen Franken ab 482, *466, †27. 11. (?) 511; Sohn Childerichs I.; wurde durch Siege über den röm. Statthalter Syagrius (486 bei Soissons), die Alemannen (506) u. die Westgoten (507) zum Begründer des →Frankenreichs; ließ sich 508 in Reims (durch Bischof Remigius) katholisch taufen; nach seinem Tod wurde das Reich unter seine vier Söhne geteilt.
Mit C. begann eine neue Epoche der europ. Geschichte, in der sich das Schwergewicht vom Mittelmeerraum nach Mitteleuropa verlagert; erstmalig verbanden sich in seinem Reich german. Königstum, röm. Staatsgewalt und katholisches Christentum.
2. *C. II.,* *633, †657; König von Neustrien u. Burgund 639–657, Sohn Dagoberts I., Vater Chlotars III.
Chloe [kl-; grch., „die Keimende"], Beiname der *Demeter*; oft Name der Geliebten von Hirten in Schäferromanen.
Chlor [*das*; grch. *chloros*, „hellgrün"], chem. Zeichen Cl, in zahlreichen Verbindungen in der Natur vorkommendes Element; Atomgewicht 35,453, Ordnungszahl 17, spez. Gew. 1,57 (bei −34 °C). Freies C. ist ein gelbgrünes, schon in starker Verdünnung die Schleimhäute stark reizendes Gas von durchdringendem Geruch. Es ist eines der reaktionsfähigsten Elemente u. verbindet sich mit fast allen Elementen unter starker Wärmeentwicklung.
Herstellung durch Oxydation von Salzsäure oder durch Elektrolyse von Kalium- oder Natriumchloridlösungen, wobei es als Nebenprodukt bei der Herstellung von Ätzkali u. Ätznatron in großer Menge anfällt. Verwendung zur Herstellung von Chlorkalk, Salzsäure u. vieler organ. Verbindungen, bei der Gewinnung von Brom, zur C.entzinnung von Weißblech, für Desinfektionszwecke, zum Bleichen von Geweben. Eine wässerige Lösung des C. ist das *C.wasser*, eine wichtige Verbindung der *C.wasserstoff*, HCl, ein farbloses, stechend riechendes Gas, dessen wässerige Lösung die Salzsäure ist. Weitere Verbindungen: *Chloride, Chlorate, Chlorite, Chlorsauerstoffsäuren*.
Chloral [*das*], *Trichloracetaldehyd*, CCl$_3$-CHO, durch Oxydation v. Chlorierung von Äthylalkohol mit Chlorkalk hergestellte, stechend riechende, farblose Flüssigkeit. Das mit Wasser aus C. entstehende *C.hydrat* CCl$_3$-CH(OH)$_2$ bildet farblose Nadeln u. wurde früher als Schlafmittel verwendet.
Chloramin [*das*], organ.-chem. Verbindung, chemisch: p-Toluolsulfonchloramidnatrium. Als *C.puder*, Tabletten oder in Lösung zur Wunddesinfektion, zur Entkeimung von Räumen, Geräten, Wasser u. zur Wollbleichung.
Chloramphenicol [*das*], synthet. →Chloromycetin.
Chlorate, Salze der Chlorsäure, HClO$_3$ (→auch Chlorsauerstoffsäuren). Sie sind farblos, in Wasser leicht lösl. u. geben beim Erhitzen leicht Sauerstoff ab. Das *Kaliumchlorat (chlorsaures Kalium)* findet deswegen Verwendung bei der Herstellung von Zündhölzern, in Sprengstoffen u. Leuchtsätzen. Das *Natriumchlorat* dient zur Unkrautbekämpfung.
Chloräthyl = Äthylchlorid.
Chlorbenzol, *Mono-C.*, Benzolderivat; C$_6$H$_5$-Cl, eine farblose Flüssigkeit, die durch Chlorierung von Benzol gewonnen wird; Lösungsmittel für Fette u. Öle sowie Zwischenprodukt zur Herstellung von Farb- u. Arzneimitteln.
Chloride, Salze der Chlorwasserstoffsäure (Salz-

Chlorgewinnung durch Elektrolyse

säure). Wichtige C. sind das *Natriumchlorid (Koch-* oder *Steinsalz*; →Natrium), das *Kaliumchlorid* (→Kalium) u. das in der Photographie verwendete *Silberchlorid* (→Silber). Viele organ. Verbindungen, z. B. Heilmittel, werden in Form der meist gut lösl. C. angewandt.

chlorige Säure →Chlorsauerstoffsäuren.

Chloris, griech. Göttin der Blüten u. Blumen; ihr entspricht in der röm. Religion *Flora.*

Chlorite, 1. *Chemie:* Salze der *chlorigen Säure* ($HClO_2$) (→auch Chlorsauerstoffsäuren); wirken stark oxydierend u. sind explosiv. Das *Natriumchlorit* findet zur faserschonenden Bleichung von Geweben Verwendung.
2. *Mineralogie:* grüne, wasserhaltige Magnesiumsilikate.

Chloritoid, *Chloritspat, Ottrelith,* dunkellauchgrünes bis schwarzes, perlmutterglänzendes Mineral, ein Sprödglimmer; monoklin, teilweise auch triklin; Härte 6–7.

Chlorkalk, *Bleichkalk, Calcaria chlorata,* ein weißes, chlorähnl. riechendes Pulver, das durch die Einwirkung von Chlor auf gelöschten Kalk hergestellt wird u. etwa 35% wirksames Chlor enthält. Verwendung zum Bleichen von Papier u. Geweben, zur Desinfektion u. zur Entkeimung von Wasser.

Chlorknallgas, Gemisch aus gleichen Volumina Chlor u. Wasserstoff, das unter dem Einfluß des Lichts, der Sonne oder eines brennenden Magnesiumbands explosionsartig unter Bildung von Chlorwasserstoff reagiert.

Chlorococcales →Grünalgen.

Chloroform [das; Kurzwort aus *Chlor* u. *Formyl*], *Trichlormethan,* $CHCl_3$, Halogenkohlenwasserstoff; eine farblose, alkohol- u. ätherlösliche, nicht brennbare Flüssigkeit, die früher bei Narkosen verwendet wurde (herzschädigend). 1831 von J. von *Liebig* entdeckt, 1848 von Sir J. *Simpson* zur Narkose empfohlen. Wichtiges Lösungsmittel.

Chloromonadinen, *Chloromonadina,* eine Ordnung der *Flagellaten,* mit „maigrüner" Färbung der Farbstoffträger (→Chromatophoren).

Chloromycetin, ein Breitspektrum-Antibiotikum, ursprüngl. aus einer Strahlenpilzart *(Streptomyces venezuelae),* heute auch synthet. *(Chloramphenicol)* hergestellt; wirkt vom Magen-Darm-Kanal aus.

Chlorophyll →Blattgrün.

Chlorophyzeen, *Chlorophyceae* →Grünalgen.

Chloroplasten →Plastiden.

Chloroprenkautschuk, durch Polymerisation von Chlorbutadien *(Chloropren)* hergestellter Kunstkautschuk; in der BRD von Bayer als *Perbunan C,* in den USA als *Duprene* (1931) u. *Neopren,* in der UdSSR als *Sowpren* fabriziert. Schwer brennbar, widerstandsfähig gegen Sauerstoff u. Öl; Rohstoff für Schläuche, Ventilscheiben, gummierte Gewebe u. dgl.

Chlorose, 1. *Botanik:* Gelbfärbung der Blätter infolge mangelnder Chlorophyllbildung. Sie ist bedingt durch Fehlen von Eisen bei stark kalkhaltigem Boden. →Blattgrün.
2. *Medizin:* = Bleichsucht.

Chlorosiphonales →Grünalgen.

Chlorpikrin, *Trichlornitromethan, Klop,* farblose, schleimhautreizende, sehr giftige Flüssigkeit, Formel CCl_3NO_2; wurde gemischt mit Chlor als Kampfstoff verwendet (→Grünkreuz); dient als Schädlingsbekämpfungsmittel u. zur Bodenverbesserung.

Chlorsauerstoffsäuren, 4 Sauerstoffsäuren des Chlors: 1. *unterchlorige Säure* ($HClO$) ist nur in Form wäßriger Lösungen, nicht jedoch in freiem Zustand bekannt; ihre Salze, die *Hypochlorite* (z. B. *Natriumhypochlorit,* $NaOCl$), entstehen durch Einleiten von Chlor in die Lösungen der betreffenden Hydroxide; sie finden als Bleich- oder Desinfektionsmittel Verwendung (Chlorkalk, Eau de Javelle, Eau de Labarraque). 2. *chlorige Säure* ($HClO_2$) ist leicht zersetzlich; ihre Salze, die →Chlorite, entstehen neben den Chloraten beim Einleiten von *Chlordioxid* (ClO_2) in starke Laugen. 3. *Chlorsäure* ($HClO_3$) ist in bis 40%iger Lösung beständig; Darstellung durch Umsatz ihrer Salze, der →Chlorate, mit Schwefelsäure. 4. *Überchlorsäure* ($HClO_4$) wird durch Einwirkung von Schwefelsäure auf ihre Salze, die *Perchlorate* (z. B. *Kaliumperchlorat* $KClO_4$), die aus den Chloraten durch Erhitzen entstehen, dargestellt. Sie ist eine der stärksten Säuren u. ein starkes Oxydationsmittel.

Chlorsäure →Chlorsauerstoffsäuren.

Chlorschwefel, *Dischwefeldichlorid,* S_2Cl_2, beim Einleiten von Chlor in geschmolzenen Schwefel entstehende, an der Luft rauchende, unangenehm riechende, dunkelgelbe, ölige Flüssigkeit. Als Lösungsmittel für Schwefel beim Vulkanisieren von Kautschuk verwendet.

Chlothar ['klo:-], *Clotachar,* Frankenkönige aus dem Geschlecht der *Merowinger:* **1.** *C. I.,* König 511–561, *498, †561; Sohn Chlodwigs I., erbte nach dessen Tod das Teilreich um Soissons; eroberte 531 mit Hilfe seines Halbbruders Theuderich Thüringen, 532–534 Burgund. Durch den Tod seiner Brüder u. Neffen konnte C. 558 das gesamte Frankenreich vereinigen, das nach seinem Tod jedoch erneut geteilt wurde.
2. *C. II.,* König 584–629, Sohn Chilperichs I., vereinigte nach seinem Sieg über die Königin Brunhilde (613) das gesamte Frankenreich; mußte 614 im *Edictum Chlotarii* dem Adel weitgehende Zugeständnisse machen.
3. *C. III.,* König von Neustrien u. in Burgund 657–673, †673, Sohn Chlodwigs II., vereinigte für kurze Zeit (661/62) das Gesamtreich. Seine Mutter *Balthilde* (†680) u. der Hausmeier *Ebroin* (†680/81) führten für ihn die Regierung.

Chlothilde, *Chrodechilde,* Heilige, burgund. Königstochter, *um 475, †3. 6. 544 Tours; Königin der Franken durch ihren Gatten Chlodwig I., an dessen Bekehrung sie Anteil hatte. Fest: 4. 6.

Chlumberg, Hans, eigentl. Hans *Bardach Edler von C.,* österr. Dramatiker, *30. 6. 1897 Wien, †25. 10. 1930 Leipzig; Offizier; bekannt wurde bes. das visionäre Drama „Wunder um Verdun" 1931.

Chlumecky [xlu'mɛtski], Johann Frhr. von, österr. Politiker, *23. 3. 1834 Zara, †11. 12. 1924 Bad Aussee; ab 1870 im Reichsrat führendes Mitglied der gemäßigten Linken, 1871–1875 Ackerbau-, 1875–1879 Handels-Min., nach 1880 führender Vertreter der Vereinigten Linken; 1893 Präs. des Abgeordnetenhauses, 1897 Mitglied des Herrenhauses; Gründer der Hochschule für Bodenkultur in Wien.

Chlysten ['xly-], aus der russ.-orthodoxen Kirche im 17. Jh. hervorgegangene ekstatisch-enthusiastische religiöse Gruppe.

Chmelnizkij [xmjɛl-], bis 1954 *Proskurow,* Hptst. der Oblast C. (20600 qkm, 1,62 Mill. Ew.), in der Ukrain. SSR, in Podolien, 113000 Ew.; Landmaschinenbau, Zuckerfabriken u. Mühlen, Phosphoritlager.

Chmielnicki [xmjɛl'nitski], russ. *Chmelnizkij,* ukrain. *Chmelny(t)zkij,* Bohdan Michajlowitsch, ukrain. Nationalheld, Kosakenhetman der Ukraine, *um 1595, †6. 8. 1657 Tschigirin; sagte sich 1648 mit der Ukraine von Polen los, schlug wiederholt poln. Heere; vereinbarte 1654 im Vertrag von Perejaslawl den Anschluß der Ukraine an Rußland.

Chmun →Hermúpolis.

Chnum, altägypt. Gott, der als Schöpfergott die Menschen auf der Töpferscheibe schuf; dargestellt mit Widderkopf.

Choanata [ko:-; grch.], Wirbeltiere mit Nasen, wenigstens in der Anlage vorhandenen 5strahligen Gliedmaßen u. der Möglichkeit, atmosphärische Luft zu atmen.

Choanen [ko:-; grch.], paarige innere Nasenöffnungen, Verbindungsgänge vom hinteren Nasenraum zur Mundhöhle bei den Landwirbeltieren (Amphibien, Reptilien, Vögel, Säuger). Bei den Fischen ist die Nase nach innen blind geschlossen. Mit der Ausbildung eines (sekundären) knöchernen Gaumens werden die C. weit nach hinten verschoben (sekundäre C., bei den Säugetieren, auch bei Krokodilen u. einigen Schildkröten.)

Choanoflagellaten →Kragengeißeltiere.

Chocano [tʃo-], José Santos, peruan. Dichter, *15. 5. 1875 Lima, †13. 12. 1934 Santiago de Chile (ermordet); stark von W. Whitman beeinflußt, wollte der „Sänger Südamerikas" sein; am ehesten hat dieses Streben in „Alma América" 1906 Erfüllung gefunden, auch verinnerlichte („La selva virgen" 1900) u. impressionist. Klänge („El derrumbe" 1899) gelangen ihm gut.

Chocó [tʃɔ'ko], Indianerstamm u. Stämmegruppe in Ostpanama u. Nordwestkolumbien, zwischen den Chibchastämmen Kolumbiens u. Mittelamerikas; Anbau von Bananen, Maniok, Zuckerrohr u. Mais.

Chocó [tʃɔ'ko], westkolumbian. Departamento, 47205 qkm, 205000 Ew., Hptst. *Quibdó,* nahebei Gold- u. Platinseifen.

Choctaw ['tʃɔktɔ:], Stamm der Muskhogee-Indianer, in Reservaten in Mississippi u. Oklahoma (rd. 50000); einer der →Fünf Zivilisierten Stämme.

Choderlos de Laclos [ʃodɛr'lo də la'klo] →Laclos.

Chodowiecki [xɔdɔ'vjɛtski], Daniel Nikolaus, Maler u. Graphiker, *16. 10. 1726 Danzig, †7. 2. 1801 Berlin; dort seit 1743 tätig. Das reiche graph. Schaffen C.s, stilist. zwischen Rokoko u. Klassizismus vermittelnd, zählt zu den Hauptleistungen der dt. Kunst im 18. Jh.; schuf mehr als 2000 kleinformatige Radierungen als Illustrationen zeitgenössischer Autoren (Goethe, Schiller, Lessing u. a.) u. zahlreiche Handzeichnungen mit Milieudarstellungen.

Chodschent [xɔ'dʒɛnt], früherer Name von →Leninabad (UdSSR).

Choiseul [ʃwa'zœl], Insel der brit. Salomonen, 2538 qkm, 6600 Ew.; bis 624 m hoch; wichtigste Orte sind *Bambatana* u. *Nanango.*

Choiseul [ʃwa'zœl], Etienne François, Herzog von Choiseul-Amboise, Marquis de Stainville, französ. Minister, *28. 6. 1719, †8. 5. 1785 Paris; Günstling der Madame Pompadour, 1758–1770 Min. des Auswärtigen, führte in Heer u. Marine Reformen durch; verbot den Jesuitenorden in Frankreich; vermittelte die Heirat zwischen dem Dauphin u. Marie Antoinette. 1770 auf Veranlassung der Dubarry gestürzt.

Choisy-le-Roi [ʃwa'zi lə 'rwa], südöstl. Industrievorstadt von Paris, an der Seine, 41700 Ew.; Aluminiumgießerei, Maschinenbau, Glas- u. Porzellanindustrie; Schloß (1680–1686).

Chojnów ['xɔinuf], poln. Name der Stadt →Haynau.

Choju Giga, vier sog. Toba-Sojo-Rollen mit Tier-„Skizzen", von denen die ersten beiden zu den frühesten Meisterwerken des japan. *Yamato-e* im 12. Jh. gehören. Die in kalligraph. Duktus gemalten Fabeln, deren Stil von der chines. Sung-Malerei beeinflußt ist, sind in ihrem Inhalt noch nicht gedeutet. Sie bilden das erste klass. Beispiel einer Vielzahl von gemalten Persiflagen *(Toba-e),* deren Wurzel oft in einer mehr oder minder versteckten Zeitkritik liegt.

Choke [tʃɔuk; der; engl., „würgen, ersticken"], Luftklappe bei Kraftfahrzeugmotoren, durch deren Betätigung beim Start die Luftzufuhr gedrosselt u. dem kalten Motor ein kraftstoffreiches Gemisch zugeführt wird. Neuerdings oft durch „Startautomatik" betätigt. (Bimetallfedern mit Beheizung durch Kühlwasser des Motors oder elektr. Strom.)

Chokebore ['tʃɔukbɔ:r; engl., „Würgebohrung"], nach der Mündung zu engere, nicht vollkommen zylindr. Bohrung eines Flintenlaufes, die den Schrotschuß auf größere Entfernung gestattet.

Cholagoga [xɔ-; Mz., Ez. *Cholagogum*], galletreibende Mittel, wirken auf die Galleerzeugung in der Leber *(Choleretika),* auf die Entleerung der Gallenblase *(Cholekinetika)* oder auf beides; z. B. Schöllkraut, Rettich, Pfefferminzöl, Kurkuma, Lavendel.

Chola-Kunst, *Tschola-Kunst,* unter der Chola-Dynastie (8.–12. Jh.) weiterentwickelte *Pallava-Kunst* in Süd-Indien.

Cholämie [xɔ-; grch.], Übertritt von Galle ins Blut.

Cholelithiasis [çɔ-; die; grch.], die Gallensteinkrankheit (→Gallensteine).

Cholera ['ko:-; die; grch.], *Asiatische, Echte Cholera,* schwere anzeigepflichtige Infektionskrankheit mit heftigem Erbrechen, starkem Durchfall u. schnellem Kräfteverfall durch großen Flüssigkeitsverlust (Austrocknungserscheinungen); wird durch die von R. *Koch* 1883 entdeckten *Choleravibrionen* hervorgerufen u. führt durch Vergiftung u. Herzversagen meist schnell zum Tode. Für den Behandlungserfolg entscheidend ist ein sofortiger u. laufender Ersatz der verlorenen Körperflüssigkeit durch Kochsalzinfusionen, außerdem Antibiotika u. a. Vorbeugung: aktive C.schutzimpfung mit abgetöteten Erregern. *Einheimische C.* →Brechdurchfall.

Choleriker [kɔ-; grch. *cholé,* „gelbe oder weiße Galle"], nach der antiken, pseudophysiologischen Temperamentenlehre ein leidenschaftlicher, reizbarer, jähzorniger Menschentyp.

Cholesterin [kɔ-; das; grch., „Gallenfett"], rechnet zur Substanzklasse der *Sterine,* zuerst in der Galle gefunden. Es ist am Aufbau der *Zellmembranen* höherer Tiere beteiligt u. bildet den Ausgangsstoff für die Herstellung von Gallensäure, Vitamin D (→Vitamin), die Stereoidhormone der Nebenniere u. von Sexualhormon (→Hormon).

Krankhaft ist das beim Menschen festgestellte Auftreten in den Gefäßwänden (Arteriosklerose) u. in Gallensteinen. – 🕮 9.3.0.

Cholet [ʃɔ'lɛ], westfranzös. Kreisstadt im Dép. Maine-et-Loire, 43300 Ew.; Viehmarkt; Gießerei, Metall-, Textil- u. Schuhindustrie.

Choliạmbus [çɔl-; der; grch., „*Hinkjambus*"], Versform, ein jambischer Sechsfüßer mit einem Trochäus als 6. Fuß, z.B. „Der Chóliámbe scheínt ein Vérs für Kúnstríchter" (A. W. von *Schlegel*).

Cholịn, starke organische Base, als Spaltprodukt der →Lecithine in der Gehirnsubstanz, in Eigelb, in Steinpilzen u. Hopfen enthalten. C. vermindert die Ablagerung von Fett im Körper u. wirkt blutdrucksenkend; in Arzneimitteln enthalten, die zur Behandlung von Arterienverkalkung, Krebs u. Leberleiden dienen.

Cholos ['tʃo-], südamerikan. Indianer-Mestizen-Mischlinge.

Cholsäure ['xo:l-] →Gallensäuren.

Cholụla [tʃɔ-; aztek. *cholollan*, „Ort des Laufens"], *San Pedro C.*, mexikan. Ort westl. von Puebla, rd. 12000 Ew.; in einem Hochtal gelegene Handelsmetropole der Azteken mit bedeutender Töpferei. Nahebei die 62 m hohe, aus der Teotihuacan-Zeit stammende, heute stark verfallene Stufenpyramide, von einer kolonialspan. Kirche gekrönt. Dieser „künstliche Berg", wie ihn die Azteken nannten, war dem Gott *Quetzalcoatl*, der besonderen Schutzgottheit C.s, geweiht. Ausgrabungen in der Pyramide.

Choma, Stadt in Sambia an der Bahnlinie Lusaka–Livingstone, 11300 Ew.; Verwaltungs- u. landwirtschaftl. Handelsort.

Chomageversicherung [ʃɔ'ma:ʒə-; frz.] →Betriebsunterbrechungsversicherung.

Chomeini [xɔ'mɛini], Ruhollah Musawi, Oberhaupt der Schiiten (Ayatollah) im Iran, *1902 (?) Khomein; Verfechter einer „islam. Republik", wurde nach dem Sturz des Schahs 1979 faktisch oberster Machthaber im Iran.

Chomjakow [xʌmja'kɔf], Alexej Stepanowitsch, russ. Schriftsteller u. Philosoph, *13. 5. 1804 Moskau, †5. 10. 1860 Moskau; Wortführer der Slawophilen, verfocht eine auf dem orthodoxen Christentum u. dem russ. Volkscharakter beruhende Eigenständigkeit Rußlands gegenüber dem „faulenden Westen"; religiöse u. polit. Gedichte.

Chomsky ['tʃɔmski], Avram Noam, US-amerikan. Sprachwissenschaftler, *7. 12. 1928 Philadelphia; Vertreter der *generativen Transformationsgrammatik* (→Grammatik); schrieb „Syntactic Structures" 1957; „Aspects of a Theory of Syntax" 1965, dt. „Aspekte der Syntaxtheorie" 1969.

Chomutov ['xɔ-], tschech. Name der Stadt →Komotau.

Chon, Münzeinheit in Südkorea; 100 C. = 1 *Won*.

Chondren ['çɔn-; Mz.; grch.], grauweiße, feinkörnige Gemenge (Olivin, Bronzit, Nickeleisen) in Steinmeteoriten.

Chondriosọmen [çɔn-; grch.] = Mitochondrien.

Chondrodystrophi̱e [çɔn-; grch.], angeborene oder ererbte Krankheit, deren Ursache in einer Störung der Knochenbildung liegt u. die zu Zwergwuchs führt. Die Extremitäten sind kurz u. plump, Kopf u. Brust sind meist normal entwickelt, Intelligenz ist normal. In früheren Zeiten waren solche Leute vielfach Hofnarren.

Chondrọm [çɔn-; das; grch.], meist gutartige Knorpelgeschwulst.

Chondrọstei [çɔn-; grch.] →Knorpelganoiden.

Chonosarchipel ['tʃonɔs-], Gruppe von rd. 1000 chilen. Inseln, 200 km lang, südl. von Chiloé, gebirgig; von nomad. Indianern bewohnt.

Chonotrịcha [çɔ-; grch.], eine Ordnung der *Euciliaten*, Wimpertierchen mit spiraligem, zum Mund führendem Plasmasaum; leben auf Krebsen.

Chons [xɔns], *Chonsu*, altägypt. Mondgott von Theben, Sohn des Amun u. der Mut.

Cho Oyu, *Jo'öyu Ri* [„Göttin des Türkis"], Gipfel im nepales. Himalaya, westl. des Mount Everest, 8189 m; von H. *Tichy* 1954 erstmals bestiegen.

Chopin [ʃɔ'pɛ̃], Frédéric, poln. Pianist u. Komponist, *1. 3. 1810 Żelazowa Wola bei Warschau, †17. 10. 1849 Paris; gefeierter Pianist, als Klavierkomponist Schöpfer eines neuen, epochemachenden Stils, Wegbereiter der romant. Tonsprache mit elegischer Melodik, berückendem Klangzauber, schillernder Harmonik u. Neigung zu themat., dynam. u. rhythm. Kontrastwirkungen. C. verschaffte der poln. Musik ihre eigentl. Weltgeltung. Das poln. Element wird bes. deutlich in seinen Tanzstücken. 2 Klavierkonzerte (in e-Moll u. f-Moll), 3 Klaviersonaten (Nr. 2 in b-Moll mit dem berühmten „Trauermarsch"), Nocturnes, Walzer, Polonaisen, Mazurken, Impromptus u.a. Seit 1927 finden Internationale Chopin-Klavierwettbewerbe in Warschau statt. – 🕮 2.9.3.

Chopjor [xʌp'jɔr], linker Nebenfluß des Don, 900 km, stark schwankende Wasserführung; schiffbar; Bisamratten.

Chopper ['tʃɔpər; engl.], aus ovalen Steingeröllen durch Behauen einer Kante hergestellte Geräte der Altsteinzeit.

Chop-Suey [tʃɔp 'su:i; chin.], Nationalspeise aus China, gebratenes Ragout aus kleingeschnittenem Schweine-, Kalb-, Rind- oder Geflügelfleisch, diversen Gemüsearten, z.B. Bambussprossen, Chinakohl, Porree, grünen Erbsen, Champignons u. chines. Reisnudeln, gewürzt mit Sojasoße u. Knoblauch; C. wird in chines. Spezialpfannen aus Gußeisen gar gemacht.

Chor [ko:r; der; grch.], **1.** *Baukunst:* ursprüngl. der für den Chorgesang der Geistlichen bestimmte Platz in der Kirche, dann der gesamte Raum, in dem sich der Hochaltar befindet u. Geistlichkeit u. Presbyterium ihren Sitz haben. Der C. wird vom Langhaus entweder durch ein Querschiff, durch Altarschranken, einen →Triumphbogen oder einen →Lettner getrennt. In frühchristl. Kirchen findet sich anstelle des C.s nur die Apsis, in roman. Kirchen hat der C. meist quadrat. Grundriß (C.-Quadrat); in got. Kirchen setzt er sich häufig aus mehreren Jochen zusammen. Dem gewöhnl. im O einer Kirche befindl. C. entspricht in einer Reihe von roman. Kirchen in Dtschld. ein West-C. (→Doppelchor). Die wichtigsten C.formen: *Saal-C.*, einschiffig, aus einem oder mehreren Jochen gebildet; *Mehrapsiden-C.*, analog zum Langhaus aus drei oder fünf Schiffen zusammengesetzt, die alle mit je einer halbrunden oder polygonalen Apsis schließen (eine Sonderform ist der →Staffelchor); *Umgangs-C.*, in dem die Seitenschiffe als Umgang um die Apsis des Mittelschiffs geführt sind, wobei diese durch Arkaden mit dem Umgang verbunden ist.

In vielen roman. Kirchen liegt der Fußboden des C.s wesentl. höher als der des Langhauses, da sich unter dem C. häufig die →Krypta befindet. Nicht immer läßt sich die Grenze zwischen C. u. Langhaus eindeutig bestimmen. Haben alle Schiffe die gleiche Höhe u. schließen sie nicht mit Apsiden, sondern mit einer geraden Wand ab, so spricht man von einer „chorlosen Halle". – 🕮 2.0.2.

2. *Dramaturgie:* bei den Griechen ursprüngl. Tanzplatz, später Tänzergruppe u. das zum Tanz gesungene Lied mit dem Tanz selbst; Teil des Götterkults. Die Stoffe der Texte wurden der Sage entnommen; bes. beliebt bei den Doriern *(dorisches C.lied*, bedeutende Dichter u.a. *Alkman* u. *Pindar*). Das griech. Drama war zunächst rein chorisches Spiel; durch Hinzukommen der Sprechpartien der Schauspieler (Verbindung des dorischen C.lieds mit dem *ionischen Jambus*) trat der C. immer mehr hinter der Handlung zurück, bis er dem Dichter nur noch dazu diente, das Bühnengeschehen zu kommentieren. In der Neuzeit versuchte *Schiller* in der „Braut von Messina", den antiken C. neu zu beleben, ebenso neuerdings T. S. *Eliot*, B. *Brecht*, J.-P. *Sartre*.

3. *Musik:* 1. eine Gruppe von Laien- oder Berufssängern in sehr unterschiedl. Größe u. Besetzung; auch der von ihr ausgeführte Gesang selbst, in Kirchen auch der Ort, an dem der C. sich aufstellt. Besetzungsmäßig unterscheidet man gemischten C. (Sopran, Alt, Tenor, Baß), Männer-, Knaben-, Frauen- u. Kinder-C. Kleinere Chöre mit besonders geschulten Stimmen nennen sich häufig Kammer- oder Madrigal-C. u. singen in der Regel *a cappella* (d.h. ohne Instrumentalbegleitung). In der kulturellen Laienarbeit gehören seit dem 18. Jh. die großen Oratorien- u. die Kirchenchöre (beide gemischt) zu den tragenden Kräften. 2. Eine Vereinigung gleicher oder verwandter Instrumente (Bläser-, Posaunen-, Streicher-C.).

Chorạl [ko-; der; grch., lat.], einstimmiger liturg. Gesang der kath. Kirche sowie das ev. Kirchenlied. →auch Gregorianischer Choral.

Choralnotation, für den Gregorian. Choral übl. Notation auf 4, später 5 Notenlinien, aus den *Neumen* entwickelt, zeigt nur die Tonhöhe, aber nicht den Rhythmus an. Seit dem 13. Jh. zwei Schriftarten: got. oder Hufnagelschrift (eckig) u. die röm. C. (quadratisch).

Chọrda, *Chorda dorsalis* ['kɔr-; die; grch. u. lat.], *Rückensaite, Rückenstab*, der für die *Chordaten* charakterist. elast. Skelettstab, der auf der Rükkenseite zwischen Darm u. Neuralrohr (Zentral-

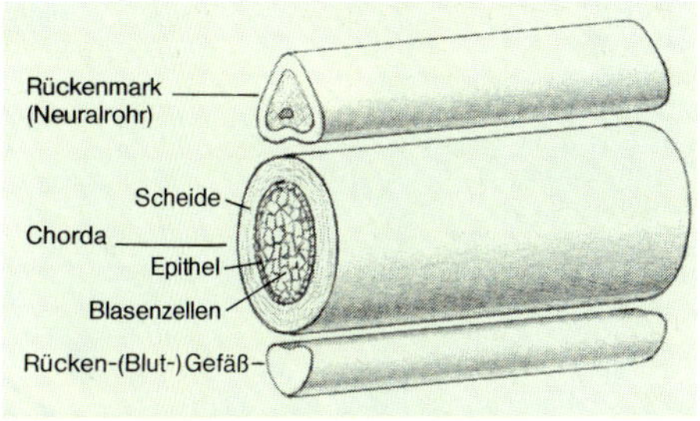

Chorda dorsalis

nervensystem) liegt u. vom Entoderm gebildet wird. Bei Lanzettfischchen, *Acrania*, u. Rundmäulern, *Cyclostomata*, bleibt die C. zeitlebens erhalten, bei Manteltieren, *Tunicata*, nur im Embryonalstadium oder als Rest in der sog. Schwanz-C. Bei den höheren Wirbeltieren ist die C. nur noch in frühen embryonalen Stadien erkennbar u. wird später von den knöchernen Bögen der Wirbelkörper (Wirbelsäule) umgeben u. verdrängt.

Chordạle [kɔr-; die; grch., lat.] →Potenz.

Chordạten [kɔr-], *Chordatiere, Chordata*, Tierstamm aus der Gruppe der *Rückenmarktiere*. Wesentl. Kennzeichen ist ein Achsenskelett, dem die *Chorda dorsalis*, ein über dem Darm gelegener elastischer Stab, zugrunde liegt. Links u. rechts dieser Chorda setzen Muskeln an (die Rumpfmuskulatur), die durch Verkürzung den Leib nach der betreffenden Seite einkrümmen. Das Strecken übernimmt der Achsenstab der Chorda, die also als Feder wirkt. Durch abwechselndes Verkürzen der rechten u. linken Muskelpartien entsteht eine *Schlängelbewegung*, die das Tier in seinem ursprüngl. Lebenselement, dem Wasser, vorantreibt. Diese Form der Bewegung findet man noch heute zeitlebens oder während der Jugendstadien bei den →Manteltieren. Charakterist. sind ferner das auf der Rückenseite (dorsal) gelegene Zentralnervensystem *(Neuralrohr)*, der von Kiemenspalten durchbrochene Vorderdarm bei im Wasser lebenden Formen u. das mit 3 kontraktilen Abschnitten versehene geschlossene Blutgefäßsystem.

Zu dem Stamm gehören folgende Unterstämme: 1. *Acrania (Schädellose)* oder *Leptocardia (Röhrenherzen)*, 2. *Tunicata (Manteltiere)*, 3. *Vertebrata (Wirbeltiere)* oder *Craniota (Schädeltiere)*. – 🕮 9.4.2.

Chordienst, die gemeinsam von dazu verpflichteten Klerikern oder Ordensleuten abgehaltenen Gottesdienste u. Stundengebete.

Chordophọn [kɔr-; das; grch., „Saitentöner"], jedes Musikinstrument, dessen Ton auf der period. Schwingung einer oder mehrerer gespannter Saiten beruht. Länge, Stärke u. Spannung der Saite bestimmen die Tonhöhe, während die Klangfarbe von der Art der Tonerregung (Streichen, Zupfen, Anreißen, Anschlagen, Anblasen), dem Saitenmaterial u. dem Abstand der Erregungsstelle von den Auflagepunkten der Saite abhängt. Als Saitenträger u. Resonator ist der Instrumentenkörper in seiner Form, seinem Material u. seiner Bearbeitung von entscheidender Wichtigkeit für die Klangqualität. Man unterscheidet: 1. *einfache C.e:* ein Bogen, Stab, Brett, eine Röhre oder Schale als Saitenträger, dem unorgan. u. jederzeit lösbar ein Resonanzkörper hinzugefügt wird. Hierzu gehören alle Instrumente vom Musikstab der Naturvölker über Zither u. Hackbrett bis zu den verschiedenen Arten des Klaviers. 2. *zusammengesetzte C.e:* Das Instrument ist organ. aus Saitenträger u. Resonanzkörper zusammengesetzt u. nicht ohne Zerstörung seiner Funktion trennbar. Hierzu gehören alle Joch- u. Halsinstrumente wie Lyra, Kithara, Lauten, Mandolinen, Gitarren, Cistern, die gesamte Familie der Violen u. die Harfen. – 🕮 2.6.8.

Chordotonạlorgane [kɔr-; grch.], *Saitensinnesorgane*, Organe des mechan. Sinnes bei Insekten; regelmäßig in verschiedenen Körperteilen (Mundgliedmaßen, Fühler, Beine, Rumpf, Flügel) angeordnete primäre Sinneszellen mit Sinnesstiften, die meist gebündelt u. saitenartig ausgespannt sind. Sie dienen zur Kontrolle von Eigenbewegungen (innere Lagebeziehungen, Flügelschlagfrequenz usw., z.B. das *Johnstonsche Organ* im 2. Antennenglied, das die Bewegungen der Antenne registriert) sowie der Wahrnehmung von Erschütterungsreizen u. in Form der Tympanalorgane (→Gehörsinnesorgane) dem Gehörsinn.

Chorea

Chorea [kɔ-; die; grch.] →Veitstanz.

Chorege [ço-; grch.], im alten Athen der für Theateraufführungen verantwortliche Bürger. Der C. stellte den *Chor* auf u. sorgte für seine Ausbildung u. Ausstattung.

Choreograph, Ballettregisseur, Schöpfer der Tanzhandlung u. ihres Ablaufs.

Choreographie [grch., „Tanzschrift"], die Regieaufzeichnung des Ablaufs eines Tanzes oder Tanzwerks, seiner Figuren u. Schritte; verschiedene Systeme seit dem 15. Jh. halten den Tanz mit Buchstaben oder Zeichen fest. Die C. wurde von C.-L. *Beauchamps* ausgebildet. Sein Schüler R. R. *Feuillet* legte in seinem Hauptwerk „Chorégraphie ou l'art d'écrire la danse" 1699 die Theorie des Tanzes nieder. Heute werden überwiegend die *Choreology* (früher Benesh-Notation), die *Eshkol-Methode* u. die *Labanotation* verwendet.

Choresm [xɔ-], Oblast in der Usbek. SSR, am unteren Amu-Darja; 4500 qkm, 554 000 Ew. (davon rd. 18% in Städten), Hptst. *Urgentsch*; Bewässerungsfeldbau mit Baumwoll-, Obst- u. Weinkulturen; altes Kulturland; Straßenknotenpunkt. Die 1937–1947 von S. P. *Tolstow* durchgeführten Expeditionen gaben Aufschluß über die Frühgeschichte von C. (→auch altsibirische Kunst).
C. *(Chorezm, Choresmien, Chwarizm, Chwarezm)* war schon im 4. Jh. v. Chr. als selbständiger Staat bekannt. Im 8. Jh. n. Chr. von den Arabern erobert u. islamisiert, 1043–1194 dem Seldschukenreich angegliedert, dann Zentrum des Reichs der Choresmischen Schahs (bis 1220); unter dem Mongolensturm Kulturverfall, Teil des Reichs der Goldenen Horde. 1388 von Timur unterworfen, seit Ende des 19. Jh. russ.

Choreutik [die; grch., „Tanzkunst"], die Lehre von Chor- u. Reigentanz.

Chorfrauen, Nonnen, die den Chordienst versehen; auch weltl. C., die nach kanon. Grundsätzen leben.

Chorgebet, das gemeinsame, im Brevier festgelegte kirchl. Stundengebet der zum Chordienst verpflichteten Kleriker oder Ordensleute.

Chorgestühl, die zu beiden Seiten des *Chors* befindl. Sitzreihen für Mitglieder eines Kapitels bestimmter Kirchen oder einer Ordensgemeinschaft beim gemeinsamen Gottesdienst, Chorgebet usw. in der Kirche. Zurückgehend auf die Anlage der *Cathedra* des Bischofs u. der *Subsellien* (Bänke) der Priester in der Apsis der frühchristl. Basilika, fand das C. zu Beginn des 13. Jh. seine Grundform. Hinter einer oberen u. einer unteren Sitzreihe erhebt sich das *Dorsale*, die Rückwand, architekton. gegliedert u. mit Baldachinen versehen. Die einzelnen Sitze (*Stallen*) haben Armlehnen (*Accoudoirs*) u. Klappsitze, deren vorderer Rand für den Knienden mit einer Gesäßstütze (*Miserikordie*) versehen ist. Das schönste, reich mit Schnitzwerk ausgestattete C. stammt aus dem 14.–16. Jh.

Chorherren, Mitglieder der Dom- u. Kollegiatkapitel (*Nichtregulierte C.*) sowie die Regulierten Kanoniker oder →Regularkanoniker (*Regulierte C.*), nach ihrem gemeinsamen Chorgebet so genannt.

Choriambus [çori-; grch.], Versfuß aus *Trochäus* u. *Jambus* (–◡◡–), meist mit zweisilbigem Auftakt.

Chörilus, **Choirilos** [çö-], **1.** einer der ältesten griech. Tragödiendichter aus Athen, 6./5. Jh. v. Chr.
2. griech. Dichter aus Samos, um 400 v. Chr.; schrieb ein bruchstückhaft erhaltenes Epos „Perseïs" auf den Sieg der Athener über Xerxes, das *Herodot* nahesteht.

Chorin [ko-], Ort in der südl. Uckermark, nordöstl. von Eberswalde, 1000 Ew.; ehem. Zisterzienserabtei (1273–1543) mit wertvoller frühgot. Backsteinbasilika, restauriert.

Chorioidea [kɔ-; die; grch.], Aderhaut; →Auge.

Chorion [´ko-; das; grch.], die Zottenhaut.

Chorionepitheliom [grch.], sehr bösartige Geschwulst, die sich bes. aus zurückgebliebenen Resten einer *Blasenmole* bilden kann.

Chorioptes [Mz.; grch.], veterinärmedizin. Begriff für schuppenfressende Milben bei Pferd, Rind, Schaf, Ziege, Kaninchen u. a.; 0,3 bis 0,6 mm lang, oval, leben auf der Haut meist an den unteren Extremitäten.

Chorknaben, wirkten seit altkirchl. Zeit beim liturg. Gesang des Gottesdienstes mit, erhielten dafür oft freien Unterricht u. Aufenthalt. Große Chöre haben eigener musikal. Ausübung: Thomanerchor in Leipzig (ev.), Regensburger Domspatzen (kath.), Wiener Sängerknaben u. a.

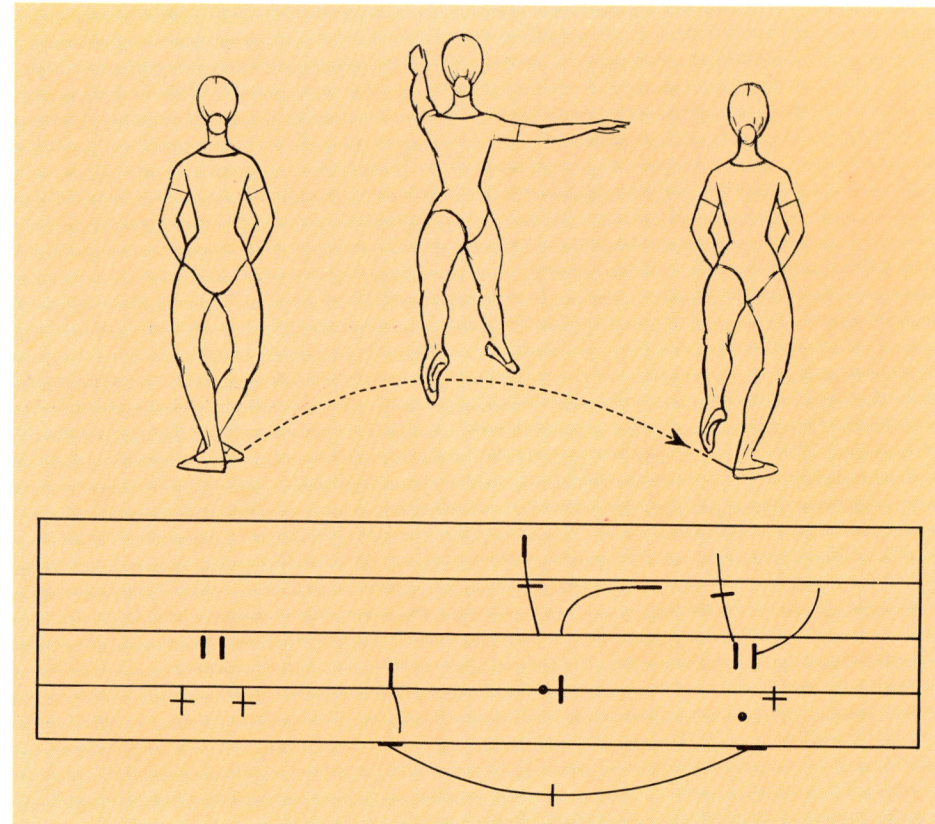

Choreographie nach der Coreology. Hier: „Grand jeté en avant"

Chorley [´tʃɔːli], Henry Fothergill, engl. Musikschriftsteller, *15. 12. 1808 Blackley Hurst, †16. 2. 1872 London; 1830–1868 Musikkritiker des Londoner „Athenaeum", guter Kenner der dt. Musik.

Chorog [´xɔ-], Hptst. der →Bergbadachschanen-AO in der Tadschik. SSR, 12 000 Ew.

Chorographie [ço-; grch., „Raumbeschreibung"], *Chorologie*, *Arealkunde*, Wissenschaft von den Raumbeziehungen von Pflanzen u. Tieren, Teil der Tier- u. Pflanzengeographie.

Chorotegen [tʃo-], der Indianerstamm der →Mangue.

Choroti [tʃo-], Indianerstamm der Mataco-Maca-Gruppe im Gran Chaco; Jäger u. Sammler; etwas Mais- u. Maniokanbau.

Chorrock, **Chorhemd**, seit 1100 gebräuchliches, bis zu den Knien reichendes liturg. Leinengewand für die niederen Kleriker.

Chorsabad →Khorsabad.

Chorschranken, in der Kirche Trennungsschranken aus Stein, seltener aus Holz, die den *Chor* seitlich, bisweilen auch rückwärts umschließen u. ihn in enger Verbindung mit dem →Lettner gegen die den Laien zugängl. Raumteile absondern. Die C. unterscheiden sich von den *Altarschranken* im wesentl. dadurch, daß sie den gesamten Chor, nicht nur den Platz vor dem Altar, abtrennen. Sie sind meist mehr als 2 Meter hoch u. häufig mit Reliefs verziert.

Chorturm, Turm über dem *Chor* einer Kirche. C. kirchen sind meist Landkirchen u. werden auch als „umgekehrte" oder „verkehrte" Kirchen bezeichnet. Manche mittelalterl. dt. Kirchen haben beiderseits des Chors einen C.

Chorumgang, *Ambitus*, der zunächst um den Altarraum, später um den ganzen *Chor* einer Kirche herumgeführte Gang, meist als Fortsetzung der Seitenschiffe des Langhauses. Chorumgänge finden sich in altchristl. Basiliken, in frühroman. Krypten u. bes. in der roman. u. got. Kirchenarchitektur Frankreichs.

Chorwaten [xɔr-], westslaw. Altstamm der Polen.

Chorzów [´xɔʒuf], poln. Stadt in Ostschlesien, = Königshütte.

Chosrau, **Chosroës** [´kɔs-], pers. Fürsten: **1.** C. I. **Anoscharwan** [pers., „der Unsterbliche"], König 531–579; aus der Sassanidendynastie; berief von Justinian verfolgte byzantin. Philosophen in den Staatsdienst, kämpfte mit Byzanz, schlug eine vorkommunist. Bewegung nieder.
2. C. II. **Parwez** [pers., „der Siegreiche"], König

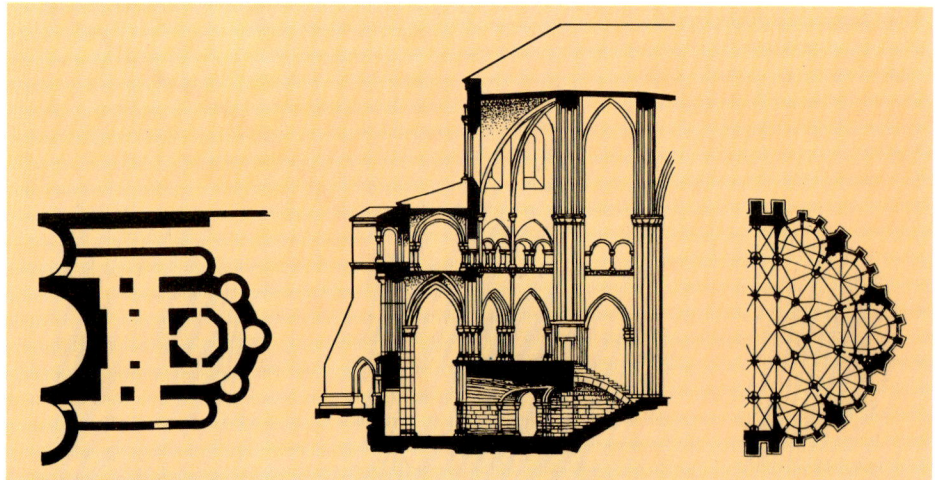

Chorumgang: St.-Pierre-le-Vif in Sens; 10. Jh. (links). – Baseler Münster; 12. Jh. (Mitte). – Kathedrale von Reims; 13. Jh. (rechts)

590–628; er u. seine Gattin *Schirin*, eine Christin, sind in der pers. Dichtung ein vielbesungenes Paar.
Choszczno ['xɔʃtʃno], poln. Name der Stadt →Arnswalde.
Chotạn [xɔ-], Stadt in Sinkiang, = Khotan.
Chota Nagpur [engl. 'tʃouta: 'na:gpuə], *Chhota Nagpur*, Bergland zwischen 500 u. 800 m Höhe in Zentralindien, den nordöstl. Dekan einnehmend, vom Damodarfluß durchzogen; der westl. Teil großteils wenig kultiviert (teils „Dschungel"); im krassen Gegensatz dazu ist der östl. Teil aufgrund von reichen Bodenschätzen (Kohle, Eisenerz, Kupfer, Mangan, Chrom) das wichtigste u. größte ind. Industriegebiet; Zentren sind Jamshedpur, Dhanbad u. das Damodartal.
Chotek ['xɔtɛk], Sophie Gräfin, * 1. 3. 1868 Stuttgart, † 28. 6. 1914 Sarajevo (ermordet); morganat. Ehe mit dem österr. Thronfolger Franz Ferdinand, 1909 wurde sie in den erbl. Fürstenstand mit dem Namen „von Hohenberg" u. im gleichen Jahr zur Herzogin von Hohenberg erhoben. Mit Franz Ferdinand in Sarajevo ermordet. – [B] →Südosteuropa (Geschichte).
Chotjewitz, Peter O., Schriftsteller, * 14. 6. 1934 Berlin; Gedichte, bes. aber Romane („Hommage à Frantek" 1965) u. Erzählungen („Die Insel. Erzählungen auf dem Bärenauge" 1968), in denen mit überquellender Phantasie u. in einer Art Pop- u. Beat-Stil Umwelt beschrieben wird.
Chott, *Schott*, arab. *Sebkra*, Salzpfannen u. -seen in den Hochebenen des nordafrikanischen Atlasgebirges.
Chou →Tschou.
Chouans [ʃwã̃s; frz., „Nachteulen"], königstreue Aufständische gegen die Französ. Revolution in der Bretagne u. rechts des Unterlaufs der Loire; die C. zettelten, zuweilen mit engl. Unterstützung, zahlreiche Aufstände gegen die Republik u. Napoléons I. Kaiserreich an, wurden zwar 1796 geschlagen, kämpften aber noch nach der Rückkehr Napoléons 1815 gegen diesen; ihre Anführer wurden von den Bourbonen zu hohen Offizieren erhoben.
Chou En-lai →Tschou Enlai.
Chow [tʃau], ostind. Gold-, Silber- u. Perlengewicht: 11,66 g.
Chow-Chow [tʃau'tʃau; der; chin., engl.], chines. Spitzhundrasse; einfarbig rot bis braun oder schwarz mit blauer Zunge u. Mundschleimhaut; guter Wachhund, schon vor 2000 Jahren in China bekannt.
Chr., Abk. für *Christus*.
Chrami ['xra:mi], rechter Nebenfluß der Kura in Grusinien, 220 km, aus dem Kleinen Kaukasus; im Oberlauf zur Stromgewinnung gestaut, Bewässerung in der Ebene.
Chrebet ['xrɛ-; russ.], Bestandteil geograph. Namen: Gebirge, Bergrücken.
Chremonidẹischer Krieg →Chremonides.
Chremọnides, athen. Staatsmann, veranlaßte den nach ihm benannten *Chremonideischen Krieg* von 267–261 v. Chr., in dem unter seiner Leitung Athen, Ptolemaios II. von Ägypten u. Areus von Sparta gegen Makedonien zu Felde zogen, um die makedon. Herrschaft über Athen zu brechen. Der Krieg endete jedoch mit der Besetzung Athens durch Antigonos II. Gonatas von Makedonien.
Chresta Run ['kresta 'rʌn], Rennstrecke für den Skeletonsport in St. Moritz. →auch Skeleton.
Chrestomathie [die; grch.], Sammlung von Prosaschrifttum, bes. für den Unterricht.
Chrétien [kre'tjɛ̃], frz. für →Christian.
Chrétien de Troyes [kre'tjɛ̃ də 'trwa], *Chrestien de Troyes*, französ. Epiker, * vor 1150, † vor 1190; lebte an den Höfen der Champagne u. Flanderns. Begründer u. bedeutendster Vertreter der höfischen Epik des MA., in deren Mittelpunkt er die Idealgestalt des Artus stellte; glänzende Erzählergabe: „Erec et Enide"; „Cligès"; „Lancelot ou le Chevalier de la Charrete [Karrenritter]" (nicht vollendet); „Yvain" (neu gedichtet von *Hartmann von Aue*); „Perceval" (Neudichtung von *Wolfram von Eschenbach*). – [L] 3.2.1.
Chrie ['xri:ə; die; grch.], schemat. Disposition für Schulaufsätze, entstammt den griech. Rednerschulen.
Chrischọna [kri-], schweizer. prot. Pilgermissionsanstalt (gegr. 1840 von Christian Friedrich *Spittler*, * 1782, † 1867), nahe bei Basel, gibt jungen Nichttheologen eine bibl. Ausbildung. Seit 1900 Bibelschule für junge Mädchen, seit 1925 Diakonissen-Mutterhaus. Deutscher Zweig: *C.gesellschaft für Evangelisation u. Gemeinschaftspflege*, Gießen.
Chrịsma, *Chrisam* [xri-; das; grch.], das bei Taufe, Firmung, Priesterweihe u. Letzter Ölung verwendete Öl, das vom kath. Bischof am Gründonnerstag geweiht wird; Olivenöl mit Balsam.
Chrismạrium, *Chrismatorium, Chrismale* [grch. *chrisma*, „Salböl"], liturg. Gefäß für das geweihte Öl, bes. im späten MA. kunstvoll gestaltet, oft in figürl. Form, z. B. als Ei oder Horn.
Christ, *Christ-Socin* [-so'sɛ̃], Hermann, schweizer. Botaniker, * 12. 12. 1833 Basel, † 23. 11. 1933 Basel; Arbeiten über Pflanzengeographie u. Systematik.
Christa, Kurzform von *Christiane, Christina*.
Chrịstaller, 1. Helene, Schriftstellerin, * 31. 1. 1872 Darmstadt, † 24. 5. 1953 Jugenheim an der Bergstraße; Geschichten aus dem Schwarzwald, dem Pfarrhaus u. der Kinderwelt: „Magda" 1905; „Als Mutter ein Kind war" 1927; „Peterchen" 1930.
2. Walter, Geograph, * 21. 4. 1893 Berneck bei Calw, † 9. 3. 1969 Königstein i. T.; Arbeiten zur Erklärung gesetzmäßiger Verteilungsmuster städtischer Siedlungen; Begründer der Theorie der →zentralen Orte, die zunächst vor allem in angelsächsischen Ländern aufgegriffen u. weiterentwickelt wurde; Hptw. „Die zentralen Orte in Süddeutschland" 1933.
Christbaum, *Weihnachtsbaum*, zu Weihnachten aufgestellter, geschmückter u. mit Kerzen erleuchteter Nadelbaum. Vorläufer sind einerseits Lichterbräuche, andererseits das Aufstellen von geschmückten „Maien" (grünen Zweigen), wie es zuerst im Elsaß im 15. u. 16. Jh. bezeugt ist. Erst im späten 18. Jh. erscheint ein C., der dem heutigen ähnlich ist; daneben halten sich andere Formen (aufgehängter C., Buchsbaum als C.). In manchen (ländl. u. kath.) Gegenden Deutschlands hat bis weit in unser Jahrhundert hinein die Krippe den C. ersetzt.
Christchurch ['kraisttʃə:rtʃ], **1.** südengl. Stadt an der Avonmündung in den Kanal, 32 000 Ew.; Fischerei.
2. bedeutendste Stadt der Südinsel Neuseelands, am Avon River, Hptst. der Prov. Canterbury; Handels- u. Kulturzentrum; 288 000 Ew.; Museum, Botan. Garten, Kathedrale (1864–1881); Universität (gegr. 1873); Fleisch-, Leder-, Woll- u. Maschinenindustrie, 13 km südöstl. der Vorhafen *Lyttelton*. 1850 von der anglikan. Canterbury Association gegr., weitläufig angelegt.
Christen, Ada, eigentl. *Christiane von Breden*, geb. *Frederik*, österr. Schriftstellerin, * 6. 3. 1844 Wien, † 19. 5. 1901 Wien; von F. von Saar entdeckt; Vorläuferin des Naturalismus; sozialkrit. u. erot. Lyrik („Aus der Asche" 1870; „Aus der Tiefe" 1878), Romane, Novellen.
Christengemeinschaft, Bewegung für religiöse Erneuerung, die 1922 von dem ev. Theologen Friedrich *Rittelmeyer* gegr. wurde (Sitz in Stuttgart). Sie vertritt ein anthroposoph. Verständnis des Christentums. Im Mittelpunkt ihres reich entfalteten kult. Lebens (7 Sakramente) steht die Menschenweihehandlung, in deren 4 Akten der Verkündigung, Opferung, Wandlung u. Kommunion sich die Christuswesenheit dem Menschen mitteilt. Rd. 100 000 Anhänger in Europa u. Übersee. – [L] 1.8.9.
Christentum, auf dem Boden des Spätjudentums u. in der Umwelt des Hellenismus entstandene Glaubensbewegung, die sich auf →Jesus von Nazareth, den *Christus*, als ihren Stifter beruft. C. bedeutet: den gemeinsamen Glaubensinhalt, den (in viele Kirchen u. Sekten zerspaltenen) äußeren Bestand der Bewegung, die Sonderüberzeugungen aller Gruppen, die beanspruchen, „das" C. zu verkörpern.
Gemeinsamer Glaubensinhalt: Den israelit.-jüd. Glauben an die Majestät, Jenseitigkeit, Unnahbarkeit *(Transzendenz)* Gottes erweiterte das C. zum Dreieinigkeitsglauben: In gnädiger Herablassung *(Kondeszendenz)* wird Gott Mensch in Jesus von Nazareth, baut u. durchdringt als Hl. Geist die Kirche *(Inszendenz)*. Zum A. T. trat das N. T., das die Verkündigung des Ur-C.s über Leben u. Lehre Jesu u. die Heilsbedeutung seines Kommens, seines Kreuzestodes, seiner Wiederkunft am Jüngsten Tag enthält. Der Dreieinige (weltschöpferische, erlösende, heiligende) Gott ist Anfang u. Ziel christl. Glaubens. Diese Wirklichkeit („Wahrheit" sagt das Johannesevangelium) „erkennen", „sie tun" u. „in ihr sein" bedeutet „glauben". Dieser Glaube wurde u. wird teils aus Gründen missionarischer Werbung, teils in bewußter Übernahme der herrschenden religiösen u. philosoph. Zeitströmungen immer neu mit außerchristl. Gut vermischt. So entstehen theologische Schulen, Kirchen u. Sekten. Der Protest gegen solche Vermischungen schlägt sich in (kirchentrennenden) Bekenntnissen u. Dogmen nieder, die sich ursprüngl. stets gegen bestimmte Gegner richteten, später zu allgemeinen Lehrgesetzen erhoben u. immer wieder irrtümlicherweise als Glaubenszwang betrachtet wurden.
Haupt- oder nebenberufl. Amtsträger (Bischöfe, Priester, Pastoren, Prediger, Älteste u. a.) nehmen Glaubensverkündigung, Leitung u. Verwaltung in den Kirchen des C.s wahr. Der Gottesdienst läßt allenthalben noch seinen Ursprung aus der jüd. Synagoge erkennen. Der biblische Glaube versteht sich als Kritik, Summe u. Erfüllung aller natürl. menschl. Religiosität. Einige Religionswissenschaftler betrachten das C. als kleinen, späten Zweig am Baum der Menschheitsreligion *(branch-theory)*.
Äußerer Bestand und Sonderprägungen: Von den drei großen Kirchen des C.s trägt die *Ostkirche* das Frömmigkeitsgepräge der Mystik. Sie empfing ihre gegenwärtige Gestalt im 14. Jh. unter dem Kirchenlehrer Gregorios Palamas. Unter der absolut unzugängl. „Oberen Gottheit" webt die „Untere Gottheit" (zu der „Sohn" u. „Hl. Geist" gehören). Mit den von ihr ausgestrahlten „Energien" (göttl. Eigenschaften), die zum „Taborlicht" ineinanderglühen, vereint sich der Gläubige in mystischer Verzückung.
Die *röm-kath. Kirche* untermauert ihr im Papsttum gipfelndes rechtl. gefügtes Kirchenverständnis mit ihrer Ontologie (Seinslehre), die sich im 13. Jh. unter Thomas von Aquin vollendete: Gott ist das Sein selbst, ein Ozean ungeschaffenen Seins, die Welt ist geschaffenes Sein, zwischen beiden besteht die „Analogie des Seins". Im Seinsmeer der Gottheit kreisen die innergöttl. „Beziehungen" (mißverständl. auch „Personen" genannt): Vaterschaft, Sohnschaft, Geisthauchung.
Der *Weltprotestantismus* entspringt der Bibelbewegung der Reformation des 16. Jh., die sich als allgemeinkirchl. Reform verstand u. in den drei Kirchen der *Reformierten* (bzw. Kalvinisten), der *Anglikaner* u. der *Lutheraner* ans Licht trat. Ihnen gemeinsam ist das vierfache „Allein", unter dem das „Heil" zu erlangen ist: Allein durch Christus, durch die Gnade, durch die Hl. Schrift, durch den Glauben. Der Dreieinigkeitsglaube erscheint meist als göttl. „Ökonomie": Gott offenbart sich heilsgeschichtl. als Vater, Sohn u. Geist. Geschichtsbezogenheit, Aktivität, Weltverantwortung, Schriftgebundenheit sind kennzeichnend.
„Sondergemeinschaften" *(Sekten, Denominationen)* gibt es in allen drei großen Kirchen (bes. zahlreich im Protestantismus). Das gesamte C. der Gegenwart nimmt zahlenmäßig zu, befindet sich aber trotzdem in einer dreifachen Krise: Ein bisher unerhörter Aufschwung der Sekten, die sich der modernen Massenmedien (Presse, Film, Funk, Fernsehen) geschickt u. opferbereit bedienen, zersprengt Heimatkirchen u. (bes. explosiv) ihre Missionsfelder in aller Welt; die erwachenden Weltreligionen, die aus der christl. Missionstätigkeit lernten u. gewaltige neue Aktivkräfte nach christl. Vorbild in sich entwickelten, rüsten sich zum welterobernden missionarischen Großangriff. Das rasche Zunehmen der nichtchristl. Bevölkerungsmassen der Erde, die die Träger der großen Welt-(u. Sozial-)Religionen stellen, droht das C. in kurzer Zeit zu einer Randerscheinung der Welt werden zu lassen.
Geschichte: Das C. hat seinen Ursprung in der judenchristl. Gemeinde zu Jerusalem. Vor allem durch die Missionstätigkeit u. die Theologie des Apostels *Paulus* wurde das Bekenntnis zu Christus rasch in der hellenistischen Welt heimisch u. breitete sich trotz mehrerer →Christenverfolgungen im Gebiet des Röm. Reichs aus. In der Auseinandersetzung mit dem Staat u. der Umwelt bildeten sich die Glaubensbekenntnisse als Zusammenfassung der biblischen Verkündigung u. das Bischofsamt als Ausleger des Kanons der Bibel Alten u. Neuen Testaments heraus. Die Duldung des C.s durch *Konstantin* (→Mailänder Edikt) bedeutete eine Vorstufe zur späteren Anerkennung als Staatsreligion (380). In langen dogmatischen Kämpfen formierte sich auf den ökumen. Synoden die christl. Lehre, wobei jedoch der Gegensatz zwischen westl. u. östl. Denken immer stärker zutage trat, bis die längst eingetretene Entfremdung 1054 zum endgültigen Bruch zwischen Rom u. Byzanz führte. Der Übertritt der german. Stämme zum C. u. die

Vorherrschaft der Franken sowie die Verbindung des dt. Königtums mit der Idee des röm. Kaisertums vermittelten dem C. starke national-german. Einflüsse. Die durch den vordringenden Islam im Mittelmeerraum erlittenen Verluste konnte das C. durch erfolgreiche Missionstätigkeit unter Kelten, Nordgermanen, Slawen u. Ungarn wettmachen. Dem Höhepunkt der polit. Macht des abendländ. christl. Kaiserreichs folgte eine Blüte der christl. Wissenschaft *(Scholastik)* u. Kunst *(Romanik, Gotik)*. Verfallserscheinungen der spätmittelalterl. Kirche führten zu innerkirchl. Reformversuchen. Die tiefgreifenden Wandlungen der Neuzeit prägten auch die weitere Entwicklung des C.s in Europa. Die mittelalterl. Einheit des abendländischen C.s löste sich in der von *Luther* ausgehenden Reformation auf, die zur Entstehung eines evangelischen C.s verschiedener kirchl. Formen führte. Lehre u. Praxis beider Konfessionen entfalteten sich seither in der Auseinandersetzung mit dem fortschreitenden Säkularisierungsprozeß der Moderne. Seit der Entdeckung neuer Weltteile im 16. Jh. lebte die Missionstätigkeit der Kirche wieder auf. In der Gegenwart gehen von den selbständig werdenden „Jungen Kirchen" in den Entwicklungsländern neue Impulse aus. Eine Annäherung der verschiedenen christl. Bekenntnisse wollen die ökumenische Bewegung u. das 2. Vatikan. Konzil fördern. Für das C. der Neuzeit in der westl. Welt ist kennzeichnend, daß C. u. Kirche nicht mehr in jedem Fall identisch sind, so daß weithin ein Nebeneinander der mehr oder weniger christl. bestimmten Haltung des einzelnen u. des Lebens der verfaßten Kirchen besteht. – ◫ 1.9.4.

Christentumsgesellschaft, *Deutsche C.*, von Johann August *Urlsperger* (*1728, †1806) 1780 gegr. Vereinigung von Christen zur Verbreitung der reinen bibl. Wahrheit in Wort u. Tat; heute in Verbindung mit der Baseler Missionsgesellschaft.

Christenverfolgungen, zunächst die vom röm. Staat ausgegangenen Verfolgungen des Christentums, bes. unter den Kaisern Nero, Decius, Valerian u. Diocletian; in der Weigerung der Christen, dem Kaiser bzw. seiner Statue religiöse Ehren zu erweisen, erblickte der Staat eine Majestätsbeleidigung. Die Duldung des Christentums durch das Edikt von Mailand 313 brachte das Ende der C. im Röm. Reich. Im MA. fanden C. seitens heidn. Völker, wie Slawen u. Normannen, sowie des Islams bei seinem Vordringen in Europa statt. Die Neuzeit erlebte C. in allen Weltteilen infolge des Totalitätsanspruchs nationalist. oder bolschewist. Bewegungen. – ◫ 1.9.4.

Christian [grch.-lat., „Anhänger Christi"], männl. Vorname; niederdt. *Karsten*, frz. *Chrétien*.

Christian, Fürsten. Anhalt-Bernburg: **1.** *C. I.*, Fürst von Anhalt seit 1586, von Anhalt-Bernburg seit 1603, *11. 5. 1568 Bernburg, †17. 4. 1630 Bernburg; lutherisch erzogen, seit 1592 Calvinist, Vorkämpfer des Protestantismus; Ratgeber der pfälz. Kurfürsten u. Mitgründer der prot. →Union; befehligte das Heer Friedrichs V. von der Pfalz in der Schlacht am Weißen Berge (1620).

Braunschweig: **2.** *C. der Jüngere*, Herzog von Braunschweig-Wolfenbüttel, Administrator von Halberstadt 1616–1624 („der tolle Halberstädter"), *20. 9. 1599 Gröningen bei Halberstadt, †16. 6. 1626 Wolfenbüttel; kämpfte im Dreißigjährigen Krieg auf protestant. Seite im Dienst von Moritz von Oranien, Friedrich V. von der Pfalz u. *Christian IV.* von Dänemark.

Dänemark: **3.** *C. I.*, König 1448–1481, in Norwegen 1450, in Schweden 1457; *1426, †21. 5. 1481 Kopenhagen; Graf von Oldenburg u. Delmenhorst; wurde 1460 in Ripen zum Herzog von Schleswig u. Grafen von Holstein gewählt. Stammvater des noch heute regierenden Königshauses; gründete 1479 die Universität Kopenhagen.

4. *C. II.*, Enkel von 3), König von Dänemark, Norwegen u. Schweden 1513–1523, *1. 7. 1481 Nyborg, †25. 1. 1559 Kalundborg; das von ihm befohlene *Stockholmer Blutbad* 1520 löste die Freiheitsbewegung Schwedens u. dessen Trennung von Dänemark aus. Gegen die Vorherrschaft des Adels bediente er sich der Hilfe der niederen Stände. 1523 wurde er aus Dänemark vertrieben. Spätere Versuche, die verlorene Herrschaft wiederzugewinnen, scheiterten.

5. *C. III.*, König 1533–1559, *12. 8. 1503 Gottorf, †1. 1. 1559 Koldinghus; überzeugter Anhänger der Reformation, die er als Herzog 1528 zunächst in Nordschleswig, nach seiner Thronbesteigung 1536 auch in Dänemark u. 1542 in Schleswig u. Holstein einführte.

6. *C. IV.*, Enkel von 5), König 1596–1648, *12. 4. 1577 Frederiksborg, †28. 2. 1648 Kopenhagen; suchte im Kampf gegen Schweden die dän. Herrschaft über die Ostsee zu erlangen u. durch sein Eingreifen in den 30jährigen Krieg in Norddtschld. territoriale Eroberungen zu machen, was jedoch mit einem Mißerfolg endete (1626 Niederlage gegen Tilly am Barenberg, Friede von Lübeck 1629). C. förderte Industrie u. Handel; gründete 1624 Christiania neben der alten Stadt Oslo.

7. *C. V.*, König 1670–1699, *15. 4. 1646 Flensburg, †25. 8. 1699 Kopenhagen; führte zusammen mit dem Großen Kurfürsten 1675–1679 Krieg gegen Schweden; erließ 1683 das *Danske Lov*, ein umfassendes Gesetzbuch.

8. *C. VIII.*, König 1839–1848, *18. 9. 1786 Kopenhagen, †20. 1. 1848 Kopenhagen; wurde 1814 zum Erbkönig von Norwegen gewählt, mußte aber auf Verlangen der Großmächte der Krone entsagen; förderte Kunst u. Wissenschaft, bemühte sich vergebens, die nationalen Gegensätze zwischen Deutschen u. Dänen auszugleichen. Die Schleswig-Holsteiner empfanden den 1846 von ihm erlassenen „Offenen Brief", der die dän. Gesamtmonarchie durch einheitl. Erbfolge zu erhalten suchte, als Vertrauensbruch.

9. *C. IX.*, König 1863–1906, *8. 1. 1818 Gottorf, †29. 1. 1906 Kopenhagen; Sohn Herzog Wilhelms von Schleswig-Holstein-Sonderburg-Glücksburg, wurde durch das Thronfolgegesetz von 1852 als Erbprinz von Dänemark bestätigt, jedoch ohne die Zustimmung in Schleswig-Holstein u. Lauenburg; mußte nach seinem Regierungsantritt die eiderdän. Verfassung unterzeichnen, die den Krieg von 1864 auslöste.

10. *C. X.*, Enkel von 9), König 1912–1947, *26. 9. 1870 Charlottenlund, †20. 4. 1947 Kopenhagen; führte 1915 die demokrat. Verfassung *(Grundloven)* ein; bewahrte im 1. Weltkrieg Dänemarks Neutralität u. verhinderte 1940 beim dt. Einmarsch den aussichtslosen offenen Kampf.

Mainz: **11.** C. *von Buch*, Erzbischof von Mainz 1165–1183, *1130, †25. 8. 1183 Tusculum; 1171–1183 kaiserl. Legat in Italien; tüchtiger Heerführer u. kluger Diplomat, vertrat die kaiserlichen Interessen geschickt u. tatkräftig in Dtschld., Italien u. Byzanz.

Norwegen: **12.** = Christian II. von Dänemark; →Christian (4).

Schweden: **13.** = Christian II. von Dänemark; →Christian (4).

Christian Brothers ['kristʃən 'brʌðərz], 1802 gegr. kath. Laienbrüdergenossenschaft für Jugenderziehung u. Unterricht.

Christian-Jaque [kris'tjã 'ʒak], eigentl. Christian *Maudet*, französ. Filmregisseur, *4. 8. 1904 Paris; Drehbuchautor; Hptw.: „Schatten der Vergangenheit" 1946; „Es geschah in Paris" 1950; „Fanfan der Husar" 1951; „Nana" 1954.

Christians, Friedrich Wilhelm, Bankfachmann, *1. 5. 1922 Paderborn; seit 1965 Vorstandsmitglied der Deutschen Bank AG; 1975–1979 Präs. des Bundesverbandes dt. Banken e. V., Köln.

Christian Science ['kristʃən 'saiəns], *Christliche Wissenschaft, Szientismus*, eine von Mary *Baker-Eddy* gegründete Glaubensgemeinschaft. In ihrem Buch „Wissenschaft u. Gesundheit mit Schlüssel zur Hl. Schrift" 1875 entwickelte sie eine Erlösungslehre, für die der Satz grundlegend ist: Gott ist Geist, ist gut u. ist die alleinige Wirklichkeit; alles andere – Materie, Sünde, Krankheit, Tod – ist unwirkl., Täuschung, „sterblicher Irrtum". Durchschaut u. entkräftet der Mensch in seiner „mentalen Gärung" diesen Irrtum, dann fallen dessen Auswirkungen von selbst dahin. Zentrum ist die 1879 gegr. Mutterkirche „The First Church of C.S." in Boston (USA). 3300 Zweigkirchen u. Vereinigungen in 57 Ländern (in der BRD u. Westberlin 115 Zweigkirchen u. Vereinigungen; in der DDR 1951 verboten). – ◫ 1.8.9.

Christiansen, Sigurd, norweg. Schriftsteller, *17. 11. 1891 Drammen, †23. 10. 1947 Drammen; Romane um Schuld u. Sühne („Zwei Lebende u. ein Toter" 1931, dt. 1932); erfolgreiche Dramen (Hauptprobleme: Freiheit u. Verantwortung).

Christie ['kristi], Kunsthandlung in London, 1766 von James *C.* gegründet.

Christie ['kristi], Agatha, engl. Kriminalschriftstellerin, *15. 9. 1891 Torquay, †12. 1. 1976 Wallingford, Oxfordshire; außerordentl. erfolgreiche Detektivromane u. Bühnenstücke.

Christine →Christiane.

Christine, Fürstinnen: **1.** Königin von Schweden 1632–1654, *17. 12. 1626 Stockholm, †19. 4. 1689 Rom; Tochter Gustavs II. Adolf; war hochbegabt, genoß eine gründl. wissenschaftl. u. polit. Ausbildung, versammelte Künstler u. Gelehrte um sich, stand im Briefwechsel mit Descartes. C. erwies sich als eine energische u. zielbewußte Regentin. Umstritten u. nicht ganz geklärt sind die Beweggründe, aus denen sie zum Katholizismus übertrat u. die Krone niederlegte (nach der Verordnung von Örebro 1617 durfte kein Katholik schwed. König sein). Sie verließ nach dem Thronverzicht Schweden u. lebte seitdem meist in Rom.

2. *Maria C.*, Königin von Spanien, →Maria Christine.

Christkatholische Kirche, Bez. für die altkath. Kirche in der Schweiz.

Christkindl, Ort westl. von Steyr (Oberösterreich), mit kleiner Wallfahrtskirche im Barockstil (Anfang 18. Jh.); seit 1950 weihnachtliches Sonderpostamt mit Sonderstempel auch für ausländ. Post (ca. 800 000 Poststücke jährl.)

Christkönigsfest, kath. Hochfest „Christus, König der Welt", am Sonntag vor dem Advent, bis 1970 am letzten Sonntag im Oktober.

Christlich-Demokratische Union, Abk. *CDU*, polit. Partei in der BRD. 1945 als christl. Partei auf überkonfessioneller Grundlage gegründet. Gründungszentren waren Berlin (A. *Hermes*, W. *Schreiber*, J. *Kaiser*, E. *Lemmer*) u. das Rheinland (K. *Arnold*, R. *Lehr*, K. *Adenauer*). Seit 1948 im Verwaltungsrat des Vereinigten Wirtschaftsgebiets (u.a. durch H. *Pünder* u. H. *Schlange-Schöningen*) u. seit 1949 in der Bundesregierung (durch die Kanzler K. *Adenauer*, L. *Erhard*, K. G. *Kiesinger* u. viele Minister) maßgebl. am Aufbau der BRD beteiligt.

Die CDU stellt in mehreren Ländern den Regierungschef (z.Z. in Baden-Württemberg, Niedersachsen, Rheinland-Pfalz, Schleswig-Holstein u. im Saarland). Im kultur- u. sozialpolit. Bereich will sie die Verwirklichung des *Subsidiaritätsprinzips*. Die CDU stützt sich auf alle Berufsschichten. Sie hat Parteiorganisationen in allen Ländern der BRD mit Ausnahme Bayerns; dort verfolgt die CSU ähnl. Ziele. – Im Bundestag bilden CDU u. CSU seit 1949 eine gemeinsame Fraktion; 1949: 139 von 402 Sitzen; 1953: 244 von 487 Sitzen; 1957: 270 von 497 Sitzen; 1961: 242 von 489 Sitzen; 1965: 245 von 496; 1969: 242 von 496; 1972: 224 von 496; 1976: 243 von 496 (ohne Berliner Abg.). Parteivors. ist seit Juni 1973 H. *Kohl*, Generalsekretär seit März 1977 H. *Geißler*; das Parteipräsidium besteht aus dem Parteivorsitzenden, dessen 5 Stellvertretern, dem Schatzmeister u. dem Bundestagspräsidenten, sofern er der CDU angehört. Die evangelischen Mitglieder sind im Evangelischen Arbeitskreis zusammengeschlossen (1952 von H. *Ehlers* gegr.; Vors. G. *Schröder*). Weitere Organisationen der CDU sind: die Sozialausschüsse (Vors.: N. *Blüm*), in denen die Arbeitnehmer vertreten sind, die Junge Union (Vors.: M. *Wissmann*), die die jugendl. Anhänger zusammenfaßt, der Ring Christlich-Demokratischer Studenten (RCDS) mit den CDU-Anhängern unter der Studentenschaft, die Frauenvereinigung, die Kommunalpolit. Vereinigung, die Mittelstandsvereinigung, die Wirtschaftsvereinigung u. die Union der Vertriebenen u. Flüchtlinge. Die CDU hat z.Z. (1978) etwa 670 000 Mitglieder. – In der DDR besitzt die CDU seit Zwangsentfernung des letzten freigewählten Vorstands (J. *Kaiser*, E. *Lemmer*) durch die sowjet. Besatzungsmacht im Jahr 1948 keine echte Selbständigkeit mehr. – ◫ 5.8.5.

Christlich-demokratische Volkspartei, Abk. *CVP*, bis 1970 *Konservativ-Christlichsoziale Volkspartei*, gegr. 1912 als *Schweizerische Konservative Volkspartei*, (November 1971) drittstärkste Partei der Schweiz. Die CVP ist an ihre christliche Weltanschauung gebunden u. bes. in den kath. Kantonen stark; sie fordert die Aufhebung des seit 1848 bestehenden Jesuitenverbots; im Mittelpunkt des Parteiprogramms steht die Familie. Die CVP arbeitet derzeit an einer Erweiterung u. Modernisierung ihres Programms.

Christliche Arbeiter-Jugend, Abk. *CAJ*, in 52 Ländern verbreitete kath. Jungarbeiter-Organisation; gegr. in Belgien 1924, in Frankreich (*Jeunesse Ouvrière Chrétienne*, Abk. *J. O. C.*, daher „Jocistes") 1927, in (West-)Dtschld. 1947; in englischsprechenden Ländern: *Young Christian Workers*, Abk. *Y. C. W.*

christliche Gewerkschaften, kurz vor der Jahrhundertwende aus der christl.-sozialen Bewegung hervorgegangene christl. Arbeiterorganisationen;

sie standen der Zentrumspartei nahe u. verfolgten bewußt keine revolutionären Ziele. In Dtschld. waren die c.n G. neben den *Hirsch-Dunckerschen Gewerkvereinen* u. den *freien Gewerkschaften* die dritte Richtung der Gewerkschaftsbewegung. 1930 gab es in Dtschld. rd. 1,36 Mill. christl. Gewerkschafter. 1933 wurde die Tätigkeit der c.n G. gewaltsam beendet; ihre Mitglieder wurden in die Deutsche Arbeitsfront übergeführt.
Nach dem Zusammenbruch des Nationalsozialismus gründeten die christl. Gewerkschafter zusammen mit den Vertretern der freien Gewerkschaften u. der Hirsch-Dunckerschen Gewerkvereine den *Deutschen Gewerkschaftsbund* als Einheitsgewerkschaft. Die selbständigen c.n G. der BRD (zusammengeschlossen im *Christlichen Gewerkschaftsbund Deutschlands*) sind dagegen nur schwach. – In Österreich gibt es im *Österr. Gewerkschaftsbund* eine christl. Fraktion, die dem *Internationalen Bund Christl. Gewerkschaften* angeschlossen ist. – In der Schweiz besteht der starke (kath.) *Christnationale Gewerkschaftsbund der Schweiz* u. der *Schweizerische Verband ev. Arbeiter u. Angestellte*.

christliche Kunst, die Gesamtheit aller Kunstwerke, die ihrer Entstehung u. Bestimmung sowie ihrem Inhalt nach dem christl. Glauben verbunden sind. Wie das Frühchristentum spätantike Kulte aufnahm, hat auch das erste christl. Kunstschaffen zahlreiche Berührungspunkte mit dem Typen- u. Formenschatz der spätantiken Kunst. Von Anfang an stellte sich für die neuen Religion die Frage, ob sie sich der darstellenden Künste bedienen dürfe. Kunstfeindlichen Äußerungen (aus oriental. u. jüdischen Kreisen u.a. von *Tertullian* u. *Eusebius*) standen einschränkende u. theoretisch positive Auffassungen gegenüber *(Clemens von Alexandria)*. Für die frühen christl. Gemeinden war der Kult bildlos u. Gott gestaltlos. Nach Anerkennung des Christentums durch das Mailänder Edikt 313 bediente sich die organisierte Kirche der Kunst zu lehrhaften Zwecken, u.a. in den Bildzyklen der Basiliken. Aber schon in den Verfolgungsjahren äußerte sich das Bestreben, christl. Glaubensvorstellungen durch Symbolzeichen zu veranschaulichen. Die Möglichkeit, sich in beiden Formen – in erzählender Bilder- u. in abstrakter Symbolsprache – auszudrücken, kennzeichnet die c.K. bis heute.
Die c. K. sucht nicht die Darstellung irdisch-wirkl. Dinge um ihrer selbst willen, ihre Werke dienen vielmehr dem Hinweis auf das Jenseitige. Wie der Goldgrund der mittelalterl. Malerei Sinnbild göttl. Allgegenwart ist, hat auch jeder dargestellte Gegenstand Bezug auf das Transzendente. Das gilt für sämtl. Kunstgattungen, auch für die Architektur. Die mittelbyzantin. Kuppelkirche veranschaulicht in ihren 3 Raumzonen geistige Inhalte; 1. Zone: Kuppel u. Apsis als himml. Zone, ikonographisch den himmlischen Ereignissen (Himmelfahrt, Pfingstfest), dem thronenden Christus *(Pantokrator)* u. der betenden *Gottesmutter* vorbehalten; 2. Zone: Pendentifs u. Trompen mit Vermischung himml. u. irdischer Darstellungsinhalte, bes. Handlungsszenen (Darstellungen aus dem Leben Christi, Marienfeste, Kirchenfeste); 3. Zone: Nischen u. Wandflächen als weltl. Zone *sub specie ecclesiae* (Darstellung der Heiligen: im O die Priester-, im W die Mönchs-, an den Kuppelpfeilern die Kriegsheiligen). Von der frühchristl. Basilika bis zur got. Kathedrale verbildlicht die Architektur das *Himmlische Jerusalem*, wobei nicht allein das Gesamtgefüge sinnbildl. Bedeutung trägt, sondern auch einzelne Bau- u. Raumteile *(Bausymbolik)*. Im MA. können z.B. die Apsis das Haupt Christi, 3 Portale die Dreifaltigkeit, 12 Säulen die 12 Apostel bedeuten.
Gegen Ende des MA. begann in der abendländ. Kunst die Eroberung der sichtbaren Wirklichkeit, damit aber auch die Profanisierung göttl. u. heiliger Gestalten, die nunmehr als Menschen in privater, intimer Sphäre gezeigt werden oder als Vorwand dienen, um perspektiv. u. anatom. Darstellungsprobleme zu lösen, bes. in der italien. Renaissance. Im Barock wurden mit den Mitteln der Illusion Wunder u. Verklärung der Heiligen so täuschend dargestellt, als ereigneten sie sich im Kirchenraum, d.h. in den gemalten Himmelsgewölben. Romantik u. Historizismus des 18. u. 19. Jh. erschöpften den Gehalt der c.n K. u. führten zu lebloser Stilisierung. In der Malerei des 19. Jh. versuchten die Symbolisten, die c.K. durch Wiederaufnahme alter u. Schaffung neuer Zeichen glaubwürdig zu beleben. Im 20. Jh. hat dank moderner Baumethoden auch der Kirchenbau Aufschwung genommen u. mit zeltartiger oder frei aufgehängt-schwebender Gestaltung wieder transzendenten Bezug erstrebt, häufig entspr. unterstützt durch farbige Mosaikarbeiten u. Glasmalereien.
Kunstgeschichtl. wird die c.K. nach allg. Stilepochen gegliedert; der Wandel ihrer Sinn- u. Darstellungsformen wird u.a. sichtbar im *Christusbild*. Der Erforschung u. Pflege der c.n K. widmen sich in den abendländ. Ländern zahlreiche Institutionen, in Dtschld. die 1893 gegr. „Dt. Gesellschaft für c. K." – ⌑ 2.3.8.

Christlicher Gewerkschaftsbund Deutschlands, Abk. *CGB*, der 1959 gegr. Zusammenschluß der christl. Gewerkschaften in der BRD; Sitz: Bonn.

Christlicher Verein Junger Menschen →CVJM.
Christliche Wissenschaft →Christian Science.
christlich-soziale Bewegung, der in der ev. u. kath. Kirche in den europ. Ländern unternommene Einsatz, die Kräfte des christl. Glaubens u. der christl. Liebe für das soziale Leben der Gegenwart fruchtbar zu machen. Der Begriff wurde in Dtschld. zuerst im kath. Bereich verwendet, später durch die kath. Sozialbewegung im Sinne der *kath. Sozialehre* (→Sozialenzykliken) polit. Wirklichkeit. Zunächst nicht ohne romantischen Einschlag, wurde sie in der 2. Hälfte des 19. Jh. mit A. *Kolpings* Gesellen- u. Bischof W. E. von *Kettelers* Arbeitervereinen sehr wirksam u. bekannte sich nunmehr – unter dem Eindruck des Wirkens von F. *Lassalle* – in den „Christlich-sozialen Blättern" (seit 1868) zu einem christl. Sozialismus (→christliche Gewerkschaften, →Volksverein für das kath. Dtschld.). Seit dem 1. Weltkrieg verfolgt sie auch Familien- u. Mittelstandspolitik auf der Grundlage der kath. Soziallehre.
Im ev. Bereich gehen die Anfänge zurück auf J. H. *Wicherns* Aufruf zur Bildung der Inneren Mission mit seinem umfassenden Programm einer sozialen, pädagogischen, karitativen, pastoralen Bewegung. Wichern sprach, von der sozialen Aufgabe des Christentums ausgehend, auch von einem „christl. Sozialismus". Später wurde der Gedanke der Genossenschaftsbildung wirksam. Der Berliner Hofprediger A. *Stoecker* gründete 1878 sogar eine „Christlichsoziale Arbeiterpartei", die sich gegen die Sozialdemokraten aber nicht durchsetzte, u. 1890 den „Evangelisch-sozialen Kongreß", der die christl.-soziale Problematik erörterte unter Beteiligung von Max *Weber*, R. *Sohm*, A. von *Harnack*, insbes. F. *Naumann*, dem sein Schüler Th. *Heuss* nahestand. In diesen Umkreis gehört auch die „Religiös-soziale Bewegung" mit Leonhard *Ragaz* (*1868, †1945), P. *Tillich* u. Eduard *Heimann* (*1889, †1967).

Christlichsoziale Partei, **1.** im Dt. Reich 1878 von Hofprediger Adolf *Stoecker* gegr. ev. Partei (ursprüngl. Christlichsoziale Arbeiterpartei). Sie sollte ein ev. Gegengewicht zum *Zentrum* bilden u. die Arbeiterschaft mit der Monarchie aussöhnen; wandte sich gegen Liberalismus u. Sozialismus; zeitweise waren auch antisemit. Tendenzen stark vertreten. Zunächst in organisator. Verbindung mit der Konservativen Partei, löste sich Stoecker 1896 völlig von ihr. Seine Bewegung blieb bedeutungslos, wurde von Kaiser Wilhelm II. bekämpft u. errang nur ein Reichstagsmandat. Stoeckers Anhänger arbeiteten in der Deutschkonservativen u. später in der Deutschnationalen Volkspartei (DNVP) weiter. Sie trennten sich 1928 aus Protest gegen A. *Hugenbergs* Politik von der DNVP u. schlossen sich mit der süddt. Christlich-Sozialen zum *Christlich-Sozialen Volksdienst* zusammen. **2.** österr. Partei, aus dem 1887 gegr. *Christlich-sozialen Verein* hervorgegangen, 1891 als Partei konstituiert; verfolgte eine demokrat., kleinbürgerl. u. antisemit. Politik, verdankte ihren Aufschwung Karl *Lueger*. 1907–1911 stärkste Partei im österr. Reichsrat, 1919–1934 Regierungspartei in der 1. Republik. 1934 ging sie in der *Vaterländischen Front* auf.

Christlich-Soziale Union, Abk. *CSU*, **1.** 1945 u.a. von Adam *Stegerwald*, Josef *Müller* u. Alois *Hundhammer* gegr. christl. Partei auf überkonfessioneller Grundlage; beschränkt sich organisatorisch auf Bayern u. war mit Ausnahme von 1954–1957 ständig führende Regierungspartei; stellte mit H. *Seidel*, H. *Ehard*, A. *Goppel* u. F. J. *Strauß* die Ministerpräsidenten; bildete im Wirtschaftsrat, im Parlamentarischen Rat u. seit 1949 im Bundestag mit der CDU eine gemeinsame Fraktion. Die CSU war 1949–1969 an der Bundesregierung beteiligt (u.a. W. *Dollinger*, H. *Höcherl*, R. *Jaeger*, F. *Schäffer*, F. J. *Strauß*). Im 8. Dt. Bundestag ist die CSU durch 53 Abgeordnete vertreten. Die CSU hat z. Z. (1978) etwa 160000 Mitglieder. Parteivorsitzender: Franz-Josef *Strauß* (seit 1961). **2.** im Saargebiet gab es lange Zeit eine Splitterpartei gleichen Namens. **3.** zur Bundestagswahl 1957 bestand an der Saar eine Listenverbindung der damaligen christl. Konkurrenzpartei der CDU im Saargebiet, der *Christlichen Volkspartei* (CVP), mit der CSU.

Christmas Island [ˈkrisməs ˈailənd], **1.** „Weihnachtsinsel", südl. von Java im Ind. Ozean, 135 qkm; vulkan. Ursprungs mit Korallenkalken, 3700 Ew., zu 75 % Chinesen u. zu 20 % Malaien, Rest Europäer; Phosphat- u. Kalksteinlager. Von den Holländern zu Weihnachten 1643 gesichtet, 1888 brit. besiedelt, seit 1958 austral. Territorium. **2.** zu den Gilbertinseln gehörende Insel der Line Islands, mit 577 qkm das größte Korallenatoll des Pazif. Ozeans; rd. 400 Ew.; Kokosnußanbau; brit.-US-amerikan. Atombombenversuche 1956 bis 1962. Zu Weihnachten 1777 von James Cook entdeckt, 1888–1979 brit.

Christnacht, Nacht vor Weihnachten, Heilige Nacht, Nacht vom 24. zum 25. Dezember.

Christo [ˈxri-], eigentl. Christo *Javacheff*, bulgarischer Verpackungskünstler, *1935 Gabrovo; 1951–1956 an der Akademie der schönen Künste in Sofia, Studienaufenthalt in Prag, Wien, Florenz, 1958 in Paris, 1964 Übersiedlung nach New York. C. verpackte Stühle, Tische, Fahrräder, nackte Mädchen u. Automobile. Aufsehen erregte 1969 seine 380 000 qm bedeckende Kunststoffolienverpackung einer Felsenbucht an der austral. Küste. Bes. bekannt geworden ist sein 85 m hohes aufblasbares Wahrzeichen der Kasseler Documenta IV, 1968. – ⌑ 2.5.7.

Christoff [ˈxri-], Boris, bulgar. Sänger (Baß), *18. 5. 1919 Plowdiw; vor allem Opernsänger.

Christoffel [ˈkri-], Elwin Bruno, Mathematiker, *10. 11. 1829 Montjoie (Monschau), †15. 3. 1900 Straßburg; bearbeitete Fragen der höheren Analysis u. der mathemat. Physik.

Christologie [grch.], Lehre von Jesus Christus, über seine Person u. sein Wesen. Ihre Anfänge finden sich in den frühesten Schichten der neutestamentl. Überlieferung (vgl. Bekenntnisformeln wie z.B. 1. Kor. 15,3 ff.; Röm. 1,3 f.; Röm. 4,25), u. die Geschichte der Kirche ist begleitet von immer neuen Bemühungen um ein neues verständl. Erfassung des Wesens Jesu. Grund der C. ist die in jeder Generation neu zu stellende Frage: Wer ist eigentlich Jesus Christus? Die frühe Christenheit beantwortete diese Frage mit dem Bekenntnis: „Jesus ist der erwartete Messias", „Jesus ist der „Davidsohn", der „Menschensohn", der „Sohn Gottes". Die helle-

Christo: Verpackte Felsklippen in einer australischen Bucht; 1969

Christoph

nistische Gemeinde bekannte Jesus als „Herrn". Der Anstoß zu der Ausbildung einer C., die Jesus nicht als den irdischen beschreibt, sondern stets neu in seiner Bedeutung für eine Epoche der Kirche deutet, ist zweifellos das Widerfahrnis von Ostern. Um die C. geht es auch in den schweren dogmatischen Streitigkeiten der Alten Kirche. „Wie verhält sich Jesus zu Gott?" lautet die Frage. In den Konzilien von Nicäa (325) u. Chalcedon (451) führte der Streit zu folgenden Antworten: „Christus ist gleich ewig wie Gott der Vater"; „Christus ist selbst Gott, zugleich aber auch wahrer Mensch". Diese Antworten in der Form griech. Spekulation werden heute in ihrer Bedeutung nicht mehr unmittelbar verständlich. Deswegen ist die christl. Gemeinde heute von neuem gefragt, wer Christus für sie ist. – ▢ 1.9.0.

Christoph [grch. *Christophoros*, „Christusträger", eigentl. „Anhänger Christi, der Christus im Herzen trägt"], männl. Vorname, Kurzformen *Stoffer, Stoffel*; engl. *Christopher*, Kurzform *Chris*, span. *Cristóbal*.

Christoph, Fürsten. Baden: **1.** *C. I.*, Markgraf von Baden 1475–1515, *13. 11. 1453, †19. 3. 1527 Hohenbaden; vergrößerte durch Erwerbungen (in der Ortenau, im hochberg-sausenberg. Gebiet, in Luxemburg) seinen Territorialstaat um das Doppelte, den er durch Verwaltungsreformen, Rezeption des röm. Rechts, Förderung von Handel u. Gewerbe modernisierte; von Maximilian I. 1488 zum Gouverneur von Luxemburg, 1496 zum Statthalter von Verdun ernannt; zog sich dann nach Luxemburg zurück, teilte 1515 erneut seine Länder; 1516 auf Betreiben seiner Söhne entmündigt.
Dänemark: **2.** *C. II.*, König 1320–1326 u. 1329–1330, *29. 9. 1276, †2. 8. 1332 Nyköbing auf Falster; Sohn Erich Klippings, hatte als erster der dän. Könige vor seiner Wahl eine in Nordeuropa beispielgebende „Handfeste" (Wahlkapitulation) zu besiegeln, die die Macht des Königs stark einschränkte u. dem hohen geistl. u. weltl. Adel weitgehende Rechte zugestand.
3. *C. III.*, Pfalzgraf bei Rhein u. zu Neumarkt, König von Dänemark seit 1440, von Schweden seit 1441, von Norwegen seit 1442, *26. 2.(?) 1416, †5./6. 1. 1448 Helsingborg; erhielt 1439 als nächster Erbberechtigter seines vertriebenen Onkels Erich von Pommern vom dän. Reichsrat die Krone angeboten; gab in Schweden dem allg. Landgesetz eine neue Fassung.
Oldenburg: **4.** Graf seit 1526, *1504, †4. 8. 1566 Rastede; förderte die Reformation in enger Verbindung mit Philipp von Hessen; befehligte zugunsten seines vom dän. Thron vertriebenen Vetters Christian II. in der *Grafenfehde* ein lübisches Heer, mit dem er 1534 Holstein u. Kopenhagen eroberte; Reichsverweser von Dänemark, 1536 von Christian III. geschlagen; kämpfte mit Albrecht III. von Mansfeld (*1480, †1560) im *Schmalkaldischen Krieg* 1546/47.
Württemberg: **5.** Herzog seit 1550, *12. 5. 1515 Urach, †28. 12. 1568 Stuttgart; vollendete die Reformation Württembergs, förderte Landwirtschaft, Handel u. Gewerbe u. das Bildungswesen; bemühte sich um die Einheit der prot. Konfessionen sowie um eine Verständigung mit den Katholiken; führte dazu einen ausgedehnten Briefwechsel z.B. mit Vergerio d. J., Albrecht von Preußen, Kaiser Maximilian II. (hrsg. von Victor Ernst, 4 Bde., 1898–1907).

Christophorus [grch., „Christusträger"], Heiliger, legendärer Märtyrer; nach der Legende trug er das Jesuskind durch einen Fluß; seit dem 5. Jh. im Morgen- u. Abendland hochverehrt. Einer der 14 Nothelfer. Patron der Reisenden u. des Verkehrs.

Christophorus, Gegenpapst 903–904; von röm. Adeligen erhoben, schon bald von Papst Sergius III. gestürzt.

Christophskraut, *Actaea*, Gattung der *Hahnenfußgewächse*. *Actaea spicata*, das *Ährige C.*, ist eine 30–60 cm hohe Staude mit kleinen, zu Trauben vereinigten Blüten u. glänzend schwarzen Beeren. Der Name stammt von hl. Christophorus her, dem Meister der unterirdischen Schätze. Das C. wurde früher beim Suchen solcher Schätze verwendet.

Christou, Jannis, ägypt. Komponist, *9. 1. 1926 Heliopolis, †8. 1. 1970 Athen; studierte bei L. *Wittgenstein* Philosophie u. bei H. F. *Redlich* Musik, begann als Zwölftöner u. entwickelte später eigene Modelle („Patterns"). Opern (Trilogie „La ruota della vita" 1955–1957; „The Breakdown" 1963/64; „Orestie" unvollendet), Oratorien („Die Psalmen Davids"; „Gilgamesch" 1958;

„Feuerzungen" 1964; „Mysterium" 1965/66), Orchesterwerke (3 Sinfonien, „Metatropes [,Patterns and Permutations']" 1960; „Anaparastasis" 1966–1968; „Enantiodromia" 1968), „Sechs Gesänge nach Gedichten von T. S. Eliot" 1958.
Christow [ˈxristɔv], Kiril = Hristow, Kiril.
Christozentrik, theolog. Begriff, der die Hinordnung aller Taten u. Worte Gottes, also der gesamten Schöpfungs- u. Heilswirklichkeit (Kol. 1,17; 2,2), auf den Gottmenschen Christus als deren Mitte ausdrückt (*objektive C.*; →auch Anakephalaiosis) u. die Forderung totaler Ausrichtung des Lebens u. der Lehre, bes. auch der Theologie, auf Christus einschließt (*subjektive C.*); dabei bleibt bestehen, daß das Heil im Hl. Geist geschieht u. Gott den Vater als Ausgangs- u. Zielpunkt hat.
Christrose, *Christblume, Weihnachtsrose, Schneerose, Christwurz, Schwarze Nieswurz, Helleborus niger*, in den Ost- und Südalpen heim. Hahnenfußgewächs, dessen weiße oder rötl. Blüten bereits von Dezember bis Februar erscheinen; galt deshalb früher als heilig; man schrieb ihr die Kraft zu, Geister zu vertreiben u. Pest zu heilen.
„Christ und Welt", polit. Wochenzeitung, seit 1971 unter dem Titel →„Deutsche Zeitung/Christ und Welt".
Christus, griech. Übersetzung des hebr. *Messias* [„der Gesalbte"], Würdename für →Jesus.
Christus, Petrus, niederländ. Maler, *um 1410 Baerle, †1472/73 Brügge, dort seit 1444 tätig; obwohl wahrscheinl. kein direkter Schüler J. van *Eycks*, hielt C. sich weitgehend an dessen Vorbild, das er in der räuml. Anschaulichkeit übertraf; stellte als erster niederländ. Maler Figurenbildnisse vor einem Hintergrund dar, der nicht mehr neutral, sondern als Teil des Interieurs erkennbar ist. Hptw.: Bildnis Edward Grymeston, 1446, London, National Gallery; „Brautpaar beim hl. Eligius in der Goldschmiedwerkstatt", 1449, New York, Samllg. Lehmann; „Junges Mädchen", Berlin, Staatl. Museen. – ▣ →Bildnis.
Christusakazie →Gleditschien.
Christusbild, die Darstellung Christi in der bildenden Kunst. Nach anfängl. symbol. Darstellungen als *Fisch, Lamm, Weinstock, Guter Hirte* usw. oder als *Monogramm* entspricht das C., beginnend mit den Malereien in röm. Katakomben u. der Sarkophagplastik (2.–3. Jh.), den christl. Vorstellungen vom Göttlichen u. zugleich Ideal-Menschlichen. Die früher für authentisch gehaltenen C.er, die als *nicht von Menschenhand geschaffen* (*Acheiropiten*) oder als echte Schweißtuchbilder (*Veronikabilder*) gegolten haben, sind auf byzantin. bzw. mittelalterl. Quellen zurückgeführt worden.
In den frühesten Epochen der christl. Kunst wurde der oft als Sinnbild des Guten Hirten erscheinende, später als direkte Wiedergabe gemeinte Christus vorwiegend in jugendl. Schönheit dargestellt (Bartlosigkeit), bis etwa im 5. Jh. auch ein bärtiges C. aufkam. Dieses setzte sich, männlich-ernst u. in gebieterischer Macht, als sog. byzantin. Typus durch u. wurde, abgesehen von einer Wiederbelebung des jugendl. C.es in der karoling. u. otton. Kunst, vorbildl. für die Folgezeit, wobei die roman. Kunst die Strenge vertiefte, die Gotik sie im Ausdruck des Leidens u. der Güte löste. Die Renaissance gab dem C. meist milde, gelassene Schönheit; der Barock dagegen erstrebte pathetische Verklärung. Im 19. Jh. herrschten gefühlsselig-sentimentale Christusdarstellungen vor, während die Kunst der neueren Zeit das Bild Christi bald in naturalist. bzw. psychologisierender Darstellung, bald in einer deutl. Rückwendung auf frühchristl. Vorbilder zu vergegenwärtigen sucht. – ▢ 2.0.1.
Christusdorn, *Euphorbia splendens*, aus Wolfsmilchgewächs, aus trop. u. subtrop. Trockengebieten als Zierpflanze eingeführt.
Christus-Johannes-Gruppe, ein *Andachtsbild* mit einer aus dem Abendmahl herausgelösten Szene: der Lieblingsjünger Johannes an der Brust Jesu (nach Joh. 13,23); sinnbildl. für die Hingabe der Seele an Gott.
Christusmonogramm, Zeichen, das die verschieden ineinander versetzten Anfangsbuchstaben X u. P [grch. Chi, Rho] des Titels Christus oder die Buchstaben IHS [grch. Jes(us)] enthält, die volkstüml. als „Jesus, Heiland, Seligmacher" gedeutet wurden.
Christusmythe, der Versuch, die Person Christi nicht als geschichtl., sondern als Ergebnis einer Mythenbildung zu erklären; von A. *Drews* u.a. aufgestellte Theorie, heute von der Wissenschaft aufgegeben.

Christusorden, ursprüngl. geistl. Ritterorden, 1318 in Portugal gestiftet, später auch vom Papst verliehen; heute höchster päpstl. Orden. In Portugal zuletzt erneuert 1918 in 3 Klassen für Militär- u. Zivilverdienste.
Chrodegang, Bischof von Metz seit 742, Heiliger, †6. 3. 766 Metz; reformierte die fränk. Kirche in röm. Geist (z.B. Liturgie); seine Kanonikerregel führte das gemeinsame Leben der Kleriker ein. Nachfolger des Bonifatius als Erzbischof. Fest: 6.3.
Chrom [kro:m; grch. *chroma*, „Farbe"], chem. Zeichen Cr, silberweißes, glänzendes, zähes Metall, 3- u. 6wertig; Atomgewicht 51,996, Ordnungszahl 24, spez. Gew. 7,2, Schmelzpunkt 1800 °C. C. kommt als *C.eisenstein* (FeO · Cr_2O_3) u. als *Rotbleierz* ($PbCrO_4$) vor allem in der Sowjetunion, in Südafrika, der Türkei, den Philippinen und Albanien vor; hergestellt wird es durch Reduktion des C.-III-Oxids (Cr_2O_3) mit Aluminium. Da C. weder an der Luft noch in Wasser oxydiert, wird es zur Herstellung von elektrolyt. aufgebrachten, rostschützenden Überzügen auf Metallen verwendet (*Verchromung*). C.-Nickel-Legierungen sind sehr hitze- u. korrosionsbeständig. Stahl für Werkzeuge wird durch geringe Zusätze von C. wesentl. gehärtet; nichtrostender Stahl enthält etwa 12% C.
Verbindungen: *Kaliumchromat* (chromsaures

Christusbild: Christos Pantokrator, Kuppelmosaik der ehemaligen Klosterkirche Daphni bei Athen; 11. Jh.

Christusbild: Flachrelief an der armenischen Klosterkirche auf der Insel Achthamar im Vansee, Ostanatolien; 10. Jh.

Kalium) u. *Natriumchromat* (K$_2$CrO$_4$ bzw. Na$_2$CrO$_4$) bilden gelbe Kristalle; Herstellung erfolgt durch oxydierende Sodaschmelze des C.eisensteins; die roten *Dichromate* (z.B. Na$_2$Cr$_2$O$_7$) entstehen beim Ansäuern von Chromatlösungen. Die Chromate wirken stark oxydierend. *Bleichromat* (*Chromgelb*, PbCrO$_4$) wird als gelbe Malerfarbe verwandt. Das rote *C.-VI-Oxid* (CrO$_3$) entsteht bei Zusatz von konzentrierter Schwefelsäure aus Chromaten. *C.-III-Oxid* (Cr$_2$O$_3$) ist graugrün, in Wasser unlöslich. *C.-III-Sulfat*, Cr$_2$(SO$_4$)$_3$, ist das Salz der Schwefelsäure. *C.alaun*, KCr(SO$_4$)$_2$·12 H$_2$O, dient ebenso wie Alaun zum Gerben u. zum Beizen von Geweben.

Chromate, Salze der in freier Form nicht beständigen Chromsäure (H$_2$CrO$_4$).

Chromatiden, die zwei Längselemente, die durch Längsspaltung vor Beginn der Kernteilung aus einem *Chromosom* entstehen.

Chromatik [kr-; grch. *chroma*, „Farbe"], **1.** *allg.*: die Farbenlehre.
2. *Musik*: im Gegensatz zur →Diatonik die ununterbrochene Folge von Halbtonschritten. Dadurch werden die Spannungen der diatonischen Folge von Ganz- u. Halbtonschritten aufgehoben. – Die *chromatische Tonleiter* bildet man durch Einfügung von Halbtönen zwischen die Ganztonschritte der siebenstufigen diatonischen Skala, so daß eine Folge von 12 Halbtonschritten entsteht (z.B. c-cis-d-dis-e-f-fis-g-gis-a-ais-h-c). Diese ist, isoliert gesehen, nicht mehr an Dur oder Moll gebunden, weil es keine Töne mit herausgehobener Funktion mehr gibt (Fortfall von Dominante u. Subdominante). Die 12 gleichwertigen Töne einer solchen Skala in ihrer Rahmen einer Oktave bilden die Basis der sog. *Zwölftonmusik*.

Chromatin [das; grch.], aufgelockerter, netzförmiger Zustand der →Chromosomen zwischen zwei Kernteilungen (Interphase), in dem sie einzeln nicht zu unterscheiden sind; Name von der Anfärbbarkeit mit basischen Kernfarbstoffen.

Chromatographie [kro-; grch.], analyt. Methoden zur Trennung von chem. Stoffen, bes. solcher, die chemisch ähnlich u. daher oft sehr schwer zu trennen sind. Der Name C. geht auf den russ. Botaniker M. S. *Zwet* zurück, der grüne Blätter mit Aceton extrahierte, die Lösung durch ein Rohr mit einer Säule aus fein gepulvertem Zucker fließen ließ u. an der Säule grüne u. gelbe Zonen der getrennten Blattfarbstoffe (Chlorophyll a und b, Carotin, Xanthophyll) erhielt. Diese Methode der C. heißt *Säulen-C.* Meist werden Säulen aus Aluminiumoxid, Calciumcarbonat, Silicagel, Cellulose u.a. verwendet. – Eine moderne Variante mit weiter reichenden Möglichkeiten ist die *Dünnschicht-C.*, die anstelle von Säulen dünne Schichten der erwähnten Stoffe auf Trägerplatten (meist aus Glas) verwendet. Einige Tropfen der zu untersuchenden Lösung werden auf die Schicht gebracht u. eingetrocknet. In einem verschlossenen Glasbehälter (Trennkammer) läßt man nun ein Lösungsmittel (Wasser, Säuren, Basen, organ. Lösungsmittel oder Gemische derselben) von einer Seite her in die Schicht einwandern. Die zu untersuchenden eingetrockneten Substanzen werden aufgenommen, verschieden weit mitgeführt u. so getrennt. – Mit Streifen oder Bögen aus speziellem Filtrierpapier arbeitet die *Papier-C.*; ihre Arbeitsmethode entspricht der Dünnschicht-C. Die Papier-C. wurde 1944 von R. *Consden*, A. H. *Gordon* u. A. *Martin* entwickelt; das Verfahren war aber schon 1850 F. *Runge* bekannt. Mit Hilfe der Papier-C. wurden viele chem. Probleme gelöst; z.B. Trennung verschiedener Zucker, Trennung der Aminosäuren (aus weniger als 6 mg Substanz über 20 verschiedene Aminosäuren gleichzeitig.)

Während man früher zum Nachweis u. zur Identifizierung der getrennten Substanzen auf deren Farbigkeit angewiesen war, wendet man heute alle brauchbaren physikal., chem. u. biolog. Methoden an, z.B. Betrachten im UV-Licht (Fluoreszenz oder Löschung derselben), Besprühen mit Reagenzien (→Ninhydrin), Erwärmen, Erhitzen, Eluieren, Abtötung von aufgebrachten Bakterien bei der Trennung von Antibiotica, Autoradiographie bei der Trennung radioaktiver Stoffe.

Die Papier- u. Dünnschicht-C. arbeiten mit Mengen unter 0,1 mg je Verbindung, doch sind als chromat. Verfahren im halbtechn. Maßstab entwickelt worden.

Ein spezielles Verfahren ist die 1952 von S. C. *James* u. A. *Martin* entwickelte *Gas-C.*, die mit einer komplizierten Apparatur (*Gaschromatograph*) arbeitet. Im Prinzip ähnelt die Gas-C. der Säulen-C.,

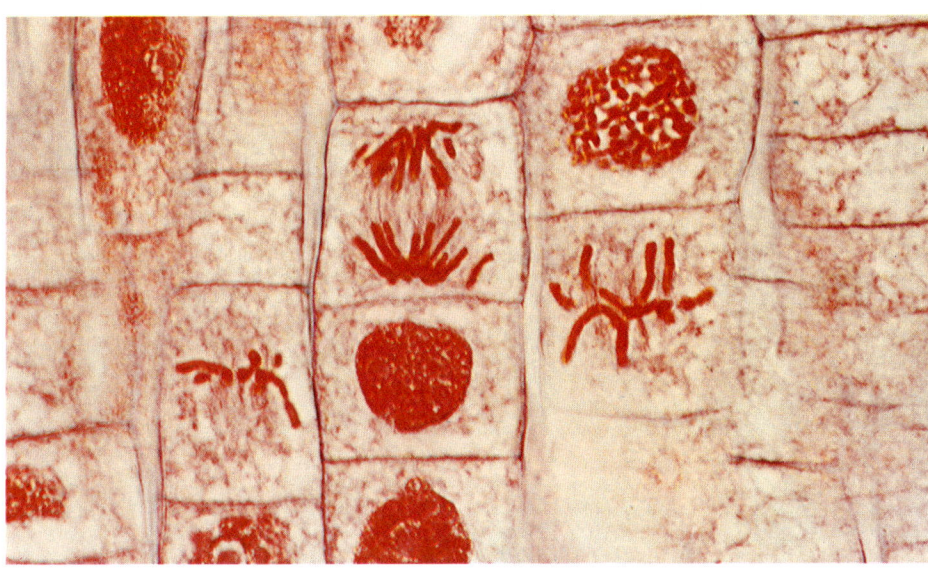

Chromosomen der Feuerlilie (1000mal vergrößert); in der Mitte eine beginnende Zellteilung

doch verwendet man anstelle eines Lösungsmittels ein inertes Trägergas, das die zu untersuchenden leichtflüchtigen Stoffgemische, z.B. Erdölfraktionen, durch die Säule führt. Am Ausgang der Apparatur erscheinen nacheinander die einzelnen Stoffe, die dann mit physikal. Methoden nachgewiesen werden.

Alle chromat. Verfahren beruhen darauf, daß die zu untersuchenden Substanzgemische zwischen einer *stationären* (unbewegl.) u. einer *mobilen* (bewegl.) Phase durch Adsorptions-, Verteilungs- oder Austauschkräfte mehr oder minder aufgeteilt werden. Die stationäre Phase kann ein Feststoff (Adsorbens in der *Adsorptions-C.*, Austauscher, z.B. Ionenaustauscher, in der *Austausch-C.*) oder eine auf dem Feststoff befindliche dünne Flüssigkeitsschicht sein (*Verteilungs-C.*, von A. *Martin* u. R. *Synge* 1940 entwickelt, die dafür 1952 den Nobelpreis für Chemie erhielten). Die mobile Phase, gleichzeitig Träger der zu untersuchenden Substanzgemische, muß eine mit der stationären Phase nicht mischbare Flüssigkeit oder ein indifferentes Gas (*Gas-C.*) sein. Die Wahl der einzelnen Phasen u. der chromatograph. Arbeitsmethode richtet sich ganz nach der Art u. der Menge der zu trennenden Stoffgemische. – ▯ 8.2.9.

Chromatophoren [grch., „Farbstoffträger"]. **1.** *Botanik*: farbstofftragende →Plastiden.
2. *Zoologie*: tierische Pigmentzellen.

Chromatverfahren, in der Photographie Sammelbegriff für die histor. Positivverfahren *Gummidruck, Kohledruck, Leimdruck, Öldruck* u. *Pigmentdruck.* Man verwendet ein organ. Kolloid, das durch doppelt chromsaures Salz lichtempfindlich gemacht wird. Als Kolloide dienen Gelatine, Gummiarabikum u. Leim. Die Kopie vom Negativ erfolgt bei Tageslicht, wobei das Kolloid gemäß der Intensität der Lichteinwirkung gehärtet wird.

Chromeisenstein, *Chromit,* eisen- bis bräunl.-schwarzes, fettig metallglänzendes Mineral, wichtiges Chromerz; regulär; Härte 5$^{1}/_{2}$; in Pteridotiten u. Serpentin; FeCr$_2$O$_4$.

Chromfarben, 1. chromhaltige anorgan. Mineralfarben, z.B. Bleichromate (Chromrot, Chromgelb), Zinkchromat (Zinkgelb), Mischungen von Bleichromat u. -dichromat (Chromorange), Chromoxid (Chromoxidgrün).
2. organ. Beizenfarbstoffe für die Färbung von Baumwolle, Wolle u. Seide; als Beizmittel werden Chromverbindungen, z.B. *Chromacetat,* verwendet.

Chromgerbung, Verfahren der Lederherstellung; als Gerbstoff wird basisches Chromsulfat (CrOHSO$_4$) verwendet. →Chromleder.

Chromgrün, grüne Metallfarbe; Maler- u. Druckfarbe.

chromieren, Wollgewebe, die bereits gefärbt sind, mit Kaliumbichromat o.ä. nachbehandeln. Hierdurch wird die Farbnuance verändert (meistens vertieft) u. die Echtheit der Färbungen erhöht. →auch Beizenfarbstoffe.

Chrominanz-Signal, beim Farbfernsehen Signal für die Farbinformation eines Fernsehbildes. Die →Luminanz-Signale enthalten die Helligkeitswerte eines Bildes.

Chromleder, nach dem Verfahren der →Chromgerbung hergestelltes Leder, in der Hauptsache für Schuhoberteile verwendet; unterscheidet sich von pflanzl. gegerbtem Leder durch geringes Gewicht u. Beständigkeit gegen gleichzeitige Einwirkung von Feuchtigkeit u. Wärme.

chromo... [grch.], Wortbestandteil mit der Bedeutung „Farbe".

Chromobakterien, Bakterien der Ordnung *Pseudomonadales,* bilden Farbstoffe. Hierher gehören *Pseudomonas syncyanea,* die u.a. Farbveränderungen der Milch bewirken, u. *Chromobacterium prodigiosum* (→Blutendes Brot).

Chromoersatzkarton, gegautschter Karton für Faltschachteln u. sonstige Packungen; Decke meist holzfrei, Rückseite u. Einlage holzhaltig. →auch gautschen.

chromogene Gruppen →Farbstofftheorie.

Chromolithographie [grch.], lithograph. Vielfarbendruck; hergestellt durch Übereinanderdrucken einer größeren Anzahl Farbplatten (bis 12 u. mehr), heute weitgehend durch Photolithographie u. Offsetdruck ersetzt; →Lithographie.

Chromomeren →Chromosomen.

Chromonema [das, Mz. *Chromonemen*], Längsstruktur des Chromosoms, während der Kernteilung durch Spiralisation stark verkürzt.

Chromopapier, ursprüngl. Papier für Chromolithographie, d. h. für farbigen Steindruck, den Vorläufer des Offsetdruckes. Heute einseitig mit Weißpigmenten gestrichenes Papier für Zigaretten-Weichpackungen, Flaschenetiketten u.a.

chromophore Gruppen →Farbstofftheorie.

Chromoplasten →Plastiden.

Chromosomen [grch.], Kernschleifen, bei der Zellteilung sichtbar werdende Kernstrukturen, Träger der →Gene. Sie können mutieren (→Mutation). Ihre Gestalt u. Zahl ist artspezifisch (z.B. Mensch 46, Löwenmaul 14, Fruchtfliege 8). C. vermehren sich durch Verdoppelung. Man nimmt an, daß sie aus einer zentralen Achse, einem spiraligen Faden (*Chromonema*), aus 2 oder 4 Längselementen (*Chromatiden*) u. anhängenden Genschleifen u. Spiralen bestehen. Die Vielzahl dieser Schleifen u. Spiralen wurde früher als *Matrix* bezeichnet. Eine spezielle C.membran existiert nicht. Die Chromonemen tragen knötchenartige Verdickungen, die *Chromomeren* (Chromatinkörperchen). Die →Riesenchromosomen der Zweiflügler enthalten zahlreiche Chromonemen. C. diploider Zellen bestehen aus 2 Sätzen oder *Genomen*. Geschlechtszellen diploider Individuen enthalten einen C.-Satz u. sind haploid. Somatische Zellen (Körperzellen) polyploider Arten können mehr als 2 C.-Sätze enthalten. *Geschlechts-C.* stehen in Beziehung zur Geschlechtsbestimmung, die übrigen werden als *Autosomen* bezeichnet. Die wichtigsten chemischen Bestandteile der C. sind Desoxyribonuclein- u. Ribonucleinsäure, ferner saure u. basische Proteine. Die relative Lage der Erbfaktoren auf den C. läßt sich im Kreuzungsexperiment ermitteln u. ermöglicht die Aufstellung von Gen- bzw. C.-Karten. Viren, Bakterien u. Blaualgen besitzen keine echten Kerne; ihre C. sind einfache oder doppelsträngige Desoxyribonucleinsäure-

Chromosphäre

(DNS-), bei Viren auch Ribonucleinsäure-(RNS-) Moleküle unterschiedlicher Länge. Ringförmige C. kommen bei Bakterien, ringförmige u. a. geometrische Formen bei Bakteriophagen vor.

Chromosphäre [grch.], obere Schicht der Sonnenatmosphäre, besteht aus leichten Gasen, hauptsächl. aus Wasserstoff.

Chromotypie [grch.], das Drucken mit mehr als einer Farbe (Mehrfarbendruck, oft Drei- u. Vierfarbendruck); angewendet in allen Druckverfahren.

Chromsäure, in freier Form nicht beständige Säure des sechswertigen Chroms, H_2CrO_4. Die Bez. wird häufig für das Anhydrid dieser Säure, das Chrom-VI-Oxid (CrO_3), angewendet.

Chromturmalin, ein chromhaltiger →Turmalin.

Chronik ['kro:-; grch. *chronos*, „Zeit"], Bericht über geschichtl. Vorgänge in zeitl. Anordnung, jedoch nicht auf der Grundlage der Kalender-Jahre (Annalen), sondern im größeren chronologischen Zusammenhang der Regierungszeiten von Königen, Päpsten u. ä. – Im MA. zunächst nur lat., dann in dt. Reimen (*Kaiser-C.*, um 1150, Regensburg), schließl. (14. Jh.) in Prosa (*Städte-* u. *Landes-C.en*). Eine *Welt-C.* will die gesamte Weltgeschichte behandeln; die *Reim-C.* ist in Versen abgefaßt; die *Bilder-C.* mit Abbildungen versehen. Die *Skandal-C.* („*Chronique scandaleuse*", Titel einer um 1488 von Jean de Roye verfaßten Schrift) schildert die Narrheiten oder Verderbtheiten (Sittenauswüchse) einer Zeit oder eines Ortes. – *C.alische Erzählung*, eine histor. Geschichte (Roman, Novelle) in Gestalt u. Sprachstil einer C., bes. im 19. Jh. gepflegt; z.B. W. Meinhold: „Bernsteinhexe" 1843; A. Stifter, „Aus der Mappe meines Urgroßvaters" 1841; Th. Storm, „Der Schimmelreiter" 1888.

Chronikbücher, 2 Bücher der Chronik, *Paralipomena* [grch., „Ausgelassenes"], eine den Samuel- u. Königsbüchern weithin parallele, aber (durch Stammbäume) bis auf die Erschaffung des Menschen zurückgreifende Darstellung der Geschichte des Reiches Juda, als des einzig legitimen Trägers der Gottesherrschaft; fortgesetzt in den von demselben Verfasser stammenden Büchern →Esra u. →Nehemia. Die C. lassen das menschl. Handeln zugunsten des unmittelbaren Eingreifens Gottes in die Geschichte zurücktreten; sie sind bes. am Kult u. den Leviten interessiert, die als Tempelsänger u. Musiker dargestellt werden. Entstanden um 350 v. Chr.

Chronique scandaleuse [kro'nik skãda'lø:z; die; frz.] →Chronik.

chronisch ['kro:-; grch.], anhaltend, von langer Dauer. Gegensatz: *akut*.

chrono... ['kro-; grch.], Wortbestandteil mit der Bedeutung „Zeit".

Chronodistichon [das; grch.], ein →Chronogramm in der Form eines Distichons.

Chronogramm [grch., „Zeitschrift"], latein. Satz, häufig in Versform (*Chronostichon* oder *Chronodistichon*), in dem die röm. Zahlbuchstaben mit Addition die Jahreszahl des geschilderten Ereignisses ergeben.

Chronograph [der; grch., „Zeitschreiber"], Apparat zur Registrierung von Zeitsignalen auf einem gleichmäßig abrollenden Papierstreifen; wird bei genauen astronom. Messungen (z. B. Zeitbestimmungen) zur Erfassung von Zeitmomenten auf $1/100$sek benutzt.

Chronologie [grch., „Zeitkunde"], **1.** *Archäologie*: Methode bes. der Vorgeschichtsforschung zur Bestimmung von Siedlungsabfolgen. Man unterscheidet zwischen einer *absoluten* C., der Datierung nach Jahreszahlen, u. einer *relativen* C., der Zeitfolge, in der verschiedene Gemeinschaften ein Gebiet besiedelt haben. Die Festlegung der relativen C. erfolgt mit Hilfe von Ausgrabungen, stratigraph. Beobachtungen, typolog. Bestimmungen u. naturwissenschaftl. Methoden. Durch Vergleiche von Gegenständen, die eine Gemeinschaft mit einer anderen austauschte, können die verschiedenen Zeitfolgen in die richtige Beziehung zueinander gebracht werden. Indem eine solche Periode mit einer historisch fixierten, fest in der absoluten C. verankerten Phase verknüpft wird, kann die relative C. in eine absolute umgewandelt werden. – 5.0.8. u. 5.1.0.
2. *Geschichtswissenschaft*: die Lehre vom Zeitbegriff u. von der Zeitmessung u. Zeiteinteilung in den verschiedenen Kulturepochen. Die C. befaßt sich mit der Frage nach der *Datierung* histor. Ereignisse u. ist eine der wichtigsten Hilfswissenschaften der Historie. Da die Zeitrechnung der

Chullpas bei Sica-Sica auf dem Hochland von Bolivien

Völker des Altertums u. des MA. nicht mit dem modernen Kalender übereinstimmt, stößt die C. selbst bei ausreichenden schriftl. Überlieferungen auf oft unüberwindbare Schwierigkeiten. Zur Erforschung der Vorgeschichte werden chem.-physikal. Methoden angewandt. →auch Datierung, Zeitrechnung. – 5.0.5.

Chronometer [das; grch., „Zeitmesser"], Präzisionsuhr für astronom. Zwecke. Das *Schiffs-C.* ist eine genau gearbeitete Uhr mit Unruh, Schneckenantrieb, C.hemmung, Temperaturausgleich u. kardan. Aufhängung zur Unschädlichmachung der Schiffsschwankungen; Hilfsinstrument bei Ortsbestimmung auf See.

Chronos [grch., „Zeit"], in der Spekulation der *Orphik* der Welturheber, der mit der nicht alternden, alles umschließenden u. verschlingenden Zeit gleichgesetzt wird.

Chronoskop, ein Gerät, mit dem sehr kleine Zeiträume (bis zu einer zehntausendstel Sekunde) gemessen werden, indem elektr. Funken auf eine rotierende Walze überspringen u. dort scharf begrenzte Zeitmarken hinterlassen.

Chronostichon, ein →Chronogramm in Versform.

Chrotta [die], latinisierte Form für →Crwth, die erstmalig in einer latein. Dichtung von Venantius Fortunatus in der Verbindung „Chrotta Britanna" erschien.

Chrudim ['xru-], Stadt im fruchtbaren Lößgebiet Ostböhmens, an der *Chrudimka* (zur Elbe, 100km), 17000 Ew.; Textil- u. Maschinenindustrie; Rathaus (17. Jh.), got. Kirche.

Chruschtschow, *Chruščev* [xru'ʃtʃof], Nikita Sergejewitsch, sowjet. Politiker, *17. 4. 1894 Kalinowka, Gouvernement Kursk, †11. 9. 1971 Moskau; Bolschewik seit 1918, 1935–1938 Erster Sekretär des Moskauer Gebiets- u. Stadtparteikomitees; 1938–1949 Erster Sekretär der KP in der Ukraine; 1939–1964 Mitglied des Politbüros (seit 1952 des Präsidiums) des ZK, 1953 Erster Sekretär des ZK der KPdSU; seit 1958 auch Min.-Präs. C. schaltete 1953–1959 die gesamte aus der Stalin-Ära stammende oberste Führungsspitze mit Ausnahme Mikojans aus u. ersetzte sie durch seine Anhänger. Mit C.s Namen sind die Entstalinisierung, eine Wirtschaftsreform, eine Auflockerung des kommunist. Blocks (Polyzentrismus) u. die sowjet. Politik der sog. friedl. Koexistenz verbunden. C. wurde im Okt. 1964 als Partei- u. Regierungschef abgesetzt u. schied 1966 aus dem ZK der KPdSU aus. Memoiren, deren Authentizität umstritten ist, erschienen 1970. →auch Sowjetunion (Geschichte). – →Vereinigte Staaten von Amerika (Geschichte). – 5.5.6.

Chrysalis ['kry-; die; grch.], *Chrysalide*, Puppe der Schmetterlinge; auch allg. der Insekten.

Chrysander [kry-], Karl Franz Friedrich, Musikwissenschaftler, *8. 7. 1826 Lübtheen, Mecklenburg, †3. 9. 1901 Bergedorf bei Hamburg; Hrsg. einer Gesamtausgabe der Werke G. F. *Händels*, 95 Bde. (Bd. 49 ist nicht erschienen) 1858–1894, dazu 6 Supplementbände; einer Händelbiographie (unvollständig, nur bis 1740 reichend).

Chrysantheme [kry-; die; grch.] = Wucherblume.

Chrysarobin [kry-; das; grch.], gelbes Pulver für Arzneien gegen hartnäckige Hautkrankheiten; wird aus dem *Goapulver*, den Ausscheidungen des brasilian. Baumes *Andira araroba*, gewonnen.

chryselephantin [grch.], Bez. einer Bildhauertechnik der Antike, bei der Gewandteile u. Haar der Statuen über einem Holzkern in Gold u. die Fleischpartien in Elfenbein ausgeführt wurden.

Chrysipp, *Chrysippos*, griech. Philosoph, *281/278, †208/205 v. Chr.; aus Solei oder Tarsos (Kilikien), dritter Schulleiter der Stoa, galt wegen seiner systemat. Ausgestaltung der Schullehre als zweiter Begründer der *Stoa*. Von seiner reichen literar. Tätigkeit (angebl. über 700 Titel) sind nur Fragmente erhalten.

Chrysler ['kraizlə], Walther Percy, US-amerikan. Eisenbahningenieur u. Automobilfabrikant, *2. 4. 1875 Wamego, Kans., †18. 8. 1940 New York; gründete 1923 die *Chrysler Corporation*, Detroit, Mich., ein Unternehmen der Automobilindustrie, Umsatz 1978: 16,3 Mrd. Dollar, 158000 Beschäftigte; zahlreiche Tochtergesellschaften, u. a. *C. Deutschland GmbH*, Neu-Isenburg.

chryso... [kry-; grch.], Wortbestandteil mit der Bedeutung „Gold".

Chrysoberyll [grch.], oriental. *Chrysolith*, grünes Mineral, durchscheinend bis durchsichtig, Schmuckstein, rhomb.; Härte $8^{1}/_{2}$; Al_2BeO_4.

Chrysographie [grch.], das Schreiben oder Malen mit Goldtinktur, angewendet bei byzantin. u. mittelalterl. Handschriften, Miniaturen u. Ikonen.

Chrysolith [der; grch.], ein Mineral: = Olivin; →auch Chrysoberyll.

Chrysologus →Petrus Chrysologus.

Chrysomonadinen, *Chrysomonadina*, eine Ordnung der *Flagellaten*, einfach gebaute Einzeller mit gelben oder braunen Farbstoffträgern; neigen zur Koloniebildung.

Chrysophenin, gelber Azofarbstoff.

Chrysophyllum, über die Tropen verbreitete Gattung der *Sapotegewächse*. Am bekanntesten ist der *Sternapfelbaum* (*C. cainito*), der die als *Sternäpfel* bezeichneten Früchte trägt.

Chrysophytina, eine Unterabteilung der *Algen*, zu der die *Xanthophyceae* u. die *Chrysophyceae* gehören.

Chrysophyzeen, *Chrysophyceae*, Klasse der *Phycophyta*; überwiegend einzellig lebende, goldbraune bis braune *Algen*. Bedeutende Vertreter sind die *Diatomeen*.

Chrysopras [der], Halbedelstein, apfelgrüne Abart des Chalzedons.

Chrysostomos, 1. →Dion Chrysostomos.
2. →Johannes Chrysostomos.

Chrysostomosliturgie, Liturgie der orthodoxen Kirchen, benannt nach *Johannes Chrysostomos*,

Chuquicamata: der 280 m tiefe Tagebau (Abbau täglich 150000 t Kupfererz)

Patriarch von Konstantinopel, wird am häufigsten im Kirchenjahr verwendet. Sie besteht aus drei Teilen: 1. der Proskomidie, 2. der Liturgie der Katechumenen, 3. der Liturgie der Gläubigen. Die *Proskomidie* (Vorbereitung der Opfergaben), die ungefähr dem Offertorium der latein. Messe entspricht, wird still vor Beginn der Katechumenenliturgie im vor den Gläubigen verschlossenen Altarraum vorgenommen. Sie hat zum Ziel: Vorbereitung der Liturgen u. die Bereitung der Opfergaben, eine vielfältige u. symbolkräftige Handlung. Dann folgt die *Liturgie der Katechumenen* mit Gebeten, kleiner Einzug (mit dem Evangelienbuch), Epistel, Evangelium, Entlassung der Katechumenen. Die sich daran anschließende *Liturgie der Gläubigen* enthält Gebete für die Gläubigen, Cherubinischen Hymnus, großen Einzug (mit den Opfergaben), Darbringung der Gaben, Friedenskuß, Symbolum (Credo), Präfation, Einsetzungsbericht, Wandlung (keine Wesensverwandlung), Anamnese (Gedächtnis des Todes, der Auferstehung, der Himmelfahrt, des Sitzens zur Rechten u. der Wiederkunft des Herrn), Epiklese (Herabrufung des Hl. Geistes zur Wandlung der Gaben), Segnung der Eulogien (der nicht konsekrierten, aber bei der Darbringung der Opfergaben mitverwandten Brote bzw. Brotteilchen, die am Ende der Eucharistiefeier an die Gläubigen verteilt werden), Gebet des Herrn, Brechung des Brotes, Kommunion unter beiden Gestalten, wobei ein konsekriertes Brotteilchen in den Wein eingetaucht u. dann dem Kommunizierenden vom Priester mit einem Löffelchen gereicht wird. Den Abschluß bildet die *Nachmesse*: Dankgebet u. Entlassungsformel. →auch ostkirchliche Liturgien. → 🗓 1.8.8.

Chrysotil [der; grch.], mit Asbest vorkommendes Fasermineral, Serpentinart; $Mg_6(OH)_8[Si_4O_{10}]$; Härte 3–4.

Chrzanów [ˈxʃanuf], 1939–1945 *Krenau*, poln. Stadt westl. von Krakau in der poln. Wojewodschaft Katowice, 26 000 Ew.; Blei- u. Zinkerzbergbau, Lokomotivenbau, keram. Industrie.

chthonische Gottheiten [von grch. *chthon*, „Erde"], Erdgottheiten, in der griech. Mythologie Erd- u. Unterweltgottheiten, z. B. *Demeter, Plutos, Persephone*.

Chubilai [ˈxu-], Mongolenherrscher, →Kublai Khan.

Chubilganische Erbfolge [xu-], der im Lamaismus übliche Erbgang, der auf dem Glauben an die Wiederverkörperung von Würdenträgern wie des verstorbenen Dalai-Lamas in einem gleichzeitig geborenen Kind beruht.

Chubut [tʃuˈbut], atlant. Fluß in der argentin. Provinz C. (224 686 qkm, 173 000 Ew., Hptst. *Rawson*), entspringt am Osthang der Anden, mündet bei Rawson, 925 km.

Chugach Mountains [ˈtʃugatʃ ˈmauntinz], Küstenkette im südl. Nordalaska, im *Mount Marcus Baker* 4039 m.

Chullpa [ˈtʃulpa], oberirdische Grabbauten der *Aymará* im Hochland von Bolivien u. Peru (bes. in der Umgebung des Titicacasees), mit rundem oder rechteckigem Grundriß, aus Stein oder luftgetrockneten Ziegeln erbaut.

Chun [ku:n], Carl, Zoologe, *1. 10. 1852 Höchst, †11. 4. 1914 Leipzig; leitete die erste dt. Tiefsee-Expedition mit der „Valdivia" 1898/99. „Aus den Tiefen des Weltmeeres" 1902.

Ch'ungk'ing →Tschunking.

Chuquicamata [tʃuki-], nordchilen. Stadt in der Westkordillere, 3000 m ü. M. 29 000 Ew.; Universität (gegr. 1624); großes Kupferwerk.

Chuquimancu [tʃukiˈmanku], indian. Fürstentum des 13. u. 14. Jh. in den peruan. Küstentälern von Mala, Chilca u. Cañete.

Chuquisaca [tʃu-], Departamento im bolivian. Hochland, 51 524 qkm, 438 600 Ew.; Hptst. *Sucre*; Wein-, Tabak-, Reisbau.

Chur [ku:r], frz. *Coire*, ital. *Coira*, rätorom. *Cuera*, Hptst. des schweizer. Kantons *Graubünden*, am Übergang des Schanfiggs ins Rheintal, 595 m ü. M., 33 000 Ew., Zentrum des Handels u. Fremdenverkehrs in die Graubündener Täler; ältester Bischofssitz der Schweiz (5. Jh.), alter Stadtkern mit malerischen Winkeln, spätgot. Pfarrkirche St. Martin (15. Jh.), Rathaus (15. Jh.), Klosterkirche St. Luzius (12. Jh.); bischöfl. „Hof" mit Schloß (17./18. Jh.) u. Kathedrale (12./13. Jh.), enthält reichen Kirchenschatz. C. wurde auf dem ehem. röm. Kastell *Curia Raetorum* errichtet. Die Siedlung bzw. Stadt, die im 10. Jh. der bischöfl. Oberhoheit anerkennen mußte, behauptete 1526 ihre Selbständigkeit, schloß sich den Eidgenossen an u. wurde Anfang des 19. Jh. Hptst. des Kantons Graubünden.

Church [tʃə:tʃ], 1. Alonzo, US-amerikan. Logiker, *14. 6. 1906 Washington; maßgebende Arbeiten über mathemat. Logik.
2. Frederick Edwin, US-amerikan. Maler, *4. 5. 1826 Startford, Conn., †7. 4. 1900 New York; großformatige, panoramaartige Landschaften in romant.-realist. Stil.

Churchill [ˈtʃə:tʃil], 1. kanad. Fluß in Saskatchewan u. Manitoba, 1610 km; durchfließt zahlreiche Seen u. mündet in die Hudsonbai.
2. früher *Hamilton*, kanad. Fluß in Labrador, 515 km, mündet in die Hamiltonbucht des Atlant. Oceans; bis 1975 Fertigstellung eines Kraftwerks mit 5,25 Mill. kW am Oberlauf an den *C. Falls* (Fallhöhe 45 m), zur Wasserregulierung Aufstau eines Sees von rd. 70 000 qkm in Westlabrador.

Churchill [ˈtʃə:tʃil], 1. Sir (1953) Winston Spencer, engl. Staatsmann, *30. 11. 1874 Blenheim Palace, †24. 1. 1965 London; Sohn des konservativen Parteiführers Randolph C. (*1849, †1895) u. einer Amerikanerin; Nachkomme des Herzogs von Marlborough; vielseitig begabt, von unermüdl. Arbeitskraft, unerschütterl. Mut u. echt engl. Ausdauer, als Staatsmann weitblickend, ein glänzender Redner u. Schriftsteller. 1897/98 Offizier u. Kriegsberichterstatter in Indien u. dem Sudan, 1899/1900 im Burenkrieg, begann er seine polit. Laufbahn 1900 als konservativer Abgeordneter, wechselte 1904 zu den Liberalen über; mit 31 Jahren Unterstaatssekretär, mit 33 Jahren Handels-Min., kurz darauf (1910) Innen-Min., wobei er die Sozialpolitik Lloyd Georges erfolgreich förderte. C. stand als Erster Lord der Admiralität (seit 1911) bei Ausbruch des 1. Weltkriegs auf entscheidendem Posten, mußte aber 1915 nach dem Scheitern des hauptsächl. von ihm betriebenen Gallipoli-Unternehmens zurücktreten; nahm 1915/16 als Major u. Oberstleutnant am Weltkrieg teil; 1917 Munitions- u. Wirtschafts-Min. Als Kriegs-Min. (1919–1921) drängte er auf Unterstützung der weiß-russ. Streitkräfte, trat 1922 (als Kolonial-Min.) angesichts der Kritik an seiner Nahostpolitik zurück, verlor seinen Sitz im Unterhaus u. schrieb seine Kriegserinnerungen („Die Weltkrisis" 1924ff.). 1924 ins Unterhaus gewählt, schloß er sich wieder den Konservativen an; 1924–1929 Schatzkanzler, schied nach dem Sieg der Labour Party aus u. blieb 10 Jahre lang Unterhausmitglied ohne Staatsamt. C. benutzte die unfreiwillige Pause zu Auslandsreisen, Vorträgen, histor.-polit. Arbeiten, warnte schon seit 1932 vor einem Dtschld. unter Hitler u. geriet damit in Opposition zur Beschwichtigungspolitik N. Chamberlains. Bei Kriegsbeginn 1939 wurde C. wieder Erster Lord der Admiralität, 1940–1945 Premier-Min.; in ihm erwuchs Hitler ein an Härte ebenbürtiger, an staatsmänn. Weitblick überlegener Gegner. Er koordinierte seine Ende 1941 die brit. Kriegsanstrengungen mit den USA; obgleich er sich keine Illusionen über den Kommunismus machte, trat er 1942 dem Bündnis Roosevelts mit Stalin bei; das Vordringen Rußlands in Europa vermochte er als schwächster Partner des Pakts allerdings nicht zu verhindern. Obwohl C. als Staatsmann internationales Ansehen genoß, verlor seine Partei die Unterhauswahl 1945; C. mußte während der Potsdamer Konferenz zurücktreten. Als Oppositionsführer inspirierte er die Gründungen der NATO u. des Europa-Rats. 1951–1955 erneut Premier-Min. C., trat mit Rücksicht auf sein Alter zurück; war aber als Abgeordneter des Wahlkreises Woodfort Mitglied des Unterhauses. 1953 Nobelpreis für Literatur; 1956 Karlspreis. 1949–1954 erschien sein „Zweiter Weltkrieg" (6 Bde.), 1956–1958 seine 4bändige „Geschichte" („History of the English-speaking Peoples"). – 🅱 →Jalta, →Frankreich (Geschichte), →Großbritannien (Geschichte).
2. Winston, US-amerikan. Schriftsteller, *10. 11. 1871 St. Louis, †12. 3. 1947 Winter Park, Fla.; behandelt in histor. Romanen meist die Zeit der amerikan. Revolution u. des Bürgerkriegs: „The Crisis" 1901.

Churchill Peak [ˈtʃə:tʃil pi:k], kanad. Gipfel in den Rocky Mountains, im nördl. British Columbia, 3200 m.

Churfirsten [ˈku:r-], Bergkette im schweizer. Kanton St. Gallen, nördl. des Walensees, im *Hinterrugg* 2306 m.

Churriguera [tʃuriˈgera], José, span. Architekt u. Bildhauer, *21. 3. 1665 Madrid, †2. 3. 1725 Madrid; entwickelte eine eigenartige, dekorativ-malerische Abart des Barockstils (*Churriguerismus*), den seine Schüler über die gesamte Iberische Halbinsel verbreiteten. Die Anlage seiner Bauwerke (Salamanca, Rathaus; Vierungstürme der Kathedrale) folgt den Prinzipien G. *Guarinis*.

Churriguerismus [-geˈris-], der von José *Churriguera* entwickelte Spätstil der span. Barockkunst, der durch scheinbar willkürl. Ornamentik u. kurvige, überwucherte Formen gekennzeichnet ist. Am reichsten entfaltete sich der C. in holzgeschnitzten Altartabernakeln, im Fassadenschmuck u. in der Portalplastik. Hptw.: Sakristei der Cartuja von Granada; Westfassade der Kathedrale von Santiago.

Churriter →Hurriter.

Chu-Ta →Pa-Ta-Shan-Jen.

Chu Te →Tschu Te.

Ch'u-ts'e, „Elegien aus *Ch'u*", der Titel einer altchines. Sammlung von z. T. recht umfangreichen Dichtungen in Form von hymn. Gesängen, die im 4. u. 3. Jh. v. Chr. in dem südchines. Herzogtum Ch'u entstanden sind; nach der Überlieferung von *Ch'ü Yüan* u. anderen Dichtern seiner Schule. Sie haben ihren Ursprung zumeist in religiös-schamanist. Gesängen aus der myst.-taoist. Vorstellungswelt des südl. China, wobei die überlieferte phantast. Bildhaftigkeit u. die starke Symbolhaltigkeit von den gelehrten Dichtern zu großartigen Metaphern polit. Allegorie aus persönl. Anteilnahme

Ch'ü Yüan

umgestaltet worden sind, zu einer neuen eigenen Form chines. Dichtung. – Dt. Auswahl bei P. Weber-Schäfer, „Altchines. Hymnen", 1967.

Ch'ü Yüan, *K'ü Yüan,* chines. Dichter, um 300 v. Chr.; die seiner myth. verklärten Gestalt zugeschriebenen Dichtungen von außerordentl. Wortgewalt sind. Bildfülle, voran die große „Elegie", das *Li-sao* (dt. von P. Weber-Schäfer in „Altchines. Hymnen" 1967), sind die ersten bedeutenden Zeugnisse chines. Gelehrten-Lyrik, die ihre polit.-patriot. u. autobiograph., tendenziöse Aussage in allegor. Gewand verkleidet vorträgt. C. Y. ist das Vorbild dieser später bes. verbreiteten Gattung chines. Lyrik u. wird gerade heute als größter patriotischer Dichter Chinas verehrt. Literarhistoriker gehören seine Dichtungen zum Kreis der südchinesischen „Elegien aus Ch'u". → auch Ch'u-ts'e.

Chuzpe ['xutspə; die; hebr.-jidd.], Dreistigkeit, Frechheit.

Chwarismi, Mohammed ibn Musa → Al Chwarismi.

Chylus ['çy:-; der; grch.], die an emulgierten Fetten reiche Darmlymphe (→ Lymphe). Die C.-Gefäße münden in den Brustlymphgang.

Chylusgefäße, bestimmte Lymphgefäße der Wirbeltiere, in denen mit Nahrungsfetten angereicherte *Lymphe (Chylus)* vom Darm zum Hauptlymphgefäß abfließt.

Chymifikation [çy-; grch., lat.], Umwandlung der aufgenommenen Nahrung in den verflüssigten Speisebrei *(Chymus).*

Chymotrypsin [çy-; das], eiweißspaltendes Enzym, das als inaktives Proferment, Chymotrypsinogen, im Pankreas gebildet wird. Die Aktivierung zum C. erfolgt durch Trypsin. → Proteasen.

Ci, früher C, c, Zeichen für die Einheit der radiologischen Aktivität → Curie.

CIA [si ai ɛi], Abk. für *Central Intelligence Agency*; zentrale Geheimdienstorganisation der USA.

Ciacona [tʃa'ko:na; die; ital.] → Chaconne.

CIAM, Abk. für *Congrès Internationaux d'Architecture Moderne,* internationale, 1928 gegründete Architektenvereinigung. Die Mitglieder trafen sich regelmäßig zu Kongressen u. beschlossen dabei gemeinsame Leitsätze für Architektur u. Städtebau. 1959 löste sich die Vereinigung auf. Seither kommen nur einzelne Gruppen regelmäßig zusammen.

Ciano ['tʃa:no], Galeazzo, Conte di Cortellazzo, italien. Diplomat u. Politiker, *18. 3. 1903 Livorno, †11. 1. 1944 Verona (hingerichtet); Schwiegersohn u. zunächst Vertrauter Mussolinis in außenpolit. Fragen, 1935 Propaganda-Min., 1936–1943 Außen-Min.; übte seit 1939 wachsende Kritik an Mussolinis Bindung an Hitler u. stellte sich deshalb im Juli 1943 gegen Mussolini; wurde 1944 von einem Sondergericht in Verona zum Tod verurteilt.

Ciardi ['tʃardi], Guglielmo, italien. Maler, *13. 9. 1842 Venedig, †5. 10. 1917 Venedig; impressionist. empfundene Landschaften.

Ciarraighe, südwestir. Grafschaft in der Prov. Munster, → Kerry.

Ciba-Geigy AG, Basel, schweizer. Großunternehmen der chem. Industrie, 1970 hervorgegangen aus dem Zusammenschluß der *Ciba AG,* Basel (gegr. 1884), mit der *J. R. Geigy AG,* Basel (gegr. 1758); erzeugt Farbstoffe, Textilhilfsprodukte, Pharmazeutika, Kunststoffe u.a.; Konzernumsatz 1978: 8,9 Mrd. sfrs; 75300 Beschäftigte; zahlreiche Tochtergesellschaften.

Cibber ['sibə], Colley, engl. Schauspieler u. Lustspielautor, *6. 11. 1671 London, †12. 12. 1757 London; wurde von A. Pope verspottet; moralisierende, empfindsame Dramen.

Cibola ['θibola], „sieben Städte von C.", von dem Spanier Álvar Nuñez Cabeza de Vaca 1539 entdeckte u. beschriebene Siedlungen der Pueblo-, vermutlich der Zuñi-Indianer.

Ciborium [das, Mz. *Ciborien;* grch., lat.], *Ziborium,* Gefäß (in Kelchform mit Deckel) für die geweihten Hostien; früher: Überbau des Altars, auch Wandtabernakel.

Cibotium, *Schatullenfarn,* Farngattung, meist baumförmig, auf Hawaii, den Philippinen u. in Guatemala heimisch.

CIC, 1. *Geheimdienst: C. I. C.,* Abk. für *Counter Intelligence Corps,* US-amerikan. militär. Dienststelle, die über die Sicherheit der eigenen Streitkräfte zu wachen hat.
2. *Kirchenrecht:* Abk. für → *Codex Iuris Canonici.*

Cicadina → Zikaden.

Cicero, ein → Schriftgrad von 12 Punkt.

Cicero ['sisərou], Nachbarstadt von Chicago, 70000 Ew.; Elektro-, Baumaschinen-, Stahlindustrie; gegr. 1857.

Cicero, Marcus Tullius, röm. Staatsmann, *3. 1. 106 v. Chr. Arpinum, †7. 12. 43 v. Chr. bei Formiae; glänzender Redner, Politiker, Schriftsteller, Philosoph, der seinem Ideal des freien Staates bis zum Tod treu geblieben ist; in jungen Jahren schon einer der erfolgreichsten Anwälte Roms. 79–77 v. Chr. Studienaufenthalt in Athen u. auf Rhodos. 75 v. Chr. Quaestor in Sizilien (hielt 70 v. Chr. als Patronus der Sizilier Anklagereden gegen *Verres*), 69 v. Chr. Aedil, 66 v. Chr. Praetor; als Konsul unterdrückte er 63 v. Chr. die Verschwörung des *Catilina* u. ließ seine Anhänger hinrichten; mußte 58 v. Chr. aufgrund eines Gesetzes des P. *Clodius Pulcher* in die Verbannung gehen, wurde jedoch 57 v. Chr. unter hohen Ehren zurückgerufen; 51–50 v. Chr. Statthalter in Kilikien. Angesichts des Kampfes zwischen *Pompeius* u. *Cäsar* schwankte er lange, wessen Partei er ergreifen sollte, u. stellte sich schließl. auf Pompeius' Seite. Nach Cäsars Sieg bei Pharsalos wurde C. von ihm schonend behandelt. Nach Cäsars Ermordung 44 v. Chr. hoffte C. auf ein Wiedererstehen der Republik u. wandte sich in scharfen Reden gegen *Antonius (Philippicae,* „Philippische Reden", nach dem Vorbild der Reden des *Demosthenes* gegen den makedon. König Philipp). Bei Abschluß des 2. Triumvirats 43 v. Chr. erreichte Antonius daraufhin die Proskription C.s u. ließ ihn ermorden.
Als Schriftsteller schuf C. eine röm. Kunstprosa, die für spätere Jahrhunderte bewundertes Vorbild wurde. In seinen wissenschaftl. Werken vermittelte er den Römern das Gedankengut griech. Rhetorik u. Philosophie. Seine umfangreiche Briefsammlung gibt ein eingehendes Bild seines persönl. Lebens u. Tuns u. der Ereignisse seiner Zeit. ⬜ 5.2.7.

Cicerone [tʃitʃe-; Mz. *Ciceroni*; ital.], Fremdenführer, als Person u. Schrift; bekannt J. Burckhardts „C., Anleitung zum Genuß der Kunstwerke Italiens".

Ciceronianismus, in der Renaissance u. im Humanismus einsetzende Bewegung in Stilkunst u. Rhetorik, die sich das Latein *Ciceros* zum Vorbild nahm.

Cichlasoma, Gattung der *Buntbarsche,* im Aquarium relativ friedlich, aber starke Wühler; z.B. *Chanchito (C.* facetum), *Rotbrustbuntbarsch (C.* meeki), *Zweipunktbuntbarsch (C.* biocellatum). Heimat: Mittel- u. Südamerika.

Cichliden = Buntbarsche.

Cichorium, bes. im Mittelmeergebiet verbreitete Gattung der *Korbblütler.* Die blau, seltener rosenrot oder weiß blühende *Gemeine Wegwarte (Zichorie, C. intybus)* mit rauhhaarigen, hohlen Stengeln u. rosettigen Grundblättern liefert in ihren Wurzeln ein Kaffeesurrogat. Von der Kulturform *Chicorée* (frz.) werden die gebleichten, sehr zarten

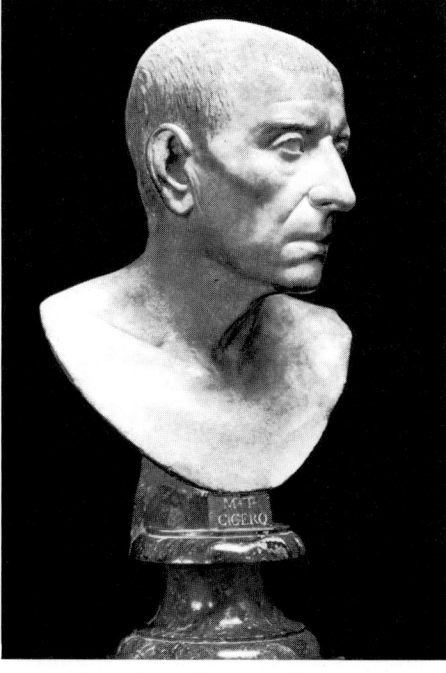

Cicero; Marmorbüste. Florenz, Uffizien

Triebe als Gemüse oder Salat gegessen. Als Salatpflanze wird die *Endivie, C. endivia,* viel angebaut. Wichtige Sorten: *Eskariol* u. *krausblättrige Winterendivie.*

Cicisbeo [tʃitʃis-; ital.], Begleiter, Gesellschafter, auch Liebhaber verheirateter Damen; früher, seit dem 16. Jh., bei höheren Ständen in Italien üblich.

Cicognani [tʃiko'nja:ni], **1.** Ameleto Giovanni, italien. kath. Theologe, *24. 2. 1883 Brisighella, †17. 12. 1973 Rom; seit 1958 Kardinal, 1961 bis 1969 Kardinalstaatssekretär unter den Päpsten Johannes XXIII. u. Paul VI., 1972 Kardinaldekan.
2. Gaetano, Bruder von 1), italien. kath. Theologe, *26. 11. 1881 Brisighella bei Faenza, †5. 2. 1962 Rom; seit 1953 Kardinal, Präfekt der Ritenkongregation.

Cid [θid], span. Nationalheld, eigentl. *Rodrigo Díaz de Vivar,* *um 1043 bei Burgos, †10. 7. 1099 Valencia; von den Arabern C. („Herr"), von den Spaniern *el Campeador* („Kämpfer") genannt, Vorbild krieger. Tapferkeit, kämpfte auf seiten der Christen, fiel bei Alfons VI. in Ungnade, stand zeitweilig im Dienste der Mauren u. schuf sich 1094 ein eigenes Reich um Valencia. Erfolgreiche Kämpfe gegen die Almoraviden.
Der C. wurde zum Mittelpunkt der span. Heldendichtung u. Symbol für die Einheit der Nation. Das *Poema del Cid (Cantar de Mío Cid)* als das älteste überlieferte span. Heldenlied; entstanden um 1140, erhalten in einer Handschrift von 1307, abgefaßt in unregelmäßigen, durch Assonanz verbundenen Langzeilen; realist. Schilderungen aus dem Leben des C. Das Epos selbst geriet früh in Vergessenheit (erst 1779 wiederentdeckt), aber die Gestalt des C. lebte in der europ. Literatur weiter, vor allem in Bühnenwerken (G. de Castro y Bellvis, P. Corneille, Lope de Vega, E. Marquina). – ⬜ 3.2.3.

Cidade [si-; portug.], Bestandteil geograph. Namen: Stadt.

Cidade dos Motores [portug. „Motorenstadt"], modern angelegte brasilian. Industriestadt für rd. 25000 Ew. in der Nähe von Rio de Janeiro; bes. Traktorenwerke.

Cie., Abk. für *Compagnie,* Kompanie (Handelsgesellschaft).

CIE, Abk. für *Congrès International des Editeurs,* Genf, um 1896 gegr. Internationale Verleger-Kongreß, seit 1954 von der Internationalen Verleger-Union getragen.

Ciechanów [tsjɛ'xa:nuf], 1939–1945 *Zichenau,* mittelpoln. Stadt, Hptst. (seit 1975) der poln. Wojewodschaft C., 27000 Ew.; Zuckerraffinerie.

Ciego de Ávila ['siegoðe 'avila], Stadt in Zentral-Kuba, 55000 Ew. Mittelpunkt eines Agrargebiets mit Zuckerrohr-, Baumwoll-, Agrumenanbau u. -verarbeitung.

Ciénaga, *La C.* [si'e-], Hafenstadt im nördl. Kolumbien, 67600 Ew.; Bananen- u. Baumwollausfuhr, Handel.

Cienfuegos [siɛmfu'egos], Hafenstadt an der Südwestküste von Kuba, 100000 Ew.; Zucker-, Tabak- u. Kaffeeausfuhr; Sägewerke, Kaffeeröstereien, Tabak-, Leder-, Baustoffindustrie.

Cienfuegos [θjɛm-], Nicasio Álvarez de → Álvarez de Cienfuegos.

Cierva ['θjɛrva], Juan de la, span. Flugtechniker, *21. 9. 1895 Murcia, †9. 2. 1936 London (Flugunfall); entwickelte den ersten *Tragschrauber,* der 1923 zum Erstflug startete.

Cieszyn [ts'jɛʃin], poln. Name der poln.-tschech. Doppelstadt → Teschen, südöstl. von Ostrau, beiderseits der poln.-tschech. Grenze.

cif, *C.I.F.,* Abk. für *cost, insurance, freight* [engl. „Kosten, Versicherung, Fracht"], Handelsklausel beim Überseekauf, der der Name des Bestimmungshafens beigefügt wird. Nach den Begriffsbestimmung der → Incoterms 1953 hat der Verkäufer u. a. den Transport der Ware bis zum vereinbarten Bestimmungshafen zu veranlassen, der Käufer die Kosten der Abnahme (Entladung). Der Kaufpreis schließt ein: alle Auslandskosten bis zum Verschiffungsort, die Beschaffung einer übertragbaren Seeversicherungspolice gegen die durch den Vertrag bedingten Beförderungsgefahren sowie die Frachtkosten für den Seetransport. Alle Gefahren, insbes. die zufälliger Verschlechterung oder zufälligen Untergangs der Ware, gehen schon im Verschiffungshafen auf den Käufer über, u. zwar grundsätzl., sobald die Ware die Reling des Schiffes überschritten hat.

Cigoi [tʃi'gɔi], Luigi, italien. Münzfälscher, *1811, †1875; fälschte bes. spätröm. Münzen.

Ciguatera [si-], *trop. Fischvergiftung,* die von

etwa 300 Fischarten der karib. See u. des Pazifik hervorgerufen werden kann (u.a. von Koffer-, Drücker-, Doktorfischen, Brassen u. Stachelmakrelen). Sie können ein Nervengift enthalten, das Krämpfe, Lähmungen, Durchfall, Sehstörungen u. Hautausschlag hervorruft. Die Empfindungen für „warm" u. „kalt" sind umgekehrt. C. kann auch nach Genuß sonst guter Speisefische (z.B. Barracudas) auftreten; 7% der Fälle verlaufen tödl., die Ausheilung kann Jahre dauern. Als Ursache vermutet man eine Blaualge, die über eine Nahrungskette in den Körper vieler Fischarten gelangt.

CIJ, Abk. für *Cour Internationale de Justice*, →Internationaler Gerichtshof.

Cikker ['tsikɛr], Ján, slowak. Komponist, *29. 7. 1911 Neusohl, Slowakei; von A. *Berg* beeinflußt, seit 1951 Prof. der Komposition in Preßburg; Opern („Juro Janosik" 1954; „Beg Bajasid" 1957; „Abend, Nacht und Morgen" nach C. Dickens 1963; „Auferstehung" nach L. Tolstoi 1963; „Spiel von Liebe und Tod" 1969; „Coriolanus" 1974), sinfon. Dichtungen, slowakische Tänze, Kammermusik u. Lieder. Zahlreiche Studien.

Cilchrome-Print-Verfahren ['silkro:m-], farbphotograph. Verfahren zur Herstellung von Aufsichtsbildern unmittelbar von Farbdiapositiven auf weißen, folienartigen Schichtträger. Es entsteht ein Farbstoffbild von hoher Leuchtkraft u. bester Lichtbeständigkeit, das auch gegen Feuchtigkeit u. Säuren unempfindlich ist.

Cilèa [tʃi'lea], Francesco, italien. Komponist, *23. 7. 1866 Palmi, Kalabrien, †20. 11. 1950 Varazze, Savona; 1916–1935 Direktor des Konservatoriums in Neapel. 5 Opern auf der Linie G. *Puccinis*, am bekanntesten „Adriana Lecouvreur" 1902.

Ciliaten, *Ciliata* →Wimpertierchen.

Cilien = Wimpern.

Ciliophora = Cytoidea.

Cill Chainnigh, Grafschaft u. Grafschafts-Hptst. in Südostirland, →Kilkenny.

Cill Dara, ostirische Stadt u. Grafschaft, →Kildare.

Cilli ['tsili], slowen. *Celje*, jugoslaw. Stadt in fruchtbarem Becken am Rand der Alpen, 29000 Ew.; Stahlwerk, Textil- u. chem. Industrie, Sommerfrische; nahe C. das Thermalbad Neuhaus.

Cill Mhanntáin, ostirische Stadt u. Grafschaft →Wicklow.

Cilo Daği [dʒilɔ da:i], Gebirge im SO der Türkei, im türk.-iran.-irak. Grenzgebiet, bis 4168 m.

CIM, Abk. für *Conseil International de la Musique*, Paris, 1949 gegr. Internationaler Rat für Musik, umfaßt 30 Nationalkomitees u. Delegierte von 14 weiteren Staaten.

Cima ['tʃi-; ital.], Bestandteil geograph. Namen: Gipfel, Kuppe.

Cima ['tʃi:-], Giovanni Battista, genannt *Cima da Conegliano*, italien. Maler, *um 1459 Conegliano, †3. 9. 1517 oder 1518 Conegliano; die meiste Zeit seines Lebens in Venedig tätig, schuf mit klarer Komposition u. hellen, leuchtenden Farben Andachtsbilder, die sich bes. durch feine Naturbeobachtung in den Hintergründen auszeichnen.

Cimabue [tʃima'bu:e], eigentl. *Cenni di Pepo*, italien. Maler, *um 1240 Florenz, †nach 1302; übernahm in seinen frühen Arbeiten die byzantin. Formensprache *(maniera bizantina)*; später wird der Einfluß N. *Pisanos* deutlich. Hptw.: Kruzifixe in Arezzo (S. Domenico) u. Florenz (Sta. Croce-Museum); „Maestà di Sta. Trinità", Florenz, Uffizien; Wandmalereien in Assisi, S. Francesco (Oberkirche); Apsismosaik im Dom von Pisa.

Cimaltepec [simal'tepek], Gebirge in Südmexiko, 3149 m.

Cimarosa [tʃima'rɔsa], Domenico, italien. Opernkomponist, *17. 12. 1749 Aversa bei Neapel, †11. 1. 1801 Venedig; Schüler von F. Durante, A. Scarlatti u. N. Piccinni, schrieb über 60 Opern; sein Hptw.: „Il matrimonio segreto" 1792 („Die heimliche Ehe") gehört zu den besten Werken der italien. Opera buffa; ferner Kirchenmusik u. Klaviersonaten.

Cimarron ['simarɔn], rechter Nebenfluß des Arkansas River, aus den Rocky Mountains, USA, mündet oberhalb Tulsa, 1100 km.

Cimbalom [das; grch.], *Zimbal, Zymbal, Cymbal*, ein großes trapezförmiges →Hackbrett in Tischbauweise; hat 35 Saitenchöre (2–4fach), von denen die der Mittel- u. oberen Lage durch Stege unterteilt sind. Die Dämpfung kann durch ein Pedal abgehoben werden. Gespielt wird das C. mit 2 Klöppeln. Umfang: D–e''' chromatisch, ohne Es. Das C. ist das charakterist. Instrument der Zigeunerkapellen, seine heutige Gestalt erhielt es 1874 durch W. J. *Schunda* in Budapest. Im Orchester ist es wohl nur bei den Ungarn zu finden, deren typ. Musikstil es mitgeprägt hat.

Cimbrien ['kim-], ehem. Kontinentalgebiet im Dogger u. Malm, umfaßte die heutige Nordsee u. die nordwestdt. Küste.

Cime [sim; frz.], Bestandteil geograph. Namen: Gipfel, Kuppe.

Cimex, *C. lectularius* →Bettwanze.

Cimiotti [tʃi-], Emil, Bildhauer, *19. 8. 1927 Göttingen; studierte bei Otto Baum, Karl Hartung u. Ossip Zadkine, leitet seit 1963 die Bildhauerklasse an der neugegründeten Kunsthochschule Braunschweig. C. kommt vom Figuralen her u. schafft rhythmisch bewegte, organischen Strukturen nachgebildete Gruppen. – Ⓛ 2.5.2.

Cîmp [kymp; rumän.], Bestandteil geograph. Namen: Feld, Ebene.

Cîmpia Turzii ['kympja 'turzi], siebenbürg. Ort, 20000 Ew.; Kupferwalzwerk.

Cîmpina ['kym-], rumän. Stadt in der Walachei, 22000 Ew.; Erdölgewinnung, Maschinenfabrik, Schwefelsäurewerk.

Cîmpulung ['kym-], rumän. Stadt in der Walachei, am Südhang der Karpaten, 24000 Ew.; Kloster Negru-Vodă; Holzverarbeitung. – Ehem. Fürstensitz, Hofkirche.

CINA, Abk. für frz. *Commission Internationale de Navigation Aérienne*; 1919 in Paris gegr. Kommission für den internationalen Luftverkehr; Vorläuferorganisation der *ICAO*.

CINCENT →AFCENT.

Cinchona [sin'tʃo:na; die; span.] →Chinarinde.

Cincinnati [sinsi'næti], Stadt im SW von Ohio (USA), am Nordufer des Ohio, 500000 Ew. (starker deutschstämmiger Bevölkerungsanteil), Metropolitan Area 1,4 Mill. Ew.; 2 Universitäten (gegr. 1819, 1831), Kunstakademie u. Museum; Verkehrsknotenpunkt u. Handelszentrum des fruchtbaren Ohiobeckens mit vielseitiger Industrie (Maschinen, Erdölraffinerieprodukte, Chemikalien, Kunststoffe, Seife, Eisen, Elektroapparate, Leder, Tonwaren, Bekleidung, Nahrungsmittel); 1788 als *Losantiville* (seit 1790 C.) gegr.

Cincinnatus, Lucius Quinctius, röm. Konsul 460 v. Chr.; wurde der Sage nach 458 v. Chr. vom Pflug geholt, um als Diktator das röm. Heer gegen die Aequer zu führen, u. kehrte nach erfüllter Aufgabe auf sein Gut zurück; wurde 439 v. Chr. erneut zum Diktator ernannt, als infolge einer Hungersnot in Rom Unruhen ausbrachen; von den röm. Historikern als Vorbild altröm. Tugenden gefeiert.

Cinecittà [tʃinətʃi'ta], italien. Filmgelände bei Rom, das sich nach dem 2. Weltkrieg zu einer Filmmetropole entwickelt hat.

Cinema [sinə'ma; das; ital. u. frz. Kurzform von *Cinematograph*], Bez. für Filmaufnahmegerät oder Filmtheater; auch allg. Gattungsbegriff für *Film*.

Cinemagic [sini'mædʒik; engl.], Trickfilmverfahren, bei dem Realaufnahmen mit Modell- oder Zeichentricks kombiniert werden.

CinemaScope [sinema'sko:p], anamorphot. Film-Breitwandverfahren, mit Lichtton im Bildseitenverhältnis 1:2,35, mit Vierkanal-Magnetton 1:2,55 für Stereo-Tonverfahren. →Anamorphot, →auch Film.

Cinemathek [si-; die; grch., frz.] = Filmothek.

Cinerama [si-], amerikan. System des Breitwand-Films (seit 1952), bei dem durch 3 Vorführapparate gleichzeitig 3 Filme nebeneinander auf eine halbkreisförmige Leinwand projiziert werden. Die Filme werden mit einer Kamera mit 3 Linsen, die in Winkeln von 48° zueinander stehen, aufgenommen. Die Wirkung auf den Zuschauer ist außerordentlich; der notwendige Aufwand (2×3 = 6 Projektoren, 1 spezielles Magnettonabtastgerät, 3fache Filmmenge, bes. Bildwand für Bildseitenverhältnis 1:3,25) scheint aber selbst amerikan. Verhältnisse zu übersteigen.

Cinerarie, *Senecio cruentus*, beliebte Zierpflanze mit bunten Zungenblüten; ein Kreuzkraut von den Kanar. Inseln. Wird stark von Blattläusen befallen, daher auch „Läusekraut". Nicht zu verwechseln mit der →Aschenpflanze.

Cingiz-Han →Tschingis Khan.

Cingulum [das, Mz. *Cingula*; lat., „Gürtel"], *Zingulum*, **1.** Strick oder Band zur Gürtung der →Albe.

2. schärpenartiges Band der Soutane: Papst weiß, Kardinäle rot, Bischöfe violett, sonst schwarz.

3. Gürtel von Ordenstrachten.

4. *Zoologie:* der hintere Wimperngürtel im Räderorgan der →Rädertiere.

Cinna, 1. Gaius Helvius, röm. Dichter im 1. Jh. v. Chr.; schrieb ein nicht erhaltenes mytholog. Epos „Zmyrna".

2. Lucius Cornelius, Parteigänger des *Marius* gegen *Sulla* während der röm. Bürgerkriege, *um 130 v. Chr., †84 v. Chr.; Konsul 87–84 v. Chr.; berüchtigt wegen seiner Grausamkeit gegen polit. Gegner. Als er 84 v. Chr. die röm. Flotte gegen Sulla führen wollte, wurde er bei einer Meuterei von Soldaten erschlagen. – Ⓛ 5.2.7.

Cinnamomum [das; lat.], Gattung der *Lorbeergewächse,* zu der der →Kampferbaum *(C. camphora)*, der *Ceylon-Zimtbaum (C. zeylanicum)* u. der *Chinesische Zimtbaum (C. cassia)* gehören.

Cino da Pistoia ['tʃi-], eigentl. *Guittoncino de' Sighibuldi*, italien. Dichter u. Rechtsgelehrter, *um 1270 Pistòia, †1336 oder 1337 Pistòia, Vertreter des „dolce stil nuovo", Vorläufer von F. *Petrarca*.

Cinquecento [tʃiŋkwɛ'tʃɛnto; das], italien. Bez. für das 16. Jh., als Stilbegriff jedoch nur für die Kunst der italien. Hochrenaissance zutreffend.

Cinque Ports ['siŋk 'pɔ:ts], die „Fünf Häfen" an der engl. Kanalküste: Hastings, Romney, Hythe, Dover u. Sandwich.

Cintio, *Cinzio* ['tʃin-] →Giraldi.

Cinto, *Mont C.* ['tʃin-], höchster Berg auf Korsika, im NW der Insel, 2710 m; Karbildungen im Porphyr.

C-Invarianz, *Elementarteilchenphysik:* Symmetrie einer →Wechselwirkung gegenüber einer Ladungskonjugation der beteiligten Teilchen (Austausch eines Teilchens durch sein Antiteilchen). →auch PCT-Theorem.

CIO, Abk. für →Congress of Industrial Organizations.

Cione [tʃo-], Andrea →Verocchio.

Ciotat [siɔ'ta] →La Ciotat.

Cippus [der; lat.], Steinmal, meist von kubischer Form u. mit Relief auf den vier Ansichtsseiten, diente in Etrurien zur Bezeichnung des Grabes; häufig in Chiusi (seit dem 7./6. Jh. v. Chr.). Als Bekrönung des C. findet sich u.a. die Kugel.

Circe →Kirke.

Circeo Monte [tʃir'tʃɛo:-], 541 m hohes italien. Vorgebirge an der Südspitze von Latium, südl. der Pontin. Sümpfe; bei Homer die Insel der *Kirke*, inzwischen landfest geworden; Fundstätte von Neandertalerschädeln; in der Nähe des Ortes San Felice Circeo die Ruinen des antiken *Circei*; *Circeo-Nationalpark*.

Circuittraining ['sə:kittrɛiniŋ; engl. *circuit*, „Umdrehung, Kreislauf"], ein von den Engländern *Morgan* u. *Adamson* 1953 entwickeltes Trainingssystem zur Verbesserung der allg. Kondition (Kreislaufleistung, Atmungsfähigkeit, Muskelkraft u. -ausdauer), das aus 24 Standardübungen an verschiedenen Geräten, die im Kreis aufgestellt sind, besteht. Diese Übungen, z.B. Springen auf einen Kasten, Drücken der Scheibenhantel u. Klimmziehen am Reck, werden nach Wiederholungszahl u. Umlaufzeit bei fortschreitender Übungsverbesserung gesteigert; vielfältige Abwandlungsmöglichkeiten. C. wird im Verein meistens in der Periode des Vortrainings angewendet; spezielle Formen des →Krafttrainings schließen sich an. – Ⓛ 1.1.0.

Circulus vitiosus [der; lat., „fehlerhafter Kreis, Teufelskreis"], *Zirkelschluß, -beweis*, Fehlschluß; argumentierendes Vorgehen, bei dem das zu Beweisende als Beweisgrund bereits vorausgesetzt wird.

Circus →Zirkus.

Ciré [si're:; der; frz., „gewachst"], wachsappretierter Baumwollstoff, meist atlasbindig u. buntgedruckt, ähnl. *Chintz*.

Cirene, *Qurena*, libyscher Ort im nördl. Küstengebiet der Cyrenaica, das antike *Kyrene*, nach dem die ganze Landschaft Cyrenaica benannt ist.

Cirksena, ostfries. Adelsgeschlecht, dem im 15. Jh. die Einigung Ostfrieslands gelang; seit 1464 Grafen, seit 1654 Fürsten, 1744 ausgestorben.

Cirque Mountain ['sə:k 'mauntin], höchster Gipfel der Torngat Mountains im Nordosten von Labrador, 1676 m.

Cirrhotheutidae, Familie tiefseebewohnender, achtfüßiger *Kopffüßer,* bis über 1,10 m lang, mit Fangarmen, die durch Velarhäute verbunden sind, u. paarigen Lappen am Mantel.

Cirripedia →Rankenfußkrebse.

Cirrus = Zirruswolken.

cis, in der Musik der Halbton über c, dargestellt durch die Note c mit einem ♯.

CISAC, Abk. für *Confédération Internationale des Sociétés d'Auteurs et Compositeurs* [frz.], 1926 gegr. internationale Verbindung der nationalen *Verwertungsgesellschaften* zwecks Erfahrungsaustausch u. Verfolgung gemeinsamer Ziele auf dem Gebiet des Urheberrechts.

cịsalpinisch [lat., „diesseits der Alpen"], auf der röm. Seite der Alpen gelegene Gebiete des Röm. Reichs (Gegensatz: *transalpinisch*, „jenseits der Alpen"), z.B. *Gallia cisalpina*, die in der Antike von Kelten bewohnte Poebene.

Cis-Dur, seltene, mit 7 ♯ vorgezeichnete Tonart, deren Leiter cis, dis, eis, fis, gis, ais, his, cis ist. Gewöhnl. schreibt man Des-Dur (mit 5 ♭ vorgezeichnet). Paralleltonart: ais-Moll.

Ciskẹi, teilautonomes Bantuland („Bantu-Heimatland") im südöstl. Kapland (Rep. Südafrika), südl. an die Transkei angrenzend, erhielt 1968 Selbstregierung; Hauptort *King William's Town.*

Cisleithạnien, *Zisleithanien* [lat., „Land diesseits der Leitha"], nach dem österr.-ungar. Ausgleich 1867 die österr. Reichshälfte. Zu C. gehörten: das heutige Österreich, Böhmen, Mähren, Österr.-Schlesien, Galizien, Bukowina, Krain, Küstenland, Südtirol, Dalmatien. Die ungar. Reichshälfte hieß *Transleithanien.*

cis-Moll, mit 4 ♯ vorgezeichnete Tonart, deren Leiter (harmon.) cis, dis, e, fis, gis, a, his, cis ist. Paralleltonart: E-Dur.

Cịssus, *Klimme*, Klettersträucher der Tropen aus der Familie der *Weinrebengewächse.* In unseren Warmhäusern wird häufig *C. discolor* kultiviert.

Cistaceae [tsis'tatseä] = Zistrosengewächse.

Cịste [die, Mz. *C.n*; lat. *cista*], bronzenes Deckelgefäß mit zylindr. Körper, Füße u. Griffe meist figürl. gestaltet, Oberfläche mit Ornamenten u. figürl. Szenen graviert. Hauptfabrikationsorte der vom 4. bis 2. Jh. v. Chr. in Latium hergestellten C.n sind u. a. Rom (→Ficoronische Ciste) u. Praeneste. Einfachere Schnur- u. Rippen-C.n auch sonst in Ober- u. Mittelitalien seit dem 6. Jh. v. Chr. verbreitet.

Cịster [die; lat.], *Sister*, aus der mittelalterl. Fidel entwickeltes Zupfinstrument mit Wirbelkasten, mit Laute u. Gitarre verwandt. Blütezeit: 16.–18. Jh.

Cịstus →Zistrose.

CIT, Abk. für *Comité International des Transports par Chemins de Fer*, internationales Komitee für Eisenbahntransporte, gegr. 1902, Sitz: Bern; Organ von etwa 350 Eisenbahnverwaltungen in 29 europ. Ländern.

Cîteaux [si'to], lat. *Cistercium*, das Zisterzienser-Mutterkloster in der ostfranzös. Gemeinde Saint-Nicolas-lès-C., im Dép. Côte-d'Or, 1098 gegr. von Robert de Molesme, 1790 aufgehoben, seit 1898 Trappistenabtei.

CITEJA, Abk. für *Comité International Technique d'Experts Juridiques Aériens*, 1925 auf der Pariser Luftprivatrechts-Konferenz von 48 Staaten gegr. Ausschuß zur Vereinheitlichung des privaten Luftrechts; ermöglichte 1929 das grundlegende →Warschauer Abkommen über den Luftverkehrsbeförderungsvertrag für Personen u. Luftfracht. →Luftrecht.

cịtius, ạltius, fọrtius [lat., „schneller – höher – weiter"], von P. de *Coubertin* in seinen „Olympischen Erinnerungen" angeführter Grundsatz für das Streben im modernen Sport, den er von dem Pädagogen Pater Henri *Didon* (*1840, †1900) übernommen hatte. Wahlspruch für die modernen Olympischen Spiele.

Citlaltẹ́petl [θit-; aztek., „Sternberg"], span. *Pico de Orizaba*, höchster Berg Mexikos, südwestl. von Veracruz, 5700m hoch, noch zeitweise tätiger Vulkan.

Citoyen [sitwa'jɛ̃; frz.], Bürger, ursprüngl. der wahlberechtigte Stadtbürger, in der Französ. Revolution jeder Staatsbürger. C. u. *Citoyenne* („Bürgerin") sollten nach einem Dekret für die Umgangssprache als Anrede an die Stelle von Monsieur u. Madame treten. →auch Bürgertum.

Citrạl [das; grch. + arab.], *Geraniol, Lemonal,* zweifach ungesättigter Terpenaldehyd, $C_{10}H_{16}O$, eine ölige Flüssigkeit von zitronenartigem Geruch, die aus Citronen- oder Lemongrasöl gewonnen u. als Riechstoff u. zur Herstellung von künstl. Veilchenaroma verwendet wird.

Citrạte, Salze der →Citronensäure.

Citrine [si'tri:n], Walter, Baron C. of Wembley, brit. Politiker, *22. 8. 1887 Liverpool; seit 1914 in der Gewerkschaftsbewegung, 1928 u. 1945/46 Präs. des Internationalen Gewerkschaftsbundes; 1947 mehrere Monate Leiter des verstaatlichten Kohlenbergbaus; im gleichen Jahr Vorsitzender der neugebildeten zentralen Elektrizitätsbehörde (bis 1957); verantwortl. für den Bau von Atomkraftwerken. Schrieb „Men and Work" 1947.

Citroën [sitrɔ'ɛ̃], *S. A. des Automobiles C.*, Paris, 1914 gegr. französ. Unternehmen der Kraftfahrzeugindustrie; schloß sich 1976 mit der Firma Peugeot S.A. zur *PAS Peugeot-Citroën*, Paris, zusammen. →Peugeot-Citroën.

Citronellạl [das; ital.], *Citronellaldehyd*, ein Terpenaldehyd, der aus Citronellöl gewonnen wird, nach Zitronen riecht u. für Parfüms verwendet wird.

Citronellọl [das; ital.], einfach ungesättigter aliphat. Terpenalkohol, $C_{10}H_{20}O$, wird aus Citronen- u. Rosenöl gewonnen u. in der Parfümerie verwendet.

Citronẹllöl, farbloses bis gelbes, nach Zitronen riechendes ätherisches Öl. Hauptbestandteile sind Geraniol u. Citronellal. C. wird auf Taiwan, Ceylon u. Java durch Wasserdampfdestillation aus getrockneten Gräsern gewonnen u. dient in der Parfümindustrie als Riechstoffkomponente; C. wird auch zu Einreibungen gegen Rheumatismus verwendet.

Citrọnenöl, *Citrusöl, Zitronenöl*, schwach gelb gefärbtes, angenehm riechendes ätherisches Öl. C. wird aus Zitronen durch Auspressen der Schalen oder durch Wasserdampfdestillation des Fruchtfleischs gewonnen. Es dient vor allem als Aromastoff in der Lebensmittelindustrie u. als Zusatz in der Parfümerie.

Citrọnensäure, *Hydroxytricarballylsäure*, dreibasische Oxytricarbonsäure, rhombische Prismen, in vielen Früchten (Zitronen, Orangen) enthalten. Die Salze der C. heißen *Citrate*. C. wird außer aus Zitronen auch durch C.gärung von Zuckerarten (Glucose, Maltose) mit bestimmten Schimmelpilzen gewonnen; zur Herstellung von erfrischenden Getränken u. Backpulvern verwendet. C. übt im menschl. u. tier. Organismus (→Citronensäurecyclus) wichtige Funktionen aus.

Citronensäurecyclus, *Krebscyclus*, von H. A. *Krebs* 1943 aufgestellter Reaktionskreis. In ihn münden die Bausteine des *Fett-* u. *Zuckerstoffwechsels* (→Stoffwechsel) als aktivierte Essigsäure *(Acetyl-Koenzym-A)*. Sie werden an Oxalessigsäure zu Citronensäure gekoppelt u. über zahlreiche Zwischenverbindungen zu Kohlendioxid u. Wasserstoff abgebaut. Am Ende steht die Oxalessigsäure wieder zur Verfügung. Kohlendioxid wird ausgeatmet, der Wasserstoff an Energiespeicher wie Nicotinamid-adenin-dinucleotid (NAD) gehängt u. zur *Atmungskette* transportiert. Dort erfolgt die schrittweise Vereinigung des Wasserstoffs mit dem durch Einatmung erhaltenen Sauerstoff zu Wasser. Die dabei gewonnene Energie wird als Wärme frei oder chemisch an den Energiespeicher *Adenosintriphosphat* gebunden. Sie kann von dort für alle Lebensprozesse (Muskelarbeit, Stoffaufbau, auch C.) herangezogen werden. Auch die Bausteine des Eiweißabbaus gelangen seitlich in den C. So ist der C. Sammelbecken für die Zwischenprodukte des Stoffwechsels u. Ausgangspunkt zum Aufbau neuer Verbindungen. – ◻9.0.7.

Cịtrus, *Agrume*, Gattung der *Rautengewächse*; immergrüne Sträucher u. kleine Bäume mit ledrigen Blättern, die großen Früchte sind Beeren, das saftige Fruchtfleisch wird von Emergenzen gebildet, die von der Innenseite der Fruchtwand in die Fächer hineinwachsen. Die ursprüngl. in Südasien u. auf den malaiischen Inseln beheimateten C.gewächse werden heute in zahlreichen Kulturformen in allen wärmeren Ländern angebaut. Von *C. aurantium* sind die Rassen *sinensis* (Orange, Apfelsine), *maxima* (Pampelmuse, Grapefruit) u. *amara* (Pomeranze) hervorzuheben. Neben *C. medica* (Zitrone) gibt es die Rassen *limonum* (Limone) u. *bajoura* (Zitronatszitrone); ferner *C. nobilis* (Mandarine).

Città [tʃi'ta; ital.], Teil geograph. Namen: Stadt.

Città di Castẹllo [tʃi'ta-], italien. Stadt in Umbrien, am oberen Tiber, 36000 Ew.; Dom (11. Jh.), viele Renaissancebauten; Teppichweberei.

Città Vècchia [tʃi'ta 'vɛkja], Ort auf Malta, = Mdina.

City ['siti; die; engl.], zentraler Stadtteil mit der stärksten Konzentration zentralörtlicher Funktionen, Standort von hochspezialisierten Geschäften, von Banken, Verwaltungsbehörden u. a. Die *C.bildung* ist ein Funktionswandel, der durch Abwanderung der Wohnbevölkerung u. Zunahme der gewerbl. Nutzung gekennzeichnet ist.

Ciudad [θju'ðað, span.; sjuðað, span.-amerik.], Bestandteil geograph. Namen: Stadt.

Ciudad Bolịvar [sju'ðað-], Hptst. des venezolan. Staates →Bolívar, am unteren Orinoco, 103700 Ew.; Mittelpunkt der Llanos, wichtiger Ausfuhrhafen (Agrarprodukte, Eisenerze von Cerro Bolívar); für Seeschiffe zugängl.; Goldminen, Bergbauschule; Flugplatz. – 1764 gegr., bis 1866 *Angostura.*

Ciudad de México →México.

Ciudad Juárez [sju'ðað xu'arɛs], mexikan. Grenzstadt in Chihuahua, am Rio Grande del Norte, gegenüber El Paso (USA), 522000 Ew.; Zentrum eines Bewässerungsgebiets (Baumwoll-, Mais-, Weizen-, Gemüse-, Futteranbau); Verarbeitung landwirtschaftl. Produkte.

Ciudad Madẹro [sju'ðað-], mexikan. Stadt in Tamaulipas, Vorort von Tampico, am Golf von Mexiko, 70000 Ew.; Erdöl.

Ciudad Obregọ́n [sju'ðað-], modern angelegte mexikan. Stadt in Sonora, 80000 Ew.; in einem Bewässerungsgebiet mit Baumwoll-, Weizen-, Maisanbau u. -verarbeitung.

Ciudad Ojeda [sju'ðað o'xɛda], Stadt in Nordwest-Venezuela, 83800 Ew.; Erdölzentrum am Maracaibosee.

Ciudad Reạl [θju'ðað-], span. Stadt in Neukastilien, auf der Hochebene *La Mancha*, 39000 Ew.; Veterinärmedizin. Hochschule, got. Kathedrale (16. Jh.); landwirtschaftl. Gewerbe, Branntweinbrennerei, Viehhandel, Hptst. der Provinz C.R. (19749 qkm, 508000 Ew.). – Am 27. 3. 1809 französ. Sieg über die Spanier.

Ciudad Trujillo [sju'ðað tru'xijo], 1936–1961 Name der dominikan. Hptst. →Santo Domingo.

Ciudad Victọria [sju'ðað-], Hptst. des mexikan. Staates Tamaulipas am Ostfuß der Sierra Madre Oriental, 60000 Ew.; Universität; landwirtschaftl. Zentrum, etwas Industrie.

Ciurliọnis [tʃiur-], Mykolas Konstantas, litauischer Maler u. Musiker, *10. 9. 1875 Varena, †28. 3. 1911 Czerwony Dor bei Warschau; suchte musikal. Eindrücke bildlich zu gestalten („Meeressonate"; „Sonate der Schlange"). C. gilt als Vorläufer der abstrakten Malerei.

Civẹtte →Zibetkatzen.

Civịlis, Julius, Bataver aus königl. Geschlecht, unter Nero Kohortenpräfekt; zettelte einen für Rom gefährl. Aufstand an, der 69/70 die wichtigsten german. u. gallischen Stämme u. einen Teil des röm. Heers ergriff. Ziel war ein von Rom unabhängiges Imperium. Nach anfängl. Erfolgen wurde C. 70 in einer Schlacht in der Nähe von Trier von Petilius Cerialis besiegt u. langsam zurückgedrängt; im Herbst 70 wurde die röm. Herrschaft wiederhergestellt.

Civil rights movement ['sivl raits 'mu:vmənt; engl.] →Bürgerrechtsbewegung.

Cịvis Romạnus [lat.], im Altertum Inhaber des röm. Bürgerrechts.

Civitạle [tʃi-], Matteo di Giovanni, italien. Bildhauer, Architekt u. Ingenieur, *5. 6. 1436 Lucca, †12. 10. 1501 Lucca; ausgebildet im Kreis der florentin. Marmorbildhauer, wurde C. der bedeutendste Bildhauer der Renaissance in Lucca; auch als Befestigungsarchitekt tätig.

Cịvitas [die; lat.], 1. *C. Romana*, im alten Rom Gesamtheit der freien Bürger *(cives)*, denen das röm. Bürgerrecht zustand. – 2. im MA. Stadtstaat, Stadt, Gemeinde.

Cịvitas Dẹi [lat.], der „Gottesstaat" auf Erden, dessen Idee u. Ordnungsprinzipien vor allem *Augustinus* vertrat.

Civitavẹ̀cchia [tʃivita'vɛkja], italien. Hafenstadt in Latium, nordwestl. von Rom, 43000 Ew.; Zementfabrik; Seebad, schwefelhaltige Mineralquellen.

Cizek, Franz, österr. Maler, Kunstpädagoge, *12. 7. 1865 Leitmeritz, †17. 12. 1946 Wien; Initiator der Jugendkunst-Bewegung. 1903 Leiter einer Versuchsschule für den Zeichenunterricht an der Wiener Kunstgewerbeschule.

Cl, chem. Zeichen für *Chlor.*

Claas, *Gebr. Claas, Maschinenfabrik GmbH*, Harsewinkel/Westf., 1914 gegr. Landmaschinenfabrik; erzeugt vor allem Mähdrescher; 6400 Beschäftigte.

Claassen Verlag GmbH, Düsseldorf u. Hamburg, 1934 als H. Goverts Verlag von Henry Goverts u. Eugen Claassen gegr., 1946 umbenannt in *Claassen & Goverts*, seit 1950 jetziger Name, seit 1967 in Düsseldorf in Personalunion mit dem Econ-Verlag; Belletristik u. geisteswissenschaftl. Literatur.

Clackmannan [klæk'mænən], mittelschott. Distrikt am inneren Firth of Forth, 161 qkm, 46100

Ew., Hptst. *Alloa*; Kohlenbergbau, Landwirtschaft in den Lowlands.
Clactonien [klæktɔ'njɛ̃; das], altsteinzeitl. Formengruppe, durch die sog. *Clactonabschläge* charakterisiert.
Clactonabschläge ['klæktən-], durch kräftiges Stoßen gegen eine größere steinerne Unterlage von einem Stein abgesprengte (Amboßtechnik), nicht weiter zugerichtete Abschläge des frühen Altpaläolithikums, nach der engl. Fundstelle *Clacton-on-Sea* bei Harwich, Essex, benannt.
Cladẹl, Léon, französ. Schriftsteller, *13. 3. 1835 Montauban, †20. 7. 1892 Sèvres; beschreibt in seinen Romanen die Sitten u. Bräuche der Bauern des Quercy; „Mes paysans" 2 Bde. 1869–1872; „L'homme de la Croix-aux-Bœufs" 1873.
Cladọcera [grch.] →Wasserflöhe.
Cladọnia [grch.], *Säulenflechte, Becherflechte,* Flechten mit krustigem, früh absterbendem Thallus u. reich verzweigten Fruchtständen; über die ganze Erde verbreitet. Bes. bekannt sind die auch in trockenen Wäldern u. auf Heiden vorkommenden, in den Tundren der arkt. Zone massenhaft auftretenden *Rentierflechten (C. rangiferina),* sie dienen den Rentieren als Nahrung.
Cladophorạles [grch.] →Grünalgen.
Claes [kla:s], Ernest (André Jozef), fläm. Volkserzähler, *24. 10. 1885 Zichem bei Diest, †2. 9. 1968 Brüssel; schrieb humorvoll u. schalkhaft, z. T. autobiograph.: „Flachskopf" 1920, dt. 1930; „Bubi" 1925, dt. 1931; „Donkelhof u. Wasinghaus" 1925–1930, dt. 1939; „Der Pfarrer aus dem Kempenland" 1935, dt. 1939; „Jugend" 1940, dt. 1942; „Die alte Uhr" 1947, dt. 1950.
Claesz [kla:s], Pieter, Vater von N. *Berchem,* holländ. Maler, *1597/98 Burgsteinfurt (Westf.), begraben 1. 1. 1661 Haarlem; malte in kühler, schimmernder Farbigkeit einfach aufgebaute Stillleben, meist Frühstückstische mit Gerät, seltener Vanitas-Darstellungen. Das Frühwerk von C. steht W. C. *Heda* nahe.
Claesz Heda, Willem →Heda, Willem Claesz.
Claim [kleim; das; engl.], Besitzanspruch, bes. auf eine Goldgräberparzelle; auch das Grundstück selbst.
Clair [klɛ:r], René, eigentl. R. *Chomette,* französ. Filmregisseur, *11. 11. 1898 Paris; zunächst Journalist; unter dem Einfluß von Georges Méliès entstanden die ersten Filme: „Paris qui dort" 1923; „Entr'acte" 1924; „Le Voyage imaginaire" 1925; Welterfolg brachte ihm „Sous les toits de Paris" 1930; dann „Le Million" 1931; „Es lebe die Freiheit" 1932; „Die Schönen der Nacht" 1952; „Die Mausefalle" 1956. 1935–1946 arbeitete C. in England u. Hollywood, später wieder in Frankreich. Er schrieb Filmpublikationen, die grundlegend für die Filmwissenschaft waren.
Clairault [klɛ'ro], Alexis-Claude, französ. Mathematiker u. Physiker, *7. 5. 1713 Paris, †17. 5. 1765 Paris; Arbeiten über höhere Analysis u. das →Dreikörperproblem.
Claire ['klɛ:rə], französ. für →Klara.
Clairet [klɛ'rɛ; der], Bez. für hellrote, französ. Weine (Schillerweine), auch für Kräuterweine.
Clair-obscur-Schnitt ['klɛ:r ɔb'sky:r-] →Holzschnitt.
Clair-obscur-Zeichnung ['klɛ:r ɔb'sky:r-] = Helldunkel-Zeichnung.
Clairon [klɛ'rɔ̃; das; frz.], Bügelhorn, Signalhorn; →auch Clarino.
Clairvaux [klɛr'vo], lat. *Claravallis,* ehem. Zisterzienserkloster im nordfranzös. Dép. Aube, 1115 gegr. von →Bernhard von Clairvaux, 1792 säkularisiert; seit 1808 Gefängnis.
Clairvoyance [klɛrvwa'jãs; die; frz.] →Hellsehen.
Clamart [-'ma:r], Kreisstadt im Dép. Hauts-de-Seine, in der Nähe des Bois de Meudon, 55300 Ew.; Gemüsekulturen; pharmazeut. Laboratorien.
Clan [engl. klæn; der; kelt.], in Irland u. Schottland der Sippenverband, der auch polit. Faktor ist. Daran anknüpfend nennt man in der Völkerkunde C. eine durch Bluts- oder vermeintl. Blutsverwandtschaft aneinander gebundene Gruppe von Menschen, vor allem von vaterrechtl. Sippen. Der C. bildet nach der Familie die nächsthöhere gesellschaftl. Organisation, aus der der Stamm erwächst.
Claparède [-'rɛ:d], Édouard, schweizer. Psychologe, *24. 3. 1873 Genf, †29. 9. 1940 Genf; arbeitete bes. auf dem Gebiet der vergleichenden Psychologie, Vertreter eines biolog. orientierten *Funktionalismus*; gründete 1912 in Genf das „Institut J.-J. Rousseau". Hptw.: „Kinderpsychologie" 1905 (Neuaufl. 2 Bde. 1946), dt. 1911.
Clapeyron [klapɛr'ɔ̃], Benoît Pierre Emile, Ingenieur, *21. 2. 1799 Paris, †28. 1. 1864 Paris; Lokomotivkonstrukteur u. Brückenbauer, 1820 bis 1830 in Rußland tätig; stellte den *Dreimomentensatz* zur Berechnung durchlaufender Balken auf u. entwarf das *Wärmediagramm* für theoret. Thermodynamik.
Clapperton ['klæpətən], Hugh, brit. Afrikaforscher, *1788 Annan (Schottland), †13. 4. 1827 Sokoto; drang 1825 von Lagos aus auf dem Niger bis Sokoto vor u. löste damit das Nigerproblem. Sein Diener Richard *Lander* (*1804, †1834) befuhr 1830/31 den Niger in seiner ganzen Länge.
Claque [klak; die; frz.], Bühnenausdruck für bezahltes Beifallklatschen, auch für die Beifallspender *(Claqueurs).*
Clare [klɛə], irisch *An Clár,* westirische Grafschaft in der Prov. Munster, 3187 qkm, 74000 Ew.; Hptst. *Ennis,* 5800 Ew.; ameliorierte ehem. Marschen an Flüssen.
Claret ['klɛ:rət; der], engl. Bez. für rote Bordeaux-Weine.
Claretịner, lat. *Cordis Mariae Filii,* Abk. *CMF, Söhne des Unbefleckten Herzens Mariä,* 1849 von Antonio Maria *Claret y Clará* gegr. kath. Kongregation, deren Aufgabe u. a. in der Missionierung u. religiösen Unterweisung liegt.
Clarẹt y Clarạ́, Antonio Maria, Heiliger, *23. 12. 1807 Sallent, Provinz Barcelona, †24. 10. 1870 Fontfroide bei Carcassone; gründete 1849 die Kongregation der *Claretiner,* war 1850–1857 Erzbischof von Santiago de Cuba. Fest: 24. 10.
Clarị́n, eigentl. Leopoldo *Alas y Ureña,* span. Schriftsteller, *25. 4. 1852 Zamora, †13. 6. 1901 Oviedo; Erzähler, Essayist u. Kritiker; wandte sich vom Naturalismus einem idealist. getönten Realismus zu. Hptw. ist der Roman „La Regenta" 1884, die Sittenschilderung einer span. Provinzstadt.
Clarịno [das; ital.; frz. *Clairon*], im 17./18. Jh. Bez. für die hochliegenden Trompetenstimmen (z. B. bei J. S. Bach).
Clarion-Bruchzone ['klɛəriən-], Zone leichter Einzelerhebungen im Nordostpazifischen Becken, die sich von den Revillagigedo-Inseln westsüdwestl. etwa 2000 km hinzieht.
Clarịt, aus kolloidartigen Zersetzungsrückständen pflanzl. Stoffe gebildeter Gefügebestandteil der *Kohle*; enthält noch Holz- u. Gewebeteile sowie Sporen, Pollen u. ä.
Clark [kla:k], **1.** Jim, schott. Autorennfahrer, *4. 3. 1936 Duns, †7. 4. 1967 Hockenheimring (verunglückt); 1963 u. 1965 Automobilweltmeister, in 25 Grand-Prix-Rennen siegreich.
2. John Bates, US-amerikan. Nationalökonom, *26. 1. 1847 Providence, †23. 3. 1938 New York; Vertreter der Grenzproduktivitätstheorie. Hptw.: „The Philosophy of Wealth" 1885; „The Distribution of Wealth" 1899.
3. John Maurice, Sohn von 2), US-amerikan. Nationalökonom, *30. 11. 1884 Northampton, †27. 6. 1963 Westport, Conn.; Berater F. D. *Roosevelts* (New Deal). C. unterstrich das Akzelerationsprinzip für die Konjunkturtheorie. Hptw.: „Studies in the Economics of Overhead Costs" 1923; „Strategic Factors in Business Cycles" 1934; „Competition as a Dynamic Process" 1961.
4. Mark Wayne, US-amerikan. General, *1. 5. 1896 Madison Barracks, New York; befehligte im 2. Weltkrieg die an der Eroberung Nordafrikas u. Italiens beteiligten US-Truppen u. seit 1944 alle alliierten Verbände der 5. Armee; 1945–1947 Oberkommissar der USA für Österreich, 1952 Oberbefehlshaber der UN-Truppen in Korea; gab 1953 den Militärdienst auf.
Clarke [kla:k], Kenny, auch Kenneth Spearman „Klook", Liaqat Ali Salaam, afroamerikan. Jazzmusiker (Schlagzeug, Komposition), *9. 1. 1914 Pittsburgh; seine Schlagzeugtechnik wurde für den modernen Jazz richtungweisend.
Clạrkia [die; nach dem US-amerikan. Forscher W. *Clark*], kalifornische Gattung der *Nachtkerzengewächse.* Als Zierpflanze wird die *Schöne Clarkie (C. elegans)* kultiviert.
Claß, 1. Heinrich, Politiker, *29. 2. 1868 Alzey, †18. 4. 1953 Jena; seit 1897 in der alldt. Bewegung tätig, 1908 geschäftsführender Vorsitzender des *Alldeutschen Verbandes*; Verfasser zahlreicher Schriften.
2. Helmut, ev. Theologe, *1. 7. 1913 Geislingen an der Steige; 1969 Landesbischof der ev. Landeskirche in Württemberg, 1973 Vorsitzender des Rats der EKD.
Classen, Alexander, Chemiker, *13. 4. 1843 Aachen, †28. 1. 1934 Aachen; Begründer der analyt. Elektrolyse.
Claude [klo:d], frz. für →Claudius.
Claude [klo:d], Albert, belg. Mediziner, *23. 8. 1899 Longlier, Luxemburg; Dir. des Jules-Bordet-Instituts für Krebsforschung, Brüssel. Nobelpreis für Medizin 1974 zusammen mit Ch. *de Duve* u. G. E. *Palade.*
Claudel [klo'dɛl], Paul, französ. Dichter, *6. 8. 1868 Villeneuve-sur-Fère, †23. 2. 1955 Paris; 1893–1934 in diplomat. Diensten, führend in der französ. religiösen Erneuerungsbewegung, schuf mit den Ausdrucksmitteln des Symbolismus u. der mittelalterl. Hymnik seine große christl.-kath. Dichtung. Lyrik: „Fünf große Oden" 1910, dt. 1939; Dramen: „Goldhaupt" 1890, dt. 1915; „Der Bürge" 1911, dt. 1926; „Verkündigung" 1912, dt. 1913; „Der erniedrigte Vater" 1920, dt. 1928; „Der seidene Schuh" 1930, dt. 1939; „Johanna auf dem Scheiterhaufen" 1938, dt. 1938 (vertont von A. *Honegger*); auch Prosa; Briefwechsel mit A. *Gide* 1949, dt. 1952. – 🕮 3.2.1.
Claude Lorrain →Lorrain, Claude.
Clạudia, weibl. Form von *Claudius.*
Claudiạnus, Claudius, röm. Dichter aus Alexandria, *um 355, †vor 408; kam 395 nach Rom, bekleidete hohe Ämter am Hof des Kaisers Honorius u. stand bei Stilicho in Gunst; schrieb Gedichte u. Epen, u. a. „Raub der Proserpina".
Clạudius [zu lat. *claudus,* „lahm"], Name eines röm. Geschlechts; männl. Vorname; frz. *Claude.*
Clạudius, *Tiberius C. Nero Germanicus,* röm. Kaiser 41–54, *10 v. Chr. Lyon, †54 n. Chr.; Sohn des *Drusus,* Bruder des *Germanicus,* Onkel Kaiser *Neros.* Unter seiner Herrschaft wurden Mauretanien, das südl. Britannien u. Thrakien als röm. Provinzen eingerichtet; unter dem Feldherrn Gnaeus Domitius Cobulo Kämpfe gegen die Friesen. C. regierte zunächst liberal, geriet dann aber unter den Einfluß von Günstlingen u. seiner ehrgeizigen Frauen. Er war verheiratet mit der durch ihre Sittenlosigkeit berüchtigten Valeria *Messalina* u. nach deren Hinrichtung mit *Agrippina d. J.,* die bei C. die Adoption ihres Sohnes aus erster Ehe, des späteren Kaisers Nero, durchsetzte u. C. anschließend vergiftete. – 🕮 5.2.7.
Clạudius, 1. Eduard, eigentl. E. *Schmidt,* Schriftsteller, *29. 7. 1911 Gelsenkirchen-Buer, †13. 12. 1976 Potsdam; Spanienkämpfer, 1947 Übersiedlung in die DDR. „Grüne Oliven u. nackte Berge" 1946; „Haß" 1947; „Salz der Erde" 1948; „Menschen an unserer Seite" 1951; „Früchte der harten Zeit" 1953; „Paradies ohne Seligkeit" 1955; Erinnerungen: „Ruhelose Jahre" 1968.
2. Hermann, Urenkel von 3), Lyriker u. Erzähler, *24. 10. 1878 Langenfelde bei Altona; war Volksschullehrer; ihm gelangen, bes. in plattdt. Mundart, Lieder von volksliednaher Schlichtheit.
3. Matthias, Pseudonym *Asmus,* Dichter, *15. 8. 1740 Reinfeld bei Lübeck, †21. 1. 1815 Hamburg; Pfarrerssohn, fand 1771–1775 weiten Widerhall als Hrsg. des „Wandsbecker Boten". Seine Lyrik („Der Mond ist aufgegangen") u. Prosa wurden durch ihre Schlichtheit u. Frömmigkeit zum Hausgut des dt. Volks. – 🕮 3.1.1.
Clạudius Cạecus, Appius, röm. Konsul 307 u. 296 v. Chr., Zensor 312 v. Chr., Diktator zwischen 292 u. 285 v. Chr.; Vorkämpfer des Volkes gegen die Rechte der Patrizier; gab den Freigelassenen das Bürgerrecht; ließ den Kalender der Gerichtstage u. die zur Einleitung von Prozessen nötigen Rechtsformeln veröffentlichen, deren Kenntnis bis dahin Vorrecht der Pontifices war; verhinderte 280 v. Chr. durch eine berühmte Rede im Senat die Annahme der Friedensbedingungen des Königs Pyrrhos von Epirus. Als Zensor veranlaßte C. C. den Bau der nach ihm benannten *Appischen Straße* u. einer großen Wasserleitung nach Rom.
Clauren, Heinrich, eigentl. Carl Gottlieb *Heun,* Schriftsteller, *20. 3. 1771 Dobrilugk, †2. 8. 1854 Berlin; preuß. Geheimer Hofrat; einst vielgelesener, sentimentaler Erzähler („Mimili" 1816), den W. *Hauff* im „Mann im Mond" parodierte. 1813 schrieb er das Lied: „Der König rief und alle, alle kamen".
Claus George Willem Otto Frederik Geert, Prinz der Niederlande, Jonkheer van Amsberg, *6. 9. 1926 Dötzingen a. d. Elbe; seit 1966 mit der niederländ. Thronfolgerin **Beatrix** verheiratet.
Claus, 1. Carl Friedrich Wilhelm, Zoologe, *2. 1. 1835 Kassel, †18. 1. 1899 Wien; Gründer der zoolog. Station Triest; lehnte Darwins Selektionstheorie ab, bekämpfte Haeckel; Hptw.: „Lehrbuch der Zoologie" 1880, neu bearbeitet von Grobben, Kühn u. Weber 1932.
2. [klɔus], Hugo Maurice Julien, fläm. Dramatiker

Clausewitz

u. Erzähler, *5. 4. 1929 Brügge; stoffl. u. stilist. von härtestem Realismus, immer auf Schockwirkung bedacht. Dramen: „Die Reise nach England" 1953, dt. 1953; „Zucker" 1958, dt. 1958; auch Lyrik u. Erzählungen.

3. Jürgen, Maler, Kritiker u. Theoretiker, *1935 Berlin; verwendet für seine ornamentale Kunst Stanzpapier, dem er Farbflächen unterlegt, oder fügt in den meist schwarz-gelben Grund seiner Bilder zurechtgeschnittene u. übermalte Holzleisten ein; entwickelte ab 1966 Aktionsräume, in denen verschiedene Medien gekoppelt werden. C. gab die Sammelbände „Theorien zeitgenössischer Malerei" 1963 u. „Kunst heute" 1965 heraus u. schrieb „Expansion der Kunst" 1970.

Clausewitz, Carl von, preuß. Offizier u. Kriegstheoretiker, *1. 6. 1780 Burg bei Magdeburg, †16. 11. 1831 Breslau; seit 1810 im preuß. Generalstab; Bürochef Scharnhorsts, 1812 Generalstabschef der dt.-russ. Legion (wirkte bei der Konvention von Tauroggen mit), 1815 des preuß. III. Armeekorps, 1818 Direktor der Kriegsakademie; mit dem erst nach seinem Tode herausgegebenen Werk „Vom Kriege" (1832–1834) schuf C. eine nach Inhalt u. Form bis heute unübertroffene Kriegslehre; hinterlassene Werke 10 Bde. 1832 bis 1837. – ▭ 1.3.00.

Clausewitz Gesellschaft e. V., 1961 gegr. Gesellschaft von ehem. u. aktiven Offizieren im Generalstabsdienst zum Zweck der Kommunikation zwischen allen an der Landesverteidigung beteiligten Kreisen, zur Information über den Wandel der Verteidigungskonzeption u. a. Sitz: Hamburg; Geschäftsführung: Bonn-Bad Godesberg.

Clausius, Rudolf Julius Emanuel, Physiker, *2. 1. 1822 Köslin, †24. 8. 1888 Bonn; baute die kinet. Gastheorie weiter aus, fand den 2. Hauptsatz der Wärmelehre (1850) u. führte den Begriff der →Entropie ein (1865).

Claussen, Sophus, dän. Dichter u. Essayist, *12. 9. 1865 auf Langeland, †11. 4. 1931 Gentofte bei Kopenhagen; von französ. Symbolisten beeinflußt, schrieb Erzählungen (Novellen über das Kleinstadtleben) u. Reisebücher, vor allem aber Lyrik (neuromant., pantheist.).

Clausthal-Zellerfeld, niedersächs. Stadt u. Oberharzer Bergstadt, 1924 aus den Orten Clausthal u. Zellerfeld gebildet, 16 300 Ew.; größte Holzkirche Deutschlands (1642); Techn. Universität, Oberbergamt, berühmtes mineralog. Museum; Luftkurort u. Wintersportplatz; Bergbau Ende des 19. Jh. eingestellt; Glaswaren-, Funk- u. Fernsehgeräteherstellung.

Claustrophobie [die], krankhafte Angst, sich in geschlossenen Räumen aufzuhalten.

Clausula rebus sic stantibus [lat.], in den meisten Fällen stillschweigend vorausgesetzte Klausel in einem Vertrag, nach der dieser nur so lange gelten soll, wie die bei seinem Abschluß bestehenden grundlegenden (Geschäfts-, polit.) Verhältnisse fortdauern; Geltung der Klausel im Völkervertragsrecht umstritten. →auch Geschäftsgrundlage.

Clavel, Maurice, französ. Schriftsteller u. Journalist, *10. 11. 1920 Fontignan; Verfasser mehrerer Theaterstücke („Les Incendiaires" 1946; „La terrasse de midi" 1947; „Balmaseda" 1954) sowie einiger Romane.

Clavicembalo [-'tʃɛm-; das; ital.] →Cembalo.

Claviceps [lat.] →Mutterkorn.

Clavicula [die; lat.] = Schlüsselbein.

Clavijo y Fajardo [-'vixo i fa'xarðo], José, span. Schriftsteller u. Naturwissenschaftler, *um 1730 Kanar. Inseln, †1806 Madrid; Freund Voltaires u. G. L. L. Buffons; wandte sich in der von ihm 1762 gegr. Aufklärungszeitschrift „El Pensador" gegen die autos sacramentales. Seine Affäre mit Louise Caron, P. A. C. Beaumarchais' Schwester, war Anregung für Goethes „Clavigo".

Clavus [lat., „Nagel"], in der röm. Tracht ein bestimmter Besatzstreifen der Tunica, der zugleich Rangabzeichen war.

Clay [klɛi], **1.** Cassius (nach seinem Eintritt in die Sekte der „Black Muslims" nannte er sich Muhammad Ali), farbiger US-amerikan. Boxer, *17. 1. 1942 Louisville, Ky.; Olympiasieger 1960 im Halbschwergewicht, 1964 Profi-Schwergewichtsweltmeister, 1967 wegen Wehrdienstverweigerung zu Gefängnis u. Geldstrafe verurteilt. u. als Weltmeister abgesetzt; holte den Weltmeistertitel 1974 von George Foreman durch einen K.o.-Sieg zurück; verlor ihn 1978 an Leon Spinks.

2. Henry, US-amerikan. Politiker, *12. 4. 1777 Hannover County, Va., †29. 6. 1852 Washington; 1806–1810 Senator, 1811–1825 Sprecher des Re-

Carl von Clausewitz; Lithographie von F. Michelis nach einem Gemälde von W. Wach

präsentantenhauses u. bis 1812 Führer der „War Hawks", einer Gruppe, die zum Krieg gegen Großbritannien drängte. Mitgl. der US-Friedensdelegation in Gent 1814. C. nahm Einfluß auf den Abschluß des Missouri-Kompromisses 1820. Außen-Min. unter J. Q. Adams 1825–1829. Kandidat der Whig-Partei für die Präsidentschaft, danach erneut Senator 1831–1852. Schöpfer des „Kompromisses von 1850", eines großangelegten Interessenausgleichs zwischen N u. S, der 4 Gesetze miteinander verknüpfte.

3. Lucius Dubignon, US-amerikan. General, *23. 4. 1898 Marietta, Ga., †16. 4. 1978 Chatham, Mass.; 1947 Militär-Gouverneur der US-amerikan. Zone in Dtschld., Organisator der Luftbrücke nach Berlin; 1949 aus der Armee ausgeschieden; 1961/62 Beauftragter Präs. Kennedys in Berlin.

Claytonie [klɛi-], Claytonia, in einer Art in Dtschld. verwildert vorkommende Gattung der Portulakgewächse.

Clearing [k'liː-; das; engl.] →Abrechnung.

Clebsch, Alfred, Mathematiker, *19. 1. 1833 Königsberg, †7. 11. 1872 Göttingen; 1868 Mitbegründer der „Mathemat. Annalen"; Arbeiten zur Funktionen- u. Invariantentheorie.

Clematis, die →Waldrebe. →auch Alpenrebe.

Clemen, 1. Paul, Kunsthistoriker, *31. 10. 1866 Sommerfeld bei Leipzig, †8. 7. 1947 Endorf; Prof. in Bonn; inventarisierte seit 1891 die rhein. Kunstdenkmäler u. erforschte bes. die roman. u. got. Monumentalmalerei des Rheinlandes.

2. Wolfgang, Sohn von 1), Anglist, *29. 3. 1909 Bonn; Forschungen über Shakespeare u. G. Chaucer.

Clemenceau [kləmã'soː], Georges, französ. Politiker, *28. 9. 1841 Mouilleron-en-Pareds, Dép. Vendée; †24. 11. 1929 Paris; 1871 in der Nationalversammlung, dort seit 1876 Führer der Linken, half 1885 das Kabinett Ferry stürzen (seitdem „der Tiger" genannt). In den Panamaskandal verwickelt, 1893 nicht wiedergewählt, rehabilitierte er sich durch sein Eintreten für A. Dreyfus (mit Zola). Seit 1906 mehrmals Min.; als Min.-Präs. 1906–1909 verwirklichte er die Trennung von Kirche u. Staat; trat 1917 erneut an die Spitze der Regierung u. erzwang den Vorrang der polit. vor der militär. Führung. C. war einer der Väter des Versailler Vertrags. Er zog sich 1920 aus der Politik zurück. – ▭ 5.5.0.

Clemens, Päpste: →Klemens.

Clemens ['klɛmɛns], Samuel Langhorne, bürgerl. Name von →Mark Twain.

Clemens non Papa, Jacobus, eigentl. Jacques Clément, niederländ. Komponist, *um 1510, †um 1556 Dixmuiden, Flandern; zeitweilig in Ypern tätig u. daher wohl non Papa zur Unterscheidung von dem in Ypern lebenden Dichter Jacobus Papa. C. schrieb Messen, zahlreiche Motetten, niederländ. Psalmlieder u. französ. u. niederländ. Chansons. Sein polyphoner Stil weist auf O. di Lasso hin. – ▭ 2.9.2.

Clementi, Muzio, italien. Pianist, Komponist u. Pädagoge, *24. 1. 1752 Rom, †10. 3. 1832 Evesham (England); bedeutendster Vertreter der italien. klass. Klaviermusik, viele Klaviersonaten, Etüdenwerk „Gradus ad Parnassum" 1817; seit 1773 mit Unterbrechungen in London.

Cleptoparasitismus, Fälle von tierischem →Parasitismus, in denen ein Parasit die bessere Suchfähigkeit eines anderen Parasiten ausnutzt u. sich von diesem zum (gemeinsamen) Wirt führen läßt; in der Konkurrenz im oder am Wirt ist der Cleptoparasit dann überlegen. Z.B. Schlupfwespen verschiedener Arten, die den Kiefernknospentrieb-Wickler parasitieren.

Clercq [klɛrk], René de, fläm. Dichter, *14. 11. 1877 Deerlijk, †12. 6. 1932 Bussum; schrieb, z. T. aus der Verbannung, flammende Lyrik im Stil alter Geusenlieder („Das Nothorn" 1916, dt. 1917, u.a.); auch Kinderverse u. -erzählungen.

Clerf, frz. Clervaux, luxemburg. Clierf, maler. Kantonalort in den luxemburg. Ardennen im tiefen Tal der C. (Clerve), 1500 Ew.; mittelalterl. Schloß (nach Zerstörung im 2. Weltkrieg wiederaufgebaut), Kirche in rhein.-roman. Stil; Benediktinerabtei über dem Tal (erbaut 1910); Luftkurort.

Clergue [klɛːrg], Lucien, französ. Photograph, *1934 Arles; 1952 erste Versuche mit der Kamera, ermuntert durch J. Renoir. Freundschaft mit Picasso u. J. Cocteau; lebt in Arles. C.s Bilder wirken statisch u. sind bis ins letzte Detail durchgearbeitet. Zahlreiche Publikationen, darunter „Le Marais d'Arles" 1959–1961, graphisch reizvolle Folge von Ausschnittvergrößerungen aus der Camargue-Landschaft.

Clerici ['klɛritʃi], Fabricio, italien. Maler, *15. 5. 1913 Mailand; studierte Architektur in Rom u. unternahm später ausgedehnte Reisen nach Nordafrika u. in den Vorderen Orient. C. ist Neomanierist u. malt mysteriöse Landschaftsszenerien mit spiraloiden Baukomplexen, die ein in ihrem Kern aufgenommenes Ur-Ei schützen sollen. Auch Zeichner u. Bühnenbildner.

Clerk [klaːk; engl.], **1.** Schreiber, kaufmänn. Angestellter, Sekretär.
2. Geistlicher oder geistl. Beamter in der Anglikan. Kirche.

Clermont-Ferrand [klɛr'mõ fɛ'rã], Industriestadt im südl. Mittelfrankreich, alte Hptst. der Auvergne, Sitz des Dép. Puy-de-Dôme, in fruchtbaren Becken der Limagne, 164100 Ew.; Universität (gegr. 1808), Akademie; roman. Kirche (12. Jh.), got. Kathedrale (13./14. Jh.); Gummi-, chem. u. metallurg. Industrie, Maschinen- u. Flugzeugbau, Herstellung von Waffen, Sprengstoffen, Lederwaren u. Lebensmitteln; Mineralthermen; Verkehrsknotenpunkt; Durchgangsort des Fremdenverkehrs. – Das röm. Nemossus, Augustonemetum Arverni, im MA. Clarus mons; seit 4. Jh. Bischofssitz; 1095 Verkündung des 1. Kreuzzugs durch Papst Urban II. (Synode von Clermont); 1630 wurden Clermont u. Montferrand vereinigt.

Clerodendron, Gattung der Eisenkrautgewächse, hauptsächl. in der Alten Welt heimisch. Bei uns als Zierpflanzen kultiviert. Mehrere Arten sind als Ameisenpflanzen bekannt.

Clethra, Laubheide, den Heidekrautgewächsen verwandte Gattung trop. Hochländer u. Gebirge. C. gehört einer eigenen Familie, den Clethraceae, an.

Clethrazeen, Clethraceae, zu den Bicornes gehörende Pflanzenfamilie; Hauptvertreter ist die trop. Clethra.

Clerf: Ort mit Burg und Kirche; Kloster über dem Tal

Fabricio Clerici: Minotaurus

Clochard vor einem alten Pariser Haustor

Cletus, Papst, →Anaklet I.
Cleve, 1. Joos van, eigentl. *Joos van der Beke,* fläm. Maler, * um 1485, †1540/41 Antwerpen; Hofmaler Franz' I. von Frankreich; zahlreiche in leuchtenden Farben gemalte religiöse Szenen u. Bildnisse, in denen Einflüsse der italien. Hochrenaissance, bes. Leonardo da Vincis, zu erkennen sind. Nach seinem Hptw., 2 Altären mit der Darstellung des Marientodes (Köln u. München), wurde C. früher „Meister des Todes Mariä" genannt.
2. Per Teodor, schwed. Chemiker u. Geologe, *10. 2. 1840 Stockholm, † 10. 6. 1905 Uppsala; entdeckte das Holmium u. Thulium (1879) u. (unabhängig von W. *Ramsay*) das Helium.
Cleveland ['kli:vlənd], **1.** Grafschaft in NO-England, beiderseits der Tees-Mündung, 583 qkm, 570000 Ew.; Hptst. *Middlesbrough.*
2. eine der größten Industrie- u. Handelsstädte der USA, in günstiger Verkehrslage mit Hafen am Südufer des Eriesees, 800000 Ew. (Metropolitan Area 2 Mill. Ew.); 3 Universitäten (gegr. 1886, 1964, 1968), Museen; zweitgrößter Holzmarkt der USA, Eisen-, Stahl-, Autoindustrie, Schiff-, Maschinenbau, Ölraffinerien (Stammsitz der Standard Oil Co.), chem. u. Farbenindustrie, Druckereien, Verlagsort.
Cleveland ['kli:vlənd], Grover, US-amerikan. Politiker (Demokrat), *18.3.1837 Caldwell, N.J.; †24. 6. 1908 Princeton, N.J.; 22. (1885–1889) u. 24. (1893–1897) Präs. der USA; Anti-Imperialist, brachte den US-Annexionsvertrag mit Hawaii 1893 zu Fall, legte gegen mehr als ein Drittel aller Kongreßgesetze sein Veto ein. Ebenso entschieden war C.s Politik für eine harte Währung.
Cliburn ['klaibə:n], Van (Harvey Lavan C.), US-amerikan. Pianist, *12. 7. 1934 Shreveport, La.; Wunderkind, trat schon mit 4 Jahren öffentl. auf, Sieger in zahlreichen Wettbewerben; bes. Interpret russ. u. romant. Musik.
Clichy [kli'ʃi], nordwestl. Industrievorstadt von Paris, 52 700 Ew.; Eisenhütten, Maschinenbau, Herstellung von Metallkabeln u. -waren, Pharmazeutika.
Click [der, Mz. *C.*s; engl.] = Schnalzlaut.
Cliff-dwellings [klif dw'elinz; engl.], „Klippenwohnungen"], steinerne Hausbauten der Indianer der *Anasazi-Kultur* in die natürl. Aushöhlungen der Felswände an Steilhängen der Cañons von Arizona, New Mexico, Utah u. Colorado, zum Schutz vor räuberischen Überfällen.
Clifford ['klifəd], Thomas, Baron of Chudleigh, engl. Staatsmann, *1. 8. 1630 Ugbrooke, †18. 8. 1673 Ugbrooke (Selbstmord), 1660/61 Parlamentsmitglied, nach dem Sturz E. Clarendons (*1609, †1674) 1668 Mitglied des „Cabal"-Ministeriums, förderte außenpolit. die Zerstörung der holländ.-schwed. Allianz u. eine Verständigung mit Frankreich. 1672 Schatzkanzler u. Leiter der engl. Außenpolitik, trat C. 1673 als Katholik aus Protest gegen die Test-Akte von allen öffentl. Ämtern zurück.
Clifton ['kliftən], Stadt in New Jersey (USA), 85000 Ew.; Stahl-, chem., Textil-, Papier- u. Elektroindustrie.
Climacus →Neumen.
Clinch [klintʃ; der; engl.], beim →Boxen Umklammerung u. Festhalten des Gegners.
Clip [der; engl.], Zierspange, meist aus Metall gefertigt u. statt einer Nadel mit federndem Verschluß; als Kleider- oder Ohrschmuck gebräuchl., auch zum Befestigen von Kugelschreibern, Füllfederhaltern u. Drehbleistiften in der Jackentasche.
Clipperton [-tən], kleine Phosphatinsel in Französ.-Polynesien, nahe der mittelamerikan. Pazifikküste, 1,6 qkm.
Clipperton-Bruchzone, Zone leichter Einzelerhebungen im Nordostpazif. Becken, die sich von *Clipperton* westsüdwestl. etwa 2000 km lang hinzieht.
Clitellaten [lat.], *Clitellata,* Gruppe von *Ringelwürmern,* die die nahe verwandten *Oligochäten* u. die *Egel* umfaßt; die C., zu denen auch die *Regenwürmer* gehören, sind ausgezeichnet durch den Besitz eines Gürtels von Hautdrüsen, *Clitellum,* der beim Regenwurm im Bereich des 32. bis 37. Körpersegments liegt. Das Sekret des Clitellums ist bei der Samenübertragung u. bei der Kokonbildung von Bedeutung (→Regenwürmer).
Clitoris [die; grch.] = Kitzler.
Clivage [-'va:ʒ; die; frz.], Schieferung, Edelsteinspaltung.
Clive [klaiv], Robert, Baron C. of Plassey, *29. 9. 1725 Styche, Shropshire, †22. 11. 1774 London (Selbstmord); Begründer der brit. Herrschaft in Indien, schlug im Dienst der Ostind. Kompanie am 23. 6. 1757 den Nabob von Bengalen bei Plassey vernichtend; 1764–1767 Gouverneur von Indien, in England wegen seiner Indienpolitik u. persönl. Bereicherung angeklagt.
Clivia [die; nach Lady *Clive,* Herzogin von Northumberland], *Klivie, Riemenblatt,* Gattung der *Amaryllisgewächse*; beliebte Zierpflanzen mit linealischen, in zwei Zeilen stehenden Blättern u. roten orangefarbenen Blüten.
Clivis →Neumen.
Clochards [klo'ʃa:rs; frz.], Personen ohne festen Wohnsitz, jedoch mit ständigem Aufenthalt in Paris, die betteln, nur in äußersten Notfällen arbeiten u. z. B. unter den Brücken von Paris, am Seineufer oder auf Metroluftschächten kampieren.
Clodion [klo'djɔ̃], eigentl. Claude *Michel,* genannt C., französ. Bildhauer, *20. 12. 1738 Nancy, †28. 3. 1814 Paris; 1762–1771 in Rom tätig; schuf Statuetten, Reliefs, Antikenkopien u. – seit der Rückkehr nach Paris – graziöse Frauengestalten in koketter Pose, Faune, Satyrn, Dekorationen für Privathäuser bei Nancy u. Porzellanarbeiten.
Clodius Pulcher, Publius, Volkstribun u. polit. Abenteurer in der Zeit der späten röm. Republik, * um 90 v. Chr., †52 v. Chr.; Feind Ciceros; bildete bewaffnete Banden, deren Tyrannei stark zum Niedergang der Republik beitrug; wurde von den Anhängern seines Feindes Milo erschlagen.
Cloete ['klu:ti], Stuart, südafrikan. Erzähler *23. 7. 1897 Paris, †19. 3. 1976 Kapstadt; sein in engl. Sprache geschriebener Roman „Turning Wheels" 1937, dt. „Wandernde Wagen" 1938, ist eine Darstellung des Burentrecks von 1838; „Afrikan. Ballade" 1953, dt. 1954 (Roman).
Clonmel, irisch *Cluain Meala,* Hptst. der irischen Grafschaft →Tipperary.
Cloos, Hans, Geologe, *8. 11. 1885 Magdeburg, †26. 9. 1951 Bonn; Begründer der „Granittektonik". Hptw.: „Einführung in die Geologie" 1936, Neudr. 1963; „Gespräch mit der Erde" 1947, Neudr. 1968.
Cloppenburg, niedersächs. Kreisstadt in Oldenburg, an der Soeste, 19900 Ew.; Museumsdorf (alte Bauernhöfe u. Heimatkunst), Leichtmetall-, Wäsche-, Fahrrad-, Fleischwarenfabriken, landwirtschaftl. Handel. – Ldkrs. C.: 1416 qkm, 108 000 Ew.
closed shop [klouzd ʃɔp], Rechenzentrum, das dem Auftraggeber (bzw. Programmierer) nicht unmittelbar zugänglich ist; dadurch ist ein bes. strafferer Arbeitsablauf gewährleistet. →auch open shop.
Closed Shop [klouzd 'ʃɔp; engl.], Ausdruck des US-amerikan. Arbeitsrechts: ein Unternehmen, das nach dem Tarifvertrag nur Angehörige der tarifschließenden Gewerkschaft beschäftigen darf. Das sog. *Taft-Hartley-Gesetz* von 1947 (*Labor-Management Relations Act*) verbot für neu abzuschließende Tarifverträge die Einführung der C.-S.-Klausel, ließ jedoch die Zwangsorganisierung bereits eingestellter Arbeitnehmer unter bes. Umständen zu, ermächtigte aber die Einzelstaaten, sie ganz zu verbieten. Von dieser Ermächtigung wurde teilweise Gebrauch gemacht.
Clostermann, Pierre, französ. Flieger u. Schriftsteller, *28. 2. 1921 Curitiba (Brasilien); erfolgreichster französ. Jagdflieger des 2. Weltkriegs, Mitglied der Royal Air Force; Anhänger de Gaulles; schrieb: „Die Große Arena" 1948, dt. 1951; „Brennender Himmel" 1951, dt. 1952.
Clostridium [das; grch.], ein Bazillus, dessen Leib durch mittelständige Spore spindelförmig aufgetrieben ist. Zu dieser Gattung gehören u.a. die anaeroben Erreger des Gas- u. Rauschbrandes u. die Erreger des Wundstarrkrampfes, *Tetanus.*
Clouet [klu'ɛ], **1.** François, französ. Maler, Sohn von 2), * um 1505–1510 vermutl. Tours, †22. 9. 1572 Paris; seit 1541 Hofmaler Franz' I. u. seiner Nachfolger, einer der Hauptmeister der französ. Bildnismalerei im 16. Jh., in der sachl. Objekttreue dem Porträtstil H. Holbeins d. J. verwandt. Zwei signierte Tafeln (Paris, Louvre, u. Richmond, Sammlg. Cook) sowie zahlreiche Bildniszeichnungen.
2. Jean, französ. Maler, *vermutlich um 1480 wahrscheinl. Flandern, † um 1540 Paris; Hofmaler Franz' I., gilt als Schöpfer von 130 Bildniszeichnungen von Persönlichkeiten des französ. Hofes.
Clouzot [klu'zo], Henri-Georges, französ. Filmregisseur, *20. 11. 1907 Niort, Sèvre, † 12. 1. 1977 Paris; „Der Rabe" („Le corbeau") 1943; „Lohn der Angst" 1952; „Die Teuflischen" 1954; „Picasso" 1955; „Die Wahrheit" 1960 u. a.

Clown [klaun; engl.], Spaßmacher, Hanswurst; ursprüngl. die lustige Figur in engl. Bühnenstücken der Shakespearezeit; nur noch in Zirkus u. Varieté, meist mit musikal. oder akrobat. Leistungen.

Clownfische →Korallenfische, →Anemonenfische, →Süßlippen.

Cluain Meala, die Hptst. →Clonmel der irischen Grafschaft →Tipperary.

Club [klʌb; engl.] →Klub.

Cluj [kluʒ], rumän. Stadt in Siebenbürgen, = Klausenburg.

Clumber-Spaniel ['klʌmbər 'spænjəl; der; engl.], Jagdhundrasse, weiß mit gelben Abzeichen.

Cluniazensische Reform, eine von der Abtei Cluny Anfang des 10. Jh. ausgehende Bewegung (bes. unter den Äbten Odo, Majolus, Odilo, Hugo), die eine Reform des Mönchtums erstrebte; die Grundlage des Klosterlebens ist die Benediktinerregel, jeder Laieneinfluß soll ausgeschaltet u. eine enge Bindung an das Papsttum hergestellt werden. Um diese Reformgedanken besser durchführen zu können, bildete Cluny aus den Klöstern, die die C. R. annahmen, eine Kongregation, innerhalb der Abt von Cluny große Machtbefugnisse hatte. Die Richtlinien der C.n R. sind in den „consuetudines" („Gewohnheiten") enthalten, die unter Zurückdrängung der Handarbeit eine feierl. Liturgie u. das Psalmengebet fordern, ferner den Kreuz- u. Petruskult sowie Fürbitten für Verstorbene pflegen. Die C. R. schuf den Boden, auf dem die Gregorian. Reform wachsen sollte. Sie bildete die Voraussetzung für den Machtanspruch des Papsttums im MA. (Investiturstreit), hatte weltgeschichtl. Wirkung. Höhepunkt im 11. Jh. Auf dt. Reichsboden schlossen sich nur wenige Klöster direkt der C.n R. an, doch die hier entstandenen Mittelpunkte der Klosterreform wie *Peterlingen, Hirsau* u. *Siegburg* lassen den Einfluß der C.n R. erkennen. – 🗔 1.9.4.

Cluny [kly'ni], ostfranzös. Städtchen in Südburgund, in einem Flußtal zwischen den Monts du Charolais u. den Monts du Mâconnais, 4500 Ew.; ein Mittelpunkt burgund. Weinbaus, Viehmarkt; Holzindustrie. – Ehem. Benediktinerkloster, 910 gegr.; Anfang des 10. Jh. Ausgangs- u. Mittelpunkt der *Cluniazensischen Reform*; von den drei nacheinander erbauten Abteikirchen war bes. der 2. Bau von 981 von nachhaltigem Einfluß auf den 3. Kirchenbau im 11. Jh. Der 1089 errichtete 3. Bau (zerstört 1809–1815), der größte Kirchenbau der Zeit (fünfschiffiges Langhaus, zwei Querschiffe, Chor mit Umgang u. Kapellenkranz), wurde richtungweisend für die roman. Architektur Burgunds.

Clusia, Gattung der *Johanniskrautgewächse*, meist epiphytische, häufig baumwürgende Arten.

Clusium, heute Chiusi, etrusk. Stadt des *Zwölfstädtebundes*; der ältere Name Camars weist auf eine ursprüngl. umbrische Bevölkerung hin.

Clusius, Klaus, Physikochemiker, *19. 3. 1903 Breslau, †23. 5. 1963 Zürich; lehrte in München u. Zürich; Arbeitsgebiete: Reaktionskinetik, Chemie der Isotope, tiefe Temperaturen, Kettenreaktionen; entwickelte 1938 das *C.sche Trennrohr* zur Trennung gasförmiger Isotope, das auf dem physikal. Vorgang der →Thermodiffusion beruht.

Clustermodell ['klʌstə-; engl.], Modell zur Beschreibung des Kernaufbaus; eine Modifikation des Schalenmodells, das Unterstrukturen enthält, d. h., schwere Atomkerne enthalten leichte Teilchen als Unterstrukturen.

Clutha ['klu:θə], längster Fluß der neuseeländ. Südinsel, 337 km, entspringt in den Südlichen Alpen, mündet südwestl. von Dunedin; bei Roxburgh Wasserkraftwerk; am Mittellauf ausgedehnte Bewässerungsanlagen (Obst, Weiden).

Cluysenaar ['klœyzəna:r], Jean Pierre, belg. Architekt, *28. 3. 1811 Kampen, †16. 2. 1880 Brüssel; führte den Rustikalstil in Belgien ein, bes. im Bahnhofsbau. Schlösser u. Privathäuser; Passage St.-Hubert in Brüssel, die für andere Großstädte vorbildlich wurde.

Cluytens [klyi'tɑ̃s], André, französ. Dirigent belg. Herkunft, *26. 3. 1905 Antwerpen, †3. 6. 1967 Paris; wirkte in Paris, auch in Bayreuth, seit 1960 Leiter des belg. Nationalorchesters in Brüssel.

Clwyd ['klu:id], Grafschaft in N-Wales, 2425 qkm, 376000 Ew.; Hptst. *Mold*; 1974 aus Teilen der ehem. Grafschaften *Denbighshire, Flintshire* u. *Merionethshire* gebildet.

Clyde [klaid], größter Fluß in Westschottland, mündet in den reichverzweigten Ästuar des *Firth of C.* (Sitz der schott. Werftindustrie), 160 km; bis Glasgow für Seeschiffe zugängl., weitere Häfen: Greenock, Irvine, Troon, Ayr.

Clydebank ['klaidbæŋk], westschott. Hafenstadt bei Glasgow, am Firth of Clyde, 50500 Ew.; Schiffbau, Zementfabrik.

cm, Kurzzeichen für Zentimeter; davon abgeleitet: cm^2 = qcm = Quadratzentimeter, cm^3 = ccm = Kubikzentimeter.

Cm, chem. Zeichen für *Curium*.

CM, Abk. für den latein. Ordensnamen *Congregatio Missionis*, →Lazaristen.

CMB, Abk. der Namen der Heiligen Drei Könige: Caspar, Melchior u. Balthasar.

C-14-Methode, ein Verfahren der →radioaktiven Altersbestimmung; typischer Meßbereich: einige 1000 Jahre.

CMF, Abk. für den latein. Ordensnamen *Cordis Mariae Filii*, →Claretiner.

c-Moll, mit 3♭ vorgezeichnete Tonart, deren Leiter (harmonisch) c, d, es, f, g, as, h, c ist. Paralleltonart: Es-Dur.

Cnidaria [grch.] = Nesseltiere.

Cnidosporen, Sporen der *Cnidosporidien*, die außer dem Keimling ein oder mehrere Nesselkapseln beherbergen.

Cnidosporidien, *Cnidosporidia*, Klasse der *Amoebosporidien*, deren Sporen kompliziert gebaut sind u. neben dem Infektionskeim ein bis drei „Polkapseln" enthalten. In den Polkapseln liegt ein Faden, der ausgeschleudert werden kann u. die Spore an die Wirtszelle anheftet. Zu den C. gehören 1. *Myxosporidia*, Sporen meist mit 2 Polkapseln; Erreger von Fischkrankheiten, z. B. *Myxobolus pfeifferi*, der Erreger der Beulenkrankheit der Flußbarbe; 2. *Actinomyxidia, Aktinomyxidien*, Sporen mit 3 Polkapseln; Parasiten von wenigborstigen Ringelwürmern *(Oligochäten);* 3. *Microsporidia*, Sporen mit 1 Polkapsel, z. B. *Nosema bombycis*, der Erreger der Pebrine-Krankheit der Seidenraupe, u. *Nosema apis*, einer der Erreger der Bienenruhr.

CN-Zyklus →Bethe-Weizsäcker-Zyklus.

c/o, Abk. für engl. *care of*, bei, per Adresse von, zu Händen von.

Co, chem. Zeichen für *Kobalt*.

Co., Abk. für *Compagnie, Kompanie* (Handelsgesellschaft).

Cọ̌a, Indianerstamm (3000) in Nordmexiko, der uto-aztekischen Sprachfamilie angehörend.

Coach [koutʃ; engl.], Trainer, Sportlehrer.

Coahuila [koa'wila], mexikan. Staat im NO des Hochlandes, 151571 qkm, 1,2 Mill. Ew.; Hptst. *Saltillo*; Bewässerungsanbau; Viehwirtschaft; Steinkohlen bei *Nueva Rosita*.

Coast Guard [koust ga:d; engl.], Abk. *C. G.*, Küstenwache der USA; kontrolliert die gesamten Küstengewässer der Vereinigten Staaten in bezug auf Seezeichen, Vermessung, Seenotfälle, gegen Schmuggler usw. Außerdem im Nordatlantik südl. Grönland als internationale Eis(berg)patrouille eingesetzt.

Coast Ranges [koust 'rɛindʒiz], das pazif. →Küstengebirge der USA.

Coatbridge ['koutbridʒ], schott. Eisenindustriezentrum östl. von Glasgow, 53200 Ew., Techniker- u. Bergbauschule.

Coated particles ['kouted 'pa:tiklz; engl.], *beschichtete Partikeln*, Brennstoff, wie er in Hochtemperatur-Reaktoren verwendet wird; besteht aus UO_2(Uranoxid-) bzw. UC-(Urancarbid-) Partikeln von 400–800 μm Dicke, die zum Schutz gegen Austritt von Spaltprodukten mit einer pyrolytisch abgeschiedenen Graphit- oder SiC-Schicht von 150–200 μm umgeben sind. Die Einsatztemperatur von C. p. liegt z. Z. bei etwa 1300°C. Die Freisetzungsrate von Spaltprodukten beträgt rd. 0,001 % der insgesamt erzeugten Spaltprodukte.

Coati →Nasenbär.

Coatsinsel ['kouts-], Insel im N der Hudsonbai (Kanada), rd. 5000 qkm, niedrig u. unbewohnt.

Coatsland ['koutslənd], Ostküste des Weddellmeeres in der Antarktis, flache Inlandeisküste. Das Gelände steigt erst 400 km landeinwärts zu 2700 m auf; in der Halleybucht besteht seit 1956 eine brit. Station. C. wurde 1902 entdeckt.

Coatzacoalcos, mexikan. Stadt in Vera Cruz am Golf von Mexiko, überregionales Verkehrszentrum; 50000 Ew.; Schwefelhafen (Abbau bei Minatitlan); Makrelenfischerei.

Cobá, zwischen fünf Seen in Nordost-Yucatán gelegene, vom Anfang des 7. bis in das 15. Jh. bewohnte Ruinenstätte der *Maya*, die mit dem weiter westl. gelegenen *Yaxuná* durch eine kunstvolle, schnurgerade verlaufende Steinstraße verbunden war.

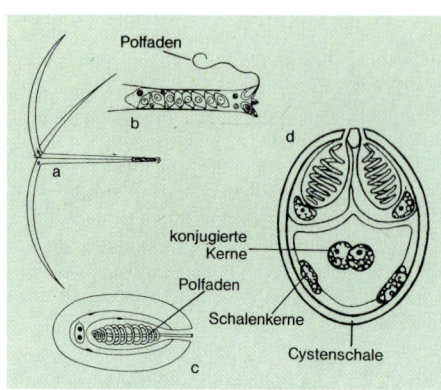

Cnidosporidien: a) Triactinomyxon ignotum; b) die Keimmasse in dieser Spore mit den Amöboidkeimen und den Polkapseln (Vergrößerung); c) Spore der Nosema bombycis; d) Myxobolus pfeifferi

Cobaea →Glockenreben.

Cobalamin = Vitamin B_{12}.

Cobalt = Kobalt.

Cobaltin, rötl. bis silberweißes Mineral, →Kobaltglanz.

Cobán, guatemaltek. Departamento-Hptst., 50000 Ew., Kaffeeanbau.

Cobar ['koubə], Bergbauort im zentralen Neusüdwales, Australien, 2300 Ew., einst bedeutender Goldbergbau (1952 aufgegeben), neuerdings Kupferabbau mit 15000–20000 t Jahresförderung.

Cobbett, William, engl. Sozialpolitiker u. Schriftsteller, *9. 3. 1763 Farnham, Surrey, †18. 6. 1835 bei Guildford; wirkte als Pamphletist u. Parlamentarier für die Rechte der unteren Volksschichten.

Cobbler [der; engl.], alkohol. Getränke aus Süß-, Rot- oder Weißwein, Weinbrand, Likör, Whisky oder Rum, Fruchtsäften u. gestoßenem Eis.

Cobden, Richard, engl. Wirtschaftspolitiker, *3. 6. 1804 Dunford Farm, Sussex, †2. 4. 1865 London; mit seiner Forderung nach einer nicht-interventionistischen Außenpolitik u. einem Minimum von staatl. Intervention in Handel u. Gewerbe sowie mit seinem Kampf um die Beseitigung der Kornzölle in England 1846 (Gründung der *Anti-Corn-Law League* 1838) war C. der Hauptvertreter des Manchester-Liberalismus. Er war maßgebl. beteiligt an dem 1860 zwischen England u. Frankreich abgeschlossenen Handelsvertrag *(Cobdenvertrag)*.

Cobden-Sanderson [-'sændərsn], Thomas James, engl. Buchkünstler, *2. 12. 1840 Alnwick, †7. 9. 1922 Hammersmith.

Cobenzl, 1. Ludwig Graf von, österr. Staatsmann, *21. 11. 1753 Brüssel, †22. 2. 1809 Wien; Ge-

Cluny: Abteikirche

sandter in St. Petersburg 1779; bekämpfte innen- u. außenpolit. entschieden die Französ. Revolution; schloß mit Napoléon 1797 den Frieden von Campo Fòrmio, 1801 den von Lunéville; Staatsvizekanzler 1801–1805.
2. *Philipp* Graf von, Vetter von 1), österr. Staatsmann, *28. 5. 1741 Laibach, †30. 8. 1810 Wien; 1779–1793 Staatsvizekanzler, handelte 1779 den Frieden zu Teschen aus; wurde 1792 Kaunitz' Nachfolger als Außen-Min., doch schon 1793 wegen Österreichs Ausschaltung bei der 2. Polnischen Teilung gestürzt.

Cobol [Kurzwort aus *common business oriented language*], *Datenverarbeitung:* eine Programmiersprache, die den Bedürfnissen von Handel u. Industrie angepaßt ist.

Cobourghalbinsel ['ko:bə:g-], nordwestl. Ausläufer von Arnhemland in Nordaustralien, östl. von Darwin, begrenzt den Van-Diemen-Golf im W; Eingeborenenreservat, Naturschutzgebiet.

Cobra, eine Vereinigung niederländ. u. skandinav. Maler; der Name C. war aus den Anfangsbuchstaben der Heimatstädte der Beteiligten (Copenhagen, Brüssel, Amsterdam) gebildet. Die ersten Mitglieder fanden sich 1948 in einem Pariser Café zusammen u. traten 1949 in einer Ausstellung im Stedelijk Museum in Amsterdam erstmals an die Öffentlichkeit. Die führenden Persönlichkeiten der Gruppe waren der Holländer Karel *Appel* (*1921), die Belgier Pierre *Alechinsky* (*1927) u. Guillaume *Corneille* (*1922) u. der Däne Asger *Jorn* (*1914). Gemeinsam war ihnen die Forderung nach einer unmittelbaren, nicht vom Intellekt gesteuerten Expression, einer Art expressionist. Abstraktion in ungebärdiger Pinselschrift u. wilder Gestik, die als europ. Parallele zum amerikan. *Action Painting* gelten kann.

Coburg, *Koburg*, bayer. Stadtkreis (41 qkm) in Oberfranken am Südrand des Thüringer Waldes, an der Itz, unterhalb der *Feste C.* (*Veste C.*), 48 000 Ew.; Altstadt mit mittelalterl. Baudenkmälern, Landesbibliothek, Volkssternwarte; Gablonzer Schmuckwaren, Maschinen-, Kunststoff- u. Elektroindustrie. – Seit 1248 Sitz der Grafen *Henneberg*, 1553 wettinisch; seit 1826 eine der beiden Hauptstädte des Herzogtums Sachsen-C.-Gotha. Der Landesteil C. schloß sich 1920 Bayern an.

Coburger Convent, Abk. *C. C.*, 1868 gegr. Zusammenschluß der *Landsmannschaften* unter den farbentragenden student. Verbindungen.

Coburn ['koubə:n], *Alvin-Langdon*, US-amerikan. Photograph, *1882 Boston, Mass.; begann bereits im Alter von 8 Jahren zu photographieren. 1906 gestattete ihm die älteste photograph. Gesellschaft der Welt, „The Royal Photographic Society of Great Britain", eine Einzelausstellung. G. B. Shaw schrieb die Einführung zum Katalog. C. gab die Photographie nach dem 1. Weltkrieg auf. Repräsentative Porträts (u. a. von Mark Twain) u.

Straßenbilder von stark impressionist. Wirkung; befreite die Kamera vom Stativ u. fand ungewöhnl. Perspektiven.

Coca →Koka.

Coca-Cola, *Coke*, alkoholfreies Erfrischungsgetränk aus Stärkesirup mit geringem Coffeinzusatz.

Cocain, Methylester des Benzoylecgonins, ein Alkaloid der Blätter des Kokastrauchs, *Erythroxylon coca*. Vorkommen in Bolivien u. Peru, wo die Kokablätter zur Erzeugung gehobenen Wohlbefindens gekaut werden. C. wirkt lokal schmerzstillend, gefäßkontrahierend u. schleimhautabschwellend; zentral steigert es die Gehirnfunktionen; bei größeren, vergiftenden Gaben kommt es zu Sinnesstörungen (*Rausch*) u. Krämpfen. Durch Atemstillstand kann der Tod eintreten. C. führt zur Gewöhnung u. Sucht u. bewirkt schwere körperliche u. geistige Verfallserscheinungen (*Cocainismus*). Der Verkauf von C. ist gesetzl. geregelt u. wird behördl. überwacht. Seit Einführung von →Novocain ist die medizin. Verabfolgung nicht mehr gebräuchlich.

Cocceji [kɔk'tse:ji], *Samuel* Freiherr von, preuß. Kammergerichtspräsident u. Minister, *20. 10. 1679 Heidelberg, †4. 10. 1755 Berlin; reformierte die preuß. Rechtspflege.

Coccejus [kɔk'tse:jus], *Koch*, Johannes, reform. Theologe, *9. 8. 1603 Bremen, †5. 11. 1669 Leiden; Biblizist, lehrte seit 1650 in Leiden.

Coccidia = Kokzidien.

Coccioli ['kɔtʃoli], *Carlo*, italien. Erzähler, *15. 5. 1920 Livorno; schreibt auch in französ. Sprache; Deuter moderner Existenz, stark von Psychoanalyse u. Existentialismus beeinflußt; Romane: „Il migliore e l'ultimo" 1946, „La difficile speranza" 1947; „Das Spiel" 1950, dt. 1952; „Das Traumbild u. die Jahreszeiten" 1954, dt. 1955; „Manuel der Mexikaner" 1956, dt. 1958; „Die Sonne" 1961, dt. 1966.

Cochabamba [kotʃ-], Hptst. des zentralbolivian. Dep. C. (55 631 qkm, 760 400 Ew.) im fruchtbaren Bergland (Anbau von Getreide, Kartoffeln, Gemüse, Obst; Viehzucht), 2560 m ü. M., 200 000 Ew.; Universität (gegr. 1832), kath. Universität (gegr. 1964); landwirtschaftl. Zentrum, Verbrauchsgüterindustrie, Ölraffinerie, Pipeline von Camiri; Flughafen. – 1574 gegr.

Cochem, rheinland-pfälz. Kreisstadt an der Mittelmosel, 6800 Ew.; Burg; Fremdenverkehr; Weinbau u. -handel; Verwaltungssitz des Ldkrs. *C.-Zell*, 728 qkm, 65 000 Ew. – Ⓑ →Mosel.

Chochenille [kɔʃə'niljə; die], frz., roter Beizenfarbstoff aus den getrockneten u. zerriebenen Weibchen der bes. in Mexiko auf Kaktusplantagen gezüchteten Schildlaus-Art →Koschenille. Färbender Bestandteil ist *Karminsäure*. C. wurde früher viel verwendet zur Färbung von Wolle u. Seide, für Schminken, Aquarell- u. Malerfarben (*Karmin*).

Cochenillekaktus →Nopalkaktus.

Cochin, Indien, = Kochin.

Cochinchina, *Kotschinchina*, Name für einen früher von China, dann von Kambodscha, seit Beginn des 18. Jh. von Annam abhängigen Staat; 1859–1946 Teil Französ.-Indochinas (Vietnam) mit der Hptst. Saigon; heutiger Name *Nambo*.

Cochise-Kultur [ko'tʃize-], steinzeitl. indian. Kultur im Südwesten Nordamerikas von etwa 10 000 bis 300 v. Chr., Sammelwirtschaft, im 3. Jahrtausend v. Chr. zum Ackerbau übergehend.

Cochläus, *Johannes*, eigentl. *Dobeneck*, kath. Theologe u. Humanist, *10. 1. 1479 Wendelstein, Franken, †11. 1. 1552 Breslau; war Domherr in Meißen u. Breslau; nahm an mehreren Religionsgesprächen teil u. bemühte sich um die Erhaltung des kath. Glaubens; seine Schriften mit ihren scharfen Urteilen über Luther beeinflußten bis in das 19. Jh. das kath. Lutherbild.

Cochlea [grch.], **1.** Schnecke des Gehörorgans der Säugetiere, →Gehörsinnesorgane, →Ohr.
2. Schneckenschale der Weichtiere (*Mollusken*).

Cochlospermaceae = Nierensamengewächse.

Cochlospermum, in den Tropen heim., xerophyt. Gattung der *Nierensamengewächse*.

Cockcroft ['koukrɔft], Sir *John Douglas*, engl. Atomphysiker, *27. 5. 1897 Todmorden, †18. 9. 1967 Cambridge; lehrte seit 1939 in Cambridge; in der brit. Atomforschung maßgebend; führte die ersten Kernzertrümmerungsversuche durch; 1951 Nobelpreis.

Cockerspaniel, sehr kluge Jagdhundrasse; gut mittellanges Haar, manchmal leicht gewellt; schwarz, rot, braun, z. T. mit *Abzeichen* oder geschimmelt; lange *Behänge*, Schweif kupiert.

Cockney [-ni], Angehöriger der unteren Schichten der Einwohner Londons; die Mundart dieser Schichten.

Cockpit [das; engl.], Führerraum eines Flugzeugs, ausgerüstet mit allen zur Flugzeugführung u. Flugüberwachung erforderl. Geräten u. Anlagen.

Cocktail ['kɔkteil; engl.; „Hahnenschwanz"], alkohol. Mischgetränk aus Spirituosen u. Südweinen mit Geschmackszutaten, z. B. Fruchtsäften; man unterscheidet 2 Grundarten: die Manhattan-Art (Whisky als Grundlage) u. die Martini-Art (Gin als Grundlage).

Cocktailkleid, zur Cocktail-Party am frühen Abend getragenes Gesellschaftskleid aus kostbarem Material, häufig in Schwarz u. mit kleinem Dekolleté. Heute verdrängt der elegante Hosenanzug vielfach das C.

Cocktail lytique ['kɔkteil li'tik; engl. u. frz.], Arzneimittelmischung zur Einspritzung aus Ganglienblocker u. schmerzstillenden Mitteln (z. B. Megaphen, Atosil u. Dolantin); wird bes. zur potenzierten Narkose u. zum künstl. Winterschlaf verwendet.

Coclé, archäolog. Zentrum einer altindian. Kultur an der pazif. Küste von Panama (Halbinsel Azuero). Reiche Gräberfunde mit Beigaben an Gold, figürl. Elfenbeinschnitzereien u. polychrom bemalter Keramik (vor allem Schalen) mit tänzerisch bewegten Figuren.

Coco, *Rio C.*, längster Fluß Zentralamerikas, 750 km, mündet ins Karib. Meer; Grenze von Honduras u. Nicaragua.

Coconadegarn, Garn aus Kokos.

Cocos →Kokospalme.

Cocos Islands ['koukɔs 'ailəndz], die austral. →Kokosinseln.

Cocteau [-'to:], *Jean*, französ. Schriftsteller u. Künstler, *5. 7. 1889 Maisons-Laffitte bei Paris, †11. 10. 1963 Milly-la-Forêt bei Paris; eine der bedeutendsten Persönlichkeiten im Kunstleben Frankreichs der letzten 50 Jahre. Von protheushafter Vielseitigkeit, Freundschaft u. Zusammenarbeit mit vielen Künstlern. Einfallsreiche surrealist. Romane: „Der große Sprung" 1923, dt. 1956; „Les enfants terribles" 1929, dt. „Kinder der Nacht" 1953; Dramen, z. T. als eigenwillig modernisierte Umarbeitung klass. Stoffe: „La voix humaine" 1930, dt. „Die geliebte Stimme" 1933; „Die Höllenmaschine" 1934, dt. 1951; „Der Doppeladler" 1946, dt. 1947; „Bacchus" 1952, dt.

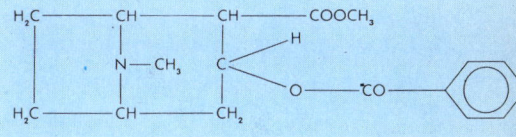

Cocain

1952; ferner Kritiker, Maler, Graphiker, Entwerfer von Wandteppichen u. Balletten; schuf außerdem berühmt gewordene Filme: „La belle et la bête" 1946; „Orphée" 1949; auch Komponist; 1955 Mitglied der Académie Française.

cod, Abk. für engl. *cash on delivery* [„Bezahlung bei Lieferung"], im anglo-amerikan. Handelsverkehr verwendete Klausel für Nachnahmelieferung.

cod., *Cod.*, Abk. für →Codex.

Cod, *Cape C.*, hakenförmige Halbinsel (105 km lang) an der Küste von Massachusetts (USA), vom *Cape-Cod-Kanal* (28 km lang, 9,7 m tief) durchstochen (1914); direkter Wasserweg New York – Boston.

Coda [die; ital., „Schwanz"], Zusatz zum Sonett; auch Schlußteil eines Musikstücks.

Codde, *Pieter*, holländ. Maler, *11. 12. 1599 Amsterdam, †Okt. 1678 Amsterdam; galante Gesellschaftsbilder, Soldatenszenen u. Porträts in feiner Tonigkeit; 1637 vollendete C. das 1633 von F. *Hals* begonnene Schützenstück „Magere Companie", Amsterdam, Rijksmuseum.

Code [ko:d; der; frz.], **1.** *allg.:* Zusammenstellung von Abkürzungen, Zahlen, Schlüsselwörtern für chiffrierte Schriftstücke, bes. Telegramme.
2. *Informationstheorie:* Regel zur Übertragung einer Folge von Signalen in eine andere Signalfolge.
3. *Molekularbiologie:* →genetischer Code.
4. *Recht:* Gesetzbuch, bes. die Gesetzbücher *Napoléons I.*: *C. civil* oder *C. Napoléon* (bürgerl. Recht, 1804–1807), *C. de commerce* (Handelsrecht, 1808), *C. pénal* (Strafrecht, 1810), *C. de*

Cobán: Stadt und Landschaft

Codein

procédure civile (Zivilprozeßrecht, 1807), *C. d'instruction criminelle* (Strafprozeßrecht, 1808). Der bes. bedeutsame C. civil galt in den linksrhein. Teilen Deutschlands u. unwesentl. abgewandelt wie *badisches Landrecht* in Baden bis 1900 (Inkrafttreten des BGB); auch der C. pénal beeinflußte das dt. (Straf-)Recht.

Codein, *Kodein*, Teilalkaloid des Opiums, *Morphinmethyläther*; C. wirkt hustenstillend, in zusammengesetzten Arzneimitteln auch schmerzlindernd. C. kann zur Sucht führen (*Codeinismus*) u. untersteht dem Betäubungsmittelgesetz.

Codex [lat., „Holzklotz"]. **1.** *Buchwesen:* bei den Römern ursprüngl. die aneinandergebundenen, beschriebenen, hölzernen, wachsbestrichenen Schreibtäfelchen; seit dem 1. Jh. auch das beschriebene Pergament, wenn es gefaltet statt gerollt wurde. Die Pergamenthandschrift aus einzelnen Blättern zwischen Holzdeckeln löste im 1. Jh. endgültig die →Rolle als Buchform ab u. war das typische Buch des MA. Vom 13. Jh. an wurde in Europa Papier statt Pergament verwendet. **2.** *röm. Recht:* Sammlung kaiserl. Gesetze, z.B. *C. Justinianeus* als Teil des →*Corpus juris civilis*.

Codex argenteus [lat., „silbernes Buch"], westgot. Evangelienhandschrift des 6. Jh. n. Chr. mit silbernen u. goldenen Buchstaben auf purpurrotem Pergament, in Oberitalien entstanden; enthält Teile der Evangelien in der Übersetzung *Wulfilas*; ursprüngl. im Besitz Kaiser Rudolfs II., 1648 von schwed. Truppen erbeutet, heute in der Universitätsbibliothek Uppsala. Ein Fragment wurde 1971 im Dom von Speyer entdeckt. – 🗎→Bibelhandschriften.

Codex aureus [-rɛus; lat., „goldenes Buch"], mittelalterl. Prachthandschriften mit goldenen Buchstaben oder Goldeinbänden; berühmt sind der 870 von den Brüdern Berengar u. Liuthard für Karl den Kahlen geschriebene C.a. aus dem Kloster *St. Emmeran* in Regensburg (heute Bayer. Staatsbibliothek München) u. der im 10. Jh. entstandene C.a. von *Echternach*. →auch Miniaturmalerei.

Codex Iuris Canonici, Abk. *CIC*, noch geltendes Gesetzbuch der kath. Kirche von 1917; seit 1918 in Kraft. Revisionsarbeiten sind im Gang seit dem 2. Vatikan. Konzil.

Codex Rubricarum [lat.], ein von Papst Johannes XXIII. 1961 veröffentlichtes Reformwerk zur Rubrikenvereinfachung.

Codex Sinaiticus, griech. Bibelhandschrift aus dem 4. Jh. n. Chr.; wichtig für Textgeschichte u. Textkritik; 1844 u. 1859 von K. von *Tischendorf* im Katharinenkloster auf dem Sinai entdeckt. Der größte Teil befindet sich im Brit. Museum in London, ein kleinerer in Leipzig. – 🗎→Bibelhandschriften.

Codiaeum [das; grch.], Gattung der *Wolfsmilchgewächse*; *C. variegatum* ist eine im Malaiischen Archipel, in Australien u. Polynesien heimische strauchartige Zierpflanze mit großer Wandelbarkeit der Blattform u. -farbe.

Codierer, Person, die beim Programmieren gegebene Daten in eine Folge von Befehlen überträgt. →elektronische Datenverarbeitungsanlage.

Codreanu, Corneliu Zelea, eigentl. *Zelinski*, rumän. Politiker (Faschist), *13. 9. 1899 Jassy, †30. 11. 1938 bei Bukarest (erschossen); gründete die ultranationale „Legion Erzengel Michael", aus der die „Eiserne Garde" (bis 1941) hervorging, deren Führer er war. 1938 wegen Hochverrats zum Tod verurteilt.

Coecke van Aelst [ˈkuːkə fan ˈaːlst], Pieter, fläm. Maler, Bildhauer, Architekt u. Kunstschriftsteller, *14. 8. 1502 Aelst, †6. 12. 1550 Brüssel; schuf im romanisierenden Stil seines Lehrers B. van *Orley* religiöse Bilder, Kartons für Glasgemälde u. Teppiche, dekorative Plastiken u. Architekturentwürfe in Renaissanceformen.

Coelacanthus, Fische, Gattung der →Quastenflosser.

Coelenteraten, *Coelenterata* = Hohltiere.

Coelestin [tsøːlɛˈstiːn; der], *Zölestin*, hydrothermal u. auf Klüften von Kalk- u. Gipsgesteinen vorkommendes Mineral, farblos, weiß, bläulich, blaugrau, durchsichtig, mit Glas- bis Perlmutterglanz; orthorhombisch, Härte 3–3,5; $SrSO_4$; wichtiges Strontiummineral.

Coelho [kuˈɛlju], Francisco Adolfo, portugies. Romanist, *15. 1. 1847 Coimbra, †9. 2. 1919 Carcavelos; Studien zur portugies. Sprache, Volks- u. Namenkunde; „A língua portuguesa" 1868; „Cantos populares portugueses" 1879.

Coelho Neto [koˈɛljo-], Henrique Maximiano da Fonseca, brasilian. Romancier u. Dramatiker, *21. 2. 1864 Caxias, Maranhão, †28. 11. 1934 Rio de Janeiro; kämpfte als Republikaner für die Abschaffung der Sklaverei; volkstüml. Romane mit den Stilmitteln eines romant.-symbolist. verbrämten Realismus; „Sertão" 1896; Erzählungen „O Rei Negro" 1914.

Coello [koˈɛljo], **1.** Alonso Sánchez →Sánchez Coello. **2.** Claudio, span. Maler, *1642 Madrid, †20. 4. 1693 Madrid; Schüler von F. *Rizi*, dem er 1684 als Hofmaler nachfolgte; geschult an Werken von *Tizian*, P. P. *Rubens* u. A. van *Dyck*, hauptsächl. als Freskenmaler in Toledo u. Saragossa tätig. Hptw.: Altargemälde der „Sagrada Forma" 1685, Escorial.

Coelococcus, indones. Palmengattung. Die Samen („Polynesische Steinnüsse") werden als vegetabilisches Elfenbein verarbeitet.

Coelom, *Cölom* = sekundäre Leibeshöhle.

Coelomopora, gemeinsame Bez. für eine Gruppe von *Urleibeshöhlentieren*, *Archicölomaten*: die *Bartträger*, *Pogonophora*, die Eichelwürmer, *Helminthomorpha*, u. die Stachelhäuter, *Echinodermata*. Die C. besitzen gemeinsam Cölomporen, d.h. Öffnungen, durch die die sekundäre Leibeshöhle, das Cölom, mit der Außenwelt in Verbindung steht. Die Eichelwürmer u. die Stachelhäuter zeigen außerdem in ihrer Entwicklung, bes. in ihren Larvenformen, übereinstimmende Züge.

Coemeterium [tsø-; grch., lat., „Ruhestätte"], die frühchristl. Grabstätte als unterird. Gruft (*Hypogäe*) oder Anlage zu ebener Erde. Die Hypogäen traten auf in Form ausgedehnter *Katakombennetze* (Rom, Neapel, Sizilien, Sardinien, Malta, Ägypten) u. als *Grabhöhlen* (Syrien, Palästina, Ägypten). In Kleinasien, Griechenland, West- u. Mitteleuropa überwog ebenerdige Bestattung in ausgemauerten Kammern, in Fels gehauenen Troggräbern (*Arkosolien*) oder frei stehenden Sarkophagen. Grabbauten, die sich als Mausoleum oder Cella über der Erde erhoben, waren bes. in Syrien, Libyen u. Dalmatien gebräuchlich.

Coen [kuːn], Jan Pieterszoon, niederländ. Kolonisator, *8. 1. 1587 Hoorn, †21. 9. 1629 Batavia; begründete das niederländ. Kolonialreich in Ostindien, war 1618–1623 u. 1627–1629 Generalgouverneur von Niederländ.-Indien.

Coenzym [lat., grch.], *Koenzym, Coferment*, Wirkungsgruppe eines →Enzyms. Ist diese fest mit dem Protein verbunden, so spricht man von einer *prosthetischen Gruppe*; kann sie sich mit verschiedenen Enzymweißen verbinden u. so bei der Katalyse von mehreren Reaktionen mitwirken, dann bezeichnet man sie auch als *Cosubstrat (Kosubstrat)* (Nicotinamid-adenin-dinucleotid = NAD

Deckel des Codex aureus von Echternach; Ende 10. Jh. Nürnberg, Germanisches Nationalmuseum

und Nicotin-amid-adenin-dinucleotidphosphat = NADP). Diese Bez. werden nicht einheitl. benutzt.
Coesfeld, *Koesfeld* [ko:s-], nordrhein-westfäl. Kreisstadt, 30000 Ew., westl. von Münster u. den Baumbergen; Textil- u. Maschinenindustrie. In der Nähe Schloß Varlar u. Benediktinerkloster Gerleve. – Ldkrs. C.: 1112 qkm, 160000 Ew.
Cœur [kø:r; das; frz.], Herz; im französ. Kartenspiel die Herzkarten.
Coffein, *Koffein, Thein,* 1,3,7-Trimethylxanthin, ein Alkaloid, das in den Kaffeebohnen (1–1,5%), im getrockneten schwarzen Tee (0,9–4,5%), in getrockneten Kaffeeblättern (0,5–1%) u. in Colanüssen (1,4%) vorkommt. C. wird auch synthet. gewonnen. Es wirkt auf verschiedene Organsysteme anregend (Großhirn, Atemzentrum, Nieren, Kreislauf); daher wird oft Kaffee bei akuter Herzschwäche, Atem- u. Kreislaufversagen infolge von Vergiftungen verordnet.

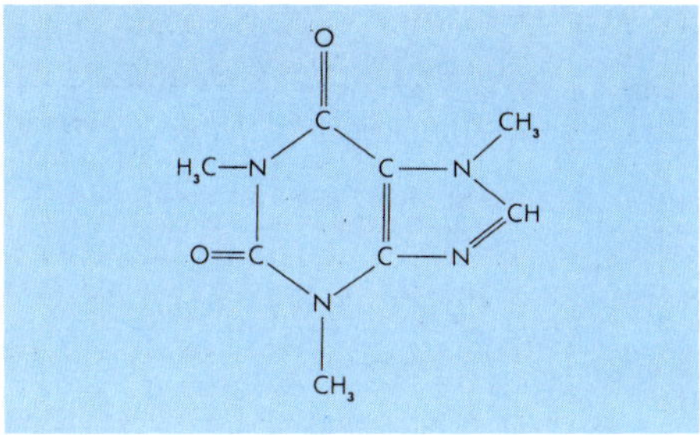

Coffein

cogito, ergo sum [lat., „Ich denke (bin mir meiner bewußt), also bin ich"], der von *Descartes* geprägte Grundsatz der gesamten neuzeitl. Philosophie: Die Selbstgegebenheit des eigenen Ich im Selbstbewußtsein ist die Gewißheit der persönl. Existenz u. damit primärer Ausgangspunkt u. letzter Rechtfertigungsgrund allen Philosophierens.
Cognac ['kɔnjak; nach der Stadt C.], Weinbrand, durch Destillation natürl. Weine gewonnen. Die Bez. C. ist französ. Erzeugnissen vorbehalten, echter C. wird nur in der *Charente* hergestellt.
Cognac [kɔ'njak], altertüml. südwestfranzös. Kreisstadt im Dép. Charente, an der Charente, 22000 Ew.; Weinbau, Zentrum der französ. Weinbrandherstellung; Kellereien der Firmen Hennessy, Martell u. Otard, Verpackungs- u. Glasindustrie. – C. war ein Sicherheitsort der Hugenotten. *Liga von C.* 1526–1529; →Liga (2).
Cognomen [das, Mz. *C.* oder *Cognomina*; lat., „Beiname"], Teil des röm. →Personennamens.
Cohartsteine, in der Glasindustrie als Wannensteine anstelle von Schamottesteinen verwendet. C. sind hochtonerdehaltig u. werden bei 1900°C schmelzflüssig in Sandformen vergossen; sehr temperatur- u. korrosionsbeständig.
Cohen, 1. Hermann, Philosoph, *4. 7. 1842 Coswig, †4. 4. 1918 Berlin; Prof. in Marburg, Begründer der Marburger Schule des logischen *Neukantianismus,* trat zuerst mit Arbeiten über Kant („Kants Theorie der reinen Erfahrung" 1871; „Kommentar zu Kants Kritik der reinen Vernunft" 1907), dann mit eigenen systemat. Werken hervor („System der Philosophie", Bd. 1 „Logik der reinen Erkenntnis" 1902, Bd. 2 „Ethik des reinen Willens" 1904, Bd. 3 „Ästhetik des reinen Gefühls" 1912). C. versuchte, Kants Lehre zu einem rein log. Systemidealismus zu entwickeln; bes. ging es ihm darum, den Dualismus von Anschauung u. Denken u. den von Erscheinung u. Ding an sich zu überwinden.
2. *Kahan,* Jaakov, hebräischer Dichter, *26. 6. 1881 Sluzk, †20. 11. 1960 Tel Aviv; Essays u. Erzählungen, bibl. u. histor. Dramen, Gedankenlyrik; Übersetzer von Goethes „Faust I", „Torquato Tasso", „Iphigenie auf Tauris" u. H. Heines Liedern.
3. [ko'ɛn], Marcel, französ. Linguist u. Orientalist, *6. 2. 1884 Paris; Arbeiten über äthiop., hamitisch-semit. Sprachen, französ. Sprache u. allg. Sprachwissenschaft. Mit A. *Meillet* gab er 1924 das Sammelwerk „Les langues du monde" heraus, dessen Neuausgabe 1952 er allein besorgte.
Cohn, Ferdinand, Botaniker, *24. 1. 1828 Breslau, †25. 6. 1898 Breslau; Hauptarbeitsgebiet war die Mikrobiologie, daneben zahlreiche Arbeiten über die Systematik der Kryptogamen. „Untersuchungen über die Entwicklungsgeschichte der mikroskop. Algen u. Pilze" 1854.
Cohnheim, Julius Friedrich, Mediziner, *20. 7. 1839 Demmin, Pommern, †15. 8. 1884 Leipzig; Professor in Kiel, Breslau u. Leipzig; arbeitete auf dem Gebiet der allgemeinen Pathologie, begründete die moderne Lehre von den Entzündungen u. wies nach, daß Eiterbildung durch Auswanderung weißer Blutkörperchen entsteht.
Cojba, Insel vor dem pazif. Chiriquígolf (Panama).
Coiffure [kwa'fy:r; die; frz.], Kopfputz; bes. kunstvolle, mit Kämmen, Blumen, Bändern u.ä. geschmückte Frisur.
Coignet [kwaŋj'ɛ], François, französ. Industrieller, *11. 2. 1814 Lyon, †30. 10. 1888; mit seinem Sohn Edmond (*1856, †1915) Pionier des Stahlbetonbaus; u.a. Einführung des n-Verfahrens zur Berechnung von Verbundkörpern.
Coimbatore [kwimbə'tɔ:r], *Koyampattur,* Distrikt-Hptst. u. schnell wachsende Industriestadt in Südindien (Tamil Nadu), 400000 Ew.; verkehrsgünstige Lage am *Palghat Gap,* schon im 9.–17. Jh. Schnittpunkt von Straßen tamilischer Königreiche; Tempel von Perur; Baumwollindustrie.
Coimbra ['kuim-], Stadt in Portugal, Hauptort der früheren Prov. *Beira Litoral,* 80000 Ew.; älteste Universität Portugals (1290 in Lissabon gegr., 1309 nach C. verlegt), festungsartige Alte (12. Jh.) u. Neue Kathedrale (16. Jh.); Handels- u. Verkehrszentrum für Mittelportugal, Steingutererzeugung, Textil-, Nahrungsmittelindustrie; Hptst. des Distrikts C. (3956 qkm, 400000 Ew.). – 1139 bis 1183 Residenz der portugies. Könige.
Coimbra-Schule, *Schule von Coimbra,* portug. *Escola Coimbrã,* eine portugies. literar. Bewegung mit bedeutendem philosoph. u. polit. Hintergrund; entstand in den 1860er Jahren u. bewirkte den Übergang von der Romantik zum Realismus u. die Überwindung des Nationalismus zugunsten eines weitgespannten humanitären Kosmopolitismus; Manifest: Brief A. T. de Quentals an A. F. Castilho 1865; Hauptvertreter: A. T. de *Quental,* J. T. F. *Braga,* J. M. *Eça de Queirós,* J. P. de *Oliveira Martins,* A. M. de *Guerra Junqueiro.*
Coincidentia oppositorum [lat., „Zusammenfall der Gegensätze"], von *Nikolaus von Kues* im Hinblick auf Gott als die Übergegensätzlichkeit geprägte Bez., später im Idealismus u. in der spekulativen Theologie verwendet.
Coing, Helmut, Jurist, *28. 2. 1912 Celle; seit 1948 Prof. für Röm. u. Bürgerl. Recht sowie Rechtsphilosophie an der Universität Frankfurt a. M., 1956/57 Präsident der Westdt. Rektorenkonferenz, 1958–1961 Vorsitzender des (neugebildeten) Deutschen Wissenschaftsrats. C. trat für eine großzügige Studentenförderung u. für eine Erhöhung des Stellenetats der Hochschulen um 80% ein. Seit 1961 ist er Vorsitzender des Wissenschaftl. Beirats der Fritz-Thyssen-Stiftung, seit 1964 Direktor des neugegr. Max-Planck-Instituts für Europ. Rechtsgeschichte in Frankfurt a. M. Hptw.: „Die obersten Grundsätze des Rechts" 1947; „Grundzüge der Rechtsphilosophie" 1950, [2]1969; „Römisches Recht in Deutschland" 1964; „Die ursprüngl. Einheit der europ. Rechtswissenschaft" 1968.
Cointreau [kwɛ̃'tro], französ. Fruchtaromalikör aus Angers; Herstellung aus Pomeranzen, Orangenschalen u. hochrektifiziertem Cognac.
Cointrin [kwɛ̃'trɛ̃], westl. Stadtteil von Genf, Flughafen vor der französ. Grenze.
Coitus [lat.] = Geschlechtsverkehr.
Coix, *Tränengras,* Gattung der *Süßgräser* in Süd- u. Ostasien. Durch Kultur ist *C. lacryma (Hiobstränengras, Jakobs-, Josephs-, Christus-* oder *Marienträne)* über die ganzen Tropen verbreitet. Die weibl. Ährchen der Blütenstände sind von einer steinharten Hüllkapsel von elfenbeinartigem Aussehen umschlossen. Die Kapseln werden von den Eingeborenen zur Herstellung von Rosenkränzen u. von Schmuck verwendet.
Cojedes [ko'xeðɛs], venezolan. Staat südöstl. von Valencia, 14800 qkm, 96000 Ew., Hptst. *San Carlos;* Rinderzucht.
Cojote, ein Mischling zwischen Indianer u. Mestizen.
Coke [kɔuk], **1.** Sir Edward, engl. Jurist u. Politiker, *1. 2. 1552 Mileham, Norfolk, †3. 9. 1634 Stoke Poges; verteidigte als oberster Richter (seit 1606) den Grundsatz der Herrschaft des Rechts *(Rule of Law)* gegen die absolutist. Bestrebungen König Jakobs I. unter Hinweis auf die Tradition des *Common Law.* Als Unterhausabgeordneter (seit 1620) kämpfte er gegen die königl. Prärogative für die Rechte des Parlaments. Er brachte 1628 die *Petition of Right* ein, die Grundrechte des Parlaments u. des Bürgers festlegte u. gegen königl. Willkür schützen sollte.
2. Thomas William of Holkham, Earl of *Leicester,* auch „Coke of Norfolk" genannt, *6. 5. 1754 Norfolk, †30. 6. 1842 Longfordhall, Derbyshire; engl. Landwirt, der die engl. Landwirtschaft durch die Einführung der *Vier-Felder-Wirtschaft* revolutionierte. Als Abgeordneter für Norfolk wurde C. 1776 jüngstes Parlamentsmitglied, 1832 verließ er das Parlament als ältester Abgeordneter; er war eng mit Charles *Fox* befreundet.
Col [frz.], ital. auch *Colle,* Bestandteil geograph. Namen: Paß, bes. in den Westalpen u. den Pyrenäen.
Cola →Kolanußbaum.
Colbert [kɔl'bɛ:r], Jean-Baptiste, Marquis de Seignelay, französ. Staatsmann, *29. 8. 1619 Reims, †6. 9. 1683 Paris; 1661 Oberintendant der Finanzen, 1669 Marine-Min.; schuf die wirtschaftl. Grundlage für den französ. Absolutismus durch Steigerung der Staatseinkünfte, Förderung von Handel u. Industrie, Verbesserung von Straßen u. Wasserwegen u. wollte Frankreich zur ersten See- u. Kolonialmacht erheben. C. stiftete 1666 die Akademie der Wissenschaften. Seine Grundanschauung war die des →Merkantilismus *(Colbertismus):* durch staatl. Lenkung der Wirtschaft, Monopole u. Anziehung der Steuern, Zentralisation der Verwaltung die Staatsmacht zu stärken. Die Aufhebung des Edikts von Nantes u. die Machtpolitik Ludwigs XIV. machten sein Werk zum großen Teil wieder zunichte.
Colchagua [kɔl'tʃa-], mittelchilen. Prov. südl. Santiago, 8327 qkm, 191000 Ew., Hptst. *San Fernando* (24800 Ew., landwirtschaftl. Zentrum, Handel, Industrie); Agrargebiet.
Colchester ['ko:ltʃistə], ostengl. Stadt in Essex, 75000 Ew.; Normannenburg; Fischerei, Blumen- u. Austernzucht, Textilindustrie, Universität (seit 1964); 1189 gegr.
Colchicin [das; grch.], giftiges Alkaloid des Herbstzeitlosensamens *(Colchicum autumnale);* Mitosegift; seine giftige Wirkung kann durch Sulfonamide u. →ATP gehemmt werden. Da C. die Zellteilung verzögert bzw. hemmt, wirkt es gegen bestimmte Karzinomarten, z.B. gegen Hautkrebs. Auch ist C. ein Mittel gegen Gicht u. wird in der Pflanzenzüchtung zur Erhöhung der Chromosomenzahl (Riesenwuchs) verwendet.
Colcrete-Beton ['kɔlkri:t-; engl.; Abk. für *colloid concrete*], ein Beton, bei dem zuerst die Grobzuschläge in die Schalung eingebaut u. verdichtet werden; dann wird der verbindende Mörtel eingepreßt. C. eignet sich bes. für Reparaturen.
Cold Cream ['kɔuld 'kri:m; das; engl.], fette Hautcreme mit kühlender Wirkung. Zusammensetzung nach Vorschrift des Dt. Arzneibuchs: weißes Wachs, Walrat, Mandelöl, Wasser u. Rosenöl. Das USA-Arzneibuch nennt Zusatz von Borax zur besseren Emulsionsbildung.
Cole ['kɔul], **1.** George Douglas Howard, brit. Historiker, Sozialökonom u. Politiker (Labour Party), *25. 9. 1889 Eding, †14. 1. 1959 London; hervorragender Vertreter des *Gildensozialismus,* 1939–1946 Vors. der *Fabian Society* (→Fabianismus). Hptw. „A History of Socialist Thought 1789–1939" 7 Bde. 1952–1960.
2. Nat King (Nathaniel Adams Coles), afroamerikan. Jazzmusiker (Klavier, Gesang), *13. 3. 1917 Motgomery, Ala., †15. 2. 1965 Santa Monica, Calif.; gründete 1939 ein Trio in Los Angeles, hatte später hauptsächl. als Schlagersänger Erfolg.
3. Thomas, US-amerikan. Maler engl. Abkunft, *1. 2. 1801 Bolton-le-Moor, Lancashire, †11. 2. 1848 Catskill, N. Y.; Vertreter der romant. Landschaftsmalerei, von C. Lorrain, J. N. Poussin u. S. Rosa beeinflußt; auch phantastisch-allegor. Züge („Der Pokal des Riesen" 1833). C. wirkte anregend auf die Kunst der →Hudson-River-School, als deren eigentl. Begründer er gilt.
Coleman ['kɔulmən], Ornette, afroamerikan. Jazzmusiker (Saxophon, Trompete), *19. 3. 1930 Fort Worth, Tex.; Wegbereiter des Free Jazz, spielt nur eigene Kompositionen.
Coleogyne, indo-malaiische Orchideengattung.
Coleopter [frz. *coléoptère,* „Käfer"], ein →Ringflügelflugzeug nach dem VTOL-Prinzip (Heckstartflugzeug). →VTOL-Flugzeug.
Coleoptera [grch.] →Käfer.
Coleraine [kɔul'rɛin], nordir. Universitätsstadt, 11000 Ew.
Coleridge ['kɔulridʒ], Samuel Taylor, engl. Dichter u. Kritiker, *21. 10. 1772 Ottery St. Mary, De-

Coleridge-Taylor

vonshire, †25. 7. 1834 London; anfangs von der Französ. Revolution begeistert, nahm er später eine christl.-konservative Haltung ein. C. wurde führend in der literar. Erneuerungsbewegung der engl. Romantik durch die mit W. Wordsworth 1798 herausgegebenen „Lyrical Ballads". Seine Dichtungen (die Balladen „The Ancient Mariner" 1798; „Christabel" 1816; die Traumvision „Kubla Khan" 1816) offenbaren eine mag. Phantasie u. großen Klangzauber. Als Denker u. Literaturtheoretiker von Dtschld. angeregt (I. Kant, F. W. von Schelling, F. von Schlegel; übersetzte Schillers „Wallenstein"), entwickelte er in „Biographia Literaria" 1817 die Lehre von der schöpfer. u. der nachbildenden Imagination. Als Kritiker wirkte er für ein vertieftes Verständnis Shakespeares. – ⌑ 3.1.3.

Coleridge-Taylor [ˈkɔulridʒ ˈteilə], Samuel, engl. Komponist, *15. 8. 1875 London, †1. 9. 1912 London; unternahm mehrere Reisen in die USA u. verwendete in seinen Kompositionen gelegentl. Elemente des Negergesangs (z.B. „Symphonic Variations on an African Air" 1906). Orchesterwerke, Kammermusik u.a. Am erfolgreichsten war sein „Song of Hiawatha" 1898–1900.

Colerus, Egmont, eigentl. E. von *C. zu Geldern*, österr. Schriftsteller, *12. 5. 1888 Linz, †8. 4. 1939 Wien; schrieb u.a. histor. Romane („Pythagoras" 1924; „Leibniz" 1934) u. gemeinverständl. Bücher über Mathematik („Vom Einmaleins zum Integral" 1934).

Cölestin [lat., „dem Himmel zugewandt"], männl. Vorname.

Cölestin, Päpste: **1.** *C. I.*, 422–432, Heiliger, †27. 7. 432 Rom; bekämpfte mit Erfolg den Pelagianismus u. den Semipelagianismus u. trat für Augustinus u. dessen Lehre ein; bemühte sich um die Christianisierung Irlands, wandte sich gegen Nestorius u. ließ sich auf dem Konzil in Ephesos durch drei Legaten vertreten. Fest: 6. 4.
2. *C. (II.)*, Gegenpapst 1124, eigentl. *Theobald Buccapecus*, †1126 (?); verzichtete bald nach seiner Wahl zugunsten von Honorius II.
3. *C. II.*, 1143/44, eigentl. *Guido von Città di Castello*, aus Umbrien, †8. 3. 1144 Rom; gelehrter Theologe, Schüler u. Freund Abälards, 1127 Kardinal, mehrfach päpstl. Legat. Sein früher Tod verhinderte die Verwirklichung seiner Reformabsichten.
4. *C. III.*, 1191–1198, eigentl. *Hyazinth Bobo*, *um 1106, †8. 1. 1198 Rom; 1140 verteidigte er seinen Lehrer Abälard gegen Bernhard von Clairvaux; 1144 Kardinal. C. krönte Heinrich VI. zum Kaiser, geriet aber bald mit ihm in heftigen Konflikt, weil Heinrich nach der Eroberung Siziliens die Erblichkeit des Kaisertums erstrebte u. die päpstl. Macht in Mittelitalien bedrohte. Durch kluge Politik wußte C. seine Position zu halten u. zu verbessern, bis der plötzl. Tod des Kaisers (1197) eine Wendung zu seinen Gunsten brachte.
5. *C. IV.*, 1241, eigentl. *Goffredo Castiglioni*, aus Mailand, †10. 11. 1241 Rom; Neffe Papst Urbans III., Zisterzienser, 1227 Kardinal. C., der in hohem Alter Papst wurde, war der Kandidat der für friedl. Ausgleich mit Kaiser Friedrich II. eintretenden Kardinalspartei. Er starb bereits wenige Tage nach seiner Wahl.
6. *C. V.*, 1294, eigentl. *Pietro del Murrone*, Heiliger, *1215 Isèrnia, †19. 5. 1296 Castello di Fumone; Benediktiner, Abt in Faifoli u. Einsiedler auf dem Murrone bei Sulmona. Obwohl ungeeignet, wurde er in der Streitigkeiten zwischen den Parteien der Colonna u. der Orsini als gänzl. Unbeteiligter zum Papst gewählt. Er geriet bald in völlige Abhängigkeit von Karl II. von Neapel (Anjou), der seine Wahl unterstützt hatte. Von seiner polit. Unfähigkeit überzeugt, dankte er nach fünfmonatiger Regierung am 13. 12. 1294 freiwillig ab. Sein Nachfolger Bonifatius VIII. ließ ihn bis zu seinem Tod in Haft halten, weil er ein Schisma fürchtete. Fest: 19. 5.

Colette [-ˈlɛt], Sidonie Gabrielle, französ. Erzählerin, *28. 1. 1873 Saint-Sauveur-en-Puisaye, †3. 8. 1954 Paris; wirkte an einem Varieté, dann als Modejournalistin u. Schriftleiterin. Schrieb in graziösem Stil u. mit unbefangener Sinnlichkeit. Themen: Frauen u. Tiergeschichten, bes. von Katzen. Hptw.: „Friede bei den Tieren" 1916, dt. 1931; „Mitsou" 1919, dt. 1927; „Chéri" 1920, dt. 1927; „Paris durch mein Fenster" 1944, dt. 1945; „Gigi" 1945, dt. 1953.

Coleus [-eːus; der; grch.], Gattung der *Lippenblütler* der trop. u. subtrop. Gebiete der Alten Welt. *C. tuberosus* des trop. Afrikas besitzt eßbare

Colmar: Fischerhäuser an der Lauch

Knollen. Bei uns werden Züchtungen mit schöner roter, brauner, gelber u. grüner Blattfärbung kultiviert, die sog. *Buntnesseln*.

Coligny [kɔliˈnji], Gaspard de, Seigneur de Châtillon, französ. Staatsmann u. Militär, *16. 2. 1519 Châtillon-sur-Loing, †24. 8. 1572 Paris (ermordet in der *Bartholomäusnacht*); Generaloberst u. Admiral von Frankreich. 1557 zum Calvinismus übergetreten (Hugenottenführer), wollte er den jungen König Karl IX. für den reformierten Glauben gewinnen u. einen entscheidenden Kampf gegen das kath. Vormacht Spanien führen. Als C. auf den König Einfluß zu gewinnen u. seinem Ziel nahe schien, ließen ihn Katharina von Medici u. die Herzöge von Guise ermorden.

Colii →*Mäusevögel.*

Colikeimzahl, die Anzahl der in einer Wasserprobe enthaltenen Keime des *bacterium coli (Kolibakterium)*. Sie läßt auf den Grad der Verunreinigung des Wassers durch menschliche oder tierische Fäkalien u. damit auf die Eignung zu Trinkwasser schließen.

Colima, 1. Hptst. des mexikan. Staats C. an der pazif. Küste (5455 qkm, 283 000 Ew.), 45 000 Ew.; Anbau von Bananen, Mais, Kaffee, Baumwolle u. Kopra; Viehzucht.
2. *Nevado de C.*, Vulkangipfel im Hinterland von C., 4339 m hoch, nahe der mexikanischen Pazifikküste.

Colima-Kultur, indian. Kultur der Zeit von Christi Geburt bis 900 im mexikan. Staat *Colima*, charakterisiert durch Schachtgräber, die z.T. Seitenkammern haben, einzelne Kupfergeräte u. realistisch stilisierte Tonplastik.

Colin [kɔˈlɛ̃], Jean-Claude-Marie, französ. Priester, *7. 8. 1790 Saint-Bonnet-le-Troncy bei Lyon, †15. 11. 1875 La Neylière; gründete 1824 in Belley die Kongregation der →*Maristen*. Seligsprechung 1908.

Colin von Mecheln, Alexander, flämischer Bildhauer, *1527 oder 1529 Mecheln, †17. 8. 1612 Innsbruck; schuf seit 1558 den dekorativen Schmuck für den Ottheinrichsbau des Heidelberger Schlosses, 1562–1565 Reliefszenen am Grabmal Kaiser Maximilians I. (Innsbruck, Hofkirche), außerdem Grabmäler, Brunnen und Sakramentshäuschen.

Collage [kɔlaːʒ; die; frz.], ein in der modernen Kunst verbreiteter Bildtyp, bei dem in Abkehr von der herkömml. Gestaltungsweise die Darstellung nicht gemalt, sondern aus Fremdmaterialien (Papier, Karton, Tapetenstücke u. ähnlichem), die man auf der Leinwand aufklebt, zusammengesetzt wird. Klebebilder lassen sich schon in der Volks- u. Amateurkunst früherer Jahrhunderte nachweisen, wurden aber erst von *Picasso* u. *G. Braque* in der Zeit vor dem 1. Weltkrieg zur eigenständigen Technik ausgebildet. Mit R. Rauschenbergs *Combine Paintings* erreichte in der Pop-Art die C. einen neuen Höhepunkt. Wenn das Einbeziehen dreidimensionaler beliebiger Gebilde überwiegt, spricht man von *Montagebildern, Materialcollagen* oder →*Assemblagen*. Reichen Gebrauch von den Möglichkeiten der C.technik macht die moderne Gebrauchs- u. Werbegraphik bis zur Photomontage. – ⌑ 2.5.1.

College [ˈkɔlidʒ; das; engl.], **1.** in England Haus, in dem die Studenten u. Lehrer zusammen wohnen, vielfach den Universitäten angegliedert, mit Stipendien u. Freistellen.
2. *University C.* (Oxford, Cambridge, London), Unterrichts- u. Forschungsinstitut der Universitäten bzw. die Universität selbst.
3. wissenschaftl. Akademie, die noch nicht Volluniversität ist.
4. in den USA höhere Lehranstalt, die, auf der High-School aufbauend, nach 4jährigem Kurs zur *Bachelor*-Prüfung u. damit zur Universitätsreife führt; auch Universitätsinstitut oder Fachhochschule.

Collège [kɔˈlɛːʒ; das; frz.], in Frankreich städtische höhere Schule, im Gegensatz zum staatl. *Lycée*; kein Unterschied in pädagog. Hinsicht, nur in der Verwaltungsform u. in ihrer Bedeutung auf Grund von Tradition u. Ansehen.

Collège de France [kɔˈlɛːʒ dəˈfrɑ̃s], wissenschaftl. Institut in Paris, von *Franz I.* um 1530 gegr., das unmittelbar dem Unterrichtsministerium untersteht, hat eine natur- u. eine geisteswissenschaftl. Fakultät.

Collège d'Europe [kɔˈlɛːʒ dœˈrɔp], wissenschaftliche Institution in Brügge, →auch Europa-Universität.

Collegium musicum [das; lat.], i.w.S. Musikvereinigungen verschiedener Art (Kantoreien, Chor-, Instrumentalvereinigungen); i.e.S. seit dem 16. Jh. Musikvereinigungen an den Universitäten, heute bes. mit dem Ziel der Wiedererweckung u. Pflege der Werke alter Meister aus Barock u. Vorklassik u. der Erschließung moderner Musik.

col legno [-ˈlɛnjo; ital., „mit dem Holz"], in der Streichmusik die Vorschrift, die Saite mit der Bogenstange kurz anzuschlagen.

Collembola [grch.] →*Springschwänze*.

Colleoni, *Coleoni, Coglioni*, Bartolomeo, italien. Condottiere, *1400 bei Bergamo, †Nov. 1475 Schloß Malpaga bei Bergamo; stand meist im Dienst der Republik Venedig, die nach seinem Tod die berühmte Reiterstatue durch *Verrocchio* in Venedig errichten ließ; vorübergehend auch in Diensten des Herzogs Filippo Maria von Mailand.

Collett, Camilla, norweg. Schriftstellerin, *23. 1. 1813 Kristiansand, †6. 3. 1895 Kristiania; Schwester H. *Wergelands* u. Geliebte J. S. *Welhavens*, „die nord. George Sand", schrieb den ersten norweg. naturalist. Frauenroman „Die Amtmanns-Töchter" 1855, dt. 1864.

Collie [der; engl.], *schottischer Schäferhund*, guter Nutz- u. Wachhund („Lassie"), 56–61 cm hoch. Eine kleinere, 36–37 cm hohe Züchtung ist der *Shetland Sheepdog* oder *Sheltie*.

Collier [kɔ'lje; das; frz.], Halsschmuck, bes. Halskette u. Halsband.

Collie River ['kɔli: rivə], Küstenfluß im südwestl. Westaustralien, entspringt in der Darling Range, im Oberlauf periodisch, im Unterlauf perennierend, fließt nach SW u. mündet in die *Koombana Bay* des Ind. Ozeans, 113 km lang; am Mittellauf Kohlenbergbau (seit 1889) um die Stadt Collie (7600 Ew.); Stromgewinnung im Kraftwerk Muja im SO. Stromabwärts dient der *Wellington Dam* (1934 erbaut, 1960 erweitert, 227200 m³) der Bewässerung. – Der C. R. ist nach Alexander *Collie*, einem Erforscher des südwestl. Westaustralien, benannt.

Collier's Encyclopedia ['kɔljəz ensaiklə'pi:diə], moderne US-amerikan. Enzyklopädie; Hrsg. Frank W. *Price* u. Charles P. *Barry*. 1. Aufl. 1950–1962; 24 Bde.

Collin, 1. Heinrich Joseph von, österr. Schriftsteller, * 26. 12. 1771 Wien, † 28. 7. 1811 Wien; verband in seinen Schauspielen das heim. Barock mit der zeitgenöss. Klassik („Regulus" 1802; „Coriolan" 1804, dazu Ouvertüre von L. van *Beethoven*). Seine „Lieder österr. Wehrmänner" 1809 erregten Napoléons Zorn.
2. Matthäus von, Bruder von 1), österr. Schriftsteller, * 3. 3. 1779 Wien, † 23. 11. 1824 Wien; leitete die „Wiener Allg. Literaturzeitung" u. die „Wiener Jahrbücher für Literatur"; Dramen u. Gedichte.

Colline [kɔ'li:n; frz.], Bestandteil geograph. Namen: Hügel.

Colline Metallifere, italien. Bergland in der Toskana, im *le Cornate* 1059 m; Vorkommen u. Abbau von Pyrit.

Collins, 1. Michael, irischer Politiker, * 16. 10. 1890 bei Clonakilty, Grafschaft Cork, † 22. 8. 1922 bei Beal-na-Blath, Cork (gefallen); war führend beteiligt am Aufstand von 1916, später der eigentl. Organisator des Kampfes der irischen Illegalen 1919–1921; fiel als Verteidiger des 1921 im Frieden mit England errichteten Freistaats gegen die radikale Richtung von Valeras im Bürgerkrieg von 1922.
2. William, engl. Dichter, * 25. 12. 1721 Chichester, † 12. 6. 1759 Chichester; Vorromantiker, schuf formvollendete Oden: „Ode to the Evening" 1746.
3. William Willkie, engl. Erzähler, * 8. 1. 1824 London, † 23. 9. 1889 London; Verfasser glänzend geschriebener Kriminal- u. Sensationsromane: „Die Frau in Weiß" 1860, dt. 1965; „The Moonstone" 1868, dt. „Der Monddiamant" 1949.

Collinsia, nordamerikan. Gattung der *Rachenblütler* mit bunten, endständig Trauben bildenden Blüten.

Collins Sons & Co. Ltd., engl. Verlag in Glasgow, gegr. 1819; Belletristik, Klassikerausgaben, Kinderbücher, Sachbücher, Nachschlagewerke, Atlanten, Bibeln.

Collip, James Bertram, kanad. Biochemiker, * 20. 11. 1892 Belleville, Ontario; führte grundlegende Arbeiten über die innere Sekretion aus; Reindarstellung des Parathormons.

Collodi, Carlo, eigentl. C. *Lorenzini*, italien. Schriftsteller, * 24. 11. 1826 Florenz, † 26. 10. 1890 Florenz; Gründer der polit.-satir. Zeitung „Il Lampione"; übersetzte die Märchen von Ch. *Perrault* u. schuf mit der Gestalt des *Pinocchio* eine der schönsten u. lebenswahrsten Kinderbuchfiguren der neueren Zeit: „Le avventure di Pinocchio" 1880, dt. 1905, 1959 u. öfter.

Collodium [das; grch., lat.], *Klebeäther*, zähflüssige Lösung von C.wolle (Cellulosedinitrat) in einem Alkohol-Äther-Gemisch, feuergefährlich.

Colloredo, auf *Wilhelm von Mels*, der 1302 die Stammburg C. in Friaul erbaute, zurückgeführte österr. Adelsdynastie, deren Linien sich durch Heirat in die Namen *Colloredo-Waldsee* u. *Colloredo-Mannsfeld* spalteten. Erstere gelangten 1624 u. 1724 in den Reichsgrafenstand, letztere wurden 1763 Fürsten. Die C. stellten führende Persönlichkeiten im österreichischen Militär- u. Verwaltungswesen.

Colmar, elsäss. Stadt in der Oberrheinebene, links an der Lauch, Hptst. des französ. Dép. Haut-Rhin, 62300 Ew.; Mittelpunkt eines reichen Landwirtschaftsgebiets mit Wein- u. Gemüsebau, Textil-, chem., metallurg. u. Nahrungsmittelindustrie, Herstellung von Lederwaren u. Uhren, Tabakverarbeitung, Landmaschinenbau; lebhafter Handel; durch Zweigkanal mit dem Rhein-Rhône-Kanal verbunden. – 823 erstmals genannt, 1226 Reichsstadt; seit 1672 französisch; 1871–1918 Hptst. des Oberelsaß; mittelalterl. Stadtkern; histor. Bauwerke (Martinsmünster 1234–1364 mit Maria im Rosenhag von Schongauer, got. Franziskaner- u. Dominikanerkirche; Kaufhaus, Pfisterhaus u.a. Fachwerkbauten; Kunstschätze, bes. von Schongauer u. Grünewald im Musée Unterlinden.

Colmar-Berg [dt. u. frz.], luxemburgisch *Kolmer-Bierg*, amtlich *Berg*, Gemeinde im zentralen Luxemburg, 660 Ew.; Reifenwerk, Bahnknotenpunkt; Schloß Berg, von Wilhelm IV. im 19. Jh. erbaut (mit Park), ist ständige großherzogliche Residenz.

Colmarer Liederhandschrift (1546), älteste u. wichtigste Sammlung des Meistersangs aus dem 16. Jh.

Colo., Abk. für den USA-Staat →Colorado (1).

Colocasia [die; grch., „Lotoswurzel"], *Kolokasie*, Gattung der *Aronstabgewächse*. Die Knollen von *C. esculenta* liefern ein in den Tropen der alten Welt geschätztes u. als *Taro* bekanntes Nahrungsmittel.

Cölom = sekundäre Leibeshöhle.

Colomannus →Koloman.

Coloma y Roldán, Luis, span. Schriftsteller, * 9. 1. 1851 Jerez de la Frontera, † 11. 6. 1915 Madrid; Jesuit, 1908 Mitglied der span. Akademie; in realist., leicht oberfläch. Stil kritisierte er in dem Schlüsselroman „Pequeñeces" 1890, dt. „Lappalien" 1897, das Lasterleben der span. Aristokratie.

Colomb-Béchar [kɔ'lɔ̃ be'ʃa:r], alger. Stadt, = Béchar.

Colombe [kɔ'lɔ̃b], Michel, französ. Bildhauer, * um 1430 Bourges (?), † um 1512 Tours; nachweisbar seit 1474, seit 1486 in Tours; näherte sich durch Betonung des Körperhaften u. Individuellen den Idealen der Renaissance. Hptw.: Grabmal von Franz II., Herzog der Bretagne, u. seiner 2. Frau in Nantes, Kathedrale, nach 1500; Drachenkampfrelief mit hl. Georg aus Schloß Gailon, 1508/09, Paris, Louvre.

Colombes [kɔ'lɔ̃b], Industrievorstadt, Dép. Hauts-de-Seine, im Seinebogen nordwestl. von Paris, 80600 Ew.; Olympiastadion (1924); Erzeugung von Stahlrohren, Motoren, Elektromotoren, Isolatoren, Werkzeug u. Parfüm.

Colombey-les-deux-Églises [kɔlɔ̃'bɛ: lə dø:ze'gli:z], französ. Gemeinde im Dép. Haute-Marne, 400 Ew. In C. befindet sich (unter Denkmalsschutz) der private Landsitz des französ. Staatsmanns Ch. de *Gaulle*, der dort starb u. auf dem Dorffriedhof beerdigt wurde.

Colombina [ital., „Täubchen"], weibl. Dienerfigur der *Commedia dell'arte* in dunkler Halbmaske.

Colombo, Hptst. u. einzige Großstadt Ceylons, an der mittleren Westküste, 600000 Ew. (m. V. 900000 Ew.); einer der wichtigsten Hafenplätze Asiens, am Seeweg nach Ostasien u. Australien; zwei Universitäten (1942 u. 1965 gegr.; 1870 Medical College), Ausgangspunkt aller Eisenbahnlinien Ceylons. – 1505 portugies., 1656 holländ., 1796 engl.

Colombo, Emilio, italien. Politiker (Democrazia Cristiana), * 11. 4. 1920 Potenza; Jurist, seit 1948 Regierungsmitgl., seit 1953 wiederholt Minister, vor allem erfolgreicher Wirtschafts-Min., auch Vertreter Italiens bei der EWG, 1970–1972 Min.-Präs. einer Mitte-Links-Regierung, 1978 Präs. des Europa-Parlaments. 1979 Karlspreis.

Colombogarn, grobes Garn aus Kokos.

Colombo-Konferenz, Konferenz der Staaten Birma, Ceylon, Indien, Indonesien u. Pakistan vom 28. 4.–2. 5. 1954 in Colombo, die die →Bandung-Konferenz vorbereitete.

Colombo-Plan, 1950 auf der Commonwealth-Konferenz in Colombo entwickelter, am 1. 7. 1951 in Kraft getretener Plan, den Lebensstandard, bes. die Ernährungsbedingungen, in den Ländern Süd- u. Südostasiens durch Investitionen zu heben u. so dem Kommunismus vorzubeugen. Es besteht kein einheitl. Gesamtplan, sondern jedes süd- bzw. südostasiat. Mitgliedsland führt sein eigenes Entwicklungsprogramm durch u. erhält dabei Kapitalhilfe u. techn. Unterstützung von anderen Mitgliedsländern, vor allem von Australien, Kanada, Neuseeland, Japan, Großbritannien u. den USA. Die Mitgliedstaaten sind in einem *Konsultativausschuß* vertreten, der jährl. zusammentritt u. der Berichterstattung sowie dem Erfahrungsaustausch dient.

Colón [der; nach *Kolumbus*], Währungseinheit in Costa Rica (*Costa Rica-Colón*; Abk. C; 1 C = 100 Céntimos) u. in El Salvador (*El Salvador-Colón*; Abk. C; 1 C = 100 Centavos).

Colón [nach *Kolumbus*], Provinz-Hptst. u. Hafen am atlant. Ausgang des Panamakanals, Enklave in der Kanalzone, zweitgrößte Stadt Panamas, 70000 Ew., wichtiger Industriestandort, Handelszentrum. 1852 unter dem Namen *Aspinwall* von Nordamerikanern gegr.

Colonel ['kɔ:nl, engl.; -'nɛl, frz.], engl. u. frz. Stabsoffiziersrang, entsprechend dem dt. *Oberst*.

Colonia, 1. [span.], Teil geograph. Namen: Kolonie, Tochterstadt; in Mexiko: neues Stadtviertel.
2. [lat., „Bauernsiedlung"], Ansiedlung von Römern oder Latinern im unterworfenen Gebiet zur militär. Sicherung u. Versorgung der eigenen Bürger; wichtigstes Mittel zur Latinisierung des röm. Herrschaftsbereichs. Später Veteranenkolonie, für die das nötige Land durch Kauf beschafft wurde, oder Titularkolonie (Titel u. rechtl. Stellung einer Kolonie als Ehrung).

Colonia del Sacramento, Departamento-Hptst. u. älteste Stadt Uruguays (gegr. 1680), am nördl. La-Plata-Ufer, gegenüber Buenos Aires, 20000 Ew.; Agrarhandel, Badeort.

Colonia Versicherung AG, Köln, Sachversicherungsgesellschaft, 1969 durch Fusion der *Colonia Kölnische Versicherungs-AG*, Köln (gegr. 1838), u. der *National Allgemeine Versicherungs-AG*, Lübeck, entstanden; Beitragseinnahmen 1977: 1,33 Mrd. DM.

Colonna, röm. Adelsgeschlecht, führt den Namen

Colombo: Parlamentsgebäude (Mitte) und Ceylinco-Haus (im Hintergrund rechts)

Colonus

(urkundl. belegt seit 1101) nach dem Ort *La C.* in den Albaner Bergen; lag oft im Kampf gegen die Orsini, meist auf seiten der Ghibellinen bei der Auseinandersetzung zwischen Kaiser u. Papst.
1. *Odo,* auf dem Konzil von Konstanz 1417 zum Papst →Martin V. gewählt.
2. *Vittoria,* italien. Dichterin, Markgräfin von Pescara, *1492 Marino bei Rom, †25. 2. 1547 Rom; Gemahlin des Ferrante d'Avalos, Marchese von Pescara, den sie in ihren Gedichten feierte; als Witwe stand sie seit 1525 mit den berühmtesten Gelehrten u. Künstlern in Verbindung, u.a. mit Michelangelo; sie verfaßte Sonette im Stil F. Petrarcas. – ▢ 3.2.2.
Colọnus [lat.] →Kolonat.
Colorạdo, 1. Abk. *Colo., Col.,* Gebirgsstaat im W der USA, 269 998 qkm, 2 Mill. Ew.; Hptst. *Denver*; östl. Drittel in den High Plains (trockene Prärietafel), 1200–1500 m hoch; Weizen im Trockenfeldbau; am Platte River u. Arkansas River Anbau bes. von Zuckerrüben u. Gemüse auf bewässerten Feldern. Den W nehmen Ketten der südl. Rocky Mountains (Mt. Elbert 4395 m) mit zwischenliegenden Becken. Teile des *Colorado Plateaus* (1500–3000 m) ein. Von großer Bedeutung ist der Bergbau; C. führt in der Förderung von Zinn, Vanadium u. Molybdän, Erdöl, Kohle, Uran; wenig Industrie (marktferne Lage). 1876 als 38. Staat in die USA aufgenommen. – ▣Vereinigte Staaten von Amerika (Natur u. Bevölkerung).
2. *Rio C.,* atlant. Fluß aus den argentin. Anden zwischen Pampa u. patagon. Steppe, mündet südl. von Bahia Blanca, 1300 km; wechselnde Wasserführung.
Colorạdokäfer [nach dem Staat *Colorado* der USA] = Kartoffelkäfer.
Colorạdo Plateau [-'plætoʊ], hochliegende, 1500 bis 3300 m hohe Plateaulandschaft im SW der USA, rd. 130 000 qkm. Paläozoische u. mesozoische Schichttafeln lagern diskordant auf algonkischen Ablagerungen, darunter Kristallin. Vulkanische Decken, bes. im S, Flexuren u. Brüche durch Hebungen im Tertiär u. Quartär; stufenförmige Abtragung, Entstehung tiefer Schluchten (Grand Canyon). Trockensteppe, in Hochlagen offener Nadelwald; wenig besiedelt, Indianerreservate.
Colorạdo River [-'rivə], **1.** *Colorado des Ostens,* Fluß in Texas (USA), entspringt auf dem Kalkplateau des Llano Estacado, fließt nach SO u. mündet südwestl. von Freeport in die Matagorda Bay; 1450 km lang.
2. *Colorado des Westens,* Fluß im SW der USA, entspringt in den Rocky Mountains in Nord-Colorado, mündet, 2189 km lang, mit einem Delta in den Golf von Kalifornien. Der Mittellauf zerschneidet in tiefen Canyons die bunten horizontalen Schichten der Colorado Plateaus, im 350 km langen *Grand Canyon* bis 1800 m tief. Der C. R. entwässert rd. 620 000 qkm meist semiariden Gebiets. Die verheerenden Schlammfluten im Wüstengebiet des Unterlaufs werden in 7 Stauseen aufgefangen, die durch den *Bridge Canyon Dam, Hoover Dam* (einer der höchsten) mit Lake Mead (Energie u. Bewässerung), *Parker Dam* (630 km lange Wasserleitung nach Los Angeles), *Headgate Lock Dam, Imperial Dam* bei Yuma (von dort All American Canal zur Bewässerung des Imperial Valley; 1905–1907 nach Dammbruch überflutet) u. *Laguna Dam* aufgestaut werden. Nur wenig Wasser erreicht den Golf.
Colorạdos [span., „Rote"], die liberalere der beiden traditionellen Parteien Uruguays; die C. sind der herrschenden Gesellschaftsordnung nicht weniger verbunden als die *Blancos.*
Colorạdos, *Cerro C.,* argentin.-chilen. Andengipfel, 6049 m.
Colorado Springs [kɔlə'rɑ:doʊ sprɪŋz], Stadt in Colorado (USA), am Gebirgsrand, 103 000 Ew. (Metropolitan Area 144 000 Ew.); Heilquellen, Fremdenverkehr; histor. Museum, Luftwaffenakademie; Hauptquartier des North American Air Defense Command (für USA u. Kanada); Ausgangspunkt zu den bedeutenden Bergbaugebieten von *Cripple Creek.*
Colọstrum [lat.] →Kolostralmilch.
Colt [der; engl.], nach dem Erfinder u. Hersteller (Samuel C., *1814, †1862) genannter Revolver.
Coltrane ['koltreɪn], John William, afroamerikan. Jazzmusiker (Tenor- u. Sopransaxophon, Komposition), *23. 9. 1926 Hamlet, N. C., †17. 7. 1967 Huntington, N. Y.; spielte u. a. zusammen mit Miles Davis, Thelonious Monk, seit 1960 eigenes Quartett, wandte sich 1965 dem Free Jazz zu.
Colum ['kɔləm], Padraic, irischer Dichter, *8. 12. 1881 Longford, †12. 1. 1972 Enfield, Conn. (USA); Mitbegründer des irischen Nationaltheaters, für das er wirklichkeitsnahe Schauspiele schrieb: „The Desert" 1912.
Columbạczer Mücke →Kriebelmücken.
Colụmbae →Tauben.
Columbạrium [das, Mz. *Columbarien*; lat.], röm. Grabstätte mit vielen, in Stockwerken angeordneten Nischen zur Aufnahme von Aschenurnen. Bekannt sind Columbarien mit bis zu 3000 Kammern.
Columbia [kə'lʌmbɪə], **1.** Hptst. von South Carolina (USA), 98 000 Ew. (Metropolitan Area 290 000 Ew.); Universität (gegr. 1801); Kunstfaser- u. Baumwollindustrie; gegr. 1786.
2. Stadt in Missouri (USA), nordwestl. von Jefferson City 55 000 Ew.; Universität (gegr. 1839), Agrarhandel.
3. Modellstadt zwischen Baltimore u. Washington in Maryland (USA); 1967 erste Bewohner; sieben Wohnorte um ein Geschäftszentrum (Downtown) mit (1980) 125 000 Ew. geplant.
4. *Mount C.,* Gipfel in den kanad. Rocky Mountains, am Nordknie des C. River, 3747 m; stark vergletschert.
5. der westkanad. Staat →British Columbia.
Columbia Broadcasting System [kə'lʌmbɪə 'brɔːdkɑːstɪŋ 'sɪstəm], Abk. *CBS,* 1927 gegr. kommerzielle US-amerikan. Rundfunkgesellschaft, die in den größten Städten des Landes eigene Hörfunk- u. Fernsehsender betreibt u. kleinere Sender mit ihren Programmen versorgt.
Columbia Mountains [kə'lʌmbɪə 'maʊntɪnz], westl. Kette der kanad. Rocky Mountains; Einzelketten: *Cariboo, Monashee, Selkirk* u. *Purcell Mountains.*
Columbia Pictures Corporation [kə'lʌmbɪə 'pɪktʃərz kɔːpə'reɪʃən], 1924 von Harry *Cohn* gegr. Filmproduktion, die ursprüngl. Kurzfilme herstellte u. später mit dem Tonfilm „Es geschah in einer Nacht" 1934 in die Gruppe der größten amerikan. Filmfirmen aufrückte.
Columbia River [kə'lʌmbɪə 'rɪvə], nordamerikan. Fluß, entspringt in den kanad. Rocky Mountains, umfließt das Columbia Plateau im N u. W (Columbia-Basin-Projekt zur Bewässerung), durchbricht das Kaskadengebirge u. mündet bei Astoria in den Pazif. Ozean, 1954 km; Stromschnellen; Lachsfischerei; zahlreiche Staudämme, bes. *Grand Coulee Dam* (mit Franklin D. Roosevelt Lake), *Chief Joseph Dam* u. *Bonneville Dam.*
Columbia-Universität in New York, aus dem 1754 gegr. *King's College* entstanden, eine der führenden Universitäten der USA.
Columbịt [der], Mineralreihe, →Niobit.
Colụmbium, *Kolumbium,* in den angloamerikan. Ländern Bez. für →Niob.
Columbus [kə'lʌmbəs], **1.** Hptst. von Ohio (USA), 536 000 Ew. (Metropolitan Area 850 000 Ew.); 2 Universitäten (gegr. 1850 u. 1870) u. Akademie der Wissenschaften, wissenschaftl. Gesellschaften, Museen; Kohlen u. Eisenerzbergbau, Eisen-, Maschinen-, Fahrzeug-, chemische, Tabak- u. a. Industrie; 1812 gegr.
2. Stadt in Georgia (USA), am Chattahoochee, 120 000 Ew. (Metropolitan Area 250 000 Ew.); Baumwollhandel u. -industrie, Maschinenbau, Herstellung von Lebensmitteln, Holzverarbeitung.
Columbus, Entdecker Amerikas, →Kolumbus.
Columbus Verlag Paul Oestergard KG, Berlin-Lichterfelde u. Beutelsbach bei Stuttgart, gegr. 1909, Verlag für Globen (DUO- u. DUPLEX-Leuchtglobus) u. Atlanten.
Columẹlla [die; lat.], **1.** bei Schnecken die feste Kalkspindel der Schale, um die die spiraligen Umgänge verlaufen.
2. säulchenförmiges Gehörknöchelchen im Mittelohr von Amphibien, Reptilien u. Vögeln, gebildet vom oberen Teil des *Zungenbeinbogens;* →Ohr.
Columnịferae [lat.], Ordnung der dialypetalen, zweikeimblättrigen Pflanzen, *Dialypetalae,* meist Holzpflanzen mit radiären Blüten u. Schleimzellen in den Geweben; zu ihr gehören die Familien: *Malvengewächse, Malvaceae; Bombacazeen, Bombacaceae; Lindengewächse, Tiliaceae; Sterkuliengewächse, Sterculiaceae.*
com... →kon...
Cọma, 1. *Astronomie:* [die; lat., „Haupthaar"], *Koma,* Gas- u. Staubhülle um den Kern der Kometen. – *C. Berenices, Haar der Berenike,* kleines Sternbild des nördl. Himmels zwischen Bootes u. Löwe, enthält einen äußeren offenen Sternhaufen. *C.-Virgo-Haufen,* Anhäufung von Spiralnebeln in den Sternbildern C. Berenices u. Virgo (Jungfrau), entdeckt 1901 von M. Wolf. →Nebelhaufen.
2. *Medizin: Koma* [grch.] = Bewußtlosigkeit.
Comàcchio [-'makjo:], italien. Stadt in der Region Emìlia-Romagna, auf 13 Inseln der Lagune

Johann Amos Comenius

Valli di C. (430 qkm), 17 000 Ew.; Aalfischerei, Seesalzgewinnung; etrusk. Ruinen von Spina, 1922 entdeckt.
Comanchen [-'mantʃən], *Komantschen,* Stamm der Shoshone-Indianer (3000), einst Büffeljäger in den südl. Prärien, seit 1875 in einem Reservat in Oklahoma (USA).
Comayagua, Departamento-Hptst. in Honduras, 10 000 Ew., bis 1880 Landes-Hptst.; gegr. 1540, ehem. Universität (1632 errichtet), kunsthistor. wertvolle kolonialspan. Kirchen.
Combine Painting [kəm'baɪn 'peɪntɪŋ] →Rauschenberg, Robert.
Cọmbo [die; engl. Abk. für *combination,* „Vereinigung"], kleine Jazzgruppe, in der gewöhnlich jedes Instrument nur einmal besetzt ist.
Combretazẹen [lat.], *Combretaceae,* Familie der *Myrtales;* trop. Holzgewächse, z.B. die Pflanzengattung *Terminalia,* von der das Limbaholz geliefert wird.
COMECON, Abk. für engl. *Council for Mutual Economic Aid,* im Westen übliche Bez. für *Rat für gegenseitige Wirtschaftshilfe,* Abk. *RGW,* russ. Abk. *SEW,* wirtschaftl. Zusammenschluß der Ostblockstaaten; gegr. am 25. 1. 1949 in Moskau auf einer Konferenz von Vertretern der Sowjetunion, Bulgariens, Polens, Ungarns, Rumäniens u. der Tschechoslowakei; 1949 trat Albanien dem Rat bei, wurde aber 1962 wegen seiner antisowjet. Haltung im Streit zwischen Peking u. Moskau ausgeschlossen. Seit 1950 ist auch die DDR Mitglied. 1962 wurde die Mongol. Volksrepublik, 1972

Colorado River (2): Ausfluß aus dem Lake Powell

Commedia dell'arte: Kupferstiche von einigen der bekanntesten Typengestalten (von links nach rechts): *Pantalone, Pulcinella, Colombina, Capitano, Dottore, Scaramuccio*

Kuba, 1978 Vietnam Mitglied. 1964 schloß der Rat ein Assoziierungsabkommen mit Jugoslawien. Oberstes Organ von COMECON ist die *Tagung des Rates*, in deren jährl. Sitzungen die entscheidenden Beschlüsse gefaßt werden. Alle Mitgliedstaaten sind durch je einen Bevollmächtigten als Leiter einer Regierungsdelegation vertreten. Die Tagungen des Rates finden abwechselnd in den Hauptstädten der Mitgliedstaaten statt. Ihre Empfehlungen an die Mitgliedstaaten werden durch einen innerstaatl. Rechtsakt verbindlich. Die im Statut von 1949 vorgesehene *Konferenz der Regierungsvertreter* wurde 1962 durch das *Exekutivkomitee* ersetzt. Es hat die Aufgabe, die Beschlüsse der Ratstagungen zu verwirklichen. Die Verwaltungsarbeit liegt bei einem *Generalsekretariat* in Moskau. Die wichtigste Arbeit wird von den 1956 gebildeten *Ständigen Kommissionen* geleistet, die ihren Sitz in den Hauptstädten der einzelnen Ostblockstaaten haben. Ihre Aufgabe ist es, die verschiedenen Gebiete der Volkswirtschaft in den Mitgliedstaaten zu koordinieren. Maßnahmen zu treffen, die die Beschlüsse der Tagung des Rates vorbereiten. Daneben gibt es eine *Ständige Arbeitsgruppe*, eine zentrale *Dispatcher-Verwaltung*, ein *Institut für Standardisierung* u. die *COMECON-Bank* in Moskau.
COMECON war als Gegenorganisation gegen die 1948 im Westen gegr. *OEEC* gedacht u. diente zunächst dazu, die Ostblockstaaten von der westl. Welt zu isolieren u. ihren Handel in die Sowjetunion zu lenken. Erst nach *Stalins* Tod, als die volksdemokrat. Länder nach größerer wirtschaftl. Selbständigkeit strebten, entwickelte sich COMECON zu einem Instrument der sowjet. Großraumplanung. Auf der Tagung des Rates im Mai 1956 in Ostberlin wurden die nationalen Planziele der Ostblockstaaten koordiniert. 1958 wurden zweiseitige Abkommen zwischen der Sowjetunion u. den Ostblockstaaten über die Koordinierung der Perspektivpläne u. des gegenseitigen Warenaustauschs getroffen, u. 1960 wurde die Koordinierung der Wirtschaftsplanungen aller Partner vereinbart, durch die die sozialist. Arbeitsteilung eine bes. Rolle erhielt. In den letzten Jahren standen Bemühungen um eine weitere wirtschaftliche Integration der Mitgliedstaaten im Vordergrund. – ▭ 4.5.0 u. 5.9.3.

Comędia [lat., span., portug.], dreiaktiges span. bzw. portugies. Schauspiel nicht nur heiteren Charakters; Hauptformen sind die *C. de capa y espada* (Mantel- u. Degenstück; nach der Kleidung benannt) u. die *C. de ruido* oder *de teatro* (Ausstattungsstück).

Comédie Française [-frãˈsɛːz], staatl. französ. Schauspielbühne in Paris; 1680 als *Théâtre Français* unter Ludwig XIV. durch Vereinigung der Truppe des Hôtel de Bourgogne u. der des Théâtre du Marais gegr., seit 1687 C.F. genannt. Pflegestätte des großen französ. Schauspiels, bes. des 18. Jh.; wahrt in seinem Repertoire den traditionellen Theaterstil der französ. Dramatik.

Comédie humaine [-yˈmɛːn], „La c. h.", →Balzac.

Comęnius, tschech. *Komenský*, Johann Amos, Theologe u. Pädagoge, *28. 3. 1592 Nivnice, Ostmähren, †15. 11. 1670 Amsterdam; 1632 Bischof der *Böhmischen Brüdergemeine* in Lissa (Polen). C. forderte eine naturgemäße Lehrweise, einen einheitl. Schulaufbau bis zum 24. Lebensjahr; seine pansophischen (enzykloäd.) Werke sollten der Verwirklichung des Gottesreichs auf Erden dienen. Er unternahm Auslandsreisen nach England, Schweden, Siebenbürgen u. Holland, wo man überall von seinen Lehrbüchern erhoffte, daß sie die Christenheit durch *Pansophie* einigten. Hptw.: „Didactia Magna"1632, dt. „Große Didaktik" ³1966; „Orbis pictus" („Gemalte Welt") 1658; „Schola materna" („Mutterschule", häusl. Erziehung im 1.–6. Lebensjahr) 1633. – ▭ 1.7.2.

Cǫmer See, ital. *Lago di Como, Làrio*, oberitalien. See, 146 qkm, 51 km lang, bis 410 m tief; wegen der landschaftl. Schönheiten u. des milden Klimas viel besucht, zahlreiche Villen; Zufluß der Adda, bei Bellàgio in 2 Arme geteilt, über den südöstl. Arm *Lago di Lecco* Abfluß über die Adda.

Cǫmes [der; lat., „Begleiter"], **1.** *Geschichte:* mittellat. = Graf.
2. *Musik:* in der Fugenkomposition der zweite Einsatz des Themas; als eine Art Antwort auf den ersten Themeneinsatz *(Dux).* Der C. wird von einem prägnanten Kontrapunkt (Gegensatz oder Kontrasubjekt) begleitet. C. u. voraufgehender Dux stehen mithin am Anfang einer →Fuge.

Comic strips [ˈkɔmik strips; engl.], *Comics*, Bildstreifen, in der heutigen Form des 19. Jh. (z. B. Wilhelm Busch) zurückgehendes Verfahren, Geschichten in Abfolgen einfacher Zeichnungen mit beigefügten Kurztexten zu erzählen (Blondie, Nick Knatterton). C. werden in Zeitungen, Zeitschriften u. bes. Comic-Heften bzw. -Zeitschriften veröffentlicht. Der anfängl. lustige Charakter der C. neigte später zu bedenkl. Auswüchsen (fragwürdiges Heldentum, Grausamkeit, unsittl. u. verbrecher. Inhalte in den sog. *Horror strips).* Neuerdings mehren sich die zustimmenden Urteile.

COMISCO, Abk. für *Committee of the International Socialist Conferences;* →Internationale.

Còmiso [ˈkɔ-], italien. Stadt auf Sizilien, westl. von Ragusa, 27 000 Ew.; Steinbrüche; Obst- u. Agrumenanbau.

Comitātus [lat.], im MA. das Gebiet eines *Comes*, Grafschaft.

Comité des Forges [kɔmiˈte dɛ ˈfɔrʒ; frz.], 1864 gegr. Vereinigung der französ. Eisenhüttenbesitzer, die einflußreichste Gruppe der französ. Schwerindustrie.

Comité français de libération nationale [kɔmiˈte frãˈsɛ də liberaˈsjõ nasjɔˈnal], Abk. *CFLN, Französisches Komitee zur nationalen Befreiung,* am 3. 6. 1943 in Algier als Zusammenschluß des *Comité national français* (Vors.: Ch. de Gaulle) u. des *Conseil impérial français* (Gründer: F. Darlan, Vors.: H.-H. Giraud) entstanden zur Befreiung Frankreichs im 2. Weltkrieg; im Mai 1944 in *Provisorische Regierung der Französ. Republik* („Gouvernement provisoire de la République française") umbenannt; eine von den Alliierten anerkannte provisorische Regierung Frankreichs.

Comité International de Géophysique [kɔmiˈte ɛ̃tɛrnasjɔˈnal də ʒeofiˈzik; frz.], Abk. C.I.G., internationales Komitee im Rahmen der Internationalen Union für Geodäsie u. Geophysik, das als Nachfolger des *Komitees für das Internationale Geophysikal. Jahr* für die Beendigung der Arbeiten, die Veröffentlichung der Ergebnisse u. die weitere Zusammenarbeit zuständig ist.

Comité International Olympique [kɔmiˈte ɛ̃tɛrnasjɔˈnal ɔlɛˈpik; frz.] →Internationales Olympisches Komitee.

Comįtia →Komitien.

Commandant [-mãˈdã], französ. Stabsoffiziersrang, entsprechend dem dt. *Major.*

Commędia [lat., ital.], in der italien. Literatur ursprüngl. ein Gedicht, das traurig beginnt u. fröhlich endet (*Dante Alighieris* „C." 1307–1321); dann Schau-, bes. Lustspiel.

Commędia dell'arte [ital.], italien. Stegreifkomödie, deren Typen u. Masken feststanden (Ar-

Comic strip: Asterix, der Gallier

lecchino, Pantalone, Colombina, Dottore u. a.), während der Text der Improvisation überlassen blieb; entwickelte sich in Italien im 16. Jh. aus dem spätröm. Volkslustspiel, wurde von Wandertruppen (Comici Gelosi, Comici Accesi) über ganz Europa verbreitet u. hatte großen Einfluß auf das engl., französ. u. dt. Lustspiel des 17. u. 18. Jh. u. das Wiener Volkstheater. Die Figuren der C. d.'a. wurden in der europ. Malerei u. Graphik, bes. aber in der Porzellankunst (Nymphenburg) des 18. Jh. häufig dargestellt. – ⌑ 3.5.0. u. 3.2.2.

comme il faut [kɔmil'foː; frz.], wie sich's gehört, beispielhaft, mustergültig.

Commelina [die; lat.], *Kommeline*, artenreiche, über die ganze Welt verbreitete Gattung der *Commelinaceae*. Einige Arten sind als Gartenzierpflanzen beliebt, so die nordamerikanische *C. virginica* u. die mexikanische, blau blühende *C. coelestis*.

Commelinales, Ordnung der *Monokotylen* mit vorwiegend trop. Gewächsen. Bekannteste Familie ist die der Commelinaceae mit den Gattungen *Commelina, Tradescantia* u. *Zebrina*.

Commer, Ernst, kath. Religionsphilosoph, * 18. 2. 1847 Berlin, † 24. 4. 1928 Graz; Prof. in Wien, Neuscholastiker; Gründer u. Hrsg. des „Jahrbuchs für Philosophie u. spekulative Theologie", seit 1914 „Divus Thomas".

Commerce [kɔ'mɛrs; das; frz.], Kartenspiel mit voller französ. Karte.

Commerzbank AG, Düsseldorf, dt. Großbank mit rd. 750 Zweigstellen, Tochtergesellschaft: *Berliner Commerzbank AG*, Berlin; Grundkapital: 726 Mill. DM; gegr. 1920 als *Commerz- und Privatbank AG* durch Zusammenschluß der 1870 gegr. *Commerz- und Disconto-Bank*, Hamburg, mit der 1856 gegr. *Mitteldeutschen Privatbank*, Magdeburg; seit 1940 *C. AG*; 1952 in drei Nachfolgeinstitute aufgespalten: *Bankverein Westdeutschland AG*, Düsseldorf, *Commerz- und Disconto-Bank AG*, Hamburg, u. *Commerz- und Credit-Bank AG*, Frankfurt a. M. Diese Nachfolgeinstitute schlossen sich 1958 wieder zur C. AG zusammen.

Commis [kɔ'mi; frz.], veraltete Bez. für →Handlungsgehilfe.

Commis voyageur [kɔ'mi vwaja'ʒøːr; der; frz.], veraltete Bez. für →Handlungsreisender.

Commodus, Lucius Aelius Aurelius, auch *Marcus C. Antoninus*, röm. Kaiser 180–192, * 161 Rom, † 192 Rom; Sohn Kaiser *Marc Aurels* u. der Faustina; 176 zum Mitregenten des Vaters erhoben, nach dessen Tod (180) Alleinherrscher. C. führte das absolutistische Regiment eines mit oriental. Ideen erfüllten Herrschers, trat als Tierkämpfer im Zirkus auf u. ließ sich als röm. Herkules feiern. Er wurde, nachdem mehrere Attentate fehlgeschlagen waren, von Personen seiner nächsten Umgebung erwürgt. – ⌑ 5.2.7.

Common Law ['kɔmən 'lɔː; engl., „gemeines Recht"], das durch Gerichtsgebrauch fortgebildete engl. Gewohnheitsrecht (auch *Case Law*, „Fallrecht"); Gegensatz: *Statute Law*, „Gesetzesrecht".

Common Prayer Book ['kɔmən 'prɛiər buk; engl., „Buch gemeinsamen Gebets"], das offizielle liturg. Werk der Anglikan. Kirche, enthält Vorschriften für den Gottesdienst, die Kollekten, Episteln u. Evangelien zu den Abendmahlsfeiern, Taufen u. a. gottesdienstl. Handlungen, den Katechismus u. das Glaubensbekenntnis; geht auf zwei im 16. Jh. verfaßte Grundformen zurück; 1. Ausgabe 1549 von Erzbischof Cranmer von Canterbury verfaßt, 1552 unter dem Einfluß der Reformation überarbeitet.

common sense ['kɔmən sɛns; der; engl.], lat. *sensus communis*, „allg. Sinn", „gesunder Menschenverstand"; für die →Schottische Schule ein allen Menschen gemeinsames Beurteilungsvermögen aufgrund angeborener, feststehender Prinzipien.

Commonwealth ['kɔmənwɛlθ; engl., „Gemeinwesen"], Völkergemeinschaft, Zusammenschluß souveräner Staaten. Das *Commonwealth of Nations* ist die 1948 gegründete Staatenverbindung zwischen Großbritannien (mit seinen Abhängigkeitsgebieten) u. Australien, Neuseeland, Kanada, Indien, Ceylon, Ghana, Malaysia, Nigeria, Zypern, Sierra Leone, Tansania, Jamaika, Trinidad u. Tobago, Uganda, Kenia, Malta, Malawi, Sambia, Gambia, Guayana, Lesotho, Botswana, Singapur, Mauritius, Swaziland, Barbados, Nauru, Westsamoa, Tonga, Fidschi, Bangla Desh, Bahamainseln, Grenada. →Britisches Reich. – ⌑ 5.5.1.

Communauté de Taizé [kɔmyno'te; də tɛː'zeː], prot. Bruderschaft mit ordensähnl. Charakter, gegr. 1940 von Roger *Schutz* (* 1915); Sitz in Taizé bei Cluny (Frankreich). Die Angehörigen der Kommunität beachten die *Ev. Räte* einschl. des Zölibats. 1974 Konzil der Jugend. – ⌑ 1.9.7.

Communauté française [kɔmyːnoː'te; frɑ̃'sɛːz] →Französische Gemeinschaft.

Commune [kɔ'myːn] →Kommune von Paris.

Communio Sanctorum [die; lat.], im Apostolischen Glaubensbekenntnis Bez. der christl. Gemeinschaft als Gemeinschaft an den Heiligen Dingen (Wort u. Sakrament), also nicht „Gemeinschaft der Heiligen" untereinander.

Como, italien. Stadt u. Luftkurort in der Lombardei, am Comer See, Hptst. der Provinz C. (2067 qkm, 700 000 Ew.), 93 000 Ew.; roman.-got. Dom (14./18. Jh.); Straßenknotenpunkt; Seidenindustrie, Metallverarbeitung, Zementfabrik. Villenvororte *Cernòbbio* u. *Brunate*.

Comodoro Rivadavia, argentin. Stadt. Erdölzentrum an der patagon. Küste, 65 000 Ew.; Ölausfuhr; Buntmetallverhüttung.

Comoé, Fluß im O der westafrikan. Rep. Elfenbeinküste, entspringt im SW von Obervolta, rd. 750 km lang.

Comorin ['kɔmərin], *Kap Komorin*, das Südkap Indiens, von altem Hindutempel überragt; das *Komaria akron* des Ptolemäus.

Compagnia [kɔpa'nji; die; frz., „Gesellschaft"] →Kompanie.

Compagnie Française des Pétroles S. A. [kɔ̃pa'nji frɑ̃sɛːz dɛː pe'trɔl], Paris, gegr. 1924 vom französ. Staat. Ihre Tätigkeit bestand ursprüngl. nur in der Verwaltung des auf der Konferenz von San Remo 1920 Frankreich zugesprochenen Anteils an 5 Erdölgesellschaften im Mittleren Osten, sie erweiterte aber im Laufe der Zeit ihre Tätigkeit auf alle Gebiete der Erdölindustrie. Handelsmarke ist *Total*; 27 000 Beschäftigte.

Compagnon [kɔ̃pa'njɔ̃ː; frz.] →Kompagnon.

Company ['kʌmpəni; engl.], Abk. *Co.*, Gesellschaft, Kompanie.

Compiègne [kɔ̃'pjɛnj], nordfranzös. Kreisstadt im Dép. Oise, Sommerfrische links an der Oise (unterhalb der Aisnemündung), 32 600 Ew.; Renaissancerathaus mit histor. Figurenmuseum; Schloß (ehem. Landresidenz der französ. Herrscher) mit Wagenmuseum u. Park; Metall- u. Aluminiumverarbeitung. – 1430 Gefangennahme der Jeanne d'Arc. – Im anschließenden *Wald von C*. wurde am 11. 11. 1918 im Salonwagen des Marschalls Foch der Waffenstillstand zwischen Dtschld. u. der Entente, an der gleichen Stelle am 22. 6. 1940 der Waffenstillstand zwischen Dtschld. u. Frankreich unterzeichnet.

Compiler [kəm'pailə; engl.], das Übersetzungsprogramm einer elektron. Datenverarbeitungsanlage.

Completorium [das; lat.] →Komplet.

Compositae [lat.] = Korbblütler.

Compound [-'paund; engl., „Verbund"], in Wortzusammensetzung Bez. für Maschinen oder Maschinenteile, die im Verbund arbeiten, z. B. *C.dampfmaschine, C.verschluß* bei photograph. Apparaten.

Compoundkernmodell, von N. *Bohr* 1936 aufgestelltes Modell zur Beschreibung der Vorgänge beim Einfangen eines Nukleons durch einen Atomkern. Nach dem C. bildet das eingefangene Nukleon zunächst mit dem ursprüngl. Kern einen Compoundkern, der nach kurzer Zeit unter Emission weiterer Teilchen oder Strahlung zerfällt.

Compoundmaschine, *Elektrotechnik*: Gleichstrommaschine, die im Haupt- u. im Nebenschluß gleichzeitig erregt wird.

Comprehensive Education [kɔmpri'hensiv edjuː'keiʃən; engl.], allgemeinbildende, umfassende, auf der Grundschule aufbauende Erziehung an *Comprehensive Schools*.

Comprehensive School [kɔmpri'hensiv skuːl; engl.], allgemeinbildende, auf der Grundschule aufbauende 4- oder 6jährige weiterführende Schule im angelsächs. Raum (in England u. Wales bis jetzt rd. 1150) mit reichem Fächerkanon, aus dem sich die Schüler ihr Unterrichtsprogramm selbst wählen können; →auch High School.

Compton ['kɔmptən], Stadt in California (USA), südöstl. Industrievorort von Los Angeles, 80 000 Ew.

Compton ['kɔmptən], Arthur Holly, US-amerikan. Physiker, * 10. 9. 1892 Wooster, Ohio, † 15. 3. 1962 Berkeley; lehrte 1923–1945 in Chicago, seit 1945 an der Washington-Universität St. Louis; arbeitete über Polarisation der Röntgenstrahlen, Röntgenspektroskopie, Höhenstrahlung, entdeckte 1923 den nach ihm benannten *Compton-Effekt*. Nobelpreis 1927.

Compton-Burnett [-'bəːnit], Ivy, engl. Schriftstellerin, * 5. 6. 1884 London, † 27. 8. 1969 London; verfaßte in stilisiertem Dialog gehaltene Romane, die bes. die Familie zum Thema haben: „Men and Wives" 1931; „Eine Familie u. ein Vermögen" 1939, dt. 1966; „Parents and Children" 1941.

Compton-Effekt [nach dem Physiker A. H. *Compton*], die Änderung der Wellenlänge einer elektromagnet. Strahlung bei der Streuung an einem freien Elementarteilchen. Der C. beweist die Teilchennatur der elektromagnet. Strahlen u. ist für die Quantentheorie von großer Bedeutung. Denn der Streuvorgang ist zu deuten als elast. Stoß eines Lichtquants mit einem Elementarteilchen: Das gestoßene Teilchen erhält eine Rückstoßenergie, um die die Energie des Lichtquants kleiner wird. Nach der Planckschen Beziehung $E = h \cdot \nu$ (die Lichtquantenenergie E und Frequenz ν verknüpft) wird folglich auch die Frequenz kleiner, die Wellenlänge des gestreuten Lichts hingegen also zu. – Zuerst beobachtet wurde der Effekt bei der Streuung einer Gammastrahlung an den im Atom gebundenen Elektronen. Diese Elektronen dürfen hier praktisch als frei betrachtet werden, da die Energie des stoßenden Quants sehr groß gegen-

Communauté de Taizé

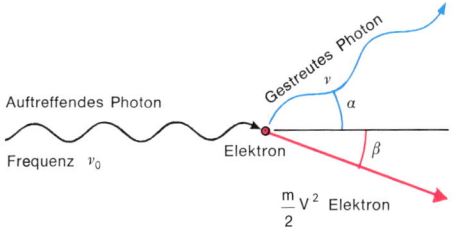

Compton-Effekt (Schema)

über der Bindungsenergie eines Elektrons im Atom ist. Heute ist der C. z. B. auch am Proton experimentell nachgewiesen.

Compton-Wellenlänge, in der Atomphysik die für ein Elementarteilchen (zahlenmäßig) ermittelte Wellenlänge $\lambda = \dfrac{h}{m \cdot c}$

(h = Plancksches Wirkungsquantum, m = Ruhmasse des Elementarteilchens, c = Lichtgeschwindigkeit) einer elektromagnet. Strahlung, deren Quantenenergie gleich der Ruheenergie ($m \cdot c^2$) des Teilchens ist. Die C. des Protons z. B. beträgt $1{,}321 \times 10^{-13}$ cm.

Compur-Verschluß, ein →Zentralverschluß für Photoapparate: Drei bis fünf Stahllamellen öffnen sich unter Federspannung sternförmig von der Mitte aus u. schließen sich entgegengesetzt nach $1/1$ bis $1/500$ sek. Der Synchro-C. hat eingebauten X- u. M-Kontakt (→X, F, M u. V). Während sich beim normalen C. die Stahllamellen in Objektivmitte befinden, sind sie beim C.-Weit mit diesem in der Kamera selbst eingebaut, wodurch auch bei Zentralverschlüssen echte Wechselobjektive verwendet werden können. Der C. wurde 1912 von F. *Deckel* entwickelt. –auch Satzobjektive.

Computer [kɔmˈpjuːtə; der; engl.], *Komputer*, ursprüngl. engl., jetzt allg. Bez. für elektron. Rechenanlage.

Computerblitz, Blitzautomat, ein →Elektronenblitzgerät, dessen Leuchtzeit durch Photozelle, Verstärkerschaltung u. zweite Schaltblitzröhre infolge Löschung elektron. richtig dosiert wird, je nach Entfernung $1/1000$ bis $1/50\,000$ sek. Manche normalen Elektronenblitzgeräte können auch mit Hilfe eines Zusatzteils zu einem C. ausgebaut werden (z. B. Bauer E 251 + E 1).

Computerkunst, mit Hilfe elektronischer Datenverarbeitungsanlagen hergestellte Werke der bildenden Kunst. Die ersten computergesteuerten Zeichenautomaten, die sog. *Plotter*, kamen um 1960 auf den Markt. Sie wurden zur Anfertigung techn. Zeichnungen verwendet; der Ausdruck „Computergraphik" hatte ursprüngl. nichts mit Kunst zu tun. Der Begriff C. wurde 1963 durch ein Preisausschreiben der Zeitschrift „Computers and Automation", den „Computer Art Contest", geprägt; zum erstenmal wurden Computergraphiken nicht nach techn., sondern nach ästhet. Gesichtspunkten bewertet. Kurz darauf begannen die Deutschen Frieder *Nake* u. Georg *Nees* sowie der Amerikaner A. Michael *Noll* unabhängig voneinander mit der systemat. Entwicklung ästhetischer Programme; 1965 kam es zu den ersten Ausstellungen in Stuttgart u. in New York. Breiten Kreisen wurde die künstler. Computergraphik erst 1968 durch die Ausstellung „Cybernetic Serendipity" in London bekannt.

Charakteristisch für die C. ist weniger die Ausführung durch Apparate als die Konzeption mit Hilfe eines Programms, das durch einen Computer verarbeitet wird. Für die zeichnerische Ausgabe durch mechan. oder elektron. Plotter wurden eigene Programmsprachen entwickelt, mit deren Hilfe die Datenverarbeitungsanlage Anweisungen für die Rechen- u. Steuerschritte erhält, die sie ausführen soll. Ein oft gebrauchtes Hilfsmittel für die C. ist der Zufallsgenerator, eine Anlage zur Erzeugung rein zufälliger Zahlenfolgen, dem Rouletterad vergleichbar. Führt man Zufallszahlen ins Programm ein, so erstellt die Anlage Zeichnungen, die im Detail nicht vorherbestimmt sind.

Ästhetische Computergraphik ist nur eine Sparte der C., die u. a. auch die Bereiche Skulptur u. Film, Literatur (→Computerlyrik) u. Musik umfaßt. Während *Computerskulptur, -film* u. *-lyrik* in enger Verbindung mit der Computergraphik entstanden, entwickelte sich die *Computermusik* (Gottfried Michael *Koenig*, Irmfried *Radauer*, Yannis *Xenakis*) eigenständig als Konsequenz der elektron. Musik.

Mit dem Aufkommen der C. wuchs auch das Interesse an einer rationalen Ästhetik, die das Phänomen Kunst mathemat. beschreibt u. naturwissenschaftl. verständlich macht. Insbes. ermöglicht der Computer eine „experimentelle Ästhetik", beispielsweise durch Simulation des Kunstprozesses. Andere Auswirkungen der C. finden sich im Design u. in der Architektur. Die C. ist heute noch in der Entwicklung begriffen.

Computerlyrik, Texte, die von einer Datenverarbeitungsanlage zusammengestellt werden. In der Anlage werden ausgesuchte Wörter gespeichert u. nach metrischen Möglichkeiten sortiert. Das Programm enthält auch Hinweise auf Reimvariationen u. Versregeln. Die einzelnen Wörter werden in zufälliger Auswahl aneinandergereiht. Das Ergebnis ist eine Kombination nicht zusammenhängender Wörter in geordneten Versschemata u. Klangfolgen. Es entstehen neue, sinnferne u. aussagelose Assoziationen.

Comsat, Abk. für engl. *Communications Satellite Corporation*, amerikan. Fernmeldesatelliten-Betriebsgesellschaft, gegr. 1962, Sitz Washington; beteiligt an der →Intelsat.

Comte [kɔ̃t; frz.], Adelstitel: Graf.

Comte [kɔ̃t], Auguste, französ. Philosoph, *19. 1. 1798 Montpellier, †5. 9. 1857 Paris; 1833 Lehrer am Pariser Polytechnikum; Schüler von *Saint-Simon*; Begründer des *Positivismus.* Dieser erwächst bei C. aus einer Wissenschaftsklassifikation u. der Entwicklungsgeschichte der Intelligenz (*Dreistadienlehre*) u. erstrebt eine Inventarisierung aller wissenschaftl. Gesetze u. eine Lenkung der Gesellschaft durch den „positiven Geist". Hierdurch auch Begründer der *Soziologie*. Bes. seit seiner Begegnung mit Clotilde de *Vaux* (*1815, †1846) vertrat C. eine „religion de l'humanité", deren Prinzip die Liebe zur Menschheit sein sollte. Hptw.: „Cours de philosophie positive" 6 Bde. 1830–1842, dt. von V. Dorn, Bd. 4–6 unter dem Titel „Soziologie" 1907ff. – ⌑ 1.4.8.

Comtesse [kɔ̃ˈtɛs; frz.], Adelstitel: Gräfin.

Comuneros, *Communeros,* Aufständische in Spanien gegen die niederländ. Ratgeber Kaiser Karls V.; 1521 bei Villar von den Regierungstruppen geschlagen.

con [lat., ital., „mit"], in der Musik bei Vortragsbezeichnungen in Zusammensetzungen, z. B. *con moto*.

Conakry, Hptst., See- u. Flughafen, Handels- u. Wirtschaftszentrum der westafrikan. Rep. Guinea, auf einer Insel, 200000 Ew.; Nahrungsmittel-, Kraftfahrzeug-, Kunststoffindustrie; Ausgangspunkt der Eisenbahn ins Landesinnere nach Kankan; in der Nähe Eisenerz- u. Bauxitabbau.

Conant [ˈkɔnənt], James B., US-amerikan. Wissenschaftler (Chemiker) u. Politiker (Republikaner), *26. 3. 1893 Dorchester, Mass., †11. 2. 1978 Hanover, N. H.: 1933–1953 Präs. der Harvard-Universität; 1953–1955 Hoher Kommissar, 1955–1957 Botschafter in der BRD.

Concarneau [kɔ̃karˈnoː], westfranzös. Stadt an der Südküste der Bretagne, Fischereihafen u. Seebad; 18000 Ew.; Haupthafen des französ. Thunfischfangs; Konservenindustrie (Thunfische, Sardinen, Krebstiere), Bootsbau; Stadtburg „Ville Close" mit mächtigen Mauern (14. Jh.).

Concepción [kɔnθepˈθjɔn], **1.** Hptst. der Prov. C. in Mittelchile (5681 qkm, 710000 Ew.) am Bio-Bio, 185000 Ew.; Universität (gegr. 1919); Kultur-, Handels- u. Industriezentrum, Kohlengruben. – 1550 gegr.; Sitz des Generalkapitäns von Chile; oft Erdbebenzerstörungen (1835, 1939, 1961).
2. Hptst. des Dep. C. in Nordparaguay am Paraguay, 20000 Ew.; Handel, Verarbeitung land- u. forstwirtschaftl. Produkte; Hafen; 1773 als Militärbasis im Chacokrieg gegr.
3. *C. de la Vega, La Vega,* Provinz-Hptst. in der Dominikan. Rep. zu Füßen der Cordillera Central, 20000 Ew.

Conceptismo [-θep-] →Culteranismo und Conceptismo.

Conceptual Art [kɔnˈsɛptjuəl aːt], Konzept-Kunst, eine seit 1969 sich abzeichnende Richtung der modernen Kunst, die das Grundprinzip der bisherigen Bildenden Kunst, ihre Sichtbarkeit, in Frage stellt. Der Amerikaner Keith *Sonnier* prägte dafür den Slogan „Live in your head" [„Lebe in deinem Kopf"]. Die Idee eines Werkes (das *Konzept*) tritt nicht nur aus Mangel an finanziellen Mitteln oder aufgrund techn. Undurchführbarkeit an die Stelle der konkreten Verwirklichung oder Präsentation, sondern wird als von vornherein gleichwertig angesehen. Der Betrachter ist nicht mehr auf die bloße Wahrnehmung u. Deutung des Wahrgenommenen festgelegt, sondern sieht sich durch den Hinweischarakter aufgefordert, die offene Form gemäß seinen eigenen Möglichkeiten u. Vorstellungen zu reflektieren. Dadurch wird das Kunstwerk aus der Sphäre der endgültigen Abgeschlossenheit herausgenommen u. bleibt dem Prozeß der individuellen Anverwandlung offen (daher auch *Process-Art* oder *Processual Art* genannt). Richtungweisende Ausstellungen waren: „Live in your head – When attitudes become form" 1969 in Bern, „Konzeption – Conception" 1969 in Schloß Morsbroich u. „Prospect 69" in Düsseldorf. – ⌑ 2.5.1.

Concertgebouw [kɔnˈsɛrtxəbou; das; ndrl.], großes Konzertgebäude in Amsterdam, eine Gründung der Amsterdamer Bürgerschaft; Einweihungskonzert 11. 4. 1888, kurz darauf Gründung des *C.-Orchesters*, durch das Amsterdam musikkulturelle Weltgeltung erhielt, in erster Linie ein Verdienst des Dirigenten Willem *Mengelberg*, der seit 1895 ein halbes Jahrhundert lang das Orchester leitete. Spätere Dirigenten: Eduard van *Beinum*, Eugen *Jochum*, Jean *Fournet* (*14. 4. 1913), Bernard *Haitink* (*4. 3. 1929).

Concertino [kɔntʃer-; das; ital.], **1.** die Gruppe der Soloinstrumente innerhalb des →Concerto grosso.

Conakry mit Hafenanlagen

2. ein kleines Konzert für ein Soloinstrument mit Orchester (meist in kleiner Besetzung).

Concerto grosso [kɔn'tʃɛrto-; das; ital., „großes Konzert"], typ. Kompositionsform der Barockzeit (A. *Corelli*, A. *Vivaldi*, G. F. *Händel*, J. S. *Bach*) für eine kleine Gruppe von Soloinstrumenten (*Concertino*, „kleines Konzert") u. das ganze Orchester *(Ripieno)*. Aus der Gegenüberstellung dieser beiden Gruppen ergibt sich die für das C.g. charakterist. Musizierform. Das C.g. der Barockzeit hat im allg. drei Sätze. Eine bes. kunstvolle Form sind die sechs Brandenburgischen Konzerte von J. S. Bach.

Cọncha [die; grch., lat.], Muschel; z.B. medizin. *C. auris*, Ohrmuschel.

Conchifẹren, *Conchifera*, Unterstamm der *Weichtiere*; haben alle eine vollentwickelte Schale. Hierzu gehören die Klassen der *Schnecken, Gastropoda; Kahnfüßer, Scaphopoda; Muscheln, Bivalia*, u. *Kopffüßer, Cephalopoda.*

Conchos ['kɔntʃɔs], *Río C.*, Nebenfluß des Río Bravo del Norte (Rio Grande) im N des mexikan. Hochlands, 590 km.

concitato [kɔntʃi'tato; ital.], musikal. Vortragsbez.: aufgeregt, aufstachelnd. Einen *stile concitato* kannte man im Frühbarock (Anfänge der Oper im Zeitalter der Monodie).

Conclụsio [die; lat.], Schlußsatz, →Schluß.

Concord ['kɔŋkɔ:d], Hptst. von New Hampshire im NO der USA, 30000 Ew.; Staatsbibliothek, Museum; Verlage; Maschinen-, Fahrzeug-, Textil-, Schuh-, graphische, Möbelindustrie; gegr. 1725 als Penacook, 1733–1765 Rumford; 1808 Hptst. von New Hampshire.

Concorde [kɔ̃'kɔ:rd], Name eines Überschall-Verkehrsflugzeugs (2,2 Mach), in französ.-brit. Zusammenarbeit gebaut; Erstflug am 2. 3. 1969; Linienverkehr ab 21. 1. 1976.

Concọrdia, argentin. Hafenstadt am Río Uruguay, in Entre Ríos, 90000 Ew.

Concọrdia Feuer Versicherungs-Gesellschaft a.G., Hannover, Sach-, Haftpflicht-, Unfall- u. Kraftfahrtversicherung, gegr. 1864; Beitragseinnahmen 1977: 182,3 Mill. DM.

Concours hippique [kɔ̃'kur i'pik; der; frz.], pferdesportl. Turnier, bes. mit Springwettbewerben. →auch CSI, CSIO.

Condamine [kɔ̃da'mi:n] →La Condamine.

Condamine [kɔ̃da'mi:n], Charles Marie de la, französ. Mathematiker u. Forschungsreisender, →La Condamine.

Condé [kɔ̃'de:], Seitenlinie der französ. Bourbonen: **1.** Ludwig (Louis) I. von Bourbon, Fürst von C., *7. 5. 1530 Vendôme, †13. 3. 1569 Dreux; kämpfte für die Hugenotten, wurde 1569 gefangen u. erschossen.

2. Ludwig (Louis) II., „der große C.", Urenkel von 1), französ. Heerführer, *8. 9. 1621 Paris, †11. 12. 1686 Fontainebleau; siegte 1643 entscheidend über Spanien bei Rocroi. Wandte sich während der *Fronde* 1650 von Mazarin ab. Nachdem er 1652 von Turenne besiegt worden war, kämpfte er als Befehlshaber der span. Truppen gegen ihn in den Niederlanden. Nach dem Pyrenäenfrieden rehabilitiert, 1675 Oberbefehlshaber der französ. Armee in Dtschld.

Condillac [kɔ̃di'jak], Etienne Bonnot de, französ. Aufklärungsphilosoph, *30. 9. 1715 Grenoble, †3. 8. 1780 Beaugency; lehrte in Anlehnung an Locke einen nichtmaterialist. Sensualismus, Mitbegründer der *Assoziationspsychologie.* Werke: „Œuvres philosophiques", hrsg. von G. Le Roy, 3 Bde. 1947–1951.

Condịtio sịne qua non [lat.], notwendige Bedingung, ohne die etwas anderes nicht eintreten kann.

Condomịnium →Kondominium.

Condorcet [kɔ̃dɔr'sɛ], Antoine Caritat, Marquis de, französ. Mathematiker, Politiker u. Philosoph, *17. 9. 1743 Ribemont bei St.-Quentin, †27. 3. 1794 Clamart bei Bourg-la-Reine; Mitglied u. 1777 ständiger Sekretär der Akademie; Enzyklopädist; schloß sich der Französ. Revolution an u. entwarf die republikan. Verfassung. 1792 Präsident der Nationalversammlung, erarbeitete ein Programm für die Erziehung, die von Staat u. Kirche unabhängig werden sollte. Da C. sich den Girondisten angeschlossen hatte, wurde er mit deren Sturz angeklagt u. starb in der Haft. Seine „Esquisse d'un tableau historique des progrès de l'esprit humain" (1794, dt. 1796) übte Einfluß auf Saint-Simon u. A. Comte aus.

Cọndor Flugdienst GmbH, dt. Charter-Fluggesellschaft; Tochterunternehmen (100%) der →Deutschen Lufthansa.

Condottiẹre [Mz. *Condottieri*; ital.], italien. Söldnerführer des 14. u. 15. Jh.

Condroz [kɔ̃'dro; das], belg. Landschaft, südl. von Sambre u. Maas. Die Fagne u. Famenne begrenzen sie im S, die Ardennen im O. Karbonische Sandsteinrücken wechseln mit devonischen Kalksteinmulden. Die Flüsse sind tief eingeschnitten, bes. die Ourthe. Das C. ist bäuerl. Land (Getreide-, Futterrübenbau, Grünland). Außer Betrieben mittlerer Größe in Dörfern u. Weilern gibt es auch einzelne große Gehöfte; Steinbrüche. Wichtigste Orte sind *Dinant* u. *Ciney*.

Condụctus [der; lat. *conducere*, „zusammenführen"], mehrstimmige latein. Gesänge des 12. u. 13. Jh. mit rhythmischem Text. Die Hauptmelodie lag in der Unterstimme.

Condwịramurs, in *Wolfram von Eschenbachs* „Parzival" die Königin von Brobarz, später Gattin des Helden.

Conegliano [-nɛ'lja:no] →Cima, Giovanni Battista.

con espressiọne [ital.], musikal. Vortragsbez.: mit (viel) Ausdruck u. Empfindung.

Coney Island ['kɔuni ailənd], Düneninsel im SW von Long Island, New York; Badestrand u. Vergnügungszentrum.

conf., Abk. für →confer!

Confédération Générale du Travail [kɔ̃federa'sjɔ̃ ʒene'ral dy tra'va:j; frz.], Abk. *CGT*, eine Spitzenorganisation der französ. Gewerkschaften, gegr. 1895, Sitz: Paris; unter kommunistischem Einfluß.

cọnfer! [lat.], Abk. *cf., cfr., conf.*, vergleiche!

Confẹssio [lat.], **1.** = Bekenntnis.

2. Grab eines Märtyrers oder Bekenners (lat. *Confessor)* unter dem Hochaltar in frühchristl. Kirchen.

Confẹssio Augustạna →Augsburgisches Bekenntnis.

Confẹssor = Bekenner.

Confidẹnte [ital.], Sofa mit separaten, durch Lehnen abgetrennten Außensitzen.

Confịteor [das; lat., „ich bekenne"], das allgemeine Schuldbekenntnis in der kath. Liturgie, bei der Meßfeier während des Staffelgebets.

con fuọco [ital.], musikal. Vortragsbez.: mit Feuer, energisch bewegt.

Congar [kɔ̃'ga:r], Yves, französ. Theologe, Dominikaner, *13. 4. 1904 Sedan; Prof. in Le Saulchoir bei Paris 1931–1954, seither in Straßburg lebend; einflußreicher Konzilstheologe beim 2. Vatikan. Konzil. Bemüht um eine christolog. vertiefte, universale Sicht der Kirche sowie um die theolog. Grundlagen für die Einigung der getrennten Christen. Begründer u. Hrsg. der kath.-ökumen. Buchreihe „Unam Sanctam". Hptw.: „Chrétiens désunis" 1937; „Vraie et fausse réforme dans l'Eglise" 1950; „Der Laie, Entwurf einer Theologie des Laientums" 1953, dt. 1957; „Heilige Kirche. Ekklesiologische Studien" 1963, dt. 1966; „Die Tradition u. die Traditionen" 2 Bde. 1960 bis 1963, dt. Bd. 1 1965; „Situation und Aufgabe der Theologie heute" 1967, dt. 1971.

Cọngress of Industrial Organizations ['kɔŋgrɛs ɔv in'dʌstriəl ɔ:rgənai'zeiʃənz], Abk. *CIO*, Vereinigung von Industriegewerkschaften in den USA. Die CIO löste sich 1938 von der →American Federation of Labor (AFL) u. schloß sich 1955 erneut mit der AFL zur *AFL/CIO* zusammen. 1968 trat die Automobilarbeitergewerkschaft aus der AFL/CIO aus u. gründete die *Alliance for Labor Action.*

Congreve ['kɔngri:v], **1.** William, engl. Lustspieldichter u. Erzähler, *24. 1. 1670 Bardsey bei Leeds, †19. 1. 1729 London; geistreiche Gesellschaftskomödien meist erot. Art: „The Way of the World" 1700, dt. „Der Lauf der Welt" 1757.

2. Sir William, brit. Erfinder, *20. 5. 1772 Woolwich, †16. 5. 1828 Toulouse; zuletzt Major u. Chef des Royal Laboratory in Woolwich; erfand die Brandrakete u. das nach ihm benannte Prägedruck-Verfahren (→Prägedruck). Das C.-Verfahren wurde auch in Dtschld. bis etwa 1850 viel angewandt, nach 1860 verbessert u. nach 1880 zum Flächen-Prägedruck-Verfahren erweitert.

Coniạc [nach *Cognac*], Stufe der Oberen Kreide.

Conifer̤in [das], Glucosid des Coniferylalkohols; Vorkommen im Saft von Nadelbäumen u. im Spargel; für Badepräparate verwendet.

Coniịn, das wichtigste Alkaloid aus dem gefleckten Schierling *(Conium maculatum)*. C. ist außerordentl. giftig, bewirkt Lähmung der motorischen u. sensiblen Nervenendigungen; es wird in Form des *C.hydrochlorids* therapeutisch angewendet.

Cọninxloo, Gillis van, fläm. Maler, *24. 1. 1544 Antwerpen, begraben 4. 1. 1607 Amsterdam; Hauptmeister der sog. *Frankenthaler Maler.* Ausgehend vom Landschaftsstil der Bruegel-Schule, gelangte C. zur reinen, auf Naturstudium fußenden Landschaftsdarstellung ohne figürl. Staffage.

Conjugạles = Jochalgen.

Conjunctịva [die; lat.], Bindehaut des →Auges.

con mọto [ital.], musikal. Vortragsbez.: mit Bewegung, meist zusammen mit anderer Vortragsbez. im Sinne einer Straffung des Tempos.

Conn., Abk. für den USA-Staat →Connecticut.

Connacht, *Connachta* ['kɔnɔ:t], irische Provinz, →Connaught.

Connaught ['kɔnɔ:t], irisch *Connacht(a)*, Prov. in Westirland, umfaßt 5 Grafschaften, 17116 qkm, 402000 Ew.

Connecticut [kɔ'nɛktikət], Abk. *Conn.*, südlichster Neuenglandstaat der USA, am Atlant. Ozean, 12973 qkm, 3 Mill. Ew., 4 % Nichtweiße, Hptst. u. größte Stadt *Hartford*. C. liegt im eiszeitl. überformten Mittelgebirge der New England Uplands, geteilt vom rd. 30 km breiten, in Nordsüd-Richtung verlaufenden Tal des *C. River* u. hat viele Seen, 63% Wald. Wenig Landwirtschaft, dagegen starke Industrialisierung (seit Ende des 18. Jh. mit Wasserkraftgewinnung). Der Staat ist führend im Flugzeugmotoren- u. U-Boot-Bau der USA, ferner in der Kupferverarbeitung u. der Herstellung von Kugellagern; Raumfahrtindustrie; starker Dienstleistungssektor (Versicherungen, bes. in Hartford); Fremdenverkehr. 1788 wurde C. der fünfte Bundesstaat der USA.

Connẹcticut Rịver, größter Fluß in den Neuenglandstaaten (USA), von der kanad. Grenze nach S zum atlant. Long-Island-Sund, 650 km; im Tal Tabakanbau.

Connelly ['kɔnəli], Marcus Cook, US-amerikan. Dramatiker, *13. 12. 1890 McKeesport, Pa.; gestaltet in „The green pastures" 1930 bibl. Szenen aus der Vorstellungswelt der Neger.

Connétable [-'ta:bl; frz. aus lat. *comes stabuli*, „Stallmeister"], Hofbeamter im Fränk. Reich, seit dem 12. Jh. Großschwertträger der französ. Könige, seit dem 14. Jh. auch Oberbefehlshaber der Landstreitkräfte, stand als oberster Beamter, der Würde nach, über den Marschällen. 1627 wurde die erbl. C.-Würde abgeschafft. C. war erneut Hoftitel im französ. Kaiserreich.

Conodọnten [lat. *conus*, „Kegel", + *dens*, „Zahn"], kleine (0,15–4 mm), zahnartig gestaltete, aber wurzellose Fossilien, von denen mehrere zu einem „C.-Aggregat" zusammengeschlossen waren; systemat. Stellung unbekannt. Verbreitung: Oberkambrium – Obertrias, vielleicht noch Oberkreide. Wichtige Leitfossilien der →Mikropaläontologie, vor allem im Paläozoikum.

Conolly ['kɔnəli], John, engl. Psychiater, *27. 5. 1794 Market-Rasen, Lincolnshire, †5. 3. 1866 Hanwell; entwickelte erstmalig ein System zur Behandlung seelisch Kranker ohne phys. Zwangsmaßnahmen *(no-restraint-system, C.sches System)*; Hauptwerk: „Treatment of the Insane without Mechanical Restraints" 1856.

con passiọne [ital.], musikal. Vortragsbez.: mit Leidenschaft.

Conrad ['kɔnræd], **1.** Charles, US-amerikan. Astronaut, *2. 6. 1930 Philadelphia; Kommandant von „Apollo 12", betrat am 19. 11. 1969 mit Alan *Bean* den Mond.

2. Joseph, eigentl. Theodor Józef Konrad *Korzeniowski*, engl. Erzähler poln. Herkunft, *3. 12. 1857 Berditschew, Ukraine, †3. 8. 1924 Bishopsbourne, Kent; fuhr 1874–1894 zur See, zuletzt Kapitän; schrieb in subtiler, meist indirekter Erzählhaltung handlungsreiche Romane aus der Welt des Meeres u. der fernen Länder von exot. Reiz u. meisterhafter Psychologie: „Der Verdammte der Inseln" 1896, dt. 1934; „Der Nigger vom Narzissus" 1897, dt. 1912; „Lord Jim" 1900, dt. 1927; „Taifun" 1903, dt. 1908; „Nostromo" 1904, dt. 1927; „Chance" 1914, dt. „Spiel des Zufalls" 1926; „Sieg" 1915, dt. 1927; „Die Schattenlinie" 1917, dt. 1926. – 📖 3.1.3.

Conrạdi, Hermann, Schriftsteller, *12. 7. 1862 Jeßnitz, Anhalt, †8. 3. 1890 Würzburg; Romane des frühen Naturalismus: „Phrasen" 1887; „Adam Mensch" (autobiograph.) 1889; Lyrik: „Lieder eines Sünders" 1887.

Conrad-Martius, Hedwig, Philosophin, *27. 2. 1888 Berlin, †15. 2. 1966 Starnberg; seit 1949 Lehrauftrag, seit 1955 Honorarprofessur in München; ausgehend von Husserls Phänomenologie, gelangte sie zu einer *„Realontologie"* (1923).

Weitere Werke: „Die erkenntnistheoret. Grundlagen des Positivismus“ 1912; „Der Selbstaufbau der Natur“ 1944; „Abstammungslehre“ ²1949; „Schriften zur Philosophie“ 3 Bde. 1963–1965.

Conrad von Hötzendorf, Franz Freiherr (1910), Graf (1918), österr. Feldmarschall, *11. 11. 1852 Penzing bei Wien, †25. 8. 1925 Mergentheim; 1906–1911 u. 1912–1917 Generalstabschef, im 1. Weltkrieg Leiter der Operationen der österr.-ungar. Armee; 1917/18 Oberbefehlshaber der Tiroler Heeresgruppe. – □ 5.3.6.

Conrart [kɔ̃'ra:r], Valentin, französ. Literat, *1603 Paris, †23. 9. 1675 Paris; aus dem in seinem Haus verkehrenden Kreis von Schriftstellern u. Gelehrten ging die Académie Française hervor, deren erster ständiger Sekretär er wurde.

Cọnring, Hermann, *9. 11. 1606 Norden, Ostfriesland, †12. 12. 1681 Helmstedt; Prof. in Helmstedt, ursprüngl. der Philosophie u. Medizin, später der Politik; Polyhistor; Begründer der dt. Rechtsgeschichte: „De origine juris germanici“ 1643.

Consạgra, Pietro, italien. Bildhauer, *1920 Mazara del Vallo, Sizilien; ausgebildet in Palermo, gründete 1947 in Rom die Gruppe „Forma“, eine der ersten italien. Künstlervereinigungen, die sich zur ungegenständl. Kunst bekannten. Metallplastiken mit reliefhafter, reich strukturierter Oberfläche.

Consạlvi, Ercole, Marchese, Kardinal u. päpstl. Staatssekretär 1800–1823, *8. 6. 1757 Rom, †24. 1. 1824 Rom; schloß das Konkordat mit Napoléon 1801 ab; erreichte auf dem Wiener Kongreß die Wiederherstellung des Kirchenstaats u. führte unter Pius VII. erfolgreich die Regierung.

Conscience [kɔ̃'sjãs], Hendrik, fläm. Volkserzähler, *3. 12. 1812 Antwerpen, †10. 9. 1883 Brüssel; gilt als Begründer der neuen fläm. Dichtung, erzielte mit mehr als 100 Romanen u. Novellen, meist aus vaterländ. Geschichte, weltweite Wirkung: „Der Löwe von Flandern“ 1838, dt. 1916; „Jacob van Artevelde“ 1849, dt. 1854; „Der Bauernkrieg“ 1853, dt. 1853. – □ 3.1.6.

Consecụtio tẹmporum [lat.], Zeitenfolge, in der (latein.) Grammatik nach den Gesichtspunkten der Vor-, Nach- u. Gleichzeitigkeit geregelte Abfolge der Tempora (Zeitformen) der Verben in Haupt- u. Nebensatz.

Conseil International du Sport Militaire [kɔ̃'sɛj ɛ̃tɛrnasjɔ'nal dy spɔ:r mili'tɛ:r; frz.], Abk. *CISM*, →Internationaler Militärsport-Verband.

Consejo Superior de Investigaciones Científicas [kɔn'sɛxɔ superi'or dɛ invɛstiga'θiɔnɛs θien'tifikas], span. Zentralstelle der Wissenschaften, die Forschungsinstitute für alle Gebiete, eine Publikationsstelle für wissenschaftl. Arbeiten u. eine Zentralbibliothek unterhält; gegr. 1939.

Conselheiro Lafaiete [kɔnsɛl'jɛiru lafa'jɛtɛ], früher *Lafayette*, später *Queluz (Lueluz)*, Stadt in Minas Gerais, Brasilien, südl. von Belo Horizonte, 34000 Ew., Eisen-, Stahl- u. metallverarbeitende Industrie; in der Nähe Abbau bedeutender Manganerzlagerstätten.

Consẹnsus [lat.], **1.** *Privatrecht: Konsens*, Einwilligung; die Übereinstimmung der Parteien beim Abschluß eines Vertrags.

2. *Theologie:* in der ev. Kirche Name verschiedener Bekenntnisschriften, durch die Lehrstreitigkeiten beendet werden sollten; nach kath. Lehre die durch den Beistand des Hl. Geistes zugeschriebene Einmütigkeit der Gesamtkirche in einer Glaubensfrage als Erkenntnismittel für den wahren Glauben; im einzelnen: *C. fidelium*, C. des gläubigen Volkes; *C. magisterii*, C. des Lehramts (von Papst u. Bischöfen); *C. patrum*, C. der Kirchenväter; *C. theologorum*, C. der Theologen.

Consẹnsus ọmnium, *Consensus gentium* [lat.], Übereinstimmung aller Menschen in bezug auf eine Idee oder Ansicht.

Consẹnsus Tigurịnus, Einigungsformel zwischen J. *Calvin* u. H. →Bullinger (1549), die die Meinungsverschiedenheiten zwischen der deutschen u. der französ. Schweiz beendete, die Züricher Reformation der Genfer annäherte u. somit eine wichtige Grundlage für die Verbreitung des Kalvinismus bedeutet.

con sentimẹnto [ital.], musikal. Vortragsbez.: mit (viel) Gefühl.

Considérant [kɔ̃side'rã], Victor, französ. Sozialist, *12. 10. 1808 Salins, †27. 12. 1893 Paris; propagierte die Lehre Ch. *Fouriers*; versuchte in Frankreich u. Texas ein Phalanstère (Produktions- u. Lebensgemeinschaft) aufzubauen; gründete die „Phalange“, das Organ des Fourierismus. Hptw.: „Destinée sociale“ 3 Bde. 1834–1844.

Consịlium [das; lat.], Rat, Gutachten, Ratsversammlung.

Consịlium abeụndi [lat., „der Rat abzugehen“], in höheren Schulen die letzte Verwarnung an einen Schüler, wenn alle anderen Strafen erschöpft sind.

Consolạtio [die; lat.], Trostrede oder Trostschrift, Literaturgattung des röm. Altertums.

con spịrito [ital.], musikal. Vortragsbez.: mit Geist, behend.

Constable ['kʌnstəbl], John, engl. Maler, *11. 6. 1776 East Bergholt, Suffolk, †31. 3. 1837 London; Hauptmeister der realist. Landschaftsmalerei Englands, geschult an niederländ. Vorbildern (J. van Ruisdael), C. Lorrain u. a., gilt wegen der atmosphärischen Tiefe seiner Bilder als Vorläufer des Impressionismus; beeinflußte bes. K. Blechen, E. Delacroix u. die Schule von Barbizon.

Constable & Co. Ltd. ['kʌnstəbl-], Verlag in London, gegr. 1909; Belletristik, Memoiren, Jugendbücher, techn. Literatur.

Constance [kɔ̃'stãs], frz. für *Konstanze.*

Cọnstans, 1. Flavius Julius, röm. Kaiser 337–350, *323, †350; jüngster Sohn Kaiser *Konstantins d. Gr.*; nach dessen Tod Kaiser des Mittelreichs; besiegte 340 seinen Bruder *Konstantin II.* in der Schlacht bei Aquileia u. regierte nunmehr auch im Westen. Erließ 341 ein Verbot aller heidn. Opfer u. entschied in der christolog. Frage zugunsten des *Athanasius*; wurde 350 von seinem Offizier Flavius Magnus *Magnentius*, der sich in Gallien als erster german. Usurpator erhob, gestürzt u. ermordet. – □ 5.2.7.

2. *C. II.*, Kaiser von Byzanz 641–668, *630, †15. 9. 668 Syrakus; residierte seit 663 in Syrakus; im Kampf gegen Slawen erfolgreich, aber gegen die Araber unterlegen (Verlust Ägyptens an *Moawija*); während seiner Maßnahmen zur Abwehr der arab. Expansion ermordet.

Constạnța [-tsa], ostrumän. Hafenstadt, = Konstanza.

Constant de Rebecque [kɔ̃stã də rə'bɛk], Henri Benjamin, französ. Schriftsteller u. Politiker schweizer. Herkunft, *23. 10. 1767 Lausanne, †8. 12. 1830 Paris; Romane: „Adolphe“ 1816, dt. 1898; „Cécile“ (posthum) 1951, dt. 1955; daneben polit. Werke.

Constantine [kɔ̃stã'ti:n], Bez.-Hptst. im nördl. Algerien, 350000 Ew.; Universität; Motoren- u. Fahrzeugherstellung; Verkehrsknotenpunkt, Flughafen, Fernsehsender.

Constạntius, röm. Kaiser: **1.** *C. I. Chlorus*, Gaius Flavius Valerius, Kaiser 293–306, *um 264 in Illyrien, †306 Eburacum (York); Vater Konstantins d. Gr.; von Diocletian u. dessen Mitkaiser Maximian 293 zum Caesar des Westreichs in den Provinzen Spanien, Gallien u. Britannien erhoben u. 305 mit *Galerius* zum Augustus ausgerufen; starb auf einem Feldzug in Britannien.

2. *C. II.*, Flavius Julius, Kaiser des röm. Ostreichs 337–361, *317 Sirmium, †361 Kilikien; Sohn *Konstantins d. Gr.*; war 12 Jahre lang durch Kämpfe mit den Persern gefesselt; seit 351 Alleinherrscher nach dem Sieg über den Usurpator *Magnentius*; erhob 355 den späteren Kaiser *Julian Apostata* zum Caesar des Westens; starb 361 am Fieber, bevor es zum Kampf mit Julian, der seit 360 Anspruch auf die Kaiserwürde erhob, kommen konnte. C. griff wie bereits sein Vater in die Geschicke der Kirche ein, unterstützte jedoch den *Arianismus.*

3. *C. III.*, Flavius, weström. Kaiser 421, †421 Ravenna; als Heermeister unter Stilicho emporgekommen, gewann C. großen Einfluß auf den Kaiser *Honorius*, der seine Erfolge um die Stabilisierung des Reichs durch die Heirat mit seiner Schwester *Galla Placidia* u. die von Ostrom nicht anerkannte Erhebung zum Augustus belohnte. – □ 5.2.7.

Constituante [kɔ̃stity'ãt; die; frz.] →Konstituante.

Constitụtio Criminạlis Carolịna [lat.], Abk. *CCC, Peinliche Gerichtsordnung* Kaiser *Karls V.* von 1532 (Reichstag zu Regensburg); nach dem Vorbild der *Bambergischen Halsgerichtsordnung* von 1507 gestaltet, die von Johann von Schwarzenberg verfaßt war. Sie vereinigte das Offizialprinzip u. das Gerechtigkeitsempfinden in der Schuldlehre, im Strafprozeß u. Strafvollzug aufgrund einer sinnvollen →Rezeption des röm. Rechts mit dt. Überlieferungen u. beherrschte auf Jahrh. Theorie u. Praxis des dt. Strafrechts. – □ 4.0.3.

Consuetụdo [lat., „Gewohnheit“], **1.** in den kath. Orden eine die Regel ergänzende Gewohnheit; *consuetudines*, die Sammlung solcher Gewohnheiten.

2. im kanon. Recht eine Gewohnheit, die, wenn dem Gesetz gemäß, verbindl. ist; sie erhält durch Zustimmung des kirchl. Oberen Gesetzeskraft.

Consul →Konsul.

Container [kən'tɛinər; engl.], Großbehälter mit 8–60 m³ Laderaum zum Transport von losen oder wenig verpackten Gütern. *C.verkehr* erfolgt durch Eisenbahn u. Spezialschiffe. →Behälterverkehr.

Containerschiff, *Behälterschiff*, meist schnelles Spezialfrachtschiff, das seine Ladung in den ca. 20 t tragenden genormten Landtransportbehältern *(Containern)* an Bord nimmt. Steigerung der Umschlagsgeschwindigkeit im Hafen durch einfaches Stapeln der Behälter mit Hilfe spezieller Kräne in den vollständig nach oben geöffneten Laderäumen u. zum Ausgleich der schlechten Raumausnutzung in bis zu 4 Lagen an Deck auf den Lukendeckeln. →auch Teilcontainerschiff, Vollcontainerschiff.

Container-Terminal, spezielle Umschlaganlage mit leistungsfähigen Spezialkränen u. -fahrzeugen für den schnellen Umschlag der Container zwischen Landverkehr u. →Vollcontainerschiff ohne eigenes Ladegeschirr.

Container-Verladebahnhof, Bahnhof, der aus mehreren Abstellgleisen u. Straßenfahrbahnen besteht u. zum Umladen von Containern zw. Schienen- u. Straßenfahrzeugen dient, meist in der Nähe größerer Städte. Erforderlich sind ein Container-Verladekran u. eine Abstellfläche für Container.

Contarịni, venezian. Adelsgeschlecht, dem mehrere Dogen u. Politiker entstammen: **1.** Andrea, Doge 1367–1382, übernahm nach einem anfängl. für Venedig ungünstigen Feldzug Genuas selbst den Oberbefehl u. zwang 1381 Genua zum Frieden.

2. Domenico, Doge 1043–1071, begann den Bau der Markuskirche in Venedig.

3. Gasparo, Kardinal seit 1535, *16. 10. 1483 Venedig, †24. 8. 1542 Bologna; 1541 bemühte er sich als päpstl. Legat auf dem Regensburger Reichstag um die Überwindung der Konfessionsgegensätze u. kam dabei den Neuerern so weit entgegen, daß er selbst (allerdings zu Unrecht) in den Ruf der Häresie geriet.

Conte [kɔ̃:t; die; frz.], ursprüngl. Vers-Erzählung, später kleinere, oft heitere Prosa-Erzählung.

Cọnte [ital.], Adelstitel: Graf.

Contebẹn, Handelsname für ein Chemotherapeutikum (von G. *Domagk*) gegen Tuberkulose.

Contergạn = Thalidomid.

Contẹssa [ital.], Adelstitel: Gräfin.

Cọnti, Niccolò dei, venezian. Kaufmann, machte von 1414 bis 1439 die bemerkenswerteste Asienreise des 15. Jh.; lernte als erster Europäer das Innere Indiens kennen, stieß auf dem Landweg vielleicht bis Südchina vor u. besuchte Borneo u. Java.

Continentale Krankenversicherung a. G., Dortmund, früher *Volkswohl-Krankenversicherung VVaG*, seit 1976 heutige Firma, 1926 gegr. private Krankenversicherung; Beitragseinnahmen 1977: 542 Mill. DM.

Continentạl Gummi-Werke AG, Börsenname *Conti-Gummi*, Hannover, Unternehmen der Gummiverarbeitung, gegr. 1871; erzeugt Gummiwaren aller Art, vor allem Auto-, Motorrad- u. Fahrradreifen; Grundkapital: 270 Mill. DM; 18400 Beschäftigte; zahlreiche Beteiligungen.

Conto ['kɔntu], *C. de Reis*, portugies. u. brasilian. Rechnungsmünze, 1 C. = 1000 *Milreis.*

Cọnto [lat., ital.] →Konto.

Contọrtae [lat.], Ordnung der sympetalen, zweikeimblättrigen Pflanzen, *Sympetalae*; der Name kommt von der gedrehten Knospenanlage der Blütenkrone dieser Pflanzen. Zu ihnen gehören die Familien: *Enziangewächse, Hundsgiftgewächse, Seidenpflanzengewächse, Loganiazeen.*

Contradịctio [die; lat.], Widerspruch; *c. in adiecto*: Widerspruch in der, durch die Beifügung, z. B. eckiger Kreis.

Contrat social [kɔ̃'tra sɔ'sjal], „Le contrat social“, Werk von J.-J. *Rousseau.*

Convẹrter [engl.], **1.** *Hüttenwesen:* →Konverter.

2. *Textilindustrie:* eine Maschine, auf der endlose, zu dicken Bändern vereinigte Chemiefadenfilamente in kammzugähnliche endliche Stapelfaserbänder übergeführt werden. Dies geschieht entweder durch Abquetschung der Filamente *(Pacific-C.)* oder mittels einer Spiralschneidwalze *(Pieter-C.)*; →Spinnbandverfahren.

Convertible Bonds [kən'və:təbl-; engl.] →Bond.

Conveyor [-'veiər; der; engl.], Pendelbecherwerk; ein auf Schienen laufendes Becherwerk; sie innerhalb großer Fabriken usw. zum Materialtransport dient.

Convolvulaceae

Convolvulaceae [lat.] = Windengewächse.
Conwentz, Hugo Wilhelm, Botaniker, *20. 1. 1855 Danzig, †12. 5. 1922 Berlin; Organisator der Naturschutzbestrebungen in Dtschld.
Conz, Karl Philipp, Schriftsteller, *28. 10. 1762 Lorch, Württemberg, †20. 6. 1827 Tübingen, seit 1804 Prof. für klass. Philologie. Jugendkamerad von *Schiller,* Mitarbeiter an dessen Musenalmanachen, Übers. von Äschylus, J. Racine u. a.
Conze, Werner, Historiker, *31. 12. 1910 Neuhaus (Elbe); 1944 Prof. in Posen, 1952 in Münster, 1957 in Heidelberg; schrieb über Sozial-, Wirtschafts- u. Zeitgeschichte. Hptw.: „Poln. Nation u. dt. Politik im 1. Weltkrieg" 1958; „Die dt. Nation. Ergebnis der Geschichte" 1963, ²1965; „Jakob Kaiser. Politiker zwischen Ost u. West 1945–49", 1967 ff.
Cook, Mount C. [maunt ′kuk], höchster Berg Neuseelands, auf der Südinsel (Südl. Alpen), vergletschert, 3764 m; →Mount-Cook-Westland-Nationalpark.
Cook [kuk], **1.** Frederick Albert, US-amerikan. Polarforscher u. Arzt, *10. 5. 1865 Callicoon, N.Y., †5. 8. 1940 New Rochelle, N.Y.; Teilnehmer an Grönland- u. Antarktisexpeditionen; behauptete, bereits 1906 den Mt. McKinley erstiegen u. 1908 vor R. E. Peary (1909) den Nordpol erreicht zu haben.
2. James, brit. Seefahrer, einer der größten Entdeckungsreisenden, *27. 10. 1728 Marton, Yorkshire, †14. 2. 1779 auf Hawaii; erforschte auf zwei Weltreisen (1768–1771 u. 1772–1775) die Ostküste Australiens, durchfuhr erneut die Torresstraße zwischen Australien u. Neuguinea, umsegelte die Küsten Neuseelands, entdeckte dabei in der Südsee zahlreiche Inseln u. widerlegte die Annahme eines riesigen Südkontinents (der *Terra australis);* auf der 3. Reise (Suche nach einer nördl. Durchfahrt vom Pazifik zum Atlantik, dabei Erforschung der Alaskaküste u. der Beringstraße) von Eingeborenen erschlagen. – ☐ 6.1.2.
3. Thomas, brit. Reiseunternehmer, *22. 11. 1808 Melbourne, Derbyshire, †19. 7. 1892 Bergen (Norwegen); Gründer des ältesten, weltbekannten Reisebüros *Thos. C. & Son* (1845 in Leicester, 1865 nach London verlegt); führte als erster Gesellschafts- u. Pauschalreisen ein. Das Unternehmen wurde 1928 mit der *Internationalen Schlaf- u. Speisewagengesellschaft* vereinigt; seit 1945 in brit. Staatsbesitz: Reprivatisierung eingeleitet.
Cooke-Linse [′kuk-], *Taylor lens, Triplet,* 1894 von H. Dennis *Taylor* in der Firma T. *Cooke & Sons,* York (England), zuerst konstruierter dreilinsiger unsymmetr. Anastigmat. Seit 1925 sehr verbreiteter Objektivtyp für Mittelklasse-Kameras, z. B. Agnar, Apotar, Cassar, Ennar, Ennagon, Iskonar, Novar, Pantar, Radionar, Reomar, Travenar, Trinar, Triotar, Vaskar, Westar. →Photoobjektive.
Cook Inlet [′kuk-], Fjord im S Alaskas (USA), mit der Susitnamündung bei Anchorage, trennt die Kenaihalbinsel ab.
Cookinseln [′kuk-], *Cook Islands,* neuseeländ. Inselgruppe (Korallenatolle) südwestl. der Gesellschaftsinseln in Polynesien, 237 qkm, 19 300 Ew.; acht größere Inseln vulkan. Ursprungs (u. a. *Rarotonga* 64 qkm, 9900 Ew.; *Mangaia* 52 qkm, 2000 Ew.; *Atiu* 27 qkm, 1300 Ew.; *Mauke* 18 qkm, 670 Ew.; *Aitutaki* 18 qkm, 2600 Ew.), von denen Rarotonga den höchsten Vulkan, den *Tuputea* (890 m), aufweist, u. zahlreiche kleine Inseln; gegliedert in eine Südgruppe (mit Rarotonga, Mangaia, Atiu, Mauke, Aitutaki, Mitiaro, den Hervey Islands u. a.) u. eine Nordgruppe (Palmerston, Nassau, Penrhyn = Tongareva, Manihiki, Rakahanga, Suvorov u. a.); tropisches Klima mit üppigem Regenwald; Hauptort ist Avarua auf Rarotonga; Anbau u. Export von Bananen, Orangen, Kopra u. Tomaten. – Hauptsächl. von J. *Cook* 1773–1777 entdeckt, seit 1888 brit., 1901 zu Neuseeland, seit 1965 eigene autonome Regierung.
Cookstraße [′kuk-], 22–85 km breite Meeresstraße zwischen den zwei Hauptinseln von Neuseeland; 1769 von J. *Cook* entdeckt.
Coolen, Antoon, niederländ. Erzähler, *17. 4. 1897 Wijlre, †9. 11. 1961 Waalre; versöhnt in heimatl. Milieu das Tragische des Menschentums mit zuweilen skurrilem Humor: „Jan der Schuhflicker" 1927, dt. 1936; „Das Wirtshaus zur Zwietracht" 1938, dt. 1940.
Coolidge [′ku:lidʒ], **1.** Calvin, US-amerikan. Politiker (Republikaner), *4. 7. 1872 Plymouth, Va., †5. 1. 1933 Northampton, Mass.; 30. Präs. der USA 1923–1929, hielt an der Isolationspolitik

Mount Cook

fest, doch brachten Dawes- u. Youngplan eine Annäherung an europ. Politik.
2. William David, US-amerikan. Physiker, *23. 10. 1873 Hudson, Mass., †3. 2. 1975 Schenectady, N.Y.; entwickelte eine für die medizin. Therapie bes. wichtige, mit einer Glühkathode ausgerüstete Hochvakuum-Röntgenröhre, untersuchte Kathodenstrahlungen bei höchsten Spannungen.
Cool Jazz [ku:l dʒæz; der; engl.], zunächst als Gegensatz zum →Hot u. zum aggressiven →Bebop um 1949 entstanden, gekennzeichnet durch „Kühle", Introvertiertheit, vibratolose u. dynamisch neutrale Tongebung; bevorzugt im Zusammenspiel Polyphonie (Verwandtschaft mit der Barockmusik), Ausgeglichenheit, Understatement. Vorbereitet durch Lester *Young* u. Miles *Davis,* wurde dann neue Stilrichtung, vertreten bes. durch Saxophonisten (Stan *Getz,* *2. 2. 1927, Zoot *Sims,* *29. 10. 1925, Al *Cohn,* *24. 11. 1925, Gerry *Mulligan,* *6. 3. 1927, John *La Porta,* *1. 4. 1920, Serge *Chaloff,* *1923, †1957, u. a.), theoret. durch Lennie *Tristano* u. seine Schule (Warne Marion *Marsh,* *26. 10. 1927, Lee *Konitz,* *13. 10. 1927, Billy *Bauer,* *14. 11. 1915), später auf allen Instrumenten u. sogar von Big Bands gespielt.
Cooma [′ku:mə], Stadt u. zentraler Ort im südl. Tafelland von Süd-Neusüdwales (Australien), 10 000 Ew.; Markt u. Handelsplatz.
Cooper [ku:pə], **1.** Alfred Duff, (seit 1952) Viscount *Norwich of Aldwick,* brit. Politiker (konservativ), *22. 2. 1890 London, †1. 1. 1954 an Bord eines Dampfers vor Vigo, Spanien; 1935–1937 Kriegs-Min., 1937/38 Erster Lord der Admiralität, dann aus Opposition gegen A. N. Chamberlains Politik zurückgetreten. 1940/41 Informationsminister; auch histor. Schriftsteller: Biographien Talleyrands, dt. 1935, u. Haigs, dt. 1937.
2. Anthony Ashley →Shaftesbury.
3. Gary, US-amerikan. Filmschauspieler, *7. 5. 1901 Helena, Mont., †13. 5. 1961 Hollywood; kam 1925 zum Film; Held vieler Wildwest- u. Abenteuerfilme, auch Charakterdarsteller.
4. James Fenimore, US-amerikan. Schriftsteller, *15. 9. 1789 Burlington, N. J., †14. 9. 1851 Cooperstown, N. Y.; wuchs in dem von seinem Vater im Indianergebiet gegr. Cooperstown auf, ging später zur See u. ließ sich dann als Grundherr in der Heimat nieder. Seine Darstellungen des Grenzer- u. Indianerlebens, die „Lederstrumpferzählungen" („The last of the Mohicans" 1826, dt. „Der letzte der Mohikaner" 1826; „The deerslayer" 1841, dt. „Der Wildtöter" 1841) u. die Seeromane („Die zwei Admirale" 1842, dt. 1842) machten ihn berühmt. C. verkörperte in der Abenteuerhandlung seiner Romane einen eth. Idealismus, von dem aus er eine konservative Kritik an der jungen amerikan. Demokratie übte. Dieselbe Haltung vertrat er polemisch in gesellschaftskrit. Schriften: „The American Democrat" 1838. – ☐ 3.1.4.
5. Leroy Gordon, US-amerikan. Astronaut, *6. 3. 1927 Shawnee, Oklahoma; umkreiste 1963 die Erde 22mal, 1965 mit C. *Conrad* 120mal.
6. Samuel, engl. Maler, *1609, †5. 5. 1672 London; bevorzugter Porträtist der brit. Staatsmänner seiner Zeit, malte wiederholt Cromwell.
Cooper Creek [′ku:pə ′kri:k], episodischer größter Zufluß des austral. Lake Eyre, 800 km.
Co-op Handels- und Produktions-AG, Hamburg, 1974 gegr. Wirtschaftszentrale der co op-Gruppe; Grundkapital: 33,5 Mill. DM (Großaktionär: *co op Zentrale AG,* Frankfurt a.M.); zahlreiche Tochtergesellschaften.
co op Zentrale AG, Frankfurt a.M., 1974 gegr. Holdinggesellschaft der co op-Gruppe; Grundkapital: 150 Mill. DM (Großaktionäre: *Bund dt. Konsumgenossenschaften GmbH,* Hamburg, *Beteiligungsgesellschaft für Gemeinwirtschaft AG,* Frankfurt a.M.); Tochtergesellschaften: *Co-op Handels- u. Produktions-AG,* Hamburg; *co op Versicherungsdienst GmbH,* Hamburg, u. a.
Coornhert [′ko:rn-], Dirck Volckertszoon, niederländ. Dichter u. Gelehrter, *1522 Amsterdam, †29. 10. 1590 Gouda; kämpfte für Glaubensfreiheit u. gegen span. Vorherrschaft.
Cop [engl.], **1.** in den USA Bez. für Polizist.
2. *Kop, Kötzer,* beim Spinnen u. Zwirnen das auf Hülsen in Form von Kegelschichten aufgewickelte Garn; wird bei der Weiterverarbeitung axial „über Kopf" abgezogen. Der *Schlauch-C.* weist keine Hülse auf u. wird von innen her abgewickelt.
Copán, im westl. Honduras gelegene Ruinenstätte der *Maya* mit einer „Akropolis" u. fünf weiten, von Bauwerken u. Treppenanlagen umgebenen Höfen. Die zahlreichen, mit Enface-Figuren u. Hieroglypheninschriften versehenen Steinmonumente, die aus dem 8. Jh. n.Chr. stammen, gehören zu den schönsten Werken der Maya-Kunst. Auf den 62 Stufen der großen „Hieroglyphentreppe" befindet sich die längste bisher bekannte Inschrift mit über 1500 Zeichen. C., das „Alexandria der Neuen Welt" genannt, scheint 775 Versammlungsort eines „Astronomenkongresses" gewesen zu sein. Die Priesterwissenschaft der Astronomie erlebte hier ihre höchste Blüte. – ☐ 5.7.7.
Cope [koup], Edward Drinker, US-amerikan. Paläontologe, *28. 7. 1840 Philadelphia, †12. 4. 1897 Philadelphia; Arbeiten über tertiäre Säugetiere. Nach der *C.schen Regel* werden die Tierformen im Lauf der Stammesgeschichte immer größer, bis sie aussterben.
Copeau [kɔ′po:], Jacques, französ. Literaturkritiker kath.-nationaler Haltung u. Regisseur, *4. 2. 1879 Paris, †20. 10. 1948 Paris; erneuerte durch sein „Théâtre du Vieux-Colombier" (gegr. Paris

1913) u. seine Theaterschule das französ. Bühnenwesen; schuf einen neuen, pantomimisch u. choreographisch durchgestalteten Bühnenstil; bes. bekannt durch volkstüml.-komödiantische Molière-Inszenierungen.

Copelata [grch.] = Appendicularia.

Copeognatha [grch.], *Psocoptera* →Staubläuse.

Copepoda [grch.] →Ruderfußkrebse.

Copepodit [der], typ. Larvenform der *Ruderfußkrebse*, auf das *Metanauplius*-Stadium folgend.

Copertaglasur [ital.], ndrl. *Kwaart*, die *Bleiglasur*, bei italien. Fayence mitunter auf die bemalte Zinnglasur gebracht.

Copiapó, Hptst. der chilen. Prov. Atacama, im wüstenhaften Längstal des *Rio C.* (250 km), 35 600 Ew.; Bergbauschule; Bergbauzentrum, Kupferschmelzen, Wärmekraftwerk; Verkehrsknotenpunkt. – 1939 durch Erdbeben zerstört.

Co-Pilot →Flugzeugführer.

Copland ['kɔplənd], Aaron, US-amerikan. Komponist u. Musikschriftsteller, *14. 11. 1900 Brooklyn, New York; verarbeitete Einflüsse des Impressionismus, des Neoklassizismus u. des Jazz, tritt für eine spezifisch amerikan. Musik ein; Opern („The Tender Land" 1954), Ballette („Rodeo" 1942; „Appalachian Spring" 1944), Film- u. Konzertmusik; Schriften: „What to Listen for in Music" 1939, dt. 1967; „Our New Music" 1941, dt. 1947; „Music and Imagination" 1953.

Copley ['kɔpli], John Singleton, US-amerikan. Maler, *3. 7. 1737 Boston, Mass., †9. 9. 1815 London; der bedeutendste Porträtkünstler Amerikas im 18. Jh.; seit 1774 in England tätig, wo er außer zahlreichen Bildnissen auch histor. Monumentalgemälde ausführte. Als seine besten Leistungen gelten die in spätbarock-klassizist. Stil gehaltenen, psycholog. eindrucksvoll charakterisierten Porträts der Bostoner Zeit.

Coppée [kɔ'pe:], François, französ. Dichter, *12. 1. 1842 Paris, †23. 5. 1908 Paris; erfolgreich mit gefühlsbetonten Gedichten, die bes. das Pariser Kleinbürgertum schildern; schrieb auch Bühnenspiele u. Erzählungen in Prosa u. Versen.

Copper Belt [engl., „Kupfergürtel"], afrikan. Bergbauzentrum in Sambia, im Grenzgebiet nach Katanga (Zaire); Abbau u. Verhüttung von Kupfer, Kobalt u. a. Metallen.

Coppet [-'pe], schweizer. Städtchen im Kanton Waadt, am Westufer des Genfer Sees, nördl. von Genf, 1000 Ew.; das Schloß (18. Jh.) gehörte bis 1817 der Frau von Staël; militärhistor. „Museum der Schweizer in fremden Diensten".

Coppi, Fausto, italien. Radrennfahrer, *15. 9. 1919 Castellania, †2. 1. 1960 Tortona; 1949 u. 1952 Sieger in der Tour de France, 1947 u. 1949 Weltmeister im Verfolgungsfahren, 1953 Straßenweltmeister.

Copyright ['kɔpirait; engl. „Urheberrecht"], Abk. *Copr.*, Zeichen ©, das →Urheberrecht. Die Angabe des Inhabers des Urheberrechts u. bei gedruckten literar. oder musikal. Werken des Jahrs der ersten Veröffentlichung sowie die Hinterlegung von 2 Exemplaren des Werks beim *C. Office* gibt in den USA gesetzl. Schutz für veröffentlichte Werke. Der C.-Vermerk befreit außerdem in Ländern des *Welturheberrechtsabkommens* von Förmlichkeiten.

Coques [kɔk], *Cocks, Cocx*, Gonzales, fläm. Maler, *8. 12. 1614 Antwerpen, †18. 4. 1684 Antwerpen; malte zunächst Genrebilder, später ausschl. kleine, höfisch-elegante Einzel- u. Gruppenbildnisse, in denen er den Porträtstil A. van *Dycks* durch Einbeziehung der Umwelt weiterentwickelte.

Coquilhatville [kɔkilat'vi:l], früherer Name der Stadt →Mbandaka in Zaire.

Coquille [kɔ'ki:jə; die, frz.], **1.** *Kochkunst:* feines Fleischgericht (Ragout), das in Muschelschalen überbacken wird.

2. *Stahlgießerei:* = Kokille.

Coquimbo [-'kim-], Hafenstadt in der nordchilen. Prov. C. (39 654 qkm, 394 000 Ew., Hptst. *La Serena*), 35 000 Ew.; Industrie, Ausfuhr von Kupfer- u. Eisenerzen; Schmelzwerk Guayacan.

Coracii [grch.] →Rackenvögel.

Coracle ['kɔrəkl; das], in Irland u. Wales ein rundes, lederüberzogenes Boot, heute für den Angelsport benutzt.

Coracoid [grch.] = Rabenbein.

Corallina, *Korallenmoos*, zu den *Florideen* gehörende *Rotalge*, deren Wände stark mit Kalk verkrustet sind.

Coral Sea Islands Territory ['kɔrəl si: 'ailəndz 'tɛritəri], 1969 errichtetes austral. Territorium (rd. 20 größere Korallenatolle) im Korallenmeer, westl. der Kap-York-Halbinsel, vor dem Großen Barriereriff, von 12° südl. Breite (Grenze von Papua) bis 24° südl. Breite; Ostgrenze 157° östl. Länge (Neukaledonien u. Neue Hebriden); auf *Willis Island* liegt eine meteorolog. Station; internationale Fischerei, Erdölsuche.

Coramin [das], ein Pyridinabkömmling mit stark anregender Wirkung auf Kreislauf u. Atmung.

coram publico [lat.], vor der Öffentlichkeit.

Corantijn [-tɛjn], *Corentyne, Courentyne*, Grenzfluß zwischen Guayana u. Surinam (Südamerika); entspringt in der Serra Acarai, schnellenreicher Oberlauf.

Corato, italien. Stadt im mittleren Apulien, 39 000 Ew.; mittelalterl. Stadtkern; landwirtschaftl. Anbauzentrum von Getreide, Wein u. Oliven.

Corbeil-Essonnes [kɔr'bɛj ɛ'sɔn], nordfranzös. Kreisstadt im Dép. Essonne, an der Mündung der Essonne in die Seine (südöstl. von Paris), 32 600 Ew.; Mühlen- u. Luftfahrtindustrie, Herstellung u. a. von elektron., Radio- u. Fernsehgeräten, chem. u. Eisenbahnindustrie.

Corbusier →Le Corbusier.

Corcaigh, südirische Stadt u. Grafschaft, →Cork.

Corcovado, **1.** Vulkan in Südchile, nahe dem *C.-Golf*, 2300 m.

2. steiler, zuckerhutförmiger Berg mit nackten Felswänden aus Granit in Rio de Janeiro, 704 m; mit 38 m hoher, 1931 errichteter Christusfigur u. Zahnradbahn.

Cord [das], engl. u. US-amerikan. Raummaß: 1 C. = 3,62458 m^3.

Cordaïten [nach dem Botaniker A. J. *Corda*], ausgestorbene Klasse der *Gymnospermen*; bis 30 m hohe, entfernt an die Nadelhölzer erinnernde Bäume, verbreitet in den →Steinkohlenwäldern des Karbons u. Perms. Zusammen mit den *Pteridospermae* die ältesten Samenpflanzen.

Cordan, Wolfgang, eigentl. Heinrich *Horn*, Schriftsteller u. Archäologe, *3. 6. 1909 Berlin, †29. 1. 1966 Guatemala (auf einer Forschungsreise); Lyrik: „Ernte am Mittag" 1951; Erzählwerke: „Narziß" 1947; „Julian der Erleuchtete" 1949; Bericht: „Geheimnis im Urwald. Entdekkungsfahrten auf den Spuren der Mayas" 1960; „Mexico" 1967; Übersetzungen aus dem Fläm., Niederländ., Neugriech. u. Französ.

Corday [kɔr'de:], Charlotte de *C. d'Armont*, *27. 8. 1768 Saint-Saturnin bei Caen, †17. 7. 1793 Paris (hingerichtet); Royalistin; erstach, um ihre girondist. Verwandten zu rächen u. das Terrorregime der „Bergpartei" zu beenden, am 13. 7. 1793 J.-P. *Marat* in dessen Pariser Wohnung im Bad.

Cordelia, Gestalt in *Shakespeares* Tragödie „König Lear"; die jüngste Tochter des Königs.

Cordeliers [kɔrdə'lje; frz., „Strickträger"], ursprüngl. die Franziskaner; in der Französ. Revolution ein radikaler polit. Klub (in einem Franziskanerkloster gegründet, daher der Name). Die wichtigsten Anhänger waren: J.-P. *Marat*, G. J. *Danton*, C. *Desmoulins*, J.-R. *Hébert*.

Corderoy [-dərɔi; der; engl.], Köpersamt, dicht eingestellt.

Cordial Médoc [kɔr'djal me'dɔk], edler Likör aus dem Bordeauxwein *Médoc*, u. a. mit Backpflaumen u. Veilchenwurzeln aromatisiert.

Cordillera [kɔrdi'ljɛ:-; span.], Bestandteil geograph. Namen: Gebirge, Bergkette.

Cordillera Blanca [kɔrði'jɛ:ra blaŋka], westperuan. Massiv, →Huascarán.

Cordillera Central [kɔrði'jɛ:ra θɛn'tral], Zentralgebirge in der Dominikan. Rep., Teil der Haiti durchziehenden →Hauptkordillere, mit 3175 m die höchste Erhebung der westindischen Inseln.

Cordillera de Darwin [kɔrði'jɛ:ra ðe-], *Darwinkordillere*, höchste Bergkette in Feuerland (Chile), 2469 m; stark vergletschert.

Cordillera de Huayhuash [kɔrði'jɛ:ra ðe uaju'aʃ], Bergkette der peruan. Westkordillere, 6634 m; am Osthang entspringt der *Marañón* als *Río Lauricocha*.

Cordillera de la Costa [kɔrði'jɛ:ra ðe-], *Karibisches Küstengebirge*, bis 2765 m hohes Gebirge im nördl. Venezuela.

Cordillera de Mérida [kɔrði'jɛ:ra ðe-], Zweig der Anden im westl. Venezuela, im *Pico Bolívar* 5002 m; 4500 qkm vergletschert.

Cordillera de San Blas [kɔrði'jɛ:ra ðe-], ostpanames. Gebirge.

Cordillera Isabella, höchste Gebirgskette Nicaraguas, 2890 m.

Cordillera Negra [kɔrði'jɛ:ra-], Glied der nordperuan. Westkordillere, westl. der Cordillera Blanca, schneefrei, 5187 m.

Cordillera Real [kɔrði'jɛ:ra re'al], **1.** Hauptkette der Anden in Ecuador.

2. Kette der Ostkordillere der Anden in Bolivien, über der Hptst. La Paz, im *Illimani* 6882 m.

Córdoba, Währungseinheit in Nicaragua: 1 C. = 100 *Centavos*.

Córdoba, *Córdova*, **1.** südspan. Stadt mit stark maur. Charakter, in Andalusien, 245 000 Ew.; sechzehnbogige Granitbrücke über den *Guadalquivir*, mächtiger maur. Brückenkopf Calahorra, Alcázar (Burg) u. die riesige Kathedrale „La Mezquita", die ehem. Hauptmoschee (785–990) der westl. arab. Welt, durch spätere Einbauten im Renaissancestil nur wenig verändert; Großmarkt für Getreide, Öl u. Wein; Kupferhütte, Herstellung von Elektrogeräten, Nahrungs- u. Genußmitteln, Kunstgewerbe; Fremdenverkehr, Flughafen; Hptst. der Provinz C. (13 718 qkm, 710 000 Ew.). Das röm. *Corduba*, zeitweilig Hauptstadt der röm. Provinz *Baetica*, 572 gotisch; seit 711 maur., 756 Residenz des westl. Kalifats, islamisches Kultur- u. Gewerbezentrum; 1236 an Kastilien. C. ist unter den span. Städten am stärksten vom Islam geprägt.

2. Hptst. der argentin. Prov. C. (168 766 qkm, 2,1 Mill. Ew.), östl. der *Sierra de C.* (2884 m), am Rand eines bewässerten Ackerbau- und Obstgebiets, 590 000 Ew.; älteste Universität des Landes (1613 von Jesuiten gegr.), konfessionelle Universität (gegr. 1956), Akademie der Wissenschaften; Handelszentrum (chem., Autoindustrie u. a.) – 1573 gegr.; kunsthistor. wertvolle Kirchen, Barockbauten.

3. Departamento in Nordwestkolumbien, 25 175 qkm, 727 900 Ew.; wichtiges Viehzuchtgebiet; Hptst. *Montería*; Kokospalmenkulturen an der Küste.

4. mexikan. Stadt südwestl. von Veracruz, Zentrum des Zuckerrohr-, Kaffee- u. Tabakanbaus, 60 000 Ew.

Cordon sanitaire [kɔr'dɔ̃ sani'tɛ:r; frz.], **1.** *Gesundheitsrecht:* polizeil. Absperrung eines verseuchten Gebiets.

2. *Politik:* ein Sicherheitsgürtel von Staaten zwischen verfeindeten Staaten oder Blöcken; nach 1918 Bez. für die von Rußland abgetrennten neuen Staaten zur Eindämmung des Sowjetkommunismus.

Cordyline, *Keulenlilie, Kolbenbaum, Kolbenlilie*, in Südostasien, Polynesien u. Australien heim. Gattung der *Liliengewächse*. Die strauchige *C. terminalis* dient als Heckenpflanze, ihr fleischiger Wurzelstock als Nahrungsmittel und die breit-lanzettlichen Blätter als Dachdeckmaterial.

Core [kɔ:; engl., „Herz"], wichtiger Teil eines Kernreaktors, in dem der Brennstoff angeordnet ist, in dem also Kernenergie in Wärmeenergie umgesetzt u. an das Kühlmittel abgegeben wird.

Coregarn [kɔ:-; engl.], *Core-Spun-Garn*, gesponnenes Garn, bei dem ein endloser Faden, meist ein Elastomer (Lycra), in gespanntem Zustand mit einer Stapelfaser umsponnen wird.

Corell, poröser Hemdenstoff aus Baumwollzwirn in Dreher- oder Scheindreherbindung.

Corelli, Arcangelo, italien. Geiger u. Komponist, *17. 2. 1653 Fusignano bei Ravenna, †8. 1. 1713 Rom; lebte lange in Dtschld., ab 1682 in Rom. Er schrieb u. a. 48 Triosonaten (für 2 Violinen u. Continuo), deren Stil für diese Gattung repräsentativ wurde u. die noch heute viel gespielt werden, ferner 12 Solosonaten für Violine u. Continuo u. 12 Concerti grossi, mit denen er den Instrumentalstil seiner Zeit am nachhaltigsten beeinflußte.

Coreopsis, in Amerika heim. Gattung der *Korbblütler*; Zierpflanze.

Coresi, Diaconul, rumän. Geistl. u. Drucker, wirkte um 1550; druckte als erster Werke in rumän. Sprache, die zur Grundlage der rumän. Schriftsprache wurden.

Corfam, Warenzeichen für synthet. Leder, aus synthet. Fasern u. einem Bindemittel (Plyurethan u. Polyester) aufgebaut; ein neuartiger Kunststoff, der als vollwertiger Austauschstoff für Ledererzeugnisse verwendet werden kann; sehr leicht, wasserdicht, luftdurchlässig, äußerst strapazierfähig u. abriebfest; für Oberleder von Schuhen, Taschen, Treibriemen, Membranen u. a.

Cori, US-amerikan. Biochemiker, Ehepaar: Carl Ferdinand, *5. 12. 1896 Prag, u. Gerty Theresa, *15. 8. 1896 Prag, †26. 10. 1957 St. Louis; erhielten den Nobelpreis für Medizin 1947 für ihre Forschungen über das Verhalten der Kohlenhydrate im Muskel.

Coriariaceae = Gerberstrauchgewächse.

Corinth, Lovis, Maler u. Graphiker, *21. 7. 1858 Tapiau, Ostpreußen, †7. 7. 1925 Zandvoort, Niederlande; 1876–1884 Studium an den Akademien in Königsberg u. München, 1884–1887 in Antwerpen u. Paris; tätig meist in Berlin; einer der Hauptmeister des dt. Impressionismus; neben religiösen Szenen, Bildnissen u. weibl. Akten vor allem Landschaften. In der Spätzeit (Walchensee-Bilder seit 1918) wandelte sich C.s tonige Malweise zu einer expressiven; die Pinselschrift wurde Spiegel innerer Erregung. Bedeutend sind außer zahlreichen Selbstbildnissen auch seine Lithographien u. Radierungen. „Gesammelte Schriften" 1920; Selbstbiographie 1926. – ▢ 2.5.2.

Corinto, Haupthafen von Nicaragua, am Pazif. Ozean, 10000 Ew.; Export von Gefrierfleisch, Zucker u. Baumwolle.

Coriolanus, *Coriolan,* Gnaeus Marcius, sagenhafter Held der röm. Frühzeit; eroberte 493 v. Chr. die Volskerstadt Corioli (daher sein Beiname). 491 v. Chr. geriet er als Vorkämpfer des Patriziats mit der Plebs in Konflikt u. wurde aus Rom verbannt. 489 u. 488 v. Chr. kämpfte er an der Spitze eines Volskerheers gegen Rom, gab jedoch auf die Bitten seiner Mutter u. Frau hin die Eroberung auf u. wurde daraufhin von den erzürnten Volskern getötet. – Tragödie von *Shakespeare* (1611), 1952/1953 von B. *Brecht* bearbeitet (hierzu G. *Grass,* „Die Plebejer proben den Aufstand" 1966); Ouvertüre (1807) von *Beethoven* zu H. J. von *Collins* Schauspiel (1802).

Coriolis [kɔrjɔ'lis], Gaspard Gustave, französ. Mathematiker, *1792 Paris, †19. 9. 1843 Paris; entdeckte die *Corioliskraft.*

Coriolis-Kraft [nach dem Entdecker G. G. *Coriolis*], Trägheitskraft, die neben der Führungs- u. der Zentrifugalkraft in einem rotierenden System auf einen Körper einwirkt. Die C. steht senkrecht auf der Ebene, die von der Drehachse u. dem Geschwindigkeitsvektor gebildet wird. Prakt. Folgen: Das strömende Wasser in Flüssen auf der sich drehenden Erde erfährt eine C. nach einer Seite hin; die Erosion ist im allg. am einen Flußufer stärker als am anderen, auf der Nordhalbkugel am rechten, auf der Südhalbkugel der Erde am linken Ufer. Meeresströmungen werden entspr. abgelenkt. Die Winde bei einer Zyklone (Antizyklone) sind nicht geradlinig zum Zentrum hin (bzw. vom Zentrum weg) gerichtet, sondern umkreisen es, u. zwar auf der Nordhalbkugel links (rechts) herum, auf der Südhalbkugel mit entgegengesetztem Drehsinn *(Windgesetz von Buys-Ballot).*

Corium [das; lat.], die Lederhaut; →Haut.

Cork [kɔːk], irisch *Corcaigh,* Hptst. der südirischen Grafschaft C. (7456 qkm, 340000 Ew.) in der Prov. Munster, an einer Bucht, 125000 Ew.; Universitätscollege (gegr. 1809); Textil-, Leder- u.a. Industrie.

Corkscrew [-skruː; der; engl., „Korkenzieher"], Effektzwirn aus einem dicken u. einem dünnen Wollgarn.

Çorlu [ˈtʃɔrlu], Stadt in Türk.-Thrakien, am *C. Nehri,* nahe dem Marmarameer, 27000 Ew.; Obst- u. Weinbau; an der Bahn u. Straße nach Istanbul.

Cornaceae = Hartriegelgewächse.

Cornea [lat.; die] →Hornhaut; →auch Auge.

Corned Beef [ˈkɔːrnəd ˈbiːf; das; engl.], gepökeltes, vorgekochtes Rindfleisch in Dosen; in Dtschld. mit, im Ausland ohne Zusatz von gelierender Brühe.

Corneille [kɔrˈnɛj], **1.** Guillaume, eigentl. Cornelius van *Beverloo,* holländ. Maler u. Lithograph, *3. 7. 1922 Lüttich; Mitgründer der Gruppe „Cobra", in der sich 1948 die experimentierenden Maler Nordeuropas zusammenschlossen; starkfarbige abstrakte Naturdarstellungen.
2. Pierre, französ. Bühnendichter, *6. 6. 1606 Rouen, †1. 10. 1684 Paris; kämpfte anfangs gegen die 3 Einheiten von Ort, Zeit u. Handlung („Cid-Streit"), unterwarf sich ihnen aber später; Begründer der französ. Klassik durch seine (etwa 30) heiteren u. ernsten Schauspiele u. seine grundsätzl. Schriften über die Bühnendichtung. Hptw.: „Cid" 1637, dt. 1650; „Cinna" 1643, dt. 1666; „Horaz" 1641, dt. 1662; „Polyeukt" 1643, dt. 1666; „Der Lügner" 1644, dt. 1762; „Rodogüne" 1644, dt. 1803; 1647 Mitglied der Académie Française. – ▢ 3.2.1.
3. Thomas, französ. Dramatiker, Bruder von 2), *20. 8. 1625 Rouen, †8. 12. 1709 Andelys; seit 1685 Mitglied der Académie Française; schrieb verwicklungsreiche Lust- u. Trauerspiele. Mit dem Erfolg seiner Tragikomödie „Timocrate" 1658 übertraf er seinen Bruder.

Cornelia, röm. Frauenname. Berühmt ist C., die Mutter der Gracchen u. Tochter des älteren Scipio Africanus, †um 110 v. Chr.

Cornelisz, 1. Cornelis, genannt *C. van Haarlem,* holländ. Maler, *1562 Haarlem, †11. 11. 1638 Haarlem; vertritt in großformatigen religiösen u. mytholog. Darstellungen die letzte Stufe des niederländ. Manierismus; seine Schützenstücke beeinflußten entscheidend die Entwicklung des holländ. Gruppenporträts.
2. Jacob, genannt *C. van Oostsanen* oder *van Amsterdam,* holländ. Maler, *vor 1470 Oostsanen, †Oktober 1533 Amsterdam; an altniederländ. Tradition anknüpfender Porträtist u. Darsteller religiöser Szenen mit zahlreichen, sorgfältig gemalten Einzelheiten.

Cornelius, altröm. Patriziergeschlecht, dem u. a. die Scipionen, Sulla, Tacitus, Cornelius Nepos u. Cornelia, die Mutter der Gracchen, entstammten.

Lovis Corinth: Selbstbildnis in weißem Kittel; 1918

Cornelius, Papst 251–253, Heiliger, †253 Centumcellae; Römer, gewählt nach der Verfolgung des Decius. Da er eine milde Bußpraxis einführte, die den in der Verfolgung Abgefallenen die Rückkehr zur Kirche erleichterte, erhob eine strenge Gruppe des röm. Klerus *Novatian* zum Gegenbischof. Es gelang C. jedoch, sich in der ganzen Kirche durchzusetzen. Als unter Kaiser Gallus die Verfolgung von neuem einsetzte, wurde auch C. nach Centumcellae verbannt, wo er bald starb. Fest: 16. 9.

Cornelius, 1. Peter, Neffe von 2), Komponist, *24. 12. 1824 Mainz, †26. 10. 1874 Mainz; kam aus dem Liszt-Wagner-Kreis; seine Opern „Der Barbier von Bagdad" 1858 u. „Der Cid" 1865 waren keine Bühnenerfolge.
2. Peter von (seit 1825), Maler u. Graphiker, *23. 9. 1783 Düsseldorf, †6. 3. 1867 Berlin; schuf am Anfang seiner Laufbahn Illustrationen zu literar.-altdt. Stoffen (Goethes „Faust" 1811–1816; Nibelungenlied 1817), schloß sich in Rom den *Nazarenern* an; seit 1825 Direktor der Münchner Akademie; Hptw.: Wandgemälde für die Casa Bartholdy in Rom 1815–1818, Ausmalung der Glyptothek in München 1820–1830. Sein Werk ist gekennzeichnet durch Weiterentwicklung der klassizistischen Linienkunst.

Cornelius a Lapide, belg. Jesuit, *8. 12. 1567 Bocholt bei Lüttich, †12. 3. 1637 Rom; verfaßte zu fast allen Büchern der Bibel Kommentare.

Cornelius Nepos, röm. Schriftsteller, →Nepos.

Cornell University [-juniˈvəːsiti], nichtstaatl. Hochschule in Ithaca, N. Y. (USA).

Corner [der; engl., „Winkel, Ecke"], **1.** *angelsächs. Börsensprache:* eine Vereinigung von Großhändlern, die alle verfügbare Ware einer Gattung aufkaufen, um sie vom Markt zurückzuhalten u. damit den Preis in die Höhe zu treiben.
2. *Sport:* →Ecke.

Corner Brook [ˈkɔːnə bruk], zweitgrößte Stadt Neufundlands (Kanada), im W, 30000 Ew.; Papierherstellung.

Cornetit, blau bis blaugrünes Mineral, $Cu_3[(OH)_3 PO_4]$; rhombisch, Härte 5, spezif. Gewicht 4,1.

Cornforth [ˈkɔːnfɔːθ], John Warcup, brit. Chemiker austral. Herkunft, *7. 9. 1917 Sydney; Arbeiten über Stereochemie enzymkatalysierter Reaktionen. Chemienobelpreis 1975.

Corniche [kɔrˈniːʃ] →La Corniche.

Cornouaille [kɔrnuˈaj], westfranzös. Landschaft im SW der Bretagne, mit dem schroffen, weit in den Atlant. Ozean hinausragenden Granitrücken *Pointe du Raz;* zahlreiche Hafenorte mit Küstenfischerei; alte Hptst. *Quimper.*

Jean-Baptiste-Camille Corot: Der Windstoß; 1865-1870. Reims, Musée des Beaux-Arts

Cornus, Pflanzengattung, →Hartriegel.
Cornwall ['kɔːnwəl], **1.** kanad. Stadt in Ontario, am St.-Lorenz-Strom, 50000 Ew.; Textil-, Papier-, Möbel- u.a. Industrie.
2. Halbinsel u. Grafschaft (*C. and Isles of Scilly*) an der Südwestspitze Englands, 3546 qkm, 407000 Ew.; aus Sandstein u. Graniten aufgebautes Bergland mit vermoorten oder verheideten Rücken u. fruchtbaren Tälern; buchtenreiche Felsenküste; mildes Klima; Bergbau: früher Zinn, jetzt Kupfer, Blei, Silber u. Porzellanerde; Fischerei, Frühgemüsebau; Hptst. *Truro.*
Cornwallinsel, südlichste der *Sverdrupinseln* im kanad.-arkt. Archipel, flach u. mit Kiesen bedeckt.
Cornwallisinsel [-'wɔlis-], östlichste der *Parryinseln* im kanad.-arkt. Archipel, mit Plateaucharakter, 7000 qkm; Wetterstation (1947 gegr.), Eskimo-Ort *Resolute* (120 Ew.) im S.
Cornwall-Schwein, aus England stammende schwarze Schweinerasse mit Schlappohren.
Coro, Hptst. des nordwestvenezolan. Staats Falcón, in der erdölreichen Landschaft C., nahe am *Golf von C.*, 54800 Ew.; Bahn zum Hafen *La Vela de C.*, Fremdenverkehr. – 1527 von Welsern gegr.
Corobici, *Guatuso,* Stamm der Chibchaindianer in Costa Rica; Anbau von Mais, Maniok, Bataten, Bohnen; Nachkommen des alten Kulturvolks der Halbinsel Nicoya.
Coromandelküste, *Koromandelküste,* Küstenstreifen an der Südostküste Indiens, zwischen Kaveri- u. Krishnadelta; Zentrum: *Madras;* großenteils fruchtbares Ackerland (vor allem Reisanbau).
Corona →Korona.
Coronado, Francisco Vásquez de, span. Konquistador, * 1500, † 1544 Mexiko; unternahm 1540–1542 von Mexiko aus einen Vorstoß in das Gebiet des Colorado u. des Missouri, um nach dem sagenhaften Königreich Quivira zu suchen.
Coronation Island [kɔrə'neɪʃən 'aɪlənd], 335 qkm große Südorkneyinsel, im Südpolarmeer, 900 m hoch; seit 1820 brit.
Corona Veneris [lat. „Venuskrone"], kranzförmiger syphilit. Ausschlag an der Stirnhaargrenze; →Syphilis.
Coronel, südchilen. Hafenstadt an der Bai von Arauco, bei Concepción, 41900 Ew.; Abbau u. Ausfuhr tertiärer Braunkohle. – Bei C. siegte 1914 ein dt. Kreuzergeschwader unter Graf M. von *Spee* über einen brit. Verband.
Coronelli, Vincenzo Maria, italien. Globenmacher, * 16. 8. 1650 Venedig, † 9. 12. 1718 Venedig; fertigte für Ludwig XIV. in Paris einen Erd- u. einen Himmelsglobus von fast 4 m Durchmesser. Nach ihm ist der „Coronelli-Weltbund der Globusfreunde" benannt, der 1952 von R. *Haardt* (* 10. 1. 1922) in Wien gegründet wurde.
Coronel Oviedo, Departamento-Hptst. in Ostparaguay, 33200 Ew.; Handel u. Verarbeitung land- u. forstwirtschaftl. Produkte.
Coroner ['kɔrənər; engl.], im engl. u. nordamerikan. Recht Bez. für den Beamten, der in Fällen unnatürl. Todes die →Leichenschau vornimmt u. dabei untersuchungsrichterl. Befugnisse hat.
Coropuna, *Nudo C.,* südperuan. Andengipfel, 6613 m.
Corot [kɔ'ro], Jean-Baptiste-Camille, französ. Maler u. Graphiker, * 16. 7. 1796 Paris, † 22. 2. 1875 Paris; führender Meister der *Schule von Barbizon.* Nach einer in der Jugend aufgezwungenen Tätigkeit als Tuchmacher wurde er mit 26 Jahren durch eine Erbschaft frei für seine künstler. Neigung; unternahm 1825 eine Romreise, arbeitete danach abwechselnd in Frankreich, in der Schweiz, in England u. in Holland. Die Werke seiner ersten Schaffenszeit weisen gewissenhafte Detailschärfe u. differenzierte Tonwerte auf; ab 1850 erscheinen neben wenigen Figurenbildern m. atmosphär. Stimmungslandschaften von hohem poetischem Reiz, in flüssig-zarter, matt schimmernder Farbgebung. Die anfängl. Beziehungen zur romant., neoklassizist. u. realist. Schule weichen im Spätwerk einer Malweise, die Tendenzen des *Impressionismus* vorwegnimmt. C. hinterließ etwa 2000 Gemälde u. 300 Zeichnungen. – ▣ →Architekturmalerei. – ▢ 2.5.5.
Corpora, Antonio, italien. Maler, * 15. 8. 1909 Tunis; begann mit gegenständl. Bildern, schuf seit 1937 seine ersten halbabstrakten Kompositionen u. setzte sich mit dem französ. Kubismus auseinander; Mitgl. der Gruppe „Fronte Nuovo delle Arti", die 1948 in *Realisten* u. *Abstrakte* zerfiel. C. schloß sich mit R. *Birolli, Marlotti,* G. *Santomaso,* Giulio *Turcato* (* 1912 Mantua), E. *Vedova,* Afro *Basaldella* u. Mattia *Moreni* (* 12. 11. 1920 Pavia) dem „Gruppo degli Otto Pittori Italiani" an, der die wichtigsten Vertreter der abstrakten Malerei in Italien zusammenfaßte.
Corporal ['kɔːpərəl; der; engl.], frz. *Caporal,* unterster Unteroffiziersdienstgrad; →auch Korporal.
Corporale [das; lat.], im kath. Kult ein Leinentuch, auf das die konsekrierte Hostie gelegt u. Kelch u. Ciborium gestellt werden.
Corps [koːr; das; frz.], **1.** *allg.*: Körper, Körperschaft, Truppe (→Korps).
2. *Verbindungswesen:* die ab 1848 an den dt. Universitäten maßgebl. werdende, exklusive, waffen- u. farbentragende Form der Studentenverbindung. Die C. schlossen sich 1848 zum *Kösener Senioren-Convent* (Kösener S. C.), 1863 zum *Weinheimer Senioren-Convent,* 1873 zum *Rudolstädter Senioren-Convent* zusammen. Der Höhepunkt der Tätigkeit der C. unter den dt. Studenten lag um die Jahrhundertwende; ab 1950 bildeten sich an den Universitäten der BRD wieder Studenten-C.; sie bekennen sich z. T. auch heute noch zur Mensur. →auch Studentenverbindungen.
Corps consulaire [kɔːr kɔ̃sy'lɛːr; frz.], Abk. *CC,* Konsularisches Korps, die Gesamtheit der konsular. Vertreter in einem Staat.
Corps de ballet [kɔːr də ba'lɛ; das; frz.] →Ballettkorps.
Corps diplomatique [kɔːr diploma'tik; frz.], Abk. *CD,* →Diplomatisches Korps.
Corpus catholicorum [lat.], die Gesamtheit der kath. Reichsstände seit dem Westfäl. Frieden. Das C. c. machte von seinem Recht der Trennung von *Corpus evangelicorum* erstmals 1672 Gebrauch. Den Vorsitz hatte Kurmainz.
Corpus Christi [lat.], Leib Christi, →Fronleichnam.
Corpus Christi ['kɔːpəs 'kristi], Hafenstadt im südl. Texas, an der Nuecesmündung; 200000 Ew. (Metropolitan Area 290000 Ew.); kleine Universität (gegr. 1947); chem. u. Metallindustrie (Aluminium, Zink); Erdöl- u. Baumwollverschiffung; gegr. 1838.
Corpus delicti [lat.], Beweisstück, Objekt oder Mittel eines Verbrechens.
Corpus evangelicorum [lat.], die Körperschaft der prot. Reichsstände unter Vorsitz von Kursachsen seit dem Westfäl. Frieden, durch den festgestellt wurde, daß im Reichstag bei kirchl. Fragen nicht abgestimmt, sondern zwischen den ev. u. kath. Ständen (*Corpus catholicorum*) als Gesamtheit eine gütliche Einigung ausgehandelt werden sollte. Das C. e. konstituierte sich 1653 auf dem Regensburger Reichstag u. bestand bis 1806.
Corpus inscriptionum [lat.], Inschriftensammlung; →Inschriftenkunde.
Corpus juris canonici [lat.], Hauptquelle des mittelalterl. Kirchenrechts, allmählich zusammengewachsen aus privaten u. amtl. Sammlungen aus dem 12.–16. Jh.; in der kath. Kirche 1918 durch den *Codex Iuris Canonici* ersetzt, in der ev. Kirche theoretisch noch heute subsidiär gültige Rechtsquelle.
Corpus juris civilis [lat.], das 528–534 geschaffene Gesetzgebungswerk des oström. Kaisers *Justinian I.* (Leiter der Gesetzgebungskommission: *Tribonian*); die Kodifikation des röm. Rechts u. die Grundlage seiner Weltgeltung. In seinen bedeutendsten Teilen, den *Digesten* oder *Pandekten,* ist das C. j. c. eine Sammlung von Auszügen aus Schriften bedeutender röm. Juristen; es enthält ferner die *Institutionen* (Lehrwerk) u. den →*Codex;* auch die *Novellen,* die Ergänzung der Kodifikation durch neue Gesetze Justinians (535–565), werden zum C. j. c. gezählt. – ▢ 4.0.4.
Corpus luteum →Gelbkörper.
Corradini, Enrico, italien. Schriftsteller, * 20. 7. 1865 Samminiatello, Florenz † 10. 12. 1931 Rom; nationalist. Politiker, Freund G. *d'Annunzios,* der seine „Gioconda" nach C.s „Dopo la morte" (1896) schrieb; in seinen Dramen von H. *Ibsen* beeinflußt.
Corrèggio [-'rɛdʒo], italien. Stadt in der Region Emìlia-Romagna, nordöstl. von Règgio nell'Emìlia, 20000 Ew.; Palazzo dei Prìncipi, Dom San Quirino (16. Jh.).
Corrèggio [-'rɛdʒo], Antonio Allegri da, italien. Maler, * um 1490 Corrèggio, † 5. 3. 1534 Corrèggio; Wegbereiter der italien. Barockmalerei. Seine Werke, meist von diagonalem Aufbau, sind gekennzeichnet durch kühne Überschneidungen, Figurenverkürzungen u. eine den Bildraum vertiefende, alle Stufen vom Hell bis zum Dunkel durchlaufende Behandlung des Lichts. Neben dekorativen Malereien in Parma (Domkuppel, Giovanni Evangelista) auch Tafelbilder: „Hl. Nacht", „Mystische Hochzeit der hl. Katharina", „Madonna mit hl. Georg" u. a. – ▢ 2.4.4.
Correia de Oliveira [ku'rrɐiɐ ðɐ oli'vɐira], António, portugies. Dichter, * 30. 7. 1879 São Pedro de Sul, Beira Alta, † 20. 2. 1960 Belinho bei Esposende; Lyriker u. Dramatiker, volkstüml. konservative Dichtung mit metaphys. Neigungen; *Obras completas* 1949–1955.
Correll, Werner, pädagog. Psychologe, * 29. 6. 1928 Wasseralfingen, Württemberg; 1961 Prof. in Flensburg (Pädagogische Hochschule), 1963/64 Forschungsauftrag an der Harvard-Universität Cambridge, Mass., seit 1965 an der Universität Gießen; seit 1966 Dir. des „Instituts für Programmiertes Lernen", seit 1967 Präs. der „Forschungsgemeinschaft für techn. Lehrmittel"; Hptw.: „Lernpsychologie" 1961, [7]1969; „Lernstörungen beim Schulkind" 1962, [4]1968; „Programmiertes Lernen u. schöpferisches Denken" 1964, [2]1969; „Einführung in die pädagogische Psychologie" 1964, [2]1968; „Pädagogische Verhaltenspsychologie" 1966, [3]1969.
Correns, 1. Carl, Vererbungsforscher, * 19. 9. 1864 München, † 14. 2. 1933 Berlin; seit 1914 Direktor des Instituts für experimentelle Biologie in Berlin-Dahlem; gilt mit E. *Tschermak* u. H. de

Antonio Allegri da Corrèggio: Jupiter und Io; um 1531. Wien, Kunsthistorisches Museum

Vries zusammen als der Wiederentdecker der Mendelschen Gesetze in der Vererbungslehre; „Gesammelte Abhandlungen zur Vererbungswissenschaft" 1899–1924.
2. *Erich,* Sohn von 1), Chemiker u. DDR-Politiker (parteilos), *12. 5. 1896 Tübingen; nach leitenden Positionen in der Zellstoff- u. Faserindustrie 1953 Prof. für Chemische Technologie der Zellstoffgewinnung an der TH/TU Dresden; seit 1950 Präs. des Nationalrats der Nationalen Front, seit 1954 Mitgl. der Volkskammer, Mitgl. des Präsidialrats des Dt. Kulturbundes, seit 1960 Mitgl. des Staatsrats der DDR.
Correr, *Museo C.,* das stadtgeschichtl. Museum in Venedig, mit großen kultur- u. kunstgeschichtl. Sammlungen; benannt nach dem venezian. Kunstsammler *Teodoro C.* (*1750,†1830), aus dessen Schenkung das Museum hervorging.
Corrèze [kɔˈrɛːz], mittelfranzös. Département beiderseits der C. (88 km) u. der oberen Vézère, 5860 qkm, 237 900 Ew.; Hptst. *Tulle;* der O des *Limousin.*
Corrientes, Hptst. der argentin. Provinz C. (88 199 qkm, 641 000 Ew.), am Zusammenfluß von Paraná u. Paraguay, 100 000 Ew.; Handel u. Verarbeitung land- u. forstwirtschaftl. Produkte; Hafen. – 1588 von Asunción aus gegr.
„Corriere della Sera" [ital., „Abendkurier"], 1876 gegr. liberale italien. Tageszeitung in Mailand. Auflage: 540 000.
corriger la fortune [kɔriˈʒe la fɔrˈtyːn; frz.], das Glück „verbessern", d. h. betrügen, falsch spielen.
Corrodi, *August,* schweizer. Zeichner u. spätromant. Dichter, *27. 2. 1826 Zürich, †16. 8. 1885 Zürich; Verfasser selbstbebilderter Jugendbücher; Mundartdichter (Idylle „De Herr Vikari" 1858); Übers. von R. Burns.
Corse [kɔrs], frz. für →Korsika; französ. Inseldépartement im Mitteländ. Meer, 8682 qkm, 269 800 Ew.; Hptst. *Ajaccio.*
Cortaillod-Kultur [kɔrtaˈjoː-], jungneolithisch-kupferzeitl. Kultur der Schweiz, nach dem Fundort *Cortaillod* am Neuenburger See; Ufersiedlungen mit Rechteckhäusern (Ständerbau, Bodenbelag aus Rindenbahnen), erste Stallungen; rundbodige Tongefäße, oft mit Einlagen aus Birkenrinde verziert, Kupferbeile. – ⌑5.1.1.
Cortázar [kɔrˈtasar], *Julio,* argentin. Erzähler, *26. 8. 1914 Brüssel; lebt in Europa; schreibt mit phantast. Elementen durchsetzte Erzählungen u. Romane „Die Gewinner" 1960, dt. 1966; „Album für Manuel" 1973, dt. 1976.

Corvey: Westwerk der Abteikirche

Cortereal, *Gaspar,* portugies. Seefahrer, † (verschollen) 1501; erreichte auf der Suche nach der Nordwestl. Durchfahrt die Westküste Grönlands u. Labrador; sein Bruder *Miquel* verscholl 1502 ebenfalls. Die Fahrten der Brüder C. waren der einzige Versuch der Portugiesen, Ostasien auf dieser Route zu erreichen.
Cortes [Mz. von Span. *corte,* „Hof"], bis 1939 die Volksvertretung, dann bis 1976/77 das Ständeparlament Spaniens. Aufgrund der Verfassungsreform von 1976 wurde am 15. 6. 1977 ein demokrat. Zweikammerparlament (Kongreß u. Senat) gewählt.
Cortés, *Cortez, Hernando (Hernán),* span. Konquistador in Mexiko, *1485 Medellín, Estremadura, †2. 12. 1547 Castilleja de la Cuesta bei Sevilla; eroberte am 13. 8. 1521 Tenochtitlán, heute Ciudad de México, die Hptst. des Aztekenreichs, u. wurde nach der Eroberung des Aztekenreichs Statthalter u. Generalkapitän von Neuspanien; zog 1524/25 durch Veracruz, Tabasco u. Chiapas bis nach Honduras. Um sich von der Anschuldigung des Amtsmißbrauchs zu reinigen, reiste C. 1528 nach Spanien, wo er von Karl V. mit dem Titel *Marqués del Valle de Oaxaca* ausgezeichnet wurde, aber das Statthalteramt verlor. 1530 nach Mexiko zurückgekehrt, führte er 1536 eine Expedition nach Kalifornien.
Cortés [-ˈtes], *Alfredo,* portugies. Dramatiker, *29. 7. 1880 Estremoz, †7. 4. 1946 Oliveira de Azeméis; bedeutendster Vertreter des zeitgenöss. gesellschaftskrit. Dramas in Portugal; mit großer Sprachgewalt u. hervorragender Technik; Milieuschilderungen.
Corti, *Egon Caesar Graf (Conte),* österr. Schriftsteller, *2. 4. 1886 Agram, †17. 9. 1953 Klagenfurt; bes. histor. Biographien: „Das Haus Rothschild" 2 Bde. 1927/28; „Elisabeth, die seltsame Frau" 1934; „Metternich u. die Frauen" 2 Bde. 1948/49; 3 Romane über Kaiser Franz Joseph I. 1950–(posthum)1955.
Corticaceae [-ˈkatseə] →Rindenpilze.
Corticosteroide [lat. + grch.], die aus Extrakten der Nebennierenrinde isolierbaren 42 Steroidverbindungen, von denen 7 Hormoneigenschaften besitzen. Nach ihrem hauptsächlichen Wirkungsbereich werden diese Rindenhormone in *Mineralcorticoide,* die den Mineralhaushalt beeinflussen (Aldosteron, Cortexon, Corticosteron), u. *Glucocorticoide,* die auf den Kohlenhydratstoffwechsel einwirken (wie bes. das Cortisol), eingeteilt.
Cortin [das; lat.], andere Bez. für Substanzen mit Hormonwirkung aus der Nebennierenrinde.
Cortina d'Ampezzo, italien. Wintersportort in Venetien, im Ampezzotal, 1224 m ü. M., 7100 Ew.; olymp. Winterspiele 1956.
Cortisches Organ [nach dem italien. Anatomen *Alfonso Corti,* *1822, †1876], *Papilla basilaris,* das eigentl. Gehörorgan im Innenohr der Reptilien, Vögel u. Säugetiere; ein aus einem Streifen von Sinnesepithel u. Stützzellen mehr oder weniger kompliziert gebautes Organ in der *Lagena* (bzw. der Schnecke [*Cochlea*]) des Ohrlabyrinths, dessen Ausbildung entscheidend ist für die Fähigkeit der Klangunterscheidung. →Gehörsinnesorgane, →Ohr.
Cortison [das; grch.], ein Hormon der Nebennierenrinde (→Corticosteroide). C. wird bei rheumatischen Entzündungen verordnet; es hat jedoch meist nur vorübergehende, bes. schmerzlindernde Wirkung.
Cortona, italien. Stadt in der östl. Toskana, 27 000 Ew.; Dom (15./18. Jh.), Burg; landwirtschaftl. Handel, Weinbau.
Alte etrusk. Stadt, Mitgl. des *Zwölfstädtebunds,* nördl. des Trasimenischen Sees, mit Resten der Stadtmauer aus dem 6./5. Jh. v. Chr.
Cortona, *Pietro da* →Pietro da Cortona.
Cortot [kɔrˈto], *Alfred,* französ. Pianist, *26. 9. 1877 Nyon bei Genf, †15. 6. 1962 Lausanne; Chopin-, Schumann- u. Debussy-Interpret; bildete zusammen mit Jacques *Thibaud* (Violine) u. Pablo *Casals* (Violoncello) ein Trio (Cortot-Trio).
Çoruh Nehri [ˈtʃoru ˈneri], Fluß im NO der Türkei, 369 km; durchfließt ein Längstal zwischen dem Pontus u. den Hochketten Armeniens, mündet jenseits der sowjet. Grenze bei Batumi ins Schwarze Meer; Wasserkraftwerk beim Çoruh.
Çorum [ˈtʃorum], Hptst. der nordtürk. Provinz Ç. zwischen den Flüssen Kizilirmak u. Yeşilirmak, 60 000 Ew.; Ruinen der *Hethiter;* Lederwarenherstellung.
Corumbá, größter Handelshafen des brasilian. Mato Grosso am Paraguay; 40 000 Ew. (als Muni-

Francesco del Cossa: Den Monat März symbolisierender Sterndämon. Ferrara, Palazzo Schifanoia

zip 60 000 Ew.); Nahrungsmittel- u. Metallindustrie, Viehzuchtzentrum.
Coruña →La Coruña.
Cor unum [lat., „Ein Herz"], Kurienbehörde, gegr. 1971 als Dachorganisation für die kath. Hilfswerke in der Welt.
Corvatsch, *Piz C.,* Gipfel im schweizer. Kanton Graubünden, oberhalb des Oberengadin, 3451 m.
Corvey [ˈkɔrvai], *Corvei, Korvey,* 822 gegr. Benediktinerabtei an der Weser (Tochterkloster von *Corbie* an der Somme, gegr. 662); im MA. Mittelpunkt christl. kulturellen Lebens, 1803 säkularisiert. Von der karoling. Abteikirche ist das Westwerk noch fast unverändert erhalten.
Corvina, von dem Ungarnkönig *Matthias Corvinus* (1458–1490) in der Königsburg von Buda (Ofen) gegr. Bibliothek mit meist prachtvoll illustrierten Handschriften in kostbaren Einbänden. Sie fiel nach der Schlacht von Mohács 1526 in die Hand der Türken u. wurde in alle Welt zerstreut. Von den wertvollen Beständen, den sog. Corvinen, sind heute nur noch rd. 170 nachweisbar.
Corvinus, 1. *Antonius,* luth. Theologe, *1501 Warburg, †5. 4. 1553 Hannover; ursprüngl. Zisterziensermönch, dann theolog. Berater Philipps von Hessen u. Reformator Niedersachsens.
2. →Matthias I. Corvinus.
3. Pseudonym von W. →Raabe.
Corvin-Wiersbitzky [-vjers-], *Otto von,* Schriftsteller, *12. 10. 1812 Gumbinnen, †1. 3. 1886 Wiesbaden; gebürtiger Pole; dt. Offizier, dann Revolutionär, Literat u. Journalist in England; schrieb gegen Kirche u. Monarchie („Pfaffenspiegel" 1868), Mitgründer des „Symposion" (1878), das sich zum „Allg. Dt. Schriftstellerverband" entwickelte; Erinnerungen: „Aus dem Leben eines Volkskämpfers" 4 Bde. 1861.
Corylaceae →Birkengewächse.
Corypha →Schopfpalme.
cos, Zeichen für *Cosinus;* →Winkelfunktionen.
COS-B, Name des ersten Forschungssatelliten der →ESA; startete am 9. 8. 1975, mißt Gammastrahlen kosmischer Herkunft.
Coşbuc [kɔʃˈbuk], *George,* rumän. Dichter, *8. 9. 1866 Hordou, †9. 5. 1918 Bukarest; außer Übersetzungen (Dante, Byron, Schiller, Vergil, Kalidasa) Idyllen über das rumän. Dorfleben, Verdichtungen zur vaterländ. Geschichte u. Balladen.
cosec, Zeichen für *Cosecans;* →Winkelfunktionen.
Cosecans →Winkelfunktionen.
Cosel, *Anna Konstanze Gräfin von,* *17. 10. 1680 Depenau, Holstein, †31. 3. 1765 Stolpen; geb. von *Brockdorff,* 1699 geschieden von dem sächs. Minister A. M. von *Hoym,* 1700–1712 Geliebte *Augusts des Starken;* seit 1716 in Stolpen gefangengehalten. Ihre Kinder wurden 1724 legitimiert.

Cosel, *Kosel*, poln. *Koźle*, Stadt in Schlesien, (1945–1950 poln. Wojewodschaft Katowice, seit 1950 Opole), an der Oder, 14 000 Ew.; bei C. (6650 qkm, 720 000 Ew.), 102 000 Ew.; Dom Maschinenindustrie.

Cosenza, italien. Stadt in Kalabrien, am Zusammenfluß von Crati u. Busento, Hptst. der Provinz C. (6650 qkm, 720 000 Ew.), 102 000 Ew.; Dom (13. Jh.), arab.-normann. Kastell; Papier- u. Cellulose-Industrie, landwirtschaftl. Handel (Obst).

Cosgrave ['kɔsgreiv], **1.** Liam, Sohn von 2), irischer Politiker (Fine Gael), *17. 4. 1920; seit 1965 Parteiführer, 1973–1977 Premier-Min. — **2.** William Thomas, irischer Politiker, *6. 6. 1880 Dublin, †16. 11. 1965 Dublin; 1922–1932 Premier-Min.; führend in der nationalist. Partei *Sinn Fein*, um Ausgleich mit England u. soziale Eingliederung der Protestanten bemüht; 1933 bis 1944 Führer der Partei *Fine Gael*.

„Così fan tutte" [ital., „so machen's alle"], komische Oper von W. A. *Mozart* (Wien 1790), Text von Lorenzo *Da Ponte*.

Cosigüina [-'gwina], Vulkan im Küstengebiet von Nicaragua, 859 m.

Cosima [grch., ital.], weibl. Form von *Cosimo*.

Cosimo [vermutl. zu grch. *kosmos*, „geschmückt"], italien. männl. Vorname.

Cosimo, Piero di →Piero di Cosimo.

Cosimo I. Medici [-tʃi], Herzog von Toskana 1537–1574, *11. 6. 1519 Florenz, †21. 4. 1574 Villa di Castello bei Florenz; Begründer der großherzogl. (jüngeren) Linie der *Medici*, stellte sich auf die Seite der Spanier. 1555 eroberte er Siena u. erhielt es von Philipp II. zum Lehen. Gegen den Protest Kaiser Maximilians II. erhob ihn Papst Pius V. 1569 zum Großherzog von Toskana. Trotz einer gewalttätigen Herrschaft brachte er sein Land zu großer Blüte. 1562 gründete er den S. Stefansorden zum Schutz des Levantehandels. 1542 erneuerte er die Universität Pisa an. legte als erster Herrscher geordnete Archive an. – ▣→Italien.

Cosinus, *Kosinus* [lat.], Zeichen cos →Winkelfunktionen.

Cosmaten, die z.T. untereinander verwandten Mitglieder einer in Rom (12.–14. Jh.) tätigen Künstlergruppe, die häufig den Namen *Cosmas* trugen. Die C. wurden bes. durch ihre reichen, aus geometrischen Ornamenten bestehenden Mosaik- u. Marmorverzierungen bekannt. Seit etwa 1250 traten sie auch als Bildhauer hervor.

COSPAR, Kurzwort für engl. *Committee on Space Research*, vom International Council of Scientific Unions 1958 gebildetes Komitee für internationale Zusammenarbeit bei der Weltraumforschung mit Raketen u. Satelliten; Zusammenschluß nationaler u. internationaler wissenschaftl. Verbände.

Cospicua [ko'spikua], maltes. *Bormla*, Stadt auf Malta, südl. von Valletta, 9000 Ew.; mit *Senglea* (maltes. *L'Isla*) u. *Vittoriosa* (maltes. *Birgu*) als *Three Cities* von einem gemeinsamen Befestigungswall umgeben; Schiffbau u. -reparatur.

Cossa, Francesco del, italien. Maler, *um 1436 Ferrara, †1477 Bologna; neben C. *Tura* zunächst der führende Meister der Schule von Ferrara, später Mitbegründer der Bologneser Malerschule; Hptw.: Monatsbilder im Palazzo Schifanoia, Ferrara. – ▣→auch Glasmalerei.

Cossisten [frz. *cause*, „Ding"], Gruppe von Mathematikern im 15./16. Jh., die die Rechenmethoden vereinfachten, z. B. A. *Riese* u. M. *Stifel*.

Cossmann, Alfred, österr. Radierer, *2. 10. 1870 Graz, †31. 3. 1951 Wien; 1920–1930 Prof. an der Graph. Lehr- u. Versuchsanstalt Wien; subtile Exlibriskompositionen.

Coßmann, Bernhard, Cellist, *17. 5. 1822 Dessau, †7. 5. 1910 Frankfurt a. M.; Kammermusiker u. Musikpädagoge, lehrte seit 1878 in Frankfurt a. M.

Costa [lat.] →Rippe.

Costa [span.], Bestandteil geograph. Namen: Küste, Gestade.

Costa, **1.** Lorenzo, italien. Maler, *um 1460 Ferrara, †3. 5. 1535 Mantua; vereinigte in seiner Kunst ferraresischen Realismus mit lyrischen Stilelementen der Bologneser Schule; seit 1507 Hofmaler der Gonzaga in Mantua. — **2.** Nino (Giovanni), italien. Maler, *Okt. 1826, †31. 1. 1903 Marina di Pisa; Hauptvertreter des Realismus in der ital. Malerei des 19. Jh.; Landschaften im Stil der französ. „Paysage intime".

Costa Blanca [span., „weiße Küste"], Küstenstreifen im SO Spaniens; umfaßt den Küstenbereich der Prov. Alicante, Murcia u. Almeria, Sandstrand; histor. Denkmäler, folklorist. Veranstaltungen; starker Fremdenverkehr; Hauptort *Benidorm*. – ▣→Spanien (Geographie).

Costa Brava [span., „wilde Küste"], Küstenstreifen der nordostspan. Prov. Gerona, von der span.-französ. Grenze im N bis Blanes im S. Die Küste schneidet im N die Ausläufer der Pyrenäen, im S die des Katalon. Küstengebirges; Steilküsten (zumeist Granit) mit maler. Buchten u. Sandstrand. Den Zentralteil bildet das landwirtschaftl. bestimmte Gebiet von *Ampurdán*. Früher sehr rückständiges Abwanderungsgebiet, seit ca. 1950 Zentrum des Fremdenverkehrs mit vielbesuchten Badeorten: *Lloret de Mar, Tossa, San Feliú de Guixols, Palamos* u. a.; dadurch eine gründl. Verbesserung der Infrastruktur dieses Gebiets. Histor. Denkmäler, Burgen, Ruinen, Klöster, Kirchen; das *Cabo Creus* ist der östlichste Punkt Spaniens.

Costa del Sol [span., „Sonnenküste"], Küstenstreifen an der span. Südküste, zwischen dem Cabo de Gata im O u. Gibraltar im W. Sandstrände, sehr warme Sommer, subtrop. Vegetation u. histor. Stätten (Málaga) haben in den letzten Jahren zu starkem Fremdenverkehr geführt. Hauptorte: *Torremolinos, Marbella, Estepona*.

Costa Dorada [span., „goldene Küste"], Küstenstreifen im NO Spaniens, zwischen Malgrat u. dem Ebrodelta. Im Gegensatz zur nördl. anschließenden Costa Brava herrscht hier kilometerweiter Sandstrand vor. Neuerdings starker internationaler Fremdenverkehr; Hauptorte: *Mataró, Castelldefels, Salou*.

Costa e Silva, Arturo da, brasilian. General u. Politiker, *3. 10. 1902 Taquari, Rio Grande do Sul, †17. 12. 1969 Rio de Janeiro; mitbeteiligt an der Revolution 1964 gegen die Regierung J. *Goulart*, 1964–1967 Kriegs-Min., 1967 als Nachfolger von *Castelo Branco* Staats-Präs.; bekämpfte kommunist. Unterwanderung u. bemühte sich erfolgreich um die Stabilisierung der brasilian. Wirtschaft; regierte seit 1968 diktatorisch.

Costa Rica [span., „reiche Küste"], amtl. *República de C. R.*, die zweitkleinste zentralamerikan. Republik, zwischen Nicaragua u. Panama, 50 700 qkm mit 1,7 Mill. Ew.; Hptst. *San José* (190 000 Ew., m. V. 360 000 Ew.), sonst nur kleinere Mittelstädte.
Die hauptsächlich vulkan. Kordillere Zentralamerikas (im Chirripó Grande 3820 m) mit ihrem intermontanen Becken (*Valle Central*), in dem die Hptst. u. die wichtigste Siedlungszone (55 % der Bevölkerung) liegen, trennt die feuchttrop., regenwaldbestandene Küstenebene des Atlant. Ozeans mit der Nicaraguasenke im NO von der pazif. Küstenebene im SW, die, stärker durch Buchten u. Hügelländer gegliedert, ebenfalls feucht ist. Die spanisch sprechende Bevölkerung besteht, anders als in den übrigen mittelamerikan. Staaten, fast ausschließl. (rd. 98 %) aus Weißen u. wenigen Mestizen, der Rest sind Neger, Mulatten u. Indianer.
Neben den übl. Großpflanzungen u. Kleinbetrieben gibt es bes. im zentralen Hochland eine große Zahl mittelgroßer bäuerl. Betriebe. Die Landwirtschaft liefert für den Eigenbedarf vor allem Mais, Reis u. Bohnen, für den Export Kaffee, Kakao, Zuckerrohr, Bananen, ferner Früchte, Palmölprodukte, Tabak u. Baumwolle. Der Milch- u. Schlachtviehhaltung kommt große Bedeutung zu. Die Wälder liefern wertvolle Edelhölzer. Neben Betrieben, die Agrarprodukte verarbeiten, findet sich eine für mittelamerikan. Verhältnisse gut entwickelte, vielseitige Konsumgüterindustrie. Die hydroelektr. Energieversorgung befindet sich im Ausbau. Das Straßennetz soll weiterhin planmäßig verbessert werden; das Eisenbahnnetz ist hauptsächl. auf die Häfen ausgerichtet; Haupthäfen sind *Limón* (Ost-) u. *Puntarenas* (Westküste). – ▣6.8.4.

Costa Brava bei Lloret de Mar

Geschichte: Die Küsten von C. R. wurden 1502 von Kolumbus entdeckt; 1520 von Spanien erobert, seit 1821 unabhängig, 1823–1838 Mitgl. der *Zentralamerikan. Konföderation*, seitdem selbständige Republik. Während Konflikte mit den Nachbarrepubliken u. innere Unruhen den Fortschritt C. R.s im 19. Jh. lähmten, setzte nach 1900 ein intensiver wirtschaftl. u. kultureller Aufbau ein, der C. R. zum am weitesten entwickelten Staat Zentralamerikas werden ließ. Der Präs. wird auf 4 Jahre gewählt. Seit 1949 gab es bei den Wahlen regelmäßig einen Wechsel der regierenden Partei. – ▣5.7.9.

Costello, John Aloysius, ir. Politiker (Fine Gael), *20. 7. 1891 Dublin, †6. 1. 1976 Dublin; 1926 bis 1932 Generalstaatsanwalt, 1948–1951 u. 1954 bis 1957 Premier-Min.; unter seiner Regierung trat Irland 1949 aus dem Brit. Commonwealth aus.

Coster, Charles de, belg. Schriftsteller, *20. 8. 1827 München, †7. 5. 1879 Ixelles; trotz der bewußt gewählten altertümelnden französ. Sprache seiner Werke ein Wegbereiter der fläm. Erneuerung; Hptw.: das der Weltliteratur zugehörige Romanepos „La légende d'Ulenspiegel" 1868, dt. „Uilenspiegel u. Lamme Goedzak" 1909; „Vläm. Legenden" 1858, dt. 1911; „Brabanter Geschich-

Costumbrismoten" 1861, dt. 1917; „Die Hochzeitsreise" 1870, dt. 1939. – ⌷ 3.1.6.

Costumbrismo [der; span.], span. literar. Bewegung im 19. Jh., die sich um eine einfühlende, realist. Beschreibung von (bes. volkstüml.) Sitten u. Umwelt bemüht; Hauptvertreter: S. *Estébanez Calderón*, Ramón de *Mesonero Romanos* (*1803, †1882).

Coswig, 1. *C./Anhalt*, Stadt im Krs. Roßlau, Bez. Halle, am rechten Elbufer, westl. von Wittenberg, 13 000 Ew.; alte Kirche, Schloß; zahlreiche Industriezweige (Keramik, Papier, Zündhölzer).
2. Stadt im Krs. Meißen, Bez. Dresden, in der Elbniederung nordwestl. von Dresden, 22 400 Ew.; Tapeten-, Farben-, Leder- u. Elektroindustrie, Heilstätten (Lindenhof).

cot, Zeichen für *Cotangens*; →Winkelfunktionen.

COT, Abk. für *Cyclooctatetraen*, C_8H_8, ein ringförmig gebauter Kohlenwasserstoff mit vier konjugierten Doppelbindungen; aus Acetylen durch Polymerisation darstellbar; für Kunst-, Farb- u. Sprengstoffe verwendet.

Cotangens, *Kotangens* [lat.], Zeichen cot, →Winkelfunktionen.

Côte [ko:t; frz.], Bestandteil geograph. Namen: Küste, Strand; Abhang, Gebirgsrand; Hügel, Höhenzug.

Côte d'Azur [ko:t da'zy:r; „blaue Küste"], die franzöś. →Riviera im Alpenbereich.

Côte-d'Or [ko:t dɔ:r; „Goldene Weinlage"], ostfranzös. Département im nördl. Burgund, 8765 qkm, 421 200 Ew.; Hptst. *Dijon*, benannt nach dem bis 638 m hohen Kalkplateau (Côted'Or) südl. von Dijon, mit sanftem Abfall zum Pariser Becken u. Bruchrändern zum eingesenkten Saônegraben, dessen untere Region die Heimat der besten Burgunderweine ist.

Côtelé [kɔt'le:; der; frz.], Kleiderstoff aus Seide, Chemiefasern oder Baumwolle, der bindungstechn. dem Kord gleicht.

Coteline [kot'li:n; der; frz.], **1.** bes. feiner *Côtelé*.
2. Möbelbezugstoff in Ripsbindung.

Cotentin [kɔtã'tɛ̃], weit in den *Kanal* vorragende, flachwellige Halbinsel der Normandie in Nordfrankreich, mit steiler Felsküste im W. u. flacher Marschenküste im O; Zentrum *Cherbourg* (an der Nordküste); mildes atlant. Klima; Wiesen- u. Weideland für die Milchviehzucht sowie ausgedehnte Heckenlandschaften u. Heide im höheren Westteil. – Im 2. Weltkrieg während der Invasion 1944 Schauplatz harter Kämpfe.

Côtes-du-Nord [ˈkoːt dy ˈnɔːr], nordwestfranzös. Département im N der Bretagne, 6878 qkm, 506 100 Ew., Hptst. *Saint-Brieuc*.

Cotillon [kɔti'jɔ̃; der; frz.] = Kotillon.

Cotman [-mən], John Sell, engl. Maler u. Graphiker, *16. 5. 1782 Norwich, †24. 7. 1842 London; Landschaftsaquarelle von naturnaher u. zugleich dekorativer Wirkung.

Cotonis, Kleiderstoff in Atlasbindung mit Seidenkette u. dünnem Baumwollschuß, aus Ostindien.

Cotonou [kɔtɔ'nu], größte Stadt, Wirtschaftszentrum u. Haupthafen der westafrikan. Rep. Dahomey, Freihafen für die Rep. Niger; 125 000 Ew.; Nahrungsmittel- u. Zementindustrie; internationaler Flughafen; in der Umgebung ausgedehnte Ölpalmkulturen.

Cotopaxi [-xi:], **1.** der höchste tätige Vulkan der Erde, mit bis auf 4000 m herabreichender Schnee- und Eiskappe, in der Ostkordillere von Ecuador, 5897 m, südl. von Quito; 1872/73 zuerst durch W. *Reiss* erstiegen; letzte große Ausbrüche 1904.
2. zentrales ecuadorian. Anden-Departamento, 5028 qkm, 224 000 Ew., Hptst. *Latacunga*; im Becken von Latacunga Weidewirtschaft im N, Akkerbau im S (mit Bewässerung); Schafzucht im Andenanteil; Kakao-, Kaffee-, Bananen-, Reis- u. Zuckerrohranbau im Küstengebiet.

Cotswold Hills [ˈkɔtswould ˈhils], Höhenzug südl. des Severn, höchster Teil der Jurakalkstufe in Südengland, 326 m; Schafzucht im Kammgarnweberei.

Cotta, 1. Carl Bernhard von, Sohn von 2), Geologe, *24. 10. 1808 Klein-Zillbach bei Meiningen, †14. 9. 1879 Freiberg, Sachsen; veröffentlichte geolog. Spezialkarten von Sachsen (1837–1848) u. Thüringen (1844–1848); Hptw.: „Die Geologie der Gegenwart" 1866.
2. Heinrich von, Forstmann, *30. 10. 1763 Klein-Zillbach bei Meiningen, †25. 10. 1844 Tharandt; Gründer u. Leiter einer Forstlehranstalt, die 1816 zur Staatsanstalt in Tharandt erhoben wurde; einer der Begründer der Forstwissenschaft; Hptw.: „Grundriß der Forstwissenschaft" 1831.

3. Johann Friedrich (seit 1818 Frhr. *C. von Cottendorf*), Verleger, *27. 4. 1764 Stuttgart, †29. 12. 1832 Stuttgart; Leiter der Verlagsbuchhandlung C. in Tübingen (gegr. 1659), einer der Verleger *Goethes* u. *Schillers*, Gründer der „Allgemeinen Zeitung" (1798). Der Verlag wurde von seinem Sohn Johann Georg C. (*1796, †1863) weitergeführt u. 1811 nach Stuttgart verlegt, wo er 1889 von Adolf *Kröner* erworben wurde u. den Namen *J. G. C.'sche Buchhandlung Nachf.* erhielt; 1956 wurde er von der Familie Kröner verkauft u. in eine GmbH umgewandelt. Auch weiterhin werden besonders Klassikerausgaben u. Belletristik gepflegt, daneben zeitgeschichtliche u. wissenschaftliche Literatur.

Cottage [ˈkɔtidʒ; das; engl.], **1.** Landhaus, Häuschen.
2. österr.: Villenviertel.

Cottbus, 1. Bezirks- u. Kreisstadt u. Stadtkreis in der Niederlausitz, an der Spree, 51 qkm, 97 000 Ew.; Raumfahrtplanetarium (1974); Tuchindustrie, Konfektion, Teppich- u. Leinenweberei, Maschinenbau, Baustoff- u. Lebensmittelindustrie, Fahrzeugbau u. Elektrotechnik; Großkraftwerk *Vetschau.* – Krs. C.: 724 qkm, 46 300 Ew.
2. Bez. im SO der DDR, 8262 qkm, 870 000 Ew., umfaßt 14 Landkreise u. einen Stadtkreis. Wichtigster Industriezweig ist der Braunkohlenbergbau (40 % der in der Industrie Beschäftigten, zwei Drittel der Braunkohlenvorräte der DDR); Förderung: jährl. 100 Mill. t, großenteils im Kombinat „Schwarze Pumpe" bei Hoyerswerda verarbeitet

Johann Friedrich Cotta

(40 Mill. t); Glasindustrie um Hohenbocka, Textilindustrie in den Kreisen Cottbus, Forst und Guben. Ungünstige Bedingungen, bes. die geringe Bodenqualität, kennzeichnen die Landwirtschaft; vorwiegend Anbau von Roggen u. Kartoffeln. Im Spreewald wird Gemüsebau u. um Hoyerswerda Karpfenzucht betrieben; Erholungsverkehr.

Cotte [kɔt], Robert de, französ. Architekt, *1656 Paris, †15. 7. 1735 Paris; ausgebildet bei J. H. *Mansart*, 1689 zum Hofarchitekten ernannt, seit 1708 dessen Nachfolger als „Erster Baumeister des Königs". C. entfaltete als Hauptmeister des Übergangsstils vom Barock zum Rokoko eine reiche Bautätigkeit für den französ. Hochadel; anstelle prunkender Repräsentation setzte er Behaglichkeit.

Cotton [ˈkɔtən; der oder das; engl.], Baumwolle.
Cotton Gin [ˈkɔtən ˈdʒin], eine Baumwollentkörnungsmaschine.

Cottonin = Flockenbast.

Cottonmaschine [ˈkɔtən-; engl.], *Kottonstuhl,* Flachwirkmaschine zur Strumpfherstellung.

Cottonwood [ˈkɔtənwud; das; engl.], „Baumwollholz"], Holz vom *Kapok-* oder *Baumwollbaum.*

Coty [kɔˈti], René, französ. Politiker, *20. 3. 1882 Le Havre, †22. 11. 1962 Le Havre; Anwalt, 1925–1935 republikan. Abgeordneter, 1936–1944 Senator, 1947 Wiederaufbau-Min., 1948 Mitgl. des Rates der Republik u. 1949 dessen Vizepräs., 1953 Präs. der Republik; setzte 1958 die Berufung de *Gaulles* zum Regierungschef durch u. wurde durch diesen 1959 als Präs. abgelöst.

Cotylosauria [grch. *cotyle*, „Schale", + *sauros*, „Echse"], die „Stammsaurier", Wurzelgruppe der Reptilien, aus den →Labyrinthodonten hervorgegangen; Verbreitung: Oberkarbon bis Perm, vor allem in Südafrika, Rußland u. Texas.

Coubertin [kubɛrˈtɛ̃], Pierre Baron de, Historiker u. Sportführer, *1. 1. 1863 Paris, †2. 9. 1937 Genf; Gründer (1894) der neuzeitl. Olymp. Spiele; 1894–1925 Präs. des Internationalen Olymp. Komitees. C. entwarf die →Olympische Fahne u. legte das Zeremoniell der →Eröffnungsfeier der Olympischen Spiele fest.

Couch [kautʃ], ein Liegesofa mit niedriger Lehne. Das Wort wurde nach dem 2. Weltkrieg aus dem Englischen übernommen.

Coudenhove-Kalergi [kudənˈhoːvə kaˈlɛrgi], Richard Graf von, polit. Schriftsteller, *16. 11. 1894 Tokio, †27. 7. 1972 Schruns (Vorarlberg); Gründer u. Generalsekretär der *Paneuropabewegung*; viele Schriften zur europ. Einigung.

Coudreau [kuˈdro:], Henri, französ. Südamerikaforscher, *6. 5. 1859 Sonnac, †10. 11. 1899 am Rio Trombetas, Brasilien; untersuchte auf mehreren Reisen insbes. die Flußsysteme in Guayana und in Zentralbrasilien.

Coué [kuˈe:], Emile, französ. Apotheker, *26. 2. 1857 Troyes, †2. 7. 1926 Nancy; heilte durch eine von ihm entwickelte Methode der bewußten Autosuggestion *(C.ismus)*.

Couleur [kuˈløːr; die; frz., „Farbe"], **1.** *Kartenspiel:* die jeweilige Trumpffarbe.
2. *Nahrungsmittelindustrie:* bittere, braune Zuckermasse zum Färben von Zuckerwaren, Bier, Likören u. a.
3. *Verbindungswesen:* die jeweiligen Farben einer Studentenverbindung, die der *C.-Student* an der Kleidung zeigt.

Couloir [kuˈlwaːr; der; frz.], **1.** *allg.:* Verbindungsgang.
2. *Reitsport:* Sprunggarten, in dem sich reiterlose Pferde einspringen.

Coulomb [kuˈlɔ̃], Charles Augustin de, französ. Ingenieur u. Physiker, *14. 6. 1736 Angoulême, †23. 8. 1806 Paris; als Offizier einer techn. Truppe Leiter der Festungsbauten auf Martinique, später Mitgl. der Akademie der Wissenschaften u. Generalinspektor des Unterrichtswesens; entdeckte 1785 das *C.sche Gesetz* von der Anziehung zweier elektr. Ladungen: Die Kraft, die die Ladungen aufeinander ausüben, ist umgekehrt proportional dem Quadrat des Abstands. C. arbeitete auch über Reibung u. Drillung (Drillwaage). Nach ihm benannt ist die Einheit der Elektrizitätsmenge (Ladung), das C. (→Ampere).

Council Bluffs [ˈkaunsil ˈblʌfs], Stadt in Iowa (USA), am Missouri, 56 000 Ew.; Maschinenbau, Getreidehandel.

Council for Mutual Economic Aid [ˈkaunsl fɔr ˈmjuːtjuəl ikəˈnɔmik ˈeid; engl.] →COMECON.

Count [kaunt; engl.], in England Titel des nichtengl. Grafen; der engl. Grafentitel ist *Earl*.

Countdown [ˈkaunt'daun; engl.], „Herunterzählen"], bei Raketenstarts die genaue Überprüfung der Vorbereitungen u. der Startdurchführung an Hand einer Liste, die alle Prüfvorschriften für einen jeweils gegebenen Zeitpunkt enthält; i. e. S. das Abzählen von 10 bis 0 (Start).

Counterguerilla [ˈkauntəgəˈrila; die; engl.], Kampfform, die sich zur Bekämpfung von Guerillas bzw. Guerrilleros weitgehend der von diesen angewandten Methoden bedient.

County [ˈkaunti; die; engl.], in Großbritannien die Grafschaft als Verwaltungs- u. Gerichtsbezirk; in Irland u. Neuseeland der oberste Verwaltungsbezirk; in den Einzelstaaten der USA der mittlere Verwaltungs- u. Gerichtsbezirk.

Coup [ku:; der; frz.], Schlag, Hieb, Streich, überraschendes Unternehmen.

Coup d'état [kuˈdeˈta; der; frz.], Staatsstreich.

Coupe [kup; frz.], Schnitt, beim Kartenspiel das Abheben.

Coupé [kuˈpeː; das; frz.], **1.** Wagenabteil.
2. →Kraftwagen.

Coupe du Monde de Football Association [kup dy ˈmɔ̃d də ˈfutbɔːləsouˈsieiʃən; die]; *Cup Jules Rimet*, der 1930 gestiftete u. von der FIFA an den jeweiligen Sieger der Fußball-Weltmeisterschaftsturniere verliehene, Jules *Rimet* (*1873, †1956) 1921–1954 Präs. der FIFA) gewidmete Weltmeisterschafts-Goldpokal. Da der Pokal 1970 bestimmungsgemäß in den Besitz des dreimaligen Weltmeisters Brasilien überging, wurde 1972 im Auftrag der FIFA ein neuer Pokal (22 cm hoch, aus 5 kg Gold) geschaffen. – ⊞ →Fußball.

Coupe Marcel Corbillon [kup marˈsɛl kɔrbiˈjɔ̃; die], 1934 gestifteter Pokal für die Mannschafts-Weltmeisterschaften der Frauen im Tischtennis.

Coupe Olympique [kup ɔlɛ̃ˈpik; die], von P. de *Coubertin* 1906 gestifteter Silberpokal, der Institutionen u. Persönlichkeiten verliehen wird, die sich Verdienste um die olymp. Idee erworben haben. Preisträger waren u. a. der Touring Club de France 1906, der norweg. Skiverband 1926, die Dt. Hochschule für Leibesübungen in Berlin 1932, der schwed. Leichtathletikverband 1940, die Akademie des Sports Paris 1951 u. die Helms Hall Foundation in Los Angeles 1961.

Couper [′ku:pə], Archibald Scott, schott. Chemi-

Pierre de Coubertin

ker, *31. 3. 1831 Kirkintilloch, †11. 3. 1892 Kirkintilloch; einer der ersten Vertreter der Strukturchemie; begründete die Schreibweise von Strukturformeln mit Valenzstrichen.

Couperin [kupə′rɛ̃], François, genannt *C. le grand*, franzöz. Komponist, *10. 11. 1668 Paris, †11. 9. 1733 Paris; schrieb vor allem Klaviermusik, der er u. a. durch reiche Ornamentik einen persönl. Stil gab; beeinflußte J. S. *Bach* u. G. F. *Händel*.

Couperus [ku′perəs], Louis, niederländ. Erzähler, *10. 6. 1863 Den Haag, †16. 7. 1923 De Steege bei Arnheim; histor. Sittenromane: „Schicksal" 1890, dt. 1892; „Heliogabal" 1905/1906, dt. 1916; „Iskander" 1920, dt. 1926. – ◻ 3.1.6.

Coupe Taher Pascha [kup-; die], *Taher-Trophäe*, von dem früheren ägypt. IOC-Mitglied Pascha Mohamed *Taher* 1950 gestifteter Ehrenpreis, der an Sportler verliehen wird, die nicht an Olymp. Spielen teilgenommen, aber eine hervorragende sportl. Leistung oder eine Tat im Sinne des olymp. Geistes vollbracht haben.

Couplet [ku′ple:; das; frz.], **1.** die wechselnden Verbindungsabschnitte zwischen gleichbleibenden Refrains.
2. leichtes, witzig-satir. Kabarettlied mit Refrain.

Courant [ku′rã], Richard, Mathematiker, *8. 1. 1888 Lublinitz, O.-Schles., †27. 1. 1972 New Rochelle, N. Y.; lehrte seit 1934 in den USA; Schriften über Infinitesimalrechnung u. mathemat. Physik.

Courante [ku′rãt; die; frz.], **1.** schneller Tanz des 16. u. 17. Jh., im ³/₄-Takt.
2. Satz in der Suite der Barockzeit.

Courbet [kur′bɛ], Gustave, franzöz. Maler u. Graphiker, *10. 6. 1819 Ornans, †31. 12. 1877 La-Tour-de-Peilz, Schweiz; Begründer des Realismus in der neueren franzöz. Malerei; weitgehend Autodidakt, malte Figurenbilder, Stilleben u. Landschaften in differenzierten Braun-, Grau- u. Grüntönen. Während seine Frühwerke z. T. noch einem gewissen Romantizismus verhaftet sind u. gelegentl. allegorisierende Züge hervortreten („Das Atelier" 1855), beschritt er mit den Bildern „Das Begräbnis in Ornans" 1849 u. „Die Steinklopfer" 1849 (1945 zerstört) neue themat. Wege.

Courbette [kur′bɛt] = Kurbette.

Courbevoie [kurbə′vwa], Industrievorstadt im Seinebogen nordwestl. von Paris, Dép. Hauts-de-Seine, 58 300 Ew.; Maschinen-, Flugzeug-, Traktoren- u. Kraftwagenbau, Glas-, Parfüm-, Seifen- u. pharmazeut. Industrie.

Courbière [kur′bjɛ:r], Guillaume René, Baron de l'Homme de C., preuß. Feldmarschall, *23. 2. 1733 Maastricht, †25. 7. 1811 Graudenz; wurde 1798 Gouverneur von Graudenz u. verteidigte die Festung 1807 erfolgreich gegen Napoléons I. Truppen.

Cour Internationale de Justice [ku:r ɛ̃tɛrnasjɔ′nal də ʒys′tis; frz.], Abk. *CIJ*, der →Internationale Gerichtshof in Den Haag (als Nachfolger der vom Völkerbund gegr. *Cour Permanente de Justice Internationale*), ein Organ der Vereinten Nationen, das Streitigkeiten zwischen den Staaten (nicht Einzelpersonen) im Urteilsverfahren erledigt oder Gutachten erstattet.

Cournand [kur′nã], André F., US-amerikan. Mediziner franzöz. Herkunft, *24. 9. 1895 Paris; Hauptarbeitsgebiet: Herzfehlerdiagnostik (Herzkatheter). 1956 Nobelpreis für Medizin, zusammen mit W. Forssmann u. D. W. Richards.

Cournot [kur′no], Antoine Augustin, franzöz. Nationalökonom, Philosoph u. Mathematiker, *28. 8. 1801 Gray, Garonne, †31. 3. 1877 Paris; schuf die Monopolpreistheorie in mathemat. Form; Hptw.: „Untersuchungen über die mathemat. Grundlagen der Theorie des Reichtums" 1838, dt. 1924.

Cour Permanente d'Arbitrage [ku:r pɛrma′nãt darbi′tra:ʒ; frz.], *Ständiger Schiedshof* in Den Haag, auf der Grundlage der Abkommen zur friedl. Erledigung internationaler Streitfälle vom 29. 7. 1899 u. 18. 10. 1907 errichtet.

Cour Permanente de Justice Internationale [ku:r pɛrma′nãt də ʒys′tis ɛ̃tɛrnasjɔ′nal; frz.], Abk. *CPJI*, *Ständiger Internationaler Gerichtshof*; heute: →Cour Internationale de Justice.

Court [kɔ:rt; der; engl.], Gerichtshof.

Courtage [kur′ta:ʒə; die; frz.], *Kurtage, Sensarie*, die Vermittlungsgebühr des Börsenmaklers; in v. H. oder v. T. des Kurswerts einheitl. je Wertpapiergattung bemessen.

Courteline [kurt′li:n], Georges, eigentl. G. *Moineaux*, franzöz. Komödienschreiber, *25. 6. 1858 Tours, †25. 6. 1929 Paris; verspottete die aufgeblasene Bürgermoral u. Bürokratie.

Courths-Mahler [kurts-], Hedwig, geb. Mahler, Romanschriftstellerin, *18. 2. 1867 Nebra bei Merseburg, †26. 11. 1950 Rottach-Egern am Tegernsee; ihre klischeehaften, illusionsfreudigen 205 Unterhaltungsromane wurden im In- u. Ausland in mehr als 30 Millionen Bänden verbreitet.

Courtois [kur′twa], Bernard, franzöz. Salpetersieder u. Chemiker, *1777 Dijon †27. 9. 1838 Paris; entdeckte 1811 das Jod in der Asche von Seetang.

Courtrai [kur′trɛ], belg. Stadt, = Kortrijk.

Courvoisier [kurvwa′zje:], Walter, schweizer. Komponist, *7. 2. 1875 Riehen bei Basel, †27. 12. 1931 Locarno; zunächst Chirurg; Schüler u. Schwiegersohn L. *Thuilles*, Lehrer H. *Reutters*, seit 1910 Prof. an der Akademie für Tonkunst in München; Opern, sinfon. Werke, Chor- u. Kammermusik, zahlreiche Lieder.

Cousin [ku′zɛ̃], **1.** Jean d. Ä., franzöz. Maler, *um 1490–1500 Soucy bei Sens, †1560 Paris; als perspektivtheoretiker u. Bildnismaler tätig unter dem Einfluß der *Schule von Fontainebleau*.
2. Jean d. J., Sohn u. Schüler von 1), franzöz. Maler u. Bildhauer, *um 1522 wahrscheinl. Sens, †um 1594 wahrscheinl. Paris; Illustrationen zu antiken Dichtungen; eine Schrift über die Proportionen des menschl. Körpers: „Livre de pourtraicture" 1560.
3. Victor, franzöz. Philosoph, *28. 11. 1792 Paris †12. 1. 1867 Cannes; Prof. an der Sorbonne; spiritualisierte den von *Maine de Biran* übernommenen *Voluntarismus* durch Aufnahme von Elementen des dt. Idealismus; bes. verdient um den Einfluß des dt. Idealismus in Frankreich; stand erst Hegel, später der Schott. Schule nahe. Von C. stammt der Ausdruck *Eklektizismus*. Werke: „Fragments philosophiques" 4 Bde. ⁵1866.

Cousinet [kuzi′nɛ], Roger, franzöz. Pädagoge, *30. 11. 1881 Paris; führender Vertreter der franzöz. Bewegung zur Erneuerung der Erziehung.

Coussemaker [kusma′kɛːr], Charles Edmond Henri de, franzöz. Jurist u. Musikwissenschaftler, *19. 4. 1805 Bailleul, †10. 1. 1876 Lille; grundlegende Arbeiten zur Musikgeschichte des MA.

Cousteau [ku′sto:], Jacques-Yves, franzöz. Meeresforscher, *11. 6. 1910 Saint-André-de-Cubzac (Gironde); unternahm mit der „Calypso" Forschungen zur Unterwasser-Archäologie u. -Biologie.

Coutances [ku′tãs], nordfranzöz. Kreisstadt im Dép. Manche, auf einem Granithügel der Halbinsel Cotentin, 11 000 Ew.; frühgot. Kathedrale (13. Jh.); Molkereiprodukte; Abbau von Eisenerz in der Umgebung. – Im 2. Weltkrieg stark zerstört.

Coutre [′ku:trə], Walter le →le Coutre, Walter.

Couture [ku′ty:r], Thomas, franzöz. Maler, *21. 12. 1815 Senlis, †29. 3. 1879 Villiers-le-Bel; Schüler von *A. J. Gros* u. *P. Delaroche*, Hofmaler Napoléons III.; Historienbilder u. Porträts, die u. a. A. Feuerbach u. Puvis de Chavannes beeinflußten. Einer seiner Schüler war E. Manet.

Couvade [ku-; die; frz.], die Sitte des →Männerkindbetts, bei den südamerikan. Indianern u. südind. Drawida.

Couve de Murville [ku:v də myr′vil], Maurice, franzöz. Politiker, *24. 1. 1907 Reims; 1945–1950 Staatssekretär im Außenamt, 1950–1954 Botschafter in Cairo. 1955 Vertreter im Ständigen Rat der NATO, 1956–1958 Botschafter in Bonn; 1958 bis 1968 Außen-Min., 1968/69 Premierminister.

Covarrubias, Alonso de, span. Architekt, *um 1488 Torrijos, †nach dem 2. 3. 1564 Toledo; Hauptvertreter eines reifen italienisierenden *Platereskstils*; seit 1537 Baumeister Karls V., schuf u. a. zahlreiche Paläste in Toledo u. Salamanca.

Covasna, rumän. Kreis mit der Hptst. →Sfîntu Gheorghe.

Covenant [′kʌvinənt; engl.], ursprüngl. im alttestamentl. Sinn ein bes. fest bindender Vertrag, insbes. zwischen Gott u. den Menschen; ausgedeht

Gustave Courbet: Selbstbildnis mit schwarzem Hund; 1842. Paris, Musée du Petit-Palais

auf jeden Vertrag, insbes. auf den staatl. Bund u. seine Satzung, vor allem auf den Völkerbund.

Coveñas [ko'vɛnjas], nordkolumbian. Ölhafen.

Covent Garden ['kɔvənt 'ga:dn], Platz u. Opernhaus im Zentrum Londons.

Coventry ['kʌvəntri], mittelengl. Stadt in Warwickshire, südöstl. von Birmingham, 335600 Ew.; vielseitige Industrie (Flugzeuge, Kraftwagen, Fahrräder, Elektrogeräte); anglikan. Bischofssitz; Universität (seit 1965). Die got. Kathedrale St. Michael (12.–14. Jh.) wurde bei dt. Luftangriffen 1940/41 zerstört u. 1954–1962 unter Einbeziehung der Turmruine neu erbaut.

Covercoat ['kʌvərkɔut; der; engl.], dichtgeschlossener, diagonal gewebter Kammgarnstoff aus Wolle oder Halbwolle. C. nennt man auch den dreiviertellangen, imprägnierten Sport- u. Regenmantel aus C.-Stoff.

Covergirl ['kʌvərgə:l; das, Mz. *-s*; engl.], auf der Titelseite *(cover)* von Illustrierten als Blickfang abgebildetes attraktives Mädchen.

Covilhã [kɔ'viljã], mittelportugies. Industriestadt am Südosthang der Serra da Estrela, 24000 Ew.; Wollverarbeitung, Färberei.

Covilhão [-'ljãu], Pedro de, auch *Covilham*, portugies. Indienfahrer, *um 1447, †um 1500 in Äthiopien; erkundete 1487 im Auftrag des portugies. Königs die arab. Handelsplätze am Ind. Ozean u. erreichte als erster Portugiese Calicut in Indien. Auf der Rückreise besuchte er 1493 den „Erzpriester Johannes", den König von Äthiopien; er durfte dessen Land zwar betreten, aber nicht wieder verlassen.

Coward ['kauəd], Noël Pierce, engl. Bühnenautor u. Schauspieler, *16. 12. 1899 Teddington, †26. 3. 1973 Jamaika; schrieb sehr erfolgreiche, amüsante Schauspiele: „The Vortex" 1924; „Private Lives" 1930, dt. „Intimitäten" 1931; „Cavalcade" 1931; „Blithe Spirit" 1941, dt. „Geisterkomödie" 1949; „Akt mit Geige" 1957, dt. 1958.

Cowboy ['kaubɔi; engl., „Kuhjunge"], berittener Viehhirte, bes. im W der USA; romant. Held zahlreicher Bücher und Filme über die amerikanische Pioniergeschichte. – ▯ 5.7.8.

Cowell ['kauɛl], Henry Dixon, US-amerikan. Komponist, Pianist u. Musikschriftsteller, *11. 3. 1897 Menlo Park, Calif., †10. 12. 1965 Shady, N. Y.; Erfinder der „Tone clusters", der Tontrauben, die auf dem Klavier mit dem Unterarm oder der Faust gespielt werden, u. des präparierten Klaviers; 19 Sinfonien, Konzerte, Orchestermusik („Persian Set" 1956/57; „Ongaku" 1957), Chorwerke u. Klavierstücke („Adventures in Harmony", erstes Clusterstück, 1911; „The Banshee" 1925).

Cowley ['kauli], **1.** Abraham, engl. Dichter, *1618 London, †28. 7. 1667 Chertsey; verfaßte Liebeslyrik, Oden, Elegien, das bibl. Epos „Davideis" 1656 u. Essays.

2. Malcolm, US-amerikan. Schriftsteller, *24. 8. 1898 bei Belsano, Pa.; trat als Lyriker sowie als Literar- u. Kulturkritiker hervor.

Cowper, 1. ['kaupər], Edward Alfred, engl. Ingenieur, *10. 12. 1819, †9. 5. 1893; konstruierte den *C.apparat* (Winderhitzer für Hochofenanlagen).

2. ['ku:pər], William, engl. Dichter, *15. 11. 1731 Great Berkhamstead, Hertfordshire, †25. 4. 1800 East Dereham, Norfolk; eine sensible, depressive Natur, die in pietist. Religiosität Halt suchte; dichtete tiefempfundene religiöse Hymnen, Idyllen voll feinen Naturgefühls u. heitere Balladen („John Gilpin") u. schrieb bemerkenswerte Briefe.

3. ['kaupər], William, engl. Anatom, *1666 Alvesford, Hamshire, †8. 3. 1709 London; entdeckte die *C.schen Drüsen*, die an den männl. Geschlechtsorganen vieler Säugetiere (auch beim Menschen) in die Harnröhre münden u. Schleim absondern.

Cowperapparat ['kaupər-; nach E. A. *Cowper*] = Winderhitzer.

Cox, 1. David, engl. Maler, *29. 4. 1783 Deritend bei Birmingham, †7. 6. 1859 Harborne bei Birmingham; malte Aquarelle mit sturmbewegten Landschaften u. verfaßte mehrere populäre Lehrbücher.

2. Herald Red, US-amerikan. Bakteriologe u. Serologe, *28. 2. 1907 Rosedale, Indiana; entwikkelte einen einzunehmenden Polio-Impfstoff mit abgeschwächten Lebendviren zur Schluckimpfung gegen spinale Kinderlähmung.

Coxa [die; lat., „Hüfte"], **1.** das Basisglied der Beine von Gliederfüßern *(Arthropoden)*.

2. die Hüfte der Säugetiere, insbesonders des Menschen.

Coxie ['kɔksi:], *de Coxcie*, Michael, fläm. Maler, *1499 Mecheln, †10. 3. 1592 Mecheln; Schüler B. van *Orleys* u. Nachahmer *Raffaels*, verwirklichte den fläm. Romanismus erstmals in großem Stil (Fresken der Barbara-Kapelle in Sta. Maria dell' Anima, Rom, 1531); außer Altarbildern auch Entwürfe für Wandteppiche u. Glasfenster.

Coyoacán, mexikan. Stadt südl. von Ciudad de México, im Bundesdistrikt, 90000 Ew.

Coyote [der; mexikan., span.], *Cojote, Kojote, Präriewolf, Canis latrans*, hundeartiges Raubtier, von 55 cm Schulterhöhe; lebt in den Steppen Nord- u. Mittelamerikas.

Coysevox [kwaz'vo:], Antoine, französ. Bildhauer, *29. 9. 1640 Lyon, †10. 10. 1720 Paris; einer der Hauptmeister des französ. Barocks, tätig am Hof Ludwigs XIV.; Grabmäler, Bildnisbüsten.

Cozens [kʌznz], **1.** Alexander, engl. Maler, *um 1717 wahrscheinl. St. Petersburg, †23. 4. 1786 London; mit P. *Sandby* Begründer der engl. Schule der Landschaftsaquarellisten; erreichte mit seinen Tuschskizzen chinesisch anmutende Wirkungen; verfaßte auch eine Anzahl von Handbüchern mit genauen Anweisungen für Landschaftsmalerei.

2. John Robert, Sohn u. Schüler von 1), engl. Maler, *um 1752 London, †Ende Dezember 1797 London; fand in den Alpen u. in der Gegend um Rom die „ideale Landschaft", die er in stimmungsvollen Aquarellen mit Sinn für Licht u. Atmosphäre aus der klass. Tradition *Claude Lorrains* löste u. dem romant. Empfinden erschloß.

Cozumalhuapa [kɔθumalu'apa], an der pazifischen Abdachung Guatemalas gelegene altindian. Ruinenstätte mit zahlreichen großen Steindenkmälern (Altäre, Stelen mit der Darstellung von Menschenopfern), von denen sich ein Teil heute im *Museum für Völkerkunde* Berlin befindet.

Cozumel [kɔθu'mɛl], mexikan. Insel vor der Ostküste von Yucatán; größter Ort *San Miguel de C.*; Fremdenverkehr.

Cozzens ['kʌzənz], James Gould, US-amerikan. Schriftsteller, *19. 8. 1903 Chicago, †9. 8. 1978 Jensen Beach, Fla.; Romane: „Guard of Honor" 1948; „Von Liebe beherrscht" 1957, dt. 1959.

Cp, chem. Zeichen für *Cassiopeium* (1950 in *Lutetium* umbenannt).

CPJI, Abk. für →Cour Permanente de Justice Internationale.

CPM →Netzplantechnik.

CQD, Abk. für *Come quick, danger!* [engl., „kommt schnell, Gefahr!"], Zeichen bei Seenot.

cr., Abk. für →currentis.

Cr, chem. Zeichen für *Chrom*.

Crabbe [kræb], George, engl. Dichter, Arzt u. Pfarrer, *24. 12. 1754 Aldborough, Suffolk, †3. 2. 1832 Trowbridge, Wiltshire; stellte in erzählenden Gedichten nüchtern-realist. die bittere Not der Landbevölkerung dar: „The Village" 1783.

Crab-Nebel ['kræb-; engl.] = Krebsnebel.

Crack [kræk; engl.], erfolg- oder aussichtsreicher (u. daher oft eingebildeter) Sportler.

cracken ['krɛkən; engl. *to crack*, „spalten"], Schweröle durch chem. Verfahren zur Erhöhung der Benzinausbeute bei der Erdölverarbeitung in Leichtöle umwandeln. Höher siedende Erdölbestandteile werden entweder als Flüssigkeit unter hohem Druck oder ohne Druck als Dampf einer Temperatur von 450–600°C ausgesetzt; dabei werden die Moleküle aufgespalten, u. es entstehen niedriger siedende Kohlenwasserstoffe, hauptsächl. Benzin, daneben auch Gase (Olefine) u. Koks. Durch Anwendung von Katalysatoren wird die (unerwünschte) Gas- u. Koksbildung verringert (katalyt. Crackprozeß); durch gleichzeitiges Hydrieren (hydrierender Crackprozeß) wird erreicht, daß nur gesättigte Verbindungen entstehen (sonst nur 50%). – Dem Cracken ähnlich ist das *Reformingverfahren* (Reformieren): Dabei werden durch eine Temperatur- u. Druckbehandlung des aus dem Erdöl direkt gewonnenen Destillatbenzins die Normalkohlenwasserstoffe in Verbindungen mit verzweigten Kohlenstoffketten umgewandelt (Isomerisierung), die eine höhere →Oktanzahl haben. →auch Erdöl.

Cradock, südafrikan. Stadt im östl. Kapland (Rep. Südafrika), am Groot Visrivier, 20000 Ew.; landwirtschaftl. Handelszentrum, Viehmärkte; in der Nähe warme Schwefelquellen.

Craig [krɛig], **1.** Edward Gordon, engl. Bühnenbildner, Schauspieler u. Schriftsteller, *16. 1. 1872 London, †29. 7. 1966 Vence, Frankreich; wirkte für eine Erneuerung des Bühnenbilds im architekton. Stil („Craigism"); auch Theatertheoretiker. „The Art of the Theatre" 1905; „Towards a New Theatre" 1913; „The theatre-advancing" 1921; Hrsg. der kunsttheoret. Zeitschrift „The Mark" 1908–1929.

2. William, nordir. Politiker, *2. 12. 1924; Führer der oppositionellen Protestanten u. der Organisation der *Ulster Vanguard Bewegung* im nordir. Bürgerkrieg. Seit 1963 verschiedene Ministerposten.

Crailsheim, Stadt in Baden-Württemberg (Ldkrs. Schwäbisch-Hall), an der Jagst, 25000 Ew.; landwirtschaftl. Handel, Konfektionsbetriebe u. Maschinenbau.

Craiova, Hptst. des rumän. Kreises Dolj (7403 qkm, 750000 Ew.), in der Walachei, 226000 Ew.; Universität (gegr. 1966), Pädagog. Institut, Nationaltheater, 4 Museen; landwirtschaftl. Handel (Zuckerrüben, Tabak, Gemüse), Maschinenbau, Textil-, Lebensmittel-, Holz- u. chem. Industrie. – Im 15. Jh. erstmals erwähnt; Gouverneurssitz von Oltenien, Sfîntu-Dumitru-Kirche, Haus der Statthalter (16. Jh.); 1790 durch Erdbeben zerstört; zeitweise türkisch.

Cralog, Abk. für engl. *Council of Relief Agencies Licensed for Operation in Germany*, Dachorganisation von 16 privaten amerikan. Hilfsorganisationen in Dtschld.; 1962 aufgelöst.

Cramer, 1. Gabriel, schweizer. Mathematiker, *31. 7. 1704 Genf, †4. 1. 1752 Bagnols, Languedoc (Frankreich); begründete das Rechnen mit *Determinanten*; Arbeiten über Kurven u. aus der analyt. Geometrie.

2. Heinz von, Schriftsteller, *12. 7. 1924 Stettin; Musikstudium, war Dramaturg u. Regisseur; schrieb Libretti für H. W. *Henze* u. B. *Blacher*, Hörspiele, bes. aber Erzählungen u. zeitkrit. Romane: „Die Kunstfigur" 1959; „Die Konzessionen des Himmels" 1961; „Leben wie im Paradies" 1964; „Der Paralleldenker" 1968.

3. Johann Andreas, Theologe u. Lyriker, *27. 1. 1723 Jöhstadt, Erzgebirge, †12. 6. 1788 Kiel; Mitgründer der *„Bremer Beiträge"*, Hrsg. des „Nordischen Aufsehers" (moral. Wochenschrift), erster Biograph Ch. F. *Gellerts*.

4. Johann Baptist, Pianist u. Musikpädagoge, *24. 2. 1771 Mannheim, †16. 4. 1858 London; Schüler von M. *Clementi*; Hptw. „Große praktische Pianoforte-Schule" 1815 mit 84 Etüden; über 100 Klaviersonaten, Konzerte, Kammermusiken.

5. Karl Friedrich, Sohn von 3), Schriftsteller u. Übersetzer, *7. 3. 1752 Quedlinburg, †8. 12. 1807 Paris; Mitglied des *Göttinger Hains* u. gleich seinem Vater ein Klopstockanhänger; „Klopstock. Er u. über ihn" 5 Bde. 1779–1792.

Cramerschiene, eine biegsame, leicht abzuwinkelnde leiterförmige Drahtschiene für die Knochenbruchbehandlung; angegeben vom Chirurgen Friedrich *Cramer* (*1847, †1903).

Cramm, Gottfried von, *7. 7. 1909 Nettlingen, Hannover, †9. 11. 1976 bei Cairo (Verkehrsunfall); 1931–1950 führender dt. Tennisspieler, vielfacher dt. Meister u. Davis-Cup-Spieler.

Cranach, 1. Lucas d. Ä., Maler u. Graphiker, *1472 Kronach, Oberfranken, †16. 10. 1553 Weimar; einer der Hauptmeister der dt. Reformationszeit, als Freund Luthers u. Melanchthons der erste bedeutende prot. Maler; nach Arbeiten für Coburg u. Gotha u. Wanderjahren (1501–1504) entlang der Donau in Wiener Humanistenkreisen nachweisbar, 1504 vom sächs. Kurfürsten Friedrich dem Weisen als Hofmaler nach Wittenberg berufen, wo er seit 1505 tätig war. Ersten Ruhm erwarb C. sich bereits mit seinem Frühwerk: Kreuzigungsdarstellungen („Christus am Kreuz" 1503, München, Alte Pinakothek) u. Holzschnitte in spätgot.-expressivem Stil; Gemälde mit ruhiger, poetischer Wirkung („Die Ruhe auf der Flucht" 1504, Berlin, Staatl. Museen), unter dem Einfluß der Renaissance u. der landschaftl. Stimmungsmalerei der Donauschule. Dem „Katharinenaltar" 1506 (Dresden, Staatl. Gemäldegalerie; Hptw. der Frühzeit) folgten zahlreiche kleinere u. größere Altarwerke (Torgauer u. Dessauer Fürstenaltar u. a.) reformator. Inhalts, Bildnisse, Holzschnittfolgen (Illustrationen zum Heiligtumsbuch 1509, Christus u. die Apostel, Apostelmartyrien um 1510–1514), Entwürfe für kunsthandwerkl. Arbeiten, u. a. für Münzen u. Medaillen, sowie – seit 1509 – Radierungen. C. malte zahlreiche Madonnenbilder u. führte das selbständige Ganzfigurenbildnis in die dt. Malerei ein (Porträts Herzog Heinrichs des Frommen u. seiner Frau 1514). 1518/19 führte er erste Titelrahmungen zu Schriften Luthers aus; bald danach begann die Reihe von Bildnissen des Reformators.

C. war mehrfach Ratsherr u. Bürgermeister Wit-

Lucas Cranach d. Ä.: Das goldene Zeitalter. Oslo, Nasjonalgalleriet

tenbergs; 1528 galt er als reichster Bürger der Stadt. Die zahlreichen Aufträge zwangen ihn zu einer Massenproduktion mit weitgehender Werkstattbeteiligung u. unterschiedl. künstler. Qualität. C. u. seine Werkstatt begründeten den bis zum 17. Jh. fortwirkenden Ruhm der sächs. Malerschule.
2. Lucas d. J., Sohn von 1), Maler u. Graphiker, * 4. 10. 1515 Wittenberg, † 25. 1. 1586 Weimar; neben seinem Bruder Hans († 1537) zeitlebens in der väterl. Werkstatt tätig. Die Mehrzahl der nach dem Vaters Tod hier entstandenen Werke wird ihm zugeschrieben; frühe Arbeiten, noch zu Lebzeiten des Vaters, sind bis auf Holzschnitte u. Zeichnungen nicht mit Sicherheit festzustellen. Hptw.: Altarbild mit der Allegorie der Erlösung, Weimar, Stadtkirche. – ▭ 2.4.3.
Crane [krein], **1.** Harold Hart, US-amerikan. Lyriker, * 21. 7. 1899 Garretsville, Ohio, † 27. 4. 1932 (Selbstmord) im Golf von Mexiko; Lyriker von großer Sprachkraft, drückte bes. in dem Gedichtzyklus „The Bridge" 1930 die Aufgabe Amerikas aus, Vergangenheit u. Zukunft der Menschheit zu verbinden.
2. Stephen, US-amerikan. Schriftsteller u. Journalist, * 1. 11. 1871 Newark, N. J., † 5. 6. 1900 Badenweiler; Geschichten von höchster Wirklichkeitsnähe: „The Red Badge of Courage" 1895, dt. „Das Blutmal" 1954; „The Open Boat" 1898, dt. „Im Rettungsboot" 1948.
3. Walter, engl. Maler u. Kunstgewerbler, * 15. 8. 1845 Liverpool, † 17. 3. 1915 London; Präraffaelit von großem Einfluß auf das engl. Kunstgewerbe.
Cranko ['kræŋko:], John, brit. Tänzer u. Choreograph, * 15. 8. 1927 Johannesburg, Südafrika, † 26. 6. 1973 im Flugzeug; seit 1961 Leiter des Stuttgarter Balletts, das er zur international angesehensten dt. Ballett-Truppe machte.
Cranmer ['krænmər], Thomas, Kaplan König Heinrichs VIII. von England, * 2. 7. 1489 Aslacton, † 21. 3. 1556 Oxford; seit 1533 Erzbischof von Canterbury; führte vorsichtig zögernd die Reformation in England ein, gab 1552 dem „Common Prayer Book" seine endgültige Form; 1553 von der Königin Maria der Katholischen im Tower festgesetzt, 1556 als Ketzer verbrannt.
Crannog ['kræno:], kelt. crann, „Baum"], vor- u. frühgeschichtl. Ansiedlungen auf künstl. errichteten Inseln in Moor-, Fluß- u. Seengebieten Irlands u. Schottlands; sie bestanden aus einer aus Erde, Buschwerk u. Steinen aufgeschütteten u. durch Pfahlkonstruktionen befestigten Plattform von 20–70 m Durchmesser mit einer oder mehreren Hütten, waren oft von einer Palisade umgeben u. durch einen Erddamm oder Holzsteg mit dem festen Land verbunden. Sie dienten noch im 16. Jh. irischen Aufständischen als Zuflucht. – ▭ 5.1.0.

Cranston ['krænstən], Stadt in Rhode Island (USA), 76 000 Ew.; Textil-, chem., Metallindustrie, Maschinenbau.
Cranz, russ. Selenogradsk, Ort an der Nordküste des Samlands (ehem. Prov. Ostpreußen), 6900 Ew.; kam 1945 unter sowjet. Verwaltung, seit 1946 Oblast Kaliningrad, RSFSR.
Cranz, Christl, Skiläuferin, * 1. 7. 1914 Brüssel; Olympiasiegerin 1936 in der alpinen Kombination, gewann bei Weltmeisterschaften 1934–1941 insgesamt 14 Goldmedaillen.
Craquelée [krakə'le:; die; frz.], Krakelüre, das durch rasche Abkühlung der Glasur entstehende Netz haarfeiner Risse auf keram. Erzeugnissen. C.glasuren stellt man als Überfangglasuren (→Überfangglas) her, indem zwei verschiedenartig gefärbte Glasuren übereinandergelegt u. nacheinander in zwei Feuern eingebrannt werden. Die obere Glasur zerreißt dann infolge starker Schwindung im zweiten Glattbrand. Daneben gibt es auch eine Riß-C., die als haarrissige Glasur ausgebildet ist u. in einfacher Glasurlage verwendet wird. Das engmaschige Netz von Sprüngen auf der Glasur wird durch Einreiben mit Tinte oder chines. Tusche betont. Die C.glasurtechnik ist namentl. auf asiat. Porzellanen ausgebildet worden.
Crashaw ['kræʃɔ:], Richard, engl. Dichter, * um 1613 London, † 21. 8. 1649 Loreto; konvertierte zum Katholizismus; lat. u. engl. Gedichte, meist religiös, in barocker, bilderreicher Sprache; auch musikal. u. malerisch begabt.
Crassulaceae →Dickblattgewächse.
Crassus [lat., „der Dicke"], Marcus Licinius, röm. Staatsmann u. Bankier, * um 115 v. Chr., † 53 v. Chr.; schloß 60 v. Chr. mit Cäsar u. Pompeius das erste Triumvirat u. beendete 71 v. Chr. den Sklavenaufstand des Spartacus; er wurde 53 v. Chr. von den Parthern bei Carrhae in Kleinasien vernichtend geschlagen u. mit seinem Sohn durch Verrat ermordet. C. war ein Finanzgenie u. einer der reichsten Römer seiner Zeit; er glaubte, mit viel Geld könne man der Erste im Staat werden. – ▭ 5.2.7.
Crato ['kratu], Stadt im nordostbrasilian. Bundesstaat Ceará, am Nordabfall der Chapada do Araripe, rd. 30 000 Ew.; landwirtschaftl. Handelszentrum (hauptsächl. Rinder, Häute); Flugplatz; in der Nähe Gipsbergbau.
Crau [kro:] →La Crau.
Crawfurd ['krɔ:fəd], John, engl. Südostasienforscher, * 13. 8. 1783 Islay, Hebriden, † 11. 5. 1868 London; 1803–1808 Militärarzt in Ostindien, 1821 im Auftrag der Ind. Regierung in Siam u. Cochinchina, erforschte 1823–1826 Birma u. den Irrawaddy u. 1830–1837 das Flußgebiet des Saluen, Laos u. Siam.

Crawl [krɔ:l; das; engl.], Kraul, ein Schwimmstil, →Schwimmen.
Crawley ['krɔ:li], südengl. Wohnstadt (New Town) bei London, 65 000 Ew.; 1946 gegr., 1956 zur Stadt erhoben.
Crayon [krɛ'jõ; frz.] →Augenbrauenstift.
Crayonmanier [krɛ'jõ-; frz. crayon, „Zeichenstift"], Kreidemanier, Sonderform der →Radierung, bei der durch Ätzung u. raspelartige Instrumente die Platte so bearbeitet wird, daß der Abdruck das genaue Aussehen einer Kreidezeichnung hat. Das aus der seit dem 17. Jh. bekannten, ohne Ätzung bewirkten Punktiermanier weiterentwickelte Verfahren wurde bes. im 18. Jh. zur täuschenden Nachahmung von Kreidezeichnungen benutzt. – ▭ 2.0.5.
Creacionismo [-θjo-; der; span.], Fortsetzung der span. Dichterbewegung des Ultraismus um 1923, von V. Huidobro begründet; nach seiner Definition ist ein Gedicht eine neue, von der Außenwelt unabhängige, von jeder Realität losgelöste Tatsache, die nur im Kopf des Dichters existiert; der Dichter ist eine Art Gott. Der C. steht dem Surrealismus nahe.
Creangă [-gə], Ion, rumän. Erzähler, * 1. 3. 1837 Humuleşti, † 31. 12. 1889 Jassy; seine Erzählungen u. Märchen mit einheimisch-volkstüml. Motiven machten die Dorfsprache literaturfähig; dt. Auswahlen: „Der weiße Mohr" 1952; „Prinz Stutensohn" 1954; ferner Kindheitserinnerungen 1892, dt. 1951.
Crébillon [-bi'jõ], **1.** Claude Prosper Jolyot de, Sohn von 2), französ. Erzähler, * 14. 2. 1707 Paris, † 12. 4. 1777 Paris; verfaßte zahlreiche witzige erot. Romane, die Gesellschaftsanalyse betreiben; Hptw.: „Le Sopha" 1745, dt. 1904.
2. Prosper Jolyot de, eigentl. Sieur de Crais-Billon, französ. Dramatiker, * 13. 2. 1674 Dijon, † 17. 6. 1762 Paris; mehrere Tragödien, Hptw.: „Rhadamist u. Zenobia" 1711, dt. 1750; Mitglied der Académie Française.
Crécy-en-Ponthieu, nordfranzös. Gemeinde im Dép. Somme, rund 1400 Ew. – In der Schlacht von C. (26. 8. 1346, im Hundertjährigen Krieg um den französ. Thron) zwischen dem engl. (Eduard III.) u. dem französ. (Philipp VI.) Thronanwärter mußte der französ. Ritterheer eine entscheidende Niederlage gegen die mit modernen Schußwaffen ausgerüsteten engl. Truppen hinnehmen.
Credé, Karl Siegmund Franz, Gynäkologe, * 23. 12. 1819 Berlin, † 14. 3. 1892 Leipzig; führte 1884 die C.sche Behandlung (C.sche Prophylaxe) mit einer 1%igen Höllensteinlösung zur Verhütung des Augentrippers der Neugeborenen ein.
Credi, Lorenzo di, italien. Maler, * 1459 Florenz, † 12. 1. 1537 Florenz; stille, etwas eintönige Andachtsbilder in heller Farbigkeit u. weicher Modellierung.
Credit [lat., „er glaubt", „er hat gut"], Haben, die rechte Seite eines →Kontos, auf der die Gutschriften verbucht werden. →auch Kredit.
Creditanstalt-Bankverein, Wien, österr. Großbank, 1934 durch Verschmelzung der Österreichischen Credit-Anstalt für Handel und Gewerbe (gegr. 1855) mit dem Wiener Bank-Verein entstanden, 1946 verstaatlicht, 1957 durch Ausgabe von Volksaktien teilreprivatisiert.
Credito Italiano, Sitz: Genua, Zentraldirektion: Mailand, italien. Großbank mit zahlreichen Zweigstellen in Italien u. Vertretungen im Ausland; gegr. 1870 als Banca di Genova, seit 1895 C. I.
Credo [das; lat., „ich glaube"], Beginn des Apostolischen Glaubensbekenntnisses; danach allg. Bez. für neuformulierte Bekenntnisse.
Cree [kri:], Indianerstamm der Algonkin in Kanada, zwischen Hudsonbai u. den Großen Seen (Sumpf-C., Waldlandjäger u. Fischer) sowie in der nördl. Prärie (Steppen-C., Büffeljäger); über 15 000.
Creek [kri:k], Stamm der Muskhogeeindianer (23 000); ursprüngl. Maispflanzer im SO, 1836 nach Oklahoma umgesiedelt; einer der →Fünf Zivilisierten Stämme.
Creek [kri:k; engl., „Bach"], nur zur Regenzeit wasserführendes Flußbett im W Nordamerikas u. in Australien.
Creglingen, baden-württ. Stadt an der Tauber, 1800 Ew.; Weinbau; in der got. Herrgottskirche der Marienaltar von Riemenschneider.
Creil [krɛj], nordfranzös. Industriestadt in der Île-de-France, links an der unteren Oise, Dép. Oise; 34 100 Ew.; Wärmekraftwerk, metallurg. Industrie, Brauerei.

Creizenach, Wilhelm, Literarhistoriker, *4. 6. 1851 Frankfurt a. M., †13. 5. 1919 Dresden; erforschte die neuzeitl. Bühnendichtung: „Geschichte des neueren Dramas" 1893ff.

Crẹma, italien. Stadt in der Lombardei, am unteren Sèrio, 32000 Ew.; Fahrzeugbau (Traktoren), chem. Industrie.

Cremạster, 1. *Musculus cremaster*, bei Säugetieren u. Mensch der Hebemuskel der Hoden; läuft am Samenstrang entlang.
2. bei Schmetterlingspuppen die Hinterleibsspitze, die mit charakterist. Haken u. Dornen versehen ist.

Creme [krɛ:m; die; frz.], *Krem*, **1.** Sahne, schaumartige Süßspeise.
2. Füllungen (wie Fondantmassen u. dickflüssige, zuckerreiche Liköre) für Pralinen.
3. sämige Suppe, rahmartige Sauce.
4. zur Haut-, Zahn-, Haar- oder Schuhpflege verwendete Salbe oder Paste; →auch Hautcreme.
5. übertragen: feine, erlesene Gesellschaft; etwas Auserlesenes. – *Crème de la crème*, die oberste Gesellschaftsschicht.

Cremer, Fritz, Bildhauer u. Graphiker, *22. 10. 1906 Arnsberg, Westfalen; lebt in Berlin; Monumentalplastiken, die in Thema u. Ausführung Forderungen des sozialist. Realismus erfüllen: „Trümmerfrau", „Bergarbeiter"; Denkmäler für die Opfer des Faschismus in Auschwitz, Mauthausen u. Wien.

Crémieux [-'mjø:], Benjamin, französ. Literaturkritiker u. Übersetzer, *1. 12. 1888 Narbonne, †April 1944 KZ Buchenwald; schrieb u. a. über M. Proust u. L. Pirandello.

Cremọna, italien. Stadt in der Lombardei, am Mittellauf des Po, Hptst. der Provinz C. (1770qkm, 340000 Ew.), 85000 Ew.; roman. Dom (12. Jh.) mit dem höchsten Glockenturm Italiens (Torazzo, 111m), zahlreiche Paläste u. Kirchen mit wertvollen Kunstschätzen; berühmte Maler- u. Geigenbauerschule *(Amati, Stradivari, Guarneri)* vom 16. Jh. bis ins 18. Jh.; Erdgasgewinnung, Lebensmittel- u. Textilindustrie; Kanal nach Mailand im Bau.

Cremọna, Luigi, Mathematiker, *7. 12. 1830 Pavia, †10. 6. 1903 Rom; entwickelte den *C.schen Kräfteplan* zur Ermittlung der Stabkräfte in einem ebenen Fachwerk. Darin entspricht einem jeden Knoten in der Natur ein Vieleck in der Zeichnung, und umgekehrt.

Cremor tartari = Weinstein.

Crêpe [krɛ:p; der; frz.], **1.** *Kochkunst:* dünner kleiner Pfannkuchen aus Mehl, Milch, Eiern, Butter u. Zucker, der kraus gebacken, mit Obst, Konfitüre u. a. gefüllt u. zusammengerollt wird. – *Crêpe Suzette*, hauchdünner Eierkuchen, der in eine Flambierpfanne mit einem Gemisch aus Butter, Zucker u. Apfelsinensaft gelegt u. flambiert wird; benannt nach einer Pariser Midinette, für die Eduard VII. von England diese Süßspeise kreieren ließ.
2. *Textilkunde: Krepp*, feiner, fließender Stoff mit mehr oder minder krauser Oberfläche; diese wird durch eine entspr. Bindung erzielt *(Bindungs-C.)* oder aus stark überdrehten Garnen (Crêpegarnen), die bei der Nachbehandlung schrumpfen. Die zahlreichen C.arten unterscheiden sich durch Material, Bindung, Aussehen u. Verwendungszweck: z.B. *C. georgette, C. marocain, C. satin, C. de Chine, C. Iris, C. Gloria.*

Crêpe de Chine [-də 'ʃi:n; der], taffetbindiger Seidenstoff mit Grège in der Kette u. Seidenkreppschuß (2S–2Z; →Drehung).

Crêpegarn, *Kreppgarn*, sehr stark gedrehtes Garn aus zwei oder mehreren Grègefäden; auch aus Baumwolle, Chemiefasern u. Wolle; Einzelgarne u. Zwirne.

Crêpe marocain [-marɔ'kɛ̃; der], *Marocain*, Kleider- oder Futterseide mit normalgedrehten Kettfäden u. überdrehten Schußfäden, die sich im Rhythmus 2S–2Z (→Drehung) abwechseln.

Crepongarn [krɛ'pɔ̃-], Selfaktorgarn mit fixierter Drehung, das anschließend stark gezwirnt wird.

Cres [tsrɛs], ital. *Cherso*, jugoslaw. Insel in der nördl. Adria (Kvarner), 336qkm, 4000 Ew.; Hauptort *C.*; in der Mitte der Insel der fischreiche *Vranasee* (7qkm); Wein- u. Olivenbau; Fremdenverkehr.

crescendo [krɛ'ʃɛndo; ital.], Abk. *cresc.*, musikal. Vortragsbez.: anschwellend, stärker werdend; auch durch das Zeichen < im Notenbild wiedergegeben.

Crescẹntia →*Kreszentia.*

Crescẹntier, röm. Adelsgeschlecht, das im 10. u. 11. Jh. zeitweise großen Einfluß in Rom u. auf die Päpste hatte u. mit *Johannes XIII.* (965–972) ein Mitglied der Familie auf den päpstl. Stuhl brachte; unter ihm konnten die C. ihre Machtstellung im Kirchenstaat beträchtlich erweitern. – *Crescentius de Theodora*, mitschuldig an der Ermordung Benedikts VI., starb 984 als büßender Mönch. Sein Sohn *Johannes Nomentanus Crescentius* beherrschte nach Kaiser Ottos II. Tod (983) als Patrizius Rom, vertrieb die kaiserl. Päpste u. erhob Gegenpäpste; Otto III. ließ ihn 998 gefangennehmen u. hinrichten. Nach Ottos III. Tod (1002) übte der letzte C. von Bedeutung, *Johannes d. J.* (†1012), Sohn seines gleichnamigen Vaters, für ein Jahrzehnt als Patrizius die Herrschaft über Rom aus; mit ihm ging die Macht an andere röm. Familien über.

Crẹspi, Giuseppe Maria, genannt *lo Spagnuelo*, italienischer Maler u. Graphiker, *16. 3. 1665 Bologna, †16. 7. 1747 Bologna; beeinflußt von F. *Barocci*, A. A. *Corrèggio* u. der venezianischen Malerei; religiöse und mythologische Darstellungen in teilweise genrehafter Auffassung mit starkem Bewegungsreichtum und scharfen Hell-Dunkel-Kontrasten.

Cressent [-'sã], Charles, französ. Kunsttischler u. Bildhauer, *1685 Amiens, †10. 1. 1768 Paris; Schüler von A. *Coyzevox*, einflußreich auf die Entwicklung der dekorativen Kunst im 18. Jh.; entwarf Luxusmöbel mit Bronzedekoration, ornamentaler Plastik u. kunstvoller Verarbeitung verschiedener Holzsorten zu künstler. Einheit; tätig für den Herzog von Orléans u. die Höfe von Schweden, Bayern u. Rußland.

Crẹsta, schweizer. Ort im Hochtal Avers (Graubünden), das höchstgelegene Pfarrdorf der Schweiz, 1959m ü.M.; 40 Ew.; Sommerurlaubsort.

Crêt de la Neige ['krɛ də la 'nɛ:ʒ], höchste Erhebung des Französ. Jura, nordwestl. von Genf, 1723m.

Creuse [krø:z], **1.** rechter Nebenfluß der Vienne in Mittelfrankreich, 235km; entspringt auf dem Plateau de Millevaches, mündet bei Chatellerault; Wasserkraftwerke.
2. mittelfranzös. Département beiderseits der oberen C., 5559qkm, 156900 Ew.; Hptst. *Gueret*; der O der Landschaft Marche.

Creusot [krœ:'zo:] →Le Creusot.

Creusot-Loire [krø:'zo: lwa:r], französ. Montankonzern, 1970 hervorgegangen aus dem Zusammenschluß der *Compagnie des Ateliers et Forges de la Loire* mit der *Compagnie des Forges et Ateliers du Creusot*, der *Compagnie Financière Delattre-Levivier* u. der *Ateliers d'Appareils de Mesure et de Laboratoire*; erzeugt Stahl u. Werkzeugmaschinen; rd. 20000 Beschäftigte.

Creutz, Gustav Philip Graf, schwed. Diplomat u. Dichter, *1. 5. 1731 Anjala, Finnland, †30. 10. 1785 Stockholm; beherrschte mit sensualist. u. epikuräischer Philosophie das schwed. Rokoko; schrieb Hirtendichtung in Alexandrinern u. Landschaftsgedichte.

Creuzer, Georg Friedrich, Philologe, *10. 3. 1771 Marburg, †16. 2. 1858 Heidelberg; Prof. in Marburg u. Heidelberg; stand in enger Verbindung zur *Heidelberger Romantik.* Gründer der „Heidelberger Jahrbücher". Wirkte auf G. W. F. *Hegel* u. J. J. *Bachofen.* Hptw.: „Symbolik u. Mythologie der alten Völker, bes. der Griechen" 4 Bde. 1810–1812, ³1836–1843.

Crevaux [krə'vo:], Jules Nicolas, französ. Südamerikaforscher, *1. 4. 1847 Lorquin, †(ermordet) 13. 5. 1882 im Gran Chaco; erforschte von 1876 bis zu seinem Tod auf 4 Reisen Guayana, die Stromgebiete des Orinoco, Amazonas u. Paraná.

Crevel [krə'vɛl], René, französ. surrealist. Schriftsteller, *10. 8. 1900 Paris, †18. 6. 1935 (Selbstmord) Paris; maßgebend in der surrealist. Gruppe um I. *Goll*, Joseph *Delteil* (*20. 4. 1894), R. *Vitrac* u. M. *Artaud*, dann A. *Breton* nahestehend. Verfaßte kunstkrit. Arbeiten u. satir.-nihilist., gegen das Bürgertum gerichtete Werke: „Détours" 1924; „Mon corps et moi" 1925; geglückte Verspottung des Bürgertums in den Romanen: „Êtes-vous fous?" 1929; „Les pieds dans le plat" 1933.

Crevẹtte [die; frz.] = Nordseegarnele.

Crew [kru:; die; engl.], **1.** die Mannschaft eines Schiffs, Bootes oder Sportfahrzeugs.
2. die Offiziersanwärter der Marine eines bestimmten Einstellungsjahrgangs; z.B. *C. 34* sind die im Jahr 1934 eingestellten Offiziersanwärter.

Crewe [kru:], westengl. Stadt im südl. Cheshire, 52000 Ew.; Bahnknotenpunkt, Lokomotivwerkstätten; Eisenbahnersiedlung.

Crewel ['kru:əl; der; engl.], **1.** Zwirn mit perlartigem Charakter aus hartgedrehtem Kammgarn.
2. Mantelstoff mit noppiger Oberfläche.

Cribbage ['kribidʒ; das], engl. Kartenspiel mit 52 Blättern.

Crick, Francis Harry Compton, engl. Biochemiker, *8. 7. 1916 Northampton; erforschte zusammen mit J. D. *Watson* u. M. H. F. *Wilkins* die Molekularstruktur der Nucleinsäuren u. entwickelte mit Watson ein Strukturmodell der Desoxyribonucleinsäure; erhielt zusammen mit Watson u. Wilkins den Nobelpreis für Medizin 1962; schrieb u. a. „Von Molekülen und Menschen" dt. 1970.

Crikvenica [tsrik'vɛnitsa], jugoslaw. Seebad in Kroatien, gegenüber von Krk, 3700 Ew.; Kastell.

Crimmitschau, Industriestadt im Krs. Werdau, Bez. Karl-Marx-Stadt, nordwestl. von Zwickau, 29300 Ew.; Textil- u. Maschinenindustrie.

Crinọidea →Haarsterne.

Crinolin [-'lɛ̃; der; frz.], Roßhaareinlage mit Baumwollkette u. Roßhaarschuß.

Crịnum, *Hakenlilie*, großblättrige, meist trop., zu den *Liliengewächsen* gehörende Zwiebelgewächse; z.T. Kultur- oder Zierpflanzen.

Crin végétal [krɛ̃ veʒe'tal; das; frz.], *pflanzl. Roßhaar, Pflanzenhaar, Roßhaarersatz*, verschiedene, als Polstermaterial verwendete Pflanzenfasern.

Criollịsmo [kriɔl'jismo; span. *criollo*, „im Land Geborener"], *Criollismus, Americanismo*, literar. Bewegung in Lateinamerika (seit etwa 1890), die unter stärkerer Anlehnung an Spanien das Bodenständige u. die kulturelle Eigenständigkeit Südamerikas betont (bes. gegenüber Nordamerika u. Europa); typ. Vertreter: J. E. *Rivera*, R. *Gallegos*, F. *Herrera*, J. S. *Chocano*, J. E. *Rodó*.

Crippa, Roberto, italien. Maler, Bildhauer u. Kunstflieger, *1921 Monza, †19. 3. 1972 Mailand (Flugzeugabsturz); wurde vor allem durch abstrakte Gemälde mit gebündelten Spiralen vor farbigem Hintergrund bekannt.

Cripps, Sir Stafford, engl. Politiker, *24. 4. 1889 London, †21. 4. 1952 Zürich; Sohn des Labour-Abgeordneten Lord *Parmoor*, gehörte dem linken Flügel der Partei an (der „brit. Trotzkij"); 1940 bis 1942 Botschafter in Moskau, dann Lordsiegelbewahrer, 1945 Handels-Min., 1947–1950 Schatzkanzler; verkörperte die von ihm eingeleitete Politik der *Austerity.*

Crịspi, Francesco, italien. Politiker, *4. 10. 1819 Ribera bei Agrigent, Sizilien, †11. 8. 1901 Neapel; Mitkämpfer *Garibaldis* u. *Cavours* bei der Einigung Italiens, 1887–1891 u. 1893–1896 Min.-Präs.; Anhänger des Dreibunds. Nach dem mißglückten Versuch einer Eroberung Äthiopiens (Niederlage von Adua) 1896 trat C. zurück.

Crispin [-'pɛ̃], komische Figur des französ. Lustspiels *(Comédie Italienne)*, aus der *Commedia dell'arte* übernommen. C. ist der skrupellose Diener u. Vertraute des Helden.

Cristạllo, *Monte C.*, italien. Doppelgipfel (3216 u. 3143m) in den Dolomiten; nordöstl. von Cortina d'Ampezzo.

Cristọbal, Hafen u. Flottenstützpunkt der USA am atlant. Eingang des Panamakanals, gehört zur Panamakanalzone, 20000 Ew.

Cristọfori, Bartolomeo, italien. Klavierbauer, *4. 5. 1655 Padua, †27. 1. 1731 Florenz; erfand das *Hammerklavier*, von ihm „Gravicembalo col piano et forte" genannt.

Crivẹlli, Carlo, italien. Maler, *1430/1435 Venedig, †um 1495 Ascoli; einer der Hauptmeister der venezian. Frührenaissance; sein Stil wandelte sich von Nachklängen der Spätgotik zu einer von A. *Mantegna* beeinflußten feierl.-monumentalen Gestaltung; tätig in den Städten der Marken, bes. in Fermo, Massa, Ascoli u. Camerino; Hptw.: „Madonna della Candeletta", um 1493.

Crna Gọra ['tsrna:-], →Montenegro.

Crna Rẹka ['tsrna:-], rechter Nebenfluß der Vardar im südl. Makedonien, 201 km, wasserreich.

Croce ['kro:tʃɛ], Benedetto, italien. Philosoph, Historiker, Politiker u. Kritiker, *25. 2. 1866 Pescasseroli, L'Aquila, †20. 11. 1952 Neapel; schrieb 1925 ein bekanntes Manifest gegen den Faschismus. Ursprüngl. von F. *De Sanctis* u. J. F. *Herbart* herkommend, fand C. über *Marx* zu *Hegel*, den er in seiner Weise interpretierte; er lehrte einen Vierstufenbau des Geistes: Intuition, Begriff, wirtschaftl. u. ethisches Handeln, womit er das überkommene Schema: Religion, Sittlichkeit, Philosophie, Kunst ersetzen wollte. *Ästhetik* ist für C. Kunst des Ausdrucks, denn nur Ausdruck u. Form machen den Künstler aus; ihre Bewältigung führt zur „Poesia", der Rest ist „Non Poesia". C. hat die gesamte nach ihm kommende Ästhetik u. Literaturbetrachtung in Italien aufs stärkste beeinflußt. Hptw.: „Filosofia come Szienza dello Spirito" 4 Bde. 1902–1917, 7–10 1957–1963; „Poesie u. Nichtpoesie" 1923, dt. 1925; „Gesammelte philosoph. Schriften" 7 Bde., dt. 1927–1930; „Geschichte Europas im 19. Jh." 1932, dt. neu 1968; „Die Geschichte als Gedanke u. Tat" 1938, dt. 1944. – □ 1.4.9.

Crocodylia →Krokodile.

Croisé [krwa'ze:; der; frz.], Stoff in gleichseitigem vierbindigem Effektköper, aus verschiedenem Material u. für verschiedene Verwendungszwecke hergestellt.

Croisset [krwa'sɛ], Francis de, eigentl. Franz *Wiener*, französ.-belg. Schriftsteller u. Theaterdichter, *28. 1. 1877 Brüssel, †8. 11. 1937 Neuilly-sur-Seine; Verfasser leichter Komödien („Qui trop embrasse" 1899; „Le je ne sais quoi" 1900; „Chérubin" 1901; „Le bonheur, mesdames!" 1906) u. einiger Reisebeschreibungen („La féerie cinghalaise" 1926; „La côte de Jade" 1938).

Crolino [der], steifer Einlagestoff, auf einen dichten Stoff aufgeklebter Mull.

Crolles, *Dent de C.* ['dã də 'krɔl], südostfranzös. Berggipfel im Kalksteinmassiv der Grande Chartreuse, nordöstl. von Grenoble, 2066 m; mit ausgedehntem Höhlensystem.

Cröllwitzer Ente, leichter, frühreifer Kreuzungsschlag aus weißer →Laufente und amerikanischer →Pekingente.

Crô-Magnon [kroman'jɔ̃; frz.], Höhle im südfranzös. Dép. Dordogne, im Vézèretal, in der 1868 fünf menschl. Skelette u. a. Siedlungsreste der jüngeren Altsteinzeit (Aurignacien) gefunden wurden. Hauptmerkmale der Cromagnonrasse *(Cromagnide)*: mittellangschädelig, Nasenwurzel tief eingezogen, Augenhöhlen sehr niedrig, breit, rechtwinklig abgeknickt, starkes Überaugendach, breite Jochbögen, Kinn vorspringend, großwüchsig. Die Rassenmerkmale der Cromagnonrasse finden sich noch in den heutigen europ. Rassen; Funde auf dt. Boden in Bonn-Oberkassel u. Stetten ob Lonetal (Ldkrs. Heidenheim).

Cromargan [das], nichtrostende Legierung aus Stahl, Chrom u. Nickel; bes. für Küchengeräte.

Crome [krɔum], John, engl. Maler u. Graphiker, *22. 12. 1768 Norwich, †14. 4. 1821 Norwich; von der niederländ. Landschaftsmalerei des 17. Jh. abhängige Landschaften.

Cromlech [der; kelt.], vorgeschichtl., kreisförmig angeordnete Steinsetzung um einen Mittelpunkt. →auch Megalithbauten.

Crommelynck, Fernand, belg. Dramatiker, *19. 11. 1888 Paris, †17. 3. 1970 Saint-Germain-en-Laye bei Paris; guter Menschen- u. Milieuschilderer: „Le Cocu magnifique" 1921, dt. „Der Hahnrei" 1922.

Cromwell ['krɔmwəl], **1.** Oliver, engl. Staatsmann, *25. 4. 1599 Huntingdon, †3. 9. 1658 London; independenter Puritaner, diente sich nach Ausbruch des Bürgerkriegs zwischen König u. Parlament im Parlamentsheer empor, mit dem er die königl. Kavaliere 1644 bei Marston Moor u. 1645 bei Naseby besiegte. 1647 bemächtigte er sich König Karls I., der 1649 auf Drängen des Parlaments hingerichtet wurde. England wurde Republik, deren Herrschaft C. über die Iren mit dem Blutbad von Drogheda (1649) u. über die Schotten mit dem Sieg bei Dunbar (1650) ausdehnte (Protektor der Vereinigten Republiken England, Schottland u. Irland). 1653 erhielt C. als „Lord Protektor" die oberste Staatsgewalt, die er zugunsten der engl. Seemacht u. Kolonialherrschaft ausübte. England wurde zum mächtigsten Staat Europas. C. konnte aber nicht die innere Festigung Englands erreichen, sondern war gezwungen, seine weitblickenden Pläne mit Gewalt durchzusetzen. So zerfiel sein Verfassungswerk bald nach seinem Tod, u. erst im 19. Jh. wurde die Geschichtswissenschaft seiner Bedeutung gerecht. – ▣ →Großbritannien, Geschichte. – □ 5.5.1.

2. Richard, Sohn von 1), *4. 10. 1626 Huntingdon, †12. 7. 1712 Cheshunt; 1658 Protektor, trat 1659 auf Drängen des Langen Parlaments u. des Heeres zurück.

3. Thomas, Earl of Essex, engl. Staatsmann, *um 1485 Putney, †28. 7. 1540 Bolton; Lordkanzler Heinrichs VIII., setzte eine effektive Verwaltung durch u. richtete die engl. Kirche als Staatskirche ein („Hammer der Mönche"); wegen angebl. Hochverrats u. Ketzerei hingerichtet.

Cronegk, Johann Friedrich Frhr. von, Dichter, *2. 9. 1731 Ansbach, †1. 1. 1758 Nürnberg; Hrsg. (mit J. P. *Uz*) einer moral. Wochenschrift; „Einsamkeiten" (Gedichte) 1758; „Codrus" (Trauerspiel) posthum 1758.

Cronin ['krɔunin], Archibald Joseph, schott.-engl. Romanschriftsteller, *19. 7. 1896 Cardross, Dumbarton; Arzt, schreibt sozialkrit., viel übersetzte Romane: „Die Sterne blicken herab" 1935, dt. 1935; „Die Zitadelle" 1937, dt. 1938; „Die Schlüssel zum Königreich" 1941, dt. 1942; „Crusader's Tomb" 1945, dt. „Später Sieg" 1956; „Der Judasbaum" 1960, dt. 1961; „Ein Professor aus Heidelberg" 1971, dt. 1971.

Croningverfahren, *Formmaskenverfahren*, Verfahren der Gußformherstellung, bei dem das erwärmte Metallmodell mit einem Kunstharz-Quarzsand-Gemisch bedeckt wird. Das Gemisch erhärtet an der Modelloberfläche zu einer Schale *(Formmaske)*, die als Gußform für *Genauigkeitsguß* verwendet wird.

Cronstedt, Carl Johan, schwed. Architekt, *25. 4. 1709 Stockholm, †10. 11. 1779 Stockholm; oberster Leiter am Schloßbau in Stockholm, in der Stilgesinnung klassisch-barocken Traditionen verpflichtet.

Crooked Island ['krukid 'ailənd], südöstl. Bahamainsel, 196 qkm, 800 Ew.

Crookes [kru:ks], Sir William, engl. Physiker u. Chemiker, *17. 6. 1832 London, †4. 4. 1919 London; entdeckte das Thallium, erfand das Radiometer, forschte über Kathodenstrahlen. – *C.sche Röhre*, mit stark verdünntem Gas gefüllte Röhre, von deren negativer Elektrode Kathodenstrahlen ausgehen, die in dem Gas Leuchterscheinungen hervorrufen.

Crosby, Bing, eigentl. Harry L. *C.*, US-amerikan. Schlagersänger u. Filmschauspieler, *2. 5. 1904 Tacoma, Wash., †14. 10. 1977 Madrid; zuerst bei den „Whiteman-Rhythm-Boys", seit 1932 beim Film.

Cross, Henri-Edmond, eigentl. H. E. *Delacroix*, französ. Maler, *20. 5. 1856 Dounai, †16. 5. 1910 Saint-Clair; durch E. *Manet* impressionist. beeinflußt, von G. *Seurat* für den Pointillismus gewonnen, ohne seine Selbständigkeit innerhalb der neoimpressionist. Gruppe aufzugeben.

Crossen, *C./Oder*, poln. Krosno Odrzańskie, Stadt in Ostbrandenburg (1945–1950 poln. Wojewodschaft Poznań, seit 1950 Zielona Góra), an der Bobermündung, 8000 Ew.; Kleinindustrie, Verkehrsknotenpunkt.

Cross Fell, höchster Gipfel der Pennine Chain in England, 893 m, im N der Penninen; Quellen der Flüsse Tyne u. Tees.

Crossing-over ['krɔsiŋ'ɔuvə; engl.], Austausch von Erbfaktoren: durch Bruch u. kreuzweise Wiedervereinigung *(Chiasma)* von gleichen Stücken einander entsprechender *Chromosomen* entstehender Austausch von *Gen-Kopplungsgruppen*; tritt zusammen mit der Längsspaltung gepaarter Chromosomen vor der Reifungsteilung auf. Durch äußere u. innere Einflüsse kann die Häufigkeit des Faktorenaustausches beeinflußt werden; bei Pflanzen z. B. durch Temperatur, Feuchtigkeit u. Assimilationswerte.

Crossopterygier →Quastenflosser.

Cross-Vine [-vain; engl.] = Jasmintrompete.

Crotalaria, artenreiche Gattung der *Schmetterlingsblütler*. Die in Vorderindien heim., gelb blühende *C. juncea* liefert den Sun(n)-, Bombay- oder Ostind. Hanf.

Crotonaldehyd, ungesättigter aliphat. Aldehyd, $CH_3-CH = CH-CHO$; entsteht durch Wasserabspaltung aus *Aldol*; zur Herstellung von Vulkanisationsbeschleunigern u. als Lösungsmittel für Harze, Öle u. Lacke verwendet.

Crotone, das alte *Kroton*, italien. Hafenstadt an der Ostküste Kalabriens, 50000 Ew.; Seebad; chem. Industrie.
Um 710 v. Chr. von den Griechen gegr., eine der reichsten u. blühendsten griech. Kolonien in Italien; Aufenthaltsort des Philosophen *Pythagoras* u. seiner Schule; 194 v. Chr. röm. Kolonie. 982 Niederlage Kaiser Ottos II. durch Byzantiner u. Sarazenen.

Crotonsäure, ungesättigte aliphat. Monocarbonsäure, $CH_3-CH = CH-COOH$; aus β-Oxybuttersäure durch Wasserabspaltung darstellbar; für die Synthese organ. Chemikalien verwendet.

Crotus Rubeanus oder *Rubianus*, eigentl. Johann *Jäger*, Erfurter Humanist, *um 1480 Dornheim bei Arnstadt, †nach 1539 Halberstadt; Mitarbeiter an den *„Dunkelmänner-Briefen"*; von M. Luther wegen seiner Rückkehr zur kath. Kirche als „Doktor Kröte" verspottet.

Croupier [kru'pje:; frz.], Angestellter einer Spielbank, überwacht das Spiel, zieht die Bankgewinne ein u. zahlt die Spielgewinne aus.

Croupon [kru'pɔ̃; der; frz.], in der Lederindustrie der wertvollste Teil der Rinderhaut; er entspricht der Rückenpartie des Tieres. Das Abtrennen der Kopf-, Hals- u. Brustteile wird *crouponieren* genannt.

Croûtons [kru'tɔ̃; frz.], in Fett geröstete Weißbrotschnittchen zum Garnieren von Gemüse u. ä.

Crow [krɔu], *Absaroka, Krähenindianer*, von den *Hidatsa* abgezweigter Stamm der Siouxindianer in der nordwestl. Prärie; nach Übernahme des Pferdes Büffeljäger; heute in einem Reservat in Montana (4000).

Crowfoot-Hodgkin ['krɔufut 'hɔdʒkin], Dorothy →Hodgkin, Dorothy Crowfoot.

Crown [kraun; engl., „Krone"], **1.** 1526–1663 geprägte engl. Goldmünze (ca. 3 g).

2. 1551 eingeführte engl. Silbermünze im Wert des dt. Talers.

Croydon [krɔidn], Stadtbezirk im Süden von Greater London (seit 1963), Flughafen, 330000 Ew.

Crozetinseln [kro'zɛ-], 2 französ. vulkan. Inselgruppen von 5 großen u. 15 kleineren Inseln im südwestl. Ind. Ozean, auf der *Crozetschwelle*, zusammen 300 qkm, 15 Ew.; Westgruppe: Îles des Apôtres, Île aux Cochons (bis 610 m), Île des Pingouins; Ostgruppe: Île de la Possession (1525 m hoch), Île de l'Est (1980 m hoch). – 1772 von *Crozet* und *Marion-Dufresne* entdeckt; meteorolog. Station auf Possession seit 1964. Die C. gehören zu den Terres Australes et Antarctiques Françaises (T.A.A.F.).

Crozetschwelle [kro'zɛ-], *Crozetrücken*, Schwelle im südwestl. Ind. Ozean, zweigt bei den Prinz-Edward-Inseln vom Westl. Ind. Rücken nach O ab, trennt mit der Kerguelenschwelle das Südwestind. Becken vom Atlantisch-Ind. Südpolarbecken. Auf ihr liegen die namengebenden *Crozetinseln*.

crt., Abk. für *kurant*.

Cruciferae →Kreuzblütler.

Crüger, Johann, Komponist u. Organist, *9. 4. 1598 Großbreesen bei Guben, †23. 2. 1663 Berlin; Zusammenarbeit mit P. *Gerhardt*, komponierte viele bekannte (ev.) Choräle, u. a. „Wie soll ich dich empfangen", „Jesu meine Freude", „Fröhlich soll mein Herze springen", „Nun danket alle Gott"; verfaßte auch musiktheoret. Schriften.

Cruikshank ['kru:kʃæŋk], George, engl. Karikaturist u. Maler, *27. 9. 1792 London, †1. 2. 1878 London; kritisierte in Karikaturen die sozialen u. polit. Verhältnisse Englands im 19. Jh. Seine Illustrationen (*Dickens* u. a.) beeinflußten H. *Daumier* u. G. *Doré*.

Crusca →Accademia della Crusca.

Crustacea →Krebse.

Cruz [kruθ], **1.** Juan de la →Johannes vom Kreuz.

2. Ramón de la *C. Cano y Olmedilla* →La Cruz Cano y Olmedilla, Ramón de.

Cruzado [-'za:do; der; portug., „Kreuzer"], **1.** im 15./16. Jh. geprägte portugies. Goldmünze (3–4 g).

2. der 1634–1835 geprägte portugies. Taler; 1 C. = 400 oder 500 Reis.

Cruzeiro [-'zeiru; der], Währungseinheit in Brasilien; Abk.: *Cr$*; 1 Cr$ = 100 *Centavos*.

Cruz e Sousa ['kru:s e 'su:za], João da, brasilian. Lyriker, *24. 11. 1861 Florianópolis, Santa Catarina, †19. 3. 1898 Estação de Sitio, Minas Gerais; bedeutendster afrobrasilian. Dichter, Vertreter eines myst. Symbolismus; „Missal" 1893; „Evocações" 1898. – Obras completas 1945.

Crwth [kruθ; die; kelt.-kymr., lat. *Chrotta*], kelt. Leier, als Begleitinstrument der Barden bis ins Altertum zurückreichend u. noch Anfang des 19. Jh. in Gebrauch; ähnelt der altgriech. *Kithara*: Von einem (unterschiedl. gestalteten) Schallkasten setzen sich seitl. nach oben zwei Arme fort, die durch ein Querjoch verbunden sind. Am Joch sind die Saiten aufgehängt, die über einen Steg auf dem Schallkasten laufen u. an der Kastenzarge befestigt sind. Ursprüngl. wurde die C. gezupft, im späteren MA. dann aber gestrichen; dabei wurde von der Fidel das Griffbrett unterhalb der Saiten übernommen. In ihrer Spätform hatte die C. 4 Greif- u. 2 Bordunsaiten, sie diente ausschl. der Akkordbegleitung.

Cryptocoryne, beliebte Aquarienpflanze aus der Familie der *Aronstabgewächse*, mit leicht gewellten lanzettlichen Blättern. Die C. braucht eine Eingewöhnungszeit.

Cryptomeria, Gattung der *Koniferen*, mit der einzigen Art *C. japonica, Japan. Zeder*; in Ostasien heim., bis 40 m hoher, schlank-pyramidenförmiger Baum, bes. in Tempelgärten kultiviert.

Cryptomonadinen, *Cryptomonadina*, eine Ordnung der *Flagellaten* mit zwei ungleich langen Geißeln; Farbstoffträger: blaugrün bis rotbraun.

Crypturi →Steißhühner.

Cs, chem. Zeichen für *Cäsium*.

Csárdás ['tʃa:rda:ʃ; der; ung.], ungar. Zigeuner- u. Bauerntanz, mit langsamer Einleitung u. feurigem Hauptteil; ungar. Nationaltanz.

CSI, Abk. für frz. *Concours de Saut International*, internationales Spring-Turnier; Bez. 1971 eingeführt, früher CHI *(Concours Hippique International*, internationales Reitturnier). →auch CSIO.

CSIO, Abk. für frz. *Concours de Saut International Officiel*, offizielles internationales Spring-Turnier; Bez. 1971 eingeführt, vorher CHIO *(Concours Hippique International Officiel*, offizielles internationales Reit-[Pferde-]Turnier). Die Durchführung eines CSIO muß von der →Internationalen Reiterlichen Vereinigung (FEI) genehmigt sein; jedes europ. Land darf in jedem Jahr nur einen CSIO ausschreiben (BRD: in Aachen) außereuropäische zwei.

Csokonai Vitéz ['tʃokonɔi 'vite:z], Mihály, ungar. Dichter, *17. 11. 1773 Debrecen, †28. 1. 1805 Debrecen; Lyriker, Vertreter des Rokokos, schrieb das komische Epos „Dorothea" 1804, dt. 1814, u. Meditationen.

Csokor ['tʃɔ-], Franz Theodor, österr. Dramatiker, *6. 9. 1885 Wien, †5. 1. 1969 Wien; emigrierte 1938, nach seiner Rückkehr Präs. des österr. PEN-Clubs; etwa 30 Dramen: „Gesellschaft der Menschenrechte" 1929; „Gottes General" 1939; „Europ. Trilogie" 1952 („Dritter November 1918" 1936; „Besetztes Gebiet" 1930; „Der verlorene Sohn" 1947); Trilogie „Olymp und Golgatha" 1954; „Das Zeichen an der Wand" 1962; „Die Kaiser zwischen den Zeiten" 1965; „Alexander" 1969; auch balladeske Lyrik: „Immer ist Anfang" 1952; Roman: „Der Schlüssel zum Abgrund" 1955; Kriegserinnerungen: „Auf fremden Straßen" 1955; „Zeuge einer Zeit. Briefe aus dem Exil 1933–1950" 1964.

Csongrád ['tʃɔŋgrad] →Szeged.

ČSR, Abk. für *Československá Republika*; →Tschechoslowakei.

CSSR, Abk. für den lat. Ordensnamen *Congregatio Sanctissimi Redemptoris*, →Redemptoristen.

ČSSR, Abk. für *Československá Socialistická Republika*, seit 1960 Abk. für →Tschechoslowakei.

CSU, Abk. für →Christlich-Soziale Union.

c. t., Abk. für →cum tempore.

Ctenoidschuppen →Fischschuppen.

Ctenophoren →Rippenquallen.

ctg, veraltetes Zeichen für *Cotangens*; →Winkelfunktionen.

Cu, chem. Zeichen für *Kupfer*.

Cuando, *Kuando*, rechter Nebenfluß des Sambesi; entspringt östlich des Hochlands von Bihé (Angola), mündet als *Chobe* oder *Linyanti* westlich von Livingstone.

Cuanza [-sa], *Kuansa*, größter Fluß in Angola (Portugies.-Westafrika), 950 km; entspringt im Hochland von Bihé, mündet südl. von Luanda in den Atlantik; im Unterlauf der *Cambambe-Staudamm* mit Kraftwerk.

Cuataquil [kvata'kil] →Schlankbär.

Cuba →Kuba.

Cubic ['kju:bik], Abk. *cu*, engl. Bez. für ein Raummaß; z.B. *cubic inch*, Abk. *cu in*, „Kubikzoll".

Cubras, *Cubra*, ein Mischling zwischen Mulatte u. Neger.

Cucujo [-xo; der; span.], *Pyrophorus noctilucus*, südamerikan., 4 cm langer *Schnellkäfer*, mit rötl. Leuchtorgan auf dem Bauch u. grünl. Leuchtflekken auf dem Halsschild; von den Eingeborenen in kleinen Käfigen als lebende Lampe gehalten. Die Larve wird mitunter am Zuckerrohr schädlich.

Cuculi →Kuckucksvögel.

Cucumis →Gurke, →Melone.

Cucurbitaceae →Kürbisgewächse.

Cucurbitales, Ordnung der sympetalen, zweikeimblättrigen Pflanzen; einzige Familie: die →Kürbisgewächse, *Cucurbitaceae*.

Cúcuta, *San José de C.*, nordkolumbian. Departamento-Hptst., Industriezentrum nahe dem Catumbo-Ölfeld, 228 000 Ew.; Kaffeeanbau- und -handelszentrum, Textilindustrie. – 1875 durch Erdbeben zerstört.

Cucuteni-Kultur, jungsteinzeitl. Kulturgruppe in Nordrumänien, die sich unter dem Namen →Tripolje-Kultur bis weit in die Ukraine erstreckt.

Cudworth ['kʌdwə:θ], Ralph, engl. Philosoph, *1617 Somersetshire, †26. 7. 1688 Cambridge; Hauptvertreter der *Schule von Cambridge*; lehrte in seinem Hauptwerk („The True Intellectual System of the Universe" 1678), daß es nicht nur sensible Ideen (von körperl. Dingen), sondern auch intelligible Ideen gibt, die aktiv vom Geist hervorgebracht werden. Seine „plastischen Naturen" sind reale Zweckursachen in der unter Gottes Leitung stehenden Welt.

Cuenca, **1.** mittelalterl. span. Stadt in Neukastilien, auf steilen Felsen über dem tief eingeschnittenen Júcar u. Huécar, 28 000 Ew.; got. Kathedrale (12.–13. Jh.); Holzhandel u. -verarbeitung; Hptst. der Provinz C. (17 061 qkm, 240 000 Ew.); 35 km nördl. die bizarren Felsverwitterungsformen der *Ciudad Encantada* [„verzauberte Stadt"].

2. Hptst. des Dep. Azuay in Südecuador, 110 000 Ew.; Bischofssitz; Universität; Web-, Hut-, Schmuckwaren- u. keram. Industrie; Flugplatz.

Cuernavaca, Hptst. des zentralmexikan. Staats Morelos, 50 000 Ew.; Kurort in der Cordillera Volcanica.

Cuesta [die; span.], span. u. engl. Bez. für *Schichtstufe*.

Cueva, Juan de la →La Cueva, Juan de.

Cuevas, George Marquis de *Piedrablanca de Guana y de Las C.*, französ. Ballettmanager und -mäzen span.-dän. Abstammung, *26. 5. 1885 Santiago de Chile, †22. 2. 1961 Cannes; leitete seit 1947 das *Grand Ballet de Monte Carlo*, in dem die bedeutendsten Ballettstars der ganzen Welt auftraten.

Cuevas del Almanzora [-alman'θɔra], früher *Cuevas de Vera*, südspan. Stadt in Andalusien, am Almanzora, 9500 Ew.; arab. Schloß, zahlreiche Höhlenwohnungen; Blei- u. Barytbergwerk.

Cugnot [ky'njo], Nicolas Joseph, französ. Ingenieur, *25. 2. 1725 Void, Lorraine, †1804 Paris; baute 1769 den ersten von einer Dampfmaschine getriebenen Straßenwagen; Geschwindigkeit etwa 4 km/h.

Cui [kjui], César, russ. Komponist u. Musikschriftsteller französ.-litauischer Herkunft, *18. 1. 1835 Wilna, †26. 3. 1918 Petrograd (Leningrad); zunächst Offizier; gehörte zum „Mächtigen Häuflein" der national-russ. Schule; Klaviermusik, Lieder, Orchesterwerke u. Opern; verfaßte eine Studie über das russ. Lied (1896).

Cuiabá, Hptst. des Staats Mato Grosso im zentralen Westen Brasiliens, 58 000 Ew.; Sitz einer Akademie der Wissenschaften; Viehzuchtzentrum; Handel mit Rindern, Trockenfleisch u.a. Lebensmitteln.

cui bono [lat.], wem zum Nutzen?

Cuismancu, indian. Reich an der Küste Mittelperus, die Küstentäler von Chancay, Ancon u. Rimu umfassend; Städte mit Lehmziegelbauten, Hptst. *Cajamarquilla*; Mitte des 15. Jh. von den Inka erobert. Charakteristisch sind menschengestaltige Urnen mit schwarzer Bemalung auf hellem Grund.

Cuiteseide [ky'it-; frz.], entbastete, edle →Seide.

Cuitlahuac [kuitlau'ak], vorletzter, nach dem Tod *Motecuzomas II.* regierender Herrscher der *Azteken*, der nach 80 Tagen Herrschaft (1520) einer durch die Spanier eingeschleppten Epidemie erlag.

cuius regio, eius religio [lat., „wessen das Land, dessen der Glaube"], Auslegung des Greifswalder Juristen Joachim *Stephani* (*1544, †1623; „Demonstrationes politicae" 1576) für das sog. *ius reformandi*, die im Augsburger Religionsfrieden von 1555 verankerte Befugnis des Landesherrn, die Religion der Untertanen zu bestimmen *(lat. nam ubi unus dominus, ibi sit una religio)*; 1815 endgültig aufgegeben.

Cujacius, Jacobus, eigentl. Jacques de *Cujas*, französ. Jurist, *1522 Toulouse; †4. 10. 1590 Bourges; Kommentator des röm. Rechts; wichtigster Vertreter der *eleganten Jurisprudenz*, die, anders als die italien. Schule der *Postglossatoren* (→Glossatoren), einer humanist.-philolog. Auslegung der röm. Rechtsquellen anhing.

Cukor ['kju:-], George, US-amerikan. Filmregisseur ungar. Herkunft, *7. 7. 1899 New York; „Kameliendame" 1936 (mit Greta *Garbo*); „Romeo u. Julia" 1936; „Wild ist der Wind" 1958; „My Fair Lady" 1964.

Cul-de-lampe [ky də 'lãp; der; frz., „Ampelfuß"], in der architekton. Fachsprache ein Gewölbeschluß-Stein; in der Graphik eine zierliche →Vignette, unten spitz auslaufend, meist am Schluß eines Kapitels angebracht.

Cul de Paris [ky də pa'ri; der; frz., „Pariser Gesäß"], Gesäßpolster unter Kleidern; auch die rückwärtigen Rockraffungen in der Damenmode des 19. Jh.; 1870–1890 war auch die Bez. *Turnüre* gebräuchlich.

Culebra, US-amerikan. Jungferninsel, gehört verwaltungsmäßig zu Puerto Rico, 28 qkm.

Culiacán, Hptst. des westmexikan. Staats Sinaloa, am Fluß C., in der pazif. Küstenebene, 140 300 Ew.; Anbau von Zuckerrohr, Baumwolle, Reis, Frühgemüse u. Tomaten mit Bewässerung.

Cullen ['kʌlən], **1.** Countee, afroamerikan. Lyriker, *30. 5. 1903 New York, †9. 1. 1946 New York; schildert das Leben der Farbigen; „Color" 1925; „On These I Stand" 1947.

2. William, engl. Kliniker, *15. 4. 1710 Hamilton bei Glasgow, Lanark, †5. 2. 1790 London; begründete die Neuropathologie u. prägte 1776 den Begriff *Neurose*.

Cullinan ['kʌlinən], Bergbauort nordöstl. von Pretoria (Rep. Südafrika), 15 000 Ew.; 1905 Fund des bisher größten Diamanten *(C.-Diamant)*, 3106 Karat.

Cullmann, Oscar, ev. Theologe, *25. 2. 1902 Straßburg; seit 1930 Prof. in Straßburg, seit 1938 in Basel u. seit 1948 (bis 1968) zugleich in Paris; erforschte Einzelfragen der urchristl. u. altkirchl. Geschichte; „Christus u. die Zeit" 1946; „Early Church" (Gesammelte Aufsätze) 1956; „Die Christologie des Neuen Testaments" 1957.

Culmann, Karl, Statiker, *10. 7. 1821 Bergzabern, †9. 12. 1887 Zürich; lehrte in Zürich, begründete die graph. Statik u. die graph. Fachwerktheorie.

Culotte [ky'lɔt; die; frz.], enge Herrenkniehose des 18. Jh., die im Unterschied zu den langen Hosen der Revolutionäre („Sansculottes") als aristokrat. Attribut galt.

Culpa in contrahendo [lat.], Verschulden bei oder vor Vertragsschluß; verpflichtet zum Schadensersatz, auch wenn ein rechtswirksamer Vertrag nicht zustande gekommen ist.

Culteranismo und Conceptismo [-θεp-], die beiden Hauptspielarten des span. Barocks: *Culteranismo* (auch *Cultismo, Gongorismus*) war vor allem sprachl. Manierismus, der in der Erneuerung u. Umbildung von Wortschatz (mit Entlehnungen aus dem Latein., Griech., Italien.) u. Syntax bestand u. mit reicher Metaphorik u. mytholog. Anspielungen eine blendende Bilderfülle erstrebte. *Conceptismo (Konzeptismus)* beruhte auf dem Bestreben um scharfsinnigen u. geistreichen Ausdruck in der Form der *conceptos* (überraschende, pointierte Gedanken oder Wortspiele); charakterist. sind ungewöhnl. Gedankenverbindungen, kühne Metaphern u. scharfe Kontraste; wegen der Kürze der Gedanken auch *laconismo* genannt. Die Grenzen zwischen beiden Stilarten sind fließend.

Cultismo = Culteranismo.

Cultural lag ['kʌltʃərəl læg], →Ogburn, W. F., →sozialer Wandel.

Cuma, lat. *Cumae*, grch. *Kyme*, die älteste griech. Kolonialstadt in Italien, an der Küste Kampaniens, gegr. im 8. Jh. v. Chr.; Ausgangspunkt des griech. Einflusses in Italien, Mutterstadt *Neapels*; von den Etruskern u. anderen italischen Stämmen vergeblich angegriffen; nach 338 v. Chr. römisch, unter Augustus Flottenbasis. Im Burgfelsen war die Grotte der *Cumäischen Sibylle*. Die noch von den Goten als Schatzkammer benutzte Akropolis wurde 1207 als Räubernest von den Neapolitanern zerstört. - Ausgrabungen seit Anfang des 20. Jh.

Cumacea, Ordnung der *Höheren Krebse*; meist nur 3–10 mm lange, im Schlammboden lebende Krebse mit dickem, oft aufgetriebenem Kopf-Brust-Abschnitt u. dünnem Hinterleib; Bodensatzfresser; 430 Arten in allen Meeren.

Cumaná, Hptst. des Staates Sucre im N Venezuelas, 96 700 Ew.; Ausfuhrhafen *Puerto Sucre*. – 1520 als *Nueva Córdoba* gegr.

Cumarin [das; indian.], das Anhydrid der Cumarsäure, einer in der Tonkabohne, im Waldmeister, Steinklee u.a. vorkommenden Verbindung; Geruch nach Waldmeister. C. wird auch synthetisch hergestellt u. für Fruchtessenzen, Limonaden u. Seifen sowie in der Tabakindustrie verwendet; neuerdings wegen des Verdachts toxischer Wirkung weniger benutzt.

Cumaron [das], *Benzofuran*, organ.-chem. Verbindung, ein Benzolderivat des Furans; angenehm riechendes Öl der heterocyclischen Reihe, aus dem Steinkohlenteer destillierbar; bildet beim Behandeln mit Schwefelsäure durch Polymerisation das *Cumaronharz* (ein Kunststoff).

Cumberland ['kʌmbələnd], engl. Herzogstitel, 1644 dem Prinzen *Ruprecht von der Pfalz* (*1619, †1682) verliehen, 1689 dem Prinzen *Georg von Dänemark* (*1653, †1708), dann 1745 dem Sohn König Georgs II., *Wilhelm August von Hannover* (*1721, †1765), Befehlshaber der engl. Armee in der Schlacht bei Culloden 1745 gegen die Schotten u. Oberbefehlshaber der engl.-hannoverschen Armee von 1757. Der Titel gelangte dann 1765 an *Heinrich Friedrich* (*1745, †1790), den Bruder König Georgs III., u. 1799 an den späteren König *Ernst August* von Hannover.

Cumberland ['kʌmbələnd], **1.** *C.shire*, bergige, seenreiche Landschaft *(Lake District*, 1951 zum Nationalpark erklärt) in NW-England; im W Cumbrian Mountains mit Scafell Pike (979 m); bis 1974 Grafschaft (→Cumbria), 3938 qkm, 296100 Ew.

2. Stadt in Maryland (USA), am Potomac, 30000 Ew.; Kohlenbergbau.

Cumberland ['kʌmbələnd], Richard, engl. Moralphilosoph, *15. 7. 1631 London, †9. 10. 1718 Peterborough; Bischof von Peterborough. Seine Moralphilosophie lebt aus der Auseinandersetzung mit der Lehre *Hobbes'*, nach der der Egoismus die Triebfeder alles menschl. Handels ist. Demgegenüber lehrte C. einen im Menschen vorhandenen ursprüngl. *Altruismus*, der die Grundlage seiner Ethik bildet. Ihr oberstes Gesetz ist die Förderung des allgemeinen Wohls. Hptw.: „De legibus naturae disquisitio philosophica" 1672.

Cumberlandhalbinsel ['kʌmbələnd-], große, gebirgige, z.T. vergletscherte Halbinsel östl. von Baffinland (Kanada), zwischen Home Bay, Davisstraße u. Cumberlandsund.

Cumberland Plateau ['kʌmbələnd 'plætəu], Südteil des Appalachenplateaus, etwa zwischen Cumberland River u. Tennessee River, 600–700 m hoch, steiler Ostabfall zum Appalachenlängstal; dünn besiedelt; Kohlenbergbau u. Steinbrüche.

Cumberland River ['kʌmbələnd 'rivə], linker Nebenfluß des Ohio (USA), aus dem Cumberland Plateau; rd. 1100 km, 580 km schiffbar.

Cumberlandsoße ['kʌmbələnd-], dickflüssige Gewürztunke aus Rotwein, Senf, Johannisbeer- u. Apfelgelee, Salz, Pfeffer, Orangensaft u. feingeschnittenen Orangenschalen; eignet sich zum Würzen von kaltem Wild. Benannt nach Herzog Wilhelm August von *Cumberland* (1721–1765).

Cumbre, *Paso de la C., Uspallatapaß*, chilen.-argentin. Andenpaß, südl. des Aconcagua, 3842 m; von der transandinen Bahnlinie Valparaíso–Buenos Aires benutzt.

Cumbria ['kʌmbriə], Grafschaft in NW-England, 6809 qkm, 475000 Ew., Hptst. *Carlisle*; 1974 aus Teilen von *Cumberland, Lancashire* u. *Westmorland* gebildet.

cum grano salis [lat., „mit einem Korn Salz"], mit der entspr. Einschränkung.

Cuminá, linker Amazonaszufluß im brasilian. Staat Pará.

cum laude [lat., „mit Lob"], gut (Zensur bei der Doktor-Prüfung).

Cummerbund [der; ind., engl., „Taillenband"], breiter Atlas- oder Seidengürtel, zum Dinner-Jakkett u. Smoking getragen.

Cummings ['kʌ-], Edward Estlin, US-amerikan. Dichter u. Maler, *14. 10. 1894 Cambridge, Mass., †3. 9. 1962 North Conway, N. H.; schrieb autobiographisch über seine Gefangenschaft (infolge fälschl. Anklage wegen Hochverrats im 1. Weltkrieg): „The Enormous Room" 1922, dt. „Der endlose Raum" 1954. Seine Lyrik, die durch exzentr. Orthographie u. ein Spielen mit den sprachl. Formen gekennzeichnet ist, verbindet Ironie u. Gefühl, Derbheit u. Anmut.

Cumol [das; lat.], *Isopropylbenzol, 2-Phenyl-propan*, $(CH_3)_2$-CH-C_6H_5, farblose Flüssigkeit, die aus Propylen u. Benzol gewonnen wird; Ausgangsprodukt zur techn. Herstellung von *Phenol*.

Cumont [ky'mɔ̃], Franz, belg. Altertumsforscher, *3. 1. 1868 Aalst, †25. 8. 1947 Brüssel; nach Forschungsreisen in Anatolien u. Syrien 1899–1912 Konservator am Königl. Museum in Brüssel, Prof. für klass. Philologie in Gent; Werke über antike Religionsgeschichte u. Astrologie, u.a. „Textes et monuments figurés relatifs aux mystères de Mithra" 1894–1900; „Les religions orientales dans le paganisme romain" 1906, [4]1929.

cum tempore [lat.], Abk. *c. t.*, mit akadem. Viertel, d.h. eine Viertelstunde nach der angegebenen Zeit. Gegensatz: *sine tempore*.

Cumulonimbus, eine Wolkenform, = Kumulonimbus.

Cumulus, eine Wolkenform, = Kumulus.

Cuna, *San-Blas-Indianer*, wenig zugängl. Stamm der Chibchaindianer auf den San-Blas-Inseln, an der Atlantikküste Panamas u. in Nordwestkolumbien (20000); Anbau von Mais u. Maniok; die Frauen mit Goldschmuck, bes. Nasenringen, u. Hemden mit bunten Applikationen.

Cunard [kju:'na:d], Sir Samuel, brit. Reeder, *1787 Halifax (Kanada), †28. 4. 1865 London; begründete 1840 die transatlant. Dampfschiffahrt nach den USA, aus der die *C. Steam-Ship Company Ltd.*, London, entstand.

Cunard-Line [-lain; die; engl.], die älteste u. renommierteste brit. Reederei (London) im Nordatlantik-Passagiergeschäft (gegr. 1840); ließ zahlreiche schnelle, große Schiffe auch für das →Blaue Band bauen: „Etruria" 1885, „Lucania" 1893, „Mauretania" 1908, „Queen Mary" 1936, „Queen Elizabeth 2" 1968.

c. & f., Abk. für *cost and freight* [kɔst ənd freit; engl., „Kosten u. Fracht"], Handelsklausel beim Überseekauf, der der Name des Bestimmungshafens beigefügt wird. Nach der Begriffsbestimmung der →Incoterms 1953 hat der Verkäufer u.a. den Transport der Ware bis zum vereinbarten Bestimmungshafen zu veranlassen, der Käufer dort ihre Abnahme (Löschung). Der Kaufpreis schließt alle Auslandskosten bis zum Verschiffungsort u. die Fracht für den Seetransport ein. Das Risiko einer zufälligen Verschlechterung oder des zufälligen Untergangs der Ware geht jedoch schon im Verschiffungshafen auf den Käufer über, u. zwar grundsätzl., sobald die Ware die Reling des Schiffs überschritten hat.

Cundinamarca, kolumbian. Departamento, 23960 qkm, 3,5 Mill. Ew., Hptst. *Bogotá*; Agrar- u. Industrieland.

Cùneo ['ku:-], italien. Stadt in Piemont, an der Stura di Demonte, Hptst. der Provinz C. (6903 qkm, 550000 Ew.), 55000 Ew.; Viehhandel (Rinder, Schafe); Gummiindustrie.

Cunha ['kunja], Euclides Rodrigues Pimenta da, brasilian. Schriftsteller, *20. 1. 1866 Santa Rita do Rio Negro, †15. 8. 1909 Rio de Janeiro (ermordet); weitete den Essay „Os Sertões" 1902 zu einem wissenschaftl. Kulturbild Brasiliens um die Jahrhundertwende aus; förderte die Selbstbesinnung u. geistige Erneuerung Brasiliens.

Cunnilingus [lat.], die der *Fellation* entsprechende Reizung der weiblichen Geschlechtsteile *(Cunnus)* mit Mund u. Zunge.

Cunningham ['kʌniŋəm], **1.** Sir Alan Gordon, engl. General, *1. 5. 1887 Dublin; vertrieb 1940/1941 die Italiener aus Äthiopien, versagte aber gegen *Rommel* in Libyen; 1945–1948 Hochkommissar in Palästina.

2. Sir Andrew Viscount *C. of Hyndhope* (seit 1946), Bruder von 1), engl. Admiral, *7. 1. 1883 Dublin, †12. 6. 1963 London; Führer der alliierten Seestreitkräfte im Mittelmeer 1939–1943, Erster Seelord 1943–1946.

3. Sir John, Vetter von 1) u. 2), engl. Admiral, *13. 4. 1885 Demerara, Britisch-Guyana, †12. 12. 1962 London; seit 1936 im Admiralstab, 1941–1943 Chef des Seetransportwesens, 1943 Oberkommandierender in der Levante, dann 1943–1946 der alliierten Seestreitkräfte im Mittelmeer; hier wie als Erster Seelord u. Chef des Admiralstabs (1946 bis 1948) Nachfolger von 2).

Cunnus [lat.], die äußeren weibl. Geschlechtsteile. →auch Geschlechtsorgane.

Cuno, Wilhelm, Reichskanzler 1922/23, *2. 7. 1876 Suhl, †3. 1. 1933 Aumühle bei Hamburg; 1918 Generaldirektor der Hapag; verkündete gegen den französ. Ruhreinfall 1923 den passiven Widerstand; schied nach dessen Scheitern aus der Politik aus und ging später zur Hapag zurück.

Cup [kʌp; der; engl.], Becher, Pokal (bes. als sportl. Siegespreis, z.B. *C. Jules Rimet*); übertragen auch für sportl. Wettbewerbe (z.B. Europa-C., Davis-C., Ascot Gold C.).

Cupal, *Kupal*, mit Kupfer plattiertes Aluminiumblech; anstelle von Kupferblech z.B. in der Elektrotechnik verwendet.

Cupar ['ku:pə], Hptst. der mittelschott. Region Fife, am Eden, 6100 Ew.; Düngemittelwerke, Gerbereien.

Cupido [lat., „Begierde"], röm. Liebesgott, entspricht z.T. dem griech. Gott *Eros*.

Cupisnique [kupis'nikɛ], *Küsten-Chavin*, Stilprovinz der Chavin-Kultur, nach der Fundstelle *Cupisnique* an der Nordküste Perus; Gräber mit reichen Beigaben: geritzte Keramik mit geometr. Mustern u. zoomorphen Motiven.

Cup Jules Rimet, Fußball-Weltmeisterschaftspokal, →Coupe du Monde de Football Association.

Cupren, aus Acetylen durch Polymerisation hergestellte korkähnl. Masse; Verwendung als Sprengstoffgrundlage, als Füllstoff für Linoleum u. als Isoliermaterial; sehr feuergefährlich.

Cupresa, eine im Kupferverfahren hergestellte Kunstseide.

Cupressaceae →Zypressengewächse.

Cuprex, kupferhaltiges Mittel zur Schädlingsbekämpfung.

Cuprit [der; lat.], *Rotkupfererz*, kubisches Mineral, Cu_2O; Härte 3,5–4, Dichte 5,8–6,2.

Cuprothen, Kunststoff-Folie aus Zellglas u. Polyäthylen, für die Elektroisolation.

Cuprum [das; lat.] = Kupfer.

Cupuliferae →Buchengewächse.

Curaçao [kyra'sa:o], Likör aus den Schalen der von der Insel *C.* stammenden Pomeranzen; meist in den Niederlanden hergestellt.

Curaçao [kyra'sɔu], Insel der Niederländ. Antillen (Inseln unter dem Winde) vor der Küste Venezuelas, 443 qkm, 141400 Ew.; trockenwarmes Tropenklima mit einzelnen Oasen inmitten von Dornsavannen; Guanogewinnung, Verarbeitung u. Verschiffung des venezolan. Erdöls; Hptst. *Willemstad*.

Cura posterior [die; lat.], „spätere (zukünftige) Sorge".

Curare [indian.], ein Pfeilgift, das die südamerikan. Indianer im Stromgebiet des Orinoco u. Amazonas aus der Rinde zahlreicher *Strychnos*-Arten gewinnen. Wirkstoffe sind u.a. die Alkaloide *Toxiferin* u. *Tubocurarin*. C. wirkt, wenn es direkt in die Blutbahn gelangt, lähmend auf die Muskulatur. Bei Vergiftungen tritt der Tod durch Lähmung der Atemmuskulatur ein. In der Medizin wird C. zur Muskelerschlaffung bei Operationen verwendet.

Curcuma [die; arab., lat.], *Safran-Wurzel*, südasiat. Gattung der *Ingwergewächse*. Die *C. longa (Kurkuma, Gelbwurzel)* wird in Südasien angebaut; ihre Wurzelstöcke sind Bestandteil des Currypulver-Gewürzes. Der etwas campherartig riechende Wurzelstock von *C. zedoaria* dient in Südasien als Gewürz; im MA. war er auch in Europa als *Zitwerwurzel* beliebt.

Curé [ky're; frz.], in Frankreich der kath. Geistliche.

Curel [ky'rɛl], François de, französ. Bühnendichter, *10. 6. 1854 Metz, †25. 4. 1928 Paris; Ideenschauspiele, deren Helden meist Ausnahmemenschen sind: „Les fossiles" 1892; „Le repas du lion" 1897; „L'âme en folie" 1920; „Terre inhumaine" 1922; 1919 Mitglied der Académie Française.

Curepipe, Stadt im afrikan. Inselstaat Mauritius, im Zentrum der Hauptinsel, 53000 Ew., Straßenknotenpunkt.

Curia, das Sitzungs- u. Versammlungsgebäude des Senats im alten Rom. →auch Kurie.

Curicó, mittelchilen. Provinz, 5266 qkm, 114000 Ew., Hptst. C. (38500 Ew.); Agrarwirtschaft. – 1928 durch ein starkes Erdbeben verwüstet.

Curie [ky'ri], Zeichen Ci, Einheit der (radiolog.) Aktivität eines radioaktiven Strahlers. 1 Ci ist diejenige Aktivität eines radioaktiven Stoffs, bei der $3{,}7 \cdot 10^{10}$ Zerfallsakte in der Sekunde stattfinden.

Curie [ky'ri], französ.-poln. Gelehrtenfamilie: **1.** Eve, Tochter von 3) u. 4), Musikerin u. Schriftstellerin, *6. 12. 1904 Paris; schrieb die Lebensgeschichte ihrer Mutter: „Madame Curie. Leben u. Wirken", dt. 1954.

2. Irène *Joliot-C.*, Tochter von 3) u. 4), Physikerin, *12. 9. 1897 Paris, †18. 3. 1956 Paris; erhielt mit ihrem Gatten F. *Joliot* 1935 den Nobelpreis für die Entdeckung der künstl. Radioaktivität.

3. Marie, geb. *Skłodowska*, poln. Chemikerin, *7. 11. 1867 Warschau, †4. 7. 1934 Sancellemoz, Schweiz; entdeckte 1898 mit ihrem Gatten Pierre C. (4) die radioaktiven Elemente Polonium u. Radium. Letzteres stellte sie 1910 rein dar. 1903 Nobelpreis für Physik zusammen mit ihrem Gatten u. H. *Becquerel*, 1911 Nobelpreis für Chemie.

4. Pierre, französ. Physiker, seit 1895 verheiratet mit Marie C. (3), *15. 5. 1859 Paris, †19. 4. 1906 Paris (verunglückt); untersuchte die magnet. Eigenschaften der Körper, die Piezoelektrizität von Kristallen u. radioaktive Elemente; 1903 Nobelpreis zusammen mit 3).

Curiepunkt, *Curietemperatur*, diejenige Temperatur, bei deren Überschreiten die ferromagnet. Eigenschaften einer Substanz verschwinden. Der Körper verhält sich dann paramagnetisch. →auch Magnetismus.

Curiesches Gesetz, die von P. *Curie* (4) gefundene Formel für die Temperaturabhängigkeit des Paramagnetismus: Die Magnetisierung in einem äußeren Magnetfeld ändert sich umgekehrt proportional mit der Temperatur. Das Curiesche Gesetz gilt auch für ferromagnet. Stoffe bei Temperaturen über dem *Curiepunkt.*

Curitiba, Hptst. des südbrasilian. Staats Paraná, als Munizip 707000 Ew. (viele Deutsche); Universität, Akademie der Wissenschaften, Schulzentrum; Handelszentrum (Mate- u. Holzhandel); Brauereien, Nahrungsmittel-, Textil- u. Holzindustrie, Maschinenbau.

Curium [nach M. u. P. *Curie*], chem. Zeichen Cm, künstl. gewonnenes radioaktives Element mit der Ordnungszahl 96; Atomgewicht des längstlebigen Isotops 245; →auch Transurane.

Curling ['kəː-; das; engl.], aus Schottland stammendes Eisspiel zwischen zwei Mannschaften zu je 4 Spielern, die versuchen, die C.-Steine, 20 kg schwere, polierte Granitsteine (ovale Form, 91 cm Umfang) auf einer 42 m langen u. 6 m breiten Spielbahn *(rink)* möglichst nahe an das Ziel *(tee)*, den Mittelpunkt des „Kreishauses" (besteht aus 4 konzentrischen Ringen), zu schieben u. gleichzeitig gegnerische Steine von dort wegzustoßen. Der Mannschaftskapitän *(skip)* steht hinter dem *Haus* u. gibt Spielanweisungen. Ein Spiel kann bis zu 17 Runden *(ends)* gehen. C. ist besonders in Kanada, in den USA, in Schottland u. in der Schweiz weit verbreitet. Organisation: *Dt. Curling-Verband*, München, gegr. 1966. In der Schweiz: *Schweizer. Curling-Verband*, Zürich, 8000 Mitglieder. – 📖 1.1.5.

Currency ['kʌrənsi; engl.], Währung, gesetzl. Zahlungsmittel.

Currency-Theorie ['kʌrənsi-], eine Notendeckungstheorie, in der mit Ausnahme der fiduziarischen Notenausgabe volle metallist. Deckung für alle Banknoten gefordert wird; in England 1844 durch die Peelsche →Bankakte verwirklicht. In der C. wird weder das Giralgeld noch das Problem der Umlaufsgeschwindigkeit berücksichtigt, außerdem wird die starre Kontingentierung den wechselnden Bedürfnissen der Wirtschaft nicht gerecht. Im Konjunkturaufschwung ist die Geldmenge daher bei Verwirklichung der Forderungen der C. regelmäßig zu knapp. Hauptvertreter der C. waren S. J. L. *Overstone* u. Sir R. *Peel.* Die Gegentheorie zur C. ist die *Banking-Theorie.* – 📖 4.5.3.

currentis [lat.], Abk. *cr.*, (des) laufenden (Monats, Jahres).

Curriculum [das; lat.], zuerst in der anglo-amerikan. Pädagogik aufgekommener Begriff: die Unterrichtsziele u. ihre Beschreibung, aber auch die Unterrichtsorganisation u. die Methoden, mit denen die Bildungsziele in den einzelnen Fächern bestimmt werden sollen.

Curriculum vitae [das; lat.], Lebenslauf.

Curry ['kœri; der; hindustan., engl.], aus Indien stammende, scharfe Gewürzmischung aus gelbem Curcumapulver, Cardamom, Koriander, Ingwer, Kümmel, Muskatblüte, Nelken, Pfeffer u. Zimt; neben diesen obligatorischen Zutaten je nach Schärfegrad Zusätze von Bockshornklee, Cayennepfeffer, Kreuzkümmel, Muskatnuß, Piment, Paprika u. Rosmarin; diente ursprüngl. zum Würzen von Reis, jetzt auch für andere Gerichte, bes. für *C.wurst.*

Curschmann, 1. Hans, Sohn von 2), Internist, *14. 8. 1875 Berlin, †10. 3. 1950 Rostock; Hauptarbeitsgebiet: Konstitutionslehre, Endokrinologie, Psychoneurologie, Balneologie.

2. Heinrich, Internist, *28. 6. 1846 Gießen, †6. 5. 1910 Leipzig; nach ihm benannt sind die *C.schen Spiralen*, spiralig gedehnte Schleimfäden im Auswurf bei Asthma bronchiale.

Cursores →Laufvögel.

Cursus [der; lat., „Lauf"], rhythm. Gliederung der Prosa an besonderen Stellen, etwa am Schluß eines Abschnitts.

Curtis ['kəːtis], **1.** George William, US-amerikan. Essayist u. Reformer, *24. 2. 1824 Providence, R. I., †31. 8. 1892 New Brighton, N. Y.; verfaßte Reiseberichte aus dem Nahen Osten u. schrieb über Sklavenbefreiung, Frauenrechte, Reform des öffentl. Dienstes u. sozialen Frieden; beeinflußt von R. W. *Emerson.*

2. Heber Doust, US-amerikan. Astronom, *27. 6. 1872 Muskegon, Mich., †9. 1. 1942 Ann Arbor, Mich.; untersuchte Spiralnebel u. Sternhaufen, erkannte die Nebel als außergalakt. Sternsysteme, gab Kataloge von Nebeln u. Sternhaufen heraus, nahm an verschiedenen Sonnenfinsternis-Expeditionen teil u. gründete eine Sternwarte in Südafrika zur Erforschung des südl. Himmels.

Curtius, 1. Ernst, Altphilologe u. Archäologe, *2. 9. 1814 Lübeck, †11. 7. 1896 Berlin; Erzieher des späteren Kaisers Friedrich III., Prof. in Göttingen u. Berlin, Leiter der dt. Ausgrabungen in Olympia; Hptw.: „Die Ausgrabungen zu Olympia" 1877–1881; „Peloponnesos" 1851; „Griech. Geschichte bis zur Schlacht bei Chäronea" 1857–1861.

2. Ernst Robert, Enkel von 1), Romanist, *14. 4. 1886 Thann im Elsaß, †19. 4. 1956 Rom; Deutungen des französ. Schrifttums u. Untersuchungen über das Fortleben der antiken Rhetorik im europ. Schrifttum des MA.; „Europ. Literatur u. latein. MA." 1948.

3. Georg, Bruder von 1), Altphilologe, *16. 4. 1820 Lübeck, †12. 8. 1885 Hermsdorf bei Warmbrunn; verschaffte der vergleichenden Sprachwissenschaft Eingang in die klass. Philologie; „Grundzüge der griech. Etymologie" 1858, [5]1879.

4. Julius, Neffe von 6), Politiker, *7. 2. 1877 Duisburg, †10. 11. 1948 Heidelberg; seit 1920 MdR (Dt. Volkspartei), 1926–1929 Reichswirtschafts-, 1929–1931 Außen-Min. als Nachfolger *Stresemanns*; trat 1931 zurück, nachdem sein Plan einer Zollunion zwischen Dtschld. u. Österreich am Einspruch des Internationalen Schiedsgerichtshofs in Den Haag gescheitert war.

5. Ludwig, Archäologe, *13. 12. 1874 Augsburg, †10. 4. 1954 Rom; Prof. in Erlangen, Freiburg i. Br. u. Heidelberg, Direktor des Dt. Archäolog. Instituts in Rom 1928–1937, lebte in Rom; Hptw.: „Die Wandmalerei Pompejis" 1929, [2]1960; „Das antike Rom" 1944; „Interpretationen von sechs griech. Bildwerken" 1947; „Dt. u. antike Welt" 1950; „Torso. Verstreute u. nachgelassene Schriften" 1957.

6. Theodor, Chemiker, *27. 5. 1857 Duisburg, †9. 2. 1928 Heidelberg; entdeckte das Hydrazin, die Diazoverbindungen u. die Stickstoffwasserstoffsäure.

Curtius Rufus, Quintus, röm. Historiker um 70 n. Chr.; schrieb eine Geschichte Alexanders d. Gr. in 10 Büchern, von denen 8 fragmentar. erhalten sind.

Curulische Beamte, höhere Beamte im alten Rom, mit dem Recht, auf einem Wagen zu fahren u. auf der *sella curulis* zu sitzen; zu ihnen gehörten: Interrex, Konsuln, Praetoren, Decemvirn, Konsulartribunen, Prokonsuln, Propraetoren sowie der Diktator u. sein oberster Gehilfe, der Magister equitum (Reiterführer), ferner die curul. Aedilen.

Curzon ['kəːrzn], **1.** Clifford, engl. Pianist, *18. 5. 1907 London; seit 1936 Konzertreisen in Europa u. in den USA; bes. Brahms-Interpret.

2. George, Earl (1911), Marquess (1921) *C. of Kedleston*, engl. Politiker (konservativ), *11. 1. 1859 Kedleston Hall, Derbyshire, †20. 3. 1925 London; 1899–1905 Vizekönig von Indien, 1919–1924 Außen-Min.; Schöpfer der *Curzon-Linie*, 1921 beim russ.-poln. Waffenstillstand zunächst Demarkationslinie (gemäß den ethnograph. Verhältnissen: Suwałki-Grodno-Nemirow-Brest-Przemyśl) festgesetzt, aber als Grenze gedacht. Die Polen erreichten nach einem Abwehrsieg über die Rote Armee im Frieden von Riga (1921) eine für sie günstigere Lösung; 1943 wurde den Russen in Teheran die C.-Linie mit geringen Abweichungen als neue Grenze zugestanden.

Cusanus →Nikolaus von Kues.

Cusco, peruan. Stadt, ehem. Hptst. des Inkareichs, →Cuzco.

Cuscuta →Teufelszwirn.

Cushing ['kʌʃ-], Harvey, US-amerikan. Chirurg, *8. 4. 1869 Cleveland, Ohio, †7. 10. 1939 New Haven, Conn.; nach ihm benannt ist die *C.sche Krankheit*, die durch eine Hirnanhangsdrüsengeschwulst (basophiles Adenom) bzw. einen Nebennierenrindentumor u. infolgedessen eine Überfunktion der Nebennierenrinde hervorgerufen wird. Ihre Symptome sind u.a. Fettsucht, bes. an Rumpf u. Gesicht („Vollmondgesicht"), Vermehrung der roten Blutkörperchen, Blutdruckerhöhung u. abnorme Entkalkung der Knochen.

Cusparia, Gattung der *Rautengewächse*; liefert die Angosturarinde *(Cortex Angusturae).*

Cuspinian, Johannes, eigentl. J. *Spießheimer*, vielseitiger Wiener Humanist, *1473 Schweinfurt, †19. 4. 1529 Wien; Schüler von C. *Celtis*, Freund Kaiser *Maximilians I.*; Reisebeschreibung: „Fontes rerum Austriacarum" 1549; Geschichtswerk: „De Caesaribus atque imperatoribus Romanis" 1540.

Cusset [ky'sɛ], mittelfranzös. Mineralbad im Dép. Allier, östl. von Vichy, 13500 Ew.; Maschinen-, Metall-, Lebensmittel-, Gummi-, Möbelindustrie, Ziegelei.

Custoza, *Custozza*, oberitalien. Dorf südöstl. vom Gardasee. Hier besiegte am 25. 7. 1848 J. Radetzky Karl Albert von Sardinien (*1798, †1849) u. am 24. 6. 1866 Erzherzog Albrecht die Italiener unter La Marmora.

Cut [kœt, engl. kʌt] = Cutaway.

Cutaway ['kʌtəwɛi; der; engl., „weggeschnitten"], *Cut*, schwarzer oder grauschwarz melierter Gehrock mit langen, vorn abgerundeten Schößen. Zum C. trägt man eine schwarz-grau gestreifte Hose ohne Umschlag u. einen Zylinder.

Cuticula = Kutikula.

Cutleriales →Braunalgen.

Cuttack ['katak], *Katak*, größte Stadt u. ehem. Hptst. des ind. Bundesstaats Orissa, am Kopf des Mahanadideltas; 200000 Ew.; alte Festung, Universität (1942); Marktort, Hafen ohne größere Bedeutung.

Cutter ['kʌtər; engl.], *Film:* Schnittmeister; vielfach auch von Frauen ausgeübter Beruf; nach Anweisung des Regisseurs wird der *Schnitt* eines Films durchgeführt.

Cuvée [ky've; die; frz.], Verschnitt junger Weine bei der Sektherstellung.

Cuvier [ky'vjeː], Georges Baron von, französ. Zoologe u. Paläontologe, *23. 8. 1769 Montbéliard, †13. 5. 1832 Paris; 1802 Generalinspekteur des öffentl. Unterrichts u. Kanzler der Pariser Universität; Begründer der größten anatomischen Sammlung Europas. Grundlegende anatom. Arbeiten vergleichender Art ermöglichten ihm, ein natürl. System der Tiere zu entwickeln. C. stellte die *Katastrophentheorie* auf, derzufolge konstante Arten einer Erdepoche jeweils durch Katastrophen vernichtet werden u. in einem Schöpfungsakt durch neue Arten ersetzt werden. – 📖 9.0.1.

Cuvierbecken [ky'vjeː-], Meeresbecken vor Westaustralien, bis –6656 m.

Cuvilliés [kyvi'ljeː], François de, d. Ä., französ. Baumeister u. Dekorateur, *23. 10. 1695 Soignies, Hennegau, †14. 4. 1768 München; ausgebildet in Paris, schuf seine Glanzleistungen in München, wo er seit 1725 als Kurfürstl. Hofbaumeister tätig war. Als Innenraumgestalter von großer Originalität gab C. zahlreiche Vorlagen für Ornamentstiche. Hptw.: Münchner Residenz, Dekoration der Reichen Zimmer, 1730–1737; Amalienburg in Nymphenburg, 1734–1739; Münchner Residenztheater, 1750–1753. – 🖼 →Barock.

Cuxhaven, niedersächs. Kreisstadt an der Mündung der Elbe in die Nordsee, 60000 Ew.; Seehafen, Reedereien, Hochseefischerei, Fischverarbeitung, Lotsenstation, Wetterwarte; Schiffbau, Maschinen-, Textil-, Holzwaren-, Nahrungsmittelindustrie; Nordseeheilbad in den Stadtteilen *Duhnen* u. *Döse.* - Ldkrs. C.: 2130 qkm, 192000 Ew.

Cuyahoga Falls [kai'hɔga fɔːlz], Industrievorstadt von Akron, Ohio (USA), am Cuyahoga River, nahe den Cuyahoga-Wasserfällen, 50000 Ew.

Cuyo, histor. argentin. Landschaft, umfaßt die Provinzen Mendoza, San Juan u. San Luís; 313700 qkm, 1,6 Mill. Ew.; subtrop. Trockengebiet, reicht von der Andenhauptkette über die Vorkordillere u. Pampine Sierren bis ins Vorland; in Tal- u. Gebirgsfußoasen bewässert u. intensiv bebaut (u.a. Wein, Obst, Gemüse, Oliven, Alfalfa); von 1560 (Erschließung) bis ins 19. Jh. nach Chile orientiert.

Cuyp [kœyp], Aelbert, holländ. Maler, *Okt. 1620 Dordrecht, begraben 15. 11. 1691 Dordrecht; Hauptmeister der klass. holländ. Landschaftsmalerei. C.s kleinformatige Frühwerke stehen J. van *Goyen* nahe; seit 1645 zeigen seine Bilder das charakterist. Leuchten der sonnendurchstrahlten Atmosphäre. Außer ruhigen, weiträumigen Weidelandschaften mit figürl. Vordergrundstaffage malte er auch Mondscheinlandschaften, Winterbilder, Stadtansichten, Seestücke, Stilleben u. Porträts.

Cuypers ['kœy-], Petrus Josephus Hubertus, niederländ. Architekt, *16. 5. 1827 Roermond, †3. 3. 1921 Roermond; neugot. kath. Backsteinkirchen, Rijksmuseum (1877–1885) u. Hauptbahnhof (1881–1889) in Amsterdam.

Cuza ['kuza], *Cusa*, Alexandru Ioan I., *20. 3. 1820 Galatz, †15. 5. 1873 Heidelberg; erster gewählter Fürst Rumäniens (1859), 1866 von den Bojaren gestürzt.

Cuzco ['kuθko], *Cusco*, Hptst. des peruan. Dep. C. (84141 qkm, 745000 Ew.), in einem fruchtba-

ren Becken der Anden (3470 m ü.M.), 130000 Ew.; Universität (gegr. 1692).
Von 1100 bis 1533 war C. die Hptst. des Inka-Reichs in Peru, gegliedert in *Hanan-C.* (Ober-C.) u. *Hurin-C.* (Unter-C.); die zwölf Bezirke waren in vier Stadtteile unterteilt. Vom Hauptplatz geht ein rasterförmig angelegtes Straßennetz aus. Die Mehrzahl der Tempel u. Paläste stammt aus der mit dem Regierungsantritt des Inka *Pachacutec* (1438) beginnenden imperialen Periode. Die Häuser waren ein- bis dreistöckig, die Königsbauten mit Gold verkleidet. C.s prächtigstes Gebäude, das Hauptheiligtum *Coricancha* („Goldhaus"), hatte einen Innenhof mit Pflanzen u. Tieren aus Gold. Ein hervorragendes Beispiel der inkaischen Steinarchitektur ist der „Stein der zwölf Ecken". Die noch teilweise erhaltenen Bauten sind heute mit span. Häusern überbaut. Oberhalb C.s erhebt sich die Feste →*Sacsahuaman.* – □ 5.7.7.

C. V., Abk. für *Cartellverband dt. kath. farbentragender Studentenverbindungen;* →Studentenverbindungen.

CVJM, Abk. für *Christlicher Verein Junger Menschen,* dt. Zweig der →YMCA, bis 1973 *Christlicher Verein Junger Männer,* vereinsmäßig organisierte Laienbewegung unter der ev. Jugend; unter engl.-amerikan. Einfluß im Anschluß an die aus der „Erweckung" stammenden Jünglingsvereine zu Ende des 19. Jh. entstanden (erster CVJM 1883 in Berlin); Zusammenschluß der CVJM-Gruppen zu regionalen Bünden (Nordbund, Westbund); 1945 neu organisiert, dt. Zentrale in Kassel.

CVP, Abk. für →Christlich-demokratische Volkspartei (Schweiz).

CWH, Abk. für →Chemische Werke Hüls AG.

Cyan [das; grch. *kyaneos,* „stahlblau"], genauer *Dicyan* $(CN)_2$, beim Erhitzen von Quecksilbercyanid entstehendes, sehr giftiges Gas von stechendem Geruch.

Cyanamid [das], das Diimid der Kohlensäure bzw. das Amid der Cyansäure, $H_2N-C\equiv N$, entsteht u.a. aus Ammoniak u. Chlorcyan. Seine Wasserstoffatome sind durch Metallatome ersetzbar, was zur Herstellung von Calciumcyanamid (→Kalkstickstoff) wichtig ist; auch zur Gewinnung von Kunstharzen verwendet (→Melamin).

Cyanate, die Salze der Cyansäure (HOCN); z.B. Kaliumcyanat KOCN.

Cyanide, die Salze der Cyanwasserstoffsäure (→Blausäure). Techn. Bedeutung hat das *Natriumcyanid* (NaCN), das zum Auslaugen von Gold u. Silber aus ihren Erzen verwendet wird, da diese Metalle mit ihm lösl. Komplexsalze bilden; es wird über Natriumamid ($NaNH_2$) u. Natriumcyanamid (Na_2NCN) aus metall. Natrium gewonnen. Die C. reagieren infolge Hydrolyse stark alkalisch, riechen nach Blausäure u. sind sehr giftig.

Cyanine, Gruppe synthet., vom *Chinolin* abgeleiteter, gelber, roter oder blauer Polymethinfarbstoffe, die vorwiegend als *Sensibilisatoren* in der Photographie verwendet werden; für die Textilfärberei wegen geringer Lichtechtheit nicht geeignet. Die Stammverbindung ist das blaustichige *Cyanin*.

Cyanit [der], *Disthen,* blaues, selten weißgraues oder gelbl. Mineral; triklin; Härte 4–4$^{1}/_2$; in kristallinen Schiefern, Granulit, Eklogit.

Cyankali, *Cyankalium, Kaliumcyanid,* ein Salz der *Blausäure,* chem. Formel KCN; sehr giftig; als Lösungsmittel für Gold u. in der Galvanoplastik verwendet.

Cyanophagen, eine Gruppe von *Viren,* die in Blaualgen (z.B. Anabaena) vorkommen u. deren Auflösung bewirken können. Ihre Zusammensetzung entspricht der von *Bakteriophagen.*

Cyanophyceae →Blaualgen.

Cyborg [Kunstwort aus engl. *Cybernetic organism*], ein Mensch, bei dem Organe durch techn. Geräte ersetzt sind, um z.B. extreme Umweltbedingungen (Weltraumfahrt) überleben zu können; hypothet. Projekt.

Cycas →Cykadeen.

Cyclamate, *Zyklamate,* Sammelbez. für eine Gruppe von Süßstoffen, meist Natrium- oder Calciumsalze der Cyclohexylsulfaminsäure. Die Süßkraft eines Cyclamats ist etwa 35mal stärker als die von Saccharose, bestimmt in einem Bereich von 1–10% Saccharose-Lösung. Nach anfängl. weltweiter Zulassung zum Hausgebrauch u. zu gewerbl. Verarbeitung haben inzwischen einige Länder vorsorgl. einschränkende Maßnahmen ergriffen, bis zur eindeutigen Klärung der amerikan. Berichte über die das Cyclamat betreffenden Verdachtsmomente hinsichtl. seiner Verträglichkeit (z.B. Verwendung nur noch für Diabetiker-Diät).

Cyclamen →Alpenveilchen.

cyclische Verbindungen, *ringförmige Verbindungen,* organ.-chem. Verbindungen, die 3–40 Atome enthalten u. zu einem Ringmolekül geschlossen sind. Man unterteilt in *carbo-(iso-)cyclische, heterocyclische* u. *alicyclische* Verbindungen.

cyclo... = zyklo...

Cyclohexan [das], *Hexahydrobenzol, Naphthen,* C_6H_{12}, alicyclischer Kohlenwasserstoff, der in verschiedenen Erdölen vorkommt u. synthet. durch Wasserstoffanlagerung an Benzol gewonnen werden kann; farblose, leicht brennbare Flüssigkeit.

Cyclohexanon [das], ringförmig gebautes *Keton;* eine farblose Flüssigkeit von pfefferminzartigem Geruch, die durch Phenolhydrierung hergestellt wird; Lösungsmittel für Acetyl- u. Nitrocellulose, Fette, Öle u. Kautschukarten; Ausgangsprodukt für die zur Herstellung von Polyamiden wichtige →Adipinsäure.

Cyclohexanonoxim [das], das Oxim des *Cyclohexanons;* wichtiges Zwischenprodukt zur Herstellung von ε-Caprolactam (bzw. Perlon).

Cycloidschuppen →Fischschuppen.

Cyclomorphose, *Gestaltwechsel,* Veränderungen von Größe, Form, Gewicht u.ä. bei Wasserflöhen u. anderen Süßwassertieren in Abhängigkeit von der Jahreszeit. →auch Polymorphie, Dimorphismus.

Cyclonium [das], von US-amerikan. Forschern vorgeschlagene Bez. für das Element mit der Ordnungszahl 61, das 1941–1943 bei der Bestrahlung der Nachbarelemente im Zyklotron erhalten wurde. Später wurde es als Isotop des 1945 entdeckten radioaktiven Elements *Promethium* erkannt.

Cycloparaffine = Naphthene.

Cyclopentadien [das], ein doppelt ungesättigter Kohlenwasserstoff; eine farblose Flüssigkeit, die aus Erdöl u. dem Rohbenzol der Steinkohlenteerdestillation gewonnen wird; dient zu organ. Synthesen, z.B. für einige Alkaloide u. Kunstharze.

Cyclops, Gattung der →Ruderfußkrebse.

Cyclostomata →Rundmäuler.

Cykadeen [grch.], *„Palmfarne", Cycadaceae,* Klasse der *Nacktsamigen Pflanzen,* die wahrscheinl. bereits im Paläozoikum vorhanden war u. deren lebende Vertreter von hoher entwicklungsgeschichtl. Bedeutung sind. Die heute bekannten Gattungen sind auf die Tropen u. Subtropen beschränkt. Die vegetativen Teile der Pflanzen sind in der Gestalt Farnen bzw. Palmen ähnlich. Der Stamm ist knollig oder säulenartig, höchstens 20 m hoch u. nur selten verzweigt. Die Blätter sind lederig u. mehrjährig, meist am Ende des Stamms zusammengedrängt, einfach oder doppelt gefiedert. Die männl. Blüten sind stets zapfenförmig, während die weibl. einen Blütenstand aus schuppenförmigen Fruchtblättern bilden. Hinsichtlich der stets zweihäusig verteilten Blüten ist bes. interessant, daß die Pollenkörner nach Übertragung auf die weibl. Blüten noch bewegl., 0,3 mm große Spermatozoiden, die größten im Pflanzen- u. Tierreich, entwickeln. Wichtigste Gattungen: Cycas (Ostasien), Dioon u. Ceratozamia (Mexiko), Zamia (trop. Amerika), Microcycas (Kuba) u. Macrozamia (Australien).

Cymbal = Cimbalon.

Cymbidium [das; grch.], *Kahnlippe,* großblütige südasiat. Orchideengattung.

Cymol (p) [das], *Zymen, Isopropyltoluol,* farblose Flüssigkeit, die in äther. Ölen von Eukalyptus u. Kümmel vorkommt; Baustein vieler *Terpene.*

Cymophan [der; grch.], ein Edelstein, Abart des Chrysoberylls.

Cynewulf ['ky-], angelsächs. Dichter, lebte im 8. Jh.; behandelte Stoffe des Neuen Testaments u. Heiligenlegenden.

Cynomoriazeen, Cynomoriaceae, Pflanzenfamilie der *Myrtales;* zu ihnen gehört u.a. der Hundskolben.

Cyperaceae →Sauergräser.

Cyperales [grch.], Ordnung der *Monokotyledonen,* mit der einzigen Familie der →Sauergräser (Cyperaceae).

Cypern, Insel im östl. Mittelmeer, = Zypern.

Cypress Hills ['saiprəs-], südwestkanad. Bergland, 1466 m.

Cyprian von Karthago, Thascius Caecilius Cyprianus, Kirchenschriftsteller, Heiliger, * nach 200 Karthago, † 14. 9. 258 Karthago; seit 248 Bischof von Karthago; verwarf im Ketzertaufstreit (gegen Bischof Stephan von Rom) die Gültigkeit der von Häretikern gespendeten Taufe, gegenüber schismat. Bestrebungen vertrat er jedoch entschieden die Einheit der Kirche; Märtyrer in der valerian. Verfolgung; Fest: 16. 9., in der russ. Kirche: 31. 8.

Cyprin [grch.; der], ein Mineral: wohl durch Kupfer himmelblau gefärbter *Vesuvian,* aus Telemarken (Norwegen).

Cyprislarve, typ. Larve der *Rankenfußkrebse,* auf das Metanauplius-Stadium folgend.

Cyrankiewicz [tsiran'kjevitʃ], Józef, poln. Politiker, * 23. 4. 1911 Tarnów; seit 1933 aktives Mitgl. der Poln. Sozialist. Partei (PPS); 1941–1945 im dt. KZ. Nach 1945 organisierte C. die PPS u. wirkte als deren Generalsekretär an der Fusion der PPS mit der kommunist. Poln. Arbeiterpartei 1948 mit. Als Parteigänger B. *Bieruts* war er seit 1948 Mitgl. des Politbüros u. des Sekretariats der Vereinigten Poln. Arbeiterpartei, 1954/55 schloß er sich zunächst E. *Ochab,* 1956 W. *Gomułka* an. Min.-Präs. 1947–1952 u. 1954–1970, Ende 1970–1972 Vors. des Staatsrats (Staatsoberhaupt); 1971 aus dem Politbüro ausgeschieden.

Cyrano de Bergerac [sira'no də bɛrga'rak], Savinien de, eigentl. Hector-Savinien Cyrano, französ. Schriftsteller, * 6. 3. 1619 Paris, † 28. 7. 1655 Paris; Vorläufer der französ. Aufklärung, lebendiger, einfallsreicher Geist, schrieb phantast.-satir. Schilderungen von Reisen zum Mond u. zur Sonne (posthum 1657 u. 1662, dt. „Reise in die Sonne" 1909 u. „Mondstaaten u. Sonnenreiche" 1913).

Cyrenaica, *Kyrenaika,* nordafrikan. Halbinsel (*Barqa*) u. Teilgebiet von Libyen, östl. der Großen Syrte; 806 500 qkm, Hauptort: *Bengasi;* Häfen: Derna, Tobruk. 1940–1942 Schauplatz von Kämpfen zwischen brit. u. italien.-dt. Truppen.

Cyriacus, Heiliger, Märtyrer in Rom wohl um 309; einer der 14 Nothelfer; Patron gegen Versuchungen u. böse Geister.

Cyrillus →Kyrillos und Methodios.

Cysarz, Herbert, Literarhistoriker, * 29. 1. 1896 Oderberg; Forschungen zur Geschichte der dt. Literatur im Barock, in der Klassik u. im 19. Jh., bes. auch über das Verhältnis von Philosophie u. Dichtung.

Cystein [das; grch.], α-*Amino-β-mercaptopropionsäure,* $CH_2(SH)-CH(NH_2)-COOH$, schwefelhaltige, reine Aminosäure, die durch Spaltung von Eiweißstoffen erhalten werden kann; medizin. angewendet bei Infektionen, Lebererkrankungen u. Vergiftungen durch Schwermetallsalze. C. steht im umkehrbaren (Redox-)Gleichgewicht mit *Cystin.*

Cysticercose, durch Finnen (*Cysticercus*) verursachte Krankheit der Zwischenwirte des →Bandwurms.

Cystin [das; grch.], das Disulfid des *Cysteins;* wei-

Cykadeen: der „Palmfarn" Cycas revoluta

Cystoideen

ßes kristallin. Pulver, sehr wenig lösl. in Wasser; im tier. u. menschl. Körper wichtiges Spaltprodukt von Eiweißstoffen u. Hauptbestandteil des *Keratins* der Häute, Federn, Haare u. Nägel, deren Festigkeit es bewirkt.

Cystoidęen [grch. *kystis*, „Blase"], *Beutelstrahler*, ausgestorbene, festsitzende Gruppe der *Echinodermen*, mit kugeligem Körper, Stiel und oft mehreren armartigen Anhängen. Die nächsten lebenden Verwandten sind die →Haarsterne. Verbreitung: Ordovizium bis Oberdevon. Weitere, ähnlich gestaltete Echinodermen-Gruppen des Paläozoikums sind die *Carpoidea* und *Blastoidea*.

cyto... = zyto...

Cytochrọme [grch.], *Zellhämine*, Enzyme, deren prosthetische Gruppen Hämverbindungen sind. Als Glieder der →Atmungskette kommen sie in allen Zellen (nur ganz wenige Ausnahmen) an Mitochondrien gebunden vor. Sie transportieren die vom Wasserstoff stammenden Elektronen zum Sauerstoff.

Cytoịdea, *Ciliophora*, die höchstentwickelte Gruppe der *Protozoen*; die C. unterscheiden sich von den *Cytomorpha* durch *Wimpern*, durch den *Kerndimorphismus* (es sind stets zwei Kerne mit verschiedener Funktion vorhanden; der Großkern oder *Makronucleus* u. der Kleinkern oder *Mikronucleus*) u. durch die bes. Form des Geschlechtsprozesses, die *Konjugation*.

Cytomọrpha, *Plasmodroma*, die einfachste Gruppe der *Protozoen*; die C. haben, im Gegensatz zu den *Cytoidea*, nur einen bzw. viele Kerne mit gleicher Funktion. Hierher gehören 4 Tierstämme: *Flagellaten* oder *Geißeltierchen*, *Mastigophora*; *Wurzelfüßer*, *Rhizopoda*; *Sporozoen*, *Sporozoa*; *einzellige Wimperträger* oder *Protoziliaten*, *Ciliatoidea*; ferner einige schwer einzuordnende Gruppen wie die *Piroplasmen*, *Piroplasma*.

Cytosịn [das; grch.], Derivat des Pyrimidins, Bestandteil der →Nucleinsäuren.

Czartoryski [tʃartɔ'riski], poln. Fürstengeschlecht litauischer Abstammung (von einem Bruder des Königs *Władysław Jagiełło*): **1.** Adam-Kazimierz (Kasimir), poln. Staatsmann u. Schriftsteller, *1. 12. 1734 Danzig, †19. 3. 1823 Sieniawa, Galizien; General-Starost von Podolien, auf allen Gebieten der poln. Aufklärungsreform tätig, Anhänger der Konstitution vom 3. Mai 1791. **2.** Adam-Jerzy (Georg), Sohn von 1), poln. Staatsmann, *14. 1. 1770 Warschau, †15. 7. 1861 Montfermeil bei Paris; seit 1802 Leiter des russ. Außenministeriums, seit 1804–1806 russ. Außen-Min.; 1803–1823 Kurator der Universität Wilna, 1830/ 1831 Präsident der aufständ. poln. Regierung; seit 1831 Haupt der konservativen poln. Emigration („Hôtel Lambert"), leitete eine diplomat. antiruss. Tätigkeit, bes. in den Balkanländern.

Czechowice [tʃɛxɔ'vitsɛ], *C.-Dziedzice*, Stadt in Südostpolen, nördl. von Bielitz-Biala (Wojewodschaft Katowice), 25000 Ew.; Steinkohlenbergbau, Ölraffinerie, Metallindustrie.

Czekanowski [tʃɛka'nɔfski], Jan, poln. Anthropologe, *6. 10. 1882 Gluchow, †20. 7. 1965 Stettin; Arbeiten zur poln. Rassenkunde.

Czeladź ['tʃɛlatj], poln. Stadt in Schlesien, an der Brynica (Wojewodschaft Katowice), 32000 Ew.; Steinkohlenabbau, keram. Industrie.

Czernin ['tʃɛrnin], Ottokar Graf *C. von und zu Chudenitz*, österr.-ungar. Politiker, *26. 9. 1872 Dimokur, Böhmen, †4. 4. 1932 Wien; 1916–1918 Außen-Min., spielte eine wenig glückliche Rolle bei der Übermittlung der österr. Sonderfriedenswünsche an die Entente u. mußte wegen der Sixtusbriefe zurücktreten; schloß für Österreich den Frieden von Brest-Litowsk.

Czerny ['tʃɛrni], **1.** Adalbert, Kinderarzt, *25. 3. 1863 Szczakowa, Galizien, †3. 10. 1941 Berlin; einer der Begründer der modernen Kinderheilkunde, prägte den Begriff der *exsudativen Diathese*, gab eine spezielle Säuglingsernährung an *(C.sche Butter-Mehl-Nahrung)*. **2.** Carl, österr. Pianist, Komponist u. Musikpädagoge, *20. 2. 1791 Wien, †15. 7. 1857 Wien; Schüler *Beethovens*, Lehrer u. a. von F. *Liszt*; über 1000 Kompositionen, von denen nur die Unterrichtswerke für Klavier von Bedeutung waren. **3.** Vinzenz von, Chirurg, *19. 11. 1842 Trautenau, Böhmen, †3. 10. 1916 Heidelberg; entwickelte eine Modifikation der Leistenbruchoperation.

Czerny-Stefańska ['tʃɛrnɛ:-], Halina, poln. Pianistin, *30. 12. 1922 Krakau; Schülerin von A. *Cortot*. 1949 erhielt sie den 1. Preis beim Chopin-Wettbewerb; seitdem international bekannt.

Częstochowa ['tʃɛ̃stɔxɔva], südostpoln. Stadt, = Tschenstochau.

Czettel ['tʃɛtɛl], Hans, österr. Politiker (SPÖ), *20. 4. 1923 Wien; seit 1953 Abg. zum Nationalrat, 1964–1966 Innen-Min., 1966 Erster Stellvertr. Parteivorstand der SPÖ.

Czibulka [tʃi-], Alfons Frhr. von, österr. Erzähler, *28. 6. 1888 Schloß Radborsch bei Kolin, Böhmen, †21. 10. 1969 München; Romane u. Biographien aus altösterr. u. friderizian.-theresian. Zeit: „Prinz Eugen von Savoyen" 1927; „Der Münzturm" 1936; „Der Kerzelmacher von St. Stephan" 1937; „Das Abschiedskonzert" 1944; „Die Brautfahrt nach Ungarn" 1953; „Reich mir die Hand, mein Leben" 1956; auch Funkwerke u. Übersetzungen französ. Literatur.

Czinner [tʃi-], Paul, ungar. Filmregisseur u. -produzent, *30. 5. 1890 Wien, †22. 6. 1972 London; drehte in Dtschld.: „Nju" 1924; „Der Geiger von Florenz" 1926; „Fräulein Else" 1929; „Ariane" 1931; „Der träumende Mund" 1932 (1952 wiederverfilmt); nach 1932 im engl. Film tätig: „Don Giovanni" 1955.

Czóbel [tso-], Béla, ungar. Maler, *4. 9. 1883 Budapest; am Fauvismus u. an ungar. Stiltraditionen orientierte Gemälde von leuchtender Farbigkeit u. mit vereinfachter Zeichnung; Gründungsmitglied der Gruppe „Die Acht"; Kossuth-Preisträger.

Czyżewski [tʃi'ʒɛfski], Tytus, poln. Maler, *28. 12. 1880 Berdychów, †6. 5. 1945 Krakau; studierte an der Krakauer Kunstakademie und in Paris; vertrat einen eigenwilligen, vom Kubismus beeinflußten Expressionismus und gründete 1917 gemeinsam mit anderen Künstlern die „Formisten"-Gruppe; auch als Schriftsteller, Dramaturg und Kunsttheoretiker tätig.

d, D, 4. Buchstabe des dt. Alphabets, griech. *Delta* (δ, Δ), semit. *Daleth,* „Tür".
d, 1. *Atomphysik:* Zeichen für *Deuteron.*
2. *Mathematik:* 1. Zeichen für *Differential* (z. B. dx, dy). – 2. *Δ* (Delta), Zeichen für *Differenz.* – 3. Zeichen für *Durchmesser.*
3. *Münzwesen:* bis 1971 Abk. für *Penny* bzw. *Pence.*
4. *Musik:* die 2. Stufe der C-Dur-Tonleiter; →Grundskala.
d., Abk. für lat. *dies,* „Tag".
d-, vor chem. Bez.: rechtsdrehend (→optische Aktivität); besser: +; →auch D-.
D, 1. *Münzwesen:* Münzbuchstabe der Münzstätten Aurich, Düsseldorf, München, Graz, Salzburg u. Lyon.
2. *Verkehrswesen:* an Kraftfahrzeugen Kennzeichen für *Deutschland.*
3. *Zahlen:* röm. Zahlzeichen für fünfhundert.
D., 1. Abk. des röm. Namens *Decimus.*
2. *D. theol.,* Abk. für *Doktor der ev. Theologie* (ehrenhalber).
D- [lat. + grch. *dextrogyr,* „rechtsdrehend"], *Chemie:* Zusatzbezeichnung für optisch aktive Verbindungen, die die gleiche *Konfiguration* wie die rechtsdrehende D-Weinsäure haben. Der wahre Drehsinn (+ oder −) der Verbindung hinsichtl. der opt. Aktivität wird durch diese Bezeichnung nicht angegeben. Gegensatz: L-; →auch d-.
da, Kurzzeichen für die Vorsatzsilbe →deka.
d. Ä., Abk. für *der Ältere* (bei Eigennamen).
DAAD, Abkürzung für →Deutscher Akademischer Austauschdienst.
DAB, Abk. für →Dortmunder Actien-Brauerei.
DAB 7, *D.A.B. 7,* Abk. für *Deutsches Arzneibuch,* 7. Ausgabe von 1968; →Arzneibuch.
Dabit [da'bi], Eugène, französ. Arbeiterdichter, *21. 9. 1898 Paris, †21. 8. 1936 Sewastopol; schilderte den Alltag: „Hôtel du Nord" 1929, dt. 1931; „Petit-Louis" 1930, dt. „Der Kleine" 1932.
Dąbrowa Górnicza [dã'brɔva gur'nitʃa], *Dombrowa Gora,* poln. Stadt nordöstl. von Kattowitz (Wojewodschaft Katowice), 60 000 Ew.; Zentrum des rd. 600 qkm großen *Dombrower Kohlenbeckens,* poln. *Zagłabie Dąbrowskie;* Eisenhütte.
Dąbrowska [dã'brɔf-], *Dombrowska,* Maria, geb. *Szumska,* poln. Schriftstellerin, *6. 10. 1889 Russów bei Kalisch, †19. 5. 1965 Warschau; Erzählungen, Romane, Bühnenstücke; Tetralogie „Nächte u. Tage" (Familienroman) 1932–1934, dt. 1938; „Der Morgenstern" (Erzählungen) 1955, dt. 1958.
da capo [ital., „von vorn"], *Musik:* Anweisung zur Wiederholung des ersten Abschnitts „bis zum Zeichen" *(al segno)* bzw. „bis zum Ende" *(al fine).* – *Da-capo-Arie,* Wiederholung des ersten Teils einer zweiteiligen Arie (Form A-B-A) in vielen Opern, Oratorien u. Kantaten des Hoch- u. Spätbarocks.
Dacca, Hptst. von Bangla Desh, im Brahmaputradelta, 1,7 Mill. Ew.; Universität; Textil-, Metall-, chem., Schmuck- (Silberstickerei, Muschelschnitzerei) u. Werftindustrie; Pipeline vom Erdgasfeld *Titas,* Wärmekraftwerk; internationaler Flughafen.
Dach, 1. *Bergbau:* das „Gebirge" unmittelbar über einem Abbauraum.
2. *Hausbau:* die Abdeckung von Gebäuden gegen Regen, Schnee, Wind, Hitze u. Kälte. Form u. Ausbildung des D.s bestimmen die Ausnutzung des D.raums u. sind mitentscheidend für die architekton. Wirkung des Gebäudes. Jede Art der →Dachdeckung verlangt eine bestimmte D.neigung. Aufgrund der festgelegten D.neigungen, Trauf- u. Firsthöhen u. des Gebäudegrundrisses werden bei der D.ausmittlung die *Traufe* (die untere), der *First* (die obere Abschlußkante der D.fläche), die *Kehlen* oder *Ixen* (die einspringenden) u. die *Grate* (die ausspringenden Schnittlinien zweier D.flächen) bestimmt. Die D.deckungsstoffe mit Unterlage (z. B. Schalung) bilden die *D.haut.* Das Tragwerk des D.s heißt *Dachstuhl;* es besteht vorwiegend aus Holz oder Stahl. Neuere D.konstruktionen bestehen oft aus Stahl- oder Spannbeton, wobei Schalen u. Flächentragwerke eine hervorragende Rolle spielen.
Dach, Simon, Barocklyriker, *29. 7. 1605 Memel, †15. 4. 1659 Königsberg; Prof. der Poesie in Königsberg, gehörte dem Dichterkreis „Musikal. Kürbishütte" an; tief erlebte, schlichte Lieder u. Choräle im Geist des luther. Humanismus: z. B. „Der Mensch hat nichts so eigen". Das umstrittene Lied „Anke von Tharau" wird ihm neuerdings wieder zugesprochen. – 🗔 3.1.1.
Dachau, oberbayer. Kreisstadt an der Amper, nordwestl. von München, westl. des *Dachauer Moores* (heute fast vollständig kultiviert); 34 000 Ew.; Moorbad; Papierindustrie, Rundfunkapparatebau, Brauereien. – Ldkrs. D.: 579 qkm, 93 000 Ew.
Bei D. bestand 1933–1945 eines der berüchtigtsten nat.-soz. Konzentrationslager. Auf dem Gelände wurden nach 1945 Sühnekapellen, ein Mahnmal (1960) u. ein Karmeliterinnen-Kloster (1964) errichtet.
Dachdecker, Ausbildungsberuf des Handwerks (Bau- u. Ausbauhandwerk), 3 Jahre Ausbildungszeit; gibt dem Haus Schutz durch Abdeckung mit Metall, Ziegeln, Schiefer, Pappe u. Kunststoffen, setzt Blitzschutzanlagen u. legt auch Dachrinnen an; Fortbildungsmöglichkeiten durch Besuch der *Meisterschule des D.handwerks* in Mayen.
Dachdeckung, die äußerste, regenabwehrende, die Dachhaut bildende Schicht des Dachs. Man unterscheidet *weiche D.* mit Brettern, Schindeln, Stroh oder Schilfrohr (heute meist nur noch für untergeordnete Bauten, z. B. Schuppen u. Hütten; die Anwendung ist durch feuerpolizeil. Vorschriften begrenzt) u. *harte D.* mit Schiefer, D.ziegeln (gebrannte Tonmassen), D.steinen (kaltgebunden), Tafeln (z. B. Wellasbest), Metall (Zink, Kupfer, Blei) u. Dachpappe. Von der Art der D. hängt die erforderl. Neigung des Dachs ab, z. B.:

	Grad Neigung
Holzzement	2,5–10
Asbestzement	5–90
Zink	7–15
Falzziegel	15–50
Schiefer (doppelt)	25–90
Kronen, Hohlpfannen	40–60
Stroh	45–80

Dachgaupe, Aufbau für stehende Dachfenster; die jeweilige Form ist abhängig von Dachneigung, Größe der Dachfläche, Deckmaterial, Zweck u. a.
Dachgesellschaft, Ober-, Muttergesellschaft, bei Konzernen eine Gesellschaft (AG oder GmbH), die gewöhnl. nicht selbst produziert, sondern nur die Aktien der Tochtergesellschaften, deren Mehrheit sie in der Regel besitzt, verwaltet, die einheitl. Geschäftspolitik des Konzerns sichert u. die Finanzierung durchführt. →auch Holdinggesellschaft.
Dachhaut →Dachdeckung.
Dachkehle, *Ixe,* die eine Rinne bildende Schnittlinie zweier Dachflächen. Gegensatz: *Grat* (ausspringende Kante).
Dachkies, gesiebter feiner Kies zum Bestreuen von Bitumen- oder Teerdachpappen u. zur Herstellung von Kiespreßdächern.
Dachlatten, Latten, die auf den *Sparren* aufliegen u. die Dachdeckung tragen; Querschnittsfläche bis 32 cm², Seitenverhältnis höchstens 1:2.
Dachneigung, nach dem Winkel an der Traufe

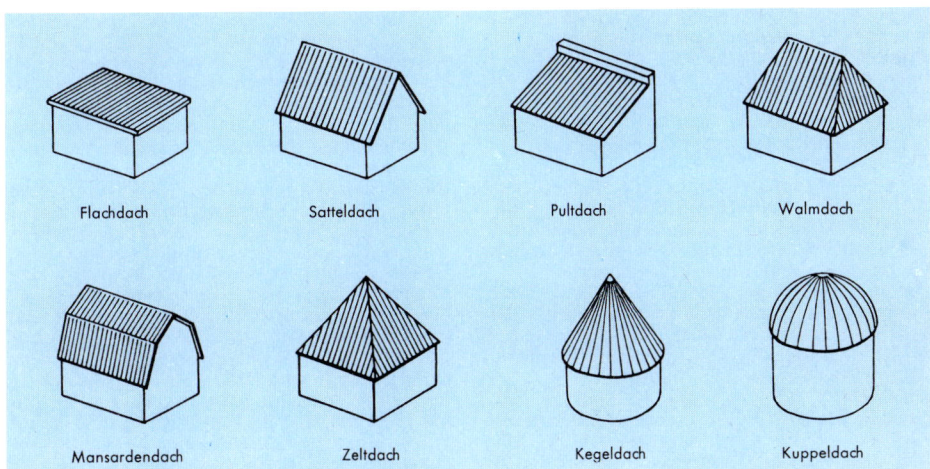

Dachformen

angegebene Neigung von Dachflächen: Flachdächer haben 3°–7°, flach geneigte Dächer 8°–35°, Steildächer über 35° Neigung. →auch Dachdeckung.

Dachpappe, mit Teer oder Bitumen imprägnierte, mit einer Deckmasse überzogene u. mit Sand bestreute Pappe für Zwecke der Bauwirtschaft.

Dachratte, Hausratte →Ratten.

Dachreiter, Türmchen auf dem Dachfirst von Gebäuden, das häufig einen Glockenstuhl oder eine Uhr trägt und sich meist über der Vierung oder dem Chorhaupt (Kathedrale von Reims) befindet. Der D. aus Holz oder Stein ersetzte in der Zisterzienserarchitektur den Turm.

Dachsberg, Gipfel im Oberpfälzer Wald, östl. von Oberviechtach, 890 m.

Dachschichten, *Bergbau:* die unmittelbar über einer Lagerstätte liegenden Erdschichten. →auch Dach (1).

Dachschiefer, bes. gut spaltbare, graue Schiefer; die Spaltbarkeit ist eine Folge des tekton. Drucks; Verwendung für Dacheindeckungen; berühmte Brüche bei Sankt Goar, Rüdesheim, Goslar, im thüring. Schiefergebirge u. a.

Dachse, *Melinae,* Unterfamilie der *Marder,* plumpe Tiere mit fast rüsselförmiger Schnauze; die Vorderbeine haben starke Grabkrallen. D. sind Pflanzen-, Früchte- u. Kleintierfresser; Nachttiere, die den Tag in selbstgegrabenen Bau verbringen. Der *Gewöhnliche Dachs, Meles meles,* ist in Europa, Mittel- u. Südwestasien verbreitet; er ist 75 cm lang, graugelb mit breiten weißen u. schwarzen Streifen an Kopf u. Hals. Zu den D.n gehören ferner der *Honigdachs,* der *Stinkdachs,* das *Stinktier* und die *Zorilla.*

Dachshund →Dackel.

Dachsriegel, Berg im Hinteren Oberpfälzer Wald, 828 m.

Dachsteine, aus Sand u. Normenzement kaltgebundene Dacheindeckungssteine. →auch Dachziegel.

Dachsteingruppe, Gebirgsmassiv aus Dachsteinkalk im Salzkammergut (Österreich), mit verkarsteter u. z.T. vergletscherter Hochfläche (Gosaugletscher, Hallstätter u. Schladminger Gletscher); steile Südwände, in der Nordflanke große Höhlen mit Eis- u. Tropfsteinbildungen (Rieseneishöhle, Mammuthöhle); von Obertraun aus Seilbahnen bis auf das Hochplateau; höchste Gipfel: *Hoher Dachstein* 2996 m, *Torstein* 2948 m, *Großer Koppenkarstein* 2865 m.

Dachsteinkalk, Stufe der alpinen Trias: bis über 1000 m mächtige, hellgraue u. weißl. Kalke; in Tirol, Vorarlberg u.a.

Dachstuhl →Dach.

Dachwehr, bewegliches, aus zwei dachförmig gegeneinander geneigten Klappen bestehendes *Wehr.* Der Wasserstand in dem von den beiden Klappen gebildeten Hohlraum kann beliebig eingestellt u. dadurch die Stauhöhe geregelt werden.

Dachziegel, gebrannte, flächige Bauelemente aus Lehm, Ton oder tonigen Massen unter Zusatz geeigneter Magerungsmittel; nach der Herstellungsart unterteilt in *Preß-D.* u. *Strang-D.;* nach Form u. Verfalzung unterscheidet man beim Preß-D.: *Falzziegel, Falzpfannen, Flachdachziegel* u. *Krempziegel,* beim Strang-D.: *Hohlpfannen, Biberschwanzziegel* u. *Strangfalzziegel.* First- u. Gratziegel, Zubehör- u. Sonderziegel gehören zu jeder Ziegelart. D. müssen form- u. maßhaltig sein u. dürfen keine schädl. Stoffe enthalten.

Dackel, Teckel, Dachshund, krumm- u. kurzbeinige, langgestreckte Jagdhundrasse für die Fuchs-, Dachs- u. Kaninchenjagd; dringt in den Bau ein. Kurz-, rauh- oder langhaarig; schwarz, rot, grau, silbergrau, lohfarben oder getigert.

Dackellähme, Teckellähme, Nachhandlähmung bei Dackeln (seltener bei anderen Hunderassen), die durch Veränderungen (Wucherungen, Vorfälle) der Zwischenwirbelscheibe meist im Bereich der Lendenwirbelsäule auftritt; breitet sich mitunter auch auf die Vorderextremitäten aus.

Dacko, David, zentralafrikan. Politiker, * 24. 3. 1932 M'Baiki; 1960–1966 Präs. der Zentralafrikan. Republik u. Führer der Einheitspartei MESAN (Bewegung für soziale Entwicklung des Schwarzen Afrika).

Da Costa, Gabriel, →Acosta, Gabriel.

Dacqué [da'ke:], Edgar, Naturwissenschaftler u. Philosoph, * 8. 7. 1878 Neustadt, † 14. 9. 1945 Solln; Kritiker des Darwinismus, der von der Paläontologie zur Mythenforschung gelangte u. die romant. Vorstellung vom Menschen als dem Ur-

Dachsteingruppe: Hachau mit Dachstein-Südwand

grund der Tierwelt erneuerte; Hptw.: „Urwelt, Sage u. Menschheit" 1924.

Dacron, eine Kunstfaser aus Polyester u. Styrol.

Dacrydium [das; grch.], *Schuppeneibe, Träneneibe,* in Tasmanien, Neuseeland u. im Malaiischen Archipel heim. Gattung der *Nadelhölzer.*

Dadaiko [das], japan. Riesentrommel, bestehend aus einem Trommelzylinder von über 1 m Länge, 127 cm Durchmesser u. einer Holzstärke von 7 cm; die (senkrecht hängenden) überstehenden Endflächen mit den Fellen haben bis zu 2 m Durchmesser.

Dadaismus [wahrscheinl. von frz. *dada,* kindl. Bez. für „Holzpferdchen"], seit 1916 (Gründung des „Cabaret Voltaire", Zürich) internationale pazifist. künstler. Bewegung, die als Protest gegen die Institutionalisierung der Kultur, die Zweckgebundenheit der Kunst u. die Perfektion der Technik eine Hinwendung zum scheinbar Sinnlosen forderte. Zufall u. Spontaneität wurden als Gesetz dieser gegen bürgerl.-konformist. Kunstideale rebellierenden „Anti-Kunst". Die im 1. Weltkrieg brüchig gewordenen Ordnungssysteme sollten kraft der absoluten künstler. Freiheit des Individuums als unverbindlich entlarvt werden. In Literatur u. bildender Kunst wurden die aus der Zertrümmerung gewohnter Denkzusammenhänge gewonnenen Elemente zu neuen Synthesen verwendet; als Ausdrucksform bevorzugte man „Collagen" (Klebebilder) u. willkürl. assoziierte Wort- u. Silbenreihen in traumhaft-alogischer Verknüpfung. Die inhaltl. Aussage der Werke trat in den Hintergrund gegenüber dem Spiel mit der Form. Bildkünstler. Vorformen des D. finden sich in der *Pittura metafisica* u. im *Futurismus.* Nach dem 1. Weltkrieg beeinflußte der D. stark den *Surrealismus,* von dessen konstruktiver Forderung nach Kommunikation sich die dadaist. Betonung eines totalen Subjektivismus jedoch deutl. unterscheidet. Anklänge an den D. finden sich in neuerer Zeit in der *Pop-Art,* der aber häufig das polit.-moral. Engagement des D. fehlt; das *Happening* ist auf ähnl. dadaist. Veranstaltungen zurückzuführen. Zentren des bis etwa 1924 bedeutsamen D.: Zürich, Berlin, Paris, New York; wichtigste Vertreter: Hans *Arp,* Hugo *Ball,* Marcel *Duchamp,* Max *Ernst,* George *Grosz,* Richard *Huelsenbeck,* Marcel *Janco,* Francis *Picabia,* Kurt *Schwitters,* Tristan *Tzara.* – ▯ 2.5.1. u. 3.0.6.

Dädalus →Daidalos.

Daddaisee, Dadeysee, poln. *Jezioro-Dadaj,* masur. See, westl. von Bischofsburg, 10,5 qkm, bis 40 m tief.

Daddi, Bernardo, italien. Maler, * um 1295, † nach 1350; tätig in Florenz; zunächst in der Nachfolge *Giottos,* bildete später einen mehr flächigen Stil aus; Hptw.: „Thronende Madonna" u.a. Altarwerke in Florenz, Pisa u. Prato; Fresken in Florenz (Sta. Croce).

Dadra und Nagar Haveli ['heivəli], ind. Unionsterritorium an der Westküste Indiens, zwischen Bombay u. dem Golf von Khambhat, 491 qkm, 75 000 Ew., Hptst. *Silvassa.* Früher portugies. Kolonie, 1954 von Indien annektiert.

Daffinger, Moritz Michael, österr. Maler u. Graphiker, * 25. 1. 1790 Wien, † 22. 8. 1849 Wien; Schüler der Wiener Akademie, angeregt durch engl. Porträtmalerei; biedermeierl. Bildnisminiaturen, meist auf Elfenbein oder Porzellan, mit Darstellungen der bedeutendsten Persönlichkeiten des Wiener Biedermeiers; Pflanzenstudien (seit 1841) u. an Rembrandt geschulte Radierungen.

Dafla, eines der →Nordassamvölker (über 100 000); Ackerbauern mit Polyandrie, Tatauierung, Mehrfamilienhäusern.

Dag [russ.-turktat.], pers.-türk. *Dagh, Tagh,* Bestandteil geograph. Namen: Berg, Gebirge.

Dağ, Daği, Dağlar, Dağları [türk.], Bestandteil geograph. Namen: Berg, Gebirge.

DAG, Abk. für →Deutsche Angestellten-Gewerkschaft.

Dagenham ['dægnəm], ehem. Stadt, seit 1963 nordöstl. Teil von Greater London (früher Essex), im Stadtbez. Barking, 110 000 Ew.; Kraftfahrzeugindustrie.

„Dagens Nyheter" [schwed., „Tagesnachrichten"], 1864 gegr. liberale schwed. Tageszeitung in Stockholm; Auflage: 420 000.

Dagerman, Stig, schwed. Dichter, * 5. 10. 1923 Älvkarleby, † 4. 11. 1954 Danderyd bei Stockholm (Selbstmord); gestaltete, beeinflußt von F. *Kafka* u. P. *Lagerkvist,* die Lebensangst des modernen Menschen. Romane: „Spiele der Nacht" 1947, dt. 1961; „Schwed. Hochzeitsnacht" 1949, dt. 1965; Dramen („Der zum Tode Verurteilte" 1947, dt. 1947).

Dagestan, *Dagestanische ASSR,* autonome

Sowjetrepublik in der RSFSR, an der Westseite des Kasp. Meers, vom Kaukasuskamm bis zur unteren Kuma; 50300qkm, 1,43 Mill. Ew. (30% in Städten), Hptst. *Machatschkala.* Die Bevölkerung bilden zahlreiche Volksstämme, u.a. Awaren, Lesgher, Darginer, Kumüken, Laken, Nogaier, Tabassaranen, dazu Russen u. Aserbaidschaner bes. in den Küstenorten; im Gebirge Viehwirtschaft, in den Tälern u. der Küstenniederung südl. des Terek Obst-, Wein- u. Ackerbau; die Trockensteppe im N dient als Winterweide; bedeutende Erdöl- u. Erdgasvorkommen an der Küste zwischen Machatschkala u. Derbent sowie Steinkohlen u. Schwefel; Ölraffinerien. D. hat wichtige Häfen am Kasp. Meer (Machatschkala, Derbent) u. liegt an der großen Bahnstrecke Rostow–Baku. – Die Dagestan. ASSR entstand 1921.

Dagh [pers.-türk.] →Dag.

Dagmar [altsächs. *dag*, „heller Tag", + ahd. *mari*, „berühmt"], weibl. Vorname dän. Herkunft; ursprüngl. männl. Vorname.

Dago ['deigəu; engl.], nordamerikan. Spottname für Angehörige südeurop. Völker.

Dagö, estn. *Hiiumaa*, russ. *Chiuma*, zweitgrößte estn. Ostseeinsel, nördl. von Ösel, am Eingang des Finn. Meerbusens, 965qkm, 15000 Ew.; im W die Halbinsel *Keppo (Köpu)* mit Kap u. Leuchtturm *Dagerort*; seit 1940 sowjet.

Dagobert [kelt. *dago-*, „gut", + ahd. *beraht*, „glänzend"], männl. Vorname.

Dagobert, Könige der Franken aus dem Geschlecht der *Merowinger*: **1.** *D. I.*, König Austriens ab 623, des gesamten Frankenreichs ab 629, †639; vertrat die Einheit des fränkischen Reichs nach außen u. innen energisch, wenn auch letztlich erfolglos; führte schwere Kämpfe gegen die Slawen unter *Samo.*

2. *D. II.*, König in Austrien 656–660 u. 676–679, Enkel von 1), †679 (ermordet); einige Jahre nach seines Vaters *Sigibert III.* (633/4–656) Tod von dem die Regierung führenden Hausmeier *Grimoald* (643–661/2) in ein irisches Kloster verbannt, 676 erneut zum König erhoben.

Dagomba, *Dagbamba*, Sudan-Reitervolk (175000) u. Negerreich am Weißen Volta; in Kultur u. Sprache den *Mossi* verwandt u. von Ashanti beeinflußt.

Dagon, im A.T. genannter Gott der Philister (Richter 16,23ff.; 1. Samuel 5); von diesen aus dem Semitischen übernommen.

Daguerre [da'gɛ:r], Louis Jacques Mandé, französ. Maler u. Erfinder des *Dioramas* (22×14m), *18. 11. 1787 Cormeilles, Val-d'Oise, †10. 7. 1851 Bry-sur-Marne; erfand 1838/39 unter Verwendung der Heliographie von Nicéphore *Niepce* (1822) das erste praktisch verwendbare photographische Verfahren, die *Daguerreotypie* (veröffentlicht am 19. 8. 1839).

Daguerreotypie [dagɛ:ro-], auf der Erfindung von Nicéphore *Niepce* beruhende Weiterentwicklung der Photographie durch J. M. *Daguerre*: Eine polierte, durch Joddämpfe lichtempfindlich gemachte Silberplatte, aufgelötet auf eine Kupferplatte, wird in eine lichtdichte Kassette eingelegt u. diese in die Kamera eingesetzt; Belichtung bei Tageslicht bis zu 30 Minuten; Entwicklung im Dampf von erhitztem Quecksilber, das sich nur auf jenen Teilen der Jodsilberplatte niederschlägt, die Licht empfangen haben. Fixiert wurde anfangs in Kochsalzlösung, nach 1839 in Hyposulfit, einem Fixiermittel, das Sir John *Herschel* entdeckte. Es entstand ein seitenverkehrtes Unikat als Positiv. Das Bild war nur sichtbar bei Betrachtung unter einem bestimmten Einfallswinkel des Lichtes; es war unsichtbar, wenn das Licht senkrecht darauf fiel. Die erste D. entstand 1838 nach 10 Jahren vergebl. Versuche.

Dahabije, *Dahabieh* [die; arab.], gedecktes, besegeltes Nilschiff.

„Daheim", 1864 in Leipzig gegr. Familienzeitschrift christl.-konservativer Prägung, 1943/44 eingestellt.

Dahl, 1. Johan Christian, norweg. Maler, *24. 2. 1788 Bergen, †14. 10. 1857 Dresden; Schüler der Kopenhagener Akademie, beeinflußt durch die holländ. Landschaftsmalerei des 17. Jh. (S. u. J. van Ruisdael, A. van Everdingen), seit 1818 in Dresden mit C. D. *Friedrich* befreundet. Seit der Rückkehr nach Norwegen (1826) widmete sich D. vorwiegend der Darstellung der heim. Natur, bes. in Felslandschaften, wobei die romant. Stimmungsmalerei der Frühzeit einer realist. Naturauffassung wich. D. gab das erste Monumentalwerk über norweg. Stabkirchen heraus.

2. Johan Siegwald, Sohn von 1), norweg.-dt. Maler, *16. 8. 1827 Dresden, †15. 6. 1902 Dresden; als Landschaftsmaler Imitator seines Vaters; Jagd- u. Tierbilder.

3. Michael d. Ä., schwed. Maler, *1656 Stockholm, †20. 10. 1743 London; tätig meist in England als kultivierter barocker Porträtmaler der Gesellschaft u. der Geistlichkeit.

Dahlakinseln ['daxlak-], Gruppe von 122 äthiop. Koralleninseln im südl. Roten Meer, dem Hafen Massaua vorgelagert; größte Insel *Dahlak Kebir*, 900qkm, von 2000 Tigre bewohnt.

Dahlem, Ortsteil u. Villenvorort im Westberliner Bezirk Zehlendorf; alte Dorfkirche (13. Jh.); Sitz der Freien Universität mit zahlreichen wissenschaftl. Instituten, z.T. Neubauten (u.a. Henry-Ford-Bau mit Auditorium maximum u. Bibliothek); Museen (für Völkerkunde; Gemäldegalerie u.a.).

Dahlem, Franz, SED-Politiker, *14. 1. 1892 Rohrbach, Lothringen; 1950–1953 Partei-Kaderchef u. Volkskammer-Abg.; 1953 seiner Funktionen enthoben u. aus Zentralkomitee u. Politbüro, denen er seit 1946 angehört hatte, ausgeschlossen; nach seiner Rehabilitierung 1957 wieder in das Zentralkomitee aufgenommen; Stellvertreter des Min. für das Hoch- u. Fachschulwesen; seit 1963 wieder in der Volkskammer.

Dahlgren, Carl Fredrik, schwed. Dichter, *20. 6. 1791 Stensbruk bei Norrköping, †2. 5. 1844 Stockholm; den „Phosphoristen" zugehörig; Lyrik (Naturidyllen) u. Komödien, der Romantik u. dem Realismus verpflichtet.

Dahlgrün, Rolf, FDP-Politiker, *19. 5. 1908 Hannover, †19. 12. 1969 Hamburg-Harburg; seit 1957 MdB, 1962–1966 Bundes-Finanzmin.

Dahlhaus, Carl, Musikwissenschaftler, *10. 6. 1928 Hannover; studierte bei R. *Gerber* u. W. *Gurlitt*, seit 1967 Prof. an der TU Berlin; Hrsg. einer R.-Wagner-Gesamtausgabe; „Musikästhetik" 1967.

Dahlie [die; nach dem schwed. Botaniker A. *Dahl*, *1751, †1787], *Georgine, Dahlia*, beliebte Zierpflanze, Gattung der *Korbblütler. Dahlia variabilis*, die *Veränderliche D.*, wird mit sehr großem Formen- u. Sortenreichtum kultiviert. Vermehrung durch Teilung der Knollen oder durch Stecklinge von angetriebenen Mutterpflanzen. Man unterscheidet: 1. einfache D.n, z.B. die Sorte *Helvetia* mit rotgeränderten weißen Blütenblättern oder die scharlachrote Sorte *Lucifer*; hierzu gehören auch die niedrige *Mignon-D.*, die *Seestern-D.* sowie die *Halskraus-D.*; 2. gefüllte D.n, z.B. *Kaktus-D., Schmuck-D., Ball-D.* oder *Pompon-D.*

Dahlke, Paul Victor Ernst, Schauspieler, *12. 4. 1904 Streitz, Pommern; Charakterdarsteller der Bühne u. des Films.

Dahlmann, Friedrich Christoph, Politiker, Historiker u. Staatswissenschaftler, *13. 5. 1785 Wismar, †5. 12. 1860 Bonn; Prof. in Kiel, Göttingen u. Bonn; als einer der *„Göttinger Sieben"*, die gegen die Aufhebung der Verfassung durch König Ernst August von Hannover Protest erhoben, abgesetzt u. des Landes verwiesen; 1848 Vertrauensmann Preußens beim Frankfurter Bundestag, dazu Abgeordneter in der Paulskirche u. dort Mitglied der gemäßigt-liberalen kleindt. Kasinopartei. Auch als Historiker vertrat er die Ideen des kleindt. konstitutionellen Liberalismus, mit denen er die Schule der politischen Historiker (H. von Treitschke, H. von Sybel) beeinflußte. Seine Verfassungsideale waren an der engl. Verfassung orientiert. Hptw.: „Quellenkunde der dt. Geschichte" 1830 (fortgesetzt von G. Waitz, in Neuauflagen bis zur heutigen Zeit); „Geschichte von Dänemark" 1840–1843; „Politik, auf den Grund u. das Maß der gegebenen Zustände zurückgeführt" 1835, Neuausgabe 1924; „Geschichte der engl. Revolution" 1844; „Geschichte der französ. Revolution" 1845.

Dahme, 1. Ostseebad in Schleswig-Holstein, im O der Halbinsel Wagrien (Ldkrs. Ostholstein), 2000 Ew.

2. linker Nebenfluß der Spree in Brandenburg; entspringt am Rand des Fläming, mündet bei Köpenick, 100km; im Unterlauf *Wendische Spree.*

Dahn, rheinland-pfälz. Stadt an der oberen Lauter (Ldkrs. Pirmasens), 4700 Ew.; mehrere Burgen; Luftkurort; Schuh- u. Holzindustrie.

Dahn, Felix, Historiker, Jurist u. Erzähler, *9. 2. 1834 Hamburg, †3. 1. 1912 Breslau; Prof. in Würzburg, Königsberg u. Breslau. In seinen wissenschaftl. Veröffentlichungen, Romanen u. Balladen befaßte er sich mit der Geschichte der german. Frühzeit u. des MA.; „Ein Kampf um Rom" 1876; „Die Könige der Germanen" 12 Bde. 1861 bis 1909; „Balladen u. Lieder" 1878. – 📖3.1.1.

Dahna ['daxna], *Ad D., Dachna, Dechna, Dehna* [arab., „Die Rote"], große Sandwüste im östl. Saudi-Arabien, rd. 132000qkm.

Dahner Felsenland, Südteil des Pfälzer Walds zwischen Queich u. französ. Grenze; senkrechte Felsbildungen aus Buntsandstein.

Dahomey [dao'mɛ:], *Dahome*, seit 30. 11. 1975 Volksrepublik *Benin*, amtl. ***République Populaire du Benin***, westafrikanischer Staat an der Oberguineaküste; hat eine Fläche von 112622 qkm u. 2,8 Mill. Ew. (25 Ew./qkm); Hptst.: *Porto-Novo.*

Landesnatur: Hinter der versumpften, feuchttrop. Küstenebene, die teilweise bewaldet ist, erhebt sich ein niedriger Teil der *Oberguineaschwelle*, der von Baumsavanne bestanden ist u. – trockener werdend – nach N zum Niger absinkt. Die Bevölkerung konzentriert sich im S des Landes; erst 12% leben in Städten. Sie gehört zu den Sudannegergruppen. Am stärksten sind die *Ewe* vertreten (über 50% der Bevölkerung), gefolgt von den *Joruba*. Im N wohnen *Bariba, Fulbe* u.a. Stämme.

Wirtschaft u. Verkehr: Der Anbau liefert für den Eigenbedarf Maniok, Jamswurzeln, Hirse, Mais, Hülsenfrüchte u. Süßkartoffeln. Die Nutzung der Ölpalme deckt die Fettversorgung der Bevölkerung u. erbringt wichtige Palmprodukte für den Export. Weitere Ausfuhrerzeugnisse sind Erdnüsse, Kokosnüsse u. -flocken sowie Kopra. Von Bedeutung ist ferner der Fischfang auf den Flüssen u. an der Küste; der Ertrag wird zu einem Drittel exportiert. Die meisten Industriebetriebe verarbeiten landwirtschaftl. Produkte, bes. der Ölpalme. Metallverarbeitung (Montage von Kraftfahrzeugen u. Elektrogeräten) u. Textilindustrie werden ausgebaut. Das Handwerk ist noch stark vertreten u. wird vorwiegend neben der Landwirtschaft betrieben. Die wichtigste Eisenbahnlinie verbindet *Cotonou* mit *Parakou* im Landesinnern.

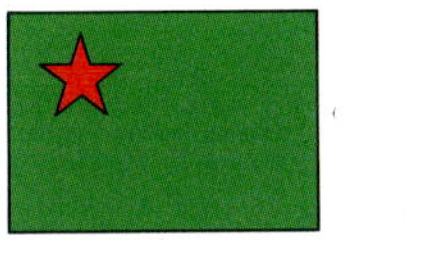

Das noch weitmaschige Straßennetz wird ständig ausgebaut (bes. die Küstenstraße zwischen Cotonou u. Nigeria bzw. Togo). – 📖6.7.3.

Geschichte: Ein Königreich D. entstand im 17. Jh. im afrikan. Binnenland. Die starke zentrale Macht der Könige stützte sich vor allem auf die Armee. Um 1720 dehnte sich das Reich bis zur Küste aus. Die Grundlage seines großen Reichtums bildete der Sklavenhandel mit europ. Ländern (gegen Munition u. Waffen). 1852 setzten sich Franzosen in Porto-Novo fest u. eroberten bis 1894 trotz heftigen Widerstands das Land, das 1899 zu einer Teilkolonie Französ.-Westafrikas wurde. 1958 wurde D. autonome Republik innerhalb der Französ. Gemeinschaft u. erhielt 1960 die Unabhängigkeit. Präsident war bis 1963 Hubert *Maga*. Einem Volksaufstand im Okt. 1963 folgten unruhige Jahre; D. stand meist unter Militärherrschaft. Nach einer Periode der Zivilregierung kam 1972 wieder eine Militärjunta an die Macht.

Dahrendorf, Ralf, Soziologe u. Politiker (FDP), *1. 5. 1929 Hamburg; 1958 Prof. in Hamburg, 1960 in Tübingen, 1966 in Konstanz; arbeitet bes. auf dem Gebiet der soziolog. Theorie u. der Industriesoziologie; 1969/70 parlamentar. Staatssekretär im Auswärtigen Amt; 1970–1974 Mitglied der Kommission der Europ. Gemeinschaften (zuständig für auswärtige Beziehungen, seit 1973 für Forschung, Wissenschaft u. Erziehung); seit 1974 Direktor der London School of Economics. Hptw.: „Marx in Perspektive" 1953; „Industrie- u. Betriebssoziologie" 1956, ³1964; „Soziale Klassen u. Klassenkonflikte" 1957; „Gesellschaft u. Demokratie in Deutschland" 1965; „Pfade aus Utopia" 1967; „Die neue Freiheit" 1975.

Dai →Dei.

Daibutsu [-butsu; der; jap. „großer Buddha"], bronzene Kolossalstatue Buddhas in japan. Tempeln.

Dajdalos, *Dädalus*, in der griech. Sage ein berühmter Baumeister u. Erfinder; kam nach Ermordung seines Neffen u. Lehrlings *Talos*, der durch Erfindung von Zirkel, Säge u. Töpferscheibe seinen Neid erregt hatte, mit seinem Sohn *Ikaros* zum kret. König *Minos* u. baute für den *Minotauros* das *Labyrinth*. Da Minos den D. nicht wieder freiließ, fertigte dieser für sich u. den Sohn Flügel aus Federn u. Wachs u. entfloh durch die Luft. Ikaros flog der Sonne zu nahe, das Wachs schmolz, er fiel ins Wasser u. ertrank. D. entkam nach Sizilien.

Dáil Eireann [daːl 'ɛːrən], die irische Volksvertretung.

Daily ['dɛili; engl., „täglich"], Titelbestandteil zahlreicher englischsprachiger Tageszeitungen.

„Daily Express" [-iks'prɛs], 1900 gegr. unabhängige Londoner Straßenverkaufszeitung.

„Daily Mail" [-mɛil], 1896 gegr. engl. Tageszeitung in London; unabhängig, konservativ.

„Daily Mirror" [-'mirə], 1903 als Frauenzeitung gegr., 1904 zur ersten bebilderten Straßenverkaufszeitung umgestaltete engl. Tageszeitung in London, linksgerichtet.

„Daily Telegraph"-Affäre, innenpolit. Krise des Deutschen Reichs aufgrund einer ungeschickten, von der engl. Tageszeitung „Daily Telegraph" am 28. 10. 1908 veröffentlichten Äußerung *Wilhelms II.* über das dt.-engl. Verhältnis, die in England Entrüstung u. in Dtschld. vielseitige Kritik an dem „persönl. Regiment" des Kaisers zur Folge hatte. Reichskanzler B. *von Bülow*, der bei der Freigabe des Interviews seine Sorgfaltspflicht verletzt hatte, vor dem Reichstag die Verantwortung jedoch nicht übernahm, verlor dadurch das Vertrauen des Kaisers, was zu seinem Rücktritt 1909 beitrug.

Daily Telegraph and Morning Post [- 'tɛligraːf ənd 'mɔːniŋ pəust], „The D.T.a.M.P.", 1855 gegr. konservative engl. Tageszeitung in London. →auch „Morning Post".

„Daily Worker" [-'wəːrkər], 1930 gegr. kommunist. engl. Tageszeitung in London; 1966 zur Straßenverkaufszeitung →„Morning Star" umgewandelt.

Daimiel, span. Stadt in Neukastilien, südl. der Ojos del Guadiana, 20000 Ew.; landwirtschaftl. Markt; Textil-, Wein- u. Olivenölerzeugung.

Daimler, Gottlieb, Maschineningenieur, Pionier des Kraftfahrzeugbaus, *17. 3. 1834 Schorndorf, †6. 3. 1900 Cannstatt; baute als techn. Direktor der Gasmotorenfabrik Deutz (1872–1882) mit W. *Maybach* den ersten 100-PS-Gasmotor u. 1883 in Cannstatt in eigener Werkstatt einen Verbrennungsmotor, der 1885 im ersten Motorrad, 1886 im ersten D.-Auto erprobt wurde; gründete 1890 die *D.-Motoren-Gesellschaft* in Cannstatt (seit 1904 in Untertürkheim), die mit ihren Mercedes-Wagen (seit 1900) große Rennerfolge erzielte u. sich zu einer Weltfirma entwickelte.

Daimler-Benz AG, Stuttgart, Unternehmen der Kraftfahrzeugindustrie, 1926 hervorgegangen aus dem Zusammenschluß der *Daimler-Motoren-Gesellschaft* (gegr. 1890 von G. *Daimler*) mit der *Benz & Cie. AG* (gegr. 1883 von K. F. *Benz*); erzeugt Personen- u. Lastkraftwagen, Autobusse, Motoren u.a.; Grundkapital: 1,36 Mrd. DM (Großaktionäre: Deutsche Bank AG, Mercedes Automobil-Holding AG, Kuwait); 168000 Beschäftigte im Konzern; Tochtergesellschaften.

Daimonion [das; grch.], lat. *daemonium*, die „innere warnende Stimme", auf die sich *Sokrates* vor seinen Richtern berief u. die er auf die Götter zurückführte. Sie steht zum Intellektualismus seiner Ethik in Gegensatz. Das D. darf nicht im modernen Sinn als *Gewissen* interpretiert werden. →auch Dämon.

Daimyo, *Daimyô* [jap., „Großer Name"], in der Kamakura- u. Muromatschi-Zeit die Besitzer feudaler Lehen mit einer großen Anzahl Vasallen; in der Edo-Zeit Feudalherren unter Oberaufsicht des *Schogunats*, die regelmäßig eine bestimmte Zeit in Edo, in der Nähe des Schoguns, zubringen mußten. Bei der Auflösung des Schogunats 1867 wurden die D. vielfach kaiserl. Beamte.

Dajnos [Ez. *Daina*], alte litauische Volkslieder, die in lyr. Gestimmtheit Natur, Religion, Liebe u. Tod besingen.

Dairbhre ['dʌrəbrə], südwestirische Insel, →Valentia.

Dairen, *Dalian*, *Talien*, Stadtteil der chines. Stadt →Lüda.

Daisne [dɛn], Johan, eigentl. Hermann *Thiery*, fläm. Schriftsteller, *2. 9. 1912 Gent; seine Romane u. Novellen, die einen „mag. Realismus" vertreten, bewegen sich zwischen Traumwelt u. Wirklichkeit. Hptw.: „Die Treppe von Stein u. Wolken" 1942, dt. 1960; „Der Mann, der sein Haar kurz schneiden ließ" 1948, dt. 1958; „Lago Maggiore" 1957, dt. 1957; „Wie schön war meine Schule" 1961, dt. 1962.

Daisy ['dɛizi; engl., „Gänseblümchen, Marguerite"], Kosename für *Margarete*.

Dajak, Sammelbez. für die etwa 1,5 Mill. malaiischen Eingeborenen von Indonesien (1,1 Mill., bes. auf Borneo), Malaysia (360000) u. Brunei (23000). Die D. bestehen aus zahlreichen altmalaiischen Reisbauernstämmen mit weitgehend übereinstimmender Kultur: Brandrodungsfeldbau, Pfahlbauten (im N bis 200m lange Gemeinschaftshäuser); als Kleidung bei Männern Durchziehschurz, bei Frauen Röckchen u. kurzes Jäckchen; Rotangschmuck, Kopfjagd, Maskentänze; als Waffen Schwert, Blasrohr mit Lanzenspitze, Holz- oder Flechtwerkschild; lange Kriegsboote neben Einbäumen u. Bambusflößen.

Dajan →Dayan.

DAK, Abk. für →Deutsche Angestellten-Krankenkasse.

Dakar, größter Handelshafen von Westafrika, Hptst. der Rep. Senegal; 475000 Ew., davon ca. 6,5% Franzosen u. 2,2% Syrer u. Libanesen; Universität (1957), Institut Fondamental d'Afrique Noire (IFAN), medizin. u.a. Institute, Museen; Nahrungsmittel-, kunststoffverarbeitende, Textil-, Holz-, Möbel- u.a. Industrie; Handelszentrum; Eisenbahn in Landesinnere; internationaler Flughafen D.-Yoff; Ölraffinerie in der Nähe der Stadt.

Dake [jap.], Bestandteil geograph. Namen: Berg, Berge, Gebirge.

Daker, thrakisches Volk, →Dakien.

Dakhla ['daxla], 1. seit 1976 Name der Stadt →Villa Cisneros.
2. *Dachel*, ägypt. Oase westl. vom Nil, südwestl. von Asyut, 400 qkm, 25000 Ew.; Phosphate, Datteln, Oliven u.a.; Hauptort El Qasr; Karawanenroutenkreuzung.

Dakhma [pers.], die →Türme des Schweigens der Parsen.

Dakien, lat. *Dacia*, altröm. Provinz, die sich auf Siebenbürgen, den östl. Teil des Banats u. Olterien erstreckte; erlangte erst unter dem thrak. Volksstamm der *Daker* seit dem 2. Jh. v. Chr. Bedeutung, in Lebensart u. Zivilisation von den eingedrungenen *Skythen* u. *Kelten* geprägt. Um die Mitte des 1. Jh. v. Chr. kam es unter *Burebista* zur Vereinigung des bis dahin von mehreren Fürsten beherrschten Volkes; unter *Decebalus* wurde es zu einem gefährlichen Gegner des Röm. Reichs. Der erste, von Domitian geführte Feldzug (86–89) verlief für Rom nicht günstig, erst Trajan unterwarf das Land in den Feldzügen 101–102 u. 105–106 (auf der Trajanssäule in Rom geschildert) u. machte es zur röm. Provinz (Ansiedlung von Kolonisten aus allen Teilen des Imperiums, intensive Romanisierung). In den Markomannenkriegen verwüstet u. seit Galienus durch den Ansturm der Gepiden gefährdet, wurde es um 271/72 von Aurelian den Goten überlassen. Nationalepos, deren ca. 1000 Doppelverse *Firdausi* in sein „Schahname" übernommen hat.

Dakiki, Abu Mansur Mohammad Ibn Ahmad, pers. Dichter, *Mitte des 10. Jh. Tus, Ostiran, †um 980 (ermordet); am Hof der Samaniden; schrieb eine unvollendet gebliebene Neufassung des Nationalepos, deren ca. 1000 Doppelverse *Firdausi* in sein „Schahname" übernommen hat.

Dakka [arab.], erhöhte Estrade der Muezzins für die Gebetsresponsorien in großen Moscheen.

Dakota, nordamerikan. Indianerstamm, = Sioux.

Dakota [də'kəutə; nach den D.-Indianern], 1861–1889 Territorium der USA am mittleren Missouri; seitdem die Staaten →North Dakota, →South Dakota.

Daktyliothęk [grch.], veraltete Bez. für eine Sammlung von geschnittenen Steinen *(Gemmen, Kameen)*. Im modernen Museumswesen sind die D.en gewöhnl. den Antikenmuseen u. öffentl. Münzsammlungen eingefügt.

Daktyloskopie [grch.], Verfahren zur Identifizierung eines Menschen durch den *Fingerabdruck*. →auch Finger.

Daktylus [der, Mz. *Daktylen*; grch., „Finger"], Versfuß des antiken Epos: −∪∪ bzw. xxx. M. Opitz billigte ihn, A. Buchner machte ihn in der dt. Dichtung wieder heimisch.

Dal [afrikaans, dän., isl., norw., schwed.], Bestandteil geograph. Namen: Tal.

Dal, Wladimir Iwanowitsch, russ. Volkskundler, Lexikograph u. Erzähler dän. Abstammung, *22. 11. 1801 Lugansk, †4. 10. 1872 Moskau; veröffentlichte Sprichwortsammlungen, verfaßte ein umfangreiches russ. erklärendes Wörterbuch u. schrieb unter dem Decknamen Kasak *Luganskij* Volkserzählungen.

Dala [russ.-mongol.], Bestandteil geograph. Namen: Steppe, Ebene.

Daladier [-'dje:], Edouard, französ. Politiker, *18. 6. 1884 Carpentras, Dép. Vaucluse, †10. 10. 1970 Paris; radikalsozialist. Abgeordneter; bekleidete seit 1924 verschiedene Ministerposten, 1933/34 u. 1938–1940 Min.-Präs.; unterzeichnete das Abkommen in München 1938 u. die Kriegserklärung an Dtschld. 1939; bis Mai 1940 Kriegs-Min., dann kurz Außen-Min., von der Vichy-Regierung verhaftet, an Dtschld. ausgeliefert u. interniert; 1946–1958 Abgeordneter; 1957/58 Parteivors. der Radikalsozialisten.

Dalai-Lama [mongol., „Ozean des Wissens"], seit 1578 Titel des früher im Potala-Kloster in Lhasa residierenden Groß-Lama der „Gelben Mützen", der als Verkörperung des *Bodhisattwa Awalokiteschwara* angesehen wird u. als lebender Gott gilt. Der D. ist das polit. Oberhaupt u. zusammen mit dem *Pantschen-Lama* das religiöse Oberhaupt des tibet. Lamaismus. Da jeder D. als Wiedergeburt

Dakar: Parlamentsgebäude

(Reinkarnation) der Seele des vorherigen D. angesehen wird, sucht man den Nachfolger unter neugeborenen Kindern nach dem Prinzip der Chubilganischen Erbfolge. Der letzte D. (La-Mu-Teng-Chu, *6. 6. 1935, seit 1939 D.), bis 1959 Staatsoberhaupt Tibets, emigrierte 1950 vor den Rotchinesen nach Indien, kehrte aber 1951 zurück; seit 1959 erneut im Exil. →Lamaismus.

Dalai Nuur [dalai 'nur], *Dalaj Nuur, Kulun-nor,* rd. 2000 qkm, großer, flacher, fischreicher Salzsee in der Landschaft Barga der Inneren Mongolei (China), nahe der mongol. Grenze; vom *Kerulen (Kherlen Gol)* gespeist, in niederschlagsreichen Jahren auch durchflossen.

Dalälven, mittelschwed. Fluß; Quellflüsse sind Öster- u. Västerdalälven; mündet südöstl. von Gävle, 520 km.

Dalarna, *Dalarne, Dalekarlien,* waldige Gebirgslandschaft um den Siljansee, in Mittelschweden, 29 242 qkm, 281 000 Ew.; vom *Dalälven* durchflossen. Noch heute bäuerlich-folklorist. Tradition, wichtigster Ort *Falun;* Erzbergbau (Eisen u. Kupfer). – Ausgangspunkt des schwed. Befreiungskampfes gegen die Dänen, die *Gustav Wasa* bei Brunbäck besiegte (1521).

Dalbe, Haltepfahl für Schiffe aus Holz, Stahl oder Stahlbeton, einzeln oder in Gruppen in den Boden des Hafenbeckens gerammt; auch als Abweiser.

Dalberg, 1. Emmerich Joseph Herzog von, franzos. Diplomat, *30. 5. 1773 Mainz, †27. 4. 1833 Herrnsheim; vermittelte die Heirat Napoléons I. mit Marie-Louise von Österreich; 1814 unter Talleyrand Mitgl. der Regierung; französ. Vertreter beim Wiener Kongreß, seit 1816 französ. Gesandter in Turin.
2. Johann (III.) von, *14. 8. 1455 Oppenheim, †27. 7. 1503 Heidelberg; 1481–1497 Kanzler des Kurfürsten Philipp des Aufrichtigen von der Pfalz (1476–1508) sowie der Universität Heidelberg, seit 1482 zugleich Bischof von Worms; hochgebildet, machte Heidelberg, Worms u. seine Residenz Ladenburg durch seine Beziehungen zu R. Agricola, S. Brant, C. Celtis, J. Reuchlin, J. Trithemius, J. Wimpfeling u. a. zu Zentren des Humanismus in Dtschld.; auch mit diplomat. Missionen des Reiches betraut.
3. Karl Theodor von, letzter Kurfürst (Erzbischof) von Mainz u. Erzkanzler des Heiligen Römischen Reiches 1802–1813, *8. 2. 1744 Herrnsheim, Worms, †10. 2. 1817 Regensburg; reger Förderer der Kultur (Beziehungen zur Weimarer Klassik), Verehrer Napoléons I., wurde 1806 Fürstprimas u. Haupt des *Rheinbunds,* 1810–1813 Großherzog von Frankfurt, danach Erzbischof von Regensburg.
4. Wolfgang Heribert von, Bruder von 3), Theaterintendant, *13. 11. 1750 Worms, †27. 9. 1806 Mannheim; 1778–1803 Intendant des National-Theaters in Mannheim; förderte *Schiller,* dessen „Räuber" am 13. 1. 1782 uraufgeführt wurden, u. verpflichtete bedeutende Schauspieler wie A. W. *Iffland.*

Dalbergia [die; nach dem schwed. Arzt M. Dalberg, einem Freund C. von Linnés], Gattung der *Schmetterlingsblütler,* über die gesamten Tropen verbreitet. Wirtschaftl. wichtig als Lieferanten des →Palisander-Holzes. *D. latifolia* liefert den *ostind. Palisander.* Das Holz verschiedener amerikanischer D.-Arten heißt *Rio-Palisander* oder *Jacaranda-Holz.* Nicht zu verwechseln mit der botan. Gattung →Jacaranda, die wirtschaftl. völlig wertlos ist. Von *D. melanoxylon* stammt das *Senegal-Ebenholz* oder *afrikan. Grenadillholz.*

d'Albert [dal'bɛːr], Eugen →Albert, Eugen d'.

Dalca, seetüchtiges Plankenboot der südchilen. Indianer.

Dalcroze [-'kroːz], Emile →Jaques-Dalcroze, Emile.

Dale [deil; engl.], Bestandteil geograph. Namen: breites Tal.

Dale [deil], Sir Henry Hallet, engl. Physiologe, *5. 6. 1875 London, †22. 7. 1968 Cambridge; wies das Freiwerden u. die Wirksamkeit chem. Stoffe („Übertragerstoffe") bei der Nervenerregungsübertragung nach u. erhielt hierfür, gemeinsam mit Otto *Loewi,* den Nobelpreis für Medizin 1936.

d'Alembert [dalã'bɛːr], französ. Philosoph, →Alembert.

Dalén, Nils Gustaf, schwed. Physiker u. Ingenieur, *30. 11. 1869 Stenstorp, †9. 12. 1937 Stockholm; Erfinder des selbsttätigen *D.-Blinklichts* für Leuchttürme; 1912 Nobelpreis für Physik.

Dalfinger, Ambrosius, Eroberer, *Ulm, †1532 in Venezuela; ging für die Welser nach Venezuela u. leitete eine Expedition zum Río Magdalena. D. ist nicht identisch mit Heinrich *Ehinger,* der sich auch an dem Unternehmen der Welser in Venezuela beteiligte.

Dalhousie [dæl'hauzi], James Andrew *Broud-Ramsay,* Earl u. Marquess *D. of the Punjab,* brit. Kolonialpolitiker, *22. 4. 1812 Dalhousie Castle bei Edinburgh, †19. 12. 1860 Dalhousie Castle; von umstrittener Bedeutung; 1848–1855 Generalgouverneur von Ostindien, annektierte die erbenlosen ind. Fürstentümer für die engl. Krone.

Dalí, Salvador, US-amerikan. Maler span. Herkunft, *11. 5. 1904 Figueras, Katalonien; erhielt seine Ausbildung in Madrid, lebt seit 1940 in den USA. Vom Futurismus (C. *Carrà*) u. Kubismus (J. *Gris*) u. von der modernen Tiefenpsychologie beeinflußt, entwickelte D. seit etwa 1930 einen höchst eigenwilligen, durch präzise Detailtreue u. surrealist. Ineinanderspiegelungen gekennzeichneten Stil, der die absurde Bildwelt von Träumen wiedergibt. D. schuf außer Gemälden auch Schmuck- und Möbelentwürfe, Ballettausstattungen („Labyrinth", „Tristan fou" u. a.) u. Buchillustrationen (zu Cervantes, Shakespeare, de Sade, einen Tristan-und-Isolde-Zyklus). Er drehte mit L. *Buñuel* den surrealist. Film „Ein andalusischer Hund" u. „L'Age d'Or". Autobiographie: „Das geheime Leben des Salvador D." 1942. – ▣→Lithographie, Surrealismus. – □ 2.5.7.

Dalian, *Talien, Dairen,* Stadtteil der chines. Stadt →Lüda.

Dalimils Chronik, die älteste, im Achtsilbenvers abgefaßte tschech. Reimchronik (14. Jh.); zur Verteidigung nationaler Belange gegen eine Germanisierung geschrieben; im 17. Jh. fälschl. einem Domherrn *Dalimil* zugeschrieben.

Dalin, Olof von, schwed. Dichter, *29. 8. 1708 Vinberg, Halland, †12. 8. 1763 Drottningholm; Prinzenerzieher u. später Kanzler, verbreitete die Gedanken der Aufklärung; schrieb Gelegenheitsgedichte, Dramen nach französ. Vorbild, Volksdichtung u. eine bedeutende Geschichtsdarstellung Schwedens.

Dalkauer Berge, poln. *Wzgórza Dalkowskie,* Teil des Schles. Landrückens südwestl. von Glogau, im *Katzengebirge* 229 m.

Dalken, österr. Schmalzgebäck aus Hefeteig, das in einer Spezialpfanne, in der sog. *D.-Model,* gebacken u. mit Marmelade gefüllt wird.

Dall'Abaco, Evaristo Felice, italien. Komponist, *12. 7. 1675 Verona, †12. 7. 1742 München; schrieb Solosonaten, Triosonaten, Konzerte; kontrapunkt. Arbeit u. die Aufnahme stilisierter Tänze nach französ. Vorbild kennzeichnen sein (ausschl. instrumentales) Werk.

Dallapiccola, Luigi, italien. Komponist, *3. 2. 1904 Pisino, Istrien, †19.2. 1975 Florenz; verband Zwölftontechnik mit kantabler Melodik; Opern („Nachtflug" 1940, nach A. de Saint-Exupéry; „Der Gefangene" 1949; „Odysseus" 1968), Ballett „Marsyas" 1948, Chorwerke mit Orchester („Canti di prigionia" 1941; „Canti di liberazione" 1955; Solokantate „Parole di San Paolo" 1964), Kammermusik, Klavierwerke u. Lieder.

Dallas ['dæləs], Stadt im NO von Texas (USA), am Trinity River; 820 000 Ew. (Metropolitan Area 2,5 Mill. Ew.); methodist. Universität (gegr. 1911) u. Universität von D. (gegr. 1956), wissenschaftl. Gesellschaften u. Museen; Baumwollmarkt, Textil-, Leder-, Maschinen-, Tabak- u. a. Industrie, Erdölraffinerien. – 22. 11. 1963 Ermordung von Präs. J. F. *Kennedy* in D.

Dalmatica →Dalmatika.

Dalmatien, serbokr. *Dalmacija,* reichgegliederte jugoslaw. Küstenlandschaft am Adriat. Meer, zwischen der Insel Pag u. dem Shkodersee, vor der Karsthochfläche des Landesinnern, die steil zum Meer abfällt u. mit ihren untertauchenden Ketten die inselreiche Küste bildet. Die wenigen Flüsse sind tief eingeschnitten, reich an Stromschnellen, nicht schiffbar, jedoch wichtige Leitlinien für Straßen u. Eisenbahnen. Küstenstreifen u. Inseln zeichnen sich durch die hohe Zahl von Sonnentagen aus. Das milde Klima erlaubt Obst- u. Weinbau, ferner gedeihen Ölbäume, Orangen, Zitronen, Feigen, Pinien, Zypressen u. Lorbeer. Schiffahrt u. Fischerei (Thunfische) sind neben lebhaftem Fremdenverkehr die Haupterwerbszweige der meist serbokr. Bevölkerung (*Dalmatiner*). Haupthäfen sind Split u. Zadar. Die Bauxitlagerstätten dienen der Verhüttung von Aluminium. – ▣→Jugoslawien. – □ 6.5.0.
Geschichte: In vorchristl. Zeit war D. ein Teil *Illyriens;* es wurde im 1. Jh. v. Chr. von den Römern

Luigi Dallapiccola: Odysseus

unterworfen u. war später ständiger Zankapfel zwischen West- u. Ostrom. Im 6./7. Jh. drangen im N *Kroaten,* im S *Serben* ein. Im MA. stritten bes. Ungarn u. Venedig, das die Küstenstädte (mit Ausnahme von Ragusa/Dubrovnik) für sich gewinnen konnte, um D.; seit dem 15. Jh. schrittweise türk. Eroberung, 1699 u. 1718 wieder venezian. Gewinne. Im Frieden von Campo Formio (1797) wurde D. Österreich zugesprochen u. gehört seit 1919 größtenteils zu Jugoslawien. Einige Teile (Städte u. Inseln) fielen von 1919 bzw. 1924 (Fiume) bis 1944 an Italien; zwischen 1941–1944 waren Küstengebiete von den Achsenmächten besetzt. – □ 5.5.7.

Dalmatika, *Dalmatica, Dalmatik* [die; lat.], liturg. Gewand mit weiten Ärmeln, bei der kath. Meßfeier vom Diakon als Obergewand getragen.

Dalmatiner, mittelgroße bis große Jagdhundrasse, glatthaarig, weiß mit schwarzen oder braunen Flecken.

dalmatinische Sprache, eine früher an der adriat. Ostküste gesprochene, heute ausgestorbene roman. Sprache, deren Hauptdialekt, das *Vegliotische* auf der Insel Veglia, bis 1898 gesprochen wurde.

Dalmau, Luis, span. Maler, urkundl. nachweisbar 1428–1445; tätig im Dienst König Alfons' IV., der ihn vermutl. zur Ausbildung zu J. van *Eyck* schickte, dessen Einfluß in seinem einzigen erhaltenen Werk (Altartafel im Museum zu Barcelona) zutage tritt. D. wirkte als Vermittler der niederländ. Kunst anregend auf zeitgenöss. span. Maler.

Dal Monte, Toti, eigentl. Antonietta *Meneghelli,* italien. Sängerin (Sopran), *27. 6. 1893 Mogliano Veneto, †26. 1. 1975 Pieve di Soligo bei Treviso; seit 1916 an der Mailänder Scala, seit 1924 in New York u. Chicago. Auch bekannt als Oratoriensängerin; auch Gesangspädagogin.

dalofälische Rasse [nach den Vorkommen in *Dalarna,* Schweden], →fälische Rasse.

Dalsland, *Dal,* wald- und seenreiches Bergland in Südschweden, westl. des Vänern, 3686 qkm, 58 000 Ew.; vorgeschichtl. Felszeichnungen; Papier- u. Celluloseindustrie.

Dalton ['dɔːltən], **1.** Hugh, engl. Politiker (Labour Party), *1887 Neath, Glamorganshire, †13. 2. 1962 London; seit 1924 im Unterhaus, 1940 Min. für Kriegswirtschaft, 1942 Handels-Min., 1945–1947 Schatzkanzler, gehörte 1948–1951 dem Labour-Kabinett C. *Attlee* an; bis 1957 im Labour-Schattenkabinett, dann geadelt (Baron *Dalton of Forest and Frith*).
2. John, engl. Chemiker u. Physiker, *5. oder 6. 9. 1766 Eaglesfield, Cumberland, †27. 7. 1844 Manchester; begründete die *Atomtheorie;* entdeckte das *Gesetz der multiplen Proportionen,* nach dem

die Gewichtsverhältnisse zweier oder mehrerer verschiedener Verbindungen derselben chem. Elemente im Verhältnis einfacher ganzer Zahlen zueinander stehen; formulierte das *D.sche Gesetz*, nach dem der Druck eines idealen Gasgemisches gleich der Summe der Drucke der einzelnen Bestandteile des Gemisches ist; untersuchte ferner die Löslichkeit von Gasen in Flüssigkeiten u. entdeckte die *Rotgrünblindheit (D.ismus)*. – ▯ 7.4.1.

Dalton-Plan [ˈdɔːltən-], seit 1920 in *Dalton*, Massachusetts (USA), durchgeführter pädagog. Plan, aufgestellt u. ausgearbeitet von Helen *Parkhurst* (*1887, †1959). Der D. ist ausgerichtet auf den frei arbeitenden Einzelschüler; daher werden die Altersklassen u. das starre Lehrplan- u. Stundenplanschema aufgelöst. In Fachzimmern *(subject rooms, laboratories)* erarbeiten Schüler verschiedenen Alters mit den ihnen zur Verfügung gestellten Lernmitteln das einem jeden einzelnen gegebene Wochen- oder Monatspensum selbständig. Das Pensum wird auf einer Arbeitskarte eingetragen u. vom Schüler „vertragl." als verpflichtend angenommen. In der Wahl seiner Arbeitsgebiete innerhalb des Pensums ist der Schüler frei, jedoch darf er erst dann in einem Fach über das Monatsziel hinausgehen, wenn er dieses auch in anderen Fächern erreicht hat. Lediglich Moral, Religion, Turnen u. Musik werden im Klassenunterricht erteilt. Statt Zensuren werden Leistungstabellen geführt. – ▯ 1.7.6.

Dalum, ehem. niedersächs. Gemeinde im Emsland, nordwestl. von Lingen (Ldkrs. Meppen); Erdölvorkommen; seit 1972 Ortsteil der Gemeinde Geeste.

Dalwigk *zu Lichtenfels*, Karl Friedrich Reinhard Frhr. von, hess. Politiker, *19.12.1802 Darmstadt, †28.9.1880 Darmstadt; seit 1850 Min., 1852–1871 Min.-Präs. des Großherzogtums Hessen-Darmstadt; führender Vertreter einer großdt. bzw. partikularist. *Triaspolitik*, der sich aus Gegnerschaft zu Preußen u. dessen Führungsanspruch in erster Linie an Österreich sowie an Frankreich anlehnte, auch noch nach der Niederlage an der Seite Österreichs im Dt. Krieg 1866, als Oberhessen dem Norddt. Bund beitreten mußte. D. unterzeichnete zwar 1870 den Vertrag über den Beitritt seines Landes zum Dt. Reich, mußte jedoch kurz nach dessen Gründung auf Betreiben Bismarcks zurücktreten.

Daly River [ˈdæli rivə], nordaustral. Fluß, 320 km, mündet südwestl. von Darwin in die Ansonbai.

Dam [ndrl.; engl. dæm], Bestandteil geograph. Namen: Damm; dän.: Teich.

Dam, Henrik, dän. Biochemiker, *21.5.1895 Kopenhagen; Untersuchungen über Blutgerinnung; entdeckte 1929 das Vitamin K$_1$ (antihämorrhagisches Vitamin, α-Phyllochinon); erhielt hierfür zusammen mit Edward A. *Doisy* 1943 den Nobelpreis für Medizin.

Dama, zwei verschiedene südwestafrikan. Stämme: 1. die *Berg-Dama*. 2. die *Herero*. Wegen der Doppeldeutigkeit ist die Bez. außer Gebrauch.

Daman, portug. *Damão*, ehem. portugies. Enklave an der Küste der ind. Union D. (10 000 Ew.) am Golf von Khambhat (Indien), bildet seit 1962 mit *Goa* u. *Diu* ein ind. Unionsterritorium; Fischerei an der Küste; Reis-, Weizen-, Tabakanbau, Teakholz. – 1558 portugies., 1961 von Indien annektiert.

Damanhur, ägypt. Stadt im westl. Nildelta, 150 000 Ew.; Baumwollhandel u. -industrie, pharmazeut. Fabrik; Bahnknotenpunkt zwischen Cairo u. Alexandria.

Damão [-ˈmãu], ind. Stadt, →Daman.

Damaraland, Landschaft im mittleren Südwestafrika, mit *Windhuk* als Zentrum; benannt nach den *Damara (Bergdama)*.

Damas, Léon, afrokaribischer Lyriker, *28.3.1912 Cayenne, Französ.-Guayana; „Pigments" 1937; „Poèmes nègres sur des airs africains" 1948; „Graffiti" 1952 u. a.

Damaschke, Adolf, Führer der dt. Bodenreformbewegung, *24.11.1865 Berlin, †30.7.1935 Berlin; 1886–1896 Lehrer, seit 1898 Vorsitzender des „Bundes Deutscher Bodenreformer". Hptw.: „Die Bodenreform" 1902; „Geschichte der Nationalökonomie" 1905, u.a.; gab seit 1889 die Zeitschrift „Bodenreform" heraus.

Damaskinos, eigentl. Dimitrios *Papandreou*, griech. Erzbischof in Athen (seit 1938) u. Politiker, *3.3.1891 Dorutsa, Naupaktos, †20.5.1949 Athen; geistiger Führer der rechtsgerichteten Widerstandsbewegung im 2. Weltkrieg, auf Rat Churchills 1944 zum Regenten (für Georg II.) ernannt (bis Sept. 1946).

Damaskus: Suleiman-Moschee mit Pilgerherberge (im Vordergrund)

Damaskus, arab. *Dimachq*, Hptst. von Syrien, in der fruchtbaren Ghuta-Oase am Südwestrand des Antilibanon, 835 000 Ew. (²/₃ Moslems); im NO das Christen-, im SW das ehem. Judenviertel; beträchtl. Ausbauten jenseits der alten Stadtmauer, Mittelpunkt der jungarab. Bewegung, islam. Pilgerstätte (über 70 Moscheen, u. a. Omajjadenmoschee, Grab Saladins); Universität, arab. Akademie der Wissenschaften, US-amerikan. D. College; wirtschaftl. u. verkehrsgeograph. Mittelpunkt Syriens; ehem. bedeutendes Kunstgewerbe (Waffen, Seidenstoffe, Filigranarbeiten, Teppiche), Metall-, Elektro-, Textil-, Leder-, Nahrungsmittel-, Zigarettenindustrie; Flughafen.

Erste Erwähnung im 15. Jh. v. Chr., seitdem wichtige Handelsstadt am Schnittpunkt großer Fernstraßen. Im 1. Jahrtausend v. Chr. von Assyrien erobert, später zum Neubabylon., Achämeniden-, dann Seleukiden-, 64 v. Chr. zum Röm. Reich; 635 n. Chr. von den Arabern erobert, unter den Omajjaden 661–750 Hptst. des Islamischen Reichs (Sitz des Kalifen), im 12. Jh. Residenz Saladins, 1260 an die Mamluken, 1516–1918 türkisch; seit 1946 Hptst. der Republik Syrien.

Damassé [der; frz.], schußbindig gemusterter Stoff aus Seide, Reyon oder Baumwolle mit Kettatlas. Die Figurfäden sind im Gegensatz zum Damast unterschiedl. lang flottierend; dadurch sind glatte Konturen möglich. Verwendung als Wäsche-, Futter- u. Dekorationsstoff.

Damast [nach der Stadt *Damaskus*], bindungsgemustertes Gewebe aus Baumwolle, Leinen, Seide u. a. mit Schußköper oder Schußatlasgrund u. Kettköper oder Kettatlasfiguren. Beim echten D. ist für das bindungstechn. gleichmäßige Abbinden eine bes. D.vorrichtung zum Jacquardstuhl notwendig; unechter oder halber D. wird ohne D.vorrichtung hergestellt u. weist an den Musterrändern ungleichmäßig abgebundene Fäden auf (glatte Musterränder gegenüber den treppenartigen Rändern beim echten D.).

Damasus, Päpste: 1. *D. I.*, 366–384, Heiliger, *um 305 wahrscheinl. Rom, †11.12.384 Rom; konnte sich erst nach langen Auseinandersetzungen mit dem von einer Minderheit gewählten *Ursinus* allg. Anerkennung verschaffen. Er erlangte wichtige Zugeständnisse des röm. Staats an die geistl. Gerichtsbarkeit u. wußte den Primat Roms gegenüber den Kirchen des Ostens energisch durchzusetzen. Auf verschiedenen Synoden nahm er zu den dogmat. Streitigkeiten seiner Zeit Stellung. Fest: 11.12.

2. *D. II.*, 1048, eigentl. *Poppo*, aus fränk.-bayer. Adel, †9.8.1048 Palestrina; Heinrich III. erhob ihn 1040 zum Bischof von Brixen u. nominierte ihn nach dem Tod Klemens' II. zum Papst. D. konnte die vom abgesetzten Papst Benedikt IX. zurückeroberte Stadt Rom nach kurzer Zeit einnehmen, die Kirchenreform aber nicht vorantreiben, da er schon drei Wochen nach seiner Wahl starb.

Damaszene, eine im röm. Altertum in der Gegend von Damaskus kultivierte zwetschenartige Pflaume; heute Pflaumensortengruppe.

Damaszierung [nach *Damaskus*], ein bes. bei der Herstellung von Stahlklingen *(Damaszener Klingen)* verwendetes Verfahren, bei dem Stäbe unterschiedl. Härte u. Dicke mehrmals schraubenartig miteinander verschweißt u. durch Hämmern gestreckt werden, so daß die Nahtlinien Muster ergeben. Die aus Indien stammende Kunst der D. wurde bes. in Damaskus geübt, seit dem ausgehenden MA. auch in Europa, u. a. in Solingen u. Mailand. Unechte D. sind die durch Ätzverfahren, Tauschierung u. Gravierung hervorgerufenen Ziermuster.

Dam Dam, *Dum Dum*, östl. Vorort von Calcutta, 120 000 Ew.; Flughafen.

Dame [frz.; lat. *domina*, „Herrin"], **1.** *allg.*: wohlerzogene, gebildete Frau; im altfranzös. Rittertum Titel für die Frau eines Ritters; in Dtschld. im 17. Jh. oft gleichbedeutend mit „Geliebte, Dirne". Nach 1800 setzte sich das Wort jedoch unter französ. Einfluß als Ehrentitel für die verheiratete u. ältere unverheiratete Frau durch. **2.** *Spiele*: 1. im *Schachspiel* die Königin, die stärkste Figur. Sie kann gradlinig wie der Turm u. diagonal wie der Läufer ziehen u. schlagen. Dabei kann sie sich über beliebig viele freie Felder bewegen. – 2. im französ. *Kartenspiel* die dritthöchste Karte, zwischen König u. Bube. – 3. im *Damespiel* ein Stein, der nach Erreichen der Gegenseite des Brettes auch rückwärts ziehen u. schlagen kann. →auch Damespiel.

Damebrett, *Agapetes galathea*, schwarzweiß gefleckter Tagschmetterling aus der Familie der *Augenfalter*. Die Raupe frißt an Gräsern.

Damen, Hermann der D., norddt. bürgerl. Spruchdichter des späten 13. Jh., Lehrer *Frauenlobs*.

Damenfriede →Cambrai.

Damer, Ed D., Hptst. der Nordprovinz (477 076 qkm, 1,1 Mill. Ew.) in der Rep. Sudan, am Nil unmittelbar oberhalb der Atbaramündung, 15 000 Ew.; Baumwollpflanzungen.

Damespiel, altes Brettspiel auf dem Schachbrett *(Damebrett)* zwischen 2 Spielern mit je 12 Steinen, die auf den schwarzen Feldern schräg gegeneinander gezogen werden. Gegnerische Steine können durch Überspringen „geschlagen" werden; sie scheiden aus. Wer alle Steine des Gegners geschlagen oder so eingeschlossen hat, daß sie nicht mehr ziehen können, ist Sieger. Bei der Variante *Deutsche Dame* hat jede Partei 16 Steine u. setzt diese auf alle Felder der beiden ersten Reihen. – ▣→Brettspiele.

Damhirsch, *Dama dama,* ein *Hirsch* mit schaufelartig verbreitertem Geweih u. weißgelben Flecken im Fell, Schulterhöhe 90 cm; viele Farbvarianten; in ganz Europa beliebtes Tier für Wildparks; heim. in Mittel- u. Südeuropa bis nach Südskandinavien. Der *mesopotam. D., Dama mesopotamicus,* wurde 1957 im Dickicht des Flusses Karun, iran. Provinz Khusestan, wiederentdeckt.

Damiani, Luciano, italien. Bühnenbildner, * 14. 7. 1923 Bologna; 1952–1966 am Piccolo Teatro u. an der Scala in Mailand, dann in Bremen u. bei verschiedenen Festspielen.

Damietta, arab. *Dumyât,* unterägypt. Stadt im östl. Nildelta, an der Mündung des östl. Hauptarms, des Damiettaarms des Nil; 90 000 Ew.; Textil- u. Schuhindustrie; im MA. bedeutende Handelsstadt.

Damjanow, Georgi, bulgar. Politiker (Kommunist) u. Offizier, * 23. 9. 1892 Lopušna, Nordwestbulgarien, † 27. 11. 1958 Sofia; 1946–1950 Verteidigungs-Min., 1950–1958 Vors. der bulgar. National-Versammlung (Staatsoberhaupt).

Damm, 1. *Anatomie:* Mittelfleisch, Perineum, bei den Säugetieren (ausgenommen den Kloakentieren), also auch beim Menschen, das die Darmöffnung (After) u. die Mündung der Harn- u. Geschlechtswege trennende Gewebsgebiet. →auch Dammriß.
2. *Bauwesen:* langgestreckte Aufschüttung aus Erde oder Steinen, als Unterbau für Verkehrswege (Straßen-D., Eisenbahn-D.; in sumpfigem Gelände auch Holz: Knüppel-D.), als Schutz gegen Überschwemmungen des Hinterlands (→Deich), zum Aufstauen von Wasser (→Talsperre) u. a. – ▣→Deiche und Dämme.

Dammam, Ad D., saudi-arab. Hafenstadt am Pers. Golf, gegenüber Bahrain, 50 000 Ew.; Ausgangspunkt der Bahn nach Riad; im ostarab. Erdölrevier, an der Pipeline zum Libanon.

Dammarharz [das; mal., „Baumharz"], *Dammara, Ostindisches Dammarharz, Steinharz,* schwach aromat. riechendes Harz der hauptsächl. auf Sumatra wachsenden Gattung *Shorea* der *Flügelfruchtgewächse.* Hauptbestandteile sind Resene u. Dammarolsäure. Anwendung medizin. zu Pflastern, auch als Bindemittel für Emaillacke.

Dammastock, mächtiges, stark vergletschertes Hochgebirgsmassiv in den schweizer. Urner Alpen, zwischen Furkapaß, Grimselpaß u. Sustenpaß; die Westseite fällt zum Rhônegletscher, die Ostseite zum Göschenental ab; höchste Gipfel: *D.* 3630 m (Erstbesteigung 1864), *Galenstock* 3583 m, *Sustenhorn* 3504 m.

Dammbalken, Balken aus Holz, Stahl oder Stahlbeton, die übereinander angeordnet u. an den Enden in D.nuten festgehalten, eine wasserdichte Wand ergeben. Mit Hilfe von D. können *Deichscharten* (→Deich) verschlossen oder Stauanlagen gebildet werden *(D.wehr).* D.nuten werden in Schleusenhäuptern u. in den Öffnungen beweglicher D. eingebaut u. in ihrem Schutz die Schleusentore, Stauvorrichtungen, Wehrböden u. ä. im Trockenen ausbessern zu können.

Damme, niedersächs. Gemeinde im südl. Oldenburg (Ldkrs. Vechta), Sommerfrische an den *D.r Bergen,* 11 700 Ew.; Kieswerke, Holz- u. Möbelindustrie.

Dammer Berge, Höhenzug westl. des Dümmer, im südl. Oldenburg; im Signalberg 146 m.

Dämmerschlaf, durch Einwirkung von Narkotika entstandener narkot. Zustand, bei dem das Bewußtsein z. T. erhalten, die Schmerzempfindung aber herabgesetzt ist; zur Durchführung kleinerer chirurg. Eingriffe sowie bei Entziehungskuren in der Suchtbehandlung u. a.

Dämmerung, *Morgen-* u. *Abend-D.,* die Zeit vor dem Aufgang bzw. nach dem Untergang der Sonne, während der zerstreutes Sonnenlicht in höheren Schichten der Atmosphäre noch Helligkeit verbreitet. *Bürgerliche D.* herrscht (Lesen im Freien ist schon bzw. noch möglich), wenn die Sonne weniger als 6° unter dem Horizont steht; sie dauert in Mitteleuropa 37–51 Minuten. *Astronomische D.* beginnt oder endet, wenn die Sonne 18° tief steht (völlige Dunkelheit). In hohen Breiten gehen Abend- u. Morgen-D. im Sommer ineinander über *(Weiße Nächte, Helle Nächte);* dagegen ist die D. in den Tropen wegen der steileren Sonnenbahn nur kurz. – *Dämmerungserscheinungen: Hauptpurpurlicht,* wenn die Sonne etwa 3–4° unter dem Horizont steht, mit orangegelber *Gegendämmerung* am Gegenhorizont; erzeugt im Gebirge „Alpenglühen"; *Nachpurpurlicht* bei einer Sonnentiefe von 8–10°, mattleuchtend.

Dämmerungseffekt, *Funkwesen:* Polarisationserscheinung, die zu Fehlmessungen beim Funkpeilen führt; durch Höhenschwankungen der reflektierenden Heavisideschicht während der Dämmerung u. der Nacht hervorgerufen. Der D. kann durch Spezialschaltungen (Adcock-System) unterdrückt werden.

Dämmerungsschalter, Gerät zum automat. Ein- u. Ausschalten elektr. Anlagen; arbeitet mit einer Photozelle.

Dämmerzustand, Bewußtseinstrübung, u. U. mit Verwirrungs- u. Erregungszuständen; bei Epilepsie, bei Alkoholvergiftung, bei schweren akuten Infektionskrankheiten u. a.

Dammfluß, ein Fluß, der zwischen selbstaufgeschütteten Dämmen oberhalb der eigentl. Talsohle fließt; entsteht, wenn durch Abnahme des Gefälles oder der Wassermenge die Transportkraft des Wassers abnimmt u. das mitgeführte Material abgelagert wird. Dies ist bes. in Mündungsgebieten der Fall. Durch Laufverlegungen u. durch Hochwasser kommt es zu gefährl. Überschwemmungen (Po, Huang Ho).

Dammgrube, Arbeitsgrube im Boden einer Gießerei zur Herstellung großer Gußstücke.

Dammkrone, die obere, ebene Fläche eines Damms.

Dammkultur, 1. *Häufelkultur,* beim Kartoffelanbau die übliche Ackerbaumethode, daß durch einen *Häufelpflug* Erde um die in Reihen stehenden Stauden angehäufelt wird, um eine bessere Bestockung u. Bodendurchlüftung zu erreichen.
2. Bewirtschaftungsart landwirtschaftl. genutzter Gebiete mit hohem Grundwasserstand: Die Ackerflächen sind nach der Mitte zu hochgewölbt u. bilden zwischen den begrenzenden Gräben schmale Rücken. Früher von Bedeutung bei der Kultivierung von Flachmooren, wobei zwischen den Entwässerungskanälen eine ca. 15 cm hohe Schicht aufgeschüttet wurde. →auch Beetbau.

Dämmplatten →Holzfaserplatten.

Dammriß, Einreißen des →Damms (1) bei der Geburt. Unterschieden werden: einfache Einrisse der Haut (1. Grad), Einriß von Haut u. Muskulatur (2. Grad) u. Einriß auch des Afters u. Afterschließmuskels (3. Grad). Zur Verhütung wird während der Geburt beim Austritt des Kopfes aus den äußeren Geschlechtsteilen von Hebamme oder Geburtshelfer die Dehnbarkeit des Damms überwacht *(Dammschutz)* u. bei Gefahr eines Dammrisses der *Dammschnitt (Episiotomie)* vorgenommen.

Damhirsch: röhrender kapitaler Schaufler

Dammscher See, poln. *Jezioro Dąbie,* See in Pommern, an der Odermündung, 56 qkm, bis 4 m tief; am Süd- u. Ostufer Vororte von Stettin.

Dämmstoffe = Isolierstoff.

Damnum [lat.], ital. *Damno,* Abzug bei der Auszahlung von Krediten, bes. einer Hypothek, zugunsten des Kreditgebers; führt zur Erhöhung der Effektivverzinsung.

Damodar, rechter Nebenfluß des Hugli im nordöstl. Zentralindien, rd. 550 km lang; entspringt im Bergland von Chhota Nagpur; mehrere Staustufen (Energiegewinnung). Im Damodartal die größten Kohlevorräte Indiens; es entwickelte sich zum wichtigsten ind. Industriegebiet.

Damokles, Höfling des Tyrannen *Dionysios I.* (?) von Syrakus. Der Tyrann ließ ihn köstl. Speisen unter einem an einem Pferdehaar aufgehängten Schwert verzehren, um so das gefährl. Glück des Herrschers zu versinnbildlichen. – Daher: *Damoklesschwert,* sprichwörtl. für eine drohende Gefahr.

Dämon [grch.], über- oder unterird. Macht, deren Wesen nicht so klar greifbar ist wie das der Götter, die auch meist ohne Namen ist, neben den Göttern als unüberschaubarer Zufall auftaucht u. den Menschen gut oder böse gesinnt ist. Jede Erscheinung, die weder natürl. noch göttl. erklärt werden kann, kann dämonisch erscheinen. Oft wird der D. bildl. dargestellt, entweder durch Bildwerke oder durch Menschen, die sich als D. verkleiden (z. B. mit Masken). Im Volksglauben aller Zeiten u. Kulturen spielen D.en eine bedeutende Rolle, so z. B. in Südindien u. Ceylon. In der dt. Sage zählen zu den D.en der *Wilde Jäger, Rübezahl* oder der *Bergmönch;* in der oriental. Sage die *Djinns.* Die kath. Kirche wehrt D.en durch den *Exorzismus* ab. →auch Daimonion.

Dämonismus, Glaube an Dämonen u. Geister, auch *Animismus* genannt. Eine heute als überwunden geltende Theorie hielt den Animismus bzw. D. für das Anfangsstadium aller Religion.

Dämonolatrie [die; grch.], die Anbetung von Dämonen.

Dämonologie [grch.], in den Religionen allg. die Lehre von den *Dämonen;* im christl. Sinn die Lehre von personalen, geschöpfl., von Gott wegen ihrer Bosheit verdammten Mächten, die neben dem Menschen selbst Grund seines Unheils sind, von Christus jedoch grundsätzl. überwunden u. daher in seiner Kraft auch von den Menschen jeweils überwindbar sind. →auch Engel.

Damon und Phintias, zwei wegen ihrer Freundestreue sprichwörtl. berühmte Pythagoreer aus Syrakus im 4. Jh. v. Chr.; regten *Schiller* zur Ballade „Die Bürgschaft" an.

Damophon, griech. Bildhauer aus Messene, tätig im 2. Jh. v. Chr.; restaurierte nach Überlieferung von Pausanias die Zeus-Statue des *Phidias* in Olympia. Von seinen Werken hat sich in Teilen die mehrfigurige Kultgruppe aus Akakesion bei Lykosura erhalten (Athen, Nationalmuseum).

Dampf, allg. ein Gas in der Nähe seiner Verflüssigung. Beim Übergang eines Stoffs vom flüssigen in den gasförmigen Zustand (Phase) ist ein labiler Zwischenzustand, der von Druck u. Temperatur (Siedepunkt) abhängig ist u. bei geringem Wärmeentzug in die Flüssigkeitsphase (Kondensation), bei geringer Wärmezufuhr in die stabile Gasphase *(überhitzter D.,* bei Wasser oft *Heiß-D.* genannt) übergeht. Diesen Zwischenzustand bezeichnet man als D. In geschlossenen Gefäßen herrscht dabei Gleichgewicht zwischen den beiden Phasen; den vorhandenen D. nennt man *gesättigt* (speziell bei Wasser: *Satt-D., Naß-D.).* Zur Überführung des Stoffs aus dem flüssigen in den dampfförmigen Zustand wird Energie, die Verdampfungswärme (eine latente Wärme), benötigt, die, im Gegensatz zum Verhalten eines Stoffs in einheitl. Zustand, die Temperatur nicht erhöht, im übrigen aber mit zunehmendem Druck u. Temperaturverhältnissen ganz zu verschwinden *(kritischer Punkt).* Die nachstehende Zahlentafel gibt für Wasser-D. die Gleichgewichtsverhältnisse von Druck u. Temperatur sowie der Verdampfungswärme für 1 kg Wasser an, die in der Gesamtwärme enthalten sind.

Wasserdampf ist für die Technik von großer Bedeutung; er dient zum Antrieb der *D.maschinen* sowie als Wärmeträger beim Heizen u. Kochen. Er wird in →Dampfkesseln erzeugt, u. U. in →Dampfüberhitzern überhitzt u. durch Rohrleitungen zur Verbrauchsstelle geführt, wo die in ihm enthaltene Energie durch Entspannung oder Wärmeübertragung nutzbar gemacht wird. Der entspannte u. ab-

Dampfbad

gekühlte D. wird in →Kondensatoren wieder verflüssigt u. u. U. nach Reinigung von Öl u. ä. dem D.kessel zur erneuten Energieaufnahme zugeführt. – Anstelle von Wasser-D. ist, wenn auch selten, *Quecksilber-D.* zum Antrieb von Quecksilber-D.turbinen in einem geschlossenen Kreislauf verwendet worden. Er hat einige wärmetechn. Vorzüge, denen aber Giftigkeit u. Preis des Quecksilbers entgegenstehen. – Das von Druck u. Temperatur abhängige Phasengleichgewicht zwischen Flüssigkeit u. D., das für jeden Stoff kennzeichnend ist, wird häufig zur chemischen Verfahren ausgenutzt, bes. bei der →Destillation von Stoffgemischen. Da die einzelnen Bestandteile nur bei den ihnen eigenen Siedepunkten verdampfen bzw. kondensieren, können sie durch sorgfältige Einhaltung dieser Druck- u. Temperaturverhältnisse voneinander getrennt werden.

Auch in der freien Atmosphäre ist stets Wasser-D. enthalten, der nahe dem Sättigungspunkt sich zu Nebel oder Wolken verdichtet u. sich bei Wärmeentzug oder Druckfall als Tau oder Regen niederschlägt.

Zustandsgrößen von Wasserdampf bei Sättigung:

Druck bar	Temperatur °C	Wärmeinhalt kJ/kg	Verdampfungswärme kJ/kg
0,00981	6,7	2512	2382
0,04905	32,6	2554	2424
0,0981	45,5	2583	2395
0,4905	80,9	2646	2307
0,981	99,1	2675	2257
4,905	151,1	2750	2110
9,81	179,0	2775	2018
49,05	262,7	2793	1645
98,1	309,5	2726	1327
220,7	347,2	2114	0*)

*) kritischer Punkt

Dampfbad, ein Bad in wasserdampfgesättigter Atmosphäre, als Ganzanwendung in *Dampfbadestuben* oder als Teilanwendung in Kästen, in die Wasserdampf eingeleitet wird. Es kommt dadurch zu einer starken Anregung u. Durchblutung der Haut u. zu einer Steigerung des Stoffwechsels u. der Schweißabsonderung mit Erhöhung der Körpertemperatur. Als Abschluß des Bades folgt meist eine kalte Abgießung, anschließend evtl. Massage. Das D. ist geeignet zur Behandlung von Gelenkrheumatismus, Fettsucht, bei Vergiftungen u. a.; gesunder Kreislauf ist Voraussetzung.

Dampfdichte, die Dampfmenge (Masse), die in der Volumeneinheit enthalten ist. Die D. ist (bei gleichbleibendem Druck) von der Temperatur abhängig.

Dampfdom, *Dom,* kuppelartiger Aufbau an Dampfkesseln zum Sammeln u. Trocknen des Dampfes. Die Stutzen für die Dampfleitung, Sicherheitsventile, Dampfpfeife usw. sind am D. angebracht.

Dampfdruck, 1. *Meteorologie:* der Druck des Wasserdampfs in der Luft; das Maß für die Feuchtigkeit, in Europa selten mehr als 20 mm Hg. Der D. geht nie über einen von der Temperatur abhängigen Höchstwert *(Sättigungsdruck)* hinaus: 4,6 mm Hg bei 0°C, 9,2 bei 10°C, 17,5 bei 20°C, bei höheren Temperaturen schnell ansteigend. 2. *Physik: Sättigungsdampfdruck,* der im Gasraum eines gesättigten Dampfes herrschende Druck. Er hängt nur von der Temperatur ab u. ist vor allem unabhängig davon, ob sich im Raum über der Flüssigkeit noch ein anderes Gas befindet. Das Sieden der Flüssigkeit tritt bei der Temperatur ein, bei der der D. gleich dem auf ihr lastenden festen Außendruck ist. – Eine Lösung zeigt gegenüber dem reinen Lösungsmittel eine D.erniedrigung, die (für verdünnte Lösungen) bei gegebener Temperatur u. gegebenem Lösungsvolumen nur von der Anzahl der Mole des gelösten Stoffs, nicht aber von dessen chem. Natur abhängt.

dämpfen, 1. *Hauswirtschaft:* Lebensmittel, bes. Fleisch, Fisch, Gemüse u. Kartoffeln, zur Vermeidung größerer Nährstoffverluste durch Wasserdampf gar machen. Man benutzt dazu möglichst Spezialtöpfe *(Dämpfer),* die zweiteilig übereinandergesetzt u. mit einem Deckel fest verschlossen werden. Bei diesen sog. *Dampfdrucktöpfen* wird durch die kurze Garzeit einmal der Vitaminverlust gering gehalten u. zum anderen weniger Energie verbraucht. →auch Dampfkochtopf. 2. *Physik:* →Dämpfung.

Dämpfer, ital. *sordino,* Vorrichtung zur Dämpfung des Klangs von Musikinstrumenten: 1. zum Abbrechen des Tons bei nachklingenden Schallkörpern, soweit das nicht durch die Hände geschieht, wie bei Zupf- u. Schlaginstrumenten. Beim Hammerklavier u. bei der Celesta hat jeder Ton seinen D., der mit Loslassen der Taste die Schwingungen beendet. Die Gesamtheit der D. wird durch ein Pedal (beim Klavier das rechte) aufgehoben. – 2. zum Herabsetzen der Tonstärke, womit meist eine Veränderung der Klangfarbe eintritt. Bei Streichinstrumenten dienen dazu kammartige D., die auf den Steg geklemmt werden. Blechblasinstrumente werden gedämpft durch Einsetzen eines kegelförmigen D.s in die Stürze. Pauken werden durch Auflegen eines Tuchs, Kleine Trommeln durch Einklemmen von Holz oder Tuch zwischen Unterfell u. Schnarrsaiten gedämpft.

Dampferzeuger, Einrichtungen zur Erzeugung von Dampf (meist Wasserdampf) von höherem Druck durch fortgesetzte Zufuhr von Wärmeenergie zu der Flüssigkeit (Wasser), die durch Speisepumpen ständig ergänzt wird. Ein D. besteht aus der Feuerungsanlage, aus dem eigentl. Behälter für das Flüssigkeits-Dampf-Gemisch u. zusätzl. Einrichtungen für die Zuleitung der Flüssigkeit (Speiseleitung), zum Sammeln u. Fortleiten des Dampfes sowie der Abgase (Fuchs, Schornstein) u. der Asche, aus dem etwaigen →Dampfüberhitzer u. den notwendigen u. polizeil. vorgeschriebenen Sicherheitsvorrichtungen.

Der Brennstoff kann gasförmig, flüssig, staubförmig oder stückig sein. Gasförmige, flüssige u. staubförmige Brennstoffe werden in Brennern verbrannt, stückige auf Rosten *(Planroste, Treppenroste, Wanderroste).* Der Feuerungsraum nebst den anschließenden Abgasrohren (Rauchrohren) kann von den verdampfenden Flüssigkeit umgeben sein, d. h., er ist in den Flüssigkeitsraum eingebaut *(Flammrohrkessel, Feuerbuchskessel, Stehrohrkessel;* auch elektr. Beheizungseinrichtungen sind stets in den Flüssigkeitsraum eingebaut), oder die heißen Feuergase umspülen die flüssigkeitsführenden Räume *(Wasserrohrkessel).* Die von den Feuergasen berührte Fläche ist die *Heizfläche,* eine wichtige Kenngröße des D.s, die meist 500–1000 m², im Höchstfall etwa 8500 m² beträgt; je m² Heizfläche können bis zu 100 kg/h Wasserdampf erzeugt werden.

Der im D. herrschende Druck richtet sich nach der Verwendung des Dampfes. Für Heiz- u. Kochzwecke beträgt er bis zu 8 kp/cm², für Kraftanlagen 25–180 kp/cm², in Höchstdruckkesseln (Benson, Velox) 350 kp/cm². Die letzteren sind trotz des größeren techn. Aufwands den anderen D.n wirtschaftl. überlegen, weil das nutzbare Wärmegefälle größer ist, d. h. der Brennstoff besser ausgenutzt wird.

Der Betrieb von D.n unterliegt bes. polizeil. Vorschriften, deren Innehaltung durch den →Technischen Überwachungsverein kontrolliert wird. →auch Dampfkessel.

Dampffarben, alte Bez. für heute bei Geweben fast durchweg angewendete Druckfarben, die durch Dampf entwickelt u. dauerhaft gemacht werden.

Dampfhammer, Schmiedehammer, dessen im allg. 0,2–20 t schwerer *Bär* durch Dampf bewegt wird.

Dampfhärtung, Beschleunigung des Erhärtungsvorgangs von Betonwaren u. -fertigteilen durch Erwärmen mit Dampf. Die Formen u. Lagerräume können besser ausgenutzt werden. Die endgültige Festigkeit des Betons wird durch die D. geringfügig vermindert.

Dampfheizung →Heizung.

Dämpfigkeit, *Dampf, Hartschlägigkeit, Bauchschlägigkeit,* Atembeschwerde des Pferdes, die durch einen chronischen u. unheilbaren Krankheitszustand der Lungen oder des Herzens bewirkt wird; gilt als *Gewährsmangel.*

Dampfkessel, nach der „Verordnung über die Errichtung u. den Betrieb von Dampfkesselanlagen" (kurz: „Dampfkesselverordnung") ein geschlossener Behälter oder eine geschlossene Rohranordnung, in der durch Einwirkung von Wärme Wasserdampf von höherem als atmosphärischem Druck erzeugt *(Dampferzeuger)* oder Wasser über die dem atmosphärischen Druck entsprechende Siedetemperatur erhitzt wird *(Heißwassererzeuger).* Häufig wird der so übergeordnete Begriff D. auch als Bez. für einen →Dampferzeuger verwendet.

Dampfkochtopf, *Schnellkochtopf, Autoklav, Papinscher Topf, Digestor,* Kochgefäß mit fest verschließbarem Deckel zum Schnellgaren unter Dampfdruck; dadurch erhöhter Siedepunkt, Nährwerte bleiben weitgehend erhalten. Gegen Überdruck schützt ein Ventil.

Dämpfkolonne, stationäre oder fahrbare Kolonne von zwei oder drei Dämpffässern in Verbindung mit einem Dampferzeugungsaggregat u. einer Wäsche; dämpft kontinuierl. größere Mengen Kartoffeln, seltener Rüben, für landwirtschaftl. Betriebe. Die gedämpften Kartoffeln werden anschließend in *Gärfutterbehältern (Silos)* eingesäuert u. dienen während des ganzen Jahres als Futter (bes. für Schweine).

Dampfkraftanlage, eine Anlage zur Umwandlung von Wärmeenergie in mechan. oder elektr. Energie. Einem *Dampferzeuger* wird Wärme zugeführt, wodurch Dampf hohen Drucks entsteht. In einer nachgeschalteten Expansionsmaschine (Kolbendampfmaschine oder Dampfturbine) entspannt sich der Dampf unter Arbeitsabgabe auf einen niedrigeren Druck. u. wird bei einer *Kondensations-D.* in einem nachgeschalteten Kondensator durch Wärmeentzug wieder verflüssigt (Auspuffbetrieb, d. h. Austreten des Abdampfes in die freie Atmosphäre, nur bei sehr kleinen Leistungen üblich). Die in der Expansionsmaschine gewonnene mechan. Energie dient meist zum Antrieb eines elektr. Generators u. wird darin in elektr. Energie umgewandelt. Die aus dem Kondensator abfließende Flüssigkeit wird als Speisewasser durch eine Speisepumpe dem Dampferzeuger wieder zugeführt (geschlossener Kreislauf). Umfangreiche Nebenanlagen dienen zur Brennstofflagerung, Brennstoffzufuhr, Verbrennungsluftzufuhr, Asche- u. Schlackenbeseitigung, Rauchgasreinigung u. -abfuhr sowie zur Kühlwasserversorgung. – Bei modernen D.n werden bis zu 40% der im Brennstoff enthaltenen Energie in elektr. Energie umgewandelt. D.n werden derzeit bis zu Maximalleistungen von 1000 MW gebaut. Die Zusammenfassung mehrerer D.n zu einem *Dampfkraftwerk* ist die in der BRD weitaus überwiegende Kraftwerksart.

Dampfkraftwerk →Kraftwerk.

Dampflokomobile, meist ortsbewegl. Dampfmaschine als Antrieb, z. B. für Landmaschinen; unmittelbar mit dem Dampfkessel verbunden, arbeitet dadurch sehr wirtschaftlich.

Dampfmaschine, eine Wärmekraftmaschine, die die Spannung des von →Dampferzeugern gelieferten Dampfes in mechan. Arbeit umformt.
Arbeitsweise: Bei der *Kolben-D.* sind die Hauptteile der *Zylinder* mit dem hin u. her gehenden *Kolben,* der seine Bewegung über die Kolbenstange, den *Kreuzkopf* u. die *Schub-* oder *Pleuelstange* an den *Kurbeltrieb* weitergibt. Zum Regeln der Dampfzufuhr ist zwischen Rohrleitung u. Zylinder die *Steuerung* als der wichtigste Teil der D.n eingebaut: Da der Kolben nur gradlinig hin u. her bewegt werden kann, muß der Dampf abwechselnd vor u. hinter den Kolben geleitet werden; dies wird durch *Schieber-* oder *Ventilsteuerungen* erreicht. Bei der Schiebersteuerung werden die Dampfeinlaß- u. -austrittskanäle durch Schieber dampfdicht abgeschlossen, bei der Ventilsteuerung durch das Öffnen u. Schließen von Ventilen. Die Bewegung der Schieber bzw. Ventile wird durch genau mit der Kolbenbewegung abgestimmte Gestänge so geregelt, daß die Kanäle jeweils bei der betriebsgünstigsten Stellung des Kolbens für den Ein- bzw. Austritt des Dampfes geöffnet werden. Bei den *Gleichstrom-D.n* wird nur der Einlaß des Dampfes durch Ventile gesteuert, beim Auslaß dagegen entweicht der Dampf durch Schlitze, die durch den Kolben selbst geöffnet oder geschlossen werden. Das *Schwungrad* gleicht die durch die Umwandlung der hin u. her gehenden Bewegung in eine drehende Bewegung entstehenden unvermeidl. Ungleichmäßigkeiten aus u. sichert eine regelmäßige Drehung der Kurbelwelle. – ▢ 10.6.4.
Geschichte: 1690 baute D. *Papin* in Marburg eine Maschine, deren Kolben durch Dampf bewegt wurde u. dadurch Arbeit leistete. Der Engländer *Th. Newcomen* verbesserte sie 1705, aber erst *James Watt* gelang 1769 der Bau einer prakt. brauchbaren D. Er gilt deshalb als Erfinder, um so

mehr, als seine Bauart bis heute in den Grundzügen noch nicht übertroffen werden konnte.

Dampfmengenmesser, in Dampfleitungen eingebaute Meßgeräte zur Ermittlung des Dampfverbrauchs von Kesseln u. Maschinen. Beim *Venturirohr* wird der Verbrauch aus dem Druckunterschied zweier Meßpunkte in den Leitungen ermittelt; beim *Schwimmergerät* wird der Verbrauch nach der Höhe eines vom Dampfstrom gehobenen Schwimmers an einer Skala angezeigt.

Dampfmotor, schnell laufende Kolbendampfmaschine (750–1500 Umdrehungen pro Min.), die die Vorteile der Bauweise von Verbrennungskraftmaschinen für die Dampfmaschine ausnutzt: kurzer Hub, Durchgang des Dampfes im Gleichstrom, meist einfach wirkend, aber mit mehreren Zylindern, hohe Leistungen; zum unmittelbaren Antrieb von Elektrogeneratoren, für Straßen- u. Schienenfahrzeuge. Der D. ist wirtschaftlicher als die langsam laufende *Dampfmaschine*; gegenüber der *Dampfturbine* besteht der Vorteil der Regelfähigkeit u. der Umkehrmöglichkeit der Drehrichtung.

Dampfnudeln, Mehlspeise aus Hefeteig; die Teigklöße werden mit Wasser u. Fett im geschlossenen Topf gebacken oder über kochendem Wasser gedämpft.

Dampfpfeife, mit Dampf betriebene Vorrichtung zur Abgabe von Warn- oder Erkennungszeichen. Der durch einen Spalt austretende Dampf strömt gegen die dünne scharfe Kante einer Zunge oder Glocke u. setzt diese u. die umgebende Luftsäule in Schwingungen, wodurch der Pfeifton entsteht.

Dampfpflug, die erste landwirtschaftl. Kraftmaschine zum Pflügen: Der Pflug (meist Kipp-Pflug) wird dabei an einem Seil von ein oder zwei am Feldrand stehenden Dampfmaschinen gezogen. Heute fast ganz abgelöst durch Schlepper.

Dampfschiff, durch Dampfkraft angetriebenes Wasserfahrzeug. Der Dampf wird in Dampfkesseln (heute meist Wasserrohrkessel) erzeugt; als Brennstoff dient heute Heizöl, kaum noch Kohle. Die Antriebsmaschinen waren Kolbendampfmaschinen, heute aber fast ausschließlich Dampfturbinen. Der entspannte Dampf wird stets in Kondensatoren niedergeschlagen u. das Kondensat wieder zum Speisen der Dampfkessel verwendet. Die hohen Drehzahlen der Dampfturbinen (→Turbine), die seit etwa 1900 in steigendem Maß eingesetzt werden, werden durch Zahnrad-(anfangs auch durch Flüssigkeits-)Getriebe auf die niedrigen wirtschaftlichen Drehzahlen der Schiffsschraube herabgesetzt, oder die Turbinen treiben (selten) Generatoren, die Strom für die elektr. Schraubenwellenmotoren erzeugen (turboelektrischer Antrieb). Die Dampfturbine beansprucht weniger Raum (einschl. Getriebe) als die Dampfkolbenmaschine, ihre Drehrichtung kann aber nicht umgekehrt werden; sie enthält daher häufig einfache spezielle Turbinensätze für die Rückwärtsfahrt, die bei Bedarf anstatt der Vorwärtsturbinen vom Dampf beaufschlagt werden u. die Schraubenwelle in umgekehrter Richtung drehen. – Außer den Hauptmaschinen werden auf D.en auch die Hilfsmaschinen (Pumpen, Lade- u. Ankerwinden) durch Dampf betrieben; immer mehr bevorzugt man hierzu jedoch elektr. Strom, der zentral im Maschinenraum erzeugt wird. – Das D. hat wegen seiner Unabhängigkeit vom Wind u. seiner größeren Geschwindigkeit im Lauf des 19. Jh. das Segelschiff fast vollständig verdrängt. Ihm selbst machen seit etwa 1925 das (Diesel-) →Motorschiff u. seit 1970 in Einzelfällen auch schon das Gasturbinenschiff das Feld streitig. Für große u. schnelle Schiffseinheiten u. wegen seines geräusch- u. erschütterungsfreien Laufs für Fahrgastschiffe wird der Dampfantrieb wohl noch lange beibehalten werden, zumal der Atomantrieb bisher ausschl. in der Dampferzeugung durch Kernenergie besteht. – □10. 9. 5.

Dampfschiffente, *Tachyeres cinereus*, kräftige, flugunfähige südamerikan. *Ente*.

Dampfspeicher, isolierte Behälter zum Sammeln u. Speichern von Dampf, um Schwankungen in der Dampfentnahme auszugleichen. D. arbeiten mit Gleichdruck oder Druckgefälle. Die gebräuchlichste Ausführung ist der →Ruthsspeicher.

Dampfspritze →Feuerlöschwesen.

Dampfstrahlpumpe, Vorrichtung zum Saugen u. Pumpen, bei der ein Dampfstrahl mit hohem Druck durch eine Düse in ein sich verengendes Rohr geblasen wird. Infolge der hohen Geschwindigkeit reißt der Dampfstrahl die in dem Rohr befindl. Luft oder das Wasser mit sich fort u. erzeugt dadurch Unterdruck (gemäß der hydrodynamischen Druckgleichung von D. *Bernoulli*), so daß die Flüssigkeit aus einem Nebenrohr angesaugt u. gefördert wird. In diesem Fall arbeitet die D. als *Ejektor*. Wird beim Speisen von Dampfkesseln Wasser durch einen Dampfstrahl in den Kessel gedrückt, so nennt man die D. *Injektor*.

Dampftran, aus frischer Dorsch- u. Kabeljauleber im Dampfbad gewonnener Lebertran.

Dampfturbine, mit Dampf betriebene →Turbine.

Dampfüberhitzer, zusätzl. Einrichtung an →Dampfkesseln, durch die der im Kessel erzeugte Sattdampf auf Temperaturen erhitzt wird, die über der des Sättigungspunktes liegen. Die hierzu erforderl. Wärmeenergie wird in der Regel den Abgasen der Dampfkesselfeuerung entnommen.

Dämpfung, die Abschwächung beliebiger Schwingungsvorgänge durch dauernden Energieverlust; bei mechan. Schwingungen z.B. durch Reibung oder Luftwiderstand bedingt, bei elektr. Schwingungen durch den Ohmschen Widerstand der Leitungen oder Verluste in der Isolation (z.B. bei Hochfrequenzkabeln oder Schwingkreisen). D. verkleinert die Amplitude der Schwingungen bis auf Null (freie Schwingung) oder bis auf einen geringen Wert (erzwungene Schwingung). In der *Nachrichtentechnik* gibt das „Dämpfungsmaß" das Verhältnis von Leistung, Strom oder Spannung am Anfang u. am Ende einer Leitung oder am Ein- u. Ausgang eines →Vierpols an. Dieses Verhältnis wird durch den natürlichen Logarithmus in →Neper oder durch den dekadischen Logarithmus in →Dezibel ausgedrückt.

Dämpfungsflächen, *Flossen*, am Flugzeugleitwerk die vor den bewegl. Rudern liegenden starren Flächen; speziell die Höhenflosse u. die Seitenflosse.

Dampfwagen, mit Dampfmaschine betriebenes schienenloses Straßenkraftfahrzeug, 1769 von J. *Cugnot* (*1725, †1804) in Paris zuerst gebaut; Vorläufer des Autos.

Dampfwalze, mit Dampf angetriebene Straßenwalze.

Dampier ['dæmpjə, nach W. *Dampier*], neuer Hafen an der Kings Bay, Westaustralien, seit 1965 erbaut, 1000 Ew.; Verschiffung von Erzen aus Mount Tom Price (Hamersley Range) nach Japan.

Dampier ['dæmpjə], William, engl. Seefahrer, Seeräuber u. Entdecker, *Juni 1652 East Coker, Somerset, †März 1715 London; durchkreuzte mehrfach den Stillen Ozean, entdeckte den *D.archipel* (Westküste Australiens) u. die *D.straße* (Bismarckarchipel).

Damwild = Damhirsch.

Dan, 1. [das; „dänische Stufe"], *Geologie: Danien*, oberste Stufe der Oberen Kreide.

2. [jap.], *Sport:* „Meister", Bez. für die Graduierung im Judosport. Die 10 D.-Grade sind an der Gürtelfarbe der Judokleidung zu erkennen: 1.–5. Dan schwarz, 6.–9. rot-weiß u. 10. rot. →auch Kyu.

Dan, 1. einer der 12 Söhne Jakobs.

2. im A.T. einer der 12 Stämme Israels, nach D., dem Sohn Jakobs u. der Bilha, benannt.

3. westafrikan. Negervolk der *Mandegruppe* im NO Liberias u. im W der Elfenbeinküste, 150 000; mit Rodungshackbau (Reis, Maniok); politisch zersplittert.

Dana ['dɛinə], **1.** James Dwight, US-amerikan. Geologe u. Mineraloge, *12. 2. 1813 Utica, N. Y., †14. 4. 1895 New Haven, Conn.; „System of Mineralogy" 1837; „Manual of Geology" 1862.

2. Richard Henry d. J., US-amerikan. Schriftsteller u. Jurist, *1. 8. 1815 Cambridge, Mass., †6. 1. 1882 Rom; beschrieb seine Jugenderlebnisse als Matrose in „Two years before the mast" 1840, das richtungweisend für die amerikan. Seeliteratur wurde.

Danaë ['da:nae:], in der griech. Sage Tochter des Königs *Akrisios* von Argos, Geliebte des *Zeus* u. Mutter des *Perseus*.

Dạnaer, bei *Homer* griech. Kämpfer. Es ist unklar, ob sich der Ausdruck *D.* (im Unterschied zu *Achäer*) auf alle Griechen oder auf einen Teil bezieht u. ob die *Danuna*, eines der „Seevölker" auf Siegesstelen Ramses' III. in Medinet Habu, mit den D.n zusammenhängen. Der sprichwörtl. Ausdruck *D.geschenk* für eine unglückbringende Gabe geht auf das von den Griechen angebl. als Weihegabe zurückgelassene hölzerne Pferd *(Trojan. Pferd)* zurück, in dessen Leib Griechen versteckt waren, die Trojas Untergang herbeiführten.

Danaịden, die sagenhaften 50 Töchter des Königs *Danaos*; erdolchten in der Hochzeitsnacht (bis auf *Hypermestra*, die ihren Gatten *Lynkeus* rettete) ihre Männer u. wurden nach ihrem Tod verurteilt, in ein durchlöchertes Faß Wasser zu schöpfen; daher *D.arbeit*, nutzlose, mühsame Arbeit.

Dạnakil [Ez. *Dankali*], *Afar*, hamit. Nomadenstämme mit Ziegen u. Kamelen, am Roten Meer auch als Schiffsleute; Moslems; in der äthiopischen Landschaft D. (rd. 360 000) u. in Djibouti (27 000).

Dạnakil, *Dancalia*, Tiefland im NO Äthiopiens, Teil des Ostafrikan. Grabensystems, von der Küste des Roten Meers durch die *Danakilberge* getrennt; zwei Depressionen: eine bis 116 m u. M. im N mit dem *Assalesee* u. eine bis 173 m u. M. in Djibouti; größtenteils ebenes Halbwüstengebiet mit Salzseen, Sümpfen u. heißen Quellen; vorwiegend von den nomad. *D.* bewohnt.

Da Nang, *Tourane*, vietnames. Stadt südöstl. von Huê, 430 000 Ew.; Kohle- u. Zinnbergbau, Haupthafen. Großer US-Amerikan. Marine- u. Luftstützpunkt, im Vietnam-Krieg mehrmals heftig umkämpft.

Danapur, *Dinapore*, ind. Stadt im westl. Bihar, an der Mündung des Son in den Ganges, rd. 50 000 Ew.; Eisenindustrie, Kunstgewerbe.

Danby ['dænbi], Francis, irischer Maler, *16. 11. 1793 Common bei Wexford, †1. 2. 1861 Exmouth, Devonshire; malte Darstellungen aus der Apokalypse u. romant. Landschaften mit Betonung des Lichts u. der Atmosphäre.

Dance [da:ns], George d. Ä., engl. Architekt, *1700, †8. 2. 1768 London; ursprüngl. Schiffsbaumeister, seit 1732 in London als Architekt tätig; Kirchen u. Wohnbauten im klassizist. Stil (Mansion House 1739–1753).

Danckelman, Eberhard Frhr. von, brandenburg.-preuß. Staatsbeamter, *23. 11. 1643 Lingen, †31. 3. 1722 Berlin; Erzieher u. Vertrauter des späteren Königs Friedrich I. von Preußen, 1695 Premier-Min.; leitete die Außenpolitik im Sinne des Großen Kurfürsten u. versuchte innere Reformen; fiel 1697 in Ungnade, wegen angebl. Hochverrats verhaftet, 1707 aus der Haft entlassen; 1713 wieder an den Hof berufen, aber ohne Revision seines Prozesses.

Danckelmann, Bernhard, Forstwissenschaftler, *5. 4. 1831 Forsthaus Obereimer bei Arnsberg, †19. 1. 1901 Eberswalde; seit 1860 Direktor der Forstakademie Eberswalde; führte das forstliche Versuchswesen in Preußen ein u. gründete die „Hauptstation des forstlichen Versuchswesens"; gab seit 1869 die „Zeitschrift für Forst- u. Jagdwesen, zugleich Organ für forstliches Versuchswesen" heraus.

Danckert, Werner, Musikwissenschaftler, *22. 6. 1900 Erfurt, †5. 3. 1970 Krefeld; studierte bei H. *Riemann* u. H. *Abert*; „Das europäische Volkslied" 1939; „Claude Debussy" 1950; „Tonreich und Symbolzahl" 1966.

Danco [dã'ko], Suzanne, belg. Sängerin (Sopran), *22. 1. 1911 Brüssel; bekannte Opern- u. Konzertsängerin.

Dancourt [dã'ku:r], Florent, eigentl. F. *Carton*, Sieur *d'Ancourt*, französ. Dramatiker, *1. 11. 1661 Fontainebleau, †6. 12. 1725 Courcelles-le-Roi; in seinen satir. Sitten- u. Charakterkomödien geißelte er Spekulanten, Spieler, Abenteurer u. Karrieremacher; Haupterfolg war „Le chevalier à la mode" 1687.

Dạndara, *Dendara*, grch. *Tentyra*, *Tentyris*, oberägypt. Ort unterhalb von Qena, am linken Ufer des Nil, 16 000 Ew.; eine der ältesten u. berühmtesten Städte des alten Ägypten, mit dem guterhaltenen Tempel der Hathor.

Dandelin [dãd'lɛ̃], Germinal Pierre, belg. Mathematiker, *12. 4. 1794 Le Bourget, †15. 2. 1847 Ixelles; nach ihm sind die *D.schen Kugeln* benannt: eine bzw. zwei Kugeln, die sämtl. Mantellinien eines geraden Kreiskegels u. eine Schnittebene in den Brennpunkten des entstehenden Kegelschnitts berühren; dienen der Herleitung der Eigenschaften von *Kegelschnitten*.

Dandie-Dinmont-Tẹrrier ['dændi 'dinmənt-; engl.], kleine Hunderasse, dem →Bedlington-Terrier ähnlich; bei der Geburt schwarz, später blau bis hellsilbergrau oder rötlichbraun u. heller; Haare: am Kopf cremeweiß u. seidig, am Körper rauher.

Dạndin, ind. Dichter, Ende des 7. Jh. n. Chr.; neben einer grundlegenden Poetik („Spiegel der Kunstdichtung" dt. 1890) verfaßte er den nur unvollständig erhaltenen Roman „Die Abenteuer der zehn Prinzen" dt. 1902, der trotz seines kunstvollen, oft artist. Stils (ein ganzes Kapitel entbehrt der Lippenlaute, weil die Lippen des Erzählenden zer-

Dandolo

bissen sind) in seiner pikaresken Thematik den Europäer bes. anspricht.

Dandolo, venezian. Patrizierdynastie, der einige Dogen entstammten: *Enrico,* Doge 1193–1205; *um 1108, †14. 6. 1205 Konstantinopel; begründete, z.T. mit Hilfe der Kreuzfahrer, die Herrschaft Venedigs im östl. Mittelmeer u. im Schwarzen Meer, eroberte zweimal Konstantinopel u. beherrschte den weiten Raum der Seemacht durch eine große Zahl von Flottenstützpunkten.

Dandy ['dændi; engl.; aus ind. *dandi,* „Stockträger"], ursprüngl. hoher engl. Beamter in Indien; allg. Stutzer, Geck, Modenarr.

Danebrog, *Dannebrog* [der; dän. *brog,* „Flagge"], dän. Nationalflagge (weißes Kreuz in rotem Feld), der Sage nach auf dem Zug Waldemars II. nach Estland 1219 vom Himmel gefallen, bekannt erst seit Ende des 14. Jh.

Danegeld, von nordischen Wikingern in England zwischen 991 u. 1018 erhobene Tributzahlungen in Silbermünzen.

DÄNEMARK — DK
Kongeriget Danmark

- Fläche: 43 069 qkm
- Einwohner: 5 Mill.
- Bevölkerungsdichte: 116 Ew./qkm
- Hauptstadt: Kopenhagen
- Staatsform: Konstitutionell-demokratische Monarchie
- Mitglied in: UN, NATO, Nordischer Rat, Europarat, EWG, GATT, OECD
- Währung: 1 Dänische Krone = 100 Öre

Das nordeurop. Königreich, dän. *Danmark,* liegt in günstiger Verkehrslage zwischen Dtschld. u. Schweden/Norwegen, bzw. zwischen Nordsee u. Ostsee; es ist ein in Inseln u. Halbinseln aufgegliedertes Gebiet von 43 069 qkm Land; $2/3$ davon umfaßt die Halbinsel *Jütland* (29 652 qkm), $1/3$ entfällt auf die Inseln *Seeland, Fünen, Lolland, Bornholm, Falster, Langeland, Alsen* u. 477 weitere kleine u. kleinste Inseln. Zwischen ihnen bilden der Öresund, der Große u. der Kleine Belt die Verbindung zwischen Ostsee u. Kattegat. Zu D. gehören ferner die *Färöer* (1399 qkm, 37 100 Ew.) u. die Insel *Grönland* (2 175 600 qkm, 47 000 Ew.).

Landesnatur: D. ist die stark aufgelöste Fortsetzung des Norddt. Tieflands, dessen Landschaftscharakter weitgehend von der letzten Eiszeit bestimmt ist. Die Mitte der Halbinsel Jütland trägt einen ausgeprägten Endmoränenzug (Fortsetzung des Balt. Höhenrückens), vor dem sich nach W breite, meist von Heiden, Wäldern u. Mooren bedeckte Sandflächen ausdehnen, die örtl. kultiviert worden sind. Mächtige Dünen begleiten die ganze Länge der wenig gegliederten, hafenarmen Westküste. Das wirtschaftl. Schwergewicht des Landes liegt in den fruchtbaren, meist sanft gewellten Moränengebieten Ostjütlands u. der Inseln, deren weite Wiesen, Weiden u. Felder von Buchenwäldern u. Mooren (ehem. Glazialseen) in buntem Wechsel unterbrochen werden. Die Küste ist hier durch Förden u. tiefe Buchten reich gegliedert; an einzelnen Stellen (Seeland, Mön) ragt der Untergrund als Kreideklippen (ähnl. der Stubbenkammer auf Rügen) auf. – Flußsystemen fehlt die Entwicklungsmöglichkeit; längster Fluß ist die *Gudenå* (158 km) auf Jütland, größter See der *Arresee* (41 qkm) auf Seeland. – Entsprechend der Lage hat D. ein ausgeglichenes mildes u. feuchtes Klima mit regenbringenden Südwestwinden. Die Meeresstraßen tragen nur selten Eisbedeckung, die mittleren Temperaturen sinken nicht unter den Nullpunkt.

Bevölkerung: D. ist das am dichtesten bevölkerte Land Nordeuropas (116 Ew./qkm; 20% Landbevölkerung, 80% Stadtbevölkerung). In D. leben rd. 30 000 Deutsche (bes. in Südjütland/Nordschleswig). Die Dänen sind ein german. Volk; ihre Religion ist überwiegend ev. (Staatskirche).

Wirtschaft: Schwerpunkt der intensiv betriebenen Landwirtschaft (meist auf Genossenschaftsbasis) ist die Viehzucht, deren hochwertige Erzeugnisse in den dichtbevölkerten Nachbarländern (bes. Deutschland und Großbritannien) guten Absatz finden ($2/3$ der dän. Ausfuhren). D. exportiert Butter, Eier u. Fleisch bester Qualität u. importiert dafür geringwertigere Nahrungsmittel. Die Industrie hat ihren Hauptsitz in den Hafenstädten: Textil-, Metall-, Maschinen-, Lederindustrie, Werften, Kopenhagener Porzellanmanufaktur, bedeutende Lebensmittelindustrie; Fischerei. Der Schwerpunkt des Verkehrs liegt auf der Schiffahrt; daneben gibt es 2522 km Eisenbahnen und 63 300 km Straßen. Große Brückenbauwerke und -vorhaben u. Fähren sind für die Verbindung zu den einzelnen Inseln von erhebl. Bedeutung. – ☐ 6.4.5.

Geschichte: D. war schon in vorgeschichtl. Zeit german. besiedelt, doch ist das dän. Volk erst seit dem 6. Jh. v. Chr. geschichtl. nachzuweisen. Seine ursprüngl. Heimat war nach heute vorherrschender Meinung das südl. Schweden, von wo aus es sich allmähl. über die Inseln u. nach Jütland ausdehnte. Bis zur Mitte des 11. Jh. erreichte die dän. Siedlung die Schleilinie. Ein dän. König *Dan* ist nur aus der Sage bekannt. Das Land wurde zunächst von Teilkönigen regiert, von denen *Göttrik* um 800 die erste Befestigungsanlage (Danewerk) südl. der Schlei zur Abwehr des Frankenreichs errichtete. Die erste staatl. Zusammenfassung gelang den Königen *Gorm* u. *Harald Blauzahn* im 10. Jh.; Harald nahm das Christentum an u. förderte die von S kommende Mission. Das 11. Jh. ist die Zeit ausgreifender dän. Wikingerzüge im Nordseeraum. König *Sven Gabelbart* eroberte England; *Knut d. Gr.* (1018–1035) beherrschte ein dän. Nordseereich (Dänemark, Norwegen, England, Schottland), das nach seinem Tod jedoch wieder zerfiel. Zwischen 1025 u. 1035 wurde die Eider endgültig zur Südgrenze D.s. Kirchl. löste sich D. u. mit ihm der Norden Europas durch die Gründung des Erzbistums Lund aus der seit 948 bestehenden Verbindung mit dem Erzbistum Hamburg-Bremen. Nach inneren Wirren erneuerte König *Waldemar d. Gr.* (1157–1182) das Reich u. überwand die Slawengefahr. Seine Nachfolger *Knut VI.* (1182–1202) u. *Waldemar II.* (1202–1241) schufen ein dän. Ostseereich, das außer Holstein, Hamburg u. Lübeck auch Mecklenburg, Pommern, Rügen u. Estland umfaßte, aber nach der Schlacht von *Bornhöved* (1227) auseinanderbrach. Die erneute Auflösung des Reichs in den ersten Jahrzehnten des 14. Jh. wurde durch *Waldemar IV. Atterdag* (1340–1375) beendet, der freilich die Sonderentwicklung des Herzogtums Schleswig nicht verhindern u. die Vormachtstellung der Hanse nicht brechen konnte. Seine Tochter *Margarete* gründete 1397 die Union aller drei Reiche des Nordens *(Kalmarer Union);* ihr Großneffe u. Erbe König *Erich von Pommern* geriet durch seine maßlose Politik jedoch in Konflikt mit der Hanse, Schweden, den holstein. Grafen u. dem einheim.

Schloß Frederiksborg

Dänemark

Adel, verlor Norwegen u. Schweden u. wurde 1439 aus D. vertrieben.
1448 wählte der dän. Reichsrat Graf *Christian (I.)* von Oldenburg zum König, er wurde 1450 König von Norwegen u. 1457 von Schweden u. wurde 1460 vom schleswig-holstein. Rat zum Herzog von Schleswig u. Grafen von Holstein gewählt; aber die schwed. Krone konnte nicht dauernd gesichert werden: Die Union mit Schweden zerbrach 1523; *Christian II.* büßte nicht nur Schweden, sondern auch seinen Thron ein. 1523 wurde sein Onkel, Herzog Friedrich von Schleswig-Holstein, zum König gewählt. Sein Sohn *Christian III.* führte 1536 durch einen Staatsstreich die Reformation ein, die durch luther. Prediger schon in D. Fuß gefaßt hatte (Kirchenordnung 1537). Polit. u. konfessionelle Gründe bewogen *Christian IV.*, in den Dreißigjährigen Krieg einzugreifen; er wurde 1626 geschlagen u. mußte im Frieden von Lübeck auf seine norddt. Ausdehnungspläne verzichten. In der Folgezeit geriet D. immer mehr in Gegensatz zu Schweden, das zur beherrschenden Macht in Nordeuropa u. im Ostseeraum aufstieg; so ging 1658 der gesamte Besitz auf der skandinav. Halbinsel, Schonen, Blekinge, Halland u. das zu Norwegen gehörende Bohuslän an Schweden verloren.

Die äußere Gefährdung führte zur inneren Umgestaltung D.s: Die Macht der Stände wurde beseitigt, 1660 das Erbkönigtum eingeführt, 1665 der Absolutismus urkundl. festgelegt (Königsgesetz). 1767–1773 wurde durch Verträge mit Rußland die den Frieden in Europa beunruhigende „Gottorfer Frage" bereinigt. Der dän. Gesamtstaat, der von Island u. vom Nordkap bis zur Elbe reichte, hielt sich von allen Kontinentalkriegen fern u. widmete sich vor allem inneren Reformen (Agrarreform, Bauernbefreiung). 1807, nach dem Überfall der brit. Flotte auf Kopenhagen, schloß sich D. Frankreich an, hielt an dem Bündnis mit Napoléon I. noch 1813 fest u. mußte dafür den Staatsbankerott u. 1814 (Kieler Friede) den Verlust Norwegens hinnehmen.
1815 wurde der dän. König für Holstein u. das neuerworbene Herzogtum Lauenburg Mitgl. des Deutschen Bundes, das mit Holstein verbundene Schleswig blieb außerhalb des Bundes.
Die innere Entwicklung wurde seit 1830 immer mehr durch die liberale Opposition u. durch den nationalen Gegensatz zwischen Deutschen u. Dänen beeinflußt, den *Christian VIII.* in schwankender Politik ohne Erfolg auszugleichen suchte. Sein „Offener Brief" von 1846 wollte den Gesamtstaat erhalten durch die gleiche Erbfolge für D., Schleswig, Lauenburg u. Teile Holsteins, hatte aber einen unheilbaren Bruch mit den dt. Schleswig-Holsteinern zur Folge. Ihre Erhebung gegen die Gefahr einer Einverleibung Schleswigs in D. führte im März 1848 zu einem fast dreijährigen Krieg, ohne daß die entscheidenden Streitfragen gelöst wurden. Die liberale Verfassung D.s vom 8. 6. 1849 (Juni-Grundgesetz) wurde nicht auf Schleswig ausgedehnt; D. erreichte zwar im Londoner Vertrag von 1852 die Anerkennung des dän. Gesamtstaats u. die europ. Billigung einer für D. u. die Herzogtümer gemeinsamen Erbfolge, mußte sich aber gegenüber Österreich u. Preußen verpflichten, eine auf Gleichstellung der Landesteile beruhende Gesamtstaatsverfassung einzuführen u. auf die Einverleibung Schleswigs zu verzichten. Die gesamtstaatl. Verfassungsversuche scheiterten jedoch, u. es gelang nicht, die Deutschen zu versöhnen. Das Grundgesetz von 1863, eine dän.-schleswigsche Verfassung, die unvereinbar war mit den gegebenen Zusagen, löste ein Ultimatum der beiden dt. Vormächte Österreich u. Preußen u. den Krieg von 1864 aus. Im Wiener Frieden 1864 mußte D. die drei Herzogtümer Schleswig, Holstein u. Lauenburg an die Sieger abtreten, der dän. Gesamtstaat war damit zerfallen. Nach außen folgte D. seitdem dem Grundsatz der Neutralität zwischen den Gegensätzen der europ. Mächte, im Innern setzten vor allem seit 1900 Liberale u. Sozialdemokraten sich immer mehr durch. Ein demokrat. Grundgesetz wurde 1915 unter *Christian X.* eingeführt. Der Versailler Vertrag sah eine Volksabstimmung in Nordschleswig u. Teilen Mittelschleswigs vor; sie brachte 1920 Nordschleswig eine dän. Mehrheit, so daß die Südgrenze der ersten Abstimmungszone nördl. von Flensburg u. südl. von Tondern zur Grenze zwischen D. u. Dtschld. wurde, wobei eine dt. Minderheit im dän. Nordschleswig, eine dän. Minderheit bei Dtschld. verblieb.
Die Besetzung D.s durch dt. Truppen 1940–1945 löste bes. seit 1943 eine Widerstandsbewegung in weiten Kreisen des dän. Volks aus. Island löste 1944 die Personalunion mit D.; die Verfassungsänderung von 1953 sicherte der ältesten Tochter *Frederiks IX.* († 1972), Margarete, die Thronfolge u. beseitigte das *Landsting* (erste Kammer); seitdem ist das *Folketing* das einzige Parlament. D. war an der Gründung der UNO beteiligt, ist

Dänemarkstraße

Mitglied des Europarats u. der NATO u. steht durch den *Nordischen Rat* in enger Fühlung mit den anderen Staaten Nordeuropas. 1972 trat es der EWG bei. 1955 unterzeichneten D. und die BRD die „Grundsatzerklärungen" über die Rechte der beiderseitigen nationalen Minderheiten. 1979 wurde dem zu D. gehörenden Grönland die Einführung weitgehender Autonomie zugestanden. – ▣ →Skandinavien (Geschichte). – ▢ 5.5.4.

Politik: Nach 1945 erlebte die Kommunist. Partei (KP), deren Mitglieder sich im Widerstandskampf gegen die dt. Besetzung bes. hervorgetan hatten, einen großen Aufschwung auf Kosten insbes. der Sozialdemokratie (SD). Die Vereinigungsverhandlungen zwischen beiden Parteien waren kurz vorher gescheitert. Die Regierung wurde daraufhin von der rechtsliberalen *Venstre* (Bauernpartei) gebildet. 1947 gewann die SD den größten Teil ihrer Stimmen zurück u. bildete bis 1950 eine Minderheitsregierung. Die beiden wichtigsten außenpolitischen Fragen dieser Jahre waren die Südschleswig-Frage, in der die Mehrheit des dän. Volkes trotz der Agitation starker aktivist. Kreise eine Grenzverschiebung ablehnte, u. die Frage eines Militärbündnisses. 1950–1953 regierte eine liberal-konservative Koalition das Land. Sie bereitete die Verfassungsreform vor, die 1953 nach einer Volksabstimmung eingeführt wurde. 1953–1968 wurde D. von verschiedenen sozialdemokrat. geführten (z.T. Minderheiten-)Koalitionen regiert. Während die Wahlen von 1960 bis 1966 zugunsten der Linken ausfielen, ergab die Wahl von 1968 eine rechtsbürgerl. Mehrheit, die bis 1971 das Land regierte. Das dän. Parteienleben ist von einer außerordentl. Vielfalt gekennzeichnet. Die dt. Minderheit hatte von 1953 bis 1964 u. hat seit 1973 wieder einen Sitz im Folketing. – Bei den Wahlen von 1971 kam es zu einem Gleichstand zwischen den bürgerl. Parteien u. der Linken: ein von der Sozialdemokratie gewonnenes Mandat der Färöer-Inseln gab der Minderheitsregierung unter J. O. *Krag* (1972/73 A. *Jørgensen*), die von der Sozialist. Volkspartei parlamentar. unterstützt wurde, eine ganz knappe Mehrheit. (Die Färöer u. Grönland sind durch je 2 Abg. vertreten.) Die vorzeitige Neuwahl am 4. 12. 1973 brachte schwere Verluste für die bisherigen Parlamentsparteien, dagegen erhebl. Erfolge neugegründeter und bisheriger Splitterparteien sowie der Kommunisten. Die vorgezogene Wahl am 9. 1. 1975 brachte den Liberalen (Venstre) große, den Sozialdemokraten mäßige Stimmengewinne. Bei der vorzeitigen Wahl am 15. 2. 1977 errangen die Sozialdemokraten u. die Konservativen große Erfolge, während die Liberalen erheblich verloren.

Sitzverteilung	1975	1977
Sozialdemokratie	53	65
Radikale Venstre (linksliberal)	13	6
Konservative Volkspartei	10	15
Venstre (Liberale)	42	21
Sozialistische Volkspartei	9	7
Kommunistische Partei	7	7
Fortschrittspartei (Glijstrup)	24	26
Demokrat. Zentrum, rechtssozialdem.	4	11
Christl. Volkspartei	9	6
Rechtsstaatspartei	0	6
grönländ. Abgeordnete	2	2
Färöer-Autonomiebewegung	2	2
Linkssozialisten	4	5

Militär: D. hat ein stehendes Heer mit allg. Wehrpflicht vom 18½. bis zum 50. Lebensjahr, einer jährl. Rekrutierung von ca. 30 000 Mann u. einer aktiven Dienstzeit von 9 Monaten. Die Gesamttruppenstärke liegt bei 40 000 Mann, die der Reservisten bei 80 000 Mann. Hinzu kommt eine freiwillige *Heimwehr* aller drei Waffengattungen von über 50 000 Mann, der auch ein Frauenkorps (Lotte-Korps) angeschlossen ist. Der Oberbefehl liegt bei der Königin u. wird vom Verteidigungs-Min. ausgeübt. Als NATO-Mitglied ist D. Sitz des Oberbefehlshabers des Bereichs Ostseezugänge (COMBALTAP), hält seine Truppen in Friedenszeiten aber nur in Bereitschaft (→Earmarked Forces) u. verweigert die Stationierung von Atomwaffen u. fremden Truppen.

Bildungswesen: Allg. 7jährige Schulpflicht. Schulträger sind Staat u. Gemeinden. Privatschulen sind gestattet. Die 7/8jährige Volksschule kann freiwillig noch 1–2 Jahre länger besucht werden.

Das dänische Parlament (Folketing)

Am Ende des 9. Volksschuljahrs kann eine staatl. Prüfung abgelegt werden. Daneben bestehen für das 8., 9. u. 10. Schuljahr Berufsaufbauklassen, die mit der Fachschulreife abschließen. – Ein 3jähriger Realzug, der auf der 7jährigen Volksschule aufbaut, schließt mit dem „Realeksamen" ab. Diese Prüfung berechtigt zum Besuch höherer Fachschulen. Die 3jährigen Gymnasien schließen an die 2. Klasse des Realzugs an. Die Gymnasien sind in sprachl. u. mathemat. Zweige gegliedert. Ihr Abschlußexamen berechtigt zum Hochschulstudium. – Ferner gibt es 3jährige Handelsschulen, zweijährige Handelsgymnasien u. Handelshochschulen, die nicht dem Staat, sondern den Organisationen von Handel u. Wirtschaft gehören u. hauptsächl. von diesen unterhalten werden; der Staat gibt lediglich Zuschüsse, sichert einen einheitl. Unterricht u. beaufsichtigt die Prüfungen. – Es gibt grundlegende, mittlere u. höhere Berufs- u. Fachschulen. Fachhochschulen u. Universitäten bestehen in Kopenhagen, Århus u. Odense.

Dänemarkstraße, Meeresstraße zwischen Island u. Grönland; im Winter treibeisführend.

Dänen, nordgerman. Volk (5,4 Mill.), die Bewohner Dänemarks (4,9 Mill.), mit einer Minderheit im N Schleswig-Holsteins (40 000); in den USA u. in Kanada rd. 455 000, in Schweden 35 000. Kaum Brauchtum u. altertüml. Kultur erhalten.

Danewerk, eine von dän. Königen in der Zeit vom 9. bis zum Ende des 12. Jh. zur Abwehr südl. Feinde errichtete Verteidigungsanlage, westl. der Stadt Schleswig. Das D. besteht aus mehreren, z.T. durch Mauerwerk befestigten Erdwällen. Noch in den Kriegen des 19. Jh., bes. im Dt.-Dän. Krieg von 1864, spielte das D. strategisch eine Rolle.

Dang Lao Dong →Lao Dong.

Danhauser, Josef, österr. Maler, * 19. 8. 1805 Wien, † 4. 5. 1845 Wien; biedermeierl. Genrebilder, meist aus dem Kinderleben u. dem Kleinbürgertum Alt-Wiens; auch Künstlerporträts.

Dänholm, mit Rügen verbundene Insel im Strelasund.

Daniel [hebr., „Gott ist Richter"], **1.** alttestamentl. Personenname, auch in nabatäischen u. palmyrenischen Inschriften bezeugt. Der in Hesekiel 14 u. 28 unter den 3 Weisen der Vorzeit genannte D. hängt wahrscheinl. mit dem der ugaritischen Texte zusammen. **2.** Held der Erzählung des Buches D. (Kap. 1–6) u. Seher der 4 Gesichte (Kap. 7–12); soll um 540 v. Chr. in Babylon gelebt u. das Buch D. verfaßt haben. In Wirklichkeit ist dieses viel später, wahrscheinl. zwischen 170 u. 160 v. Chr., entstanden.

Daniell ['dænjəl], John Frederic, engl. Naturforscher, * 12. 3. 1790 London, † 13. 3. 1845 London; erforschte die chem. Vorgänge bei der Elektrolyse, erfand das *D.element* (→galvanische Elemente).

Daniélou [danje'lu], Jean, französ. kath. Theologe, * 14. 5. 1905 Neuilly-sur-Seine, † 20. 5. 1974 Paris; Jesuit, seit 1944 Prof. in Paris, 1969 Kardinal; Werke zur frühen Kirchengeschichte, Hptw.: „Théologie du Judéo-Christianisme" 1957; „Nouvelle histoire de l'église I" 1963, dt. „Geschichte der Kirche I" 1963; „Die Zukunft der Religion" 1969.

Daniel-Rops, eigentlich Jean Charles Henri Petiot, französischer Schriftsteller, Literaturkritiker u. katholischer Kulturphilosoph, * 19. 1. 1901 Épinal, † 27. 7. 1965 Chambéry; seine Romane behandeln meist das Problem des Bösen: „Tod, wo ist dein Sieg?" 1934, dt. 1935; „Das flammende Schwert" 1939, dt. 1948; auch Essays.

Daniglazial [das], Rückzugstadium des Eises am Ende der Weichseleiszeit, 23 000–20 000 v. Chr.

Däniken, Erich von, schweizer. Schriftsteller, * 14. 4. 1935 Zofingen; „Erinnerungen an die Zukunft" 1968 (Film 1970); „Zurück zu den Sternen" 1969; „Aussaat u. Kosmos" 1972.

Danilęwskij, Nikolaj Jakowlewitsch, russ. Naturforscher u. polit. Publizist, * 10. 12. 1822 Oberez, Gouvernement Orel, † 19. 11. 1885 Tiflis; durch sein Buch „Rußland u. Europa" 1871 wurde er Exponent des russ. *Panslawismus.* Nach seiner Kulturtypenlehre war das Slawentum das Erbe der „abtretenden" german.-abendländ. Kultur.

Danilo I., Fürst von Montenegro, * 25. 5. 1826 Njeguši bei Kotor, † 13. 8. 1860 Kotor (ermordet); 1851 zum weltl. Fürsten ausgerufen; leitete Reformen in Verwaltung u. Rechtswesen ein.

Daninos, Pierre, französ. Schriftsteller, * 26. 5. 1913 Paris; humorvoller u. bissiger Schilderer seiner Umwelt. Schrieb Romane u. Essays. Hptw.: „Major Thompson entdeckt die Franzosen" 1954, dt. 1955.

dänische Kunst, Architektur, Plastik, Malerei u. Kunsthandwerk Dänemarks. Jungsteinzeitl. Steingräber u. Keramiken sind die ältesten Kultur- u. Kunstdenkmäler Dänemarks. Aus der Bronzezeit blieben außer geschmiedeten Luren u. dem kultischen Sonnenwagen von Trundholm (Kopenhagen, Nationalmuseum) reich verzierte Waffen, bes. Helme u. Schilde, erhalten. Andere Funde, wie der silberne Kessel aus Gundestrup (2. Jh. v. Chr.) u. der mit Reliefdarstellungen von Priamos u. Achilles geschmückte Silberbecher aus Hoby, sind kelt. bzw. röm. Importware.

Im Kunsthandwerk der Wikingerzeit vermischte sich der expressive Stil der german. Bandornamentik mit christl. Motiven. Hauptdenkmal dieser Zeit ist der *Runenstein in Jeling* (10. Jh., Kopie in Kopenhagen, Nationalmuseum) mit einer Darstellung des gekreuzigten Christus. Neuere Grabungen in Jütland förderten auch Reste militär. Befestigungen zutage; es sind kreisrunde, auf röm. Vorbilder zurückgehende Wehranlagen mit Schutzwällen u. regelmäßig darin angeordneten Wohnbauten.

Architektur

Den frühen, aus Holz errichteten Kirchen (bis auf geringe Überreste zerstört) folgte seit dem Ende des 11. Jh. eine Vielzahl kleiner u. großer Steinkirchen, deren Materialien teilweise eingeführt u. zu deren Bau oft ausländ. Künstler verpflichtet wurden, so daß sich einheim. Stilformen mit fremden, bes. dt. u. engl., mischten. Hptw. der dän. Kirchenbaukunst im 12. Jh. sind die Dome in Lund u. Ribe. Eine Sonderform bilden die bes. auf Bornholm, aber auch in anderen Teilen Dänemarks verbreiteten *Rundkirchen.* Seit der Mitte des 12. Jh. trat neben die ältere Hau- u. Quadersteintechnik der Backstein als Baumaterial der Kirchen (Ringstedt, St. Bend; Sorö, Klosterkirche) u. Befestigungsanlagen (Danewerk). Im 13. Jh. fand die dän. Kirchenarchitektur den Anschluß an den französ. Kathedralstil, wandelte diesen aber unter dem Einfluß der norddt. Backsteingotik ab (Roskilde, Dom; Odense, St. Knud; Helsingör, Marienkirche).

Die Backsteintradition setzte sich auch im 16. u. 17. Jh., während der hauptsächl. durch holländ. u. fläm. Architektur vermittelten Renaissance, fort. Den Beginn der dän. Renaissancearchitektur bezeichnet das um 1580 von A. van *Opbergen* errichtete Schloß Kronborg am Öresund, dem sich im 17. Jh. die von Christian IV. errichteten Schlösser Frederiksborg u. Rosenborg, mehrere Kirchen u. die Kopenhagener Börse (um 1620) anschlossen. Mit der Errichtung einzelner Bauten im Stil des Barocks wurde noch unter Christian IV. begonnen (runder Turm an der Trinitatiskirche in Kopenhagen, 1642 vollendet). Die Blütezeit der dän. Barockbaukunst fällt jedoch erst in die 2. Hälfte des 17. u. die 1. Hälfte des 18. Jh.; dabei wirkten italien. Paläste u. die Architektur des französ. Absolutismus vorbildlich, eingeschränkt durch klassizist. Nüchternheit u. Strenge, die ihren gelungensten Ausdruck im Schloß Frederiksborg in Kopenhagen (1708/09) fand. Hauptmeister der dän. Architektur im 18. Jh. war Niels *Eigtved* (*1701, †1754), der vor allem durch Stadtplanungsarbeiten in Kopenhagen, die Mitarbeit am Schloß Christiansborg u. die Errichtung mehrerer Wohnpaläste hervortrat. Der enge polit. Anschluß Dänemarks an das napoleon. Frankreich begünstigte das Eindringen des Klassizismus in der 1. Hälfte des 19. Jh., dem „Goldenen Zeitalter" der Kunst in Dänemark. C. F. *Harsdorff* u. C. F. *Hansen* (Schloßkirche Christiansborg, altes Gerichtsgebäude u. Frauenkirche in Kopenhagen) waren die führenden klassizist. Architekten. Ihr an röm. u. französ Vorbildern geschulter Stil wich in der 2. Hälfte des 19. Jh. einer romantisierenden Richtung, die an Renaissanceformen u. an den mittelalterl. Backsteinbau anzuknüpfen suchte. Vielfach variiert, verband sich dieser u. a. von H. Chr. *Hansen* u. Ferdinand *Meldahl* (*1827, †1908) vertretene Historismus erst verhältnismäßig spät mit Stilbestrebungen der modernen europ. Architektur. Der Funktionalismus setzte sich erst nach 1930 durch. – In der dän. Baukunst der Gegenwart, u. a. in den Verwaltungs-, Schul- u. Hotelgebäuden von A. *Jacobsen*, mischen sich Einflüsse führender ausländ. Architekten, wie *Le Corbusier* u. *Mies van der Rohe*, mit traditionsgebundener, zurückhaltender Modernität.

Plastik

Die Plastik Dänemarks hatte ihre ersten Höhepunkte im Portal- u. Kapitellschmuck roman. Kirchen, in vergoldeten Kupferreliefs an Altarantependien, im Kircheninventar sowie im holzgeschnitzten Chorgestühl des 13. u. 14. Jh. Vom *Kruzifix aus Tirstrup* (um 1175) bis zu den Schnitzereien des Chorgestühls im Dom von Roskilde (1420) verläuft eine zwischen französ., niederländ. u. dt. Einflüssen wechselnde Entwicklung, in der Dtschld. als Lieferant bedeutender Bildwerke allmähl. führend wurde. Hptw. des 15. Jh. sind der Alabastersarkophag der Königin Margarete in Roskilde u. Arbeiten von B. *Notke* (Altar im Dom von Århus, 1479, u. a.). Eine reiche bildhauer. Tätigkeit entfaltete um 1520 der aus Lübeck stammende C. *Berg* (Altartafel in Odense, St.-Knuds-Kirche), u. auch in der Folgezeit – etwa bis zur Gründung der Königl. Kunstakademie (1754) – war die Plastik vornehml. ausländ. Bildhauern vorbehalten. Noch das 1768 ausgeführte Reiterstandbild Frederiks V. in Kopenhagen (Amalienborg) ist das Werk eines französ. Künstlers.

Mit den Werken B. *Thorvaldsens* erlangte die dän. Bildhauerkunst um 1800 im Klassizismus nicht nur erstmals übernationale Geltung, sondern fand auch einen bis in die Zeit um 1900 hinein gültigen Stil, der erst durch Einflüsse Rodins u. a. französ. Meister aufgehoben u. in den ersten beiden Jahrzehnten des 20. Jh. durch die kraftvoll-symbolist. Formensprache K. *Nielsens* abgelöst wurde. Zu den Begründern der modernen dän. Bildhauerkunst zählen außer Nielsen noch Gottfred *Eickhoff* (*11. 4. 1902), Adam *Fischer* (*28. 7. 1888), Astrid *Noack* (*30. 1. 1888) u. Erik *Thommesen* (*15. 2. 1916).

Malerei

Die Frühgeschichte der dän. Malerei läßt sich an den in etwa 300 Kirchen erhaltenen, z. T. erst in jüngster Zeit unter Tünchschichten freigelegten roman. u. got. Wand- u. Deckenbildern (Kalkmalereien) rekonstruieren. Die Tatsache, daß die älteste dän. Malerei an der Peripherie des europ. Kulturgebiets entstand, war entscheidend für ihre Stilentwicklung, in der sich nord. Lebensgefühl u. die Formenwelt der Antike treffen. Auffallendstes Merkmal der Werke des MA. ist ihre expressive Stilisierung. Neben französ. u. rheinländ. Einflüssen findet sich seit der Frühgotik auch der Bezug auf engl. Vorbilder. Letzte bedeutende Beispiele der vorreformator. dän. Freskenkunst sind die Malereien im Dom von Århus.

In der Renaissance u. im Barock wurde das Entwicklungsbild der dän. Malerei, ähnl. wie das der Architektur u. Plastik, hauptsächl. von ausländ. Künstlern, vorwiegend Niederländern u. Franzosen, bestimmt. Erst die dän. Klassizisten N. A. *Abildgaard*, J. *Juel* u. C. V. *Eckersberg* legten den Grundstein zu einer nationalen, wenngleich von ausländ. Vorbildern nicht ganz unabhängigen Malerei. Johan Thomas *Lundebye* (*1818, †1848), P. C. *Skovgaard* u. Jörgen Valentin *Sonne* (*1801, †1890) vertraten eine mehr romantisch gefärbte Richtung, die in der 2. Hälfte des 19. Jh. volkstüml. Züge annahm u. ihre Themenwelt weitgehend an der histor. Vergangenheit Dänemarks orientierte. Eine Wiederbelebung der Schönheitsideale der italien. Renaissance versuchte um die Mitte des 19. Jh. Vilhelm Nicolai *Marstrand* (*1810, †1873). Drei Jahrzehnte später hielt mit dem in Paris ausgebildeten Theodor Esbern *Philipsen* (*1840, †1920) der Impressionismus seinen Einzug in die dän. Malerei. Der seither ständig zunehmende Einfluß französ. Meister fand seinen Niederschlag in den Bestrebungen mehrerer Künstlergruppen, gründl. Naturstudium, klassizist. Tradition u. moderne Formensprache mehr oder minder organisch zu vereinen. Die abstrakte Richtung der dän. Gegenwartsmalerei vertreten am konsequentesten A. *Jorn* u. Richard *Mortensen* (*23. 10. 1910).

Das dän. Kunsthandwerk zeichnet sich durch gediegene handwerkl. Verarbeitung u. maßvolle Formgestaltung aus. Neben Möbeln u. Innenraumdekorationen haben in neuerer Zeit auch Erzeugnisse der Gold- u. Silberschmiedekunst, das *Kopenhagener Porzellan* u. Kunstglasprodukte internationales Ansehen erlangt. – 📖 2.3.9.

dänische Literatur. Die d. L. fällt in ihren Anfängen weitgehend mit der *altnord. Literatur* zusammen; die Besonderheiten des Volkscharakters kamen erst spät u. auch nicht unvermischt mit fremden Einflüssen zur Geltung. War das im 16. Jh. aufblühende Volkslied noch von den Heldengesängen des MA. bestimmt, so wurden dann, der geograph. Lage entsprechend, weit mehr noch als in Norwegen oder Schweden, dt. u. französ. Einflüsse wirksam. Bes. die letzteren herrschten vor u. wurden erst nach Auflösung der Kalmarer Union (1523) u. nach Einführung der Reformation durch dt. Einwirkungen ersetzt, wie denn überhaupt einige Dichter der Folgezeit, so u. a. J. I. *Baggesen*, A. G. *Oehlenschläger* u. zuletzt K. *Gjellerup*, ihre Werke z. T. in dt. Sprache schrieben.

Das „Goldene Zeitalter" der d.nL. begann allerdings erst mit dem aus dem norweg. Bergen stammenden L. *Holberg* u. fand in dem Lyriker u. Märchenerzähler J. *Ewald* u. dem Dramatiker A. G. *Oehlenschläger* seinen Höhepunkt. Hinzu kommen noch der Dramatiker H. *Hertz* u. der weltberühmte Märchendichter H. Ch. *Andersen*.

Den eigentl. „Durchbruch" zur Moderne erzwangen G. *Brandes* als Literarhistoriker sowie H. *Drachmann* u. J. P. *Jacobsen* als führende Dichter. Von diesen ausgehend, erscheint die heutige d. L. trotz mancher ethischer Zielsetzungen im Widerspruch zwischen hauptstädt. Zivilisation u. bäuerl. Kultur primär ästhetisch. Der Einfluß H. J. *Bangs* auf den europ. Impressionismus ist nicht zu unterschätzen, ebensowenig wie der der beiden Nobelpreisträger H. *Pontoppidan* u. J. V. *Jensen* u. schließlich des Proletarierdichters M. *Andersen-Nexö*. Von ihrer jütländ. Heimat erzählen J. *Aakjaer*, M. *Bregendahl* u. J. *Knudsen*. Die dem ästhet. Empfinden der Dänen bes. nahestehende Lyrik vertreten V. *Stuckenberg*, S. *Claussen*, S. *Michaelis*, H. *Rode*, L. *Holstein* u. J. *Jörgensen*, die Symbolismus, l'art pour l'art, Naturgefühl u. religiöses Bekenntnis vermitteln. Dramatiker von übernationaler Bedeutung sind K. *Abell*, K. *Munk* u. C. E. *Soya*. Im Umkreis der Psychoanalyse bewegen sich H. Ch. *Branner* u. M. A. *Hansen*. Unter den Jüngsten sind K. *Rifbjerg* u. O. *Wivel* die stärksten Hoffnungen, die wiederum ganz ins Europäische weisen. – 📖 3.1.2.

dänische Musik. Hymnen u. Sequenzen des 12. Jh. stehen am Anfang der dokumentar. belegten Musik in Dänemark. Daneben gab es im 13. u. 14. Jh. stark dramat. gefärbte Lieder, wie z. B. über den legendären König *Erik Klipping*, die Königin *Dagmar* oder den Volkshelden *Niels Ebbesen*. Die spärl. Quellen über das Musikleben im 15. Jh. beschränken sich auf kurze Nachrichten über fahrende Musikanten, Skalden, Militär- u. Hofmusiker, Stadtmusikanten u. Pfeifer. Über Trompetenmusik am dän. Hof berichten die Trompetenbücher von H. *Lübeck* (1598) u. M. *Thomsen* (um 1605). Eine erste Blütezeit erlebte die Musik in Dänemark unter König Christian IV. mit J. *Dowland*, W. *Brade* (*1560, †1630), dem mehrmals in Kopenhagen wirkenden dt. Meister Heinrich *Schütz*, mit Hans *Nielsen* (*um 1580, †nach 1626), G. *Voigtländer* (*um 1591, †1643) u. Mogens *Pedersen* (*um 1585, †1630). In der Folgezeit beherrschten die italien. Oper u. das französ. Ballett, später die dt. Oper das Feld. Erst mit der Wiedererweckung des dän. Volkslieds durch A. P. *Bergmann* u. mit dem reichen Schaffen J. P. *Hartmanns* konnte ein national-dän. Musikstil erstarken, der seinen größten u. bedeutendsten Meister in Niels W. *Gade* fand.

Die Hauptvertreter dieser national-dän. Musik, in der sich ein starker Einfluß der Hoch- u. Spätromantik zeigt, waren: F. L. Ä. Kunzen, C. A. Nielsen, P. von Klenau, Jörgen Malling (*1836, †1905), Asger Hamerik (*1843, †1923), Otto Malling (*1848, †1915), Gustav Helstedt (*1857, †1924), Peter Erasmus Lange-Müller (*1850, †1926), Christian Frederik Emil Horneman (*1840, †1906), C. Nielsen, J. Svendsen, J. Bentzon, Fini V. Henriques (*1867, †1940).

Die verschiedenen Richtungen der zeitgenöss. Musik vertreten: Jens Laurson Emborg (*1876, †1957), Peder Gram (*1881, †1956), Emilius Bangert (*1883, †1962), Adolf Riis-Magnussen (*1883, †1950), Poul Schierbeck (*1888, †1949), Rued Langgaard (*1893, †1952), K. Riisager, Svend Erik Tarp (*6. 8. 1908), V. Holmboe, Svend S. Schultz (*30. 12. 1913), N. V. Bentzon. →auch skandinavische Musik. – 📖 2.9.5.

Dänische Nationalbank, Kopenhagen, dän. Zentralnotenbank, ging 1936 aus der 1818 gegr. Nationalbank in Kopenhagen, einer privaten Aktiengesellschaft mit dem Recht alleiniger Notenausgabe, hervor.

Dänischer Krieg, die 2. Phase des →Dreißigjährigen Kriegs.

Dänischer Wohld, Halbinsel in Schleswig-Holstein, zwischen Eckernförder Bucht und Kieler Förde.

dänische Sprache, in Dänemark gesprochene, zum Ostnordischen gehörende german. Sprache, die sich vom Schwedischen durch die fortgeschrittenere Abschleifung ihrer Endsilben u. durch die Häufigkeit stimmhafter Konsonanten abhebt. Sie gliedert sich in die *jütische*, *seeländ.* u. *schonische Mundart*, die voneinander recht verschieden sind. Die Schriftsprache wurde seit der Reformation durch die Vorrangstellung des aufblühenden Kopenhagen aus dem Seeländ. entwickelt (starke niederdt. u. hochdt. Einflüsse). – 📖 3.8.4.

Dankmar, *Thankmar* [ahd. *dank*, „Denken, Dank"; *mari*, „berühmt"], männl. Vorname.

Dankward, *Dankwart* [ahd. *dank*, „Denken, Dank"; *wart*, „Hüter"], männl. Vorname.

Dankwarderode, Burg in Braunschweig, 1887 auf den Resten eines um 1175 entstandenen Saalbaus Heinrichs des Löwen errichtet; Aufbewahrungsort des Welfenschatzes.

Danneberg, Robert, österr. sozialdemokrat. Kommunalpolitiker, *23. 7. 1885 Wien, †Dez. 1942 KZ Auschwitz; 1932 Finanzreferent der Gemeinde Wien; Verdienste um Arbeiterbildungswesen, →Jugendbewegung u. modernes Mietrecht.

Dannecker, Johann Heinrich von, Bildhauer, *15. 10. 1758 Waldenbuch bei Stuttgart, †8. 12. 1841 Stuttgart; beeinflußt von A. *Canova*; klassizist. Skulpturen, meist aus Marmor, mit mytholog. Themen („Ariadne auf dem Panther" 1803 bis 1814) u. Porträt-Büsten (F. Schiller, mehrfach 1794–1810).

Dannenberg, Hermann, Numismatiker, *4. 7. 1824 Berlin, †14. 6. 1905 Salzbrunn; Jurist; Schriften über mittelalterl. Münzkunde: „Die dt. Münzen der sächs. u. fränk. Kaiserzeit" 1876 bis 1905; „Münzgeschichte Pommerns im MA." 1893.

Dannenberg (Elbe), niedersächs. Stadt am Unterlauf der Jeetzel (Ldkrs. Lüchow-D.), 7700 Ew.; Landwirtschaftszentrum; Bekleidungs-, Möbel-, Kunststoffindustrie.

Dannenberger, Hermann →Reger, Erik.

D'Annunzio, Gabriele →Annunzio, Gabriele d'.

Danosve [Kurzwort], Interessengemeinschaft von Dänemark, Norwegen u. Schweden für kulturelle u. wirtschaftl. Zusammenarbeit (ähnl. *Benelux*).

Danse macabre [dãs ma'ka:br; frz.] →Totentanz.

Dantas ['dantaʃ], Júlio, portugies. Bühnendichter, *19. 5. 1876 Lagos, Algarve, †25. 5. 1962 Lissabon; Arzt u. Politiker; Unterhaltungsstücke von hoher Sprachkunst; sein „Nachtmahl der Kardinäle" 1902, dt. 1904, wurde ein Welterfolg; auch Lyrik u. Essays. – 📖 3.2.4.

Dante Alighieri [-'gjɛ:ri], italien. Dichter, *Mai oder Juni 1265 Florenz, †14. 9. 1321 Ravenna; aus adligem Geschlecht, polit. auf der Seite der „weißen" Guelfen. 1300 wurde er einer der 6 regierenden Priori, mit dem Einzug Karls von Valois in Florenz (1301) unterlag seine Partei, 1302 wurde er verbannt u. führte von da an ein unstetes Wan-

Dante-Gesellschaften

derleben. In seiner Jugend hatte er *Beatrice*, eine Tochter des Folco dei Portinari, gesehen (er erblickte sie nur dreimal, zweimal in ihrer Kindheit u. dann kurz vor ihrem frühen Tod 1290); seine Jugendsonette, die er durch Prosatexte in der „Vita Nuova" (Erstdruck 1576, dt. „Das neue Leben" 1897) miteinander verband, spiegeln seine zarte, traumhafte Liebe zu Beatrice u. bilden den Höhepunkt des „süßen neuen Stils" *(dolce stil nuovo)*. In seinen Wanderjahren schrieb er das große Epos „La commedia" von den Zeitgenossen „Divina Commedia" genannt (Erstdruck 1472, dt. 1767–1769 u. unter dem Titel „Göttl. Komödie" 1814–1821), zu Ehren der Hl. Dreifaltigkeit u. in Anlehnung an die traditionsgemäß angenommenen 33 Lebensjahre Christi verfaßt in 3 Teilen zu je 33 Gesängen in Terzinen; es schildert die Wanderung Dante A.s unter der Führung *Vergils* u. (im „Paradiso") Beatrices durch die drei Jenseitsbereiche des kath. Glaubens; die Schicksale der Seele werden in einer gewaltigen religiösen Allegorie voll großartiger Bildkraft geschaut, das Ganze ist angefüllt mit zeitkrit. Anmerkungen u. polit. Ausblicken. Die „Divina Commedia" ist in vielfacher Hinsicht die Dichtung u. Schau gewordene Glaubens- u. Lebenswelt des christl. MA. Weitere Werke: „De vulgari eloquentia" (1529, dt. „Über die Volkssprache" 1845), ein Traktat in latein. Sprache über die italien. Volkssprache; „De Monarchia" (1559, dt. 1559 u. unter dem Titel „Über die Monarchie" 1845), eine polit. Abhandlung in latein. Sprache mit der Forderung nach einer Universalmonarchie; allegor. Gedichte aus dem Exil sind mit erläuterndem Prosatext im „Il Convivio" (1490, dt. „Das Gastmahl" 1845) gesammelt; seine frühe u. die undatierbare Liebeslyrik sowie andere allegor. Gedichte werden oft (fälschl.) unter dem Titel „Canzoniere" zusammengefaßt. – ▯ 3.2.2.

Dante-Gesellschaften, Vereine zur Förderung des Verständnisses Dante Alighieris u. zur Verbreitung seines Werks: In Italien *Società Dantesca Italiana* (gegr. in Florenz 1888), bekannt durch ihre krit. Ausgaben der Werke des Dichters u. ihre Forschungszeitschrift „Bullettino della Società Dantesca Italiana" (1890ff.); in Dtschld. wurde schon 1865 eine *Dt. Dante-Gesellschaft* gegründet, die nach 1883 erlosch u. 1914 wiedergegründet wurde *(Neue Dt. Dante-Gesellschaft)*; sie bringt ein Jahrbuch heraus (Bd. 1–4 1867–1877, Bd. 5 ff. ab 1920); weitere bedeutende D. gibt es in England u. Amerika. – Davon zu trennen ist die *Società Dante Alighieri* (Rom 1889), eine Art italien. Kulturinstitut mit rd. 500 Ortsgruppen in Italien u. im Ausland.

Danton [dã′tõ], Georges Jacques, französ. Revolutionär, *28. 10. 1759 Arcis-sur-Aube, †5. 4. 1794 Paris (hingerichtet); Rechtsanwalt, mitreißender Redner, radikal u. tatkräftig, Urheber des Klubs der *Cordeliers*; veranlaßte durch seine zündenden Reden den Bastille-Sturm, den Sturz des Königtums u. als Justiz-Min. die „Septembermorde" (1792), um die Anhänger der Monarchie einzuschüchtern. Als Mitgl. des Konvents organisierte er die Revolution in Belgien u. schuf in den „außerordentl. Gerichten" die Vorläufer der Revolutionstribunale; mit der *Bergpartei* stürzte er die Girondisten, mit *Robespierre* die Hébertisten. Mit diesem u. *Marat* gehörte er zur Führung des Wohlfahrtsausschusses. Er wurde auf Veranlassung Robespierres guillotiniert.

„**Dantons Tod**", Drama (1835) von G. *Büchner*; „D.", Drama (1900) von R. *Rolland*; „D.s Tod", Oper (1947) von G. von *Einem* (nach G. Büchner).

Danzer, Emmerich, österr. Eiskunstläufer, *10. 3. 1944 Wien; 1965–1968 dreimal Welt- u. viermal Europameister.

Danzi, Franz, Komponist, *15. 6. 1763 Schwetzingen, †13. 4. 1826 Karlsruhe; Hofkapellmeister in Stuttgart (1807–1812) u. in Karlsruhe; Lehrer C. M. von *Webers* u. Freund L. *Spohrs*; 16 Bühnenwerke (einige verschollen), Oratorien, Kantaten, Kirchenmusik, 8 Sinfonien u. zahlreiche Lieder.

Danzig, poln. *Gdańsk*, im MA. lat. *Gedanum*, seit 1945 Hptst. der poln. Wojewodschaft Gdańsk (7385 qkm, 1,22 Mill. Ew.), am Zusammenfluß von Mottlau u. Toter Weichsel, 6 km vor ihrer Mündung in die *D.er Bucht*; Hafen- u. Handelsstadt im Ostseeraum (Warenumschlag 1968: 8,63 Mill. t), 407 000 Ew.; Werften u. Industriebetriebe (chem., Nahrungsmittel- u. Konsumgüter-Industrie). Der Stadtkern war vor der Zerstörung (Ende März 1945) ein Kleinod der Baukunst des MA. u. der Renaissance, mit prächtigen Häuserfronten u. Toren, überragt von der Marienkirche (14./15. Jh.) mit ihrem stumpfen Turm (79 m); an der Uferstraße („Lange Brücke") das berühmte Krantor (1443). Die Altstadt wurde inzwischen mit ihren wertvollsten Bauwerken historisch getreu u. mit großem Aufwand wiederaufgebaut. D. hat mehrere Hochschulen (u. a. Universität, gegr. 1970) u. Theater u. ist kath. Bischofssitz. Mit *Gdingen* u. *Zoppot* bildet D. heute eine Stadtregion. Vor dem 1. Weltkrieg Einfuhrhafen, Garnison u. Beamtenstadt, mußte sich D. nach 1919 als selbständiger Freistaat („Freie Stadt", 1966 qkm mit 410 000 Ew. [1939]) auf Ausfuhr u. Ausbau einer eigenen Bedarfsgüterindustrie umstellen. – ▯ 6.5.3.

Geschichte: Der Ort D. geht auf eine 997 erwähnte, am Mottlau-Ufer gelegene slaw. Burg zurück u. erhielt als Hauptort des Herzogtums *Pommerellen* 1263 lübisches Stadtrecht, kam 1309 zum *Dt. Orden* (Sitz eines Komturs), wurde 1361 Mitgl. der *Hanse* u. blühte rasch auf. D. geriet jedoch zur Politik des Dt. Ordens in Gegensatz u. trat nach dessen Niederlage 1454 in ein Schutzverhältnis zum poln. König, widersetzte sich aber der Polonisierung. Seit 1526 gewann rasch der Protestantismus an Boden. Bis zum beginnenden 18. Jh. hat D. seine führende Stellung im Ostseehandel behaupten können, worauf seine im Stadtbild ausgeprägte kulturelle Blüte beruhte. Die Verlagerung der bisher über D. führenden Handelswege u. kriegerische Ereignisse brachten einen Niedergang. D. wurde 1772 u. 1807 (durch Napoléon) Freie Stadt, 1793 u. wieder 1814 preuß. Im 19. Jh. erlebte D. erneut einen großen Aufschwung.

Nach dem 1. Weltkrieg wurde D., obwohl in der Stadt nur eine poln. Minderheit von ca. 3% lebte, durch den Versailler Vertrag ohne eine Abstimmung vom Dt. Reich abgetrennt u. mit Teilen der umgebenden Landkreise als *Freistaat* dem Völkerbund unterstellt (Ew. 1923: 353 000 Deutsche u. 12 000 Polen). Nach der Verfassung von 1922 (abgeändert 1930) war D. ein selbständiges Staatswesen mit beschränkter Souveränität (z. B. Militär- u. Kriegswaffenverbot), dessen äußere u. innere Sicherheit der Völkerbund garantierte. Der Freistaat war poln. Zollgebiet, die Hafenverwaltung oblag einer Kommission (5 Danziger, 5 Polen, 1 Schweizer). Die Wirtschaftsbeziehung zu Polen war durch Verträge geregelt. Aus dieser Situation resultierten Differenzen: D. verlor durch seine Isolierung die Funktion des wichtigsten Umschlaghafens für West-, Ostpreußen u. Polen. Zudem schuf Polen durch den Ausbau von Gdingen einen Konkurrenzhafen. Durch einen Wirtschafts- u. Zollkrieg sollte der Freistaat wirtschaftl. zermürbt u. seine Eingliederung in den poln. Staat ange-

Dante Alighieri: Dante mit Göttlicher Komödie; Gemälde von Domenico di Michelino

Danzig: Altstadt mit Rathausturm

strebt werden. Andererseits brachten sich seit 1935 die Nationalsozialisten durch Verfassungsverletzungen in den Besitz der Macht (Senatspräsidenten H. *Rauschning* 1933/34, A. *Greiser* 1934–1939). *Hitler* forderte 1938 die Rückkehr D.s sowie Straßen- u. Eisenbahnverbindungen durch den →Polnischen Korridor u. bot Polen in D. einen Freihafen u. Absatzgarantien für poln. Waren an. Polen trat in Verhandlungen ein (5. 1. 1939), versteifte seine Haltung aber nach dem Übergriff Hitlers auf die Tschechoslowakei u. nach der ultimativen Lösung der Memel-Frage. Nach der brit. Garantie-Erklärung für die poln. Unabhängigkeit (31. 3. 1939) reagierte Hitler mit dem Befehl zu Angriffsvorbereitungen gegen Polen (3. 4. 1939), wiederholte seine Forderungen u. kündigte den Pakt von 1934 (28. 4. 1939). Frankreich unterstützte Polens Haltung gegenüber D. (1. 7. 1939). Nach Abschluß des dt.-sowjet. Nichtangriffspakts u. Erhebung des NSDAP-Gauleiters zum Staatsoberhaupt der Freien Stadt D. durch Senatsbeschluß (absolute Mehrheit der NSDAP) wurde D. mit dem dt. Angriff auf Polen am 1. 9. 1939 durch Gesetz mit dem Dt. Reich wiedervereinigt u. Hptst. Westpreußens. 1945 wurde D. unter poln. Verwaltung gestellt u. als *Gdańsk* Hptst. der gleichnamigen Wojewodschaft. – ⌑ 5.4.O.

Danziger Bucht, poln. *Zatoka Gdańska,* bis 113 m tiefe Meeresbucht der Ostsee, seitl. von der samländ. Steilküste u. der Halbinsel Hela begrenzt, durch die Frische Nehrung geformt; Salzgehalt nur 7–8 ‰.

Danziger Goldwasser, *Dupelt Güldenwasser, Danziger Lachs,* wasserklarer Kräuterlikör mit Blattgoldflitter als Einlage; bereits im 16. Jh. hergestellt.

Danziger Tropfen, bittersüß schmeckender bräunl. Likör; bes. als Magenbitter bei Magenverstimmung.

Danziger Werder, *Żuławy Gdańskie,* der nordwestl. Teil des fruchtbaren Mündungsdeltas der Weichsel, z. T. unter dem Meeresspiegel; Getreide- u. Gemüsebau.

Daphne [grch., „Lorbeer"], von Apollon geliebte griech. Nymphe, Tochter der Gäa; zum Schutz vor seinen Verfolgungen in einen Lorbeerbaum verwandelt. – Opern u. a. von J. *Peri* (1597), H. *Schütz* („Dafne" 1627) u. R. *Strauss* (1938, Libretto von J. Gregor).

Daphnia →Wasserflöhe.

Daphnis, sagenhafter schöner Hirte in Sizilien, Sohn des Hermes u. einer Nymphe; „Erfinder" der bukolischen Dichtung; oft als Liebhaber der *Chloe* dargestellt.

Da Ponte, Lorenzo, italien. Operndichter, *10. 3. 1749 Céneda, †17. 8. 1838 New York; schrieb die Textbücher zu den Mozart-Opern „Figaros Hochzeit", „Don Giovanni" u. „Così fan tutte".

Dar, *Dâr, Dhar* [arab.], Bestandteil geograph. Namen: Haus, auch: Land.

Darbhanga, Hptst. des fruchtbaren ind. Distrikts D., im nördl. Bihar, zwischen Ganges u. Nepal, 110 000 Ew.; landwirtschaftl. Marktzentrum.

Darby ['da:bi], John Nelson, anglikan. Theologe, *18. 11. 1800 London, †29. 4. 1882 Bournemouth; betrieb seit 1827 die Sammlung der „wahren" Christen abseits von allen Denominationen (*Darbysten*).

Darbysten, *Plymouth-Brüder,* 1827 unter Führung von John Nelson *Darby* entstandene christl. Heiligungsgemeinschaft, die sich von der Kirche trennte u. eigene Gemeinden ohne Statuten u. Ämter bildete. Sie spalteten sich 1848 in die *Exklusiven* u. die *Offenen Brüder.* Beide sind auch in Dtschld. vertreten. Infolge staatlichen Verbots 1937 vereinigte sich der größere Teil der deutschen Brüder 1941 mit den Baptisten im Bund Ev.-Freikirchlicher Gemeinden. Die Anderen schlossen sich 1949 im *Freien Brüderkreis* zusammen. Gesamtzahl: 480 000, in Dtschld.: 35 000.

DARC, Abk. für *Deutscher Amateur-Radio-Club*; Verbandszeitschrift: cq-DL. →Funkamateur.

Dardanellen [nach der antiken Stadt *Dardanos* am Hellespont], im Altertum *Hellespont,* Meeresstraße zwischen der Halbinsel *Gallipoli* (europ. Türkei) u. Kleinasien, verbindet die Ägäis mit dem Marmarameer; 65 km lang, 1900 m bis 6 km breit, durchschnittl. 50 m tief; ein ertrunkenes Tal; Oberflächenströmung (bis 27 m Tiefe) aus dem Marmarameer (Wasseraustausch zum niveauniedrigeren Mittelmeer), salzreiche Gegenströmung in der Tiefe.

Geschichte: Die D. hatten schon im Altertum große polit. u. strateg. Bedeutung, in gleichem Maß

Dar es Salaam

als überbrückbare Enge zwischen den Kontinenten für Heere (*Xerxes I.,* 480 v. Chr.; *Alexander d. Gr.,* 334 v. Chr.) u. als Seehandelsweg der Mittelmeermächte zu den Kornkammern am Schwarzen Meer. Im MA. (1354) besetzten Osmanen die D., wodurch Konstantinopel vom Mittelmeer abgeschnitten wurde. Nach dessen Einnahme ließ Sultan *Mohammed II.* beide Ufer der D. durch zwei Schlösser befestigen, denen der Großwesir Mehmed *Köprülü* 1659 zwei weitere Festungen zum Schutz gegen die Angriffe Venedigs zur Seite stellte. Im 18. Jh. bemühte sich Rußland um den Zugang zum Mittelmeer u. suchte daher die Kontrolle über die D. zu gewinnen, was den engl. u. französ. Interessen zuwiderlief. 1774 (im Frieden von *Kütschük Kainardschi*) erreichte Rußland freie Durchfahrt für Handelsschiffe. 1833 sicherte der Vertrag von Hunkar Iskelesi auch russ. Kriegsschiffen die Durchfahrt durch die D., die im Krieg für alle anderen Nationen geschlossen sein sollten. 1840/41 beendeten die beiden Konventionen von London die russ. Sonderrechte u. verpflichteten die Türkei, im Kriegsfall die D. für Schiffe aller Nationen zu sperren. Die Bestimmungen wurden erneuert im *Pariser Frieden* von 1856 mit dem gegen Rußland gerichteten Verbot aller Kriegsschiffe im Schwarzen Meer („Pontos-Klauseln"), das 1870 von Rußland gekündigt wurde, sowie im *Pontos-Vertrag* von 1871 u. auf dem *Berliner Kongreß* 1878.

Im 1. Weltkrieg schlugen alle Versuche der Alliierten fehl, die mit dt. Unterstützung verteidigten D. zu erobern; 1918 jedoch besetzten die Alliierten die D. u. vergaben die Halbinsel Gallipoli an Griechenland, demilitarisierten die Meerengen, öffneten sie für jede Schiffahrt u. unterstellten sie einer internationalen Kommission (Friedensvertrag von Sèvres 1920). Die Konvention von Lausanne gab 1923 die Kontrolle der D. größtenteils, die Konvention von Montreux 1936 gänzl. an die Türkei zurück.

Im Frieden haben nur Handelsschiffe freie Durchfahrt durch die Meerengen, während Kriegsschiffe einer Sonderregelung unterliegen. Im Kriegsfall entscheidet die Türkei nach ihrem Ermessen. Nach dem 2. Weltkrieg bekundete die UdSSR erneut Interesse an der Kontrolle der D. u. forderte Stützpunkte, wogegen England u. die USA Einspruch erhoben.

Dardaner, illyrischer Volksstamm, im Altertum an der oberen Morava beheimatet; von dort aus fielen sie seit dem 3. Jh. v. Chr. wiederholt in Makedonien ein. Sie wurden 28 v. Chr. durch M. L. *Crassus* von den Römern unterworfen, die die D. ihrer Tapferkeit wegen häufig als Söldner anwarben. D. waren wohl auch ins nordwestl. Kleinasien ausgewandert, wo sie in der Landschaft Troas siedelten u. die Stadt *Dardania* am Fuß des Ida unweit *Troja* gründeten. Da die Trojaner ihren Ursprung auf den sagenhaften König *Dardanos* zurückführten, werden die Trojaner auch D. genannt.

Dardanos, in der Ilias Sohn des Zeus, Stammvater des trojan. Königsgeschlechts der *Dardaner*; gründete die Stadt *Dardania.*

dardische Sprache, in Nordpakistan gesprochene, dem *Kaschmiri* verwandte Sprache.

Dardistan, Gebirgslandschaft im nördl. Pakistan, im Grenzgebiet zwischen Pakistan u. *Azad Kashmir*; die *Darden* betreiben Acker-, Obst-, Weinbau u. Viehzucht.

Dareikos, *Dareike* [grch., „Münze des *Dareios*"], pers. einseitige Königsgoldmünze, bes. des 4. Jh. v. Chr., mit Darstellung des Königs als Bogenschützen.

Dareios [grch.], lat. *Darius,* altpers. *Darajavausch,* Name mehrerer altpers. Könige aus dem Geschlecht der *Achämeniden*: **1.** D. I., *D. d. Gr.,* Sohn des Hystaspes, Urenkel des Ariaramnes, Großkönig 521–485 v. Chr., Vater Xerxes' I.; entstammte einer Nebenlinie der Achämeniden u. konnte erst nach seinem Sieg über den Magier *Gaumata* den Thron besteigen. Nach der Niederwerfung von Aufständen im Reich unternahm D. 519/18 v. Chr. einen Zug nach Ägypten; 513 v. Chr. zog er gegen die Skythen u. unterwarf Thrakien u. Makedonien; das Industal wurde seiner Herrschaft unterstellt; den Aufstand der kleinasiat. Griechen 500 v. Chr. warf er nieder u. schickte eine Strafexpedition gegen die Stadtstaaten Griechenlands, die ihre Landsleute unterstützt hatten (→Perserkriege). Er führte eine Reichswährung ein, errichtete einen perfekten Kurierdienst, kodifizierte das Recht in Ägypten u. ließ Königsstraßen u. Paläste in Susa, Ekbatana u. Persepolis bauen. – ⌑ 5.2.O. **2.** D. II. *Nothos,* eigentl. *Ochos,* Großkönig 423–404 v. Chr.; Sohn Artaxerxes' I., Vater Artaxerxes' II.; unter seiner Herrschaft ging Ägypten vorübergehend für Persien verloren. **3.** D. III. *Kodomannos,* Urenkel von 2), Großkönig 336–330 v. Chr.; letzter König der Achämeniden, von Alexander d. Gr. 333 v. Chr. bei Issos u. 331 v. Chr. bei Gaugamela besiegt u. von dem Satrapen Bessos auf der Flucht ermordet.

Dâr el Beïdâ ['da:r ɛl'bɛida], arab. Name von →Casablanca.

Dar es Salaam ['da:r ɛsa'la:m; arab., „Hafen des Friedens"], *Daressalam,* Hptst. von Tansania u. wichtigster Hafen Tanganjikas, 275 000 Ew. (davon zahlreiche Inder); Universität (1961), Nationalmuseum; größtes Industriezentrum des Landes, Ölraffinerie, bedeutender Handelsplatz, auch für den Außenhandel von Zaire, Sambia u. Burundi; Flughafen.

Daret

Daret [-'rɛ], Jacques, niederländ. Maler, *um 1404 Tournai, nachweisbar bis 1468; mit R. van der *Weyden* Schüler von R. *Campin.* Trotz deutl. Abhängigkeit von seinem Lehrer bewahrte D. eine eigene, gemütvollere Art. Erhalten sind 4 Tafelgemälde für den Marienaltar von St.-Vaast, Arras, 1434/35.

Dar Fertit, Steppenlandschaft im Grenzgebiet zwischen dem Zentralafrikan. Kaiserreich u. der Republik Sudan; Hptst. *Deim Subeir.*

Darfur, gebirgige Landschaft im Sudan, zwischen Nil u. Tschadbecken; Provinz der Republik Sudan, 496 371 qkm, 1,7 Mill. Ew.; Anbau von Baumwolle, Mais, Weizen; Hptst. *El Fascher.*

Darg, fester Schilftorf der Niederungsmoore.

Dargomyschskij, Alexander Sergejewitsch, russ. Komponist, *14. 2. 1813 Gouvernement Tula, †17. 1. 1869 St. Petersburg; Vertreter der Neuruss. Schule, schrieb mehrere Opern nach Texten von A. *Puschkin* („Russalka" 1855; „Der steinerne Gast" 1872, vollendet von C. *Cui* u. N. *Rimskij-Korsakow*), Instrumentalwerke u. rund 90 Lieder.

Dargun, Luftkurort im Krs. Malchin, Bez. Neubrandenburg, am Klostersee, 4000 Ew.; Holz- u. Lampenindustrie; got. Kirchenbauten (13. Jh.).

Dar Hamar, Steppenlandschaft in der Republik Sudan, im Westen der Prov. Kordofan.

Darién, Golf von D., Bucht des Karib. Meers am Isthmus von D., zwischen Panama u. Südamerika.

Darío, Rubén, eigentl. Félix Rubén *García Sarmiento,* nicaraguan. Lyriker, *18. 1. 1867 Metapa, †6. 2. 1916 León; kreol. Abstammung, Reisen nach Spanien u. Frankreich; als „span. Stefan George" Hauptbegründer des *Modernismus* u. Erneuerer des gesamten südamerikan. u. span. Lyrik des 20. Jh. Sein reiches Werk ist Ausdruck vielseitiger Begabung. Starke Leidenschaftlichkeit u. zügellose Sinnlichkeit werden von meisterhafter Form gebändigt. „Azul" 1888; „Prosas profanas" 1896; „Cantos de vida y esperanza" 1905; „Canto a la Argentinia y otros poemas" 1910. – ☐ 3.2.5.

Darius, altpers. Könige, →Dareios.

Darja [russ.-osttürk., pers.], Bestandteil geograph. Namen: Fluß. Strom.

Darjiling [-'dʒi-], engl. *Darjeeling,* ind. Höhenkurort (2185 m ü.M.) u. Distrikt-Hptst. in den südl. Vorbergen des Himalaja, zwischen Nepal u. Bhutan, 30 000 Ew.; ehem. Erholungsort der Europäer; Ausgangspunkt der Karawanenwege nach Tibet, Stützpunkt zahlreicher Expeditionen; Teeanbaugebiet. – ☐ →Indien (Geographie).

Dark, Eleanor, austral. Schriftstellerin, *1901; stellte in ihren Romanen („The Return to Coolami" 1936; „The Timeless Land" 1941) Menschen u. Landschaft ihrer Heimat dar.

Darlan [dar'lã], François, französ. Admiral, *7. 8. 1881 Nérac, †24. 12. 1942 Algier; 1939–1942 Oberbefehlshaber der Kriegsmarine, seit 1940 Mitgl. der Vichy-Regierung, designierter Nachfolger Pétains, Oberbefehlshaber der Armee, ging im Nov. 1942 in Nordafrika zu den Amerikanern über; kurz darauf ermordet.

Darlehen, *Darlehn,* Vertragstyp des Schuldrechts: Hingabe vertretbarer Sachen (bes. Geld) gegen Verpflichtung zur Rückgabe von Sachen gleicher Art, Güte u. Menge, meist gegen Zinsen. Ist für die Rückzahlung des D.s eine Zeit nicht bestimmt, so hängt die Fälligkeit davon ab, daß der Gläubiger oder der Schuldner kündigt. Die Kündigungsfrist beträgt bei D. von mehr als 300 DM drei Monate, bei D. von geringerem Betrag einen Monat. Ist die Hingabe des D.s nur versprochen *(D.sversprechen),* so kann im Zweifel das Versprechen widerrufen werden, wenn in den Vermögensverhältnissen des anderen Teils eine Verschlechterung eintritt, durch die der Anspruch auf die Rückerstattung gefährdet wird (§§ 607 ff. BGB). – Ähnl. in Österreich (§§ 983 ff. ABGB) u. in der Schweiz (Art. 312 ff. OR).

Darlehnskassen, selbständige, vom Staat meist in Not-(z. B. Kriegs-)Zeiten (z. B. im Dt. Reich 1914 bis 1924) gegründete Kreditinstitute, die zur Befriedigung eines erweiterten Kreditbedürfnisses gegen Verpfändung zahlreicher Wertpapieren Darlehn in Gestalt von *D.scheinen* geben.

Darlehnskassenvereine →ländliche Kreditgenossenschaften.

Darling ['daːliŋ], *D. River,* rechter Nebenfluß des Murray in Neusüdwales (Australien), 2740, vom Zusammenfluß der Quellflüsse *Culgao* und *Barwon* an 1930 km, entwässert mit Nebenflüssen im Oberlauf die mittlere Great Dividing Range (Stromgebiet mit Quellflüssen 520 000 qkm); im Unterlauf mehrere versandende u. in Trockenzeiten versickernde Nebenarme; Bewässerungsanbau am Unterlauf.

Darling Downs ['daːliŋ daunz], fruchtbare Landschaft im Einzugsbereich der Quellflüsse des *Darling* im SO von Queensland; Weizenanbau, Milchviehhaltung; bedeutendster Ort *Toowoomba.*

Darling Range ['daːliŋ reindʒ], Küstengebirge an der austral. Südwestküste, bis 582 m, durch kurze Küstenflüsse gegliedert, stark bewaldet; ausgedehnte Bauxitvorkommen.

Darlington ['daːliŋtən], nordengl. Stadt in Durham, 85 000 Ew.; Textilindustrie, Walzwerke, Klimatechnik, Eisenbahnwerke. Von D. nach Stockton fuhr 1825 die erste Eisenbahn.

Darlington [daːliŋtən], Cyril, engl. Botaniker, *19. 12. 1903 Chorley; Prof. in Oxford; arbeitet bes. als Genetiker.

Darlingtonia [die; nach C. *Darlington*], insektenfressende Pflanze aus der Familie Sarraceniaceae. Die Blätter sind zu flaschenförmigen, am oberen Ende nach Art eines Schwanenhalses umgebogenen Fangorganen umgewandelt, die mit Verdauungssaft gefüllt sind.

Darłowo, poln. Name der Stadt →Rügenwalde.

Darm, lat. *Intestinum,* Hohlraum im Körper vielzelliger Tiere, der der *Verdauung* dient (→Verdauungssysteme); ursprüngl. ein einfacher Hohlraum (→Urdarm) mit Verbindung zur Außenwelt *(Hohltiere, Coelenteraten),* dann ein Außenweltkanal (D.kanal, D.trakt), der das ganze Tier *(D.tiere, Bilaterien)* von einer Mundöffnung hin zu einer Afteröffnung durchzieht. I. e. S. wird als D. der Abschnitt des D.kanals bezeichnet, der hinter dem Magen beginnt und am After endet (hinterer Mittel-D. u. End-D.; speziell bei Wirbeltieren.)

Die D.länge ist bei Pflanzenfressern größer als bei

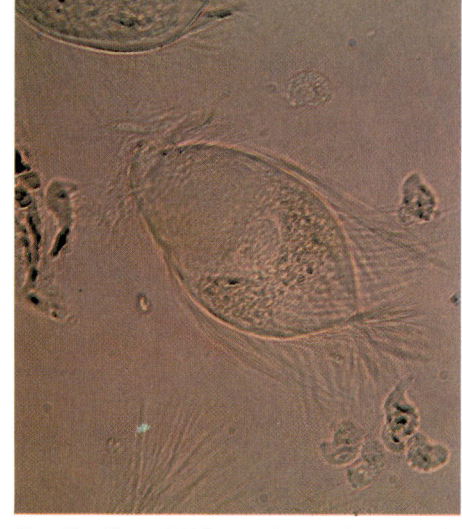

Darmflagellaten: Trichonympha aus dem Darm der Termite Reticulitermes lucifugus

Fleischfressern (z. B. beim Rind 21mal so lang wie der Körper, bei der Katze nur 4,5mal wie der Körper; entspr. auch bei Insekten). Der D. des Menschen ist (beim Erwachsenen) 8–9 m lang. Beim Menschen wird der D. (i. e. S.) unterteilt in *Dünn-D. (Intestinum tenue), Dick-D. (Intestinum crassum)* u. *Mast-D. (Intestinum rectum).* Er befördert den im Magen vorbereiteten Speisebrei durch rhythm. Zusammenziehen *(Peristaltik)* seiner längs- u. ringförmig angeordneten Muskulatur durch alle seine Abteilungen zum After. Der etwa 7 m lange *Dünn-D.* schließt mit seinem vorderen Teil, dem *Zwölffinger-D. (Duodenum),* an den Magen an. Hier fließen verschiedene Verdauungsfermente zu, an der sog. *Vaterschen Papille* Galle aus der Leber, Fermente der Bauchspeicheldrüse u. der D.drüsen. Der weitere Teil des Dünn-D.s *(Gekröse-D.)* wird in *Leer-D. (Jejunum)* u. *Krumm-D. (Ileum)* unterteilt. In seiner Wand, deren Oberfläche durch Zotten vergrößert ist, verlaufen Blut- u. Lymphgefäße, die die Nahrungsstoffe durch die D.wand hindurch aufnehmen u. dem Körper zuführen. Der rd. 1,5 m lange *Dick-D.* besteht aus dem *Blind-D. (Coecum)* mit *Wurmfortsatz (Appendix)* u. dem *Grimm-D. (Colon).* In ihm wird dem Speisebrei Wasser entzogen; außerdem sorgen hier D.bakterien (bes. Kolibakterien) für noch weiteren Aufschluß der Nahrungsstoffe. Schließlich wird der Rest des Nahrungsbreis als Kotsäule über den *Mast-D.* ausgestoßen.

Der Dünn-D. ist durch eine mit Fettgewebe ausgepolsterte Bauchfellfalte *(Gekröse),* in der Blut-, Lymphgefäße u. Nerven für die D.versorgung laufen, an der hinteren Bauchwand befestigt u. füllt die Mitte der Bauchhöhle aus. Der Dick-D. bildet mit dem Grimm-D. eine große Schleife (aufsteigender, querlaufender u. absteigender Grimm-D.) ebenfalls in der Bauchhöhle. Der 12–14 cm lange Mast-D. liegt im Becken. Die ableitenden D.blutadern (D.venen) fließen (ausgenommen die vom Mast-D. ausgehenden) in der →Pfortader zusammen u. durchziehen die Leber.

D a r m k r a n k h e i t e n entstehen häufig von der Nahrung aus durch Krankheitserreger, die sich im D. ansiedeln, z. B. bei *Cholera, Ruhr, Typhus, Paratyphus* u. *Tuberkulose.* Durch Vitaminmangel entstehen degenerative Prozesse. Von den *D.geschwülsten* ist am häufigsten der Mastdarmkrebs. Wichtige D.krankheiten sind ferner: →Darmverschlingung, →Darmverschluß, →Wurmfortsatzentzündung, Embolien der D.gefäße, Wurmkrankheiten, Regulationsstörungen, Krämpfe, Durchfall, Verstopfung. – ☐ 9.2.8.

Darmbakterien, Bakterien verschiedener Gruppen, die im Darmkanal des Menschen u. vieler Tiere vorkommen, z. B. *Escherichia coli* u. *Alcaligenes falcalis* (→Kolibakterien). Manche sind potentielle Erreger von Darmkrankheiten, z. B. Ruhrbakterien, *Shigella dysenteriae;* Cholerabakterien, *Vibrio cholerae;* verschiedene Salmonellen, z. B. *Salmonella typhi, Salmonella parathyphi.* Symbiose liegt beim Menschen vermutlich nicht vor, wie Sterilaufzuchten beweisen; dagegen sind bei vielen Tieren Blind- und Dickdarm Zuchtstätte

Darmstadt

symbiontischer D., die Vitamine (Vitamin K) u. eiweiß- u. cellulosespaltende Fermente liefern. Der Kot des Menschen besteht bis zu 80% aus Bakterienmasse.
Darmbein, *Os ilium,* einer der das →Becken bildenden Knochen.
Darmblutung, Blutung aus der Darmschleimhaut bzw. aus Darmblutgefäßen; kann aus verschiedenen Ursachen auftreten, z. B. infolge von schweren entzündl. Darmerkrankungen, Darmgeschwüren u. -geschwülsten in der Bauchhöhle; bei Verletzungen, Durchbruch von Geschwüren, Absterben von Teilen der Darmwand durch Gefäßverschluß, Entzündung u.a.; häufig z.B. bei der Wurmfortsatzentzündung *(Appendizitis).*
Darmfistel, krankhafte Verbindung des Darms mit der Körperoberfläche *(äußere D.)* oder einem anderen Organ *(innere D.);* künstl. hergestellt *(Enterostomie)* zur Darmentleerung (künstl. After) oder Nahrungszufuhr.
Darmflagellaten, verschiedene *Flagellaten,* bes. aus den Gruppen *Protomonadina* u. *Polymastigina,* die endoparasitisch im Darm der Gliederfüßer leben, teilweise in Wirtswechsel mit anderen Gefäßsystemen bei Wirbeltieren. Teils leben sie als harmlose Kommensalen oder sind als Symbionten notwendig zur Verdauung der Nahrung, wie die holzverdauenden Polymastiginen der Termiten; teils rufen sie schwere Erkrankungen hervor (→Trypanosomen).
Darmflora →Darmbakterien.
Darmpech →Kindspech.
Darmriß, Einriß des Darms durch Gewalteinwirkung, z.B. beim →Dammriß 3. Grades.
Darmseuche, bei Bienen: →Nosemaseuche.
Darmstadt, Hptst. des hess. Reg.-Bez. D. (11562 qkm, 4,1 Mill. Ew.), Stadtkreis (117 qkm) u. Kreisstadt in günstiger Verkehrslage am Westrand der nördl. Odenwaldausläufer u. am Anfang der Bergstraße, 133000 Ew.; Altstadt mit Schloß u. alten Kirchen, breit angelegte Neustadt; Techn. Hochschule, Dt. Akademie für Sprache u. Dichtung, Post- u. Fernmeldetechn. Zentralamt; Industrie: Dieselmotoren, Elektro- u. Druckmaschinen, Chemie, Plexiglas; graph. Großbetriebe, Verlage. – Ldkrs. D.: 665 qkm, 220000 Ew. – 1330 Stadtrecht, 1479 hessisch, 1567–1918 Residenz der Landgrafschaft bzw. des Großherzogtums (seit 1806) *Hessen,* 1919–1945 Hptst. des Freistaats *Hessen-D.*
Darmstenose, *Darmverengung,* Behinderung der Darmdurchgängigkeit durch mechanische Hindernisse, bes. durch Geschwülste, Verwachsungsstränge, Narbenzug bei u. nach Geschwüren u. nach Operationen, auch durch Fremdkörper u. Kotsteine. Eine nicht vollständige D. kann durch verstärkte Darmperistaltik eine Weile überwunden werden, bis es eines Tages zum *Darmverschluß* kommt.
Darmtuberkulose, tuberkulöse Erkrankung des Darms infolge direkter Ansteckung durch infizierte Nahrung (Fütterungstuberkulose; meist bei Kindern) oder durch verschluckten Auswurf bei Lungentuberkulose (meist bei Erwachsenen). Gelegentl. führt auch eine Verschleppung der Keime auf dem Blutweg zur D. Sie ist manchmal mit blutigen Durchfällen u. allg. Kräfteverfall verbunden, so daß man volkstüml. von *Darmwindsucht* spricht. Auch bei Fleischfressern (Raubtieren) ist D. relativ häufig.
Darmverschlingung, *Volvulus,* Drehung des Darms um seine Aufhängung, unter bes. Umständen bei allen Teilen des Verdauungskanals mögl., bes. häufig beim Dünndarm. Dadurch wird die Blutversorgung eines Darmteils gestört, u. es kommt zu *Darmbrand* u. *Darmverschluß.*
Darmverschluß, *Ileus,* völlige Undurchgängigkeit für den Darminhalt durch den Darm; entsteht durch Lähmung der Darmtätigkeit, Verkrampfung, Verstopfung der Darmlichtung durch Geschwülste u. Wurmpakete, Abschnürung von Darmteilen durch Darmverschlingung, Einklemmung von Darmteilen (→Bruch) u.a. Dabei kommt es zu vermehrter, z. T. rückläufiger Darmbewegung *(Antiperistaltik)* vor der Verschlußstelle u. zum Koterbrechen *(Miserere).* Bei D. ist schnellste ärztl. Hilfe nötig, da es sonst zu Vergiftungen durch den Darminhalt, Bauchfellentzündung u. Kreislaufstörungen mit Todesfolge kommen kann.
Darmwanddrüsen, die Verdauungsdrüsen der Mitteldarmwand bei Wirbeltieren.
Darmzotten →Darm.
Darnley [′da:nli], Henry Stuart, Earl of *Ross* u. Duke of *Albany,* *7. 12. 1545 Temple Newsam, Yorkshire, †10. 2. 1567 Edinburgh; gegen den Widerstand des schottischen Adels zweiter Gatte *Maria Stuarts,* wahrscheinlich mit Mitwissen Marias ermordet; Vater des späteren engl. Königs *Jakob I.*
Darre, 1. *allg:* ein Schuppen, der guten Luftdurchzug gestattet; auch ein Holz- oder Drahtgitter mit Beheizungsmöglichkeit zum Trocknen *(Darren, Dürren)* von noch nicht lagerfähigem Obst, Sämereien, Getreide, Hopfen u. a. oder zum Rösten, z. B. von Malz; auch das Rösten selbst. **2.** *Forstwirtschaft:* →Klenge.
Darre [pers.], afghan. *Därre,* Bestandteil geograph. Namen: Tal.
Darré, Richard Walter, nat.-soz. Politiker, * 14. 7. 1895 Belgrano, Argentinien, † 5. 9. 1953 München; Verfasser des Buches „Das Bauerntum als Lebensquell der nord. Rasse" (1928); entwarf das Agrarprogramm der NSDAP *(Blut u. Boden);* Chef des SS-Rassen- u. Siedlungshauptamtes, seit 1933 Reichs-Min. für Ernährung u. Landwirtschaft u. 1934 Reichsbauernführer; im Mai 1942 aus sämtl. Ämtern entlassen; vom US-Militärgerichtshof in Nürnberg 1949 zu 7 Jahren Gefängnis verurteilt, 1950 begnadigt.
Darrieux [-′rjø:], Danielle, französ. Theater- u. Filmschauspielerin, *1. 5. 1917 Bordeaux; filmt seit 1931.
Darß, Mittelteil einer Halbinsel im nordwestl. Pommern, hängt im W mit dem Fischland, im O mit der Halbinsel Zingst zusammen; bedeckt von großen, wenig durchforsteten Wäldern, Naturschutzgebiet; Nordspitze: *D.er Ort* (Leuchtturm); südöstl. davon das Seebad *Prerow.*
darstellen, *Chemie:* Stoffe labormäßig in kleinen Mengen herstellen.
darstellende Geometrie, mathemat. Gebiet, das sich mit der Darstellung von räuml. Gegenständen in der Ebene beschäftigt.
darstellende Künste, Sammelbez. für Bühnen- u. Filmkunst.
Dartmoor [′da:tmuə], südwestengl. Granitbergland (500–600 m) in Devonshire; seit 1952 Nationalpark *D.-Forest* (945 qkm); Heide, randl. Eichenwald; Truppenübungsplatz.
Dartmouth [′da:tməθ], Nachbarstadt von Halifax, Neuschottland (Kanada); 60000 Ew.; Erdölraffinerie, Metallwaren- u.a. Industrie.
Darwin [′da:win], 1869–1911 *Palmerston,* Hptst. u. Hafen des austral. Nordterritoriums, an der ungesunden, feuchtheißen Nordwestküste von Arnhemland, 41000 Ew. (zahlreiche Chinesen); Bahn u. Stuart Highway nach S (Verschiffung von Erzen); Flugplatz; im 2. Weltkrieg zur Garnison ausgebaut u. zerstört.
Darwin [′da:win], **1.** Charles Robert, Enkel von 2), engl. Naturforscher, *12. 2. 1809 Shrewsbury, † 19. 4. 1882 Down, Kent; unternahm 1832–1837 als Schiffsarzt mit der „Beagle" eine Weltreise; lebte seit 1842 dauernd auf seinem Landsitz Down, wo er naturwissenschaftl. Studien trieb. In seinen Schriften begründete er eine neue Lehre von der Umbildung der Arten: die Herausbildung neuer Arten durch Auslese der für die jeweiligen Lebensbedingungen geeigneten Formen. Durch E. *Haeckel* angeregt, vertrat er eine Anschauung auf den Menschen u. dessen Abstammung aus (→Darwinismus). Hptw.: „On the Origin of Species by Means of Natural Selection" 1859, dt. „Über die Entstehung der Arten durch natürliche Zuchtwahl" 1893; „Die Abstammung des Menschen und die geschlechtl. Zuchtwahl" 1871, dt. 1902. – □ 9.0.1.
2. Erasmus, engl. Arzt u. Naturforscher, *12. 12. 1731 Elton, † 18. 4. 1802 Derby; schrieb 1794–1796 das Werk „Zoonomia", in dem er über Anpassungen, Änderung der Arten u. Möglichkeiten einer →Abstammungslehre spekulierte. Sein Enkel 1) formulierte diese Gedanken später deutlicher zur *Selektionstheorie.*
3. George Howard, Sohn von 1), engl. Astronom, * 9. 7. 1845 Down, Kent, † 7. 12. 1912 Cambridge; entwickelte eine Theorie der Gezeitenreibung, arbeitete über das Dreikörperproblem.
Darwinismus, von Charles R. *Darwin* begründete Lehre über die Entstehung der Arten (→Abstammungslehre). Ähnl. Gedanken vertrat etwa zur gleichen Zeit (1859) A. R. *Wallace.* Der D. nimmt an, daß die zu große Nachkommenzahl der Lebewesen zu einem Konkurrenzkampf („Kampf ums Dasein") führt, bei dem nur die jeweils am besten angepaßten überleben. Nur diese vermehren sich, woraus eine allmähl. Umbildung der (früher für konstant gehaltenen) Arten u. eine Höherentwicklung folgt. Es ist beim Begriff D. stets zu unterscheiden, ob damit die Entwicklung (Abstammungslehre) oder die Erklärung der Entwicklungsfaktoren (Selektionstheorie) gemeint ist. – □ 9.0.2.
Geschichte: Der Gedanke einer Entwicklung des Lebens ist schon von *Aristoteles* in der Weise angesprochen, daß jedes in der Natur verwirklichte Ding einem höheren Sein zustrebe. Doch hatte dieser Gedanke in den folgenden zwei Jahrtausenden keinen Einfluß auf die Biologie. Bis weit in die Neuzeit hinein nahm man in Einklang mit der bibl. Schöpfungsgeschichte eine Konstanz der Arten an. Erst am Ende des 18. Jh. mehrten sich die Stimmen für eine Veränderlichkeit der Arten. J. B. *Lamarck* faßte die in den Bauplänen zu erkennende Stufenfolge des Organismenreichs als Ausdruck einer Stammesentwicklung auf. Triebfeder dieser Entwicklung sollte eine Vererbung erworbener Eigenschaften sein. Lamarck gelang es jedoch nicht, sich gegen die Autorität G. *Cuviers* durchzusetzen. Cuvier leugnete jede Stammesentwicklung. Dem in-

Charles Darwin

Charles Darwin: Titelblatt von „On the Origin of Species", 1859

zwischen durch Fossilfunde aufgedeckten Sachverhalt, daß in früheren Erdepochen Organismenwelten niederer Organisation gelebt haben, begegnete er durch seine *Katastrophentheorie*: Nach Auslöschung der Pflanzen- u. Tierwelt bestimmter Erdperioden durch weltweite Katastrophen sei die Erde durch einen neuen Schöpfungsakt erneut besiedelt worden. – Darwin verhalf 1859 mit seinem berühmten Werk „On the Origin of Species by Means of Natural Selection", in dem er ungeheures Tatsachenmaterial zusammentrug, dem *Abstammungsgedanken* zum Sieg.
Als Ursache der Abänderung von Arten u. der Entstehung neuer Arten nahm Darwin, angeregt durch die Konkurrenztheorie von T. R. *Malthus*, eine aus der Überproduktion von Nachkommen resultierende *Selektion* der der Umwelt am besten angepaßten Individuen an. Einen glühenden Verfechter seiner Ideen fand Darwin in E. *Haeckel*, der in populärwissenschaftl. Schriften den D. weiten Bevölkerungskreisen erschloß u. ausdrückl. den Menschen dem tier. Stammbaum einfügte.
Die Jahrhundertwende brachte aufgrund von Erwägungen, die vorwiegend an den Philosophen H. *Driesch* u. den Genetiker W. *Johannsen* geknüpft sind, eine Abkehr von der Selektionstheorie Darwins. Es entwickelten sich die als Neu-Darwinismus u. Neu-Lamarckismus bezeichneten Hauptrichtungen, die jeweils das Phänomen der Stammesentwicklung zu erklären suchten. In den letzten Jahrzehnten gewann der den neuesten Forschungsergebnissen angepaßte D. wiederum an Boden. Er gilt heute als die einzige wissenschaftl. fundierte Theorie zur Deutung des Entwicklungsgeschehens, wobei die Erkenntnisse der modernen *Genetik* zur stärksten Stütze der Selektionstheorie geworden sind.

Darwinkordillere, Feuerland, →Cordillera de Darwin.

Darwinscher Höcker, beim menschl. Embryo deutl. ausgeprägte, beim Erwachsenen manchmal noch erkennbare Spitze am Oberrand des Ohres, die der Spitze des Säugetierohrs entspricht.

Dạrya [osttürk., Urdu], pers. *Därya*, Bestandteil geograph. Namen: Strom, Meer.

Das, Insel im Pers. Golf, zu den *Vereinigten Arabischen Emiraten* (Abu Dhabi) gehörend; große Erdölfündigkeit u. -ausbeute, 2,1 qkm, 110 km von der Küste; Hafen, Verladeplattformen, Flugplatz.

Dạschkowa, Jekaterina Romanowna, Fürstin D., russ. Schriftstellerin, *28. 3. 1743 St. Petersburg, †16. 1. 1810 Moskau; Direktorin der Petersburger Akademie der Wissenschaften (1783), förderte das literar. Leben; verfaßte ernste u. heitere Bühnenspiele u. ihre Lebenserinnerungen.

Däscht [pers.], Urdu-Sprache *Dasht*, Bestandteil geograph. Namen: Ebene, Wüste, bes. Stein- u. Kieswüste.

D.A.S. Deutscher Automobil Schutz Allgemeine Rechtsschutz-Versicherungs-AG, München, 1928 gegr. Rechtsschutzversicherung; Beitragseinnahmen 1977: 413,9 Mill. DM.

Dasein, im Unterschied zum *Sosein* die fakt. Vorhandenheit eines Wirklichen. Ob es daneben auch ein *ideales D.* (N. Hartmann) gibt, ist umstritten, weil unbeweisbar. In der neueren Existenzphilosophie u. Anthropologie wird D. vielfach auf das menschl. Sein eingeengt bzw. ist dessen ontolog. Struktur damit gemeint: „D. ist Seiendes, dem es in seinem Sein um sein Sein geht" (M. Heidegger).

Daseinsanalyse, *i. w. S.* eine tiefenpsycholog. Richtung, die auf der Grundlage der Phänomenologie E. *Husserls* u. bes. der Fundamentalontologie M. *Heideggers* den Daseinsvollzug u. seine Störungen in ihre Untersuchungen mit einbezieht; *i. w. S.* die psychiatrische Konzeption L. *Binswangers*, der den Begriff geprägt hat; von M. *Boss* u. V. E. von *Gebsattel* auch für die Psychotherapie fruchtbar gemacht.

Dass, Petter, norweg. Dichter, Pfarrer, *1647 Nord-Herö, †Aug. 1707 Alstahaug, Fylke Nordlands; beschrieb in dem volkstüml. Versepos „Die Trompete des Nordlandes" (posthum) 1739, dt. 1897, der einzigen heute noch lebendigen norweg. Dichtung des 17. Jh., Natur u. Menschen seiner Heimat.

Dassault [da'so], Marcel, eigentl. M. *Bloch*, französ. Flugzeugkonstrukteur, *22. 1. 1892 Paris; nahm 1944 seinen in der französ. Widerstandsbewegung verwendeten Decknamen an u. gründete nach Ende des 2. Weltkriegs die *Générale Aéronautique Marcel Dassault*, die später in *Société des Avions Marcel Dassault* umbenannt wurde u. vorzugsweise Militärflugzeuge sowie auch Zivilflugzeuge u. elektron. Luftfahrtgeräte baut.

Dassel, Rainald von →Rainald von Dassel.

Dasselfliegen, *Rinderhautbremsen, Hypoderma*, große, behaarte Fliegen aus der Familie der *Biesfliegen*, die ihre Eier an der Haut von Nage- u. Huftieren, z. B. des Rindes, ablegen. Die Larven bohren sich in die Haut ein, wandern durch den Körper zum Rücken u. erzeugen eiterumgebene *Dasselbeulen*, durch deren Öffnung die reifen Larven sich nach außen zwängen, um sich dann auf Wiesenboden zu verpuppen. Die D. verursachen große Schäden für die Lederverarbeitung, da Häute mit Dassellöchern wertlos sind. Bekämpfung: durch „Abdasseln", d. h. Ausdrücken der Dasselbeulen, oder durch chem. Mittel vor dem Austrieb der Rinder.
Die Fluggeschwindigkeit von *Cephenomyia pratti*, einer *Rachendasselfliege (Nasenbremse)*, soll bei 1200 km/h liegen. Diese Angabe beruht auf einer Schätzung von Charles H. *Townsend* 1939, die bisher nicht durch Messungen bestätigt ist. Eine Durchbrechung der Schallmauer durch solche D. wurde nicht beobachtet; vom Energiehaushalt der D. her scheint ein Erreichen u. Beibehalten solcher Geschwindigkeiten unmöglich.

Dasymẹter [das; grch.], Gerät zur Bestimmung von Gasdichten (durch Auftrieb).

Dasypọdius, Petrus, eigentl. Peter *Hasenfratz*, schweizer. Humanist, *um 1490 Frauenfeld, †28. 2. 1559 Straßburg; schrieb die Komödie „Philargyrus sive ingenium avaritiae" 1530.

Daszyński [da'ʃynski], Ignacy, poln. Politiker, *26. 10. 1866 Zbaraż, Galizien, †31. 10. 1936 Bystra, bei Bielitz; leitendes Mitgl. der Poln. Sozialist. Partei (PPS) in Österreich; 1897–1918 österr. Reichstags-Abg., 1918 Min.-Präs. der poln. „Volksregierung" in Lublin; seit 1918 Abg. des Sejm, 1928–1930 Sejmmarschall (Parlaments-Präs.).

Dat., Abk. für →Dativ.

Datẹi, in einem Speicherwerk oder auf zahlreichen Lochkarten unter einem bestimmten Gesichtspunkt zusammengestellte Daten.

Dạtel [Kurzwort aus engl. *data telecommunication*], die Übertragung digitaler Daten auf Fernmeldeleitungen; verschiedene Möglichkeiten: 1. im Telexnetz; Leistung 50 bit/sek; – 2. auf Fernsprechleitungen; der Fernsprechanschluß muß dazu mit einem →Modem ausgestattet werden; Leistung bis 2400 bit/sek. – 3. im →Datexnetz; Leistung bis 200 bit/sek. – 4. auf Mietleitungen; Leistung bis zu einigen Megabit/sek.

Dạten [Mz., Ez. *Datum*], **1.** *allg.:* Unterlagen, Grundlagen für die Lösung einer Aufgabe.
2. *Datenverarbeitung:* zusammenfassende Bez. für alle Angaben, die sich für eine Datenverarbeitungsanlage codieren lassen.
3. *Wirtschaft:* Sachverhalte, die den wirtschaftl. Ablauf beeinflussen, sich selbst aber kurzfristig der direkten Beeinflussung durch ökonom. Vollzugsakte weitgehend entziehen: 1. *gesamtwirtschaftl. D.*, die für alle Wirtschaftssubjekte relevant sind, z. B. Bedürfnisse der Haushalte, Naturvorkommen, Zahl der Arbeitskräfte, Vorräte an Gütern, Stand des techn. Wissens, die rechtl. u. soziale Ordnung; 2. *einzelwirtschaftl. D.*, die für das einzelne Wirtschaftssubjekt zwar gegebene Größen sind, im gesamtwirtschaftl. Prozeß aber durchaus zu erklärende Variable sein können, z. B. die Preisabsatzfunktion für den Unternehmer. – Die Wirtschaftstheorie behandelt Daten in diesem Sinn als für den Erklärungszweck vorgegebene Größen.

Datenbank, ein System aus (Massen-)Datenspeichern; enthält viele Daten eines Wissensgebietes, die schnell abgerufen werden können.

Datenfernverarbeitung, Datenübertragung mit Hilfe von Fernmeldeleitungen, z. B. vom Eingabegerät ans Rechenzentrum.

Datenlogger, ein Datenerfassungsgerät, das zum Verarbeiten regelmäßig anfallender analoger oder digitaler Meßwerte dient; z. B. zur Überwachung von Fertigungsprozessen eingesetzt. →Prozeßrechner.

Datenschutzbeauftragter →Bundesbeauftragter für den Datenschutz, →Ombudsman.

Datenschutzgesetz, *Bundes-D.* vom 27. 1. 1977, oft als ungenügend bezeichnetes Gesetz zum Schutz des Bürgers vor Mißbrauch den Behörden zugänglicher Angaben zur Person.

Datenverarbeitung, das Sammeln, Sichten, Speichern u. Auswerten von Informationen *(Daten)* für Wirtschaft, Verwaltung u. Wissenschaft mit Hilfe von herkömml. Bürogeräten, wie Buchungs- u. Rechenmaschinen u. a., mit *Lochkarten* u. in zunehmendem Maß mit *elektronischen Datenverarbeitungsanlagen*. →auch elektronische Datenverarbeitungsanlage.

Datenverarbeitungskaufmann, seit 1969 als neuer kaufmänn. Ausbildungsberuf der Datenverarbeitung anerkannt; 3 Jahre Ausbildungszeit; Abschlußprüfung vor der Industrie- u. Handelskammer. Berufsbild u. Ausbildungsplan sind so gestaltet, daß der Übergang von oder zu anderen kaufmänn. Ausbildungsberufen während der ersten Ausbildungsabschnitte möglich ist. Der D. ist im Betrieb sachverständiger Mittler zwischen der Datenverarbeitungsabteilung u. der kaufmänn. Fachabteilung (z. B. Lohn- u. Gehaltsabrechnung, Fakturierung, Materialwirtschaft, Produktionsplanung). Ausbildungsziel: neben der Vermittlung von kaufmänn. Kenntnissen auch Erlernen der Mindestanforderungen der Datenverarbeitungsberufe. →auch Operator, Programmierer.

Dạtexnetz [Kurzwort aus engl. *data exchange*], Daten-Fernvermittlung auf elektr. Nachrichtenwegen. Das D. der Bundespost ist ein selbständiges, vom Fernsprech- u. Telexsystem unabhängiges Netz, das Übertragungsleistungen bis zu 200 bit/sek erlaubt. Die Codierung ist nicht vorgeschrieben, sondern kann vom Teilnehmer selbst gewählt werden. Das D. arbeitet wegen der begrenzten Teilnehmerzahl mit nur wenigen Wahlstufen u. modernen Vermittlungseinrichtungen, deshalb kann eine bes. niedrige Fehlerrate garantiert werden.

Datierung, *Geschichtswissenschaft:* die Bestimmung des Zeitpunkts bzw. des Datums eines histor. Ereignisses. Auf Schwierigkeiten stößt die D. durch das Fehlen von schriftl. Überlieferung, durch irrige oder sich widersprechende Angaben u. bes. durch die von unserem modernen Kalender abweichende *Zeitrechnung* der Völker des Altertums u. z. T. auch des Mittelalters. Die alten Völker rechneten z. B. oft nach Herrscherdynastien, nach kult. Festen oder nach dem von ihnen angenommenen Zeitpunkt der Erschaffung der Welt; zudem war die Zählung von gleich langen Jahren vielfach unbekannt oder aus Mangel an astronom. Kenntnissen ungenau. Weitere Komplikationen entstehen dadurch, daß eine Zeitrechnung meist nicht bei ihrem Beginn festgesetzt wurde, sondern erst Jahrhunderte später, u. daß die weiter zurückliegenden Ereignisse falsch zurückdatiert wurden. So wurde z. B. auch die christl. Zeitrechnung erst 525 n. Chr. durch den röm. Abt *Dionysius Exiguus* begründet, der bei seiner Berechnung das „Jahr der Menschwerdung des Herrn" einführte, das Geburtsjahr u. den Geburtstag Jesu jedoch falsch berechnete: Jesus wurde 3 bis 7 Jahre vor dem von Dionysius berechneten Datum geboren.
Wirksame Hilfen bei der D. können Vergleiche mit bekannten Daten bieten, die zeitl. dicht bei dem gesuchten Datum liegen; so gibt z. B. die datierbare Geschichte des Röm. Reichs u. seine Berührung mit german. Volksstämmen durch Handel, Kriege u. ä. Anhaltspunkte für den Zeitablauf in Germanien, wo wir sonst für den Zeitraum der Antike keine schriftl. Überlieferungen haben. Ferner können mit Unterstützung der Astronomie die in alten Inschriften u. Schriften erwähnten Sonnen- u. Mondfinsternisse u. a. Himmelsereignisse genau berechnet u. danach andere dazu in Verhältnis stehende Begebenheiten festgelegt werden. Für die D. der *Vorgeschichte*, d. h. des Zeitraums, über den uns keine schriftl. Überlieferung Auskunft gibt, werden verschiedene Methoden angewendet. Zu ihnen gehören die *Dendro-* oder *Baumringchronologie*, die *Pollenanalyse*, die *Radiokarbonmethode* u. der *Fluor-Test*. →auch Chronologie, Kalender, Zeitrechnung.

Datiscạceae, *Datiscazeen* [lat.], Pflanzenfamilie der *Parietales*, zu der u. a. das →Streichkraut gehört.

Dạtiv [der; lat.], Abk. *Dat.*, *Wemfall, 3. Fall*, der Kasus des indirekten (ferneren) Objekts, dem sich ein Geschehen zuwendet, z. B. „ich gebe *dir* das Buch". Der D. steht auch nach bestimmten Präpositionen.

Dativobjekt, *indirektes Objekt*, Objekt im *Dativ*; das D. steht als Zuwendgröße nach bestimmten intransitiven Verben („ich helfe *dir*") u. als zweites Objekt nach transitiven Verben („ich gebe *dir* das").

Dạtowechsel, ein mit Ablauf einer bestimmten Zeit nach dem Ausstellungstag fälliger →Wechsel, z. B. „2 Monate nach dato"; zu unterscheiden vom →Tagwechsel (Art. 33 Abs. 1 WG).

Dattel, 1. die Frucht der *D.palme*.
2. *Chinesische D.* = Brustbeere.
Datteln, nordrhein-westfäl. Industriestadt (Ldkrs. Recklinghausen) an der Einmündung des Lippe-Seitenkanals in den Dortmund-Ems-Kanal, 35 000 Ew.; Schleppbetriebsamt, Steinkohlenbergwerk, Leder-, Draht- u. chem. Industrie.
Dattelpalme, *Phoenix*, in Afrika u. im südl. Asien heim. Gattung der *Palmen*. Bes. wichtig ist die *Echte D., Phoenix dactylifera*, die bis 20 m hoch werden kann u. in den afrikan. Oasen die wichtigste Nutzpflanze ist. Die Kultursorten tragen sehr saftige, zuckerreiche u. z.T. mehlige, dickfleischige Früchte, die sowohl frisch als auch gepreßt *(Dattelbrot, Wüstenbrot)* ein Hauptnahrungsmittel der einheim. Bevölkerung sind; sie dienen ferner zur Herstellung von *Dattelhonig* u. von *Palmwein*, der allerdings auch aus dem Saft gewonnen werden kann, der nach dem Wegschneiden der jungen Gipfelblüten ausfließt. – 🕮 9.2.5.
Dattelpflaume, *Götterpflaume, Diospyros*, Gattung der *Ebenholzgewächse* mit wichtigen Kulturpflanzen. Zahlreiche Arten, bes. *Diospyros ebenum*, liefern Ebenhölzer. Die in Japan u. China häufige *Kakipflaume (Chinesische Pflaume), Diospyros kaki*, trägt die als Kakipflaumen bekannten Früchte. *Diospyros lotus*, die eigentl. D., wird im Mittelmeergebiet kultiviert. Die amerikan. Art *Diospyros virginiana* gibt das Persimmonholz u. hat ebenfalls eßbare Früchte.
Datum [lat., „das Gegebene"], kalendermäßige Zeitangabe, bestimmter Zeitpunkt; Tag. →auch Daten.
Datumsgrenze, im allg. längs des 180. Längengrads von N nach S durch den Pazifischen Ozean verlaufende gedachte Linie, an der das Datum „springt". Überschreitet man die für Seefahrer u. Flieger wichtige D. in Ost-West-Richtung, so ist das Datum um einen Tag voraus, u. man muß in seiner Zeitrechnung einen ganzen Tag überspringen. Überschreitet man diese Linie in West-Ost-Richtung, also der Sonne entgegen, so gelangt man in den Vortag zurück. Durch die D., die international anerkannt ist, werden zeitl. Differenzen ausgeglichen, die sich durch die Bewegung mit der Erdumdrehung bzw. gegen die Erdumdrehung ergeben.
Datura [die; sanskr.] →Stechapfel.
Daube, *Faß-D., Dauge*, gebogenes Längsbrett des Fasses.
Daubigny [dobi'nji], Charles-François, französ. Maler u. Graphiker, *15. 2. 1817 Paris, †19. 2. 1878 Paris; Vertreter der *Schule von Barbizon*. Seine erste Schaffenszeit wird durch heroische Landschaften bestimmt; nach 1861 wandelte sich der Stil zu summarisch breitem Vortrag, der das Wesentliche hervorhebt u. poetische Naturstimmungen in feinen Farbabstufungen wiedergibt. D. schuf auch Buchillustrationen u. mehrere Radierungsfolgen („Cahiers d'eaux-fortes" 1851; „Voyage en bâteau" 1862).
Däubler, Theodor, Dichter, *17. 8. 1876 Triest, †14. 6. 1934 St. Blasien, Schwarzwald; führte ein internationales Wanderleben; Wegbereiter moderner Kunst u. Deuter der Mittelmeerkulturen u. ihrer Mythen; Hptw.: „Das Nordlicht" 3 Bde. 1910, erweitert 1921, ein Epos vom Weltwerden u. vom Gang der geschichtl. Menschheit zurück zum „Urlicht"; Lyrik: „Hesperien. Eine Symphonie" 1915; „Der sternhelle Weg" 1915; „Attische Sonette" 1924; Prosa: „Wir wollen nicht verweilen" 1914; „Mit silberner Sichel" 1916; „Der heilige Berg Athos" 1923; „Sparta" 1923; „Griechenland" (posthum) 1947. – 🕮 3.1.1.
Daucher, *Dauher*, **1.** Adolf, Bildhauer, *um 1460/1465 Ulm, †1523/24 Augsburg; bildete, ausgehend von der Spätgotik, einen stark von der italien. Kunst beeinflußten Renaissancestil aus; Mitarbeit an der Ausstattung der Fuggerkapelle in Augsburg, Hauptaltar der Annenkirche in Annenberg.
2. Hans, Sohn von 1), Bildhauer, *1485 Augsburg, †1538 Stuttgart; Reliefarbeiten aus Solnhofener Stein, im Figürlichen von M. *Schongauer*, H. *Burgkmair* u. A. *Dürer* angeregt; auch Medaillenkünstler in Abhängigkeit von H. *Schwarz*.
Dā'ud Chan, Muhammad →Daud Khan.
Daudet [do'dɛ], **1.** Alphonse, französ. Erzähler, *13. 5. 1840 Nîmes, †16. 12. 1897 Paris; schuf in „Tartarin aus Tarascon" 1872, dt. 1882, den Typ des selbstgefälligen, prahler. Südfranzosen, ein Gegenstück zu M. de Cervantes' „Don Quijote". In anderen Romanen schilderte er mit überlegenem Humor Kleinbürgerleben oder mit scharfer Ironie Gesellschaft, Geschäftsleben u. Gelehrtenwelt von Paris. „Le petit chose" 1868, dt. „Der kleine Dingsda" 1877, ist die Geschichte seiner Jugend. – 🕮 3.2.1.
2. Léon, Sohn von 1), französ. Schriftsteller u. Journalist, *16. 11. 1867 Paris, †1. 7. 1942 Saint-Rémy, Provence; Anhänger Ch. *Maurras'* u. der *Action Française*; schrieb Romane sozialpolit. Inhalts, Memoiren u. polit. Pamphlete.
Daud Khan, Mohammed, Muhammad *Dā'ud Chān*, afghan. Politiker, Vetter *Zahir Schahs*, *1909 Kabul, †27. 4. 1978 Kabul (bei Putsch erschossen); 1932 Gouverneur von Qandahar, 1946 Gesandter in Paris, 1950 Verteidigungs-Min., 1953–1963 Premier-Min.; stürzte 1973 die Monarchie u. war bis 1978 Staats-Präs.
Dauerauftrag, Auftrag eines Kunden an ein Kreditinstitut, über sein laufendes Bankkonto regelmäßig wiederkehrende Zahlungen von gleicher Höhe (z.B. für Miete) bis auf Widerruf ohne bes. Einzelanweisung termingerecht vorzunehmen.
Dauerausscheider, Menschen oder Tiere, die nach überstandener Infektionskrankheit noch Bakterienträger sind u. diese laufend oder zeitweise in die Umgebung ausstreuen, durch Hustentröpfchen, Stuhl oder Harn; häufig bei →Salmonellosen.
Dauerbad, *Wasserbett*, stunden- bis tagelanges Vollbad (34–37 °C) in einer Badewanne, in die ein Laken eingeknüpft ist; bei bestimmten Hautkrankheiten, schwerem Dekubitus (Aufliegen), ausgedehnten Verbrennungen u. zur Beruhigung bei heftigen Erregungszuständen.
Dauerbrandöfen, *Dauerbrenner, Füllöfen*, Öfen, die längere Zeit ohne Nachfüllen das Feuer halten u. gleichmäßige Wärme abgeben. Füllschacht u. Verbrennungsraum sind voneinander getrennt. Der Brennstoff sinkt mit fortschreitendem Abbrand im Füllschacht allmählich zum Rost nach.
Dauerbruch, bei wechselnder (Zug- u. Druck-) Beanspruchung eines Werkstoffs im Lauf der Zeit auftretender Bruch; Gegensatz: *Gewaltbruch*. →auch Dauerschwingfestigkeit.
Dauereier, durch feste Schalen geschützte Eier gewisser Süßwassertiere (Rädertierchen *[Rotatorien]*, Strudelwürmer *[Turbellarien]* u.a.), die bei Einsetzen ungünstiger Zeiten (Trockenheit, Kälte u.ä.) gebildet werden u. die Erhaltung der Art garantieren.
Dauerfeldbau, nicht durch Brachezeiten oder Grünlandwirtschaft unterbrochener Feldbau.
Dauerfestigkeit →Dauerschwingfestigkeit.
Dauerformen, *Dauertypen*, **1.** *Abstammungslehre:* →Dauertypen.
2. *Ökologie:* Formen von Organismen, die durch stark herabgesetzte Stoffwechselleistungen in der Lage sind, widrige Lebensverhältnisse zu überdauern. Kennzeichnend sind Verstärkung der Außenhaut und weitgehende Entwässerung. D. sind ein Ruhezustand des Organismus. Hierher gehören z.B. →Zysten, →Dauereier u. →Dauersporen.
Dauerfrostboden, *Gefrornis*, die Schicht ständig gefrorenen Bodens im nivalen Klimabereich, z.B. im extremen N Eurasiens u. Kanadas. Der D. kann bis in 300 m Tiefe reichen; darunter liegt der *Niefrostboden*. In sommerwärmeren Gebieten taut der D. von oben bis zu 3 m tief auf *(Auftauboden)*, darauf ist Tundrenvegetation möglich. Der D. neigt zum →Bodenfließen u. zur Bildung von →Strukturböden. →auch Frostboden.
Dauergewebe, ausdifferenziertes pflanzl. Gewebe, in dem im Gegensatz zum *Bildungsgewebe* normalerweise keine Zellteilungen mehr stattfinden. Die Zellen des D.s sind relativ groß, arm an Plasma, oft abgestorben u. dann wasser- oder lufthaltig. D. sind: Parenchym, Abschlußgewebe (Epidermis, Kork, Periderm), Absorptionsgewebe (Rhizodermis, Wurzelhaare), Leitgewebe (Siebröhren, Gefäße), Festigungsgewebe (Kollenchym, Sklerenchym) u. Ausscheidungsgewebe (Sekretbehälter, Exkrete).
Dauergrünland, ständig als Wiese oder Weide dienende Grünlandfläche; umfaßt im Sinn der amtl. Statistik auch die Feldgrasflächen.
Dauerlaute, alle Laute außer den *Verschlußlauten*; →Laut.
Dauermagnet, ein ferromagnet. Körper, der dauernd magnet. bleibt, d.h. der nach Magnetisierung in einem Magnetfeld auch bei ausgeschaltetem äußerem Feld magnet. Kräfte ausübt.
Dauermarken, Briefmarken, die häufig viele Jahre lang am Schalter verkauft werden u. deren Auflage unbegrenzt ist, während *Sonder-, Gedenk-* u. *Wohlfahrtsmarken* häufig nur kurze Zeit am Schalter zu erhalten sind u. ihre Auflage zumeist begrenzt ist.
Dauermodifikation, die Nachwirkung eines vorübergehenden Umwelteinflusses auf Nachfolgeindividuen, die erst im Lauf der Generationen abklingt; →Modifikation.
Dauerpasteurisierung →Pasteurisierung.
Dauerprüfmaschine, eine Werkstoffprüfmaschine, in der das Probestück (entweder mechanisch nach dem Resonanzprinzip oder ölhydraulisch nach dem Pulsatorprinzip) sinusförmigen Belastungszyklen (bis zu 6000 Lastspiele je Minute) unterworfen wird, um die →Dauerschwingfestigkeit zu bestimmen.
Dauerschlaf →Heilschlaf.
Dauerschwingfestigkeit, früher *Dauerfestigkeit*, die größte Spannung, die ein Werkstoff bei wechselnder Beanspruchung (Zug, Biegung, Torsion) in der *Dauerprüfmaschine* über unbegrenzte Zeit erträgt, ohne zu brechen.
Dauersporen, Sporen, die zur Überdauerung ungünstiger Lebensverhältnisse mit derben Membranen ausgestattet sind u. erst unter günstigen Bedingungen auskeimen.
Dauerstallhaltung, Viehhaltung ausschl. im Stall; etwa zu Beginn des 19. Jh. eingeführt; ungünstig für den Gesundheitszustand der Tiere, z.B. für Atmungsorgane u. Bewegungsapparat, Geschlechtsleben, Wärmeausgleich u. Kreislauf. Moderne D.: →Intensivtierhaltung.
Dauerstandfestigkeit, die Spannung, bei der die Dehnung eines Werkstoffs nach unendl. langer Zeit gerade noch zum Stillstand kommt. Die D. interessiert, weil die Dehnung bei höheren Temperaturen nicht nur von der Belastung, sondern auch von der Zeit abhängt. Im *Dauerstandversuch* wird deshalb die Dehnung eines gleichbleibend belasteten Werkstoffs in Abhängigkeit von der Zeit ermittelt. →auch Zeitstandversuch.
Dauerstreu, im Pferdestall als *Matratzenstreu* bekannt: Nur der gröbste Schmutz wird entfernt u. neue Streu aufgeschüttet.
Dauertropfinfusion, *Dauertropf*, langsame, tropfenweise →Infusion größerer Flüssigkeitsmengen, meist in eine Vene *(intravenös)*, u.U. unter Zusatz bes. Arzneimittel; bei u. nach Operationen, bei großen Blut- u. Flüssigkeitsverlusten, Kreislaufkollaps u.a. Infundiert werden Kochsalz- u. Traubenzuckerlösung, Blut- u. Plasmakonserven. Die D., deren Tropfgeschwindigkeit sich genau regulieren läßt, hat den großen Vorteil, daß das Kreislaufsystem nicht plötzlich überlastet wird u. daß die Gefäßwände nicht gereizt werden. Auch in den Mastdarm ist eine D. möglich.
Dauertypen, *Dauerformen*, **1.** *Abstammungslehre:* Tiergruppen, die sich im Lauf langer Zeiten der Erdgeschichte nur wenig verändert haben; z.B. die Gattungen *Nautilus* (Kopffüßer) u. *Lingula* (Armfüßer), die seit dem Karbon fast unverändert geblieben sind.
2. *Ökologie:* →Dauerformen.
Dauerversuch, 1. Versuch zur Ermittlung der →Dauerschwingfestigkeit.
2. Versuch an Textilien bei ruhender Beanspruchung (konstante Last, auch Last 0 nach vorangegangener Beanspruchung) oder bei konstanter Dehnung zur Ermittlung des zeitabhängigen Verhaltens der Probe (*Retardation* [Kriechen], *Relaxation* [Entspannung]) sowie bei wechselnder Beanspruchung *(dynamischer D.)*. Hierbei bewegen sich die Last oder die Dehnung in vorbestimmten Grenzen; die entsprechend abhängigen Dehnungen oder Kräfte werden zeitabhängig gemessen. Alle 3 Veränderlichen (Kraft, Dehnung, Zeit) verlaufen beim statischen u. dynamischen D. im allg. nach Gesetzen u. lassen sich in räuml. Zustandsdiagrammen darstellen. Die verwendeten Geräte sind in ihrer Wirkungsweise unterschiedlich. Normen liegen nicht vor.
Dauerwald, eine Art der Waldwirtschaft: das Prinzip, „die Stetigkeit des Waldwesens herzustellen und zu erhalten". Der D. als *Wirtschaftswald* soll soweit wie möglich dem *Urwald* angepaßt werden, Kahlschlag und Reinbestände sind also zu vermeiden; dem D. entspricht etwa der *Plenterwald*.
Dauerweide, Weideland, das ständig abgeweidet wird; wegen der erhöhten Ansteckungsgefahr die schlechteste Form der Weide: Der Boden ist mit Krankheitserregern u. invasionsfähigen Parasitenstadien angereichert. Besser ist die Wechselweide.
Dauerwelle, durch Einwirkung bestimmter Chemikalien gekraustes Haar, das gegenüber atmosphärischen Einflüssen für eine bestimmte Zeit-

Dauerwohnrecht

dauer haltbar ist (etwa 6 Monate). Man unterscheidet im Behandlungsverfahren *Heiß- u. Kaltwelle.* Die *D.-Präparate* bestehen bei der Heißwelle aus wäßrigen Lösungen von Sulfiten; auch Alkalien, z.B. Ammoniak, Amine, Borax, Carbonate u. Phosphate finden Verwendung. Das so aufgelockerte Haar wird mit meist elektr. geheizten Wicklern gedämpft oder gekocht. Der Grundstoff der *Kaltwellpräparate* ist Thioglykolsäure in Verbindung mit Dithioglykolsäure u. Thiodiglykolsäure. Die Heißbehandlung fällt fort, zur Neutralisierung ist Nachwäsche erforderlich. Die *heiße D.* wurde von dem dt. Friseur Karl *Nessler* erfunden u. am 8. 10. 1906 erstmals in London öffentl. vorgeführt; die *kalte D.* wird seit 1940 in den USA, seit 1948 auch in europ. Ländern angewendet.

Dauerwohnrecht, beschränktes dingl. Recht an einem Grundstück: Der Berechtigte darf eine auf dem Grundstück errichtete Wohnung bewohnen oder für sich nutzen. Das D. wurde durch das *Wohnungseigentumsgesetz* vom 15. 3. 1951 eingeführt. Es ist der persönl. →Dienstbarkeiten nachgebildet, ist aber im Unterschied zu diesen frei veräußerbar u. vererblich.
In Österreich ist das D. ähnl. geregelt im Wohnungseigentumsgesetz von 1948. – In der Schweiz entspricht das *Wohnrecht* des ZGB (Art. 776ff.), das nicht übertragbar u. unvererblich ist, eher dem →Wohnungsrecht des BGB (§ 1093).

Dauerwurst →Rohwurst.

Daugava, lett. Name des russ.-lett. Flusses →Düna.

Daugavpils, lett.-russ. Name der lett. Stadt →Dünaburg.

Daulatabad, früher *Devagiri,* alte ind. Stadt in Maharashtra, heute verfallen; 1327–1334 Hptst. Indiens, im 17. Jh. Residenz eines Mogulkaisers.

Daumal [do'mal], René, französ. Schriftsteller, * 16. 3. 1908 Boulzicourt, Ardennes, † 21. 5. 1944 Paris; interessierte sich für Okkultismus, Parapsychologie, Traum- und Rauschzustände (Opium, Haschisch); vom Surrealismus herkommend, suchte er in seinen Gedichten („Poésie noire, poésie blanche" posthum 1954) das Erlebnis des Unterbewußten auszudrücken; Roman: „Le Mont Analogue" (posthum) 1952, dt. „Der Analog" 1964.

Daume, Willi, Sportführer u. Industrieller, * 24. 5. 1913 Hückeswagen; 1950–1970 Präsident des Dt. Sportbunds u. seit 1961 des →NOK; IOC-Mitglied seit 1956; seit 1966 Präsident des Organisationskomitees für die XX. Olympischen Spiele in München 1972; seit 1972 Vize-Präs. des Internationalen Olymp. Komitees.

Daumen, der erste →Finger der Hand bei Halbaffen, Affen u. Menschen.

Daumenschrauben, ein Folterwerkzeug; →Folter.

Daumer, Georg Friedrich, Religionsphilosoph u. Schriftsteller, * 5. 3. 1800 Nürnberg, † 13. 12. 1875 Würzburg; Gymnasiallehrer in Nürnberg, zunächst Gegner des Christentums, 1859 zum Katholizismus übergetreten; ging den Spuren der „Vernichtungsreligion" in der Geschichte nach („Feuer- u. Molochdienst der Hebräer" 1842) u. suchte (1850) eine neue Religion zu entwerfen; Gegner von L. *Feuerbach* u. D. F. *Strauß.* Als Dichter schrieb er unter dem Decknamen Eusebius *Emmeran*; einige seiner Gedichte sind von J. *Brahms* vertont. D. trat literar. für Kaspar *Hauser* ein, der zeitweilig in seinem Haus lebte. „Religion des neuen Weltalters" 3 Bde. 1850; „Das Christentum und seine Urheber" 1864; Ges. poetische Werke, hrsg. von I. Hirschberg, 1924.

Daumier [do'mje:], Honoré, französ. Graphiker u. Maler, * 26. 2. 1808 Marseille, † 10. 2. 1879 Valmondois, Val-d'Oise; lebte in Paris, im Alter erblindet; scharfer Satiriker des bürgerl. u. polit. Lebens seiner Zeit u. Darsteller des sozialen Elends, Mitarbeiter der Zeitschriften „La Caricature" 1831–1835 u. „Le Charivari" seit 1832. Die präzise Kraft seines graph. Stils mit zunehmender Form- u. Kompositionsvereinfachung u. starken Hell-Dunkel-Kontrasten verhalf ihm zu großer künstler. Publizität; als Maler ist er jedoch erst spät gewürdigt worden. Seit etwa 1840 war D. auch als Holzschnittkünstler und Buchillustrator tätig („Némésis medicale" 1842; „Ulysse" 1852, u.a.).

Däumling, *Daumerling, Daumesdick,* der infolge eines unbedachten Wunsches seiner Mutter nur daumengroße, aber gewitzte Held eines dt. Märchens.

Daumont [do'mɔ̃; die; nach dem französ. Herzog L. M. C. *d'Aumont*, * 1762], Viergespann, von zwei Fahrern im Sattel gelenkt.

Daun, rheinland-pfälz. Stadt in der Vulkaneifel, 6800 Ew.; Luft- u. Kneippkurort; nahebei die *D.er Maare*; Eifel-Ferienpark.

Daun, Leopold Joseph Graf, österr. Heerführer, * 24. 9. 1705 Wien, † 5. 2. 1766 Wien; Gründer u. Leiter (1752) der Militärakademie in Wiener Neustadt; vorsichtiger Stratege, brachte im *Siebenjährigen Krieg* durch die Siege bei Kolin, Hochkirch u. Maxen Friedrich d. Gr. in eine schwierige Lage, zögerte aber mit der Ausnützung seiner Erfolge; verlor 1760 die Schlacht bei Torgau; nach 1748 Reorganisator des österr. Heeres, 1762 Präsident des Hofkriegsrates.

Daunen, *Dunen, Plumae,* die *Flaumfedern* der Vögel, bei denen die Federäste (→Feder) locker angeordnet sind u. sich nicht zu einer Federfahne zusammenschließen. D. schützen die Vögel vor Kälte u. bilden das Untergefieder der Altvögel u. fast das gesamte Gefieder der Jungvögel.

Dauphin [do'fɛ̃], 1349–1830 Titel der französ. Thronfolger; →auch Dauphiné.

Dauphiné [dofi'ne:], histor. Landschaft im südöstl. Frankreich, zwischen Rhône u. italien. Grenze; umfaßt hauptsächl. die 3 Départements Isère, Hautes-Alpes u. Drôme, Zentrum *Grenoble*; 2 Hauptlandschaften: 1. Ober-D., von den Zentralalpen (im *Pelvoux-Massiv* 4103 m) bis zu den westl. Kalkalpen, mit niedrigen Pässen (Durchgangsland zwischen Italien u. Frankreich) u. reich an Wasserkräften (viele Stau- u. Kraftwerke fertiggestellt, andere im Bau), Alpwirtschaft; 2. *Nieder-D.*, Schotterflächen des Alpenvorlands mit fruchtbaren Tälern (Getreide-, Wein- u. Olivenbau, Seidenraupenzucht).
Geschichte: Die D., im Altertum Stammgebiet der *Allobroger*, wurde im frühen MA. Lehnsfürstentum des Königreichs Burgund. Die seit 1163 dort herrschende Familie *Albon* nannte sich nach Einnahme der Grafschaft Vienne im 12. Jh. *Dauphin von Viennois*; daher erhielt die Landschaft ihren Namen. 1349 wurde sie mit kaiserl. Zustimmung an Frankreich verkauft unter der Bedingung, daß jeder französ. Thronerbe Titel u. Wappen der D. tragen u. daß das Land seine Grenzen behalten solle.

Daus [frz.], früher auch *Taus,* zwei Punkte (Augen) im Würfelspiel; in der dt. Spielkarte das As; übertragen: verhüllende Bez. für den Teufel in der Redensart „ei der Daus!".

Dauthendey, Max, Dichter, * 25. 7. 1867 Würzburg, † 29. 8. 1918 Malang auf Java (als Internierter); farbenberauschter, von Wanderunruhe u. Liebessehnsucht getriebener Lyriker u. Erzähler der „Weltfestlichkeit": „Singsangbuch" 1907; „Lusamgärtlein" 1909; „Die geflügelte Erde" 1910; „Die acht Gesichter am Biwasee" (Japan. Liebesgeschichten) 1911; „Raubmenschen" (Roman) 1911; „Gedankengut aus meinen Wanderjahren" 1913; „Mich ruft dein Bild" (Briefe an seine Frau) 1930; „Ein Herz im Lärm der Welt" (Briefe an Freunde) 1933. – *Max-D.-Gesellschaft,* Würzburg, gegr. 1951 – ⌂ 3.1.1.

Dauzat [do'za], Albert, französ. Romanist, * 4. 7. 1877 Guéret, Creuse, † 1. 11. 1955 Paris; Arbeitsgebiet: französ. Mundarten, Namenkunde u. Sprachgeographie.

Davao, Hptst. der philippin. Provinz D., im S von Mindanao, am Fuß des tätigen Vulkans *Apo*, 490000 Ew.; Textil- u. Holzindustrie; See- u. Flughafen am *D.golf*.

Davenant [dævinənt], *D'Avenant,* Sir William, engl. Dramatiker u. Theaterdirektor, * Febr. 1606 Oxford, † 7. 4. 1668 London; schrieb Tragödien u. Komödien, Vorläufer des Restaurationsdramas; sein „The siege of Rhodes" 1656 war die erste engl. Oper.

Davenport [dævnpɔːt], Stadt in Iowa (USA), am Mississippi, gegenüber von Rock Island; 100000 Ew. (Metropolitan Area 320000 Ew.); landwirtschaftl. Handel, Landmaschinenbau, Aluminium- u. Nahrungsmittelindustrie; gegr. 1836 durch den engl. Offizier George D.

Davenport [dævnpɔːt], Charles Benedikt, US-amerikan. Vererbungsforscher, * 21. 6. 1866 Stamford, Conn., † 18. 2. 1944 Cold Spring Harbor, N. Y.; ihm gelang der Nachweis der Geltung der *Mendelschen Vererbungsgesetze* auch beim Menschen.

Daventry ['dævəntri], mittelengl. Stadt in Northampton, 8000 Ew.; Großsender auf dem Borough Hill seit 1925.

Davičo ['davitʃɔ], Oskar, serb. Schriftsteller, * 18. 1. 1909 Šabac; anfangs vom Surrealismus beeinflußt, später immer mehr einem marxist. Realismus verpflichtet; Romane („Die Libelle" 1952, dt. 1958), Gedichte, Reportagen.

David [da'við], Prov.-Hptst. u. Handelsort im W Panamas, 30000 Ew.

David [hebr. „Liebling, Geliebter"], männl. Vorname; engl. Koseform *Davy*.

David, israelit. König, * um 1004/03 v. Chr., † um 965/64 v. Chr.; Schwiegersohn u. Nachfolger *Sauls,* zuerst Truppenführer unter Saul (Sage von *D. u. Goliath*), nach dem Zerwürfnis mit ihm vorübergehend als Söldnerführer im Dienst der Philister; nach dem Tod Sauls König von *Juda,* später auch von *Israel*; unterwarf die Philister, eroberte Jerusalem u. machte es zur Hptst. der durch Personalunion geeinten Reiche. Das von ihm durch Siege über die Nachbarstaaten gegr. Großreich umfaßte ganz Syrien u. Palästina. Seine Nachkommen regierten bis 587 v. Chr. in Jerusalem. Die sich an seine Dynastie knüpfenden messian. Hoffnungen haben die jüd. Religion bis ins N. T. stark beeinflußt. D. gilt als Verfasser vieler Psalmen.

David, 1. [da'vid], Armand, französ. Missionar u. Chinaforscher, * 7. 9. 1826 Espelettes, Basses-Pyrénées, † 1900 Paris; bereiste 1861–1875 China, die Mongol. Hochebene u. Tibet; erforschte insbes. die Pflanzen- u. Tierwelt dieser Gebiete.
2. Ferdinand, Geiger, * 21. 1. 1810 Hamburg, † 19. 7. 1873 Klosters, Schweiz; u.a. Schüler von L. *Spohr*, seit 1835 in Leipzig als Konzertmeister im Gewandhausorchester u. seit 1843 Lehrer am Konservatorium; hervorragender Pädagoge, auch Komponist, Freund F. *Mendelssohn-Bartholdys,* dessen Violinkonzert er 1845 uraufführte.
3. Gerard, niederländ. Maler, * um 1455/1460 Oudewater, † 13. 8. 1523 Brügge; nach H. *Memlings* Tod Hauptmeister der Brügger Malerschule; malte Bilder von andachtsvoller Ruhe, die sich besonders durch starkes räuml. Empfinden auszeichnen: Hptw.: „Myst. Vermählung der hl. Katharina", um 1500; Darstellung der Taufe Christi, 1502–1508, beide London, National Gallery; Madonna im Kreise weibl. Heiliger, 1509, Rouen, Musée des Beaux-Arts.
4. [da'vid], Jacques Louis, französ. Maler, * 30. 8. 1748 Paris, † 29. 12. 1825 Brüssel; Schüler von J. M. *Vien,* löste sich nach fünfjährigem Romaufenthalt vom Studium der antiken Kunst vom spätfranzös. Rokoko u. schuf 1784/85 das nach Form u. Inhalt erste rein klassizist. Gemälde „Der Schwur der Horatier" (Paris, Louvre). D. befreundete sich mit den Ideen der Französ. Revolution, wurde Hofmaler Napoléons I. u. mußte Frankreich 1816 nach der Rückkehr der Bourbonen verlassen. Als Begründer der französ. klassizist. Malerei war D. zugleich deren allg. anerkannter Führer mit größter Schulwirkung. Seine kühl durchdachten Kompositionen zeigen im Historienbild einen gebärdenreichen Figurenstil, im Bildnis anmutige Pose. – ⌂2.4.6.
5. Johann Nepomuk, österr. Komponist, * 30. 11. 1895 Eferding, Oberösterreich, † 22. 12. 1977 Stuttgart; vorwiegend polyphone, an J.S. *Bach,* dem Spätbarock u. A. *Bruckner* orientierte Kompositionen; den zykl. Werken liegt oft ein einziges „Urthema" zugrunde. 8 Sinfonien, Chorwerke, Kammermusik, Orgelwerke.

Davids Salbung durch Samuel; byzantinische Metallarbeit, 7. Jh. New York, Metropolitan Museum of Art

Davidshirsche, Elaphurus davidianus, bei der Suhle

David d'Angers [da'vid dã'ʒeː], Pierre Jean, französ. Bildhauer u. Medailleur, *12. 3. 1788 Angers, †5. 1. 1856 Paris; während eines fünfjährigen Romaufenthalts von der klassizist. Kunst A. *Canovas* beeinflußt, deren kraftlose Formen er zu einem ausdrucksvollen Realismus abwandelte; Bildnisbüsten, -statuen u. Reliefs; Giebelrelief für das Pantheon in Paris, 1830–1837.
Davidis, Henriette, Schriftstellerin, *1. 3. 1800 Wengern, Westfalen, †3. 4. 1876 Dortmund; verfaßte als Leiterin einer Mädchenarbeitsschule ein „Prakt. Kochbuch" 1845, das lange in der dt. Küche als maßgebl. galt.
Davidsharfe, *Harpa ventricosa,* eine *Harfenschnecke* aus der Gegend des Sundaarchipels; das mit Zickzacklinien verzierte Gehäuse wird beiderseits von scharf erhobenen Rippen begrenzt, die eine Verdickung der Außenlippe sind.
Davidshirsch, *Milu, Elaphurus davidianus,* kräftiger *Hirsch* von 110 cm Schulterhöhe; in seiner Heimat, dem westl. China, schon ausgestorben; 1865 von dem französ. Jesuitenpater A. *David* im kaiserl. Park von Peking entdeckt; heute noch in Wildparks u. Zoos.
Davidson ['dɛividsən], John, schott. Dichter, *11. 4. 1857 Barrhead, Renfrewshire, †23. 3. 1909 Penzance (Selbstmord?); Gedichte u. Balladen voll kräftigen Naturgefühls; Schauspiel „Bruce" 1886.
Davidstern, *Davidschild, Magen David* (d. h. „Schild Davids"), Sechsstern aus 2 gekreuzten gleichseitigen Dreiecken, altes Symbol des Judentums. Der D. wurde den Juden unter der nat.-soz. Herrschaft als sichtbar zu tragendes Kennzeichen aufgezwungen.
Davie ['dɛivi], Alan, schott. Maler, Schriftsteller u. Musiker, *1920 Grangemouth; vorübergehend Saxophonist in einer Jazzband, Ausbildung als Goldschmied, gegenwärtig Dozent für Malerei; malte anfängl. unter dem Einfluß von J. *Pollock,* fand dann aber seit 1955 über den Zen-Buddhismus zu einem unverwechselbaren Stil, der „die Anrufung des Unaussprechlichen durch Bilder, Symbole, Laute, Bewegungen oder Riten" beabsichtigt, und mit dem Kunst u. Religion in eins setzt.
Davies ['dɛivis], **1.** Arthur, US-amerikan. Maler u. Graphiker, *26. 9. 1862 Utica, N. Y., †24. 10. 1928 in der Toskana (Italien); idyllisch stilisierte Szenen mit symbol. Farbgebung in der Art des Münchner Sezessionsstils.
2. William Henry, engl. Lyriker, *3. 7. 1871 Newport, †26. 9. 1940 Nailsworth, Gloucestershire; wuchs nach der Schulbildung auf, war lange Vagabund, bis ihn G. B. *Shaw* „entdeckte"; natur- u. volksnahe Lyrik, reizvolle Selbstdarstellung: „The autobiography of a supertramp" 1908.
Davis ['dɛivis], **1.** Angela, US-amerikan. farbige Bürgerrechtlerin, *26. 1. 1944 Birmingham, Ala.; Soziologie-Dozentin; wegen ihrer Zugehörigkeit zur KP aus dem Hochschuldienst entlassen; setzte sich für die Rechte der Farbigen ein. Ihre Verhaftung wegen des Verdachts der Beihilfe zum Mord im Okt. 1970 rief weltweit heftigen Protest hervor; der Fall wird als eine moderne „Dreyfus-Affäre" bezeichnet; 1972 freigesprochen.
2. Jefferson, US-amerikan. Politiker, *3. 6. 1808 Todd, Ky., †6. 12. 1889 New Orleans; Präsident der Konföderierten (Süd-)Staaten von Amerika im Sezessionskrieg 1861–1865, nach dem Zusammenbruch des Südens ohne Gerichtsurteil 1865–1867 in Haft.
3. John, engl. Seefahrer, *um 1550 Sandridge, †27. 12. 1605 vor Malakka; 1585, 1586 u. 1587 Fahrten zur Auffindung der Nordwestl. Durchfahrt, später mehrere Seereisen nach Ostindien; nach ihm ist die *D.straße* benannt.
4. Miles, afroamerikan. Jazztrompeter, *25. 5. 1926 Alton, Ill.; vom *Bebop* der letzten Kriegsjahre beeinflußt, leitete 1948 eine Neun-Mann-Band, die Aufsehen erregte wegen des Sounds (4 Blechbläser: Trompete, Posaune, Waldhorn, Tuba; 2 Saxophone: Alt u. Bariton; 3 Rhythmusinstrumente: Klavier, Baß, Schlagzeug) u. wegen des Übergangs vom Bebop zum *Cool Jazz.* D. eröffnete dem Jazztrompetenspiel neue Dimensionen; typisch sind Verhaltenheit u. eine Art Weltschmerz bis zur Gequältheit, die ihm eine große Anhängerschar unter den jungen Trompetern u. bes. der (europ.) Jugend verschaffte.
5. Richard Harding, US-amerikan. Journalist u. Schriftsteller, *18. 4. 1864 Philadelphia, †11. 4. 1916 Mount Kisco, N. Y.; schrieb humorvolle New Yorker Kurzgeschichten.
6. William Morris, US-amerikan. Geologe u. Geograph, *12. 2. 1850 Philadelphia, †5. 2. 1934 Pasadena; nach mehreren Weltreisen Prof. an der Harvard-Universität (1899–1913, 1908/09 in Berlin); durch seine Theorien vom „geograph. Zyklus" in der Formenentwicklung der Erdoberfläche hatte er großen Einfluß auf die geomorpholog. Forschungsmethoden seiner Zeit. Hptw.: „Physical Geography" 1898, dt. „Grundzüge der Physiogeographie" 1911; „Geographical Essays" 1909, dt. „Die erklärende Beschreibung der Landformen" 1912.
Davis-Pokal ['dɛivis-], *Davis-Cup,* internationaler Wanderpreis im Tennis, gestiftet 1900 von dem Amerikaner Dwight Filley *Davis* (*1879, †1945), ausgetragen zwischen National-Mannschaften in 4 Zonen (Amerika-, Asien- u. 2 Europazonen), jede Mannschaft besteht aus 2–4 Spielern, die vier Einzelspiele u. ein Doppelspiel austragen; jedes gewonnene Spiel zählt einen Punkt (möglich also: 5:0, 4:1 oder 3:2); das verlierende Team scheidet aus dem Wettbewerb aus.
Davisson ['dɛivisən], Clinton Joseph, US-amerikan. Physiker, *22. 10. 1881 Bloomington, Ohio, †1. 2. 1958 Charlottesville, Va.; Arbeitsgebiet: Kristall- u. Quantenphysik; Nachweis der *Materiewellen* durch Beugung an Kristallgittern. 1937 Nobelpreis für Physik.
Davisstraße ['dɛivis-; nach John *Davis*], breite Meeresstraße zwischen Baffinland u. Grönland, verbindet die Baffinbai mit dem Atlant. Ozean. Auf ihrer Westseite zieht ein kalter, Packeis führender Meeresstrom nach S; auf der Ostseite dringt wärmeres Wasser nach N vor, das durch günstige Beeinflussung des Klimas die Besiedlung Grönlands ermöglicht.
Davit ['dɛivit; der; engl.], schwenk- oder kippbarer Kranbalken an Bord von Schiffen; für kleine Lasten geeignet; auch für Rettungsflöße, paarweise für Bei- u. Rettungsboote.
Davos, rom. *Tavau,* Luftkurort (früher vor allem für Lungenkranke) u. Wintersportplatz in dem vom Landwasser durchflossenen Hochtal D. im schweizer. Kanton Graubünden, 1560 m ü. M., 10 500 Ew.; besteht aus *D.-Platz* u. *D.-Dorf am D.er See;* Skigelände, berühmte Abfahrtsstrecken vom Parsenn, 2,5 km lange Rodelbahn, mehrere Berg- u. Schwebebahnen. – 🗺 → Graubünden.
Davout [-'vuː], Louis Nicolas, Herzog von Auerstedt, Fürst von Eggmühl, französ. Marschall, *10. 5. 1770 Annoux (Yonne), †1. 6. 1823 Paris; Sieger v. Auerstedt, Eggmühl u. Wagram, einer der fähigsten Heerführer Napoléons.
Davy ['dɛivi], engl. Koseform für *David.*
Davy ['dɛivi], **1.** Gloria, afroamerikan. Sängerin (Sopran), *29. 3. 1931 Brooklyn, N. Y.; singt bes. in Mailand, Berlin, New York.
2. Sir Humphry, brit. Physiker u. Chemiker, *17. 12. 1778 Penzance, Cornwall, †29. 5. 1829 Genf; entdeckte die Elektrolyse u. stellte Natrium, Kalium, Calcium, Magnesium, Strontium u. Barium auf elektrolyt. Wege dar; erfand die im Bergbau benutzte Sicherheitslampe.
Dawah, islam. Aufforderung zur Annahme des wahren islam. Glaubens vor dem Beginn von Kriegsunternehmungen.
Dawes [dɔːz], Charles Gates, US-amerikan. Bankier u. Politiker, *27. 8. 1865 Marietta, Ohio, †23. 4. 1951 Evanston, Ill.; im ersten Weltkrieg General, 1925–1929 Vizepräs. der USA, 1929–1932 Botschafter in London, seit 1933 Vorsitzender der City National Bank in Chicago; 1925 Friedensnobelpreis; Initiator des *Dawes-Plans.*
Dawes-Plan [nach Ch. G. *Dawes*], 1924 in London geschlossenes Abkommen, das die Zahlung der dt. Reparationen von der Zahlungsfähigkeit Deutschlands abhängig machte. Einerseits bedeutete dies einen tiefen Eingriff in die Souveränität Deutschlands (u. a. die Verpfändung der Dt. Reichsbahn), andererseits war die damit verbundene Anleihe von 800 Millionen Goldmark die Voraussetzung für das Gelingen der Währungsumstellung.
Dawson [dɔːsn; nach G. M. *Dawson*], Ort im W des kanad. Yukonterritoriums, bis 1952 dessen Hptst., 900 Ew.; früher Goldgewinnung.
Dawson ['dɔːsn], George Mercer, kanad. Geologe, *1. 8. 1849 Pictou, Neuschottland, †2. 3. 1901 Ottawa; erforschte die kanad. Rocky Mountains.
Dax, südwestfranzös. Kurort u. Kreisstadt im Dép. Landes, am Adour, 20 700 Ew.; Reste einer Stadtmauer mit Rundtürmen (4. Jh.), Kathedrale (17.–18. Jh.); Heilbad (salz- u. schwefelhaltige Thermalquellen, 57–64 °C); Handel mit Getreide, Wein, Holz u. Geflügel.
Day [dɛi], Clarence Shepard, US-amerikan. Schriftsteller, *18. 11. 1874 New York, †28. 12. 1935 New York; stellte in autobiograph. Werken humorvoll das Leben einer vornehmen New Yorker Familie dar: „God and my Father" 1932; „Life with Father" 1935, dt. „Unser Herr Vater" 1936; „Life with Mother" 1937, dt. „Unsere Frau Mama" 1938; „Father and I" 1940.
Dayan, Moshe, israel. Offizier u. Politiker, *20. 5. 1915 Kibbuz Deganya; bis 1964 Mitglied der Mapai, dann der Rafi, später Übertritt zum Likud-Block, als Generalstabschef (1953–1958) leitete er 1956 den Sinai-Feldzug, als Verteidigungs-Min. (1967–1974) den Sechstage- u. Jom-Kippur-Krieg, seit 1977 Außen-Min. Israels in der Regierung *Begin.*
Dayanand Saraswati, ind. Religionsphilosoph, *1824, †1883; gründete die „Gemeinde der Arier" (*Arya-Samadsch*), eine der modernen hinduist. Reformbewegungen, deren Ziel die Reinigung des Hinduismus im Sinne eines für ursprüngl. gehaltenen Monotheismus der Weden ist.
Day Lewis ['dɛi 'ljuis], Cecil, Pseudonym: Nicholas *Blake,* engl.-irischer Lyriker, *27. 4. 1904 Ballintogher, Irland, †22. 5. 1972; schrieb gedankl. Gedichte, ein Versepos über den span. Bürgerkrieg u. Sonette.
Dayton ['dɛitn], Industriestadt in Ohio (USA), am Miami River; 260 000 Ew. (Metropolitan Area 800 000 Ew.); Universität (gegr. 1850); Fahrzeug- u. Maschinenbau, Metallwarenindustrie; Luftwaffenversuchsstation in *Wright Field.*
Daytona Beach [dɛi'touna 'biːtʃ], Seebad an der Ostküste Floridas (USA), 48 000 Ew.; Motorbootsportzentrum; 4 km lange Autorennstrecke *Daytona International Speedway;* erste registrierte Bestleistung: Barney-Oldfield (Benz) 1910, über 1 km mit fliegendem Start 211,3 km/std. Die alte Rennstrecke (1903 eröffnet) ist stillgelegt.
Dazai, Osamu, eigentl. *Tsushima Shūji,* japan. Schriftsteller, *19. 6. 1909 Kanagi, †19. 6. 1948 (Selbstmord); lernte in einem unglückl. Leben die Tiefen des Daseins kennen; suchte in einer morbiden Welt das Gute im Menschen; behandelt in Romanen u. Novellen soziale Themen: „Villons wife" 1947, engl. 1955; „Die sinkende Sonne" 1947, dt. 1958.
DBGM, Abk. für *Deutsches Bundes-Gebrauchs-Muster;* →Gebrauchsmuster.
DBP, Abk. für *Deutsches Bundes-Patent;* →Patent.
d. d., Abk. für →de dato.
DDR, Abk. für *Deutsche Demokratische Republik;* →Deutschland.
DDT, Abk. für *Dichlor-diphenyl-trichlormethylmethan,* ein Insektenbekämpfungsmittel (Insektizid), Kontakt- u. Fraßgift mit niedriger Anfangs- u. hoher Dauerwirkung. Für seine Entdeckung (Basel, 1938/39) erhielt der Schweizer Paul *Müller* 1948 den Nobelpreis. Die Vorteile des DDT (seine große Wirkungsbreite und seine Beständigkeit) erwiesen sich auch als erhebliche Nachteile: Vor

allem die Speicherung von DDT im Fettgewebe u. seine Weitergabe über Nahrungsketten, die schließlich zu gefährl. Ansammlungen führt, lassen eine Einschränkung oder ein Verbot des DDT-Gebrauchs geraten erscheinen.

D-Dur, mit 2 ♯ vorgezeichnete Tonart, deren Leiter d, e, fis, g, a, h, cis, d ist; Paralleltonart: h-Moll.

de... [lat.], Vorsilbe mit der Bedeutung „weg, von... weg, ent..., ab, herab"; z.B. *demontieren.*

Deadline [ˈdɛdlain; engl.] = Redaktionsschluß.

deadweight [ˈdɛdwɛit; das; engl., „tote Last"], Abk. *dw,* Tragfähigkeit eines Schiffes in t oder ts (tons); das gesamte Gewicht der Zuladung, d.h. Betriebsstoffe + Fracht.

Deák, Franz von, ungar. Politiker, *17. 10. 1803 Kehida, †29. 1. 1876 Budapest; Führer der liberalen Opposition im ungar. Reichstag, 1848 Justiz-Min.; maßgebend beteiligt am Österr.-Ungar. Ausgleich von 1867.

dealen [ˈdiːlən; engl.], mit Rauschmitteln handeln, insbes. in kleineren Mengen.

De Amicis [-tʃis], Edmondo, italien. Schriftsteller, *21. 10. 1846 Onèglia, Ligurien, †11. 3. 1908 Bordighera; Anhänger G. *Garibaldis;* Militärschriftsteller („Soldatenleben" 1868, dt. 1886) u. Journalist; Reisebeschreibung, Erzählungen; die Geschichte einer Volksschulklasse: „Herz" 1886, dt. 1889; später auch sozialist. Romane; trat für eine Erneuerung der Schriftsprache ein. - Opere 1948.

Dean [diːn; engl., „Dekan"], in der Anglikan. Kirche höchster Geistlicher einer Kathedral- oder Kollegiatkirche.

Dearborn [ˈdiəbɔːn], Stadt im SO von Michigan (USA), Vorort von Detroit, 112000 Ew.; histor. Museum, Fordwerke.

Death Valley [ˈdɛθ ˈvæli], *Tal des Todes,* arides u. abflußloses Senkungsfeld (bis 86 m u. M.), von tekton. Entstehung, mit hoher Gebirgsumrahmung (bis 3368 m) im O von California (USA). Das D. V. ist eine heiße Vollwüste, der „Hitzepol" mit der höchsten absolut gemessenen Temperatur der Erde (+57°C; u. durchschnittl. Höchstwerten von 47°C; seit 1933 National Monument.

Deauville [doˈviːl], nordfranzös. Seebad in der Normandie, 5500 Ew.; Segelregatten, Pferderennen; Luftfähre nach Southampton in England.

DEBEG, Abk. für *Deutsche Betriebsgesellschaft für drahtlose Telegrafie mbH,* gegr. 1911; baut u. betreibt Nachrichtengeräte für Seefahrzeuge.

DEBEKA-Krankenversicherungsverein a. G., Koblenz, 1905 gegr. Krankenversicherung; Beitragseinnahmen 1977: 860 Mill. DM; Schwesterunternehmen: *DEBEKA-Lebensversicherungsgesellschaft a.G.,* Koblenz.

Debellation [lat. *bellum,* „Krieg"], *Völkerrecht:* die militär. Niederringung eines feindl. Staats. Nach traditionellem („klassischem") Völkerrecht konnte, aber brauchte damit nicht einherzugehen die →Annexion, d.h. die Beseitigung der Staatsgewalt des debellierten Staates u. die Inanspruchnahme des Staatsgebiets (u. damit auch der Bevölkerung) des besiegten Staats durch den Sieger. Die Einführung des *Kriegsverbots* im modernen Völkerrecht u. demzufolge auch des *Annexionsverbots* beschränkt die Bedeutung der D. heute auf die Tatsache der militär. Sieges. Im 2. Weltkrieg wurde das Deutsche Reich debelliert, bestand aber nach der herrschenden Meinung der westdeutschen (nicht der ausländ.) Staats- u. Völkerrechtslehre fort, da die Siegermächte sich gegen die Annexion ganz Deutschlands entschieden, was jedoch die Abtrennung u. Annexion der dt. Ostgebiete nicht ausschloß.

Debes, Ernst, Kartograph, *22. 6. 1840 Neukirchen bei Eisenach, †25. 11. 1923 Leipzig; seit 1872 Mitinhaber der Geographischen Anstalt H. Wagner & E. Debes in Leipzig, gab „E. Debes' Handatlas" u. Schulkarten heraus.

Debet [das; lat., „er schuldet"], *Soll,* die linke Seite eines →Kontos, auf der die Belastungen verbucht werden.

Debilität [lat.], körperl. oder geistige Schwäche; medizin. die leichteste Form des angeborenen bzw. frühkindl. erworbenen Schwachsinns.

debitieren [lat.], *Buchführung:* eine Person oder ein Konto belasten.

Debitor [Mz. *D.en*; lat.], Schuldner im laufenden Geschäftsverkehr. In der Bilanz erscheinen die Verpflichtungen aller D.en als *Buchforderungen.* Für den vermutl. Ausfall bei *zweifelhaften Forderungen (Dubiosen)* wird ein Teil des Gewinns als sog. *Delkredere-Rückstellung (Delkredere-Fonds)* reserviert.

Death Valley: die spärliche Vegetation eines ariden Gebirgsbeckens

Dęblin [ˈdɛmblin], poln. Stadt nordwestl. von Lublin, →Demblin.

Debora [hebr., „Biene"], nach dem alttestamentlichen „Buch der Richter" Richterin u. Prophetin Israels.

Debré [dəˈbre:], Michel Jean-Pierre, französ. Politiker (Gaullist), *15. 1. 1912 Paris; 1943/44 in der Exilregierung in Algier, 1948–1958 Senator, Mitgründer der Union für die Neue Republik; Gegner der EVG, des Euratom u. des Gemeinsamen Marktes; 1958/59 Justiz-Min. im Kabinett *de Gaulle*; 1959–1962 Premier-Min.; 1966–1968 Finanz- u. Wirtschafts-Min., 1968 Außen-Min., 1969–1972 Verteidigungs-Min.

Debrecen [-tsɛn], *Debreczin,* komitatsfreie Hptst. des Komitats Hajdú-Bihar (5765 qkm, 360000 Ew.) u. Heilbad im nordöstl. Ungarn, östl. der *D.er Heide (Hortobágy);* 446 qkm, 151000 Ew.; Sitz der ungar.-reformierten Kirche, Universität (seit 1914); Déri-Museum, reformierte Kirche, großzügige Stadtanlage; landwirtschaftl. Handel, Viehmärkte, Mühlen, Metall-, Zement-, Leder-, Textil-, Tabak-, Papier- u. chem. Industrie.

Bedeutende Stadt im 17. Jh.; 1849 Sitz der ungar. Regierung; hier wurde von L. *Kossuth* die Unabhängigkeit Ungarns proklamiert. 1944/45 Sitz der ungar. Nationalversammlung.

Debre Markos [ˈdɛbrə marˈkɔs], Stadt in Äthiopien, 2515 m ü.M., 22000 Ew.; Verwaltungssitz der Prov. *Godscham,* Marktort.

Debrunner, Johann Albert, schweizer. Sprachwissenschaftler, *8. 2. 1884 Basel, †2. 2. 1958 Bern; arbeitete bes. über altind. u. griech. (histor.) Grammatik.

Debucourt [dəbyˈkuːr], Louis Philibert, französ. Maler u. Graphiker, *13. 2. 1755 Paris, †22. 9. 1832 Belleville; Hauptmeister der französ. Farbstecherei in mehrplattigem Farbenaufdruck; kleinformatige bürgerl. Familienszenen, Karikaturen u. Kostümblätter.

Debussy [dəbyˈsi], Claude Achille, französ. Komponist, *22. 8. 1862 St.-Germain-en-Laye, †25. 3. 1918 Paris; Meister des musikal. Impressionismus u. Wegbereiter der modernen Musik; anfängl. mit der dt. u. französ. Spätromantik beeinflußt (R. *Wagner,* G. *Fauré* u.a.), bildete seit etwa 1890 unter dem Einfluß exot. Musik, des Symbolismus u. des maler. Impressionismus die charakterist. seiner neuen Tonsprache aus: Verwendung von Ganztonleiter, Pentatonik u. Kirchentonarten; Parallelverschiebung von Intervallen, Dreiklängen, Septimen u. Nonenakkorden; Akkordbildung aus Obertönen; Erweiterung der Harmonik zu tonalem Schwebezustand; nicht dynamisch, sondern als Klangfarbenmelodie eingesetzte Chromatik; differenzierteste Rhythmik. Führende Musiker der Moderne wie B. *Bartók,* P. *Boulez,* O. *Messiaen* u. I. *Strawinsky* wurden direkt von ihm beeinflußt. Werke: Oper „Pelléas et Mélisande" 1902 (nach M. Maeterlinck); Mysterienspiel „Le Martyre de Saint Sébastien" 1911 (nach G. d'Annunzio); Ballette („Jeux" 1912; „Khamma" 1912), Orchestermusik („Prélude à l'Après-midi d'un Faune" 1892–1894; „Trois Nocturnes" 1893–1899; „La Mer" 1903–1905; „Images pour Orchestre" 1906–1912), Kammermusik, Streichquartett 1893, Cello-Sonate 1915, Violinsonate 1916/17, Klaviermusik („Suite bergamasque" 1890–1905; „Pour le Piano" 1896–1901; „Estampes" 1903; 2 Hefte „Images" 1905 u. 1907; „Children's Corner" 1906–1908; „Préludes" 1910–1913; „Douze Etudes" 1915; „Six Epigraphes antiques" für Klavier zu 4 Händen 1914, „En blanc et noir" für 2 Klaviere), 60 Lieder. Eine Auswahl seiner Aufsätze „Monsieur Croche, Antidilettante" erschien 1922, dt. 1948.

Debüt [-'byː; das; frz.], das erste Auftreten vor der Öffentlichkeit, bes. von Schauspielern u. Sängern *(Debütant).*

Debye [dəˈbɛjə], Petrus Josephus Wilhelmus, niederländ. Physiker, *24. 3. 1884 Maastricht, †2. 11. 1966 Ithaca, N. Y.; lehrte in Zürich, Göttingen, Leipzig u. Berlin, seit 1940 in den USA; verdient um den quantentheoret. Ausbau der Molekularphysik u. der Theorie von der Struktur der Materie. 1936 Nobelpreis für Chemie.

Debye-Scherrer-Verfahren [nach P. J. W. *Debye* u. P. H. *Scherrer*], Methode zur Strukturuntersuchung von kristallinen, pulverförmigen Stoffen mit Röntgenstrahlen: Der Stoff wird zu einem kleinen Stäbchen gepreßt, im Mittelpunkt eines zylindrisch gebogenen Films aufgestellt. Er wird mit eng ausgeblendeter Röntgenstrahlung einer festen Wellenlänge bestrahlt. Einzelne der ganz verschieden orientierten feinen Kristalle werden nun so stehen, daß die Bedingung für die Röntgenstrahl-Reflexion an den Kristallgitterebenen erfüllt ist. Die reflektierten Strahlen liegen auf Kegelmänteln u. geben auf dem Film konzentrisch liegende Ringe mit dem einfallenden Röntgenstrahl als Achse. Aus Lage u. Intensität der Ringe läßt sich die Kristallstruktur berechnen.

Decamerone, *Dekameron* [das], das Hptw. G. *Boccaccios,* eine Rahmenerzählung, die nach dem Pestjahr 1348 geschrieben wurde (Erstdruck 1470) u. in bunter Folge 100 Novellen enthält, in denen G. Boccaccio vielen altüberkommenen Motiven der europ. u. oriental. Literaturen die uns geläufige Formung gab. Die Gliederung in 10 Erzähltage (zu je 10 Erzählungen) erklärt den von G. Boccaccio erfundenen Titel: grch. *deka hēmerōn,* „der 10 Tage". →auch Boccaccio.

Decamps [dəˈkã], Alexandre-Gabriel, französ. Maler u. Graphiker, *3. 3. 1803 Paris, †22. 8. 1860 Fontainebleau; bildete sich als Autodidakt; wurde auf einer Reise in die Türkei 1827 zum künstler. Entdecker des Orients.

De Candolle [dəkãˈdɔl], Botaniker →Candolle.

Decapoda [lat.] →Zehnfußkrebse.
Decatur [di'keitə], Stadt in Illinois (USA), südl. von Chicago; 87000 Ew. (Metropolitan Area 118000 Ew.); presbyterian. Universität (gegr. 1901); Agrarhandel u. Industrie, Kunststofferzeugung u. -verarbeitung.
Decazeville [dəka:z'vi:l], südfranzös. Industriestadt im Dép. Aveyron, nordwestl. von Rodez, 11000 Ew.; Steinkohlentagebau, Eisen- u. Stahl-, chem. u. Möbelindustrie.
Deccan, Indien, = Dekan.
Decca-Verfahren [nach der engl. Firma *Decca Navigator Co. Ltd.*], ein Funkortungsverfahren in der Schiff- u. Luftfahrt zur Mittelstreckennavigation. Durch funktechn. Hilfsmittel wird der Unterschied der Entfernung zu aus mehreren ortsfesten Sendern bestehenden Sendergruppen gemessen, woraus sich Standlinien ermitteln lassen, die die Form von Hyperbeln haben. Der Schnittpunkt von zwei oder mehr Standlinien ergibt den Standort *(Hyperbel-Navigationsverfahren)*.
Decemvirn, Dezemvirn [lat. *decem viri*, „zehn Männer"], im alten Rom für Sonderaufgaben ernannte 10köpfige Kommissionen; →auch Zwölftafelgesetze.
Deceptioninsel [di'sepʃən-], Vulkaninsel in der Gruppe der brit. Südshetlandinseln, südöstl. von Feuerland, 120 qkm; der ertrunkene Krater bildet einen sicheren Hafen u. Stützpunkt für Antarktisexpeditionen; ständige Stationen von England, Chile u. Argentinien.
Dechamps [də'ʃã], Victor-Auguste, belg. Redemptorist, Erzbischof von Mecheln u. Kardinal, *6. 12. 1810 Melle bei Gent, †29. 9. 1883 Mecheln; verdient um die Klärung des Verhältnisses zwischen Verstand u. Glauben; Mitbearbeiter der Konstitution „Über den Glauben" auf dem 1. Vatikan. Konzil.
Dechant [lat.] →Dekan.
DECHEMA, Abk. für *Deutsche Gesellschaft für Chemisches Apparatewesen zur Förderung der chem. u. Verbrauchsgüter-Technik e. V.*, Frankfurt a. M.
Decher, früheres Zählmaß für Felle u. Häute: 1 D. = 10 Stück.
dechiffrieren [de:ʃif-; frz.], entschlüsseln, eine Geheimschrift in Klartext umwandeln.
Decidua [die; lat.], *hinfällige Haut*, der oberflächl. Teil der Gebärmutter-(*Uterus*-)Schleimhaut, der bei Säugetieren mit ring- oder scheibenförmigem Mutterkuchen *(Placenta)* mit der Zottenhaut *(Chorion)* verwächst. →auch Plazenta, Embryonalhüllen.
Děčin ['djetʃin], nordböhm. Stadt, = Tetschen.
deciso [de'tʃi:so; ital.], musikal. Vortragsbez.: entschlossen, energisch, rhythm. straff.
Decius, Gaius Messius Quintus Traianus, röm. Kaiser 249–251, *zwischen 190 u. 200 Budalia oder Sirmium, †251 bei Abrittus; von revoltierenden Truppen in Mösien zum Kaiser ausgerufen; ein überzeugter Vertreter u. Erneuerer altröm. Tradition; forderte das Kaiseropfer unter Androhung von Gefängnisstrafen, Konfiskation des Vermögens u. Hinrichtung u. löste damit seit dem Herbst 249 die erste große Christenverfolgung im ganzen Röm. Reich aus, die bis zu seinem Tod dauerte; er fiel im Kampf gegen die nach Thrakien eingedrungenen Goten, die er hinter die Donau zurückgeworfen hatte.
Decius Mus, Name dreier röm. Konsuln aus dem Geschlecht der *Decier* (Vater, Sohn u. Enkel), die sich jeweils in den Schlachten gegen die *Latiner* (340 v. Chr.), die *Samniten* (295 v. Chr.) u. gegen *Pyrrhos*, den König von Epirus (279 v. Chr.), für den Sieg des röm. Heeres freiwillig den Totengöttern geweiht u. geopfert haben sollen.
Deck, waagerechter oberer Abschluß (Decke) eines Schiffsraums. Je nach Schiffsgröße gibt es 1 bis 8 D.s u. mehr: Plattform, Haupt-, Ober-, Aufbauoder A-, B-, C-...D., Boots-, Promenaden-, Sonnen-D. u. a.
Deckanschrift, Zwischenanschrift zur Geheimhaltung des tatsächl. Empfängers einer (Post-)Sendung.
Deckanstrich, zweiter oder dritter Farbanstrich mit Deck- oder Lackfarbe auf den Grundanstrich.
Deckblatt, 1. *Botanik:* Tragblatt, Blatt, in dessen Achsel eine *Knospe* steht.
2. *Druckwesen:* einseitig bedruckte Ergänzung oder Änderung zum Einkleben in Dienstvorschriften, Gesetzessammlungen u. ä.
3. *Zigarrenindustrie:* elast., gut brennbares Hüllblatt der →Zigarre, besonders bei den Tabaksorten Brasil, Havanna, Sumatra, Vorstenlanden u. Java.
Deckdruse, Pferdekrankheit, die durch den Deckakt vom Hengst auf die Stute übertragen wird; →Druse.
Decke, 1. *Geologie:* tektonisch aufgeschobene Gesteinsmasse von großer Längen- u. Breitenausdehnung; auch flächenhafter vulkan. Lavaerguß.
2. *Hochbau:* oberer Raumabschluß; vorwiegend flach, seltener gewölbt, meist gleichzeitig Tragkonstruktion für den Fußboden des darüberliegenden Raumes; Bauarten: 1. *Holzbalken-D.* mit Einschub (Auffüllung durch Schlacke, Sand u.ä. auf Schwartenschalung zur Schall- u. Wärmedämmung); 2. *Massiv-D.* in sehr vielen Abwandlungen: a) *Felder* zwischen Stahlträgern oder Fertigbetonbalken mit Steinen, Ziegeln, Hourdis, Platten; b) *Stahlstein-D.*, mit Stahl bewehrte Stein-D., bei der die Steine zur Spannungsaufnahme herangezogen werden; c) *Stahlbetonrippen-D.* mit Füllkörpern; d) *Plattenbalken-D.* aus Stahlbeton.

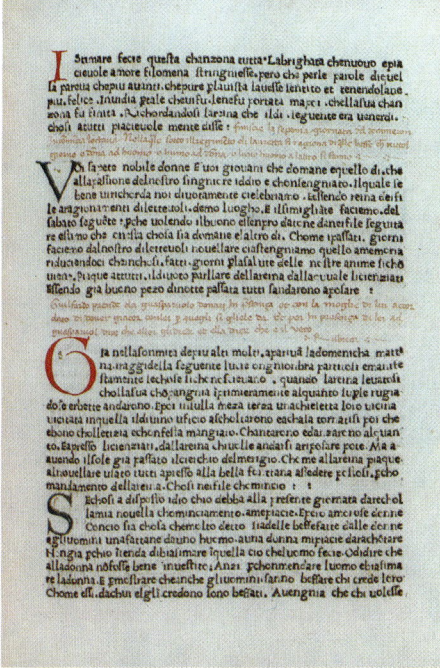

Decamerone: eine Seite aus einem Druck um 1470

3. *Jagd:* das Fell des haartragenden Hochwilds. Bei Schwarzwild u. beim Dachs spricht man von *Schwarte*, beim Niederwild vom *Balg*.
4. *Straßenwesen:* →Straßenbau.
Deckelkapsel →Kapsel.
Deckelschnecken, verschiedene Schnecken (viele *Vorderkiemer*, einige *Lungenschnecken*, wenige *Hinterkiemer*) mit hornigem oder verkalktem Deckel auf der Rückenseite des Fußendes zum Verschließen der Schalenöffnung.
Deckelspinnen, *Mesothelae*, die ursprünglichste Spinnengruppe, mit gegliedertem Hinterkörper; 9 Arten in Südostasien; in selbstgegrabenen Erdröhren, die mit einem Deckel verschlossen werden; →auch Falltürspinnen.
Decken, Karl Klaus von der, Afrikaforscher, *8. 8. 1833 Kotzen, Brandenburg, †2. 10. 1865 Bardera, Somaliland; bereiste von 1860 an Ostafrika, insbes. das Gebiet des Kilimandscharo, dessen Ersteigung er 1862 in 4600 m Höhe abbrechen mußte.
decken, 1. *Ballspiele:* den gegner. Spieler bewachen, um ihn an der Übernahme u. am Spielen des Balls möglichst zu hindern. Neben dieser *Manndeckung* spricht man von *Raumdeckung*, wenn ein Teil des Spielfeldes abzuschirmen ist.
2. *Tierzucht:* begatten, belegen.
Deckenheizung, Heizung mit Hilfe von warm- oder heißwasserführenden Rohren, die in Beton verlegt werden; als Decken- u. Fußbodenheizung; auch als reine Strahlungs-D., bei der die Wärmeabgabe nach oben möglichst gering sein soll (Isolierschicht oberhalb der Heizrohre); für Hallen u. Werkstätten geeignet.
Deckenhohlziegel, Langlochziegel verschiedener Querschnittsformen, die als statisch mittragender Teil oder nur als Füllkörper dienen.
Deckenkehle, gratförmige Vertiefung (Rinne) zur Wasserführung bei Deckenkonstruktionen, die gleichzeitig das Dach bilden (Flachdach).
Deckenlehre, geolog. Theorie, die den Bau verschiedener Faltengebirge (z. B. der Alpen) erklärt. Danach sind mächtige, untermeerische Sedimentationströge *(Geosynklinalen)* zusammengepreßt u. ihre Schichten als Deckfalten von ihren Wurzelzonen aus mehr als 10 km (z. T. über 100 km) weit über die benachbarten Schichten geschoben worden *(Überschiebungsdecken)*, so daß geolog. ältere Formationen über jüngeren liegen. Die Erosion hat die Decken vielfach als Deckenschollen von ihrer Umgebung isoliert.
Deckenmalerei, *Gewölbemalerei*, das Ausschmücken geschlossener Raumdecken mit figürl. oder ornamentalen Malereien, eine schon in der altägypt. u. griech.-röm. Kunst gepflegte Sonderform der →Wandmalerei. In der hellenist. Malerei wurde der obere Raumabschluß durch die illusionist., die wirklichen Raumgrenzen täuschend erweiternde Wanddekoration zur Himmelszone

Debrecen: Calvinplatz mit der Reformierten Kirche im Stadtzentrum

(z.B. Villa der Livia bei Prima Porta, Anfang des 1. Jh. n. Chr.). Auch in der christl. Kunst ist die Vorstellung von der Decke als Himmelssphäre, allerdings in sakralem Sinn, fest verwurzelt u. durch entspr. Dekorationen veranschaulicht worden, in byzantin. Kirchen bes. durch Mosaiken in Verbindung mit darunter angebrachten Wandmalereien. Daß es in der karoling. Kunst eine ausgedehnte D. gab, ist durch schriftl. Quellen belegt. Die Kuppel der Aachener Pfalzkapelle war von einem Mosaik geschmückt. D.en aus dem MA. haben sich in Graubünden in der Kirche von Zillis (1130–1140, möglicherweise schon 2. Drittel des 11. Jh.) u. in St. Michael in Hildesheim (um 1200) erhalten. Mit der Entwicklung der Perspektive wurde es seit der Renaissance möglich, eine oft mit Stuck verbundene illusionist. D. zu pflegen, bei der sich in der Zeit des Hoch- u. Spätbarocks die reale Architektur zu Scheinräumen erweiterte. Gleichzeitig wurde die zuvor übliche Unterteilung größerer Decken in Einzelfelder aufgegeben. Erst der Klassizismus kehrte zur gliedernden D. zurück. – Im 20. Jh. spielt die D. eine untergeordnete Rolle u. hat sich nur in repräsentativen Sakral- u. Theaterbauten behauptet (M. *Chagalls* Ausmalung der Decke der Pariser Oper). – 🕮 2.0.4.

Deckfarben, 1. *Gerberei:* pigmentfarbenhaltige Lösungen von Kasein oder anderen Bindemitteln (Nitrocellulose, Polymerisatbinder), die auf gefärbte Leder zum Abdecken von Farbunebenheiten aufgetragen werden. →auch Zurichtung.
2. *Malerei:* Farben, die eine darunter befindl. Farbe nicht durchscheinen lassen; Gegensatz: *Lasurfarben.*

Deckflügel, *Flügeldecken, Elytren,* das vordere Flügelpaar bestimmter Insekten, vor allem bei Käfern, aber auch bei Wanzen als sog. →Halbdecken (*Hemielytren*) u.a., das durch eine bes. dicke Kutikula versteift u. zum Fliegen untaugl. ist; dient zum Schutz des hinteren, häutigen Flügelpaars u. des Hinterleibs (Abdomen).

Deckflügler = Käfer.

Deckfrucht, eine Frucht (meist Getreide, seltener Hülsenfrüchte), in die eine zweite Frucht (meist Futterpflanzen) gesät wird, um in einem Jahr zweimal ernten zu können. Die D. übernimmt außerdem während der Vegetationszeit den Schutz der *Untersaat* vor austrocknenden Winden, Frostgefahr u.a.

Deckgebirge, die über dem Grundgebirge oder einer Lagerstätte bis zur Erdoberfläche anstehenden Schichten.

Deckglas, meist quadratisches, sehr dünnes Glasplättchen, mit dem das in einem Flüssigkeitstropfen auf dem →Objektträger befindl. mikroskop. Objekt bedeckt wird.

Deckinfektion, *Tierzucht:* eine Krankheit, die durch den Deckakt übertragen werden kann, z.B. *Trichomonadeninfektionen, Druse, Beschälseuche, Abortus Bang, Kaninchen-Spirochaetose.*

Deckknochen, *Hautknochen,* bindegewebig vorgebildete Knochen; Verknöcherungen der Haut (Cutis), die in die Tiefe sinken u. dem Innenskelett aufgelegt werden; einer der beiden Knochentypen, die man bei Wirbeltieren ihrer Herkunft nach unterscheidet (2. Typ: knorpelig vorgebildete Ersatzknochen).

Deckleiste, meist profilierter Holzstab zur Abdeckung von Fugen bei Anschlüssen.

Deckname, fingierter Name für Personen (→Pseudonym) u. zur Tarnung von Geheimbünden, geheimen Aktionen u. Plänen.

Deckshaus, geschlossener Aufbau auf dem Schiffsdeck, der nicht von Bordwand zu Bordwand reicht.

Decksladung, auf dem Oberdeck von Schiffen seefest verstaute Güter.

Deckstringer →Stringer.

Deckung, 1. *Militär:* Sicherungsmaßnahme, bei der zwischen D. gegen Sicht u. gegen Schuß zu unterscheiden ist; *natürliche D.* durch Geländegestaltung u. Bodenbewachsung, auch Ortschaften; *künstliche D.* durch Feld- u. ständige Befestigungen.
2. *Sport:* Verteidigungsstellung.

Deckungsbeitrag, Überschuß des Preises (oder des Umsatzes) über die durch das einzelne Erzeugnis (oder alle Erzeugnisse einer Art oder eine Erzeugnisgruppe) verursachten variablen Kosten. Der D. ist eine wichtige Größe für die Optimierung des Produktionsprogrammes. Neuere Formen der →Kostenrechnung beruhen auf dem D. (*D.srechnung*).

Deckungsgeschäft, Börsengeschäft, bei dem man sich in Spekulation auf Kursdifferenzen (*Differenzgeschäft*) nachträgl. Waren bzw. Wertpapiere beschafft, die man schon anderweitig angeboten oder verkauft hat. Dieses Verkaufen im voraus heißt *Fixen.*

Deckungskapital, *Prämienreserve,* in der Lebensversicherung die verzinsl. Ansammlung eines Teils der Prämie (sog. *Sparprämie*); dient dem Ausgleich zwischen dem Minderbedarf der früheren u. dem Mehrbedarf der späteren Jahre. Das D. wird als *Deckungsstock* von einem Treuhänder verwaltet u. nach den Vorschriften des Versicherungsamtes angelegt.

Deckungsstock →Deckungskapital.

Deckungszusage, Erklärung des Versicherers, daß auch schon vor Abschluß des Versicherungsvertrags Versicherungsschutz gewährt wird; erlischt mit Abschluß des Vertrags oder mit Abbruch der Vertragsverhandlungen.

Deckwerke, Sicherung von Ufer- oder Dammböschungen, Bermen oder Deichkronen durch Steinschüttungen, Pflaster u.ä.

Declaration of Independence [dɛklə'rɛiʃən əv indi'pendəns], die *Unabhängigkeitserklärung* der →Vereinigten Staaten von Amerika.

Decoder→ Farbfernsehen, Stereophonie.

Decorated Style ['dɛkərɛitid 'stail], die zweite Entwicklungsstufe der engl. *Gotik* (Hochgotik), von etwa 1250 bis um 1360; mit reichen Bau- u. Zierformen u. Betonung des dekorativen Elements („fließendes" Maßwerk); z.B. Westminster Abbey, 1245 ff; Kathedrale in Exeter, 1280–1397.

decrescendo [dekre'ʃɛndo; ital.], *diminuendo,* musikal. Vortragsbez.: abnehmend, schwächer werdend; auch durch das Zeichen > im Notenbild wiedergegeben.

Decumates Agri [lat.], Bez. des röm. Historikers *Tacitus* für das Gebiet zwischen Rhein, Main u. Neckar diesseits des Limes, das seit Domitian zum Röm. Reich gehörte; um 260 von den Alemannen erobert. Die Bedeutung der Bez. ist umstritten; wahrscheinlich „Zehntland" oder „Zehnland" (kelt. kantonale Flureinteilung).

de dato [lat.], Abk. *d. d.,* vom Tage der Ausstellung an.

Dedekind, 1. Friedrich, Satiriker, *um 1525 Neustadt am Rübenberge, †27. 2. 1598 Lüneburg; seine latein. Satire „Grobianus" 1549, durch K. *Scheidt* 1551 ins Dt. übersetzt, bekämpft den Sittenverfall der Zeit.
2. Richard, Mathematiker, *6. 10. 1831 Braunschweig, †12. 2. 1916 Braunschweig; grundlegende Arbeiten über höhere Algebra, Zahlentheorie u. Mengenlehre.

Dedekindscher Schnitt [nach R. *Dedekind*], mathemat. Begriff: Ein D.S. zerlegt die geordnete Menge der rationalen Zahlen derart in zwei Klassen (eine Unter- u. eine Oberklasse), daß keine Klasse leer ist u. jede Zahl zu einer der beiden Klassen gehört; jedes Element der Unterklasse liegt auf der Zahlengeraden links von jedem Element der Oberklasse. Ein D.S. in der Menge der rationalen Zahlen definiert eine reelle Zahl. Gehören z.B. zur Unterklasse alle a mit $a^2 < 2$, zur Oberklasse alle b mit $b^2 > 2$, so wird dadurch die reelle Zahl $\sqrt{2}$ definiert. Ein D.S. ist für die Definition der reellen Zahlen gleichwertig mit einer Intervallschachtelung.

Dede Korkut, legendärer Sänger u. Ratgeber der Ogus-Türken, Erzähler einer epischen Sammlung („Das Buch des D.K."), älteste schriftl. Fassungen aus dem 15. Jh.; Übers. von J. Hein 1958.

Dedikationsbild, die bildl. Darstellung der feierl. Übergabe eines Kunstwerks an den Stifter oder Auftraggeber, z.B. in frühmittelalterl. Handschriftenillustrationen.

Dedikationstitel [lat.], das Blatt eines Buches, das die Widmung trägt.

Dedreux [də'drø:], Alfred, französ. Maler, *23. 5. 1810 Paris, †5. 3. 1860 Paris; malte vor allem Reiterbildnisse.

Deduktion [lat., „Herabführung"], im Gegensatz zur *Induktion* die Ableitung besonderer Sätze (Erkenntnisse, Wahrheiten) aus allgemeinen. Die Form dieser Ableitung ist der *Schluß* i.e.S. In der *Logistik* geht man von Axiomen mit Hilfe von D.en zu beweisbaren Theoremen u. verfährt dabei nach mathemat. Methode, wobei es Ziel ist, die Logik selbst deduktiv aufzubauen.

de Duve ['dyvə], Christian, belg. Mediziner, *2. 10. 1917 Thames-Ditton, Großbritannien; Prof. in Löwen u. am Rockefeller-Institut, New York. Nobelpreis für Medizin 1974 zusammen mit A. *Claude* u. G.E. *Palade.*

Dee [di:], **1.** Fluß in Nordwales, 122 km; aus den Cambrian Mountains, mündet in die Irische See.
2. Fluß in Ostschottland, 139 km; aus den Grampian Mountains, mündet bei Aberdeen in die Nordsee.

Deeping ['di:piŋ], Warwick, engl. Erzähler, *28. 5. 1877 Southend, †20. 4. 1950 Weybridge; schrieb „Hauptmann Sorrell u. sein Sohn" 1925, dt. 1927, eine Darstellung des Generationsproblems, sowie Unterhaltungsromane.

Deerhound ['di:əhaund], der in Schottland zur Hirschhatz verwendete, rauhhaarige, graue →Windhund; Schulterhöhe 75 cm.

Deesis ['de:ezis; grch., „Bitte"], *bildende Kunst:* die in der byzantin. Kunst anzutreffende Darstellung des thronenden Christus zwischen Maria u. Johannes dem Täufer; Einzelgruppe oder Zentrum auf Bildern des Jüngsten Gerichts.

DEFA, Abk. für *Deutsche Film AG,* 1946 aus dem Ufa-Vermögen, den Ufa-Ateliers in Neubabelsberg u. Berlin u. den Ufa-Theatern in der Sowjetzone entstandene Filmgesellschaft. Von der sowjet. Besatzungsmacht wurde der D. die Lizenz für alle Sparten des Filmgewerbes übertragen. Heute volkseigener Betrieb der DDR.

de facto [lat.], dem Tatbestand nach, tatsächlich; Gegensatz: *de jure.*

Defätismus [frz. *défaite,* „Niederlage"], Zustand der Mutlosigkeit u. Resignation, in dem die eigene Sache für aussichtslos angesehen u. deshalb die Fortsetzung des Kampfs abgelehnt u. nicht selten auch sabotiert wird.

Defekt [der; lat.], **1.** *allg.:* Mangel, Schaden, Fehler.
2. *Medizin:* körperl. oder geistiges Gebrechen.

Defekte [nur Mz.], beschädigte Bücher.

Defektelektron, Lücke (unbesetzter Platz) in der Elektronenhülle eines Atoms im Kristallgitter eines Halbleiters. Wenn ein Elektron eines Nachbaratoms in diese Lücke springt, wandert die Lücke an einen anderen Platz. Beim Anlegen einer elektr. Spannung wandert die Lücke so, als ob sie ein Teilchen positiver Ladung wäre: *D.enleitung* oder *Löcherleitung* (auch *p-Leitung*).

Defektivum [das, Mz. *Defektiva*; lat.], *Grammatik:* ein Wort, das nicht alle Formen des Flexionsparadigmas hat. Während beim Nomen einzelne Kasusformen, Singular oder Plural fehlen, fehlen beim Verb vielfach ganze Tempora, die meist durch andere Stämme ersetzt werden (Suppletivismus), oder die 1. u. 2. Person („es regnet").

Defensive →Verteidigung.

defensives Fahren, vorsichtiges u. rücksichtsvolles Verhalten im Straßenverkehr, wobei sich der Fahrer der jeweiligen Verkehrssituation anpaßt u. Vorrechte zurückstellt, um jede Gefährdung auszuschließen (vgl. §§ 1, 11 StVO).

Defensor [lat.], Verteidiger, Sachwalter.

Defensor fidei [lat., „Verteidiger des Glaubens"], Ehrentitel der engl. Könige; von Papst Leo X. 1521 an *Heinrich VIII.* wegen seines Eintretens für den kath. Glauben gegen Luther verliehen.

Defereggental, 40 km langes westl. Seitental des Iseltals in Osttirol (Österreich), durchflossen von der Schwarzach; Hauptort: *Sankt Jakob,* 1389 m ü.M., 890 Ew.; im S das *Defereggengebirge (Defregger Alpen)*: Weiße Spitze 2963 m, Hochgrabe 2951 m.

Deferent [der; lat.] →Epizykeltheorie.

Defferre [də'fɛ:r], Gaston, französ. Politiker (Sozialist), *14. 9. 1910 Marsillargues, Dép. Hérault; 1944/45 u. seit 1953 Bürgermeister von Marseille, 1956/57 Übersee-Min., 1962–1966 sozialist. Fraktionsvors. in der Nationalversammlung; unterstützte anfangs de *Gaulle*; verzichtete 1965 auf eine Präsidentschaftskandidatur, weil er nicht die Unterstützung der gesamten Linken gewinnen konnte; 1969 Präsidentschaftskandidat.

Defibrator [der, Mz. *Defibratoren*; lat.], Maschine zur Zerfaserung von Holzschnitzeln zwischen zwei gerillten Mahlscheiben mit Hilfe von Heißdampf (8–12 atü) zur Herstellung von →Holzfaserplatten u. →Halbzellstoff.

Deficit spending ['dɛfisit-; engl.], *Defizit-Finanzierung,* eine konjunkturpolit. orientierte staatl. Ausgabenpolitik, die über den Umfang der Einnahmeerzielung hinausgeht u. staatl. Investitions- u. Arbeitsbeschaffungsmaßnahmen zur Bekämpfung konjunktureller Arbeitslosigkeit vorsieht; das dabei eintretende Haushaltsdefizit soll, soweit auf Rücklagen nicht zurückgegriffen werden kann, notfalls durch Geldschöpfung ausgeglichen werden.

de fide [lat., „zum Glaubensgut gehörend"], in der

kath. Theologie Kennzeichnung von Wahrheiten, die auf die Autorität Gottes u. des vermittelnden kirchl. Lehramts hin zu glauben sind; Ablehnung trennt von der Kirchengemeinschaft.

Definition [lat., „Abgrenzung, Ausgrenzung"], **1.** *Logik:* Man unterscheidet verschiedene Typen der D., die histor. wie systemat. in verschiedenem Zusammenhang stehen:
1. Die *Real-* oder *Sach-D.* steht histor. wie systemat. am Anfang. Sie ist zunächst *Wesens-D.* *(Essential-D.)* der →Art durch Angabe der nächsthöheren Gattung *(genus proximum)* u. des charakterist. Unterscheidungsmerkmals *(differentia specifica)*, z.B. Mensch = *animal* (genus proximum) *rationale* (differentia specifica). Vorausgesetzt werden muß hier ein Bestimmungssystem, wie z.B. das natürl. System der Biologie. Daneben gibt es die *Akzidental-D.* durch Angabe typischer Eigenschaften, z.B. Lachen, Weinen beim Menschen. Hierher gehört auch die *genetische D.* als Angabe der Entstehungsbestimmung. Die *analytische D.* bestimmt durch Zergliederung in die Teile, die *formale* durch die Angabe der konstituierenden Gesetzlichkeit (z.B. in der Physik). – Zur Präzisierung der D. werden verschiedene Absicherungen gefordert: Es darf nicht zuwenig u. nicht zuviel (→Pleonasmus) angegeben werden; es darf kein →Circulus vitiosus vorliegen u. kein Widerspruch (→Contradictio).
2. Mit *Nominal-*, *Wort-*, *Begriffs-* oder *verbaler D.* kann Verschiedenes gemeint sein. Die Vertreter einer Nominal-D. erkennen meist nur eine solche an u. lehnen alle Real-D.en ab. Ein Überblick läßt sich am besten am semiotischen Modell (→Semiotik) gewinnen: *Semantische D.* ist zunächst einfache Worterklärung, die etwa etymolog. vorgeht. *Zuordnungs-D.*, auch *D. durch Hinweis*, ordnet „per definitionem" einem Gegebenen ein bestimmtes Wort zu („das ist rot"). Die *Bestimmungs-D.* schließl. legt bzw. setzt fest, was unter einem Begriff verstanden werden soll, z.B. im Gesetzbuch. Die *syntakt. D.* bewegt sich ausschl. im logischen bzw. sprachl. Raum; eine direkte Form ist etwa die Ersetzung eines Komplexes (A+B+C) durch ein einfaches Zeichen. Wichtig ist hier die *implizite D.*: Während alle bisherigen Typen als explizit bezeichnet werden, da sie offen die Bestimmung von vornherein angeben, ist dies hier nicht der Fall; die Bedeutung eines Wortes, d.h. seine D., besteht hier in der Summe seiner Verwendung in einem bestimmten System, das seinerseits durch bestimmte Axiome bestimmt ist. Eine implizite D. in der natürl. Sprache ist die Summe der jeweiligen Bedeutungsverwendung eines Wortes. Reziprok zueinander verhalten sich die *rekursive* u. die *deduktive D.*: Jene führt zurück, diese leitet ab. Wissenschaftstheoret. bedeutsam ist die *pragmat. D.*, vor allem in der Form der operativen bzw. operationalen; sie ist die Angabe der zur Herstellung des betreffenden Gemeinten erforderl. Anweisungen.
2. *Theologie:* in der kath. Kirche ein feierlicher, endgültiger, unfehlbarer Entscheidungsakt des obersten kirchl. Lehramts (ökumen. Konzil oder Papst), mit dem die vom Hl. Geist geführte Kirche verbindl. ihren Glauben ausdrückt oder eine bestimmte religiöse Aussage als von Gott offenbart erklärt. D. heißt auch der aufgrund eines solchen Entscheidungsakts ausformulierte Glaubenssatz.

Definitionsbereich →Funktion.

Definitor [lat. *definitio*, „Unterbezirk"], *Diffinitor*, kirchl. Verwaltungsbeamter (kath.).

De Fiori, Ernesto, italien. Bildhauer, *12. 12. 1884 Rom, †24. 4. 1945 São Paolo; ging nach Malstudien in München unter dem Einfluß der Plastiken von A. *Maillol* u. E. *Degas* zur Bildhauerei über; suchte in figürl. Werken aus Bronze, Terrakotta u. Holz die ruhige Form oder einfache Bewegungsmotive von hoher Lebendigkeit.

Defizit [das; lat.], *Fehlbetrag*, **1.** in der öffentl. Finanzwirtschaft die Überschreitung der Einnahmen durch die Ausgaben; wird durch Kreditaufnahme gedeckt.
2. im kaufmänn. Rechnungswesen der Fehlbetrag, der sich bei der Kassenkontrolle ergibt.

Deflation [lat.], **1.** *Geomorphologie:* Abtragung, Aufhebung, Transport u. Ablagerung leichten Verwitterungsmaterials durch den Wind *(äolische Vorgänge)*, bes. bei fehlender Vegetation, verbreitet in Wüsten.
2. *Volkswirtschaft:* krisenhafter Zustand der Unterversorgung einer Volkswirtschaft mit Zahlungsmitteln, der zur Erhöhung des Tauschwerts des Geldes führt; kann durch währungs- u. kreditpolit. Maßnahmen wie Diskonterhöhung, Kreditsperren, Verringerung der umlaufenden Geldmittel u. Wertpapierverkäufe am offenen Markt bewußt herbeigeführt worden sein, um einer drohenden →Inflation entgegenzuarbeiten (dt. D.spolitik 1930–1932) oder um die Parität der inländ. Währung zu bestimmten ausländ. Währungen zu sichern; die Ursache kann aber auch in Kreditscheu der Produzenten oder im Horten von Bargeld liegen. Die D. wirkt preisdrückend und einkommenmindernd; die daraus folgenden Störungen des wirtschaftl. Gleichgewichts führen zu Arbeitslosigkeit, zu Konkursen u. Vergleichsverfahren; die wirtschaftl. Entwicklung wird nachhaltig gehemmt *(Depression)*. Bei der Verbreitung der D. über mehrere Staaten verschärfen sich zwischen ihnen die Handelshemmnisse; ist sie dagegen auf das Inland beschränkt, so fördert sie durch die Senkung der Inlandspreise den Export u. hemmt die Einfuhr *(D.sdumping)*; doch dieser Vorteil wird durch die Nachteile aufgehoben. – ⊡ 4.5.3.

Defloration [lat.], Entjungferung. Der *D.sanspruch* gewährt einer (geschlechtl.) unbescholtenen Frau (auch Witwe), die ihrem Verlobten den Beischlaf gestattet hat, deren Verlöbnis aber durch Schuld des Verlobten gelöst ist, für den durch die D. erlittenen nichtvermögensrechtl. (ideellen) Schaden eine Entschädigung in Geld (*Kranzgeld*; § 1300 BGB). In der DDR besteht kein D.sanspruch mehr.

Defoe [də'fou], Daniel, engl. Schriftsteller, Journalist u. Politiker, *um 1660 London, †26. 4. 1731 London; trat für religiöse Toleranz u. die parlamentar. Monarchie ein, erlitt aufgrund zahlreicher Flugschriften, die einen wachen Sinn für soziale u. wirtschaftl. Fragen offenbaren, Verfolgung u. Strafen. Durch wirtschaftl. Not gelangte er erst später zur Dichtung u. schrieb mit 58 Jahren den weltberühmten Abenteuerroman „Robinson Crusoe" 1719, dt. 1720, unter Verwendung der Erlebnisse des Matrosen Alexander *Selkirk*. Andere Romane: u.a. „Moll Flanders" 1722, dt. 1723; „A Journal of the Plague Year" 1722, dt. „Die Pest zu London" 1925. Seine Schriften verkörpern den bürgerl. Geist eines aufgeklärten Puritanismus. – ⊡ 3.1.3.

Deformation [lat.], **1.** *Physik:* Formänderung eines Körpers durch äußere Kräfte (Dehnung, Torsion) oder Erwärmung.
2. *Völkerkunde:* die aus Schmuckgründen insbes. bei Naturvölkern weitverbreitete Verunstaltung von Körperteilen: Verformung des Kopfes durch Abflachen der Stirn oder des Hinterhaupts oder als Turmschädel wie in Altperu, bei den Zande u.a. (Kopf-, Schädel-D.); Änderung des Gebisses durch Spitzfeilen, Flachfeilen oder Ausschlagen bestimmter Zähne oder Zahngruppen (Zahn-D.); Verkrüppelung der Füße durch Abschnüren, wie früher bei den Chinesinnen („goldene Lilien"); Ausweiten u. Durchbohrung der Ohrläppchen, des Nasenseptums oder der Nasenflügel durch Ringe, Pflöcke, Scheiben; Herstellen künstl., oft wulstiger Narben.

Deformität [lat.], mißgestaltende Veränderung der normalen Körperform, angeboren oft auf erblicher Grundlage oder nach der Geburt durch Krankheit bzw. Verletzung erworben.

Defraudation [lat.], Betrug, (bes. Steuer- u. Zoll-)Hinterziehung, Unterschlagung.

Defregger, Franz von, österr. Maler, *30. 4. 1835 Eberhof bei Stronach, Tirol, †2. 1. 1921 München; ausgebildet in Innsbruck, München u. Paris, beeinflußt bes. von K. Th. v. *Piloty*; malte seit 1867 idealisierte Genreszenen mit oft histor. Thematik aus dem Leben der Tiroler Bauern u. Jäger („Andreas Hofers letzter Gang" 1878; „Der Salontiroler" 1882).

Defroster [engl.], am Kraftwagen eine Heizvorrichtung oder chem. Mittel zum Freihalten der Schutzscheibe von Beschlag, Schnee u. Eis.

Dega, die kühle Zone des Hochlands von Äthiopien, über 2400m hoch, meist als Weideland genutzt.

Deganya, ältester Kibbuz Israels, südl. vom Genezarethsee, gegr. 1909; Geburtsort M. *Dayans*; in der Nähe die Ruinen des antiken *Bet Yerah*.

Degas [də'ga], Edgar, französ. Maler, Graphiker u. Bildhauer, *19. 6. 1834 Paris, †26. 9. 1917 Paris; schulte sich an italien. Meistern des 15. Jh., an H. *Holbein* d. J. u. an J. A. D. *Ingres*, malte zunächst Historienbilder u. Porträts; entdeckte um 1870 als neues Darstellungsgebiet die Sport- u. Bühnenwelt (Pferderennen, Ballettszenen), schuf ferner eine „Folge von weibl. Akten, die sich baden, waschen, trocknen, abreiben, kämmen oder sich kämmen lassen". Die Einwirkung japan. Farbholzschnitte machte sich geltend in Überschneidungen des Vordergrunds u. im Ausdruck des Momentanen u. des scheinbar Zufällig-Ausschnitthaften. Seine Bilder, darunter zahlreiche in Pastelltechnik, zeichnen sich durch zarte Farbharmonien aus. Gegen Ende seines Lebens, fast erblindet, schuf er Statuetten in Wachs oder Ton. – ⊡ 2.5.5.

De Gasperi, Alcide, italien. Politiker, *3. 4. 1881 Pieve Tesino bei Trient, †19. 8. 1954 Sella di Valsugana, Prov. Trient; 1911–1918 Abg. im österr. Reichsrat (als Vertreter der Irredenta), 1919 mit Don Luigi *Sturzo* Gründer der kath. Volkspartei, 1921 Abg. im italien. Parlament, beteiligte sich 1924 am Auszug der Opposition auf den Aventin; 1926 zu Gefängnis verurteilt, 1929 auf Fürsprache des Erzbischofs von Trient hin freigelassen; fand als Bibliothekar Asyl im Vatikan, beteiligte sich während des 2. Weltkriegs an der Widerstandsbewegung u. war Mitgründer der Democrazia Cristiana; 1944–1946 u. 1951–1953 Außen-Min., 1945–1953 Min.-Präs., 1946–1954 Vors. der Democrazia Cristiana. Bei den Verhandlungen über den Pariser Frieden führte er die italien. Delegation; am 5. 9. 1946 schloß er mit Österreich ein Abkommen über die Autonomie für Südtirol *Gruber-De-Gasperi-Abkommen)*. De G.s Verdienst ist innenpolitisch die Festigung der Demokratie gegen kommunist. Umsturzpläne u. die Durchsetzung der Unabhängigkeit seiner Partei, als bürgerl. Sammelpartei, gegen vatikan. Lenkungsansprüche. Außenpolit. war er einer der Wegbereiter der europäischen Einigung u. führte Italien in das westl. Bündnis. 1953 erhielt er den Aachener Karlspreis. – ⊞ →Italien (Geschichte).

de Gaulle [də 'go:l], Charles →Gaulle, Charles de.

Degen, Waffe mit schmaler, gerader, elast. Klinge u. Griff, bes. als Stich- oder Stoß-D., aber auch als Hiebwaffe (Hau-D.) verwendet; im 16. Jh. Hauptwaffe der Reiterei, bis zum 18. Jh. vom Adel u. von den Gebildeten, im alten dt. Heer von Offizieren der Infanterie, Marine u. den Kürassieren getragen. – Beim sportl. →Fechten: Stoßwaffe mit herzförmigem Klingenquerschnitt, Gewicht 770 g, Gesamtlänge 110cm. Der *Elektro-D.* hat eine Kontaktspitze, die über einen Draht im Ärmel der Fechtjacke mit einem Meldeapparat verbunden ist. Bei jedem Treffer leuchtet eine Lampe auf u. ein Klingelzeichen ertönt. →auch elektrische Trefferanzeige.

Degen, Helmut, Komponist, *14. 1. 1911 Aglasterhausen bei Heidelberg; Spielmusiken für Jugendmusikkreise, Ballette „Der flandrische Narr" 1941 u. „Die Konferenz der Tiere" 1950; „Osteroratorium" 1949; „Johannespassion" 1962; „Handbuch der Formenlehre" 1957.

Degeneration [lat.], *Biologie:* 1. *individualgeschichtl. (ontogenet.):* Umwandlungen einzelner Zellen u. Organe von Organismen, die zur Minderung der Leistungsfähigkeit führen, z.B. Alterungsprozesse u. natürl. Verschleiß. Die D. ist dabei individuell verschieden stark ausgeprägt, aber nicht krankhaft. Jedoch für eine D., die in kurzer Zeit zur Funktionsminderungen oder zum Tod führt, sind immer krankhafte Prozesse verantwortl.; man spricht hier auch von *Entartung*: z.B. von Geweben durch Karzinome (→Krebs), Infektionskrankheiten oder Stoffwechselstörungen (Gifte).
2. *Abstammungslehre:* die Rückbildung differenzierter Organisationsformen zu einfacheren. So können bei Parasiten alle Organe bis auf die Geschlechtsorgane zugunsten einer optimalen Anpassung an den Wirtsorganismus aufgegeben werden. Da der Begriff *D.* hier vom Maßstab einer Organisationshöhe im freien Lebensraum ausgeht u. die notwendigen Anpassungen des Parasiten, die parallel zur D. ablaufen, nicht berücksichtigt, spricht man besser von *Rückbildung*. Auch das Entstehen neuer Baupläne (z.B. von Säugetieren oder Vögeln aus Reptilien) ist ohne D. der vorhandenen nicht möglich. →auch Abstammungslehre, Species.
3. *Genetik:* teilweiser oder totaler Verlust von Erbeigenschaften (→Gen) des ursprüngl. Typus. D. manifestiert sich am deutlichsten in Erbkrankheiten (Körper- u. Stoffwechselanomalien), z.B. nach →Inzucht (Haustierrassen, isolierte Bevölkerung) oder Strahlenschädigungen (Atomverseuchung). Grundsätzl. kann jede differenzierte Eigenschaft (Organe, Instinkte) von Organismen degenerieren, wenn mehrere Generationen sie

Degenhardt

nicht in der Auseinandersetzung mit der Umwelt ständig zum Überleben brauchen (→Selektion, →Darwinismus). Typisch ist die D. der Haustiere gegenüber der Wildform, die sich als Form- u. Instinktentartung zugunsten einer besseren Nutzung durch den Menschen ergibt.

Degenhardt, 1. *Franz Josef*, Schriftsteller u. Protestsänger, *3. 3. 1931 Schwelm; Rechtsanwalt. Verfaßte Chansons, Hörspiele u. Lieder: „Spiel nicht mit den Schmuddelkindern" 1967; „Im Jahr der Schweine" 1970; Roman: „Zündschnüre" 1973.
2. *Johannes Joachim*, kath. Theologe, *31. 1. 1926 Schwelm; 1968 Weihbischof von Paderborn u. Titularbischof von Vico di Pacato, 1974 Erzbischof von Paderborn.

Deggendorf, niederbayer. Kreisstadt an der Donau, am Fuß des Bayer. Walds, 22 300 Ew.; Holz-, Getreide- u. Viehhandel, Textil- u. Konservenindustrie. – Ldkrs. D.: 858 qkm, 98 000 Ew.

Degradierung [lat.], **1.** *Bodenkunde*: natürl., klimat. bedingte Entwertung der Böden beim Eintreten humiderer Klimaperioden, durch Auswaschung (Auslaugung) von Nährstoffen u. Erdalkalien; z. B. Versauerung von Rendzinen, Podsolierung von fruchtbaren Steppenschwarzerden (→Podsol).
2. *Disziplinarrecht: Degradation*, strafweise Herabsetzung des Dienstgrades um eine oder mehrere Stufen; bes. beim Militär.

Degras [dəˈgra; das; frz.], oxydierter Tran, der bei der Entfettung trangegerbter →Sämischleder anfällt u. als wertvolles Lederfettungsmittel verwendet wird.

Degrelle [dəˈgrɛl], *Léon*, belg. Politiker, *15. 6. 1906 Bouillon; gründete 1930 die →Rexistenbewegung *(Rex)*; kämpfte mit der von ihm gegr. „Wallonischen Legion" auf deutscher Seite im 2. Weltkrieg in Rußland; 1945 als Kollaborateur zum Tod verurteilt, aber ins spanische Exil entkommen.

Degussa Abk. für →Deutsche Gold- und Silber-Scheideanstalt.

De Havilland [dəˈhæviland], Sir *Geoffrey*, engl. Flugzeugbauer, *27. 7. 1882 Woburn, Buckinghamshire, †27. 5. 1965 London; gründete 1920 die *De Havilland Aircraft Company*, in der Sport-, Verkehrs- u. Kampfflugzeuge gebaut wurden, u. a. das erste Strahlverkehrsflugzeug „Comet". Später wurden noch Flugtriebwerke u. Lenkwaffen entwickelt und gebaut. Die Firma ging 1958/59 in der *Hawker Siddeley Aviation Division* auf. De H. schrieb „Flugfieber" 1962.

Dehio, 1. *Georg*, Kunsthistoriker, *22. 11. 1850 Reval, †19. 3. 1932 Tübingen; 1892–1919 Prof. in Straßburg, widmete sich bes. der Architekturgeschichte u. veröffentlichte gemeinsam mit G. von *Betzold* „Kirchl. Baukunst des Abendlandes" 7 Bde. 1884–1901. Bedeutung als kunstgeschichtl. Fachbücher erlangten auch D.s „Handbuch der dt. Kunstdenkmäler" 5 Bde. 1905–1912, ein systemat. Kunstführer durch Dtschld. (seit 1935 weitergeführt v. E. Gall) u. „Geschichte der dt. Kunst" 3 Bde. 1919–1924.
2. *Ludwig*, Sohn von 1), Archivar u. Historiker, *25. 8. 1888 Königsberg, †24. 11. 1963 Marburg; seit 1946 Prof. in Marburg, Gründer der Archivschule, 1946–1954 Direktor des Staatsarchivs Marburg, 1949–1956 Hrsg. der „Historischen Zeitschrift"; Werke: „Gleichgewicht u. Hegemonie" 1948; „Deutschland in der Weltpolitik" 1955.

Dehiwala-Mount Lavinia, Stadt in Ceylon, an der Westküste südl. von Colombo, 155 000 Ew., Textilindustrie.

Dehler, *Thomas*, FDP-Politiker, *14. 12. 1897 Lichtenfels, †21. 7. 1967 Streitberg; Rechtsanwalt; Mitgründer des „Reichsbanner Schwarz-Rot-Gold"; 1947–1949 Oberlandesgerichts-Präs., seit 1949 MdB; Bundesjustiz-Min. 1949–1953, trat nach Konflikten mit Adenauer zurück; 1954–1957 Parteivorsitzender, seit 1960 Vizepräs. des Bundestages.

Dehmel, *Richard*, Dichter, *18. 11. 1863 Wendisch-Hermsdorf, Brandenburg, †8. 2. 1920 Blankenese; rauschhafter u. leidenschaftl., um ein höheres Menschentum ringender Lyriker, der auch den sozialen u. nationalen Gefühlswallungen seiner Zeit wirkungsvollen Ausdruck gab: „Erlösungen" 1891; „Aber die Liebe" 1893; „Weib u. Welt" 1896; „Schöne wilde Welt" 1913; Epos: „Zwei Menschen" 1903; auch Kinderbücher, Dramen, Tagebücher („Zwischen Volk und Menschheit" 1919. – *R. D.-Gesellschaft*, Hamburg-Blankenese. – ▯ 3.1.1.

Dehnfugen, *Dehnungsfugen*, *Bauwesen*: Trennflächen zwischen Bauwerksteilen, durch die Spannungen vermieden werden, die sonst infolge von Temperaturschwankungen, ungleichmäßigen Setzungen, Schwinden u. a. entstehen u. zu Zerstörungen führen könnten. Bei Schwimmbecken, Staumauern, Flüssigkeitsbehältern u. ä. müssen die D. (z. B. durch Einlage von Fugenbändern) gedichtet werden.

Dehnkamp, *Willy*, Politiker (SPD), *22. 7. 1903 Hamburg; 1951–1965 Senator für Bildungswesen, 1965–1968 Senatspräsident u. Bürgermeister von Bremen.

Dehnung, 1. *Geologie*: die von Störungen (Verwerfungen, Horizontalverschiebungen) begleitete Erweiterung eines Erdkrustenteils.
2. *Physik*: die Längenänderung eines auf Zug beanspruchten Körpers. Bei elast. Körpern ist die nach Entlastung zurückgehende D. in gewissen Grenzen proportional der angreifenden Kraft *(Hookesches Gesetz)*; bei Überschreiten der Elastizitätsgrenze nimmt die D. rascher zu u. geht nicht mehr ganz zurück; bei noch größeren Kräften setzt der Körper dem Zug fast keinen Widerstand mehr entgegen *(Fließgrenze)*.
Das Hookesche Gesetz lautet: Die Dehnung ε ist gleich der Längenänderung Δl gebrochen durch die Länge l des Stabes, wobei bei elastischen Stoffen gilt: $\varepsilon = \sigma/E$, d. h. Spannung σ durch →Elastizitätsmodul E.

Dehnungsmesser, Gerät zur Messung der Dehnung durch Belastung: bei der Werkstoffprüfung verwendet.

Dehnungsmeßstreifen, Vorrichtungen zum Messen von Längen- u. Formänderungen beliebiger, ruhender Werkstücke. Die D. bestehen aus feinen Widerstandsdrähten, die in Papier oder Kunststoff mäanderförmig eingelassen sind, u. werden fest auf das zu prüfende Werkstück geklebt. Eine Änderung der Abmessungen des Werkstücks erzwingt dann eine Struktur- u. Formänderung der D.; dabei ändert sich auch ihr elektr. Widerstand, was mit empfindl. Geräten gemessen werden kann. Das Prinzip wurde schon 1856 von William *Thomson* (Lord *Kelvin*) angegeben; prakt. Ausführung 1939 durch die Amerikaner *Simmons* u. *Ruge*.

Dehors [dəˈɔːr; frz.], äußerer Schein, gesellschaftl. Anstand.

Dehra Dun, Distrikt-Hptst. im NW des ind. Staates Uttar Pradesh, nördl. der Siwalikkette, am Fuß des niederen Himalaya, 800 m ü. M., 170 000 Ew.; Sitz des ind. Vermessungsdienstes, Forschungsinstitute für Forst- u. Holzwirtschaft, für Seidenraupenzucht u. für Archäologie; ind. Militärakademie; Forstindustrie.

Dehydrierung [lat.-grch.], Entzug von Wasserstoff aus chem. Verbindungen.

Dehydrogenasen, *Dehydrasen* [grch.], Enzyme, die Wasserstoff von einem Substrat auf ein anderes übertragen. Coenzyme vieler D. sind das *Nicotinamid-adenin-dinucleotid* (NAD) u. das *Nicotinamid-adenin-dinucleotid-phosphat* (NADP); diese können sich in vielen Fällen mit mehreren spezif. Enzymproteinen verbinden u. daher ihren Wasserstoff auf mehrere Substrate übertragen. Der Wasserstoff, der bei der →Glykolyse u. bes. durch die Reaktionen des →Citronensäurecyclus entsteht, wird durch die Coenzyme gebunden u. entweder für neue Synthesen verwendet, oder er reagiert über die Fermente der →Atmungskette mit Sauerstoff unter Bildung von Wasser. Eine weitere Gruppe von D., die *Flavinenzyme*, hat als Coenzym Derivate des Vitamins B_2 (→Vitamin-B_2-Komplex). Ein Flavinenzym kommt z. B. als Glied der Atmungskette vor.

Dei, *Dai*, *Dey* [türk., „Oheim"], Titel der 1600–1830 in Algerien herrschenden Janitscharenfürsten; auch Anrede für die Janitscharen-Offiziere.

Deïanira, *Deïaneira*, Gemahlin des →Herakles.
Deibel, Fisch, →Karausche.
Deich, Damm am Meer oder Flußufer zum Schutz von Ortschaften u. Niederungen. Der D.körper wird oben durch die *D.krone*, an der Wasserseite durch die Außen-, an der Landseite durch die Innenböschung begrenzt, deren unterster Teil den *D.fuß* bildet. Böschungen, die dem Wasserangriff

Dehydrierung: Houdry-Anlage der Bunawerke Hüls zur Dehydrierung von Butan zu Butadien

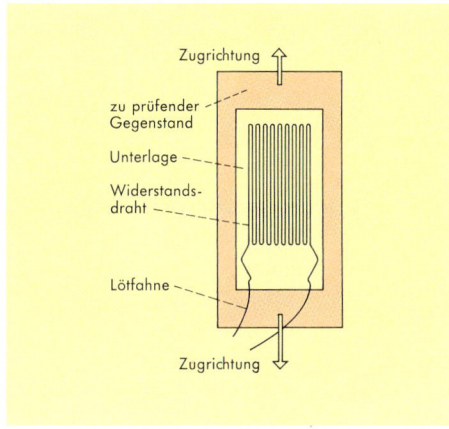

Dehnungsmeßstreifen

ausgesetzt sind, werden durch Packwerk, Pflaster, Steinschüttung oder Rasen geschützt. Erweist sich die Höhe eines D.s im Notfall als unzureichend, wird sie durch →Aufkadung vergrößert. Zur Erleichterung der *Deichverteidigung* ist die Krone befahrbar u. in angemessenen Abständen über Rampen zu erreichen. Fluß-D.e haben verschiedene Aufgaben (→Flußbau): Die *Winter-* oder *Bann-D.e* werden so angelegt, daß sie gegen alle →Hochwässer schützen. Die *Sommer-D.e* wehren nur die Sommer-Hochwässer ab. Alle einmündenden Nebenflüsse erhalten *Rück-D.e*; bei der Einmündung kleinerer Bäche beschränkt man sich auf den Einbau von *D.-Sielen*, die sich bei Hochwasser schließen. *Schar-D.e* liegen „schar", d. h. unmittelbar am Flußufer. *Ring-D.e* umschließen ringförmig ein Gebiet, etwa ein Dorf. Alte, zwecklos gewordene D.e heißen *Schlaf-D.e*. *Qualm-, Schloß-, Kuver-, Quell-D.e* werden dort errichtet, wo bei Hochwasser Qualmwasser u. ä. austritt. Schließt der D. nur an seinem ebenen Ende an hochwasserfreies Gelände an, heißt er *offener D.* (Gegensatz: *geschlossener D.*). Das geschützte Gelände wird durch *Binnen-D.e* unterteilt, um bei einem D.bruch den Schaden zu begrenzen.
In der von D.en durchzogenen Niederung wird der Verkehr durch *D.scharten* (kurzen Unterbrechungen des D.s) erleichtert. Bei Hochwasser wird die Scharte mit →Dammbalken verschlossen. Die Schwelle einer Durchfahrt liegt höher als das Vorland, damit bei Eintritt von Hochwasser Zeit bleibt, den Verschluß einzubauen. – Die Erhaltung eines D.s obliegt den Eigentümern der geschützten Grundstücke. Sie werden zu einem *D.verband (D.acht, D.genossenschaft)* zusammengeschlossen. Dem *D.vorsteher (D.hauptmann, D.graf, D.vogt, D.richter)* stehen die *D.geschworenen (D.schöppen, D.schulzen)* zur Seite. Durch regelmäßige *D.schauen* überzeugt sich die *D.behörde* vom ordnungsgemäßen Zustand der Anlage. – ▣ S. 308.

Deichbruch, Erosion der Innenseite eines Deiches durch überströmendes oder durchsickerndes Wasser mit nachfolgendem Einsturz.

Deichgraf, Vorsteher des Deichverbands, der zusammen mit dem Deichvorstand (Deichgeschworene, Deichschöffen), unterstützt von einem techn. Beamten, die örtl. Polizeigewalt zum Schutz des Deichs ausübt.

Deichsel, stangenförmiger Teil an Fahrzeugen, mit dem die Zugmaschine oder das Zugtier den Wagen lenkt.

Deidesheim, rheinland-pfälz. Stadt an der mittleren Haardt (Ldkrs. Bad Dürkheim), 3000 Ew.; Zentrum des Weinbaus der mittleren Pfalz, Weinhandel, Sektkellerei.

Dei gratia [lat., „von Gottes Gnaden"], Abk. *D. G.*, seit Pippin dem Jüngeren dem Titel von Herrschern angefügte Formel.

Deimos, einer der Monde des Planeten *Mars*.

Deinokrates, *Dinocrates*, griech. Architekt, tätig im Dienst Alexanders d. Gr.; entwarf den Stadtplan von Alexandria in Ägypten.

Deir es Sor [dair es ˈsor], *Deir es Sur, Deir ez Zor, Ed Deir,* syr. Handelsstadt am Euphrat, 72 000 Ew.; Kreuzungspunkt wichtiger Straßen; Nordgrenze des Verbreitungsgebiets der Dattelpalme; Textilindustrie, Oasenkulturen; Flughafen, Bahnknotenpunkt.

Deirgdheirc, seeähnl. Erweiterung des Shannon in Irland, →Lough Derg.

Deismus [lat.], die Ansicht, daß Gott nicht je gegenwärtig wirkend, sondern fern verharrend sei, zwar die Welt geschaffen habe, aber nicht weiterhin in die Natur u. das Weltgeschehen eingreife. Diese Vorstellung eines „untätigen" Gottes *(deus otiosus)* im Hintergrund der Welt u. des Weltgeschehens findet sich bereits in Religionen von Naturvölkern in den sog. „Hochgöttern". In entwickelteren Religionen bilden deistische Anschauungen den Übergang zum Skeptizismus. In Europa setzte sich der D. in der Zeit der Aufklärung im England des 17./18. Jh. durch.

Deißmann, Adolf, ev. Theologe, *7. 11. 1866 Langenscheid, Nassau, † 5. 4. 1937 Wünsdorf bei Berlin; Neutestamentler, erforschte die Umwelt des Urchristentums; war an den Anfängen der ökumen. Bewegung beteiligt.

Deister, Bergrücken in Niedersachsen, Teil des *Weserberglands*; im Höfeler Berg 395 m, in der Bröhnhöhe 405 m; Sandsteinbrüche.

Déjà-vu-Erlebnis [deʒa ˈvyː-; frz., „schon gesehen"], *Fausse reconnaissance*, eine Erinnerungstäuschung, die darin besteht, daß man bestimmte aktuelle Situationen ganz oder teilweise bereits erlebt zu haben glaubt; vorwiegend psychopatholog. Symptom.

Dejmek [ˈdɛimɛk], Kazimierz, poln. Regisseur, *17. 5. 1924 Kowel; als Schauspieler bei Leon Schiller in Lodsch, hier seit 1949 Direktor, 1960–1969 Direktor des Nationaltheaters in Warschau; weltbekannt durch seine Bearbeitungen u. Inszenierungen poln. Renaissance-Spiele.

de jure [lat.], rechtl., vom Standpunkt des Rechts aus; Gegensatz: *de facto*.

deka... [grch.], Kurzzeichen *da*, Vorsilbe von Maßeinheiten, auch Wortbestandteil mit der Bedeutung „zehn", z. B. *D.meter* = 10 m; auch in *Dekade, dekadisches System, Dekaeder*.

Dekabrachier, *Decabrachia*, 10armige Kopffüßer, eine Ordnung der *Zweikiemer*, zu der u. a. der *Gemeine Tintenfisch, Sepia,* u. der *Kalmar, Loligo,* gehören.

Dekabristen [russ. *dekabr,* „Dezember"], die Teilnehmer am (gescheiterten) Dezemberaufstand 1825 gegen die autokrat. Zarenherrschaft. Ihr Ziel war eine Verfassung u. die Aufhebung der Leibeigenschaft. 5 D. wurden hingerichtet, 121 nach Sibirien verbannt.

Dekade [die; grch.], Anzahl von zehn Stück, Zeitraum von zehn Tagen.

Dekadenz [die], Verfall, Niedergang, Entartung, Überfeinerung. In der europ. Literatur des späten 19. Jh. („fin de siècle") seit Ch. Baudelaire der Kult einer überreifen, nervös verfeinerten Geistigkeit u. Sinnlichkeit, der sich vom Naturalismus u. von den bürgerl. Normen distanzierte u. einen „Heroismus der Schwäche" prägte, damit zugleich subtilste seelische Bereiche der Dichtung erschließend. F. *Nietzsche* u. P. *Bourget* haben das Wesen der D. zu bestimmen u. zu erklären versucht. Hauptvertreter: P. *Verlaine,* Th. *Gautier,* J.-K. *Huysmans,* A. P. *Tschechow,* O. *Wilde,* H. J. *Bang;* im dt. Sprachraum: zeitweise A. *Schnitzler,* H. von *Hofmannsthal,* R. M. *Rilke,* R. von *Schaukal,* E. von *Keyserling,* – ▣ 3.0.6.

dekadisches System = Dezimalsystem.

Dekadrachmon [grch., „10-Drachmen-Stück"], griech. Silbermünze (43 g) des 6.–4. Jh. v. Chr. in Sizilien, Athen u. im makedon. Großreich unter Alexander d. Gr.; →Demareteion.

Dekaeder [grch.], von zehn (regelmäßigen) Vielecken begrenzter Körper.

Dekalin, *Dekahydronaphthalin,* $C_{10}H_{18}$, farblose Flüssigkeit, die durch Wasserstoffanlagerung an Naphthalin gewonnen wird; wichtiges Lösungsmittel für Harze, Wachse, Fette u. Öle, als „Terpentinölersatz" im Handel; auch zur Herstellung von Bohnerwachs u. Schuhcremes u. als Lackzusatz verwendet.

Dekalog [der; grch.], die →Zehn Gebote.

Dekameron →Decamerone.

Dekan [der; lat. *decanus,* „Aufseher über 10 Personen"], **1.** *Astralmythologie:* in der altägypt. Astronomie einer der den 36 bestimmten *Dekangöttern* zugeordneten Fixsterne, in die der Tierkreis (ursprüngl. der Himmelsäquator) eingeteilt wurde; seit etwa 2100 v. Chr. bekannt, z. B. *Sirius* u. *Orion.* Die D.e galten als schicksalbestimmend für den Menschen. Auch in die babylon. Astronomie benutzte seit dem 2. Jahrtausend v. Chr. D.e, ferner die spätere ind. u. chines. Astrologie.
2. *Hochschulwesen:* Vorsitzender einer Fakultät bzw. einer Abteilung.
3. *Kirche:* Dechant, **1.** kath. Pfarrer, der vom Bischof mit der Aufsicht über den Klerus mehrerer Pfarreien betraut ist. – **2.** = Superintendent. – **3.** Leiter einiger kirchl. Gremien.

Dekan, *Dekhan, Dekkan, Deccan,* südl. Teil des ind. Subkontinents, „Halbinsel-Indien", der geolog. älteste Teil Indiens (zum *Gondwanaland* gehörend) in Form einer riesigen, schräggestellten Scholle, von zahlreichen isolierten Insel- u. Tafelbergen überragt. Der West- u. Ostrand sind aufgewölbt zu den *West-* bzw. *Ostghats.* Der D. ist von W nach O schwach geneigt, weshalb alle Flüsse mit Ausnahme von Narbada u. Tapti (im N des D.) nach O in den Golf von Bengalen entwässern. Fruchtbare Schwarzerdeböden („Regur") im westl. u. nordwestl. D., weniger fruchtbare Roterden („Laterite") im O u. S.

Dekanat [das; lat.], Amt, Amtsbezirk eines *Dekans.*

Dekangras, *Dekhangras, Suhwahirse, Panicum frumentaceum,* in Japan u. Indien angebaute Hirse mit kurzer Vegetationsperiode.

dekantieren [frz.], eine Flüssigkeit von einem auf dem Boden des Gefäßes abgesetzten Stoff abgießen.

Dekantierkorb, Körbchen aus Weidengeflecht zum Servieren edler Rotweine.

dekapieren [frz.], dünne Bleche beizen, zum Verbessern der Oberfläche u. der Verarbeitungsfähigkeit beim nachfolgenden Kaltwalzen.

Dekartellisierung, die *Entflechtung (Dekonzentration)* aller Kartelle, Trusts, Syndikate, Interessengemeinschaften u. ä. in den drei Westzonen Deutschlands aufgrund des 1947 erlassenen Verbots der westl. Alliierten. Polit. sollte die D. der Sicherung des Weltfriedens dienen u. die Welt vor neuen dt. Aggressionen schützen; wirtschaftl. sollte sie eine gut funktionierende Konkurrenzwirtschaft in Dtschld. ermöglichen. Zur Prüfung der betroffenen Unternehmen wurden in den Ländern der BRD dt. *Kartellentflechtungsbehörden* eingerichtet. – Das alliierte D.srecht wurde abgelöst durch das seit dem 1. 1. 1958 in der BRD geltende *Kartellgesetz* (Gesetz gegen Wettbewerbsbeschränkungen vom 27. 7. 1957 u. dessen Neufassung vom 4. 4. 1974); →Kartell. – ▣ 4.3.4.

Eugène Delacroix: Selbstbildnis; 1860. Florenz, Uffizien

dekatieren [frz.], Tuch, Filz, Wolle u. Seidenstoffe unter Druck dämpfen, um einen bestimmten Glanz, Griff u. ä. zu erzielen.

Dekker, 1. Eduard Douwes, niederländ. Schriftsteller, *2. 3. 1820 Amsterdam, † 19. 2. 1887 Nieder-Ingelheim; ehem. Kolonialbeamter, schrieb unter dem Pseudonym Multatuli [lat., „ich habe viel getragen"] den Roman „Max Havelaar oder Die Holländer auf Jawa" 1860, dt. 1875, gegen koloniale Ausbeutermethoden. – ▣ 3.1.6.
2. Thomas, engl. Dramatiker, *1572 London, † 25. 8. 1632 London; seine volkstüml. Dramen geben anschaul. Bilder des bürgerl. Londoner Alltags.

Deklamator

Deklamator [lat.], Vortragskünstler.
Deklamatorik [die; lat.], die Vortragskunst.
deklassieren [lat.], jemandem einen Rang oder einen →Status, den er innehat oder beansprucht, mit Erfolg absprechen oder streitig machen.
Deklination [lat., „Abweichung"], **1.** *Astronomie:* der Winkelabstand eines Gestirns vom Himmelsäquator; nördl. des Äquators positiv, südl. negativ.
2. *Geophysik:* die Abweichung der Nordrichtung einer Magnetnadel von der geograph. Nordrichtung, →Mißweisung.
3. *Grammatik:* die Flexion (Beugung) der Nomina (Substantiv, Adjektiv, Pronomen, z. T. Zahlwort) unter Einschluß der sog. nominalen Verbalformen (Partizip, Infinitiv); gibt Kasus, Genus u. Numerus an.
Dekokt [das; lat. „Abkochung"], wäßriger Drogenauszug, durch Abkochen (15–30 Min.) u. Abseihen gewonnen.
Dekolleté [dekɔl'te:; das; frz.], die mehr oder weniger weitgehende Entblößung von Schulter, Brust u. Rücken durch Ausschnitte der weibl. Kleidung.
Dekontamination [lat.], *Dekontaminierung*, Entgiftung; das Entfernen von neutronenabsorbierenden Spaltprodukten (Verunreinigungen) aus bestrahlten Kernbrennstoffen; auch die Reinigung von radioaktiv verseuchten Kleidern, Geräten u. ä. – Gegensatz: *Kontamination.*
Dekor [der oder das; lat.], Schmuck, Verzierung; in der Kunstgeschichte (auch *Dekoration*) im Gegensatz zum einzelnen *Ornament* die Verzierung als gesamtes schmückendes Beiwerk (z. B. Bemalung, plast. Auflagen) bei Bau- u. Bildwerken.
Dekorateur [-'tø:r; frz.], →Polsterer, →Schaufenstergestalter.
Dekorationsstoffe, nach dem Verwendungszweck benannte Gewebe wie Chintz, Samt, Damast u. a.
Dekort [der; frz.], Geldabzug, z. B. wegen mangelhafter Beschaffenheit der Ware oder bei Barzahlung.
Dekrement, *logarithmisches D.,* der natürliche Logarithmus des Verhältnisses zweier aufeinanderfolgender Amplituden bei einer gedämpften Schwingung.
Dekretalen [lat.], päpstl. Entscheidungen u. Gesetze in Briefform.
Dekubitus, *Decubitus* [lat.] →Aufliegen.
del., Abk. für *deleatur.*
Del., Abk. für den USA-Staat *Delaware.*
Delacroix [-'krwa], Eugène, französ. Maler u. Graphiker, *26. 4. 1798 Charenton-Saint-Maurice bei Paris, †13. 8. 1863 Paris; Schüler von P. *Guerin,* beeinflußt von Th. *Géricault,* J. *Constable* u. P. P. *Rubens,* löste mit seinem ersten Hptw., „Die Dantebarke" 1822, den Klassizismus durch reich bewegte, dramat. Komposition u. kräftige Farbgebung ab u. wurde zum Begründer der romant. Richtung der französ. Malerei. Literar. Eindrücke (Shakespeare, Dante, Goethe u. a.) u. Er-

Schließung eines Dammstückes (Deltaplan, Holland)

Abschlußdeich mit Sielschleusen (Lauwerszee, Holland)

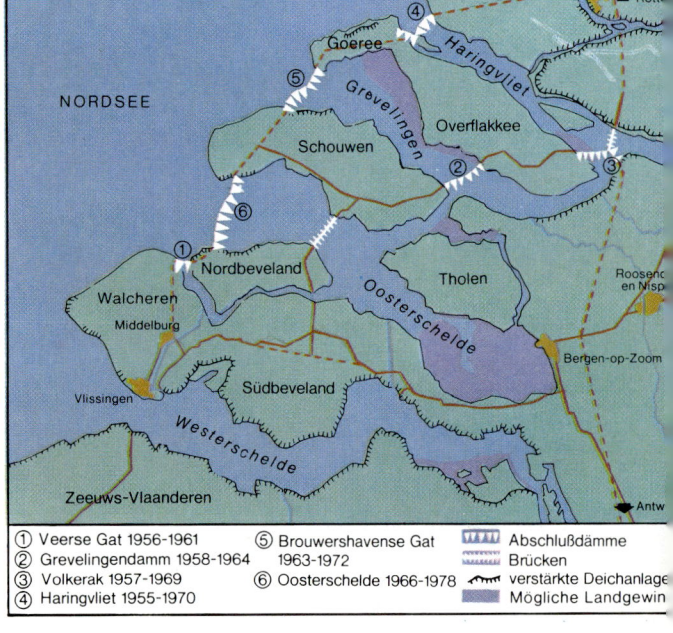

Küstenschutz (Deltaplan) in Holland

DEICHE UND DÄMME

Der Abschlußdamm (30 km lang) verbindet Nordholland mit Friesland

Schwimmkästen für Deichschluß (Kern des Deiches)

Herstellung von Sinkstücken aus Faschinen

Deichbau zur Eiderabdämmung; der Zaun dient zum Halten des Sandes

Herstellung der Steinpackung

Delagoabucht

lebnisse einer nordafrikan. Reise (1832) waren entscheidend für die weitere Ausbildung seiner Motivwelt u. die Entwicklung seines in lichtgesättigten Farben schwelgenden maler. Stils. Außer Landschaften, Stilleben, Bildnissen u. zahlreichen religiösen u. histor. Kompositionen („Die Freiheit führt das Volk an" 1830) schuf D. Monumentalfresken in öffentl. Gebäuden in Paris, Lithographien, Radierungen, Zeichnungen u. Aquarelle, darunter Illustrationsfolgen zu Werken Shakespeares u. Goethes. – D. war ein guter Violinspieler u. mit vielen Großen seiner Zeit befreundet. (F. Chopin, H. Berlioz, G. de Nerval, H. de Balzac, Stendhal, P. Mérimée u.a.). – ⒷS. 307; →auch Romantik. – Ⓛ 2.4.6.

Delagoabucht, *Baia de Lourenço Marques,* Meeresbucht an der südl. Küste von Moçambique, ausgezeichneter Naturhafen; im Innern die Hptst. *Maputo* (früher *Lourenço Marques),* von hier führt die *Delagoabahn* nach Pretoria.

De la Mare [de lə ˈmeə], Walter John, engl. Lyriker u. Erzähler, *25. 4. 1873 Charlton, Kent, †22. 6. 1956 Twickenham, Middlesex; melod. Lyrik, Kinderdichtungen u. Erzählungen, in denen das Märchenhafte mitten im Alltag erscheint.

De la Motte-Fouqué [-ˈmɔt fuˈke:] →Fouqué.

Delaney [dəˈleini], Shelagh, engl. Dramatikerin, *25. 11. 1938 Salford; stellt in den Dramen „A Taste of Honey" 1958, dt. „Bitterer Honig" 1961, u. „A Lion in Love" 1961 das Leben in engl. Slums dar; schrieb auch Erzählungen.

Delannoy [-ˈnwa], **1.** Jean, französ. Filmregisseur, *12. 1. 1908 Noisy-le-Sec, Seine-St.-Denis; „Der ewige Bann" (nach J. *Cocteau)* 1943; „Und es ward Licht" (nach André *Gide)* 1946; „Das Spiel ist aus" (nach J.-P. *Sartre)* 1947; „Gott braucht Menschen" 1950, u. a.
2. Marcel, französ. Komponist, *9. 7. 1898 La Ferté-Alais, †14. 9. 1962 Nantes; studierte bei A. *Honegger;* Opern („Le Poirier de Misère" 1927; „Puck" 1949, nach Shakespeare), Operetten, Ballette, Hörspiel- u. Filmmusiken, Sinfonien, Kammermusik, Lieder.

Delaquis [-ˈki], Ernst, schweizer. Strafrechtslehrer, *13. 11. 1878 Alexandria, †1. 9. 1951 Davos; Vorkämpfer der von Franz von *Liszt* begründeten soziolog. Strafrechtsschule; lehrte an dt. Universitäten, dann in Genf u. Bern; 1938 Generalsekretär, 1949 Ehrenpräsident der internationalen Strafrechts- u. Gefängniskommission in Bern.

Delaroche [-ˈrɔʃ], Paul, französ. Maler, *17. 7. 1797 Paris, †4. 11. 1856 Paris; Historienbilder mit meist düsterer Thematik u. bühnenhafter Szenerie; im Spätwerk vorwiegend neutestamentl. Szenen u. zahlreiche Porträts.

De la Roche [delaˈrɔʃ], Mazo, kanad.-engl. Erzählerin, *15. 1. 1879 Newmarket, Ontario, †12. 7. 1961 Toronto; ihre Familienchronik „Jalna" 1927, „Whiteoaks of Jalna" 1929 u.a. (15 Bde.), dt. „Die Familie auf Jalna" 1936ff., gibt ein anschaul. Bild kanad. Lebens.

Delaunay [dəlɔˈne], **1.** Charles Eugène, französ. Ingenieur u. Astronom, *9. 4. 1816 Lusigny, †5. 8. 1878 Cherbourg; 1870 Direktor der Pariser Sternwarte; „Theorie des Mondes" 1860–1867.
2. Robert, französ. Maler, *12. 4. 1885 Paris, †25. 10. 1941 Montpellier; nach Einflüssen des Neoimpressionismus u. des Kubismus (Architekturvisionen: „Chor von St.-Sulpice", „Eiffelturm" u. „Umgang von St.-Séverin" 1909) trat D. in Verbindung zur dt. Künstlergruppe „Blauer Reiter". 1913 begann seine Serie der „Formes Circulaires", bestehend aus geometr.-flächigen Anordnungen scheibenartiger Farbkreise. G. Apollinaire prägte dafür den Namen *Orphismus.* 1914–1920 in Spanien u. Portugal tätig. Erfolg mit der Dekoration für den „Pavillon des Chemins de fer" u. den „Pavillon de l'Aviation" auf der Weltausstellung Paris 1937. – Ⓑ→Architekturmalerei.

Delavrancea [-ˈtʃea], Barbu, eigentl. B. *Ștefănescu,* rumän. Schriftsteller u. Politiker, *5. 4. 1858 Delea Nouă bei Bukarest, †30. 4. 1918 Jassy; psycholog. realist. Novellen u. romant. Dramen.

Delaware, *Lenape,* Indianerstamm der Algonkingruppe Nordamerikas (1500); im Zuge der europ. Besiedlung von der Ostküste weg über den Missouri gedrängt, Reservate in Ontario u. Oklahoma; bekannt ist die Chronik *Walam Olum.*

Delaware [ˈdɛləwɛːr], Abk. *Del.,* zweitkleinster Staat der USA, an der Atlantikküste, auf der Westseite der D.-Halbinsel u. an der *D. Bay;* 5328qkm, 535000 Ew. (14 % Nichtweiße); Hptst. *Dover;* Wirtschaftszentrum, Hafen- u. Chemiestadt *(Du Pont)* ist Wilmington (im N). Der äußer-

Delhi: Grabmal des Safdarjang

ste N liegt im Piedmont (bis 120 m hoch), der Rest ist flache, im S sumpfige Küstenebene. Lebensmittel- u. Textilindustrie sind die führenden Industriezweige; Landwirtschaft: Hühnerzucht, Milchviehhaltung u. Gartenbau. Lewes (im S) ist ein wichtiger Fischereihafen. – 1638 als *Neu-Schweden* gegr., 1655 Neu-Holland, 1664 englisch; ratifizierte 1887 als erster Unionsstaat die Verfassung.

Delbos [dɛlˈbɔs], Yvon, französ. Politiker (Radikalsozialist), *7. 5. 1885 Thonac, †15. 11. 1956 Paris; Literarhistoriker, 1925 Erziehungs-Min., 1936 bis 1938 Außen-Min., erneut 1948–1950 Erziehungs-Min.; vertrat 1952–1955 Frankreich in der Montanunion.

Delbrück, 1. Berthold, Neffe von 6), Vetter von 2) u. 3), Sprachforscher, *26. 7. 1842 Putbus, †3. 1. 1922 Jena; „Vergleichende Syntax der indogerman. Sprachen" 1893–1900, der syntakt. Teil von K. *Brugmanns* „Grundriß der vergleichenden Grammatik der indogerman. Sprachen".
2. Clemens von, Neffe von 6), Vetter von 1) u. 3), preuß. Politiker, *19. 1. 1856 Halle (Saale), †18. 12. 1921 Jena; 1905 preuß. Handels-Min., 1909 Staatssekretär des Innern, im 1. Weltkrieg Stellvertreter des Reichskanzlers, leitete bis 1916 die wirtschaftl. Mobilmachung, Okt. 1918 Chef des Kaiserl. Zivilkabinetts.
3. Hans, Neffe von 6), Vetter von 1) u. 2), Historiker, *11. 11. 1848 Bergen, Rügen, †14. 7. 1929 Berlin; Schüler H. v. *Sybels;* 1895/96–1921 Prof. in Berlin als Nachfolger H. v. *Treitschkes.* Sein Hauptarbeitsgebiet war die Kriegsgeschichte: „Geschichte der Kriegskunst im Rahmen der polit. Geschichte 1883–1920, ein bedeutendes Werk, das aber wegen einzelner Thesen (Ermattungsstrategie Friedrichs d. Gr.) auf starke Kritik der offiziellen Militärhistorie stieß. Seine „Weltgeschichte" (1911ff.) ist der letzte Versuch eines einzelnen Forschers auf diesem Gebiet. Hrsg. der „Preuß. Jahrbücher" 1883–1919. D. nahm regen Anteil am polit. Leben. Er bezeichnete sich selbst als „aufgeklärten Konservativen". Freikonservativer Abg. im preuß. Abgeordnetenhaus 1882–1885 u. des Reichstags 1884–1890, Gegner der Alldeutschen u. der Vaterlandspartei; bekämpfte nach dem 1. Weltkrieg die „Dolchstoßlegende".
4. Max, US-amerikan. Genetiker dt. Herkunft, *4. 9. 1906 Berlin; erhielt für die Erforschung bakteriophager Viren u. molekularbiolog. Untersuchungen zusammen mit A. *Hershey* u. S. *Luria* den Nobelpreis für Medizin 1969.
5. Richard, Sohn von 1), Archäologe, *14. 7. 1875 Jena, †22. 8. 1957 Bonn; Prof. in Bonn u. Gießen, Leiter des Dt. Archäolog. Instituts in Rom 1911–1915; grundlegende Forschungen zur Spätantike: „Consulardiptychen" 1929; „Antike Porphyrwerke" 1932.
6. Rudolf von, preuß. Politiker, *16. 4. 1817 Berlin, †1. 2. 1903 Berlin; verdient um den Ausbau des Dt. Zollvereins u. die Einbeziehung der süddt. Staaten in das Reich, 1867–1876 Präs. des Reichskanzleramts; als Freihändler Gegner der Schutzzollpolitik Bismarcks; „Lebenserinnerungen 1817–1867" 2 Bde. 1905.

Delcano →Elcano.

Delcassé, Théophile, französ. Politiker, *1. 3. 1852 Pamiers, Dép. Ariège, †22. 2. 1923 Nizza; verwandelte als Außen-Min. 1898–1905 den engl.-französ. Gegensatz in die *Entente cordiale;* 1911–1913 Marine-Min., 1913/14 Botschafter in St. Petersburg, 1914/15 wieder Außen-Min.; führte Frankreich aus der Isolierung heraus u. gewann auch das mit den Mittelmächten verbundene Italien für die *Entente.*

Del Castillo [-ˈtiljo], Michel, span. Erzähler, *3. 8. 1933 Madrid; lebt als Emigrant in Paris, schreibt französ.; 1960 dt. Jugendbuchpreis für „Tanguy" 1953, dt. „Elegie der Nacht" 1958; „Die Gitarre" 1957, dt. 1960; „Der Plakatkleber" 1958, dt. 1961; „Manège Espagnol" 1960, dt. 1962; „Tara" 1962, dt. 1964.

Del Cavalieri, Emilio, italien. Komponist, *um 1550 Rom, †11. 3. 1602 Rom; wirkte in Rom u. Florenz; mit seinem geistl.-allegorischen Spiel „La rappresentazione di anima e di corpo" einer der ersten Vertreter des neuen dramat. Musikstils um 1600; die Geschichte des *Oratoriums* beginnt mit dieser Komposition.

deleatur [lat., „es soll gestrichen werden"], Anweisung zum Tilgen bei Druckkorrekturen, in Form des D.zeichens ⌀ verwandt.

Delebpalme, *Borassus aethiopum,* Charakterpflanze der feuchten Stellen der afrikan. Graslandschaften; bis 20 m hohe *Palme* mit gerade aufsteigendem Stamm, dichter Krone u. großen Fächerblättern mit stacheligen Blattstielen. – Ⓑ→Borassopalme.

Deledda, Grazia, italien. Erzählerin, *27. 9. 1871 Nuoro, Sardinien, †15. 8. 1936 Rom; schilderte vornehml. Land u. Menschen Sardiniens; von G. *Vergas* Verismus beeinflußt, doch mit vielen psycholog. Zügen; Romane: „Elias Portolu" 1900, dt. 1906; „Die Mutter" 1920, dt. 1922; „Der Alte u. die Jungen" 1929, dt. 1929. 1926 Nobelpreis.

Delegat [lat.] →Apostolischer Delegat.

Delegation [lat.], **1.** *allg.:* Abordnung von Personen zur Wahrnehmung bestimmter Aufgaben; Gesandtschaft.
2. *kath. Kirchenrecht:* die persönl. Übertragung der kirchlichen Jurisdiktion ohne Mittlerschaft eines Amtes.
3. *öffentl. Recht: Delegierung,* allg. die Übertragung von Zuständigkeiten (nicht der von deren Ausübung im Einzelfall) zur eigenverantwortl. Wahrnehmung auf einen nachgeordneten Funktionsträger; auch D. von der Legislative auf die Exekutive zum Erlaß von Rechtsverordnungen.
4. Österreich-Ungarn (1867–1918): Aus-

schuß der beiden Parlamente (je 60 Mitglieder) zur Regelung gemeinsamer Angelegenheiten (der drei k. u. k. Ministerien).

de lege ferenda [lat.], nach zukünftigem Recht, vom rechtspolit. Standpunkt aus; Gegensatz: *de lege lata*, nach geltendem Recht.

Dekat, Friedrich, ev. Theologe, *4. 4. 1892 Stühren, Hoya, †30. 1. 1970 Mainz; während des Kirchenkampfs führend in der thüringischen Bekennenden Kirche; 1946–1964 Prof. für systemat. Theologie, Philosophie u. Pädagogik in Mainz.

Delémont [dəle'mõ], dt. *Delsberg*, Bez.-Hptst. im NW des schweizer. Kantons Bern, an der Mündung der Sorne in die Birs, 12000 Ew.; ehem. Sommerresidenz der Fürstbischöfe von Basel mit Schloß, Kirche St. Marcel u. Rathaus aus dem 18. Jh., Reste der Stadtbefestigung des 13. Jh.; Jurassisches Museum; Uhren-, feinmechan., Metall- u. Zementindustrie. D. ist Zentrum der Autonomiebestrebungen des Jura.

Del Encina [-'θina], Juan, span. Dramatiker, *1468 oder 1469 Salamanca (?), †1529 oder 1530 León; Musiker, später Geistl.; Wegbereiter des klass. span. Theaters; schrieb Eglogas, Autos u. Representaciones; auch Hirtenlieder; übersetzte Vergils „Bucolica".

Delft, niederländ. Industriestadt u. Marktort in der Prov. Südholland, im südöstl. Vorortbereich von Den Haag, 81600 Ew.; Techn. Hochschule, hydrograph. u. Luftbildinstitut; elektron., metallverarbeitende u. chem. Industrie, Herstellung von Präzisionsinstrumenten, Motoren- u. Maschinenbau, Ölmühlen, pharmazeut. u. keram. Industrie; Erdölförderung nördl. von D. – Im 11. Jh. gegr.; Altstadt mit Grachten, Renaissance-Stadthaus (1620), Prinsenhof; im 17. u. 18. Jh. durch ihre Fayencerie bekannt *(D.er Fayencen)*.

Delfter Fayence [-fa'jãs], Erzeugnisse der in Delft, dem Zentrum der niederländ. Kunsttöpferei im 17. u. 18. Jh., hergestellten →Fayence, bes. Geschirre, Vasen, Krüge, Fliesen, Ofenkacheln u. Galanteriewaren. In Dekor u. Formgebung wurde oft eine Nachahmung des ostasiat. Porzellans angestrebt, bes. bei 1670–1690 entstandenen Gefäßen. Die Bemalung war meist in Blau, seltener in Schwarz, Violett, Rot, Gelb u. Gold gehalten; außer Zwiebelmustern fanden sich häufig niederländ. Genreszenen u. Landschaften, Bildnisse u. ostasiat. Motive (Chinoiserien, Vögel, Blumen). Die ersten Fayencewerkstätten in Delft wurden kurz vor 1600 gegründet, die künstler. Blütezeit lag zwischen 1650 u. 1740. Bis zur Erfindung des europ. Hartporzellans galt die D. F., zumal die mit zusätzl. Bleiglasuren überzogene, als Ersatzporzellan. In der 2. Hälfte des 18. Jh. sank die Qualität; am Ende des 19. Jh. wurde die Fabrikation nach alten Mustern wiederaufgenommen. – 🕮2.1.2.

Delfzijl [-zeil], niederländ. Hafenstadt am Westrand des Dollart u. am Beginn des Eemkanals nach Groningen, 20200 Ew.; Werften, Soda- u. Chlorherstellung.

Delhi ['de:li], früher *Dehli*, Hptst. der Ind. Union, wichtigste Stadt Indiens im Landesinnern, in günstiger Verkehrslage im Schnittpunkt der Handels- u. Verkehrswege zwischen Hindustan, Panjab u. Rajasthan, am Westufer der Yamuna, mit Vororten als ind. Unionsterritorium 1485 qkm, 4 Mill. Ew.; fast rein islam. Stadt, mit roter Sandsteinburg der Großmogule („rotes Fort" 1643) u. der *Jamamasjid* (größte Moschee) in der ummauerten Innenstadt; im SW das modern angelegte *Neu-D.*, das polit. u. Kulturzentrum: Sitz der ind. Regierung, Universität (1922), Museen, Bibliotheken; vielseitiger Handel; Nahrungsmittel- u. Textilindustrie. – Seit 1192 Zentrum des ind. Islams u. später Großmogulsitz; seit 1911 Regierungssitz.

Delhibeule, *Orientbeule* →Aleppobeule.

Delibes [də'li:b], Léo, französ. Komponist, *21. 2. 1836 Saint-Germain-du-Val, †16. 1. 1891 Paris; schrieb u.a. mehrere Ballette von frischer Melodieerfindung u. rhythm. Brillanz („Coppélia" 1870; „Sylvia" 1876). Erfolgreich war seine Oper „Lakmé" 1883 (darin die bekannte „Glöckchenarie").

Delikt [lat.], **1.** *bürgerliches Recht:* →unerlaubte Handlung.

2. *Strafrecht:* →strafbare Handlung.

Deliktsunfähigkeit, rechtl. Unfähigkeit, ein *Delikt* zu begehen, bes. wegen jugendlichen →Alters u. mangelnder →Zurechnungsfähigkeit.

Delirium [das, Mz. *Delirien*; lat.], *Delir*, Verwirrungszustand mit Wahnideen u. motorischer Unruhe; akut auftretend bei verschiedenen Geistes- u. Infektionskrankheiten. – *D. tremens, Säuferwahnsinn*, Verwirrungszustand durch chron. Alkoholmißbrauch.

Delisches Problem [nach dem Orakel zu *Delos*], berühmte geometr. Aufgabe aus dem griech. Altertum, zu einem gegebenen Würfel den Würfel doppelten Inhalts zu konstruieren. Das Problem der Verdoppelung des Würfels ist mit Zirkel u. Lineal nicht lösbar.

Delisle [de'lil], Léopold, französ. Historiker u. Bibliothekar, *24. 10. 1826 Valognes, †21. 7. 1910 Chantilly; 1874–1905 Direktor der Bibliothèque Nationale in Paris, deren Verwaltung er reorganisierte.

Delitzsch, Kreisstadt im Bez. Leipzig, am Südwestrand der *Dübener Heide*, nördl. von Leipzig, 24400 Ew. – Krs. D.: 384 qkm, 56500 Ew.

Delitzsch, 1. Franz, luth. Theologe, *23. 2. 1813 Leipzig, †4. 3. 1890 Leipzig; lehrte hauptsächl. in Leipzig, Gründer des noch heute in Münster (Westf.) tätigen *Institutum Judaicum Delitzschianum* zur Erforschung der Geschichte des Judentums u. seiner gegenwärtigen Lage, um die Mission unter den Juden zu fördern.

2. Friedrich, Sohn von 1), Assyriologe, *3. 9. 1850 Erlangen, †19. 12. 1922 Langenschwalbach (heute Bad Schwalbach); 1877 Prof. in Leipzig, 1899–1920 in Berlin; förderte die dt. vorderasiatische Forschung. Seine Vorträge über „Babel u. Bibel" 1902/03 u. sein Buch „Die große Täuschung", in denen er die babylonische Religion u. Moral über die jüdische stellte, riefen starken Widerspruch hervor (*Babel-Bibel-Streit*, dessen Gegenstand heute bedeutungslos geworden ist, nachdem das Verhältnis der alttestamentlichen Mythen zu denen der babylonischen Religion wissenschaftlich geklärt ist).

Delius ['di:ljəz], Frederick, engl. Komponist dt. Abstammung, *29. 1. 1862 Bradford, Yorkshire, †10. 6. 1934 Grez-sur-Loing, Dép. Seine-et-Marne (Frankreich); mit E. *Grieg* befreundet, prägte einen stimmungshaften Klangstil aus. Oper „Romeo u. Julia auf dem Dorfe" 1907; Chorwerk „Eine Messe des Lebens" 1909, nach Worten aus F. *Nietzsches* „Also sprach Zarathustra"; Orchesterwerke, Kammermusik u.a.

Delkredere, *Delcredere* [lat., ital.], im Handelsrecht die Gewährleistung für den Eingang einer Forderung.

Delkredere-Konto [lat., ital.], auf der Passivseite der Bilanz ausgewiesene Wertberichtigung für zweifelhafte (dubiose) Forderungen. Das D. wird durch *Einzelwertberichtigungen* nach dem Grad der Sicherheit einzelner Forderungen oder durch pauschale *Sammelwertberichtigungen* gespeist, deren Höhe nach dem durchschnittl. Ausfall von Forderungen im Verhältnis zum Gesamtbestand an Forderungen bemessen wird. Beim Eintritt des Forderungsverlustes wird dieser buchmäßig durch das D. gedeckt.

Delkredere-Provision, Sondervergütung, auf die ein *Kommissionär* (§394 HGB) oder *Handelsvertreter* (§86b HGB) bei Übernahme des →Delkredere Anspruch hat.

Dell'Abbate, Niccolò, italien. Maler, *1509 Mòdena, †1571 Fontainebleau; zunächst an A. A. *Corrèggio* geschult, seit 1552 Mitarbeiter u. Nachfolger von F. *Primaticcio* in Frankreich, als einer der Hauptmeister der ersten Schule von Fontainebleau.

Della Casa, 1. Giovanni, italien. Dichter, *28. 6. 1503 La Casa del Mugello, †14. 11. 1556 Montepulciano; 1554 Erzbischof von Benevent; einer der originellsten Petrarkisten seiner Zeit; verfaßte das weitverbreitete Anstandsbuch „Il Galateo" (posthum) 1558.

2. Lisa, schweizer. Sängerin (Sopran), *2. 2. 1919 Burgdorf, Bern; Mozart- u. Strauss-Sängerin; Mitglied der Wiener Staatsoper u. der Metropolitan Opera New York.

Delle, flache, muldenförmige Hohlform der Erdoberfläche, entsteht langsam durch oberflächl. Abfluß u. Kriechbewegungen des Bodens.

Delle Grazie, Marie Eugenie, österr. Dramatikerin u. Erzählerin, *14. 8. 1864 Weißkirchen, Banat, †19. 2. 1931 Wien; zuerst freigeistig, im Alter kath.; Versepos: „Robespierre" 1894. Roman: „Homo" 1919.

Delmenhorst, niedersächs. Stadtkrs. (64 qkm) an der Delme, westl. von Bremen, 69000 Ew.; vielseitige Industrie: Linoleum, Textilien, Chemie.

Del Mestri, Guido, jugoslawischer Erzbischof, *13. 1. 1911 Banjaluka; seit 1975 Apostolischer Nuntius in der Bundesrepublik Deutschland.

Del Monaco, Mario, italien. Opernsänger (Tenor), *27. 7. 1915 Florenz; sang an der Mailänder Scala u. an der Metropolitan Opera in New York; bes. Verdi- u. Bizet-Interpret.

Deloney [də'louni], Thomas, engl. Schriftsteller, *um 1543 London (?), †um 1600 Norwich; Verfasser von volkstüml. Balladen u. drei Romanen, in denen er den Handwerkerstand verherrlicht: „The Gentle Craft" 1597/98.

De Long, George Washington, US-amerikan. Nordpolfahrer, *22. 8. 1844 New York, †Herbst 1881 im Lenadelta; versuchte 1879, den Nordpol von der Beringstraße aus zu erreichen, entdeckte die *De-Long-Inseln* (nordöstl. der Neusibirischen Inseln), erreichte nach der Zerstörung seines Schiffs durch Eispressungen die Lenamündung u. ist dort mit anderen Expeditionsteilnehmern verhungert.

De-Long-Inseln [nach G. W. *De Long*], kleine, verstreute Inselgruppe nördl. der Neusibir. Inseln, im Nördl. Eismeer; 789 qkm; die größten Inseln sind: *Bennett* (61 qkm), *Jeanette* (81 qkm), *Henriette* (28 qkm, meteorolog. Station), *Wilnizki* (202 qkm) u. *Schochow* (162 qkm, meteorolog. Station).

De-Long-Straße, russ. *Proliw de Long*, Meeresstraße zwischen dem nordasiat. Festland u. der Wrangelinsel.

Delorme, *de l'Orme* [də 'lɔrm], Philibert, französischer Architekt, *1510/15 Lyon, †8. 1. 1570 Paris; nach dem Studium der Antike u. Renaissance in Rom seit 1536 in Lyon, dann seit 1540 in Paris tätig; neben P. *Lescot* Hauptmeister der französischen Renaissancebaukunst. D. errichtete 1552 Schloß *Anet* für Diana von Poitiers (z.T. erhalten) u. seit 1564 die Pariser *Tuilerien* für Katharina von Medici (unter Ludwig XIV. verändert, 1871 zerstört).

Delos, *Dilos, Mikra D.*, griechische Kykladeninsel, unbewohnt, felsig, nur mit Gestrüpp bewachsen, 4 qkm; nach der griechischen Göttersage Geburtsort von *Apollon* u. *Artemis*; schon Anfang des 1. Jahrtausends v. Chr. war das Apollonheiligtum religiöser Mittelpunkt der ionischen Griechen, einschließlich Athens; seit 477 v. Chr. Sitz des *Attischen Seebunds*, berühmte kultische Festspiele; in römischer Zeit wichtiger Handels- u. Umschlagplatz u. größter Sklavenmarkt des Altertums; 88 u. 69 v. Chr. fast völlig zerstört, seit dem 2. Jh. n. Chr. unbewohnt.

Ausgrabungen bereits seit 1873: u.a. 3 kleinere Apollontempel des 6. u. 5. Jh. v. Chr., die von Löwen flankierte Feststraße aus dem 7. Jh. v. Chr., der Tempel der Leto aus dem 6. Jh. v. Chr. u. der heilige See mit der Palme, unter der Apollon geboren sein soll; Schatzhäuser, Wohnstadt aus hellenistischer Zeit.

Delp, Alfred, kath. Theologe, *15. 9. 1907 Mannheim, †2. 2. 1945 Berlin (hingerichtet); befaßte sich mit der Ausarbeitung einer christlichen Sozialordnung; als Angehöriger des *Kreisauer Kreises* nach dem 20. Juli 1944 verhaftet u. zum Tod verurteilt.

Delphi, grch. *Delphoi*, antike Stadt in der altgriech. Landschaft Phokis, in wildromant. Lage am Fuß der steil aufragenden, zum Parnaß gehörenden Phaidriaden; Heiligtum seit dem 2. Jahrtausend v. Chr. an den Stellen der späteren Hauptkulte des Gottes *Apollon* u. der *Athena Pronaia*; seit dem 8. Jh. v. Chr. wichtigster Kultort Apollons, der die Legende nach durch die Tötung des Drachen Python Herr des Ortes wurde. Der Apollontempel (seit dem 7. Jh. v. Chr. mehrfach zerstört u. wieder aufgebaut, zuletzt im 4. Jh. v. Chr.) war Mittelpunkt des Ortes; in ihm verkündete die Seherin *Pythia* in vieldeutigen Sprüchen die Orakel Apollons. Die zu seinem Tempel führende „heilige Straße" war von zahlreichen Schatzhäusern u. Weihgeschenken der griech. Staaten gesäumt. Gesondert u. tiefer lag der Bezirk der Athena Pronaia mit dem Tholos aus der Zeit um 400 v. Chr. Die Stadt hatte ein Theater u. Stadion; nördl. des heiligen Bezirks lag die Kaufmannsstadt aus hellenist. Zeit. Die größte polit. Bedeutung hatte D. in archaischer Zeit, es wirkte auf die Verfassung der griech. Städte, viele polit. Unternehmungen u. die Kolonisation ein, war autonom u. Sitz der „pyläisch-delphischen Amphiktyonie". Der Einfluß D.s ging seit 450 v. Chr. zurück, es verlor zeitweilig die Selbständigkeit u. fiel 356 v. Chr. an die Phoker, später an Philipp II. von Makedonien, zuletzt an Rom. Es erlebte im 2. Jh. n. Chr. eine Spätblüte unter den röm. Kaisern Nero, Trajan u. Hadrian. Als Theodosius 390 die heidn. Kulte verbot, war

Delphi: die zum Apollontempel führende „heilige Straße"

D. schon bedeutungslos. – Ausgrabungen seit 1840, Museum mit reichen Skulpturenfunden. – ▭ 5.2.3.

Delphin, 1. *Astronomie:* kleines Sternbild des nördl. Himmels, zwischen Pegasus u. Adler.
2. *Sport: Delphinschwimmen,* eine Stilart beim →Schwimmen, Anfang der 1950er Jahre aus der Schmetterlingsschwimmtechnik (auch *Butterfly* genannt) entwickelt. Beide Arme müssen gleichzeitig und in ununterbrochener Bewegung über dem Wasser nach vorn und im Wasser nach hinten gebracht werden; Schulter parallel zur Wasserfläche. Die Beine bleiben geschlossen u. führen eine vertikale Schlagbewegung u. der ganze Körper eine wellenförmige Bewegung aus (beides ähnl. einem Delphin, daher der Name); Anschlag bei der Wende u. am Ziel mit beiden Händen.
3. *Zoologie:* i.e.S. *Delphinus delphis,* kleiner, bis zu 2,60 m langer, meist aber kleinerer *Zahnwal* mit langgestrecktem, spindelförmigem Körper.
Delphine, *Delphinidae,* artenreiche Familie der Zahnwale, kleine bis mittelgroße Meeressäuger mit schnabelartig verlängertem Schädel. Beide Kiefer tragen 120–260 kegelförmige Zähne; D. sind kosmopolit. Fischfresser. Ihr hochentwickeltes Gehirn macht sie zu bevorzugten Forschungsobjekten der Säugetierkunde (→Zahnwale). D. u. Schweinswale leisten kranken Artgenossen Hilfe durch Unterschwimmen u. in gleicher Weise auch in Not geratenen Menschen. Auch die Sage von dem Jungen, der auf einem Delphin übers Meer ritt, hat sich in Oponoi Beach, Neuseeland, verwirklicht.
Zu den D.n gehören u.a. die *Schwert-* (oder *Mörder-)Wale,* der *Grindwal,* der *große Tümmler* und der *Delphin* (3) i.e.S. (Die *Flußdelphine* bilden eine eigene Familie.)
Delphinidin, Naturfarbstoff aus der Gruppe der Anthocyane, kommt in den Blüten des Rittersporns *(Delphinium)* sowie in violetten Stiefmütterchen u. in weinroten Wicken vor. D. wurde 1915 von R. *Willstätter* synthet. dargestellt.
Delsberg →Delémont.
Delta, δ, Δ, 4. Buchstabe des griech. Alphabets. In der *Mathematik:* Δ, Symbol für das Dreieck u. für die Zuwachs einer Größe (z.B. Δx); ∂, Zeichen für das partielle Differential.
Delta, *Geographie:* Flußmündung mit einem verzweigten Netz von Flußarmen u. ständiger Neulandbildung (oft in Form eines griech. Δ) aus mitgeführten Sinkstoffen, die durch das Nachlassen der Transportkraft u. bei mäßiger Küsten- u. Gezeitenströmung abgelagert werden. Ausmaße annehmen u. eine Landschaft in relativ kurzer Zeit stark verändern; am größten sind die D.s von Ganges u. Brahmaputra (80000 qkm), Mississippi (30000 qkm, jährl. bis zu 100 m weiter ins Meer hinaus), Orinoco (24000 qkm) u. Nil (über 20000 qkm).
Delta Amacuro, venezolan. Territorium im Orinocodelta, 40200 qkm, 34300 Ew., Hptst. *Tucupita* (10000 Ew.); Erdölgewinnung u. -raffinerie; Agrargebiet.
Delta Cephei, δ *Cephei* [-fe:i], veränderl. Stern im Kepheus mit regelmäßigem Lichtwechsel (Periode 5,4 Tage, Schwankung um 1 Größenklasse); Prototyp der →Cepheiden (D.-C.-Sterne).
Deltaflügel, Flugzeugtragfläche in Dreieckform, entspr. dem griech. Buchstaben Δ (Delta); bes. geeignet für sehr hohe Fluggeschwindigkeiten; *D. flugzeuge* werden meist als *Nur-Flügel-Flugzeuge* gebaut.
Deltametalle, Kupfer-Zink-Legierungen *(Sondermessing)* mit etwa 55–60% Cu, 36–42% Zn u. bis 2% Fe, Mangan- u. Bleizusätzen; gieß- u. knetbar, goldgelb, beständig gegen Seewasser u. schwache Säuren; für Schiffsbeschläge u. Armaturen.
Deltaplan, nach der Sturmflutkatastrophe von 1953 in den Niederlanden entwickelter, 1958 zum Gesetz erhobener, jetzt fast vollendeter Plan zur Abdämmung des Deltas von Rhein, Maas u. Schelde. Etwa 15000 qkm, mehr als 40% der Landfläche der Niederlande, die von Sturmfluten bedroht sind, sollen bis 1980 durch die Anlage von 5 Abschlußdämmen u. neuen Deichen gesichert werden; in die Abschlußdämme werden z.T. Schleusen für den Schiffsverkehr eingebaut. Ausgenommen bleiben die Mündung der Westerschelde u. der Nieuwe Waterweg.
Deltastrahlen, δ-Strahlen, Elektronenstrahlen, die nicht unmittelbar von radioaktiven Substanzen ausgesandt werden, sondern im Zusammenhang mit einem primären Stoßprozeß, z.B. beim Stoß von γ-Gammastrahlen auf Atome. →auch Radioaktivität.
de Luxe [də 'lyks; frz.], aufs beste ausgestattet; Luxusausführung.
Del Valle-Inclán ['valje-], Ramón, span. Schriftsteller, * 28. 10. 1869 Villanueva de Arosa, Pontevedra, † 5. 1. 1936 Santiago de Compostela; der originellste Vertreter des span. Modernismus, feinfühliger, oft ziselierender Stilist; führte mit den „Unterweltsjargon" in die span. Dichtersprache ein u. schuf mit seinen „esperpentos" [wörtl. „Albernheiten"] einen neuen, eigenartig verzerrten Stil des satir. Theaters. Hptw.: „Sonatas" 1902–1905 (Romanzyklus), dt. Bd. 2 „Sommersonate" 1958.
Delvaux [del'vo:], Paul, belg. Maler u. Graphiker, * 23. 9. 1897 Antheit; von R. *Magritte* u. G. de *Chirico* beeinflußter Surrealist, dem die in realist. Technik objektiv wiedergegebenen Räume als Rahmen von Traumdarstellungen dienen.

Demag AG, seit 1978 *Mannesmann Demag AG,* Duisburg, Unternehmen der Maschinenbauindustrie, gegr. 1926 durch Zusammenschluß der 1910 aus der Verschmelzung von drei westdt. Maschinenfabriken hervorgegangenen *Deutschen Maschinenfabrik AG,* Duisburg, mit der Maschinenfabrik *Thyssen & Co. AG,* Mülheim/Ruhr; baut Hochofenanlagen, Stahl- u. Walzwerke, Bergwerks- u. Kraftmaschinen, Großgaserzeuger, Kompressoren, Preßluftwerkzeuge, Krane, Hafen- u. Werftanlagen, Brücken, Stahlhochbauten u.a.; 1974 Zusammenschluß mit der Mannesmann AG; Grundkapital: 171 Mill. DM; 23000 Beschäftigte.
Demagoge [grch., „Volksführer"], in den alten griech. Stadtstaaten ein durch seine Rednergabe einflußreicher Mann; im heutigen Sprachgebrauch ein Volksverführer, Hetzer, Manipulator der Massen. Als *demagogisch* in diesem Sinn wurden zuerst die nationalen, liberalen u. demokrat. Bestrebungen in Dtschld. nach den *Freiheitskriegen* von den restaurativen Regierungen verleumdet u. verfolgt *(Demagogenverfolgung).*
Demagogenverfolgung, die Maßnahmen zur Unterdrückung (radikal-)liberaler Strömungen nach dem *Wiener Kongreß.* Nach den Mordanschlägen auf den nassauischen Min. K. von *Ibell* (* 1780, † 1834) u. auf A. von *Kotzebue* (durch K. Sand) 1819 schritten die Regierungen gegen die „Demagogen" ein. Opfer der aufgrund der →Karlsbader Beschlüsse eingesetzten Zentraluntersuchungskommission in Mainz wurden vor allem die Burschenschaftler u. die Universitätsprofessoren (E. M. *Arndt,* F. L. *Jahn,* K. Th. *Welcker* [* 1790, † 1869] u.a.). Die D.en verschärften sich nochmals nach der Julirevolution 1830, bes. nach dem →Hambacher Fest 1832 u. nach dem Sturm auf die Frankfurter Hauptwache 1833. Auch der mecklenburg. Mundartdichter F. *Reuter* wurde verhaftet. – ▭ 5.4.3.
Demangeon [dəmɑ̃'ʒɔ̃], Albert, französ. Geograph, * 13. 6. 1872 Gaillon, † 25. 7. 1940 Paris; lehrte an der Sorbonne, arbeitete vor allem auf den Gebieten der Anthropo- u. politischen Geographie; Hptw.: „La géographie humaine de la France" posthum 1942.
Demantoid [der], grüner Kalkeisengranat, kommt in Bobrowka (Sibirien), Sachsen u. Ungarn vor.
Démarche [de'marʃ; die; frz.], das Eingreifen diplomat. Stellen (Außenministerium, Botschafter) durch die Abgabe schriftl. oder mündl. Erklärungen (bis zu Protesten) gegenüber einem anderen Staat.
Demaretejon, unter Königin *Demarete* von Syrakus, der Gemahlin des Tyrannen Gelon von Syrakus, nach dem Sieg bei Himera um 480/479 geprägtes 10-Drachmen-Stück *(Dekadrachmon)* von hoher künstler. Qualität; mit Frauenkopf u. Quadriga.
Demarkation [frz.], *Völkerrecht:* die vertragl. Festlegung von Grenzlinien zwischen Interessensphären der Staaten, zur vorläufigen Markierung der Grenzen bei Gebietsveränderungen oder als territoriale Schranken für die Ausübung militärischer Gewalt bei Besetzungen (z.B. bei der Besetzung Frankreichs durch dt. Truppen 1940–1944 die D.slinie zur Scheidung des besetzten u. unbesetzten Landesteils); Festlegung vielfach durch gemischte oder internationale Kommissionen an Ort u. Stelle, sonst durch Bezugnahme auf die dem Vertrag, Waffenstillstandsabkommen u.ä. beigegebenen Karten.
Demat, altes Feldmaß in den Marschländern, zwischen 45,4 u. 56,74 Ar.
Demawend, vulkan. Hauptgipfel des Elburs (Iran), 5604 m.
Demblin, poln. *Dęblin,* russ. bis 1915 *Iwangorod,* poln. Stadt an der Weichsel, nordwestl. von Lublin (Wojewodschaft Lublin), 14000 Ew.; Verkehrsknotenpunkt, Militärfliegerschule. – Seit 1842 Ausbau zu einer der 3 russ. Weichselfestungen, im 1. Weltkrieg viel umkämpft.
Demedts, André, fläm. Schriftsteller, * 8. 8. 1906 Sint-Baafs-Vijve; schrieb unter religiösen Aspekten melancholische Lyrik u. realist. Romane: „Das Leben treibt" 1936, dt. 1939; „Abrechnung" 1938, dt. 1941; „Niemals wieder" 1941, dt. 1948; „Die Herren von Schoendaele" 1947–1951, dt. 1957; „Die Freiheit u. das Recht" 1959, dt. 1960; „Eine Nußschale voll Hoffnung" 1962, dt. 1962.
Demel, Walter, Skiläufer, * 1. 12. 1935 Bayreuth; seit 1962 erfolgreichster dt. Skilangläufer, gewann insges. über 40 dt. Meistertitel; 1966 Weltmeisterschafts-Dritter über 30 km.
Demenz, lat. *Dementia* [die; „Blödsinn"], Form

des *Schwachsinns*; kommt in verschiedenen Graden durch Hirn- u. Geisteskrankheiten erworben vor; häufig Endzustand der Arterienverkalkung der Gehirnschlagadern (→Altersblödsinn). – *Dementia praecox*, Jugendirresein, →Schizophrenie. – Eigw.: dement.
Demeritenhaus, Bußhaus für kath. Geistliche, die sich eines *Demeritums* [lat., „Vergehen"] schuldig gemacht haben.
Demeter, griech. Erdgöttin, Bringerin der Fruchtbarkeit; Symbol: Samenkorn, Ähre u. Mutterschoß; ihrer Tochter, der Unterweltgottheit *Persephone*, verbunden; von den Römern der *Ceres* gleichgesetzt.
Demeter, Dimitrije, kroat. Dramatiker, *21. 7. 1811 Agram, †24. 6. 1872 Agram; Bühnenstücke über die kroat. Vergangenheit; übersetzte u. a. Goethe u. A. von Kotzebue.
Demetrios, *Demetrius* [grch., „Sohn der Erdgöttin *Demeter*"], männl. Vorname; russ. *Dmitrij*, bulgar. *Dimitrij*.
Demetrios, Könige der Seleukiden- u. Antigoniden-Dynastie: **1.** *D. I. Poliorketes* [„Städtebelagerer"], König von Makedonien 294–287 v. Chr., *336 v. Chr., †283 v. Chr. Apameia; befreite in den Diadochenkämpfen 307 v. Chr. Athen von der Herrschaft des *Kassandros*; erhielt seinen Beinamen wegen der Verwendung von Belagerungsmaschinen vor Salamis (auf Zypern) u. Rhodos; wurde durch einen Militäraufruhr vom makedon. Thron entfernt u. starb in Gefangenschaft des *Seleukos I*.
2. *D. II.*, König von Makedonien 239–229 v. Chr., Sohn u. Nachfolger des *Antigonos II. Gonatas*; fiel im Kampf gegen die Dardaner. – 🗎 5.2.4.
3. *D. I. Soter*, König von Syrien 162–150 v. Chr.; Sohn *Seleukos' IV.*, kämpfte gegen die Juden, fiel in einer Schlacht gegen Alexander I. Balas.
Demetrius, russ. *Dmitrij*, russ. Fürsten: **1.** *D. Iwanowitsch Donskoj*, Großfürst von Moskau (1359) u. Wladimir, *12. 10. 1350, †19. 5. 1389; vereinigte mehrere russ. Teilfürstentümer mit Moskau; siegte als erster russ. Fürst in offener Feldschlacht auf dem Kulikowo Pole am Don (daher der Beiname *Donskoj*) gegen die Mongolen (1380).
2. *D. Iwanowitsch*, russ. Thronfolger, Sohn Iwans IV. (des Schrecklichen), *19. 10. 1582, †25. 5. 1591 Uglitsch; von *Boris Godunow* mit seiner Mutter nach Uglitsch verbannt u. dort ermordet (ob auf Betreiben von Boris Godunow, ist ungeklärt). Die Unsicherheit über seinen Tod verleitete zum Auftritt falscher Thronfolger, die sich als D. ausgaben.
3. *Pseudo-D. I., D. Samoswanez*, russ. Zar 1605/06, †27. 6. 1606 Moskau (erschlagen); wahrscheinl. der entlaufene Mönch Grigorij *Otrepjew*; usurpierte als angebl. Thronfolger D. Iwanowitsch mit Unterstützung des poln. Königs Sigismund III. den Thron (1605); bald danach ermordet.
Das vieldeutige Thronprätendenten-Schicksal dieses russ. Zaren ist oft literar. gestaltet worden, meist als Drama; so schon durch *Lope de Vega*; in Rußland durch A. S. *Puschkin* („Boris Godunow" 1831, als Oper von M. *Musorgskij* 1874 u. von N. *Rimskij-Korsakow* 1896), A. N. *Ostrowskij* (1867) u. A. K. *Tolstoj* (1867–1870); in der dt. Literatur: die Fragmente von *Schillers* letztem Drama (1805) u. von F. *Hebbel* (1863), später Dramen von P. *Ernst* (1905), W. *Flex* (1909), A. *Schaeffer* (1923), A. *Lernet-Holenia* (1926), H. von *Heiseler* (1929), F. *Schreyvogl* (1937), Artur *Müller* (1942).
4. *Pseudo-D. II., D. Samoswanez*, russ. Thronprätendent, †21. 12. 1610 Kaluga (ermordet); gab sich 1606 für den (ermordeten) Pseudo-D. I. aus u. bedrohte Moskau mit einem Kosaken- u. Bauernheer.
Demi-glace [-'glas; das; frz.], **1.** braune Kraftsoße aus eingekochtem Kalbsfond, der aus Kalbsknochen, Fett, Mehl, Zwiebeln u. Gewürzen bereitet wird. **2.** Halbgefrorenes, eine Art Gefrorenes aus geschlagener Sahne mit Zusatz von Vanille, Erdbeeren oder Schokolade.
Demilitarisierung →Entmilitarisierung.
Deminutivum [das; lat.] →Diminutivum.
Demirel, Süleiman, türk. Politiker (Gerechtigkeitspartei), *1924 Islâmköy, Prov. Isparta (Anatolien); 1964 Parteivors., 1965–1971 u. erneut 1975–1977 Min.-Präs.; Wirtschaftsfachmann.
Demiurg [der; grch., „Handwerker"], Weltbaumeister, Mittler zwischen der höchsten Gottheit u. der Schöpfung; als Schöpfergott in der Gnosis dem Erlösergott gegenübergestellt. Auch bei *Marcion* steht der Gott des A. T. als D., der eine schlechte Welt schuf, dem Gott des N. T. gegenüber, der erlösend wirkt.
Demi-vierge [dəmi'vjɛrʒ; frz., „Halbjungfrau"], zwar äußerlich, aber innerlich nicht mehr jungfräul. Mädchen; Titel eines Romans von Marcel *Prévost* („Les D.s" 1894).
Demmin, Kreisstadt im Bez. Neubrandenburg, an Peene, Tollense u. Trebel, 17 100 Ew.; Nahrungsmittel-, Holzindustrie, Fahrzeugbau. Krs. D.: 783 qkm, 56 800 Ew. – 1070 slaw. Burg, 1164 von Heinrich dem Löwen erobert, 1283 Hansestadt, 1648–1720 schwedisch.
Demobilmachung, *Demobilisierung*, Herabsetzung der auf Kriegsstärke gebrachten Streitkräfte auf Friedensstärke.
Democrazia Cristiana, Abk. *DC*, italien. Partei, als Nachfolgepartei der kath. Volkspartei (*Partito Popolare*) 1944 unter Führung A. *De Gasperis* entstanden; seit 1946 die stärkste polit. Partei Italiens, bei den Wahlen zum Abgeordnetenhaus zwischen 35,3% u. 48,4% der Stimmen schwankend. Die DC stellte in Koalitionsregierungen seit 1948 ununterbrochen den Ministerpräsidenten; wichtigste Politiker neben De Gasperi (†1953): Amintore *Fanfani*, Aldo *Moro*, Mariano *Rumor*, Emilio *Colombo*.
Demodikose, *Akarusräude, Rote Räude*, schuppende oder pustulöse, schwer zu beeinflussende Hauterkrankung, bes. beim Hund; hervorgerufen durch Haarbalgmilben (*Demodex-Arten*); beginnt mit stellenweisem Haarausfall, der sich über den ganzen Körper ausdehnen kann.
Demodulator, *Funktechnik:* Bauteil, der den niederfrequenten Anteil eines Signals von seinem Hochfrequenzträger trennt.
Demographie [grch.], die Lehre von der Bevölkerung, bes. die Beschreibung ihrer wirtschafts-, sozial- u. staatspolit. Bewegungen; häufig mit *Bevölkerungsstatistik* gleichgesetzt. →auch Bevölkerungslehre.
Demokraten [grch.], **1.** allg. die Vertreter demokrat. Ideen, im Gegensatz zu den Anhängern von autoritären u. totalitären Vorstellungen; →Demokratie, →demokratische Parteien.
2. in den USA bilden die D. (*Democratic Party*) eine der beiden großen polit. Parteien. Ihr Gegensatz zu den Republikanern ist nicht grundsätzl., da beide über die demokrat. wie über die republikan. Organisation des staatl. Lebens der USA einig sind; er ergibt sich vielmehr aus der inneren Geschichte der USA u. aus der unterschiedl. Auffassung über innen-, sozial- u. gegenwartspolit. Fragen. Im Lauf der Geschichte sind die Demokraten mehr für die Rechte der Einzelstaaten gegenüber dem Bund (Partikularismus), u. für die Interessen der Agrarländer im S u. W gegenüber den nordöstl. Industriegebieten eingetreten. In den letzten Jahrzehnten haben sie in Th. W. *Wilson*, F. D. *Roosevelt* u. H. S. *Truman* maßgebl. Staatsmänner gestellt. 1932–1952 die Politik der USA beherrscht; seit 1961 waren sie mit Präsident J. F. *Kennedy* u. 1963–1968 mit L. B. *Johnson* wieder führend.
3. in der Schweiz spaltete sich die *Demokrat. Partei*, Abk. *Dem.*, als linksbürgerl. Gruppe 1896 von der *Freisinnig-Demokratischen Partei* ab; sie stand zwischen Freisinn u. Sozialdemokratie. Die D. hatten ihren Schwerpunkt in Graubünden. 1971 haben sich bedeutende Teile der Partei (Kantone Glarus u. Graubünden) mit der früheren Bauern-, Gewerbe- u. Bürgerpartei zur →Schweizerischen Volkspartei zusammengeschlossen.
Demokratie [grch., „Volksherrschaft"], Staatsform, in der die Staatsgewalt vom Volk ausgeht („getragen" wird) u. direkt oder (und) indirekt von ihm ausgeübt wird. – Die D. entwickelte sich in Europa zuerst in den griech. Stadtstaaten als *direkte* oder *unmittelbare* D. Sie wurde von *Aristoteles* unter dem Namen *Politie* zu den drei grundlegenden „guten" Staatsformen gerechnet, wohingegen er als D. die Entartung der Politie bezeichnete. Doch war die griech. D., ebenso wie die römische, wirtschaftlich u. soziologisch auf der Sklaverei aufgebaut u. kann insofern nicht mit der modernen Entwicklung der D. verglichen werden. Auch die ursprüngl. Verfassungen der german., roman. u. slaw. Stämme Europas hatten demokrat. Charakter, der aber im Lauf des MA. vom Feudalismus überwuchert u. in der Neuzeit vom Absolutismus fast ganz beseitigt wurde.
Die *moderne* D. erwuchs zunächst aus den kalvinist. Glaubenskämpfen des 17. Jh., bes. in Schottland, England u. den Niederlanden, in denen die Gemeinde als Träger des religiösen u. polit. Lebens hervortrat, sodann aus den Lehren der *Aufklärung*, bes. aus ihren Anschauungen von der Freiheit u. Gleichheit aller u. von der normativen Bedeutung des vernünftigen Denkens des einzelnen über Staat u. Gesellschaft. Grundlegend wurden die Lehren J. J. *Rousseaus* von der *Volkssouveränität* als einem unteilbaren u. unveräußerl. Recht des Volkes. Das Volk wird hier als Gemeinwesen

Delta: Satellitenaufnahme des Nildeltas mit Sinaihalbinsel im Hintergrund

demokratische Parteien

aufgefaßt, dessen Wille sich entweder als *Mehrheitswille* (frz. *volonté de tous*) oder als *Gesamtwille* (frz. *volonté générale*) äußert, der nur auf das allg. Beste gerichtet ist u. deshalb indirekt auch die Absichten abweichender Gruppen umfaßt, die er folglich ebenfalls verpflichtet. Dieser Wille ist der „Souverän" u. oberste Gesetzgeber im Staat. Aus dieser Lehre folgt der allg. demokrat. Grundsatz der Herrschaft der Mehrheit, deren Wille in der Regel mit dem Gesamtwillen übereinstimmt. Allerdings gibt es nach Rousseau auch Fälle, in denen der Mehrheitswille irregeleitet u. der wahre Volkswille (Gesamtwille) von der Minderheit repräsentiert wird, die dann das Recht hat, die Mehrheit, notfalls mit Gewalt, auf den richtigen Weg zu leiten („man muß die Menschen zwingen, frei zu sein"). Demnach lassen sich aus der Lehre Rousseaus die verschiedensten Ausgestaltungen demokrat. Staaten bis zur modernen „*Volks-D.*" u. zur *sozialist. D.* herleiten, die sich ebenfalls als D.n in dem oben beschriebenen Sinn verstehen, wobei aber als Volk in der sozialist. D. nur die Werktätigen angesehen werden.

Der erste moderne demokrat. Staat waren die *USA.* In Europa wurde erstmals in der *Französ. Revolution* ein Staat auf demokrat. Prinzipien gegr., u. zwar wurden hier schon die beiden für die weitere Entwicklung der Gesamtordnung demokrat. Staaten wichtigen Phasen, die der *liberal-rechtsstaatl.* (konstitutionellen u. gewaltenteilenden) *D.* (1789–1792) u. die der *diktatorischen* u. manchmal auch *absolutistischen D.* (Jakobinerherrschaft 1792–1794) durchlaufen. Im letzteren Fall erwies sich, wie schnell eine nicht genügend gefestigte D. in die Tyrannei von Massen u. schließl. von einzelnen (Robespierre, Napoléon) umschlagen kann. – Ältere demokrat. Verfassungselemente erhielten sich vor allem in der Schweiz.

Die Entwicklung der einzelnen europ. Staaten zur D. verlief sehr unterschiedlich. Während *Großbritannien* unabhängig von der Beibehaltung der Monarchie in der Staatsgestaltung des 19. Jh. (Ausprägung des Parlamentarismus, des Kabinettsystems, des Zweiparteiensystems) nahezu unmerkl. eine demokrat. Staatsform entwickelte, war dies in *Frankreich* nach einigen kurzen Versuchen (1848) erst mit der Entstehung der III. Republik der Fall (1871, Verfassungsgesetz von 1875); in *Deutschland* nach dem Scheitern der unter konstitutionellen Vorzeichen stehenden Versuche von 1848 im Kaiserreich erst mit der Verfassungsänderung vom 28. 10. 1918 (Einführung der parlamentar. Verantwortung der Regierung, Ausdehnung des Gegenzeichnungsrechts nunmehr auch auf militär. Akte des Kaisers) u. vor allem mit der Errichtung der *Weimarer Republik* (Verfassung vom 11. 8. 1919). Die Republik von 1919 wies *plebiszitäre* Züge auf (das Volk wählte den Reichspräs. u. konnte von ihm u. aus sich – über ein Volksbegehren – durch den Volksentscheid zur unmittelbaren Gesetzgebung herangezogen werden). Die demokrat. Staatsform stieß bei weiten Bevölkerungsteilen auf Ablehnung, die sich teils für eine Restauration der Monarchie, teils für eine kommunist., teils für eine autoritär-faschist. Staatsgestaltung einsetzten. Der Nationalsozialismus hat nach seinem Sieg von 1933 auch kein Hehl aus seiner Abneigung gegenüber demokrat. Prinzipien gemacht u. sie in jeder Hinsicht als „Degenerationserscheinung" hingestellt, sich aber gleichzeitig des Mittels der *Volksabstimmungen* bedient u. so den Gleichklang zwischen Staatsführung u. Volksmeinung darzutun versucht. Diese Volksabstimmungen wurden aber stets erst nach dem zur Abstimmung gestellten Ereignis (z.B. 1933 Austritt aus dem Völkerbund, 1938 Angliederung Österreichs) durchgeführt. Außerdem wurde kein Zweifel darüber gelassen, daß selbst ein negativer Ausgang der Abstimmung für Hitler nicht bindend sei, da er auf jeden Fall den „objektiven Volkswillen" verkörpere, gegen den auch ein irregeleiteter „subjektiver Volkswille" nichts auszurichten vermöge.

Nach 1945 wurde in Dtschld. erneut der Versuch einer Verwirklichung der demokrat. Staatsform gemacht. Im W entstand in der *Bundesrepublik Deutschland* eine D. mit der Prägung im Sinne der Gewaltenteilung, der Rechtsstaatlichkeit u. des Bundes- u. Sozialstaats (Art. 20 u. 28 des 1949 in Kraft getretenen Grundgesetzes). Die sowjet. Besatzungszone wurde in die östl.-sowjet. Modellen nachgeformte *Deutsche Demokratische Republik* umgewandelt (1949). Zwar trug die ursprüngl. Verfassung auch hier noch deutliche Kennzeichen der liberalen Republik von Weimar, doch die Verfassungspraxis entfernte sich immer mehr hiervon. So sind auf dt. Boden gegen den Willen der dt. Bevölkerung in zwei Staaten die westl. u. die östl. Form der demokrat. Staatsgestaltung Wirklichkeit geworden, wobei freilich nach Auffassung des Westens nur die westl. u. nach Auffassung des Ostens nur die östl. Verwirklichungsform als eine echt demokrat. bezeichnet wird. – Räte-D.: →*Rätesystem*.

Im übrigen zeigt die demokrat. Staatsform auch innerhalb des Westens erhebl. Unterschiede: Zunächst die der Scheidung in die plebiszitäre u. die repräsentative D. Die *plebiszitäre D.* zeichnet sich – wie die Weimarer Republik – durch die Möglichkeit unmittelbarer Volksentscheidungen aus, sei es durch die Form der vorzunehmende Wahl des höchsten Staatsorgans, sei es durch die Möglichkeit, auf dem Weg über ein Volksbegehren u. anschließenden Volksentscheid oder nach Anordnung des Staatsorgans unmittelbar durch Volksentscheid das Volk zum Gesetzgeber zu machen. Doch auch bei dieser Konstruktion bleibt die normale Gesetzgebung dem Parlament vorbehalten. Es handelt sich also bei den plebiszitären Entscheidungen immer nur um seltene Ausnahmefälle. Sehr häufig sind sie allerdings in der Schweiz (→*Referendum*). – In einer *repräsentativen D.* – die BRD gehört zu diesem Typus – ist jede plebiszitäre Entscheidung ausgeschlossen (nur Art. 29 GG [Neugliederung des Bundesgebietes] u. Art. 118 [Südweststaat] gestatten Volksentscheide). Die heftigen Reaktionen bei der Frage der atomaren Ausrüstung der Bundeswehr zeigen deutl. den Rückzug der BRD auf ein betont repräsentatives System, während z.B. Frankreich unter de Gaulle aufgrund der Verfassung von 1958 u. ihrer Änderungen die plebiszitäre Legitimierung der „autoritären D." auszubauen bestrebt war.

Eine weitere wichtige Unterscheidung ist diejenige zwischen der *parlamentarischen* u. der *nicht-parlamentarischen D.* Unter Parlamentarismus ist dabei nicht das Vorhandensein u. Funktionieren des Parlaments zu verstehen, sondern die Abhängigkeit der Regierung vom Vertrauen der Legislative. Die westl.-europ. Gestaltungen sind der engl. Vorbild entspr. nachgeformt; auch die BRD kennt die Möglichkeit des Mißtrauensvotums gegen den Bundeskanzler, wenn auch in der gegenüber Weimar modifizierten Form des *konstruktiven Mißtrauensvotums* (Sturz nur bei gleichzeitiger Einigung auf den Nachfolger). Selbst Frankreich hat dieses parlamentar. System unter der autoritären Regierung de Gaulles beibehalten. – Den Gegentypus bilden die Vereinigten Staaten. Dort ist der *Präsident* – der zudem noch die beiden Ämter des Staatsoberhaupts u. des Regierungschefs in seiner Person vereinigt – keineswegs vom Vertrauen des Kongresses abhängig; Repräsentantenhaus u. Senat können den Präsidenten nicht zum Rücktritt zwingen.

Diese Grundtypen der Verwirklichung der demokrat. Staatsform lassen erkennen, welche Unterschiede im einzelnen bestehen. Die Verschiedenheit der nationalen Tradition u. die Rücksichtnahme auf jeweils andere soziale Gegebenheiten sowie eine abweichende Beurteilung bestimmter Verhaltensweisen lassen die D. als eine Aufgabe der Neuzeit erscheinen, für die es eine Vielfalt von Formen gibt. Hinter der grundsätzl. Festlegung, daß die Staatsgewalt beim Volk liegt (u. nicht bei einer privilegierten Schicht, einer Klasse oder Gruppe), eröffnen sich zahlreiche Wege u. Möglichkeiten für eine ganz unterschiedl. Gestaltungen. Deshalb wird die D. zu jeder Zeit u. für jedes Volk zu einer bes. Aufgabe. – 🕮 4.1.2. u. 5.8.1.

demokratische Parteien entstanden mit dem Aufkommen der westl. Verfassungsstaaten, zuerst in den nordamerikan. Staaten, dann während der Französ. Revolution.

Deutschland: In Südwest-Dtschld. entwickelten sie sich mit den Verfassungsbewegungen von 1815, in Preußen seit der Revolution von 1848. Doch war noch nirgends ein festes Parteigefüge vorhanden. Einen starken demokrat. Flügel gab es in der Frankfurter Nationalversammlung 1848/49; auch im preuß. Abgeordnetenhaus der Restaurationszeit hielt sich eine sehr aktive demokrat. Gruppe. Aus ihr ging dann 1861 die *Fortschrittspartei* hervor (Fortschritt u. Freisinn). Im Kaiserreich vertraten neben der Fortschrittspartei der linke Flügel des *Zentrums* u. der *SPD* demokrat. Ansichten. In der Weimarer Republik standen

Demosthenes: römische Kopie der Bronzestatue von der Agora in Athen. Rom, Vatikanisches Museum

SPD, Zentrum, *DDP* u. ein Teil der *Bayerischen Volkspartei* u. der *Deutschen Volkspartei* (von kleineren Parteien abgesehen) auf dem Boden der Demokratie. In der BRD bekennen sich alle zugelassenen Parteien zumindest formal zum demokrat. Gedanken; nach dem Grundgesetz sind Parteien, die gegen die freiheitl.-demokrat. Grundordnung eingestellt sind, verfassungswidrig (Art. 21 Abs. 2 GG). →auch Demokraten. – 🕮 5.8.4 u. 5.8.1.

Demokratischer Frauenbund Deutschlands, Abk. *DFD*, DDR-Frauenorganisation mit Verwaltung in Ost-Berlin; 1947 gegr. u. angeschlossen der kommunist. *Internationalen Demokrat. Frauen-Föderation.*

demokratischer Zentralismus, Hauptgrundsatz der kommunist. Partei- u. Verwaltungsorganisation: 1. alle lenkenden Körperschaften werden (von unten nach oben) gewählt; 2. die Beschlüsse der höheren Instanzen sind unbedingt verbindlich für die niederen; 3. die Minderheit hat sich der Mehrheit zu unterwerfen (keine öffentl. Kritik an Mehrheitsbeschlüssen). In der Praxis überwiegt das zentralist. Element (Lenkung von oben).

Demokratische und evangelische Fraktion, *Schweiz:* bis 1971 gemeinsame Nationalratsfraktion der *Demokratischen Partei* u. der *Evangelischen Volkspartei* der Schweiz.

Demokrit, *Demokritos,* griech. Philosoph aus Abdera, * um 460/59 v. Chr. (soll 90 Jahre alt geworden sein); Schüler des *Leukippos* von Milet; nach sein nur in Fragmenten erhaltenen Schriften ein universaler Forscher u. Denker. Er bekämpfte Heraklits Lehre vom ewigen Werden ebenso wie die eleatische Lehre vom reinen Sein u. erklärte die Welt als Zusammensetzung letzter, unvergängl. Teilchen, die sich im leeren Raum bewegen (→*Atomistik*). In der Ethik vertrat er einen *Eudämonismus.* – 🕮 1.4.6.

Demonetisierung [lat.], eine Verordnung, die Münzen außer Kurs setzt oder sie ihrer Eigenschaft als gesetzl. Zahlungsmittel entkleidet.

Demonstration [lat.], 1. *allg.:* Veranschaulichung in besonders eindrucksvoller, lehrhafter Form.

2. *Politik:* Kundgebung, meist durch Aufgebot großer Massen, mit der Willensäußerungen, z.B. Forderungen, deutl. gemacht werden sollen; oftmals als Protest gegen Maßnahmen einer eigenen oder fremden Regierung, auch gegen den polit. Gegner gerichtet (u. a. Aufmärsche, Umzüge). In

diesem Sinn ist die D. ein Mittel der polit. Propaganda, das als Druck oder Drohung angewandt wird. Auch der *Streik* ist eine Form der D. Im freiheitl.-demokrat. Staat ist das Recht zur D. durch die *Meinungs- u. Versammlungsfreiheit* Bestandteil der Grundrechte (Art. 5 u. 8 GG), sofern die freiheitl.-demokrat. Ordnung nicht angetastet wird (Art. 18 GG). Die *Macht-D.*, ausgehend von einem Staat, der mit Hilfe seiner meist militärischen Überlegenheit den Gegner warnen oder einschüchtern will, ist eine besondere Erscheinungsform der D.

Demonstrationsdelikte, Straftaten im Zusammenhang mit Demonstrationen, z.B. →Landfriedensbruch nach § 125 StGB. Im Zuge der Strafrechtsreform wurden 1970 die D. dem heutigen Verständnis von Meinungs- u. Versammlungsfreiheit angepaßt; die Strafvorschriften wurden dabei erhebl. entschärft.

Demonstrativpronomen, *Demonstrativum*, hinweisendes Fürwort; →Pronomen.

Demontage [-ˈtaːʒə; frz.], Zerstörung, Zerlegung oder Abbau von Maschinen, Fabriken u. techn. Anlagen zum Abtransport (u. Wiederaufbau) an andere Orte, z.B. ins Ausland zwecks Wiedergutmachung von Kriegsschäden; schon nach 1918 als Vergeltungsmaßnahme gegen Dtschld. angewandt, in großem Umfang dann nach 1945. Zwar setzte sich die im *Morgenthau-Plan* vorgesehene totale Vernichtung des dt. Industriepotentials nicht durch, doch sind schätzungsweise 22 % der Kapazität von 1945 weggeschafft oder zerstört worden. Neben den polit. spielten dabei Konkurrenzgründe eine erhebl. Rolle.
Grundlage für die D. waren die Beschlüsse von Jalta u. Potsdam, durch die das dt. Industriepotential auf die Sieger verteilt wurde. Die Pläne u. Quoten wurden für die westlichen Zonen verschiedentlich modifiziert, bis dann 1950/51 ein allmählicher D.stopp eintrat, der sich mit der Veränderung der Weltlage zu einer „Remontage" einzelner Industrien wandelte.
Regional am stärksten wurde von der D. die DDR betroffen, sachlich am meisten die Schwerindustrie, der Schiffbau, die Industrie der synthet. Treibstoffe u. des synthet. Gummis. Die D. wurde ergänzt durch ein weitverzweigtes System von Produktionsverboten.

Demoralisation [lat., frz.], Zuchtlosigkeit, Sittenverderbnis; in soziolog. Bedeutung das Auftreten normwidriger Handlungen bei der Zersetzung von Gruppen.

De Morgan [də ˈmɔːgən], Augustus, engl. Mathematiker, *27. 6. 1806 Madura/Madras (Südindien), †18. 3. 1871 London; Arbeiten über Algebra u. Logik.

de mortuis nil nisi bene [lat.], „über die Toten (rede) nur gut"; dem griech. Philosophen *Chilon* zugeschrieben.

Demos [der, Mz. *Demoi* oder *Demen*; grch., „Gemeinde, Volk"], ursprüngl. eine zusammen siedelnde Sippe, dann das „Volk" in jeder Bedeutung dieses Wortes: „niederes Volk" (auch „Kriegsvolk"), „freies Volk" (bes. in Athen), „Volksversammlung", „Volksherrschaft" *(Demokratie)*, schließl. die „Gesamtgemeinde" u. der „Staat". In Attika war seit Kleisthenes das Bürgerrecht an die Zugehörigkeit zu einem solchen D. gebunden. Im byzantin. Reich war D. das Stadtvolk von Byzanz, im heutigen Griechenland ist D. der kleinste Verwaltungsbezirk.

Demoskopie [grch.] →Meinungsforschung.

Demosthenes, 1. athen. Feldherr im Peloponnesischen Krieg, †413 v. Chr.; belagerte 425 v. Chr. die Spartiaten auf der dann von Kleon eingenommenen Insel Sphakteria; wurde 413 v. Chr. dem auf Sizilien in Schwierigkeiten geratenen *Nikias* zu Hilfe gesandt, konnte aber das athen. Heer nicht retten; zusammen mit Nikias von den Syrakusanern hingerichtet.
2. athen. Redner u. Staatsmann, *384 v. Chr. bei Athen; †322 v. Chr. Kalaureia; anfangs Anwalt in Privatprozessen (d.h., er schrieb die Reden, die dann sein Mandant vortrug), wurde er auf dem Weg über polit. Prozesse zum polit. Redner. Seitdem *Philipp II.* von Makedonien die griech. Freiheit bedrohte, machte es sich D. zur Aufgabe, seine Mitbürger immer wieder auf diese Gefahr hinzuweisen (philipp. u. olynth. Reden). In der Auseinandersetzung mit einer makedonienfreundl. Partei *(Äschines)* wurde er zum leitenden Staatsmann Athens. Seine Bemühungen scheiterten im Krieg gegen Philipp II. durch dessen Sieg bei Chaironeia (338 v. Chr.). Nach der Thronbesteigung *Alexanders d. Gr.* verlor D. seine führende Stellung. Als nach Alexanders Tod eine makedon. Besatzung nach Athen kam, nahm er Gift.
Seine kunstvollen Reden, die von leidenschaftlicher Vaterlandsliebe erfüllt sind, haben ihn zum großen Stilvorbild späterer Rednergenerationen werden lassen (→Attizismus). Etwa 30 der 60 unter seinem Namen erhaltenen Reden sind echt. – ⊡ 3.1.7.

demotische Schrift, ägypt. Kursivschrift des 7. Jh. v. Chr. bis ins 5. Jh. n. Chr., in der die Literatursprache, das *Demotische*, geschrieben wurde. →auch Hieroglyphen.

Dempf, Alois, kath. Kultur- u. Religionsphilosoph, *2. 1. 1891 Altomünster, Oberbayern; seit 1947 Prof. in München; Hptw.: „Sacrum Imperium" 1929; „Religionsphilosophie" 1937; „Christliche Philosophie" 1938; „Theoretische Anthropologie" 1950; „Die Einheit der Wissenschaft" 1955, ²1962; „Kritik der historischen Vernunft" 1957; „Geistesgeschichte der altchristlichen Kultur" 1964.

Dempo, Vulkangipfel im Barisangebirge in Südsumatra, 3159 m.

Demtschinskij-Verfahren, ursprüngl. in China geübtes u. später von Rußland übernommenes Um- oder Tiefpflanzen von vorher dicht ausgesätem Wintergetreide. Das D. soll zu höheren Erträgen führen.

Demus, 1. Jörg, österreichischer Pianist, *2. 12. 1928 St. Pölten; war Schüler W. *Giesekings*, seit 1943 Konzertpianist, Liedbegleiter u. Kammermusiker.
2. Otto, österr. Kunsthistoriker, *3. 11. 1902 Harland bei St. Pölten; 1928–1939 tätig in Wien, emigrierte nach England, seit 1946 Dozent, seit 1951 Prof. in Wien; 1968/69 Gastprofessur in Cambridge; seit 1946 Landesdenkmalpfleger in Österreich; „The Mosaics of Norman Sicily" 1949; „The Church of San Marco in Venice" 1960; „Romanische Wandmalerei" 1968.

Demut [ahd. *diomuoti*, „Dien-Gesinnung"], nach christl. Lehre das auf wahrer Selbsterkenntnis beruhende Bewußtsein der eigenen Nichtigkeit vor Gott, das dem Beispiel Christi gemäß (Phil. 2,2–8) in der Bereitschaft zum Dienen gegenüber Gott u. allen Menschen wirksam wird; schließt jeden Selbstruhm (Stolz), aber auch jede Servilität, nicht aber die dankbare Anerkennung gottgeschenkter Würde aus.

Demutsverhalten, *Verhaltensforschung:* eine die *Aggression* des Partners dämpfende Verhaltensweise (Teil des →Beschwichtigungsverhaltens); erscheint häufig als Verkleinerung des Körpers u. damit als Gegenteil des *Drohens* (→Kampf). D. findet sich auch zwischen Jungtieren u. Eltern: Junge Möwen u. Seeschwalben halten sich waagerecht u. ziehen den Kopf bei schräg nach oben weisendem Schnabel ein. Stark ritualisierte Kommentkämpfe (→Ritualisation) können durch D. des Unterlegenen beendet werden; so werfen sich Hunde auf den Rücken, Buntbarsche falten die Flossen, u. Schwäne legen sich flach auf den Boden. Bei der Balz dient D. der Kontaktaufnahme zwischen den Geschlechtspartnern. – ⊡ 9.3.2.

Denain [dəˈnɛ̃], nordfranzös. Industriestadt im Dép. Nord, an der kanalisierten Schelde, 28000 Ew.; Steinkohlengruben, Kokereien, Eisen- u. Stahl-, Maschinen-, Lebensmittelindustrie; Binnenhafen.

Denar [der; lat.], **1.** die um 215 v. Chr. eingeführte röm. Hauptwährungsmünze (Silber, ursprüngl. 4,5 g, im 2. Jh. v. Chr. 3,5 g); ursprüngl. = 10 As, seit 130 v. Chr. = 16 As, gerechnet als 1/25 *Aureus*; im Gehalt im 3. Jh. verschlechtert.
2. mittelalterl. Hauptwährungsmünze, erstmals im 7. Jh. in Frankreich geprägt; von den Karolingern zur Grundlage des mittelalterl. Geldwesens erhoben; als *Denarius* zugleich latein. Bez. für →Pfennig.
3. spätmittelalterl. Silbermünze in Ungarn u. Slowenien.

denaturieren [lat.], **1.** Genußmittel ungenießbar machen, die bei der Verwendung für technische Zwecke *steuerfrei* sind, z.B. Vieh- u. Fabriksalz oder Alkohol für Farben- u. Lackproduktion oder als Brennspiritus. Das D. geschieht durch einen gesetzlich vorgeschriebenen Zusatz von übelriechenden, übelschmeckenden oder farbigen Stoffen.
2. Eigenschaften des *Eiweißes*, z.B. seine Struktur, Löslichkeit, Fällbarkeit u. seinen Nährwert, durch Einwirkung von Wärme, starkes Rühren u. Schütteln, durch Chemikalien (z.B. Säuren, Basen, Alkohol, Aceton, Harnstoff u.a.) u. durch Behandlung mit ionisierenden Strahlen (→Lebensmittelkonservierung) u. Ultraschallwellen verändern. Das D. von Eiweiß ist in der Regel irreversibel, d.h. nicht mehr rückgängig zu machen.

Denazifizierung = Entnazifizierung.

Denbigh [-bi], Stadt in der Grafschaft *Clwyd*, in Nordwales, 9000 Ew.; Schloßruine; Lederindustrie, Agrarmarkt.

Dendara →Dandara.

Dender, frz. *Dendre*, rechter Scheldezufluß in Belgien, 117 km; durchfließt Hennegau u. Ostflandern, mündet bei *Dendermonde*; kanalisiert u. schiffbar.

Dendrit [der; grch.], **1.** *Geologie:* moosförmiger, dünner, dunkler, aus Eisen- u. Manganoxiden bestehender Absatz der auf Schicht- u. Kluftflächen zirkulierenden Lösungen; oft für Pflanzenversteinerungen gehalten; z.B. im Solnhofener Schiefer.
2. *Histologie:* bäumchenartig verzweigter Plasmafortsatz an der Oberfläche von Nervenzellen. Jede Zelle hat mehrere D.en, durch die sie mit benachbarten Nervenzellen in Verbindung steht.

Dendrobium [das; grch.], *Baumwucherer*, in Südasien u. Polynesien heim., sehr artenreiche Orchideengattung; einige Arten werden auch kultiviert.

Dendrochronologie [grch.], *Baumringchronologie, Jahresringchronologie*, Methode zur Datierung archäolog. u. kunstgeschichtl. Objekte (z.B. Kulturschichten bei Ausgrabungen, Baudenkmäler, Gemäldetafeln) anhand des vorgefundenen oder verwendeten Holzes. Die D. beruht auf der Auswertung der unterschiedlich breiten Jahresringe innerhalb eines Stammes u. ermöglicht es, das Fällungsjahr eines Baumes genau zu ermitteln. – ⊡ 5.0.8.

Dendroklimatologie [grch.], Beurteilung früherer Klimaverhältnisse u. ihrer Schwankungen nach den Jahresringen alter Bäume.

Dendrologie [grch., „Baumkunde"], Gehölzkunde. – *Deutsche Dendrologische Gesellschaft*, Abk. *DDG*, gegründet 1892, Sitz: Darmstadt; erforscht Züchtung und Anbau von Nutz- und Zierhölzern.

Dendrometer [das; grch.], Instrument zur Messung von Stammdurchmessern in beliebiger Höhe eines Baumes.

Dene, die indian. Völkerfamilie der →Athapasken.

Deneb [der; arab., „Schwanz"], *α Cygni*, hellster Stern im Sternbild *Schwan*.

Denebola [die; arab. „Schwanz des Löwen"], zweithellster Stern im Sternbild *Löwe*.

Denffer, Dietrich von, Botaniker, *8. 11. 1914 Rostock; 1951 Prof. in Gießen, Direktor des Botanischen Gartens; verfaßte den Teil Morphologie im „Lehrbuch der Botanik für Hochschulen" (von E. *Strasburger*) ²⁹1967.

Denga [der, Mz. *Dengi*; türk., russ.], kleine russ. Silbermünze des 14.–17. Jh., 1700–1828 als 1/2 Kopeke in Kupfer geprägt.

dengeln, *demmeln, dümmeln*, die stumpf gewordene Sensenschneide mit dem *Dengelhammer* auf dem Amboß dünnschlagen u. ausziehen, um sie leichter mit dem Wetzstein scharf halten zu können. – Das eigenartige helle, weithin hörbare Geräusch war Anlaß der verschiedenen Volkssagen vom *Dengelgeist*.

Denguefieber [-gə-; span.], akute Viruskrankheit der Tropen u. Mittelmeerländer; charakterist. sind das Anfangsfieber, der eigenartige Gang der Kranken, Muskel- u. Gelenkschmerzen u. Hautausschlag; Übertragung durch Mücken.

Den Haag, *s'Gravenhage*, niederländ. Stadt, Residenz (seit 1831) des Königshauses, Sitz von Regierung u. Parlament sowie des Internationalen Gerichtshofs der UN u. anderer internationaler Einrichtungen; Hptst. der Prov. Südholland; auf dem Dünenstreifen zwischen Lek u. Altem Rhein, durch das Seebad *Scheveningen* mit der Nordseeküste verbunden; 495000 Ew. (mit Vororten 738100 Ew.); königl. Schloß (1640, 1804 erweitert), Groote (15./16. Jh.) u. Nieuwe Kerk (17. Jh.); Mauritshuis (königl. Gemäldegalerie), Museen, Akademien, Theater; elektrotechn., Maschinen-, graph. Industrie, Erzeugung von Nahrungsmitteln, Fayencen, Schmuck u. Möbeln, Kunsthandel.
Im 13. Jh. Sitz der Grafen von Holland, 16.–18. Jh. Sitz der Generalstaaten. – 1668 Zusammenkunft der Tripelallianz England–Holland–Schweden;

Den Helder

1710 *Haager Konzert* zur Sicherung der Neutralität norddt.-schwed. Provinzen im Nordischen Krieg. →auch Haager Konferenzen, Haager Friedenskonferenzen, Haager Abkommen.

Den Helder, niederländ. Hafenstadt an der Nordspitze von Nordholland, gegenüber Texel, 59 800 Ew.; Seebad, Kriegs-, Handels- u. Fischereihafen; Mündung des Nordholland-Kanals.

De Nicola, Enrico, italien. Politiker (Liberaler), *19. 11. 1877 Afragola bei Neapel, †1. 10. 1959 Torre del Greco bei Neapel; Anwalt, seit 1909 Abg., 1919–1924 Präs. der Abgeordnetenkammer; einflußreich auch, nachdem er sich aus der Politik zurückgezogen hatte; veranlaßte Viktor Emanuel III. 1944 zum Rücktritt; 1946–1948 provisor. Staatspräs., 1950–1952 Senatspräs.

Denier [-'nje:; der; frz.], **1.** französ. Bez. für *Denar*; in Frankreich in Silber vom 7. bis 15. Jh., in Kupfer im 16. u. 17. Jh. geprägt. **2.** Abk. *den.*, italien. Gewichtseinheit, entspricht 0,05 g; in der Textilindustrie Maß für den legalen Titer, d. h. das Gewicht in g eines 9000 m langen Fadens; jetzt durch →Tex ersetzt.

Denierometer [-jero-; das], *Vibroskop*, Gerät zur Bestimmung der →Feinheit von Fasern aufgrund der Eigenfrequenz (Prinzip der schwingenden Saite). Die Eigenfrequenz ist von der Länge, Spannung u. dem Gewicht/Längeneinheit abhängig.

Denifle, Heinrich Suso, eigentl. Josef *D.*, Dominikaner, *16. 1. 1844 Imst, Tirol, †10. 6. 1905 München; Ordenslektor für Theologie u. Philosophie in Graz, 1883 Unterarchivar am Vatikan. Archiv; bedeutender Erforscher der mittelalterl. Geistesgeschichte. In seinem Werk „Luther u. Luthertum, in der ersten Entwicklung quellenmäßig dargestellt" 1904–1909 beurteilte er mit scharfer Polemik die Entwicklung Luthers vor dem Thesenanschlag. Hrsg. des „Archivs für Literatur u. Kirchengeschichte des M.A." 1885–1900. Hptw.: „Das geistl. Leben. Aus den dt. Mystikern u. Gottesfreunden des 14. Jh." 1873, ⁹1936; „Die Universitäten des MA. bis 1400" 1885.

Denjkin, Anton Iwanowitsch, russ. General, *4. 12. 1872, †8. 7. 1947 Ann Arbor, Mich. (USA); nach der Februarrevolution 1917 Oberbefehlshaber der russ. Südfront u. Stabschef des Oberkommandos; 1918 als Nachfolger L. G. *Kornilows* Oberbefehlshaber der Weißen Armee in Südrußland. Nach der gescheiterten Offensive gegen Moskau im Sommer 1919 zog sich D. 1920 auf die Krim zurück, gab den Oberbefehl an P. N. *Wrangel* ab u. emigrierte.

Denis [də'ni:], frz. für →Dionysius.

Denis, 1. [də'ni:], Maurice, französ. Maler u. Kunsttheoretiker, *25. 11. 1870 Granville, †13. 11. 1943 Paris; schuf in der Nachfolge von *Puvis de Chavannes* u. als Reaktion auf die naturalist. Tendenzen des Impressionismus Wandbilder, Mosaiken, Glasmalereien u. Holzschnitte in strengem Bildaufbau, die inhaltl. eine Neubelebung der religiösen Kunst anstrebten; Mitgründer der „Nabis".
– ▫ 2.5.5.
2. ['denis], Michael, Pseudonym *Sined der Barde*, österr. Dichter, *27. 9. 1729 Schärding am Inn, †29. 9. 1800 Wien; Jesuit, 1791 Hofbibliothekar; Gedichte („Die Lieder Sineds des Barden" 1772), Kirchenlieder, Übers. des Ossian 1768/69; auch Dramen.

Denise [də'ni:z; frz.], weibl. Form von *Denis*.

Denitrifikation, die durch Bakterien hervorgerufene (unerwünschte) Umwandlung von Nitraten u. Nitriten (z. B. in Kunstdünger) in Stickoxide bzw. Stickstoff, die für die Düngung keine Bedeutung haben.

Denizli [de'nisli], Hptst. der westtürk. Provinz D., nahe dem Menderes, 85 000 Ew.; Textil- u. Nahrungsmittelindustrie; Bahn u. Straße nach Smyrna.

Denk, *Denck*, Hans, Schwärmer der Reformationszeit, *um 1495 Heybach, Oberfranken, †1527 Basel; hielt den in jedem Christen wirksamen Gottesgeist für wichtiger als das Bibelwort; drang auf Lebenserneuerung aus dem Geist.

denken, Bedeutungen u. Sinnzusammenhänge erfassen u. herstellen. Das D., dessen Verlaufsgesetze die *Denkpsychologie* untersucht, ist ein aktives seel. Verhalten, im Unterschied zum passiven Empfinden, Hingegebensein an Eindrücke u.ä. Das D. muß vom *Vorstellen* ebenso unterschieden werden wie vom *Sprechen*, obwohl alles bewußte D. an Anschauungs- u. Wortvorstellungen gebunden ist. Das D. heißt *diskursiv*, wenn es sich in Begriffen bewegt, urteilt, schließt; es heißt *intuitiv*, wenn es seinen Gegenstand unmittelbar erfaßt, z. B. in Form einer plötzl. auftretenden Problemlösung; es heißt *reproduktiv*, wenn es auf die Verwendung erworbener Kenntnisse beschränkt ist; es heißt *produktiv*, wenn es schöpferisch neue Ergebnisse erarbeitet; es ist *symbolisches D.* (wie im Traum), wenn Begriffe durch Bilder ersetzt u. ein Denkprozeß durch eine Bildfolge ausgedrückt wird; *reflektierendes D.*, wenn es sich den Zusammenhang seiner Gedanken als solchen zum Bewußtsein bringt. – ▫ 1.5.1.

Denkendorf, Gemeinde in Baden-Württemberg, südl. von Esslingen, 9600 Ew.; Diakonieseminar der Inneren Mission.

Denkmal, *i. w. S.* jeder erhaltungswürdige Gegenstand der Kunst, Geschichte u. Natur; *i. e. S.* aus bes. Anlässen entstanden u. meist zur Erinnerung an eine Person oder ein Ereignis in Form einer *Inschrifttafel*, eines *Gedenksteins*, *Standbilds* oder *Bildnisses* errichtet. Kennzeichnend für das D. ist die – etwa durch Verwendung bes. widerstandsfähiger Materialien – von seinen Schöpfern u. Verehrern angestrebte Dauerhaftigkeit. Die Entwicklung des D.s als bildkünstler. Werk hängt eng mit der Geschichte der Bildniskunst zusammen; eine Sonderform ist das *Grabmal*.

Bes. denkmalfreudig war die altägypt. Kunst, die sowohl Schriftsteine als auch Standbilder kannte u. beide z. T. miteinander kombinierte. In der griech. Antike waren außer den auf Standsockeln ruhenden figürl. D. u. dem schlichten Denkstein *(Stele, Herme)* auch architekton. angelegte Erinnerungsmale verbreitet. Die röm. D.kunst sah ihre Aufgabe vornehml. in der Schaffung von Bildnisbüsten u. mehr oder minder monumentalen, reliefgeschmückten Siegessäulen, deren selbstherrl., weltl. Machtidee die Christentum eine geistigere, in Symbolen ausgedrückte D.auffassung entgegenstellte. Das MA. hat außer Grabplatten nur wenige, aber so bedeutende Denkmäler hervorgebracht wie den sog. *Magdeburger Reiter,* wobei freilich zu bedenken ist, daß diese Werke in ihrer Zeit nicht dem heutigen D.-Begriff entsprachen, sondern als Verkörperungen geschichtl. Kräfte galten.

In der Renaissance setzte die am antiken Frei-D. orientierte Blütezeit der abendländ. D.-Kunst ein. Als eine bes. repräsentative Form entwickelte sich das *Reiter-D.*, das – nach den vorausgegangenen Schöpfungen *Donatellos*, A. del *Verocchios* u. G. L. *Berninis* – bis in die Spätzeit des Klassizismus das polit. Machtbewußtsein seines jeweiligen Auftraggebers sinnfällig ausdrückte. Zu den Höchstleistungen der barocken D.-Kunst gehört das Reiterstandbild des Großen Kurfürsten von A. *Schlüter* in Berlin. Im 19. Jh. ist das D. in fast allen europ. Ländern künstler. entartet; bedeutende, z. T. als Gruppen-D. ausgeführte Werke, wie Arbeiten von J. G. *Schadow*, A. *Rodin*, blieben Einzelleistungen. Eine Übersteigerung der herkömml. D.sidee war das in meist gewaltigen Abmessungen angelegte *National-D.* in Form der Ruhmeshalle, in der Plastik u. Architektur häufig mit der umgebenden Landschaft verbunden sind (Walhalla bei Regensburg). Derartige Dimensionen weisen in Dtschld. oft auch die zahlreichen Siegessäulen u. Bismarck-Denkmäler auf, die in den letzten drei Jahrzehnten des 19. Jh. entstanden, während die Gefallenendenkmäler des 1. Weltkriegs meist in schlichteren Maßverhältnissen gehalten sind. Das D. der Gegenwart hat meist sinnbildhafte u. abstrakt-ungegenständl. Formen (Rotterdam-D. von O. *Zadkine*, Luftbrücken-D. in Westberlin) u. appelliert, im Unterschied zu Denkmälern polit. Diktaturen, weniger an staatl. u. ideolog. Machtvorstellungen als an allgemein menschl. Ziele u. Ideen. – ▫ 2.1.7.

Denkmäler der Tonkunst, Veröffentlichungen von Musikwerken historischer Epochen.

Denkmalpflege, *Denkmalschutz*, zusammenfassende Bez. für Maßnahmen zur Pflege u. Erhaltung von kunst- u. kulturhistorisch wertvollen Werken der Architektur, Plastik, Malerei u. des Kunstgewerbes. Neben der sachgemäßen *Restaurierung* u. *Konservierung* ist auch die *Erforschung* der unter Denkmalschutz gestellten Werke eine der Hauptaufgaben der D., in Sonderfällen auch die Vollendung alter Kunstdenkmäler (z. B. die Fertigstellung des Doms in Köln, 1842–1890) sowie die rekonstruierende Restaurierung mit dem Ziel, den Ursprungszustand durch Beseitigung von späteren Stilzutaten hervortreten zu lassen. Nach dem 2. Weltkrieg erweiterte sich der Aufgabenbereich der D. noch durch Neuerrichtungen weitgehend oder völlig zerstörter Werke, bes. der Architektur.

In Einzelfällen hat es eine D. zu fast allen Zeiten gegeben, u. a. im spätantiken Rom. Auch aus dem MA. sind stilgerechte Restaurierungen u. Ergänzungen von Kunstwerken früherer Jahrhunderte bekannt. Eine organisierte, mit wissenschaftl. Methoden arbeitende D. gibt es in Europa jedoch erst seit etwa 1800, in ihrem Entstehen gefördert durch nationales Denken u. das rege Interesse der Romantik an Kunstleistungen der Vergangenheit, vor allem des MA. In Bayern erschien 1835 eine Kabinettsorder zur D., der die übrigen dt. Länder mit ähnl. Verordnungen folgten. Preußen schuf 1843 für die gesamte Monarchie das Amt eines Konservators, dem seit 1892 Provinzialkonservatoren unterstellt waren. Rechtsgrundlagen der D. blieben lange Landesgesetze wie das 1909 in Sachsen erlassene „Gesetz gegen Verunstaltung von Stadt u. Land".

In der BRD hat jedes Bundesland als oberste Behörde ein *Landesamt für D.*, das dem jeweiligen Kultusministerium untersteht; oberster Beamter ist der *Landesdenkmalpfleger*. Baugesetzgeberische Funktionen hat die dt. D. nicht; sie kann zwar

Den Haag: Binnenhof

empfehlen, ein Bauwerk unter Denkmalschutz zu stellen, kann jedoch nicht dessen Beseitigung durch entspr. Erlasse verhindern. Organisation: Vereinigung der Landesdenkmalpfleger in der BRD; Ztschr.: „Dt. Kunst u. D."
Im Ausland wird die D. entweder regional (Schweiz, Österreich) oder zentral (Frankreich) betrieben. Vorbildl. Wege beschritt die D. nach dem 2. Weltkrieg in Polen, wo sich u. a. die Zusammenarbeit zwischen staatl. D.-Instituten u. den ihnen unmittelbar angeschlossenen Restaurierungswerkstätten bewährte. – 📖 2.0.6.

Denkmünze, eine Münze, die gleichzeitig als Geld dient u., wie die *Medaille*, der Erinnerung an ein bestimmtes Ereignis gewidmet ist.

Denkpsychologie, Zweig der experimentellen Psychologie, als Bez. von der *Würzburger Schule* eingeführt; untersucht das *Denken* als besonderen, nicht auf andere Akte zurückzuführenden seel. Prozeß. →auch Determination. – 📖 1.5.1.

Denksport, alle zweckfreien Übungen der Denkfähigkeit, etwa durch Lösung von Rätseln aller Art.

Denktaş [-taʃ], Rauf A., zypr. Politiker, *1924 Baf, Türkei; Anwalt; seit 1963 Vertreter der Zypern-Türken auf der Insel, 1973 Vize-Präs. Zyperns, nach Proklamation des türk. Teilstaats dessen Präs.

Denmangletscher, 65 km langer u. 11 km breiter Talgletscher im Königin-Mary-Land der Antarktis, mit stark zerrissener Oberfläche; Fließgeschwindigkeit: 1200 m/Jahr.

Denner, Balthasar, Maler, *15. 11. 1685 Altona, †14. 4. 1749 Rostock; tätig in Nord-Dtschld. (Hamburg, Rostock), Kopenhagen u. England, beeinflußt vom Naturalismus der holländ. Kleinmeister, bes. von G. *Dou*; neben höf. Porträts u. Gruppenbildern bes. sorgfältig durchgearbeitete Köpfe älterer Personen.

Denomination [lat., „Benennung"], ein religiös geschlossener Kreis (Kirche oder Sekte); in Amerika Bez. für alle religiösen Gemeinschaften.

Denominativum [das, Mz. *Denominativa*; lat.], von einem *Nomen* abgeleitetes Verbum, z.B. *„klären"* von *„klar"*.

Denpasar [-'pasar], altes Kulturzentrum u. Stadt auf Bali (Indonesien), 30000 Ew.; zahlreiche buddhist. Tempel, Flugplatz.

Dens [lat.], **1.** Zahn.
2. der zahnförmige Fortsatz des 2. Halswirbels *(Epistropheus)*.

Densitometer [das; lat. + grch.], Instrument zur Schwärzungs-(Dichte-)Messung photograph. Schichten; arbeitet wie ein *Photometer*.

Dentale, *Zahnlaute*, durch Berührung der Zunge mit den oberen Schneidezähnen gebildete Laute (d, t; ungenau: s [alveolar oder postdental]). →auch Laut.

Dentalium [das] →Kahnfüßer *(Scaphopoda)*.

Dentin [das; lat.], *Zahnbein*, die Grundsubstanz der Zähne; →Zahn.

Dentist, Zahntechniker mit Fachschulausbildung, der in begrenztem Umfang die Zahnheilkunde ausüben durfte; mit Gesetz vom 31. 3. 1952 wurden die D.en in den Zahnärztestand übergeführt; seither gibt es eine D.enausbildung nicht mehr, u. der D.enstand hat prakt. aufgehört zu existieren.

D'Entrecasteauxinseln [dãtrkas'to:-; nach Antoine Raymond Joseph de Bruni *d'Entrecasteaux*, *1739, †1793], Inselgruppe östl. von Neuguinea, mit den Hauptinseln *Fergusson* (1342 qkm, 11800 Ew.), *Goodenough* (751 qkm, bis 2591 m hoch, 9500 Ew.) u. *Normanby* (1035 qkm, 10000 Ew.); insges. 3750 qkm, 31300 Ew. (Melanesier). Die D. gehören zum austral. Papuaterritorium.

Dents du Midi [dãdy-], vielgipfelige Berggruppe im schweizer. Kanton Wallis, bis 3257 m; schroffer Abfall zum Rhônetal.

Denudation, das Ziel der *Abtragung*, die stark reliefierte Landoberfläche zu einer *Peneplain* (Fastebene) in Meereshöhe einzuebnen; durch Gebirgsbildungen gestört. So entstehen in den Gebirgen in Ansätzen vorhandene alte Einebnungsflächen, Rumpfflächen u. →Rumpftreppen.

Denunziation [lat.], abwertende Bez. für das Anzeigen von Tatsachen, die behördl., bes. strafrechtl. Maßnahmen auslösen können, insbes. wenn dies aus Rachsucht geschieht oder wenn auf polit., rassischen u.ä. Gründen beruhende Willkürmaßnahmen die Folgen sind.

Denver, Hptst. von Colorado (USA), am Rand der Rocky Mountains u. am South Platte River, 1585 m ü.M.; 520000 Ew. (Metropolitan Area 1,4 Mill. Ew.); 2 Universitäten, Museen; Handels- u. Verkehrsmittelpunkt; Bergbau, Eisen-, Maschinen-(Automobilbau), Textil-, Fleisch-, Konserven- u.a. Industrie. – 1858 gegr., seit 1867 Hptst.

Denzinger, Heinrich, kath. Theologe, *10. 10. 1819 Lüttich, †19. 6. 1883 Würzburg; seit 1854 Prof. für Dogmatik in Würzburg; Hrsg. des „Enchiridion Symbolorum" 1854, [34]1967, einer Sammlung der wichtigsten Lehrentscheidungen der kath. Kirche seit den Anfängen des Christentums in Dingen des Glaubens u. der Sitten.

Deodarazeder [hind. *deodar*, „Götterholz"], *Himalayazeder, Cedrus deodara*, bis 50 m hoher Baum, im nordwestl. Himalayagebiet in 1500–3900 m Höhe bestandbildend.

Deodat [lat., „von Gott gegeben" oder „Gott geweiht"], männl. Vorname.

Deo gratias [lat.], „Gott sei Dank!"

Deontologie [grch.], von J. *Bentham* geprägte Bez. für die Lehre von den Verbindlichkeiten u. Pflichten; in der neueren Logik befaßt sich die *deontische Logik* oder *Deontik* mit den formalen Zusammenhängen von Sollensaussagen bzw. Imperativen in Ethik, Jurisprudenz u.a. Das Sollen wird dabei als eine Modalität der Aussage angesehen.

Deoprayag, *Devaprayag*, ind. Wallfahrtsort am Zusammenfluß der Quellflüsse des Ganges, nordöstl. von Haridwar; mit dem alten Tempel des Rama Tschandra.

Dép., Abk. für *Département* (in Frankreich u. einigen französ. Überseegebieten); *Dep.*, Abk. für *Departamento* (in mehreren lateinamerikan. Staaten).

Département [depart'mã; das; frz.], span. *Departamento*, Abteilung, Verwaltungszweig, Bezirk; in Frankreich die seit 1789 durch Aufteilung der histor. Provinzen geschaffenen obersten Verwaltungsbezirke, die von *Präfekten* geleitet werden; lange Zeit 90, seit 1964: 95 D.s; auch einige Überseegebiete werden als D. verwaltet. – In mehreren lateinamerikan. Staaten die oberste Verwaltungseinheit *(Departamento)*.

Dependenzgrammatik →Grammatik.

Depersonalisation [lat.], Entpersönlichung; in der Psychopathologie: Entfremdungserlebnis, Herabsetzung des Persönlichkeitsgefühls u. Wirklichkeitsbewußtseins.

Depesche [frz., „Eilbrief"], **1.** früher Bez. für die Eilnachricht zwischen dem Außenministerium u. dessen diplomat. Agenten.
2. Telegramm.

Depeschenbüro, veraltete Bez. für →Nachrichtenagentur.

Dephlegmation [grch. + lat.], Abkühlen eines Dampfgemisches auf eine bestimmte Temperatur, so daß der niedriger siedende Anteil der Dämpfe kondensiert; gewöhnlich in Verbindung mit fraktionierter →Destillation zur Trennung von Stoffen mit unterschiedlichen Siedepunkten angewandt.

Depilation, *Epilation* [lat.] = Enthaarung.

Deplacement [deplas'mã; frz.], die Wasserverdrängung eines Schiffs in t oder ts (tons), nach dem *Archimedischen Prinzip* gleich dem Gewicht der vom Schiff verdrängten Wassermenge. Das D. kann also sowohl aus der Schiffsform, dem Tiefgang u. dem spezifischen Gewicht des Wassers berechnet werden als auch aus der Summe der Gewichte von Schiffskörper, Maschinenanlage, Einrichtung, Ausrüstung u. Zuladung. Beide Ergebnisse müssen zur Übereinstimmung gebracht werden. Das D. ist das allg. Größenmaß der Kriegsschiffe; für Handelsschiffe kommerziell selten angewendet.

Depolarisation [lat.], Verringerung oder Aufhebung der elektrochem. →Polarisation.

Deponens [das, Mz. *Deponentia*; lat.], Verbum passiver Form u. aktiver Bedeutung, häufiger im Latein u. Griech.

Deport [lat., frz.] →Swapgeschäft.

Deportation [lat.], Zwangsverschickung von Schwerverbrechern oder polit. Mißliebigen; in der BRD unzulässig.

Depositen [lat.], hinterlegte Wertgegenstände; heute meist im Sinn von Geldeinlagen (Gutschriften) bei Kreditinstituten *(D.banken)* zu unterschiedl. Zinssatz u. mit unterschiedl. Kündigungsfrist gebraucht. Je länger die Kündigungsfrist, desto höher der Zinssatz. D. lassen sich einteilen in tägl. fällige Gelder *(Sicht-D., Sichteinlagen*, das sind Kontokorrentguthaben), *Kündigungs-D.* mit vereinbarter Kündigungsfrist u. *feste Gelder*.

Depositenkassen, Zweigstellen von Sparkassen u. Geschäftsbanken, die Spareinlagen u. Depositen entgegennehmen, den Zahlungsverkehr für die Bankkunden u.a. bankmäßige Dienstleistungsgeschäfte betreiben, aber nur in beschränktem Umfang selbständig Kredite gewähren; größere Kredite werden von der zuständigen Filiale oder der Zentrale der Bank bearbeitet.

Depositum fidei [-de:i; lat., „das hinterlegte Glaubensgut"], in der kath. Kirchenlehre, die sich u.a. auf Stellen der Pastoralbriefe (1. Tim. 6,20; 2. Tim. 1,12 u.a.) beruft, der gesamte Glaubensinhalt, der von Christus den Aposteln u. der Kirche anvertraut ist u. der daher unverfälscht weitergegeben werden muß. Ursprüngl. stammt der Begriff aus dem röm. Recht *(Depositalrecht)*, das den Schutz hinterlegten Gutes gewährleistete.

Depot [de'po:; frz.], **1.** *allg.*: Aufbewahrungsort, Archiv, Lager.
2. *Schweiz:* Einsatz, Hinterlegung für Entliehenes.

Depotfett, das als Reservestoff im tier. Körper z.T. in erhebl. Menge gespeicherte Fett aus den Abbauprodukten der Nahrungsfette (Glycerin u. Fettsäuren). D. wird in der Dissimilation unter Energiegewinn wieder abgebaut.

Depotfunde, *Hortfunde, Verwahrfunde*, Sammelfunde einzelner fertiger, im Rohzustand belassener oder beschädigter Gegenstände, meist aus Stein oder Metall, die absichtlich versteckt oder vergraben oder in Flüssen, Seen u. Mooren versenkt u. nicht mehr geborgen wurden. Sie stammen aus allen Epochen der Vor- u. Frühgeschichte, bes. häufig aus der jüngeren Bronzezeit. Die Gründe für die Niederlegung von Depots dürften verschiedene gewesen sein: Kriegsgefahr, unsichere Zeitumstände, Angst vor Raub, Handels- u. Wertdepots, Weih-, Opfer- oder Totengaben, Selbstausstattung für das Jenseits. Da die verschiedenen Gegenstände eines D.s gleichzeitig in den Boden gekommen sind, sind sie bes. wichtig für die Herausarbeitung von Kultur- u. Handelsbeziehungen u. für die vorgeschichtl. Chronologie.

Depotgeschäft, bei Banken die Verwahrung von Wertpapieren in *verschlossenen Depots* (Tresoren) u. von Wertgegenständen in *Safes* (Schrankfächern), die vom Kunden u. der Bank nur gemeinsam geöffnet werden können; davon ist die Verwaltung von Wertpapieren u. ihre Verwahrung in *offenen Depots* zu unterscheiden, die im Gesetz über die Verwahrung u. Anschaffung von Wertpapieren vom 4. 2. 1937 u. einigen Verordnungen hierzu geregelt ist.

Depotpräparate, Arzneimittel, deren chem.-physikal. Eigenschaften eine nach einmaliger Verabreichung lang anhaltende Wirkung *(Depotwirkung)* ermöglichen, einmal durch nur langsame, allmähl. Resorption des Wirkstoffs, dann auch durch langsamen Abbau u. verzögerte Ausscheidung, endlich auch durch Kombination ähnl. wirkender Stoffe, die sich aber in Wirkungseintritt u. -dauer voneinander unterscheiden; z.B. *Depothormone (Depotinsulin), Depotpenicillin, Depotsulfonamide*.

Depotstimmrecht, auf der Hauptversammlung einer AG von einer Bank für die in ihrer Verwahrung *(Depot)* befindlichen Aktien auf schriftl. Auftrag des Aktionärs hin ausgübtes Stimmrecht gemäß § 135 AktG.

Depotwechsel →Kautionswechsel.

Depression [lat., „Niederdrückung"], **1.** *Astronomie:* der Winkelabstand eines unter dem Horizont befindl. Gestirns, vom Horizont aus gerechnet; auch *negative Höhe* genannt.
2. *Geomorphologie:* eine Eintiefung unter das Meeresspiegelniveau, vorwiegend durch Krustenbewegung oder auch Windausblasung entstanden, häufig von Seen erfüllt. D.en werden allmähl. zugeschüttet; in Küstengebieten (z.B. Holland) durch Deiche künstl. trockengelegt; größte D.: Kaspisches Meer (–28 m), tiefste D.: Boden des Toten Meeres (–793 m). – *Kryptodepressionen* sind von Wasser erfüllte D.en, deren Spiegel über dem des Meeres, aber deren Grund unter dem Meeresspiegel liegt, z.B. Baikalsee: Seespiegel 455 m ü.M., tiefste Stelle 1167 m (also 712 m u.M.).
3. *Meteorologie:* ein →Tief des Luftdrucks am Boden.
4. *Psychologie u. Psychopathologie:* Stimmung der Niedergedrücktheit, die entweder bloß affektiv oder konstitutionell u. als solche von charakterolog. Bedeutung ist; von alters her gilt die →Melancholie als Zustand vorwiegender D. Die Psychiater unterscheiden *sekundäre (motivierte)* u. *primäre (unmotivierte) D.* Die krankhafte D. ist von Denkhemmungen u. katatonischen Zuständen begleitet. Als *endogene Psychose* (zirkulär oder affektiv) tritt die D. als schwermütig-gedrückte

Depretis

Grundstimmung meist phasisch, im Wechsel mit *manischer* (euphorisch-gehobener) Stimmungslage, (→Zyklophrenie). Die *neurotische* oder *exogene* D. ist eine psychogene Erkrankung, die als Reaktion auf nichtbewältigte innere oder äußere Belastungen zu sehen ist. Die Grenzen zwischen den verschiedenen D.sformen sind z.T. nicht eindeutig zu diagnostizieren.
5. *Wirtschaft:* eine Phase des →Konjunkturzyklus: der Tiefstand im Konjunkturablauf.
Depretis, Agostino, italien. Politiker, *31. 1. 1813 Mezzana bei Pavia, †29. 7. 1887 Stradella bei Pavia; 1876–1879 u. 1881–1887 Min.-Präs., unterzeichnete den *Dreibund* für Italien.
Deprez [dəˈpreː], Marcel, franzöś. Elektrotechniker, *19. 12. 1843 Châtillon-sur-Loing, †13. 10. 1918 Vincennes; entwarf das *D.-d'Arsonval-Drehspulgalvanometer* für genaue Gleichstrommessungen (1881); unternahm wichtige Versuche zur elektr. Kraftübertragung auf größere Entfernungen, u. a. 1882 Übertragung von 1,1 kW auf der Strecke Miesbach–München.
De profundis [lat., „aus der Tiefe"], Anfangsworte des 130. (nach kath. Zählung 129.) Psalms.
Depside [grch.], Flechtenfarbstoffe mit charakterist. *D.bindung:* D. bestehen aus aromat. Oxycarbonsäuren, wobei zwei Moleküle miteinander verestert sind (ähnlicher Aufbau wie Polypeptide): z.B. *Didepsid* HO-C$_6$H$_4$-CO·O-C$_6$H$_4$-COOH.
Deputat [lat.], regelmäßige Leistung von Naturalien als Teil des Arbeitslohns, bei Landarbeitern (*Deputanten, D.arbeiter*) in Form von Getreide, Kartoffeln, Brennholz, Vieh u.a., bei Bergarbeitern in Form von Kohle) oder des Altenteils.
Deputation [lat.], 1. *allg.:* die Abordnung einer Vereinigung oder Gesellschaft.
2. *Geschichte:* 1. *Reichsdeputationen,* Ausschüsse des Reichstags im Hl. Römischen Reich. Sie mußten seit 1663 konfessionell paritätisch zusammengesetzt sein (aus den *Corpus catholicorum* bzw. *Corpus evangelicorum*) u. dienten der Vorbereitung der Gesetzgebung (sog. *Reichsdeputationsschlüsse,* z.B. →Reichsdeputationshauptschluß 1803).
2. *Kaiserdeputationen,* Abordnungen der Frankfurter Nationalversammlung bzw. des Norddt. Reichstags, die 1849 Friedrich Wilhelm IV. bzw. 1870 Wilhelm I. von Preußen die deutsche Kaiserkrone anboten.
3. *Verwaltungsrecht:* Verwaltungs-D. in unterschiedl. Form, vor allem in Bremen u. Hamburg, aber auch in zahlreichen anderen Gemeinden, als Verwaltungsfachausschüsse unter Beteiligung von Behörden, Mitgliedern des Parlaments (Bürgerschaft) u. sachverständigen Bürgern. Die D.en haben teils beschließende, teils nur beratende Befugnisse.
Deputiertenkammer, in Frankreich in der III. Republik (bis 1940) die Volksversammlung als 2. Kammer *(Chambre des députés)* neben dem Senat als 1. Kammer; nach den Verfassungen von 1946 u. 1958 (IV. u. V. Republik) umbenannt in *Nationalversammlung (Assemblée nationale).*
Deputierter, allg. Angehöriger einer →Deputation; in Frankreich bis 1940 Abgeordneter der *Deputiertenkammer* (2. Kammer).
De Quincey [dəˈkwinsi], Thomas, engl. Schriftsteller, *15. 8. 1785 Manchester, †8. 12. 1859 Edinburgh; gab in seinen autobiograph. „Confessions of an English Opium-Eater" 1821/22, dt. „Bekenntnisse eines engl. Opiumessers" 1902, ein erschütterndes Bild eines Süchtigen; Verfasser gehaltvoller, geistvoller Essays.
Der'a [ˈdɛra], *Deraa, Dara,* Prov.-Hptst. u. Bahnknotenpunkt im südl. Syrien, 30 000 Ew.
Dera Ghazi Khan [-ˈgazi xaːn], pakistan. Stadt, westl. von Multan, nahe am Indus, 50 000 Ew.; Textil- u. Schmuckindustrie.
Derain [dəˈrɛ̃], André, franzöś. Maler, *17. 6. 1880 Chatou bei Paris, †8. 9. 1954 Garches; zunächst von V. van Gogh, dann von P. *Cézanne* u. den „Fauves" angeregt, später unter dem Einfluß des Kubismus; malte vorwiegend südfranzöś. u. italien. Landschaften. ⌑ 2.5.5.
Dera Ismail Khan [-aiːl xaːn], pakistan. Distrikt-Hptst. nahe am Indus, 60 000 Ew.; Ausgang der Handelsstraßen nach Afghanistan; in der Nähe Goldvorkommen; Wasserkraftwerk.
Derbent, Stadt u. Seebad in der Dagestan. ASSR, am Westufer des Kasp. Meers, 59 000 Ew.; Technikum, Fachschulen; Nahrungsmittelfabriken, Baumwoll- u. Wollspinnereien, Glashütte; in der Nähe Erdgaslager; Ausgangspunkt der Alten Kaukas. (oder *D.er*) *Mauer;* an der Bahnlinie u. Fernstraße Rostow–Baku; wichtiger Hafen.
Derberz, grobe Stücke von Reicherz.
Derbholz, Baumstämme u. Äste, die am schwächeren Ende mindestens 7 cm Durchmesser haben. →Holz.
Derbolav, Josef, Pädagoge u. Philosoph, *24. 3. 1912 Wien; Werke: „Die gegenwärtige Situation des Wissens von der Erziehung" 1956; „Wesen u. Formen der Gymnasialbildung" 1957; „Das Exemplarische im Bildungsraum des Gymnasiums" 1957.
Derby [ˈdaːbi, engl.; dəːbi, amerik.; das], das bedeutendste Pferderennen des Jahres für dreijährige Pferde im Flachrennen über 2400 m, in allen Vollblut-züchtenden Ländern; benannt nach Edward Graf *D.*, der 1780 das alljährl. in Epsom gelaufene engl. D. („The Derby Stakes") einführte. Das *Dt. D.* wird seit 1869 in Hamburg-Horn gelaufen, das *Österr. D.* seit 1868 in der Freudenau (Wien), das *Französ. D.* seit 1836 in Chantilly. Das *Dt. Traber-D.* wird seit 1895 (bis 1950 meist in Ruhleben, seit 1952 in Berlin-Mariendorf), das *Dt. Spring-D.* seit 1920, das *Dt. Fahr-D.* seit 1950 u. das *Dt. Dressur-D.* seit 1955 (alle in Hamburg-Klein-Flottbek) ausgetragen.
Derby [ˈdaːbi], Hptst. der mittelengl. Grafschaft *D.shire* (2631 qkm, 892 000 Ew.), am Derwent, 215 000 Ew.; anglikan. Bischofssitz, Kathedrale (18. Jh.); Porzellan-, Flugzeug-, Textilindustrie.
Dereliktion [lat.], im Recht die freiwillige Aufgabe des Eigentums an einer beweg. Sache; die aufgegebene Sache wird herrenlos (§959 BGB).
Derfflinger, Georg Reichsfreiherr von, brandenburg. Feldmarschall, *10. 3. 1606 Neuhofen, Oberösterreich, †4. 2. 1695 Gusow; trat 1654 als Reitergeneral im Dienst des Großen Kurfürsten; an den Kämpfen gegen die Schweden (Fehrbellin 1675, Stralsund 1678, Tilsit 1679 u.a.) u. am Aufbau des brandenburg. Heeres beteiligt.
Derg [dəːg], *Lough D.,* Erweiterung des Shannon in Irland, →Lough Derg.
Derivat [lat. *derivare,* „ableiten"], eine chem. Verbindung, die aus einer anderen durch Ersatz *(Substitution)* von Atomen durch andere Atome oder Atomgruppen abgeleitet u. dargestellt werden kann. So entsteht z.B. bei Ersatz eines Wasserstoffatoms des Benzols (C$_6$H$_6$) durch Chlor das Benzolderivat Chlorbenzol (C$_6$H$_5$Cl).
Derivation, *Ableitung, Grammatik:* Wortbildung durch Affixe, Um- oder Ablaut, im Unterschied zur *Komposition.*
Derivativum [das, Mz. *Derivativa;* lat.], abgeleitetes Wort, im Unterschied zu *Kompositum* u. *Simplex.*
Derkovits [-tʃ], Gyula, ungar. Maler, *13. 4. 1894 Szombathely, †18. 6. 1934 Budapest; Sohn eines Tischlers, lebte in ärmlichen Verhältnissen, 1916 schwer verwundet. D. war Autodidakt u. zeigt in seinem Werk Verwandtschaft mit dem Expressionismus, dessen Interesse an psycholog. Innenschau ihm allerdings fehlte; Darstellungen von Menschen u. Tieren sind angestrengter Arbeit.
Derleth, Ludwig, Lyriker u. Epiker, *3. 11. 1870 Gerolzhofen, Unterfranken, †13. 1. 1948 San Pietro di Stabio, Schweiz; schrieb aus kath. Grundhaltung; gehörte anfangs zum Kreis um Stefan *George;* Versepos: „Der fränk. Koran" 1932; „Der Tod des Thanatos" 1945. – ⌑ 3.1.1.
Derma [das; grch.], Haut.
Dermaptera [grch.] →Ohrwürmer.
Dermatitis [grch.] →Hautentzündung.
Dermatologe [grch.], Hautarzt.
Dermatologie, Lehre von den Haut(und Geschlechts-)krankheiten.
Dermatozoen [grch.], Sammelname für Hautschmarotzer, z.B. Milben, Zecken; verursachen *Dermatozoonosen.*
Dermographismus [grch.] = Hautreaktion.
Dermoid [das; grch.], *Dermoidzyste,* eine Mißbildung: das Auftreten von Hautgewebe mit Haaren, Talgdrüsen oder auch Zähnen im Inneren von blasigen Geschwülsten; entstanden aus Versprengungen von Teilen des äußeren Keimblatts in der Embryonalentwicklung.
Dermoplastik [grch.], Zweig der Tierpräparationstechnik, der möglichst lebensgetreue Nachbildungen von Lebewesen für Ausstellungs- u. Lehrzwecke erstrebt. Aus Torf oder Gips wird eine genaue Skulptur des betr. Tieres angefertigt, über die man dann die natürl. Haut zieht.
Dermoptera [grch.] →Pelzflatterer.
Dermota, Anton, österr. Opernsänger (lyrischer Tenor), *4. 6. 1910 Kropa, Slowenien; seit 1936 an der Wiener Staatsoper; bes. Mozart-Sänger.
Derna, libysche Hafenstadt im N der Cyrenaica, am Ostfuß des Djebel el-Akhdar; 12 000 Ew., mit Nachbarorten 84 000 Ew.; Oasenkulturen.
Dernburg, 1. Bernhard, Neffe von 2), Politiker, *17. 7. 1865 Darmstadt, †14. 10. 1937 Berlin; 1901–1906 Bankdirektor, 1907–1910 Staatssekretär im Reichskolonialamt, 1919 Reichsfinanz-Min., 1920–1930 MdR (Deutsche Demokratische Partei).

Gyula Derkovits: Terror; 1930. Budapest, Magyar Nemzeti Galéria

2. Heinrich, Jurist, *3. 3. 1829 Mainz, †23. 11. 1907 Berlin; lehrte in Zürich, Halle (Saale) u. seit 1873 in Berlin; Hptw.: „Lehrbuch des preuß. Privatrechts" 3 Bde. 1871–1880, [5]1894–1897; „Pandekten" 3 Bde. 1884–1887, [8]1911/12; „Das bürgerl. Recht des Dt. Reichs u. Preußens" 5 Bde. 1898–1905, [4]1907–1915.

Derogation [lat.], die Ersetzung oder die Abänderung eines Gesetzes durch ein später erlassenes Gesetz; allg. Rechtsgrundsatz: *lex posterior derogat legi priori*, „das spätere Gesetz setzt das frühere außer Kraft".

Déroulède [deruˈlɛ:d], Paul, französ. Schriftsteller u. Politiker, *2. 9. 1846 Paris, †30. 1. 1914 Mont-Boron bei Nizza; nach 1870/71 Verfechter des Revanchegedankens; spielte in der Dreyfus-Affäre eine Rolle; gründete 1882 die „Patriotenliga", 1900–1905 wegen eines geplanten Staatsstreichs verbannt.

Derra, Ernst, Chirurg, *6. 3. 1901 Passau; Hauptarbeitsgebiet: Herzchirurgie, bes. Chirurgie der angeborenen Herzfehler.

Derrickkran, ein *Kran,* der aus einem lotrechten Mast u. schrägen Ausleger besteht. Der Ausleger kann beliebig geschwenkt u. durch ein Seil, das über Rollen läuft, gehoben u. gesenkt werden.

Derris [die; grch.], Bekämpfungsmittel gegen Schadinsekten im Obst- u. Gartenbau aus pflanzl. Rohstoffen (u. a. aus *D.wurzeln* [Schmetterlingsblütler], Wirkstoff: *Rotenon*); dauerwirksam gegen beißende u. saugende Insekten, für Menschen u. Haustiere ungefährlich.

Derschawin [djerˈʒa:-], Gawriil Romanowitsch, russ. Dichter, *14. 7. 1743 Gouvernement Kasan, †20. 7. 1816 Swanka, Nowgorod; führender russ. Dichter des 18. Jh.; schrieb in vielen Sprachen, übersetzte Oden („Gott" 1784, dt. 1845).

Dertinger, Georg, Politiker, *25. 12. 1902 Berlin, †21. 1. 1968 Leipzig; Journalist, 1946 Generalsekretär der Ostzonen-CDU, die er mit O. *Nuschke* immer mehr ins Fahrwasser der SED führte; 1949–1953 Außen-Min. der DDR, 1954 wegen angebl. Verschwörung gegen die DDR zu 15 Jahren Zuchthaus verurteilt, 1960 entlassen.

Derwent [ˈdəːwənt], kelt. *Dwrgent,* „Klarwasser"], **1.** Name mehrerer engl. Flüsse: Nebenflüsse des Trent (96 km), der Ouse (92 km), der Tyne (50 km); Fluß aus den Cumbrian Mountains, durchfließt den landschaftl. schönen See *D.water,* mündet in die Irische See.
2. Hauptfluß der Insel Tasmanien, entwässert das seenreiche Zentralplateau, mündet im SO bei Hobart in den Pazif. Ozean; Stromgewinnung (6 Kraftwerke mit 514 580 kW).

Derwisch [pers., „Armer"], Mitglied enthusiast. islam. Orden, in denen die Mystik die →Sufismus gepflegt wurde. Den *Orden der tanzenden D.e* stiftete der Sufi-Mystiker u. pers. Dichter *Dschelal ed-Din Rumi* (*1207, †1273). In der Türkei (wo D.klöster verboten sind) bis ins 19. Jh.; früher auch in Albanien von bedeutendem polit. Einfluß.

Déry [ˈde:ri], Tibor, ungar. Schriftsteller, *18. 10. 1894 Budapest, †18. 8. 1977 Budapest; lebte als Kommunist seit 1919 in Exil u. Gefangenschaft, nach 1945 zunächst gefeiert, dann wegen seines Eintretens für Gedankenfreiheit mehrfach in Haft. Durch Romane u. Erzählungen wurde D. zum Chronisten der ungar. städt. Intelligenz. Hptw.: „Der unvollendete Satz" 1947, dt. 1954; „Die Antwort der Kindheit" 1948–1952, dt. 1952; Erzählungen „Die portugies. Königstochter" dt. 1959.

des, *Musik:* der Halbton unter d, dargestellt durch die Note d mit einem ♭.

des., Abk. für →designatus.

Desaguadero, *Río D.,* Fluß im bolivian. Altiplano, fließt vom Titicacasee zum Poopósee, 300 km lang.

Desai, Morarji, ind. Politiker (Janata-Partei), *29. 2. 1896 Bhadeli; 1977–1979 Premierminister.

De Sanctis, Francesco, italien. Literarhistoriker, *28. 3. 1817 Morra Irpina, †29. 12. 1883 Neapel; Werke über das Wesen der Kritik u. die Geschichte der italien. Literatur.

Desannexion [lat.], im Völkerrecht das Rückgängigmachen einer *Annexion* durch die Rückgabe annektierter Gebiete.

Desargues [deˈzarg], Gérard, französ. Mathematiker, getauft 2. 3. 1591 Lyon, †1661 Lyon; Wegbereiter der projektiven Geometrie. – *D.scher Satz:* Gehen die Verbindungsgeraden entspr. Ecken zweier Dreiecke durch einen Punkt, so liegen die Schnittpunkte entspr. Seiten auf einer Geraden.

Desault [dəˈso:], Pierre Joseph, französ. Chirurg, *6. 2. 1738 Vouhenans bei Lure, Franche-Comté, †1. 6. 1795 Paris; nach ihm benannt ist der *D.sche Verband* zur Ruhigstellung von Arm u. Schulter, bes. bei Schlüsselbeinbrüchen (Achsel-Schulter-Ellbogen-Verband).

Desbordes-Valmore [dɛˈbɔrd valˈmɔːr], Marceline, französ. Dichterin u. Sängerin, *20. 6. 1786 Douai, †23. 7. 1859 Paris; schrieb tiefempfundene Gedichte: „Élégies et Romances" 1818; „Les pleurs" 1833; „Pauvres fleurs" 1839.

Descartes [deˈkart], René, lat. Renatus *Cartesius,* französ. Philosoph, Mathematiker u. Naturforscher, *31. 3. 1596 La Haye, Touraine, †11. 2. 1650 Stockholm; besuchte die Jesuitenschule La Flèche, 1618–1621 Kriegsdienste, in den folgenden Jahren Reisen durch große Teile Europas, hielt sich seit 1628 meist in Holland auf, wo er an seinem philosoph. System arbeitete u. seine wichtigsten Schriften verfaßte. 1649 folgte er einem Rufe der Königin Christine nach Stockholm, konnte aber das dortige Klima nicht vertragen. Mit D. beginnt die neuzeitl. Philosophie; er be-

René Descartes, von Frans Hals. Paris, Louvre

gründete die analyt. Geometrie u. ist in der Geschichte der Physik durch seine Arbeiten zur Dynamik, Optik u. Astronomie hervorgetreten. Er suchte ein geschlossenes mechanist. Weltsystem zu errichten. Die Philosophie sollte nur den Zugang eröffnen, die Prinzipien klären u. die Erkenntniskriterien bestimmen. Während seine Physik durch den Newtonismus verdrängt wurde, ist seine Philosophie bis heute wirksam geblieben (E. Husserl). D. forderte „klare" u. „distinkte" (deutliche) Vorstellungen u. das Zurückgehen auf die einfachsten Einsichten. Um die letzte Gewißheit zu erreichen, führt er eine Zweifelsbetrachtung durch: Alles bezweifelnd, bin ich mir im Zweifel doch meines Denkens, also meiner Existenz als denkendes Wesen gewiß („*cogito, ergo sum*"). Diese Gewißheit schließt nach D. das Dasein Gottes ein.
D. lehrte einen Dualismus der denkenden und der ausgedehnten Substanz, den er inhaltl. nur nach der materiellen Seite durchgeführt hat, vor allem in einer Maschinentheorie des Lebendigen u. einer materialist. Affektenlehre. Hptw.: „Regeln zur Leitung des Geistes" 1628; „Discours de la méthode", frz. 1637; „Versuch über die Methode", frz. 1637; „Meditationen über die Erste Philosophie" 1641; „Philosophische Prinzipien" 1644; „Die Geometrie" 1637. Gesamtausgabe, hrsg. von Ch. Adam u. P. Tannery, 12 Bde. 1897–1913, neu Paris 1956–1966. →auch Kartesianismus. – 🖻 1.4.8.

Descaves [dɛˈkaːv], Lucien, *18. 4. 1861 Paris, †6. 9. 1949 Paris; naturalist. französ. Erzähler, schilderte das Militärleben: „Misères du sabre" 1887; „Sous-offs" 1889.

Deschamps [dɛˈʃã], Eustache, französischer Dichter, *um 1340 Vertus, Champagne, †um 1406; Verfasser von Balladen u. kleineren Dichtungen; schuf erste französische Dichtungslehre „Art de dictier et de fere chançons", entstanden 1382, hrsg. 1891.

Deschanel [dɛʃaˈnɛl], Paul, französ. Politiker (Linksrepublikaner), *13. 2. 1856 Brüssel, †28. 4. 1922 Paris; Abg. 1881, Kammerpräsident 1912–1920, Mitgl. der Akademie seit 1899; Febr.–Sept. 1920 Staats-Präs.

Deschnew, *Kap D., Kap Deschnjow,* die Ostspitze Asiens, Vorsprung der Tschuktschenhalbinsel an der Beringstraße.

Deschnew [dɛʒˈnjɔf], *Deschnjow,* Semjon Iwanow, russ. Kosak; umfuhr 1648 als erster das Ostkap Asiens *(Kap D.)*; der Bericht dieser Entdeckungsfahrt blieb 100 Jahre im Archiv von Jakutsk liegen. 1898 wurde das Ostkap nach D. benannt.

Deschneyer Großkoppe, tschech. *Velká Deštná,* höchster Gipfel des Adlergebirges, 1115 m.

Desch Verlag, *Verlag Kurt Desch GmbH München,* gegr. 1945; zeitgenöss. schöngeistiges Schrifttum, Reise-, Theater- u. Kunstbücher; angeschlossen die Buchgemeinschaft „Welt im Buch".

Desdemona, Gestalt in *Shakespeares* Tragödie „Othello" 1604, Gattin des Mohren *Othello,* von ihm grundlos der Untreue verdächtigt u. ermordet.

Des-Dur, mit 5 ♭ vorgezeichnete Tonart, deren Leiter des, es, f, ges, as, b, c, des ist; Paralleltonart: b-Moll.

Dese, *Dessye,* Hptst. der äthiop. Prov. *Welo,* im O des Hochlands, 2480 m ü. M., 60 000 Ew., landwirtschaftl. Handelszentrum u. Straßenknotenpunkt.

Deseado, *Río D.,* Fluß in Patagonien, Argentinien; durchfloß früher den Lago Buenos Aires, entspringt jetzt (durch Anzapfung von der pazif. Seite her) östl. davon; 615 km, im Mittellauf zeitweilig trocken.

Desensibilisatoren [lat.], Farbstoffe, die photograph. Schichten gegen Licht unempfindl. machen *(narkotisieren):* Phenosafranin (gegen gelbes Licht), Pinakryptolgrün (gegen weißes Licht); als Vorbad oder (heute nur noch Pinaweiß) als Entwicklerzusatz.

desensibilisieren, 1. *Medizin:* einen überempfindl. Körper an Allergene gewöhnen, durch Behandlung mit geringen Dosen der entspr. Allergene; →Allergie.
2. *Photographie:* photograph. Schichten gegen chem. wirksames (aktinisches) Licht durch einen Entwicklerzusatz mit Pinaweiß unempfindl. machen (einer *Negativnarkose* unterwerfen). Panfilme können dann bei dunkelgelbem Licht, Orthofilme bei Kerzenlicht entwickelt werden.

Desert [ˈdezərt; engl.], Bestandteil geograph. Namen: Wüste.

Désert [deˈzɛːr; frz.], Bestandteil geograph. Namen: Wüste.

Déserteur [-ˈtøːr; frz.], fahnenflüchtiger Soldat.

Desertion [lat.] →Fahnenflucht.

Desful [dezˈfuːl], iran. Stadt im Ölfeld von Khusestan, 84 000 Ew.; Verkehrsknotenpunkt an der Bahn nach Teheran; Indigoproduktion.

Desiderat, *Desideratum* [das, Mz. *Desiderata*; lat., „Gewünschtes"], Lücke, Mangel, Vermißtes; insbes. ein Buch, dessen Anschaffung für eine Bibliothek gewünscht wird.

Desiderio da Settignano [-tiˈɲaːno], italien. Bildhauer, *nach 1428 Settignano, †16. 1. 1464 Florenz; tätig in Florenz, dort beeinflußt von *Donatello;* schuf hauptsächl. Mädchen- u. Kinderbüsten, Madonnenreliefs u. Grabmäler im Stil der Frührenaissance; Hptw.: Grabdenkmal für C. Marzuppini, nach 1455, Florenz, Sta. Croce.

Desiderius, letzter König der Langobarden, 756–774; Herzog von Tuszien; wurde mit päpstl. u. fränk. Unterstützung König. Nachdem jedoch Karl d. Gr. die Tochter des D., nach einjähriger Ehe (771) verstoßen hatte, griff D. den Kirchenstaat an, um den Papst zur Krönung der von der fränk. Thronfolge ausgeschlossenen Neffen Karls d. Gr. zu zwingen. 774 besiegte Karl d. Gr. D. u. machte sich selbst zum König der Langobarden.

Desierto [span.], Bestandteil geograph. Namen: Wüste.

Design [diˈzain; engl.] →Industrieform; →auch Dessin.

designatus, Abk. *des.,* im voraus ernannt, vorgesehen.

Designer [diˈzainə; engl.], *Industrial D.,* moderne Berufsbez. für den Formgestalter industrieller Erzeugnisse; arbeitet mit Konstrukteuren, Fertigungsingenieuren, Kaufleuten u. Werbefachleuten zusammen. An Werkkunstschulen wird seit einigen Jahren als Spezialfach „Industrial Design" unterrichtet. Lehrstoff: Gestaltungslehre, Technologie, Werkstatt-Techniken, Zeichnen, Photographie u. Dokumentation, Patentrecht, Werbelehre u. a. →auch Industrieform.

designieren [lat.], bezeichnen, bestimmen, einstweilig ernennen; bes. in der Wahlmonarchie das Recht der dt. Könige, einen Nachfolger zu benennen.

Desinfektion [lat.], Beseitigung der Ansteckungsgefahr durch Abtöten der Krankheitserreger *(Entseuchung)*; Abtötung aller Kleinstlebewesen *(Entkeimung)*: →Sterilisation; Vernichtung von Ungeziefer heißt *Entwesung*. D. geschieht physikal. durch Hitze, Strahleneinwirkung u. Verbrennung, chem. durch zahlreiche Mittel (Chlorkalk u. a. Kalk- u. Chlorverbindungen, Carbolsäure, Kresol, Lysol, Kreolin, Sagrotan, Zephirol, Formalin, Sublimat u. a.). Die äußere D. ist Grundlage der →Asepsis u. →Antisepsis. Bei der Pflege ansteckender Kranker muß die D. bei allem Material, das vom Kranken kommt, u. bei allen Personen, die mit ihm in Berührung stehen, laufend vorgenommen werden. Nach Beendigung einer Infektionskrankheit findet die *Schluß-D.* des Krankenzimmers statt, die von staatl. Desinfektoren bei bestimmten Krankheiten auf Anordnung des Amtsarztes durchgeführt wird. *Trinkwasser* wird laufend durch Chlorzusatz desinfiziert. Zur *Asepsis* werden vor der Operation die Hände des Operateurs, die Instrumente, die verwendete Wäsche u. der ganze Operationssaal sowie die Haut des Kranken desinfiziert. Bei der „inneren D." werden durch chem. Mittel (Chemotherapeutika) die Krankheitserreger im Blut abgetötet. – 📖9.8.2.

Desinfektionsmatten, Matten aus Sägespänen, Torfmull u. ä., die mit Desinfektionsmitteln zur Verhütung der Viehseuchenverbreitung getränkt werden. Sie müssen über die ganze Fahrbahn u. den Gehsteig reichen. Besser sind Betonwannen gleicher Größe mit flüssigen Desinfektionsmitteln, die alle 48 Stunden erneuert werden.

Désiré [frz.; lat. *Desiderius*, „der Ersehnte"], männl. Vorname; weibl. Form *Désirée*.

Désirée, Eugénie Bernardine, Königin von Schweden, *8. 11. 1777 Marseille, †17. 12. 1860 Stockholm; Tochter des Seidenhändlers *Clary* aus Marseille. Sie war befreundet mit Napoléon Bonaparte, eine geplante Heirat kam nicht zustande. 1798 heiratete sie den französ. Marschall *Bernadotte*, den späteren König Karl XIV. Johann von Schweden. D.s Schwester Julie (*1771, †1845) heiratete 1794 Napoléons Bruder Joseph.

Desjatine [die], altes russ. Flächenmaß verschiedener Größe, am verbreitetsten: 1 D. = 109,25 a.

Deslandres [dɛ'lã:dr], Henri, französ. Astrophysiker, *24. 7. 1853 Paris, †15. 1. 1948 Paris; seit 1927 Leiter der vereinigten Sternwarten Paris u. Meudon; arbeitete u. a. über die Spektralanalyse der Himmelskörper.

Desman [der; schwed.], *Desmana moschata*, ein Vertreter der zu den *Maulwürfen* gehörenden *Bisamspitzmäuse*, mit 25 cm Körperlänge einer der größten Insektenfresser; lebt an Flüssen Südeuropas u. Mittelasiens. Der wertvolle Pelz heißt *Silber-* (oder *Moschus-)bisam*.

Desmidiazeen [lat.], *Desmidiaceae* →Jochalgen.

Desmin [der; grch.], veraltet *Stilbit, Strahl-, Garbenzeolith*, farbloses, gelbl. bis honigbraunes, glasglänzendes Mineral; monoklin, Härte 3,5–4; in Blasenräumen von Basalt, Granit, kristallinen Schiefern; $Ca[Al_2Si_7O_{18}] \cdot 7H_2O$; Vorkommen: Harz (St. Andreasberg), Alpen, Skandinavien.

Des Moines [di'mɔin], Hptst. von Iowa (USA), am *D. M. River*; 209 000 Ew. (Metropolitan Area 270 000 Ew.); Universität (gegr. 1881), Museen; Verkehrs- u. Handelszentrum, Industriestadt; gegr. 1843 als Fort, Hptst. seit 1858.

Desmolasen [grch.], Enzyme, die die Bindung zwischen zwei Kohlenstoffatomen (C-C-Bindung) spalten. Hierzu gehören die Kohlendioxid ablösenden Enzyme (*Decarboxylasen*; →Carboxylase) u. die →Aldolase.

Desmoncus [der; grch.], in den Tropen Südamerikas heim. Palmengattung; teils kletternde Gewächse, teils mit niedrigem, aufrechtem Stamm. Die Blätter sind gefiedert u. mit Stacheln versehen. Die Früchte von *D. macracanthus* werden gegessen.

Desmoulins [dɛmu'lɛ̃], Camille, französ. Revolutionär (Republikaner), *2. 3. 1760 Guise, Dép. Aisne, †5. 4. 1794 Paris; einer der Organisatoren des Bastillesturms, 1790 Mitgründer der Cordeliers; Gegner der Girondisten, verurteilte jedoch seit 1793 die Schreckensherrschaft; deshalb mit Danton hingerichtet.

Desna, linker Nebenfluß des Dnjepr, 1050 km; mündet bei Kiew, ab Brjansk schiffbar.

Desnos, Robert, französ. Dichter, *4. 7. 1900 Paris, †8. 6. 1945 Theresienstadt, Tschechoslowakei (nach KZ-Haft); bis 1930 Surrealist. In der Widerstandsbewegung u. in den letzten Monaten seines Lebens im KZ erreichten seine Gedichte eine tiefe Menschlichkeit: „Deuil pour Deuil" 1924; „La Liberté ou l'Amour" 1927; „Corps et Biens" 1930; „Etat de veille" 1943; „Choix de Poèmes" 1945; Roman: „Le Vin est tiré" 1943.

Desnoyer [dɛnwa'je:], François, französ. Maler, Bildhauer u. Graphiker, *30. 9. 1894 Montauban; gefördert von E. A. *Bourdelle*; Figurenplastiken, bes. Akte, Landschaften, Illustrationen (u. a. zu La Fontaine); beeinflußt vom Kubismus u. Fauvismus.

Desnoyers [dɛnwa'je:], Auguste Gaspard Louis, eigentl. A. G. L. *Bucher D.*, französ. Graphiker, *19. 12. 1779 Paris, †16. 2. 1857 Paris; lernte als Kupferstichschüler bei L. *Darcis* u. A. *Tardieux*; Gemäldewiedergaben nach Raffael u. a., Porträtstiche in klassizist.-strengem Stil.

Desodorantien [Ez. das *Desodorans*; lat.], Mittel zur Vermeidung oder Beseitigung unangenehmen Körpergeruchs: 1. bakterientötende Stoffe (chlorierte Phenole, Bidiphen, Raluben u. a. halogenisierte Phenolabkömmlinge); 2. eiweißkoagulierende Adstringentien (z. B. Aluminiumchloridlösung); 3. oxydierende, adsorbierende u. parfümierende Stoffe (z. B. Chlorophyll, Kohlepulver, Blütenessenzen). Die Wirkung von Gruppe 1 liegt in der Hemmung der bakteriellen Zersetzung des Schweißes, die der Gruppe 2 in der Hemmung der Schweißsekretion. Die Stoffe der Gruppe 3 zerstören, adsorbieren oder überdecken unangenehme Gerüche. D. finden Verwendung bei der Herstellung von desodorierenden Seifen, Sprays, Pudern, Stiften u. Gesichtswässern.

Desornamentadostil, *Herrerastil*, die unter *Philipp II.* herrschende strenge Richtung der span. Renaissancekunst, die auf Schmuckformen weitgehend verzichtete.

Desoxyribonucleinsäure, Abk. *DNS*, →Nucleinsäuren.

Desoxydation, Entzug von Sauerstoff aus Metallschmelzen, z. B. Stahl. Hierzu werden bestimmte *Desoxydationsmittel* der Schmelze zugesetzt, die aufgrund ihrer höheren →Affinität zum Sauerstoff diesen binden. Zur D. von Stahlschmelzen werden vorwiegend Mangan, Silicium u. Aluminium verwendet.

Despiau [dɛ'pjo:], Charles, französ. Bildhauer, *24. 11. 1874 Mont-de-Marsan, †28. 10. 1946 Paris; Schüler von H. *Lemaire* u. A. *Rodin*; Plastiken, bes. Frauenbildnisse u. Aktfiguren, in einem auf klass. Ruhe u. beherrschte Bewegung abzielenden, archaisierenden Stil.

Desportes [dɛ'pɔrt], François, französ. Maler, *24. 2. 1661 Champigneulles, †20. 4. 1743 Paris; nach Natur- u. Antikenstudien 1695–1697 in Warschau als Hofmaler Johanns III. Sobieski tätig (Porträts der königl. Familie); malte für Ludwig XIV. u. Privatleute dekorative, äußerst sorgfältige Tier- u. Stillebenkompositionen.

Despot [grch.], ein Herrscher, der seinen Staat u. seine Untertanen wie sein Eigentum, d. h. willkürl. u. ohne gesetzl. Einschränkung, beherrscht. Im Gegensatz zur Monarchie ist die *Despotie* an keine ethischen oder gewohnheitsrechtl. Schranken gebunden u. entbehrt vor allem jeder Achtung vor dem Recht u. der Würde des Menschen. Aus der Schrankenlosigkeit des Herrschers wird meist Willkür u. Gewaltsamkeit. Die Regierung wird häufig durch eine Schar von Günstlingen geführt. Palastrevolutionen sind in despotisch regierten Staaten (z. B. im Rußland des 13.–18. Jh.) nicht selten.

Desprez [dɛ'pre:], *Després, des Prés*, Josquin (meist nur mit seinem Vornamen genannt), einer der Hauptmeister der niederländ. Musikepoche, *um 1450 Condé, Hennegau (?), †27. 8. 1521 Condé; wirkte längere Zeit in Italien (Mailand, Rom, Ferrara); hat die Musik des 16. Jh. entscheidend beeinflußt. Obwohl er den musikal. Konstruktivismus der Gotik noch beherrschte, feierte ihn das humanist. Zeitalter als Meister des schönen Klangs u. des intensiven Affektausdrucks. Er schrieb kirchl. u. weltl. Werke. – 📖2.9.2.

Desquamation [lat.], **1.** *Geologie: Abschuppung*, die Ablösung schaliger Gesteinsplatten an Felsen durch große, in ariden Gebieten tägl. Temperaturunterschiede.

2. *Medizin:* das Abstoßen von Oberhautzellen (Haut- u. Kopfschuppen); auch das Abstoßen der obersten Schicht der Gebärmutterschleimhaut *(Menstruation)*.

Dessau, Stadtkreis u. Industrieort im Bez. Halle, an der Mündung der Mulde in die Elbe, 126 qkm, 100 200 Ew.; Herstellung von Maschinen, Waggons, Herden, Gasöfen, Wärmegeräten, Chemikalien, Zucker, Hefe, Bier, früher Flugzeugen (Junkers); Elbhafen, Verkehrsknotenpunkt. – Ursprüngl. slaw. Siedlung, seit 1213 dt. Stadtrecht; bis 1918 Residenz des Herzogtums Anhalt, bis 1946 Hptst. von Anhalt; breitangelegte Stadt mit Schloß, Palästen u. Rathaus in nachgebautem Barock- u. Renaissancestil; im 2. Weltkrieg stark zerstört.

Dessau, Paul, Komponist, *19. 12. 1894 Hamburg, †28. 6. 1979 Ostberlin; 1939–1948 in den USA, seit 1948 in Ostberlin; schrieb expressive, am szenischen Geschehen orientierte Musik, die die Melodik dem Wort unterordnet; später zunehmend differenzierte Tonsprache, Auseinandersetzung mit dem Zwölftonsystem; vertonte Dramen von Brecht: „Mutter Courage" 1946; „Der gute Mensch von Sezuan" 1947; „Die Verurteilung des Lukullus" 1949; „Der kaukasische Kreidekreis" 1954; „Puntila" 1966; weitere Opern „Lanzelot" 1969 u. „Einstein" 1974; ferner Oratorien, Bühnenmusik, Musik zu 60 Filmen.

Dessauer, Friedrich, Physiker u. Philosoph, *19. 7. 1881 Aschaffenburg, †16. 2. 1963 Frankfurt a. M.; gründete 1924 das biophysikal. Institut in Frankfurt a. M., lehrte 1937–1951 in Freiburg (Schweiz), seitdem wieder in Frankfurt a. M.; schuf die Quantenbiologie u. die Röntgentiefentherapie; schrieb u. a.: „Philosophie der Technik" 1927; „Wissen u. Bekenntnis" 1944; „Atomenergie u. Atombombe" 1945; „Mensch u. Kosmos" 1949; „Streit um die Technik" 1957; „Durch die Tore der neuen Zeit" 1961.

Dessert [de'sɛ:r; das; frz.], süßer Nachtisch, Süßspeise, Gebäck u. ä.

Dessertweine, süße oder halbsüße Weine wie Wermut, Muskateller oder Malaga, die zum Nachtisch, meist mit Kleingebäck, gereicht werden.

Dessin [de'sɛ̃; frz.], Muster, Entwurf, Zeichnung. →auch Industrieform.

Dessinateur [-'tør], = Musterzeichner und Patroneur.

Dessoir [-'swa:r], **1.** Ludwig, eigentl. Leopold *Dessauer*, Schauspieler, *15. 12. 1810 Posen, †30. 12. 1874 Berlin; 1849–1872 am Königl. Schauspielhaus Berlin, berühmt in klass. leidenschaftl. Rollen. Sein Sohn Ferdinand D. (*29. 1. 1836 Breslau, †15. 4. 1892 Dresden) spielte Liebhaber- u. Charakterrollen.

2. Max, Sohn von 1), Philosoph u. Psychologe, *8. 2. 1867 Berlin, †19. 7. 1947 Königstein im Taunus; 1897–1933 Prof. in Berlin; begründete die „Allgemeine Kunstwissenschaft", unterschieden von der Ästhetik. Den psycholog. Wissensstoff systematisierte D. in historischen Darstellungen. Er beschrieb ausführl. u. kritisch okkulte Phänomene, für die er den Begriff *Parapsychologie* einführte. Hptw.: „Geschichte der neueren deutschen Psychologie" 3 Bde. 1894–1902, ^{3}1910; „Abriß einer Geschichte der Psychologie" 1911; „Ästhetik u. allgemeine Kunstwissenschaft" 1916, ^{2}1923; „Der Okkultismus" 3 Bde. 1925; „Vom Jenseits der Seele" 1917, ^{7}1966; „Das Ich, der Traum, der Tod" 1947, ^{2}1951.

Destillat [das; lat.], die nach einer *Destillation* wieder kondensierte Flüssigkeit.

Destillation, Verdampfung u. anschließende Kondensation (Wiederverflüssigung durch Abkühlen) einer Flüssigkeit zur Abtrennung einer Flüssigkeit von darin gelösten Feststoffen oder zur Trennung verschiedener Flüssigkeiten, die unterschiedliche Siedepunkte haben. Neben der einfachen D. gibt es Sonderformen:

1. *fraktionierte D.*: Verfahren zur Trennung von Gemischen verschiedener Flüssigkeiten aufgrund ihrer verschiedenen Siedepunkte. Das Gemisch wird verdampft; der Dampf strömt durch eine *Kolonne* oder *Säule* u. wird an deren „Kopf" wieder kondensiert; ein Teil des Kondensats wird abgezogen, der Rest läuft als *Phlegma* durch die Kolonne zurück u. kommt dabei in Berührung mit dem ihm entgegenströmenden Dampf. Dabei tritt ein Stoffaustausch zwischen Dampf u. Phlegma ein: In dem emporsteigenden Dampf reichern sich die niedriger siedenden, im Phlegma die höher siedenden Stoffe an u. können so getrennt werden. Die fraktionierte D. spielt in der chem. Technik eine bedeutende Rolle, z. B. bei der Erdölverarbeitung.

2. *Vakuum-D.*: In einer evakuierten (luftverdünnten) Apparatur werden die Siedepunkte erniedrigt; hochsiedende Stoffe, die sich bei einer D. unter normalem Druck zersetzen, können so im

Vakuum bei niedrigerer Temperatur unzersetzt destilliert werden.
3. *Wasserdampf-D.*: direktes Einleiten von Dampf in die zu destillierende Flüssigkeit; anwendbar für Stoffe, die mit Wasser nicht mischbar sind; auch für solche, deren Siedepunkt weit über 100°C liegt.
4. *Molekular-D.*: für besonders empfindliche u. wertvolle Stoffe; dazu dient eine besondere Apparatur, in der die zu destillierende Flüssigkeit nur kurz erhitzt u. der Dampf sehr schnell wieder kondensiert wird.
5. *Trockene D.*: geht nicht von Flüssigkeiten aus, sondern von festen Stoffen, die beim Erhitzen Zersetzungsprodukte abgeben, die beim Abkühlen zu Flüssigkeiten kondensieren; z.B. Holz.

Destouches [dɛ'tuʃ], Philippe Néricault, französ. Dramatiker, *22. 8. 1680 Tours, †4. 7. 1754 Schloß Fortoiseau, Seine-et-Marne; Verfasser mehrerer moralisierender Sittenkomödien: „Der verehelichte Philosoph" 1727, dt. 1765; „Der Ruhmredige" 1732, dt. 1745.

Destruction Art [dis'trʌkʃən a:t; engl., „Zerstörungskunst"], in der 2. Hälfte der 1960er Jahre geprägter Begriff für künstler. Objekte u. Aktionen, die entweder als therapeut. Menetekel gedacht sind oder sadist. Instinkte des Kollektivs stellvertretend abreagieren wollen. Die Bewegung greift auf Tendenzen zurück, die schon im *Dadaismus* formuliert worden sind. Zu den Wegbereitern zählen ferner L. *Fontana*, A. *Burri* u. N. de *Saint-Phalle*. Die Ausstellung „Destruction Art" im Finch College Museum in New York 1968 zeigte mannigfaltige Varianten der neuen Richtung: „Spiegelzerstörung" von Charlotte *Gilbertson*, „Verbrennung eines Buches" von Marty *Greenbaum*, eine „Zerstörungsabstraktion" von F. *Mon*, „Glasdeformierung" von Stella *Waitzkin* u. a. Eine bes. Variante der D. A. sind die Aktionen, die mit der Zerstörung von Lebendigem verbunden sind; dazu gehören vor allem der Portorikaner Diego *Ortiz* („Froschbefragungen", „Hühnerschlachtungen") u. die Österreicher Hermann *Nitsch* („Abreaktionsspiele" im „Orgien- u. Mysterientheater") u. Otto *Mühl* (Besudelungsaktionen).

Destruenten [lat.], Organismen, die organ. Substanz abbauen (Pilze, Bakterien); →auch Biozönose.

Destruktion [lat.], **1.** *allg.*: Zerstörung.
2. *Geologie*: nach H. Stille die Umwandlung von früher schon verfestigten Kontinenten (Hochkratone) in Tiefozeane (Tiefkratone). Das Absinken ist eine Folge des Abströmens von Tiefenmagma unter dem betroffenen Krustenteil. Durch D. entstehen Neuozeane, die den Urozeanen gegenüberstehen.

Destruktionsfäule = Braunfäule.

Destutt de Tracy [dɛstyt də tra'si], Antoine Louis Claude Graf, französ. Philosoph, *20. 7. 1754 Paris, †10. 3. 1836 Paray-le-Frésil; kam in Weiterentwicklung des *Sensualismus* E. B. de Condillacs zu einer Lehre der Ideen *(Ideologie)*, die er einerseits auf Empfindungen u. physiolog. Determinanten zurückführen, andererseits prakt. nutzen wollte in der Auseinandersetzung mit der von ihm als Widerstand empfundenen Wirklichkeit. Hptw.: „Eléments d'Idéologie" 5 Bde. 1801–1815.

Desventurados, *Islas de los D.*, zwei kleine, zeitweilig bewohnte chilen. Vulkaninseln, *San Ambrosio* u. *San Félix*, auf dem Juan-Fernández-Rükken im Südpazif. Ozean, 900 km westl. von Chañaral; Langustenfang; San Ambrosio ist 474 m hoch, ohne Ankerplatz; San Félix 192 m hoch, mit Ankerplatz u. vorgelagerter kleiner Insel.

DESY, Abk. für *Deutsches Elektronen Synchrotron*, ein →Teilchenbeschleuniger in Hamburg; dient gemeinnützigen Zwecken, d. h., alle Ergebnisse der kernphysikalischen Grundlagenforschung werden veröffentlicht. Das Synchrotron erlaubt die Beschleunigung von Elektronen auf 6–7,5 GeV.

Deszendenz [die; lat.], Abstammung; Nachkommenschaft, Verwandtschaft in absteigender Linie: Kinder, Enkel usw. *(Deszendenten)*; Gegensatz: *Aszendenz*, Verwandtschaft in aufsteigender Linie: Eltern, Großeltern usw. *(Aszendenten)*.

Deszendenztheorie →Abstammungslehre.

Detachement [detaʃ'mã; das; frz.], früher Bez. für eine militär. Abteilung, die mit einer bes. Aufgabe beauftragt wurde; meist aus verschiedenen Waffengattungen zusammengesetzt.

detachieren [-'ʃi:-], Flecken, z.B. Rost-, Obst- u. Kaffeeflecken, an bereits chem. gereinigten Textilien entfernen.

Detailhandel [-'taj-], *Handel en détail*, Kleinhandel, →Einzelhandel, im Gegensatz zum Großhandel.

Detaillist [-ta'jist; frz.], veraltete Bez. für *Einzelhändler*.

Detailzeichenpapier [-'taj-], *Detailpapier*, transparentes Zeichenpapier für techn. Zeichnungen. Gewichte bis 100 g/qm. Oberfläche matt, sehr gut für Zeichenstift, nicht aber für Wasserfarben geeignet; radierfest, lichtpausfähig.

Detektiv, gehört zu den Berufen der Sicherheitswahrer, befaßt sich mit Ermittlungen, Beobachtungen u. Auskunftserteilungen über persönliche Verhältnisse u. Angelegenheiten sowie Personen- u. Objektsicherungen. Die Ausbildung unterliegt keinerlei gesetzl. Bestimmungen.

Detektivgeschichte →Kriminalroman.

Detektor [der, Mz. *-toren*; lat., „Entdecker"], Gleichrichter für Hochfrequenzströme, bes. als *Kristall-D.*, in D.empfangsgeräten; heute völlig durch Halbleiterdioden verdrängt.

Deterding, Sir Henri Wilhelm August, niederländ.-brit. Erdölmagnat, *19. 4. 1866 Amsterdam, †4. 2. 1939 Sankt Moritz; seit 1901 Generaldirektor der *Royal Dutch Petroleum Company*, die er 1907 mit *The Shell Transport and Trading Company Ltd.*, London, zur *Royal Dutch/Shell-Gruppe* zusammenschloß u. zu einem bedeutenden Konkurrenzunternehmen der *Standard Oil Company (New Jersey)* machte.

Detergentien [Ez. das *Detergens*; lat., engl.] →waschaktive Substanzen.

Determinante [lat.], **1.** *Genetik*: hypothetische Einheit, die die Entwicklung eines Eis oder Embryos bestimmt.
2. *Mathematik*: Rechenhilfsmittel der Algebra; wird als quadratisches Schema aus den Koeffizienten von linearen Gleichungen gebildet. Man unterscheidet D.n 1., 2., 3.... Grades. Eine D. 2. Grades ist $\begin{matrix} a_1 & b_1 \\ a_2 & b_2 \end{matrix}$. Ihren Wert erhält man, indem man von dem Produkt $a_1\,b_2$ das Produkt $a_2\,b_1$ abzieht, also $a_1\,b_2 - a_2\,b_1$. D.n sind unentbehrl. für die analyt. Geometrie u. die Invarianten.

Determination [lat., „Begrenzung, Bestimmung"], **1.** *Biologie*: →Identifikation.
2. *Entwicklungsphysiologie*: das Stadium eines Zellverbandes in einem Keim, in dem seine weitere Entwicklung definitiv festgelegt ist. Die D. nimmt mit fortschreitender →Differenzierung zu. So entwickeln sich bei Molchen verpflanzte Gewebe der frühen *Gastrula* (→Embryonalentwicklung) noch wie das Gewebe, in das sie verpflanzt wurden. Verpflanzte Gewebe der frühen *Neurula* dagegen entwickeln sich bereits unabhängig davon nach ihrem Herkunftsort. Zwischen Gastrula u. Neurula hat also die D. stattgefunden.
3. *Philosophie*: Bestimmtsein durch Vorgegebenes; in der Logik das Ausgrenzen engerer Begriffe aus weiteren (Gegensatz: →Abstraktion) durch Hinzufügen spezifischer Merkmale (z.B. Tier – Wirbeltier).
4. *Psychologie*: Bedingtheit seelischer Abläufe (z.B. durch Erb- oder Umweltfaktoren); Vorstellungs- und Denkvorgänge unterliegen nach N. Ach *determinierenden Tendenzen*, d.h., sie erhalten Richtung u. Ziel von bewußten u. unbewußten „Obervorstellungen". Darin liegt eine Absetzung der Denkpsychologie von der Assoziationspsychologie.

Determinative [lat.], wohl nicht gesprochene bildhafte (ideograph.) Zusatzzeichen einiger alter Schriftsysteme (z.B. der ägypt. Hieroglyphen), die Kategorie andeutend, zu der ein Begriffszeichen (Ideogramm i.e.S.) gehörte.

Determinatoren [Ez. der *Determinator*], Faktoren der →Determination (2).

Determinismus [lat.], **1.** *Geographie*: der untaugl. Versuch, wirtschaftl. u. kulturlandschaftl. Entwicklungsvorgänge allein aus den physischgeograph. Voraussetzungen zu erklären.
2. *Philosophie*: die Lehre, daß der Mensch in seinem Willen durch äußere oder innere Ursachen letztlich gezwungen u. nicht frei ist. Der *philosoph. D.* sieht die zwingenden Determinanten in Umweltbedingungen, z.B. ökonom.-sozialen Verhältnissen u. Milieueinflüssen, oder in leib-seel. Faktoren, z.B. Erbanlagen, physiolog. Prozessen, psycholog. Motivbindungen u. unwiderstehl. Triebansprüchen.
3. *Religion*: die Negation der Willensfreiheit wegen der in verschiedenen Religionen (Islam u. Christentum) geglaubten allmächtigen Vorherbestimmung alles Geschehens durch Gott.

Detersion [lat.], die den Untergrund ausschleifende Wirkung von Gletschern; →auch glaziale Abtragung.

Detlef, niederdt. Form von →Dietleib.

Detmold, Hptst. des Reg.-Bez. D. (6514 qkm, 1,8 Mill. Ew.) u. des ehem. Freistaats *Lippe* (heute zu Nordrhein-Westfalen), in reizvoller Umgebung am Rand des Teutoburger Waldes, 66000 Ew.; altertüml. Innenstadt mit Schloß (16. Jh.) u. schönen Fachwerkhäusern; Nordwestdt. Musikakademie; Bundesanstalt für Getreideforschung; Holz-, Möbel-, Getränkeindustrie; Ausflugsverkehr, bes. zum →Hermannsdenkmal im SW von D. Verwaltungssitz des Ldkrs. *Lippe*. – 783 Schlacht zwischen Karl d. Gr. u. den Sachsen; seit 1305 Stadt, 1501–1918 Residenz einer Linie des Hauses Lippe.

Detonation [lat.], eine unter Knallerscheinung u. Gasentwicklung sehr rasch (rascher als eine Explosion) vor sich gehende chem. Reaktion; →auch Initialsprengstoffe.

detonieren, **1.** *allg.*: knallartig reagieren.
2. *Musik*: vom reinen Ton durch geringes Absinken – aber auch Höhertreiben – abweichen, z.B. in Chören; in der Jazzmusik auch als Ausdrucksmittel benutzt.

Detraktion [lat.], die Aushebung von Gesteins- u. Felsbrocken durch Gletscher; →auch glaziale Abtragung.

Detritus [der; lat.], **1.** *Biologie*: feinste Teilchen organ. Substanz u. zerfallender Tier- u. Pflanzenreste als Schwebestoffe oder Bodensatz im Wasser, werden von vielen Tieren *(D.fresser)* gefressen.
2. *Geologie*: Geröll; D.halden aus Korallensand u. Schlamm umgeben Atolle u. Riffe.

Detroit [di'trɔit], Industrie- u. Handelsstadt in Michigan (USA), am D. River (zwischen St.-Clair- u. Eriesee, 45 km), im Schnittpunkt des Verkehrs auf den Seen u. des Landverkehrs nach Kanada (Tunnel u. Brücke zum kanad. Windsor), fünftgrößte Stadt der USA, 1,6 Mill. Ew. (Metropolitan Area 4,4 Mill. Ew.); 2 Universitäten (Staatsuniversität, gegr. 1933; University of D., gegr. 1877), Kunsthochschule u. wissenschaftl. Gesellschaften, Museen. Radialstraßenanlage der Innenstadt mit zentralem Park. D. ist die größte Autostadt der USA (Ford, General Motors, Chrysler), hat wichtige Flugzeug-, Maschinen-, Gummiindustrie (US-Rubber Co.), Erdölraffinerien, Schlächtereien; zahlreiche Flugplätze; bedeutender Binnenhafen. D. wurde 1701 von den Franzosen gegr., 1760 engl.; 1805–1847 Hptst. von Michigan.

Dettingen am Main, bayer. Gemeinde im Ldkrs. Aschaffenburg, 3600 Ew. – In der Schlacht bei D. besiegten engl. u. dt. Truppen im *Österr. Erbfolgekrieg* 1743 ein französ. Heer. Den Sieg feierte das „Dettinger Tedeum" von G. F. *Händel*.

detto [ital.], *österr.* u. *bayer.*: dito.

Detumeszenz [lat.], Rückgang einer Geschwulst.

Deukalion, in der griech. Sage Sohn des Prometheus, überlebte mit seiner Frau *Pyrrha* als einziger die von Zeus geschickte Sintflut.

Deurne ['dø:rnə], Stadt im O des Ballungsgebiets von Antwerpen, 78100 Ew.; Plastik-, Farben-, Konserven-, pharmazeut. u. Elektroindustrie; Flughafen.

Deus [lat.], Gott.

Deusdedit, *Adeodatus I.*, Papst 615–618, Römer, Heiliger, †8. 11. 618 Rom; begünstigte den Weltklerus, der unter Gregor I. hinter der Ordensgeistlichkeit hatte zurückstehen müssen. Fest: 8. 11.

Deus ex machina [lat., „Gott aus der Maschine"], in der antiken Tragödie der über dem Bühnendach erscheinende Gott, der den Knoten der Handlung auflöste; danach allg. Bez. für eine unerwartet oder künstlich herbeigeführte Lösung von Problemen oder Verwicklungen.

Deus Ramos ['deuʃ 'ramoʃ], João de, portugies. Lyriker, *8. 3. 1830 São Bartolomeu de Messines, Algarve, †11. 1. 1896 Lissabon; seine romant. volksnahe Liebeslyrik wurde einst viel bewundert; auch Fabeln u. Epigramme u. eine neue Lesemethode für die Schulen.

Deussen, Paul, Philosoph, *7. 1. 1845 Oberdreis, Kreis Neuwied, †6. 7. 1919 Kiel; Schulfreund Nietzsches, seit 1889 Prof. in Kiel, Anhänger Schopenhauers (1911 Gründung der Schopenhauergesellschaft u. Beginn einer von D. veranstalteten krit. Schopenhauerausgabe), dessen Philosophie seinen „Elementen der Metaphysik" 1877 zugrunde liegt. D. ist der erste Philosophiehistoriker, der die indische Philosophie gründl. erforscht hat. Hptw.: „Allg. Geschichte der Philosophie" 1894 ff.

Deus sive natura [lat., „Gott oder Natur"], Bez.

der Identität von Wirklichkeit u. Absolutem, bes. im Pantheismus (Spinoza, Goethe).

deut... = deuter...

Deut [holl.], kleine niederländ. Kupfermünze des 16.–19. Jh. im Wert von 2 Pfennig oder 1/8 Stüber, vielfach nachgeahmt; *keinen D. wert sein*, fast gar nichts wert sein.

deuter... [grch.], Wortbestandteil mit der Bedeutung „zweiter, nächster, späterer".

Deutẹrium [grch.], *schwerer Wasserstoff*, chem. Zeichen *D* oder ^2H, ein →Isotop des Wasserstoffs mit dem Atomgewicht 2,015; ist in Wasserstoff zu 0,002% enthalten; →auch Tritium. Wasser, das anstelle von Wasserstoff D. enthält, heißt →schweres Wasser. D. dient als Lithiumdeuterid LiD zur Herstellung von Wasserstoffbomben. Der Kern des D.atoms heißt →Deuteron.

deutero... = deuter...

Deuterojesạja [grch., „zweiter Jesaja"], der unbekannte, während des Babylonischen Exils (587 bis 538 v. Chr.) lebende Verfasser der im Buch Jesaja 40–55 zusammengefaßten Sprüche, vornehmlich Künder der Einzigkeit u. Barmherzigkeit Gottes. Der „Evangelist des A.T." Tritojesaja [grch., „Dritter Jesaja"] ist dagegen wohl Sammelname für die verschiedenen Autoren von Jes. 56–66. Diese Sammlung ist wahrscheinl. im 3. Jh. v. Chr. entstanden. Ihre Einzelbestandteile stammen aus dem 6./5. Jh. v. Chr. aus Judäa.

deuterokanọnisch [grch., „zum zweiten Kanon gehörig"], kath. Bez. der Bücher oder Kapitel des A.T., die nur in der *Septuaginta* stehen u. nur von Katholiken, nicht von Juden u. Protestanten als Teile der Hl. Schrift anerkannt werden; bei diesen gelten sie als *Apokryphen*.

Deuteromalayịde, jüngere Untergruppe der →Palämongoliden, die nach den Protomalayiden Indonesien besiedelte.

Deuteron [das; grch.], der Atomkern des *Deuteriums*, besteht aus einem Proton u. einem Neutron. D.en können im →Zyklotron auf hohe Geschwindigkeiten gebracht *(D.enstrahlen)* u. für Atomkernzertrümmerungen benutzt werden.

Deuteronomịst [grch.], der Verfasser eines Geschichtswerks, das die Geschichte Israels von der Einwanderung nach Palästina bis zum Untergang des Staats Juda (587 v. Chr.) schildert. Er hat den entscheidenden Anteil an der Gestaltung der Bücher Deuteronomium (= 5. Buch Mose), Josua, Richter, Samuel u. Könige, läßt aber ältere Quellen reichl. zu Wort kommen. Die Geschichte wird an den Grundsätzen des Deuteronomiums gemessen (vor allem: Alleinverehrung Jahwes an einem einzigen Heiligtum, Reinheit des Kultus) u. als Geschichte des Ungehorsams beurteilt; die polit. Katastrophe ist verdiente Strafe Gottes. Bes. Interesse gilt dem Jerusalemer Tempel als dem einzigen von Gott erwählten Ort des Gottesdienstes. Entstanden bald nach 587 v. Chr. – Die deuteronomistische „Schule" war maßgebl. an der Sammlung u. Redaktion auch anderer Schriften des A.T. beteiligt (bes. Propheten). Die Geschichtstheologie des D.en hat das Geschichtsbild des Abendlands stark beeinflußt. – 🕮 1.9.2.

Deuteronọmium [das; grch. + lat.], das 5. Buch Mose, Sammlung von predigtartigen Reden u. Gesetzen, die Moses den Israeliten vor dem Betreten Kanaans bekanntgab. Der Kern des D.s (sog. *Ur-D.*) ist vermutl. um 650 v. Chr. entstanden, unter Verwendung viel älteren Materials. Polit. wirksam wurde es in der Reform des Königs Josia von Juda (621 v. Chr.), der die vom D. geforderte Reinigung u. Zentralisation des Kultus in Jerusalem durchgesetzt hat.

Deuterostọmia [grch.], *Rückenmarktiere*, Begriff der Tiersystematik; alle Tiere, deren erste Mundanlage (Urmund, →Embryonalentwicklung) sich zum späteren After entwickelt, während die spätere Mundöffnung nachträgl. durch einen Durchbruch des Ektoderms gebildet wird. Im Gegensatz dazu wird bei den *Protostomia, Bauchmarktieren*, der Urmund zum späteren Mund, u. der After entsteht sekundär. Sämtliche bilateralsymmetr. Tiere lassen sich in diese Zweiheit einordnen: alle Würmer, die Gliederfüßler u. Weichtiere sind Protostomia, die Stachelhäuter u. Chordatiere D. Protostomia u. D. unterscheiden sich weiter vor allem in der Lage des Zentralnervensystems: die D. besitzen ein Rückenmark, die Protostomia ein Bauchmark.

Deutinger, Martin, kath. Religionsphilosoph, *24. 3. 1815 Schlachtenmühle, Oberbayern, †9. 9. 1864 Bad Pfäfers; Schüler Schellings u. F. X. v. Baaders, begründete einen spekulativen Theismus, den er, wie Schelling, als positive Philosophie bezeichnete; auch als Ästhetiker hervorgetreten. Hptw.: „Grundlinien einer positiven Philosophie" 1843–1849.

deutsch, *Deutsch* →deutsche Sprache.

Deutsch, 1. Babette, US-amerikan. Schriftstellerin, *22. 9. 1895 New York; schrieb über moderne Dichtung, trat auch mit Lyrik sowie Übersetzungen aus dem Dt. u. Russ. hervor.

2. Ernst, Schauspieler, *16. 9. 1890 Prag, †22. 3. 1969 Berlin; kam über Wien, Prag, Dresden nach Berlin ans Dt. Theater, wo er klass. u. moderne Charakterrollen spielte u. expressionist. Dramen zum Durchbruch verhalf; emigrierte 1933 nach England u. den USA, spielte seit 1947 wieder an dt. Bühnen; wirkte auch in Filmen mit.

3. Julius, österr. Politiker (Sozialist), *2. 2. 1884 Lackenbach, Burgenland, †17. 1. 1968 Wien; 1919/20 Staatssekretär u. 1920–1932 Parlamentskommissar für Heereswesen; gründete 1924 den →Republikanischen Schutzbund, führende Rolle während der →Februarkämpfe 1934 gegen das autoritäre Dollfuß-Regime, 1934–1946 in der Emigration, 1936–1939 Teilnahme am Span. Bürgerkrieg.

4. Manuel →Manuel Deutsch.

5. Otto Erich, österr. Musikwissenschaftler, *5. 9. 1883 Wien, †23. 11. 1967 Wien; lebte 1939–1951 in Cambridge, dann wieder in Wien. Hptw. Schubert- u. Mozart-Dokumentation.

Deutsch-Altenburg, *Bad D.*, österr. Kurort am Südufer der Donau im östl. Wiener Becken, 1350 Ew.; radioaktive Schwefelquelle mit Jodgehalt; roman.-got. Kirche (13. Jh.); Museum Carnuntinum mit Funden aus der nahe gelegenen röm. Stadt *Carnuntum*.

Deutschbein, Max, Anglist, *7. 5. 1876 Zwickau, †15. 4. 1949 Marburg; erforschte die engl. Syntax unter psycholog. Aspekt.

Deutschblau, polierfähiger Jurakalkstein bläulich-grauer Tönung. Weitere Arten je nach Färbung: *Deutschgelb, Deutschrot*, auch *Marxgrün* u. *Deutschweiß*.

Deutsch-Brod, tschech. *Havlíčkův Brod*, ostböhm. Stadt, 16000 Ew.; Lebensmittel- u. Textilindustrie.

Deutsch-Dänische Kriege, die 1848–1850 u. 1864 zwischen →Dänemark, Preußen u. Österreich geführten Kriege um →Schleswig-Holstein.

Deutsche Akademie der Künste, 1950 von der DDR-Regierung durch Umwandlung der ehemaligen Preuß. Akademie der Künste geschaffene Kunstinstitution mit dem Sitz in Berlin (Ost). Die D. A. d. K. umfaßt die 4 Sektionen Bildende Kunst, Darstellende Kunst, Dichtkunst u. Sprachpflege, Musik. Erste Präsidenten waren die Schriftsteller H. *Mann* u. A. *Zweig*; derzeitiger Präs. der Filmregisseur Konrad *Wolf* (*1925).

Deutsche Akademie der Landwirtschaftswissenschaften zu Berlin, gegr. 1951 für den Bereich der DDR. Aufgaben: Mitarbeit bei der Aufstellung von Volkswirtschaftsplänen, Planung u. Koordination von Arbeiten auf dem Gebiet der Landwirtschaftswissenschaften, Einführung neuer Methoden in die Praxis; Veröffentlichungen: „Sitzungsberichte", „Jahrbücher", „Schriftenreihe für die landwirtschaftl. Produktionsgenossenschaften" u.a.

Deutsche Akademie der Naturforscher Leopoldina, Halle (Saale); gegr. 1652 in Schweinfurt vom dortigen Stadtarzt J. L. *Bausch*; Mitglieder vorwiegend in den deutschsprachigen Ländern; Veröffentlichungen: „Nova Acta Leopoldina", „Acta historica Leopoldina", „Leopoldina", „Lebensdarstellungen deutscher Naturforscher", „Sudhoffs Klassiker der Medizin und der Naturwissenschaften", „Mitteilungen zur Geschichte der Medizin und der Naturwissenschaften".

Deutsche Akademie der Wissenschaften →Akademie der Wissenschaften.

Deutsche Akademie für Sprache u. Dichtung, 1949 gegr. Vereinigung von Dichtern u. Gelehrten zur Pflege des dt. Schrifttums; Sitz Darmstadt; derzeitiger Präs. K. *Krolow*.

„Deutsche Allgemeine Zeitung", 1. 1837–1879 bei Brockhaus in Leipzig erschienene Zeitung liberaler Prägung, zunächst, bis 1843, als „Leipziger Allgemeine Zeitung".

2. 1918 durch Namensänderung aus der 1861 in Berlin gegr. „Norddeutschen Allgemeinen Zeitung" hervorgegangene, polit. stark beachtete Zeitung nationaler Verbreitung. Wurde 1945 eingestellt.

Deutsche Angestellten-Gewerkschaft, Abk. *DAG*, einheitl. Gewerkschaft von Angestellten ohne Rücksicht auf die berufl. oder betriebl. Gliederung, gehört nicht dem DGB an; gegr. 1945; Sitz: Hamburg; 1978 rd. 473000 Mitglieder.

Deutsche Angestellten-Krankenkasse, Abk. *DAK*, Hamburg, eine →Ersatzkasse für Angestellte; 3,4 Mill. Mitglieder.

Deutsche Arbeitsfront, Abk. *DAF*, „angeschlossener Verband" der NSDAP, der die „übernommenen" bzw. „gleichgeschalteten" Gewerkschaften des 1933 aufgelösten *Allgemeinen Deutschen Gewerkschaftsbundes* u. die Arbeitgeberorganisationen in einer zentral gelenkten Massenorganisation „aller schaffenden Deutschen" zusammenfaßte (Propagandabegründung: „Überwindung des Klassenkampfes durch Arbeitsfrieden"). Die Betriebsräte wurden durch Gesetz aufgelöst; an ihre Stelle traten DAF-Funktionäre. Block-, Zellen-, Ortsgruppen-, Kreis- u. Gauwalter führten die Befehle der Robert *Ley* unterstellten Reichsleitung aus. 1933 gegr., umfaßte die Zwangsorganisation 1939 bereits ca. 30 Millionen Mitglieder. Zum Aufgabenbereich der DAF gehörte auch die „Freizeitgestaltung": Die NS-Gemeinschaft *„Kraft durch Freude"* (KdF) ahmte Mussolinis Aktion „Nach der Arbeit" u. ähnl. Einrichtungen der früheren Gewerkschaften nach; sie organisierte Theaterbesuche, Bunte Abende, Erwachsenenbildung, Betriebssport, Auslandsreisen auf KdF-Schiffen u. stellte für 990,– Reichsmark den KdF-Wagen („Volkswagen") in Aussicht. – 🕮 5.4.5.

Deutsche Atomkommission, zur Beratung der Bundesregierung 1955/56 gegr. Expertenausschuß.

Deutsche Babcock AG, Oberhausen, 1898 gegr. Unternehmen, seit 1977 heutige Firma; Produktionsgebiete: Reaktortechnik, Industrieanlagenbau, Wasserwirtschaft, Luftreinhaltung, Heizungs- u. Klimatechnik, Textilmaschinen; Grundkapital: 250 Mill. DM: 26000 Beschäftigte im Konzern.

Deutsche Bank AG, Frankfurt a.M., größte der drei privaten Großbanken in der BRD, mit rd. 1150 Niederlassungen im In- u. Ausland; Grundkapital: 1,04 Mrd. DM; 40500 Beschäftigte im Konzern; gegr. 1870; 1929 mit der 1856 gegr. *(Direction der) Disconto-Gesellschaft* zusammengeschlossen; nach dem 2. Weltkrieg in der BRD auf Anordnung der Alliierten in 10 Regionalbanken aufgespalten, die 1952 in 3 Nachfolgeinstitute zusammengefaßt wurden: *Norddeutsche Bank AG*, Düsseldorf; *Süddeutsche Bank AG*, München. Diese Nachfolgeinstitute schlossen sich 1957 wieder zur D. B. AG zusammen.

Deutsche Bauakademie, 1951 von der DDR-Regierung mit Sitz in Berlin (Ost) gegr. Institution zur Förderung u. Erforschung der Architektur, des Städtebaues u. der techn. Bauproduktion, 1962 mit Planung u. Koordinierung der Bauaufgaben in der DDR beauftragt.

Deutsche Bau- und Bodenbank AG, Berlin u. Frankfurt a. M., Spezialkreditinstitut für die Zwischenfinanzierung des Wohnungsbaus während der Bauausführung vor der Auszahlung der Hypotheken u. für die treuhänderische Verwaltung öffentl. Wohnungsbaumittel; gegr. 1923; im Besitz der Bundesrepublik Dtschld. u. des Landes Nordrhein-Westfalen; hat Zweigstellen im ganzen Bundesgebiet.

Deutsche Bibliothek, gegr. 1947 vom Börsenverein des Dt. Buchhandels in Frankfurt a. M. mit dem Zweck, die Aufgaben der →Deutschen Bücherei in West-Dtschld. wahrzunehmen; 1952 Stiftung des öffentl. Rechts, 1969 durch Gesetz in eine Bundesanstalt umgewandelt. 1966 erstmalige Herstellung einer Nationalbibliographie mit Hilfe elektronischer Datenverarbeitung. Bestand 1968: rd. 1,8 Mill. Bände.

deutsche Blumen, im 18. Jh. Bez. für naturalist. Blumendekor auf *Porzellan* u. *Fayence* im Gegensatz zu stilisierten ostasiat. Blumen. →auch indianische Blumen.

Deutsche Botanische Gesellschaft, Berlin-Zehlendorf, gegr. 1882; Hauptarbeitsgebiet: wissenschaftl. Botanik; Veröffentlichungen: „Berichte der Deutschen Botanischen Gesellschaft".

Deutsche BP AG →BP Benzin u. Petroleum AG.

Deutsche Bücherei, gegr. 1912 vom Börsenverein der Dt. Buchhändler in Leipzig als Archivbibliothek des gesamten deutschsprachigen sowie (u.a.) des im Ausland über Dtschld. erscheinenden Schrifttums. 1940 Anstalt des öffentl. Rechts, nach dem 2. Weltkrieg verstaatlicht. Hrsg. zahlreicher bibliograph. Verzeichnisse. Bestand 1968: rd. 3,5 Mill. Bände. →auch Deutsche Bibliothek.

Deutsche Buch-Gemeinschaft, Darmstadt (seit 1951), 1924 in Berlin gegr. Buchgemeinschaft.

Deutsche Bucht, der südöstl. Teil der Nordsee zwischen Schleswig-Holstein u. Ostfriesland, mit den wichtigsten dt. Seehäfen.

Deutsche Bundesbahn, Abk. *DB,* Name des Eisenbahnunternehmens, unter dem die BRD das Bundeseisenbahnvermögen als nicht rechtsfähiges Sondervermögen des Bundes mit eigener Wirtschafts- u. Rechnungsführung verwaltet (Gesetz vom 13. 12. 1951); für das Gebiet der BRD Rechtsnachfolger der *Dt. Reichsbahn* (Art. 134 GG.); rd. 388 000 Bedienstete; Streckennetz 1976 rd. 28 600 km; Verwaltung in Frankfurt a. M.

Deutsche Bundesbank, Frankfurt a. M., die 1957 als Nachfolgeinstitut der *Bank deutscher Länder* gegr. Zentralnotenbank der BRD einschl. Westberlins. Die D. B. ist die Bank der Banken u. des Staates; sie hat das alleinige Recht zur Ausgabe von Banknoten u. ist Trägerin der Währungspolitik. Die Hauptverwaltung der D.n B. in jedem Bundesland führt die Bez. *Landeszentralbank (LZB).* Organe der D.n B. sind der Zentralbankrat, das Direktorium u. die Vorstände der LZB. Die Währungs- u. Kreditpolitik bestimmt der *Zentralbankrat,* der sich aus Mitgliedern des Direktoriums u. den LZB-Präsidenten zusammensetzt. Das *Direktorium* führt die Beschlüsse des Zentralbankrats aus.

Deutsche Bundespost, Abk. *DBP,* bundeseigene Verwaltung mit eigenem Verwaltungsunterbau unter der Leitung des Bundesministers für das Post- u. Fernmeldewesen. Die DBP ist Nachfolgerin der *Deutschen Reichspost,* die 1871 aus der 1868 gegr. *Norddeutschen Bundespost* entstand. Die DBP beschäftigte Anfang 1977 rd. 461 500 Personen (Beamte, Arbeiter, Angestellte, Nachwuchs); sie verfügte über 20 576 Ämter u. Amtsstellen sowie 75 300 Kraftfahrzeuge. Es wurden von der DBP 1976 11,1 Mrd. Briefsendungen, 264 Mill. Paketsendungen u. 14 Mill. Telegramme zugestellt, 10,0 Mrd. Ortsgespräche u. 5,3 Mrd. Ferngespräche vermittelt u. 3,5 Mill. Postscheckkonten geführt.

Deutsche Burschenschaft →Burschenschaft.

Deutsche Centralbodenkredit-AG, Berlin u. Köln, größte private Hypothekenbank in der BRD, entstand 1930 aus der Fusion von vier Hypothekenbanken.

Deutsche Chemische Gesellschaft, 1867 von A. W. *Hofmann* in Berlin gegr. Vereinigung von Chemikern. Die Hauptaufgabe war die Förderung der Zusammenarbeit von reiner Chemie u. Industrie. 1945 aufgelöst; als Nachfolger gilt die →Gesellschaft Deutscher Chemiker.

Deutsche Christen, Bewegung innerhalb der Dt. Ev. Kirche, die Veränderungen der kirchl. Organisation u. Verkündigung nach den nationalsozialist. Grundsätzen erstrebte: Ausscheidung aller „jüdischen Elemente", Betonung der völkischen Höchstwerte u. Einfügung der Kirche in die nationalsozialist. Politik. Zu unterscheiden ist zwischen der Kirchenbewegung D. C. (seit 1927 unter Führung von Siegfried *Leffler,* * 21. 11. 1900, u. Julius *Leutheuser,* * 1900, † 1942), die die überkonfessionelle Nationalkirche erstrebte, u. der Glaubensbewegung D.C. (seit 1932 unter Joachim *Hossenfelder,* * 7. 10. 1892), die die straff zentralisierte ev. Reichskirche forderte. Mit Unterstützung der NSDAP eroberten die D.n C. 1933 die Führungsstellen in zahlreichen Landeskirchen, verloren aber 1934 ihren Einfluß in Pfarrerschaft u. Gemeinden weitgehend. 1945 aufgelöst.

Deutsche Continental-Gas-Gesellschaft, Börsenname *Conti Gas,* Düsseldorf (bis 1949 Dessau), 1855 gegr. Unternehmen der Energiewirtschaft; Grundkapital: 100 Mill. DM; Eigenbetriebe: Gas- u. Elektrizitätswerk Hagen, Gas- u. Elektrizitätswerk Singen, Licht- u. Kraftwerke Harz in Osterode; Beteiligungen: *Elektrizitäts-Lieferungs-Gesellschaft,* Bayreuth; *Herzberger Licht- u. Kraftwerke GmbH,* Herzberg; *Continental-Elektroindustrie AG,* Düsseldorf, u.a.; 2000 Beschäftigte.

Deutsche Demokratische Partei, Abk. *DDP,* im November 1918 als Sammlung liberaler Kräfte gegr. aus der *Fortschrittspartei* u. einem Teil der *Nationalliberalen;* trat für bürgerl. Demokratie, Wirtschaftsfreiheit u. Trennung von Staat u. Kirche ein. Die DDP war an fast allen Reichsregierungen beteiligt u. bildete in Preußen (1920–1932) mit SPD u. Zentrum die Regierung der Weimarer Koalition. In der Weimarer Nationalversammlung nach SPD u. Zentrum mit 73 Abgeordneten drittstärkste Fraktion, verlor sie bei den nachfolgenden Wahlen gegenüber den Rechtsparteien zunehmend Stimmen u. Mandate. 1930 schloß sie sich mit dem *Jungdeutschen Orden* zur *Deutschen Staatspartei* zusammen, war aber trotzdem in den letzten Reichstagen nur mit wenigen Abgeordneten vertreten (1933: 5 Sitze). Im Juli 1933 löste sich selbst auf. Bekannte Repräsentanten der DDP: Friedrich *Naumann* (Vorsitzender 1919); Hugo *Preuß* u. Max *Weber,* die Schöpfer der Weimarer Verfassung; Außenminister Walther *Rathenau;* Wehrminister Otto *Gessler;* die Frauenrechtlerin Gertrud *Bäumer;* als Mitglieder des letzten freigewählten Reichstags Theodor *Heuss,* Ernst *Lemmer* u. Reinhold *Maier.* 1945 als Freie Demokratische bzw. Liberaldemokratische Partei neu gegründet, der sich auch Teile der früheren →Deutschen Volkspartei anschlossen. – ▭ 5.8.5.

Deutsche Demokratische Republik, Abk. *DDR,* →Deutschland.

Deutsche Dendrologische Gesellschaft e. V., Darmstadt, Botan. Garten; gegr. 1892 in Karlsruhe von 19 namhaften Botanikern u. Gartenbauleuten; hat die Aufgabe, durch Erfahrungsaustausch Standortansprüche u. Anbauwürdigkeit von Baum u. Strauch zu prüfen u. dadurch die Kenntnis von ihrem Nutzen u. Zierwert zu fördern; Veröffentlichungen: „Mitteilungen der Deutschen Dendrologischen Gesellschaft".

Deutsche Dienststelle (WASt), Abk. für *Deutsche Dienststelle für die Benachrichtigung der nächsten Angehörigen von Gefallenen der ehem. dt. Wehrmacht (Wehrmacht-Auskunftstelle),* Sitz: Berlin-Borsigwalde; besitzt alle noch vorhandenen Personalunterlagen der früheren Kriegsmarine (für Heer u. Luftwaffe →Zentralnachweisstelle) sowie die Feldpostnummernliste, die Erkennungsmarkenlisten u. die Verlustlisten der gesamten früheren Wehrmacht, stellt Bescheinigungen aus u. erteilt Auskünfte.

Deutsche Dogge →Dogge.

Deutsche Edelstahlwerke GmbH, Abk. *DEW,* Krefeld, 1927 gegr. Unternehmen zur Herstellung von Edelstählen u. Hartmetallen; bis 1975 AG; 1975 Zusammenschluß mit der *Edelstahlwerk Witten AG,* Witten, zur *Thyssen Edelstahlwerke AG,* Düsseldorf.

deutsche Farben, die Nationalfarben Deutschlands. Die Farben des alten Dt. Reichs waren entspr. seinem Wappen (schwarzer Doppeladler auf gelbem Grund) Schwarz-Gelb. Diese Farben waren nur Staatsfarben, keine Nationalfarben im heutigen Sinn. Letztere finden sich erst seit Anfang des 19. Jh. Bei der Gründung der Allg. Dt. Burschenschaft 1818 wählte man aufgrund eines Mißverständnisses die auf die Lützowschen Jäger zurückgehenden Farben Schwarz-Rot-Gold als angebl. Farben des alten Dt. Reichs. Mit der Auflösung der Burschenschaften wurden diese Farben verboten. Die schwarz-rot-goldenen Farben in ihrer heutigen Form traten erstmals auf dem Hambacher Fest (1832) in Erscheinung. Sie waren das Symbol des großdt. Gedankens u. freiheitl. Gesinnung. Das Zeigen oder Tragen dieser Farben wurde deshalb von der Bundesversammlung verboten. Die Revolution 1848 verhalf dann den Farben Schwarz-Rot-Gold zum allg. Durchbruch, die Flagge des Dt. Bundes war schwarz-rot-gold. Im bewußten Gegensatz hierzu schuf Bismarck als Flagge des Norddt. Bundes die Flagge *Schwarz-Weiß-Rot.* In ihr waren das Schwarz-Weiß Preußens mit dem Rot-Weiß Brandenburgs und der Hansestädte vereinigt. Diese Flagge wurde vom 2. dt. Kaiserreich als Nationalflagge übernommen. Die Nationalversammlung 1919 entschloß sich zu einem Kompromiß: Die Reichsfarben waren Schwarz-Rot-Gold, die Handelsflagge Schwarz-Weiß-Rot mit den Reichsfarben im Obereck. Von 1933 bis 1935 waren die Farben Schwarz-Weiß-Rot, 1935 trat an Stelle der d.n F. die Hakenkreuzflagge. Für die Bundesrepublik wurde die Flagge Schwarz-Rot-Gold wieder eingeführt. Die DDR führt die schwarz-rot-goldene Flagge mit dem Staatssymbol Hammer u. Zirkel im Ährenkranz.

deutsche Fayence [-'jãs], in Dtschld. hergestellte →Fayence. Die älteste d. F. stammt aus Nürnberg (Anfang des 16. Jh.); 1661 Gründung der ersten Manufaktur in Hanau, gefolgt von Frankfurt 1666, Berlin 1678, Kassel 1680, Braunschweig 1707, Dresden 1708, Ansbach 1709, Nürnberg 1712, Erfurt 1716, Bayreuth 1719, Rudolstadt 1720 u.a. Zahlreiche Fayencefabriken waren fürstl. Gründungen oder unterstanden landesherrl. Oberaufsicht; sie erstrebten meist Nachahmung des ostasiat. Porzellans. Bei einigen Manufakturen überwog die Produktion von Prunkgeschirr gegenüber der Gebrauchsgutherstellung; die Bemalung erfolgte vielfach durch *Hausmaler.* Häufigste Dekormotive: Chinoiserien, Blumen, volkstüml. Darstellungen, bibl. u. allegor. Szenen in Kobaltblau, Manganviolett, Grün, Rot u. Gelb. Typische Formen: Enghalskrug, Terrine (z. T. in Gestalt von Tieren u. Gemüsepflanzen), Potpourri-Vase. Bedeutende Manufakturmaler waren A. F. von *Löwenfinck* u. J. Ph. *Danhofer.* – ▭ 2.1.2.

Deutsche Ferienstraße Alpen–Ostsee, beginnt in Berchtesgaden, führt durch zahlreiche dt. Landschaften wie Fränk. Alb, Odenwald, Spessart, Vogelsberg, Harz, Lüneburger Heide u. Holstein. Schweiz, berührt sehenswerte dt. Städte wie Wasserburg am Inn, Kehlheim (Donau), Dinkelsbühl, Ellwangen, Michelstadt, Göttingen, Goslar, Lüneburg, Lübeck u. a.

Deutsche Forschungsanstalt für Segelflug →Deutsche Forschungs- und Versuchsanstalt für Luft- und Raumfahrt e. V.

Deutsche Forschungsgemeinschaft, 1920 mit Sitz in Berlin als „Notgemeinschaft der dt. Wissenschaft" gegr., ab 1929 unter der Bez. „Deutsche Gesellschaft zur Erhaltung u. Förderung der Forschung" arbeitende gemeinsame Institution der dt. Hochschulen zur Betreuung von Forschungsvorhaben, Herausgabe wissenschaftl. Werke, Förderung des wissenschaftl. Nachwuchses durch Forschungsstipendien. Nach 1945 bildete sich aus dem Zusammenschluß von „Dt. Forschungsrat" (1949 auf Anregung W. *Heisenbergs* gegr.) u. „Notgemeinschaft der dt. Wissenschaft" (1949 gegr.) 1951 die D. F. neu; Sitz ist Bonn-Bad Godesberg.

Deutsche Bundesbank, Frankfurt a. M.

Deutsche Forschungs- und Versuchsanstalt für Luft- und Raumfahrt e.V., Abk. *DFVLR,* Zusammenschluß folgender vorher selbständig arbeitender Luftfahrtforschungsanstalten in der BRD: 1. „Deutsche Versuchsanstalt für Luftfahrt", Abk. *DVL,* gegr. 1912 in Berlin mit Instituten in Berlin-Adlershof, ab 1951 in Essen-Mülheim u. ab 1958 in Porz-Wahn; nahm 1955 das „Flugfunk-Forschungsinstitut Oberpfaffenhofen", Abk. *FFO,* u. 1963 das „Forschungsinstitut für Physik der Strahlantriebe", Abk. *FPS,* in Stuttgart sowie die bereits 1926 gegr. „Deutsche Forschungsanstalt für Segelflug", Abk. *DFS,* auf, die sich ab 1960 „Flugwissenschaftliche Forschungsanstalt München", Abk. *FFM,* nannte. 2. „Deutsche Forschungsanstalt für Luftfahrt", Abk. *DFL,* gegr. 1936 in Braunschweig; nannte sich ab 1938 „Luftfahrtforschungsanstalt Hermann Göring", Abk. *LFA,* u. begann 1953 mit dem Neuaufbau; 1963 wurde die „Deutsche Forschungsanstalt für Hubschrauber und Vertikalflugtechnik", Abk. *DFH,* gegr. 1953, in Stuttgart, in die DFL eingegliedert. 3. „Aerodynamische Versuchsanstalt", Abk. *AVA,* gegr. 1907 in Göttingen. Als gemeinsame Vertretung der genannten Versuchs- u. Forschungsanstalten entstand bereits 1959 die „Deutsche Gesellschaft für Flugwissenschaften", Abk. *DGF,* die am 12. 7. 1968 zur DFVLR umgewandelt wurde.

Deutsche Fortschrittspartei, im Juni 1861 zunächst in Preußen gegründete erste deutsche Partei im modernen Sinn. Sie siegte in den preuß. Landtagswahlen im Herbst 1861 u. versuchte, eine liberal-parlamentarische Umwälzung auf dem Reformweg durchzusetzen. Die D. F. war liberal u. national, erstrebte Deutschlands Einheit unter Führung Preußens u. verteidigte 1862–1866 im preuß. Verfassungskonflikt gegen Bismarck die bürgerl. Parlamentsrechte. Im neuen Reich stand die D.F. im Kulturkampf z.T. zwar hinter Bismarck, trennte sich aber von ihm, als er zum Schutzzoll überging. 1884 vereinigte sie sich mit abgesplitterten →Nationalliberalen zur Deutschen Freisinnigen Partei (→Freisinnige).

Deutsche Freisinnige Partei →Freisinnige.

Deutsche Friedens-Union, Abk. *DFU,* 1960 in der BRD gegr. polit. Partei; wendet sich gegen jegliche Lagerung von Atomwaffen in der BRD u. befürwortet den Austritt der BRD u. der DDR aus den Blocksystemen in West u. Ost, Verhandlungen zwischen BRD u. DDR u. eine militärisch verdünnte Zone in Mitteleuropa. Die Wahl der DFU, die vergebl. bei den Bundestagswahlen kandidierte, wurde in den 60er Jahren dem bundesrepublikan. Wähler von führenden Politikern der DDR empfohlen.

Deutsche Gemeindeordnung, Abk. *DGO,* vom 30. 1. 1935, führte ein einheitl. →Gemeinderecht in Dtschld. ein; nach 1945 galt sie zunächst in der brit. Zone in revidierter Fassung weiter. Inzwischen haben alle Länder der BRD eigene Gemeindeordnungen erlassen.

Deutsche Genossenschaftsbank, Abk. *DG Bank,* Frankfurt a.M., 1976 hervorgegangen aus der *Deutschen Genossenschaftskasse,* die 1949 als Nachfolgeinstitut der *Deutschen Zentralgenossenschaftskasse* gegründet wurde. Die DG Bank ist eine Körperschaft des öffentl. Rechts zur Förderung des gesamten Genossenschaftswesens u. der gemeinnützigen Wohnungswirtschaft; Spitzeninstitut der Volksbanken und Raiffeisenbanken, betreibt Bankgeschäfte aller Art.

Deutsche Gesellschaft für angewandte Entomologie, Freiburg i. Br., gegr. 1913 in Würzburg von Karl *Escherich;* Hauptarbeitsgebiete: schädl., krankheitsübertragende, nützl. u. Nutzinsekten; Veröffentlichung: „Verhandlungsberichte der Dt. Gesellschaft für angewandte Entomologie".

Deutsche Gesellschaft für Anthropologie, Vereinigung der auf dem Gebiet der →Anthropologie arbeitenden Wissenschaftler, deren Organ die Zeitschrift „Homo" ist.

Deutsche Gesellschaft für chemisches Apparatewesen e.V., Abk. *DECHEMA,* Frankfurt, 1926 gegr. Gesellschaft zur Förderung der Entwicklung des chem. Apparatewesens, der Verfahrenstechnik u. deren Hilfsmittel; Veranstalterin der →ACHEMA.

Deutsche Gesellschaft für Erziehungswissenschaft e. V., gegr. 1963, Sitz: Hamburg, mit Fachkommissionen für empir. Pädagogik, Sozialpädagogik u.a.; will die Erziehungswissenschaft allgemein fördern u. der Kooperation der Erziehungswissenschaftler dienen.

Deutsche Gesellschaft für Film- u. Fernsehforschung e.V., 1953 gegr. gemeinnützige Gesellschaft, die die Erforschung des Film- u. Fernsehwesens fördert; Sitz: München.

Deutsche Gesellschaft für Freilufterziehung und Schulgesundheitspflege, gegr. 1952, Sitz: Brackwede bei Bielefeld; sie hat sich Schutz u. Förderung der Gesundheit der dt. Jugend u. ihrer Lehrer zum Ziel gesetzt.

Deutsche Gesellschaft für Friedens- und Konfliktforschung, 1970 gegr. Vereinigung zur Förderung u. Koordinierung der wissenschaftl. Erforschung der Friedens- u. Konfliktbedingungen in Geschichte u. Gegenwart u. zur Verbreitung des Friedensgedankens. Die Friedensforschung ist ein Teil der *Zukunftsforschung.* Bundesbeauftragter ist Carl Friedrich von *Weizsäcker;* Mitglieder der Gesellschaft sind der Bund, die Bundesländer, der DGB, die DAG, der BDI u. BDA, der Rat der Ev. Kirche in Dtschld., die Dt. Bischofskonferenz u. der Zentralrat der Juden in Dtschld.

Deutsche Gesellschaft für Holzforschung e.V., Stuttgart; gegr. 1942 in Berlin von O. *Gernlein* als Nachfolgerin des Fachausschusses für Holzfragen; bemüht um Finanzierung u. Koordinierung der dt. Holzforschung; Veröffentlichungen: „Mitteilungshefte", „Berichte", „Merkhefte".

Deutsche Gesellschaft für Luft- u. Raumfahrt e.V., Abk. *DGLR,* hervorgegangen 1968 aus einer Fusion der *Deutschen Gesellschaft für Raketentechnik u. Raumfahrt* mit der *Wissenschaftlichen Gesellschaft für Luft- u. Raumfahrt.* Mit 3500 Mitgliedern gehört die DGLR zu den größten Vereinigungen der Luft- u. Raumfahrt auf der Erde, die in der *Internationalen Astronautischen Föderation* (IAF) zusammengeschlossen sind. Hauptaufgaben der DGLR sind die Veranstaltung von Fachtagungen u. die Herausgabe von Fachzeitschriften („Raumfahrtforschung" u. „Zeitschrift für Flugwissenschaften").

Deutsche Gesellschaft für öffentliche Arbeiten AG, Abk. *Öffa,* Berlin, ein 1930 vom Dt. Reich gegr. Bankinstitut, dessen Aufgabe in der Finanzierung von Arbeitsbeschaffungsmaßnahmen bestand; hat seit 1955 die Aufgabe, den Autobahnbau in der BRD zu finanzieren; seit 1964 auch Finanzierung des Baus von Bundesfernstraßen u. a. Verkehrsanlagen; Grundkapital: 4,5 Mill. DM (im Besitz des Bundes).

Deutsche Gesellschaft für Osteuropakunde, gegr. 1949, Sitz: Stuttgart, fördert das Studium Osteuropas (Osteuropainstitut), ähnl. dem Herder-Institut in Marburg an der Lahn.

Deutsche Gesellschaft für Volkskunde, seit 1963, gegr. 1904 als *Verband dt. Vereine für Volkskunde,* 1947 *Verband der Vereine für Volkskunde,* ursprüngl. Zusammenschluß regionaler Volkskundevereine u. -institute zur Förderung der wissenschaftl. Arbeit. Die D.G.f.V., die 1911–1949 John *Meier* leitete, erreichte, daß an den Universitäten Lehrstühle für Volkskunde eingerichtet wurden. Sie war u. ist Träger größerer Forschungsvorhaben u. Publikationen: „Atlas der dt. Volkskunde", „(Internationale) Volkskundl. Bibliographie" 1917ff., „Handwörterbuch des dt. Aberglaubens" 1927–1942 u.a. Die 1891 gegr. „Zeitschrift des Vereins für Volkskunde" heißt seit 1929 „Zeitschrift für Volkskunde". Alle 2 Jahre veranstaltet die D.G.f.V. für ihre Einzelmitglieder, korporativen Mitglieder u. Kommissionen wissenschaftl. Kongresse.

Deutsche Gesellschaft für Wertpapiersparen mbH, Frankfurt a. M., unter Führung der *Dt. Bank AG* 1957 gegr. Kapitalanlagegesellschaft, verwaltet die Investmentfonds *Akkumula, Inrenta, Inter-Renta, Intervest, Investa, Re-Inrenta.*

Deutsche Gesellschaft für wirtschaftliche Zusammenarbeit (Entwicklungsgesellschaft) mbH, Abk. *DEG,* Köln, 1962 von der BRD gegr. Gesellschaft zur Förderung des Aufbaus der Wirtschaft von Entwicklungsländern; beteiligt sich an Unternehmen in Entwicklungsländern, übernimmt Garantien u. Bürgschaften, berät Interessenten über die Möglichkeiten von Investitionen in Entwicklungsländern; Stammkapital: 300 Mill. DM.

Deutsche Gesellschaft zur Rettung Schiffbrüchiger →Seenot.

Deutsche Girozentrale – Deutsche Kommunalbank –, Düsseldorf, das 1954 wiedererrichtete Bankinstitut des →Deutschen Sparkassen- und Giroverbands e. V.; Nachfolgeinstitut der 1918 gegr. *Deutschen Girozentrale* (später D. G. – D. K. –), Spitzeninstitut der öffentl. Sparkassen u. Kommunalbanken. Aufgaben: Verwaltung der liquiden Mittel der ihr angeschlossenen Girozentralen (Landesbanken), Förderung des Spargiroverkehrs sowie Kommunalkreditgeschäfte.

Deutsche Glaubensbewegung, religiöse Richtung in Dtschld., die das Christentum ablehnte u. durch einen „deutschen" oder „arischen" oder „nordischen" Glauben ersetzen wollte. Seit Beginn des 20. Jh. sammelten sich die Vertreter dieser Bestrebungen in verschiedenen kleinen Bünden u. Gemeinschaften. Ein Teil von ihnen schloß sich 1933 zur *Arbeitsgemeinschaft der D.n G.* (1934 umbenannt in D.G.) zusammen, die aber schon 1936 infolge innerer Gegensätze wieder zerfiel. Sie löste sich 1945 auf.

Deutsche Golddiskontbank, Abk. *Dego,* Berlin, ein 1924 gegr. Tochterinstitut der Dt. Reichsbank; betrieb zunächst vor allem Außenhandelsfinanzierung, später auch Finanzierung von Maßnahmen zur Arbeitsbeschaffung; außerdem Mitwirkung beim Stillhalteabkommen von 1931. Die D. G. bestand bis 1945.

Deutsche Gold- und Silber-Scheideanstalt vormals Roessler, Abk. *Degussa,* Frankfurt a. M., 1873 gegründetes führendes Unternehmen im Edelmetallgeschäft, im Schmelzen, Scheiden u. Verarbeiten von Edelmetallen; Erzeugung u. Vertrieb von Chemikalien, insbes. Bleich- u. Oxydationsmitteln, Natrium, Cyan, Pharmazeutika, Kunststoffverarbeitung; Grundkapital: 212 Mill. DM; 12800 Beschäftigte; Tochtergesellschaften: *Dr. L. C. Marquart GmbH,* Bonn-Beuel; *Chemische Fabrik Grünau GmbH,* Illertissen; *DEMETRON Gesellschaft für Elektronik-Werkstoffe* mbH, Hanau, u.a.

Deutsche Gotterkenntnis, philosoph. Weltschau von Mathilde *Ludendorff* (*1877, †1966), in der Grundelemente der Philosophie A. Schopenhauers mit völkisch-rassischen Gedanken verbunden sind. Die Anhänger wurden seit 1937 im *Bund für Deutsche Gotterkenntnis (L)* gesammelt – nach 1945 nur noch *Bund für Gotterkenntnis (L).* Ein Verbot 1961 konnte die Tätigkeit der rd. 5000 Mitglieder kaum behindern.

Deutsche Grammophon Gesellschaft mbH, Hamburg, 1898 gegr. Schallplattenfabrik; Herstellung von Schallplatten, Plattenspielern, Musikschränken u.a.

Deutsche Hausbücherei GmbH, Hamburg, Buchgemeinschaft, gegr. 1916 vom Deutschnationalen Handlungsgehilfenverband, seit 1961 Organschaft u. weitgehende Koproduktion mit dem *Deutschen Bücherbund.*

Deutsche Hochschule für Körperkultur, zentrale Ausbildungsstätte der DDR für Sport in Leipzig.

Deutsche Industrieanlagen GmbH, Abk. *Diag,* Berlin, 1966 gegr. Dachgesellschaft für wichtige Unternehmen des Berliner Maschinenbaus, u.a. der *Berliner Maschinenbau AG vorm. L. Schwartzkopff;* Stammkapital: 150 Mill. DM; 5600 Beschäftigte im Konzern.

Deutsche Industrie-Normen →DIN.

Deutsche Journalisten-Union, Abk. *dju,* 1951 gegr. gewerkschaftl. Vereinigung von Journalisten, Verlagsredakteuren u. freien Mitarbeitern; gehört zur IG Druck u. Papier; Sitz: Stuttgart; Zeitschrift: „Die Feder".

Deutsche Jugendkraft, Abk. *DJK,* Verband für Sportpflege in kath. Gemeinschaft u. nach kath. Grundsätzen. Gegr. 1920, wiedergegr. 1947 in Düsseldorf, Sitz: Düsseldorf; 22 Diözesangemeinschaften mit 1130 Vereinen u. 300000 Mitgliedern, davon 70% zwischen 10 u. 25 Jahren. Sportschule der DJK „Kardinal v. Galen" in Münster, Schulungsstätte Haus Altenberg bei Köln u. 14 Diözesanheime. Ztschr.: „DJK".

Deutsche Kampfspiele, vom →Deutschen Reichsausschuß für Leibesübungen 1922 in Berlin erstmals durchgeführte sportl. Veranstaltung; danach noch 1926 in Köln, 1930 in Breslau u. 1934 in Nürnberg. Daneben fanden Winterspiele statt.

Deutsche Kapitalanlagegesellschaft mbH, Frankfurt a. M., 1956 von den Landesbanken u. Girozentralen gegr. Kapitalanlagegesellschaft mit den Investmentfonds *Accudeka, Arideka, Dekafonds, Dekarent-international, Geodeka, Renditdeka.*

deutsche Kolonien, vom Dt. Reich seit 1884 erworbene Überseebesitzungen, auf Grund des Versailler Vertrages als Mandatsgebiete dem Völkerbund, nach dem 2. Weltkrieg der UNO unterstellt, inzwischen größtenteils unabhängig, umfaßten 1914 2952600 qkm mit 13,7 Mill. Ew.; in Afrika

deutsche Kunst

deutsche Kunst: spätromanischer Dom in Limburg a.d. Lahn; 1. Hälfte des 13. Jh.

Kamerun, Togo, Dt.-Südwestafrika, Dt.-Ostafrika (Tanganjika), in China Kiautschou, in Ozeanien Kaiser-Wilhelm-Land (Neuguinea), Bismarckarchipel, Nauru, Nördliche Salomonen, Karolinen, Marianen, Marshallinseln, Palauinseln, Samoa.

Deutsche Kommunistische Partei, Abk. *DKP,* 1968 neugegründete kommunistische Partei in der BRD, der zahlreiche frühere Mitglieder der 1956 verbotenen KPD u. der früheren westdeutschen FDJ angehören. Die Führungsschicht der DKP ist von dieser Illegalitätszeit geprägt. Die jüngeren DKP-Mitglieder, die z.T. von der →Außerparlamentarischen Opposition beeinflußt waren, sind meist auch in der *Sozialistischen Deutschen Arbeiter-Jugend* (SDAJ) oder in den *Spartakus-Studentengruppen* organisiert, die der DKP nahestehen. →auch Kommunismus, Kommunistische Partei Deutschlands.

Deutsche Kranken-Versicherungs-AG, Abk. *DKV,* Köln, Privatkrankenkasse, gegr. 1926; Aktionäre: Hamburg-Mannheimer Versicherungs-AG, Allianz Versicherungs-AG, Münchener Rückversicherungsgesellschaft; Beitragseinnahmen 1976: 1,4 Mrd. DM.

deutsche Kunst, seit Bestehen des karoling. Reiches Architektur, Plastik, Malerei u. Kunsthandwerk des dt. Sprach- u. Kulturbereichs, die sich unter den Ottonen zu einer charakterist., landschaftl. gebundenen Kunstsprache ausbildeten. Angeregt von spätantiken Formen, zeigte damals die d.K. in grundlegender Umwandlung des Übernommenen bereits bis in die Gegenwart hinein bezeichnende Züge: Sie wurde mehr von der Dramatik des Geschehens als vom Eigenwert der sinnl. Schönheit bestimmt u. zog der rationalen Durchklärung der Form einen expressiven Stil vor.

Architektur

Die otton. Kirchenbaukunst übernahm von der karolingischen Architektur zahlreiche Elemente, darunter das Westwerk, überwand Vielteiligkeit u. Polyzentrismus zugunsten einer einheitl. Weiträumigkeit; Teileinheiten wurden der Gesamtanlage untergeordnet. Es entstand der Gruppenbau (Kirchen zu Gernrode, Mittelzell auf der Reichenau, Limburg a. d. Lahn; die Uranlagen der Dome zu Mainz, Speyer, Bamberg u. Worms). Während sich die gleichzeitige französ. Kirchenbaukunst bes. auf die Gestaltung des Ostchors konzentrierte, bildete die otton. in ihrer reinsten Ausprägung, der Michaelskirche in Hildesheim, zwei gleichwertige Raumpole aus (Ost- u. Westchor, östl. u. westl. Querschiff, 2 Vierungstürme). Die Tendenz zur Zentralisierung zeigte sich auch in der Bildung der Dreikonchen- oder Kleeblattchöre (St. Maria im Kapitol zu Köln, um 1050), die der ostkirchlichen Baukunst entstammen.
Tonnengewölbe im Querschiff, in Seitenschiffen u. im Chor leiten zum Baustil der frühen Romanik über. Während der salischen Epoche (1024–1137) verstärkten sich die Bemühungen um schlichtgroßartige Proportionen sowie um Einbeziehung der weiterhin voneinander abgehobenen, jedoch vielfältiger durchgebildeten Bauglieder (Vielturmigkeit) in das Gesamtgefüge des Bauwerks. Der Formenvorrat der otton. Zeit wurde jedoch kaum wesentl. vermehrt, bis man gegen Ende des 11. Jh. den ursprüngl. flachgedeckten Dom zu Speyer im Mittelschiff einwölbte. Diesem Beispiel folgte bald der neue Dom zu Mainz.
Deutlich unterschieden von der geschlossenen, ungegliederten Wandfläche otton. Kirchen, zeigen die roman. Bauten eine vertikale Wandgliederung durch Dienste. Einwirkungen des burgund. *Cluniazenserbaukunst* weisen die Benediktiner-Stiftskirchen in Hersfeld u. Limburg a. d. Haardt auf. Der 2. Bau von Cluny beeinflußte gegen Ende des 11. Jh. die Klosterkirchen der *Hirsauer Bauschule* (St. Peter u. Paul in Hirsau, Klosterkirchen von Alpirsbach u. Paulinzella). Sie vernachlässigten die Bipolarität zugunsten einer Richtungssteigerung nach O; die Basiliken blieben oft flachgedeckt.

Unberührt von dieser Reformgesinnung hielt sich im Rheinland der reich gegliederte Doppelchor mit der Pracht der Türme u. Fassaden von oft riesenhafter Anlage (Dome von Mainz u. Worms; Klosterkirche Maria Laach). Häufig bevorzugte die dt. Romanik die Einturmlösung, im Gegensatz zu normannisch-französ. Zweiturmfassaden. Für die rheinländ. Kirchenarchitektur der Spätromanik, die in ihren letzten Jahrzehnten aus dem französ. Kunstraum eindringende got. Baugedanken übernahm, ist ein deutl. Höhenzug typisch (Doppelkirche zu Schwarzrheindorf; Dreikonchenanlagen St. Aposteln u. Groß-St. Martin zu Köln). Nicht nur in den westl., auch in den norddt. Kirchenbauten setzte sich die Einwölbung durch (St. Patroklus in Soest; Dom zu Braunschweig).
Die Bauideen der französ. Gotik, bei der mit dem Einheitsraum des Kathedralbaus alle Teile streng u. im Gesamtzug der Raumbewegung verschmolzen sind (Steigerung der Raumhöhe, Entmassung der Wände, Verkürzung des Querschiffs, weitere Ausbildung des Chors), wurden in Dtschld. willig aufgenommen, aber ohne durchgreifende Konsequenz willkürl. umgeformt. Erstmalig erschienen diese Elemente in Marburg u. Trier, aber schon die Bevorzugung von Hallenraum (Elisabethkirche in Marburg) u. Zentralraum (Liebfrauenkirche in Trier) zeigte Selbständigkeit gegenüber der Raumform der französ. Gotik. Anregungen von der Kathedrale Laon nahmen die Baumeister der Dome von Limburg a. d. Lahn, Bamberg u. Naumburg auf, in denen die roman. Raumanlage mit got. Einzelmotiven verbunden ist. Auch der Grundriß des Magdeburger Doms ist nach französ. Kathedralvorbildern (Chor mit Umgang u. Kapellenkranz) konzipiert; im Aufbau jedoch setzte sich noch einmal die spätroman. Formensprache durch. Nach dem Vorbild von Amiens wurde der Kölner Domchor gebaut, während das Straßburger Münster Motive aus Chartres (Querschiff), St.-Denis (Langhaus) u. Notre-Dame in Paris (Querhausfassaden) vereinte. Von Straßburg übernahm Magdeburg die französ. Dreiportalfassade. Zu größerer nationaler Selbständigkeit gelangte die Gotik im System der Einturmigkeit bei den Münsterkirchen von Ulm u. Freiburg i. Br. Wesentl. für die Verbreitung der got. Baugedanken waren die von Burgund inspirierten Zisterzienserkirchen Heisterbach u. Ebrach. Eigentl. schöpferisch wurde die dt. got. Baukunst erst in ihrer Spätphase, etwa seit dem 14. Jh. In Norddeutschland u. in den Provinzen des dt. Ritterordens breitete sich die *Backsteingotik* aus; es entstanden gewaltige Bauten von schlichter Monumentalität, die flächiger u. massiver wirken als Hausteinbauten. Bezeichnend für die Backsteingotik ist auch das eng verflochtene Sterngewölbe. Dem Vorbild der Marienkirche in Lübeck (1265–1291) schlossen sich die Pfarrkirchen von Stralsund, Rostock, Greifswald, Schwerin, Thorn, Danzig u. die Zisterzienserbauten in Chorin, Doberan u. Neuruppin an. Darunter findet sich auch schon die Bauform, die die verbreitetste des 14. Jh. wurde u. aus der sich die „Deutsche Sondergotik" entwickelte: die *Hallenkirche,* deren Innenraum nicht als Richtungsraum, sondern fließend erlebt wird. Die Wirkung der Mauermassen ist betont, der Außenbau einfacher als beim gestaffelten Kathedraltyps.
Zuerst verbreitete sich der Hallenkirchentypus in Westfalen (Dom zu Minden; Wiesenkirche zu Soest); schon um die Jahrhundertmitte erschien er in Franken (Frauenkirche in Nürnberg) u. Schwaben (Kreuzkirche in Schwäbisch Gmünd). Durch die schwäbische Baumeisterfamilie Parler wurde die Hallenkirche in Böhmen (Veitsdom zu Prag; Annaberg) heimisch. Viele Burgen (Marienburg), Rathäuser (Lübeck, Braunschweig, Breslau, Münster), Bürger- und Kaufhäuser (Freiburg i. Br.) zeugen von der Bedeutung des got. Profanbaus.
In der d.n K. wird der Übergang zur Renaissance im wesentl. in der Plastik, der Malerei u. der Graphik sichtbar; die Vorliebe für komplizierte u. reiche Formen verstellten der dt. Baukunst zunächst den Zugang zur neuen Struktur- u. Raumlehre der Italiener. Eine wohl aus der ungeheuren Schaffensfreude des got. Zeitalters resultierende Erschöpfung sowie die geringere Neigung der Deutschen, den Stil der Hochrenaissance aufzunehmen, bedingten einen Niedergang des dt. Bauschaffens: Zwar wurden italien. Architekturelemente verwendet, aber ihre rationale Struktur setzte sich nicht durch. Das neue Raumbild findet sich in der Fuggerkapelle zu Augsburg (1509) verwirklicht; darüber hinaus wurden nur Details u.

deutsche Kunst

Königshalle in Lorsch; 8. Jh. Die möglicherweise als Triumphtor für den König errichtete Halle war Teil eines Klosters, das 774 im Beisein Karls des Großen und seiner Familie geweiht wurde; sie stand völlig separiert von den anderen Gebäuden im Klosterhof, kann also nicht, wie lange angenommen wurde, eine Torhalle gewesen sein. Mit den farbigen Tonplatten auf der Fassade, der antiken Säulenstellung und den eindrucksvollen Blendarkaden ist die Königshalle von Lorsch eines der kostbarsten karolingischen Denkmäler auf deutschem Boden

Madonna des Bischofs Imad; 1051–1076. Paderborn, Diözesanmuseum

Dom zu Worms; 1170–1230

DEUTSCHE KUNST I

Lukas, Evangeliar Ottos III.; um 1000. München, Bayerische Staatsbibliothek

Altenberg, ehemalige Zisterzienserabtei in Odenthal bei Köln; 1255–1379

Kleinformen aufgenommen. Die plast. Fassadengliederung zeigt oft barocke Bewegtheit (Friedrichsbau des Heidelberger Schlosses, 1601–1604). In der gleichen Zeit, u. bevor sich die Hochrenaissance in Dtschld. durchgesetzt hatte, wurde der Einfluß von A. *Palladios* Klassizismus spürbar (Augsburger Rathaus von E. *Holl*, seit 1610). Die Michaelskirche in München (von F. *Sustris*, 1582–1597) ist stark abhängig von der Jesuitenkirche Il Gesù in Rom. Die Haupttätigkeit der dt. Baukunst des 16. Jh. aber konzentrierte sich auf Schlösser, Rat- u. Bürgerhäuser.

Im 17. Jh. stand der norddt. Raum niederländ. u. französ. Einflüssen offen u. war an der Palladioschule orientiert: A. *Schlüter* (Berliner Schloß), J. F. von *Eosander* u. G. W. von *Knobelsdorff* (Berliner Oper). Der prot. Kirchenbau bevorzugte den Zentralbau nach dem Vorbild der niederländ. Saalkirche u. stattete ihn oft mit Emporen aus (Frauenkirche in Dresden von G. *Bähr*). Mit J. B. *Fischer von Erlach*, der die vorherrschenden ausländ. Einflüsse erstmalig (1690) überwand, kam die dt. u. österreich. Barockarchitektur zur Geltung, gleichermaßen von kirchl. u. weltl. Auftraggebern gefördert.

Die exemplarischen Kunstlandschaften des 18. Jh. lagen in Süddeutschland, wo sich französ. u. italien. Stilformen des Barocks u. Rokokos durchdrangen. Im Gegensatz zu Nord-Dtschld. sind die kath. Kirchenbauten in Süd-Dtschld. mehr an den expansiveren, das Bauwerk in vielfältig schwingendem Rhythmus zusammenfassenden Bewegungsmotiven des italien. Spätbarocks (F. Borromini, G. Guarini) orientiert. Hauptmeister der süddt. u. österreich. Barockarchitektur sind J. L. von *Hildebrandt* (Schloß Belvedere in Wien), Ch. *Dientzenhofer* (Nikolauskirche in Prag), J. *Dientzenhofer* (Klosterkirche Banz, Schloß Pommersfelden), J. *Prandtauer* (Stift Melk) u. J. B. *Neumann* (Schlösser in Würzburg u. Werneck; Wallfahrtskirche Vierzehnheiligen). Im Wettstreit mit Versailles standen die Bauten von J. *Effner* (Schlösser Schleißheim u. Nymphenburg) u. F. *Cuvilliés* d. Ä. (Amalienburg). D. *Zimmermann* (Wies) u. M. D. *Pöppelmann* (Dresdner Zwinger) vertraten den Baustil des Spätbarocks (etwa 1730–70).

Im schroffen Gegensatz zum spätbarocken Formenrausch brachte der Klassizismus (etwa 1770–1830), angeregt durch die Schriften *Winckelmanns*, eine entscheidende Wandlung im Verhältnis von Gesellschaft u. Kunstwerk. Von nun an traten Kunsttheorien in den Vordergrund, die aus der klassischen Bildung erwuchsen u. zum Eklektizismus führten. Naturgemäß fanden sie nur bei einer Minderheit von Geschulten Resonanz. Die Baukunst suchte, antiken Formen u. Ordnungsprinzipien folgend, strenge Gesetzmäßigkeit. (F. W. von *Erdmannsdorf*: Schloß zu Wörlitz; C. G. *Langhans*: Brandenburger Tor in Berlin; F. *Gilly*: Entwurf für ein Denkmal Friedrichs d. Gr.; H. *Gentz*: Mausoleum in Berlin-Charlottenburg; F. *Weinbrenner*: Ev. Kirche in Karlsruhe; K. F. *Schinkel*: Hauptwache, Altes Museum u. Schauspielhaus in Berlin; L. von *Klenze*: Glyptothek u. Propyläen in München.)

Das 19. Jh. versuchte vergangene Stilepochen wiederzubeleben. Beeinflußt von Goethes Schrift über das Straßburger Münster, griff Schinkel auf die Gotik zurück; daneben begründete G. *Semper* (Opernhaus u. Gemäldegalerie in Dresden) eine von der italien. Renaissance beeinflußte Architektur, die die Entwicklung zum Neubarock einleitete.

Die Darmstädter Ausstellung auf der Mathildenhöhe (1901) verhalf dem *Jugendstil* zum Durchbruch, die Werkbundausstellung in Köln (1914) dem expressiven Formwillen u. der funktionellsachl. Schönheit des „Neuen Bauens", wie sie am konsequentesten von P. *Behrens*, W. *Gropius*, E.

deutsche Kunst

Stephansdom in Halberstadt; 13.–15. Jh.

Westvorhalle des Freiburger Münsters, Fürst der Welt; um 1310

Elisabethkirche in Marburg an der Lahn, Chorfenster Maria mit Kind; um 1250

Mendelsohn, L. Mies van der Rohe, H. Poelzig u. den Brüdern *Taut* vertreten wurden. Als Keimstätte avantgardist. Baugedanken erlangte das *Bauhaus* Weltgeltung, bis die nationalsozialist. Kulturpolitik alle schöpferischen Kräfte in der Architektur zum Erliegen brachte. Nach 1945 fand die dt. Baukunst nur langsam den Anschluß an die internationale Architekturentwicklung. Als Forum neuer Baubestrebungen bewährte sich die Berliner Interbau-Ausstellung 1957. Als Hauptvertreter der dt. Gegenwartsarchitektur sind u. a. E. *Eiermann* (Neubau der Kaiser-Wilhelm-Gedächtniskirche in Berlin), G. *Böhm* (Rathaus u. Kinderdorf in Bensberg; Kirche in Neviges), H. *Scharoun* (Philharmonie in Berlin, 1963) u. R. *Schwarz* (Kirchen in Aachen u. Düren) sowie die Städteplaner E. *May* u. H. B. *Reichow* zu nennen.

Plastik

Das plastische Schaffen der otton. Zeit wie der mittelalterl. Kunst überhaupt läßt sich nicht ohne weiteres in Skulptur u. Kunsthandwerk scheiden. Hauptwerke der otton. *Plastik* sind das Basler Antependium (Cluny-Museum, Paris), die Madonna des Essener Münsterschatzes sowie Reichskreuz u. Kaiserkrone in Wien; hinzu kommen Bronzearbeiten der *Bernwardskunst* in Hildesheim (Domtüren, Bernwardssäule), Reliefttüren des Doms in Augsburg u. die Türen von St. Maria im Kapitol zu Köln. Ebenso vielfältiges Material (Bronze, Holz, Stuck, Stein, Gold) bevorzugte die *salische Plastik:* Externsteine; Madonna im Liebieg-Haus in Frankfurt; Imad-Madonna in Paderborn; Bronzekruzifix in Werden; Tympanon von Alpirsbach; Evangelistenpult in Freudenstadt; Hl. Grab in Gernrode. Bes. Bedeutung erlangte die Goldschmiedekunst des Rhein-Maas-Gebiets, deren Blüte in der Zeit nach 1150 lag (Heribertschrein in Köln-Deutz; Altar des *Nikolaus von Verdun* in Klosterneuburg bei Wien; Dreikönigsschrein in Köln; Marienschrein in Tournai). Das zunehmende Empfinden für Körperlichkeit ließ die Relieffigur stark, mitunter bis zur fast völligen Lösung aus der Fläche treten u. ermöglichte in einzelnen Fällen die Freiplastik (Braunschweiger Löwe). Die Fähigkeit zur rundplast. Darstellung entwickelte sich besonders in der Grabmalplastik (Grabmal Friedrichs von Wettin im Magdeburger Dom; Grabmal Heinrichs des Löwen) u. in den Triumphkreuzgruppen (Halberstadt, Wechselburg). Am längsten hielt sich die archaische Gebundenheit in der Bauplastik (Goldene Pforte in Freiberg; Gnadenpforte in Bamberg). Angeregt von der französ. Kathedralskulptur, entwickelte sich die dt. Großplastik aus säulenhafter Bindung zu figürl. Darstellung. Hauptwerke der spätroman. Bildnerei sind die Apostel- u. Prophetenfiguren der Georgenchorschranken des Bamberger Doms mit gedrungenen Körpern u. ausdrucksvollen Gebärden.

Am Anfang der Gotik stand der *Ritterliche Stil*, der mit den Figuren des Straßburger Ecclesia-Meisters (1220–30) begann u. sich von der Typenhaftigkeit der französ. Klassik durch Neigung zur Übersteigerung unterscheidet. Außerdem wurde in Dtschld. die Einzelfigur stärker betont u. aus der Gruppe durch individuelle Merkmale herausgehoben. Hoheitsvoll u. zugleich persönlich durchempfunden ist die Plastik in Bamberg (*Meister des Bamberger Reiters u. der Heimsuchung; Meister der Ecclesia u. der Synagoge; Meister der Adamspforte*); hier entstanden in den Gestalten von Adam u. Eva die ersten großplastischen nackten Figuren in der deutschen Kunst. Um die Jahrhundertmitte wurden das monumentale freiplast. Kaiserdenkmal in Magdeburg u. das Jungfrauenportal des dortigen Doms geschaffen. Einen großartigen Abschluß fand diese Stilepoche in den Werken des *Naumburger Meisters* mit den Stifterfiguren im Westchor u. Passionsszenen am Westlettner, die sich durch starke Individualität u. dramatisch-leidenschaftl. Gebärdensprache auszeichnen. Gegen Ende des 13. Jh. drang in die dt. spätgot. Kathedralplastik das französ. System der Figurenreihe ein (Zyklen in Straßburg u. Freiburg). In der sich gabelnden Stilentwicklung des 14. Jh. entstanden viele Madonnenfiguren der eleganten, höfischen Richtung. Andachtsbilder mit den ikonographisch neuen Typen der Christus-Johannes-Gruppe, des Schmerzensmannes, der Pietà und der Schutzmantelmadonna wurden geschaffen. Innerhalb der Freiplastik setzte sich bes. die Holzskulptur durch; sie wurde zur volkstümlichsten Kunstgattung der Spätgotik. In der 2. Hälfte des 14. Jh. lebte zwar die höfische Überlieferung weiter, doch dominierte nun die kraftvoll-individuelle Richtung. Beispiele dafür sind die Stifterbüsten des Prager Veitsdoms. Im 15. Jh. standen sich in der dt. Plastik der französ. orientierte Idealismus u. der niederländ. beeinflußte Realismus gegenüber. Für die idealist. Richtung waren bes. die Madonnen des *Weichen Stils* mit anmutigen u. fließenden Formen charakteristisch, die, wohl böhmischen Ursprungs, im ganzen Osten verbreitet waren. Bestimmend für die Zukunft war die zur Monumentalität neigende realist. Richtung, mit der in der 2. Jahrhunderthälfte der niederländ. Einfluß (*Gerhaert von Leyden*) triumphierte. Grabmäler, Altäre u. Chorschranken der Spätgotik tragen ein polyphones Gepräge. Die monumentalen Hochaltäre von M. *Pacher*, B. *Notke*, V. *Stoß*, T. *Riemenschneider* u. a. verneinen die isolierte u. autonome Form zugunsten der verschränkten und verflochtenen Figurenfülle, die sich am Beginn des frühen 16. Jh. in barock anmutenden Formen präsentierte (*Meister H. L.*, H. *Leinberger*, Heinrich *Douvermann*). Ungefähr gleichzeitig zeigte sich in der profanen Kleinplastik eine Besinnung auf den menschl. Körper als isolierte Form sowie ein Bemühen um italien. Figurenproportion (C. *Meit*, P. *Flötner*).

deutsche Kunst

Mathis Neithardt, genannt Grünewald, Die Heiligen Erasmus und Mauritius; um 1521–1523. München, Alte Pinakothek

Albrecht Dürer, Selbstbildnis; 1500. München, Alte Pinakothek

DEUTSCHE KUNST II

Wolfgang Miller und Friedrich Sustris, St. Michael, München; 1583–1597

Ludwig Mies van der Rohe, Neue Nationalgalerie Berlin; 1968

deutsche Kunst

Caspar David Friedrich, Selbstbildnis; um 1810. Berlin (Ost), Nationalgalerie

Vierzehnheiligen, Grundriß

Balthasar Neumann, Vierzehnheiligen, Franken; 1743–1772

Erich Mendelsohn, Einstein-Turm, Potsdam; Entwurf 1919, vollendet 1921

Ernst Barlach, Ekstase; 1916. Zürich, Kunsthaus

Ernst Ludwig Kirchner, Der Maler als Soldat; 1915. Oberlin, Ohio, Allen Memorial Art Museum (rechts)

329

Süddt. Hauptmeister der spätgot. Plastik waren in Schwaben J. *Syrlin d. Ä.*, in Franken A. *Krafft*, P. *Vischer* u. dessen Söhne (Sebaldusgrab, Nürnberg). Nach der ersten Hochblüte der dt. Plastik fehlten in der 2. Hälfte des 16. Jh. große, schöpferische Persönlichkeiten. Tonangebend waren Ausländer wie die Niederländer A. *Colin*, H. *Gerhard* u. A. de *Vries* oder im Ausland geschulte Künstler, darunter H. *Reichle*. Auch die plast. Architekturdekoration suchte ihre Vorbilder in Italien u. in den Niederlanden u. wurde bis zur Überladenheit gesteigert (Pellerhaus in Nürnberg, 1605; Schloß u. Kirche in Bückeburg, 1610/11).
Im 18. Jh. verbanden sich Plastik, Architektur u. Deckenmalerei zu festl. Raumschöpfungen: Die Plastik wurde ein Teil der Architektur. Bedeutende Architekten vereinten die Begabung des Baumeisters, Bildhauers u. Malers in einer Person (Brüder *Asam*). Wie die Plastik bis in den Anfang des 16. Jh. die polychrome Fassung beibehielt, bezog die dt. Plastik des 18. Jh. oft die Farbe mit ein. Die Entwicklung führte nach maßvollen Anfängen über monumentale Repräsentation (A. *Schlüter*, B. *Permoser*) u. rokokohafte Gestik (J. *Günther*) zu kühler, klassizist. Glätte (R. *Donner*).
Die sich vornehml. im Bildnis u. Denkmal erschöpfende dt. klassizist. Bildnerei erstrebte bei J. H. v. *Dannecker*, trotz der oft noch barocken Bewegung, eine vereinheitlichende Gestaltung der Oberfläche. Bedeutend sind die Arbeiten G. *Schadows* u. Ch. D. *Rauchs*. Bereits vom Zeitgeschmack abweichend, spricht klassizist. Gesinnung aus den Aktfiguren A. von *Hildebrands*, während sich in den Werken M. *Klingers* Tendenzen erkennen lassen, die den Jugendstil vorbereiteten.
Die plast. Aufgaben im 20. Jh. wurden u. a. durch die Programme der Künstlergruppen „Brücke" u. „Der Blaue Reiter" formuliert. Den Expressionismus in der dt. Plastik vertraten E. *Barlach* u. W. *Lehmbruck*; die ersten ungegenständl. Formgebilde schufen H. *Arp* u. R. *Belling*. Die Brücke zwischen den Kriegen schlugen G. *Kolbe*, G. *Marcks*, E. *Mataré* u. E. *Scharff*. Die junge Generation geht sehr verschiedenartige Wege: O. H. *Hajek*, K. *Hartung*, E. *Hauser*, B. *Heiliger*, N. *Kricke*, F. *Werthmann*. Bemerkenswerte Lichtplastiken schufen H. *Mack*, O. *Piene* u. G. *Uekker*.

Malerei

Die meisten Werke der otton. Wandmalerei sind verloren; aber die Fresken der Mittelschiffwände der Georgskirche in Oberzell, Reichenau, aus der 2. Hälfte des 10. Jh. erlauben Rückschlüsse auf die Farbigkeit u. den flächenhaften Charakter der verschwundenen Denkmäler. Ihre reinste Ausprägung fand die otton. Malerei in den *Miniaturen* vieler Klosterschulen, die die liturgischen Bücher in Schrift u. Bild reich ausstatteten. Die erste geschlossene christologische Bildfolge findet sich im Codex Egberti (um 980) aus der *Reichenauer Schule*, der auch das sog. Aachener Evangeliar u. das Evangeliar Kaiser Ottos III. entstammen. Hauptwerke der Schule sind das Perikopenbuch Kaiser Heinrichs II. u. die Bamberger Apokalypse. Von den Werken anderer Schulen heben sich die Reichenauer Miniaturen durch die leuchtende Helligkeit der anaturalist. Farben u. die Dichte der Deckfarbenmaterie ab. Gold als Sinnbild der Glorie Gottes steigert noch den unirdischen Charakter dieser Bildwelt. Weiterhin eigentüml. ist der Reichenauer Schule die konzentrierte, majestät. Gebärdensprache. Dagegen zeigt der Hitda-Codex der Kölner Schule farbige Bewegtheit, die in der illusionist. Tradition der karoling. Schule von Reims steht. Echternachs Schule blühte bis in die salische Epoche. Im Linearstil der mittelalterl. Buchmalerei kündigt sich die eigentüml. dt. Neigung zu graph. Ausdrucksmitteln an; die im Bild gegebenen Größenverhältnisse von Menschen u. Dingen sind meist abhängig von deren Bedeutung für den Inhalt der Szene.
Auch die Monumentalmalerei verstärkte die lineare Abstraktion, deutlich basierend auf otton. Überlieferung (Burgfelden, um 1070). Hauptwerke der Zeit sind die Majestas-Domini-Darstellungen in der Prämonstratenserkirche zu Knechtsteden (Westapsis, um 1150) u. in der Klosterkirche zu Prüfening (um 1130).
Seit der Mitte des 12. Jh. setzte der spätroman. Stil mit einer weicheren Formgebung ein. Jedoch standen Wand-, Glas- u. Buchmalerei an entwicklungsgeschichtl. u. künstler. Bedeutung hinter der Plastik zurück; sie nahmen auch die got. Formen zögernder auf. Erste erhaltene Zeugnisse, die die Verflüssigung der Linienführung u. die motiv. Bereicherung der Handlung zeigen, sind die Wandmalereien in Schwarzrheindorf (um 1151). Die spätroman. Malerei endete im überladenen „zackbrüchigen Stil" des 13. Jh. (St. Maria zur Höhe in Soest; Taufkapelle von St. Gereon in Köln; Decke von St. Michael in Hildesheim; Glasfenster der Marburger Elisabethkirche). Das früheste erhaltene Werk der dt. *Tafelmalerei* ist das Antependium der Wiesenkirche in Soest (um 1240). Der „zackbrüchige Stil" hielt sich im O noch bis in das 14. Jh., während die Malerei des Rheinlands bereits gegen Ende des 13. Jh. die klarere Formensprache der Gotik übernahm.
Im 14. u. noch im 15. Jh. standen sich zwei verschiedene Ausdrucksformen gegenüber: eine höfisch-elegante der schönen Linie u. eine natürl., kraftvolle Richtung mit individuellen Formen u. diesseitigem Ausdruck, die in der 2. Hälfte des 14. Jh. aufkam u. im französ.-niederländ. Kunstkreis in Burgund sowie in Südfrankreich ihren Ursprung hatte. In der *Manesseschen Liederhandschrift* (um 1330) wirkt noch das linear bestimmte französ. Vorbild, während in der 2. Hälfte des 14. Jh. Diesseitigkeit u. Natürlichkeit stärker herausgearbeitet wurden. Zentrum dieser Richtung war Böhmen mit dem *Meister von Hohenfurth*, *Meister Theoderich* und dem *Meister von Wittingau*, der einer der Hauptrepräsentanten des sog. „Internationalen Stils" um 1400 wurde. Von Böhmen gelangte dieser Stil nach Köln, Westfalen u. Hamburg (*Meister Bertram, Konrad von Soest, Meister Francke*) u. an den Oberrhein. In der Spätzeit des *Weichen Stils*, der einen Höhepunkt des dt. Tafelbildes brachte, wirkte St. *Lochner*.
Ein bisweilen derber, bürgerl. Realismus niederländ. Herkunft, schon im Werk von L. *Moser* (Magdalenen-Altar in Tiefenbronn, 1431) u. K. *Witz* (Genfer Altar, 1444) nicht nur übernommen, sondern realistischer, körperhafter u. farbiger durchgeformt, kennzeichnet als volkstüml. Richtung, zu der auch H. *Multscher* (Wurzacher Altar, 1437) gehörte, die Kunst der 2. Jahrhunderthälfte. Sie stand unter dem Einfluß der Niederländer R. van der *Weyden* u. D. *Bouts*. Hauptmeister waren in Hamburg u. Lübeck B. *Notke* u. H. *Rode*; in Köln der *Meister des Marienlebens*, am Oberrhein M. *Schongauer*, am Mittelrhein der *Meister der Darmstädter Passion*, in Schwaben B. *Zeitblom*, H. *Schüchlin* u. F. *Herlin*, in Bayern J. *Polak*, in Franken H. *Pleydenwurff* u. M. *Wolgemut*. Tafelmalereien des 15. Jh. sind meist Bestandteile von großen Flügelaltären, verbunden mit Holzskulpturen.
Noch in die Blütezeit der Altarkunst fallen die Anfänge der *Druckgraphik*, serienweise produziert u. an ein anonymes Publikum gerichtet. Diese neue Kunstgattung u. die Malerei trugen im wesentl. die Entwicklung der d.n K. im 16. Jh. Bei der Einbürgerung der italien. Renaissanceformen u. -themen lagen rationale Durchformung, neues künstler. Selbstbewußtsein, expressiver Überschwang u. religiöser Bekenntnisdrang nicht selten im Streit miteinander. Im Zeichen dieser Spannungen stand das Werk von L. *Cranach d. Ä.*, H. *Baldung*, H. *Burgkmair*, M. *Grünewald* u. A. *Altdorfer*. Am sinnfälligsten wird die Auseinandersetzung der Spätgotik mit den Tendenzen der italien. Renaissance bei A. *Dürer*. Folgerichtiger u. mit deutl. Hinweis auf den Manierismus vollzog sich der Übergang zur Renaissance im Werk H. *Holbeins d. J.*, bes. in seinen Porträts. In der Reformationszeit wurde der Glaubenszwiespalt vielfach zugunsten einer stark expressiven u. tiefreligiösen Kunst überwunden. Dürers Schüler waren H. von *Kulmbach* u. H. L. *Schäufelein*; seinem graph. Schaffen folgten die (nach den Formaten ihrer Blätter benannten) Kleinmeister H. *Aldengrever*, B. *Beham* u. G. *Pencz*. In Augsburg wirkten (neben Holbein d. Ä. u. Burgkmair) Ulrich *Apt* u. J. *Breu d. Ä.* Selbständige dt. Kunstleistungen der 1. Hälfte des 16. Jh. wurden bald von italien. u. niederländ. Strömungen überfremdet, ohne eine feste Tradition gebildet zu haben. Im späten 16. Jh. entwickelte sich an den Höfen von Prag (B. *Spranger, Hans von Aachen*) u. München (F. *Sustris*, P. *Candid*) ein manieristischer Stil.
Die dt. Malerei des 17. Jh. ist in ihren Tendenzen u. in ihrer Qualität uneinheitl.; sie unterlag in hohem Maße niederländ. u. italien. Einflüssen. Die namhaften Meister arbeiteten im Ausland: J. *Liss* (Venedig), J. H. *Schönfeld* (Rom u. Neapel), A. *Elsheimer* (Rom). M. *Willmanns* romantisierender Barock ist von Rembrandt, Rubens u. Ruysdael beeinflußt. In das Bestreben, bei der Lösung größerer künstler. Aufgaben eine illusionist. Gesamtwirkung zu erreichen, wurde neben der Plastik bes. die Deckenmalerei einbezogen. Vor allem in Süd-Dtschld. u. Österreich diente sie der dekorativen Auflockerung fester Wandformen (Franz-Josef *Spiegler*, F. A. *Maulbertsch*, J. M. *Rottmayr*, J. *Zick*, Brüder *Asam*). Der bedeutendste Kupferstecher des 18. Jh. war D. *Chodowiecki*, liebenswürdiger Chronist des deutschen Bürgertums.
Die von R. *Mengs* eingeleitete Malerei des Klassizismus pflegte vor allem die Landschaft (Ph. *Hackert*, W. von *Kobell*, J. A. *Koch*) u. das Porträt (A. *Graff*, G. *Schick*, J. F. A. *Tischbein*) – immer um Klarheit u. Ausgewogenheit bemüht. A. J. *Carsten* entwickelte an antiken u. allegorischen Themen monumentale Figurenkompositionen. Die romantische Malerei hatte viele Gesichter. Ph. O. *Runge* malte beseelte Porträts. K. F. *Schinkel*, C. D. *Friedrich*, F. *Olivier* u. C. Ph. *Fohr* drückten in ihren Landschaften Größe u. Geheimnis der Natur aus. P. von *Cornelius*, F. *Pforr*, J. F. *Overbeck* u. J. *Schnorr von Carolsfeld* suchten mit ihren Bildern Geschichte gegenwärtig zu machen. Die *Nazarener* setzten sich unter der Führung von Overbeck u. Pforr eine „neudeutsch-religiös-patriotische Kunst" zum Ziel, scheiterten aber an dieser Utopie. Im Unterschied zur französ. Malerei zeigte die deutsche nach der Romantik kein einheitliches Bild. Doch kam es zu vielen bemerkenswerten Einzelleistungen: In der reizenden Erzählkunst von L. A. *Richter*, M. von *Schwind*, K. *Spitzweg*; in gekonnten Porträts von F. von *Rayski*, F. von *Lenbach*, W. *Trübner*; in einem kühnen Realismus bei K. *Rottmann*, K. *Blechen*; im vorimpressionist. Stil von F. G. *Waldmüller* u. A. von *Menzel*, W. *Leibl* u. F. von *Uhde* bis zu den Impressionisten M. *Liebermann* u. M. *Slevogt*. Von der Romantik beeinflußt malte H. *Thoma*, in der Tradition des Klassizismus A. *Feuerbach*. Einsam suchte H. von *Marées* eine Bildordnung rein aus dem Sichtbaren. Der Expressionismus bereitete sich bei A. *Rethel* vor u. kam bei L. *Corinth* zum Durchbruch.
In der Zeit des Jugendstils, dessen Name sich von der seit 1894 in München erschienenen Zeitschrift „Die Jugend" herleitete, waren München, Dresden, Darmstadt u. Wien Kunstzentren. O. *Eckmann* u. P. *Behrens* waren maßgeblich an der Entstehung einer neuen ahistorischen, unplastischen u. unräumlichen Ornamentik beteiligt.
Eine führende Stellung in der Kunstwelt Europas brachte Dtschld. der Expressionismus mit den Künstlergruppen „Brücke" in Dresden (E. *Heckel*, E.-L. *Kirchner*, M. *Pechstein*, K. *Schmidt-Rottluff*, O. *Müller* u. a.) u. „Der Blaue Reiter" in München (F. *Marc*, W. *Kandinsky*, A. *Macke*, G. *Münter*, A. *Kubin* u. a.). Die vom Expressionismus geweckten Impulse setzten sich in den Kriegs- u. Nachkriegsjahren im antibürgerl. Protest der *Surrealisten* u. *Dadaisten* (M. *Ernst*, K. *Schwitters*, G. *Grosz*) fort u. beeinflußten u. a. M. *Beckmann*. Nach 1920 vollzog sich die Wendung zum magischen Realismus der „Neuen Sachlichkeit" (O. *Dix*, L. *Kanoldt*, G. *Schrimpf*, K. *Hofer*). Im Dienst des Bauhauses standen W. *Kandinsky*, L. *Moholy-Nagy*, L. *Feininger*, J. *Itten* u. a. Die Kunstpolitik des Dritten Reichs (Verfolgung der „entarteten Kunst") untersagte vielen Künstlern die Tätigkeit oder veranlaßte sie zur Emigration. Nach dem 2. Weltkrieg fanden internationale Anerkennung u. a. W. *Baumeister*, J. *Bissier*, J. *Faßbender*, R. *Geiger*, HAP *Grieshaber*, H. *Hartung*, G. *Meistermann*, E. W. *Nay*, B. *Schultze*, H. *Trier*, H. *Trökes*, Th. *Werner*, F. *Winter*, *Wols*.

Kunsthandwerk

Kleinkunst u. Kunsthandwerk des dt. MA. stehen in engem Stilzusammenhang mit der gleichzeitigen Großkunst, bes. der Plastik. Zahlreich sind Werke der *Elfenbeinschnitzkunst* aus karoling., otton. u. salischer Zeit erhalten, die häufig der Großplastik als Vorbilder dienten. Die dt. Begabung für phantast., atekton. Klein- u. Feinformen fand auch im ausgehenden MA. ein reiches Betätigungsfeld. Bemerkenswerte Zeugnisse der Kleinkunst des 16. Jh. sind figürl. Plastiken, in denen die Proportionsideale der italien. Renaissance zur Geltung kamen. Bedeutende Leistungen gab es auch in der *Goldschmiedekunst* des dt. Manierismus unter ihrem Hauptmeister W. *Jamnitzer*. Berühmte Gold- u. Silberschmiedewerkstätten besaßen Nürnberg u. Augsburg; ausgezeichnete Meister arbeiteten in

Ulm, Straßburg, Wien, Frankfurt, Köln, Lübeck u. Breslau. Nürnberg war neben Schlesien in der Herstellung von Edelzinn führend. Zu hoher Blüte gelangten bereits im 16. Jh. die dt. *Hafnerkeramik* u. das *rheinische Steinzeug*. Von den dt. Ornamentstechern sind P. *Flötner*, P. *Quentel*, M. *Zündt*, H. *Brosamer* u. Ch. *Jamnitzer* die bekanntesten.

Gegen Ende des 17. Jh. wurden die Stichwerke J. *Lepautres* u. J. *Berains* in Augsburg nachgestochen u. fanden in den Prunksilbern der dt. Höfe weiteste Verbreitung (Lüneburger Ratssilber). Nürnberg gab nach der Mitte des 17. Jh. seine Führungsrolle in der Gold- u. Silberschmiedekunst an Augsburg ab. Über bedeutende Glashütten verfügten Nürnberg, Potsdam u. Kassel. 1708 wurde in Dresden das erste europ. *Porzellan* hergestellt. Die *deutsche Fayence* zeichnete sich auch noch im 18. Jh. durch Form- u. Schmuckschönheit aus; ihre zahlreichen Gefäßtypen waren weit verbreitet. Ihre Höhepunkte hatte die dt. *Möbel- u. Textilkunst* in Renaissance u. Barock durch die Verbindung einheim. Traditionen mit fremden, bes. französ. u. holländ.-fläm. Einflüssen. Im 19. Jh. sank auf fast allen Gebieten der Kleinkunst u. des kunsthandwerkl. Gestaltens die Qualität; erst die Bemühungen des *Jugendstils*, die vorbildl. Erzeugnisse der im *Deutschen Werkbund* zusammengeschlossenen Künstler u. die Verbreitung der *Bauhaus*-Ideen führten einen Wandel herbei.

Deutsche Landwirtschafts-Gesellschaft e. V., Abk. *DLG*, Sitz: Frankfurt a. M., 1885 gegr. freiwillige Vereinigung von Landwirten, Wissenschaftlern, Beratern u. Freunden der Landwirtschaft zur techn., wissenschaftl. u. prakt. Förderung der Landwirtschaft in allen ihren Betriebszweigen; veranstaltet Wanderausstellungen, öffentl. Tagungen, prüft landwirtschaftl. Maschinen u. Geräte, fördert die Qualität landwirtschaftl. Erzeugnisse u. Produktionsmittel durch Gütezeichen u. Veranstaltung von Leistungsprüfungen, gibt fachl. Zeitschriften u. Bücher heraus u. vermittelt neue wissenschaftl. Erkenntnisse der landwirtschaftl. Praxis.

Deutsche Lebens-Rettungs-Gesellschaft, Abk. *DLRG*, gegr. 1913 in Leipzig zur Verbreitung sachgemäßer Kenntnis u. Fertigkeit im Schwimmen u. Rettungsschwimmen sowie zur Pflege des Rettungsgedankens im allg.; beurkundet Fertigkeitsstufen im Schwimmen u. Tauchen (*Frühschwimmer, Dt. Jugendtauchabzeichen, Dt. Jugendschwimmpaß, Dt. Schwimmpaß*, die beiden letzten mit den Prüfungen in Bronze, Silber u. Gold), Fähigkeitsstufen im Retten Ertrinkender (*Dt. Rettungsschwimmpaß* in Bronze, Silber u. Gold) u. die Lehrfähigkeit (*Lehrschein*). 1950 bis

1978 wurden rd. 15 Mill. Schwimmer u. Rettungsschwimmer ausgebildet, in über 820 000 Fällen Erste Hilfe geleistet u. insgesamt über 45 000 Menschen vor dem Ertrinkungstod gerettet. Organisation: 14 Landesverbände mit rd. 1800 Kreis- u. Ortsgruppen u. rd. 350 000 Mitgliedern, Sitz: Bonn.

Deutsche Liga für Menschenrechte →Liga.

deutsche Literatur, das Schrifttum des dt. Sprachraums.

Frühes Mittelalter (750–1170). Die ältesten Sprachdenkmäler stammen aus dem 8. Jh. u. stehen zumeist im Dienst der christl. Lehre; sie wurden von den Klöstern bewahrt, in denen man damals fast allein die Kunst des Schreibens übte. Es sind *Glossen, Glossare, Interlinearversionen* u. übersetzte geistl. Texte (Isidor, Tatian), ferner Grundformeln des Glaubens (Vaterunser, Taufgelöbnis, Glaubensbekenntnis, Beichtformel, Benediktinerregel) in der jeweils stammesmäßig gefärbten ahd. „Volkssprache". Von der vorausgegangenen schriftlosen german. Dichtung hat sich außer zwei *Merseburger Zaubersprüchen* nur das im 9. Jh. nebenbei aufgezeichnete *Hildebrandslied* erhalten; eine von Karl dem Großen angelegte Sammlung alter Heldenlieder ging verloren. Im Übergang von german. zu christl. Vorstellungen u. noch in der überlieferten Form des Stabreims entstanden die altsächs. Missionsdichtungen (*Heliand, Genesis*) u. Dichtungen von Schöpfung u. Weltende wie das *Wessobrunner Gebet* u. *Muspilli*. Als aber *Otfrid von Weißenburg* in der christl.-latein. Hymnendichtung her den Endreim einführte, setzte sich dieser rasch durch; so wurden schon das *Ludwigslied*, das erste histor. Heldengedicht, ferner das *Petruslied* (um 885) u. *Georgslied* in der Otfrid-Zeile gedichtet. Mit dem 10. Jh. jedoch entschwand die ahd. Literatur, denn in der otton. Zeit herrschte durchgängig das Latein, selbst bei dt. Stoffen (Hrotsviths Dramen u. Epen; *Waltharilied, Ecbasis captivi, Ruodlieb*); nur in mündl. Überlieferung lebten Sage, Spottlied u. Schwank weiter. – In der frühmhd. vorhöfischen Zeit (etwa 1060–1170) war die Literatur zunächst von der Weltabkehr der seelsorger. cluniazens. Bewegung bestimmt. Geistl. Themen wurden in Klöstern des Südens u. Südostens behandelt. Bußprediger u. Didaktiker (*Heinrich von Melk*) erlangten Bedeutung. Die *Mariendichtung* begann. Dann erweiterte sich das Blickfeld durch die Kreuzzüge. Aus Frankreich kamen die ersten ritterl. Stoffe (*Rolandslied, Alexanderroman*), es entstanden in Siegburg das zeitgeschichtl. *Annolied*, in Bayern die gereimte *Kaiserchronik*, zu Limburg u. Regensburg weltl. Epen (*Eilhart von Oberge*: „Tristrant u. Isalde"; Trierer *Floyris*), im Elsaß erneuerte sich die Tiersatire (*Heinrich der Glichesaere*), u. am Braunschweiger Hof wurde das erste enzyklopäd. Lehrbuch (*Lucidarius*) verfaßt.

Hoch- u. Spätmittelalter (1170–1500). Die Literatur des MA. ist geschrieben im Latein der Kirche u. der Gelehrten (*Carmina burana*; →auch mittellateinische Literatur) oder im Mhd. der ritterl. Dichter; die stammesbegrenzten Dialektdichtungen nehmen nur einen kleinen Raum ein. Vom Stofflichen u. Soziologischen her sind im hohen MA. Geistlichendichtung, höfische Ritterdichtung u. Heldendichtung zu unterscheiden, von der Gattung her bes. Lyrik nebst Spruchdichtung u. Versepik. Im späten MA. treten dann mit dem Aufsteigen der städt. Bürger neue Motive u. Formen hervor, wird die Prosaliteratur immer bedeutsamer. – Die mittelalterl. Lyrik wurde gesungen. In der Regel war der Dichter zugleich der Komponist. Leider ist von den Melodien (Weisen) nur wenig überliefert, zudem ist die damalige Notenschrift ungenau u. also das Klangbild nicht mehr sicher zu erschließen. Im *Minnesang* wurde diese Lyrik zur höfischen Standeskunst, die stark von provenzal. Formen u. Themen beeinflußt war. Neben dem erot. Minnelied gab es den Spruch, der

Deutsche Lebens-Rettungs-Gesellschaft: schwimmende Rettungsstation vor Travemünde

vorwiegend Lebensweisheit, Sittenlehre, Religiöses oder auch Persönliches in Lob u. Tadel ausdrückte. In beiden Arten wurde *Walther von der Vogelweide* Meister: dem Minnesang verlieh er reichen Erlebnisgehalt, u. der Spruch wurde bei seinem Eintreten für die Kaiseridee zur polit. Waffe. Aber schon bald setzte ein Zerfall der ritterl. Standesdichtung ein; es tauchten neue, andersartige Motive auf (Neidhart von Reuenthals Dorfpoesie), es mehrten sich die bürgerl. Sänger, die Sprüche der Fahrenden wurden immer lehrhafter, an die Stelle des Minnesangs trat das „Hoflied", der bürgerl. *Meistergesang*, das namenlose, oft innige *Volkslied* oder die immer bedeutsamere geistl. Lyrik. Als letzte Minnesänger von Namen gelten der gelehrte *Hugo von Montfort* u. *Oswald von Wolkenstein*.

Auch das höf. Epos, der ritterl. Versroman, war eine vom Westen formal u. stoffl. angeregte Standesdichtung. Am Anfang steht hier *Heinrich von Veldekes* „Eneide" (um 1180), den Höhepunkt bilden *Hartmann von Aue, Wolfram von Eschenbach* u. *Gottfried von Straßburg*, dann zieht sich bis um 1400 ein breites, oft verkünsteltes Epigonenschaffen hin (Rudolf von Ems, Konrad von Würzburg). – Ebenfalls um 1200 erreichte das Heldenepos (*Nibelungenlied*, etwas später *Kudrun*) seinen Gipfel. Es war wohl durchwegs Spielmannsdichtung, knüpfte an das german. Heldensagen an u. vermischte Unhöfisches mit Höfischem; zumal im Südosten (Dietrichs-Epik) fand es noch lange Nachfolge. Seit dem 14. Jh. wurde es in immer schlechteren Handschriften überliefert u. schließlich gegen 1500 in „Heldenbüchern" gesammelt. – Die Entwicklung zum nüchternen bürgerl. Realismus hin kündigte demgegenüber sich an in der zeitkrit. Verserzählung „Meier Helmbrecht" von *Wernher dem Gartenaere* (nach 1250), in Lehrgedichten wie Hugo von Trimbergs „Renner" (um 1300), in moralisierenden Fabeln (U. Boner: „Der Edelstein" vor 1350) oder in H. Wittenweilers teilweise schon satir. grotesk. bäuerl. derbem Versepos „Der Ring" (um 1400). Anklang fanden im späten MA. aber auch geistl. Legendendichtungen („Das Passional" vor 1300), allegor. Versepen (*Schachzabelbuch*), Minneallegorien wie „Die Jagd" von Hadamar von Laber oder „Die Mörin" von Hermann von Sachsenheim) u. Wappendichtungen. Weithin beliebt waren sodann gereimte Schwänke mit Motiven aus dem internationalen Erzählgut; diese wurden gern einer bestimmten Person zugeschrieben, so dem „Pfaffen Amîs" des *Stricker* (um 1230), dem „Pfarrer vom Kalenberg" von Philipp *Frankfurter* (um 1450), dem „Neidhart Fuchs" u. schließl. dem *Eulenspiegel* (um

deutsche Literatur

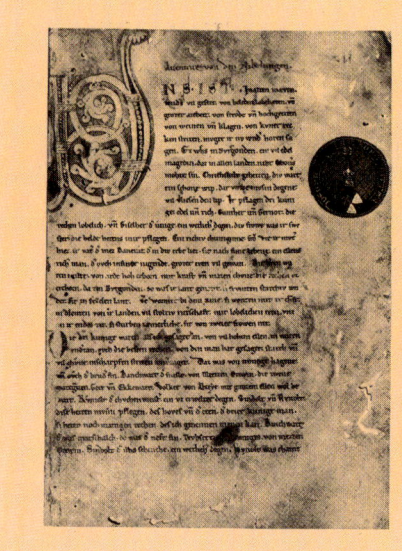  

Die erste Seite des Nibelungenlieds aus der spätestens um 1220 entstandenen Donaueschinger Handschrift (links). – Walther von der Vogelweide, Darstellung um 1300, aus der Weingartner Liederhandschrift (Mitte). – Sängerkrieg auf der Wartburg, Miniatur aus der Großen Heidelberger Liederhandschrift; Anfang 14. Jh. (rechts)

Hans Jakob Christoffel von Grimmelshausen, Titelkupfer zur Erstausgabe des „Abenteuerlichen Simplicissimus". 1669 Nürnberg

Deutschlands Dichter. Karikatur in der Wochenschrift „Simplicissimus", 1896. Vorne: F. Wedekind, P. Heyse; hinten: H. Sudermann, L. Fulda, A. Holz, G. Hauptmann; stehend: E. L. Frhr. von Wolzogen

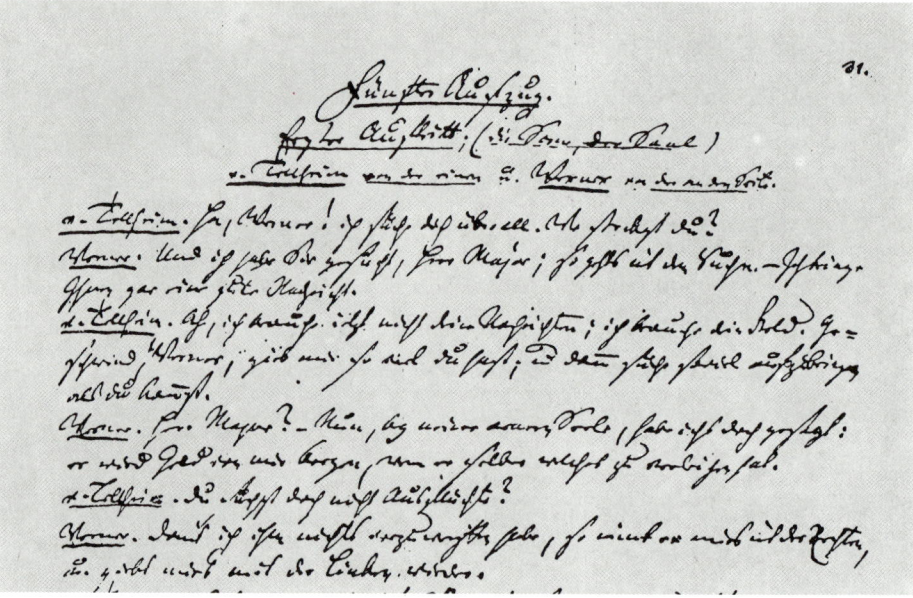

Gotthold Ephraim Lessings „Minna von Barnhelm", 5. Aufzug, 1. Auftritt. Handschrift des Dichters; entstanden um 1763 in Breslau

Johann Peter Hebel, Holzschnitt zu den „Alemannischen Gedichten" von L. Richter

Gottfried Keller, Titelblatt von „Der grüne Heinrich", Erstausgabe

DEUTSCHE LITERATUR

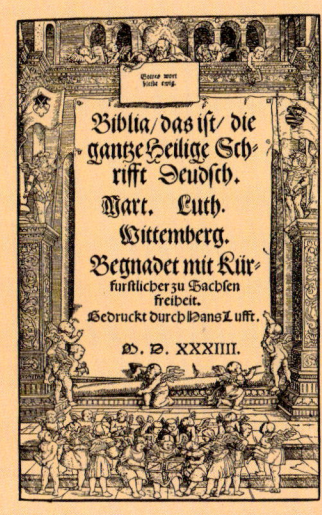

Sebastian Brant, „Das Narrenschiff". Titelblatt der Erstausgabe 1494. Vorzeichnungen zu den Holzschnitten von A. Dürer 1493 (links). – Martin Luther, Titelblatt des Erstdrucks der ersten vollständigen Bibelübersetzung, Wittenberg 1534 (rechts)

Goethe-Schiller-Denkmal in Weimar von E. Rietschel

Sitzung der Preußischen Dichterakademie 1929; stehend von links: B. Kellermann, A. Döblin, Th. Mann, M. Halbe; sitzend: H. Stehr, A. Mombert, E. Stucken, W. von Scholz, O. Loerke, W. von Molo, L. Fulda, H. Mann

Friedrich Gottlieb Klopstock, Beginn des Versepos „Der Messias", Erstdruck in den „Bremer Beiträgen" 1748

Günter Grass, Schutzumschlag von „Die Blechtrommel", graphisch-bildhaft, mit gemalter Schrift. Nach einer Zeichnung des Autors

deutsche Literatur

deutsche Literatur: Wolfram von Eschenbach, Darstellung aus dem Codex für den Landgrafen Heinrich von Hessen; Mitte des 14. Jh.

1500) oder den *Schildbürgern* (1598). Zu einer wirklichen Volksangelegenheit wurde nach u. nach das religiöse Schauspiel, bes. das *Passionsspiel*, wie es sich seit etwa 1200 in Europa aus den Dialogen der latein. Festtagsliturgie entwickelt hatte (ältestes Spiel in dt. Sprache: Osterspiel von Muri, um 1250; "Spiel von den törichten u. klugen Jungfrauen" 1322). Seit dem 14. Jh. kommen auch weltl. Spiele vor, in den Städten bes. die oft groben *Fastnachtspiele* (H. *Rosenplüt*, H. *Folz*). Schließl. wurde das dt. Prosaschrifttum immer ausdrucksreicher, so in Predigten (*Berthold von Regensburg*), Rechtsbüchern (*Eike von Repgow*). Chroniken (Limburger Chronik, 1336–1398) oder in theolog. Traktaten der Scholastik u. der Mystiker (*Meister Eckhart, J. Tauler, H. Seuse*). Die Auflösung früherer Versepik in Prosa wird typisch für die nächste Epoche.

Humanismus u. Reformation (bis 1600). Im 15. u. 16. Jh. blühte die bürgerl. Kultur der Städte. Der Buchdruck kam auf u. verbreitete die literar. Wirkungsmöglichkeiten, er förderte auch das Entstehen einer nhd. Schriftsprache; mitwirkend waren die beiden großen Zeitmächte: der Humanismus mit seinem die Grammatik schulenden Vorbild des "klassischen" Lateins u. die Reformation mit M. *Luthers* volksnah lebendiger, ostmitteldt. Bibelübersetzung. Der *Humanismus*, dem der mehr diesseitigen Lebensgefühl der Renaissance entsprach, war schon im 14. Jh. aus Italien vorgedrungen, zunächst nach Böhmen, wo 1348 in Prag die erste dt. Universität gegr. worden war. Das seit 1300 geschaffene Neulatein wirkte auf den Stil der Kanzleien (Briefmusterbücher des *Johann von Neumarkt*), der Kunstdichtung, der Wissenschaften u. des Lebens (*Johann von Tepl*). Man schrieb nach antiken u. italien. Vorbildern latein. Briefe, Verse, bes. Epigramme u. Gelegenheitsdichtungen, Fazetien, Novellen, fünfaktige Dramen (von Terenz u. Seneca), Streitschriften, Satiren (*Dunkelmännerbriefe*) u. wissenschaftl. Abhandlungen. Führende Humanisten waren J. *Agricola*, H. *Bebel*, K. *Celtis*, *Crotus Rubeanus*, H. *Eobanus Hessus* (*1488, †1540), *Erasmus von Rotterdam*, *Lotichius*, W. *Pirckheimer*, J. *Reuchlin*, J. *Vadianus*, J. *Wimpfeling*, J. von *Wyle*. Insgesamt entstand eine reiche europ. Bildungsliteratur, doch blieb sie volksfern, wenngleich sie zuweilen von leidenschaftl. nationaler Gesinnung (U. von *Hutten*) erfüllt war. Das religiös erregte, vielfach als Flugblatt umgehende Schrifttum der *Reformation* war hingegen meist im "gemeinen Deutsch" verfaßt; es stellte außer der theolog. Streitschrift vor allem die Satire (Th. *Murner*, J. *Fischart*), die oft in maßlosen Hohn überging, aber auch die Fabel (M. *Luther*, E. *Alberus*) oder die Schulbühne (N. *Manuel*, Th. *Naogeorg*, P. *Rebhun*, B. *Waldis*) in den Dienst des Glaubenskampfs u. der religiösen Unterweisung. Als Gemeindegesang schuf M. Luther das ev. Kirchenlied. — Die damalige Dichtung ist, wenn man sie mit den gleichzeitigen westl.

Literaturen vergleicht, karg, allzu bürgerl. moral. u. didakt. oder schwankhaft-derb. Ihr erfolgreichstes Werk, das über die Grenzen hinaus, war das „Narrenschiff" des Straßburgers S. *Brant*, das die Literatur des *Grobianismus* einleitete. Typische Autoren sind der äußerst fruchtbare Meistersinger u. Stückeschreiber H. *Sachs*, der Colmarer J. *Wickram*, dessen „Rollwagenbüchlein" weithin nachgeahmt wurde u. mit dem der Prosaroman beginnt, aber auch der manierist. sprachvirtuose J. *Fischart*, der in seiner „Geschichtklitterung" den „Gargantua" des F. Rabelais freizügig übertrug. Überhaupt drangen erneut Einflüsse aus dem Westen ein. So las man neben Prosafassungen ritterl. Versepen, die bald zu „Volksbüchern" wurden, auch märchenhaft-abenteuerl. französ. Romane (Melusine, Pontus, Herpin, Haimonskinder), aus denen gleichfalls *Volksbücher* hervorgingen. Zu einem Lieblingsbuch jener Zeit wurde der vielbändige u. immer wieder erweiterte französ.-span. *Amadis-Roman*, der dem höfischen galanten Roman des 17. Jh. den Weg bereitete.

Das *Barock* (17. Jh.), das erst allmähl. die Renaissance ablöste, ist reich an Gegensätzen. Literar. unterscheidet man in ihm eine höf.-idealist. u. eine volkstüml.-realist. Richtung. Im noch stark religiös bestimmten Lebensgefühl standen sich hemmungslose Hingabe an die Welt u. schroffe Abkehr von ihr in Angst u. Todesgrauen gegenüber. Im S u. SO wirkte die Gegenreformation sich aus, hier war der Bereich der Jesuitenbühnen u. des prunkvoll repräsentativen Barocktheaters (Ludi Caesarei); im protestant. N aber empfand man die Literatur als patriot. Aufgabe, wetteifernd mit den fremden Nationen die eigene Sprache u. Kunstfertigkeit zu pflegen; aus solchem Geist wurden die *Sprachgesellschaften* gegründet. Wegbereiter war M. *Opitz*, dessen „Buch von der Dt. Poeterey" (1624) die Gesetze u. Eigenwerte einer sprachreinen Dichtung herausarbeitete. Ihm folgten eine Reihe weiterer Poetiken (Ph. von *Zesen*, J. G. *Schottel*, A. *Buchner*, G. Ph. *Harsdörffer*, Siegmund von *Birken* [*1626, †1681]); schließl. wurde die Poetik zum erlernbaren Schulfach („Nürnberger Trichter").

Die Lyrik des 17. Jh. war fast noch durchweg Gesellschaftsdichtung, also nicht individuell erlebt; man bevorzugte allg. Themen wie Vergänglichkeit, Freundschaft, Ruhm, Sehnsucht nach Frieden u. Ruhe, verwendete auch gern Mythologie u. Allegorie. Die von M. Opitz begründete sog. Erste Schlesische Dichterschule wendete sich bewußt vom Volkslied ab u. pflegte im Geist F. Petrarcas die strengen antiken u. roman. Formen. Später steigerte u. variierte man die formalen Möglichkeiten, erfreute sich am Spiel kühner Antithesen u. Metaphern sowie klangl. u. maler. Spracheffekte (G. Ph. *Harsdörffer*), schließl. kam man zum Marinismus, zum „Schwulst" der Zweiten Schles. Dichterschule (Ch. *Hofmann von Hofmannswaldau*), in der man bewußt manieriert, d. h. gekünstelt, übertreibend, verblüffend dichtete. Im „letzten Schlesier", in J. Ch. *Günther*, beginnt dann schon die Wendung zur ganz persönl. Erlebnislyrik. Den dauerhaftesten Ertrag der Barocklyrik erbrachte wohl das religiöse Gedicht, das von der Mystik (J. *Böhme*) oder noch vom Gemeindeglauben her geformt war u. sich von den Vorschriften der Poetik weitgehend unabhängig hielt (*Angelus Silesius*, Q. *Kuhlmann*, F. von *Spee*, *Laurentius von Schnüffis*; S. *Dach*, P. *Fleming*, P. *Gerhardt*, A. *Gryphius*); vieles davon wurde zum Kirchenlied u. wirkte über den Pietismus (G. *Tersteegen*, N. L. von *Zinzendorf*) hinaus bis heute fort. — Hauptvertreter des Barockdramas sind die Jesuitendramen im S (Nikolaus von *Avancini* [*1611, †1686], J. *Bidermann*, S. *Rettenbacher*) mit ihrem gegenreformator. Bekehrungswillen u. ihrer Augenlust an Bühnenbild u. Massenauftritt sowie die schles. Tragödien u. Komödien (A. *Gryphius*, D. C. von *Lohenstein*) in ihrem christl. Stoizismus; beide Formen kommen vom humanist. Schultheater u. dessen Vorbild Seneca her, häufen die theatral. Mittel u. führen zum Triumph der Seele über den Wahn der Welt. Eigentl. Höhepunkt des Barocktheaters wurde aber die *Oper* (1. dt. Oper „Dafne", von M. Opitz u. H. Schütz, 1627 in Torgau aufgeführt), auch das Festspiel zu dynast. oder polit. Feiern (J. *Rist*), wie sie zumal an den Höfen des S mit glänzendem Aufwand dargeboten wurden. Bürgerl. aufklärer. waren dann schon die vielen Schulstücke des Zittauer Rektors Ch. *Weise* u. die realist. derben Lustspiele von Ch. *Reuter*. — Von den Erzählern der Barockzeit wurde im höfi-

schen Bereich zunächst der in Italien u. Frankreich gepflegte Schäferroman übersetzt, nachgeahmt u. fortentwickelt (Ph. von *Zesen*). Dann folgten heroisch galante Staatsromane (*Anton Ulrich von Braunschweig*, *Andreas Heinrich Buchholtz* [*1607, †1671], D. C. von *Lohenstein*, H. A. von *Zigler u. Kliphausen*: „Asiatische Banise"), die sich zu enzyklopäd. Kompendien der Weltbildung entfalteten, oft utop. Ideen enthielten u. sich im Rokoko (*August Bohsel* [*1661, †1730]) zu intrigenüberhäuften, amourenreichen Schlüsselromanen entwickelten. Für den volkstüml. Roman der mehr bürgerl. Leserschichten bot die stärkste Anregung der span. *Schelmenroman*, dessen Held als ein liebenswürdiger Tunichtgut, als „Picaro", durch die Welt schweift. H. J. Ch. von *Grimmelshausen* verwandelte ihn in seinen „Simplicissimus" (1669); er schuf damit den ersten großen Zeitroman, der nicht nur (wie der Elsässer J. M. *Moscherosch*) die rohe Wirklichkeit des 30jähr. Krieges spiegelt, sondern auch Selbstbiographie, Utopie, Robinsonade u. Moralesebuch in einem ist. Ein späterer Abenteuerroman von Rang, worin zeitkrit. Utopie mit der von D. *Defoe* angeregten Robinsonade vereint sind, ist J. G. *Schnabels* „Insel Felsenburg". Satir. gemeint war Ch. *Reuters* lügenhafter Reiseroman „Schelmuffsky" (1696). Von aufklärer. Moral sind bereits Ch. *Weises* romanhafte Sittenbilder.

Die *Aufklärung* (frühes 18. Jh.) vereinigte drei Strömungen; den aus Frankreich stammenden *Rationalismus*, den engl. *Sensualismus* u. den dt. *Pietismus*. Im Gegensatz zum Barock war sie betont bürgerl., ja optimist. weltbürgerl. eingestellt; man erstrebte harmon. Ausgleich, Toleranz, Befreiung von Vorurteilen, rückte in die wollenden Menschen u. seine autonome Vernunft, Wissenschaft u. allg. Bildung in die Mitte aller Bemühungen u. suchte eine natürl. Religion an die Stelle der übernatürl. zu setzen; insgesamt wurden wichtige Voraussetzungen für die humanitäre Kultur des dt. Idealismus geschaffen. In der Literatur war zunächst der Leipziger Professor J. Ch. *Gottsched* ihr mächtiger Wortführer; er bekämpfte im Namen klassizist. Regeln (N. *Boileau-Déspreaux*) das Pathos u. den Schwulst des Spätbarocks, die Oper u. den damals bühnenbeherrschenden Hanswurst, wobei er sich für einige Zeit mit der Schauspieltruppe der *Neuberin* verbündete, faßte die grammat. Grundregeln der dt. Sprache zusammen u. gab nach engl. Vorbild auch „moralische Wochenschriften" heraus. Anderswo setzte man „Rückkehr zur Natur" an (B. H. *Brockes*, A. von *Haller*), sie mischte sich aber oft mit Auswirkungen des französ. Hofs, an dem der elegante Lebensstil des *Rokokos* seine reinste Ausprägung gefunden hatte; so geschah es

deutsche Literatur: Till Eulenspiegel. Titel der im Jahr 1515 bei Johann Grieninger in Straßburg gedruckten Ausgabe

deutsche Literatur

deutsche Literatur: Programm zu Schillers Schauspiel „Die Räuber" von 1782

in „arkadischen" Schäferpoesien u. Naturidyllen (E. von *Kleist*, S. *Geßner*), in den geselligen Liedern der *Anakreontiker* (F. von *Hagedorn*, J. W. L. *Gleim*, J. P. *Uz*), in vielen Fabeln u. Verserzählungen (Ch. F. *Gellert*), Singspielen, komischen Epen (J. F. W. *Zachariae*) u. Romanzen u. wohl am glücklichsten in der heiter iron. Lebens- u. Erzählkunst Ch. M. *Wielands*. Der literar. Vernunft-Diktatur von J. Ch. *Gottsched* erwuchsen dann immer mächtigere Gegner. Die Schweizer J. J. *Bodmer* u. J. J. *Breitinger*, die J. Miltons religiöses Epos „Das verlorene Paradies" verehrten, waren für das Recht der Phantasie u. des Wunderbaren in der Dichtung eingetreten, hatten im Kreis der „Bremer Beiträge" schaffende Mitarbeiter u. dann im Messias- u. Odendichter F. G. *Klopstock* ihre große „Genie" gefunden. Mit F. G. Klopstock kam die gefühlsbetonende *Empfindsame Dichtung*, die von der Erweckungsbewegung des Pietismus u. von England (S. Richardson, L. Sterne, E. Young, Ossian) angeregt war, zum Durchbruch u. fand bes. Pflege im schwärmer. Freundschaftsbund des „Göttinger Hain", dem H. Ch. *Boie*, L. H. Ch. *Hölty*, J. M. *Miller*, die Brüder Ch. u. F. L. *Stolberg*, J. H. *Voß* angehörten, dem M. *Claudius* sowie G. A. *Bürger* nahestanden u. deren Lyrik im „Göttinger Musenalmanach" (1770ff.) ihr Organ hatte. Auch der Selbstbiograph J. H. *Jung-Stilling* zeigte verwandte Gefühlshaltung. – In anderer Hinsicht wurde J. Ch. Gottsched durch G. E. *Lessing* verdrängt, der in seinen grundsätzl. Erörterungen das bisherige französ. Vorbild erschütterte, der literar. Kritik durch die Abgrenzung der Künste neue Grundlagen gab, auf Shakespeare hinwies, das bürgerl. Trauerspiel einführte, mit „Minna von Barnhelm", „Emilia Galotti", „Nathan der Weise" die Reihe der klassisch gewordenen dt. Dramen begann u. über dessen Schaffen letzthin die religiös empfundene Idee von der „Erziehung des Menschengeschlechts" stand.

Die G o e t h e z e i t (1770–1830), auch als Zeit des Idealismus oder der Klassik u. Romantik bezeichnet, brachte dt. Geistesleben in Literatur, Philosophie u. Musik zu führender Bedeutung in der Welt; man nennt diese Blütezeit meist nach *Goethe*, weil sie seine Schaffensjahre umfaßt u. er ihre wichtigsten Phasen (Sturm u. Drang, Klassik, Romantik) u. Tendenzen (zur ursprüngl. Natur, zur Antike, zum MA. u. in den Orient) mitgestaltet hat, auch weil Goethes Werk, zumal seine Lyrik u. sein zum abendländ. Symbol gewordener „Faust", ein Stück Weltliteratur geworden ist. Anfangs noch ein empfindsamer Anakreontiker des Rokokos, wurde Goethe bald zu einem jener „Kraftkerls" der Genieperiode des Sturm u. D r a n g (W. *Heinse*, F. M. *Klinger*, J. A. *Leisewitz*, J. M. R. *Lenz*, Maler *Müller*, Ch. F. D. *Schubart*, L. *Wagner*), die in einem von J.-J. Rousseau u. Shakespeare entflammten Enthusiasmus für unverdorbene Natur u. intuitives Fühlen sich gegen die Vernunftregeln der Aufklärung sowie gegen die sozialen Konventionen u. Mißstände auflehnten. Bei dem damaligen Durchbruch irrationaler Kräfte wirkten am nachhaltigsten der „Magus aus dem Norden" J. G. *Hamann* u. sein großer Schüler J. G. *Herder*. Dieser führte den jungen Goethe zu den Anfangsgründen der Sprache u. der Poesie, zu Volkslied u. Ballade, zu Shakespeare u. zu tieferer Geschichtsdeutung. So entstanden der „Urfaust", der „Götz", die Frankfurter u. Sesenheimer Lyrik u. noch der schwermütig gefühlstrunkene „Werther", der ihn überraschend schnell berühmt machte. – Goethes Weg zur K l a s s i k begann dann in Weimar (seit 1775) u. setzte sich in Italien fort (1786–1788), wo er im Geist J. J. Winckelmanns die Antike erlebte. Im Gedicht, im Drama („Tasso", „Iphigenie") u. im Bildungsroman verhalf er „reiner Menschlichkeit" zu harmonisch reifer Gestalt, die die dunklen Mächte bändigt. Dies Streben, letzthin nach einer Religion der Humanität, führte zum Freundschaftsbund mit *Schiller*. Nach drangvollen Jugendgedichten u. revolutionär freiheitl. Dramen („Die Räuber", „Kabale u. Liebe") hatte Schiller sich zum Dichter einer weltgeschichtl. Tragödie („Don Carlos") u. umfassender Gedankenlyrik entwickelt, rang um die Idee menschl. Freiheit. um eine ästhet. Erziehung des Menschen, die das Schöne mit dem Sittlichen eint. Philosophisch bestimmt ihn I. Kant, der dem Menschen zwar die Erkenntnismöglichkeiten eingegrenzt, aber ihm den Willen zum Guten u. die freie sittl. Entscheidung zuerkannt hatte. Im „klassischen" Jahrzehnt (1794–1805) entstanden Schillers große Dramen vom „Wallenstein" bis zum „Wilhelm Tell" u. „Demetrius", seine u. Goethes schönste Balladen, es erschienen „Wilhelm Meisters Lehrjahre", „Hermann u. Dorothea" u. „Die natürliche Tochter". Zur gleichen Zeit indes zielte schon eine neue Generation noch mehr ins Religiöse, Mythische, Elementare, auch suchte sie ein neues Verhältnis zu Volk, Staat, Geschichte, bes. zum MA. u. zu den fremden Literaturen. In Jena, wo der Philosoph J. G. Fichte einige Zeit lehrte, sammelte sich ein Kreis der F r ü h r o m a n t i k um die Brüder A. W. u. F. *Schlegel*, um *Novalis*, L. *Tieck*, F. W. J. von *Schelling*, u. dessen spätere Frau Karoline. Die Brüder Schlegel stellten Schillers Zeitschrift „Die Horen" ihr „Athenäum" gegenüber, worin sie eine geistvolle Literatur- u. Zeitkritik übten, eine romant. „progressive Universalpoesie" u. die befreiende Macht der Ironie verkündeten u. Novalis seine todesmyst. „Hymnen an die Nacht" veröffentlichte. A. W. Schlegel übersetzte Shakespeare u. Calderón; Novalis prägte im „Heinrich von Ofterdingen" das romant. Sehnsuchts-Symbol der „blauen Blume"; L. Tieck, in vielem von seinem frühverstorbenen Freund W. H. *Wackenroder* angeregt, schrieb den Künstlerroman „Franz Sternbalds Wanderungen", seinen „Phantasus", Märchendramen u. Literaturkomödien, erneuerte auch Dichtungen des MA. u. übersetzte den „Don Quijote". Neben diesen Frühromantikern gab es in jener geistig reichen Zeit eine Reihe von bedeutenden Einzelgängern: *Jean Paul*, der als Erzähler in der Nachfolge barocker Erziehungs- u. Staatsromane steht, als Humorist neben die Schilderung seraph. u. titan. Seelen in die Idyllen wunderl. Käuze setzt, auch ein von Assoziationen überquellender Zettelkastenmann. u. zugleich ein ahnungsstarker Visionär ist. Träume ist. Ganz anders F. *Hölderlin*, der einsame tiefreligiöse Lyriker, der im Briefroman „Hyperion", im Dramenfragment „Empedokles" u. bes. in Oden, Elegien u. Hymnen vom Erlebnis eines idealen, mythisch gewordenen Griechenland u. der göttl. Mächte des Daseins Zeugnis gibt. Gleich ihm erst von späteren Geschlechtern verstanden wurde auch H. von *Kleist*, der Dramatiker u. Novellist. Von glühendem Wirkungsdrang beseelt, wollte er Shakespeare u. Sophokles vereinen; er gestaltete intensiv die Verwirrungen der Gefühle in einer trüger. Wirklichkeit u. die Konflikte zwischen dem ungebändigten Ich u. dem Gesetz der Gemeinschaft. Auf der Bühne erfolgreicher war der unstete, vom Freimaurer zum kath. Priester gewordene Z. *Werner*, dessen 1810 von Goethe aufgeführtes Schicksalsdrama „Der 24. Februar" eine Reihe von Werken (A. *Müllner*: „Der 29. Februar") nach sich zog. Bekannt wurden das aus der Schlichtheit des Herzens geschaffene Werk des alemann. Mundartdichters u. Volkserziehers J. P. *Hebel*, dessen Kalendergeschichten aus dem „Rheinischen Hausfreund", ähnl. wie zuvor die Gedichte u. Geschichten von M. *Claudius* im „Wandsbecker Boten". Solche Volkstümlichkeit erwünschten sich auch jene Dicher der Spätromantik, die um 1808 in Heidelberg wirkten. Dort gaben A. von *Arnim* u. C. *Brentano* die Volksliedersammlung „Des Knaben Wunderhorn" heraus. J. J. von *Görres* warb für die Volksbücher, u. vom dortigen Freundeskreis (J. u. W. *Grimm*, F. *Creuzer*, Karoline von *Günderode*) gingen entscheidende Anregungen aus für die wissenschaftl. Erschließung der Sprache u. Literatur, der Sagen, Mythen, der Urgeschichte u. der Märchen (Grimmsche „Kinder- u. Hausmärchen"). Bei alldem zeigte sich das Anwachsen eines nationalen Selbstbewußtseins, wie es sich auch in der polit. Dichtung der Freiheitskriege (Th. *Körner*, M. von *Schenkendorf*, E. M. *Arndt*, F. *Rückert*) offenbarte. Als Dichter erreichten die Spätromantiker das Höchste in ihrer meist liedhaften Lyrik, die Musik der Sprache mit Landschaftsstimmung u. Heimweh vereint (C. *Brentano*, J. von *Eichendorff*), u. in manchem ihrer Erzählwerke (A. von Arnims „Der tolle Invalide" u. „Die Kronenwächter", C. Brentanos „Geschichte vom braven Kasperl u. schönen Annerl", J. von Eichendorffs „Das Marmorbild" u. „Aus dem Leben eines Taugenichts"; unzulänglicher blieben ihre Dramen. Auch Berlin wurde zum Sammelpunkt romant. Geistes; dort hatten Rahel *Varnhagen*, Henriette *Herz*, auch Bettina von *Arnim* ihre literar. Salons, u. in den Kreis der „Mittwochsgesellschaft" F. de la Motte *Fouqué* u. A. von *Chamisso* mit dem bald weltberühmten E. T. A. *Hoffmann*, dem „Gespensterhoffmann" vieler Phantasie- u. Nachtstücke. In Tübingen entstand um L. *Uhland*, J. *Kerner*, G. *Schwab* eine der Heimat u. der dt. Geschichte verbundene S c h w ä b i s c h e R o m a n t i k, die noch auf W. *Hauff* u. E. *Mörike* fortwirkte. Anteil am Geist der Romantik hat aber auch das Spätwerk Goethes, das in seiner Universalität zugleich schon vieles über seine Zeit Hinausweisende enthält. Sein u. G. W. F. Hegels Tod wurden als das Ende einer großen Epoche erlebt.

Im 19. J a h r h u n d e r t wurde die Postkutsche von der Eisenbahn verdrängt, u. aus dt. Kleinstaaten mit vorwiegend ländl. Bevölkerung wurde ein nationaler Industriestaat von hoher wirtschaftl. Leistungskraft u. entsprechendem Ausdehnungsdrang. Das weithin siegreiche liberale Bürgertum, das die Emanzipation der Frau, die Pressefreiheit, das Wahlrecht erkämpfte, begegnete jetzt einem anwachsenden Proletariat, dem durch die Klassenkampflehre von K. Marx das Ziel eines klassenlosen Zukunftsstaates gesetzt war. Fast alle Überlieferungen wurden durch Philosophen wie A. Schopenhauer, L. A. Feuerbach, F. Nietzsche, durch die Bibelkritik (D. F. Strauß) oder den Darwinismus (E. Haeckel: „Natürl. Schöpfungsgeschichte" 1866) in ihrer Geltung erschüttert, auch das Geschichtsbild (J. J. Bachofen, J. Ch. Burckhardt, Th. Mommsen, L. von Ranke) wandelte sich. In der Literatur des 19. Jh. suchten die konservativ Gesinnten das Erbe der Goethezeit fortzuführen, aber bei ihrer Pflege von Bildung, Innerlichkeit u. formaler Schönheit gerieten sie leicht in ein Mißverhältnis zu den im prakt. Leben herrschenden Gewalten. Man hat den damaligen Stil einer verfeinerten Bürgerkultur, „abseits vom Lärm der Zeit", als B i e d e r m e i e r bezeichnet u. ihm sehr verschiedene Dichter zuzuordnen gesucht: als früh resignierenden F. *Grillparzer* oder A. *Stifter*, den Verkünder des „sanften Gesetzes", auch F. *Raimund* u. J. N. *Nestroy*, die Meister des Wiener Volkstheaters, den Darmstädter E. E. *Niebergall* mit seinem „Datterich", den schwermütigen Wanderer N. *Lenau*, Annette von *Droste-Hülshoff* u. E. *Mörike* in ihrer Zurückgezogenheit, ferner Formtalente wie F. *Rückert*, A. von *Platen*, J. *Geibel* u. noch den späteren *Münchener Dichterkreis*. Die revolutionär gesinnten

Autoren hingegen, so die Gruppe Junges Deutschland (H. *Heine*, F. *Börne*, K. *Gutzkow*, H. *Laube*, Th. *Mundt*, L. *Wienbarg*) u. polit. Lyriker wie H. *Herwegh*, F. *Freiligrath* oder auch A. *Grün* u. A. H. *Hoffmann von Fallersleben*, stürzten sich in die Kämpfe des Tages, kritisierten u. verhöhnten das Hergebrachte, auch die Romantiker, u. machten selbst vor Goethe nicht halt. In diesen Kreisen bildete sich ein neuer Stil des Journalismus heraus, der das Schlagwort u. die witzige Pointierung zu nutzen wußte; hierbei wirkte bes. H. Heine mit seinen „Reisebildern" folgenreich; zugleich entwickelte sich der gesellschaftskrit. Zeitroman (H. Laube: „Das junge Europa", K. Gutzkow: „Die Ritter vom Geist", Gräfin I. *Hahn-Hahn*) u. das polem. Zeitstück. Bei vielen der damaligen Dichter spürt man das Widerspruchsvolle der in ihnen lebendigen Tendenzen: bei H. Heine etwa schlägt in seiner bald über die dt. Sprachgrenze hinauswirkenden Lyrik („Buch der Lieder", „Romanzero") die romant. Stimmung oft in Skepsis, Ironie u. Satire um; in K. L. *Immermanns* Werken stehen neben einem „Merlin" die konservative Dorfgeschichte „Der Oberhof" u. der krit. Zeitroman „Die Epigonen"; ähnl. verhält es sich bei den revolutionären Dramatikern Ch. D. *Grabbe* u. G. *Büchner* („Dantons Tod"). Insgesamt setzte sich im 19. Jh. ein Realismus durch, der mit dem Vordringen naturwissenschaftl. Weltbetrachtung Hand in Hand ging u. zu einer lebensnäheren, ins einzelne gehenden Wirklichkeitsdarstellung führte. Zumal in der Prosaepik wurde dabei Bleibendes geschaffen, das künstler. Reifste auf dem Gebiet der Erzählung, vor allem der Schicksals- u. Charakternovelle (G. Büchners „Lenz", „Die Judenbuche" der Annette von Droste-Hülshoff, J. *Gotthelfs* „Schwarze Spinne", F. Grillparzers „Armer Spielmann", G. *Kellers* „Leute von Seldwyla", „Sinngedicht" u. „Züricher Novellen", O. *Ludwigs* „Heiterethei", C. F. *Meyers* histor. Novellen wie „Der Heilige", „Die Versuchung des Pescara", E. *Mörikes* „Mozart auf der Reise nach Prag", W. *Raabes* „Stopfkuchen", A. *Stifters* „Studien" u. „Bunte Steine", Th. *Storms* „Aquis submersus" und „Der Schimmelreiter"). Innerhalb der anschwellenden Romanliteratur erweiterten sich auch die Stoffbereiche. Unter dem Einfluß von F. Cooper schilderte man immer häufiger exot. Welten (Ch. *Sealsfield*, F. *Gerstäcker*, K. *May*) oder unter dem von W. Scott histor. Zeiten; zu den bekanntesten dieser histor. Romane gehören: W. *Alexis'* „Die Hosen des Herrn von Bredow", G. *Freytags* „Die Ahnen", W. *Hauffs* „Lichtenstein", H. *Kurz'* „Der Sonnenwirt", W. *Meinholds* chronikartige „Bernsteinhexe", C. F. *Meyers* „Jürg Jenatsch", J. V. von *Scheffels* „Ekkehard", A. *Stifters* großes Spätwerk „Witiko", schließl. auch gelehrte „Professorenromane" wie die des Ägyptologen G. *Ebers* oder F. *Dahns* „Kampf um Rom". Typ. u. bes. erfolgreiche Zeitromane aus der Mitte des Jahrhunderts waren G. *Freytags* „Soll u. Haben", F. *Spielhagens* „Problemat. Naturen", P. *Heyses* freigeistige „Kinder der Welt". Überdauert wurden sie aber von dichter. Gestaltungen wie A. *Stifters* „Nachsommer", G. *Kellers* „Der Grüne Heinrich", W. *Raabes* „Hungerpastor", „Abu Telfan", „Schüdderump" sowie Th. *Fontanes* Gesellschaftsromanen aus der Welt Berlins u. des märk. Adels („Effi Briest", „Der Stechlin"). Von wachsender Bedeutung wurde ferner das landschafts- u. stammesverbundene Schrifttum: J. *Gotthelf* schrieb seine mundartdurchwirkten antiliberalen Bauernromane aus dem Berner Land mit der Leidenschaft eines tief in Glauben u. Herkunft wurzelnden Volkserziehers; mit der Sehnsucht des Verstädterten nach dem noch organ. Landleben machte B. *Auerbach* („Barfüßele") die Dorfgeschichte beliebt; der Wiener L. *Anzengruber* verfaßte im Anschluß an das dortige Vorstadttheater u. in liberaler Gesinnung wirkungsvolle Volksstücke sowie realist. Romane aus bäuerl. Welt; F. von *Saar* schuf wehmutsvolle „Novellen aus Österreich"; Marie von *Ebner-Eschenbach* schilderte mit verstehender Güte ebenso mähr. Dorfwelt („Das Gemeindekind") wie Wiener Adelskreise, P. *Rosegger* in ursprüngl. Erzählfreude seine steir. Waldheimat. – Die niederdt. Literatur wurde durch K. *Groth* sowie durch F. *Reuter* („Ut mine Stromtid") u. J. *Brinckman* zu neuem Leben erweckt. Als hintergründiger Humorist schuf der niedersächs. Malerdichter W. *Busch* seine bald Allgemeingut gewordenen Bildergeschichten. – Manche der realist. Erzähler waren auch Lyriker von Rang, so Th. *Fontane*, bes. als Balladendichter, G. *Keller*, C. F. *Meyer*, Th. *Storm*; E. *Mörikes* Gedichte sind nicht nur Höhepunkt seines Schaffens, sondern der nachgoetheschen Lyrik überhaupt. Bleibende Gedichte gibt es ferner von F. *Hebbel*, dem großen Dramatiker jener Zeit, der mit seinen von G. W. F. Hegels Geschichtsauffassung beeinflußten „pantragischen" Dramen an Tiefgang u. Gestaltungskraft seine zeitgenöss. Mitstrebenden wie O. *Ludwig* („Der Erbförster") oder G. *Freytag* („Die Journalisten") überragte.

Gegen Ende des Jahrhunderts wurde der Naturalismus als neuer Stil kämpferisch verkündet. Er hat seine Ahnen in Frankreich (H. de Balzac, G. Flaubert, G. de Maupassant, E. Zola), in Rußland (L. N. Tolstoi, F. M. Dostojewski) u. in Skandinavien (H. Ibsen, B. Bjørnson, J. P. Jacobsen), auch in G. Büchner, in der Milieutheorie, in der Soziologie u. im Sozialismus; er lenkte den Blick bes. auf die, die im Schatten leben u. die wirtschaftl. u. techn. Wandlungen wehrlos erleiden müssen (M. *Kretzers* „Meister Timpe", G. *Hauptmanns* „Die Weber"). Literar. Wegbereiter waren in München die Zeitschrift „Die Gesellschaft" (Hrsg. M. G. *Conrad*) u. in Berlin Zeitschriften der Brüder H. u. J. *Hart* sowie „Die Freie Bühne" (Hrsg. O. *Brahm*, H. *Bahr*, A. *Holz*), die spätere „Neue Rundschau". Musterbeispiele eines „konsequenten Naturalismus" gaben 1889/90 A. *Holz* u. J. *Schlaf* in ihrer Skizzensammlung „Papa Hamlet" u. in ihrem Drama „Familie Selicke". Das wichtigste Ergebnis war ein mimischer Sprech- u. Darstellungsstil, der jede momentane Regung, also auch das Triebhafte, Unartikulierte berücksichtigte u. so die schauspieler. Möglichkeiten erweiterte. Mit der umlärmten Uraufführung von G. *Hauptmanns* „Vor Sonnenaufgang" im Oktober 1889, der kurz darauf noch die von H. *Sudermanns* „Ehre", einem drastisch sozialkrit. Gesellschaftsstück, folgte, setzte sich der naturalist. Bühnenstil durch. Von G. Hauptmann erschienen nun Jahr um Jahr neue Werke („Einsame Menschen", „Der Biberpelz", „Florian Geyer", „Fuhrmann Henschel", „Rose Bernd"), auch hatte er manche Mitstreiter (J. *Schlafs* „Meister Oelze", M. *Halbes* „Jugend", O. E. *Hartlebens* „Rosenmontag"). – Aber zu gleicher Zeit regten sich auch andersgeartete Kräfte. Mit dem naturalist. „Sekundenstil" berührte sich der Impressionismus, der im sinnenhaft genau erfaßten, vom Gedanklichen frei gehaltenen Augenblickseindruck das Eigentliche, das letzthin Wahre u. Schöne der Welt zu finden glaubt. Bei D. von *Liliencron* („Adjutantenritte", „Poggfred") verband sich damit die forsche Lebenslust eines Reiteroffiziers u. Jägers, bei den Wiener Dichtern des „fin de siècle", so bei P. *Altenberg*, dem frühreifen H. von *Hofmannsthal* u. A. *Schnitzler* („Anatol", „Liebelei"), meist eine sanfttraurige u. müde Stimmung. H. von Hofmannsthal war auch Mitarbeiter an den seit 1892 erscheinenden „Blättern für die Kunst" des geistesaristokrat. Kreises um St. *George*, auf den die Dichtung des französ. Symbolismus (Ch. Baudelaire, S. Mallarmé) maßgebl. eingewirkt hatte. Ferner entstanden in jener Zeit Frühwerke von M. *Dauthendey* („Ultra-Violett"), Ricarda *Huch* (außer „Gedichten" ihr neuromant. Roman „Ludolf Ursleu" vom Dahingehen eines schönheitssüchtigen Lebens), A. *Mombert* („Der Glühende"), H. u. Th. *Mann*, R. M. *Rilke* („Cornet Christoph Rilke"), J. *Wassermann*. Für die Rechte der vitalen Triebe gegenüber bürgerl. konventioneller Moral kämpften R. *Dehmel* mit seiner zuweilen ideologisch rauschhaften Lyrik („Weib u. Welt") u. F. *Wedekind* mit seinen oft ins Groteske u. Satirische gehenden Dramen („Frühlings Erwachen", „Erdgeist", „Büchse der Pandora"), die schon in manchem expressionist. Züge aufweisen.

Das 20. Jahrhundert, das man als das Ende der Neuzeit u. als den Anfang eines Atomzeitalters bezeichnet hat, vermischt sehr gegensätzl. Lebensstile u. tendiert in vielem zu einer weltbürgerl. Zivilisation. Der Machtkampf zwischen Ideologien verdrängt den unter den Nationen. Durch Technik u. Wissenschaft, auch durch die Einsichten der Psychoanalyse, erfolgten geistige u. soziale Wandlungen, bei denen sich mit den Traditionen das von ihnen getragene Menschenbild aufzulösen u. ein Nihilismus einzutreten droht. Neben einem oft in Millionenauflagen verbreiteten Tagesschrifttum steht das Schaffen Vereinzelter, die das Überkommene krit. prüfen, die Erstarrungen oder Fehlleistungen aufdecken u. mit unerbittl. Bestandsaufnahme nach neuer Sprache u. nach besseren Formen des menschl. Miteinanders suchen. Die Vorkriegszeit erscheint heute zwiegesichtig, denn jene Jahre, deren „wilhelminische" Züge sich in H. *Manns* „Untertan", in C. *Sternheims* Komödien „Aus dem bürgerl. Heldenleben" oder in C. *Zuckmayers* „Hauptmann von Köpenick" spiegeln, haben zugleich eine vielseitige u. oft bedeutende Literatur hervorgebracht, die fast alle Bauelemente der späteren Literatur bereits enthält. Für das damalige kulturelle Leben zeugen die aufblühenden Verlage von geprägter Haltung (Beck, Cassirer, Diederichs, S. Fischer, Insel, Langen, Langewiesche, Georg Müller, Piper u. a.) u. literar. Zeitschriften von eigenem Gesicht („Pan", „Die Insel", „Hyperion", O. zur *Lindes* „Charon", „Die Fackel" von K. *Kraus*, „Der Brenner" von L. von *Ficker*, „Jugend", „Simplicissimus", C. *Muths* kath. „Hochland", „Der Kunstwart" von F. *Avenarius*, „März" von L. *Thoma* u. H. *Hesse*, „Die neue Rundschau", W. *Schäfers* „Rheinlande", P. N. Cossmanns (* 1869, † 1942) u. J. Hofmillers „Süddt. Monatshefte", M. *Hardens* „Zukunft" u. seit 1910 als Wegbereiter des Expressionismus F. *Pfemferts* „Aktion" u. H. *Waldens* „Sturm"). Auch das Theaterleben war rege (Berlin: Deutsches Theater, bis 1904 O. Brahm, dann M. *Reinhardt*; München: Kammerspiele unter O. *Falkenberg*; Düsseldorfer Schauspielhaus: L. *Dumont*/G. *Lindemann*), u. in den Großstädten kam das literar. Kabarett mit seiner Gebrauchslyrik auf (Berlin: E. von *Wolzogens* „Überbrettl", „Schall u. Rauch"; München: „Die elf Scharfrichter"). Der Ruf nach einer das ganze Leben erfassenden Stilwende u. nach neuer Gemeinschaft, der sich in den Manifesten der Brüder H. u. J. Hart angekündigt hatte, verstummte nun nicht mehr. Der vorwiegend dekorative, bes. mit der Dichtung des Symbolismus verbundene Jugendstil proklamierte eine Wiedervereinigung aller Künste mit dem Leben. Durch das Wort des Dichters wollte St. *George* eine Art Ordensbrüderschaft („Der Stern des Bundes") gründen u. geistige Ordnung für das „kommende Aeon" stiften. Dichter kosmogon. Mythen wie Th. *Däubler*, O. zur *Linde*, A. *Mombert* oder C. *Spitteler* entwarfen großgeartete Bilderfolgen vom ewigen u. vom künftigen Menschen. Im Kreis der Neuklassik (P. *Ernst*, W. v. *Scholz*) erhoffte man sich einen Wiederaufbau des Volkes von den Selbstverwirklichungsidealen der Goethezeit her u. in Anknüpfung an das trag. Weltfühlen F. Hebbels u. F. Nietzsches. Bei den Neuromantikern (H. *Eulenberg*, E. *Hardt*, Ricarda *Huch*, W. *Schmidtbonn*, E. *Stucken*, K. G. *Vollmoeller*, J. *Wassermann*) suchte man im bürgerl. Alltag verkümmerte elementare Lebensgefühle zu wecken, feierte Rausch, Traum u. Tod. Bei einigen frühen Expressionisten (E. *Stadler*, F. *Werfel*) bekam dann der Wille zu Aufbruch, neuer Schau u. Weltumarmung ekstat. Ausdruckskraft, in anderen freilich (J. R. *Becher*, G. *Benn*, G. *Heym*, G. *Trakl*) stiegen ahnungsvolle Bilder abgründigen Schreckens von der Dämonie der Großstadt, von Verfall u. Verwesung auf, wurden zu Klage, Trauer u. Empörung. Vielerlei trat damals auf den Plan: Jugendbewegung, Industrie- u. Arbeiterdichtung (1912 „Bund der Werkleute auf Haus Nyland"), auch eine lange beiseite geschobene kath. Literatur. Gattungen wie die Ballade (Agnes *Miegel*, B. von *Münchhausen*, L. von *Strauß u. Torney*, Else *Lasker-Schüler*) u. der histor. Roman (E. von *Handel-Mazzetti*, Ricarda *Huch*, E. G. *Kolbenheyer*, E. *Strauß*) gewannen neues Leben, vor allem aber Kurzformen der Epik wie Novelle, Anekdote, Parabel (P. *Ernst*, W. *Schäfer*, R. G. *Binding*, Hans *Grimm*, H. u. Th. *Mann*, E. *Strauß*, A. u. St. *Zweig*, F. *Kafka*, R. *Walser*). In der Verbreitung vornan war die naturgemäß recht ungleichwertige Heimatkunst, die in Abwehr großstädt. Einflüsse den Volksstämmen u. Landschaften, oft auch einzelnen Ständen wie Bauern, Handwerkern oder Fischern ihr meist mundartl. gefärbtes Wort lieh. Da gab es in Norddeutschland: G. *Fock*, G. *Frenssen*, R. *Kinau*, T. *Kröger*, H. *Löns* (auch Meister der Tier- u. Jagdgeschichte), W. *Scharrelmann*, H. *Sohnrey*, F. *Stavenhagen*, Helene *Voigt-Diederichs*, in Schlesien: P. *Keller* u. H. *Stehr*, im Rheinland: R. *Herzog*, J. *Kneip*, H. *Müller-Schlösser*, Clara *Viebig*, H. *Zerkaulen*, in Bayern: Lena *Christ*, L. *Ganghofer*, J. *Ruederer*, L. *Thoma*, in Tirol: K. *Schönherr*, in der Steiermark: R. H. *Bartsch*, P. *Rosegger*, in Schwaben: P. *Dörfler*, L. *Finckh*, A. J. *Lämmle* (* 1876, † 1962), W. *Schussen*, Auguste *Supper*, in der Schweiz: J. *Boßhart*, H. *Federer*, J. C. *Heer*, A.

Huggenberger, M. *Lienert*, J. *Schaffner*, E. *Zahn*. – Manche Einzelgänger jener Zeit sind schwer einzuordnen, so der westfäl. Vagant P. *Hille*, der lyrisch überquellende Weltenwanderer M. *Dauthendey*, der ahnungsreiche Phantast P. *Scheerbart* oder Ch. *Morgenstern*, der die grotesken „Galgenlieder" schrieb u. zugleich den „Stufen"-Weg eines Mystikers ging. Auch formal zeigt das damalige Schaffen eine erstaunliche Spannweite. In der Lyrik entstanden neben den strengen Oden eines R. *Borchardt* oder R. A. *Schröder* die verspielten Reime eines O. J. *Bierbaum* oder die Mittelachsenlyrik („Phantasus") u. das Neubarock („Dafnis") eines A. *Holz*. Klang- u. Bildwelten von tiefer Eigenart entfalteten St. *George*, R. M. *Rilke*, G. *Trakl*; rauschhaft verströmten sich R. *Dehmel* wie F. *Werfel*; in Schrei-Gedichten „ballte" A. *Stramm* die Worte u. zertrümmerte das Satzgefüge. Unter den Dramatikern blieb G. *Hauptmann* der naturalist. Menschengestalter („Die Ratten"), weitete aber seine Welt ins Traumhafte u. Symbolische („Und Pippa tanzt"). H. von *Hofmannsthal* führte nun, oft in Zusammenarbeit mit M. Reinhardt („Jedermann") u. R. Strauss („Rosenkavalier"), die österr.-span. Barocktradition fort. P. *Ernst* suchte im „absoluten Drama" mit Tragödien („Brunhild") u. religiösen Schauspielen („Ariadne auf Naxos") den seelischen Gehalt der Zeit zu verdichten. Urtüml.-Mythisches, so der Widerstreit von dumpf erdhafter Natur u. Geisteswelt („Der tote Tag"), gewann bei E. *Barlach* Umrisse. O. *Kokoschka* entwarf pantomim.-expressionist. Symbolszenen; Else *Lasker-Schüler* verwob Naturalistisches mit Visionärem („Die Wupper"); W. *Hasenclever* verlieh dem Generationenkonflikt („Der Sohn") das neue Pathos; R. J. *Sorge* kam vom lyrisch monologhaften Stationendrama („Der Bettler") zu religiöser Verkündigung. Andere Entwicklungsbahnen führten von F. *Wedekinds* grotesker Typisierung („Der Marquis von Keith") zu den im „Hackstil" geschriebenen Bürgerverhöhnungen C. *Sternheims* („Die Hose") u. zu G. *Kaiser* hin. Nicht minder vielgestaltig war das Romanschaffen: L. *Franks* „Räuberbande", G. *Hauptmanns* „Narr in Christo Emanuel Quint", H. *Hesses* „Camenzind", Friedrich *Huchs* „Pitt Fox", F. *Kafkas* „Amerika", E. von *Keyserlings* „Abendl. Häuser", E. G. *Kolbenheyers* „Pausewang", Th. *Manns* „Buddenbrooks" u. „Königliche Hoheit", H. *Manns* „Professor Unrat" u. „Die kleine Stadt", R. *Musils* „Zögling Törleß" oder R. M. *Rilkes* „Die Aufzeichnungen des Malte Laurids Brigge".

Durch den 1. Weltkrieg wurde bald das brüchige Verhältnis zwischen Staat, Volk u. Literatur offenbar. Anfangs herrschte vaterländ. Begeisterung, die am ursprünglichsten bei Arbeiterdichtern wie K. *Bröger*, H. *Lersch* oder M. *Barthel* hervorbrach; junge Menschen wie W. *Flex* („Der Wanderer zwischen beiden Welten") bezeugten ein idealist. Kriegserlebnis. Doch bald bevorzugte man zeitferne Bücher wie die „Indienfahrt" von W. *Bonsels* oder G. *Meyrinks* „Golem"; u. in den literar. Kreisen wurde der Expressionismus führend. J. R. *Becher* schrieb Verse der „Verbrüderung", M. *Brod* wies „Tycho Brahes Weg zu Gott", es erschienen A. *Döblins* rhapsod. China-Roman („Wang-lun"), A. *Edschmids* Novellen „Die sechs Mündungen", F. *Kafkas* „Verwandlung", F. von *Unruhs* bald verbotener „Opfergang" (von Verdun); man spielte bes. A. *Strindberg*, F. *Wedekind* u. G. *Kaiser* („Die Bürger von Calais"), ja sogar kriegsgegner. Werke wie R. *Goerings* „Seeschlacht" u. F. von *Unruhs* „Ein Geschlecht". In der Schweiz kämpften R. *Schickele* als Hrsg. der „Weißen Blätter" u. L. *Frank* als Erzähler gegen das Blutbad; in Zürichs *Cabaret Voltaire* wurde durch H. *Arp*, H. *Ball*, Emmy *Hennings*, R. *Huelsenbeck* u. a. der *Dadaismus* geboren. Für die Stimmung bei Kriegsende sind Titel bezeichnend wie: „Menschheitsdämmerung" (Anthologie von Kurt *Pinthus* [*1886]). „Der Zusammenbruch des dt. Idealismus" (P. Ernst), „Der Untergang des Abendlandes" (O. Spengler).

Die Literatur der zwanziger Jahre, lange geschmäht, dann als „goldene" verklärt, hat man als Übergang vom Expressionismus zu einer „neuen Sachlichkeit" oder zu „magischem Realismus" beschrieben; in ihr verschärften sich die Spannungen zwischen der sogenannten „Asphalt"-Literatur Berlins, das zumal mit seinen kühnen Theaterinszenierungen (L. Jessner, J. Fehling, E. Piscator) zu einem internationalen Experimentierfeld wurde, und der „Volks"-Literatur des „total platten Landes"; die polit. engagierte Literatur (H. *Mann*, H. *Grimm*, E. *Toller*, K. *Tucholsky*) wuchs an, u. das Kriegsbuch (E. *Jünger*, E. M. *Remarque*, L. *Renn*, W. *Beumelburg*, E. E. *Dwinger*, J. von der *Goltz*, G. von der *Vring*, J. M. *Wehner*, A. *Zweig*) hatte seine Stunde. Zugleich führten die alten Autoren von Rang ihr Werk fort, an sichtbarster Stelle G. *Hauptmann* (vom „Ketzer von Soana" bis „Vor Sonnenuntergang") u. Th. *Mann* (vom „Zauberberg" bis zur „Joseph"-Tetralogie, die den Mythos mit Humanität vereinen u. durch Ironie „umfunktionieren" soll); daneben erwiesen ihre Kraft u. Eigenart: E. *Barlach* („Der arme Vetter", „Der blaue Boll"), G. *Benn*, R. G. *Binding* („Erlebtes Leben"), A. *Döblin* („Berge, Meere u. Giganten", „Berlin Alexanderplatz"), P. *Ernst* („Erdachte Gespräche", „Das Kaiserbuch", „Der Heiland"), St. *George* („Das neue Reich"), H. *Grimm* („Volk ohne Raum", „Der Richter in der Karu"), H. *Hesse* („Demian", „Der Steppenwolf", „Die Morgenlandfahrt"), H. von *Hofmannsthal* („Der Schwierige", „Der Turm", „Andreas"), F. *Kafka* (Nachlaßwerke: „Amerika", „Der Prozeß", „Das Schloß"), G. *Kaiser* („Gas", „Oktobertag"), E. G. *Kolbenheyer* („Paracelsus"-Trilogie), H. *Mann*, R. *Musil* („Der Mann ohne Eigenschaften"), R. M. *Rilke* („Duineser Elegien", „Sonette an Orpheus"), A. *Schnitzler* („Fräulein Else"), W. von *Scholz* („Der Wettlauf mit dem Schatten", „Perpetua"), H. *Stehr* („Der Heiligenhof", „Nathanael Maechler"), E. *Strauß*, E. *Stucken* („Die weißen Götter"), J. *Wassermann* („Christian Wahnschaffe", „Der Fall Maurizius"), F. *Werfel* („Der Gerichtstag", „Verdi", „Barbara"), S. *Zweig* („Sternstunden der Menschheit"). Als neue Dramatiker eroberten die Bühnen bes. B. *Brecht* („Baal", „Die Dreigroschenoper"), F. *Bruckner* („Krankheit der Jugend", „Elisabeth von England") u. C. *Zuckmayer* („Der fröhliche Weinberg"), aber auch R. *Billinger* („Rauhnacht"). A. *Bronnen* („Vatermord"), B. *Frank*, Komödien von C. *Goetz* u. der „Gneisenau" von W. *Goetz*, H. von *Heiseler*, H. H. *Jahnn*, H. *Johst* („Thomas Paine"), *Klabund*, M. *Mell* („Das Apostelspiel"), A. *Neumann*, E. *Toller*, F. *Wolf* wurden gespielt. In der Lyrik erstarkte neben christl. Religiosität (Gottfried *Hasenkamp* [*1902], G. von *Le Fort*, R. *Schaumann*, R. A. *Schröder*, K. *Weiß*) eine neue Naturmythik (R. *Billinger*, G. *Britting*, A. von *Hatzfeld*, O. *Loerke*, F. *Schnack*, G. *Zernatto*), andererseits lebte das bänkelsänger. Gebrauchsgedicht, Chanson wie Song, auf (B. *Brechts* „Hauspostille", E. *Kästner*, W. *Mehring*, J. *Ringelnatz*, K. *Tucholsky*). Manche der neuen Autoren waren ebenso gute Erzähler wie Lyriker, so G. *Britting*, H. *Carossa* („Eine Kindheit"), M. *Hausmann* („Lampioon küßt Mädchen u. kleine Birken"), A. *Schaeffer* („Helianth") oder Ina *Seidel* („Weltinnigkeit", „Das Wunschkind"). Bes. groß war der Einfluß von K. Hamsun bei F. *Griese* („Winter"), K. H. *Waggerl* oder auch bei E. *Wiechert*. Mannigfach vergegenwärtigte man Vergangenes: H. F. *Blunck* („Urvätersaga"), F. A. *Schmid-Noerr* („Frau Perchtas Auszug"), W. *Vesper* („Das harte Geschlecht"); A. *Neumann* („Der Teufel"), J. *Ponten* („Die Bockreiter"), L. *Feuchtwanger* („Jud Süß") oder W. von *Molo* („Fridericus"-Trilogie). Andere durchleuchteten die eigene Zeit, ihre Not u. ihren Wertezerfall: H. *Broch* („Die Schlafwandler"), H. *Fallada* („Kleiner Mann – was nun?"), O. *Flake*, L. *Frank*, E. *Glaeser* („Jahrgang 1902"), H. *Kesten*, R. *Neumann*, J. *Roth* („Radetzkymarsch"), R. *Schickele* („Das Erbe am Rhein"), Anna *Seghers*, O. *Stoeßl*, O. von *Taube*, F. *Thiess*. Humor zeigten E. *Penzoldt* („Die Powenzbande") oder J. *Winckler* („Der tolle Bomberg").

Von 1933–1945 war die deutschsprachige Literatur in bisher unbekanntem Ausmaß politischen Einwirkungen ausgesetzt. Die nationalsozialist. „Reichsschrifttumskammer", die alle inländ. Veröffentlichungen kontrollierte, forderte u. förderte nur „staatspolit. wertvolles" Schrifttum, das in „Blut u. Boden" verwurzelt sein u. den Idealen der „nord. Rasse" entsprechen sollte; sie unterdrückte alles, was als „nichtarisch", als ästhetenhaft, intellektualistisch, als „entartet" erschien. Die Folge war einerseits eine konjunkturbedingte Gesinnungsliteratur, andererseits Emigration ins Ausland oder mehr oder minder „nach innen". Jene Autoren, die bereits internationales Ansehen besaßen, wurden für die Exilliteratur zur stärksten Stütze. B. *Brecht* etwa verfaßte nun „Das Verhör des Lukullus", „Mutter Courage", „Leben des Galilei". Von den Brüdern Th. u. H. *Mann* vollendete Thomas seinen „Joseph"-Zyklus, schuf „Lotte in Weimar" u. deutete im „Doktor Faustus" die eigene Zeit; Heinrich gestaltete seine polit. Ideale im „König Henri Quatre". Weitere Welterfolge hatten L. *Feuchtwanger*, H. *Kesten*, E. *Ludwig*, A. *Neumann*, R. *Neumann*, Anna *Seghers* („Das siebte Kreuz"), F. *Werfel* („Der veruntreute Himmel", „Das Lied von Bernadette"), A. *Zweig* u. S. *Zweig* („Die Welt von gestern"). Manches Werk, z. B. H. *Brochs* „Tod des Vergil", erschien in engl. Übersetzung eher als in dt. Sprache. Andere Emigranten behaupteten sich „draußen" aber nur schwer, so A. *Döblin*, O. M. *Graf* („Das Leben meiner Mutter"), J. *Roth*, A. *Schaeffer*, R. *Schickele*, F. von *Unruh*, P. *Zech*. Bes. Lyrik kam selten zum Druck, obgleich hier neben Erbitterung (J. R. *Becher*, B. *Brecht*, S. *Hermlin*, E. *Weinert*) auch die Not des Vertriebenendaseins manchen ergreifenden Ausdruck fand (M. *Herrmann-Neiße*, Theodor *Kramer* [*1897, †1958], Else *Lasker-Schüler*, Nelly *Sachs*, K. *Wolfskehl*, P. *Zech*). Und für die Dramatiker – B. *Brecht*, F. *Bruckner*, G. *Kaiser* („Der Soldat Tanaka"), F. *Werfel* („Jacobowsky u. der Oberst"), F. *Wolf* („Professor Mamlock"), C. *Zuckmayer* – stand als deutschsprachige Bühne von Rang fast nur das von O. Wälterlin geleitete Züricher Schauspielhaus zur Verfügung. – Innerhalb des „Reiches", wo sich meist jugendl. Poeten (Heinrich *Anacker* [*1901], Hans *Baumann* [*1914], Herbert *Böhme* [*1907], Gerhard *Schumann* [*1911]) mit Trommel- u. Fanfarenklängen sowie Sprechchören an Symbolen geeinter Macht berauschten, kamen die älteren Autoren (darunter H. *Carossa*, K. *Edschmid*, H. *Fallada*, O. *Flake*, F. *Griese*, G. *Hauptmann*, E. G. *Kolbenheyer*, Gertrud von *Le Fort*, Agnes *Miegel*, W. *Schäfer*, Ina *Seidel*, H. *Stehr*, E. *Strauß*, F. *Thiess*, K. H. *Waggerl*) den offiziellen Forderungen doch nur bedingt entgegen, ja einige, die der Partei zuerst als vorbildlich galten, wagten sich merklich zu distanzieren, so E. *Jünger* („Auf den Marmorklippen") oder E. *Wiechert* („Das einfache Leben").

Der Titel „Das Innere Reich" einer 1934 gegründeten Zeitschrift (Hrsg. P. *Alverdes* u. K. B. von *Mechow*) kennzeichnet die Lage: man zog sich auf die Innerlichkeit, die „ewigen Werte", auf die Natur u. die reine Sprache des Gedichts zurück. Es erschienen danach Lyrikbände von G. *Benn*, W. *Bergengruen*, R. G. *Binding*, F. *Bischoff*, G. *Britting*, H. *Claudius*, A. *Goes*, M. *Hausmann*, Ricarda *Huch*, F. G. *Jünger*, H. *Kasack*, W. *Lehmann*, H. *Leifhelm*, H. *Leip*, O. *Loerke*, W. von Niebelschütz, Oda *Schäfer*, A. u. F. *Schnack*, R. A. *Schröder*, W. *Szabo*, von *Taube*, F. *Usinger*, von der *Vring*, K. *Weiß*, J. *Weinheber* („Adel u. Untergang", „Zwischen Göttern u. Dämonen"). Vielgesichtig wurde die Gestaltung histor. Welten, sei es als zeitgemäße Umdeutung, als „Flucht in die Geschichte" oder als krit. Aussage zur eigenen Zeit; histor. Erzählwerke stammten etwa von H. *Benrath*, W. *Bergengruen* („Der Großtyrann u. das Gericht", „Am Himmel wie auf Erden"), Josefa *Berens-Totenohl*, H. F. *Blunck*, O. *Brües*, F. von *Gagern*, J. *Klepper* („Der Vater"), H. *Leip* („Das Muschelhorn"), O. *Rombach*, F. A. *Schmid-Noerr*, R. *Schneider* („Las Casas vor Karl V."), E. *Stickelberger*, F. *Thiess* („Tsushima"). Auch im Drama bevorzugte man Historisches u. Mythisches (E. *Bacmeister*, F. *Bethge*, B. von *Heiseler*, G. *Hauptmann* [Atriden-Tetralogie], H. *Johst*, E. G. *Kolbenheyer*, C. *Langenbeck*, H. *Rehberg*), jedoch war handfeste Volksunterhaltung (A. *Hinrichs* „Krach um Jolanthe") weit erfolgreicher. Unglückselig mit Politik verquickt war die Pflege auslandsdt. Literatur, so die der Sudetendeutschen (B. *Brehm*, E. *Merker*, J. *Mühlberger*, W. *Pleyer*, H. *Watzlik*) oder die Siebenbürgens (A. *Meschendorfer*, E. *Wittstock*, H. *Zillich*); auslandsdt. Schicksale insgesamt suchte J. *Ponten* in einem Romanzyklus „Volk auf dem Wege" zu erfassen. Viel begehrt war Humor, wie ihn E. *Heimeran*, K. *Kluge* („Herr Kortüm"), E. *Roth* oder H. *Spoerl* zeigten. Allen Hemmungen zum Trotz gewannen manche neue Talente Ansehen: St. *Andres* („Wir sind Utopia"), J. M. *Bauer* (auch viele Hörspiele), F. *Bischoff*, H. von *Doderer*, W. *Helwig*, Marie Luise *Kaschnitz*, W. *Koeppen*, W. *Kramp* („Die Fischer von Lissau"), E. *Kreuder*, K. *Kusenberg*, F. *Lampe*, H. *Lange* („Schwarze Weide"), Elisabeth *Langgässer*, J. *Leitgeb*, E. *Schaper*, A. *Scholtis* („Baba u. ihre Kinder"), H. *Stahl*, E. *Welk*, A. *Winnig*.

D a s J a h r 1 9 4 5 bildet auch für die Literatur einen tiefen Einschnitt; einigen, die einen „Kahlschlag im literar. Dickicht" (W. *Weyrauch*) verlangten, galt es sogar als das Jahr Null. Nach so viel Propaganda, Pathos u. geistigem Zwang wurde um so intensiver das erlebte Grauen, die Leere u. das Doppelbödige des Daseins bewußt. Eine „Trümmerliteratur" des Grau in Grau entsprach einer nun vorherrschenden Existenzphilosophie vom Menschen, der in die Welt „geworfen" ist, bzw. dem von J. P. *Sartre* ausgeprägten „Existentialismus", u. zur zeittyp. Dichtung wurden die paradoxen, ja absurden Parabeln des bereits 1924 verstorbenen F. *Kafka*. Rasch verbreiteten sich die bislang kaum zugängl. Werke der Emigranten u. des Auslands (E. Hemingway, W. Faulkner, Th. Wilder, T. S. Eliot; J. Giraudoux, J. Anouilh), u. als erste Nachkriegsromane erschienen: Th. *Plieviers* sachgetreue „Stalingrad"-Reportage, E. *Wiecherts* „Jerominkinder" u. „Missa sine nomine", weichklagend u. naturreligiös, H. *Kasacks* surrealist., fernöstl. empfundene „Stadt hinter dem Strom", dann als kath. u. frauliche Zeitdeutung „Das unauslöschliche Siegel" der Elisabeth *Langgässer*, grell realist. u. apokalypt. zugleich, u. von *Le Forts* „Kranz der Engel", schließlich Utopisches wie Th. *Hesses* „Glasperlenspiel", F. *Werfels* „Stern der Ungeborenen" oder E. *Jüngers* „Heliopolis". An Lyrik traten zumal Zeitgedichte hervor (J. R. *Becher*, W. *Bergengruen*, R. *Hagelstange*, St. *Hermlin*, H. E. *Holthusen*, Marie Luise *Kaschnitz*, Nelly *Sachs*, R. *Schneider*), auch Werke aus dem Nachlaß Verfolgter (A. *Haushofers* „Moabiter Sonette", Gertrud *Kolmar*). Auf den Bühnen sah man W. *Borcherts* trostlos monolog. Heimkehrerstück „Draußen vor der Tür" u. C. *Zuckmayers* „Des Teufels General", daneben Stücke von B. *Brecht* („Herr Puntila u. sein Knecht Matti"), M. *Frisch* („Nun singen sie wieder"), F. *Hochwälder*, G. *Weisenborn*. Manche nahezu Vergessene wie E. *Barlach* („Der Graf von Ratzeburg"), R. *Borchardt*, H. *Broch*, F. *Bruckner*, E. *Canetti*, S. *Heym*, K. *Kraus*, Else *Lasker-Schüler*, R. *Musil*, K. *Tucholsky*, R. *Walser*, K. *Weiß*, K. *Wolfskehl* rückten neu ins Bewußtsein. Leidenschaftl. umkämpfte man G. *Benn* („Statische Gedichte", „Der Ptolemäer"), E. *Jünger* („Strahlungen") u. in anderer Hinsicht auch Th. *Mann* („Der Erwählte", „Bekenntnisse des Hochstaplers Felix Krull"); ins Gespräch kamen ferner St. *Andres*, H. *Arp*, W. *Bergengruen* („Der letzte Rittmeister"), H. *Broch* („Die Schuldlosen"), A. *Döblin*, H. von *Doderer* („Die Dämonen"), A. *Goes* („Unruhige Nacht"), A. P. von *Gütersloh* („Sonne u. Mond"), B. von *Heiseler* („Versöhnung"), H. H. *Jahnn* („Fluß ohne Ufer"), F. G. *Jünger*, E. M. *Remarque* („Arc de Triomphe"), H. *Risse*, E. von *Salomon* („Der Fragebogen"), E. *Schaper*, Ina *Seidel* („Das unverwesliche Erbe"), A. V. *Thelen*, F. *Tumler*, F. u. F. F. von *Unruh* u. A. *Zweig*.

Unterdes war die d. L. erneut aufgespalten worden: Denn da man in der Deutschen Demokratischen Republik den „sozialist. Realismus" zur Norm erklärt hatte, wurde dort alles, was sich dem neuen Dogma nicht unterordnen ließ, als formalist. oder spätkapitalist. Verfallskunst verurteilt u. ferngehalten. Literatur u. Kunst galten als Waffen im Klassenkampf, Kunst, Arbeit u. Politik sollten miteinander verschmolzen werden, u. durch fachgemäße Anleitung (den „Bitterfelder Weg", nach einer 1959 in Bitterfeld abgehaltenen Konferenz) hoffte man, die Werktätigen selbst zu polit. aktivierten Darstellern u. Gestaltern ihrer Arbeitswelt heranbilden zu können. Nach dem Vorbild des späten B. *Brecht* u. gemäß seiner Theorie vom „epischen Theater" entstanden sozialist. Lehrstücke zur Veränderung der gesellschaftl. Zustände, u. man spielte „Agitprop-Theater", das mit dem Ziel des kommunist. Endsiegs Tagesfragen, etwa auch solche der Produktionsverbesserung in Fabrik u. Landwirtschaftsbetrieb, aufgreift (Helmut *Baierl* [*1926], P. *Hacks*, A. *Matusche*, Heiner *Müller* [*1929], F. *Wolf*, Hedda *Zinner* [*1907]). Ebenso wurden die Erzähler der DDR auf marxist. Bewußtseinsbildung hin ausgerichtet, sowohl die älteren (B. *Apitz*, W. *Bredel*, E. *Claudius*, Louis *Fürnberg* [*1907], H. *Marchwitza*, L. *Renn*, Adam *Scharrer* [*1889, †1948], Anna *Seghers*, B. *Uhse*, F. C. *Weiskopf* [*1900, †1955]), die fast alle vorher Emigranten waren, als auch die Vertreter der jüngeren Generation (F. *Fühmann*, Wolfgang *Joho* [*1908], H. *Kant*, G. *Kunert*, Erik *Neutsch* [*1931], Dieter *Noll* [*1927], Christa *Wolf* [*1929]). In der Lyrik freilich gab es neben Kampflied, Sprechchor, polit. Chanson, neben Satire, Verhöhnung u. Appell (*Kuba*, E. *Weinert*, auch der durchaus nicht linientreu fügsame W. *Biermann*) manche differenzierteren u. stilleren Töne, schon bei J. R. *Becher* u. B. *Brecht*, dann bei E. *Arendt*, Helmut *Bartuschek* (*1905), J. *Bobrowski*, St. *Hermlin*, P. *Huchel*, Heinz *Kahlau* (*1931), G. *Kunert*, Reiner *Kunze* (*1933), Georg *Maurer* (*1907), Christa *Reinig* (seit 1964 in der BRD).

Innerhalb der pluralist. Literatur im Westteil des dt. Sprachraums wirkten sich höchst verschiedene Tendenzen aus. In der Lyrik etwa bewährte sich lebendige Sprachkraft noch oft in mehr oder minder überkommenen Formen, so bei W. *Bergengruen*, G. *Britting*, H. *Claudius*, A. *Goes*, M. *Hausmann*, Marie Luise *Kaschnitz*, E. *Kästner*, M. *Kessel*, W. *Lehmann*, W. von *Niebelschütz*, E. *Roth*, G. *Schwarz*, G. von der *Vring*. Anderseits mehrten sich die Experimente, sprachl. Neuland zu erobern u. die bisherige Gattungspoetik aufzulösen. So wird denn in den Reduktionen, Konstellationen, Textschliffen oder in der Letterngrafik „konkreter Lyrik" (E. *Gomringer*, H. *Heissenbüttel*, E. *Jandl*, Friederike *Mayröcker* [*1924], F. *Mon*, ferner die „Wiener Gruppe" mit H. C. *Artmann*, K. *Bayer*, Gerhard *Rühm* [*1930], Oskar *Wiener* [*1935]; schließl. die Computer-Poesie von M. *Bense*) eine „reine Schönheit" des Sprachmaterials im abstrahierten Wortstilleben angesteuert, bei der alles Metaphys. u. Sinndeutende, ja die Mitteilungsfunktion überhaupt belanglos u. zum Ballast wird. Doch neben solchen antimetaphys. Sprachingenieuren oder auch -jongleuren kamen zahlreiche Lyriker zu Wort, die eigene Aussage mit moderner Sageweise vereinten; sie waren zumeist von der Chiffrensprache G. Trakls, von G. Benn, vom Dadaismus oder Surrealismus beeinflußt. Hierher gehören: Ingeborg *Bachmann* („Die gestundete Zeit"), P. *Celan* („Sprachgitter"), H. *Domin*, H. M. *Enzensberger* („Landessprache"), W. *Höllerer*, H. P. *Keller*, K. *Krolow*, E. *Meister*, H. *Piontek*, P. *Rühmkorf*. – Von ähnl. Vielfalt ist die Bühnenliteratur. Spitzenerfolge hatten die Schweizer F. *Dürrenmatt* („Besuch der alten Dame", „Die Physiker") u. M. *Frisch* („Andorra", „Biografie") mit ihren oft Absurdes u. Groteskes einbauenden Tragikomödien u. Parabelstücken. Starkes Interesse fanden auch die zeitgeschichtl. Dokumentarstücke, wie sie T. *Dorst* („Toller"), H. M. *Enzensberger* („Verhör in Havanna"), G. *Grass* („Die Plebejer proben den Aufstand"), R. *Hochhuth* („Der Stellvertreter", „Soldaten"), H. *Kipphardt* („In der Sache J. R. Oppenheimer"), P. *Weiß* („Marat", „Die Ermittlung") geboten haben. Unter den mannigfachen Theaterexperimenten („Anti-Theater", engagiertes „Straßentheater") erregten das meiste Aufsehen die Sprechstücke („Publikumsbeschimpfung", „Kaspar") u. Pantomimen von P. *Handke*. Vielgespielt wurden zudem: L. *Ahlsen*, W. *Altendorf*, H. *Asmodi*, U. *Becher*, M. *Braun*, R. *Hey*, W. *Hildesheimer*, S. *Lenz* („Zeit der Schuldlosen"), E. *Sylvanus*, Dieter *Waldmann* (*1926, †1971), K. *Wittlinger*. Fast jeder dieser Autoren schrieb auch Hör(oder Fernseh-) spiele; bes. ausgezeichnet haben sich in dieser neuen Darbietungsform: Ilse *Aichinger*, Ingeborg *Bachmann* („Der gute Gott von Manhattan"), H. *Böll*, G. *Eich* („Träume", „Die Mädchen aus Viterbo"), F. *Habeck*, F. *Hiesel*, P. *Hirche*, F. von *Hoerschelmann*, Otto Heinrich *Kühner* (*1921), B. *Meyer-Wehlack*, D. *Wellershoff*, W. *Weyrauch*, E. *Wickert*. Hier wie bei den westdt. Erzählern insgesamt nehmen Vergangenheitsbewältigung, Suche nach neuer Menschlichkeit u. bewußt schokkierende zeitkrit. Bestandsaufnahme themat. den breitesten Raum ein. Das gilt sogar für jene Schriftsteller (H. *Habe*, H. H. *Kirst*, R. *Neumann*, J. M. *Simmel*), die zu internationalen Millionenauflagen gelangt sind. Zahlreiche Erzähler erwarben sich dabei einen guten Ruf: Ilse *Aichinger*, A. *Andersch* („Sansibar"), E. *Augustin*, H. *Bender*, H. *Böll* („Ansichten eines Clowns"), H. von *Cramer*, H. *Eisenreich* („Böse schöne Welt"), G. *Gaiser* („Der Schlußball"), G. *Grass* („Die Blechtrommel", „Hundejahre"), H. *Hartung*, W. *Jens*, U. *Johnson* („Mutmaßungen über Jakob", „Jahrestage"), W. *Koeppen* („Tauben im Gras"), R. *Krämer-Badoni*, A. *Kluge*, S. *Lenz* („Deutschstunde"), H. *Lipinski-Gottersdorf*, H. E. *Nossack* („Spirale"), J. *Rehn*, H. W. *Richter*, Luise *Rinser*, P. *Schallück*, A. *Schmidt* („Zettels Traum"), W. *Schnurre*, M. *Walser*, P. *Weiß*, Gabriele *Wohmann*. Schließl. noch einige Namen aus der Nachwuchsgeneration: R. *Baumgart*, J. *Becker*, Th. *Bernhard*, P. *Bichsel*, M. *Bieler*, H. *Bienek*, H. *Bingel*, R. D. *Brinkmann*, P. O. *Chotjewitz*, Gisela *Elsner* (*1937), H. *Fichte*, P. *Härtling*, H. *Heckmann*, Günter *Herburger* (*1932), Dieter *Lattmann* (*1926), Reinhard *Lettau* (*1929), Jakov *Lind* (*1927), G. *Seuren*, Thomas *Valentin* (*1922), Wolf *Wondratschek* (*1943). – 📖 3.1.1.

Deutsche Lufthansa AG, Abk. *DLH*, dt. Luftverkehrsgesellschaft, am 6. 1. 1926 entstanden aus dem Zusammenschluß der *Dt. Aero-Lloyd AG* u. der *Junkers Luftverkehrs AG*. Bis 1945 dt. Einheitsgesellschaft für den zivilen Luftverkehr mit weitverzweigtem europ. Streckennetz; eröffnete am 3. 2. 1934 den ersten planmäßigen Südatlantik-Luftpostdienst. Aus der 1953 gegr. Gesellschaft für Luftverkehrsbedarf ging 1954 in der BRD die neue DLH hervor, die den Inlandsdienst betreibt u. mit Strahlflugzeugen Strecken in Europa, nach Nord- u. Südamerika, Nah- u. Fernost sowie nach Afrika u. Australien befliegt; Grundkapital: 600 Mill. DM (zu 74% im Besitz des Bundes). In der DDR wurde 1954 ebenfalls eine Ges. „Deutsche Lufthansa" gegr., die 1963 aufgelöst wurde. →auch Interflug GmbH.

Deutsche Mark, Abk. *DM*, 1948 durch die Währungsreformen in West-Dtschld. u. in der SBZ anstelle der *Reichsmark* eingeführte dt. Währungseinheit; 1 DM = 100 *Pfennig*. In der DDR wurde die DM 1964 durch die *Mark der Deutschen Notenbank* u. 1968 durch die *Mark der DDR* abgelöst.

Deutsche Messe, Gottesdienstordnung M. Luthers (1526).

Deutsche Mitternachtsmission, Verband innerhalb der ev. Inneren Mission, der durch Auswüchse des Großstadtlebens gefährdeten Menschen durch Beratung helfen will.

deutsche Mundarten. Die Gliederung des dt. Sprachraums in Mundarten (Dialekte) ist im wesentl. das Ergebnis der 2. →Lautverschiebung, die sich in Ober-Dtschld. (O b e r d e u t s c h) vollständig, in Mittel-Dtschld. (M i t t e l d e u t s c h) z.T., in Nieder-Dtschld. (N i e d e r d e u t s c h) gar nicht durchgesetzt hat. Die Grenze zwischen Niederdeutsch u. Mitteldeutsch *(Benrather Linie)* verläuft von Aachen über Benrath in östl. Richtung nördl. von Siegen, Kassel, Harz, südl. von Magdeburg und dann nach NO. Im allgemeinen unterscheidet man folgende d. M. (nach dem Stand des dt. Sprachgebiets bis 1945):

- Oberdeutsch
  - Bairisch(Bay[e]risch)-Österreichisch
    - Südbairisch: Tirolisch, Kärntnerisch, Steiermärkisch
    - Mittelbairisch: Ober- und Niederbairisch, Ober- und Niederösterreichisch
    - Nordbairisch: Oberpfälzisch
  - Alemannisch
    - Hochalemannisch: Südelsässisch, Südbadisch, Vorarlbergisch, Schweizerdeutsch (ohne Basel)
    - Niederalemannisch: Mittelelsässisch, Nordbadisch, Südwürttembergisch
    - Schwäbisch (NO-Württemberg)
- Mitteldeutsch
  - Westmitteldeutsch
    - Ostfränkisch: Oberfränkisch (in Bayerisch-Franken, NW-Baden, NW-Württemberg), Vogtländisch
    - Rheinfränkisch: Hessisch, Lothringisch, Rheinpfälzisch, Nordelsässisch
    - Mittelfränkisch: Moselfränkisch (um Trier, in Luxemburg), Ripuarisch (um Köln und Aachen)
  - Ostmitteldeutsch
    - Thüringisch (Thüringen zwischen südl. Harz, Rhön und Saale)
    - Obersächsisch (Sachsen, südl. Brandenburg)
    - Schlesisch: Neiderländisch, Gebirgsschlesisch
    - Berlinisch
- Niederdeutsch
  - Niederfränkisch: jetzt selbständige Sprache in den Niederlanden (→auch niederländische Sprache) und in einem Teil Belgiens (→auch flämische Sprache)
  - Niedersächsisch
    - Westniederdeutsch: Westfälisch, Ostfälisch, Nordniedersächsisch, Holsteinisch, Ostfriesisch
    - Ostniederdeutsch: Mecklenburgisch, Pommersch, Brandenburgisch oder Märkisch, Ostpreußisch. – 📖 3.8.4.

deutsche Musik, die Musik des dt. Sprach- u. Kulturbereichs. Die d. M. gewann zum erstenmal eigenen Charakter, als im 9. Jh. anläßl. der Christianisierung aus dem Zusammentreffen des german. Helden- u. Preislieds mit dem von der Kirche geübten gregorian. Choral die Sequenzkunst St. Gallens aufblühte. Danach kam es erst im 12. Jh. wieder zu einer eigenen Leistung, als unter Einbeziehung des reichen Volksliederschatzes der *höfische Minnesang* des *Walther von der Vogelweide, Neidhart von Reuental, Wolfram von Eschenbach, Hartmann von Aue, Heinrich von Veldeke* u.a. entstand. Die Fortbildung des Minnesangs in der Welt des städt. Bürgertums war der *Meistergesang* des 15. u. bes. des 16. Jh. Bekannte Meister waren Hans *Folz,* Hans *Rosenplüt* u. vor allem Hans *Sachs*.

In der Zwischenzeit wirkte sich, zunächst in der Kirchenmusik, die von den Niederländern ausgehende *Polyphonie* aus. Ihr Hauptvertreter wurde in München *Orlando di Lasso*. Daneben standen als Orgelmeister K. *Paumann* u. als Schöpfer des neuen mehrstimmigen Liedes H. *Finck,* H. *Isaac,* P. von *Hofhaimer,* Th. *Stoltzer* u. die unbekannten Meister des Lochamer (entstanden um 1460) u. Glogauer (entstanden um 1477–1488) Liederbuchs. Mit dem Protestantismus begann der Einfluß des luther. Chorals auf die d. M. (J. *Walther,* S. *Dietrich,* Lukas *Osiander,* *1534, †1604).

Das Kirchenlied, als Bekenntniswort bis zur Mitte des 17. Jh. der Mittelpunkt der ev. Kirchenmusik, bestimmte in Choralbearbeitung, Choralvorspiel u. Liedmotette weitgehend die musikal. Formen des ev. Gottesdienstes. Meister dieser kirchl. Kunstrichtung waren M. *Franck,* J. H. *Schein,* J. *Crüger* u. a. Neben den Anregungen, die die Komponisten von diesen in ev. Gesangsbüchern zusammengestellten Chorälen empfingen, wurden die polyphonen Liedsätze Orlando di Lassos zum Vorbild u. beeinflußten das Schaffen von L. *Lechner,* J. *Eccard* u. M. *Praetorius* (gleichzeitig bedeutender Theoretiker, der in seinem „Syntagma musicum" 1615–1620 einen ausgezeichneten Überblick über die Musik, das Musikleben u. das Instrumentarium seiner Zeit gab).

Nach 1610 gewannen die neuen Stilmerkmale aus Italien mehr u. mehr an Einfluß (großer Klangaufwand, konzertantes Musizieren, Generalbaß). Dies zeigt sich, nach den Mottenkompositionen u. a. von H. L. *Haßler,* bes. im geistl. Konzert, daneben auch in Oratorien u. Passionen. Von entscheidender Bedeutung für die Durchsetzung der neuen Stilelemente war das Werk von H. *Schütz,* J. H. *Schein* u. S. *Scheidt*. Neben sie traten viele andere: auf dem Gebiet des Orgel- u. Klavierspiels J. J. *Froberger,* J. *Pachelbel,* D. *Buxtehude,* J. A. *Reinken,* Nicolaus *Bruhns* (*1665, †1697), Georg *Böhm* (*1661, †1733), J. K. von *Kerll,* J. C. F. *Fischer,* J. *Kuhnau* u. a., auf dem Gebiet der Instrumentalmusik u. der Sonate J. *Walther,* J. *Rosenmüller,* J. *Kuhnau* u. a.

Eine dt. Oper vermochte sich trotz R. *Keisers* Versuchen gegen den italien. Einfluß nicht durchzusetzen. Zwar gab es Zentren der Opernpflege in Dtschd., u. die Werke waren von dt. Musikern komponiert, jedoch meist völlig in italien. Stil, z. T. auch mit französ. Einflüssen. So wirkten an der Hamburger Oper Nicolaus Adam *Strungk* (*1640, †1700), J. *Theile,* Johann Sigismund *Kusser* (*1660, †1727), R. *Keiser,* G. Ph. *Telemann* u. a., in Leipzig N. A. Strungk, Johann David *Heinichen* (*1683, †1729), Johann Georg *Pisendel* (*1687, †1755), G. Ph. Telemann, in Dresden vor allem J. A. *Hasse*. Auch Wien stand völlig unter dem Einfluß Italiens.

Ebenso machten sich Strömungen von seiten des höfischen Balletts nach französ. Muster bemerkbar. Bei J. A. Hasse u. K. H. *Graun* ging auch die dt. Passion ins italien. Oratorio über. J. K. von Kerll brachte diese Form nach München u. Wien, Christoph *Bernhard* (*1627, †1692) nach Hamburg, wo sich das Oratorium unter R. Keiser, Johann *Mattheson* (*1681, †1764) u. G. Ph. Telemann zu hoher Blüte entwickelte. Einen ähnl. Weg nahm die Kantate. Von H. Schütz' Formenwelt ausgehend, entwickelte sie sich in Sachsen u. Thüringen: Andreas *Hammerschmidt* (*1611, †1675), Johann Rudolph *Ahle* (*1625, †1673), Johann *Schelle* (*1648, †1701), Sebastian *Knüpfer* (*1632, †1676), A. *Krieger,* J. *Kuhnau,* Friedrich Wilhelm *Zachow* (*1663, †1712), im N unter Thomas *Selle* (*1599, †1663), Matthias *Weckmann* (*1619, †1674), C. *Bernhard,* Franz *Tunder* (*1614, †1667), D. *Buxtehude,* N. *Bruhns;* im S mit Johann Erasmus *Kindermann* (*1616, †1655). Mit G. Ph. Telemann, vor allem aber mit J. S. Bach, erreichte die Kantate ihren Entwicklungshöhepunkt. Die beiden überragenden Meister des Barocks waren J. S. *Bach* (Orgel- u. Klavierwerke, Kammermusik, Orchesterwerke, Kantaten u. Passionen) u. G. F. *Händel* (Opern, Oratorien, Passionen, Solo-, Triosonaten, Concerti grossi, Orchesterkonzerte, Orgelkonzerte, Orgel- u. Klavierwerke), dessen Schaffen seinen Höhepunkt in England fand.

Auf das Barock folgte hundert Jahre später die Wiener Klassik. Den Übergang bildeten das Rokoko (französ. u. österr. Rokoko), Empfindsamkeit, Sturm u. Drang u. Vorklassik. Stilelemente dieser Zeit sind im Schaffen von Komponisten wie den *Söhnen J. S. Bachs,* bei Telemann, Keiser, Hasse, Graun, bei vielen Bach-Schülern u. a. zu erkennen. Wichtig wurde bes. die Mannheimer Schule mit Joh. u. A. *Stamitz,* Franz Christoph *Neubauer* (*um 1750, †1795), K. *Ditters von Dittersdorff,* F. X. *Richter* u. C. *Cannabich,* an die sich später die sinfon. Kunst J. *Haydns,* W. A. *Mozarts* u. L. van *Beethovens* anschloß. Mit dem Wiener Dreigestirn begann das Jahrhundert der klass. u. romant. Musik, das erst mit R. Wagner u. R. Strauss allmähl. ausklang.

Alle musikal. Formen, nach Einführung des 2. Themas bes. Sonate u. Sinfonie, aber auch Oper u. kammermusikal. Kompositionen, erlebten eine Blütezeit, u. wie C. W. *Glucks* Opernreform von Wien nach Paris ausstrahlte, so wurde in Dtschd. das Singspiel im N von der engl. „Beggar's Opera", im S vom Wiener Singspiel herkommend, zur vorbereitenden Gattung für Mozarts Opern u. schließl. für Beethovens „Fidelio". Das Singspiel beeinflußte auch, bes. in Wien, neben der Volksliedbewegung (Herder, Goethe), die vor allem in Dtschld. wirksam wurde, die Liedkomposition der 2. Hälfte des 18. bis ins 19. hinein (Berliner u. Wiener Liederschulen).

Die Epoche der Romantik ist durch die beginnende Auflösung der Formen zugunsten des Klangs gekennzeichnet. Das führte über reichhaltigere Instrumentation mit neu hinzugekommenen und technisch verfeinerten Instrumenten zur Programmusik, die im Werk von R. Strauss gipfelte. Die gleiche Bedeutung hatte die Entwicklung von der Oper C. M. von *Webers* über H. *Marschner,* O. *Nicolai* zum Musikdrama R. *Wagners,* das seine Fortsetzung durch H. *Pfitzner,* E. d'*Albert* u. R. *Strauss* erfuhr. Die Mannigfaltigkeit des Stils in der Romantik trat in der Kammermusik u. im Lied zutage, wenn man die auf diesen Gebieten bes. fruchtbaren Komponisten vergleicht, wie F. *Schubert,* R. *Schumann,* F. *Mendelssohn-Bartholdy,* F. *Liszt,* H. *Wolf,* M. *Reger* u. R. *Strauss*. Komponisten, die direkt an die Klassik anknüpften, findet man lediglich bei J. *Brahms* u. A. *Bruckner*. Einer der Komponisten des Übergangs von der Romantik zur Gegenwart war G. *Mahler,* der als letzter Komponist die Sinfonie in den Mittelpunkt seines Schaffens stellte.

Die Gegenwart ist durch mehrere Richtungen gekennzeichnet. Der auf den einen Seite knüpft man an die Tradition an, so etwa P. *Graener,* J. *Haas,* Ph. *Jarnach,* E. *Pepping*. Andere Komponisten wandten sich radikal neuen Versuchen zu, so z. B. die Österreicher A. *Schönberg,* A. von *Webern* u. A. *Berg,* die nach dem Zwölftonprinzip komponierten. Um die Mitte des 20. Jh. führten Komponisten wie E. *Krenek,* der Sinfoniker K. A. *Hartmann,* B. A. *Zimmermann* u. viele andere die Tradition der Wiener Schule Schönbergs fort. H. *Eisler* u. W. *Zillig* schrieben neben Werken der Zwölftonmusik auch tonale Film- u. Theatermusik. Eine Verbindung von Atonalität u. linearer Kontrapunktik unter Einbeziehung rhythm. Erneuerungsversuche ist in Werken von P. *Hindemith,* J. N. *David,* H. *Distler,* K. *Marx,* C. *Orff* u. a. zu erkennen. B. *Blacher* systematisierte variable Metren. Während Komponisten wie H. W. *Henze* u. G. *Klebe* trotz aller Neuerungen an den traditionellen Tonsatztypen festhalten, verzichten die Komponisten der seit 1950 entwickelten elektronischen u. seriellen Musik auf alle herkömmlichen Elemente wie Thematik u. Durchführung. Als bekanntester Komponist dieser Richtung gilt K. *Stockhausen*. Eine neue Klangwelt wurde durch die Verwendung elektronischer Instrumente erschlossen. Seit 1958 macht sich auch der Einfluß der aus Amerika stammenden experimentellen Musik geltend. Als extremer Exponent dieser neuesten Musik gilt in Deutschland der in Argentinien geborene Komponist M. *Kagel*.

Zentren moderner Musik in der Bundesrepublik sind die „Kranichsteiner Ferienkurse", die einmal jährlich in Darmstadt stattfinden, u. das „Studio für elektronische Musik" in Köln. Durch das Mäzenatentum der Rundfunkanstalten („Das neue Werk" des NDR in Hamburg, „Musik der Zeit" des WDR in Köln) werden diese modernsten Musikströmungen einer breiten Hörerschaft nähergebracht.

Deutschendorf, slowak. *Poprad,* slowak. Stadt in der Zips, 18 000 Ew.; Maschinenbau; Tatramuseum, dt. Gründung.

deutsch-englisches Flottenabkommen, am 18. 6. 1935 geschlossenes Abkommen, daß die zukünftige Stärke der dt. Flotte gegenüber der Gesamtflottenstärke der Mitgl. des Brit. Commonwealth im Verhältnis 35 : 100 stehen solle; Dtschld. erhielt das Recht, im Rahmen dieses Gesamt-Tonnageverhältnisses die gleiche Unterseeboot-Ton-

deutsche Mundarten

nage wie Großbritannien zu besitzen. Das Abkommen war unbegrenzt, wurde 1936 durch ein Flottenmemorandum, 1937 durch einen Flottenvertrag über Seerüstungsbegrenzung u. Flottenbau-Nachrichtenaustausch ergänzt u. 1939 (nach den engl.-französ. Garantieerklärungen für Polen) von Hitler gekündigt. 1935 war das d. F. ein wichtiger diplomat. Erfolg für Hitler; nach dem Vatikan u. Polen war Großbritannien der dritte Staat, der mit Hitler-Dtschld. ein Abkommen schloß. Mit dem Abkommen verstieß Großbritannien gegen die mit Frankreich u. Italien 1935 in Stresa abgegebene „Gemeinsame Erklärung" gegen jede einseitige Aufkündigung von Verträgen.

Deutsche Notenbank →Staatsbank der DDR.

Deutschenspiegel, süddt. →Rechtsbuch auf der Grundlage des →Sachsenspiegels (um 1265); war nur von geringer prakt. Bedeutung.

deutsche Oberschule, ein von H. Richert 1923 entworfener Gymnasialtyp, der speziell das „deutsche Bildungsgut" pflegen sollte. Aufbau 9klassig oder als 6jährige *Aufbauschule.*

Deutsche Olympische Gesellschaft, Abk. *DOG*, gegr. 1951, Sitz: Frankfurt, Gesellschaft zur ideellen u. materiellen Förderung des Sports, bes. der Pflege des olymp. Gedankens; veröffentlichte 1953 einen Bericht über den Stand des Sportunterrichts an den Schulen, wies 1959 auf den Bedarf an Übungsstätten hin u. stellte 1960 den →Goldenen Plan zur Behebung der Spielplatznot auf, gründete 1967 zusammen mit dem DSB die →Deutsche Sporthilfe; mehr als 100 Zweigstellen u. über 1300 Gemeinden als korporative Mitglieder. Zeitschrift: „Olympisches Feuer".

Deutsche Ornithologen-Gesellschaft, Schloß Möggingen über Radolfzell; gegr. 1850 in Leipzig von J. F. *Naumann*, E. von *Homeyer* u. E. *Baldamus*; dient der Förderung der Vogelkunde; Veröffentlichungen: „Journal für Ornithologie".

deutsche Ostsiedlung →Ostsiedlung.

Deutsche Partei, Abk. *DP*, 1949 aus der *Niedersächsischen Landespartei* hervorgegangen u. auf Bundesebene konstituiert; versuchte welfischen u. preuß. Konservativismus zu vereinen; war in den ersten drei Bundestagen vertreten (1949: 17 Abg.; 1953: 15 Abg.; 1957: 17 Abg.) u. 1949–1960 an der Bundesregierung beteiligt (durch die Minister H. *Hellwege*, H. Chr. *Seebohm* u. H. von *Merkatz*). Seit 1960 starke Auflösungserscheinungen. Der Versuch, durch Fusion mit dem *BHE* zur *Gesamtdeutschen Partei* eine nationale Kraft zu bilden, mißlang bei der Bundestagswahl 1961. Fast alle Führungspersönlichkeiten u. ein Großteil der Mitglieder sind zur *CDU* übergetreten. Die DP besteht noch in Niedersachsen u. Bremen, ist aber polit. bedeutungslos.

Deutsche Pfandbriefanstalt, Wiesbaden u. Berlin, 1922 als *Preußische Landespfandbriefanstalt* gegr., Körperschaft des öffentl. Rechts, Institut zur Gewährung von Hypotheken u. Kommunaldarlehen, finanziert sich durch Ausgabe von Pfandbriefen u. Kommunalobligationen.

Deutsche Pharmazeutische Gesellschaft →Apothekerverbände.

deutsche Philologie →Germanistik.

deutsche Philosophie, die philosophischen Lehren, die auf deutschem Boden und in deutscher Sprache entwickelt worden sind.

Entweder läßt man die d. P. mit ihren Beiträgen zur Scholastik oder erst mit den Anfängen der deutschen Mystik beginnen. *Hugo von St. Victor*, Vertreter der Frühscholastik und Haupt der victorinischen Mystik, kann als erster dt. Philosoph gelten. *Otto von Freising* führte die logischen Schriften des Aristoteles in Deutschland ein. Der bedeutendste dt. Vertreter der Hochscholastik ist *Albertus Magnus*, Lehrer des Thomas von Aquin, bedeutend für den Aristotelismus in der Hochscholastik. *Thomas von Erfurt* (um 1400) entwickelte eine an W. Ockham sich anlehnende Sprachlogik. Gabriel *Biel* (*1430, †1495) vermittelte den scholastischen Aristotelismus in seiner nominalistischen Ausprägung Luther und Melanchthon.

Die d. P. im engeren Sinne setzt ein mit der deutschen Mystik des 13. u. 14. Jh. An ihrem Anfang steht die victorinische Mystik, es folgen Meister *Eckhart*, H. *Seuse*, J. *Tauler* u. der unbekannte Verfasser der „Theologia Teutsch". – Der bedeutendste dt. Philosoph im Zeitalter der Renaissance ist *Nikolaus von Kues*, der vom MA. zur Neuzeit überleitet. *Agrippa von Nettesheim* und der Arzt *Paracelsus* vertraten eine Mystik, die altgriechisches Gedankengut aufnimmt. S. *Franck* bildete eine Geschichtsmystik. Die dt. Mystik im Zeitalter des Barock wurde repräsentiert durch V. *Weigel* u. vor allem durch J. *Böhme*.

Die dt. Aufklärungsphilosophie wurde vorbereitet durch Johann *Clauberg* (*1622, †1665), Jakob *Thomasius* (*1622, †1684) u. Ch. *Thomasius*. Ihr größter Vertreter ist *Leibniz*. Ch. *Wolff* begründete die *Leibniz-Wolffsche Schulphilosophie*, zu der A. G. *Baumgarten* u. Georg Friedrich *Meier* (*1718, †1777) gehören. – Eine andere Gruppe der Philosophie der Aufklärung bildeten die *Popularphilosophen* mit ihrem lehrhaften, moralisierenden Schrifttum: H. S. *Reimarus*, M. *Mendelssohn*, F. *Nicolai* u. Christian *Garve* (*1742, †1798). Ernst *Platner* (*1744, †1818) war ein später Leibnizianer. – *Gegner der Leibniz-Wolffschen Philosophie* waren Joachim Georg *Darjes* (*1714, †1791), Christian August *Crusius* (*1715, †1775) u. Johann Nicolaus *Tetens* (*1736, †1807), bedeutend durch seine empirischen Analysen der menschlichen Seele. J. H. *Lambert* war der größte Erkenntniskritiker und Kosmologe vor Kant.

In der Transzendentalphilosophie *Kants* erhielt die d. P. eine grundlegende, noch in die Gegenwart hineinreichende Erneuerung. Zu den unmittelbaren *Nachfolgern Kants* zählen S. *Maimon*, Karl Leonhard *Reinhold* (*1758, †1823), Jakob Sigismund *Beck* (*1761, †1840) u. J. F. *Fries*. Eine gewisse Sonderstellung neben der von Kant ausgehenden Philosophie nehmen J. G. *Hamann*, F. H. *Jacobi* u. J. G. *Herder* ein. Die folgenreichste Wirkung Kants war die Ausbildung des deutschen Idealismus durch Fichte, Schelling und Hegel. J. G. *Fichte* war der erste, der Kants Kritizismus in einen reinen Idealismus verwandelte; *Schelling*, den reinen Idealismus weiterführend zu einer Identitätsphilosophie von Geist und Natur, Denken und Sein, war Hauptvertreter der romantischen Philosophie, zu der auch F. *Schleiermacher*, der Dichter *Novalis* mit seinem magischen Idealismus u. K. Ch. F. *Krause* gehörten. F. X. von *Baader* und Schelling übten wechselweise Einfluß aufeinander aus. *Hegel* vollendete die von Kant über Fichte und Schelling verlaufende Linie des deutschen Idealismus zum absoluten Idealismus in seiner Philosophie des absoluten Geistes.

Die *Hegelsche Schule* spaltete sich nach ihrem Verhältnis zu religiösen und sozialen Fragen in die konservative „Hegelsche Rechte" und in die progressive bzw. radikale „Hegelsche Linke". Die Vertreter der „Rechten" Karl Friedrich *Göschel* (*1781, †1861), Georg Andreas *Gabler* (*1786, †1853), Hermann Friedrich Wilhelm *Hinrichs* (*1794, †1861) und Bruno *Bauer* in seiner Frühzeit waren Theisten und huldigten der Kirchenlehre. Die Vertreter der „Linken" oder auch „Junghegelianer" A. *Ruge*, Bauer in seiner späteren Zeit, L. *Feuerbach*, M. *Stirner*, D. F. *Strauß* u. K. *Marx* bekämpften den Einfluß der Kirchenlehre auf die Philosophie und hielten das kirchliche Dogma durch die Spekulation für überwunden. Mit Strauß und Feuerbach mündete die „Hegelsche Linke" in den Materialismus ein, der durch Marx und F. *Engels* zum dialektisch-historischen Materialismus entwickelt wurde. Zwischen der „Rechten" und der „Linken" nahmen eine vermittelnde Stellung ein: Kasimir *Conradi* (*1784, †1849), J. E. *Erdmann*, Johann Karl Friedrich *Rosenkranz* (*1805, †1879), Wilhelm *Vatke* (*1806, †1882) u. Julius *Schaller* (*1810, †1868), die gelegentlich auch als das „Hegelsche Zentrum" bezeichnet werden.

Mit *Schopenhauer*, der in seiner Philosophie des Weltwillens als des Dinges an sich an Kant anknüpfte, endete die Philosophie des deutschen Idealismus. In der Nachfolge Schopenhauers stand J. *Bahnsen* mit seiner „Realdialektik". E. von *Hartmann* unternahm eine Synthese Schopenhauerscher Gedanken mit Gedankenmotiven des strengen deutschen Idealismus und Erkenntnissen der Naturwissenschaften. Am weitreichendsten war Schopenhauers Einfluß auf *Nietzsche* und dessen Philosophie des Willens zur Macht.

Eine gewisse Selbständigkeit neben der spekulativ-idealistischen Philosophie erhielten sich J. F. *Herbart* in seinem Rückgriff auf Leibniz und in seiner analytischen Psychologie u. schulbildenden Pädagogik, B. *Bolzano* in seiner Logik u. F. E. *Beneke* in seiner Psychologie als Naturwissenschaft der inneren Erfahrung.

In der zweiten Hälfte des 19. Jh. verdrängten die rasch sich entwickelnden Naturwissenschaften die Metaphysik; Philosophie wurde zur Grundlagenwissenschaft der Natur-, aber auch der Geisteswissenschaften. Ein vulgärer, naturwissenschaftlicher Materialismus wurde vertreten durch Karl *Vogt* (*1817, †1895), J. *Moleschott*, Ludwig *Büchner* (*1824, †1899) und F. A. *Lange*. E. *Haeckel* (*1834, †1919) entwickelte den Materialismus zu einem Monismus, W. *Ostwald* gestaltete ihn zur Energetik.

Fern von den Materialisten standen G. Th. *Fechner* und seine pantheistische Naturphilosophie sowie H. *Lotze* mit einer idealistisch-mechanistischen Weltauffassung. Zu den naturwissenschaftlichen Fragen zugewandten Philosophen gehörten W. *Wundt* mit seiner physiologisch-experimentellen Psychologie, E. K. *Dühring*, Ernst *Laas* (*1837, †1885) u. E. *Mach* mit ihrem Positivismus, Wilhelm *Schuppe* (*1836, †1913) mit seiner Immanenzphilosophie, R. *Avenarius* und Theodor *Ziehen* (*1862, †1950) mit ihrem Empirokritizismus und H. *Vaihinger* mit seinem idealistischen Positivismus (Fiktionalismus).

Eine hervorragende Stellung nahm im letzten Drittel des 19. Jh. und im ersten des 20. Jh. der *Neukantianismus* ein, der Kant rein erkenntnistheoretisch interpretierte. Er gliederte sich in die Marburger Schule: H. *Cohen*, P. *Natorp*, E. *Cassirer* und die Südwestdeutsche Schule (Heidelberger Schule): W. *Windelband*, H. *Rickert* und Emil *Lask* (*1875, †1915). F. *Brentano* leitete mit seiner Lehre von der Intentionalität der psychischen Phänomene eine philosophische Richtung (*Österreichische Schule*) ein, die über C. *Stumpf*, Alois *Höfler* (*1853, †1922), A. *Meinong* u. Ch. von *Ehrenfels* zu Husserl führte.

Neben dem Neukantianismus entstand, von Nietzsche ausgehend, die dt. Lebensphilosophie: W. *Dilthey*, Schöpfer der Erkenntnistheorie der Geisteswissenschaften, R. *Eucken*, G. *Simmel*. Hauptvertreter der *Dilthey-Schule* waren: der Religionssoziologe E. *Troeltsch*, G. *Misch*, H. *Nohl*, Th. *Litt*, der Kulturphilosoph und Anthropologe E. *Rothacker*. N. *Hartmann* war der Hauptvertreter der Ontologie des 20. Jh. vor der kritischen Seinsfrage von Heidegger. – Die Philosophie der Naturwissenschaften im 20. Jh. wurde vertreten im Bereich der Physik vom neupositivistischen *Wiener Kreis*: Otto *Neurath* (*1882, †1945), M. *Schlick*, R. *Carnap* und H. *Reichenbach*, in der Biologie durch H. *Driesch*. Hervorragender Vertreter der Kultur- und Geschichtsphilosophie war O. *Spengler*.

Die das 20. Jh. einleitende Phänomenologie wurde durch E. *Husserl* begründet und als transzendentale Phänomenologie entfaltet. Die Schüler Husserls, die verschiedene Richtungen einschlugen, sind außer M. *Scheler*, der in eigenständiger Weise die phänomenologische Methode auf Ethik, Kultur- und Religionsphilosophie übertrug, A. *Pfänder*, Moritz *Geiger* (*1880, †1937), Adolf *Reinach* (*1883, †1916), Oskar *Becker* (*1889, †1964), Edith *Stein* u. Ludwig *Landgrebe* (*9. 3. 1902).

Die zweite große philosophische Strömung des 20. Jh. neben der Phänomenologie ist die deutsche Existenzphilosophie, zu der neben K. *Jaspers* M. *Heidegger* nur bedingt gehört; für Jaspers ist Existenzphilosophie Erhellung menschlicher Existenz und ihrer Bezüge zur göttlichen Transzendenz; was man bei Heidegger als Existenzphilosophie bezeichnet hat, ist die in „Sein und Zeit" (1927) entfaltete Existenzial-Ontologie, die jedoch nicht Selbstzweck, sondern der Grundfrage nach dem Sinn von Sein (alles Seienden) untergeordnet ist, weshalb die Philosophie Heideggers eher als „Seinsdenken" zu bezeichnen ist. E. *Fink* stellt diesem ein „Weltdenken" an die Seite. *Schüler Heideggers* sind: H.-G. *Gadamer*, der die Philosopie als universale Hermeneutik entwickelt, K. *Löwith*, Wilhelm *Bröcker* (*19. 7. 1902), Max *Müller* (*6. 9. 1906) u. Karl-Heinz *Volkmann-Schluck* (*15. 11. 1914). – 🄻 1.4.8.

Deutsche Philosophische Gesellschaft, 1917 zur Förderung der dt. geisteswissenschaftl. Forschung gegr., 1945 erloschen (Fortsetzung →Allgemeine Gesellschaft für Philosophie in Deutschland). Organe (ab 1918) „Beiträge zur Philosophie des dt. Idealismus", (1927–1944) „Blätter für dt. Philosophie".

Deutsche Physikalische Gesellschaft, Abk. *DPG*, die Fachorganisation der Physiker in Dtschld. (bis 1945); gegr. als *Physikal. Gesellschaft zu Berlin* 1845, 1899 umgewandelt zur DPG. Nach 1946 entstanden zunächst regionale Physikal. Gesellschaften, die sich 1950 zum „Verband Deutscher Physikalischer Gesellschaften" zusammenschlossen u. seit 1963 den alten Namen DPG führen. Aufgaben der Gesellschaft sind u. a. die Veranstaltung wissenschaftl. Tagungen, Mitwirkung an der Herausgabe physikal. Zeitschriften u. die Vertretung der Interessen der Physiker, z. B. in Fragen des physikal. Unterrichts. Die DPG unterhält mehrere Fachausschüsse für Einzelgebiete der Physik.

Deutsche Presse-Agentur, Abk. *dpa, DPA,* 1949 durch Zusammenlegung der *Deutschen Nachrichtenagentur* (DENA), der *Süddeutschen Nachrichtenagentur* (SÜDENA) u. des *Deutschen Pressedienstes* (dpd) gegr. Nachrichtenagentur für die BRD; Sitz: Hamburg; auch eigener Bilderdienst.

Deutscher Aero-Club, 1950 als Nachfolger des *Aero-Clubs von Dtschld.* gegr.; Zusammenschluß von Sporttreibenden des Segel- u. Motorflugs, des Fallschirm-, Freiballon- u. Modellflug-Sports; rd. 50000 Mitgl., Sitz: Gersfeld/Rhön. Offizielles Organ: „Dt. Aerokurier".

Deutscher Akademischer Austauschdienst, Abk. *DAAD,* Zentralstelle in Bonn, Zweigstellen an Universitäten. Aufgabe: internationaler Praktikantenaustausch von Studenten, Vermittlung von Stipendienangeboten des Auslands an dt. Studenten, Gutachtertätigkeit für Exkursionen ins Ausland u. deren Finanzierung, Vermittlung von wechselseitigen Gastvorträgen.

Deutscher Alpenverein (DAV) →Alpenverein.

Deutscher Archäologen-Verband, Berufsorganisation der dt. Archäologen (klass., vorderasiat. u. a.); Geschäftsstelle in Bochum.

Deutscher Athletenbund, ehem. Dachverband für die Sportarten Ringen, Gewichtheben, Rasen- u. Kunstkraftsport, gegr. 1949 in Friesenheim; dem D. A. waren als Fachverbände angeschlossen: Dt. Ringer-Bund (DRB), München, gegr. 1969; Bundesverband Dt. Gewichtheber (BVDG), Saarbrücken, gegr. 1969; Dt. Rasenkraftsport-Verband (DRV), Ensdorf, gegr. 1970; Dt. Kunstkraftsportverband (DKKV), Ebersbach, gegr. 1970; 1972 wurde der D. A. aufgelöst u. die Fachverbände selbständig.

Deutscher Ausschuß für das Erziehungs- u. Bildungswesen, 1953 in der BRD gebildetes beratendes Gremium von Vertretern der Pädagogik, der Wissenschaft, der Kirchen u. der Öffentlichkeit zur gutachterl. Stellungnahme zu Fragen der Reform u. Vereinheitlichung des Schulwesens in der BRD u. zu Fragen der politischen Bildung; beendete seine Arbeit am 1.7.1965.

Deutscher Bäderverband, die Bundesvereinigung der dt. Heilbäder u. Kurorte (gegr. 1892 als *Allgemeiner D. B.,* neugegr. 1947), Sitz: Bonn, mit den Abteilungen Badewirtschaft, Verband Deutscher Badeärzte, Vereinigung für Bäder- u. Klimakunde, Verband Deutscher Heilbrunnen u. Verband Deutscher Heilbrunnen-Großhändler. Im D. B. sind 8 regionale Bäderverbände u. Arbeitsgemeinschaften zusammengeschlossen; jährl. findet der *Deutsche Bädertag* statt; dreijährlich erscheint der *Deutsche Bäderkalender,* hrsg. vom D. B.

Deutscher Bauernverband e. V., Sitz: Bonn-Bad Godesberg, Spitzenorganisation der Bauern-, Landwirtschafts- u. Landvolkverbände in der BRD; angeschlossen sind 16 Landesverbände u. 21 Spezialverbände, z. B. der *Gesamtverband der Dt. Land- und Forstwirtschaftlichen Arbeitgeberverbände,* der *Deutsche Weinbauverband e. V.* u. der *Zentralverband des Deutschen Gemüse-, Obst- und Gartenbaues e. V.;* Aufgabe: Vertretung u. Förderung der Landwirtschaft durch Beratung u. Unterrichtung der angeschlossenen Betriebe, Betreuung der Landjugend u. Interessenvertretung gegenüber Staat u. Organen. Der Dt. Bauernverband e. V. ist aus verschiedenen, 1933 in den *Reichsnährstand* übergeführten Verbänden hervorgegangen, deren ältester bereits 1862 gegr. wurde. Die seit 1945 auf regionaler Basis wiederentstandenen Organisationen taten sich 1946 zu einer Arbeitsgemeinschaft zusammen u. wurden 1948 in den Dt. Bauernverband e. V. umgewandelt.

Deutscher Beamtenbund, Abk. *DBB,* der 1948 gegr. Gewerkschaftsbund der Berufsbeamten, Sitz: Bonn-Bad Godesberg; Rechtsnachfolger des alten DBB, der 1918 als nichtgewerkschaftl. Spitzenverband gegr. u. 1933 aufgelöst wurde. 1978 rd. 794000 Mitglieder.

Deutscher Behinderten-Sportverband →Deutscher Versehrten-Sportverband.

Deutscher Bildungsrat →Bildungsrat.

Deutscher Bücherbund KG, Stuttgart, Buchgemeinschaft, gegr. 1949 als *Stuttgarter Hausbücherei,* umbenannt 1960, übernahm 1960 die Mehrheit der Anteile der *Deutschen Hausbücherei;* als Tochtergesellschaft wurde 1960 die *Evangelische Buchgemeinde GmbH* gegründet.

Deutscher Bühnenverein, 1846 von Th. von Küstner in Berlin gegr. Kartellverband, in dem die Bühnenleiter u. Theaterrechtsträger der BRD zusammengeschlossen sind. Der D. B. ist mit der Genossenschaft dt. Bühnenangehöriger durch Tarif- u. Arbeitsgemeinschaft verbunden; Fachorgan: „Die dt. Bühne"; Sitz: Köln.

Deutscher Bund, anstelle des 1806 aufgelösten Hl. Röm. Reiches Dt. Nation durch die *Bundesakte* vom 8.6.1815 auf dem *Wiener Kongreß* gegr. lockerer Staatenbund zwischen 35 (zuletzt 28) monarchischen Staaten u. 4 Freien Städten mit 630100 qkm u. 29,2 Mill. Ew. (Dt. Reich 1871: 540860 qkm mit 40,8 Mill. Ew.); Ergänzung am 15.5.1820 durch die zum Bundesgesetz erklärte *Wiener Schlußakte.* Im Dt. Bund waren Preußen u. Österreich nur mit den vormaligen Reichsländern vertreten (Preußen ohne Ost- u. Westpreußen, Österreich ohne galizische, ungar. u. italien. Länder). Ferner gehörten dem Dt. Bund der König von England (für Hannover), der König von Dänemark (für Holstein), u. der König der Niederlande (für Luxemburg) an. Oberste Instanz war die *Bundesversammlung* (auch *Bundestag*) in Frankfurt a. M. (ohne Exekutive), gebildet aus den Gesandten der Bundesstaaten unter Vorsitz Österreichs. Die Geschäftsführung war dem *Engeren Rat* zugedacht. In der *Allgemeinen Versammlung* wurde mit Zweidrittelmehrheit u. a. über Krieg u. Frieden abgestimmt. Verfassungsänderungen erforderten Einstimmigkeit. Artikel 13 der Bundesakte versprach allen Bundesländern eine Verfassung. Eine Entwicklung zum zeitgemäßen nationalliberalen Bundesstaat war jedoch nicht möglich. Das *Bundesheer* bestand aus 10 Armeekorps (1866: 696045 Mann), gestellt von den Mitgliedstaaten. *Bundesfestungen* waren Mainz, Luxemburg, Landau, Rastatt, Ulm. Stärkste Wirkung hatte der Dt. Bund auf innenpolit. Gebiet. Unter Metternichs Einfluß wurde er zum Instrument gegen liberale Bewegungen (→Karlsbader Beschlüsse). Nach der Märzrevolution 1848 trat vorübergehend der *Reichsverweser* an die Stelle der Bundesversammlung. 1850 wurde diese wieder eingesetzt. Reformversuche von Preußen *(Erfurter Union)* u. Österreich *(Frankfurter Fürstentag)* scheiterten. Der Bund war belastet durch den preuß.-österr. Dualismus u. hörte auf zu bestehen bei Ausbruch des Dt. Krieges. Letzte Sitzung des Bundestags am 24.8.1866. – ▯ 5.4.3.

Deutscher Bundesstudentenring, 1952 gegr. Vereinigung der Studentenverbände der BRD.

Deutscher Bundestag →Bundestag.

Deutscher Bundeswehr-Verband, 1956 gegr. berufsständische Organisation aktiver Soldaten zur Vertretung ihrer Interessen gegenüber dem Parlament u. dem Bundesverteidigungsminister.

Deutscher Demokratischer Rundfunk, ältere Sammelbezeichnung für die heute in der Verantwortung des Staatlichen Komitees für Rundfunk beim Ministerrat der DDR betriebenen Rundfunkeinrichtungen der DDR.

Deutsche Rechtspartei, Abk. *DRP,* polit. Partei der dt. Westzonen mit nationalist.-konservativer, z. T. auch rechtsradikaler Zielsetzung; gegr. 1946. Die DRP erhielt bei der 1. Bundestagswahl (1949) 1,8% der Stimmen u. 5 Sitze (Schwerpunkt: Niedersachsen). 1950 ging die DRP in der →Deutschen Reichspartei auf.

Deutsche Reichsbahn →Reichsbahn.

Deutsche Reichspartei, Abk. *DRP,* rechtsradikale Partei in der BRD, gegr. 1950 als Nachfolgerin der →Deutschen Rechtspartei; nahm ab 1952 auch zahlreiche Mitglieder der verbotenen →Sozialistischen Reichspartei auf. Die DRP übersprang nur einmal die 5%-Grenze (Landtagswahl 1959 in Rheinland-Pfalz: 5,1%). Sie löste sich 1965 auf; ihre Mitgliedschaft bildete den Kern der →Nationaldemokratischen Partei Deutschlands.

Deutscher Eissport-Verband, Abk. *DEV,* Fachverband für Eissport, gegliedert in 10 Landesverbände (mit rd. 82000 Mitgliedern) u. 5 Vereinigungen: *Deutscher Eishockey-Bund, Deutsche Eislauf-Union* (Eiskunstlauf), *Deutsche Eisschnellauf-Gemeinschaft, Deutsche Eisschützenvereinigung* u. *Deutscher Curling-Verband;* gegr. 1890 in Berlin, wiedergegr. 1948 in Mannheim.

Deutsche Rentenbank →Rentenbank.

Deutscher Gewerkschaftsbund

Deutscher Entwicklungsdienst GmbH, Bonn, 1963 gegr. gemeinnützige Gesellschaft, deren Gesellschafter die BRD u. der *Arbeitskreis „Lernen und Helfen in Übersee" e. V.,* Bonn, sind. Die Gesellschaft entsendet in Entwicklungsländer freiwillige Entwicklungshelfer, die unter Verzicht auf bes. finanzielle u. berufl. Vergünstigungen zur Entwicklung des betreffenden Landes beitragen u. hierbei für die eigene Fortbildung Erfahrungen sammeln sollen.

Deutscher Evangelischer Kirchentag →Kirchentag.

Deutscher Fernsehfunk, 2 Fernsehprogramme ausstrahlende Funkanstalt des Staatlichen Komitees für Fernsehen beim Ministerrat der DDR.

Deutscher Forstverein, gegr. 1899, neu gegr. 1952, Sitz: Bonn, Spitzenverband der Länderforstvereine; Aufgabe: Beratung u. berufliche Weiterbildung seiner Mitglieder, Förderung der Forst- u. Holzwirtschaft.

Deutscher Fürstenbund von 1785 →Fürstenbund.

Deutscher Fußball-Bund, Abk. *DFB,* die 1900 gegr. Spitzenorganisation des dt. Fußballsports, für die BRD 1949 in Bad Cannstadt neu gegr.; mit 5 Regional- u. 16 Landesverbänden, rd. 17500 Vereinen u. rd. 3,9 Mill. Mitgliedern, davon rd. 750000 Schüler u. 550000 Jugendliche, größter Sportverband der BRD. Sitz: Frankfurt a. M.; 1. Vorsitzender: Hermann *Neuberger.* →auch Bundesliga, Fußball, Zweite Bundesliga.

Deutscher Gehörlosen-Sportverband, Zusammenschluß von 11 Landesverbänden mit rd. 6500 Mitgliedern, gegr. 1910 in Köln, wieder gegr. 1946 in Hannover, Sitz: Mülheim a. d. Ruhr, Ztschr.: „Gehörlosen-Sport", seit 1951 Mitglied des internationalen Fachverbandes *Comité International des Sports Silencieux.* Hauptsportarten sind Schwimmen, Turnen, Ballspiele, Wintersport, Schießsport, Schach u. Kegeln.

Deutscher Gelehrtenkalender →Kürschner, Joseph.

Deutscher Gemeindetag, kommunaler Spitzenverband, Vereinigung der in den Ländern der BRD bestehenden Landesverbände der kleineren kreisangehörigen Städte u. Gemeinden; seit 1973 vereinigt mit dem *Deutschen Städtebund.*

Deutscher Genossenschafts- und Raiffeisenverband e. V., 1972 gegründeter Dachverband zur Kooperation der gewerblichen u. der landwirtschaftlichen Genossenschaften in der BRD; Sitz: Bonn.

Deutscher Gewerkschaftsbund, Abk. *DGB,* **1.** 1919–1933 Spitzenverband der christl. Gewerkschaften. **2.** in der BRD Spitzenverband der Einheitsgewerkschaften, gegr. Okt. 1949; 1979: 7,8 Mill. Mitglieder (70% Arbeiter, 20% Angestellte, 10% Beamte); Sitz: Düsseldorf; eigener Verlag (Bund-Verlag GmbH, Köln). Mitglieder des DGB sind die einzelnen Gewerkschaften. Diese sind nach dem *Industrieprinzip* aufgebaut, d. h., sie umfassen alle Arbeitnehmer, die in den Betrieben eines Industriezweigs tätig sind, ohne Rücksicht auf die Art ihrer Tätigkeit *(Industriegewerkschaften,* Abk. *IG);* z. Z. bestehen 17 Gewerkschaften:

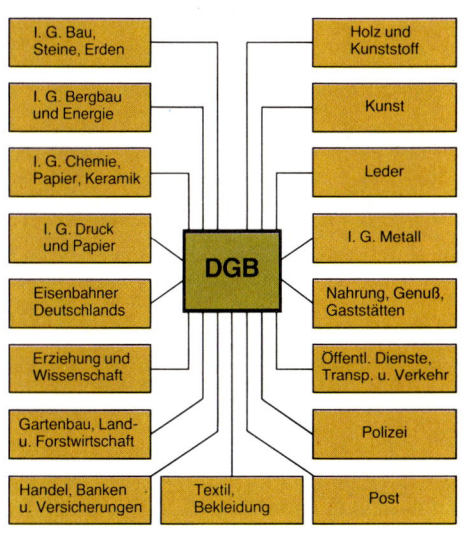

Deutscher Gewerkschaftsbund: 17 Gewerkschaften gehören dem DGB an

1. Bau, Steine, Erden; 2. Bergbau u. Energie; 3. Chemie, Papier, Keramik; 4. Druck u. Papier; 5. Metall; 6. Nahrung, Genuß, Gaststätten; 7. Holz u. Kunststoff; 8. Leder; 9. Textil u. Bekleidung; 10. Handel, Banken u. Versicherungen; 11. Gartenbau, Land- u. Forstwirtschaft; 12. Öffentliche Dienste, Transport u. Verkehr; 13. Gewerkschaft der Eisenbahner Deutschlands; 14. Dt. Postgewerkschaft; 15. Erziehung u. Wissenschaft; 16. Kunst; 17. Polizei. Aufgabe des DGB ist es, die in ihm zusammengefaßten Gewerkschaften bes. auf dem Gebiet der Wirtschafts-, Sozial- u. Kulturpolitik zu vertreten.
Der DGB ist parteipolit. u. religiös neutral, doch beansprucht er polit. Einfluß. Seine Organe sind Bundeskongreß, Bundesvorstand u. Bundesausschuß u. die Revisionskommission. Der *Bundeskongreß* ist das höchste Organ, das alle 2 Jahre zur ordentl. Versammlung einberufen wird. Der *Bundesvorstand* besteht aus dem 1. Vorsitzenden (seit 1969 Heinz Oskar *Vetter*), 2 stellvertretenden Vorsitzenden u. weiteren 6 hauptamtl. Mitgliedern sowie je einem Vertreter der angeschlossenen Gewerkschaften. Der *Bundesausschuß* besteht aus je 2 Vorstandsmitgliedern der dem Bund angeschlossenen Gewerkschaften sowie den Mitgliedern des Bundesvorstands u. den Vorsitzenden der Landesbezirke. – ▣ 4.6.2.

Deutscher Handels- und Industrieangestellten-Verband, Abk. *DHV*, Sitz: Hamburg, Gewerkschaft der kaufmänn. Angestellten, gegr. 1893 als *Deutschnationaler Handlungsgehilfenverband,* 1933 aufgelöst, 1950 neu gegr.; 1978 rd. 61 000 Mitglieder.

Deutscher Handwerkskammertag, Sitz: Bonn, der organisator. Zusammenschluß aller Handwerkskammern in der BRD; dient der Koordinierung der überfachl. u. überregionalen Fragen in der Handwerksorganisation.

deutscher Idealismus →Idealismus.

Deutscher Industrie- und Handelstag, Abk. *DIHT*, die 1918 aus dem 1861 in Heidelberg gegr. *Allg. Deutschen Handelstag* hervorgegangene Spitzenorganisation der dt. Industrie- u. Handelskammern, 1935 in die Reichswirtschaftskammer eingegliedert, 1949 neu gegr.; Sitz: Bonn.

Deutscher Investment-Trust Gesellschaft für Wertpapieranlagen mbH, Abk. *DIT*, Frankfurt a. M., 1956 von der *Dresdner Bank* gegr. Kapitalanlagegesellschaft; unterhält die Investmentfonds *Concentra, Dt. Rentenfonds, Industria, Internationaler Rentenfonds, Thesaurus, Transatlanta.*

Deutscher Journalistenverband, Abk. *DJV*, 1949 gegr. tariffähiger Zusammenschluß der in Landesverbänden organisierten Journalisten der BRD; Sitz: Bonn; Zeitschrift: „Der Journalist“.

Deutscher Juristentag, Vereinigung dt. Juristen, 1860 in Berlin zum erstenmal zusammengetreten; auf seinen Arbeitstagungen (alle zwei Jahre) hat er zahlreiche Rechtsprobleme aufgegriffen, untersucht, diskutiert u. in Form von Empfehlungen an die Organe der Gesetzgebung weitergeleitet; Sitz der *Ständigen Deputation:* Hamburg.

deutscher König, Herrscher des →Heiligen Römischen Reichs, seit Otto d. Gr. auch *Kaiser*; Titel zunächst „fränk. König“ (lat. *rex Francorum*), seit Heinrich III. (1040) „röm. König“ *(rex Romanorum)*, seit Konrad III. mit dem Zusatz *(et semper) augustus*, womit das Anrecht des dt. Königs auf das röm. Kaisertum ausgedrückt werden sollte; bisweilen auch *rex Teutonicorum*, oft nur *rex*. Bei der Erhebung des dt. Königs wirkten *Wahlrecht* u. *Geblütsrecht* zusammen; er wurde gewählt von den Großen des Reichs (die Beteiligung des Volkes trat schon früh zurück); seit Ende des 12. Jh. gab es bevorrechtigte Wahlfürsten (vier oder sechs), später erwarben sieben →Kurfürsten das alleinige Wahlrecht (reichsrechtl. verankert in der →Goldenen Bulle von 1356); daneben begründete jedoch die Verwandtschaft mit dem vorhergehenden König oder eine *Designation* durch diesen einen bes. Anspruch auf die Wahl. Das von der Kurie aus der Zubilligung der Anwartschaft auf die Kaiserkrone abgeleitete Recht auf *Approbation* des gewählten dt. Königs erstarrte in der Goldenen Bulle zur leeren Form. Wieweit der Gedanke des Erbrechts u. der Designation sich durchsetzte, war wesentl. eine Frage der königl. Autorität u. Macht, doch konnten auch gerade wegen der befürchteten Übermacht eines Kandidaten von den wahlberechtigten Fürsten das Recht der freien Wahl durchgesetzt u. dem Erwählten (seit 1519) *Wahlkapitulationen* auferlegt werden. Rechtl. blieb der dt. König bis 1806 Wahlkönig, prakt. wurde das dt. Königtum jedoch seit 1438 erbl. im Hause Habsburg (Ausnahme Karl VII., 1742–1745). Der letzte vom Papst zum Kaiser gekrönte dt. König war Karl V. (1530), aber schon seit Maximilian I. (1508), bei dem es nicht zur Kaiserkrönung gekommen war, führte der dt. König den Titel *„Erwählter röm. Kaiser“*, während „Röm. König“ zum Titel für den zu Lebzeiten des regierenden Herrschers gewählten u. gekrönten Nachfolger geworden war.
Der dt. König war oberster Heerführer u. Richter, er stand an der Spitze der Lehnspyramide, übte den Friedensbann u. die Hoheit über die *Reichskirche* aus, bezog seine Einkünfte aus dem treuhänderisch verwalteten *Reichsgut*, den →Regalien u. seinem *Hausgut*; er mußte sich stets gegen die Stammesherzöge bzw. Territorialfürsten behaupten. Es kam in Dtschld. letztlich zu keiner starken Zentralgewalt, da hier die dem dt. König widerstrebenden partikularen Kräfte zu mächtig waren, das Reich zudem an einer Rechtszersplitterung u. an finanzieller Schwäche litt.

Deutscher Krieg, 1866 zwischen den Vormächten des →Deutschen Bundes: Preußen u. Österreich nebst einigen dt. Mittelstaaten; entschied die Frage nach der Vorherrschaft in Dtschld. zugunsten Preußens. Bismarck zwang durch das Bündnis mit Italien vom 8. 4. 1866 Österreich zum Zweifrontenkrieg: 85 000 Mann unter Erzherzog Albrecht in Italien, 270 000 Mann (Österreicher u. Sachsen) unter L. A. von Benedek in Böhmen. Dagegen hatte Preußen 250 000 Mann in drei Armeen aufgestellt; weitere 45 000 Mann (Mainarmee) gegen die dt. Verbündeten Österreichs. In siegreichen Gefechten 26.–29. 6. drangen die Preußen in Böhmen ein, siegten am 3. 7. in der Entscheidungsschlacht bei *Königgrätz* (Plan des Generalstabschefs H. von Moltke) u. rückten auf Wien vor. Am 26. 7. wurde der *Nikolsburger Vorfriede*, am 23. 8. der *Prager Friede* mit Österreich u. Sachsen geschlossen. Die Mainarmee war erfolgreich gegen die Hannoveraner u. Süddeutschen u. zwang sie zur Kapitulation bzw. zum Waffenstillstand vom 1.–3. 8. Bismarck setzte gegen König Wilhelm I. die Schonung Österreichs, Sachsens u. der Süddeutschen durch; Schleswig-Holstein, Hannover, Kurhessen, Nassau u. Frankfurt a. M. wurden von Preußen annektiert. Der Dt. Bund zerbrach in 3 Teile: den *Norddt. Bund*, die Gruppe der (diesem bald durch Schutz- u. Trutzbündnisse liierten) südd. Staaten u. Österreich. Der schnelle preuß. Sieg u. die Friedenspolitik Bismarcks hatten eine Einmischung Napoléons III. verhindert. – ▣ 5.4.3.

Deutscher Kulturbund, 1945 als *Kulturbund zur demokrat. Erneuerung Deutschlands* (1958 umbenannt) auf Weisung der Sowjet. Militäradministration in Berlin gegr. Verband mit dem Ziel, die Intellektuellen im Sinn der SED zur politischen Kulturarbeit heranzuziehen. Der Dt. Kulturbund veranstaltet Vorträge, Konzerte, Ausstellungen u.ä.; er wurde 1947 in West-Berlin, 1949 in der BRD verboten. Er betreut in der DDR u.a. die „Klubs der Intelligenz“ u. ist Eigentümer des *Aufbau-Verlags*. Seit 1972 *Kulturbund der Deutschen Demokratischen Republik.*

Deutscher Künstlerbund, eine zur Förderung der dt. Kunst 1903 von L. Graf *Kalckreuth*, H. Graf *Keßler* u. a. gegr. Vereinigung von Künstlern u. Kunstfreunden, die seit 1904 Jahresausstellungen veranstaltete u. sich um die Pflege moderner Kunst in Dtschld. verdient machte. 1933 aufgelöst, wurde der D.K. 1951 in Berlin neu gegründet.

Deutscher Kunstrat, Vereinigung dt. Künstler, Kunsthistoriker, -verleger u. -kritiker, 1954 in der BRD gegr. mit dem Ziel, bes. im Ausland Kenntnis u. Verständnis der dt. Kunst durch Ausstellungen, Publikationen, Stipendien usw. zu fördern.

Deutscher Kunstverlag GmbH, München, gegr. 1921 in Berlin; veröffentlicht *Dehios* „Handbuch der dt. Kunstdenkmäler“, Kunstbildbände, „Zeitschrift für Kunstgeschichte“.

Deutscher Landkreistag, kommunaler Spitzenverband; Mitglieder sind 1978 über 8 Mitgliedsverbände u. 235 Landkreise; Sitz: Bonn; Zeitschrift: „Der Landkreis“.

Deutscher Leichtathletik-Verband, Abk. *DLV*, die Spitzenorganisation der dt. Leichtathletik, 1898 in Berlin gegr., für die BRD 1949 in München wiedergegr.; 15 Landesverbände mit rd. 6400 Vereinen u. rd. 690 000 Mitgliedern. Sitz: Darmstadt, 1. Vorsitzender: August *Kirsch.* Seit 1950 Mitglied im *Internationalen Amateur-Athletik-Verband* (IAAF).

Deutscher Literaturkalender, ein von Joseph *Kürschner* 1883 gegr., 1967 im 55 Jg. erschienenes Verzeichnis der lebenden dt. Schriftsteller u. ihrer Werke, das auf den Angaben der Schriftsteller selbst beruht.

Deutscher Nationalverein, entstanden 1859 in Frankfurt a. M. auf Betreiben des hannoveran. Abgeordneten R. von *Bennigsen* mit dem Ziel einer einheitl. Gestaltung Deutschlands unter preuß. Führung, einer dt. Nationalvertretung u. Reform der Verfassung des Dt. Bundes. Der preuß. Verfassungskonflikt 1862 u. die schleswig-holstein. Frage brachten ihn jedoch in Gegensatz zur preuß. Regierung. Die Reformvorschläge Bismarcks wurden abgelehnt; erst ein allg. dt. Parlament sollte die Entscheidung über den Inhaber der Zentralgewalt fällen. Mit der Gründung des Norddeutschen Bundes 1867 löste sich der Verein auf.

Deutscher Normenausschuß e. V., Abk. *DNA*, 1917 gegr. Verband der Erzeuger, der Verbraucher u. des Handels zum Zweck der Normung (→auch DIN); gibt die DIN-Normen heraus; angeschlossen dem 1946 gegr. *Internationalen Normen-Ausschuß (International Organization for Standardization,* Abk. *IOS)* in Genf. – 1976 umbenannt in Deutsches Institut für Normung e.V. (DIN).

Deutscher Orden, *Deutscher Ritterorden, Deutschherren, Marienritter, Orden des Spitals S. Mariens vom Deutschen Hause*, eigentl. *Ordo Theutonicorum, Fratres domus* bzw. *Ordo S. Mariae Theutonicorum*, jüngster (nach Templern u. Johannitern) in Palästina während der Kreuzzüge entstandener geistl. Ritterorden; 1190 vor Akkon als Spitalbrüderschaft von dt. Kaufleuten gegr., 1198 in einen geistl. Ritterorden umgewandelt. Der Dt. Orden erwarb Besitz im Mittelmeerraum (Palästina, Syrien, Griechenland, Sizilien, Apulien, Spanien u.a.), in Frankreich, vor allem aber in Livland, Preußen u. Dtschld. An seiner Spitze stand der vom *Generalkapitel* (später oft Großkapitel genannt) lebenslängl. gewählte *Hochmeister*, beraten von den 5 *Großgebietigern:* Großkomtur (Stellvertreter des Hochmeisters, innere Verwaltung), *Marschall* (Kriegswesen), *Spittler* (Wohlfahrtswesen), *Trappier* (Bekleidungswesen) u. *Treßler* (Finanzen). Die Zusammensetzung des Generalkapitels wurde vom Dt. Orden im ganzen MA. nicht gesetzl. geregelt; ihm gehörten u.a. der Landmeister für Livland sowie der Deutschmeister an. Eine Ordensprovinz, *Ballei* genannt, wurde vom *Landkomtur*, ein *Haus* mit einem vollständigen Konvent von einem *Komtur* geleitet. Es gab Ritter-, Priester- u. dienende Brüder, seit dem 14. Jh. auch Schwestern. Ordenskleid: weißer Mantel, schwarzes Kreuz.
Der erste Sitz des Hochmeisters war Akko, seit 1291 Venedig, seit 1309 die Marienburg, seit 1457 Königsberg. Der vierte Hochmeister, *Hermann von Salza*, wurde 1211 vom König von Ungarn mit der Christianisierung der Kumanen im siebenbürg. Burzenland beauftragt, aber 1225 wieder verdrängt, da die beginnende Territorialbildung dem ungar. Königtum u. Adel zu gefährlich erschien. Als der Orden 1225 von Herzog Konrad von Masowien zur Christianisierung der Pruzzen gegen Überlassung des *Kulmerlandes* gerufen worden war, verlieh Kaiser Friedrich II. durch die Goldbulle von Rimini (1226) dem Hochmeister für dieses als zum Imperium gehörig bezeichnete Land landesherrliche Hoheitsrechte; die Kurie nahm 1234 das Ordensland unter ihren Schutz. Die Eroberung Preußens begann unter dem Land- u. Deutschmeister *Hermann Balk* von der Weichsel her (Burgen 1231 in Thorn, 1232 in Kulm, 1233 in Marienwerder). Die Aufnahme des *Schwertbrüderordens* in Livland 1237 erbrachte dessen unter der Lehnshoheit des Erzbischofs von Riga stehendes Landdrittel Livlands; ein Vorstoß auf Nowgorod scheiterte 1242 in der Schlacht auf dem Eis des Peipussees. Ebensowenig gelang die Christianisierung und Unterwerfung Litauens. Kurland wurde 1267, Sudauen 1283, Semgallen 1290 erobert, 1309 (endgültig 1343) wurde Pommerellen mit Danzig erworben, 1346 Nordestland von Dänemark, 1398 Gotland u. 1402 als Pfandbesitz die brandenburgische Neumark (bis 1455). Damit war die größte Ausdehnung des Ordensgebiets erreicht. Seine innere Konsolidierung war das Werk des Hochmeisters *Winrich von Kniprode* (1351 bis 1382).
Der Hochmeister war als Führer des Ordens zwar nicht Reichsfürst, mit dem Ordensland auch nicht vom Kaiser belehnt, aber der Ordensstaat galt als zum Reich gehörend. Die Leistung des Ordens als

Deutscher Orden: territoriale Entwicklung des Ordensstaates

staatsbildender Faktor, in Kunst, Literatur u. Wissenschaft, bei der Christianisierung u. Kultivierung des Landes, nach dessen endgültiger Unterwerfung, ist einzigartig. Die Gründe für den inneren Niedergang sind in der mangelnden Verwurzelung der zur Ehelosigkeit verpflichteten Ordensangehörigen im Land und im Wegfall der ursprüngl. Aufgabe nach der von Polen her erfolgenden Christianisierung der Litauer zu suchen; für den äußeren in der übermächtigen Umklammerung nach der Vereinigung Polens u. Litauens 1386.
1410 unterlag der Orden unter Hochmeister *Ulrich von Jungingen* bei Tannenberg zum ersten Mal Polen und Litauen. *Heinrich von Plauen*, der die Marienburg erfolgreich verteidigt hatte, versuchte vergebl., den Orden zu reformieren. Als er zum Krieg gegen Polen rüstete, wurde er 1414 von einer Friedenspartei gestürzt. Die mit der Ordensherrschaft unzufriedenen Stände (Adel u. Städte) schlossen sich 1440 zum *Preuß. Bund* zusammen, suchten u. fanden Rückhalt bei Polen u. bekämpften 1454–1466 den Orden, der im *2. Thorner Frieden* Polen das Kulmerland, das Ermland u. Pommerellen mit Danzig, Elbing u. der Marienburg abtreten u. die poln. Oberhoheit über seine restl. Besitzungen anerkennen mußte. Die Hochmeister *Friedrich von Sachsen* (1498–1510) u. *Albrecht von Brandenburg-Ansbach* (1511–1525) versuchten vergebl., Reichshilfe gegen Polen zu erlangen. Im Anschluß an die Reformation säkularisierte Albrecht 1525 das preuß. Ordensgebiet u. nahm es als erbl. Herzogtum von Polen zu Lehen (*Krakauer Vertrag*). Kaiser u. Papst haben diesen Akt nie anerkannt. In Livland konnte der Landmeister *Wolter von Plettenberg* († 1535) die Herrschaft gegen Rußland u. Polen noch behaupten; 1561 nahm *Gotthard Kettler* Kurland von Polen zu Lehen; Livland fiel an Polen, Estland an Schweden.

Der kath. gebliebene Teil der Ordensritter behauptete sich im Besitz der Ordensgüter in Dtschld. u. erhielt im 17. Jh. noch einmal eine große Aufgabe in den Türkenkriegen. Sitz des Dt. Ordens wurde Mergentheim; 1809 löste Napoléon ihn auf. In Österreich nahm Franz I. den Dt. Orden unter seinen Schutz u. garantierte ihm seine Besitzungen; bis 1918 war stets ein Erzherzog Hochmeister („Hoch- u. Deutschmeister"). 1929 wurde der im 19. Jh. wieder aufgeblühte priesterliche Zweig des Dt. Ordens in einen rein geistl. Orden mit dem alten Namen *Brüder des Deutschen Ordens S. Mariens zu Jerusalem* vom Papst umgewandelt; Sitz in Wien. Der *Deutschherrenorden* (als Laienorden) wurde 1960 neu gebildet; Sitz Frankfurt a. M. – ⌸ 5.3.0.

Deutscher Paritätischer Wohlfahrtsverband e. V., Sitz: Frankfurt a. M., überkonfessioneller u. überparteilicher Spitzenverband der freien Wohlfahrtspflege, gegr. 1924 in Berlin, 1933/34 aufgelöst, 1949 neu gegr., umfaßt 11 Landesverbände.

Deutscher Presserat, 1956 gegr. Selbstverantwortungsorgan der Presse in der BRD, Sitz Bonn-Bad Godesberg; Aufgabe u. a.: Schutz der Pressefreiheit, Beseitigung von Mißständen im Pressewesen, Abwehr von freiheitsgefährdenden Monopolbildungen, Beobachtung der strukturellen Entwicklung der Presse. Der Dt. Presserat besteht aus 20 Mitgliedern, zur einen Hälfte Zeitungs- u. Zeitschriftenverleger, zur anderen Journalisten.

Deutscher Raiffeisenverband e. V., Bonn, 1948 bis 1972 Spitzenorganisation des ländl. Genossenschaftswesens in der BRD, hervorgegangen aus dem 1930 gegr. *Reichsverband der dt. landwirtschaftlichen Genossenschaften – Raiffeisen – e. V.*, der 1933 in den Reichsnährstand übergeführt u. 1947 als *Arbeitsgemeinschaft der dt. ländlichen Genossenschaften – Raiffeisen* – wiedergegr. worden war. Seit 1972 besteht der →*Deutsche Genossenschafts- u. Raiffeisenverband e.V.*

Deutscher Reformverein, in Opposition zum Deutschen Nationalverein am 22. 10. 1862 in Frankfurt a. M. gegr. Vereinigung von *Großdeutschen*, 1866 aufgelöst.

Deutscher Reichsausschuß für Leibesübungen, Abk. *DRL*, seit 1917 Bez. für die Zentralorganisation des dt. Sports, die ihre Vorläufer in dem 1895 gegr. *Komitee für die Beteiligung Deutschlands an den Olympischen Spielen* u. seit 1904 im *Deutschen Reichsausschuß für Olympische Spiele* hatte. Der DRL hat bis zu seiner Auflösung am 10. 5. 1933 u. a. folgende Aufgaben gelöst: Verleihung des von ihm geschaffenen Sportabzeichens, Gründung, Unterhaltung u. Ausbau der Hochschule für Leibesübungen, Unterhaltung des Dt. Stadions u. des Sportforums u. Teilnahme an den Olymp. Spielen; außerdem veranstaltete der DRL die *Deutschen Kampfspiele*. Seine Aufgaben übernahm 1936 das Reichssportamt, eine für den *Nationalsozialistischen Reichsbund für Leibesübungen* neu errichtete Behörde im Reichsinnen-Ministerium. Alle Anliegen des Sports werden heute in der BRD vom Deutschen Sportbund (DSB) u. in der DDR vom Deutschen Turn- u. Sportbund (DTSB) betreut.

Deutscher Ring, *Versicherungsgruppe D. R.,* besteht aus folgenden Versicherungsgesellschaften: *D. R. Lebensversicherungs-AG,* Hamburg, Beitragseinnahmen 1976: 347 Mill. DM; *D. R. Krankenversicherungsverein a. G.,* Hamburg, Beitragseinnahmen 1976: 301 Mill. DM; *D. R. Sachversicherungs-AG,* Hamburg, Beitragseinnahmen 1976: 92 Mill. DM.

Deutscher Ritterorden →Deutscher Orden.

Deutscher Sängerbund e. V., gegr. 1862; hat (1974) in 9762 Orten der BRD 548 720 singende Mitglieder, darunter 55 399 unter 25 Jahren in Erwachsenenchören, 11 501 Jugendliche in Jugendchören u. 42 032 Kinder in Kinderchören. Die 14 492 Vereine pflegen überwiegend den Männerchorgesang (10 860). Sitz Köln.

Deutscher Schäferhund, mittelgroße bis große Gebrauchshunderasse. Glatthaarig, seltener rauh-, draht- oder stockhaarig (langhaarig: Altdeutscher Schäferhund). Stehohren, hängende Rute. Beliebtester Polizeihund.

Deutscher Schulschiffverein, gegr. 1900, Sitz Bremen; besaß Segelschulschiffe zur Ausbildung des nautischen Offiziersnachwuchs der Handelsmarine, unterhält noch das Vollschiff „Deutschland" als stationäre Seemannsschule.

Deutscher Schwimm-Verband, Abk. *DSV*, Fachverband für die Sportarten *Schwimmen, Kunst- u. Turmspringen, Kunstschwimmen* und *Wasserball*, gegr. 1886, für die BRD wiedergegr. 1949 in Peine, Sitz: München, 13 Landesverbände mit 1300 Vereinen u. rd. 560 000 Mitgliedern; seit 1949 Mitglied der *Fédération Internationale de Natation Amateur*.

Deutscher Sparkassen- und Giroverband e. V., Bonn, Abk. *DSGV,* der 1953 aus der *Arbeitsgemeinschaft Deutscher Sparkassen- und Giroverbände und Girozentralen* hervorgegangene Spitzenverband der Sparkassen- u. Giroverbände. Der DSGV ist Nachfolgeorganisation des 1924 in Berlin gegr. Dt. Sparkassen- u. Giroverbandes. Im Gegensatz zu früher beschränkt sich seine Aufgabe seit 1955 allein auf die Gewährleistung der →Deutschen Girozentrale – Deutsche Kommunalbank –.

Deutscher Sportbeirat, beratendes Organ des *Deutschen Sportbundes* aus Vertretern von Institutionen u. Organisationen sowie Persönlichkeiten der Wissenschaft u. des öffentl. Lebens. Sieben Arbeitskreise zur Förderung u. Auswertung wissenschaftl. Forschung: für medizin. Fragen, für Erziehungsfragen, für Recht, Verwaltung u. Organisation, Sport u. Kultur, Sport u. Öffentlichkeit sowie für den *Zweiten Weg*.

Deutscher Sportbund, Abk. *DSB*, Dachorganisation der Sportverbände und Sportinstitutionen in der BRD mit rd. 15 Mill. Mitgliedern; gegr. am 10. 12. 1950 in Hannover, Sitz: Berlin, Präsident: Willi Weyer, Ehrenpräsident: Willi Daume. Mitgliederorganisationen sind die Sportfachverbände u. die Landessportverbände. Größte Fachverbände (Mitgliederzahl in Klammern):
Fußball (3,9 Mill.), Turnen (2,9 Mill.), Schützen (950 000), Tennis (910 000), Leichtathletik (690 000), Handball (570 000), Schwimmen (560 000). Bundesausschüsse bestehen für die Bereiche:

Verbindung zu den Mitgliedsorganisationen, internationale Aufgaben, Finanzfragen, Jugendsport, Frauensport, Breitensport, Leistungssport, Wissenschaft u. Bildung, Führungsfragen u. Ausbildung, Rechts-, Sozial- u. Steuerfragen sowie Öffentlichkeitsarbeit. Die Leitung der Ausschüsse liegt in den Händen von Präsidiumsmitgliedern. Die Aufgabe des DSB ist es, „Turnen u. Sport zu fördern u. dafür erforderliche Maßnahmen zu koordinieren, die gemeinschaftl. Interessen seiner Mitgliedsorganisationen gegenüber Staat u. Gemeinden u. in der Öffentlichkeit zu vertreten, den dt. Sport in überverbandlichen u. überfachl. Angelegenheiten im In- u. Ausland zu vertreten u. die damit zusammenhängenden Fragen zum Wohle seiner Mitgliedsorganisationen zu regeln".

Deutscher Sprachatlas, seit 1927 in Lieferungen erscheinender Atlas der dt. Umgangssprache aufgrund von Fragebogenerhebungen in fast 50000 Schulorten; 1879 begründet von G. *Wenker*, bearbeitet von F. Wrede, W. Mitzka, B. Martin (Universität Marburg); als wortgeograph. Ergänzung dazu: „Dt. Wortatlas", hrsg. von W. Mitzka u. L. E. Schmitt 1951ff.

Deutscher Sprachverein, gegr. 1885, wollte „den echten Geist u. das eigentüml. Wesen der dt. Sprache pflegen, ... ihre Reinigung von ... fremden Bestandteilen fördern u. auf diese Weise das Volksbewußtsein kräftigen"; 1947 in der *Gesellschaft für deutsche Sprache* aufgegangen.

Deutscher Städtetag, Zusammenschluß dt. Städte zur Vertretung u. Förderung ihrer gemeinsamen Interessen zu einem kommunalen Spitzenverband, gegr. 1905 für Städte über 25000, später über 10000 Einwohner, nach 1933 im Dt. Gemeindetag aufgegangen, nach 1945 im Gebiet der BRD wiederaufgebaut; ihm gehören 1978 an: 138 kreisfreie Städte als unmittelbare Mitgliedsstädte u. über 11 Mitgliedsverbände 383 kreisangehörige Städte als mittelbare Mitgliedsstädte; Organe sind *Präsidium, Hauptausschuß* u. *Hauptversammlung*, weitere Institutionen sind die *Hauptgeschäftsstelle* in Köln-Marienburg u. *Fachausschüsse* zur Behandlung spezieller Sachgebiete. Der D.S. bildet mit dem →Deutschen Landkreistag u. dem →Deutschen Städte- u. Gemeindebund die →Bundesvereinigung der Kommunalen Spitzenverbände. Zeitschrift: „Der Städtetag". – 📖 4.1.8.

Deutscher Städte- und Gemeindebund, kommunaler Spitzenverband, der kreisangehörige Städte u. Gemeinden sowie deren Verbände umfaßt. 1973 hervorgegangen aus Zusammenschluß von Dt. Gemeindetag u. Dt. Städtebund; umfaßt 1978 8518 kreisangehörige Städte u. Gemeinden.

Deutscher Turner-Bund, Abk. *DTB*, der als Nachfolger der 1868 gegr. *Deutschen Turnerschaft*, Abk. *DT*, am 2. 9. 1950 in Tübingen gegr. Verband der Turner der BRD; 16 Landesturnverbände mit rd. 11300 Vereinen u. 2,9 Mill. Mitgliedern; Sitz: Frankfurt a.M., Präsident: Willi *Greite;* Ztschr.: „Deutsches Turnen"; seit 1951 ist der DTB Mitglied der *Fédération de Gymnastique* (FIG).

Deutscher Turn- u. Sportbund der DDR, Abk. *DTSB*, 1947 gegründete Dachorganisation des Sports in der DDR, in der über 2 Mill. Mitglieder, 10 Bezirks- u. 214 Kreisorganisationen (einschl. der Sportvereinigungen „Dynamo" u. „Vorwärts") zusammengeschlossen sind; rd. 7400 Sportgemeinden. Die fachliche Gliederung weist 35 Sportverbände auf, die größten sind (Mitgliederzahl in Klammern): Fußball (500000), Turnen (345000), Angeln (340000), Leichtathletik (160000); Kegeln (140000), Handball (135000), Schwimmen (72000), Volleyball (71000). An der Spitze des DTSB steht ein Präsidium mit 25 Mitgliedern u. ein Bundesvorstand mit 155 Mitgliedern; Wahl auf jeweils 4 Jahre. Präsident (seit 1951): Manfred *Ewald.*

„Deutsche Rundschau", 1874 von Julius *Rodenberg* gegr. anspruchsvolle kulturelle Monatszeitschrift; 1941 verboten, erschien neu seit 1945 in Baden-Baden, seit 1963 in Stuttgart; geleitet 1919–1941 u. 1945–1961 von Rudolf *Pechel*; stellte 1964 ihr Erscheinen ein.

Deutscher Verband Technisch-Wissenschaftlicher Vereine, Abk. *DVT*, Zusammenschluß (1953) techn.-wissenschaftl. Vereine (an ihrer Spitze der Verein Deutscher Ingenieure), fördert die Technik auf zahlreichen Gebieten. Gegr. 1916, neu gegr. 1948; Sitz: Düsseldorf.

Deutscher Verein für Kunstwissenschaft, Berlin (West), 1908 durch W. von *Bode* gegr. Verein zur Förderung u. Pflege der Erforschung dt. Kunst; seit 1947 mit dem Sitz in Berlin (West) neu tätig. Der Verein gibt Monographien zur dt. Kunstgeschichte heraus: „Denkmäler dt. Kunst", ferner die Bibliographie „Schrifttum zur dt. Kunst", seit 1934, u. die „Zeitschrift des Dt. V. f. K." (seit 1947 unter dem Titel „Zeitschrift für Kunstwissenschaft"). Eine bes. Kommission leitet die Herausgabe des „Handbuchs der dt. Kunstdenkmäler" von Dehio u. Gall.

Deutscher Verein für öffentliche und private Fürsorge, 1880 unter dem Namen *Deutscher Verein für Armenpflege u. Wohltätigkeit* gegründeter führender Fachverband auf dem Gebiet des Fürsorgewesens, Veranstalter des jährl. „Dt. Fürsorgetags"; Organ: „Nachrichtendienst".

Deutscher Vereinspokal, *DFB-Pokal*, Wettbewerb im Fußballsport, seit 1935 von Vereinsmannschaften aller Ligen (Amateur-, Regional- u. ab 1963 Bundesliga) ausgespielt; vom DFB organisiert. Im Gegensatz zur Meisterschaft, bei der die Mannschaft gewinnt, die in Rundenspielen mit Punktwertung die höchste Punktzahl erreicht, siegt im Kampf um den Dt. Vereinspokal die Mannschaft, die als letzte ungeschlagen bleibt. Die Spielpaarungen werden ausgelost, wobei man den Austragungsmodus in den letzten Jahren mehrfach änderte. In der Regel werden die Begegnungen nach dem K.o.-System durchgeführt (Verlierer scheidet aus); 1971/72 jedoch wurden die Hauptrunden in Hin- u. Rückspiel ausgetragen.

Deutscher Versehrten-Sportverband, seit 1975 *Deutscher Behinderten-Sportverband*, gegr. 1951, Sitz: Bonn, 12 Landessportverbände mit rd. 1200 Vereinen u. 80000 Mitgliedern. Zeitschrift: „Der Versehrtensportler". Hauptsportarten: Ballspiele, Bogenschießen, Schwimmen, Skilauf.

Deutscher Wachtelhund, kräftige, mittelgroße Jagdhundrasse; dunkelbraun, mitunter mit weißen Flecken.

Deutscher Werkbund, 1907 in München gegr. Vereinigung von Künstlern u. Industriellen zur Pflege moderner Formgebung im Bereich der angewandten Kunst, bes. der Industrieprodukte. 1933 aufgelöst, wurde der D. W. 1946 mit dem Sitz in Düsseldorf neu gegründet.

Deutscher Wetterdienst, Abk. *DWD*, die Nachfolgeorganisation des *Reichswetterdienstes* in der BRD (Sitz: Offenbach am Main). Der DWD u. der *Meteorologische Dienst der DDR* (Sitz Potsdam) sind die beiden dt. Organisationen, die die meteorolog. Beobachtungsnetze betreuen, die Beobachtungsergebnisse sammeln, bearbeiten u. veröffentlichen, die Wirtschaft, bes. die Landwirtschaft, den Verkehr u. das Gesundheitswesen beraten u. die zu diesen Zwecken notwendige Forschung betreiben. Der DWD ist eine dem Bundesverkehrsminister unterstehende Bundesanstalt; ihr Zentralamt gliedert sich in die Abteilungen für Synopt. Meteorologie, Klimatologie u. Bioklimatologie, Forschung, Agrarmeteorologie u. Instrumentenwesen. Es gibt 11 Wetterämter mit zugeordneten Wetterdienststellen, das Seewetteramt Hamburg, 11 Flugwetterwarten, 7 Aerolog. Stationen, 57 Wetterstationen mit Wettermeldedienst, 500 Klimastationen, 2720 Niederschlagsstationen, 2650 phänolog. Beobachter, 16 Stationen zur Überwachung der Atmosphäre auf radioaktive Beimengungen u. 3 Observatorien, die dem Zentralamt unterstellt sind.

In der DDR gliedert sich der Meteorolog. Dienst in: 1 Institut für Großwetterforschung, je 1 Forschungsinstitut für Agrarmeteorologie, für Hydrometeorologie, für Bioklimatologie, 1 Instrumentenamt, 1 Hauptamt für Klimatologie, 4 Ämter für Meteorologie, 3 Wetterdienststellen, 1 Flugwetterwarte, 1 Zentralstelle des Radiosondendienstes, 60 Meteorolog. Stationen (36 mit Wettermeldedienst). Ferner bestehen Ergänzungsstationen, Niederschlagsmeßstellen, phänolog. Beobachter, Stationen zur Überwachung der Atmosphäre sowie 3 Observatorien.

Außerdem unterhalten die Wetterdienste Sturmwarnungsstellen, Nebelbeobachtungs- u. Wetterbeobachtungsstationen auf Handelsschiffen, Fischdampfern u. Feuerschiffen. Die *Publikationen* der Wetterdienste umfassen in der Regel auf dem Gebiet der Vorhersage: tägl. Wetterberichte, 14tägl. Reisewetterberichte u. Berichte über die Großwetterlage. Nachträglich werden als Ergebnisse ein monatl. Witterungsbericht u. Meteorolog. Jahrbücher veröffentlicht; es bestehen Abhandlungsreihen, z.B. „Berichte des Dt. Wetterdienstes". →auch Wetterdienste.

Deutscher Wissenschaftsrat →Wissenschaftsrat.

Deutscher Zentralausschuß für Chemie, lose Vereinigung wissenschaftl. u. wirtschaftl. chem. Organisationen in der BRD, befaßt sich mit übergeordneten Problemen u. bestimmt Vertreter für die Tagungen der →Internationalen Union für Reine u. Angewandte Chemie; verleiht den *Otto-Hahn-Preis* für Chemie u. Physik.

Deutscher Zollverein, im 19. Jh. die vertragl. Zusammenarbeit dt. Staaten, um die wirtschaftl. Behinderung durch die zahlreichen Binnenzölle zu beseitigen sowie zur gemeinsamen Erhebung der Grenzzölle. Die Initiative ging von Preußen aus, das aus zwei getrennten Gebieten bestand. Mit den dazwischen liegenden Ländern wurden 1819–1828 durch Initiative des preuß. Finanz-Min. F. von *Motz* Verträge geschlossen, die deren Gebiet ins preuß. Zollgebiet einbezogen u. die Länder entsprechend ihrer Kopfzahl an den Zolleinnahmen beteiligten. 1828–1835 bestand ein *Mitteldt. Handelsverein* zwischen Hannover, Sachsen, Oldenburg, Braunschweig u.a. mitteldt. Staaten. Ebenfalls seit 1828 gab es einen *Süddt. Zollverband* zwischen Bayern u. Württemberg. Durch Anschluß an den preußischen entstand zum 1. 1. 1834 der *Dt. Zollverein.* Daneben gab es den *Steuerverein* (Hannover, Oldenburg, Braunschweig, Lippe), der sich 1842–1854 dem Dt. Zollverein anschloß. Der Dt. Zollverein schloß Handelsverträge mit dem Ausland (Holland, Belgien, England, Balkan, Frankreich). Erst spät (1850) versuchte Österreich sich einzuschalten u. die dt. Mittel- u. Kleinstaaten auf seine Seite zu ziehen; 1853 wurde ein *preuß.-österr. Zoll- u. Handelsvertrag* abgeschlossen. Der Dt. Krieg 1866 brachte den Zollverein vorübergehend zur Auflösung; er wurde 1867 erneut geschlossen u. erweitert. Der Dt. Zollverein endete 1871, als er Reichsangelegenheit wurde. – Wenn der Zollverein auch die dt. Einheit nicht unmittelbar herbeigeführt hat, so hat die wirtschaftl. Freizügigkeit doch das Zusammengehörigkeitsgefühl gestärkt u. die Vorteile einer polit. Einheit deutlich gemacht. – 📖 5.4.3.

„Deutsches Allgemeines Sonntagsblatt", 1948 gegr. polit. Wochenzeitung in Hamburg, hrsg. von dem ehem. prot. Landesbischof Hanns *Lilje* (Hannover). Auflage 120000.

Deutsches Amt für Maß und Gewicht, das der →Physikalisch-Technischen Bundesanstalt entspr. Nachfolgeamt der Physikal.-Techn. Reichsanstalt in der DDR; Sitz: Berlin.

Deutsches Archäologisches Institut, wissenschaftl. Institution zur Förderung der klass. Archäologie, hervorgegangen aus dem *Istituto di corrispondenza archeologica*, 1829 von dt. Gelehrten in Rom gegr.; Zentraldirektion in Berlin, Abteilungen in Athen, Bagdad, Istanbul, Cairo, Madrid, Rom, Teheran. Das „Jahrbuch des D.A.I." erscheint seit 1886.

Deutsches Arzneibuch →Arzneibuch.

Deutsches Auslands-Institut →Institut für Auslandsbeziehungen.

Deutsches Bucharchiv München, Institut für Buchwissenschaften – Gemeinnützige Stiftung privaten Rechts, gegr. 1948 als wissenschaftl. Forschungsstelle für das gesamte Buch- u. Zeitschriftenwesen; Sammlung des Fachschrifttums über Buchwesen u. Publizistik.

Deutsches Buch- und Schriftmuseum der Deutschen Bücherei, Leipzig, hervorgegangen aus dem 1884 gegr. Buchgewerbemuseum des „Zentralvereins für das gesamte Buchgewerbe"; seit 1946 in der Deutschen Bücherei Leipzig; Sammlung zur Geschichte des Buch-, Schrift- u. Druckwesens.

Deutsche Schillergesellschaft, ging unter Betonung des gesamtdt. Charakters 1946 hervor aus dem 1895 in Stuttgart gegr. *Schwäbischen Schillerverein*; eng verbunden mit dem Schiller-Nationalmuseum in Marbach; seit 1957 Hrsg. eines literaturwissenschaftl. Jahrbuchs.

Deutsche Schillerstiftung, gegr. 1859 zur Unterstützung dt. Dichter u. ihrer Hinterbliebenen; Sitz: Weimar (Schillerhaus).

Deutsche Schlafwagen- und Speisewagen-GmbH, Abk. *DSG*, Frankfurt a. M., gegr. 1950 von der Dt. Bundesbahn als Nachfolgerin der *Mitropa*. Zweck des Unternehmens ist der einheitl. Betrieb der Schlaf- u. Speisewagen im Bundesgebiet. Stammkapital: 8 Mill. DM; 5500 Beschäftigte. Es bestehen mehrere Tochtergesellschaften mit Gaststätten- u. Hotelbetrieb.

deutsche Schrift, 1. eine aus der spätgotischen *Notula* entstandene, seit dem Ende des 15. Jh. in Dtschld. verwandte Schreibschrift, seit 1941 nicht mehr in den Schulen gelehrt. →auch Lateinschrift. **2.** →Fraktur.

deutsche Schulen im Ausland, von privaten Schulvereinen, Gemeinden oder Orden getragene Unterrichtsanstalten dt. Auswanderergruppen vor allem in Übersee. Zur Zeit bestehen in 41 Ländern über 250 d. S. i. A. mit fast 60000 Schülern. Betreuung durch das Auswärtige Amt und die Ständige Konferenz der Kultusminister.

Deutsche Seewarte, bis zum 31. 3. 1946 die dt. Zentralbehörde für Hydrographie u. maritime Meteorologie; 1868 gegr. Norddeutschen Seewarte in Hamburg gegr.; gab 1876 die ersten amtl. Wetterkarten in Dtschld. heraus. Heute bestehen das *Deutsche Hydrographische Institut* in Hamburg (hervorgegangen aus der 1868 gegr. Norddeutschen Seewarte; dem Bundesverkehrsministerium unterstellt; Aufgaben: allg. Nautik, Seekarten u. -vermessung, Meereskunde u. Erdmagnetismus, nautische Astronomie) u.a. u. das *Seewetteramt des Deutschen Wetterdienstes* in Hamburg (Wind- u. Sturmwarndienst) mit den Wetterämtern Bremen u. Schleswig sowie Küstenwetterwarten, meteorolog. Hafendienst, Feuerschiffen, Sturmwarnungsstellen u. Windanzeigern. Die D. S. veröffentlichte die „Annalen der Hydrographie und Maritimen Meteorologie" (1873–1944); das Dt. Hydrograph. Institut gibt Seekarten, Seehandbücher, Nachrichten für Seefahrer, Eistafeln, Gezeitentafeln und -kalender sowie die „Dt. Hydrograph. Zeitschrift" heraus. – ⌑ 8.9.4.

Deutsches Eck, nach dem nahe gelegenen ehem. *Deutschherrenhaus* benannte Landspitze an der Mündung der Mosel in den Rhein in Koblenz.

Deutsches Fahrerabzeichen, vom *Hauptverband für Zucht und Prüfung dt. Pferde* in den drei Klassen Gold (I), Silber (II) u. Bronze (III) verliehene Auszeichnung, die dem Inhaber Können u. Wissen im Gespannfahren u. in der Pferdepflege u. Pferdehaltung bescheinigt. Grundlage der Prüfung sind Sonderprüfungen (mit prakt. u. theoret. Teil), Erfolge bei Pferdeleistungsschauen der Kategorie A mit der Wertnote 2 u. Siege bei öffentl. Trabrennen. Das *Dt. Jugend-Fahrerabzeichen* wird nur in Sonderprüfungen erworben.

Deutsches Gesundheits-Museum, Köln, Zentralinstitut für Gesundheitserziehung e. V., gegr. 1949, hat im Rahmen der vorbeugenden Gesundheitspflege die Aufgabe, Methoden u. Inhalt der gesundheitl. Volksbildung in Zusammenarbeit mit den ärztl. u. a. fachl. Organisationen einheitl. auszurichten u. sie in der Bevölkerung zur Wirkung zu bringen; gemeinnütziger Verein, vom Bund, vom Land Nordrhein-Westfalen, von der Stadt Köln sowie von Gemeinden u. a. Mitgliedern getragen.

Deutsches Grünes Kreuz →Grünes Kreuz.

Deutsche Shakespearegesellschaft, gegr. 1864 in Weimar, daneben seit 1948 in Bochum, seit 1964 in zwei Gesellschaften (Ost u. West) gespalten.

Deutsche Shell AG, Hamburg, Erdölgesellschaft; gegr. 1902 als *Benzinwerke Rhenania GmbH* in Düsseldorf, seit 1917 AG, seit 1947 heutige Firma; Verarbeitung von Rohöl zu Kraftstoffen, Heizöl u. a., eigene Tankerflotte, Tanklager, rd. 3000 Tankstellen; Grundkapital 1 Mrd. DM (im Besitz der *Royal Dutch/Shell-Gruppe*); 5000 Beschäftigte.

Deutsches Historisches Institut, geschichtl. Forschungsinstitut in Rom; entstand nach der Öffnung des Vatikanischen Archivs (1881) 1888 als *Preuß. Histor. Institut* u. wurde 1933 in D.H.I. umbenannt; 1953 wurde es wieder eröffnet; gibt zusammen mit dem Österreichischen Historischen Institut u.a. die „Nuntiarberichte aus Deutschland" heraus. – ⌑ 5.0.4.

Deutsches Hydrographisches Institut →Deutsche Seewarte.

Deutsche Siedlungs- und Landesrentenbank, Berlin u. Bonn, 1965 hervorgegangen aus dem Zusammenschluß der *Dt. Landesrentenbank* u. der *Dt. Siedlungsbank*; Anstalt des öffentl. Rechts mit der Aufgabe, die Neuordnung des ländl. Raums, insbes. die ländl. Siedlung, zu fördern. →auch Rentenbank.

Deutsches Industrieinstitut, Köln, gegr. 1951; Aufgabe: Publizist. Vertretung der gemeinsamen Auffassungen u. Ziele der Industrieunternehmen der BRD.

Deutsches Institut für Erforschung des Mittelalters (1936–1945 *Reichsinstitut für ältere dt. Geschichtskunde*), gibt die →Monumenta Germaniae Historica heraus. Die bis 1936 bestehende, von den dt. Akademien getragene Zentraldirektion der Monumenta Germaniae Historica wurde 1946 unter dem Namen „MGH. Dt. Institut für Erforschung des MA.", mit Hauptsitz in München, wiederhergestellt. Die Zentraldirektion besteht aus Vertretern aller dt. Akademien u. der Wiener Akademie, einem Vertreter der Historiker der Schweiz sowie Historikern, die sich mit dem MA. befassen. An der Spitze des Instituts steht der von der Zentraldirektion gewählte, vom bayer. Kultusminister ernannte Präs. Seit 1950 ist die Zeitschrift „Dt. Archiv für Erforschung des MA." Organ der MGH. – ⌑ 5.0.4.

Deutsches Institut für Fernstudien, 1968 gegründetes Institut an der Universität Tübingen mit der Aufgabe, Möglichkeiten eines wissenschaftlichen Studiums zu untersuchen und zu schaffen, das die ständige Anwesenheit des Studierenden an der Hochschule entbehrlich macht.

Deutsches Institut für Internationale Pädagogische Forschung, 1964 aus der gleichnamigen, 1951 errichteten Hochschule hervorgegangene gemeinsame wissenschaftl. Einrichtung der Länder in der BRD; bietet Pädagogen aller Schularten die Möglichkeit, mindestens ein Jahr außerhalb der Berufspraxis an pädagog. Forschungen zu arbeiten, wobei der Gesichtspunkt des internationalen Vergleichs betont wird. Sitz: Frankfurt a. M.

Deutsches Institut für Normung e. V. (DIN) → Deutscher Normenausschuß e. V.

Deutsches Institut für Wirtschaftsforschung, Abk. *DIW,* Berlin, gegr. 1925 von Ernst *Wagemann* als *Institut für Konjunkturforschung;* betreibt vor allem Konjunkturbeobachtung, -analyse u. -prognose der dt., europ. u. Weltwirtschaft, auch vergleichende Konjunkturbeobachtung BRD-DDR-Wirtschaft. Veröffentlichungen: „Vierteljahreshefte zur Wirtschaftsforschung"; „Wochenbericht"; „Sonderhefte"; „DIW-Beiträge zur Strukturforschung".

Deutsches Institut für wissenschaftliche Pädagogik, 1922 von kath. Lehrerverbänden gegr., 1948 neu gegr. Institut für Lehrerfortbildung, pädagog. Forschung u. Auskunftserteilung; Sitz: Münster, Westf.

Deutsches Jugendherbergswerk →Jugendherbergen.

Deutsches Jugendinstitut, zentrale Dokumentations- u. Forschungsstelle für Jugendfragen in der BRD, 1963 hervorgegangen aus dem Zusammenschluß von Deutschem Jugendarchiv u. Studienbüro für Jugendfragen; Sitz: München.

Deutsches Jugendsportabzeichen, Leistungsabzeichen für Jugendliche zwischen 12 u. 18 Jahren, vom DSB in drei Stufen verliehen: A) Silberabzeichen für 17–18jährige, B) Bronzeabzeichen mit Silberkranz für 15–16jährige, C) Bronzeabzeichen für 12–14jährige. Die Anstecknadel besteht aus dem DSB-Zeichen, das von einem Ring stilisierten Eichenlaubs umschlossen ist. Die Bedingungen (aus jeder Gruppe eine Übung zu wählen) für Stufe A sind (in Klammern für weibl. Jugend): 1. *Schwimmen* 300 m (200 m), *Grundschein* der DLRG; 2. *Hochsprung* 1,30 m (1,10), *Weitsprung* 4,50 m (3,50), *Pferdesprung* mit Grätsche (Fechterkehre), *Skisprung* 140 Punkte; 3. *Laufen* 100 m in 14 sek (75 m in 12,6 sek); 4. *Kugelstoßen* 7,5 m (6 m), *Speerwerfen* 25 m (18 m), *Schleuderball* 35 m (25 m), *Schwimmen* 100 m in 1:45 min (2:05 min), *Skilauf, Reckturnen, Barrenturnen, Gewichtheben* (Mädchen dafür Schlagballwerfen 35 m), *Kanufahren;* 5. *Dauerübung: Lauf* 3000 m in 13:30 min (1500 m in 9 min), *Radfahren* 20 km in 45 min (60 min), *Schwimmen* 600 m in 17 min (400 m in 17 min), *Skilanglauf* 8–10 km (4–5 km), *Rudern* im Gig-Vierer 9 km in 60 min (8 km in 60 min), *Kegeln* 100 Kugeln in 30 min. Für die B- u. C-Stufen sind die Bedingungen in ähnliche Gruppen eingeteilt, jedoch mit niedrigeren Schwierigkeitsgraden. Träger des Dt. Jugendsportabzeichens in Silber können auf Wunsch auch das *Europäische Sportabzeichen* erhalten, da die Anforderungen fast gleich sind.

Deutsches Kreuz, am 28. 9. 1941 gestifteter Orden in Form eines achtzackigen Sterns, auf der rechten mittleren Brustseite zu tragen; als *D. K. in Gold* verliehen für vielfach bewiesene außergewöhnl. Tapferkeit oder vielfache hervorragende Verdienste in der Truppenführung, als *D. K. in Silber* für außergewöhnl. Verdienste in der Kriegführung.

Deutsches Museum, *D.M. von Meisterwerken der Naturwissenschaft und Technik,* München, gegr. 1903 auf Anregung von Oskar von *Miller,* endgültiger Bau auf der „Museumsinsel" 1925 eröffnet, im 2. Weltkrieg schwer beschädigt, seitdem größtenteils wieder aufgebaut. Zeigt an Originalen u. Modellen die Entwicklung von Technik u. Naturwissenschaft; besitzt eine reichhaltige Bibliothek u. einige Kongreßsäle. – ⌑ 10.0.1.

Deutsches Obergericht für das Vereinigte Wirtschaftsgebiet, Abk. *DOG,* 1948 mit Sitz in Köln errichtet, hatte verfassungs- u. verwaltungsgerichtl. Zuständigkeiten, daneben begrenzt solche einer Rechtsmittelinstanz; 1951 aufgelöst.

Deutsches PEN-Zentrum →PEN-Club.

Deutsche Sporthilfe, vom Deutschen Sportbund u. von der →Deutschen Olympischen Gesellschaft 1967 in Berlin gegründete Stiftung, die vom hessischen Minister des Innern genehmigt wurde. Sitz: Frankfurt a. M. Vorsitzender: J. *Neckermann.* Zweck: Mit den aus Spenden der Industrie u. aus dem Erlös von Olympiabriefmarken stammenden Geldern werden Spitzensportler dadurch sozial

Deutsches Eck

betreut, daß sie im Rahmen der Amateurbestimmungen Ernährungsbeihilfen, Fahrtbeihilfen u. Stipendien erhalten.

Deutsche Sporthochschule, 1947 in Köln (Müngersdorfer Stadion) als Nachfolgerin der Berliner Hochschule für Leibesübungen (1920–1934) gegründete Hochschule für die Lehre u. Forschung auf dem Gebiet der Leibeserziehung u. des Sports. Gemäß der ihr gegebenen Verfassung hat die D.S. die Aufgabe, „in Lehre, Forschung u. praktischer Ausbildung die Leibeserziehung zu pflegen u. zu fördern". Der jetzige Name wurde der Schule am 1. 1. 1965 vom Kultusminister des Landes Nordrhein-Westfalen verliehen. Unter demselben Datum erhielt sie eine Rektoratsverfassung mit der Einsetzung von Lehrstühlen. Gemäß dem Gesetz über die Wissenschaftlichen Hochschulen des Landes Nordrhein-Westfalen vom 7. 4. 1970 wurde die D. S. wissenschaftl. Hochschule mit Promotions- u. Habilitationsrecht.

Zur Zeit sind folgende Lehrstühle vorhanden: Geschichte, Didaktik u. Methodik, Musikpädagogik, Rehabilitation, Kardiologie u. Sportmedizin, Philosophie, Biomechanik, Physiologie, Pädagogik, Psychologie u. Morphologie. Ausbildungszweige sind die Diplom-Ausbildung, die Sportphilologenausbildung und das Ergänzungsstudium für Leibeserziehung.

Da die D.S. auch den Auftrag hat, Leibeserzieher u. Sportlehrer für den öffentlichen Sport auszubilden, werden zahlreiche zusätzliche Lehrgänge durchgeführt, z.B. der einjährige Lehrgang zur Ausbildung von Fachsportlehrern.

Deutsche Sportjugend, die Jugendorganisation des Deutschen Sportbundes. Mitglieder sind die Jugendorganisationen der Landessportbünde u. der Fachverbände. Sie setzt sich zum Ziel, die Jugend in körperl., geistiger u. sittl. Hinsicht zu erziehen, u. bekennt sich zur olymp. Idee. Gliederung in Schüler (6–14 Jahre), Jugendliche (14–18 Jahre) u. Juniorinnen bzw. Junioren (18–21 Jahre). Organe: Vollversammlung, Arbeitsausschuß (9 Mitglieder) u. die Fachausschüsse.

Deutsche Sportkonferenz, am 22. 10. 1970 in Bonn von staatl. u. sportl. Organisationen gegründete Arbeitsgemeinschaft zur Koordination der Sportförderung auf allen Ebenen. Sie hat die Aufgabe, Aktionen zu einer umfassenden gesellschaftspolit. Integration des Sports anzuregen sowie Maßnahmen zur Förderung des Sports auf Bundes-, Landes- u. kommunaler Ebene zu koordinieren. Von den 24 Mitgliedern entsendet der Sport 12; Bund, Länder, kommunale Spitzenverbände u. die Parteien des deutschen Bundestages ebenfalls 12. Der Vorsitz wechselt alle 2 Jahre zwischen dem Bundesminister des Innern u. dem Präsidenten des DSB.

Den Vorsitz übernahm 1970–1972 der Bundesminister des Innern, die Geschäftsführung oblag dem DSB. Die Empfehlungen sollen möglichst einstimmig u. nicht gegen beteiligte Institutionen geplant werden. Für folgende Bereiche können Empfehlungen ausgesprochen werden: Schulsport, Breitensport, Leistungssport, Sportwissenschaften, Organisation u. Verwaltung sowie Gesetzgebung auf dem Gebiet des Sports.

deutsche Sprache. Das Wort *deutsch* geht auf ein german. Wort *theudiskaz* zurück, das allerdings nicht belegt, sondern nur aus späteren Formen erschlossen ist. Es bedeutet etwa „zum Volke gehörig". Das erste Mal in der Geschichte tritt es in der latein. Form *theodisce* auf, u. zwar in einem Bericht des päpstl. Nuntius Georg von Ostia an Papst Hadrian I. aus dem Jahre 786. Die dt. Form *diutisc* erscheint erstmals in der Aristoteles-Übersetzung des Mönchs *Notker von St. Gallen* um 1000; als fester, bleibender Begriff findet sie sich jedoch erst im „Annolied" (um 1090) u. in der „Kaiserchronik" (um 1150). Die Bezeichnung „deutsch" bezieht sich zuerst auf die einheimische Sprache, die Volkssprache, im Gegensatz sowohl zum Latein der Gelehrten als auch vor allem zum *Walhisk* („Welsch") der roman. oder romanisierten Nachbarn im fränk. Großreich.

Die d.S. hat sich in der Völkerwanderungszeit als Teil der german. Sprachgruppe entwickelt; sie wird außer in Dtschld. auch in Österreich, der Schweiz, Luxemburg, dem Elsaß u. Südtirol gesprochen, darüber hinaus von auslandsdt. Gruppen in Europa u. Übersee, insgesamt von etwa 100 Mill. Menschen.

Räuml. Gliederung der d.nS. →deutsche Mundarten.

Zeitlicher Ablauf

1. Älteste Stufe: Altsächsisch-Althochdeutsch (750–1050).

2. Mittlere Stufe: Mittelhochdeutsch-Mittelniederdeutsch (1050–1500); Verfall der vollen End- u. Mittelsilbenvokale, Beginn der Diphthongierung (hûs – Haus, mîn – mein, liute – Leute) u. stellenweise der Monophthongierung (liep – lieb, müede – müde, muot – Mut); Ausbreitung der d.nS. in den Osten; erste Versuche, eine übermundartl. hochdt. Sprachform zu finden: mittelhochdt. Dichtersprache, Entwicklung der Kanzleisprachen, humanist. Sprachreinigungsbemühungen; in Nieder-Dtschld.: Schriftsprache der Hanse.

3. Jüngste Stufe: Neuniederdeutsch (Plattdeutsch) u. Neuhochdeutsch. Das Niederdeutsche sinkt zur Mundart ab; im Osten formt sich eine hochdt. Schriftsprache, die sich über das ganze dt. Sprachgebiet ausbreitet, gefördert durch M. *Luthers* Bibelübersetzung u. den Buchdruck; die Mundarten werden dadurch zurückgedrängt.

Fremde Einflüsse haben die d.S. zugleich bedroht u. bereichert: das Latein. im MA. u. im Humanismus, das Französ. im Hochmittelalter u. im 17./18. Jh., das Engl. seit dem 19. Jh. Die Mundarten haben immer wieder belebend auf die hochdt. Schriftsprache eingewirkt, andererseits hat die Vermischung beider zu einer landschaftl. unterschiedl. Umgangssprache geführt. Für einzelne Stände u. Berufe haben sich eigene Ausdrucksweisen u. „Berufssprachen" gebildet. – 🕮 3.8.4.

Deutsches Radsport-Abzeichen →Radsport.

deutsches Recht, 1. das Recht Deutschlands, ursprüngl. das dt. Recht im Sinne von 2), seit der →Rezeption beeinflußt vor allem durch das röm. Recht des *Corpus juris civilis* u. durch das des *Corpus juris canonici*; in der Neuzeit Einfluß des Naturrechts. Auf der Grundlage verschiedener nur für Teile Deutschlands geltender Kodifikationen (*Preuß. Allg. Landrecht* von 1794, *Österr. ABGB* von 1811, z.T. auch *Code civil*) wurde in der 2. Hälfte des 19. Jh. eine dt. Rechtseinheit für das Gebiet des Dt. Reichs erzielt (*HGB* von 1861/1897, *Gewerbeordnung* von 1869, *Strafgesetzbuch* von 1871, *Gerichtsverfassungsgesetz* u. *Prozeßordnungen* von 1879, *BGB* von 1900), die im 20. Jh. auch auf weite Gebiete des öffentl. Rechts ausgedehnt wurde (*Reichsversicherungsordnung* von 1911, Arbeits-, Steuer- u. Wohnungsrecht seit 1919, *Dt. Gemeindeordnung* von 1935, *Dt. Beamtengesetz* von 1937).

2. das aus den →Volksrechten der german. Stämme (z.B. →Lex Salica, Stammesrecht der Franken) gewachsene, in Dtschld. bis zur →Rezeption des röm. Rechts geltende Recht, dessen Grundzüge in den neueren Kodifikationen mit denen des röm. Rechts verknüpft sind (z.B. dt.-rechtl. Züge im Sachen-, Familien- u. Erbrecht, röm.-rechtl. Züge im Allg. Teil u. im Schuldrecht des BGB). Das d. R. betont im Gegensatz zum individualist. röm. Recht die Gemeinschaftsbeziehungen u. den Schutz des Rechtsverkehrs. Ursprüngl. vorwiegend personell (sippen-)gebunden, wurde es im Hoch-MA. zu gebietl. gebundenem *Land- und Lehnrecht, Hof- und Stadtrecht*; nur letzteres war Gesetzesrecht im heutigen Sinn, das übrige vorwiegend Gewohnheitsrecht, so auch die berühmten *Rechtsbücher* des MA. (z.B. *Sachsen-* u. *Schwabenspiegel*, die nur private Aufzeichnungen von allerdings großem prakt. Einfluß waren). Das Recht dt. Städte übernahmen fast alle Städte des Ostraums bis nach Nowgorod, Smolensk u. Kiew (*Stadtrechtsfamilien*). Die Zersplitterung u. das stoffl. Anwachsen des dt. Rechts, das von den dt. Laienrichtern nicht mehr übersehen werden konnte, führte zur Rezeption des geschriebenen u. einheitl. röm. Rechts mit seinen rechtsgelehrten Richtern. – 🕮 4.0.3.

Deutsches Reich, 1. lat. *regnum Teutonicorum*, erstmals 920 (Größere Salzburger Annalen) vorkommende Bez. für →Heiliges Römisches Reich, später auch für dessen dt. Teil (neben Reichsitalien u. Burgund). – 🕮 5.4.0.

2. 1871–1945 offizielle staatsrechtl. Bez. für Dtschld., proklamiert am 18. 1. 1871 in Versailles, 1945 von den 3 Hauptsiegermächten des 2. Weltkrieges besetzt u. in seinen Grenzen vom 31. Dez. 1937 (ohne →Ostgebiete) unter Hinzuziehung Frankreichs in 4 Besatzungszonen aufgeteilt. →auch Deutschland (Geschichte). – 🕮 5.4.3–6.

Deutsches Reisebüro GmbH, Abk. *DER*, bis 1946 *Mitteleuropäisches Reisebüro* (Abk. *MER*), gegr. 1918, Sitz: Frankfurt a.M. (früher Berlin); Gesellschafter: Deutsche Bundesbahn (52%), Hapag-Lloyd AG, Amtl. Bayer. Reisebüro; Hauptaufgaben: Verkauf von Flugscheinen, Eisenbahn- u. Binnenschiffahrtskarten, Reiseveranstaltungen.

Deutsches Reiterabzeichen, vom *Hauptverband für Zucht und Prüfung dt. Pferde* aufgrund einer Sonderprüfung oder aufgrund von Erfolgen in Prüfungen der Kategorie A bei Pferdeleistungsschauen an Reiter und Reiterinnen ab 19 Jahre in Gold, Silber und Bronze verliehen. Die Sonderprüfung für das Dt. Reiterabzeichen in Bronze umfaßt die Fertigkeit im dressurmäßigen Reiten (Vorreiten eines beliebigen Pferdes nach den Anforderungen einer Dressurprüfung Klasse A), Fertigkeit im Reiten über Hindernisse (Vorreiten eines beliebigen Pferdes der Klasse A über eine Springwand nach den Anforderungen der Klasse A) und eine theoretische und praktische Prüfung auf dem Gebiet der Reitlehre, der Zäumung und Sattelung sowie der Pferdepflege u. -haltung. Bei den Rennerfolgen werden nur Siege in Halbblutrennen der Kategorie A und J oder Vollblutrennen der Klassen A oder B bewertet (zwei Siege). Die Anforderungen für die Abzeichen in Silber und in Gold sind entsprechend erhöht.

Deutsches Rotes Kreuz, *Abk. DRK*, →Rotes Kreuz.

Deutsches Rundfunkarchiv, 1952 gegr. Institut (Stiftung) in Frankfurt a. M., das histor., künstler. oder wissenschaftl. wertvolle Tondokumente z.T. in einer Kartei erfaßt, z.T. selber sammelt u. bei Bedarf den Rundfunkanstalten u. der Wissenschaft zur Verfügung stellt.

Deutsches Schießsportabzeichen →Schießsport.

Deutsches Schülersportabzeichen, vom Landessportbund Nordrhein-Westfalen 1968 als Kindersportabzeichen versuchsweise für 9-11jährige Jungen u. Mädchen ausgeschrieben, um das Dt. Jugendsportabzeichen (ab 12 J.) sinnvoll für die jüngeren Jahrgänge zu ergänzen; dann vom Dt. Sportbund als D.S. (in Bronze oder Silber) übernommen. Für das Bronzeabzeichen sind folgende Leistungen zu erfüllen: Jungen (Mädchen in Klammern): 50-m-Lauf 9,4 Sekunden (9,7), Weitsprung 2,90 m (2,60) oder Hochsprung 0,85 m (0,80), Schlagballweitwurf 25 m (14), Freischwimmerzeugnis oder 50-m-Schwimmen in beliebiger Zeit, Dauerlauf 800 m ohne Zeit (600). Für das Silberabzeichen erhöhen sich die Anforderungen im Weitsprung (3,30 bzw. 3 m), Hochsprung (1,00 bzw. 0,95 m), 50-m-Lauf (8,9 bzw. 9,2 Sekunden) u. Schlagballweitwurf (32 bzw. 17 m), die übrigen bleiben gleich.

Deutsches Schwimmabzeichen, Leistungsabzeichen für Schwimmer, vom Dt. Schwimm-Verband in Silber (für Bewerber über 18 Jahre) u. Gold (über 40 Jahre) verliehen. Bedingungen für Silberabzeichen der Männer (Frauen in Klammern): 200-m-Schwimmen 3:40,0 min (4:00,0), 200-m-Lagen 4:00,0 min (4:30,0), 1500-m-Langstrecke 30 min (800 m in 20) Tauchen 25 m (25), Springen: Kopfsprung u. Salto. Bedingungen für Goldabzeichen: 100-m-Schwimmen 1:40,0 min (2:00,0), 100-m-Lagen 2:10,0 min (2:30,0), 400-m-Langstrecke 10 min (12), Tauchen 15 m (15), Springen wie beim Silberabzeichen.

Das *Deutsche Jugendschwimmabzeichen* wird für Jugendliche von 14–16 Jahren in Bronze u. für 16–18jährige in Bronze mit Silberkranz verliehen; die Bedingungen sind ähnlich wie beim Dt. Schwimmabzeichen, jedoch den Altersklassen leistungsmäßig angepaßt.

Das *Schüler-Leistungsabzeichen* wird für Schüler bis 14 Jahre in vier Wahlleistungsstufen („Seepferdchen", „Wal", „Delphin" u. „Hai") verliehen.

Deutsches Sportabzeichen, 1913 als *Dt. Turn- u. Sportabzeichen* (1934–1945 *Reichs-Sportabzeichen*) geschaffene Auszeichnung in drei Klassen: Bronze, Silber, Gold; wird für gute vielseitige körperl. Leistungsfähigkeit entsprechend bestimmten Leistungsanforderungen vom DSB verliehen. Es besteht aus dem DSB-Zeichen, umschlossen von einem Ring stilisierten Eichenlaubs. Bedingung für das Dt. Sportabzeichen in Bronze ist die Vollendung des 18. Lebensjahrs u. die Erfüllung der Anforderungen in einem Kalenderjahr. Das Silberabzeichen erhält, wer das 32. (bei Frauen das 28.) Lebensjahr vollendet u. die entspr. Leistungen erfüllt hat oder wer das Bronzeabzeichen besitzt u. in weiteren 7 (Frauen in 5) Kalenderjahren die dem Alter entspr. Anforderungen erfüllt hat. Das Goldabzeichen erhält, wer das 40. (bei Frauen das 36.) Lebensjahr vollendet u. die

Leistungen dieser Altersklasse erfüllt oder wer das Silberabzeichen besitzt u. in weiteren 7 (Frauen in 5) Kalenderjahren die dem Alter entspr. Anforderungen erfüllt hat. Die 5 Leistungsgruppen umfassen für das Bronzeabzeichen der Männer (je 1 Übung ist zu wählen): 1. *Schwimmen* 300m in 9 min, *Grundschein* der Dt. Lebens-Rettungs-Gesellschaft; 2. *Hochsprung* 1,35 m, *Weitsprung* 4,75 m, *Grätsche* am Langpferd, *Skisprung*; 3. *Lauf* 100 m in 13,4 sek, 400 m in 68 sek, 1500 m in 5:20 min; 4. *Diskuswerfen* 25 m, *Speerwerfen* 30 m, *Kugelstoßen* 8 m, *Steinstoßen* links u. rechts zusammen 9 m, *Schwimmen* 100 m in 1:40 min, *Reckturnen*, *Barrenturnen*, *Gewichtheben*, *Rudern* 12 km, *Kanufahren* 1500 m in 3:40 min, *Eislaufen* 10 000 m in 27 min, *Skilaufen* 15–18 km, *Rudern* 10 km, *Kanufahren* 10 km, *Kegeln* 200 Wurf in 65 min. Die Bedingungen für das Bronzeabzeichen der Frauen: 1. *Schwimmen* 200 m in 7 min, *Grundschein* der DLRG; 2. *Hochsprung* 1,10 m, *Weitsprung* 3,50 m, *Pferdlängssprung*; 3. *Laufen* 75 m in 12,4 sek., 100 m in 16 sek; 4. *Diskuswurf* 22 m, *Speerwurf* 22 m, *Kugelstoßen* 6,75 m, *Schlagball* 37 m, *Schleuderballweitwurf* 27 m, *Barrenturnen* (zwei Übungen), *Schwimmen* (100 m in 2 min), *Skilaufen*, *Rudern*, *Kanufahren*; 5. Dauerübung: *Laufen* 2000 m in 12 min, *Radfahren* 20 km in 60 min, *Schwimmen* 1000 m in 29 min, *Rudern* 10 km in 60 min, *Kanufahren* 3000 m in 20 min, *Skilanglauf* 5–10 km, *Kegeln* 100 Kugeln in 30 min. →auch Deutsches Jugendsportabzeichen, Deutsches Schülersportabzeichen.

Dem Dt. Sportabzeichen entspricht in der DDR das „Sportabzeichen der DDR", das 1965 das Leistungsabzeichen „Bereit zur Arbeit und zur Verteidigung der Heimat" ablöste. Es wird für 10 Altersgruppen (beginnend bei Kindern ab 6 Jahre) in Bronze, Silber u. Gold verliehen. Von den Disziplinen Gerätturnen, Gymnastik, Leichtathletik oder Wintersport, Kampfsport, Spiele u. Schwimmen muß, nach den Altersgruppen im Schwierigkeitsgrad ansteigend, je eine Übung absolviert werden; außerdem findet eine theoret. Prüfung statt.

Deutsches Springderby, ein Sa-Springen (→Jagdspringen) über 1350 m mit 17 Hindernissen u. 24 Sprüngen bis 1,60 m Höhe; seit 1920 jährl. in Hamburg ausgetragen. Der ungewöhnlich lange u. schwierige Parcours stellt höchste Anforderungen an Pferd u. Reiter.

Deutsches Stoke Mandeville-Komitee [-stouk mændəvil-], Organisation für die sportliche Betätigung Querschnittsgelähmter, benannt nach dem engl. Ort Stoke Mandeville, wo durch die Initiative von L. *Guttmann* 1948 die ersten Internationalen Spiele ausgetragen wurden; finden jeweils im Jahr der Olymp. Spiele am Ort der Sommerspiele statt. Sportarten: Bogenschießen, Bowling, Billard, Fechten, Leichtathletik, Rollstuhlfahren auf Zeit u. im Slalom, Tischtennis u. Schwimmen.

Deutsche Staatsbibliothek, nach dem 2. Weltkrieg als „Öffentl. Wissenschaftl. Bibliothek" aus Beständen der ehem. →Preußischen Staatsbibliothek entstandene, 1954 umbenannte zentrale wissenschaftl. Bibliothek der DDR in Ostberlin. Bestand 1968: rd. 2,9 Mill. Bände.

Deutsche Staatspartei, polit. Partei der Weimarer Republik; 1930 aus der Verbindung der *Deutschen Demokratischen Partei* u. der *Volksnationalen Reichs-Vereinigung* gegr., zog mit 20 Abgeordneten in den Reichstag ein; 1933 wieder aufgelöst.

Deutsches Theater, (Ost-)Berlin, die bedeutendste dt. Bühne der Zeit um 1900; aus einer 1848 von Fr. W. *Deichmann* gegr. Sommerbühne („Friedrich-Wilhelmstädtisches Theater") hervorgegangen, 1884 in D. T. umbenannt; u. a. von A. *Lortzing* u. A. *L'Arronge* geleitet; seit 1894 unter der Intendanz von O. *Brahm* zur Hochburg des neuen naturalist. Bühnenstils entwickelt (Aufführungen von H. Ibsen, L. N. Tolstoi, G. Hauptmann, A. Schnitzler); ab 1905 schuf M. *Reinhardt* am D. T. Inszenierungen von internationalem Rang; 1906 wurde eine Kammerspielbühne angegliedert; 1934–1945 leitete H. *Hilpert* das D. T., danach Wolfgang *Langhoff* (* 1901, † 1966) bis 1963; z. Z. ist Hanns Anselm *Perten* Intendant.

Deutsche Stiftung für Entwicklungsländer, gegr. 1959, Sitz: Berlin; Aufgabe ist die Pflege wirtschaftl., sozialer u. kultureller Beziehungen der BRD zu Entwicklungsländern mit Hilfe gegenseitigen Erfahrungsaustauschs.

Deutsches veredeltes Landschwein, Kreuzung aus dem →Deutschen weißen Edelschwein u. dem langohrigen Landschwein. Mittelgroßes, frühreifes, schnellwüchsiges Schwein mit Schlappohren, weiß. →auch Landrassen.

Deutsches Volksliedarchiv, von John *Meier* 1914 in Freiburg i. Br. eingerichtete Text- u. Melodiensammlung dt. Volkslieder u. Lieder der dt. Sprachinseln; enthält rd. 300 000 Liedaufzeichnungen.

Deutsches Weideschwein, Hildesheimer Schwein, genügsames, sehr widerstandsfähiges Landschwein.

Deutsches weißes Edelschwein, Kreuzung des englischen Yorkshire-Schweins mit deutschen Landrassen; weißes (eventuell mit vereinzelten Pigmentflecken) schnellwüchsiges Schwein mit Stehohren.

Deutsches Wörterbuch, *Grimmsches Wörterbuch*, umfassendste Sammlung des dt. Wortschatzes von den Anfängen des dt. Schrifttums im 8. Jh. bis zur Gegenwart. Begründet u. begonnen 1837 durch J. u. W. *Grimm*, der erste Band erschien 1854. Vom 5. Bd. an weitergeführt durch R. *Hildebrandt*, K. *Weigand*, M. *Heyne*, M. *Lexer*, G. *Rosenhagen*, K. *Euling*, A. *Götze* u. a. Seit 1908

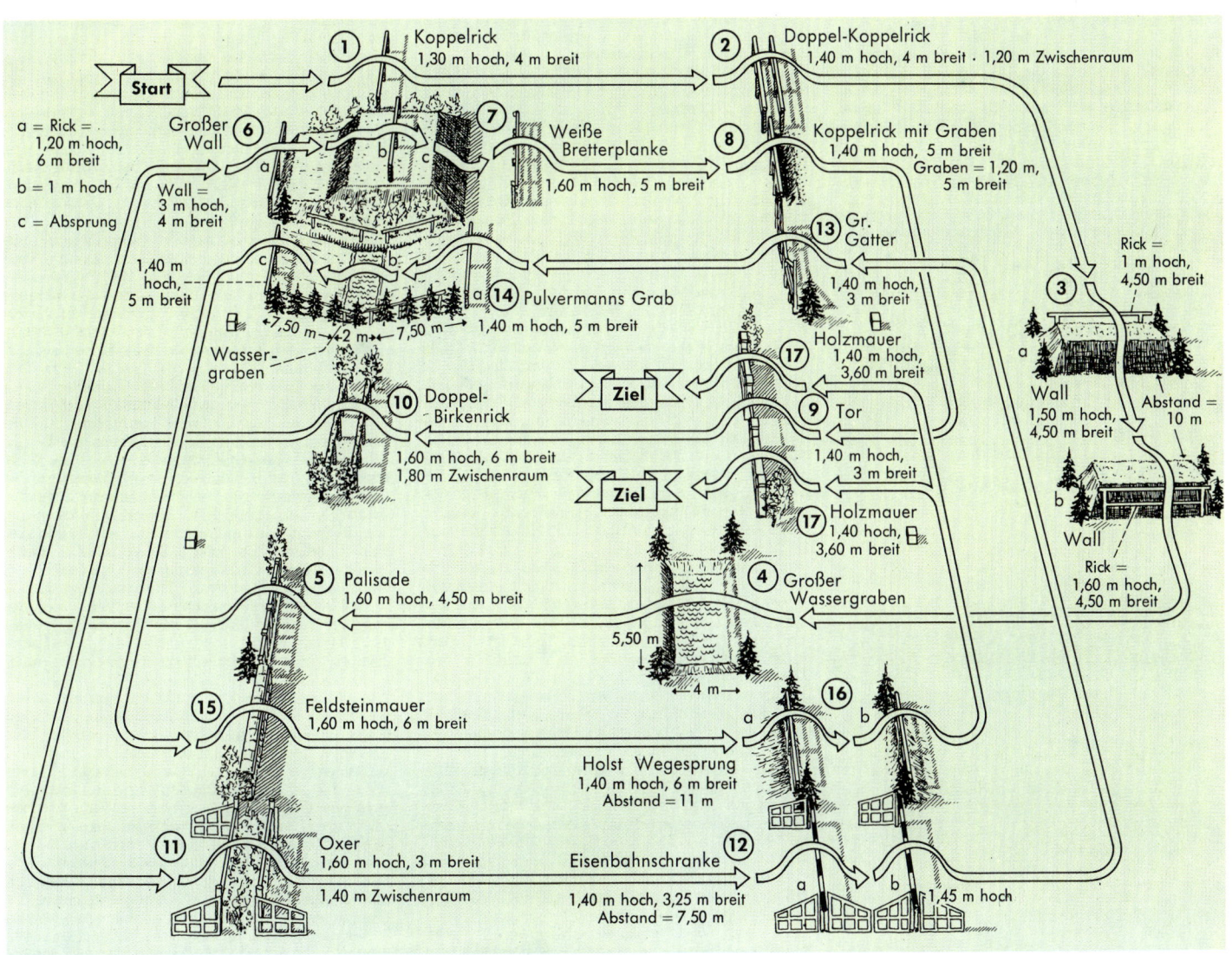

Deutsches Springderby: Parcours des Deutschen Springderbys in Hamburg-Flottbek

Deutsch-Französischer Krieg: Napoléon III. übergibt seinen Degen; Lithographie von Hartwich

betreut von der Preuß. Akademie der Wissenschaften, später von der Dt. Akademie der Wissenschaften im Verein mit der Dt. Forschungsgemeinschaft. 16 Bände, die z.T. in Teilbände aufgegliedert sind; letzter Band 1961 erschienen. Seitdem erscheint eine Neubearbeitung der veralteten Bände.

Deutsches Zentralarchiv, wurde 1946 in Potsdam eingerichtet u. teilt sich mit dem *Bundesarchiv* in Koblenz in die Nachfolge des *Reichsarchivs.* Es bewahrt das Archivgut der DDR u. Archivalien des ehem. Reichsarchivs auf. Die Außenstelle in Merseburg verwaltet die Archivalien aus dem Preuß. Geheimen Staatsarchiv. – ☐ 5.0.4.

Deutsches Zentralinstitut für soziale Fragen, Archiv und Auskunftsstelle für alle Fragen der Sozialarbeit; gegründet 1893 unter dem Namen *Archiv für Wohlfahrtspflege;* Sitz: Berlin.

Deutsche Texaco AG, Hamburg, Erdölgesellschaft, gegr. 1899, 1911–1970 *Deutsche Erdöl-AG,* seit 1970 D.T. AG; fördert Erdöl, erzeugt Benzin, Heizöl, Schmierstoffe u.a., betreibt rd. 3000 Tankstellen in der BRD; Grundkapital: 360,4 Mill. DM (Großaktionär: *Texaco International Financial Corporation,* Delaware, USA); 5700 Beschäftigte im Konzern; zahlreiche Tochtergesellschaften.

Deutsche Tropenmedizinische Gesellschaft, *Abk. DTG,* wissenschaftl. Vereinigung der dt. Tropenärzte zur Erforschung, Erkennung u. Behandlung der Tropenkrankheiten, gegr. 1907; die bis 1936 arbeitende DTG wurde 1962 neu gegr. Zu ihren Aufgaben gehören bes. auch die tropenmedizin. Ausbildung der Ärzte u. die Aufklärung über tropenmedizin. u. tropenhygien. Fragen.

Deutsche Turnschule, 1960 vom Dt. Turner-Bund eingerichtete zentrale Ausbildungsstätte in Frankfurt a. M. Jährl. werden ca. 2000 Turnerinnen u. Turner in fachl. u. überfachl. Lehrgängen geschult; außerdem einjähriger Turn- u. Sportlehrer-Lehrgang.

Deutsche Unilever GmbH, Tochtergesellschaft der seit 1937 durch Gleichstellungsvertrag verbundenen *Unilever N. V.,* Rotterdam, u. *Unilever Limited,* London (→Unilever-Konzern); seit 1971 Dachgesellschaft der dt. Unilevergesellschaften: *Union Deutsche Lebensmittelwerke GmbH,* Hamburg, *Lever Sunlicht GmbH,* Hamburg, *„Nordsee" Deutsche Hochseefischerei GmbH,* Bremerhaven, u.a.; Produktion von Margarine, Seifen, Waschmitteln u. Parfümerien, Fischerei u.a., Stammkapital 500 Mill. DM; 35000 Beschäftigte.

Deutsche Union, 1971 gegründet, stark rechtsgerichtete konservativ-liberale Partei, aus der →Nationalliberalen Aktion hervorgegangen.

Deutsche Verlags-Anstalt GmbH, Abk. *DVA,* Stuttgart, gegr. 1848; Belletristik u. zeitgeschichtl. Schrifttum, Lebensbeschreibungen u. Fachbücher.

Deutsche Versicherungsakademie, Köln-Lindenthal, Berufsbildungseinrichtung des Gesamtverbands der Versicherungswirtschaft zur fachl. Weiterbildung von angestellten u. selbständigen Versicherungskaufleuten.

Deutsche Versuchsanstalt für Luftfahrt →Deutsche Forschungs- und Versuchsanstalt für Luft- und Raumfahrt e.V.

„Deutsche Vierteljahrsschrift für Literaturwissenschaft und Geistesgeschichte", Abk. *DVj,* gegr. 1923 von P. Kluckhohn u. E. Rothakker, hrsg. von R. Brinkmann u. H. Kuhn; Organ der nach dem 1. Weltkrieg aufstrebenden geisteswissenschaftl. Literaturbetrachtung; Forschungsberichte z.T. in gesonderten Referateheften.

Deutsche Volkspartei, Abk. *DVP,* **1.** demokrat. Partei, 1868 in Stuttgart gegr.; stellte im Durchschnitt 11 Abgeordnete im Reichstag, ging 1910 in der *Fortschrittlichen Volkspartei* auf.
2. Ende 1918 aus dem rechten Flügel der Nationalliberalen hervorgegangene Partei; stützte sich auf Kreise des nationalen Bürgertums u. der Schwerindustrie (H. *Stinnes).* Anfangs monarchist. u. nationalist.; söhnte sich unter G. *Stresemanns* Führung der Republik aus u. unterstützte gemeinsam mit den Parteien der Weimarer Koalition (SPD, Zentrum, DDP) seine Verständigungspolitik. Nach Stresemanns Tod (1929) war die DVP unter E. *Scholz* u. E. *Dingeldey* starken antidemokrat. Einflüssen ausgesetzt. Sie sank nach 1930 zur Bedeutungslosigkeit herab. 1933 erfolgte die Selbstauflösung.

deutsche Vorstehhunde, Jagdhundrassen. Vielseitig verwendbar („Vorstehen" heißt plötzliches regungsloses Verharren bei Erscheinen von Federwild). *Deutschkurzhaar:* braun, Braunschimmel, weiß mit braunen Platten. Haar kurz, dick, derb, hart. Rute kupiert. *Deutschdrahthaar:* wie Kurzhaar mit nicht zu langem Drahthaar. Rute kupiert. *Deutschlanghaar:* Haar 3–5 cm lang, weich. Rute wird nicht kupiert. Weitere Vorstehhundsrassen sind Deutschstichelhaar, Griffon, Pudelpointer, →Münsterländer, →Weimaraner.

Deutsche Welle, 1953 gegr. u. 1960 durch Bundesgesetz neugeordnete öffentl.-rechtl. Rundfunkanstalt, Funkhaus in Köln; strahlt über Kurzwelle (Sender bei Ettingen, Allgäu) 93 Programme in 34 Sprachen in alle Erdteile aus, gibt den Rundfunkteilnehmern im Ausland ein Bild vom polit., kulturellen u. wirtschaftl. Leben in Dtschld. u. erläutert ihnen die Auffassung der BRD zu wichtigen Fragen.

Deutsche Werft AG, Hamburg, 1918 gegr. Schiffbau-Unternehmen; 1967 Gründung der →Howaldtswerke-Deutsche Werft AG; seitdem Holdinggesellschaft; 1972 Übertragung des Vermögens auf die *Gutehoffnungshütte Aktienverein.*

Deutsche Werkstätten, 1913 in Form einer AG gegr. Unternehmen in Rähnitz-Hellerau bei Dresden, das hauptsächl. Möbel u. kunstgewerbl. Gegenstände herstellt u. sich um die Förderung der modernen Wohnkultur verdient gemacht hat. 1946 wurde die Firma verstaatlicht (VEB D.W.); in der BRD wurde sie als D.W.-Fertigungsgesellschaft neu gegründet.

Deutsche Wirtschaftskommission, Abk. *DWK,* seit Februar 1948 Zusammenfassung der dt. Zentralverwaltungen in der SBZ, Vorläufer der Regierung der DDR.

Deutsch Eylau, poln. *Iława,* Stadt im ehem. Reg.-Bez. Westpreußen (seit 1945 poln. Wojewodschaft Olsztyn), am Ausfluß der Eilenz (poln. Iławka) aus dem Geserichsee, 15000 Ew.; Metall-u. Lebensmittelindustrie; Verkehrsknotenpunkt.

„Deutsche Zeitung/Christ und Welt", Untertitel: „Wochenzeitung für Deutschland", 1948 unter dem Titel „Christ und Welt" gegr. polit. Wochenzeitung prot. Grundhaltung (Stuttgart), 1971 umbenannt; Auflage 160000.

„Deutsche Zeitung mit Wirtschaftszeitung", gegr. 1946 als „Wirtschaftszeitung", ab 1949 „Deutsche Zeitung und Wirtschaftszeitung", seit 1959 als überregionale Tageszeitung, 1964 im „Handelsblatt" (Düsseldorf) aufgegangen.

Deutsche Zoologische Gesellschaft e. V., Mariensee über Neustadt am Rübenberge, gegr. 1890 in Frankfurt a. M. von Zoologieprofessoren; dient der Verbreitung zoolog. Forschungsergebnisse; Zeitschrift: „Verhandlungen der Deutschen Zoologischen Gesellschaft".

Deutschfeistritz, österr. Markt in der Steiermark am rechten Ufer der Mur, nördl. von Graz, 3800 Ew.; in der Nähe die *Lurgrotte.*

Deutsch-Französischer Krieg 1870/71. Seit dem Sieg Preußens über Österreich im Dt. Krieg 1866 u. der Gründung des Nordd. Bundes 1867 beobachtete Frankreich den sich abzeichnenden Machtzuwachs Preußens mißtrauisch, zumal Napoléon III. Versuche, sich für seine Vermittlertätigkeit (1866) auf dem linken Rheinufer, in Luxemburg oder Belgien Kompensationen zu verschaffen, mißlungen waren. Hinzu kamen die Erregung der französ. Öffentlichkeit über das Scheitern des Abenteuers in Mexiko (Kaiser Maximilian von Mexiko) sowie die kurz vor dem Abschluß stehenden Bündnisverhandlungen Frankreichs mit Österreich-Ungarn u. Italien. Die öffentliche Festlegung auf ein Kriegsrisiko in den französ. Kammerdebatten, die Vorgänge um die span. Thronkandidatur der Hohenzollern (→Emser Depesche) lösten gegen den Willen des kranken u. zaudernden Napoléon die französ. Kriegserklärung am 19.7.1870 aus. Während Österreich u. Italien neutral blieben, traten die südd. Staaten aufgrund von Schutz-u.-Trutz-Bündnissen auf die Seite Preußens.

Unter dem Oberbefehl König Wilhelms I. (Generalstabschef H. von Moltke) rückten 3 dt. Armeen unter General K. F. von Steinmetz (*1796, †1877), Prinz Friedrich Karl u. Kronprinz Friedrich Wilhelm von Preußen vor. Die Siege bei *Weißenburg, Wörth* u. *Spichern* (4.–6.8.) warfen die französ. Rheinarmee unter F. A. Bazaine über die Grenze zurück, entrissen der französ. Führung die Initiative u. bewirkten politisch die Neutralität der nichtkriegführenden europ. Großmächte. Doch brachten auch die Schlachten der folgenden Tage (*Mars-la-Tour, St.-Privat, Gravelotte, Vionville,* 14.–18. 8.) keine Entscheidung im Sinne von Königgrätz; Bazaine rettete seine Armee in die Festung Metz. Der Entsatzversuch M. MacMahons scheiterte jedoch in der Kapitulation von *Sedan* (2. 9.) u. mit der Gefangennahme Napoléons III. Am 4. 9. wurde in Paris die Republik ausgerufen, die Stadt seit dem 15. 9. eingeschlossen; Bazaine mußte am 27. 10. in Metz kapitulieren. Französ. Versuche, mit einer an der Loire aufgestellten neuen Armee Paris zu entsetzen, mißlangen. Trotz der von Bismarck gegen Moltke durchgesetzten Beschießung der Stadt kapitulierte Paris erst am 28. 1. 1871. Noch während der Belagerung wurde im Spiegelsaal des Schlosses von Versailles am 18. 1.1871 der preuß. König zum „Dt. Kaiser" ausgerufen. Der Fall von Paris führte am gleichen Tag zum Waffenstillstand, nur in Burgund gingen die Kämpfe gegen die Freischaren Garibaldis weiter. Jedoch war es E. v. Manteuffel gelungen, der Ostarmee Ch. D. Bourbakis in der Schlacht an der Lisaine (15.–17. 1. 1871) den Rückzug auf Belfort

Deutsches Wörterbuch: Titelseite

abzuschneiden u. sie zum Übertritt in die Schweiz zu nötigen. Während des Waffenstillstands trat in Bordeaux die französ. Nationalversammlung zusammen, die A. Thiers mit der Führung der Friedensverhandlungen beauftragte. Thiers u. Bismarck schlossen in Versailles einen Vorfrieden (26. 2.), den die Nationalversammlung am 1. 3. billigte u. der durch den *Frieden von Frankfurt* am 10. 5. 1871 bestätigt wurde. – Der Dt.-Französ. Krieg brachte den Abschluß der Einigung Deutschlands, das als neue Großmacht *(Deutsches Reich)* in die europ. Staatengesellschaft eintrat, während Frankreich seine bisherige Vormachtstellung in Europa verlor. – 5.4.3.

deutsch-französischer Vertrag →Vertrag über deutsch-französische Zusammenarbeit.
Deutsch-Hannoversche Partei, ehemalige Landespartei (bis 1933), meist *Welfen* genannt; bildete sich 1869 nach der Einverleibung Hannovers in Preußen (1866), trat für die Wiederherstellung der welfischen Dynastie u. für einen selbständigen Staat Hannover innerhalb des Dt. Reiches ein. Ihre Abgeordneten schlossen sich im Reichstag als Hospitanten dem Zentrum an, mit dem sie die christl. u. föderalist. Grundhaltung verband. →auch Deutsche Partei.
Deutschherren →Deutscher Orden.
Deutschkatholizismus, der Versuch kath. Kreise unter Führung des Kaplans Johannes *Ronge* (*1813, †1887), auf dem Boden eines nationalen u. liberalen Christentums eine neue Kirchengründung vorzunehmen (1844); 1846: 60 000 Mitglieder; 1859 Auflösung in den Bund →Freireligiöser Gemeinden.
Deutschkreutz, Markt im österr. Burgenland an der ungar. Grenze, 4100 Ew.; Mineralquelle, Schloß (17. Jh.).
Deutsch Krone, poln. *Wałcz,* Stadt in der ehem. Prov. Westpreußen (1945–1950 poln. Wojewodschaft Szczecin, 1950–1975 Koszalin, seit 1975 Piła), nordwestl. von Schneidemühl, 18 000 Ew.; Verkehrsknotenpunkt, Kleingewerbe.

DEUTSCHLAND

	BUNDESREPUBLIK DEUTSCHLAND  	DEUTSCHE DEMOKRATISCHE REPUBLIK  
Fläche:	248 624 qkm	108 179 qkm
Einwohner:	61,4 Mill.	16,8 Mill.
Bevölkerungsdichte:	247 Ew./qkm	155 Ew./qkm
Hauptstadt:	Bonn	Ostberlin
Staatsform:	Parlament.-demokrat. Bundesstaat	Kommunistische Volksrepublik
Mitglied in:	UN, NATO, WEU, Europarat, EWG, Euratom, OECD	UN, Warschauer Pakt, COMECON
Währung:	1 Deutsche Mark = 100 Dt. Pfennig	1 Mark der DDR = 100 Pfennig

Deutschland, geographischer, kultureller u. auch politischer Begriff für den zentralen Teil von Mitteleuropa, heute im allgemeinen Bez. für die als Folge des 2. Weltkriegs entstandenen beiden „Nachfolgestaaten" des ehem. Dt. Reiches: *Bundesrepublik D.* (BRD) u. *Deutsche Demokratische Republik* (DDR). →auch Deutsches Reich, Mitteleuropa. →S. 373.
Im folgenden werden Landesnatur, Bevölkerung u. Siedlungen, Geld- u. Währungswesen sowie Geschichte von D. insgesamt behandelt. Es folgt die Darstellung der BRD mit Politik u. Recht, Wirtschaft, Verkehr, Geld, Währung u. Finanzen sowie Bildungswesen. Das gleiche wird anschließend für die DDR beschrieben.

Landesnatur

D. liegt in der Mitte Europas, begrenzt von den Alpen im S u. der Nord- u. Ostsee im N. Nach W u. O gibt es keine natürliche Abgrenzung. D. ist ein Übergangsgebiet zwischen dem vom Atlantik bestimmten Westeuropa u. dem kontinentalen östl. Europa. Es ist darum seit jeher ein Raum des Durchgangs u. des Austauschs von Völkern, Kulturen, wirtschaftlichen u. sozialen Kräften gewesen.

Aufgrund der Oberflächenformen gliedert sich D. in das Alpenvorland mit dem Alpenrand, das vielgestaltige Mittelgebirge u. das Norddt. Tiefland.
Der dt. *Alpenanteil* beschränkt sich auf die zu den *Nördl. Kalkalpen* gehörenden *Allgäuer, Bayerischen* u. *Salzburger Alpen* zwischen Bodensee u. Salzach. Hier liegt auch der höchste Berg D.s, die 2962 m hohe *Zugspitze.* Dem Alpenrand sind hügelige Moränengebiete mit Rinnenseen (aus eiszeitl. Gletschern entstanden) u. weite Schotterplatten vorgelagert, die zu einem Hügelland aus tertiären Ablagerungen überleiten. Die Nordgrenze des Alpenvorlandes bildet die *Donau.*
Im *Mittelgebirge* wechseln aufgeworfene Gebirgsschollen mit Faltungszonen, Grabenbrüche u. Senkungsfelder mit Schichtstufen oder vulkanischen Formen. Es sind engräumige, verschiedenförmige Landschaften, die die Ausbildung zahlreicher Volksstämme u. die Entstehung kleiner Staatswesen u. Territorien lange Zeit begünstigten. Durch Gebirgslücken, Senken u. Flußläufe ist das Mittelgebirge für den Verkehr leicht durchgängig. Wie ein Gewölbe, dessen First zur *Oberrhein. Tiefebene* eingebrochen ist, erscheinen die *Vogesen* u. der *Schwarzwald* (im Feldberg 1493 m) mit ihren nördl. Fortsetzungen *Pfälzer Wald* u. *Odenwald.* Die Senke des *Kraichgaus* u. das untere Maintal leiten über zum *Schwäb.-Fränk. Stufenland* mit meist fruchtbaren, dichtbesiedelten Becken u. den rauhen Höhen der *Schwäb.-Fränk. Alb,* im O vom *Böhmerwald* u. *Bayerischen Wald* begrenzt. In einem Durchbruchstal zwängt sich der *Rhein,* die wichtigste Verkehrsader von D. in Nord-Süd-Richtung, durch das *Rhein. Schiefergebirge,* dessen wenig fruchtbare Hochflächen nur dünn besiedelt sind; die geschützten Täler sind siedlungsreich, durch Weinbau u. starken Fremdenverkehr bestimmt. Uralte Verkehrsstraßen durchziehen die hessische Durchgangslandschaft, umgehen die alten Vulkanmassive von *Vogelsberg* u. *Rhön* u. führen durch den *Leinegraben* bzw. durch das *Weserbergland* ins Tiefland. Als hochgedrückte, zerbrochene Schollen erheben sich *Harz, Thüringer Wald, Fichtelgebirge, Erzgebirge* u. *Lausitzer Bergland.* Zwischen Erzgebirge u. Lausitz durchbricht die *Elbe* das Elbsandsteingebirge u. tritt unterhalb von Dresden ins Tiefland ein.
Das *Norddt. Tiefland* zwischen den Küsten von Nord- u. Ostsee u. dem Mittelgebirgsrand ist in seinem Gesamtcharakter viel einheitlicher. Seine Oberfläche wurde von der Eiszeit geformt, deren Ablagerungen nur vereinzelt den Gesteinsuntergrund zutage treten lassen. Während die Ostseeküste meist sandig ist, wird die Nordseeküste von einem fruchtbaren bodenfeuchten Marschlandstreifen gesäumt. Das Tiefland ist jedoch nur ge-

Porta Westfalica

Deutschland

bietsweise wirklich eben: In weitem Bogen zieht der flache *Südliche Landrücken* von der Unterelbe über die *Lüneburger Heide* u. den *Fläming* bis zur Niederlausitz; im N verläuft parallel dazu der *Nördliche Landrücken* mit dem *Holsteinischen Hügelland* u. der *Mecklenburgischen Seenplatte*. Beiden Endmoränengürteln folgen im N ein flachwelliges, lehmiges Grundmoränengebiet, im S ein breiter Streifen von unfruchtbaren, z. T. verheideten Sandflächen u. die ehem. vermoorten, auf weite Strecken von den heutigen Flüssen benutzten *Urstromtäler*, die im Tal von Elbe u. Weser zusammenlaufen u. die natürlichen Wege des heute ausgebauten Wasserstraßensystems darstellen. Weite Buchten greifen ins Mittelgebirge ein u. sind mit ihren Lößböden seit jeher bevorzugte Siedlungs- u. Wirtschaftsgebiete: die *Kölner* oder *Niederrheinische Bucht* zwischen Eifel u. Bergischem Land, die *Westfälische* oder *Münsterländer Bucht* zwischen Sauerland u. Teutoburger Wald, die *Leipziger Tieflandsbucht* zwischen Harz u. Sächsischem Bergland.

DEUTSCHLAND
Natürliche Grundlagen

Norddeutsches Tiefland: Lüneburger Heide

Mittelgebirge: Thüringer Wald mit dem Inselsberg

Deutschland

Gewässer: Den Abdachungsverhältnissen entsprechend streben die meisten Flüsse (Rhein, Ems, Weser, Elbe, Oder) nach NW zur Nord- u. Ostsee. Mit Ausnahme des Rhein, des größten u. wichtigsten Stroms, der eine unmittelbare Verbindung zwischen Alpenraum u. Nordsee schafft, entspringen sie im Mittelgebirge u. sind natürliche Verbindungswege zum Tiefland, wo sie durch Kanäle (Mittellandkanal u.a.) miteinander verknüpft wurden. Nur die Donau mit ihren Zuflüssen gehört zum Einzugsgebiet des Schwarzen Meers u. öffnet Süd-D. dem südosteurop. Raum. Quelle oder Mündung der dt. Flüsse liegen außer bei Ems u. Weser auf nichtdeutschem Gebiet. In zunehmendem Maße entstanden Talsperren mit Staudämmen als Hochwasserschutz, zur Regulierung der Wasserstände u. zur Wasserversorgung der Großstädte u. Industriegebiete. – Die stehenden Gewässer sind außer den Eifelmaaren eiszeitl. Ursprungs u. daher an die Gebiete ehem. Eisbedeckung (Norddt. Tiefland, Alpenvorland) gebunden. Sie dienen durchweg dem Fremdenverkehr (bes. der Naherholung der Bevölkerung aus den Ballungsgebieten). Das gleiche gilt für die stets in landschaftlich schöner Lage entstandenen Stauseen (Harz, Sauerland, Thüringer Wald u. a.). Die dem Stauraum nach größten künstlichen Seen D.s sind der Stausee der Bleilochtalsperre (obere Saale, 215 Mill. m³), der Rurstausee in der Eifel (205 Mill. m³) u. der Edersee (202 Mill. m³).

Klima: D. gehört der kühl-gemäßigten Zone an, mit Niederschlägen zu allen Jahreszeiten. Im NW ist das Klima mehr ozeanisch bestimmt (mäßig warme Sommer, relativ milde Winter) u. nimmt nach O kontinentalen Charakter an. Mit zunehmender Kontinentalität wird der Temperaturunterschied zwischen Sommer u. Winter größer (Aachen im Juli 17,5°, Jan. 1,8°; Frankfurt/Oder im Juli 18,7°, Jan. 1,0°C). Im Winter ist die Dauer der Schneedecke u. die durchschnittl. Treibeisbedeckung der Flüsse sehr verschieden. Auch nach S zu verstärkt sich der kontinentale Klimatyp, z.T. unterstützt durch das ansteigende Relief. Im einzelnen wird das Regionalklima durch die Lage der Gebirgszüge stark abgewandelt: Die feuchten atlantischen Luftmassen erreichen fast immer von W her die Gebirge, so daß die Niederschläge hier, auf der „Wetterseite", bis 1800 mm im Jahr erreichen können, während sie in den Becken u. Senken bis auf 500 mm zurückgehen (Mainzer Becken, Leipziger Bucht). Noch charakteristischer als die regionale Verteilung der Klimatypen ist der häufige Wechsel zwischen feuchtkühlem (im Winter feuchtmildem) Wetter mit atlant. Tiefdruckausläufern einerseits u. trockenwarmen (im Winter trockenkalten) Hochdruckwetterlagen andererseits. Der für die Vegetation u. die Landwirtschaft wichtige Zeitraum zwischen dem letzten Frost im Frühling u. dem ersten im Herbst beträgt im Durchschnitt in Berlin 205 Tage, in Wiesbaden 212 Tage u. auf Helgoland 250 Tage.

Vegetation: Entsprechend den klimatischen Bedingungen gilt in D. der *Laubwald* (bes. Eichen u. Buchen) als die natürliche Vegetation. Dazu treten in den Mittelgebirgen Nadelwälder (bes. Tannen) u. im NW Charakterpflanzen des ozean. Klimas (Ginster, Fingerhut, Glockenheide). Seit dem 19. Jh. wurden viele der noch verbliebenen Waldflächen in reine Kiefern- oder Fichtenwälder umgewandelt; heute werden jedoch wieder Misch- u. Laubwälder aufgeforstet. Auch die Vegetation der *Moore* in Nordwest-D. wird unter dem Einfluß des Menschen weitgehend verändert. Die *Heiden* sind z. T. auf menschliche Einwirkungen zurückzuführen.

Bevölkerung u. Siedlungen

Die *Bevölkerungsentwicklung* ist eng mit der historischen Entwicklung des Dt. Reiches verknüpft. Der dt. Nationalstaat wuchs von 1871–1915 von 41 Mill. auf 67,9 Mill. Ew. (bes. im rhein.-westfäl. u. im sächs. Industriegebiet). Durch die Folgeerscheinungen des 1. Weltkriegs ging die Bevölkerungszahl zurück, erreichte aber 1937 wiederum 68 Mill. Für die folgenden Jahre gibt es wegen der zahlreichen Zwangsumsiedlungen, der weitgehenden Vernichtung des jüdischen Bevölkerungsteils u. der Kriegsverluste keine genaue Datierung der Bevölkerungsbewegung. Nach dem Ende des 2. Weltkriegs fanden etwa 10 Mill. Menschen aus den ehem. dt. Ostgebieten Aufnahme im übrigen D. Seither wuchs die Bevölkerung auf dem Gebiet der BRD (einschl. Westberlin) von 1946–1972 von 46,2 auf 62,5 Mill. Ew. (in den 50er Jahren vor allem durch Zuwanderung aus der DDR). Die Bevölkerung auf dem Gebiet der DDR (einschl. Ostberlin) verringerte sich im gleichen Zeitraum von 18,6 auf 17,1 Mill. Ew. (seit 1964 etwa gleichbleibend). Die *Bevölkerungsverteilung* ist sehr ungleichmäßig. Wichtige Ballungsräume sind außer dem Rhein-Ruhr-Gebiet (über 10 Mill. Ew.) das sächs. Industriegebiet um Halle, Leipzig, Karl-Marx-Stadt (4,5 Mill.), das Rhein-Main-Gebiet um Frankfurt, der Rhein-Neckar-Raum um Mannheim-Ludwigshafen, das schwäb. Industriegebiet um Stuttgart sowie die Verdichtungsräume um die Städte Bremen, Hamburg, Hannover, Berlin, Dresden, Nürnberg-Fürth u. München. Das Verhältnis von Stadt- zu Landbevölkerung beträgt heute 4:1 (Ende des 19. Jh. noch 1:1). In der BRD leben z. Z. ca. 2 Mill. (1960 erst 280 000) aus-

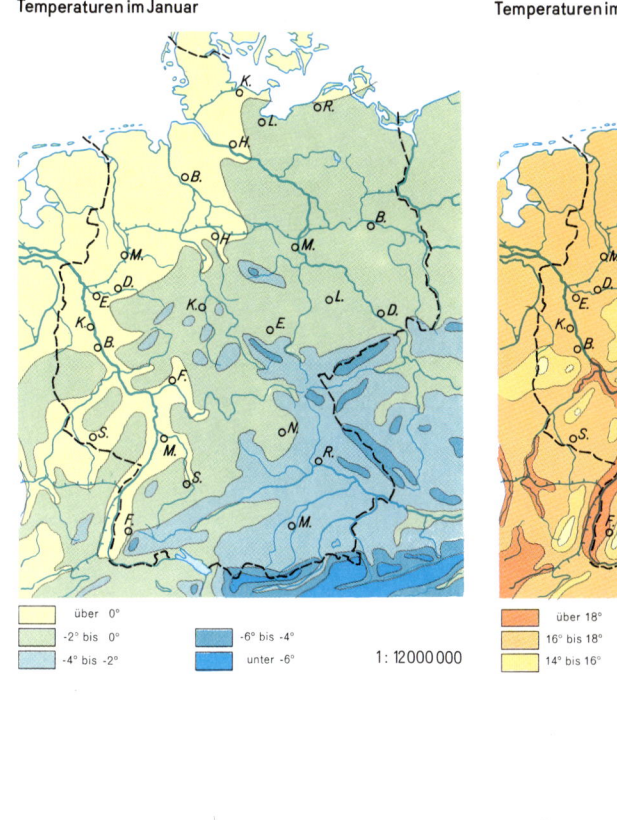

Temperaturen im Januar

über 0°
-2° bis 0°
-4° bis -2°
-6° bis -4°
unter -6°

1 : 12 000 000

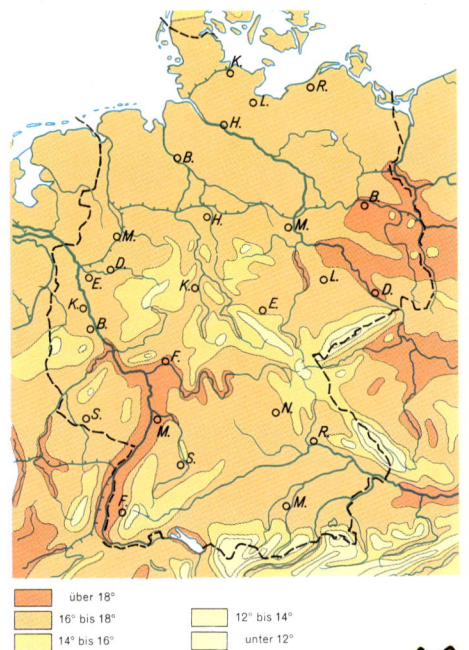

Temperaturen im Juli

über 18°
16° bis 18°
14° bis 16°
12° bis 14°
unter 12°

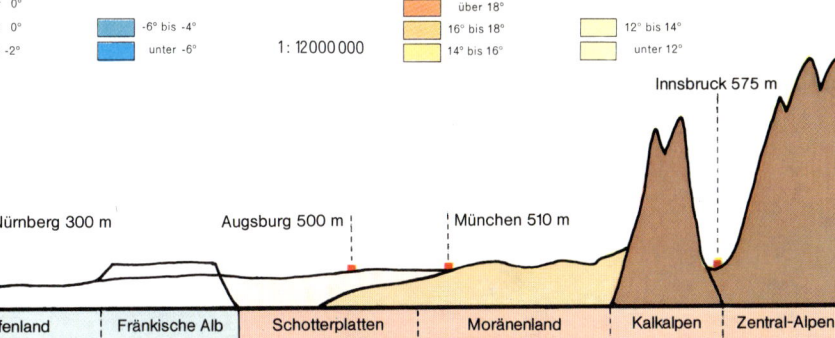

Nürnberg 300 m | Augsburg 500 m | München 510 m | Innsbruck 575 m

Fränkisches Stufenland | Fränkische Alb | Schotterplatten | Moränenland | Kalkalpen | Zentral-Alpen

ALPENVORLAND UND ALPEN

Mittelgebirge: Fränkische Schweiz mit dem Ort Tüchersfeld

Alpen: Karwendelgebirge bei Mittenwald

Deutschland

In Nördlingen ist die mittelalterliche Stadtanlage besonders gut zu erkennen. Sie wird zum großen Teil noch von der alten Stadtmauer begrenzt

In mehreren Großstädten entstanden in jüngster Zeit neue Zentren. Im Bild die City von Leverkusen

länd. Arbeitnehmer; mit Familienangehörigen sind es rd. 4 Mill. Ausländer, vor allem Türken, Jugoslawen, Italiener u. Griechen. Von der Bevölkerung der BRD (mit Westberlin) sind 49,0% ev. u. 44,6% kath.; in der DDR 60% ev. u. 8% kath. Das Bild der *ländlichen Siedlungen* in D. hat sich seit 1945 in der BRD durch Flurbereinigungen u. Aussiedlungen von Gehöften auf die Flur (B →Dorf) u. in der DDR durch die Kollektivierung der Landwirtschaft stark verändert. Dadurch verlieren nicht nur die Merkmale der vielgestaltigen dt. Haus- u. Dorfformen an Bedeutung; auch der Unterschied von ländl. u. städt. Siedlungen wird immer geringer, teilweise sogar aufgehoben. Die Entwicklung der *Städte* begann im W u. SW von D. u. geht auf die Römerzeit zurück (Köln, Bonn, Trier, Augsburg u.a.). Die Städte des MA. haben sich oft in der Nähe von Bischofssitzen (Würzburg, Hildesheim, Magdeburg u.a.) oder Kaiserpfalzen (Aachen, Goslar, Quedlinburg) entwickelt. Seit dem 11. Jh. entstanden echte Gründungsstädte mit regelmäßigem Grundriß (bes. durch das Adelsgeschlecht der Zähringer, in Süd-D. z. B. Freiburg i. Br.). Auch die Städte der dt. Ostsiedlung sind planmäßig angelegt. Im Barockzeitalter wurden prächtige Residenzstädte (Karlsruhe, Mannheim u.a.) erbaut. In jüngster Zeit haben Kriegszerstörung u. Wiederaufbau das Bild der historisch gewachsenen Städte stark verändert. Dazu kommt – vor allem für das Gebiet der BRD – die Entstehung neuer Stadtviertel u. Teilstädte am Rande von Ballungsräumen. Meist sind diese Trabanten- oder Satellitenstädte als sog. „Schlafstädte" von einer benachbarten Großstadt abhängig; nur selten gelten sie wirtschaftl. u. verwaltungsmäßig als eine selbständige Siedlung. – ⌑ 6.2.0.

Geld- u. Währungswesen

Das Geld- u. Währungswesen in D. wurde durch das Münzgesetz vom 30. 8. 1924 u. das Gesetz über die Deutsche Reichsbank vom 15. 6. 1939 geregelt. Die *Reichsmark (RM)* war gleich 1/2790 kg Feingold. Die Deckung sollte durch festverzinsl. Wertpapiere u. Reichstitel erfolgen. Doch diese Deckungsklausel blieb seit dem Ausbruch des 2. Weltkriegs unberücksichtigt, u. der Notenumlauf erhöhte sich von 9 Mrd. RM (1939) auf 75 Mrd. RM (1948). Da gleichzeitig die Gütererzeugung zurückgegangen war, entstand ein krasses Mißverhältnis zwischen Geld- u. Güterumlauf. Das führte zu einer Inflation, die wegen Preisfestsetzungen u. Rationierung nicht offen, sondern nur verdeckt auftrat. Es bildete sich ein *Schwarzer Markt* mit

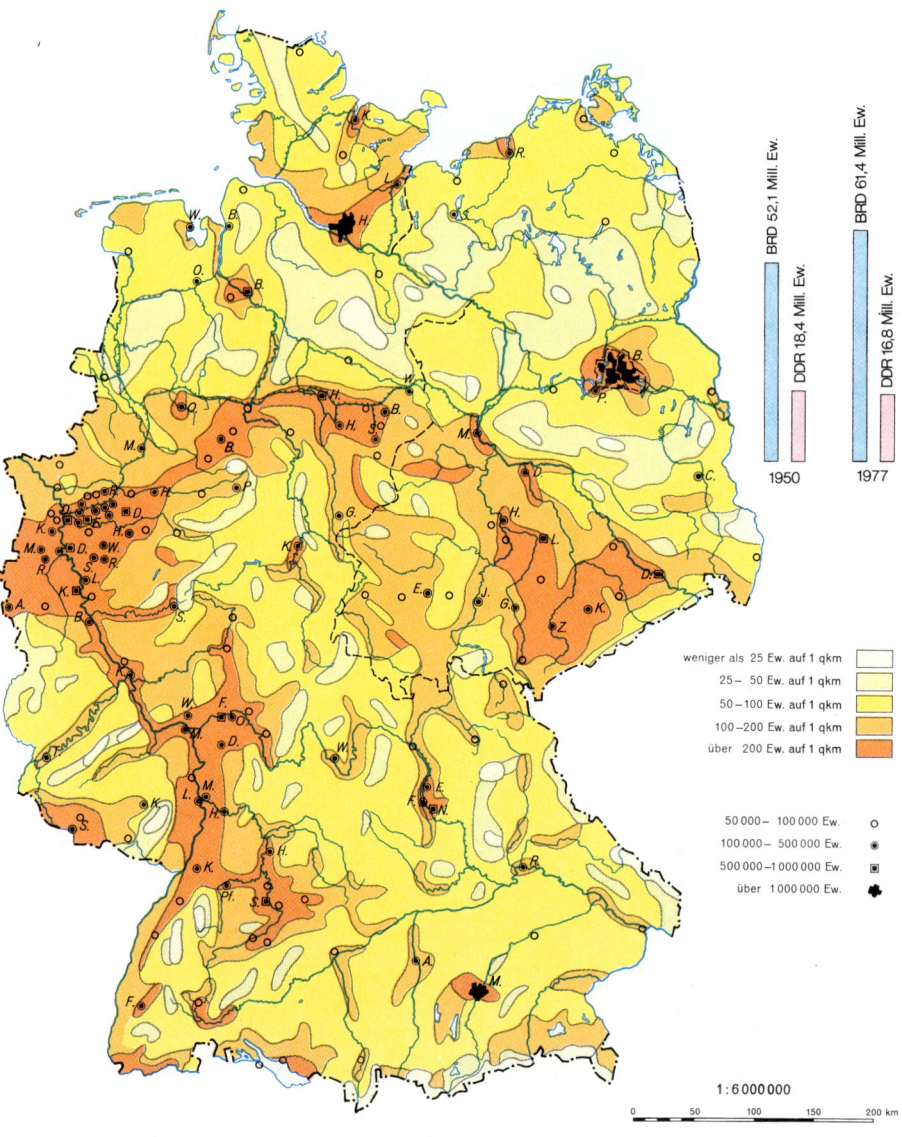

Bevölkerungsdichte und Bevölkerungswachstum in Deutschland

Halle-Neustadt, neue Wohnstadt für die Beschäftigten der Leunawerke bei Halle (Saale)

Das Märkische Viertel in Westberlin ist eines der größten neuen Wohngebiete Deutschlands

DEUTSCHLAND Bevölkerung und Siedlungen

Einzelhofsiedlungen in Niederbayern

Schwäbisches Angerdorf bei Donauwörth

„Zigarettenwährung". Dieser ungesunde Zustand wurde durch die →Währungsreform 1948 beseitigt. Diese förderte aber, da die Neuregelung des Währungswesens in den Westzonen u. der Sowjetzone getrennt durchgeführt wurde, die Teilung Deutschlands.

Geschichte

Das heutige D. war ursprüngl. von →Germanen u. von →Kelten besiedelt, später wanderten →Slawen *(Wenden)* zu. Etwa bis Rhein u. Donau gehörte es zum →Römischen Reich, bis Elbe u. Saale zum →Frankenreich. Mit dessen Zerfall nimmt die eigentliche *dt. Geschichte* ihren Anfang, u. zwar in →Ostfranken.
Der Ländername D., jünger als die schon 920 vorkommende Bezeichnung für *dt. Reich*, entstand über frühe Formen (mittelhochdt. *daʒ tiusche lant* oder Plural *diutsche lant*; Annolied, Ende 11. Jh.) erst im 15. Jh. als Endergebnis einer Bedeutungserweiterung des Begriffs „deutsch" von der Bezeichnung der Sprache (→deutsche Sprache) auf die von Land u. Volk des ostfränk. Reichs bzw. der neuen polit. Einheit, die sich dort herausgebildet hatte, eben des dt. Reichs.

Früh- u. Hochmittelalter: Der Übergang vom ostfränk. zum dt. Reich, der sich nach dem Tod Karls III. („des Dicken") schon ankündigte in der Wahl des illegitimen Karolingers *Arnulf von Kärnten* durch die rechtsrhein. Großen zum König nur für das Ostreich (888), manifestierte sich nach dem Aussterben der ostfränk. Karolinger in der völligen Abkehr von diesem im Westfrankenreich noch regierenden Geschlecht bei der Königswahl *Konrads I.* (911–918). Die Wahl ging aus von den Trägern der fränk. u. sächs. Stammesgewalten. Auf der Grundlage der Stämme hatten sich im Ostfrankenreich angesichts der Schwäche des erlöschenden karoling. Königtums u. unter dem Zwang der Abwehr von Slawen, Normannen, Dänen u. Ungarn aus markgräfl. Gewalten starke, weitgehend selbständige *Stammesherzogtümer* (→Herzog) entwickelt, zuerst in Bayern u. Sachsen, später auch in Franken (hier am schwächsten), in Schwaben u. in Lothringen. Gegen diese Gewalten vermochte Konrad, der zwar noch die Anerkennung Schwabens u. Bayerns fand, während sich Lothringen dem Westreich anschloß, sein Königtum nicht wirklich durchzusetzen, u. gegen die Ungarn blieb er machtlos. Mit Konrad I. endete auch die fränk. Tradition der Herrschaft.
Mehr Erfolg hatte sein von ihm empfohlener Nachfolger aus dem Sachsenstamm, dessen Herr-

Deutschland

Kaiser Otto der Große bestätigt den Markgrafen Berengar von Ivrea in seiner Herrschaft; Miniatur aus der Chronik Ottos von Freising. Jena, Universitätsbibliothek

scher *(Ottonen)* fortan über ein Jh. die Geschicke des jungen Reichs bestimmten: *Heinrich I.* (919–936), zuerst wiederum nur von Franken u. Sachsen anerkannt, setzte seine Oberhoheit auch über Bayern u. Schwaben durch, gewann 925 Lothringen zurück, siegte über die Ungarn (933) u. sicherte das Reich durch ein neues System von *Marken* u. Burganlagen, unter deren Schutz im mitteldt. Raum frühe Städte entstanden (z. B. Goslar, Quedlinburg, Merseburg).

Auf der von Heinrich I. geschaffenen Machtbasis konnte sein vom ihm designierter u. von den Großen aller Stämme anstandslos gewählter Sohn *Otto I.* (936–973) weiterbauen. Der neue König knüpfte schon bei seiner Thronbesteigung in Aachen bewußt an die karoling. Tradition an u. brachte seinen oberherrl. Anspruch zeremoniell zum Ausdruck (Hofdienste der Herzöge, →Erzämter). Durch Niederwerfung von Aufständen, Einziehung Frankens u. Umwandlung der übrigen Stammes- in Amtsherzogtümer sowie Heranziehung der hohen Geistlichkeit zur Reichsverwaltung *(ottonisch-salisches Reichskirchensystem)* konnte Otto ein tatsächl. Königtum aufrichten. Die Sicherung der Ostgrenze durch die *Billunger Mark*, die *Nord-* (936/37) u. die bayer. *Ostmark* (955) sowie die schließl. Unterwerfung der Slawen bis zur Oder (955) u. ihre Missionierung unter dem *Erzbistum Magdeburg* (968); die Unterwerfung Böhmens (950) u. später (963) auch Polens; die Übernahme des Seniorats über Burgund sowie der langobard. Königswürde Italiens (951); die endgültige Beseitigung der Ungarngefahr (955) – alle diese außenpolit. Erfolge verliehen Otto „dem Großen", wie er schon damals genannt wurde, eine Machtfülle, die in der Krönung zum *Kaiser* (962) den angemessenen Ausdruck fand. Damit hatte Otto als →deutscher König das Kaisertum Karls d. Gr. erneuert u. dem dt. Königtum die alleinige Anwartschaft auf die Kaiserkrone des „Römischen Reichs" (→Heiliges Römisches Reich) erworben, die auch später, als sich die Anwartschaft nicht mehr durchsetzen ließ, kein anderer getragen hat. Mit dem Romzug Ottos I. zur Erlangung der Kaiserwürde begann die *Italienpolitik* der dt. Könige u. Kaiser. Teils erwuchs sie aus der kaiserl. Verpflichtung, Beschützer *(Vogt)* der Kirche u. der Christenheit zu sein, teils aus Machtbedürfnissen. Das neue Kaisertum errichtete im Zeichen einer Oberhoheit über das Papsttum, die ein Jahrhundert lang behauptet wurde, u. begründete eine 300jährige dt. Herrschaft in Ober- u. Mittelitalien. Die otton. Markenpolitik hatte noch weiter reichende Folgen. Die Billunger begründeten ein neues sächs. Herzogtum. Die Nordmark wurde nach dem Tod des ersten Markgrafen Gero († 965) aufgeteilt in die neue Nordmark (später *Mark Brandenburg*), die sächs. Ostmark (mit der Lausitz) u. die Mark Meißen. *Otto II.* (973–983) trennte nach Aufständen in Bayern (976) *Kärnten* als neues Herzogtum ab u. gab die bayer. Ostmark (966 erstmals *Ostarrîchi* = Österreich genannt) an die *Babenberger.* Damit entstanden auf Markengebiet die Kernlande der beiden späteren Vormächte im Reich.
Der Versuch Ottos II., der sich programmatisch „Römischer Kaiser" (lat. *imperator Romanorum augustus*) nannte, die Herrschaft des Reichs auf Unteritalien auszudehnen, scheiterte. In seinem Todesjahr ging durch einen großen *Slawenaufstand* die Herrschaft über alle ostelb. Gebiete wieder verloren. *Otto III.* (983–1002) strebte in Weiterführung väterl. Pläne, aber ebenfalls vergebl., eine christl.-röm. Universalmonarchie an (lat. *renovatio imperii Romanorum*); durch die Gründung der Erzbistümer *Gnesen* u. *Gran* (1000) in Polen u. Ungarn, die er dem Reich einzuverleiben gedachte, förderte er eher deren Selbständigkeit. Erst *Heinrich II.* (1002–1024), der letzte Sachsenkaiser, u. die ersten *Salier, Konrad II.* (1024–1039) u. *Heinrich III.* (1039–1056), vermochten, gestützt auf Reichskirche u. Ministerialität, das Reich vorwiegend auf dt. Grundlage wieder zu festigen u. seine Ost- sowie Nordgrenze (Eider) zu sichern: Rückgewinnung Böhmens (1004/1041) u. der Lausitz (1031); Gründung des Missionsbistums *Bamberg* (1007); Lehnshoheit über Polen (1013) u. Ungarn (1044). Der feste Erwerb *Burgunds* (1033) erleichterte die Verbindung (Alpenpässe) zwischen dem *dt. Reich* u. *Reichsitalien* u. stellte die „Trias" her, die nunmehr das Imperium ausmachte.
Unter Heinrich III. stand das dt. König- u. Kaisertum auf dem Höhepunkt der Macht. Weltl. u. geistl. Autorität in seiner Person vereinend u. den von Cluny (→Cluniazensische Reform) u. *Gorze* ausgehenden kirchl. Reformideen zugetan, verhalf er ihnen durch Ersetzung sich befehdender u. von den röm. Adelsparteien abhängiger Päpste durch reformfreundliche deutsche zum Durchbruch, ohne Königsrechte preiszugeben. Sein früher Tod wurde zu einer Schicksalsstunde des Hochmittelalters, weil er in Heinrich IV. einen nur 6jährigen Sohn hinterließ u. die von ihm geförderten Reformbestrebungen sich bis zum Kampf des Papsttums um Freiheit von jeglichem weltl. Einfluß, ja bis zur Forderung nach Herrschaft über die weltl. Gewalt auswuchsen.
Der Kampf um das Verhältnis der beiden obersten Gewalten (lat. *imperium* u. *sacerdotium*) wurde zwischen *Heinrich IV.* (1056–1106) u. Papst Gregor VII. im →Investiturstreit ausgetragen, der sich für den König noch verschärfte, weil er zugleich gegen eine dt. Fürstenopposition zu kämpfen

Heinrich IV. bittet Abt Hugo von Cluny und Markgräfin Mathilde von Tuszien im Investiturstreit um Fürsprache bei Gregor VII.; Miniatur aus der „Vita Mathildis". Rom, Biblioteca Apostolica Vaticana

hatte, die sich mit dem Papst zu verbinden drohte. Das konnte der gebannte König, vorwiegend auf den niederen Adel u. die oberdt. Städte gestützt, zwar durch seinen Bußgang nach *Canossa* verhindern u. seine polit. Handlungsfreiheit zurückerlangen. Aber durch Heinrichs Bannung u. Unterwerfung unter den Papst erfuhr das dt. Königtum u. die höchste weltl. Gewalt eine entscheidende, nicht wiedergutzumachende Rangeinbuße. Deshalb gilt der Investiturstreit als die große polit. u. geistige Wende des abendländ. Mittelalters.
Heinrich IV. war auch der erste dt. König, während dessen Regierungszeit ein *Gegenkönig* erhoben wurde (Rudolf von Rheinfelden). Das war besonders darin bedeutsam, daß dabei erstmals in der dt. Geschichte ein *Wahlrecht der Fürsten* in Anspruch genommen u. praktiziert wurde gegenüber dem herkömml. Geblütsrecht des königl. Geschlechts. Der Investiturstreit wurde beigelegt durch das *Wormser Konkordat* (1122), ohne daß dadurch die Rivalität von Papsttum u. Königtum ausgeräumt worden wäre. Der Kompromiß führte zum Zusammenbruch der Reichskirchenverfassung (die Bischöfe wurden aus Reichsbeamten Vasallen u. schließl. geistl. Territorialherren) u. auf Kosten von Königsrechten u. Gütern, die usurpiert wurden, zu einer weiteren Stärkung der weltl. Fürsten sowie zu einer Verselbständigung der oberitalien. Städte.
Nach dem Aussterben der Salier mit *Heinrich V.* (1106–1125) setzte sich das Wahlrecht vollends durch, aus dem deutl. eigennützigen Bestreben der Fürsten, nicht mehr den Mächtigsten König werden zu lassen. So übergingen sie bei der Wahl *Lothars von Supplinburg* (1125–1137) staufische (*Friedrichs II. von Schwaben*, †1147) wie bei der *Konrads III.* (1138–1152) welf. geblütsrechtl. Ansprüche (Heinrichs des Stolzen). Darin war zugleich der Gegensatz zwischen den →Staufern u. den →Welfen angelegt, der in der Folgezeit die dt. Geschichte prägte.
Unter Lothar, der die Ostpolitik Ottos d. Gr. wiederaufnahm (*Marken* Meißen u. Lausitz an den *Wettiner* Konrad I., Grafschaft Holstein an den *Schauenburger* Adolf I., Nordmark an den *Askanier* Albrecht den Bären), setzte die →Ostsiedlung ein, die das dt. Siedlungsgebiet u. später auch das Staatsgebiet beträchtl. nach NO, O u. SO erweiterte.
Mit Konrad begann für mehr als ein Jahrhundert die Herrschaft der Staufer u. auch der offene Kampf mit den Welfen u. ihrem mächtigsten Vertreter, *Heinrich dem Löwen*. Während Konrad sich an der Führung des erfolglosen 2. Kreuzzugs beteiligte, unternahm Heinrich einen ersten siegreichen Ausfall ins Slawenland (*Wendenkreuzzug* 1147), wo er bald *Lübeck* neu gründete (1158) u. sich in *Mecklenburg* u. *Pommern* (Vasallität 1163 bzw. 1167) eine zusätzl. Machtbasis im Anschluß an sein sächs. Herzogtum schuf.
Unter *Friedrich I. Barbarossa* (1152–1190) verlor Heinrich 1180 jedoch seine Herzogtümer u. wurde auf seine Hausgüter Braunschweig u. Lüneburg beschränkt. *Bayern* kam damals an die *Wittelsbacher* (bis 1918); unter Abtrennung der *Steiermark* als Herzogtum (1192 an Österreich). Die westl. Teile Sachsens wurden Herzogtum *Westfalen*, Lübeck Reichsstadt u. Heinrichs slaw. Vasallen von Mecklenburg u. Pommern Reichsfürsten. Daraufhin ging im N u. O, wo seit 1163 in Schlesien ebenfalls die dt. Siedlung begonnen hatte, der dt. Einfluß zurück u. der dän. breitete sich aus.
Friedrich sicherte sich durch Heirat *Burgund* (Arelat) u. nahm die Reichspolitik in Italien wieder auf, wo er nach langen Kämpfen mit dem Papst zu einem Ausgleich kam (*Friede von Venedig* 1177) u. gegen Zugeständnisse die Hoheit des Reichs über die lombard. Städte wiederherstellen konnte (*Friede von Konstanz* 1183). Friedrich Barbarossa wurde zur überragenden Herrscherpersönlichkeit seiner Zeit u. führte das abendländ. Kaisertum zu einer neuen Blüte.
Jedoch hatte in D. mit der Aufteilung alter Herrschaftsgebiete eine territoriale Zersplitterung ihren Anfang genommen, die über die Entstehung eigener Landeshoheiten das Reich schließlich auflösen sollte. *Heinrich VI.* (1190–1197), durch Heirat auch König von *Sizilien*, wollte schon die Erblichkeit der Territorien zugestehen, gegen die Erblichkeit auch des dt. Königtums u. -reichs in seiner Familie. Diese wie seine *Weltreichpläne* scheiterten jedoch nicht nur am Widerstand des Papstes u. der Fürsten, sondern auch an den erwachenden *Nationalstaaten* Westeuropas. Trotzdem

Das burgartige Schloß Castel del Monte Kaiser Friedrichs II. in Apulien

Einsetzung des zünftlichen Regiments in Augsburg 1368; Miniatur von J. Breu. München, Bayerisches Nationalmuseum

Deutschland

Der Dom zu Speyer (Ostansicht), Grabkirche der salischen Kaiser; begonnen um 1030

Kaiser Otto III., thronend, mit Krone, Stab und Reichsapfel, umgeben von geistlichen und weltlichen Würdenträgern, empfängt die Huldigung der Provinzen Roma, Gallia, Germania und Slawinia; sog. Evangeliar Ottos III.; Ende 10. Jh. München, Bayerische Staatsbibliothek

Die Reichskrone; entstanden um 962 auf der Reichenau, später ergänzt (links). – Der Krönungsmantel; entstanden 1133/34 in Palermo (Mitte). – Der Reichsapfel; entstanden am Ende des 12. Jh., vermutlich in Köln (rechts). – Sämtlich Wien, Kunsthistorisches Museum, Weltliche Schatzkammer

errang Heinrich eine immense Machtfülle (Lehnshoheit über England, Zypern u. Armenien). Sein früher Tod ohne einen regierungsfähigen Erben war für das Reich „die größte Katastrophe seiner mittelalterl. Geschichte" (K. Hampe); er stürzte es von unwiederbringlicher höchster Kaisermacht in langjährige Wirren des in einer Doppelwahl (Philipp von Schwaben u. Otto IV.) wiederauflebenden stauf.- welf. Gegensatzes, wobei in Innozenz III. der Papst zum Schiedsrichter wurde.

Innozenz III. unterstützte zunächst *Otto IV.* (1198–1218), Heinrichs des Löwen Sohn, der dafür Reichsrechte in Mittel- u. Süditalien sowie Königsrechte des Wormser Konkordats preisgab. Als der Welfe Otto jedoch die stauf. Italienpolitik wiederaufnahm, ließ der Papst nach der Ermordung Philipps den Sohn Heinrichs VI., Friedrich II., zum Gegenkönig wählen, der nach der Niederlage Ottos bei Bouvines (1214), einer ersten Schlappe des Reichs gegen einen aufkommenden westeurop. Nationalstaat, in D. allgemein anerkannt wurde.

Friedrichs II. (1212–1250) Politik galt der Wiederherstellung des Reichs Heinrichs VI. Sie basierte hauptsächl. auf dem nach normann. Tradition straff organisierten Beamtenstaat Sizilien. In D. überließ Friedrich zwecks Unterstützung seiner Politik wesentliche →Regalien den geistl. u. weltl. Fürsten (1220 bzw. 1231/32), die jetzt erstmals „Landesherren" (lat. *domini terrae*) genannt wurden. 1226 bestätigte er dem →Deutschen Orden das *Kulmerland* u. gestattete dort u. in dem zu erobernden →Preußen die Aufrichtung einer Landeshoheit. 1227 schlugen die norddt. Fürsten mit Unterstützung Lübecks bei *Bornhöved* den dän. König Waldemar II. u. erzwangen die Rückgabe der ihm von Friedrich abgetretenen Küstengebiete jenseits von Elbe u. Elde, wodurch diese der dt. Siedlung wieder geöffnet wurden u. ein *dt. Ostseehandel* sich entwickeln konnte.

Imperial gesehen, war die Stellung Friedrichs, der bei dem von ihm geführten 5. Kreuzzug noch die Krone des Königreichs *Jerusalem* errang, jedoch auch in D. unangefochten, wo er seinen Sohn Heinrich (VII.) als König eingesetzt hatte. Das zeigte sich bei dessen Wiederabsetzung u. der Durchführung des *Mainzer Reichslandfriedens* (1235) ebenso wie in der Aussöhnung mit den Welfen (*Otto das Kind*, der Stammvater aller späteren Welfen, wurde Herzog von Braunschweig-Lüneburg) u. der Wirkungslosigkeit der *Gegenkönige* Heinrich Raspe u. Wilhelm von Holland zu seinen Lebzeiten. In Ober- u. Mittelitalien konnte Friedrich wieder eine straff organisierte Reichsverwaltung aufbauen. Nur gegen das Papsttum blieb ein letzter Erfolg aus, obgleich Friedrich es durch den Besitz auch Unteritaliens in Umklammerung hielt.

Diese löste sich nach Friedrichs Tod, weil seine Nachfahren *Konrad IV.* (1237/1250–1254), *Manfred* (1258–1266) u. *Konradin* († 1268) schwach waren u. sich in Kämpfen um ihr sizil. Erbe verzehrten, das die Kurie Karl von Anjou verliehen hatte. Mit Konrad IV. endete das stauf. Königtum in D. u. mit ihm nicht nur die Italienpolitik des Reichs, sondern auch das von dt. Königen getragene universale abendländ. Kaisertum, das schon mit dem Tod Friedrichs II. seine Macht verloren hatte. – ▫ 5.3.1–2.

Spätmittelalter u. Frühe Neuzeit: Es folgte eine Zeit des *Gegen- u. Doppelkönigtums*, →Interregnum genannt, während deren sich keiner der Prätendenten durchsetzen konnte, die Königsmacht verfiel u. das Reich in Auflösung u. *Fehden* versank. Statt dessen entwickelten die großen Territorien ihre Landeshoheit weiter, u. die *Städte* blühten auf. *Rechtsbücher* u. *Feme* sollten Ersatz bieten für den Mangel an geordneter Rechtspflege. Verfassungsrechtl. bedeutsam wurde das zu dieser Zeit sich durchsetzende alleinige Königswahlrecht der *Kurfürsten*. Die Wahl *Rudolfs von Habsburg*

Kaiser Friedrich I. Barbarossa mit seinen Söhnen Heinrich (VI.) und Friedrich (V.); Welfenchronik; um 1180. Fulda, Hessische Landesbibliothek

DEUTSCHLAND
Hochmittelalterliches Kaisertum

Reste der staufischen Kaiserpfalz zu Gelnhausen; erbaut Ende 12. Jh.

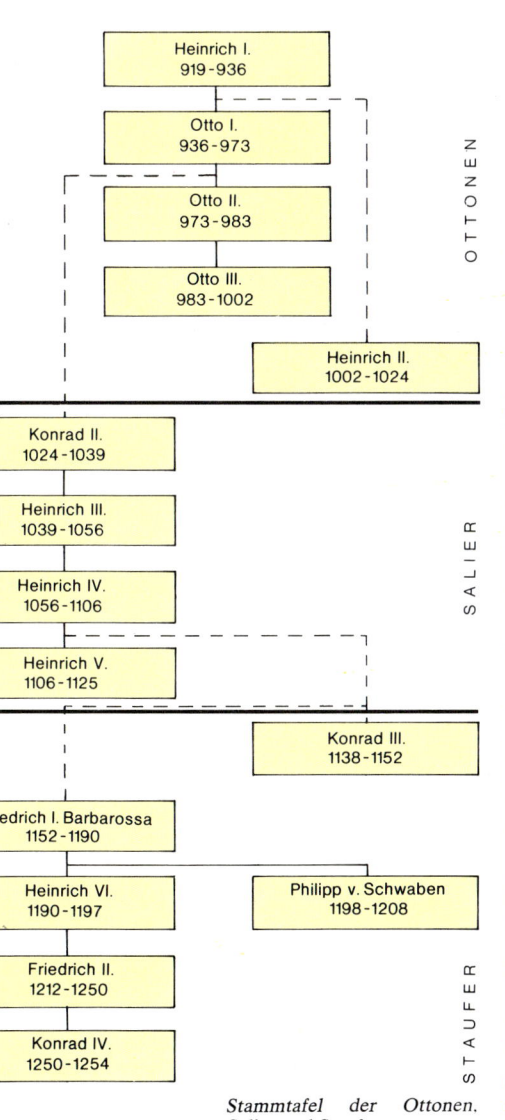

Reisewege und Aufenthaltsorte der Kaiser Otto I. und Friedrich I.

Stammtafel der Ottonen, Salier und Staufer

OTTONEN:
- Heinrich I. 919–936
- Otto I. 936–973
- Otto II. 973–983
- Otto III. 983–1002
- Heinrich II. 1002–1024

SALIER:
- Konrad II. 1024–1039
- Heinrich III. 1039–1056
- Heinrich IV. 1056–1106
- Heinrich V. 1106–1125

STAUFER:
- Konrad III. 1138–1152
- Friedrich I. Barbarossa 1152–1190
- Heinrich VI. 1190–1197
- Philipp v. Schwaben 1198–1208
- Friedrich II. 1212–1250
- Konrad IV. 1250–1254

Legende:
- ▬ Otto I. 936–973 bzw. ottonisch
- ▬ Friedrich I. 1152–1190 bzw. staufisch
- ▬ Beide Könige bzw. ottonisch u. staufisch
- ─── Reisewege der Ottonen
- ╌╌╌ Königsumritt Friedrichs I. 1152/53
- Aufenthalte: 1–4mal ○, 5–10mal ○, über 10mal ○
- P Pfalz
- ▷ Bedeutende Burg
- ☩ Erzbischofssitz
- † Bischofssitz
- + Kloster

357

Deutschland

Die Goldene Bulle Karls IV., das erste Reichsgrundgesetz; 1356. Stuttgart, Hauptstaatsarchiv

Kaiser Karl IV. und die sieben Kurfürsten; Wappenbuch; um 1370. Brüssel, Bibliothèque Royale Albert Ier

Feierliche Eröffnungssitzung des „immerwährenden" Reichstags zu Regensburg; 1663. Regensburg, Museum

Das Heilige Römische Reich Deutscher Nation mit seinen Gliedern, von H. Burgkmair d. Ä.; 1510. Nürnberg, Staatsarchiv

(1273–1291) beendete das Interregnum. Die Grundlage seines Königtums wurden anstelle der verlorengegangenen Reichsgüter Hausgüter, die Rudolf sich besonders in Kämpfen gegen seinen Rivalen Ottokar II. von Böhmen errang (Österreich, Steiermark, Kärnten, Krain). *Hausmachtspolitik* führten auch seine Nachfolger. Mit der Ermordung Albrechts I. u. der Wahl des *Luxemburgers* Heinrich VII. zerschlug sich die Möglichkeit der Errichtung eines starken nationalen dt. Königtums der Habsburger – von den Kurfürsten bewußt hintertrieben. *Heinrich VII.* (1308–1313) begründete durch Einziehung *Böhmens* die luxemburg. Hausmacht u. erlangte als erster dt. König nach dem Interregnum wieder die Kaiserkrone (1312). 1309 erwarb der Dt. Orden *Pommerellen*, wodurch sein Territorium nun unmittelbar an das Reich anschloß u. die Ostseeküste von der Kieler Bucht bis zum Finnischen Meerbusen in dt. Hand war.
Der Wittelsbacher *Ludwig der Bayer* (1314 bis 1347), der die *Mark Brandenburg* gewann u. sich vom röm. Volk zum Kaiser krönen ließ, trug den Kampf mit dem Papsttum um das Königswahlrecht aus, das endgültig durch die →Goldene Bulle Karls IV. von 1356 gegen die Kurie zugunsten der →Kurfürsten entschieden wurde. Diese erhielten zudem weitere Königsrechte, u. als „Säulen des Reichs" (lat. *imperii columpne*) erfuhr ihre Gewalt

eine reichsrechtl. Konsolidierung. Auch die *Städte* (→Stadt, →Reichsstädte) hatten dank ihrer wirtschaftl. Macht an Einfluß gewonnen u. waren zu eigenständigen Rechts- u. Verfassungseinrichtungen geworden, während die kleinen Grafen, Herren u. Ritter allmähl. an Bedeutung verloren. Der Zusammenschluß zu *Städtebünden* brachte eine weitere Stärkung. Die →Hanse errang 1370 im Stralsunder Frieden die Vormachtstellung im Ostseeraum, der erst im 15. Jh. ein Niedergang folgte. Die südd. Städte unterlagen 1388/89 den Fürsten, mußten auf Bündnisse Verzicht leisten u. schieden dadurch als polit. Machtfaktor des Reichs aus.
Karl IV. (1346–1378), unter dem Böhmen zum Kernland des Reichs wurde (1348 in *Prag* erste dt. Universität), konnte *Schlesien* u. die *Niederlausitz* daran anschließen sowie die *Mark Brandenburg* erwerben, die Sigismund, Nachfolger der schwachen Könige Wenzel u. Ruprecht von der Pfalz, 1415/1417 Friedrich VI. (I.) von →Hohenzollern übertrug, womit die Voraussetzung für den Aufstieg des Kurfürstentums geschaffen war. Auch die Vergabe *Sachsen*(-Wittenbergs) an den *Wettiner* Friedrich den Streitbaren 1423 begünstigte eine landesherrschaftl. Entwicklung.
Sigismund (1410–1437), der letzte Luxemburger, König von Ungarn, D. u. Böhmen, 1433 zum Kaiser gekrönt, sah sich noch einmal als Sachwalter der abendländ. Christenheit u. berief die *Reform-*

konzilien von Konstanz u. Basel ein, die das *Schisma* beseitigten, aber die innerkirchl. Mißstände (lat. *gravamina*) nicht beheben konnten. So blieb die Forderung nach einer Reform der Kirche bestehen, die sich in D. mit der nach einer *Reichsreform* (Nikolaus von Kues) verband. Die während des Konstanzer Konzils nach der Verbrennung von J. Hus ausbrechenden *Hussitenkriege* führten zu einer Schwächung der Königsmacht u. des Deutschtums in Böhmen.
Die Erben der Luxemburger wurden durch *Albrecht II.* (1438–1439), den Schwiegersohn Sigismunds, die →Habsburger, jetzt die stärkste Macht im Reich, die fortan bis zu dessen Ende fast ausschließl. die Könige u. Kaiser des Reichs stellten. *Friedrich III.* (1440–1493), 1452 als letzter Kaiser vom Papst in Rom gekrönt, kam in der Reichsreform nicht voran, mußte mancherlei fürstl. Machtkämpfe u. Fehden im Reich dulden u. fast alle habsburg. Besitzungen südl. des Rheins den *Schweizer Eidgenossen* überlassen, konnte jedoch durch seine beharrl. Politik die Macht seines Hauses, zeitweise durch einheim. Könige der Böhmen u. Ungarn stark gefährdet, wahren u. mehren (Erbu. Heiratsverträge mit Burgund, Böhmen u. Ungarn). – 1460 nach dem Aussterben der Schauenburger wurden *Schleswig* u. *Holstein* in Personalunion mit Dänemark vereinigt (bis 1863), wobei Holstein im Reichsverband verblieb u. beider

358

Deutschland

Reichskreise zu Beginn des 16. Jh.

- Burgundischer Kreis
- Niederrheinisch-Westfälischer Kreis
- Niedersächsischer Kreis
- Obersächsischer Kreis
- Kurrheinischer Kreis
- Fränkischer Kreis
- Oberrheinischer Kreis
- Schwäbischer Kreis
- Bayerischer Kreis
- Österreichischer Kreis
- Nicht in Kreise eingeteilte Gebiete

Kaiser Maximilian I. mit Maria von Burgund und Bianca Sforza, N. Türing zugeschrieben; 1500. Innsbruck, Goldenes Dachl

Das Reichskammergericht in Wetzlar; Wetzlar, Städtisches Museum und Lottehaus

DEUTSCHLAND
Heiliges Römisches Reich Deutscher Nation

Stände ewige Zusammengehörigkeit gelobten (→Schleswig-Holstein, Geschichte). 1466 verlor der Dt. Orden *Pommerellen* u. damit die Landverbindung zum Reich, ferner das *Kulmerland* u. das *Ermland* an Polen u. mußte für den restl. Ordensstaat (→Preußen) die poln. Oberhoheit anerkennen (Aufstieg *Danzigs*).

Friedrichs Sohn *Maximilian I.* (1493–1519), durch seine Ehe mit Maria von Burgund († 1482) auch im Besitz der *Niederlande* u. der Freigrafschaft *Burgund*, schritt zur überfälligen →Reichsreform, der jedoch wenig Erfolg beschieden war. Nur das schwerfällige *Reichskammergericht* u. die *Reichskreise* von 1512 waren von Dauer, während alle Versuche, dem Kaiser ein *Reichsregiment* zur Seite zu stellen, scheiterten. In den Territorien hingegen entwickelte sich ein Dualismus zwischen Fürsten u. Landständen, der sie bis ins 17. Jh. charakterisierte. Die →Schweiz erkannte die Reformbeschlüsse für sich nicht an u. schied durch Exemtion von der Reichsgerichtsbarkeit 1499 de facto aus dem Reichsverband aus.

Maximilian setzte die habsburg. Heiratspolitik fort u. schuf durch die Vermählung seines Sohns Philipp des Schönen mit der span. Erbin Johanna der Wahnsinnigen die Voraussetzung zu einer Ausweitung der habsburg. Macht unter Karl V. Beispielgebend für alle späteren dt. Könige, auch ohne Kaiserkrönung, nahm Maximilian den Titel „Er-

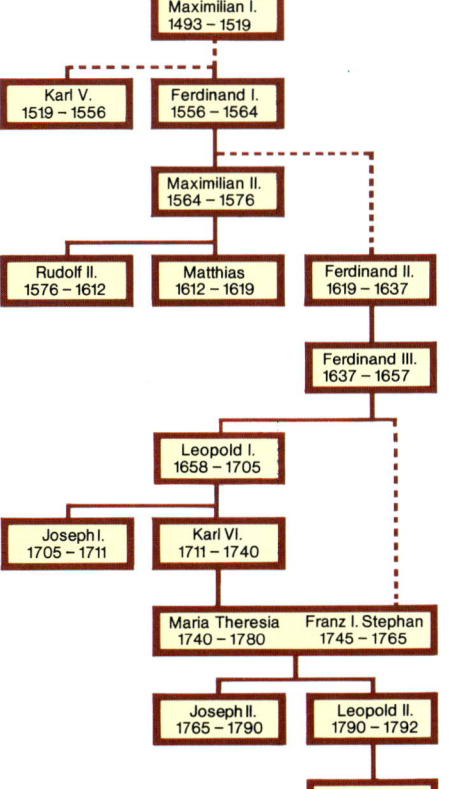

Stammtafel der Habsburger

Franz II., letzter Kaiser des Hl. Römischen Reiches Deutscher Nation (im österreichischen Krönungsornat); Gemälde von L. Kupelwieser, 1824, Wien

Deutschland

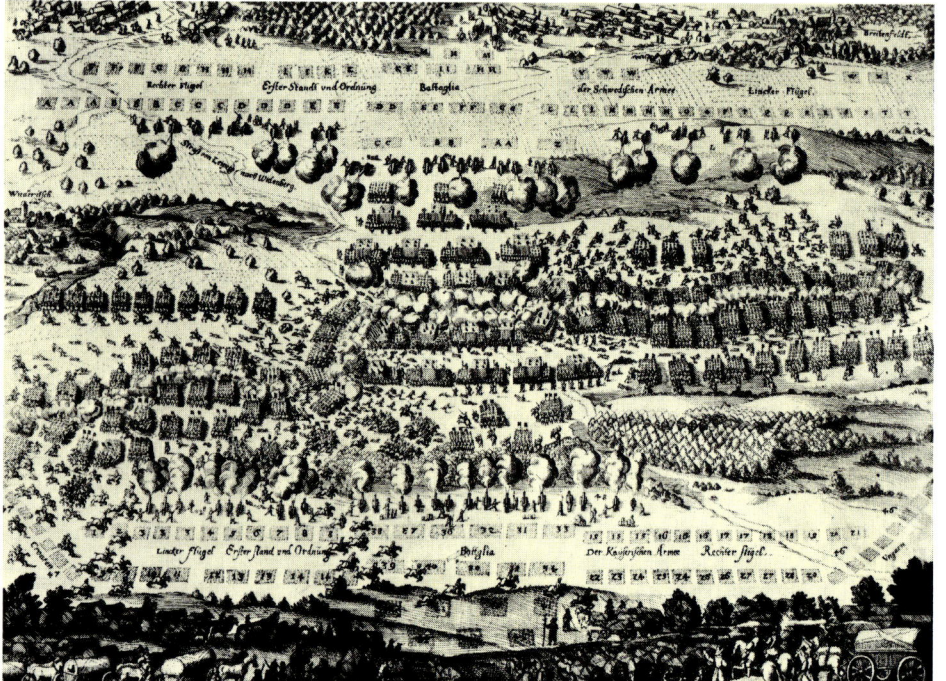

Übergabe der Augsburger Konfession am 25. 6. 1530; Kupferstich von P. Fürst (oben). – Abdankung Kaiser Karls V. am 25. 10. 1555 in Brüssel; Kupferstich von F. Hogenbergh (Mitte). – Schlacht bei Breitenfeld 1631 (unten)

wählter röm. Kaiser" an, aber das Kaisertum war fortan nicht viel mehr als ein Ehrenvorrang, u. das schrumpfende Reich, für das im 15. Jh. die Bezeichnung *Hl. Röm. Reich Deutscher Nation* aufkam, ein Staat unter anderen.

Im Innern begann sich das Reich ebenfalls zu einem dualist. Ständestaat zu entwickeln, in dem sich „Kaiser u. Reich" gegenüberstanden: das Reichsoberhaupt u. die *Reichsstände*, wobei letztere einerseits eine monarch. Führung verhinderten, anderseits jedoch nicht gewillt waren, selbst eine straffe Reichsverwaltung aufzubauen, sondern Eigeninteressen verfolgten, was bei größeren Territorien oft zu völliger Landeshoheit führte unter Ausschluß der kaiserl. Gewalt. Mit der *Rezeption des röm. Rechts* vollzog sich die staatl. Weiterbildung mehr u. mehr auf dem Boden der Territorien, vor allem in den Kurfürstentümern u. in den größeren Einzelstaaten. Die *Städte* entwickelten sich zu Zentren wirtschaftl. Macht. Mainz, Frankfurt a. M., Straßburg, Ulm, Augsburg (→Fugger, →Welser) u. Nürnberg profitierten von dem Handel mit den oberitalien. Plätzen Mailand, Genua, Venedig u. Pisa u. den französ. Messestädten Troyes, Lyon u. Paris. Die Vermittlung zwischen dem südt. Handelsgebiet u. dem der Hanse übernahmen Städte wie Erfurt u. Leipzig. Textilindustrie u. Bergbau entwickelten im *Verlagswesen* bereits über die Zunftwirtschaft hinausführende Wirtschaftsformen; das mittelalterl. Handels- u. Wirtschaftssystem wurde durch den *Frühkapitalismus* abgelöst.

Mit dem polit. u. wirtschaftl. Wandel ging ein geistiger einher, gekennzeichnet durch →Renaissance u. →Humanismus. Es entstand nicht nur ein neues Menschen- u. Weltbild, sondern mit der Hinwendung zu den geschichtl. Quellen auch ein dt. *Nationalgefühl* (Veröffentlichung der „Germania" des Tacitus durch K. *Celtis*; mittelalterl. Forschungen J. *Wimphelings*, A. *Krantz'* u. K. *Peutingers*) sowie eine Kritik an der theolog. Bevormundung der Laien (krit. *Ausgabe des N.T.s durch Erasmus von Rotterdam*) u. an sonstigen kirchl. Mißständen (*Ulrich von Hutten*, *Dunkelmännerbriefe*). – ▭ 5.3.3. – Mittelalter insges. 5.3.0.

Zeitalter der Reformation u. der Gegenreformation: Alle Unzufriedenheit mit der Kirche u. die Glaubensnot des Volks kam zum Ausbruch in der →Reformation, deren Folgen weit über den religiösen Bereich hinausgingen.
Unter *Karl V.* (1519–1556) konnte sie sich sogleich stark ausbreiten. Karl, der Enkel Maximilians I., als König von Spanien gegen den französ. Monarchen Franz I. zum dt. König gewählt, mehr Burgunder als Deutscher, war durch Erbschaft (der Niederlande u. Burgunds, Spaniens mit Neapel u. den überseeischen Besitzungen, eines Teils der habsburg. Lande) u. nach dem Anspruch noch einmal ein universaler Kaiser, der sich als solcher auch als Haupt der Christenheit fühlte u. an der Idee einer Universalkirche festhielt, den aber die Weltpolitik u. die ständigen Kämpfe mit seinem alten Rivalen Franz I. sowie mit den Türken zu sehr in Anspruch nahmen, als daß er seinen Willen in D. durchsetzen konnte. 1521/22 überließ Karl die habsburg. Erblande seinem Bruder Ferdinand, der nach dem Tod König Ludwigs von Böhmen u. Ungarn diese Länder erbte, womit der Grund für die spätere österr.-ungarische Monarchie gelegt war. In den Auseinandersetzungen mit Franz I. lag der Beginn eines zweieinhalb Jahrhunderte währenden habsburg.-französ. Gegensatzes.
Religiöse Schriften *Luthers* (z.B. „Von der Freiheit eines Christenmenschen"), irrtümlich als soziale Aufrufe angesehen, wirkten befeuernd auf den *Ritterkrieg* Franz von Sickingens 1522/23 wie auf den →Bauernkrieg von 1525. Beide wurden blutig niedergeschlagen. Damit waren nach den Städten auch der Ritterstand u. der Bauernstand politisch ausgeschaltet, u. zwar wiederum von den Fürsten, denen allein die Zukunft gehörte, auf deren Ebene bereits vornehml. das Für u. Wider der Reformation ausgetragen wurde u. die auch ihre Hauptnutznießer wurden (*Landeskirchentum*). 1525 wurde der Ordensstaat *Preußen* durch Übertritt des Hochmeisters Albrecht von Brandenburg zur Reformation weltl. Herzogtum.
Die lutherischen Reichsstände, seit dem 2. Speyerer Reichstag „Protestanten" genannt u. fast alle im *Schmalkaldischen Bund* seit 1531 zusammengeschlossen, wurden 1546/47 vom Kaiser geschlagen, erlangten aber nach dem *Augsburger Interim* durch den Fürstenaufstand von 1552, bes. durch

Neuer
Auß Münster vom 25. deß Weinmonats im Jahr
1648. abgefertigter Freud- vnd Friedenbringender Postreuter.

Ich komm von Münster her gleich Sporenstreich geritten/
und habe nun das meist deß Weges überschritten/
Ich bringe gute Post und neue Friedenszeit/
der Frieden ist gemacht/gewendet alles Leid.
Man bläst ihn freudig auß mit hellen Feldtrommeten/
mit Kesselpaucken Hall/mit klaren Feld-Claretten.
Mercur fleugt in der Lufft/ und auch der Friede, Jo/
Gantz Münster/Oßnabrugg vnd alle Welt ist froh/
die Glocken thönen starck/die Orgeln lieblich klingen/
HErr Gott wir loben dich/die frohen Leute singen.
die Stücke donneren und sausen in der Lufft/
die Fahnen fliegen schön/und alles jauchtzend rufft:
der Höchste sey gelobt/der Friede ist getroffen/
fortan hat männiglich ein besser Jahr zu hoffen/
der Priester und das Buch/der Rahtherr und das Schwerdt/
der Bauer und der Pflug/der Ochse und das Pferd.

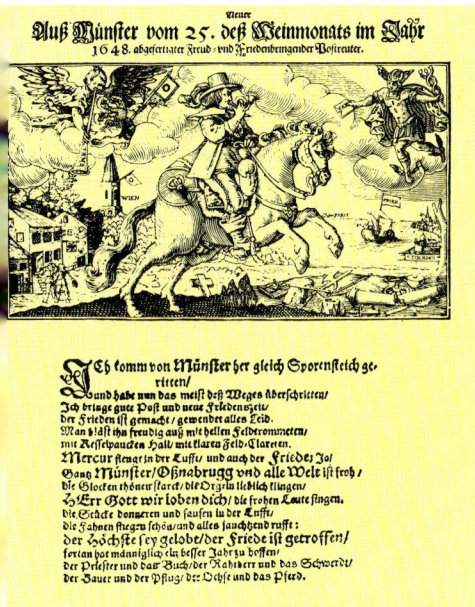

Flugblatt vom Westfälischen Frieden; zeitgenössisch

den Frontwechsel *Moritz' von Sachsen* (der Metz, Toul u. Verdun an Frankreich opferte), im *Augsburger Religionsfrieden* 1555 die Anerkennung der Gleichberechtigung ihrer Konfession, die zugleich eine Anerkennung der religiösen Spaltung D.s war.
1555/56 dankte Karl V. resigniert ab, u. es kam zu einer *Teilung des habsburg. Weltreichs.* Die Nachfolge im span.-burgund. Erbe mit den Niederlanden u. den italien. u. den überseeischen Besitzungen trat sein Sohn Philipp II. an, Kaiser wurde mit den habsburg. Erblanden *Ferdinand I.* (1556–1564), wobei die größte Macht für die nächsten 100 Jahre („span. Jahrhundert") bei der span. Linie lag. Das letzte abendländ. Universalreich war den dt. Territorial- u. den westeurop. Nationalstaaten erlegen, die zusammen das neue europ. Staatensystem bildeten.
Das Reich Ferdinands u. seiner Nachfolger war schwach u. polit. unbedeutend; die Reformation machte weitere Fortschritte u. breitete sich über ganz Mittel- u. Nordwest-D., Österreich, die Alpenländer u. Böhmen aus. West- u. Süd-D. blieben überwiegend katholisch. Dabei herrschte zwischen den Konfessionen ein schroffer Gegensatz, der durch die →Gegenreformation noch verschärft wurde u. nach Versuchen, die Bestimmungen des Augsburger Religionsfriedens zugunsten einer Konfession zu ändern (Kölner bzw. Straßburger Bistumsstreit 1583 bzw. 1592–1604, Donauwörther Händel 1607), zur Gründung von *Religionsparteien* (prot. *Union* 1608, kath. *Liga* 1609) führte u. schließl. zum *Dreißigjährigen Krieg. Brandenburg* gewann 1614 nach dem *Jülich-Cleveschen Erbfolgestreit Cleve, Mark* u. *Ravensberg* u. 1618 durch Erbschaft das noch unter poln. Lehnshoheit stehende Herzogtum *Preußen,* womit von Westen nach Osten die „Trittsteine" für das weitere territoriale Ausschreiten beisammen waren.
Der →Dreißigjährige Krieg, der D. verwüstete u. etwa 1/3 seiner Bevölkerung kostete, wurde aus einem dt. Religionskrieg zu einem europ. Machtkampf auf dt. Boden gegen das Haus Habsburg, dessen Vorherrschaft in Europa er vereitelte. Der *Westfälische Friede,* der die konfessionelle Spaltung D.s besiegelte, sicherte in polit. Hinsicht auf Kosten der kaiserl. Zentralgewalt die Mitbestimmung der Reichsstände in allen Reichsangelegenheiten sowie deren volle Souveränität über ihre Territorien. Er stellte die Ausführung der Friedensbestimmungen unter die Garantie Frankreichs u. Schwedens, die damit außer den ihnen zugefallenen Reichsgebieten an Oberrhein bzw. Nord- u. Ostseeküste die Möglichkeit einer Einflußnahme auf das ganze Reich u. seine Verfassung gewannen, denn das Vertragswerk wurde (nach der Goldenen Bulle) zu einem neuen *Reichsgrundgesetz.*
Die weitgehende Auflösung der alten Formen des Reichs war das Ergebnis. Die Unabhängigkeit der *Schweiz* u. der Vereinigten →Niederlande mußte anerkannt werden. (Das einheitl. kaiserl.) Österreich trat erstmals in einen Gegensatz zu (dem territorial zersplitterten) D., wo sich Brandenburg mit dem Erwerb *Hinterpommerns* u. einiger geistl. Territorien als neue Vormacht bereits abzeichnete. – 🕮 5.4.1.

Zeitalter des Absolutismus: Das Reich versank in einen Zustand polit. Ohnmacht, aus dem es auch durch verschiedene Reformversuche (*Rheinbund* 1658; *Reichskriegsordnung* 1661; Assoziation der vorderen Reichskreise 1697) nicht mehr herausfinden konnte, da die Reichsgewalt ausgehöhlt wurde durch die Ausbildung der Staatshoheit der Einzelstaaten, die den →Absolutismus des französ. Königs übernahmen u. durch den →Merkantilismus auch wirtschaftl. erstarkten. Der Aufbau eines Verwaltungsapparats, die Einführung geordneter Finanzwirtschaft u. die Aufstellung stehender Heere ließen die größten Territorien wie *Bayern, Sachsen* (1697–1763 in Personalunion mit Polen), *Brandenburg* (mit dem 1701 zum Königreich erhobenen Preußen) u. *Hannover* (seit 1714 in Personalunion mit England) zu neuen Machtzentren von europ. Gewicht werden.
Mit der europ. Machtpolitik des 17. u. 18. Jh. war D. auf doppelte Weise verknüpft: durch den hauptsächl. von Österreich geleisteten Abwehrkampf gegen Ludwig XIV. von Frankreich in den *Reunionskriegen* u. in den *Türkenkriegen* sowie durch den Aufstieg Preußens u. seine Verwicklung in den *Nordischen Krieg.* Nach anfängl. schwerer Bedrohung u. nach der Rettung Wiens 1683 stieg

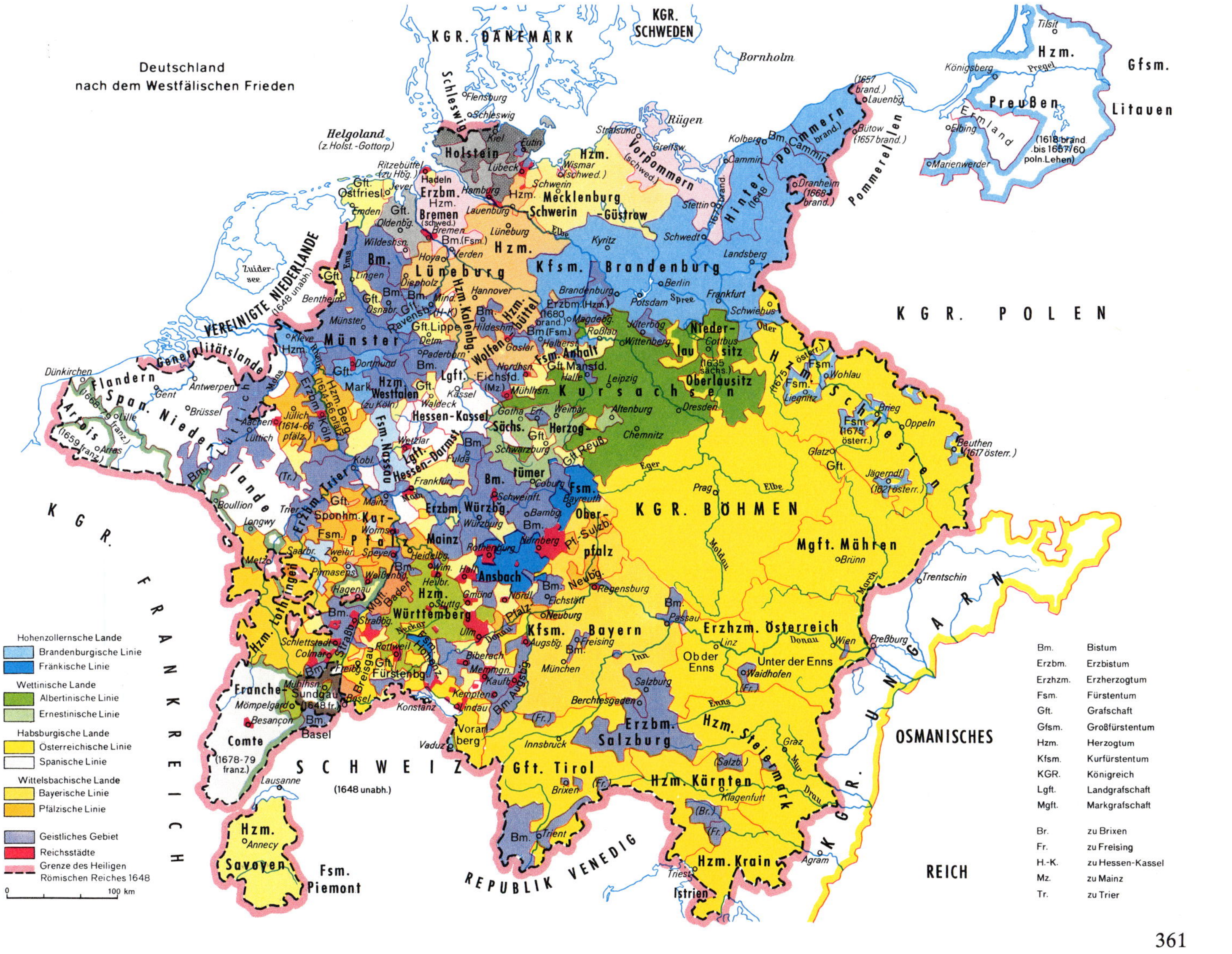

Deutschland

Bei Leuthen siegt Friedrich der Große 1757 im Siebenjährigen Krieg; zeitgenössisches Ölgemälde von einem unbekannten Maler (links). – Festmahl im Frankfurter Römer anläßlich der Kaiserkrönung Josephs II. am 3. 4. 1764; aus der Werkstatt M. van Meytens. Wien, Kunsthistorisches Museum (rechts)

Österreich durch den Erwerb Ungarns (Friede von Karlowitz 1699) u. von Teilen der bisher türk. Balkanländer (Friede von Passarowitz 1718) zur führenden Großmacht Südosteuropas auf. Die erfolgreiche Verteidigung der Westgrenze des Reichs (nur das *Elsaß mit Straßburg* war 1681 bei den Reunionen verlorengegangen) verlieh Österreich unter Kaiser *Leopold I.* (1658–1705) u. seinen Nachfolgern sogar für einige Jahrzehnte den Rang der führenden Großmacht Europas. Der Verlust Serbiens u. der Walachei an die Türkei (Friede von Belgrad 1739) u. der Schlesiens an Preußen 1745 sowie die Rivalität mit Rußland auf dem Balkan verdrängten es jedoch wieder aus dieser Rolle, die es auch nach den Poln. Teilungen nicht wiedererlangte.

Preußen, wo unter dem *Großen Kurfürsten Friedrich Wilhelm* (1640–1688), König *Friedrich (III.) I.* (1688 bzw. 1701–1713) u. König *Friedrich Wilhelm I.* (1713–1740) Absolutismus u. Merkantilismus neben Österreich am ausgeprägtesten zur Geltung gelangt waren, überflügelte zunächst das seit dem MA. in Nord-D. polit. u. wirtschaftl. führende *Sachsen*, das durch seine Beteiligung am Nord. Krieg, seine Verbindung mit Polen u. die Verschwendung seiner Mittel unter August dem Starken (Friedrich August II.) entscheidend geschwächt wurde. *Friedrich d. Gr.* (1740–1786) erhob Preußen durch die Erwerbung Schlesiens (*Schlesische Kriege* 1740–1742 u. 1744/45; *Österreichischer Erbfolgekrieg* 1740–1748) u. dessen Behauptung (*Siebenjähriger Krieg* 1756–1763) zur zweiten dt. Großmacht. Die Gebietsgewinne aus den *Poln. Teilungen* (1772, 1793 u. 1795) ließen sowohl Österreich wie Preußen aus dem Reich herauswachsen u. dessen Rahmen sprengen. Preußen, mit einem von der Altmark bis zum Memelgebiet geschlossenen Territorium, wurde zu einem überwiegend nach O ausgerichteten u. zu einem erhebl. Teil von Slawen bewohnten Staat, Österreich durch den Verlust Schlesiens u. Friedrichs Gegnerschaft gegen seine Vergrößerung im Reich (*Bayerischer Erbfolgekrieg* 1778/79; *Fürstenbund* 1785) noch bes. in den slaw. SO gedrängt. Auf dieser Grundlage entwickelte sich der *preuß.-österr. Dualismus*, der 1866 mit der Niederlage Österreichs endete.

Die Regierungen Friedrichs d. Gr., Maria Theresias (1740–1780) u. Josephs II. (1765–1790) verwirklichten einen *aufgeklärten Absolutismus*, womit sie zum Vorbild zahlreicher anderer dt. Staaten wurden u. D. an die Spitze der sozialen u. verfassungspolit. Entwicklung rückten, so daß es den Ideen der *Französ. Revolution* zunächst kaum Angriffsflächen bot. – □ 5.4.2.

Vom Heiligen Römischen Reich Deutscher Nation zum Deutschen Bund: Dennoch gehörte zu den Folgen des Umsturzes in Frankreich auch die Auflösung des Hl. Röm. Reichs. Der Vormarsch der französ. Revolutionsarmeen auf deutschem Boden nach der *Kanonade von Valmy* (1792) veranlaßte Preußen 1795 zum *Separatfrieden von Basel*, mit dem das linke Rheinufer Frankreich ausgeliefert wurde. Der *Friede von Campo Formio* 1797 zwischen Napoléon und Österreich bestätigte diese Bestimmungen, denen sich das Reich im *Frieden von Lunéville* 1801 unterwerfen mußte. Die Durchführung seiner Bestimmungen durch den *Reichsdeputationshauptschluß* von 1803 leitete das Ende des Hl. Röm. Reichs Dt. Nation ein. Die Vergrößerung Bayerns, Württembergs und Badens und ihre Erhebung zu Königreichen bzw. Großherzogtümern in den Jahren 1805/06, die Bildung des *Rheinbunds* 1806 und die *Niederlegung der Kaiserkrone* durch Franz II. am 6. 8. 1806 vollendeten diesen Prozeß.

Der *Friede zu Preßburg* zwischen Österreich und Frankreich 1805 und der zu *Tilsit* zwischen Preußen und Frankreich 1807 nach Preußens Niederlage bei *Jena und Auerstädt* 1806 ließen Österreich seine oberdeutschen, Preußen seine westelbischen und polnischen Besitzungen verlieren. In Nord-D. bildete Napoléon für seinen Bruder Jérôme das *Königreich Westfalen*; Polen wurde in Vereinigung mit Sachsen als Großherzogtum Warschau wiederhergestellt. Der Versuch Österreichs, 1809 Napoléons Vorherrschaft abzuschütteln, kostete es im *Frieden von Schönbrunn* sogar Teile seiner alten deutschen Stammlande. Der *Kongreß zu Erfurt* 1808 und die Annexion der deutschen Nordseeküste und Lübecks zur besseren Durchführung der *Kontinentalsperre* zeigten Napoléon auf dem Höhepunkt seiner Macht in D.

Die Wendung nach seiner Niederlage in Rußland 1812 war vorbereitet worden durch die inneren *Reformen* des Grafen *J. Ph. K. von Stadion* in Österreich u. des Freiherrn vom *Stein* u. des Fürsten *Hardenberg* in Preußen sowie durch die Armeereform des Erzherzogs *Karl* u. die preußische

Gesamtansicht der Doppelstadt Berlin/Cölln im 17. Jahrhundert, nach einem Kupferstich von J. B. Schultz; 1688

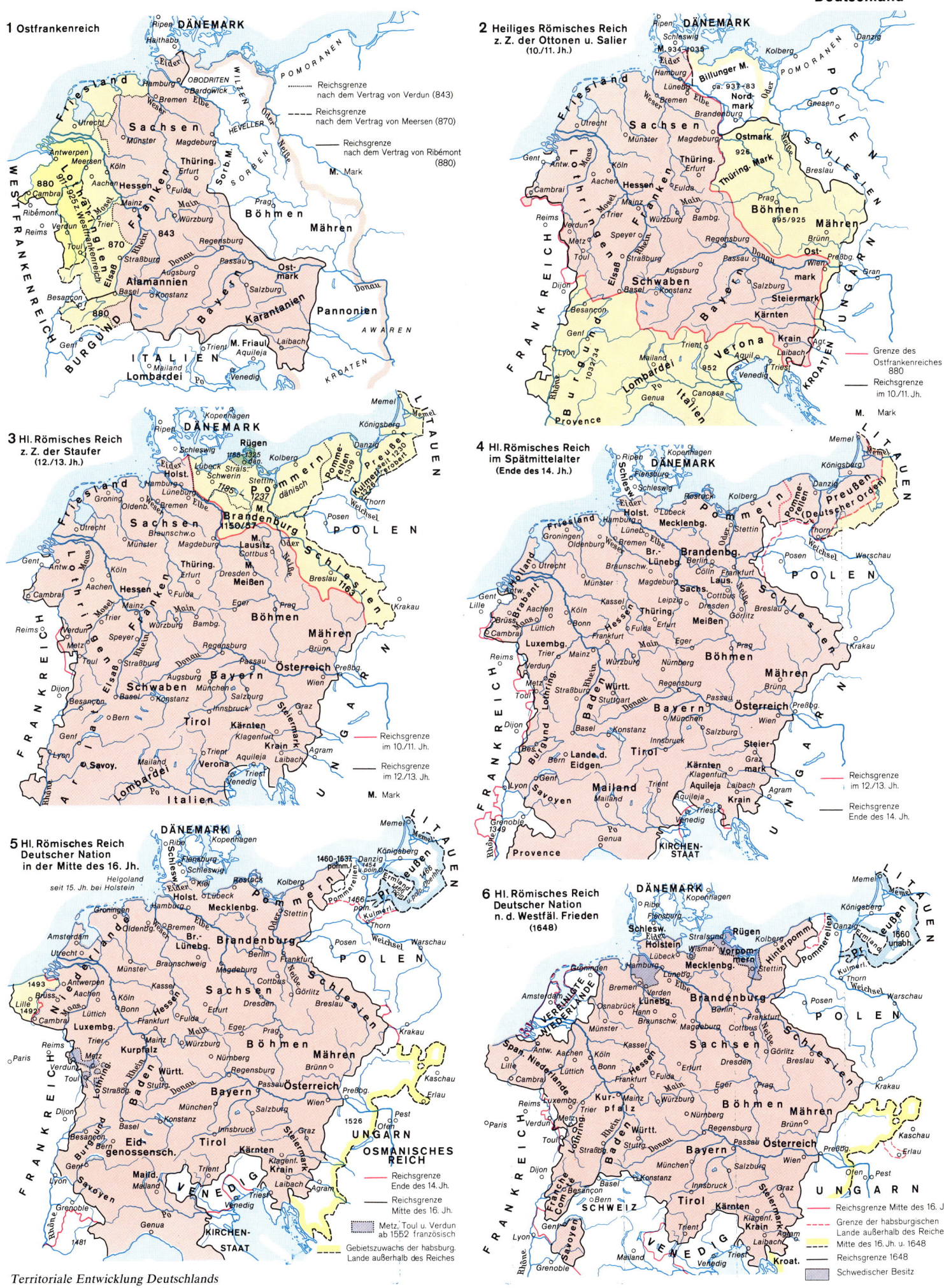

Deutschland — Territoriale Entwicklung Deutschlands

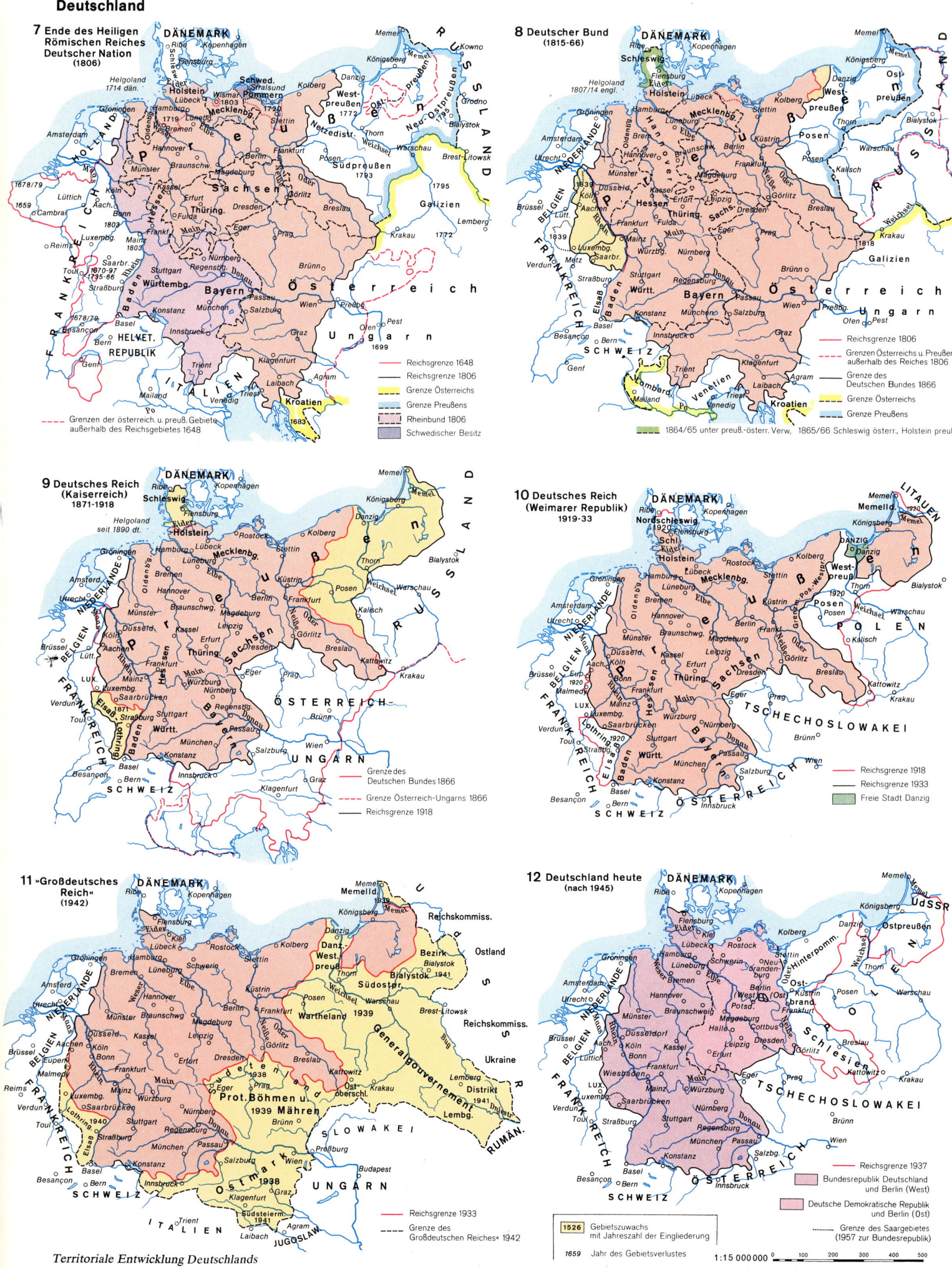

Deutschland

Territoriale Entwicklung Deutschlands

Heeresreform A. Graf N. von *Gneisenaus* u. G. von *Scharnhorsts*. W. von *Humboldts* Reform des Bildungswesens u. die Besinnung des dt. Volks auf die Werte seiner Vergangenheit (Volkstumsbegriff *Herders*, Berliner u. Heidelberger *Romantik*, Staatslehre Adam *Müllers*, Begründung der historischen Wissenschaften durch F. C. von *Savigny* u. B. G. *Niebuhr*) waren die geistige Voraussetzung dafür. Unter Führung Hardenbergs u. *Metternichs* u. durch eine allgemeine Volkserhebung gelang in den *Befreiungskriegen* mit russ., engl. u. schwed. Hilfe die Befreiung D.s von der französ. Vorherrschaft. Der Rheinbund löste sich auf.

Die Regelungen des *Wiener Kongresses* 1815 erfüllten die Hoffnung der Deutschen auf Bildung eines eigenen Nationalstaats durch die Gründung des →Deutschen Bundes nur unvollkommen. Gegenüber Frankreich wurden die Grenzen von 1792 wiederhergestellt; die süddt. Staaten behielten ihren Besitzstand; Preußen, das einen großen Teil Polens an Rußland abgeben mußte, wurde durch das nördl. Sachsen u. die Rheinlande entschädigt. In den süddt. Staaten, in Hessen u. in Weimar konnte sich konstitutionelles Leben halten. In Preußen, Österreich, den übrigen dt. Staaten u. im Bund war die Politik der nächsten Jahrzehnte durch den Gegensatz der konservativen Staatsmacht (System Metternich) zu den nationalen u. liberalen Tendenzen der Zeit charakterisiert. Diese *Restauration* mußte letztlich versagen, obwohl sie nach dem *Wartburgfest* (1817) u. der Ermordung A. von Kotzebues 1819 in den *Karlsbader Beschlüssen* durch Verschärfung der geistigen Knebelung (Demagogenverfolgungen, Zentraluntersuchungskommission in Mainz) alle liberalen Bestrebungen zu unterdrücken versuchte. In Auswirkung der französ. *Julirevolution* von 1830 *(Junges Deutschland)* entstanden Verfassungen in Sachsen, Hannover u. Kurhessen. Die nächsten Jahre brachten im *Hambacher Fest* 1832 u. im *Frankfurter Wachensturm* 1833 weitere liberale Aktionen u. Erhebungen. Die Aufhebung der Hannoverschen Verfassung durch König Ernst August II. 1837 führte zur Vertreibung der protestierenden *Göttinger Sieben* (Professoren; u. a. F. Ch. Dahlmann, G. G. Gervinus, die Brüder J. u. W. Grimm). Die nun wieder eingezogene Ruhe des *Vormärz* war jedoch nur die Stille vor einem neuen Sturm, der durch die französ. *Februarrevolution* von 1848 ausgelöst wurde u. in D. im März des gleichen Jahres losbrach *(Märzrevolution)*. Die liberale u. nationale Bewegung D.s stellte sich in der *Frankfurter Nationalversammlung* (Paulskirche) die Aufgabe, das Reich in einer bundesstaatl. Verfassung zu erneuern. Trotz ihrer Annahme scheiterte der Versuch aus mehreren Gründen. Die provisorische Zentralgewalt des *Reichsverwesers* Erzherzog Johann hatte gegenüber den Einzelstaaten keine Autorität. Nach anfänglichen Siegen, vor allem in Preußen, Österreich, Bayern u. Sachsen, schloß die Revolution in diesen Staaten sehr bald unter dem Eindruck der Gefahr kleinbürgerlich-sozialistischer Bewegungen wieder ihren Frieden mit den konservativen Kräften. In Preußen, das durch den *Dt. Zollverein* beträchtl. Einfluß gewonnen hatte, begnügte sie sich 1850 mit einer durch Friedrich Wilhelm IV. oktroyierten Verfassung. In Österreich gelang es der Armee unter A. Fürst zu Windisch-Graetz u. J. Graf Radetzky sowie dem Staatskanzler F. Fürst zu *Schwarzenberg* nach Niederwerfung der Aufstände in Italien u. Böhmen u. mit russischer Hilfe in Ungarn, auch Wien zu bezwingen u. eine neue, stark zentralistische gesamtstaatliche Verfassung zu oktroyieren. Diese Entwicklung führte in Frankfurt zum Bruch zwischen der großdt. u. kleindt. Richtung. Die *Großdeutschen* unterlagen, als Schwarzenberg die Aufnahme ganz Österreich-Ungarns in das Reich verlangte. Die *Kleindeutschen* boten König Friedrich Wilhelm IV. von Preußen die Kaiserkrone an, die dieser jedoch ablehnte. Demokratische Aufstände in Sachsen, Baden u. der Pfalz im Mai 1849 konnten das Werk der Paulskirche nicht mehr retten. Dazu kam, daß die Nationalversammlung sich außenpolitisch als ohnmächtig erwiesen hatte, als sie bei Gegnerschaft Frankreichs, Englands u. Rußlands die Erhebung der Schleswig-Holsteiner gegen Dänemark unterstützte. Auch der Versuch Preußens, 1850 in der *Erfurter Union* unter seiner Führung die kleindeutsche Lösung noch zu retten, scheiterte am Widerstand Österreichs und Rußlands *(Konvention von Olmütz* 1850). Preußen mußte in die Wiederherstellung des Bunds einwilligen.

Napoléons I. Einzug in Berlin 1806

Erst die Berufung *Bismarcks* zum preuß. Ministerpräsidenten (im *Verfassungskonflikt* 1862) brachte die dt. Frage wieder in Bewegung, da dieser sich die Lösung des preuß.-österr. Dualismus zur Aufgabe machte. Als Dänemark versuchte, im Widerspruch zum Londoner Protokoll von 1851 Schleswig u. Holstein ganz einzuverleiben, verstand Bismarck es, Österreich den Interessen Preußens dienstbar zu machen. Der Streit beider Mächte um die Verwaltung der nach dem *Dt.-Dän. Krieg* von 1864 abgetretenen Länder (*Vertrag von Gastein* 1865) u. die Notwendigkeit einer Reform des Dt. Bunds, die Österreich im großdt. Sinn (*Frankfurter Fürstentag* 1863), Preußen aber in der Errichtung eines kleindt. Bundesstaats unter seiner Führung anstrebte, führte 1866 zum *Dt. Krieg*. Österreichs Niederlage bei *Königgrätz* hatte im Frieden von Prag die *Auflösung des Dt. Bunds* zur Folge u. das Ausscheiden Österreichs aus den dt. Verhältnissen.

Norddeutscher Bund u. Deutsches Reich: Preußen annektierte außer Schleswig-Holstein die mit Österreich verbündet gewesenen Staaten Hannover, Kurhessen u. Nassau sowie die Freie Stadt Frankfurt a. M. u. gründete den →Norddeutschen Bund, in dem, mit dem preuß. Ministerpräsident Bismarck als Bundeskanzler, zum ersten Mal ein Teil D.s auf bundesstaatl.-konstitutioneller Basis vereinigt war. Mit den süddt. Staaten wurden Schutz- u. Trutzbündnisse gegen Frankreich geschlossen, das „Kompensationen" auf dem linken Rheinufer verlangte. Die Ansprüche Napoléons III. auf →Luxemburg wurden mit engl. Vermittlung durch Neutralisierung dieses Landes abgewiesen, das daher in den Nordt. Bund nicht aufgenommen werden konnte (Personalunion mit Holland, 1890 selbständig).

Die Vorgänge um die Kandidatur des Prinzen Leopold von Hohenzollern-Sigmaringen für den span. Thron, in der Napoléon III. die Gefahr einer

Frankfurter Nationalversammlung am 16. 9. 1848; Frankfurt a.M., Historisches Museum

Deutschland

Kaiserproklamation in der Spiegelgalerie des Schlosses von Versailles am 18. 1. 1871; Gemälde von A. von Werner. Schloß Friedrichsruh

Wiederherstellung des „Reiches Karls V." sah, führte (→Emser Depesche) zum *Dt.-Französ. Krieg* von 1870/71. Nach dem Sieg der erstmals vereinigten dt. Truppen über Frankreich u. dem von Bismarck ausgehandelten Beitritt der süddt. Staaten zum Norddt. Bund wurde am 18. 1. 1871 im Spiegelsaal des Schlosses von Versailles der preuß. König *Wilhelm I.* (1861–1888) zum „Dt. Kaiser" ausgerufen u. damit das *Deutsche Reich* gegründet. Dieses kleindt. Kaiserreich, ein konstitutionell-monarch. Bundesstaat unter preuß. Führung (Reichskanzler Bismarck), bestätigte den Verzicht auf die Zugehörigkeit Österreichs, das einen Staatsverband mit Ungarn einging, jedoch von Bismarck durch Bündnisse (s. u.) so eng wie möglich an das Reich angeschlossen wurde. Der *Friede von Frankfurt* von 1871 erzwang aus strateg. Gründen von Frankreich die Abtretung von Elsaß u. Lothringen, die zum *Reichsland Elsaß-Lothringen* zusammengefaßt wurden.

Das neue Reich, das durch die Industrialisierung u. die französ. Kriegsentschädigung zunächst wirtschaftl. einen gewaltigen Aufschwung nahm, geriet jedoch bald innenpolit. in eine Krise durch Bismarcks erfolglosen Kampf gegen die kath. Kirche (*Kulturkampf* 1872–1878) u. die organisierte →Arbeiterbewegung (*Sozialistengesetz* 1878). Trotz der späteren vorbildl. Sozialgesetzgebung (Kranken-, Unfall-, Invaliditäts- u. Altersversicherung 1883–1889) vermochte Bismarck nicht, die rasch anwachsende Arbeiterschaft dem Staat zu integrieren, da er ihr die polit. Gleichberechtigung versagte. Meinungsverschiedenheiten über die Arbeiterschutzgesetzgebung trugen zu seiner Entlassung bei.

Außenpolit. versuchte Bismarck, dem „saturierten" Reich durch eine konsequente Friedens- u. Bündnispolitik unter Isolierung Frankreichs eine gesicherte Stellung in dem neuen europ. Kräfteverhältnis zu schaffen (*Dreikaiserabkommen* 1872; *Berliner Kongreß* 1878; *Zweibund* 1879; *Dreibund* 1882; *Rückversicherungsvertrag* u. *Mittelmeerdreibund* 1887).

Das Bismarcksche System geriet ins Wanken mit der Entlassung des Kanzlers 1890 durch Kaiser *Wilhelm II.* (1888–1918), den Enkel Wilhelms I. (u. Sohn *Friedrichs III.*, der krankheitshalber nur 99 Tage regiert hatte), u. dem Übergang zur Weltpolitik im Zeitalter des *Imperialismus*. Die Nichterneuerung des Rückversicherungsvertrags beantwortete Rußland 1892 mit einer Militärkonvention u. 1894 mit einem Bündnis mit Frankreich. Die koloniale Expansionspolitik D.s (→deutsche Kolonien seit 1884; Erwerb von Eisenbahnkonzessionen in der Türkei seit 1888; dt. Führung bei der europ. Intervention im chines. *Boxeraufstand* 1900; Bau der *Bagdadbahn* seit 1902) machte eine Annäherung an England notwendig, die andererseits erschwert wurde durch die Unterstützung, die D. mit der Krüger-Depesche 1896 den *Buren* zuteil werden ließ, u. den Beginn des Baus der Hochseeflotte durch A. von *Tirpitz*. Der von J. Chamberlain zwischen 1898 u. 1901 unternommene Versuch eines Ausgleichs scheiterte. Die Annäherung Englands an Frankreich u. Rußland wurde gefördert durch die dt. Marokkopolitik (*Marokkokrisen*). Auf dem Balkan dagegen gelang es der dt. Politik in Zusammenarbeit mit England (Annexionskrise 1908; Tripoliskrise 1911/12; Balkankriege 1912/13), den Ausbruch eines allgemeinen Kriegs zu verhindern. Der Versuch einer direkten Verständigung mit England über den Flottenbau scheiterte bei der *Haldane-Mission* 1912 daran, daß England zu einer Neutralität im Kriegsfall D.-Frankreich nicht bereit war. Die beginnende Annäherung auf kolonialem Gebiet u. die Zusammenarbeit mit England in der *Julikrise* 1914 nach der Ermordung des Erzherzogs Franz Ferdinand in Sarajevo vermochten jedoch den Ausbruch des 1. →Weltkriegs nicht zu verhindern.

Hindenburg u. *Ludendorff* gelang es zwar, bis zuletzt die Kampfhandlungen vom Boden des Reichs fernzuhalten, aber schließl. bezwang – neben dem durch den U-Boot-Krieg hervorgerufenen Kriegseintritt der USA mit ihrer Überlegenheit an Menschen u. Material – die engl. Seeblockade D. durch Zermürbung. Der Zusammenbruch D.s am 9. 11. 1918 bedeutete nicht nur das Ende der Monarchie u. ihre Ersetzung durch die bürgerlich-demokratisch-parlamentarische →Weimarer Republik, sondern auch das Ende seiner Rolle als Großmacht. – 🕮 5.4.3.

Deutschland zur Zeit der Weimarer Republik: Der *Versailler Vertrag* (1919) entmachtete D. militärisch, zwang es zur Abtretung großer Gebietsteile (Eupen u. Malmédy; Ost-Oberschlesien; Posen u. Westpreußen; Memelland; Danzig; →auch Abstimmungsgebiete, Polnischer Korridor) u. legte ihm in den *Reparationen* schwerste wirtschaftliche Lasten auf, die durch die militär. Besetzung des Rheinlands u. später des Ruhrgebiets noch verschärft wurden. Trotz der Annäherung an die UdSSR (*Rapallovertrag* 1922) wurde die politisch-militärische Bedrohung D.s verstärkt durch das französ. Bündnissystem mit Polen u. der *Kleinen Entente* sowie durch die Nichtzulassung D.s zum Völkerbund. Erst im *Locarnovertrag* 1925 gelang es mit engl. Vermittlung den Außenministern A. *Briand* u. G. *Stresemann*, eine Entspannung zwischen D. u. Frankreich herbeizuführen. Der Schiedsmechanismus des Vertrags wurde auch auf die dt. Ostgrenze ausgedehnt u. in das System des von den Haager Friedenskonferenzen (1899 u. 1907) geschaffenen *Ständigen Schiedshofs* eingebaut. Der Eintritt D.s in den *Völkerbund* 1926 war

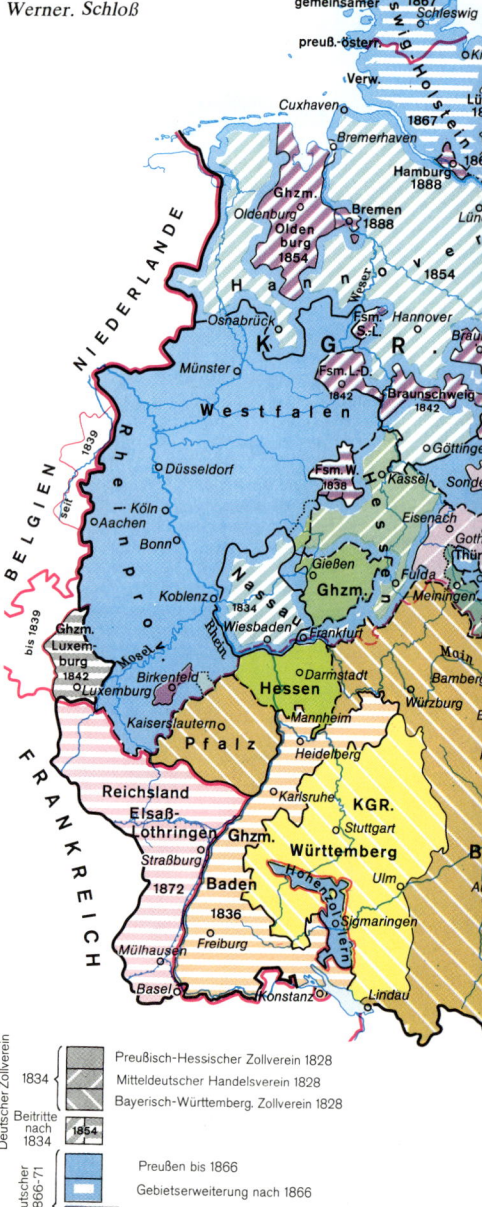

Deutschland

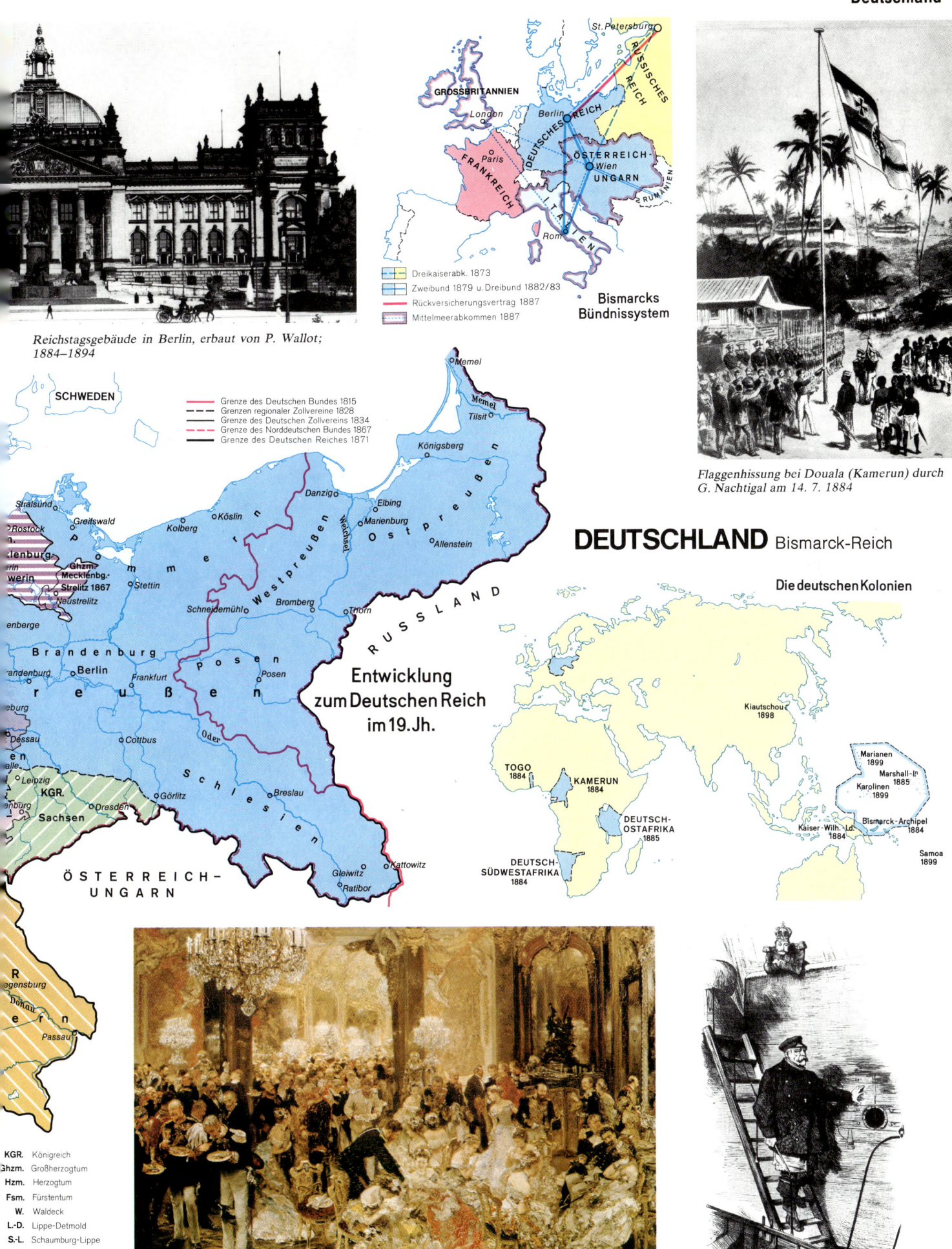

Reichstagsgebäude in Berlin, erbaut von P. Wallot; 1884–1894

Bismarcks Bündnissystem
- Dreikaiserabk. 1873
- Zweibund 1879 u. Dreibund 1882/83
- Rückversicherungsvertrag 1887
- Mittelmeerabkommen 1887

Flaggenhissung bei Douala (Kamerun) durch G. Nachtigal am 14. 7. 1884

DEUTSCHLAND Bismarck-Reich

Entwicklung zum Deutschen Reich im 19. Jh.
- Grenze des Deutschen Bundes 1815
- Grenzen regionaler Zollvereine 1828
- Grenze des Deutschen Zollvereins 1834
- Grenze des Norddeutschen Bundes 1867
- Grenze des Deutschen Reiches 1871

Die deutschen Kolonien: TOGO 1884, KAMERUN 1884, DEUTSCH-OSTAFRIKA 1885, DEUTSCH-SÜDWESTAFRIKA 1884, Kiautschou 1898, Marianen 1899, Marshall-In. 1885, Karolinen 1899, Kaiser-Wilh.-Ld. 1884, Bismarck-Archipel 1884, Samoa 1899

KGR. Königreich
Ghzm. Großherzogtum
Hzm. Herzogtum
Fsm. Fürstentum
W. Waldeck
L.-D. Lippe-Detmold
S.-L. Schaumburg-Lippe
O. Oldenburg
M.-Str. Mecklenburg-Strelitz
Lg. Lauenburg

Ballsouper am Hof Kaiser Wilhelms I. im Berliner Schloß; Gemälde von A. von Menzel. Berlin (West), Nationalgalerie (links). – „Der Lotse geht von Bord"; Karikatur von J. Tenniel in der englischen Zeitschrift „Punch" auf die Entlassung Bismarcks durch Kaiser Wilhelm II. 1890 (rechts)

367

Deutschland

Kaiser Wilhelm II. im Jahr 1910 mit Staatssekretär A. von Tirpitz und Großadmiral H. von Holtzendorff (links). – Kaiser Wilhelm II. im Jahr 1918 auf der Fahrt ins Exil an der holländischen Grenze (rechts)

Der deutsche Außenminister G. Stresemann (Mitte) auf der Konferenz von Locarno 1925 (links Sir Austen Chamberlain, rechts A. Briand)

Reichspräsident von Hindenburg verabschiedet sich vom neuen Reichskanzler Hitler nach der Reichstagseröffnung am 21. März 1933 in Potsdam

die Folge. Eine Garantie der Ostgrenze von 1919 ist jedoch bis zum Ende der Weimarer Republik von allen dt. Parteien einmütig abgelehnt worden. Im Innern führten die unmittelbaren Kriegsfolgen über die *Inflation* zu einer schweren Wirtschaftskrise, die ihrerseits soziale Unruhen u. in Verbindung mit einer verbreiteten Republikfeindschaft zwischen 1920 u. 1923 polit. Umsturzversuche radikaler Rechts- u. Linksgruppen hervorrief. Obgleich der *Dawes-Plan* 1924 u. der *Young-Plan* 1929 mit Hilfe hoher Auslandsanleihen D. die Zahlung der Reparationen ermöglichen sollten, erstarkte die dt. Wirtschaft doch nicht in dem Maß, daß sie der *Weltwirtschaftskrise* seit 1929 hätte begegnen können. Diese traf D. mit einer Massenarbeitslosigkeit so hart, daß in erster Linie dadurch dem →Nationalsozialismus der Weg zur Macht gebahnt wurde. – 🕮 5.4.4.

Deutschland 1933–1945: Am 30. 1. 1933 wurde Adolf *Hitler* als Führer der *NSDAP* vom Reichspräsidenten Hindenburg zum Reichskanzler ernannt. Er gewann das Volk zunächst durch die Beseitigung der Arbeitslosigkeit u. den propagandist. unterstrichenen Habitus seiner sich als „stark" gebenden u. zur Schaffung einer „Volksgemeinschaft" entschlossenen Regierung. Nachdem er seine Koalitionspartner sehr rasch überspielt hatte, machte Hitler noch im gleichen Jahr die NSDAP zur alleinigen Beherrscherin des polit. Lebens in D. (→Ermächtigungsgesetz, →Gleichschaltung). 1934 folgte die Entmachtung der SA („Röhm-Putsch") u., nach dem Tod Hindenburgs, die Übernahme auch des Präsidentenamts („Führer u. Reichskanzler") mit dem Oberbefehl über die Wehrmacht durch Hitler. Bei der Durchsetzung der polit. Ziele im Innern wurde bald Terror angewandt, bes. durch die SS (→Judenverfolgung, →Kirchenkampf, →Konzentrationslager). Außenpolit. hatte Hitler zunächst Erfolge, die aber in erster Linie der *Appeasement*-Politik vor allem Englands zu verdanken waren: 1933 *Reichskonkordat* mit dem Vatikan, Austritt aus Völkerbund u. Abrüstungskonferenz, 1934 Vertrag mit Polen, 1935 *dt.-engl. Flottenabkommen*, Rückkehr des *Saarlands* u. Einführung der allgemeinen Wehrpflicht, 1936 *Rheinlandbesetzung*, *Achse Rom–Berlin* u. *Antikominternpakt* mit Japan, 1938 *Anschluß Österreichs* u. des *Sudetenlands* (→Münchener Abkommen). Schon die Sudetenkrise hatte jedoch im Herbst 1938 an den Rand des Kriegs geführt. Der Überfall auf die Tschechoslowakei 1939 war der Wendepunkt, der die engl.-franzöś. Garantiepolitik zugunsten Polens, Rumäniens, Griechenlands u. der Türkei auslöste. Von Hitler als Einkreisung bezeichnet, wurde sie mit der Kündigung des Flottenabkommens mit England u. des Vertrags mit Polen sowie durch den Abschluß des Militärbündnisses mit Italien u. des *dt.-sowjet. Nichtangriffspakts* beantwortet. Zwar gelang es Hitler im Frühjahr 1939 noch, das *Memelland* durch ein Ultimatum von Litauen zurückzugewinnen, aber über den gleichen Versuch in bezug auf Danzig u. den Poln. Korridor kam es zu dem von ihm schon lange ins Auge gefaßten Krieg mit Polen, der sich zum 2. →Weltkrieg ausweitete.

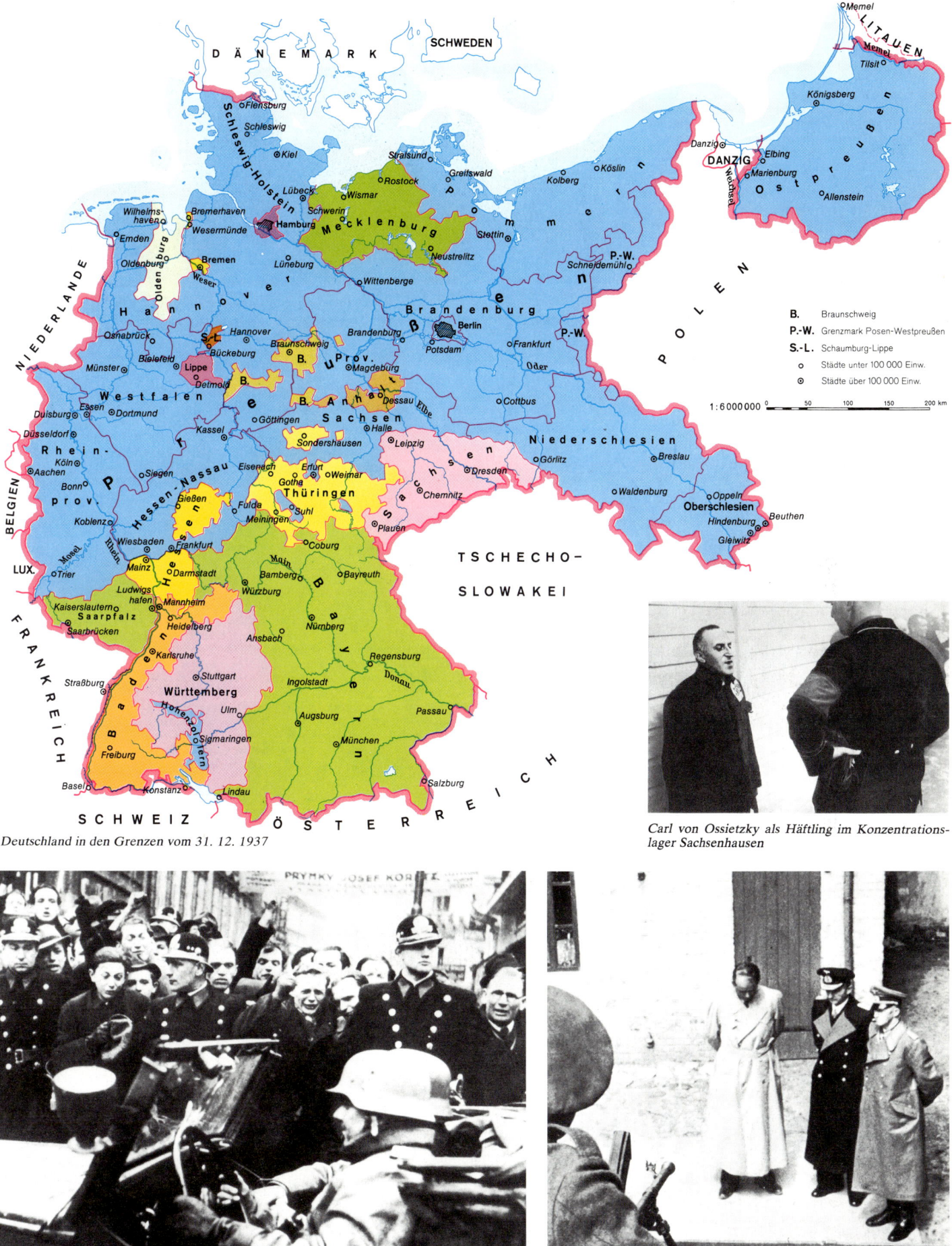

Deutschland in den Grenzen vom 31. 12. 1937

Carl von Ossietzky als Häftling im Konzentrationslager Sachsenhausen

Deutscher Einmarsch in die Tschechoslowakei am 15. 3. 1939 (links). – Großadmiral K. Dönitz (Mitte), deutsches Staatsoberhaupt aufgrund Hitlers testamentarischer Bestimmung, A. Speer, Industrieminister, und Generaloberst A. Jodl, Chef des Wehrmachtsführungsstabes, nach der Verhaftung der „Geschäftsführenden Reichsregierung" am 23. 5. 1945 (rechts)

Deutschland

Eine von vielerlei Kräften getragene →Widerstandsbewegung gegen die Hitlersche Politik wurde nach dem Attentat vom 20. Juli 1944 blutig niedergeschlagen. Die Überspannung der Kräfte im Widerstand bis zum Letzten u. die Zerstörung der dt. Städte, Industrie u. Verkehrswege durch Luftangriffe führten anders als im 1. Weltkrieg zum völligen Zusammenbruch des Reichs. Hitler beging Selbstmord (30. 4. 1945), u. der von ihm testamentar. bestimmte Nachfolger K. *Dönitz* ließ am 7. bzw. 8./9. 5. 1945 die *bedingungslose Kapitulation* der dt. Wehrmacht vollziehen. – ⌑ 5.4.5.

Deutschland seit 1945: Nach Auflösung u. Verhaftung der von Dönitz eingesetzten „Geschäftsführenden Reichsregierung" unter L. Graf *Schwerin von Krosigk* am 23. 5. übernahmen mit der *Berliner Erklärung* vom 5. 6. 1945 die 4 Siegermächte die oberste Regierungsgewalt in D. innerhalb der Grenzen vom 31. 12. 1937. Anstelle der militär. Demarkationslinie zwischen den 3 westl. Alliierten u. der UdSSR trat in Ausführung der Beschlüsse der Konferenz von *Jalta* die Einteilung D.s in 4 *Besatzungszonen* unter Ausgliederung Berlins, das in 4 *Sektoren* eingeteilt wurde. Im →Potsdamer Abkommen wurden zur Wahrnehmung der obersten Regierungsgewalt in D. der Alliierte *Kontrollrat* aus den Oberbefehlshabern der 4 Zonen, für Berlin die *Alliierte Kommandantur* aus den Befehlshabern der 4 Sektoren gebildet. Die Potsdamer Konferenz billigte ferner die Unterstellung der →Ostgebiete des Dt. Reichs unter poln. u. sowjet. Verwaltung u. eine Überführung der dt. Bevölkerungsteile aus Polen, der Tschechoslowakei u. Ungarn „in ordnungsgemäßer u. humaner Weise". Die Festlegung der Grenzen D.s sollte jedoch ebenso wie die Fixierung seiner Rechtsstellung Sache einer späteren Friedensregelung sein. Der Alliierte Kontrollrat erwies sich auf die Dauer als arbeitsunfähig (Vetorecht), die von der Konferenz vorgesehenen dt. Verwaltungsstellen kamen nicht zustande. Das Schwergewicht der Entwicklung verlagerte sich in die einzelnen Zonen; während die Wiederherstellung des polit. u. wirtschaftl. Lebens in den 3 westl. Zonen nur tastend versucht wurde, verfolgte die UdSSR in der *Sowjet. Besatzungszone* (SBZ) konsequent eine Politik der wirtschaftlichen, sozialen u. politischen Sowjetisierung unter Heranziehung der Zonenwirtschaft zur Reparationsleistung nicht nur – wie im Westen – durch Demontagen, sondern auch aus der laufenden Produktion.

Da auf den Nachkriegskonferenzen der Siegermächte eine Einigung über die D. betreffenden Fragen nicht erzielt werden konnte, wurden die Wirtschaftsverwaltungen der amerikanischen u. britischen Besatzungszone 1947 zusammengelegt *(Bizone)*; die Londoner Sechs-Mächte-Konferenz beschloß noch im gleichen Jahr die Zusammenlegung aller 3 Westzonen als Antwort auf die zunehmende Separation der SBZ durch die UdSSR. Die *Spaltung D.s* wurde zum erstenmal deutlich in der getrennten *Währungsreform* 1948. Über die Frage der Einführung der Ost- bzw. Westmark in Groß-Berlin kam es auch zur Spaltung der Stadt durch die Sowjets u. zur Blockade Westberlins (Berliner Blockade, Luftbrücke). Da die UdSSR nach dem Kontrollrat nunmehr auch die Kommandantur verließ, beriefen die Westmächte in ihren Zonen einen *Parlamentarischen Rat* zur Beratung einer Verfassung nach Bonn. Dieser beendete seine Beratung mit dem *Grundgesetz* 1949, in dem Bewußtsein u. mit dem Anspruch, „auch für jene Deutschen gehandelt (zu haben), denen mitzuwirken versagt war" (Präambel), wohingegen in der SBZ ein Dt. *Volkskongreß* unter maßgeblichem Einfluß der SED seinerseits eine eigene Verfassung beschloß. Dieser Prozeß der Sonderentwicklung beider Teile D.s wurde besiegelt durch die Gründung der **Bundesrepublik Deutschland** (BRD) am 7. 9. 1949 aufgrund der Wahlen zum 1. Bundestag, der die SBZ mit der Ausrufung der **Deutschen Demokratischen Republik** (DDR) am 7. 10. 1949 folgte. In der BRD wurden Th. *Heuss* Bundespräsident u. K. *Adenauer* Bundeskanzler, in der DDR W. *Pieck* Staats- u. O. *Grotewohl* Ministerpräsident.

Neben dem wirtschaftl. Wiederaufbau *(Marshallplan, soziale Marktwirtschaft)* unter Eingliederung Millionen *Heimatvertriebener* u. *Flüchtlinge* ging, beschleunigt vom *Koreakrieg*, die polit. u. auch militär. Integration der BRD in das System des Westens einher: 1951 Aufnahme in den *Europarat* u. Beteiligung an der *Montanunion*, 1952 Abschluß des *Deutschlandvertrags*. Dem Beschluß zur Aufstellung neuer dt., in eine europ. Armee integrierter Streitkräfte im Rahmen des *Brüsseler Pakts* folgte zunächst die französ. Ablehnung der *EVG* 1954, dafür wurde die BRD 1955 in die *NATO* aufgenommen (1955 Aufbau der *Bundeswehr*, 1956 Einführung der allgemeinen Wehrpflicht) u., nachdem die Westmächte bereits 1951 den Kriegszustand für beendet erklärt hatten, aufgrund der Beschlüsse der Brüsseler u. Pariser Konferenzen von 1954 die dt. Souveränität wiederhergestellt. – Dem entsprach die immer stärkere Eingliederung der DDR in das sowjet. Herrschaftssystem: 1950 Aufnahme in den *COMECON*, 1955 in den *Warschauer Pakt* (1956 *Nationale Volksarmee*, 1962 allg. Wehrpflicht).

Angesichts der immer stärkeren Auseinanderentwicklung scheiterten alle Versuche, in der Frage der *Wiedervereinigung* voranzukommen (sowjetische Deutschland-Noten 1952, Berliner Viermächtekonferenz 1954, Moskau-Reise Adenauers u. Genfer Außenministerkonferenz 1955), die, als Aufgabe im Grundgesetz verankert (Präambel: „Das gesamte Dt. Volk bleibt aufgefordert, in freier Selbstbestimmung die Einheit u. Freiheit D.s zu vollenden"), Adenauer langfristig durch eine mit Hilfe der westl. Bündnispartner von der Sowjetunion zu erwirkende Preisgabe der DDR u. durch die *Hallstein-Doktrin* zu erreichen hoffte.

Im Vordergrund der Außenpolitik der BRD stand das gute Verhältnis zu den USA u. zu Frankreich sowie die *Wiedergutmachung an Israel* (1952 erste Verhandlungen, 1965 diplomat. Beziehungen). Der Versuch Frankreichs, das *Saarland* abzutrennen, konnte mit der Verwerfung des Saarstatuts in der Volksabstimmung 1955 abgewendet

Sowjetsoldaten pflanzen nach der Eroberung Berlins am 2. Mai 1945 die Siegesfahne über dem zerstörten Reichstagsgebäude auf

Das erste Kabinett Adenauer am 20. 9. 1949

Die Folgen eines Sprengstoffanschlags auf die Berliner Mauer am 26. 5. 1962 werden beseitigt

Der Vorsitzende des Ministerrats der DDR, W. Stoph, begrüßt Bundeskanzler W. Brandt am 19. 3. 1970 in Erfurt

werden; Adenauer schloß 1963 den *deutsch-französ. Freundschaftsvertrag*.
Die innere Entwicklung der BRD war gekennzeichnet durch einen fast kontinuierlichen wirtschaftlichen Aufschwung, wachsende soziale Stabilisierung u. Konzentration auf wenige Parteien (CDU/CSU, SPD, FDP). Unter Bundeskanzler L. *Erhard* (1963–1966) wandelte sich das von Adenauer praktizierte System der „Kanzlerdemokratie" zu einem stärker parlamentar. orientierten Regierungsstil. 1965 wurde der Botschaftsaustausch mit Israel vereinbart. Nach der Ablösung Erhards während der Legislaturperiode bildete K. G. *Kiesinger* eine Regierung der „Großen Koalition" (CDU/CSU u. SPD) mit Vizekanzler u. Außenmin. W. *Brandt* (SPD), die sich angesichts innenpolit. Krisenzeichen (1966/67 Bergbaukrise, 1968/69 Studentenunruhen) um Bewahrung der Wirtschaftsstabilität u. um Fortschritte in der Gesellschafts- u. Bildungspolitik bemühte u. nach außen neben einer Fortsetzung der EWG-Politik Ansätze für eine Entspannung gegenüber dem Ostblock zu schaffen suchte (1967 Aufnahme diplomat. Beziehungen mit Rumänien, 1968 Wiederaufnahme der Beziehungen zu Jugoslawien).
1969 wurde nach dem CDU-Politiker H. *Lübke*, der Heuss 1959 gefolgt war, der Sozialdemokrat G. *Heinemann* zum Bundespräsidenten gewählt. Noch im gleichen Jahr bot aufgrund des Ergebnisses der Bundestagswahl der SPD ein Bündnis mit der FDP erstmals die Gelegenheit der Regierungsbildung. Bundeskanzler W. *Brandt* u. Vizekanzler u. Außen-Min. W. *Scheel* (FDP) intensivierten die Ost- u. D.-Politik u. ermöglichten 1970 Treffen zwischen Brandt u. dem DDR-Ministerratsvorsitzenden *Stoph* in Erfurt u. Kassel sowie die Unterzeichnung des *dt.-sowjet. Vertrags* u. des *dt.-poln. Vertrags* (Ratifizierung 1972). 1971 wurde ein →Viermächteabkommen über Berlin abgeschlossen mit innerdt. Vereinbarungen über Transit- bzw. Reise- u. Besucherverkehr. 1972 wurde ein →Verkehrsvertrag sowie der *Grundvertrag* zwischen beiden dt. Staaten ausgehandelt u. unterzeichnet (Ratifizierung 1972 bzw. 1973). Im Innern wurde ein umfassendes Reformprogramm in Angriff genommen. Der „Machtwechsel" (Heinemann) insgesamt, besonders aber die Ostverträge sowie die Hochschulreform u. die Mitbestimmungsdiskussion hatten bei zunehmender allg. Politisierung eine Polarisierung mit gelegentl. Radikalisierungserscheinungen zur Folge. Im April 1972 wurde gegen Bundeskanzler Brandt von der CDU/CSU ein *konstruktives Mißtrauensvotum* eingebracht; es scheiterte.
Aus der vorgezogenen Bundestagswahl im Nov. 1972 ging die SPD erstmals als stärkste Partei, die FDP erholt hervor, so daß die Koalition auf breiterer Basis fortgeführt werden konnte. 1973 wurden beide dt. Staaten in die Vereinten Nationen aufgenommen. 1974 erfolgte die Errichtung gegenseitiger Ständiger Vertretungen. Bundeskanzler Brandt trat im Zusammenhang mit einer DDR-Spionage-Affäre zurück. Neuer Bundeskanzler wurde Helmut *Schmidt*, der ebenfalls eine SPD/FDP-Koalitionsregierung (Vizekanzler u. Außenminister H.-D. *Genscher*, FDP) bildete u. nach der Wahl 1976 mit verringerter Mehrheit fortsetzte. Bundes-Präs. war 1974–1979 W. *Scheel*; 1979 wurde K. *Carstens* in das Amt gewählt.
In der DDR war es zu Unzufriedenheits- u. Widerstandsregungen der Bevölkerung gegen das SED-Regime gekommen (Fluchtbewegung, Juniaufstand 1953), die gewaltsam unterdrückt wurden (1952 Abriegelung der Zonengrenze durch eine 5-km-Sperrzone, 1961 der Berliner Sektorengrenze durch eine Mauer). 1954 wurde die DDR von der UdSSR für souverän erklärt. Mehrere Verträge zwischen DDR u. UdSSR folgten, zuletzt am 7. 10. 1975 ein 20jähriger Freundschafts- u. Beistandspakt. 1967 gab sich die DDR gesetzlich eine eigene Staatsbürgerschaft, 1968 eine neue Verfassung u. führte im innerdt. Reise- u. Transitverkehr die Paß- u. Visapflicht ein. Im August des gleichen Jahres beteiligten sich DDR-Truppen an der Intervention des Warschauer Pakts in der ČSSR.
Nach dem Tod Piecks (1960) trat W. *Ulbricht*, der als Erster Sekretär des ZK der SED schon die entscheidende Machtposition innehatte, als Vors. des Staatsrates auch formell an die Spitze des Staates. 1971 wurde er durch erzwungenen Rücktritt von seinem Parteiamt entmachtet; den

Das erste Kabinett Grotewohl am 12. 10. 1949

Deutschland

Deutsche Herrscher und Staatsoberhäupter

Könige und Kaiser
911–918   Konrad I.

Ottonen
919–936   Heinrich I.
936–973   Otto I., der Große
973–983   Otto II.
983–1002 Otto III.
1002–1024 Heinrich II.

Salier
1024–1039 Konrad II.
1039–1056 Heinrich III.
1056–1106 Heinrich IV.
(1077–1080 Rudolf von Rheinfelden) ⎫ (Gegenkönige Heinrichs IV.)
(1081–1088 Hermann von Salm) ⎭
1106–1125 Heinrich V.
1125–1137 Lothar III. von Supplinburg (Sachse)

Staufer
1138–1152 Konrad III.
1152–1190 Friedrich I. Barbarossa
1190–1197 Heinrich VI.
1198–1208 Philipp von Schwaben ⎫ (Doppelwahl)
1198–1218 Otto IV. (Welfe) ⎭
1212–1250 Friedrich II.
(1246/47 Heinrich Raspe von Thüringen) ⎫ (Gegenkönige Friedrichs II.)
(1247–1256 Wilhelm von Holland) ⎭
1250–1254 Konrad IV.

Interregnum
1257–1275 Alfons X. von Kastilien
1257–1272 Richard von Cornwall

Habsburger, Luxemburger u. a.
1273–1291 Rudolf I. von Habsburg
1292–1298 Adolf von Nassau
1298–1308 Albrecht I. von Österreich (Habsburger)
1308–1313 Heinrich VII. von Luxemburg
1314–1347 Ludwig IV., der Bayer (Wittelsbacher) ⎫ (Doppelwahl)
1314–1330 Friedrich der Schöne von Österreich (Habsb.) ⎭
1346–1378 Karl IV. (Luxemburger)
1349   Günther von Schwarzburg (Gegenkönig Karls IV.)
1378–1400 Wenzel von Böhmen (Luxemburger)
1400–1410 Ruprecht von der Pfalz (Wittelsbacher)
1410–1437 Sigismund (Luxemburger)
1410/11   Jobst von Mähren (Luxemburger) (Gegenkönig)

Habsburger
1438/39   Albrecht II.
1440–1493 Friedrich III.
1493–1519 Maximilian I.
1519–1556 Karl V.
1556–1564 Ferdinand I.
1564–1576 Maximilian II.
1576–1612 Rudolf II.
1612–1619 Matthias
1619–1637 Ferdinand II.
1637–1657 Ferdinand III.
1658–1705 Leopold I.
1705–1711 Joseph I.
1711–1740 Karl VI.
1742–1745 Karl VII. von Bayern (Wittelsbacher)

Habsburg-Lothringen
1745–1765 Franz I.
1765–1790 Joseph II.
1790–1792 Leopold II.
1792–1806 Franz II.

Hohenzollern
1871–1888 Wilhelm I.
1888   Friedrich III.
1888–1918 Wilhelm II.

Staatsoberhäupter
1919–1925 Reichspräsident Friedrich Ebert
1925–1934 Reichspräsident Paul von Hindenburg
1934–1945 „Führer und Reichskanzler" Adolf Hitler
1945   Karl Dönitz
1949–1959 Bundespräsident Theodor Heuss (BRD)
1949–1960 Präsident Wilhelm Pieck (DDR)
1959–1969 Bundespräsident Heinrich Lübke (BRD)
1960–1973 Vors. des Staatsrats Walter Ulbricht (DDR)
1969–1974 Bundespräsident Gustav Heinemann (BRD)
1973–1976 Vors. des Staatsrats Willi Stoph (DDR)
1974–1979 Bundespräsident Walter Scheel (BRD)
1976   Vors. des Staatsrats Erich Honecker (DDR)
1979   Bundespräsident Karl Carstens (BRD)

Staatsratsvorsitz behielt er bis zu seinem Tod 1973. Neuer Erster Sekretär (seit 1976 Generalsekretär) der SED wurde E. *Honecker.* Regierungschef war seit dem Tod Grotewohls 1964 bis 1973 W. *Stoph* (SED), 1973–1976 H. *Sindermann* (SED), dann wieder Stoph. Staatsrats-Vors. war 1973–1976 Stoph, seither Honecker.
Nach Abschluß des Grundvertrags nahm die DDR diplomat. Beziehungen zu fast allen Staaten auf. Gegenüber der BRD betrieb die DDR eine Politik der „Abgrenzung". 1974 entfernte sie aus ihrer Verfassung alle Hinweise auf den Fortbestand der dt. Nation. – ⌑ 5.4.0 u. 5.4.6.

BUNDESREPUBLIK DEUTSCHLAND

Verwaltungsgliederung

Land	qkm	Ew. in 1000
Baden-Württemberg	35751	9120
Bayern	70547	10812
Bremen	404	706
Hamburg	747	1688
Hessen	21112	5538
Niedersachsen	47423	7225
Nordrhein-Westfalen	34057	17049
Rheinland-Pfalz	19837	3645
Saarland	2569	1085
Schleswig-Holstein	15696	2587

Politik u. Recht

Die BRD ist ein Bundesstaat, der am 7. 9. 1949 auf der Grundlage des Grundgesetzes aus den damaligen 11 westdt. Ländern Baden, Bayern, Bremen, Hamburg, Hessen, Niedersachsen, Nordrhein-Westfalen, Rheinland-Pfalz, Schleswig-Holstein, Württemberg-Baden u. Württemberg-Hohenzollern gebildet wurde. Seit dem Zusammenschluß Badens, Württemberg-Badens u. Württemberg-Hohenzollerns zum Land Baden-Württemberg u. der Rückkehr des Saarlands zu Dtschld. besteht die BRD aus 10 westdt. Ländern u. →Berlin (West), dessen Zugehörigkeit zur BRD allerdings (bes. auf östlicher Seite) bestritten wird. Bundeshauptstadt ist Bonn; Bundesflagge Schwarz-Rot-Gold. Die BRD ist eine sozialstaatl., rechtsstaatl. u. gewaltenteilende parlamentar. u. repräsentative (mittelbare) Demokratie. Ihre Staatsbürger besitzen gegenüber der Staatsgewalt festumrissene *Grundrechte,* an die alle Staatsorgane gebunden sind. Das *Bundesvolk* ist zwar Träger der Staatsgewalt u. höchstes Staatsorgan, an der Ausübung der Staatsgewalt aber unmittelbar nur duch die Wahl des Bundestags u. durch Abstimmungen über gewisse Neugliederungen des Bundesgebiets beteiligt.
Staatsoberhaupt ist der *Bundespräsident;* die *Bundesregierung* besteht aus dem *Bundeskanzler* u. den *Bundesministern.* Gesetzgebungsorgane sind Bundestag u. Bundesrat. Die Abgeordneten des *Deutschen Bundestags* werden vom Volk in allgemeiner, unmittelbarer, freier, gleicher u. geheimer Wahl auf 4 Jahre gewählt. Durch den *Bundesrat,* der aus Mitgliedern der Regierungen der Länder besteht, wirken die Länder an der Gesetzgebung u. Verwaltung der BRD mit. *Höchste Gerichte* sind: Bundesverfassungsgericht, Bundesgerichtshof, Bundesverwaltungsgericht, Bundesarbeitsgericht, Bundessozialgericht, Bundesfinanzhof, Bundespatentgericht, Bundesdisziplinarhof.
Die Wahrnehmung der *Staatsaufgaben* obliegt den Ländern, soweit das GG keine andere Regelung trifft oder zuläßt. Die *Bundesgesetze* in den Bereichen der ausschl. u. der konkurrierenden Bundesgesetzgebung werden vom *Bundestag* beschlossen u. unterliegen z. T. einem aufschiebenden (überstimmbaren) Einspruchsrecht, z. T. einem Zustimmungsrecht (absoluten Vetorecht) des *Bundesrats;* dieser kann (bei Zustimmungsgesetzen können dies auch Bundesregierung u. Bundestag) ferner einen *Vermittlungsausschuß* anrufen. Verfassungsändernde Gesetze bedürfen der Zustimmung von ⅔ der Mitglieder des Bundestags u. von ⅔ der Stimmen des Bundesrats (→Bundesgesetze). Die Ausführung der Bundesgesetze liegt grundsätzl. bei den Ländern im Auftrag des Bundes, doch gibt es auch bundeseigene Verwaltung (→Bundesregierung, →Bundesoberbehörden). Die Rechtsprechung wird im allg. von Gerichten der Länder wahrgenommen; →aber Bundesgerichte.
Die *Souveränität* der BRD war bis zum 5. 5. 1955 durch das →Besatzungsstatut beschränkt. Die darin den alliierten Besatzungsmächten vorbehaltenen Befugnisse (Entwaffnung u. Entmilitarisierung; Ruhr-, Wirtschaftsordnungs-, Außenhandels- u. Devisenkontrolle; Reparationen u. Restitutionen, verschleppte Personen u. Aufnahme von Flüchtlingen; Sicherheit der alliierten Streitkräfte u. Besatzungsangehörigen sowie Besatzungskosten; Überwachung der Beachtung des GG u. der Länderverfassungen) wurden von der *Alliierten Hohen Kommission* der Hohen Kommissare Frankreichs, Großbritanniens u. der USA durch einen *Alliierten Rat* u. ein *Alliiertes Generalsekretariat* wahrgenommen.
Die *Länder* der BRD haben eigene Verfassungen, die in ihren Grundsätzen dem GG entsprechen. In den meisten Ländern ist jedoch das Volk in weit höherem Maß, nämlich durch Volksentscheid u. Volksbegehren, auch unmittelbar an der Ausübung der Staatsgewalt beteiligt. Ein bes. Staatsoberhaupt haben die Länder nicht. Die einem Staatspräsidenten zukommenden Rechte (z.B. Gnadenrecht) werden von den *Ministerpräsidenten* ausgeübt bzw. vom *Bürgermeister* (Hamburg; in Westberlin vom *Regierenden Bürgermeister*) oder vom *Senatspräsidenten* (Bremen). Die Zahl der Ministerien wurde in den meisten Ländern nach Errichtung der BRD herabgesetzt; in allen Ländern gab bzw. gibt es aber bes. Kultusministerien, ferner fast stets Innen-, Wirtschafts-, Arbeits- u. Finanzministerien. In Hamburg u. Bremen heißen die Landesregierungen *Senat,* die Minister *Senatoren* (ebenso in Westberlin), in Hamburg die Ministerien *Behörden* (z. B. Finanzbehörde). Von den Volksvertretungen (*Landtage*) hat nur die bayerische 2 Kammern (Landtag u. Senat); in Hamburg u. Bremen heißen sie *Bürgerschaft,* in Westberlin *Abgeordnetenhaus.* Die Länder haben meist eigene Verfassungsgerichte (*Verfassungsge-*

Deutschland

richtshöfe, Landesverfassungsgerichte) oder haben das Bundesverfassungsgericht auch für Länderverfassungsstreitigkeiten für zuständig erklärt (so Schleswig-Holstein). – 󱥁4.1.2.
Militär: →Bundeswehr.

Wirtschaft

Die Teilung D.s u. die sich in Europa vollziehende polit. Blockbildung hat in den beiden dt. Nachfolgestaaten völlig verschiedene Wirtschaftssysteme entstehen lassen. In der BRD stand die wirtschaftl. Entwicklung im Zeichen der ,,Sozialen Marktwirtschaft", verbunden mit einer zunehmenden wirtschaftl. Integration mit anderen westl. Staaten, bes. im Rahmen der *EG*.

Die Landwirtschaft hatte etwa 1950 ihren Vorkriegsstand wieder erreicht. Seitdem setzte eine starke Umstrukturierung ein. Durch Abwanderung von Arbeitskräften in die Industrie u. in Dienstleistungsbetriebe sank der Anteil der landwirtschaftl. Erwerbstätigen von 25% auf heute 6%. In der gleichen Zeit stieg die Mechanisierung u. damit der Produktionswert beträchtlich an: 1977 betrugen die Ernteerträge je ha bei Roggen 34 dt (Dt. Reich 1939: 19,8 dt), Weizen 45 dt (1939: 23,5 dt), Kartoffeln 261 dt (1939: 184,5 dt); ähnliches gilt für die Erträge aus der Viehwirtschaft (bes. für Eier u. Milch). Weitere wichtige Anbauarten in der BRD sind Gerste, Hafer, Futterpflanzen, Zuckerrüben, Mais, Gemüse, Obst u. Wein.

In der Industrie dominierte bis Ende der 1950er Jahre die in D. seit jeher stark vertretene eisen-

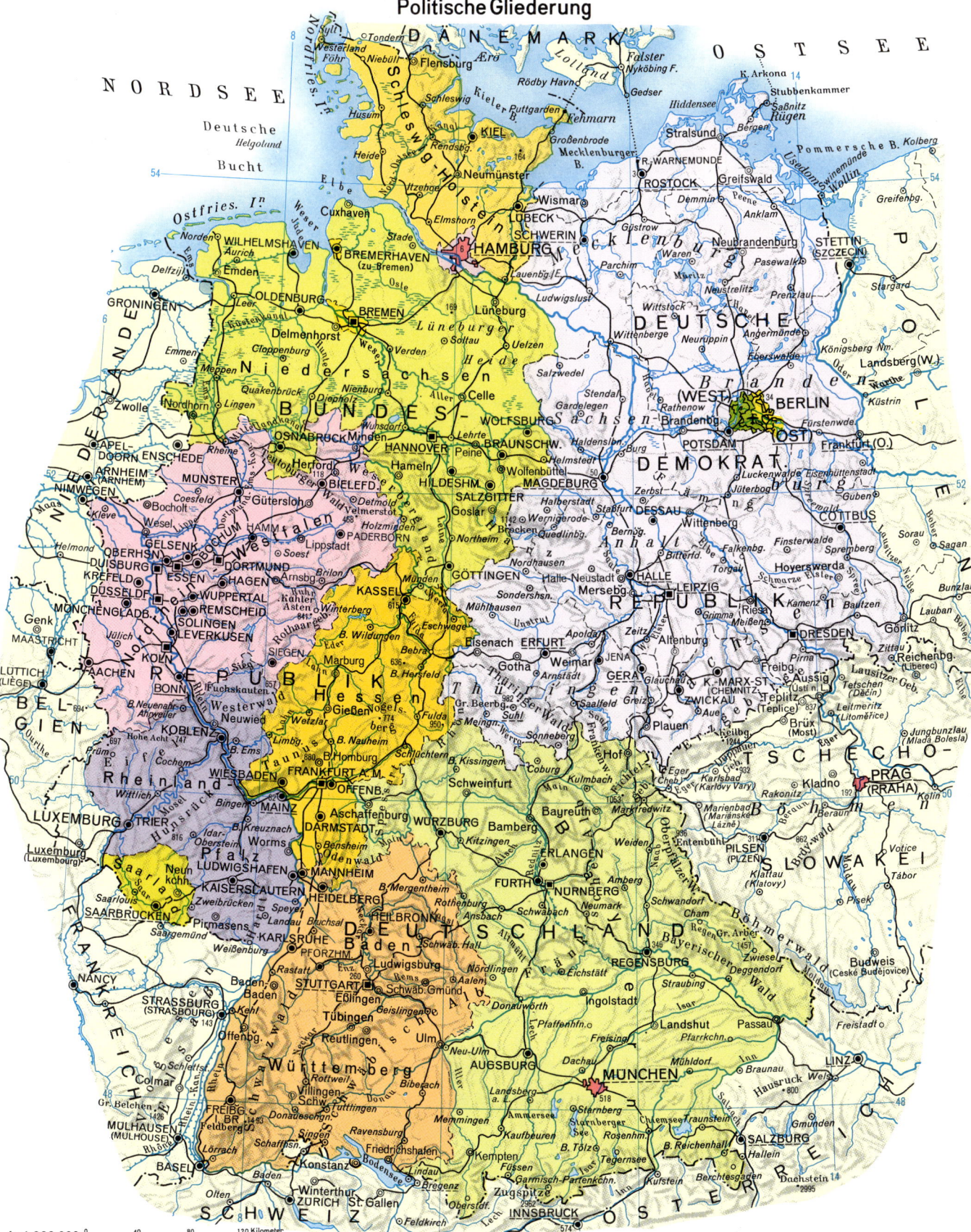

Politische Gliederung

Deutschland

Großkraftwerk Hirschfelde bei Zittau (Bez. Dresden)

Volkswagen-Montagewerk in Emden (Ostfriesland)

schaffende Industrie in Verbindung mit dem Steinkohlenbergbau. Durch das Vordringen von Erdöl u. Erdgas (vorwiegend vom Ausland) ging die Steinkohlenförderung in der BRD trotz erfolgreicher Rationalisierungsmaßnahmen (Anstieg der Vollmechanisierung von 17% auf über 90%) zurück (1956 ohne Saarland 134,4 Mill. t, 1976 mit Saarland 89 Mill. t Förderung; Rückgang der Zechen von 173 auf ca. 50). Die westdt. Erdölförderung, die nur etwa 5% des Bedarfs deckt, stieg im gleichen Zeitraum von 1,1 Mill. t auf 5,5 mill. t (über 90% in Niedersachsen u. Schleswig-Holstein, 5% im Alpenvorland). Der Verbrauch von Erdgas steigt ebenfalls ständig an (neben einheimisches u. niederländ. Erdgas traten ab 1973 sowjet. Erdgaslieferungen). Durch den freien Wettbewerb innerhalb der EG ging auch die Gewinnung von Erzen, vor allem die Eisenerzförderung, stark zurück. Von diesen Strukturveränderungen sind vor allem das Ruhrgebiet u. das Saarland betroffen. In anderen Industrieräumen, bes. in den Ländern Hessen, Baden-Württemberg u. z.T. in Bayern, sind die modernen Wachstumsindustrien (insbes. Elektro-, Maschinen-, Automobil-, chem. u. Kunststoffindustrie) bereits stark vertreten. Der Ansiedlung neuer Industriezweige kommt daher in ehem. reinen Bergbauorten besondere Bedeutung zu (z.B. Opelzweigwerk in Bochum).

Neben den genannten Bergbauprodukten werden in der BRD vor allem Braunkohle (westl. von Köln), Stein- u. Kalisalz (Niedersachsen, Hessen) gewonnen. Die für den Export wichtigsten Industrieerzeugnisse sind Maschinen jeder Art, Personen- u.a. Kraftwagen, chem. Produkte, Elektro-, opt. u. Meßgeräte, Eisen- u. Stahlwaren, Textilien. Die BRD ist mit rd. 10% am Welthandel beteiligt u. liegt damit an zweiter Stelle hinter den USA. Haupthandelspartner sind Frankreich, die Niederlande u. die USA. Der sog. Interzonenhandel zwischen BRD u. DDR hat nach wie vor einen sehr geringen Anteil am gesamten westdt. Handel; gegenwärtig besteht ein erhebliches Warendefizit zugunsten der BRD.

Verkehr

Trotz der enormen Ausweitung des Straßenverkehrs ist die *Eisenbahn* in der BRD nach wie vor ein sehr wichtiges Verkehrsmittel, das ständig verbessert wird: Vorgesehen ist der Ausbau eines Schnellfahrnetzes mit Stundengeschwindigkeiten bis zu 200 km. Gegenwärtig sind die Nord-Süd-Verbindungen erheblich leistungsfähiger als die West-Ost-Strecken.

Das *Straßennetz* muß dem ununterbrochen steigenden Bestand an Kraftfahrzeugen angeglichen werden (1953 rd. 3,7 Mill., 1977 rd. 24 Mill. Kraftfahrzeuge aller Art, davon allein 19 Mill. Pkw). 1977 gab es fast 7000 km Autobahnen, über 32 000 km Bundesstraßen u. rd. 131 000 km sonstige Straßen des überörtl. Verkehrs. Seit etlichen Jahren wächst die gesamte Motorisierung weitaus schneller als der Verkehrsraum.

Die *Binnenschiffahrt* stützt sich auf die Stromsysteme von Rhein (mit Neckar, Main u. Mosel),

Erdöl und Erdgas, See- und Binnenhäfen in Deutschland

Deutschland

Rhein-Herne-Kanal bei Gelsenkirchen (Ruhrgebiet)

Erdölraffinerie bei Ingolstadt (Bayern)

DEUTSCHLAND
Wirtschaft und Verkehr

Flughafen Berlin-Tempelhof

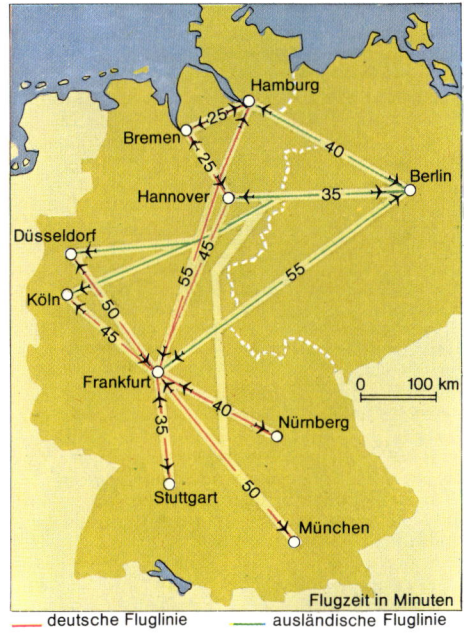
Wichtige Fluglinien in der BRD

Weser, Elbe u. auf ein weit verzweigtes Kanalnetz (u. a. Rhein-Herne-, Dortmund-Ems-, Mittellandkanal; Elbe-Seitenkanal u. Europakanal Rhein-Main-Donau im Bau). Die wichtigsten Binnenhäfen sind Duisburg, Köln, Ludwigshafen, Mannheim, Frankfurt u. Hamburg.
Die BRD ist mit einer Tonnage von über 9 Mill. BRT an der Welthandelsflotte beteiligt. Neben Hamburg sind Wilhelmshaven (bes. Erdöl), Bremen (mit Bremerhaven) u. Emden die bedeutendsten Seehäfen. Durch den Einfluß der EG gewinnen Antwerpen u. Rotterdam zunehmend an Bedeutung für den westdt. Überseehandel.
Der *Luftverkehr* wird u. a. von der 1955 gegr. Dt. Lufthansa AG bedient. Zu den wichtigsten Flughäfen gehören Frankfurt a. M., Westberlin, Düsseldorf, München, Hamburg, Hannover, Köln/Bonn u. Stuttgart. Der internationale Frankfurter Rhein-Main-Flughafen bewältigt über 30% des gesamten in- u. ausländ. Luftverkehrs. – ⌸ 6.2.0.

Geld, Währung, Finanzen

Die Währungs- u. Notenbank der BRD ist die *Deutsche Bundesbank*. Mit dem Inkrafttreten des Gesetzes über die Deutsche Bundesbank (1. 8. 1957) wurde die mengenmäßige Begrenzung des Banknotenumlaufs in der BRD aufgehoben. Der Banknotenumlauf betrug im April 1979: 74,9 Mrd. DM. Währungseinheit ist in der BRD die *Deutsche Mark* (DM).
In der BRD ist die Finanzmacht zwischen Bund u. Ländern aufgeteilt; die *Finanzgesetzgebung* liegt überwiegend in der Hand des Bundes, während die *Finanzverwaltung* zwischen Bund u. Ländern aufgeteilt ist; die Haupteinnahmen sind die Abgaben, bes. die *Steuern*. Die wichtigste Einnahmequelle des Bundes ist die Umsatzsteuer, die der Länder die Einkommen- u. die Körperschaftsteuer, während die Grund- u. die Gewerbesteuer für die Gemeinden von bes. Bedeutung sind. Die wichtigsten Finanzausgaben sind Soziallasten, Verteidigungsausgaben, Subventionen, Schuldentilgung u. -verzinsung.

Bildungswesen

Schulgesetzl. Grundlagen. Das Grundgesetz der Bundesrepublik vom 8. 5. 1949 weist mit Ausnahme weniger Grundsatzfragen die Regelung des Schulwesens den Bundesländern zu (Art. 70 Abs. 1). Die Länderverfassungen enthalten Bestimmungen, zu deren Durchführung zahlreiche Schulgesetze erlassen wurden (betr. Aufbau u. Organisation, Verwaltung u. Finanzierung der öffentl. Schulen, die allgemeine Volks- u. Berufsschulpflicht vom 6.–18. Lebensjahr, Schulgeld- u. Lernmittelfreiheit, Lehrerbildung, Privatschulwesen). Lücken der Gesetzgebung füllen frühere reichs- oder landesrechtl. Bestimmungen. Für eine Angleichung des Schulwesens der Länder sorgte das Düsseldorfer Abkommen vom 17. 2. 1955.
Schulaufbau. Die Grundschule ist 4klassig, nur in Berlin 6klassig, in Hamburg u. Bremen 4- oder 6klassig. Daneben existieren schulpflichtige Sonder- u. Hilfsschulen für sprachgestörte, gehörlose,

Farbwerke Hoechst in Frankfurt am Main-Höchst

schwachbegabte Kinder. Weiterführende Schulen sind: 1. die Hauptschule, seit 1964 organisator. selbständige Schulform, früher Volksschul-Oberstufe (praktischer Zweig der Oberschule in Berlin), 5klassig. 2. die Mittelschule (Realschule, techn. Zweig der Oberschule in Berlin), 6klassig, mit dem Ziel der „Mittleren Reife" nach 10 Schuljahren. 3. das Gymnasium (höhere Schule, 6klassiger Aufbauzug, wissenschaftl. Zweig der Oberschule in Berlin), 9klassig, mit dem Ziel des Abiturs nach 13 Schuljahren; in der Oberstufe (Sekundarstufe II) ist in den meisten Bundesländern an die Stelle fester Klassenverbände seit 1974 ein Kurssystem getreten, das auf eine bessere Vorbereitung auf das Hochschulstudium abzielt u. zugleich eine größere Durchlässigkeit zur Berufspraxis schaffen soll. 3 Grundtypen: neusprachl., altsprachl., mathemat.-naturwissenschaftl. Wirtschaftsoberschulen werden jetzt zu Wirtschaftsgymnasien umgewandelt u. führen dann auch zur vollen Hochschulreife, Frauenoberschulen nur noch vereinzelt. 4. die Berufsschule als 3jährige berufsbegleitende Teilzeit-Schule (Berufsfachschule, Fachschule, höhere Fachschule als freiwillige Vollzeitschulen unterschiedl. Dauer zur Berufsweiterbildung). Die neue Form der →Gesamtschule, bei der mehrere herkömml. Schularten zusammengefaßt sind, ist noch im Versuchsstadium.
Universitäten u. Hochschulen verlangen in der Regel das Reifezeugnis eines Gymnasiums, erkennen aber auch eine Hochschulreife an, die auf dem *Zweiten Bildungsweg* erworben wurde. In der Bundesrepublik u. Westberlin gibt es einschließlich der 8 seit 1971 errichteten Gesamtschulen 53 Wissenschaftl. Hochschulen (Universitäten und Techn. Hochschulen) u. viele Fachhochschulen.

DEUTSCHE DEMOKRATISCHE REPUBLIK

Verwaltungsgliederung

Bezirk	qkm	Ew. in 1000
Cottbus	8 262	874
Dresden	6 738	1 826
Erfurt	7 349	1 238
Frankfurt	7 186	690
Gera	4 004	737
Halle	8 771	1 863
Karl-Marx-Stadt	6 009	1 962
Leipzig	4 966	1 435
Magdeburg	11 525	1 284
Neubrandenburg	10 792	625
Potsdam	12 572	1 117
Rostock	7 074	871
Schwerin	8 672	589
Suhl	3 856	548

Politik u. Recht

Die erste Verfassung der DDR vom 7. 10. 1949, die der Weimarer Verfassung von 1919 nachgebildet war u. zunächst nur wenige auf das kommunistische System der SED abzielende Regelungen enthielt, wurde durch zahlreiche Verfassungsänderungen u. -durchbrechungen allmählich umgewandelt u. 1968 durch eine zweite „sozialistische Verfassung" abgelöst. Danach ist die DDR die politische Organisation der Werktätigen in Stadt u. Land, „die gemeinsam unter Führung der Arbeiterklasse u. ihrer marxistisch-leninistischen Partei den Sozialismus verwirklichen".
Der Grundsatz des *Einheitsstaats* hat den ursprüngl. föderalistischen Aufbau völlig verdrängt (Ersetzung der 5 Länder durch 14 *Bezirke* [siehe unten], Aufhebung der *Landesregierungen* u. *Landtage* durch das Demokratisierungsgesetz vom 23. 7. 1952, Beseitigung der *Länderkammer* durch Gesetz vom 8. 12. 1958). In der Frage des *Staatsoberhaupts* ist ein entscheidender Wandel durch das Gesetz über den Staatsrat vom 12. 9. 1960 insofern eingetreten, als die Funktionen des in der ersten Verfassung vorgesehenen *Präsidenten der Republik* nunmehr auf den *Staatsrat* übergegangen sind, dessen 24 Mitglieder auf 5 Jahre von der Volkskammer gewählt werden. Der Staatsrat vertritt die DDR im zwischenstaatl. Verkehr u. verpflichtet die Regierungsmitglieder auf ihr Amt; der Staatsratsvorsitzende leitet die Geschäfte des Staatsrats. Der Staatsrat als Kollegium entscheidet über die Anberaumung der Wahlen für die Volkskammer u. der Volksbefragungen, verkündet die Gesetze, ratifiziert die Verträge. Ihm ist ferner „die allgemein verbindliche Auslegung der Gesetze" sowie der Erlaß von Beschlüssen mit Gesetzeskraft übertragen, soweit die Volkskammer nicht tagt. (Einschränkungen durch Verfassungsänderung ab 7. 10. 1974.) Schon diese Regelungen zeigen, daß der Grundsatz der Gewaltenteilung weitgehend durch das *Prinzip der Gewaltenverbindung* ersetzt worden ist, eine alle diktatorischen Systeme kennzeichnende Entwicklung.
Das oberste Organ der DDR ist die *Volkskammer*, die aus 500 Abgeordneten besteht. 434 Abgeordnete werden von den Wahlberechtigten gewählt. Aktives u. passives Wahlrecht mit 18 Jahren. Die restlichen 66 Abgeordneten sind Vertreter Ostberlins. Sie werden vom Ostberliner Stadtparlament gewählt u. haben in der Volkskammer nur beratende Stimme. Das Wahlsystem ist eine Kombination aus Persönlichkeitswahl u. Listenwahl. Das Recht zur Benennung von Kandidaten haben die in der DDR zugelassenen politischen Parteien: die Sozialistische Einheitspartei Deutschlands *(SED)*, die Christlich-Demokratische Union *(CDU)*, die Liberal-Demokratische Partei Deutschlands *(LDPD)*, die Nationaldemokratische Partei Deutschlands *(NDPD)* u. die Demokratische Bauernpartei Deutschlands *(DBD)* sowie die gesellschaftlichen Organisationen: der Freie Deutsche Gewerkschaftsbund *(FDGB)*, der Demokratische Frauenbund Deutschlands *(DFD)*, die Freie Deutsche Jugend *(FDJ)* u. der Deutsche Kulturbund *(DKB)*. Alle Parteien u. gesellschaftlichen Organisationen sind in der *Nationalen Front* zusammengeschlossen u. treten praktisch als Wahlgemeinschaft mit den gleichen Zielen auf. Sie arbeiten für jede Wahl ein gemeinsames Wahlprogramm aus, in dem die politischen u. wirtschaftlichen Ziele für die nächste Wahlperiode dargestellt werden. Aufgrund des Wahlprogramms erfolgt die Aufstellung der gemeinsamen Kandidatenliste. Die von den verschiedenen Parteien u. Organisationen benannten Bewerber werden durch einen Ausschuß der Nationalen Front geprüft u. nach ihrer Aufstellung als Kandidaten auf *Wählervertreterkonferenzen* öffentlich vorgestellt. Die Wählervertreter werden vorher in öffentlichen Versammlungen der Betriebe, Genossenschaften usw. gewählt. Nach der Zustimmung der Wählervertreterkonferenzen zu den Kandidaturen erfolgt die Vorstellung der Kandidaten in öffentlichen *Wählerversammlungen*, in denen die Versammlungsteilnehmer öffentlich über die vorgestellten Kandidaten abstimmen. Lehnt die Mehrheit der Versammlungsteilnehmer hierbei einen Kandidaten ab, so kann die für den Wahlkreis zuständige Wahlkreiskommission die Absetzung des Kandidaten von der Kandidatenliste beschließen. Die Gesamtzahl der aufgestellten Kandidaten entsprach bis 1965 stets der Zahl der zu wählenden Abgeordneten. Bei den Wahlen für die örtlichen Volksvertretungen am 10. 10. 1965 wurden erstmals mehr Kandidaten aufgestellt, als Abgeordnete zu wählen waren, so daß in personeller Hinsicht eine gewisse Wahlmöglichkeit bestand. Die Durchführung der Wahl soll aufgrund des Wahlgesetzes nach dem Prinzip des allgemeinen, gleichen, unmittelbaren u. geheimen Wahlrechts erfolgen. In der Praxis wird jedoch in der Regel die offene Stimmabgabe erwartet.
Nach sowjet. Vorbild besteht die Möglichkeit der „Rückberufung" eines Abgeordneten, d.h. des Erlöschens des Mandats aufgrund des Vorwurfs der Nichterfüllung der Pflichten als Volksvertreter (Überrest des →Rätesystems).
Ein *Volksentscheid* kann auf Betreiben der Volkskammer, des Staatsrats oder über ein *Volksbegehren* von einem Zehntel der Stimmberechtigten sowie einer Massenorganisation, die ein Fünftel der Wähler umfaßt, durchgeführt werden. Es gibt ein *negatives Referendum* (auf Nichterlaß eines Gesetzes), wenn ein Drittel der Volkskammerabgeordneten die Aussetzung der Verkündung verlangt hat, sowie ein *positives Referendum* (auf Erlaß eines Gesetzes), was die Vorlage eines formulierten Gesetzesvorschlages erforderlich macht, über dessen Annahme dann mit „Ja" oder „Nein" entschieden wird; →auch Referendum.
Die Volkskammer tritt mehrmals im Jahr zu Plenarsitzungen zusammen. Auf der ersten Plenarsitzung nach der Neuwahl wählt die Volkskammer für die Leitung ihrer Tätigkeit u. die Vertretung nach außen ein *Präsidium* unter dem Vorsitz eines Präsidenten. Das Präsidium u. die Fraktionsvorsitzenden bilden zusammen den *Ältestenrat*. Die Tätigkeit der Volkskammer vollzieht sich außerdem in verschiedenen Kommissionen u. in zahlreichen *Ausschüssen* (Ausschuß für Auswärtige Angelegenheiten, Ausschuß für Nationale Verteidigung, Verfassungs- u. Rechtsausschuß, Ausschuß für Industrie, Bauwesen u. Verkehr, Ausschuß für Land- u. Forstwirtschaft, Ausschuß für Handel u. Versorgung, Ausschuß für Haushalt u. Finanzen, Ausschuß für Arbeit u. Sozialpolitik, Ausschuß für Gesundheitswesen, Ausschuß für Volksbildung, Ausschuß für Kultur, Jugendausschuß, Ausschuß für Eingaben der Bürger, Geschäftsordnungs- u. Mandatsprüfungsausschuß).
Die wichtigsten Aufgaben der Volkskammer sind die Wahl und die Kontrolle der übrigen zentralen Staatsorgane, die Gesetzgebung u. die Entscheidung über alle grundlegenden Fragen der Innen- u. Außenpolitik, insbesondere die Verabschiedung der Wirtschaftspläne u. des Haushaltsplans u. die Zustimmung zu völkerrechtlichen Verträgen.
Die Volkskammer wählt den *Staatsrat der DDR*, der nicht nur kollektives Staatsoberhaupt ist, sondern gleichzeitig als ein ständig arbeitender oberster Parlamentsausschuß zwischen den einzelnen Sitzungen der Volkskammer sowie nach Ablauf einer Wahlperiode bis zur Neuwahl alle Aufgaben der Volkskammer wahrnimmt.
Der Volkskammer obliegt die Wahl des *Obersten Gerichts* u. des *Generalstaatsanwalts der DDR* sowie die Aufsicht über deren Tätigkeit. Nach dem Prinzip des →demokratischen Zentralismus lenkt u. kontrolliert die Volkskammer auch die untergeordneten Staatsorgane auf der Ebene der Bezirke, Kreise u. Gemeinden.
Die Regierung ist der *Ministerrat*, der aus dem Vorsitzenden, den Stellvertretern des Vorsitzenden u. den Ministern besteht. Die Zusammensetzung des Ministerrats muß von der Volkskammer gebilligt werden. Im Rahmen der Beschlüsse u. Weisungen der Volkskammer u. des Staatsrats nimmt der Ministerrat alle Aufgaben einer Regierung auf dem Gebiet der Außen- u. Innenpolitik, der Wirtschaft u. des Verkehrs, des Gesundheits- u. Bildungswesens usw. wahr.
Die Verwaltung ist nach dem Prinzip des *demokratischen Zentralismus* ausgerichtet. Örtliche Staatsorgane sind auf Bezirksebene der *Rat des Bezirks*, auf Kreisebene der *Rat des Kreises*, der *Rat der Stadt* oder *Magistrat* (in kreisfreien Großstädten), auf Gemeindeebene der *Rat der Gemeinde* (in Dörfern), der *Rat der Stadt* (in Städten) u. der *Rat des Stadtbezirks* (in kreisfreien Großstädten). Diese Räte sind einerseits ausführende Organe der Volksvertretung auf der jeweiligen Ebene (Bezirkstag, Kreistag, Stadtverordnetenversammlung, Gemeindevertretung, Stadtbezirksversammlung), von der sie gewählt worden sind, u. andererseits die örtlichen Vertretungen der zentralen Staatsorgane u. diesen untergeordnet.
Die Rechtsprechung ist Aufgabe der Gerichte. Das frühere deutsche Reichsrecht wurde in der DDR durchgreifend umgestaltet. Ab 1. 1. 1976 gilt (anstelle des BGB) ein neues *Zivilgesetzbuch* u. eine neue Zivilprozeßordnung. Das Familienrecht wurde schon durch das →Familiengesetzbuch vom 20. 12. 1965 u. die Gerichtsorganisation durch das Gerichtsverfassungsgesetz vom 17. 4. 1963 neugestaltet. Ebenso wurde ein neues Straf- u. Strafverfahrensrecht durch das Strafgesetzbuch u. die Strafprozeßordnung (beide vom 12. 1. 1968) geschaffen. Bedeutsam ist ferner das neue Gesetzbuch der Arbeit, von der Volkskammer beschlossen am 16. 6. 1977 (→Arbeitsgesetzbuch) u. u.a. das neue Urheberrechtsgesetz vom 13. 9. 1965. – Nach dem Gerichtsverfasungsgesetz vom 11.6.1968 gibt es im Gerichtswesen drei Instanzen: *Kreisgerichte, Bezirksgerichte* u. das *Oberste Gericht* der DDR. Daneben bestehen Militärgerichte u. Militärobergerichte für Militärstrafsachen. Die Richter u. Schöffen des Obersten Gerichts werden von der Volkskammer gewählt. Der jeweilige Bezirkstag wählt die Richter u. Schöffen der Bezirksgerichte. Die Richter der Kreisgerichte werden vom Kreistag gewählt. Die Amtsdauer beträgt 4 Jahre. Für die Kandidatur zum Richteramt ist das Studium der Rechtswissenschaft u. staatliche Prüfung Voraussetzung. Das Amt des Schöffen ist an keine bes. Voraussetzungen geknüpft. – Der Wegfall der Verwaltungsgerichtsbarkeit u. die Tatsache, daß ein der Verfassungsbeschwerde ähnlicher Rechtsschutz nicht besteht, läßt die Objekt-Stellung des einzel-

Deutschland

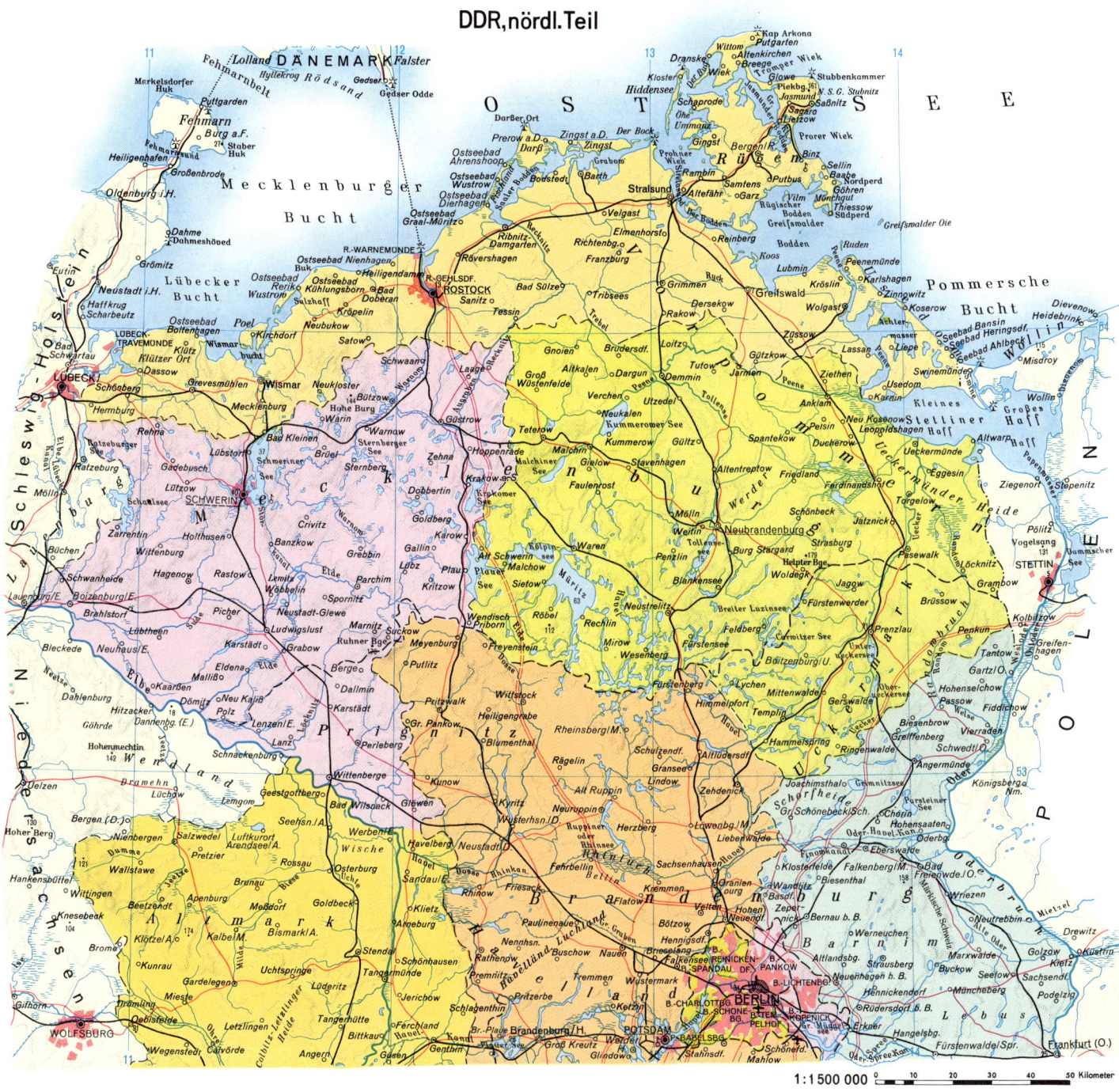

DDR, nördl. Teil
1 : 1 500 000

nen gegenüber der Staatsapparatur deutlich werden. Daran vermag der Grundrechtsteil der Verfassung wenig zu ändern.
Militär: →Nationale Volksarmee.

Wirtschaft

Die wirtschaftl. Entwicklung in der DDR hatte anfangs unter besonderen Schwierigkeiten zu leiden, vor allem durch das fast völlige Fehlen der Grundstoffindustrie u. wegen der umfangreichen Reparationsleistungen bis 1953. Dazu kam die Umstellung auf eine staatl. gelenkte Zentralverwaltungswirtschaft (Planwirtschaft), in enger Abstimmung mit den andern Ostblockländern im Rahmen des *Rates für gegenseitige Wirtschaftshilfe* (COMECON).

In der Landwirtschaft wurden die alten Besitzverhältnisse durch Schaffung von *Landwirtschaftlichen Produktionsgenossenschaften* u. *Volkseigenen Gütern* grundlegend verändert. Gegenwärtig werden nur noch 5% (1955: 73%) der landwirtschaftl. Nutzfläche durch private Kleinbetriebe bewirtschaftet. Wichtige Anbauarten sind Weizen, Roggen, Gerste, Hafer, Kartoffeln, Zuckerrüben, Futterpflanzen u.a. Futterfrüchte. Die Hektarerträge schwanken von Jahr zu Jahr ganz beträchtlich.

Für die Industrie spielen die reichen Braunkohlenvorkommen (größte Braunkohlenproduktion der Welt) nach wie vor eine wichtige Rolle. In zunehmendem Maße wird jedoch sowjet. Erdöl als Energieträger verwendet (seit 1963 ist die Ölraffinerie Schwedt/Oder in Betrieb). Dadurch erfährt die chem. Industrie einen bes. starken Aufschwung (Herstellung von Chemiefasern, Kunstdünger, Kraftstoff u.a.). Zu den Wachstumsindustrien gehören außerdem der Schiffbau (vor allem Fischereifahrzeuge), die elektrotechn. u. opt. Industrie (Elektrogeräte aller Art, Büromaschinen, Photoapparate) u. der Maschinenbau. Weitere wichtige Industriezweige sind Textil-, Bau-, graph. u. Nahrungsmittelindustrie. Im Bergbau spielt neben der Braunkohle die Gewinnung von Salzen, Kupfer u. Silber eine Rolle.

Hauptexportwaren der DDR sind Braunkohlenbriketts, chem. Produkte, Maschinen jeder Art, Textilien, opt. Geräte u. Musikinstrumente. Haupthandelspartner sind die Ostblockstaaten, auf die noch immer etwa 67% des Außenhandelsumsatzes entfallen (Sowjetunion allein 32%); jedoch steigt der Anteil der westl. u. der Entwicklungsländer in jüngster Zeit.

Verkehr

Im Vergleich zur industriellen Entwicklung ist das Verkehrswesen in der DDR relativ rückständig. Doch läßt sich auch hier eine Verlagerung vom Schienenweg auf den Straßenverkehr feststellen: Der Anteil des letzteren stieg von 1950 bis 1976 im Gütertransport von 39% auf rd. 50%.
Die Hochseeschiffahrt ist – im Gegensatz zur Binnenschiffahrt – sehr stark ausgebaut worden. Am Güterumschlag der Seehäfen (1976: 14,8 Mill. t) ist der Rostocker Hafen allein mit rd. 77% beteiligt. Weitere Häfen sind Wismar u. Stralsund.
Der Flugverkehr wird von der „Interflug" betrieben, die vor allem nach den Ostblockländern, dem Nahen Osten u. einigen afrikan. Ländern einen regelmäßigen Linienverkehr unterhält. – ⌑6.2.0.

Geld, Währung, Finanzen

Die 1948 in Berlin errichtete Deutsche Notenbank trägt seit dem 1.1.1968 die Bez. *Staatsbank der*

377

Deutschlandfunk

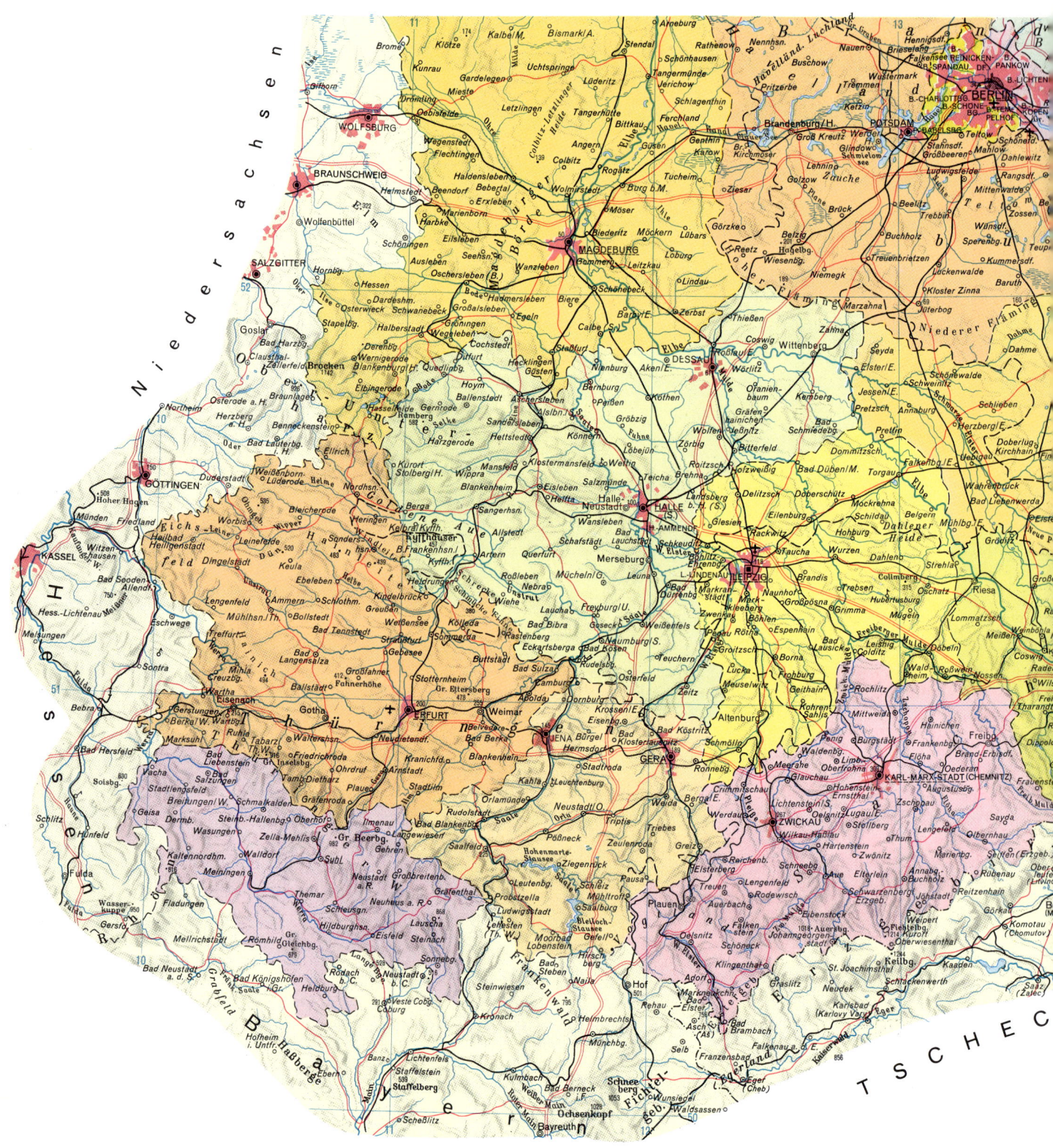

DDR. Sie übt die Funktion einer Zentralnotenbank aus. Währungseinheit der DDR war 1948–1964 die *Deutsche Mark*, 1964–1967 die *Mark der Deutschen Notenbank (MDN)*, seit 1968 ist es die *Mark der DDR*.
In der DDR ist das Finanzwesen zentralist. organisiert; die Bezirke besitzen keine Finanzhoheit. Durch die weitgehende Enteignung der Produktionsfaktoren Kapital u. Boden läuft der Großteil aller wirtschaftl. Investitionen über den Finanzhaushalt, der dadurch eine bedeutende Erweiterung gegenüber dem der BRD erfährt. Die wichtigsten Einnahmequellen des Haushalts der DDR sind neben den *Verbrauchsabgaben* die bei der volkseigenen Wirtschaft seit 1955 erhobene *Produktions- u. Dienstleistungsabgabe* sowie die 1957 eingeführte *Handelsabgabe*. Auch der Haushalt der Sozialversicherung ist in der DDR, im Gegensatz zur BRD, Bestandteil des Staatshaushalts.

Bildungswesen

Allgemeine 10jährige Schulpflicht; zentralistisch verwaltetes staatl. Bildungswesen; Privatschulen nicht gestattet; fortschreitender Ausbau von Tagesschulen. Grundsatz für die Organisation des Bildungswesens: Verbindung von Unterricht und produktiver Arbeit auf allen Bildungsstufen (polytechn. Unterricht). Funktion der Bildung: „Verwirklichung der historischen Aufgaben des Programms des Sozialismus, das der VI. Parteitag der SED beschlossen hat, die Meisterung der techn. Revolution u. die Entwicklung der sozialistischen Gesellschaft" (Gesetz über das einheitliche sozialistische Bildungswesen vom 25. 2. 1965, Präambel).
Schulsystem: 1. 10jährige allgemeinbildende polytechn. Oberschule, die in Unterstufe (1.–3. Schuljahr), Mittelstufe (4.–6. Schuljahr), Oberstufe (7.–10. Schuljahr) gegliedert ist. In der Oberstufe polytechn. Ausbildung, die aus berufsvorbereitendem polytechn. Unterricht u. beruflicher Grundausbildung in Betrieben besteht. Abschluß der Oberschule durch Prüfung. – Zur Vorbereitung auf den Besuch der an die Pflichtschule anschließenden 2jährigen Erweiterten Oberschule, die zur Hochschulreife führt, sind ab 9. Schuljahr besondere Vorbereitungsklassen eingerichtet. Für die Aufnahme in diese Klassen sind neben guten Leistungen ein einwandfreies Verhalten, Verbundenheit zur Republik u. gesellschaftl. Tätigkeit der Schüler maßgebend. „Bei den Vorschlägen sind die Kinder von Angehörigen der Arbeiterklasse, vor allem von Produktionsarbeitern, und von Mitgliedern Landwirtschaftl. Produktionsgenossenschaften besonders zu berücksichtigen" (Richtlinie für die Vorbereitung auf den Besuch der Erweiterten Oberschule vom 10. 6. 1966, I, 1).

DDR, südl. Teil
1:1 500 000

2. An die 10jährige Pflichtschule schließen nach Fachrichtungen differenzierte Spezialschulen u. Spezialklassen (für Technik, Mathematik, Naturwissenschaften, Sprachen, Künste, Sport) an, die in der Regel zur Hochschulreife führen.
Zur Hochschulreife führen außerdem die Abiturklassen in den Einrichtungen der Berufsausbildung, Ingenieurschulen, Fachschulen, Volkshochschulen u. von der Universität durchgeführte Lehrgänge.
3. das berufl. Bildungswesen ist horizontal gegliedert in Berufsschulen (1. Stufe) u. Fachschulen (2. Stufe), die oft an größere Betriebe angeschlossen sind (Betriebsschulen).
Die *Universitäten* (Berlin, Techn. Universität Dresden, Greifswald, Rostock, Halle, Leipzig, Jena) u. die Hochschulen der DDR stehen vor allem den privilegierten Absolventen der Berufs- u. Fachschulen offen. – ◨ 1.7.5.

Deutschlandfunk, 1960 durch Bundesgesetz gegr. öffentl.-rechtl. Rundfunkanstalt, die seit 1963 über Lang- u. Mittelwelle ein tägl. 24-Stunden-Programm für Gesamt-Dtschld. u. Europa ausstrahlt; Sitz: Köln.
Deutschlandlied, 1841 von H. *Hoffmann von Fallersleben* auf Helgoland gedichtet; zugrunde lag die von J. Haydn komponierte Melodie der österr. Kaiserhymne. Das D. setzte sich nur allmähl. nach 1870, stärker nach 1914 u. 1918 durch; es wurde 1922 durch Verfügung des Reichspräsidenten F. Ebert zur Nationalhymne erklärt; 1933 mit dem Horst-Wessel-Lied gekoppelt; 1945 von den Alliierten verboten. Seit 1952 ist es als Nationalhymne der BRD anerkannt, wobei nur die 3. Strophe gesungen wird.
Deutschland-Rundfahrt, seit 1911 in unregelmäßigen Abständen ausgetragener Etappen-Radwettbewerb. Die Zahl der Etappen, ihre Länge u. die Streckenführung sind verschieden.
Deutschlandsberg, österr. Stadt in der Steiermark am Ostfuß der Koralpe, an der Laßnitz, 6600 Ew.; Sommerfrische; Burgruine Landsberg.
Deutschlandsender, 1. 1933 eingerichtete Rundfunkanstalt, die über Langwelle ein Programm für ganz Dtschld. u. Europa ausstrahlte. **2.** eine Sendeanstalt des Staatlichen Komitees für Rundfunk beim Ministerrat der DDR mit täglichem 24-Stunden-Programm; Sitz Berlin; seit 1971 *Stimme der DDR.*
Deutschlandvertrag, *Generalvertrag,* der Vertrag über die Beziehungen zwischen der BRD u. den „Drei Mächten" (USA, Großbritannien u. Frankreich), unterzeichnet am 26. 5. 1952 in Bonn, ursprüngl. dazu bestimmt, zusammen mit dem geplanten EVG-Vertrag (Vertrag über die Gründung der Europ. Verteidigungsgemeinschaft) das Besatzungsregime in der BRD zu beenden u. die BRD auf der Grundlage der Gleichberechtigung in die europ. Gemeinschaft zu integrieren. Durch das Scheitern der EVG konnte der D. erst 1955 als Bestandteil der *Pariser Verträge* in Kraft treten, nachdem er durch das „Protokoll über die Beendigung des Besatzungsregimes in der BRD" neu gefaßt u. in Paris am 23. 10. 1954 unterzeichnet worden war.
Deutschleder, dichter, fester, 8bindiger Atlas aus Baumwolle mit gerauhter Rückseite.
Deutschmeister, 1. Vertreter des Hochmeisters des →Deutschen Ordens, dem alle Ordensprovinzen im Reich unterstanden (bis auf die 5 Balleien Etsch, Österreich, Böhmen, Koblenz u. Elsaß, die seit 1360 dem Hochmeister direkt unterstellt waren). Gegen Ende des 14. Jh. erhielt der D. zu seinen 12 dt. Balleien auch die Leitung über die restl. Ordensprovinzen am Mittelmeer u. nannte sich seitdem *Meister in deutschen u. welschen Landen.* **2.** in Österreich Bez. für das ehem. Infanterieregiment Nr. 4 (→Hoch- und Deutschmeister). Noch heute bekannt die *D.-Musikkapelle* in Wien.
deutschnationale Bewegung, in Österreich um die Mitte des 19. Jh. entstandene politische Bewegung, vertrat im Nationalitätenkampf großdeutsche (G. von *Schönerer*), antisemitische und antikatholische (→Los-von-Rom-Bewegung) Tendenzen; der von Schönerer gegründete Deutschnationale Verein forderte im Kampf gegen das Habsburgerreich den engeren Anschluß an das Deutsche Reich; eine gemäßigte Gruppe *(Deutscher Klub)* anerkannte dagegen die habsburgische Dynastie u. die Eigenstaatlichkeit. Der Deutsche Nationalverband bildete 1911 mit 104 Abgeordneten die stärkste Fraktion im österr. Reichsrat, zerfiel aber schon 1917/18 in 17 Splitterparteien. Sie sammelten sich 1919 in der →Großdeutschen Volkspartei, deren Anhänger vor allem den Anschlußgedanken vertraten.
Deutschnationale Volkspartei, Abk. *DNVP,* gegr. Nov. 1918 als konservativ-nationale Partei auf dem rechten Flügel im Parteisystem der Weimarer Republik; erstrebte die Wiederherstellung der Monarchie, Wiederaufrüstung, Stärkung der Stellung des Reichspräsidenten; stützte sich auf Grundbesitz u. einen Teil des Unternehmertums, enthielt viele Elemente des alten Junkertums. Ihr Bündnis mit der NSDAP in der *Harzburger Front* war ebenso wie die Regierungskoalition vom Januar 1933 von der Berechnung bestimmt, mit Hilfe der NSDAP zur Macht u. zur Wiederherstellung der Monarchie zu kommen. Die Partei mußte sich im Juli 1933 selbst auflösen. Hauptvertreter: K. *Helfferich,* K. Graf *Westarp,* A. *Hugenberg.*
Deutschorden, *Deutschordensritter* →Deutscher Orden.

Deutschordensburg →Ordensburg.
Deutsch-Ostafrika, größte u. wertvollste der ehem. dt. Kolonien, nach dem 1. Weltkrieg aufgeteilt in die Völkerbundsmandate Tanganjika u. Ruanda-Urundi, bildet heute die drei afrikan. Staaten Tansania, Rwanda u. Burundi.
Deutsch-Österreich, die bis 1918 von der deutsch sprechenden Bevölkerung bewohnten Teile Österreich-Ungarns; vom 12. 11. 1918 bis 21. 10. 1919 auch Staatsname der in diesem Gebiet errichteten Republik. Der Friedensvertrag von St.-Germain verbot den Namen D.
Deutsch Piekar [piˈɛkar], poln. *Piekary Śląskie,* poln. Stadt in Oberschlesien, nördl. von Königshütte, 36 000 Ew.; Steinkohlenbergbau, Maschinenindustrie; Wallfahrtsort.
deutsch-polnischer Vertrag, *Warschauer Vertrag,* am 7. 12. 1970 zwischen der BRD und der Volksrepublik Polen geschlossener Vertrag über die Grundlagen der Normalisierung ihrer gegenseitigen Beziehungen. Beide Staaten stellen darin übereinstimmend die „Unverletzlichkeit ihrer bestehenden Grenzen jetzt und in der Zukunft" fest u. verpflichten sich zur uneingeschränkten Achtung ihrer territorialen Integrität; alle Streitfragen, insbes. die europ. u. internationale Sicherheit betreffend, sollen mit friedlichen Mitteln u. ohne Androhung oder Anwendung von Gewalt geklärt werden; eine Erweiterung der Zusammenarbeit zwischen Polen u. der BRD auf wirtschaftl., wissenschaftl.-techn. u. kulturellem Gebiet wird angestrebt. Der Vertrag, der nach langwierigen Verhandlungen (Staatssekretär G. F. Duckwitz u. Außenminister W. Scheel) in Warschau unterzeichnet wurde, berührt nicht die in den einschlägigen Verträgen festgelegten Rechte u. Verantwortlichkeiten der Vier Mächte. – ◨ 5.9.2.
Deutschrömer, Name einer in der 1. Hälfte des 19. Jh. in Rom tätigen Gruppe dt. Maler, die an Traditionen der italien. Frührenaissance mit einem heroisierenden Klassizismus anzuknüpfen suchte. Stil u. Aussage einiger dieser Maler waren denen der *Nazarener* verwandt. Als künstler. bedeutendste Gestalt der D. gilt J. A. Koch.
deutsch-sowjetischer Nichtangriffspakt, *Moskauer Vertrag,* am 23. 8. 1939 auf 10 Jahre geschlossener Pakt, der Nichtangriffs- u. Neutralitätsverpflichtung, Konsultationsversprechen u. das Bekenntnis zur friedl. Beilegung etwaiger Konflikte enthielt. Im geheimen Zusatzprotokoll wurden die beiderseitigen Interessensphären in Osteuropa abgegrenzt: Finnland, Estland, Lettland, Ostpolen u. Bessarabien erkannte Dtschld. als so-

deutsch-sowjetischer Nichtangriffspakt: Der sowjetische Außenminister W. Molotow unterzeichnet den Vertrag am 23. 8. 1939 in Moskau; hinter ihm, stehend, der deutsche Außenminister J. von Ribbentrop, rechts daneben J. Stalin

wjet., das übrige Polen u. Litauen erkannte die Sowjetunion als dt. Interessenbereich an. Im zusätzl. Vertrag vom 28. 9. 1939 sicherte sich die Sowjetunion die Gewalt über Litauen gegen Konzessionen in Polen. Die hierbei festgelegte Ostgrenze Polens ist im wesentlichen noch heute gültig.
Der Pakt war nach langwierigen, seit Aug. 1939 von Hitler persönl. forcierten Verhandlungen zustande gekommen. Hitler hatte sich damit die für seinen unmittelbar bevorstehenden Angriffskrieg gegen Polen wünschenswerte Rückendeckung geschaffen; auch Stalin stimmte schließl. des größeren Profits wegen zu u. brach die parallel geführten Verhandlungen mit den Westmächten über einen brit.-französ.-sowjet. (evtl. -poln.) Beistandspakt ab. – Japan protestierte in Berlin gegen den Pakt unter Hinweis auf den Antikominternpakt u. schloß seinerseits kurz vor dem dt. Angriff auf die Sowjetunion am 13. 4. 1941 mit der UdSSR einen Nichtangriffspakt. Mit dem dt.-sowjet. Nichtangriffspakt kam es zu einem Wirtschaftsabkommen: die UdSSR lieferte Getreide, Chrom, Mangan, Erdöl u. a. u. verstärkte damit das dt. Kriegspotential. Mit dem Angriff auf die Sowjetunion wurde der Pakt einseitig von Dtschld. gebrochen.

deutsch-sowjetischer Vertrag, *Moskauer Vertrag*, am 12. 8. 1970 unterzeichneter Vertrag zwischen der BRD u. der UdSSR.
Nachdem die Aufnahme diplomat. Beziehungen zwischen beiden Staaten 1955 sowie spätere Schritte angesichts der histor. Belastung u. unter den Bedingungen des Kalten Krieges u. der fortdauernden Teilung Deutschlands für Innen- u. Außenpolitik beider Staaten zu keiner Entspannung zwischen ihnen geführt hatten, entwickelte sich im Zuge der weltpolit. u. europ. Veränderungen seit 1966 eine größere Bereitschaft zur Regelung der zwischen der BRD u. den kommunist. Staaten Europas bestehenden Probleme.
Beide Parteien gehen von der in Europa „bestehenden wirklichen Lage" aus (Art. 1), wozu nach dt. Auffassung neben der Existenz der DDR auch die politische Zugehörigkeit Westberlins zur Bundesrepublik gehört.
In Art. 2 verpflichten sich beide Partner, nach den Grundsätzen der UN-Charta „ihre Streitfragen ausschließl. mit friedl. Mitteln zu lösen" und „sich in Fragen, die die Sicherheit in Europa u. die internationale Sicherheit berühren, sowie in ihren gegenseitigen Beziehungen gemäß Artikel 2 der Charta der Vereinten Nationen der Drohung mit Gewalt oder der Anwendung von Gewalt zu enthalten". Dieser „Gewaltverzicht" bedeutet rechtl. auch den Verzicht der UdSSR auf ihr Interventionsrecht gegenüber dem ehemaligen Feindstaat Deutschland aus Art. 53 u. 107 der UN-Charta.
In Art. 3 verpflichten sich beide, „die territoriale Integrität aller Staaten in Europa in ihren heutigen Grenzen uneingeschränkt zu achten". Sie erklären, „daß sie keine Gebietsansprüche gegen irgend jemand haben u. solche in Zukunft auch nicht erheben werden", u. „betrachten heute u. künftig die Grenzen aller Staaten in Europa als unverletzl., wie sie am Tage der Unterzeichnung dieses Vertrages verlaufen, einschließl. der Oder-Neiße-Linie... u. der Grenze zwischen der BRD u. der DDR".
In Art. 4 wird festgelegt, daß der Vertrag die „früher abgeschlossenen Verträge u. Vereinbarungen nicht berührt". Damit bleiben die Rechte der Westalliierten aus Kriegs- u. Nachkriegsverträgen unberührt. Das bedeutet im Zusammenhang mit den anderen Bestimmungen, daß der Vertrag kein Friedensvertrag ist u. einen solchen auch nicht vorbereitet oder vorwegnimmt, mithin auch dem Grundgesetz nicht widerspricht.
In einem „Brief zur dt. Einheit" stellte die BRD ferner unwidersprochen fest, daß der Vertrag nicht im Widerspruch zum polit. Ziel der BRD auf Wiederherstellung der Einheit des dt. Volkes in freier Selbstbestimmung stehe. Insgesamt regelt der Vertrag nur die wichtigsten der lösbaren Probleme u. ist daher nur eine Grundlage für die Entwicklung der dt.-sowjet. Beziehungen. Er ist im übrigen die Voraussetzung für den Abschluß von Verträgen der BRD mit anderen kommunist. Staaten Osteuropas.
Der Vertrag wurde am 12. 8. von den Regierungschefs Brandt u. Kossygin unterzeichnet. Die Ratifizierung des Vertrags durch den Dt. Bundestag wird von einer befriedigenden Berlin-Lösung (Vier-Mächte-Verhandlungen) abhängig gemacht. Ferner gehören zum Vertragswerk: Brief der Bundesregierung an die sowjet. Regierung betr. Selbstbestimmung des dt. Volkes, Note an die Westmächte, Noten der Westmächte u. das „Bahr"-Papier.
Das Abkommen gilt als Wende der Ost- u. Deutschland-Politik der Bundesregierungen seit 1949. – 🕮5.9.2.

Deutsch-Südwestafrika, ehem. dt. Kolonie an der südwestafrikan. Küste; 1884 von Dtschld. erworben, nach dem 1. Weltkrieg als →Südwestafrika Mandatsgebiet der Südafrikan. Republik.

deutsch-tschechoslowakischer Vertrag, *Prager Abkommen*, am 11. 12. 1973 in Prag unterzeichneter Vertrag zur Normalisierung des Verhältnisses zwischen der BRD u. der ČSSR; das →Münchner Abkommen wurde für nichtig erklärt u. die Aufnahme diplomatischer Beziehungen vereinbart; der Vertrag ist Bestandteil der Ostpolitik der BRD.

deutschvölkische Bewegung, Sammelbegriff für die sich überkreuzenden, bald zusammenwirkenden, bald sich bekämpfenden Gruppen des jüngeren dt. Antisemitismus. Zu ihnen gehörte die *Deutsch-Völkische Partei* von 1914, der 1918 entstandene *Deutschvölkische Bund*, aus dem als einer der bekanntesten dieser Bünde der *Deutschvölkische Schutz- u. Trutzbund* hervorging, der 1922 verboten wurde. Noch im gleichen Jahre entstand jedoch, von den Deutschnationalen Reinhold *Wulle* (*1882, †1950) u. Albrecht von *Graefe* (*1868, †1933) gegr., als Abspaltung von der DNVP die *Deutschvölkische Freiheitspartei*, die bei den Reichstagswahlen 1924 zusammen mit den damals noch unbekannten Nationalsozialisten (→Nationalsozialismus) als Nationalsozialist. Freiheitspartei auftrat.

Deutsch-Wagram, niederösterr. Markt im Marchfeld, 4500 Ew.; hier besiegte Napoléon I. am 5./6. 7. 1809 die Österreicher unter Erzherzog Karl.

Deutung, in der mathemat. Logik u. allg. Wissenschaftstheorie Zuordnung eines Gegebenen zu einem Gegenstandsbereich u. Bestimmung durch diesen. – In der Hermeneutik Konkurrenzbegriff zum *Verstehen*: teilweise mit diesem identisch, meist aber als mehr subjektiv orientiert gegenüber dem objekthingegebenen Verstehen.

Deutz, rechtsrhein. Stadtteil von Köln, Standort der Kölner Messen, Auto- u. Motorenindustrie. Das ehem. Römerkastell wurde Benediktinerabtei (1002–1803); 1230–1888 selbständige Stadt.

Deutzie [nach dem Holländer J. van der *Deutz*], *Deutzia*, im Himalaja, in Ostasien u. Nordamerika verbreitete Gattung der *Steinbrechgewächse*. Bei uns bes. die ostasiat. Arten als Ziersträucher.

Deux-Sèvres [døː'sɛːvr], westfranzös. Département im Poitou, 6004 qkm, 326500 Ew.; Hptst. *Niort*.

Dev, Bez. für die in der Religion Zarathustras, dem Parsismus, zu bösen Dämonen herabgesetzten altiran. Götter.

Deva, Hptst. des rumän. Kreises Hunedoara (7016 qkm, 500000 Ew.), in Siebenbürgen, an der Mureş, 27000 Ew.; Museum; Basaltbrüche; Burg (Festungsruinen) des 13. Jh., Bethlenschloß, Franziskanerkloster.

Deval, Jacques, eigentl. J. *Boularan*, französ. Dramatiker, *27. 6. 1895 Paris, †20. 12. 1972 Paris; Verfasser von witzigen Boulevard-Komödien.

De Valera →Valera, Eamon de.

Devalvation [lat.], **1.** *Geld- u. Kreditpolitik:* →Abwertung.
2. *Münzwesen:* im 16.–18. Jh. die in Druckschriften veröffentlichte Münzherabsetzung, gelegentl. auch Münzverbot.

Devaux [də'voː], Paul, belg. Politiker (Liberaler), *20. 4. 1801 Brügge, †30. 1. 1880 Brüssel; Anwalt, arbeitete die Verfassung von 1831 aus, unterstützte die Wahl Leopolds von Sachsen-Coburg zum König der Belgier. Bis 1863 stand er an der Spitze der gemäßigten Liberalen.

Deventer, niederländ. Stadt in der Prov. Overijssel, am Ostufer der IJssel, 63800 Ew.; Textil-, Maschinenindustrie, Fahrräder- u. Armaturenbau, Backwarenherstellung; alter Handelsplatz (Hansestadt) mit sehenswerter Altstadt.

Deviation [lat.], **1.** *Magnetismus:* die störende Ablenkung der Kompaßnadel von der magnet. Nord-Süd-Richtung, bedingt durch die Eisenmasse der Schiffe.
2. *Physik:* die Abweichung eines bewegten Körpers von einer Bahn (Schiffe vom Kurs, Geschosse von der Flugbahn, Flugzeuge durch Seitenwind).
3. *Sexualwissenschaft:* wertungsfreier Begriff als Ersatz für herkömmliche Begriffe wie *Abartigkeit, Abnormität, Perversität, Perversion, Inversion* oder *widernatürliche Unzucht*; →Perversion.
4. *Stammesgeschichte:* Abweichung der Merkmale einer Art von denen ihrer Stammart. Die Merkmale jeder Art sind ein Gemisch von ursprünglichen (mit denen der Stammart übereinstimmenden) u. abgeleiteten Merkmalen.

Devise [die; frz.], **1.** *allg.:* Wahlspruch.
2. *Geschichte:* Sinnspruch der chines. u. japan. Kaiser bei Regierungsantritt, in China seit dem 2. Jh. v. Chr.; bezeichnet die Regierungszeit des Herrschers; Datierungskennzeichen in der chines. u. japan. Geschichte.
3. *Heraldik:* der mit einem Wappen verbundene Sinnspruch.

Devisen, *Wirtschaft:* in Auslandswährung ausgeschriebene Wechsel, Schecks u. Zahlungsanweisungen, heute vor allem telegraph. Auszahlungen auf Auslandsplätze, i.w.S. auch bares Geld ausländ. Währung; Zahlungsforderungen an das Ausland. Der An- u. Verkauf der D. erfolgt von Bank zu Bank oder auf der Börse; der dabei sich bildende Preis, der *D.kurs (Wechselkurs, Valuta)*, richtet sich nach Angebot u. Nachfrage; bei Goldwährung kann er nur innerhalb der *Goldpunkte* schwanken, da bei Erreichung eines dieser Goldpunkte Gold ausgeführt bzw. eingeführt wird. Um bei freien Währungen Schwankungen oder Entwertungen der eigenen Währung zu vermeiden, ist man zur *D.bewirtschaftung (D.zwangswirtschaft)* übergegangen, bei der die Verpflichtung zur Ablieferung aller D. an die Zentralnotenbank besteht, die ihrerseits die D. meist nach eigenem Ermessen auf die Bedarfe (Gütereinfuhr, Dienstleistungen, Zinsen, Reiseverkehr) aufteilt. Die D.bewirtschaftung hält die Kurse konstant, führt aber meist zu einer Einschränkung des Außenhandelsvolumens. Wie in den meisten Ländern wurde auch in Dtschld. nach der Weltwirtschaftskrise die D.bewirtschaftung eingeführt (Gesetz über die D.bewirtschaftung vom 4. 2. 1935); in der BRD trat am 19. 9. 1949 das Gesetz Nr. 53 der Militärregierung in Kraft; die Bank dt. Länder wurde ermächtigt, Anordnungen u. Vorschriften über D. zu erlassen; seit 1957 ist dafür die Deutsche Bundesbank zuständig. Die Wirtschaftspolitik der BRD strebte die Aufhebung der D.bewirtschaftung u. die *Konvertibilität* der Währungen an. Nachdem für Inländer bereits alle D.beschränkungen entfallen waren, führte die BRD Ende Dez. 1958 auch die *Ausländerkonvertibilität* ein. – 🕮4.5.3.

Devisenbewirtschaftung, der Inbegriff aller dirigistischen Maßnahmen zur Regelung des Zahlungsverkehrs mit dem Ausland; ein wirksames Instrument zur Stabilhaltung des Wechselkurses nach außen u. zur Herbeiführung des Zahlungsbilanzausgleichs. Die D. erfordert eine zentrale staatl. Lenkung u. Kontrolle des Außenhandels; meistens wird die D. so durchgeführt, daß entweder alle oder (bei *partieller D.*) bestimmte geschäftl. Transaktionen zwischen In- u. Ausländern nur mit staatl. Genehmigung zulässig sind. →auch Devisen.

Devisenkurs →Wechselkurs.

Devlin, Bernadette, nordirische Politikerin, *23. 4. 1947 Cookstown, Grafschaft Tyrone (Nordirland); Studium in Belfast, 1969–1974 Abg. im brit. Unterhaus; kämpft für die Rechte der kath. Minderheit in Nordirland.

Devolution [lat.], *Kirchenrecht:* das Recht einer übergeordneten Stelle, ein Amt (neu) zu besetzen, das von einer nachgeordneten Stelle falsch oder überhaupt nicht besetzt worden ist.

Devolutionskrieg, der 1. →Reunionskrieg Ludwigs XIV. 1667/68 gegen die span. Niederlande.

Devon [das; nach der engl. Grafschaft *Devonshire*], geolog. Formation des Paläozoikums zwischen Silur u. Karbon. →Geologie.

Devoninsel ['dɛvn-], stark vergletscherte Insel im kanad.-arkt. Archipel, nordwestl. von Baffinland, unbesiedelt, 54000 qkm.

Devonport ['dɛvnpɔːt], **1.** nördl. Vorstadt von Auckland auf der Nordinsel Neuseelands, 12000 Ew.
2. Hafenstadt u. zentraler Ort in Nord-Tasmanien, 15000 Ew.; Konserven- u. Molkerei-Industrie.

Devonshire ['dɛvnʃiə], engl. Herzogstitel, seit 1618 im Besitz der Familie *Cavendish*, erstmals von König Jakob I. an William Cavendish verliehen u. heute im Besitz von Robert Burton Cavendish (*1920), 11. Duke of D.

Devonshire ['dɛvnʃiə], *Devon*, Grafschaft in Südwestengland, zwischen Bristol- u. Ärmelkanal, 6715 qkm, 942000 Ew.; im N u. S gebirgig (Exmoor u. Dartmoor), dazwischen fruchtbares Hügelland; buchten- u. hafenreiche Küste; im W Abbau von Kupfer, Zinn; Hptst. *Exeter.*

Devotio moderna [die; lat.], eine von Geert *Groote* Ende des 14. Jh. ins Leben gerufene neue Frömmigkeitsweise, die eine subjektive, innerl. Frömmigkeit des einzelnen erstrebte. Sie war aus der Mystik erwachsen u. forderte ein Leben tätiger u. helfender Liebe in der Nachfolge Christi; hierzu diente neben Gebet u. Betrachtung vor allem die Schriftlesung. Die D. m. wurde bes. von den Brüdern u. Schwestern vom gemeinsamen Leben u. von den Augustiner-Chorherren der Windesheimer Kongregation verbreitet. Aber auch bei den Kartäusern u. a. Ordensgenossenschaften fand die D. m. Eingang. Ihr Einfluß auf das religiöse Leben der Laienwelt in Mittel- u. Westeuropa war nicht gering. Schriften aus dem Geist der D. m., wie des Thomas von Kempen (?) „Nachfolge Christi", wirken bis heute auf die Erscheinungsformen christl. Frömmigkeit.

Devotionalien, Gegenstände, die der persönl. Frömmigkeit dienen sollen, z.B. Rosenkränze, Heiligenbilder u. Kreuze.

De Voto, Bernard Augustine, US-amerikan. Literatur- u. Kulturkritiker, *11. 1. 1897 Ogden, Utah, †13. 11. 1955 New York.

Devrient [dəˈfriːnt, dəvriˈɛː], Schauspielerfamilie: **1.** Eduard, *11. 8. 1801 Berlin, †4. 10. 1877 Karlsruhe; seit 1819 in Berlin als Sänger, ab 1834 nur noch Schauspieler, 1844–1846 Spielleiter in Dresden, 1852–1870 Leiter des Karlsruher Hoftheaters; schrieb eine „Geschichte der dt. Schauspielkunst" 5 Bde. 1848–1874. **2.** Emil, Bruder von 1), *4. 9. 1803 Berlin, †7. 8. 1872 Dresden; wirkte seit 1831 in Dresden. **3.** Karl, Bruder von 1) u. 2), *5. 4. 1797 Berlin, †3. 8. 1872 Lauterberg am Harz; wirkte seit 1821 in Dresden, seit 1835 in Karlsruhe, seit 1839 in Hannover. **4.** Ludwig, Onkel von 1), 2) u. 3), *15. 12. 1784 Berlin, †30. 12. 1832 Berlin; kam 1804 zur Bühne; genialer Charakterdarsteller, seit 1805 in Dessau, seit 1815 am Berliner Hoftheater, war mit E. T. A. Hoffmann befreundet.

de Vries →Vries.

Dewanagarischrift →Nagarischrift.

Dewar [ˈdjuːər], Sir James, brit. Chemiker u. Physiker, *20. 9. 1842 Kincardine-on-Forth, Schottland, †27. 3. 1923 London; untersuchte den Verlauf chem. Reaktionen bei sehr tiefen Temperaturen, verflüssigte zusammen mit H. *Moissan* Fluor u. Wasserstoff, stellte ersten festen Wasserstoff her u. entwickelte die *D.-Gefäße.*

Dewar-Gefäß, doppelwandiges wärmeisolierendes Gefäß. Ein Vakuummantel u. Verspiegelung der Innenwandung setzen beim D. den Wärmeübergang (Wärmeleitung u. -strahlung) stark herab. Die D.e dienen u. a. zur Aufbewahrung flüssiger Luft. Ein D. für den alltägl. Gebrauch ist die Thermosflasche.

Dewey [ˈdjuːi], **1.** John, US-amerikan. Philosoph u. Pädagoge, *20. 10. 1859 Burlington, †1. 6. 1952 New York; lehrte an den Universitäten von Michigan, Chicago u. New York; stand unter dem Einfluß von W. *James* zum →Pragmatismus, den er zum *Instrumentalismus* weiterbildete. D. bahnte dem *Arbeitsunterricht* in der demokrat. Erziehung der USA den Weg. Die amerikan., aber auch die dt. Reformpädagogik stehen unter seinem Einfluß. Hptw.: „How We Think" 1910; „Demokratie u. Erziehung", dt. 1930, ³1964; „Experience and Nature" 1925; „Art as Experience" 1934; „A Common Faith" 1934; „Experience and Education" 1938; „Theory of Valuation" 1939; „Freedom and Culture" 1940. – ⌑ 1.7.2. **2.** Melvil, US-amerikan. Bibliothekar, *10. 12. 1851 Adams Center, N. Y., †26. 12. 1931 Lake Placid, Fla.; gründete die erste Bibliotheksschule in den USA u. den amerikanischen Bibliothekenverband; Erfinder der →Dezimalklassifikation (1876). **3.** Thomas Edmund, US-amerikan. Politiker (Republikaner), *24. 3. 1902 Ossowo, Mich., †16. 3. 1971 Miami, Fla.; 1933/34 Oberstaatsanwalt, seit 1942 Gouverneur des Staates New York, unterlag als Präsidentschaftskandidat 1944 gegen F. D. Roosevelt, 1948 gegen H. S. Truman.

de Witt, Jan u. Witt, Jan de.

Dewsbury [ˈdjuːzbəri], mittelengl. Textilindustriestadt, südl. von Leeds, 51 600 Ew.; im 13. Jh. entstanden.

Dexel, Walter, Maler, Typograph u. Kunstschriftsteller, *7. 2. 1890 München, †8. 6. 1973 Braunschweig; anfänglich von P. Cézanne beeinflußt, später in engem Kontakt mit P. Klee, L. Feininger, O. Schlemmer, El Lissitzky, Th. van Doesburg. Durch die Verwendung von Buchstaben als Ausgangspunkt für seine Kompositionen wurde er einer der Pioniere der konkreten Kunst.

dexter [lat.], rechts (gelegen).

Dextrine [lat.], Kohlenhydratgemische wechselnder Zusammensetzung, die durch Einwirkung von Fermenten, Hitze oder Säuren auf Stärke entstehen; weiße bis dunkelbraune, heißwasserlösliche Pulver. Verwendung u. a. zur Herstellung von Klebmitteln, für Appreturzwecke u. zum Verdicken von Druckfarben.

Dextropur [das; lat.], Traubenzuckerpräparat; bes. gegen Erschöpfungszustände.

Dextrose [die] →Glucose.

Dey →Dei.

Deyala, Nahr D., wichtigster linker Tigriszufluß im Irak, entspringt in den Sagrosketten, mündet unterhalb von Bagdad.

Deyssel [ˈdɛisəl], Lodewijk van, eigentl. *Karel Johan L. Alberdingk Thijm,* niederländ. Schriftsteller, *22. 9. 1864 Hilversum, †26. 1. 1952 Haarlem; führender Vertreter der Gruppe der „Tachtiger", schrieb nach naturalist. Anfängen mehrere bekannte Künstlerbiographien (u. a. die seines Vaters). Er teilweise von M. Maeterlinck beeinflußte, wahrheitsgetreue u. ins Detail gehende Romane.

Dezember [lat. *decem,* „zehn"], Heil-, Jul-, Christmond, letzter Monat im Jahr, im alten Rom der zehnte Monat.

Dezentralisation [lat.], Auseinanderlegung, Aufgliederung. 1. im staatl. Bereich die Übertragung von Hoheitsbefugnissen auf Verwaltungseinheiten u. Selbstverwaltungskörperschaften. 2. D. als Verwaltungssystem privater u. staatl. Unternehmungen bedeutet, daß Leitungsbefugnisse (Kompetenzen) u. Verantwortung an untergeordnete Stellen übertragen werden.

Dezernat [lat.], Unterabteilung einer Behörde mit bestimmtem Sachbereich.

Dezernent [lat.], Leiter eines Dezernats.

dezi... [lat.], Kurzzeichen d, Vorsatzsilbe vor Maßeinheiten mit der Bedeutung 10^{-1} (Zehntel); Beispiel: 1 Dezimeter (dm) = 10^{-1} m.

Dezibel, Kurzzeichen dB, der zehnte Teil eines *Bel* (genannt nach dem engl. Physiker G. *Bell),* dimensionslose Maßeinheit für →Dämpfung, Verstärkung oder den mit einer Bezugsgröße verglichenen Absolutwert einer Spannung, eines Stroms, einer Leistung oder einer Schallstärke. Die Maßeinheit D. drückt diese Werte im dekadischen Logarithmus aus, was dem logarithmischen Verlauf zahlreicher physikalischer Vorgänge entspricht, so z. B. in der Akustik dem Lautstärkeempfinden des Gehörs. Im natürlichen Logarithmus ausgedrückt, heißt das gleiche Maß →Neper.

Ganz allgemein gilt: $D = \lg \frac{E_1}{E_2}$ (D = Dämpfung, E_1 = Energie vor, E_2 = Energie hinter dem dämpfenden Medium).

Dezibel-Skala
  0 Hörschwelle
 10 Normales Atmen
 20 Blätterrascheln im Wind
 30 Leerer Kinosaal
 40 Wohngegend bei Nacht
 50 Ruhiges Restaurant
 60 Unterhaltung zweier Personen
 70 Lebhafter Verkehr
 80 Staubsauger
 90 Rauschen eines großen Wasserfalls
100 U-Bahn
120 Propellerflugzeug beim Start
130 Maschinengewehrfeuer aus der Nähe
140 Düsenjäger beim Start
150 Überschall-Verkehrsflugzeug beim Start
160 Windkanal
175 Weltraumrakete aus der Nähe beim Start

---

dezimal [lat.], auf der Zahl 10 beruhend.

Dezimalbruch →Bruch (4).

Dezimalklassifikation, Abk. *DK;* von dem US-amerikan. Bibliothekar Melvil *Dewey* 1876 veröffentlicht; auf dem Dezimalsystem beruhendes u. daher international anwendbares Ordnungsschema für die Katalogisierung u. Aufstellung von Büchern in Bibliotheken. Die D. gliedert das gesamte menschl. Wissen in 10 Hauptabteilungen (0 Allgemeines; 1 Philosophie; 2 Religion, Theologie; 3 Sozialwissenschaft, Recht, Verwaltung; 4 Sprachwissenschaft; 5 Mathematik, Naturwissenschaft; 6 Angewandte Wissenschaften, Medizin, Technik; 7 Kunst, Spiel, Sport; 8 Schöne Literatur; 9 Geographie, Geschichte), diese wiederum in 10 Abteilungen zu je 10 Unterabteilungen usw. Die D. wurde auch von dem 1892 in Brüssel gegr. Internationalen Bibliographischen Institut übernommen u. findet in erweiterter u. verbesserter Form vor allem in der Dokumentation Anwendung. Dt. Gesamtausgabe, hrsg. vom Dt. Normenausschuß, 1934–1953, ²1958ff. – ⌑ 3.7.0.

Dezimalsystem, dekadisches System, Ziffernsystem mit der Grundzahl 10; beruht auf dem Zählen mit den 10 Fingern. Je 10 Einheiten werden zu einer höheren Einheit zusammengefaßt (Einer, Zehner usw.). Es ist ein *Positionssystem,* d. h., jede Zahl ist durch hintereinandergestellte Ziffern bestimmt, u. jede Ziffer erhält dadurch einen bestimmten Stellenwert. Das D. gelangte von den Indern über die Araber im 12. Jh. nach Europa. Es wird in den meisten Staaten für Münzen, Längen-, Flächen-, Raum- u. Gewichtsmaße benutzt.

Dezimalzahlen →Zahlen.

Dezime [die; lat.], **1.** *Musik:* das über die Oktave hinausreichende Intervall von 10 Tönen (z. B. C–e), eine Konsonanz. **2.** *Verslehre:* Strophenform aus zehn trochäischen Vierhebern, stammt aus Spanien.

Dezimeterstrecke, *Richtfunkstrecke,* drahtlose Nachrichtenverbindung, die mit Wellenlängen von 10 cm bis 1 m arbeitet. Auch die Relaisstationen für Fernsehübertragungen verwenden D.n. Die Antennen sind auf hohen Türmen angebracht.

Dezisionismus [lat., „Entscheidungsstandpunkt"], philosoph. Lehre, nach der alle Prinzipien (der Erkenntnis, der Moral, des Rechts u. a.) primär auf Willensentscheidung und nicht auf rationaler Begründung beruhen.

DFB, Abk. für →Deutscher Fußball-Bund.

DFG, Abk. für →Deutsche Forschungsgemeinschaft.

DFL, Abk. für *Deutsche Forschungsanstalt für Luft- und Raumfahrt e. V.,* →Deutsche Forschungs- und Versuchsanstalt für Luft- und Raumfahrt e. V.

DFS, Abk. für *Deutsche Forschungsanstalt für Segelflug e. V.,* →Deutsche Forschungs- und Versuchsanstalt für Luft- und Raumfahrt e. V.

DFU, Abk. für →Deutsche Friedens-Union.

DFVLR, Abk. für →Deutsche Forschungs- und Versuchsanstalt für Luft- und Raumfahrt e. V.

D. G., Abk. für →Dei gratia.

DGB, Abk. für →Deutscher Gewerkschaftsbund.

DGF, Abk. für *Deutsche Gesellschaft für Flugwissenschaften e. V.,* →Deutsche Forschungs- und Versuchsanstalt für Luft- und Raumfahrt e. V.

dgl., Abk. für *dergleichen, desgleichen.*

DGO, Abk. für →Deutsche Gemeindeordnung.

d. Gr., Abk. für *der Große.*

DGZ, der jährl. „durchschnittl. Gesamtzuwachs" eines Waldbestands, als Maßstab für die Wuchsleistung, bezogen auf ein bestimmtes Alter (meist 100 Jahre).

dH, Abk. für *deutsche Härte(grade);* →Härte des Wassers.

d. h., Abk. für *das heißt.*

Dhahran, saudi-arab. Stadt im Erdölgebiet der Landschaft *Al Hasa,* am Pers. Golf westl. der Bahraininseln; großer Flughafen; Ausbeutung durch die Aramco; Ölleitung (Trans-Arabian Pipeline) nach dem Mittelmeerhafen Saida (Libanon).

Dharma [das; sanskr.], **1.** die religiöse Lehre über den Weg zum Heil, im Buddhismus als Lehre Buddhas eine der drei das „dreifache Kleinod" *(triratna)* neben Buddha u. der Gemeinde *(sangha)* bildenden Größen. **2.** die im Buddhismus angenommenen Daseinsfaktoren, aus deren wechselnden Kombinationen nach der dem Atomismus ähnl. Anschauung des Buddhismus alle Erscheinungsformen der Welt einschließl. des menschl. Ichs bestehen u. daher vergängl., wesenlos u. „leidvoll" sind.

Dharwar, *Dharavada,* Hptst. des ind. Distrikts D. in Indien, östl. von Goa in Maisur, 80 000 Ew.

Dhaulagiri [-ˈdʒiːri; „Weißer Berg"], Gipfel im westl. Nepal, 8168 m, 1960 erstmals bestiegen. – ⌑ Himalaya.

d'Hondtsches Verfahren, die nach dem Belgier Victor *d'Hondt* (*1841, †1901) benannte Verrechnungsmethode zur Umsetzung von Stimmen in Mandate (→Wahlsystem), gehört zu den *Divisorenverfahren.* Diese Verfahren beruhen darauf, daß die für die Parteien in Wahlkreisen oder im gesamten Wahlgebiet abgegebenen Stimmen durch bestimmte, fortlaufende Zahlenreihen (bei der Methode d'Hondt: durch die Zahlen 1, 2, 3, 4 usw.) geteilt werden u. die Mandate nach den *Höchstzahlen*, d.h. nach der Größe der jeweils entstandenen Quotienten, auf die Parteien verteilt werden. Im Gegensatz zu den *Wahlzahlverfahren* ermöglichen sie die Vergabe aller Mandate in einem Rechengang. Nimmt man an, daß die Partei A 2460, die Partei B 1830, die Partei C 960, die Partei D 890 u. die Partei E 630 Stimmen erhalten haben u. 11 Mandate zu besetzen sind, so ergibt sich nach d'Hondt (in Klammern die Reihenfolge der zugeteilten Mandate):

	:1	:2	:3	:4	:5
A	2460 (1)	1230 (3)	820 (7)	615 (9)	492 (11)
B	1830 (2)	915 (5)	610 (10)	457	366
C	960 (4)	480	320	240	192
D	890 (6)	445	296	222	178
E	630 (8)	315	210	157	126

Demnach erhalten A 5 Mandate, B 3 Mandate, C, D u. E je 1 Mandat. Stünden 13 Mandate zur Verfügung, so entfielen auf B u. C je ein weiteres Mandat. Das d'Hondtsche Verfahren, Grundlage für die Mandatsvergabe bei *Bundestagswahlen*, begünstigt im Vergleich zu den anderen Divisorenreihen, etwa der *ausgeglichenen Methode* (Divisoren: 1, 4; 3, 0; 5, 7 usw.), leicht die großen Parteien.

Dhráma ['dra:ma], neugrch. *Dráma*, Stadt im O von Griech.-Makedonien, 33000 Ew.; Tabak-, Textil- u. Lebensmittelverarbeitung, landwirtschaftl. Handelszentrum (Tabak, Reis, Baumwolle, Getreide).

Dhulia ['du:ljə], ind. Stadt (Maharashtra) südl. des Tapti auf dem Dekanhochland, 100000 Ew.

Dhünn, Zufluß der Wupper in Nordrhein-Westfalen, 37 km, entspringt südöstl. von Wermelskirchen, mündet bei Leverkusen; Talsperre bei Kürten, erbaut 1961/62, Stausee 0,67 qkm mit 7,3 Mill. m^3 Stauinhalt, Höhe der Staumauer 30 m.

DHV, Abk. für →Deutscher Handels- und Industrieangestellten-Verband.

Dhyậni-Buddha, fünf aus der Meditation (Dhyâna) des Ur-(Adi-)Buddha hervorgegangene himmlische Buddhagestalten, von denen Amitabha als Entsprechung des historischen Buddha gilt u. bes. in den japan. Amida-Sekten als gnadenvolle Gottheit die ihr in vertrauendem Glauben Zugewandten in das Paradies des „Reinen Landes" erlöst.

di... [grch.] →dia...

d. i., Abk. für *das ist.*

dia... [grch.], Vorsilbe mit der Bedeutung „(hin)durch", „zer-", „über", „zwischen", „auseinander"; wird zu *di...* vor Selbstlaut.

Dịa [das], Kurzwort für →Diapositiv.

Dịa, Mamadou, afrikan. Politiker u. Wirtschaftstheoretiker in Senegal, *18. 7. 1910 Khombole, Senegal; Lehrer, 1956–1959 Abg. für Senegal in der französ. Nationalversammlung, 1957–1962 Min.-Präs.; ließ einen gemäßigt sozialist. Entwicklungsplan ausarbeiten. Am 11. 5. 1963 wegen eines Putschversuchs gegen Präsident L. Senghor zu lebenslängl. Festungshaft verurteilt. Hptw.: „Nations africaines et solidarité mondiale" 1960; „Refléxions sur l'économie de l'Afrique noire" ²1961.

Diabạs [der; grch.], zähes, dunkelgrünes oder schwarzes subvulkanisches Gestein aus Plagioklas, Augit, Hornblende, Olivin; Pflasterstein u. Schottermaterial.

Diabẹlli, Anton, österr. Komponist, *5. 9. 1781 Mattsee, †8. 4. 1858 Wien; Schüler von M. Haydn; gab in seinem Musikverlag in Wien u.a. Werke von Beethoven u. Schubert heraus. Beethoven schrieb seine D.-Variationen über ein Walzerthema von ihm. Singspiele, Klaviersonaten u.a.

Diabẹtes [der; grch.], *Harnruhr;* 1. *D. mellitus* (Zuckerharnruhr, →Zuckerkrankheit), Störung des Kohlenhydratstoffwechsels durch mangelnde Insulinbildung im Körper, kommt auch bei Hund, Katze, seltener bei anderen Tieren vor; 2. *D. insipidus* (→Wasserharnruhr), Erkrankung durch Störung des Zwischenhirns u. der Hirnanhangdrüse; führt zu starker Wasserausscheidung (tägl. mehrere Liter) u. großem Durst; kommt auch beim Hund vor; 3. *D. renalis* (Nieren-D.), eine Nierenanomalie, bei der die Niere bei normalem Kohlenhydratstoffwechsel zuviel Zucker durchläßt.

Diabẹtiker-Lebensmittel, zur Ernährung der Zuckerkranken bestimmte Nahrungsmittel, die gegenüber Lebensmitteln normaler Beschaffenheit einen wesentlich niedrigeren Gehalt an belastenden Kohlenhydraten aufweisen u. dadurch dem Bedürfnis nach vermindertem d-Glucose-Belastung entsprechen. Die Kenntlichmachung muß enthalten: 1. Anteil an Kohlenhydraten, Fett u. Eiweiß in %; 2. Nährstoffgehalt in Kalorien; 3. Menge des Lebensmittels, die einer Broteinheit entspricht; 4. Art u. Menge der zugesetzten →Zuckeraustauschstoffe einschl. verschiedener Süßstoffe. Im Handel sind: *Diabetiker-Backwaren* (statt Stärke Inulin, festgesetzte Höchstmenge an Kohlenhydraten); *Diabetiker-Bier; Diabetiker-Brot* (kochsalzfrei, kohlenhydratarm, fett- u. eiweißreich); *Diabetiker-Fruchtsäfte, Diabetiker-Konfitüren; Diabetiker-Schokoladen; Diabetiker-Wein.*

Diablerets →Les Diablerets.

Diạblo Range [-reindʒ], Teil der Küstenkette der USA südl. von San Francisco, im San Benito 1597 m.

Diạbolo, *Diabolospiel,* Bewegungsspiel, bei dem ein sanduhrartig geformter Holzkörper durch eine an zwei Handgriffen befestigte Schnur in Drehung gesetzt, in die Höhe geschleudert u. wieder aufgefangen wird.

Diabọn, Werkstoff aus mit Kunstharz getränktem Graphit, korrosionsfest u. gut wärmeleitend.

Diac [der; Kunstwort], Halbleiterelement ähnl. einer Diode, sperrt zunächst den Strom in beiden Richtungen. Wenn die angelegte Spannung einen bestimmten Wert überschreitet (auch kurzzeitig), wird der D. leitend u. bleibt es, solange Strom fließt.

Diacetỵl, Butandion-(2,3), CH_3-CO-CO-CH_3, gelbgrüne Flüssigkeit von süßlichem Geruch, in Verdünnung nach Butter riechend. D. ist als Duftstoff in Butter u. vielen Naturstoffen enthalten. Das synthetisch gewonnene D. dient als Aromastoff in der Lebensmittelindustrie.

Diadẹm [das; grch., „Binde"], kostbarer Kopfschmuck, im Altertum Haar- oder Stirnband als Zeichen der Herrscher- u. Priesterwürde, hergestellt aus Edelmetall oder kunstvoll gewirktem Stoff; von Alexander d. Gr. aus dem Orient übernommene Vorform der *Krone,* seit etwa 1800 meist mit Edelsteinen besetzter Schmuck der Frau aus dem Hochadel.

Diadọchen [grch. *diadochoi,* „Nachfolger"], ehemalige Generale u. Freunde *Alexanders d. Gr.,* teilten nach seinem Tod das Alexander-Reich auf u. bekämpften sich in wechselnden Bündnissen: *Antipater* behielt Makedonien, *Lysimachos* bekam Thrakien, *Antigonos I.* Lykien, Pamphylien u. Großphrygien, *Ptolemaios I.* Ägypten, *Seleukos I.* Babylonien. Im Verlauf dieser Kämpfe (D.kämpfe) wurden alle legitimen Erben des Hauses Alexanders ausgerottet; die Schlachten bei *Ipsos* 301 v. Chr. u. *Kurupedion* 281 v. Chr. sind die markantesten Ereignisse in den D.kriegen. Während u. nach Abschluß der Kämpfe bildete sich das hellenistische Staatensystem heraus. →auch Hellenismus. – Ⓑ →Alexander d. Gr. – Ⓛ 5.2.4.

Diadụmenos [grch.], Statue eines sich bekränzenden Athleten von Polyklet, um 430 v. Chr., in zahlreichen Kopien erhalten.

Diag, Abk. für →Deutsche Industrieanlagen GmbH.

Diagenẹse [die; grch.], Vorgang der Verfestigung lockeren, abgelagerten Verwitterungsschutts (kleinster „klastischer" Gesteinstrümmer) zu neuen Gesteinen, z.B. Bildung von Sandstein aus Sand unter Mitwirkung eines Bindemittels.

Diạghilew [-ljɛf], Serge, russ. Ballettmeister, *19. 3. 1872 Perm, †19. 8. 1929 Venedig; mit dem Choreographen M. *Fokin* der Schöpfer u. Leiter der international bekannten Ballett-Truppe →Ballets Russes; erstrebte die Einheit von Musik, Tanz u. Bühnenbild.

Diagnọse [die; grch.], **1.** *Biologie:* Beurteilung der systemat. Stellung einer Tier- oder Pflanzenart nach ihren Merkmalen.

2. *Medizin:* Krankheitserkennung aufgrund der Krankengeschichte u. der Untersuchung.

Diagonạle [grch.], Verbindungsstrecke zweier nicht benachbarter Ecken eines Vielecks oder Körpers *(Flächen-D., Raum-D.).*

Diạgoras von Mẹlos, griech. Lyriker, Ende des 5. Jh. v. Chr.; wurde in Athen wegen Gottlosigkeit verurteilt u. mußte fliehen; schrieb Dithyramben.

Diagrạmm [grch.], **1.** *Botanik: Blüten-D.,* Blütengrundriß, schemat. Grundriß der Blüte.

2. *Statistik: Schaubild,* zeichnerische Darstellung von zahlenmäßigen Abhängigkeiten zwischen zwei oder mehr Größen.

Diagrammpapier, Spezialpapier für die Aufzeichnungen von Registrier- bzw. Kontrollgeräten, mit Liniennetzen bedruckt. D. muß, da sich der mit Tinte gespeiste Schreibkopf der Geräte bzw. die unter dem Schreibkopf laufende mit D. bespannte Rolle nur sehr langsam bewegen, absolut tintenfest sein.

Diaguita-Kultur [-'gi-], alte Indianerkultur in Chile, der Calchaqui-Kultur verwandt. Steinplattengräber, Mumienbestattung, Kinderbestattungen in schwarz-weiß-rot bemalten Tonurnen, Felszeichnungen, Webereien, Dorf- u. Festungsbauten aus Stein.

Diakọn [grch., „Diener"], in der kath. Kirche ein Kleriker, der die letzte der höheren Weihen vor der Priesterweihe erhalten hat; kann selbständig liturgische Funktionen übernehmen (z.B. Verkündigung des Evangeliums, Austeilung der Eucharistie, Beerdigung); assistiert dem Zelebranten beim Levitenamt. Heute auch als eigenständiges Amt, nicht nur als Durchgangsstufe zum Priesteramt, wiedereingeführt. – In der ev. Kirche liegt der Akzent dieses Amts innerhalb der Inneren Mission auf der karitativen Arbeit (Gemeindehelfer, Krankenpfleger, Kirchengemeindebeamter, Kirchenmusiker, Jugendleiter, Katechet, Prediger).

Diakonie, der in der christl. Kirche bes. durch Diakone u. Diakonissen ausgeübte Dienst an Kranken u. Bedürftigen. Der Förderung der D. dienen *Diakonenhäuser* (gegr. von J. H. Wichern u.a.), *Diakonissenmutterhäuser* u. der *Ev. Diakonieverein* (Mittelpunkt: Berlin-Zehlendorf), der 1894 von Fr. Zimmer gegr. wurde. Dieser von Frauen geleitete Verband ist genossenschaftl. organisiert. – Ⓛ 1.8.7.

Diakọnisches Werk – Innere Mission und Hilfswerk der Ev. Kirche in Deutschland, der 1957 vorgenommene Zusammenschluß der *Inneren Mission* u. des *Hilfswerks* mit der Aufgabe, die diakonisch-missionar. Arbeit im Bereich der EKD zu fördern. Das D.W. umfaßt die *Gemeinde-Diakonie* (Kindergärten, Ehe- u. Erziehungsberatungsstellen, Pflegestationen), die *Anstaltsdiakonie* (Heil- u. Pflegeanstalten, sonstige soziale u. sozialpädagogische Ausbildungseinrichtungen) u. die *Ökumenische Diakonie* (Entwicklungshilfe für die Jungen Kirchen, „Brot für die Welt", „Dienste in Übersee"). Oberstes eigenes Organ: Diakon. Konferenz, durch deren Beschlüsse der Diakonische Rat das D.W. leitet. Als staatl. anerkannter Spitzenverband gehört das D.W. zur „Bundesarbeitsgemeinschaft der freien Wohlfahrtspflege"; im Bereich der Bundesrepublik beschäftigt das D.W. ca. 145000 hauptberufliche Mitarbeiter.

Diakonịssen, in der frühchristl. Kirche Frauen, die Dienstleistungen in den Gemeinden verrichteten. Die weibl. Diakonie in der ev. Kirche wurde erneuert durch Th. Fliedner, der 1836 das erste D.-Mutterhaus in Kaiserswerth gründete, das Vorbild für viele ähnl. Anstalten in der ganzen Welt wurde. Die D.-Mutterhäuser sind nicht nur Ausbildungsstätten, sondern Heimat der D. Von hier werden sie zur Arbeit eingesetzt u. erhalten hier Versorgung bei Krankheit u. im Alter. Die D. sind tätig in Gemeinde- u. Krankenpflege, Kindererziehung u. Jugendfürsorge; sie erhalten kein Gehalt, sondern freie Station, Taschengeld u. Altersversorgung. Die dt. D.-Häuser sind in mehreren Spitzenverbänden zusammengeschlossen (der größte der „Kaiserswerther Verband dt. D.-Mutterhäuser", gegr. 1916). – Ⓛ 1.8.7.

diakrịtische Zeichen, unterscheidende Zeichen (kleine Striche, Punkte, Häkchen u.ä.), die zur Unterscheidung von mehrdeutigen Schriftzeichen diesen angefügt bzw. darüber, darunter oder daneben gesetzt werden; z.B. Akzente, Punkte zur Angabe der Betonung u.ä.

Dial, Bez. eines dt. Erdsatelliten; wurde am 10. 3. 1970 mit einer „Diamant B"-Rakete von Französisch-Guayana aus gestartet.

Dialẹkt [grch.] = Mundart.

Dialektgeographie →Sprachgeographie.

Dialẹktik [grch. *dialektike techne,* „Unterredungskunst"], Denkweise, die die inneren Widersprüche in der Seinsverfassung der endlichen Dinge herausarbeitet und die spannungsreichen Probleme von Einheit und Vielheit, von Einzelnsein und Allgemeinsein, von Bestand und Bewegung begrifflich zu entfalten sucht.

Ursprüngl. Kunst der Gesprächsführung (*Sophisten,* →auch Eristik); von *Sokrates* u. *Platon* zur

philosoph. Methode ausgebildet: Wahrheitsfindung durch Rede (These) u. Gegenrede (Antithese). Als formale Logik war D. neben Grammatik u. Rhetorik im MA. das dritte Bildungselement des *Triviums* im Rahmen der *Artes liberales.*
Der Begriff erhielt seine heutige Prägung durch *Hegel*, der in der D. die Grundmethode seines Philosophierens sieht. Sie ist für ihn Denkgesetzlichkeit wie Wirklichkeitsgesetzlichkeit, da Wirklichkeit nichts anderes sei als entfalteter Geist. Die *dialektische Methode* versucht das Wirkliche, vor allem sein Werden u. Geschehen, durch Einbeziehung des Widersprüchlichen, des Negativen u. Gegensätzlichen, zu bestimmen: Was ist u. geschieht, ist u. wird nur durch notwendige Korrelation zum Anderen. Die Wirklichkeit wie auch das Denken wird dann zur Einheit, zur Synthese aus These u. Antithese. Mit der dreifachen Interpretation von „aufheben" [lat. negare, „beseitigen", conservare, „bewahren", tollere, „auf eine neue Ebene hinaufheben"] versucht Hegel, das dialekt. Geschehen auch sprachl. zu fassen.
Die D. im Hegelschen Sinne spielt heute eine große Rolle im *dialektischen Materialismus*, in der Existenzphilosophie *(Existenz-D., Real-D.)*, der allgemeinen Geisteswissenschaft sowie der ev. Theologie *(dialektische Theologie)*. Abgelehnt wird die D. weitgehend vom scholast., grundsätzlich vom wissenschaftsphilosoph. u. positivist. Denken. – 🕮 1.4.1

Dialẹktiker, Vertreter der dialekt. Denkweise; insbes. bezeichnet man als D. die Eleaten Zenon u. Melissos, die sokrat. Schule der Megariker u. die Skeptiker im Altertum sowie die Vertreter einer scholast. Richtung (Berengar von Tours u.a.) des 11. Jh., die die Dialektik auch auf theolog. Probleme anwandte.

dialẹktischer Materialismus, ein wesentl. Bestandteil des Marxismus-Leninismus, zusammen mit dem →historischen Materialismus dessen philosoph. Grundlage. Der d.M. bestimmt weitgehend das polit. u. kulturelle Leben der kommunist. Staaten.
Wie jede Form von →Materialismus, betrachtet auch der d.M. die Materie als die grundlegende Wirklichkeit. Dabei stellt er sich in entschiedenen Gegensatz zum mechan. Materialismus, der glaubt, sowohl Leben als auch menschl. Bewußtsein auf rein chem.-physikal. Prozesse zurückführen zu können. Nach dem d.M. stellen jedoch Leben u. Bewußtsein höhere Wirklichkeitsbereiche dar. Sie unterliegen Gesetzmäßigkeiten, die sich nicht auf die den anorgan. Bereich beherrschenden physikal. u. chem. Gesetze zurückführen lassen. Der d.M. anerkennt sogar, daß das menschl. Bewußtsein etwas Unmaterielles darstellt. Damit hört er aber nicht auf, echter Materialismus zu sein, da für ihn die höheren Bereiche nur ein Produkt der Materie darstellen. Hier steht er jedoch vor der entscheidenden Schwierigkeit, zu erklären, wie es möglich ist, daß das Niedrigere das Höhere hervorbringt, daß also in der Wirkung mehr enthalten ist als in der Ursache. Zur Bewältigung dieser Schwierigkeit beruft sich der d.M. auf die *Dialektik.* Dialektik ist das Bemühen, durch Aufweis u. Überwindung von Widersprüchen im Denken zu neuen Erkenntnissen aufzusteigen. Wie die Überwindung von Widersprüchen im Denken den Erkenntnisprozeß weiterführt, so soll auch der Entwicklungsprozeß der Wirklichkeit (sowohl der Natur als auch der menschl. Gesellschaft) durch das Auftreten u. die Überwindung von Widersprüchen vorangetrieben werden. Dialektik bedeutet demnach im System des d.M. vor allem Entwicklung, jedoch eine Entwicklung, die zu Neuem u. Höherem führt u. die bedingt ist durch das Auftreten u. die Überwindung von Widersprüchen. Wenn der d.M. hier von „Widersprüchen" redet, so versteht er diese nicht im Sinne von logischen Widersprüchen (gleichzeitige Behauptung u. Verneinung von einem u. demselben), sondern im Sinne eines „Kampfes von Gegensätzen" (entgegengesetzten Kräften, Tendenzen, Seiten an einem Gegenstand, etwa der Gegensatz von Bürgertum u. Proletariat innerhalb der Gesellschaft). – 🕮 5.8.3.

dialẹktisches Theater →episches Theater.

dialẹktische Theologi̱e, von K. *Barth* um 1920 ausgegangene Richtung der ev. Theologie, die an S. *Kierkegaard* anknüpfte u. deren Anliegen es war, den unendl. Abstand zwischen Gott u. Mensch auch in der Theologie zu wahren. Dieser Abstand ist so groß, daß keine direkte, sondern nur eine dialektische Aussage über Gott gemacht werden kann. In Dtschld. gehörten zum ersten Kreis der d.nT., der um 1929 zerfiel, u.a. Fr. *Gogarten* u. R. *Bultmann.* – 🕮 1.8.7.

Diallạg [der; grch.], braungrünes bis -schwarzes, perlmuttglänzendes magmat. Mineral; monoklin; Härte 5–6.

Dialọg [der; grch.], Gespräch zwischen zwei oder mehreren Personen im Gegensatz zum →Monolog; wichtiges Ausdrucksmittel der dramat. Kunst. In der Philosophie der antiken Sokratiker diente der D. in Form von Rede u. Gegenrede zur Abhandlung von Problemen.

Dialọgik, Lehre vom Gespräch. In der Gegenwart wird die Gesprächssituation als menschl. Grundsituation angesehen, so vor allem in M. Bubers Lehre vom „dialog. Prinzip".

Dialypẹtalae [grch.], zweikeimblättrige Pflanzen, *Dikotylen*, mit einer in Kelch u. freiblättrige Blütenkrone gegliederten Blüte mit meist auffälliger Hülle; zu ihnen gehören die Ordnungen: *Polycarpicae, Hamamelidales, Leguminosae, Myrtales, Rhoeadales, Parietales, Guttiferales, Columniferae, Gruinales, Terebinthales, Celastrales, Rhamnales u. Umbelliflorae.*

Dialy̱se [grch.], **1.** *Chemie:* Verfahren zur Trennung von Elektrolytenlösungen u. Kolloiden; wird im Prinzip so ausgeführt, daß das zu trennende Lösungsgemisch in einer halbdurchlässigen *(semipermeablen)* Hülle (Tierblase, Cellophanschlauch) in Wasser gebracht wird. Während die gelösten Elektrolyte durch die Hülle dringen, bleiben die Kolloide zurück.
2. *Urologie: Hämodialyse, extrakorporale Dialyse,* →künstliche Niere.

Diamạnt [grch.], das härteste Mineral, reiner Kohlenstoff mit bes. dichter Atompackung; natürliches Vorkommen in Oktaedern, Rhombendodekaedern, Würfeln; weiß, grau, gelblich, grünlich, bläulich, rötlich bis schwarz; Härte 10; spez. Gew. 3,52; selten im primären Gesteinsverband, meist in quarzreichen Sedimenten oder lose in Seifen. Hohe Lichtbrechung, „Feuer" u. Härte erheben ihn zum wertvollsten Edelstein; minderwertige „Carbonados" werden als Kronenbewehrung für Erdbohrgeräte (Bohr-D.) benutzt; Funde in Zaire, Südafrika (Kimberley), Südwestafrika, der Sowjetunion, der Volksrepublik Kongo, Ghana, Angola, Tansania u.a. In der Diamantenschleiferei steht Israel an 1. Stelle. Bes. große u. schöne D.en mit z.T. wechselvoller Geschichte sind *Cullinan* (Rohgewicht 3106 Karat; in 9 größere u. 96 kleinere Brillanten zerspalten, davon Cullinan I 530,2 Karat, Cullinan II 317,4 Karat), *Kohinoor* (108,93 K.), *Großmogul*, vielleicht identisch mit dem *Orlow* (199,6 K.), *Jonker* (roh 726 K.), *Regent* (410 K.), *Sancy* (53,75 K.). Seit 1955 können D.en auch synthet. hergestellt werden.

Diamantbarsch, *Enneacanthus obesus*, zur Familie der *Sonnenbarsche* gehöriger, gedrungener, scheibenförmiger nordamerikanischer Süßwasserfisch von 5–10 cm Länge; besonders im O von New Jersey bis Florida; Schwanz-, Rücken- u. Afterflosse fächerförmig gestaltet; außerordentlich farbenprächtig, besonders zur Laichzeit; beliebter Aquarienfisch.

Diamantberge, Gebirgsstock in Nordkorea, berühmt wegen seiner kristallinisch-bizarren Formation; im *Kumgang-san* 1638 m.

diamantene Hochzeit, 60. Jahrestag der Hochzeit.

Diamantfink, *Staganopleura guttata*, buntgezeichneter *Prachtfink* aus Südaustralien; Name nach feinen weißen Zeichen auf der Flanke.

Diamantịna, brasilian. Stadt in Minas Gerais, 20000 Ew. (Munizip 50000 Ew.); Viehhandel, Diamantenschleifereien, Textil-, Metall- u. Maschinenindustrie; gegr. 1725 als Bergbauort.

Diamantina Rịver [daiə'mæntina-], period. Fluß im Großen Artes. Becken, Australien, entspringt an der Wasserscheide zwischen Pazif. Ozean u. Lake Eyre, verläuft in südsüdwestl. Richtung zum Lake Eyre, im Unterlauf auch *Warburton* genannt, 800 km; nach der Frau des ersten Gouverneurs von Queensland benannt.

Diamantịnatiefe, Meerestiefe westl. von Südwestaustralien, im Südostindischen Becken, 6857 m tief.

Diamantquader, in der Renaissancebaukunst verwendeter Haustein, dessen Oberfläche der eines geschliffenen Diamanten gleicht.

Diamantspitze, *Diamantstickerei*, Textilprodukt; Ätzstickerei mit strahlenförmigem Muster.

Diamạt, aus dem Russischen stammende Abk. für →dialektischen Materialismus.

Diạna, die der griech. *Artemis* gleichgesetzte röm. Göttin der Jagd; auch Göttin des Lichts u. der Geburt *(Lucina).*

Dianaaffe, *Dianameerkatze, Cercopithecus diana*, eine *Meerkatzen-Art* mit weißem Stirnstreif, Westafrika.

Diane de Poitiers [di'a:n də pwa'tje:], Mätresse König Heinrichs II. von Frankreich, *3. 9. 1499 Poitiers, †22. 4. 1566 Schloß Anet, Eure-et-Loir; Herzogin von Valentinois; als Gegnerin der Hugenotten u. Parteigängerin der Guise übte sie im Staat polit. Einfluß aus; berühmte Schönheit.

Diantennạta [lat.] →Krebse.

Diạnthus [grch.], die →Nelke.

Diapa̱use, vorübergehende Ruhepause in der Entwicklung von Tieren, gekennzeichnet durch herabgesetzten Stoffwechsel, gehemmte Entwicklung, geringe Wirksamkeit von Umweltreizen; an bestimmten Stellen des Entwicklungsgangs *(Latenzstadien)* u. des Jahresablaufs (Sommer-, Winter-D.). Die D. unterliegt meist einem inneren (endogenen) Rhythmus, kann aber durch Umwelteinflüsse wie Temperatur, Licht, Feuchtigkeit u. Nahrungsangebot ausgelöst oder verhindert werden *(fakultative D.)*, oder sie ist erblich festgelegt *(obligatorische D.)*. D. i. e. S. nennt man die D. der Insekten, die in jedem Entwicklungsstadium auftreten kann (Embryonal-, Larven-, Puppen-D.) u. oft in Beziehung zur →Überwinterung steht. – 🕮 9.0.7.

Diaphani̱e [grch.], *Diaphanbild*, direkt auf Glas oder auf dünnes Papier gedrucktes oder gemaltes Bild, das, mit *Diaphanlack* behandelt, gegen das Licht betrachtet werden kann.

Diaphạnradierung, Schwarzweiß-Abzug einer mit Ätzgrund überzogenen, geschwärzten u. mit einer Radiernadel bezeichneten Platte *(Glasklischee)* auf lichtempfindl. Papier; graph. Verfahren, das u.a. von C. Corot angewendet wurde.

Diạphora [die; grch.], in der Rhetorik Darstellung des Unterschieds zweier Dinge; auch Wiederholung eines Worts, das aber eine andere Bedeutung bekommt.

Diaphorẹse [grch.], Schweißausscheidung.

Diaphorẹtika, *schweißtreibende Mittel*, Mittel zu verstärkter Schweißausscheidung, z.B. warme u. heiße Bäder, Packungen, Wickel, Salicylpräparate, Tees aus Holunder- oder Lindenblüten, Erdrauch, Sumpfporst, Quecke.

Diaphrạgma [das; grch.], **1.** *Anatomie:* →Zwerchfell.
2. *Schwachstromtechnik:* poröse Scheidewand zwischen zwei Elektrolyten oder Gasen; wird u.a. bei einigen elektrolyt. Verfahren benutzt, um eine Vermischung zweier getrennter Flüssigkeiten zu verhindern, ohne dabei den elektr. Stromfluß zu sperren.

Diapịr [der; grch.], ein vertikal aufdringender plast. Gesteinskörper; *Diapirfaltung:* Faltung, bei der plast. Gesteine hangende Schichten durchstoßen u. aufwölben; bes. bekannt sind die Salzdiapire (Salzdome) im Iran.

Diapositịv [das; grch. + lat.], *Dia, Wurfbild, Strahlenbild*, positive Kopie eines Negativs auf eine D.platte oder einen D.film, wird mit einem →Diaskop auf die Leinwand gestrahlt. Die Herstellung von D.en gleicht dem Kopieren oder Vergrößern auf lichtempfindl. Papier.

Diaprojektor = Diaskop.

Diarẹse, *Diäresis* [grch.], **1.** *Grammatik:* getrennte (nicht diphthongische) Aussprache zweier aufeinanderfolgender Vokale, bezeichnet durch das Trema (¨), z.B. Aëro.
2. *Philosophie:* Methode der Begriffszergliederung, z.B. in *Platons* späteren, die Ideenlehre weiterbildenden Schriften („Sophistes", „Politikos", „Philebos").
3. *Verslehre:* Einschnitt im Vers, bei dem, im Gegensatz zur *Zäsur*, Wort- u. Versfußende zusammenfallen.

Diarrhọ̈e [die; grch.] →Durchfall.

Dịas, 1. António Gonçalves, brasilian. Lyriker, *10. 8. 1823 Caxias, Maranhão, †3. 11. 1864 bei Guimarães, Maranhão, durch Schiffbruch; Romantiker; seine Lyrik ist volkstüml. und nationalbewußt; die Schönheit Brasiliens und das Wesen der Indios werden betont herausgearbeitet. „Últimos Cantos" 1851. – 🕮 3.2.5.
2. Bartolomëu →Diaz.

Diaskọp [das; grch.], *Projektionsapparat, Bildwerfer, Projektor*, Apparat zur Vorführung von →Diapositiven: *Kleinbild-* u. *Heimprojektor* für Kleinbilddias, *Großraumprojektor* für Schulen u. Saalprojektion (auch für größere Diaformate). →auch Episkop, Epidiaskop.

Diaspor [der; grch.], farbloses oder verschieden gefärbtes, glas- bis perlmuttglänzendes Mineral; rhombisch; Härte $6^1/_2$ bis 7; in kristallinen Schiefern, Dolomit, Serpentin.

Diaspora [die; grch., „Zerstreuung"], Gebiete, in denen religiöse Minderheiten (auch D. genannt) zerstreut leben. Die ev. D. in Dtschld. u. im Ausland wird vom 1832 gegr. Gustav-Adolf-Verein, die kath. D. in Dtschld. vom 1849 gegr. Bonifatiusverein betreut.

Diastase [die; grch.], techn. Bezeichnung für stärkeabbauende Enzyme, →Amylasen.

Diastema [das; grch.], Lücke in der Zahnreihe von Säugern, in die die als Waffe verlängerten Eckzähne des Oberkiefers greifen.

Diastole [die; grch.], die auf die Kontraktion *(Systole)* folgende Erschlaffung der Herzkammermuskulatur bei Säugetieren. Dabei zieht die zuvor gedehnte Vorhofmuskulatur die Ventilebene der Segelklappen aus der Hauptkammer in Richtung Vorkammer (→Herzarbeit).

Diät [die; grch.], eine der bes. Konstitution (des Kranken) gemäße Lebens- u. Ernährungsweise; i. e. S. die Krankenkost, spezielle Ernährungsweise (Kostform) bei bestimmten Krankheiten, z.B. Magen-, Leber-, Galle-, Nieren-D. – 📖9.9.1.

Diätassistentin, leitende Angestellte in der *Diätküche* großer Krankenanstalten, Sanatorien u. Kliniken. Fachschulausbildung an staatl. anerkannten Diätschulen.

Diäten [lat. *dies,* „Tag"], *Tagegelder* (bes. für Abgeordnete), →Aufwandsentschädigung bes. für Beamte während dienstl. Reisen.

Diatessaron [grch., „durch der vier Evangelien des N.T. hin"], syrische Evangelienharmonie, d.h. einheitl. Evangelienschrift aufgrund der vier Evangelien, von dem Syrer *Tatian* um 170 verfaßt (wohl ursprüngl. griech.), bis ins 5. Jh. in der ostsyr. Kirche offizielles Evangelium, im Original verloren, aber aus Übersetzungen (althochdt. Übersetzung z.B. erhalten) u. Kommentaren rekonstruierbar, wichtig für die Textkritik des N.T.

Diätetik [grch.], Lehre von der gesunden Ernährungsweise.

diatherman [grch.], durchlässig für Wärmestrahlung (z.B. Glas, Luft); Gegenteil: *atherman* (z.B. Metalle).

Diathermie [grch.], Durchwärmungsbehandlung mit hochfrequentem Wechselstrom; noch wirksamer ist die *Kurzwellen-D.*, weil dabei auch Gelenke u. Knochen durchflutet werden.

Diathese [grch.], **1.** *Grammatik:* →Genus verbi. **2.** *Medizin:* erhöhte Krankheitsbereitschaft bes. Art, z.B. *hämorrhagische D.* (Blutungsneigung).

Diatomeen [grch.], *Diatomales, Bacillariales, Kieselalgen,* braune, einzellige *Algen.* Die mannigfaltigen Formen lassen sich auf zwei Grundformen zurückführen, eine längliche, bilaterale, *Pennales,* u. eine rundliche, zentrische, *Centricae.* Innerhalb der äußeren Plasmamembran ist eine Kieselsäureschicht abgelagert. Sie bildet einen starren, nicht wachstumsfähigen Panzer, der aus zwei Schalen zusammengesetzt ist. Die D. leben meist gesellig im Süß- u. im Meerwasser sowie auf feuchten Böden. Fossile D. sind seit der Kreide bekannt, sie bilden in den Ablagerungen den Kieselgur u. den Tiefseeschlamm.

Diatomeenschlamm, zu mehr als 20 % aus Panzern abgestorbener Kieselalgen *(Diatomeen)* in gefärbtem Ton bestehende Meeresablagerungen, die hauptsächl. um die beiden Polkappen bis zu den 50. Breitengraden abgelagert werden.

Diatomit [der], poröses, toniges Diatomeengestein, techn. zur Wärmeisolierung verwendet.

Diatonik [grch.], Tonsystem, das durch die abwechselnde Anwendung von Ganz- u. Halbtonschritten in der Tonleiter das Aufstellen u. Bestimmen unseres Dur- u. Mollsystems zuläßt, im Gegensatz zur →Chromatik u. Enharmonik.

Diatreton [grch.], spätröm. Glasgefäß in becherartiger Form, dessen Außenwand durch Schleifen u. Schneiden netzartig verziert ist. Böhmische Nachbildungen des röm. D. sind doppelwandig.

Diatribe [die; grch., „Unterhaltung"], popularphilosoph. Predigt der griech. Philosophen, bes. der *Kyniker,* seit dem 3. Jh. v. Chr.; heute: Streit-, Schmähschrift.

Diaulos, in der Antike Doppelstadionlauf, 384 m; entspricht dem heutigen 400-m-Lauf.

Diavolezza, Gletscherberg u. Kar in Graubünden (Schweiz), am Ostrand der Bernina, Seilbahn vom Berninatal zur Diavolezzahütte (2973 m), von dort prachtvoller Ausblick auf die Gletscherwelt des Piz Bernina u. Piz Palü.

Díaz, 1. ['dias], Armando, italien. Marschall, *5. 12. 1861 Neapel, †29. 12. 1928 Rom; seit November 1917 Oberbefehlshaber des italien. Heeres, 1922–1924 Kriegs-Min.

2. ['diaʃ], Bartolomëu, portugies. Seefahrer, *um 1450, †29. 5. 1500; umfuhr als erster Europäer im Winter 1487/88 die (vermeintliche) Südspitze Afrikas, der er den Namen Cabo tormentoso (Stürmisches Kap) gab (später Kap der Guten Hoffnung). – 📖6.1.2.

Díaz ['diaθ], Porfirio, mexikan. Politiker, *15. 9. 1830 Oaxaca, †2. 7. 1915 Paris; Jurist, dann republikan. General, 1877–1880 u. 1884–1911 Staats-Präs. D. bekämpfte Klerikale, Franzosen u. Kaiser Maximilian; er befriedete während seiner Präsidentschaft mit diktator. Gewalt das bürgerkriegsgeschwächte Land, sanierte die Wirtschaft u. baute das mexikan. Eisenbahn- u. Telegraphennetz auf. 1911 wurde er durch einen Aufstand unter Francisco I. Madero mit nordamerikan. Hilfe gestürzt.

Díaz del Castillo ['diaθ dɛl ka'stiljo], Bernal, span. Konquistador u. Historiker, *um 1498 Medina del Campo, †um 1582 Guatemala; Teilnehmer u. Chronist der Eroberung des Cortés in Mexiko.

Díaz de Solís ['diaθ də so'lis] →Solís.

Diazed-Sicherung, Abk. für *Diametral abgestufte zweiteilige Edison-Gewinde-Patrone,* Sicherung, die aus Sicherungssockel, Paßschraube, Schmelzeinsatz u. Schraubkappe besteht u. zum Schutz von Leitungen u. Geräten vor Überlastung u. Kurzschluß (vorwiegend im Haushalt) dient.

Díaz Mirón, ['diaθ mi'rɔn], Salvador, mexikan. Lyriker, *14. 12. 1853 Veracruz, †12. 6. 1928 Veracruz; vielfach in polit. Haft; Gedichte zunächst unter romant. Einflüssen, im Spätwerk in einer kultistisch gefärbten Esoterik. – „Poesías completas" 1956.

Díaz Ordaz ['diaθ 'ɔrdaθ], Gustavo, mexikan. Politiker, *12. 3. 1911 Ciudad Cerdán; Jurist, 1958–1964 Innen-Min., 1964–1970 Staats-Präs.

Diazotypieverfahren, positives Lichtpausverfahren; beruht auf der Lichtempfindlichkeit von Diazoverbindungen, die sich mit Phenolen bei Anwesenheit von Alkalien zu Azofarbstoffen umwandeln. Zur Herstellung der direkten, positiven Kopie wird der Zerfall der Diazoverbindungen bei Belichtung ausgenützt, die dann keinen Farbstoff mehr bilden können. Beim Ozalid-D. entwickelt man mit Ammoniakdämpfen.

Diazoverbindungen, *Diazoniumverbindungen,* organ.-chem. Verbindungen, die im Gegensatz zu den Azoverbindungen die Azogruppe (–N = N–) an ein Aryl gebunden enthalten, z.B. *(Phenyldiazoniumchlorid)* $C_6H_5{-}N = N{-}Cl$. Sie entstehen bei der Einwirkung von salpetriger Säure bzw. ihrer Salze auf primäre aromat. Amine, z.B. auf Anilin („Diazotierung"). Die D. sind in festem Zustand unbeständig u. sehr explosiv, in wäßriger Lösung jedoch gefahrlos; sie sind von großer techn. Bedeutung für die Herstellung von Azofarbstoffen, die sich durch „Kupplung" von D. mit anderen Verbindungen ergeben.

Díaz Rodríguez ['diaθ rɔ'ðrigɛs], Manuel, venezolan. Schriftsteller, *1864 Caracas, †1928 New York; seine vom Modernismus bestimmten Erzählungen befassen sich erst mit der europ. Kultur, wenden sich aber später dem ländl. Leben Venezuelas zu. „Entre las colinas en flor" 1935.

Díaz Sánchez ['diaθ santʃɛθ], Ramón, venezolan. Schriftsteller, *14. 8. 1903 Puerto Cabello; polit. oft hervorgetreten; bekannt durch seinen Erdölroman „Mene" 1936.

dibbeln [engl.], Aussäen des Saatguts in Reihen, wobei man in bestimmten Abständen mehrere Samen einbringt; Saatgutersparnis.

Dibbuk [der; hebr., „Anhaftung"], *Dybuk,* spätjüdische Bez. für den Geist eines Toten, der sich an den Leib eines Lebenden anheftet; Befreiung des Besessenen durch Beschwörung.

Dibelius, 1. Martin, ev. Theologe, *14. 9. 1883 Dresden, †11. 11. 1947 Heidelberg; lehrte seit 1915 in Heidelberg, erforschte die Zusammenhänge des Urchristentums mit der Umwelt.

2. Otto, ev. Theologe, *15. 5. 1880 Berlin, †31. 1. 1967 Berlin; 1925–1933 Generalsuperintendent der Kurmark; führendes Mitglied der Bekennenden Kirche; 1945–1966 Bischof von Berlin, d.h. der Ev. Kirche in Berlin-Brandenburg; 1949–1961 Vorsitzender des Rates der EKD, 1954–1961 Präs. des Ökumen. Rates. Selbstbiographie: „Ein Christ ist immer im Dienst" 1961.

Dibranchiaten [grch.], Zweikiemer; →Kopffüßer.

Dicarbonsäuren, organ. Säuren, die zwei Carboxylgruppen (–COOH) im Molekül enthalten, z.B. Malonsäure $HOOC{-}CH_2{-}COOH$, Oxalsäure, Adipinsäure.

Dichasium [das; Mz. *-sien;* grch.], Sproßverzweigung, z.B. Blütenstand, bei der 2 Seitenachsen die Führung übernehmen.

Dichlorbenzol, in Ortho-, Meta- u. Para-Form (→auch Benzol) vorkommende organ.-chem. Verbindung. o-*D.* ist ein flüssiges Reinigungs- u. Lösungsmittel, Zwischenprodukt bei Farbstoffsynthesen u. wirksam gegen Termiten. m-*D.* ist eine farblose Flüssigkeit, u. p-*D.* ist eine weiße, flüchtige Masse, die als Mottenvertilgungsmittel verwendet wird.

Dichogamie [grch.], in der Botanik die Erscheinung, daß die Narben u. Staubblätter einer zwittrigen Blüte zu verschiedener Zeit bestäubungsreif werden, u. zwar können entweder zuerst die Staubblätter (Vormännlichkeit oder *Proterandrie*) oder zuerst die Narben (Vorweiblichkeit oder *Proterogynie*) reif werden; verhindert die Selbstbestäubung.

Dichotomie [die; grch.], **1.** *allg.:* Zweiteilung. **2.** *Botanik:* gabelförmige →Verzweigung.

Dichroismus [grch.], die Eigenschaft doppelbrechender Kristalle, das Licht des entstehenden ordentlichen u. außerordentlichen Strahls verschieden stark zu absorbieren; mit dem bloßen Auge ist nur eine Mischfarbe zu erkennen. Die Prüfung auf D. erfolgt mit dem *Dichroskop,* für manche Edelsteine wichtig.

Dichromie [grch.], *Dichromismus,* Zweifarbigkeit innerhalb derselben Art; z.B. beim Zitronenfalter ist das Männchen zitronengelb, das Weibchen weiß.

Dichroskop [das; grch.], opt. Instrument zur Untersuchung von Kristallen auf ihre Doppelbrechung; mit Hilfe des D.s ist z.B. die Farbe in jeder einzelnen Richtung im Kristall gesondert wahrzunehmen. →Dichroismus.

Dichte, Verhältnis der Masse eines Körpers zu seinem Rauminhalt (Volumen). Die D. ist zahlenmäßig (praktisch) gleich der Wichte (dem *spezifischen Gewicht*).

Dichter, Schöpfer sprachl. Kunstwerke, je nach der herrschenden Kunstanschauung verschieden aufgefaßt: in älterer Zeit vorwiegend als festl. Sänger, als D.-Prophet, später auch als handwerkl. u. gelehrter Meister der Sprache, als poet. Tugendlehrer u. Lebensgestalter, als Originalgenie, als Seelenergründer u.a. Die fragwürdige Unterscheidung zwischen D. u. Schriftsteller geht auf verschiedenartige Vorstellungen über den dichter. Schaffensprozeß zurück. →auch Literaturwissenschaft, Poetik. – 📖3.0.0.

Dichterakademie, den Akademien der Wissenschaften u. Künste nachgebildete u. diesen z.T. angeschlossene Vereinigung von schöngeistigen Schriftstellern zur Pflege der Sprache u. Literatur.

Dichterkrönung →Poeta Laureatus.

Dichtung, *Dichtkunst, Poesie,* diejenige der Künste, deren Ausdrucksmittel die Sprache ist; durch geformte Bild- u. Symbolkraft ausgezeichnetes Teilgebiet der Literatur, andererseits über den Begriff der Literatur insofern hinausgehend, als D. nicht unbedingt an schriftl. Fixierung gebunden ist; gegliedert in die D.sgattungen *Lyrik, Epik, Dramatik.* – 📖3.0.0. u. 3.0.2.

Dichtung, *Packung,* Vorrichtung verschiedener Bauart zum Abdichten der Trennfugen festverbundener Maschinenteile, Gefäße oder Rohre gegen das Ausströmen von Flüssigkeiten oder Gasen. Rohrleitungen werden an den Flanschen durch Dichtungsplatten (Berührungs-D. an ruhenden Flächen), die Kolben von Dampf- u. Verbrennungsmaschinen durch Kolbenringe (Berührungs-D. an gleitenden Flächen), bewegte Teile (z.B. Kolbenstangen) durch →Stopfbüchse abgedichtet. Je nach den Umständen werden als Material Papier, Pappe, Kork, Asbest, Leder, Gummi, Blei, Kupfer u.a. Metalle (auch mit Drahteinlagen) benutzt. Bes. Formen von D.en sind der →Simmerring u. die →Labyrinth-D. (berührungsfreie Dichtung) der Turbine. – 📖10.6.3.

Dichtungsschleier, *Dichtungsschirm,* wasserundurchlässige Zone, die im Felsuntergrund u. an den Talflanken einer Talsperre durch Injektionen geschaffen wird. Wird der Boden des Stausees durch Aufbringen einer undurchlässigen Bodenschicht gedichtet, spricht man von einem *Dichtungsteppich.*

Dichtungsteppich →Dichtungsschleier.

Dichtungszusätze, chem. Mittel, die Mörtel u.

Beton dichter u. dadurch gegen das Eindringen von Wasser u. die Einwirkung schädlicher Gase (z. B. Rauchgase) widerstandsfähiger machen.

„Dichtung und Wahrheit", Untertitel von *Goethes* Selbstbiographie „Aus meinem Leben" (1. bis 3. Bd. 1811–1814, 4. Bd. 1833). Goethe nannte sie so, weil sie „sich durch höhere Tendenzen aus der Region einer niederen Realität erhebt" (zu J. P. Eckermann 1831).

Dick, engl. Koseform für →Richard.

Dickblatt, *Crassula*, Gattung der *Dickblattgewächse*. Verbreitung: in Nord-Dtschld. das *Moosblümchen, Crassula muscosa*, u. das *Wasser-D., Crassula aquatica*, im S (Baden, Elsaß) das *Rötliche D., Crassula rubens*. Das D. ist mit der oft als Balkonpflanze gehaltenen →Fetthenne, *Sedum*, verwandt.

Dickblattgewächse, *Crassulaceae*, Familie der *Rosales*, Blattsukkulenten, zu der das *Brutblatt, Dickblatt, Echeveria, Fetthenne, Hauswurz* u. a. gehören.

Dickdarm, Teil des Wirbeltierdarms (→Darm), in dem der Speisebrei durch Wasserentzug eingedickt wird; besteht aus *Blinddarm (Coecum)* u. *Grimmdarm (Colon)*.

Dicke Berta [nach einem Familienmitglied des Hauses Krupp], volkstüml. Bez. für den im 1. Weltkrieg eingesetzten dt. 42-cm-Mörser, das damals schwerste Geschütz im Landkampf.

Dicke Bohne →Pferdebohne.

Dickel, Friedrich, Politiker (SED) und Generaloberst (1967), *9. 12. 1913 Wuppertal-Vohwinkel; verantwortliche Funktionen in der Deutschen Volkspolizei (DVP), seit 1963 Minister des Inneren der DDR und Chef der DVP; seit 1967 im ZK der SED u. Volkskammer-Abg.

Dicken [der], in der Schweiz u. in Süd-Dtschld. um 1492–1525 geprägte Silbermünze im Wert 1/3 Goldguldens; Nachahmung des italien. →Teston.

Dickenmesser, *Dicktenmesser, Kluppe, Kalibermaß*, Gerät zum genauen Bestimmen des Durchmessers von Bäumen, Rohren usw. Zum Messen der Dicke von Papier, Blech u. dünnen Drähten dient das *Mikrometer*.

Dickens ['dikinz], Charles, Pseudonym *Boz*, engl. Erzähler, *7. 2. 1812 Landport bei Portsea, †9. 6. 1870 Gadshill Place; humorvoller, gütiger Schilderer wirtschaftl. bedrückter u. seel. bedrängter Lebensschicksale, mit denen er an das soziale Gewissen appellierte; unübertroffen als Erfinder kauziger Figuren u. Gestalter einer vielfältigen, wirklichkeitsmächtigen, zugleich aber ins Märchenhafte stilisierten Welt. Seine Romane, obwohl locker komponiert, gewinnen Geschlossenheit aus der leidenschaftl. Intensität der Lebensschau. Sie vermitteln ein hervorragendes Sittengemälde, vor allem der kleinbürgerl. Schichten Londons. Hptw.: „The Pickwick Papers" 1836/37, dt. „Die Pickwickier" 1837/38; „Oliver Twist" 1837/38, dt. 1838; „Weihnachtserzählungen" 1843–1847, dt. 1848; „David Copperfield" 1849/50, dt. 1849–1851; „Bleakhouse" 1852, dt. 1853; „Harte Zeiten" 1854, dt. 1880; „Große Erwartungen" 1860/61, dt. 1862. – ☐3.1.3.

Dickenwachstum, *Appositionswachstum*, wobei Substanz an die pflanzlichen Zellwände angelagert wird (Gegensatz: →Flächenwachstum); dient hauptsächlich zur Bildung der Sekundärwand nach Abschluß des Flächen- und Streckungswachstums. →auch Holz.

dicke Rippe →Fleischqualität.

Dickfilmtechnik, Herstellungsverfahren für einfache elektron. Schaltkreise, bei dem mit Hilfe des Siebdrucks Leitungen u. Widerstände auf Keramikunterlagen aufgebracht werden.

Dickhäuter, veraltete Bez. für verschiedene Tiergruppen, z. B. Elefanten, Nashörner, Flußpferde u. Schweine.

Dickhornschaf, *Ovis ammon canadense*, nordamerikan. Unterart des *Wildschafs* (→Schaf), die, von Alaska bis Nordmexiko verbreitet, je nach Standort in Färbung u. Hornform sehr verschieden sein kann.

Dickhut, Adalbert, Turner, *16. 5. 1923 Dortmund; 1955 Europameister im Pferdsprung, seit 1960 Direktor der Deutschen Turnschule.

Dickinson [-sən], Emily Elizabeth, US-amerikan. Dichterin, *10. 12. 1830 Amherst, Mass., †15. 5. 1886 Amherst, Mass. Ihre Gedichte wurden erst nach ihrem Tod gedruckt („Poems" 1890 ff., Gesamtausgabe 1955; dt. Auswahl 1956 u. 1959). In einer eigenwilligen Sprache von starker Konzentration offenbaren sie einen radikalen Willen zum Erfassen grundsätzl. Existenzfragen u. stehen der Dichtungsart ihres Zeitalters fern; sie weisen auf Stil u. Geist der modernen Lyrik hin. Das religiöse Erbe ihrer Heimat Neuengland wurde von D. in ganz persönl. Weise umgeprägt. – ☐3.1.4.

Dickkopf →Döbel.

Dickkopffalter, *Hesperiidae*, Familie der Schmetterlinge, früher in die Verwandtschaft der *Tagfalter* gestellt, mit denen sie Aussehen u. Lebensweise gemeinsam haben; werden heute mit den *Federmotten* u. den *Zünslern* aufgrund der Genitalmorphologie zu einer Verwandtschaftsgruppe zusammengefaßt. Mittelgroße gedrungene Falter mit olivbraunen, weißgefleckten oder goldgelben Flügeln, die in der Ruhelage senkrecht nach oben geklappt werden. Die Raupen leben meist zwischen zusammengesponnenen Blättern u. überwintern. Ein D. ist der →Kommafalter.

Dickmilch, *Sauermilch*, erfrischende, gesunde Speise aus roher, durch Milchsäurebakterien geronnener Milch. →auch Kefir, Joghurt.

Dickson, Hafen im *Tajmyr-Nationalkreis der Dolganen u. Nenzen*, RSFSR, an der Jenisejmündung in die Westsibir. See, rd. 2000 Ew.; Basis für den Nördl. Seeweg; Hauptfunkstation für Wettermeldungen der sowjet. Arktis.

Dicksonia [nach dem engl. Botaniker J. *Dickson*], *Taschenfarn*, Gattung der *Farngewächse* (→Baumfarne), vorwiegend in Australien u. Polynesien.

Dickspülung, bes. beim *Rotary-* u. *Turbinenbohren* verwendete Spülung, bei der man dem Wasser feinen, quellenden Ton, evtl. auch Schwerspat, Magnetit oder Hämatit zusetzt, um ein möglichst hohes spezif. Gewicht zu erzielen u. damit Gas- u. Erdöldrücken u. dem Druck der Bohrlochwände entgegenzuwirken.

Dicktenmesser →Dickenmesser.

Dickung, ein dichter, junger Waldbestand bis zum Beginn des Absterbens der unteren Äste.

Dicrocoelium lanceolatum →Leberegel (2).

Dictionnaire [diksjɔ'nɛ:r; der; frz.], Wörterbuch. *D. encyclopédique*, Wörterbuch mit Lexikon (→auch Enzyklopädie).

Dictyotales [grch.] →Braunalgen.

Dicyemida [grch.], Ordnung der →Mesozoen.

Didache [grch.] →Apostellehre.

Didaktik [die; grch.], ursprüngl. die „Kunst des Lehrens". Der Begriff *allgemeine D.* wird unterschiedlich verwendet: 1. als Unterrichtslehre, Wissenschaft vom Unterricht; 2. als Bildungslehre, Theorie der Bildungsinhalte u. des Lehrplans. *Spezielle D.* (Fach-D.) ist die Bildungstheorie der einzelnen Fächer.

Didaskalia apostolorum [grch., „Lehre der Apostel"], christl. Gemeindeordnung, in Syrien um 280 entstanden.

Didelphier [grch.], die Zweischeidigen →Beuteltiere.

Diderot [-'ro:], Denis, führender französ. Aufklärer, *5. 10. 1713 Langres, †31. 7. 1784 Paris; umfassender Denker von höchster Vielseitigkeit, formte die Auffassungen seiner Zeit über das Wesen der Kunst, entwarf den Plan zur „Encyclopédie", schrieb bürgerl. Lustspiele („Der Neffe Rameaus", dt. von *Goethe* 1805, Rückübers. ins Französ. 1821) u. parodist. Romane („Die indiskreten Kleinode" 1748, dt. 1766). – ☐3.2.1.

Dido, sagenhafte Prinzessin von Tyros, floh nach der Ermordung ihres Gatten u. gründete Karthago; tötete sich aus Schmerz über den Weggang des *Äneas*.

Didot [-'do:], französ. Buchhändler- u. Druckerfamilie: François (*1689, †1757) gründete 1713 eine Buchhandlung u. Druckerei in Paris, die durch die Schöpfungen seiner Söhne François Ambroise (*1730, †1804; Vervollkommnung des typograph. Punktsystems, Schaffung der *D.-Antiqua* u. Erfindung des pergamentartigen Velinpapiers) u. Pierre François (*1732, †1793; einzügige Presse, gegossene Stege) u. bes. seines Enkels Firmin (*1764, †1836; neues Verfahren des Stereotypendruckes) sowie durch kostbare Ausgaben bedeutender Werke führenden Rang erlangte. Heute: *Firmin-Didot & Cie.*

Didymaion, altgriech. Orakelstätte des Apollo südl. von Milet; der in hellenist.-röm. Zeit errichtete Riesentempel (110 × 51 m) wurde von dt. Archäologen weitgehend rekonstruiert.

Didymos Chalkenteros, griech. Grammatiker in Alexandria, *um 65 v. Chr., †10 n. Chr.; nach Aristoteles wohl der fruchtbarste antike Schriftsteller; seine Dichterkommentare, lexikal. u. textkrit. Werke faßten die Ergebnisse der gesamten alexandrin. Gelehrtenschule zusammen u. ergänzten sie, wurden Hauptquelle der Kenntnis über sie, sind aber heute zumeist verloren.

Didymos der Blinde, *Didymos von Alexandria*, Theologe, *um 313, †um 398; Lehrer an der alexandrinischen theolog. Akademie, Anhänger des Athanasius u. der jungnicänischen Theologie, wegen Sympathie mit Lehren des Origenes auf dem 5. Ökumen. Konzil zu Konstantinopel (553) verurteilt.

Diebitsch-Sabalkanskij, Iwan Iwanowitsch Graf von, russ. Feldmarschall, *13. 5. 1785 Großleipe, Schlesien, †10. 6. 1831 Kleczewo; trat 1801 aus preuß. in russ. Dienste, schloß 1812 mit Yorck die *Konvention von Tauroggen*. 1820 Chef des russ. Generalstabs.

Diebold, Bernhard, schweizer. Schriftsteller, *6. 1. 1886 Zürich, †9. 8. 1945 Zürich; von 1917–1933 Theaterkritiker der „Frankfurter Zeitung", Fürsprecher des expressionist. Dramas: „Anarchie im Drama" 1920; „Der Denkspieler Georg Kaiser" 1923.

Diebsameise, *Solenopsis fugax*, kleinste einheim. *Ameise* Mitteleuropas, 1,3–3 mm, stiehlt die Brut größerer Ameisen u. verzehrt sie.

Diebsfalle, 1. ein verschnürtes, kleines Paket vortäuschendes Kästchen mit bewegl. Wand, in dem Diebe kleine Gegenstände verschwinden lassen.
2. eine versteckt angebrachte Warnvorrichtung als Sicherung gegen Diebstähle.

Diebskäfer, *Ptinidae*, bis 5 mm große Käfer, die die verschiedensten Stoffe befallen; ursprüngl. Holzbewohner, jetzt Wohnungs- u. Vorratsschädlinge, z. B. der →Messingkäfer.

Diebskrabbe = Palmendieb.

Diebstahl, vorsätzl. Wegnahme einer in fremdem Eigentum stehenden Sache in der Absicht, sie sich rechtswidrig zuzueignen, strafbar nach § 242 StGB mit Freiheitsstrafe bis zu 5 Jahren oder Geldstrafe. Als Diebstahl in einem schweren Fall sind verschiedene in § 243 StGB aufgeführte Regelbeispiele zu bestrafen, z. B. Einbruchs-D., Nachschlüssel-D., D. unter Ausnutzung von Unglücksfällen oder gewerbsmäßiger D. Diese Erschwerungsgründe sind nicht abschließend, so daß auch in anderen schweren D.sfällen die Strafe dem § 243 StGB entnommen werden kann (Freiheitsstrafe von 3 Monaten bis 10 Jahren). Besonders schwerer D. ist in § 244 StGB (abschließend) geregelt u. umfaßt den D. mit Waffen u. den Bandendiebstahl. Bei D. gegenüber einem Angehörigen, Vormund oder einer mit dem Täter in häusl. Gemeinschaft lebenden Person ist Strafantrag erforderl. (§ 247 StGB). – Ähnl. geregelt in Österreich (§§ 127 ff. StGB) u. in der Schweiz, wo aber D. jeweils neben Zueignungs- auch Bereicherungsabsicht voraussetzt u. in der Schweiz in schweren Fällen mit Zuchthaus bestraft wird (Art. 137 StGB). →auch Elektrizitätsdiebstahl, Notentwendung, Rückfall. – ☐4.1.4.

Dieburg, hess. Stadt (Ldkrs. Darmstadt-D.), an der Gersprenz, nördl. des Odenwaldes, 12 500 Ew.; Schloß, ehem. Burg, Wallfahrtskirche; Kunststoff-, Tonwaren-, Textil-, Lederwarenindustrie.

Dieckmann, Johannes, Politiker (LDPD), *19. 1. 1893 Fischerhude bei Bremen, †22. 2. 1969 Berlin; schloß sich 1918 der Dt. Volkspartei an. 1945 Mitgründer der Liberal-Demokratischen Partei Deutschlands; 1948–1950 Justiz-Min. u. stellvertretender Min.-Präs. Sachsens, 1949–1969 Präs. der Volkskammer der DDR.

Diedenhofen, frz. *Thionville*, lothring. Kreisstadt im französ. Dép. Moselle, ehem. Festung an der Mosel, 38 500 Ew.; Eisen- u. Stahl-, Maschinen-, Holz- u. Lederindustrie, Hutmacherei, Binnenhafen u. Bahnknoten.

Diederichs, 1. Eugen, Verlagsbuchhändler, *22. 6. 1867 Löbitz bei Naumburg, †10. 9. 1930 Jena; gründete 1896 in Florenz einen dt. Verlag (1897–1904 in Leipzig, dann bis 1948 in Jena, seitdem in Düsseldorf u. Köln), der bekannt wurde durch die Pflege altnord. (Sammlung Thule) u. mittelalterl. Dichtungen, von Märchen, Sagen u. moderner Literatur. D. war in 1. Ehe mit Helene *Voigt-Diederichs*, in 2. Ehe mit Lulu von *Strauß und Torney* verheiratet.
2. Georg, Politiker (SPD), *2. 9. 1900 Northeim bei Hannover; 1957–1961 Sozial-Min., 1961 bis 1970 Min.-Präs. von Niedersachsen.
3. Nicolaas, südafrikan. Politiker, *17. 11. 1903 Ladybrand (Oranjefreistaat), †21. 8. 1978 Ladybrand; 1958–1975 Finanz-Min., 1975–1978 Staats-Präs.

Diederichs Verlag, *Eugen D. V.*, Düsseldorf, →Diederichs (1).

Diefenbaker [-'bɛikər], John, kanad. Politiker (Konservative Partei), *18. 9. 1895 Normanby Township, Ontario, †16. 8. 1979 Ottawa; Anwalt; 1957–1963 Min.-Präs., wurde wegen der kanadischen atomaren Bewaffnung durch parlamentar. Mißtrauensvotum gestürzt u. erlitt bei Neuwahlen eine entscheidende Niederlage.

Diego [span.; verkürzt aus *Santiago*, „St. Jakob"], männl. Vorname; portugies. *Diogo*.

Diego Cendoya [-θɛn-], Gerardo, span. Dichter u. Musiker, *3. 10. 1896 Santander; lebte längere Zeit in Südamerika; Lyriker, ein Wegbereiter der modernen span. Dichtung; 1947 Mitglied der Span. Akademie. Wegweisend seine Sonette „Alondra de verdad" 1941.

Diégo-Suarez [-rɛs], *Antsirane*, Prov.-Hptst. nahe der Nordspitze von Madagaskar, 50 000 Ew.; Handelszentrum (bes. Kaffee u. Erdnüsse), zweitgrößter Hafen des Landes, Flugplatz.

Diehards ['daiha:rdz; engl., „schwer Sterbende"], ursprüngl. Ehrenname für Truppen, die hartnäckig Widerstand leisteten; seit 1910 Bez. für die Mitglieder des äußersten rechten Flügels der engl. Konservativen.

Diehl, 1. Charles, Byzantinist, *4. 7. 1859 Straßburg, †4. 11. 1944 Paris; 1899 Prof. in Paris, gehört zu den Begründern der modernen Byzantinistik. Hptw.: „L'Afrique byzantine" 1896; „Figures byzantines" 1906–1908; „Byzance, grandeur et décadence" 1919; „Histoire de l'Empire byzantin" 1921.

2. Günter, Journalist u. Diplomat, *8. 12. 1916 Köln; 1967–1969 Bundespressechef, 1970–1977 Botschafter in Indien, seit 1977 in Japan.

3. Karl, Nationalökonom, *27. 3. 1864 Frankfurt a. M., †12. 5. 1943 Freiburg i. Br.; begründete die sog. sozialrechtl. Richtung der Nationalökonomie, nach der die Wirtschaft als eine vom Recht abhängige Erscheinung aufgefaßt wird. Hptw.: „P. J. Proudhon" 1888–1896; „Theoretische Nationalökonomie" 4 Bde. 1916–1933.

Diekirch [dt. u. frz., luxemburg. *Diekrech*], Distrikts- u. Kantonalstadt in Luxemburg, an der Sauer u. am Rande des Ösling, 5000 Ew.; Gerichtssitz; Sommerfrische; Großbrauerei, Gießerei, Malzkaffeeherstellung, Maschinenbau, Sägewerk; Hotelschule, Museum mit röm. Mosaiken, Dekanatskirche, alte St.-Laurentius-Kirche; seit 1260 Stadt, 1843 bestätigt.

Diele, 1. *allg.:* Raum oder Fläche in Gaststätten zum Tanzen *(Tanz-D.)*.

2. *Bauwesen:* 2–5 cm dickes Holzbrett, meist für Fußbodenbelag *(Fußboden-D.)*, übertragen auch für langgestreckte Platten aus Beton, Gips u.a. *(Beton-D., Gips-D.)*.

3. *Hausbau:* ursprüngl. der Hauptraum des niederdt. Hallen-Bauernhauses als Wirtschaftsraum (z.B. zum Dreschen des Getreides) mit Zugängen zu den Kammern, Ställen usw.; vom Bürgerhaus der Renaissance als Wohn- u. Arbeitsraum übernommen. Heute ein Wohnungsflur mit Zugang zu den übrigen Räumen.

Dielektrikum [di:e-; das, Mz. *Dielektrika*; grch.], elektrisch nicht leitendes Material, in dem ein elektr. Feld aufrechterhalten werden kann (Gegensatz: Leiter, in dem sich elektr. Spannungen sofort ausgleichen). →Polarisation.

Dielektrizitätskonstante, Zahl, die ein Dielektrikum kennzeichnet u. angibt, um wieviel höher ein Kondensator aufgeladen werden kann, wenn zwischen den Kondensatorplatten anstelle der Luft dieses Dielektrikum verwendet wird.

Diels, 1. Hermann, Altphilologe, *18. 5. 1848 Biebrich, †4. 6. 1922 Berlin; Textausgaben u. Studien, bes. zur griech. Philosophie („Herakleitos von Ephesos" 1901; „Die Fragmente der Vorsokratiker" 3 Bde. 1903) u. zur antiken Technik.

2. Ludwig, Sohn von 1), Botaniker, *24. 9. 1874 Hamburg, †30. 11. 1945 Berlin; Prof. u. Generaldirektor des Botan. Gartens u. Museums in Berlin-Dahlem; arbeitete vor allem über Pflanzensystematik u. -geographie.

3. Otto, Sohn von 1), Chemiker, *23. 1. 1876 Hamburg, †7. 3. 1954 Kiel; verfaßte ein bekanntes Lehrbuch der organ. Chemie, erfand zusammen mit K. *Alder* die *Diensynthese*; mit diesem 1950 Nobelpreis.

Diem, 1. Carl, Sportführer u. -schriftsteller, *24. 6. 1882 Würzburg, †17. 12. 1962 Köln; 1913–1933 Generalsekretär des Dt. Reichsausschusses für Leibesübungen, Organisator der Olymp. Spiele 1936 in Berlin, Gründer u. Leiter der Dt. Hochschule für Leibesübungen, seit 1947 Rektor der von ihm gegr. Sporthochschule in Köln-Müngersdorf; schuf 1912 das Dt. Sportabzeichen, die Dt. Kampfspiele, die Großstaffelläufe u.a.; regte 1935 die Einführung des Staffellaufes an, durch den seit 1936 die olympische Flamme von Olympia zum jeweiligen Austragungsort gebracht wird; Initiator der →Olympischen Akademie; förderte Spielplatzbau u. Schulturnen; zahlreiche Schriften über Körpererziehung, Olympische Spiele u.a. Anläßl. seines 70. Geburtstages stiftete der Dt. Sportbund die C. D.-Plakette für bes. hervorragende sportwissenschaftl. Arbeiten. – 🄻 1.1.0.

2. [djɛm], südvietnamesischer Politiker, →Ngo Dinh Diem.

Dieme, *Feim(e), Miete, Schober, Triste, Staken,* im Freien aufgeschichteter, oben abgedeckter Heu-, Stroh- oder Getreidestapel.

Diemel, linker Nebenfluß der Weser, 80 km, entspringt im Waldecker Upland, mündet bei Karlshafen; Talsperre u. Kraftwerk bei Helminghausen, erbaut 1920–1924, 20 Mill. m³ Stauraum, Stausee 1,65 qkm, Höhe der Staumauer 42 m.

Diên Biên Phu [djɛn bjɛn 'fu], *Dien-bien-phu,* Stadt in Nordvietnam nahe der Grenze zu Laos; 7. 5. 1954 Schauplatz einer entscheidenden Niederlage der französ. Armee gegen die Viet-Minh. Die Kapitulation der französ. Truppen bei D.B.P. leitete den Rückzug Frankreichs aus Indochina ein. – 🄱 →Kolonialismus.

Diene [grch. + lat.], *Diolefine,* ungesättigte aliphat. Kohlenwasserstoffe mit zwei Doppelbindungen im Molekül; allgemeine Formel C_nH_{2n-2}; Beispiel: $CH_2 = CH–CH = CH_2$ 1,3 Butadien. D. polymerisieren leicht. →auch Buna.

Dienes, Zoltan Paul, ungar. Mathematiker, *1916 Budapest; lehrt an der Universität in Adelaide (Australien); große Verdienste um die moderne Schulmathematik; schrieb u.a.: „Moderne Mathematik in der Grundschule" 1965; „Aufbau der Mathematik" 1965; „Mathematik-Unterricht" 3. Bde. 1966/67; „Methodik der modernen Mathematik" 1970.

Dienst, in der got. Architektur entwickelte Halbsäule, die Pfeilern, Rundpfeilern oder Wänden vorgelegt ist u. ein Glied des Gewölbes trägt. Man unterscheidet zwischen alten u. jungen D.en: Erstere haben einen größeren Durchmesser und tragen die Gurte u. Unterzüge der Scheidbögen; die zweiten sind Träger der Rippen. Oft beginnen die D.e nicht am Boden, sondern auf der Kämpferplatte eines Pfeilers oder einer Säule.

Dienstadel →Ministerialen.

Dienstag, der zweite Wochentag; benannt nach dem german. Kriegsgott Ziu.

Dienstalter, wird bei einem Beamten, Richter oder Soldaten bemessen 1. in bezug auf seine *Stellung* zu Gleichrangigen nach der Dauer der Bekleidung des Dienstrangs; 2. in bezug auf die *Besoldung* (wichtig nur bei aufsteigenden Grundgehältern) nach der Zeit, die der Beamte seit dem Ersten des Monats, in dem er das 21. Lebensjahr vollendet hat, im Dienst stand (*Besoldungs-D.* im Regelfall); 3. in bezug auf die Berechnung des *Ruhegehalts* nach der Dienstzeit, die der Beamte vom Tag seiner ersten Berufung in das Beamtenverhältnis an zurückgelegt hat *(ruhegehaltsfähige Dienstzeit)*. Zahlreiche Einzelheiten zu 2) u. 3) regeln die Beamtengesetze u. die Besoldungsgesetze.

Dienstaufsicht, umfaßt Personal- u. Fachaufsicht innerhalb der öffentl. Verwaltung. *Fachaufsicht* umschließt im Gegensatz zur bloßen *Rechtsaufsicht* die volle Weisungsbefugnis gegenüber dem Beaufsichtigten. Im Verhältnis zu den Gemeinden hat der Staat Fachaufsicht in →Auftragsangelegenheiten; →auch Aufsicht.

Dienstaufsichtsbeschwerde →Aufsichtsbeschwerde.

Dienstbarkeiten, *Servituten,* im bürgerl. Recht Gruppe von dingl. Rechten an einem fremden Grundstück, u. zwar *Grund-D. (Prädialservituten),* die das Benutzungsrecht des Eigentümers zugunsten des jeweiligen Eigentümers eines anderen Grundstücks einschränken, u. *beschränkte persönliche D. (Personalservituten),* die dieses Recht zugunsten einer bestimmten Person einschränken, sowie der →Nießbrauch (§§ 1018–1093 BGB). – Das *österr.* Recht kennt *Grund-, persönl., unregelmäßige* u. *Schein-D.* (§§ 472 ff. ABGB). – Im *schweizer.* Recht sind die *Grund-D.* in Art. 730 ff. ZGB geregelt; besondere Fälle der *persönl. Dienstbarkeit* sind: →Nutznießung (Art. 745 ff. ZGB), Wohnrecht (Art. 776 ff.), Baurecht (Art. 779–779h) u. Quellenrecht (Art. 780).

Dienstbezüge, das Gehalt von Beamten (→Besoldung); umfassen das →Grundgehalt, *Zuschläge* (wie →Ortszuschlag, →Kinderzuschlag), *Zulagen* (z.B. Stellenzulage, Ministerialzulage, Lehrzulage, Auslandszulage) u. sonstige Zuwendungen (wie Verpflegungszuschüsse, Weihnachtszuwendungen).

Diensteid, *Treueid,* feierliches Gelöbnis von Staatsoberhäuptern, Ministern, Beamten, Richtern u. Soldaten über die ordnungsgemäße Erfüllung ihrer Dienstpflichten. – In *Österreich* *Treuegelöbnis,* in der *Schweiz* *Amtseid* oder *Handgelübde.*

Dienstenthebung, *vorläufige D., Suspension* [lat.], vorläufiges Verbot der Amtsausübung für einen Beamten, gegen den ein förmliches →Dienststrafverfahren eingeleitet ist oder wird, erlassen durch die Einleitungsbehörde.

Dienstentlassung, (ehrenhaftes) Ausscheiden eines Beamten aus dem Dienst durch Entlassung ohne Anspruch auf Weiterzahlung von Dienstbezügen oder auf Versorgung. Die Gründe für eine D. sind in den Beamtengesetzen abschließend geregelt. Beamte auf Lebenszeit u. auf Zeit können z.B. auf eigenes Verlangen oder wegen Eidesverweigerung entlassen werden, Beamte auf Probe u.a. wegen mangelnder Bewährung, Beamte auf Widerruf jederzeit. Die D. ist zu unterscheiden von der →Entfernung aus dem Dienst u. dem Eintritt in den →Ruhestand.

Diensterfindung, eine →Arbeitnehmererfindung, die der Arbeitnehmer unverzügl. dem Arbeitgeber mit genauer Beschreibung schriftl. melden muß unter Angabe, wieweit er Erfahrungen des Betriebes verwendet hat.

Dienstgericht des Bundes, besonderer Senat des *Bundesgerichtshofs,* der für →Dienststrafverfahren, Versetzungsverfahren u. Prüfungsverfahren der Richter zuständig ist; errichtet durch das *Deutsche Richtergesetz* vom 8. 9. 1961.

Dienstgipfelhöhe, *Gipfelhöhe,* die Höhe, in der die Steiggeschwindigkeit eines Flugzeugs noch mindestens 0,5 m/sek beträgt. Die D. moderner Verkehrsflugzeuge liegt über 12 000 m.

Dienstgrad, Rangstufe im militär. Personalaufbau; entspricht dem *Amt* im Beamtenrecht. Die Bez. des D.s *(D.bezeichnung)* kann je nach Teilstreitkraft oder Laufbahn unterschiedl. sein: z.B. sind Hauptmann, Kapitänleutnant, Stabsarzt, Stabsingenieur, Stabsapotheker u. Stabsveterinär verschiedene Bez. für den gleichen D.

Dienstgradabzeichen, äußerl. Kenntlichmachung des Dienstgrads eines Soldaten, meist durch *Schulterklappen* u. Markierungen auf dem Ärmel, um seine Stellung in der militär. Hierarchie zu zeigen.

Dienstgradgruppe, *Ranggruppe,* Zusammenfassung mehrerer Dienstgrade; in der Bundeswehr die D.n der Generale, Stabsoffiziere, Hauptleute, Leutnante, Unteroffiziere mit Portepee, Unteroffiziere ohne Portepee, Mannschaften.

Dienstleistungen, *Außenhandel:* Sammelbegriff für wirtschaftl. Leistungen eines Landes im Rahmen des Außenhandels, die nicht durch den Warenverkehr bedingt sind (Deviseneinnahmen bzw. -ausgaben, herrührend von Gebühren, Industriemontagen, Messen, Tourismus u.ä.) oder aus der Warenbewegung selbst entstehen (Frachten, Versicherungen, Provisionen, Lagerungen u.ä.). Die Ein- bzw. Ausfuhr von D. ist in der BRD grundsätzl. genehmigungsfrei, Ausnahmen (wie Patente, Lizenzen, Warenzeichen u. dgl.), bedürfen der Genehmigung des Wirtschaftsministers. Die D. eines Landes werden periodisch (meist jährl.) in der *Dienstleistungsbilanz* zusammengefaßt.

Dienstleistungsbilanz, wertmäßige Gegenüberstellung der an das Ausland gelieferten u. vom Ausland bezogenen →Dienstleistungen während einer Periode (meistens ein Jahr); Teil der →Zahlungsbilanz.

Dienstmann, 1. im MA. Ritter im Fürstendienst (u.a. als Ministeriale).

2. der persönlich die Beförderung von Sachen, bes. von Reisegepäck, betreibende Frachtführer.

Dienstmarken, Briefmarken, die in einzelnen Ländern von staatl. Stellen zur Frankatur verwandt werden; in der BRD, Österreich u. der Schweiz werden seit 1945 keine D. mehr ausgegeben.

Dienstnehmerhaftung, in Österreich die Schadenersatzpflicht von Arbeitern u. Angestellten. Das 1965 erlassene *Dienstnehmerhaftpflichtgesetz* (DHG) unterscheidet 3 Stufen: a) für vorsätzlich oder durch auffallende Sorglosigkeit verursachten Schaden haftet der Dienstnehmer; b) für

Dienstsiegel einer Staatsanwaltschaft

entschuldbare Fehlleistung haftet der Dienstnehmer nicht; c) in Fällen des sog. minderen Versehens kann das Gericht den Ersatz ermäßigen oder u. U. ganz erlassen.

Dienstpflicht →Wehrpflicht; →auch Dienstverpflichtung.

Dienstpragmatik, gesetzl. Regelung der öffentl.-rechtl. Dienstverhältnisse der öffentl. Bediensteten (Bund, Länder, Gemeinden) in Österreich. Die Einstellung der "pragmatisierten" Organe erfolgt im Gegensatz zu den Vertragsbediensteten durch einen einseitigen behördl. Anstellungsakt; Dienstrecht, Besoldungssystem u. Disziplinarrecht für alle Bundesbeamten sind nach Art. 21 der Bundesverfassung einheitl. geregelt. Für das Dienstrecht der Beamten von Ländern u. Gemeinden ist die Landesgesetzgebung zuständig.

Dienstreglement [-'mã] →Dienstvorschriften.

Dienstsiegel, Hoheitszeichen des Staates oder anderer öffentl.-rechtl. Körperschaften für den urkundl. Verkehr; wird als Prägesiegel oder Farbdruckstempel verwandt.

Dienststrafrecht, *Disziplinarstrafrecht* u. *Disziplinarrecht*, Regelung der Strafbarkeit von Dienstvergehen von Beamten. Für die Bundesbeamten enthalten in der *Bundesdisziplinarordnung* vom 28. 11. 1952 in der Fassung vom 20. 7. 1967 (Abk. *BDO*). Danach sind *Disziplinarmaßnahmen*: Verweis (Tadel eines bestimmten Verhaltens des Beamten), Geldbuße, Gehaltskürzung, Versetzung in ein Amt derselben Laufbahn mit geringerem Endgrundgehalt, Entfernung aus dem Dienst, Kürzung des Ruhegehalts, Aberkennung des Ruhegehalts. Die Disziplinarbefugnisse werden von den zuständigen Behörden, Dienstvorgesetzten u. Disziplinargerichten ausgeübt. *Disziplinargerichte* sind das →Bundesdisziplinargericht in Frankfurt a. M. u. das Bundesverwaltungsgericht. Für die übrigen Beamten ist das D. landesrechtl. geregelt. – In Österreich ist das D. vor allem in der →Dienstpragmatik von 1914 enthalten; Disziplinarverfahren gegen Bundesbeamte werden in Disziplinarkommissionen u. in der Disziplinaroberkommission behandelt. – Schweiz: Art. 17 u. 18 des Verantwortlichkeitsgesetzes von 1958 u. Bundesgesetz über das Dienstverhältnis der Bundesbeamten von 1927 sowie weitere bundesrechtl. u. kantonale Vorschriften. – ⌑4.2.5.

Dienststrafverfahren, *Disziplinarverfahren*, Regelung des Strafverfahrens gegen Beamte u. Richter wegen →Dienstvergehen. Das D. gegen Bundesbeamte ist in der *Bundesdisziplinarordnung* vom 28. 11. 1952 in der Fassung vom 20. 7. 1967 geregelt. Für das D. gegen Richter sind ergänzende Bestimmungen im *Richtergesetz* vom 8. 9. 1961 in der Fassung vom 19. 4. 1972 enthalten. Das D. muß ausgesetzt werden, wenn wegen desselben Vergehens Klage im ordentl. Strafverfahren erhoben wird. Endet das ordentl. Strafverfahren mit Freispruch, so kann die Verfehlung dennoch als Dienstvergehen im D. verfolgt werden. →auch Dienststrafrecht, Wehrdisziplinarrecht.

Diensttauglichkeit (Wehrpflicht) →Tauglichkeitsgrade.

Dienstunfähigkeit, auf einem körperl. Gebrechen oder auf Schwäche der körperl. oder geistigen Kräfte beruhende Unfähigkeit eines Soldaten oder Beamten zur Erfüllung der ihm speziell obliegenden Pflichten. Die D. des Soldaten wird von der Entlassungsdienststelle aufgrund eines truppenärztl. Gutachtens festgestellt u. führt in der Regel zur Entlassung. Die D. führt bei Beamten auf Lebenszeit zur Versetzung in den →Ruhestand. Anspruch auf →Ruhegehalt hat der vorzeitig dienstunfähige Beamte nach dem Bundesbeamtengesetz vom 14. 7. 1953 in der Fassung vom 3. 1. 1977 nur, wenn er sich die D. in Ausübung des Dienstes u. ohne grobes Verschulden zugezogen hat.

Dienstvergehen, im →Dienststrafrecht der Beamten schuldhafte Verletzung von Dienstpflichten; bei einem Ruhestandsbeamten die Verletzung des Amtsgeheimnisses u. die passive Bestechung u. bestimmte gegen den Staat gerichtete Handlungen.

Dienstverpflichtung, von Staats wegen ausgesprochene Verpflichtung, zur Förderung sozialer, wirtschaftl. u. militär. Aufgaben eine bestimmte öffentl. Funktion zu übernehmen oder in ein bestimmtes Arbeitsvertragsverhältnis einzutreten. 1938 in Dtschld. eingeführt, in anderen Staaten erst im Krieg. Nach 1945 sah sie der Kontrollratsbefehl Nr. 3 für Zwecke der Besatzungsmacht, für den Wiederaufbau, die Versorgung der Bevölkerung u. die Aufrechterhaltung der Gesundheit vor. Die D. bedeutet eine wesentliche Beschränkung der persönl. Freiheit. Nach Art. 12 Abs. 2 GG kann jemand zu einer bestimmten Arbeit nur im Rahmen einer herkömmlichen allg. öffentl. D. herangezogen werden; dazu gehören z. B. die Hand- u. Spanndienste. 1968 hat Art. 12a GG für den Verteidigungs- u. den Spannungsfall begrenzte D.en neu eingeführt. – ⌑4.1.0.

Dienstvertrag, privatrechtl., schuldrechtl. gegenseitiger Vertrag, durch den der Dienstverpflichtete zur Leistung der vereinbarten Dienste u. der Dienstberechtigte zur Gewährung der vereinbarten Vergütung verpflichtet ist. Vertragsinhalt ist die Tätigkeit als solche, auch wenn sie auf einen bestimmten Erfolg gerichtet ist. Dadurch unterscheidet sich der D. vom *Werkvertrag*, bei dem eine Verpflichtung zur Herbeiführung eines bestimmten Erfolgs (Arbeitsergebnisses) besteht. Gesetzl. Regelung in §§611ff. BGB. Der Abschluß des D.s ist grundsätzl. formfrei, auch stillschweigend möglich; Beendigung durch Zeitablauf oder Kündigung. Für bestimmte Dienstverhältnisse gelten Sondervorschriften, z. B. für Handelsvertreter, Frachtführer. Aus dem D.recht des BGB hat sich ein bes. Rechtsgebiet entwickelt, das *Arbeitsvertragsrecht*, das das Vertragsrecht der Arbeitnehmer umfaßt. Der Arbeitsvertrag unterscheidet sich von dem *freien D.* dadurch, daß Arbeit im Dienst eines anderen u. weisungsbestimmt geleistet wird (→Arbeitsrecht). – In der Schweiz ist der D. geregelt durch Art. 319ff. OR u. das Arbeitsgesetz von 1964; in Österreich in §§ 1151ff., 1164, 1486 ABGB u. in vielen Spezialgesetzen (bes. des Arbeitsrechts). – ⌑4.3.1.

Dienstvorschriften, bis Ende des 1. Weltkriegs *Dienstreglement*; verbindl. Weisungen für die Handhabung des militär. Dienstes. Für die Bundeswehr erlassen vom Bundesministerium der Verteidigung; je nach dem Geltungsbereich mit der abgekürzten Bezeichnung HDv (Heeres-D.), LDv (Luftwaffen-D.), MDv (Marine-D.) oder ZDv (zentrale D., für die gesamte Bundeswehr verbindl.) u. einer laufenden Nummer versehen.

Dienstweg, der *Instanzenweg*, der bei Eingaben oder Berichten innerhalb der Verwaltung einzuhalten ist.

Diensynthese [grch.], von O. *Diels* u. K. *Alder* entwickelte organ. Synthese, bei der eine Verbindung mit konjugierten →Doppelbindungen (z. B. 1,3-Butadien) mit einer anderen Verbindung reagiert, die mindestens eine Mehrfachbindung besitzen muß (z. B. Acrolein). Es tritt eine Art Polymerisation der nicht ringförmigen Verbindungen zu ringförmigen ein, wobei der wichtigste Bestandteil der Reaktion eine 1,4-Addition ist. Die D. dient meistens zur Herstellung von sechsgliedrigen Ringsystemen.

Dienstgradabzeichen der Bundeswehr

Dientzenhofer, oberbayer. Baumeisterfamilie; **1.** Christoph, Bruder von 2), 3), 4), *7. 7. 1655 St. Margarethen bei Flintsbach, Obb., †20. 6. 1722 Prag; dort urkundl. seit 1685 erwähnt; beteiligt an zahlreichen Prager Kirchenbauten, bes. an der Lorettokirche (Hradschin) u. der Nikolaikirche auf der Kleinseite.
2. Georg, Bruder von 1), 3), 4), *um 1643 bei Aibling, Bayern, †2. 2. 1689 Waldsassen; Hptw.: Dreifaltigkeitskapelle des Klosters Waldsassen (dreiseitiger Grundriß, 1685–1689); Martinskirche Bamberg.
3. Johann, Bruder von 1), 2), 4), *25. 5. 1663 St. Margarethen, †20. 7. 1726 Bamberg; wie sein Bruder beeinflußt von italien. Barockarchitekten (F. Borromini, G. Guarini); Hptw.: Dom zu Fulda, Schloß Pommersfelden, Klosterkirche Banz.
4. Johann Leonhard, Bruder von 1), 2), 3), *20. 2. 1660 St. Margarethen, †26. 11. 1707 Bamberg; dort seit 1687 tätig, lieferte Entwürfe für den Bau des Zisterzienserklosters Ebrach, erbaute die bischöfl. Residenz Bamberg 1695–1703 sowie Abtei u. Konventsgebäude des Klosters Banz 1698–1705.
5. Kilian Ignaz, Sohn von 1), *1. 9. 1689 Prag, †18. 12. 1751 Prag; ausgebildet bei L. von Hildebrand in Wien, unternahm danach vermutl. Studienreisen nach Italien u. Paris; seit 1720 in Prag Hauptmeister der dortigen Barockbaukunst, bes. hervorgetreten mit neuen Zentralbaulösungen. D.s Anteil an den ihm zugeschriebenen Bauwerken ist nicht immer klar abgrenzbar. Hptw.: Kirche in Wahlstatt bei Liegnitz 1727–1731; Ursulinerinnenkirche St. Nepomuk, Prag 1720–1728; St. Nikolaus, Prag, seit 1732; zahlreiche Konventsgebäude für Benediktinerklöster, u. a. Kladran 1730–1733, Braunau 1727–1733. – ◫ 2.4.3.

Diepenbrock, Melchior Freiherr von, Fürstbischof von Breslau (seit 1845), *6. 1. 1798 Bocholt, Westf., †20. 1. 1853 Schloß Johannesberg; 1848 Mitglied des Frankfurter Parlaments, 1850 Kardinal; bemüht um Neuordnung des kirchl. Lebens u. um Befreiung der Kirche von staatskirchenrechtl. Bindungen; Verfasser geistl. Lieder.

Diepgen, Paul Robert, Gynäkologe u. Medizinhistoriker, *24. 11. 1878 Aachen, †2. 1. 1966 Mainz; Hptw.: „Geschichte der Medizin" 3 Bde. 1949–1955.

Diepholz, niedersächs. Kreisstadt an der Hunte, nördl. des Dümmer, 14600 Ew.; landwirtschaftl. Handel, Maschinen-, Schallplatten-, Bekleidungs-, Fleischwarenindustrie. Verwaltungssitz des Ldkrs. *D.*, 1986 qkm, 182000 Ew.

Diepholzer Gans, Frühmastgans aus der hannoverschen Grafschaft Diepholz, erreicht etwa 6 kg.

Dieppe [di'ɛp], nordfranzös. Kreisstadt im Dép. Seine-Maritime, Fischerei- u. Handelshafen an der Kanalküste, 30400 Ew.; Seebad; Überfahrtsplatz nach England; Schiff- u. Motoren-, Auto- u. Textilindustrie, Fischverarbeitung; Einfuhr von Südfrüchten (bes. Bananen), Kohle, Holz u. Salpeter; Ausfuhr von Industrieerzeugnissen u. Landesprodukten. – Eine Probelandung der Alliierten am 19. 8. 1942 wurde von dt. Truppen abgeschlagen.

Dierig Holding AG, Augsburg, Dachgesellschaft eines Konzerns der Textilindustrie, gegr. 1805, seit 1972 heutige Firma; umfaßt Spinnerei, Kämmerei u. Weberei; Grundkapital: 40 Mill. DM; Tochtergesellschaften: *Dierig Textilwerke GmbH*, Augsburg u. a.; 6300 Beschäftigte.

Diervịllea [nach dem frz. Arzt M. *Dierville*] = Weigelie.

Dịes ạter [der; lat.], „schwarzer Tag", Unglückstag.

Diesel, 1. Eugen, Sohn von 2), Schriftsteller, 3. 5. 1889 Paris, †22. 9. 1970 Rosenheim; seit 1939 in Degerndorf am Inn. Biograph seines Vaters („Diesel" 1937), Kulturphilosoph („Der Weg durch das Wirrsal" 1926; „Die deutsche Wandlung" 1929; „Jahrhundertwende" 1949; „Philosophie am Steuer" 1952; „Menschheit im Katarakt" 1963), mit bes. Interesse für das Verhältnis von Mensch u. Technik. Auch Dramen.
2. Rudolf, Ingenieur, *18. 3. 1858 Paris, †29. 9. 1913; war u. a. Schüler von C. von *Linde*, zunächst in der Kältetechnik tätig; meldete 1892 den von ihm erfundenen →Dieselmotor zum Patent an, der in den Jahren 1893–1897 von der Maschinenfabrik Augsburg u. der Firma Fried. Krupp gebaut wurde.

Diesellokomotive →Lokomotive.

Dieselmotor, eine von Rudolf *Diesel* etwa 1890 erfundene Verbrennungskraft-Kolbenmaschine, in der nicht wie beim *Ottomotor* ein brennfähiges Gemisch, sondern nur reine Luft angesaugt u. auf hohen Druck – etwa 735 bis 880 N – verdichtet wird, wodurch die Temperatur auf 500–700 °C ansteigt. Durch eine Pumpe wird dann der Brennstoff eingespritzt, der in der heißen Luft verbrennt u. dabei die zum Vorschieben des Kolbens erforderl. Energie entwickelt. Der D., ursprüngl. für die unmittelbare Verbrennung von Kohlenstaub im Zylinder gedacht (Asche u. a. Rückstände), dient in erster Linie zur Verwertung hochsiedender Mineralöle, Masut usw. – Der D. ist meist eine Mehrzylindermaschine u. kann je nach Konstruktion im Zwei- oder Viertaktverfahren arbeiten, kann auch ein einfach- oder doppeltwirkender Motor sein. Anfangs wegen der großen auftretenden Drücke nur für niedrige Drehzahlen gebaut, wird er heute wegen seiner hohen Wirtschaftlichkeit für alle Aufgaben einer Kraftmaschine verwendet, z. B. als langsam laufender Schiffsmotor mit maximal 36775 kW Leistung oder als Kraftwagenmotor sowohl für Pkw als auch für Lkw mit einer Leistung von 30–150 kW. – Der D. ist die Kraftmaschine mit dem höchsten Wirkungsgrad (40–42%). Darauf beruht seine vielfältige Verbreitung, die noch ständig zunimmt. →auch Verbrennungsmotor. – ◫ 10.6.4.

Dieseltriebwagen →Triebwagen.

Dịes ịrae [-ræ; lat., „Tag des Zorns"], Beginn einer latein. Hymne auf das Weltgericht, die als Sequenz in die Totenmesse aufgenommen worden ist. Autor dieser Hymne war ein Franziskaner, vielleicht Thomas von Celano († um 1260).

Diesseits [das], die dem Menschen durch Erfahrung zugängliche Welt.

Dießen am Ammersee, oberbayer. Marktort (Ldkrs. Landsberg), am Südende des Ammersees, 5400 Ew.

Diesterweg, Adolf, Pädagoge, *29. 10. 1790 Siegen, Westfalen, †7. 7. 1866 Berlin; Leiter des Lehrerseminars in Moers (1820) u. Berlin (1832); seit 1858 preuß. Landtagsabgeordneter; wollte die Volksschule im Geist *Pestalozzis* ausgestalten; trat ein für eine einheitl. nationale, liberale Erziehung u. für konfessionslosen Religionsunterricht. – ◫ 1.7.2

Diesterweg Verlag, *Moritz Diesterweg Verlag*, Frankfurt a. M., dort 1860 gegr. von dem jüngsten Sohn Moritz des Pädagogen Adolf *Diesterweg*, dessen Schriften den Grundstock des Verlags bildeten; Schulbücher u. pädagog. Literatur.

Dieter [ahd. *diot*, „Volk", *hari, heri*, „Herr, Krieger"], männl. Vorname.

Dieterich'sche Verlagsbuchhandlung, Leipzig u. (seit 1946) Wiesbaden, gegr. 1766 in Göttingen; pflegte Natur- u. Geisteswissenschaften u. Altertumskunde. Die 1937 gegr. „Sammlung Dieterich" mit Werken der Weltliteratur erscheint seit 1955 für die BRD im Verlag *Schünemann*.

Dieterle, William, US-amerikan. Filmregisseur dt. Herkunft, *15. 7. 1893 Ludwigshafen, †8. 12. 1972 Ottobrunn bei München; zunächst Schauspieler bei M. Reinhardt, kam durch E. A. Dupont zum Film, ab 1932 in Hollywood, ab 1959 wieder in der BRD bei Theater, Film u. Fernsehen. Filmregie bei „Die Heilige und ihr Narr" 1928; „Der Tanz geht weiter" 1930; „Louis Pasteur" 1936; „Der Glöckner von Notre Dame" 1939; „Vulcano" 1949; „Salome" 1953; „Herrin der Welt" 1959 u. a. 1961–1965 Leiter der Bad Hersfelder Festspiele.

Dieth, Eugen, schweizer. Phonetiker, *18. 11. 1893 Neukirch, Thurgau, †24. 5. 1956 Zollikon; Hptw.: „Vademekum der Phonetik" 1950.

Dietikon [di'ɛ:-], schweizer. Industriestadt, westl. von Zürich am Zusammenfluß von Reppisch u. Limmat, 25000 Ew.; röm. Ruinen; in der Nähe Benediktinerinnenkloster Fahr (12. Jh.) mit Klosterkirche (1743–1746).

Dietl, Eduard, Generaloberst, *21. 7. 1890 Bad Aibling, †23. 6. 1944 bei Graz (Flugzeugabsturz); befehligte im 2. Weltkrieg die dt. Armee in Nordfinnland u. Lappland, besetzte 1940 Narvik.

Dietleib [ahd. *diot*, „Volk", *leib*, „Nachkomme, Sohn"], männl. Vorname; niederdt. *Detlef*.

Dietlinde [ahd. *diot*, „Volk", *lindi*, „mild, lind"], weibl. Vorname.

Dietmar [ahd. *diot*, „Volk", *mari*, „berühmt"], männl. Vorname.

Dietmar von Aist, mhd. oberösterr. ritterl. Minnesänger, 1139–1171 urkundl. bezeugt; schuf Volksliedhaftes u. formal vollendeten Minnesang; von ihm das früheste dt. Tagelied.

Dietrich, nach dem Gründer Felix Dietrich abgekürzte Bez. für die „Internationale Bibliographie der Zeitschriftenliteratur", heutige Abk. *IBZ*. Gegr. 1896 in Leipzig, seit 1946 in Osnabrück. – Ursprüngl. gegliedert in die Abt. A: Bibliographie der deutschsprachigen Zeitschriftenliteratur 1896–1964, mit Ergänzung 1861–1896; Abt. B: Bibliographie der fremdsprachigen Zeitschriftenliteratur 1911–1964; Abt. C: Bibliographie der Rezensionen u. Referate 1900–1943. – Seit 1965 erscheint die IBZ als kombinierte Ausgabe: eine Zusammenfassung der Abt. A u. B, mit dt., engl. u. französ. Schlagwörtern. – Von 1971 an durch eine „Internationale Bibliographie der Rezensionen" *(IBR)* ergänzt.

Dietrich [ahd. *diot*, „Volk", *richi*, „mächtig, Herrscher"], männl. Vorname, niederdt. Kurzform *Dirk*.

Dietrich, 1. Hermann, Politiker, *14. 12. 1879 Oberprechtal im Schwarzwald, †6. 3. 1954 Stuttgart; 1911 bis 1918 MdL in Baden, 1919–1933 MdR (Dt. Demokrat. Partei), 1928–1930 Reichsernährungs-Min., 1930 Reichswirtschafts-Min., dann (bis 1932) Reichsfinanz-Min.; 1946/47 Vorsitzender des Bizonen-Ausschusses für Ernährung u. Landwirtschaft.
2. Marlene, eigentl. Maria Magdalena von *Losch*, Filmschauspielerin, *27. 12. 1901 Berlin; Ausbildung bei M. *Reinhardt*, seit 1922 beim Film, wurde weltbekannt mit „Der blaue Engel" 1930; seitdem verkörperte sie in Hollywood den Typ des Vamps; wurde 1939 US-amerikan. Staatsbürgerin.
3. Otto, nat.-soz. Politiker, *31. 8. 1897 Essen, †22. 11. 1952 Düsseldorf; Journalist, seit 1931 als Reichspressechef der NSDAP in nächster Umgebung Hitlers, 1938 gleichzeitig Pressechef der Reichsregierung u. Staatssekretär im Propagandaministerium. Vom US-Militärgericht in Nürnberg am 14. 4. 1949 zu 7 Jahren Gefängnis verurteilt, am 26. 8. 1950 begnadigt.
4. Sixt, prot. Kirchenkomponist, *1490/1493 Augsburg, †21. 10. 1548 St. Gallen; schrieb mehrstimmige Hymnen, Antiphonen, Motetten u. Liedsätze.
5. Wilfried, erfolgreichster dt. Ringer nach 1945, *14. 10. 1933 Schifferstadt; fünffacher Olympiateilnehmer, Silbermedaille 1956 im griech.-röm. Stil, 1960 Goldmedaille im Freistil u. Silbermedaille im griech.-röm. Stil, 1964 u. 1968 Bronzemedaille; 1961 Weltmeister.

„Dietrichs Flucht" oder *„Buch von Bern"*, um 1280 von *Heinrich dem Vogler* bearbeitetes u. z. T. verfaßtes mhd. Spielmannsepos um Dietrich von Bern.

Dietrich von Bern (Bern = Verona), german. Sagengestalt, in der *Theoderich der Große* fortlebt. Nach dem älteren Hildebrandslied kam D. nach seiner Vertreibung durch Otacher (Odoaker) an den Hof des Hunnenkönigs Etzel, mit dessen Hilfe er nach 30 Jahren sein Reich zurückeroberte. Im Lauf der Jahrhunderte wurden die Sagen um viele Personen u. Kämpfe (gegen Sigenot, Recke oder den Zwergenkönig Laurin) erweitert u. von den Spielleuten ins Volkstüml. u. Märchenhafte abgewandelt. Im Nibelungenlied ist D. nur Nebenfigur, der leiderfahrene, doch überlegene, humane Fürst. Die vielfältigen Dietrichstoffe wurden um 1250 in der *Thidrekssaga* des skandinav. Nordens zusammengefaßt.

Dietterlin, Wendel, Baumeister u. Maler, *1550/1551 Pullendorf (Bodensee), †1599 Straßburg; erhalten sind nur theoret. Arbeiten, die von großer Bedeutung für die Entwicklung des dt. Frühbarocks waren. D.s Kupferstichwerk „Architectura von Austeilung, Symmetrie u. Proportion der Säulen" (seit 1591) enthält zahlreiche Vorlagen zur Architektur u. zum Kunsthandwerk.

Diettrich, Fritz, Schriftsteller, *28. 1. 1902 Dresden, †19. 3. 1964 Kassel; der Antike u. dem Christentum verpflichtet; Lyrik: „Der attische Bogen" 1934; „Das Gastgeschenk" 1937; Epos „Philemon u. Baucis" 1950. Nachdichtungen: „Mit fremdem Saitenspiel" 1949, „Die Liebesgedichte" (Übers. des Properz) 1958. Auch Dramatisches.

Dietzel, Heinrich, Nationalökonom, *19. 1. 1857 Leipzig, †22. 5. 1935 Bonn; Anhänger der klassischen Nationalökonomie, kritisierte die subjektive Wertlehre (Grenznutzenlehre). Hptw.: „Theoretische Socialökonomik" 1895; „Technischer Fortschritt u. Freiheit der Wirtschaft" 1922.

Dietzenbach, hess. Stadt im Rodgau (Ldkrs. Offenbach), 23000 Ew.; Maschinen-, Elektro-, Kunststoff-, chem. Industrie.

Dietzenschmidt, Anton Franz, eigentl. A. F. *Schmidt*, Dramatiker u. Erzähler, *21. 12. 1893 Teplitz-Schönau, †17. 1. 1955 Esslingen; in den zwanziger Jahren wurden seine Laien- u. kath. Legendenspiele oft aufgeführt.

Dietzfelbinger, Hermann, ev. Theologe, *14. 7. 1908 Ermershausen, Unterfranken; 1953 Rektor der Diakonissenanstalt Neuendettelsau; 1955 bis 1975 Landesbischof der ev.-luth. Landeskirche Bayerns; 1967–1973 Vors. des Rates der EKD.

Dieu et mon droit [djø: e: mɔ̃ ˈdrwa; frz., „Gott u. mein Recht"], Wahlspruch im engl. Königswappen, erstmals 1654–1656 im Widerstand gegen die Republikaner von Royalisten gebraucht.

Dievenow [-no:], poln. *Dziwna*, der östl. Mündungsarm der Oder, 36,5 km; an der Mündung die Seebäder *Berg-D., Ost-D., Wald-D.* u. *West-D.* (poln. Dziwnów).

Diez, rheinland-pfälz. Stadt an der Lahn (Rhein-Lahn-Kreis), 10 300 Ew.; Schloß der Fürsten von Nassau-Oranien (15. Jh.); Kalk-, Marmor-, Glühlampen-, Möbel-, pharmazeut. Industrie, Glashütte. Nördl. der Stadt Schloß Oranienstein.

Diez, 1. Ernst, österr. Kunsthistoriker, Orientalist, *27. 7. 1878 Lölling, Kärnten, †8. 7. 1961 Istanbul; Prof. in Philadelphia, Wien, Istanbul. „Die Kunst der islam. Völker" 1915; „Die Kunst Indiens" 1926; „Iran. Kunst" 1944; „Türk. Kunst" 1946.
2. Friedrich Christian, Begründer der roman. Philologie; *15. 3. 1794 Gießen, †29. 5. 1876 Bonn; „Grammatik der roman. Sprachen" 3 Bde., 1836–1843, ⁵1883; „Etymolog. Wörterbuch der roman. Sprachen" 1853, ⁵1887.

Díez-Canedo [ˈdi:εθ-], Enrique, span. Schriftsteller, *1879 Badajoz, †7. 6. 1944 Ciudad de México; Literaturkritiker u. Übersetzer (F. Jammes, P. Verlaine). Dichtungen: „Versos de las horas" 1906; „Epigramas americanos" 1928; „El desterrado" 1940.

dif... →dis...

Diffamierung, *Diffamation* [lat.], Ehrenkränkung, bes. partei- oder staatspolit. Gegner, auch durch sachl. zutreffende, aber durch ihre Form mißdeutbare Behauptungen.

Differdingen, frz. *Differdange,* luxemburg. *Déifferdéng,* Industriestadt im Kanton Esch, im SW von Luxemburg, an der Chiers, 18 500 Ew.; Eisenerzbergbau. Hüttenindustrie, Stahl- u. Walzwerke.

Differential, 1. *Kraftfahrzeug: Differentialgetriebe, Ausgleichsgetriebe,* ein →Planetengetriebe, das den Antrieb zweier Wellen von einer Antriebswelle aus mit gleichem (oder bei sog. *Verteilergetrieben* verschiedenem) Drehmoment gestattet, wobei die angetriebenen Wellen mit verschieden großer Drehschnelle laufen können. Beim Kraftfahrzeug ist ein D. stets notwendig, wenn die Räder einer Achse mit größerer Spurweite angetrieben werden sollen. Verteilergetriebe sind häufig bei allradgetriebenen Fahrzeugen zur Verteilung der Antriebsmomente auf Vorder- u. Hinterachse notwendig. →Allradantrieb.
2. *Mathematik:* Begriff der →Differentialrechnung.

Differentialbauweise →Integralbauweise.

Differentialgeometrie, Teilgebiet der Geometrie, untersucht geometr. Eigenschaften von Kurven u. Flächen mit Hilfe der →Infinitesimalrechnung.

Differentialgleichung, Gleichung zwischen den Variablen einer Funktion u. deren Ableitungen. Man unterscheidet *gewöhnliche* u. *partielle D.en.* Letztere enthalten partielle Ableitungen. Eine gewöhnliche D. 2. Ordnung u. 3. Grades ist z.B. $y''^3 + xy'^2 - x^2 = 0$. Die Ordnung wird durch die höchste Ordnung der Ableitungen bestimmt (z.B. y''), der Grad durch die höchste vorkommende Potenz (z.B. y^3). D.en spielen bei allen Vorgängen in Physik u. Technik, bei denen Größen oder Zustände sich stetig ändern, eine wichtige Rolle. →auch Differentialrechnung.

Differentialquotient →Differentialrechnung.

Differentialrechnung, Grundlage der *Analysis*; erfunden von *Leibniz* (1684) u. *Newton* (1666, 1678; Prioritätsstreit). Ausgangspunkt war die Ermittlung der Steigung der Tangente in einem Punkt $P(x, y)$ der Kurve von $y = f(x)$, wobei die Tangente als Grenzlage einer sich um P drehenden Sekante PP_1 aufgefaßt wird. P_1 fällt bei der Drehung auf P. Der Grenzwert der Steigungswerte

$$\tan \varphi = \lim_{\alpha \to \varphi} \tan \alpha = \lim_{x_1 \to x} \frac{(y_1 - y)}{(x_1 - x)}$$

$$\lim_{\Delta x \to 0} \frac{\Delta y}{\Delta x} = \frac{dy}{dx} = y'$$

heißt *Differentialquotient* oder *1. Ableitung* der Funktion f(x); geschrieben $y', f'(x)$ oder dy/dx. Δy ist der „Zuwachs" $y_1 - y$ von y, wenn x den Zuwachs $x_1 - x$ hat. Δx und Δy nehmen bei dem Grenzübergang gleichzeitig, aber verschieden schnell nach Null ab. Die Größen dy und dx heißen *Differentiale*. Die Berechnung der 1. Ableitungen von Funktionen erfolgt nach besonderen Rechenregeln, z.B. ist $y' = nx^{n-1}$ die 1. Ableitung der Funktion $y = x^n$. – Die Ableitung der 1. Ableitung heißt die *2. Ableitung* (*2. Differentialquotient*), geschrieben $y'', f''(x)$ oder d^2y/dx^2, die 3. Ableitung heißt *3. Ableitung: y'''* oder $f'''(x)$ usw. Z.B. hat die Funktion $y = x^3$ folgende Ableitungen: $y' = 3x^2, y'' = 6x$ u. $y''' = 6$. Die *Partiellen Differentialquotienten* (geschrieben $\partial f/\partial x, \partial f/\partial y \ldots$) treten bei Funktionen mit mehreren unabhängigen Veränderlichen auf. – Angewandt in Kurven-, Flächen-, Funktionentheorie, Physik u. Technik. – ⌑ 7.3.1.

Differentialrente, klassische Form der *Grundrente.* Der am Markt einheitl. sich bildende Preis richtet sich nach den Produktionskosten des letzten Anbieters, der zur Bedarfsdeckung noch benötigt wird, weil dieser unter den ungünstigsten (schlechtesten) Bedingungen (Bodenverhältnissen) – also zu den höchsten Kosten – produzierende Anbieter, um im Markt bleiben zu können, zumindest eine Kostendeckung erzielen muß. Alle anderen Anbieter, die bessere Bodenqualitäten bebauen, erzielen aber den gleichen Preis pro Einheit bei vergleichsweise niedrigeren Kosten für Arbeit u. Kapital (pro Einheit); die Differenz fällt als Entlohnung für die Bereitstellung des Bodens dem Bodeneigentümer zu. Die Rente ist somit eine Folge hoher Produktpreise, nicht ihre Ursache.

Differentialschutz, Schutzschaltung für Generatoren u. Transformatoren, die auf innere Fehler anspricht. Die einzelnen Leiterströme vor u. hinter dem Gerät werden von Meßwandlern transformiert u. über ein Differentialrelais verglichen. Normalerweise heben sich die Ströme auf, u. das Relais bleibt in der Ruhelage. Im Fehlerfall fließt ein Differenzstrom, der über das Relais die ganze Anlage ausschaltet.

Differentia specifica [lat.], charakterist. Unterscheidungsmerkmal (der Art gegenüber der Gattung); Element der klass. →Definition.

Differentiation [lat.], **1.** *allg.:* Aussonderung, verschiedenartige Entwicklung.
2. *Geologie:* Zerfall eines Magmas in stofflich verschiedene Gesteine, z.B. Granitmagma in Diorit, Syenit, Gabbro, Serpentin; Ursache vieler Eisen-, Nickel-, Chromerz- u.a. Lagerstätten.

differentielle Psychologie, von W. *Stern* eingeführter Begriff für das Gebiet der Psychologie, das sich mit den individuellen psych. Unterschieden, den Differenzierungen seelischer Funktionen u. Eigenschaften befaßt. Die Unterschiede werden z.B. bei verschiedenen Altersgruppen, Geschlechtern, sozialen Schichten usw. untersucht. – ⌑ 1.5.3.

Differenz [lat.], **1.** *allg.:* Zwist, Unterschied.
2. *Mathematik:* Ergebnis einer Subtraktion.

Differenzgeschäft, spekulatives *Termingeschäft* in Waren oder Wertpapieren, wobei mindestens einer der Vertragschließenden in Erwartung von Kursschwankungen keine wirkliche Lieferung bzw. Abnahme am Erfüllungstag beabsichtigt, sondern auf Gewinn der Kursdifferenz durch Abschluß eines →Deckungsgeschäfts abzielt.

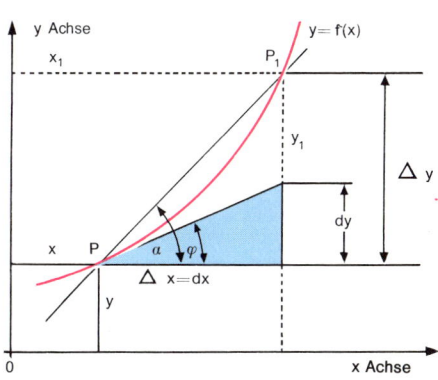

Differentialrechnung: das Differential einer Funktion

differenzieren [lat.], Teile ausgliedern; unterscheiden; bei Entwicklungsprozessen Unterschiede bilden. – *Mathematik:* eine Ableitung bilden. →Differentialrechnung.

Differenzierung, *Entwicklungsphysiologie:* die Entwicklung bestimmter Keimbezirke zu morpholog. oder physiolog. verschiedenen Zellverbänden. Die D. schreitet im vielzelligen Organismus u. zur Ausbildung der Keimblätter (→Embryonalentwicklung) fort bis zur Organvielfalt des fertigen Organismus. Die D. geht von D.s-Zentren aus. Sie ist Grundlage der Arbeitsteilung im vielzelligen Organismus u. beruht auf einer sukzessiven Aktivierung u. Blockierung von →Genen in jeder einzelnen Zelle. Dieser Vorgang ist insgesamt noch ungeklärt u. Gegenstand der molekularbiolog. Forschung. →auch Molekularbiologie. →auch Determination.

Differenzierungsmuster, organisches Bau- u. Leistungsgefüge, in das die einzelnen Merkmale eingebaut sind. Die räumliche Verteilung der Differenzierungsbezirke, die Ausgestaltung der Teile dieser Bezirke bis zum Verhalten der einzelnen Zellen kann durch Mutation abgewandelt werden. Diese Abweichungen einzelner Individuen vom D. ihrer Art werden Differenzmuster genannt.

Differenzrechnung, Teilgebiet der höheren Mathematik; steht in enger Verbindung mit der Funktionen- u. Zahlentheorie.

Differten, ehem. saarländ. Gemeinde südwestl. von Völklingen, seit 1973 Ortsteil der Gemeinde Wadgassen.

Diffluenz [lat.], Abzweigen oder Teilung eines Gletscherstroms vom Hauptgletscher im Nährgebiet; →auch Konfluenz.

diffuses Licht, zerstreutes Licht ohne bestimmte Strahlenrichtung; entsteht z.B. beim Durchgang durch Nebel oder Reflexion an rauhen Oberflächen.

Diffusion [lat.], **1.** *allg.:* Ausbreitung, Verteilung.
2. *Physik:* die auf der Wärmebewegung (Brownschen Bewegung) der Atome, Moleküle oder Kolloidteilchen beruhende selbständige Vermischung von Gasen, Lösungen oder mischbaren Flüssigkeiten. Infolge der D. gleichen sich örtliche Konzentrationsunterschiede innerhalb einer Lösung oder eines Gasgemischs nach einiger Zeit von selbst vollkommen aus. Bei höheren Temperaturen kann auch in Festkörpern D. stattfinden, wenn auch äußerst langsam. Die D. ist irreversibel.
3. *Volkskunde:* →Innovation.

Diffusionismus, 1. eine Arbeitsrichtung bes. der nordamerikan. Völkerkunde, die die Weiterverbreitung u. gleichzeitige Veränderung von Kulturelementen u. -komplexen untersucht unter Nichtbeachtung von Zeit, Ursache, Art u. Weise.
2. *heliolithische Theorie,* eine von dem engl. Anatomen u. Anthropologen Grafton Elliot *Smith* begründete u. von dem engl. Völkerkundler William James *Perry* (*1887, †1949) weitergeführte Theorie, die alle frühe Kultur auf Ägypten als einzigen Entstehungsherd zurückführt, was aus bestimmten Parallelerscheinungen nachzuweisen sei.

Diffusionsglühen, langzeitiges Glühen bei hoher Temperatur mit anschließendem beliebigem Abkühlen, zur gleichmäßigen Verteilung der Werkstoffbestandteile.

Diffusionspumpe, eine Öl- oder Quecksilberdampfstrahlpumpe zur Erzeugung höchster Vakua (bis 10^{-6} Torr). Das wegzupumpende Gas diffundiert im Düsenschlitz von geringer Breite in den Quecksilberdampf, der in einer Kühlkammer kondensiert, von wo das Gas durch Vorvakuumpumpen abgesaugt wird.

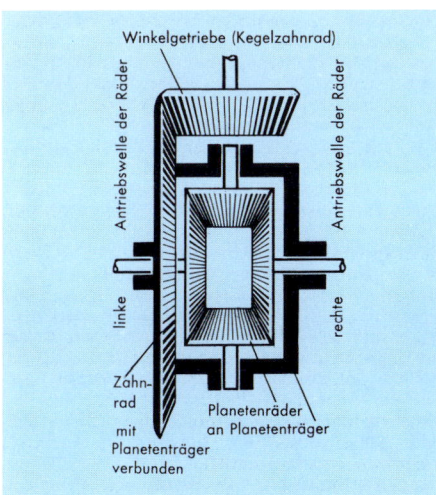

Differential zum Antrieb der Räder einer Achse

Diffusor, Maschinenbauteil zur Verzögerung einer Strömung, wodurch ein Druckanstieg bewirkt wird.
digerieren [lat.], eine Flüssigkeit mit einem darin verteilten Feststoff für einige Zeit erwärmen.
Digest ['daidʒɛst; engl.], Zusammenstellung von Auszügen aus bereits veröffentlichten Büchern oder Artikeln, die meist in Zeitschriftenform periodisch erscheint.
Digesten [lat.], *Pandekten*, Sammlung von Auszügen aus den Schriften bedeutender röm. Juristen, Hauptbestandteil des →Corpus juris civilis.
Digestion [lat.], Verdauung.
Digestionsdrüsen, *Verdauungsdrüsen*, die nach außen (z.B. Drüsen fleischfressender Pflanzen) oder in Hohlräume hinein (Verdauungstrakte von Tieren) Verdauungsfermente abscheiden.
Digestorium [das, Mz. *Digestorien*; lat.], **1.** →Abzug.
2. Wasserbad.
Di Giacomo [-'dʒakɔmo], Salvatore, italien. Dichter, *12. 3. 1860 Neapel, †4. 4. 1934 Neapel; schrieb in neapolitan. Mundart volkstüml. gewordene Gedichte („Poesie" 1907, 1927), schilderte in verist. Erzählungen („Novelle napoletane" 1883) u. Schauspielen das Volksleben seiner Vaterstadt. – Opere 1946.
digital, *Datenverarbeitungsanlage:* ziffernmäßig; Gegensatz: *analog*.
Digitalis, Giftpflanze, →Fingerhut.
Digitalis-Therapie [lat. + grch.], Behandlung der Herzmuskelinsuffizienz mit Digitalisglykosiden, d.h. den Wirkstoffen der Fingerhutpflanze (Digitalis purpurea, Digitalis lanata); diese Substanzen, die wegen der Gefahr einer etwaigen Herzschädigung (*Digitalisvergiftung*) nur nach genauer ärztl. Verordnung angewendet werden dürfen, kräftigen den Herzmuskel bzw. verbessern die Herzleistung. – Die D. geht auf W. *Withering* zurück.
Digitalrechner →elektronische Datenverarbeitungsanlage.
Digitalverfahren, *Nachrichtentechnik:* Verfahren, bei dem das Codezeichen in eine bestimmte Anzahl unterschiedener Impulse umgesetzt wird.
Digne [dinj], Stadt in Südostfrankreich, Hptst. des Dép. Basses-Alpes, an der Bléone, 15500 Ew.; ehem. roman. Kathedrale (12. Jh.), spätgot. Kathedrale (15. Jh.); Holzverarbeitung u. -handel; in der Nähe die *Bains de D.* mit alkal. u. schwefelhaltigen Thermen, 35–45 °C.
Dignitar, *Dignitär* [der; lat.], Würdenträger; in der kath. Kirche Inhaber einer Dignität, eines höheren Kirchenamts (Dom- u. Stiftspropst bzw. -dekan u.a.).
Digression [lat., „Abschweifung"], Unterschied zwischen dem Azimut eines Zirkumpolarsterns u. dem Azimut des sichtbaren Himmelspols. *Größte (westl. oder östl.) D.*, Stellung eines Zirkumpolarsterns, dessen scheinbare Bahn den Zenit nicht einschließt, in der größten Azimutabweichung vom Meridian.
Digul, schiffbarer Fluß im SW von Neuguinea, entspringt im Oranjegebirge, mündet nördl. der Insel Kolepom mit Delta in die Arafurasee.
Dihang, Laufstrecke des *Brahmaputra*, in der dieser in teilweise 5000m tiefer Schlucht den Himalaya durchbricht.
DIHT, Abk. für →Deutscher Industrie- und Handelstag.
Dijk [dɛjk], Peter van, Tänzer, *1929 Bremen; Schüler Tatjana Gsovskys, Vertreter des dt. Ballettexpressionismus; 1956 an die Große Oper Paris verpflichtet.
Dijle ['dɛilə], *Dyle*, belg. Fluß, entsteht nordöstl. von Brüssel aus Demer u. Lasne, durchfließt Mechelen; nach Mündung von Zenne u. Nete bei Rumst *Rupel* genannt.
Dijon [di'ʒɔ̃], ostfranzös. Industrie- u. Handelsstadt, ehem. Hptst. von Burgund, Sitz des Dép. Côte-d'Or, 150800 Ew.; Universität (gegr. 1722), Akademie; Metall-, Elektro-, Nahrungs- u. Genußmittel-, Leder-, Tabak-, Seifen-, pharmazeut. u.a. Industrie; Handel mit Burgunderweinen u. Senf; Verkehrsknotenpunkt. Viele Bauten aus herzogl. Zeit, zahlreiche Kunstschätze.
Dikabrot [afrikan.] →Irvingia.
Dikdik →Windspielantilopen.
Dike, in der griech. Mythologie Tochter des Zeus, Göttin der rechten Ordnung.
Dikotyledonen [grch.], *Dikotylen*, zweikeimblättrige Pflanzen. Die bedecktsamigen Pflanzen unter den →Blütenpflanzen, die *Angiospermae*, werden eingeteilt in: 1. *D. (zweikeimblättrige Pflanzen)* u. 2. *Monokotyledonen (einkeimblättrige Pflanzen)*. Außer der Zahl der Keimblätter sind die Anordnung der Nerven in den Laubblättern u. der Blütenbau bei den beiden Gruppen verschieden. Die Blätter der Monokotyledonen sind parallelnervig, die der D. netznervig. Hinsichtlich des Blütenaufbaus herrscht bei den Monokotyledonen die Dreizahl, bei den D. die Vier- u. Fünfzahl vor. Die Monokotyledonen sind vermutlich aus der Ordnung der zweikeimblättrigen *Ranales* hervorgegangen. – 📖9.2.9.
Diksmuide [diks'mɔydə], *Dixmuiden*, Stadt in Westflandern (Belgien), an der Yser, 15000 Ew.; im 1. Weltkrieg heftig umkämpft.
Diktaphon [das; lat. + grch.] →Diktiergerät.
Diktatur [lat.], als Staats(Regierungs-, Herrschafts-)form die Zusammenfassung der polit. Gewalt in einer Hand unter Ausschaltung verfassungsrechtl. oder gewohnheitsrechtl. Schranken. Die D. kann durch einen einzelnen *(Diktator; Führerstaat)*, eine Familie *(Familien-D.)*, durch eine Gruppe (z.B. moderne *Partei-D.*), durch die Inhaber der militärischen Macht *(Militär-D.)* oder eine Gesellschaftsklasse *(Klassen-D.)* ausgeübt werden. Viele polit. Wissenschaftler unterscheiden zwischen verfassungsmäßiger *(konstitutioneller)* u. verfassungswidriger *(uneingeschränkter, antikonstitutioneller)* D. Neben dieser Zweiteilung haben einige folgende Dreiteilung vorgenommen: 1. *Verfassungsdiktatur*, 2. *permanente autoritäre D.* (Portugal unter Salazar), 3. *totalitäre D.* (das Dritte Reich, die UdSSR u. die Volksdemokratien unter Stalin).
Die D. tritt oft in verhüllter Form auf u. duldet zum Schein noch andere polit. Organe neben sich, etwa ein zum Akklamationsorgan herabgewürdigtes Parlament oder eine gleichsam stillgelegte Verfassung (Reichstag u. Weimarer Verfassung im Dritten Reich). Den Übergang zur D. bildet vielfach der *autoritäre Staat*, der die Rechtsstellung des Bürgers im wesentl. unangetastet läßt, dagegen auf dem Gebiet der Staatsorganisation einige Merkmale der D. übernimmt.
Nach ihrem Ursprung in der röm. Republik war die D. zunächst eine zeitbegrenzte Herrschaftsform zur Beseitigung gewisser Notstände (Krieg, Bürgerkrieg). Ihre Anwendung war also rechtl. vorgesehen *(kommissarische D.)*. Doch schon in der Zerfallszeit der röm. Republik zeigte sich die Gefahr, daß die zeitl. Begrenzung mißachtet u. ein Dauerregime errichtet wird. Auch Revolutionen münden mitunter in eine D. aus, so in England 1649 (Cromwell) u. in Frankreich 1789 (Napoléon). Ferner begünstigen Kriege diktatorische Gestaltungen.
Im modernen Verfassungsrecht sehen auch die Demokratien die *D. als vorübergehenden Zustand* zur Bewältigung bestimmter Aufgaben, etwa zur Niederschlagung von Aufständen oder zur Behebung von naturbedingten Notständen, vor: Ausnahmezustand, Belagerungszustand, nationaler Notstand usw. Dabei kann es zur Verhängung des Kriegsrechts, Aufhebung sonst bestehender Schranken für die Ausübung der Staatsgewalt (Einschränkung der Grundrechte, Militärjustiz, Sondervollmachten für die Polizei) sowie zum Gesetzgebungsrecht für die Exekutive (Notverordnungen) kommen.
Die *D. als Dauerzustand* ist meist durch die Aufhebung der Gewaltenteilung, den Übergang der Rechtsetzung auf die Exekutive (Ermächtigungsgesetz vom 24. 3. 1933), die Vereinigung der Exekutivämter in einer Hand (Ämter des Reichspräsidenten u. Reichskanzlers 1934), die Ausschaltung des Parlaments, die Ernennung von Kommissaren, die Einrichtung von Sondergerichten, die Verstärkung des Strafrechtsschutzes zugunsten des Regimes, die Aufstellung von Milizverbänden usw. gekennzeichnet. Die D. einer staatstragenden Partei kennt außerdem noch Personalunionen zwischen Partei- u. Staatsämtern, die Errichtung von Gliederungen u. angeschlossenen Verbänden, ihre Ausstattung mit Befehlsrechten, eigene Parteigerichtsbarkeit.
In vielen Ländern hatte sich nach dem 1. Weltkrieg die konstitutionell begründete Diktaturgewalt auf scheinbar legalem Weg zu einem verfassungswidrigen oder verfassungslosen Dauerzustand entwickelt: in Italien *(Mussolini)*, Polen *(Piłsudski)*, den Balkanstaaten, in der Türkei *(Kemal Atatürk)*, in Spanien *(Primo de Rivera, Franco)*, Portugal *(Salazar)*, Österreich *(Dollfuß, Schuschnigg)* u. in verschiedenen Staaten Südamerikas. Diese Tendenz ist in verschiedenen afroasiat. Staaten in der Gegenwart wieder aufgetaucht. – 📖4.1.2. u. 5.8.1.
Diktatur des Proletariats, die von *Marx* u. *Engels* im *Kommunistischen Manifest* (1848) geforderte Form der revolutionären Durchsetzung der sozialist. Ziele. Die D.d.P. soll den Zerfall der bürgerl. Gesellschaft u. die klassenlose Gesellschaft herbeiführen. Damit wird der Staat der Übergangszeit zum Privilegienstaat mit umgekehrten Vorzeichen; dem entspricht die Kennzeichnung als „Staat der Arbeiter u. Bauern" in den meisten kommunist. Ländern. – 📖4.1.2.
Diktiergerät, *Diktaphon*, kombiniertes Aufnahme- u. Wiedergabegerät für gesprochene Texte; zeichnet wie ein *Tonbandgerät* die Schallwellen elektromagnet. auf einem Tonträger so auf, daß der Ton jederzeit gelöscht u. silbengenau korrigiert werden kann. Das D. dient der Diktat-Rationalisierung. Deshalb arbeiten viele D.e nicht mit einem Band, sondern mit flächigen Tonträgern (Platte, Folie), die nicht umgespult werden müssen. Kleine Reisediktiergeräte arbeiten auch mit einem Draht als Tonträger. Der Frequenzumfang braucht für Sprache nicht groß zu sein, deshalb genügen kleine Bandgeschwindigkeiten bzw. Umdrehungszahlen. Das D. hat im Gegensatz zum Tonbandgerät ein subjektives Mikrophon, das Nebengeräusche zurückdrängt u. Schwankungen in der Lautstärke automat. ausgleicht. Alle Arbeitsfunktionen: Start, Stop, Rücklauf, Aufnahme, Wiedergabe, werden durch Drucktasten am Mikrophon gesteuert. Bei Wiedergabe dient das Mikrophon als Lautsprecher. Zum Abhören des Diktats wird ein leichter Kopfhörer entweder an dasselbe Gerät oder an ein bes. Wiedergabegerät angeschlossen; die Arbeitsfunktionen (Start, Stop, Rücklauf) werden durch Fußschalter ausgelöst.
Di Lasso, Orlando →Lasso, Orlando di.
Dilatation [lat.], **1.** *allg.:* die Ausdehnung eines Körpers durch äußere Kräfte oder bei Erwärmung.
2. *Medizin:* 1. Erweiterung von Hohlräumen (z.B. Herz, Magen, Blase) durch Überdehnung infolge übermäßiger Füllung u. nachfolgender Erschlaffung der Muskulatur; verursacht durch Hindernisse oder Widerstände, die den Abfluß aus den Hohlorganen hemmen. 2. künstl. Erweiterung von Verengungen in Hohlgängen durch *Dilatatoren*. So wird der Gebärmutterhals zur Vornahme von Eingriffen in der Gebärmutterhöhle durch Metallstifte, die Harnröhre oder Speiseröhre durch Bougies erweitert u. gedehnt.
3. *Relativitätstheorie:* →Zeitdilatation.
Dilatometer [das; lat.], Apparat zur Messung der Ausdehnung von Körpern bei Temperatursteigerung.
Dilaudid, *Dihydromorphinon*, ein starkes Morphinpräparat; wird in geringen Mengen gegen Schmerzen verordnet, unterliegt dem Betäubungsmittelgesetz.
Dilemma [das, Mz. *D.s* oder *D.ta*; grch.], Zwangslage, die eine Entscheidung zwischen zwei gleich (un)günstigen Möglichkeiten fordert. In der *Logik* Form des hypothetischen Urteils.
Dilettant [ital.], Nichtfachmann, der eine Kunst oder Wissenschaft ohne schulmäßige Voraussetzungen aus Liebhaberei, häufig mit dem Anspruch auf Gültigkeit u. Werthaftigkeit, betreibt.
Dili, Hauptort der indones. Insel u. Provinz Timor, an der Nordküste der Insel, 15000 Ew.
Diligence [dili'ʒãs; die; frz.], (Eil)postwagen.
Dill, *Gurkenkraut, Anethum graveolens*, ein *Doldengewächs*, einjähriges, in Indien, Persien u. Vorderasien heim. Kraut; Gewürzpflanze.
Dill, rechter Nebenfluß der Lahn, 54km, entspringt im südl. Rothaargebirge, durchfließt den eisenerzreichen hess. *Lahn-D.-Kreis* u. mündet bei Wetzlar; Talsperre (1947 erbaut) bei Dillenburg.
Dillen, Johann Jakob, latinisiert *Dillenius*, dt. Botaniker, *1687 Darmstadt, †2. 4. 1747 Oxford; Prof. in Gießen u. Oxford; lieferte die erste genaue Beschreibung der Moose. „Historia muscorum" 1741.
Dillenburg, nordhess. Stadt im Lahn-Dill-Kreis an der Dill, zwischen Westerwald u. Rothaargebirge, 24000 Ew.; Zentrum eines Erzbergbau- u. Verhüttungsgebiets, Stahlwerk, Metallwaren-, Armaturen-, Ofen-, Transformatorenindustrie; mächtige Burgruine D. (ehem. Stammschloß des Hauses Nassau-D., Geburtsort Wilhelms von Oranien), heute *Wilhelmsturm* mit Museum. Ehem. Verwaltungssitz des zum 1. 1. 1977 aufgelösten *Dillkreises*.
Dillenia [nach dem Botaniker J. J. *Dillen*], *Indische D., Rosenapfel, D. indica*, tropische Bäume u. Sträucher mit apfelgroßen, stark säuerlich schmeckenden Scheinbeeren (die Kelchblätter werden

Dimorphismus: Sexualdimorphismus beim Hirschkäfer: unten Männchen, oben Weibchen

fleischig u. bilden die Frucht), die zu Limonaden u. als Zuspeise zum Reis verwendet werden. D. gehört einer eigenen Familie, den *Dilleniaceae*, an.

Dilleniaceae, *Dilleniazeen,* Pflanzenfamilie der *Parietales.* Zu den D. gehört die trop. Gattung Dillenia.

Dillingen an der Donau, bayer. Kreisstadt in Schwaben, 12 000 Ew.; Schloß (13. Jh.), Akademie für Lehrerfortbildung; 1549–1804 Universität. – Ldkrs. D.: 789 qkm, 79 000 Ew.

Dillingen/Saar, saarländ. Stadt (Ldkrs. Saarlouis), 22 000 Ew.; Eisenhüttenwerk, Maschinen-, kunststoffverarbeitende, Metallwarenindustrie, Stahlbau.

Dillinger Hütte, *AG der Dillinger Hüttenwerke,* Dillingen/Saar, erzeugt Eisen u. Stahl, stellt Walzwerkerzeugnisse her; gegr. 1685, seit 1802 AG, seit 1865 jetzige Firma; Grundkapital: 157,5 Mill. DM; 5700 Beschäftigte.

Dillis, Georg Maximilian Johann Graf von, Maler u. Graphiker, 26. 12. 1759 Grüngiebing bei Wasserburg am Inn, †28. 9. 1841 München; dort Direktor der Königl. Gemäldesammlungen; überwand als Landschaftsmaler durch Naturstudium den Stil der Rokoko-Landschaftsmalerei.

Dillkreis, ehem. hess. Ldkrs., wurde am 1. 1. 1977 durch den *Lahn-Dill-Kreis* (1695 qkm, 312 000 Ew.) abgelöst.

Dilthey, Wilhelm, Philosoph, *19. 11. 1833 Biebrich am Rhein, †1. 10. 1911 Seis am Schlern; Prof. in Basel, Kiel, Breslau u. (seit 1882) Berlin; hat zu seinen Lebzeiten nur ein größeres systemat. Werk veröffentlicht („Einleitung in die Geisteswissenschaften I" 1883), aber stark durch seine Vorlesungen gewirkt. Die Gesamtheit seiner in vielen Abhandlungen niedergelegten philosoph. Gedanken ist erst aus dem Nachlaß zu ersehen, der z. T. in die „Gesammelten Schriften" (1913 ff.) hineingearbeitet ist. An der Entwicklung von D.s Ideen war sein Freund Paul Graf Yorck von Wartenburg beteiligt („Briefwechsel" 1923). D. erstrebte eine erkenntnistheoret. Begründung der *Geisteswissenschaften* („Kritik der histor. Vernunft"), deren Methode er gegen die Naturwissenschaften abzugrenzen suchte. Dem spekulativen Idealismus abgeneigt u. von tiefer Skepsis gegen alle Metaphysik erfüllt, ist D. der Begründer einer wissenschaftl. durchgearbeiteten *Lebensphilosophie,* die im Erlebnis das Unterpfand der Wahrheit zu besitzen u. den lebendigen Geist aus seinen Objektivationen (Religion, Kunst, Weltanschauung) erspüren zu können glaubt.

D. ist von großem Einfluß auf die Gegenwartsphilosophie; seine Geschichtsphilosophie beeinflußte Jaspers u. Heidegger. Die *D.-Bewegung* umfaßt zwei Generationen: die ältere (E. Spranger, E. Rothacker, Th. Litt u. a.) suchte seine Philosophie mit der anderer Denker zu verbinden, die jüngere (O. F. Bollnow, E. Weniger u. a.) will ihn getreuer erfassen u. in der Philosophie u. Pädagogik der Gegenwart zur Geltung bringen. – 1.4.8.

Diluvium [das; lat., „Schwemmland"], *Eiszeit,* wissenschaftl. *Pleistozän,* ein Erdzeitalter (→Geologie), die ältere Abteilung des Quartärs, mit starker, viermaliger Vereisung der Nordhalbkugel durch geschlossenes Inlandeis (etwa 2 000 000 bis etwa 20 000 v. Chr.); erstes Auftreten des Menschen; mit vielen, z. T. ausgestorbenen, kälteliebenden Tieren u. Pflanzen; zwischen den Eisvorstößen sind 3 Warmzeiten („Interglazialzeiten") nachgewiesen. – 8.8.4.

Dîmbovița [dymbo'vitsa], **1.** linker Nebenfluß des Argeș in Rumänien, entspringt in den Südkarpaten, mündet südöstl. von Bukarest, 253 km.
2. Kreis in Südrumänien, 3738 qkm, 434 000 Ew.; Hptst. *Tîrgoviște.*

Dime [daim; der; engl.], 1792 erstmals geprägte Silbermünze der USA im Wert von $1/10$ Dollar oder 10 Cents.

Dimension [lat., „Ausdehnung, Ausmaß"], **1.** *Geometrie:* die 3 D.en sind Länge, Breite, Höhe. Ein Punkt hat keine, eine Linie eine D., ein flächenhaftes Gebilde zwei, ein räuml. Gebilde drei D.en. Die Anzahl der D.en eines Gebildes entspricht der Anzahl der zur Festlegung eines seiner Punkte notwendigen *Koordinaten.* In der höheren Mathematik gibt es auch n-dimensionale Räume (mit n-Koordinaten).
2. *Physik:* die Darzeichnung einer Größe durch Verknüpfung der Grundgrößen: Länge, Zeit, Masse, auch Ladung; z. B. hat die Geschwindigkeit die D. Länge/Zeit.

Dimensionierung = Bemessung.

Dimensionsanalyse, Prüfverfahren, bei dem in einer physikal. Formel die jeweiligen Größen durch ihre →Dimension ersetzt werden; bei Richtigkeit sind die beiden Seiten der Formel identisch.

Dimeter [der; grch.], in der antiken Metrik eine Verszeile aus zwei Metren gleicher Art.

Dimini, jungneolith. Siedlung auf einer Anhöhe bei Wólos in Thessalien, von mehreren Mauern umschlossen, mit einem von einer starken Mauer umgebenen „Herrenhof" mit Megaron; polychrome Keramik mit Schachbrett-, Mäander- u. Spiralmustern, weibl. Statuetten. Namengebend für die jungneolith. *D.-Gruppe* Thessaliens.

diminuendo [ital.] = decrescendo.

Diminutivum, *Diminutiv, Deminutiv(um)* [das; lat.], Verkleinerungswort, im Deutschen mit den Nachsilben -chen, -lein gebildet.

Dimissoriale [das; lat., „Entlassungsbrief"], in der kath. Kirche die Überweisung eines Weihekandidaten durch den zuständigen Oberhirten an einen Fremden zum Empfang der Weihen; in der ev. Kirche der Entlassungsschein des zuständigen Pfarrers für ein Gemeindeglied, das eine Amtshandlung von einem nicht zuständigen Pfarrer begehrt.

Dimitrij, bulgar. für *Dmitrij* (→auch Demetrios).

Dimitroff, *Dimitrow,* Georgi, bulgar. Politiker, *18. 6. 1882 Kovačevci bei Dimitrowo, †2. 7. 1949 bei Moskau; Gewerkschaftler (1901) u. Sozialdemokrat (seit 1902), 1913–1923 Parlamentsabgeordneter, 1919 Mitgründer der Kommunist. Partei Bulgariens, nach Niederwerfung des kommunist. Aufstands 1923 ins Ausland geflohen, 1933 in Deutschland in den Reichstagsbrand-Prozeß hineingezogen, freigesprochen u. in die Sowjetunion abgeschoben, 1935 Generalsekretär der Komintern, Mitgl. des Obersten Sowjets der UdSSR (1937–1945), seit der Rückkehr nach Bulgarien (Nov. 1945) Führer der bulgar. KP, ab 1948 als Generalsekretär; 1946–1949 Min.-Präs.

Dimitrowgrad [-ɔf-], bulgar. Industriestadt an der Maritza, 44 300 Ew.; Braunkohlenlager; chem. u. Schwerindustrie, Zementfabrik. – 1947 gegr., nach G. Dimitroff benannt.

Dimitrowo, 1949–1962 Name der bulgar. Stadt →Pernik.

Dimona, israel. Stadt (gegr. 1955) im nördl. Negev, südöstl. von Beer Sheva, 24 000 Ew.; Wohnstadt für die chem. Industrie Sedoms u. die Phosphatfelder von Oron; Textilindustrie; Kernforschungsanlagen.

Dimorphie [grch.], Vorkommen von Mineralien gleicher chem. Art in 2 Kristallsystemen mit verschiedenen physikal. Eigenschaften; z. B. $CaCO_3$: trigonal (Kalkspat) u. rhombisch (Aragonit).

Dimorphismus, Zweigestaltigkeit, Ausbildung zweier verschiedener Gestalten innerhalb einer Tierart, z. B. als *Saison-D.,* wenn sich verschiedene Generationen (z. B. Frühlings- und Herbstgeneration) gestaltl. unterscheiden, oder als *Sexual-D.,* wenn sich die Geschlechter über die (primären) Geschlechtsmerkmale hinaus unterscheiden.

Dimow, Dimitŭr, bulgar. Erzähler, *25. 6. 1909 Lowetsch, †1. 4. 1966 Bukarest; schrieb Romane über die bulgar. Gesellschaft, so über diejenige im 2. Weltkrieg: „Tabak" 1951, dt. 1957.

DIN, ursprüngl. Abk. für *Deutsche Industrie-Normen,* später als Abk. für „Das ist Norm" gedeutet, kennzeichnet jetzt die Arbeit des *Deutschen Instituts für Normung e. V.* (DIN): in Gemeinschaftsarbeit von Erzeugern u. Verbrauchern, Forschern u. Behörden aufgestellte Vorschriften u. Richtlinien zum Vereinheitlichen von Bau- u. Maschinenteilen, Werkstoffen, Gebrauchsgegenständen, Maßen, Verfahren usw., die vom Dt. Institut für Normung laufend überprüft, nach Erfahrungen der Praxis ergänzt u. in Form von Normblättern mit dem Zeichen DIN herausgegeben werden. →auch Normung. – 10.0.3.

Dinan [di'nã], altertüml. nordwestfranzös. Kreisstadt im Dép. Côtes-du-Nord, auf dem linken Ufer der Rance, 16 600 Ew.; Textil- und Lederwarenindustrie; Fremdenverkehr; mittelalterl. Stadtmauern, befestigtes Schloß (14. Jh.).

Dinanderie, Erzeugnis der mittelalterlichen

Dimorphismus: Sexualdimorphismus, links beim Schwertträger (Xiphophorus-Zuchtrasse), rechts bei Fröschen (Polypedates spec.)

Dinant [di'nã], das Unterkarbon, eine Stufe des Paläozoikums (Erdaltertum).

Dinant [di'nã], Stadt in der Prov. Namur, Belgien, im Durchbruchstal der Maas durch die Ardennen, 9700 Ew.; spätmittelalterl. Bauten; alte Zitadelle auf 90 m hohem Felsen über die Maas (408 Stufen); Metallindustrie, in der Umgebung Karbon-Kalksteinbrüche. Wegen seiner strateg. Lage oft (1466, 1554, 1675, 1914, 1940, 1944) heftig umkämpft. — kunsthandwerklichen Produktion mit dem Herkunftsort Dinant (Belgien); bes. Kupfer- u. Messinggegenstände für den privaten u. den liturgischen Gebrauch.

Dinar [der; lat.], 1. arab., Goldmünze (4–6 g) des 7.–15. Jh. u. Hauptwährung der islam. Welt.
2. die 1873 eingeführte serbische Münzeinheit (ursprüngl. Silber); 1 D. = 100 Paras.
3. Währungseinheit in Jugoslawien (1 D. = 100 *Para*), im Irak (1 *Irak-D.* = 1000 *Fils*), in Jordanien (1 *Jordan-D.* = 1000 *Fils*), Kuwait (1 *Kuwait-D.* = 10 *Dirham* = 1000 *Fils*), Tunesien (1 D. = 1000 *Millimes*) u. Algerien (1 D. = 100 *Centimes*), Demokrat. Volksrepublik Jemen (1 *Jemen-D.* = 1000 *Fils*).

Dinaride, der bes. im Dinarischen Gebirge u. in den österr. Alpen wohnende Menschenschlag; Merkmale: hochwüchsig, hoch-kurzschädelig, Hinterhaupt steil, Nase deutlich konvex (Adlernase), Gesicht lang, Augen u. Haare dunkel.

Dinariden, zusammenfassende Bez. für den südwärts gerichteten alpinen tekton. Stamm auf dem Balkan. Die D. sind durch die dinar. Narbe von den südl. Kalkalpen getrennt. L. *Kober* unterscheidet außer den eigentl. D. im weiteren Verlauf nach Griechenland die *Helleniden* u. anschließend in der Türkei die *Tauriden*, die in die *Iraniden* übergehen.

Dinarisches Gebirge, serbokr. *Dinarsko gorje*, die meist verkarsteten Gebirgszüge im W der Balkanhalbinsel (Dinarisches Gebirgssystem, Illyrisches Gebirge); i. e. S. das Grenzgebirge (*Dinara planina*) an der dalmatin.-bosn. Grenze, im *Troglav* 1913 m, in der *Dinara* 1831 m; trocken, wenige Flüsse, verkehrsmäßig schlecht erschlossen, waldarm, Viehwirtschaft (Ziegen).

Dinasstein [nach dem *Dinasfelsen* in Wales], hochfeuerfester künstl. Stein zum Ausmauern von Schmelzöfen.

Dindukkal, *Dindigul*, südind. Stadt im Staat Tamil Nadu, nördl. von Madurai, 90 000 Ew., Zigarrenfabrikation.

Dine [dain], Jim, US-amerikan. Maler, *1935 Cincinnati; machte anfängl. Kunst aus Mülleimerfundstücken, schloß sich der Happeningbewegung an u. verlegte sich ab etwa 1960 auf graph. Zyklen von häufig privater Thematik mit parodist. Anspielungen auf Werke des Dada u. Surrealismus.

Diner [di'neː; das; frz.], in Frankreich die Hauptmahlzeit; Mahl aus mehreren Gängen; Festmahl.

Diner's Club ['dainəs 'klʌb; engl.], international tätiges Kreditkarten-Unternehmen. Einzelpersonen u. Unternehmen erhalten auf Antrag gegen eine einmalige Aufnahmegebühr u. eine jährl. Gebühr eine Kreditkarte. Der Karteninhaber ist berechtigt, Leistungen u. Lieferungen der Vertragsunternehmen des D. C. (z. B. Restaurants, Flug- u. Reisegesellschaften, Kaufhäuser, Fachgeschäfte) zu Originalpreisen ohne Barzahlung gegen Rechnung zu beziehen. Der D. C. leitet die Rechnungen an den Karteninhaber weiter. Der Vorteil für den Karteninhaber des D. C. liegt im Zinsgewinn infolge der aufgeschobenen Zahlung.

Ding [das], 1. *Philosophie:* allgemeinste Bez. für das einzelne nichtmenschl. Wirkliche, das jeweilige Seiende. Meist wird dabei der Unterschied zum Menschen betont, der kein D. u. keine *Sache* sei, wenn er auch in einer „verdinglichten" Welt lebe. In der modernen Dichtung wird umgekehrt zuweilen das D. als Ideal des Insichruhenden angesehen (Rilke, nach Heidegger).

D. an sich, nach *Kant* der den jeweiligen Erscheinungen zugrunde liegende, unerkennbare Grund; zugleich unverifizierbarer Grenzbegriff zu dessen Bezeichnung.

2. *Rechtsgeschichte:* →Thing.

Dingelstedt, Franz Frhr. von (seit 1876), Theaterleiter u. Dichter, *30. 6. 1814 Halsdorf, Oberhessen, †15. 5. 1881 Wien; Leiter der Hofbühnen in München 1852–1857, Weimar 1857–1867 u. Wien 1867–1881; verdient durch Hebbel-Aufführungen; von der zeitgenöss. Malerei bestimmte prunkvolle Inszenierungen. Hrsg. der Zeitschrift „Der Salon", Meister des Feuilletons, Verfasser satirisch-polit. Gedichte; begabter Landschafts- u. Geschichtsdarsteller. „Die neuen Argonauten" 1839; „Weserlied".

Dinosaurier: die Raubsaurier Tyrannosaurus (bis 14 m), Allosaurus (bis 10 m) und Gorgosaurus (bis 9 m Gesamtlänge) am Kadaver einer Entenschnabelechse („Trachodon") Anatosaurus, die vom oberen Jura bis in die untere Kreide in Nordamerika lebten. Besonders die Funde der Raubsaurier mit ihren furchtbaren Gebissen trugen zur Bez. „Dinosaurier" = Schreckechsen für diese stammesgeschichtlich nicht einheitliche Tiergruppe bei, in der aber überwiegend große, plumpe Pflanzenfresser zu finden sind

Dinggedicht, lyr. Spätform, in der ein Gegenstand beschrieben wird (C. F. *Meyer:* „Der römische Brunnen", R. M. *Rilke:* „Der Panther").

Dinghofer, Franz, österr. Politiker, *6. 4. 1873 Ottensheim, Oberösterreich, †12. 1. 1956 Wien; 1918 Präsident der Provisor. Nationalversammlung; Führer der Großdt. Volkspartei; 1926/27 Vizekanzler, 1927/28 Justiz-Min., bis 1938 Präsident des Obersten Gerichtshofs.

Dingi, *Dinghi* [ostind.], kleinstes Beiboot von Schiffen.

Dingler, Hugo, Philosoph, *7. 7. 1881 München, †29. 6. 1954 München; Prof. in München u. Darmstadt, Schüler von E. Mach, dessen Positivismus er durch einen *Apriorismus des Willens* überwand; von hier aus Kritik an der modernen Naturwissenschaft. Seine wichtigsten Untersuchungen gelten den Voraussetzungen des Messens u. Experimentierens. Hptw.: „Der Zusammenbruch der Wissenschaft u. der Primat der Philosophie" 1926, ²1931; „Die Ergreifung des Wirklichen", hrsg. v. K. Lorenz u. J. Mittelstraß, 1969.

dingliche Rechte, *Sachenrechte,* im bürgerl. Recht Befugnisse zur absoluten (gegen jedermann wirkenden) unmittelbaren Sachherrschaft (Gegensatz: →obligatorische Rechte). Sie sind im 3. Buch des BGB (Sachenrecht) geregelt. (Auch das schweizerische Recht kennt dieselbe grundsätzl. Unterscheidung.) Außer dem vollen dingl. Recht, dem Eigentum, gibt es danach als beschränkte d. R. *Vorkaufsrecht, Dienstbarkeiten* u. *(Grund-)Pfandrechte;* außerhalb des BGB insbes. das →Erbbaurecht u. das →Wohnungseigentum. Die d.n R. bedürfen zu ihrer Entstehung grundsätzl. der Einigung der Beteiligten u. der Eintragung im Grundbuch (§ 873 BGB).

dinglicher Vertrag, *Einigung,* Vertrag über die Übertragung oder Belastung *dingl. Rechte,* in seiner Gültigkeit unabhängig von dem schuldrechtl. Vertrag, aufgrund dessen die Vertragsparteien den dingl. Vertrag schließen (sog. *abstrakter Vertrag,* den es nach dem ZGB in der DDR nicht mehr gibt). Ein d. V. über die Übertragung des Eigentums *(Auflassung)* oder in entsprechender Anwendung die Bestellung eines Erbbaurechts an einem Grundstück muß grundsätzl. bei gleichzeitiger Anwesenheit vor einer zuständigen Stelle erklärt werden. Zur Entgegennahme der Auflassung ist, unbeschadet der Zuständigkeit weiterer Stellen, jeder Notar zuständig; sie kann auch in einem gerichtl. Vergleich erklärt werden (§ 925 BGB).

Dinglinger, Johann Melchior, Goldschmied, *26. 12. 1664 Biberach, Württemberg †6. 3. 1731 Dresden; dort seit 1698 am Hof Augusts des Starken tätig. Die Produktion der D.-Werkstatt, in der auch seine Brüder u. Söhne arbeiteten, beeinflußte stark die dt. Goldschmiedekunst des Barocks.

Gorgosaurus

Dingo, Canis familiaris dingo, mit gerissenem Wombat

Dingo (der; austral.), *Warragal, Canis familiaris dingo,* austral. Wildhund von etwa Schäferhundgröße, wahrscheinl. eine verwilderte Haushundrasse der ersten Einwanderer, die sich mit Haushunden fruchtbar kreuzt. In den letzten Jahren wurde aus Neuguinea der kleinere, waldbewohnende *Hallstrom-D., Canis familiaris hallstromi,* bekannt.

Dingolfing, niederbayer. Stadt an der Isar (Ldkrs. D.-Landau), 13 400 Ew.; Maschinen-, Textilindustrie.

Dingwall [ˈdiŋwɔːl], Hptst. der nordschott. Grafschaft Ross and Cromarty, 4000 Ew.; Rinder- u. Schafmarkt.

Dingwort, dt. Bez. für →Substantiv.

Dinis [diˈniʃ], *Diniz der Gerechte, Dionysius,* König von Portugal 1279–1325, *9. 10. 1261 Lissabon, †7. 1. 1325 Santarém; verweigerte beim Regierungsantritt dem Papst den Lehnszins ungeachtet des päpstl. Banns u. verbot die Vererbung von Grundstücken an die Kirche; förderte Landwirtschaft, Handel u. Gewerbe durch eine neue Städteordnung, Kunst u. Wissenschaft u. a. durch Gründung der Universität Lissabon 1290, die Anfang des 14. Jh. nach Coimbra verlegt wurde; dichtete u. regte die nach ihm benannte Sammlung von Troubadour-Liedern an.

Dinis [diˈniʃ], Júlio, eigentl. *Joaquim Guilherme Gomes Coelho,* portugies. Erzähler, *14. 11. 1839 Porto, †12. 9. 1871 Porto; Sohn einer engl. Mutter; unter dem Einfluß A. Herculanos u. des engl. realist. Romans; gute Milieuschilderung, lehrhaft im Sinn J.-J. Rousseaus. „As Pupilas do Senhor Reitor" 1867; „Uma Família Inglesa" 1867; „Serões de Província" 1870.

Dinis da Cruz e Silva [diˈniʃ ðɐ ˈkruz i ˈsilvɛ], António, portugies. Dichter, *4. 7. 1731 Lissabon, †5. 10. 1799 Rio de Janeiro; Neoklassizist; berühmt sein heroisch-komisches Epos „O Hissope" (posthum) 1802, ein Spottgedicht auf den dekadenten Adel.

Dinitrobenzol [das; grch. + arab.], durch Nitrierung von Benzol entstehende Verbindung, Formel $C_6H_4(NO_2)_2$; Verwendung in Sprengstoffen u. zur Herstellung von Farbstoffen sowie als Ersatz von Campher bei der Celluloidherstellung.

Dinitrotoluol, $CH_3 \cdot C_6H_3(NO_2)_2$, aromat. Kohlenwasserstoff, der durch Behandeln von Toluol mit Salpetersäure entsteht. Zwischenprodukt bei der Herstellung von →Trinitrotoluol (TNT).

Dinka, *Jieng,* arab. *Denkawi,* Stämmegruppe der Niloten am Weißen Nil (1,4 Mill.); Viehzüchter mit totemistischen Clans u. Regenmachern als Häuptlingen.

Dinkel, *Spelz, Schwabenkorn,* Form des Weizens, bei dem die Hülsen (Spelze) am Korn verbleiben; in Süd-Dtschld. noch im Anbau. Die meist unreif geernteten Körner werden getrocknet als →*Grünkern (Kernen)* verkauft u. dienen als Einlage zu Suppen. Verwandte Formen des D.s sind *Emmer (Amelkorn)* u. *Einkorn.* Alle Formen waren schon im Altertum bekannt; im Ertrag sind sie unseren heutigen Weizenzuchtsorten unterlegen.

Dinkelberg, Südausläufer des Schwarzwalds östl. von Lörrach, zwischen Rhein u. Wiese, 535 m.

Dinkelsbühl, bayer. Stadt in Mittelfranken (Ldkrs. Ansbach), an der Wörnitz, 10 000 Ew.; eines der reizendsten Städtchen rein mittelalterl. Charakters mit Stadtmauer, Gräben u. Türmen, spätgot. Kirche u. zahlreichen Fachwerkbauten; Holz- u. Lederindustrie, Fremdenverkehr. Vor 1273–1803 Reichsstadt.

Dinklage, niedersächs. Gemeinde nordwestl. vom Dümmer (Ldkrs. Vechta), 8000 Ew.; Landwirtschaftszentrum, Möbel-, Landmaschinen- u. Textilindustrie.

Dinner [das; engl.], engl. Hauptmahlzeit, wird abends eingenommen.

Dinoceraten [grch. *deinos,* „schrecklich", + *keras,* „Horn"], nashorngroße pflanzenfressende Säugetiere des Alttertiärs mit zumeist 3 Paar Knochenzapfen auf der Schädeloberseite.

Dinocrates →Deinokrates.

Dinoflagellaten, *Dinoflagellata,* eine Ordnung der *Geißeltierchen;* Einzeller mit, wenn vorhanden, gelbbraunen Farbstoffträgern und Cellulosepanzer, die eine Quer- u. eine Längsgeißel besitzen. Es kommen auch nackte, unbeschalte Formen (z. B. *Gymnodinium*) vor.

Dinophycales, *Dinophyceae, Pyrrhophyceae,* Abteilung winziger, meist einzelliger *Algen,* die Chlorophyll führen u. von einer strukturierten Cellulose-Membran umgeben sind; meist im Meer, aber auch im Süß- u. Brackwasser. *Noctiluca* verursacht das →Meeresleuchten.

Dinosaurier [grch. *deinos,* „schrecklich", + *sauros,* „Echse"], zusammenfassender Begriff für die herrschenden *Reptilien* des Mesozoikums. Sie stammen von →Thekodontiern ab. 2 Gruppen (Saurischia, Ornithischia) mit mehreren Untergruppen: *Carnosaurier* (zweifüßige, kängurähnliche *Raubsaurier,* bis 14 m lang u. 8 m hoch:

Megalosaurus u. Tyrannosaurus); *Sauropoda* (vierfüßige, schwerfällige Pflanzenfresser mit langem Hals u. langem Schwanz, bis über 25 m lang: Diplodocus, Brontosaurus, Brachiosaurus); *Ornithopoda* (ähnlich den Carnosauria, aber Pflanzenfresser: Iguanodon, Trachodon); *Stegosauria* (gepanzerte Pflanzenfresser mit Knochenplatten u. -stacheln, bis 7 m lang; Stegosaurus, Nodosaurus) u. *Ceratopsida* (gehörnte, nashornähnliche Formen, Pflanzenfresser). Zu den D.n gehören die größten bekannten Landwirbeltiere. Manche von ihnen (z.B. Stegosaurus) zeigen eine bemerkenswerte Verdickung des Rückenmarks im Bereich der Beckenregion zur Innervierung der Hinterextremitäten; um ein „zweites Gehirn" handelt es sich dabei nicht. Verbreitung: Trias – Kreide.

Dinotherium [grch. *deinos*, „schrecklich", + *therion*, „Tier"], ausgestorbenes, elefantengroßes *Rüsseltier* mit abwärts gebogenen Stoßzähnen im Unterkiefer. Verbreitung: Miozän – Pleistozän.

Dinslaken, Stadt in Nordrhein-Westfalen (Ldkrs. Wesel), am Niederrhein, 57 000 Ew.; Steinkohlenbergbau, Eisenindustrie (Thyssen); Trabrennbahn, Motor- u. Segelflugplatz.

Dio Cassius, eigentl. *Cassius Dio Cocceianus*, röm. Konsul u. griech. Geschichtsschreiber, *um 150 n. Chr. Nicäa, †nach 229; verfaßte eine sorgfältige, teilweise erhaltene röm. Geschichte von den Anfängen bis 229 n. Chr.

Diocletian, Gaius Valerius *Diocles*, als Kaiser: C. Aurelius Valerius *Diocletianus*, röm. Kaiser 284–305, *um 243 Dalmatien, †3. 12. 316 Salona; stammte aus sozial niedrigen Verhältnissen u. war als Soldat emporgekommen; am 17. 9. 284 von den Soldaten in Nikomedien zum Kaiser ausgerufen. Neuordner des Reichs durch Verfassungsreform, schuf das System der *Tetrarchie* („Viererherrschaft"): zwei Augusti mit je einem Caesar. D. setzte zuerst seinen Freund Marcus Aurelius *Maximianus* zum Caesar u. 286 zum Augustus für den Westen ein. Durch Annahme des Beinamens *Iovius* für D. u. *Herculius* für Maximian kam die übergeordnete Stellung des D. zum Ausdruck; ein streng geregeltes Hofzeremoniell wurde eingeführt. Caesares wurden 293 Gaius *Galerius* Valerius *Maximianus* u. Marcus Flavius Valerius *Constantius Chlorus*; durch Heiraten mit weibl. Verwandten der Augusti u. Adoption wurde das tetrarchische System dynastisch unterbaut. D. verwaltete den Osten (Residenz Nikomedia), Maximian Italien u. Africa (Residenz Mailand), Galerius Illyrien, Makedonien, Griechenland (Residenz Sirmium), Constantius Chlorus Spanien, Gallien u. Britannien (Residenzen Trier u. York). Gesetzl. wurde festgelegt, daß die Augusti nach 20jähriger Regierung gleichzeitig abdanken u. die Caesares nachrücken sollten; das System zerbrach jedoch bereits teilweise noch zu Lebzeiten D.s, nachdem er u. Maximian 305 zurückgetreten waren.

Militär- u. Zivilverwaltung wurden streng getrennt, die Gliederung u. Verwaltung des Reichs dezentralisiert, indem man das Reich in 12 Diözesen mit insgesamt 101 Provinzen aufteilte, die Diözesenvorsteher *(vicarii)* wurden den Tetrarchen unterstellt. Die wirtschaftl. Lage versuchte D. durch Ausbau des staatl. Zwangsapparats zu steuern. Ausbau eines bewegl. Feldheers u. Zwangsinnungen der Handwerker zu dessen Versorgung; Bindung der Bauern an die Scholle (Kolonat) zur Verhinderung der Landflucht u. besserer Steuererhebung; 201 Erlaß eines umfassenden Höchstpreistarifs gegen die zunehmende Teuerung.

D. kämpfte mit Franken u. Alemannen, sicherte Ägypten, gewann Britannien zurück u. erzwang 298 die Anerkennung der röm. Oberhoheit in Armenien durch die Perser. 303/04 befahl D. eine allgemeine *Christenverfolgung* mit Kultverbot, Niederreißen der Kirchen, Beschlagnahme des Gemeindevermögens u. Bibelverbrennungen; die Christen wurden gezwungen, dem Bildnis des Kaisers als dem eines Gottes zu opfern, u. hatten bei Verweigerung mit Folterung u. Zwangsarbeit in Bergwerken zu rechnen. Am 1. 5. 305 trat D. zurück u. ließ sich in dem von ihm um 300 erbauten Palast in Spalato (Split) an der dalmatin. Küste nieder; er wurde dort nach seinem Tod in einem Mausoleum beigesetzt. – ▯5.2.7.

Dioctylphthalat, $C_6H_4(COOC_8H_{17})_2$, ein Octylester der Phthalsäure; farblose Flüssigkeit. Weichmacher für PVC-Kunststoffe u. Lacke.

Diodati, Giovanni, schweizer. reformierter Theologe, *6. 6. 1576 Genf, †3. 10. 1649 Genf; schuf eine noch heute gebrauchte italien. Bibelübersetzung, versuchte vergeblich die Reformation in Italien einzuführen.

Diode [grch.], *Zweipolröhre*, eine →Elektronenröhre mit zwei Elektroden (Anode, Kathode); wirkt als Gleichrichter; →Diodengleichrichtung. I.w.S. auch Gleichrichter aus Halbleitermaterial, z.B. Germanium-D.

Diodengleichrichtung, Schaltung einer Diode in einen Wechselstromkreis zur Erzeugung einer pulsierenden Gleichspannung. Da nur die heiße Kathode Elektronen emittieren kann, wird jede zweite Halbwelle (d.h., wenn die Anode negativ ist) unterdrückt. Ähnlicher Effekt bei Halbleiterdioden, deren Durchlaßwiderstand je nach Stromrichtung sehr groß oder verhältnismäßig klein ist.

Diogenes Laertios, Doxograph, schrieb im 3. Jh. n. Chr. zehn Bücher über „Leben u. Meinungen berühmter Philosophen" (dt. von O. Apelt 1921). D. sammelte sein Material ziemlich kritiklos aus verschiedenen Quellen, ist aber für unsere Kenntnis der griech. Philosophie unentbehrlich.

Diogenes von Apollonia, griech. Naturphilosoph, um 450 v. Chr., verband die Lehre des Anaximenes von der Luft als Grundstoff mit dem Dualismus des Anaxagoras: das Urprinzip kann nicht ohne Vernunft (Noesis) gedacht werden. D. wurde so zum Begründer des *Hylozoismus*.

Diogenes von Sinope, griech. Philosph, *um 412, †um 323 v. Chr.; Schüler des Kynikers Antisthenes. D. war sicher mehr als der Kulturverächter u. Sonderling, zu dem ihn die Legende machte („Zynismus"). Im Sinn des kynischen Naturbegriffs lehrte er Weiber- u. Kindergemeinschaft, Kosmopolitismus u. Übung (Askese) im Ertragen von Widerwärtigkeiten. Die Gleichgültigkeit gegen alle äußeren Kulturgüter bekundete D. dadurch, daß er sich ein Faß als Wohnung wählte.

Diognetbrief, eine an einen Heiden Diognet gerichtete Apologie des Christentums gegenüber Heiden- u. Judentum, entstanden wohl Ende des 2. oder Anfang des 3. Jh.; Verfasser unbekannt.

Diokletian = Diocletian.

Diolefine →Diene.

Diolen, Warenname für eine durch Polykondensation aus Terephthalsäure u. Äthylenglykol hergestellte Kunstfaser; sehr reißfest, beständig gegen Sauerstoff u. Licht, verträgt hohe Temperaturen; D.-Stoffe sind sehr knitterfest u. formfest u. laufen beim Waschen nicht ein. – ▣→Chemiefasern; →auch Polyesterfaserstoff.

Diomedes, 1. sagenhafter König der Bistonen in Thrakien, Besitzer der menschenfressenden Rosse, die Herakles zu Eurystheus bringen mußte, nachdem er ihnen D. zum Fraß vorgeworfen hatte. **2.** sagenhafter König von Argos, griech. Held im Trojanischen Krieg.

3. Verfasser einer latein. Grammatik („Ars grammatica") aus dem 4. Jh.

Dion, Tyrann von Syrakus 357–354 v. Chr., *409 v. Chr., †354 v. Chr. (ermordet); Schwager, später auch Schwiegersohn *Dionysios' I.* von Syrakus, rief *Platon* an den Hof von Syrakus; von Dionysios II. 366 v. Chr. verbannt, kehrte er 357 v. Chr. nach Syrakus zurück, um den Tyrannen seinerseits zu vertreiben; versuchte den platon. Idealstaat zu verwirklichen u. erlag 354 v. Chr., von seinem vermeintlichen Freund Kallippos verraten, einer Söldnerverschwörung.

Dion Chrysostomos [grch., „Goldmund"], griech. Redner u. Philosoph, *um 40 Prusa, Bithynien, †um 115 Rom; ein hochgebildeter, bei den Kaisern Nerva u. Trajan angesehener Mann. 78 kulturhistor. interessante Reden sind erhalten.

Dione, 1. *Astronomie:* einer der Monde des Planeten Saturn. Er wurde 1684 von Cassini entdeckt u. ist 377 700 km vom Saturn entfernt. Sein Durchmesser wurde mit 1300 km berechnet.

2. *griech. Mythologie:* Gemahlin des Zeus, Mutter der Aphrodite.

Dionisij, russ. Ikonenmaler, *um 1440, †nach 1502; nach A. Rubljow der bedeutendste Meister der altruss. Malerei mit großer Schulwirkung im Bereich der Moskauer Rus. Erhaltene Werke: Hodegetria-Heiligenbild aus dem Wosnessenje-Kloster in Moskau; Wandmalereien im Ferapont-Kloster, 1500–1502; Kreuzigungs-Ikonen aus dem Pawel-Obnorski-Kloster, 1500.

Dionysios, Tyrannen von Syrakus: **1.** *D. I., D. der Ältere*, Feldherr u. ab 405 v. Chr. Tyrann von Syrakus, *430 v. Chr., †367 v. Chr.; erfolgreich gegen die Karthager, die er jedoch nicht aus Sizilien verdrängen konnte, dehnte seinen Einfluß auf Italien aus u. errichtete ein Kolonialreich an der Adria. Erbauer der *Euryalosfestung*. Eng mit Sparta verbündet, später auch Ehrenbürger Athens. D., der sich auch literarisch betätigte, gilt als Retter sizilian. Griechentums, seine histor. Rolle ist jedoch umstritten. Er ist der Tyrann in Schillers „Bürgschaft". – ▯5.2.3.

2. *D. II., D. der Jüngere*, 367–344 v. Chr., Sohn u. Nachfolger von 1), *um 397 v. Chr.; an seinem Hof lebte neben anderen Philosophen vorübergehend *Platon*. D. war zügellos u. ausschweifend; von Timoleon gezwungen, verzichtete er 344 v. Chr. auf die Herrschaft. Er gilt als Wegbereiter des Zusammenbruchs der griech. Herrschaft im Westen.

Dionysios Thrax [grch., „der Thraker"], griech. Grammatiker, 2. Jh. v. Chr.; Schüler des *Aristarchos von Samothrake*, schrieb eine griech. Grammatik, die bis in die Neuzeit als vorbildlich galt.

Dionysios von Halikarnassos, griech. Rhetor u. Geschichtsschreiber, 2. Hälfte des 1. Jh. v. Chr. (seit 30 in Rom); schrieb außer rhetor. u. literarkrit. Abhandlungen eine „Röm. Geschichte", die ein stilist. Musterstück des *Attizismus* ist.

dionysisch →apollinisch und dionysisch.

Dionysius [grch., lat., „dem Gott Dionysos geweiht"], männl. Vorname, frz. *Denis*.

Dionysius, Papst, 259–267 (268?), Heiliger, †26. 12. 267/268 Rom; einer der bedeutendsten Päpste des 3. Jh., reorganisierte die röm. Gemeinde u. teilte die Stadt in Pfarreien ein. In einem Schreiben an die Kirche von Alexandria legte er die Trinitätslehre dar.

Dionysius, frz. *Denis*, Bischof von Paris in der 2. Hälfte des 3. Jh.; Heiliger, Märtyrer; seit dem 9. Jh. wurde er irrtümlich für den Theologen D. Areopagita gehalten. Einer der 14 Nothelfer; fränk. Nationalheiliger. Fest: 9. 10.

Dionysius Areopagita, von Paulus bekehrtes Mitglied des Areopags in Athen (Apg. 17,34). Unter seinem Namen schrieb um 500 ein christl., von Proklos abhängiger Neuplatoniker theolog.-mystische Schriften, die im MA. hohes Ansehen genossen, zumal er außerdem mit D. von Paris gleichgesetzt wurde.

Dionysius der Große, Bischof von Alexandria (seit 247), Heiliger, †264/265; Schüler des Origenes, Vorsteher der alexandrin. Schule; führend u. vermittelnd in den innerkirchl. Lehrstreitigkeiten (Novatian, Ketzertaufstreit, chiliast. Wirren, trinitar. Streitigkeiten). Fest: 17. 11.

Dionysius Exiguus, gelehrter skythischer Mönch, *um 470, †um 550 Rom; in Rom lebend; Vermittler griech. Geistesbildung an das Abendland u. Verfasser einer griech. Konzilssammlung, führte die christl. Zeitrechnung u. die alexandrin. Osterfestberechnung ein.

Dionysius von Portugal →Dinis.

Dionysos, *Bakchos, Bacchus*, griech. Gott, aus Kleinasien in Griechenland eingewandert; nach der Sage Sohn des Zeus u. der Semele. Er wirkt im Rausch der Verzückung u. erhebt seine Gläubigen darin über das Menschliche. Sein Kult setzte sich in Griechenland durch u. wirkte in alle Mysterien hinein. Da sein Rausch auch im Weingenuß erfahren wurde, stellte man ihn viel mit Reben u. Trauben dar; er galt als Gott des Weins, des Rausches u. der Fruchtbarkeit. Seine Anhänger(innen), die →Mänaden, schweiften nachts durch die Bergwälder u. fingen Tiere, die sie roh verzehrten, um dem Gott nahe zu sein. Aus den Festen zu Ehren des D. entstanden Komödie u. Tragödie des alten Griechenland. – ▯1.8.1.

Diophantos von Alexandria, griech. Mathematiker, um 250 v. Chr.; Arbeiten aus der Algebra u. Zahlentheorie. Die ihm fälschlich zugeschriebenen *diophantischen Gleichungen* sind Gleichungen mit ganzzahligen Koeffizienten u. der Form $ax + by = c$, deren ganzzahlige Lösungen zu suchen sind.

Diopsid [der; grch.], farbloses oder verschieden gefärbtes, glasglänzendes Mineral; monoklin; Härte 5–6; in Tiefen- u. Ganggesteinen u. verändertem Kalkgestein; $CaMg(Si_2O_6)$.

Dioptas [der; grch.], *Kupfersmaragd*, smaragdgrünes, glasglänzendes Mineral; trigonal; Härte 5; mit Quarz, Kalkspat und Dolomit; Formel: $Cu_3[Si_3O_9] \cdot 3H_2O$.

Diopter [das; grch.], Zielvorrichtung, bestehend aus kleiner Blende u. Visiermarke in festem Abstand davon. Gezielt wird, indem man Ziel, Visiermarke, Blende u. Auge in eine Linie (Visierlinie) bringt. Optische Vorrichtung an alten astronom. Instrumenten.

Dioptrie [grch.], Zeichen dpt, früher dptr., Einheit für die Brechkraft einer Linse. Die Brechkraft $\frac{1}{f}$ ist gleich dem Kehrwert der Brennweite *f* in Metern;

eine Linse von 1 m Brennweite hat danach die Brechkraft 1 dpt = $\frac{1}{1 \text{m}}$ = 1 m^{-1} →auch Brille.

Dior, Christian, französ. Modeschöpfer, *21. 1. 1905 Granville, †24. 10. 1957 Montecatini (Italien); zunächst als Kunsthändler u. Moderedakteur, seit 1937 als Modezeichner für „Figaro" u. den Modeschöpfer R. Piquet tätig. Seine erste eigene Kollektion, 1947 präsentiert, prägte den →New Look. Bis zu seinem Tode beeinflußte D. die Weltmode maßgeblich. Aus bescheidenen geschäftl. Anfängen entwickelte er ein weltweites Konzernunternehmen, zu dessen bekanntesten Schöpfungen die sog. H-Linie gehörte.

Diorama [das; grch., „Durchscheinbild"], Bild, bei dem die nach Tageszeiten wechselnde Beleuchtung durch Anbringen künstl. Lichtquellen nachgeahmt wird; auch Schaubild, bei dem plastische Gegenstände mit Hintergrundmalerei vereinigt werden.

Diori [djɔ'ri], Hamani, afrikan. Politiker in Niger, *16. 6. 1916 Soudouré, Niger; Moslem, Lehrer u. a. in Paris, seit 1946 Parteivors. der Fortschrittspartei (PPN); vertrat Niger in der französ. Nationalversammlung u. wurde 1957 deren Vizepräs., 1958 erster Minister-Präs. der autonomen Regierung von Niger, 1960–1974 Staats-Präs.

Diorit [der; grch.], körniges, intermediäres Tiefengestein aus wenig Orthoklas, mehr Plagioklas, Hornblende, Biotit, Quarz; Dichte 2,7–3; Vorkommen: Lausitz, Thüringen, Vogesen, Odenwald u. Südtirol (Tonalit).

Dioscurus, Papst 530, †14. 10. 530 Rom; nach einflußreicher Mitarbeit unter mehreren Päpsten wurde er von der byzanzfreundl. Mehrheit des Klerus zum Papst erhoben, während eine Minderheit den von Felix III. designierten Bonifatius II. wählte. Durch D.' baldigen Tod fand das Schisma sein Ende.

Dioskuren [grch., „Söhne des Zeus"], auch *Tyndaridai*, Gestalten der griech. Mythologie, die Zwillinge *Kastor* u. *Polydeukes* (lat. Castor u. Pollux), Söhne der Leda u. des spartan. Königs Tyndareos oder des Zeus. Sie galten als Helfer in der Not, bes. in Kampf u. Seenot (doppeltes St.-Elms-Feuer an den Mastspitzen verhieß Rettung durch sie); oft als Rossebändiger dargestellt, u. a. in den marmornen Kolossalstatuen auf dem Quirinalsplatz in Rom („Monte Cavallo").

Dioskurides, Pedanios, griech. Arzt im 1. Jh. n. Chr.; verfaßte u. a. eine fünfbändige Arzneimittellehre „De materia medica", die für mehr als anderthalb Jahrtausende das grundlegende Arzneibuch blieb.

Diospolis magna →Theben.

Diospyrales [grch.] = Ebenales.

Diospyros [grch.] →Dattelpflaume.

Diotima, griech. Priesterin, der *Platon* im „Gastmahl" seine Gedanken über den Eros als ein Zeugen im Schönen u. als Sehnsucht nach Unsterblichkeit in den Mund legt. – *Hölderlin* verherrlichte unter diesem Namen Susette Gontard in seinem „Hyperion" u. in Gedichten.

Diourbel [diur-], Eisenbahnknotenpunkt in der westafrikan. Rep. Senegal, 28500 Ew.

Dioxan [das; grch.], *Diäthylendioxid*, Diäther des Glykols, farbloses Öl, durch Erhitzen von Glykol mit wenig konzentrierter Schwefelsäure hergestellt. Sehr gutes Lösungsmittel z. B. für Wachse, Fette, Celluloseester, Harze u. Farbstoffe. Chloriertes D. dient zur Schädlingsbekämpfung u. zur Desinfektion von Krankenzimmern.

Dioxide, Verbindungen, in denen zwei Sauerstoffatome an ein Atom eines anderen Elements gebunden sind, z. B. SO_2, Schwefel-D.

Diözese [die; grch.] →Bistum.

diözisch [grch.], zweihäusig, →Blüte.

Dipavamsa, ältestes Geschichtswerk der Buddhisten von Ceylon, im Pali verfaßt, bis ins 4. Jh. n. Chr. reichend u. sicher vor Mitte des 5. Jh. n. Chr. entstanden.

Diphenyl [das; grch.], *Biphenyl*, organ.-chem. Verbindung aus zwei Benzolringen; C_6H_5–C_6H_5; glänzende Blättchen, die durch Wasserstoffentzug aus Benzoldämpfen gewonnen werden. D. dient zur Farbstoffherstellung, zur Konservierung bes. von Zitrusfrüchten sowie wegen seines hohen Siedepunkts (255°C) als Wärmeüberträger.

Diphenylamin, $(C_6H_5)_2 \cdot NH$, entsteht bei Einwirkung von Anilin auf salzsaures Anilin; empfindl. Reagenz auf Salpetersäure u. Nitrate.

Diphosphat [das; grch.], zweibasisch phosphorsaurer Kalk; in der Landwirtschaft als Futterkalk verwendet.

Diphtherie [grch.], *Hals-, Rachenbräune, häutige Bräune*, (Echter) *Krupp*, durch die D.bakterien erregte Schleimhauterkrankung der Mandeln, des Rachens, des Kehlkopfs, der Luftröhre u. der Nase. Es kommt zu Ausschwitzungen von Faserstoff *(Fibrin)* mit weißlichen Belägen, die beim Abstreifen bluten. Im Rachen u. Kehlkopf können sie Erstickungsanfälle verursachen u. den Luftröhrenschnitt erforderlich machen. Die D.bakterien bilden hier Toxine, die den Herzmuskel, die Gefäß- u. Muskelnerven angreifen u. Lähmungen (Gaumensegel, Arme, Beine) hervorrufen; in schweren Fällen Herzlähmung. Übertragung der D. durch Tröpfcheninfektion von Kranken u. Bazillenträgern. *Nasen-D.* kann ohne stärkere Allgemeinerscheinungen verlaufen u. führt leicht zur Dauerausscheidung der Erreger. Auch Wunden können mit D.belägen infiziert werden *(Wund-D.)*, Behandlung: D.heilserum zur passiven Immunisierung; Vorbeugung durch Schutzimpfung (aktive Immunisierung). – ⊡ 9.9.1.

Diphthong [der; grch.], Doppellaut, Zwielaut, einsilbig gesprochener, aus zwei Vokalen zusammengesetzter Laut wie au, ei, eu usw.; Gegensatz: *Monophthong*. – *Diphthong(is)ierung*, Übergang eines Monophthongs in einen D., z. B. mhd. „mîn" zu neuhochdt. „mein".

Diphyl [Kunstwort], ein Gemisch von 27% Diphenyl u. 73% Diphenyloxid; Wärmeübertragungsmittel; verwendbar bis 350°C.

Diphylie [grch.] →Polyphylie.

Diplegie [grch.], doppelseitige Lähmung, bes. durch Gehirnschädigung.

Diplohaplonten [grch.], Pflanzen mit →Generationswechsel zwischen diploider u. haploider Generation. →auch Kernphasenwechsel.

diploid [grch.], zwei Chromosomensätze besitzend. D.e Organismen *(Diplonten)* sind z. B. Säugetiere u. höhere Pflanzen in ihren Körperzellen. →auch haploid, Polyploidie, Zellteilung.

Diplom [das; grch.], Urkunde als Auszeichnung für eine hervorragende Leistung oder für eine abgelegte Prüfung; ursprüngl. ein aus Doppeltafeln zusammengesetztes Dokument; seit dem 17. Jh. im wissenschaftl. Sprachgebrauch eine amtl. Urkunde. D.prüfungen gibt es in der BRD u. in Westberlin für folgende Studienfächer: *D.-Architekt*, Studium an Techn. Hochschulen bzw. Techn. Universitäten; *D.-Biologe*, Studium an Universitäten u. einigen techn. Hochschulen bzw. Techn. Universitäten; *D.-Chemiker* (Abk. *Dipl.-Chem.*), Studium an Universitäten u. Techn. Hochschulen bzw. Techn. Universitäten; *D.-Dolmetscher*, Studium an einigen Universitäten; *D.-Forstwirt*, Studium an einigen Universitäten; *D.-Gärtner*, Studium an Techn. Hochschulen bzw. Techn. Universitäten; *D.-Geograph*, Studium an einigen Universitäten u. Techn. Hochschulen bzw. Techn. Universitäten; *D.-Geologe* (Abk. *Dipl.-Geol.*), Studium an Universitäten u. den meisten Techn. Hochschulen bzw. Techn. Universitäten; *D.-Handelslehrer* (Abk. *Dipl.-Hdl.*), Studium an einigen Universitäten; *D.-Ingenieur* (Abk. *Dipl.-Ing.*), Studium an Techn. Hochschulen u. an Techn. Universitäten; *D.-Kaufmann*, Studium an einigen Universitäten u. an Techn. Hochschulen bzw. Techn. Universitäten; *D.-Landwirt*, Studium an einigen Universitäten u. an einigen Techn. Hochschulen bzw. Techn. Universitäten; *D.-Mathematiker* (Abk. *Dipl.-Math.*), Studium an Universitäten oder Techn. Hochschulen bzw. Techn. Universitäten; *D.-Meteorologe*, Studium an einigen Universitäten u. Techn. Hochschulen bzw. Techn. Universitäten; *D.-Physiker* (Abk. *Dipl.-Phys.*), Studium an Universitäten u. Techn. Hochschulen bzw. Techn. Universitäten; *D.-Politologe*, Studium an der Freien Universität Berlin; *D.-Psychologe* (Abk. *Dipl.-Psych.*), Studium an Universitäten u. an einigen Techn. Hochschulen bzw. Techn. Universitäten; *D.-Soziologe* oder *D.-Sozialwirt*, Studium an Universitäten oder Techn. Hochschulen bzw. Techn. Universitäten; *D.-Volkswirt* (Abk. *Dipl. rer. pol.*), Studium an Universitäten oder Techn. Hochschulen bzw. Techn. Universitäten.

Diplomat [grch.], ein mit der Wahrnehmung der außenpolit. Beziehungen betrauter höherer Beamter des *Auswärtigen Dienstes*. Die D.en vertreten die Interessen ihres Landes bei fremden Staaten u. internationalen Organisationen nach den Weisungen des Staatsoberhaupts, des Außenministers u. der sonst zuständigen Behörden. Eine bes. Stellung nehmen hierbei die *Missionschefs* ein, d. h. die →Botschafter, →Gesandten, Leiter von Handelsdelegationen mit diplomat. Status. Für sie holt der entsendende Staat die Zustimmung des Staates ein, in dem sie tätig werden sollen (→Agrément), sie können zur „persona ingrata" („unerwünschten Person") erklärt werden u. kehren dann in den Heimatstaat zurück. Letzteres gilt auch für die nachgeordneten Beamten (u. Angestellten) der diplomat. Dienststellen.

Die D.en genießen im Aufenthaltsstaat bestimmte Vorrechte, sind von einigen (nicht allen) Steuern befreit, unterliegen nicht der Zwangsgewalt des fremden Staates, insbes. nicht seiner Strafgerichtsbarkeit. Über diese Immunität verfügt aber nicht der D., sondern der Entsendestaat.

Die *diplomatische Laufbahn* ist heute meist durch bes. Gesetze oder Vorschriften geregelt. Für die BRD: kein besonderes Laufbahngesetz, wohl aber Anwendung des Beamtenrechts sowie der Laufbahnbestimmungen des Auswärtigen Amtes. Neben den Laufbahnbeamten auch Übernahme führender Kräfte aus Politik u. Wirtschaft.

Nicht zum diplomat. Dienst zählen die Angehörigen des *konsularischen Dienstes*, wenn auch bei den höheren Beamten jedenfalls in der BRD die gleiche Ausbildung besteht u. auch Versetzungen von einem Dienstzweig in den anderen häufig vorkommen. →auch Konsul, Diplomatisches Korps. – ⊡ 4.1.1.

Diplomatie [grch.], **1.** die bei der Regelung zwischen- u. überstaatl. Beziehungen angewandten Methoden der Außenpolitik. Die D. dient dem friedl. Verkehr der Staaten u. übernationalen Gemeinschaften untereinander. Sie bereitet Verbindungen u. Verträge vor u. sucht Streitfälle zu vermeiden bzw. beizulegen.

2. die Organisation der in der Außenpolitik, insbes. im Ausland tätigen Diplomaten. Den höchsten Rang unter den Diplomaten nehmen die *Botschafter* ein, gleichrangig die päpstl. *Nuntien* oder *Legaten*. Es folgen die *Gesandten*, die *Generalkonsuln*, die *Konsuln* u. die *Geschäftsträger*. Die Berufs-D. entwickelte sich seit dem Beginn der Neuzeit namentl. von Venedig, Spanien u. Frankreich aus; letzteres bestimmt z. T. noch heute das diplomat. Zeremoniell. Die Sprache der D. war bis zum *Westfälischen Frieden* das Latein, dann das Französisch, seit dem 1. Weltkrieg häufig Englisch. Die ursprüngl. Mittel der D., des Verkehrs der Staaten untereinander durch Gesandte (Geheim-D.), ist heute eingeschränkt durch die zahlreichen Kontakte der Staats-, Regierungschefs u. Minister untereinander *(Gipfel-D.)* u. die permanente Zusammenarbeit in übernationalen Gremien. – ⊡ 5.9.0. u. 4.1.1.

Diplomatik [grch.], →Urkundenlehre.

Diplomatisches Korps, *Corps diplomatique*, Abk. *CD*, die Gesamtheit der bei einem Staat akkreditierten („beglaubigten") diplomat. Vertreter. Diese können unter ihrem →Doyen ein gemeinsames Vorgehen beim Gaststaat zur Wahrung ihrer Interessen verabreden, Streitigkeiten schlichten, Protokollfragen (→Chef des Protokolls) mit dem Gaststaat erörtern. Eine Befugnis zur Rechtsetzung oder zum Abschluß von Verträgen steht dem D. K. nicht zu. Manche Staaten kennen besondere Vorschriften über diplomat. Vorrechte, Bestimmung des Doyen (Deutschland aufgrund des Reichskonkordats von 1933) u. ä.

Diplopoda →Doppelfüßer.

Diplura [grch.] →Doppelschwänze.

Dipnoer [lat.], *Dipnoi*, wissenschaftl. Bez. für Lurchfische; →Lungenfische.

Dipodie [grch.], metrische Einheit aus zwei gleichen Versfüßen.

Dipol [der; grch.], **1.** bes. Ausführungsform einer →Antenne; besteht im einfachsten Fall aus einem Draht oder Metallstab halber Wellenlänge. Die Zu- oder Ableitung erfolgt in der Mitte der aufgeteilten Antenne. Es gibt auch *Falt-D.e* (schleifenförmig) oder *Doppelfalt-D.e*. Ein D. hat eine ausgeprägte Richtwirkung.

2. *Zweipol, elektrischer D.*, zwei gleich große Ladungen entgegengesetzten Vorzeichens ($+q$ und $-q$) im Abstand l voneinander *(D.moment* $= q \times l$*)*.

3. *magnetischer D.*, kleiner stabförmiger Magnet (D.moment gleich Stärke eines Magnetpols mal Abstand der beiden Pole); auch Bez. für eine stromdurchflossene Spule.

Dippehas [„Topfhase"], rheinländ. Gericht aus zerlegtem Hasenfleisch, fettem Schweinefleisch, Rotwein u. Hasenblut, gewürzt mit Zwiebeln u. Lorbeer, das ca. 2 Std. im verschlossenen Topf kochen muß.

dippen, Flaggen mehrfach niederholen u. vorheißen, z. B. auf Schiffen als Begrüßung auf See.

Dippoldiswạlde, Kreisstadt im Bez. Dresden, im östl. Erzgebirge, 6000 Ew.; Schloß; roman. u. spätgot. Kirchen; Müllerschule; landwirtschaftl. Handel u. Industrie. Nördl. die Talsperre von Malter. – Krs. D.: 458 qkm, 49600 Ew.

Dipsacacẹae [grch.] →Kardengewächse.

Dipsomanịe [grch.], anfallsweises Auftreten von Trunksucht (Quartalssäufer), periodische Trunksucht, bei gewissen Psychopathen, Epileptikern u. a.

Dịptam [der; grch.], *Dictamnus*, Gattung der *Rautengewächse. Weißer D., Dictamnus albus*, in Mittel- u. Süd-Dtschld. in trockenen Bergwäldern u. an bewachsenen Kalkfelsen; unter Naturschutz. D. ist eine 1 m hohe Staude mit von Drüsen bedeckten Blättern u. großen, meist rosenroten Blütenblättern. Die Blüten haben einen würzigen Geruch u. sondern bei heißem Wetter so viel ätherisches Öl aus, daß es zuweilen sogar entzündet werden kann.

Dịptera [grch.] →Zweiflügler.

Dipterocarpạceae [grch.] →Flügelfruchtgewächse.

Dipterocạrpus, Gattung der *Flügelfruchtgewächse*; wichtig ist der ostind. *Gurjunbalsambaum, D.turbinatus*, der den Gurjunbalsam, ein flüssiges Harz, liefert.

Dịpteros [grch.], griech. Tempelform mit zweischiffigem Säulenumgang um die Cella; Beispiel: Artemistempel von Ephesos.

Dịptychon [das; grch., „zweifach gefaltet"], **1.** *Antike:* zwei durch Gelenke verbundene, zusammenklappbare, rechteckige Schreibtafeln aus Holz, Elfenbein oder Metall, deren Innenseiten mit Wachs überzogen u. deren Außenseiten oft mit Reliefs geschmückt sind. Eine bes. kostbare Form ist das →Konsular-Diptychon.

2. *Kunstgeschichte:* ein aus zwei Flügeln bestehender Altar.

Dịpylon [das; grch., „Doppeltor"], Haupttor des alten Athen, das den äußeren vom inneren *Kerameikos* trennt; Fundplatz bes. von Keramik aus der Zeit 1300–700 v. Chr.; danach *D.stil*, alte Bez. für die reifgeometr. Vasenmalerei der Zeit zwischen 800 u. 700 v. Chr.

Dir., Abk. für *Direktor.*

Dirac [di'ræk], Paul Adrien Maurice, engl. Physiker, *8. 8. 1902 Bristol; stellte eine Gleichung auf, die alle Eigenschaften des Elektrons beschreibt u. 1928 die Voraussage der Existenz positiv geladener Elektronen, der Positronen, erlaubte (1932 nachgewiesen). D. entwickelte eine Quantentheorie der Wechselwirkung zwischen Licht u. Materie. 1933 Nobelpreis für Physik zusammen mit E. Schrödinger.

Directoire [dirɛk'twa:r], **1.** *franz. Geschichte:* →Direktorium.

2. *französ. Kunst:* eine Sonderform des französ. *Klassizismus* in der Revolutionszeit, genannt nach dem Revolutionsdirektorium (1795–1799), vermittelt zwischen *Louis-seize* und *Empire*. Charakterist. für das D. ist ein nüchternes, strenges Ornament, das sich eng an die Antike anlehnt. Möbel wurden nach griech. Vasenbildern geschaffen, Innenraumdekorationen nach dem Vorbild pompejan. Wandgemälde. In der *Frauenmode* zeichnet sich das D. als Reaktion auf die Kleidung des vorangegangenen Rokokos durch das lang herabfließende, hochgegürtete Hemdkleid mit Schleppe, in der *Männertracht* durch den dreiviertellangen Jakkenrock u. die hohe Halsbinde ab. – 🕮 2.4.2.

Dịre Dạwa, *Dire Daua*, äthiop. Handels- u. Industriestadt an der Bahn Djibouti-Addis Abeba, 1200 m ü. M., 65000 Ew.

direkte Aktion, von Anarchisten u. gelegentl. auch von radikalen Sozialisten befürwortete u. (oder) betriebene „Politik der Tat" unter Verzicht auf parlamentar. Methoden – u. deshalb nicht selten verfassungswidrig–, oft mit Gewaltanwendung. Als d. A.en werden auch Einzelmaßnahmen der beschriebenen Art bezeichnet.

direkte Bremse →Bremse.

direkte Rede, im Gegensatz zur *indirekten Rede* die Wiedergabe einer Aussage in unveränderter Form; in der Schrift meist in Anführungszeichen eingeschlossen.

direkter Vorsatz, *Dolus directus* [lat.], Art des →Vorsatzes.

direkte Steuern, umstrittener Begriff, der Verschiedenes umfassen kann, z. B. Steuern, die den Ertrag, das Einkommen oder das Vermögen „unmittelbar" erfassen wollen, oder Steuern, bei denen der Steuerzahler mit dem vom Gesetzgeber gewollten Steuerträger (Steuerdestinatar) identisch ist. Gegensatz: *indirekte Steuern* u. *Zölle.*

Direktfarbstoffe, *substantive Farbstoffe*, wasserlösl. Farbstoffe verschiedener chem. Zusammensetzung, die aus dem Salzbad ohne vorherige Beize direkt auf die Fasern aufziehen. Sie haben durchschnittl. Echtheiten u. sind für natürl. u. regenerierte Cellulosefasern sowie Mischgespinste u. Seide geeignet.

Dirẹktor [lat.], **1.** *allg.:* Leiter, Vorsteher; Mitglied eines Direktoriums.

2. *Funktechnik:* Draht oder Metallstab, der in einem bestimmten Abstand vor einem →Dipol befestigt ist, um die Richtwirkung u. den Spannungsgewinn der Antenne zu erhöhen. Der D. ist etwas kürzer als der Dipol u. meistens nicht mit ihm verbunden. →Reflektor.

Direktọrium [das, Mz. *Direktorien*; lat.], **1.** *allg.:* die aus mehreren Personen zusammengesetzte Leitung eines Handels- oder Industriebetriebs, einer wissenschaftl. Anstalt u. a.

2. *französ. Geschichte:* frz. *Directoire*, oberste Regierungsbehörde Frankreichs 1795–1799, bestehend aus 5 Direktoren, die mit zwei Kammern regierten. Am 18. Brumaire (9. 11. 1799) gestürzt.

Direktreduktion, Verfahren zur direkten Reduktion von Eisenerzen. Gewinnung des Metalls in festem (Eisenschwamm), teigigem oder flüssigem Zustand aus dem Erz mit Hilfe von minderwertigen festen Brennstoffen, Erdöl oder -gas sowie elektr. Energie. Beim *Basset*-Verfahren werden Eisenerze mit festen Reduktionsmitteln in einem Drehrohrofen reduziert u. zu flüssigem Roheisen eingeschmolzen bei gleichzeitiger Erzeugung von Zementklinker. Beim *Höganäs*-Verfahren werden mit Kohle u. Kalkstein gemischte hochwertige Eisenerzkonzentrate in keramische oder metallische Muffeln eingesetzt u. in Ring- oder Tunnelöfen bei ~1200 °C in 36–84 Stunden zu porösem Eisenschwamm reduziert. Beim *Hyl*-Verfahren handelt es sich um ein Reduktionsverfahren zur Erzeugung von Eisenschwamm mit Hilfe eines Mischgases aus H_2 u. CO, das bei katalytischer Umwandlung eines Erdgas-Wasserdampf-Gemischs entsteht. Das Reduktionsgas strömt von oben nach unten nacheinander durch eine erste Retorte zur Kühlung des fertig reduzierten Eisenschwamms, eine zweite Retorte zur Fertigreduktion von vorreduziertem Eisenerz u. eine dritte Retorte zur Vorreduktion von Eisenerz. *Krupp-Eisenschwamm*-Verfahren: Reduktion von reichen Eisenerzen zu Eisenschwamm mit festen Reduktionsmitteln bei etwa 1100 °C im Drehrohrofen. *Purofer*-Verfahren: Reduktion von Eisenerzen im Gegenstrom bei 1000–1100 °C u. 1,5 at im Schachtofen zu Eisenschwamm mit umgewandeltem Erdgas oder Koksofengas. *Stürzelberg*-Verfahren: Reduktion u. Einschmelzen von Zink oder andere flüchtige Metalle enthaltenden Eisenträgern (Kiesabbrände oder Erze) bei 1500 °C im kippbaren Drehflammofen zu flüssigem Roheisen. *Wiberg*-Verfahren: Vorwärmung, Vorreduktion u. Reduktion von Eisenerzen zu Eisenschwamm mit gasförmigem Reduktionsmittel bei 800–1000 °C im Gegenstrom u. kontinuierlichem Betrieb im Schachtofen. In halber Höhe des Schachtofens werden 75% des Reduktionsgases zur Regenerierung abgezogen. Restliche 25% werden im oberen Teil mit Luft verbrannt zur Vorwärmung der Beschickung.

Dirẹktrix [die; lat.] →Leitlinie.

Direktumwandlung = Energiedirektumwandlung.

Direktverkauf, Warenabsatz unter Umgehung von *Handelsstufen*; rechtl. zulässig, da in einer freien Marktwirtschaft der Wettbewerber seinen Absatzweg selbst bestimmen kann.

Dirhạm [der; arab.], Währungseinheit in Marokko, 1 D. = 100 *Centimes*; Münzeinheit im Irak (1 D. = $^1/_{20}$ *Dinar*) u. in Kuwait (1 D. = $^1/_{10}$ *Dinar*).

Dirhẹm, *Direm*, **1.** Gewicht in der Türkei, 1 D. früher 3,207 g, jetzt 1 g.

2. gebräuchlichste arab. Silbermünze des 7.–11. Jh., seit dem 11. Jh. in Kupfer geprägt; häufig in den Wikingerschätzen des Ostseegebiets gefunden.

Dirichlet [-'kle:], Peter Gustav *Lejeune D.*, dt. Mathematiker, *13. 2. 1805 Düren, †5. 5. 1859 Göttingen; lehrte in Berlin u. Göttingen; arbeitete über Zahlentheorie, Integralrechnung u. Reihen.

Dirigẹnt [der; lat.], musikal. Leiter eines Orchesters oder Chors. Orchester-D.en im heutigen Sinn gibt es erst seit etwa 1800 (bis dahin taktierende Orchesterleitung vom Klavier aus bzw. Führung durch den ersten Geiger, auch beides zugleich). Die ersten D.en, die ohne eigene instrumentale Mitwirkung vor dem Orchester standen, waren berühmte Komponisten, vor allem *Beethoven* u. C. M. von *Weber*, der 1817 auch den Taktstock anstelle der vorher üblichen Papierrolle einführte. Einer der ersten bedeutenden Orchestererzieher war J. F. *Reichardt*. In der Zeit R. *Wagners* endete die Personalunion von Komponist u. D., von einigen späteren Ausnahmen wie G. *Mahler*, R. *Strauss*, P. *Hindemith*, B. *Britten*, P. *Boulez* abgesehen. Seitdem muß unterschieden werden zwischen den D.en, denen es vor allem um eine möglichst werkgetreue Interpretation geht, u. den Vertretern eines D.entums, das in erster Linie sich selbst darstellen will. – Eine Sonderstellung nimmt der *Chor-D.* ein. Nicht wenige bekannte Orchesterleiter sind zugleich hervorragende Chordirigenten.

Dirigismus [frz.], staatl. lenkende Maßnahmen in der Wirtschaft.

Dirk, niederdt. Kurzform von →Dietrich.

Dirk-Hartogs-Insel [dirk 'hartɔxs-], der Peronhalbinsel westl. vorgelagerte Insel in Westaustralien; Schafstation.

Dirks, Walter, kath. Kulturpolitiker, *8. 1. 1901 Dortmund-Hörde; Mitgründer der „Frankfurter Hefte", zeitweise am Rundfunk tätig; vertritt einen Sozialismus aus christl. Verantwortung; „Die Antwort der Mönche" 1952 u. a.

Dirlịtze, *Kornelkirsche* →Hartriegel.

Dirndlkleid, *Dirndl*, seit dem 1. Weltkrieg in die Mode als Ferien- u. Hauskleid aufgenommene Form der weibl. Alpenbauerntracht, mit Mieder, weitem Rock u. Schürze. Zum ärmellosen D. wird gewöhnl. eine weiße Bluse getragen.

Dirne, 1. *mundartl.:* junges Mädchen.

2. Prostituierte.

Dịrschau, poln. *Tczew*, poln. Stadt am Westufer der unteren Weichsel (Wojewodschaft Gdańsk), 40000 Ew.; Verkehrsknotenpunkt u. Hafen mit 2 Weichselbrücken; Textil-, Papier-, Maschinen-, Zuckerindustrie. – 1260 Stadt, häufiger dt.-poln. Besitzwechsel.

Dirt-Track-Rennen [də:t 'træk-] →Speedway.

dis, *Musik:* der Halbton über d, dargestellt durch die Note d mit einem ♯.

dis... [lat.], Vorsilbe mit den Bedeutungen „nicht", „zwischen", „hinweg", „auseinander"; wird zu *diff...* vor f.

Dis, nordische Bez. für weibl. Schutzgeister.

Disaccharịd [das; grch.], aus 2 Molekülen eines *Monosaccharids* unter Wasserabspaltung entstandene Verbindung, z. B. Rohrzucker, Malzzucker, Milchzucker; allg. Formel: $C_{12}H_{22}O_{11}$.

Disagio [-'a:dʒo:; das; ital.], Abschlag vom Wert von Wertpapieren, bes. bei einem unter dem Nennwert liegenden Ausgabekurs (*Emissions-D.).*

Disappointment [disə'pɔintmənt; engl., „Enttäuschung"], *Lake D.*, Salzpfanne in Westaustralien, im W der Gibsonwüste, 160 km lang; selten u. dann nur von wenig Wasser erfüllt; 1897 von F. H. *Hann* auf der Suche nach Wasser entdeckt u. benannt.

Discạntus →Diskant (2).

Discomedụsen [grch.] →Scheibenquallen.

Discountladen [dis'kaunt-; engl.], engl. *Discount House*, Einzelhandelsbetrieb, in dem bei Beschränkung auf ein Minimum an Geschäftsausstattung u. Kundendienst die Waren zu niedrigen Preisen angeboten werden; in den USA entwickelte u. weitverbreitete Vertriebsform, in der BRD vor allem im Lebensmitteleinzelhandel.

Discoverer [dis'kʌvərə; engl., „Entdecker"], Name einer Serie US-amerikan. militär. Erdsatelliten, die z. T. abwerfbare Kapseln mit Meßinstrumenten enthielten. Der erste D. startete am 28. 2. 1959, der letzte im Juli 1962 (insges. etwa 40). Die Satelliten dieser Bauart bildeten stets eine Einheit mit der Agena-Raketenstufe.

Disengagement [disin'gɛidʒmənt; das; engl., „Losgelöstsein, Befreiung"], die Trennung von Gegnern, das militär. Auseinanderrücken von Machtblöcken. D.-Pläne wurden in der zweiten Hälfte der 50er Jahre des 20. Jh. von westl. (A. *Eden*, H. *Gaitskell*) u. östl. Politikern (A. *Rapacki*) vertreten. →auch MBFR, SALT.

Dịsentis, rätorom. *Mustér*, schweizer. Kurort u. Wintersportplatz im Kanton Graubünden, am Zusammenfluß des Medelser Rheins u. des Vorderrheins, 1133 m ü. M., 2500 Ew.; Straßengabelung zum Oberalp- u. Lukmanierpaß; Benediktinerabtei (gegr. um 750, heutige Anlage um 1700); geistiger Mittelpunkt der *Rätoromanen.*

Diseur [di'zø:r, der; frz.], weibl. *Diseuse*, Sprecher(in), Vortragskünstler(in) im Kabarett.

Disjunktion [lat.], 1. *Logistik:* die Form der Aussageverknüpfung durch *oder*. Das disjunktive Urteil hat die Form: A ist entweder B oder C; →auch Aussagenkalkül.
2. *Tier- u. Pflanzengeographie:* Das Vorkommen einer Tier- oder Pflanzenart in mehreren nicht zusammenhängenden Gebieten *(disjunkte Areale)*; z.B. kommen sog. boreo-alpine Arten in Skandinavien u. in den Alpen, sog. boreo-montane Arten im Norden u. in mitteleurop. Gebirgen vor, wobei die Vorkommen in Mitteleuropa Überbleibsel (Relikte) der Eiszeit sind *(Reliktareale)*. →auch diskontinuierliche Verbreitung.

Diskant [der; lat.], 1. hohe →Stimmlage; auch hohe Lage bei Instrumenten.
2. *Discantus*, die anfänglich improvisierte hohe Gegenstimme zum *Cantus firmus*; seit dem 12. Jh. im Gegensatz zum *Organum* das Prinzip der Gegenbewegung befolgend, damit Vorläufer des kontrapunkt. Prinzips.

Diskjockey [disk 'dʒɔki; engl.], *Disc Jockey, Schallplattenjockey*, in Funk u. Fernsehen sowie in Diskotheken der Ansager u. Kommentator von Schallplatten.

Disko, Insel vor der Westküste Grönlands, 8578 qkm; mit 2000 m hohem, vergletschertem Plateau; an der Südküste die Siedlung *Godhavn*; Kohlengrube im N wegen Defizit geschlossen.

Diskobol [grch., „Diskuswerfer"], berühmte Athletenstatue von *Myron* (um 450 v. Chr.), in zahlreichen Kopien aus röm. Zeit erhalten.

Diskographie [die; grch.], die Katalogisierung von Schallplatten in der Art einer *Bibliographie*.

Diskont [ital.], *Bank-D., Bankrate, Banksatz*, Betrag, der beim Ankauf einer Forderung vor dem Fälligkeitstermin zum Ausgleich des Zinsverlustes abgezogen wird, vor allem beim Ankauf *(Diskontierung)* von Wechseln. Dieses *D.geschäft* (der Banken) ist eine der wichtigsten Arten der Kreditgewährung *(D.kredit)* durch die Banken, die die angekauften Wechsel *(Diskonten)* entweder zur kurzfristigen Anlage flüssiger Mittel im „Portefeuille" behalten oder bei der Zentralnotenbank „*rediskontieren*". Der *D.satz*, zu dem die Zentralnotenbank Wechsel ankauft *(offizieller D.)*, ist gewöhnl. etwas niedriger als der D. der übrigen Banken. Die Zentralnotenbank diskontiert nur die übrigen Banken bevorzugen *Warenwechsel* (Geschäfts-, Handels-, kommerzielle Wechsel), denen wirkliche Warengeschäfte zugrunde liegen; Diskontierung von *Finanz-* oder *Kreditwechseln* nur, wenn es sich um sog. *Privatdiskonten* handelt (Wechsel über einen Betrag von mindestens 5000 DM mit bes. kreditwürdigen Unterschriften), die sogar zu einem niedrigeren D., dem *Privatdiskontsatz*, angekauft werden. Durch die Erhöhung oder Erniedrigung des D.s *(D.politik)* u. die dadurch verursachte Verteuerung oder Verbilligung des D.kredits kann die Notenbank erheblichen Einfluß auf die Wirtschaft u. den Konjunkturablauf ausüben.

Diskonthaus, engl. *Discount House*, = Discountladen.

diskontinuierliche Verbreitung, *disjunktive V.*, das Vorkommen von Tier- u. Pflanzengruppen in weit auseinanderliegenden Verbreitungsgebieten; z.B. Beuteltiere in Südamerika u. Australien; Linden in Europa, Asien u. Nordamerika. →auch Disjunktion.

Diskordanz [die; lat.], *Geologie:* eine Lagerungsform: das ungleiche Fallen u. Streichen von übereinanderliegenden Gesteinsschichten, z.B. durch Abtragung u. *Transgression* des Meeres entstanden. Gegensatz: *Konkordanz*.

Diskothek [die; grch.], Schallplattensammlung, verbunden mit einer Abspieleinrichtung in Gemeinschaftshäusern u. Gaststätten (Schallplattenbar).

diskret, *Mathematik:* nicht zusammenhängend, vereinzelt, gesondert. – *Physik:* unstetig, in endlichen Schritten; Gegensatz: *kontinuierlich*.

Diskriminante [die; lat.], *Trennungsgröße*, Größe, die aus den Koeffizienten einer algebraischen Gleichung gebildet wird. Eine D. ist z.B. der aus den Koeffizienten der quadrat. Gleichung $x^2 + 2ax + b = 0$ gebildete Ausdruck $a^2 - b$. Die D. entscheidet darüber, ob die Lösungen reell oder komplex sind.

Diskriminator, Gerät (bzw. eine Schaltungsanordnung) in Funkempfängern zur Rückgewinnung *(Demodulation)* der Nachrichten von hochfrequenten Wellen.

Diskriminierung, *Diskrimination* [lat.], allg. die Absonderung von Gruppen oder einzelnen aus menschl. Verbänden, mit der Folge, daß sie nur noch sehr beschränkt am Verbandsleben, insbes. an Berechtigungen u. Privilegien teilnehmen können. Die D. braucht nicht, kann aber rechtswidrig sein, wird jedoch als Verstoß gegen den Grundsatz der Gleichbehandlung u. wie eine Ausstoßung empfunden. Der D. ausgesetzt waren u. sind insbes.: Menschen anderer Rassen u. Glaubensbekenntnisse bzw. polit. Überzeugungen, Staatsangehörige fremder (bes. auch besiegter) Länder, Frauen u. Jugendliche. Das Grundgesetz der BRD u. viele andere Staatsverfassungen, die Europäische Menschenrechtskonvention von 1950 (ergänzt 1952), die UNO-Deklaration der Menschenrechte vom 10. 12. 1948 u. zwei UNO-Beschlüsse von 1966 richten sich gegen solche D.en (z. T. abgesehen von der D. Jugendlicher u. der polit. D. von Nichtstaatsangehörigen).
Im Völkerrecht spielt die D. als Nichtbeteiligung an bestimmten Maßnahmen, als Ausschluß aus internationalen Organisationen, als Schlechterstellung gegenüber anderen Nationen eine Rolle. So kann es eine diskriminierende Behandlung bestimmter Währungsgebiete in der Handels- u. Devisenpolitik geben; ferner: die diskriminierende Behandlung bestimmter Vertragspartner bei multilateralen Verträgen, die schiffahrtsrechtliche Benachteiligung bestimmter Staaten (sog. Flaggen-D.), die unterschiedl. Anwendung von Zollsätzen auf Ausländer, gegenüber einigen Herkunftsländern der Waren u. a. Eine diskriminierende Maßnahme kann ein Rechtsbruch sein, bei Nichtverpflichtung zu gleicher Behandlung u. U. ein unfreundl. Akt, möglicherweise aber auch das Ergebnis rechtl. zulässiger Ermessensentscheidung; schärfer: die *Diffamierung* von Staaten, womit gleichzeitig die Vorstellung des Unerlaubten oder des Ermessensfehlgebrauchs verbunden wird.

Diskus [der; grch., „Scheibe"], 1. *Botanik:* scheiben- oder wulstförmiger Teil des Blütenbodens, bei den Dolden- u. Rautengewächsen ein *Nektarium* (→Honigdrüsen).
2. *Sport:* Wurfscheibe, schon im griech. Altertum ein Sportgerät. Der moderne D. (seit Ende des 19. Jh.) besteht aus Holz mit Metallkern u. Metallring; 2 kg schwer, Durchmesser 22 cm, Mittelstärke 4,6 cm (für Frauen: 1 kg, 18 cm, 3,9 cm). Geworfen wird aus einem Kreis von 250 cm Durchmesser. Im Wettkampf hat jeder Teilnehmer drei Versuche, Endkampfteilnehmer drei weitere.

Diskusfisch, *Symphysodon discus*, Fisch aus der Familie der *Buntbarsche*, vom Mittellauf des Amazonas. Der Leib ist scheibenförmig, stark zusammengedrückt; Grundfarbe braun mit leuch-

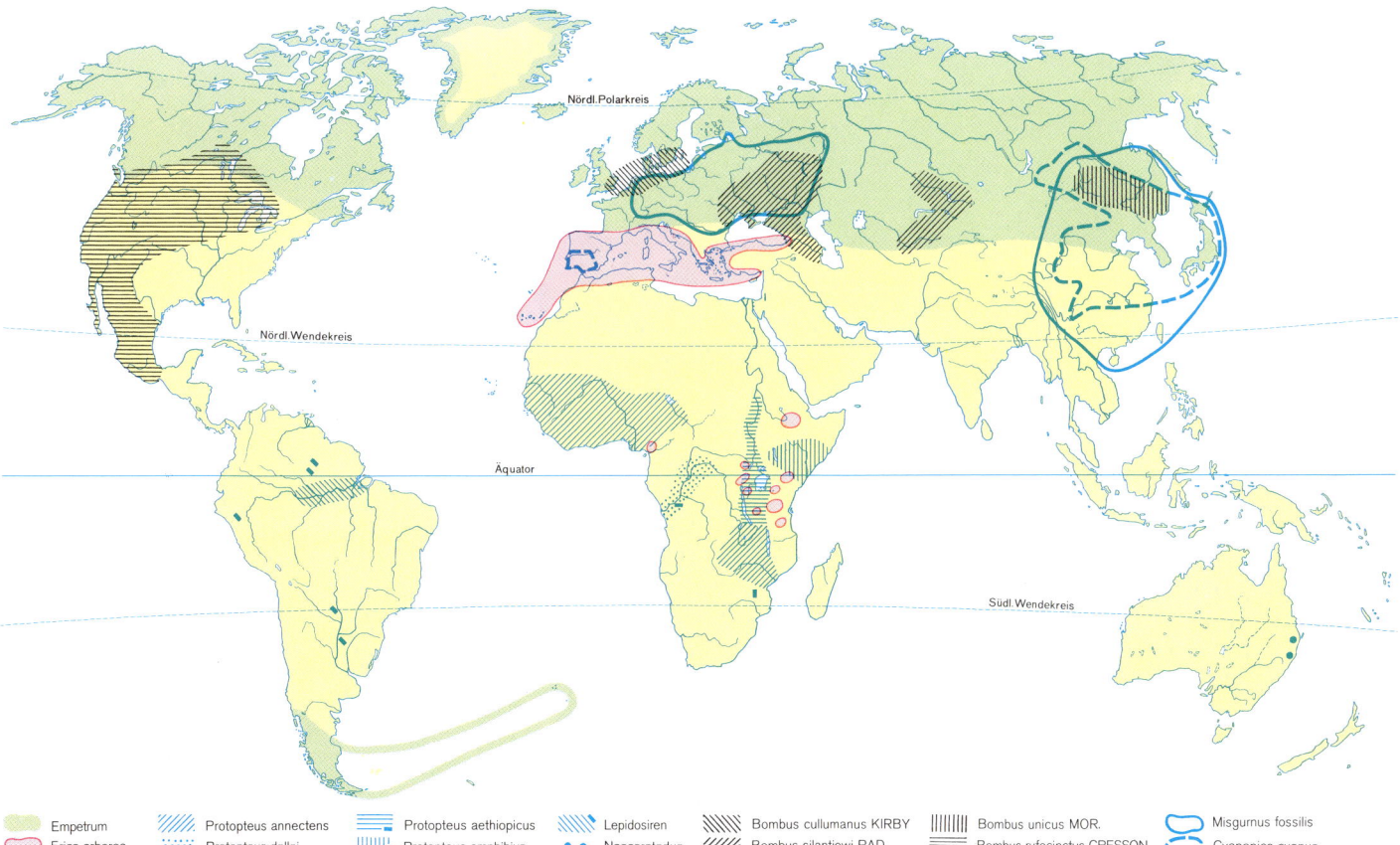

diskontinuierliche Verbreitung: a) bei Pflanzen: Empetrum (Krähenbeere) und Erica arborea (Baumheide); b) bei Tieren: Protopterus, Lepidosiren, Neoceratodus (Lungenfische); Bombus spec. (Hummeln); Misgurnus fossilis (Schlammpeitzger) und Cyanopica cyanus (Blauelster)

Diskus von Poplios Asklepiades, ein bei den dt. Ausgrabungen in Olympia 1879 gefundener Weihediskus, der auf der Vorderseite den Namen des Siegers u. den Tag des Kampfes trägt. Auf der Rückseite steht eine Widmung des leitenden Beamten der Spiele des Jahres 241 n. Chr., der den Ursprung der Spiele auf das Jahr 1580 v. Chr. zurückführt. Dieser frühe Beginn der Spiele zu Olympia ist anderweitig nicht gesichert.

Dislokation [lat.], 1. *Geologie:* →Verwerfung. 2. *Medizin:* Lageveränderung in der Stellung von Knochen oder Bruchenden bei Ausrenkung oder Bruch.

Dislokationsbeben, tekton. bedingte →Erdbeben.

Dislozierung [lat.], von der militär. Führung vorgenommene räuml. Verteilung der Truppen u. Dienststellen auf die verfügbaren Unterkünfte unter Berücksichtigung der jeweiligen Aufgabe.

Dismembration [lat. „Zerstückelung, Aufteilung"], 1. *Landwirtschaft:* →Grundteilung. 2. *Staatsrecht:* die Zergliederung eines Gesamtstaats durch Entstehung von unabhängigen Einzelstaaten (z.B. Österreich-Ungarns nach 1918, des Britischen Weltreichs). Da alle bewohnbaren Gebiete der Erde unter staatl. Herrschaft stehen, können neue Staaten nur durch Veränderungen der bisherigen Staaten entstehen. Hierbei ist die D. eine der Möglichkeiten, der Zusammenschluß mehrerer Staaten oder Staatsteile zu einem neuen Gesamtstaat eine andere.

dis-Moll, mit 6 ♯ vorgezeichnete Tonart, deren Leiter (harmonisch) dis, eis, fis, gis, ais, h, cisis, dis ist; Paralleltonart: Fis-Dur.

Dismutation = Disproportionierung.

Disney [-ni], Walt (Walter Elias), US-amerikan. Zeichentrickfilmregisseur, -autor u. -produzent, *5. 12. 1901 Chicago, †15. 12. 1966 Burbank; 1922 Produzent, 1928 Inhaber einer eigenen Filmfirma; „Micky Maus" 1928; „Donald Duck" 1937; „Schneewittchen" 1937; „Pinocchio" 1940; „Bambi" 1942; „Cinderella" 1950; „Alice im Wunderland" 1951; Dokumentarfilme: „Die Wüste lebt" 1953; „Wunder der Prärie" 1954; „Weiße Wildnis" 1957, u.a.; Spielfilme: „Die Schatzinsel" 1950; „20000 Meilen unter dem Meer" 1954, u.a.

Dispache [-'paʃ; die; frz.], *Transportversicherung:* Verteilung der Schäden u. Kosten bei großer Havarie auf die Havariegemeinschaft (durch *Dispacheure*).

Dispacheur [-'ʃøːr], Sachverständiger bei einer Dispache.

Dispatchersystem [-'pætʃ-; engl., russ.], in der DDR nach dem Beispiel der Sowjetunion eingeführtes System der „operativen Kontrolle des Produktionsablaufs"; kommt in Betrieben, in Behördendienststellen u. in Handelsorganisationen zur Anwendung, wo Störungen, Fehldispositionen, Abweichungen von den Tagesplänen u.ä. von den *Dispatchern* festgestellt u. dem unmittelbar dem Werkleiter unterstellten *Hauptdispatcher* gemeldet werden.

Dispensierrecht [lat.], Recht zur Zubereitung u. Abgabe von Arzneimitteln (z.B. Apotheke, Tierarzt).

disperses System, *Dispersion*, Stoffsystem, bei dem in einem Stoff von fester, flüssiger oder gasförmiger Beschaffenheit (*Dispersionsmittel*) ein Stoff (*Dispersum*) fein verteilt ist, z.B. Schäume (Gas in Flüssigkeit), Emulsionen (Flüssigkeit in Flüssigkeit), Nebel (Flüssigkeit in Gas).

Dispersion [lat.], 1. *Biologie:* →Ausbreitung. 2. *Ökologie:* = Verteilung. 3. *Optik:* bei einer Wellenbewegung die Abhängigkeit irgendeiner physikal. Größe (z.B. des Absorptionsvermögens) von der Wellenlänge; speziell die Wellenlängen-Abhängigkeit des Brechungsindex, die z.B. beim Durchgang von Licht durch ein Prisma zur Zerlegung des Lichts in die Spektralfarben führt. Bei der *normalen* D. ist der Brechungsindex für längere Wellen (rot) kleiner als für kürzere (violett); der Brechungsindex wächst mit kleiner werdender Wellenlänge. Alle Stoffe zeigen jedoch auch Spektralbereiche (wenn nicht im Sichtbaren, so im Ultrarot oder Ultraviolett), in denen zusammen mit starker Absorption eine *anomale* D. auftritt: Der Brechungsindex nimmt mit kleiner werdender Wellenlänge ab. 3. *physikal. Chemie:* →disperses System.

Dispersionsfarbstoffe, Gruppe von Teerfarbstoffen, die in feinvermahlenem Zustand mit Dispersionsmitteln zum Färben von Chemiefasern verwendet werden. D. sind z.B. die →Acetatfarbstoffe u. die →Cellitfarbstoffe.

Displaced Persons [dis'pleist 'pəːsənz; engl.], Abk. *D.P.*, die rund 1 Mill. Zwangsarbeiter, die im 2. Weltkrieg (mit weiteren 5,3 Mill., die wieder in ihre Heimat zurückgekehrt sind) nach Dtschld. verschleppt worden waren u. es 1945 ablehnten, in ihre inzwischen kommunist. gewordenen Staaten zurückzugehen. Die D.P. wurden von verschiedenen internationalen Organisationen betreut. Etwa 800000 D.P. sind nach Übersee ausgewandert.

Disponenden [lat.], im Buchhandel die Bücher, die geliefert worden sind u. vom Buchhändler zum festgesetzten Termin weder an den Verlag zurückgeschickt noch bezahlt werden, sondern als Kommissionsgut weiter im Sortiment bis zum nächsten Abrechnungstermin bleiben.

Disponent [lat.], Verfügungsberechtigter; kaufmänn. Angestellter, der in einem Geschäftsbetrieb einem Sachbereich mit einem gewissen Grad von Selbständigkeit vorsteht.

Dispositio Achillea [lat.], *Achilleisches Hausgesetz*, durch Kurfürst *Albrecht Achilles* von Brandenburg 1473 für seine Söhne erlassene Erbordnung, die die Mark Brandenburg, die Kurwürde u. den Titel des Erzkämmerers dem ältesten Sohn, den beiden jüngeren Söhnen die fränkischen Fürstentümer zusprach. Wenn auch im Wortlaut weder die Primogenitur noch die Unteilbarkeit der Mark festgesetzt waren, so wurden diese Bestimmungen in der Folgezeit doch als bindend betrachtet u. hatten die endgültige Loslösung der fränkischen Fürstentümer von der Mark Brandenburg zur Folge.

Disposition [lat., „Planung, Entwurf"], 1. *Beamtenrecht:* zur D. stellen, Versetzung in den →Wartestand mit der Berechtigung, die Abk. *z.D.* [„zur D."] hinter der Amtsbezeichnung zu führen. Im Bundesbeamtenrecht ist die D. weggefallen; Beamte im einstweiligen →Ruhestand führen den Zusatz *a.D.* [„außer Dienst"]. 2. *Kaufrecht:* zur D. stellen bedeutet die Ausübung der →Mängelrüge mit gleichzeitiger →Wandlung. 3. *Medizin:* ererbte, angeborene oder erworbene Krankheitsbereitschaft oder -anlage. 4. *Psychologie:* die ursprüngl. Anlage oder erworbene Fähigkeit für die Ausübung bestimmter Funktionen oder für den Vollzug bestimmter Erlebnisse; auch die Empfänglichkeit für bestimmte Einflüsse.

Dispositionsbegriff, eine Bestimmung, die sich nur relativ zu einer Bedingung versteht, z.B. der Begriff *wasserlöslich*.

Dispositionsfonds [-fõ; der], im Staatshaushalt diejenigen Posten, deren Verwendung dem freien Ermessen der Verwaltung, bes. der Minister, anheimgestellt ist.

Dispositionsmaxime [lat.], Verfahrensgrundsatz des *Zivilprozesses*, wonach die Parteien über den →Streitgegenstand verfügen u. den Verlauf des Prozesses weitgehend selbst bestimmen können. So ist das Gericht nach § 308 ZPO an die Anträge der Parteien gebunden. Der Kläger kann durch *Klagerücknahme* (§ 269 ZPO) oder →Klageverzicht (§ 306 ZPO), der Beklagte durch →Anerkenntnis (§ 307 ZPO) den Prozeß beenden. Die Parteien können über den Gegenstand des Prozesses einen →Vergleich schließen. In Ehe-, Personenstands- u. Entmündigungssachen gilt die D. nur eingeschränkt (§§ 617, 640, 670, 684 ZPO). →auch Parteibetrieb.

dispositives Recht, *nachgiebiges Recht, abdingbares Recht, Jus dispositivum*, Rechtsvorschriften, die vertragl. ausgeschlossen oder abgeändert werden können, im dt. bürgerl. Recht bes. im Schuldrecht des BGB; Gegensatz: *zwingendes Recht*.

Disproportion [lat.], beim Menschen die Störung im gegenseitigen Größenverhältnis der Körperabschnitte, z.B. bei manchen Formen des Zwergwuchses.

Disproportionalität [lat.], *Wirtschaft:* falsches, unausgeglichenes Verhältnis der einzelnen Produktionszweige u. der Verwendung der Produktionsfaktoren in einer Volkswirtschaft; Ursache von Krisen; führt zu vorübergehender Nichtausnutzung eines Teils der Produktionsmöglichkeiten u. setzt infolgedessen den Gesamtertrag der Volkswirtschaft herab.

Disproportionierung [lat.], *Dismutation, Chemie:* die Aufspaltung eines Stoffs einer bestimm-

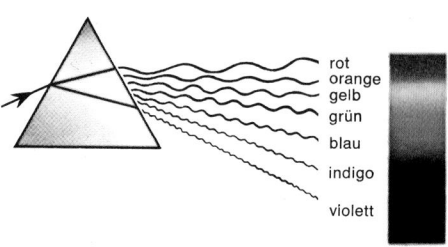

Dispersion (Schema)

ten Oxydationsstufe in eine Verbindung höherer u. eine niedriger Oxydationsstufe, z.B. D. von Kaliumhypochlorit in Kaliumchlorid u. Kaliumchlorat nach der Formel $2\,KClO \rightarrow KCl + KClO_2$.

Disputation [lat.], Streitgespräch; wissenschaftl. Wortkampf in Rede u. Gegenrede zur Klärung bestimmter Sätze (Thesen) oder Meinungsverschiedenheiten, früher zur Erlangung akadem. Grade.

Disqualifikation, *Disqualifizierung* [lat.], 1. *allg.:* Ausschließung, Untauglichkeit(serklärung). 2. *Sport:* Ausschluß eines Sportlers oder einer Mannschaft von Wettkämpfen für bestimmte Zeit wegen unsportl. Verhaltens oder wegen eines Verstoßes gegen die Wettkampfvorschriften.

Disraeli [diz'reili], Benjamin, Earl of *Beaconsfield*, engl. Politiker (konservativ), *21. 12. 1804 London, †19. 4. 1881 London; seit 1837 im Unterhaus, vertrat dort einen unabhängigen Konservatismus, dessen Traditionsbewußtsein die Bindung an Krone, Adel u. Staatskirche mit sozialpolit. Ideen von Arbeiterschutz u. -wohlfahrt verband (Tory-Demokratie). Mit dieser Haltung stand er gegen Sir R. *Peel* u. dessen Kornzollpolitik. Nach dem Sturz Peels 1846 wurde D. Führer der konservativen Opposition, 1852 u. 1858 Schatzkanzler. Er machte sich das liberale Ziel einer Wahlrechtsreform zu eigen (1867: 2. Reformbill) u. vertrat nach 1870 ein modernes imperialist. Programm (Rede im Kristallpalast 1872). 1868 u. 1874–1880 war D. Premier-Min.; er sicherte 1875 England durch Aktienkauf den maßgebenden Einfluß auf den Suezkanal, veranlaßte 1876 die Proklamation der Kaiserreichs Indien u. verhinderte 1878 (Berliner Kongreß) die russ. Ausdehnung auf dem Balkan. Seine imperialist. Konzeption leitete einen Umschwung der brit. Politik in Indien u. im Nahen Orient ein, die sich jetzt mehr auf das islamische Element stützte. – D. schrieb zahlreiche Novellen u. Romane: „Coningsby" 1844; „Sybil" 1845; „Tancred" 1847. – ⌸5.5.1.

Diss., Abk. für Dissertation.

Diß [arab.], *Rebenrohr, Ampelodesmos tenax*, im Mittelmeergebiet häufiges Rohrgras, das zum Binden von Reben u. als Flechtmaterial Verwendung findet.

Dissen am Teutoburger Wald, niedersächs. Stadt (Ldkrs. Osnabrück) am Teutoburger Wald, 7700 Ew.; Nahrungsmittelindustrie, Steinbrüche.

Dissens [der; lat.], Meinungsverschiedenheit, Mißverständnis; im allg. Vertragsrecht: *Einigungsmangel;* solange sich die Parteien nicht über alle Punkte geeinigt haben, über die eine Vereinbarung getroffen werden sollte *(offener D.)*, ist der Vertrag im Zweifel nicht geschlossen. Sind die Parteien über einen Punkt uneinig geblieben, ohne sich dessen bewußt geworden zu sein *(versteckter D.)*, so gilt das Vereinbarte, sofern anzunehmen ist, daß der Vertrag auch ohne eine Bestimmung über diesen Punkt geschlossen sein würde (§§ 154, 155 BGB).

Dissenters [engl., „Andersgläubige"], seit 1688 eingeführte Bez. für die nicht der Anglikan. Kirche angehörigen religiösen (prot.) Gemeinschaften in England.

dissenting opinion [- ə'pinjən; engl.], Bekanntgabe der abweichenden Meinung des überstimmten Richters. →auch Sondervotum.

dissenting vote [- vout; engl.], →Sondervotum.

Dissertation [lat.], allg. Erörterung; im Humanismus Bez. für gelehrte Abhandlungen, seit dem 18. Jh. für wissenschaftl. Arbeiten zur Erlangung der Doktorwürde *(Inauguraldissertation)*.

Dissidenten [lat.], ursprüngl. Personen, die nicht der kath. Kirche angehören; nach der Weimarer Verfassung 1919 Personen, die keiner staatlich anerkannten Religionsgemeinschaft angehören.

Dissimilation [lat., „Entähnlichung"], 1. *Grammatik:* der der *Assimilation* entgegengesetzte

Lautvorgang, bei dem von 2 (häufig nicht direkt) benachbarten artikulatorisch gleichen oder ähnl. Phonemen das eine durch ein dem anderen artikulatorisch weniger ähnliches ersetzt wird (z. B. mhd. *martel* neben *marter*).
2. *Physiologie:* der Abbau der durch →Assimilation oder Nahrungsaufnahme gewonnenen Energiespeicher (z.B. Kohlenhydrate, Fette, Eiweiß) über den sekundären Stoffwechsel von Tieren u. Pflanzen. Dabei wird die gesamte Energie durch die Überführung in Kurzenergiespeicher (ATP) oder als Wärme wieder nutzbar. Ist der Abbau mit Sauerstoffaufnahme verbunden, spricht man von *aerober D.* oder *Atmung*. Als Endprodukte erscheinen neben dem Energiegewinn Wasser u. Kohlendioxid. – →auch Glykolyse, anaerobe Glykolyse. – ▯ 9.1.3.
Dissipation [lat.], der Übergang irgendeiner Energieform in Wärme. Die D. kann wegen der →Entropie nicht vollständig rückgängig gemacht werden. Beispiel für einen dissipativen Vorgang ist die *Reibung*.
Dissonanz [die; lat., „Auseinanderklang"], 1. *allg.:* Unstimmigkeit; Mißton, Mißklang.
2. *Musik:* das Zusammentreffen von einander widerstrebenden Tönen. Die D. ist als spannungsgeladener Klang der Überführung in die *Konsonanz* bedürftig, die dann als Entspannung in der Harmonie erscheint. So erhält z. B. jeder konsonante Dur-Dreiklang durch das Hinzutreten der großen Septime den Charakter eines dissonanten Dominantakkords u. wird damit zu einem wichtigen Mittel des Übergangs in die Konsonanz einer anderen Tonart *(Modulation)*. Indes gibt es keine allg. verbindl. Bestimmung der D.; sie ist dem Klangideal jeder Zeit wechselnd unterworfen. Während früher sogar die (nichttemperierte) Terz als D. galt, ist in der atonalen Musik der Begriff der D. völlig neu geprägt u. in mancher Hinsicht gänzlich aufgehoben worden. Zu den D.en gehören auch die *Scheinkonsonanzen*. →auch Konsonanz.
Dissousgas [di'su:-; frz.], in Stahlflaschen gefülltes, in Aceton gelöstes Acetylengas, das zum autogenen Schweißen dient.
Dissoziation [lat.], Zerfall, Spaltung; die Aufspaltung von Molekülen in einfachere Atomgruppen unter Wärmeaufnahme *(D.swärme)*; tritt auf bei der Lösung von Säuren, Basen u. Salzen in bestimmten Lösungsmitteln, wobei elektr. neutrale Moleküle in einander entgegengesetzt geladene →Ionen zerfallen *(elektrolytische D.)*; auch bei starker Erwärmung eines Stoffs *(thermische D.)*. Der Grad der Spaltung *(D.sgrad)* von Säuren u. Basen ist ein Maß für ihre Stärke u. bedingt die elektr. Leitfähigkeit.
Distanz [lat.], 1. *allg.:* Abstand, Entfernung.
2. *Soziologie: soziale D.,* sozialer Abstand; →Beziehungslehre.
3. *Sport:* Länge der Wettkampfstrecke. *D.lauf,* Dauerlauf über eine große Strecke; ähnl. *D.fahrt* (Gespanne, Radfahrer, Autos), *D.flug, D.ritt* u.ä.
Distanzgeschäft, *Distanzkauf, Versendungskauf, Fernkauf,* ein Kauf, bei dem die Kaufsache an einen anderen Ort zu versenden ist; Gegensatz: *Platzkauf.*
Distanzritt, *Dauerritt,* ein Ritt, bei dem es darauf ankommt, große Entfernungen durch vernünftige Einteilung in möglichst kurzer Zeit zurückzulegen.
Distel, *Carduus,* eine mit dornigen Blättern ausgestattete Gattung der *Korbblütler*. Die Kelchblätter umgeben stachelig die am Rand röhrenförmigen Blüten des Körbchens. Auch andere Gattungen der Korbblütler führen den Namen D.: *Bisamdistel, Kratzdistel, Mariendistel, Eselsdistel.*
Distelfalter, *Vanessa cardui,* rotbrauner Tagschmetterling mit schwarz-weißer Zeichnung, der fast auf der ganzen Erde vorkommt u. ausgedehnte Wanderungen unternimmt; die Raupe frißt an Disteln u. Brennesseln.

Distelfalter, Vanessa cardui

Distelfink →Stieglitz.
Disthen [der; grch.], ein meist blaues Mineral, →Cyanit.
Distichon [das, Mz. *Distichen*; grch.], klassisches Zweizeilerversmaß, meist aus einem *Hexameter* u. einem *Pentameter* bestehend; beliebt für Elegien u. kurze Sinnsprüche.
distinktive Merkmale, *Grammatik:* Merkmale sprachl. Einheiten, die Bedeutungsunterschiede zur Folge haben können; z.B. die Unterscheidung stimmhaft: stimmlos der Konsonanten b : p in den Wörtern *Bar* und *Paar*.
Distler, Hugo, Komponist, *24. 6. 1908 Nürnberg, †1. 11. 1942 Berlin (Selbstmord); Prof. an der Musikhochschule in Berlin; mit J. N. David u. E. *Pepping* maßgebl. an der Erneuerung der prot. Kirchenmusik beteiligt; schrieb hauptsächl. Chorwerke („Der Jahrkreis" 1933; „Choral-Passion" 1933; „Die Weihnachtsgeschichte" 1933; „Neues Chorliederbuch" 1936–1938; „Mörike-Chorliederbuch" 1939), Orgelwerke, Kammermusik u.a.
Distorsion [lat., „Auseinanderdrehung"] →Verstauchung.
Distraktion [lat.], *Streckbehandlung,* Anwendung von Zug u. Gegenzug bes. zur Behandlung von Knochenbrüchen bei Verschiebung der Bruchenden mit Verkürzung u. bei unvollständiger Verrenkung (Subluxation).
Distribution [lat.], 1. *allg.:* Verteilung, Verbreitung.
2. *Ökologie:* = Verbreitung.
3. *Sprachwissenschaft:* in der modernen (bes. US-amerikan.) Sprachwissenschaft Bez. für die Gesamtheit der Vorkommensmöglichkeiten kleinerer sprachl. Einheiten in größeren, z.B. von Phonemen in Silben.
4. *Wirtschaft:* →Verteilung.
distributives Gesetz, *Gesetz der Verteilung,* Grundgesetz der Arithmetik über den Zusammenhang zweier Rechenoperationen. So wird z.B. eine Zahlensumme (Addition) mit einer Zahl multipliziert (Multiplikation), indem man jeden Summanden mit der Zahl multipliziert; $a \cdot (b + c) = a \cdot b + a \cdot c$.
Distributivum [das, Mz. *Distributiva*] →Numerale.
District of Columbia [-kə'lʌmbiə], Abk. *D. C.,* Bundesterritorium im O der USA, von Maryland u. Virginia umgeben, mit der Hptst. =Washington, am Potomac, 174 qkm, 820000 Ew.; 1791 geschaffen, untersteht dem Kongreß direkt.
Distrikt [der; lat.], Abteilung, (Verwaltungs-)Bezirk; forstliche Fläche.
Disuq, *Disuk, Desuk,* nordägypt. Stadt am Rosetaarm des Nil, 50000 Ew.; islam. Hochschule, Messestadt.
Disziplin [die; lat., „Schulung, Unterweisung"], 1. *allg.:* Zucht, Ordnung, Selbstbeherrschung.
2. *Kirchenrecht: kirchliche D.,* in der kath. Kirche die Gesamtheit der rechtl. Normen für das äußere kirchl. Leben. →auch Disziplinarrecht.
3. *Pädagogik:* der einzelne Unterrichts- oder Wissenschaftszweig, Fach.
4. *Sport:* Fachrichtung, Zweig einer Sportart.
Disziplinarrecht, die rechtl. Ordnung für das Verhalten bestimmter, in einem bes. Verhältnis zum Staat stehender Personen (Beamter, Soldaten) durch Strafbestimmungen; →Dienststrafrecht, →Wehrstrafrecht.
Das *kirchliche D.* der ev. Kirche ist gleichzeitig mit dem des Staates entstanden u. entspricht ihm heute im ganzen, soweit das geistl. Amt nicht Abweichungen erfordert. Seit Mitte des 18. Jh. ist der Pfarrer disziplinarrechtl. sogar besser geschützt gewesen als der weltl. Beamte; auch wurde hier die Eigenart des D.s im Gegensatz zum kriminellen Strafrecht früher erkannt. Beginnend mit dem preuß. Irrlehregesetz (1910) wurde das *Lehrzuchtverfahren* vom D. geschieden. Im Bereich der BRD gelten heute das Disziplinargesetz der EKD (1955) für Geistliche u. Beamte der EKD u. der meisten Gliedkirchen u. das Amtszuchtgesetz der VELKD (1965) für 11 luth. Gliedkirchen. Ein Disziplinarverfahren kann danach eingeleitet werden, wenn ein Pfarrer (oder Beamter) in oder außer dem Dienst schuldhaft Pflichten verletzt, die sich aus dem Amtsverhältnis ergeben. Die Eröffnung des Verfahrens steht im Ermessen der Dienstbehörde. Sie bestraft durch Verfügung mit Warnung, Verweis oder Geldbuße. In schwereren Fällen leitet sie ein förmliches Verfahren ein. Der Spruch des Disziplinargerichts kann dann auch auf Versetzung, Amtsenthebung oder Gehaltskürzung ergehen.
In der kath. Kirche bezeichnet D. die rein kirchl. Bestimmungen über Maßnahmen zur Herstellung u. Wahrung eines geordneten Gemeinschaftslebens (kirchl. *Disziplin*), soweit dies Sache der Obrigkeit ist. Einige davon sehen geistl. Kirchenstrafen vor; außerdem kann – ohne Strafcharakter – die Versetzung oder Amtsenthebung von Geistlichen angeordnet werden.
Disziplinarverfahren →Dienststrafverfahren.
Ditheismus [grch., „Zweigottlehre"], die einigen Theologen des 3. Jh. zugeschriebene Lehre, daß in Gott zwei Naturen in zwei Personen anzunehmen seien, im Gegensatz einerseits zum christl. Glauben von der *Dreieinigkeit* (eine Natur in drei Personen), andererseits zum jüd.-islam. *Monotheismus* (eine Natur in einer Person) u. zum *Tritheismus* (drei Naturen in drei Personen); als D. gilt auch die Lehre der *Manichäer* von zwei Urprinzipien der Welt.
Dithionate [grch.], *Hypodisulfate,* die Salze der *Dithionsäure (Unterdischwefelsäure)* $H_2S_2O_6$, z.B. Natriumdithionat $Na_2S_2O_6$.
Dithionite, *Hypodisulfite,* die Salze der *dithionigen Säure (unterdischwefligen Säure)* $H_2S_2O_4$, z.B. Natriumdithionit $Na_2S_2O_4$ (→Blankit).

Disraeli: Königin Viktoria mit dem Premier, 1877; Lithographie von Tom Merry

Dithmarschen, Geest- u. Marschlandschaft zwischen Elbe- u. Eidermündung; fruchtbares Marschland (Weidewirtschaft, Gemüsebau), z.T. erst in historischer Zeit durch Eindeichung dem Meer abgewonnen. – Ldkrs. D.: 1381 qkm, 135700 Ew., Verwaltungssitz *Heide*.
D. war nach außen hin fast unabhängig, besaß im Innern völlige Autonomie, die z.T. auf Gebräuchen u. Einrichtungen aus altsächs. Zeit beruhte; 1559 vom dän. König u. Gottorper Herzog erobert u. aufgeteilt. Auch nach der Eroberung bewahrten die beiden Landschaften Norder- u. Süder-D. bis 1867 ausgedehnte Selbstverwaltungsrechte.
Dithyrambus [der; grch.], die *Dithyrambe*, ursprüngl. zu Ehren des Dionysos als Wechselgesang gesungenes Festlied, aus dem sich in Athen die Tragödie entwickelte; dann begeisterte, überschwengl. Lobrede, trunkene Dichtung.
Ditlevsen, Tove, dän. Schriftstellerin, *14. 12. 1918 Kopenhagen; schrieb Lyrik u. Prosa.
dito [ital.], Abk. *do., dto.*, „das (schon) Gesagte", dasselbe.
Ditters von Dittersdorf, Karl, österr. Komponist, *2. 11. 1739 Wien, †24. 10. 1799 Neuhof, Böhmen; über 100 sinfon. Werke, Kammermusik, Oratorien u. Bühnenwerke (u.a. „Doktor u. Apotheker" 1786; „Hieronymus Knicker" 1787).
Dittmar, Heini, Segelflieger u. Versuchspilot, *30. 3. 1911 Bad Kissingen, †28. 4. 1960 Mülheim-Ruhr (Absturz bei Erprobungsflug); seit 1932 Forschungsflieger bei der *DFS* (Thermiksegelflug), 1934 Höhenweltrekord (4675 m) u. Streckenweltrekord (376 km), 1936 erste Alpenüberquerung im Segelflug, 1938 erster Träger des goldenen Segelfliegerleistungsabzeichens; bei der Erprobung des Raketenjägers Me 163 überschritt er als erster die 1000-km/h-Geschwindigkeitsgrenze (10. 5. 1941).
Ditzen, Rudolf →Fallada, Hans.
Ditzingen, Stadt in Baden-Württemberg, westl. von Stuttgart (Ldkrs. Ludwigsburg), 15000 Ew.; stark industrialisiert.

ABBILDUNGSNACHWEIS

Farbfotos: aaa photo, Paris – Viltard (1) – Vincent (1); Wilhelm Albrecht, Gütersloh (1); Allen Memorial Art Museum, Oberlin/Roman Norbert Ketterer, Campione (1); Kunstarchiv Arntz, Haag (1); Atlas Photo, Paris – Remy (1) – Schultz (1); Australische Botschaft, Bonn-Bad Godesberg (2); Peter W. Bading, Anchorage (1); Bavaria-Verlag, Gauting – Andres (1) – Bohnacker (1) – Cash (3) – Hell (2) – Kunitsch (1) – Lederer (1) – Meier-Uhde (1) – Muschenetz (1) – Scholz (2) – Skiba (1) – v. Stockhausen (1) – Striemann (1) – Tessore (1) – Tietze (1); Bayer AG, Köln (2); Bayerisches Nationalmuseum, München (1); Bayerische Staatsbibliothek, München (5); Bayerische Staatsgemäldesammlungen, München – Joachim Blauel (4); Heinrich v.d. Becke, Berlin (1); Maria Berger, Köln – Alinari (1); Bertelsmann Lexikon-Verlag, Gütersloh (1); C. Bertelsmann Verlag, München (1); Luftbildverlag Hans Bertram, München (1 – Freig. BStfWuV G 4/4072); Klaus G. Beyer, Weimar (1); Biblioteca Apostolica Vaticana, Rom (3); Bibliothèque de l'Arsenal, Paris – R. Lalance (1); Bibliothèque Nationale, Paris (2); Bibliothèque Royale Albert Ier, Brüssel (1); Bildarchiv Preußischer Kulturbesitz, Berlin (6); Ilse Buhs, Berlin (1); J. E. Bulloz, Paris (3); Der Bundesminister des Inneren, Bonn (1); Bundesministerium der Verteidigung, Bonn (9); Sammlung Emil Georg Bührle, Zürich – Walter Dräyer (1); Burkhard-Verlag Ernst Heyer, Essen (1); Byzantine Institution, Washington (1); Center of Asian Art and Culture, San Francisco (1); Centre National de la Recherche Scientifique, Laboratoire de Glaciologie, Grenoble – Prof. Louis Lliboutry (1); Cern, Genf (1); Chemische Werke Hüls AG, Marl (2); Bruce Coleman Ltd., Uxbridge – Burton (2) – Mayers (1); Hella Dallmann, Herford (1); A. Demanega, Innsbruck (1); Deutscher Brauer-Bund e.V., Bonn (1); Deutsche Bundesbank, Frankfurt (1); Deutsche Fotothek Dresden, Dresden (1); Deutsches Museum, München (1); Devizes Museum, Devizes (1); Diakonisches Werk der Evangelischen Kirche in Deutschland e.V., Stuttgart (1); Dr. Gisela Dohle, Gütersloh (4); Prof. Dr. Manfred Domrös, Mainz (3); dpa, Frankfurt (6); dtv, München (1); Ehapa Verlag GmbH, Stuttgart (1); Eupra GmbH, München – CAF (1); Erste Österreichische Spar-Casse, Wien (1); Farbwerke Hoechst AG, Frankfurt (2); foto-present GmbH, Essen (2); FPG, New York (1); Freer Gallery of Art, Smithsonian Institution, Washington (1); Albrecht Gaebele, Oehringen (1); Germanisches Nationalmuseum, Nürnberg (2); Photographie Giraudon, Paris (13); Erich Goldbecker, Gütersloh (1); Presse-Bilderdienst Käthe Günther, Lübeck (1); Gutenberg-Museum, Mainz (1); Armin Haab, Oberwil-Zug (2); Sonia Halliday, Weston Turville (1); Hamburger Aero-Lloyd GmbH, Köln (1–Freigabe-Nr. Reg. Präs. Düss. 30 A 2595); Hamburger Kunsthalle, Hamburg – Ralph Kleinhempel (2); The Hamlyn Group, Feltham (1); Hauptstaatsarchiv, Stuttgart (1); Rolf Heimrath, Hasbergen (1); Konrad Helbig, Wiesbaden (1); Rudi Herzog, Wiesbaden (1); Herzog Anton Ulrich-Museum, Braunschweig (1); Hessische Landesbibliothek, Fulda (1); Hessisches Landesmuseum, Darmstadt – Bernd Friedrich (1); Hirmer Fotoarchiv, München (1); Dr. Siegmar Hohl, Gütersloh (1); Holle Bildarchiv, Baden-Baden (2); IBM-Werkfoto, Sindelfingen (1); Institut für Auslandsbeziehungen, Stuttgart (1); Interfoto MTI, Budapest (1); Internationales Bildarchiv Horst v. Irmer, München (2); Jacana, Paris – Frederic (1) – Montoya (1) – Nardin (1) – Visage (1); Manfred Kage, Institut für wissenschaftliche Fotografie, Weißenstein (1); Joachim Kinkelin, Worms – Dols (1); Hanns Kipp-Sprüngli, Hannover (1); Gerhard Klammet, Ohlstadt (6); Dr. Harro Koch, Köln (1); Dr. Rudolf König, Kiel (2); Hagen Kraak, Gütersloh (3); Dr. Hans Kramarz, St. Augustin (2); Wolfgang Krammisch, Dresden (1); Prof. Dr. Rudolf Kraus, Frankfurt (1); Kultura, Budapest (1); Kunsthalle, Bremen (1); Kunsthaus, Zürich (1); Kunsthistorisches Museum, Wien – Photo Meyer (6); laenderpress, Düsseldorf – Bergmann (1) – de Waal (1); Éditions Robert Laffont, Paris (1); Klaus-Dieter Link, Mülheim (1); Aldo Margiocco, Campomorone (8); Bildagentur Mauritius, Mittenwald (3); Museum für Ostasiatische Kunst, Köln (2); Museum of Fine Arts/Ross Collection, Boston (2); The Museum of Modern Art, New York (1); Nasjonalgalleriet, Oslo – Væring (2); National Gallery of Art, Washington (1); Nationalmuseum, Stockholm (1); National Palace Museum, Taipei (1); National Portrait Gallery, London (1); Niederländisches Informationsamt, Den Haag – Bart Hofmeester (1); Niedersächsisches Landesmuseum, Hannover – Lieselotte Brattig (2); Oberösterreichisches Landesmuseum, Linz (1); Öffentliche Kunstsammlung, Basel – Hans Hinz (1); Orell Füssli Verlag, Zürich (1); Österreichische Nationalbibliothek, Wien (3); Patrimonio Nacional, Madrid (1); Hans Pfletschinger, Ebersbach (1); Paul Popper Ltd., London (1); Preiss & Co., Albaching (2); Presseamt der Stadt, Duisburg – Stuttgarter Luftbild Elsässer (1); Propyläen Verlag, Berlin – Carlfred Halbach (1); Prof. Dr. W. Rauh, Heidelberg (6); Jochen Remmer, Hamburg (6); Éditions Rencontre, Lausanne (2); roebild, Frankfurt – Busch (1) – Schuster (1); Scala, Antella (5); Service de documentation de la Réunion de Musées Nationaux, Paris (3); Juergen Seuss, Niddatal (1); Jacques Six, Paris (2); Wilhelm Schacht, Frasdorf (1); Bernhard Scherer, Titisee-Neustadt (1); Archiv Schuhmacher, Grünwald (2); Emil Schulthess, Forch (2); Prof. Dr. Udo Schwerdtmann, Freising (11); Staatliches Museum für Völkerkunde, München (1); Staatliche Museen zu Berlin, Berlin-Ost, Papyrus-Sammlung (1); Staatsarchiv, Hamburg (1); Staatsarchiv, Nürnberg (1); Stadtbildstelle, Augsburg (1); Staatsgalerie, Stuttgart (1); Herwart Stehr, Gütersloh (4); Georg Stiller, Gütersloh (35); Stolzenberg Büromöbelfabrik, Baden-Baden (2); Dietrich H. Teuffen, Bielefeld (5); Hans Thiele, Gütersloh (1); Franz Thorbecke, Lindau (2); Tierbilder Okapia KG, Frankfurt (2); Prof. Dr. Hermann Trimborn, Bonn (2); Trinity College, The Green Studio, Dublin (1); Universitätsbibliothek, Jena (1); Universitätsbibliothek, Uppsala (1); V-Dia Bildagentur GmbH, Heidelberg (5); Manfred Veit, Gütersloh (1); Vereinigte Glanzstoff Fabriken AG, Wuppertal (3); Victoria and Albert Museum, London (2); Volkswagenwerk AG, Wolfsburg (1); Prof. Dr. Wolfgang Weischet, Bad Krozingen (1); Wildenstein Gallery, Paris (1); Württembergisches Landesmuseum, Stuttgart – Karl Natter (1); ZEFA, Düsseldorf (22); © Cosmopress/S.P.A.D.E.M., Paris.

Schwarzweißfotos: AEG Telefunken, Frankfurt (1); American Schools of Oriental Research, New Haven (1); Erich Andres, Hamburg (1); Archiv für Kunst und Geschichte, Berlin (2); Kunstarchiv Arntz, Haag (1); ars liturgica, Maria Laach (1); Ashmolean Museum, Oxford (1); Wolfgang Assmann GmbH, Bad Homburg (1); The Associated Press GmbH, Frankfurt (1); Bavaria-Verlag, Gauting – Andres (1) – Eckelt (1) – Pabst (1); Bayerische Staatsbibliothek, München (3); Maria Berger, Köln – Alinari (2); Bertelsmann Lexikon-Verlag, Gütersloh (15); Klaus G. Beyer, Weimar (1); Bibliothek der Technischen Hochschule, Delft (2); Bibliothèque Nationale, Paris (2); Bildarchiv Preußischer Kulturbesitz, Berlin (7); Prof. Max Bill, Zürich (1); Horst Boerschmann, Clausthal-Zellerfeld (1); Verlag Anni Borgas, Münster (1); The British Tourist Authority, London (1); Ilse Buhs, Berlin (1); Verlag Bulgarski Hudoshnik, Sofia (2); Bundesministerium der Verteidigung, Bonn (2); Camera Press, London – Wilson (1); J. Allan Cash, London (1); Victor Christ-Janner and Do Chung Associates, New Canaan (1); Maurice Chuzeville, Malakoff (1); Deutsche Lebensrettungs-Gesellschaft e.V., Flensburg – Klaus Bartnitzke (2); Deutsches Museum, München (2); A. B. Dick GmbH, Frankfurt – Photo-Grafic (1); Dr. Gisela Dohle, Gütersloh (2); Alden B. Dow Associates Inc., Michigan – Gard (1); dpa, Frankfurt (10); Emil Ehinger, Freiburg (2); Walter Faigle, Stuttgart (1); Fidelitas Film + Foto, Karlsruhe (1); Bildarchiv Foto Marburg, Marburg (5); Manfred Grohe, Kirchentellinsfurt (1); Robert Häusser, Mannheim (1); Historia-Photo, Bad Sachsa (5); Historisches Porträtarchiv, Nürnberg (6); Peter Hunter Press, Amsterdam – Dr. Erich Salomon (1); Institut für Auslandsbeziehungen, Stuttgart (1); Maria Jeiter, Aachen (1); Keystone Pressedienst GmbH, Hamburg (1); Franz Klimm, Speyer (1); Centralverwaltung König OHG, Steinhagen (1); Königlich Dänische Botschaft, Bonn (1); Ferdinand Kramer, Frankfurt (3); Ginette Laborde, Paris (1); Landesbildstelle, Berlin (1); Photo-Löbl, Bad Tölz (1); The Metropolitan Museum of Art, New York (1); Museum der Stadt Regensburg, Regensburg (2); Museum für Ostasiatische Kunst, Köln (1); Nationale Forschungs- und Gedenkstätten, Weimar (1); Nationalmuseet, Kopenhagen (2); Ny Carlsberg Glyptothek, Kopenhagen (1); Österreichische Nationalbibliothek, Wien (3); Pforzheimer Brillenfabrik Wilhelm Kretz, Pforzheim (1); Pontis Photo, München – Höpker (1) – Schweitzer (1); Paul Popper Ltd., London (1); Prähistorische Staatssammlung, München (1); Presse- und Informationsamt der Bundesregierung, Bonn, Bundesbildstelle (3); Propyläen Verlag, Berlin (4); Radio Times Hulton Picture Library, London (1); Rank Xerox GmbH, Düsseldorf (1); Roden-Press, Mannheim (1); roebild, Frankfurt – Busch (3) – Poggemeyer (1); Roger-Viollet, Paris (1); Ursula Seitz-Gray, Frankfurt (2); Service de documentation de la Réunion des Musées Nationaux, Paris (2); Harry Shunk, New York (1); Sowjetunion heute, Köln – Nowosti (1); Hans-Joachim Spandau, Detmold (1); Süddeutscher Verlag, Bilderdienst, München (3); Pressebild-Agentur Minna Schirner, Berlin (1); Staatliche Museen zu Berlin, Berlin-Ost, Kupferstichkabinett (1); Staatsarchiv, Hamburg (1); Stadsbibliotek, Eskilstuna – Ralf Bergström (1); Städtisches Fremdenverkehrsamt, Regensburg – Peter Ulbricht (1); Städtisches Museum und Lottehaus, Wetzlar (1); STERN, Hamburg (3); Georg Stiller, Gütersloh (1); Strähle Luftbild, Schorndorf (1); Dietrich H. Teuffen, Bielefeld (13); Tokyo National Museum, Tokyo (1); Ullstein GmbH, Bilderdienst, Berlin (9); Erik Uluots, Stockholm (1); Universitätsbibliothek, Heidelberg (1); USIS, Bonn-Bad Godesberg (3); Dr. Franco Vannotti, Muzzano (1); Manfred Veit, Gütersloh (1); Vereinigte Glanzstoff Fabriken AG, Wuppertal (3); Ole Woldbye, Kopenhagen (1); W.M. Zeijlemaker, Zutphen (1); Carl Zeiss, Oberkochen (1); Hilde Zenker, Berlin (1).

Schutzumschlag: Gerhard Lauckner, Helgoland; Museum für Natur- und Völkerkunde, Basel / Hans Hinz; Georg Stiller, Gütersloh; Zefa, Düsseldorf; Carl Zeiss, Oberkochen.